最甜的蜜糖可以使味觉麻木；
不太热烈的爱情才会维持久远。

——《罗密欧与朱丽叶》

黑夜无论怎样悠长，
白昼总会到来的。

——《麦克白》

要是我在哪一天哪一个时辰里，
不曾为了你而叹息，
那么在下一个时辰里，
让不幸的灾祸来惩责我的薄情吧！

——《维洛那二绅士》

你使我感觉到太多的幸福，
请你把它减轻几分吧，
我怕我快要给快乐窒息而死了！

——《威尼斯商人》

爱情是不用眼睛，而用心灵看着的，
因此生着翼膀的丘比特常被描成盲目。

——《仲夏夜之梦》

痴人求爱，如形捕影，
瞻之在前，即之已冥。

——《温莎的风流娘儿们》

我愿意活在你的心里，
死在你的怀里，
葬在你的眼里。

——《无事生非》

假如你记不得你为了爱情
而做出来的一件最琐细的傻事，
你就不算真的恋爱过。

——《皆大欢喜》

假如音乐是爱情的食粮，
那么奏下去吧；
尽量地奏下去，

——《第十二夜》

当你在我身边的时候，
黑夜也变成了清新的早晨。

——《暴风雨》

SHAKESPEARE

莎士比亚

悲剧喜剧全集

悲剧 Ⅰ

[英] 莎士比亚 著　朱生豪 译

浙江文艺出版社

《维钦托利缴械投降，掷武器于凯撒脚下》 L.N.鲁瓦耶绘

《裘力斯·凯撒》

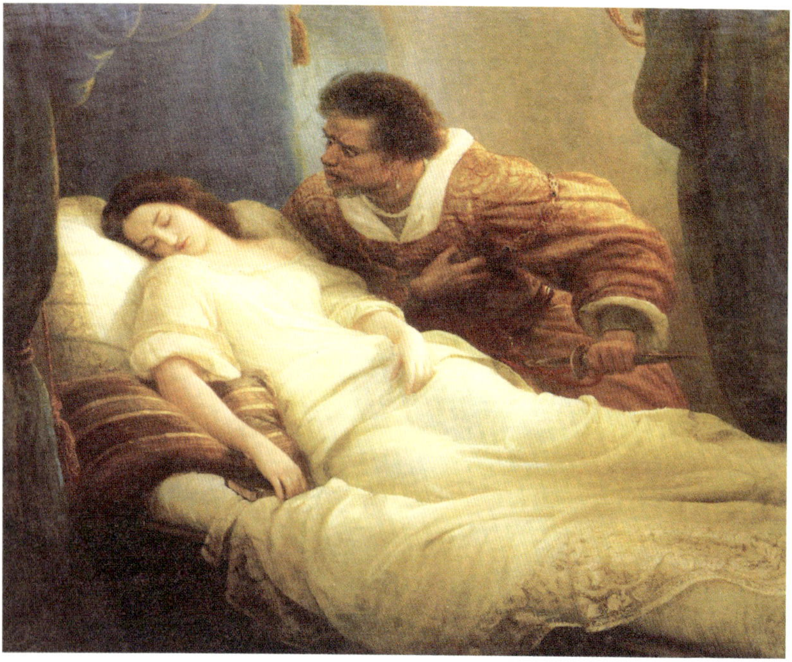

《奥瑟罗与睡熟的苔丝狄蒙娜》 克里斯蒂安·科勒绘
《奥瑟罗》 第5幕第2场

《国王与王妃面前的奥菲利娅》 班杰明·韦斯特绘
《哈姆雷特》 第4幕第5场

《朱丽叶》 约翰·威廉·沃特豪斯绘
《罗密欧与朱丽叶》

雨果·摩尔绘

《罗密欧与朱丽叶》 第2幕第5场

马瑟·布朗绘
《罗密欧与朱丽叶》 第2幕第6场

推荐序

朱生豪在世界书局出版的《莎士比亚戏剧全集》的“译者自序”中写道：

> 于世界文学史中，足以笼罩一世，凌越千古，卓然为词坛之宗匠，诗人之冠冕者，其唯希腊之荷马，意大利之但丁，英之莎士比亚，德之歌德乎。……然以超脱时空限制一点而论，则莎士比亚之成就，实远在三子之上。……故虽经三百余年以后，不仅其书为全世界文学之士所耽读，其剧本且在各国舞台与银幕上历久搬演而弗衰，盖由其作品中具有永久性与普遍性，故能深入人心如此耳。

这既是他对莎士比亚这位“词坛之宗匠，诗人之冠冕”艺术成就的认识和精当的评价，也为朱生豪所选择的人生道路做了很好的诠释。因为他发现：“历观坊间各译本，失之于粗疏草率者尚少，失之于拘泥生硬者实繁有徒。拘泥字句之结果，不仅原作神味，荡焉无存，甚且艰深晦涩，有若天书，令人不能卒读，此则译者之过，莎翁不能任其咎者也”，对于怀有满腔报国热情，却在社会现实的矛盾面前一度感到彷徨失落的文弱书生朱生豪来说，以他的整个生命之重来为中国人民奉上一部高质量的莎士比亚译作就是顺理成章的了。

朱生豪1912年出生于浙江嘉兴一个衰败中的商贾家庭。家境的窘迫加上幼失怙恃，使他过早地结束了无忧无虑的童年生活，并养成了沉默内向，然而外柔内刚的性格。

朱生豪从小即勤奋好学，文科成绩尤为突出，在嘉兴秀州中学就读时就在校刊《秀州钟》上发表过多篇诗文。1929年高中毕业时，学校认为这是不可多得的人才，保送他进入杭州之江大学继续深造，且为其争取到了四年八学期的全额奖学金，使他的才学得以在这“风景擅越南之美，人物尽江东之秀”的环境中继续提升。在钟钟山、夏承焘等名师的指点培育下，朱生豪的才学很快就在之江校园崭露头角，“一代词宗”夏承焘对他的诗论和其他诗文作品赞叹不已，在日记中称赞他是“之江办学数十年”来的“不易才”，认为他的“聪明才力，在余师友之间，不当以学生视之”。

在之江求学期间，朱生豪广泛地阅读了古今中外大量优秀的文学作品。特别是许多英国诗人的杰作，如雪莱、济慈、华兹华斯等，对他都有很大的影响。另外，他对莎士比亚的作品也产生了浓厚的兴趣，深为莎剧中深睿的人文主义内涵所吸引，正如他在“译者自序”中所说“余笃嗜莎剧，尝首尾研诵全集至十余遍，于原作精神，自觉颇有会心”。这为他后来走进莎士比亚的世界打下了早期的基础。

朱生豪在之江大学期间的另一件大事是结识了他事业上的知己和一生的伴侣，比他低三级的女诗人宋清如。

朱生豪就读大学的那几年，中华民族已经进入了多事之秋。特别是1931年的“九一八”事变，朱生豪和同学们无不义愤填膺，他们开展各种抗日救亡活动，期待着在完成学业以后能用自己的智慧和努力来改变现实，报效祖国和社会。

1933年朱生豪从之江大学毕业，怀着满腔热情，进入上海世界书局担任编译工作，希望通过勤恳的工作，为中华民族的文化事业作出自己的一份贡献。可是过不了多久，他就发现社会现实和他原来所想象的差距实在太大了。

他发现，在他的周围，只有那些靠投机钻营，玩弄权术的人能飞黄腾达，而像他那样老老实实勤奋工作的人却总是难以和周围的环境合拍，“总是吃瘪”；加上国际风云变幻莫测，日本帝国主义的势力步步深入，初到上海时的热情逐渐被难以排遣的压抑感所替代。看到了越来越多的社会腐败现象和越来越严重的民族危机，却苦于回天无术，报国无门，“孤独、寂寞、彷徨”在朱生豪的精神世界中占了主导的地位。

1935年，在上海的文化出版界被称为“翻译年”。这一年，上海的各大书局纷纷组织力量，译出了多种世界名著。当时世界书局的英文部负责人詹文浒先生对朱生豪的才学比较了解，建议他翻译《莎士比亚戏剧全集》。朱生豪对莎士比亚一向十分喜爱，清楚地了解莎士比亚作品在世界文学中的地位，加上他当时正需要有一个精神上的寄托，因此就欣然接受了建议。

朱生豪写信给当时在中央大学英文系读书的胞弟朱文振商议此事，文振弟曾听说日本人因为中国没有莎士比亚译本而讥笑中国文化的落后，因此大力支持他的决定，并把这一工作推崇为“民族英雄的事业”。这大大增加了朱生豪译莎的决心。

他在给宋清如的一封信中说：

> 你崇拜不崇拜民族英雄？舍弟说我将成为一个民族英雄，如果把Shakespeare（莎士比亚）译成功以后。因为某国人曾经说中国是无文化的国家，连老莎的译本都没有。我这两天大起劲……

原先常因报国无门而感到苦闷迷惑的朱生豪，这时候发现自己的工作可以为中国人争气，在精神上一改原先感到“孤独、寂寞、彷徨”的状况，充分显示了他那外柔内刚的性格，义无反顾地在这条路上走了下去。

此后，朱生豪一方面再次从头到尾反复研读莎士比亚作品原文，一方面又尽一切可能收集莎氏作品的不同版本、各种注释本和参考资料，并且废寝忘食地阅读、钻研、比较，积极地为译莎进行准备。1936年上半年正式动笔翻译。

他首先动手翻译的莎剧是《暴风雨》，这不仅因为在早先出版的莎士比亚全集中该剧本多被排在卷首，更因为在所有莎剧中，这是朱生豪最喜爱的一个剧本。这个莎士比亚晚年所写的传奇剧反映了作者在理想和现实的矛盾中难以找到出路时，希望到远离人间烟火的地方去寻求解脱的精神状况，和朱生豪从学校出来时的青春理想在社会现实面前处处碰壁产生的苦闷心情，是很自然会发生碰撞，产生共鸣的。

译完《暴风雨》以后，朱生豪又次第译出了《仲夏夜之梦》《威尼斯商人》《温莎的风流娘儿们》《无事烦恼》《皆大欢喜》和《第十二夜》等喜剧作品。按照他和书局商定的计划，全套《莎士比亚戏剧全集》拟分四个分册出版，分别为“喜剧”“悲剧”“史剧(英国史剧)”和“次要作品”(后来改称“杂剧”)。其中《暴风雨》虽然按照现代正统的文学理论不完全符合喜剧的特征,但毕竟也有大团圆的结局,当时也是归入第一分册“喜剧”中的。

有了精神上的寄托,朱生豪像是一台上足了发条的机器,译莎工作进行得很快,虽然基本上都得在业余时间进行。按照他的计划,只要没有意外,全部莎剧的翻译工作大概到1938年底就可以完成了。

但是历史没有给朱生豪这样的幸运,就在他基本上译完了计划编入第一分册的九个“喜剧”剧本时,1937年8月13日,日军制造事端,突然向上海发动进攻。朱生豪居住的虹口区汇山路一带正是首当其冲的地方,半夜里他在炮火声中仓皇出走,只带出了少许几件衣服和一本牛津版《莎士比亚全集》原著。世界书局总部也被日军占领并且放火烧过。朱生豪一年多来的译稿(已经交给书局)以及千辛万苦收集起来的各种版本的莎剧、参考资料及其他书籍用品等,全部毁于一旦。

此后,朱生豪回了嘉兴老家,于1938年初夏回到上海,继续为在孤岛(租界区)中恢复营业的世界书局工作,1939年9月又转入《中美日报》任编辑。

在逃难和回到上海工作期间,朱生豪并没有放下他的译笔,他还是从《暴风雨》开始,重新进行他的翻译工作。只是由于在《中美日报》时工作繁忙,进度相对要慢一些。

不幸再次降临到这位倔强的年轻人身上。1941年12月7日,日军偷袭珍珠港,正式对英美等盟国进入战争状态,上海租界区的“孤岛”也就不复存在了。次日凌晨,日军冲进中美日报馆,朱生豪杂在职工群中徒手逃出。存放在办公室里的所有译稿和参考资料再次遭到厄运，已经交给世界书局的译稿也大多散失，一切又回到了原点。

1942年5月1日，朱生豪和宋清如在上海举行了“简而又简”的婚礼后，就离开上海去江苏常熟宋清如的娘家暂住，1943年初，这对“才子佳人，柴米夫妻”又一起回到嘉兴老家，在这里，朱生豪进行了他译莎征程中的最后拼搏，也度过了他生命中的最后时光。

离开上海以后，朱生豪已经没有了其他工作的羁绊，可以把全部精力投入到他看得比生命还重的翻译工作中去了。虽然还得第三次从头开始，但前面一些剧本都不是新译，剧本的内容已经烂熟于心，所以进展还是相当快的。估计在常熟的半年里已经补译完了“第一分册”中的全部喜剧作品，而且已经译出了《罗密欧与朱丽叶》等一部分悲剧。

经过这些年的折腾，虽然译稿一再被毁，毕竟有了不少经验的积累，译笔更成熟，更老练了。但是由于客观条件所限，遇到的困难还是很大的。宋清如曾回忆说：“那时他仅有的工具书，只是两本词典——牛津词典和英汉四用辞典。既无其他可以参考的书籍，更没有可以探讨质疑的师友。他所耗费的精力，确实难以想象”。就在这样的条件下，他“埋头伏案，握管不辍”，到1944年初，继《罗密欧与朱丽叶》后，已经译完了莎士比亚的四大悲剧《汉姆莱脱》《李耳王》《奥瑟罗》和《麦克佩斯》，以及《该撒遇弑记》《女王殉爱记》等三本罗马史剧，还有《爱的徒劳》和《维洛那二士》等剧本。他估计如果进展顺利没有意外的话，到年底就可以把全部莎剧译完，从而大功告成了。其间世界书局也开始为全集的出版做准备，着手对已经完成的译稿进行排版并由宋清如代替译者本人进行校对，朱生豪还撰写了“译者自序”“莎翁年谱”及各分册的“提要”等。

翻译成果与日俱增，可是由于超强度的脑力支出，又加上由于经济窘迫而得不到必要的营养补充，朱生豪的身体日见虚弱，终于病倒了。到1944年6月初，在译完历史剧《约翰王》《理查二世》和《亨利四世》上下篇以及《亨利五世》的前两幕之后，朱生豪不得不放下了他的笔。经检查，他得的是肺结核、肠结核、肋膜结核的并发症，鉴于处在日寇占领区的现实和当时的经济状况，也完全没有条件使用对结核病比较有效的药物，如青链霉素等。拖到12月26日，朱生豪终于带着对娇妻稚子的不舍和因为没有能最终译完全部莎剧的遗憾离开了人世。他临终前曾表示：“早知一病不起，拼着命也要把它译完”。朱生豪译出全部莎剧的宏愿虽然功亏一篑，但他已经以他的生命之重为中华民族留下了一份珍贵的文化遗产！

抗日战争胜利后，世界书局于1947年出版了朱生豪翻译的《莎士比亚戏剧全集》第1–3辑。分别为“喜剧”“悲剧”和“杂剧”，共收入朱生豪译的莎剧27部。原来计划作为第3辑的英国史剧因为还没有全部译出，所以暂时没有出版。新中国成立后，人民文学出版社于1954年以作家出版社的名义出版了包括全部31部朱译莎剧的《莎士比亚戏剧集》，在书的“出版说明”中表示，该戏剧集曾对译本“略作必要的修订”。二十世纪六十年代，人民文学出版社组织了一批莎学专家对朱译莎剧进行了全面“校订”并补译了朱生豪未及译出的六个剧本和莎士比亚的全部诗作，原计划在1964年莎士比亚400周年诞辰的时候推出《莎士比亚全集》的，后来由于历史的原因，这部全集直到“文革”结束后的1978年才问世，成为我国第一部外国作家的全集。1998年和2015年，译林出版社和浙江工商大学出版社又对朱生豪的译作进行了新的校订和补译后，分别出版了新的《莎士比亚全集》。

朱生豪由于英年早逝，在翻译理论方面未能留下更多的论述。但在他的“译者自序”中也明确地表达了他对翻译工作的宗旨：

> 余译此书之宗旨，第一在求于最大可能之范围内，保持原作之神韵；必不得已而求其次，亦必以明白晓畅之字句，忠实传达原文之意趣；而于逐字逐句对照式之硬译，则未敢赞同。

“保持原作之神韵，传达原文之意趣”，朱生豪是这样主张的，在翻译实践中也确实是这样做的。

罗新璋先生1983年发表的论文《我国自成体系的翻译理论》指出，朱光潜提出的“神似”，傅雷提出的“传神”的翻译理论，是对严复提出的“信达雅”的翻译原则的突破。这种“神似神韵之说二三十年代就有人提过，但影响不大，一方面可能是表述上不够有力……更重要的，是那时的翻译实践还没有提供足够的令人信服的实例”。罗先生认为“神似神韵之说”最“令人瞩目的范例，就是以全部生命，倾毕生精力翻译莎士比亚的朱生豪”。也就是说朱生豪以自己的翻译实践，为在“信达雅”基础上更进一步的“神似神韵之说”的翻译理论作出了贡献。他对朱生豪译文的评价是“朱生豪译笔流畅，文辞华赡，善于保持原作的神韵，传达莎剧的气派”，说得十分中肯。朱生豪的译作在经过半个多世纪历史浪潮的淘洗后，还能得到越来越多读者的认可和喜爱，说明他翻译的宗旨和在这一宗旨主导下的翻译实践是成功的。

近年来莎学界和翻译界讨论较多的一个问题是翻译莎剧使用的文体问题。因为莎士比亚戏剧的台词主要是用Blank verse（素体诗）来表达的，那么如单从文体形式的对应性来说，自然是在译文中仍保留诗体为好。若能完美地做到这点当然是好事，但既要全面保留诗剧的形式，又要最大限度保留原著的韵味，还要适合中国读者的阅读欣赏，适合中国舞台的演出和观众的接受，确实很难全面照顾到。实际上，即使用诗体翻译，用什么格式的诗体才能和莎士比亚以Blank verse为主的诗体相对应，也是一个很难得出定论的问题。

朱生豪经过反复斟酌，还是决定主要以散文体来进行翻译。其实朱生豪在诗歌上是有很深造诣的，即使在他散文体的译文中，诗的韵味也很浓，曾有不止一家出版社出版过署名“朱生豪译”的莎士比亚的“抒情诗集”，其实只是把原来译成散文体的大段台词分行排成“诗”的形式而已，读起来也并不觉得不像诗。中国莎士比亚研究会副会长李伟民认为：“朱生豪的诗人气质和他所具有的中国古典文学修养，充分调动起莎剧汉语读者的审美感觉。莎士比亚的素体诗是五音步抑扬格，具有节奏感。朱生豪以散文译莎剧，诗意的审美超越了以诗体形式翻译的莎剧，虽然是散文形式，但读起来更有诗意感。即便是莎剧原文中基本不押韵的独白，在朱生豪的译文中也押了韵，而且换韵不多，这很适合汉语读者的审美习惯。”

原文中一些唱词等特殊的诗体段落，朱生豪仍是以诗体译出的，他在此更是发挥了驾驭文字的深厚功力，根据原诗的内容与表达的情绪，灵活地采用各种相应的体式，语气短促的可用四言诗经体，为抒发情感可用骚体，内容多的可用古体诗的形式来翻译，也有许多以自由诗甚至民间小调的形式译的。这些译诗完全融入了汉文化的情趣之中，而没有翻译文学中通常会出现的“洋味”和陌生感。这都是要以深厚的国学功底为基础的。

有一个较为突出的例子是悲剧《罗密欧与朱丽叶》的终场诗，朱生豪也是用诗体译出的，他的译文是：

清晨带来了凄凉的和解，
太阳也惨得在云中躲闪。
大家先回去发几声感慨，
该恕的、该罚的再听宣判。
古往今来多少离合悲欢，
谁曾见像这样哀怨辛酸！

这里原诗是五音部抑扬格的素体诗，大部分句子都是十个音节，译文则每行都是十个音节且有四个语顿，这虽然并不是汉诗中的固有格律，但却十分切近原文的体裁，诗味也很浓，可以说是在诗体方面的创造性发挥了。

当然，朱生豪的译作并不是完美无瑕的，正如他在“译者自序”中所说：“然才力所限，未能尽符理想；乡居僻陋，既无参考之书籍，又鲜质疑之师友。谬误之处，自知不免”。在那样困难的物质条件下进行的孤军奋斗，译作中的错漏之处确实是客观存在的。宋清如曾回忆说“原文中也偶然有近似‘插科打诨’或不堪雅驯之处，他往往大胆做出简略处理”，而1978年人民文学出版社和1998年译林出版社的《莎士比亚全集》，则由方平、方重、吴兴华、辜正坤、裘克安、沈林、何其莘等优秀学者专家们进行了校订，对完善朱译莎剧做出了杰出的贡献。

不过一切事物都有两面性，校订本在使原译作更加完善的同时，也不能不承认存在一些缺憾。除了众多的校订者有着语言风格上的差异外，还难免有一些“过度校订”的情况存在。有的是因为原译者和校订者看问题和理解的角度不同，本是可以从学术的角度进行探讨甚至“存异”的，并不是“非黑即白”的情况，但校订者按照自己的理解进行了改动，其实并无必要。还有些地方实际上还是校订者对原译文和原译者的意图并没有完全理解，改了以后反而偏离了原意，当然，这样的情况并不很多。

另一个比较突出的情况是，在校订过的译稿中，有许多地方是用了更能顺应当代读者的语言习惯，较为通俗易懂的词语替代了原译文中一些现代读者不很熟悉甚至很不熟悉的词语。这当然能使读者容易阅读和理解。

但我们知道，莎士比亚作品中所使用的词汇量在世界英语文学的作家中是首屈一指的。浩大的词汇量支撑了莎士比亚作品非凡的表现力，也是使莎士比亚作品成为经久不衰的艺术奇葩的重要因素之一。朱生豪的翻译业绩也是建立在他特别深厚的国学功底之上的，这其中也包括了他所熟练运用的超大的词汇量，使他能在传达莎剧的神韵和气派上运作自如。其中一些对当代读者已经比较陌生的带文言色彩的词语，若细细查考体味，可发现它们不但有典有出处，而且其表达的词义和韵味都恰到好处，非常贴切地传达了莎翁作品中的意境，该雅则可大雅，该俗则可大俗，读起来也是一种很独特的艺术享受。而把大量这样的词语改用了更通俗的表述，确实为读者减少了困难，降低了门槛，但也不免与这样的艺术享受失之交臂，所以是有得也有失的。

随着广大读者对朱生豪及其译作的进一步了解，有不少读者已经不能满足于经过“校订”的朱生豪译作，还希望能看到原汁原味朱生豪译的莎剧作品。

这套精编精校精排的作家榜版《莎士比亚悲剧喜剧全集》就是考虑了读者在这方面的需求，收入的是世界书局1947年版朱生豪原译作，仅为了方便读者，把一些剧名、人名、地名按照当代通用的译法做了改动，力求呈现给读者原汁原味的阅读感受。这并非最完美的译本，但仍能得到读者和学界的喜爱和高度评价，这正是朱译莎剧的魅力所在。

正如苏福忠先生所说，这是朱生豪消耗了“他二十二岁到三十二岁这样充满才情、诗意、热情、血气方刚而义无反顾的精华年龄段”，在我国文学园地里浇灌出来的一株奇葩。

朱尚刚

2017年8月14日于嘉兴

编者注：本推荐序作者为朱生豪、宋清如之子朱尚刚，现为中国莎士比亚研究会理事，浙江省作家协会会员，朱生豪故居管理所名誉所长。

译者自序

于世界文学史中，足以笼罩一世，凌越千古，卓然为词坛之宗匠，诗人之冠冕者，其唯希腊之荷马，意大利之但丁，英之莎士比亚，德之歌德乎。此四子者，各于其不同之时代及环境中，发为不朽之歌声。然荷马史诗中之英雄，既与吾人之现实生活相去过远，但丁之天堂地狱，复与近代思想诸多抵牾；歌德去吾人较近，彼实为近代精神之卓越的代表。然以超脱时空限制一点而论，则莎士比亚之成就，实远在三子之上。盖莎翁笔下之人物，虽多为古代之贵族阶级，然彼所发掘者，实为古今中外贵贱贫富人人所同具之人性。故虽经三百余年以后，不仅其书为全世界文学之士所耽读，其剧本且在各国舞台与银幕上历久搬演而弗衰，盖由其作品中具有永久性与普遍性，故能深入人心如此耳。

中国读者耳莎翁大名已久，文坛知名之士，亦尝将其作品，译出多种，然历观坊间各译本失之于粗疏草率者尚少，失之于拘泥生硬者实繁有徒。拘泥字句之结果，不仅原作神味，荡焉无存，甚且艰深晦涩，有若天书，令人不能卒读，此则译者之过，莎翁不能任其咎者也。

余笃嗜莎剧，尝首尾严诵全集至十余遍，于原作精神，自觉颇有会心。廿四年春，得前辈同事詹文浒先生之鼓励，始着手为翻译全集之尝试。越年战事发生，历年来辛苦搜集之各种莎集版本，及诸家注释考证批评之书，不下一二百册，悉数毁于炮火，仓卒中唯携出牛津版全集一册，及译稿数本而已。厥后转辗流徙，为生活而奔波，更无暇晷，以续未竟之志。及三十一年春，目睹事变日亟，闭户家居，摈绝外务，始得专心一志，致力译事。虽贫穷疾病，交相煎迫，而埋头伏案，握管不辍。凡前后历十年而全稿完成，夫以译莎工作之艰巨，十年之功，不可云久，然毕生精力，殆已尽注于兹矣。

余译此书之宗旨，第一在求于最大可能之范围内，保持原作之神韵；必不得已而求其次，亦必以明白晓畅之字句，忠实传达原文之意趣；而于逐字逐句对照式之硬译，则未敢赞同。凡遇原文中与中国语法不合之处，往往再四咀嚼，不惜全部更易原文之结构，务使作者之命意豁然呈露，不为晦涩之字句所掩蔽。每译一段竟，必先自拟为读者，察阅译文中有无暧昧不明之处。又必自拟为舞台上之演员，审辨语调之是否顺口，音节之是否调和，一字一句之未惬，往往苦思累日。然才力所限，未能尽符理想；乡居僻陋，既无参考之书籍，又鲜质疑之师友。谬误之处，自知不免。所望海内学人，惠予纠正，幸甚幸甚!

生豪书于三十三年四月

目录

CONTENTS

泰特斯·安德洛尼克斯

Vengeance is in my heart, death in my hand, blood and revenge are hammering in my head.

—— *Titus Andronicus*

杀人的恶念藏在我的心头，死亡握在我的手里，流血和复仇在我的脑中震荡。

——《泰特斯·安德洛尼克斯》

剧中人物

萨特尼纳斯	罗马前皇之子，后即位称帝
巴西安纳斯	萨特尼纳斯之弟，与拉维妮娅相恋
泰特斯·安德洛尼克斯	征讨哥特人之罗马大将
玛克斯·安德洛尼克斯	护民官，泰特斯之弟
路歇斯 **昆塔斯** **马歇斯** **缪歇斯**	泰特斯·安德洛尼克斯之子
小路歇斯	路歇斯之幼子
坡勃律斯	玛克斯·安德洛尼克斯之子
辛普洛涅斯 **卡厄斯** **凡伦丁**	泰特斯之亲族
伊米力斯	罗马贵族
阿拉勃斯 **狄米特律斯** **契伦**	塔摩拉之子
艾伦	摩尔人，塔摩拉之嬖奴

元老，护民官，使者，乡人及罗马人民等

哥特将士，罗马将士等

塔摩拉　哥特人之女王

拉维妮娅　泰特斯·安德洛尼克斯之女

乳媪，黑婴

地点

罗马及其附近郊野

第　一　幕

第一场
罗　马

〡安德洛尼克斯家族坟墓遥见。护民官及元老等列坐上方；萨特尼纳斯及其党徒自一门上，巴西安纳斯及其党徒自另一门上，各以旗鼓前导。

萨特尼纳斯　尊贵的卿士们，我的权利的保护人，用武器捍卫我的合法的要求吧；同胞们，我的亲爱的臣僚，用你们的宝剑争取我的继承的名分吧：我是罗马前皇的长子，让我父亲的尊荣继续存留在我的身上，不要让这时代遭受非礼的侮蔑。

巴西安纳斯　诸位罗马人，朋友们，同志们，我的权利的拥护者，要是巴西安纳斯，凯撒的儿子，曾经在尊贵的罗马眼中邀荷眷注，请你们守卫这一条通往圣殿的大路，不要让耻辱玷污皇座的尊严；这一个天命所集的位置，是应该为秉持正义、淡泊高尚的人所占有的。让功业德行在大公无私的选举中放射它的光辉；罗马人，你们的自由能否保全，在此一举，认清你们的目标而奋斗吧。

| 玛克斯 · 安德洛尼克斯捧皇冠自上方上。

玛克斯 两位皇子，你们各拥党羽，雄心勃勃地争取国柄和皇座，我们现在代表民众的立场，告诉你们：罗马人民已经众口一辞，公举素有忠诚之名的安德洛尼克斯作为统治罗马的君王，因为他曾经为罗马立下许多丰功伟绩，在今日的邦城之内，没有一个比他更高贵的男子，更英勇的战士。他这次从征讨野蛮的哥特人的辛苦的战役中，奉着元老院的召唤回国；凭着他们父子们使敌人破胆的声威，已经镇伏了一个悍强善战的民族。自从他为了罗马的光荣，开始出征、用武力膺惩我们敌人的骄傲以来，已经费去了十年的时间；他曾经五次流着血护送他的战死疆场的英勇的儿子们的灵梈回到罗马来；现在这位善良的安德洛尼克斯，雄名远播的泰特斯，终于满载着光荣的战利品，旌旗招展，奏凯班师了。凭着你们所希望克绳遗武的先皇陛下的名义，凭着你们在表面上尊崇的议会的权力，让我们请求你们各自退下，解散你们的随从，用和平而谦卑的态度，根据你们本身的才德，提出你们合法的要求。

萨特尼纳斯 这位护民官说得很好，他使我的心安静下来了！

巴西安纳斯 玛克斯·安德洛尼克斯，我信任你的公平正直；我敬爱你，也敬爱你的高贵的兄长泰特斯和他的英勇的儿子们，我尤其敬爱我所全心倾慕的温柔的拉维妮娅，罗马的贵重的珍饰；我愿意在这儿遣散我的亲爱的朋友们，把我的正当的要求委之于命运和人民的意旨。（巴西安纳斯党羽下）

萨特尼纳斯 朋友们，谢谢你们为了我的权利而如此出力，现在你们都退下去吧；我把自身的厉害，正义的存亡，都信托于祖国的公意了。（萨特尼纳斯党羽下）罗马，正像我对你深信不疑一样，愿你用公平仁爱的精神对待我。开门，让我进来。

巴西安纳斯 各位护民官，也让我这卑微的竞争者进来。（喇叭奏花腔；萨特尼纳斯、巴西安纳斯二人升阶入议会）

| 一将官上。

将官 罗马人，让开！善良的安德洛尼克斯，正义的保护者，罗马最好的战士，已经用他的宝剑征服罗马的敌人，带着光荣和幸运，战胜回来了。

| 鼓角齐鸣，马歇斯及缪歇斯前行，二人抬棺，棺上复黑布，路歇斯及昆塔斯随后。泰特斯 · 安德洛尼克斯领队，率塔摩拉、阿拉勃斯、契伦、狄米特律斯、艾伦及其他哥特俘虏续上，军士人民等后随。抬棺者将棺放下，泰特斯发言。

泰特斯 祝福，罗马，在你的丧服之中得到了胜利的光荣！瞧！像一艘满载着珍宝的巨船回到它最初启碇的口岸上一样，安德洛尼克斯戴着桂冠，用他的眼泪，因为生还罗马而流下的真诚的喜悦之泪，向他的祖国致敬了。这一座圣殿的伟大的保卫者啊，仁慈地鉴临着我们将要举行的仪式吧！罗马人，我曾经有二十五个勇敢的儿子，普里阿摩斯王①诸子的半数，瞧，现在活的死的，一共还剩多少！这几个活着的，让罗马用恩宠报答他们；这几个新近战死的，我要把他们葬在祖

---

① 普里阿摩斯王（Priam），特洛伊之王，赫克托（Hector）、帕里斯（Paris）等均为其子。

先的坟地上；哥特人已经允许我把我的宝剑插进鞘里了。泰特斯，你这不慈不爱的父亲，为什么你还不把你的儿子们安葬，害他们在可怕的冥河之滨徘徊？让他们长眠在他们兄弟的身旁吧。（开墓）沉默地会晤你们的亲人，平静地安睡啊，你们是为祖国而捐躯的！啊，埋藏着我所喜悦的神圣的仓库，正义和勇敢的美好的巢窟，你已经容纳了我多少个儿子，再也不会把他们还给我的了！

路歇斯 把哥特人中间最骄贵的俘虏交给我们，让我们砍下他的四肢，当着我们兄弟埋骨的坟墓之前把他烧死，作为献祭亡灵的礼品；让阴魂可以瞑目地下，不致于为祟人间。

泰特斯 我把生存的敌人中间最尊贵的一个交付给你，这位痛苦的女王的长子。

塔摩拉 且慢，罗马的兄弟们！仁慈的征服者，胜利的泰特斯，怜悯我所挥的眼泪，一个母亲为了哀痛她的儿子所挥的眼泪吧！要是你曾经爱过你的儿子，啊！请你想一想我的儿子对于我也是同样亲爱的。我们已经成为你的囚人，屈服于罗马的威力之下，被俘到罗马来，夸耀你的光荣的凯旋了；难道这还不够，而必须把我的儿子们屠戮在市街上，因为他们曾经为他们自己的国家出力吗？啊！要是在你们国中，为君主和国家而战，是一件应尽的责任，那么在我们国中也是一样的。安德洛尼克斯，不要用鲜血玷污你的坟墓。你要效法天神吗？你就该效法他们的慈悲；慈悲是高尚人格的真实的标记。尊贵的泰特斯，赦免我的长子吧！

泰特斯 您忍耐点儿吧，娘娘，原谅我。这些已死的都是他们的兄弟，你们哥特人曾经看见他们怎样以身殉国；现在他们为了已死的兄弟诚心要求一件祭礼，您的儿子已经被选中了，他必须用一死安慰那些愤懑的幽魂。

路歇斯 把他带下去！立刻生起火来；在一堆木柴之上，让我们用宝剑支解他的身体，直到烈火把他烧成一堆焦炭。（路歇斯、昆塔斯、马歇斯、缪歇斯牵阿拉勃斯下）

塔摩拉 啊，残酷的、伤天害理的行为！

契伦 西徐亚[1]的土人比得上他们一半野蛮吗？

狄米特律斯 不要把西徐亚和野心的罗马相比。阿拉勃斯去安息了，我们这些未死的囚徒，只有在泰特斯的狰狞的脸色之下颤栗。所以，母亲，我们还是坚决地希望着，那曾经帮助特洛伊王后[2]向色雷斯的暴君[3]复仇的天神，也会照顾塔摩拉，哥特人的女王，向她的敌人报复血海的深仇。

| 路歇斯、昆塔斯、马歇斯、缪歇斯各持血剑重上。

路歇斯 瞧，父亲，我们已经举行我们罗马的祭礼。阿拉勃斯的四肢都被我们割了下来，他的脏腑投在献祭的火焰之中，那烟气像燃烧的香料一样熏彻天空。现在我们只要送我们的兄弟入土，用高声的号角欢迎

① 西徐亚（Scythia），亚洲国名，往时为野蛮之游牧民族所居。
② 特洛伊王后指普里阿摩斯之后赫邱琶（Hecuba）。
③ 色雷斯（Thrace）的暴君，待考。

他们回到罗马来。

泰特斯 很好，让安德洛尼克斯向他们的灵魂作这一次最后的告别。（喇叭吹响，棺材下墓）在平和与光荣之中安息吧，我的孩儿们；罗马的最勇敢的战士，这儿你们受不到人世的侵害和意外的损伤，安息吧！这儿没有潜伏的阴谋，没有暗中生长的嫉妒，没有害人的毒药，没有风波，没有喧哗，只有沉默和永久的睡眠；在平和与光荣之中安息吧，我的孩儿们！

| 拉维妮娅上。

拉维妮娅 愿泰特斯将军在平安与光荣之中安享长年；我的尊贵的父亲，愿你生存着受世人的景仰！瞧！在这坟墓之前，我用一掬哀伤的眼泪向我的兄弟们致献我追思的敬礼；我还要跪在你的足下，用喜悦的眼泪浇洒泥土，因为你已经无恙归来。啊！用你胜利的手为我祝福吧！

泰特斯 仁慈的罗马，感谢你温情的庇护，为我保全了这一个暮年的安慰！拉维妮娅，生存吧；愿你的寿命超过你的父亲，你的贤淑的声名永垂不朽！

| 玛克斯·安德洛尼克斯及众护民官、萨特尼纳斯、巴西安纳斯及余人等重上。

玛克斯 泰特斯将军，我的亲爱的兄长，罗马眼中仁慈的胜利者，愿你长生！

泰特斯 谢谢，善良的护民官，玛克斯贤弟。

玛克斯 欢迎，侄儿们，你们这些奏凯回来的生存的英雄和流芳万世的长眠的壮士！你们为国奋身，国家一定会给你们同样隆重的褒赏；可是这庄严的葬礼，却是更肯定的凯旋，他们已经超登极乐，战胜命运的无常，永享不朽的荣名了。泰特斯·安德洛尼克斯，你一向就是罗马人民的公正的朋友，他们现在推举我，他们所信托的护民官，把这一件洁白无疵的长袍送给你，并且提出你的名字，和这两位前皇的世子并列，作为罗马皇位的候选人。所以，请你答应参加竞选，披上这件白袍，帮助无主的罗马得到一个元首吧。

泰特斯 罗马的光荣的身体上不该安放一颗老迈衰弱的头颅。为什么我要穿上这件长袍，连累你们呢？也许我今天受到推戴，明天就会撒手长逝，那不是又要害你们多费一番忙碌吗？罗马，我已经做了四十年你的军人，带领你的兵队东征西讨，不曾遭过败衄；我已经埋葬了二十一个在战场上建立功名、为了他们高贵的祖国而慷慨捐躯的英勇的儿子。给我一支荣誉的手杖，让我颐养我的晚年；不要给我统治世界的权标，那最后握着它的，各位大人，是一位聪明正直的君主。

玛克斯 泰特斯，你可以要求皇位，你的要求将被接受。

萨特尼纳斯 骄傲而野心的护民官，你有这样把握吗？

泰特斯 不要恼，萨特尼纳斯皇子。

萨特尼纳斯 罗马人，给我合法的权利。贵族们，拔出你们的剑来，直到萨特尼纳斯登上罗马的皇座，再把它们收入鞘中。安德洛尼克斯，我但愿把你送下地狱，要是你想夺取民众对我的信心！

路歇斯 骄傲的萨特尼纳斯，你还不知道光明磊落的泰特斯预备怎样照顾你，就这样口出狂言。

泰特斯 安心吧，皇子；我会使人民放弃他们原来的意见，使你重新得到他们的爱戴。

巴西安纳斯 安德洛尼克斯，我并不谄媚你，我只是尊敬你，我将要尊敬你直到我死去。要是你愿意率领你的友人加强我的阵营，我一定非常感激你；对于心地高尚的人，感谢是无上的酬报。

泰特斯 罗马的人民和各位在座的护民官，我要求你们的同意和赞助：你们愿意接受安德洛尼克斯的建议吗？

众护民官 为了使善良的安德洛尼克斯得到满足，为了庆贺他的安返罗马，人民愿意接受他所赞助的人。

泰特斯 诸位护民官，我谢谢你们；我要向你们提出这一个要求，请你们推戴你们前皇的长子萨特尼纳斯殿下，践履皇位；我希望他的贤德将会普照罗马，就像日光照射大地一样，在这国土之上结成公道的果实。要是你们愿意听从我的建议，就请把皇冠加在他的头上，高呼“吾皇万岁”！

玛克斯 在全国人民不分贵贱一致的推戴拥护之下，我们宣布萨特尼纳斯殿下为罗马伟大的皇帝；萨特尼纳斯吾皇万岁！（喇叭奏长花腔）

萨特尼纳斯 泰特斯·安德洛尼克斯，为了你今天推戴的功劳，我不但给你口头的感谢，还要在事实上报答你的好意。我要光大你的荣誉和你的家族的盛名，泰特斯，第一步我要使拉维妮娅做我的皇后，罗马的尊严的女主人，我的意中的爱宠；我要在神圣的万神殿中和她举行婚礼。告诉我，安德洛尼克斯，这建议使你满意吗？

泰特斯 是，陛下；蒙陛下不弃下婚，真是莫大的恩荣。当着罗马的人民之前，我把我的宝剑、我的战车和我的俘虏，这些适合于呈奉罗马皇座的礼物，献给萨特尼纳斯，我们全体国民的君王和主帅，统治这一个广大的世界的皇帝。请陛下鉴纳愚诚，接受我这卑微的贡献。

萨特尼纳斯 谢谢你，尊贵的泰特斯，我的生命的父亲！罗马的历史上将要记载我是多么欣幸于得到你和你的礼物；要是有一天我会忘记这些无言可喻的伟大的勋绩中的最微细的部分，那时候，罗马人，忘记你们对我应尽的忠诚吧。

泰特斯 （向塔摩拉）现在，娘娘，您是一个皇帝的俘虏了；他将要按照您的尊贵的地位，给您和您的从者们适当的礼遇。

萨特尼纳斯 好一个绝色的佳人；要是让我重新选择，这才是我所要选择的配偶。美貌的王后，扫清你脸上的愁云吧；虽然一时的胜败改变了你的处境，你不会在罗马遭受侮辱，各方面都要得到优渥的待遇。相信我的话，不要让懊恼消沉了你一切的希望；娘子，那能够使你享受比哥特人的女王更大的荣华的人在安慰你了。拉维妮娅，你听我这样说了，不会生气吗？

拉维妮娅 不，陛下；因为真实的高贵向我保证这些话不过表示着大度的谦恭。

萨特尼纳斯 谢谢，亲爱的拉维妮娅。罗马人，让我们走吧；这些俘虏都一起释放，不要他们的赎金。各位贤卿，叫喇叭和鼓声吹打起来，宣布我们今天的盛典。

（喇叭奏花腔。萨特尼纳斯向塔摩拉作手势求爱）

巴西安纳斯 泰特斯将军，恕我，这位女郎是属于我的。（夺拉维妮娅）

泰特斯 怎么，殿下！您不是在开玩笑吗？

巴西安纳斯 不，尊贵的泰特斯；我已经下了决心，坚持我的应有的权利。

玛克斯 物各有主，这位皇子夺回他自己的人并不是非法逾分的行为。

路歇斯 只要路歇斯活在世上，谁也不能阻止他。

泰特斯 好一伙反贼，都给我滚开！皇上的卫队呢？反了，陛下！拉维妮娅被人抢走了。

萨特尼纳斯 抢走了！什么人敢把她抢走？

巴西安纳斯 把她抢走的，是一个有权力把他的未婚妻带到远离人世的地方去的人。（玛克斯及巴西安纳斯挟拉维妮娅下）

缪歇斯 兄弟们，帮助他们护送她离开这地方，这一扇门归我仗剑把守。（路歇斯、昆塔斯、马歇斯同下）

泰特斯 跟我走，陛下，我立刻就去把她夺回来。

缪歇斯 父亲，您不能打这儿通过。

泰特斯 什么！逆子，不让我在罗马通行吗？（刺缪歇斯）

缪歇斯 救命，路歇斯，救命！（死）

| 路歇斯重上。

路歇斯 父亲，您太狠心了；您不该在无理的争吵中杀了您的儿子。

泰特斯 你、他，都不是我的儿子；我的儿子决不会给我这样的羞辱。反贼，快把拉维妮娅还给皇上。

路歇斯 您可以叫她死，却不能叫她放弃原来的婚约另嫁旁人。（下）

萨特尼纳斯 不，泰特斯，不；皇帝不需要她；她、你、你家里的人，我一个也用不到。我宁可信任一个曾经嘲笑我的人，可再也不愿相信你，或是你的叛逆傲慢的儿子们，你们都是故意这样串通了来羞辱我的。难道罗马只有一个萨特尼纳斯是可以给人玩弄的吗？安德洛尼克斯，像这样的行为也会当着我的面前干出来，怪不得你要向人夸口，说我的皇位是从你的手里求讨得来的了。

泰特斯 嗳哟！这一番责备的话是从哪里说起！

萨特尼纳斯 去吧；去把那朝秦暮楚的东西给那为了她挥刀舞剑的家伙吧。恭喜你招到一位勇敢的女婿，你的不法的儿子们可以有一个打架的对手，扰乱罗马国境之内的安宁了。

泰特斯 这些话就像剃刀一样，割痛了我的受伤的心。

萨特尼纳斯 所以，可爱的塔摩拉，哥特人的女王，你像庄严的菲苾[1]卓立在她周遭的女神之间一样，使罗马最美的妇人黯然失色，要是你不嫌唐突，瞧吧，我选择你，塔摩拉，做我的新娘，我将要把你立为罗马的皇后。说，哥特人的女王，你赞同我的选择吗？这儿我指着一切罗马的神明起誓，因为祭司和圣水无需远求，蜡烛点燃得这样光明，一切都已准备着迎

① 菲苾（Phoebe），月之女神，狄安娜（Diana）之别名。

迓许门[1]的降临；我要在这儿和我的新娘举行婚礼以后，再和她携手同出，巡行罗马的街道，跨进我的宫门。

塔摩拉 苍天在上，听我向罗马起誓，要是萨特尼纳斯宠纳哥特人的女王，她愿意做一个侍候他的意旨的奴婢，一个温柔体贴的保姆，一个爱护他的青春的慈母。

萨特尼纳斯 美貌的女王，登上万神殿去吧。各位贤卿，陪伴你们的皇帝和他的可爱的新娘一同进来；她是上天赐给萨特尼纳斯皇子的，他的智慧已经征服了她的命运。我们在圣殿之内，将要完成我们的婚礼。（除泰特斯外均下）

泰特斯 他不曾叫我去伺候这位新娘。泰特斯，你生平什么时候曾经众叛亲离，受到这样的羞辱？

|玛克斯、路歇斯、昆塔斯及马歇斯重上。

玛克斯 啊！泰特斯，瞧！啊！瞧你干了什么事啦；你已经在一场无理的争吵中杀死了一个贤德的儿子。

泰特斯 不，愚蠢的护民官，不；他不是我的儿子，你也不是我的兄弟，我一个也不认识你们；你们结党同谋，干出这样贻羞家门的事来；不肖的兄弟，不肖的儿子！

路歇斯 可是让我们按照他的身份把他埋了；把缪歇斯跟我们的兄弟们葬在一起吧。

泰特斯 反贼们，滚开！他不能安息在这座坟墓里。这巍峨的丘陇，已经经历了五百年的岁月，我曾经几度把

① 许门（Hymen），司婚姻之神。

它隆重修建，在这儿光荣地长眠着的，都是军人和罗马的忠仆，没有一个是在口角斗殴之中卑劣地丧命的。随便你们找一个什么地方把他埋葬了吧；这儿没有他的地位。

玛克斯 兄长，你这未免太没有亲情了。我的侄儿缪歇斯的行为可以替他自己辩护；他必须和他的兄弟们葬在一起。

昆塔斯
马歇斯 他必须和他们合葬，否则我们愿意和他同死。

泰特斯 他必须！哪一个混蛋敢说这句话？

昆塔斯 倘不是因为当着您的面前，说这句话的人一定要用行动力争它的实现。

泰特斯 什么！你们胆敢反抗我的意志把他埋葬吗？

玛克斯 不，尊贵的泰特斯；我们请求你宽恕缪歇斯，让我们把他葬了。

泰特斯 玛克斯，你也竟会向我这样公然挺撞，跟这些孩子们联合了来伤害我的荣誉；我把你们每一个人认为我的仇敌；不要再跟我纠缠了，一起给我滚吧！

马歇斯 他已经疯了；我们去吧。

昆塔斯 在缪歇斯的尸骨没有安葬以前，我是不去的。（玛克斯及泰特斯诸子下跪）

玛克斯 哥哥，让天性打动你的心，——

昆塔斯 爸爸，愿您俯念父子之情，——

泰特斯 算了，不要说下去了。

玛克斯 著名的泰特斯，我的大半个的灵魂，——

路歇斯 亲爱的爸爸，我们全体的灵魂和主脑，——

玛克斯 让你的兄弟玛克斯把他的英勇的侄儿安葬在这些忠臣义士的中间，因为他是为了拉维妮娅的缘故光荣地死去的。你是一个罗马人，不要像野蛮人一般；缪歇斯曾经是你所心爱的孩子，让他进入这一座墓门吧。

泰特斯 起来，玛克斯，起来。今天是我一生中最不幸的日子，在罗马被我的儿子们所羞辱！好，把他葬了，回头再来葬了我吧。（缪歇斯尸身置入墓中）

路歇斯 这儿长眠着你的骸骨，亲爱的缪歇斯，和你的亲人们在一起；等候着我们用战利品来装饰你的坟墓吧。

众人 （跪）没有人为英勇的缪歇斯流泪；他为正义而死，生存在荣誉之中。

玛克斯 把这些伤心的事情搁在一旁，兄长，那哥特人的狡猾的王后怎么一下子就在罗马遭蒙这样的恩宠？

泰特斯 我不知道，玛克斯；我只知道有这么一回事儿，天才知道这里头有没有什么诡计。她不是应该感激那使她得到这样极大幸运的人吗？

玛克斯 是的，她一定会重重酬答他的。

| 喇叭奏花腔。萨特尼纳斯率侍从及塔摩拉、狄米特律斯、契伦、艾伦等自一方上；巴西安纳斯、拉维妮娅及余人等自另一方重上。

萨特尼纳斯 好，巴西安纳斯，你已经夺到你的锦标；恭喜你得了一位美貌的新娘！

巴西安纳斯 我也要同样恭喜你，陛下！我没有别的话说，愿你快乐；再会。

萨特尼纳斯 反贼，要是罗马还有法律，我还有权力的话，你和你的同党少不得有一天会懊悔你的奸占的行为。

巴西安纳斯 陛下，我夺回明明和我订有婚约的爱人，现在她已成为我的妻子了，你却说这是奸占吗？可是让罗马的法律决定一切吧；我所占有的是属于我自己的。

萨特尼纳斯 很好，你敢在我面前这样放肆，总有一天我要叫你知道我的厉害。

巴西安纳斯 陛下，我所干的事，必须由我自己担当，决不诿卸我的责任。只有这一点是我希望你明白的：这位高贵的武士，泰特斯将军，是被你误解了，他在名誉上已经横蒙不白之冤；他为了尽忠于你，看见他的慷慨的许诺遭到意外的阻挠，在争夺拉维妮娅的企图之中，由于一时的气愤，已经亲手杀死了他的幼子；他已经用他一切的行为，证明他对于你和罗马是一个父亲和一个朋友了，萨特尼纳斯，不要错怪他吧。

泰特斯 巴西安纳斯皇子，不要为我的行为辩护；都是你和那一伙人使我遭到这样的羞辱。罗马和公正的天庭可以为我作证，我是多么敬爱萨特尼纳斯！

塔摩拉 陛下，要是塔摩拉曾经在你尊贵的眼中辱蒙见爱，请听我说一句没有偏心的话；亲爱的，听从我的请求，把已成过去的事情忘怀了吧。

萨特尼纳斯 什么，御妻！被人公然侮辱，却卑怯地不知报复，就这样隐忍了事吗？

塔摩拉 不是这样说，陛下；要是我使你做了不名誉的事，罗马的神明也会不容我的！可是我敢凭着我的荣誉担保善良的泰特斯将军在一切事情上都是无罪的，他的真诚的愤怒说明了他的内心的悲痛。所以，听从我的请求，用温和的眼光看待他吧；不要因为无稽的猜测而失去这样一个高贵的朋友，更不要用恼怒的脸色刺痛他的善良的心。（向萨特尼纳斯旁白）陛下，听我的话，不要固执，把你的一切愤恨暂时遮掩一下；你现在即位未久，不要把人民和贵族赶到泰特斯一方面去，使他们觉得你是忘恩负义而把你废黜，因为忘恩负义在罗马人看来是一桩极大的罪恶。听从我的请求，一切都在我的身上；我会有一天杀得他们一个不留，把他们的党羽和宗族剪除干净；那残忍的父亲，和他的叛逆的儿子们，我要叫他们抵偿我的爱子的性命，使他们知道让一个王后当街长跪，哀求他们俯赐矜怜而无动于衷，会有些什么报应。（高声）来，来，好皇帝；来，安德洛尼克斯；扶起这位好老人家来，安慰安慰他那在你满脸的怒色中濒于死去的心吧。

萨特尼纳斯 起来，泰特斯，起来；我的皇后已经把我说服了。

泰特斯 谢谢陛下和娘娘的恩典。这些仁慈的言语，温和的颜色，把新的生命注入我的身体之内了。

塔摩拉 泰特斯，我已经和罗马结为一体，现在我也是一个罗马人了，我必须为了皇上的好处，给他忠诚的劝告。从今天起，安德洛尼克斯，一切争执都消灭了。我的好陛下，我已经使你和你的朋友们言归于好，让这作为我的莫大的荣幸吧。至于你，巴西安纳斯皇子，我已经向皇上保证，今后你一定做一个驯良安分的人。不用担心，各位贤卿，还有你，拉维妮娅，大家听我的话，跪下来向皇上陛下求恕吧。

路歇斯 是，我们向上天和陛下起誓，我们刚才所干的事，都是为了我们的姊妹和我们自己的荣誉而不得不采取的行动，我们已经尽力检束自己，不使它过分越出了轨道。

玛克斯 我可以凭着我的名誉起誓。

萨特尼纳斯 去，不要说话了；少向我们烦渎些吧。

塔摩拉 不，不，好皇帝，我们必须大家都成好朋友。这位护民官和他的侄儿们都在向您跪求恩恕；您必须听我的话；好人儿，转过脸来吧。

萨特尼纳斯 玛克斯，既然我的可爱的塔摩拉向我这样请求，为了你的缘故，也为了你的兄长的缘故，我赦免了这些少年人的重罪；站起来。拉维妮娅，虽然你把我当作一个村夫似的丢弃了我，我已经找到一个爱我的人，我可以确实发誓当我离开祭司的时候，我不会仍然是一个单身的汉子。来，要是皇帝的宫廷里可以欢宴两个新娘，你，拉维妮娅，和你的亲友们都是我的宾客。今天将要成为一个释嫌修好的日子，塔摩拉。

泰特斯 明天陛下要是高兴的话，我愿意追随您出猎，打些豹子公鹿玩玩；我们将要用号角和猎犬的吠声向您道早安。

萨特尼纳斯 很好，泰特斯，谢谢你。（喇叭声；同下）

第　二　幕

第一场
罗马；皇宫前

| 艾伦上。

艾伦　现在塔摩拉已经登上了俄林波斯的峰巅，命运的箭镞再也不会伤害她；她高据宝座，不受震雷闪电的袭击，脸色惨白的嫉妒不能用威胁加到她的身上。正像金色的太阳向清晨敬礼，用它的光芒镀染海洋，驾着耀目的云车从黄道上疾驰飞过，高耸霄汉的山峰都在它的俯瞰之下；塔摩拉也正是这样，人世的尊荣听候着她的智慧的使唤，正义在她的颦蹙之下屈躬颤栗。那么，艾伦，鼓起你的勇气，现在正是你攀龙附凤的机会。你的主后已经长久成为你的俘虏，用色欲的锁链镣铐她自己，被艾伦的魅人的目光紧紧捆束，比缚在高加索山上的普罗米修斯[①]

① 普罗米修斯（Prometheus），希腊神话中半神性之巨人，因盗窃神火，为宙斯（Zeus）锁系高加索山上。

更难脱身；你只要抱着向上的决心，就可以升到和她同样高的位置。脱下奴隶的服装，摈弃卑贱的思想！我要大放光辉，满身插戴起耀目的金珠来，伺候这位新膺恩命的皇后。我说伺候吗？不，我要和这位女王，这位女神，这位仙娥，这位妖妇调情；她将要迷惑罗马的萨特尼纳斯，害得他国破身亡。嗳哟！这是一场什么风暴？

| 狄米特律斯及契伦争吵上。

狄米特律斯 契伦，你年纪太轻，智慧不足，礼貌全无，不要来妨碍我的好事。

契伦 狄米特律斯，你总是这样蛮不讲理，想用恐吓的手段压倒我。难道我比你小了一两岁，人家就会把我瞧不上眼，你就会比我更幸运吗？我也和你一样会向我的爱人献殷勤，为什么我就不配得到她的欢心？瞧吧，我的剑将要向你证明我对于拉维妮娅的热情。

艾伦 打！打！这些情人们一定要大闹一场哩。

狄米特律斯 嘿，孩子，虽然我们的母亲一时糊涂，给你佩带了一柄跳舞用的小剑，你却会不顾死活，用它来威吓你的兄长吗？算了吧，把你的玩意儿藏在鞘子里，等你懂得怎样使剑的时候再拿出来吧。

契伦 你不要瞧我没有本领，我要让你看看我的勇气。

狄米特律斯 哦，孩子，你居然变得这样勇敢了吗？（二人拔剑）

艾伦 嗳哟，怎么，两位王子！你们怎么敢在皇宫附近挥刀弄剑，公然争吵起来？你们反目的原因我完全知道；即使有人给我百万黄金，我也不愿让那些对于这件事情最有关系的人知道你们为什么发生争执；你们的母后也决不愿在罗马的宫廷里被人耻笑。好意思，还不把剑收起来！

狄米特律斯 不，我非得把我的剑插进他的胸膛，把他在这儿侮辱我的不逊之言灌进他自己的咽喉里去，决不罢手。

契伦 我已经完全准备好了，你这满口狂言的懦夫，你只会用一条舌头吓人，却不敢使用你的武器。

艾伦 快走，别闹了！凭着好战的哥特人所崇拜的神明起誓，这一场无聊的争吵要把我们一起都毁了。唉，哥儿们，你们没有想到侵害一位皇子的权利，是一件多么危险的事吗？嘿！难道拉维妮娅是一个放荡的淫妇，巴西安纳斯是一个下贱的庸夫，会容忍你们这样争风吃醋而恬不为意，不向你们问罪报复吗？少爷们，留心点儿吧！皇后要是知道了你们争吵的原因，看她不把你们骂得狗血喷头。

契伦 我不管，让她和全世界都知道，我是什么也不顾的；我爱拉维妮娅胜于整个的世界。

狄米特律斯 小子，你还是去选一个次等点儿的吧；拉维妮娅是你兄长看中的人。

艾伦 嗳哟，你们都疯了吗？难道你们不知道在罗马，人们是不能容忍情敌存在的吗？我告诉你们，两位王子，你们这样简直是自己讨死。

契伦 艾伦，为了得到我所心爱的人，叫我死一千次都愿意。

艾伦 得到你所心爱的人！怎么得到？

狄米特律斯 这有什么奇怪！她是个女人，所以可以向她调情；

她是个女人，所以可以把她勾搭上手；她是拉维妮娅，所以非爱不可。嘿，朋友！磨夫数不清磨机旁边滚过的流水；偷一个切开了的面包是毫不费事的。虽然巴西安纳斯是皇帝的兄弟，比他地位更高的人也曾戴过绿头巾。

艾伦 （旁白）嗯，这句话正好说在萨特尼纳斯身上。

狄米特律斯 那么一个人只要懂得怎样用美妙的言语、风流的仪表、大量的馈赠，猎取女人的心，他为什么要失望呢？嘿！你不是常常射中了一头母鹿，当着看守人的面前把她捉了去吗？

艾伦 啊，这样看来，你们还是应该乘人不备，把她抢夺过来的好。

契伦 嗯，要是这样可以使我们达到目的的话。

狄米特律斯 艾伦，你说得不错。

艾伦 那么你们为什么要吵个不休呢？听着，听着！你们难道都是傻子，为了这一些事情而互相闹起来吗？照我的意思，与其两败俱伤，还不如大家沾些实惠的好。

契伦 说老实话，那在我倒也无所不可。

狄米特律斯 我也不反对，只要我自己也有一份儿。

艾伦 好意思，赶快和和气气的，同心合作，把你们所争夺的人儿拿到手里再说；为了达到你们的目的，这是唯一的策略；你们必须抱定主意；既然事情不能完全适如你们的愿望，就该在可能的范围以内实现你们的企图。让我贡献你们这一个意见：这一位拉维妮娅，巴西安纳斯的爱妻，是比鲁克丽丝[①]更为贞洁的；与其在无望的相思中熬受着长期的痛苦，不如采取一种干脆爽快的行动。我已经想到一个办法了。两位王子，明天有一场盛大的狩猎，可爱的罗马女郎们都要一显身手；森林中的道路是广阔而宽大的，有许多人迹不到的所在，适宜于暴力和奸谋的活动。你们选定了这么一处地方，就把这头娇美的小鹿诱到那里去，要是不能用言语打动她的心，不妨用暴力满足你们的愿望；只有这一个办法可以有充分的把握。来，来，我们的皇后正在用她天赋的智慧，一心一意地计划着复仇的阴谋，让我们把我们想到的一切告诉她，她是决不容许你们同室操戈的，一定会供给我们一些很好的意见，使你们两人都能如愿以偿。皇帝的宫庭像荣誉女神的殿堂一样，充满着无数的唇舌耳目，树林却是冷酷无情，不闻不见的；勇敢的孩子们，你们在那里说话，动武，试探你们各人的机会吧，在蔽天的浓荫之下，发泄你们的情欲，从拉维妮娅的肉体上享受销魂的喜悦。

契伦 小子，你的主见很好，不失为一个痛快的办法。

狄米特律斯 不管良心上说得说不过去，我一定要找到这一个清凉我的欲焰的甘泉，这一道镇定我的情热的灵符。（同下）

---

① 鲁克丽丝（Lucrece），罗马传说中贞洁美慧之女郎，被达昆（Tarquin）所奸污。莎翁有长诗“鲁克丽丝失身记”（The Rape of Lucrece）咏其事。

第二场

森　林

〡内号角及猎犬吠声。泰特斯·安德洛尼克斯率从猎者及玛克斯、路歇斯、昆塔斯、马歇斯等同上。

泰特斯　猎人已经准备出发，清晨的天空泛出鱼肚色的曙光，田野间播散着芳香，树林是绿沉沉的一片。在这儿放开猎犬，让它们吠叫起来，催醒皇上和他的可爱的新娘，用号角的和鸣把皇子唤起，让整个宫庭都震响着回声。孩儿们，你们须要小心伺候皇上；昨天晚上我睡梦不安，可是天明已经鼓起我新的欢悦。（猎犬群吠，号角齐鸣）

〡萨特尼纳斯、塔摩拉、巴西安纳斯、拉维妮娅、狄米特律斯、契伦及侍从等上。

泰特斯　陛下早安！娘娘早安！我答应陛下用猎人的合奏乐把你们唤醒的。

萨特尼纳斯　你奏得很卖力，将军；可是对于新婚的少妇们，未免早得太杀风景了。

巴西安纳斯　拉维妮娅，你怎么说？

拉维妮娅　我说不；我已经完全清醒两个多时辰了。

萨特尼纳斯　那么来，备起马匹和车子来，我们立刻出发打猎去。（向塔摩拉）御妻，现在你可以看看我们罗马人的打猎了。

玛克斯　陛下，我有几头猛犬，善于搜逐最勇壮的豹子，攀登最峻峭的山崖。

泰特斯　我有几匹好马，能够绝尘飞步，像燕子一样掠过原野，追踪逃走的野兽。

狄米特律斯 （旁白）契伦，我们不用犬马打猎，我们的目的只是要捉住一头娇美的小鹿。（同下）

第三场

森林中之僻静部分

| 艾伦持黄金一袋上。

艾伦 聪明的人看见我把这许多金子埋在一株树下，自己将来永远没有享用它的机会，一定以为我是个没有头脑的傻瓜。让这样瞧不起我的人知道，这一堆金子是要铸出一个计策来的，要是这计策运用得巧妙，可以造成一件非常出色的恶事。躺着，好金子，让那得到这一笔从皇后的银箱里搬出来的布施的人不得安宁吧。（埋金）

| 塔摩拉上。

塔摩拉 我的可爱的艾伦，万物都在夸耀着它们的欢乐，你为什么郁郁不快呢？小鸟在每一株树上吟唱歌曲；花蛇卷起了身体安眠在温和的阳光之下；青青的树叶因凉风吹过而颤动，在地上织成了纵横交错的影子。在这样清静的树阴底下，艾伦，让我们坐下来；当饶舌的回声仿效着猎犬的长嗥，向和鸣的号角发出尖锐的答响，仿佛有两场狩猎正在同时进行的时候，让我们坐着倾听他们嘶叫的声音。正像狄

多[①]和她的流浪的王子[②]受到暴风雨的袭击，躲避在一座秘密的山洞里一样，我们也可以彼此拥抱在各人的怀里，在我们的游戏完毕以后，一同进入甜蜜的梦乡；猎犬，号角和婉转清吟的小鸟，合成了一阕催眠的歌曲，抚着我们安然睡去。

艾伦 娘娘，虽然维纳斯主宰着你的欲望，我的心却为撒登[③]所占领。我的凝止的眼睛，我的静默，我的阴沉的忧郁、我的根根竖起的蓬松的头发，就像展开了身体预备咬人的毒蛇一样，这些都表示着什么呢？不，娘娘，这些不是情欲的征兆；杀人的恶念藏在我的心头，死亡握在我的手里，流血和复仇在我的脑中震荡。听着，塔摩拉，我的灵魂的皇后，你的怀抱便是我的灵魂的归宿，它不希望更有其他的天堂；今天是巴西安纳斯的末日，他的菲罗墨拉[④]必须失去她的舌头，你的儿子们将要破坏她的贞操，在巴西安纳斯的血泊中洗手。你看见这封信吗？这里面藏着恶毒的阴谋，请你把它收起来交给那皇帝。不要多问，有人看见我们了；这儿来了一双我们安排捕捉的猎物，他们还没有想到他们生命的毁灭就

---

① 狄多（Dido），古希腊迦泰基（Carthage）女王，恋伊尼阿斯（Æneas）。

② 流浪的王子，维琪尔（Virgil）史诗*Æneid*中之英雄。

③ 撒登（Saturn），罗马农神，在星座中为土星；四方术士以为土星主命之人，多具有冷酷阴险之性格。

④ 菲罗墨拉（Philomela），古代传说中之亚的加（Attica）公主，其姊夫忒柔斯（Tereus）涎其美色，奸之而割其舌，菲罗墨拉以其遭遇织为文字，制衣赠其姊普洛克涅（Procne），普洛克涅杀子而与菲罗墨拉偕遁；天神闻其吁告，使菲罗墨拉化为夜莺，普洛克涅化为燕子。

在眼前。

塔摩拉 啊！我的亲爱的摩尔人，你是我的比生命更可爱的人儿。

艾伦 不要说下去啦，大皇后；巴西安纳斯来了。你先找一些借口，跟他拌起嘴来；我就去找你的儿子来帮你吵架。（下）

巴西安纳斯及拉维妮娅上。

巴西安纳斯 什么人在这儿？罗马的尊严的皇后，没有一个侍从卫护她吗？或者是狄安娜女神摹仿着她的装束，离开天上的树林，到这里的林中来参观我们的狩猎吗？

塔摩拉 好大胆的狂徒，竟敢窥探我的私人的行动！要是我有像人家所说狄安娜所有的那种力量，我就要立刻叫你的头上长起角来，让猎犬把你追逐，你这无礼的闯入者！

拉维妮娅 恕我说句话，好娘娘，人家都在疑心您跟您那摩尔人正在作什么实验，要替什么人安上角去呢。乔武保佑尊夫，让他今天不要被他的猎犬追逐！要是它们把他当作了一头公鹿，那可糟啦。

巴西安纳斯 相信我，娘娘，您那黑奴已经使您的名誉变了颜色，像他身体一样污秽可憎了。为什么您要摈斥您的侍从，降下您的雪白的骏马，让一个野蛮的摩尔人陪伴着您跑到这一个幽僻的所在，倘不是因为受着您的卑劣的欲念的引导？

拉维妮娅 因为你们的好事被我们撞破了，无怪您要嗔骂我的丈夫无礼啦。来，我们去吧，让她去和她的乌鸦一般的爱人尽情作乐；这幽谷是一个再适当不过的地方。

巴西安纳斯 我的皇兄必须知道这件事情。

拉维妮娅 好皇帝，遭到这样重大的耻辱！

塔摩拉 为什么我要忍受你们这样的侮蔑呢？

| 狄米特律斯及契伦上。

狄米特律斯 怎么，亲爱的母后！您的脸上为什么这样惨淡失色？

塔摩拉 你们想想我应不应该脸色惨淡？这两个人把我骗到了这个所在，一个荒凉可憎的幽谷！你们看，虽然是夏天，这些树木却是萧条而枯瘦的，青苔和寄生树侵蚀了它们的生机；这儿从来没有太阳照耀；这儿没有生物繁殖，除了夜枭和不祥的乌鸦。当他们把这个可怕的幽谷指点给我看的时候，他们告诉我，这儿在沉寂的深宵，有一千个妖魔、一千条嘶嘶作声的蛇、一万只臃肿的虾蟆，一万只刺蜎，同时发出惊人而杂乱的叫声，无论什么人一听见了，不是立刻发疯就要当场吓死。他们告诉了我这样可怕的故事以后，就对我说，他们要把我缚在一株阴森的杉树上，让我在这种恐怖之中死去；于是他们称我为万恶的淫妇，放荡的哥特女人，和一切诸如此类凡是人们耳中所曾经听见过的最恶毒的名字；倘不是神奇的命运使你们到这里来，他们早就向我下这样的毒手了。你们要是爱你们母亲的生命，快替我复仇吧，否则从此以后，你们再也不能算是我的孩子了。

狄米特律斯 这可以证明我是你的儿子。（刺巴西安纳斯）

契伦 这一剑直中要害，可以证明我的本领。（刺巴西安纳斯，巴西安纳斯死）

拉维妮娅 啊，来，妖妇！不，野蛮的塔摩拉，因为只有你自己的名字最能够表现你恶毒的天性。

塔摩拉 把你的短剑给我；你们将要知道，我的孩子们，你们的母亲将要亲手报复仇恨。

狄米特律斯 且慢，母亲，我们还不能就让她这样死了；先把谷粒打出，然后再把稻草烧去。这丫头自负贞洁，胆敢冲撞母后，难道我们就让她带着她的贞洁到她的坟墓里去吗？

契伦 要是让她这样清清白白死去，我宁愿我是一个太监。把她的丈夫拖到一个僻静的洞里，让他的尸体作为我们纵欲的枕垫吧。

塔摩拉 可是当你们采到了你们所需要的蜜汁以后，不要放这黄蜂活命；她的刺会伤害我们的。

契伦 您放心吧，母亲，我们决不留着她来危害我们。来，娘子，现在我们要用强力欣赏欣赏您那用心保存着的贞洁了。

拉维妮娅 啊，塔摩拉！你生着一张女人的脸孔，——

塔摩拉 我不要听她说话；把她带下去！

拉维妮娅 两位好王子，求求她听我说一句话。

狄米特律斯 听着，美人儿。母亲，她的流泪便是您的光荣；但愿她的泪点滴在您的心上，就像雨点打在无情的顽石上一样。

拉维妮娅 乳虎也会教训起它的母亲来了吗？啊！不要学她的残暴；是她把你教成这个样子；你从她胸前吮吸的乳汁都变成了石块；当你乳哺的时候，你的凶恶的天性已经锻成了。可是每一个母亲不一定生同样的儿子；

（向契伦）你求求她显出一点女人的慈悲来吧！

契伦 什么！你要我证明我自己是一个异种吗？

拉维妮娅 不错！乌鸦是孵不出云雀来的。可是我听见人家说，狮子受到慈悲心的感动，会容忍它的尊严的脚爪被人剪去；唉！要是果然有这样的事，那就好了。有人说，乌鸦常常抚育被遗弃的孤雏，却让自己的小鸟在巢中受饿；啊！虽然你的冷酷的心不许你对我这样仁慈，可是请你稍微发一点怜悯吧！

塔摩拉 我不知道怜悯是什么意思；把她带下去！

拉维妮娅 啊，让我劝导你！看在我父亲的脸上，他曾经在可以把你杀死的时候宽宥了你的生命，不要固执，开开你的聋去了的耳朵吧！

塔摩拉 即使你自己从不曾得罪我，为了他的缘故，我也不能对你容情。记着，孩子们，我徒然抛掷了滔滔的热泪，想要把你们的哥哥从罗马人的血祭中间拯救出来，却不能使凶恶的安德洛尼克斯改变他的初衷。所以，把她带下去，尽你们的意思蹂躏她；你们越是把她作践得痛快，我越是喜爱你们。

拉维妮娅 塔摩拉啊！愿你被称为一位仁慈的皇后，用你自己的手就在这地方杀了我吧！因为我向你苦苦哀求的并不是生命，当巴西安纳斯死了以后，可怜的我活着也就和死去一般了。

塔摩拉 那么你求些什么呢？傻女人，放了我。

拉维妮娅 我要求立刻的死；我还要求一件女人的羞耻使我不能出口的事。啊！不要让我在他们手里遭受比死还难堪的羞辱；把我丢在一个污秽的地窟里，永不要让人们的眼睛看见我的身体；做一个慈悲的杀人犯，答应我这一个要求吧！

塔摩拉 那么我就要剥夺了我的好儿子们的利权了。不，让他们在你的身上满足他们的欲望吧。

狄米特律斯 快去！你已经使我们在这儿等得太久了。

拉维妮娅 没有慈悲！没有妇道！啊，禽兽不如的东西，全体女性的污点和仇敌！——

契伦 哼，那么我可要塞住你的嘴了。哥哥，你把她丈夫的尸体搬过来；这就是艾伦叫我们把他掩埋的地窟。（狄米特律斯将巴西安纳斯尸体掷入穴内；狄米特律斯、契伦二人拖拉维妮娅同下）

塔摩拉 再会，我的孩子们；留心不要放她逃走。让我的心头永远不知道有愉快存在，除非安德洛尼克斯全家死得不留一人。现在我要去找我的可爱的摩尔人，让我的暴怒的儿子们去攀折这一枝败柳残花。（下）

| 艾伦率昆塔斯及马歇斯同上。

艾伦 来，两位公子，看谁走得快，我立刻就可以带领你们到那我看见有一头豹子在那儿熟睡的洞口。

昆塔斯 我的眼光十分模糊，不知道是什么预兆。

马歇斯 我也是这样。说来惭愧，我真想停止打猎，找个地方瞌睡一会儿。（失足跌入穴内）

昆塔斯 什么！你跌下去了吗？这是一个什么幽深莫测的地穴，洞口遮满了蔓生的荆棘，那叶子上还染着一滴滴的鲜血，像花瓣上的朝露一样新鲜？看上去这似乎是一处很危险的所在。说呀，兄弟，你跌伤了没有？

马歇斯 啊，哥哥！我碰在一件东西上碰伤了，这东西瞧上去才叫人触目惊心。

艾伦 （旁白）现在我要去把那皇帝带来，让他看见他们在这里，他一定会猜想是他们两人杀死了他的兄弟。（下）

马歇斯 你为什么不安慰安慰我，帮助我从这邪恶的血污的地穴里出来？

昆塔斯 一阵无端的恐惧侵袭着我，冷汗淋透了我的颤栗的全身；我的眼前虽然一无所见，我的心里却充满了惊疑。

马歇斯 为了证明你有一颗善于预料的心，请你和艾伦两人向这地穴里一望，就可以看见一幅血与死的可怖的景象。

昆塔斯 艾伦已经去了；我的恻隐之心使我不忍观望那在推测之中已经使我颤栗的情状。啊！告诉我是怎么一回事；我从来不曾像现在一样孩子气，害怕着我所不知道的事情。

马歇斯 巴西安纳斯殿下僵卧在这可憎的黑暗的饮血的地穴里，知觉全无，像一头被宰的羔羊。

昆塔斯 地穴既然是黑暗的，你怎么知道是他？

马歇斯 在他的流血的手指上戴着一枚宝石的指环，它的光彩照亮了地窟的全部；正像一支墓穴里的蜡烛一般，它照出了已死者的泥土色的脸颊，也照见了地窟里凌乱的一切；当皮拉摩斯[①]躺在处女的血泊中的

---

① 皮拉摩斯（Pyramus），传说中提斯柏之情人，与其所爱女郎双双情死，事见《仲夏夜之梦》。

晚上，那月亮的颜色也是这么惨淡的。啊，哥哥！恐惧已经使我失去力气，要是你也是这样，赶快用你无力的手把我拉出了这个吃人的洞府，它像一张喷着妖雾的魔口一样可怕的。

昆塔斯 把你的手伸上来给我抓住了，好让我拉你出来，否则因为我自己也提不起劲儿，怕会翻下了这个幽深的黑洞，可怜的巴西安纳斯的坟墓里去。我没有力气把你拉上洞口。

马歇斯 没有你的帮助，我也没有力气爬上来。

昆塔斯 再把你的手给我；这回我倘不把你拉出洞外，拼着自己也跌下去，再不放松了。（跌入穴内）

| 艾伦率萨特尼纳斯重上。

萨特尼纳斯 跟我来；我要看看这儿是个什么洞，跳下去的是个什么人。喂，你是什么人，跳下了这个地窟里去？

马歇斯 我是老安德洛尼克斯的倒霉的儿子，在一个不幸的时辰被人带到这里来，发现你的兄弟巴西安纳斯死了。

萨特尼纳斯 我的兄弟死了！我知道你在开玩笑。他跟他的夫人都在这猎场北首的茅屋里，我在那里离开他们还不上一小时。

马歇斯 我们不知道你在什么地方看见他们好好儿地活着；可是唉！我们却在这里看见他死了。

| 塔摩拉率侍从及泰特斯·安德洛尼克斯、路歇斯同上。

塔摩拉 我的皇上在什么地方？

萨特尼纳斯 这儿，塔摩拉；重大的悲哀使我痛不欲生。

塔摩拉 你的兄弟巴西安纳斯呢？

萨特尼纳斯 你触到了我的心底的创痛；可怜的巴西安纳斯躺在

这儿被人谋杀了。

塔摩拉 那么我把这一封致命的书信送来得太迟了，（以一信交萨特尼纳斯）这里面藏着造成这一幕出人意外的悲剧的阴谋；真奇怪，一个人可以用满脸的微笑，遮掩着这种杀人的恶意。

萨特尼纳斯 “万一事情决裂，好猎人，请你替他掘下坟墓；我们说的是巴西安纳斯，你懂得我们的意思。在那复罩着巴西安纳斯葬身的地穴的一株大树底下，你只要拨开那些荨麻，便可以找到你的酬劳。照我们的话办了，你就是我们永久的朋友。”啊，塔摩拉！你听见过这样的话吗？这就是那个地穴，这就是那株大树。来，你们大家快去给我搜寻那杀死巴西安纳斯的猎人。

艾伦 启禀陛下，这儿有一袋金子。

萨特尼纳斯 （向泰特斯）都是你生下这一双狼心狗肺的孽畜，把我的兄弟害了。来，把他们从这地穴里拖出来，关在监牢里，等我们想出一些闻所未闻的酷刑来处置他们。

塔摩拉 什么！他们就在这地穴里吗？啊，怪事！杀了人这么容易就发觉了！

泰特斯 陛下，让我这衰弱的双膝向您下跪，用我不轻抛掷的眼泪请求这一个恩典：要是我这两个罪该万死的逆子果然犯下了这样重大的过恶，要是有确实的证据证明他们的罪状，——

萨特尼纳斯 要是有确实的证据！事实还不够明白吗？这封信是谁找到的？塔摩拉，是你吗？

塔摩拉 安德洛尼克斯自己从地上拾起来的。

泰特斯 是我拾起来的，陛下。可是让我做他们的保人吧；凭着我的祖先的坟墓起誓，他们一定随时听候着陛下的传唤，准备用他们的生命洗刷他们的嫌疑。

萨特尼纳斯 你不能保释他们。跟我来；把被害者的尸体抬走，那两个凶手也带了去。不要让他们说一句话；他们的罪状已经很明显了。凭着我的灵魂起誓，要是人间有比死更痛苦的结局，我一定要叫他们尝尝那样的滋味。

塔摩拉 安德洛尼克斯，我会向皇上说情的；不要为你的儿子们担忧，他们一定可以平安无事。

泰特斯 来，路歇斯，来；快走，别跟他们说话。（各下）

第四场
森林的另一部分

| 狄米特律斯、契伦及拉维妮娅上；拉维妮娅已遭奸污，两手及舌均被割去。

狄米特律斯 现在你的舌头要是还会讲话，你去告诉人家谁奸污你的身体，割去你的舌头吧。

契伦 要是你的断臂还会握笔，把你心里的话写了出来吧。

狄米特律斯 瞧，她还会做手势呢。

契伦 回家去，叫他们替你拿些香水洗手。

狄米特律斯 她没有舌头可以叫，也没有手可以洗，所以我们还是让她静悄悄地走她的路吧。

契伦 要是我在她的地位，我一定去上吊了。

狄米特律斯 那还要看你有没有手可以帮助你把绳上打结。（狄米特律斯、契伦同下）

| 玛克斯上。

玛克斯 这是谁，跑得这么快？是我的侄女吗？侄女，跟你说一句话；你的丈夫呢？要是我在做梦，但愿我所有的财富能够把我惊醒！要是我现在醒着，但愿一颗行星砸在我头上，让我从此长眠不醒！说，温柔的侄女，哪一只凶狠无情的毒手砍去了你身体上秀美的双肢，那一对可爱的装饰品，它们的柔荫的环抱之中，是君王们所追求的温柔仙境？为什么不对我说话？嗳哟！一道殷红的血流，像被风激起泡沫的泉水一样，在你的两片蔷薇色的嘴唇之间浮沉起伏，随着你的甘美的呼吸而涨落。一定是那一个忒柔斯蹂躏了你，因为怕你宣布他的罪恶，才把你的舌头割下。啊！现在你因为羞愧而把你的脸转过去了；虽然你的血从三处管孔里同时奔涌，你的脸庞仍然像迎着浮云的太阳的酡颜一样绯红。要不要我替你说话？要不要我说，事情果然是这样的？唉！但愿我知道你的心思；但愿我知道那害你的禽兽，那么我也好痛骂他一顿，出出我的气恨。郁结不发的悲哀正像闷塞了的火炉一样，会把一颗心烧成灰烬。美丽的菲罗墨拉不过失去了她的舌头，她却会不怕厌烦，一针一线地织出她的悲惨的遭遇；可是，可爱的侄女，你已经拈不起针线来了，你所遇见的是一个更奸恶的忒柔斯，他已经把你那比菲罗墨拉更善于针织的娇美的手指截去了。啊！

要是那恶魔曾经看见这双百合花一样的纤手像颤栗的白杨叶般弹弄着琵琶，使那一根根丝弦乐于和它们亲吻，他一定不忍伤害它们；要是他曾经听见从那美妙的舌端吐露出来的天乐，他一定会丢下他的刀子，昏昏沉沉地睡去。来，让我们去，使你的父亲成为盲目吧，因为这样的惨状是会使一个父亲的眼睛昏眩的；一小时的暴风雨就会淹没了芬芳的牧场，你父亲的眼睛怎么经得起经年累月的泪涛泛滥呢？不要退后，因为我们将要陪着你悲伤；唉！要是我们的悲伤能够减轻你的痛苦就好了！（同下）

第　三　幕

第一场
罗马街道

| 元老、护民官及法警等押马歇斯及昆塔斯绑缚上，向刑场前进；泰特斯前行哀求。

泰特斯　听我，尊严的父老们！尊贵的护民官们，等一等！可怜我这一把年纪吧！当你们高枕安卧的时候，我曾经在危险的沙场上抛掷我的青春；为了我在罗马伟大的战役中所流的血，为了我枕戈待旦的一切霜露的深宵，为了现在你们所看见的，这些填满在我脸上衰老的皱纹里的苦泪，求求你们向我这两个定了罪的儿子大发慈悲吧，他们的灵魂并不像你们所想象的那样堕落的。我已经失去了二十二个儿子，我不曾为他们流一点泪，因为他们是死在光荣的高贵的眠床上。为了这两个，这两个，各位护民官，（投身地上）我在泥土上写下我的深心的苦痛和我的灵魂的悲哀之泪。让我的眼泪浇息了大地的干渴，我的孩子们的亲爱的血液将会使它羞愧而脸红。

（元老、护民官等及二囚犯同下）大地啊！从我这两口古罂之中，我要倾泻出比四月的春天更多的雨水灌溉你；在苦旱的夏天，我要继续向你淋洒；在冬天我要用热泪融化冰雪，让永久的春光留驻在你的脸上，只要你拒绝喝下我的亲爱的孩子们的血液。

| 路歇斯拔剑上。

泰特斯 可尊敬的护民官啊！善良的父老们啊！松了我的孩子们的绑缚，撤销死罪的判决吧！让我这从未流泪的人说，我的眼泪现在变成打动人心的辩士了。

路歇斯 父亲啊，您这样哀哭是无济于事的；护民官们听不见您，一个人也不在近旁；您在向一块石头诉述您的悲哀。

泰特斯 啊！路歇斯，让我为你的兄弟们哀求。尊严的护民官们，我再向你们作一次求告——

路歇斯 父亲，没有一个护民官在听您说话哩。

泰特斯 嗨，那又有什么关系呢？即使他们听见，他们也不会注意我的话；即使他们注意我的话，他们也不会怜悯我；可是我必须向他们哀求，虽然我的哀求是毫无结果的。所以我向石块们诉述我的悲哀，它们不能解除我的痛苦，可是比起那些护民官来还是略胜一筹，因为它们不会打断我的话头；当我哭泣的时候，它们谦卑地在我的脚边承受我的眼泪，仿佛在陪着我哭泣一般；要是它们也披上了庄严的法服，罗马没有一个护民官可以比得上它们；石块是像蜡一样柔软的，护民官的心肠却比石块更坚硬；石块是沉默而不会侵害他人的，护民官却会掉弄他们的舌头，把无辜的人们宣判死刑。（起立）可是你为什么把你的剑拔在手里？

路歇斯 我想去把我的两个兄弟劫救出来；那些法官们因为我作了这样的尝试，已经宣布把我永远放逐。

泰特斯 幸运的人啊！他们在照顾你哩。嘿，愚笨的路歇斯，你不看见罗马只是一大片猛虎出没的荒野吗？猛虎是一定要饱腹的；罗马除了我和我们一家的人以外，再没有别的猎物可以充塞它们的馋吻了。你现在放逐他乡，远离这些吃人的野兽，才是多大的幸运！可是谁跟着我的兄弟玛克斯来啦？

| 玛克斯及拉维妮娅上。

玛克斯 泰特斯，让你的老眼准备流泪，要不然的话，让你高贵的心准备碎裂吧；我带了毁灭你的暮年的悲哀来了。

泰特斯 它会毁灭我吗？那么让我看看。

玛克斯 这本来是你的女儿。

泰特斯 嗳哟，玛克斯，她现在还是我的女儿。

路歇斯 好惨！我可受不住啦。

泰特斯 没有勇气的孩子，起来，瞧着她。说，拉维妮娅，哪一只可咒诅的毒手使你在你父亲的眼前变成一个没有手的人？哪一个傻子挑了水倒在海里，或是向火光烛天的特洛伊城中丢进一束柴去？在你未来以前，我的悲哀已经达到了顶点，现在它像尼罗河一般，泛滥过一切的界限了。给我一柄剑，我要把我的手也砍下了；因为它们曾经为罗马出过死力，结果却是一无所得；在无益的祈求中，我曾经把它们高高举起，可是它们对我一点没有用处；现在我所要叫它们做的唯一的事，是让这一只手把那一只手砍了。拉维妮娅，你没有手也好，因为曾经为国家出力的手，在罗马是不被重视的。

路歇斯 说，温柔的妹妹，谁害得你这个样子？

玛克斯 啊！那善于用敏妙的辩才宣达她的思想的可爱的器官，那曾经用柔曼的歌声迷醉世人耳朵的娇鸣的小鸟，已经从那美好的笼子里拉去了。

路歇斯 啊！你替她说，谁干了这样的事？

玛克斯 啊！我看见她在林子里仓皇奔走，正像现在这样子，想要把自己躲藏起来，就像一头鹿受到了不治的重伤一样。

泰特斯 那是我的爱宠；谁伤害了她，给我的痛苦甚于杀死我自己。现在我像一个人站在一块岩石上一样，周围是一片汪洋的大海，那海潮愈涨愈高，每一秒钟都会有一阵无情的浪涛把他卷下了白茫茫的波心。我的不幸的儿子们已经从这一条路上向死亡走去了；这儿站着我的另一个儿子，一个被放逐的流亡者；这儿站着我的兄弟，为了我的厄运而悲泣；可是那使我的心灵受到最大的打击的，却是亲爱的拉维妮娅，比我的灵魂更亲爱的。要是我看见人家在图画里把你画成这个样子，它也会使我发疯；现在我看见你这一副活生生的惨状，我应该怎样才好呢？你没有手可以揩去你的眼泪，也没有舌头可以告诉我谁害了你。你的丈夫，他已经死了，为了他的死你的兄弟们也被判死罪，这时候也早没有命了。瞧！玛克斯；啊！路歇斯我儿，瞧着她：当我提起她的兄弟们的时候，新的眼泪又滚下她的颊上，正像甘露滴在一朵被人攀折的憔悴的百合花上一样。

玛克斯 也许她流泪是因为他们杀死了她的丈夫；也许因为她知道他们是无罪的。

泰特斯 要是他们果然杀死了你的丈夫，那么高兴起来吧，因为法律已经给他们惩罚了。不，不，他们不会干这样卑劣的行为；瞧他们的姊姊在流露着多大的伤心。温柔的拉维妮娅，让我吻你的嘴唇，或者指示我怎样可以给你一些安慰。要不要让你的好叔父，你的哥哥路歇斯，还有你，我，大家在一个水池旁边团团坐下，瞧瞧我们映在水中的脸庞，瞧它们怎样为泪痕所污，正像洪水新退以后，牧场上还残留着许多潮湿的黏土一样？我们要不要向着池水伤心落泪，让那澄澈的流泉失去它的清冽的味道，变成一泓咸水？或者我们要不要也像你一样砍下我们的手？或是咬下我们的舌头，在无言的沉默中消度我们可憎的残生？我们应该怎样做？让我们这些有舌的人商议出一些更多的苦难来加在我们自己身上，留供后世人们嗟叹吧。

路歇斯 好爸爸，别哭了吧；瞧我那可怜的妹妹又被您逗得呜咽痛哭起来了。

玛克斯 宽心点儿，亲爱的侄女。好泰特斯，揩干你的眼睛。

泰特斯 啊！玛克斯，玛克斯，弟弟；我知道你的手帕再也收不进我的一滴眼泪，因为你，可怜的人，已经用你自己的眼泪把它浸透了。

路歇斯 啊！我的拉维妮娅，让我揩干你的脸庞吧。

泰特斯 瞧，玛克斯，瞧！我懂得她的意思。要是她会讲话，她现在要对她的哥哥这样说：他的手帕已经满揾着他的伤心的眼泪，拭不干她颊上的悲哀了。唉！纵然我们彼此相怜，谁都是爱莫能助，正像地狱底的幽魂盼不到天堂的幸福。

丨艾伦上。

艾伦 泰特斯·安德洛尼克斯，我奉皇上之命，向你传达他的旨意：要是你爱你那两个儿子，只要让玛克斯，路歇斯，或是你自己，年老的泰特斯，你们任何一人砍下一只手来，送到皇上面前，他就可以赦免你的儿子们的死罪，把他们送还给你。

泰特斯 啊，仁慈的皇帝！啊，善良的艾伦！乌鸦也会唱出云雀的歌声，报知日出的喜讯吗？很好，我愿意把我的手献给皇上。好艾伦，你肯帮助我把它砍下来吗？

路歇斯 且慢，父亲！您那高贵的手曾经推倒无数的敌人，不能把它砍下，还是让我的手代替了吧。我比您年轻力壮，流一些血还不大要紧，所以应该让我的手去救赎我的兄弟们的生命。

玛克斯 你们两人的手谁不曾保卫罗马，高挥着流血的战斧，在敌人的堡垒上写下了毁灭的命运？啊！你们两人的手都曾建立赫赫的功业，我的手却无所事事，让它去赎免我的侄儿们的死罪吧；那么我总算也叫它干了一件有意义的事了。

艾伦 来，来，快些决定把哪一个人的手送去，否则也许敕令未下，他们早已死了。

玛克斯 把我的手送去。

路歇斯 凭着上天起誓，这不能。

泰特斯 你们别闹啦；像这样的枯枝败梗，才是适宜于樵夫的刀斧的，还是把我的手送去吧。

路歇斯 好爸爸，要是您承认我是您的儿子，让我把我的兄弟们从死亡之下救赎出来。

玛克斯 为了我们去世父母的缘故，让我现在向你表示一个兄弟的友爱。

泰特斯 那么由你们两人去决定吧！我就保留下我的手。

路歇斯 那么我去找一柄斧头来。

玛克斯 可是那斧头是要让我用的。（路歇斯、玛克斯下）

泰特斯 过来，艾伦；我要把他们两人都骗了过去。帮我一帮，我就把我的手给你。

艾伦 （旁白）要是那也算是欺骗的话，我宁愿一生一世做个老实人，再也不这样欺骗人家；可是我要用另一种手段欺骗你，不上半小时就可以让你见个分晓。（砍下泰特斯手）

| 路歇斯及玛克斯重上。

泰特斯 现在你们也不用争执了，应该做的事情已经做好。好艾伦，把我的手献给皇上陛下，对他说那是一只曾经替他抵御过一千种危险的手，叫他把它埋了；它应该享受更大的荣宠，这样的要求是不该拒绝的。至于我的儿子们，你说我认为他们是用低微的代价买来的珍宝，可是因为我用自己的血肉换到他们的生命，所以他们的价值仍然是贵重的。

艾伦 我去了，安德洛尼克斯；你牺牲了一只手，等着它换来你的两个儿子吧。（旁白）我的意思是说他们的头。啊！我一想到这一场恶计，就觉得浑身通泰。让傻瓜们去行善，让小白脸儿们去向神明献媚吧，艾伦宁愿让他的灵魂黑得像他脸庞一样。（下）

泰特斯 啊！我向天举起这一只手，把这衰老的残躯向大地俯伏：要是哪一尊神明怜悯我这不幸的人所挥的眼泪，我要向他祈求！（向拉维妮娅）什么！你也要陪着我下跪吗？很好，亲爱的，因为上天将要垂听我们的祷告，否则我们要用叹息嘘成浓雾，把天空遮得一片昏沉，使太阳失去它的光辉，正像有时浮云把它拥抱起来一样。

玛克斯 唉！哥哥，不要疯疯癫癫地讲这些无关实际的话了；让理智控制你的悲痛吧。

泰特斯 要是理智可以向我解释这一切灾祸，我就可以约束我的悲痛。当上天哭泣的时候，地上不是要泛滥着大水吗？当狂风怒号的时候，大海不是要发起疯来，鼓起了它的脸庞向天空恫吓吗？你要知道我这样叫闹的理由吗？我就是海；听她的叹息在刮着多大的风；她是哭泣的天空，我就是大地；我这海水不能不被她的叹息所激动，我这大地不能不因为她的不断的流泪而泛滥沉没，因为我的肠胃容纳不下她的辛酸，我必须像一个醉汉似的把它们呕吐出来。所以由着我吧，因为失败的人必须得到许可，让他们用愤怒的言辞发泄他们的怨气。

| 一使者持二头一手上。

使者 尊贵的安德洛尼克斯，你把一只好端端的手砍下来献给皇上，白白作了一次无益的牺牲。这儿是你那两个好儿子的头颅，这儿是你自己的手，为了讥笑你的缘故，他们叫我把它们送还给你。你的悲哀是他们的玩笑，你的决心被他们所揶揄；我一想到你的种种不幸就觉得伤心，简直比回忆我的父亲的死还要难过。（下）

玛克斯 现在让埃特那火山在西西里冷却，让我的心变成一座永远焚烧的地狱吧！这些灾祸不是人力所能忍受的。陪着哭泣的人流泪，多少会使他感到几分安慰，可是满心的怨苦被人嘲笑，却是双重的死刑。

路歇斯 唉！这样的惨状能够使人心魂摧裂，可憎恶的生命却还是守住这皮囊不肯脱离；生活已经失去了意义，却还要在这世上吞吐着这一口气，做一个活受罪的死鬼。（拉维妮娅吻泰特斯）

玛克斯 唉，可怜的人儿！这一个吻正像把一块冰送进饿蛇的嘴里，一点不能安慰他。

泰特斯 这可怕的噩梦几时才可以做完呢？

玛克斯 现在再用不着自己欺骗自己了。死吧，安德洛尼克斯；你不是在做梦。瞧，你的两个儿子的头，你的握惯刀剑的手，这儿还有你的被人残害了的女儿；你那一个被放逐的儿子，看着这种惨酷的情景，已经脸无人色了；你的兄弟，我，也像一座石像一般无言而僵冷。啊！现在我再不劝你抑制你的悲哀了。撕下你的银色的头发，用你的牙齿咬着你那残余的一只手吧；让这凄凉的景象闭住了我们生不逢辰的眼睛！现在是掀起风暴来的时候，你为什么一声不响呢？

泰特斯 哈哈哈！

玛克斯 你为什么笑？这在现在是不相宜的。

泰特斯 嘿，我的泪已经流完了；而且这悲哀是一个敌人，它会窃据我的潮润的眼睛，用滔滔的泪雨蒙蔽我的视觉，使我找不到复仇的路径。因为这两颗头颅似乎在向我说话，恐吓我要是我不让那些害苦我们的人亲身遍历我们现在所受的一切惨痛，我将要永远享不到天堂的幸福。来，让我想一想我应该怎样进行我的工作。你们这些忧郁的人，都来聚集在我的周围，我要对着你们每一个人用我的灵魂宣誓，我将要为你们复仇。我的誓已经发下了。来，兄弟，你拿着一颗头；我用这一只手托住那一颗头。拉维妮娅，你也要帮我们做些事情，把我的手衔在你的嘴里，好孩子。至于你，孩子，赶快离开我的眼前吧；你是一个被放逐的人，你不能停留在这里。到哥特人那边去，调集起一支军队来。要是你爱我，让我们一吻而别，因为我们还有许多事情要做哩。

（泰特斯、玛克斯、拉维妮娅同下）

路歇斯 别了，安德洛尼克斯，我的高贵的父亲，罗马最不幸的人！别了，骄傲的罗马！路歇斯舍弃了他的比生命更宝贵的亲人，有一天他将要重新回来。别了，拉维妮娅，我的贤淑的妹妹；啊！但愿你仍旧像从前一样！可是现在路歇斯和拉维妮娅都必须被世人所遗忘，在痛苦的忧愁里度日了。要是路歇斯不死，他一定会为你复仇，叫那骄傲的萨特尼纳斯

和他的皇后在罗马城前匍匐求怜。现在我要到哥特人那边去调集军队，向罗马和萨特尼纳斯报复这天大的奇冤。（下）

第二场

同前；泰特斯家中一室，桌上餐肴罗列

泰特斯、玛克斯、拉维妮娅及小路歇斯上。

泰特斯 好，好，现在坐下来；你们不要吃得太多，只要能够维持我们充分的精力，报复我们的大仇深恨就得啦。玛克斯，放开你那被悲哀纠结着的双手；你的侄女跟我两个人，可怜的东西，都是缺手的人，不能用交叉的手臂表示我们十重的悲伤。我只剩下这一只可怜的右手，在我的胸前逞弄它的威风；当我的心因为载不起如许的苦痛而在我的肉体的囚室里疯狂跳跃的时候，我这手就会把它使劲捶打下去。（向拉维妮娅）你这苦恼的化身，你在用符号向我们说话吗？你的意思是说，当你那可怜的心发狂般跳跃的时候，你不能捶打它叫它静止下来。用叹息刺伤它，孩子，用呻吟杀死它吧；或者你可以用你的牙齿咬起一柄小刀来，对准你的心口划一个洞，让你那可怜的眼睛里流下来的眼泪一起从这洞里滚进去，让这痛哭的愚人在苦涩的泪海里淹死。

玛克斯 嗳，哥哥，嗳！不要教她下这样无情的毒手，摧残她娇嫩的生命。

泰特斯 怎么！悲哀已经使你变得糊涂起来了吗？嗨，玛克斯，除了我一个人之外，别人是谁也不应该发疯的。她能够下什么毒手去摧残她自己的生命？啊！为什么你一定要提起这个“手”字？你要叫埃涅阿斯把特洛伊焚烧的故事从头讲起吗？啊！不要谈到这个题目，不要讲什么手呀手的，使我们永远记得我们是没有手的人。呸！呸！我在说些什么疯话，好像要是玛克斯不提起手字，我们就会忘记我们没有手似的。来，大家吃吧；好孩子，吃了这个。这儿酒也没有。听，玛克斯，她在说些什么话；我能够解释她这残废的身体上所作出的种种符号：她说她的唯一的饮料只是那和着悲哀酿就，淋漓在她颊上的眼泪。无言的诉苦者，我要熟习你的思想，像乞食的隐士娴于祷告一般充分了解你的沉默的动作；无论你吐一声叹息，或是把你的断臂向天高举，或是霎一霎眼，点一点头，屈膝下跪，或者作出任何的符号，我都要竭力探究出它的意义，用耐心的学习寻求一个确当的解释。

小路歇斯 好爷爷，不要老是伤心痛哭了；讲一个有趣的故事让我的姑姑快乐快乐吧。

玛克斯 唉！这小小的孩子也受到感动，瞧着他爷爷那种伤心的样子而掉下泪来了。

泰特斯 不要响，小东西；你是用眼泪塑成的，眼泪会把你的生命很快地融化了。（玛克斯以刀击餐盆）玛克斯，你在用刀子打些什么？

玛克斯 一只苍蝇，哥哥；我已经把它打死了。

泰特斯 该死的凶手！你刺中我的心了。我的眼睛已经看饱了凶恶的暴行；杀戮无辜的人是不配做泰特斯的兄弟的。出去，我不要跟你在一起。

玛克斯 唉！哥哥，我不过打死了一头苍蝇。

泰特斯 可是假如那苍蝇也有父亲母亲呢？可怜的善良的苍蝇！它飞到这儿来，用它可爱的嗡嗡的吟诵娱乐我们，你却把它打死了！

玛克斯 恕我，哥哥；那是一头黑色的丑恶的苍蝇，有点儿像那皇后身边的摩尔人，所以我才打死它。

泰特斯 哦，哦，哦！那么请你原谅我，我错怪你了，因为你做的是一件好事。把你的刀给我，我要侮辱侮辱他；用虚伪的想象欺骗我自己，就像它是那摩尔人，存心要来毒死我一样。这一刀是给你自己的，这一刀是给塔摩拉的，啊，好小子！可是难道我们已经变得这样卑怯，用两个人的力量去杀死一头苍蝇，只是因为它的形状像一个黑炭似的摩尔人吗？

玛克斯 唉，可怜的人！悲哀已经把他磨折成这个样子，使他把幻影认为真实了。

泰特斯 来，把这些东西撤下去。拉维妮娅，跟我到你的闺房里去；我要陪着你读一些古代悲哀的故事。来，孩子，跟我去；你的眼睛是明亮的，当我的目光昏花的时候，你就接着我读下去。（同下）

第 四 幕

第一场

罗马；泰特斯家花园

| 泰特斯及玛克斯上。小路歇斯后上，拉维妮娅奔随其后。

小路歇斯 救命，爷爷，救命！我的姑姑拉维妮娅到处追着我，不知道为了什么缘故。好玛克斯公公，瞧她跑得多么快。唉！好姑姑，我不知道您是什么意思哩。

玛克斯 站在我的身边，路歇斯；不要怕你的姑姑。

泰特斯 她是非常爱你的，孩子，决不会伤害你。

小路歇斯 嗯，当我的爸爸在罗马的时候，她是很爱我的。

玛克斯 我的侄女拉维妮娅作着这些符号，是什么意思呢？

泰特斯 不要怕她，路歇斯。她总有一番意思。瞧，路歇斯，瞧她多么疼你；她要你跟她到什么地方去。唉！孩子，她曾经比一个母亲教导她的儿子还要用心地读给你听那些美妙的诗歌和名人的演说哩。

玛克斯 你猜不出她为什么这样追随着你吗？

小路歇斯 公公，我不知道，我也猜不出，除非她发了疯了；因为我常常听见爷爷说，过分的悲哀会叫人发疯；

我也曾在书上读到，特洛伊的赫卡柏王后因为伤心而变得疯狂；所以我有点害怕，虽然我知道我的好姑姑是像我自己的妈妈一般爱我的，倘不是发了疯，决不会把我吓得丢下了书本逃走。可是好姑姑，您不要见怪；要是玛克斯公公肯陪着我，我是愿意跟您去的。

玛克斯 路歇斯，我陪着你就是了。（拉维妮娅以足踢路歇斯落下之书）

泰特斯 怎么，拉维妮娅！玛克斯，这是什么意思？她要看这儿的一本什么书。女儿，你要看哪一本？孩子，你替她翻开来吧。可是这些是小孩子念的书，你是要读高深一点儿的；来，到我的书斋里去拣选吧。读书可以帮助你忘记你的悲哀，耐心地等候着上天把恶人的阴谋暴露出来的一日。为什么她接连几次举起她的手臂来？

玛克斯 我想她的意思是说参与这件暴行的不止一个人；嗯，一定不止一人；否则她就是求告上天为她复仇。

泰特斯 路歇斯，她在不断踢动着的是本什么书？

小路歇斯 爷爷，那是奥维德的《变形记》，是我的妈妈给我的。

玛克斯 也许她因为对于去世者的眷念，特意选择了它。

泰特斯 且慢！瞧她在多么忙碌地翻动着书页！（助拉维妮娅翻书）她要找些什么？拉维妮娅，要不要我读这一段？这是菲罗墨拉的悲惨的故事，讲到忒柔斯怎样用奸计把她奸污；我怕你的遭遇也是和她同样的。

玛克斯 瞧，哥哥，瞧！她在指点着书上的文句。

泰特斯 拉维妮娅，好孩子，你也像菲罗墨拉一样，在冷酷，广大而幽暗的树林里，遭到了强徒的暴力，被他污毁了你的身体吗？瞧，瞧！嗯，在我们打猎的地方，正有这样一个所在——啊！要是我们从来不曾在那地方打猎多好！——就像诗人在这儿描写的一样，天生就给恶徒们杀人行暴的所在。

玛克斯 唉！人自然为什么要设下这样一个罪恶的陷阱？难道天神们也是喜欢悲剧的吗？

泰特斯 好孩子，这儿都是自己人，你用符号告诉我们是哪一个罗马贵人敢做下这样的事；是不是萨特尼纳斯效法往昔的塔昆，偷偷地跑出了自己的营帐，在鲁克丽丝的床上干那罪恶的行为？

玛克斯 坐下来，好侄女；哥哥，你也坐下了。阿波罗，帕拉斯，乔武，麦鸠利，求你们启发我的心，让我探出这奸谋的究竟！哥哥，瞧这儿；瞧这儿，拉维妮娅：这是一块平坦的沙地，看我怎样在它上面写字。（以口衔杖，以足拨动，使于沙上写字）我已经不用手的帮助，把我的名字写下来了。该死的恶人，使我们不得不用这种方法传达我们的心思！好侄女，你也照着我的样子把那害你的家伙的名字写出来，我们一定替你复仇。愿上天指导着你的笔，让它表白出你的冤情，使我们知道谁是真正的凶徒！（拉维妮娅衔杖口中，以断臂拨杖成字）

泰特斯 啊！兄弟，你看见她写些什么吗？“契伦，狄米特律斯”。

玛克斯 什么，什么！塔摩拉的荒淫的儿子们是干下这件惨无人道的行为的罪人吗？

泰特斯 统治万民的伟大的天神，你听见这样的惨事，看见这样的暴行吗？

玛克斯 啊！安静一些，哥哥；虽然我知道写在这地上的这几个字，可以在最驯良的心中激起一场叛乱，使柔弱的婴孩发出不平的呼声。哥哥，让我们一同跪下；拉维妮娅，你也跪下来；好孩子，罗马未来的勇士，你也跪下来；大家跟着我向天发誓，我们一定要运用我们的智谋心力，向这些奸恶的哥特人报复我们切身的仇恨，否则到死也不瞑目。

泰特斯 要是你知道用什么方法可以达到我们的目的，那当然没有问题；可是当你追捕这两头小熊的时候，留心吧，那母熊是会醒来的，要是她嗅到了你的气息。她现在正和狮子勾结得非常亲密，向他施展出种种迷人的手段，当他睡熟以后，她就可以为所欲为了。你是一个经验不足的猎人，玛克斯，还是少管闲事吧。来，我要去拿一片铜箔，用钢铁的尖镞把这两个名字刻在上面藏起来；一阵怒号的北风吹起，这些沙土就要漫天飞扬，那时候你到哪儿去找寻它们呢？孩子，你怎样说？

小路歇斯 我说，爷爷，倘然我不是这样年纪小，这些恶奴即使躲在他们母亲的房间里，我也决不放过他们。

玛克斯 嗯，那才是我的好孩子！你的父亲也是常常为了他的忘恩的祖国而出生入死、不顾一切危险的。

小路歇斯 公公，要是我长大了，我一定也要这样。

泰特斯 来，跟我到我的武库里去；路歇斯，我要替你拣一副兵器，而且我还要叫我的孩子替我送一些礼物去给那皇后的两个儿子哩。来，来，你愿意替我干这一件差使吗？

小路歇斯 嗯，爷爷，我愿意把我的刀子插进他们的心口里去。

泰特斯 不，孩子，不是这样说；我要教你另外一种办法。拉维妮娅，来。玛克斯，你在我家里看守看守；路歇斯跟我要到宫庭里去拼他一拼。嗯，是的，我们要去拼他一拼。（泰特斯、拉维妮娅及小路歇斯下）

玛克斯 天啊！你能够听见一个好人的呻吟，却对他一点不动怜悯之心吗？悲哀在他心上刻下的创痕，比战士盾牌上的剑孔更多；看他疯疯癫癫的，不知要闹些什么出来，玛克斯，你得留心看好他才是。天啊，为年老的安德洛尼克斯复仇吧！（下）

第二场

同前；宫中一室

｜艾伦、狄米特律斯及契伦自一方上；小路歇斯及一侍从持武器一束及诗句一纸自另一方上。

契伦 狄米特律斯，这是路歇斯的儿子，他要来送一个信给我们。

艾伦 嗯，一定是他的疯爷爷叫他送什么疯信来了。

小路歇斯 两位王子，安德洛尼克斯叫我来向你们致敬。（旁白）求求罗马的神明下天雷打死你们！

狄米特律斯 谢谢你，可爱的路歇斯；你给我们带些什么消息来了？

小路歇斯　（旁白）你们两个人已经确定是两个强奸命妇的凶徒，这就是消息。（高声）家祖父叫我多多拜上两位王子，他说你们都是英俊的青年，罗马的干城，叫我把他武库里几件最好的武器送给你们，以备不时之需，请两位千万收下了。现在我就向你们告别；（旁白）你们这一对该死的恶棍！（小路歇斯及侍从下）

狄米特律斯　这是什么？一卷纸头，上面还写着诗句？让我们看看：——（读）

弓伸天讨剑诛贼，

抉尽神奸巨憝心。

契伦　哦！这是两句贺拉斯的诗，我早就在文法书上念过了。

艾伦　嗯，不错，是两句贺拉斯的诗；你说得对。（旁白）嘿，一个人做了蠢驴又有什么办法！这可不是开玩笑的事！那老头儿已经发现了他们的罪恶，把这些兵器送给他们，还题上这样的句子，明明是揭破他们的秘密，他们却还一点没有知觉。要是我们聪明的皇后也在这儿的话，她一定会佩服安德洛尼克斯的才情；可是现在她正在不得好过，还是不要惊动她吧。（向狄米特律斯、契伦）两位小王子，那引导我们到罗马来的，不是一颗幸运的星吗？我们本来只是些异邦的俘虏，现在却享有着这样的尊荣，就是我也敢在宫门之前把那护民官辱骂，不怕被他的哥哥听见，好不畅快。

狄米特律斯　可是尤其使我高兴的这样一位了不得的大人物现在也会卑躬屈节，向我们送礼献媚了。

艾伦 难道他没有理由吗，狄米特律斯王子？你们不是很看得起他的女儿吗？

狄米特律斯 我希望我们有一千个罗马女人给我们照样玩弄，轮流做我们泄欲的工具。

契伦 好一个普渡众生的多情宏愿！

艾伦 可惜你们的母亲不在跟前，少了一个说“阿门”的人。

狄米特律斯 来，让我们去为我们正在生产的苦痛中的亲爱的母亲向诸神祈祷吧。

艾伦 （旁白）还是去向魔鬼祈祷的好；天神们早已舍弃我们了。（喇叭声）

狄米特律斯 为什么皇帝的喇叭吹得这样响？

契伦 恐怕是庆祝皇帝新添了一位太子。

狄米特律斯 且慢！谁来了？

| 乳媪抱黑婴上。

乳媪 早安，各位大爷。啊！告诉我，你们看见那摩尔人艾伦吗？

艾伦 呃，远在天边，近在眼前，艾伦就是我。你找艾伦有什么事？

乳媪 啊，好艾伦！咱们全完了！快想个办法，否则你的性命也要保不住啦！

艾伦 嗳哟，你在吵些什么！你抱在手里的是个什么东西？

乳媪 啊！我但愿把它藏在不见天日的地方；这是我们皇后的羞愧，庄严的罗马的耻辱！她生产了，各位爷们，她生产了。

艾伦 好，上帝给她安息！她生下个什么来啦？

乳媪 一个魔鬼。

艾伦 啊，那么她是魔鬼的老娘了；恭喜恭喜！

乳媪 一个叫人看见了就丧气的又黑又丑的孩子。你瞧吧，把他放在我们国里那些白白胖胖的孩子们的中间，他简直像一只虾蟆。娘娘叫我把他送给你，因为他身上盖着你的戳印；她吩咐你用你的刀尖替他受洗。

艾伦 胡说，你这娼妇！难道长得黑一点儿就是这样要不得吗？好宝贝，你是一朵美丽的鲜花哩。

狄米特律斯 混蛋，你干了什么事啦？

艾伦 事情已经干了，又有什么办法？

狄米特律斯 该死的恶狗！你把我们的母亲毁了。也是她有眼无珠，偏会看中了你这个丑货，生下了这可咒诅的妖种！

契伦 这孽种不能让他留在世上。

艾伦 他不能死。

乳媪 艾伦，他必须死；这是他母亲的意思。

艾伦 什么！他必须死吗，奶妈？那么除了我自己以外，谁也不能动手杀害我的亲生骨肉。

狄米特律斯 我要把这小蝌蚪穿在我的剑头上。奶妈，把他给我；我的剑一下子就可以结果了它。

艾伦 你要是敢碰一碰他，这一柄剑就要把你的肚肠一起挑出来。（自乳媪怀中夺儿，拔剑）住手，杀人的凶手们！你们要杀死你们的兄弟吗？你们的母亲在光天化日之下受孕怀胎，生下了这个孩子，现在我就凭着照耀天空的火轮起誓，谁敢碰动我这初生的儿子，我一定要叫他死在我的剑锋之上。我告诉你们，哥儿们，无论哪一个三头六臂的天神天将，都不能把我这孩子从他父亲的手里夺下。嘿，嘿，你们这些粉面红唇的不懂事的孩子们！你们这些涂着白垩的泥墙！你们这些酒店里的白漆的招牌！黑炭才是最好的颜色，它是不屑于用其他的色彩涂染的；大洋里所有的水不能使天鹅的黑腿变成白色，虽然它每时每刻都在波涛里冲洗。你去替我回复皇后，说我不是一个小孩子了，我自己的儿女应该由我自己抚养，请她随便想个什么方法把这回事情掩饰过去吧。

狄米特律斯 你想这样出卖你的主妇吗？

艾伦 我的主妇只是我的主妇，这孩子可就是我自己，他是我青春的活力和影子，我重视他甚于整个的世界；我要不顾一切的阻难保护他的安全，否则你们中间免不了有人要在罗马流血。

狄米特律斯 那么我们的母亲要从此丢脸了。

契伦 罗马将要为了她这种丑行而蔑视她。

乳媪 皇上一发怒，说不定就会把她判处死刑。

契伦 我一想到这种丑事就要脸红。

艾伦 嘿，这就是你们的美貌的好处。哼，不可信任的颜色！它会泄漏了你们心底的秘密。这儿是一个跟你们不同颜色的孩子；瞧这小黑奴向他的父亲笑得多么迷人；他好像在说，“老家伙，我是你的亲儿子呀。”他是你们的兄弟；你们母亲的血肉养育了你们，也养育了他，大家都是从一个娘胎里出来的；虽然他的脸上盖着我的戳印，他总是你们的兄弟呀。

乳媪 艾伦，我应该怎样回复娘娘呢？

狄米特律斯 艾伦，你想一个万全的方法，我们愿意接受你的意见；只要大家无事，你尽管保全你的孩子好了。

艾伦 那么我们坐下来商议商议；我的儿子跟我两人坐在这儿，你们的一举一动都逃不了我们的眼睛；你们坐在那边别动；现在由你们去讨论你们的万全之计吧。

（众就坐）

狄米特律斯 哪几个女人看见过他这个孩子？

艾伦 很好，两位勇敢的王子！当我们大家站在一条线上的时候，我是一头羔羊；可是你们倘要撩惹我这摩尔人，那么发怒的野猪，深山的母狮或是汹涌的海洋，都比不上艾伦凶暴。可是说吧，多少人曾经看见这孩子？

乳媪 除了娘娘自己以外，只有稳婆科尼利娅跟我两个人是看见的。

艾伦 皇后，稳婆和你三个人；两个人是可以保守秘密的，只要把第三个人除去。你去告诉皇后，说我这样说：（挺剑刺乳媪）“喊克喊克！”一头刺上炙叉的母猪是这样叫的。

狄米特律斯 你这是什么意思，艾伦？为什么要杀死她？

艾伦 嗳哟，我的爷，这是策略上的必要呀；难道我们应该让她留在世上，掉弄她的散弄是非的长舌，泄漏我们的罪恶吗？不，王子们，不。现在我把我的主意完全告诉了你们吧。在不远的地方住着一个名叫牟利的人，他也是个摩尔人；他的妻子昨天晚上生产，生下个白皮肤的孩子，白得就跟你们一样。我们现在可以去跟他掉一个包，给那妇人一些钱，把一切情形告诉他们，对他们说他们的孩子一进宫去，大家只知道他是皇上的小太子，保证享受荣华，后福无穷。这样人不知，鬼不觉地把我的孩子换了出来，让那皇帝抱着一个野种当作自己的骨肉，一场风波不就可以毫无痕迹地消弭过去了吗？听我说，两位王子；你们瞧我已经给她服下了安眠灵药，（指乳媪）现在就烦你们替她料理葬事；附近有的是空地，你们又是两位胆大气壮的好汉。这事情办好以后，不要耽搁时间，立刻就去叫那稳婆来见我。我们把那稳婆和奶妈收拾去了，就可以随那些娘儿们谈长说短去。

契伦 艾伦，我看你要是有了秘密，真是会不让一丝风把它走漏出去的。

狄米特律斯 塔摩拉一定非常感激你的爱护。（狄米特律斯、契伦抬乳媪尸下）

艾伦 现在我要像燕子一般飞到哥特人的地方去，替我这怀抱里的宝贝找一个安身之处；我还要秘密会晤皇后的朋友们。来，你这厚嘴唇的奴才，我要抱着你离开这里，都是你害得我变成了一个亡命之徒。我要给你吃野果和菜根，喝些乳脂乳浆，让山羊供给你乳汁，和你栖息在山洞里，把你抚养长大，做一个指挥大军的战士。（抱婴孩下）

第三场

同前；广场

丨泰特斯持箭数枝，箭端各系书札，率玛克斯、小路歇斯、坡勃律斯、辛普洛捏斯、卡厄斯及其他绅士等各持弓上。

泰特斯 来，玛克斯；来，各位贤侄，到这儿来。哥儿，现在让我瞧瞧你的箭法如何；小心瞄准了，一直向那儿射出去。记着，玛克斯，她已经去了，她已经逃走了[①]。来，大家拿起弓来。你们两位替我到海洋里捞摸捞摸，把网儿撒下去，也许你们可以在海底找到她，可是海里和陆地上一样，都是不讲公道的。不，坡勃律斯和辛普洛涅斯，我必须麻烦你们一下；你们必须用锄头铁锹一直掘下地心，当你们掘到普路同[②]境内的时候，请把这封请愿书送给他，要求他主持公道，援助无辜；对他说，这是在忘恩的罗马含冤负屈的年老的安德洛尼克斯写给他的。啊，罗马！都是我害你受苦，我不该怂恿民众拥戴一个暴君，让他把我这样凌辱。去，你们去吧，大家小心一点，每一艘战舰都要仔细搜过，也许这恶皇帝把她运送出去了；那时候，各位贤侄，我们再到什么地方去呼冤呢？

玛克斯 啊，坡勃律斯！你看你的伯父疯得这个样子，好不凄惨！

---

① “她”指公道女神。

② 普路同（Pluto），希腊神话中之冥土之神。

坡勃律斯 所以，父亲，我们不能不朝晚留心，一刻也不离开他的身边，什么事情都顺他的意思，等时间慢慢医治他的伤痕。

玛克斯 各位贤侄，他的伤心是无法医治的了。我们还是联合哥特人，用武力征伐忘恩的罗马，向萨特尼纳斯这奸贼复仇吧。

泰特斯 坡勃律斯，怎么！怎么，诸位朋友！你们碰见她了吗？

坡勃律斯 不，我的好伯父；可是普路同有信给您，他说您要是需要差遣复仇女神的话，他可以叫她暂离地狱，听候您的使唤；可是公道女神事情很忙，也许她在天上跟乔武有些公事要接洽，也许她在别的什么地方，您要是一定要借重她的话，只好等几时再说了。

泰特斯 他不该老是这样拖延时日，耽误了我的事情。我要跳到地狱底的火湖里去，抓住她的脚把她拉出来。玛克斯，我们不过是些小小的灌木，并不是参天的松柏；我们不是庞大的巨人，玛克斯，可是我们有的是铜筋铁骨，然而我们肩上所负的冤屈，却已经把我们压得快要支持不住了。既然人世和地狱都没有公道存在，我们只好祈求天上的神明，快快把公道降下人间，为我们伸冤雪恨。来，大家拿起弓来。你是一个射箭的好手，玛克斯。（以箭分授众人）你把这一支箭射到乔武那儿去；这一支是给阿波罗的；我自己把这一支射给马斯；这是给帕拉斯的，孩子；这是给麦鸠利的；这是给萨登的，卡厄斯，不要弄错了射到萨特尼纳斯的地方去，那就变成了向风射箭，一点用处都没有的。动手吧，孩子！玛克斯，我吩咐你的时候，你就把箭射出去。这回我写得一点不含糊，每一个天神我都向他请求到了。

玛克斯 各位贤侄，把你们的箭一齐射到皇宫里去，激发激发那皇帝的天良。

泰特斯 现在大家拉弓吧。（众射）啊！很好，路歇斯！好孩子，这一箭要射进帕拉斯女神的怀里。

玛克斯 哥哥，我的箭已经越过月亮一英里之遥！这时候乔武一定可以收到你的信了。

泰特斯 哈！坡勃律斯，坡勃律斯，你干了什么事啦？瞧，瞧！金牛星的一个角儿也给你射掉啦。

玛克斯 怪有趣的，哥哥，当坡勃律斯射箭的时候，那金牛星发起脾气来，向白羊星使劲一撞，把两只羊角都撞下来了，刚巧落在皇宫里，给那皇后所宠爱的摩尔人拾到了；她笑着对他说，他应该把这两只角儿送给皇上做一件礼物。

| 一乡人携篮上，篮中有二鸽。

泰特斯 啊！从天上来的消息！玛克斯，天上的信差来了。喂，你带了什么消息来了？有什么信没有？他们答应替我主持公道吗？乔武怎么说？

乡人 啊！您说的是那个装绞架的家伙吗？他说他已经把绞架拆下来了，因为那个人要在下星期才处决哩。

泰特斯 可是我问你，乔武怎么说？

乡人 唉！老爷，我不认识什么乔武；我从来不曾跟他在一起喝过酒。

泰特斯 嗨，混蛋，那么你不是送信的吗？

乡人 哎，老爷，我是个送鸽子的，不送什么信。

泰特斯 你不是从天上来的吗？

乡人 从天上来的！唉，老爷，我从来不曾到天上去过。上帝保佑我，我现在年纪轻轻的，还不想上天堂哩。我现在带了鸽子，是要到平民法庭里去；我的舅舅跟一个皇帝手下的卫士吵了架，我要帮他打官司去。

玛克斯 哥哥，你的呈文叫他送去，倒是再适当没有的了；这两头鸽子就算是你的贡物，让他拿去献给那皇帝吧。

泰特斯 喂，过来。你也不用多找麻烦，到什么法庭里去了；这双鸽子你就拿去送给皇帝，凭着我的面子，他一定会帮助你打胜这场官司。等一等，等一等，我还要赏你几个钱哩。把笔墨给我拿来。喂，你会不会按着礼节送一封呈文？

乡人 是，老爷。

泰特斯 那么这儿有一封呈文，你给我送一送吧。你走到他面前的时候，就向他跪下，跟着就吻他的脚，跟着就把你的鸽子送上去，然后你就可以等他赏些什么给你。我要在那边看着你，你可要放出些神气来。

乡人 您放心吧，老爷；瞧着我就是了。

泰特斯 喂，你有没有一柄刀子？来，让我看看。玛克斯，你把它夹在呈文里面。这封呈文送给皇帝以后，你就来敲我的门，告诉我他说什么话。

乡人 上帝和您同在，老爷；我就给您送去。

泰特斯 来，玛克斯，我们去吧。坡勃律斯，跟我来。（同下）

第四场

同前；皇宫前

丨萨特尼纳斯、塔摩拉、狄米特律斯、契伦、群臣及余人等上；萨特尼纳斯手握泰特斯所射之箭。

萨特尼纳斯 嘿，诸位，你们瞧，全是些诉冤叫屈的话儿！哪一个罗马皇帝曾经遭到过这样的烦扰和侮蔑？诸位想都明白，虽然这些破坏我们安宁的家伙到处向人民散播谣言，我们对于老安德洛尼克斯那两个顽劣的儿子所下的判决，完全是一秉至公，以法律为根据的。即使他的悲伤把他的头脑搅糊涂了，难道我必须受他疯狂的侮辱和咒骂吗？现在他写信到天上呼冤去了：瞧，这是给乔武的，这是给麦鸠利的，这是给阿波罗的，这是给战神马斯的；让这些纸片儿在罗马满街飞扬，那才够人瞧的！这不是对元老院的公然诽谤，向全国宣传我们的不公道吗？这不是一个很好的玩笑吗？诸位，让人家说，在罗马是没有公道的？可是我还没有死，我决不容忍他这样装疯装癫地掩护他的狂妄的行为；我要叫他和他一伙里的人知道，萨特尼纳斯一天活在世上，公道一天不会死亡，他的正义的怒火一旦燃烧起来，最骄傲的阴谋者也逃不了他的斧钺的严威。

塔摩拉 我的仁慈的皇上，我的亲爱的萨特尼纳斯，我的生命的主人，我的思想的指挥者，不要生气；泰特斯年纪老了，有什么不对的地方，你担待担待他吧；这都是因为死了两个好儿子，伤透了他的心，才气成这个样子；你应该安慰安慰他的不幸的处境，这种目无君上的行为，也就不必计较了。（旁白）面面讨好是塔摩拉的聪明的政策；可是，泰特斯，我已经刺中你的要害，你的生命的血液已经流尽了。但愿艾伦不要一时懵懂，误了我的事，那才是谢天谢地。

| 乡人上。

塔摩拉 啊，好朋友，你要见我们说话吗？

乡人 正是，请问您这位先生是不是皇帝？

塔摩拉 我是皇后，那边坐着的才是皇帝。

乡人 正是他。上帝和圣斯蒂芬祝福您！我给您送来了一封信和一对鸽子。（萨特尼纳斯读信）

萨特尼纳斯 来，把他抓下去，立刻吊死他。

乡人 我可以得到几个赏钱？

塔摩拉 来，小子，我们要吊死你哩。

乡人 吊死我！嗳哟，想不到我长了一个脖子，却要遭到这样的收场！（卫士押乡人下）

萨特尼纳斯 可恶的不能容忍的侮辱！我应该宽纵这样重大的奸谋吗？我知道这是谁玩的花样儿；这也是可以忍受的吗？他那两个奸恶的儿子暗杀了我的兄弟，明明按照法律应该抵命，照他的口气，却好像是我冤杀了他们似的！去，把那老贼揪住了头发抓了来；他的年龄和地位都不能让他沾到一些便宜。为了这样无礼的讥嘲，我要做你的刽子手，狡猾的疯老头儿；你是因为想把我和罗马一手挟制，才把我捧上皇位的。

| 伊米力斯上。

萨特尼纳斯 你有些什么消息，伊米力斯？

伊米力斯 武装起来，武装起来，陛下！罗马已经到了最紧急的关头，哥特人已经集合大队人马，一个个抱着坚强的决心，来向我们进攻了；领队的就是路歇斯，老安德洛尼克斯的儿子，他声势汹汹地立誓复仇，要像科利奥兰纳斯[①]一般把罗马踏成平地。

萨特尼纳斯 好战的路歇斯做了哥特人的统帅了吗？这些消息把我吓冷了大半截，使我像一朵霜打的残花、一茎风吹的小草一般垂头丧气。嗯，现在不幸已经向我们开始袭来了。他是平民所喜爱的人；我自己便服私行的时候，常常听见他们说，路歇斯的放逐是不公的，他们希望路歇斯做他们的皇帝。

塔摩拉 为什么你要害怕呢？罗马城不是守卫得很巩固吗？

萨特尼纳斯 嗯，可是民众都倾心于路歇斯，他们一定会向我叛变，帮助他推翻我。

塔摩拉 你是个皇帝，愿你的思想也像你的名号一样高贵。太阳会因为蚊蚋的飞翔而黯淡了他的光辉吗？鹰隼放任小鸟的歌吟，不去理会它们唱些什么，他知道他的巨翼的黑影，可以随时遏止它们的乐曲；那些反复无常的罗马人，你也可以这样对付他们。所以鼓起你的精神来吧，你这皇帝；你知道我要用一些花言巧语去迷惑那老安德洛尼克斯，那些言语是比引诱鱼儿上钩的香饵或是毒害羊群的肥美的苜蓿更甜蜜更危险的。

---

① 科利奥兰纳斯（Coriolanus），罗马大将，莎翁另一悲剧《科利奥兰纳斯》中之主角。

萨特尼纳斯 但是他决不会为我们向他的儿子求情。

塔摩拉 要是塔摩拉请求他，他一定不会拒绝；因为我可以用慷慨的许诺灌进他的老迈的耳中；即使他的心坚不可摧，他的耳朵完全聋了，我也会使他的耳朵和他的心受我的舌头的指挥。（向伊米力斯）你先去传达我们的旨意，就说皇上要向勇敢的路歇斯提出和议，请他就在他父亲老安德洛尼克斯家里跟我们相会。

萨特尼纳斯 伊米力斯，希望你此去不辱使命；要是他坚持为了他个人安全起见，我们必须给他一些什么保证，你就对他说无论他提出什么条件，我们都可以照办。

伊米力斯 我一定尽力执行陛下的命令。（下）

塔摩拉 现在我要去见老安德洛尼克斯，用我的全副手段劝诱他叫那骄傲的路歇斯脱离哥特人的队伍。亲爱的皇帝，快活起来，把你的一切忧虑埋葬在我的妙计之中吧。

萨特尼纳斯 那么你就去求求他看。（同下）

第五幕

第一场

罗马附近平原

喇叭奏花腔；旗鼓前导，路歇斯及一队哥特战士上。

路歇斯 各位忠勇的战友，我已经从伟大的罗马得到信息，告诉我罗马人民是怎样痛恨他们的皇帝，怎样热切希望我们去拯救他们。所以，诸位将军，愿你们一鼓作气，振起你们复仇的决心；凡是罗马所曾给与你们的伤痕，你们都要从他身上获得三倍的报偿。

哥特人甲 伟大的安德洛尼克斯的勇敢的后人，你的父亲的名字曾经使我们胆裂，现在却成为我们的安慰了，他的丰功伟烈，却被忘恩的罗马用卑劣的轻蔑作为报答；愿你信任我们，我们愿意服从你的领导，像一群盛夏的有刺的蜜蜂跟随它们的君后飞往百花怒放的原野，去向可咒诅的塔摩拉声讨她的罪恶。

众哥特人 他所说的话，也就是我们大家所要说的。

路歇斯 我深深感激你们各位的好意。可是那边有一个哥特壮士领了个什么人来了？

| 一哥特人率艾伦抱婴孩上。

哥特人乙 威名远播的路歇斯，我刚才因为看见路旁有一座毁废了的寺院，一时看出了神，不知不觉离开了队伍；当我正在凭吊那颓垣零瓦的时候，忽然听见在一堵墙下有一个小孩的哭声；我向那哭声走去，就听见有人在对那啼哭的婴儿说话，他说："别哭，小黑奴，一半是我，一半是你的娘！倘不是你的皮肤的颜色泄漏了你的出身的秘密，要是造化让你生得和你母亲一个模样，小东西，谁说你不会有一天做了皇帝？可是公牛母牛倘然都是白的，决不会生下一头黑炭似的小牛来。别哭！小东西，别哭！"——他这样叱骂着那孩子，——"我必须把你交到一个靠得住的哥特人手里；他要是知道了你是皇后的孩子，看在你妈的脸上，一定会好好照顾你。"我听他这样说，就把剑拔在手里，出其不意地把他抓住，带到这儿来请你发落。

路歇斯 啊，勇敢的哥特人，这就是那个恶魔的化身，是他害安德洛尼克斯失去了他的手；他是你们女王眼中的明珠，这小孩便是他淫欲的恶果。说，你这眼睛骨溜溜的奴才，你要把你自己这一副鬼脸的模型带到哪里去？你为什么不说话？什么！聋了吗？不说一句话？军士们，拿一根绳子来！把他吊死在这株树上，把他那私生的贱种也吊在他的旁边。

艾伦 不要碰这孩子；他是有王族的血液的。

路歇斯 这孩子太像他的父亲了，长大了也不是个好东西。先把孩子吊起来，让他看看他挣扎的情形，叫他心

里难受难受。拿一张梯子来。（军士等携梯至，驱艾伦登梯）

艾伦 路歇斯，保全这孩子的生命；替我把他带去送给皇后。你要是答应做到这一件事，我可以告诉你许多惊人的事情，你听了一定可以得益不少。要是你不答应我，那么我就听天由命，什么话都没有，但愿你们全都不得好死！

路歇斯 说吧，要是你讲的话使我听了满意，我就让你的孩子活命，并且一定把他抚养长大。

艾伦 使你听了满意！哼，老实告诉你吧，路歇斯，我所要说的话是会使你听了痛苦万分的；因为我必须讲到暗杀、强奸和流血，黑夜的秘密，卑污的行动，奸逆的阴谋和种种骇人听闻的恶事；这一切都要因为我的一死而湮灭，除非你向我发誓保全我的孩子的生命。

路歇斯 把你心里的话说出来；我答应让你的孩子活命。

艾伦 你必须向我发过了誓，我才开始我的叙述。

路歇斯 我应该凭着什么发誓呢？你是不信神明的，那么你怎么会相信别人的誓呢？

艾伦 我固然是不信神明的，可是那有什么关系呢？我知道你是个敬天畏神的人，你的腔子里有一件叫做良心的东西，还有一二十种可笑的教规和仪式，我看你都是把它们十分看重的，所以我才一定要你发誓；因为我知道一个痴人是会把一件玩意儿当作神明的，他会终身遵守凭着那神明所发的誓，所以你必须凭着你所敬信的无论什么神明发誓保全我的孩子的生命，并且把他抚养长大，否则我就什么也不告诉你。

路歇斯 我就凭着我的神明向你起誓，我一定保全他的生命，并且把他抚养长大。

艾伦 第一我要告诉你，他是我跟皇后所生的。

路歇斯 啊，好一个荒淫放荡的妇人！

艾伦 嘿！路歇斯，这比起我将要告诉你的那些事情来，还算是一件好事哩。暗杀巴西安纳斯的就是她的两个儿子；也是他们割去你妹妹的舌头、奸污了她的身体，还把她的两手砍下，把她变成像你所看见的那样子。

路歇斯 啊，野蛮的禽兽一般的恶人，正像你这家伙一样！

艾伦 不错，我正是教导他们的师傅呢。他们这一副好色的天性是他们的母亲传给他们的，那杀人作恶的心肠，却是从我这儿学得去的；他们是风月场中猎艳的能手，也是两条不怕血腥气味的猘犬。好，让我的行为证明我的本领吧。我把你那两个兄弟诱到了躺着巴西安纳斯尸首的洞里；我写下那封被你父亲拾到的信，把那信上提到的金子埋在树下，皇后和她的两个儿子都是我的同谋；凡是你所引为痛心的事情，哪一件没有我在里边捣鬼？我设计诓骗你的父亲，叫他砍去了自己的手，当他的手拿来给我的时候，我躲在一旁，几乎把肚子都笑破了。当他牺牲了一只手，换到了他两个儿子的头颅的时候，我从墙缝里偷看他哭得好不伤心，把我笑个不住，我的眼睛里也像他一样充满眼泪了。后来我把这笑话告诉皇后，她听见这样有趣的故事，简直乐得晕过去了，为了我这好消息，她还赏给我二十个吻哩。

哥特人甲 什么！你好意思讲这些话，一点不觉得羞愧吗？

艾伦 嗯，就像人家说的，黑狗不会脸红。

路歇斯 你干了这些十恶不赦的行为，不知道后悔吗？

艾伦 嗯，我只悔恨自己不再多犯下一千件的罪恶，现在我还在咒诅着命运不给我更多的机会哩。可是我想在受得到我的咒诅的那些人们中间，没有几个能够逃得过我的恶作剧的簸弄：譬如杀死一个人，或是设计谋害他的生命；强奸一个处女，或是阴谋破坏她的贞操；诬陷清白的好人，毁弃亲口发下的誓言；在两个朋友之间挑拨离间，使他们变成势不两立的仇敌；穷人的家畜我会叫它们无端折断了颈项；谷仓和草堆我会叫它们夜间失火，还去吩咐它们的主人用眼泪浇熄它们；我常常从坟墓中间掘起死人的骸骨来，把它们直挺挺地竖立在它们亲友的门前，当他们的哀伤早已冷淡下去的时候；在尸皮上我用刀子刻下一行字句，就像那是一片树皮一样，“虽然我死了，愿你们的悲哀永不消灭。”嘿！我曾经干下一千种可怕的事情，就像一个人打死一头苍蝇一般不当作一回事儿，最使我恼恨的，就是我不能再做一万件这样的恶事。

路歇斯 把这恶魔带下来；把他干干脆脆吊死，未免太便宜他了。

艾伦 假如世上果然有恶魔，我就愿意做一个恶魔，在永生的烈火中受着不死的煎灼；只要地狱里有你陪着我，我要用我的毒舌磨折你的灵魂！

路歇斯 弟兄们，塞住他的嘴，不要让他说下去。

| 一哥特人上。

哥特人 将军，罗马差了一个人来，要求见你一面。

路歇斯 叫他过来。

| 伊米力斯上。

路歇斯 欢迎，伊米力斯！罗马有什么消息？

伊米力斯 路歇斯将军，和各位哥特王子们，罗马皇帝叫我来问候你们；他因为闻知你们兴师远来，要求在令尊家里跟你谈判和平；要是你需要保证的话，我们可以立刻提交你们。

哥特人甲 我们的主帅怎样说？

路歇斯 伊米力斯，你去回复你家皇帝，叫他把保证交给我的父亲和我的叔父玛克斯，我们就可以和他会面。整队前进！（众下）

第二场

罗马；泰特斯家门前

| 塔摩拉、狄米特律斯及契伦各化装上。

塔摩拉 我穿着这一身奇异而惨淡的服装，去和安德洛尼克斯相见，对他说我是复仇女神，奉着冥王的差遣来到世上，帮助他伸雪奇冤。听说他一天到晚在他的书斋之内，思索着种种骇人的复仇妙计；现在你们就去敲他的门，告诉他，复仇的女神来帮助他铲除

他的敌人了。（敲门）

| 泰特斯自上方上。

泰特斯 谁在那儿扰乱我的沉思？你们想骗我开了门，让我的郑重的计划书一起飞掉，害我白费一场心思吗？你们打算错了；你们瞧，我已经把我所预备做的事情血淋淋地写了下来：凡是在这儿写下的，我都要把它们全部实行。

塔摩拉 泰特斯，我要来跟你谈谈。

泰特斯 不，一句话也不用谈；我是个缺手的人，怎么能够用手势帮助我谈话的语气呢？我说不过你，所以不用谈了吧。

塔摩拉 要是你知道我是谁，你一定愿意跟我谈话。

泰特斯 我没有发疯；我知道你是谁。这凄惨的断臂，这一道道殷红的血痕，这些被忧虑刻下的凹纹，疲倦的白昼和烦恼的黑夜，一切的悲哀怨恨，都可以为我作证，我认识你是我们骄傲的皇后，不可一世的塔摩拉。你不是来讨我那另一只手吗？

塔摩拉 告诉你吧，你这不幸的人，我不是塔摩拉；她是你的仇敌，我是你的朋友。我是复仇的女神，从下界的冥国中奉派前来，帮助你歼灭仇人，解除那咬啮你心头的痛苦。下来，欢迎我来到这人世之上；跟我商议商议杀人的方法吧。无论哪一处空洞的岩穴、隐身的幽窟、广大的僻野或是雾深的山谷，凡是杀人的凶手和强奸的恶徒因恐惧而躲藏的所在，我都可以把他们找寻出来，在他们的耳边告诉他们我的名字就是可怕的复仇，使那些作恶的罪人心惊胆裂。

泰特斯 你果然是复仇吗？你是奉命来帮助我惩罚我的仇敌的吗？

塔摩拉 我正是；所以出来欢迎我吧。

泰特斯 那么在我没有下来以前，先请你替我做一件事。瞧，在你的身边一旁站着强奸，一旁站着暗杀；现在你必须向我证明你确是复仇，把他们刺杀了吧，或是把他们缚在你的车轮上碾死他们，那么我就下来做你的车夫，跟着你在大地的周围环绕巡行：我会替你备下两匹漆黑的壮健的小马，拖着你的愤怒的云车快步飞奔，在罪恶的巢穴中找出杀人犯的踪迹；当你的车上载满他们的头颅以后，我愿意下车步行，像一个忠顺的脚夫，从太阳升上东方的天空的时间起，一直走到它没下海中；每天每天我愿意做这样劳苦的工作，只要你现在把强奸和暗杀这两个恶魔杀死。

塔摩拉 这两个是我的助手，跟着我一起来的。

泰特斯 他们是你的助手吗？叫什么名字？

塔摩拉 一个就叫强奸，一个就叫暗杀；因为他们的职务就是惩罚这两种恶人。

泰特斯 上帝啊，他们多么像那皇后的两个儿子，你多么像那皇后！可是我们这些凡俗之人，虽然生了一双眼睛，往往会混淆黑白，颠倒是非。亲爱的复仇女神啊！现在我下来迎接你了；要是你不嫌我只有一只手臂，我要用这一只手臂拥抱你。（自上方下）

塔摩拉 这一套鬼话刚巧打进他的疯狂的心坎。现在他已经深信我是复仇女神了，你们在言语之间，留心不要露出破绽；我要利用他这种疯狂的轻信，叫他召唤他的儿子路歇斯来，在宴会席上把他稳住了，我就临时使出一些巧妙的手段，遣散那些心性轻浮的哥特人，或者至少使他们变成他的仇敌。瞧，他来了，我必须继续对他装神扮鬼。

泰特斯上。

泰特斯 这许多时候我是一个孤立无助的人，渴望着你的到来；欢迎，可怕的复仇女神，欢迎你光临我这凄凉的屋宇！强奸和暗杀，你们两位也是欢迎的！你们多么像那皇后和她的两个儿子！要是再加上一个摩尔人，那就一无欠缺了；难道整个地狱里找不到这样一个魔鬼吗？因为我知道那皇后无论到什么地方，总有一个摩尔人跟随在她的左右；你们要是想扮装我们的皇后，这样一个魔鬼是少不了的。可是你们来了，总是欢迎的。我们应该怎么办呢？

塔摩拉 你要我们干些什么事，安德洛尼克斯？

狄米特律斯 指点一个杀人的凶手给我看，让我处置他。

契伦 指点一个强奸的暴徒给我看，我会惩罚他。

塔摩拉 指点一千个曾经害你受苦的人给我看，我会替你向他们复仇。

泰特斯 你到罗马的罪恶的街道上去访寻，要是找到一个和你一般模样的人，好暗杀啊，你把他刺杀了吧，他是一个杀人的凶手。你也跟着他去，要是你也找得到另一个和你一般模样的人，好强奸啊，你把他刺杀了吧，他是一个强奸妇女的暴徒。你也跟着他们去；在皇帝的宫里，有一个随身带着一个摩尔黑奴的皇后，她是很容易认识的，因为从头到脚，她都活像你自己；请你用残酷的手段处死他们，因为他们曾经用残酷的手段对待我和我的儿女们。

塔摩拉 领教领教，我们一定替你办到就是了。可是，好安德洛尼克斯，听说你那位勇武非常的儿子路歇斯已经带了一大队善战的哥特人打到罗马来了，可不可以请你叫他到你家里来，为他设席洗尘；当他到来的时候，就在隆重的宴会之中，我去把那皇后和她的两个儿子，还有那皇帝自己以及你所有的仇人一起带来，让他们在你的脚下长跪求怜，你可以向他们痛痛快快地发泄你的愤恨。不知道安德洛尼克斯对于这一个计策有什么意见？

泰特斯 玛克斯，我的兄弟！悲哀的泰特斯在呼喊你。

| 玛克斯上。

泰特斯 好玛克斯，到你侄儿路歇斯的地方去；你可以在那些哥特人的中间探听他的所在。你对他说我要见见他，叫他把军队就地驻扎，带几位最高贵的哥特王子，到我家里来参加宴会；告诉他皇帝和皇后也要出席的。请你看在我们兄弟的情分上，替我走这一遭；要是他关心他的老父的生命，让他赶快来吧。

玛克斯 我就去见他，一会儿就回来的。（下）

塔摩拉 现在我要带着我的两个助手，替你干事情去了。

泰特斯 不，不，叫强奸和暗杀留在这儿陪伴我；否则我要叫我的兄弟回来，一心一意让路歇斯替我复仇，不敢再有劳你了。

塔摩拉 （向二子旁白）你们怎么说，孩子们？你们愿意暂时留在这儿，让我一个人去告诉皇上，我们怎样开这场玩笑吗？敷衍敷衍他，一切奉承他的意思，把他用好话哄住了，等我回来再说。

泰特斯 （旁白）我全都认识他们，虽然他们以为我疯了；他们想用诡计愚弄我，我就将计就计，把他们摆布一下，这一对该死的恶狗和他们的老母畜！

狄米特律斯 （向塔摩拉旁白）母亲，你去吧；让我们留在这儿。

塔摩拉 再会，安德洛尼克斯；复仇女神现在去安排妙计，把你的仇敌诱下罗网。（下）

泰特斯 我知道你会替我出力的；亲爱的复仇女神，再会吧！

契伦 告诉我们，老人家，你要我们干些什么事？

泰特斯 嘿！我要叫你们做的事多着呢。坡勃律斯，出来！卡厄斯！凡伦丁！

| 坡勃律斯及余人等上。

坡勃律斯 您有什么吩咐？

泰特斯 你们认识这两个人吗？

坡勃律斯 我认识这两个就是皇后的儿子，契伦和狄米特律斯。

泰特斯 不，坡勃律斯，不！你完全弄错了。这一个是暗杀，那一个名叫强奸；所以把他们绑起来吧，好坡勃律斯；卡厄斯和凡伦丁，抓住他们。你们常常听见我希望有这一天，现在这样一天居然到了。把他们缚得牢牢的，要是他们嚷叫起来，把他们的嘴也给塞住。

（泰特斯下；坡勃律斯等捉契伦、狄米特律斯二人）

契伦 混蛋，住手！我们是皇后的儿子。

坡勃律斯 所以我们奉命把你们绑缚起来。塞住他们的嘴，别让他们说一句话。他已经缚好了吗？千万把他缚得紧一点儿。

丨泰特斯率拉维妮娅重上；拉维妮娅捧盆，泰特斯持刀。

泰特斯 来，来，拉维妮娅；瞧你的仇人已经缚住了。侄儿们，塞住他们的嘴，别让他们对我说话，我要叫他们听听我有些什么惊心动魄的话要对他们说。契伦，狄米特律斯，你们这两个恶人啊！这儿站着被你们用污泥搅混了的清泉；她本来是一个美好的夏天，却被你们用严冬的霜雪摧残了她的生机。你们杀死了她的丈夫，为了这一个重大的罪恶，她的两个兄弟含冤负屈地被处了死刑，还要害我砍掉了手，给你们取笑。她的娇好的两手，她的舌头，还有比两手和舌头更宝贵的，她的无瑕的贞操，没有人心的奸贼们，都在你们暴力的侵凌之下失去了。假如我让你们说话，你们还有什么话好说？恶贼！你们还好意思哀求饶命吗？听着，狗东西！听我说我要怎样处死你们，我这一只剩下的手还可以割断你们的咽喉，拉维妮娅用她的断臂捧着的那个盆子，就是预备盛放你们罪恶的血液的。你们知道你们的母亲准备到我家里来赴宴，她自称为复仇女神，她以为我是疯了。听着，恶贼们！我要把你们的骨头磨成灰粉，用你们的血把它调成面糊，再把你们这两颗无耻的头颅捣成了肉泥，裹在拌着骨灰的面皮里面做饼馅；叫那淫妇，你们的猪狗般下贱的母亲，吃下她亲生的骨肉。这就是我请她来享用的美宴，这就是她将要饱餐的盛馔；因为你们对待我的女儿太惨酷了，所以我要用惨酷的手段向你们报复。现在伸出你们的头颈来吧。拉维妮娅，来。（割二人咽喉）让他们的血淋在这盆子里；等他们死了以后，我就去把他们的骨头磨成灰粉，用这可憎的血水把它调和了，再把他们这两颗奸恶的头颅放在那面饼里烘焙。来，来，大家帮我一臂之力，端整这一场残酷的盛宴。现在把他们抬了进去，我要亲自下厨，料理好这一道点心，等他们的母亲到来。（众抬二尸下）

第三场

同前；泰特斯家大厅，桌上罗列酒肴

| 路歇斯、玛克斯及哥特人等上；艾伦镣铐随上。

路歇斯 玛克斯叔父，既然是我父亲的意思，要我到罗马来，我只好遵从他的命令。

哥特人甲 我们也决心追随你，一切听任命运的安排。

路歇斯 好叔父，请您把这野蛮的摩尔人，这狠恶的饿虎，这可恨的魔鬼，带了进去；不要给他吃什么东西，用镣烤锁住了，等那皇后到来，就提他当面对质，叫他证明她的种种奸恶的图谋。再请您看看我们埋伏的人手够不够，我怕那皇帝对我们不怀好意。

艾伦 有一个魔鬼在我的耳边低声咒诅，教唆我的舌头向你们倾吐出我的愤怒的心中的怨毒！

路歇斯 滚开，没有人心的狗！污秽的奴才！朋友们，帮我

的叔父把他拖进去。（众哥特人推艾伦下；喇叭声）喇叭的声音报知皇帝就要来了。

丨萨特尼纳斯及塔摩拉率伊米力斯、元老、护民官及余人等上。

萨特尼纳斯 什么！天上可以有两个太阳吗？

路歇斯 你自称为太阳，有什么用处？

玛克斯 罗马的皇帝，侄儿，请你们暂停辩论；我们必须平心静气，解决彼此间的争端。殷勤的泰特斯已经端整好一席盛筵，希望在杯酒之间，两方面重敦盟好，恢复和平，使罗马永享安宁的幸福。所以请你们大家过来，各人就座吧。

萨特尼纳斯 玛克斯，那么我就坐下了。（高音笛吹响）

丨泰特斯作厨夫装束，拉维妮娅戴面幕，小路歇斯及余人等上。泰特斯捧面饼一盘置桌上。

泰特斯 欢迎，仁慈的皇上；欢迎，尊严的皇后；欢迎，各位英勇的哥特人；欢迎，路歇斯；欢迎，在座的全体嘉宾。虽然我们的酒食非常粗劣，也可以使你们鼓腹而归；请随便吃吧，不要客气。

萨特尼纳斯 你为什么打扮成这个样子，安德洛尼克斯？

泰特斯 因为我怕厨夫粗心，烹煮得不合陛下和娘娘的口味，所以才亲自下厨调度一切。

塔摩拉 那真是多谢你了，好安德洛尼克斯。

泰特斯 但愿娘娘知道我这一片赤心。皇上陛下，我要请您替我解决一个问题：那粗莽的维琪涅斯[①]因为他的女儿被人行强奸污，把她亲手杀死，这一件事做得对

① 维琪涅斯（Virginius），及其杀女之故事，待考。

不对？

萨特尼纳斯 对的，安德洛尼克斯。

泰特斯 请问陛下的理由？

萨特尼纳斯 因为那女儿不该忍辱偷生，使她的父亲在每一回看见她的时候勾起他的怨恨。

泰特斯 一个正当，充分而有力的理由；对于我这最不幸的人，它是一个可以仿效的成例，一个活生生的榜样。死吧，死吧，拉维妮娅，让你的耻辱和你同时死去；让你父亲的怨恨也和你的耻辱同归于尽吧！（杀拉维妮娅）

萨特尼纳斯 你干了什么事啦，你这不慈不爱的父亲？

泰特斯 我把她杀了。为了她，我已经把我的眼睛都哭盲了；我是像维琪涅斯一样伤心的，我有比他多过一千倍的理由，使我下这样的毒手；现在这事情已经干了。

萨特尼纳斯 什么！她也被人奸污了吗？告诉我谁干的事。

泰特斯 请陛下和娘娘吃了这一道粗点。

塔摩拉 为什么你用这样的手段杀死你独生的女儿？

泰特斯 杀死她的不是我，是契伦和狄米特律斯；他们奸污了她，割去了她的舌头；是他们，是他们害她落得这样一个结果。

萨特尼纳斯 快去把他们立刻抓来见我。

泰特斯 嘿，他们就在这盘子里头，那烘烤在这面饼里的就是他们的骨肉；他们的母亲刚才吃得津津有味的，也就是她自己亲生的儿子。这是真的，这是真的；我的锋利的刀尖可以为我作见证。（杀塔摩拉）

萨特尼纳斯 疯子，你这样的行为死有余辜！（杀泰特斯）

路歇斯 做儿子的忍心看着他的父亲流血吗？冤冤相报，有命抵命！（杀萨特尼纳斯；大骚乱，众慌乱走散；玛克斯、路歇斯及其党羽登上露台）

玛克斯 你们这些满面愁容的人们，罗马的人民和子孙，巨大的变乱使你们分裂离散，像一群惊惶的禽鸟，在暴风中四散飞逃；啊！让我教你们怎样把这一束散乱的禾秆重新集合起来，把这些零落的肢体团结为完整的全身；否则罗马将要自召灭亡的灾祸，那曾经为强大的列国所敬礼的名城，将要像一个日暮途穷的破落汉一样，卑怯地结束她自己的生命了。可是我的僵硬的手势和衰老的口才，这些饱历沧桑的真实的见证，倘不能诱引你们倾听我的言语，（向路歇斯）那么说吧，罗马的亲爱的友人，正像当年我们的先祖[①]用他那严肃的口气，向害着相思的狄多叙述那些狡猾的希腊人偷进特洛伊城那一个悲惨的大火之夜的故事一样；告诉我们是什么奸人迷惑了我们的耳朵，是谁把那致命的祸根引入罗马，使我们的国本受到这样的伤害。我的心不是铁石打成的。我也不能向你们尽情吐露我们全部悲哀的历史，也许就在我最需要你们同情的倾听的时候，滔滔的热泪将会打断我的叙述。这儿是一位大将，让他告诉你们吧；你们听他说了，你们的心将要怔忡跳动，你们的眼眶里将要泪如雨下。

---

① 我们的先祖，即埃涅阿斯；埃涅阿斯为特洛伊之后人，亦为罗马之建立者。

路歇斯 那么，高贵的听众，让我告诉你们知道，那万恶的契伦和狄米特律斯便是杀害我们这位皇帝的兄弟的凶手，也就是奸污我的妹妹的暴徒。为了他们重大的罪恶，我的两个兄弟冤遭不白，身首异处；他们不但把我父亲的涕泣陈请置之不顾，而且还用卑鄙的手段，骗诱他砍掉了他那曾经为罗马奋勇作战、把她的敌人送下坟墓去的忠诚的手。最后，我自己也遭到他们无情的放逐，他们把我摈出国门，让我含着满眶的眼泪，向罗马的敌人呼吁求援；我的敌人们被我的真诚的哀泣所感动，捐弃了旧日的嫌恨，伸开他们的两臂拥抱我，把我认作他们的友人。你们要知道，我这为祖国所不容的人，却曾用热血保卫了她的安全，拼着自己不顾一切的身体，挡开了那对准她的胸前的敌人的兵刃呢。唉！你们知道我不是一个喜欢自夸的人；我的疤痕虽然不会说话，它们可以为我证明我的话是真实不虚的。可是且慢！我想我这样称扬自己的不足道的功绩，未免离题太远了；啊！请你们恕我；当没有朋友在他们身旁的时候，人们只好为自己宣传。

玛克斯 现在应该轮到我说话了。瞧这孩子吧，这是塔摩拉跟一个不信宗教的摩尔人私通所生的，那摩尔人也就是策动这些惨剧的罪魁祸首。这恶贼虽然罪该万死，为了留着他做一个见证起见，还在泰特斯的屋子里，没有把他杀掉。现在请你们评判评判，泰特斯遭到这样无可言喻、超过一切忍耐的限度，任何人所受不了的创巨痛深的损害，是不是应该有今天的报复？你们现在已经听到全部事实的真相了，诸位罗马人，你们怎么说？要是我们有什么事做错了，请你们指点我们的错误，我们这两个安德洛尼克斯家仅存的硕果，愿意从你们现在看见我们所在的地方，手搀着手踊身跳下，在粗硬的顽石上把我们的脑浆砸碎，终结我们这一家的命运。说吧，罗马人，说吧！要是你们说我们必须如此，瞧哪！路歇斯跟我就可以当着你们的面前跳下。

伊米力斯 下来，下来，可尊敬的罗马人，轻轻地搀着我们的皇上下来；路歇斯是我们的皇帝，因为我知道这是罗马人民一致的呼声。

众罗马人 路歇斯万岁！罗马的尊严的皇帝！

玛克斯 （向从者）去到老泰特斯的悲惨的屋子里去，把那不信神明的摩尔人抓来，让我们判决他一个最可怕的死刑，惩罚他那作恶多端的一生。（侍从等下）

| 路歇斯、玛克斯及余人等自露台走下。

众罗马人 路歇斯万岁！罗马的仁慈的统治者！

路歇斯 谢谢你们，善良的罗马人；但愿我即位以后，能够治愈罗马的创伤，拭去她的悲痛的回忆！可是，善良的人民，请你们宽容我片刻的时间，因为天性之情驱使我履行一件悲哀的任务。大家站远些；可是叔父，您过来吧，让我们向这尸体挥洒我们诀别的眼泪。啊！让这热烈的一吻留在你这惨白冰冷的唇上，（吻泰特斯）让这些悲哀的泪点留在你这血污的脸上吧，这是你的儿子对你的最后敬礼了！

玛克斯 含着满眶的热泪，你的兄弟玛克斯也来吻一吻你的嘴唇；啊！要是我必须给你流不完的泪，无穷尽的吻，我也决不吝惜。

路歇斯 过来，孩子；来，来，学学我们的样子，在泪雨之中融化了吧。你的爷爷是十分爱你的：好多次他抱着你在他的膝上跳跃，唱歌催你入睡，他的慈爱的胸脯作为你的枕头；他曾经讲给你听许多小孩子所应该知道的事情；所以你要像一个孝顺的孩子似的，从你幼稚的灵泉里洒下几滴小小的泪珠来，因为这是天性的至情所必需的；心心相系的人，在悲哀之中必然会发出同情的共鸣。向他告别，送他下了坟墓；尽了这一次最后的情谊，从此你就和他人天永别了。

小路歇斯 啊，爷爷，爷爷！要是您能够死而复活，我真愿意让自己死去。主啊！我哭得不能向他说话；一张开嘴，我的眼泪就会把我噎住。

| 侍从等押艾伦重上。

罗马人甲 安德洛尼克斯家不幸的后人，停止了你们的悲哀吧；这可恶的奸贼一手造成了这些惨事，快把他宣判定罪。

路歇斯 把他齐胸埋在泥土里，让他活活饿死；尽他站在那儿叫骂哭喊，不准给他一点食物；谁要是怜悯他救济他的，也要受死刑的处分。这是我们的判决，剩几个人在这儿替他掘下泥坑，栽他进去。

艾伦 啊！为什么把怒气藏在胸头，隐忍不发呢？我不是小孩子，你们以为我会用卑怯的祷告，忏悔我所作的恶事吗？要是我能够随心所欲，我要做一万件比我曾经做过的更恶的恶事；要是在我一生之中，我曾经做过一件善事，我要从心底里深深忏悔。

路歇斯 这位已故的皇帝，请几位他生前的好友把他扛运出去，替他埋葬在他父皇的坟墓里。我的父亲和拉维妮娅将要在我们的家墓之中立刻下葬。至于那头狠毒的雌虎塔摩拉，那么任何的葬礼都不准举行，谁也不准为她服丧志哀，也不准为她鸣响丧钟；她的尸体丢在旷野里，听凭野兽猛禽的咬啄。她的一生像野兽一样不知怜悯，所以她也不应该得到我们的怜悯。那万恶的摩尔人艾伦，必须受到他应得的惩罚，因为他是造成我们这一切惨事的祸根。

从今起惩前毖后，把政事重新整顿，
不要让女色谗言，动摇了邦基国本。（同下）

罗密欧与朱丽叶

Do not swear by the moon, for she changes constantly.

Then your love would also change.

—— *Romeo and Juliet*

啊！不要指着月亮起誓，它是变化无常的，

每个月都有盈亏圆缺；你要是指着它起誓，

也许你的爱情也会像它一样无常。

——《罗密欧与朱丽叶》

剧中人物

爱斯卡勒斯	维洛那亲王	
帕里斯	少年贵族，亲王的亲戚	
蒙太古	互相敌视的两家家长	
凯普莱特		
罗密欧	蒙太古之子	
茂丘西奥	亲王的亲戚	罗密欧的朋友
班伏里奥	蒙太古之侄	
提伯尔特	凯普莱特之侄	
劳伦斯神父	法兰西斯派教士	
约翰神父	与劳伦斯同门的教士	
鲍尔萨泽	罗密欧的仆人	
山普孙	凯普莱特的仆人	
葛莱古里		
彼得	朱丽叶乳媪的从仆	
亚伯拉罕	蒙太古的仆人	
卖药人		
乐工三人		
茂丘西奥的侍童		
帕里斯的侍童		

蒙太古夫人

凯普莱特夫人

朱丽叶　　凯普莱特之女

朱丽叶的乳媪

维洛那市民；两家男女亲属；

跳舞者、卫士、巡丁及侍从等

致辞者

地点

维洛那；第五幕第一场在曼多亚

开场诗

| 致辞者上。

故事发生在维洛那名城，
有两家门第相当的巨族，
累世的宿怨激起了新争，
鲜血把市民的白手污渎。
是命运注定这两家仇敌，
生下了一双不幸的恋人，
他们的悲惨凄凉的殒灭，
和解了他们交恶的尊亲。
这一段生生死死的恋爱，
还有那两家父母的嫌隙，
把一对多情的儿女杀害，
演成了今天这一本戏剧。
交代过这几句挈领提纲，
请诸位耐着心细听端详。（下）

第 一 幕

第一场

维洛那；广场

丨山普孙及葛莱古里各持盾剑上。

山普孙 葛莱古里，咱们可真的不能让人家当做苦力一样欺侮。

葛莱古里 对了，咱们不是可以随便给人欺侮的。

山普孙 我说，咱们要是发起脾气来，就会拔刀子动武。

葛莱古里 对了，你可不要把脖子缩进领口里去。

山普孙 我一动性子，我的剑是不认人的。

葛莱古里 可是你不大容易动性子。

山普孙 我见了蒙太古家的狗子就生气。

葛莱古里 有胆量的，生了气就应当站住不动；逃跑的不是好汉。

山普孙 我见了他们家里的狗子，就会站住不动；是男人我就把他们从墙边推出去，是女人我就把她们望着墙壁摔过去。

葛莱古里 吵架是咱们两家主仆男人们的事，与她们女人有什么相干？

山普孙 那我不管，我要做一个杀人不眨眼的魔王；一面跟男人们打架，一面对娘儿们也不留情面，我要割掉她们的头。

葛莱古里 割掉娘儿们的头吗？

山普孙 对了，娘儿们的头，或是她们的奶奶头，你爱怎么说就怎么说。

葛莱古里 拔出你的家伙来；有两个蒙太古家的人来啦。

| 亚伯拉罕及鲍尔萨泽上。

山普孙 我的刀子已经出鞘；你去跟他们吵起来，我就在你背后帮你的忙。

葛莱古里 怎么？你想转过背逃走吗？

山普孙 你放心吧，我不是那样的人。

葛莱古里 哼，我倒有点不放心！

山普孙 还是让他们先动手，打起官司来也是咱们的理直。

葛莱古里 我走过去向他们横个白眼，瞧他们怎么样。

山普孙 好，瞧他们有没有胆。我要向他们咬我的大拇指，瞧他们能不能忍受这样的侮辱。

亚伯拉罕 你向我们咬你的大拇指吗？

山普孙 我是咬我的大拇指。

亚伯拉罕 你是向我们咬你的大拇指吗？

山普孙 （向葛莱古里旁白）要是我说是，那么打起官司来是谁的理直？

葛莱古里 （向山普孙旁白）是他们的理直。

山普孙 不，我不是向你们咬我的大拇指；可是我是咬我的大拇指。

葛莱古里 你是要向我们挑衅吗？

亚伯拉罕 挑衅！不，哪儿的话。

山普孙 你要是想跟我们吵架，那么我可以奉陪；你也是你家主子的奴才，我也是我家主子的奴才，难道我家的主子就比不上你家的主子？

亚伯拉罕 比不上。

山普孙 好。

葛莱古里 （向山普孙旁白）说“比得上”；我家老爷的一位亲戚来了。

山普孙 比得上。

亚伯拉罕 你胡说。

山普孙 是汉子就拔出刀子来。葛莱古里，别忘了你的杀手剑。（双方互斗）

| 班伏里奥上。

班伏里奥 分开，蠢材！收起你们的剑；你们不知道你们在干些什么事。（击下众仆的剑）

| 提伯尔特上。

提伯尔特 怎么！你跟这些不中用的奴才吵架吗？过来，班伏里奥，让我结果你的性命。

班伏里奥 我不过维持和平；收起你的剑，或者帮我分开这些人。

提伯尔特 什么！你拔出了剑，还说什么和平？我痛恨这两个字，就跟我痛恨地狱，痛恨所有蒙太古家的人和你一样。照剑，懦夫！（二人相斗）

| 两家各有若干人上，加入争斗；一群市民持枪棍继上。

众市民 打！打！打！把他们打下来！打倒凯普莱特！打倒蒙

太古！

| 凯普莱特穿长袍及凯普莱特夫人同上。

凯普莱特 什么事吵得这个样子？喂！把我的长剑拿来。

凯普莱特夫人 我的拐杖呢？我的拐杖呢？你要剑做什么用？

凯普莱特 快拿剑来！蒙太古那老东西来啦；他还晃着他的剑，明明在跟我寻事。

| 蒙太古及蒙太古夫人上。

蒙太古 凯普莱特，你这奸贼！——别拉住我；让我去。

蒙太古夫人 你要去跟人家吵架，我不让你走一步路。

| 亲王率侍从上。

亲王 目无法纪的臣民，扰乱治安的罪人，你们的刀剑都被你们邻人的血玷污了；——他们不听我的话吗？喂，听着！你们这些人，你们这些畜生，你们为了扑灭你们怨毒的怒焰，不惜让殷红的流泉从你们的血管里喷涌出来；你们要是畏惧刑法，赶快给我把你们的凶器从你们血腥的手里丢下来，静听你们震怒的君王的判决。凯普莱特，蒙太古，你们已经三次为了一句口头上的空言，引起了市民的械斗，扰乱了我们街道上的安宁，害得维洛那的年老公民，也不能不脱下他们尊严的装束，在他们习于安乐的苍老衰弱的手里掮起古旧的长枪来，分解你们溃烂的纷争。要是你们以后再在街市上闹事，就要把你们的生命作为扰乱治安的代价。现在别人都给我退下去；凯普莱特，你跟我来；蒙太古，你今天下午到自由村的审判厅里来，听候我对于今天这一案的宣判。大家散开去，倘有逗留不去的，格杀不论！

（除蒙太古夫妇及班伏里奥外皆下）

蒙太古 谁把这一场宿怨重新挑起纷争？侄儿，对我说，他们动手的时候，你也在场吗？

班伏里奥 我还没有到这儿来，您的仇家的仆人跟你们家里的仆人已经打成一块儿了。我拔出剑来分开他们；就在这时候，那个性如烈火的提伯尔特提着剑来了，他向我口出不逊之言，把剑在他自己头上挥舞，那剑在风中发出呲呲的声音，就像风在那儿讥笑他的装腔作势一样。当我们正在剑来剑去的时候，人越来越多，有的帮这一面，有的帮那一面，乱哄哄地互相争斗，直等亲王来了，方才把两边的人喝开。

蒙太古夫人 啊，罗密欧呢？你今天见过他吗？我很高兴他没有参加这场争斗。

班伏里奥 伯母，在尊严的太阳开始从东方的黄金窗里探出头来的前一个时辰，我因为心中烦闷，到郊外去散步，在城西一丛枫树的下面，我看见罗密欧兄弟一早在那儿走来走去。我正要向他走过去，他已经看见了我，就躲到树林深处去了。我因为自己也是心灰意懒，觉得连自己这一身也是多余的，只想找一处没有人迹的地方，所以凭着自己的心境推测别人的心境，也就不去多事追寻他，彼此互相避开了。

蒙太古 好多天的早上曾经有人在那边看见过他，用眼泪洒为清晨的露水，用长叹嘘成天空的云雾；可是一等到鼓舞众生的太阳在东方的天边开始揭起黎明女神床上灰黑色的帐幕的时候，我那怀着一颗沉重的心的儿子，就逃避了光明，溜回到家里；一个人关起了门躲在房间里，闭紧了窗子，把大好的阳光锁在外面，为他自己造成了一个人工的黑夜。他这一种怪脾气恐怕不是好兆，除非良言劝告可以替他解除心头的烦恼。

班伏里奥 伯父，您知道他的烦恼的根源吗？

蒙太古 我不知道，也没有法子从他自己嘴里探听出来。

班伏里奥 您有没有设法探问过他？

蒙太古 我自己以及许多其他的朋友都曾经探问过他，可是他把心事一起闷在自己肚里，总是绝口严守着秘密，不让人家试探出来，正像一朵初生的蓓蕾，还没有迎风舒展它的嫩瓣，向太阳献吐它的娇艳，就给妒嫉的蛀虫咬啮了一样。只要能够知道他的悲哀究竟是从什么地方来的，我们一定会尽心竭力替他找寻治疗的方案。

班伏里奥 瞧，他来了；请您站在一旁，等我去问问他究竟有些什么心事，看他理不理我。

蒙太古 但愿你留在这儿，能够听到他的真情的吐露。来，夫人，我们去吧。（蒙太古夫妇同下）

| 罗密欧上。

班伏里奥 早安，兄弟。

罗密欧 天还是这样早吗？

班伏里奥 刚才敲过九点钟。

罗密欧 唉！在悲哀里度过的时间似乎是格外长的。急忙忙地走过去的那个人，不就是我的父亲吗？

班伏里奥 正是。什么悲哀使罗密欧的时间过得这样长？

罗密欧 因为我缺少了可以使时间变为短促的东西。

班伏里奥 你跌进了恋爱的网里了吗？

罗密欧 我徘徊在恋爱的门外，因为我不能得到我的意中人的欢心。

班伏里奥 唉！想不到爱神的外表这样温柔，实际上却是如此残暴！

罗密欧 唉！想不到爱神蒙着眼睛，却会一直闯进了人们的心灵！我们在什么地方吃饭？嗳哟！又是谁在这儿打过架了？可是不必告诉我，我早就知道了。这些都是怨恨造成的后果，可是爱情的力量比它还要大过许多。啊，吵吵闹闹的相爱，亲亲热热的怨恨！啊，无中生有的一切！啊，沉重的轻浮，严肃的狂妄，整齐的混乱，铅铸的羽毛，光明的烟雾，寒冷的火焰，憔悴的健康，永远觉醒的睡眠，否定的存在！我感觉到的爱情正是这么一种东西，可是我并不喜爱这一种爱情。你不会笑我吗？

班伏里奥 不，兄弟，我倒是有点儿想哭。

罗密欧 好人，为什么呢？

班伏里奥 因为瞧着你善良的心受到这样的痛苦。

罗密欧 唉！这就是爱情的错误，我自己已经有太多的忧愁重压在我的心头，你对我表示的同情，徒然使我在太多的忧愁之上，再加上一重忧愁。爱情是叹息吹起的一阵烟；恋人的眼中有它净化了的火星；恋人的眼泪是它激起的波涛。它又是最智慧的疯狂，哽喉的苦味，沁舌的蜜糖。再见，兄弟。（欲去）

班伏里奥 且慢，让我跟你一块儿去；要是你就这样丢下了我，未免太不给我面子啦。

罗密欧 嘿！我已经遗失了我自己；我不在这儿；这不是罗

密欧，他是在别的地方。

班伏里奥 老实告诉我，你所爱的是谁？

罗密欧 什么！你要我在痛苦呻吟中说出她的名字来吗？

班伏里奥 痛苦呻吟！不，你只要告诉我她是谁就得了。

罗密欧 叫一个病人郑重其事地立起遗嘱来！啊，对于一个病重的人，还有什么比这更刺痛他的心？老实对你说，兄弟，我是爱上了一个女人。

班伏里奥 我说你一定有了恋爱，果然猜得不错。

罗密欧 好一个每发必中的射手！我所爱的是一位美貌的姑娘。

班伏里奥 好兄弟，只要目标准确，不怕发而不中。

罗密欧 你这一箭就射岔了。丘比特的金箭不能射中她的心；她有狄安娜女神的圣洁，不让爱情稚弱的弓矢损害她的坚不可破的贞操。她不愿听任深怜密爱的词句把她包围，也不愿让灼灼逼人的眼光向她进攻，更不愿接受可以使圣人动心的黄金的诱惑；啊！美貌便是她巨大的财富，只可惜她一死以后，她的美貌也要化为黄土！

班伏里奥 那么她已经立誓终身守贞不嫁了吗？

罗密欧 她已经立下了这样的誓言，为了珍惜她自己，造成了莫大的浪费；因为她让美貌在无情的岁月中日就枯萎，不知道替后世传留下她的绝世容华。她是个太美丽、太聪明的人儿，不应该剥夺她自身的幸福，使我抱恨终天。她已经立誓割舍爱情，我现在活着也就等于死去一般。

班伏里奥 听我的劝告，别再想起她了。

罗密欧 啊！那么你教我怎样忘记吧。

班伏里奥 你可以放纵你的眼睛，让它们多看几个世间的美人。

罗密欧 那不过格外使我觉得她的美艳无双罢了。那些吻着美人娇额的幸运的面罩，因为它们是黑色的缘故，常常使我们想起被它们遮掩的面庞，不知应该多少娇丽。突然盲目的人，永远不会忘记存留在他消失了的视觉中的宝贵的影像。给我看一个姿容绝代的美人，她的美貌除了使我记起世上有一个人比她更美以外，还有什么别的用处？再见，你不能教我怎样忘记。

班伏里奥 我一定要证明我的意见不错，否则死了也不瞑目。（各下）

第二场

同前；街道

| 凯普莱特、帕里斯及仆人上。

凯普莱特 可是蒙太古也负着跟我同样的责任；我想像我们这样有了年纪的人，维持和平还不是难事。

帕里斯 你们两家都是很有名望的大族，结下了这样不解的冤仇，真是一件不幸的事。可是，老伯，您对于我的求婚有什么见教？

凯普莱特 我的意思早就对您表示过了。我的女儿今年还没有满十四岁，完全是一个不懂事的孩子；再过两个夏天，才可以谈到亲事。

帕里斯 比她年纪更小的人，都已经做了幸福的母亲了。

凯普莱特 早结果的树木一定早凋。我在这世上什么希望都已经没有了，只有她是我的唯一的安慰。可是向她求爱吧，善良的帕里斯，得到她的欢心；只要她愿意，我的同意是没有问题的。今天晚上，我要按照旧例，举行一次宴会，邀请许多好友参加；您也是我所要邀请的一个，请您接受我的最诚意的欢迎。在我的寒舍里，今晚您可以见到灿烂的群星翩然下降，照亮了黑暗的天空；在蓓蕾一样娇艳的女郎丛里，您可以充分享受青春的愉快，正像盛装的四月追随着残冬的足迹君临人世，在年轻人的心里充满着活跃的欢欣一样。您可以听一个畅，看一个饱，从许多美貌的女郎中间，连我的女儿也在其内，拣一个最好的做您的意中人。来，跟我去。（以一纸交仆）你会到维洛那全城去走一转，一个一个去找这单子上有名字的人，请他们到我的家里来。（凯普莱特、帕里斯同下）

仆人 找这单子上有名字的人！人家说，鞋匠的针线，裁缝的钉锤，渔夫的笔，画师的网，各人有各人的职司；可是我们的老爷却叫我找这单子上有名字的人，我怎么知道写字的人在这上面写着些什么？我一定要找个识字的人。来得正好。

| 班伏里奥及罗密欧上。

班伏里奥 不，兄弟，新的火焰可以把旧的火焰扑灭，大的苦痛可以使小的苦痛减轻；头晕目眩的时候，只要转身向后；一桩绝望的忧伤，也可以用另一桩烦恼把它驱除。给你的眼睛找一个新的迷惑，你的原来的痼疾就可以霍然脱体。

罗密欧 你的药草只好医治——

班伏里奥 医治什么？

罗密欧 医治你的跌伤的胫骨。

班伏里奥 怎么，罗密欧，你疯了吗？

罗密欧 我没有疯，可是比疯人更不自由；关在牢狱里，不进饮食，挨受着鞭挞和酷刑，——晚安，好朋友！

仆人 晚安！请问先生，您念过书吗？

罗密欧 是的，这是我的贫困的资产。

仆人 也许您会不看着书念；可是请问您会不会看着字一个一个儿的念？

罗密欧 是我认得的字，我就会念。

仆人 您说得很老实；上帝保佑您！（欲去）

罗密欧 等一等，朋友；我会念。“玛丁诺先生暨夫人及诸位令媛；安赛尔美伯爵及诸位令妹；寡居之维特鲁维奥夫人；帕拉森西奥先生及诸位令侄女；茂丘西奥及其令弟凡伦丁；凯普莱特叔父暨婶母及诸位贤妹；罗瑟琳贤侄女；里维娅；伐伦西奥先生及其令表弟提伯尔特；路西奥及活泼之海丽娜。”好一群名士贤媛！请他们到什么地方去？

仆人 到我们家里吃饭去。

罗密欧 谁的家里？

仆人 我的主人的家里。

罗密欧 那还用问吗？

仆人 那么好，您不用问我，我就告诉您吧。我的主人就是那个有财有势的凯普莱特；要是您不是蒙太古家里的人，请您也来跟我们喝一杯酒，上帝保佑您！（下）

班伏里奥 在这一个凯普莱特家里按照旧例举行的宴会中间，你所热恋的美人罗瑟琳也要跟着维洛那城里所有的绝色名媛一同去赴宴。你也到那儿去吧，用着不带成见的眼光，把她的容貌跟别人比较比较，你就可以知道你的天鹅不过是一只乌鸦罢了。

罗密欧 要是我的虔敬的眼睛会相信这种谬误的幻象，那么让眼泪变成火焰，把这一双罪状昭著的异教邪徒烧成灰烬吧！比我的爱人还美！烛照万物的太阳，自有天地以来也不曾看见过一个可以和她媲美的人。

班伏里奥 嘿！你看见她的时候，因为没有别人在旁边，你的两只眼睛里只有她一个人，所以你以为她是美丽的；可是在你那水晶的天秤里，要是把你的恋人跟另外一个我可以在这宴会里指点给你看的美貌的姑娘同时较量起来，那么她现在虽然仪态万方，那时候就要自惭形秽了。

罗密欧 我倒要去这一次；不是去看你所说的美人，只要看看我自己的爱人怎样大放光彩，我就心满意足了。

（同下）

第三场

同前；凯普莱特家中一室

| 凯普莱特夫人及乳媪上。

凯普莱特夫人 奶妈，我的女儿呢？叫她出来见我。

乳媪 凭着我十二岁时候的童贞发誓，我早就叫过她了。

喂，小绵羊！喂，小鸟儿！上帝保佑！这孩子什么地方去啦？喂，朱丽叶！

| 朱丽叶上。

朱丽叶 什么事？谁叫我？

乳媪 你的母亲。

朱丽叶 母亲，我来了。您有什么吩咐？

凯普莱特夫人 是这么一件事。奶妈，你出去一会儿。我们要谈些秘密的话。——奶妈，你回来吧；我想起来了，你也应当听听我们的谈话。你知道我的女儿年纪也不算怎么小啦。

乳媪 对啊，我把她的时辰八字记得清清楚楚的。

凯普莱特夫人 她现在还不满十四岁。

乳媪 我可以用我的十四颗牙齿打赌，——唉，说来伤心，我的牙齿掉得只剩四颗啦！——她还没有满十四岁呢。现在离收获节还有多久？

凯普莱特夫人 两个星期多一点。

乳媪 不多不少，不先不后，到收获节的晚上她才满十四岁。苏珊跟她同年，——上帝安息一切基督徒的灵魂！唉！苏珊是跟上帝在一起啦，我命里不该有这样一个孩子。可是我说过的，到收获节的晚上，她就要满十四岁啦；正是，一点不错，我记得清清楚楚的。自从地震那一年到现在，已经十一年啦；那时候她已经断了奶，我永远不会忘记，不先不后，刚巧在那一天；因为我在那时候用艾叶涂在奶头上，坐在鸽棚下面晒着太阳；老爷跟您那时候都在曼多亚。瞧，我的记性可不算坏。可是我说的，她一尝到我奶头上的艾叶的味道，觉得变了苦啦，嗳哟，这可爱的小傻瓜！她就发起脾气来，把奶头摔开啦。这句话说来话长，算来也有十一年啦；后来她就慢慢儿会一个人站得直挺挺的，还会摇呀摆的到处乱跑，就是在她跌破额角的那一天，我那去世的丈夫——上帝安息他的灵魂！他是个喜欢说说笑笑的人，——把这孩子抱了起来，“啊！”他说，“你扑在地上了吗？再过两年，你就要仰在床上了；是不是呀，朱丽？”谁知道这个可爱的坏东西忽然停住了哭声，说“嗯”。嗳哟，真把人都笑死了！要是我活到一千岁，我也再不会忘记这句话。“是不是呀，朱丽？”他说。这可爱的小傻瓜就停住了哭声，说“嗯”。

凯普莱特夫人 得了得了，请你别说下去了吧。

乳媪 是，太太。可是我一想到她会停住了哭说“嗯”，就禁不住笑起来。不说假话，她额角上肿起了像小雄鸡的睾丸那么大的一个块哩；她痛得放声大哭；“啊！”我的丈夫说，“你扑在地上了吗？等你年纪一大，你就要仰在床上了；是不是呀，朱丽？”她就停住了哭声，说“嗯”。

朱丽叶 我说，奶妈，你也可以停嘴了。

乳媪 好，我不说啦，我不说啦。上帝保佑你！你是在我手里抚养长大的一个最可爱的小宝贝；要是我能够活到有一天瞧着你嫁了出去，也算了结我的一桩心愿啦。

凯普莱特夫人 是呀，我现在就是要谈起她的亲事。朱丽叶，我的孩子，告诉我，要是现在把你嫁了出去，你觉得怎么样？

朱丽叶 这是我做梦也没有想到过的一件荣誉。

乳媪 一件荣誉！倘不是你只有我这一个奶妈，我一定要说你的聪明是从奶头上得来的。

凯普莱特夫人 好，现在你把婚姻问题考虑考虑吧。在这儿维洛那城里，比你再年轻点儿的千金小姐们，都已经做了母亲啦。就拿我来说吧，我在你现在这样的年纪，也已经生下了你。废话用不到多说，少年英俊的帕里斯已经来向你求过婚啦。

乳媪 真是一位好官人，小姐！像这样的一个男人，小姐，真是天下少有。嗳哟！他才是一位十全十美的好郎君。

凯普莱特夫人 维洛那的夏天找不到这样一朵好花。

乳媪 是啊，他是一朵花，真是一朵好花。

凯普莱特夫人 你怎么说？你能不能够欢喜这个绅士？这晚上在我们家里的宴会中间，你就可以看见他。从年轻的帕里斯的脸上，你可以读到用秀美的笔写成的迷人的字句；一根根齐整的线条，交织成整个的一幅谐和的图画；要是你想探索这一卷美好的书中的奥秘，在他的眼角上可以找到微妙的诠注。这本珍贵的恋爱的经典，只缺少一帧可以使它相得益彰的封面；正像游鱼需要活水，美妙的内容也少不了美妙的外表陪衬。记载着金科玉律的宝籍，锁合在金漆的封面里，它的辉煌富丽为众目所共见；要是你做了他的封面，那么他所有的一切都属于你所有了。简简单单回答我，你能够接受帕里斯的爱吗？

朱丽叶 要是我看见了他以后，能够发生好感，那么我是准备欢喜他的。可是我的眼光的飞箭，倘然没有得到您的允许，是不敢大胆发射出去的呢。

| 一仆人上。

仆人 太太，客人都来了，餐席已经摆好了，请您跟小姐快些出去。大家在厨房里埋怨着奶妈，什么都乱成一团糟。我要伺候客人去；请您马上就来。

凯普莱特夫人 我们就来了。朱丽叶，那伯爵在等着哩。

乳媪 去，孩子，快去找天天欢乐，夜夜良宵。（同下）

第四场

同前；街道

| 罗密欧、茂丘西奥、班伏里奥及五六人或戴假面或持火炬上。

罗密欧 怎么！我们就用这一番话作为我们的进身之阶，还是就这么昂然直入，不说一句道歉的话？

班伏里奥 这种虚文俗套，现在早就不时行了。我们用不着蒙着眼睛的丘比特，背着一张花漆的木弓，像个稻草人似的去吓那些娘儿们；也用不到跟着提示的人一句一句念那从书上默诵出来的登场白；凭他们把我们认做什么人，我们只要跳完一回舞，走了就完啦。

罗密欧 给我一个火炬，我不高兴跳舞。我的阴沉的心需要着光明。

茂丘西奥 不，好罗密欧，我们一定要你陪着我们跳舞。

罗密欧 我实在不能跳。你们都有轻快的舞鞋；我只有一个铅一样重的灵魂，把我的身体紧紧地钉在地上，使我的脚步也不能移动。

茂丘西奥 你是一个恋人，你就借着丘比特的翅膀，高高地飞起来吧。

罗密欧 他的羽镞已经穿透我的胸膛，我不能借着他的羽翼高翔；他束缚住了我整个的灵魂，爱的重担压得我向下坠沉。

茂丘西奥 爱是一件温柔的东西，要是你拖着它一起沉下去，那未免太难为它了。

罗密欧 爱是温柔的吗？它是太粗暴，太专横，太野蛮了；它像荆棘一样刺人。

茂丘西奥 要是爱情虐待了你，你也可以虐待爱情；它刺痛了你，你也可以刺痛它；这样你就可以战胜了爱情。给我一个脸具，让我把我的尊容藏起来；（戴假面）哎哟，好难看的鬼脸！再给我拿一个脸具来把它罩住吧。也罢，就让人家笑我丑，也有这一张鬼脸儿替我遮羞。

班伏里奥 来，敲门进去；大家一进门，就跳起舞来。

罗密欧 拿一个火炬给我。让那些无忧无虑的公子哥儿们去卖弄他们的舞步吧；莫怪我说句老气横秋的话，我对于这种玩意儿实在敬谢不敏，还是做个壁上旁观的人吧。

茂丘西奥 胡说！要是你已经没头没脑深陷在恋爱的泥沼里——恕我说这样的话，——那么我们一定要拉你出来。来来来，别浪费光阴啦！

罗密欧 我们去参加他们的舞会，实在不是一件聪明的事。

茂丘西奥 为什么？请问。

罗密欧 昨天晚上我做了一个梦。

茂丘西奥 我也做了一个梦。

罗密欧 好，你做了什么梦？

茂丘西奥 我梦见做梦的人老是说谎。

罗密欧 一个人在睡梦里往往可以见到真实的事情。

茂丘西奥 啊！那么一定春梦婆来望过你了。

班伏里奥 春梦婆！她是谁？

茂丘西奥 她是精灵们的稳婆；她的身体只有郡吏手指上一颗玛瑙那么大；几匹蚂蚁大小的细马替她拖着车子，越过酣睡的人们的鼻梁，她的车辐是用蜘蛛的长脚作成的；车篷是蚱蜢的翅膀；挽索是如水的月光；马鞭是蟋蟀的骨头；缰绳是天际的游丝。替她驾车的是一头小小的灰色的蚊虫，它的大小还不及从一个贪懒丫头的指尖上挑出来的懒虫的一半。她的车子是野蚕用一个榛子的空壳替她造成，它们从古以来，就是精灵们的车匠。她每夜驱着这样的车子，穿过情人们的脑中，他们就会在梦里谈情说爱；经过官员们的膝上，他们就会在梦里打恭作揖；经过律师们的手指，他们就会在梦里伸手讨讼费；经过娘儿们的嘴唇，她们就会在梦里跟人家接吻，可是因为春梦婆讨厌她们嘴里吐出来的口香糖的气息，往往罚她们满嘴长着水泡。有时她从捐献给教会的猪身上拔下它的尾巴来，撩拨着一个牧师的鼻孔，他就会梦见他自己又领到一份俸禄；有时她绕过一个军士的颈项，他就会梦见杀敌人的头，进攻，埋伏，锐利的剑锋，淋漓的痛饮，忽然被耳边的鼓声惊醒，咒骂了几句，又翻了个身睡去了。就是这一个春梦婆在夜里把马鬣打成了辫子，把懒女人的龌龊的乱发烘成一处处胶黏的硬块，倘然把它们梳通了，就要遭逢祸事；就是这个婆子在人家女孩子们仰面睡觉的时候，压在她们的身上，教会她们怎样养儿子；就是她——

罗密欧 得啦，得啦，茂丘西奥，别说啦！你全然在那儿痴人说梦。

茂丘西奥 对了，梦本来是痴人脑中的胡思乱想；它的本质像空气一样稀薄；它的变化莫测，就像一阵风，刚才还在向着冰雪的北方求爱，忽然发起恼来，一转身又到雨露的南方来了。

班伏里奥 你讲起的这一阵风，把我们自己不知吹到哪儿去了。人家晚饭都用过了，我们进去怕要太晚啦。

罗密欧 我怕也许是太早了；我觉得仿佛有一种不可知的命运，将要从我们今天晚上的狂欢开始它的恐怖的统治，我这可憎恨的生命，将要遭遇惨酷的夭折而告一结束。可是让支配我的前途的上帝指导我的行动吧！前进，勇敢的朋友们！

班伏里奥 来，把鼓擂起来。（同下）

第五场

同前；凯普莱特家中厅堂

| 乐工各持乐器等候；众仆上。

仆甲 卜得潘呢？他怎么不来帮忙把这些盆子拿下去？他

不愿意搬碟子！他不愿意揩砧板！

仆乙 自己没有洗净手，却怪人家不懂规矩，这才糟糕！

仆甲 把折凳拿进去，把食器架搬开，留心打碎盆子。好兄弟，留一块杏仁酥给我；谢谢，你去叫那管门的让苏珊跟耐儿进来。安东尼！卜得潘！

仆乙 嗷，兄弟，我在这儿。

仆甲 里头在找着你，叫着你，问着你，到处寻着你。

仆丙 咱们可不能一个身子分在两处呀。

仆乙 来，孩儿们，大家出力！（众仆退后）

［凯普莱特、朱丽叶及其家族等自一方上；众宾客及假面跳舞者等自另一方上，相遇。

凯普莱特 诸位朋友，欢迎欢迎！足趾上不生茧的小姐太太们要跟你们跳一回儿舞呢。啊哈！我的小姐们，你们中间现在有什么人不愿意跳舞？我可以发誓，谁要是推三阻四的，一定脚上长着老大的茧；果然给我猜中了吗？诸位朋友，欢迎欢迎！我从前也曾经戴过假脸，在一个标致姑娘的耳朵旁边讲些使得她心花怒放的话儿；这种时代现在是过去了，过去了，过去了。诸位朋友，欢迎欢迎！来，乐工们，奏起音乐来吧。站开些！站开些！让出地位来。姑娘们，跳起来吧。（奏乐；众开始跳舞）混蛋，把灯点亮一点，把桌子一起搬掉，把火炉熄了，这屋子里太热啦。啊，好小子！这才玩得有兴。啊！请坐，请坐，好兄弟，我们两人现在是跳不起来的了；您还记得我们最后一次戴着假脸跳舞是在什么时候？

凯普莱特族人 这句话说来也有三十年啦。

凯普莱特 什么，兄弟！没有这么久，没有这么久；那是在路森修结婚的那年，大概离现在有二十五年模样，我们曾经跳过一次。

凯普莱特族人 不止了，不止了；大哥，他的儿子也有三十岁啦。

凯普莱特 我难道不知道吗？他的儿子两年以前还没有成年哩。

罗密欧 搂着那位武士的手的那一位小姐是谁？

仆人 我不知道，先生。

罗密欧 啊！火炬远不及她的明亮；
她皎然照耀在暮天颊上，
像黑奴耳边璀璨的珠环；
她是天上明珠降落人间！
瞧她随着女伴进退周旋，
像鸦群中一头白鸽蹁跹。
我要等舞阑后追随左右，
握一握她那纤纤的素手。
我从前的恋爱是假非真，
今晚才遇见绝世的佳人！

提伯尔特 听这个人的声音，好像是一个蒙太古家里的人。孩儿，拿我的剑来。哼！这不知死活的奴才，竟敢套着一个鬼脸，到这儿来嘲笑我们的盛会吗？为了保持凯普莱特家族的光荣，我把他杀死了也不算是罪过。

凯普莱特 嗳哟，怎么，侄儿！你怎么动起怒来啦？

提伯尔特 姑父，这是我们的仇家蒙太古家里的人；这贼子今天晚上到这儿来，一定不怀好意，存心来捣乱我们的盛会。

凯普莱特 他是罗密欧那小子吗？

提伯尔特 正是他，正是罗密欧这小杂种。

凯普莱特 别生气，好侄儿，让他去吧。瞧他的举动倒也规规矩矩；说句老实话，在维洛那城里，他也算得一个品行很好的青年。我无论如何不愿意在我自己的家里跟他闹事。你还是耐着性子，别理他吧。我的意思就是这样，你要是听我的话，赶快收下了怒容，和和气气的，不要打断了大家的兴致。

提伯尔特 这样一个贼子也来做我们的宾客，我怎么不生气？我不能容他在这儿放肆。

凯普莱特 不容也得容；哼，目无尊长的孩子！我偏要容他。嘿！谁是这里的主人？是你还是我？嘿！你容不得他！什么话！你要当着这些客人的面前吵闹吗？你不服气！你要充好汉！

提伯尔特 姑父，咱们不能忍受这样的耻辱。

凯普莱特 得啦，得啦，你真是一点规矩都不懂。——是真的吗？您也许不喜欢这个调调儿。——我知道你一定要跟我闹蹩扭！——说得很好，我的好人儿！——你是个放肆的孩子；去，别闹！不然的话，——把灯再点亮些！把灯再点亮些！——不害臊的！我要叫你闭嘴。——啊！痛痛快快玩一下，我的好人儿们！

提伯尔特 我这满腔怒火偏给他浇下一盆冷水，好教我气得浑身起了哆嗦。我且退下去；可是今天由他闯进了咱们的屋子，看他不会有一天得意翻成了后悔。（下）

罗密欧 （向朱丽叶）

要是我这俗手上的尘污，

亵渎了你的神圣的庙宇，
这两片嘴唇，含羞的信徒，
愿意用一吻乞求你宥恕。

朱丽叶 信徒，莫把你的手儿侮辱，
这样才是最虔诚的礼敬；
神明的手本许信徒接触，
掌心的密合远胜如亲吻。

罗密欧 生下了嘴唇有什么用处？

朱丽叶 信徒的嘴唇要祷告神明。

罗密欧 那么我要祷求你的允许，
让手的工作交给了嘴唇。

朱丽叶 你的祷告已蒙神明允准。

罗密欧 神明，请容我把殊恩受领。（吻朱丽叶）
这一吻涤清了我的罪孽。

朱丽叶 你的罪却沾上我的唇间。

罗密欧 啊！请原谅我无心的过失，这一次我要把罪恶收还。

乳媪 小姐，你妈要跟你说话。

罗密欧 谁是她的母亲？

乳媪 小官人，她的母亲就是这儿府上的太太，她是个好太太，又聪明，又贤德；我替她抚养她的女儿，就是刚才跟您说话的那个；告诉您吧，谁要是娶了她去，才发财啦。

罗密欧 她是凯普莱特家里的人吗？哎哟！我的生死现在操在我的仇人的手里了！

班伏里奥 去吧，跳舞快要完啦。

罗密欧 是的，我只怕盛筵易散，良会难逢。

凯普莱特 不，列位，请慢点儿去；我们还要请你们稍微用一点茶点。真的吗？那么谢谢你们；各位朋友，谢谢，谢谢，再会！再会！再拿几个火把来！来，我们去睡吧。啊，好小子！天真的不早了；我是要去休息一会儿。（除朱丽叶及乳媪外俱下）

朱丽叶 过来，奶妈。那边的那位绅士是谁？

乳媪 提伯里奥那老头儿的儿子。

朱丽叶 现在跑出去的那个人是谁？

乳媪 呃，我想他就是那个年轻的彼特鲁乔。

朱丽叶 那个跟在人家后面不跳舞的人是谁？

乳媪 我不认识。

朱丽叶 去问他叫什么名字。——要是他已经结过婚，那么婚床便是我的新坟。

乳媪 他的名字叫罗密欧，是蒙太古家里的人，咱们仇家的独子。

朱丽叶 恨灰中燃起了爱火融融，
要是不该相识，何必相逢！
昨天的仇敌，今日的情人，
这场恋爱怕要种下祸根。

乳媪 你在说什么？你在说什么？

朱丽叶 那是刚才一个陪我跳舞的人教给我的几句诗。（内呼，“朱丽叶！”）

乳媪 就来，就来！——来，咱们去吧；客人们都已经散了。（同下）

开场诗

| 副末上念:

旧日的温情已尽付东流，
新生的爱恋正如日初上；
为了朱丽叶的绝世温柔，
忘却了曾为谁魂思梦想。
罗密欧爱着她媚人容貌，
把一片痴心呈献给仇雠；
朱丽叶恋着他风流才调，
甘愿被香饵钓上了金钩。
只恨解不开的世仇宿怨，
这段山海深情向谁声诉？
幽闺中锁住了桃花人面，
要相见除非是梦魂来去。
可是热情总会战胜辛艰，
苦味中间才有无限甘甜。（下）

第　二　幕

第一场

维洛那；凯普莱特花园墙外的小巷

| 罗密欧上。

罗密欧　我的心还逗留在这里，我能够就这样掉头前去吗？缩回去吧，无情的土地，让我回到这世界的中心。（攀登墙上，跳入墙内）

| 班伏里奥及茂丘西奥上。

班伏里奥　罗密欧！罗密欧兄弟！

茂丘西奥　他是个乖巧的家伙；我说他一定溜回家去睡了。

班伏里奥　他望着这条路上跑，一定跳进这花园的墙里去了。好茂丘西奥，你叫叫他吧。

茂丘西奥　不，我还要念咒喊他出来呢。罗密欧！痴人！疯子！恋人！情郎！快快化做一声叹息出来吧！我不要你多说什么，只要你念一行诗，叹一口气，把咱们那位维纳斯奶奶恭维两句，替她的瞎眼儿子丘比特少爷取个绰号就行啦。他没有听见，他没有作声，他没有动静；这猴儿崽子难道死了吗？待我咒他的鬼魂出来。凭着罗瑟琳的光明的眼睛，凭着她的高额角，她的红嘴唇，她的玲珑的脚，挺直的小腿，弹性的大腿和大腿附近的那一部分，凭着这一切的名义，赶快给我现出真形来吧！

班伏里奥 他要是听见了，一定会生气的。来，他已经躲到树丛里，跟那多露水的黑夜做伴去了；爱情本来是盲目的，让他在黑暗里摸索去吧。

茂丘西奥 罗密欧，晚安！我要上床睡觉去；这儿草地上太冷啦，我可受不了。来，咱们去吧。

班伏里奥 好，去吧；他要避着我们，找他也是白费辛勤。（同下）

第二场

同前；凯普莱特家的花园

｜罗密欧上。

罗密欧 没有受过伤的才会讥笑别人身上的创痕。（朱丽叶自上方窗户中出现）轻声！那边窗子里亮起来的是什么光？那就是东方，朱丽叶就是太阳！起来吧，美丽的太阳！赶走那妒忌的月亮，她因为她的女弟子比她美得多，已经气得面色惨白了。既然她这样妒忌着你，你不要皈依她吧；脱下她给你的这一身惨绿色的贞女的道服，它是只配给愚人穿着的。那是我的意中人；啊！那是我的爱；唉，但愿她知道我在爱着她！她欲言又止，可是她的眼睛已经道出了她的心事。待我去回答她吧；不，我不要太卤莽，她不是对我说话。天上两颗最灿烂的星，因为有事他去，请求她的眼睛替代它们在空中闪耀。要是她的眼睛变成了天上的星，天上的星变成了她的眼睛，那便怎样呢？她脸上的光辉会掩盖了星星的明亮，正像灯光在朝阳下黯然失色一样；在天上的她的眼睛，会在太空中大放光明，使鸟儿们误认为黑夜已经过去而展开它们的歌声。瞧！她用纤手托住了脸庞，那姿态是多么美妙！啊，但愿我是那一只手上的手套，好让我亲一亲她脸上的香泽！

朱丽叶 唉！

罗密欧 她说话了。啊！再说下去吧，光明的天使！因为我在这夜色之中仰视着你，就像一个尘世的凡人，张大了出神的眼睛，瞻望着一个生着翅膀的天使，驾着白云缓缓地驶过了天空一样。

朱丽叶 罗密欧啊，罗密欧！为什么你偏偏是罗密欧呢？否认你的父亲，抛弃你的姓名吧；也许你不愿意这样做，那么只要你宣誓做我的爱人，我也不愿再姓凯普莱特了。

罗密欧 （旁白）我还是继续听下去呢，还是现在就对她说话？

朱丽叶 只有你的名字才是我的仇敌；你即使不姓蒙太古，仍然是这样的一个你。姓不姓蒙太古又有什么关系呢？它又不是手，又不是脚，又不是手臂，又不是脸孔，又不是身体上任何其他的部分。啊！换一个姓名吧！姓名本来是没有意义的；我们叫做玫瑰的这一种花，要是换了个名字，它的香味还是同样的芬芳；罗密欧要是换了别的名字，他的可爱的完美也决不会有丝毫改变。罗密欧，抛弃了你的名字吧；我愿意把我整个的心魂，赔偿你这一个身外的空名。

罗密欧 那么我就听你的话，你只要叫我做爱，我就有了一个新的名字；从今以后，永远不再叫罗密欧了。

朱丽叶 你是什么人，在黑夜里躲躲闪闪地偷听人家的话？

罗密欧 我没法告诉你我叫什么名字。敬爱的神明，我痛恨我自己的名字，因为它是你的仇敌；要是把它写在纸上，我一定把这几个字撕成粉碎。

朱丽叶 我的耳朵里还没有灌进从你嘴里吐出来的一百个字，可是我认识你的声音；你不是罗密欧，蒙太古家里的人吗？

罗密欧 不是，美人，要是你不喜欢这两个名字。

朱丽叶 告诉我，你怎么会到这儿来，为什么到这儿来？花园的墙这么高，不是容易爬得上的；要是我家里的人瞧见你在这儿，他们一定不让你活命。

罗密欧 我借着爱的轻翼飞过园墙，因为瓦石的墙垣是不能把爱情阻隔的；爱情的力量所能够做到的事，它都会冒险尝试，所以，我不怕你家里人的干涉。

朱丽叶 要是他们瞧见了你，一定会把你杀死的。

罗密欧 唉！你的眼睛比他们二十柄刀剑还厉害；只要你用温柔的眼光看着我，他们就不能伤害我的身体。

朱丽叶 我怎么也不愿让他们瞧见你在这儿。

罗密欧 朦胧的夜色可以替我遮过他们的眼睛。只要你爱我，就让他们瞧见我吧；与其因为得不到你的爱情而在这世上捱命，还不如在仇人的刀剑下丧生。

朱丽叶 谁教你找到这儿来的？

罗密欧 爱情怂恿我探听出这一个地方；他替我出主意，我借给他眼睛。我不会操舟驾舵，可是倘使你在辽远辽远的海滨，我也会冒着风波把你寻访。

朱丽叶 幸亏黑夜替我罩上了一重面幕，否则为了我刚才被你听去的话，你一定可以看见我脸上羞愧的红晕。我真想遵守礼法，否认已经说过的言语，可是这些虚文俗礼，现在只好一切置之不顾了！你爱我吗？我知道你一定会说“是的”；我也一定会相信你的话；可是也许你起的誓只是一个谎，人家说，对于恋人们的寒盟背信，上帝是一笑置之的。温柔的罗密欧啊！你要是真的爱我，就请你诚意告诉我；你要是嫌我太容易降心相从，我也会堆起怒容，装出倔强的神气，拒绝你的好意，好让你向我宛转求情，否则我是无论如何不会拒绝你的。俊秀的蒙太古啊，我真的太痴心了，所以也许你会觉得我的举动有点轻浮；可是相信我，朋友，总有一天你会知道我的忠心远胜过那些善于矜持作态的人。我必须承认，倘不是你乘我不备的时候偷听去了我的真情的表白，我一定会更加矜持一点的；所以原谅我吧，是黑夜泄露了我心底的秘密，不要把我的允诺看作了无耻的轻狂。

罗密欧 姑娘，凭着这一轮皎洁的月亮，它的银光涂染着这些果树的梢端，我发誓——

朱丽叶 啊！不要指着月亮起誓，它是变化无常的，每个月都有盈亏圆缺；你要是指着它起誓，也许你的爱情也会像它一样无常。

罗密欧 那么我指着什么起誓呢？

朱丽叶　不用起誓吧；或者要是你愿意的话，就凭着你优美的自身起誓，那是我所崇拜的偶像，我一定会相信你的。

罗密欧　要是我的出自深心的爱情——

朱丽叶　好，别起誓啦。我虽然喜欢你，却不喜欢今天晚上的密约；它是太仓卒，太轻率，太出人意外了，正像一闪电光，等不及人家开一声口，已经消隐了下去。好人，再会吧！这一朵爱的蓓蕾，靠着夏天的暖风的吹嘘，也许会在我们下次相见的时候，开出鲜艳的花来。晚安，晚安！但愿恬静的安息同样降临到你我两人的心头！

罗密欧　啊！你就这样离我而去，不给我一点满足吗？

朱丽叶　你今夜还要什么满足呢？

罗密欧　你还没有把你的爱情的忠实的盟誓跟我交换。

朱丽叶　在你没有要求以前，我已经把我的爱给了你了；可是我很愿意再把它重新收回转来。

罗密欧　你要把它收回去吗？为什么呢，爱人？

朱丽叶　为了表示我的慷慨，我要把它重新给你。可是这样等于希望得到自己已经有的东西：我的慷慨像海一样浩渺，我的爱情也像海一样深沉；我给你的越多，我自己也越是富有，因为这两者都是没有穷尽的。（乳媪在内呼唤）我听见里面有人在叫；亲爱的，再会吧！——就来了，好奶妈！——亲爱的蒙太古，愿你不要负心。再等一会儿，我就会来的。（自上方下）

罗密欧　幸福的，幸福的夜啊！我怕我只是在晚上做了一个梦，这样美满的事不会是真实的。

| 朱丽叶自上方重上。

朱丽叶 亲爱的罗密欧，再说三句话，我们真的要再会了。要是你的爱情的确是光明正大，你的目的是在于婚姻，那么明天我会叫一个人到你的地方来，请你叫他带一个信给我，告诉我你愿意在什么地方什么时候举行婚礼；我就会把我的整个命运交托给你，把你当作我的主人，跟随你到世界的尽头。

乳媪 （在内）小姐！

朱丽叶 就来。——可是你要是没有诚意，那么我请求你，——

乳媪 （在内）小姐！

朱丽叶 等一等，我来了。——停止你的求爱，让我一个人独自伤心吧。明天我就叫人来看你。

罗密欧 凭着我的灵魂——

朱丽叶 一千次的晚安！（自上方下）

罗密欧 晚上没有你的光，我只有一千次的心伤！恋爱的人去赴他情人的约会，像一个放学归来的儿童；可是当他和情人分别的时候，却像上学去一般满脸懊丧。（退后）

| 朱丽叶自上方重上。

朱丽叶 嘘！罗密欧！嘘！唉！我希望我会发出呼鹰的声音，招这头鹰儿回来。我不能高声说话，否则我要捣毁厄科[1]的洞穴，让她的无形的喉咙因为反复叫喊

---

① 厄科（Echo），希腊神话中的仙女，因恋爱美少年Narcissus不遂而形消体灭，化为山谷中的回声。

着我的罗密欧的名字而变成嘶哑。

罗密欧 那是我的灵魂在叫喊着我的名字。恋人的声音在晚间多么清婉，听上去就像最柔和的音乐！

朱丽叶 罗密欧！

罗密欧 我的爱！

朱丽叶 明天我应该在什么时候叫人来看你？

罗密欧 就在九点钟吧。

朱丽叶 我一定不失信；挨到那个时候，该有二十年那么长久！我记不起为什么要叫你回来。

罗密欧 让我站在这儿，等你记起来告诉我。

朱丽叶 你这样站在我的面前，我一心想着多么爱跟你在一块儿，一定永远记不起来了。

罗密欧 那么我就永远等在这儿，让你永远记不起来，忘记除了这里以外还有什么家。

朱丽叶 天快要亮了；我希望你快去；可是我就好比一个淘气的女孩子，像放松一个囚犯似的让她心爱的鸟儿暂时跳出她的掌心，又用一根丝线把它拉了回来，爱的私心使她不愿意给它自由。

罗密欧 我但愿我是你的鸟儿。

朱丽叶 好人，我也但愿这样；可是我怕你会死在我的过分的抚爱里。晚安！晚安！离别是这样甜蜜的凄清，我真要向你道晚安直到天明！（下）

罗密欧 但愿睡眠合上你的眼睛！

但愿平和安息我的心灵！

我如今要去向神父求教，

把今宵的艳遇诉他知晓。（下）

第三场

同前；劳伦斯神父的庵院

｜劳伦斯神父携篮上。

劳伦斯 黎明笑向着含愠的残宵，
金鳞浮上了东方的天梢；
看赤轮驱走了片片乌云，
像一群醉汉向四处狼奔。
趁太阳还没有睁开火眼，
晒干深夜里的涔涔露点，
我待要采摘下满箧盈筐，
毒草灵葩充实我的青囊。
大地是生化万类的慈母，
她又是掩藏群生的坟墓，
试看她无所不载的胸怀，
哺乳着多少的姹女婴孩！
天生下的万物没有弃掷，
什么都有它各自的特色，
石块的冥顽，草木的无知，
都含着玄妙的造化生机。
莫看那蠢蠢的恶木莠蔓，
对世间都有它特殊贡献；
即使最纯良的美谷嘉禾，
用得失当也会害性戕躯。
美德的误用会变成罪过，
罪恶有时反会造成善果。

这一朵有毒的弱蕊纤苞，
也会把淹煎的痼疾医疗；
它的香味可以祛除百病，
吃下腹中却会昏迷不醒。
草木和人心并没有不同，
各自有善意和恶念争雄；
恶的势力倘然占了上风，
死便会蛀蚀进它的心中。

丨罗密欧上。

罗密欧 早安，神父。

劳伦斯 上帝祝福你！是谁的温柔的声音这么早就在叫我？孩子，你一早起身，一定有什么心事。老年人因为多忧多虑，往往容易失眠，可是身心壮健的青年，一上了床就应该酣然入睡；所以你的早起，倘不是因为有什么烦恼，一定是昨夜没有睡过觉。

罗密欧 你的第二个猜测是对的；我昨夜享受到比睡眠更甜蜜的安息。

劳伦斯 上帝饶恕我们的罪恶！你是跟罗瑟琳在一起吗？

罗密欧 跟罗瑟琳在一起，我的神父？不，我已经忘记了那一个名字，那是个使人不快的名字。

劳伦斯 那才是我的好孩子；可是你究竟在什么地方呢？

罗密欧 我愿意在你没有问我第二遍以前告诉你。昨天晚上我跟我的仇敌在一起宴会，突然有一个人伤害了我，同时她也被我伤害了；只有你的帮助和你的圣药，才会医治我们两人的重伤。神父，我并不怨恨我的敌人，因为瞧，我来向你请求的事，不单为了我自己，也同样为了她。

劳伦斯 好孩子，说明白一点，把你的意思老老实实告诉我，别打着哑谜了。

罗密欧 那么老实告诉你吧，我心底的一往深情，已经完全倾注在凯普莱特的美丽的女儿身上了。她也是同样爱着我；一切都完全定当了，只要你肯替我们主持神圣的婚礼。我们在什么时候遇见，在什么地方求爱，怎样彼此交换着盟誓，这一切我都可以慢慢儿告诉你；可是无论如何，请你一定答应就在今天替我们成婚。

劳伦斯 圣芳济啊！多么快的变化！难道你所深爱着的罗瑟琳，就这样一下子被你抛弃了吗？这样看来，年轻人的爱情，都是见异思迁，不是发于真心的。耶稣，马利亚！你为了罗瑟琳的缘故，曾经用多少的眼泪洗过你消瘦的脸庞！为了替无味的爱情添加一点辛酸的味道，曾经浪费掉多少的咸水！太阳还没有扫清你吐向穹苍的怨气，我这龙钟的耳朵里还留着你往日的呻吟；瞧！就在你自己的颊上，还剩着一丝不曾揩去的旧时的泪痕。要是你不曾变了一个人，这些悲哀都是你真实的情感，那么你是罗瑟琳的，这些悲哀也是为罗瑟琳而发；难道你现在已经变心了吗？男人既然这样没有恒心，那就莫怪女人家朝秦暮楚了。

罗密欧 你常常因为我爱罗瑟琳而责备我。

劳伦斯 我的学生，不是说你不该恋爱，我只叫你不要因为恋爱而发痴。

罗密欧 你又叫我把爱情埋葬在坟墓里。

劳伦斯 我没有叫你把旧的爱情埋葬了，再去另找新欢。

罗密欧 请你不要责备我；我现在所爱的她，跟我心心相印，不像前回那个一样。

劳伦斯 啊，罗瑟琳知道你对她的爱情完全抄着人云亦云的老调，你还没有读过恋爱入门的一课哩。可是来吧，朝三暮四的青年，跟我来；为了一个理由，我愿意帮助你一臂之力：因为你们的结合也许会使你们两家释嫌修好，那就是天大的幸事了。

罗密欧 啊！我们就去吧，我巴不得越快越好。

劳伦斯 凡事三思而行；跑得太快是会滑跌的。（同下）

第四场

同前；街道

| 班伏里奥及茂丘西奥上。

茂丘西奥 见鬼的，这罗密欧究竟到哪儿去了？他昨天晚上没有回家吗？

班伏里奥 没有，我问过他的用人了。

茂丘西奥 嗳哟！那个白脸孔狠心肠的女人，那个罗瑟琳，把他虐待得一定要发疯了。

班伏里奥 提伯尔特，凯普莱特那老头子的亲戚，有一封信送到他父亲那里。

茂丘西奥 一定是一封挑战书。

班伏里奥 罗密欧一定会给他一个答复。

茂丘西奥 只要会写几个字，谁都会写一封复信。

班伏里奥 不，我说他一定会接受他的挑战。

茂丘西奥 唉！可怜的罗密欧！他已经死了，一个白女人的黑眼睛戳破了他的心；一支恋歌穿过了他的耳朵；瞎眼的丘比特的箭把他当胸射中；他现在还能够抵得住提伯尔特吗？

班伏里奥 提伯尔特是个什么人？

茂丘西奥 我可以告诉你，他不是个平常的阿猫阿狗。啊！他是个顶懂得礼节的人。他跟人打起架来，就像照着乐谱唱歌一样，一板一眼都不放松，一秒钟的停顿，然后一、二、三，刺进了人家的胸膛；他全然是个穿礼服的屠夫，一个决斗的专家。啊！那了不得的侧击！那反击！那直中要害的一剑！

班伏里奥 那什么？

茂丘西奥 见他的鬼！这种怪模怪样扭扭捏捏的装腔作势，说起话来怪声怪气的，“耶稣哪，好一柄锋利的刀子！”——好一个高大的汉子，好一个风流的婊子！嘿，老爹，咱们中间有这么一群不知从哪儿飞来的苍蝇，这一群满嘴法国话的时髦人，他们因为趋新好异，坐在一张旧凳子上也会不舒服，这不是一件可以痛哭流涕的事吗？

| 罗密欧上。

班伏里奥 罗密欧来了，罗密欧来了。

茂丘西奥 瞧他孤零零的神气，倒像一条风干的咸鱼。现在他又要念起彼特拉克[1]的诗句来了：罗拉[2]比起他的情人来不过是个灶下的丫头，虽然她有一个会做诗的爱人；狄多[3]是个蓬头垢面的村妇；克莉奥佩屈拉[4]是个吉卜赛姑娘；海伦[5]希罗[6]都是下流的娼妓；提斯柏[7]也许有一双美丽的灰色眼睛，可是也不配相提并论。早安，罗密欧先生！

罗密欧 两位大哥早安！

茂丘西奥 你昨天晚上逃走得好。

罗密欧 对不起，茂丘西奥，我因为有一件很重要的事情，所以只好失礼了。

| 乳媪及彼得上。

乳媪 彼得！

彼得 有！

乳媪 彼得，我的扇子。

茂丘西奥 好彼得，替她把脸孔遮了；因为她的扇子比她的脸孔好看一点。

乳媪 早安，列位先生。

茂丘西奥 早安，好太太。

乳媪 列位先生，你们有谁能够告诉我年轻的罗密欧在什

---

① 彼特拉克（Petrarch），十四世纪意大利诗人。
② 罗拉（Laura），彼特拉克终身的爱人。
③ 狄多（Dido），古代Carthage王后。
④ 克莉奥佩屈拉（Cleopatra），埃及著名女王。
⑤ 海伦（Helen），荷马史诗*Iliad*中的美人。
⑥ 希罗（Hero），古代传说中的女郎，其恋人Leander因赴其约会而泅水渡Hellespont海峡，卒遭没顶。
⑦ 提斯柏（Thisbe）及其恋人皮拉摩斯（Pyramus）的故事，见《仲夏夜之梦》。

么地方？

罗密欧 我可以告诉你；可是等你找到他的时候，年轻的罗密欧已经比你寻访他的时候老了点儿了。我因为取不到一个好一点的名字，所以就叫做罗密欧；在取这一个名字的人们中间，我是最年轻的一个。

乳媪 您真会说话。先生，要是您就是他，我要跟您讲几句心腹话儿。

班伏里奥 她要拉他吃晚饭去。

茂丘西奥 一个老虔婆，哼！罗密欧，你到不到你父亲那儿去？我们要在那边吃饭。

罗密欧 我就来。

茂丘西奥 再见，老太太；（唱）

再见，我的好姑娘！（茂丘西奥、班伏里奥下）

乳媪 好，再见！先生，这个满嘴胡说八道的放肆家伙是什么人？

罗密欧 奶妈，这位先生最喜欢听他自己讲话；他在一分钟里所说的话，比他在一个月里听人家讲的话还多。

乳媪 要是他对我说了一句不客气的话，尽管他力气再大一点，我也要给他一顿教训；这种家伙二十个我都对付得了，要是对付不了，我会叫那些对付得了他们的人来。混帐东西！他把老娘看做什么人啦？我不是那些烂污婊子，由得他随便取笑的。（向彼得）你也是个好东西，看着人家把我欺侮，站在旁边一动也不动！

彼得 我没有看见什么人欺侮你；要是我看见了，一定会立刻拔出刀子来的。碰到吵架的事，只要理直气壮，打起官司来不怕人家，我是从来不肯落在人家后头的。

乳媪 嗳哟！真把我气得浑身发抖。混帐的东西！对不起，先生，让我跟您说句话儿。我刚才说过的，我家小姐叫我来找您；她叫我说些什么话我可不能告诉您；可是我要先明白对您说一句，要是正像人家说的，您想骗她做一场春梦，那可真是人家说的一件顶坏的行为；因为这位姑娘年纪还小，所以您要是欺骗了她，实在是一桩对无论哪一位好人家的姑娘都是对不起的事情，而且也是一桩顶不应该的举动。

罗密欧 奶妈，请你替我向你家小姐致意。我可以对你发誓，——

乳媪 很好，我就这样告诉她。主啊！主啊！她听见了一定会非常欢喜的。

罗密欧 奶妈，你去告诉她什么话呢？你没有听我说呀。

乳媪 我就对她说您发过誓了，那可以证明您是一位正人君子。

罗密欧 你请她今天下午想个法子出来到劳伦斯神父的庵院里忏悔，就在那个地方举行婚礼。这几个钱是给你的酬劳。

乳媪 不，真的，先生，我一个钱也不要。

罗密欧 别客气了，你还是拿着吧。

乳媪 今天下午吗，先生？好，她一定会去的。

罗密欧 好奶妈，请你在这寺墙后面等一等，就在这一点钟之内，我要叫我的仆人去拿一捆扎得像船上的软梯一样的绳子来给你带去；在秘密的夜里，我要凭着它攀登我的幸福的尖端。再会！愿你对我们忠心，我一定不会有负你的辛劳。再会！替我向你的小姐致意。

乳媪 天上的上帝保佑您！先生，我对您说。

罗密欧 你有什么话说，我的好奶妈？

乳媪 您那仆人可靠得住吗？您不听见老古话说，两个人知道是秘密，三个人知道就不是秘密吗？

罗密欧 你放心吧，我的仆人是再可靠不过的。

乳媪 好先生，我那小姐是个最可爱的姑娘，——主啊！主啊！——那时候她还是个咿咿呀呀怪会话的小东西，——啊！本地有一位叫做帕里斯的贵人，他巴不得把我家小姐抢到手里；可是她，好人儿，瞧他比瞧一只虾蟆还讨厌。我有时候对她说帕里斯人品不错，你才不知道哩，她一听见这样的话，就会气得面如土色。

罗密欧 替我向你小姐致意。

乳媪 一定一定。（罗密欧下）彼得！

彼得 有！

乳媪 给我带路，快些走。（同下）

第五场

同前；凯普莱特家花园

| 朱丽叶上。

朱丽叶 我在九点钟差奶妈去；她答应在半小时以内回来。也

许她碰不见他；那是不会的。啊！她的脚走起路来不大方便。恋爱的使者应当是思想，因为它比驱散山坡上的阴影的太阳光还要快过十倍；所以维纳斯的云车是用白鸽驾驶的，所以凌风而飞的丘比特生着翅膀。现在太阳已经升上中天，从九点钟到十二点钟是三个很长的钟点，可是她还没有回来。要是她是个有感情有温暖的青春的血液的人，她的行动一定会像球儿一样敏捷，我用一句话就可以把她抛到我的心爱的情人那里，他也可以用一句话把她抛回到我这里；可是老年纪的人，大多像死人一般，手脚滞钝，呼唤不灵，慢吞吞地没有一点精神。

| 乳媪及彼得上。

朱丽叶 啊，上帝！她来了。啊，好心肝奶妈！什么消息？你碰到了他吗？叫那个人出去。

乳媪 彼得，到门口去等着。（彼得下）

朱丽叶 亲爱的好奶妈，——嗳呀！你怎么一脸孔的懊恼？即使是坏消息，你也应该装着笑容说；如果是好消息，你就不该用这副难看的脸孔奏出美妙的音乐来。

乳媪 我累死了，让我歇一会儿吧。嗳呀，我的骨头好痛！我赶了多少的路！

朱丽叶 我但愿把我的骨头给你，你的消息给我。求求你，快说呀；好奶妈，说呀。

乳媪 耶稣哪！你忙着什么？你不能等一下子吗？你不见我气都喘不过来吗？

朱丽叶 你既然气都喘不过来，那么你怎么会告诉我说你气都喘不过来？你费了这么久的时间推三推四的，要是干脆告诉了我，还不是几句话就完了。我只要你回答我，你的消息是好的还是坏的？只要先回答我一个字，详细的话慢慢再说好了。快让我知道了吧，是好消息还是坏消息？

乳媪 好，你是个傻孩子，选中了这么一个人；你不知道怎样选一个男人。罗密欧！不，他不行，虽然他的脸孔长得比人家漂亮一点；可是他的腿才长得有样子；讲到他的手，他的脚，他的身体，虽然这种话是不大好出口，可是的确谁也比不上他。他不是顶懂得礼貌，可是温柔得就像一头羔羊。好，看你的运气吧，姑娘；好好敬奉上帝。怎么，你在家里吃过饭了吗？

朱丽叶 没有，没有。你这些话我都早就知道了。他对于结婚的事情怎么说？

乳媪 主啊！我的头痛死了！我害了多厉害的头痛！痛得好像要裂成二十块似的。还有我那一边的背痛；嗳哟，我的背！我的背！你的心肠真好，叫我到外边东奔西走去寻死。

朱丽叶 害你这样不舒服，我真是说不出的抱歉。亲爱的，亲爱的，亲爱的奶妈，告诉我，我的爱人说些什么话？

乳媪 你的爱人说，——他说得很像个老老实实的绅士，很有礼貌，很和气，很漂亮，而且也很规矩，——你的妈呢？

朱丽叶 我的妈！她就在里面；她还会在什么地方？你回答得多么古怪：“你的爱人说，他说得很像个老老实实的绅士，你的妈呢？”

乳媪 嗳哟，圣母娘娘！你这样性急吗？哼！反了反了，这就是你瞧着我筋骨酸痛替我涂上的药膏吗？以后还是你自己去送信吧。

朱丽叶 别缠下去啦！快些，罗密欧怎么说？

乳媪 你已经得到准许今天去忏悔吗？

朱丽叶 我已经得到了。

乳媪 那么你快到劳伦斯神父的庵院里去，有一个丈夫在那边等着你去做他的妻子。现在你的脸孔红起来啦。你到教堂里去吧，我还要到别处去搬一张梯子来，等到天黑的时候，你的爱人就可以凭着它爬进鸟窠里。去吧，我还没有吃过饭呢。

朱丽叶 我要找寻我的幸运去！好奶妈，再会。（各下）

第六场

同前；劳伦斯神父的庵院

| 劳伦斯神父及罗密欧上。

劳伦斯 愿上天祝福这神圣的结合，不要让日后的懊恨把我们谴责！

罗密欧 阿门，阿门！可是无论将来会发生什么悲哀的后果，都抵不过我在看见她这短短一分钟内的欢乐。不管侵蚀爱情的死亡怎样伸展它的魔手，只要你用神圣的言语，把我们的灵魂结为一体，让我能够称她一声我的人，我也就不再有什么遗恨了。

劳伦斯 这种狂暴的快乐将会产生狂暴的结局，正像火和火药的亲吻，就在最得意的一刹那烟消云散。最甜的蜜糖可以使味觉麻木；不太热烈的爱情才会维持久远；太快和太慢，结果都不会圆满。

| 朱丽叶上。

劳伦斯 这位小姐来了。啊！这样轻盈的脚步，是永远不会踹破神龛前的砖石的；一个恋爱中的人，可以踏在随风飘荡的蛛网上而不会跌下，幻妄的幸福使他灵魂飘然轻举。

朱丽叶 晚安，神父。

罗密欧 啊，朱丽叶！要是你感觉到像我一样多的快乐，要是你的灵唇慧舌，能够宣述你衷心的快乐，那么让空气中满布着从你嘴里吐出来的芳香，用无比的妙乐，把这一次会晤中我们两人给与彼此的无限欢欣倾吐出来吧。

朱丽叶 充实的思想不在于言语的富丽；只有乞儿才能够计数他的家私。真诚的爱情充溢在我的心里，我无法估计自己享有的财富。

劳伦斯 来，跟我来，我们要把这件事情早点办好；因为在神圣的教会没有把你们两人结合以前，你们两人是不能在一起的。（同下）

第 三 幕

第一场

维洛那；广场

| 茂丘西奥、班伏里奥、侍童及若干仆人上。

班伏里奥 好茂丘西奥，咱们还是回去吧。天这么热，凯普莱特家里的人满街都是，要是碰到了他们，又免不了一场吵架；因为在这种热的天气，一个人的脾气最容易暴躁起来。

茂丘西奥 你就像有一种家伙，他们跑进了酒店的门，把剑在桌子上一放，说，“上帝保佑我不要用到你！”等到两杯喝罢，他就无缘无故拿起剑来跟酒保吵架。

班伏里奥 我难道是这样一种人吗？

茂丘西奥 得啦得啦，你的坏脾气比得上意大利无论哪一个人；动不动就要生气，一生气就要乱动。

班伏里奥 再以后怎样呢？

茂丘西奥 哼！要是有两个像你这样的人碰在一起，结果总会一个也没有，因为大家都要把对方杀死了方肯甘休。你！嘿，你会跟人家吵架，因为他比你多一根或是少一根胡须。瞧见人家咬栗子，你也会跟他闹翻，你的理由只是因为你有一双栗色的眼睛。除了生着这样一双眼睛的人以外，谁还会像这样吹毛求疵地去跟人家寻事？你的脑袋里装满了惹是招非的念头，正像鸡蛋里装满了蛋黄蛋白，虽然为了惹是招非的缘故，你的脑袋曾经给人打得像个坏蛋一样。你曾经为了有人在街上咳了一声嗽而跟他吵架，因为他咳醒了你那条在太阳底下睡觉的狗。不是有一次你因为看见一个裁缝在复活节以前穿起他的新背心来，所以跟他大闹吗？不是还有一次因为他用旧带子系他的新鞋子，所以又跟他大闹吗？现在你却要教我不要跟人家吵架！

班伏里奥 要是我像你一样爱吵架，不消一时半刻，我的性命早就卖给人家了。——嗳哟！凯普莱特家里的人来了。

茂丘西奥 我可不把他们放在我的脚跟上。

| 提伯尔特及余人等上。

提伯尔特 你们跟着我不要走开，等我去向他们说话。两位晚安！我要跟你们中间无论哪一位说句话儿。

茂丘西奥 您只要跟我们两人中间的一个人讲一句话吗？那未免太不成意思了。要是您愿意在一句话以外，再跟我们较量一两手，那我们倒愿意奉陪。

提伯尔特 只要您给我一个理由，您就会知道我也不是个怕事的人。

茂丘西奥 您不会自己想出一个什么理由来吗？

提伯尔特 茂丘西奥，你陪着罗密欧到处乱闯，——

茂丘西奥 到处拉唱！怎么！你把我们当作一群沿街卖唱的人

吗？你要是把我们当作沿街卖唱的人，那么我们倒要请你听一点儿不大好听的声音；这就是我的胡琴上的拉弓，拉一拉就要叫你跳起舞来。他妈的！到处拉唱！

班伏里奥 这儿来往的人太多，讲话不大方便，最好还是找个清静一点的地方去谈谈；要不然大家别闹意气，有什么过不去的事平心静气理论理论；否则各走各的路，也就完了，别让这么许多人的眼睛瞧着我们。

茂丘西奥 人们生着眼睛总要瞧，让他们瞧去好了；我可不能趁着别人的高兴。

| 罗密欧上。

提伯尔特 好，我的人来了；我不跟你吵。

茂丘西奥 他又不吃你的饭不穿你的衣服，怎么是你的人？可是他虽然不是你的跟班，要是你逃走起来，他倒一定会紧紧跟住你的。

提伯尔特 罗密欧，我对你的仇恨，使我只能用一个名字称呼你，——你是一个恶贼！

罗密欧 提伯尔特，我跟你无冤无恨，你这样无端挑衅，本来我是不能容忍的，可是因为我有必须爱你的理由，所以也不愿跟你计较了。我不是恶贼；再见，我看你还不知道我是个什么人。

提伯尔特 小子，你冒犯了我，现在可不能用这种花言巧语掩饰过去；赶快回过身子，拔出剑来吧。

罗密欧 我可以郑重声明，我从来没有冒犯过你，而且你想不到我是怎样爱你，除非你知道了我所以爱你的理由。所以，好凯普莱特，——我尊重这一个姓氏，就像尊重我自己的姓氏一样，——咱们还是讲和了吧。

茂丘西奥 哼，好丢脸的屈服！只有武力才可以洗去这种耻辱。（拔剑）提伯尔特，你这捉耗子的猫儿，你愿意跟我决斗吗？

提伯尔特 你要我跟你干么？

茂丘西奥 好猫儿精，听说你有九条性命，我只要取你一条命，留下那另外八条，等以后再跟你算账。快快拔出你的剑来，否则莫怪无情，我的剑就要临到你的耳朵边了。

提伯尔特 （拔剑）好，我愿意奉陪。

罗密欧 好茂丘西奥，收起你的剑。

茂丘西奥 来，来，来，我倒要领教领教你的剑法。（二人互斗）

罗密欧 班伏里奥，拔出剑来，把他们的武器打下来。两位老兄，这算什么？快别闹啦！提伯尔特，茂丘西奥，亲王已经明令禁止在维洛那的街道上斗殴。住手，提伯尔特！好茂丘西奥！（提伯尔特及其党徒下）

茂丘西奥 我受伤了。你们这两家倒霉的人家！我已经完啦。他不带一点伤就去了吗？

班伏里奥 啊！你受伤了吗？

茂丘西奥 嗯，嗯，擦破了一点儿；可是伤得很厉害。我的童儿呢？狗才，快去找个外科医生来。（童下）

罗密欧 放心吧，老兄；这伤口不会十分厉害的。

茂丘西奥 是的，它没有一口井那么深，也没有一扇门那么阔，可是这一点点儿伤也就够要命了；要是你明天找我，就到坟墓里来看我吧。我这一生是完了。你们这两家倒霉的人家！他妈的！狗，耗子，猫儿，都会咬得死人！这个说大话的家伙，这个混帐东西，打起架来也要按照着数学的公式！谁叫你把身子插了进来？都是你把我拉住了，我才中了伤。

罗密欧 我完全是出于好意。

茂丘西奥 班伏里奥，快把我扶进什么屋子里去，不然我就要晕过去了。你们这两家倒霉的人家！我已经死在你们手里了。——你们这两家人家！（茂丘西奥、班伏里奥同下）

罗密欧 他是亲王的近亲，也是我的好友；如今他为了我的缘故受到了致命的重伤。提伯尔特杀死了我的朋友，又毁谤了我的名誉，虽然他在一小时以前还是我的亲人。亲爱的朱丽叶啊！你的美丽使我变成懦弱，磨钝了我的勇气的锋刃！

| 班伏里奥重上。

班伏里奥 啊，罗密欧，罗密欧！勇敢的茂丘西奥死了；他已经撒手离开尘世，他的英魂已经升上天庭了！

罗密欧 今天这一场意外的变故，怕要引起日后的灾祸。

| 提伯尔特重上。

班伏里奥 暴怒的提伯尔特又来了。

罗密欧 茂丘西奥死了，他却耀武扬威活在人世！现在我只好抛弃了一切顾忌，不怕伤了亲戚的情分，让眼睛里喷出火焰的愤怒支配着我的行动了！提伯尔特，你刚才骂我恶贼，我要你把这两个字收回去；茂丘西奥的阴魂就在我们头上，他在等着你去跟他做伴；我们两个人中间必须有一个人去陪陪他，要不然就是两人一起死。

提伯尔特 你这该死的小子，你生前跟他做朋友，死后也去陪着他吧！

罗密欧 这柄剑可以替我们决定谁死谁生。（二人互斗；提伯尔特倒下）

班伏里奥 罗密欧，快走！市民们都已经被这场争吵惊动了，提伯尔特又死在这儿。别站着发怔；要是你给他们捉住了，亲王就要判你死刑。快去吧！快去吧！

罗密欧 唉！我是受命运玩弄的人。

班伏里奥 你为什么还不走？（罗密欧下）

| 市民等上。

市民甲 杀死茂丘西奥的那个人逃到哪儿去了？那凶手提伯尔特逃到什么地方去了？

班伏里奥 躺在那边的就是提伯尔特。

市民甲 先生，请你跟我去。我用亲王的名义命令你服从。

| 亲王率侍从；蒙太古夫妇、凯普莱特夫妇及余人等上。

亲王 这一场争吵的肇祸的罪魁在什么地方？

班伏里奥 啊，尊贵的亲王！我可以把这场流血的争吵的不幸的经过向您从头告禀。躺在那边的那个人，就是把您的亲戚，勇敢的茂丘西奥杀死的人，他现在已经被年轻的罗密欧杀死了。

凯普莱特夫人 提伯尔特，我的侄儿！啊，我的哥哥的孩子！亲王啊！侄儿啊！丈夫啊！嗳哟！我的亲爱的侄儿给人杀死了！殿下，您是正直无私的，我们家里流的血，应当用蒙太古家里流的血来报偿。嗳哟，侄儿啊！侄儿啊！

亲王 班伏里奥，是谁开始这一场流血的争斗的？

班伏里奥 死在这儿的提伯尔特，他是被罗密欧杀死的。罗密欧很诚恳地劝告他，叫他想一想这种争吵多么没意思，并且也提起您的森严的禁令。他用温和的语调，谦恭的态度，陪着笑脸向他反复劝解，可是提伯尔特充耳不闻，一味逞着他的骄强，拔出剑来就向勇敢的茂丘西奥胸前刺了过去；茂丘西奥也动了怒气，就和他两下交锋起来，自恃着本领高强，满不在乎地一手挡开了敌人致命的剑锋，一手向提伯尔特还刺过去，提伯尔特眼明手快，也把它挡开了。那个时候罗密欧就高声喊叫，“住手，朋友；两下分开！”说时迟，来时快，他的敏捷的腕臂已经打下了他们的利剑，他就插身在他们两人中间；谁料提伯尔特怀着毒心，冷不防打罗密欧的手臂下面刺了一剑过去，竟中了茂丘西奥的要害，于是他就逃走了。等了一会儿他又回来找罗密欧，罗密欧这时候正是满腔怒火，就像闪电似的跟他打起来，我还来不及拔剑阻止他们，勇猛的提伯尔特已经中剑而死，罗密欧见他倒在地上，也就转身逃走了。我所说的句句都是真话，倘有虚言，愿受死刑。

凯普莱特夫人 他是蒙太古家的亲戚，他说的话都是徇着私情，完全是假的。他们一共有二十来个人参加这场残酷的斗争，二十个人合力谋害一个人的生命。殿下，我要请您主持公道，罗密欧杀死了提伯尔特，罗密欧必须抵命。

亲王 罗密欧杀了他，他杀了茂丘西奥；茂丘西奥的生命应当由谁抵偿？

蒙太古 殿下，罗密欧不应该偿他的命；他是茂丘西奥的朋友，他的过失不过是执行了提伯尔特依法应处的死刑。

亲王 为了这一个过失，我现在宣布把他立刻放逐出境。你们双方的憎恨已经牵涉到我的身上，在你们残暴的争斗中，已经流下了我的亲人的血；可是我要给你们一个重重的惩罚，儆戒儆戒你们的将来。我不要听任何的请求辩护，哭泣和祈祷都不能使我枉法徇情，所以不用想什么挽回的办法，赶快把罗密欧遣送出境吧；不然的话，他在什么时候被我们发现，就在什么时候把他处死。把这尸体扛去，不许违抗我的命令；对杀人的凶手不能讲慈悲，否则就是鼓励杀人了。（同下）

第二场

同前；凯普莱特家的花园

| 朱丽叶上。

朱丽叶 快快跑过去吧，踏着火云的骏马，把太阳拖回到它的安息的所在；但愿驾车的法厄同[①]鞭策你们飞驰到西方，让阴沉的暮夜赶快降临。展开你密密的帷幕吧，成全恋爱的黑夜！遮住夜行人的眼睛，让罗密欧悄悄地投入我的怀里，不被人家看见也不被人家谈论！

---

① 法厄同（Phathon），希腊日神Helios的儿子，为其父驾御日车。

恋人们可以在他们自身美貌的光辉里互相缱绻；即使恋爱是盲目的，那也正好和黑夜相称。来吧，温文的夜，你朴素的黑衣妇人，教会我怎样在一场全胜的赌博中失败，把各人纯洁的童贞互为赌注。用你黑色的罩巾遮住我脸上羞怯的红潮，等我深藏内心的爱情慢慢儿胆大起来，不再因为在行动上流露真情而惭愧。来吧，黑夜！来吧，罗密欧！来吧，你黑夜中的白昼！因为你将要睡在黑夜的翼上，比乌鸦背上的新雪还要皎白。来吧，柔和的黑夜！来吧，可爱的黑颜的夜，把我的罗密欧给我！等他死了以后，你再把他带去，分散成无数的星星，把天空装饰得如此美丽，使全世界都恋爱着黑夜，不再崇拜眩目的太阳。啊！我已经买下了一所恋爱的华厦，可是它还不曾属我所有；虽然我已经把自己出卖，可是还没有被买主领去。这日子长得真叫人厌烦，正像一个做好了新衣服的小孩，在节日的前夜焦躁地等着天明一样。啊！我的奶妈来了。

| 乳媪携绳上。

朱丽叶 她带着消息来了。谁的舌头上只要说出了罗密欧的名字，他就在吐露着天上的仙音。奶妈，什么消息？你带着些什么来了？那就是罗密欧叫你去拿的绳子吗？

乳媪 是的，是的，这绳子。（将绳掷下）

朱丽叶 嗳哟！什么事？你为什么扭着你的手？

乳媪 唉！唉！唉！他死了，他死了，他死了！我们完了，小姐，我们完了！唉！他去了，他给人杀了，他死了！

朱丽叶　天道竟会这样狠毒吗？

乳媪　不是天道狠毒，罗密欧才下得了这样狠毒的手。啊！罗密欧，罗密欧！谁想得到会有这样的事情？罗密欧！

朱丽叶　你是个什么鬼，这样煎熬着我？这简直就是地狱里的酷刑。罗密欧把他自己杀死了吗？你只要回答我一个　“是”字，这一个“是”字就比毒龙眼里射放的死光更会致人于死命。要是他死了，你就说“是”；要是他没有死，你就说“不”；这两个简单的字就可以决定我的终身祸福。

乳媪　我看见他的伤口，我亲眼看见他的伤口，慈悲的上帝！就在他的勇敢的胸前。一个可怜的尸体，一个可怜的流血的尸体，像灰一样苍白，满身都是血，满身都是一块块的血；我一瞧见就晕过去了。

朱丽叶　啊，我的心要碎了！——可怜的破产者，你已经丧失了一切，还是赶快碎裂了吧！失去了光明的眼睛，你从此不能再见天日了！你这俗恶的泥土之躯，赶快停止了呼吸，复归于泥土，去和罗密欧同眠在一个圹穴里吧！

乳媪　啊！提伯尔特，提伯尔特！我的顶好的朋友！啊，温文的提伯尔特，正直的绅士！想不到我活到今天，却会看见你死去！

朱丽叶　这是一阵什么风暴，一会儿又换了方向！罗密欧给人杀了，提伯尔特又死了吗？一个是我的最亲爱的哥哥，一个是我的更亲爱的夫君？那么，可怕的号角，宣布世界末日的来临吧！要是这样两个人都可以死去，谁还应该活在这世上？

乳媪 提伯尔特死了，罗密欧放逐了；罗密欧杀了提伯尔特，他现在被放逐了。

朱丽叶 上帝啊！提伯尔特是死在罗密欧的手里吗？

乳媪 是的，是的；唉！是的。

朱丽叶 啊，花一样的面庞里藏着蛇一样的心！那一条恶龙曾经栖息在这样清雅的洞府里？美丽的暴君！天使般的魔鬼！披着白鸽羽毛的乌鸦！豺狼一样残忍的羔羊！圣洁的外表包复着丑恶的实质！你的内心刚巧和你的形状相反，一个万恶的圣人，一个庄严的奸徒！造物主啊！你为什么要从地狱里提出这一个恶魔的灵魂，把它安放在这样可爱的一座肉体的天堂里？那一本邪恶的书籍曾经装订得这样美观？啊！谁想得到这样一座富丽的宫殿里，会容纳着欺人的虚伪！

乳媪 男人都靠不住，没有良心，没有真心的；谁都是三心两意，反复无常，奸恶多端，净是些骗子。啊！我的人呢？快给我倒点儿酒来；这些悲伤烦恼，已经使我老起来了。愿耻辱降临到罗密欧的头上！

朱丽叶 你说出这样的愿望，你的舌头上就应该长起水疱来！耻辱从来不曾和他在一起，它不敢侵上他的眉宇，因为那是君临天下的荣誉的宝座。啊！我刚才把他这样辱骂，我真是个畜生！

乳媪 杀死了你的族兄的人，你还说他好话吗？

朱丽叶 他是我的丈夫，我应当说他坏话吗？啊！我的可怜的丈夫！你的三小时的妻子都这样凌辱你的名字，谁还会对它说一句温情的慰藉呢？可是你这恶人，你为什么杀死我的哥哥？他要是不杀死我的哥哥，我的凶恶的哥哥就会杀死我的丈夫。回去吧，愚蠢的眼泪，流回到你的源头；你那滴滴的细流，本来是悲哀的倾注，可是你却错把它呈献给喜悦。我的丈夫活着，他没有被提伯尔特杀死；提伯尔特死了，他想要杀死我的丈夫！这明明是喜讯，我为什么要哭泣呢？还有两个字比提伯尔特的死更使我痛心，像一柄利刃刺进了我的胸中；我但愿忘了它们，可是唉！它们紧紧地牢附在我的记忆里，就像萦回在罪人脑中的不可宥恕的罪恶。“提伯尔特死了，罗密欧放逐了！”放逐了！这“放逐”两个字，就等于杀死了一万个提伯尔特。单单提伯尔特的死，已经可以令人伤心了；即使祸不单行，必须在“提伯尔特死了”这一句话以后，再接上一句不幸的消息，为什么不说你的父亲，或是你的母亲，或是父母两人都死了，那也可以引起一点人情之常的哀悼？可是在提伯尔特的噩耗以后，再接连一记更大的打击，“罗密欧放逐了！”这句话简直等于说，父亲，母亲，提伯尔特，罗密欧，朱丽叶，一起被杀，一起死了。“罗密欧放逐了！”这一句话里面包含着无穷无际无极无限的死亡，没有字句能够形容出这里面蕴蓄着的悲伤。——奶妈，我的父亲、我的母亲呢？

乳媪 他们正在抚着提伯尔特的尸体痛哭。你要去看他们吗？让我带着你去。

朱丽叶 让他们用眼泪洗涤他的伤口，我的眼泪是要留着为罗密欧的放逐而哀哭的。拾起那些绳子来。可怜的绳子，你是失望了，我们俩都失望了，因为罗密欧已经被放逐；他要借着你做接引相思的桥梁，可是我却要做一个独守空闺的怨女而死去。来，绳儿；来，奶妈。我要去睡上我的新床，把我的童贞奉献给死亡！

乳媪 那么你快到房里去吧；我去找罗密欧来安慰你，我知道他在什么地方。听着，你的罗密欧今天晚上一定会来看你；他现在躲在劳伦斯神父的庵里，我就去找他。

朱丽叶 啊！你快去找他；把这指环拿去给我的忠心的武士，叫他来作一次最后的诀别。（各下）

第三场

同前；劳伦斯神父的庵院

| 劳伦斯神父上。

劳伦斯 罗密欧，跑出来；出来吧，你受惊的人，你已经和坎坷的命运结下了不解之缘。

| 罗密欧上。

罗密欧 神父，什么消息？亲王的判决怎样？还有什么我所没有知道的不幸的事情将要来找到我？

劳伦斯 我的好孩子，你已经遭逢到太多的不幸了。我来报告你亲王的判决。

罗密欧 除了死罪以外，还会有什么判决？

劳伦斯 他的判决是很温和的：他并不判你死罪，只宣布把你放逐。

罗密欧 嘿！放逐！慈悲一点，还是说“死”吧！不要说“放逐”，因为放逐比死还要可怕。

劳伦斯 你必须立刻离开维洛那境内。不要懊恼，这是一个广大的世界。

罗密欧 在维洛那城以外没有别的世界，只有地狱的苦趣；所以从维洛那放逐，就是从这世界上放逐，也就是死。明明是死，你却说是放逐，这就等于用一柄利斧斫下我的头，反因为自己犯了杀人罪而洋洋得意。

劳伦斯 嗳哟，罪过罪过！你怎么可以这样不知恩德！你所犯的过失，按照法律本来应该处死，幸亏亲王仁慈，特别对你开恩，才把可怕的死罪改成了放逐；这明明是莫大的恩典，你却不知道。

罗密欧 这是酷刑，不是恩典。朱丽叶所在的地方就是天堂；这儿的每一只猫、每一只狗、每一只小小的老鼠，都生活在天堂里，都可以瞻仰到她的容颜，可是罗密欧却看不见她。污秽的苍蝇都可以接触亲爱的朱丽叶的皎洁的玉手，从她的嘴唇上偷取天堂中的幸福，那两片嘴唇是这样的纯洁贞淑，永远含着娇羞，好像觉得它们自身的相吻也是一种罪恶一样；苍蝇可以这样做，我却必须远走高飞，它们是自由人，我却是一个放逐的流徒。你还说放逐不是死吗？难道你没有配好的毒药、锋锐的刀子，无论什么致命的利器，而必须用“放逐”两个字把我杀害吗？放逐！啊，神父！只有沉沦在地狱里的鬼魂才会用到这两个字，伴着凄厉的呼号；你是一个教士，一个替人忏罪的神父，又是我的朋友，怎么忍心用这两个字，“放逐”，来寸磔我呢？

劳伦斯 你这痴心的疯子，听我说一句话。

罗密欧 啊！你又要对我说起放逐了。

劳伦斯 我要教给你怎样抵御这两个字的方法，用哲学的甘乳安慰你的逆运，让你忘却被放逐的痛苦。

罗密欧 又是“放逐”！我不要听什么哲学！除非哲学能够制造一个朱丽叶，迁徙一个城市，撤销一个亲王的判决，否则它就没有什么用处。别再多说了吧。

劳伦斯 啊！那么我看疯人是不生耳朵的。

罗密欧 聪明人不生眼睛，疯人何必生耳朵呢？

劳伦斯 让我跟你讨论讨论你现在的处境。

罗密欧 你不能谈论你所没有感觉到的事情；要是你也像我一样年轻，朱丽叶是你的爱人，才结婚了一个小时，就把提伯尔特杀了；要是你也像我一样热恋，像我一样被放逐，那时你才可以讲话，那时你才会像我现在一样扯着你的头发，倒在地上，替自己量一个葬身的墓穴。（内叩门声）

劳伦斯 快起来，有人在敲门；好罗密欧，躲起来吧。

罗密欧 我不要躲，除非我心底里发出来的痛苦呻吟的气息，会像一重云雾一样把我掩过了追寻者的眼睛。（叩门声）

劳伦斯 听！门打得多么响！——是谁在外面？——罗

密欧，快起来，你要给他们捉住了。——等一等！——站起来；（叩门声）跑到我的书斋里去。——就来了！——上帝啊！瞧你多么不听话！——来了，来了！（叩门声）谁把门敲得这么响？你是什么地方来的？你有什么事？

乳媪 （在内）让我进来，你就可以知道我的来意；我是从朱丽叶小姐那里来的。

劳伦斯 那好极了，欢迎欢迎！

| 乳媪上。

乳媪 啊，神父！啊，告诉我，神父，我的小姐的姑爷呢？罗密欧呢？

劳伦斯 在那边地上哭得如醉如痴的就是他。

乳媪 啊！他正像我的小姐一样，正像她一样！唉！真是同病相怜，一般的伤心！她也是这样躺在地上，一头唠叨一头哭，一头哭一头唠叨。起来，起来；您是个男子汉就该起来；为了朱丽叶的缘故，为了她的缘故，站起来吧。为什么您要伤心到这个样子呢？

罗密欧 奶妈！

乳媪 唉，姑爷！唉，姑爷！一个人到头来总是要死的。

罗密欧 你刚才不是说起朱丽叶吗？她现在怎么样？我现在已经用她近亲的血液沾污了我们的新欢，她不会把我当作一个杀人的凶犯吗？她在什么地方？她怎么样？我这位秘密的新妇对于我们这一段中断的情缘说些什么话？

乳媪 啊，她没有说什么话，姑爷，只是哭呀哭的哭个不停；一会儿倒在床上，一会儿又跳了起来；一会儿叫一声提伯尔特，一会儿哭一声罗密欧；然后又倒了下去。

罗密欧 好像那一个名字是从枪口里瞄准了射出来似的，一弹出去就把她杀死，正像我这一双该死的手杀死了她的亲人一样。啊！告诉我，神父，告诉我，我的名字是在我身上哪一处万恶的地方？告诉我，好让我捣毁这可恨的巢穴。（拔剑）

劳伦斯 放下你的卤莽的手！你是一个男子吗？你的形状是一个男子，你却流着妇人的眼泪；你的狂暴的举动，简直是一头野兽的无可理喻的咆哮。你这须眉的贱妇，你这人头的畜类！我真想不到你的性情竟会这样毫无涵养。你已经杀死了提伯尔特，你还要杀死你自己吗？你不想到你对自己采取了这种万劫不赦的暴行，不也就是杀死与你相依为命的你的妻子吗？为什么你要怨恨天地，怨恨你自己的生不逢辰？天地好容易生下你这一个人来，你却要亲手把你自己摧毁！呸！呸！你有的是一副堂堂的七尺之躯，有的是热情和智慧，你却不知道把它们好好利用，这岂不是辜负了你的七尺之躯，辜负了你的热情和智慧？你的堂堂的仪表不过是一尊蜡塑的形像，没有一点男子汉的血气；你的山盟海誓都是些空虚的谎语，杀害你所发誓珍爱的情人；你的智慧不知道指示你的行动，驾御你的感情，它已经变成了愚妄的谬见，正像装在一个笨拙的军士的枪膛里的火药，本来是自卫的武器，因为不懂得怎样点燃的方法，反而毁损了自己的肢体。怎么！起来吧，孩子！你刚才几乎要为了你的朱丽叶而自杀，可是她现在好好活着，这是你的第一件幸事。提伯尔特要把你杀死，可是你却杀死了提伯尔特，这是你的第二件幸事。法律上本来规定杀人抵命，可是它对你特别留情，减成了放逐的处分，这是你的第三件幸事。这许多幸事照顾着你，幸福穿着盛装向你献媚，你却像一个倔强乖僻的女孩，向你的命运和爱情撅起了嘴唇。留心，留心，像这样不知足的人是不得好死的。去，快去会见你的情人，按照预定的计划，到她的寝室里去，安慰安慰她；可是在逻骑没有出发以前，你必须及早离开，否则你就到不了曼多亚去。你可以暂时在曼多亚住下，等我们觑着机会，把你们的婚姻宣布出来，和解了你们两家的亲族，向亲王请求特赦，那时我们就可以用超过你现在离别的悲痛二百万倍的欢乐招呼你回来。奶妈，你先去，替我向你家小姐致意；叫她设法催促她家里的人早早安睡，他们在遭到这样重大的悲伤以后，这是很容易办到的。你对她说，罗密欧就要来了。

乳媪 主啊！像这样好的教训，我就是在这儿听上一整夜都愿意；啊！真是有学问人的话！姑爷，我就去对小姐说您就要来了。

罗密欧 很好，请你再叫我的爱人端整好一顿责骂。

乳媪 姑爷，这一个戒指小姐叫我拿来送给您，请您赶快就去，天色已经很晚了。（下）

罗密欧 现在我又重新得到了多大的安慰！

劳伦斯 去吧，晚安！你的运命在此一举：你必须在巡逻者没有开始查缉以前脱身，否则就得在黎明时候化装逃走。你就在曼多亚安身下来；我可以找到你的仆人，倘使这儿有什么关于你的好消息，我会叫他随时通知你。把你的手给我。时候不早了，再会吧。

罗密欧 倘不是一个超乎一切喜悦的喜悦在招呼着我，像这样匆匆的离别，一定会使我黯然神伤。再会！（各下）

第四场

同前；凯普莱特家中一室

| 凯普莱特、凯普莱特夫人及帕里斯上。

凯普莱特 伯爵，舍间因为遭逢变故，我们还没有时间去开导小女；您知道她跟她那个族兄提伯尔特是友爱很笃的，我也非常喜欢他；唉！人生不免一死，也不必再去说他了。现在时间已经很晚，她今夜不会再下来了；不瞒您说，倘不是您大驾光临，我也早在一小时以前上了床啦。

帕里斯 我在你们正在伤心的时候来此求婚，实在是太冒昧了。晚安，伯母；请您替我向令嫒致意。

凯普莱特夫人 好，我明天一早就去探听她的意思；今夜她已经抱着满腔的悲哀关上门睡了。

凯普莱特 帕里斯伯爵，我可以大胆替我的孩子做主，我想她一定会绝对服从我的意志；是的，我对于这一点可以断定。夫人，你在临睡以前先去看看她，把这位帕里斯伯爵向她求爱的意思告诉她知道；你再对她说，听好我的话，叫她在星期三——且慢！今天星期几？

帕里斯 星期一，老伯。

凯普莱特 星期一！哈哈！好，星期三是太快了点儿，那么就是星期四吧。对她说，在这个星期四，她就要嫁给这位尊贵的伯爵。您预备得起来吗？您不嫌太匆促吗？咱们也不必十分铺张，略为请几位亲友就够了；因为提伯尔特才死得不久，他是我们自己家里的人，要是我们大开欢宴，人家也许会说我们对去世的人太没有情分。所以我们只要请五六个亲友，把仪式举行一下就算了。您说星期四怎样？

帕里斯 老伯，我但愿星期四便是明天。

凯普莱特 好，你去吧；那么就是星期四。夫人，你在临睡前先去看看朱丽叶，叫她预备预备，好做起新娘来啦。再见，伯爵。喂！掌灯！时候已经很晚，等一会儿我们就要说它很早了。晚安！（各下）

第五场

同前；朱丽叶的卧室

| 罗密欧及朱丽叶上。

朱丽叶 你现在就要去了吗？天亮还有一会儿呢。那刺进你惊恐的耳膜中的，不是云雀，是夜莺的声音；它每天晚上在那边石榴树上歌唱。相信我，爱人，那是夜莺的歌声。

罗密欧 那是报晓的云雀，不是夜莺。瞧，爱人，不作美的晨曦已经在东天的云朵上镶起了金线，夜晚的星光已经烧烬，愉快的白昼蹑足踏上了迷雾的山巅。我必须到别处去找寻生路，或者留在这儿束手待死。

朱丽叶 那光明不是晨曦，我知道；那是从太阳中吐射出来的流星，要在今夜替你拿着火炬，照亮你到曼多亚去。所以你不必急着要去，再耽搁一会儿吧。

罗密欧 让我被他们捉住，让我被他们处死；只要是你的意思，我就毫无怨恨。我愿意说那边灰白色的云彩不是黎明睁开它的睡眼，那不过是从月亮的眉宇间反映出来的微光；那响彻云霄的歌声，也不是出于云雀的喉中。我巴不得留在这里，永远不要离开。来吧，死，我欢迎你！因为这是朱丽叶的意思。怎么，我的灵魂？让我们谈谈；天还没有亮哩。

朱丽叶 天已经亮了，天已经亮了；快去吧，快去吧！那唱得这样刺耳、嘶着粗涩的噪声和讨厌的锐音的，正是天际的云雀。有人说云雀会发出千变万化的甜蜜的歌声，这句话一点不对，因为它只使我们彼此分离；有人说云雀曾经和丑恶的蟾蜍交换眼睛，啊！我但愿它们也交换了声音，因为那声音使你离开了我的怀抱，用催醒的晨歌催促你就道。啊！现在你快去吧；天越来越亮了。

罗密欧 天越来越亮，我们悲哀的心却越来越黑暗。

| 乳媪上。

乳媪 小姐！

朱丽叶 奶妈？

乳媪 你的母亲就要到你房里来了。天已经亮啦，留点儿

心。（下）

朱丽叶 那么窗啊，让白昼进来，让生命出去。

罗密欧 再会，再会！给我一个吻，我就下去。（由窗口下降）

朱丽叶 你就这样去了吗？我的夫君，我的爱人，我的朋友！我必须在每一小时内的每一天听到你的消息，因为一分钟就等于许多日子。啊！照这样计算起来，等我再看见我的罗密欧的时候，我不知道已经老到怎样了。

罗密欧 再会！我决不放弃任何的机会，爱人，向你传达我的衷忱。

朱丽叶 啊！你想我们会不会再有见面的日子？

罗密欧 一定会的；我们现在这一切悲哀痛苦，到将来便是握手谈心的资料。

朱丽叶 上帝啊！我有一颗预感不祥的灵魂；你现在站在下面，我仿佛望见你像一具坟墓底下的尸骸。也许是我的眼光昏花，否则就是你的面容太惨白了。

罗密欧 相信我，爱人，在我的眼中你也是这样；忧伤吸干了我们的血液。再会！再会！（下）

朱丽叶 命运啊命运！谁都说你反复无常；要是你真的反复无常，那么你怎样对待一个忠贞不二的人呢？愿你不要改变你的轻浮的天性，因为这样也许你会厌倦于把他玩弄，早早打发他回来。

凯普莱特夫人 （在内）喂，女儿！你起来了吗？

朱丽叶 谁在叫我？是我的母亲吗？——难道她这么晚还没有睡觉，还是这么早就起来了？什么特殊的原因使她到这儿来？

| 凯普莱特夫人上。

凯普莱特夫人 啊！怎么，朱丽叶！

朱丽叶 母亲，我不大舒服。

凯普莱特夫人 老是为了你族兄的死而掉泪吗？什么！你想用眼泪把他从坟墓里冲出来吗？就是冲得出来，你也没法子叫他复活；所以还是算了吧。适当的悲哀可以表示感情的深切，过度的伤心却可以证明智慧的欠缺。

朱丽叶 可是让我为了这样一个痛心的损失而流泪吧。

凯普莱特夫人 损失固然痛心，可是一个失去的亲人，不是可以用眼泪哭得回来的。

朱丽叶 因为这损失是如此太痛心，我不能不为了失去的亲人而痛哭。

凯普莱特夫人 好，孩子，人已经死了，你也不用多哭他了；顶可恨的是那杀死他的恶人仍旧活在世上。

朱丽叶 什么恶人，母亲？

凯普莱特夫人 就是罗密欧那个恶人。

朱丽叶 （旁白）恶人跟他相去着不知多少距离呢。——上帝饶恕他！我愿意全心饶恕他；可是像他这样的人，是不值得我为他伤心的。

凯普莱特夫人 那是因为这个万恶的凶手还活在世上。

朱丽叶 是的，母亲，我恨不得把他抓住在我的手里。但愿我能够独自报复这一段杀兄之仇！

凯普莱特夫人 我们一定要报仇的，你放心吧；别再哭了。这个亡命的流徒现在到曼多亚去了，我要差一个人到那边去，用一种希有的毒药把他毒死，让他早点儿跟提伯尔特见面；那时候我想你一定可以满足了。

朱丽叶 真的，我心里永远不会感到满足，除非我看见罗密欧在我的面前——死去；我这颗可怜的心是这样为了一个亲人而痛楚！母亲，要是您能够找到一个愿意带毒药去的人，让我亲手把它调好，好叫那罗密欧服下以后，就会安然睡去。唉！我心里多么难过，只听到他的名字，却不能赶到他的面前，让他知道我是多么爱着我的——提伯尔特哥哥。

凯普莱特夫人 你去想办法，我一定可以找到这样一个人。可是，孩子，现在我要告诉你好消息。

朱丽叶 在这样不愉快的时候，好消息来得真是再适当没有了。请问母亲，是什么好消息呢？

凯普莱特夫人 哈哈，孩子，你有一个体贴你的好爸爸哩；他为了替你排解愁闷已经为你选定了一个大喜的日子，不但你想不到，就是我也没有想到。

朱丽叶 母亲，快告诉我，是什么日子？

凯普莱特夫人 哈哈，我的孩子，星期四的早晨，那位风流年少的贵人，帕里斯伯爵，就要在圣彼得教堂里娶你做他的幸福的新娘了。

朱丽叶 凭着圣彼得教堂和圣彼得的名字起誓，我决不让他娶我做他的幸福的新娘。世间哪有这样匆促的事情，人家还没有来向我求过婚，我倒先做了他的妻子了！母亲，请您对我的父亲说，我现在还不愿意就出嫁；就是要出嫁，我可以发誓，我也宁愿嫁给我所痛恨的罗密欧，不愿嫁给帕里斯。真是些好消息！

凯普莱特夫人 你爸爸来啦；你自己对他说去，看他会不会接受你的话。

| 凯普莱特及乳媪上。

凯普莱特 太阳西下的时候，天空中散下了濛濛的细露；可是我的侄儿死了，却有倾盆的大雨送着他下葬。怎么！装起喷水管来了吗，孩子？咦！还在哭吗？雨到现在还没有停吗？你这小小的身体里面，也有船，也有海，也有风；因为你的眼睛就是海，永远有泪潮在那儿涨退；你的身体是一艘船，在这泪海上面航行；你的叹气是海上的狂风；你的身体经不起风浪的吹打，是会在这汹涌的怒海中复没的。怎么，妻子！你没有把我们的主张告诉她吗？

凯普莱特夫人 我告诉她了！可是她说谢谢你，她不要嫁人。我希望这傻丫头还是死了干净！

凯普莱特 且慢！讲明白点儿，讲明白点儿，妻子。怎么！她不要嫁人吗？她不谢谢我们吗？她不称心吗？像她这样一个贱丫头，我们替她找到了这么一位高贵的绅士做她的新郎，她还不想想这是多大的福气吗？

朱丽叶 我没有欢喜，只有感激；你们不能勉强我欢喜一个我对他没有好感的人，可是我感激你们爱我的一片好心。

凯普莱特 怎么！怎么！胡说八道！这是什么话？什么欢喜不欢喜，感激不感激！好丫头，我也不要你感谢，我也不要你欢喜，只要你预备好星期四到圣彼得教堂里去跟帕里斯结婚；你要不愿意，我就把你装在木笼里拖了去。不要脸的死丫头，贱东西！

凯普莱特夫人 嗳哟！嗳哟！你疯了吗？

朱丽叶 好爸爸，我跪下来求求您，请您耐心听我说一句话。

凯普莱特 该死的小贱妇！不孝的畜生！我告诉你，星期四给我到教堂里去，不然以后再也不要见我的面。不许说话，不要回答我；我的手指痒着呢。——夫人，我们常常怨叹自己福薄，只生下这一个孩子；可是现在我才知道就是这一个已经太多了，总是家门不幸，出了这一个冤孽！不要脸的贱货！

乳媪 上帝祝福她！老爷，您不该这样骂她。

凯普莱特 为什么不该！我的聪明的老太太？谁要你多嘴，我的好大娘？你去跟你那些婆婆妈妈们谈天去吧，去！

乳媪 我又没有说过一句冒犯您的话。

凯普莱特 闭嘴，你这叽哩咕噜的蠢婆娘！我们不要听你的教训。

凯普莱特夫人 你的脾气太躁了。

凯普莱特 哼！我气都气疯啦。每天每夜，时时刻刻，不论忙着空着，独自一个人或是跟别人在一起，我心里总是在盘算着怎样替她配一份好好的人家；现在好容易找到一位出身高贵的绅士，又有家私，又年轻，又受过高尚的教养，正是人家说的十二分的人才，好到没得说的了；偏偏这个不懂事的傻丫头，放着送上门来的好福气不要，说什么“我不要结婚”、“我不懂恋爱”、“我年纪太小”、“请你原谅我”；好，你要是不愿意嫁人，我可以放你自由，尽你的意思到什么地方去，我这屋子里可容不得你了。你给我想想明白，我是一向说到哪里做到哪里的。星期四就在眼前；自己仔细考虑考虑。你倘然是我的女儿，就得听我的话嫁给我的朋友；你倘然不是我的女儿，那么你去上吊也好，做叫化子也好，挨饿也好，死在街路上也好，我都不管，因为凭着我的灵魂起誓，我是再也不会认你这个女儿的，你也别想我会分一点什么给你。我不会骗你，你想一想吧；我誓也发过了，我一定要把它做到的。（下）

朱丽叶 天知道我心里是多么难过，难道它竟会不给我一点慈悲吗？啊，我的亲爱的母亲！不要丢弃我！把这头亲事延期一个月或是一个星期也好；或者要是您不答应我，那么请您把我的新床安放在提伯尔特长眠的幽暗的坟茔里吧！

凯普莱特夫人 不要对我讲话，我没有什么话好对你说。随你的便吧，我是不管你的啦。（下）

朱丽叶 上帝啊！啊，奶妈！这件事情怎么避过去呢？我的丈夫还在世间，我的誓言已经上达天听；倘使我的誓言可以收回，那么除非我的丈夫已经脱离人世，从天上把它送还给我。安慰安慰我，替我想想办法吧。唉！唉！想不到天也会作弄像我这样一个柔弱的人！你怎么说？难道你没有一句可以使我快乐的话吗？奶妈，给我一点安慰吧！

乳媪 好，那么你听我说。罗密欧是已经放逐了；我可以打赌无论什么东西，他再也不敢回来责问你，除非他偷偷儿溜了回来。事情既然这样，那么我想你最好还是跟那伯爵结婚。啊！他真是个可爱的绅士！罗密欧比起他来只好算是一块抹布；小姐，一头鹰也没有像帕里斯那样一双又是碧绿得好看、又是锐利的眼睛。说句该死的话，我想你这第二个丈夫，比第一个丈夫好得多啦；话也许不是这么说，可是你的第一个丈夫虽然还在世上，对你已经没有什么用处，也就跟死了差不多啦。

朱丽叶 你这些话是从心里说出来的吗？

乳媪 那不但是我心里的话，也是我灵魂里的话；倘有虚假，让我的灵魂下地狱。

朱丽叶 阿门！

乳媪 什么！

朱丽叶 好，你已经给了我很大的安慰。你进去吧；告诉我的母亲说我出去了，因为得罪了我的父亲，要到劳伦斯的庵院里去忏悔我的罪过。

乳媪 很好，我就这样告诉她；这才是聪明的办法哩。（下）

朱丽叶 老而不死的魔鬼！顶丑恶的妖精！她希望我背弃我的盟誓；她几千次向我夸奖我的丈夫，说他比谁都好，现在却又用同一条舌头说他的坏话！去，我的顾问；从此以后，我再也不把你当作心腹看待了。我要到神父的地方去向他求救；要是一切办法都已穷尽，我唯有一死了之。（下）

第 四 幕

第一场

维洛那；劳伦斯神父的庵院

丨劳伦斯神父及帕里斯上。

劳伦斯 在星期四吗，伯爵？时间未免太局促了。

帕里斯 这是我的岳父凯普莱特的意思；他既然这样性急，我也不愿把时间延迟下去。

劳伦斯 您说您还没有知道那小姐的心思；我不赞成这种片面决定的事情。

帕里斯 她为了提伯尔特的死流着过度的眼泪，所以我没有多跟她谈恋爱，因为在一间哭哭啼啼的屋子里，维纳斯也是露不起笑容来的。神父，她的父亲因为瞧她这样一味伤心，恐怕会发生什么意外，所以他才决定替我们提早完婚，免得她一天到晚哭得像个泪人儿一般；一个人在房间里最容易触绪兴怀，要是有了伴侣，也许可以替她排去悲哀。现在您可以知道我这次匆促结婚的理由了。

劳伦斯 （旁白）我希望我不知道它为什么必须延迟的理

由。——瞧，伯爵，这位小姐到我庵里来了。

| 朱丽叶上。

帕里斯 您来得正好，我的爱妻。

朱丽叶 伯爵，等我做了妻子以后，也许您可以这样叫我。

帕里斯 爱人，这个也许到星期四就会成为事实了。

朱丽叶 事实是无可避免的。

劳伦斯 那是当然的道理。

帕里斯 您是来向这位神父忏悔吗？

朱丽叶 回答您这一个问题，我必须向您忏悔了。

帕里斯 不要在他的面前否认您爱我。

朱丽叶 我愿意在您的面前承认我爱他。

帕里斯 我相信您也一定愿意在我的面前承认您爱我。

朱丽叶 要是我必须承认，那么在您的背后承认，比在您的面前承认好得多啦。

帕里斯 可怜的人儿！眼泪已经毁损了你的美貌。

朱丽叶 眼泪并没有得到多大的胜利；因为我这副容貌在没有被眼泪毁损以前，已经够丑了。

帕里斯 你不该说这样的话诽谤你的美貌。

朱丽叶 这不是诽谤，伯爵，这是实在的话，我当着我自己的脸说的。

帕里斯 你的脸是我的，你不该侮辱它。

朱丽叶 也许是的，因为它不是我自己的。神父，您现在有空吗？还是让我在晚祷的时候再来？

劳伦斯 我还是现在有空，多愁的女儿。伯爵，我们现在必须请您离开我们。

帕里斯 我不敢打扰你们的祈祷。朱丽叶，星期四一早我就

来叫醒你；现在我们再会吧，请你保留下这一个神圣的吻。（下）

朱丽叶 啊！把门关了！关了门，再来陪着我哭吧。没有希望，没有补救，没有挽回了！

劳伦斯 啊，朱丽叶！我早已知道你的悲哀，实在想不出一个万全的计策。我听说你在星期四必须跟这伯爵结婚，而且毫无拖延的可能了。

朱丽叶 神父，不要对我说你已经听见这件事情，除非你能够告诉我怎样避免它；要是你的智慧不能帮助我，那么只要你赞同我的决心，我就可以立刻用这把刀解决一切。上帝把我的心和罗密欧的心结合在一起，我们两人的手是你替我们结合的；要是我这一只已经由你证明和罗密欧缔盟的手，再去和别人缔结新盟，或是我的忠贞的心起了叛变，投进别人的怀里，那么这把刀可以割下这背盟的手，诛戮这叛变的心。所以，神父，凭着你的丰富的见识阅历，请你赶快给我一些指教；否则瞧吧，这把血腥气的刀，就可以在我跟我的困难之间做一个公正人，替我解决你的经验和才能所不能替我觅得一个光荣解决的难题。不要老是不说话；要是你不能指教我一个补救的办法，那么我除了一死以外，没有别的希冀。

劳伦斯 住手，女儿；我已经望见了一线希望，可是那必须用一种非常的手段，方才能够抵御这一种非常的变故。要是你因为不愿跟帕里斯伯爵结婚，能够毅然立下视死如归的决心，那么你也一定愿意采取一种和死差不多的办法，来避免这种耻辱；倘然你敢冒险一试，我就可以把办法告诉你。

朱丽叶 啊！只要不嫁给帕里斯，你可以叫我从那边塔顶的雉堞上跳下来；你可以叫我在盗贼出没，毒蛇潜迹的路上匍匐行走；把我和咆哮的怒熊锁禁在一起；或者在夜间把我关在堆积尸骨的地窟里，用许多陈死的白骨，霉臭的腿胴和失去下颚的焦黄的骷髅掩盖着我的身体；或者叫我跑进一座新坟里去，把我隐匿在死人的殓衾里；无论什么使我听了战栗的事，只要可以让我活着对我的爱人做一个纯洁无瑕的妻子，我都愿意毫不恐惧、毫不迟疑地做去。

劳伦斯 好，那么放下你的刀；快快乐乐地回家去，答应嫁给帕里斯。明天就是星期三了；明天晚上你必须一人独睡，别让你的奶妈睡在你的房间里；这一个药瓶你拿去，等你上床以后，就把这里面炼就的汁液一口喝下，那时就会有一阵昏昏沉沉的寒气通过你全身的血管，跟着脉搏就会停止下来；没有一丝温暖和呼吸可以证明你还活着；你的嘴唇和颊上的红色都会变成灰白；你的眼睑闭下，就像死神的手关闭了生命的白昼；你身上的每一部分失去了灵活的控制，都像死一样僵硬寒冷；在这种与死无异的状态中，你必须经过四十二小时，然后你就仿佛从一场酣睡中醒了过来。当那新郎在早晨来催你起身的时候，他们会发现你已经死了；然后，照着我们国里的规矩，他们就要替你穿起了盛装，用柩车载着你到凯普莱特族中祖先的坟茔里。一方面我这里因为要预备你醒来，我可以写信给罗密欧，告诉他我们的计划，叫他立刻到这儿来；我跟他两个人就守在你的身边，等你一醒过来，当夜就叫罗密欧带着你到曼多亚去。只要你不临时变卦，不中途气馁，这一个办法一定可以使你避免这一场眼前的耻辱。

朱丽叶 给我！给我！啊，不要对我说起害怕两个字！

劳伦斯 拿着；你去吧，愿你立志坚强，前途顺利！我就叫一个弟兄飞快到曼多亚，带我的信去送给你的丈夫。

朱丽叶 爱情啊，给我力量吧！只有力量可以打救我。再会，亲爱的神父！（各下）

第二场

同前；凯普莱特家中厅堂

| 凯普莱特、凯普莱特夫人、乳媪及众仆上。

凯普莱特 这单子上有名字的，都是要去邀请的客人。（甲仆下）来人，给我去雇二十个有本领的厨子来。（乙仆下）咱们这一次实在有点儿措手不及。什么！我的女儿到劳伦斯神父那里去了吗？

乳媪 正是。

凯普莱特 好，也许他可以劝告劝告她；真是个乖僻不听话的浪蹄子！

乳媪 瞧她已经忏悔完毕，高高兴兴地回来啦。

| 朱丽叶上。

凯普莱特 啊，我的倔强的丫头！你荡到什么地方去啦？

朱丽叶 我因为自知忤逆不孝，违抗了您的命令，所以特地前去忏悔我的罪过。现在我听从劳伦斯神父的指教，跪在这儿请您宽恕。爸爸，请您宽恕我吧！从此以后，我永远听您的话了。

凯普莱特 去请伯爵来，对他说：我要把婚礼改在明天早上举行。

朱丽叶 我在劳伦斯庵里遇见这位少年伯爵；我已经在不超过礼法的范围以内，向他表示过我的爱情了。

凯普莱特 啊，那很好，我很高兴。站起来吧；这样才对。让我见见这伯爵；喂，快去请他过来。多谢上帝，把这位可尊敬的神父赐给我们！我们全城的人都感戴他的好处。

朱丽叶 奶妈，请你陪我到我的房间里去，帮我检点检点衣饰，看有那几件可以在明天穿戴。

凯普莱特夫人 不，还是到星期四再说吧，急什么呢？

凯普莱特 去，奶妈，陪她去。我们一准明天上教堂。（朱丽叶及乳媪下）

凯普莱特夫人 我们现在预备起来怕来不及；天已经快夜了。

凯普莱特 胡说！我现在就动手起来，你瞧着吧，太太，到明天一定什么都安排得好好的。你快去帮朱丽叶打扮打扮；我今天晚上不睡了，让我一个人在这儿做一次管家妇。喂！喂！这些人一个都不在。好，让我自己跑到帕里斯那里去，叫他准备明天做新郎。这个倔强的孩子现在回心转意，真叫我高兴得了不得。（各下）

第三场

朱丽叶的卧室

｜朱丽叶及乳媪上。

朱丽叶 嗯，那些衣服都很好。可是，好奶妈，今天晚上请你不用陪我，因为我还要念许多祷告，求上天宥恕我过去的罪恶，默佑我将来的幸福。

｜凯普莱特夫人上。

凯普莱特夫人 啊！你正在忙着吗？要不要我帮你？

朱丽叶 不，母亲；我们已经选择好了明天需用的一切，所以现在请您让我一个人在这儿吧；让奶妈今天晚上陪着您不睡，因为我相信这次事情办得太匆促了，您一定忙得不可开交。

凯普莱特夫人 晚安！早点睡觉，你应该好好休息休息。（凯普莱特夫人及乳媪下）

朱丽叶 再会！上帝知道我们将在什么时候相见。我觉得仿佛有一阵寒颤刺激着我的血液，简直要把生命的热流冻结起来似的；待我叫她们回来安慰安慰我。奶妈！——要她到这儿来干么？这凄惨的场面必须让我一个人扮演。来，药瓶。要是这药水不发生效力呢？那么我明天早上就必须结婚吗？不，不，这把刀会阻止我；你躺在那儿吧。（将匕首置枕边）也许这瓶里是毒药，那神父因为已经替我和罗密欧证婚，现在我再跟别人结婚，恐怕损害他的名誉，所以有意骗我服下去毒死我；我怕果然会有这样的事；可是他一向是众人公认为道高德重的人，我想大概不致于；

我不能抱着这样卑劣的思想。要是我在坟墓里醒了过来，罗密欧还没有到来把我救出去呢？这倒是很可怕的一点！那时我不是要在终年透不进一丝新鲜空气的地窟里活活闷死，等不及我的罗密欧到来吗？即使不闷死，那死亡和长夜的恐怖，那古墓中阴森的气象，几百年来，我祖先的尸骨都堆积在那里，入土未久的提伯尔特蒙着他的殓衾，正在那里腐烂；人家说，一到晚上，鬼魂便会归返他们的墓穴；唉！唉！要是我太早醒来，这些恶臭的气味，这些使人听了会发疯的凄厉的叫声；啊！要是我醒来，周围都是这种吓人的东西，我不会心神迷乱，疯狂地抚弄着我的祖宗的骨骼，把肢体溃烂的提伯尔特拖出了他的殓衾吗？在这样疯狂的状态中，我不会拾起一根老祖宗的骨头来，当作一根棍子，打破我的发昏的头颅吗？啊，瞧！那不是提伯尔特的鬼魂，正在那里追赶罗密欧，报复他的一剑之仇吗？等一等，提伯尔特，等一等！罗密欧，我来了！我为你干了这一杯！（倒在幕内的床上）

第四场

同前；凯普莱特家中厅堂

| 凯普莱特夫人及乳媪上。

凯普莱特夫人 奶妈，把这串钥匙拿去，再拿一点香料来。

乳媪 点心房里在喊着要枣子和榅桲呢。

| 凯普莱特上。

凯普莱特 来，赶紧点儿，赶紧点儿！鸡已经叫了第二次，熄灯钟已经打过，三点钟到了。好安吉丽加，当心看看肉饼有没有烘焦。多花费几个钱没有关系。

乳媪 走开，走开，女人家的事用不到您多管；快去睡吧，今天吵了一个晚上，明天又要害病了。

凯普莱特 不，哪儿的话！嘿，我为了没要紧的事，也曾经整夜不睡，几曾害过病来？

凯普莱特夫人 对啦，你从前也是顶惯偷女人的夜猫儿，可是现在我却不放你出去胡闹啦。（凯普莱特夫人及乳媪下）

凯普莱特 真是个醋娘子！真是个醋娘子！

| 三四仆人持炙叉、木柴及篮上。

凯普莱特 喂，这是什么东西？

仆甲 老爷，这些都是拿去给厨子的，我也不知道是什么东西。

凯普莱特 赶紧点儿，赶紧点儿。（仆甲下）喂，木头要拣干燥点儿的，你去问彼得，他可以告诉你什么地方有。

仆乙 老爷，我自己也长着眼睛会拣木头，用不到麻烦彼得。（下）

凯普莱特 嘿，倒说得有理，这个淘气的小杂种！嗳哟！天已经亮了；伯爵就要带着乐工来了，他说过的。（内乐声）我听见他已经走近了。奶妈！妻子！喂，喂！喂，奶妈呢？

| 乳媪重上。

凯普莱特 快去叫朱丽叶起来，把她打扮打扮；我要去跟帕里斯谈天去了。快去，快去，赶紧点儿；新郎已经来了；赶紧点儿！（各下）

第五场

同前；朱丽叶的卧室

| 乳媪上。

乳媪 小姐！喂，小姐！朱丽叶！她准是睡熟了。喂，小羊！喂，小姐！哼，你这懒丫头！喂，亲亲！小姐！心肝！喂，新娘！怎么！一声也不响？现在尽你睡去，尽你睡一个星期；到今天晚上，帕里斯伯爵可不让你安安静静休息一忽儿了。上帝饶恕我，阿门，她睡得多熟！我必须叫她醒来。小姐！小姐！小姐！好，让那伯爵自己到你床上来吧，那时你可要吓得跳起来了，是不是？怎么！衣服都穿好了，又重新睡下去吗？我必须把你叫醒。小姐！小姐！小姐！嗳哟！嗳哟！救命！救命！我的小姐死了！嗳哟！我还活着做什么！喂，拿一点酒来！老爷！太太！

| 凯普莱特夫人上。

凯普莱特夫人 吵些什么？

乳媪 嗳哟，好伤心啊！

凯普莱特夫人 什么事？

乳媪 瞧，瞧！嗳哟，好伤心啊！

凯普莱特夫人 嗳哟，嗳哟！我的孩子，我的唯一的生命！醒醒！睁开你的眼睛来！你死了，叫我怎么活得下去？救命！救命！大家来啊！

| 凯普莱特上。

凯普莱特 还不送朱丽叶出来，她的新郎已经来啦。

乳媪 她死了，死了，她死了！嗳哟，伤心啊！

凯普莱特夫人 唉！她死了，她死了，她死了！

凯普莱特 嘿！让我瞧瞧。嗳哟！她身上冰冷的；她的血液已经停止不流，她的手脚都硬了；她的嘴唇里已经没有了生命的气息；死像一阵未秋先降的寒霜，摧残了这一朵最鲜嫩的娇花。

乳媪 嗳哟，好伤心啊！

凯普莱特夫人 嗳哟，好苦啊！

凯普莱特 死神夺去了我的孩子，他使我悲伤得说不出话来。

| 劳伦斯神父、帕里斯及乐工等上。

劳伦斯 来，新娘有没有预备好上教堂去？

凯普莱特 她已经预备动身，可是这一去再不回来了。啊贤婿！死神已经在你新婚的前夜降临到你妻子的身上。她躺在那里，像一朵被他摧残了的鲜花。死神是我的新婿，是我的后嗣，他已经娶去了我的女儿。我也快要死了，把我的一切都传给他；我的生命财产，一切都是死神的！

帕里斯 难道我眼巴巴望到天明，却让我看见这一个凄惨的情景吗？

凯普莱特夫人 倒霉的、不幸的、可恨的日子！永无休止的时间的运行中的一个顶悲惨的时辰！我就生了这一个孩子，这一个可怜的疼爱的孩子，她是我唯一的欢喜和安慰，现在却被残酷的死神从我眼前夺了去啦！

乳媪 好苦啊！好苦的，好苦的，好苦的日子啊！我这一生一世里顶伤心的日子！顶凄凉的日子！嗳哟，这个日子！这个可恨的日子！从来不曾见过这样倒霉的日子！好苦的、好苦的日子啊！

帕里斯 最可恨的死，你欺骗了我，杀害了她，拆散了我们的良缘，一切都被残酷的残酷的你破坏了！啊！爱人！啊，我的生命！没有生命，只有被死亡吞噬了的爱情！

凯普莱特 悲痛的命运，为什么你要来打破、打破了我们的盛礼？儿啊！儿啊！我的灵魂，你死了！你已经不是我的孩子了！死了！唉！我的孩子死了，我的快乐也随着我的孩子埋葬了！

劳伦斯 静下来！不害羞吗？你们这样乱哭乱叫是无济于事的。上天和你们共有着这一个好女儿；现在她已经完全属于上天所有，这是她的幸福，因为你们不能使她的肉体避免死亡，上天却能使她的灵魂得到永生。你们竭力替她找寻一个美满的前途，因为你们的幸福是寄托在她的身上；现在她高高地升上云中去了，你们却为她哭泣吗？啊！你们瞧着她享受最大的幸福，却这样发疯一样号啕叫喊，这可以算是真爱你们的女儿吗？活着，嫁了人，一直到老，这样的婚姻有什么乐趣呢？在年轻时候结了婚而死去，才是最幸福不过的。揩干你们的眼泪，把你们的香花散布在这美丽的尸体上，按照着习惯，把她穿着盛装抬到教堂里去。愚痴的天性虽然使我们伤心痛哭，可是在理智眼中，这些天性的眼泪却是可笑的。

凯普莱特 我们本来为了喜庆预备好的一切，现在都要变成悲哀的殡礼；我们的乐器要变成忧郁的丧钟，我们的婚筵要变成凄凉的丧席，我们的诗歌要变成沉痛的挽曲，新娘手里的鲜花要放在坟墓中殉葬，一切都要相反而行。

劳伦斯 凯普莱特先生，您进去吧；夫人，您陪他进去；帕里斯伯爵，您也去吧；大家准备送这具美丽的尸体下葬。上天的愤怒已经降临在你们身上，不要再违逆他的意志，招致更大的灾祸。（凯普莱特夫妇、帕里斯、劳伦斯同下）

乐工甲 真的，咱们也可以收起笛子来走啦。

乳媪 啊！好兄弟们，收起来吧，收起来吧；这真是一场伤心的横祸！（下）

| 彼得上。

彼得 乐工！啊！乐工，《心里的安乐》，《心里的安乐》！啊！替我奏一曲《心里的安乐》，否则我要活不下去了。

乐工甲 为什么要奏《心里的安乐》呢？

彼得 啊！乐工，因为我的心在那里唱着《我心里充满了忧伤》。啊！替我奏一支快活的歌儿，安慰安慰我吧。

乐工甲 不奏不奏，现在不是奏乐的时候。

彼得 那么你不奏吗？

乐工甲 不奏。

彼得 那么我就给你们——

乐工甲 你给我们什么？

彼得 我可不给你们钱，哼！我要给你们一顿骂；我骂你们是一群卖唱的叫化子。

乐工甲 那么我就骂你是个下贱的奴才。

彼得　那么我就把奴才的刀搁在你们的头颅上。

乐工乙　且慢，君子动口，小人动手。

彼得　好，那么让我用舌剑唇枪杀得你们抱头鼠窜。有本领的，回答我这一个问题：

悲哀伤痛着心灵，

忧郁萦绕在胸怀，

唯有音乐的银声——

为什么说“银声”？为什么说“音乐的银声”？西门·凯特林，你怎么说？

乐工甲　因为银子的声音很好听。

彼得　说得好！休·利培克，你怎么说？

乐工乙　因为乐工奏乐的目的，是想人家赏他几两银子。

彼得　说得好！詹姆士·桑德普斯特，你怎么说？

乐工丙　不瞒你说，我可不知道应当怎么说。

彼得　啊！对不起，你是只会唱唱歌的；我替你说了吧：因为乐工尽管奏乐奏到老死，也换不到一些金子。

唯有音乐的银声，

可以把烦闷推开。（下）

乐工甲　真是个讨厌的家伙！

乐工乙　该死的奴才！来，咱们且慢回去，等吊客来的时候吹奏两声，吃他们一顿饭再去。（同下）

第 五 幕

第一场

曼多亚；街道

| 罗密欧上。

罗密欧 要是梦寐中的美景果然可以成为事实，那么我的梦预兆着将有好消息到来；我觉得心君宁恬，整日里有一种向来所没有的精神，用快乐的思想把我从地面上飘扬起来。我梦见我的爱人来看见我死了，——奇怪的梦，一个死人也会思想！——她吻着我，把生命吐进了我的嘴唇里，于是我复活了，并且成为一个君王。唉！仅仅是爱的影子，已经给人这样丰富的欢乐，要是占有了爱的本身，那该是多么的甜蜜！

| 鲍尔萨泽上。

罗密欧 从维洛那来的消息！啊，鲍尔萨泽！不是神父叫你带信来给我吗？我的爱人怎样？我父亲好吗？我再问你一遍，我的朱丽叶安好吗？因为只要她安好，一定什么都是好好儿的。

鲍尔萨泽 那么她是安好的，什么都是好好儿的；她的身体长眠在凯普莱特家的坟茔里，她的不死的灵魂和天使们在一起。我看见她下葬在她亲族的墓穴里，所以立刻飞马前来告诉您。啊，少爷！恕我带了这恶消息来，因为这是您吩咐我做的事。

罗密欧 有这样的事！命运，我咒诅你！——你知道我的住处；给我买些纸笔，雇下两匹快马，我今天晚上就要动身。

鲍尔萨泽 少爷，请您宽心一下；您的脸色惨白而仓皇，恐怕是不吉之兆。

罗密欧 胡说，你看错了。快去，把我叫你做的事赶快办好。神父没有叫你带信给我吗？

鲍尔萨泽 没有，我的好少爷。

罗密欧 算了，你去吧，把马匹雇好了；我就来找你。（鲍尔萨泽下）好，朱丽叶，今晚我要睡在你的身旁。让我想个办法。啊，罪恶的念头！你会多么快钻进一个绝望者的心里！我想起了一个卖药的人，他的铺子就开设在附近，我曾经看见他穿着一身破烂的衣服，皱着眉头在那儿拣药草；他的形状十分消瘦，贫苦把他熬煎得只剩一把骨头；他的寒伧的铺子里裹挂着一头乌龟，一头剥制的鳄鱼，还有几张形状丑陋的鱼皮；他的架子上稀疏地散放着几只空匣子，绿色的瓦罐，一些胞囊和发霉的种子，几段包扎的麻绳，还有几块陈年的干玫瑰花，作为聊胜于无的点缀。看到这一种寒酸的样子，我就对自己说，在曼多亚城里，谁出卖了毒药是会立刻处死的，可是倘有谁现在需要毒药，这儿有一个可怜的奴才会卖给他。啊！不料我这一个思想，竟会预兆着我自己的需要，这个穷汉的毒药却要卖给我。我记得这里就是他的铺子；今天是假日，所以这叫化子没有开门。喂！卖药的！

| 卖药人上。

卖药人 谁在高声叫喊？

罗密欧 过来，朋友。我瞧你很穷，这儿是四十块钱，请你给我一点能够迅速致命的毒药，厌倦于生命的人一服下去便会散入全身的血管，立刻停止呼吸而死去，就像火药从炮膛里放射出去一样快。

卖药人 这种致命的毒药我是有的；可是曼多亚的法律严禁发卖，出卖的人是要处死刑的。

罗密欧 难道你这样穷苦，还怕死吗？饥寒的痕迹刻在你的脸颊上，贫乏和迫害在你的眼睛里射出了饿火，轻蔑和卑贱重压在你的背上；这世间不是你的朋友，这世间的法律也保护不到你，没有人为你定下一条法律使你富有；那么你何必苦耐着贫穷呢？违犯了法律，把这些钱拿下了吧。

卖药人 我的贫穷答应了你，可是那是违反我的良心的。

罗密欧 我的钱是给你的贫穷，不是给你的良心的。

卖药人 把这一服药放在无论什么饮料里喝了下去，即使你有二十个人的气力，也会立刻送命。

罗密欧 这儿是你的钱，那才是害人灵魂的更坏的毒药，在这万恶的世界上，它比你那些不准贩卖的微贱的药品更会杀人；你没有把毒药卖给我，是我把毒药卖给你。再见；买些吃的东西，把你自己喂得胖一

点。——来，你不是毒药，你是替我解除痛苦的仙丹，我要带着你到朱丽叶的坟上去，少不得要借重你一下哩。（各下）

第二场

维洛那；劳伦斯神父的庵院

| 约翰神父上。

约翰 喂！师兄哪里？

| 劳伦斯神父上。

劳伦斯 这是约翰师弟的声音。欢迎你从曼多亚回来！罗密欧怎么说？要是他的意思在信里写明，那么把他的信给我吧。

约翰 我临走的时候，因为要找寻一个同伴，去看一个同门的师弟，他正在这城里访问病人，不料给本地巡逻的人看见了，疑心我们走进了一家染着瘟疫的人家，把门封锁住了，不让我们出来，所以耽误了我的曼多亚之行。

劳伦斯 那么谁把我的信送去给罗密欧呢？

约翰 我没有法子把它送出去，现在我又把它带回来了；因为他们害怕瘟疫传染，也没有人愿意把它送还给你。

劳伦斯 糟了！这封信不是等闲，性质十分重要，把它耽误下来，也许会引起极大的灾祸。约翰师弟，你快去给我找一柄铁锄，立刻带到这儿来。

约翰 好师兄，我去给你拿来。（下）

劳伦斯 现在我必须独自到墓地里去；在这三小时之内，朱丽叶就会醒来，她因为罗密欧不曾知道这些事情，一定会责怪我。我现在要再写一封信到曼多亚去，让她留在我的庵里，直等罗密欧到来。可怜的没有死的尸体，幽闭在一座死人的坟墓里！（下）

第三场

同前；凯普莱特家坟茔所在的墓地

| 帕里斯及侍童携鲜花火炬上。

帕里斯 孩子，把你的火把给我；走开，站在远远的地方；还是熄了吧，我不愿给人看见。你去在那边的紫杉树底下直躺下来，把你的耳朵贴着中空的地面，听听有没有跟跄的脚步走到坟地上来发掘坟墓；要是听见了什么声息，便吹一个唿哨通知我。把那些花给我。照我的话做去，走吧。

侍童 （旁白）我简直不敢独个儿站在这墓地上，可是我要硬着头皮试一下。（退后）

帕里斯 这些鲜花替你铺盖新床；
惨啊，一朵娇红永委沙尘！
我要用沉痛的热泪淋浪，
和着香水浇溉你的芳坟；
夜夜到你墓前散花哀泣，
这一段相思啊永无消歇！（童吹口哨）
这孩子在警告我有人来了。哪一个该死的家伙在这

晚上到这儿来打扰我在爱人墓前的凭吊？什么！还拿着火把来吗？——让我躲在一旁看看他的动静。（退后）

| 罗密欧及鲍尔萨泽持火炬锹锄等上。

罗密欧 把那锄头跟铁钳给我。且慢，拿着这封信；等天一亮，你就把它送去给我的父亲。把火把给我。听好我的吩咐，无论你听见什么瞧见什么，都只好远远的站着不许动，免得妨碍了我的事情；要是动一动，我就要你的命。我所以要跑下这个坟墓里去，一部分的原因是要探望探望我的爱人，可是主要的理由却是要从她的手指上取下一个宝贵的指环，因为我有一个很重要的用途。所以你赶快给我走开吧；要是你不相信我的话，胆敢回来窥伺我的行动，那么，我可以对天发誓，我要把你的骨骼一节一节扯下来，让这饥饿的墓地上散满了你的肢体。我现在的心境非常狂野，比饿虎或是咆哮的怒海都要凶猛无情，你可不要惹我性起。

鲍尔萨泽 少爷，我去就是了，决不来打扰您。

罗密欧 这才像个朋友。这些钱给你拿去，愿你一生幸福。再会，好朋友。

鲍尔萨泽 （旁白）虽然这么说，我还是要躲在附近的地方看着他；他的脸色使我害怕，我不知道他究竟打算做些什么出来。（退后）

罗密欧 你无情的泥土，吞噬了世上最可爱的人儿，我要擘开你的馋吻，（将墓门掘开）索性让你再吃一个饱！

帕里斯 这就是那个已经放逐出去的骄横的蒙太古，他杀死了我爱人的族兄，据说她就是因为伤心他的惨死而夭亡的。现在这家伙又要来盗尸发墓了，待我去抓住他。（上前）万恶的蒙太古！停止你的罪恶的工作，难道你杀了他们还不够，还要在死人身上发泄你的仇恨吗？该死的凶徒，赶快束手就捕，跟我见官去！

罗密欧 我果然该死，所以才到这儿来。好孩子，不要激怒一个不顾死活的人，快快离开我走吧；想想这些死了的人，你也该胆寒了。孩子，请你不要激动我的怒气，使我再犯一次罪；啊，去吧！我可以对天发誓，我爱你远过于爱我自己，因为我来此的目的，就是要跟自己作对。别留在这儿，去吧；好好儿留着你的活命，以后也可以对人家说一个疯子发了慈悲，叫你逃走的。

帕里斯 我不听你这种鬼话；你是一个罪犯，我要逮捕你。

罗密欧 你一定要激怒我吗？那么好，来，孩子！（二人格斗）

侍童 哎哟，主啊！他们打起来了，我去叫巡逻的人来！（下）

帕里斯 （倒下）啊，我死了！——你倘有几分仁慈，打开墓门来，把我放在朱丽叶的身旁吧！（死）

罗密欧 好，我愿意成全你的志愿。让我瞧瞧他的脸孔；啊，茂丘西奥的亲戚，尊贵的帕里斯伯爵！当我们一路上骑马而来的时候，我的仆人曾经对我说过几句话，那时我因为心绪烦乱，没有听得进去；他说些什么？好像他告诉我说帕里斯本来预备娶朱丽叶为妻；他不是这样说吗？还是我做过这样的梦？或者还是我神经错乱，听见他说起朱丽叶的名字，所以发生了这一种幻想？啊！把你的手给我，你我都是登录在恶运的黑册上的人，我要把你葬在一个胜利的坟墓里；一个坟墓吗？啊，不！被杀害的少年，这是一个灯塔，因为朱丽叶睡在这里，她的美貌使这一个墓窟变成一座充满着光明的欢宴的华堂。死了的人，躺在那儿吧，一个死了的人把你安葬了。（将帕里斯放下墓中）人们在临死的时候，往往反会觉得心中愉快，旁观的人便说这是死前的一阵回光返照；啊！这也就是我的回光返照吗？啊，我的爱人！我的妻子！死虽然已经吸去了你呼吸中的芳蜜，却还没有力量摧残你的美貌；你还没有被他征服，你的嘴唇上、脸庞上，依然呈显着红润的美艳，不曾让灰白的死亡进占。提伯尔特，你也裹着你的血淋淋的殓衾躺在那儿吗？啊！你的青春葬送在你仇人的手里，现在我来替你报仇来了，我要亲手杀死那杀害你的人。原谅我吧，兄弟！啊！亲爱的朱丽叶，你为什么仍然是这样美丽？难道那虚无的死亡，那枯瘦可憎的妖魔，也是个多情种子，所以把你藏匿在这幽暗的洞府里做他的情妇吗？为了防止这样的事情，我要永远陪伴着你，再不离开这漫漫长夜的幽宫；我要留在这儿，跟你的侍婢，那些蛆虫们在一起；啊！我要在这儿永久安息下来，从我这厌倦人世的凡躯上挣脱恶运的束缚。眼睛，瞧你的最后一眼吧！手臂，作你最后一次的拥抱吧！嘴唇，啊！你呼吸的门户，用一个合法的吻，跟网罗一切的死亡订立一个永久的契约吧！来，苦味的向导，你绝望的领港人，现在赶快把你的厌倦于风涛的船舶向那巉岩上冲撞过去吧！为了我的爱人，我干了这一杯！（饮药）啊！卖药的人果然没有骗我，药性很快地发作了。在这一吻中我死去。（死）

| 劳伦斯神父持灯笼、锄、锹自墓地另一端上。

劳伦斯 圣芳济保佑我！我这双老脚今天晚上怎么老是在坟堆里绊来跌去的！那边是谁？

鲍尔萨泽 是一个朋友，也是一个跟您熟识的人。

劳伦斯 祝福你！告诉我，我的好朋友，那边是什么火把，对蛆虫和没有眼睛的骷髅浪费着它的光明？照我辨认起来，那火把亮着的地方，似乎是凯普莱特家里的坟茔。

鲍尔萨泽 正是，神父；我的主人，他是您的好朋友，就在那儿。

劳伦斯 他是谁？

鲍尔萨泽 罗密欧。

劳伦斯 他来多久了？

鲍尔萨泽 足足半点钟。

劳伦斯 陪我到墓穴里去。

鲍尔萨泽 我不敢，神父。我的主人不知道我还没有走；他曾经对我严辞恐吓，说要是我留在这儿窥伺他的动静，就要把我杀死。

劳伦斯 那么你留在这儿，让我一个人去吧。恐惧临到我的身上；啊！我怕会有什么不幸的祸事发生。

鲍尔萨泽 当我在这株紫杉树底下睡了过去的时候，我梦见我的主人跟另外一个人打架，那个人被我的主人杀了。

劳伦斯 （趋前）罗密欧！嗳哟！嗳哟，这坟墓的石门上染着些什么血迹？在这安静的地方，怎么横放着这两柄无主的血污的刀剑？（进墓）罗密欧！啊，他的脸色这么惨白！还有谁？什么！帕里斯也躺在这儿，浑身浸在血泊里？啊！多么残酷的时辰，造成了这场凄惨的意外！那小姐醒了。（朱丽叶醒）

朱丽叶 啊，善心的神父！我的夫君呢？我记得很清楚我应当在什么地方，现在我正在这地方。我的罗密欧呢？（内喧声）

劳伦斯 我听见有什么声音。小姐，赶快离开这个密布着毒氛腐臭的死亡的巢穴吧；一种我们所不能反抗的力量已经阻挠了我们的计划。来，出去吧。你的丈夫已经在你的怀中死去；帕里斯也死了。来，我可以替你找一处地方出家做尼姑。不要耽误时间盘问我，巡夜的人就要来了。来，好朱丽叶，去吧。（内喧声又起）我不敢再等下去了。

朱丽叶 去，你去吧！我不愿意走。（劳伦斯下）这是什么？一只杯子，紧紧地握住在我的忠心的爱人的手里？我知道了，一定是毒药结果了他的生命。唉，冤家！你一起喝干了，不留下一滴给我吗？我要吻着你的嘴唇，也许这上面还留着一些毒液，可以让我当作兴奋剂服下而死去。（吻罗密欧）你的嘴唇还是温暖的！

巡丁甲 （在内）孩子，带路；在哪一个方向？

朱丽叶 啊，人声吗？那么我必须快一点了结。啊，好刀子！（攫住罗密欧的匕首）这就是你的鞘子；（以匕首自刺）

你插了进去，让我死了吧。（扑在罗密欧身上死去）

| 巡丁及帕里斯侍童上。

侍童 就是这儿，那火把亮着的地方。

巡丁甲 地上都是血；你们几个人去把墓地四周搜查一下，看见什么人就抓起来。（若干巡丁下）好惨！伯爵被人杀了躺在这儿，朱丽叶胸口流着血，身上还是热热的好像死得不久，虽然她已经葬在这里两天了。去，报告亲王，通知凯普莱特家里，再去把蒙太古家里的人也叫醒了，剩下的人到各处搜搜。（若干巡丁续下）我们看见这些惨事发生在这个地方，可是在没有得到人证以前，却无法明了这些惨事的真相。

| 若干巡丁率鲍尔萨泽上。

巡丁乙 这是罗密欧的仆人；我们看见他躲在墓地里。

巡丁甲 把他好生看押起来，等亲王来审问。

| 若干巡丁率劳伦斯神父上。

巡丁丙 我们看见这个教士从墓地旁边跑出来，神色慌张，一边叹气一边流着眼泪，他手里还拿着锄头铁锹，都给我们拿下来了。

巡丁甲 他有很重大的嫌疑；把这教士也看押起来。

| 亲王及侍从上。

亲王 什么祸事在这样早的时候发生，打断了我的清晨的安睡？

| 凯普莱特、凯普莱特夫人及余人等上。

凯普莱特 外边这样乱叫乱喊，是怎么一回事？

凯普莱特夫人 街上的人们有的喊着罗密欧，有的喊着朱丽叶，有的喊着帕里斯；大家沸沸扬扬地向我们家里的坟上奔去。

亲王 这么许多人为什么发出这样惊人的叫喊？

巡丁甲 王爷，帕里斯伯爵被人杀死了躺在这儿；罗密欧也死了；已经死了两天的朱丽叶，身上还热着，又被人重新杀死了。

亲王 用心搜寻，把这场万恶的杀人命案的真相调查出来。

巡丁甲 这儿有一个教士，还有一个被杀的罗密欧的仆人，他们都拿着掘墓的器具。

凯普莱特 天啊！——啊妻子！瞧我们的女儿流着这么多的血！这把刀弄错了地位了！瞧，它的空鞘子还在蒙太古家小子的背上，它却插进了我的女儿的胸前！

凯普莱特夫人 嗳哟！这些死的惨象就像惊心动魄的钟声，警告我这风烛残年，快要不久于人世了。

| 蒙太古及余人等上。

亲王 来，蒙太古，你起来得虽然很早，可是你的儿子倒下得更早。

蒙太古 唉！殿下，我的妻子因为悲伤小儿的远逐，已经在昨天晚上去世了；还有什么祸事要来跟我这老头子作对呢？

亲王 瞧吧，你就可以看见。

蒙太古 啊，你这不孝的东西！你怎么可以抢在你父亲的前面，自己先钻到坟墓里去呢？

亲王 暂时停止你们的悲恸，让我把这些可疑的事实讯问明白，知道了详细的原委以后，再来领导你们放声一哭吧；也许我的悲哀还远远胜过你们多多呢！——把嫌疑人犯带上来。

劳伦斯 时间和地点都可以作不利于我的证人；在这场悲惨的血案中，我虽然是一个能力最薄弱的人，但却是嫌疑最重的人。我现在站在殿下的面前，一方面是要供认我自己的罪过，一方面也要为我自己辩解。

亲王 那么快把你所知道的一切说出来。

劳伦斯 我要把经过的情形尽简单地叙述出来，因为我的短促的残生还不及一段冗烦的故事那么长。死了的罗密欧是死了的朱丽叶的丈夫，她是罗密欧的忠心的妻子，他们的婚礼是由我主持的。就在他们秘密结婚的那天，提伯尔特死于非命，这位才做的新郎也从这城里被放逐出去；朱丽叶是为了他，不是为了提伯尔特，才那样伤心憔悴的。你们因为要替她解除烦恼，把她许婚给帕里斯伯爵，还要强迫她嫁给他，她就跑来见我，神色慌张地要我替她想个办法避免这第二次的结婚，否则她要在我的庵里自杀。所以我就根据我的医药方面的学识，给她一服安眠的药水；它果然发生了我所预期的效力，她一服下去就像死了一样昏沉过去。同时我写信给罗密欧，叫他就在这一个悲惨的晚上到这儿来，帮助把她搬出她的寄寓的坟墓，因为药性一到时候便会过去。可是替我带信的约翰神父却因遭到意外，不能脱身，昨天晚上才把我的信依然带了回来。那时我只好按照着预先算定她醒来的时间，一个人前去把她从她家族的墓茔里带出来，预备把她藏匿在我的庵里，等有方便再去叫罗密欧来；不料我在她醒来以前几分钟到这儿来的时候，尊贵的帕里斯和忠诚的罗密欧已经双双惨死了。她一醒过来，我就请她出去，劝她安心忍受这一种出自天意的变故；可是那时我听见了纷纷的人声，吓得逃出了墓穴，她在万分绝望之中不肯跟我去，看样子她是自杀了。这是我所知道的一切，至于他们两人的结婚，那么她的乳母也是预闻的。要是这一场不幸的惨祸，是由我的疏忽所造成，那么我这条老命愿受最严厉的法律的制裁，请您让它提早几点钟牺牲了吧。

亲王 我一向知道你是一个道行高尚的人。罗密欧的仆人呢？他有些什么话说？

鲍尔萨泽 我把朱丽叶的死讯通知了我的主人，因此他从曼多亚急急地赶到这里，到了这座坟堂的前面。这封信他叫我一早送去给我家老爷；当他走进墓穴里的时候，他还恐吓我，说要是我不赶快走开，让他一个人在那儿，他就要杀死我。

亲王 把那信给我，我要看看。叫起巡丁来的那个伯爵的童儿呢？喂，你的主人到这地方来做什么？

侍童 他带了花来散在他夫人的坟上，他叫我站得远远的，我就听他的话；不多一会儿工夫，来了一个拿着火把的人把坟墓打开了。后来我的主人就拔剑跟他打了起来，我就奔去叫巡丁来。

亲王 这封信证实了这个神父的话，讲起他们恋爱的经过和她的去世的消息；他还写着说他从一个穷苦的卖药人手里买到一种毒药，要把它带到墓穴里来准备和朱丽叶长眠在一起。这两家仇人在哪里？——凯普莱特！蒙太古！瞧你们的仇恨已经受到了多大的惩罚，上天借手于爱情，夺去了你们心爱的人；我为了忽视你们的争执，也已经丧失了一双亲戚，大家都受到惩罚了。

凯普莱特 啊，蒙太古大哥！把你的手给我；这就是你给我女儿的一份聘礼，我不能再作更大的要求了。

蒙太古 但是我可以给你更多的；我要用纯金替她铸一座像，只要维洛那一天不改变它的名称，任何塑像都不会比忠贞的朱丽叶那一座更为超卓。

凯普莱特 罗密欧也要有一座同样富丽的金像卧在他情人的身旁，这两个在我们的仇恨下惨遭牺牲的可怜虫！

亲王 清晨带来了凄凉的和解，
太阳也惨得在云中躲闪。
大家先回去发几声感慨，
该恕的该罚的再听宣判。
古往今来多少离合悲欢，
谁曾见像这样哀怨辛酸！（同下）

裘力斯·凯撒

The fault, dear Brutus, is not in our stars, but in ourselves, that we are underlings.

——Julius Caesar

要是我们受制于人，亲爱的勃鲁托斯，那错处并不在我们的命运，而是在我们自己。

——《裘力斯·凯撒》

剧中人物

裘力斯·凯撒	
奥克泰维斯·凯撒 玛克·安东尼 伊米力斯·莱必多斯	凯撒死后的三人执政
西塞罗 坡勃律斯 波匹律斯·里那	元老
玛克斯·勃鲁托斯 凯歇斯 凯斯卡 特莱包涅斯 里加律斯 狄歇斯·勃鲁托斯 麦泰勒斯·辛伯 西那	反对凯撒的叛党
弗莱维斯 马鲁勒斯	护民官
阿特米多勒斯	克尼陀斯的诡辩学者
预言者	
西那	诗人
另一诗人	

路西律斯	勃鲁托斯及凯歇斯的友人
泰提涅斯	
梅萨拉	
小凯图	
伏伦涅斯	
凡罗	勃鲁托斯的仆人
克列特斯	
克劳狄斯	
斯特莱托	
路歇斯	
达台涅斯	
品达勒斯	凯歇斯的仆人
凯尔弗妮娅	凯撒之妻
鲍西娅	勃鲁托斯之妻

元老、市民、卫队、侍从等

地点

大部分在罗马;后半一部分在萨狄斯,

一部分在腓利比附近

第　一　幕

第一场
罗马；街道

｜弗莱维斯、马鲁勒斯及若干市民上。

弗莱维斯 去！回家去，你们这些懒得做事的东西，回家去。今天是放假的日子吗？嘿！你们难道不知道，你们做手艺的人，在工作的日子走到街上来，一定要把你们职业的符号带在身上吗？说，你是做什么生意的？

市民甲 呃，先生，我是一个木匠。

马鲁勒斯 你的革裙、你的尺呢？你穿起新衣服来干什么？你，你是做什么生意的？

市民乙 先生，我希望我干的行业可以对得起自己的良心；我不过是个替人家补补破鞋子的。

马鲁勒斯 混帐东西，说明白一些你是干什么的？

市民乙 嗳，先生，请您不要对我生气；要是您的鞋子破了，先生，我也可以替您补一补的。

弗莱维斯 你是一个补鞋匠吗？

市民乙 不瞒您说，先生，我的吃饭家伙就只有一把钻子；

我也不会动斧头锯子，我也不会做针线女工，我就只有一把钻子。实实在在，先生，我是专治破旧靴鞋的外科医生；它们倘然害着危险的重病，我都可以把它们救活过来。那些脚踏牛皮的体面绅士，都曾请教过我哩。

弗莱维斯 可是你今天为什么不在你的铺子里做工？为什么你要领着这些人在街上走来走去？

市民乙 不瞒您说，先生，我要叫他们多走破几双鞋子，让我好多做几注生意。可是实实在在，先生，我们今天因为要迎接凯撒，庆祝他的凯旋，所以才放了一天假。

马鲁勒斯 为什么要庆祝呢？他带了些什么胜利回来？他的战车后面紧缚着几个纳土称臣的俘囚君长？你们这些木头石块，冥顽不灵的东西！冷酷无情的罗马人啊，你们忘记了庞贝吗？好多次你们爬到城墙上、雉堞上，有的登在塔顶，有的倚着楼窗，还有人高踞烟囱的顶上，手里抱着婴孩，整天地坐着耐心等候，为了要看一看伟大的庞贝经过罗马的街道；当你们看见他的马车出现的时候，你们不是齐声欢呼，使台伯河里的流水因为听见你们的声音在凹陷的河岸上发出反响而颤栗吗？现在你们却穿起了新衣服，放假庆祝，把鲜花散布在踏着庞贝的血迹凯旋回来的那人的路上吗？快去！奔回你们的屋子里，跪在地上，祈祷神明饶恕你们的忘恩负义吧，否则上天的灾祸一定要降在你们头上了。

弗莱维斯 去，去，各位同胞，为了你们这一个错误，赶快把你们所有的伙伴们集合在一起，带他们到勃河的边上，把你们的眼泪浇下了河中，让那最低的水流也会和那最高的堤岸接吻。（众平民下）瞧这些下流的材料也会天良发现；他们因为自知有罪，一个个哑口无言地去了。您打那一条路向圣殿走去；我打这一条路走。要是您看见他们在偶像上披着锦衣彩饰，就把它撕下来。

马鲁勒斯 我们可以这样做吗？您知道今天是卢柏克节[①]。

弗莱维斯 别管它；不要让偶像身上悬挂着凯撒的胜利品。我要去驱散街上的愚民；您要是看见什么地方有许多人聚集在一起，也要把他们打发走开。我们应当趁早剪拔凯撒的羽毛，让他无力高飞；要是他羽毛既长，一飞冲天，我们大家都要在他的足下俯伏听命了。（各下）

第二场

同前；广场

｜凯撒率众列队奏乐上；安东尼作竞走装束，凯尔弗妮娅、鲍西娅、狄歇斯、西塞罗、勃鲁托斯、凯歇斯、凯斯卡同上；大群民众随后，其中有一预言者。

凯撒 凯尔弗妮娅！

凯斯卡 肃静！凯撒有话。（乐止）

凯撒 凯尔弗妮娅！

---

① 卢柏克节（Lupercal），二月十五日，纪念罗马城建立之节日。

凯尔弗妮娅 有，我的主。

凯撒 你等安东尼快要跑到终点的时候，就到跑道中间站在和他当面的地方。安东尼！

安东尼 有，凯撒，我的主。

凯撒 安东尼，你在奔走的时候，不要忘记用手碰一碰凯尔弗妮娅的身体；因为有年纪的人都说，不孕的妇人要是被这神圣的竞走中的勇士碰了，就可以解除乏嗣的咒诅。

安东尼 我一定记得。凯撒吩咐做什么事，就得立刻照办。

凯撒 现在开始吧；不要遗漏了任何仪式。（音乐）

预言者 凯撒！

凯撒 吓！谁在叫我？

凯斯卡 所有的声音都息下去；肃静！（乐止）

凯撒 谁在人丛中叫我？我听见一个比一切乐声更尖锐的声音喊着“凯撒”的名字。说吧；凯撒在听着。

预言者 留心三月十五日。

凯撒 那是什么人？

勃鲁托斯 一个预言者请您留心三月十五日。

凯撒 把他带到我的面前；让我瞧瞧他的脸。

凯斯卡 家伙，跑出来见凯撒。

凯撒 你刚才对我说什么？再说一遍。

预言者 留心三月十五日。

凯撒 他是个做梦的人；不要理他。过去。（吹号；除勃鲁托斯、凯歇斯外均下）

凯歇斯 您也去看他们赛跑吗？

勃鲁托斯 我不去。

凯歇斯 去看看也好。

勃鲁托斯 我不喜欢干这种陶情作乐的事；我没有安东尼那样活泼的精神。不要让我打断您的兴致，凯歇斯；我先去了。

凯歇斯 勃鲁托斯，我近来留心观察您的态度，觉得在您的眼光之中，对于我已经没有从前那样的温情和友爱；您对于爱您的朋友，太冷淡而疏远了。

勃鲁托斯 凯歇斯，不要误会。要是我在自己的脸上罩着一层阴云，那只是因为我自己心里有些烦恼。我近来为某种情绪所困苦，某种不可告人的隐忧，使我在行为上也许有些反常的地方；可是，凯歇斯，您是我的好朋友，请您不要因此而不快，也不要因为可怜的勃鲁托斯和他自己交战，忘记了对别人的礼貌，而责怪我的怠慢。

凯歇斯 那么，勃鲁托斯，我大大地误会了您的心绪了；我因为疑心您对我有什么不满，所以有许多重要的值得考虑的意见我都藏在自己的心头，没有跟您提起。告诉我，好勃鲁托斯，您能够瞧见您自己的脸吗？

勃鲁托斯 不，凯歇斯；因为眼睛不能瞧见它自己，必须借着反射，借着外物的力量。

凯歇斯 不错，勃鲁托斯，可惜您却没有这样的镜子，可以把您隐藏着的贤德照射到您的眼里，让您看见您自己的影子。我曾经听见那些在罗马最有名望的人，——除了不朽的凯撒以外，——说起勃鲁托斯，他们呻吟于当前的桎梏之下，都希望高贵的勃鲁托斯睁开他的眼睛。

勃鲁托斯 凯歇斯，您要我在我自己身上寻找我所没有的东西，到底是要引导我去干什么危险的事呢？

凯歇斯 所以，好勃鲁托斯，留心听着吧；您既然知道您不能瞧见您自己，像在镜子里照见得那样清楚，我就可以做您的镜子，并不夸大地把您自己所没有知道的自己揭露给您看。不要疑心我，善良的勃鲁托斯；倘然我是一个胁肩谄笑之徒，惯用千篇一律的盟誓向每一个人矢陈我的忠诚；倘然您知道我会当着人家的面向他们献媚，把他们搂抱，背了他们就用诽语毁谤他们；倘然您知道我是一个常常跟下贱的平民酒食征逐的人，那么您就认为我是一个危险分子吧。（喇叭奏花腔。众欢呼声）

勃鲁托斯 这一阵欢呼是什么意思？我怕人民会选举凯撒做他们的王。

凯歇斯 嗯，您怕吗？那么看来您是不赞成这回事了。

勃鲁托斯 我不赞成，凯歇斯；虽然我很敬爱他。可是您为什么拉住我在这儿？您有什么话要对我说的？倘然那是对大众有利的事，那么让我的一只眼睛看见光荣，另一只眼睛看见死亡，我也会同样无动于衷地正视着它们；因为我喜爱光荣的名字，甚于恐惧死亡。

凯歇斯 我知道您有那样内在的美德，勃鲁托斯，正像我知道您的外貌一样。好，光荣正是我的谈话的题目。我不知道您和其他的人对于这一个人生抱着怎样的观念；可是拿我个人而论，假如要我为了自己而担惊受怕，那么我还是不要活着的好。我生下来就跟凯撒同样的自由；您也是一样。我们都跟他同样地享受过，同样地能够忍耐冬天的寒冷。记得有一次，在一个狂风暴雨的白昼，台伯河里的怒浪正在冲激着她的堤岸，凯撒对我说，“凯歇斯，你现在敢不敢跟我跳下这汹涌的波涛里，泅到对面去？”我一听见他的话，就穿着随身的衣服跳了下去，叫他跟着我；他也跳了下去。那时候滚滚的急流迎面而来，我们用壮健的膂力拼命抵抗，用顽强的心破浪前进；可是我们还没有达到预定的目标，凯撒就叫起来说，“救救我，凯歇斯，我要沉下去了！”正像我们伟大的祖先埃涅阿斯从特洛伊的烈焰之中把年老的安喀西斯肩负而出一样，我把力竭的凯撒负出了台伯河的怒浪。这个人现在变成了一尊天神，凯歇斯却是一个倒霉的家伙，要是凯撒偶然向他点一点头，也必须俯下他的身子。他在西班牙的时候，曾经害过一次热病，我看见那热病在他身上发作，他的浑身都战抖起来；是的，这位天神也会战抖；他的懦怯的嘴唇失去了血色，那使全世界惊悚的眼睛也没有了光彩；我听见他的呻吟；是的，他那使罗马人耸耳而听，使他们把他的话记载在书册上的舌头，唉！却吐出了这样的呼声，“给我一些水喝，泰提涅斯，”就像一个害病的女儿一样。神啊，像这样一个心神软弱的人，却会征服这个伟大的世界，独占着胜利的光荣，真是我所再也想不到的事。（喇叭奏花腔。欢呼声）

勃鲁托斯 又是一阵大众的欢呼！我相信他们一定又把新的荣誉加在凯撒的身上，所以才有这些喝彩的声音。

凯歇斯 嘿，老兄，他像一个巨人似的跨越这狭隘的世界；我们这些渺小的凡人一个个在他粗大的腿下行走，四处张望着替自己寻找不光荣的坟墓。人们有时可以支配他们自己的运命；要是我们受制于人，亲爱的勃鲁托斯，那错处并不在我们的命运，而是在我们自己。勃鲁托斯和凯撒；"凯撒"那个名字又有什么了不得？为什么人们只是提起它而不提起勃鲁托斯？把那两个名字写在一起，您的名字并不比他的难看，放在嘴上念起来，它也是一样顺口；称起重量来，它们是一样的重；要是用它们呼神召鬼，"勃鲁托斯"也可以同样感动幽灵，正像"凯撒"一样。凭着一切天神的名字，我们这位凯撒究竟吃些什么肥甘美食，才会长得这样伟大？可耻的时代！罗马啊，你的高贵的血统已经中断了！自从洪水以后，什么时代你不曾产生一个以上的著名人物？直到现在为止，什么时候人们谈起罗马，能够说，她的广大的城墙之内，只是一个人的世界？要是罗马给一个人独占了去，那么它真的变成无人之境了。啊！你我都曾听见我们的父老说过，从前罗马有一个勃鲁托斯，不愿让他的国家被一个君主所统治，正像他不愿让它被永劫的恶魔统治一样。

勃鲁托斯 我一点不怀疑您对我的诚意；我也有点明白您打算鼓动我去干什么事；我对于这件事的意见，以及对于目前这一种局面所取的态度，以后可以告诉您知道，可是现在却不愿作进一步的表示或行动，请您也不必向我多说。您已经说过的话，我愿意仔细考虑；您还有些什么话要对我说的，我也愿意耐心静听，等有了适当的机会，我一定洗耳以待，畅聆您的高论，并且还要把我的意思向您提出。在那个时候没有到来以前，我的好友，请您记住这一句话：勃鲁托斯宁愿做一个乡野的贱民，不愿在这种将要加到我们身上来的难堪的重压之下自命为罗马的儿子。

凯歇斯 我很高兴我的微弱的言辞已经从勃鲁托斯的心中激起了这一点点火花。

勃鲁托斯 竞赛已经完毕，凯撒在回来了。

凯歇斯 当他们经过的时候，您去拉一拉凯斯卡的衣袖，他就会用他那种尖酸刻薄的口气，把今天值得注意的事情告诉您。

| 凯撒及随从诸人重上。

勃鲁托斯 很好。可是瞧，凯歇斯，凯撒的额角上在闪动着怒火，跟在他后面的那些人一个个垂头丧气，好像挨过一顿骂似的：凯尔弗妮娅脸颊惨白；西塞罗的眼睛里充满着懊丧愤恨的神色，就像我们看见他在议会里遭到什么元老的驳斥的时候一样。

凯歇斯 凯斯卡会告诉我们为了什么事。

凯撒 安东尼！

安东尼 凯撒。

凯撒 我要那些身体长得胖胖的，头发梳得光光的，夜里睡得好好的人在我的左右。那个凯歇斯有一张消瘦憔悴的脸孔；他太多用心思；这种人是危险的。

安东尼 别怕他，凯撒，他没有什么危险；他是一个高贵的罗马人，有很好的天赋。

凯撒 我希望他再胖一点！可是我不怕他；不过要是我的名字可以和恐惧连在一起的话，那么我不知道还有谁比那个瘦瘦的凯歇斯更应该避得远远的了。他读过许多书；他的眼光很厉害，能够窥测他人的行动；他不像你，安东尼，一样喜欢游戏；他从来不听音乐；他不大露笑容，笑起来的时候，那神气之间，好像在讥笑他自己竟会被一些琐屑的事情所引笑似的。像他这种人，要是看见有人高过他们，心里就会觉得不舒服，所以他们是很危险的。我现在不过告诉你哪一种人是可怕的，并不是说我惧怕他们，因为我永远是凯撒。跑到我的右边来，因为这一只耳朵是聋的；实实在在告诉我你觉得他这个人怎么样。（吹号；凯撒及随从诸人下，凯斯卡留后）

凯斯卡 您拉扯我的外套；要跟我说话吗？

勃鲁托斯 是的，凯斯卡；告诉我们今天凯撒为什么脸色这样郁郁不乐。

凯斯卡 怎么，您不是也跟他在一起的吗？

勃鲁托斯 要是我跟他在一起，那么我也用不到问凯斯卡了。

凯斯卡 嘿，有人把一顶王冠献给他；他用他的手背这么一摆拒绝了；于是民众欢呼起来。

勃鲁托斯 第二次的喧哗又是为着什么？

凯斯卡 嘿，也是为了那件事。

凯歇斯 他们一共欢呼了三次；最后一次的呼声是为着什么？

凯斯卡 嘿，也是为了那件事。

勃鲁托斯 他们把王冠三次献给他吗？

凯斯卡 嗯，是的，他三次拒绝了，每一次都比前一次更谦恭；他拒绝了一次，我那些正直的同胞们便欢呼起来。

凯歇斯 谁把王冠献给他？

凯斯卡 嘿，安东尼。

勃鲁托斯 把那情形告诉我们，好凯斯卡。

凯斯卡 要我把那情形讲出来，那还是把我吊死了吧。那全然是一幕骗人的把戏；我瞧也不去瞧它。我看见玛克·安东尼献给他一顶王冠；其实那也不是什么王冠，不过是一顶普通的冠；我已经对您说过，他第一次把它拒绝了；可是虽然拒绝，我觉得他心里却巴不得把它拿了过来。于是他再把它献给他；他又把它拒绝了；可是我觉得他的手指头却恋恋不舍地不愿意离开它。于是他又第三次把它献上去；他第三次把它拒绝了；当他拒绝的时候，那些乌合之众便高声欢呼，拍着他们粗糙的手掌，抛掷他们汗臭的睡帽，把他们中人欲呕的气息散满在空气之中，因为凯撒拒绝了王冠，结果几乎把凯撒都熏死了；他一闻到这气息，便晕了过去倒在地上。我那时候瞧着这光景，虽然觉得好笑，可是竭力抿住我的嘴唇，不让它笑出来，因为恐怕把这种恶劣的空气吸了进去。

凯歇斯 可是且慢；您说凯撒晕了过去吗？

凯斯卡 他在市场上倒了下来，嘴边冒着白沫，话都说不出来。

勃鲁托斯 这是很可能的；他素来就有这种倒下去的毛病。

凯歇斯 不，凯撒没有这种病；您，我，还有正直的凯斯卡，我们才害着这种倒下去的病。

凯斯卡 我不知道您这句话是什么意思；可是我可以确定凯撒是倒了下去。那些下流的群众有的拍手，有的发出嘘嘘的声音，就像在戏院子里一样；要是我编造了一句谣言，我就是个骗人的混蛋。

勃鲁托斯 他清醒过来以后说些什么？

凯斯卡 嘿，他在没有倒下以前，看见群众因为他拒绝了王冠而欢欣，就要我解开他的衬衣，露出他的咽喉来请他们宰割。倘然我是一个干活儿做买卖的人，我一定会听从他的话，否则让我跟那些恶人们一起下地狱去，于是他就倒下去了。等到他一醒过来，他就说，要是他做错了什么事，说错了什么话，他要请他们各位原谅他是一个有病的人。在我站立的地方，有三四个姑娘嚷着说，“唉，好人儿！”从心底里原谅了他；可是不必注意她们，要是凯撒刺死了她们的母亲，她们也会同样原谅他的。

勃鲁托斯 后来他就这样郁郁不乐地去了吗？

凯斯卡 嗯。

凯歇斯 西塞罗说了些什么？

凯斯卡 嗯，他说的是希腊话。

凯歇斯 怎么说的？

凯斯卡 嗳哟，要是我把那些话告诉了您，那我以后再也不好意思看见您啦；可是那些听得懂他话的人都互相瞧着笑笑，摇摇他们的头；至于讲到我自己，那我可一懂都不懂。我还可以告诉你们其他的新闻：马鲁勒斯和弗莱维斯因为扯去了凯撒像上的彩带，已经被杀死了。再会。骗人的把戏多着呢，可惜我记不起来啦。

凯歇斯 凯斯卡，您今天晚上愿意陪我吃晚饭吗？

凯斯卡 不，我已经跟人家有过约会了。

凯歇斯 明天陪我吃午饭好不好？

凯斯卡 嗯，要是我明天还活着，要是您的心思没有改变，要是您的午饭值得一吃，那么我是会来的。

凯歇斯 好；我等着您。

凯斯卡 好。再见，两位。（下）

勃鲁托斯 这家伙越来越乖僻了！他在求学的时候，却是很伶俐的。

凯歇斯 他现在虽然装出这一付迟钝的形状，可是干起勇敢壮烈的事业来，却不会落人之后。他的乖僻对于他的智慧是一种调味品，使人们在咀嚼他的言语的时候，可以感到一种深长的滋味。

勃鲁托斯 正是。现在我要暂时失陪了。明天您要是愿意跟我谈谈的话，我可以到您府上来看您；或者要是您愿意，就请您到我家里来也好，我一定等着您。

凯歇斯 好，我明天一定来拜访。再会；同时，您顾念顾念这个世界吧。（勃鲁托斯下）好，勃鲁托斯，你是个仁人义士；可是我知道你的高贵的天性却可以被人诱入歧途；所以正直的人必须和正直的人为伍，因为谁是那样刚强，能够不受诱惑呢？凯撒很不高兴我；可是他很喜欢勃鲁托斯；倘然现在我是勃鲁托斯，他是凯歇斯，他就打不动我的心。今天晚上我要摹仿几个人的不同的笔迹，写几封匿名信丢进他的窗里，假装那是好几个市民写给他的，里面所说的话，都是指出罗马人对于他抱着多大的信仰，同时隐隐约约地暗示着凯撒的野心。我这样布置好了以后，让凯撒坐得安稳一些吧，因为我们倘不能把他摇动下来，就要忍受更黑暗的命运了。（下）

第三场

同前；街道

｜雷电交作；凯斯卡拔剑上，西塞罗自相对方向上。

西塞罗 晚安，凯斯卡；您送凯撒回去了吗？您为什么气都喘不过来？为什么把眼睛睁得这样大？

凯斯卡 您看见一切地上的权力战栗得像一件摇摇欲坠的东西，不觉得有动于心吗？啊，西塞罗！我曾经看见过咆哮的狂风劈碎多节的橡树；我曾经看见过野心的海洋奔腾澎湃，把浪沫喷涌到阴郁的黑云之上；可是我从来没有经历过像今晚这样一场从天上掉下火块来的狂风暴雨。倘不是天上起了纷争，一定因为世人的侮慢激怒了神明，使他们决心把这世界毁灭。

西塞罗 啊，您还看见什么奇怪的事情吗？

凯斯卡 一个卑贱的奴隶举起他的左手，那手上燃烧着二十个火炬合起来似的烈焰，可是他一点不觉得灼痛，他的手上没有一点火烙过的痕迹。在圣殿之前，我又遇见一头狮子，它睨视着我，生气似的走了过去，却没有跟我为难；到现在我都没有收起我的剑。一百个脸无人色的女人吓得缩成一团，她们发誓说她们看见浑身发着火焰的男子在街道上来来去去。昨天正午的时候，夜枭栖在市场上，发出凄厉的鸣声。这种种怪兆同时出现，谁都不能说，“这些都是不足为奇的自然的现象”；我相信它们都是上天的示意，预兆着将有什么重大的变故到来。

西塞罗 是的，这是一个变异的时世；可是人们可以照着自己的意思解释一切事物的原因，实际却和这些事物本身的目的完全相反。凯撒明天到圣殿去吗？

凯斯卡 去的；他曾经叫安东尼传信告诉您他明天要到那边去。

西塞罗 那么晚安，凯斯卡；这样坏的天气，还是住在家里的好。

凯斯卡 再会，西塞罗。（西塞罗下）

| 凯歇斯上。

凯歇斯 那边是谁？

凯斯卡 一个罗马人。

凯歇斯 听您的声音像是凯斯卡。

凯斯卡 您的耳朵很好。凯歇斯，这是一个多么可怕的晚上！

凯歇斯 对于居心正直的人，这是一个很可爱的晚上。

凯斯卡 谁见过这样吓人的天气？

凯歇斯 地上有这么多的罪恶，天上自然有这么多的灾异。讲到我自己，那么我刚才就在这样危险的夜里在街上跑来跑去，像这样松开了钮扣，袒露着我的胸膛去迎接雷霆的怒击；当那青色的交叉的电光似乎把天空当胸裂开的时候，我就挺着我自己的身体去领受神火的威力。

凯斯卡 可是您为什么要这样冒渎天威呢？当威灵显赫的天神们用这种可怕的天象惊骇我们的时候，人们是应该战栗畏惧的。

凯歇斯 凯斯卡，您太冥顽了，您缺少一个罗马人所应该有的生命的热力，否则您就是把它藏起来不用。您看见上天发怒，就吓得面无人色，呆若木鸡；可是您要是想到究竟为什么天上会掉下火来，为什么有这些鬼魂来来去去，为什么鸟兽都改变了常性，为什么老翁愚人和婴孩都会变得工于心计起来，为什么一切都脱离了常道，发生那样妖妄怪异的现象，啊，您要是思索到这一切的真正的原因，您就会明白这是上天假手于它们，警告人们预防着将要到来的一种非常的巨变。凯斯卡，我现在可以向您提起一个人的名字，他就像这个可怕的夜一样，能够叱咤雷电，震裂坟墓，像圣殿前的狮子一样怒吼，他在个人的行动上并不比你我更强，可是他的势力已经扶摇直上，变得像这些异兆一样可怕了。

凯斯卡 您说的是凯撒，是不是，凯歇斯？

凯歇斯 不管它是谁。罗马人现在有的是跟他们的祖先同样的筋骨手脚；可是唉！我们祖先的精神却已经死去，我们是被我们母亲的灵魂所统制着，我们的束缚和痛苦显出我们缺少男子的气概。

凯斯卡 不错，他们说元老们明天预备立凯撒为王；他可以君临海上和陆上的每一处地方，可是我们不能让他在这儿意大利称王。

凯歇斯 那么我知道我的刀子应当用在什么地方了；凯歇斯将要从奴隶的羁缚之下把凯歇斯解放出来。就在这种地方，神啊，你们使弱者变成最强壮的；就在这种地方，神啊，你们把暴君击败。无论铜墙石塔、密不透风的牢狱或是坚不可摧的锁链，都不能拘囚坚强的心灵；生命在厌倦于这些尘世的束缚以后，决不会缺少解脱它自身的力量。要是我知道我也肩负着一部分暴力的压迫，我就可以立刻挣脱这一种压力。（雷声继续）

凯斯卡 我也能够；每一个被束缚的奴隶都可以凭着他自己的手挣脱他的锁链。

凯歇斯 那么为什么要让凯撒做一个暴君呢？可怜的人！我知道他只是因为看见罗马人都是绵羊，所以才会做一头狼；罗马人倘不是一群鹿，他就不会成为一头狮子。谁要是急于生起一场旺火来，必须先用柔弱的草秆点燃；罗马是一些什么不中用的糠屑草料，要去点亮像凯撒这样一个卑劣庸碌的人物！可是唉，糟了！你引得我说出些什么话来啦？也许我是在一个甘心做奴隶的人的面前讲这种话，那么我知道我必须因此而受祸；可是我已经准备好了，一切危险我都不以为意。

凯斯卡 您在对凯斯卡讲话，他并不是一个摇唇弄舌泄露秘密的人。握着我的手；只要允许我跟您合作推翻暴力的压制，我愿意赴汤蹈火，踊跃前驱。

凯歇斯 那么很好，我们一言为定。现在我要告诉你，凯斯卡，我已经联络了几个勇敢的罗马义士，叫他们跟我去干一件轰轰烈烈的冒险事业，我知道他们现在一定在庞贝走廊下等我；因为在这样可怕的夜里，街上是不能行走的；天色是那么充满了杀机和愤怒，正像我们所要干的事情一样。

凯斯卡 站得靠近一些，什么人急忙忙地来了。

凯歇斯 那是西那；我从他走路的姿势上认得出来。他也是我们的同志。

| 西那上。

凯歇斯 西那，您这样忙到哪儿去？

西那 特为找您来的。那位是谁？麦泰勒斯·辛伯吗？

凯歇斯 不，这是凯斯卡；他也是参与我们的计划的。他们在等着我吗，西那？

西那 那很好。真是一个可怕的晚上！我们中间有两三个人看见过怪事哩。

凯歇斯 他们在等着我吗？回答我。

西那 是的，在等着您。啊，凯歇斯！只要您能够劝高贵的勃鲁托斯加入我们的一党——

凯歇斯 您放心吧。好西那，把这封信拿去放在市长的坐椅上，也许它会被勃鲁托斯看见；这一封信拿去丢在他的窗子里；这一封信用蜡胶在老勃鲁托斯的铜像上；这些事情办好以后，就到庞贝走廊去，我们都在那儿。狄歇斯·勃鲁托斯和特来包涅斯都到了没有？

西那 除了麦泰勒斯·辛伯以外，都到齐了；他是到您家里去找您的。好，我马上就去，照您的吩咐把这几封信放好。

凯歇斯 好了以后，就到庞贝剧场来。（西那下）来，凯斯卡，我们两人在天明以前，还要到勃鲁托斯家里去看他一次。他已经有四分之三属于我们，只要再跟他谈谈，他就可以完全加入我们这一边了。

凯斯卡 啊！他是众望所归的人；在我们似乎是罪恶的事情，有了他便可以变成正大光明的义举。

凯歇斯 您对于他，他的才德和我们对他的极大的需要，都看得很明白。我们去吧，现在已经过半夜了；天明以前，我们必须把他叫醒，探探他的决心究竟如何。（同下）

第 二 幕

第一场

罗马；勃鲁托斯的花园

｜勃鲁托斯上。

勃鲁托斯 喂，路歇斯！喂！我不能凭着星辰的运行，猜测现在离白昼还有多少时间。路歇斯，喂！我希望我也睡得像他一样熟。喂，路歇斯，你什么时候才会醒来？醒醒吧！喂，路歇斯！

｜路歇斯上。

路歇斯 您叫我吗，主人？

勃鲁托斯 替我到书斋里拿一支蜡烛，路歇斯；把它点亮了到这儿来叫我。

路歇斯 是，主人。（下）

勃鲁托斯 只有叫他死这一个办法；我自己对他并没有私怨，只是为了大众的利益。他将要戴上王冠；那会不会改变他的性格是一个问题；蝮蛇是在光天化日之下出现的，所以步行的人必须刻刻提防。让他戴上王冠？——不！那等于我们把一个毒刺给了他，使他可以随意加害于人。把不忍之心和威权分开，那威权就会被人误用；讲到凯撒这个人，说一句公平话，我还不曾知道他什么时候曾经信任他的感情的支配甚于他的理智。可是微贱往往是少年的野心的阶梯，凭借着它一步步爬上了高处；当他一旦登上了最高的一级之后，他便不再回顾那梯子，他的眼光仰望着云霄，瞧不起他从前所恃为凭借的低下的阶段。凯撒何尝不会这样？所以，为了恐怕他有这一天起见，必须早一点防备。既然我们反对他的理由，不是因为他现在有什么可以指责的地方，所以就得这样说：他在现在的地位之上，要是再扩大了他权力，一定会引起这样这样的后患；我们应当把他当作一颗蛇蛋，与其让他孵出以后害人，不如趁他还在壳里的时候就把他杀死。

| 路歇斯重上。

路歇斯 主人，蜡烛已经点在您的书斋里了。我在窗口找寻打火石的时候，发现了这封信；我明明记得我去睡觉的时候，并没有什么信放在那儿。

勃鲁托斯 你再去睡吧；天还没有亮哩。孩子，明天不是三月十五吗？

路歇斯 我不知道，主人。

勃鲁托斯 看看日历，回来告诉我。

路歇斯 是，主人。（下）

勃鲁托斯 天上一闪一闪的电光，亮得可以使我读出信上的字来。（拆信）“勃鲁托斯，你在睡觉；醒来瞧瞧你自己吧。难道罗马将要……说话呀，攻击呀，拯救呀！

勃鲁托斯，你睡着了；醒来吧！”他们常常把这种煽动的信丢在我的屋子附近。“难道罗马将要……”我必须替它把意思补足：难道罗马将要处于独夫的严威之下？什么，罗马？当塔昆称王的时候，我们的祖先曾经把他从罗马的街道上赶走。“说话呀，攻击呀，拯救呀！”他们请求我仗义执言，挥戈除暴吗？罗马啊！我允许你，勃鲁托斯一定会全力把你拯救！

| 路歇斯重上。

路歇斯 主人，三月已经有十四天过去了。（内叩门声）

勃鲁托斯 很好。到门口瞧瞧去；有人打门。（路歇斯下）自从凯歇斯怂恿我反对凯撒那一天起，我一直没有睡过。在计划一件危险的行动和开始行动之间的一段时间里，一个人就好像置身于一场可怖的噩梦之中，遍历种种的幻象；他的精神和身体上的各部分正在彼此磋商；整个的身心像一个小小的国家，临到了叛变突发的前夕。

| 路歇斯重上。

路歇斯 主人，您的兄弟凯歇斯在门口，他要来求见您。

勃鲁托斯 他一个人来吗？

路歇斯 不，主人，还有些人跟他在一起。

勃鲁托斯 你认识他们吗？

路歇斯 不，主人；他们的帽子都拉到耳边，他们的脸孔一半裹在外套里面，我不能从他们的外貌上认出他们来。

勃鲁托斯 请他们进来。（路歇斯下）他们就是那一伙党徒。阴谋啊！你在百鬼横行的夜里，还觉得不好意思显露你的险恶的容貌吗？啊！那么你在白天什么地方可以找到一处幽暗的巢窟，遮掩你的奇丑的脸相呢？不要找寻吧，阴谋，还是把它隐藏在和颜悦色的后面；因为要是您用本来面目招摇过市，即使幽冥的地府也不能把你遮掩过人家的眼睛的。

凯歇斯、凯斯卡、狄歇斯、西那、麦泰勒斯·辛伯及特莱包涅斯等诸党徒同上。

凯歇斯 我想我们未免太冒昧了，打搅了您的安息。早安，勃鲁托斯；我们惊吵您了吧？

勃鲁托斯 我整夜没有睡觉，早就起来了。跟您同来的这些人，我都认识吗？

凯歇斯 是的，每一个人您都认识；这儿没有一个人不敬重您；谁都希望您能够看重您自己就像每一个高贵的罗马人看重您一样。这是特莱包涅斯。

勃鲁托斯 欢迎他到这儿来。

凯歇斯 这是狄歇斯·勃鲁托斯。

勃鲁托斯 我也同样欢迎他。

凯歇斯 这是凯斯卡；这是西那；这是麦泰勒斯·辛伯。

勃鲁托斯 我都是同样欢迎他们。可是各位为了什么烦心的事情，在这样的深夜不去睡觉？

凯歇斯 我可以跟您说句话吗？（勃鲁托斯、凯歇斯二人耳语）

狄歇斯 这儿是东方；天不是从这儿亮起来的吗？

凯斯卡 不。

西那 啊！对不起，先生，它是从这儿亮起来的；那边镶嵌在云中的灰白色的条纹，便是预报天明的使者。

凯斯卡 你们将要承认你们两人都弄错了。这儿我用剑指着的所在，就是太阳升起的地方；在这样初春的季节，它正在南方逐渐增加它的热力；再过两个月，它就要更高地向北方升起，吐射它的烈焰了。这儿才是正东，也就是圣殿所在的地方。

勃鲁托斯 再让我一个一个握你们的手。

凯歇斯 让我们宣誓表示我们的决心。

勃鲁托斯 不，不要发誓。要是我们灵魂的苦难和这时代的腐恶算不得有力的动机，那么还是早些散了伙，各人回去高枕而卧吧；让凌越一切的暴力肆意横行，每一个人等候着命运替他安排好的死期吧。可是我相信我们眼前这些人心里都有着可以使懦夫奋起的蓬勃的怒焰，都有着可以使柔弱的妇女变为钢铁的坚强的勇气，那么，各位同胞，我们只要凭着我们自己堂皇正大的理由，便可以激励我们改造这当前的局面，何必还要什么其他的鞭策呢？我们都是守口如瓶、言而有信的罗马人，何必还要什么其他的约束呢？我们彼此赤诚相示，倘然不能达到目的，宁愿以身为殉，何必还要什么其他的盟誓呢？祭司们，懦夫们，奸诈的小人，老朽的陈尸腐肉和这一类自甘沉沦的不幸的人们才有发誓的需要；他们为了不正当的理由，恐怕不能见信于人，所以不得不用誓言来替他们圆谎；可是不要以为我们的宗旨或是我们的行动是需要盟誓的，因为那无异污毁了我们堂堂正正的义举和我们不可压抑的精神；做了一个罗马人，要是对于他已经出口的诺言略微有一点违背之处，那么他身上光荣地载着的每一滴血，就都要蒙上数重的耻辱。

凯歇斯 可是西塞罗呢？我们要不要探探他的意向？我想他

一定会跟我们全力合作的。

凯斯卡 让我们不要把他遗漏了。

西那 是的，我们不要把他遗漏了。

麦泰勒斯 啊！让我们招他参加我们的阵线；因为他的白发可以替我们赢得好感，使世人对我们的行动表示同情。人家一定会说他的识见支配着我们的手臂；我们的少年孟浪可以不致于被世人所发现，因为一切都埋葬在他的老成练达的阅历之下了。

勃鲁托斯 啊！不要提起他；让我们不要对他说知，因为他是决不愿跟在后面去干别人所发起的事情的。

凯歇斯 那就不要叫他参加。

凯斯卡 他的确不大适宜。

狄歇斯 除了凯撒以外，别的人一个也不要碰动吗？

凯歇斯 狄歇斯，你问得很好。我想玛克·安东尼这样被凯撒所宠爱，我们不应该让他在凯撒死后继续留在世上。他是一个诡计多端的人；你们知道要是他利用他现在的力量，很可以给我们极大的阻梗；为了防免那样的可能起见，让安东尼跟凯撒一起丧命吧。

勃鲁托斯 卡厄斯·凯歇斯，我们割下了头，再去切断肢体，不但泄愤于生前，并且迁怒于死后，那未免瞧上去太残忍了；因为安东尼不过是凯撒的一只手臂。让我们做献祭的人，不要做屠夫，卡厄斯。我们一致奋起反对凯撒的精神，我们的目的并不是要他流血；啊！要是我们能够直接战胜凯撒的精神，我们就可以不必戕害他的身体。可是唉！凯撒必须因此而流血。所以，善良的朋友们，让我们勇敢地，却不是残暴地，把他杀死；让我们把他当作一盘祭神的牺牲而宰割，不要把他当作一具饲犬的腐尸而脔切；让我们的心像聪明的主人一样，在鼓动他们的仆人去行暴以后，再在表面上装作责备他们的神气。这样可以昭示世人，使他们知道我们采取如此步骤，只是迫不得已，并不是出于私心的嫉恨；在世人的眼中，我们将被认为恶势力的清扫者，而不是杀人的凶手。至于玛克·安东尼，我们尽可不必把他放在心上，因为凯撒的头要是落下了地，他这条凯撒的手臂是无能为力的。

凯歇斯 可是我怕他，因为他对凯撒有很深切的感情，——

勃鲁托斯 唉！好凯歇斯，不要想到他。要是他爱凯撒，他所能做的事情不过是忧思哀悼，用一死报答凯撒；可是那未必是他所做得到的，因为他是一个喜欢游乐，放荡，交际和饮宴的人。

特莱包涅斯 不用担心他这个人；让他保全了生命吧。等到事过境迁，他会把这种事情付之一笑的。（钟鸣）

勃鲁托斯 静！听钟声敲几下。

凯歇斯 敲了三下。

特莱包涅斯 是应该分手的时候了。

凯歇斯 可是凯撒今天会不会出来，还是一个问题；因为他近来变得很迷信，从前他对于怪异梦兆这一类事情的那种见解，现在已经完全改变过来了。这种明显的预兆、这晚上空前恐怖的天象以及他的卜者的劝告，也许会阻止他今天到圣殿里去。

狄歇斯 不用担心，要是他决定不出来，我可以叫他改变他的决心；因为他喜欢听人家说犀牛见欺于树木，熊见欺于镜子，象见欺于土穴，人类见欺于谄媚；可是当我告诉他他憎恶谄媚之徒的时候，他就会欣然首肯，不知道他已经中了我深入痒处的谄媚了。让我试一试我的手段；我可以看准他的脾气下手，哄他到圣殿里去。

凯歇斯 我们大家都要到那边去迎接他。

勃鲁托斯 最迟要在八点钟到齐，是不是？

西那 最迟八点钟，大家不可有误。

麦泰勒斯 卡厄斯·里加律斯对凯撒也很怀恨，因为他说了庞贝的好话，受到凯撒的斥责；你们怎么没有人想到他。

勃鲁托斯 啊，好麦泰勒斯，带他一起来吧；他对我感情很好，我也有恩于他；叫他到我这儿来，我可以劝他跟我们合作。

凯歇斯 天正在亮起来了；我们现在要离开您，勃鲁托斯。朋友们，各人散开去；可是大家记住你们说过的话，显一显你们是真正的罗马人。

勃鲁托斯 各位好朋友们，大家脸色放高兴一些；不要让我们的脸上堆起我们的心事；应当像罗马的伶人一样，用不倦的精神和坚定的仪表肩负我们的重任。祝你们各位早安。（除勃鲁托斯外均下）孩子！路歇斯！睡熟了吗？很好，享受你的甜蜜而沉重的睡眠的甘露吧；你没有那些充满着烦忧的人们脑中的种种幻象，所以你会睡得这样安稳。

| 鲍西娅上。

鲍西娅 勃鲁托斯，我的主！

勃鲁托斯 鲍西娅，你来做什么？为什么你现在就起来？你这样娇弱的身体，是受不住清晨的寒风的。

鲍西娅 那对于您的身体也是同样不适宜的。您也太狠心了，勃鲁托斯，偷偷地从我的床上溜了出来。昨天晚上吃饭的时候，您也是突然立起身来，在屋子里跑来跑去，交叉着两臂，边想心事边叹气；当我问您为了什么事的时候，您用凶狠的眼光瞪着我；我再向您追问，您就搔您的头，非常暴躁地顿您的脚；可是我仍旧问下去，您还是不回答我，只是怒气冲冲地向我挥手，叫我走开。我因为您在盛怒之中，不愿格外触动您的烦恼，所以就遵从您的意思走开了，心里在希望这不过是您一时的心境恶劣，人是谁都免不了有心里不痛快的时候的。它不让您吃饭说话或是睡觉，要是它能够改变您的形体，就像它改变您的脾气一样，那么勃鲁托斯，我就要完全不认识您了。我的亲爱的主，让我知道您的忧虑的原因吧。

勃鲁托斯 我因为身体不舒服，所以有点烦躁。

鲍西娅 勃鲁托斯是个聪明人，要是他身体不舒服，他一定会知道怎样才可以得到健康。

勃鲁托斯 对了。好鲍西娅，去睡吧。

鲍西娅 勃鲁托斯要是有病，他应该松开了衣带，在多露的清晨步行，呼吸那种潮湿的空气吗？什么！勃鲁托斯害了病，他还要偷偷地从温暖的眠床上溜了出去，向那恶毒的夜气挑战，使他自己病上加病吗？不，我的勃鲁托斯，您害的是心里的病，凭着我的地位和权利，您应该让我知道。我现在向您跪下，凭着我的曾经受人赞美的美貌，凭着您的一切爱情的誓言，以及那使我们两人结为一体的伟大的盟约，我请求您告诉我，您的自身，您的一半，为什么您这样郁郁不乐，今天晚上有什么人来看过您；因为我知道这儿曾经来过六七个人，他们在黑暗之中还是不敢露出他们的脸孔。

勃鲁托斯 不要跪，温柔的鲍西娅。

鲍西娅 假如您是温柔的勃鲁托斯，我就用不到下跪。在我们夫妇的名分之内，告诉我，勃鲁托斯，难道我是不应该知道您的秘密的吗？我虽然是您自身的一部分，可是那只是有限制的一部分，除了陪着您吃饭，在枕席上安慰安慰您，有时候跟您谈谈话以外，没有别的任务了吗？只有当您心里高兴的时候，您才需要我吗？假如不过是这样，那么鲍西娅只是勃鲁托斯的娼妓，不是他的妻子了。

勃鲁托斯 你是我的忠贞的妻子，正像滋润我的悲哀的心的鲜红的血液一样宝贵。

鲍西娅 这句话倘然是真的，那么我就应该知道您的心事。我承认我只是一个女流之辈，可是我却是勃鲁托斯娶为妻子的一个女人；我承认我只是一个女流之辈，可是我却是凯图的女儿，不是一个碌碌无名的女人。您以为我有了这样的父亲和丈夫，还是跟一般女人同样的不中用吗？把您的心事告诉我，我一定不向人泄露。我为了试验我自己的坚贞，曾经有意把我的大腿割破；难道我能够忍耐那样的痛苦，却不能保守我丈夫的秘密吗？

勃鲁托斯 神啊！保佑我不要辜负了这样一位高贵的妻子。（内叩门声）听，听！有人在打门，鲍西娅，你先暂时进去；等会儿你就可以知道我的心底的秘密。我要向你解释我的全部的计划，以及藏在我的脑中的一切思想。赶快进去。（鲍西娅下）路歇斯，谁在打门？

| 路歇斯率里加律斯重上。

路歇斯 这儿是一个病人，要跟您说话。

勃鲁托斯 卡厄斯·里加律斯，刚才麦泰勒斯向我提起过的。孩子，站在一旁。卡厄斯·里加律斯！怎么？

里加律斯 请您允许我这病弱的舌头向您吐出一声早安。

勃鲁托斯 啊！勇敢的卡厄斯，您怎么在这样早的时间扶病而起？要是您没有病那才好。

里加律斯 要是勃鲁托斯有什么无愧于荣誉的事情要吩咐我去做，那么我是没有病的。

勃鲁托斯 要是您有一双健康的耳朵可以听我诉说，里加律斯，那么我手头正有这样的一件事情。

里加律斯 凭着罗马人所崇拜的一切神明，我现在抛弃了我的疾病。罗马的灵魂！光荣的父祖所生的英勇的子孙！您像一个驱策鬼神的术士一样，已经把我奄奄一息的精神呼召回来了。现在您只要叫我为您奔走，我就会冒着一切的危险迈进，克服一切前途的困难。您要我做什么事？

勃鲁托斯 我要叫您干一件可以使病人痊愈的事。

里加律斯 可是我们不是要叫有些不害病的人不舒服吗？

勃鲁托斯 是的，我们也要叫有些不害病的人不舒服。我的卡厄斯，我们现在就要到我们预备下手的地方去，一路上我可以告诉你那是件什么工作。

里加律斯 请您举步先行，我用一颗新燃的心跟随您，去干一件我还没有知道的事情；在勃鲁托斯的领导之下，一定不会有错。

勃鲁托斯 那么跟我来。（同下）

第二场

同前；凯撒家中

雷电交作；凯撒披寝衣上。

凯撒 今晚天地都不得安宁。凯尔弗妮娅在睡梦之中三次高声嚷喊，说“救命！他们杀了凯撒啦！”里面有人吗？

一仆人上。

仆人 主人有什么吩咐？

凯撒 你去叫那些祭司们到神前献祭，问问他们我的吉凶休咎。

仆人 是，主人。（下）

凯尔弗妮娅上。

凯尔弗妮娅 凯撒，您要做什么？您想出去吗？今天可不能让您走出这屋子。

凯撒 凯撒一定要出去。恐吓我的东西只敢在我背后装腔作势；它们一看见凯撒的脸，就会销声匿迹。

凯尔弗妮娅 凯撒，我从来不讲究什么禁忌，可是现在却有些惴惴不安。里边有一个人，他除了我们所听到看到的一切之外，还讲给我听巡夜的人所看见的许多可怕的异象。一头母狮在街道上生产；坟墓裂开了口，放鬼魂出来；凶猛的武士在云端里列队交战，他们的血淋到了圣庙的屋上；战斗的声音在空中震响，人们听见马的嘶鸣，濒死者的呻吟，还有在街道上悲号的鬼魂。凯撒啊！这些事情都是从来不曾有过的，我害怕得很哩。

凯撒 如果是天意注定的事，难道是人力所能逃避的吗？凯撒一定要出去；因为这些预兆不是给凯撒一个人看，而是给所有的世人看的。

凯尔弗妮娅 乞丐死了的时候，天上不会有彗星出现；君王们的凋殒才会上感天象。

凯撒 懦夫在未死以前，就已经死过好多次；勇士一生只死一次。在我所听到过的一切怪事之中，人们的贪生怕死是一件最奇怪的事情，因为死本来是一个人免不了的结局，它要来的时候谁也不能叫它不来。

| 仆重上。

凯撒 卜人们怎么说？

仆人 他们叫您今天不要出外走动。他们剖开一头献祭的牲畜的肚子，预备掏出它的内脏来，不料找来找去找不到它的心。

凯撒 神明显示这样的奇迹，是要叫懦怯的人知道惭愧；凯撒要是今天为了恐惧而躲在家里，他就是一头没有心的牲畜。不，凯撒决不躲在家里。凯撒是比危险更危险的，我们是两头同日产生的雄狮，我却比它更长大更凶猛。凯撒一定要出去。

凯尔弗妮娅 唉！我的主，您的智慧被自信汩没了。今天不要出去；就算是我的恐惧把您留在家里，并不是您自己胆小。我们可以叫玛克·安东尼到元老院去，叫他对他们说您今天身体不大舒服。让我跪在地上，求求您答应了我吧。

凯撒 那么就叫玛克·安东尼去说我今天不大舒服；为了不忍拂你的意思，我就待在家里吧。

| 狄歇斯上。

凯撒 狄歇斯·勃鲁托斯来了，他可以去替我告诉他们。

狄歇斯 凯撒，万福！祝您早安，尊贵的凯撒；我来接您到元老院去。

凯撒 你来得正好，请你替我去向元老们致意，对他们说我今天不来了；不是不能来，更不是不敢来，我只是不高兴来；就对他们这么说吧，狄歇斯。

凯尔弗妮娅 你说他有病。

凯撒 凯撒是叫人去说谎的吗？难道我南征北战，攻下了这许多地方，却不敢对一班白须老头子们讲真话吗？狄歇斯，去告诉他们凯撒不高兴来。

狄歇斯 最伟大的凯撒，让我知道一些理由，否则我这样告诉了他们，会被他们嘲笑的。

凯撒 我不高兴去，这就是我的理由；你就这样去告诉元老们吧。可是为了我们私人间的感情，我愿意让你知道，我的妻子凯尔弗妮娅不放我出去。昨天晚上她梦见我的雕像仿佛一座有一百个喷水孔的水池一样，浑身流着鲜血；许多壮健的罗马人欢欢喜喜地都来把他们的手浸在血里。她以为这个梦是不祥之兆，所以跪着求我今天不要出去。

狄歇斯 这个梦完全解释错了；那明明是一个大吉大利之兆：您的雕像喷着鲜血，许多欢欢喜喜的罗马人把手浸在血里，这表示伟大的罗马将要从您的身上吸取复活的新血，许多有地位的人都要来向您要求分到一点余泽。这才是凯尔弗妮娅的梦的真正的意义。

凯撒 你这样解释得很好。

狄歇斯 我还有一些话要告诉您，您听了以后，就会知道我解释得一点不错。元老院已经决定要在今天替伟大的凯撒加冕；要是您叫人去对他们说您今天不去，也许他们会变了卦。而且这种事情给人家传扬出去，很容易变成笑柄，人家会这样说，"等凯撒的妻子做过了好梦以后，再开起元老院来吧。"要是凯撒躲在家里，他们不会窃窃私语，说"瞧！凯撒在害怕呢"吗？恕我，凯撒，因为我对您的深切的关心，使我向您说了这样的话。

凯撒 你的恐惧现在瞧上去是多么傻气，凯尔弗妮娅！我刚才听了你的话，现在倒有些惭愧起来了。把我的袍子给我，我要去。

| 坡勃律斯、勃鲁托斯、里加律斯、麦泰勒斯、凯斯卡、特莱包涅斯及西那同上。

凯撒 瞧，坡勃律斯来迎接我了。

坡勃律斯 早安，凯撒。

凯撒 欢迎，坡勃律斯。啊！勃鲁托斯，你也这样早就出来了吗？早安，凯斯卡。卡厄斯·里加律斯，你的贵恙害得你这样消瘦，凯撒可没有这样欺侮过你哩。现在几点钟啦？

勃鲁托斯 凯撒，已经敲过八点了。

凯撒 谢谢你们的跋涉和好意。

| 安东尼上。

凯撒 瞧！通宵狂欢的安东尼也已经起身了。早安，安东尼。

安东尼 早安，最尊贵的凯撒。

凯撒 叫他们里面预备起来；我不该让他们久等。你好，西那；你好，麦泰勒斯；啊，特莱包涅斯！我有可以足足讲一个钟点的话预备跟你谈哩；记住今天你还要来看我一次；站得离开我近一些，免得我把你忘了。

特莱包涅斯 是，凯撒。（旁白）我要站得离开你这么近，让你的好朋友们将来怪我不站远一些呢。

凯撒 好朋友们，进去陪我喝口酒；喝过了酒，我们就像朋友一样，大家一块儿去。

勃鲁托斯 （旁白）唉，凯撒！人家的心可不跟您一样哩。（同下）

第三场

同前；圣殿附近的街道

| 阿特米多勒斯上，读信。

阿特米多勒斯 “凯撒，留心勃鲁托斯；注意凯歇斯；不要走近凯斯卡；看好西那；不要相信特莱包涅斯；仔细察看麦泰勒斯·辛伯；狄歇斯·勃鲁托斯不喜欢你；卡

厄斯·里加律斯受过你的委屈。这些人只有一条心，那就是要推翻凯撒。要是你不是永生不死的，那么警戒你的四周吧；阴谋是会毁坏你的安全的。伟大的神明护佑你！爱你的人，阿特米多勒斯。”我要站在这儿，等候凯撒经过，像一个请愿的人似的，我要把这信交给他。我一想到德行逃不过争嫉的利齿，就觉得万分伤心。要是你读了这封信，凯撒啊！也许你还可以活命；否则命运也变成叛徒的同谋者了。（下）

第四场

同前同一街道的另一部分，勃鲁托斯家门前

| 鲍西娅及路歇斯上。

鲍西娅 孩子，请你赶快跑到元老院去；不要停留在这儿回答我，快去。你为什么还不去？

路歇斯 我还不知道您要我去做什么事哩，太太。

鲍西娅 我要你到那边去，去了再回来，可是我说不出我要你去做什么事。啊，坚强的精神！不要离开我；替我在我的心和舌头之间堆起一座高山；我有一颗男子的心，却只有妇女的能力。叫一个女人保守一桩秘密是一件多大的难事！你还在这儿吗？

路歇斯 太太，您要我去做什么呢？就是跑到议会里去，没有别的事了吗？去了再回来，就是这样吗？

鲍西娅 是的，孩子，你回来告诉我，主人的脸色怎样，因

为他出去的时候，好像不大舒服；你还要留心看好凯撒的行动，向他请愿的有些什么人。听，孩子！那是什么声音？

路歇斯 我不听见，太太。

鲍西娅 仔细听好。我好像听见一阵骚乱的声音，仿佛在吵架似的；那声音从风里传了过来，好像就在圣殿那边。

路歇斯 真的，太太，我什么都听不见。

| 预言者上。

鲍西娅 过来，朋友；你从哪儿来？

预言者 从我自己家里，好太太。

鲍西娅 现在几点钟啦？

预言者 大约九点钟了，太太。

鲍西娅 凯撒有没有到圣殿里去？

预言者 太太，还没有。我要去拣一处站立的地方，瞧他从街上经过到圣殿里去。

鲍西娅 你也要向凯撒提出什么请愿吗？

预言者 是的，太太。要是凯撒为了他自己的好处，愿意听我的话，我要请求他照顾照顾他自己。

鲍西娅 怎么，你知道有人要谋害他吗？

预言者 我不知道有什么人要谋害他，可是我怕有许多人要谋害他。再会。这儿街道很狭，那些跟在凯撒背后的元老们，官吏们，还有请愿的民众们，一定拥挤得很；像我这样瘦弱的人，怕要给他们挤死。我要去找一处空旷一些的地方，等伟大的凯撒走过的时候，就可以向他说话。（下）

鲍西娅 我必须进去。唉！女人的心是一件多么软弱的东西！勃鲁托斯啊！愿上天保佑你的事业成功。哎哟，给这孩子听了去啦；勃鲁托斯要向凯撒提出一个请愿，可是凯撒不见得会答应他。啊！我的身子快要支持不住了。路歇斯，快去，替我致意我的主，说我现在很快乐。去了你再回来，告诉我他对你说些什么。（各下）

第 三 幕

第一场

罗马；圣殿前；元老院在上层聚会

︱阿特米多勒斯及预言者杂在大群民众中上：喇叭奏花腔。凯撒、勃鲁托斯、凯歇斯、凯斯卡、狄歇斯、麦泰勒斯、特莱包涅斯、西那、安东尼、莱必多斯、波匹律斯、坡勃律斯及余人等上。

凯撒 （向预言者）三月十五已经来了。

预言者 是的，凯撒，可是它还没有去。

阿特米多勒斯 祝福，凯撒！请您把这张单子读一遍。

狄歇斯 这是特莱包涅斯的一个卑微的请愿，请您有空把它看一看。

阿特米多勒斯 啊，凯撒！先读我的；因为我的请愿是对凯撒很有关系的。读吧，伟大的凯撒。

凯撒 有关我自己的事情，应当放在末了办。

阿特米多勒斯 不要把它搁置，凯撒；立刻就读。

凯撒 什么！这家伙疯了吗？

坡勃律斯 喂，让开。

凯撒 什么！你们要在街上递呈你们的请愿吗？到圣殿里

来吧。

| 凯撒走上元老院，余人后随；众元老起立。

波匹律斯 我希望你们今天大事成功。

凯歇斯 什么大事，波匹律斯？

波匹律斯 再见。（至凯撒前）

勃鲁托斯 波匹律斯·里那怎么说？

凯歇斯 他希望我们今天大事成功。我怕我们的计划已经泄露了。

勃鲁托斯 瞧，他到凯撒面前去了；看着他。

凯歇斯 凯斯卡，事不宜迟，不要让他们有了防备。勃鲁托斯，怎么办？要是事情泄露，那么也许是凯歇斯，也许是凯撒，总有一个人今天不能回去，因为我们这次倘然失败，我一定自杀。

勃鲁托斯 凯歇斯，别慌；波匹律斯·里那并没有把我们的计划告诉他；瞧，他在笑，凯撒也没有变了脸色。

凯歇斯 特莱包涅斯很机警，你瞧，勃鲁托斯，他把玛克·安东尼拉开去了。（安东尼、特莱包涅斯同下；凯撒及众元老就坐）

狄歇斯 麦泰勒斯·辛伯在哪儿？叫他立刻过来，向凯撒呈上他的请愿。

勃鲁托斯 在叫麦泰勒斯了；我们站近些帮他说话。

西那 凯斯卡，你第一个举起手来。

凯撒 我们都预备好了吗？现在还有什么不对的事情，凯撒和他的元老们必须纠正的？

麦泰勒斯 至高无上、威严无比的凯撒，麦泰勒斯·辛伯在您的座前掬献一颗卑微的心，——（跪）

凯撒 我必须阻止你，辛伯。这种打恭作揖的玩意儿，也许可以煽动平常人的心，使那已经决定了的命令宣判变成儿戏的法律。可是你不要痴心，以为凯撒也有那样卑劣的血液，会因为这种可以使傻瓜们感动的甘言美语，弯腰屈膝和无耻的摇尾乞怜而融化了他的坚强的意志。按照判决，你的兄弟必须放逐出境；要是你奴颜婢膝地为他说情，我就要把你像狗一样踢开去。告诉你，凯撒是不会错误的，他所决定的事，一定有充分的理由。

麦泰勒斯 这儿难道没有一个比我自己更有价值的，在伟大的凯撒耳中更动听的声音，愿意为我放逐的兄弟恳求撤回成命吗？

勃鲁托斯 我吻你的手，可是这不是向你献媚，凯撒；请你立刻下令赦免坡勃律斯·辛伯。

凯撒 什么，勃鲁托斯！

凯歇斯 开恩吧，凯撒；凯撒，开恩吧。凯歇斯俯伏在您的足下，请您赦免坡勃律斯·辛伯。

凯撒 要是我也跟你们一样，我就会被你们所感动；要是我也能够用哀求打动别人的心，那么你们的哀求也会打动我的心；可是我是像北极星一样坚定，它的不可动摇的性质，在天宇中是无与伦比的。天上布满了无数的星辰，每一个星辰都是一个火球，都有它各自的光辉，可是在众星之中，只有一个星卓立不动。在人世间也是这样；无数的人生活在这世间，他们都是有血肉有知觉的，可是我知道只有一个人能够确保他的不可侵犯的地位，任何力量都不能使他动摇。我就是他；让我在这件小小的事上向你们证明，我既然已经决定把辛伯放逐，就要贯彻我的意旨，毫不含糊地执行这一个成命，而且永远不让他再回到罗马来。

西那 啊，凯撒，——

凯撒 去！你想把俄林波斯山一手举起吗？

狄歇斯 伟大的凯撒，——

凯撒 勃鲁托斯不是白白地下跪吗？

凯斯卡 好，那么让我的手代替我说话！（众拔剑刺凯撒）

凯撒 勃鲁托斯，你也在内吗？那么没落吧，凯撒！（死）

西那 自由！解放！暴君死了！去，到各处街道上宣布这样的消息。

凯歇斯 去几个人到公共讲坛上，高声呼喊，“自由，解放！”

勃鲁托斯 各位民众，各位元老，大家不要惊慌，不要跑走；站定；野心已经偿了它的债了。

凯斯卡 到讲坛上来，勃鲁托斯。

狄歇斯 凯歇斯也上去。

勃鲁托斯 坡勃律斯呢？

西那 在这儿，他给这场乱子吓呆了。

麦泰勒斯 大家站在一起不要跑开，也许凯撒的同党们——

勃鲁托斯 别讲这种话。坡勃律斯，放心吧；我们不会加害于你，也不会加害任何其他的罗马人；你这样告诉他们，坡勃律斯。

凯歇斯 离开我们，坡勃律斯；也许人民会向我们冲了上来，连累您老人家受了伤害。

勃鲁托斯 是的，你去吧；我们干了这种事，我们自己负责，不要连累别人。

特莱包涅斯上。

凯歇斯 安东尼呢？

特莱包涅斯 吓得逃回家里去了。男人，女人，孩子，大家睁大了眼睛，乱嚷乱叫，到处奔跑，像是末日到来了一般。

勃鲁托斯 命运，我们等候着你的旨意。我们谁都免不了一死；与其在世上偷生苟活，拖延着日子，还不如轰轰烈烈地死去。

凯斯卡 嘿，切断了二十年的生命，等于切断了二十年在忧生畏死中过去的时间。

勃鲁托斯 照这样说来，死还是一件好事。所以我们都是凯撒的朋友，帮助他结束了这一段忧生畏死的生命。弯下身去，罗马人，弯下身去；让我们把手浸在凯撒的血里，一直到我们的肘上；让我们用他的血抹我们的剑。然后我们就迈步前进，到市场上去；把我们鲜红的武器在我们头顶挥舞，大家高呼着，"和平，自由，解放！"

凯歇斯 好，大家弯下身去，洗你们的手吧。多少年代以后，我们这一场壮烈的戏剧，将要在尚未产生的国家用我们所不知道的语言表演！

勃鲁托斯 凯撒将要在戏剧中流多少次的血，他现在却长眠在庞贝的像座之下，他的尊严化成了泥土！

凯歇斯 后世的人们将要称我们这一群为祖国的解放者，当他们搬演今天这一幕的时候。

狄歇斯 怎么！我们要不要就去？

凯歇斯 好，大家去吧。让勃鲁托斯领导我们，让我们用罗马最勇敢纯洁的心跟随在他的后面。

| 一仆人上。

勃鲁托斯 且慢！谁来啦？一个安东尼手下的人。

仆人 勃鲁托斯，我的主人玛克·安东尼叫我跪在您的面前，他叫我对您说：勃鲁托斯是聪明正直，勇敢高尚的君子，凯撒是尊严威猛、慷慨仁慈的豪杰；我爱勃鲁托斯，我尊敬他；我畏惧凯撒，可是我也爱他尊敬他。要是勃鲁托斯愿意保证安东尼的安全，允许他来见一见勃鲁托斯的面，让他明白凯撒何以致死的原因，那么玛克·安东尼将要爱活着的勃鲁托斯，甚于已死的凯撒；他将要竭尽他的忠诚，不辞一切的危险，追随着高贵的勃鲁托斯。这是我的主人安东尼所说的话。

勃鲁托斯 你的主人是一个聪明勇敢的罗马人，我一向佩服他。你去告诉他，请他到这儿来，我们可以给他满意的解释；我用我的荣誉向他保证，他决不会受到丝毫的伤害。

仆人 我立刻就去叫他来。（下）

勃鲁托斯 我知道我们可以跟他做朋友的。

凯歇斯 但愿如此；可是我对他总觉得很不放心。我所疑虑的事情，往往会成为事实。

| 安东尼重上。

勃鲁托斯 安东尼来了。欢迎，玛克·安东尼。

安东尼 啊，伟大的凯撒！你就这样倒下了吗？你的一切赫赫的勋业，你的一切光荣胜利，都化为乌有了吗？再会！各位壮士，我不知道你们的意思，还有些什么人在你们眼中看来是有毒的，应当替他放血。假如是我的话，那么我能够和凯撒死在同一个时辰，让你们手中那沾着全世界最高贵的血的刀剑结果我的生命，实在是再好没有的事。我请求你们，要是你们对我怀着敌视，趁着你们血染的手还在发出热气的现在，赶快执行你们的意旨吧。即使我活到一千岁，也找不到像今天这样好的一个死的机会；让我躺在凯撒的旁边，还有比这更好的死处吗？让我死在你们这些当代英俊的手里，还有比这更好的死法吗？

勃鲁托斯 啊，安东尼！不要向我们请求一死。虽然你现在看我们好像是这样惨酷残忍，可是你只看见我们血污的手和它们所干的这一场流血的惨剧，你却还没有看见我们的心，它们是慈悲而仁善的。我们因为不忍看见罗马的人民受到暴力的压迫，所以才不得已把凯撒杀死；正像一场大火把小火吞没一样，更大的怜悯使我们放弃了小小的不忍之心。对于你，玛克·安东尼，我们的剑锋是铅铸的；我们用一切的热情，善意和尊敬，张开我们友好的手臂欢迎你。

凯歇斯 我们重新分配官职的时候，你的意见将要受到同样的尊重。

勃鲁托斯 现在请你暂时忍耐，等我们把惊惶失措的群众安抚好了以后，就可以告诉你为什么我们要采取这样的行动，虽然我在刺死凯撒的一刹那还是没有减却我对他的爱敬。

安东尼 我不怀疑你的智慧。让每一个人把他的血手给我：第一，玛克斯·勃鲁托斯，我要握您的手；其次，卡厄斯·凯歇斯，我要握您的手；狄歇斯·勃鲁托斯，麦泰勒斯，西那，还有我的勇敢的凯斯卡，让我一个一个跟你们握手；虽然是最后一个，可是让我用同样热烈的诚意和您握手，好特莱包涅斯。各位朋友，——唉！我应当怎么说呢？我的信誉现在岌岌可危，你们不以为我是一个懦夫，就要以为我是一个阿谀之徒。啊，凯撒！我曾经爱过你，这是一件千真万确的事实；要是你的阴魂现在看着我们，你看见你的安东尼当着你的尸骸之前觍颜事仇，握着你的敌人的血手，那不是要使你觉得比死还难过吗？要是我有像你的伤口那么多的眼睛，我应当让它们流着滔滔的热泪，正像血从你的伤口涌出一样，可是我却忘恩负义，和你的敌人成为朋友了。恕我，裘力斯！你是一头勇敢的鹿，在这儿坠入了猎人的陷阱；啊，世界！你是这头鹿栖息的森林，他是这一座森林中的骄子；你现在躺在这儿，多么像一头中箭的鹿，被许多王子贵人把你射死！

凯歇斯 玛克·安东尼，——

安东尼 恕我，卡厄斯·凯歇斯。即使是凯撒的敌人，也会说这样的话；在一个他的朋友的嘴里，这不过是人情上应有的表示。

凯歇斯 我不怪你把凯撒这样赞美；可是你预备怎样跟我们合作？你愿意做我们的一个同志呢，还是各行其是？

安东尼 我因为愿意跟你们合作，所以才跟你们握手；可是因为瞧见了凯撒，所以又说到旁的话头上去了，你们都是我的朋友，我愿意和你们大家相亲相爱，可是我希望你们能够向我解释为什么凯撒是一个危险的人物。

勃鲁托斯 我们倘没有正当的理由，那么今天这一种举动，完全是野蛮的暴行了。要是你知道了我们所以要这样干的原因，安东尼，即使你是凯撒的儿子，你也会心悦诚服。

安东尼 那是我所要知道的一切。我还要向你们请求一件事，请你们准许我把他的尸体带到市场上去，让我以一个朋友的地位，在讲坛上为他说几句追悼的话。

勃鲁托斯 我们准许你，玛克·安东尼。

凯歇斯 勃鲁托斯，跟你说句话。（向勃鲁托斯旁白）你太不加考虑了；不要让安东尼发表他的追悼演说。你不知道人民听了他的话，将要受到多大的感动吗？

勃鲁托斯 对不起，我自己先要登上讲坛，说明我们杀死凯撒的理由；我还要声明安东尼将要说的话，事先曾经得到我们的许可，我们并且同意凯撒可以得到一切合礼的身后哀荣。这样不但对我们没有妨害，而且更可以博得舆论对我们的同情。

凯歇斯 我不知道那会引起什么结果；我可不赞成这样办。

勃鲁托斯 玛克·安东尼，来，你把凯撒的遗体搬去。在你的哀悼演说里，你不能归罪我们，不过你可以照你所能想到的尽量称道凯撒的好处，同时你必须声明你说这样的话，曾经得到我们的许可；要不然的话，我们就不让你参加他的葬礼。还有你必须跟我在同一讲坛上演说，等我演说完了以后你再上去。

安东尼 就这样吧；我没有其他的奢望了。

勃鲁托斯 那么把尸体抬起来，跟着我们来吧。（除安东尼外同下）

安东尼 啊！你这一块流血的泥土，有史以来一个最高贵的英雄的遗体，恕我跟这些屠夫们曲意周旋。愿灾祸降于溅泼这样宝贵的血的凶手！你的一处处伤口，好像许多无言的嘴，张开了它们殷红的嘴唇，要求我的舌头替它们向世人申诉；我现在就在这些伤口上预言：一个咒诅将要降临在人们的肢体上；残暴残酷的内乱将要使意大利到处陷于混乱；流血和破坏将要成为一时的风尚，恐怖的景象将要每天接触到人们的眼睛，以致于做母亲的人看见她们的婴孩被战争的魔手所肢解，也会毫不在乎地付之一笑；人们因为习惯于残杀，一切怜悯之心将要完全灭绝；凯撒的冤魂借着从地狱的烈火中出来的阿提的协助，将要用一个君王的口气，向罗马的全境发出屠杀的号令，让战争的猛犬四处蹂躏，为了这一个万恶的罪行，大地上将要弥漫着呻吟求葬的肉体的腐臭。

| 一仆人上。

安东尼 你是侍候奥克泰维斯·凯撒的吗？

仆人 是的，玛克·安东尼。

安东尼 凯撒曾经写信叫他到罗马来。

仆人 他已经接到信，正在动身前来；他叫我口头对您说——（见尸体）啊，凯撒！——

安东尼 你的心肠很仁慈，你走开去哭吧。情感是容易感染的，看见你眼睛里悲哀的泪珠，我自己也忍不住流泪了。你的主人就来吗？

仆人 他今晚耽搁在离罗马二十多英里的地方。

安东尼 赶快回去，告诉他这儿发生的事。这是一个悲伤的罗马，一个危险的罗马，现在还不是可以让奥克泰维斯安全居住的地方；快去，照这样告诉他。可是且慢，你必须等我把这尸体搬到市场上去了以后再回去；我要在那边用演说试探人民对于这些暴徒们所造成的惨剧有什么反应，你可以根据他们的表示，回去告诉年轻的奥克泰维斯关于这儿的一切情形。帮一帮我。（二人抬凯撒尸体同下）

第二场

同前；市场

| 勃鲁托斯、凯歇斯及一群市民上。

众市民 我们一定要得到满意的解释；让我们得到满意的解释。

勃鲁托斯 那么跟我来，朋友们，让我讲给你们听。凯歇斯，你到另外一条街上去，把听众分散分散。愿意听我的留在这儿；愿意听凯歇斯的跟他去。我们将要公开宣布凯撒致死的原因。

市民甲 我要听勃鲁托斯讲。

市民乙 我要听凯歇斯讲；我们各人听了以后，可以把他们两人的理由比较比较。（凯歇斯及一部分市民下；勃鲁

托斯登讲坛）

市民丙 尊贵的勃鲁托斯上去了；静！

勃鲁托斯 请耐心听我讲完。各位罗马人，各位亲爱的同胞们！请你们静静地听我解释。为了我的名誉，请你们相信我；尊重我的名誉，你们就会相信我的话。用你们的智慧批评我；唤起你们的理智，给我一个公正的评断。要是在今天在场的群众之间，有什么人是凯撒的好朋友，我要对他说，勃鲁托斯也是和他同样地爱着凯撒。要是那位朋友问我为什么勃鲁托斯要起来反对凯撒，这就是我的回答：并不是我不爱凯撒，可是我更爱罗马。你们宁愿让凯撒活在世上，大家作奴隶而死呢，还是让凯撒死去，大家作自由人而生？因为凯撒爱我，所以我为他流泪；因为他是幸运的，所以我为他欣慰；因为他是勇敢的，所以我尊敬他；因为他有野心，所以我杀死他。我用眼泪报答他的友谊，用喜悦庆祝他的幸运，用尊敬崇扬他的勇敢，用死亡惩戒他的野心。这儿有谁愿意自甘卑贱，做一个奴隶？要是有这样的人，请说出来；因为我已经得罪他了。这儿有谁愿意自居化外，不愿做一个罗马人？要是有这样的人，请说出来；因为我已经得罪他了。这儿有谁愿意自处下流，不爱他的国家？要是有这样的人，请说出来；因为我已经得罪他了。我等待着答复。

众市民 没有，勃鲁托斯，没有。

勃鲁托斯 那么我没有得罪什么人。我怎样对待凯撒，你们也可以怎样对待我。他的遇害的经过已经记录在议会的案卷上，他的彪炳的功绩不曾被抹杀，他的错误虽然已经使他伏法受诛，也不曾把它过分地夸大。

| 安东尼及余人等抬凯撒尸体上。

勃鲁托斯 玛克·安东尼护送着他的遗体来了。虽然安东尼并不预闻凯撒的死，可是他将要享受凯撒死后的利益，他可以在共和国中得到一个地位，正像你们每一个人都是共和国中的一份子一样。当我临去之前，我还要说一句话：为了罗马的好处，我杀死了我的最好的朋友，要是我的祖国需要我的死，那么无论什么时候，我都可以用那同一把刀子杀死我自己。

众市民 不要死，勃鲁托斯！不要死！不要死！

市民甲 用欢呼护送他回家。

市民乙 替他塑一座雕像，和他的祖先们在一起。

市民丙 让他做凯撒。

市民丁 让凯撒的一切光荣都归于勃鲁托斯。

市民甲 我们要一路欢呼送他回去。

勃鲁托斯 同胞们，——

市民乙 静！别闹！勃鲁托斯讲话了。

市民甲 静些！

勃鲁托斯 善良的同胞们，让我一个人回去，为了我的缘故，留在这儿听安东尼有些什么话说。你们应该尊敬凯撒的遗体，静听玛克·安东尼赞美他的功业的演说；这是我们已经允许他的。除了我一个人以外，请你们谁也不要走开，等安东尼讲完了他的话。（下）

市民甲 大家别走！让我们听玛克·安东尼讲话。

市民丙 让他登上讲坛；我们要听他讲话。尊贵的安东尼，上去。

安东尼 为了勃鲁托斯的缘故，我感激你们的好意。（登坛）

市民丁 他说勃鲁托斯什么话？

市民丙 他说，为了勃鲁托斯的缘故，他感激我们的好意。

市民丁 他最好不要在这儿说勃鲁托斯的坏话。

市民甲 这凯撒是个暴君。

市民丙 嗯，那是不用说的；幸亏罗马除掉了他。

市民乙 静！让我们听听安东尼有些什么话说。

安东尼 各位善良的罗马人，——

众市民 静些！让我们听他说。

安东尼 各位朋友，各位罗马人，各位同胞，请你们听我说；我是来埋葬凯撒，不是来赞美他。人们做了恶事，死后还免不了遭人唾骂，可是他们所做的善事，往往随着他们的尸骨一齐入土；让凯撒也是这样吧。尊贵的勃鲁托斯已经对你们说过，凯撒是有野心的；要是真有这样的事，那诚然是一个重大的过失，凯撒也为了它付出惨酷的代价了。现在我得到勃鲁托斯和他的同志们的允许，——因为勃鲁托斯是一个正人君子，他们也都是正人君子，——到这儿来在凯撒的丧礼中说几句话。他是我的朋友，他对我是那么忠诚公正；然而勃鲁托斯却说他是有野心的，可是勃鲁托斯是一个正人君子。他曾经带许多俘虏回到罗马来，他们的赎金都充实了公家的财库；这可以说是野心者的行径吗？穷苦的人哀哭的时候，凯撒曾经为他们流泪；野心者是不应当这样仁慈的。然而勃鲁托斯却说他是有野心的，而勃鲁托斯是一个正人君子。你们大家看见在卢柏克节的那天，我三次献给他一顶王冠，他三次都拒绝了；这难道是野心吗？然而勃鲁托斯却说他是有野心的，可是勃鲁托斯的的确确是一个正人君子。我不是要推翻勃鲁托斯所说的话，我所说的只是我自己所知道的事实。你们过去都曾爱过他，那并不是没有理由的；那么什么理由阻止你们现在哀悼他呢？唉，理性啊！你已经遁入了野兽的心中，人们已经失去辨别是非的能力了。原谅我；我的心现在是跟凯撒一起在他的棺木之内，我必须停顿片刻，等它回到我自己的胸腔里。

市民甲 我想他的话说得很有道理。

市民乙 仔细想起来，凯撒是有点儿死得冤枉。

市民丙 列位，他死得冤枉吗？我怕换了一个人来，比他还不如哩。

市民丁 你们听见他的话吗？他不愿接受王冠；所以他的确一点没有野心。

市民甲 要是果然如此，有几个人将要付重大的代价。

市民乙 可怜的人！他的眼睛哭得像火一般红。

市民丙 在罗马没有比安东尼更高贵的人了。

市民丁 现在听好；他又开始说话了。

安东尼 就在昨天，凯撒的一句话可以抵御整个的世界；现在他躺在那儿，没有一个卑贱的人向他致敬。啊，诸君！要是我有意想要激动你们的心灵，引起一场叛乱，那我就要对不起勃鲁托斯，对不起凯歇斯；你们大家知道，他们都是正人君子。我不愿干对不起他们的事；我宁愿对不起死人，对不起我自己，对不起你们，却不愿对不起这些正人君子。可是这儿有一张羊皮纸，上面盖着凯撒的印章；那是我在他的卧室里找到的一张遗嘱。只要让民众一听到这张遗嘱上的话，——原谅我，我现在还不想把它宣读，——他们就会去吻凯撒尸体上的伤口，用手巾去蘸他神圣的血，还要乞讨他的一根头发回去留作纪念，当他们临死的时候，将要在他们的遗嘱上郑重提起，作为传给后嗣的一项贵重的遗产。

市民丁 我们要听那遗嘱；读出来，玛克·安东尼。

众市民 遗嘱，遗嘱！我们要听凯撒的遗嘱。

安东尼 耐心吧，善良的朋友们；我不能读给你们听。你们不应该知道凯撒多么爱你们。你们不是木头，你们不是石块，你们是人；既然是人，听见了凯撒的遗嘱，一定会激起你们心中的火焰，一定会使你们发疯。你们还是不要知道你们是他的后嗣；要是你们知道了，啊！那将会引起一场什么乱子来呢？

市民丁 读那遗嘱！我们要听，安东尼；你必须把那遗嘱读给我们听，那凯撒的遗嘱。

安东尼 你们不能忍耐一些吗？你们不能等一会儿吗？是我一时失口告诉了你们这件事。我怕我对不起那些用刀子杀死凯撒的正人君子；我怕我对不起他们。

市民丁 他们是叛徒；什么正人君子！

众市民 遗嘱！遗嘱！

市民乙 他们是恶人、凶手。遗嘱！读那遗嘱！

安东尼 那么你们一定要逼迫我读那遗嘱吗？好，那么你们大家环绕在凯撒尸体的周围，让我给你们看看那写下这遗嘱的人。我可以下来吗？你们允许我吗？

众市民 下来。

市民乙 下来。（安东尼下坛）

市民丙 我们允许你。

市民丁 大家站成一个圆圈。

市民甲 不要挨着棺材站着；不要挨着尸体站着。

市民乙 留出一些地位给安东尼，最尊贵的安东尼。

安东尼 不，不要挨得我这样紧；站得远一些。

众市民 退后！让出地位来！退后去！

安东尼 要是你们有眼泪，现在准备流起来吧。你们都认识这件外套；我记得凯撒第一次穿上它，是在一个夏天的晚上，在他的营帐里，就在他征服纳维人的那一天。瞧！凯歇斯的刀子是从这地方穿过的；瞧那狠心的凯斯卡割开了一道多深的裂口；他所深爱的勃鲁托斯就从这儿刺了一刀进去，当他拔出他那万恶的武器的时候，瞧凯撒的血是怎样汩汩不断地跟着它出来，好像急于涌到外面来，想要知道究竟是不是勃鲁托斯下这样无情的毒手似的；因为你们知道，勃鲁托斯是凯撒心目中的天使。神啊，请你们判断判断凯撒是多么爱他！这是最无情的一击，因为当尊贵的凯撒看见他行刺的时候，负心，这一柄比叛徒的武器更锋锐的利剑，就一直刺进了他的心脏，那时候他的伟大的心就碎裂了；他的脸给他的外套蒙着，他的血不停地流着，就在庞贝像座之下，伟大的凯撒倒下了。啊！那是一个多么惊人的殒落，我的同胞们；我、你们，我们大家都随着他一起倒下，残酷的叛逆却在我们头上耀武扬威。啊！现在你们流起眼泪来了，我看见你们已经天良发现；这些是真诚的泪点。善良的人们，怎么！你们只看见我们凯撒衣服上的伤痕，就哭起来了吗？瞧这儿，这才是他自己，你们看，给叛徒们伤害到这个样子。

市民甲 啊，伤心的景象！

市民乙 啊，尊贵的凯撒！

市民丙 啊，不幸的日子！

市民丁 啊，叛徒！恶贼！

市民甲 啊，最残忍的惨剧！

市民乙 我们一定要复仇。

众市民 复仇！——动手！——捉住他们！——烧！放火！——杀！——杀！不要让一个叛徒活命。

安东尼 且慢，同胞们！

市民甲 静下来！听尊贵的安东尼。

市民乙 我们要听他，我们要跟随他，我们要和他死在一起。

安东尼 好朋友们，亲爱的朋友们，不要让我把你们搧起了这样一场暴动的怒潮。干这件事的人都是正人君子；唉！我不知他们有些什么私人的怨恨，使他们干出这种事来，可是他们都是聪明而正直的，一定有理由可以答复你们。朋友们，我不是来偷取你们的心；我不是一个像勃鲁托斯那样能言善辩的人；你们大家都知道我不过是一个老老实实，爱我的朋友的人；他们也知道这一点，所以才允许我为他公开说几句话。因为我既没有智慧，又没有口才，又没有本领，我也不会用行动或言语来激动人们的血性；我不过照我心里所想到的说出来；我只是把你们已经知道的事情向你们提醒，给你们看看亲爱的凯撒的伤口，可怜的可怜的无言之口，让它们代替我说话。可是假如我是勃鲁托斯，勃鲁托斯是安东尼的话，那么那个安东尼一定会鼓起你们的愤怒，让凯撒的每一处伤口里都长出一条舌头来，即使罗马的石块也将要大受感动，奋身而起，向叛徒们抗争了。

众市民 我们要暴动！

市民甲 我们要烧掉勃鲁托斯的房子！

市民丙 那么去！来，捉那些奸贼们去！

安东尼 听我说，同胞们，听我说。

众市民 静些！——听安东尼说，——最尊贵的安东尼。

安东尼 唉，朋友们，你们不知道你们将要去干些什么事。凯撒在什么地方值得你们这样爱他呢？唉！你们还没有知道，让我来告诉你们吧。你们已经忘记我对你们说起过的那张遗嘱。

众市民 不错。那遗嘱！让我们先听听那遗嘱。

安东尼 这就是凯撒盖印的遗嘱。他给每一个罗马市民七十五个德拉克马[①]。

市民乙 最尊贵的凯撒！我们要为他的死复仇。

市民丙 啊，伟大的凯撒！

安东尼 耐心听我说。

---

① 德拉克马（Drachma），古希腊货币名，约值英金十便士不足。

众市民 静些！

安东尼 而且，他还把台伯河这一边的他的所有的步道，他的私人的园亭，他的新辟的花圃，全部赠给你们，永远成为你们世袭的产业，供你们自由散步游息之用。这样一个凯撒！几时才会有第二个同样的人？

市民甲 再也不会有了，再也不会有了！来，我们去，我们去！我们要在神圣的地方把他的尸体火化，就用那些火把去焚烧叛徒们的屋子。扛起这尸体来。

市民乙 去点起火来。

市民丙 把凳子拉下来烧。

市民丁 把椅子，窗门，——什么东西一起拉下来烧。（众市民扛尸体下）

安东尼 现在让它闹起来吧；一场乱事已经发生，随它怎样发展下去吧！

| 一仆人上。

安东尼 什么事？

仆人 大爷，奥克泰维斯已经到罗马了。

安东尼 他在什么地方？

仆人 他跟莱必多斯都在凯撒家里。

安东尼 我现在立刻就去看他。他来得正好。命运之神现在很高兴，她会满足我们一切的愿望。

仆人 我听他说勃鲁托斯和凯歇斯像疯子一样逃出了罗马的城门。

安东尼 大概他们已经注意到人民的态度，他们都被我煽动得十分激昂。领我到奥克泰维斯那儿去。（同下）

第三场

同前；街道

| 诗人西那上。

诗人西那 昨天晚上我做了一个梦，梦里我跟凯撒在一起欢宴；许多不祥之兆萦迴在我的脑际；我实在不想出来，可是不知不觉地又跑到门外来了。

| 众市民上。

市民甲 你叫什么名字？

市民乙 你到哪儿去？

市民丙 你住在哪儿？

市民丁 你是一个结过婚的人，还是一个单身汉子？

市民乙 回答每一个人的问话，要说得爽爽快快。

市民甲 是的，而且要说得简简单单。

市民丁 是的，而且要说得明明白白。

市民丙 是的，而且最好要说得确确实实。

诗人西那 我叫什么名字？我到哪儿去？我住在哪儿？我是一个结过婚的人，还是一个单身汉子？我必须回答每一个人的问话，要说得爽爽快快，简简单单，明明白白，而且确确实实。我就明明白白地回答你们，我是一个单身汉子。

市民乙 那简直就是说，那些结婚的人都是糊里糊涂的家伙；我怕你免不了要挨我一顿打。说下去；爽爽快快地说。

诗人西那 爽爽快快地说，我是去参加凯撒的葬礼的。

市民甲 你用朋友的名义去参加呢，还是用敌人的名义？

诗人西那 用朋友的名义。

市民乙 那个问题他已经爽爽快快地回答了。

市民丁 你的住所呢？简简单单地说。

诗人西那 简简单单地说，我住在圣殿的附近。

市民丙 先生，你的名字呢？确确实实地说。

诗人西那 确确实实地说，我的名字是西那。

市民乙 撕碎他的身体；他是一个奸贼。

诗人西那 我是诗人西那，我是诗人西那。

市民丁 撕碎他，因为他做了坏诗；撕碎他，因为他做了坏诗。

诗人西那 我不是参加叛党的西那。

市民乙 不管它，他的名字叫西那；把他的名字从他的心里挖出来，再放他去吧。

市民丙 撕碎他，撕碎他！来，火把！喂！火把！到勃鲁托斯家里，到凯歇斯家里；烧毁他们的一切。去几个人到狄歇斯家里，几个人到凯斯卡家里，还有几个人到里加律斯家里。去！去！（同下）

第 四 幕

第一场

罗马；安东尼家中一室

| 安东尼、奥克泰维斯及莱必多斯围桌而坐。

安东尼 那么这些人都是应该死的；他们的名字上都作了记号了。

奥克泰维斯 你的兄弟也必须死；你答应吗，莱必多斯？

莱必多斯 我答应。

奥克泰维斯 替他作了记号，安东尼。

莱必多斯 可是有一个条件，坡勃律斯也不能让他活命，他是你的外甥，安东尼。

安东尼 那么就把他处死；瞧，我用一个黑点注定他的死罪了。可是莱必多斯，你到凯撒家里去一趟，把他的遗嘱拿来，让我们决定怎样按照他的意旨替他处分遗产。

莱必多斯 什么！我还是到这儿来找你们吗？

奥克泰维斯 我们要是不在这儿，你到圣殿里来找我们好了。

（莱必多斯下）

安东尼 这是一个不足齿数的庸奴，只好替别人供奔走之劳；像他这样的人，也配跟我们鼎足三分，在这世界上称雄道霸吗？

奥克泰维斯 你既然这样瞧不起他，为什么在我们判决那几个人应当处死的时候，却愿意听从他的意见？

安东尼 奥克泰维斯，我比你多了几年人生的经验；虽然我们把这种荣誉加在这个人的身上，使他替我们分去一部分的毁谤，可是他将要负担他的荣誉，就像驴子负担黄金一样，在重荷之下呻吟流汗，不是被人牵曳，就是受人驱策，走一步路都要听我们的指挥；等他替我们把宝物载运到我们预定的地点以后，我们就可以卸下他的负担，把他赶走，让他像一头闲散的驴子一样，耸耸他的耳朵，在旷地上啃嚼他的草料。

奥克泰维斯 你可以照你的意思做；可是他不失为一个经验丰富的勇敢的军人。

安东尼 我的马儿也是这样，奥克泰维斯；因为它久历戎行，所以我才用粮草饲养它。我教我的马儿怎样冲锋作战，怎样转弯，怎样住步，怎样向前驰突，它的身体的动作都要受我的精神的节制。莱必多斯也有几分正是如此；他一定要有人教导训练，有人命令他前进；他是一个没有独立精神的家伙，靠着腐败的废物滋养他自己，只知道掇拾他人的牙慧，人家已经习久生厌的事情，在他却还是十分新奇；不要讲起他，除非把他当作一件家具看待。现在，奥克泰维斯，让我们讲些重大的事情吧。勃鲁托斯和凯歇斯正在那儿招募兵马，我们必须立刻准备抵御；让我们集合彼此的力量，拉拢我们最好的朋友，运用我们所有的资财；让我们立刻就去举行会议，商讨怎样揭发秘密的阴谋，遏拒公开的攻击的方法吧。

奥克泰维斯 好，我们就去；我们已经到了存亡的关头，许多敌人环伺在我们的四周；还有许多虽然脸上装着笑容，我怕他们的心头却藏着无数的奸谋。（同下）

第二场

萨狄斯附近的营地；勃鲁托斯营帐之前

| 鼓声；勃鲁托斯、路西律斯、路歇斯及军士等上；泰提涅斯及品达勒斯自相对方向上。

勃鲁托斯 喂，站住！

路西律斯 喂，站住！口令！

勃鲁托斯 啊，路西律斯！凯歇斯就要来了吗？

路西律斯 他快要到了；品达勒斯奉他主人之命，来向您致敬。（品达勒斯以信交勃鲁托斯）

勃鲁托斯 他信上写得很是客气。品达勒斯，你的主人近来行动有些改变，也许是他用人失当，使我觉得有些事情办得很不满意；不过要是他就要来了，我想他一定会向我解释的。

品达勒斯 我相信我的尊贵的主人一定会向您证明他还是那样一个忠诚正直的人。

勃鲁托斯 我并不怀疑他。路西律斯，我问你一句话，他怎样接待你？

路西律斯 他对我很是客气；可是却不像从前那样亲热，辞气之间，也没有从前那样真诚坦白。

勃鲁托斯 你所讲的正是一个热烈的友谊冷淡下来的情形。路西律斯，你要是看见朋友之间用到不自然的礼貌的时候，就可以知道他们的感情已经在开始衰落了。坦白质朴的忠诚，是用不着浮文虚饰的；可是没有真情的人，就像一匹尚未试步的倔强的驽马，表现出一副奔腾千里的姿态，等到一受鞭策，就会颠踬泥涂，显出庸劣的本相。他的军队有没有开拔？

路西律斯 他们预备今晚驻扎在萨狄斯；大部分的人马是跟凯歇斯同来的。

勃鲁托斯 听！他到了。（内军队轻步行进）轻轻地上去迎接他。

| 凯歇斯及军士等上。

凯歇斯 喂，站住！

勃鲁托斯 喂，站住！口令！

军士甲 站住！

军士乙 站住！

军士丙 站住！

凯歇斯 最尊贵的兄弟，你欺人太过啦。

勃鲁托斯 神啊，判断我。我欺侮过我的敌人吗？要是我没有欺侮过敌人，我怎么会欺侮一个兄弟呢？

凯歇斯 勃鲁托斯，你用这种庄严的神气掩饰你给我的侮辱，——

勃鲁托斯 凯歇斯，别恼；你有什么不痛快的事情，请你轻轻地说吧。当着我们这些军士的面前，让我们不要争吵，不要让他们看见我们两人不和。打发他们走开；然后，凯歇斯，你可以到我的帐里来诉说你的怨恨；我一定会听你。

凯歇斯 品达勒斯，向我们的将领下令，叫他们各人把队伍安顿在离开这儿略远一点的地方。

勃鲁托斯 路西律斯，你也去下这样的命令；在我们的会谈没有完毕以前，谁也不准进入我们的帐内。叫路歇斯和泰提涅斯替我们把守帐门。（同下）

第三场

勃鲁托斯帐内

| 勃鲁托斯及凯歇斯上。

凯歇斯 你对我的侮辱，可以在这一件事情上看得出来：你把路歇斯·配拉定了罪，因为他在这儿受萨狄斯人的贿赂；可是我因为知道他的为人，写信来替他说情，你却置之不理。

勃鲁托斯 你在这种事情上本来就不该写信。

凯歇斯 在现在这种时候，不该为了一点小小的过失就把人谴责。

勃鲁托斯 让我告诉你，凯歇斯，许多人都说你自己的手心也很有点儿痒，常常为了贪图黄金的缘故，把官爵出卖给无功无能的人。

凯歇斯 我的手心痒！说这句话的人，倘不是勃鲁托斯，那么凭着神明起誓，这句话将要成为你的最后一句话。

勃鲁托斯 这种贪污的行为，因为有凯歇斯的名字作护符，所以惩罚还不曾显出它的威严来。

凯歇斯 惩罚！

勃鲁托斯 记得三月十五吗？伟大的凯撒不是为了正义的缘故而流血吗？倘不是为了正义，哪一个恶人可以加害他的身体？什么！我们曾经打倒全世界首屈一指的人物，因为他庇护盗贼；难道就在我们中间，竟有人甘心让卑污的贿赂玷污了他的手指，为了盈握的废物，出卖我们伟大的荣誉吗？我宁愿做一头向月亮狂吠的狗，也不愿做这样一个罗马人。

凯歇斯 勃鲁托斯，不要向我吠叫；我受不了这样的侮辱。你这样窘迫我，全然忘记了你自己是什么人。我是一个军人，经验比你多，我知道怎样处置我自己的事情。

勃鲁托斯 哼，不见得吧，凯歇斯。

凯歇斯 我就是这样一个人。

勃鲁托斯 我说你不是。

凯歇斯 不要再跟我拗，我快要忘记我自己了；留心你的健康，别再挑拨我了吧。

勃鲁托斯 去，卑鄙的小人！

凯歇斯 有这等事吗？

勃鲁托斯 听着，我要说我的话。难道我必须在你的暴怒之下退让吗？难道一个疯子的怒目就可以把我吓倒吗？

凯歇斯 神啊！神啊！我必须忍受这一切吗？

勃鲁托斯 这一切！嗯，还有哩。你去发怒到把你骄傲的心都气破了吧；给你的奴隶们看看你的脾气多大，让他们吓得乱抖吧。难道我必须让你吗？我必须伺候你的颜色吗？当你心里烦躁的时候，我必须诚惶诚恐地站在一旁，俯首听命吗？凭着神明起誓，即使你气破了肚子，也是你自己的事；因为从今天起，我要把你的发怒当作我的笑料呢。

凯歇斯 居然会有这样的一天吗？

勃鲁托斯 你说你是一个比我更好的军人；很好，你拿事实来证明你的夸口吧，那会使我十分高兴的。拿我自己来说，我很愿意向高贵的人学习呢。

凯歇斯 你在各方面侮辱我；你侮辱我，勃鲁托斯。我说我是一个经验比你丰富的军人，并没有说我是一个比你更好的军人；难道我说过“更好”这两个字吗？

勃鲁托斯 我不管你有没有说过。

凯歇斯 凯撒活在世上的时候，他也不敢这样激怒我。

勃鲁托斯 闭嘴，闭嘴！你也不敢这样挑惹他。

凯歇斯 我不敢！

勃鲁托斯 你不敢。

凯歇斯 什么！不敢挑惹他！

勃鲁托斯 你不敢挑惹他。

凯歇斯 不要太自恃你我的交情；我也许会做出一些将会使我后悔的事情来的。

勃鲁托斯 你已经做了你应该后悔的事。凯歇斯，凭你怎样恐吓，我都不怕；因为正直的居心便是我的有力的护身符，你那些无聊的恐吓，就像一阵微风吹过，引不起我的注意。我曾经差人来向你告借几个钱，你没有答应我；因为我不能用卑鄙的手段搜括金钱；凭着上天发誓，我宁愿剖出我的心来，把我一滴滴的血熔成钱币，也不愿从农人粗硬的手里辗转榨取他们污臭的锱铢。为了分发军队的粮饷，我差人来向你借钱，你却拒绝了我；凯歇斯可以有这样的行为吗？我会不会给卡厄斯·凯歇斯这样的答复？玛克斯·勃鲁托斯要是也会变得这样吝啬，锁住了他的鄙贱的银箱，不让他的朋友们染指，那么神啊，用你们的雷火把他击成粉碎吧！

凯歇斯 我没有拒绝你。

勃鲁托斯 你拒绝我的。

凯歇斯 我没有，传我答复的那家伙是个傻瓜。勃鲁托斯把我的心都劈碎了。一个朋友应当原谅他朋友的过失，可是勃鲁托斯却把我的过失格外夸大。

勃鲁托斯 我没有，是你自己对不起我。

凯歇斯 你不欢喜我。

勃鲁托斯 我不欢喜你的错误。

凯歇斯 一个朋友的眼睛决不会注意到这种错误。

勃鲁托斯 在一个佞人的眼中，即使有像俄林波斯山峰一样高大的错误，也会视如不见。

凯歇斯 来，安东尼，来，年轻的奥克泰维斯，你们向凯歇斯一个人复仇吧，因为凯歇斯已经厌倦于人世了：被所爱的人所憎恨，被他的兄弟所攻击，像一个奴隶似的受人呵斥，他的一切过失都被人注视记录，背诵得烂熟，作为当面揭发的罪状。啊！我可以从我的眼睛里哭出我的灵魂来。这是我的刀子，这儿是我的袒裸的胸膛，这里面藏着一颗比普路托斯[1]的宝矿更富有、比黄金更贵重的心；要是你是一个罗马人，请把它挖出来吧，我拒绝给你金钱，却愿意把我的心献给你。就像你向凯撒行刺一样把我刺死了吧，因为我知道，即使在你最恨他的时候，你也爱他远胜于凯歇斯。

勃鲁托斯 插好你的刀子。你高兴发怒就发怒吧，高兴怎么干就怎么干吧。啊，凯歇斯！你的伙伴是一头羔羊，愤怒在他的身上，就像燧石里的火星一样，受到重大的打击，也会发出闪烁的光芒，可是一转瞬间就已经冷下去了。

凯歇斯 难道凯歇斯的伤心烦恼，只给他的勃鲁托斯作为笑料吗？

勃鲁托斯 我说那句话的时候，我自己也是脾气太坏。

凯歇斯 你也这样承认吗？把你的手给我。

勃鲁托斯 我连我的心也一起给你。

凯歇斯 啊，勃鲁托斯！

勃鲁托斯 什么事？

凯歇斯 我的母亲给了我这副暴躁的脾气，使我常常忘记我自己，看在我们友谊的情分上，你能够原谅我吗？

勃鲁托斯 是的，我原谅你；从此以后，要是你有时候跟你的勃鲁托斯过分认真，他会当作是你母亲在那儿发脾气，一切都不介意。（内喧声）

诗人 （在内）让我进去瞧瞧两位将军；他们彼此之间有些

① 普路托斯（Plutus），司财富之神。

争执，不应该让他们两人在一起。

路西律斯 （在内）你不能进去。

诗人 （在内）除了死，什么都不能阻止我。

| 诗人上，路西律斯、泰提涅斯及路歇斯随后。

凯歇斯 怎么！什么事？

诗人 呸，你们这些将军们！你们是什么意思？你们应该相亲相爱，做两个要好的朋友；我的话不会有错，我比你们谁都活得长久。

凯歇斯 哈哈！这个玩世的诗人吟的诗句多臭！

勃鲁托斯 滚出去，放肆的家伙，去！

凯歇斯 不要生他的气，勃鲁托斯；这是他的习惯。

勃鲁托斯 谁叫他胡说八道的。在这样战争的年代，要这些胡诌几句歪诗的傻瓜们做什么用？滚开，家伙！

凯歇斯 去，去！出去！（诗人下）

勃鲁托斯 路西律斯，泰提涅斯，传令各将领，叫他们今晚准备把队伍安营。

凯歇斯 你们传过了令，就带梅萨拉一起回来。（路西律斯、泰提涅斯同下）

勃鲁托斯 路歇斯，倒一杯酒来！（路歇斯下）

凯歇斯 我没有想到你会这样动怒。

勃鲁托斯 啊，凯歇斯！我心里有许多的懊恼。

凯歇斯 要是你让偶然的不幸把你困苦，那么你自己的哲学对你就是毫无用处了。

勃鲁托斯 谁也不比我更能忍受悲哀；鲍西娅已经死了。

凯歇斯 什么！鲍西娅！

勃鲁托斯 她死了。

凯歇斯　我刚才跟你这样拌嘴，你居然没有把我杀死，真是侥幸！唉，难堪的痛心的损失！害什么病死的？

勃鲁托斯　她因为焦心我的远别，又听到了奥克泰维斯和玛克·安东尼的势力这样强大的消息，变成心神狂乱，乘着仆人不在的时候，把火吞了下去。

凯歇斯　就是这样死了吗？

勃鲁托斯　就是这样死了。

凯歇斯　永生的神啊！

| 路歇斯持酒及烛重上。

勃鲁托斯　不要再说起她。给我一杯酒。凯歇斯，在这一杯酒里，我捐弃了一切猜嫌。（饮酒）

凯歇斯　我的心企望着这样高贵的誓言，有如渴人的思饮。来，路歇斯，给我倒满这一杯，我喝着勃鲁托斯的友情，是永远不会餍足的。（饮酒）

勃鲁托斯　进来，泰提涅斯。（路歇斯下）

| 泰提涅斯率梅萨拉重上。

勃鲁托斯　欢迎，好梅萨拉。让我们现在围烛而坐，讨论我们重要的事情。

凯歇斯　鲍西娅，你去了吗？

勃鲁托斯　请你不要说了。梅萨拉，我已经得到信息，说是奥克泰维斯那小子跟玛克·安东尼带了一支强大的军队，向腓利比进发，要来攻击我们了。

梅萨拉　我也得到过同样的信息。

勃鲁托斯　你还知道什么其他的事情？

梅萨拉　听说奥克泰维斯，安东尼和莱必多斯三人用非法的手段，把一百个元老宣判了死刑。

勃鲁托斯 那么我们听到的略有不同；我得到的消息是七十个元老被他们判决处死，西塞罗也是其中的一个。

凯歇斯 西塞罗也是一个！

梅萨拉 西塞罗也被他们判决处死。您没有从您的夫人那儿得到信息吗？

勃鲁托斯 没有，梅萨拉。

梅萨拉 别人给您的信上也没有提起她吗？

勃鲁托斯 没有，梅萨拉。

梅萨拉 那可奇了。

勃鲁托斯 你为什么问起？你听见什么关于她的消息吗？

梅萨拉 没有，将军。

勃鲁托斯 你是一个罗马人，请你老实告诉我。

梅萨拉 那么请您用一个罗马人的精神，接受我告诉您的噩耗：尊夫人已经死了，而且死得很奇怪。

勃鲁托斯 那么再会了，鲍西娅！我们谁都不免一死，梅萨拉；想到她总有一天会死去，使我现在能够忍受这一个打击。

梅萨拉 这才是伟大的人物善处拂逆的精神。

凯歇斯 我可以在表面上装得跟你同样镇定，可是我的天性却受不住这样的打击。

勃鲁托斯 好，讲我们活人的事吧。你们以为我们应不应该立刻向腓利比进兵？

凯歇斯 我想这不是顶好的办法。

勃鲁托斯 你有什么理由？

凯歇斯 我的理由是这样的：我们最好让敌人来找寻我们，这样可以让他们糜费军需，疲劳兵卒，削弱他们自己的实力；我们却可以以逸待劳，蓄养我们的精锐。

勃鲁托斯 你的理由果然很对，可是我却有比你更好的理由。在腓利比到这儿之间一带地方的人民，都是因为被迫而归顺我们的，他们心里都怀着怨望，对于我们的征敛早就感到不满。敌人一路前来，这些人民一定会加入他们的队伍，增强他们的力量。要是我们到腓利比去向敌人迎击，把这些人民留在后方，就可以避免给敌人这一种利益。

凯歇斯 听我说，好兄弟。

勃鲁托斯 请你原谅。你还要注意，我们已经集合我们所有的友人，我们的军队已经达到最高的数量，我们行动的时机已经完全成熟；敌人的力量现在还在每天增加之中，我们在全盛的顶点上，却有日趋衰落的危险。世事的起伏本来是波浪式的，人们要是能够趁着高潮一往直前，一定可以功成名就；要是不能把握时机，就要终身蹭蹬，一事无成。我们现在正在满潮的海上漂浮，倘不能顺水行舟，我们的事业就会一败涂地。

凯歇斯 那么就照你的意思办吧；我们要亲自前去，在腓利比和他们相会。

勃鲁托斯 我们贪着谈话，不知不觉夜已经深了。疲乏了的精神，必须休息片刻。没有别的话了吗？

凯歇斯 没有了。晚安；明天我们一早就起来，向前方出发。

勃鲁托斯 路歇斯！

| 路歇斯重上。

勃鲁托斯 拿我的睡衣来。（路歇斯下）再会，好梅萨拉；晚安，泰提涅斯。尊贵的，尊贵的凯歇斯，晚安，愿

你好好安息。

凯歇斯 啊，我的亲爱的兄弟！今天晚上的事情真是不幸；但愿我们的灵魂之间再也没有这样的分歧！让我们以后不要这样，勃鲁托斯。

勃鲁托斯 什么事情都是好好的。

凯歇斯 晚安，将军。

勃鲁托斯 晚安，好兄弟。

泰提涅斯
梅 萨 拉 晚安，勃鲁托斯将军。

勃鲁托斯 各位再会。（凯歇斯、泰提涅斯、梅萨拉同下）

| 路歇斯持睡衣重上。

勃鲁托斯 把睡衣给我。你的乐器呢？

路歇斯 就在这儿帐里。

勃鲁托斯 什么！你说话好像在瞌睡一般？可怜的东西，我不怪你；你睡得太少了。把克劳狄斯和还有什么其他的仆人叫来；我要叫他们搬两个垫子来睡在我的帐内。

路歇斯 凡罗！克劳狄斯！

| 凡罗及克劳狄斯上。

凡罗 主人呼唤我们吗？

勃鲁托斯 请你们两个人就在我的帐内睡下；也许等会儿我有事情要叫你们起来到我的兄弟凯歇斯那边去。

凡罗 我们愿意站在这儿伺候您。

勃鲁托斯 我不要这样；睡下来吧，好朋友们；也许我没有什么事情。瞧，路歇斯，这就是我找来找去找不到的那本书；我把它放在我的睡衣口袋里了。（凡罗、克劳狄斯睡下）

路歇斯 我原说您没有把它交给我。

勃鲁托斯 原谅我，好孩子，我的记性太坏了。你能不能够暂时撑开你的倦眼，替我弹一两支曲调吗？

路歇斯 好的，主人，要是您欢喜的话。

勃鲁托斯 我很欢喜，我的孩子。我太麻烦你了，可是你很愿意出力。

路歇斯 这是我的责任，主人。

勃鲁托斯 我不应该勉强你尽你能力以上的责任；我知道年轻人是需要休息的。

路歇斯 主人，我早已睡过了。

勃鲁托斯 很好，一会儿我就让你再去睡睡；我不愿耽搁你太久的时间。要是我还能够活下去，我一定不会亏待你。（音乐，路歇斯唱歌）这是一支催眠的乐曲；啊，杀人的睡眠！你把你的铅矛加在为你奏乐的我的孩子的身上了吗？好孩子，晚安；我不愿惊醒你的好睡。也许你在瞌睡之中，会打碎了你的乐器；让我替你拿去了；好孩子，晚安。让我看，让我看，我上次没有读完的地方，不是把书页折下的吗？我想就是这儿。

| 凯撒鬼魂上。

勃鲁托斯 这蜡烛的光怎么这样暗！吓！谁来啦？我想我的眼睛有点昏花，所以会看见鬼怪。它走近我的身边来了。你是什么东西？你是神呢，天使呢，还是魔鬼，吓得我浑身冷汗，头发直竖？对我说你是什么。

幽灵 你的邪恶的灵魂，勃鲁托斯。

勃鲁托斯 你来干什么？

幽灵 我来告诉你，你将在腓利比看见我。

勃鲁托斯 好，那么我将要再看见你吗？

幽灵 是的，在腓利比。

勃鲁托斯 好，那么我们在腓利比再见。（鬼隐去）我刚提起一些勇气，你又不见了；邪恶的灵魂，我还要跟你谈话。孩子，路歇斯！凡罗！克劳狄斯！喂，大家醒醒！克劳狄斯！

路歇斯 主人，弦子还没有调准呢。

勃鲁托斯 他以为他还是在弹他的乐器。路歇斯，醒来！

路歇斯 主人！

勃鲁托斯 路歇斯，你做了什么梦，在梦中叫喊吗？

路歇斯 主人，我不知道我曾经叫喊过。

勃鲁托斯 你曾经叫喊过。你看见什么没有？

路歇斯 没有，主人。

勃鲁托斯 再睡吧，路歇斯。喂，克劳狄斯！你这家伙！醒来！

凡罗 主人！

克劳狄斯 主人！

勃鲁托斯 你们为什么在睡梦里大呼小叫的？

凡罗
克劳狄斯 我们在睡梦里叫喊吗，主人？

勃鲁托斯 嗯，你们瞧见什么没有？

凡罗 没有，主人，我没有瞧见什么。

克劳狄斯 我也没有瞧见什么，主人。

勃鲁托斯 去向我的兄弟凯歇斯致意，请他赶快先把他的军队开拔，我们随后就来。

凡罗
克劳狄斯 是，主人。（各下）

第 五 幕

第一场

腓利比平原

| 奥克泰维斯及安东尼率军队上。

奥克泰维斯 现在，安东尼，我们的希望已经得到事实的答复了。你说敌人一定坚守山岭高地，不会下来；事实却并不如此，他们的军队已经向我们逼近，似乎有意要在这儿腓利比用先发制人的手段，给我们一个警告。

安东尼 嘿！我熟悉他们的心理，知道他们为什么这样做。他们的目的无非是想虚声夺人，让我们看见他们的汹汹之势，认为他们的士气非常旺盛；其实完全不是这样。

| 一使者上。

使者 两位将军，请你们快些准备起来，敌人正在那儿浩浩荡荡地开过来了；他们已经挂出挑战的旗号，我们必须立刻布置防御的策略。

安东尼 奥克泰维斯，你带领你的一支军队向战地的左翼缓缓前进。

奥克泰维斯 我要向右翼迎击；你去打左翼。

安东尼 为什么你要在这样紧急的时候跟我闹蹩扭？

奥克泰维斯 我不跟你闹蹩扭；可是我要这样。（军队行进）

｜鼓声：勃鲁托斯及凯歇斯率军队上；路西律斯、泰提涅斯、梅萨拉及余人等同上。

勃鲁托斯 他们站住了，要跟我们谈判。

凯歇斯 站定，泰提涅斯；我们必须出阵跟他们谈话。

奥克泰维斯 玛克·安东尼，我们要不要发出交战的号令？

安东尼 不，凯撒，等他们向我们进攻的时候，我们再去应战。上去；那几位将军们要谈几句话哩。

奥克泰维斯 不要动，等候号令。

勃鲁托斯 先礼后兵，是不是，各位同胞们？

奥克泰维斯 我们倒不像您那样喜欢空话。

勃鲁托斯 奥克泰维斯，良好的言语胜于拙劣的刺击。

安东尼 勃鲁托斯，您用拙劣的刺击来说您的良好的言语：瞧您刺在凯撒心上的创孔，它们在喊着，“凯撒万岁！”

凯歇斯 安东尼，我们还没有领教过您的剑法；可是我们知道您的舌头上涂满着蜜，蜂巢里的蜜都给你偷完了。

安东尼 我没有把蜜蜂的刺也一起偷走吧？

勃鲁托斯 啊，是的，您连它们的声音也一起偷走了；因为您已经学会了在刺人以前，先用嗡嗡的声音向人威吓。

安东尼 恶贼！你们在凯撒的旁边拔出你们万恶的刀子来的时候，是连半句声音也不透出来的；你们像猴子一样露出你们的牙齿，像狗子一样摇尾乞怜，像奴隶一样卑躬屈膝，吻着凯撒的脚；该死的凯斯卡却像一条恶狗似的躲在背后，向凯撒的脖子上挥动他的凶器。啊，你们这些谄媚的家伙！

凯歇斯 谄媚的家伙！勃鲁托斯，谢谢你自己吧。早依了凯歇斯的话，今天决不让他把我们这样信口污辱。

奥克泰维斯 不用多说；辩论不过使我们流汗，我们却要用流血来判断双方的曲直。瞧，我拔出这一柄剑来跟叛徒们决战；除非等到凯撒身上三十三处伤痕的仇恨完全报复或者另外一个凯撒也死在叛徒们的刀剑之下，这一柄剑是永远不收回去的。

勃鲁托斯 凯撒，你不会死在叛徒们的手里，除非那些叛徒就在你自己的左右。

奥克泰维斯 我也希望这样，天生下我来，不是要我死在勃鲁托斯的剑上的。

勃鲁托斯 啊！孩子，即使你是你的家门中最高贵的后裔，能够死在勃鲁托斯剑上，也要算是莫大的荣幸呢。

凯歇斯 像他这样一个顽劣的学童，跟一个跳舞喝酒的浪子在一起，才不值得污我们的刀剑。

安东尼 还是从前的凯歇斯！

奥克泰维斯 来，安东尼，我们去吧！叛徒们，我们现在当面向你们挑战；要是你们有胆量的话，今天就在战场上相见，否则等你们有了勇气再来。（奥克泰维斯、安东尼率军队下）

凯歇斯 好，现在狂风已经吹起，波涛已经在澎湃，船只要在风浪中颠簸了！一切都要信托着不可知的命运。

勃鲁托斯 喂！路西律斯！有话对你说。

路西律斯 什么事，主将？（勃鲁托斯、路西律斯在一旁谈话）

凯歇斯 梅萨拉！

梅萨拉 主将有什么吩咐？

凯歇斯 梅萨拉，今天是我的生日；就在这一天，凯歇斯诞生到世上。把你的手给我，梅萨拉。请你做我的见证，正像从前庞贝一样，我是因为万不得已，才把我们全体的自由在这一次战役中作孤注一掷的。你知道我一向很信仰伊壁鸠鲁[1]的见解；现在我的思想却改变了，有些儿相信起预兆来了。我们从萨狄斯开拔前来的时候，有两头猛鹰从空中飞下，栖止在我们从前那个旗手的肩上；它们常常啄食我们军士手里的食物，一路上跟我们做伴，一直到这儿腓利比。今天早晨它们却飞去不见了，代替着它们的，只有一群乌鸦鸱鸢，在我们的头顶盘旋，好像把我们当作垂毙的猎物一般；它们的黑影像是一顶不祥的华盖，掩复着我们末日在迩的军队。

梅萨拉 不要相信这种事。

凯歇斯 我也不完全相信，因为我的精神很兴奋，我已经决心用坚定不拔的意志，抵御一切的危难。

勃鲁托斯 就是这样吧，路西律斯。

凯歇斯 最尊贵的勃鲁托斯，愿神明今天护佑我们，使我们能够在太平的时代做一对亲密的朋友，直到我们的暮年！可是既然人事是这样无常，让我们也考虑到万一的不幸。要是我们这次战败了，那么现在就是我们最后一次的聚首谈心；请问你在那样的情形之下，准备怎么办？

勃鲁托斯 凯图自杀的时候，我曾经对他这一种举动表示不

---

① 伊壁鸠鲁（Epicurus），希腊享乐主义派哲学家。

满；我不知道为什么，可是总觉得为了惧怕可能发生的祸患而结束了自己的生命，是一件懦弱卑劣的行为；我现在还是根据这一种观念，决心用坚忍的态度，等候主宰世人的造化所给予我的命运。

凯歇斯 那么，要是我们失败了，你愿意被凯旋的敌人拖来拖去，在罗马的街道上游行吗？

勃鲁托斯 不，凯歇斯，不。尊贵的罗马人，你不要以为勃鲁托斯会有一天被人绑缚着回到罗马；他是有一颗太高傲的心的。可是今天这一天必须结束三月十五所开始的工作；我不知道我们能不能再有见面的机会，所以让我们从此永诀吧。永别了，永别了，凯歇斯！要是我们还能相见，那时候我们可以相视而笑；否则今天就是我们生离死别的日子。

凯歇斯 永别了，永别了，勃鲁托斯！要是我们还能相见，那时候我们一定相视而笑；否则今天真的是我们生离死别的日子了。

勃鲁托斯 好，那么前进吧。唉！要是一个人能够预先知道一天的工作的结果——可是一天的时间是很容易过去的，那结果也总会见到分晓。来啊！我们去吧！（同下）

第二场

同前；战场

| 号角声；勃鲁托斯及梅萨拉上。

勃鲁托斯 梅萨拉，赶快骑马前去，传令那一方面的军队，

（号角大鸣）叫他们立刻冲上去，因为我看见奥克泰维斯带领的那支军队打得很没有劲，迅速的进攻可以把他们一举击溃。赶快骑马前去，梅萨拉；叫他们全军向敌人进攻。（同下）

第三场

战场的另一部分

|号角声；凯歇斯及泰提涅斯上。

凯歇斯 啊！瞧，泰提涅斯，瞧，那些坏东西逃得多快。我自己也变成了我自己的仇敌；这是我的旗手，我看见他想要转身逃走，把这懦夫杀了，谁知道他的懦怯却到了我的身上来了。

泰提涅斯 啊，凯歇斯！勃鲁托斯把号令发得太早了；他因为对奥克泰维斯略占优势，自以为胜利在握；他的军队忙着搜掠财物，我们却给安东尼全部包围起来。

|品达勒斯上。

品达勒斯 再逃远一些，主人，再逃远一些；玛克·安东尼已经进占您的营帐了，主人。快逃，尊贵的凯歇斯，逃得远远的。

凯歇斯 这座山头已经够远了。瞧，瞧，泰提涅斯；那边有火的地方，不就是我的营帐吗？

泰提涅斯 是的，主将。

凯歇斯 泰提涅斯，要是你爱我，请你骑了我的马，着力加鞭，到那边有军队的所在探看探看，再飞马回来向我报告，让我知道他们究竟是友军还是敌军。

泰提涅斯 是，我就去就来。（下）

凯歇斯 品达勒斯，你给我登上那座山顶；我的眼睛看不大清楚；留意看着泰提涅斯，告诉我你所见到的战场上的情形。（品达勒斯登山）我今天第一次透过一口气来；时间在循环运转，我在什么地方开始，也要在什么地方终结；我的生命已经走完了它的途程。喂，看见什么没有？

品达勒斯 （在上）啊，主人！

凯歇斯 什么消息？

品达勒斯 泰提涅斯给许多骑马的人包围在中心，他们都向他策马而前；可是他仍旧向前飞奔，现在他们快要追上他了；赶快，泰提涅斯，现在有人下马了；嗳哟！他也下马了；他给他们捉去了；（内欢呼声）听！他们在欢呼。

凯歇斯 下来，不要再看了。唉，我真是一个懦夫，眼看着我的最好的朋友当着我的面前给人捉去，我自己却还在这世上偷生苟活！

| 品达勒斯下山。

凯歇斯 过来，小子。你在巴底亚做了我的俘虏，我免了你的一死，叫你对我发誓，无论我吩咐你做什么事，你都要照着做。现在你来，实行你的誓言；我让你从此做一个自由人；这柄曾经穿过凯撒心脏的好剑，你拿着它望我的胸膛里刺了进去吧。不用回答我的话；来，把剑柄拿在手里；等我把脸遮上了，你就动手。好，凯撒，我用杀死你的那柄剑，替你

复了仇了。（死）

品达勒斯 现在我已经自由了；可是那却不是我自己的意思。凯歇斯啊，品达勒斯将要远远离开这一个国家，到没有一个罗马人可以看见他的地方去。（下）

| 泰提涅斯及梅萨拉重上。

梅萨拉 泰提涅斯，双方的胜负刚刚互相抵销；因为一方面奥克泰维斯被勃鲁托斯的军队打败，一方面凯歇斯的军队也给安东尼打败。

泰提涅斯 这些消息很可以安慰安慰凯歇斯。

梅萨拉 你在什么地方离开他？

泰提涅斯 就在这座山上，垂头丧气地跟他的奴隶品达勒斯在一起。

梅萨拉 躺在地上的不就是他吗？

泰提涅斯 他躺着的样子好像已经死了。啊，我的心！

梅萨拉 那不是他吗？

泰提涅斯 不，梅萨拉，这个人从前是他，现在凯歇斯已经不在人世了。啊，没落的太阳！正像你今晚沉没在你红色的光辉中一样，凯歇斯的白昼也在他的赤血之中消隐了；罗马的太阳已经沉没了下去。我们的白昼已经过去；黑云，露水和危险正在袭来；我们的事业已成灰烬了。他因为不相信我能够不辱使命，所以才干出这件事来。

梅萨拉 他因为不相信我们能够得到胜利，所以才干出这件事来。啊，可恨的错误，你忧愁的产儿！为什么你要在人们灵敏的脑海里造成颠倒是非的幻象？你一进入人们的心中，便给他们带来了悲惨的结果。

泰提涅斯 喂，品达勒斯！你在哪儿，品达勒斯？

梅萨拉 泰提涅斯，你去找他，让我去见勃鲁托斯，把这刺耳的消息告诉他；勃鲁托斯听见了这个消息，一定会比锋利的刀刃，有毒的箭镞贯进他的耳中还要难过。

泰提涅斯 你去吧，梅萨拉；我先在这儿找一找品达勒斯。（梅萨拉下）勇敢的凯歇斯，为什么你要叫我去呢？我不是碰见你的朋友了吗？他们不是把这胜利之冠加在我的额上，叫我回来献给你吗？你没有听见他们的欢呼吗？唉！你误会了一切了。可是请你接受这一个花环，让我替你戴上去吧；你的勃鲁托斯叫我把它送给你，我必须遵从他的命令。勃鲁托斯，快来，瞧我怎样向卡厄斯·凯歇斯尽我的责任。允许我，神啊；这是一个罗马人的天职：来，凯歇斯的宝剑，进入泰提涅斯的心里吧。（自杀）

号角声；梅萨拉率勃鲁托斯、小凯图、斯特莱托、伏伦涅斯及路西律斯重上。

勃鲁托斯 梅萨拉，梅萨拉，他的尸体在什么地方？

梅萨拉 瞧，那边；泰提涅斯正在他旁边哀泣。

勃鲁托斯 泰提涅斯的脸是向上的。

小凯图 他也死了。

勃鲁托斯 啊，裘力斯·凯撒！你到死还是有本领的！你的英灵不泯，借着我们自己的刀剑，洞穿我们自己的心脏。（号角低吹）

小凯图 勇敢的泰提涅斯！瞧他替已死的凯歇斯加上胜利之冠了！

勃鲁托斯 世上还有两个和他们同样的罗马人吗？最后的罗马健儿，再会了！罗马再也不会产生可以和你匹敌的人物。朋友们，我对于这位已死的人，欠着还不清的眼泪。——慢慢的，凯歇斯，我会找到我的时间。——来，把他的尸体送到泰索斯去；他的葬礼不能在我们的营地上举行，因为恐怕影响军心。路西律斯，来；来，小凯图；我们到战场上去。拉琵奥，弗莱维斯，传令我们的军队前进。现在还只有三点钟；罗马人，在日落以前，我们还要在第二次的战争中试探我们的命运。（同下）

第四场
战场的另一部分

| 号角声；两方军士交战，勃鲁托斯、小凯图、路西律斯及余人等上。

勃鲁托斯 同胞们，啊！振起你们的精神！

小凯图 哪一个贱种敢退缩不前？谁愿意跟我来？我要在战场上到处宣扬我的名字：我是玛克斯·凯图的儿子！我是暴君的仇敌，祖国的朋友；我是玛克斯·凯图的儿子！

勃鲁托斯 我是勃鲁托斯，玛克斯·勃鲁托斯就是我；勃鲁托斯，祖国的朋友；请认明我是勃鲁托斯！（追击敌人下；小凯图被敌军围攻倒地）

路西律斯 啊，年轻高贵的小凯图，你倒下了吗？啊，你现在像泰提涅斯一样勇敢地死了，你死得不愧为凯图的儿子。

军士甲 不投降就是死。

路西律斯 我愿意投降，可是看在这许多钱的面上，请你们把我立刻杀死。（取钱赠军士）你们杀死了勃鲁托斯，也算立了一件大大的功劳。

军士甲 我们不能杀你。一个尊贵的俘虏！

军士乙 喂，让开！告诉安东尼，勃鲁托斯已经捉住了。

军士甲 我去传报这消息。主将来了。

| 安东尼上。

军士甲 主将，勃鲁托斯已经捉住了。

安东尼 他在哪儿？

路西律斯 安东尼，勃鲁托斯还是安然无恙。我敢向你说一句，没有一个敌人可以把勃鲁托斯活捉；神明保佑他不致于遭到这样的耻辱！你们找到他的时候，不论是死的还是活的，他一定会保持他的堂堂的荣誉。

安东尼 朋友，这个人不是勃鲁托斯，可是也不是一个等闲之辈。不要伤害他，把他好生看待。我希望我有这样的人做我的朋友，而不是做我的仇敌。去，看看勃鲁托斯有没有死；有什么消息就到奥克泰维斯的营帐里来报告我们。（各下）

第五场
战场的另一部分

| 勃鲁托斯、达台涅斯、克列特斯、斯特莱托及伏伦涅斯上。

勃鲁托斯 来，残余下来的几个朋友，在这块岩石上休息休息吧。

克列特斯 我们望见斯泰提律斯的火把，可是他没有回来；大概不是捉了去就是死了。

勃鲁托斯 坐下来，克列特斯。他一定死了；多少人都死了。听着，克列特斯。（向克列特斯耳语）

克列特斯 什么，我吗，主人？不，那是万万不能的。

勃鲁托斯 那么算了！不要多说话。

克列特斯 我宁愿自杀。

勃鲁托斯 听着，达台涅斯。（向达台涅斯耳语）

达台涅斯 我必须干这样一件事吗？

克列特斯 啊，达台涅斯！

达台涅斯 啊，克列特斯！

克列特斯 勃鲁托斯要求你干一件什么坏事？

达台涅斯 他要我杀死他，克列特斯。瞧，他在出神呆想。

克列特斯 他的高贵的心里装满了悲哀，甚至于在他的眼睛里流露出来。

勃鲁托斯 过来，好伏伦涅斯，听我说一句话。

伏伦涅斯 主将有什么吩咐？

勃鲁托斯 是这样的，伏伦涅斯。凯撒的鬼魂曾经两次在夜里向我出现；一次在萨狄斯，一次就是昨天晚上，在这儿腓利比的战场上。我知道我的末日已经到了。

伏伦涅斯 不会有的事，主将。

勃鲁托斯 不，我确信我的末日已经到了，伏伦涅斯。你看大势已经变化到什么地步；我们的敌人已经把我们逼到了山穷水尽之境，与其等待他们来把我们推落深坑，还不如自己先跳下去。好伏伦涅斯，我们从前曾经在一起求学，看在我们旧日的交情分上，请你拿着我的剑柄，让我伏剑而死。

伏伦涅斯 主将，那不是一件可以叫一个朋友做的事。（号角声继续不断）

克列特斯 快逃，快逃，主人！这儿是不能久留的。

勃鲁托斯 再会，你，你，还有你，伏伦涅斯。斯特莱托，你已经瞌睡了这大半天，再会了，斯特莱托。同胞们，我很高兴在我的一生之中，只有他还尽忠于我。我今天虽然战败了，可是将要享有比奥克泰维斯和玛克·安东尼在这次卑鄙的胜利中所得到的更大的光荣。大家再会了；勃鲁托斯的舌头已经差不多结束了他一生的历史；暮色罩在我的眼睛上，我的筋骨渴想得到它劳苦已久的安息。（号角声；内呼声，"逃啊，逃啊，逃啊！"）

克列特斯 快逃吧，主人，快逃吧。

勃鲁托斯 去！我就来。（克列特斯、达台涅斯、伏伦涅斯同下）斯特莱托，请你不要去，陪着你的主人。你是一个心地很好的人，你的为人还有几分义气；拿着我的剑，转过你的脸，让我对准剑锋扑上去。你肯不肯这样做，斯特莱托？

斯特莱托 请您先允许我握一握您的手；再会了，主人。

勃鲁托斯 再会了，好斯特莱托。（扑身剑上）凯撒，你现在可以瞑目了；我杀死你的时候，还不及现在一半的勇决。（死）

| 号角声；吹退军号；奥克泰维斯、安东尼、梅萨拉、路西律斯及军队上。

奥克泰维斯 那是什么人？

梅萨拉 我的主将的仆人。斯特莱托，你的主人呢？

斯特莱托 他已经永远脱离了加在你身上的那种束缚了，梅萨拉；胜利者只能在他身上举起一把火来，因为只有勃鲁托斯能够战胜他自己，谁也不能因他的死而得到荣誉。

路西律斯 勃鲁托斯的结果应当是这样的。谢谢你，勃鲁托斯，因为你证明了路西律斯的话并没有说错。

奥克泰维斯 所有跟随勃鲁托斯的人，我都愿意把他们收留下来。朋友，你愿意跟随我吗？

斯特莱托 好，只要梅萨拉肯把我举荐给您。

奥克泰维斯 你把他举荐给我吧，好梅萨拉。

梅萨拉 斯特莱托，我们的主将怎么死的？

斯特莱托 我拿了剑，他扑了上去。

梅萨拉 奥克泰维斯，他已经为我的主人尽了最后的义务，您把他收留下来吧。

安东尼 在他们那一群中间，他是一个最高贵的罗马人；除了他一个人以外，所有的叛徒们都是因为妒嫉凯撒而下他们的毒手；只有他才是激于正义的思想，为了大众的利益，而去参加他们的阵线。他一生善良，交织在他身上的各种美德，可以使造物肃然起立，向全世界宣告，“这是一个汉子！”

奥克泰维斯 让我们按照他的美德，给他应得的礼遇，替他殡葬如仪。他的尸骨今晚将要安顿在我的营帐里，他必须充分享受一个军人的荣誉。现在传令全军安息；让我们去分派今天的胜利的光荣吧。（同下）

哈姆雷特

To be, or not to be: that is the question.

—— *Hamlet*

生存还是毁灭，这是一个值得考虑的问题。

——《哈姆雷特》

剧中人物

克劳狄斯	丹麦国王
哈姆雷特	前王之子，今王之侄
福丁布拉斯	挪威王子
霍拉旭	哈姆雷特之友
波洛涅斯	御前大臣
雷欧提斯	波洛涅斯之子
伏提曼德	朝臣
考尼律斯	朝臣
罗森格兰兹	朝臣
吉尔登斯吞	朝臣
奥斯里克	朝臣
马西勒斯	军官
勃那多	军官
弗兰西斯科	军士
雷奈尔多	波洛涅斯之仆
英国使臣	
众伶人	
二小丑	掘坟墓者
乔特鲁德	丹麦王后，哈姆雷特之母
奥菲利娅	波洛涅斯之女

贵族, 贵妇, 军官, 兵士, 教士, 水手, 使者及侍从等

哈姆雷特父亲的鬼魂

地点

艾尔西诺

第　一　幕

第一场

艾尔西诺；城堡前的露台

| 弗兰西斯科立台上守望。勃那多自对面上。

勃那多　那边是谁？

弗兰西斯科　不，你先回答我；站住，告诉我你是什么人。

勃那多　国王万岁！

弗兰西斯科　勃那多吗？

勃那多　正是。

弗兰西斯科　你来得很准时。

勃那多　现在已经打过十二点钟；你去睡吧，弗兰西斯科。

弗兰西斯科　谢谢你来替换了我；天冷得厉害，我心里也老大不舒服。

勃那多　你守在这儿，一切都很安静吗？

弗兰西斯科　一只小老鼠也不见走动。

勃那多　好，晚安！要是你碰见霍拉旭和马西勒斯，我的守夜的伙伴们，就叫他们赶紧一点来。

弗兰西斯科　我想我听见他们的声音。喂，站定！那边是谁？

| 霍拉旭及马西勒斯上。

霍拉旭 都是自己人。

马西勒斯 丹麦王的臣民。

弗兰西斯科 祝你们晚安！

马西勒斯 啊！再会，正直的军人！谁替换了你？

弗兰西斯科 勃那多代替我值班。祝你们晚安！（下）

马西勒斯 喂！勃那多！

勃那多 喂，——啊！霍拉旭也来了吗？

霍拉旭 这儿有一个他。

勃那多 欢迎，霍拉旭！欢迎，好马西勒斯！

马西勒斯 什么！这东西今晚又出现过了吗？

勃那多 我还没有瞧见什么。

马西勒斯 霍拉旭说那不过是我们的幻想。我告诉他我们已经两次看见过这一个可怕的怪象，他总是不肯相信；所以我请他今晚也来陪我们守一夜，要是这鬼再出来，就可以证明我们并没有看错，还可以叫他对它说几句话。

霍拉旭 嘿，嘿，它不会出现的。

勃那多 先请坐下；虽然你一定不肯相信我们的故事，我们还是要把我们这两夜来所看见的情形再向你絮渎一遍。

霍拉旭 好，我们坐下来，听听勃那多怎么说。

勃那多 昨天晚上，当那照耀在旗杆西端的天空的明星正在向它现在吐射光辉的地方运行的时候，马西勒斯跟我两个人，那时候钟刚敲了一点，——

马西勒斯 住声！不要说下去；瞧，它又来了！

| 鬼上。

勃那多 正像已故的国王的模样。

马西勒斯 你是有学问的人，对它说话，霍拉旭。

勃那多 它的样子不像已故的国王吗？看好，霍拉旭。

霍拉旭 像得很；它使我心里充满了恐怖和惊奇。

勃那多 它希望我们对它说话。

马西勒斯 你去问它，霍拉旭。

霍拉旭 你是什么鬼物，胆敢僭窃丹麦先王神武的雄姿，在这样深夜的时分出现？凭着上天的名义，我命令你说话！

马西勒斯 它生气了。

勃那多 瞧，它悄悄地去了！

霍拉旭 不要去！说呀，说呀！我命令你，快说！（鬼下）

马西勒斯 它去了，不愿回答我们。

勃那多 怎么，霍拉旭！你在发抖，你的脸色这样惨白。这不是幻想吧？你有什么高见？

霍拉旭 当着上帝的面前，倘不是我自己的眼睛向我证明，我再也不会相信这样的怪事。

马西勒斯 它不像我们的国王吗？

霍拉旭 正像你就是你自己一样。它身上的那副战铠，正就是它讨伐野心的挪威那时候所穿的；它脸上的那副怒容，活像他有一次在一场激烈的争辩中，把那些波兰人打倒在冰上那时候的神气。怪事怪事！

马西勒斯 前两次它也是这样不先不后地在这个静寂的时辰，用军人的步态走过我们的眼前。

霍拉旭 我不知道究竟应该怎样想法；可是大概推测起来，这恐怕预兆着我们国内将要有一番非常的变故。

马西勒斯 好吧，坐下来。谁要是知道的，请告诉我，为什么我们要有这样森严的戒备，使全国的军民每夜不得安息；为什么每天都在制造铜炮，还要向国外购买战具；为什么赶造这许多船只，连星期日也不停止工作；这样夜以继日地辛苦忙碌，究竟将要有什么事情发生呢？谁能告诉我？

霍拉旭 我可以告诉你；至少一般人都是这样传说。刚才它的形象还向我们出现的那位已故的王上，你们知道，曾经接受骄矜好胜的挪威的福丁布拉斯的挑战；在那一次决斗中间，我们的勇武的哈姆雷特，——他的英名是举世称颂的——把福丁布拉斯杀死了；按照双方根据法律和武士精神所订立的协定，福丁布拉斯要是战败了，除了他自己的生命以外，必须把他所有的一切土地拨归胜利的一方；同时我们的王上也提出相当的土地作为赌注，要是福丁布拉斯得胜了，也就归他没收占有，正像在同一协定上所规定的，他失败了，哈姆雷特可以把他的土地没收占有一样。现在要说起那位福丁布拉斯的儿子，他生得一副烈火也似的性格，已经在挪威的四境招集了一群无赖之徒，供给他们衣食，驱策他们去干冒险的勾当。他的唯一的目的我们的当局看得很清楚，无非是要用武力和强迫性的条件，夺回他父亲所丧失的土地。照我所知道的，这就是我们种种准备的主要动机，我们这样戒备的唯一原因，也是全国所以这样慌忙骚乱的缘故。

勃那多 我想正是为了这个缘故。我们那位王上在过去和目前的战乱中间，都是一个主要的角色，所以无怪他的武装的形象要向我们出现示警了。

霍拉旭 那是扰乱我们心灵之眼的一点微尘。从前在富强繁盛的罗马，在那雄才大略的裘力斯·凯撒驾崩以前不久的时候，披着殓衾的死人都从坟墓里出来，在街道上啾啾鬼语，拖着火尾喷着血露的星辰在白昼陨落，支配潮汐的月亮被吞蚀得像一个没有起色的病人；这一类预报重大变故的朕兆，在我们国内也已经屡次见到了。可是不要响！瞧！瞧！它又来了！

| 鬼重上。

霍拉旭 我要挡住它的去路，即使它会害我。不要去，幻象！要是你会开口，对我说话吧；要是我有可以为你效劳之处，使你的灵魂得到安息，那么对我说话吧；要是你预知祖国的命运，靠着你的指示，也许可以及时避免未来的灾祸，那么对我说话吧；或者你在生前曾经把你搜括得来的财宝埋藏在地下，我听见人家说，鬼魂往往在他们藏金的地方徘徊不散，（鸡啼）要是有这样的事，你也对我说吧；不要去，说呀！拦住它，马西勒斯。

马西勒斯 要不要用我的戟子打它？

霍拉旭 好的，要是它不肯站定。

勃那多 它在这儿！

霍拉旭 它在这儿！（鬼下）

马西勒斯 它去了！我们不该用暴力对待这样一个尊严的亡魂；因为它是像空气一样不可侵害的，我们无益的打击不过是恶意的徒劳。

勃那多 它正要说话的时候，鸡就啼了。

霍拉旭 于是它就像一个罪犯听到了可怕的召唤似的惊跳起来。我听人家说，报晓的雄鸡用它高锐的啼声，唤醒了白昼之神，一听到它的警告，那些在海里，火里，地下，空中到处浪游的有罪的灵魂，就一个个钻回自己的巢窟里去；这句话现在已经证实了。

马西勒斯 它在鸡啼的时候隐去了。有人说，我们的救主将要诞生以前，这报晓的鸟儿彻夜长鸣；那时候，他们说，没有一个鬼魂可以出外行走，夜间的空气非常清净，没有一颗星用毒光射人，没有一个神仙用法术迷人，妖巫的符咒也失去了力量，一切都是圣洁而美好的。

霍拉旭 我也听人家这样说过，倒有几分相信。可是瞧，清晨披着赤褐色的外衣，已经踏着那边东方高山上的露水走过来了。我们也可以下班了。照我的意思，我们应该把我们今夜看见的事情告诉年轻的哈姆雷特；因为凭着我的生命起誓，这一个鬼魂虽然对我们不发一言，见了他一定有话要说。你们以为按着我们的忠心和责任说起来，是不是应当让他知道这件事情？

马西勒斯 很好，我们决定去告诉他吧；我知道今天在什么地方最容易找到他。（同下）

第二场
城堡中的大厅

| 国王、王后、哈姆雷特、波洛涅斯、雷欧提斯、伏提曼德、考尼律斯、群

臣、侍从等上。

国王 虽然我们亲爱的王兄哈姆雷特新丧未久，我们的心里应当充满了悲痛，我们全国都应当表示一致的哀悼，可是我们凛于后死者责任的重大，不能不违情逆性，一方面固然要用适度的悲哀纪念他，一方面也要为自身的厉害着想；所以，在一种悲喜交集的情绪之下，让幸福和忧郁分据了我的两眼，殡葬的挽歌和结婚的笙乐同时并奏，用盛大的喜乐抵消沉重的不幸，我已经和我旧日的长嫂，当今的王后，这一个多事之国的共同的统治者，结为夫妇；这一次婚姻事先曾经征求各位的意见，多承你们诚意的赞助，这是我必须向大家致谢的。现在我要告诉你们知道，年轻的福丁布拉斯看轻了我们的实力，也许他以为自从我们亲爱的王兄崩逝以后，我们的国势已经瓦解，所以挟着他的从中取利的梦想，不断向我们书面要求把他的父亲依法割让给我们英勇的王兄的土地归还。这是他一方面的说话。现在要讲到我们的态度和今天召集各位来此的目的。我们的对策是这样的：我这儿已经写好了一封信给挪威国王，年轻的福丁布拉斯的叔父，他因为卧病在床，不曾与闻他侄子的企图，在信里我请他注意他的侄子擅自在国内征募丁壮，训练士卒，积极进行各种准备的事实，要求他从速制止他的进一步的行动；现在我就派遣你，考尼律斯，还有你，伏提曼德，替我把这封信送去给挪威老王，除了训令上所规定的条件以外，你们不得僭用你们的权力，和挪威成立逾越范围的妥协。你们赶紧就去吧，再会！

考尼律斯
伏提曼德 我们敢不尽力执行陛下的旨意。

国王 我相信你们的忠心；再会！（伏提曼德、考尼律斯同下）现在，雷欧提斯，你有什么话说？你对我说你有一个请求；是什么请求，雷欧提斯？只要是合理的事情，你向丹麦王说了，他总不会不答应你。你还有什么要求，雷欧提斯，是我不会在你没有开口以前就自动给了你的？丹麦王室和你父亲的关系，正像头脑之于心灵一样密切；丹麦国王乐意为你父亲效劳，正像嘴里所说的话，可以由双手去执行一样。你要些什么，雷欧提斯？

雷欧提斯 陛下，我要请求您允许我回到法国去。这一次我回国参加陛下加冕的盛典，略尽臣子的微忱，实在是莫大的荣幸；可是现在我的任务已尽，我的心愿又向法国飞驰，但求陛下开恩允许。

国王 你父亲已经答应你了吗？波洛涅斯怎么说？

波洛涅斯 陛下，我却不过他几次三番的恳求，已经勉强答应他了；请陛下放他去了吧。

国王 好好利用你的时间，雷欧提斯，尽情发挥你的才能吧！可是来，我的侄儿哈姆雷特，我的孩子，——

哈姆雷特 （旁白）超乎寻常的亲族，漠不相干的路人。

国王 为什么愁云依旧笼罩在你的身上？

哈姆雷特 不，陛下；我已经在太阳里晒得太久了。

王后 好哈姆雷特，脱下你的黑衣，对你的父王应该和颜悦色一点；不要老是垂下了眼皮，在泥土之中找寻你的高贵的父亲。你知道这是一件很普通的事情，活着的人谁都要死去，从生存的空间踏进了永久的宁静。

哈姆雷特 嗯，母亲，这是一件很普通的事情。

王后 既然是很普通的，那么你为什么瞧上去好像老是这样郁郁于心呢？

哈姆雷特 好像，母亲！不，是这样就是这样，我不知道什么“好像”不“好像”。好妈妈，我的墨黑的外套、礼俗上规定的丧服、勉强吐出来的叹气、像滚滚江流一样的眼泪、悲苦沮丧的脸色，以及一切仪式，外表和忧伤的流露，都不能表示出我的真实的情绪。这些才真是给人瞧的，因为谁也可以做作成这种样子。它们不过是悲哀的装饰和衣服；可是我的郁结的心事却是无法表现出来的。

国王 哈姆雷特，你这样孝思不匮，原是你天性中纯笃过人之处；可是你要知道，你的父亲也曾失去过一个父亲，那失去的父亲自己也失去过父亲；那后死的儿子为了尽他的孝道起见，必须有一个时期服丧守制，然而固执不变的哀伤，却是一种逆天背理的愚行，不是堂堂男子所应有的举止；它表现出一个不肯安于天命的意志，一个经不起艰难痛苦的心，一个缺少忍耐的头脑和一个简单愚昧的理性。既然我们知道那是无可避免的事，无论谁都要遭遇到同样的经验，那么我们为什么要这样固执地把它介介于怀呢？嘿！那是对上天的罪戾，对死者的罪戾，也是违反人情的罪戾；在理智上它是完全荒谬的，因为从第一个死了的父亲起，直到今天死去的最后一个父亲为止，理智永远在呼喊，“这是无可避免的。”我请你抛弃了这种无益的悲伤，把我当作你的父亲；因为我要让全世界知道，你是王位的直接的继承者，我要给你尊荣和恩宠，不亚于一个最慈爱的父亲之于他的儿子。至于你要回到威登堡去继续求学的意思，那是完全违反我们的愿望的；请你听从我的劝告，不要离开这里，在朝廷上领袖群臣，做我们最密近的国亲和王儿，使我们因为每天能够看见你而心生快慰。

王后 不要让你母亲的祈求全归无用，哈姆雷特；请你不要离开我们，不要到威登堡去。

哈姆雷特 我将要勉力服从您的意见，母亲。

国王 啊，那才是一句有孝心的答复；你将在丹麦享有和我同等的尊荣。御妻，来。哈姆雷特这一种自动的顺从使我非常高兴；为了表示庆祝起见，今天丹麦王每一次举杯祝饮的时候，都要放一响高入云中的祝炮，让上天应和着地上的雷鸣，发出欢乐的回声。来。（除哈姆雷特外均下）

哈姆雷特 啊，但愿这一个太坚实的肉体会融解，消散，化成一堆露水或者那永生的真神未曾制定禁止自杀的律法！上帝啊！上帝啊！人世间的一切在我看来是多么可厌，陈腐，乏味而无聊！哼！哼！那是一个荒芜不治的花园，长满了恶毒的莠草。想不到居然会有这种事情！刚死了两个月！不，两个月还不满！这样好的一个国王，比起这一个来，简直是天神和丑怪；这样爱我的母亲，甚至于不愿让天风吹痛了她的脸庞。天上和地下！我必须记着吗？嘿，她会偎倚在他的身旁，好像吃了美味的食物，格外促进了食欲一般；可是，只有一个月的时间，我不能再想下去了！脆弱啊，你的名字就是女人！短短的一个月以前，她哭得像个泪人儿似的，送我那可怜的父亲下葬；她在送葬的时候所穿的那双鞋子现在还没有破旧，她就，她就，——上帝啊！一头没有理性的畜生也要悲伤得长久一些，——她就嫁给我的叔父，我的父亲的弟弟，可是他一点不像我的父亲，正像我一点不像赫剌克勒斯一样。只有一个月的时间，她那流着虚伪之泪的眼睛还没有消去它们的红肿，她就嫁了人了。啊，罪恶的匆促，这样迫不及待地钻进了乱伦的衾被！那不是好事，也不会有好结果；可是碎了吧，我的心，因为我必须噤住我的嘴！

霍拉旭、马西勒斯、勃那多同上。

霍拉旭 祝福，殿下！

哈姆雷特 我很高兴看见你身体健康，霍拉旭。

霍拉旭 我也是这样，殿下；我永远是您的卑微的仆人。

哈姆雷特 不，你是我的好朋友；我愿意和你朋友相称。你怎么不在威登堡，霍拉旭？马西勒斯！

马西勒斯 殿下，——

哈姆雷特 我很高兴看见你。（向勃那多）午安，朋友。——可是你究竟为什么离开威登堡？

霍拉旭 无非是偷闲躲懒罢了，殿下。

哈姆雷特 我不愿听见你的仇敌说这样的话，你也不能用这样的话刺痛我的耳朵，使它相信你对你自己所作的诽谤；我知道你不是一个偷闲躲懒的人。可是你在艾尔西诺来有什么事？趁着你未去之前，我们要陪你痛饮几杯哩。

霍拉旭 殿下，我是来参加您的父王的葬礼的。

哈姆雷特 请你不要取笑，我的同学；我想你是来参加我的母后的婚礼的。

霍拉旭 真的，殿下，这两件事情相去得太近了。

哈姆雷特 这是一举两便的办法，霍拉旭！葬礼中剩下来的残羹冷炙，正好宴请婚筵上的宾客。霍拉旭，我宁愿在天上遇见我的最痛恨的仇人，也不愿看到那样的一天！我的父亲，我仿佛看见我的父亲。

霍拉旭 啊，在什么地方，殿下？

哈姆雷特 在我的心灵的眼睛里，霍拉旭。

霍拉旭 我曾经见过他一次；他是一位很好的君王。

哈姆雷特 他是一个堂堂男子；整个儿的说起来，我再也见不到像他那样的人了。

霍拉旭 殿下，我想我昨天晚上看见他。

哈姆雷特 看见谁？

霍拉旭 殿下，我看见您的父王。

哈姆雷特 我的父王！

霍拉旭 不要吃惊，请您静静地听我把这件奇事告诉您，这两位可以替我做见证。

哈姆雷特 看在上帝的份上，讲给我听。

霍拉旭 这两位朋友，马西勒斯和勃那多，在万籁俱寂的午夜守望的时候，曾经连续两夜看见一个自顶至踵全身甲胄，像您父亲一样的人形，在他们的面前出现，用庄严而缓慢的步伐走过他们的身边。当着他们惊奇骇愕的眼前，它三次步行过去，它手里所握的鞭杖可以碰到他们的身上；他们吓得几乎浑身都瘫痪了，只是呆立着不动，一句话也没有对他说。怀着惴惧的心情，他们把这件事悄悄地告诉了我，我就在第三夜陪着他们一起守望；正像他们所说的一样，那鬼魂又出现了，出现的时间和它的形状，证实了他们的每一个字都是正确的。我认识您的父亲；那鬼魂是那样酷肖他的生前，我这两手也不及他们彼此的相似。

哈姆雷特 可是这是在什么地方？

马西勒斯 殿下，就在我们守望的露台上。

哈姆雷特 你有没有对它说话？

霍拉旭 殿下，我说的，可是它没有回答我；不过有一次我觉得它好像抬起头来，像要开口说话似的，可是就在那时候，晨鸡高声啼了起来，它一听见鸡声，就很快地隐去不见了。

哈姆雷特 这很奇怪。

霍拉旭 凭着我的生命起誓，殿下，这是真的；我们认为按着我们的责任，应该让您知道这件事。

哈姆雷特 不错，不错，朋友们；可是这件事情很使我迷惑。你们今晚仍旧要去守望吗？

马西勒斯
勃那多 是，殿下。

哈姆雷特 你们说它穿着甲胄吗？

马西勒斯
勃 那 多 是，殿下。

哈姆雷特 从头到脚？

马西勒斯
勃 那 多 从头到脚，殿下。

哈姆雷特 那么你们没有看见它的脸吗？

霍拉旭 啊，看见的，殿下；它的脸甲是掀起的。

哈姆雷特 怎么，它瞧上去像在发怒吗？

霍拉旭 它的脸上悲哀多于愤怒。

哈姆雷特 它的脸色是惨白的还是红红的？

霍拉旭 非常惨白。

哈姆雷特 它把眼睛注视着你吗？

霍拉旭 它直盯着我瞧。

哈姆雷特 我希望我也在那边。

霍拉旭 那一定会使您骇愕万分。

哈姆雷特 多分会的，多分会的。它停留得长久吗？

霍拉旭 大概有一个人用不快不慢的速度从一数到一百的那段时间。

马西勒斯
勃 那 多 还要长久一些，还要长久一些。

霍拉旭 我看见它的时候，不过是这么久。

哈姆雷特 它的胡须是斑白的吗？

霍拉旭 是的，正像我在他生前看见的那样，乌黑的胡须里略有几根变成白色。

哈姆雷特 我今晚也要守夜去；也许它还会出来。

霍拉旭 我可以担保它一定会出来。

哈姆雷特 要是它借着我的父王的形貌出现，即使地狱张开嘴来，叫我不要作声，我也一定要对它说话。要是你们到现在还没有把你们所看见的告诉别人，那么就要请求你们大家继续保持沉默；无论今夜发生什么事情，都请放在心里，不要在口舌之间泄漏出来。我一定会报答你们的忠诚。好，再会；今晚十一点钟到十二点钟之间，我要到露台上来看你们。

众人 我们愿意为殿下尽忠。

哈姆雷特 让我们彼此保持着不渝的交情；再会！（霍拉旭、马西勒斯、勃那多同下）我父亲的灵魂披着甲胄！事情有些不妙；我恐怕这里面有奸人的恶计。但愿黑夜早点到来！静静地等着吧，我的灵魂；罪恶的行为总有一天发现，虽然地上所有的泥土把它们遮掩。（下）

第三场

波洛涅斯家中一室

雷欧提斯及奥菲利娅上。

雷欧提斯 我需要的物件已经装在船上，再会了；妹妹，在好风给人方便，路上没有阻碍的时候，不要贪睡，让我听见你的消息。

奥菲利娅 你还不相信我吗？

雷欧提斯 对于哈姆雷特和他的调情献媚，你必须把它认作一时的感情冲动，一朵初春的紫罗兰早熟而易凋，馥郁而不能持久，一分钟的芬芳和喜悦，如此而已。

奥菲利娅 不过是如此吗？

雷欧提斯 不过如此；因为像新月一样逐渐饱满的人生，不仅是肌肉和体格的成长，而且随着身体的发展，精神和心灵也同时扩大。也许他现在爱你，他的真诚的意志是纯洁而不带欺诈的；可是你必须留心，他有这样高的地位，他的意志并不属于他自己，因为他自己也要被他的血统所支配；他不能像一般庶民一样为自己选择，因为他的决定足以影响到整个国本的安危，他是全身的首脑，他的选择必须得到各部分肢体的同意；所以要是他说，他爱你，你可以相信他在他的地位之上，也许会把他的说话见之行事，可是那必须以丹麦的公意给他赞许为限。你再想一想要是你用过于轻信的耳朵倾听他的歌曲，让他攫走了你的心，在他的狂妄的渎求之下，打开了你的宝贵的童贞，那时候你的名誉将要蒙受多大的损失。留心，奥菲利娅，留心，我的亲爱的妹妹，不要放纵你的爱情，不要让欲望的利箭把你射中。一个自爱的女郎，不应该向月亮显露她的美貌；圣贤也不能逃避谗口的中伤；春天的草木往往还没有吐放它们的蓓蕾，就被蛀虫蠹蚀；朝露一样晶莹的青春，常常会受到罡风的吹打。所以留心着吧，戒惧是最安全的方策；即使没有旁人的诱惑，少年的血气也要向他自己叛变。

奥菲利娅 我将要记住你这段很好的教训，让它看守着我的心。可是，我的好哥哥，你不要像有些坏牧师一样，指点我上天去的险峻的荆棘之途，自己却在花街柳巷流连忘返，忘记了自己的箴言。

雷欧提斯 啊！不要为我担心。我耽搁得太久了；可是我的父亲来了。

| 波洛涅斯上。

雷欧提斯 两重的祝福是双倍的恩荣；第二次的告别是格外可喜的。

波洛涅斯 还在这儿，雷欧提斯！上船去，上船去，真好意思！风息在帆顶上，人家都在等着你哩。好，我为你祝福！还有几句教训，希望你铭刻在记忆之中：不要想到什么就说什么，凡事必须三思而行。对人要和气，可是不要过分狎昵。相知有素的朋友，应该用钢圈箍住在你的灵魂上，可是不要对每一个泛泛的新知滥施你的交情。留心避免和人家争吵；可是万一争端已起，就应该让对方知道你不是可以轻侮的。倾听每一个人的意见，可是只对极少数人发表你自己的意见；接受每一个人的批评，可是保留你自己的判断。尽你的财力购制贵重的衣服，可是不要炫新立异，必须富丽而不浮艳，因为服装往往可以表现人格；法国的名流要人，在这一点上是特别注重的。不要向人告贷，也不要借钱给人；因为债款放了出去，往往不但丢了本钱，而且还失去了朋友；向人告贷的结果，容易养成因循懒惰的习惯。尤其要紧的，你必须对你自己忠实；正像有了白昼才有黑夜一样，对自己忠实，才不会对别人欺诈。再会；让我的祝福使你记住这一番话！

雷欧提斯 父亲，我告别了。

波洛涅斯 时候不早了；去吧，你的仆人都在等着。

雷欧提斯 再会，奥菲利娅，记住我对你说的话。

奥菲利娅 你的话已经锁在我的记忆里，那钥匙你替我保管着吧。

雷欧提斯 再会！（下）

波洛涅斯 奥菲利娅，他对你说些什么话？

奥菲利娅 回父亲的话，我们刚才谈起哈姆雷特殿下的事情。

波洛涅斯 嗯，这是应该考虑一下的。听说他近来常常跟你在一起，你也从来不拒绝他的求见；要是果然有这种事，——人家这样告诉我，也无非是叫我注意的意思，——那么我必须对你说，你还没有懂得你做了我的女儿，按照你的身份，应该怎样留心你自己的行动。究竟在你们两人之间有些什么关系？老实告诉我。

奥菲利娅 父亲，他最近曾经屡次向我表示他的爱情。

波洛涅斯 爱情！呸！你讲的话完全像是一个不曾经历过这种危险的不懂事的女孩子。你相信他的那种你所说的表示吗？

奥菲利娅 父亲，我不知道我应该怎样想才好。

波洛涅斯 好，让我来教你；你应该这样想，你是一个小孩子，把这些假意的表示当作了真心的奉献。你应该把你自己的价值抬高一些。

奥菲利娅 父亲，他向我求爱的态度是很光明正大的。

波洛涅斯 嗯，他的态度；很好，很好。

奥菲利娅 而且，父亲，他差不多用尽一切指天誓日的神圣的盟约，证实他的言语。

波洛涅斯 嗯，这些都是捕捉愚蠢的山鹬的圈套。我知道在热情燃烧的时候，一个人无论什么盟誓都会说出口来；这些火焰，女儿，是光多于热的，一下子就会光消焰灭，因为他们本来是虚幻的，你不能把它们当作真火看待。从现在起，你还是少露一些你的女儿家的脸；你应该自高身价，不要让人家以为你是可以随意呼召的。对于哈姆雷特殿下，你应该这样想，他是个年轻的王子，他比你在行动上有更大的自由。总而言之，奥菲利娅，不要相信他的盟誓，因为它们都是诱人堕落的鸠媒，用庄严神圣的辞令，掩饰淫邪险恶的居心。我的言尽于此，简单一句话，从现在起，我不许你跟哈姆雷特殿下谈一句话。你留点儿神吧；进去。

奥菲利娅 我一定听从您的话，父亲。（同下）

第四场

露　台

｜哈姆雷特、霍拉旭及马西勒斯上。

哈姆雷特 风吹得人怪痛的，这天气真冷。

霍拉旭 是很凛冽的寒风。

哈姆雷特 现在是什么时候了？

霍拉旭 我想还不到十二点。

马西勒斯 不，已经打过了。

霍拉旭 真的？我没有听见；那么鬼魂出现的时候快要到了。（内喇叭奏花腔及鸣炮声）这是什么意思，殿下？

哈姆雷特 王上今晚大宴群臣，作通宵的醉舞；每次他喝下了一杯葡萄美酒，铜鼓和喇叭便吹打起来，欢祝万寿。

霍拉旭 这是向来的风俗吗？

哈姆雷特 嗯，是的。可是我虽然从小就熟习这种风俗，却也不是常常举行的。这一种酗酒纵乐的风俗，使我们在东西各国受到许多诽毁；他们称我们为酒徒醉汉，将下流的污名加在我们头上，使我们各项伟大的成就都因此而大为减色。在个人方面也常常是这样，有些人因为身体上长了丑陋的黑痣，——这本来是天生的缺陷，不是他们自己的过失，——或者生就一种令人侧目的怪癖，虽然他们此外还有许多纯洁优美的品性，可是为了这一个缺点，往往会受到世人的歧视。

| 鬼上。

霍拉旭 瞧，殿下，它来了！

哈姆雷特 天使保佑我们！不管你是一个善良的灵魂或是万恶的妖魔，不管你带来了天上的和风或是地狱中的罡风，不管你的来意好坏，因为你的形状是这样和蔼可亲，我要对你说话；我要叫你哈姆雷特，君王，父亲！尊严的丹麦先王，啊，回答我！不要让我在无知的蒙昧里抱恨终天；告诉我为什么你的长眠的骸骨不安窀穸，为什么安葬着你的遗体的坟墓张开它的沉重的大理石的两颚，把你重新吐放出来。你这已死的尸体这样全身甲胄，出现在月光之下，使黑夜变得这样阴森，使我们这些为造化所玩弄的愚人充满了不可思议的恐怖，究竟是什么意思呢？说，这是为了什么？你要我们怎样？（鬼向哈姆雷特招手）

霍拉旭 它招手叫您跟着它去，好像它有什么话要对您一个人说似的。

马西勒斯 瞧，它用很有礼貌的举动，招呼您到一个僻远的所在去；可是别跟它去。

霍拉旭 千万不要跟它去。

哈姆雷特 它不肯说话；我还是跟它去。

霍拉旭 不要去，殿下。

哈姆雷特 嗨，怕什么呢？我把我的生命看得不值一枚针；至于我的灵魂，那是跟它自己同样永生不灭的，它能够把它加害吗？它又在招手叫我前去了；我要跟它去。

霍拉旭 殿下，要是它把您诱到潮水里去，或者把您领到下临大海的峻峭的悬崖之巅，在那边它现出了狰狞的化形，使您丧失理智，变成疯狂，那可怎么好呢？您想，无论什么人一到了那样的地方，望着下面千仞的峭壁，听见海水奔腾的怒吼，即使没有别的原因，也会吓得心惊胆裂的。

哈姆雷特 它还是在向我招手。去吧，我跟着你。

马西勒斯 您不能去，殿下。

哈姆雷特 放下你们的手！

霍拉旭 听我们的劝告，不要去。

哈姆雷特 我的运命在高声呼喊，使我全身每一根微细的血管都变得像怒狮的筋骨一样坚硬。（鬼招手）它仍旧在招我去。放开我，朋友们；（挣脱二人之手）凭着上天起誓，谁要是拉住了我，我要叫他变成一个鬼！走开！去吧，我跟着你。（鬼魂及哈姆雷特同下）

霍拉旭 幻想占据了他的头脑，使他不顾一切。

马西勒斯 让我们跟上去；我们不应该服从他的话。

霍拉旭 那么去吧。这种事情会引出些什么结果来呢？

马西勒斯 丹麦国里恐怕有些不可告人的坏事。

霍拉旭 上帝的意旨支配一切。

马西勒斯 不，我们还是跟上去吧。（同下）

第五场

露台的另一部分

| 鬼魂及哈姆雷特上。

哈姆雷特 你要领我到什么地方去？说；我不愿再前进了。

鬼魂 听我说。

哈姆雷特 我在听着。

鬼魂 我的时间快要到了，我必须再回到硫黄的烈火里去受煎熬的痛苦。

哈姆雷特 唉，可怜的亡魂！

鬼魂 不要可怜我，你只要留心听着我要告诉你的话。

哈姆雷特 说吧；我在这儿听着。

鬼魂 你听了以后，必须替我报仇。

哈姆雷特 什么？

鬼魂 我是你父亲的灵魂，因为生前孽障未尽，被判在晚间游行地上，白昼忍受火焰的烧灼，必须经过相当的时期，等生前的过失被火焰净化以后，方才可以脱罪。可是我不能违犯禁令，泄漏我的狱室中的秘密，我可以告诉你一个故事，它的最轻微的一句话，都可以使你魂飞魄散，你年轻的血液凝冻成冰，使你的双眼像脱了轨道的星球一样向前突出，你的纠结的鬈发根根分开，像愤怒的豪猪身上的刺毛一样森然耸立；可是这一种永恒的神秘，是不能向血肉的凡耳宣示的。听着，听着，啊，听着！要是你曾经爱过你的亲爱的父亲，——

哈姆雷特 上帝啊！

鬼魂 你必须替他报复那逆伦惨恶的杀身的仇恨。

哈姆雷特 杀身的仇恨！

鬼魂 杀人是重大的罪恶；可是这一件谋杀的惨案，是最骇人听闻而逆天害理的罪行。

哈姆雷特 赶快告诉我知道，让我驾着像思想和爱情一样迅速的翅膀，飞去把仇人杀死。

鬼魂 我的话果然激动了你；要是你听见了这种事情而漠然无动于衷，那你除非比舒散在忘河之滨的蔓草还要冥顽不灵。现在，哈姆雷特，听我说；一般人都以为我在花园里睡觉的时候，一条蛇来把我螫死，这一个虚构的死状，把丹麦全国的人都骗过了；可是你要知道，好孩子，那毒害你父亲的蛇，头上戴着王冠呢。

哈姆雷特 啊，果然给我猜到了！我的叔父！

鬼魂 嗯，那头乱伦的奸淫的畜生，他有的是过人的诡诈，天赋的奸恶，凭着他的阴险的手段，诱惑了我的外表上似乎非常贞淑的王后，满足他的无耻的兽欲。啊，哈姆雷特，那是一个多么相去悬殊的差异！我的爱情是那样纯洁真诚，始终信守着我在结婚的时候对她所作的盟誓；她却会对一个天赋的才德远不如我的恶人降心相从！可是正像一个贞洁的女子，虽然淫欲罩上神圣的外表，也不能把她煽动一样，一个淫妇虽然和光明的天使为偶，也会有一天厌倦于天上的唱随之乐，而宁愿搂抱人间的朽骨。可是且慢！我仿佛嗅到了清晨的空气；让我把话说得简短一些。当我按照每天午后的惯例，在花园里睡觉的时候，你的叔父乘我不备，悄悄溜了进来，拿着一个盛着毒草汁的小瓶，把一种使人麻痹的药水注入我的耳腔之内，那药性发作起来，会像水银一样很快地流过了全身的大小血管，像酸液滴进牛乳般地把淡薄而健全的血液凝结起来；它一进入我的身体里，我全身光滑的皮肤上便立刻发生无数疱疹，像害着癞病似的满布着可憎的鳞片。这样，我在睡梦之中，被一个兄弟同时夺去了我的生命，我的王冠和我的王后；甚至于不给我一个忏罪的机会，使我在没有领到圣餐也没有受过临终涂膏礼以前，就一无准备地负着我的全部罪恶去对簿阴曹。可怕啊，可怕！要是你有天性之情，不要默尔而息，不要让丹麦的御寝变成了藏奸养逆的卧榻；可是无论你怎样进行复仇，你的行事必须光明磊落，更不可对你的母亲有什么不利的图谋，让她去受上天的裁判，和她自己内心中的荆棘的刺戳吧。现在我必须去了！萤火的微光已经开始暗淡下去，清晨快要到来了；再会，再会！哈姆雷特，记着我。（下）

哈姆雷特 天上的神明啊！地啊！再有什么呢？我还要向地狱呼喊吗？啊，呸！忍着吧，忍着吧，我的心！我的全身的筋骨，不要一下子就变成衰老，支持着我的身体呀！记着你！是的，我可怜的亡魂，当记忆不曾从我这混乱的头脑里消失的时候，我会记着你的。记着你！是的，我要从我的记忆的碑版上，拭去一切琐碎愚蠢的记录，一切书本上的格言，一切陈言套语，一切过去的印象，我的少年的阅历所留下的痕迹，只让你的命令留在我的脑筋的书卷里，不搀杂一些下贱的废料；是的，上天为我作证！啊，最恶毒的妇人！啊，奸贼，奸贼，脸上堆着笑的万恶的奸贼！我的写字版呢？我必须把它记下来：一个人可以尽管满面都是笑，骨子里却是杀人的奸贼；至少我相信在丹麦是这样的。（写字）好，叔父，我把你写下来了。现在我要记下我的话，那是，“再会，再会！记着我。”我已经发过誓了。

霍拉旭 （在内）殿下！殿下！

马西勒斯 （在内）哈姆雷特殿下！

霍拉旭 （在内）上天保佑他！

马西勒斯 （在内）但愿如此！

霍拉旭 （在内）嘿啰，呵，呵，殿下！

哈姆雷特 嘿啰，呵，呵，孩儿！来，鸟儿，来。

| 霍拉旭及马西勒斯上。

马西勒斯 怎样，殿下！

霍拉旭 有什么事，殿下？

哈姆雷特 啊！奇怪！

霍拉旭 好殿下，告诉我们。

哈姆雷特 不，你们会泄漏出去的。

霍拉旭 不，殿下，凭着上天起誓，我一定不泄漏。

马西勒斯 我也一定不泄漏，殿下。

哈姆雷特 那么你们说，哪一个人会想得到有这种事？可是你们能够保守秘密吗？

霍拉旭
马西勒斯 是，上天为我们作证，殿下。

哈姆雷特 在全丹麦从来不曾有那一个奸贼——不是一个十足的坏人。

霍拉旭 殿下，这样一句话是用不到什么鬼魂从坟墓里出来告诉我们的。

哈姆雷特 啊，对了，你说得有理；所以，我们还是不必多说废话，大家搀搀手分开了吧。你们可以去照你们自己的意思干你们自己的事，——因为各人都有各人的意思和各人的事，——至于我自己，那么我对你们说，我是要去祈祷去的。

霍拉旭 殿下，您这些话好像有些疯疯癫癫似的。

哈姆雷特 我的话冒犯了你，真是非常抱歉；是的，我从心底里抱歉。

霍拉旭 哪儿的话，殿下。

哈姆雷特 不，凭着圣伯特力克的名义，霍拉旭，我真是非常冒犯了你。讲到这一个幽灵，那么让我告诉你们，它是一个真实的亡魂；你们要是想知道它对我说了些什么话，我只好请你们暂时不必动问。现在，好朋友们，你们都是我的朋友，都是学者和军人，请你们允许我一个卑微的要求。

霍拉旭 是什么要求，殿下？我们一定允许您。

哈姆雷特 永远不要把你们今晚所见的事情告诉别人。

霍拉旭
马西勒斯 殿下，我们一定不告诉别人。

哈姆雷特 不，你们必须宣誓。

霍拉旭 凭着良心起誓，殿下，我决不告诉别人。

马西勒斯 凭着良心起誓，殿下，我也决不告诉别人。

哈姆雷特 把手按在我的剑上宣誓。

马西勒斯 殿下，我们已经宣誓过了。

哈姆雷特 那不算，把手按在我的剑上。

鬼魂 （在下）宣誓！

哈姆雷特 啊哈！孩儿！你也这样说吗？你在那儿吗，好家伙？来；你们不听见这个地下的人怎么说吗？宣誓吧。

霍拉旭 请您教我们怎样宣誓，殿下。

哈姆雷特 永不向人提起你们所看见的这一切。把手按在我的剑上宣誓。

鬼魂 （在下）宣誓！

哈姆雷特 又在那边了吗？那么我们换一个地方。过来，朋友们。把你们的手按在我的剑上，宣誓永不向人提起你们所听见的这一切。

鬼魂 （在下）宣誓！

哈姆雷特 说得好，老鼹鼠！你能够在地底钻得这么快吗？好一个开路的先锋！好朋友们，我们再来换一个地方。

霍拉旭 嗳哟，真是不可思议的怪事！

哈姆雷特 那么你还是用见怪不怪的态度对待它吧。霍拉旭，天地之间有许多事情，是你们的哲学里所没有梦想到的呢。可是，来，上帝的慈悲保佑你们，你们必须再作一次宣誓。我今后也许有时候要故意装出一副疯疯痴痴的样子，你们要是在那时候看见了我的古怪的举动，切不可像这样交叉着手臂，或者这样颠头摆脑的，或者嘴里说一些吞吞吐吐的词句，例如“呃，呃，我们知道”，或者“只要我们高兴，我们就可以”，或是“要是我们愿意说出来的话”，或是“有人要是怎么怎么”，诸如此类的含糊其辞的话语，表示你们知道我有些什么秘密；你们必须答应我避免这一类言动，上帝的恩惠和慈悲保佑着你们，宣誓吧。

鬼魂　（在下）宣誓！（二人宣誓）

哈姆雷特　安息吧，安息吧，受难的灵魂！好，朋友们，我用全心的真情，信赖着你们两位；要是在哈姆雷特的微弱的能力以内，能够有可以向你们表示他的友情之处，上帝在上，我一定不会有负你们。让我们一同进去；请你们记着在无论什么时候都要守口如瓶。这是一个颠倒混乱的时代，唉，倒霉的我却要负起重整乾坤的责任！来，我们一块儿去吧。（同下）

第　二　幕

第一场

波洛涅斯家中一室

| 波洛涅斯及雷奈尔多上。

波洛涅斯　把这些钱和这封信交给他，雷奈尔多。

雷奈尔多　是，老爷。

波洛涅斯　好雷奈尔多，你在没有去看他以前，最好先探听探听他的行为。

雷奈尔多　老爷，我本来就是这个意思。

波洛涅斯　很好，很好，好得很。你先给我调查调查有些什么丹麦人在巴黎，他们是干什么事情去的，叫什么名字，有没有钱，住在什么地方，跟哪些人做伴，用度大不大；用这种转弯抹角的方法，要是你打听到他们也认识我的儿子，你就可以更进一步，表示你对他也有相当的认识；你可以这样说："我知道他的父亲和他的朋友，对他也略为有点认识。"你听着没有，雷奈尔多？

雷奈尔多　是，我在留心听着，老爷。

波洛涅斯 “对他也略为有点认识，可是，”你可以说，“不怎么熟悉；不过假如果然是他的话，那么他是个很放浪的人，有些怎样怎样的坏习惯。”说到这里，你就可以随便捏造一些关于他的坏话；当然啰，你不能把他说得太不成样子，那是会损害他的名誉的，这一点你必须注意；可是你不妨举出一些纨绔子弟们所犯的最普通的浪荡的行为。

雷奈尔多 譬如赌钱，老爷。

波洛涅斯 对了，或是喝酒，斗剑，赌咒，吵嘴，嫖妓之类，你都可以说。

雷奈尔多 老爷，那是会损害他的名誉的。

波洛涅斯 不，不，你可以在言语之间说得轻淡一些。你不能说他公然纵欲，那可不是我的意思；可是你要把他的过失讲得那么巧妙，让人家听着好像那不过是行为上的小小的不检，一个血气方刚的少年的一时胡闹，算不了什么事的。

雷奈尔多 可是老爷，——

波洛涅斯 为什么叫你做这种事？

雷奈尔多 是的，老爷，请您告诉我。

波洛涅斯 呃，我的用意是这样的，我相信我可以有这种权利；你这样轻描淡写地说了我儿子的一些坏话，就像你提起一件略有污损的东西似的，听着，要是跟你谈话的那个人，也就是你向他探询的那个人，果然看见过你所说起的那个少年犯着你刚才所列举的那些罪恶，他一定会用这样的话对你表示同意：“好先生，——”也许他称你“朋友”，“仁见”，按照着各人的身份和各国的习惯。

雷奈尔多 很好，老爷。

波洛涅斯 然后他就，——他就，——我刚才要说一句什么话？嗳哟，我正要说一句什么话；我说到什么地方啦？

雷奈尔多 您刚才说到“用这样的话表示同意”。

波洛涅斯 说到“用这样的话表示同意”，嗯，对了；他会用这样的话对你表示同意：“我认识这位绅士，昨天我还看见他，或许是前天，或许是什么什么时候，跟什么什么人在一起，正像您所说的，他在什么地方赌钱，在什么地方喝得醺醺大醉，在什么地方因为拍网球而跟人家打起架来；”也许他还会说，“我看见他走进什么什么的一家生意人家去，”那就是说窑子或是诸如此类的所在。你瞧，你用说谎的钓饵，就可以把事实的真相诱上你的钓钩；我们有智慧有见识的人，往往用这种旁敲侧击的方法，间接达到我们的目的；你也可以照着我上面所说的那一番话，探听出我的儿子的行为。你懂得我的意思没有？

雷奈尔多 老爷，我懂得。

波洛涅斯 上帝和你同在；再会！

雷奈尔多 那么我去了，老爷。

波洛涅斯 你自己也得留心观察他的举止。

雷奈尔多 是，老爷。

波洛涅斯 叫他用心学习音乐。

雷奈尔多 是，老爷。

波洛涅斯 你去吧！（雷奈尔多下）

| 奥菲利娅上。

波洛涅斯 啊，奥菲利娅！什么事？

奥菲利娅 嗳哟，父亲，吓死我了！

波洛涅斯 凭着上帝的名义，吓什么？

奥菲利娅 父亲，我正在房间里缝纫的时候，哈姆雷特殿下跑了进来，走到我的面前；他的上身的衣服完全没有扣上钮子，头上也不戴帽子，他的袜子上沾着污泥，没有袜带，一直垂到脚踝上；他的脸色像他的衬衫一样白，他的膝盖互相碰撞，他的神气是那样凄惨，好像他刚从地狱里逃出来，要向人讲述它的恐怖一样。

波洛涅斯 他因为不能得到你的爱而发疯了吗？

奥菲利娅 父亲，我不知道，可是我想也许是的。

波洛涅斯 他怎么说？

奥菲利娅 他握住我的手腕紧紧不放，拉直了手臂向后退立，用他的另一只手这样遮在他的额角上，一眼不霎地瞧着我的脸，好像要把它临摹下来似的。这样经过了好久的时间，然后他轻轻地摇动一下我的手臂，他的头上上下下地颠了三颠，于是他发出一声非常惨痛而深长的叹息，好像他的整个的胸部都要爆裂，他的生命就在这一声叹息中间完毕似的。然后他放松了我，转过他的身体，他的头还是向后回顾，好像他不用眼睛的帮助也能够找到他的路，因为直到他走出了门外，他的两眼还是注视在我的身上。

波洛涅斯 跟我来；我要见王上去。这正是恋爱不遂的疯狂；一个人受到这种剧烈的刺激，什么不顾一切的事情都会干得出来；我真后悔。怎么，你最近对他说过什么使他难堪的话没有？

奥菲利娅 没有，父亲，可是我已经遵从您的命令，拒绝他的来信，并且不允许他来见我。

波洛涅斯 这就是使他疯狂的原因。我很后悔看错了人。我以为他不过把你玩弄玩弄，恐怕贻误你的终身；可是我不该这样多疑！正像年轻人干起事来，往往不知道瞻前顾后一样，我们这种上了年纪的人，总是免不了鳃鳃过虑。来，我们见王上去。这种事情是不能蒙蔽起来的，要是隐讳不报，也许会闹出乱子来。来。（同下）

第二场

城堡中一室

| 国王、王后、罗森格兰兹、吉尔登斯吞及侍从等上。

国王 欢迎，亲爱的罗森格兰兹和吉尔登斯吞！这次匆匆召请你们两位前来，一方面是因为我非常思念你们，一方面也是因为我有需要你们帮忙的地方。你们大概已经听到哈姆雷特的变化；我把它称为变化，因为无论在外表上或是精神上，他已经和从前大不相同。除了他父亲的死以外，究竟还有些什么原因，把他激成了这种疯疯癫癫的样子，我实在无从猜测。你们从小便跟他在一起长大，素来知道他的脾气，所以我特地请你们到我们宫廷里来盘桓几天，陪伴陪伴他，替他解

解愁闷，同时乘机窥探他究竟有些什么秘密的心事，为我们所不知道的，也许一旦公开之后，我们就可以替他下对症的药饵。

王后 他常常讲起你们两位，我相信世上没有哪两个人比你们更为他所亲信了。你们要是不嫌怠慢，答应在我们这儿小作勾留，帮助我们实现我们的希望，那么你们的盛情雅意，一定会受到丹麦王室隆重的礼谢的。

罗森格兰兹 我们是两位陛下的臣子，两位陛下有什么旨意，尽管命令我们；像这样言重的话，倒使我们置身无地了。

吉尔登斯吞 我们愿意投身在两位陛下的足下，两位陛下无论有什么命令，我们都愿意尽力奉行。

国王 谢谢你们，罗森格兰兹和善良的吉尔登斯吞。

王后 谢谢你们，吉尔登斯吞和善良的罗森格兰兹。现在我就要请你们立刻去看看我的大大变了样子的儿子。来人，领这两位绅士到哈姆雷特的地方去。

吉尔登斯吞 但愿上天加佑，使我们能够得到他的欢心，帮助他恢复常态！

王后 阿门！（罗森格兰兹，吉尔登斯吞及若干侍从下）

| 波洛涅斯上。

波洛涅斯 禀陛下，我们派往挪威去的两位钦使已经喜气洋洋地回来了。

国王 你总是带着好消息来报告我们。

波洛涅斯 真的吗，陛下？不瞒陛下说，我把我对于我的上帝和我的宽仁厚德的王上的责任，看得跟我的灵魂一样重呢。要是我的脑筋还没有出毛病，想到了岔路上去，那么我想我已经发现了哈姆雷特发疯的原因。

国王 啊！你说吧，我急着要听呢。

波洛涅斯 请陛下先接见了钦使；我的消息留着做盛筵以后的佳果美点吧。

国王 那么有劳你去迎接他们进来。（波洛涅斯下）我的亲爱的王后，他对我说他已经发现了你的儿子心神不定的原因。

王后 我想主要的原因还是他父亲的死和我们过于迅速的结婚。

国王 好，我们可以把他试探试探。

| 波洛涅斯率伏提曼德及考尼律斯重上。

国王 欢迎，我的好朋友们！伏提曼德，我们的挪威王兄怎么说？

伏提曼德 他叫我们向陛下转达他的友好的问候。他听到了我们的要求，就立刻传谕他的侄儿停止征兵；本来他以为这种举动是准备对付波兰人的，可是一经调查，才知道它的对象原来是陛下；他知道此事以后，痛心自己因为年老多病，受人欺罔，震怒之下，传令把福丁布拉斯逮捕；福丁布拉斯并未反抗，受到了挪威王一番申斥，最后就在他的叔父面前立誓决不兴兵侵犯陛下。老王看见他诚心悔过，非常欢喜，当下就给他三千克朗的年俸，并且委任他统率他所征募的那些军士，去向波兰人征伐；同时他叫我把这封信呈上陛下，（以书信呈上）请求陛下允许他的军队借道通过陛下的领土，他已经在信里提出若干条件，作为保证。

国王 这样很好，等我们有空的时候，还要仔细考虑一下，然后答复。你们远道跋涉，不辱使命，很是劳

苦了，先去休息休息，今天晚上我们还要在一起欢宴。欢迎你们回来！（伏提曼德、考尼律斯同下）

波洛涅斯 这件事情总算圆满结束了。王上，娘娘，要是我向你们长篇大论地解释君上的尊严，臣下的名分，白昼何以为白昼，黑夜何以为黑夜，时间何以为时间，那不过徒然浪费了昼夜的时间；所以，既然简洁是智慧的灵魂，冗长是肤浅的藻饰，我还是把话说得简单一些吧。你们的那位殿下是疯了；我说他疯了，因为假如要说明什么才是真疯，那么除了说他发疯了以外，还有什么话好说呢？可是那也不用说了。

王后 多谈些实际，少弄些玄虚。

波洛涅斯 娘娘，我发誓我一点不弄玄虚。他疯了，这是真的；唯其是真的，所以才可叹，它的可叹也是真的，——蠢话少说，因为我不愿弄玄虚。好，让我们同意他已经疯了；现在我们就应该求出这一个结果的原因，或者不如说，这一种病态的原因，因为这个病态的结果不是无因而至的，这就是我们现在要做的一步工作。我们来想一想吧。我有一个女儿，——当她还不过是我的女儿的时候，她是属于我的——难得她一片孝心，把这封信给了我；现在，请猜一猜这里面说些什么话。“给那天仙化人的，我的灵魂的偶像，最美丽的奥菲利娅——”这是一句恶劣的句子；可是你们听下去吧；“让这几行诗句留下在她的皎洁的胸中，——”

王后 这是哈姆雷特写给她的吗？

波洛涅斯 好娘娘，等一等，听我念下去：

“你可以疑心星星是火把；

你可以疑心太阳会移转；

你可以疑心真理是谎话；

可是我的爱永没有改变。

亲爱的奥菲利娅啊！我的诗写得太坏。我不会用诗句来抒写我的愁怀；可是相信我，最好的人儿啊！我最爱的是你。再会！

永远是你的，哈姆雷特。”

这一封信是我的女儿出于孝顺之心拿来给我看的；此外，她又把他一次次求爱的情形，在什么时候，用什么方法，在什么所在，全都讲给我听了。

国王 可是她对于他的爱情抱着怎样的态度呢？

波洛涅斯 陛下以为我是怎么样的一个人？

国王 一个忠心正直的人。

波洛涅斯 但愿我能够证明自己是这样一个人。可是假如我看见这场热烈的恋爱正在进行，——不瞒陛下说，我在我的女儿没有告诉我以前，就早就看出来了，——假如我知道有了这么一回事，却在暗中玉成他们的好事，或者故意视若无睹，假作痴聋，一切不闻不问，那时候陛下的心里觉得怎样？我的好娘娘，您这位王后陛下的心里又觉得怎样？不，我一点儿也不敢懈怠我的责任，立刻我就对我那位小姐说：“哈姆雷特殿下是一位王子，不是你可以仰望的；这种事情不能让它继续下去。”于是我把她教训一番，叫她深居简出，不要和他见面，不要接纳他的来使，也不要收受他的礼物；她听了这番话，就照着我的意思实行起来。说来话短，他遭到拒绝以后，心里就郁郁不快，于是饭也吃不下了，觉也睡不着了，他的身体一天憔悴一天，他的精神一天恍惚一天，这样一步步发展下去，就变成现在他这一种为我们大家所悲痛的疯狂。

国王 你想是这个原因吗？

王后 这是很可能的。

波洛涅斯 我倒很想知道知道，哪一次我肯定地说过了“这件事情是这样的”，而结果却并不这样？

国王 照我所知道的，那倒是没有。

波洛涅斯 要是我说错了话，把这个东西从这个上面拿了下来吧。（指自己的头及肩）只要有线索可寻，我总会找出事实的真相，即使那真相一直藏在地球的中心。

国王 我们怎么可以进一步试验试验？

波洛涅斯 您知道，有时候他会接连几个钟头在这儿走廊里踱来踱去。

王后 他真的常常这样踱来踱去。

波洛涅斯 乘他踱来踱去的时候，我就放我的女儿去见他，你我可以躲在帏幕后面注视他们相会的情形；要是他不爱她，他的理智不是因为恋爱而丧失，那么不要叫我襄理国家的政务，让我去做个耕田的农夫吧。

国王 我们要试一试。

王后 可是瞧，这可怜的孩子忧忧愁愁地念着一本书来了。

波洛涅斯 请两位陛下避一避开；让我走上去招呼他。（国王、王后及侍从等下）

| 哈姆雷特读书上。

波洛涅斯　啊，恕我冒昧。您好，哈姆雷特殿下？

哈姆雷特　呃，上帝怜悯世人！

波洛涅斯　您认识我吗，殿下？

哈姆雷特　认识认识，你是一个卖鱼的贩子。

波洛涅斯　我不是，殿下。

哈姆雷特　那么我但愿你是一个老实人。

波洛涅斯　老实，殿下！

哈姆雷特　嗯，先生；在这世上，一万个人中间只不过有一个老实人。

波洛涅斯　这句话说得很对，殿下。

哈姆雷特　要是太阳在一头和天神亲吻的死狗尸体上孵育蛆虫，——你有一个女儿吗？

波洛涅斯　我有，殿下。

哈姆雷特　不要让她在太阳光底下行走；怀孕是一种幸福，可是你的女儿要是怀了孕，那可糟了。朋友，留心哪。

波洛涅斯　（旁白）你们瞧，他念念不忘地提着我的女儿；可是最初他不认识我，他说我是一个卖鱼的贩子。他的疯病已经很深了，很深了。说句老实话，我在年轻的时候，为了恋爱也曾大发其疯，那样子也跟他差不多哩。让我再去对他说话——您在读些什么，殿下？

哈姆雷特　都是些空话，空话，空话。

波洛涅斯　有些什么内容，殿下？

哈姆雷特　一派诽谤，先生；这个专爱把人讥笑的坏蛋在这儿说着，老年人长着灰白的胡须，他们的脸上满是皱纹，他们的眼睛里黏满了眼屎，他们的头脑是空空洞洞的，他们的两腿是摇摇摆摆的；这些话，先生，虽然我十分相信，可是照这样写在书上，总有些有伤厚道；因为就是拿您先生自己来说，要是您能够像一只蟹一样向后倒退，那么您也应该跟我差不多老了。

波洛涅斯 （旁白）这些虽然是疯话，却有深意在内。——您要走进里边去吗，殿下？

哈姆雷特 走进我的坟墓里去？

波洛涅斯 （旁白）他的回答有时候是多么深刻！疯狂的人往往能够说出理智清明的人所说不出来的话。我要离开他，立刻就去想法让他跟我的女儿见面。——殿下，我要向您告别了。

哈姆雷特 先生，那是再好没有的事；但愿我也能够向我的生命告别，但愿我也能够向我的生命告别，但愿我也能够向我的生命告别。

波洛涅斯 再会，殿下。（欲去）

哈姆雷特 这些讨厌的老傻瓜！

| 罗森格兰兹及吉尔登斯吞重上。

波洛涅斯 你们要去找哈姆雷特殿下，那儿就是。

罗森格兰兹 上帝保佑您，大人！（波洛涅斯下）

吉尔登斯吞 我的尊贵的殿下！

罗森格兰兹 我的最亲爱的殿下！

哈姆雷特 我的好朋友们！你好，吉尔登斯吞？啊，罗森格兰兹！好孩子们，你们两人都好？

罗森格兰兹 不过像一般庸庸碌碌之辈，在这世上虚度时光而已。

吉尔登斯吞 无荣无辱便是我们的幸福；我们不是命运女神帽子上的钮扣。

哈姆雷特 也不是她鞋子的底吗？

罗森格兰兹 也不是，殿下。

哈姆雷特 那么你们是在她的腰上，或是在她的怀抱之中吗？

吉尔登斯吞 说老实话，我们是在她的私处。

哈姆雷特 在命运身上秘密的那部分吗？啊，对了；她本来是一个娼妓。你们听到什么消息没有？

罗森格兰兹 没有，殿下，我们只知道这世界变得老实起来了。

哈姆雷特 那么世界末日快到了；可是你们的消息是假的。让我再问你们一些私人的问题；我的好朋友们，你们在命运手里犯了什么案子，她把你们送到这儿牢狱里来了？

吉尔登斯吞 牢狱，殿下！

哈姆雷特 丹麦是一所牢狱。

罗森格兰兹 那么世界也是一所牢狱。

哈姆雷特 一所很大的牢狱，里面有许多监房囚室；丹麦是一间最坏的囚室。

罗森格兰兹 我们倒不是这样想，殿下。

哈姆雷特 啊，那么对于你们它并不是牢狱；因为世上的事情本来没有善恶，都是各人的思想把它们分别出来的；对于我它是一所牢狱。

罗森格兰兹 啊，那是因为您的梦想太大，丹麦是个狭小的地方，不够给您发展，所以您把它看成一所牢狱啦。

哈姆雷特 上帝啊！倘不是因为我有了噩梦，那么即使把我关在一个果壳里，我也会把自己当作一个拥有着无限空间的君王的。

吉尔登斯吞 那种噩梦便是您的野心；因为野心者本身的存在，也不过是一个梦的影子。

哈姆雷特 一个梦的本身便是一个影子。

罗森格兰兹 不错，因为野心是那么空虚轻浮的东西，所以我认为它不过是影子的影子。

哈姆雷特 那么我们的乞丐是实体，我们的帝王和大言不惭的英雄，却是乞丐的影子了。我们进宫去好不好？因为我实在不能陪着你们谈玄说理。

罗森格兰兹
吉尔登斯吞 我们愿意伺候殿下。

哈姆雷特 没有的事，我不愿把你们当作我的仆人一样看待；老实对你们说吧，在我旁边侍候我的人太多啦。可是，凭着我们多年的交情，老实告诉我，你们到艾尔西诺来有什么贵干？

罗森格兰兹 我们是来拜访您来的，殿下；没有别的原因。

哈姆雷特 像我这样一个叫化子，我的感谢也是不值钱的，可是我谢谢你们；我想，亲爱的朋友们，你们专诚而来，只换到我的一声不值半文钱的谢谢，未免太不值得了。不是有人叫你们来的吗？果然是你们自己的意思吗？真的是自动的访问吗？来，不要骗我。来，来，快说。

吉尔登斯吞 叫我们说些什么话呢，殿下？

哈姆雷特 无论什么话都行，只要不是废话。你们是奉命而来的；瞧你们掩饰不了你们良心上的惭愧，已经从你们的脸色上招认出来了。我知道是我们这位好国王和好王后叫你们来的。

罗森格兰兹 为了什么目的呢，殿下？

哈姆雷特 那可要请你们指教我了。可是凭着我们朋友间的道义，凭着我们少年时候亲密的情谊，凭着我们始终不渝的友好的精神，凭着其他一切更有力量的理由，让我要求你们开诚布公，告诉我究竟你们是不是奉命而来的？

罗森格兰兹 （向吉尔登斯吞旁白）你怎么说？

哈姆雷特 （旁白）好，那么我看透你们的行动了。——要是你们爱我，别再抵赖了吧。

吉尔登斯吞 殿下，我们是奉命而来的。

哈姆雷特 让我代你们说明来意，免得你们泄漏了自己的秘密，有负国王王后的付托。我近来不知为了什么缘故，一点兴致都提不起来，什么游乐的事都懒得过问；在这一种抑郁的心境之下，仿佛支载万物的大地，这一座美好的框架，只是一个不毛的荒岬；复盖群动的穹苍，这一顶壮丽的帐幕，这一个点缀着金黄色的火球的庄严的屋宇，只是一大堆污浊的瘴气的集合。人类是一件多么了不得的杰作！多么高贵的理性！多么广大的能力！多么优美的仪表！多么文雅的举动！在行为上多么像一个天使！在智慧上多么像一个天神！宇宙的精华！万物的灵长！可是在我看来，这一个泥土塑成的生命算得什么？人类不能使我发生兴趣；不，女人也不能使我发生兴趣，虽然从你的微笑之中，我可以看到你的意思。

罗森格兰兹 殿下，我心里并没有这样的思想。

哈姆雷特 那么当我说“人类不能使我发生兴趣”的时候，你为什么笑起来？

罗森格兰兹 我想，殿下，要是人类不能使您发生兴趣，那么那班戏子们恐怕要来自讨一场没趣了；我们在路上追上他们，他们是要到这儿来向您献技的。

哈姆雷特 扮演国王的那个人将要得到我的欢迎，我要在他的御座之前致献我的敬礼；冒险的武士可以挥舞他的剑盾；情人的叹息不会没有酬报；躁急易怒的角色可以平安下场；小丑将要使那班善笑的观众捧腹；我们的女主角必须坦白诉说她的心事，否则那无韵诗的句子将要脱去板眼。他们是一班什么戏子？

罗森格兰兹 就是您向来所欢喜的那一个班子，在城里专演悲剧的。

哈姆雷特 他们怎么走起江湖来了呢？固定在一个地方演戏，在名誉和进益上都要好得多哩。

罗森格兰兹 我想他们不能在一个地方立足，是为了时势的变化。

哈姆雷特 他们的名誉还是跟我在城里那时候一样吗？他们的观众还是那么多吗？

罗森格兰兹 不，他们现在已经大非昔比了。

哈姆雷特 怎么会这样的？他们的演技退落了吗？

罗森格兰兹 不，他们还是跟从前一样努力；可是，殿下，他们的地位已经被一群羽毛未丰的黄口小儿占夺了去。这些娃娃们的嘶叫博得了台下疯狂的喝彩，他们是目前流行的宠儿，他们的声势压倒了所谓普通的戏班，以至于许多腰佩长剑的悲剧伶人，都因为惧怕批评家鹅毛管的威力，而不敢到那边去。

哈姆雷特 什么！是一些童伶吗？谁维持他们的生活？他们的薪工是怎么计算的？他们一到不能唱歌的年龄，就不再继续他们的本行了吗？要是他们攒不了多少钱，长大起来多分还是要做普通戏子的，那时候他们不是要抱怨他们的批评家们不该在从前把他们捧得那么高，结果反而妨碍了他们自己的前途吗？

罗森格兰兹 真的，两方面闹过不少的纠纷，全国的人都站在旁边恬不为意地呐喊助威，怂恿他们互相争斗。曾经有一个时期，一个脚本非到编剧家和演员争吵得动起武来，是没有人愿意出钱购买的。

哈姆雷特 有这等事？

吉尔登斯吞 啊，多少人的头都打破了。

哈姆雷特 那也没有什么稀奇；我的叔父是丹麦的国王，当我父亲在世的时候对他扮鬼脸的那些人，现在都愿意拿出二十、四十、五十、一百块金洋来买他的一幅小照。哼，这里面有些不是常理可解的地方，要是哲学能够把它推究出来的话。（内喇叭奏花腔）

吉尔登斯吞 这班戏子们来了。

哈姆雷特 两位先生，欢迎你们到艾尔西诺来。把你们的手给我；按照通行的礼节，我应该向你们表示欢迎。让我不要对你们失礼，因为这些戏子们来了以后，我不能不敷衍他们一番，也许你们见了会发生误会，以为我招待你们还不及招待他们殷勤。我欢迎你们；可是我的叔父父亲和婶母母亲可弄错啦。

吉尔登斯吞 弄错了什么，我的好殿下？

哈姆雷特 天上刮着西北风，我才发疯的；风从南方吹来的时候，我不会把一只鹰当作了一只鹭鸶。

| 波洛涅斯重上。

波洛涅斯 祝福你们，两位先生！

哈姆雷特 听着，吉尔登斯吞；你也听着；两人站在我的两边，听我说：你们看见的那个大孩子，还在襁褓之中，没有学会走路哩。

罗森格兰兹 也许他是第二次裹在襁褓里，因为人家说，一个老年人是第二次做婴孩。

哈姆雷特 我可以预言他是来报告我戏子们来了的消息；听好。——你说得不错；在星期一早上；正是正是。

波洛涅斯 殿下，我有消息要来向您报告。

哈姆雷特 大人，我也有消息要向您报告。当罗歇斯[1]在罗马演戏的时候，——

波洛涅斯 那班戏子们已经到这儿来了，殿下。

哈姆雷特 嗤！嗤！

波洛涅斯 凭着我的名誉起誓，——

哈姆雷特 那时每一个伶人都骑着驴子而来，——

波洛涅斯 他们是全世界最好的伶人，无论悲剧，喜剧，历史剧，田园剧，田园喜剧，田园史剧，历史悲剧，历史田园悲喜剧，不分场的古典剧或是近代的自由诗剧，他们无不擅长；塞内加[2]的悲剧不嫌其太沉重，普鲁图斯[3]的喜剧不嫌其太轻浮。无论在规律的或是即兴的演出方面，他们都是唯一的演员。

哈姆雷特 以色列的士师耶弗他[4]啊，你有一件怎样的宝贝！

---

① 罗歇斯（Roscius），古罗马著名伶人。
② 塞内加（Seneca），罗马剧作家，善写悲剧。
③ 普鲁图斯（Plautus），罗马剧作家，善写喜剧。
④ 耶弗他（Jephthah），得上帝之助，击败敌人，乃以其女献祭。事见《旧约·士师记》。

波洛涅斯 他有什么宝贝，殿下？

哈姆雷特 嗨，

他有一个独生娇女，

爱她胜过掌上明珠。

波洛涅斯 （旁白）还是在提着我的女儿。

哈姆雷特 我念得对不对，耶弗他老头儿？

波洛涅斯 要是您叫我耶弗他，殿下，那么我有一个爱如掌珠的娇女。

哈姆雷特 不，下面不是这样的。

波洛涅斯 那么是应当怎样的呢，殿下？

哈姆雷特 你去查那原歌的第一节吧。你瞧，有人来打断我的谈话了。

| 优伶四五人上。

哈姆雷特 欢迎，各位朋友，欢迎欢迎！我很高兴看见你们都是这样健好。啊，我的老朋友！你的脸上比我上次看见你的时候，多长了几根胡子，格外显得威武啦；你是要到丹麦来向我挑战吗？啊，我的年轻的姑娘！凭着圣母起誓，您穿上了一双高底木靴，比我上次看见您的时候更苗条得多啦；求求上帝，但愿您的喉咙不要沙嘎得像一面破碎的铜锣才好！各位朋友，欢迎欢迎！我们要像法国的猎鹰一样，看见什么就飞扑上去；让我们立刻就来念一段剧词。来，试一试你们的本领，来一段激昂慷慨的剧词。

伶甲 殿下要听的是哪一段？

哈姆雷特 我曾经听见你向我背诵过一段台词，可是它从来没有上演过；即使上演，也不会有一次以上，因为我记得这本戏并不受大众的欢迎。它是不合一般人口味的鱼子酱；可是照我的意思看来，还有其他在这方面比我更有权威的人也抱着同样的见解，它是一本绝妙的戏剧，场面支配得很是适当，文字质朴而富于技巧。我记得有人这样批评它，说是没有耐人寻味的名言隽句，可是一点不见矫揉造作的痕迹；他把它称为一种老老实实的写法，兼有刚健与柔和之美，壮丽而不流于纤巧。其中有一段话是我最喜爱的，那就是埃涅阿斯对狄多讲述的故事，尤其是讲到普里阿摩斯[1]被杀的那一节[2]。要是你们还没有把它忘记，请从这一行念起；让我看，让我看：——

野蛮的皮洛斯[3]像猛虎一样，——

不，不是这样；它是从皮洛斯开始的：——

野蛮的皮洛斯蹲伏在木马之中，
黝黑的手臂和他的决心一样，
像黑夜一般阴森而恐怖；
在这黑暗狰狞的肌肤之上，
现在更染上令人惊怖的纹章，
从头到脚，他全身一片殷红，
溅满了父母子女们无辜的血；
那些燃烧着熊熊烈火的街道，

① 普里阿摩斯（Priam），特洛伊之王。
② 以下所引剧词，叙述特洛伊亡国惨状，大约系莎翁模拟古典剧风之作。
③ 皮洛斯（Pyrrhus），希腊英雄亚契尔斯（Achilles）之子，以骁勇残忍著称。

发出残忍而惨恶的凶光，
照亮敌人去肆行他们的杀戮，
也焙干了到处横流的血泊；
冒着火焰的熏炙，像恶魔一般，
全身胶黏着凝结的血块，
圆睁着两颗血红的眼睛，
他来往寻找普里阿摩斯老王的踪迹。
你接下去吧。

波洛涅斯 上帝在上，殿下，您念得好极了，真是抑扬顿挫，曲尽其妙。

伶甲

那老王正在气喘吁吁，
在希腊人的重围中苦战；
一点不听他手臂的指挥，
他的古老的剑锵然落地；
皮洛斯瞧他孤弱可欺，
疯狂似的向他猛力攻击，
凶恶的剑锋上下四方挥舞，
却把心胆俱丧的老翁击倒。
这一下打击有如天崩地裂，
惊动了没有感觉的伊利恩[1]，
冒着火焰的屋顶霎时坍下，
那轰然的巨响像一个霹雳，
震聋了皮洛斯的耳朵；瞧！

① 伊利恩（Ilium），特洛伊之别名。

他的剑还没砍下普里阿摩斯的
白发的头颅，却已在空中停住；
像一个涂朱抹彩的暴君，
对自己的行为漠不关心，
他兀立不动。
在一场暴风雨未来以前，
天上往往有片刻的宁寂，
一块块乌云静悬在空中，
狂风悄悄地收起它的声息，
死样的沉默笼罩整个大地；
可是就在这片刻之内，
可怕的雷鸣震裂了天空。
经过暂时的休止，杀人的暴念
重新激起了皮洛斯的精神；
库克罗普斯[①]为战神铸造甲胄，
那巨力的锤击，还不及皮洛斯的
流血的剑向普里阿摩斯身上劈下
那样凶狠无情。
去，去，你娼妇一样的命运！
天上的诸神啊！剥去她的权力，
不要让她僭窃神明的宝座；
折毁她的车轮，把它滚下神山，
直到地狱的深渊。

波洛涅斯 这一段太长啦。

---

① 库克罗普斯（The Cyclops），传说中之一族独眼巨人。

哈姆雷特 它应当跟你的胡子一起到理发匠那儿去剃一剃。念下去吧。他只爱听俚俗的歌曲和淫秽的故事，否则他就要瞌睡的。念下去；下面要讲到赫卡柏[①]了。

伶甲

可是啊！谁看见那蒙脸的王后——

哈姆雷特 “那蒙脸的王后”？

波洛涅斯 那很好；“蒙脸的王后”是很好的句子。

伶甲

满面流泪，在火焰中赤脚奔走，
一块布复在失去宝冕的头上，
也没有一件蔽体的衣服，
只有在惊惶中抓到的一幅毡巾，
裹住她瘦削而多产的腰身；
谁见了这样伤心惨目的景象，
不要向残酷的命运申申毒詈？
她看见皮洛斯以杀人为戏，
正在把她丈夫的肢体脔割，
忍不住大放哀声，那凄凉的号叫，——
除非人间的哀乐不能感动天庭，——
即使光明的日月也会陪她流泪，
诸神的心中都要充满悲愤。

波洛涅斯 瞧，他的脸色都变了，他的眼睛里已经含着眼泪！不要念下去了吧。

哈姆雷特 很好，其余的部分等会儿再念给我听吧。大人，请

---

① 赫卡柏（Hecuba），特洛伊王普里阿摩斯之后。

您去找一处好好的地方安顿这一班伶人。听着，他们是不可能怠慢的，因为他们是这一个时代的缩影；宁可在死后得到一首恶劣的墓铭，不要在生前受他们一场刻毒的讥讽。

波洛涅斯 殿下，我按着他们应得的名分对待他们就是了。

哈姆雷特 嗳哟，朋友，还要客气得多哩！要是照每一个人应得的名分对待他，那么谁逃得了一顿鞭子？照你自己的名誉地位对待他们；他们越是不配受这样的待遇，越可以显出你的谦虚有礼。领他们进去。

波洛涅斯 来，各位朋友。

哈姆雷特 跟他去，朋友们；明天我们要听你们唱一本戏。（波洛涅斯偕众伶下，伶甲独留）听着，老朋友，你会演《贡扎古之死》吗？

伶甲 会演的，殿下。

哈姆雷特 那么我们明天晚上就把它上演。也许我为了必要的理由，要另外写下约摸有十几行句子的一段剧词插进去，你能够把它预先背熟吗？

伶甲 可以，殿下。

哈姆雷特 很好。跟着那位老爷去；留心不要取笑他。（伶甲下）（向罗森格兰兹、吉尔登斯吞）我的两位好朋友，我们今天晚上再见；欢迎你们到艾尔西诺来！

吉尔登斯吞 再会，殿下！（罗森格兰兹、吉尔登斯吞同下）

哈姆雷特 好，上帝和你们同在！现在我只剩一个人了。啊，我是一个多么不中用的蠢材！这一个伶人不过在一本虚构的故事、一场激昂的幻梦之中，却能够使他的灵魂融化在他的意象里，在它的影响之下，他的整个的脸色变成惨白，他的眼中洋溢着热泪，他的神情流露着仓皇，他的声音是这么呜咽凄凉，他的全部动作都表现得和他的意象一致，这不是很不可思议的吗？而且一点也不为了什么！为了赫卡柏！赫卡柏对他有什么相干，他对赫卡柏又有什么相干，他却要为她流泪？要是他也有了像我所有的那样使人痛心的理由，他将要怎样呢？他一定会让眼泪淹没了舞台，用可怖的字句震裂了听众的耳朵，使有罪的人发狂，使无罪的人骇愕，使愚昧无知的人惊惶失措，使所有的耳目迷乱了它们的功能。可是我，一个糊涂颟顸的家伙，垂头丧气，一天到晚像在做梦似的，忘记了杀父的大仇；虽然一个国王给人家用万恶的手段掠夺了他的权位，杀害了他的最宝贵的生命，我却始终哼不出一句话来。我是一个懦夫吗？谁骂我恶人？谁敲破我的脑壳？谁拔去我的胡子，把它吹在我的脸上？谁扭我的鼻子？谁当面指斥我胡说？谁对我做这种事？吓！我应该忍受这样的侮辱，因为我是一个没有心肝，逆来顺受的怯汉，否则我早已用这奴才的尸肉，喂肥了四境之内的乌鸢了。嗜血的，荒淫的恶贼！狠心的，奸诈的，淫邪的，悖逆的恶贼！啊！复仇！——嗨，我真是个蠢材！我的亲爱的父亲被人谋杀了，鬼神都在鞭策我复仇，我这做儿子的却像一个下流女人似的，只会用空言发发牢骚，学起泼妇骂街的样子来，真是了不得的勇敢！呸！呸！活动起来吧，我的脑筋！我听人家说，犯罪的人在看戏的时候，因为台上表演的巧妙，有时会激动天良，当场供认他们的罪恶；因为暗杀的事情无论干得怎样秘密，总会借着神奇的喉舌泄露出来。我要叫这班伶人在我的叔父面前表演一本跟我的父亲的惨死情节相仿的戏剧，我就在一旁窥察他的神色；我要探视到他的灵魂的深处，要是他稍露惊骇不安之态，我就知道我应该怎么办。我所看见的幽灵也许是魔鬼的化身，借着一个美好的形状出现，魔鬼是有这一种本领的；对于柔弱忧郁的灵魂，他最容易发挥他的力量；也许他看准了我的柔弱和忧郁，才来向我作祟，要把我引诱到沉沦的路上。我要先得到一些比这更切实的证据；凭着这一本戏，我可以发掘国王内心的隐秘。（下）

第　三　幕

第一场

城堡中一室

｜国王、王后、波洛涅斯、奥菲利娅、罗森格兰兹及吉尔登斯吞上。

国王 你们不能用迂回婉转的方法，探出他为什么这样神思颠倒，让紊乱而危险的疯狂困扰他的安静的生活吗？

罗森格兰兹 他承认他自己有些神经迷惘，可是绝口不肯说为了什么缘故。

吉尔登斯吞 他也不肯虚心接受我们的探问；当我们想要从他嘴里知道他自己的一些真相的时候，他总是用假作痴呆的神气回避不答。

王后 他对待你们还客气吗？

罗森格兰兹 很有礼貌。

吉尔登斯吞 可是不大出于自然。

罗森格兰兹 对于我们的问题力守缄默，可是对我们倒盘问得很是详细。

王后 你们有没有劝诱他找些什么消遣？

罗森格兰兹 娘娘，我们来的时候，刚巧有一班戏子也要到这儿来，给我们追上了；我们把这消息告诉了他，他听了好像很高兴。现在他们已经到了宫里，我想他今晚就要看他们的表演的。

波洛涅斯 一点不错；他还叫我来请两位陛下同去看看他们演得怎样哩。

国王 那好极了；我非常高兴听见他在这方面感到兴趣。请你们两位还要更进一步鼓起他的兴味，把他的心思移转到这种娱乐上面。

罗森格兰兹 是，陛下。（罗森格兰兹、吉尔登斯吞同下）

国王 亲爱的乔特鲁德，你也暂时离开我们；因为我们已经暗中差人去唤哈姆雷特到这儿来，让他和奥菲利娅见见面，就像是他们偶然相遇的一般。她的父亲跟我两人将要权充一下密探，躲在可以看见他们，却不能被他们看见的地方，注意他们会面的情形，从他的行为上判断他的疯病究竟是不是因为恋爱上的苦闷。

王后 我愿意服从您的意旨。奥菲利娅，但愿你的美貌果然是哈姆雷特疯狂的原因；更愿你的美德能够帮助他恢复原状，使你们两人都能安享尊荣。

奥菲利娅 娘娘，但愿如此。（王后下）

波洛涅斯 奥菲利娅，你在这儿走走。陛下，我们就去躲起来吧。（向奥菲利娅）你拿这本书去读，他看见你这样用功，就不会疑心你为什么一个人在这儿了。人们往往用至诚的外表和虔敬的行动，掩饰一颗魔鬼般的内心，这样的例子是太多了。

国王 （旁白）啊，这句话是太真实了！它在我的良心上抽了多么重的一鞭！涂脂抹粉的娼妇的脸颊，还不及掩藏在虚伪的言辞后面的我的行为更丑恶。难堪的重负啊！

波洛涅斯 我听见他来了；我们退下去吧，陛下。（国王及波洛涅斯下）

| 哈姆雷特上。

哈姆雷特 生存还是毁灭，这是一个值得考虑的问题；默然忍受命运的暴虐的毒箭，或是挺身反抗人世的无涯的苦难，在斗争中结束这一切，这两种行为，哪一种是更勇敢的？死了；睡去了；什么都完了；要是在这一种睡眠之中，我们心头的创痛，以及其他无数血肉之躯所不能避免的打击，都可以从此消失，那正是我们求之不得的结局。死了；睡去了；睡着了也许还会做梦；嗯，阻碍就在这儿：因为当我们摆脱了这一具朽腐的皮囊以后，在那死的睡眠里，究竟将要做些什么梦，那不能不使我们踌躇顾虑。人们甘心久困于患难之中，也就是为了这一个缘故；谁愿意忍受人世的鞭挞和讥嘲，压迫者的凌辱，傲慢者的冷眼，被轻蔑的爱情的惨痛，法律的迁延，官吏的横暴和微贱者费尽辛勤所换来的鄙视，要是他只要用一柄小小的刀子，就可以清算他自己的一生？谁愿意负着这样的重担，在烦劳的生命的迫压下呻吟流汗，倘不是因为惧怕不可知的死后，那从来不曾有一个旅人回来过的神秘之国，是它迷惑了我们的意志，使我们宁愿忍受目前的磨折，不敢向我们所不知道的痛苦飞去？这样，理智使我们全变成了懦夫，决心的赤热的光彩，被审慎的思维盖上了一层灰色，伟大的事业在这一种考虑之

下，也会逆流而退，失去了行动的意义。且慢！美丽的奥菲利娅！——女神，在你的祈祷之中，不要忘记替我忏悔我的罪孽。

奥菲利娅 我的好殿下，您这许多天来贵体安好吗？

哈姆雷特 谢谢你，很好，很好，很好。

奥菲利娅 殿下，我有几件您送给我的纪念品，我早就想把它们还给您；请您现在收回去吧。

哈姆雷特 不，我不要；我从来没有给你什么东西。

奥菲利娅 殿下，我记得很清楚您把它们送给我，那时候您还向我说了许多甜蜜的言语，使这些东西格外显得贵重；现在它们的芳香已经消散，请您拿了回去吧，因为送礼的人要是变了心，礼物虽贵，也会失去了价值。拿去吧，殿下。

哈姆雷特 哈哈！你贞洁吗？

奥菲利娅 殿下！

哈姆雷特 你美丽吗？

奥菲利娅 殿下是什么意思？

哈姆雷特 要是你既贞洁又美丽，那么顶好不要让你的贞洁跟你的美丽来往。

奥菲利娅 殿下，美丽和贞洁相交，那不是再好没有吗？

哈姆雷特 嗯，真的；因为美丽可以使贞洁变成淫荡，贞洁却未必能使美丽受它自己的感化；这句话从前像是怪诞之谈，可是现在时世已经把它证实了。我曾经爱过你。

奥菲利娅 真的，殿下，您曾经使我相信您爱我。

哈姆雷特 你当初就不应该相信我，因为美德不能熏陶我们罪恶的本性；我没有爱过你。

奥菲利娅 那么我真是受了骗了。

哈姆雷特 进尼姑庵去吧；为什么你要生养一群罪人出来呢？我自己还不算是一个顶坏的人；可是我可以指出我的许多过失，一个人有了那些过失，他的母亲还是不要生下他来的好。我很骄傲，使气，不安分，还有那么多罪恶，连我的思想里也容纳不下，我的想象也不能给它们形象，甚至于我都没有充分的时间可以把它们实行出来。像我这样的家伙，匍匐于天地之间，有什么用处呢？我们都是些十足的坏人；一个也不要相信我们。进尼姑庵去吧。你的父亲呢？

奥菲利娅 在家里，殿下。

哈姆雷特 把他关起来，让他只好在家里发发傻劲。再会！

奥菲利娅 嗳哟，天哪！救救他！

哈姆雷特 要是你一定要嫁人，我就把这一个咒诅送给你做嫁奁：尽管你像冰一样坚贞，像雪一样纯洁，你还是逃不过谗人的诽谤。进尼姑庵去吧，去；再会！或者要是你必须嫁人的话，就去嫁给一个傻瓜吧；因为聪明人都明白你们会叫他们变成怎样的怪物。进尼姑庵去吧，去；越快越好。再会！

奥菲利娅 天上的神明啊，让他清醒过来吧！

哈姆雷特 我也知道你们会怎样涂脂抹粉；上帝给了你们一张脸，你们又替自己另外造了一张。你们烟视媚行，淫声浪气，替上帝造下的生物乱取名字，卖弄你们不懂事的风骚。算了吧，我再也不敢领教了；它已经使我发了狂。我说，我们以后再不要结什么婚了；已经结过婚的，除了一个人以外，都可以让他们活下去；没

有结婚的不准再结婚，进尼姑庵去吧，去。（下）

奥菲利娅 啊，一颗多么高贵的心是这样殒落了！朝士的眼睛，学者的辩舌，军人的利剑，国家所属望的一朵娇花；时流的明镜，人伦的雅范，举世注目的中心，这样无可挽回地殒落了！我是一切妇女中间最伤心而不幸的，我曾经从他音乐一般的盟誓中吮吸芬芳的甘蜜，现在却眼看着他的高贵无上的理智，像一串美妙的银铃失去了谐和的音调，无比的青春美貌，在疯狂中凋谢！啊！我好苦，谁料过去的繁华，变作今朝的泥土！

| 国王及波洛涅斯重上。

国王 恋爱！他的精神错乱不像是为了恋爱；他说的话虽然有些颠倒，也不像是疯狂。他有些什么心事盘据在他的灵魂里，我怕它也许会产生危险的结果。为了防免万一起见，我已经当机立断，决定了一个办法：他必须立刻到英国去，向他们追索延宕未纳的贡物；也许他到海外各国游历一趟以后，时时变换的环境，可以替他排解去这一桩使他神思恍惚的心事。你看怎么样？

波洛涅斯 那很好；可是我相信他的烦闷的根本原因，还是为了恋爱上的失意。啊，奥菲利娅！你不用告诉我们哈姆雷特殿下说些什么话；我们全都听见了。陛下，照您的意思办吧；可是您要是认为可以的话，不妨在戏剧终场以后，让他的母后独自一人跟他在一起，恳求他向她吐露他的心事；她必须很坦白地跟他谈谈，我就找一个所在听他们说些什么。要是她也探听不出他的秘密来，您就叫他到英国去，或者凭着您的高见，把他关禁在一个适当的地方。

国王 就这样吧；大人物的疯狂是不能听其自然的。（同下）

第二场

城堡中的厅堂

| 哈姆雷特及若干伶人上。

哈姆雷特 请你念这段剧词的时候，要照我刚才读给你听的那样子，一个字一个字打舌头上很轻快地吐出来；要是你也像多数的伶人们一样，只会拉开了喉咙嘶叫，那么我宁愿叫那传宣布告示的公差念我这几行词句。也不要老是把你的手在空中这么摇挥；一切动作都要温文，因为就是在洪水暴风一样的感情激发之中，你也必须取得一种节制，免得流于过火。啊！我顶不愿意听见一个披着满头假发的家伙在台上乱嚷乱叫，把一段感情片片撕碎，让那些只爱热闹的下层观众听出了神，他们中间的大部分是除了欣赏一些莫名其妙的手势以外，什么都不懂得的。我可以把这种家伙抓起来抽一顿鞭子，因为他把妥玛刚特[①]形容过了分，希律[②]王的凶暴也要对他甘拜

① 妥玛刚特（Termagant），传说中残恶凶暴之回教女神。

② 希律（Herod），耶稣时代统治伽利利之暴君。与妥玛刚特为往时教训剧（Morality）及神迹剧（Mystery）中常见之角色。

下风。请你留心避免才好。

伶甲 我留心着就是了，殿下。

哈姆雷特 可是太平淡了也不对，你应该接受你自己的常识的指导，把动作和言语互相配合起来；特别要注意到这一点，你不能越过人情的常道；因为不近情理的过分描写是和演剧的原意相反的，自有戏剧以来，它的目的始终是反映人生，显示善恶的本来面目，给它的时代看一看它自己演变发展的模型。要是表演得过了分或者太懈怠了，虽然可以博外行的观众一笑，明眼之士却要因此而皱眉；你必须看重这样一个卓识者的批评甚于满场观众盲目的毁誉。啊！我曾经看见有几个伶人演戏，而且也听见有人把他们极口捧场，说一句并不过分的话，他们既不会说基督徒的语言，又不会学着人的样子走路，瞧他们在台上大摇大摆，使劲叫喊的样子，我心里就想一定是什么造化的雇工把他们造了下来；造得这样拙劣，以至于全然失去了人类的面目。

伶甲 我希望我们在这方面已经相当纠正过来了。

哈姆雷特 啊！你们必须彻底纠正这一种弊病。还有你们那些扮演小丑的，除了剧本上专为他们写下的台词以外，不要让他们临时编造一些话加上去。往往有许多小丑爱用自己的笑声，引起台下一些无知的观众的哄笑，虽然那时候全场的注意力应当集中于其他更重要的问题上；这种行为是不可恕的，它表示出那丑角的可鄙的野心。去，准备起来吧。（伶人等同下）

| 波洛涅斯、罗森格兰兹及吉尔登斯吞上。

哈姆雷特 啊，大人，王上愿意来听这一本戏吗？

波洛涅斯 他跟娘娘都就要来了。

哈姆雷特 叫那些戏子们赶紧点儿。（波洛涅斯下）你们两人也去帮着催催他们。

罗森格兰兹
吉尔登斯吞 是，殿下。（罗森格兰兹、吉尔登斯吞下）

哈姆雷特 喂！霍拉旭！

| 霍拉旭上。

霍拉旭 有，殿下。

哈姆雷特 霍拉旭，你是在我所交接的人们中间最正直的一个人。

霍拉旭 啊，殿下！——

哈姆雷特 不，不要以为我在恭维你；你除了你的善良的精神以外，身无长物，我恭维了你又有什么好处呢？为什么要向穷人恭维？不，让蜜糖一样的嘴唇去吮舐愚妄的荣华，在有利可图的所在弯下他们生财有道的膝盖来吧。听着。自从我能够辨别是非、察择贤愚以后，你就是我灵魂里选中的一个人，因为你虽然经历一切的颠沛，却不曾受到一点伤害，命运的虐待和恩宠，对于你都是一样；能够把感情和理智调整得那么适当，命运不能把他玩弄于指掌之间，那样的人是有福的。给我一个不为感情所奴役的人，我愿意把他珍藏在我的心坎，我的灵魂的深处，正像我对你一样。这些话现在也不必多说了。今晚我们要在国王面前表演一本戏剧，其中有一场的情节跟我告诉过你的我的父亲的死状颇相仿佛；当那幕戏正在串演的时候，我要请你集中你的全付精神，注视我的叔父，要是他在听到了那一段剧词以后，他的隐藏的罪恶还是不露出一丝痕迹来，那么我们所看见的那个鬼魂一定是个恶魔，我的幻想也就像铁匠的砧石那样黑漆一团了。留心看好他；我也要把我的眼睛看定他的脸上；过后我们再把各人观察到的结果综合起来，替他下一个判断。

霍拉旭 很好，殿下；在这本戏表演的时候，要是他在容色举止之间，有什么地方逃过了我们的注意，请您唯我是问。

哈姆雷特 他们来看戏了；我必须装作无所事事的神气。你去拣一个地方坐下。

丨奏丹麦进行曲，喇叭奏花腔。国王、王后、波洛涅斯、奥菲利娅、罗森格丝兹、吉尔登斯吞及余人等上。

国王 你好吗，哈姆雷特贤侄？

哈姆雷特 很好，好极了；我吃的是变色蜥蜴的肉，喝的是充满着甜言蜜语的空气；你们的肥鸡还没有这样的味道哩。

国王 你这种话真是答非所问，哈姆雷特；我不是那个意思。

哈姆雷特 不，我现在也没有那个意思。（向波洛涅斯）大人，您说您在大学里念书的时候，曾经演过一回戏吗？

波洛涅斯 是的，殿下，他们都赞我是一个很好的演员哩。

哈姆雷特 您扮演什么角色呢？

波洛涅斯 我扮的是裘力斯·凯撒；勃鲁托斯在朱庇特神殿里把我杀死。

哈姆雷特 他在神殿里杀死了那么好的一头小牛，真太残忍了。那班戏子已经预备好了吗？

罗森格兰兹 是，殿下，他们在等候您的旨意。

王后 过来，我的好哈姆雷特，坐在我的旁边。

哈姆雷特 不，好妈妈，这儿有一个更迷人的东西哩。

波洛涅斯 （向国王）啊哈！您看见吗？

哈姆雷特 小姐，我可以睡在您的怀里吗？

奥菲利娅 不，殿下。

哈姆雷特 我的意思是说，我可以把我的头枕在您的膝上吗？

奥菲利娅 嗯，殿下。

哈姆雷特 您以为我在转着下流的念头吗？

奥菲利娅 我没有想到，殿下。

哈姆雷特 睡在姑娘大腿的中间，想起来倒是很有趣的。

奥菲利娅 什么，殿下？

哈姆雷特 没有什么。

奥菲利娅 您在开玩笑哩，殿下。

哈姆雷特 谁，我吗？

奥菲利娅 嗯，殿下。

哈姆雷特 上帝啊！我不过是给您消遣消遣的。一个人为什么不说说笑笑呢？您瞧，我的母亲多么高兴，我的父亲还不过死了两个钟头。

奥菲利娅 不，已经四个月了，殿下。

哈姆雷特 这么久了吗？嗳哟，那么让魔鬼去穿孝服吧，我可要去做一身貂皮的新衣啦。天啊！死了两个月，还没有把他忘记吗？那么也许一个大人物死了以后，他的记忆还可以保持半年之久；可是凭着圣母起誓，他必须造下几所教堂，否则他就要跟那被遗弃的木马一样，没有人再会想念他了。

| 高音笛奏乐。哑剧登场。

一国王及一王后上，状极亲热，互相拥抱。后跪地，向王作宣誓状，王扶后起，俯首后颈上。王就花坪上睡下；后见王睡熟离去。另一人上，自王头上去冠，吻冠，注毒药于王耳，下。后重上，见王死，作哀恸状。下毒者率其他二三人重上，佯作陪后悲哭状。从者舁王尸下。下毒者以礼物赠后，向其乞爱；后先作憎恶不愿状，卒允其请。同下。

奥菲利娅 这是什么意思，殿下？

哈姆雷特 呃，这是阴谋诡计的意思。

奥菲利娅 大概这一场哑剧就是全剧的本事了。

| 致开场词者上。

哈姆雷特 这家伙可以告诉我们一切；演戏的都不能保守秘密，他们什么话都会说出来。

开场词

这悲剧要是演不好，
要请各位原谅指教，
小的在这厢有礼了。（致开场词者下）

哈姆雷特 这算开场词呢，还是指环上的诗铭？

奥菲利娅 它很短，殿下。

哈姆雷特 正像女人的爱情一样。

| 二伶人扮国王王后上。

伶王 日轮已经盘绕三十春秋，

那茫茫海水和滚滚地球，
月亮吐耀着借来的晶光，
三百六十回向大地环航，
自从爱把我们缔结良姻，
许门替我们证下了鸳盟。

伶后 愿日月继续他们的周游，
让我们再厮守三十春秋！
可是唉，你近来这样多病，
郁郁寡欢，失去旧时高兴，
好教我满心里为你忧惧。
可是，我的主，你不必疑虑；
女人的忧伤像她的爱一样，
不是太少，就是超过分量；
你知道我爱你是多么深，
所以才会有如此的忧心。
越是相爱，越是挂肚牵胸；
不这样哪显得你我情浓？

伶王 爱人，我不久必须离开你，
我的全身将要失去生机；
留下你在这繁华的世界
安享尊荣，受人们的敬爱：
也许再嫁一位如意郎君，

伶后 啊！我断不是那样薄情人；
我倘忘旧迎新，难邀天恕，
再嫁的除非是杀夫淫妇。

哈姆雷特 （旁白）苦恼，苦恼！

伶后 妇人失节大半贪慕荣华，
多情女子决不另抱琵琶；
我要是与他人共枕同衾，
怎么对得起地下的先灵！

伶王 我相信你的话发自心田，
可是我们往往自食前言。
志愿不过是记忆的奴隶，
总是有始无终，虎头蛇尾，
像未熟的果子密布树梢，
一朝红烂就会离去枝条。
我们对自己所负的债务，
最好把它丢在脑后不顾；
一时的热情中发下誓愿，
心冷了，那志意也随云散。
过分的喜乐，剧烈的哀伤，
反会毁害了感情的本常。
人世间的哀乐变幻无端，
痛哭一转瞬早换了狂欢。
世界也会有毁灭的一天，
何怪爱情要随境遇变迁；
有谁能解答这一个哑谜，
是境由爱造？是爱逐境移？
失财势的伟人举目无亲；
走时运的穷酸仇敌逢迎。
这炎凉的世态古今一辙：
富有的门庭挤满了宾客；

要是你在穷途向人求助，
即使知交也要情同陌路。
把我们的谈话拉回本题，
意志命运往往背道而驰，
决心到最后会全部推倒，
事实的结果总难符预料。
你以为你自己不会再嫁，
只怕我一死你就要变卦。

伶后 地不要养我，天不要亮我！
昼不得游乐，夜不得安卧！
毁灭了我的希望和信心；
铁锁囚门把我监禁终身！
每一种恼人的飞来横逆，
把我一重重的心愿摧折！
我倘死了丈夫再作新人，
让我生前死后永陷沉沦！

哈姆雷特 要是她现在背了誓！

伶王 难为你发这样重的誓愿。
爱人，你且去；我神思昏倦，
想要小睡片刻。（睡）

伶后 愿你安睡；
上天保佑我俩永无灾悔！（下）

哈姆雷特 母亲，您觉得这本戏怎样？

王后 我想那女人发的誓太重了。

哈姆雷特 啊，可是她会守约的。

国王 这本戏是怎么一个情节？里面没有什么要不得的地

方吗？

哈姆雷特 不，不，他们不过开玩笑毒死了一个人；没有什么要不得的。

国王 戏名叫什么？

哈姆雷特 《捕鼠机》。呃，怎么？这是一个象征的名字。戏中的故事影射着维也纳的一件谋杀案。贡扎古是那公爵的名字；他的妻子叫做白普蒂丝妲。您看下去就知道是怎么一回事啦。这是个很恶劣的作品，可是那有什么关系？它不会对您陛下跟我们这些灵魂清白的人有什么相干；让那有毛病的马儿去惊跳退缩吧，我们的肩背都是好好儿的。

| 一伶人扮琉西安纳斯上。

哈姆雷特 这个人叫做琉西安纳斯，是那国王的侄子。

奥菲利娅 您很会解释剧情，殿下。

哈姆雷特 要是我看见傀儡戏搬演您跟您爱人的故事，我也会替你们解释的。动手吧，凶手！混账东西，别扮鬼脸了，动手吧！来；哑哑的乌鸦发出复仇的啼声。

琉西安纳斯

黑心快手，遇到妙药良机；
趁着没人看见事不宜迟。
你夜半采来的毒草炼成，
赫卡忒[①]的咒语念上三巡，
赶快发挥你凶恶的魔力，

① 赫卡忒（Hecate），黑夜及幽冥之女神。

让他的生命速归于幻灭。（以毒药注入睡者耳中）

哈姆雷特 他为了觊觎权位，在花园里把他毒死。他的名字叫贡扎古；那故事原文还存在，是用很好的意大利文写成的。底下就要做到那凶手怎样得到贡扎古的妻子的爱了。

奥菲利娅 王上起来了！

哈姆雷特 什么！给一场假火吓怕了吗？

王后 陛下怎么样啦？

波洛涅斯 不要演下去了！

国王 给我点起火把来！去！

众人 火把！火把！火把！（除哈姆雷特、霍拉旭外均下）

哈姆雷特 嗨，让那中箭的母鹿掉泪，
没有伤的公鹿自去游玩；
有的人失眠，有的人酣睡，
世界就是这样循环轮转。
老兄，要是我的命运跟我作起对来，凭着我这样的本领，再插上满头的羽毛，开缝的靴子上缀上两朵绢花，你想我能不能在戏班子里插足？

霍拉旭 也许他们可以让您领半额包银。

哈姆雷特 我可要领全额的。
因为你知道，亲爱的台芒，
这一个荒凉破碎的国土
原本是乔武统治的雄邦，
而今王位上却坐着——孔雀。

霍拉旭 您该把它押了韵才是。

哈姆雷特 啊，好霍拉旭！那鬼魂真的没有骗了我。你看见吗？

霍拉旭 看见的，殿下。

哈姆雷特 当那演戏的一提到毒药的时候？

霍拉旭 我看得他很清楚。

哈姆雷特 啊哈！来，奏乐！来，那吹笛子的呢？
要是国王不爱这本喜剧，
那么他多分是不能赏识。
来，奏乐！

| 罗森格兰兹及吉尔登斯吞重上。

吉尔登斯吞 殿下，允许我跟您说句话。

哈姆雷特 好，你对我讲全部历史都可以。

吉尔登斯吞 殿下，王上——

哈姆雷特 嗯，王上怎么样？

吉尔登斯吞 他回去以后，非常不舒服。

哈姆雷特 喝醉酒了吗？

吉尔登斯吞 不，殿下，他在动脾气。

哈姆雷特 你应该把这件事告诉他的医生，才算你的聪明；因为叫我去替他诊视，恐怕反而更会激动他的脾气的。

吉尔登斯吞 好殿下，请您说话检点些，别这样拉扯开去。

哈姆雷特 好，我是听话的，你说吧。

吉尔登斯吞 您的母后心里很难过，所以叫我来。

哈姆雷特 欢迎得很。

吉尔登斯吞 不，殿下，这一种礼貌是用不到的。要是您愿意给我一个好好的回答，我就把您母亲的意旨向您传达；不然的话，请您原谅我，让我就这么回去，我的事情算是完了。

哈姆雷特 我不能。

吉尔登斯吞 您不能什么，殿下？

哈姆雷特 我不能给你一个好好的回答，因为我的脑子已经坏了；可是我所能够给你的回答，你——我应该说我的母亲，——可以要多少有多少。所以别说废话，言归正传吧；你说我的母亲——

罗森格兰兹 她这样说：您的行为使她非常惊愕。

哈姆雷特 啊，好儿子，居然会叫一个母亲吃惊！可是在这母亲的惊愕的后面，还有些什么话呢？说吧。

罗森格兰兹 她请您在就寝以前，到她房间里去跟她谈谈。

哈姆雷特 即使她是我的十个母亲，我也一定服从她。你还有什么别的事情？

罗森格兰兹 殿下，我曾经蒙您错爱。

哈姆雷特 凭着我这双扒儿手起誓，我现在还是欢喜你的。

罗森格兰兹 好殿下，您心里这样不痛快，究竟是为了什么原因？要是您不肯把您的心事告诉您的朋友，那恐怕会累您自己失去自由的。

哈姆雷特 我不满足我现在的地位。

罗森格兰兹 怎么！王上自己已经亲口把您立为王位的继承者了，您还不能满足吗？

哈姆雷特 嗯，可是“草儿青青——”这句老古话也有点儿发了霉啦。

| 乐工等持笛上。

哈姆雷特 啊！笛子来了；拿一支给我。跟你们退后一步说话；为什么你们总这样千方百计地窥探我的隐私，好像一定要把我逼进你们的圈套？

吉尔登斯吞 啊！殿下，要是我有太冒昧放肆的地方，那都是因为我对于您的忠诚太激切了。

哈姆雷特 我不大懂得你的话。你愿意吹吹这笛子吗？

吉尔登斯吞 殿下，我不会吹。

哈姆雷特 请你吹一吹。

吉尔登斯吞 我真的不会吹。

哈姆雷特 请你不要客气。

吉尔登斯吞 我真的一点不会，殿下。

哈姆雷特 那是跟说谎一样容易的；你只要用你的手指按着这些笛孔，把你的嘴放在上面一吹，它就会发出最好听的音乐来。瞧，这些是音栓。

吉尔登斯吞 可是我不会从它里面吹出谐和的曲调来；我没有懂得它的技巧。

哈姆雷特 哼，你把我看成了什么东西！你会玩弄我；你自以为摸得到我的心窍；你想要探出我的内心的秘密；你会从我的最低音试到我的最高音；可是在这枝小小的乐器之内，藏着绝妙的音乐，你却不会使它发出声音来。哼，你以为玩弄我比玩弄一枝笛子容易吗？无论你把我叫作什么乐器，我是不让你把我玩弄的。

| 波洛涅斯重上。

哈姆雷特 上帝祝福你，先生！

波洛涅斯 殿下，娘娘请您立刻就去见她说话。

哈姆雷特 你看见那片像骆驼一样的云吗？

波洛涅斯 嗳哟，它真的像一头骆驼。

哈姆雷特 我想它还是像一头鼬鼠。

波洛涅斯 它拱起了背，正像是一头鼬鼠。

哈姆雷特 还是像一条鲸鱼吧？

波洛涅斯 很像一条鲸鱼。

哈姆雷特 那么等一会儿我就去见我的母亲。（旁白）我给他们愚弄得再也忍不住了。（高声）我等一会儿就来。

波洛涅斯 我就去这么说。（下）

哈姆雷特 等一会儿是很容易说的。离开我，朋友们。（除哈姆雷特外均下）现在是一夜之中最阴森的时候，鬼魂都在此刻从坟墓里出来，地狱也要向人世吐放疠气；现在我可以痛饮热腾腾的鲜血，干那白昼所不敢正视的残忍的行为。且慢！我还要到我母亲那儿去一趟。心啊！不要失去你的天性之情，永远不要让尼禄[①]的灵魂潜入我这坚定的胸怀；让我做一个凶徒，可是不要做一个逆子。我要用利剑一样的话刺痛她的心，可是决不伤害她身体上一根毛发；我的舌头和灵魂要在这一次学学伪善者的样子，无论在言语上给她多么严厉的谴责，在行动上却要做得丝毫不让人家指摘。（下）

第三场

城堡中一室

国王、罗森格兰兹及吉尔登斯吞上。

国王 我不欢喜他；纵容他这样疯闹下去，对于我是一个很大的威胁。所以你们快去准备起来吧；我马上就可以

① 尼禄（Nero），古罗马暴君。

发表明令，派遣你们两人护送他到英国去。就我的地位而论，他的疯狂每小时都可以危害我的安全，我不能让他留在我的近旁。

吉尔登斯吞 我们就去准备起来；许多人的安危都寄托在陛下身上，这一种顾虑是最圣明不过的。

罗森格兰兹 每一个庶民都知道怎样远祸全身，一个身负天下重寄的人，尤其应该刻刻不懈地防备危害的袭击。君主的薨逝不仅是个人的死亡，它像一个漩涡一样，凡是在它近旁的东西，都要被它卷去同归于尽；又像一个矗立在最高山峰上的巨轮，它的轮辐上连附着无数的小物件，当巨轮轰然崩裂的时候，那些小物件也跟着它一齐粉碎。国王的一声叹气，总是随着全国的呻吟。

国王 请你们准备立刻出发；因为我们必须及早制止这一种公然的威胁。

罗森格兰兹
吉尔登斯吞 我们就去赶紧预备。（罗森格兰兹、吉尔登斯吞同下）。

| 波洛涅斯上。

波洛涅斯 陛下，他到他母亲房间里去了。我现在就去躲在帏幕后面，听他们怎么说。我可以断定她一定会把他好好教训一顿的。您说得很不错，母亲对于儿子总有几分偏心，所以最好有一个第三者躲在旁边偷听他们的谈话。再会，陛下；在您未睡以前，我还要来看您一次，把我所探听到的事情告诉您。

国王 谢谢你，贤卿。（波洛涅斯下）啊！我的罪恶的戾气已经上达于天；我的灵魂上负着一个元始以来最初的咒诅，杀害兄弟的暴行！我不能祈祷，虽然我的愿望像决心一样强烈；我的更坚强的罪恶击败了我的坚强的意愿。像一个人同时要做两件事情，我因为不知道应该先从什么地方下手而徘徊歧途，结果反弄得一事无成。要是这一只可咒诅的手上染满了一层比它本身还厚的兄弟的血，难道天上所有的甘霖，都不能把它洗涤得像雪一样洁白吗？慈悲的使命，不就是宽宥罪恶吗？祈祷的目的，不是一方面预防我们的堕落，一方面救拔我们于已堕落之后吗？那么我要仰望上天；我的过失已经消灭了。可是唉！哪一种祈祷才是我所适用的呢？“求上帝赦免我的杀人重罪”吗？那不能，因为我现在还占有着那些引起我的犯罪动机的目的物，我的王冠，我的野心和我的王后。非分攫取的利益还在手里，就可以幸邀宽恕吗？在这贪污的人世，罪恶的镀金的手也许可以把公道推开不顾，暴徒的赃物往往就是枉法的贿赂；可是天上却不是这样的，在那边一切都无可遁避，任何行动都要显现它的真相，我们必须当面为我们自己的罪恶作证。那么怎么办呢？还有什么法子好想呢？试一试忏悔的力量吧。什么事情是忏悔所不能做到的？可是对于一个不能忏悔的人，它又有什么用呢？啊，不幸的处境！啊，像死亡一样黑暗的心胸！啊，越是挣扎，越是不能脱身的胶住了的灵魂！救救我，天使们！试一试吧：弯下来，顽强的膝盖；钢丝一样的心弦，变得像新生之婴的筋肉一样柔嫩吧！但愿一切转祸为福！（退后跪祷）

| 哈姆雷特上。

哈姆雷特 他现在正在祈祷，我正好动手；我决定现在就干，让他上天堂去，我也算报了仇了。不，那还要考虑一下：一个恶人杀死我的父亲；我，他的独生子，却把这个恶人送上天堂。啊，这简直是以恩报怨了。他用卑鄙的手段，在我父亲罪孽方中的时候乘其不备地把他杀死；虽然谁也不知道在上帝面前，他的生前的善恶如何相抵，可是照我们一般的推想，他的孽债多分是很重的。现在他正在洗涤他的灵魂，要是我在这时候结果了他的性命，那么天国的路是为他开放着，这样还算是复仇吗？不！收起来，我的剑，等候一个更惨酷的机会吧；当他在酒醉以后，在愤怒之中，或是在荒淫纵欲的时候，有赌博，咒骂或是其他邪恶的行为的中间，我就要叫他颠踬在我的脚下，让他幽深黑暗不见天日的灵魂永堕地狱。我的母亲在等我。这一服续命的药剂不过延长了你临死的痛苦。（下）

| 国王起立上前。

国王 我的言语高高飞起，我的思想滞留地下；没有思想的言语永远不会上升天界。（下）

第四场

王后寝宫

| 王后及波洛涅斯上。

波洛涅斯 他就要来了。请您把他着实教训一顿，对他说他这

种狂妄的态度，实在叫人忍无可忍，倘没有您娘娘替他居中回护，王上早已对他大发雷霆了。我就悄悄地躲在这儿。请您对他讲得着力一点。

哈姆雷特 （在内）母亲，母亲，母亲！

王后 都在我身上，你放心吧。退下去，我听见他来了。（波洛涅斯匿帏后）

| 哈姆雷特上。

哈姆雷特 母亲，您叫我有什么事？

王后 哈姆雷特，你已经大大得罪了你的父亲啦。

哈姆雷特 母亲，您已经大大得罪了我的父亲啦。

王后 来，来，不要用这种胡说八道的话回答我。

哈姆雷特 去，去，不要用这种胡说八道的话问我。

王后 啊，怎么，哈姆雷特！

哈姆雷特 现在又是什么事？

王后 你忘记我了吗？

哈姆雷特 不，凭着十字架起誓，我没有忘记你；你是王后，你的丈夫的兄弟的妻子，你又是我的母亲，——但愿你不是！

王后 嗳哟，那么我要去叫那些会说话的人来跟你谈谈了。

哈姆雷特 来，来，坐下来，不要动；我要把一面镜子放在你的面前，让你看一看你自己的灵魂。

王后 你要干么呀？你不是要杀我吗？救命！救命呀！

波洛涅斯 （在后）喂！救命！救命！救命！

哈姆雷特 （拔剑）怎么！是哪一个鼠贼？要钱不要命吗？我来结果你。（以剑刺穿帏幕）

波洛涅斯 （在后）啊！我死了！

王后　嗳哟！你干了什么事啦？

哈姆雷特　我也不知道；那不是国王吗？

王后　啊，多么卤莽残酷的行为！

哈姆雷特　残酷的行为！好妈妈。简直就跟杀了一个国王，再去嫁给他的兄弟一样坏。

王后　杀了一个国王！

哈姆雷特　嗯，母亲，我正是这样说。（揭帏见波洛涅斯）你这倒运的，粗心的，爱管闲事的傻瓜，再会！我还以为是一个在你上面的人哩。也是你命不该活；现在你可知道爱管闲事的危险了。——别尽扭着你的手。静一静，坐下来，让我扭你的心；你的心倘不是铁石打成的，万恶的习惯倘不曾把它硬化得透不进一点感情，那么我的话一定可以把它刺痛。

王后　我干了些什么错事，你竟敢这样肆无忌惮地向我摇唇弄舌呢？

哈姆雷特　你的行为可以使贞节蒙污，使美德得到了伪善的名称；从纯洁的恋情的额上取下娇艳的蔷薇，替它盖上一个烙印；使婚姻的盟约变成博徒的誓言一样虚伪；啊！这样一种行为，简直使盟约成为一个没有灵魂的躯壳，神圣的宗教变成一串谵妄的狂言；苍天的脸上也为它带上羞色，大地因为痛心这样的行为，也罩上满面的愁容，好像世界末日就要到来一般。

王后　唉！究竟是什么极恶重罪，你把它说得这样惊人呢？

哈姆雷特　瞧这一幅图画，再瞧这一幅；这是两个兄弟的肖像。你看这一个的相貌是多么高雅优美：太阳神的鬈发，乔武的前额，像战神马斯一样威风凛凛的眼睛，像降落在高吻穹苍的山巅的传报神迈邱利一样矫健的姿态；这一个完善卓越的仪表，真像每一个天神都曾在那上面打下印记，向世间证明这是一个男子的典型。这是你从前的丈夫。现在你再看这一个：这是你现在的丈夫，像一株霉烂的禾穗，损害了他的健硕的兄弟。你有眼睛吗？你甘心离开这一座大好的高山，靠着这荒野生活吗？吓！你有眼睛吗？你不能说那是爱情，因为在你的年纪，热情已经冷淡下来，它必须等候理智的判断；什么理智愿意从这么高的地方，降落到这么低的所在呢？知觉你当然是有的，否则你就不会有行动；可是你那知觉也一定已经麻木了；因为就是疯人也不会犯那样的错误，无论怎样丧心病狂，总不会连这样悬殊的差异都分辨不出来的。那么是什么魔鬼蒙住了你的眼睛，把你这样欺骗呢？你的视觉，听觉，触觉，嗅觉，全都失去了交相为用的功能了吗？因为单单一个感官有了毛病，绝不会使人愚蠢到这步田地的。羞啊！你不觉得惭愧吗？要是地狱中的孽火可以在一个中年妇人的骨髓里煽起了蠢动，那么在青春的烈焰中，让贞操像蜡一样融化了吧。在强力的威迫下失身，有什么可耻呢，霜雪都会自动燃烧，理智都会做情欲的奴隶呢。

王后 啊，哈姆雷特！不要说下去了！你使我的眼睛看进了我自己灵魂的深处，看见我灵魂里那些洗拭不去的黑色的污点。

哈姆雷特 嘿，生活在汗臭垢腻的眠床上，让淫邪熏没了心窍，在污秽的猪圈里调情弄爱，——

王后 啊，不要再对我说下去了！这些话像刀子一样戳进我的耳朵里；不要说下去了，亲爱的哈姆雷特！

哈姆雷特 一个杀人犯，一个恶徒，一个不及你前夫二百分之一的庸奴，一个戴王冠的丑角，一个盗国窃位的扒儿手！

王后 别说了！

哈姆雷特 一个下流无赖的国王，——

| 鬼上。

哈姆雷特 天上的神明啊，救救我，用你们的翅膀复盖我的头顶！——陛下英灵不昧，有什么见教？

王后 嗳哟，他疯了！

哈姆雷特 您不是来责备您的儿子不该消磨他的时间和热情，把您煌煌的命令搁在一旁，耽误了我所应该做的大事吗？啊，说吧！

鬼魂 不要忘记。我现在是来磨砺你的快要蹉跎下去的决心。可是瞧！你的母亲满身都是惊愕。啊，快去安慰安慰她的正在交战中的灵魂吧！最柔弱的人最容易受幻想的激动。对她说话去，哈姆雷特。

哈姆雷特 您怎么啦，母亲？

王后 唉！你怎么啦？为什么你把眼睛睁视着虚无，向空中喃喃说话？你的眼睛里射出狂乱的神情；像熟睡的军士突然听到警号一般，你的整齐的头发一根根都像有了生命似的竖立起来。啊，好儿子！在你的疯狂的热焰上，浇洒一些清凉的镇静吧！你在瞧什么？

哈姆雷特 他，他！您瞧，他的脸色多么惨淡！看见了他这一种形状，要是再知道他所负的沉冤，即使石块也会感动的。——不要瞧着我，因为那不过徒然勾起我的哀感，也许反会妨碍我的冷酷的决心；也许我会因此而失去勇气，让挥泪代替了流血。

王后 你这番话是对谁说的？

哈姆雷特 您没有看见什么吗？

王后 什么也没有；要是有什么东西在那边，我不会不看见的。

哈姆雷特 您也没有听见什么吗？

王后 不，除了我们两人的说话以外，我什么也没有听见。

哈姆雷特 啊，您瞧！瞧，它悄悄儿去了！我的父亲，穿着他生前所穿的衣服！瞧！他就在这一刻，从门口走出去了！

（鬼魂下）

王后 这是你脑中虚构的意象；一个人在心神恍惚的状态中，最容易发生这种幻妄的错觉。

哈姆雷特 心神恍惚！我的脉搏跟您的一样，在按着正常的节奏跳动哩。我所说的并不是疯话；要是您不信，我可以把我刚才说的话一字不漏地复述一遍，一个疯人是不会记忆得那样清楚的。母亲，为了上帝的慈悲，不要自己安慰自己，以为我这一番话，只是出于疯狂，不是真的对您的过失而发；那样的思想不过是骗人的油膏，只能使您溃烂的良心上结起一层薄膜，那内部的毒疮却在底下愈长愈大。向上天承认您的罪恶吧，忏悔过去，警戒未来；不要把肥料浇在莠草上，使它们格外蔓延起来。原谅我这一番正义的劝告；因为在这种万恶的时世，正义必须向罪恶乞恕，它必须俯首屈膝，要求人家接纳他的善意的箴规。

王后 啊，哈姆雷特！你把我的心劈为两半了！

哈姆雷特 啊！把那坏的一半丢掉，保留那另外的一半，让您的灵魂清净一些。晚安！可是不要上我叔父的床；即使您已经失节，也得勉力学做一个贞节妇人的样子。习惯虽然是一个可以使人失去羞耻的魔鬼，但是它也可以做一个天使，对于勉力为善的人，它会用潜移默化的手段，使他徙恶从善。您要是今天晚上自加抑制，下一次就会觉得这一种自制的功夫并不怎样为难，慢慢地就可以习以为常了；因为习惯简直有一种改变气质的神奇的力量，它可以使魔鬼主宰人类的灵魂，也可以把他从人们心里驱逐出去。让我再向您道一次晚安；当您希望得到上天祝福的时候，我将求您祝福我。至于这一位老人家，（指波洛涅斯）我很后悔自己一时卤莽把他杀死；可是这是上天的意思，要借着他的死惩罚我，同时借着我的手惩罚他，使我一方面自己受到天谴，一方面又成为代天行刑的使者。我现在先去把他的尸体安顿好了，再来承担这个杀人的过咎。晚安！为了顾全母子的恩慈，我不得不忍情暴戾；不幸已经开始，更大的灾祸还在接踵而至。再有一句话，母亲。

王后 我应当怎么做？

哈姆雷特 我不能禁止您不再让那骄淫的僭王引诱您和他同床，让他拧您的脸颊，叫您做他的小耗子；我也不能禁止您因为他给了您一两个恶臭的吻，或是用他万恶的手指抚摩您的颈项，就把您所知道的事情一起说了出来，告诉他我实在是装疯，不是真疯。您应该让他知道；因为哪一个聪明懂事的王后，愿意隐藏着这样重大的消息，不去告诉一头虾蟆、一头蝙蝠、一头老雄猫知道呢？不，虽然理性警告您保守秘密，您尽管学那寓言中的猴子，因为受了好奇心的驱使，到屋顶上去开了笼门，把鸟儿放出，自己钻进笼里去，结果连笼子一起掉下来跌死吧。

王后 你放心吧，要是言语是从呼吸里吐出来的，我决不会让我的呼吸泄漏了你对我所说的话。

哈姆雷特 我必须到英国去；您知道吗？

王后 唉！我忘了；这事情已经这样决定了。

哈姆雷特 公文已经封好，打算交给我那两个同学带去，这两个家伙我要像对待两条咬人的毒蛇一样随时提防；他们将要做我的先驱，引导我钻进什么圈套里去。我倒要瞧瞧他们的能耐。开炮的要是给炮轰了，也是一件好玩的事；他们会埋地雷，我要比他们埋得更深，把他们轰到月亮里去。啊！用诡计对付诡计，不是顶有趣的吗？这家伙一死，多分会提早了我的行期；让我把这尸体拖到隔壁去。母亲，晚安！这一位大臣生前是个愚蠢饶舌的家伙，现在却变成非常谨严庄重的人了。来，老先生，让我把您拖下您的坟墓里去。晚安，母亲！（各下；哈姆雷特曳波洛涅斯尸入内）

第 四 幕

第一场
城堡中一室

| 国王、王后、罗森格兰兹及吉尔登斯吞上。

国王 这些长吁短叹之中，都含着深长的意义，我们必须设法探索出来。你的儿子呢？

王后 （向罗森格兰兹、吉尔登斯吞）请你们暂时退开。（罗森格兰兹、吉尔登斯吞下）啊，陛下！今晚我看见了多么惊人的事情！

国王 什么，乔特鲁德？哈姆雷特怎么啦？

王后 疯狂得像彼此争强斗胜的天风和海浪一样。在他野性发作的时候，他听见帏幕后面有什么东西爬动的声音，就拔出剑来，嚷着，“有耗子！有耗子！”于是在一阵疯狂的恐惧之中，把那躲在幕后的好老人家杀死了。

国王 啊，罪过罪过！要是我在那儿，我也会照样死在他手里的；放任他这样胡作非为，对于你，对于我，对于每一个人，都是极大的威胁。唉！这一件流血的暴行应当由谁负责呢？我们是不能辞其咎的，因为我早该防祸未然，把这个发疯的孩子关禁起来，不让他到处乱走；可是我们太爱他了，以至于不愿想一个适当的方策，正像一个害着恶疮的人，因为不让它出毒的缘故，弄到毒气攻心，无法救治一样。他到哪儿去了？

王后 拖着那个被他杀死的尸体出去了。像一堆下贱的铅铁，掩不了真金的光彩一样，他知道他自己做错了事，他的纯良的本性就从他的疯狂里透露出来，他哭了。

国王 啊，乔特鲁德！来！太阳一到了山上，我们必须赶紧让他登船出发。对于这一件罪恶的行为，我们必须用最严正的态度，最巧妙的措辞，决定一个执法原情的措置。喂！吉尔登斯吞！

| 罗森格兰兹及吉尔登斯吞重上。

国王 两位朋友，我们还要借重你们一下。哈姆雷特在疯狂之中，已经把波洛涅斯杀死；他现在把那尸体从他母亲的房间里拖出去了。你们去找他来，对他说话要和气一点；再把那尸体搬到教堂里去。请你们快去把这件事情办一办好。（罗森格兰兹、吉尔登斯吞下）来，乔特鲁德，我要去召集我们那些最有见识的朋友们，把我的决定和这一件意外的变故告诉他们，免得外边无稽的谰言牵涉到我们身上，它的毒箭从低声的密语中间散放出去，是像弹丸从炮口射出去一样每发必中的。啊，来吧！我的灵魂里充满着混乱和惊愕。（同下）

第二场

城堡中另一室

| 哈姆雷特上。

哈姆雷特 藏好了。

罗森格兰兹
吉尔登斯吞 （在内）哈姆雷特！哈姆雷特殿下！

哈姆雷特 什么声音？谁在叫哈姆雷特？啊，他们来了。

| 罗森格兰兹及吉尔登斯吞上。

罗森格兰兹 殿下，您把那尸体怎么样啦？

哈姆雷特 它本来就是泥土，我仍旧让它回到泥土里去。

罗森格兰兹 告诉我们它在什么地方，让我们把它搬到教堂里去。

哈姆雷特 不要相信。

罗森格兰兹 相信什么？

哈姆雷特 相信我会放弃我自己的意见来听你的话。而且，一块海绵也敢问起我来！一个堂堂王子应该用什么话去回答它呢？

罗森格兰兹 您把我当作一块海绵吗，殿下？

哈姆雷特 嗯，先生，一块吸收君王的恩宠，利禄和官爵的海绵。可是这样的官员要到最后才会显出他们最大的用处来；像猴子吃硬壳果一般，他们的君王先把他们含在嘴里舐弄了好久，然后再一口咽了下去。当他需要被你们所吸收去的东西的时候，他只要把你们一挤，于是，海绵，你又是一块干干的海绵了。

罗森格兰兹 我不懂您的话，殿下。

哈姆雷特 那很好，一句下流的话睡在一个傻瓜的耳朵里。

罗森格兰兹 殿下，您必须告诉我们那尸体在什么地方，然后跟我们见王上去。

哈姆雷特 他的身体和国王同在，可是那国王并不和他的身体同在。国王是一件东西，——

吉尔登斯吞 一件东西，殿下！

哈姆雷特 一件虚无的东西。带我去见他。狐狸躲起来，大家追上去。（同下）

第三场
城堡中另一室

| 国王上，侍从后随。

国王 我已经叫他们找他去了，并且叫他们把那尸体寻出来。让这家伙任意胡闹，是一件多么危险的事情！可是我们又不能把严刑峻法加在他的身上，他是为糊涂的群众所喜爱的，他们欢喜一个人，只凭眼睛，不凭理智；我要是处罚了他，他们只看见我的刑罚的苛酷，却不想到他犯的是什么重罪。为了顾全各方面的关系，叫他迅速离国，不失为一种适宜的策略。应付非常的变故，必须用非常的手段。

| 罗森格兰兹上。

国王 啊！事情怎样啦？

罗森格兰兹 陛下，他不肯告诉我们那尸体在什么地方。

国王 可是他呢？

罗森格兰兹 在外面，陛下；我们把他看起来了，等候您的旨意。

国王 带他来见我。

罗森格兰兹 喂，吉尔登斯吞！带殿下进来。

| 哈姆雷特及吉尔登斯吞上。

国王 啊，哈姆雷特，波洛涅斯呢？

哈姆雷特 吃饭去了。

国王 吃饭去了！在什么地方？

哈姆雷特 不是在他吃饭的地方，是在人家吃他的地方；有一群精明的蛆虫正在他身上大吃特吃哩。蛆虫是全世界最大的饕餮家；我们喂肥了各种牲畜给自己受用，再喂肥了自己去给蛆虫受用。胖胖的国王跟瘦瘦的乞丐是一个桌子上两道不同的菜；不过是这么一回事。

国王 唉！唉！

哈姆雷特 一个人可以拿一条吃过一个国王的蛆虫去钓鱼，再吃那吃过那条蛆虫的鱼。

国王 你这句话是什么意思？

哈姆雷特 没有什么意思，我不过指点你一个国王可以在一个乞丐的脏腑里经过一番什么变化。

国王 波洛涅斯呢？

哈姆雷特 在天上；你差人到那边去找他吧。要是你的使者在天上找不到他，那么你可以自己到另外一个所在去找他。可是你们在这一个月里要是找不到他的话，你们只要跑上走廊的阶石，也就可以闻到他的气味了。

国王 （向若干侍从）到走廊里去找一找。

哈姆雷特 他在等着你们哩。（侍从等下）

国王 哈姆雷特，你干出这种事来，使我非常痛心。为了你自身的安全起见，你必须火速离开国境；所以快去自己预备预备。船已经整装待发，风势也很顺利，同行的人都在等着你，一切都已经准备好向英国出发。

哈姆雷特 到英国去！

国王 是的，哈姆雷特。

哈姆雷特 好。

国王 要是你明白我的用意，你应该知道这是为了你的好处。

哈姆雷特 我看见一个明白你的用意的天使。可是来，到英国去！再会，亲爱的母亲！

国王 你的慈爱的父亲，哈姆雷特。

哈姆雷特 我的母亲。父亲和母亲是夫妇两个，夫妇是一体之亲；所以再会吧，我的母亲！来，到英国去！（下）

国王 跟在他后面，劝诱他赶快上船，不要耽误；我要叫他在今晚离开国境。去！这件事情一解决，什么都没有问题了。请你们赶快一点。（罗森格兰兹、吉尔登斯吞下）英格兰啊，丹麦的宝剑在你的身上还留着鲜明的创痕，你向我们纳款输诚的敬礼至今未减，要是你畏惧我的威力，重视我的友谊，你就不能忽视我的意旨；我已经在公函里要求你把哈姆雷特立即处死，照着我的意思做吧，英格兰王，因为他像是我深入膏肓的痼疾，一定要借你的手把我医好。我必须知道他已经不在人世，我的脸上才会有笑容浮起。（下）

第四场

丹麦原野

丨福丁布拉斯；一队长及军士等列队行进上。

福丁布拉斯 队长，你去替我问候丹麦国王，告诉他说福丁布拉斯因为得到他的允许，已经按照约定，率领一支军队通过他的国境。你知道我们在什么地方集合。要是丹麦王有什么话要跟我当面说的，我也可以入朝进谒；你就这样对他说吧。

队长 是，主将。

福丁布拉斯 慢步前进。（福丁布拉斯及军士等下）

丨哈姆雷特、罗森格兰兹、吉尔登斯吞等同上。

哈姆雷特 官长，这些是什么人的军队？

队长 他们都是挪威的军队，先生。

哈姆雷特 请问他们是开到什么地方去的？

队长 到波兰的某一部分去。

哈姆雷特 谁是领兵的主将？

队长 挪威老王的侄儿福丁布拉斯。

哈姆雷特 他们是要向波兰本土进攻呢，还是去袭击边疆？

队长 不瞒您说，我们是要去夺一小块徒有虚名毫无实利的土地。叫我出五块钱去把它买了下来，我也不要；无论挪威人波兰人，要是把它标卖起来，谁也不会付出比这大一点的价钱来的。

哈姆雷特 啊，那么波兰人一定不会防卫它的了。

队长 不，他们早已布防好了。

哈姆雷特 为了这一块荒瘠的土地，浪掷了二千人的生命，二万块的金圆，谁也不对它表示一点疑问。这完全是因为国家太富足升平了，晏安的积毒蕴蓄于内，虽然已经到了溃烂的程度，外表上却还一点看不出将死的征象来。谢谢您，官长。

队长 上帝和您同在，先生。（下）

罗森格兰兹 我们去吧，殿下。

哈姆雷特 我就来，你们先走一步。（除哈姆雷特外均下）我所见到听到的一切，都好像在对我谴责，鞭策我赶快进行我的蹉跎未就的复仇大愿！一个人要是在他生命的盛年，只知道吃吃睡睡，他还算是个什么东西？简直不过是一头畜生！上帝造下我们来，使我们能够这样高谈阔论，瞻前顾后，当然要我们利用他所赋予我们的这一种能力和灵明的理智，不让它们白白废掉。现在我明明有理由，有决心，有力量，有方法，可以动手干我所要干的事，可是我还是在说一些空话："我要怎么怎么干。"而始终不曾在行动上表现出来；我不知道这是为了鹿豕一般的健忘呢，还是为了三分懦怯一分智慧的过于审慎的顾虑。像大地一样显明的榜样都在鼓励我；瞧这一支勇猛的大军，领队的是一个娇养的少年王子，勃勃的雄心振起了他的精神，使他蔑视不可知的结果，为了区区弹丸大小的一块不毛之地，拼着血肉之躯，去向命运、死亡和危险挑战。真正的伟大不是轻举妄动，而是在荣誉遭遇危险的时候，即使为了一根稻秆之微，也要慷慨力争。可是我的父亲给人惨杀，我的母亲给人污辱，我的理智和感情都被这种不共戴天的大仇所激动，我却因循隐忍，一切听其自然，看着这二万个人为了博取一个空虚的名声，视死如归地走下他们的坟墓里去，目的只是争夺一方还不够作为他们埋骨之所的土地，相形之下，我将何地自容呢？啊！从这一刻起，让我屏除一切的疑虑妄念，把流血的思想充满在我的脑际！（下）

第五场
艾尔西诺；城堡中一室

| 王后、霍拉旭及一侍臣上。

王后 我不愿意跟她说话。

侍臣 她一定要见您；她的神气疯疯颠颠，瞧着怪可怜的。

王后 她要什么？

侍臣 她不断提起她的父亲；她说她听见这世上到处是诡计；一边呻吟，一边捶她的心，对一些琐琐屑屑的事情痛骂，讲的都是些很玄妙的话，好像有意思好像没有意思。她的话虽然不知所云，可是却能使听见的人心中发生反应，而企图从它里面找出意义来；他们妄加猜测，把她的话断章取义，用自己的思想附会上去；当她讲那些话的时候，有时霎眼，有时点头，做着种种的手势，的确使人相信在她的言语之间，含蓄着什么意思，虽然不能确定，却可以作一些很不好听的解释。

霍拉旭 最好有什么人跟她谈谈，因为也许她会在愚妄的脑筋里散布一些危险的猜测。

王后　让她进来。（侍臣下）

我负疚的灵魂惴惴惊惶，
琐琐细事也像预兆灾殃；
罪恶是这样充满了疑猜，
越小心越容易流露鬼胎。

| 侍臣率奥菲利娅重上。

奥菲利娅　丹麦的美丽的王后陛下呢？

王后　啊，奥菲利娅！

奥菲利娅　（唱）

张三李四满街走，
谁是你情郎？
毡帽在头杖在手，
草鞋穿一双。

王后　唉！好姑娘，这支歌是什么意思呢？

奥菲利娅　您说？请您听好了。（唱）

姑娘，姑娘，他死了，
一去不复来；
头上盖着青青草，
脚下石生苔。
嗄呵！

王后　嗳，可是，奥菲利娅，——

奥菲利娅　请您听好了。（唱）

殓衾遮体白如雪，——

| 国王上。

王后　唉！陛下，您瞧。

奥菲利娅

鲜花红似雨；
花上盈盈有泪滴，
伴郎坟墓去。

国王 你好，美丽的姑娘？

奥菲利娅 好，上帝保佑您！他们说猫头鹰是一个面包司务的女儿变成的。主啊！我们谁也不知道自己将来会变成什么。愿上帝在您的食桌上！

国王 她父亲的死激成了她这种幻想。

奥菲利娅 对不起，我们以后再别提这件事了。要是有人问您这是什么意思，您就这样对他说：（唱）

情人佳节就在明天，
我要一早起身，
梳洗齐整到你窗前，
来做你的恋人。
他下了床披了衣裳，
他开开了房门；
她进去时是个女郎，
出来变了妇人。

国王 美丽的奥菲利娅！

奥菲利娅 真的，不用发誓，我会把它唱完：（唱）

凭着神圣慈悲名字，
这种事太丢脸！
少年男子不知羞耻，
一味无赖纠缠。
她说你曾答应婚嫁，
然后再同枕席；

谁料如今被你欺诈，
懊悔万千无及！

国王　她这个样子已经多久了？

奥菲利娅　我希望一切转祸为福！我们必须忍耐；可是我一想到他们把他放下寒冷的泥土里去，我就禁不住掉泪。我的哥哥必须知道这件事。谢谢你们很好的劝告。来，我的马车！晚安，太太们；晚安，可爱的小姐们；晚安，晚安！（下）

国王　紧紧跟住她；留心不要让她闹出乱子来。（霍拉旭下）啊！深心的忧伤把她害成了这样子；这完全是为了她父亲的死。啊，乔特鲁德，乔特鲁德！不幸的事情总是接踵而来：第一是她父亲的被杀；然后是你儿子的远别，他闯了这样大祸，不得不亡命异国，也是自取其咎。人民对于善良的波洛涅斯的暴死，已经群疑蜂起，议论纷纷；我这样匆匆忙忙地把他秘密安葬，更加引起了外间的疑窦；可怜的奥菲利娅也因此而悲伤得失去了她的正常的理智，我们人类没有了理智，不过是画上的图形，无知的禽兽。最后，跟这些事情同样使我不安的，她的哥哥已经从法国秘密回来，行动诡异，居心莫测，他的耳中所听到的，都是那些播弄是非的人所散放的关于他父亲死状的恶意的谣言；这些谣言，少不得牵涉到我们身上。啊，我的亲爱的乔特鲁德！这种消息就像一尊杀人的巨炮，到处都在危害我的生命。

（内喧呼声）

王后　嗳哟！这是什么声音？

| 一侍臣上。

国王 我的瑞士卫队呢？叫他们把守宫门。什么事？

侍臣 赶快避一避吧，陛下；比大洋中的怒潮冲决堤岸还要汹汹其势，年轻的雷欧提斯带领着一队叛军，打败了您的卫士，冲进宫里来了。这一群暴徒把他称为主上；就像世界还不过刚才开始一般，他们推翻了一切的传统和习惯，高喊着，“我们推举雷欧提斯做国王！”他们掷帽举手，吆呼的声音响彻云霄，“让雷欧提斯做国王，让雷欧提斯做国王！”

王后 他们这样兴高采烈，却不知道已经误入歧途！啊，你们干了错事了，你们这些不忠的丹麦狗！（内喧呼声）

国王 宫门都已打破了。

| 雷欧提斯戎装上；一群丹麦人随上。

雷欧提斯 这国王在哪儿？弟兄们，大家站在外面。

众人 不，让我们进来。

雷欧提斯 对不起，请你们让我一个人在这儿。

众人 好，好。（众退立门外）

雷欧提斯 谢谢你们；把门看守好了。啊，你这万恶的奸王！还我的父亲来！

王后 安静一点，好雷欧提斯。

雷欧提斯 我身上要是有一点血安静下来，我就是个野生的杂种，我的父亲是个忘八，我的母亲的贞洁的额角上，也要雕上娼妓的恶名。

国王 雷欧提斯，你这样大张声势，兴兵犯上，究竟为了什么原因？——放了他，乔特鲁德；不要担心他会伤害我的身体，一个君王是有神灵呵护的，他的威严可以吓退叛逆。——告诉我，雷欧提斯，你有什么气恼不平的事？——放了他，乔特鲁德。——你说吧。

雷欧提斯 我的父亲呢？

国王 死了。

王后 但是并不是他杀死的。

国王 尽他问下去。

雷欧提斯 他怎么会死的？我可不能受人家的愚弄。忠心，到地狱里去吧！让最黑暗的魔鬼把一切誓言抓了去！什么良心，什么礼貌，都给我滚下无底的深穴里去！我要向永劫挑战。我的立场已经决定：死也好，活也好，我什么都不管，只要痛痛快快地为我的父亲复仇。

国王 谁可以阻止你？

雷欧提斯 除了我自己的意志以外，全世界也不能阻止我；我不费吹灰之力，就可以达到我的目的。

国王 好雷欧提斯，要是你想知道你的亲爱的父亲究竟是怎样死去的话，你是先认认清楚谁是友人谁是敌人呢，还是不分皂白地把他们一概作为你复仇的对象？

雷欧提斯 冤有头，债有主，我只要找我父亲的敌人算账。

国王 那么你要知道谁是他的敌人吗？

雷欧提斯 对于他的好朋友，我愿意张开我的手臂拥抱他们，像舍身的企鹅一样，把我的血供他们喝饮[①]。

国王 啊，现在你才说得像一个孝顺的儿子和真正的绅士。

① 昔人误信企鹅以其血哺雏，故云。

我不但对于令尊的死不曾有分，而且为此也感觉到非常的悲痛；这一个事实将会透过你的心，正像白昼的阳光照射你的眼睛一样。

众人 （在外）放她进去！

雷欧提斯 怎么！那是什么声音？

丨奥菲利娅重上。

雷欧提斯 啊，赤热的烈焰，炙枯了我的脑浆吧！七倍辛酸的眼泪，灼伤了我的视觉吧！天日在上，我一定要叫那害你疯狂的仇人重重地抵偿他的罪恶。啊，五月的玫瑰！亲爱的女郎，好妹妹，奥菲利娅！天啊！一个少女的理智，也会像一个老人的生命一样受不起打击吗？

奥菲利娅 （唱）

他们把他抬上柩架；
哎呀，哎呀，哎哎呀；
在他坟上泪如雨下；——
再会，我的鸽子！

雷欧提斯 要是你没有发疯，你会激励我复仇，你的言语也不会比你现在这样子更使我感动了。

奥菲利娅 啊，这纺轮转动的声音多么好听！是那坏良心的管家把主人的女儿拐了去了。

雷欧提斯 这一种无意识的话，比正言危论还要有力得多。

奥菲利娅 这是表示记忆的迷迭香；爱人，请你记着吧：这是表示思想的三色堇。

雷欧提斯 她在疯话中把思想和记忆混杂在一起了。

奥菲利娅 这是给您的茴香和漏斗花；这是给您的芸香；这儿

还留着一些给我自己；啊！您可以把您的芸香插戴得别致点儿。这儿是一枝雏菊；我想要给您几朵紫罗兰，可是我父亲一死，它们全都谢了；他们说他死得很好——（唱）

可爱的罗宾是我的宝贝。

雷欧提斯 忧愁、痛苦、悲哀和地狱中的磨难，在她身上都变成了可怜可爱。

奥菲利娅 （唱）

他会不会再回来？
他会不会再回来？
不，不，他死了；
你的命难保，
他再也不会回来。
他的胡须像白银，
满头黄发乱纷纷。
人死不能活，
且把悲声歇；
上帝饶赦他灵魂！

求上帝饶赦一切基督徒的灵魂！上帝和你们同在！（下）

雷欧提斯 上帝啊，你看见这种惨事吗？

国王 雷欧提斯，我必须跟你详细谈谈关于你所遭逢的不幸；你不能拒绝我这一个权利。你不妨先去选择几个你的最有见识的朋友，请他们在你我两人之间做公正人：要是他们评断的结果，认为是我主动或同谋杀害的，我愿意放弃我的国土，我的王冠，我的生命以及我所有的一切，作为对你的补偿；可是他们假如认为我是无罪的，那么你必须答应帮助我一臂之力，让我们两人开诚合作，定出一个惩凶的方策来。

雷欧提斯 就是这样吧；他死得这样不明不白，他的下葬又是这样偷偷摸摸的，他的尸体上没有一些战上的荣饰，也不曾替他举行一些哀祭的仪式，从天上到地下都在发出愤懑不平的呼声，我不能不问一个明白。

国王 你可以明白一切；谁是真有罪的，让斧钺加在他的头上吧。请你跟我来。（同下）

第六场

同前；另一室

| 霍拉旭及一仆人上。

霍拉旭 要来见我说话的是些什么人？

仆人 是几个水手，主人；他们说他们有信要交给您。

霍拉旭 叫他们进来。（仆人下）倘不是哈姆雷特殿下差来的人，我不知道在这世上的那一部分会有人来看我。

| 水手等上。

水手甲 上帝祝福您，先生！

霍拉旭 愿他也祝福你。

水手乙 他要是高兴，先生，他会祝福我们的。这儿有一封信给您，先生，——它是从那位到英国去的钦使寄来的。——要是您的名字果然是霍拉旭的话。

霍拉旭 “霍拉旭，你把这封信看过以后，请把来人领去见一见国王；他们还有信要交给他。我们在海上的第二天，就有一艘很凶猛的海盗船向我们追击。我们因为船行太慢，只好勉力迎敌；在彼此相持的时候，我跳上了盗船，他们就立刻抛下我们的船，扬帆而去，剩下我一个人做他们的俘虏。他们对待我很是有礼，可是他们知道他们所做的事；我还要重谢他们哩。把我给国王的信交给他以后，请你就像逃命一般火速来见我。我有一些可以使你听了咋舌不下的话要在你的耳边说；可是事实的本身比这些话还要严重得多。来人可以把你带到我现在所在的地方。罗森格兰兹和吉尔登斯吞到英国去了；关于他们我还有许多话要告诉你。再会。你的哈姆雷特。”来，让我立刻就带你们去把你们的信送出，然后请你们领我到那把这些信交给你们的那个人的地方去。（同下）

第七场

同前；另一室

| 国王及雷欧提斯上。

国王 你已经用你同情的耳朵，听见我告诉你那杀死令尊的人，也在图谋我的生命；现在你必须明白我的无罪，并且把我当作你的一个心腹的友人了。

雷欧提斯 听您所说，果然像是真的；可是告诉我，为了您自己的安全起见，为什么您对于这样罪大恶极的暴行，不采取严厉的手段呢？

国王 啊！那是因为有两个理由，也许在你看来是不成其为理由的，可是对于我却有很大的关系。王后，他的母亲，差不多一天不看见他就不能生活；至于我自己，那么不管它是我的好处或是我的致命的弱点，我的生命和灵魂是这样跟她连结在一起，正像星球不能跳出轨道一样，我也不能没有她而生活。而且我所以不能把这件案子公开，还有一个重要的顾虑：一般民众对他都有很大的好感，他们盲目的崇拜像一道使树木变成石块的魔泉一样，把他所有的错处都当变了优点。我的箭太轻，太没有力了，遇到这样的狂风，一定不能射中目的，反而给吹了转来。

雷欧提斯 那么难道我的一个高贵的父亲就是这样白白死去，一个好好的妹妹就这样白白疯了不成？她的完美卓越的姿容才德，是可以傲视一世，睥睨古今的。可是我的报仇的机会总有一天会到来。

国王 不要让这件事扰乱了你的睡眠！你不要以为我是这样一个麻木不仁的人，会让人家揪着我的胡须，还以为不过是开开玩笑。不久你就可以听到消息。我爱你父亲，我也爱我自己；那我希望可以使你想到——

| 一使者上。

国王 啊！什么消息？

使者 启禀陛下，是哈姆雷特寄来的信；这一封是给陛下的，这一封是给王后的。

国王 哈姆雷特寄来的！是谁把它们送到这儿来？

使者 他们说是几个水手，陛下，我没有看见他们；这两封信是克劳狄奥交给我的，来人把信送在他手里。

国王 雷欧提斯，你可以听一听这封信。出去！（使者下）“陛下，我已经光着身子回到您的国土上来了。明天我就要请您允许我拜见御容。让我先向您告我的不召而返之罪，然后再禀告您我这次突然而意外回国的原因。哈姆雷特敬上。”这是什么意思？同去的人也都一起回来了吗？还是有什么人在捣鬼，事实上并没有这么一回事？

雷欧提斯 您认识这笔迹吗？

国王 这确是哈姆雷特的亲笔。“光着身子”！这儿还附着一笔，说是“一个人回来”。你看他是什么用意？

雷欧提斯 我可懂不出来，陛下。可是他来得正好；我一想到我能够有这样一天当面申斥他的罪状，我的郁闷的心也热起来了。

国王 要是果然这样的话，雷欧提斯，你愿意听我的吩咐吗？

雷欧提斯 愿意，陛下，只要您不勉强我跟他和解。

国王 我是要使你自己心里得到平安。要是他现在中途而返，不预备再作这样的航行，那么我已经想好了一个计策，激动他去干一件事情，一定可以叫他自投罗网；而且他死了以后，谁也不能讲一句闲话，即使他的母亲也不能觉察我们的诡计，只好认为是一件意外的灾祸。

雷欧提斯 陛下，我愿意服从您的指挥；最好请您设法让他死在我的手里。

国王 我正是这样计划。自从你到国外游学以后，人家常常说起你有一种特长的本领，这种话哈姆雷特也是早就听到过的；虽然在我的意见之中，这不过是你所有的才艺中间最不足道的一种，可是你的一切才艺的总和，都不及这一种本领更能挑起他的妒忌。

雷欧提斯 是什么本领呢，陛下？

国王 它虽然不过是装饰在少年人帽上的一条缎带，但也是少不了的；因为年轻人应该装束得华丽潇洒一些，表示他的健康活泼，正像老年人应该装束得朴素大方一些，表示他的矜严凝重一样。两个月以前，这儿来了一个诺曼第的绅士；我自己曾经和法国人在马上比过武艺，他们都是很精于骑术的；可是这位好汉简直有不可思议的魔力，他骑在马上，好像和他的坐骑化成了一体似的，随意驰骤，无不出神入化。他的技术是那样远超过我的预料，无论我杜撰一些怎样夸大的辞句，都不够形容它的奇妙。

雷欧提斯 是个诺曼第人吗？

国王 是诺曼第人。

雷欧提斯 那么一定是拉摩德了。

国王 正是他。

雷欧提斯 我认识他；他的确是全国知名的勇士。

国王 他承认你的武艺很是了得，对于你的剑术尤其极口称赞，说是倘有人能够和你对敌，那一定大有可观；他发誓说他们国里的剑士要是跟你交起手来，一定会眼花撩乱，全然失去招架之功。他对你的这一番夸奖，使哈姆雷特妒恼交集，一心希望你快些回来，跟他比赛一下。从这一点上，——

雷欧提斯 从这一点上怎么，陛下？

国王 雷欧提斯，你是真爱你的父亲吗？还是不过是做作出来的悲哀，只有表面，没有真心吗？

雷欧提斯 您为什么这样问我？

国王 我不是以为你不爱你的父亲；可是我知道爱不过起于一时感情的冲动，经验告诉我，经过了相当时间，它是会逐渐冷淡下去的。爱像一盏油灯，灯芯烧枯以后，它的火焰也会由微暗而至于消灭。一切事情都不能永远保持良好，因为过度的善反会摧毁它的本身，正像一个人因充血而死去一样。我们所要做的事，应该一想到就做；因为一个人的心理是会随时变化的，一迟疑就会遭遇种种的阻碍。可是回到我们所要谈论的中心问题上来吧。哈姆雷特回来了；你预备怎样用行动代替言语，表明你自己的确是你父亲的孝子呢？

雷欧提斯 我要在教堂里割破他的喉咙。

国王 无论什么所在都不能庇护一个杀人的凶手；复仇不应该在碍手碍脚的地方。可是，好雷欧提斯，你要是果然志切复仇，还是住在自己家里不要出来。哈姆雷特回来以后，我们可以让他知道你也已经回来，叫几个人在他的面前夸奖你的本领，把你说得比那法国人所讲的还要了得，怂恿他和你做一次比赛。他是个粗心的人，一点不想到人家在算计他，一定不会仔细检视比赛用的刀剑的利钝；你只要预先把一柄利剑混杂在里面，趁他没有注意的时候不动声色地自己拿了，在比赛之际，看准他的要害刺了过去，就可以替你的父亲报了仇了。

雷欧提斯 我愿意这样做；为了达到复仇的目的，我还要在我的剑上涂一些毒药。我已经从一个卖药人手里买到一种致命的药油，只要在剑头上沾了一滴，刺到人身上，它一碰到血，即使只是擦破了一些皮肤，也会毒性发作，无论什么灵丹仙草，都不能挽救他的性命。

国王 让我们再考虑考虑，看时间和机会能够给我们什么方便。要是这一个计策会失败，要是我们会在行动之间露出了破绽，那么还是不要尝试的好。为了预防失败起见，我们应该另外再想一个万全之计。且慢！让我想来：我们可以对你们两人的胜负打赌；啊，有了：你在跟他交手的时候，必须使出你全副的精神，使他疲于奔命，等他口干烦躁，要讨水喝的当儿，我就为他预备好一杯毒酒，万一他逃过了你的毒剑，也逃不过我们这一着。且慢！什么声音？

| 王后上。

国王 啊，亲爱的王后！

王后 一桩祸事刚刚到来，又有一桩接踵而至。雷欧提斯，你的妹妹掉在水里溺死了。

雷欧提斯 溺死了！啊！在哪儿？

王后 在小溪之旁，斜生着一株杨柳，它的毵毵的枝叶倒映在明镜一样的水流之中；她一个人到那边去，用毛茛，荨麻，雏菊和紫兰编成了一个个花圈，替她自己做成了奇异的装饰。她爬上一根横垂的树枝，想要把她的花冠挂在上面；就在这时候，树枝折断了，连人带花一起落下呜咽的溪水里。她的衣服四散展开，使她暂时像人鱼一样漂浮水上；她嘴里还断断续续唱着古旧的谣曲，好像一点不感觉到什么痛苦，又好像她本来就是生长在水中的一般。可是不多一会儿，她的衣服给水浸得重起来了，这可怜的人，歌儿还没有唱完，就已经沉了下去。

雷欧提斯 唉！那么她溺死了吗？

王后 溺死了，溺死了！

雷欧提斯 太多的水淹没了你的身体，可怜的奥菲利娅，所以我必须忍住我的眼泪。可是人类的常情是不能遏阻的，我掩饰不了心中的悲哀，只好顾不得惭愧了；当我们的眼泪干了以后，我们的妇人之仁也会随着消灭的。再会，陛下！我有一段炎炎欲焚的烈火般的话，可是我的傻气的眼泪把它浇熄了。（下）

国王 让我们跟上去，乔特鲁德；我好容易才把他的怒气平息了一下，现在我怕又要把它挑起来了。快让我们跟上去吧。（同下）

第 五 幕

第一场
墓 地

｜二小丑携锄锹等上。

小丑甲 她存心自己脱离人世，却要照基督徒的仪式下葬吗？

小丑乙 我对你说是的，所以你赶快把她的坟掘好了吧；验尸官已经验明她的死状，宣布应该按照基督徒的仪式把她下葬。

小丑甲 这可奇了，难道她是因为自卫而跳下水里的吗？

小丑乙 他们验明是这样的。

小丑甲 那么故意杀人也可以罪从末减了。因为问题是这样的：要是我有意投水自杀，那必须成立一个行为；一个行为可以分为三部分，那就是干，行，做；所以，她是有意投水自杀的。

小丑乙 嗳，你听我说，——

小丑甲 对不起。这儿是水；好，这儿站着人；好，要是这个人跑到这个水里，把他自己淹死了，那么，不管他自己愿不愿意，总是他自己跑下去的；你听好了没有？可是要是那水来到他的身上把他淹死了，那就不是他自己把自己淹死；所以，对于他自己的死无罪的人，并没有杀害他自己的生命。

小丑乙 法律上是这样说的吗？

小丑甲 嗯，是的，这是验尸官的验尸法。

小丑乙 说一句老实话，要是这个死的不是一位贵家女子，他们决不会按照基督徒的仪式把她下葬的。

小丑甲 对了，你说得有理；有财有势的人，就是要投河上吊，比起他们同教的基督徒来也可以格外通融，世上的事情真是太不公平了！来，我的锄头。古时候没有什么绅士，只有一些种地的，开沟的掘坟的人；他们都继承着亚当的行业。

小丑乙 他是一个绅士吗？

小丑甲 什么？你是个异教徒吗？你有没有读过《圣经》？《圣经》上说“亚当掘地”；让我再问你一个问题；要是你回答得不对，那么你就承认你自己——

小丑乙 你问吧。

小丑甲 谁造得比泥水匠，船匠或是木匠更坚固？

小丑乙 造绞架的人；因为一千个寄寓在这屋子里的人都已经先后死去，它还是站在那儿动都不动。

小丑甲 我很欢喜你的聪明，真的。绞架是很合适的；可是它怎么是合适的？它对于那些有罪的人是合适的。你说绞架造得比教堂还坚固，说这样的话是罪过的；所以，绞架对于你是合适的。来，重新说过。

小丑乙 谁造得比泥水匠，船匠或是木匠更坚固？

小丑甲 嗯，你回答了这个问题，我就让你下工。

小丑乙 呃，现在我知道了。

小丑甲 说吧。

小丑乙 真的，我可回答不出来。

| 哈姆雷特及霍拉旭上，立远处。

小丑甲 别尽绞你的脑筋了，懒驴子是打杀也走不快的；下回有人问你这个问题的时候，你就对他说，“掘坟的人，”因为他造的房子是可以一直住到世界末日的。去，到酒店里去给我倒一杯酒来。（小丑乙下；小丑甲且掘且歌）

年轻时候最爱偷情，
觉得那事很有趣味；
规规矩矩学做好人，
在我看来太无意义。

哈姆雷特 这家伙难道对于他的工作一点没有什么感觉，在掘坟的时候还会唱歌吗？

霍拉旭 他做惯了这种事，所以不以为意。

哈姆雷特 正是；不大劳动的手，它的感觉要比较灵敏一些。

小丑甲 （唱）

谁料如今岁月潜移，
老景催人急于星火，
两腿挺直，一命归西，
世上原来不曾有我。（掷起一骷髅）

哈姆雷特 那个骷髅里面曾经有一条舌头，它还会唱歌哩；瞧这家伙把它摔在地上，好像它是第一个杀人凶手该隐[1]的颚骨似的！它也许是一个政客的头颅，现在却让这蠢货把它丢来踢去；也许他生前是个偷天换日的好手，你看是不是？

霍拉旭 也许是的，殿下。

哈姆雷特 也许是一个朝臣，他会说，“早安，大人！您好，大人！”也许他就是某大人，嘴里称赞某大人的马好，心里却想把它讨了来，你看是不是？

霍拉旭 是，殿下。

哈姆雷特 啊，正是；现在却让蛆虫伴寝，他的下巴也落掉了，一柄工役的锄头可以在他头上敲来敲去。从这种变化上，我们大可看透生命无常的消息。难道这些枯骨生前受了那么多的教养，死后却只好给人家当木块一般抛着玩吗？想起来真是怪不好受的。

小丑甲 （唱）

锄头一柄，铁铲一把，
殓衾一方掩面遮身；
挖松泥土深深掘下，
掘了个坑招待客人。（掷起另一骷髅）

哈姆雷特 又是一个；谁知道那不会是一个律师的骷髅？他的舞文弄法的手段，颠倒黑白的雄辩，现在都到哪儿去了？为什么他让这个放肆的家伙用龌龊的铁铲敲他的脑壳，不去控告他一个殴打罪？哼！这家伙生前也许曾经买下许多的地产，开口闭口用那些条文，具结，罚款，证据，赔偿一类的名词吓人；现

---

① 该隐（Cain），亚当之长子，杀其弟亚伯（Abel），见《旧约·创世记》。

在他的脑壳里塞满了泥土，这就算是他所取得的最后的赔偿了吗？除了两张契约大小的一方地面以外，谁能替他证明他究竟有多少地产？这一杯黄土，就是他所有的一切了吗，吓？

霍拉旭 这就是他所有的一切了，殿下。

哈姆雷特 我要去跟这家伙谈谈。喂，这是谁的坟墓？

小丑甲 我的，先生，——

挖松泥土深深掘下，

掘了个坑招待客人。

哈姆雷特 胡说！坟墓是死人睡的，怎么说是你的？你给什么人掘这坟墓？是个男人吗？

小丑甲 不是男人，先生。

哈姆雷特 那么是什么女人？

小丑甲 也不是女人。

哈姆雷特 不是男人，也不是女人，那么谁葬在这里面？

小丑甲 先生，她本来是一个女人，可是上帝安息她的灵魂，她已经死了。

哈姆雷特 这混蛋倒会分辨得这样清楚！我们讲话必须直捷痛快，要是这样含含糊糊的，那可把人烦死了。凭着上帝发誓，霍拉旭，我觉得这三年来，时世变得越发不成样子了，一个平民也敢用他的脚趾去踢痛贵人的后跟。——你做这掘墓的营生，已经多久了？

小丑甲 我开始干这营生，是在我们的老王爷哈姆雷特打败福丁布拉斯那一天。

哈姆雷特 那是多少时候以前的事？

小丑 你不知道吗？每一个傻子都知道的；那正是小哈姆

雷特出世的那一天，就是那个发了疯给他们送到英国去的。

哈姆雷特 嗯，对了；为什么他们叫他到英国去？

小丑甲 就是因为他发了疯呀；他到了英国去，他的疯病就会好的，即使疯病不会好，在那边也没有什么关系。

哈姆雷特 为什么？

小丑甲 英国人不会把他当作疯子；他们都是跟他一样疯的。

哈姆雷特 他怎么会发疯？

小丑甲 人家说得很奇怪。

哈姆雷特 怎么奇怪？

小丑甲 他们说他神经有了毛病。

哈姆雷特 一个人埋在地下，要经过多少时候才会腐烂？

小丑甲 假如他不是在未死以前就已经腐烂，——现在多的是害杨梅疮死去的尸体，简直抬都抬不下去，——他大概可以过八九年；一个硝皮匠在九年以内不会腐烂。

哈姆雷特 为什么他要比别人长久一些？

小丑甲 因为，先生，他的皮硝得比人家的硬，可以长久不透水；尸体碰到水，是最会腐烂的。这儿又是一个骷髅；这骷髅已经埋在地下二十三年了。

哈姆雷特 它是谁的骷髅？

小丑甲 是个婊子养的疯小子；你猜是谁？

哈姆雷特 不，我猜不出。

小丑甲 这个遭瘟的疯小子！他有一次把一瓶葡萄酒倒在我的头上。这一个骷髅，先生，是国王的弄人郁利克的骷髅。

哈姆雷特 这就是他！

小丑甲 正是他。

哈姆雷特 让我看。（取骷髅）唉，可怜的郁利克！霍拉旭，我认识他；他是一个最会开玩笑、非常富于想象力的家伙。他曾经把我负在背上一千次；现在我一想起来，却忍不住胸头作恶。这儿本来有两片嘴唇，我不知吻过它们多少次。——现在你还会把人挖苦吗？你还会窜窜跳跳，逗人发笑吗？你还会唱歌吗？你还会随口编造一些笑话，说得一座捧腹吗？你没有留下一个笑话，讥笑你自己吗？这样垂头丧气了吗？现在你给我到小姐的闺房里去，对她说，凭她脸上的脂粉搽得一寸厚，到后来总是要变成这个样子的；你用这样的话告诉她，看她笑不笑吧。霍拉旭，请你告诉我一件事情。

霍拉旭 什么事情，殿下？

哈姆雷特 你想亚历山大在地下也是这一副形状吗？

霍拉旭 也是这样。

哈姆雷特 也有同样的臭味吗？呸！（掷下骷髅）

霍拉旭 也是有同样的臭味，殿下。

哈姆雷特 谁知道我们将来会变成一些什么下贱的东西，霍拉旭！要是我们用想象推测下去，谁知道亚历山大的高贵的尸体，不就是塞在酒桶口上的泥土？

霍拉旭 那未免太想入非非了。

哈姆雷特 不，一点不，这是很可能的我们可以这样想：亚历山大死了；亚历山大埋葬了；亚历山大化为尘土；人们把尘土做成烂泥；那么为什么亚历山大所变成的烂泥，不会被人家拿来塞在啤酒桶的口上呢？
凯撒死了，你尊严的尸体
也许变了泥把破墙填砌；
啊！他从前是何等的英雄，
现在只好替人挡雨遮风！
可是不要作声！不要作声！站开；国王来了。

| 教士等列队上；众舁奥菲利娅尸体前行；雷欧提斯及诸送葬者，国王、王后及侍从等随后。

哈姆雷特 王后和朝臣们也都来了；他们是送什么人下葬呢？仪式又是这样草率的？瞧上去好像他们所送葬的那个人，是自杀而死的，同时又是个很有身份的人。让我们躲在一旁瞧瞧他们。（与霍拉旭退后）

雷欧提斯 还有些什么仪式？

哈姆雷特 （向霍拉旭旁白）那是雷欧提斯，一个很高贵的青年；听好。

雷欧提斯 还有些什么仪式？

教士甲 她的葬礼已经超过了她所应得的名分。她的死状很是可疑；倘不是因为我们迫于权力，按例就该把她安葬在圣地以外，直到最后审判的喇叭吹召她起来。我们不但不应该替她祷告，并且还要用砖瓦碎石丢在她坟上；可是现在我们已经允许给她处女的葬礼，用花圈盖在她的身上，替她散播鲜花，鸣钟送她入土，这还不够吗？

雷欧提斯 难道不能再有其他仪式了吗？

教士甲 不能再有其他的仪式了；要是我们为她奏安灵乐，就像对于一般平安死去的灵魂一样，那就要亵渎了教规。

雷欧提斯 把她放下泥土里去；愿她的娇美无瑕的肉体上，生出芬芳馥郁的紫罗兰来！我告诉你，你这下贱的教士，我的妹妹将要做一个天使，你死了却要在地狱里呼号。

哈姆雷特 什么！美丽的奥菲利娅吗？

王后 好花是应当散在美人身上的；永别了！（散花）我本来希望你做我的哈姆雷特的妻子；这些鲜花本来要铺在你的新床上，亲爱的女郎，谁想得到我要把它们散在你的坟上！

雷欧提斯 啊！但愿千百重的灾祸，降临在害得你精神错乱的那个该死的恶人的头上！等一等，不要就把泥土盖上去，让我再把她拥抱一次。（跳下墓中）现在把你们的泥土倒下来，把死的和活的一起掩埋了吧；让这块平地上堆起一座高山，那古老的丕利恩和苍秀插天的俄林波斯[1]都要俯伏在它的足下。

哈姆雷特 （上前）哪一个人的心里装载得下这样沉重的悲伤？哪一个人的哀恸的辞句，可以使天上的流星惊疑止步？那是我，丹麦王子哈姆雷特！（跳下墓中）

雷欧提斯 魔鬼抓了你的灵魂去！（将哈姆雷特揪住）

哈姆雷特 你祷告错了。请你不要掐住我的头颈；因为我虽然不是一个暴躁易怒的人，可是我的火性发作起来，是很危险的，你还是不要激恼我吧。放开你的手！

国王 把他们扯开！

---

① 丕利恩（Pelion），俄林波斯（Olympus），均为希腊北境山名。

王后 哈姆雷特！哈姆雷特！

众人 殿下，公子，——

霍拉旭 好殿下，安静点儿。（侍从等分开二人，二人自墓中出）

哈姆雷特 嘿，我愿意为了这个题目跟他决斗，直到我的眼皮不再睐动。

王后 啊，我的孩子！什么题目？

哈姆雷特 我爱奥菲利娅；四万个兄弟的爱合起来，还抵不过我对她的爱。你愿意为她干些什么事情？

国王 啊！他是个疯人，雷欧提斯。

王后 看在上帝的情分上，不要跟他顶真。

哈姆雷特 哼，让我瞧瞧你会干些什么事。你会哭吗？你会打架吗？你会绝食吗？你会撕破你自己的身体吗？你会喝一大缸醋吗？你会吃一条鳄鱼吗？我都做得到。你是到这儿来哭泣的吗？你跳下她的坟墓里，是要当面羞辱我吗？你跟她活埋在一起，我也会跟她活埋在一起；要是你还要夸说什么高山大岭，那么让他们把几百万亩的泥土堆在我们身上，直到我们的地面深陷到赤热的地心，让巍峨的奥萨山[①]在相形之下变得只像一个瘤那么大小吧！嘿，你会吹，我就不会吹吗？

王后 这不过是他一时的疯话。他的疯病一发作起来，总是这个样子的；可是等一会儿他就会安静下来，正像母鸽孵育它那一双金羽的雏鸽的时候一样温和了。

哈姆雷特 听我说，老兄；你为什么这样对待我？我一向都是爱你的。可是这些都不用说了，有本领的，随他干

---

① 奥萨（Ossa），亦希腊山名，与丕利恩及俄林波斯相近。

什么事吧；猫总是要叫，狗总是要闹的。（下）

国王 好霍拉旭，请你跟住他。（霍拉旭下）（向雷欧提斯）记着我们昨天晚上所说的话，格外忍耐点儿吧；我们马上就可以实行我们的办法。好乔特鲁德，叫几个人好好看守你的儿子。这一个坟上将要植立一块永久的墓碑。平静的时间不久就会到来；现在我们必须耐着心把一切安排。（同下）

第二场

城堡中的厅堂

| 哈姆雷特及霍拉旭上。

哈姆雷特 这个题目已经讲完，现在我可以让你知道另外一段事情。你还记得当初的一切经过情形吗？

霍拉旭 记得，殿下！

哈姆雷特 在我的心里有一种战争，使我不能睡眠；我觉得我的处境比套在脚镣里的叛变的水手还要难堪。我们应该知道，我们乘着一时的孟浪，往往反而可以做出一些为我们的深谋密虑所做不成功的事；从这一点上，我们可以看出来，无论我们怎样辛苦图谋，我们的结果却早已有一种冥冥中的力量把它布置好了。

霍拉旭 这是无可置疑的。

哈姆雷特 从我的舱里起来，一件航海的宽衣罩在我的身上，我在黑暗之中摸索着找寻他们的所在，果然给我达到目的，摸到了他们的包裹；我拿着它回到我自己的地方，疑心使我忘记了礼貌，我大胆地拆开了他们的公文，在那里面，霍拉旭，——啊，堂皇的诡计！——我发现一道切实的命令，借了许多好听的理由为名，掩藏着狰狞丑恶的鬼蜮的面貌，说是为了丹麦和英国双方的利益，必须不等磨好利斧，立即枭下我的首级。

霍拉旭 有这等事？

哈姆雷特 这一封就是原来的国书；你有空的时候可以仔细读一下。可是你愿意听我告诉你后来我怎么办吗？

霍拉旭 请您告诉我。

哈姆雷特 在这样重重诡计的包围之中，我的脑筋不等我定下心来思索，就开始活动起来了；我坐下来另外写了一通官样文章的国书。从前我曾经抱着跟我们那些政治家们同样的意见，认为文章写得好是一件有失体面的事，总是想竭力忘记这一种学问，可是现在它却对我有了大大的用处。你知道我写些什么话吗？

霍拉旭 嗯，殿下。

哈姆雷特 我用国王的名义，向英王提出恳切的要求，因为英国是他忠心的藩属，因为两国之间的友谊，必须让它像棕榈树一样发荣繁茂，因为和平的女神必须永远戴着她的荣冠，沟通彼此的情感，以及许许多多诸如此类的重要理由，请他在读完这一封信以后，不要有任何的迟延，立刻把那两个传书的来使处死，不让他们有从容忏悔的时间。

霍拉旭 可是国书上没有盖印，那怎么办呢？

哈姆雷特 啊，就在这件事上，也可以看出一切都是上天预先注定。我的衣袋里恰巧藏着我父亲的私印，它跟丹麦的国玺是一个式样的；我把伪造的国书照着原来的样子折好，签上名字，盖上印玺，把它小心封好，归还原处，一点不露出破绽来。下一天就遇见了海盗，那以后的情形，你早已知道了。

霍拉旭 这样说来，吉尔登斯吞和罗森格兰兹是去送死的了。

哈姆雷特 哎，朋友，他们本来是自己钻求这件差使的；我在良心上没有对不起他们的地方，是他们自己的阿谀献媚断送了他们的生命。两个强敌猛烈争斗的时候，不自量力的微弱之辈，却去插身在他们的中间，这样的事情是最危险不过的。

霍拉旭 这是一个什么国王！

哈姆雷特 你想，我是不是应该——他杀死了我的父王，奸污了我的母亲，篡夺了我的嗣位的权利，用这种诡计谋害我的生命，凭良心说我是不是应该亲手向他复仇雪恨？上天会不会嘉许我替世上剪除这一个戕害天性的蟊贼，不让他继续为非作恶？

霍拉旭 他不久就会从英国得到消息，知道这一回事情产生了怎样的结果。

哈姆雷特 时间虽然很局促，可是我已经抓住眼前这一刻工夫；一个人的生命可以在说一个“一”字的一刹那之间了结。可是我很后悔，好霍拉旭，不该在雷欧提斯之前失去了自制；因为他所遭遇的惨痛，正是我自己的怨愤的影子。我要取得他的好感。可是他倘不是那样夸大他的悲哀，我也决不会动起那么大的火性来的。

霍拉旭 不要作声！谁来了？

| 奥斯里克上。

奥斯里克 殿下，欢迎您回到丹麦来！

哈姆雷特 谢谢您，先生。（向霍拉旭旁白）你认识这头水苍蝇吗？

霍拉旭 （向哈姆雷特旁白）不，殿下。

哈姆雷特 （向霍拉旭旁白）那是你的运气，因为认识他是一件丢脸的事。他有许多肥田美壤；要是一头畜生做了万兽之王，他也会在御座之前低头吃草。他是个满身泥土气的伧夫。

奥斯里克 殿下，您要是有空的话，我奉陛下之命，要来告诉您一件事情。

哈姆雷特 先生，我愿意恭聆大教。您的帽子是应该戴在头上的，您还是戴上去吧。

奥斯里克 谢谢殿下，天气真热。

哈姆雷特 不，相信我，天冷得很，在吹北风哩。

奥斯里克 真的有点儿冷，殿下。

哈姆雷特 可是对于像我这样的体质，我觉得这一种天气却是闷热得厉害。

奥斯里克 对了，殿下；真是说不出来的闷热。可是，殿下，陛下叫我来通知您一声，他已经为您下了一个很大的赌注了。殿下，事情是这样的，——

哈姆雷特 请您不要忘记了您的帽子。

奥斯里克 不，殿下，我还是这样舒服些，真的。殿下，雷欧提斯新近到我们的宫庭里来；相信我，他是一位完善的绅士，充满着最卓越的特点，他的礼貌非常温雅，他的谈吐又是非常渊博；说一句发自衷心的话，他是上流社会的南针，因为在他身上可以找到一个绅士所应有的品性的总汇。

哈姆雷特 先生，他对于您这一番描写，的确可以当之无愧；虽然我知道，要是把他的好处一件一件列举出来，不但我们的记忆将要因此而淆乱，交不出一篇正确的账目来，而且他这一艘满帆的快船，也决不是我们失舵之舟所能追及；可是，凭着真诚的赞美而言，我认为他是一个才德优异的人，他的高超的禀赋是那样希有而罕见，说一句真心的话，除了在他的镜子里以外，再也找不到第二个跟他同样的人，纷纷追踪希迹之辈，不过是他的影子而已。

奥斯里克 殿下把他说得一点不错。

哈姆雷特 您的用意呢？为什么我们要用尘俗的呼吸，嘘在这位绅士的身上呢？

奥斯里克 殿下？

霍拉旭 就是您自己所用的语言，到了别人嘴里，您就听不懂了吗？

哈姆雷特 您向我提起这位绅士的名字，有什么目的？

奥斯里克 雷欧提斯吗？

霍拉旭 他的嘴里已经变得空空洞洞，因为他的那些好听话都说完了。

哈姆雷特 正是雷欧提斯。

奥斯里克 我知道您不是不知道——

哈姆雷特 您既然知道，那就很好；虽然，即使您不知道对我也没有什么不好。好，您怎么说？

奥斯里克 您不是不知道雷欧提斯有些什么特长，——

哈姆雷特 那我可不敢说，因为也许人家会疑心我有意跟他比并高下；可是要知道一个人的底细，应该先知道他自己。

奥斯里克 殿下，我的意思是说他的武艺；人家都称赞他的本领一时无两。

哈姆雷特 他会使些什么武器？

奥斯里克 长剑和短刀。

哈姆雷特 他会使这两种武器吗？很好。

奥斯里克 殿下，王上已经用六匹巴巴里的骏马跟他打赌；在他的一方面，照我所知道的，是六柄法国的宝剑和好刀，连同一切鞘带之类的附件，其中有三柄的革绶尤其珍奇可爱，跟剑柄配得非常合式，式样非常精致，花纹非常富丽。

哈姆雷特 您所说的革绶是什么东西？

霍拉旭 我知道您要听懂他的说话，非得翻查一下注解不可。

奥斯里克 殿下，革绶就是剑柄上的皮带。

哈姆雷特 好，说下去；六匹巴巴里骏马对六柄法国宝剑，附件在内，外加三条花纹富丽的革绶。为什么两方面要下这样的赌注呢？

奥斯里克 殿下，王上跟他打赌，要是你们两人交手起来，在十二个回合之中，他至多不过有三个回合占据到您的上风。殿下要是答应的话，马上就可以试一试。

哈姆雷特 要是我不答应呢？

奥斯里克 殿下，我的意思是说，王上要请您去跟他当面比较高低。

哈姆雷特 先生，我还要在这儿厅堂里散步散步。您去回陛下说，现在是我一天之中休息的时间。叫他们把比赛用的钝剑预备好了，要是这位绅士愿意，王上也不改变他的意见的话，我愿意尽力为他博取一次胜利；万一不幸失败，那我也不过丢了一次脸，给他多剁了两下。

奥斯里克 我就照这样去回话吗？

哈姆雷特 您就照这个意思去说，随便您再加上一些什么花巧的句子都行。

奥斯里克 那么，殿下，我告辞了。

哈姆雷特 再见，再见。（奥斯里克下）

霍拉旭 这一只小鸭子顶着壳儿逃走了。

哈姆雷特 他在母亲怀抱里的时候，也要先把他母亲的奶头恭维了几句，然后吮吸。像他这一类靠着一些繁文缛礼撑撑场面的家伙，正是愚妄的世人所醉心的；他们的浅薄的牙慧使傻瓜和聪明人同样受他们的欺骗，可是一经试验，他们的水泡就爆破了。

| 一贵族上。

贵族 殿下，陛下刚才叫奥斯里克来向您传话，知道您在这儿厅上等候他的旨意；他叫我再来问您一声，您是不是仍旧愿意跟雷欧提斯比剑，还是慢慢再说。

哈姆雷特 我没有改变我的初心，一切服从王上的旨意。现在也好，无论什么时候都好，只要他方便，我总是随时准备着，除非我丧失了现在所有的力气。

贵族 王上、娘娘，跟其他的人都要到这儿来了。

哈姆雷特 他们来得正好。

贵族 娘娘请您在开始比赛以前，对雷欧提斯客气点儿。

哈姆雷特 我愿意服从她的教诲。（贵族下）

霍拉旭 殿下，您在这一回打赌中间，多分要失败的。

哈姆雷特 我想我不会失败。自从他到法国去了以后，我练习得很勤；我一定可以把他打败。可是你不知道我的心里是多么不舒服；那也不用说了。

霍拉旭 啊，我的好殿下，——

哈姆雷特 那不过是一种傻气的心理；可是一个女人也许会因为这种莫名其妙的疑虑而惶惑。

霍拉旭 要是您心里不愿意做一件事，那么就不要做吧。我可以去通知他们不用到这儿来，说您现在不能比赛。

哈姆雷特 不，我们不要害怕什么预兆；一头雀子的死生，都是命运预先注定的。注定在今天，就不会是明天，不是明天，就是今天；逃过了今天，明天还是逃不了，随时准备着就是了。一个人既然不知道他会留下些什么，那么早早脱身而去，不是好吗？随它去。

| 国王、王后、雷欧提斯、众贵族、奥斯里克及侍从等持钝剑等上。

国王 来，哈姆雷特，来，让我替你们两人和解和解。（牵雷欧提斯、哈姆雷特二人手使相握）

哈姆雷特 原谅我，雷欧提斯；我得罪了你，可是你是个堂堂男子，请你原谅我吧。这儿在场的众人都知道，你也一定听见人家说起，我是怎样为疯狂所害苦。凡是我的所作所为，足以伤害你的感情和荣誉、挑起你的愤激来的，我现在声明都是我在疯狂中犯下的过失。难道哈姆雷特会做对不起雷欧提斯的事吗？哈姆雷特决不会做这种事。要是哈姆雷特在丧失他自己的心神的时候，做了对不起雷欧提斯的事，那样的事不是哈姆雷特做的，哈姆雷特不能承认。那么是谁做的呢？是他的疯狂。既然是这样，那么哈姆雷特也是属于受害的一方，他的疯狂是可怜的哈姆雷特的敌人。当着在座众人之前，我承认我在无心中射出的箭，误伤了我的兄弟；我现在要向他请求大度包涵，宽恕我的不是出于故意的罪恶。

雷欧提斯 我的气愤虽然已经平息，可是几句道歉的说话，却不能使我抛弃我的复仇的誓愿；除非有什么为众人所敬仰的长者，告诉我可以跟你捐除宿怨，指出这样的事是有前例可援的，不至于损害我的名誉，那时我才可以跟你归言于好。可是现在我愿意抛弃一切的疑猜，诚心接受你的友好的表示。

哈姆雷特 我绝对信任你的诚意，愿意奉陪你举行这一次友谊的比赛。把钝剑给我们。来。

雷欧提斯 来，给我一柄。

哈姆雷特 雷欧提斯，我的剑术荒疏已久，不是你的对手；正像最黑暗的夜里一颗吐耀的明星一般，彼此相形之下，一定更显得你的本领的高强。

雷欧提斯 殿下不要取笑。

哈姆雷特 不，我可以举手起誓，这不是取笑。

国王 奥斯里克，把钝剑分给他们。哈姆雷特侄儿，你知道我们怎样打赌吗？

哈姆雷特 我知道，陛下；您把赌注下在实力较弱的一方了。

国王 我想我的判断不会有错。你们两人的技术我都领教过；现在我们不过要看看他比从前进步得怎么样。

雷欧提斯 这一柄太重了；换一柄给我。

哈姆雷特 这一柄我很满意。这些钝剑都是同样长短的吗？

奥斯里克 是，殿下。（二人准备比剑）

国王 替我在那桌子上斟下几杯酒。要是哈姆雷特击中了第一剑或是第二剑，或者在第三次交锋的时候争得上风，让所有的碉堡上一齐鸣起炮来；国王将要饮酒慰劳哈姆雷特，他还要拿一颗比丹麦四代国王戴在王冠上的更贵重的珍珠丢在酒杯里。把杯子给我；鼓声一起，喇叭就接着吹响，通知外面的炮手，让炮声震彻天地，报告这一个消息，“现在国王为哈姆雷特祝饮了！”来，开始比赛吧；你们在场裁判的都要留心看好。

哈姆雷特 请了。

雷欧提斯 请了，殿下。（二人比剑）

哈姆雷特 一剑。

雷欧提斯 不，没有击中。

哈姆雷特 请裁判员公断。

奥斯里克 中了，很明显的一剑。

雷欧提斯 好；再来。

国王 且慢；拿酒来。哈姆雷特，这一颗珍珠是你的；祝你健康！把这一杯酒给他。（喇叭齐奏。内鸣炮）

哈姆雷特 让我先赛完这一局；暂时把它放在一旁。来。（二人比剑）又是一剑；你怎么说？

雷欧提斯 我承认给你碰着了。

国王 我们的孩子一定会胜利。

王后 他身体太胖，有些喘不过气来。来，哈姆雷特，把我的手巾拿去，揩干你额上的汗。王后为你饮下这一杯酒，祝你的胜利了，哈姆雷特。

哈姆雷特 好妈妈！

国王 乔特鲁德，不要喝。

王后 我要喝的，陛下；请您原谅我。

国王 （旁白）这一杯酒里有毒；太迟了！

哈姆雷特 母亲，我现在还不敢喝酒；等一等再喝吧。

王后 来，让我揩揩干净你的脸孔。

雷欧提斯 陛下，现在我一定要击中他了。

国王 我怕你击不中他。

雷欧提斯 （旁白）可是我的良心却不赞成我干这件事。

哈姆雷特 来，再受我一剑，雷欧提斯。你怎么一点不上劲的？请你使出你全身的本领来吧；我怕你在开我的玩笑哩。

雷欧提斯 你这样说吗？来。（二人比赛）

奥斯里克 两边都没有中。

雷欧提斯 受我这一剑！（雷欧提斯挺剑刺伤哈姆雷特；二人在争夺中彼此手中之剑各为对方夺去，哈姆雷特以夺来之剑刺雷欧提斯，雷欧提斯亦受伤）

国王 分开他们！他们动起火性来了。

哈姆雷特 来，再试一下。（王后倒地）

奥斯里克 嗳哟，瞧王后怎么样啦！

霍拉旭 他们两人都在流血。您怎么啦，殿下？

奥斯里克 您怎么啦，雷欧提斯？

雷欧提斯 唉，奥斯里克，正像一只自投罗网的山鹬，我用诡计害人，反而害了自己，这也是我应得的报应。

哈姆雷特 王后怎么样啦？

国王 她看见他们流血，昏了过去了。

王后 不，不，那杯酒，那杯酒，——啊，我的亲爱的哈姆雷特！那杯酒，那杯酒；我中毒了。（死）

哈姆雷特 啊，奸恶的阴谋！喂！把门锁上了！阴谋！查出来是哪一个人干的。（雷欧提斯倒地）

雷欧提斯 凶手就在这儿，哈姆雷特。哈姆雷特，你已经不能活命了；世上没有一种药可以救治你，不到半小时，你就要死去。那杀人的凶器就在你的手里，它的锋利的刃上还涂着毒药。这奸恶的诡计已经回转来害了我自己；瞧！我躺在这儿，再也不会站起来了。你的母亲也中了毒。我说不下去了。国王，——国王，——都是他一个人的罪恶。

哈姆雷特 锋利的刃上还涂着毒药！——好，毒药，发挥你的力量吧！（刺国王）

众人 反了！反了！

国王 啊！帮帮我，朋友们；我不过受了点伤。

哈姆雷特 好，你这败坏伦常，嗜杀贪淫，万恶不赦的丹麦奸王！喝干了这杯毒药；——你那颗珍珠是在这儿吗？——跟我的母亲一道去吧！（国王死）

雷欧提斯 他死得应该；这毒药是他亲手调下的。尊贵的哈姆雷特，让我们互相宽恕；我不怪你杀死我和我的父亲，你也不要怪我杀死你！（死）

哈姆雷特 愿上天赦免你的错误！我也跟你来了。我死了，霍拉旭。不幸的王后，别了！你们这些看见这一幕意外的惨变而战栗失色的无言的观众，倘不是因为死神的拘捕不给人片刻的留滞，啊！我可以告诉你们——可是随它去吧。霍拉旭，我死了，你还活在世上；请你把我的行事的始末根由昭告世人，解除他们的疑惑。

霍拉旭 不，我虽然是个丹麦人，可是在精神上我却更是个古代的罗马人；这儿还留剩着一些毒药。

哈姆雷特 你是个汉子，把那杯子给我；放手；凭着上天起誓，你必须把它给我。啊，上帝！霍拉旭，我一死之后，要是世人不明白这一切事情的真相，我的名誉将要永远蒙着怎样的损伤！你倘然爱我，请你暂时牺牲一下天堂上的幸福，留在这一个冷酷的世间，替我传述我的故事吧。（内军队自远处行进及鸣炮声）这是哪儿来的战场上的声音？

奥斯里克 年轻的福丁布拉斯从波兰奏凯班师，这是他对英国来的钦使所发的礼炮。

哈姆雷特 啊！我死了，霍拉旭；猛烈的毒药已经克服了我的精神，我不能活着听见英国来的消息。可是我可以预言福丁布拉斯将被推戴为王，他已经得到我这临死之人的同意；你可以把这儿所发生的一切事实告诉他。此外唯余沉默。（死）

霍拉旭 一颗高贵的心现在碎裂了！晚安，亲爱的王子，愿成群的天使们用歌唱抚慰你安息！——为什么鼓声越来越近了？（内军队行进声）

| 福丁布拉斯、英国使臣及余人等上。

福丁布拉斯 这一场比赛在什么地方举行？

霍拉旭 你们要看些什么？要是你们想知道一些惊人的惨事，那么不用再到别处找了。

福丁布拉斯 好一场惊心动魄的屠杀！啊，骄傲的死神！你用这样残忍的手腕，一下子杀死了这许多王裔贵胄，在你的永久的幽窟里，将要有一席多么丰美的盛筵！

使臣甲 这一个景象太惨了。我们从英国奉命来此，本来是要回复这儿的王上，告诉他我们已经遵从他的命令，把罗森格兰兹和吉尔登斯吞两人处死；不幸我们来迟了一步，那应该听我们说话的耳朵已经没有知觉了，我们还希望从谁的嘴里得到一声感谢呢？

霍拉旭 即使他能够向你们开口说话，他也不会感谢你们；他从来不曾命令你们把他们处死。可是既然你们都来得这样凑巧，有的刚从波兰回来，有的刚从英国到来，恰好看见这一幕流血的惨剧，那么请你们叫人把这几个尸体抬起来放在高台上面，让大家可以看见，让我向那懵无所知的世人报告这些事情的发生经过；你们可以听到奸淫残杀，反常背理的行为，冥冥中的判决，意外的屠戮，借手杀人的狡计，以及陷入自害的结局；这一切我都可以确确实实地告诉你们。

福丁布拉斯 让我们赶快听你说；所有最尊贵的人，都叫他们一起来吧。我在这一个国内本来也有继承王位的权利，现在国中无主，正是我要求这一个权利的机会；可是我虽然准备接受我的幸运，我的心里却充满了悲哀。

霍拉旭 关于那一点，我受死者的嘱托，也有一句话要说，他的意见是可以影响许多人的；可是在这人心惶惶的时候，让我还是先把这一切解释明白了，免得引起更多的不幸、阴谋和错误来。

福丁布拉斯 让四个将士把哈姆雷特像一个军人似的扛到台上，因为要是他能够践登王位，一定会成为一个贤明的君主的；为了表示对他的悲悼，我们要用军乐和战地的仪式，向他致敬。把这些尸体一起抬起来。这一种情形在战场上是不足为奇的，可是在宫庭之内，却是非常的变故。去，叫军士放起炮来。（奏丧礼进行曲；众舁尸同下；内鸣炮）

奥瑟罗

O, beware, my lord, of jealousy; It is the green-ey'dmonster, which doth mock the meat it feeds on.

—— *Othello*

啊，主帅，您要留心嫉妒啊；那是一个绿眼的妖魔，谁做了它的牺牲，就要受它的玩弄。

——《奥瑟罗》

剧中人物

威尼斯公爵	
勃拉班修	元老
葛莱西安诺	勃拉班修之弟
罗多维科	勃拉班修的亲戚
奥瑟罗	摩尔族贵裔，供职威尼斯政府
凯西奥	奥瑟罗的副将
伊阿古	奥瑟罗的旗官
罗德利哥	威尼斯绅士
蒙太诺	塞浦路斯总督，奥瑟罗的前任者
小丑	奥瑟罗的仆人
苔丝狄蒙娜	勃拉班修之女，奥瑟罗之妻
爱米利娅	伊阿古之妻
比恩卡	凯西奥的情妇

元老，水手，吏役，绅士，使者，乐工，传令官，侍从等

地点

第一幕在威尼斯；其余各幕在塞浦路斯岛一海口

第 一 幕

第一场

威尼斯；街道

| 罗德利哥及伊阿古上。

罗德利哥 嘿！别对我说，伊阿古；我把我的钱袋交给你支配，让你随意花用，你却做了他们的同谋，这太不够朋友啦。

伊阿古 他妈的！你总不肯听我说下去。要是我做梦会想到这种事情，你不要把我当做一个人。

罗德利哥 你告诉我，你对他一向怀恨的。

伊阿古 要是我不恨他，你从此别理我。三个这城里的当道要人亲自向他打招呼，举荐我做他的副将；凭良心说，我知道我自己的价值，难道我就做不得一个副将？可是他眼睛里只有自己没有别人，对于他们的请求，都用一套充满了军事上口头禅的空话回绝了；因为，他说，“我已经选定我的将佐了。”他选中的是个什么人呢？哼，一个算学大家，一个叫做迈克尔·凯西奥的佛罗伦萨人，一个几乎因为娶了娇妻而误了终身的家伙；他从来不曾在战场上领过一队兵，对于布阵作战的智识，简直不比一个老守空闺的女人知道得更多；即使懂得一些书本上的理论，那些身穿宽袍的元老大人们也会讲起来比他更头头是道的；只有空谈，毫无实际，这就是他的全部的军人资格。可是，老兄，他居然得到了任命；我在罗得斯岛，塞浦路斯岛，以及其他基督徒和异教徒的国土之上，立过多少的军功，都是他亲眼看见的，现在却必须低首下心，受一个市侩的指挥。这位掌柜居然做起他的副将来，而我呢，——上帝恕我这样说，——却只在这位黑将军的麾下充一名旗官。

罗德利哥 天哪，我宁愿做他的刽子手。

伊阿古 这也是没有办法呀。说来真叫人恼恨，军队里的升迁可以全然不管古来的定法，按照各人的阶级依次递补，只要谁的脚力大，能够得到上官的欢心，就可以越级躐升。现在，老兄，请你替我评一评，我究竟为了什么理由要去跟这摩尔人要好。

罗德利哥 假如是我，我就不愿跟随他。

伊阿古 啊，老兄，你放心吧；我所以跟随他，不过是要利用他达到我自己的目的。我们不能每个人都是主人，每个主人也不是都有忠心的仆人。有一辈天生的奴才，他们卑躬屈膝，拼命讨主人的好，甘心受主人的鞭策，像一头驴子似的，为了一些粮草而出卖他们的一生，等到年纪老了，主人就把他们撵走；这种老实的奴才是应该抽一顿鞭子的。还有一种人，他们表面上尽管装出一副鞠躬如也的样子，骨子里却是为他们自己打算；看上去好像替主人做事，实际却在借主人的牌头发展自己的势力；这种人还有几分头脑，我自己就属于这一类。因为，老兄，正像你是罗德利哥，不是别人一样，我要是做了那摩尔人，我就不会是伊阿古。虽说跟随他，其实还是跟随自己。上天是我的公证人，我这样对他陪着小心，既不是为了感情，又不是为了义务，只是为了自己的利益，才戴上这一副假脸。要是我的表面的行动，果然出于内心的自然流露，那么不久我就要掬出我的心来，让乌鸦们乱啄了。世人所知道的我，并不是实在的我。

罗德利哥 要是那厚嘴唇的家伙也有这么一手，他可以挣到一分多大的家私！

伊阿古 叫起她的父亲来；不要放过他，打断他的兴致，在各处街道上宣布他的罪恶；激怒她的亲族。让他虽然住在气候宜人的地方，也免不了受蚊蝇的滋扰，虽然享受着盛大的欢乐，也免不了受烦恼的缠绕。

罗德利哥 这儿就是她父亲的家里；我要高声叫喊。

伊阿古 很好，你嚷起来吧，就像在一座人口众多的城里，因为晚间失慎而火烧起来的时候，人们用那种惊骇惶恐的声音呼喊一样。

罗德利哥 喂，喂，勃拉班修！勃拉班修先生，喂！

伊阿古 醒来！喂，喂！勃拉班修！捉贼！捉贼！捉贼！留心你的屋子，你的女儿，和你的钱袋！捉贼！捉贼！

| 勃拉班修自上方窗口上。

勃拉班修 大惊小怪的，叫些什么呀？出了什么事？

罗德利哥 先生，您家里的人没有缺少吗？

伊阿古 您的门都锁上吗？

勃拉班修 咦，你们为什么这样问我？

伊阿古 哼！先生，有人偷了您东西去啦，还不赶快披上您的袍子！您的心碎了，您的灵魂已经丢掉半个；就在这时候，就在这一刻功夫，一头老黑羊在跟您的白母羊交尾哩。起来，起来！打钟惊醒那些鼾睡的市民，否则魔鬼要让您抱孙子啦。喂，起来！

勃拉班修 什么！你发疯了吗？

罗德利哥 老先生，您认识我的声音吗？

勃拉班修 我不认识；你是谁？

罗德利哥 我的名字是罗德利哥。

勃拉班修 讨厌！我叫你不要在我的门前走动；我已经老老实实明明白白对你说，我的女儿是不能嫁给你的；现在你吃饱了饭，喝醉了酒，疯疯癫癫，不怀好意，又要来扰乱我的安静了。

罗德利哥 先生，先生，先生！

勃拉班修 可是你必须明白，我不是一个好说话的人，要是你惹我性起，凭着我的地位，只要略微拿出一点力量来，你就要叫苦不迭了。

罗德利哥 好先生，不要生气。

勃拉班修 说什么有贼没有贼？这儿是威尼斯；我的屋子不是一座独家的田庄。

罗德利哥 最尊严的勃拉班修，我是一片诚心来通知您。

伊阿古 嘿，先生，您也是那种因为魔鬼叫他敬奉上帝，而把上帝丢在一旁的人。您把我们当作了坏人，所以把我们的好心看成了恶意，宁愿让您的女儿给一头黑马骑了，替您生下一些马子马孙，攀一些马亲马眷。

勃拉班修 你是个什么混账东西，敢这样胡说八道？

伊阿古 先生，我是一个特意来告诉您一个消息的人，您的令嫒现在正在跟那摩尔人干那件禽兽一样的勾当哩。

勃拉班修 你是个混蛋！

伊阿古 您是一位——元老呢。

勃拉班修 你留点儿神吧；罗德利哥，我认识你。

罗德利哥 先生，我愿意负一切责任；可是请您允许我说一句话。要是令嫒因为得到您的明智的同意，所以才会在这样更深人静的午夜，让一个公爵的奴才，一个下贱的船夫，把她载到一个贪淫的摩尔人的粗野的怀抱里，——要是您对于这件事情不但知道，而且默许，——照我看来，您至少已经给她一部分的同意，——那么我们的确太放肆，太冒昧了；可是假如您果然没有知道这件事，那么从礼貌上说起来，您也不应该对我们恶声相向。难道我会这样一点不懂规矩，敢来戏侮像您这样一位年尊的长者吗？我再说一句，要是令嫒没有得到您的许可，就把她的责任，美貌，智慧和财产，全部委弃在一个到处为家，漂泊流浪的异邦人的身上，那么她的确已经干下了一件重大的逆行了。您可以立刻去调查一个明白，要是她好好地在她的房间里或是在您的屋子里，那么是我欺骗了您，您可以按照国法惩办我。

勃拉班修 喂，点起火来！给我一支蜡烛！把我的仆人全都叫起来！这件事情很像我的噩梦，它的极大的可能性已经重压在我的心头了。喂，拿火来！拿火来！

（自上方下）

伊阿古 再会，我要少陪了；要是我不去，我就要做一个不利于这摩尔人的见证，那不但不大相宜，而且在我的地位上也很多不便；因为我知道无论他将要因此而受到些什么谴责，政府方面现在还不能就把他监禁起来；他就要出发指挥那正在进行中的塞浦路斯的战事了，这是他们必须宽宥他的一个重大理由，因为没有第二个人有像他那样的才能，可以担当这一个重任。所以虽然我恨他像恨地狱里的刑罚一样，可是为了事实上的必要，我不得不和他假意周旋，那也不过是表面上的敷衍而已。你等他们出来找人的时候，只要领他们到市政厅去，一定可以找到他；我也在那边跟他在一起。再见。（下）

| 勃拉班修率众仆持火炬自下方上。

勃拉班修 真有这样的祸事！她去了；只有悲哀怨恨伴着我这衰朽的余年！罗德利哥，你在什么地方看见她的？——啊，不幸的孩子！——你说跟那摩尔人在一起吗？——谁还愿意做一个父亲！——你怎么知道是她？——唉，想不到她会这样欺骗我！——她对你怎么说？——再拿些蜡烛来！唤醒我的所有的亲族！——你想他们有没有结婚？

罗德利哥 说老实话，我想他们已经结了婚啦。

勃拉班修 天哪！她怎么出去的？啊，血肉的叛逆！做父亲的人啊，从此以后，你们千万留心你们女儿的行动，不要信任她们的心思。世上有没有一种引诱青年少女失去贞操的魔术？罗德利哥，你有没有在书上读到过这一类的事情？

罗德利哥 是的，先生，我的确读到过。

勃拉班修 叫起我的兄弟来！唉，我后悔不让你娶了她去！你们快去给我分头找寻！你知道我们可以在什么地方把她和那摩尔人一起捉到？

罗德利哥 我想我可以找到他的踪迹，要是您愿意多派几个得力的人手跟我前去。

勃拉班修 请你带路。我要到每一家人家去搜寻；大部分的人家都在我的势力之下。喂，多带一些武器！叫起几个巡夜的警吏！去，好罗德利哥，我一定重谢你的辛苦。

（同下）

第二场
另一街道

| 奥瑟罗、伊阿古及侍从等持火炬上。

伊阿古 虽然我在战场上杀过不少的人，可是总觉得有意杀人是违反良心的；缺少作恶的本能，往往使我不能做我所要做的事。好多次我想要把我的剑从他的肋骨下面刺进去。

奥瑟罗 还是随他说去吧。

伊阿古 可是他唠哩唠叨地说了许多破坏您的名誉的难听话，虽然像我这样一个荒唐的家伙，也实在忍不住我的怒气。可是请问主帅，你们有没有完成婚礼？您要注意，这位元老是很得人心的，他的潜势力比公爵还要大上一倍；他会拆散你们的姻缘，尽量运用法律的力量来给您种种压制和迫害。

奥瑟罗 随他怎样发泄他的愤恨吧；我对贵族们所立的功劳，就可以抹倒他的控诉。世人还没有知道，——要是夸口是一件荣耀的事，我就要到处宣布，——我是高贵的祖先的后裔，我有充分的资格，享受我目前所得到的值得骄傲的幸运。告诉你吧，伊阿古，倘不是我真心恋爱温柔的苔丝狄蒙娜，即使给我大海中所有的珍宝，我也不愿意放弃我的无拘无束的自由生活，来俯就家室的羁缚的。可是瞧！那边举着火把而来的是些什么人？

伊阿古 她的父亲带着他的亲友来找您了；您还是进去躲一躲吧。

奥瑟罗 不，我要让他们看见我；我的地位和我的清白的人格可以替我表明一切。是不是他们？

伊阿古 我想不是。

| 凯西奥及若干吏役持火炬上。

奥瑟罗 原来是公爵手下的人，还有我的副将。晚安，各位朋友！有什么消息？

凯西奥 主帅，公爵向您致意，请您立刻就过去。

奥瑟罗 你知道是为了什么事？

凯西奥 照我猜想起来，大概是塞浦路斯方面的事情，看样子很是紧急。就在这一个晚上，已经连续派了十二个使者飞奔出发；许多元老都从睡梦中叫了起来，在公爵府里集合了。他们正在到处找您；因为您不在家里，所以元老院派了三队人出来分头寻访。

奥瑟罗 幸而我给你找到。让我到这儿屋子里去说一句话，就来跟你同去。（下）

凯西奥 他到这儿来有什么事？

伊阿古 不瞒你说，他今天夜里登上了一艘陆地上的大船；要是能够证明那是一件合法的战利品，他可以从此成家立业了。

凯西奥 我不懂你的话。

伊阿古 他结了婚啦。

凯西奥 跟谁结婚？

| 奥瑟罗重上。

伊阿古 呃，跟——来，主帅，我们去吧。

奥瑟罗 好，我跟你走。

凯西奥 又有一队人来找您了。

伊阿古 那是勃拉班修。主帅，请您留心点儿；他来是不怀好意的。

| 勃拉班修、罗德利哥及吏役等持火炬武器上。

奥瑟罗 喂！站住！

罗德利哥 先生，这就是那摩尔人。

勃拉班修 杀死他，这贼！（双方拔剑）

伊阿古 你，罗德利哥！来，我们来比个高下。

奥瑟罗 收起你们明晃晃的剑，它们沾了露水会生锈的。老先生，像您这么年高德劭的人，有什么话不可以命令我们，何必动起武来呢？

勃拉班修 啊，你这恶贼！你把我的女儿藏到什么地方去了？

你不想想你自己是个什么东西，胆敢用妖法蛊惑她；我们只要凭着情理判断，像她这样一个年轻貌美娇生惯养的姑娘，多少我们国里有财有势的俊秀子弟她都看不上眼，倘不是中了魔，怎么会不怕人家的笑话，背着尊亲投奔到你这个丑恶的黑鬼的怀里？世人可以替我评一评，是不是显而易见你用邪恶的符咒欺诱她的娇弱的心灵，用药饵丹方迷惑她的知觉；我要叫他们评论评论，这种事情是不是很可能的。所以我现在逮捕你；妨害风化，行使邪术，便是你的罪名。抓住他；要是他敢反抗，你们就用武力制伏他。

奥瑟罗 帮助我的，反对我的，大家放下你们的手！我要是想打架，我自己会知道应该在什么时候动手。您要我到什么地方去答复您的控诉？

勃拉班修 到监牢里去，等法庭上传唤你的时候你再开口。

奥瑟罗 要是我听从您的话去了，那么怎样答复公爵呢？他的使者就在我的身边，因为有紧急的公事，等候着带我去见他。

史役 真的，大人；公爵正在举行会议，我相信他已经派人请您去了。

勃拉班修 怎么！公爵在举行会议！在这样夜深的时候！把他带去。我的事情也不是一件等闲小事；公爵和我的同僚们听见了这个消息，一定会感到这种侮辱简直就像加在他们自己身上一般。要是这样的行为可以置之不问，奴隶和异教徒都要来主持我们的国政了。（同下）

第三场

议事厅

| 公爵及众元老围桌而坐；吏役等随侍。

公爵 这些消息彼此纷歧，令人难于置信。

元老甲 它们真是参差不一；我的信上说是共有船只一百零七艘。

公爵 我的信上说是一百四十艘。

元老乙 我的信上又说是二百艘。可是它们所报的数目虽然各各不同，因为根据估计所得的结果，难免多少有些出入，不过它们都证实确有一支土耳其舰队在向塞浦路斯岛进发。

公爵 嗯，这种事情推想起来很有可能；即使消息不尽正确，大体上总是有根据的，我们倒不能不担着几分心事。

水手 （在内）喂！喂！喂！有人吗？

吏役 一个从船上来的使者。

| 一水手上。

公爵 什么事？

水手 安哲鲁大人叫我来此禀告殿下，土耳其人调集舰队，正在向罗得斯岛进发。

公爵 你们对于这一个变动有什么意见？

元老甲 照常识判断起来，这是不会有的事；它无非是转移我们目标的一种诡计。我们只要想一想塞浦路斯岛对于土耳其人的重要性，远在罗得斯岛以上，而且攻击塞浦路斯，也比攻击罗得斯容易得多，因为它的防务比较空虚，不像罗得斯岛那样戒备严密；我们只要想到这一点，就可以断定土耳其人决不会那样愚笨，甘心舍本逐末，避轻就重，进行一场无益的冒险的。

公爵 嗯，他们的目标决不是罗得斯，这是可以断定的。

吏役 又有消息来了。

| 一使者上。

使者 向罗得斯岛前进的土耳其人，已经和后来的另外一支舰队会合了。

元老甲 嗯，果然符合我的预料。照你猜想起来，一共有多少船只？

使者 三十艘模样；它们现在已经回过头来，显然是要开向塞浦路斯去的。蒙太诺大人，您的忠实英勇的仆人，叫我来向您报告这一个消息。

公爵 那么一定是到塞浦路斯岛去的了。玛克斯·勒西科斯不在威尼斯吗？

元老甲 他现在到弗罗伦萨去了。

公爵 替我写一封十万火急的信去给他。

元老甲 勃拉班修和那勇敢的摩尔人来了。

| 勃拉班修、奥瑟罗、伊阿古、罗德利哥及吏役等上。

公爵 英勇的奥瑟罗，我们必须立刻派你出去向我们的公敌土耳其人作战。（向勃拉班修）我没有看见你；欢迎，先生，我们今晚正在需要你的见教和帮助呢。

勃拉班修 我也同样需要您的指教和帮助。殿下，请您原谅，我并不是因为听到了什么国家大事而从床上惊起；国家的安危不能引起我的注意，因为我的个人的悲哀是那么压倒一切，把其余的忧虑一起吞没了。

公爵 啊，为了什么事？

勃拉班修 我的女儿！啊，我的女儿！

公爵
众元老 死了吗？

勃拉班修 嗯，她对于我是死了。她已经被人污辱，人家把她从我的地方拐走，用江湖骗子的符咒药物引诱她堕落；因为一个没有废疾，眼睛明亮，理智健全的人，倘不是中了魔法的蛊惑，决不会犯下这样荒唐的错误的。

公爵 用这种邪恶的手段引诱你的女儿，使她丧失自己的本性，使你丧失了她的，无论他是什么人，你都可以根据无情的法律，照你自己的解释给他应得的严刑；即使他是我的儿子，你也可以照样控诉他。

勃拉班修 感谢殿下。罪人就在这儿，就是这个摩尔人；好像是您有重要的公事召他来的。

公爵
众元老 那我们真是抱憾得很。

公爵 （向奥瑟罗）你自己对于这件事有什么话要分辩？

勃拉班修 没有，事情就是这样。

奥瑟罗 威严无比，德高望重的各位大人，我的尊贵贤良的主人们，我把这位老人家的女儿带走了，这是完全真实的；我已经和她结了婚，这也是真的；我的最大的罪状仅止于此，别的就不是我所知道的了。我的言语是粗鲁的，一点不懂得那些温文尔雅的辞令；因为自从我这双手臂长了七年的膂力以后，直到最近这九个月时间在无所事事中蹉跎过去以前，它们一直都在战场上发挥它们的本领；对于这一个广大的世界，我除了冲锋陷阵以外，几乎一无所知，所以我也不能用什么动人的字句替我自己辩护。可是你们要是愿意耐心听我说下去，我可以向你们讲述一段质朴无文的，关于我的恋爱的全部经过的故事；告诉你们我用什么药物，什么符咒，什么驱神役鬼的手段，什么神奇玄妙的魔法，骗到了他的女儿，因为这是他所控诉我的罪名。

勃拉班修 一个素来胆小的女孩子，她的生性是那么幽娴贞静，甚至于心里略为动了一点感情，就会满脸羞愧；像她这样的性质，像她这样的年龄，竟会不顾国族的畛域，把名誉和一切作为牺牲，去跟一个她所不敢正眼瞧看的人发生恋爱！这是全然不近情理的，倘没有阴谋诡计，怎么会有这种事情？我断定他一定曾经用烈性的药饵或是邪术炼成的毒剂麻醉她的血液。

公爵 没有更确实显明的证据，单单凭着这些表面上的猜测和莫须有的武断，是不能使人信服的。

元老甲 奥瑟罗，你说，你有没有用不正当的诡计诱惑这一位年轻的女郎，或是用强暴的手段逼迫她服从你；还是正大光明地对她披心吐腹，达到你的求爱的目的？

奥瑟罗 请你们差一个人去叫这位小姐到市政厅来，让她当着她的父亲的面前告诉你们我是怎么一个人。要是你们根据她的报告，认为我是有罪的，你们不但可以撤销你们对我的信任，解除你们给我的职权，并且可以把我判处死刑。

公爵 去把苔丝狄蒙娜带来。

奥瑟罗 旗官，你领他们去；你知道她在什么地方。（伊阿古及侍从等下）当她没有到来以前，我要像对天忏悔我的血肉的罪恶一样，把我怎样得到这位美人的爱情和她怎样得到我的爱情的经过情形，忠实地向各位陈诉。

公爵 说吧，奥瑟罗。

奥瑟罗 她的父亲很看重我，常常请我到他家里，每次谈话的时候，总是问起我过去生命中的历史，要我讲述我所经历的各次战争，围城和意外的遭遇；我就把我的一生事实，从我的童年时代起，直到他叫我讲述的时候为止，源源本本地说了出来。我说起最可怕的灾祸，海上陆上惊人的奇遇，间不容发的脱险，在傲慢的敌人手中被俘为奴，和遇赎脱身的经过，以及旅途中的种种见闻；那些广大的岩窟，荒凉的沙漠，突兀的崖嶂，巍峨的峰岭；以及彼此相食的野蛮部落，和肩下生头的化外异民；都是我的谈话的题目。苔丝狄蒙娜对于这种故事，总是出神倾听；有时为了家庭中的事务，她不能不离座而起，可是她总是尽力把事情赶紧办好，再回来孜孜不倦地把我所讲的每一个字都听了进去。我注意到她这种情形，有一天在一个适当的时间，从她的嘴里逗出了她的真诚的心愿：她希望我能够把我的一生经历，对她作一次详细的复述，因为她平日所听到的，只是一鳞半爪，残缺不全的片段。我答应了她的要求；当我讲到我在少年时代所遭逢的不幸的打击的时候，她往往忍不住掉下泪来。我的故事讲完以后，她用无数的叹息酬劳我；她发誓说，那是非常奇异而悲惨的；她希望她没有听到这段故事，可是又希望上天为她造下这样一个男子。她向我道谢，对我说，要是我有一个朋友爱上了她，我只要教他怎样讲述我的故事，就可以得到她的爱情。我听了这一个暗示，才向她吐露我的求婚的诚意。她为了我所经历的种种患难而爱我，我为了她对我所抱的同情而爱她：这就是我的唯一的妖术。她来了；让她为我证明吧。

| 苔丝狄蒙娜、伊阿古及侍从等上。

公爵 像这样的故事，我想我的女儿听了也会着迷的。勃拉班修，木已成舟，不必懊恼了。刀剑虽破，比起手无寸铁来，总是略胜一筹。

勃拉班修 请殿下听她说；要是她承认她本来也有爱慕他的意思，我从此决不归咎于他。过来，好姑娘，你看这在座的济济众多人之间，谁是你所最应该服从的？

苔丝狄蒙娜 我的尊贵的父亲，我在这里所看到的，是我的分歧的义务：对您说起来，我深荷您的生养教育的大恩，您给我的教养使我明白我应该怎样敬重您；您是我的家长和严君，我直到现在都是您的女儿。可是这儿是我的丈夫，正像我的母亲对您克尽一个妻子的义务，把您看得比她的父亲更重一样，我也应该有权利向这位摩尔人，我的夫主，尽我应尽的名分。

勃拉班修 上帝和你同在！我没有话说了。殿下，请您继续处理国家的要务吧。我宁愿抚养一个义子，也不愿自己生男育女。过来，摩尔人。我现在用我的全副诚心，把她给了你；倘不是你早已得到了她，我一定再也不会让她到你手里。为了你的缘故，宝贝，我很高兴我没有别的儿女，否则你的私奔将要使我变成一个虐待儿女的暴君，替他们手脚加上镣铐。我没有话说了，殿下。

公爵 让我替你设身处地，说几句话给你听听，也许可以帮助这一对恋人，使他们能够得到你的欢心。
眼看希望幻灭，恶运临头，
无可挽回，何必满腹牢愁？
为了既成的灾祸而痛苦，
徒然招惹出更多的灾祸。
既不能和命运争强斗胜，
还是付之一笑，安心耐忍。
聪明人遭盗窃毫不介意；
痛哭流涕反而伤害自己。

勃拉班修 让敌人夺去我们的海岛，
我们同样可以付之一笑。
那感激法官慈仁的囚犯，
他可以忘却刑罚的苦难；
倘然他怨恨那判决太重，
他就要忍受加倍的惨痛。
种种譬解虽能给人慰藉，
它们也会格外添人悲戚；
可是空言毕竟无补实际，

几曾有一句话刺透心底？
请殿下继续进行原来的公事吧。

公爵 土耳其人正在向塞浦路斯大举进犯；奥瑟罗，那岛上的实力你是知道得十分清楚的；虽然我们派在那边代理总督职务的，是一个公认为很有能力的人，可是大家的意思，都觉得由你去负责镇守，才可以万无一失；所以说不得只好打扰你的新婚的快乐，辛苦你去赶这一趟了。

奥瑟罗 各位尊严的元老们，习惯的暴力已经使我把冷酷无情的战场当作我的温软的眠床，对于艰难困苦，我总是挺身而赴。我愿意接受你们的命令，去和土耳其人作战；可是我要请求你们给我的妻子一个适当的安置，按照她的身份，供给她一切日常的需要。

公爵 你要是同意的话，可以让她住在她父亲的家里。

勃拉班修 我不愿意容留她。

奥瑟罗 我也不能同意。

苔丝狄蒙娜 我也不愿住在父亲的家里，让他每天看见我生气。最仁慈的公爵，愿您俯听我的陈请，让我的卑微的衷忱得到您的谅解和赞许。

公爵 你有什么请求，苔丝狄蒙娜？

苔丝狄蒙娜 我的大胆的行动可以代我向世人宣告，我因为爱这摩尔人，所以愿意和他过共同的生活；我的心灵完全为他的高贵的德性所征服；在他天挺的精神里，我看见他的奇伟的仪表；我已经把我的灵魂和运命一起呈献给他了。所以，各位大人，要是他一个人迢迢出征，把我遗留在和平的后方，像一头醉生梦死的蜉蝣一样，我将要因为不能朝夕事奉他，而在镂心刻骨的离情别绪中度日如年了。让我跟他去吧。

奥瑟罗 请你们允许了她吧。上天为我作证，我向你们这样请求，并不是为了满足我自己的欲望，因为青春的热情在我已成过去了；我的唯一的动机，只是不忍使她缺望。请你们千万不要抱着那样的思想，以为她跟我在一起，会使我懈怠了你们所付托给我的重大的使命。不，要是插翅的爱神的风流解数，可以蒙蔽了我的灵明的理智，使我因为贪恋欢娱而误了正事，那么让主妇们把我的战盔当作水罐，让一切的污名都丛集于我的一身吧！

公爵 她的去留行止，可以由你们自己去决定。事情很是紧急，你必须立刻出发。

元老甲 今天晚上你就得动身。

奥瑟罗 很好。

公爵 明天早上九点钟，我们还要在这儿聚会一次。奥瑟罗，请你留下一个将佐在这儿，要是我们随后还有什么决定，可以叫他把我们的训令传达给你。

奥瑟罗 殿下，我的旗官是一个很适当的人物，他的为人是忠实而可靠的；我还要请他负责护送我的妻子，要是此外再有什么必须寄给我的物件，也请殿下一起交给他。

公爵 很好。各位晚安！（向勃拉班修）尊贵的先生，倘然以才德取人，不凭容貌，你这位贤东床难道比不上翩翩年少？

元老甲 再会，勇敢的摩尔人！好好看顾苔丝狄蒙娜。

勃拉班修 留心看好她，摩尔人，不要视而不见；她已经愚弄她的父亲，她也会把你欺骗。（公爵，众元老，吏役等同下）

奥瑟罗 我用生命保证她的忠诚！正直的伊阿古，我必须把我的苔丝狄蒙娜托付给你，请你叫你的妻子当心照料她；看什么时候有方便，就烦你护送她们起程。来，苔丝狄蒙娜，我只有一小时的工夫，和你诉说衷情，料理庶事了。我们必须服从环境的支配。（奥瑟罗、苔丝狄蒙娜同下）

罗德利哥 伊阿古！

伊阿古 你怎么说，好人儿？

罗德利哥 你想我该怎么办？

伊阿古 上床睡觉去吧。

罗德利哥 我立刻就去投水去。

伊阿古 好，要是你投了水，我从此不欢喜你了。嘿，你这傻大少爷！

罗德利哥 活着要是这样受苦，傻瓜才愿意活下去；一死可以了却烦恼，还是死了的好。

伊阿古 啊，该死！我在这世上也经历过四七二十八个年头了，自从我能够辨别厉害以来，我从来不曾看见过什么人知道怎样爱惜他自己。要是我也会为了爱上一个雌儿的缘故而投水自杀，我宁愿变成一头猴子。

罗德利哥 我该怎么办？我承认这样痴心是一件丢脸的事，可是我没有力量把它补救过来呀。

伊阿古 力量！废话！我们要这样那样，只有靠我们自己。我们的身体就像一座园圃，我们的意志是这园圃里的园丁；不论我们插荨麻，种莴苣，栽下牛膝草，拔起百里香，或者单独培植一种草木，或者把全园种得万卉纷披，让它荒废不治也好，把它辛勤耕垦也好，那权力都在于我们的意志。要是在我们的生命之中，理智和情欲不能保持平衡，我们血肉的邪心就会引导我们到一个荒唐的结局；可是我们有的是理智，可以冲淡我们汹涌的热情，肉体的刺激和奔放的淫欲；我认为你所称为爱情的，也不过是那样一种东西。

罗德利哥 不，那不是。

伊阿古 那不过是在意志的默许之下一阵情欲的冲动而已。算了，做一个汉子。投水自杀！捉几头大猫小狗投在水里吧！我曾经声明我是你的朋友，我承认我对你的友谊是用不可摧折的坚韧的缆索联结起来的；现在正是我应该为你出力的时候。把银钱放在你的钱袋里；跟他们出征去；装上一脸假胡子，遮住了你的本来面目；我说，把银钱放在你的钱袋里。苔丝狄蒙娜爱那摩尔人决不会长久，——把银钱放在你的钱袋里，——他也不会长久爱她。她一开始就把他爱得这样热烈，他们感情的破裂一定也是很突然的；你只要把银钱放在你的钱袋里。这些摩尔人很容易变心；把你的钱袋装满了钱；现在他吃起来像蝗虫一样美味的食物，不久便要变得像苦苹果一样涩口了。她必须换一个年轻的男子；当她餍足了他的肉体以后，她就会觉悟她的选择的错误。她必须换换口味，她必须；所以把银钱放在你的钱袋里。要是你一定要寻死，也得想一个比投水巧妙一点的死法。尽你的力量搜括一些钱。要是凭着我的计谋和魔鬼们的奸诈，破坏这一个卤莽的蛮子和这一个狡猾的威尼斯女人之间的脆弱的盟誓，还不算是一件难事，那么你一定可以享受她；所以快去设法弄些钱来吧。投水自杀！什么话！那根本就不用提；你宁可因为追求你的快乐而被人吊死，总不要在没有一亲她的香泽以前投水自杀。

罗德利哥 要是我期待着这样的结果，你一定会尽力帮助我达到我的愿望吗？

伊阿古 你可以完全信任我。去，弄一些钱来。我常常对你说，一次一次反复告诉你，我恨那摩尔人；我的怨毒蓄积在心头，你也对他抱着同样深刻的仇恨，让我们同心合力向他复仇；要是你能够替他戴上一顶绿头巾，你果然是如愿以偿，我也可以拍掌称快。无数人事的变化孕育在时间的胚胎里，我们等着看吧。去，预备好你的钱。我们明天再谈这件事。再见。

罗德利哥 明天早上我们在什么地方会面？

伊阿古 就在我的寓所里吧。

罗德利哥 我一早就来看你。

伊阿古 好，再会。你听见吗，罗德利哥？

罗德利哥 你说什么？

伊阿古 别再提起投水的话儿了，你听见没有？

罗德利哥 我已经变了一个人了。我要去把我的田地一起变卖。

伊阿古 好，再会！多放一些钱在你的钱袋里。（罗德利哥下）我总是这样让这种傻瓜掏出钱来给我花用；因为倘不是为了替自己解解闷气，打算到手一些利益，那我浪费了时间跟这样一个呆子周旋，那才冤枉哩。我恨那摩尔人；有人以为他私通我的妻子，我不知道这句话是真是假；可是在这种事情上，即使不过是嫌疑，我也要把它当作实有其事一样看待。他对我很有好感，这样可以使我对他实行我的计策的时候格外方便一些。凯西奥是一个俊美的男子；让我想想看：夺到他的位置，实现我的一举两得的阴谋；怎么？怎么？让我看：等过了一些时候，在奥瑟罗的耳边捏造一些鬼话，说他跟他的妻子看上去太亲热了；他长得漂亮，性情又温和，天生一段媚惑妇人的魔力，像他这种人是很容易引起疑心的。那摩尔人是一个坦白爽直的人，他看见人家在表面上装出一副忠厚诚实的样子，就以为一定是个好人；我可以把他像一头驴子一般牵着鼻子跑。有了！我的计策已经产生。地狱和黑夜酝酿就这空前的罪恶，它必须向世界显露它的面目。（下）

第二幕

第一场
塞浦路斯岛海口一市镇；码头附近的广场

| 蒙太诺及二绅士上。

蒙太诺 你从那海岬上望出去，看见海里有什么船只没有？

军官甲 一点望不见。波浪很高，在天海之间，我看不出一片船帆。

蒙太诺 风在陆地上吹得也很厉害；从来不曾有这么大的暴风打击过我们的雉堞。要是它在海上也是这么猖狂，哪一艘橡树造成的船身支持得住山一样的巨涛迎头倒下？我们将要从这场风暴中间听到什么消息呢？

军官乙 土耳其的舰队一定要被风浪冲散了。你只要站在白沫飞溅的海岸上，就可以看见咆哮的汹涛高击云霄，被狂风卷起的怒浪奔腾山立，好像要把海水浇向光明的大熊星上，熄灭那照耀北极的永古不移的斗宿一样。我从来没有见过这样可怕的惊涛骇浪。

蒙太诺 要是土耳其舰队没有避进港里，它们一定沉没了；这样的风浪是抵御不了的。

| 另一绅士上。

军官丙 报告消息！咱们的战事已经结束了。土耳其人遭受这场暴风浪的突击，不得不放弃他们进攻的计划。一艘从威尼斯来的大船一路上看见他们的船只或沉或破，大部分零落不堪。

蒙太诺 啊！这是真的吗？

军官丙 这一只船已经在这儿进港，船名是维洛那号；迈克尔·凯西奥，那勇武的摩尔人奥瑟罗的副将，已经上岸来了；那摩尔人自己还在海上，他是奉到全权委任，到这儿塞浦路斯来的。

蒙太诺 我很高兴，这是一位很有才能的总督。

军官丙 可是这个凯西奥说起土耳其的损失，虽然兴高采烈，同时他却满脸愁容，祈祷着那摩尔人的安全，因为他们是在险恶的大风浪中彼此失散的。

蒙太诺 但愿他平安无恙；因为我曾经在他手下做过事，知道他在治军用兵这方面，的确是一个大将之才。来，让我们到海边去！一方面看看新迈到来的船舶，一方面把我们的眼睛遥望到海天相接的远处，盼候着勇敢的奥瑟罗。

军官丙 来，我们去吧；因为每一分钟都会有更多的人到来。

| 凯西奥上。

凯西奥 谢谢，你们这座英勇的岛上的各位壮士，因为你们这样褒奖我们的主帅。啊！但愿上天帮助他战胜风浪，因为我是在险恶的波涛之中和他失散的。

蒙太诺 他的船靠得住吗？

凯西奥 船身很是坚固，舵师是一个很有经验的人，所以我还抱着很大的希望。（内呼声："一只船！一只船！一只船！"）

丨一使者上。

凯西奥 什么声音？

使者 全市的人都出来了；海边上站满了人，他们在嚷，"一只船！一只船！"

凯西奥 我希望那就是我们新任的总督。（炮声）

军官乙 他们在放礼炮了；即使不是总督，至少也是我们的朋友。

凯西奥 先生，请你去看一看，回来告诉我们究竟是什么人来了。

军官乙 我就去。（下）

蒙太诺 可是，副将，你们主帅有没有结过婚？

凯西奥 他的婚姻是再幸福不过的。他娶到了一位女郎，她的美貌才德，胜过一切的形容和广大的名誉；笔墨的赞美不能穷极她的好处，没有一句适当的言语可以充分表出她的天赋的优美。

丨乙绅重上。

凯西奥 啊！谁到来了？

军官乙 是一个名叫伊阿古的元帅麾下的旗官。

凯西奥 他倒一帆风顺地到了。汹涌的怒涛，咆哮的狂风，埋伏在海底的礁石沙碛，似乎也懂得爱惜美人，收敛了它们凶恶的本性，让神圣的苔丝狄蒙娜安然通过。

蒙太诺 她是谁？

凯西奥 就是我刚才所说起的，我们大帅的主帅。勇敢的伊阿古护送她到这儿来，想不到他们路上走得这么快，比我们的预期还早了七天。伟大的乔武啊，保佑奥瑟罗，吹一口你的大力的气息在他的船帆上，让他的高大的桅樯在这儿海港里显现它的雄姿，让他跳动着一颗恋人的心投进了苔丝狄蒙娜的怀里，重新燃起我们奄奄欲绝的精神，使整个塞浦路斯充满了兴奋！

苔丝狄蒙娜、爱米利娅、伊阿古、罗德利哥及侍从等上。

凯西奥 啊！瞧，船上的珍宝到岸上来了。塞浦路斯人啊，向她下跪吧。祝福你，夫人！愿神灵在你前后左右周遭呵护你！

苔丝狄蒙娜 谢谢您，英勇的凯西奥。您知道我丈夫有什么消息吗？

凯西奥 他还没有到来；我只知道他是平安的，大概不久就会到来。

苔丝狄蒙娜 啊！可是我怕——你们怎么会分散的？

凯西奥 天风和海水的猛烈的激战，使我们彼此相失。可是听！有船来了。（内呼声："一只船！一只船！"炮声）

军官乙 他们向我们城上放礼炮了；到来的也是我们的朋友。

凯西奥 你去探看探看。（乙绅下。向伊阿古）老总，欢迎！（向爱米利娅）欢迎，嫂子！请你不要恼怒，好伊阿古，因为我敢这样放肆。（吻爱米利娅）

伊阿古 老兄，要是她向你掀动她的嘴唇，也像她向我掀动她的舌头一样，那你就要叫苦不迭了。

苔丝狄蒙娜 唉！她又不会多嘴。

伊阿古 真的，她太会多嘴了；每次我想睡觉的时候，总是被她吵得不得安宁。不过，在您夫人的面前，我还要说一句，她有些话是放在心里说的，人家瞧她不开口，她却在心里骂人。

爱米利娅 你没有理由这样冤枉我。

伊阿古 得啦，得啦，你们跑出门像图书，走进房像响铃，到了灶下像野猫；设计害人的时候，面子上装得像尊菩萨，人家冒犯了你们，你们便活像夜叉；叫你们管家，你们只会一味胡闹，一上床却又十足像个幽娴贞静的主妇。

苔丝狄蒙娜 啊，啐！你这乱造谣言的家伙！

伊阿古 不，我说的话儿千真万确，
你们起来游戏，上床工作。

爱米利娅 我再也不要你写赞美我的诗句。

伊阿古 不，不要叫我写吧。

苔丝狄蒙娜 要是叫你赞美我，你要怎么写法呢？

伊阿古 啊，好夫人，别叫我做这件事，因为我的脾气是要吹毛求疵的。

苔丝狄蒙娜 来，试试看。有人到港口去了吗？

伊阿古 是，夫人。

苔丝狄蒙娜 我虽然心里愁闷，姑且强作欢容。来，你怎么赞美我？

伊阿古 我正在想着呢；可是我的诗情黏在我的脑壳里，用力一挤就会把脑浆一起挤出的。有了：
她要是既漂亮又智慧，
就不会误用她的娇美。

苔丝狄蒙娜 赞美得好！要是她虽黑丑而聪明呢？

伊阿古 她要是虽黑丑却聪明，
包她找到一位俊郎君。

苔丝狄蒙娜 不成话。

爱米利娅 要是美貌而愚笨呢？

伊阿古 美女人决不是笨冬瓜，

蠢杀也会抱个小娃娃。

苔丝狄蒙娜 这些都是在酒店里骗傻瓜们笑笑的古老的歪诗。还有一种又丑又笨的女人，你也能够勉强赞美她两句吗？

伊阿古 别嫌她心肠笨相貌丑，

女人的戏法一样拿手。

苔丝狄蒙娜 啊，岂有此理！你把最好的赞美给了最坏的女人。爱米利娅，不要听他的话，虽然他是你的丈夫。您怎么说，凯西奥？他不是一个胡说八道的家伙吗？

凯西奥 他说得很的确，夫人。您要是把他当作一个军人，不把他当作一个文士，您就不会嫌他出言粗俗了。

伊阿古 （旁白）他捏着她的手心。嗯，交头接耳，好得很。我只要张起这么一个小小的网，就可以捉住像凯西奥这样一头大苍蝇。嗯，对她微笑，很好；我要叫你跌翻在你自己的礼貌中间。——您说得对，正是正是。——要是这种鬼殷勤会葬送你的前程，你还是不要老是吻着你的三个指头，表示你的绅士风度吧。很好；吻得不错！绝妙的礼貌！正是正是。又把你的手指放到你的嘴唇上去了吗？（喇叭声）主帅来了！我听得出他的喇叭声音。

凯西奥 真的是他。

苔丝狄蒙娜 让我们去迎接他。

凯西奥 瞧！他来了。

| 奥瑟罗及侍从等上。

奥瑟罗 啊，我的娇美的战士！

苔丝狄蒙娜 我的亲爱的奥瑟罗！

奥瑟罗 看见你比我先到这里，真使我又惊又喜。啊，我的心爱的人！要是每一次暴风雨之后，都有这样和煦的阳光，那么尽管让狂风肆意地吹，把死亡都吹醒了吧！让那辛苦挣扎的船舶爬上一座座如山的高浪，就像从高高的天上堕下幽深的地狱一般，一泻千丈地跌落下来吧！要是我现在死去，那才是最幸福的；因为我怕我的灵魂已经尝到了无上的欢乐，此生此世，再也不会有同样令人欣喜的事情了。

苔丝狄蒙娜 但愿上天眷顾，让我们的爱情和欢乐与日俱增！

奥瑟罗 阿门，慈悲的神明！我不能充分说出我心头的快乐；太多的欢喜窒住了我的呼吸。（吻苔丝狄蒙娜）

伊阿古 （旁白）啊，你们现在是琴瑟调和，看我不动声色，就叫你们弦断柱裂。

奥瑟罗 来，让我们到城堡里去。好消息，朋友们；我们的战事已经结束，土耳其人全都溺死了。我的岛上的旧友，您好？爱人，你在塞浦路斯将要受到众人的宠爱，我觉得他们都是非常热情的。啊，亲爱的，我自己太高兴了，所以会说出这样忘形的话来。好伊阿古，请你到港口去一趟，把我的箱子搬到岸上。带那船长到城堡里来；他是一个很好的家伙，他的才能非常叫人钦佩。来，苔丝狄蒙娜。（除伊阿古、罗德利哥外均下）

伊阿古 你马上就到港口来会我。过来。人家说，爱情可以刺激懦夫，使他鼓起本来所没有的勇气；要是你果然有胆量，请听我说。副将今晚在卫舍守夜。第一我必须告诉你，苔丝狄蒙娜是直接跟他发生恋爱。

罗德利哥 跟他发生了恋爱！那是不会有的事。

伊阿古 闭住你的嘴，好好听我说。你看她当初不过因为这摩尔人向她吹了些法螺，撒下了一些漫天的大谎，她就爱得他那么热烈；难道她会继续爱他，只是为了他的吹牛的本领吗？你是个聪明人，不要以为世上会有这样的事。她的视觉必须得到满足；她能够从魔鬼脸上感到什么佳趣？情欲在一阵兴奋过了以后而渐生厌倦的时候，必须换一换新鲜的口味，方才可以把它重新刺激起来，或者是容貌的漂亮，或者是年龄的相称，或者是举止的风雅，这些都是这摩尔人所欠缺的所在；她因为在这些必要条件上种种不能满足，一定会觉得她的青春娇艳所托非人，而开始对这摩尔人由失望而憎恨，由憎恨而厌恶，她的天性就会迫令她再作第二次的选择。这种情形是很自然而可能的；要是承认了这一点，试问哪一个人比凯西奥更有享受这一种福分的便利？一个很会讲话的家伙，为了达到他的秘密的淫邪的欲望，他会恬不为意地装出一副殷勤文雅的外表。哼，谁也比不上他；一个狡猾阴险的家伙，惯会乘机取利，无孔不入；一个鬼一样的家伙！而且，这家伙又漂亮，又年轻，凡是可以使无知妇女醉心的条件，他无一不备；一个十足害人的家伙。这女人已经把他勾上了。

罗德利哥 我不能相信，她是一位圣洁的女郎。

伊阿古 他妈的圣洁！她喝的酒也是用葡萄酿成的；她要是圣洁，她就不会爱这摩尔人了。哼，圣洁！你不看见她捏弄他的手心吗？你不看见吗？

罗德利哥 是的，我看见的；可是那不过是礼貌罢了。

伊阿古 我举手为誓，这明明是奸淫！这一段意味深长的楔子，就包括无限淫情欲念的交流。他们的嘴唇那么贴近，他们的呼吸简直互相拥抱了。该死的思想，罗德利哥！这种表面上的亲热一开了端，主要的好戏就会跟着上场，肉体的结合是必然的结论。呸！可是，老兄，你听我说。我特意把你从威尼斯带来，今晚你代我去值班守夜；凯西奥是不认识你的；我就在离你不远的地方看着你；你见了凯西奥就找一些藉口向他挑衅，或者高声辱骂，或者毁谤他的军誉，或者随你的意思用其他无论什么比较适当的方法。

罗德利哥 好。

伊阿古 他是个性情暴躁，易于发怒的人，也许会向你动武；即使他不动武，你也要激动他和你打起架来；因为借着这一个理由，我就可以在塞浦路斯人中间煽起一场暴动，假如要平息他们的愤怒，除了把凯西奥解职以外没有其他的方法。这样你就可以在我的设计协助之下，早日达到你的愿望，你的阻碍也可以从此除去，否则我们的事情是决无成功之望的。

罗德利哥 我愿意这样干，要是我能够找到下手的机会。

伊阿古 那我可以向你保证。等会儿在城门口见我。我现在必须去替他把应用物件搬上岸来。再会。

罗德利哥 再会。（下）

伊阿古 凯西奥爱她，这一点我是可以充分相信的；她爱凯西奥，这也是一件很自然而可能的事。这摩尔人我虽然气他不过，却有一副坚定仁爱正直的性格；我相信他会对苔丝狄蒙娜做一个最多情的丈夫。讲到我自己，我也是爱她的，并不完全出于情欲的冲动，——虽然也许我犯着这样的罪名，——可是一半是为要报复我的仇恨，因为我疑心这好色的摩尔人夺去了我在她心头的地位。这一种思想像毒药一样腐蚀我的肝肠，什么都不能使我心满意足，除非在他身上发泄这一口怨气，他夺去我的人，我也叫他有了妻子享受不成；即使不能做到这一点我也要叫这摩尔人心里长起根深蒂固的嫉妒来，没有一种理智的药饵可以把它治疗。为了达到这一个目的，我已经利用这威尼斯的瘟生做我的鹰犬；要是他果然听我的嗾使，我就可以抓住我们那位迈克尔·凯西奥的把柄，在这摩尔人面前诽谤他——因为我疑心凯西奥跟我的妻子也是有些暧昧的。这样我可以让这摩尔人感谢我，喜欢我，报答我，因为我叫他做了一头大大的驴子，用诡计捣乱他的平和安宁，使他因气愤而发疯。方针已经决定，前途未可预料；恶人的面目必须到临时揭晓。（下）

第二场
街　道

传令官持告示上；民众随后。

传令官　我们尊贵英勇的元帅奥瑟罗有令，根据最近接到的消息，土耳其舰队已经全军覆灭，全体军民听到这一个捷音，理应同伸庆祝：跳舞的跳舞，燃放焰火的燃放焰火，每一个人都可以随他自己的高兴尽情欢乐；因为除了这些可喜的消息以外，我们同时还要祝贺我们元帅的新婚。帅府中一切门禁完全撤除，从下午五时起，直到深夜十一时，无论何人，可以自由出入，饮酒宴乐。上天祝福塞浦路斯岛和我们尊贵的元帅奥瑟罗！（同下）

第三场

城堡中的厅堂

| 奥瑟罗、苔丝狄蒙娜、凯西奥及侍从等上。

奥瑟罗 好迈克尔，今天请你留心警备；我们必须随时谨慎，免得因为纵乐无度而肇成意外。

凯西奥 我已经吩咐伊阿古怎样办了，我自己也要亲自督察照看。

奥瑟罗 伊阿古是个忠实可靠的汉子。迈克尔，晚安；明天你一早就来见我。（向苔丝狄蒙娜）来，我的爱人，我们已经把彼此心身互相交换，愿今后花开结果，恩情美满。晚安！（奥瑟罗、苔丝狄蒙娜及侍从等下）

| 伊阿古上。

凯西奥 欢迎，伊阿古；我们该守夜去了。

伊阿古 时候还早哪，副将；现在还不到十点钟。咱们主帅因为舍不得他的新夫人，所以这么早就打发我们出去；可是我们也怪不得他，他还没有跟她真个消魂，任是天神见了她也要动心的。

凯西奥 她是一位人间无比的佳人。

伊阿古 我可以担保她也是一个非常风流的人儿。

凯西奥 她的确是一个娇艳可爱的女郎。

伊阿古 她的眼睛多么迷人！简直在向人挑战。

凯西奥 一双动人的眼睛；可是却有一种端庄贞静的神气。

伊阿古 她说话的时候，不就是爱情的警报吗？

凯西奥 她真是十全十美。

伊阿古 好，愿他们被窝里快乐！来，副将，我还有一瓶酒；外面有两个塞浦路斯的绅士，要想为黑将军祝饮一杯。

凯西奥 今夜可不能奉陪了，好伊阿古。我一喝了酒，头脑就会糊涂起来。我希望有人能够发明在宾客欢会的时候，用另外一种方法招待他们。

伊阿古 啊，他们都是我们的朋友；喝一杯吧，我也可以代你喝。

凯西奥 我今晚只喝了一杯，就是那一杯也被我偷偷地冲了些水，可是我的头已经有点儿昏啦。我知道自己的弱点，实在不敢再多喝了。

伊阿古 嗳哟，朋友！这是一个狂欢的良夜，不要扫了那些绅士的兴致。

凯西奥 他们在什么地方？

伊阿古 就在这儿门外；请你去叫他们进来吧。

凯西奥 我去就去，可是我心里是不愿意的。（下）

伊阿古 他今晚已经喝过了一些酒，我只要再灌他一杯下去，他就会像小狗一样到处招惹是非。我们那位为情憔悴的傻瓜罗德利哥今晚为了苔丝狄蒙娜也喝了几大杯的酒，我已经派他守夜了。还有三个心性高傲、重视荣誉的塞浦路斯少年，都是这座尚武的岛上优秀的人物，我也把他们灌得醺醺大醉；他们今晚也是要守夜的。在这一群醉汉中间，我要叫我们这位凯西奥干出一些可以激动这岛上公愤的事来。可是他们来了。

| 凯西奥率蒙太诺及军官等重上：众仆持酒后随。

凯西奥 上帝可以作证，他们已经灌了我一满杯啦。

蒙太诺 真的，只是小小的一杯，顶多也不过一品脱的分量；我是一个军人，从来不会说谎的。

伊阿古 喂，酒来！（唱）

一瓶一瓶复一瓶，

饮酒击瓶玎珰鸣。

我为军人岂无情，

人命倏忽如烟云，

聊持杯酒遣浮生。

孩儿们，酒来！

凯西奥 好一支歌儿！

伊阿古 这一支歌是我在英国学来的。英国人的酒量才厉害；什么丹麦人，德国人，大肚子的荷兰人，——酒来！——比起英国人来都不算得什么。

凯西奥 你那英国人果然这样善于喝酒吗？

伊阿古 嘿，他会不动声色把丹麦人灌得烂醉如泥，面不流汗把德国人灌得不省人事，还没有倒满下一杯，那荷兰人已经呕吐狼藉了。

凯西奥 祝我们的主帅健康！

蒙太诺 赞成，副将，您喝我也喝。

伊阿古 啊，可爱的英格兰！喂，酒来！

凯西奥 好，上帝在我们头上，有的灵魂必须得救，有的灵魂就不能得救。

伊阿古 对了，副将。

凯西奥 讲到我自己，——我并没有冒犯我们主帅或是无论哪一位大人物的意思，——我是希望能够得救的。

伊阿古 我也是这样希望，副将。

凯西奥 嗯，可是，对不起，你不能比我先得救；副将得救了，然后才是旗官得救。咱们别提这种话啦，还是去干我们的事吧。上帝赦免我们的罪恶！各位先生，我们不要忘记了我们的事情。不要以为我是醉了，各位先生。这是我的旗官；这是我的右手，这是我的左手。我现在并没有醉；我站得很稳，我说话也很清楚。

众人 非常清楚。

凯西奥 那么很好；你们可不要以为我醉了。（下）

蒙太诺 各位朋友，来，我们到露台上守望去。

伊阿古 你们看见刚才出去的这一个人；讲到指挥三军的才能，他可以和凯撒争一日之雄；可是你们瞧他这一种酗酒的样子，它正好和他的长处互相抵消。我真为他可惜！我怕奥瑟罗对他如此信任，也许有一天会被他误了大事，使全岛大受震动的。

蒙太诺 可是他常常是这样的吗？

伊阿古 他喝醉了酒总是要睡觉；要是没有酒替他催眠，他可以一昼夜打起精神不睡。

蒙太诺 这种情形应该向元帅提起；也许他没有觉察，也许他秉性仁恕，因为看重凯西奥的才能而忽略了他的短处。这句话对不对？

| 罗德利哥上。

伊阿古 （向罗德利哥旁白）怎么，罗德利哥！你快追上那副将后面去吧；去。（罗德利哥下）

蒙太诺 这高贵的摩尔人竟会让一个染上这种恶癖的人做他的辅佐，真是一件令人抱憾的事。谁能够老实对他这样说，才是一个正直的汉子。

伊阿古 即使把这一座大好的岛送给我，我也不愿意说；我很爱凯西奥，要是有办法，我愿意尽力帮助他除去这一种恶癖。可是听！什么声音？（内呼声："救命！救命！"）

| 凯西奥驱罗德利哥重上。

凯西奥 混蛋！狗贼！

蒙太诺 什么事，副将？

凯西奥 一个混蛋竟敢教训起我来！我要把这混蛋打进一口瓶子里去。

罗德利哥 打我！

凯西奥 你还要利嘴吗，狗贼？（打罗德利哥）

蒙太诺 （拉凯西奥）不，副将，请您住手。

凯西奥 放开我，先生，否则我要一拳打到你的头上来了。

蒙太诺 得啦，得啦，你醉了。

凯西奥 醉了！（与蒙太诺斗）

伊阿古 （向罗德利哥旁白）快走！到外边去高声嚷叫，说是出了乱子啦。（罗德利哥下）不，副将！天哪，各位先生！喂，来人！副将！蒙太诺！帮帮忙，各位朋友！这算是守的什么夜呀！（钟鸣）谁在那儿打钟？该死！全市的人都要起来了。天哪！副将，住手！你的脸要从此丢尽啦。

| 奥瑟罗及侍从等重上。

奥瑟罗 这儿出了什么事情？

蒙太诺 他妈的！我的血流个不停；我受了重伤啦。

奥瑟罗 要活命的快住手！

伊阿古 喂，住手，副将！蒙太诺！各位先生！你们忘记你们的地位和责任了吗？住手！主帅在对你们说话；还不住手！

奥瑟罗 怎么，怎么！为什么闹起来的？难道我们都变成野蛮人了吗？为了基督徒的面子，停止这场粗暴的争吵；谁要是一味呕气，再敢动一动，他就是看轻他自己的灵魂，他一举手我就叫他死。叫他们不要打那可怕的钟；它会扰乱岛上的人心。各位，究竟是怎么一回事？正直的伊阿古，瞧你懊恼得脸色惨淡，告诉我，谁开始这场争闹？凭着你的忠心，老实对我说。

伊阿古 我不知道；刚才还是好好的朋友，像正在宽衣解带的新夫妇一般相亲相爱，一下子就好像受到什么星光的刺激，迷失了他们的本性似的，大家拔出剑来，向彼此的胸前直刺过去，拼个你死我活了。我说不出这场任性的争吵是怎么开始的；只怪我这双腿不曾在光荣的战阵上失去，那么我也不会踏进这种是非中间了！

奥瑟罗 迈克尔，你怎么会这样忘记你自己的身份？

凯西奥 请您原谅我；我没有话可说。

奥瑟罗 尊贵的蒙太诺，您一向是个温文知礼的人，您的少年端庄为举世所钦佩，在贤人君子之间，您有很好的名誉；为什么您会这样自贬身价，牺牲您的宝贵的名誉，让人家说您是个在深更半夜里酗酒闹事的家伙？给我一个回答。

蒙太诺 尊贵的奥瑟罗，我伤得很厉害，不能多说话；您的贵部下伊阿古可以告诉您我所知道的一切。其实我也不知道我在今夜说错了什么话或是做错了什么事，除非在暴力侵凌的时候，自卫是一桩罪恶。

奥瑟罗 苍天在上，我现在可再也遏制不住我的怒气了。我只要动一动，或是举一举起这一双手臂，就可以叫你们中间最有本领的人在我的一怒之下丧失了生命。让我知道这一场可耻的骚扰是怎么开始的，谁是最初肇起事端来的人；要是证实了哪一个人是启衅的罪魁，即使他是我的孪生兄弟，我也不能放过他。什么！一个新遭战乱的城市，秩序还没有恢复，人民的心里充满了恐惧，你们却在深更半夜，在全岛治安所依赖的所在为了私人间的细故争吵起来！岂有此理！伊阿古，谁是肇事的人？

蒙太诺 你要是意存偏袒，或是同僚相护，所说的话和事实不尽符合，你就不是个军人。

伊阿古 不要这样逼我；我宁愿割下自己的舌头，也不愿让它说迈克尔·凯西奥的坏话；可是事已如此，我想说老实话也不算对不起他。是这样的，主帅：蒙太诺跟我正在谈话，忽然跑进一个人来高呼救命，后面跟着凯西奥，杀气腾腾地提着剑，好像一定要杀死他才甘心似的；那时候这位先生就挺身前去拦住凯西奥，请他息怒；我自己追赶那个叫喊的人，因为恐怕他在外边大惊小怪，扰乱人心可是他跑得快，我追不上，又听见背后刀剑碰撞和凯西奥高声咒骂的声音，所以就回来了；我从来没有听见他这样骂过人；我本来追得不远，一转身就看见他们在这儿你一刀我一剑地厮杀得难解难分，正像您到来喝开他们的时候一样。我所能报告的就是这几句话。人总是人，圣贤也有错误的时候；一个人在愤怒之中，就是好朋友也会反脸不认。虽然凯西奥给了他一点小小的伤害，可是我相信凯西奥一定从那逃走的家伙手里受到什么奇耻大辱，所以才会动起那么大的火性来的。

奥瑟罗 伊阿古，我知道你的忠实和义气，使你把这件事情轻描淡写，替凯西奥减轻他的罪名。凯西奥，你是我的好朋友，可是从此以后，你不是我的部属了。

| 苔丝狄蒙娜率侍从重上。

奥瑟罗 瞧！我的温柔的爱人也给你们吵醒了！（向凯西奥）我要把你做一个榜样。

苔丝狄蒙娜 什么事？

奥瑟罗 现在一切都没事了，爱人；去睡吧。先生，您受的伤我愿意亲自替您医治。把他扶出去。（侍从扶蒙太诺下）伊阿古，你去巡视市街，安定安定受惊的人心。来，苔丝狄蒙娜；难圆的是军人的好梦，才合眼又被杀声惊动。（除伊阿古、凯西奥外均下）

伊阿古 什么！副将，你受伤了吗？

凯西奥 嗯，我的伤是无药可救的了。

伊阿古 嗳哟，上天保佑没有这样的事！

凯西奥 名誉，名誉，名誉！啊，我的名誉已经一败涂地了！我已经失去我的生命中不死的一部分，留下来的也就跟畜生没有分别了。我的名誉，伊阿古，我的名誉！

伊阿古 我是个老实人，我还以为你受到了什么身体上的伤害，那是比名誉的损失痛苦得多的。名誉是一件无聊的骗人的东西！得到它的人未必有什么功德，失去它的人也未必有什么过失。你的名誉仍旧是好端端的，除非你自以为它已经扫地了。嘿，朋友，你要恢复主帅对你的欢心，尽有办法呢。你现在不过一时遭逢他的恼怒；他给你的这一种处分，与其说是表示对你的不满，还不如说是遮掩世人耳目的政策，正像有人为了吓退一头凶恶的狮子而故意鞭打他的驯良的狗儿一样。你只要向他恳求恳求，他一定会回心转意的。

凯西奥 我宁愿恳求他唾弃我，也不愿蒙蔽他的聪明，让这样一位贤能的主帅手下有这么一个酗酒放荡的不肖将校。纵饮无度！胡言乱道！吵架！吹牛！赌咒！跟自己的影子说些废话！啊，你空虚缥缈的旨酒的精灵，要是你还没有一个名字，让我们叫你做魔鬼吧！

伊阿古 你提起了剑追逐不舍的那个人是谁？他怎么冒犯了你？

凯西奥 我不知道。

伊阿古 你怎么会不知道？

凯西奥 我记得一大堆的事情，可是全都是模模糊糊的；我记得跟人家吵起来，可是不知道为了什么。上帝啊！人们居然会把一个仇敌放进了自己的嘴里，让它偷去他们的头脑！在欢天喜地之中，把自己变成了畜生！

伊阿古 可是你现在已经很清醒了；你怎么会明白过来的？

凯西奥 气鬼一上了身，酒鬼就自动退让；一件过失引起了第二件过失，简直使我自己也瞧不起自己了。

伊阿古 得啦，你也太认真了。照此时此地的环境说起来，我但愿没有这种事情发生；可是既然事已如此，以后留心改过也就是了。

凯西奥 我要向他请求恢复我的原职；他会对我说我是一个酒棍！即使我有一百张嘴，这样一个答复，也会把它们一起封住。现在还是一个清清楚楚的人，不一会儿就变成个傻子，然后立刻就变成一头畜生！啊，奇怪！每一杯过量的酒都是魔鬼酿成的毒水。

伊阿古 算了，算了，好酒只要不滥喝，也是一个很好的伙伴；你也不用咒骂它了。副将，我想你一定把我当作一个好朋友看待。

凯西奥 我很信任你的友谊。我醉了！

伊阿古 朋友，一个人有时候多喝了几杯，也是免不了的。让我告诉你一个办法。我们主帅的夫人现在是我们真正的主帅；我可以这样说，因为他心里只念着她的好处，眼睛里只看见她的可爱。你只要在她面前坦白忏悔，恳求恳求她，她一定会帮助你官复原职。她的性情是那么慷慨仁慈，那么体贴人心，人家请她出十分力，她要是没有出到十二分，就觉得好像对人不起似的。你请她替你弥缝弥缝你跟她的丈夫之间的这一道裂痕，我可以拿我的全部财产打赌，你们的交情一定反而会因此格外加强的。

凯西奥 你的主意出得很好。

伊阿古 我发誓这一种意思完全出于一片诚心。

凯西奥 我充分信任你的善意；明天一早我就请求贤德的苔丝狄蒙娜替我尽力说情。要是我在这儿给他们革退了，我的前途也就从此毁了。

伊阿古 你说得对。晚安，副将；我还要守夜去呢。

凯西奥 晚安，正直的伊阿古！（下）

伊阿古 谁说我作事奸恶？我贡献给他的这番意见，不是光明正大、很合理，而且的确是挽回这摩尔人的心意的最好办法吗？只要是正当的请求，苔丝狄蒙娜总是有求必应的；她的为人是再慷慨再热心不过的了。至于叫她去说动这摩尔人，更是不费吹灰之力；他的灵魂已经完全成为她的爱情的俘虏，无论她要做什么事，或是把已经做成的事重新推翻，即使叫他抛弃他的信仰和一切得救的希望，他也会唯命是从，让她的喜恶主宰他的无力反抗的身心。我既然向凯西奥指示了这一条对他有利的方策，谁还能说我是个恶人呢？佛面蛇心的鬼魅！恶魔往往用神圣的外表，引诱世人干最恶的罪行，正像我现在所用的手段一样；因为当这个老实的呆子恳求苔丝狄蒙娜为他转圜，当她竭力在那摩尔人面前替他说情的时候，我就要用毒药灌进那摩尔人的耳中，说是她所以要运动凯西奥复职，只是为了恋奸情热的缘故。这样她越是忠于所托，越是会加强那摩尔人的猜疑；我就利用她的善良的心肠污毁她的名誉，让他们一个个都落进了我的罗网之中。

| 罗德利哥重上。

伊阿古 啊，罗德利哥！

罗德利哥 我在这儿给你们驱来赶去，不像一头追寻狐兔的猎狗，倒像是替你们凑凑热闹的。我的钱也差不多花光了，今夜我还挨了一顿痛打；我想这番教训，大概就是我费去不少辛苦换来的代价了。现在我的钱囊已经空空如也，我的头脑里总算增加了一点智慧，我要回到威尼斯去了。

伊阿古 没有耐性的人是多么可怜！什么伤口不是慢慢儿平复起来的？你知道我们干事情全赖计谋，并不是用的魔法；用计谋就必须等待时机成熟。一切进行得不是很顺利吗？凯西奥固然把你打了一顿，可是你受了一点小小的痛苦，已经使凯西奥把官职都丢了。虽然在太阳光底下，各种草木都欣欣向荣，可是最先开花的果子总是最先成熟。你安心点儿吧。嗳哟，天已经亮啦；又是喝酒，又是打架，闹哄哄的就让时间飞走过去了。你去吧，回到你的宿舍里去；去吧，有什么消息我再来告诉你；去吧。（罗德利哥下）我还要做两件事情：第一是叫我的妻子在她的女主人面前替凯西奥说两句好话；同时我就去设法把那摩尔人骗一骗开，等到凯西奥去向他的妻子请求的时候，再让他亲眼看见这幕把戏。好，言之有理；不要迁延不决，耽误了锦囊妙计。（下）

第 三 幕

第一场

塞浦路斯；城堡前

｜凯西奥及若干乐工上。

凯西奥 列位朋友，就在这儿奏起来吧；我会酬劳你们的。奏一支简短一些的乐曲，敬祝我们的主帅晨安。（音乐）

｜小丑上。

小丑 怎么，列位朋友，你们的乐器都曾到过那不勒斯，所以会这样嗡咙嗡咙地用鼻音说话吗？

乐工甲 怎么，大哥，怎么？

小丑 请问这些都是管乐器吗？

乐工甲 正是，大哥。

小丑 啊，原来如此。可是，列位朋友，这儿是赏给你们的钱；将军非常喜欢你们的音乐，他请求你们千万不要再奏下去了。

乐工甲 好，大哥，那么我们不奏了。

小丑 要是你们会奏听不见的音乐，请奏起来吧；可是正像人家说的，将军对于听音乐这件事不大感到兴趣。

乐工甲 我们不会奏那样的音乐。

小丑 那么把你们的笛子藏起来，因为我要去了。去，消灭在空气里吧；去！（乐工等下）

凯西奥 你听不听见，我的好朋友？

小丑 不，我没有听见您的好朋友；我只听见您。

凯西奥 少说笑话。这一块小小的金币你拿了去；要是伺候将军夫人的那位奶奶已经起身，你就告诉她有一个凯西奥请她出来说话。你肯不肯？

小丑 她已经起身了，先生；要是她愿意出来，我就告诉她。

凯西奥 谢谢你，我的好朋友。（小丑下）

| 伊阿古上。

凯西奥 来得正好，伊阿古。

伊阿古 你还没有上过床吗？

凯西奥 没有；我们分手的时候，天早就亮了。伊阿古，我已经大胆叫人去请你的妻子出来；我想请她替我设法见一见贤德的苔丝狄蒙娜。

伊阿古 我去叫她立刻出来见你。我还要想一个法子把那摩尔人调开，好让你们谈话方便一些。

凯西奥 多谢你的好意。（伊阿古下）我从来没有认识过一个比他更善良正直的佛罗伦萨人。

| 爱米利娅上。

爱米利娅 早安，副将！听说您误触主帅之怒，真是一件令人懊恼的事；可是一切就会转祸为福的。将军和他的夫人正在谈起此事，夫人竭力替您辩白，将军说，被您伤害的那个人，在塞浦路斯是很有名誉、很有势力的，为了避免受人非难起见，他不得不把您斥革；可是他

说他很喜欢您，即使没有别人替您说情，他也会留心着一有适当的机会，就让您恢复原职的。

凯西奥 可是我还要请求您一件事：要是您认为没有妨碍，或是可以办得到的话，请您设法让我独自见一见苔丝狄蒙娜，跟她作一次简短的谈话。

爱米利娅 请您进来吧；我可以带您到一处可以让您从容吐露您的心曲的所在。

凯西奥 那真使我感激万分了。（同下）

第二场

城堡中一室

| 奥瑟罗、伊阿古及绅士等上。

奥瑟罗 伊阿古，这几封信你拿去交给舵师，叫他回去替我呈上元老院。我就在堡垒上走走！你把事情办好以后，就到那边来见我。

伊阿古 是，主帅，我就去。

奥瑟罗 各位，我们要不要去看看这儿的防务？

众人 我们愿意奉陪。（同下）

第三场

城堡前

| 苔丝狄蒙娜、凯西奥及爱米利娅上。

苔丝狄蒙娜 好凯西奥，你放心吧，我一定尽力替你说情就是了。

爱米利娅 好夫人，请您千万出力。不瞒您说，我的丈夫为了这件事情，也懊恼得不得了，就像是他自己身上的事情一般。

苔丝狄蒙娜 啊！你的丈夫是一个好人。放心吧，凯西奥，我一定会设法使我的丈夫对你恢复原来的友谊。

凯西奥 大恩大德的夫人，无论迈克尔·凯西奥将来会有什么成就，他永远是您的忠实的仆人。

苔丝狄蒙娜 我知道；我感谢你的好意。你爱我的丈夫，你又是他的多年的知交；放心吧，他除了表面上因为避免嫌疑而对你略示疏远以外，决不会真的把你见外的。

凯西奥 您说得很对，夫人；可是我现在失去了在帐下供奔走的机会，日久之后，有人代替了我的地位，恐怕主帅就要把我的忠诚和微劳一起忘记了。

苔丝狄蒙娜 那你不用担心；当着爱米利娅的面前，我保证你一定可以回复原职。请你相信我，要是我发誓帮助一个朋友，我一定会帮助他到底。我的丈夫将要不得安息，无论睡觉吃饭的时候，我都要在他耳旁聒噪；无论他干什么事，我都要插进嘴去替凯西奥说情。所以高兴起来吧，凯西奥，因为你的辩护人是宁死不愿放弃你的权益的。

| 奥瑟罗及伊阿古自远处上。

爱米利娅 夫人，将军来了。

凯西奥 夫人，我告辞了。

苔丝狄蒙娜 啊，等一等，听我说。

凯西奥 夫人，改日再谈吧；我现在心里很不自在，见了主帅恐怕反多不便。

苔丝狄蒙娜 好，随您的便。（凯西奥下）

伊阿古 吓！我不喜欢那种样子。

奥瑟罗 你说什么？

伊阿古 没有什么，主帅；要是——我不知道。

奥瑟罗 那从我妻子身边走开去的，不是凯西奥吗？

伊阿古 凯西奥，主帅？不，我想他一定不会看见您来了，就好像做了什么虚心事似的，偷偷儿溜走的。

奥瑟罗 我相信是他。

苔丝狄蒙娜 啊，我的主！刚才有人在这儿向我请托，他因为失去了您的欢心，非常抑郁不快呢。

奥瑟罗 你说的是什么人？

苔丝狄蒙娜 就是您的副将凯西奥呀。我的好夫君，要是我还有几分面子，或是几分可以左右您的力量，请您立刻对他恢复原来的恩宠吧；因为他倘不是一个真心爱您的人，他的过失倘不是无心而是有意的，那么我就是看错了人啦。请您叫他回来吧。

奥瑟罗 他刚才从这儿走开去吗？

苔丝狄蒙娜 嗯，是的；他是那样满含着羞愧，使我也不禁对他感到同情的悲哀。爱人，叫他回来吧。

奥瑟罗 现在不必，亲爱的苔丝狄蒙娜；慢慢儿再说吧。

苔丝狄蒙娜 可是那不会太久吗？

奥瑟罗 亲爱的，为了你的缘故，我叫他早一点复职就是了。

苔丝狄蒙娜 能不能在今天晚餐的时候？

奥瑟罗 不，今晚可不能。

苔丝狄蒙娜 那么明天午餐的时候？

奥瑟罗 明天我不在家里午餐；我要跟将领们在营中会面。

苔丝狄蒙娜 那么明天晚上吧；或者星期二早上，星期二中午，晚上，星期三早上，随您指定一个时间，可是不要超过三天以上。他对于自己的行为不检，的确非常悔恨；固然在这种战争的时期，地位较高的人必须以身作则，可是照我们平常的眼光看来，他的过失实在是微乎其微的。什么时候让他来？告诉我，奥瑟罗。要是您有什么事情要求我，我想我决不会拒绝您，或是这样吞吞吐吐的。什么！迈克尔·凯西奥，您向我求婚的时候，是他陪着您来的；好多次我表示对您不满意的时候，他总是为您辩护；现在我请您把他重新叙用，却会这样为难！相信我，我可以——

奥瑟罗 好了，不要说下去了。让他随便什么时候来吧；你要什么我总不愿拒绝的。

苔丝狄蒙娜 这并不是一个恩惠，就好像我请求您戴上您的手套，劝您吃些富于营养的菜肴，穿些温暖的衣服，或是叫您做一件对您自己有益的事情一样。不，要是我真的向您提出什么要求，来试探试探您的爱情，那一定要是一件非常棘手而难以应允的事。

奥瑟罗 我什么都不愿拒绝你；可是现在你必须答应暂时离开我一会儿。

苔丝狄蒙娜 我会拒绝您的要求吗？不。再会，我的主。

奥瑟罗 再会，我的苔丝狄蒙娜；我马上就来看你。

苔丝狄蒙娜 爱米利娅，来吧。您爱怎么样就怎么样，我总是服从您的。（苔丝狄蒙娜、爱米利娅同下）

奥瑟罗 可爱的女人！愿我的灵魂永堕地狱！要是我不爱

你！当我不爱你的时候，世界也要复归于混沌了。

伊阿古 尊贵的主帅——

奥瑟罗 你说什么，伊阿古？

伊阿古 当您向夫人求婚的时候，迈克尔·凯西奥也知道你们在恋爱吗？

奥瑟罗 他从头到尾都知道。你为什么问起？

伊阿古 不过是为了解释我心头的一个疑惑，并没有其他的用意。

奥瑟罗 你有什么疑惑，伊阿古？

伊阿古 我以为他本来跟夫人是不相识的。

奥瑟罗 啊，不，他常常在我们两人之间传递消息。

伊阿古 当真！

奥瑟罗 当真！嗯，当真。你觉得有什么不对吗？他这人不老实吗？

伊阿古 老实，我的主帅？

奥瑟罗 老实！嗯，老实。

伊阿古 主帅，照我所知道的——

奥瑟罗 你有什么意见？

伊阿古 意见，我的主帅！

奥瑟罗 意见，我的主帅！天哪，他在学我的舌头，好像在他的思想之中，藏着什么丑恶得不可见人的怪物似的。你的话里含着意思。刚才凯西奥离开我的妻子的时候，我听见你说，你不欢喜那种样子；你不欢喜什么样子呢？当我告诉你在我求婚的全部过程中，他都参预我们的秘密的时候，你又喊着说，“当真！”蹙紧了你的眉头，好像在把一个可怕的思想关锁在你的脑筋里一样。要是你爱我，把你所想到的事告诉我吧。

伊阿古 主帅，您知道我是爱您的。

奥瑟罗 我相信你的话；因为我知道你是一个忠爱正直的人，从来不让一句没有忖度过的说话轻易出口，所以你这种吞吞吐吐的口气格外使我惊疑。在一个奸诈的小人，这些不过是一套玩惯了的戏法；可是在一个正人君子，那就是从心底里不知不觉自然流露出来的秘密的抗议。

伊阿古 讲到迈克尔·凯西奥，我敢发誓我相信他是忠实的。

奥瑟罗 我也是这样想。

伊阿古 人们的内心应该跟他们的外表一致，有的人却不是这样；要是他们能够脱下了假面，那就好了！

奥瑟罗 不错，人们的内心应该跟他们的外表一致。

伊阿古 所以我想凯西奥是个忠实的人。

奥瑟罗 不，我看你还有一些别的意思。请你老老实实把你的思想告诉我，尽管用最坏的字眼，说出你所想到的最坏的事情。

伊阿古 我的好主帅，请原谅我；凡是我名分上应尽的责任，我当然不敢躲避，可是您不能勉强我做那一切奴隶们也没有那种义务的事。吐露我的思想？也许它们是邪恶而卑劣的；哪一座庄严的宫殿里，不会有时被下贱的东西闯入呢？哪一个人的心胸这样纯洁，没有一些污秽的念头和正大的思想分庭抗礼呢？

奥瑟罗 伊阿古，要是你以为你的朋友受人欺侮了，可是却不让他知道你的思想，这不成了党敌卖友了吗？

伊阿古 也许我是以小人之腹度君子之心，因为我是一个秉性多疑的人，常常会无中生有，错怪了人家；所以请您还是不要把我的无稽的猜测放在心上，更不要因为我的胡乱的妄言而自寻烦恼。要是我让您知道了我的思想，一则将会破坏您的安静，对您没有什么好处；二则那会影响我的人格，对我也是一件不智之举。

奥瑟罗 你的话是什么意思？

伊阿古 我的好主帅，无论男人女人，名誉是他们灵魂里面最切身的珍宝。谁偷窃我的钱囊的，不过偷窃到一些废物，一些虚无的幻质，它从我的手里转到他的手里，它也曾做过千万人的奴隶；可是谁偷了我的名誉去的，那么他虽然并不因此而富足，我却因为失去它而成为赤贫了。

奥瑟罗 凭着上天起誓，我一定要知道你的思想。

伊阿古 即使我的心在您的手里，您也不能知道我的思想；当它还在我的保管之下，我更不能让您知道。

奥瑟罗 吓！

伊阿古 啊，主帅，您要留心嫉妒啊；那是一个绿眼的妖魔，谁做了它的牺牲，就要受它的玩弄。本来并不爱他的妻子的那种丈夫，虽然明知被他的妻子欺骗，算来还是幸福的；可是啊！一方面那样痴心疼爱，一方面又是那样满腹狐疑，这才是活活的受罪！

奥瑟罗 啊，难堪的痛苦！

伊阿古 贫穷而知足，可以赛过富有；有钱的人要是时时刻刻都在担心他会有一天变成穷人，那么即使他有无限的资财，实际上也像冬天一样贫困。天啊，保佑我们不要嫉妒吧！

奥瑟罗 咦，这是什么意思？你以为我会在嫉妒里消磨我的一生，随着每一次月亮的变化，发生一次新的猜疑吗？不，我有一天感到怀疑，就要把它立刻解决。要是我会让这种捕风捉影的推测支配我的心灵，像你所暗示的那样，我就是一头愚蠢的山羊。谁说我的妻子貌美多姿，爱好交际，口才敏慧，能歌善舞，决不会使我嫉妒；对于一个贤淑的女子，这些是锦上添花的美妙的外饰。我也绝不因为我自己的缺点而担心她会背叛我；她倘不是独具慧眼，决不会选中我的。不，伊阿古，我在没有亲眼目睹以前，决不妄起猜疑；当我感到怀疑的时候，我就要把它证实；果然有了确实的证据，我就一了百了，让爱情和嫉妒同时毁灭。

伊阿古 您这番话使我听了很是高兴，因为我现在可以用更坦白的精神，向您披露我的忠爱之忱了。我还不能给您确实的证据。注意尊夫人的行动；留心观察她对凯西奥的态度；用冷静的眼光看着他们，不要一味多心，也不要过于大意。我不愿您的慷慨豪迈的天性被人欺罔；留心着吧。我知道我们国里娘儿们的脾气；在威尼斯她们背着丈夫干的风流活剧，是不瞒天地的；她们可以不顾羞耻，干她们所要干的事，只要不让丈夫知道，就可以问心无愧。

奥瑟罗 你真的这样说吗？

伊阿古 她当初跟您结婚，曾经骗过她的父亲；当她好像对您的容貌战栗畏惧的时候，她的心里却在热烈地爱着它。

奥瑟罗 她正是这样。

伊阿古 好，她这样小小的年纪，就有这般能耐，做作得不露一丝破绽，把她父亲的眼睛完全遮掩过去，使他疑心您用妖术把她骗走。——可是我不该说这种话；请您原谅我对您的过分的忠心吧。

奥瑟罗 我永远感激你的好意。

伊阿古 我看这件事情有点儿扫了您的兴致。

奥瑟罗 一点不，一点不。

伊阿古 真的，我怕您在恼啦。我希望您把我这番话当作善意的警戒。可是我看您真的在动怒啦。我必须请求您不要因为我这么说了，就武断地下了结论；不过是一点嫌疑，还不能就认为是事实哩。

奥瑟罗 我不会的。

伊阿古 您要是这样，主帅，那么我的话就要引起不幸的后果，完全违反我的本意了。凯西奥是我的好朋友，——主帅，我看您在动怒啦。

奥瑟罗 不，并不怎么动怒。我想苔丝狄蒙娜是贞洁的。

伊阿古 但愿她永远如此！但愿您永远这样想！

奥瑟罗 可是一个人往往容易迷失本性——

伊阿古 嗯，问题就在这儿。说句大胆的话，当初多少跟她同国族同肤色、同阶级的人向她求婚，她都置之不理，这明明是违反常情的举动；嘿！从这儿就可以看到一个荒唐的意志、乖僻的习性，和不近人情的思想。可是原谅我，我不一定指着她说话；虽然我恐怕她因为一时的孟浪跟随了您，也许后来会觉得您在各方面不能符合她自己国中的标准而懊悔她的选择的错误。

奥瑟罗 再会，再会。要是你还观察到什么事，请让我知道；叫你的妻子留心察看。离开我，伊阿古。

伊阿古 主帅，我告辞了。（欲去）

奥瑟罗 我为什么要结婚呢？这个诚实的汉子所看到所知道的事情，一定比他向我宣布出来的多得多。

伊阿古 （回转）主帅，我想请您最好把这件事情搁一搁，慢慢儿再看吧。凯西奥虽然应该让他复职，因为他对于这一个职位是非常胜任的；可是您要是愿意对他暂时延宕一下，就可以借此窥探他的真相，看他钻的是哪一条门路。您只要注意尊夫人在您面前是不是着力替他说情；从那上头就可以看出不少情事。现在请您只把我的意见认作无谓的过虑，——我相信我的确太多疑了，——仍旧把尊夫人看成一个清白无罪的人。

奥瑟罗 你放心吧，我不会失去自制的。

伊阿古 那么我告辞了。（下）

奥瑟罗 这是一个非常诚实的家伙，对于人情世故是再熟悉不过的了。要是我能够证明她是一头没有驯伏的野鹰，虽然我用自己的心弦把她系住，我也要放她随风远去，追寻她自己的命运。也许因为我生得黑丑，缺少绅士们温柔风雅的谈吐；也许因为我年纪老了点儿，——虽然还不算顶老，——所以她才会背叛我；我已经自取其辱，只好割断对她这一段痴情。啊，结婚的烦恼！我们可以在名义上把这些可爱的人儿称为我们所有，却不能支配她们的爱憎喜恶！我宁愿做一只虾蟆，呼吸牢室中的浊气，也不愿占住了自己心爱之物的一角，让别人把它享用。可是那是富贵者也不能幸免的灾祸，他们并不比贫贱者享有更多的特权；

那是像死一样不可逃避的命运，我们一生下来就已经在冥冥中注定了的。瞧！她来了。倘然她是不贞的，啊！那么上天在开自己的玩笑了。我不信。

| 苔丝狄蒙娜及爱米利娅重上。

苔丝狄蒙娜 啊，我的亲爱的奥瑟罗！您所宴请的那些岛上的贵人们都在等着您去就席哩。

奥瑟罗 是我失礼了。

苔丝狄蒙娜 您怎么说话这样没有劲？您不大舒服吗？

奥瑟罗 我有点儿头痛。

苔丝狄蒙娜 那一定是为了少睡的缘故，不要紧的；让我替您绑紧了，一小时内就可以痊愈。

奥瑟罗 你的手帕太小了。（苔丝狄蒙娜手帕坠地）随它去；来，我跟你一块儿进去。

苔丝狄蒙娜 您身子不舒服，我很懊恼。（奥瑟罗、苔丝狄蒙娜下）

爱米利娅 我很高兴我拾到了这方手帕；这是她从那摩尔人手里第一次得到的礼物。我那古怪的丈夫向我说过了不知多少好话，要我把它偷了来；可是她非常喜欢这玩意儿，因为他叫她永远保存，不许遗失，所以她随时带在身边，一个人的时候就拿出来把它亲吻，对它说话。我要去把那花样描下来，再把它送给伊阿古；究竟他拿去有什么用，天才知道，我可不知道。我只不过为了讨他的欢喜。

| 伊阿古重上。

伊阿古 啊！你一个人在这儿干么？

爱米利娅 不要骂；我有一件好东西给你。

伊阿古 一件好东西给我？一件不值钱的东西，——

爱米利娅 吓！

伊阿古 娶了一个愚蠢的老婆。

爱米利娅 啊！当真？要是我现在把那方手帕给了你，你给我什么东西？

伊阿古 什么手帕？

爱米利娅 什么手帕！就是那摩尔人第一次送给苔丝狄蒙娜，你老是叫我偷了来的那方手帕呀。

伊阿古 已经偷来了吗？

爱米利娅 不，不瞒你说，她自己不小心掉了下来，我正在旁边，乘此机会就把它拾起来了。瞧，这不是吗？

伊阿古 好娘子，给我。

爱米利娅 你一定要我偷了它来，究竟有什么用？

伊阿古 哼，那干你什么事？（夺帕）

爱米利娅 要是没有重要的用途，还是把它还了我吧。可怜的夫人！她失去这方手帕，准要发疯了。

伊阿古 不要说出来；我自有用处。去，离开我。（爱米利娅下）我要把这手帕丢在凯西奥的寓所里，让他找到它。像空气一样轻的小事，对于一个嫉妒的人，也会变成天书一样坚强的确证；也许这就可以引起一场是非。这摩尔人为我的毒药所中，他的心理上已经发生变化了；危险的思想本来就是一种毒药，虽然在开始的时候尝不到什么苦涩的味道，可是渐渐儿在血液里活动起来，就会像火山一样轰然爆发。我已经说过了；瞧，他又来了！

| 奥瑟罗重上。

伊阿古 罂粟、曼陀罗或是世上一切使人昏迷的药草，都不

能使你得到昨天晚上你还安然享受的酣眠。

奥瑟罗 吓！吓！对我不贞？

伊阿古 啊，怎么，主帅！别老是想着那件事啦。

奥瑟罗 去！滚开！你害得我好苦。与其知道得不明不白，还是糊里糊涂受人家欺弄的好。

伊阿古 怎么，主帅！

奥瑟罗 她瞒着我跟人家私通，我不是一无知觉的吗？我没有看见，没有想到，它对我漠不相干；到了晚上，我还是睡得好好的，逍遥自得，无忧无虑，在她的嘴唇上找不到凯西奥吻过的痕迹。被盗的人要是不知道偷儿盗去了他什么东西，他就是等于没有被盗一样。

伊阿古 我很抱歉听见您说这样的话。

奥瑟罗 要是全营的将士，从最低微的工兵起，都曾领略过她的肉体的美趣，只要我一无所知，我还是快乐的。啊！从今以后，永别了，宁静的心绪！永别了，平和的幸福！永别了，威武的大军、激发壮志的战争！啊，永别了！永别了，长嘶的骏马，锐厉的号角，惊魂的鼙鼓，刺耳的横笛，庄严的大旗和一切战阵上的威仪！还有你，杀人的巨炮啊，你的残暴的喉管里摹仿着天神乔武的怒吼，永别了！奥瑟罗的事业已经完毕。

伊阿古 难道一至于此吗，主帅？

奥瑟罗 恶人，你必须证明我的爱人是一个淫妇，你必须给我目击的证据；否则凭着人类永生的灵魂起誓，我的激起了的怒火将要喷射在你的身上，使你悔恨自己当初不曾投胎做一条狗！

伊阿古 竟会到了这样的地步吗？

奥瑟罗 让我亲眼看见这种事实，或者至少给我无可置疑的切实的证据，否则我要活活要你的命！

伊阿古 尊贵的主帅，——

奥瑟罗 你要是故意捏造谣言，毁坏她的名誉，使我受到难堪的痛苦，那么你再不要祈祷吧；放弃一切恻隐之心，让各种残酷的罪恶丛集于你的残酷的一身，尽管做一些使上天悲泣、使人世惊愕的暴行吧，因为你现在已经罪大恶极，没有什么可以使你在地狱里沉沦得更深的了。

伊阿古 天啊！您是一个汉子吗？您有灵魂吗？您有知觉吗？上帝和您同在！我也不要做这牢什子的旗官了。啊，倒霉的傻瓜！你以为自己是个老实人，人家却把你的老实当作了罪恶！啊，丑恶的世界！注意，注意，世人啊！说老实话，做老实人，是一件危险的事哩。谢谢您给我这一个有益的教训，既然善意反而遭人嗔怪，从此以后，我再也不对什么朋友掬献我的真情了。

奥瑟罗 不，且慢；你应该做一个老实的人。

伊阿古 我应该做一个聪明人；因为老实人就是傻瓜，虽然一片好心，结果还是不能取信于人。

奥瑟罗 我想我的妻子是贞洁的，可是又疑心她不大贞洁；我想你是诚实的，可是又疑心你不大诚实。我一定要得到一些证据。她的名誉本来是像狄安娜的容颜一样皎洁的，现在已经染上污垢，像我自己的脸庞一样黝黑了。要是这儿有绳子，刀子，毒药，火焰或是使人窒息的河水，我一定不能忍受下去。但愿我能够扫空这一块疑团！

伊阿古 主帅，我看您完全被感情所支配了。我很后悔不该惹起您的疑心。那么您愿意知道究竟吗？

奥瑟罗 愿意！嘿，我一定要知道。

伊阿古 那倒是可以的；可是怎样去知道它呢？主帅？您还是眼睁睁地当场看她被人奸污吗？

奥瑟罗 啊！该死该死！

伊阿古 叫他们当场出丑，我想很不容易；他们干这种事，总是要避人眼目的。那么怎么样呢？我应该怎么说呢？怎样才可以拿到真凭实据？即使他们像山羊一样风骚，猴子一样好色，豺狼一样贪淫，即使他们是糊涂透顶的傻瓜，您也看不到他们这一幕把戏。可是我说，有了确凿的线索，就可以探出事实的真相；要是这一类间接的旁证可以替您解除疑惑，那倒是不难得到的。

奥瑟罗 给我一个充分的理由，证明她已经失节。

伊阿古 我不欢喜这件差使；可是既然愚蠢的忠心已经把我拉进了这一桩纠纷里去，我也不能再守沉默了。最近我曾经和凯西奥同过榻；我因为牙痛不能入睡；世上有一种人，他们的灵魂是不能保守秘密的，往往会在睡梦之中吐露他们的私事，凯西奥也就是这一种人；我听见他在梦寐中说，“亲爱的苔丝狄蒙娜，我们须要小心，不要让别人窥破了我们的爱情！”于是，主帅，他就紧紧地捏住我的手，嘴里喊，“啊，可爱的人儿！”然后狠狠地吻着我，好像那些吻是长在我的嘴唇上，他恨不得把它们连根拔起一样；然后他又把他的脚搁在我的大腿上，叹一口气，亲一个吻，喊一声“该死的命运，把你给了那摩尔人！”

奥瑟罗 啊，可恶！可恶！

伊阿古 不，这不过是他的梦。

奥瑟罗 虽然只是一个梦，已经可以断定一切。

伊阿古 这也许可以进一步证实其他的疑窦。

奥瑟罗 我要把她碎尸万段。

伊阿古 不，您不能太卤莽了；我们还没有看见实际的行动；也许她还是贞洁的。告诉我这一点：您有没有看见过在尊夫人的手里有一方绣着草莓花样的手帕？

奥瑟罗 我给过她这样一方手帕；那是我第一次送给她的礼物。

伊阿古 那我不知道；可是今天我看见凯西奥用这样一方手帕抹他的胡子，我相信它一定就是尊夫人的。

奥瑟罗 假如就是那一方手帕，——

伊阿古 假如就是那一方手帕，或者是其他她所用过的手帕，那么又是一个对她不利的证据了。

奥瑟罗 啊，我但愿那家伙有四万条生命！单单让他死一次是发泄不了我的愤怒的。现在我明白这件事情全然是真的了。瞧，伊阿古，我把我的全部痴情向天空中吹散；它已经随风消失了。黑暗的复仇，从你的幽窟之中升起来吧！爱情啊，把你的王冠和你的心灵深处的宝座让给残暴的憎恨吧！胀起来吧，我的胸膛，因为你已经满载着毒蛇的螫舌！

伊阿古 请不要发恼。

奥瑟罗 啊，血！血！血！

伊阿古 忍耐点儿吧；也许您的意见会改变过来的。

奥瑟罗 决不，伊阿古。正像黑海的寒涛滚滚奔流，永远不会后退一样，我的风驰电掣的流血的思想，在复仇的目的没有充分达到以前，也决不会踟蹰却化为绕指的柔情。（跪）苍天在上，我倘不能报复这奇耻大辱，誓不偷生人世。

伊阿古 且慢起来。（跪）永古炳耀的日月星辰，环抱宇宙的风云雨雾，请你们为我作证：从现在起，伊阿古愿意尽心竭力，为被欺的奥瑟罗效劳；无论他叫我做什么残酷的工作，我一切唯命是从。

奥瑟罗 我不用空口的感谢接受你的好意，为了表示我的诚心的嘉纳，我要请你立刻履行你的诺言：在这三天以内，让我听见你说凯西奥已经不在人世。

伊阿古 我的朋友的死已经决定了，因为这是您的意旨；可是放她活命吧。

奥瑟罗 该死的淫妇！啊，咒死她！来，跟我去；我要为这美貌的魔鬼想出一个干脆的死法。现在你是我的副将了。

伊阿古 我永远是您的忠仆。（同下）

第四场

城堡前

| 苔丝狄蒙娜、爱米利娅及小丑上。

苔丝狄蒙娜 喂，你知道凯西奥副将住在什么地方吗？

小丑 我不敢说他住在什么地方。

苔丝狄蒙娜 为什么？

小丑 告诉您他住在什么地方，就是告诉您我掉诳。

苔丝狄蒙娜 那是什么意思？

小丑 我不知道他住在什么地方；要是胡乱想出一个地方来，说他住在这儿那儿，那就是随口掉诳啦。

苔丝狄蒙娜 你可以打听打听他在什么地方呀。

小丑 好，我就去到处打听人家，看他们怎么回答我。

苔丝狄蒙娜 找到了他，你就叫他到这儿来；对他说我已经替他在将军面前说过情了，大概可以得到圆满的结果。

小丑 干这件事是一个人的智力所能及的，所以我愿意去干它一下。（下）

苔丝狄蒙娜 我究竟在什么地方掉了那方手帕呢，爱米利娅？

爱米利娅 我不知道，夫人。

苔丝狄蒙娜 相信我，我宁愿失去我的一袋金币；倘然我的摩尔人不是这样一个光明磊落的汉子，倘然他也像那些多疑善妒的卑鄙男人一样，这是很可以引起他的疑心的。

爱米利娅 他不会嫉妒吗？

苔丝狄蒙娜 谁！他？我想在他生长的地方，那灼热的阳光已经把这种气质完全从他身上吸去了。

爱米利娅 瞧！他来了。

苔丝狄蒙娜 我在他没有跟凯西奥当面谈话以前，决不离开他一步。

| 奥瑟罗上。

苔丝狄蒙娜 您好吗，我的主？

奥瑟罗 好，我的好夫人。（旁白）啊，装假脸真不容易！——你好，苔丝狄蒙娜？

苔丝狄蒙娜 我好，我的好夫君。

奥瑟罗 把你的手给我。这手很潮润呢，我的夫人。

苔丝狄蒙娜 它还没有感到老年的侵袭，受过忧伤的损害。

奥瑟罗 这一只手表明它的主人是多育子女而心肠慷慨的；这么热，这么潮。奉劝夫人努力克制邪心，常常斋戒祷告，反躬自责，礼拜神明，因为这儿有一个年少风流的魔鬼，惯会在人们血液里捣乱。这是一只好手，一只很慷慨的手。

苔丝狄蒙娜 您真的可以这样说，因为就是这一只手把我的心献给您的。

奥瑟罗 一只慷慨的手。从前的姑娘把手给人，同时把心也一起给了他；现在时世变了，得到一位姑娘的手的，不一定能够得到她的心。

苔丝狄蒙娜 这种话我不会说。来，您答应我的事怎么样啦？

奥瑟罗 我答应你什么，乖乖？

苔丝狄蒙娜 我已经叫人去请凯西奥来跟您谈谈了。

奥瑟罗 我的眼睛有些胀痛，老是淌着眼泪。把你的手帕借给我一用。

苔丝狄蒙娜 这儿，我的主。

奥瑟罗 我给你的那一方呢？

苔丝狄蒙娜 我没有带在身边。

奥瑟罗 没有带？

苔丝狄蒙娜 真的没有带，我的主。

奥瑟罗 那你可错了。那方手帕是一个埃及女人送给我的母亲的；她是一个能够洞察人心的女巫，她对我的母亲说，当她保存着这方手帕的时候，它可以使她得到我的父亲的欢心，享受专房的爱宠，可是她要是失去了它，或是把它送给旁人，我的父亲就要对她发生憎厌，他的心就要另觅新欢了。她在临死的时候把它传给我，叫我有了妻子以后，就把它交给新妇。我遵照她的吩咐给了你，所以你必须格外小心，珍惜它像珍惜你自己宝贵的眼睛一样；万一失去了，或是送给别人，那就难免遭到一场无比的灾祸。

苔丝狄蒙娜 真会有这种事吗？

奥瑟罗 真的，这一方小小的手帕，却有神奇的魔力织在里面；它是一个二百岁的神巫在一阵心血来潮的时候缝就的；它那一缕缕的丝线，也不是世间的凡蚕所吐；织成以后，它曾经在用处女的心炼成的丹液里浸过。

苔丝狄蒙娜 当真！这是真的吗？

奥瑟罗 绝对的真实！所以留心藏好它吧。

苔丝狄蒙娜 上帝啊，但愿我从来没有见过它！

奥瑟罗 吓！为什么？

苔丝狄蒙娜 您为什么说得这样暴躁？

奥瑟罗 它已经失去了吗？不见了吗？说，它是不是已经丢了？

苔丝狄蒙娜 上天祝福我们！

奥瑟罗 你说。

苔丝狄蒙娜 它没有失去；可是要是失去了，那可怎么样呢？

奥瑟罗 怎么！

苔丝狄蒙娜 我说它没有失去。

奥瑟罗 去把它拿来给我看。

苔丝狄蒙娜 我可以去把它拿来，可是现在我不高兴。这是一个诡计，要想把我的要求赖了过去。请您把凯西奥重新录用了吧。

奥瑟罗 给我把那手帕拿来。我在疑心起来了。

苔丝狄蒙娜 得啦，得啦，您再也找不到一个比他更能干的人。

奥瑟罗 手帕！

苔丝狄蒙娜 请您还是跟我谈谈凯西奥的事情吧。

奥瑟罗 手帕！

苔丝狄蒙娜 他一向受您的眷爱，跟着您同甘共苦，历尽艰辛，——

奥瑟罗 手帕！

苔丝狄蒙娜 凭良心说，您也太不该。

奥瑟罗 去！（下）

爱米利娅 这个人在嫉妒吗？

苔丝狄蒙娜 我从来没有见过他像这样子。这手帕一定有些不可思议的魔力；我真倒霉把它丢了。

爱米利娅 好的男人一两年里头也难得碰见一个。男人是一张胃，我们是一块肉；他们贪馋地把我们吞下去吃饱了，就把我们呕出来。您瞧！凯西奥跟我的丈夫来啦。

| 伊阿古及凯西奥上。

伊阿古 没有别的法子，只好央求她出力。瞧！好运气！去求求她吧。

苔丝狄蒙娜 啊，好凯西奥！您有什么见教？

凯西奥 夫人，我还是要向您重提我的原来的请求，希望您发挥鼎力，让我重新做一个人，能够在我所尊敬的主帅麾下再邀恩眷。我不能这样延宕下去了。假如我果然罪大恶极，无论过去的微劳，现在的悔恨或是将来立功自赎的决心，都不能博取他的矜怜宽谅，那么我也希望得到一个明白的答复，我就死心塌地向别处去乞讨命运的布施了。

苔丝狄蒙娜 唉，善良的凯西奥！我的话已经变成刺耳的烦渎了；我的丈夫已经不是我的丈夫，要是他的面貌也像他的脾气一样改变，我简直要不认识他了。愿神灵保佑我！我已经尽力替您说话；为了我的言辞的戆拙，我已经遭到他的憎怒。您必须暂时忍守；只要是我力量所及的事，我都愿意为您一试；请您相信我，倘然那是我自己的事情，我也不会这样热心的。

伊阿古 主帅发怒了吗？

爱米利娅 他刚才从这儿走开去，他的神气暴躁异常。

伊阿古 他会发怒吗？我曾经看见大炮冲散他的队伍，像魔鬼一样把他的兄弟从他身边轰掉，他仍旧不动声色。他也会发怒吗？那么一定出了什么重大的事情啦。我要去看看他。他要是发怒，一定有些缘故。

苔丝狄蒙娜 请你就去吧。（伊阿古下）一定是什么国家大事，或是他在这儿塞浦路斯发现了威尼斯方面有什么秘密的阴谋，扰乱了他的清明的神志；人们在这种情形之下，往往会为了一些些小事而生气，虽然实际激怒他们的却是其他更大的原因。正是这样，我们一个指头疼痛的时候，全身都会觉得难受。我们不能把男人当作完善的天神，也不能希望他们永远像新婚之夜那样殷勤体贴。爱米利娅，我真该死，会在心里抱怨他的无情；现在我才觉悟我是错怪他了。

爱米利娅 谢天谢地，但愿果然像您所想的，是为了些国家的事情，不是因为对您起了疑心。

苔丝狄蒙娜 唉！我从来没有给过他一些可以使他怀疑的理由。

爱米利娅 可是多疑的人是不会因此而满足的！他们往往不是因为有了什么理由而嫉妒，只是为了嫉妒而嫉妒，那是一个凭空而来、自生自长的怪物。

苔丝狄蒙娜 愿上天保佑奥瑟罗，不要让这怪物钻进他的心！

爱米利娅 阿门，夫人。

苔丝狄蒙娜 我去找他去。凯西奥，您在这儿走走；要是我看见他可以说话，我会向他提起您的请求，尽力给您转圜就是了。

凯西奥 多谢夫人。（苔丝狄蒙娜、爱米利娅下）

| 比恩卡上。

比恩卡 你好，凯西奥朋友！

凯西奥 你怎么不在家里？你好，我的最娇美的比恩卡？不骗你，亲爱的，我正要到你家里来呢。

比恩卡 我也是要到你的尊寓里去的，凯西奥。什么！一个星期不来看我？七天七夜？一百六十八个小时？在相思里挨过的时辰，比时钟上是要慢上八十倍的；啊，这一笔算不清的糊涂账！

凯西奥 对不起，比恩卡，这几天来我实在心事太重，改日加倍补答你就是了。亲爱的比恩卡，（以苔丝狄蒙娜手帕授比恩卡）替我把这手帕上的花样描下来。

比恩卡 啊，凯西奥！这是什么地方来的？这一定是哪个新相好送给你的礼物；我现在明白你不来看我的缘故了。有这等事吗？好，好。

凯西奥 得啦，女人！把你这种瞎疑心丢还给魔鬼吧。你在吃醋了，你以为这是什么情人送给我的纪念品；不，凭着我的良心发誓，比恩卡。

比恩卡 那么这是谁的？

凯西奥 我不知道，亲爱的；我在寝室里找到它。那花样我很喜欢，我想趁失主没有来问我讨还以前，把它描了下来。请你拿去给我描一描。现在请你暂时离开我。

比恩卡 离开你！为什么？

凯西奥 我在这儿等候主帅到来；让他看见我有女人陪着，恐怕不大方便。

比恩卡 为什么？我倒要请问。

凯西奥 不是因为我不爱你。

比恩卡 只是因为你并不爱我。请你陪我略走一段路，告诉我今天晚上你来不来看我。

凯西奥 我只能陪你略走几步，因为我在这儿等着人；可是我就会来看你的。

比恩卡 那很好；我也不能勉强你。（各下）

第 四 幕

第一场

塞浦路斯；城堡前

| 奥瑟罗及伊阿古上。

伊阿古 您愿意这样想吗？

奥瑟罗 这样想，伊阿古！

伊阿古 什么！背着人接吻？

奥瑟罗 这样的接吻是为礼法所不许的。

伊阿古 脱光了衣服，和她的朋友睡在一床，经过一个多小时，却一点不起邪念？

奥瑟罗 伊阿古，脱光衣服睡在床上，还会不起邪念！这明明是对魔鬼的假意矜持；无论怎样坚贞自诩的人，到了这种时候，也免不了受魔鬼的诱惑的。

伊阿古 要是他们不及于乱，那还不过是一个小小的过失；可是假如我把一方手帕给了我的妻子，——

奥瑟罗 给了她便怎样？

伊阿古 啊，主帅，那时候它就是她的东西了！既然是她的东西，我想她可以把它送给无论什么人的。

奥瑟罗 她的贞操也是她自己的东西，她也可以把它送给无论什么人吗？

伊阿古 她的贞操是一种不可捉摸的品质；世上有几个真正贞洁的贞洁妇人？可是讲到那方手帕，——

奥瑟罗 天哪，我但愿忘记那句话儿！你说，——啊！它笼罩着我的记忆，就像预兆不祥的乌鸦在一座染疫的屋顶上回旋一样，——你说我的手帕在他的手里。

伊阿古 是的，在他手里便怎么样？

奥瑟罗 那可不大好。

伊阿古 什么！要是我说我看见他干那对您不住的事？或是听见他说，——世上尽多那种家伙，他们靠着死命的追求征服了一个女人，或者得到什么情妇的自动的垂青，就禁不住到处向人吹，——

奥瑟罗 他说过什么话吗？

伊阿古 说过的，主帅；可是您放心吧，他说过的话，他都可以发誓否认的。

奥瑟罗 他说过些什么？

伊阿古 他说，他曾经——我不知道他曾经干些什么事。

奥瑟罗 什么？什么？

伊阿古 跟她睡——

奥瑟罗 在一床？

伊阿古 睡在一床，睡在她的身上；随您怎么说吧。

奥瑟罗 跟她睡在一床！睡在她的身上！岂有此理！手帕，——口供，——手帕！叫他招供了，再把他吊死。先把他吊起来，然后叫他招供。我一想起就气得发抖。人们总是有了某种感应，阴暗的情绪才会笼罩他的心灵；一两句空洞的说话是不能给我这样大的震动的。呸！磨鼻子，咬耳朵，吮嘴唇。会有这样的事吗？口供！——手帕！——啊，魔鬼！（晕倒）

伊阿古 显出你的效力来吧，我的妙药，显出你的效力来吧！轻信的愚人是这样落进了圈套；许多贞洁贤淑的娘儿们，都是这样蒙上了不白之冤。喂，主帅！主帅！奥瑟罗！

丨凯西奥上。

伊阿古 啊，凯西奥！

凯西奥 怎么一回事？

伊阿古 咱们大帅发起癫痫来了。这是他第二次发作；昨天他也发过一次。

凯西奥 在他太阳穴上摩擦摩擦。

伊阿古 不，不行；他这种昏迷状态，必须保持安静！要不然的话，他就要嘴里冒出白沫，慢慢儿会发起疯狂来的。瞧！他在动了。你暂时走开一下，他就会恢复原状的。等他走了以后，我还有要紧的话儿跟你说。（凯西奥下）怎么啦，主帅？您没有跌痛您的头吗？

奥瑟罗 你在讥笑我吗？

伊阿古 我讥笑您！不，没有这样的事！我愿您像一个大丈夫似的忍受命运的播弄。

奥瑟罗 顶上了绿头巾，还算是一个人吗？

伊阿古 在一座热闹的城市里，这种不好算人的人多着呢。

奥瑟罗 他自己公然承认了吗？

伊阿古 主帅，您看破一点吧；您只要想一想，哪一个有家室的须眉男子，没有遭到跟您同样命运的可能；世上不知有多少男人，他们的卧榻上容留过无数的生张熟魏，他们自己还满以为这是一块私人的禁地哩；您的情形还不算顶坏。啊！这是最刻毒的恶作剧，魔鬼的最大的玩笑，让一个男人安安心心地搂着一个荡妇亲嘴，还以为她是一个三贞九烈的女人！不，我知道我自己是个什么人，所以也知道她会变成什么样子。

奥瑟罗 啊！你是个聪明人；你说得一点不错。

伊阿古 现在请您暂时站在一旁，竭力耐住您的怒气。刚才您恼得昏过去的时候，凯西奥曾经到这儿来过；我告诉他您不省人事，把他打发走了，叫他过一会儿再来跟我谈谈；他已经答应我了。您只要找一处所在躲一躲，就可以看见他满脸得意忘形，冷嘲热讽的神气；因为我要叫他从头叙述他历次跟尊夫人相会的情形，还要问他重温好梦的时间和地点。您留心看看他那副表情吧。可是不要气恼；否则我就要说您一味意气用事，一点没有大丈夫的气概啦。

奥瑟罗 告诉你吧，伊阿古，我会很巧妙地不动声色；可是，你听着，我也会包藏一颗最凶恶的杀心。

伊阿古 那很好；可是什么事都要看准时机。您走远一步吧。（奥瑟罗退后）现在我要向凯西奥谈起比恩卡，一个靠着出卖风情维持生活的雌儿；她热恋着凯西奥；这也是娼妓们的报应，往往她们迷惑了多少的男子，结果却被一个男人迷昏了心。他一听见她的名字，就会忍不住捧腹大笑。他来了。

| 凯西奥重上。

伊阿古 他一笑起来，奥瑟罗就会发疯；可怜的凯西奥的嬉笑的神情和轻狂的举止，在他那充满着无知的嫉妒的心头，一定可以引起严重的误会。——您好，副将？

凯西奥 我因为丢掉了这个头衔，正在懊恼得要死，你却还要这样称呼我。

伊阿古 在苔丝狄蒙娜跟前多说几句央求的话，包你原官起用。（低声）要是这件事情换在比恩卡手里，早就不成问题了。

凯西奥 唉，可怜虫！

奥瑟罗 （旁白）瞧！他已经在笑起来啦！

伊阿古 我从来不知道一个女人会这样爱一个男人。

凯西奥 唉，小东西！我看她倒是真的爱我。

奥瑟罗 （旁白）现在他在含糊否认，想把这事情用一笑搪塞过去。

伊阿古 你听见吗，凯西奥？

奥瑟罗 （旁白）现在他在要求他宣布经过情形啦。说下去；很好，很好。

伊阿古 她向人家说你将要跟她结婚；你有这个意思吗？

凯西奥 哈哈哈！

奥瑟罗 （旁白）你这样得意吗，好家伙？你这样得意吗？

凯西奥 我跟她结婚！什么？一个卖淫妇？对不起，你不要这样看轻我，我还不至于糊涂到这等地步哩。哈哈哈！

奥瑟罗 （旁白）好，好，好，好。得胜的人才会笑逐颜开。

伊阿古 不骗你，人家都在说你将要跟她结婚。

凯西奥 对不起，别说笑话啦。

伊阿古 我要是骗了你，我就是个大大的混蛋。

凯西奥 一派胡说，她自己一厢情愿，相信我会跟她结婚；我可没有答应她。

奥瑟罗 （旁白）伊阿古在向我打招呼；现在他开始讲他的故事啦。

凯西奥 她刚才还在这儿；她到处缠着我。前天我正在海边上跟几个威尼斯人谈话，那傻东西就来啦；不瞒你说，她这样攀住我的颈项，——

奥瑟罗 （旁白）叫一声“啊，亲爱的凯西奥！”我可以从他的表情之间猜得出来。

凯西奥 她这样拉住我的衣服，靠在我的怀里，哭个不了，还这样把我拖来拖去，哈哈哈！

奥瑟罗 （旁白）现在他在讲她怎样把他拖到我的寝室里去啦。啊！我看见你的鼻子，可是不知道应该把它丢给哪一条狗吃。

凯西奥 好，我只好离开她。

伊阿古 啊！瞧，她来了。

凯西奥 好一头抹香粉的臭猫！

| 比恩卡上。

凯西奥 你这样到处钉着我不放，算是什么呀？

比恩卡 让魔鬼跟他的老娘钉着你吧！你刚才给我的那方手帕算是什么意思？我是个大傻瓜，才会把它受了下来。叫我描下那花样！真好看的花样，你在你的寝室里找到它，却不知道谁把它丢在那边！这一定是哪一个贱丫头送给你的东西，却叫我描下它的花样来！拿去，还给你那个相好吧；随你从什么地方得到这方手帕，我可不高兴描下它的花样。

凯西奥 怎么，我的亲爱的比恩卡！怎么！怎么！

奥瑟罗 （旁白）天哪，那该是我的手帕哩！

比恩卡 今天晚上你要是愿意来吃饭，尽管来吧；要是不愿意来，等你下回有兴致的时候再来吧。（下）

伊阿古 追上去，追上去。

凯西奥 真的，我必须追上去，否则她会沿街骂人的。

伊阿古 你预备到她家里去吃饭吗？

凯西奥 是的，我想去。

伊阿古 好，也许我会再碰见你；因为我很想跟你谈谈。

凯西奥 请你一定来吧。

伊阿古 得啦，别多说啦。（凯西奥下）

奥瑟罗 （趋前）伊阿古，我应该怎样杀死他？

伊阿古 您看见他一听到人家提起他的丑事，就笑得多么高兴吗？

奥瑟罗 啊，伊阿古！

伊阿古 您还看见那方手帕吗？

奥瑟罗 那就是我的吗？

伊阿古 我可以举手起誓，那是您的。瞧他多么看得起您那位痴心的太太！她把手帕送给他，他却拿去给了他的娼妇。

奥瑟罗 我要用九年的时间慢慢儿的磨死她。一个高雅的女人！一个美貌的女人！一个温柔的女人！

伊阿古 不，您必须忘掉那些。

奥瑟罗 嗯，让她今夜腐烂，死亡，堕入地狱吧，因为她不能再活在世上。不，我的心已经变成铁石了；我打它，反而打痛了我的手。啊！世上没有一个比她更可爱的东西；她可以睡在一个皇帝的身边，命令他干无论什么事。

伊阿古 您素来不是这个样子的。

奥瑟罗 让她死吧！我不过说她是怎么样的一个人。她的针线工作是这样精妙！一个出色的音乐家！啊，她唱起歌来，可以驯伏一头野熊的心！她的心思才智，又是这样敏慧多能！

伊阿古 唯其这样多才多艺，干出这种丑事来，才格外叫人气恼。

奥瑟罗 啊！一千倍，一千倍的可恼！而且她的性格又是这样温柔！

伊阿古 嗯，太温柔了。

奥瑟罗 对啦，一点不错。可是，伊阿古，可惜！啊！伊阿古！伊阿古！太可惜啦！

伊阿古 要是您对于一个失节之妇，还是这样恋恋不舍，那么索性采取放任主义吧；因为既然您自己也不以为意，当然更不干别人的事。

奥瑟罗 我要把她剁成一堆肉酱。叫我当一个忘八！

伊阿古 啊，她太不顾羞耻啦！

奥瑟罗 跟我的部将通奸！

伊阿古 那尤其可恶。

奥瑟罗 给我弄些毒药来，伊阿古；今天晚上。我不想跟她多费唇舌，免得她的肉体和美貌再打动了我的心。今天晚上，伊阿古。

伊阿古 不要用毒药，在她床上扼死她，就在那被她玷污了的床上。

奥瑟罗 好，好；那是一个大快人心的处置，很好。

伊阿古 至于凯西奥，让我去取他的命吧；您在午夜前后，一定可以听到消息。

奥瑟罗 好极了。（内喇叭声）那是什么喇叭的声音？

伊阿古 一定是从威尼斯来了什么人。——是罗多维科奉公爵之命到这儿来了；瞧，您那位太太也跟他在一起。

| 罗多维科、苔丝狄蒙娜及侍从等上。

罗多维科 上帝保佑您，尊贵的将军！

奥瑟罗 祝福您，大人。

罗多维科 公爵和威尼斯的元老们问候您安好。（以信交奥瑟罗）

奥瑟罗 我敬吻他们的恩命。（拆信阅读）

苔丝狄蒙娜 罗多维科大哥，威尼斯有什么消息？

伊阿古 我很高兴看见您，大人；欢迎您到塞浦路斯来！

罗多维科 谢谢。凯西奥副将好吗？

伊阿古 他还健在，大人。

苔丝狄蒙娜 大哥，他跟我的丈夫闹了点儿整扭；可是您可以使他们言归于好。

奥瑟罗 你有把握吗？

苔丝狄蒙娜 您怎么说，我的主？

奥瑟罗 （读信）“务必照办为要，不得有误。——”

罗多维科 他没有回答；他正在忙着读信。将军跟凯西奥果然有了意见吗？

苔丝狄蒙娜 有了很不幸的意见；为了我对凯西奥所抱的好感，我很愿意尽力调解他们。

奥瑟罗 该死！

苔丝狄蒙娜 您怎么说，我的主？

奥瑟罗 你聪明吗？

苔丝狄蒙娜 什么！他生气了吗？

罗多维科 也许这封信激动了他；因为照我猜想起来，他们是要召唤他回国，叫凯西奥代理他的职务。

苔丝狄蒙娜 真的吗？那好极了。

奥瑟罗 当真！

苔丝狄蒙娜 您怎么说，我的主？

奥瑟罗 你要是发了疯，我才高兴。

苔丝狄蒙娜 为什么，亲爱的奥瑟罗？

奥瑟罗 魔鬼！（击苔丝狄蒙娜）

苔丝狄蒙娜 我没有错处，您不该这样对待我。

罗多维科 将军，我要是把这回事情告诉威尼斯人，即使发誓说我亲眼看见，他们也一定不会相信我。这太过分了；向她赔罪吧，她在哭了。

奥瑟罗 啊，魔鬼！魔鬼！要是妇人的眼泪有孳生化育的力量，她的每一滴泪都会变成一条鳄鱼。走开，不要让我看见你！

苔丝狄蒙娜 我不愿留在这儿害您生气。（欲去）

罗多维科 真是一位顺从的夫人。将军，请您叫她回来吧。

奥瑟罗 夫人！

苔丝狄蒙娜 我的主？

奥瑟罗 大人，您要跟她说些什么话？

罗多维科 谁？我吗，将军？

奥瑟罗 嗯，您要我叫她转来，现在她转过来了。她会转来转去，走一步路回一个身；她还会哭，大人，她还会哭；她是非常顺从的，正像您所说，非常顺从。尽管流你的眼泪吧。大人，这信上的意思，——好一股装腔作势的劲儿！——是要叫我回去。——你去吧，等会儿我再叫人来唤你。——大人，我服从他们的命令，不日就可以束装上道，回到威尼斯去。——去！滚开！（苔丝狄蒙娜下）凯西奥可以接替我的位置。今天晚上，大人，我还要请您赏光便饭。欢迎您到塞浦路斯来！——山羊和猴子！（下）

罗多维科 这就是为我们整个元老院所同声赞叹，称为全才全德的那位英勇的摩尔人吗？这就是那喜怒之情不能把它震撼的高贵的天性吗？那命运的箭矢不能把它擦伤穿破的坚定的德操吗？

伊阿古 他已经大大变了样子啦。

罗多维科 他的头脑没有毛病吗？他的神经是不是有点错乱？

伊阿古 照他现在这种情形看起来；我实在不敢说他还会变成怎么一个样子；但愿不至于此！

罗多维科 什么！打他的妻子！

伊阿古 真的，那可不大好；可是我但愿知道他对她没有比这更暴虐的行为！

罗多维科 他一向都是这样的吗？还是因为信上的说话激怒了他，才会有这种以前所没有的过失？

伊阿古 唉！唉！按着我的地位，我实在不便把我所看见所知道的一切说出口来。您不妨留心注意他，他自己的行动就可以说明一切，用不着我多说了。请您跟上去，看他还有些什么花样做出来。

罗多维科 他竟是这样一个人，真使我大失所望啦。（同下）

第二场

城堡中的一室

| 奥瑟罗及爱米利娅上。

奥瑟罗 那么你没有看见什么吗？

爱米利娅 没有看见，没有听见，也没有疑心到。

奥瑟罗 你不是看见凯西奥跟她在一起吗？

爱米利娅 可是我不知道那有什么不对，而且我听见他们两人所说的每一个字。

奥瑟罗 什么！他们从来不曾低声耳语吗？

爱米利娅 从来没有，将军。

奥瑟罗 也不曾打发你走开吗？

爱米利娅 没有。

奥瑟罗 没有叫你去替她拿扇子，手套，脸罩，或是什么东西吗？

爱米利娅 没有，将军。

奥瑟罗 那可奇了。

爱米利娅 将军，我敢用我的灵魂打赌她是贞洁的。要是您疑心她有非礼的行为，赶快除掉这种思想吧，因为那是您心理上的一个污点。要是哪一个混蛋把这种思想放进您的脑袋里，让上天罚他变成一条蛇，受永远的咒诅！假如她不是贞洁，贤淑和忠诚的，那么世上没有一个幸福的男人了；最纯洁的妻子，也会变成最丑恶的淫妇。

奥瑟罗 叫她到这儿来；去。（爱米利娅下）她的话说得很动听；可是这种做惯王婆的人，谁都是天生的利嘴。

这是一个狡猾的淫妇，一肚子千刁万恶，当着人却会跪下来向天祈祷；我看见过她这一种手段。

爱米利娅偕苔丝狄蒙娜重上。

苔丝狄蒙娜 我的主，您有什么吩咐？

奥瑟罗 过来，乖乖。

苔丝狄蒙娜 您要我怎么样？

奥瑟罗 让我看看你的眼睛；瞧着我的脸。

苔丝狄蒙娜 这是什么古怪的念头？

奥瑟罗 （向爱米利娅）你去干你的事吧，奶奶；把门关了，让我们两人在这儿谈谈心。要是有人来了，你就在门口咳嗽一声。干你的贵营生去吧；快，快！（爱米利娅下）

苔丝狄蒙娜 我跪在您的面前，请您告诉我您这些话是什么意思？我知道您在生气，可是我不懂您的话。

奥瑟罗 嘿，你是什么人？

苔丝狄蒙娜 我的主，我是您的妻子，您的忠心不二的妻子。

奥瑟罗 来，发一个誓，让你自己死后落下地狱吧；因为你的外表太像一个天使了，倘不是在不贞之上，再加一重伪誓的罪名，也许魔鬼们会不敢抓你下去的；所以发誓说你是贞洁的吧。

苔丝狄蒙娜 天知道我是贞洁的。

奥瑟罗 天知道你是像地狱一样淫邪的。

苔丝狄蒙娜 我的主，我对谁干了欺心的事？我跟哪一个人有不端的行为？我怎么是淫邪的？

奥瑟罗 啊，苔丝狄蒙娜！去！去！去！

苔丝狄蒙娜 唉，不幸的日子！——您为什么哭？您的眼泪是为我而流的吗，我的主？要是您疑心这次奉召回国，是我父亲的主意，请您不要怪我；您固然失去他的好感，我也已经失去他的慈爱了。

奥瑟罗 要是上天的意思，要让我受尽种种的磨折；要是他用诸般的痛苦和耻辱降在我的毫无防卫的头上，把我浸没在贫困的泥沼里，剥夺我的一切自由和希望，我也可以在我的灵魂的一隅之中，找到一滴忍耐的甘露。可是唉！在这尖酸刻薄的世上，做一个被人戟指笑骂的目标！那还可以容忍；可是我的心灵失去了归宿，我的生命失去了寄托，我的活力的源泉，变成了虾蟆们繁育生息的污池！忍耐，你朱唇韶颜的天婴啊，转变你的脸色，让它化成地狱般的狰狞吧！

苔丝狄蒙娜 我希望我在我的尊贵的夫主眼中，是一个贤良贞洁的妻子。

奥瑟罗 啊，是的，就像夏天肉铺里的苍蝇一样贞洁，飞来飞去撒它的卵子。你这野草闲花啊！你的颜色是这样娇美，你的香气是这样芬芳，人家看见你嗅到你就会心疼；但愿世上从来不曾有过你！

苔丝狄蒙娜 唉！我究竟犯了什么连我自己也不知道的罪恶呢？

奥瑟罗 这一张皎洁的白纸，这一本美丽的书册，是要让人家写上“娼妓”两个字去的吗？犯了什么罪恶！啊，你这人尽可夫的娼妇！我只要一说起你所干的事，我的两颊就会变成两座熔炉，把廉耻烧为灰烬。犯了什么罪恶！天神见了它要掩鼻而过；月亮看见了要羞得闭上眼睛；碰见什么都要亲吻的淫荡的风，也静悄悄躲在岩窟里面，不愿听见人家提起它的名字。犯了什么罪恶！不要脸的娼妇！

苔丝狄蒙娜 天啊，您不该这样侮辱我！

奥瑟罗 你不是一个娼妇吗？

苔丝狄蒙娜 不，我发誓我不是，否则我就不是一个基督徒。要是为我的主保持这一个清白的身子，不让淫邪的手把它污毁，要是这样的行为可以使我免去娼妇的恶名，那么我不是娼妇。

奥瑟罗 什么！你不是一个娼妇吗？

苔丝狄蒙娜 不，否则我死后没有得救的希望。

奥瑟罗 真的吗？

苔丝狄蒙娜 啊！上天饶恕我们！

奥瑟罗 那么我真是多多冒昧了；我还以为你就是那个嫁给奥瑟罗的威尼斯的狡猾的娼妇哩。——喂，你这位刚刚和圣彼得干着相反的差使的，看守地狱门的奶奶！

| 爱米利娅重上。

奥瑟罗 你，你，对了，你！我们的谈话已经完毕。这几个钱是给你作为酬劳的；请你开了门上的锁，不要泄漏我们的秘密。（下）

爱米利娅 唉！这位老爷爷究竟在转些什么念头呀？您怎么啦，夫人？您怎么啦，我的好夫人？

苔丝狄蒙娜 我是在半醒半睡之中。

爱米利娅 好夫人，我的主到底有些什么心事？

苔丝狄蒙娜 谁？

爱米利娅 我的主呀，夫人。

苔丝狄蒙娜 谁是你的主？

爱米利娅 我的主就是你的丈夫，好夫人。

苔丝狄蒙娜 我没有丈夫。不要对我说话，爱米利娅；我不能哭，我没有话可以回答你，除了我的眼泪。请你今夜把我结婚的被褥铺在我的床上，记好了；再去替我叫你的丈夫来。

爱米利娅 真是变了，变了！（下）

苔丝狄蒙娜 我应该受到这样的待遇，全然是应该的。我究竟有些什么不检的行止，才会引起他的猜疑呢？

爱米利娅率伊阿古重上。

伊阿古 夫人，您有什么吩咐？您怎么啦？

苔丝狄蒙娜 我不知道。小孩子做了错事，做父母的总是用温和的态度，轻微的责罚教训他们；他也应该这样责备我，因为我是一个娇养惯了的孩子，不惯受人家责备的。

伊阿古 怎么一回事，夫人？

爱米利娅 唉！伊阿古，将军口口声声骂她娼妇，用那样难堪的名字加在她的身上，稍有人心的人，谁听见了都不能忍受的。

苔丝狄蒙娜 我应该得到那样一个称呼吗，伊阿古？

伊阿古 什么称呼，好夫人？

苔丝狄蒙娜 就像她说我的主称呼我的那种名字。

爱米利娅 他叫她娼妇；一个喝醉了酒的叫化子，也不会把这种名字加在他的姘妇的身上。

伊阿古 为什么他要这样？

苔丝狄蒙娜 我不知道；我相信我不是那样的女人。

伊阿古 不要哭，不要哭。唉！

爱米利娅 多少名门贵族向她求婚，她都拒绝了；她抛下了老父，离乡背井，远别亲友，结果却只讨他骂一声娼妇吗？这还不叫人伤心吗？

苔丝狄蒙娜 都是我自己命薄。

伊阿古 他太岂有此理了！他怎么会起这种心思的？

苔丝狄蒙娜 天才知道。

爱米利娅 我可以打赌，一定有一个万劫不复的恶人，一个爱管闲事鬼讨好的家伙，一个说假话骗人的奴才，因为要想钻求差使，造出这样的谣言来；要是我的话说得不对，我愿意让人家把我吊死。

伊阿古 呸！哪里有这样的人？一定不会的。

苔丝狄蒙娜 要是果然有这样的人，愿上天宽恕他！

爱米利娅 宽恕他！一条绳子箍住他的颈项，地狱里的恶鬼咬碎他的骨头！他为什么叫她娼妇？谁跟她在一起？什么所在？什么时候？什么方式？什么根据？这摩尔人一定是上了不知哪一个千刁万恶的坏人的当，一个下流的大混蛋，一个卑鄙的家伙；天啊！愿你揭破这种家伙的嘴脸，让每一个老实人的手里都拿一根鞭子，把这些混蛋们脱光了衣服抽一顿，从东方一直抽到西方！

伊阿古 别嚷得给外边都听见了。

爱米利娅 哼，可恶的东西！前回弄昏了你的头，使你疑心我跟这摩尔人有暧昧的，也就是这种家伙。

伊阿古 好了，好了；你是个傻瓜。

苔丝狄蒙娜 好伊阿古啊，我应当怎样重新取得我的丈夫的欢心呢？好朋友，替我向他解释解释；因为凭着天上的太阳起誓，我实在不知道我怎么会失去他的宠爱。我对天下跪，要是在思想上，行动上，我曾经有意背弃他的爱情；要是我的眼睛，我的耳朵或是我的任何感觉，曾经对别人发生爱悦；要是我在过去，现在和将来，不是那样始终深深地爱着他，即使他把我弃如敝屣，也不因此而改变我对他的忠诚；要是我果然有那样的过失，愿我终身不能享受快乐的日子！无情可以给人重大的打击；他的无情也许会摧残我的生命，可是永不能毁坏我的爱情。我不愿提起“娼妇”两个字，一说到它就会使我心生憎恶，更不用说亲自去干那博得这种丑名的行为了；整个世界的荣华也不能诱动我。

伊阿古 请您宽心，这不过是他一时的心绪恶劣，在国事方面受了点刺激，所以跟您呕起气来啦。

苔丝狄蒙娜 要是没有别的原因，——

伊阿古 只是为了这个原因，我可以保证。（喇叭声）听！喇叭在吹晚餐的信号了；威尼斯的使者在等候进餐。进去，不要哭；一切都会圆满解决的。（苔丝狄蒙娜、爱米利娅下）

| 罗德利哥上。

伊阿古 啊，罗德利哥！

罗德利哥 我看你全然在欺骗我。

伊阿古 我怎么欺骗你？

罗德利哥 伊阿古，你每天在我面前捣鬼，把我支吾过去；照我现在看来，你非但不给我开一线方便之门，反而使我的希望一天一天微薄下去。我实在再也忍不住了。为了自己的愚蠢，我已经吃了不少的苦头，这一笔账我也不能就此善罢甘休。

伊阿古 你愿意听我说吗，罗德利哥？

罗德利哥 哼，我已经听得太多了；你的说话和行动是不相符合的。

伊阿古 你冤人太过啦。

罗德利哥 我一点没有冤你。我的钱都花光啦。你从我手里拿去送给苔丝狄蒙娜的珠宝，即使一个圣徒也会被它诱惑的；你对我说她已经收下了，告诉我不久就可以听到喜讯，可是到现在还不见一点动静。

伊阿古 好，算了；很好。

罗德利哥 很好！算了！我不能就此算了，朋友；这事情也不很好。我举手起誓，这种手段太卑鄙；我开始觉得我自己受了骗了。

伊阿古 很好。

罗德利哥 我告诉你这事情不很好。我要亲自去见苔丝狄蒙娜，要是她肯把我的珠宝还我，我愿意死了这片心，忏悔我这种非礼的追求；要不然的话，你留心点儿吧，我一定要跟你算账。

伊阿古 你现在话说完了吧？

罗德利哥 喂，我的话都是说过就做的。

伊阿古 好，现在我才知道你是一个有骨气的人；从这一刻起，你已经使我比从前加倍看重你了。把你的手给我，罗德利哥。你责备我的话，都非常有理；可是我还要声明一句，我替你干这件事情，的的确确是尽忠竭力，不敢存一分昧良的心的。

罗德利哥 那还没有事实的证明。

伊阿古 我承认还没有事实的证明，你的疑心不是没有理由的。可是，罗德利哥，要是你果然有决心，有勇气，有胆量，——我现在相信你一定有的，——今晚你就可以表现出来；要是明天夜里你不能享用苔丝狄蒙娜，你可以用无论什么恶毒的手段，什么暴虐的刑具，取去我的生命。

罗德利哥 好，你要我怎么干？是说得通做得到的事吗？

伊阿古 老兄，威尼斯已经派了专使来，叫凯西奥代替奥瑟罗的职位。

罗德利哥 真的吗？那么奥瑟罗和苔丝狄蒙娜都要回到威尼斯去了。

伊阿古 啊，不，他要到毛里塔尼亚去，把那美丽的苔丝狄蒙娜一起带走，除非这儿出了什么事，使他耽搁下来。最好的办法是把凯西奥除掉。

罗德利哥 你说把他除掉是什么意思？

伊阿古 砸碎他的脑袋，让他不能担任奥瑟罗的职位。

罗德利哥 那就是你要我去干的事吗？

伊阿古 嗯，要是你敢做一件对你自己有利益的事。他今晚在一个妓女家里吃饭，我也要到那儿去见他。现在他还没有知道他自己的命运。我可以设法让他在十二点钟到一点钟之间从那儿出来，你只要留心在门口守候，就可以照你的意思把他处置；我就在附近接应你，他在我们两人之间一定逃不了。来，不要发呆，跟我去；我可以告诉你为什么他的死是必要的，你听了就会知道这是你的一件无可推辞的行动。现在正是晚餐的时候，夜过去得很快，准备起来吧。

罗德利哥 我还要听一听你要叫我这样做的理由。

伊阿古 我一定可以向你解释明白。（同下）

第三场

城堡中的另一室

| 奥瑟罗、罗多维科、苔丝狄蒙娜、爱米利娅及侍从等上。

罗多维科 将军请留步吧。

奥瑟罗 啊，没有关系；散步散步对于我也是很好的。

罗多维科 夫人，晚安；谢谢您的盛情。

苔丝狄蒙娜 大驾光临，我们是十分欢迎的。

奥瑟罗 请吧，大人。啊！苔丝狄蒙娜，——

苔丝狄蒙娜 我的主？

奥瑟罗 你快进去睡吧；我马上就回来的。把你的侍女们打发开了，不要忘记。

苔丝狄蒙娜 是，我的主。（奥瑟罗，罗多维科及侍从等下）

爱米利娅 怎么？他现在的脸色温和得多啦。

苔丝狄蒙娜 他说他就会回来的；他叫我去睡，还叫我把你遣开。

爱米利娅 把我遣开！

苔丝狄蒙娜 这是他的吩咐；所以，好爱米利娅，把我的睡衣给我，你去吧，我们现在不能再惹他生气了。

爱米利娅 我希望您当初并不和他相识！

苔丝狄蒙娜 我却不希望这样；我是那么欢喜他，即使他的固执，他的呵斥，他的怒容，——请你替我取下衣上的扣针，——在我看来也是可爱的。

爱米利娅 我已经照您的吩咐，把那些被褥铺好了。

苔丝狄蒙娜 很好。天哪！我们的思想是多么傻！要是我比你先死，请你就把那些被褥做我的殓衾。

爱米利娅 得啦得啦，您在说呆话。

苔丝狄蒙娜 我的母亲有一个侍女名叫巴巴拉，她跟人家有了恋爱；她的情人发了疯，把她丢了。她有一支《杨柳歌》，那是一支古老的曲调，可是正好说中了她的命运；她到死的时候，嘴里还在唱着它。那支歌今天晚上老是萦回在我的脑畔；我的烦乱的心绪，使我禁不住侧下我的头，学着可怜的巴巴拉样子把它歌唱。请你赶快点儿。

爱米利娅 我要不要就去把您的睡衣拿来？

苔丝狄蒙娜 不，先替我取下这儿的扣针。这个罗多维科是一个俊美的男子。

爱米利娅 一个很漂亮的人。

苔丝狄蒙娜 他的谈吐很好。

爱米利娅 我知道威尼斯有一个女郎，愿意赤了脚步行到巴力斯丁，为了希望碰一碰他的下唇。

苔丝狄蒙娜 （唱）

可怜的她坐在枫树下啜泣，
歌唱那青青杨柳；
她手抚着胸膛，她低头靠膝，
唱杨柳，杨柳，杨柳。
清澈的流水吐出她的呻吟，
唱杨柳，杨柳，杨柳。

她的热泪溶化了顽石的心，——

把这些放在一旁。——（唱）

唱杨柳，杨柳，杨柳。

快一点，他就要来了。——（唱）

青青的柳枝织成一个翠环；

不要怪他，我甘心受他笑骂；——

不，下面一句不是这样的。听！谁在打门？

爱米利娅 是风哩。

苔丝狄蒙娜 你去吧；晚安。我的眼睛在跳，那是哭泣的预兆吗？

爱米利娅 没有这样的事。

苔丝狄蒙娜 我听见人家这样说。啊，这些男人！这些男人！凭你的良心说，爱米利娅，你想世上有没有背着丈夫干这种坏事的女人？

爱米利娅 怎么没有？

苔丝狄蒙娜 你愿意为了整个世界的财富而干这种事吗？

爱米利娅 难道您不愿吗？

苔丝狄蒙娜 不，凭着天上的月光起誓！你愿意为了整个的世界而干这种事吗？

爱米利娅 世界是这一件很大的东西；干一件小小的坏事这代价是太贵了。

苔丝狄蒙娜 真的，我想你不会。

爱米利娅 真的，我想我应该干的。为了一枚对合的戒指，几亩草地，或是几件衣服，几件裙子，一两顶帽子，以及诸如此类的小玩意儿而叫我干这种事，我当然不愿；可是为了整个的世界，谁不愿意出卖自己的贞操，让她的丈夫做一个皇帝呢？我就是因此而下炼狱，也是甘心的。

苔丝狄蒙娜 我要是为了整个的世界，会干出这种丧心的事来，一定不得好死。

爱米利娅 世间的是非本来没有定准；您因为干了一件错事而得到整个的世界，在您自己的世界里，您还不能把是非颠倒过来吗？

苔丝狄蒙娜 我想世上不会有那样女人的。

爱米利娅 愿意作这种赌博的女人多着呢。照我想来，妻子的堕落总是丈夫的过失；要是他们疏忽了自己的责任，把我们所珍爱的东西浪掷在外人的怀里，或是无缘无故吃起醋来，约束我们行动的自由，或是殴打我们，削减我们的花粉钱，我们也是有脾气的，虽然生就温柔的天性，到了一个时候也是会复仇的。让做丈夫的人们知道，他们的妻子也和他们有同样的感觉：她们的眼睛也能辨别美恶，她们的鼻子也能辨别香臭，她们的舌头也能辨别甜酸，正像她们的丈夫们一样。他们厌弃了我们，别寻新欢，是为了什么缘故呢？是逢场作戏吗？我想是的。是因为爱情的驱使吗？我想也是的。还是因为喜新厌旧的人类常情呢？那也是一个理由。那么难道我们就不会对别人发生爱情，难道我们就没有逢场作戏的欲望，难道我们就不是喜新厌旧，跟男人们一样？所以让他们好好儿对待我们吧；否则我们要让他们知道，我们所干的坏事都是出于他们的指教。

苔丝狄蒙娜 晚安，晚安！愿上天监视我们的言行；我不愿以恶为师，我只愿鉴非自警！（各下）

第 五 幕

第一场
塞浦路斯；街道

丨伊阿古及罗德利哥上。

伊阿古 来，站在这堵披屋后面；他就会来的。把你的宝剑拔出鞘，看准要害刺过去。快，快；不要怕；我就在你旁边。成功失败，在此一举，你得摆定决心。

罗德利哥 不要走开，也许我会失手。

伊阿古 我就在这儿，你的近旁。胆子放大些，站定了。（退后）

罗德利哥 我对于这件事情不是顶热心；可是他讲的理由十分充足。左右不过去掉了一个人。出来，我的剑；他必须死！

伊阿古 我已经激动这小脓包的心，他居然动起怒来了。不管是他杀死凯西奥，还是凯西奥杀死他，或者两败俱伤，对于我都是有好处的。要是罗德利哥活在世上，他总有一天要问我讨还那许多我从他手里干没下来、名说是送给苔丝狄蒙娜的金银珠宝；这可断断不能。

要是凯西奥活在世上，我每天都要在他的旁边相形见拙；而且那摩尔人万一向他当面质问起来，我的阴谋就会暴露，那时候我的地位就非常危险了。不，他非死不可。就是这样吧。我听见他来了。

| 凯西奥上。

罗德利哥 我认识他的走路的姿势；正是他。——恶人，你给我死吧！（挺剑刺凯西奥）

凯西奥 幸亏我穿着一身好甲，否则那一剑一定会致我的死命。让我也来试一试你的甲牢不牢吧。（拔剑刺伤罗德利哥）

罗德利哥 啊，我死了！（伊阿古自后刺伤凯西奥腿，下）

凯西奥 我从此终身残废了！救命啊！杀了人啦！杀了人啦！（倒地）

| 奥瑟罗自远处上。

奥瑟罗 凯西奥的声音。伊阿古果然没有失信。

罗德利哥 啊，我真是个恶人！

奥瑟罗 一点不错。

凯西奥 啊，救命哪！拿火来！找一个医生！

奥瑟罗 正是他。勇敢正直的伊阿古呀，你这样奋不顾身，为你的朋友复仇雪耻，真是难得！你给我一个教训了。贱人，你心爱的人已经死在这儿，你的末日就在眼前；娼妇，我来了！从我的心头抹去你的媚眼的魔力；让淫邪的血溅洒你那被淫邪玷污了的枕席。（下）

| 罗多维科及葛莱西安诺自远处上。

凯西奥 喂！怎么！没有巡夜的逻卒？没有过路的行人？杀了

人啦！杀了人啦！

葛莱西安诺 出了什么乱子啦？这叫声很是凄惨。

凯西奥 救命啊！

罗多维科 听！

罗德利哥 啊，该死的恶人！

罗多维科 两三个人在那儿呻吟。这是一个很阴沉的黑夜；也许他们是故意假装出来的，我们人手孤单，冒冒失失过去，恐怕不大安全。

罗德利哥 没有人来吗？那么我要流血而死了！

罗多维科 听！

| 伊阿古持火炬重上。

葛莱西安诺 有一个人穿着衬衫，一手拿火，一手举着武器来了。

伊阿古 那边是谁？什么人在那儿喊杀人？

罗多维科 我们不知道。

伊阿古 你们听见一个呼声吗？

凯西奥 这儿，这儿！看在上天的面上，救救我！

伊阿古 怎么一回事？

葛莱西安诺 这个人好像是奥瑟罗麾下的旗官。

罗多维科 正是；一个很勇敢的汉子。

伊阿古 你是什么人，在这儿叫喊得这样凄惨？

凯西奥 伊阿古吗？啊，我被恶人算计，害得我不能做人啦！救救我！

伊阿古 嗳哟，副将！这是什么恶人干的事？

凯西奥 我想有一个暴徒还在这儿；他逃不了。

伊阿古 啊，可恶的奸贼！（向罗多维科、葛莱西安诺）你们是什么人？过来帮帮忙。

罗德利哥 啊，救救我！我在这儿。

凯西奥 他就是恶党中的一人。

伊阿古 好一个杀人的凶徒！啊，恶人！（刺罗德利哥）

罗德利哥 啊，万恶的伊阿古！没有人心的狗！

伊阿古 在暗地里杀人！这些凶恶的贼党都在哪儿？这地方多么寂静！喂！杀了人啦！杀了人啦！你们是什么人？是好人还是坏人？

罗多维科 请你自己判断我们吧。

伊阿古 罗多维科大人吗？

罗多维科 正是，老总。

伊阿古 恕我失礼了。这儿是凯西奥，被恶人们刺伤，倒在地上。

葛莱西安诺 凯西奥！

伊阿古 怎么样，兄弟？

凯西奥 我的腿断了。

伊阿古 嗳哟，罪过罪过！两位先生，请替我照火；我要用我的衫子把它包扎起来。

| 比恩卡上。

比恩卡 喂，什么事？谁在这儿叫喊？

伊阿古 谁在这儿叫喊！

比恩卡 嗳哟，我的亲爱的凯西奥！我的温柔的凯西奥！啊，凯西奥！凯西奥！凯西奥！

伊阿古 哼，你这声名狼藉的娼妇！凯西奥，照你猜想起来，向你下这样毒手的大概是些什么人？

凯西奥 我不知道。

葛莱西安诺 我正要来找你，谁料你会遭逢这样的祸事，真是恼人！

伊阿古 借给我一条吊袜带。好。啊，要是有一张椅子，让他舒舒服服躺在上面，把他抬去才好！

比恩卡 嗳哟，他晕过去了！啊；凯西奥！凯西奥！凯西奥！

伊阿古 两位先生，我很疑心这个贱人也是那些凶徒们的同党。——忍耐点儿，好凯西奥。——来，来，借我一个火。我们认不认识这一张脸孔？嗳哟！是我的同国好友罗德利哥吗？不。唉，果然是他！天哪！罗德利哥！

葛莱西安诺 什么！威尼斯的罗德利哥吗？

伊阿古 正是他，先生。你认识他吗？

葛莱西安诺 认识他！我怎么不认识他？

伊阿古 葛莱西安诺先生吗？请您原谅，这些流血的惨剧，使我礼貌不周，失敬得很。

葛莱西安诺 哪儿的话；我很高兴看见您。

伊阿古 你怎么啦，凯西奥？啊，来一张椅子！来一张椅子！

葛莱西安诺 罗德利哥！

伊阿古 他，他，正是他。（众人携椅上）啊！很好；椅子。几个人把他小心抬走；我就去找军医官来。（向比恩卡）你，奶奶，你也不用装腔作势啦。——凯西奥，死在这儿的这个人是我的好朋友。你们两人有什么仇恨？

凯西奥 一点没有；我根本不认识这个人。

伊阿古 （向比恩卡）什么！你脸色变白了吗？——啊！把他抬进屋子里去。（众舁凯西奥、罗德利哥二人下）等一等，两位先生。奶奶，你脸色变白了吗？你们看见她眼睛里这一股惊慌的神气吗？哼，要是你这样睁大了眼睛，我们还要等着听一些新鲜的话儿哩。留心瞧着她；你们瞧；你们看见吗，两位先生？哼，犯了罪的人，即使舌头僵住了，也会不打自招的。

| 爱米利娅上。

爱米利娅 唉！出了什么事啦？出了什么事啦，丈夫？

伊阿古 凯西奥在这儿黑暗之中，被罗德利哥和几个在逃的同党袭击；他几乎送了性命，罗德利哥已经死了。

爱米利娅 嗳哟，好一位绅士！嗳哟，好凯西奥！

伊阿古 这是他爱嫖的结果。爱米利娅，你去问问凯西奥，他今天晚上在什么地方吃饭的。——什么！你听了这句话就发抖吗？

比恩卡 他在我家里吃饭；可是我并没有因此而发抖。

伊阿古 噢，他在你家里吃饭？你跟我走！

爱米利娅 呸，呸，你这不要脸的娼妇！

比恩卡 我不是娼妇；我跟你一样清白。

爱米利娅 跟我一样清白！呸！不要脸！

伊阿古 两位好先生，让我们去帮助帮助可怜的凯西奥，替他把伤口扎好。来，奶奶，你必须对我们讲老实话。爱米利娅，你快奔到城堡里去，告诉将军和夫人这儿发生了什么事。你们先请吧。（旁白）今夜是我的命运所寄，倘不能青云直上，就要一败涂地。（同下）

第二场

城堡中的卧室

| 苔丝狄蒙娜睡床上，一灯照耀室内；奥瑟罗上。

奥瑟罗 只是为了这一个原因，只是为了这一个原因，我的灵魂！纯洁的星星啊，不要让我向你们说出它的名字！只是为了这一个原因……可是我不愿溅她的血，也不愿毁伤她那比白雪更皎洁，比石膏更腻滑的肌肤。可是她不能不死，否则她将要陷害更多的男子。让我熄灭了这一盏灯，然后我就熄灭你的生命的火焰。融融的灯光啊，我把你吹熄以后，要是我心生后悔，仍旧可以把你重新点亮；可是你，造化最精美的粉本啊，你的火焰一旦熄灭，我不知道什么地方有那天上的神火，能够燃起你的原来的光彩！我摘下了蔷薇，就不能再给它已失的生机，只好让它枯萎凋谢；当它还在枝头的时候，我要嗅一嗅它的芳香。（吻苔丝狄蒙娜）啊，甘美的气息！你几乎诱动公道的心，使她折断她的利剑了！再一个吻，再一个吻。愿你到死都是这样；我要杀死你，然后再爱你。再一个吻，这是最后的一吻了；这样消魂，却又是这样无比的惨痛！我必须哭泣，然而这些是无情的眼泪。她醒来了。

苔丝狄蒙娜 谁？奥瑟罗吗？

奥瑟罗 嗯，苔丝狄蒙娜。

苔丝狄蒙娜 您要睡了吗，我的主？

奥瑟罗 你今晚有没有祈祷过，苔丝狄蒙娜？

苔丝狄蒙娜 祈祷过了，我的主。

奥瑟罗　要是你想到在你的一生之中，还有什么罪恶不曾为上帝所宽宥，赶快恳求他的恩赦吧。

苔丝狄蒙娜　嗳哟！我的主，您这句话是什么意思？

奥瑟罗　嘿，祈祷吧，干脆点儿；我就在一旁等着你。我不愿杀害你的没有准备的灵魂；不，上天禁止这种罪行！我不愿杀害你的灵魂。

苔丝狄蒙娜　您在说杀人的话吗？

奥瑟罗　嗯，是的。

苔丝狄蒙娜　那么愿上天垂怜于我！

奥瑟罗　阿门，但愿如此！

苔丝狄蒙娜　要是您这样说，我希望您不至于把我杀死。

奥瑟罗　哼！

苔丝狄蒙娜　可是我怕您；因为您的眼珠这样滚转的时候，您总是要杀人的。我不知道我为什么害怕，因为我不知道我有什么罪；可是我觉得害怕。

奥瑟罗　想想你的罪恶吧。

苔丝狄蒙娜　除非我对您的爱是罪恶，我不知道我有什么罪恶。

奥瑟罗　好，你必须因此而死。

苔丝狄蒙娜　为了爱而被杀，那样的死是违反人情的。唉！您为什么这样咬着您的下唇呢？一种饮血的欲念震撼您的全身，这便是它的征兆；可是我希望，我希望您的怒气不是对我而发。

奥瑟罗　闭嘴，不要作声！

苔丝狄蒙娜　是；可是请您告诉我究竟为了什么事？

奥瑟罗　你把我给你的那条我的心爱的手帕送给凯西奥。

苔丝狄蒙娜　不，凭着我的生命和灵魂起誓！您叫他来问好了。

奥瑟罗 好人儿，留心不要发伪誓；你已经死在眼前了。

苔丝狄蒙娜 不，我现在还不能死。

奥瑟罗 你必须立刻死，所以赶快坦白招认你的罪恶吧；即使你发誓否认每一件事实，也不能除去那使我痛心的坚强的确信。你必须死。

苔丝狄蒙娜 那么愿上帝垂怜于我！

奥瑟罗 阿门。

苔丝狄蒙娜 愿您也大发慈悲！我生平从不曾得罪过您，也从不曾用上天所不容的非分的爱情滥施在凯西奥的身上；我没有给过他什么东西。

奥瑟罗 苍天在上，我亲眼看见我的手帕在他的手里。欺罔神明的妇人！你使我的心变成坚硬；我本来想把你作为献祭的牺牲，现在却被你激起我的屠夫的恶念来了。我明明看见那手帕的。

苔丝狄蒙娜 那么是他在什么地方拾到的；我没有给他。叫他到这儿来，让他供认事实的真相。

奥瑟罗 他已经承认了。

苔丝狄蒙娜 承认什么，我的主？

奥瑟罗 承认他已经和你发生关系。

苔丝狄蒙娜 怎么？非法的关系吗？

奥瑟罗 嗯。

苔丝狄蒙娜 他不会这样说的。

奥瑟罗 是的，他的嘴已经闭住，正直的伊阿古已经把他解决了。

苔丝狄蒙娜 啊，我的恐惧竟成事实！什么！他死了吗？

奥瑟罗 即使他每一根头发里都有生命，我的复仇的怒火也会把它们一起吞下。

苔丝狄蒙娜 唉！他被人陷害，我的一生也从此断送了！

奥瑟罗 不要脸的娼妇！你当着我的面为他哭泣吗？

苔丝狄蒙娜 啊，我的主，把我放逐，可是不要杀我！

奥瑟罗 倒下，娼妇！

苔丝狄蒙娜 明天杀我，让我活过今天！

奥瑟罗 不，要是你想挣扎，——

苔丝狄蒙娜 给我半点钟的时间！

奥瑟罗 已经决定了，没有挽回的余地。

苔丝狄蒙娜 可是让我作一次祷告吧！

奥瑟罗 太迟了。（扼苔丝狄蒙娜咽喉）

爱米利娅 （在内）将军，将军！喂！将军，将军！

奥瑟罗 这是什么声音？没有死吗？还没有完全死去吗？我虽然狠心，却还有几分慈悲；我不愿你多挨受一刻痛苦。好，好。（刺苔丝狄蒙娜）

爱米利娅 （在内）喂！将军，将军！

奥瑟罗 哪一个？

爱米利娅 （在内）啊，将军！我要跟您说句话儿。

奥瑟罗 是的，这是爱米利娅。——等一等。——她死了。她多分要来说起凯西奥的死。外边已经听得见嘈杂的声音。吓！一动也不动了吗？像坟墓一样沉寂。要不要让她进来？妥当不妥当？我想她又在动了，不，怎么办呢？要是她进来，她一定要跟我的妻子说话。我的妻子！我的妻子！什么妻子？我没有妻子。啊，难堪！啊，不幸的时辰！我想现在日月应该晦暗不明，受惊的地球看见这种非常的灾变，也要吓得目瞪口呆。

爱米利娅 （在内）啊，好将军！请您让我进来对您说句话儿。

奥瑟罗 我忘记了。啊，进来，爱米利娅。慢慢，等一等。让我把帐幕拉下了。你在哪儿？（启锁开门）

| 爱米利娅上。

奥瑟罗 现在你可有什么事？

爱米利娅 啊，好将军！那边出了杀人命案啦！

奥瑟罗 什么！现在？

爱米利娅 就是刚才，将军。

奥瑟罗 那都是因为月亮走错了轨道，比平常更近地球，所以人们都发起疯来了。

爱米利娅 将军，凯西奥杀死了一个名叫罗德利哥的威尼斯青年。

奥瑟罗 罗德利哥被杀了！凯西奥也被杀了吗？

爱米利娅 不，凯西奥没有死。

奥瑟罗 凯西奥没有死！那么杀人认错了对象，痛快的复仇又有了变卦啦。

苔丝狄蒙娜 啊，死得好冤枉呀！

爱米利娅 嗳哟！那是什么呼声？

奥瑟罗 那！什么？

爱米利娅 嗳哟！那是夫人的声音。救命！救命啊！救命！啊，夫人，再说一声话儿！亲爱的苔丝狄蒙娜！啊，亲爱的夫人，说呀！

苔丝狄蒙娜 我是无罪而死的。

爱米利娅 啊！这是谁干的事？

苔丝狄蒙娜 谁也没有干；是我自己。再会吧；替我向我的仁慈的夫君致意。啊，再会吧！（死）

奥瑟罗 啊！她怎么会被人杀死的？

爱米利娅 唉！谁知道？

奥瑟罗 你听见她说是她自己，我没有杀死她。

爱米利娅 她是这样说；我只好按照事实去报告。

奥瑟罗 她到地狱的火焰里去，还不愿说一句真话。杀死她的是我。

爱米利娅 啊，那么她尤其是一个天使，你尤其是一个黑心的魔鬼了！

奥瑟罗 她干了无耻的事，她是个淫妇。

爱米利娅 你冤枉她，你是个魔鬼。

奥瑟罗 她像水一样轻浮。

爱米利娅 你说她轻浮，你自己才像火一样粗暴。啊，她是圣洁而忠贞的！

奥瑟罗 凯西奥和她通奸，不信你去问你的丈夫吧。啊，要是我采取这种极端的手段，并没有正当的理由，死后就要永远堕入地狱的底层！你的丈夫一切全都知道。

爱米利娅 我的丈夫！

奥瑟罗 你的丈夫。

爱米利娅 他知道她不守贞节吗？

奥瑟罗 喂，他知道她跟凯西奥有暧昧。嘿，要是她是个贞洁的妇人，即使上帝为我用一颗完整的宝石另外造一个世界，我也不愿用她去交换。

爱米利娅 我的丈夫！

奥瑟罗 嗯，他最初告诉我这件事。他是个正人君子，他痛恨卑鄙龌龊的行为。

爱米利娅 我的丈夫！

奥瑟罗 妇人，为什么把这句话说了又说呢？我是说你的丈夫。

爱米利娅 啊，夫人！你因为多情，受了奸人的愚弄了！我的丈夫说她不贞！

奥瑟罗 正是他，妇人；我说你的丈夫；你懂得这句话吗？我的朋友，你的丈夫，正直的，正直的伊阿古。

爱米利娅 要是他果然说了这样的话，愿他恶毒的灵魂每天一分一寸地糜烂！他全然胡说；她对于她的最卑鄙的男人是太痴心不过的了。

奥瑟罗 吓！

爱米利娅 随你把我怎么样吧。你配不上这样的好妻子，你这种行为是上天所不容的。

奥瑟罗 还不闭嘴！

爱米利娅 你没有半分力量可以伤害我；也不能让人家把我欺侮。啊，笨伯！傻瓜！泥土一样蠢的家伙！你已经做了一件大大不该的事，——我不怕你的剑；我要宣布你的罪恶，即使我将要因此而丧失二十条生命。救命！救命啊！救命！摩尔人杀死了夫人啦！杀了人啦！杀了人啦！

| 蒙太诺、葛莱西安诺、伊阿古及余人等上。

蒙太诺 什么事？怎么，将军！

爱米利娅 啊！你来了吗，伊阿古？你做得好事，人家都把杀人的罪名架在你头上啦！

葛莱西安诺 什么事？

爱米利娅 你倘是个汉子，赶快否认这恶人所说的话吧；他说你告诉他他的妻子不贞。我知道你不有这种说话，你还不会是这样一个恶人。说吧，我的心都要胀破了。

伊阿古 我不过把我自己的意思告诉他；我对他所说的话，已经由他自己证实了。

爱米利娅 可是你有没有对他说她是不贞的？

伊阿古 我对他说过。

爱米利娅 你说谎，一个可憎的、万恶不赦的谎！凭着我的灵魂起誓，一个谎，一个罪恶的谎！她跟凯西奥私通！你说她跟凯西奥私通吗？

伊阿古 跟凯西奥私通，太太。好了好了，收住你的舌头吧。

爱米利娅 我不愿收住我的舌头；我必须说话。夫人在这儿床上给人谋杀了。

众人 啊，哪会有这样的事！

爱米利娅 都是你造的谣言，引起这场血案。

奥瑟罗 各位不必惊慌；这事情是真的。

葛莱西安诺 真有这样的事，那可奇了！

蒙太诺 啊，骇人的行为！

爱米利娅 诡计！诡计！诡计！我现在想起来了；啊，诡计！那时候我就有些怀疑；我要伤心死了！啊，诡计！诡计！

伊阿古 什么！你疯了吗？快给我回家去！

爱米利娅 各位先生，让我有一个说话的机会。照理我应该服从他，可是现在却不能服从他。也许，伊阿古，我永远不再回家了。

奥瑟罗 啊！啊！啊！（仆卧床上）

爱米利娅 哼，你躺下来哭叫吧；因为你已经杀死一个世间最温柔纯洁的人。

奥瑟罗　啊，她是淫污的！我简直不认识您啦，叔父。那边躺着您的侄女，她的呼吸被我这双手新近扼断；我知道这件行为在世人眼中看起来是惊人而惨酷的。

葛莱西安诺　可怜的苔丝狄蒙娜！幸亏你父亲已经死了；你的婚事是他的致死的原因，悲伤摧折了他的衰老的生命。要是他现在还活着，看见这种惨状，一定会干出一些疯狂的事情来的。

奥瑟罗　这诚然是一件伤心的事；可是伊阿古知道她曾经跟凯西奥干过许多回无耻的勾当，凯西奥自己也承认了。她还把我的定情礼物送给凯西奥，表示接受他的献媚。我看见它在他的手里；那是一方手帕，我的父亲给我母亲的一件古老的纪念品。

爱米利娅　天啊！天上的神明啊！

伊阿古　算了，闭住你的嘴！

爱米利娅　事情总会暴露的，事情总会暴露的。闭住我的嘴？不，不，我要像北风一样自由地说话；让天神、世人和魔鬼全都把我嘲骂羞辱，我也要说我的话。

伊阿古　放明白一些，回家去吧。

爱米利娅　我不愿回家。（伊阿古拔剑欲刺爱米利娅）

葛莱西安诺　呸！你向一个妇人动武吗？

爱米利娅　你这愚笨的摩尔人啊！你所说起的那方手帕，是我偶然拾到，把它给了我的丈夫的；虽然那只是一件小小的东西，他却几次三番恳求我替他偷出来。

伊阿古　长舌的淫妇！

爱米利娅　她送给凯西奥！唉！不，是我拾到了，把它交给我的丈夫的。

伊阿古 贱人，你说谎！

爱米利娅 苍天在上，我没有说谎；我没有说谎，各位先生。杀人的傻瓜啊！像你这样一个蠢材，怎么配得上这样好的一位妻子呢？

奥瑟罗 天上没有石块，可以像雷霆一样打下来吗？好一个奸贼！（向伊阿古扑奔；伊阿古刺爱米利娅逃下）

葛莱西安诺 这妇人倒下来了；他把他的妻子杀死了。

爱米利娅 是，是；啊！把我放在夫人的一旁吧！

葛莱西安诺 他去了，他的妻子给他杀了。

蒙太诺 这是一个罪大恶极的凶徒。你把这一柄我从这摩尔人手里夺下来的剑拿了。来，在门外看守好了，别让他出去；他要是想逃走，尽管把他杀死。我要去追那恶人，那是一个不可宽恕的家伙。（蒙太诺、葛莱西安诺下）

奥瑟罗 我的勇气也离我而去了，每一个孱弱的懦夫都可以夺下我的剑来。可是奸恶既然战胜了正直，哪里还会有荣誉存在呢？让一切都归于幻灭吧！

爱米利娅 你的歌儿是一个谶兆吗，夫人？听，你听没听见我的声音？我要像天鹅一般在音乐里死去。（唱）

杨柳，杨柳，杨柳……

摩尔人，她是贞洁的；她爱你，狠心的摩尔人。我说的是真话，愿我的灵魂享受天福；我的话是跟我的思想一致的。我死了，我死了。（死）

奥瑟罗 我还有一柄剑在这屋子里，那是一柄用冰泉的水所浸炼的西班牙宝剑。啊，在这儿！叔父，我一定要出来。

葛莱西安诺 （在内）你要是敢试一试，就得付重大的代价；你没有武器，只好屈服。

奥瑟罗 那么进来瞧瞧我吧，我有话对你说；否则我虽然没有武器，也只好不顾一切跟你拼一下了。

葛莱西安诺重上。

葛莱西安诺 什么事？

奥瑟罗 瞧！我有一柄剑；从来不会在一个战士的身边佩带过一柄比它更好的剑；凭着这一条小小的手臂和这一柄利剑，我曾经冲破二十倍于你们这样人数的包围；可是，无聊的夸口啊！谁能主宰他自己的命运呢？现在我已经没有那样的本领了。虽然你看我拿着武器，可是不用害怕，这儿是我的旅途的终点，我的航程的最终的目标。你吓得退走了吗？这是不必要的惊恐；谁只要拿一根灯草向奥瑟罗的胸前挺了过来，他也会向后缩退的。奥瑟罗应该到什么地方去呢？——啊，让我再看看你的脸庞吧，薄命的女郎！像你的衬衣一样惨白！我们在天庭对簿的时候，你这一副脸色就可以把我的灵魂赶下天堂，让魔鬼把它抓去。你的全身冰冷，我的恋人！正像你的贞洁一样凛若寒霜。啊，该死的、该死的奴才！魔鬼啊，把我从这天仙一样美人的面前鞭逐出去吧！让狂风把我吹卷，硫磺把我熏烤，沸汤的深渊把我沉浸吧！啊，苔丝狄蒙娜！苔丝狄蒙娜！死了！啊！啊！啊！

罗多维科、蒙太诺、二从者舁凯西奥卧椅中，及警吏等押伊阿古同上。

罗多维科 这卤莽而不幸的人在哪儿？

奥瑟罗 那就是从前的奥瑟罗；我在这儿。

罗多维科 那条毒蛇呢？把这恶人带上来。

奥瑟罗 据说魔鬼的脚是分趾的，让我看看他的脚是不是这样。要是你真的是一个魔鬼，我也不能杀死你。（刺伤伊阿古）

罗多维科 把他手里的剑夺下来。

伊阿古 我不过流了点儿血，还没有给他杀死。

奥瑟罗 那也好，我要你留着活命；因为在我看来，死倒是一桩幸福。

罗多维科 啊，奥瑟罗！你本来是一个很好的汉子，却会中一个万恶的奸人的诡计，我们应该对你怎么说呢？

奥瑟罗 随便你们怎么说吧；要是你们愿意，不妨说我是一个正直的凶手，因为我所干的事，都是出于荣誉的观念，不是出于猜嫌的私恨。

罗多维科 这恶人已经一部分承认了他的奸谋；杀死凯西奥是你跟他同谋的吗？

奥瑟罗 是的。

凯西奥 主帅，我从来不曾得罪过您。

奥瑟罗 我相信你的话；愿你原谅我吧。你们问一问那个顶着人头的恶魔，为什么他要这样陷害我的灵魂和肉体？

伊阿古 什么也不要问我；你们所知道的，你们已经知道了；从这一刻起，我不再说一句话。

罗多维科 什么！你也不要祈祷吗？

葛莱西安诺 酷刑可以逼你开口。

奥瑟罗 你还是说吧。

罗多维科 将军，你将要明白经过的一切，我相信你现在还是一点没有知道。这是从已死的罗德利哥衣袋里搜到的一封信；这儿还有一封；其中一封信里说到杀死凯西奥的事情由罗德利哥动手执行。

奥瑟罗 啊，奸贼！

凯西奥 野蛮残忍的阴谋！

罗多维科 这儿还有一封从他的衣袋里找到的充满着怨望的信，看来好像是罗德利哥预备寄给这个万恶的奸人的；可是信还没有寄出，伊阿古就来给他满足了。

奥瑟罗 啊，恶毒的奸贼！凯西奥，我的妻子的手帕怎么会到你手里的？

凯西奥 我在我的房间里找到它；他刚才已经亲口承认有意把它丢在那边，借此可以达到他自己的图谋。

奥瑟罗 啊，傻瓜！傻瓜！傻瓜！

凯西奥 在罗德利哥的信里，他又埋怨伊阿古不该撺掇他在我值夜的时候向我寻事；我就是为了那一回事情而去职的。就在刚才，他从长时间的昏迷中醒了过来，还说起他一切都受伊阿古的指使，结果却是伊阿古伤了他的生命。

罗多维科 你必须离开这所屋子，跟我们去；你的军队和兵权必须全部交卸，让凯西奥主持塞浦路斯的军政重务。对于这一个家伙，我们将要用一切巧妙的酷刑加在他的身上，使他遍受种种的痛苦，而不至于立刻死去。我们还要把你严密监禁，等候威尼斯政府判断你的罪状。来，把他带下去。

奥瑟罗 且慢，在你们未去以前，再听我说一两句话。我对于国家曾经立过相当的功绩，这是执政诸公所知道的；那些话现在也不用说了。当你们把这种不幸的事实报告他们的时候，请你们在公文上老老实实照我本来的样子叙述，不要徇情回护，也不要恶意构陷；你们应当说我是一个在恋爱上不智而过于深情的人；一个不容易发生嫉妒，可是一旦被人煽动以后，就会感到极度烦恼的人；一个像那愚蠢的印度人一般，把一颗比他整个部落所有的财产更贵重的珍珠随手抛弃的人；一个虽然不惯于流妇人之泪，可是当他被感情征服的时候，也会像涌流着胶液的阿拉伯胶树一般两眼泛滥的人。请你们把这些话记下，再补充一句说：在阿勒坡地方，曾经有一个裹着头巾的敌意的土耳其人殴打一个威尼斯人，诽谤我们的国家，那时候我就一把抓住这受割礼的狗子的咽喉，就这样把他杀了。（以剑自刺）

罗多维科 啊，惨酷的结局！

葛莱西安诺 一切说过的话，现在又要改变过来了。

奥瑟罗 我在杀死你以前，曾经用一吻和你诀别；现在我自己的生命也在一吻里终结。（倒扑苔丝狄蒙娜身上，死）

凯西奥 我早就担心会有这样的事发生，可是我还以为他没有武器；他的心地是光明正大的。

罗多维科 （向伊阿古）你这比痛苦，饥饿和大海更凶暴的猛犬啊！瞧瞧这床上一双浴血的尸身吧；这是你干的好事。这样伤心惨目的景象，赶快把它遮盖起来吧。葛莱西安诺，请您接收这一座屋子；这摩尔人的全部家产，都应该归您继承。总督大人，怎样处置这一个恶魔般的奸徒，什么时候，什么地点，用怎样的刑法，都要请您全权办理，千万不要宽纵他！我现在就要上船回去禀命政府，用一颗悲哀的心报告这一段悲哀的事故。（同下）

EXLIBRIS

莎士比亚

悲剧喜剧全集

悲剧 II

[英] 莎士比亚 著　朱生豪 译

浙江文艺出版社

《麦克白和班柯第一次遇到三个女巫》 夏塞里奥绘
《麦克白》

《对考狄利娅尸首流泪的李尔王》 詹姆斯·巴里绘
《李尔王》 第5幕第3场

《克莉奥佩特拉与将死的玛克·安东尼》 庞培奥·巴托尼绘
《安东尼与克莉奥佩特拉》 第4幕第15场

乔治·费德里科·本塞尔绘
《李尔王》

《萨拉·西登斯饰演的麦克白夫人》 罗伯特·斯默克绘
《麦克白》 第2幕第2场

《科利奥兰纳斯登场的场景》 法兰西斯·布尔茹瓦绘
《科利奥兰纳斯》 第2幕第3场

目录

CONTENTS

李尔王

When we are born, we cry that we are come to this great stage of fools.

—— *King Lear*

当我们生下地来的时候，我们因为来到了这个全是些傻瓜的广大的舞台之上，所以禁不住放声大哭。

——《李尔王》

剧中人物

李尔	不列颠国王
法兰西国王	
勃艮第公爵	
康华尔公爵	
奥本尼公爵	
肯特伯爵	
葛罗斯特伯爵	
爱德伽	葛罗斯特之子
爱德蒙	葛罗斯特之庶子
克伦	朝士
奥斯华德	高纳里尔的管家
老人	葛罗斯特的佃户
医士	
弄人	
爱德蒙属下一军官	
考狄利娅一侍臣	
传令官	
康华尔的众仆	
高纳里尔	李尔之女
里根	李尔之女
考狄利娅	李尔之女

扈从李尔之武士、军官、使者、兵士及侍从等

地点

不列颠

第 一 幕

第一场
李尔王宫中大厅

| 肯特、葛罗斯特及爱德蒙上。

肯特 我想王上对于奥本尼公爵，比对于康华尔公爵更有好感。

葛罗斯特 我们一向都觉得是这样；可是在这一次国土的划分中，却看不出来他对这两位公爵有什么偏心；因为他分配得那么平均，无论他们怎样斤斤较量，都不能说对方比自己占了便宜。

肯特 大人，这位是您的令郎吗？

葛罗斯特 他是在我手里长大的；我常常不好意思承认他，可是现在惯了，也就不以为意啦。

肯特 我不懂您的意思。

葛罗斯特 不瞒您说，这小子的母亲没有嫁人就大了肚子生下他来。您想这应该不应该？

肯特 能够生下这样一个好儿子来，即使一时错误，也是可以原谅的。

葛罗斯特 我还有一个合法的儿子，年纪比他大一岁，然而我还是欢喜他。这畜生虽然不等我的召唤，就自己莽莽撞撞来到这世上，可是他的母亲是个迷人的东西，我们在制造他的时候，曾经有过一场销魂的游戏，这孽种我不能不承认他。爱德蒙，你认识这位贵人吗？

爱德蒙 不认识，父亲。

葛罗斯特 肯特伯爵；从此以后，你该记好他是我的尊贵的朋友。

爱德蒙 大人，我愿意为您效劳。

肯特 我必须欢喜你，希望我们以后能够常常见面。

爱德蒙 大人，我一定尽力报答您的垂爱。

葛罗斯特 他已经在国外九年，不久还是要出去的。王上来了。

〔喇叭奏花腔。李尔、康华尔、奥本尼、高纳里尔、里根、考狄利娅及侍从等上。

李尔 葛罗斯特，你去招待招待法兰西国王和勃艮第公爵。

葛罗斯特 是，陛下。（葛罗斯特、爱德蒙同下）

李尔 现在我要向你们说明我的心事。把那地图给我。告诉你们吧，我已经把我的国土划成三部；我因为自己年纪老了，决心摆脱一切世务的牵萦，把责任交卸给年轻力壮之人，让自己松一松肩，好安安心心地等死。康华尔和奥本尼两位贤婿，为了预防他们的争执，我想还是趁现在把我的几个女儿的嫁奁处分处分清楚。法兰西和勃艮第两位君主正在竞争我的小女儿的爱情，他们为了求婚而住在我们宫庭里，也已经有好多时候了，现在他们就可以得到答复。孩子们，在我还没有把我的政权、领土和国事的重任全部放弃以前，告诉我，你们中间哪一个人最爱我？我要看看谁最有孝心，最有贤德，我就给她最大的恩惠。高纳里尔，我的大女儿，你先说。

高纳里尔 父亲，我对您的爱，不是言语所能表达的；我爱您胜过自己的眼睛、整个的空间和广大的自由；超越一切可以估价的贵重稀有的事物；不亚于赋有淑德、健康、美貌和荣誉的生命；不曾有一个儿女这样爱过他的父亲，也不曾有一个父亲这样被他的儿女所爱；这一种爱可以使唇舌失去能力，辩才无所效用；我爱您是不可以数量计算的。

考狄利娅 （旁白）考狄利娅应该怎么好呢？默默地爱着吧。

李尔 在这些疆界以内，从这一条界线起，直到这一条界线为止，所有一切浓密的森林、膏腴的平原、富庶的河流、广大的牧场，都要奉你为它们的女主人；这一块土地永远为你和奥本尼的子孙所保有。我的二女儿，最亲爱的里根，康华尔的夫人，你怎么说？

里根 我跟姊姊是一样的，您凭着她就可以判断我。在我的真心之中，我觉得她刚才所说的话，正是我爱您的实际的情形，可是她还不能充分说明我的心理：我厌弃一切凡是敏锐的知觉所能感受到的快乐，只有爱您才是我的无上的幸福。

考狄利娅 （旁白）那么，考狄利娅，你只好自安于贫穷了！可是我并不贫穷，因为我深信我的爱心是比我的口才更富有的。

李尔 这一块从我们这美好的王国中划分出来的三分之一的

沃壤，是你和你的子孙永远世袭的产业，和高纳里尔所得到的一份同样的广大、同样的富庶，也是同样的佳美。现在，我的宝贝，虽然是最后的一个，我却并不对你歧视；法兰西的葡萄和勃艮第的乳酪都在竞争你的青春之爱；你有些什么话，可以换到一份比你的两个姊姊更富庶的土地？说吧。

考狄利娅 父亲，我没有话说。

李尔 没有？

考狄利娅 没有。

李尔 没有只能换到没有；重新说过。

考狄利娅 我是个笨拙的人，不会把我的心涌上我的嘴里；我爱您只是按照我的名分，一分不多，一分不少。

李尔 怎么，考狄利娅！把你的话修正修正，否则你要毁坏你自己的命运了。

考狄利娅 父亲，您生下我来，把我教养成人，爱惜我、厚待我；我受到您这样的恩德，只有恪尽我的责任，服从您、爱您、敬重您。我的姊姊们要是用她们整个的心来爱您，那么她们为什么要嫁人呢？要是我有一天出嫁了，那接受我的忠诚的誓约的丈夫，将要得到我的一半的爱、我的一半的关心和责任；假如我只爱我的父亲，我一定不会像我的姊姊们一样再去嫁人的。

李尔 你这些话果然是从心里说出来的吗？

考狄利娅 是的，父亲。

李尔 年纪这样小，却这样没有良心吗？

考狄利娅 父亲，我年纪虽小，我的心是忠实的。

李尔　好，那么让你的忠实做你的嫁奁吧。凭着太阳神圣的光辉，凭着黑夜的神秘，凭着主宰人类生死的星球的运行，我发誓从现在起，永远和你断绝一切父女之情和亲属的关系，把你当作一个路人看待。啖食自己儿女的野蛮的锡第亚人，比起你，我的旧日的女儿来，也不会更受我的憎恨。

肯特　陛下——

李尔　闭嘴，肯特！不要来批怒龙的逆鳞。她是我最爱的一个，我本来想要在她的殷勤看护之下，终养我的天年。去，不要让我看见你的脸！让坟墓做我安息的眠床，我从此割断对她的天伦的慈爱了！叫法兰西王来！都是死人吗？叫勃艮第来！康华尔，奥本尼，你们已经分到我的两个女儿的嫁奁，现在把我第三个女儿那一份也拿去分了吧；让骄傲，她自己所称为坦白的，替她找一个丈夫。我把我的威力、特权和一切君主的尊荣一起给了你们。我自己只保留一百名武士，在你们两人的地方按月轮流居住，由你们负责供养。除了国王的名义和尊号以外，所有行政的大权、国库的收入和大小事务的处理，完全交在你们手里；为了证实我的话，两位贤婿，我赐给你们这一顶宝冠，归你们两人共同保有。

肯特　尊严的李尔，我一向敬重您像敬重我的君王，爱您像爱我的父亲，跟随您像跟随我的主人，在我的祈祷之中，我总把您当作我的伟大的恩主——

李尔　弓已经弯好拉满，你留心躲开箭锋吧。

肯特　让它落下来吧，即使箭镞会刺进我的心里。李尔发了疯，肯特也只好不顾礼貌了。你究竟要怎样，老头儿？你以为有权有位的人向谄媚者低头，尽忠守职的臣僚就不敢说话了吗？君主不顾自己的尊严，干下了愚蠢的事情，在朝的端人正士只好直言极谏。保留你的权力，仔细考虑一下你的举措，收回这一种卤莽灭裂的成命。你的小女儿并不是最不孝顺你的一个；那两个有口无心的女儿，她们的柔和的低声反应不出她们内心的空虚，也决不是真心爱你。我的判断要是有错，你尽管取我的命。

李尔 肯特，你要是想活命，赶快停住你的嘴。

肯特 我的生命本来是预备向你的仇敌抛掷的；为了你的安全，我也不怕把它失去。

李尔 走开，不要让我看见你！

肯特 瞧明白一些，李尔；还是让我永远留在你的眼前吧。

李尔 凭着阿波罗起誓——

肯特 凭着阿波罗，老王，你向神明发誓也是没用的。

李尔 啊，可恶的奴才！（以手按剑）

奥本尼
康华尔 陛下息怒。

肯特 好，杀了你的医士，把你的恶病养得一天比一天厉害吧。赶快撤销你的分土授国的原议；否则只要我的喉舌尚在，我就要大声疾呼，告诉你你做了错事啦。

李尔 听着，逆贼！你想要耸动我毁弃我的不容更改的誓言，凭着你的不法的跋扈，对我的命令和权力妄加阻挠，这一种目无君上的态度，使我忍无可忍；为了维持王命的尊严，不能不给你应得的处分。我现在宽容你五天的时间，让你预备些应用的衣服食物，免得受饥寒的痛苦；在第六天上，你那可憎的身体必须离开我的国境；要是在此后十天之内，我们的领土上再发现了你的踪迹，那时候就要把你当场处死。去！凭着朱庇特发誓，这一个判决是无可改移的。

肯特 再会，国王；你既不知悔改，
囚笼里也没有自由存在。
（向考狄利娅）
神明荫护你，善良的女郎！
你的正心谠论无愧纲常，
（向里根、高纳里尔）
愿你们的夸口变成实事，
假树上会结下真的果子。
各位王子，肯特从此远去；
到新的国土走他的旧路。（下）

喇叭奏花腔。葛罗斯特率法兰西王、勃艮第及侍从等重上。

葛罗斯特 陛下，法兰西国王和勃艮第公爵来了。

李尔 勃艮第公爵，您跟这位国王都是来向我的女儿求婚的，现在我先问您：您希望她至少要有多少陪嫁的奁资，否则宁愿放弃对她的追求？

勃艮第 陛下，照着您所已经答应的数目，我就很满足了；想来您也不会再有吝惜的。

李尔 尊贵的勃艮第，当她为我所宠爱的时候，我是把她看得非常珍重的，可是现在她的价格已经落跌了。公爵，您瞧她站在那儿，一个小小的东西，要是除了我的憎恨以外，我什么都不给她，而您仍然觉得

她有使您欢喜的地方，或者您觉得她整个儿都能使您满意，那么她就在那儿，您把她带去好了。

勃艮第 我不知道怎样回答。

李尔 像她这样一个一无可取的女孩子，没有亲友的照顾，新近遭到我的憎恨，咒诅是她的嫁奁，我已经立誓和她断绝关系了，您还是愿意娶她呢，还是愿意把她放弃？

勃艮第 恕我，陛下；在这种条件之下，决定取舍是一件很为难的事。

李尔 那么放弃她吧，公爵；凭着神明起誓，我已经告诉您她的全部的价值。（向法兰西王）至于您，伟大的国王，为了重视你我的友谊，我断不愿把一个我所憎恶的人匹配于您；所以请您还是丢开了这一个为天地所不容的贱人，另外去找寻佳偶吧。

法兰西王 这太奇怪了，她刚才还是您的眼中的珍宝，您的赞美的题目，您的老年的安慰，您的最心爱的人儿，怎么一转瞬间，就会干下这么一件罪大恶极的行为，丧失了您的深恩厚爱！她的罪恶倘不是超乎寻常，您的爱心决不会变化得这样厉害；可是除非那是一桩奇迹，我无论如何不相信她会干那样的事。

考狄利娅 陛下，我只是因为缺少娓娓动人的口才，不会讲一些违心的话，凡是我心里想到的事情，我总不愿在没有把它实行以前就放在嘴里宣扬；要是您因此而恼我，我必须请求您让世人知道，我所以失去您的欢心的原因，并不是什么丑恶的污点、淫邪的行动，或是不名誉的举止；只是因为我缺少像人家那样的一双献媚希恩的眼睛，一条我所认为可耻的善于逢迎的舌头，虽然没有了这些使我不能再受您的宠爱，可是唯其如此，却使我格外尊重我自己的人格。

李尔 你不能在我面前曲意承欢，还是不要把你生养下来的好。

法兰西王 只是为了这一个原因吗？历史上往往有许多远大的计划，因为不求人知而失于记载。勃艮第公爵，您对于这位公主意下如何？爱情里面要是掺杂了和它本身不相关涉的顾虑，那就不是真的爱情。您愿不愿意娶她？她自己就是一注无价的嫁妆。

勃艮第 尊严的李尔，只要把您原来已经允许过的那一份嫁妆给我，我现在就可以使考狄利娅成为勃艮第公爵的夫人。

李尔 我什么都不给；我已经发过誓，再也没有挽回了。

勃艮第 那么抱歉得很，您已经失去一个父亲，现在必须再失去一个丈夫了。

考狄利娅 愿勃艮第平安！他所爱的既然只是财产，我也不愿做他的妻子。

法兰西王 最美丽的考狄利娅！你因为贫穷，所以是最富有的；你因为被遗弃，所以是最可宝贵的；你因为遭人轻视，所以最蒙我的怜爱。我现在把你和你的美德一起攫在我的手里；人弃我取是法理上所许可的。天啊天！想不到他们的冷酷的蔑视，却会激起我热烈的敬爱。陛下，您的没有嫁妆的女儿跟我三生缘定，现在是我的分享荣华的王后，法兰西全国的女主人了；沼泽之邦的勃艮第所有的公爵，都不能从我手里买去这一个无价之宝的女郎。考狄利娅，向他们告别吧，虽然他们是这样无良；你抛弃了故国，将要得到一个更好的家乡。

李尔 你带了她去吧，法兰西；她是你的，我没有这样的女儿，也再不要看见她的脸，去吧，你们不要想得到我的恩宠和祝福。来，尊贵的勃艮第公爵。（喇叭奏花腔。李尔、勃艮第、康华尔、奥本尼、葛罗斯特及侍从等同下）

法兰西王 向你的两位姊姊告别。

考狄利娅 父亲眼中的两颗宝玉，考狄利娅用泪洗过的眼睛向你们告别。我知道你们是怎样的人；因为碍着姊妹的情分，我不愿直言指斥你们的错处。好好对待父亲；你们自己说是孝敬他的，我把他托付给你们了。可是，唉！要是我没有失去他的欢心，我一定不让他受你们的照顾。再会了，两位姊姊。

里根 我们用不到你教训。

高纳里尔 你还是去小心伺候你的丈夫吧，命运的慈悲把你交在他的手里；你自己忤逆不孝，今天空手跟了汉子去也是活该。

考狄利娅 慢慢儿总有一天，深藏的奸诈会显出它的原形；罪恶虽然可以掩饰一时，免不了最后的出乖露丑。愿你们幸福！

法兰西王 来，我的考狄利娅。（法兰西王、考狄利娅同下）

高纳里尔 妹妹，我有许多对我们两人有切身关系的话必须跟你谈谈。我想我们的父亲今晚就要离开此地。

里根 那是十分确定的事，他要住到你们那儿去；下个月他就要跟我们住在一起了。

高纳里尔 你瞧他现在年纪老了，他的脾气多么变化不定；我们已经屡次注意到他的行为的乖僻了。他一向都是最爱我们妹妹的，现在他凭着一时的气恼就把她撵走，这就可以见得他是多么糊涂。

里根 这是他老年的昏悖；可是他向来就是这样喜怒无常的。

高纳里尔 他年轻的时候性子就很暴躁，现在他任性惯了，再加上老年人刚愎自用的怪脾气，看来我们只好准备受他的气了。

里根 他把肯特也放逐了；谁知道他心里一不高兴起来，不会把同样的手段对付我们？

高纳里尔 法兰西王辞行回国，跟他还有一番礼仪上的应酬。让我们同心合力，决定一个方策；要是我们的父亲顺着他这种脾气滥施威权起来，这一次的让国对于我们未必有什么好处。

里根 我们还要仔细考虑一下。

高纳里尔 我们必须趁早想个办法。（同下）

第二场

葛罗斯特伯爵城堡中的厅堂

| 爱德蒙持信上。

爱德蒙 大自然，你是我的女神，我愿意在你的法律之前俯首听命。为什么我要受世俗的排挤，让世人的歧视

剥夺我的应享的权利，只因为我比一个哥哥迟生了一年或是十四个月？为什么他们要叫我私生子？为什么我比人家卑贱？我的壮健的体格、我的慷慨的精神、我的端正的容貌，哪一点比不上正夫人的公子？为什么他们要给我加上庶出、贱种、私生子的恶名？贱种，贱种；贱种？难道在热烈兴奋的奸情里生下的孩子，倒不及拥着一个毫无欢趣的老婆，在半睡半醒之间制造出来的那一批蠢货？好，合法的爱德伽，我一定要得到你的土地；我们的父亲欢喜他的私生子爱德蒙，正像他欢喜他的合法的嫡子一样。好听的名词，“合法”！好，我的合法的哥哥，要是这封信发生效力，我的计策能够成功，瞧着吧，庶出的爱德蒙将要把合法的嫡子盖罩在他的下面——那时候我可要扬眉吐气啦。神啊，帮助帮助私生子吧！

| 葛罗斯特上。

葛罗斯特 肯特这样放逐了！法兰西王盛怒而去；王上昨晚又走了！他的权力全部交出，依靠他的女儿过活！这些事情都在匆促中决定，不曾经过丝毫的考虑！爱德蒙，怎么！有什么消息？

爱德蒙 禀父亲，没有什么消息。（藏信）

葛罗斯特 你为什么急急忙忙把那封信藏起来？

爱德蒙 我不知道有什么消息，父亲。

葛罗斯特 你读的是什么信？

爱德蒙 没有什么，父亲。

葛罗斯特 没有什么？那么你为什么慌慌张张地把它塞进你的衣

袋里去？既然没有什么，何必藏起来？来，给我看；要是那上面没有什么话，我也可以不用戴眼镜。

爱德蒙 父亲，请您原谅我；这是我哥哥写给我的一封信，我还没有把它读完，照我所已经读到的一部分看起来，我想还是不要让您看见的好。

葛罗斯特 把信给我。

爱德蒙 不给您看您要恼我，给您看了您又要动怒。哥哥真不应该写出这种话来。

葛罗斯特 给我看，给我看。

爱德蒙 我希望哥哥写这封信是有他的理由的，他不过要试试我的德性。

葛罗斯特 （读信）“这一种尊敬老年人的政策，使我们在年轻时候不能享受生命的欢娱；我们的财产不能由我们自己处分，等到年纪老了，这些财产对我们也失去了用处。我开始觉得老年人的专制，实在是一种荒谬愚蠢的束缚；他们没有权力压迫我们，是我们自己容忍他们的压迫。来跟我讨论讨论这一个问题吧。要是我们的父亲闭上了眼睛，你就可以永远享受他的一半的收入，并且将要为你的哥哥所喜爱。爱德伽。”——哼！阴谋！“要是他闭上了眼睛，你就可以享受他的一半的收入。”我的儿子爱德伽！他会有这样的心思，写这样的信吗？这封信是什么时候到你手里的？谁把它送给你？

爱德蒙 它不是什么人送给我的，父亲；这正是他狡猾的地方；我看见它塞在我的房间的窗眼里。

葛罗斯特 你认识这笔迹是你哥哥的吗？

爱德蒙 父亲，要是这信里所写的都是很好的话，我敢发誓这是他的笔迹；可是那上面写的既然是这种话，我但愿不是他写的。

葛罗斯特 这是他的笔迹。

爱德蒙 笔迹确是他的，父亲；可是我希望这种话不是出于他的真心。

葛罗斯特 他以前有没有用这一类话试探过你？

爱德蒙 没有，父亲；可是我常常听见他说，儿子成年以后，父亲要是已经衰老，他应该受儿子的监护，把他的财产交给他的儿子执管。

葛罗斯特 啊，混蛋！混蛋！正是他在这信里所表示的意思！可恶的混蛋！不孝的畜生！禽兽不如的东西！去，把他找来；我要依法惩办他。可恶的混蛋！他在哪儿？

爱德蒙 我不大知道，父亲。照我的意思，您在没有得到可靠的证据，证明哥哥确有这种意思以前，最好暂时耐一耐住您的怒气；因为要是您立刻就对他采取激烈的手段，万一事情出于误会，那不但大大妨害了您的名誉，而且他对于您的孝心，也要从此动摇了！我敢拿我的生命为他作保，他写这封信的用意，不过是试探试探我对您的孝心，并没有其他危险的目的。

葛罗斯特 你以为是这样的吗？

爱德蒙 您要是认为可以的话，让我把您安置在一个隐僻的地方，从那个地方您可以听到我们两人谈论这件事情，用您自己的耳朵得到一个真凭实据；事不宜迟，今天晚上就可以一试。

葛罗斯特 他不会是这样一个大逆不道的禽兽——

爱德蒙 他断不会是这样的人。

葛罗斯特 天地良心！我从来没有亏待过他。爱德蒙，找他出来；探探他究竟居心何在；你尽管照你自己的意思随机应付。我愿意放弃我的地位和财产，把这一件事情调查明白。

爱德蒙 父亲，我立刻就去找他，用最适当的方法探明这回事情，然后再来告诉您知道。

葛罗斯特 最近这一些日蚀月蚀果然不是好兆；虽然人们凭着天赋的智慧，可以对它们做种种合理的解释，可是接踵而来的天灾人祸，却不能否认是上天对人们所施的惩罚。亲爱的人互相疏远，朋友变为陌路，兄弟化成仇敌；城市里有暴动，国家发生内乱，宫庭之内潜藏着逆谋；父不父，子不子，纲常伦纪完全破灭。我这畜生也是上应天数；有他这样逆亲犯上的儿子，也就有像我们王上一样不慈不爱的父亲。我们最好的日子已经过去；现在只有一些阴谋、欺诈、叛逆、纷乱，追随在我们的背后，把我们赶下坟墓里去。爱德蒙，去把这畜生找来；那对你不会有什么妨害的；你只要自己留心一点就是了。——忠心的肯特又放逐了！他的罪名是正直！怪事，怪事！（下）

爱德蒙 人们最爱用这一种糊涂思想来欺骗自己；往往当我们因为自己行为不慎而遭逢不幸的时候，我们就会把我们的灾祸归怨于日月星辰，好像我们做恶人也是命运注定，做傻瓜也是出于上天的旨意，做无赖、做盗贼、做叛徒，都是受到天体运行的影响，酗酒、造谣、奸淫，都有一颗什么星在那儿主持操纵，我们无论干什么罪恶的行为，全都是因为有一种超自然的力量在冥冥之中驱策着我们。明明自己跟人家通奸，却把他的好色的天性归咎到一颗星的身上，真是绝妙的推诿！我的父亲跟我的母亲在巨龙星的尾巴底下交媾，我又是在大熊星底下出世，所以我就是个粗暴而好色的家伙。嘿！即使当我的父母苟合成奸的时候，有一颗最贞洁的处女星在天空睐眼睛，我也决不会换了一个样子的。爱德伽——

| 爱德伽上。

爱德蒙 一说起他，他就来了，正像旧式喜剧里的大团圆一样；我现在必须装出一副奸诈的忧郁，像疯子一般长吁短叹。唉！这些日蚀月蚀果然预兆着人世的纷争！法——索——拉——咪。

爱德伽 啊，爱德蒙兄弟！你在沉思些什么？

爱德蒙 哥哥，我正在想起前天读到的一篇预言，说是在这些日蚀月蚀之后，将要发生些什么事情。

爱德伽 你让这些东西烦扰你的精神吗？

爱德蒙 他所预言的事情，果然不幸被他说中了；什么父子的乖离、死亡、饥荒、友谊的毁灭、国家的分裂、对于国王和贵族的恫吓和咒诅、无谓的猜疑、朋友的放逐、军队的瓦解、婚姻的破坏，还有许许多多我所不知道的事情。

爱德伽 你什么时候相信起星象之学来？

爱德蒙 来，来；你最后一次看见父亲在什么时候？

爱德伽 昨天晚上。

爱德蒙 你跟他说过话没有？

爱德伽 嗯，我们谈了两个钟头。

爱德蒙 你们分别的时候，没有闹什么意见吗？你在他的辞色之间，不觉得他对你有点恼怒吗？

爱德伽 一点没有。

爱德蒙 想想看你在什么地方得罪了他；听我的劝告，暂时避一避开，等他的怒气平息下来再说，现在他正在大发雷霆，恨不得一口咬下你的肉来呢。

爱德伽 哪一个坏东西搬弄是非？

爱德蒙 我也怕有什么人在暗中离间。请你千万忍耐忍耐，不要碰在他的火性上；现在你还是跟我到我的地方去，我可以想法让你躲起来听听他老人家怎么说去吧；这是我的钥匙。你要是在外面走动的话，最好身边带些武器。

爱德伽 带些武器，弟弟！

爱德蒙 哥哥，我这样劝告你都是为了你的好处；带些武器在身边吧；要是我对你存着什么心思，我就不是个好人。我已经把我所看到听到的事情都告诉你了；可是实际的情形，却比我的话更要严重可怕得多哩。请你赶快去吧。

爱德伽 我不久就可以听到你的消息吗？

爱德蒙 我在这一件事情上总是竭力帮你的忙就是了。（爱德伽下）一个轻信的父亲，一个忠厚的哥哥，他自己从不会算计别人，所以也不疑心别人算计他；对付

他们这样老实的傻瓜，我的奸计是绰绰有余的。饶你出身高贵，斗不过我足智多谋，夺到了这一份家私，我的志愿方酬。（下）

第三场

奥本尼公爵府中一室

| 高纳里尔及其管家奥斯华德上。

高纳里尔 我的父亲因为我的侍卫骂了他的弄人，所以动手打他吗？

奥斯华德 是，夫人。

高纳里尔 他一天到晚欺侮我；每一点钟他都要借端寻事，把我们这儿吵得鸡犬不安。我不能再忍受下去了。他的骑士们一天一天横行不法起来，他自己又在每一件小事上都要责骂我们。等他打猎回来的时候，我不高兴见他说话；你就对他说我病了。你也不必像从前那样殷勤伺候他；他要是见怪，都在我身上。

奥斯华德 他来了，夫人；我听见他的声音。（内号角声）

高纳里尔 你跟你手下的人尽管对他装出一副不瞅不睬的态度；我要看看他有些什么话说。要是他恼了，那么让他到我妹妹那儿去吧，我知道我的妹妹的心思，她也跟我一样不能受人压制的。这老废物已经放弃了他的权力，还想管这个管那个！凭着我的生命发誓，年老的傻瓜正像小孩子一样，一味的姑息会纵容坏了他的脾气，不对他凶一点是不行的，记住我的话。

奥斯华德 是，夫人。

高纳里尔 让他的骑士们也受到你们的冷眼；无论发生什么事情，你们都不用管；你去这样通知你手下的人吧。我要造成一些借口，和他当面说个明白。我还要立刻写信给我的妹妹，叫她采取一致的行动。吩咐他们备饭。（各下）

第四场

同前；厅堂

| 肯特化装上。

肯特 我已经完全隐去我的本来面目，要是我能够把我的语音也完全改变过来，那么我的一片苦心，也许可以达到目的。被放逐的肯特啊，要是你再有机会服侍你所得罪的主人，也许他看你勤劳尽力，会鉴念你的忠诚的。

| 内号角声。李尔、众骑士及侍从等上。

李尔 我一刻也不能等待，快去叫他们拿出饭来。（一从者下）啊！你是什么？

肯特 我是一个人，陛下。

李尔 你是干什么的？你来见我有什么事？

肯特 您瞧我是怎么一个人，我就是怎么一个人；谁要是信任我，我愿意尽忠服侍他；谁要是居心正直，我愿意爱他；谁要是聪明而不爱多说话，我愿意跟他来往；我害怕法官；必不得已的时候，我也会跟人家打架；我不吃鱼。

李尔　你究竟是什么人？

肯特　一个心肠非常正直的汉子，而且像国王一样的穷。

李尔　要是你这做臣民的，也像我这做国王的一样穷得无家可归，那么你也可以算得真穷了。你要什么？

肯特　我要讨一个差使。

李尔　你想替谁做事？

肯特　替您。

李尔　你认识我吗？

肯特　不，陛下，可是在您的神气之间，有一种什么力量，使我愿意叫您做我的主人。

李尔　是什么力量？

肯特　一种天生的威严。

李尔　你会做些什么事？

肯特　我会保守秘密，我会骑马，我会跑路，我会把一个复杂的故事讲得索然无味，我会老老实实传一个简单的口信；凡是普通人能够做的事情，我都可以做，我的最大的好处是勤力。

李尔　你多大年纪了？

肯特　陛下，说我年轻，我也不算年轻，我不会为了一个女人会唱几句歌而害相思；说我年老，我也不算年老，我不会糊里糊涂地溺爱一个女人；我已经活过四十八个年头了。

李尔　跟着我吧；你可以替我做事。要是我在吃过晚饭以后，还是这样欢喜你，那么我还不会就把你撵走。

喂！饭呢？拿饭来！我的孩子呢？我的傻瓜呢？你去叫我的傻瓜来。（一从者下）

| 奥斯华德上。

李尔 喂，喂，我的女儿呢？

奥斯华德 是，是。（下）

李尔 这家伙怎么说？叫那蠢东西回来。（一武士下）喂，我的傻瓜呢？全都睡着了吗？怎么！那狗头呢？

| 骑士重上。

骑士 陛下，他说公主有病。

李尔 我叫他回来，那奴才为什么不回来？

骑士 陛下，他非常放肆，回答我说他不高兴回来。

李尔 他不高兴回来！

骑士 陛下，我也不知道为了什么缘故，可是照我看起来，他们对待您的礼貌，已经不像往日那样殷勤了；不但一般下人从仆，就是公爵和公主也对您冷淡得多了。

李尔 嘿！你这样说吗？

骑士 陛下，要是我说错了话，请您原谅我；可是当我觉得您受人欺侮的时候，责任所在，我不能闭口不言。

李尔 你不过向我提起一件我自己已经感觉到的事；我近来也觉得他们对我的态度有点冷淡，可是我总以为那是我自己的多心，不愿断定是他们有意的怠慢。我还要仔细观察观察他们的举止。可是我的傻瓜呢？我这两天来没有看见他。

骑士 陛下，自从小公主到法国去了以后，这傻瓜老是郁郁不乐的。

李尔 别再提那句话了；我也注意到他这种情形。——你去对我的女儿说，我要跟她说话。（一从者下）你去叫我的傻瓜来。（另一从者下）

奥斯华德重上。

李尔 啊！你，你过来。你知道我是什么人？

奥斯华德 我们夫人的父亲。

李尔 “我们夫人的父亲”！我们大爷的奴才！好大胆的狗！

奥斯华德 请您原谅，我不是狗。

李尔 你敢跟我当面挺撞吗，你这混蛋？（打奥斯华德）

奥斯华德 您不能打我。

肯特 我也不能踢你吗，你这下贱的足球？（自后踢奥斯华德倒地）

李尔 谢谢你，好家伙；你帮了我，我欢喜你。

肯特 来，朋友，站起来，给我滚吧！我要教训教训你，让你知道尊卑上下的分别。去！去！你还要想用你蠢笨的身体丈量丈量地面吗？滚！你难道不懂得厉害吗？去。（将奥斯华德推出）

李尔 我的好小子，谢谢你；这是你替我做事的定钱。（以钱给肯特）

弄人上。

弄人 让我也把他雇下来；这儿是我的鸡头帽。（脱帽授肯特）

李尔 啊，我的乖乖！你好？

弄人 喂，你还是戴了我的鸡头帽吧。

肯特 傻瓜，为什么？

弄人 为什么？因为你帮了一个失势的人。要是你不会看准风向把你的笑脸迎上去，你就会吞下一口冷气的。来，把我的鸡头帽拿去。嘿，这家伙撵走了两个女儿，他的第三个女儿倒很受他的好处，虽然也不是出于他的本意；要是你跟了他，你必须戴上我的鸡头帽。啊，老伯伯！但愿我有两顶鸡头帽，再有两个女儿！

李尔 为什么，我的孩子？

弄人 要是我把我的家私一起给了她们，我自己还可以存下两顶鸡头帽。我这儿有一顶；再去向你的女儿们讨一顶戴戴吧。

李尔 嘿，你留心着鞭子。

弄人 真理是一条贱狗，它只好躲在狗洞里；当猎狗太太站在火边撒尿的时候，它必须给人一顿鞭子赶出去。

李尔 简直是揭我的痛疮！

弄人 （向肯特）喂，让我教你一段话。

李尔 你说吧。

弄人 听好，老伯伯；——

多积财，少摆阔；
耳多听，话少说；
少放款，多借债；
走路不如骑马快；
三言之中信一语，
多掷骰子少下注；
莫饮酒，莫嫖妓；
闭门不管他家事；
会打算的占便宜，

不会打算叹口气。

肯特 傻瓜，这些话一点意思也没有。

弄人 那么正像拿不到讼费的律师一样，我的话都是白说了。老伯伯，你不能从没有意思的中间，探求出一点意思来吗？

李尔 啊，不，孩子；垃圾里是淘不出金子来的。

弄人 （向肯特）请你告诉他，他有了那么多的土地，也只等于一堆垃圾；他不肯相信一个傻瓜嘴里的话。

李尔 好尖酸的傻瓜！

弄人 我的孩子，你知道傻瓜是有酸有甜的吗？

李尔 不，孩子；告诉我。

弄人 听了他人话，
土地全丧失；
我傻你更傻，
两傻相并立：
一个傻瓜甜，
一个傻瓜酸；
甜的穿花衣，
酸的戴王冠。

李尔 你叫我傻瓜吗，孩子？

弄人 你把你所有的尊号都送了别人；只有这一个名字是你娘胎里带来的。

肯特 陛下，他倒不全然是个傻瓜哩。

弄人 不，那些老爷大人们都不要答应我的；要是我取得了傻瓜的专利权，他们一定要来夺我一份去，就是太太小姐们也不会放过我的；他们不肯让我一个人做傻瓜。老伯伯，给我一个蛋，我给你两顶冠。

李尔 两顶什么冠？

弄人 我把蛋从中间切开，吃完了蛋黄、蛋白，就用蛋壳给你做两顶冠。你想你自己好端端有了一顶王冠，却把它从中间剖成两半，把两半全都送给人家，这不是背了驴子过泥潭吗？你这光秃秃的头顶连里面也是光秃秃的没有一点脑子，所以才会把一顶金冠送了人。谁说我这种话是傻话，让他挨一顿鞭子。——

这年头傻瓜供过于求，
聪明人个个变了糊涂，
顶着个没有思想的头，
只会跟着人依样葫芦。

李尔 你几时学会了这许多歌儿？

弄人 老伯伯，自从你把你的女儿当作了你的母亲以后，我就常常唱起歌儿来了；因为当你把棒儿给了她们，拉下你自己的裤子的时候，——

她们高兴得眼泪盈眶，
我只好唱歌自遣哀愁，
可怜你堂堂一国之王，
却跟傻瓜们做伴嬉游。

老伯伯，你去请一位先生来，教教你的傻瓜怎样说谎吧；我很想学学说谎。

李尔 要是你说了谎，小子，我就用鞭子抽你。

弄人 我不知道你跟你的女儿们究竟是什么亲戚：她们因为我说了真话，要用鞭子抽我，你因为我说谎，又要用鞭子抽我；有时候我话也不说，你们又要用鞭子抽我。我宁可做一个无论什么东西，也不要做个傻瓜；可是我宁可做个傻瓜，也不愿意做你，老伯伯；人家在旁边剥削你的聪明，剥削得中间不剩一点东西。瞧，一个剥削你的人来了。

高纳里尔上。

李尔 啊，女儿！为什么你的脸上罩满了怒气？我看你近来老是皱着眉头。

弄人 从前你用不到看她的脸孔，随她皱不皱眉头都不与你相干，那时候你也算得上一个好汉子；可是现在你却变成一个孤零零的圆圈圈儿了。你还比不上我；我是个傻瓜，你简直不是个东西。（向高纳里尔）好，好，我闭嘴就是啦；虽然你没有说话，我从你的脸色上知道你的意思。

闭嘴，闭嘴；

你不知道积谷防饥，

活该啃不到面包皮。

他是一荚去壳的豌豆。（指李尔）

高纳里尔 父亲，您这一个肆无忌惮的傻瓜不用说了，还有您那些蛮横的卫士，也都在时时刻刻寻事骂人，种种不法的暴行，实在叫人忍无可忍。父亲，我本来还以为要是让您知道了这种情形，您一定会戒饬他们的行动；可是照您最近所说的话和所做的事看来，我不能不疑心您有意纵容他们，他们才会这样有恃无恐。要是果然出于您的授意，为了维持法纪的尊严，我们也不能默尔而息，不采取断然的处置，虽然也许在您的脸上不大好看，可是这样的步骤，在事实上是必要的。

弄人 你看，老伯伯——

那篱雀养大了杜鹃鸟，

自己的头也给它吃掉。

蜡烛熄了，我们眼前只有一片黑暗。

李尔 你是我的女儿吗？

高纳里尔 您不是一个不懂道理的人，我希望您想明白一些；近来您动不动呕气，实在太有失一个做长辈的体统啦。

弄人 一头驴子可不可以知道什么时候马儿颠倒给车子拖着走？“呼，玖格！我爱你。”

李尔 这儿有谁认识我吗？这不是李尔。是李尔在走路吗？在说话吗？他的眼睛呢？他的知觉迷乱了吗？他的神志麻木了吗？吓！他醒着吗？没有的事。谁能够告诉我我是什么人？

弄人 李尔的影子。

李尔 我愿意相信这句话；因为我的庄严的服饰和我的记忆都在告诉我我是个有女儿的人。

弄人 那些女儿们是会叫你做一个孝顺的父亲的。

李尔 太太，请教您的芳名？

高纳里尔 父亲，您何必这样假痴假呆？您是一个有年纪的老人家，应该懂事一些。请您明白我的意思：您在这儿养了一百个骑士，全是些胡闹放荡、胆大妄为的家伙，我们好好的宫庭给他们骚扰得像一个喧嚣的客店；他们成天吃、喝、玩女人，简直把这儿当作了酒馆妓院，哪里还是一座庄严的御邸。这一种可耻的现象，必须立刻设法纠正；所以请您俯从我的要求，酌量减少您的扈从的人数，只留下一些适合于您的年龄、知道您的地位、也明白他们自己身份的人跟随您；要是您不答应，那么我没有法子，只好勉强执行了。

李尔 地狱里的魔鬼！备起我的马来；召集我的侍从。没有良心的贱人！我不要麻烦你；我还有一个女儿哩。

高纳里尔 你打我的用人，你那一班捣乱的流氓也不想想自己是什么东西，胆敢把他们上面的人像奴仆一样呼来叱去。

| 奥本尼上。

李尔 唉！现在懊悔也来不及了。（向奥本尼）啊！你也来了吗？这是不是你的意思？你说。——替我备马。丑恶的海怪也比不上忘恩的儿女那样可怕。

奥本尼 陛下，请您不要生气。

李尔 （向高纳里尔）枭獍不如的东西！你说谎！我的卫士都是最有品行的人，他们懂得一切的礼仪，他们的一举一动，都不愧骑士之名。啊！考狄利娅不过犯了一点小小的错误，怎么在我的眼睛里却会变得这样丑恶！它像一座酷虐的刑具，扭曲了我的天性，抽干了我心里的慈爱，把苦味的怨恨灌了进去。啊，李尔！李尔！李尔！对准这一扇放进你的愚蠢、放出你的智慧的门，着力痛打吧！（自击其头）去，去，我的人。

奥本尼 陛下，我没有得罪您，我也不知道您为什么生气。

李尔 也许不是你的错，公爵。——听着，造化的女神，听我的吁诉！要是你想使这畜生生男育女，请你改变你的意旨吧！取消她的生殖的能力，干涸她的产育的器官，让她的枯瘠的身体里永远生不出一个子女来！要是她必须生产，请你让她生下一个忤逆狂悖的孩子，使她终身受苦！让她年轻的额角上很早就刻了皱纹；眼泪流下她的脸颊，磨成一道道的沟渠；她的鞠育的辛劳，只换到一声冷笑和一个白眼；让她也感觉到一个负心的孩子，比毒蛇的牙齿还要多么使人痛入骨髓！去，去！（下）

奥本尼 凭着我们敬奉的神明，告诉我这是怎么一回事？

高纳里尔 你不用知道为了什么原因；他老糊涂了，让他去使他的性子吧。

| 李尔重上。

李尔 什么！我在这儿不过住了半个月，就把我的卫士一下子裁撤了五十名吗？

奥本尼 什么事，陛下？

李尔 等一等告诉你。（向高纳里尔）吸血的魔鬼！我真惭愧我会在你的面前失去了大丈夫的气概，让我的热泪为了一个下贱的婢子而滚滚流出。愿毒风吹着你，恶雾罩着你！愿一个父亲的咒诅刺透你的五官百窍，留下永远不能平复的疮痍！痴愚的老眼，要是你再为此而流泪，我要把你挖出来，丢在你所流的泪水里，和泥土拌在一起！哼！竟有这等事吗？好，我还有一个女儿，我相信她是孝顺我的；她听见你这样对待我，一定会用指爪抓破你的豺狼一样的脸孔。你以为我一辈子也不能恢复我的原来的威风了吗？好，你瞧着吧。（李尔、肯特及侍从等下）

高纳里尔 你听见没有？

奥本尼 高纳里尔，虽然我十分爱你，可是我不能这样偏心——

高纳里尔 你不用管我。喂，奥斯华德！（向弄人）你这七分奸刁三分傻的东西，跟你的主人去吧。

弄人 李尔老伯伯，李尔老伯伯！等一等，带傻瓜一块儿去。

捉狐狸，杀狐狸，
谁家女儿是狐狸？
可惜我这顶帽子，
换不到一条绳子；
追上去，你这傻子。（下）

高纳里尔 不知道是什么人替他出的好主意。一百个骑士！让他随身带着一百个全副武装的卫士，真是万全之计；只要他做了一个梦，听了一句谣言，转了一个念头，或者心里有什么不高兴不舒服，就可以用他们的力量危害我们的生命。喂，奥斯华德！

奥本尼 也许你太过虑了。

高纳里尔 过虑总比大意好些。与其时时刻刻提心吊胆，害怕人家的暗算，宁可爽爽快快除去一切可能的威胁。我知道他的心理。他所说的话，我已经写信去告诉我的妹妹了；她要是不听我的劝告，仍旧容留他带着他的一百个骑士——

| 奥斯华德重上。

高纳里尔 啊，奥斯华德！什么！我叫你写给我妹妹的信，你写好了没有？

奥斯华德 写好了，夫人。

高纳里尔 带几个人跟着你，赶快上马出发；把我所担心的情形明白告诉她，再加上一些你所想到的理由，让它格外动听一些。去吧，早点回来。（奥斯华德下）不，不，我的爷，你做人太仁善厚道了，虽然我不怪你，可是恕我说一句话，只有人批评你糊涂，却没有什么人称赞你一声好。

奥本尼 我不知道你的眼光能够看到多远；可是过分操切也会误事的。

高纳里尔 咦，那么——

奥本尼 好，好，但看结果如何。（同下）

第五场

同前，外庭

| 李尔、肯特及弄人上。

李尔 你带了这几封信，先到葛罗斯特去。我的女儿看了我的信，倘然有什么话问你，你就照你所知道的回答她，此外可不要多说什么。要是你在路上偷懒耽搁时间，也许我会比你先到的。

肯特 陛下，我在没有把您的信送到以前，决不打一次瞌睡。（下）

弄人 要是一个人的脑筋生在脚跟上，它会不会长起脓包来呢？

李尔 嗯，孩子。

弄人　那么你放心吧；幸亏你的脑筋安在头上，尽管路再有多少远，它也不用拖了鞋跟走路的。

李尔　哈哈哈！

弄人　你到了你那另外一个女儿的地方，就可以知道她会待你多么好；因为虽然她跟这一个就像野苹果跟家苹果一样相像，可是我可以告诉你我所知道的事情。

李尔　你可以告诉我什么，孩子？

弄人　你一尝到她的滋味，就会知道她跟这一个完全相同，正像两颗野苹果一般没有分别。你能够告诉我为什么一个人的鼻子生在脸孔中央吗？

李尔　不。

弄人　因为中间放了鼻子，两旁就可以安放眼睛；鼻子嗅不出来的，眼睛可以窥探进去。

李尔　我对不起她——

弄人　你知道牡蛎怎样造它的壳吗？

李尔　不。

弄人　我也不知道；可是我知道蜗牛为什么背着一个屋子。

李尔　为什么？

弄人　因为可以把它的头放在里面；它不会把它的屋子送给它的女儿，害得它的角也没有地方安顿。

李尔　我也顾不得什么天性之情了。我这做父亲的有什么地方亏待了她！我的马儿都已经预备好了吗？

弄人　你的驴子们正在那儿给你预备呢。金牛星座里为什么只有七颗星，其中有一个绝妙的理由。

李尔　因为它们没有第八颗吗？

弄人　正是，一点不错；你可以做一个很好的傻瓜。

李尔 用武力夺回来！忘恩负义的畜生！

弄人 假如你是我的傻瓜，老伯伯，我就要打你，因为你不到时候就老了。

李尔 那是什么意思？

弄人 你应该懂得些世故再老呀。

李尔 啊！不要让我发疯！天哪，制住我的怒气，不要让我发疯！我不要发疯！

| 侍臣上。

李尔 怎么！马预备好了吗？

侍臣 预备好了，陛下。

李尔 来，孩子。（同下）

第　二　幕

第一场

葛罗斯特伯爵城堡内庭

｜爱德蒙及克伦自相对方向上。

爱德蒙 您好，克伦？

克伦 您好，公子。我刚才见过令尊，通知他康华尔公爵跟他的夫人里根公主今天晚上要到这儿来拜访他。

爱德蒙 他们怎么要到这儿来？

克伦 我也不知道。您有没有听见外边的消息？我的意思是说，人们交头接耳，在暗中互相传说的那些消息。

爱德蒙 我没有听见；请教是些什么消息？

克伦 您没有听见说起康华尔公爵也许会跟奥本尼公爵开战吗？

爱德蒙 一点没有听见。

克伦 那么您慢慢儿也许会听到的。再会，公子。（下）

爱德蒙 公爵今天晚上到这儿来！那也好！再好没有！我正好利用这个机会。我的父亲已经叫人四处把守，要捉我的哥哥；我还有一件不大容易的事情，必须赶快动手做起来。这事情要做得敏捷迅速，但愿命运帮助我！——哥哥，跟你说一句话；下来，哥哥！

| 爱德伽上。

爱德蒙 父亲在那儿守着你。啊，哥哥！离开这个地方吧；有人已经告诉他你躲在什么所在；趁着现在天黑，你快逃吧。你有没有说过什么反对康华尔公爵的话？他也就要到这儿来了，在这样的夜里，急急忙忙的。里根也跟着他来；你对于他跟奥本尼公爵争执的事情没有说过什么话吗？想一想看。

爱德伽 我真的一句话也没有说过。

爱德蒙 我听见父亲来了；原谅我；我必须假装对你动武的样子；拔出剑来，就像你在防御你自己一般；现在你去吧。（高声）放下你的剑；见我的父亲去！喂，拿火来！这儿！——逃吧，哥哥。（高声）火把！火把！——再会。（爱德伽下）身上沾几点血，可以使他相信我真的做过一番凶猛的争斗。（以剑刺伤手臂）我曾经看见有些醉汉为了开玩笑的缘故，不顾死活地割破他自己的皮肉。（高声）父亲！父亲！住手！住手！没有人来帮我吗？

| 葛罗斯特率众仆持火炬上。

葛罗斯特 爱德蒙，这畜生呢？

爱德蒙 他站在这儿黑暗之中，拔出他的锋利的剑，嘴里念念有词，见神见鬼地请月亮帮他的忙。

葛罗斯特 可是他在什么地方？

爱德蒙 瞧，父亲，我流着血呢。

葛罗斯特 这畜生呢，爱德蒙？

爱德蒙 望这边逃去了，父亲。他看见他没有法子——

葛罗斯特 喂，你们追上去！（若干仆人下）“没有法子”什么？

爱德蒙 没有法子劝我跟他同谋把您杀死；我对他说，疾恶如仇的神明看见弑父的逆子，是要用天雷把他殛死的；告诉他儿子对于父亲的关系是多么深切而不可摧毁；总而言之一句话，他看见我这样憎恶他的荒谬的图谋，他就恼羞成怒，拔出他的早就预备好的剑，汹汹其势地向我毫无防卫的身上挺了过来，把我的手臂刺破了；那时候我也发起怒来，自恃着理直气壮，跟他奋力对抗，他倒胆怯起来，也许因为听见我喊叫的声音，就飞也似的逃走了。

葛罗斯特 让他逃得远远的吧；除非逃到国外去，我们总有捉到他的一天；看他给我们捉住了还活得成活不成。公爵殿下，我的主上，今晚要到这儿来啦，我要请他发出一道命令，谁要是能够把这杀人的懦夫捉住，交给我们绑在木桩上烧死的，我们将要重重酬谢他；谁要是把他藏匿起来的，一经发觉，就要把他处死。

爱德蒙 当他不听我的劝告，决意实行他的企图的时候，我就严辞恫吓他，对他说我要宣布他的秘密；可是他却回答我说，“你这光棍私生子！你以为要是我们两人立在敌对的地位，人家会相信你的话吗？哼！尽管你当面揭穿我，我不但可以绝口否认，而且还可以反咬你一口，说这全是你的阴谋恶计；人们不是傻瓜，他们当然会相信你因为觊觎我死后的利益，所以才会起这样的毒心，想要颠覆我的生命。”

葛罗斯特 好狠心的畜生！他赖得掉他的信吗？（内喇叭呗花腔）听！公爵的喇叭。我不知道他来有什么事。我要把所有的城门关起来，看这畜生逃到哪儿去；公爵必须答应我这一个要求；而且我还要把他的小像各处传送，让全国的人都可以注意他。我的孝顺的孩子，你不学你哥哥的坏样，我一定想法子使你能够承继我的土地。

| 康华尔、里根及侍从等上。

康华尔 您好，我的尊贵的朋友！我还不过刚到这儿，就已经听见了奇怪的消息。

里根 要是真有那样的事，那罪人真是万死不足蔽辜了。是怎么一回事，伯爵？

葛罗斯特 啊！夫人，我这颗老心已经碎了，已经碎了！

里根 什么！我父亲的义子要谋害您的性命吗？就是我父亲替他取名字的，您的爱德伽吗？

葛罗斯特 啊！夫人，夫人，发生了这种事情，真是说来也叫人丢脸。

里根 他不是常常跟我父亲身边的那些横行不法的骑士们在一起的吗？

葛罗斯特 我不知道，夫人。太可恶了！太可恶了！

爱德蒙 是的，夫人，他正是跟这些人常在一起的。

里根 无怪他会变得这样坏；一定是他们撺掇他谋害了老头子，好把他的财产拿出来给大家挥霍。今天傍晚的时候，我接到我姊姊的一封信，她告诉我他们种种不法的情形，并且警告我要是他们想要住到我的家里来，我千万不要招待他们。

康华尔 相信我，里根，我也决不会去招待他们。爱德蒙，我听说你对你的父亲很尽孝道。

爱德蒙 那是做儿子的本分，殿下。

葛罗斯特 他揭发了他哥哥的阴谋；您看他身上的这一处伤就是因为他奋不顾身，想要捉住那畜生而受到的。

康华尔 那凶徒逃走了，有没有人追上去？

葛罗斯特 有的，殿下。

康华尔 要是他给我们捉住了，我们一定不让他再为非作恶；你只要决定一个办法，在我的权力范围以内，我都可以替你办到。爱德蒙，你这一回所表现的深明大义的孝心，使我们十分赞美；像你这样不负付托的人，正是我们所需要的，我们将要大大地重用你。

爱德蒙 殿下，我愿意为您尽忠效命。

葛罗斯特 殿下这样看得起他，使我感激万分。

康华尔 你还不知道我们现在所以要来看您的原因——

里根 尊贵的葛罗斯特，我们这样在黑暗的夜色之中，一路摸索前来，实在是因为有一些相当重要的事情，必须请教请教您的意见。我们的父亲和姊姊都有信来，说他们两人之间发生了一些冲突；我想最好不要在我们自己的家里答复他们；两方面的使者都在这儿等候我的打发。我们的善良的老朋友，您不要气恼，替我们赶快出个主意吧。

葛罗斯特 夫人但有所命，我总是愿意贡献我的一得之愚的。两位殿下光临蓬荜，欢迎得很！（同下）

第二场

葛罗斯特城堡之前

| 肯特及奥斯华德各上。

奥斯华德 早安，朋友；你是这屋子里的人吗？

肯特 喂。

奥斯华德 什么地方可以让我们拴马？

肯特 烂泥地里。

奥斯华德 对不起，大家是好朋友，告诉我吧。

肯特 谁是你的好朋友？

奥斯华德 好，那么我也不要睬你。

肯特 要是我把你一口咬住，看你睬不睬我。

奥斯华德 你为什么对我这样？我又不认识你。

肯特 家伙，我认识你。

奥斯华德 你认识我是谁？

肯特 一个无赖；一个恶棍；一个吃肉皮肉骨的家伙；一个下贱的、骄傲的、浅薄的、叫化子一样的、只有三身衣服、全部家私算起来不过一百镑的、卑鄙龌龊的、穿毛绒袜子的奴才；一个没有胆量的、靠着官府势力压人的奴才；一个婊子生的、顾影自怜的、奴颜婢膝的、装腔作势的混账东西；一个天生的忘八胚子；又是奴才，又是叫化子，又是懦夫，又是忘八，又是一条杂种老母狗的儿子；要是你不承认你这些头衔，我要把你打得放声大哭。

奥斯华德 咦，奇了，你是个什么东西，你也不认识我，我也不认识你，怎么开口骂人？

肯特 你还说不认识我，你这厚脸皮的奴才！两天以前，我不是把你绊跌在地上，还在王上的面前打过你吗？拔出剑来，你这混蛋；虽然是夜里，月亮照着呢；我要在月光底下把你剁成稀烂。（拔剑）拔出剑来，你这婊子生的下流东西，拔出剑来！

奥斯华德 去！我不跟你胡闹。

肯特 拔出剑来，你这恶棍！谁叫你做人家的傀儡，替一个女儿寄信攻击她的父王？拔出剑来，你这混蛋，否则我要砍下你的胫骨。拔出剑来，恶棍；来来来！

奥斯华德 喂！救命哪！要杀人啦！救命哪！

肯特 来，你这奴才；站定，混蛋，别跑；你这漂亮的奴才，你不会还手吗？（打奥斯华德）

奥斯华德 救命啊！要杀人啦！要杀人啦！

| 爱德蒙拔剑上。

爱德蒙 怎么！什么事？（分开二人）

肯特 好小子，你也要寻事吗？来，我们试一下；来，小哥儿。

| 康华尔、里根、葛罗斯特及众仆上。

葛罗斯特 动刀动剑的，什么事呀？

康华尔 大家不要闹；谁再动手，就叫他死。怎么一回事？

里根 一个是我姊姊的使者，一个是国王的使者。

康华尔 你们为什么争吵？说。

奥斯华德 殿下，我给他缠得气都喘不过来啦。

肯特 怪不得你，你把全身勇气都提起来了。你这懦怯的恶棍，造化不承认他曾经造下你这个人；你是一个裁缝手里做出来的。

康华尔 你是一个奇怪的家伙；一个裁缝会做出一个人来吗？

肯特 嗯，一个裁缝；石匠或者油漆匠都不会把他做得这样坏，即使他们学会这门技艺才不过两个钟头。

康华尔 说，你们怎么会吵起来的？

奥斯华德 这个老不讲理的家伙，殿下，倘不是我看在他的花白胡子分上，早就取了他的性命了——

肯特 你这不中用的废物！殿下，要是您允许我的话，我要把这下流东西踏成一堆替人家涂刷墙壁的泥浆。看在我的花白胡子分上？你这摇尾乞怜的狗！

康华尔 住口！畜生，你规矩也不懂吗？

肯特 是，殿下；可是我实在气愤不过。

康华尔 你为什么气愤？

肯特 我气愤的是像这样一个奸诈的奴才，居然也让他佩起剑来。都是这种笑脸的小人，像老鼠一样咬破了神圣的伦常纲纪；他们的主上起了一个恶念，他们便竭力逢迎，不是火上浇油，就是雪上添霜；他们最擅长的是随风转舵，他们的主人说一声是，他们也跟着说是，说一声不，他们也跟着说不，就像狗一样什么都不知道，只知道跟着主人跑。恶疮烂掉了你的抽搐的脸孔！你笑我所说的话，你以为我是个傻瓜吗？呆鹅，要是我在旷野里碰见了你，看我不把你打得嘎嘎乱叫，一路赶回你的老家去！

康华尔 什么！你疯了吗，老头儿？

葛罗斯特 说，你们究竟是怎么吵起来的？

肯特 我跟这混蛋是势不两立的。

康华尔 你为什么叫他混蛋？他做错了什么事？

肯特 我不欢喜他的脸孔。

康华尔 也许你也不欢喜我的脸孔、他的脸孔，还有她的脸孔。

肯特 殿下，我是说惯老实话的：我曾经见过一些脸孔，比现在站在我面前的这些脸孔好得多啦。

康华尔 这个人正就是那种因为有人称赞了他的言辞率直而有心矫揉造作，装出一副骂世不恭的态度来的家伙。他不会谄媚，他有一颗正直坦白的心，他必须说老实话；要是人家愿意接受他的意见，很好；不然的话，他是个老实人。我知道这种家伙，他们用坦白的外表，包藏着极大的奸谋祸心，比二十个胁肩谄笑、小心翼翼的愚蠢的谄媚者更要不怀好意。

肯特 殿下，您的伟大的明鉴，就像福玻斯神光熠熠的额上的烨耀的火轮，请您照临我的善意的忠诚，恳切的虔心——

康华尔 这是什么意思？

肯特 因为您不欢喜我的话，所以我改变了一个样子。我知道我不是一个谄媚之徒；我也不愿做一个故意用率直的言语诱惑人家听信的奸诈小人；即使您请求我做这样的人，我也决不从命。

康华尔 （向奥斯华德）你在什么地方冒犯了他？

奥斯华德 我从来没有冒犯过他。最近他的王上因为对我有了点误会，把我殴打；他便助主为虐，闪在我的背后把我绊倒地上，侮辱谩骂，无所不至，装出一副非常勇敢的神气；他的王上看见他这样，把他称赞了两句，他便得意忘形，以为我不是他的对手，所以一看见我，又要跟我闹起来了。

康华尔 拿足枷来！你这口出狂言的倔强的老贼，我们要教训你一下。

肯特 殿下，我已经太老，不能受您的教训了；您不能用足枷枷我。我是王上的人，奉他的命令前来；您要是把他的使者枷起来，那未免对我的主上太失敬、太放肆无礼了。

康华尔 拿足枷来！凭着我的生命和荣誉起誓，他必须锁在足枷里直到中午为止。

里根 到中午为止！到晚上，殿下；把他整整枷上一夜再说。

肯特 啊，夫人，假如我是您父亲的狗，您也不该这样对待我。

里根 因为你是他的奴才，所以我要这样对待你。

康华尔 这正是我们的姊姊说起的那个家伙。来，拿足枷来。（从仆取出足枷）

葛罗斯特 殿下，请您不要这样。他的过失诚然很大，王上知道了一定会责罚他的；您所决定的这一种羞辱的刑罚，只能惩戒那些犯偷窃之类普通小罪的下贱的囚徒；他是王上差来的人，要是您给他这样的处分，王上一定要认为您轻蔑了他的来使而心中不快。

康华尔 那我可以负责。

里根 我的姊姊要是知道她的使者因为奉行她的命令而被人这样侮辱殴打，她的心里还要不高兴哩。把他的腿放进去。（从仆将肯特套入足枷）来，殿下，我们去吧。（除葛罗斯特、肯特外均下）

葛罗斯特 朋友，我很为你抱恨；这是公爵的意思，全世界都知道他的脾气非常固执，不肯接受人家的劝阻。我还要替你向他求情。

肯特 请您不必多此一举，大人。我走了许多路，还没有睡过觉；一部分的时间将在瞌睡中过去，醒着的时候我可以吹吹口哨。再会！

葛罗斯特 这是公爵的不是；王上一定会见怪的。（下）

肯特 好王上，你正是像俗语说的，抛下天堂的幸福，来受赤日的煎熬了。来吧，你照耀下土的炬火，让我借着你的温暖的光辉，可以读一读这封信。只有倒霉的人偏会遇见奇迹；我知道这是考狄利娅寄来的，我的改头换面的行踪，已经侥幸给她知道了；她一定会找到一个机会，纠正这种反常的情形。疲倦得很；闭上了吧，沉重的眼睛，免得看见你自己的耻辱。晚安，命运，求你转过你的轮子来，再向我们微笑吧。（睡）

第三场
荒野的一部

| 爱德伽上。

爱德伽 听说他们已经发出告示捉我；幸亏我躲在一株空心的树干里，没有给他们找到。没有一处城门可以出入无阻；没有一个地方不是警卫森严，准备把我捉住！为了保全自己的生命起见；我想还不如改扮做一个最卑

贱穷苦、最为世人所轻视、和禽兽相去无几的家伙；我要用污泥涂在脸上，一块毡布裹住我的腰，把满头的头发打了许多乱结，赤身裸体，抵抗着风雨的侵凌。这地方本来有许多疯丐，他们高声叫喊，用针哪、木锥哪、钉子哪、迷迭香的树枝哪，刺在他们麻木而僵硬的手臂上；用这种可怕的形状，到那些穷苦的农场、乡村、羊棚和磨坊里去，有时候发出一些疯狂的咒诅，有时候向人哀求祈祷，乞讨一些布施。我现在学着他们的样子，一定不会引起人家的疑心。可怜的疯叫化！可怜的汤姆！倒有几分像；我现在不再是爱德伽了。（下）

第四场

葛罗斯特城堡前

| 肯特系足枷中。李尔、弄人及侍臣上。

李尔 真奇怪，他们不在家里，又不打发我的使者回去。

侍臣 我听说他们在前一个晚上还不曾有走动的意思。

肯特 祝福您，尊贵的主人！

李尔 吓！你把这样的羞辱作为消遣吗？

肯特 不，陛下。

弄人 哈哈！他吊着一副多么难受的袜带！缚马缚在头上，缚狗缚熊缚在颈子上，缚猴子缚在腰上，缚人缚在腿上；一个人的腿儿太会活动了，就要叫他穿木袜子。

李尔 谁认错了人，把你锁在这儿？

肯特 您的女婿和女儿。

李尔 不。

肯特 是的。

李尔 我说不。

肯特 我说是的。

李尔 不，不，他们不会干这样的事。

肯特 他们干也干了。

李尔 凭着朱庇特起誓，没有这样的事。

肯特 凭着朱诺起誓，有这样的事。

李尔 他们不敢做这样的事；他们不能，也不会做这样的事；要是他们有意作出这种重大的暴行来，那简直比杀人更不可恕了。赶快告诉我，你究竟犯了什么罪，他们才会用这种刑罚来对待一个国王的使者。

肯特 陛下，我带了您的信到了他们家里，当我跪在地上把信交上去，还没有立起身来的时候，又有一个使者汗流满面，气喘吁吁，急急忙忙地奔了进来，代他的女主人高纳里尔向他们请安，他们看见她也有信来，就来不及理睬我，先读她的信；读罢了信，他们立刻召集仆从，上马出发，叫我跟到这儿来，等候他们的答复；对待我十分冷淡。一到这儿，我又碰见了那个使者，他也就是最近对您非常无礼的那个家伙，我知道他们对我这样冷淡，都是因为他来了的缘故，一时激于气愤，不加考虑地向他动起武来；他看见我这样，就高声发出懦怯的叫喊，惊动了全屋子的人。您的女婿女儿认为我犯了这样的罪，应该把我羞辱一下，所以就把我枷起来了。

弄人 冬天还没有过去，要是野雁尽望那个方向飞。

老父衣百结，
儿女不相识；
老父满囊金，
儿女尽孝心。
命运如娼妓，
贫贱遭遗弃。

虽然这样说，你的女儿们还要孝敬你数不清的烦恼哩。

李尔 啊！我这一肚子的气都涌上我的心头来了！我这女儿呢？

肯特 在里边，陛下；跟伯爵在一起。

李尔 不要跟我；在这儿等着。（下）

侍臣 除了你刚才所说的以外，你没有犯其他的过失吗？

肯特 没有。王上怎么不多带几个人来？

弄人 你会发出这么一个问题，活该给人用足枷枷起来。

肯特 为什么，傻瓜？

弄人 你应该拜蚂蚁做老师，让它教训你冬天是不能工作的。谁都长着眼睛鼻子，哪一个人嗅不出来他身上发霉的味道？一个大车轮滚下山坡的时候，你千万不要抓住它，免得跟它一起滚下去，跌断了你的头颈；可是你要是看见它上山去，那么让它拖着你一起上去吧。倘然有什么聪明人给你更好的教训，请你把这番话还我；一个傻瓜的教训，只配让一个混蛋去遵从。

他为了自己的利益，
向你屈膝卑躬，
天色一变就要告别，
留下你在雨中。
聪明的人全都飞散，
只剩傻瓜一个；
傻瓜逃走变成混蛋，
那混蛋不是我。

肯特 傻瓜，你从什么地方学会这个歌儿？

弄人 不是在足枷里，傻瓜。

| 李尔偕葛罗斯特重上。

李尔 拒绝跟我说话！他们有病！他们疲倦了，他们昨天晚上走路辛苦！都是些鬼话，明明是要背叛我的意思。给我再去向他们要一个好一点的答复来。

葛罗斯特 陛下，您知道公爵的火性，他决定了怎样就是怎样，再也没有更改的。

李尔 反了！反了！火性！什么火性？嘿，葛罗斯特，葛罗斯特，我要见康华尔公爵和他的妻子说话。

葛罗斯特 呃，陛下，我已经对他们说过了。

李尔 对他们说过了！你懂得我的意思吗？

葛罗斯特 是，陛下。

李尔 国王要跟康华尔说话；父亲要跟他的女儿说话，叫她出来见我：你有没有这样告诉他们？哼，火性！对那性如烈火的公爵说——不，且慢，也许他真的不大舒服；一个人为了疾病而疏忽了他的责任，是应当加以原谅的；我们身体上有了病痛，精神上总是连带觉得烦躁郁闷。我且忍耐一下，不要太卤莽了，对一个有病的人作过分求全的责备。该死！（视肯特）为什么把他枷在这儿？这一种举动使我相信公爵和她对我回避，完全是一种预定的计谋。把我的仆人放出来还我。去，对公爵和他的妻子说，我现在立刻就要跟他们说话；叫他们赶快出来见我，否则我要在他们的寝室门前擂起鼓来，搅得他们不能安睡。

葛罗斯特 我但愿你们大家和和好好的。（下）

李尔 啊！我的心！我的怒气直冲的心！安静下来吧！

| 康华尔、里根、葛罗斯特及众仆上。

李尔 你们两位早安！

康华尔 祝福陛下！（众人释肯特）

里根 我很高兴看见陛下。

李尔 里根，我想你一定高兴看见我的；我知道我为什么要这样想：要是你不高兴看见我，我就要跟你已故的母亲离婚，把她的坟墓当作一座淫妇的丘陇。（向肯特）啊！你放出来了吗？等会儿再谈吧。亲爱的里根，你的姊姊太不孝啦。啊，里根！她的无情的凶恶像饿鹰的利喙一样猛啄我的心。我简直不能告诉你；你不会相信她忍心害理到什么地步——啊，里根！

里根 父亲，请您不要恼怒。我想她不会对您有失敬礼，恐怕还是您不能谅解她的苦心哩。

李尔 啊，这是什么意思？

里根 我想我的姊姊决不会有什么地方不尽孝道；要是，

父亲，她约束了您那班随从的放荡的行为，那当然有充分的理由和正大的目的，绝对不能怪她的。

李尔 我的咒诅降在她的头上！

里根 啊，父亲！您年纪老了，应该让一个比您自己更明白您的地位的人管教管教您；所以我劝您还是回到姊姊的地方去，对她赔一个不是。

李尔 请求她的饶恕吗？你看这样像不像个样子：“好女儿，我承认我年纪老，不中用啦，让我跪在地上，（跪）请求您赏给我几件衣服穿，赏给我一张床睡，赏给我一些东西吃吧。”

里根 父亲，别这样子；这算个什么，简直是胡闹！回到我姊姊那儿去吧。

李尔 （起立）再也不回去了，里根。她裁减了我一半的侍从；不给我好脸孔看；用她的毒蛇一样的舌头打击我的心。但愿上天蓄积的愤怒一起降在她的无情无义的头上！但愿恶风吹打她的腹中的胎儿，让它生下地来就是个跛子！

康华尔 嘿！这是什么话！

李尔 迅疾的闪电啊，把你的眩目的火焰，射进她的傲慢的眼睛里去吧！在烈日的熏灼下蒸发起来的沼地的瘴气啊，损坏她的美貌，毁灭她的骄傲吧！

里根 天上的神明啊！您要是对我发起怒来，也会这样咒我的。

李尔 不，里根，你永远不会受我的咒诅；你的温柔的天性决不会使你干出冷酷残忍的行为来。她的眼睛里有一股凶光，可是你的眼睛却是温存而和蔼的。你决不会吝惜我的享受，裁撤我的侍从，用不逊之言向我挺撞，削减我的费用，甚至于把我关在门外不让我进来；你是懂得天伦的义务、儿女的责任、孝敬的礼貌和受恩的感激的；你总还没有忘记我曾经赐给你一半的国土。

里根 父亲，不要把话说到岔儿上去。

李尔 谁把我的人枷起来？（内喇叭吹花腔）

康华尔 那是什么喇叭声音？

里根 我知道，是我的姊姊来了；她信上说是就要到这儿来的。

| 奥斯华德上。

里根 夫人来了吗？

李尔 这是一个靠着主妇暂时的恩宠、狐假虎威、倚势凌人的奴才。滚开，贱奴，不要让我看见你！

康华尔 陛下，这是什么意思？

李尔 谁把我的仆人枷起来？里根，我希望你并不知道这件事。谁来啦？

| 高纳里尔上。

李尔 天啊，要是你爱老人，要是你认为子女应该孝顺他们的父母，要是你自己也是老人，那么不要漠然无动，降下你的愤怒来，帮我伸雪我的怨恨吧！（向高纳里尔）你看见我这一把胡须，不觉得惭愧吗？啊里根，你愿意跟她握手吗？

高纳里尔 为什么她不能跟我握手呢！我干了什么错事？难道凭着一张糊涂昏悖的嘴里的胡言乱语，就可以成立我的罪案吗？

李尔 啊，我的胸膛！你还没有胀破吗？我的人怎么给你们枷了起来？

康华尔 陛下，是我把他枷在那儿的；照他狂妄的行为，这样的惩戒还是太轻啦。

李尔 你！是你干的事吗？

里根 父亲，您该明白您是一个衰弱的老人，一切只好将就点儿。要是您现在仍旧回去跟姊姊住在一起，裁撤了您的一半的侍从，那么等住满了一个月，再到我这儿来吧。我现在不在自己家里，要供养您也有许多不便。

李尔 回到她那儿去？裁撤五十名侍从！不，我宁愿什么屋子也不要住，过着风餐露宿的生活，和无情的大自然抗争，和豺狼鸱鸮做伴侣，忍受一切饥寒的痛苦！回去跟她住在一起？嘿，我宁愿到那娶了我的没有嫁奁的小女儿去的热情的法兰西国王的座前匍匐膝行，像一个臣仆一样向他讨一份微薄的恩俸，苟延我的残喘。回去跟她住在一起！你还是劝我在这可恶的仆人手下当奴才，当牛马吧。（指奥斯华德）

高纳里尔 随你的便。

李尔 女儿，请你不要使我发疯；我也不愿再来打扰你了，我的孩子。再会吧；我们从此不再相见。可是你是我的肉、我的血、我的女儿；或者还不如说是我身体上的一个恶瘤，我不能不承认你是我的；你是我的腐败的血液里的一个瘀块，一个肿毒的疔疮。可是我不愿责骂你；让羞辱自己降临到你身上吧，我没有呼召它；我不要求天雷把你殛死，我也不把你的忤逆向垂察善恶的天神控诉，你回去仔细想一想，趁早悔改前非，还来得及。我可以忍耐；我可以带着我的一百个骑士，跟里根住在一起。

里根 那绝对不行；现在还轮不到我，我也没有预备好招待您的礼数。父亲，听我姊姊的话吧；人家冷眼看着您这种愤怒的神气，他们心里都要说您因为老了，所以——可是姊姊是知道她自己所做的事的。

李尔 这是你的好意的劝告吗？

里根 是的，父亲，这是我的真诚的意见。什么！五十个卫士？这不是很好吗？再多一些有什么用处？就是这么许多人，数目也不少了，别说供养他们不起，而且让他们成群结党，也是一件危险的事。一间屋子里养了这许多人，拥戴着两个主人，怎么不会发生争闹？简直不成话。

高纳里尔 父亲，您为什么不让我们的仆人侍候您呢？

里根 对了，父亲，那不是很好吗？要是他们怠慢了您，我们也可以训斥他们。您下回到我这儿来的时候，请您只带二十五个人来，因为现在我已经看到了一个危险；超过这个数目，我是恕不招待的。

李尔 我把一切都给了你们——

里根 您总算拣了适当的时候给了我们。

李尔 叫你们做我的代理人、保管者，我的唯一的条件，只是让我保留这么多的侍从。什么！我必须只带二十五个人，到你这儿来吗？里根，你是不是这样说？

里根 父亲，我可以再说一遍，我只允许您带这么几个人来。

李尔　恶人的脸相虽然狰狞可怖，要是再有人比他更恶，相形之下，就会显得和蔼可亲；不是绝顶的凶恶，总还有几分可取。（向高纳里尔）我愿意跟你去；你的五十个人还比她的二十五个人多上一倍，你的孝心也比她大一倍。

高纳里尔　父亲，我们家里难道没有两倍这么多的仆人可以侍候您？依我说，不但用不到二十五个人，就是十个五个也是多事。

里根　依我看来，一个也不需要。

李尔　啊！不要跟我说什么需要不需要；最卑贱的乞丐，也有他的不值钱的身外之物；人生除了天然的需要以外，要是没有其他的享受，那和畜类的生活有什么分别。你是一位夫人；你穿着这样华丽的衣服，如果你的目的只是为了保持温暖，那就根本不合你的需要，因为这种盛装艳饰并不能使你温暖。可是，讲到真的需要，那么天啊，给我忍耐吧，我需要忍耐！神啊，你们看见我在这儿，一个可怜的老头子，被忧伤和老迈折磨得好苦！假如是你们鼓动这些女儿们的心，使她们忤逆她们的父亲，那么请你们不要尽是愚弄我，叫我默然忍受吧；让我的心里激起了刚强的怒火，让妇人所恃为武器的泪点不要玷污我的男子汉的脸颊！不，你们这两个不孝的妖妇，我要向你们复仇，我要做出一些使全世界惊怖的事情来，虽然我现在还不知道我要怎么做。你们以为我将要哭泣；不，我不愿哭泣，我虽然有充分的哭泣的理由，可是我宁愿让这颗心碎成万片，也不愿流下一滴泪来。啊，傻瓜！我要发疯了！

（李尔、葛罗斯特、肯特及弄人同下）

康华尔 我们进去吧；一场暴风雨将要来了。（远处暴风雨声）

里根 这间屋子太小了，这老头儿带着他那班人来是容纳不下的。

高纳里尔 是他自己不好，放着安逸的日子不要过，一定要吃些苦，才知道自己的蠢。

里根 单是他一个人，我倒也很愿意收留他，可是他的那班跟随的人，我可一个也不能容纳。

高纳里尔 我也是这个意思。葛罗斯特伯爵呢？

康华尔 跟老头子出去了。他已经回来了。

| 葛罗斯特重上。

葛罗斯特 王上正在盛怒之中。

康华尔 他要到哪儿去？

葛罗斯特 他叫人备马；可是不让我知道他要到什么地方去。

康华尔 还是不要管他，悉听他自己的意思吧。

高纳里尔 伯爵，您千万不要留他。

葛罗斯特 唉！天色暗起来了，田野里都在刮着狂风，附近许多英里之内，简直连一株小小的树木都没有。

里根 啊！伯爵，对于刚愎自用的人，只好让他们自己招致的灾祸教训他们。关上您的门；他有一班亡命之徒跟随在身边，他自己又是这样容易受人愚弄，谁也不知道他们会煽动他干出些什么事来。我们还是小心点儿好。

康华尔 关上您的门，伯爵；这是一个狂暴的晚上。我的里根说得一点不错。暴风雨来了，我们进去吧。（同下）

第 三 幕

第一场
荒 野

| 暴风雨，雷电。肯特及一侍臣上，相遇。

肯特 除了恶劣的天气以外，还有谁在这儿？

侍臣 一个心绪像这天气一样不安静的人。

肯特 我认识你。王上呢？

侍臣 正在跟暴怒的大自然竞争；他叫狂风把大地吹下海里，叫泛滥的波涛吞没了陆地，使万物都变了样子或归于毁灭；拉下他的一根根的白发，让挟着盲目的愤怒的暴风把它们卷到不知去向；在他渺小的一身之内，正在努力进行着一场比暴风雨的冲突更剧烈的争斗。这样的晚上，被小熊吸干了乳汁的母熊，也躲着不敢出来，狮子和饿狼都不愿沾湿它们的毛皮。他却光秃着头在风雨中狂奔，把一切付托给不可知的力量。

肯特 可是谁和他在一起？

侍臣 只有那傻瓜一路跟着他，竭力用些笑话替他排解他的衷心的伤痛。

肯特 我知道你是什么人，我敢凭着我的观察所及，告诉你一件重要的消息。在奥本尼和康华尔两人之间，虽然表面上彼此掩饰得毫无痕迹，可是暗中却已经发生了冲突；正像一般身居高位的人一样，在他们手下都有一些名为仆人、实际上却是向法国密报我们国内情形的探子，凡是这两个公爵的明争暗斗，他们两人对于善良的老王的冷酷的待遇，以及其他更秘密的一切动静，全都传到了法国的耳中；现在已经有一支军队从法国开到我们这一个分裂的国土上来，乘着我们疏忽无备，在我们几处最好的港口秘密登陆，不久就要揭开他们鲜明的旗帜了。现在，你要是能够信任我的话，请你赶快到多佛去一趟，那边你可以碰见有人在欢迎你，你可以把王上所受种种无理的屈辱向他作一个确实的报告，他一定会感激你的好意。我是一个有地位有身家的绅士，因为知道你的为人可靠，所以把这件差使交给你。

侍臣 我还要跟您谈谈。

肯特 不，不必。为了向你证明我并不是像我的外表那样的一个微贱之人，你可以打开这一个钱囊，把里面的东西拿去。你一到多佛，一定可以见到考狄利娅；只要把这戒指给她看了，她就可以告诉你，你现在所不认识的同伴是个什么人。好大的风雨！我要找王上去。

侍臣 把您的手给我。您没有别的话了吗？

肯特 我们现在先去把王上找到了再说；你望那边去，我望这边去，谁先找到他的，就打一声招呼。（各下）

第二场

荒野的另一部分

丨暴风雨继续未止。李尔及弄人上。

李尔 吹吧，风啊！吹破了你的脸颊，猛烈地吹吧！你，瀑布一样的倾盆大雨，尽管倒泻下来，浸没了我们的尖塔，淹沉了屋顶上的风标吧！你思想一样迅速的硫黄的电火，劈碎橡树的巨雷的先驱，烧焦了我的白发的头颅吧！你，震撼一切的霹雳啊，把这生殖繁密的、饱满的地球击平了吧！打碎造物的模型，不要让一颗忘恩负义的人类的种子遗留在世上！

弄人 啊，老伯伯，在一间干燥的屋子里讨一杯冷水喝，不比在这没有遮蔽的旷野里淋雨好得多吗？老伯伯，回到那所屋子里去，向你的女儿们请求祝福吧；这样的夜无论对于聪明人或是傻瓜，都是不发一点慈悲的。

李尔 尽管轰着吧！尽管吐你的火舌，尽管喷你的雨水吧！雨、风、雷、电，都不是我的女儿，我不责怪你们的无情；我不曾给你们国土，不曾称你们为我的孩子，你们没有顺从我的义务；所以，随你们的高兴，降下你们可怕的威力来吧，我站在这儿，只是你们的奴隶，一个可怜的、衰弱的、无力的、遭人贱视的老头子。可是我仍然要骂你们是卑劣的帮凶，因为你们滥用上天的威力，帮同两个万恶的女儿来跟我这个白发的老翁作对。啊！啊！这太卑劣了！

丨肯特上。

李尔 不，我要忍受众人所不能忍受的痛苦；我要闭口无言。

肯特 谁在那边？

弄人 一个是陛下，一个傻瓜。

肯特 唉！陛下，你在这儿吗？喜爱黑夜的东西，不会喜爱这样的夜晚；狂怒的天色吓怕了黑暗中的漫游者，使它们躲在洞里不敢出来。自从有生以来，我从没有看见过这样的闪电，听见过这样可怕的雷声，这样惊人的风雨的咆哮；人类的精神是禁受不起这样的磨折和恐怖的。

李尔 伟大的神灵在我们头顶掀起这场可怕的骚动。让他们现在找到他们的敌人吧。战栗吧，你尚未被人发觉、逍遥法外的罪人！躲起来吧，你杀人的凶手，你用伪誓欺人的骗子，你道貌岸然的逆伦禽兽！魂飞魄散吧，你用正直的外表遮掩杀人阴谋的大奸巨恶！撕下你们包藏祸心的伪装，显露你们罪恶的原形，向这些可怕的天吏哀号乞命吧！我并没有犯什么罪，我是一个含冤负屈的人。

肯特 唉！您头上也没有一点遮盖的东西！陛下，这儿附近有一间茅屋，可以替您挡挡风雨。我刚才曾经到那所冷酷的屋子里——那比它墙上的石块更冷酷无情的屋子——探问您的行踪，可是他们关上了门不让我进去；现在您且暂时躲一躲雨，我还要回去向他们说话去。

李尔 我的头脑开始昏乱起来了。来，我的孩子。你怎么啦，我的孩子？你冷吗？我自己也冷呢。我的朋友，这间茅屋在什么地方？一个人到了困穷无告的时候，下贱的东西也会变成无价之宝。来，带我到你那间茅屋里去。可怜的傻小子，我心里还留着一块地方为你悲伤哩。

弄人 只怪自己糊涂自己蠢，
嗨呵，一阵风来一阵雨，
背时倒运莫把天公恨，
管它朝朝雨雨又风风。

李尔 不错，我的好孩子。来，领我们到这茅屋里去。（同下）

第三场
葛罗斯特城堡中的一室

｜葛罗斯特及爱德蒙上。

葛罗斯特 唉，唉！爱德蒙，我不赞成这种不近人情的行为。当我请求他们允许我给他一点援助的时候，他们竟会剥夺我使用自己屋子的权利，不许我提起他的名字，不许我替他说一句恳求的话，也不许我给他任何的救济，要是违背了他们的命令，我就要永远失去他们的欢心。

爱德蒙 太野蛮，太不近人情了！

葛罗斯特 算了，你不要多说什么。两个公爵现在已经有了意见，而且还有一件比这更严重的事情。今天晚上我接到一封信，里面的话说出来也是很危险的；我已经把这信锁在壁橱里了。王上受到这样的凌虐，总有人会来替他报复的；已经有一支军队在路上了；我们必须站在王上的一方面。我就要找他去，暗地里救济救济他；你去陪公爵谈谈，免得被他觉察了我的行动。要是他问起我的话，你就回他说我身子不好，已经睡了。大不了是一个死，王上是我的老主人，我不能坐视不救。出人意外的事情快要发生了，爱德蒙，你必须要小心点儿。（下）

爱德蒙 你违背了命令去献这种殷勤，我立刻就要去告诉公爵知道；还有那封信我也要告诉他。这是我献功邀赏的好机会，我的父亲将要因此而丧失他所有的一切，也许他的全部家产都要落到我的手里；老的一代没落了，年轻的一代才会兴起。（下）

第四场
荒野；茅屋之前

| 李尔、肯特及弄人上。

肯特 就是这地方，陛下，进去吧。在这样毫无掩庇的黑夜里，像这样的狂风暴雨，是谁也受不了的。（暴风雨继续不止）

李尔 不要缠着我。

肯特 陛下，进去吧。

李尔 你要碎裂我的心吗？

肯特 我宁愿碎裂我自己的心。陛下，进去吧。

李尔 你以为让这样的狂风暴雨侵袭我们的肌肤，是一件了不得的苦事；在你看来是这样的；可是一个人要是身沾重病，他就不会感觉到小小的痛楚。你见了一头熊就要转身逃走；可是假如你的背后是汹涌的大海，你就只好硬着头皮向那头熊迎面走上去。当我们心绪宁静的时候，我们的肉体才是敏感的；我的心灵中的暴风雨已经取去我一切其他的感觉，只剩下心头的热血在那儿搏动。儿女的忘恩！这不就像这一只手把食物送进这一张嘴里，这一张嘴却把这一只手咬了下来吗？可是我要重重惩罚她们。不，我不愿再哭泣了。在这样的夜里，把我关在门外！尽管倒下来吧，什么大雨我都可以忍受。在这样的一个夜里！啊，里根，高纳里尔！你们年老仁慈的父亲一片诚心，把一切都给了你们——啊！那样想下去是要发疯的；我不要想起那些；别再提起那些话了。

肯特 陛下，进去吧。

李尔 你要舒服，你自己进去吧。这暴风雨不肯让我仔细思想种种的事情；那些事情我越想下去，越会增加我的痛苦的。可是我要进去。（向弄人）进去，孩子，你先走。你这些无家可归的人——你进去吧。我要祈祷，然后我要睡一会儿。（弄人入内）衣不蔽体的不幸的人们，无论你们在什么地方忍受着这样无情的暴风雨的袭击，你们的头上没有片瓦遮身，你们的腹中饥肠雷动，你们的衣服千穿百孔，怎么抵挡得了这样的气候呢？啊！我一向太没有想到这种事情了。安享荣华的人们啊，睁开你们的眼睛来，替这些不幸的人们设身处地想一想，分一些你们享用不了的福泽给他们，让上天知道你们不是全无心肝的人吧！

爱德伽 （在内）九呎深，九呎深！可怜的汤姆！（弄人自屋内奔出）

弄人 老伯伯，不要进去；里面有一个鬼。救命！救命！

肯特 让我搀着你，谁在里边？

弄人 一个鬼，一个鬼；他说他的名字叫做可怜的汤姆。

肯特 你是什么人，在这茅屋里大呼小叫的？出来。

| 爱德伽乔装疯人上。

爱德伽 走开！恶魔跟在我的背后！“风儿吹过山楂林。”哼！到你冷冰冰的床上暖一暖你的身体吧。

李尔 你把你所有的一切都给了你的两个女儿，所以才到今天这地步吗？

爱德伽 谁把什么东西给可怜的汤姆？恶魔带着他穿过大火，穿过烈焰，穿过水道和漩涡，穿过沼地和泥泞；把刀子放在他的枕头底下，把绳子放在他的凳子底下，把毒药放在他的粥里；使他心中骄傲，骑了一匹栗色的奔马，从四吋阔的桥梁上过去，把他自己的影子当作了一个叛徒，尽管追逐不舍。祝福你的五种才智！汤姆冷着呢。啊！哆啼哆啼哆啼。愿旋风不吹你，星星不把毒箭射你，瘟疫不到你身上！做做好事，救救那给恶魔害得好苦的可怜的汤姆吧！他现在就在那边，在那边，又到那边去了，在那儿。（暴风雨继续不止）

李尔 什么！他的女儿害得他变成这个样子吗？你不能留

下一些什么来吗？你一起都给了她们了吗？

弄人 不，他还留着一方毡毯，否则我们大家都要不好意思了。

李尔 愿那悬挂在天空之中的惩罚恶人的瘟疫一起降临在你的女儿身上！

肯特 陛下，他没有女儿哩。

李尔 该死的奸贼！他没有不孝的女儿，怎么会流落到这等不堪的地步？难道被弃的父亲，都是这样一点不爱惜他们自己的身体的吗？适当的处罚！谁叫他们的身体产下那些枭獍般的女儿来的？

爱德伽 “小雄鸡坐在高墩上，”哈啰，哈啰，啰，啰！

弄人 这一个寒冷的夜晚将要使我们大家变成傻瓜和疯子。

爱德伽 当心恶魔。孝顺你的爷娘；说过的话不要反悔；不要赌咒；不要奸淫有夫之妇；不要把你的情人打扮得太漂亮。汤姆冷着呢。

李尔 你本来是干什么的？

爱德伽 一个心性高傲的仆人，头发卷得曲曲的，帽子上佩着情人的手套，惯会讨妇女的欢心，干些不可告人的勾当；开口发誓，闭口赌咒，当着上天的面前把它们一个个毁弃，睡梦里都在转奸淫的念头，一醒来便把它实行。我贪酒，我爱赌，我比土耳其人更好色；一颗奸诈的心，一对轻信的耳朵，一双不怕血腥气的手；猪一般懒惰，狐狸一般狡诡，狼一般贪狠，狗一般疯狂，狮子一般凶恶。不要让女人的脚步声和悉悉索索的绸衣裳的声音摄去了你的魂魄；不要把你的脚踏进窑子里去；不要把你的手伸进裙子里去；不要把你的笔碰到放债人的账簿上；抵抗恶魔的引诱吧。“冷风还是在打山楂树里吹过去”；听它怎么说，吁——吁——呜——呜——哈——哈——。道芬我的孩子，我的孩子；叱嚓！让他奔过去。（暴风雨继续不止）

李尔 唉，你这样赤身裸体，受风雨的吹淋，还是死了的好。难道人不过是这样一个东西吗？想一想吧。你也不向蚕身上借一根丝，也不向野兽身上借一张皮，也不向羊身上借一片毛，也不向麝猫身上借一块香料。嘿！我们这三个人都已经汩没了本来的面目，只有你才保全着天赋的原形；人类在草昧的时代，不过是像你这样的一个寒伧的赤裸的毛发蓬松的动物。脱下来，脱下来，你们这些身外之物！来，松开你的钮扣。（扯去衣服）

弄人 老伯伯，请你安静点儿；这样危险的夜里是不能游泳的。旷野里一点小小的火光，正像一个好色的老头儿的心，只有这么一星星的热，他的全身都是冰冷的。瞧！一团火走来了。

| 葛罗斯特持火炬上。

爱德伽 这就是那个叫做“弗力勃铁捷贝特”的恶魔；他在黄昏时候出现，一直到第一声鸡啼方才隐去；他叫人眼睛里长白膜，刺痛得睁不开来；他叫人嘴唇上起裂缝；他还会叫面粉发霉，寻穷人们的晦气。

圣维都尔三次经过山岗，
遇见魇魔和她九个儿郎；
他说妖精你别逃，
发过誓儿放你跑；

急急如律令敕！

肯特 陛下，您怎么啦？

李尔 他是谁？

肯特 那边什么人？你找谁？

葛罗斯特 你们是些什么人？你们叫什么名字？

爱德伽 可怜的汤姆，他吃的是泅水的青蛙、虾蟆、蝌蚪、壁虎和水蜥；恶魔在他心里捣乱的时候，他发起狂来，就会把牛粪当作一盆美味的生菜；他吞的是老鼠和癞狗，喝的是一潭死水上面绿色的浮渣，他到处给人家鞭打，锁在枷里，关在牢里；他从前有三身外衣、六件衬衫，跨着一匹马，带着一口剑；

可是在这整整七年时光，
耗子是汤姆唯一的食粮。

留心那跟在我背后的鬼。不要闹，史墨金！不要闹，你这恶魔！

葛罗斯特 什么！陛下竟会跟这种人做起伴来了吗？

爱德伽 地狱里的魔王是一个绅士；他的名字叫做摩陀，又叫做玛呼。

葛罗斯特 陛下，我们亲生的骨肉都变得那样坏，把自己生身之人当作了仇敌。

爱德伽 可怜的汤姆冷着呢。

葛罗斯特 跟我回去吧。我的良心不允许我全然服从您的女儿的无情的命令；虽然他们叫我关上了门，把您丢下在这狂暴的黑夜之中，可是我还是大胆出来找您，把您带到有火炉、有食物的地方去。

李尔 让我先跟这位哲学家谈谈。天上打雷是什么缘故？

肯特 陛下，接受他的好意；跟他回去吧。

李尔 我还要跟这位学者说一句话。您研究的是哪一门学问？

爱德伽 抵御恶魔的战略和消灭毒虫的方法。

李尔 让我私下里问您一句话。

肯特 大人，请您再催催他吧；他的神经有点儿错乱起来了。

葛罗斯特 你能怪他吗？（暴风雨继续不止）他的女儿要他死哩。唉！那善良的肯特，他早就说过会有这么一天的，可怜的被放逐的人！你说王上要疯了；告诉你吧，朋友，我自己也差不多疯了。我有一个儿子，现在我已经跟他断绝关系了；他要谋害我的生命，这还是最近的事；我爱他，朋友，没有一个父亲更爱他的儿子；不瞒你说，（暴风雨继续不止）我的头脑都气昏了。这是一个什么晚上！陛下，求求您——

李尔 啊！请您原谅，先生。高贵的哲学家，请了。

爱德伽 汤姆冷着呢。

葛罗斯特 进去，家伙，到这茅屋里去暖一暖吧。

李尔 来，我们大家进去。

肯特 陛下，这边走。

李尔 带着他；我要跟我这位哲学家在一起。

肯特 大人，顺顺他的意思吧；让他把这家伙带去。

葛罗斯特 您带着他来吧。

肯特 小子，来；跟我们一块儿去。

李尔 来，好雅典人。

葛罗斯特 嘘！不要说话，不要说话。（同下）

第五场

葛罗斯特城堡中一室

| 康华尔及爱德蒙上。

康华尔 我在离开他的屋子以前，一定要把他惩治一下。

爱德蒙 殿下，我为了尽忠的缘故，不顾父子之情，一想到人家不知将要怎样批评我，心里很有点儿惴惴不安哩。

康华尔 我现在才知道你的哥哥想要谋害他的生命，并不完全出于恶意；多半是他自己咎有应得，才会引起他的杀心的。

爱德蒙 我的命运多么颠倒，虽然做了正义的事情，却必须终身抱恨！这就是他说起的那封信，它可以证实他私通法国的罪状。天啊！为什么他要干这种叛逆的行为，为什么偏偏又在我手里发觉了呢？

康华尔 跟我见公爵夫人去。

爱德蒙 这信上所说的事情倘然确实，那您就要有一番重大的行动了。

康华尔 不管它是真是假，它已经使你成为葛罗斯特伯爵了。你去找找你父亲在什么地方，让我们可以把他逮捕起来。

爱德蒙 （旁白）要是我看见他正在援助那老王，他的嫌疑就格外加重了。——虽然忠心和孝道在我的灵魂里发生剧烈的争战，可是大义所在，只好把私恩抛弃不顾。

康华尔 我完全信任你；你在我的恩宠之中，将要得到一个更慈爱的父亲。（各下）

第六场

邻接城堡的农舍一室

| 葛罗斯特、李尔、肯特、弄人及爱德伽上。

葛罗斯特 这儿比露天好一些，不要嫌它寒伧，将就住下来吧。我再去找找有些什么吃的用的东西；我去去就来。

肯特 他的智力已经在他的盛怒之中完全消失了。神明报答您的好心！（葛罗斯特下）

爱德伽 弗拉特累多在叫我，他告诉我尼禄王在冥湖里钓鱼。喂，傻瓜，要留心恶魔啊。

弄人 老伯伯，告诉我，一个疯子是绅士呢还是平民？

李尔 是个国王，是个国王！

弄人 不，他是一个变卖了田地，替他的儿子挣了一个绅士头衔的平民。

李尔 一千条血红的火舌吱啦吱啦卷到她们的身上——

爱德伽 恶魔在咬我的背。

弄人 谁要是相信豺狼的驯良、马儿的健康、孩子的爱情，或是娼妓的盟誓的，他就是个疯子。

李尔 一定要办她们一办，我现在就要控诉她们。（向爱德伽）来，最有学问的法官，你坐在这儿；（向弄人）你，贤明的官长，坐在这儿。——来，你们这两头雌狐！

爱德伽 瞧，他站在那儿，眼睛睁得大大的！太太，你在审判的时候，要不要有人瞧着你？
渡过河来会我，蓓西——

弄人 她的小船儿漏了，

她不能让你知道
为什么她不敢见你。

爱德伽 恶魔借着夜莺的喉咙，向可怜的汤姆作祟了。霍普丹斯在汤姆的肚子里嚷着要两条新鲜的鲱鱼。别吵，魔鬼；我没有东西给你吃。

肯特 陛下，您怎么啦！不要这样呆呆地站着。您愿意躺下来，在这褥垫上面休息休息吗？

李尔 我要先看她们受了审判再说。把她们犯罪的证据带上来。（向爱德伽）你这披着法衣的审判官，请坐；（向弄人）你，他的执法的同僚，坐在他的旁边。（向肯特）你是陪审官，你也坐下了。

爱德伽 让我们秉公判断。

你睡着还是醒着，牧羊人？
你的羊儿在田里跑；
你只要闭闭你的小嘴唇，
不坏你羊儿一根毛。

呼噜呼噜；这是一只灰色的猫儿。

李尔 先控诉她；她是高纳里尔。我当着尊严的堂上起誓，她曾经踢她的可怜的父王。

弄人 过来，奶奶。你的名字叫高纳里尔吗？

李尔 她不能抵赖。

弄人 对不起，我还以为您是一张折凳哩。

李尔 这儿还有一个，你们瞧她满脸的横肉，就可以知道她的心肠是怎么样的。拦住她！举起你们的兵器，拔出你们的剑，点起火把来！营私舞弊的法庭！枉法的贪官，你为什么放她逃走？

肯特 嗳哟！陛下，您不是常常说您没有失去忍耐吗？现在您的忍耐呢？

爱德伽 （旁白）我的滚滚的热泪忍不住为他流下，怕要给他们瞧破我的假装了。

李尔 这些小狗：脱雷、勃尔趋、史威塔，瞧，它们都在向我吠。

爱德伽 让汤姆用它的头把它们轰走。滚开，你们这些恶狗！

黑嘴巴，白嘴巴，
疯狗咬人磨毒牙，
猛犬猎犬杂种犬，
叭儿小犬团团转，
青屁股，卷尾毛，
一见汤姆没命逃。

哆啼哆啼。叱嚓！来，我们赶庙会，上市集去。可怜的汤姆，你的牛角里干得挤不出一滴水来啦。

李尔 叫他们剖开里根的身体来，看看她心里有些什么东西。究竟为了什么天然的原因，她们的心才会变得这样硬？（向爱德伽）我把你收养下来，叫你做我一百名侍卫中间的一个，只是我不欢喜你的衣服的式样；你也许要对我说，这是最漂亮的波斯装；可是我看还是请你换一换吧。

肯特 陛下，您还是躺下来休息休息吧。

李尔 不要吵，不要吵；放下帐子，好，好，好。我们到早上再去吃晚饭吧；好，好，好。

弄人 我一到中午可要睡觉哩。

| 葛罗斯特重上。

葛罗斯特 过来，朋友；王上呢？

肯特 在这儿，大人；可是不要打扰他，他的神经已经错乱了。

葛罗斯特 好朋友，请你把他抱起来。我已经听到了一个谋害他生命的阴谋。马车套好在外边，你快把他放进去，驾着它到多佛，那边有人会欢迎你，并且会保障你的安全。抱起你的主人来；要是你耽误了半点钟的时间，他的性命、你的性命以及一切出力救护他的人的性命，都要保不住了。抱起来，抱起来；跟我来，让我设法把你们赶快送到一处可以安身的地方。

肯特 受尽磨折的身心，现在安然入睡了；安息也许可以镇定镇定他的破碎的神经，但愿上天行个方便，不要让它破碎得不可收拾才好。（向弄人）来，帮我扛起你的主人来；你也不能留在这儿。

葛罗斯特 来，来，去吧。（除爱德伽外，肯特、葛罗斯特及弄人舁李尔下）

爱德伽 做君王的不免如此下场，
使我忘却了自己的忧伤。
最大的不幸是独抱牢愁，
任何的欢娱兜不上心头；
倘有了同病相怜的侣伴，
天大痛苦也会解去一半。
国王有的是不孝的逆女，
我自己遭逢无情的严父，
他与我两个人一般遭际！

去吧，汤姆，忍住你的怨气，
你现在蒙着无辜的污名，
总有日恢复你清白之身。
不管今夜里还会发生些什么事情，王上总是安然出险了！我还是躲起来吧。（下）

第七场

葛罗斯特城堡中一室

| 康华尔、里根、高纳里尔、爱德蒙及众仆上。

康华尔 夫人，请您赶快到尊夫的地方去，把这封信交给他；法国军队已经登陆了。——来人，替我去搜寻那反贼葛罗斯特的踪迹。（若干仆人下）

里根 把他捉到了立刻吊死。

高纳里尔 把他的眼珠挖出来。

康华尔 我自有处置他的办法。爱德蒙，我们不应该让你看见你的谋叛的父亲受到怎样的刑罚，所以请你现在护送我们的姊姊回去，替我向奥本尼公爵致意，叫他赶快准备；我们这儿也要采取同样的行动。我们两地之间，必须随时用飞骑传报消息。再会，亲爱的姊姊；再会，葛罗斯特伯爵。

| 奥斯华德上。

康华尔 怎么啦？那国王呢？

奥斯华德 葛罗斯特伯爵已经把他载送出去了；有三十五六个追寻他的骑士在城门口和他会合，还有几个伯爵手下的人也在一起，一同向多佛进发，据说那边有他们武装的友人在等候他们。

康华尔 替你家夫人备马。

高纳里尔 再会，殿下，再会，妹妹。

康华尔 再会，爱德蒙。（高纳里尔、爱德蒙及奥斯华德下）再去几个人把那反贼葛罗斯特捉来，像偷儿一样把他绑来见我。（若干仆人下）虽然在没有经过正式的审判手续以前，我们不能就把他判处死刑，可是为了发泄我们的愤怒，却只好不顾人们的指摘，凭着我们的权力独断独行了。那边是什么人？是那反贼吗？

丨众仆押葛罗斯特重上。

里根 没有良心的狐狸！正是他。

康华尔 把他枯瘪的手臂牢牢缚起来。

葛罗斯特 两位殿下，这是什么意思？我的好朋友们，你们是我的客人；不要用这种无礼的手段对待我。

康华尔 捆住他。（众仆缚葛罗斯特）

里根 缚紧些，缚紧些。啊，可恶的反贼！

葛罗斯特 你是一个没有慈悲的女人，我却不是反贼。

康华尔 把他缚在这张椅子上。奸贼，我要让你知道——（里根扯葛罗斯特须）

葛罗斯特 天神在上，这还成什么话，你扯起我的胡子来啦！

里根 胡子这么白，想不到却是一个反贼！

葛罗斯特 恶妇，你从我的腮上拉下这些胡子来，它们将要像活人一样控诉你的罪恶。我是这里的主人，你不该用你强盗的手，这样报答我的好客的殷勤。你究竟要怎么样？

康华尔 说，你最近从法国得到什么书信？

里根 老实说出来，我们已经什么都知道了。

康华尔 你跟那些最近踏到我们国境上来的叛徒们有些什么来往？

里根 你把那发疯的老王送到什么人手里去了？说。

葛罗斯特 我只收到过一封信，里面都不过是些猜测之谈，寄信的是一个没有偏见的人，并不是一个敌人。

康华尔 好狡猾的推托！

里根 一派鬼话！

康华尔 你把国王送到什么地方去了？

葛罗斯特 送到多佛。

里根 为什么送到多佛？我们不是早就警告你——

康华尔 为什么送到多佛？让他回答这个问题。

葛罗斯特 罢了，我现在身陷虎穴，只好拼着这条老命了。

里根 为什么送到多佛？

葛罗斯特 因为我不愿意看见你的凶恶的指抓挖出他的可怜的老眼；因为我不愿意看见你的残暴的姊姊用她野猪般的利齿咬进他的神圣的肉里。他的赤裸的头顶在地狱一般黑暗的夜里冲风冒雨；受到那样狂风暴雨的震荡的海水，也要把它的怒潮喷向天空，熄灭了星星的火焰；但是他，可怜的老翁，却还要把他的热泪帮助天空浇洒。要是在那样怕人的晚上，豺狼在你的门前悲鸣，你也要说，“善良的看门人，开了门放它进来吧，”而不计较它一切的罪恶。可是我总有一天见到上天的报应降临在这种儿女的身上。

康华尔 你再也不会见到那样一天。来，按住这椅子。我要把你这一双眼睛放在我的脚底下践踏。

葛罗斯特 谁要是希望他自己平安活到老年的，帮帮我吧！啊，好惨！天啊！（葛罗斯特一眼被挖出）

里根 还有那一颗眼珠也挖出来，免得它嘲笑没有眼珠的一面。

康华尔 要是你看见什么报应——

仆甲 住手，殿下；我从小服侍您到现在，可是从来没有对您干过一件比现在请您住手更好的事情。

里根 怎么，你这狗东西！

仆甲 要是你的腮上长起了胡子，我现在也要把它扯下来。

康华尔 混账奴才，你反了吗？（拔剑）

仆甲 好，那么来，我们拼一个你死我活。（拔剑。二人决斗。康华尔受伤）

里根 把你的剑给我。一个奴才也会撒野到这等地步！（取剑自后刺仆甲）

仆甲 啊！我死了。大人，您还剩着一只眼睛，看见他受到一点小小的报应。啊！（死）

康华尔 哼，看他再瞧得见一些什么报应！出来，可恶的浆块！现在你还会发光吗？（葛罗斯特另一眼被挖出）

葛罗斯特 一切都是黑暗和痛苦。我的儿子爱德蒙呢？爱德蒙，燃起你天性中的怒火，替我报复这一场暗无天日的暴行吧！

里根 哼，万恶的奸贼！你在呼唤一个憎恨你的人；你对我们反叛的阴谋，就是他出首告发的，他是一个深明大义的人，决不会对你发一点怜悯。

葛罗斯特 啊，我是个蠢材！那么爱德伽是冤枉的了。仁慈的神明啊，赦免我的错误，保佑他有福吧！

里根 把他推出门外，让他一路摸索到多佛去。（一仆率葛罗斯特下）怎么，殿下？您的脸色怎么变啦？

康华尔 我受了伤啦。跟我来，夫人。把那瞎眼的奸贼撵出去；把这奴才丢在粪堆里。里根，我的血尽在流着；这真是无妄之灾。用你的手臂搀着我。（里根扶康华尔同下）

仆乙 要是这家伙会有好收场，我什么坏事都可以去做了。

仆丙 要是她会寿终正寝，所有的女人都要变成恶鬼了。

仆乙 让我们跟在那老伯爵的后面，叫那疯丐把他领到他所要去的地方。

仆丙 你先去吧；我还要去拿些麻布和蛋白来，替他贴在他的流血的脸上。但愿上天保佑他！（各下）

第　四　幕

第一场
荒　野

｜爱德伽上。

爱德伽　与其被人在表面上恭维而背地里鄙弃，那么还是像这样自己知道为举世所不容的好。一个最困苦、最微贱、最为命运所屈辱的人，可以永远抱着希冀而无所恐惧；从最高的地位上跌落下来，那变化是可悲的，对于穷困的人，命运的转机却能使他欢笑！可是谁来啦？

｜一老人率葛罗斯特上。

爱德伽　我的父亲，让一个穷苦的老头儿领着他吗？啊，世界，世界，世界！倘不是你的变幻无常，使我们厌倦于为人，哪一个人是甘心老去的？

老人　啊，我的好老爷！我在老太爷手里就做您府上的佃户，一直做到您老爷手里，已经有八十年了。

葛罗斯特　去吧，好朋友，你快去吧；你的安慰对我一点没有用处，他们也许反会害你的。

老人 您眼睛看不见，怎么走路呢？

葛罗斯特 我没有路，所以不需要眼睛；当我能够看见的时候，我也会失足颠仆。我们往往因为有所自恃而失之于大意，反不如缺陷却能对我们有益。啊！爱德伽好儿子，你的父亲受人之愚，错恨了你，要是我能在未死以前，摸到你的身体，我就要说，我又有了眼睛啦。

老人 啊！那边是什么人？

爱德伽 （旁白）神啊！谁能够说“我现在已经到了不幸的极点”？我现在比从前才更要不幸得多啦。

老人 那是可怜的发疯的汤姆。

爱德伽 （旁白）也许我还要碰到更要不幸的命运；当我们能够说“这是最不幸的事”的时候，那还不是最不幸的。

老人 汉子，你到哪儿去？

葛罗斯特 是一个叫化子吗？

老人 是个疯叫化子。

葛罗斯特 他的理智还没有完全丧失，否则他不会向人乞讨。在昨晚的暴风雨里，我也看见这样一个家伙，他使我想起一个人不过等于一条虫；那时候我的儿子的影象就闪进了我的心里，可是当时我正在恨他，不愿想起他；后来我才听到一些其他的话。天神掌握着我们的命运，正像顽侍童捉到飞虫一样，为了戏弄的缘故而把我们杀害。

爱德伽 （旁白）怎么会有这样的事？在一个伤心人的面前装傻，对自己、对别人，都是一件不愉快的行为。

（向葛罗斯特）祝福你，先生！

葛罗斯特 他就是那个不穿衣服的家伙吗？

老人 正是，老爷。

葛罗斯特 那么你去吧。我要请他领我到多佛去，要是你看在我的分上，愿意回去拿一点衣服来替他遮盖遮盖身体，那就再好没有了；我们不会走远，从这儿到多佛的路上一二英里之内，你一定可以追上我们。

老人 唉，老爷！他是个疯子哩。

葛罗斯特 疯子带着瞎子走路，本来是这时代一般的病态。照我的话，或者就照你自己的意思做吧；第一件事情是请你快去。

老人 我要把我所有的最好的衣服拿来给他，不管它会引起怎样的后果。（下）

葛罗斯特 喂，不穿衣服的家伙——

爱德伽 可怜的汤姆冷着呢。（旁白）我不能再假装下去了。

葛罗斯特 过来，汉子。

爱德伽 （旁白）可是我不能不假装下去。——祝福你的可爱的眼睛，它们在流血哩。

葛罗斯特 你认识到多佛去的路吗？

爱德伽 一处处关口城门、一条条马路人行道，我全都认识。可怜的汤姆被他们吓迷了心窍；祝福你，好人的儿子，愿恶魔不来缠绕你！五个魔鬼一齐作弄着可怜的汤姆：一个是色魔奥别狄克特；一个是哑鬼霍别狄丹斯；一个是偷东西的玛呼；一个是杀人的摩陀；一个是扮鬼脸的弗力勃铁捷贝特，他后来常常附在丫头、使女的身上。好，祝福您，先生！

葛罗斯特 来，你这受尽上天凌虐的人，把这钱囊拿去；我的不幸却是你的运气。天道啊，愿你常常如此！让那穷奢极欲、把你的法律当作满足他自己享受的工具、因为知觉麻木而沉迷不悟的人，赶快感到你的威力吧；从享用过度的人手里夺下一点来分给穷人，让每一个人都得到他所应得的一份吧。你认识多佛吗？

爱德伽 认识，先生。

葛罗斯特 那边有一座悬崖，它的峭拔的绝顶俯瞰着幽深的海水；你只要领我到那悬崖的边上，我就给你一些我随身携带的贵重的东西，你拿了去可以过些舒服的日子；我也不用再烦你带路了。

爱德伽 把您的手臂给我；让可怜的汤姆领着你走。（同下）

第二场

奥本尼公爵府前

| 高纳里尔及爱德蒙上。

高纳里尔 欢迎，伯爵；我不知道我那位和善的丈夫为什么不来迎接我们。

| 奥斯华德上。

高纳里尔 主人呢？

奥斯华德 夫人，他在里边；可是已经大大变了一个人啦。我告诉他法国军队登陆的消息，他听了只是微笑；我告诉他说您来了，他的回答却是，“还是不来的好”；我告诉他葛罗斯特怎样谋反、他的儿子怎样尽忠的时候，他骂我蠢东西，说我颠倒是非。凡是他所应该痛恨的事情，他听了都觉得很得意；他所应该欣慰的事情，反而使他恼怒。

高纳里尔 （向爱德蒙）那么你止步吧。这是他懦怯畏缩的天性，使他不敢担当大事；他宁愿忍受侮辱，不肯挺身而起。我们在路上谈起的那个愿望，也许可以实现。爱德蒙，你且回到我的妹夫那儿去；催促他赶紧调齐人马，交给你统率；我这儿只好由我自己出马，把家务托付我的丈夫照管了。这个可靠的仆人可以替我们传达消息；要是你有胆量为了你自己的好处，履行你的女主人的命令，那么不久大概就会听到我的音信的。把这东西拿去带在身边；不要多说什么；（以饰物赠爱德蒙）低下你的头来：这一个吻要是能够替我说话，它会叫你的灵魂儿飞上天空的。你要明白我的心；再会吧。

爱德蒙 我愿意为您赴汤蹈火。

高纳里尔 我的最亲爱的葛罗斯特！（爱德蒙下）唉！都是男人，却有这样的不同！哪一个女人不愿意为你贡献她的一切，我却让一个傻瓜侵占了我的眠床。

奥斯华德 夫人，殿下来了。（下）

| 奥本尼上。

高纳里尔 你太瞧不起人啦。

奥本尼 啊，高纳里尔！你的价值还比不上那狂风吹在你脸上的尘土。我替你这种脾气担着心事；一个人要是看轻了自己的根本，难免做出一些越限逾分的事来；树干断伤了，枝叶也要跟着萎谢，到后来只好让人当作枯柴而付之一炬。

高纳里尔 得啦得啦；全是些傻话。

奥本尼 智慧和仁义在恶人眼中看来都是恶的；下流的人只欢喜下流的事。你们干下了些什么事情？你们是猛虎，不是女儿，你们干了些什么事啦？这样一位父亲，这样一位仁慈的老人家，一头野熊见了他也会俯首贴耳，你们这些蛮横下贱的女儿，却把他激成了疯狂！难道我那位贤襟兄竟会让你们这样胡闹吗？他也是个堂堂汉子，一邦的君主，又受过他这样的深恩厚德！要是上天不立刻降下一些明显的灾祸来，惩罚这种万恶的行为，那么人类快要像深海的鱼龙一样自相吞食了。

高纳里尔 不中用的懦夫！你让人家打肿你的脸，把侮辱加在你的头上，还以为是一件体面的事；正像那些不明是非的傻瓜，人家存心害你，幸亏发觉得早，他们在未下毒手以前就受到惩罚，你却还要可怜他们。你的鼓呢？法国的旌旗已经展开在我们安静的国境上了，你的敌人顶着羽毛飘扬的战盔，已经开始他的威胁。你这迂腐的傻子却坐着一动不动，只会说，“唉！他为什么要这样呢？”

奥本尼 瞧瞧你自己吧，魔鬼！恶魔的丑恶的嘴脸，还不及一个恶魔般的女人更要丑恶万分。

高纳里尔 嗳哟，你这没有头脑的蠢货！

奥本尼 你这变化做女人的形状、掩蔽你的蛇蝎般的真相的魔鬼，不要露出你的狰狞的面目来吧！要是我可以允许这双手服从我的怒气，它们一定会把你的肉一块块抓下来，把你的骨头一根根折断；可是你虽然是一个魔鬼，你的形状却还是一个女人，我不能伤害你。

高纳里尔 哼，这就是你的男子汉的气概。——呸！

| 一使者上。

奥本尼 有什么消息？

使者 啊！殿下，康华尔公爵死了；他正要挖去葛罗斯特第二只眼睛的时候，他的一个仆人把他杀死了。

奥本尼 葛罗斯特的眼睛！

使者 他所畜养的一个仆人因为激于义愤，反对他这一种行动，就拔出剑来向他的主人行刺；他的主人也动了怒，和他奋力猛斗，结果把那仆人砍死了，可是自己也受了重伤，终于不治身亡。

奥本尼 啊，天道究竟还是有的，人世的罪恶这样快就受到了诛谴！但是啊，可怜的葛罗斯特！他失去了他的第二只眼睛吗？

使者 殿下，他两只眼睛全都给挖去了。夫人，这一封信是您的妹妹写来的，请您立刻给她一个回音。

高纳里尔 （旁白）从一方面说来，这是一个好消息；可是她做了寡妇，我的葛罗斯特又跟她在一起，也许我的一切美满的愿望，都要从我这可憎的生命中消灭了；不然的话，这消息还不算顶坏。（向使者）我读过以后再写回信吧。（下）

奥本尼 他们挖去他的眼睛的时候，他的儿子在什么地方？

使者 他是跟夫人一起到这儿来的。

奥本尼 他不在这儿。

使者 不，殿下，我在路上碰见他回去了。

奥本尼 他知道这种罪恶的事情吗？

使者 是，殿下；就是他出首告发他的，他离开那座屋子，为的是让他们行事方便一些。

奥本尼 葛罗斯特，我永远感激你对王上所表示的好意，一定替你报复你的抉目之仇。过来，朋友，详细告诉我一些你所知道的其他的消息。（同下）

第三场

多佛附近法军营地

| 肯特及一侍臣上。

肯特 为什么法兰西王突然回去，您知道他的理由吗？

侍臣 他在国内还有一点未了的要事，直到离国以后，方才想起；因为那件事情有关国家的安全，所以他不能不亲自回去料理。

肯特 他去了以后，委托什么人代他主持军务？

侍臣 拉·发元帅。

肯特 王后看了您的信，有没有什么悲哀的表示？

侍臣 是的，先生；她拿了信，当着我的面前读下去，一颗颗饱满的泪珠淌下她的娇嫩的颊上；可是她仍然保持着一个王后的尊严，虽然她的情感像叛徒一样想要把她压服，她还是竭力把它克制下去。

肯特 啊！那么她是受到感动的了。

侍臣 她并不痛哭流涕；“忍耐”和“悲哀”互相竞争着谁能把她表现得最美。您曾经看见过阳光和雨点同时出现；她的微笑和眼泪也正是这样，只是更要动人得多；那些荡漾在她的红润的嘴唇上的小小的微笑，似乎不知道她的眼睛里有些什么客人，他们从她钻石一样晶莹的眼球里滚出来，正像一颗颗浑圆的珍珠。简单一句话，要是所有的悲哀都是这样美，那么悲哀将要成为最受世人喜爱的珍奇了。

肯特 她没有说过什么话吗？

侍臣 一两次她的嘴里迸出了“父亲”两个字，好像它们重压着她的心一般；她哀呼着，“姊姊！姊姊！女人的耻辱！姊姊！肯特！父亲！姊姊！什么，在风雨里吗？在黑夜里吗？不要相信世上还有怜悯吧！”于是她挥去了她的天仙一般的眼睛里的神圣的水珠，让眼泪淹没了她的沉痛的悲号，移步他往，和哀愁独自做伴去了。

肯特 那是天上的星辰，天上的星辰主宰着我们的命运；否则同一的父母怎么会生出这样不同的儿女来。您后来没有跟她说过话吗？

侍臣 没有。

肯特 这是在法兰西王回国以前的事吗？

侍臣 不，这是他去后的事。

肯特 好，告诉您吧，可怜的受难的李尔已经到了此地，他在比较清醒的时候，知道我们来干什么事，一定不肯见他的女儿。

侍臣 为什么呢，好先生？

肯特　羞耻之心掣住了他；他自己的忍心剥夺了她的应得的慈爱，使她远适异国，听任天命的安排，把她的权利分给那两个犬狼之心的女儿——这种种的回忆像毒螫一样刺着他的心，使他充满了火烧一样的惭愧，阻止他和考狄利娅相见。

侍臣　唉！可怜的人！

肯特　关于奥本尼和康华尔的军队，您听见什么消息没有？

侍臣　是的，他们已经出动了。

肯特　好，先生，我要带您去见见我们的王上，请您替我照料照料他。我因为有某种重要的理由，必须暂时隐藏我的真相；当您知道我是什么人以后，您决不会后悔跟我结识的。请您跟我去吧。（同下）

第四场

同前；帐幕

旗鼓前导，考狄利娅、医士及军士等上。

考狄利娅　唉！正是他。刚才还有人看见他，疯狂得像被飓风激动的怒海，高声歌唱，头上插满了恶臭的地烟草、牛蒡、毒芹、荨麻、杜鹃花和各种蔓生在田亩间的野草。派一百个军士到繁茂的田野里各处搜寻，把他领来见我。（一军官下）人们的智慧能不能恢复他的丧失的心神？谁要是能够医治他，我愿意把我的身外的富贵一起送给他。

医士　娘娘，法子是有的；休息是滋养疲乏的精神的保姆，他现在就是缺少休息；只要给他服一些药草，就可以阖上他的痛苦的眼睛。

考狄利娅 一切神圣的秘密、一切地下潜伏的灵奇，随着我的眼泪一起奔涌出来吧！帮助解除我的善良的父亲的痛苦！快去找他，快去找他，我只怕他在不可控制的疯狂之中，会消灭了他的失去主宰的生命。

| 一使者上。

使者 报告娘娘，英国军队向这儿开过来了。

考狄利娅 我们早已知道；一切都预备好了，只等他们到来。亲爱的父亲啊！我这次掀动干戈，完全是为了你的缘故；伟大的法兰西王被我的悲哀和祈恳的眼泪所感动。他一点没有非分的野心，只是一片真情，热烈的真情，要替我们的老父主持正义。但愿我不久就可以听见看见他！（同下）

第五场

葛罗斯特城堡中一室

| 里根及奥斯华德上。

里根 可是我的姊夫的军队已经出发了吗？

奥斯华德 出发了，夫人。

里根 他亲自率领吗？

奥斯华德 夫人，好容易才把他催上了马；还是您的姊姊是个更好的军人哩。

里根 爱德蒙伯爵到了你们家里，有没有跟你家主人谈过话？

奥斯华德 没有，夫人。

里根 我的姊姊给他的信里有些什么话？

奥斯华德 我不知道，夫人。

里根 告诉你吧，他有重要的事情，已经离开此地了。葛罗斯特挖去了眼睛以后，仍旧放他活命，实在是一个极大的失策；因为他每到一处地方，都会激起众人对我们的反感。我想爱德蒙因为怜悯他的困苦，是要去替他解脱他的暗无天日的生涯的；而且他还负有探察敌人实力的使命。

奥斯华德 夫人，我必须追上去把我的信送给他。

里根 我们的军队明天就要出发；你暂时耽搁在我们的地方吧，路上很危险呢。

奥斯华德 我不能，夫人；我家夫人曾经吩咐我不准误事的。

里根 为什么她要写信给爱德蒙呢？难道你不能替她口头传达她的意思吗？看来恐怕有点儿——我也说不出来。让我拆开这封信来，我会十分欢喜你的。

奥斯华德 夫人，那我可——

里根 我知道你家夫人不爱她的丈夫；这一点我是可以确定的。她最近在这儿的时候，常常对高贵的爱德蒙抛掷含情的媚眼。我知道你是她的心腹之人。

奥斯华德 我，夫人！

里根 我的话不是随便说说的，我知道你是她的心腹；所以你且听我说，我的丈夫已经死了，爱德蒙跟我曾经两下谈起过。他应该向我求爱，不应该向你家夫人求爱。其余的你自己去意会吧。要是你找到了他，请你替我把这信交给他；你把我的话对你家夫人说了以后，再请她仔细想个明白。好，再会。假如你听见人家说起那瞎眼的老贼在什么地方，能够把他除掉，一定可以得到重赏。

奥斯华德 但愿他能够碰在我的手里，夫人；我一定可以向您表明我是哪一方面的人。

里根 再会。（各下）

第六场

多佛附近的乡间

| 葛罗斯特及爱德伽作农民装束同上。

葛罗斯特 什么时候我才能够登上山顶？

爱德伽 您现在正在一步步上去；瞧这路多么难走。

葛罗斯特 我觉得这地面是很平的。

爱德伽 陡峭得可怕呢；听！那不是海水的声音吗？

葛罗斯特 不，我真的听不见。

爱德伽 嗳哟，那么大概因为您的眼睛痛得厉害，所以别的知觉也连带糊涂起来啦。

葛罗斯特 那倒也许是真的。我觉得你的声音也变了样啦，你讲的话不像原来那样疯疯癫癫啦。

爱德伽 您错啦；除了我的衣服以外，我什么都没有变样。

葛罗斯特 我觉得你的话像样得多啦。

爱德伽 来，先生；我们已经到了，您站好。把眼睛一直望到这么低的地方，真是惊心眩目！在半空盘旋的乌鸦，瞧上去还没有甲虫那么大；山腰中间悬着一个采金花草的人，可怕的工作！我看他的全身简直抵不上一个人头的大小。在海滩上走路的渔夫就像小鼠一般，那艘碇泊在岸旁的高大的帆船小得像它的划艇，它的划艇小得像一个浮标，几乎看不出来。澎湃的波涛在海滨无数的石子上冲击的声音，也不能传到这样高的所在。我不愿再看下去了，恐怕我的头脑要昏眩起来，眼睛一花，就要一个筋斗直跌下去。

葛罗斯特 带我到你所立的地方。

爱德伽 把您的手给我；您现在已经离开悬崖的边上只有一呎之距了；谁要是把天下所有的一切都给了我，我也不愿意跳下去。

葛罗斯特 放开我的手。朋友，这儿又是一个钱囊，里面有一颗宝石，一个穷人得到了它，可以终身温饱；愿天神们保佑你因此而得福吧！你再走远一点；向我告别一声，让我听见你走过去。

爱德伽 再会吧，好先生。

葛罗斯特 再会。

爱德伽 （旁白）我这样戏弄他的目的，是要把他从绝望的境界中解救出来。

葛罗斯特 威严的神明啊！我现在脱离这一个世界，当着你们的面前，摆脱我的惨酷的痛苦了；要是我能够再忍受下去，而不怨尤你们不可反抗的伟大的意志，我这可厌的残余生命不久也要烧干了的。要是爱德伽尚在人世，神啊，请你们祝福他！现在，朋友，我们再会了！（向前仆地）

爱德伽 我去了，先生；再会。（旁白）可是我不知道当一个人愿意受他自己的幻想的欺骗，相信他已经死去的时候，那一种幻想会不会真的偷去了他的生命的至宝；要是他果然在他所想象的那一个地方，现在他早已没有思想了。活着还是死了？（向葛罗斯特）喂，你这位先生！朋友！你听见吗，先生？说呀！也许他真的死了；可是他醒过来啦。你是什么人，先生？

葛罗斯特 去，让我死。

爱德伽 要是你不过是一根蛛丝、一片羽毛、一阵空气，从这样千仞的悬崖上跌落下来，也要像鸡蛋一样化成粉碎；可是你还在呼吸，你的身体还是好好的，不流一滴血，还会说话，简直一点损伤也没有。十根桅杆连接起来，也不及你所跌下来的那地方高；你的生命是一个奇迹。再对我说两句话吧。

葛罗斯特 可是我有没有跌下来？

爱德伽 你就是从这可怕的悬崖绝顶上面跌下来的。抬起头来看一看吧；鸣声嘹亮的云雀飞到了那样高的所在，我们不但看不见它的形状，也听不见它的声音；你看。

葛罗斯特 唉！我没有眼睛哩。难道一个苦命的人，连寻死的权利都要被剥夺去了吗？罢了，这也是上天的意思，不让骄横的暴君如愿以偿。

爱德伽 把你的手臂给我；起来，好，怎样？站得稳吗？

葛罗斯特 很稳，很稳。

爱德伽 这真太不可思议了。刚才在那悬崖的顶上，从你身边走开去的是什么东西？

葛罗斯特 一个可怜的叫化子。

爱德伽 我站在下面望着他，仿佛看见他的眼睛像两轮满月；他有一千个鼻子，满头都是像波浪一样高低不平的角；一定是个什么恶魔。所以，你幸运的老人家，你应该想这是无所不能的神明在暗中默佑你，否则决不会有这样的奇事。

葛罗斯特 我现在记起来了；从此以后，我要耐心忍受痛苦，直等它有一天自己喊了出来，“够啦，够啦，”那时候再撒手死去。你所说起的这一个东西，我还以为是个人；它老是嚷着“恶魔，恶魔”的；就是他把我领到了那个地方。

爱德伽 不要胡思乱想，安心忍耐。可是谁来啦？

| 李尔以鲜花杂乱饰身上。

爱德伽 不是疯狂的人，决不会把他自己打扮成这一个样子。

李尔 不，他们不能判我私造货币的罪名；我是国王哩。

爱德伽 啊，伤心的景象！

李尔 在那一点上，天然是胜过人工的。这是强迫你们当兵的慰劳。那家伙弯弓的姿势，活像一个稻草人；给我射一支一码长的箭试试看。瞧，瞧！一只小老鼠！别闹，别闹！这一块烘乳酪可以捉住它。这是我的臂鞲；尽管他是一个巨人，我也要跟他一决胜负。带那些戟手上来。啊！飞得好，鸟儿；刚刚中在靶子心里，咻！口令！

爱德伽 茉荞兰。

李尔 过去。

葛罗斯特 我认识那个声音。

李尔 嘿！长着白胡须的高纳里尔！她们像狗一样向我献媚。说我在没有出黑须以前，就已经有了白须。我说一声“是”，她们就应一声“是”；我说一声“不”，她们就应一声“不”！当雨点淋湿了我，风吹得我牙齿打颤，当雷声不肯听我的话平静下来的时候，我才发现了她们，嗅出了她们的踪迹。算了，她们不是心口如一的人；她们把我恭维得天花乱坠；全然是个谎，一发起寒热来我就没有办法。

葛罗斯特 这一种说话的声调我记得很清楚；他不是我们的君王吗？

李尔 嗯，每一吋都是君王；我只要一睁眼睛，我的臣子就要吓得发抖。我赦免那个人的死罪。你犯的是什么案子？奸淫吗？你不用死；为了奸淫而犯死罪！不，小鸟儿都在干那把戏，金苍蝇当着我的面也会公然交尾哩。让通奸的人多子多孙吧；因为葛罗斯特的私生的儿子，也比我的合法的女儿更孝顺他的父亲。淫风越盛越好，我巴不得他们替我多制造几个军士出来。瞧那个脸上堆着假笑的妇人，她装出一副冷若冰霜的神气，做作得那么端庄贞静，一听见人家谈起调情的话儿就要摇头；其实她自己干起那回事来，比臭猫和骚马还要浪得多哩。她们的上半身虽然是女人，下半身却是淫荡的妖怪；腰带以上是属于天神的，腰带以下全是属于魔鬼的：那儿是地狱，那儿是黑暗，那儿是火坑，吐着融融的烈焰，发出熏人的恶臭，把一切烧成了灰。啐！啐！啐！呸！呸！好掌柜，给我称一两麝香，让我解解我的想象中的臭气；钱在这儿。

葛罗斯特 啊！让我吻一吻那只手！

李尔 让我先把它揩揩干净；它上面有一股儿热烘烘的人气。

葛罗斯特 啊，毁灭了的生命！这一个广大的世界有一天也会像这样零落得只剩一堆残迹。你认识我吗？

李尔 我很记得你的这双眼睛。你在向我瞟吗？不，盲目的丘比特，随你使出什么手段来，我是再也不会恋爱的。这是一封挑战书，你拿去读吧，瞧瞧它是怎么写的。

葛罗斯特 即使每一个字都是一个太阳，我也瞧不见。

爱德伽 （旁白）要是人家告诉我这样的事，我一定不会相信；可是这样的事是真的，我的心要碎了。

李尔 读。

葛罗斯特 什么！用眼眶子读吗？

李尔 啊哈！你原来是这个意思吗？你的头上也没有眼睛，你的袋里也没有银钱吗？可是你却看见这世界的变化？

葛罗斯特 我只能感觉到它的变化。

李尔 什么！你疯了吗？一个人就是没有眼睛，也可以看见这世界的变化。用你的耳朵瞧着吧：你不看见那法官怎样痛骂那个卑贱的偷儿吗？侧过你的耳朵来，听我告诉你：让他们两人换了地位，谁还认得出哪个是法官，哪个是偷儿？你见过一条农夫的狗向一个乞丐吠吗？

葛罗斯特 嗯，陛下。

李尔 你还看见那家伙怎样给那条狗赶走吗？从这一件事

情上面，你就可以看到威权的伟大的影子；一条得势的狗，也可以使人家唯命是从。你这可恶的教吏，停住你的残忍的手！为什么你要鞭打那个妓女？向你自己的背上着力抽下去吧；你自己心里和她犯奸淫，却因为她跟人家犯奸淫而鞭打她。杀人的是个放重利债的家伙，被杀的是个骗子。褴褛的衣衫遮不住小小的过失；披上锦袍裘服，便可以隐匿一切。罪恶镀了金，公道的坚强的枪刺也会迎之而断；把它用破烂的布条裹起来，一根侏儒的稻草就可以戳破它。没有一个人是犯罪的，我说，没有一个人；我愿意为他们担保；相信我吧，我的朋友，我有权力封住控诉者的嘴唇。你还是去装上一副玻璃眼睛，像一个卑鄙的阴谋家似的，假装能够看见你所看不见的事情吧。来，来，来，来，替我把靴子脱下来；用力一点，用力一点；好。

爱德伽 （旁白）啊！虽然是疯话，却不是全无意义的。

李尔 要是你愿意为我的命运痛哭，那么把我的眼睛拿了去吧。我知道你是什么人；你的名字是葛罗斯特。你必须忍耐；你知道我们来到这世上，第一次嗅到了空气，就哇呀哇呀的哭起来的。让我讲一番道理给你听；你听着。

葛罗斯特 唉！唉！

李尔 当我们生下地来的时候，我们因为来到了这个全是些傻瓜的广大的舞台之上，所以禁不住放声大哭。这顶帽子的式样很不错！用毡呢钉在一队马儿的蹄上，倒是一个妙计；我要把它实行一下，悄悄地偷进了我那两个女婿的营里，然后我就杀，杀，杀，杀，杀，杀！

|侍臣率从者上。

侍臣 啊！他在这儿；抓住他。陛下，您的最亲爱的女儿——

李尔 没有人救我吗？什么！我变成一个囚犯了吗？我是天生下来被命运愚弄的。不要虐待我；有人会拿钱来赎我的。替我请几个外科医士来，我的头脑受了伤啦。

侍臣 您将会得到您所需要的一切。

李尔 一个伙伴也没有？只有我一个人吗？嗳哟，这样会叫一个人变成了个泪人儿，用他的眼睛充作灌园的水壶，去浇洒秋天的泥土的。

侍臣 陛下——

李尔 我要像一个新郎似的勇敢死去。嘿！我要高高兴兴的。来，来，我是一个王，你们知道吗？

侍臣 您是一位尊严的王上，我们服从您的旨意。

李尔 那么还有几分希望。要去快去。吵吵吵吵。（下。从者等随下）

侍臣 最微贱的平民到了这样一个地步，也会叫人看了伤心，何况是一个国王！你那两个不孝的女儿，已经使全体女人受到咒诅，可是你还有一个女儿，却已经把自己从这样的咒诅中间振拔出来了。

爱德伽 祝福，先生。

侍臣 足下有什么见教？

爱德伽 您有没有听见什么关于将要有一场战事发生的消息？

侍臣 这已经是一件千真万确、谁都知道的事了；每一个耳朵能够辨别声音的人都听到过那样的消息。

爱德伽 可是借问一声，您知道对方的军队离开这儿还有多少路？

侍臣 很近了，他们一路来得很快；他们的主力部队每一点钟都有到来的可能。

爱德伽 谢谢您，先生；这是我所要知道的一切。

侍臣 王后虽然有特别的原因还在这儿，她的军队已经开上去了。

爱德伽 谢谢您，先生。（侍臣下）

葛罗斯特 永远仁慈的神明，请俯听我的祷告：不要再让我的罪恶的灵魂引诱我在你们没有要我死以前结束我自己的生命！

爱德伽 您祷告得很好，老人家。

葛罗斯特 好先生，您是什么人？

爱德伽 一个非常穷苦的人，受惯命运的打击；因为自己是从忧患中间过来的，所以对于不幸的人很容易抱同情。把您的手给我，让我把您领到一处可以栖身的地方去。

葛罗斯特 多谢多谢；愿上天大大赐福给您！

| 奥斯华德上。

奥斯华德 明令缉拿的要犯！居然碰在我手里！你那颗瞎眼的头颅，却是我的进身的阶梯。你这倒霉的老奸贼，赶快忏悔你的罪恶，剑已经拔出了，你今天难逃一死。

葛罗斯特 但愿你这慈悲的手多用一些气力，帮助我早早脱离苦痛。（爱德伽劝阻奥斯华德）

奥斯华德 大胆的村夫，你怎么敢袒护一个明令缉拿的叛徒？滚开，免得你也遭到和他同样的命运。放开他的手臂。

爱德伽 先生，你不向我说明理由，我是不放的。

奥斯华德 放开，奴才，否则我叫你死。

爱德伽 好先生，你走你的路，让穷人们过去吧。这种吓人的话，就是接连说上半个月也吓不倒人的。不，不要走近这个老头儿；我关照你，走远一点儿；要不然的话，我要试一试究竟还是你的头硬还是我的棍子硬。我可不知道什么客气不客气。

奥斯华德 走开，混账东西！

爱德伽 我要拔掉你的牙齿，先生。来，尽管刺过来吧。

（二人决斗，爱德伽击奥斯华德倒地）

奥斯华德 奴才，你打死我了。把我的钱囊拿了去吧。要是你希望将来有好日子过，请你把我的尸体掘一个坑埋了；我身边还有两封信，请你替我送给葛罗斯特伯爵爱德蒙大爷，他在英国军队里，你可以找到他。啊！想不到我今天会死在你的手里！（死）

爱德伽 我认识你；你是一个惯会讨主上欢心的奴才；你的女主人无论有什么万恶的命令，你总是奉命唯谨。

葛罗斯特 什么！他死了吗？

爱德伽 坐下来，老人家；您休息一会儿吧。让我们搜一搜他的衣袋；他说起的那两封信，也许可以对我有一点用处。他死了；我只可惜他不是死在别人的手里。让我们看：对不起，好蜡，我要把你拆开来了；恕我无礼，为了要知道我们敌人的思想，就是他们的心肝也要剖出来，拆阅他们的信件不算是违法的事。

“不要忘记我们彼此间的誓约。你有许多机会可以除去他；只要你有决心，一切都是不成问题的。要是他得胜归来，那就什么都完了；我将要成为一个囚人，他的眠床就是我的牢狱。把我从这可憎的温热中拯救出来吧，他的地位你可以取而代之。你的恋慕的奴婢（但愿我能换上妻子两个字）高纳里尔。”

啊，不可测度的女人的心！谋害她的善良的丈夫，叫我的兄弟代替他的位置！在这砂土之内，我要把你掩埋起来，你这杀人的淫妇的使者。在一个适当的时间，我要让那被人阴谋弑害的公爵见到这一封卑劣的信。我能够把你的死讯和你的使命告诉他，对于他是一件幸运的事。

葛罗斯特 王上疯了；我的万恶的知觉却牢附在我的身上，我一站起身来，无限的悲痛就涌上我的心头！还是疯了的好；那样我可以不再想到我的不幸，让一切痛苦在昏乱的幻想之中忘记了它们本身的存在。（远处鼓声）

爱德伽 把您的手给我；好像我听见远远有打鼓的声音。来，老人家，让我把您安顿在一个朋友的地方。（同下）

第七场

法军营帐

| 考狄利娅、肯特、医士及侍臣上。

考狄利娅 好肯特啊！我怎么能够报答你这一番苦心好意呢！

就是粉身碎骨，也不能抵偿你的大德。

肯特 娘娘，只要自己的苦心被人了解，那就是莫大的报酬了。我所讲的话，句句都是事实，没有一分增减。

考狄利娅 去换一身好一点的衣服吧；你身上的衣服是那一段悲惨的时光中的纪念品，请你脱下来吧。

肯特 恕我，娘娘；我现在还不能恢复我的本来面目，因为那会妨碍我的预定的计划。请您准许我这一个要求，在我自己认为还没有到适当的时间以前，您必须把我当作一个不相识的人。

考狄利娅 那么就照你的意思吧，伯爵。（向医士）王上怎样？

医士 娘娘，他仍旧睡着。

考狄利娅 慈悲的神明啊，医治他的被凌辱的心灵中的重大的裂痕！保佑这一个被不孝的女儿所反噬的老父，让他错乱昏迷的神智恢复健全吧！

医士 请问娘娘，我们现在可不可以叫王上醒来？他已经睡得很久了。

考狄利娅 照你的意见，应该怎么办就怎么办吧。他有没有穿着好？

| 李尔卧椅内，众仆舁上。

侍臣 是，娘娘；我们乘着他熟睡的时候，已经替他把新衣服穿上去了。

医士 娘娘，请您不要走开，等我们叫他醒来；我相信他的神经已经安定下来了。

考狄利娅 很好。（乐声）

医士 请您走近一步。音乐还要响一点儿。

考狄利娅 啊，我的亲爱的父亲！但愿我的嘴唇上有治愈疯狂的灵药，让这一吻抹去了我那两个姊姊加在你身上的无情的伤害吧！

肯特 善良的好公主！

考狄利娅 假如你不是她们的父亲，这满头的白雪也该引起她们的怜悯。这样一张脸庞是受得起激战的狂风的吹打的吗？它能够抵御可怕的雷霆吗？在最惊人的闪电的辉光之下，你，可怜的无援的军士！戴着这一顶薄薄的戎盔，苦苦地守住你的哨位吗？我的敌人的狗，即使它曾经咬过我，在那样的夜里，我也要让它躺在我的火炉之前。但是你，可怜的父亲，却甘心钻在污秽霉烂的稻草里，和猪狗乞儿为伴吗？唉！唉！你的生命不和你的智慧同归于尽，才是一件怪事。他醒来了；对他说些什么话儿吧。

医士 娘娘，应该您去跟他说说。

考狄利娅 父王陛下，您好吗？

李尔 你们不应该把我从坟墓中间拖了出来。你是一个有福的灵魂；我却缚在一个烈火的车轮上，我自己的眼泪也像熔铅一样灼痛我的脸。

考狄利娅 父亲，您认识我吗？

李尔 你是一个灵魂，我知道；你在什么时候死的？

考狄利娅 还是疯疯癫癫的。

医士 他还没有完全清醒过来；暂时不要惊扰他。

李尔 我到过些什么地方？现在我在什么地方？明亮的白昼吗？我大大受了骗啦。怎么我还能活着看见这样的一天？我不知道应该怎么说。我不愿发誓这一双是我的手；让我试试看，这针刺上去是觉得痛的。但愿我能够知道我自己的确实情形！

考狄利娅 啊！瞧着我，父亲，把您的手按在我的头上为我祝福吧。不，父亲，您千万不能跪下。

李尔 请不要取笑我；我是一个非常愚蠢的傻老头子，年纪活了八十多岁了；不瞒您说，我怕我的头脑有点儿不大健全。我想我应该认识您，也该认识这个人；可是我不敢确定；因为我全然不知道这是什么地方，而且凭着我所有的能力，我也记不起来什么时候穿上这身衣服；我也不知道昨天晚上我在什么所在过夜。不要笑我；我想这位夫人是我的孩子考狄利娅。

考狄利娅 正是，正是。

李尔 你在流着眼泪吗？当真。请你不要哭啦；要是你有毒药为我预备着，我愿意喝下去。我知道你不爱我；因为我记得你的两个姊姊都虐待我；你虐待我还有几分理由，她们却没有理由虐待我。

考狄利娅 谁都没有理由虐待您。

李尔 我是在法国吗？

肯特 在您自己的国土之内，陛下。

李尔 不要骗我。

医士 请宽心一点，娘娘；您看他的疯狂已经平静下去了；可是再向他提起从前的事情，却是非常危险的。不要多烦扰他，让他的神经完全安定下来。

考狄利娅 请陛下到里边去安息安息吧。

李尔 你必须原谅我。请你不咎既往，宽赦我的过失；我是个年老糊涂的人。（李尔、考狄利娅、医士及侍从等同下）

侍臣 先生，康华尔公爵被刺的消息是真的吗？

肯特 完全真确。

侍臣 他的军队归什么人带领？

肯特 据说是葛罗斯特的庶子。

侍臣 他们说他的放逐在外的儿子爱德伽现在跟肯特伯爵都在德国。

肯特 消息常常变化不定。现在是应该戒备的时候了，英国军队很快就要迫近。

侍臣 一场血战是免不了的。再会，先生。（下）

肯特 我的目的能不能顺利达到，要看这一场战事的结果方才分晓。（下）

第　五　幕

第一场
多佛附近英军营地

｜旗鼓前导，爱德蒙、里根、军官、军士及余人等上。

爱德蒙　（向一军官）你去问一声公爵，他是不是仍旧保持着原来的决心，还是因为有了其他的理由，已经改变了方针；他这个人毫无定见，动不动引咎自责；我要知道他究竟抱着怎样的主张。（军官下）

里根　我那姊姊差来的人一定在路上出了事啦。

爱德蒙　那可说不定，夫人。

里根　好爵爷，我对你的一片好心，你不会不知道的；现在请你告诉我，老老实实地告诉我，你不爱我的姊姊吗？

爱德蒙　我只是按照我的名分敬爱她。

里根　可是你从来没有深入我的姊夫的禁地吗？

爱德蒙　这样的思想是有失您自己的体统的。

里根　我怕你们已经打成一片，她心坎儿里只有你一个人哩。

爱德蒙 凭着我的名誉起誓，夫人，没有这样的事。

里根 我决不答应她；我的亲爱的爵爷，不要跟她亲热。

爱德蒙 您放心吧。——她跟她的公爵丈夫来啦！

| 旗鼓前导，奥本尼、高纳里尔及军士等上。

高纳里尔 （旁白）我宁愿这一次战争失败，也不让我那个妹子把他从我手里夺了去。

奥本尼 贤妹久违了。伯爵，我听说王上已经带了我们国内的一群亡命之徒，到他女儿的地方去了。要是我们所兴的是一场不义之师，我是再也提不起我的勇气来的；可是现在的问题，并不是我们的王上和他手下的一群人在法国的煽动之下，用堂堂正正的理由向我们兴师讨罪，而是法国举兵侵犯我们的领土，这是我们所不能容忍的。

爱德蒙 您说得有理，佩服，佩服。

里根 这种话讲它做什么呢？

高纳里尔 我们只须同心合力，打退敌人；这些内部的纠纷，不是现在所要讨论的问题。

奥本尼 那么让我们跟那些久历戎行的战士们讨论讨论我们所应该采取的战略吧。

爱德蒙 很好，我就到您的帐里来叨陪末议。

里根 姊姊，您也跟我们一块儿去吗？

高纳里尔 不。

里根 您怎么可以不去？来，请吧。

高纳里尔 （旁白）哼！我明白你的意思。（高声）好，我就去。

| 爱德伽乔装上。

爱德伽 殿下要是不嫌我微贱，请听我说一句话。

奥本尼 你们先请一步，我就来。——说。（爱德蒙、里根、高纳里尔、军官、军士及侍从等同下）

爱德伽 在您没有开始作战以前，先把这封信拆开来看一看。要是您得到胜利，可以吹喇叭为信号，叫我出来；虽然您看我是这样一个下贱的人，我可以请出一个证人来，证明这信上所写的事。要是您失败了，那么您在这世上的使命已经完毕，一切阴谋也都无能为力了。愿命运眷顾您！

奥本尼 等我读了信你再去。

爱德伽 我不能。时候一到，您只要叫传令官传唤一声，我就会出来的。

奥本尼 那么再见；你的信我拿回去看吧。（爱德伽下）

| 爱德蒙重上。

爱德蒙 敌人已经望得见了；快把您的军队集合起来。这儿记载着根据精密侦查所得的敌方军力的估计；可是现在您必须赶快点儿了。

奥本尼 好，我们准备迎敌就是了。（下）

爱德蒙 我对这两个姊姊都已经立下爱情的盟誓；她们彼此互怀嫉妒，就像被蛇咬过的人看见不得蛇的影子一样。我应该选择哪一个呢？两个都要？只要一个？还是一个也不要？要是两个全都留在世上，我就二个也不能到手；娶了那寡妇，一定会激怒她的姊姊高纳里尔；而且她的丈夫一天不死，总是我前途的一个障碍。现在我们还是要借他做号召军心的幌子；等到战事结束以后，她要是想除去他，让她自己设法结果他的性命吧。照他的意思，李尔和考狄利娅两人被我们捉到以后，是不能加害的：可是假如他们果然掉在我们手里，我们可决不让他们得到他的赦免；因为我保全自己的地位要紧，什么天理良心只好一概不论。（下）

第二场

两军营地之间的原野

｜内号角声。旗鼓前导，李尔及考狄利娅率军队上；同下。爱德伽及葛罗斯特上。

爱德伽 来，老人家，在这树阴底下坐坐吧；但愿正义得到胜利！要是我还能够回来见你，我一定会给你好消息的。

葛罗斯特 上帝照顾您，先生！（爱德伽下）

｜号角声；有顷，内吹退军号。爱德伽重上。

爱德伽 去吧，老人家！把你的手给我；去吧！李尔王已经失败，他跟他的女儿都被他们捉去了。把你的手给我；来。

葛罗斯特 不，先生，我不要再到什么地方去了；让我就在这儿等死吧。

爱德伽 怎么！你又转起那种坏念头来了吗？人们的生死都不是可以勉强求到的，你应该耐心忍受天命的安排。来。

葛罗斯特 那也说得有理。（同下）

第三场

多佛附近英军营地

旗鼓前导，爱德蒙上；李尔、考狄利娅被俘随上；军官、军士等同上。

爱德蒙 来人，把他们押下去，好生看守，等上面发落下来，再作道理。

考狄利娅 存心良善的反而得到恶报，这样的前例是很多的。我只是为了你，被迫害的国王，才落得如此下场；否则尽管欺人的命运向我横眉怒目，我也不会害怕受她的凌辱。我们要不要去见见这两个女儿和这两个姊姊？

李尔 不，不，不，不！来，让我们到监牢里去。我们两人将要像笼中之鸟一般唱歌儿；当你求我为你祝福的时候，我要跪下来求你饶恕；我们就是这样生活着，祈祷，唱歌，说些古老的故事，嘲笑那披着金翅的蝴蝶，听听那些可怜的囚徒们讲些宫庭里的消息；我们也要跟他们在一起谈话，谁失败，谁胜利，谁在朝，谁在野，用我们的意见解释各种事情的秘密，就像我们是上帝的间谍一样；在囚牢的四壁之内，我们将要冷眼看那些朋比为奸的党徒随着月亮的圆缺而升沉。

爱德蒙 把他们带下去。

李尔 对于这样的祭物，我的考狄利娅，天神也要焚香致敬的。我果然把你捉住了吗？谁要是想分开我们，必须从天上取下一把火炬来像驱逐狐狸一样把我们赶散。揩干你的眼睛；让恶疮烂掉他们的全身，他

们也不能使我们流泪，我们要看他们活活饿死。来。（军士押李尔、考狄利娅下）

爱德蒙 过来，队长。听着，把这一通密令拿去；（以一纸授军官）跟着他们到监牢里去。我已经把你超升了一级，要是你能够照这密令上所说的实行，一定有大大的好处。你要知道，识时务的才是好汉；心肠太软的人不配佩带刀剑。我吩咐你去干这件重要的差使，你可不必多问，愿意就做，不愿意就别做。

军官 我愿意，大人。

爱德蒙 那么去吧；你立了这一个功劳，你就是一个幸运的人。听着，事不宜迟，必须照我所写的办法赶快办好。

军官 我不会拖车子，也不会吃干麦；只要是男子汉干的事，我就会干。（下）

| 喇叭奏花腔。奥本尼、高纳里尔、里根、军官及侍从等上。

奥本尼 伯爵，你今天果然表明了你是一个将门之子；命运眷顾着你，使你克奏肤功，跟我们敌对的人都已经束手就擒。请你把你的俘虏交给我们，让我们一方面按照他们的身份，一方面顾到我们自身的安全，决定一个适当的处置。

爱德蒙 殿下，我已经把那不幸的老王拘禁起来，并且派军士严密监视了；他的高龄和尊号都有一种莫大的魔力，可以吸引人心归附他，要是不加防范，恐怕我们的部下都要受他的煽惑而对我们反戈相向。那王后我为了同样的理由，也把她一起下了监；他们明天或者迟一两天就可以受你们的审判。现在弟兄们刚刚流过血汗，丧折了不少的朋友亲人，对于感受战争的残酷的人们，无论引起这场争端的理由怎样正大，在一时的愤激之中，都是可咒诅的；所以审问考狄利娅和她的父亲这一件事，必须在一个更适当的时候举行。

奥本尼 伯爵，说一句不怕你见怪的话，你不过是一个随征的将领，我并没有把你当作一个同等地位的人。

里根 假如我愿意，为什么他不能和你分庭抗礼呢？我想你在说这样的话以前，应该先问问我的意思才是。他带领我们的军队，受到我的全权委任，凭着这一层亲密的关系，也够资格和你称兄道弟了。

高纳里尔 少亲热点儿吧；他的地位是他靠着自己的才能造成的，并不是你给他的恩典。

里根 我凭着我的权力，使他可以和最尊贵的人匹敌。

高纳里尔 要是他做了你的丈夫，你才可以有这种权力。

里根 笑话往往会变成预言。

高纳里尔 呵呵！看你挤眉弄眼的，果然不怀好意。

里根 太太，我现在身子不大舒服，懒得跟你斗口了。将军，请你接受我的军队、俘虏和财产；这一切连我自己都由你支配；我是你的献城降服的臣仆；让全世界为我证明，我现在把你立为我的丈夫和君主。

高纳里尔 你想要受用他吗？

奥本尼 那不是你所能阻止的。

爱德蒙 也不是你所能阻止的。

奥本尼 杂种儿，我可以阻止你们。

里根 （向爱德蒙）叫鼓手打起鼓来，证明我已经把尊位给了你。

奥本尼 等一等，我还有话说。爱德蒙，你犯有叛逆重罪，我逮捕你；同时我还要逮捕这一条金鳞的毒蛇。（指高纳里尔）贤妹，为了我的妻子的缘故，我必须要求您放弃您的权利；她已经跟这位勋爵有约在先，所以我，她的丈夫，不得不对你们的婚姻表示异议。要是您想结婚的话，还是把您的爱情用在我的身上吧，我的妻子已经另有所属了。

高纳里尔 怎么又节外生枝起来！

奥本尼 葛罗斯特，你现在甲胄在身；让喇叭吹起来；要是没有人出来证明你所犯的无数凶残惨恶，众目昭彰的叛逆重罪，这儿是我的信物；（掷下手套）在我没有当着你的胸前证明我所说的一切以前，我决不让一些食物接触我的嘴唇。

里根 嗳哟！我病了！我病了！

高纳里尔 （旁白）要是你不病，我也从此不相信药物了。

爱德蒙 这儿是我给你的交换；（掷下手套）谁骂我是叛徒的，他就是个说谎的恶人。叫你的喇叭吹起来吧；谁有胆量，出来，我可以向他、向你、向每一个人证明我的不可动摇的忠心和荣誉。

奥本尼 来，传令官！

爱德蒙 传令官！传令官！

奥本尼 信赖你个人的勇气吧；因为你的军队都是用我的名义征集的，我已经用我的名义把他们遣散了。

里根 我的病越来越厉害啦！

奥本尼 她身体不舒服；把她扶到我的帐里去。（侍从扶里根下）过来，传令官。

| 传令官上。

奥本尼 叫喇叭吹起来。宣读这一道命令。

军官 吹喇叭！（喇叭吹响）

传令官 （宣读）“在本军官校将佐之中，要是有人愿意证明爱德蒙，名分未定的葛罗斯特伯爵，是一个罪恶多端的叛徒，让他在第三次喇叭声中出来。”

爱德蒙 吹！（喇叭初响）

传令官 再吹！（喇叭再响）

传令官 再吹！（喇叭三响。内喇叭声相应）

| 喇叭手前导，爱德伽武装上。

奥本尼 问明他的来意，为什么他听了喇叭的呼召到这儿来。

传令官 你是什么人？你叫什么名字？在军中是什么官级？为什么你要应召而来？

爱德伽 我的名字已经被阴谋的毒齿咬啮蛀蚀了；可是我的出身正像我现在所要来面对的敌手同样高贵。

奥本尼 谁是你的敌手？

爱德伽 代表葛罗斯特伯爵爱德蒙的是什么人？

爱德蒙 他自己；你对他有什么话说？

爱德伽 拔出你的剑来，要是我的话激怒了一颗正直的心，你的兵器可以为你辩护；这儿是我的剑。听着，虽然你有的是勇力、青春、权位和尊荣，虽然你挥着胜利的宝剑，夺到了新的幸运，可是凭着我的荣誉、我的誓言和我的骑士的身份所给我的特权，我当众宣布你是一个叛徒，不忠于你的神明、你的兄长和你的父亲，阴谋倾覆这一位崇高卓越的君王，从你的头顶直到你的足下的尘土，彻头彻脑是一个最可憎的逆贼。要是你说一声“不”，这一柄剑、这一只手臂和我的全身的勇气，都要向你的心口证明你说谎。

爱德蒙 照理我应该问你的名字；可是你的外表既然这样英勇，你的出言吐语，也可以表明你不是一个卑微的人，虽然按照骑士的规则，我可以拒绝你的挑战，我却不惜唾弃这些规则，把你所说的那种罪名仍旧丢回到你的头上，让那像地狱一般可憎的谎话吞没你的心；凭着这一柄剑，我要在你的心头挖破一个窟窿，把你的罪恶一起塞进去。吹起来，喇叭！

（号角声。二人决斗。爱德蒙倒地）

奥本尼 留他活命，留他活命！

高纳里尔 这是诡计，葛罗斯特；按照决斗的法律，你尽可以不接受一个不知名的对手的挑战；你不是被人打败，你是中了人家的计了。

奥本尼 闭住你的嘴，妇人，否则我要用这一张纸塞住它了。拿去，你这比一切恶名更恶的恶人，读读你自己的罪恶吧。不要撕，太太；我看你也认识这一封信的。（以信授爱德蒙）

高纳里尔 即使我干了这样的事，法律是我的，不是你的；谁可以控诉我？（下）

奥本尼 岂有此理！你知道这封信吗？

爱德蒙 不要问我知道不知道。

奥本尼 追上她去；她现在情急了，什么事都干得出来；留心看好她。（一军官下）

爱德蒙 你所指斥我的罪状，我全都承认；而且我所干的事，着实不止这一些呢，总有一天会全部暴露的。现在这些事已成过去，我也要永辞人世了。——可是你是什么人，我会失败在你的手里？假如你是一个贵族，我愿意对你不记仇恨。

爱德伽 让我们互相宽恕吧。在血统上我并不比你低微，爱德蒙；要是我的出身比你更高贵，你尤其不该那样陷害我。我的名字是爱德伽，你的父亲的儿子。公正的天神使我们的风流罪过成为惩罚我们的工具；他在黑暗淫邪的地方生下了你，结果使他丧失了他的眼睛。

爱德蒙 你说得不错；天道的车轮已经循环过来了。

奥本尼 我一看见你的举止行动，就觉得你不是一个凡俗之人。我必须拥抱你；让悔恨碎裂了我的心，要是我曾经憎恨过你和你的父亲。

爱德伽 殿下，我一向知道您的仁慈。

奥本尼 你把自己藏匿在什么地方？你怎么知道你的父亲的灾难？

爱德伽 殿下，我知道他的灾难，因为我就在他的身边照料他，听我讲一段简短的故事；当我说完以后，啊，但愿我的心爆裂了吧！贪生恶死，是我们人类的常情，我们宁愿每小时忍受着死亡的惨痛，也不愿一下子结束自己的生命；我为了逃避那紧迫着我的、残酷的宣判，不得不披上一身疯人的褴褛衣服，改扮成一副连狗儿们也要看不起的样子。在这样的乔装之中，我碰见了我的父亲，他的两个眼眶里淋着血，那宝贵的眼珠已经失去了；我替他做向导，带着他走路，为他向人求乞，把他从绝望之中拯救出来；啊！千不该、万不该，我不该向他瞒住我自己的真相！直到约摸半小时以前，我已经披上甲胄，因为不知道此行结果如何，请他为我祝福，才把我的全部经历从头到尾告诉他知道；可是唉！他的破碎的心太脆弱了，载不起这样重大的喜悦和悲伤，在这两种极端的情绪猛烈的冲突之下，他含着微笑死了。

爱德蒙 你这番话很使我感动；可是说下去吧，看上去你还有一些话要说。

奥本尼 要是还有比这更伤心的事，请不要说下去了吧；因为我听了这样的话，已经忍不住热泪盈眶了。

爱德伽 对于不欢喜悲哀的人，这似乎已经是悲哀的顶点；可是在极度的悲哀之上，却还有更大的悲哀。当我正在放声大哭的时候，来了一个人，他认识我就是他所见过的那个疯丐，不敢接近我；可是后来他知道了我究竟是什么人，他就抱住我的头颈，大放悲声，好像要把天空都震碎一般；他俯伏在我的父亲的尸体上；讲出了关于李尔和他两个人的一段最惨人听闻的故事；他越讲越伤心，他的生命之弦都要开始颤断了；那时候喇叭的声音已经响过二次，我只好抛下他一个人在那如痴如醉的状态之中。

奥本尼 可是这是什么人？

爱德伽 肯特，殿下，被放逐的肯特；他一路上乔装改貌，跟随那把他视同仇敌的国王，替他躬操奴隶不如的贱役。

| 一侍臣持一流血之刀上。

侍臣 救命！救命！救命啊！

爱德伽 救什么命！

奥本尼 说呀，什么事？

爱德伽 那柄血淋淋的刀是什么意思？

侍臣 它还热腾腾地冒着气呢；它是从她的心窝里拔出来的，——啊！她死了！

奥本尼 谁死了？说呀。

侍臣 您的夫人，殿下，您的夫人；她的妹妹也给她毒死了，她自己承认的。

爱德蒙 我跟她们两人都有婚姻之约，现在我们三个人可以在一块儿做夫妻了。

爱德伽 肯特来了。

奥本尼 把她们的尸体抬出来，不管她们有没有死。这一个上天的判决使我们战栗，却不能引起我们的怜悯。（侍臣下）

| 肯特上。

奥本尼 啊！这就是他吗？当前的变故使我不能对他尽我应尽的敬礼。

肯特 我要来向我的王上道一声永久的晚安，他不在这儿吗？

奥本尼 我们把一件重要的事情忘了！爱德蒙，王上呢？考狄利娅呢？肯特，你看见这一种情景吗？（众拱高纳里尔、里根二人尸上）

肯特 嗳哟！这是为了什么？

爱德蒙 爱德蒙还是有人爱的；这一个为了我的缘故毒死了那一个，跟着她也自杀了。

奥本尼 正是这样。把她们的脸遮起来。

爱德蒙 我快要断气了，倒想做一件违反我的本性的好事。赶快差人到城堡里去，因为我已经下令把李尔和考狄利娅处死了。不要多说废话，迟一点就来不及啦。

奥本尼 跑！跑！跑呀！

爱德伽 叫谁跑呀，殿下？——谁奉命干这件事的？你得给我一件什么东西，作为赦免的凭证。

爱德蒙 想得不错；把我的剑拿去给那队长。

奥本尼 快去，快去。（爱德伽下）

爱德蒙 他从我的妻子跟我两人的手里得到密令，把考狄利娅在狱中缢死，对外面说是她自己在绝望中自杀的。

奥本尼 神明保佑她！把他暂时抬出去。（众拱爱德蒙下）

| 李尔抱考狄利娅尸体，爱德伽、军官及余人等同上。

李尔 哀号吧，哀号吧，哀号吧，哀号吧！啊！你们都是些石头一样的人；要是我有了你们的舌头和眼睛，我要用我的眼泪和哭声震撼穹苍。她是一去不回的了。一个人死了还是活着，我是知道的；她已经像泥土一样死去。借一面镜子给我；要是她的气息还能够在镜面上呵起一层薄雾，那么她还没有死。

肯特 这就是世界最后的结局了吗？

爱德伽 还是末日恐怖的预象？

奥本尼 天倒下来了，一切都要归于毁灭吗？

李尔 这一根羽毛在动；她没有死！要是她还有活命，那么我的一切悲哀都可以消释了。

肯特 （跪）啊，我的好主人！

李尔 走开！

爱德伽 这是尊贵的肯特，您的朋友。

李尔 一场瘟疫倒在你们身上，全是些凶手，奸贼！我本来可以把她救活的；现在她再也回不转来了！考狄利娅，考狄利娅！等一等。吓！你说什么？她的声音总是那么柔软温和，女儿家是应该这样的。我亲手杀死了那把你缢死的奴才。

军官 殿下，他真的把他杀死了。

李尔 我不是把他杀死了吗，汉子？从前我一举起我的宝刀，就可以叫他们吓得抱头鼠窜；现在年纪老啦，受到这许多磨难，一天比一天不中用啦。你是谁？老实告诉你吧，我的眼睛可不大好。

肯特 要是命运女神向人夸口，说起有两个曾经一度被她宠爱、后来却为她厌弃的人，那么其中的一个就在我们的眼前。

李尔 我的眼睛太糊涂啦。你不是肯特吗？

肯特 正是，您的仆人肯特。您的仆人卡厄斯呢？

李尔 他是一个好人，我可以告诉你；他一动起性子来就会打人。他现在已经死得骨头都朽烂了。

肯特 不，陛下；我就是那个人——

李尔 很好很好。

肯特 自从您开始遭遇变故以来，一直跟随着您的不幸的足迹。

李尔 欢迎，欢迎。

肯特 不，一切都是凄惨的、黑暗的、阴郁的；您的两个大女儿已经在绝望中自杀了。

李尔 嗯，我也想是这样的。

奥本尼 他不知道他自己在说些什么话，我们谒见他也是徒然的。

爱德伽 全然是徒劳。

一军官上。

军官 禀殿下，爱德蒙死了。

奥本尼 他的死在现在不过是一件无足重轻的小事。各位勋爵和尊贵的朋友，听我向你们宣示我的意旨：对于这一位老病衰弱的君王，我们将要尽我们的力量给他可能的安慰；当他在世的时候，我仍旧把最高的权力归还给他。（向爱德伽、肯特）你们两位仍旧恢复原来的爵位，我还要加赉你们额外的尊荣，褒扬你们过人的节行。一切朋友都要得到他们忠贞的报酬，一切仇敌都要尝到他们罪恶的苦杯。——啊！瞧，瞧！

李尔 我的可怜的傻瓜给他们缢死了！不，不，没有命了！为什么一条狗、一匹马、一头耗子，都有它们的生命，你却没有一丝呼吸？你是永不回来的了，永不，永不，永不，永不，永不！请你替我解开这个钮扣；谢谢你，先生。你看见吗？瞧着她，瞧，她的嘴唇，瞧那边，瞧那边！（死）

爱德伽 他晕过去了！——陛下，陛下！

肯特 碎吧，心啊！碎吧！

爱德伽 抬起头来，陛下。

肯特 不要烦扰他的灵魂。啊！让他安然死去吧；他将要痛恨那想要使他在这无情的人世上多受一刻酷刑的人。

爱德伽 他真的去了。

肯特 他居然忍受了这么久的时候，才是一件奇事；他的生命不是他自己的。

奥本尼 把他们抬出去。我们现在要传令全国举哀。（向肯特、爱德伽）

两位朋友，帮我主持大政，

培养这已经斲伤的国本。

肯特 不日间我就要攒程上道；

我已经听见主上的呼召。

奥本尼 不幸的重担不能不肩负；

感情是我们唯一的言语。

年老的人已经忍受一切，

后人只有抚陈迹而叹息。（同下。奏丧礼进行曲）

麦克白

By the pricking of my thumbs, something wicked this way comes.

Open, locks, whoever knocks!

—— *Macbeth*

拇指怦怦动，必有恶人来；既来皆不拒，洞门敲自开。

——《麦克白》

剧中人物

邓肯	苏格兰国王
马尔康 **道纳本**	邓肯之子
麦克白 **班柯**	苏格兰军中大将
麦克德夫 **列诺克斯** **洛斯** **孟提斯** **安格斯** **凯士纳斯**	苏格兰贵族
弗里恩斯	班柯之子
西华德	诺森伯兰伯爵，英国军中大将
小西华德	西华德之子
西登	麦克白的侍臣
麦克德夫的幼子	
英格兰医士	
苏格兰医士	
军曹	
门房	
老翁	

麦克白夫人

麦克德夫夫人

麦克白夫人的侍女

赫卡忒及三女巫

贵族、绅士、将领、军士、刺客、侍从及使者等

班柯的鬼魂及其他幽灵等

地点

苏格兰;英国

第　一　幕

第一场

荒　野

| 雷电。三女巫上。

女巫甲　何时姊妹再相逢，
雷电轰轰雨蒙蒙？

女巫乙　且等烽烟静四陲，
败军高奏凯歌回。

女巫丙　半山夕照尚含辉。

女巫甲　何处相逢？

女巫乙　荒野遇。

女巫丙　麦克白由此去。

三女巫　（合）美即丑恶丑即美，
翱翔毒雾妖云里。（同下）

第二场
福累斯附近的营地

〡内号角声。邓肯、马尔康、道纳本、列诺克斯及侍从等上，与一流血之军曹相遇。

邓肯 那个流血的人是谁？看他的样子，也许可以向我们报告关于乱事的最近的消息。

马尔康 这就是那个奋勇苦战帮助我冲出敌人重围的军曹。祝福，勇敢的朋友！把你离开战场以前的战况报告王上。

军曹 双方还在胜负未决之中；正像两个精疲力竭的游泳者，彼此扭成一团，显不出他们的本领来。那残暴的麦克唐华德不愧为一个叛徒，因为无数奸恶的天性都丛集于他的一身；他已经征调了西方各岛上的轻重步兵，命运也好像一个娼妓一样，有意向叛徒卖弄风情，助长他的罪恶的气焰。可是这一切都无能为力，因为英勇的麦克白不以命运的喜怒为意，挥舞着他的血腥的宝剑，一路砍杀过去，直到了那奴才的面前，也不打一句话，就挺剑从他的肚脐上刺了进去，把他的胸膛划破，一直划到下巴上；他的头已经割下来挂在我们的城楼上了。

邓肯 啊，英勇的壮士！

军曹 天有不测风云，我们正在兴高彩烈的时候，却又遭遇了重大的打击。听着，陛下，听着：当正义凭着勇气的威力正在驱逐敌军向后溃退的时候，挪威国君看见有机可乘，调了一批甲械精良的生力部队又向我们开始一次新的猛攻。

邓肯 我们的将军们，麦克白和班柯有没有因此而气馁？

军曹 是的，要是麻雀能使怒鹰却退、兔子能把雄狮吓走的话。实实在在地说，他们就像两尊巨炮，满装着双倍火力的炮弹，愈发愈猛地向敌人射击；瞧他们的神气，好像拼着浴血负创，非让尸骸铺满了原野，决不罢手似的。可是我的气力已经不济了，我的伤口需要医治。

邓肯 你的叙述和你的伤口一样，都表现出一个战士的精神。来，把他送到军医那儿去。（侍从扶军曹下）

| 洛斯上。

邓肯 谁来啦？

马尔康 尊贵的洛斯爵士。

列诺克斯 他的眼睛里露出多么慌张的神色！好像要说些什么古怪的事情似的。

洛斯 上帝保佑吾王！

邓肯 爵士，你是从什么地方来的？

洛斯 从费辅来，陛下；挪威的旌旗在那边的天空招展，把一阵寒风搧进了我们人民的心里。挪威国君亲自率领了大队人马，靠着那个最奸恶的叛徒考特爵士的帮助，开始了一场惨酷的血战；直到麦克白擐甲而前，和他奋勇交锋，方才挫折了他的傲气；胜利终于属我们所有。——

邓肯 好大的幸运！

洛斯 现在史威诺，挪威的国王，已经向我们求和了；我们责令他在圣戈姆小岛上缴纳一万块钱充入我们的国库，否则不让他把战死的将士埋葬。

邓肯 我们不能再让考特爵士泄露我们的秘密。把他立刻宣布死刑，他的原来的爵位移赠麦克白。

洛斯 我就去执行陛下的旨意。

邓肯 他所失去的，也就是尊贵的麦克白所得到的。（同下）

第三场

荒　野

| 雷鸣。三女巫上。

女巫甲 妹妹，你从哪儿来？

女巫乙 我刚杀了猪来。

女巫丙 姊姊，你从哪儿来？

女巫甲 一个水手的妻子坐在那儿吃栗子，啃呀啃呀啃呀地啃着。"给我，"我说。"滚开，妖巫！"这个吃人家剩下来的肉皮肉骨的贱人喊起来了。她的丈夫是"猛虎号"的船长，到阿勒坡去了；可是我要坐在一张筛子里追上他去，像一头没有尾巴的老鼠，我要去，我要去，我要去。

女巫乙 我助你一阵风。

女巫甲 感谢你的神通。

女巫丙 我也助你一阵风。

女巫甲 驾风直到海西东。

到处狂风吹海立，

浪打行船无休息；

终朝终夜不得安，
骨瘦如柴血色干；
年年辛辛月月劳，
气断神疲精力销；
波涛汹涌鱼龙怒，
一叶漂流无定处。
瞧我有些什么东西？

女巫乙 给我看，给我看。

女巫甲 这是一个在归途覆舟殒命的舵工的拇指。（内鼓声）

女巫丙 鼓！鼓！麦克白来了。

三女巫 （合）手携手，三姊妹，
沧海高山弹指地，
朝飞暮返任游戏。
姊三巡，妹三巡，
三三九转蛊方成。

| 麦克白及班柯上。

麦克白 我从来没有见过这样阴郁而又是这样光明的日子。

班柯 到福累斯还有多少路？这些是什么人，形容这样枯瘦，服装这样怪诞，不像是地上的居民，可是却在地上出现？你们是活人吗？你们能不能回答我们的问题？好像你们懂得我的话，每一个人都同时把她满是皱纹的手指按在她的干枯的嘴唇上。你们应当是女人，可是你们的胡须却使我不敢相信你们是女人。

麦克白 你们要是能够讲话，告诉我们你们是什么人？

女巫甲 万福，麦克白！祝福你，葛莱密斯爵士！

女巫乙 万福，麦克白！祝福你，考特爵士！

女巫丙 万福，麦克白，未来的君王！

班柯 将军，您为什么这样吃惊，好像害怕着这种听上去很好的消息似的？用真理的名义回答我，你们是幻象呢，还是果是像你们所显现的那个样子的生物？你们向我的高贵的同伴致敬，并且预言他未来的尊荣和远大的希望，使他听得出了神；可是你们却没有对我说一句话。要是你们能够洞察时间所播的种子，知道哪一颗会长成，哪一颗不会长成，那么请对我说；我既不乞讨你们的恩惠，也不惧怕你们的憎恨。

女巫甲 祝福！

女巫乙 祝福！

女巫丙 祝福！

女巫甲 比麦克白低微，可是你的地位在他之上。

女巫乙 不像麦克白那样幸运，可是你比他更为有福。

女巫丙 你虽然不是君王，你的子孙将要君临一国。万福，麦克白和班柯！

女巫甲 班柯和麦克白，万福！

麦克白 且慢，你们这些闪烁其辞的预言者，明白一些告诉我。西纳尔死了以后，我知道我已经晋封为葛莱密斯爵士；可是怎么会做起考特爵士来呢？考特爵士现在还活着，他的势力非常煊赫；至于说我是未来的君王，那正像说我是考特爵士一样难于置信。说，你们这种奇怪的消息是从什么地方来的？为什么你们要在这荒凉的旷野用这种预言式的称呼使我们止步？说，我命令你们。（三女巫隐去）

班柯 水上有泡沫，土地也有泡沫，这些便是大地上的泡沫。她们消失到什么地方去了？

麦克白 消失在空气之中，好像是有形体的东西，却像呼吸一样融化在风里了。我倒希望她们再多留一会儿。

班柯 我们正在谈论的这些怪物，果然曾经在这儿出现吗？还是因为我们误食了令人疯狂的草根，已经丧失了我们的理智？

麦克白 您的子孙将要成为君王。

班柯 您自己将要成为君王。

麦克白 而且还要做考特爵士；她们不是这样说吗？

班柯 正是这样说的。谁来啦？

| 洛斯及安格斯上。

洛斯 麦克白，王上已经很高兴地接到了你的胜利的消息；当他听见你在这次征讨叛逆的战争中所表现的英勇的勋绩的时候，他简直不知道应当惊异还是应当赞叹，在这两种心理的交相冲突之下，他快乐得说不出话来。他又知道你在同一天之内，又在雄壮的挪威大军的阵地上出现，不因为你自己亲手造成的死亡的惨影而感到些微的恐惧。报信的人像密雹一样接踵而至，异口同声地在他的面前称颂你的保卫祖国的大功。

安格斯 我们奉王上的命令前来，向你传达他的慰劳的诚意；我们的使命只是迎接你回去面谒王上，不是来酬答你的功绩。

洛斯 为了向你保证他将给你更大的尊荣起见，他叫我替你加上考特爵士的称号；祝福你，最尊贵的爵士！

这一个尊号是属于你的了。

班柯 什么！魔鬼居然会说真话吗？

麦克白 考特爵士现在还活着；为什么你们要替我穿上借来的衣服呢？

安格斯 原来的考特爵士现在还活着，可是因为他自取其咎，犯了不赦的重罪，在无情的判决之下，将要失去他的生命。他究竟有没有和挪威人公然联合，或者曾经给叛党秘密的援助，或者同时用这两种手段来图谋颠覆他的祖国，我还不能确实知道；可是他的叛国的重罪，已经由他亲口供认，并且有了事实的证明，使他遭到了毁灭的命运。

麦克白 （旁白）葛莱密斯，考特爵士；最大的尊荣还在后面。（向洛斯、安格斯）谢谢你们的跋涉。（向班柯）她们叫我做考特爵士，果然被她们说中了；您不希望您的子孙将来做君王吗？

班柯 您要是果然相信了她们的话，也许做了考特爵士以后，还想把王冠攫到手里。可是这种事情很奇怪；魔鬼为了要陷害我们起见，往往故意向我们说真话，在小事情上取得我们的信任，然后我们在重要的关头便会堕入他的圈套。两位大人，让我对你们说句话。

麦克白 （旁白）两句话已经证实，这是我有一天将会跻登王座的幸运的预告。（向洛斯、安格斯）谢谢你们两位。（旁白）这种神奇的启示不会是凶兆，可是也不像是好兆。假如它是凶兆，为什么用一句灵验的预言，保证我未来的成功呢？我现在不是已经做了考特爵士了吗？假如它是好兆，为什么那句话会在我脑中引起可怖的印象，使我毛发森然，使我的心全然失去常态，勃勃地跳个不住呢？想象中的恐怖远过于实际上的恐怖；我的思想中不过偶然浮起了杀人的妄念，就已经使我全身震撼，心灵在疑似的猜测之中丧失了作用，把虚无的幻影认为真实了。

班柯 瞧，我们的同伴想得多么出神。

麦克白 （旁白）要是命运将会使我成为君王，那么也许命运会替我加上王冠，用不到我自己费力。

班柯 新的尊荣加在他的身上，就像我们穿上新衣服一样，在没有穿惯以前，总觉得有些不大适合身材似的。

麦克白 （旁白）无论事情怎样发生，最难堪的日子也是会过去的。

班柯 尊贵的麦克白，我们在等候着您的意旨。

麦克白 原谅我；我的迟钝的脑筋刚才偶然想起了一些已经忘记了的事情，两位大人，你们的辛苦已经铭刻在我的心版上，我每天都要把它翻开来诵读。让我们到王上那儿去。想一想最近发生的这些事情；等我们把一切详细考虑过了以后，再把各人心里的意思彼此开诚相告吧。

班柯 很好。

麦克白 现在暂时不必多说。来，朋友们。（同下）

第四场

福累斯；宫中的一室

丨喇叭奏花腔。邓肯、马尔康、道纳本、列诺克斯及侍从等上。

邓肯 考特的死刑有没有执行完毕？监刑的人还没有回来吗？

马尔康 陛下，他们还没有回来；可是我曾经和一个亲眼看见他死的人谈过话，他说他很坦白地供认他的叛逆，请求您宽恕他的罪恶，并且表示深切的悔恨。他的一生行事，从来不曾像他临终的时候那样值得钦佩；他抱着视死如归的态度，抛弃了他的最宝贵的生命，就像它是不足介意的琐屑一样。

邓肯 世上还没有一种方法，可以从一个人的脸上探察他的居心；他是我所曾经绝对信任的一个人。

丨麦克白、班柯、洛斯及安格斯上。

邓肯 啊，贤卿！我的忘恩负义的罪恶，刚才还重压在我的心头。你的功劳太超越寻常了，飞得最快的报酬都追不上你；要是它再微小一点，那么也许我可以按照适当的名分，给你应得的感谢和酬劳；现在我只能这样说，一切的报酬都不能抵偿你的伟大的勋绩。

麦克白 为陛下尽忠效命，它的本身就是一种酬报。接受我们的劳力是陛下的名分；我们对于陛下的责任，正像子女和奴仆一样，为了尽我们的敬爱之忱，无论做什么事都是应该的。

邓肯 欢迎你回来；我已经开始把你栽培，我要努力使你繁茂。尊贵的班柯，你的功劳也不在他之下，让我把你拥抱在我的心头。

班柯 要是我能够在陛下的心头生长，那收获是属于陛下的。

邓肯 我的洋溢在心头的盛大的喜乐，想要在悲哀的泪滴里隐藏它自己。吾儿，各位国戚，各位爵士，以及一切最亲近的人，我现在向你们宣布封我的长子马尔康为肯勃兰亲王；不仅仅是他一个人受到这样的光荣，广大的恩宠将要像繁星一样，照耀在每一个有功者的身上。陪我到殷佛纳斯去，让我再叨受你一次盛情的招待。

麦克白 这是一个莫大的光荣；让我做一个前驱者，把陛下光降的喜讯先去报告我的妻子知道；现在我就此告辞了。

邓肯 我的尊贵的考特！

麦克白 （旁白）肯勃兰亲王！这是一块横在我的前途的阶石，我必须跳过这块阶石，否则就要颠仆在它的上面。星星啊，收起你们的火焰！不要让光亮照见我的黑暗幽深的欲望。（下）

邓肯 真的，尊贵的班柯；他的英勇真是名不虚传，我已经饱听人家对他的赞美，那对我就像是一桌盛筵。他现在先去预备款待我们了，让我们跟上去。真是一个无比的国戚。（喇叭奏花腔。众下）

第五场

殷佛纳斯；麦克白的城堡

丨麦克白夫人上，读信。

麦克白夫人 “她们在我胜利的那天迎接我；我从可靠的传说上知道，她们是具有超越凡俗的知识的。当我燃烧着热烈的欲望，想要向她们详细询问的时候，她们已经化为一阵风不见了。我正在惊奇不置，王上的使者就来了，他们都称我为‘考特爵士’；那一个尊号正就是这些神巫用来称呼我的，而且她们还对我作这样的预示，说是‘祝福，未来的君王！’我想我应该把这样的消息告诉你，我的最亲爱的有福同享的伴侣，好让你不致于因为对于你所将要得到的富贵一无所知，而失去你所应该享有的欢欣。把它放在你的心头，再会。”

你现在已经一身兼葛莱密斯和考特两个显爵，将来也会达到预言所告诉你的那样高位。可是我却为你的天性忧虑：它充满了太多的人情的乳臭，使你不敢采取最近的捷径；你希望做一个伟大的人物，你不是没有野心，可是你却缺少和那种野心相联属的奸恶；你希望用正直的手段，达到你的崇高的企图；一方面不愿玩弄机诈，一方面却又要作非分的攫夺；你没有事后的追悔，却太多事前的顾忌。赶快回来吧，让我把我的精神倾注在你的耳中；命运和玄奇的力量分明已经准备把黄金的宝冠罩在你的头上，让我用舌尖的勇气，把那阻止你得到那顶王冠的一切障碍驱扫一空吧。

| 一使者上。

麦克白夫人 你带了些什么消息来？

使者 王上今晚要到这儿来。

麦克白夫人 你在说疯话吗？主人是不是跟王上在一起？要是在一起的话，一定会早就通知我们准备准备的。

使者 禀夫人，这话是真的。我们的爵爷快要来了；我的一个伙伴比他早到了一步，他奔得气都喘不过来，好容易告诉了我这个消息。

麦克白夫人 好好看顾他；他带来了重大的消息。（使者下）报告邓肯走进我这堡门来送死的乌鸦，它的叫声是嘶哑的。来，注视着人类恶念的魔鬼们！解除我的女性的柔弱，用最凶恶的残忍自顶至踵贯注在我的全身；凝结我的血液，不要让悔恨通过我的心头，不要让天性中的恻隐摇动我的狠毒的决意！来，你们这些杀人的助手，你们无形的躯体散满在空间，到处找寻为非作恶的机会，进入我的妇人的胸中，把我的乳水当作胆汁吧！来，阴沉的黑夜，用最昏暗的地狱中的浓烟罩住你自己，让我的锐利的刀瞧不见它自己切下的伤口，让青天不能从黑暗的重衾里探出头来，高喊“住手，住手！”

| 麦克白上。

麦克白夫人 伟大的葛莱密斯！尊贵的考特！比葛莱密斯更伟大、比考特更尊贵的未来的统治者！你的信使我飞越蒙昧的现在，我已经感觉到未来的搏动了。

麦克白 我的最亲爱的爱人，邓肯今晚要到这儿来。

麦克白夫人 什么时候去呢？

麦克白 他预备明天回去。

麦克白夫人 啊！太阳永远不会见到那样一个明天。您的脸，我的爵爷，正像一本书，人们可以从那上面读到奇怪的事情。你要欺骗世人，必须装出和世人同样的神气；让您的眼睛里、您的手上、您的舌尖，随处流露着欢迎；让人家瞧您像一朵纯洁的花朵，可是在花瓣底下却有一条毒蛇潜伏。我们必须准备款待这位贵宾；您可以把今晚的大事交给我去办；凭此一举，我们今后就可以永远掌握君临万民的无上权威。

麦克白 我们还要商量商量。

麦克白夫人 泰然自若地抬起您的头来；恐惧往往是误事的根源。一切都包在我的身上。（同下）

第六场

同前；城堡之前

|高音笛奏乐。火炬前导；邓肯、马尔康、道纳本、班柯、列诺克斯、麦克德夫、洛斯、安格斯及侍从等上。

邓肯 这座城堡位置得很好；一阵阵温柔的和风轻轻地吹拂着我们微妙的感觉。

班柯 这一个夏天的客人，巡礼庙宇的燕子，也在这里筑下了它的温暖的巢居，这可以证明这里的空气有一种诱人的香味；檐下梁间、墙头屋角，都是这鸟儿安置吊床和摇篮的地方：凡是它们生息繁殖之处，空气总是很甘美的。

丨麦克白夫人上。

邓肯 瞧，瞧，我们的尊贵的主妇！到处跟随我们的挚情厚爱，往往使我们窘于致谢。

麦克白夫人 我们的犬马微劳，即使加倍报效，比起陛下赐给我们的深恩广泽来，也还是不足挂齿的；我们只有燃起一瓣心香，为陛下祷祝上苍，报答陛下过去和新近加于我们的荣宠。

邓肯 考特爵士呢？我们想要追上他的前面，趁他没有到家，先替他预备设席洗尘；不料他的骑马的本领十分了得，他的一片忠心使他急如星火，帮助他比我们先到了一步。高贵贤淑的主妇，今天晚上我要做您的宾客了。

麦克白夫人 只要陛下吩咐，您的仆人们随时准备把他们自己和他们所有的一切捐献在陛下之前，抵偿他们对您所负的重债。

邓肯 把您的手给我；领我去见我的主人。我很爱重他，我还要继续眷顾他。请了，夫人。（同下）

第七场

同前；堡中一室

丨高音笛奏乐；室中遍燃火炬。一司膳及若干仆人持肴馔食具上，自台前经过。麦克白上。

麦克白 要是干了以后就完了，那么还是快一点干；要是凭着暗杀的手段，可以攫取美满的结果；要是这一刀砍下去，就可以完成一切、终结一切；要是我们就可以在这里跳过时间的浅濑，展开生命的新页……可是在这种事情上，我们往往可以看见冥冥中的裁判；教唆杀人的人，结果反而自己被人所杀；把毒药投入酒杯里的人，结果也会自己饮鸩而死。他到这儿来是有两重的信任：第一，我是他的亲戚，又是他的臣子，按照名分绝对不能干这样的事；第二，我是他的主人，应当保障他的身体的安全，怎么可以自己持刀行刺？而且，这个邓肯秉性仁慈，处理国政，从来没有过失，要是把他杀死了，他的生前的美德，将要像天使一般发出喇叭一样清澈的声音，向世人昭告我的弑君重罪；"怜悯"像一个御气而行的天婴，将要把这可憎的行为揭露在每一个人的眼中，使眼泪淹没了天风。没有一种力量可以鞭策我前进，可是我的跃跃欲试的野心，却不顾一切地驱着我去冒颠踬的危险。——

| 麦克白夫人上。

麦克白 啊！什么消息？

麦克白夫人 他快要吃好了；你为什么跑了出来？

麦克白 他有没有问起我？

麦克白夫人 你不知道他问起过你吗？

麦克白 我们还是不要进行这一件事情。他最近给我极大的尊荣；我也好容易从各种人的嘴里博到了无上的美誉，我的名声现在正在发射最灿烂的光彩，不能这么快就把它丢弃了。

麦克白夫人 难道你把自己沉浸在里面的那种希望，只是醉后的妄想吗？它现在从一场睡梦中醒来，因为追悔自己的孟浪，而吓得脸色这样苍白吗？从这一刻起，我要把你的爱情看作同样靠不住的东西。你不敢让你在自己的行为和勇气上跟你的欲望一致吗？你宁愿像一头畏首畏尾的猫儿，顾全你所认为生命的装饰品的名誉，不惜让你在自己眼中成为一个懦夫，让“我不敢”永远跟随在“我想要”的后面吗？

麦克白 请你不要说了。只要是男子汉做的事，我都敢做；没有人比我有更大的胆量。

麦克白夫人 那么当初是什么畜生使你把这一种企图告诉我呢？是男子汉就应当敢作敢为；要是你敢做你所不能做的事，那才更是一个男子汉。那时候，无论时间和地点都不曾给你下手的方便，可是你却居然会决意要实现你的愿望；现在你有了大好的机会，你又失去勇气了。我曾经乳哺过婴孩，知道一个母亲是怎样怜爱那吮吸她乳汁的子女；可是我会在它看着我的脸微笑的时候，从它的柔软的嫩嘴里摘下我的乳头，把它的脑袋砸碎，要是我也像你一样，曾经发誓下这样毒手的话。

麦克白 假如我们失败了——

麦克白夫人 我们失败！只要你集中你的全副勇气，我们决不会失败。邓肯赶了这一天辛苦的路程，一定睡得很熟；我再去陪他那两个侍卫饮酒作乐，灌得他们头脑模糊、记忆化成了一阵烟雾；等他们烂醉如泥、像死猪一样睡去以后，我们不就可以把那毫无防卫的邓肯随意摆布了吗？我们不是可以把这一件重大的谋杀罪案，推在他的酒醉的侍卫身上吗？

麦克白 愿你所生育的全是男孩子，因为你的无畏的精神，只应该铸造一些刚强的男性。要是我们在那睡在他寝室里的两个人身上涂抹一些血迹，而且就用他们的刀子，人家会不会相信真是他们干下的事？

麦克白夫人 等他的死讯传出以后，我们就假意装出号啕痛哭的样子，这样还有谁敢不相信？

麦克白 我的决心已定，我要用全身的力量，去干这件惊人的举动。去，用最美妙的外表把人们的耳目欺骗；奸诈的心必须罩上虚伪的笑脸。（同下）

第 二 幕

第一场

殷佛纳斯；堡中庭院

丨班柯及弗里恩斯上，一仆人执火炬前行。

班柯 孩子，夜已经过了几更了？

弗里恩斯 月亮已经下去；我还没有听见打钟。

班柯 月亮是在十二点钟下去的。

弗里恩斯 我想它要到十二点钟以后方才下去呢，父亲。

班柯 把我的剑拿着。天上也讲究节俭，把灯烛一起熄灭了。把那个也拿着。催人入睡的疲倦，像沉重的铅块一样压在我的身上，可是我却一点不想去睡。慈悲的神明！抑制那些罪恶的思想，不要让它们潜入我的睡梦之中。

丨麦克白上，一仆人执火炬随从。

班柯 把我的剑给我。——那边是谁？

麦克白 一个朋友。

班柯 什么，爵爷！还没有安息吗？王上已经睡了；他今天非常高兴，赏了你家仆人许多东西。这一颗金刚钻是他送给尊夫人的，他称她为最殷勤的主妇。无限的愉快笼罩着他的全身。

麦克白 我们因为事先没有准备，恐怕有许多招待不周的地方。

班柯 好说好说。昨天晚上我梦见那三个女巫；她们对您所讲的话倒有几分应验。

麦克白 我没有想到她们；可是等我们有了工夫，不妨谈谈那件事，要是您愿意的话。

班柯 悉如尊命。

麦克白 您听从了我的话，包您有一笔富贵到手。

班柯 为了觊觎富贵而丧失荣誉的事，我是不干的；要是您有什么见教，只要不毁坏我的清白的忠诚，我都愿意接受。

麦克白 那么慢慢再说，请安息吧。

班柯 谢谢；您也可以安息啦。（班柯、弗里恩斯同下）

麦克白 去对太太说要是我的酒预备好了，请她打一下钟。你去睡吧。（仆下）在我面前摇晃着、它的柄对着我的手的，不是一把刀子吗？来，让我抓住你。我抓不到你，可是仍旧看见你。不祥的幻象，你只是一件可视不可触的东西吗？或者你不过是一把想象中的刀子，从狂热的脑筋里发出来的虚妄的意匠？我仍旧看见你，你的形状正像我现在拔出的这一把刀子一样明显。你指示着我所要去的方向，告诉我应当用什么利器。我的眼睛倘不是受了其他知觉的愚弄，就是兼领了一切感官的机能。我仍旧看见你；你的刃上和柄上还流着一滴一滴刚才所没有的血。

没有这样的事；杀人的恶念使我看见这种异象。现在在半个世界上，大自然似乎已经死去，罪恶的梦景扰乱着平和的睡眠，作法的巫觋在向惨白的赫卡忒[①]献祭；形容枯瘦的杀人犯，听到了替他巡风的豺狼的嗥声，像一个鬼似的向他的目的地蹑足跨步前进。坚固结实的大地啊，不要听见我的脚步声音，知道它们是到什么地方去的，是向什么地方去的，我怕路上的砖石会泄漏了我的行踪。我正在这儿威胁他的生命，他却在那儿活得好好的；在紧张的行动中间，言语是多么软弱无力。（钟声）我去，就是这么干；钟声在招引我。不要听见它，邓肯，这是召唤你上天堂或者下地狱的丧钟。（下）

第二场

同　前

| 麦克白夫人上。

麦克白夫人　酒把他们醉倒了，却提起了我的勇气；浇熄了他们的馋焰，却燃起了我心头的烈火。听！不要响！这是夜枭的啼声，它正在鸣着丧钟，向人们道凄厉的晚安。他在那儿动手了。门都开着，那两个醉饱的侍卫用鼾声代替他们的守望；我曾经在他们的乳酒里放下麻药，瞧他们熟睡的样子，简直分别不出他

① 赫卡忒（Hecate）司幽冥及巫术之女神。

们是活人还是死人。

麦克白 （在内）那边是谁？喂！

麦克白夫人 嗳哟！我怕他们已经醒过来了，这件事情却还没有办好；不是行为的本身，而是我们的企图扰乱了我们。听！我把他们的刀子都放好了；他不会找不到的。倘不是我看他睡着的样子活像我的父亲，我早就自己动手了。我的丈夫！

| 麦克白上。

麦克白 我已经把事情办好。你没有听见一个声音吗？

麦克白夫人 我听见枭啼和蟋蟀的鸣声。你没有讲过话吗？

麦克白 什么时候？

麦克白夫人 刚才。

麦克白 我下来的时候吗？

麦克白夫人 嗯。

麦克白 听！谁睡在隔壁的房间里？

麦克白夫人 道纳本。

麦克白 （视手）好惨！

麦克白夫人 别发傻，惨什么。

麦克白 一个人在睡梦里大笑，还有一个人喊“杀人啦！”他们把彼此惊醒了；我站定听他们；可是他们念完祷告，又睡了过去了。

麦克白夫人 好一对宝货。

麦克白 一个喊，“上帝保佑我们！”一个喊，“阿门！”好像他们看见我高举这一双杀人的血手似的。听着他们惊慌的口气，当他们说过了“上帝保佑我们”以后，我想要说“阿门”，却怎么也说不出来。

麦克白夫人 不要把它放在心上。

麦克白 可是我为什么说不出“阿门”两个字来呢？我才是最需要上帝垂恩的，可是“阿门”两个字却哽在我的喉间。

麦克白夫人 我们干这种事，不能尽往这方面想下去；这样想着是会使我们发疯的。

麦克白 我仿佛听见一个声音喊着：“不要再睡了！麦克白已经杀害了睡眠，”那清白的睡眠，把忧虑的乱丝编织起来的睡眠，那日常的死亡，疲劳者的沐浴，受伤的心灵的油膏，大自然的副程，生命的盛筵上主要的营养，——

麦克白夫人 你这种话是什么意思？

麦克白 那声音继续向全屋子喊着：“不要再睡了！葛莱密斯已经杀害了睡眠，所以考特将不再得到睡眠，麦克白将不再得到睡眠！”

麦克白夫人 谁喊着这样的话？唉，我的爵爷，您这样胡思乱想，是会妨害您的健康的。去拿些水来，把您手上的血迹洗洗干净。为什么您把这两把刀子带了来？它们应该放在那边。把它们拿回去，涂一些血在那两个熟睡的侍卫身上。

麦克白 我不高兴再去了；我不敢回想刚才所干的事，更没有胆量再去看它一眼。

麦克白夫人 意志动摇的人！把刀子给我。睡着的人和死了的人不过和画像一样；只有小儿的眼睛才会害怕画中的魔鬼。要是他还流着血，我就把它涂在那两个侍卫的脸上；因为我们必须让人家瞧着是他们的罪恶。

（下。内敲门声）

麦克白 那打门的声音从什么地方来的？究竟怎么一回事，一点点的声音都会吓得我心惊肉跳？这是什么手！嘿！它们要挖出我的眼睛。大洋里所有的水，能够洗净我手上的血迹吗？不，恐怕我这一手的血，倒要把一碧无垠的海水染成了一片殷红呢。

| 麦克白夫人重上。

麦克白夫人 我的两手也跟你的同样颜色，可是我的心却不像你这样变成惨白。（内敲门声）我听见有人打着南面的门；让我们回到自己房间里去；一点点的水就可以替我们泯除痕迹；不是很容易的事吗？你的魄力不知道到哪儿去了。（内敲门声）听！又在那儿打门了。披上你的睡衣，也许人家会来找我们，不要让他们看见我们还没有睡觉。别这样痴头痴脑地呆想了。

麦克白 要知道我所干的事，最好还是不要知道我自己。（内敲门声）用你打门的声音把邓肯惊醒了吧！我希望你能够惊醒他！（同下）

第三场

同　前

| 内敲门声。一司阍上。

门房 门打得这样厉害！要是一个人在地狱里做了管门人，就是拔闩开锁这一件事也够把他累老了。（内敲门声）敲，敲，敲！凭着魔鬼的名义，谁在那儿？一定是什

么乡下人，想要来沾一点财主人家的光；赶快进来吧，多预备几方餐巾，这儿有的是大鱼大肉，你流着满身的臭汗都吃不完呢。（内敲门声）敲，敲！凭着还有一个魔鬼的名字，是谁在那儿？哼，一定是什么讲起话来暧昧含糊的家伙，他会同时站在两方面，一会儿帮着这个骂那个，一会儿帮着那个骂这个；他曾经为了上帝的缘故，干过不少欺心事，可是他那条暧昧含糊的舌头却不能把他送上天堂去。啊！进来吧，暧昧含糊的家伙。（内敲门声）敲，敲，敲！谁在那儿？哼，一定是什么英国的裁缝，要想到这儿来从一双法国的袜子里偷些什么回去。进来吧，裁缝；你可以在这儿烧你的鹅肉。（内敲门声）敲，敲；敲个不停！你是什么人？你要进地狱，这儿太冷呢。我再也不要做这鬼看门人了。我倒很想放进几个各色种的人来，让他们经过酒池肉林，一直到刀山火焰上去。（内敲门声）来了，来了！请你记着我这看门的人。（开门）

| 麦克德夫及列诺克斯上。

麦克德夫 朋友，你是不是睡得太晚了，所以睡到现在还是爬不起来？

司阍 不瞒您说，大人，我们昨天晚上喝酒，一直闹到第二次鸡啼哩；喝酒这一件事，大人，最容易引起三件事情。

麦克德夫 是哪三件事情？

司阍 呃，大人，打架、睡觉和撒尿。它也会挑起淫欲，可是喝醉了酒的人，干起这种事情来是一点不中用的。

麦克德夫 你的主人有没有起来？

| 麦克白上。

麦克德夫 我们的打门把他闹醒了；他来了。

列诺克斯 早安，爵爷。

麦克白 两位早安。

麦克德夫 爵爷，王上有没有起来？

麦克白 还没有。

麦克德夫 他叫我一早就来叫他；我几乎误了时间。

麦克白 我带您去看他。

麦克德夫 我知道这是您乐意干的事，可是有劳您啦。

麦克白 我们欢喜的工作，可以使我们忘记劳苦。这门里就是。

麦克德夫 那么我就冒昧进去了，因为我奉有王上的命令。（下）

列诺克斯 王上今天就要去吗？

麦克白 是的，他已经这样决定了。

列诺克斯 昨天晚上刮着很厉害的暴风，我们所住的地方，烟囱都给吹了下来；他们还说空中有哀哭的声音，有人听见奇怪的死亡的惨叫，还有人听见一个可怕的声音，预言着将要有一场绝大的纷争和混乱，降临在这不幸的时代。不知名的怪鸟整整地吵了一个漫漫的长夜；有人说大地都发热而战抖起来了。

麦克白 果然是一个可怕的晚上。

列诺克斯 我的年轻的经验里唤不起一个同样的回忆。

| 麦克德夫重上。

麦克德夫 啊，可怕！可怕！可怕！不可言说、不可想象的恐怖！

麦克白
列诺克斯 什么事？

麦克德夫 混乱已经完成了他的杰作！大逆不道的凶手打开了上帝的圣殿，把它的生命偷了去了！

麦克白 你说什么？生命？

列诺克斯 你是说陛下吗？

麦克德夫 到他的寝室里去，让一幕惊人的惨剧昏眩了你们的视觉吧。不要向我追问；你们自己去看了来说。（麦克白、列诺克斯同下）醒来！醒来！敲起警钟来。杀了人啦！有人在谋反啦！班柯！道纳本！马尔康！醒来！不要贪恋温柔的睡眠，那只是死亡的假装，瞧一瞧死亡的本身吧！起来，起来，瞧瞧世界末日的影子！马尔康！班柯！像鬼魂从坟墓里起来一般，过来瞧瞧这一幕恐怖的景状吧！把钟敲起来！（钟鸣）

| 麦克白夫人上。

麦克白夫人 为什么要吹起这样凄厉的号角，把全屋子睡着的人唤醒？说，说！

麦克德夫 啊，好夫人！我不能让您听见我嘴里的消息，它一进到妇女的耳朵里，是比利剑还要难受的。

| 班柯上。

麦克德夫 啊，班柯！班柯！我们的主上给人谋杀了！

麦克白夫人 嗳哟！什么！在我们的屋子里吗？

班柯 无论在什么地方，都是太惨了。好德夫，请你收回你刚才说过的话，告诉我们没有这么一回事。

| 麦克白及列诺克斯重上。

麦克白 要是我在这件变故发生以前一小时死去，我就可以说是活过了一段幸福的时间；因为从这一刻起，人

生已经失去它的严肃的意义，一切都不过是儿戏；荣名和美德已经死了，生命的美酒已经喝完，剩下来的只是一些无味的渣滓。

马尔康及道纳本上。

道纳本 出了什么乱子了？

麦克白 你们还没有知道你们重大的损失；你们的血液的源泉已经切断了，你们的生命的本根已经切断了。

麦克德夫 你们的父王给人谋杀了。

马尔康 啊！给谁谋杀的？

列诺克斯 瞧上去是睡在他房间里的那两个家伙干的事；他们的手上脸上都是血迹；我们从他们枕头底下搜出了两把刀，刀上的血迹也没有揩掉；他们的神色惊惶万分；谁也不能把他自己的生命信托给这种家伙。

麦克白 啊！可是我后悔一时卤莽，把他们杀了。

麦克德夫 你为什么杀了他们？

麦克白 谁能够在惊愕之中保持冷静，在盛怒之中保持镇定，在激于忠愤的时候保持他的不偏不倚的精神？世上没有这样的人吧。我的理智来不及控制我的愤激的忠诚。这儿躺着邓肯，他的白银的皮肤上镶着一缕缕黄金的宝血，他的创巨痛深的伤痕张开了裂口，像是一道道毁灭的门户；那边站着这两个凶手，身上浸润着他们罪恶的颜色，他们的刀上凝结着刺目的血块；只要是一个尚有几分忠心的人，谁不要怒火中烧，替他的主子报仇雪恨？

麦克白夫人 啊，什么人来扶我进去！

麦克德夫 快来照料夫人。

马尔康 （向道纳本旁白）这是跟我们切身相关的事情，为什么我们一言不发？

道纳本 （向马尔康旁白）我们身陷危地，不可测的命运随时都会吞噬我们，还有什么话好说呢？去吧，我们的眼泪现在还只在心头酝酿呢。

马尔康 （向道纳本旁白）我们的沉重的悲哀也还没有阻碍了我们的行动。

班柯 照料这位夫人。（侍从扶麦克白夫人下）等我们把自然流露出来的无遮饰的弱点收藏起来以后，让我们举行一次会议，详细彻查这一件最残酷的血案的真相。恐惧和疑虑使我们惊惶失措；站在上帝的伟大的指导之下，我一定要从尚未揭发的假脸具下面，探出叛逆的阴谋，和它作殊死的奋斗。

麦克德夫 我也愿意作同样的宣告。

众人 我们也都抱着同样的决心。

麦克白 让我们赶快振起我们刚强的精神，大家到厅堂里商议去。

众人 很好。（除马尔康、道纳本外均下）

马尔康 你预备怎么办？我们不要跟他们在一起。假装出一副悲哀的脸孔，是每一个奸人的拿手好戏。我要到英国去。

道纳本 我到爱尔兰去；我们两人各奔前程，对于彼此都是比较安全的办法。我们现在所在的地方，人们的笑脸里都暗藏着利刃；越是跟我们血统相近的人，越是想喝我们的血。

马尔康 杀人的利箭已经射出，可是还没有落下，避过它的目标是我们唯一的活路。所以赶快上马吧；让我们不要斤斤于告别的礼貌，趁着有便就溜了出去；明知没有网开一面的希望，就该及早逃避弋人的罗网。（同下）

第四场

同前；堡外

洛斯及一老翁上。

老翁 我已经活了七十个年头，惊心动魄的日子也经过得不少，稀奇古怪的事情也看到过不少，可是像这样可怕的夜晚，却还是第一次遇见。

洛斯 啊！好老人家，你看上天好像恼怒人类的行为，在向这流血的舞台发出恐吓。照钟上现在应该是白天了，可是黑夜的魔手却把那盏在天空中运行的明灯遮蔽得不露一丝光亮。难道黑夜已经统治一切，还是因为白昼不好意思抬起头来，所以在这应该有阳光遍吻大地的时候，地面上却被无边的黑暗笼罩？

老翁 这种现象完全是反常的，正像那件惊人的血案一样。在上星期二那天，有一头雄踞在高岩上的猛鹰，被一只鸱鸮飞上去把它啄死。

洛斯 还有一件非常怪异可是十分确实的事情，邓肯有几匹躯干俊美、举步如飞的骏马，的确是不可多得的良种，忽然野性大发，撞破了马棚，冲了出来，倔强得不受羁勒，好像要向人类挑战似的。

老翁 据说它们还彼此相食。

洛斯 是的，我亲眼看见这种事情，简直不敢相信自己的眼睛。麦克德夫来了。

丨麦克德夫上。

洛斯 世界现在变得怎么样啦？

麦克德夫 啊，您没有看见吗？

洛斯 有没有知道谁干了这件残酷得超乎寻常的行为？

麦克德夫 就是那两个给麦克白杀死了的家伙。

洛斯 唉！他们干了这件事可以希望得到什么好处呢？

麦克德夫 他们一定受人的教唆。马尔康和道纳本，王上的两个儿子，已经偷偷地逃走了，这使他们也蒙上了嫌疑。

洛斯 那更加违反人情了！反噬自己的命根，这样的野心会有什么好结果呢？看来大概王位要让麦克白登上去了。

麦克德夫 他已经受到推举，现在到斯贡即位去了。

洛斯 邓肯的尸体在什么地方？

麦克德夫 已经抬到戈姆基尔，他的祖先的陵墓上。

洛斯 您也要到斯贡去吗？

麦克德夫 不，大哥，我还是到费辅去。

洛斯 好，我要到那边去看看。

麦克德夫 好，但愿您看见那边的一切都是好好儿的，再会！怕只怕我们的新衣服不及旧衣服舒服哩！

洛斯 再见，老人家。

老翁 上帝祝福您，也祝福那些把恶事化成善事、把仇敌化为朋友的人们！（各下）

第　三　幕

第一场

福累斯；宫中一室

| 班柯上。

班柯　你现在已经如愿而偿了：国王、考特、葛莱密斯，一切符合女巫们的预言；你得到这种富贵的手段恐怕不大正当；可是据说你的王位不能传及子孙，我自己却要成为许多君王的始祖。她们的话里既然已经在你麦克白身上应验，难道不也会成为对我的启示，使我对未来发生希望吗？可是闭口！不要多说了。

| 喇叭奏花腔。麦克白王冠王服；麦克白夫人后冠后服；列诺克斯、洛斯、贵族、贵妇、侍从等上。

麦克白　这儿是我们主要的上宾。

麦克白夫人　要是忘记了请他，那就要成为我们盛筵上的绝大的遗憾，一切都要显得寒伧了。

麦克白　将军，我们今天晚上要举行一次隆重的宴会，请你千万出席。

班柯　谨遵陛下命令；我的忠诚永远接受陛下的使唤。

麦克白 今天下午你要骑马去吗？

班柯 是的，陛下。

麦克白 否则我很想请你参加我们今天的会议，贡献我们一些良好的意见，你的老谋胜算，我是一向佩服的；可是我们明天再谈吧。你要骑到很远的地方吗？

班柯 陛下，我想尽量把从现在起到晚餐时候为止这一段时间在马上消磨过去；要是我的马不跑得快一些，也许要到天黑了以后一两小时才回来。

麦克白 不要误了我们的宴会。

班柯 陛下，我一定不失约。

麦克白 我听说我那两个凶恶的王侄已经分别到了英国和爱尔兰，他们不承认他们的残酷的弑父重罪，却到处向人传播离奇荒谬的谣言；可是我们明天再谈吧，有许多重要的国事要等候我们两人共同处理呢。请上马吧；等你晚上回来的时候再会。弗里恩斯也跟着你去吗？

班柯 是，陛下；时间已经不早，我们就要去了。

麦克白 愿你四蹄轻快，一路平安。再见。（班柯下）大家请便，各人去干各人的事，到晚上七点钟再聚首吧。为要更能领略到嘉宾满堂的快乐起见，我在晚餐以前，预备一个人独自静息静息；愿上帝和你们同在！（除麦克白及侍从一人外均下）喂，问你一句话。那两个人是不是在外面等候着我的旨意？

侍从 是，陛下，他们就在宫门外面。

麦克白 带他们进来见我。（侍从下）单单做到了这一步是不算的，总要把现状确定巩固起来才好。我对于班柯怀着深切的恐惧，他的高贵的天性中有一种使我生畏的东西；他是个敢作敢为的人，在他的无畏的精神上，又加上深沉的智虑，指导他的胆勇在确有把握的时机行动。除了他以外，我什么人都不怕，只有他的存在却使我惴惴不安；据说安东尼在凯撒的手下，他的天才完全被凯撒所掩盖，我在他的雄才大略之下，情形也是这样。当那些女巫们最初称我为王的时候，他呵斥她们，叫她们对他说话；她们就像先知似地说他的子孙将相继为王，她们把一顶不结果的王冠戴在我的头上，把一根没有人继承的御杖放在我的手里，然后再从我的手里夺去。要是果然是这样，那么我玷污了我的手，只是为了班柯后裔的好处；我为了他们暗杀了仁慈的邓肯；为了他们良心上负着重大的罪疚和不安；我把我的永生的灵魂给了人类的公敌，只是为了使他们可以登上王座，使班柯的种子登上王座！不，我不能忍受这样的事，宁愿接受命运的挑战！是谁？

｜侍从率二刺客重上。

麦克白 你现在到门口去，等我叫你再进来。（侍从下）我们不是在昨天谈过话吗？

刺客甲 回陛下的话，正是昨天。

麦克白 那么好，你们有没有考虑过我的话？你们知道从前都是因为他的缘故，使你们屈身微贱，虽然你们却错怪到我的身上。在上一次我们谈话的中间，我已经把这一点向你们说明白了，我用确凿的证据，指出你们怎样被人操纵愚弄、怎样受人牵制压抑、人家对你们是用怎样的手段、这种手段的主动者，以及一切其他的种种，都可以使一个半痴的、疯癫的人恍然大悟而说，“这些都是班柯干的事。”

刺客甲 我们已经蒙陛下开示过了。

麦克白 是的，而且我还要更进一步，这就是我们今天第二次谈话的目的。你们难道有那样的好耐性，能够忍受这样的屈辱吗？他的铁手已经快要把你们压下坟墓里去，使你们的子孙永远做乞丐，难道你们所受到的教诲，却还要叫你们替这个好人和他的子孙祈祷吗？

刺客甲 陛下，我们是人总有人气。

麦克白 嗯，你们也是算作人类的，正像家狗、野狗、猎狗、叭儿狗、狮子狗、杂种狗、癞皮狗，统称为狗一样；它们有的灵敏，有的迟钝，有的狡猾，有的可以管门，有的可以打猎，各自按照造物赋与它们的本能而分别价值的高下，在广泛的总称之上，得到特殊的名号；人类也是一样。要是你们在人类的行列之中，并不属于最卑劣的一级，那么说吧，我就可以把一件事情信托你们，你们照我的话干了以后，不但可以除去你们的仇人，而且还可以永远受我的宠眷；他一天活在世上，我的心病一天不能痊愈。

刺客乙 陛下，我久受世间无情的打击和虐待，为了向这世界发泄我的怨恨起见，我什么事都愿意干。

刺客甲 我也是这样，一次次的灾祸逆运，使我厌倦于人世，我愿意拿我的生命去赌博，或者从此交上好运，或者了结我的一生。

麦克白 你们两人都知道班柯是你们的仇人。

刺客乙 是的，陛下。

麦克白 他也是我的仇人；而且他是我的肘腋之患，他的存在每一分钟都深深威胁着我生命的安全；虽然我可以老实不客气地运用我的权力，把他从我的眼前扫去，而且这样做在我的良心上并没有使我不安的地方，可是我却还不能就这么干，因为他有几个朋友同时也是我的朋友，我不能招致他们的反感，即使我亲手把他打倒，也必须假意为他的灭亡悲泣；所以我只好借重你们两人的助力，为了许多重要的理由，把这件事情遮过一般人的眼睛。

刺客乙 陛下，我们一定照您的命令做去。

刺客甲 即使我们的生命——

麦克白 你们的勇气已经充分透露在你们的神情之间。最迟在这一小时之内，我就可以告诉你们在什么地方埋伏，在什么时间动手；因为这件事情一定要在今晚干好，而且要离开王宫远一些，你们必须记住不能把我牵涉在内；同时为了免得留下形迹起见，你们还要把跟在他身边的他的儿子弗里恩斯也一起杀了，他们父子两人的死，对于我是同样重要的，必须让他们同时接受黑暗的命运。你们先下去决定一下；我就来看你们。

刺客乙 我们已经决定了，陛下。

麦克白 我立刻就会来看你们；你们进去等一会儿。（二刺客下）班柯，你的命运已经决定，你的灵魂要是找得到天堂的话，今天晚上你就该去找起来了。（下）

第二场

同前；王宫中另一室

| 麦克白夫人及一仆人上。

麦克白夫人 班柯已经离开宫庭了吗？

仆人 是，娘娘，可是他今天晚上就要回来的。

麦克白夫人 你去对王上说，我要请他允许我跟他说几句话。

仆人 是，娘娘。（下）

麦克白夫人 费去了一切，结果还是一无所得，我们的目的虽然达到，却一点不感觉满足。要是用毁灭他人的手段，使自己置身在充满着疑虑的欢娱里，那么还不如那被我们所害的人，倒落得无忧无虑。

| 麦克白上。

麦克白夫人 啊！我的主！您为什么一个人孤零零的，让最悲哀的幻想做您的伴侣，把您的思想念念不忘地集中在一个已死者的身上？没有挽回的事，只好听其自然；事情干了就算了。

麦克白 我们不过刺伤了蛇身，却没有把它杀死，它的伤口会慢慢平复过来，再用它的原来的毒牙向我们复仇。可是让一切秩序完全解体，让活人、死人都去受罪吧，为什么我们要在忧虑中进餐，在每夜使我们惊恐的噩梦的虐弄中睡眠呢？我们为了希求自身的平安，把别人送下坟墓里去享受永久的平安，可是我们的心灵却把我们磨折得没有一刻平静的安息，使我们觉得还是跟已死的人在一起，倒要幸福得多了。邓肯现在睡在他的坟墓里；经过了一场人生的热病，他现在睡得好好的，叛逆已经对他施过最狠毒的伤害，再没有刀剑、毒药、内乱、外患，可以加害于他了。

麦克白夫人 算了算了，我的好丈夫，把您的心事脸孔收起；今天晚上您必须和颜悦色地招待您的客人。

麦克白 正是，亲人；你也要这样。尤其请你对班柯曲意殷勤，用你的眼睛和舌头给他特殊的荣宠。我们的地位现在还没有巩固，必须把我们的尊严濡染在这种谄媚的流水里，用我们的外貌遮掩着我们的内心，不要给人家窥破。

麦克白夫人 您不要多想这些了。

麦克白 啊！我的头脑里充满着蝎子，亲爱的妻子；你知道班柯和他的弗里恩斯尚在人间。

麦克白夫人 可是他们并不是长生不死的。

麦克白 那还可以给我几分安慰，他们是可以侵害的；所以你快乐起来吧。在蝙蝠完成它黑暗中的飞翔以前，在振翅而飞的甲虫应答着赫卡忒的呼召，用嗡嗡的声音摇响催眠的晚钟以前，将要有一件可怕的事情干好。

麦克白夫人 是什么事情？

麦克白 你暂时不必知道，最亲爱的宝贝，等事成以后，你再鼓掌称快吧。来，使人盲目的黑夜，遮住可怜的白昼的温柔的眼睛，用你的无形的毒手，撕毁那使我困顿的重大的束缚吧！天色在朦胧起来，乌鸦都飞回到昏暗的林中；一天的好事开始沉沉睡去，黑夜的罪恶的使者却在准备攫捕他们的猎物。我的话使你惊奇；可是不要说话；以不义开始的事情，必须用罪恶使它巩固。跟我来。（同下）

第三场

同前；苑囿，有一路通王宫

| 三刺客上。

刺客甲 可是谁叫你来帮我们的？

刺客丙 麦克白。

刺客乙 他不必不信任我们，他已经把我们的任务和怎样动手的方法都指示给我们了。

刺客甲 那么就跟我们站在一起吧。西方还闪耀着一线白昼的余辉；晚归的行客现在拍马加鞭，要来找寻宿处了；我们守候的目标已经在那儿向我们走近。

刺客丙 听！我听见马声。

班柯 （在内）喂，给我们一个火！

刺客乙 一定是他；别的客人们都已经到了宫里了。

刺客甲 他的马在兜圈子。

刺客丙 差不多有一英里路；可是他正像许多人一样，常常把从这儿到宫门口的这一条路作为他们的跑道。

刺客乙 一个火，一个火！

刺客丙 是他。

刺客甲 站好。

| 班柯及弗里恩斯持火炬上。

班柯 今晚恐怕要下雨。

刺客甲 让它下吧。（刺客等向班柯攻击）

班柯 啊，阴谋！快逃，好弗里恩斯，逃，逃，逃！你也许可以替我报仇。啊奴才！（死。弗里恩斯逃去）

刺客丙 谁把火灭了？

刺客甲 不应该灭火吗？

刺客丙 只有一个人倒下；那儿子逃去了。

刺客乙 我们工作的重要的一部分失败了。

刺客甲 好，我们回去报告我们工作的结果吧。（同下）

第四场

同前；全宫中的大厅

| 厅中陈设筵席。麦克白、麦克白夫人、洛斯、列诺克斯、群臣及侍从等上。

麦克白 大家按着各人自己的品级坐下来；总而言之一句话，我竭诚欢迎你们。

群臣 谢谢陛下的恩典。

麦克白 我自己将要跟你们在一起，做一个谦恭的主人，我们的主妇现在还保持着她的尊严，可是我就要请她给你们殷勤的招待。

麦克白夫人 陛下，请您替我向我们所有的朋友们表示我的欢迎的诚意吧。

| 刺客甲上，至门口。

麦克白 瞧，他们用诚意的感谢答复你了；两方面已经各得其平。我将要在这儿中间坐下来。大家不要拘束，乐一个畅快；等会儿我们就要合席痛饮一巡。（至门口）你的脸上有血。

刺客甲 那么它是班柯的。

麦克白 我宁愿你站在门外，不愿他置身室内。你们已经把他结果了吗？

刺客甲 陛下，他的咽喉已经割破了；这是我干的事。

麦克白 你是一个最有本领的杀人犯；可是谁杀死了弗里恩斯，也一样值得夸奖；要是你也把他杀了，那你才是一个无比的好汉。

刺客甲 陛下，弗里恩斯逃走了。

麦克白 我的心病本来可以痊愈，现在它又要发作了；我本来可以像大理石一样完整，像岩石一样坚固，像空气一样广大自由，现在我却被恼人的疑惑和恐惧所包围拘束。可是班柯已经死了吗？

刺客甲 是，陛下；他安安稳稳地躺在一条泥沟里，他的头上刻着二十道伤痕，最轻的一道也可以致他的死命。

麦克白 谢天谢地。大蛇躺在那里；那逃走了的小虫，将来会用它的毒液害人，可是现在它的齿牙还没有长成。走吧，明天再来听候我的旨意。（刺客甲下）

麦克白夫人 陛下，您还没有劝过客；宴会上倘没有主人的殷勤招待，使大家都能客至如归，那就会使合席失去了兴致的。

麦克白 亲爱的，不是你提起，我几乎忘了！来，请放量醉饱吧，愿各位胃纳健旺，身强力壮！

列诺克斯 陛下请安坐。

| 班柯鬼魂上，坐麦克白座上。

麦克白 要是班柯在座，那么全国的英俊，真可以说是荟集于一堂了；我宁愿因为他的疏怠而嗔怪他，不愿因为他遭到什么意外而为他惋惜。

洛斯 陛下，他今天失约不来，是他自己的过失。请陛下上坐，让我们叨陪末席。

麦克白 席上已经坐满了。

列诺克斯 陛下，这儿是给您留着的一个位置。

麦克白 什么地方？

列诺克斯 陛下，这儿。什么事情使陛下这样变色？

麦克白 你们哪一个人干了这件事？

群臣 什么事，陛下？

麦克白 你不能说这是我干的事；别这样对我摇着你的染着血的头发。

洛斯 各位大人，起来；陛下病了。

麦克白夫人 坐下，尊贵的朋友们，王上常常是这样的，他从小就有这种毛病。请各位安坐吧；他的癫狂不过是暂时的，一会儿就会好起来。要是你们太注意了他，他也许会动怒，发起狂来更加厉害；尽管自己吃喝，不要理他。你是一个男子吗？

麦克白 哝，我是一个堂堂男子，可以使魔鬼胆裂的东西，我也敢正眼瞧着它。

麦克白夫人 啊，这才说得不错！这不过是你的恐惧所描画出来的一幅图像；正像你所说的那柄引导你去行刺邓肯的空中的匕首一样。啊！要是在冬天的火炉旁，听一个妇女讲述她的老祖母告诉她的故事的时候，那么这种情绪的冲动、恐惧的伪装，倒是非常合适的。不害羞吗？你为什么扮这样的怪脸？你瞧着的不过是一张凳子罢了。

麦克白 你瞧那边！瞧！瞧！瞧！你怎么说？哼，我什么都不在乎。要是你会点头，你也应该会说话。要是殡舍和坟墓必须把我们埋葬了的人送回世上，那么我

们的坟墓都要变成鸢鸟的胃囊了。（鬼隐去）

麦克白夫人 什么！你发了痴，把你的男子气都失掉了吗？

麦克白 要是我现在站在这儿，那么刚才我明明瞧见他。

麦克白夫人 啐！不害羞吗？

麦克白 在人类不曾制定法律，保障公众福利以前的古代，杀人流血是不足为奇的事；即使在有了法律以后，惨不忍闻的谋杀事件，也随时有得发生。从前的时候，一刀下去，当场毙命，事情就这样完结了；可是现在他们却会从坟墓中起来，他们的头上戴着二十件谋杀的重罪，把我们推下坐位。这种事情是比这样一件谋杀案更奇怪的。

麦克白夫人 陛下，您的尊贵的朋友们都因为您不去陪他们而十分扫兴哩。

麦克白 我忘了。不要对我惊诧，我的最尊贵的朋友们；我有一种怪病，认识我的人都知道那是不足为奇的。来，让我们用这一杯酒表示我们的同心永好，祝各位康健！你们干了这一杯，我就坐下。给我拿些酒来，倒得满满的。我为今天在座众人的快乐，还要为我们亲爱的缺席的朋友班柯尽此一杯；要是他也在这儿就好了！来，大家请干杯。

群臣 敢不奉命。

| 鬼重上。

麦克白 去！离开我的眼前！让土地把你藏匿了！你的骨髓已经干枯，你的血液已经凝冷；你那向人瞪望的眼睛也已经失去了光彩。

麦克白夫人 各位大人，这不过是他的旧病复发，没有什么别的缘故；累各位扫兴，真是抱歉得很。

麦克白 别人敢做的事，我都敢：无论你用什么形状出现，像粗暴的俄罗斯大熊也好，像披甲的犀牛、舞爪的猛虎也好，只要不是你现在的样子，我的坚定的神经决不会起半分战栗；或者你现在死而复活，用你的剑向我挑战，要是我会惊惶胆怯，那么你就可以宣称我是一个少女怀抱中的婴孩。去，可怕的影子！幻妄的揶揄，去！（鬼隐去）吓，他一去，我的勇气又恢复了。请你们安坐吧。

麦克白夫人 你这样疯疯癫癫的，已经打断了众人的兴致，扰乱了今天的良会。

麦克白 世上会有这种事情，像一朵夏天的黑云遮在我们的头上，怎么不叫人吃惊呢？我吓得脸无人色，你们眼看着这样的怪象，你们的脸上却仍然保持着天然的红润，这才怪哩。

洛斯 什么怪象，陛下？

麦克白夫人 请您不要对他说话；他越来越疯了；你们多问了他，他会动怒的。对不起，请各位还是散席了吧；大家不必推先让后，请立刻就去，晚安！

列诺克斯 晚安；愿陛下早复康健！

麦克白夫人 各位晚安！（群臣及侍从等下）

麦克白 他们说，流血是免不了的；流血必须引起流血。据说石块曾经自己转动，树木曾经开口说话；鸦鹊的鸣声里曾经预示着阴谋作乱的人。夜过去了多少了？

麦克白夫人 差不多到了黑夜和白昼的交界，分别不出谁是谁来。

麦克白 麦克德夫藐视王命，拒不奉召，你看怎么样？

麦克白夫人 你有没有差人去叫过他？

麦克白 我在路上听人这么说；可是我要差人去唤他。他们这一批人家里谁都有一个被我买通的仆人，替我侦视他们的动静。我明天就要去访那三个女巫，听她们还有什么话说；因为我现在非得从最妖邪的恶魔口中知道我的最悲惨的命运不可。为了我自己的好处，只好把一切置之不顾。我已经两足深陷于血泊之中，要是不再涉血前进，那么回头的路也是同样使人厌倦的。我想起了一些非常的计谋，必须在不会被人觉察以前迅速实行。

麦克白夫人 一切有生之伦，都少不了睡眠的调剂，可是你还没有好好睡过。

麦克白 来，我们睡去。我的疑鬼疑神、出乖露丑，都是因为未经磨炼、心怀恐惧的缘故；我们在行事上太缺少经验了。（同下）

第五场

荒　野

｜雷鸣。三女巫上，与赫卡忒相遇。

女巫甲 嗳哟，赫卡忒！您在发怒哩。

赫卡忒 我不应该发怒吗，你们这些放肆大胆的丑婆子？你们怎么敢用哑谜和有关生死的秘密和麦克白交通；我是你们魔法的总管，一切的灾祸都由我主持支配，你们却不通知我一声，让我也来显一显我们的神通？而且你们所干的事，都只是为了一个刚愎自用、残忍忮刻的人；

他像所有的世人一样，只知道自己的利益，一点不是对你们存着什么好意。可是现在你们必须补赎你们的过失；快去，天明的时候，在阿契隆的地坑附近会我，他将要到那边来探询他的命运；把你们的符咒、魔蛊和一切应用的东西预备齐整，不得有误。我现在乘风而去，今晚我要用整夜的工夫，布置出一场悲惨的结果；在正午以前，必须完成大事。月亮角上挂着一颗湿淋淋的露珠，我要在它没有堕地以前把它撷取，用魔术提炼以后，就可以凭着它呼灵唤鬼，让种种虚妄的幻影迷乱了他的本性；他将要藐视命运，唾斥死生，超越一切的情理，排弃一切的疑虑，执着他的不可能的希望；你们都知道自信是人类最大的仇敌。（内歌声，“来吧，来吧……”）听！他们在叫我啦；我的小精灵们，瞧，他们坐在云雾之中，在等着我呢。（下）

女巫甲 来，我们赶快；她就要回来的。（同下）

第六场

福累斯；王宫中一室

| 列诺克斯及另一贵族上。

列诺克斯 您现在才想起我从前的话，那些话是还可以进一步解释的；我只觉得事情有些古怪。仁厚的邓肯被麦克白所哀悼；邓肯是已经死去的了。勇敢的班柯不该在深夜走路，您也许可以说，要是您愿意这么说的话，他是被弗里恩斯杀死的，因为弗里恩斯已经

逃匿无踪；人总不应该在夜深的时候走路。哪一个人不以为马尔康、道纳本杀死他们仁慈的父亲，是一件多么惊人的巨变？万恶的行为！麦克白为了这件事多么痛心；他不是乘着一时的忠愤，把那两个酗酒贪睡的溺职卫士杀了吗？那件事干得不是很忠勇的吗？嗯，而且也干得很聪明；因为要是人家听见他们抵赖他们的罪状，谁都会怒从心起的。所以我说，他把一切事情分得很好；我想要是邓肯的两个儿子也给他拘留起来——上天保佑他们不会落在他的手里——他们就会知道向自己的父亲行弑，必须受到怎样的报应；弗里恩斯也是一样。可是这些话别提啦，我听说麦克德夫因为出言不逊，又不出席那暴君的宴会，已经受到贬辱。您能够告诉我他现在在什么地方吗？

贵族 被这暴君篡逐出亡的邓肯世子现在寄身在英国宫庭之中，谦恭的爱德华对他非常优待，一点不因为他处境颠危而减削了敬礼。麦克德夫也到那边去了，他的目的是要请求贤明的英王协力激励诺森伯兰和好战的西华德，使他们秉承王命，出兵相援，帮助我们恢复已失的自由，使我们仍旧能够享受食桌上的盛馔和酣畅的睡眠，不再畏惧宴会中有沾血的刀剑，让我们能够一方面输忠效信，一方面安受爵赏而心无疑虑；这一切都是我们现在所渴望而求之不得的。这一个消息已经使我们的王上大为震怒，他正在那儿准备作战了。

列诺克斯 他有没有差人到麦克德夫那儿去？

贵族 他已经差人去过了；他的话说的很决裂。那面有忧色的使者没有明白告诉我他说些什么话，只是转身吟哦，好像说，“你给我这样的答复，看着吧，你一定会自食其果。”

列诺克斯 那很可以叫他留心留心远避当前的祸害。但愿什么神圣的天使飞到英格兰的宫庭里，预先把他的信息带来给我们；让上天的祝福迅速回到我们这一个在毒手压制下备受苦难的国家！

贵族 我愿意为他祈祷。（同下）

第　四　幕

第一场

山洞；中置沸镬

雷鸣。三女巫上。

女巫甲　斑猫已经叫过三声。

女巫乙　刺猬已经啼了四次。

女巫丙　怪鸟在鸣啸：时候到了，时候到了。

女巫甲　绕釜环行火融融，

毒肝腐脏寘其中。

虾蟆蛰眠寒石底，

三十一日夜相继；

汗出淋漓化毒浆，

投之鼎镬沸为汤。

三女巫　（合）不惮辛劳不惮烦，

釜中沸沫已成澜。

女巫乙　沼地蟒蛇取其肉，

脔以为片煮至熟；

蝾螈之目青蛙趾，

蝙蝠之毛犬之齿，

蝮舌如叉蚯蚓刺，

蜥蜴之足枭之翅，

炼为毒蛊鬼神惊，

扰乱人世无安宁。

众巫 （合）不惮辛劳不惮烦，

釜中沸沫已成澜。

女巫丙 豺狼之牙巨龙鳞，

千年巫尸貌狰狞；

海底抉出鲨鱼胃，

夜掘毒芹根块块；

杀犹太人摘其肝，

剖山羊胆汁潺潺；

雾黑云深月蚀时，

潜携斤斧劈杉枝；

娼妇弃儿死道间，

断指持来血尚殷；

土耳其鼻鞑靼唇，

烈火糜之煎作羹；

猛虎肝肠和鼎内，

炼就妖丹成一味。

众巫 （合）不惮辛劳不惮烦，

釜中沸沫已成澜。

女巫乙 炭火将残蛊将成，

猩猩滴血蛊方凝。

| 赫卡忒上。

赫卡忒 善哉尔曹功不浅，
颁赏酬劳利泽遍。
于今绕釜且歌吟，
摄人魂魄荡人心。（音乐，众巫幽灵之歌）

女巫乙 拇指怦怦动，
必有恶人来；
既来皆不拒，
洞门敲自开。

丨麦克白上。

麦克白 啊，你们这些神秘的幽冥的夜游的婆子！你们在干些什么？

众巫 （合）一件没有名义的行动。

麦克白 凭着你们的职业，我吩咐你们回答我，不管你们的知识是从哪里得来的。即使你们的嘴里气放出狂风，让它们向教堂猛击；即使汹涌的波涛会把航海的船只颠覆吞噬；即使谷物的叶片会倒折在田亩上，树木会连根拔起；即使城堡会向它们的守卫者的头上倒下；即使宫殿和金字塔都会倾圮；即使大自然所孕育的一切灵奇完全归于毁灭，我也要你们回答我的问题。

女巫甲 说。

女巫乙 你问吧。

女巫丙 我们可以回答你。

女巫甲 你愿意从我们嘴里听到答复呢，还是愿意让我们的主人们回答你？

麦克白 叫他们出来；让我见见他们。

女巫甲　母猪九子食其豚，
血浇火上焰生腥；
杀人恶犯上刑场，
汗脂投火发凶光。

众巫　（合）鬼王鬼卒火中来，
现形作法莫惊猜。

｜雷鸣。第一鬼魂出现，为一戴盔之头。

麦克白　告诉我，你这不可思议的力量——

女巫甲　他知道你的心事；听他说，你不用开口。

鬼魂甲　麦克白！麦克白！麦克白！留心麦克德夫；留心费辅爵士。放我回去。够了。（隐入地下）

麦克白　不管你是什么精灵，我感谢你的忠言警告；你已经一语道破了我的忧虑。可是再告诉我一句话——

女巫甲　他是不受命令的。这儿又来了一个，比第一个法力更大。

｜雷鸣。第二鬼魂出现，为一流血之小儿。

鬼魂乙　麦克白！麦克白！麦克白！——

麦克白　我要是有三只耳朵，我的三只耳朵都会听着你。

鬼魂乙　你要残忍、勇敢、坚决；你可以把人类的力量付之一笑，因为没有一个在妇人腹中生长的人可以伤害麦克白。（隐入地下）

麦克白　那么尽管活下去吧，麦克德夫；我何必惧怕你呢？可是我要使确定的事实加倍确定，从命运手里接受切实的保证。我还是要你死，让我可以斥胆怯的恐惧为虚妄，在雷电怒作的夜里也能安心睡觉。

｜雷鸣。第三鬼魂出现，为一戴王冠之小儿，手持一树。

麦克白 这是什么，他的模样像是一个王子，他的幼稚的头上还戴着统治的荣冠？

众巫 静听，不要对它说话。

鬼魂丙 你要像狮子一样骄傲而无畏，不要关心人家的怨怒，也不要担忧有谁在算计你。麦克白永远不会被人打败，除非有一天勃南的树林会冲着他向邓西嫩高山移动。（隐入地下）

麦克白 那是决不会有的事；谁能够命令树木，叫它从泥土之中拔起它的深根来呢？幸运的预兆！好！勃南的树林不会移动，叛徒的举事也不会成功，我们巍巍高位的麦克白将要尽其天年，在他寿数告终的时候奄然物化。可是我的心还在跳动着想要知道一件事情；告诉我，要是你们的法术能够解释我的疑惑，班柯的后裔会不会在这一个国土上称王？

众巫 不要追问下去了。

麦克白 我一定要知道究竟；要是你们不告诉我，愿永久的咒诅降在你们身上！告诉我。为什么那面釜沉了下去？这是什么声音？（吹高音笛）

女巫甲 出来！

女巫乙 出来！

女巫丙 出来！

众巫 （合）一见惊心，魂魄无主；
如影而来，如影而去。

| 作国王装束者八人次第上；最后一人持镜；班柯鬼魂随其后。

麦克白 你太像班柯的鬼魂了；下去！你的王冠刺痛了我的眼球。怎么，又是一个戴着王冠的，你的头发也跟

第一个一样。第二个过去了，第三个又跟第二个一样。该死的鬼婆子！你们为什么让我看见这些人？第四个！跳出来吧，我的眼睛！什么！这一连串戴着王冠的，要到世界末日才会完结吗？又是一个？第七个！我不要再看了。可是第八个又出现了，他拿着一面镜子，我可以从镜子里面看见许许多多戴王冠的人；有几个还拿着两重的宝球，三头的御杖。可怕的景象！啊，现在我知道这不是虚妄的幻象，因为血污的班柯在向我微笑，用手指点着他们，表示他们就是他的子孙。（众幻影消灭）什么！真是这样吗？

女巫甲 嗯，这一切都是真的；可是麦克白为什么这样呆若木鸡？来，姊妹们，让我们鼓舞鼓舞他的精神，用最好的歌舞替他消忧解闷。我先用魔法叫空中奏起乐来，你们就搀成一个圈子团团跳舞，让这位伟大的君王知道，我们并没有怠慢了他。（音乐。众女巫跳舞，舞毕与赫卡忒俱隐去）

麦克白 她们在哪儿？去了？愿这不祥的时辰在日历上永远被人咒诅！外面有人吗？进来！

| 列诺克斯上。

列诺克斯 陛下有什么命令？

麦克白 你看见那三个女巫吗？

列诺克斯 没有，陛下。

麦克白 她们没有打你身边过去吗？

列诺克斯 确实没有，陛下。

麦克白 愿她们所驾乘的空气都化为毒雾，愿一切相信她们言语的人都永堕沉沦！我曾经听见奔马的声音，是谁经过这地方？

列诺克斯 禀陛下，刚才有两三个使者来过，向您报告麦克德夫已经逃奔英国去了。

麦克白 逃奔英国去了！

列诺克斯 是，陛下。

麦克白 时间，你早就料到我的狠毒的行为，无远弗至的恶念，一旦见之事实，就容易被人所乘；从这一刻起，我心里一想到什么，便要把它立刻实行，没有迟疑的余地；我现在就要用行动表示我的意志。我要去突袭麦克德夫的城堡；把费辅攫取下来；把他的妻子儿女和一切追随他的不幸的人们一起杀死。我不能像一个傻瓜似的只会空口说大话；我必须趁着我这一个目的还没有冷淡下来以前把这件事干好。可是我不要再看见什么幻象了！那几个使者呢？来，带我去见见他们。（同下）

第二场

费辅；麦克德夫城堡

| 麦克德夫夫人、麦克德夫子及洛斯上。

麦克德夫夫人 他干了什么事，要逃亡国外？

洛斯 您必须安心忍耐，夫人。

麦克德夫夫人 他可没有一点忍耐；他的逃亡全然是发疯。我们的行为本来是光明坦白的，可是我们的疑虑却使我们成为叛徒。

洛斯 您还不知道他的逃亡究竟是明智的行为还是无谓的疑虑。

麦克德夫夫人 明智的行为！他自己高飞远走，把他的妻子儿女、他的第宅尊位，一起丢弃不顾，这算是明智的行为吗？他不爱我们；他没有天性之情；鸟类中最微小的鷦鷯也会奋不顾身，和鸱鸮争斗，保护它巢中的众雏。他心里只有恐惧没有爱；也没有一点智慧，因为他的逃亡是完全不合情理的。

洛斯 好嫂子，请您抑制一下自己；讲到尊夫的为人，那么他是高尚明理而有识见的，他知道应该怎样见机行事。我不敢多说什么；现在这种时世太冷酷无情了，我们自己还没有知道，就已经蒙上了叛徒的恶名；一方面恐惧流言，一方面却不知道为何而恐惧，就像在一个风波险恶的海上漂浮，全没有一定的方向。现在我必须向您告辞；不久我会再到这儿来。最恶劣的事态总有一天告一段落，或者逐渐恢复原状。我的可爱的侄儿，祝福你！

麦克德夫夫人 他虽然有父亲，却和没有父亲一样。

洛斯 我是这样一个傻子，要是我再逗留下去，会叫人家笑话我，还要带累您心里难过；我现在立刻告辞了。（下）

麦克德夫夫人 小子，你爸爸死了；你现在怎么办？你预备怎样过活？

麦克德夫子 像鸟儿一样过活，妈妈。

麦克德夫夫人 什么！吃些小虫儿、飞虫儿吗？

麦克德夫子 我的意思是说，我得到些什么就吃些什么，正像鸟儿们一样。

麦克德夫夫人 可怜的鸟儿！你从来不怕有人张起网儿、布下陷阱，端整捉了你去哩。

麦克德夫子 我为什么要怕这些，妈妈？他们是不会算计可怜的小鸟的。我的爸爸并没有死，虽然您是这么说。

麦克德夫夫人 不，他真的死了。你没了父亲怎么好呢？

麦克德夫子 您没了丈夫怎么好呢？

麦克德夫夫人 嘿，我可以到随便哪个市场上去买二十个丈夫回来。

麦克德夫子 那么您买了他们回来，还是要卖出去的。

麦克德夫夫人 这刁钻的小油嘴；可是也亏你想得出来。

麦克德夫子 我的爸爸是个反贼吗，妈妈？

麦克德夫夫人 嗯，他是个反贼。

麦克德夫子 怎么叫做反贼？

麦克德夫夫人 反贼就是起假誓扯谎的人。

麦克德夫子 凡是反贼都是起假誓扯谎的吗？

麦克德夫夫人 起假誓扯谎的人都是反贼，都应该绞死。

麦克德夫子 起假誓扯谎的都应该绞死吗？

麦克德夫夫人 都应该绞死。

麦克德夫子 谁去绞死他们呢？

麦克德夫夫人 那些正人君子。

麦克德夫子 那么那些起假誓扯谎的都是些傻瓜，他们有这许多人，为什么不联合起来打倒那些正人君子，把他们绞死了呢？

麦克德夫夫人 嗳哟，上帝保佑你，可怜的猴子！可是你没了父亲怎么好呢？

麦克德夫子　要是他真的死了，您会为他哀哭的；要是您不哭，那是一个好兆，我就可以有一个新的爸爸了。

麦克德夫夫人　这小油嘴真会胡说！

丨一使者上。

使者　祝福您，好夫人！您不认识我是什么人，可是我久闻夫人的令名，所以特地前来，报告您一个消息。我怕夫人目下有极大的危险，要是您愿意接受一个微贱之人的忠告，那么还是离开此地，赶快带着您的孩子们避一避的好。我这样惊吓着您，已经是够残忍的了；要是有人再要加害于您，那真是太没有人道了。上天保佑您！我不敢多耽搁时间。（下）

麦克德夫夫人　叫我逃到哪儿去呢？我没有做过害人的事。可是我记起来了，我是在这个世上，这世上做了恶事才会被人恭维赞美，做了好事反会被人当作危险的傻瓜；那么，唉！我为什么还要用这种婆子气的话替自己辩护，说是我没有做过害人的事呢？

丨刺客等上。

麦克德夫夫人　这些是什么人？

众刺客　你的丈夫呢？

麦克德夫夫人　我希望他是在光天化日之下你们这些鬼东西不敢露脸的地方。

刺客　他是个反贼。

麦克德夫子　你胡说，你这蓬头的恶人！

刺客　什么！你这叛徒的孽种！（刺麦克德夫子）

麦克德夫子　他杀死我了，妈妈；您快逃吧！（死。麦克德夫夫人呼“杀了人啦！”下，众刺客追下）

第三场

英国；王宫前

｜马尔康及麦克德夫上。

马尔康 让我们找一处没有人踪的树荫，在那里把我们胸中的悲哀痛痛快快地哭个干净吧。

麦克德夫 我们还是紧握着利剑，像好汉子似的大踏步跨过我们颠覆了的身世吧。每一个新的黎明都听得见新孀的寡妇在哭泣，新失父母的孤儿在号啕，新的悲哀上冲霄汉，发出凄厉的回声，就像哀悼苏格兰的命运，替她奏唱挽歌一样。

马尔康 我要为我所知道的一切痛哭，我还要等待机会报复我的仇恨。您说的话也许是事实。一提起这个暴君的名字，就使我们切齿腐舌。可是他曾经有过正直的名声；您对他也有很好的交情；他也还没有加害于您。我虽然年轻识浅，可是您也许可以利用我向他邀功求赏，把一头柔弱无罪的羔羊向一个愤怒的天神献祭，不失为一件聪明的事。

麦克德夫 我不是一个奸诈小人。

马尔康 麦克白却是的。在尊严的王命之下，忠实仁善的人也许不得不背着天良行事。可是我必须请您原谅；您的忠诚的人格决不会因为我用小人之心去测度它而发生变化；最光明的天使也许会堕落，可是天使总是光明的；罪恶虽然可以遮蔽美德，美德仍然会露出它的光辉来。

麦克德夫 我已经失去我的希望。

马尔康 也许您的希望就失去在使我发生怀疑的地方。您为什么不告而别，丢下您的妻子儿女，那些生活中的宝贵的原动力，爱情的坚强的联系，让她们担惊受险呢？请您不要把我的多心引为耻辱，为了我自己的安全，我不能不这样顾虑。不管我心里怎样想，也许您真是一个忠义的汉子。

麦克德夫 流血吧，流血吧，可怜的国家！不可一世的暴君，奠下你的安若泰山的基业吧，因为正义的力量不敢向你诛讨！忍受你的屈辱吧，这是你的已经确定的名分；再会，殿下；即使把这暴君掌握下的全部土地一起给我，再加上富庶的东方，我也不愿做一个像你所猜疑我那样的奸人。

马尔康 不要生气；我说这样的话，并不是完全为了不放心您。我想我们的国家呻吟在虐政之下，流泪、流血，每天都有一道新的伤痕加在旧日的疮痍之上；我也想到一定有许多人愿意为了我的权利奋臂而起，就在这里友好的英国，也已经有数千义士愿意给我助力；可是虽然这样说，要是我有一天能够把暴君的头颅放在足下践踏，或者把它悬挂在我的剑上，我的可怜的祖国却要在一个新的暴君的统治之下，滋生更多的罪恶，忍受更大的苦痛，造成更分歧的局面。

麦克德夫 这新的暴君是谁？

马尔康 我的意思就是说我自己；我知道在我的天性之中，深植着各种的罪恶，要是有一天暴露出来，黑暗的麦克白在相形之下，将会变成白雪一样纯洁；我们的可怜的国家看见了我的无限的暴虐，将会把他当作一头羔羊。

麦克德夫 踏遍地狱也找不出一个比麦克白更万恶不赦的魔鬼。

马尔康 我承认他嗜杀、骄奢、贪婪、虚伪、欺诈、躁急、凶恶，一切可以指名的罪恶他都有；可是我的淫佚是没有止境的：你们的妻子、女儿、妇人、处女，都不能填满我的欲壑；我的猖狂的欲念会冲决一切节制和约束；与其让这样一个人做国王，还是让麦克白统治的好。

麦克德夫 无限制的纵欲是一种“虐政”，它曾经颠覆了不少王位，推翻了无数君主。可是您还不必担心，谁也不能禁止您满足您的分内的欲望；您可以一方面尽情欢乐，一方面在外表上装出庄重的神气，世人的耳目是很容易遮掩过去的。我们国内尽多自愿献身的女子，无论您怎样贪欢好色，也应付不了这许多求荣献媚的娇娥。

马尔康 除了这一种弱点以外，在我的邪僻的心中还有一种不顾廉耻的贪婪，要是我做了国王，我一定要诛锄贵族，侵夺他们的土地；不是向这个人需索珠宝，就是向那个人需索房屋；我所有的越多，我的贪心越不知道餍足，我一定会为了图谋财富的缘故，向善良忠贞的人无端寻衅，把他们陷于死地。

麦克德夫 这一种贪婪比起少年的情欲来，它的根是更深而更有毒的，我们曾经有许多过去的国王死在它的剑下。可是您不用担心，苏格兰有足够您享用的财富，它都是属于您的；只要有其他的美德，这些缺点都不算什么。

马尔康 可是我一点没有君人之德，什么公平、正直、俭约、镇定、慷慨、坚毅、仁慈、谦恭、诚敬、宽容、勇敢、刚强，我全没有；各种的罪恶却应有尽有，在各方面表现出来。嘿，要是我掌握了大权，我一定要把和谐的甘乳倾入地狱，扰乱世界的和平，破坏地上的统一。

麦克德夫 啊，苏格兰，苏格兰！

马尔康 你说这样一个人是不是适宜于统治？我正是像我所说那样的人。

麦克德夫 适宜于统治！不，这样的人是不该让他留在人世的。啊，多难的国家，一个篡位的暴君握着染血的御杖高踞在王座上，你的最合法的嗣君又亲口吐露了他是这样一个可咒诅的人，辱没了他的高贵的血统，那么你几时才能重见天日呢？你的父王是一个最圣明的君主；生养你的母后每天在死中过活，她朝晚都在屈膝跪求上天的垂怜。再会！你自己供认的这些罪恶，已经把我从苏格兰放逐。啊，我的胸膛，你的希望永远在这儿埋葬了！

马尔康 麦克德夫，只有一颗正直的心，才会有这种勃发的忠义之情，它已经把黑暗的疑虑从我的灵魂上一扫而空，使我充分信任你的真诚。魔鬼般的麦克白曾经派了许多说客来，想要把我诱进他的罗网，所以我不得不着意提防；可是上帝鉴临在你我二人的中间！从现在起，我委身听从你的指导，并且撤回我刚才对我自己所讲的坏话，我所加在我自己身上的一切污点，都是我的天性中所没有的。我还没有近过女色，从来没有背过誓，即使是我自己的东西，我也没有贪得的欲念；我从不曾失信于人，我不愿把魔鬼出卖给他的同伴，我宝爱忠诚不亚于生命；刚才我对自己所作的诽语，是我第一次的说谎。那真诚的我，是准备随时接受你和我的不幸的祖国的命令的。在你还没有到这儿来以前，年老的西华德已经带领了一万个战士，向苏格兰出发了。现在我们就可以把我们的力量并合在一起；我们堂堂正正的义师，一定可以克奏肤功。您为什么不说话？

麦克德夫 好消息和恶消息同时传进了我的耳朵里，使我的喜怒都失去了自主。

一医士上。

马尔康 好，等会儿再说。请问一声，王上出来了吗？

医士 出来了，殿下；有一大群不幸的人们在等候他医治，他们的疾病使最高明的医士束手无策，可是上天给他这样神奇的力量，只要他的手一触，他们就立刻痊愈了。

马尔康 谢谢您的见告，大夫。（医士下）

麦克德夫 他说的是什么疾病？

马尔康 他们都把它叫做恶病；自从我来到英国以后，我常常看见这位善良的国王显示他的奇妙无比的本领。除了他自己以外，谁也不知道他是怎样祈求着上天；可是害着怪病的人，浑身肿烂，惨不忍睹，一切外科手术所无法医治的，他只要嘴里念着祈祷，用一枚金章亲手挂在他们的颈上，他们便会霍然痊愈；据说他这种治病的天能，是世世相传永袭罔替的。除了这种特殊的本领以外，他还是一个天生的预言者，而且具有各种值得讴歌的美德。

麦克德夫 瞧，谁来啦？

马尔康 是我们国里的人；可是我还认不出他是谁。

| 洛斯上。

麦克德夫 我的贤弟，欢迎。

马尔康 我现在认识他了。好上帝，赶快除去使我们成为陌路之人的那一层隔膜吧！

洛斯 阿门，殿下。

麦克德夫 苏格兰还是原来那样子吗？

洛斯 唉！可怜的祖国！它简直不敢认识它自己。它不能再称为我们的母亲，只是我们的坟墓；除了昏昏噩噩、一无所知的人以外，谁的脸上也不曾有过一丝笑容；叹息、呻吟、震撼天空的呼号，都是日常听惯的声音，不再能引起人们的注意；剧烈的悲哀变成一般的风气；葬钟敲响的时候，谁也不再关心它是为谁而鸣；善良人的生命往往在他们帽上的花朵还没有枯萎以前就化为朝露。

麦克德夫 啊！太巧妙、也是太真实的描写！

马尔康 最近有什么可为痛心的事情？

洛斯 一小时以前的变故，在叙述者的嘴里就已经变成陈迹了；每一分钟都产生新的祸难。

麦克德夫 我的妻子安好吗？

洛斯 呃，她很安好。

麦克德夫 我的孩子们呢？

洛斯 也很安好。

麦克德夫 那暴君还没有毁坏他们的平和吗？

洛斯 没有；当我离开他们的时候，他们是很平安的。

麦克德夫 不要吝惜你的言语；究竟怎样？

洛斯 当我带着沉重的消息、预备到这儿来传报的时候，一路上听见谣传，说是许多有名望的人都已经纷纷去位；这种谣言照我想起来是很可靠的，因为我亲眼看见那暴君的肆虐。现在是应该出动全力挽救祖国沦夷的时候了；你们要是在苏格兰出现，可以使男人们个个变成军士，使女人们愿意为了从她们的困苦之下获得解放而奋斗。

马尔康 我们正要回去，让这消息作为他们的安慰吧。友好的英国已经借给我们西华德将军和一万军士，所有基督教的国家里找不出一个比他更老练、更优秀的军人。

洛斯 我希望我也有同样好的消息给你们！可是我所要说的话，是应该把它在荒野里呼喊，不让它钻进人们耳中的。

麦克德夫 它是关于哪方面的？还是和大众有关的呢，还是一二个人的单独的不幸？

洛斯 天良未泯的人，对于这件事谁都要觉得像自己身受一样伤心，虽然你是最感到切身之痛的一个。

麦克德夫 倘然那是有关于我的事，那么不要瞒过我；快让我知道了吧。

洛斯 但愿你的耳朵不要从此永远憎恨我的舌头，因为它将要让你听见你有生以来所听到的最惨痛的声音。

麦克德夫 哼，我猜到了。

洛斯 你的城堡受到袭击；你的妻子和儿女都惨死在野蛮的刀剑之下；要是我把他们的死状告诉你，那么不但他们已经成为猎场上被杀害的驯鹿，就是你也要痛不欲生的。

马尔康 慈悲的上天！什么，朋友！不要把你的帽子拉下来遮住你的额角；用言语把你的悲伤倾泄出来吧；无言的哀痛是会向那不堪重压的心低声耳语，叫它裂成片片的。

麦克德夫 我的孩子也都死了吗？

洛斯 妻子、孩子、仆人，凡是被他们找得到的，杀得一个不存。

麦克德夫 我却必须离开那里！我的妻子也被杀了吗？

洛斯 我已经说过了。

马尔康 请宽心吧；让我们用壮烈的复仇做药饵，治疗这一段惨酷的悲痛。

麦克德夫 他自己没有儿女。我的可爱的宝贝们都死了吗？你说他们一个也不存吗？啊，地狱里的恶鸟！一个也不存？什么！我的可爱的鸡雏们和他们的母亲一起葬送在毒手之下了吗？

马尔康 拿出丈夫的气概来。

麦克德夫 我要放出丈夫的气概来；可是我不能抹杀我的人类的感情。我怎么能够把我所最宝爱的人置之度外，不去想念他们呢？难道上天看见这一幕惨剧而不对他们抱同情吗？罪恶深重的麦克德夫！他们都是为了你的缘故而死于非命。我真该死，他们没有一点罪过，只是因为我自己不好，无情的屠戮才会降临到他们的身上。愿上天给他们安息！

马尔康 把这一桩仇恨作为磨快你的剑锋的砺石；让哀痛变成愤怒；不要让你的心麻木下去，激起它的怒火来吧。

麦克德夫 啊！我可以一方面让我的眼睛里流着妇人之泪，一方面让我的舌头发出大言壮语。可是，仁慈的上天，求你撤除一切中途的障碍，让我跟这苏格兰的恶魔正面相对，使我的剑能够刺到他的身上；要是我放他逃走了，那么上天饶恕他吧！

马尔康 这几句话说得很像个汉子。来，我们见国王去；我们的军队已经调齐，一切全备，只待整装出发。麦克白气数将绝，天诛将至；黑夜无论怎样悠长，白昼总会到来的。（同下）

第　五　幕

第一场

邓西嫩；城堡中一室

︱一医士及一侍女上。

医士　我已经陪着你看守了两夜，可是一点不能证实你的报告。她最后一次晚上起来行动是在什么时候？

侍女　自从王上出征以后，我曾经看见她从床上起来，披上睡衣，开了橱门上的锁，拿出信纸，把它折起来，在上面写了字，读了一遍，然后把信封好，再回到床上去；可是在这一段时间里，她始终睡得很熟。

医士　这是心理上的一种重大的扰乱，一方面处于睡眠的状态，一方面还能像醒着一般做事。在这种睡眠不安的情形之下，除了走路和其他动作以外，你有没有听见她说过什么话？

侍女　大夫，那我可不能背着她告诉您。

医士　你不妨对我说，而且应该对我说。

侍女　我不能对您说，也不能对无论什么人说，因为没有一个见证可以证实我的话。

| 麦克白夫人持烛上。

侍女 您瞧！她来啦。这正是她往常的样子；凭着我的生命起誓，她现在睡得很熟。留心看好她；站近一些。

医士 她怎么会有那支蜡烛？

侍女 那就放在她的床边；她的寝室里通宵点着灯火，这是她的命令。

医士 你瞧，她的眼睛开着呢。

侍女 嗯，可是她的视觉却关闭着。

医士 她现在在干什么？瞧，她在擦她的手。

侍女 这是她的一个惯常的动作，好像在洗手似的。我曾经看见她这样擦了足有一刻钟的时间。

麦克白夫人 可是这儿还有一点血迹。

医士 听！她说话了。我要把她的话记下来，免得忘记。

麦克白夫人 去，该死的血迹！去吧！一点、两点，啊，那么现在可以动手了。地狱里是这样幽暗！呸，我的爷，呸！你是一个军人，也会害怕吗？既然谁也不能奈何我们，为什么我们要怕被人知道？可是谁想得到这老头儿会有这么多的血？

医士 你听着没有？

麦克白夫人 费辅爵士从前有一个妻子；现在她在哪儿？什么！这两只手再也不会干净了吗？算了，我的爷，算了；你这样大惊小怪，把事情都弄糟了。

医士 说下去，说下去；你已经知道你所不应该知道的事。

侍女 我想她已经说了她所不应该说的话；天知道她心里有些什么秘密。

麦克白夫人 这儿还是有一股血腥气；所有阿拉伯的香科都不能

叫这只小手变得香一点。啊！啊！啊！

医士 这一声叹息多么沉痛！她的心里蕴蓄着无限的凄苦。

侍女 我不愿为了身体上的尊荣，而让我的腔子里装着这样一颗心。

医士 好，好，好。

侍女 但愿一切都是好好的，大夫。

医士 这种病我没有法子医治。可是我知道有些曾经在睡梦中走动的人，都是很虔敬地寿终正寝。

麦克白夫人 洗净你的手，披上你的睡衣；不要这样脸无人色。我再告诉你一遍，班柯已经下葬了；他不会从坟墓里出来的。

医士 有这等事？

麦克白夫人 睡去，睡去；有人在打门哩。来，来，来，来，让我搀着你。事情已经干了就算了。睡去，睡去，睡去。（下）

医士 她现在要去上床了吗？

侍女 就去上床。

医士 外边很多骇人听闻的传说。反常的行为引起了反常的纷扰；良心负疚的人往往会向无言的衾枕泄露他们的秘密；她需要教士的训诲甚于医士的诊视。上帝，上帝饶恕我们一切世人！留心照料她；避免一切足以使她烦恼的根源，随时注视着她。好，晚安！她扰乱了我的心，迷惑了我的眼睛。我心里所想到的，却不敢把它吐出嘴唇。

侍女 晚安，好大夫。（各下）

第二场

邓西嫩附近乡野

｜旗鼓前导，孟提斯、凯士纳斯、安格斯、列诺克斯及军士等上。

孟提斯 英国军队已经迫近，领军的是马尔康、他的叔父西华德和麦克德夫三人，他们的胸头燃起复仇的怒火；即使奄奄垂毙的人，这种痛入骨髓的仇恨也会激起他溅血的决心。

安格斯 在勃南森林附近，我们将要和他们相见；他们正在望那条路上过来。

凯士纳斯 谁知道道纳本是不是跟他的哥哥在一起？

列诺克斯 我可以确实告诉你，将军，他们不在一起。我有一张他们军队里上级将领的名单，里面有西华德的儿子，还有许多初上战场、乳臭未干的少年。

孟提斯 那暴君有什么举动？

凯士纳斯 他把邓西嫩防御得非常坚固。有人说他疯了；对他比较没有什么恶感的人，却说那是一个猛士的愤怒；可是他不能自己约束住他的惶乱的心情，却是一件无疑的事实。

安格斯 现在他已经感觉到他的暗杀的罪恶紧黏在他的手上；每分钟都有一次叛变，谴责他的不忠无义；受他命令的人，都不过听令而行，并不是出于对他的忠诚；现在他已经感觉到他的尊号罩在他的身上，就像一个矮小的偷儿穿了一件巨人的衣服一样拖手绊脚。

孟提斯 他自己的灵魂都在谴责它本身的存在，谁还能怪他的昏乱的知觉怔忡不安呢。

凯士纳斯 好，我们整队前进吧；我们必须认清谁是我们应该服从的人。为了拔除祖国的沉痼，让我们准备和他共同流尽我们的最后一滴血。

列诺克斯 否则我们也愿意喷掷我们的热血，灌溉这一朵国家主权的娇花，淹没那凭陵它的野草。向勃南进军！（众列队行进下）

第三场

邓西嫩；城堡中一室

| 麦克白、医士及侍从等上。

麦克白 不要再告诉我什么消息；让他们一个个逃走吧；除非勃南的森林会向邓西嫩移动，我是不知道有什么事情值得害怕的。马尔康那小子算得什么？他不是妇人所生的吗？预知人类死生的精灵曾经这样向我宣告："不要害怕，麦克白；没有一个在妇人腹中生长的人可以加害于你。"那么逃走吧，不忠的爵士们，去跟那些饕餮的英国人在一起吧。我的头脑，永远不会被疑虑所困扰，我的心灵永远不会被恐惧所震荡。

| 一仆人上。

麦克白 魔鬼罚你变成炭团一样黑，你这脸色惨白的狗头！你从哪儿得来的这一副呆鹅的蠢相？

仆人 有一万——

麦克白 一万头鹅吗，狗才？

仆人 一万个兵，陛下。

麦克白 去刺破你自己的脸，把你那吓得毫无血色的两颊染一染红吧，你这鼠胆的小子。什么兵，蠢材？该死的东西！瞧你吓得脸孔像白布一般。什么兵，不中用的奴才？

仆人 禀陛下，是英国兵。

麦克白 不要让我看见你的脸。（仆下）西登！——我心里很不舒服，当我看见——喂，西登！——这一次的战争也许可以使我从此高枕无忧，也许可以立刻把我倾覆。我已经活得够长久了；我的生命已经日就枯萎，像一片凋谢的黄叶；凡是老年人所应该享有的尊荣、敬爱、服从和一大群的朋友，我是没有希望再得到的了；代替这一切的，只有低声而深刻的咒诅，口头上的恭维和一些违心的假话。西登！

| 西登上。

西登 陛下有什么吩咐？

麦克白 还有什么消息没有？

西登 陛下，刚才所报告的消息，全都证实了。

麦克白 我要战到我的全身不剩一块好肉。给我拿战铠来。

西登 现在还用不到哩。

麦克白 我要把它穿起来。加派几匹马，到全国各处巡回查察，要是有谁嘴里提起了一句害怕的话，就把他吊死。给我拿战铠来。大夫，你的病人今天怎样？

医士 回陛下，她并没有什么病，只是因为思虑太过，继续不断的幻想扰乱了她的神经，使她不得安息。

麦克白 替她医好这一种病。你难道不能诊治一个病态的心理，从记忆中拔去一桩根深蒂固的忧郁，拭掉那写在脑筋上的烦恼，用一种使人忘却一切的甘美的药剂，把那堆满在胸间、重压在心头的积毒扫除干净吗？

医士 那还是要仗病人自己设法的。

麦克白 那么把医药丢给狗子吧；我不要仰仗它。来，替我穿上战铠；给我拿指挥杖来。西登，把我的命令传出去。——大夫，那些爵士们都背了我逃走了。——来，快去。——大夫，要是你能够用全国的水替她洗去病根，使她回复原来的健康，我一定要使太空之中充满着我对你的赞美的回声。——喂，把它脱下了。——什么大黄肉桂，什么清泻的药剂，可以把这些英国人驱走呢？你听见关于他们的消息吗？

医士 是的，陛下；您的森严的防卫告诉了我们一些消息。

麦克白 你要是听见什么就来告诉我。除非勃南森林会向邓西嫩移动，我对死亡和毒害都没有半分惊恐。

医士 （旁白）要是我能够从邓西嫩远远离开，高官厚禄再也诱不动我回来。（同下）

第四场

勃南森林附近的乡野

丨旗鼓前导，马尔康、西华德父子、麦克德夫、孟提斯、凯士纳斯、安格斯、列诺克斯、洛斯及军士等列队行进上。

马尔康 诸位贤卿，我希望大家都能够安枕而寝的日子已经不远了。

孟提斯 那是我们一点没有疑惑的。

西华德 前面这一座是什么树林？

孟提斯 勃南森林。

马尔康 每一个军士都砍下一根树枝来，把它举起在各人的面前；这样我们可以隐匿我们全军的人数，让敌人无从知道我们的实力。

众军士 得令。

西华德 我们所得到的情报，都说那自信的暴君仍旧在邓西嫩深居不出，等候我们兵临城下。

马尔康 这是他的唯一的希望；因为在他手下的人，不论地位高低，一找到机会都要叛弃他，他们接受他的号令，都只是出于被迫，并不是自己心愿。

麦克德夫 让我们用坚毅的战士精神，执行我们惩凶诛暴的正义的使命。

西华德 我们这一次的胜败得失，不久就可以分晓。口头的推测不过是一些悬空的希望，实际的行动才能够产生决定的结果，大家奋勇前进吧！（众列队行进下）

第五场

邓西嫩；城堡内

| 旗鼓前导，麦克白、西登及军士等上。

麦克白 把我们的旗帜悬挂在城墙外面；到处仍旧是一片“他

们来了”的呼声；我们这座城堡防御得这样坚强，还怕他们的围攻吗？让他们到这儿来，等饥饿和瘟疫来把他们收拾去了吧。倘不是我们自己的军队也倒了戈跟他们联合在一起，我们尽可以挺身出战，把他们赶回老家去。（内妇女哭声）那是什么声音？

西登 是妇女们的哭声，陛下。（下）

麦克白 我简直已经忘记了恐惧的滋味。从前一声晚间的哀叫，可以把我吓出一身冷汗，一根头发的落下，都会使我惊惶惴恐，好像它的里面藏着我的生命一样。现在我已经饱尝无数的恐怖；我的习惯于杀戮的思想，再也没有什么悲惨的事情可以使它惊悚了。

| 西登重上。

麦克白 那哭声是为了什么事？

西登 陛下，王后死了。

麦克白 她应该迟一点再死；现在不是应该让我听见这一个消息的时候。明天，明天，再一个明天，一天接着一天地蹑步前进，直到最后一秒钟的时间；我们所有的昨天，不过替傻子们照亮了到死亡的土壤中去的路。熄灭了吧，熄灭了吧，短促的烛光！人生不过是一个行走的影子，一个在舞台上指手划脚的拙劣的伶人，登场了片刻，就在无声无臭中悄然退下；它是一个愚人所讲的故事，充满着喧哗和骚动，找不到一点意义。

| 一使者上。

麦克白 你要来播弄你的唇舌；有什么话快说。

使者 陛下，我应该向您报告我以为我所看见的事，可是我不知道应该怎样说起。

麦克白 好，你说吧。

使者 当我站在山头守望的时候，我向勃南一眼望过去，好像那边的树木都在开始行动了。

麦克白 说谎的奴才！

使者 要是没有那样一回事，我愿意悉听陛下的惩处；在这三英里路以内，您可以看见它向这边过来；一座活动的树林。

麦克白 要是你说了谎话，我要把你活活吊在树上，让你饥饿而死；要是你的话是真的，我也希望你给我吊死了吧。我的决心已经有些摇动，我开始怀疑起那魔鬼所说的似是而非的暧昧的谎话了；“不要害怕，除非勃南森林会到邓西嫩来；”现在一座树林真的到邓西嫩来了。披上武装，出去！他所说的这种事情要是果然出现，那么逃走固然逃走不了，留在这儿也不过坐以待毙。我现在开始厌倦白昼的阳光，但愿这世界早一点崩溃。敲起警钟来！吹吧，狂风！来吧，灭亡！就是死我们也要捐命沙场。（同下）

第六场

同前；城堡前平原

| 旗鼓前导，马尔康、老西华德、麦克德夫等率军队各持树枝上。

马尔康 现在已经相去不远；把你们树叶的幕障抛下，现出你们威武的军容来。尊贵的叔父，请您带领我的兄

弟，您的英勇的儿子，先去和敌人交战；其余的一切统归尊贵的麦克德夫跟我两人负责部署。

西华德 再会。今天晚上我们只要找得到那暴君的军队，一定要跟他们争一个你死我活。

麦克德夫 把我们所有的喇叭一齐吹起来；鼓足了你们的中气，把流血和死亡的消息吹进了敌人的耳中。（同下）

第七场

同前；平原上的另一部分

| 号角声。麦克白上。

麦克白 他们已经缚住我的手脚；我不能逃走，可是我必须像熊一样挣扎到底。哪一个人不是在妇人腹中生长的？除了这样一个人以外，我还怕什么人。

| 小西华德上。

小西华德 你叫什么名字？

麦克白 我的名字说出来会吓坏了你。

小西华德 即使你给自己取了一个比地狱里的魔鬼更炽热的名字，也吓不倒我。

麦克白 我就叫麦克白。

小西华德 魔鬼自己也不能向我的耳中说出一个更可憎恨的名字。

麦克白 他也不能说出一个更可怕的名字。

小西华德 胡说，你这可恶的暴君；我要用我的剑证明你的说谎。（二人交战，小西华德被杀）

麦克白 你是妇人所生的；我瞧不起一切妇人之子手里的刀

剑。（下）

| 号角声。麦克德夫上。

麦克德夫 那喧声是在那边。暴君，露出你的脸来；要是你已经被人杀死，等不及我来取你的性命，那么我的妻子儿女的阴魂一定不会放过我。我不能杀害那些被你雇佣的倒霉的士卒；我的剑倘不能刺中你，麦克白，我宁愿让它闲置不用，保全它的锋刃，把它重新插回鞘里。你应该在那边；这一阵高声的呐喊，好像是宣布什么重要的人物上阵似的。命运，让我找到他吧！我没有此外的奢求了。（下。号角声）

| 马尔康及老西华德上。

西华德 这儿来，殿下；那城堡已经拱手纳降。暴君的人民有的帮这一面，有的帮那一面；英勇的爵士们一个个出力奋战；您已经胜算在握，大势就可以决定了。

马尔康 我们曾经看见敌人阵中，有的在那儿自相残杀。

西华德 殿下，请进堡里去吧。（同下。号角声）

| 麦克白重上。

麦克白 我为什么要学那些罗马人的傻样子，死在我自己的剑上呢？我的剑是应该为杀敌而用的。

| 麦克德夫重上。

麦克德夫 转过来，地狱里的恶狗，转过来！

麦克白 我在一切人中间，最不愿意看见你。可是你回去吧，我的灵魂里沾着你一家人的血，已经太多了。

麦克德夫 我没有话说；我的话都在我的剑上，你这没有一个名字可以形容你的狠毒的恶贼！（二人交战）

麦克白 你不过白费了气力；你要使我流血，正像用你锐利的剑锋在空气上划一道痕迹一样为难。让你的刀刃降落在别人的头上吧；我的生命是有魔法保护的，没有一个在妇人腹中生长的人可以把它伤害。

麦克德夫 不要再信任你的魔法了吧；让你所信奉的神告诉你，麦克德夫是没有足月就从他母亲的腹中堕出来的。

麦克白 愿那告诉我这样的话的舌头永受咒诅，因为它使我失去了男子汉的勇气！愿这些欺人的魔鬼再也不要被人相信，他们用模棱两可的话愚弄我们，虽然句句应验，却完全和我们原来的期望相反。我不愿跟你交战。

麦克德夫 那么投降吧，懦夫，我们可以饶你活命，可是要叫你在众人的面前出丑：我们要把你当作一头稀有的怪物一样，把你缚在柱上，涂上花脸，下面写着，“请来看暴君的原形。”

麦克白 我不愿投降，我不愿低头吻那马尔康小子足下的泥土，被那些下贱的民众任意唾骂。虽然勃南森林已经到了邓西嫩，虽然今天和你狭路相逢，你偏偏不是在妇人腹中生长的，可是我还要擎起我的雄壮的盾牌，尽我最后的力量。来，麦克德夫，谁先喊“住手，够了”的，让他永远在地狱里沉沦。（二人且战且下）

｜吹退军号。喇叭奏花腔。旗鼓前导，马尔康、老西华德、洛斯、众爵士及军士等重上。

马尔康 我希望我们所失去的朋友都能够安然到来。

西华德 总有人免不了成为牺牲；可是照我看见眼前这些人说起来，我们这次重大的胜利所付的代价是很小的。

马尔康 麦克德夫跟您的英勇的儿子都失踪了。

洛斯 老将军，令郎已经尽了一个军人的责任；他刚刚活到成人的年龄，就用他的一往无前的战斗精神证明了他的勇力，像一个男子汉似地死了。

西华德 那么他已经死了吗？

洛斯 是的，他的尸体已经从战场上搬去。他的死是一桩无价的损失，您必须勉抑哀思才好。

西华德 他的伤口是在前面的吗？

洛斯 是的，在他的胸前。

西华德 那么愿他成为上帝的军士！要是我有像头发一样多的儿子，我也不希望他们得到一个更光荣的结局；这就作为他的丧钟吧。

马尔康 他是值得我们更深的悲悼的，我将向他致献我的哀思。

西华德 他已经得到他最大的酬报；他们说，他死得很英勇，他的责任已尽；愿上帝与他同在！又有好消息来了。

| 麦克德夫携麦克白首级重上。

麦克德夫 祝福，吾王陛下！瞧，篡贼的万恶的头颅已经取来；无道的虐政从此推翻了。我看见全国的英俊拥绕在你的周围，他们心里都在发出跟我同样的敬礼；现在我要请他们陪着我高呼：祝福，苏格兰的国王！

众人 祝福，苏格兰的国王！（喇叭奏花腔）

马尔康 多承各位拥戴，论功行赏，在此一朝。各位爵士国戚，从现在起，你们都得到了伯爵的封号，在苏格兰你们是最初享有这样封号的人。在这去旧布新的时候，我们还有许多事情要做；那些因为逃避暴君的罗网而出亡国外的朋友们，我们必须召唤他们回来；这个屠夫虽然已经死了，他的魔鬼一样的王后，据说也已经亲手杀害了自己的生命，可是帮助他们杀人行凶的党羽，我们必须一一搜捕，处以极刑；此外一切必要的工作，我们都要按照着上帝的旨意，分别处理。现在我要感谢各位的相助，还要请你们陪我到斯贡去，参与加冕盛典。（喇叭奏花腔。众下）

安东尼与克莉奥佩特拉

For his ordinary pays his heart for what his eyes eat only.

——*Antony and Cleopatra*

为了他眼睛所享受的盛餐，他把一颗心付了下来，作为一席之欢的代价了。

——《安东尼与克莉奥佩特拉》

剧中人物

玛克·安东尼 奥克泰维斯·凯撒 伊米力斯·莱必多斯	罗马三执政
塞克斯特斯·庞贝厄斯	
道密歇斯·爱诺巴勃斯 文提狄斯 爱洛斯 斯凯勒斯 德西塔斯 狄米特律斯 菲罗	安东尼部下将佐
茂西那斯 阿格立巴 道拉培拉 普洛丘里厄斯 赛琉斯 盖勒斯	凯撒部下将佐
茂那斯 茂尼克拉提斯 凡里厄斯	庞贝部下将佐
陶勒斯	凯撒副将

凯尼狄斯	安东尼副将
里厄斯	文提狄斯属下裨将
尤弗洛涅斯	安东尼遣往凯撒处的使者
艾勒克萨斯	克莉奥佩特拉的侍从
玛狄恩	
塞琉克斯	
狄俄墨得斯	
预言者	
小丑	
克莉奥佩特拉	埃及女王
奥克泰维娅	凯撒之妹，安东尼之妻
查米恩	克莉奥佩特拉的侍女
伊拉丝	

将佐、兵士、使者及其他侍从等

地点

罗马帝国各部

第　一　幕

第一场
亚历山大里亚；克莉奥佩特拉宫中一室

| 狄米特律斯及菲罗上。

菲罗　嘿，咱们主帅这样迷恋，真太不成话啦。从前他指挥大军的时候，他的英勇的眼睛像天上的火星一样发出棱棱的威光，现在却如醉如痴地尽是盯在一张黄褐色的脸上。他的大将的雄心曾经在激烈的鏖战里涨破了胸前的扣带，现在却不顾一切的分限，甘愿做一具风扇，搧凉一个吉卜赛女人的欲焰。瞧！他们来了。

| 喇叭奏花腔。安东尼及克莉奥佩特拉率扈从上；太监掌扇随侍。

菲罗　留心看好，你就可以知道他本来是这世界上三大柱石之一，现在已经变成一个娼妇的弄人了，瞧吧。

克莉奥佩特拉　要是那真的是爱，告诉我多么深。

安东尼　可以量深浅的爱是贫乏的。

克莉奥佩特拉　我要立一个界限，知道你能够爱我到怎么一个极度。

安东尼　那么你必须发现新的天地。

| 一侍从上。

侍从 禀将军，罗马有信来了。

安东尼 讨厌！简简单单告诉我什么事。

克莉奥佩特拉 不，听听他们怎么说吧，安东尼。富尔维娅也许在生气了；也许谁知道那乳臭未干的凯撒不会降下一道尊严的上谕来，吩咐你说，“做这件事，做那件事；征服这个国家，解放那个国家；照我的话执行，否则就要处你一个违抗命令的罪名。”

安东尼 怎么，我爱！

克莉奥佩特拉 也许！不，那是非常可能的；你不能再在这儿耽留了；凯撒已经把你免职；所以听听他们怎么说吧，安东尼。富尔维娅签发的传票呢？我应该说是凯撒的？还是他们两人的？叫那送信的人进来。我用埃及女王的身份起誓，你在脸红了，安东尼；你那满脸的热血是你对凯撒所表的敬礼；否则就是因为长舌的富尔维娅把你骂得不好意思。叫那送信的人进来！

安东尼 让罗马融化在台伯河的流水里，让广袤的帝国的高大的拱门倒塌吧！这儿是我的生存的空间。纷纷列国，不过是一堆堆泥土；粪秽的大地养育着人类，也养育着禽兽；生命的光荣存在于一双心心相印的情侣的及时互爱和热烈拥抱之中；（拥抱克莉奥佩特拉）这儿是我的永远的归宿；我们要让全世界知道，我们是卓立无比的。

克莉奥佩特拉 巧妙的谎话！他既然不爱富尔维娅，为什么要跟她结婚呢？我还是假作痴呆吧；安东尼就会回复他的本色的。

安东尼 没有克莉奥佩特拉鼓起他的活力，安东尼就是一个毫无生气的人。可是看在爱神和她那温馨的时辰分上，让我们不要把大好的光阴在口角争吵之中蹉跎过去；从现在起，我们生命中的每一分钟，都要让它充满了欢乐。今晚我们怎样玩玩？

克莉奥佩特拉 接见罗马的使者。

安东尼 嗳哟，淘气的女王！你生气、你笑、你哭，都是那么可爱；每一种情绪在你的身上都充分表现出它的动人的美妙。我不要接见什么使者，只要和你在一起；今晚让我们两人到市街上去逛逛，察看察看民间的情况。来，我的女王；你昨晚就有这样一个愿望的。不要对我们说话。（安东尼、克莉奥佩特拉及扈从同下）

狄米特律斯 安东尼会这样藐视凯撒吗？

菲罗 先生，有时候他不是安东尼，他的一言一动，都够不上安东尼所应该具有的伟大的品格。

狄米特律斯 那些在罗马造谣的小人，把他说得怎么怎么不堪，想不到他竟会证实他们的话；可是我愿意希望他明天能够改变他的态度。再会！（各下）

第二场

同前；另一室

| 查米恩、伊拉丝、艾勒克萨斯及一预言者上。

查米恩 艾勒克萨斯大人，可爱的艾勒克萨斯，什么都是顶

好的艾勒克萨斯，顶顶顶好的艾勒克萨斯，你在娘娘面前竭力推荐的那个算命人呢？

艾勒克萨斯 算命的！

预言者 您有什么吩咐？

查米恩 就是他吗？先生，你能够预知未来吗？

预言者 在造化的无穷尽的秘籍中，我曾经涉猎一二。

艾勒克萨斯 把你的手让他相相看。

| 爱诺巴勃斯上。

爱诺巴勃斯 筵席端整好了，赶快送进去；为克莉奥佩特拉祝饮的酒要多一些。

查米恩 好先生，给我一些好运气。

预言者 我不能制造命运，只能预知休咎。

查米恩 那么请你替我算出一注好运气来。

预言者 你将来要比现在更娇美。

查米恩 他的意思是说我的皮肤会变得白嫩一些。

伊拉丝 不，你老了可以搽粉的。

查米恩 千万不要长起皱纹来才好！

艾勒克萨斯 不要打扰他的预言；留心听好。

查米恩 嘘！

预言者 你将要爱别人甚于被别人所爱。

查米恩 那还不如喝酒痛快。

艾勒克萨斯 不，听他说。

查米恩 好，现在可给我算出一些非常好的命运来吧！让我在一个上午嫁了三个国王，再让他们一个个死掉；让我在五十岁生了一个孩子，犹太的希律王都要向他鞠躬致敬；让我嫁给奥克泰维斯·凯撒，和娘娘做一个并肩的人。

预言者 你将要比你的女主人活得长久。

查米恩 啊，好极了！多活几天总是好的。

预言者 你的前半生的命运胜过后半生的命运。

查米恩 那么大概我的孩子们都是没出息的；请问我有几个儿子几个女儿？

预言者 要是你的每一个愿望都会怀胎受孕，你可以有一百万个儿女。

查米恩 啐，呆子！妖言惑众，恕你无罪。

艾勒克萨斯 你以为除了你的枕席以外，谁也不知道你在转些什么念头。

查米恩 来，来，替伊拉丝也算个命。

艾勒克萨斯 我们大家都要算个命。

爱诺巴勃斯 我知道我们今晚的命运，是喝得烂醉上床。

伊拉丝 这一只手掌即使看不出别的什么来，至少可以表明一个贞洁的性格。

查米恩 正像泛滥的尼罗河可以预兆旱灾一样。

伊拉丝 去，你这浪蹄子，你又不会算命。

查米恩 嗳哟，要是一只滑腻的手掌不是多子的征兆，那么我连自己的耳朵也不会搔了。请你告诉她一个平平常常的命运。

预言者 你们的命运都差不多。

伊拉丝 怎么？怎么？一桩一桩告诉我。

预言者 我已经说过了。

伊拉丝 难道我的命运一寸一分也没有强过她的地方吗？

查米恩 好，要是你的命运比我强过一寸，你愿意强在什么地方？

伊拉丝 不是在我丈夫的鼻子上。

查米恩 愿上天改变我们邪恶的思想！艾勒克萨斯，——来，他的命运，他的命运。啊！让他娶一个不能怀孕的女人，亲爱的爱昔斯女神，我求求你；让他第一个妻子死了，再娶一个更坏的；让他娶了一个又一个，一个不如一个，直到最坏的一个满脸笑容地送他戴着五十顶绿头巾下了坟墓！好爱昔斯女神，你可以拒绝我其他更重要的请求，可是千万听从我这一个祷告；好爱昔斯，我求求你！

伊拉丝 阿门。亲爱的女神，俯听我们下民的祷告吧！因为正像看见一个漂亮的男人娶到一个淫荡的妻子，可以叫人心碎一样，看见一个奸恶的坏人有一个不偷汉子的老婆，也是会使人大失所望的；所以亲爱的爱昔斯，给他应得的命运吧！

查米恩 阿门。

艾勒克萨斯 瞧，瞧！要是她们有权力使我做一个忘八，就是叫她们当婊子，她们也会去做的。

爱诺巴勃斯 嘘！安东尼来了。

查米恩 不是他，是娘娘。

| 克莉奥佩特拉上。

克莉奥佩特拉 你们看见主上吗？

爱诺巴勃斯 没有，娘娘。

克莉奥佩特拉 他刚才不是在这儿吗？

查米恩 不，娘娘。

克莉奥佩特拉 他本来高高兴兴的，忽然一下子又触动了他的思念罗马的心。爱诺巴勃斯！

爱诺巴勃斯 娘娘！

克莉奥佩特拉 你去找找他，把他带到这儿来。艾勒克萨斯呢？

艾勒克萨斯 有，娘娘有什么吩咐？主上来了。

| 安东尼偕一使者及侍从等上。

克莉奥佩特拉 我不要看他；跟我去。（克莉奥佩特拉、爱诺巴勃斯、艾勒克萨斯、伊拉丝、查米恩、预言者及侍从等同下）

使者 你的妻子富尔维娅第一个上战场。

安东尼 向我的兄弟路歇斯开战吗？

使者 是，可是那次战事很快就结束了，当时形势的变化，使他们捐嫌修好，合力反抗凯撒的攻击；在初次交锋的时候，凯撒就得到胜利，把他们驱出了意大利境外。

安东尼 好，还有什么最坏的消息？

使者 人们因为不爱听恶消息，往往会连带憎恨那报告恶消息的人。

安东尼 只有愚人和懦夫才会这样。说吧；已经过去的事，我决不再介意。谁告诉我真话，即使他的话里藏着死亡，我也会像听人家恭维我一样听着他。

使者 拉卜纳斯——这是很刺耳的消息——已经带着他的帕提亚军队长驱直进，越过亚洲境界；沿着幼发拉底河岸，他的胜利的旌旗从叙利亚招展到吕底亚和爱奥尼亚；可是——

安东尼 可是安东尼却无所事事，你的意思是这样说。

使者 啊，将军！

安东尼 直捷痛快地把一般人怎么批评我的话告诉我，不要吞吞吐吐地怕什么忌讳；罗马人怎样称呼克莉奥佩特拉，你也怎样称呼她；富尔维娅怎样责骂我，你也怎样责骂我；尽管放胆指斥我的过失，无论它是情真罪当的，或者不过是恶意的讥弹。啊！只有这样才可以使我们反躬自省，平心静气地拔除我们内心的莠草，耕垦我们荒芜的德性。你且暂时退下。

使者 遵命。（下）

安东尼 喂！从息些温来的人呢？

侍从甲 有没有从息些温来的人？

侍从乙 他在等候着您的旨意。

安东尼 叫他进来。我必须挣断这副坚强的埃及镣铐，否则我将在沉迷中丧失了自己了。

| 另一使者上。

安东尼 你是什么人？

使者乙 你的妻子富尔维娅死了。

安东尼 她死在什么地方？

使者乙 在息些温。她的抱病的经过，还有其他更重要的事情，都在这封信里。（呈上书信）

安东尼 下去。（使者乙下）一个伟大的灵魂去了！我曾经盼望她死；我们一时间的憎嫌，往往引起过后的追悔；眼前的欢愉冷淡了下来，便会变成悲哀；她因为死了，我才感念到她生前的好处；喜怒爱恶，都只在一转手之间。我必须割断情丝，离开这个迷人的女王；千万种我所意料不到的祸事就在我的怠惰之中萌蘖生长。喂！爱诺巴勃斯！

| 爱诺巴勃斯重上。

爱诺巴勃斯 主帅有什么吩咐？

安东尼 我必须赶快离开这儿。

爱诺巴勃斯 嗳哟，那么我们那些娘儿们一个个都要活不成啦。我们知道一件无情的举动，多么会刺伤了她们的心；要是她们让我们走了，她们一定会死的。

安东尼 我非去不可。

爱诺巴勃斯 要是果然有必不得已的原因，那么就让她们死了吧；好端端把她们丢了，未免可惜，虽然在一个重大的理由之下，只好把她们置之不顾。克莉奥佩特拉只要略微听到了这一个风声，就会当场死去；我曾经看见她为了一点点的细事死过二十次。我想死神倒也是一个懂得怜香惜玉的多情种子，她总是死得那么容易。

安东尼 她的狡猾简直是不可思议的。

爱诺巴勃斯 唉！主帅，不，她的感情完全是从最纯洁微妙的爱心里提炼出来的。我们不能用风雨形容她的叹息和眼泪；它们是历书上从来没有记载过的狂风暴雨。这决不是她的狡猾，否则她就跟乔武一样有驱风召雨的神力了。

安东尼 但愿我从来没有看见她！

爱诺巴勃斯 啊，主帅，那您就要错过了一件神奇的杰作；失去这样的眼福，您的壮游也会大大地减色的。

安东尼 富尔维娅死了。

爱诺巴勃斯 主帅？

安东尼 富尔维娅死了。

爱诺巴勃斯 富尔维娅！

安东尼 死了。

爱诺巴勃斯 啊，主帅，快向天神举行一次感谢的献祭吧。旧衣服破了，裁缝会替人重做新的；一个妻子死了，天神也早给他另外注定一段姻缘。要是世上除了富尔维娅以外，再没有别的女人，那么您果然遭到了重大的打击，听见了这样的噩耗，也的确应该痛哭流涕；可是在这一段不幸之上，却有莫大的安慰；旧裙换了新裙，旧人换了新人；要是为了表示对于死者的恩情，必须洒几滴眼泪的话，尽可以借重洋葱的力量的。

安东尼 我不能不去料理料理她在国内的未了之事。

爱诺巴勃斯 您在这儿也有未了之事，不能抛开不管；尤其是克莉奥佩特拉的事情，她一刻也少不了您。

安东尼 不要一味打趣。把我的决心传谕我的部下。我要去向女王告知我们必须立刻出发的原因，请她放我们远走。因为不但富尔维娅的死讯和其他更迫切的动机在敦促我就道，而且我在罗马的许多同志也有信来恳求我急速回国。塞克斯特斯·庞贝厄斯已经向凯撒挑战，他的威力控制了海上的帝国；我们那些反复无常的民众——他们在一个人的生前从来不知道感激他的功德，一定要等他死了以后才会把他视若神明——已经开始把庞贝大王的一切尊荣加在他的儿子的身上；凭借着这样盛大的名誉和权力，再加上天赋高贵的血统和身世，他已经成为一个雄视一世的战士；要是让他的势力继续发展下去，全世界都会受到他的威胁。无数的变化正在酝酿之中，它们像初出卵的小蛇一样，虽然已经有了生命，它们的毒舌还不会伤人。你去通告我的手下将士，就说我命令他们准备立刻动身。

爱诺巴勃斯 我就去照您的话办。（各下）

第三场

同前；另一室

| 克莉奥佩特拉、查米恩、伊拉丝及艾勒克萨斯上。

克莉奥佩特拉 他呢？

查米恩 我后来一直没看见他。

克莉奥佩特拉 瞧瞧他在什么地方，跟什么人在一起，在干些什么事。不要说是我叫你去的。要是你看见他在发恼，就说我在跳舞；要是他样子很高兴，就对他说我突然病了。快去快来。（艾勒克萨斯下）

查米恩 娘娘，我想您要是真心爱他，这一种手段是不能取得他的好感的。

克莉奥佩特拉 我有什么应该做的事没有做过呢？

查米恩 您应该什么事都顺从他的意思，别跟他闹别扭。

克莉奥佩特拉 你是个傻瓜；听了你的教训，我就要永远失去他了。

查米恩 不要过分玩弄他；我希望您不要这样。人们对于他们所畏惧的人，日久之后，往往会心怀怨恨。可是安东尼来了。

| 安东尼上。

克莉奥佩特拉 我身子不舒服，心绪很恶。

安东尼 我觉得非常难于启口——

克莉奥佩特拉 搀我进去，亲爱的查米恩，我快要倒下来了；我这身子再也支持不住，恐怕不久于人世了。

安东尼 我的最亲爱的女王——

克莉奥佩特拉 请你站得离开我远一点。

安东尼 究竟为了什么事？

克莉奥佩特拉 就从你那双眼睛里，我知道一定有些好消息。那位明媒正娶的娘子怎么说？你去吧。但愿她从来没有允许你来！不要让她说是我把你羁留在这里；我作不了你的主，你是她的。

安东尼 天神知道——

克莉奥佩特拉 啊！从来不曾有过一个女王受到这样大的欺骗；可是我早就看出你是不怀好意的。

安东尼 克莉奥佩特拉——

克莉奥佩特拉 你已经不忠于富尔维娅，虽然你向神明旦旦而誓，为什么我要相信你会真心爱我呢？被这些随口毁弃的空口的盟誓所迷惑，简直是无可理喻的疯狂！

安东尼 最可爱的女王——

克莉奥佩特拉 不，请你不必找什么借口，你要去就去吧。当你要求我准许你留下的时候，才用得到你的花言巧语；那时候你是怎么也不想走的；我的嘴唇和眼睛里有永生的欢乐，我的弯弯的眉毛里有天堂的幸福；它们并没有变了样，除非你这全世界最伟大的战士已经变成了最伟大的说谎者。

安东尼 嗳哟，爱人！

克莉奥佩特拉 我希望我也长得像你一样高，让你知道埃及不是没有人的。

安东尼 听我说，女王：为了应付时局的需要，我不能不暂时离开这里，可是我的整个的心还是继续和你厮守在一起的。内乱的刀剑闪耀在我们意大利全境；塞克斯特斯·庞贝厄斯已经向罗马海口进发；国内两支势均力敌的军队，还在那儿彼此摩擦。不齿众口的人，只要培植起强大的势力，人心就会自然趋附他；被摈斥的庞贝仗着他父亲的威名，已经在不知不觉中取得那些现政局下失意分子的拥戴，他们人数的众多，是一个极大的隐患；蠢蠢思乱的人心，只要一旦起了什么剧烈的变化，就会造成不可收拾的混乱。关于我自己个人方面的，还有一个你必须让我走的理由，富尔维娅死了。

克莉奥佩特拉 富尔维娅也会死吗？

安东尼 她死了，我的女王。瞧，请你有空读一读这封信，就知道她一手掀起了多少风波；末了你可以读到最好的消息，瞧瞧她死在什么时候，什么地方。

克莉奥佩特拉 啊，最负心的爱人！那应该盛满了你悲哀的泪珠的圣盂呢？现在我知道了，我知道了，富尔维娅死了，你是这个样子，将来我死了，我也推想得到你会怎样对待我。

安东尼 不要吵嘴了，静静地听我说明我的决意；要是你听了不以为然，我也可以放弃我的主张。凭着蒸晒尼罗河畔黏土的骄阳起誓，我现在离此他去，永远是你的军士和仆人，或战或和，都遵照着你的意旨。

克莉奥佩特拉 解开我的衣带，查米恩，赶快；可是让它去吧，我是很容易害病，也很容易痊愈的。那么安东尼还是会爱人的。

安东尼 我的宝贝女王，别说这种话，给我一个机会，试验试验我对你的真情吧。

克莉奥佩特拉 富尔维娅已经告诉我了。请你转过头去为她哀哭；然后再向我告别，就说那些眼泪是属于埃及的。好，扮演一幕绝妙的假戏，让它瞧上去活像真心的流露吧。

安东尼 你再说下去，我要恼了。

克莉奥佩特拉 你还可以表演得动人一些，可是这样也就不错了。

安东尼 凭着我的宝剑——

克莉奥佩特拉 和盾牌起誓。他越演越有精神了；可是这还不是他的登峰造极的境界。瞧，查米恩，这位罗马巨人的怒相有多么庄严。

安东尼 我要告辞了，陛下。

克莉奥佩特拉 多礼的将军，一句话。将军，你我既然必须分别——不，不是那么说；将军，你我曾经相爱过——不，也不是那么说；您知道——我想要说的是句什么话呀？唉！我的好记性正像安东尼一样，把什么都忘得干干净净了。

安东尼 倘不是为了你的高贵的地位，我就要说你是个无事嚼舌的女人。

克莉奥佩特拉 克莉奥佩特拉要是有那么好的闲情闲绪，她也不会这样满腹悲哀了。可是，将军，原谅我吧；既然我的一举一动您都瞧不上眼，我也不知道怎样的行为才是适当的。您的荣誉在呼召您去；所以不要听我的不足怜悯的痴心的哀求。愿所有的神明和您同在吧！愿胜利的桂冠悬在您的剑端，敌人到处俯伏在您的足下！

安东尼 我们去吧。来，我们虽然分离，实际上并没有分离；你住在这里，你的心却跟着我驰骋疆场；我离开了这里，我的心仍旧留下在你身边。去！（同下）

第四场

罗马；凯撒府中一室

| 奥克泰维斯·凯撒、莱必多斯及侍从等上。

凯撒 你现在可以知道，莱必多斯，我不是因为气量狭隘，才这样痛恨我们这位伟大的同僚。从亚历山大里亚传来的消息，都说他每天钓钓鱼，喝喝酒，嬉游纵乐，彻夜不休，比克莉奥佩特拉更没有男人的气概，既不接见宾客使者，也不把他旧日的同僚放在心上；凡是众人所最容易犯的过失，都可以在他身上找到。

莱必多斯 他的一二缺陷，决不能掩盖住他的全部优点；他的过失就像天空中的星点一般，因为夜间的黑暗而格外显著；它们是与生俱来的，不是有意获得的；他自己也无能为力，决不是存心如此。

凯撒 你太宽容了。即使我们承认淫乱托勒密王室的宫闱，为了一时的欢乐而牺牲了一个王国，和一个下贱的奴才对坐饮酒，摇摆着蹒跚的醉步白昼招摇过市，和那些满身汗臭的小人互相殴打，这种种恶劣的行为，都算不得他的过失；即使安东尼果然有那样希世的威仪，能够不因这些秽德而减色，我们也绝对不能宽恕他，因为他的轻举妄动，已经加重了我们肩头的负担。假如他因为闲散无事，用醇酒妇人消磨他的光阴，那么即使过度的淫乐煎枯了他的骨髓，也只是他自作自受，不干别人的事；可是在这样国家多难的时候，他还是沉迷不返，就像一个已经能够明白事理的孩子，因为贪图眼前的欢乐而忘记父兄的教诲一样，我们不能不对他严辞谴责。

| 一使者上。

莱必多斯 又有什么消息来了。

使者 尊贵的凯撒，你的命令已经遵照实行，每一小时你都可以听到外边的消息。庞贝在海上的势力非常强大，那些因为畏惧而臣服凯撒的人，似乎都对他表示衷心的爱戴；不满意现状的，一个个都到海边奔附他。一般人都说罗马亏待了他。

凯撒 我应该早就见到这一点。人类的常情教训我们，一个人当未在位的时候，是为众人所钦佩的，等到他一旦在位，大家就对他失去了信仰；受尽冷眼的失势英雄，身败名裂以后，也会受到世人的爱慕。群众就像一面漂浮水上的布旗，随着潮流的方向而进退，在盲目的行动之中湮灭腐烂。

使者 凯撒，我还要报告你一件消息。茂尼克拉提斯和茂那斯，两个著名的海盗，啸集了大小船只，横行海上，四出剽掠，屡次侵犯意大利的海疆；沿海居民望风胆裂，年轻力壮的相率入伙，协同作乱；凡是出口的船舶，才离海岸，就被他们邀截而去；因为他们只要一提起庞贝的名字，就可以所向无敌。

凯撒 安东尼，离开你的荒唐的淫乐吧！你从前杀死了赫息斯和潘萨两个执政，从摩地那被逐出亡的时候，到处饥荒追随着你，你虽然是一个娇生惯养的人，却用无比的毅力和环境苦斗，忍受山谷野人所不堪忍受的苦难；你喝的是马尿和畜类嗅到了也会恶心的污水；吃的是荒野中粗恶生涩的浆果，甚至于像失食的牡鹿一样，当白雪铺盖牧场的时候，啃着树皮充饥；在阿尔卑斯山上，据说你曾经吃过腐烂的尸体，有人看见了这种东西是会惊怖失色的。我现在提起这些往事，虽然好像有伤你的名誉，可是当时你的确用百屈不挠的战士的精神忍受这一切，你的神彩奕奕的脸上，并不因此而现出一些憔悴的痕迹。

莱必多斯 可惜他不能全始全终。

凯撒 但愿他自知惭愧，赶快回到罗马来。现在我们两人必须立刻召集将士，决定临阵应战的方略；庞贝的势力是会在我们的怠惰之中一天一天强大起来的。

莱必多斯 凯撒，明天我就可以确实告诉你我能够在海陆双方集合多少的军力，应付当前的变局。

凯撒 我也要去调度一下。那么明天见。

莱必多斯 明天见，阁下。要是你听见外面有什么变动，请通知我一声。

凯撒 当然当然，那是我的责任。（各下）

第五场

亚历山大里亚；宫中一室

｜克莉奥佩特拉、查米恩、伊拉丝及玛狄恩上。

克莉奥佩特拉 查米恩！

查米恩 娘娘！

克莉奥佩特拉 哈哈！给我喝一些曼陀罗汁。

查米恩 为什么，娘娘？

克莉奥佩特拉 我的安东尼去了，让我把这一段长长的时间昏睡过去吧。

查米恩 您思念他得太过分了。

克莉奥佩特拉 啊！胡说！喂，玛狄恩！

玛狄恩 陛下有什么吩咐？

克莉奥佩特拉 我现在不要听你唱歌；我不欢喜太监所有的一切。还是你好，净了身子，再也不会胡思乱想，让你的一颗心飞出了埃及。你也有爱情吗？

玛狄恩 有的，娘娘。

克莉奥佩特拉 当真！

玛狄恩 当不了真的，娘娘，因为我干不来那些伤风败俗的行为；可是我也有强烈的爱情，我常常想起维纳斯和马斯所干的事。

克莉奥佩特拉 啊，查米恩！你想他现在在什么地方？他是站着还是坐着？他在走吗？还是骑在马上？幸运的马啊，你能够把安东尼驮在你的身上！出力啊，马儿，你知道谁骑着你吗？他是撑持着这一个世界的巨人，全人类的勇武的干城哩。他现在在说话了，也许他在低声微语，“我那古老的尼罗河畔的花蛇呢？”因为他是这样称呼我的。现在我在用最美味的毒药陶醉我自己。他在想念我吗，我这被福玻斯的热情的眼光烧灼得遍身黝黑，时间已经在我额上留下深深皱纹的人？阔面广颐的凯撒啊，当你大驾光临的时候，我还只是一个少不更事的女郎，伟大的庞贝老是把他的眼睛盯在我的脸上，好像永远舍不得离开一般。

| 艾勒克萨斯上。

艾勒克萨斯 埃及的女王，祝福！

克莉奥佩特拉 你和玛克·安东尼是多么的不同！可是因为你是从他的地方来的，你的身上也带着几分他的光彩了。我的勇敢的玛克·安东尼怎样？

艾勒克萨斯 亲爱的女王，他在无数次的热吻以后，最后吻着这一颗东方的珍珠。他的话紧紧黏住在我的心上。

克莉奥佩特拉 我的耳朵必须把它拔出来。

艾勒克萨斯 他说，“好朋友，你去说，那忠实的罗马人把这一颗蚌壳里的珍宝献给伟大的埃及女王；请她不要嫌这礼物的菲薄，因为我还要为她征服无数的王国，让它们在她富饶的王座之下臣服纳贡；你对她说，所有东方的国家，都要称她为它们的女王。”于是他点了点头，很庄严地骑上了一匹披甲的骏马；我虽然还想对他说话，可是那马儿的震耳的长嘶，把一切声音全都遮住了。

克莉奥佩特拉 啊！他是忧愁的还是快乐的？

艾勒克萨斯 就像在盛暑和严寒之间的季候一样，他既不忧愁也不快乐。

克莉奥佩特拉 听好，听好，查米恩，这才是一个男子；可是听好。他并不忧愁，因为他必须把他的光辉照耀到那些仰望他的人的脸上；他并不快乐，那似乎告诉他们他的眷念是和他的欢乐一起留在埃及的；可是在这两者之间，啊，神圣的混合，无论你忧愁或快乐，那强烈的情绪都可以显出你的可爱，没有一个人能够比得上你。你碰见我的使者吗？

艾勒克萨斯 是，娘娘，我碰见二十个给您送信的人。为什么您这样接连不断地叫他们寄信去？

克莉奥佩特拉 谁要是在我忘记寄信给安东尼的那一天出世的，一定穷苦而死。查米恩，拿墨水和信纸来。欢迎，我的好艾勒克萨斯。查米恩，我曾经这样爱过凯撒吗？

查米恩 啊，那勇敢的凯撒！

克莉奥佩特拉 让另外一句感叹窒塞了你的呼吸吧！你应该说勇敢的安东尼。

查米恩 雄武的凯撒！

克莉奥佩特拉 凭着爱昔斯女神起誓，你要是再把凯撒的名字和我的唯一的英雄相提并论，我要敲得你满口出血了。

查米恩 请娘娘开恩恕罪，我不过把您说过的话照样说说罢了。

克莉奥佩特拉 那时候我年轻识浅，我的热情还没有煽起，所以才会说那样的话！可是来，我们进去吧；把墨水和信纸给我。他将要每天得到一封信，否则我要把埃及杀得不剩一人。（同下）

第　二　幕

第一场
墨西拿；庞贝府中一室

| 庞贝、茂尼克拉提斯及茂那斯同上。

庞贝　伟大的天神们假如是公平正直的，他们一定会帮助理直辞正的人。

茂尼克拉提斯　尊贵的庞贝，天神对于他们所眷顾的人，也许给他一时的留难，但决不会长久使他失望。

庞贝　当我们还在向他们神座之前求祷的时候，也许我们的希望已经毁灭了。

茂尼克拉提斯　我们昧于厉害，往往所祈求的反而于我们自己有损无益；聪明的天神拒绝我们的祷告，正是玉成我们的善意；我们虽然所愿不遂，其实还是实受其利。

庞贝　我一定可以成功：人民这样爱戴我，海上的霸权已经操在我的手里；我的势力正像上弦月一样逐渐扩展，终有一天会变成一轮高悬中天的满月。玛克·安东尼正在埃及闲坐宴饮，懒得出外作战；凯撒搜括民财，弄得众怒沸腾；莱必多斯只知道两面讨好，他们两人也对他假意殷勤，可是他对他们两人既然并无好感，他们两人也不把他放在心上。

茂那斯 凯撒和莱必多斯已经上了战场；他们带着一支很强大的军队。

庞贝 你从什么地方听到这个消息？那是假的。

茂那斯 西尔维斯说的，主帅。

庞贝 他在做梦；我知道他们都在罗马等候着安东尼。淫荡的克莉奥佩特拉啊，但愿一切爱情的魔力柔润你的褪了色的朱唇！让妖术和美貌互相结合，再用淫欲加强它们的魅力！把这浪子围困在酒色的阵里，让他的头脑终日昏迷；美味的烹调刺激他的食欲，醉饱酣眠消磨了他的雄心，直到长睡不醒的一天！

| 凡里厄斯上。

庞贝 啊，凡里厄斯！

凡里厄斯 我要报告一个非常确实的消息：玛克·安东尼快要到罗马了；他早已离开埃及，算起日子来应该早就到了。

庞贝 我不大相信这句话。茂那斯，我想这位好色的登徒未必会为了这样一场小小的战争而披起他的甲胄来。讲到他的将才，的确要比那两个人胜过一倍；要是我们这一次行动，居然能够把沉湎女色的安东尼从那埃及寡妇的怀中惊醒起来，那倒也是很可以抬高我们的身价的。

茂那斯 我想凯撒和安东尼未必能够彼此相容；他的已故的妻子曾经得罪凯撒，他的兄弟也和凯撒动过刀兵，虽然我想不是出于安东尼的指使。

庞贝 茂那斯，我不知道他们大敌当前，会不会捐弃私人间的嫌怨。倘不是我向他们三人揭起了挑战的旗帜，他们大概就会自相火并的，因为他们彼此间的积恨，已经到了剑拔弩张的状态了；可是我们还要看看同仇敌忾的心理究竟能够把他们团结到什么程度。一切依照神明的意旨吧！我们的成败存亡，全看我们能不能运用坚强的手腕。来，茂那斯。（同下）

第二场

罗马；莱必多斯府中一室

| 爱诺巴勃斯及莱必多斯上。

莱必多斯 好爱诺巴勃斯，你要是能够劝告你家主帅，请他在说话方面温和一些，那就是做了一件大大的好事了。

爱诺巴勃斯 我要请他按照他自己的本性说话；要是凯撒激恼了他，让安东尼向凯撒睥睨而视，发出像战神一样的怒吼吧。凭着朱庇特起誓，要是安东尼的胡子装在我的脸上，我今天决不愿意把它剃掉。

莱必多斯 现在不是闹私人意气的时候。

爱诺巴勃斯 要是别人有意寻事，那就随时都可以闹起来的。

莱必多斯 可是我们现在有更重大的问题，应该抛弃小小的争执。

爱诺巴勃斯 要是小小的争执在前，重大的问题在后，那就不能这么说。

莱必多斯 你的话全然是感情用事；可是请你不要拨起火灰来。尊贵的安东尼来了。

| 安东尼及文提狄斯上。

爱诺巴勃斯 凯撒也打那边来了。

| 凯撒、茂西那斯及阿格立巴上。

安东尼 要是我们在这儿相安无事，你就到帕提亚去；听着，文提狄斯。

凯撒 我不知道，茂西那斯；问阿格立巴。

莱必多斯 尊贵的朋友们，非常重大的事故把我们联合在一起，让我们不要因为些微的小事而彼此参商。各人有什么不痛快的地方，不妨平心静气提出来讲讲；要是为了一点小小的意见而弄得面红耳赤，那就不单是见伤不救，简直是向病人行刺了。所以，尊贵的同僚们，请你们俯从我的诚恳的请求，用最友好的态度讨论你们最不愉快的各点，千万不要闹得不欢而散。

安东尼 说得有理。即使我们现在彼此以兵戎相见，也应该保持这样的精神。

凯撒 欢迎你回到罗马来！

安东尼 谢谢你。

凯撒 请坐。

安东尼 请坐。

凯撒 那么有僭了。

安东尼 听说你为了一些捕风捉影，或者和你毫不相干的事情，心里不大痛快。

凯撒 要是我无缘无故，或者为了一些小小的事情而生起气来，尤其是生你的气，那不是笑话了吗？要是你的名字根本用不到我提在嘴上，我却好端端把它诋毁，那不更是笑话了吗？

安东尼 凯撒，我在埃及跟你有什么相干？

凯撒 本来你在埃及，就跟我在罗马一样，大家都是各不相干的；可是假如你在那边图谋危害我的地位，那我就不能不把它当作一个严重的问题。

安东尼 你说我图谋危害是什么意思？

凯撒 你只要看看我在这儿遭到些什么事情，就可以懂得我的意思。你的妻子和兄弟都向我宣战，他们用的都是你的名义。

安东尼 你完全弄错了；我的兄弟从来没有让我与闻他的行动。我曾经调查这件事情的经过，从几个和你交锋过的人的嘴里听到确实的报告。他不是把你我两人一例看待，同样向我们两人的权力挑战吗？我早就有信给你，向你解释过了。你要是有意寻事，应该找一个更充分的理由，这样的借口是不能成立的。

凯撒 你推托得倒很干净，可是太把我看得见事不明啦。

安东尼 那倒不是这样说；我相信你一定不会不想到，他既然把我们两人同时作为攻击的目标，我当然不会赞许他这一种作乱的行为。至于我的妻子，那么我希望你也有一位像她这样强悍的夫人：三分之一的世界在你的统治之下，你可以很容易地把它驾驭，可是你永远驯伏不了这样一个妻子。

爱诺巴勃斯 但愿我们都有这样的妻子，那么男人可以和女人临阵对垒了！

安东尼 凯撒，她的脾气实在太暴躁了，虽然她也是个精明强干的人；我很抱歉她给了你很大的烦扰，你必须原谅我没有力量控制她。

凯撒 你在亚历山大里亚喝酒作乐的时候，我有信写给你；你却把我的信置之不理，把我的使者一顿辱骂赶走出去。

安东尼 阁下，这是他自己不懂礼节。我还没有叫他进来，他就莽莽撞撞走到我的面前；那时候我刚宴请过三个国王，不免有些酒后失态；可是下一天我就向他当面说明，那也等于向他道歉一样。让我们不要把这个人作为我们争论的题目吧。

凯撒 你已经破坏盟约，我却始终信守。

莱必多斯 得啦，凯撒！

安东尼 不，莱必多斯，让他说吧；这是攸关我的荣誉的事，果然如他所说，我就是一个不讲信义的人了。说，凯撒，我怎么破坏盟约。

凯撒 我们有约在先，当我需要你的助力的时候，你必须举兵相援，可是你却拒绝我的请求。

安东尼 那是我一时糊涂，疏忽了我的责任；我愿意向你竭诚道歉。那个时候我实在不知道富尔维娅为了希望我离开埃及，已经在这儿发动战事。在这一点上，我应该请你原谅。

莱必多斯 这才是英雄的口气。

茂西那斯 请你们两位不要记念旧恶，还是合力同心，应付当前的局势吧。

莱必多斯 说得有理，茂西那斯。

爱诺巴勃斯 或者你们可以暂时做一会儿好朋友，等到庞贝的名字不再被人提起以后，你们没有别的事情可做，不妨旧事重提，那时候尽你们去争吵好了。

安东尼 你是个武夫，不要胡说。

爱诺巴勃斯 老实人是应该闭口不言的，我倒几乎忘了。

安东尼 少说话，免得伤了在座众人的和气。

爱诺巴勃斯 好，好，我就做一块小心翼翼的石头。

凯撒 他的出言虽然莽撞，却有几分意思；因为我们的行动这样互相背驰，要维持长久的友谊是不可能的。不过要是我知道有什么方法可以加强我们的团结，那我即使踏遍天涯去访求也是愿意的。

阿格立巴 允许我说一句话，凯撒。

凯撒 说吧，阿格立巴。

阿格立巴 你有一个同母姊妹，贤名久播的奥克泰维娅；玛克·安东尼现在是一个鳏夫。

凯撒 不要这样说，阿格立巴；要是给克莉奥佩特拉听见了，少不了一顿骂。

安东尼 我没有妻室，凯撒；让我听听阿格立巴有些什么话说。

阿格立巴 为了保持你们永久的和好，使你们成为兄弟，把你们的心紧紧结合在一起，让安东尼娶奥克泰维娅做他的妻子吧；她的美貌配得上世间第一等英雄，她的贤德才智胜过任何人所能给她的誉扬。缔结了这一段姻缘以后，一切现在所看得十分重大的猜嫉疑虑，一切对于目前的危机所感到的严重的恐惧，都可以一扫而空；现在你们把无稽的传闻看得那样认真，到了那时候，真正的事实也都可以一笑置之了；她对于你们两人的爱，一定可以促进你们两人间的情谊。请你们恕我冒昧，提出了这样一个意见；这并不是我临时想起来的，我觉得自己责任所在，早就把这意思详细考虑过了。

安东尼 凯撒愿意表示他的意见吗？

凯撒 他必须先听听安东尼对于这番话有什么反应。

安东尼 要是我说，“阿格立巴，照你的话行吧，”阿格立巴有什么力量，可以使它成为事实呢？

凯撒 凯撒有这样的力量，他可以替奥克泰维娅做主。

安东尼 但愿这一件大好的美事没有一点阻碍，果然达到了我们的愿望！把你的手给我；从现在起，让兄弟的友爱支配着我们远大的计划！

凯撒 这儿是我的手。我给了你一个妹妹，没有一个兄长爱他的妹妹像我爱她一样；让她联系我们的王国和我们的心，永远不要彼此离贰！

莱必多斯 但愿如此。阿门！

安东尼 我不想对庞贝作战，因为他最近对我礼意非常优渥，我必须先答谢他的盛情，免得被他批评我无礼；然后我再责问他兴师犯境的理由。

莱必多斯 时间不容我们犹豫；我们倘不立刻就去找庞贝，庞贝就要来找我们了。

安东尼 他驻屯在什么地方？

凯撒 在密西嫩山附近。

安东尼 他在陆地上的实力怎样？

凯撒 很强大，而且每天都在扩充；可是在海上他已经握到绝对的主权。

安尔尼 外边的传说正是这样。我们早一点大家商量商量就好了！事不宜迟；可是在我们穿上武装以前，先把刚才所说的事情办一办好吧。

凯撒 很好，我现在就带你到舍妹那儿去，介绍你们见见面。

安东尼 去吧；莱必多斯，你也必须陪我们去。

莱必多斯 尊贵的安东尼，即使有病我也要扶杖追随的。（喇叭奏花腔。凯撒、安东尼、莱必多斯同下）

茂西那斯 欢迎你从埃及回来，朋友！

爱诺巴勃斯 凯撒的心腹，尊贵的茂西那斯！我的正直的朋友阿格立巴！

阿格立巴 好爱诺巴勃斯！

茂西那斯 事情这样圆满解决，真是可喜。你在埃及将养得很好。

爱诺巴勃斯 是的，老兄；我们白天睡得日月无光，夜里喝得天旋地转。

茂西那斯 听说十二个人吃一顿早餐，烤了八头整只的野猪，有这回事吗？

爱诺巴勃斯 这不过是大鹰旁边的一只苍蝇；我们还有更惊人的豪宴，那才说来叫人咋舌呢。

茂西那斯 她是一位非常豪华的女王，要是一般的传说没有把她夸张过分的话。

爱诺巴勃斯 她在昔特纳斯河上第一次遇见玛克·安东尼的时候，就把他的心捉住了。

阿格立巴 我也听见说他们在那里会面。

爱诺巴勃斯 让我告诉你们。她坐的那艘画舫就像一尊在水上燃烧的发光的宝座；舵楼是用黄金打成的；帆是紫色的，熏染着异香，逗引得风儿也为它们害起相思来了；桨是白银的，随着笛声的节奏在水面上下，使那被它们击动的痴心的水波加快了速度追随不舍。讲到她自己，那简直没有字眼可以形容；她斜卧在用金色的锦绸制成的天帐之下，比图画上巧夺天工的维纳斯女神还要娇艳万倍；在她的两旁站着好几个脸上浮着可爱的酒涡的小侍童，就像一群微笑的丘比特一样，手里执着五彩的羽扇，那羽扇的风，本来是为要让她柔嫩的脸颊凉快一些的，反而使她的脸色变得格外绯红了。

阿格立巴 啊！安东尼看见这样一位美人，真是几生有幸！

爱诺巴勃斯 她的侍女们像一群海上的鲛人神女，在她眼前奔走服侍，她们的周旋进退，都是那么婉娈多姿；一个作着鲛人装束的女郎掌着舵，她那如花的纤手矫捷地执行她的职务，沾沐芳泽的丝缆也都得意得心花怒放了。从这画舫之上散放出一股奇妙扑鼻的芳香，弥漫在附近的两岸。倾城的仕女都出来瞻望她，只剩安东尼一个人高坐在市场上，向着空气吹啸；那空气倘不是因为填充空隙的缘故，也一定飞去观看克莉奥佩特拉，而在天地之间留下一个缺口了。

阿格立巴 希有的埃及人！

爱诺巴勃斯 她上了岸，安东尼就遣使请她晚餐；她回答说他是客人，应当让她自己尽东道之谊，请他进宫赴宴。我们这位娴习礼仪的安东尼是从来不曾在一个妇女面前说过一个“不”字的，整过了十次的容方才前去；这一去不打紧，为了他眼睛所享受的盛餐，他把一颗心付了下来，作为一席之欢的代价了。

阿格立巴 了不得的女人！怪不得我们从前那位凯撒为了她竟

要无心军旅了。

爱诺巴勃斯 我有一次看见她从市街上奔跳过去，一边喘息一边说话；那吁吁娇喘的神气，也是那么楚楚动人，在她破碎的语言里，自有一种天生的媚力。

茂西那斯 现在安东尼必须把她完全割舍了。

爱诺巴勃斯 不，他决不会丢弃她，年龄不能使她衰老，习惯也不能陈腐了她的变化无穷的伎俩；别的女人使人日久生厌，她却越是给人满足，越是使人饥渴；因为最丑恶的事物一到了她的身上，也会变成美好，即使她在卖弄风情的时候，神圣的祭司也不得不为她祝福。

茂西那斯 要是美貌、智慧和贤淑可以把安东尼的心安定下来，那么奥克泰维娅是他的一位很好的内助。

阿格立巴 我们去吧。好爱诺巴勃斯，当你在这儿耽搁的时候，请你做我的客人吧。

爱诺巴勃斯 多谢你的好意。（同下）

第三场

同前；凯撒府中一室

| 凯撒、安东尼、奥克泰维娅（居二人之间）及侍从等上。

安东尼 这广大的世界和我的重要的职务，使我有时不能不离开你的怀抱。

奥克泰维娅 当你出去的时候，我将要长跪神前，为你祈祷。

安东尼 晚安，阁下！我的奥克泰维娅，不要从世间的传说之中诵读我的缺点；我过去诚然有行止不检的地方，可是从今以后，一定循规蹈矩。晚安，亲爱的女郎！

奥克泰维娅 晚安，将军！

凯撒 晚安！（凯撒、奥克泰维娅同下）

| 预言者上。

安东尼 喂，我问你，你想不想回埃及去？

预言者 我希望我从来没有离开埃及，我更希望你从来没有到过埃及！

安东尼 你能够告诉我你的理由吗？

预言者 我心里明白，嘴里却说不出来。可是我看你还是赶快到埃及去吧。

安东尼 对我说，将来是凯撒的命运强，还是我的命运强？

预言者 凯撒的命运强。所以，安东尼啊！不要留在他的旁边吧。你的本命星是高贵勇敢、一往无敌的，可是一近了凯撒的身边，它就黯然失色，好像被他掩去了光芒一般；所以你应该和他离开得远一点儿才好。

安东尼 不要再提起这些话了。

预言者 这些话我只对你说；别人面前我可再也不提起。你无论跟他玩什么游戏，一定胜不过他，因为他有那种天赋的幸运，即使明明你比他本领高强，他也会把你击败。凡是他的光辉所在，你的光总是黯淡的。我再说一句，你在他旁边的时候，你的本命星就会惴惴不安，失去了主宰你的力量，可是他一走开，它又变得意气非常了。

安东尼 你去对文提狄斯说，我要跟他谈谈。（预言者下）他必须到帕提亚去。这家伙也许果然能够知道过去未来，也许给他偶然猜中，说的话儿倒很有道理。就是骰子也会听他的话；我们在游戏之中，虽然我的技术比他高明，总敌不过他的手风顺利；抽签的时候，总是他占便宜；无论斗鸡斗鹑，他都能够以弱胜强。我还是到埃及去；虽然为了息事宁人而缔结了这头婚事，可是我的快乐是在东方。

| 文提狄斯上。

安东尼 啊！来，文提狄斯，你必须到帕提亚去一次；你的委任文书已经办好了，跟我来拿吧。（同下）

第四场

同前；街道

| 莱必多斯、茂西那斯及阿格立巴上。

莱必多斯 不劳远送，请两位催促你们的主帅早日就道。

阿格立巴 将军，等玛克·安东尼和奥克泰维娅温存一下，我们就会来的。

莱必多斯 那么等你们披上戎装以后，我再跟你们相见吧。

茂西那斯 照路程计算起来，莱必多斯，我们可以比你先到密西嫩山。

莱必多斯 你们的路程要短一些；我因为还有其他的任务，不能不多绕一些远路。你们大概比我先到两天。

茂西那斯
阿格立巴 将军，祝你成功！

莱必多斯 再会！（各下）

第五场

亚历山大里亚；宫中一室

| 克莉奥佩特拉、查米恩、伊拉丝、艾勒克萨斯及侍从等上。

克莉奥佩特拉 给我奏一些音乐；对于我们这些以恋爱为职业的人，它是我们忧郁的食粮。

侍从 奏乐！

| 玛狄恩上。

克莉奥佩特拉 算了；我们打弹子吧。来，查米恩。

查米恩 我的手臂疼；您跟玛狄恩打吧。

克莉奥佩特拉 女人跟太监玩，就像女人跟女人玩一样。来，你愿意陪我玩玩吗？

玛狄恩 我愿意勉力奉陪，娘娘。

克莉奥佩特拉 心有余而力不足，那一片好意，总是值得嘉许的。我现在也不要打弹子了。替我把钓竿拿来，我们到河边去；你们在远远的地方奏着音乐，我就把钓竿放下去，诱那长着赭色鳍片的鱼儿上钩；我的弯弯的钓钩要钩住了它们滑溜溜的嘴巴；当我拉起它们来的时候，我要把每一尾鱼当作一个安东尼，我要说，“啊哈！你可给我捉住啦！”

查米恩 那一次您跟他在一起钓鱼，你们还打着赌；他不知道您已经叫一个人钻在水里，悄悄把一条腌鱼挂在他的钓钩上了，拼命提了起来，想起来真是有趣得很。

克莉奥佩特拉 唉，提起那些话儿，叫人不胜今昔之感！那时候我笑得他老羞成怒，可是一到晚上，我又笑得他回嗔作喜；下一天早晨我在九点钟以前就把他灌醉上床，替他穿上我的衣帽，我自己佩带了他的腓力比宝剑。

｜一使者上。

克莉奥佩特拉 啊！从意大利来的；我的耳朵里久已不听见消息了，你有多少消息，一起把它们塞了进去吧。

使者 娘娘，娘娘——

克莉奥佩特拉 安东尼死了！你要是这样说，狗才，你就杀死你的女主人了；可是你要是说他平安无恙，这儿有的是金子，你还可以吻一吻这一只许多君王们曾经吻着它而颤栗的手。

使者 第一，娘娘，他是平安的。

克莉奥佩特拉 啊，我还要给你更多的金子。可是听着，我们常常说已死的人是平安的；要是你也是这个意思，我就要把那赏给你的金子熔化了，灌下你这报告凶讯的喉咙里去。

使者 好娘娘，听我说。

克莉奥佩特拉 好，好，我听你说；可是瞧你的相貌不像是个好人；安东尼要是平安无恙，不该让这样一张难看的脸孔报告这样大好的消息；要是他有什么疾病灾难，你应该像一尊头上盘绕着毒蛇的煞神，不该仍旧装做人的样子。

使者 请您听我说下去吧。

克莉奥佩特拉 我很想在你没有开口以前先把你捶一顿；可是你要是说安东尼没有死，很平安，凯撒待他很好，没有把他监禁起来，我就把金子像暴雨一般淋在你头上，把珍珠像冰雹一样撒在你身上。

使者 娘娘，他很平安。

克莉奥佩特拉 说得好。

使者 他跟凯撒感情很好。

克莉奥佩特拉 你是个好人。

使者 凯撒和他的友谊已经比从前大大增进了。

克莉奥佩特拉 我要赏给你一笔大大的财产。

使者 可是，娘娘——

克莉奥佩特拉 我不爱听“可是”，它会推翻先前所说的那些好消息；呸，“可是”！“可是”就像一个狱卒，它会带上一个大奸巨恶的罪犯。朋友，请你把你所知道的消息，不管是好的坏的，一起灌进了我的耳朵里吧。他跟凯撒很要好；他身体健康，你说；你还说他行动自由。

使者 自由，娘娘！不，我没有这样说；他已经被奥克泰维娅约束住了。

克莉奥佩特拉 什么约束？

使者 他们已经缔结百年之好。

克莉奥佩特拉 查米恩，我的脸色发白了！

使者 娘娘，他跟奥克泰维娅结了婚啦。

克莉奥佩特拉 最恶毒的瘟疫染在你身上！（击使者倒地）

使者 好娘娘，请息怒。

克莉奥佩特拉 你说什么？滚，（又击）可恶的狗才！否则我要把你的眼珠放在脚前踢了出去；我要拔光你的头发；（将使者拉扯殴辱）我要用钢丝鞭打你，用盐水煮你，用酸醋慢慢儿浸死你。

使者 好娘娘，我不过报告您这一个消息，又不是我作的媒。

克莉奥佩特拉 说没有这样的事，我就赏给你一处封邑，让你安享富贵；你惹我生气，我已经打过了你，也不再计较了；你还有什么要求，只要向我说，我都可以答应你。

使者 他真的结了婚啦，娘娘。

克莉奥佩特拉 混蛋！你不要活命吗？（拔刀）

使者 嗳哟，那我可要逃了。您这是什么意思，娘娘？我没有过失呀。（下）

查米恩 好娘娘，定一定心吧；这人是没有罪的。

克莉奥佩特拉 天雷殛死的不一定是有罪的人。让埃及溶解在尼罗河里，让善良的人都变成蛇吧！叫那家伙进来；我虽然发疯，我还不会咬他。叫他进来。

查米恩 他不敢来。

克莉奥佩特拉 我不伤害他就是了。（查米恩下）这一双手太有失了自己的尊严，是我自己脾气不好，却去殴打一个比我卑微的人。

| 查米恩及使者重上。

克莉奥佩特拉 过来，先生。把坏消息告诉人家，即使诚实不虚，总不是一件好事；悦耳的喜讯不妨极口渲染，不幸的噩耗还是缄口不言，让那身受的人自己感到的好。

使者 我不过尽我的责任。

克莉奥佩特拉 他已经结了婚吗？我已经把你恨透了，你要是再说一声“是”，我也不会更加恨你的。

使者 他已经结婚了，娘娘。

克莉奥佩特拉 愿天神重罚你！你还是这么说吗？

使者 我应该说谎吗，娘娘？

克莉奥佩特拉 啊！我但愿你说谎，即使我的半个埃及完全陆沉，变成鳞蛇栖息的池沼。出去；要是你有那耳喀索斯一般美好的姿容，在我的眼中你也是最丑陋的伧夫。他结了婚吗？

使者 求陛下恕罪。

克莉奥佩特拉 他结了婚吗？

使者 陛下不要见气，我也不过遵照您的命令行事，要是因此而受责，那真是太冤枉啦。他是跟奥克泰维娅结了婚了。

克莉奥佩特拉 滚出去；把你从罗马带来的这一个好消息也给我带回去吧！（使者下）

查米恩 陛下息怒。

克莉奥佩特拉 我在赞美安东尼的时候，把凯撒诋毁得太过分了。

查米恩 您好多次都是这样，娘娘。

克莉奥佩特拉 现在我可受到报应啦。带我离开这里；我要晕倒了。啊，伊拉丝！查米恩！算了。好艾勒克萨斯，你去问问那家伙，奥克泰维娅容貌长得怎样，多大年纪，脾气好不好，不要忘记问她的头发是什么颜色；问过了赶快回来告诉我。（艾勒克萨斯下）让他一去不回吧；不，查米恩！我还是望他回来，虽然他的一面的脸孔像个狰狞的怪物，另一面却像威武的战神。（向玛狄恩）你去叫艾勒克萨斯再问问她的身材有多么高。可怜我，查米恩，可是不要对我说话。带我到我的寝室里去。（同下）

第六场

密西嫩附近

｜喇叭奏花腔。鼓吹前导，庞贝及茂那斯自一方上；凯撒、安东尼、莱必多斯、爱诺巴勃斯、茂西那斯率军士等自另一方行进上。

庞贝 我已经得到你们的保证，你们也已经得到我的保证，在没有交战以前，让我们先来举行一次谈判。

凯撒 先礼后兵是最妥当的办法，所以我们已经把我们的目的预先用书面通知你了；你要是已经把它考虑过，请让我们知道那些条件能不能使你收起你的愤愤不平的剑，带领你的子弟们回到西西里去，免得白白在这里牺牲了许多有用的青年。

庞贝 你们三位是当今宰制天下的元老，神明意旨的主要执行者，你们还记得裘力斯·凯撒的阴魂在腓利比向善良的勃鲁托斯作祟的时候，他看见你们怎样为他出力；我的父亲也是有儿子、有朋友的，为什么他就没有人替他复仇？脸色惨白的凯歇斯为什么要阴谋作乱？那正直无私、为众人所尊敬的罗马人勃鲁托斯，和他的武装的党徒们，那一群追求着美丽的自由的人，为什么要血溅圣殿？他们的目的不是希望有一个真正的英雄出来统治罗马吗？我现在兴起水上的雄师，驾着怒海的波涛而来，也就是为了这一个目的；凭着我的盛大的军力，我要痛惩无情的罗马，报复它对我的尊贵的父亲的负心的罪辜。

凯撒 什么事情都好慢慢商量。

安东尼 庞贝，你不能用你船只的强盛吓退我们；就是到海上谈判，我们也决不怕你。在陆地上你知道我们的力量是远远胜于你的。

庞贝 不错，在陆地上你把我父亲的屋子也占去了；可是既然杜鹃不会自己筑巢，你就住下去吧。

莱必多斯 现在我们不必讲别的话，请告诉我们，你对于我们向你提出的条件觉得怎样？

凯撒 这是我们今天谈话的中心。

安东尼 我们并不一定要求你接受，请你自己熟权厉害。

凯撒 要是这样的条件还不能使你满足，那么妄求非分的结果也是值得考虑的。

庞贝 你们允许把西西里和撒丁尼亚两岛让给我；我必须替你们扫除海盗，还要把多少小麦送到罗马；双方同意以后，就可以完盾全刃，各自回去。

凯撒
安东尼
莱必多斯 这正是我们所提的条件。

庞贝 那么告诉你们吧，我到这儿来跟你们会见，本来是预备接受你们的条件的，可是看见了玛克·安东尼，却有点儿气愤不过。虽然一个人不该自己卖弄恩德，不过你要知道，凯撒和你兄弟交战的时候，你的母亲到西西里来，曾经受到殷勤的礼遇。

安东尼 我也听见说起过，庞贝；我早就想重重谢你。

庞贝 让我握你的手。将军，想不到我会在这儿碰见你。

安东尼 东方的枕褥是温暖的；幸亏你把我叫了起来，否则我还要在那边留恋下去，错过许多机会了。

凯撒 自从我上次看见你以后，你已经变了许多啦。

庞贝 喂，我不知道冷酷的命运在我的脸上留下了什么痕迹，可是我决不让她钻进我的胸中，使我的心成为她的臣仆。

莱必多斯 今天相遇，真是难得的机会。

庞贝 我也希望这样，莱必多斯。那么我们已经彼此同意了。为了表示郑重起见，我希望把我们的协定写下来，各人签署盖印。

凯撒 那是当然的手续。

庞贝 我们在分手以前，还要各人互相请一次客；让我们用抽签决定哪一个人先请。

安东尼 我先来吧，庞贝。

庞贝 不，安东尼，你也得抽签；可是不管先请后请，你那很好的埃及式烹调是总要领教领教的。我听说裘力斯·凯撒在那边吃成了一个胖子。

安东尼 那倒是闻所未闻。

庞贝 我还听见说，阿坡罗陀勒斯把一个——

爱诺巴勃斯 那话儿不用说了，是有这一回事。

庞贝 请问什么事？

爱诺巴勃斯 把一个女王裹在褥子里送到凯撒的地方。

庞贝 我现在记起你来了；你好，壮士？

爱诺巴勃斯 有酒有肉，怎么不好；看来我的口福不浅，眼前就要有四次宴会了。

庞贝 让我搀搀你的手；我从来没有对你怀恨。我曾经看见你打仗，很钦慕你的勇敢。

爱诺巴勃斯 将军，我对您一向没有多大好感，可是我不是没有称赞过您，虽然我给您的称赞，还不及您实际价值的十分之一。

庞贝 你的爽直正是你的好处。现在我要请各位赏光到敝船上去叙叙；请了，各位将军。

凯撒
安东尼
莱必多斯 请你领路，将军。（除茂那斯、爱诺巴勃斯外皆下）

茂那斯 庞贝，你的父亲是决不会签订这样的条约的。朋友，我们曾经有一面之雅。

爱诺巴勃斯 我想我在海上见过你。

茂那斯 正是，朋友。

爱诺巴勃斯 你在海上很了得。

茂那斯 你在陆地上也不错。

爱诺巴勃斯 谁愿意恭维我的，我都愿意恭维他；虽然我在陆地上横行无敌，是一件无可否认的事。

茂那斯 我在水上横行无敌，也是不可否认的。

爱诺巴勃斯 为了你自己的安全，你还是否认了的好；你是一个海上的大盗。

茂那斯 你是一个陆地的强徒。

爱诺巴勃斯 那么我就否认我的陆地上的功劳。可是把你的手给我，茂那斯；要是我们的眼睛可以替我们作见证，它们在这儿可以看见两个盗贼握手为欢。

茂那斯 人们的手尽管不老实，他们的脸总是老实的。

爱诺巴勃斯 可是没有一个美貌的女人有一张老实的脸。

茂那斯 不错，她们是会把男人的心偷走的。

爱诺巴勃斯 我们到这儿来，本来是要跟你们厮杀。

茂那斯 拿我自己说，打仗变成了喝酒，真是扫兴得很。庞贝今天把他的一份家私笑掉了。

爱诺巴勃斯 要是他真的把家私笑掉了，那可是再也哭不回来的。

茂那斯 你说得有理，朋友。我们没有想到会在这儿看见玛克·安东尼。请问他已经跟克莉奥佩特拉结了婚吗？

爱诺巴勃斯 凯撒的妹妹名叫奥克泰维娅。

茂那斯 不错，朋友；她本来是卡厄斯·玛瑟勒斯的妻子。

爱诺巴勃斯 可是她现在是玛克斯·安东尼厄斯的妻子了。

茂那斯 怎么？

爱诺巴勃斯 这句话是真的。

茂那斯 那么凯撒跟他永远联合在一起了。

爱诺巴勃斯 要是叫我预测这一个结合的将来，我可不敢发表这样乐观的论断。

茂那斯 我想这一头婚事，大概还是政策上的权宜，不是出于男女双方的爱恋。

爱诺巴勃斯 我也这样想；可是你不久就会发现联结他们友谊的这一条带子，结果反而勒毙了他们的感情。奥克泰维娅的性情是端庄而冷静的。

茂那斯 谁不愿意有这样一个妻子？

爱诺巴勃斯 玛克·安东尼自己不是这样一个人，所以他也不欢喜这样一个妻子。他一定会再到埃及去领略他的异味；那时候奥克泰维娅的叹息便会扇起凯撒心头的怒火，正像我刚才所说的，她现在是他们两人之间感情的联系，将来却会变成促动两人反目的原因。安东尼的心早已另有所属了，他在这儿结婚，只是一种应付环境的手段。

茂那斯 你的话也许会成为事实。来，朋友，上船去吧。我要请你喝杯酒呢。

爱诺巴勃斯 我一定领情；我们在埃及是大口的酒喝惯了的。

茂那斯 来，我们去吧。（同下）

第七场

密西嫩附近海面庞贝大船上

|音乐；两三仆人持酒食上。

仆甲 他们就要到这儿来啦，伙计。有几个人已经醉得站立不稳，最轻微的一丝风都可以把他们吹倒。

仆乙 莱必多斯喝得满脸通红。

仆甲 他们故意开他玩笑，尽是哄他一杯一杯灌下去。

仆乙 混在大人物中间，给他们玩弄玩弄也是活该。叫我举一根掮不起的枪杆子，宁愿拈一根不中用的芦苇。

仆甲 高居在为众人所仰望的地位，而毫无作为，正像眼眶里没有眼珠、只留下两个怪可怜的空洞的凹孔一样。

|喇叭奏花腔。凯撒、安东尼、莱必多斯、庞贝、阿格立巴、茂西那斯、爱诺巴勃斯、茂那斯及其他将领等上。

安东尼 他们都是这样的，阁下。他们用金字塔做标准，测量尼罗河水位的高低，由此判断年岁的丰歉。尼罗河的河水越是高涨，收成越是有把握；潮水退落以后，农夫就可以在烂泥上播种，不多几时就结实了。

莱必多斯 你们那边有很奇怪的蛇。

安东尼 是的，莱必多斯。

莱必多斯 你们埃及的蛇是生在烂泥里，晒着太阳光长大的；

你们的鳄鱼也是一样。

安东尼 正是这样。

庞贝 请坐——酒来！我们干一杯祝莱必多斯健康！

莱必多斯 我身子不是顶舒服，可是我决不退怯。

爱诺巴勃斯 除非等你睡去，他们决不会放过你的。

莱必多斯 嗯，的确，我听说托勒密王朝的金字塔造得很好；我听见人家都是这样一致承认。

茂那斯 庞贝，我要跟你说句话。

庞贝 就在我的耳边说；什么事？

茂那斯 主帅，请你离开你的坐位，听我对你说。

庞贝 等一等，我就来。这一杯酒祝莱必多斯健康！

莱必多斯 你们的鳄鱼是怎么一种东西？

安东尼 它的形状就像一条鳄鱼；它有鳄鱼那么大，也有鳄鱼那么高；它用它自己的肢体行动，靠着它所吃的东西活命；它的精力衰竭以后，它就死了。

莱必多斯 它的颜色是怎样的？

安东尼 也跟鳄鱼的颜色差不多。

莱必多斯 那是一种奇怪的蛇。

安东尼 可是；而且它的眼泪是湿的。

庞贝 该死，该死！这算什么话？去！照我吩咐你的做去。我叫你们替我斟下的这杯酒呢？

茂那斯 要是你愿意听我说话，请你站一站起来。

庞贝 我想你在发疯了。什么事？（二人走至一旁）

茂那斯 我一向都是忠心耿耿，为你的利益打算。

庞贝 你替我做事很忠实。还有什么话说？各位将军，大家痛痛快快乐一下。

安东尼 莱必多斯，留心你脚底下的浮沙，你要跌下来了。

茂那斯 你要做全世界的主人吗？

庞贝 你说什么？

茂那斯 你要做全世界的主人吗？

庞贝 怎么做法？

茂那斯 你只要抱着这样的决心，虽然你看我是一个微贱的人，我能够把全世界交在你的手里。

庞贝 你喝醉了吗？

茂那斯 不，庞贝，我一口酒也没有沾唇。你要是有胆量，就可以做地上的君王；大洋环抱之内，苍天覆盖之下，都属于你的所有，只要你有这样的雄心。

庞贝 指点我一条路径。

茂那斯 这三个统治天下、鼎峙称雄的人物，现在都在你的船上；让我割断缆绳，把船开到海心，砍下他们的头颅，那么一切都是你的了。

庞贝 唉！这件事你应该自己去干，不该先来告诉我。我干了这事，人家要说我不顾信义；你去干了，却是为主尽忠。你必须知道，我不能把利益放在荣誉的前面，我的荣誉是比利益更重要的。你应该懊悔让你的舌头说出了你的计谋；要是趁我没有知道的时候干了，我以后会觉得你这件事情干得很好，可是现在我必须斥责这样的行为。放弃了这一个念头，还是喝酒吧。

茂那斯 （旁白）从此以后，我再也不追随你这前途黯淡的命运了。放着这样大好的机会当面错过，以后再要找寻，还会找得到吗？

庞贝 再敬莱必多斯一杯！

安东尼 把他扛上岸去。我来替他干了吧，庞贝。

爱诺巴勃斯 敬你一杯，茂那斯！

茂那斯 爱诺巴勃斯，欢迎！

庞贝 把酒满满地倒在杯子里，让它一直齐着杯口。

爱诺巴勃斯 茂那斯，那是一个很有力气的家伙。（指一负莱必多斯下场之侍者）

茂那斯 为什么？

爱诺巴勃斯 你不看见他把三分之一的世界负在背上吗？

茂那斯 那么三分之一的世界已经喝醉了，但愿整个世界都喝得醺醺大醉，像车轮般旋起来！

爱诺巴勃斯 你也喝，大家喝个畅快。

茂那斯 来。

庞贝 我们今天的聚会，比起亚历山大里亚的豪宴来，恐怕还是望尘莫及。

安东尼 也差不多了。来，碰杯！这一杯是敬凯撒的！

凯撒 我可喝不下去了；我这头脑越洗越糊涂。

安东尼 今天大家不醉无归，不能让你例外。

凯撒 那么你先喝，我陪着你喝；可是与其在一天之内喝这么多的酒，我宁愿绝食整整的四天。

爱诺巴勃斯 （向安东尼）哈！我的好皇帝；我们现在要不要跳起埃及酒神舞来，庆祝我们今天的欢宴？

庞贝 好壮士，让我们跳起来吧。

安东尼 来，我们大家手挽着手，一直跳到美酒浸透了我们的知觉，把我们送进了温柔的黑甜乡里。

爱诺巴勃斯 大家挽着手。当我替你们排队的时候，让音乐在我们的耳边高声奏响；于是歌童唱起歌来，每一个人

都要拉开喉咙和着他唱，唱得越响越好。（奏乐；爱诺巴勃斯同众人携手列队）

歌

来，巴克科斯，酒国的仙王，
你两眼红红，胖胖皮囊！
替我们浇尽满腹牢骚，
替我们满头挂上葡萄：
喝，喝，喝一个天旋地转，
喝，喝，喝一个天旋地转！

凯撒 够了，够了。庞贝，晚安！好兄弟，我求求你，跟我回去吧；不要一味游戏，忘记了我们的正事。各位将军，我们分手吧；你们看我们的脸烧得这样红；强壮的爱诺巴勃斯喝得一点力气都没有；我自己的舌头也有点结结巴巴；大家疯疯癫癫的，都变成一群傻瓜啦。不必多说了。晚安！好安东尼，让我搀着你。

庞贝 我一定要到岸上来陪你们乐一下。

安东尼 很好，庞贝。把你的手给我。

庞贝 啊，安东尼！你占住了我父亲的屋子，可是那有什么关系？我们还是朋友。来，我们下小船吧。

爱诺巴勃斯 留心不要跌在水里。（庞贝、凯撒、安东尼及侍从等下）茂那斯，我不想上岸去。

茂那斯 不，到我舱里坐坐。这些鼓！这些喇叭、笛子！嘿！让海神听见我们向这些大人物高声道别吧；吹起来，他妈的！吹响一点！（喇叭奏花腔，间以鼓声）

爱诺巴勃斯 呜！他说的。瞧我的帽子。（掷帽）

茂那斯 呜！好家伙！来。（同下）

第　三　幕

第一场

叙利亚一平原

｜文提狄斯率西里厄斯及其他罗马将校士卒奏凯上；军士舁巴科勒斯尸体前行。

文提狄斯　横行无敌的帕提亚，你也有失败的一天；命运选定了我，叫我替已死的玛克斯·克拉苏复仇。把这王子的尸身在我们大军之前扛着走。奥洛第斯啊，你杀了我们的玛克斯·克拉苏，现在我们把你的巴科勒斯抵了命啦。

西里厄斯　尊贵的文提狄斯，趁着帕提亚人的血在你的剑上还没有冷却的时候，继续追逐那些逃亡的敌人吧；驰骋你的铁骑，越过米太、美索不达米亚以及其他可以为败走的帕提亚人栖身的地方；这样你的伟大的主帅安东尼就要使你高坐在凯旋的战车里，用花冠加在你的头上了。

文提狄斯　啊，西里厄斯，西里厄斯！这样已经很够了；一个地位在下的人，不应该立太大的功勋；因为，你要知道，西里厄斯，与其当长官不在的时候出力博得一个太高的名声，宁可把一件事情做到一半就歇手。凯撒和安东尼的赫赫功业，大部分是他们的部下替他们立起来的，并不是他们自己的力量。我在叙利亚的一个同僚索歇斯，本来在他手下当副将的，就是因为太露锋芒而失去了他的欢心。在战场上，部下的军功如果超过主将，主将的威名就会被他所掩罩；凡是军人都有争强好胜的心理，他们宁愿吃一次败仗，也不愿让别人夺去了胜利的光荣。我本来还可以替安东尼多出一些力，可是那反而会使他恼怒，他一恼我的辛苦就是白费的了。

西里厄斯 文提狄斯，你真是深谋远虑；一个军人要是不能审察厉害，那就跟他的剑没有分别。你要写信去向安东尼报捷吗？

文提狄斯 我要很谦恭地告诉他，我们凭借他的先声夺人的威名，已经得到了怎样的战果；他的雄壮的旗帜和精神饱满的部队，怎样把百战百胜的帕提亚骑兵驱出了战场之外。

西里厄斯 他现在在什么地方？

文提狄斯 他预备到雅典去；我们现在就向雅典兼程前进，向他当面复命。来，弟兄们，走。（同下）

第二场

罗马；凯撒府中一室

| 阿格立巴及爱诺巴勃斯自相对方向上。

阿格立巴 啊！那些把兄弟们都散了吗？

爱诺巴勃斯 他们已经把庞贝打发走了；那三个人还在重申盟好。奥克泰维娅因为不忍远离罗马而哭泣；凯撒也是满面愁容；莱必多斯自从在庞贝那儿赴宴归来以后，茂那斯就说，他害着贫血症。

阿格立巴 莱必多斯是个好人。

爱诺巴勃斯 一个很好的人。啊，他多么爱凯撒！

阿格立巴 喂，可是他多么崇拜安东尼！

爱诺巴勃斯 凯撒？他才是人世的天神。

阿格立巴 安东尼吗？他是天神的领袖。

爱诺巴勃斯 你说起凯撒吗？喝！盖世无双的英雄！

阿格立巴 啊，安东尼！千年一遇的凤凰！

爱诺巴勃斯 你要是想赞美凯撒，只要提起凯撒的名字就够了。

阿格立巴 真的，他对于他们两人都是恭维备至。

爱诺巴勃斯 可是他最爱凯撒；不过他也爱安东尼。喝！他对于安东尼的友情，是思想所不能容、言语所不能尽、计数所不能量、文士所不能抒述、诗人所不能讴吟的。可是对于凯撒，他只有跪伏惊叹的份儿。

阿格立巴 他对于两个人一样的爱。

爱诺巴勃斯 他们是他的翅鞘，他是他们的甲虫。（内喇叭声）这是下马的信号。再会，尊贵的阿格立巴。

阿格立巴 愿你幸运，英勇的壮士，再会！

| 凯撒、安东尼、莱必多斯及奥克泰维娅上。

安东尼 请留步吧，阁下。

凯撒 你已经把大半个我带走；请你为了我的缘故好好看待她。妹妹，愿你尽力做一个好妻子，不要辜负了我的期望。最尊贵的安东尼，让这一个贤淑的女郎成为巩固我们两人友谊的胶泥，不要反而让她成为撞毁我们感情的堡垒的横木；因为我们要是不能同心爱护她，那么还是不要让她置身在我们两人之间的好。

安东尼 你要是不信任我，我可要生气啦。

凯撒 我的话已经说完了。

安东尼 无论你怎样放心不下，你决不会发现我有什么可以使你怀疑的地方。愿神明护持你，使罗马的人心都乐于为你效死！我们就在这儿分手吧。

凯撒 再会，我的最亲爱的妹妹，再会；愿你一路平安！再会！

奥克泰维娅 我的好哥哥！

安东尼 她的眼睛里有四月的风光；那是恋爱的春天，这些眼泪便是催花的时雨。别伤心了。

奥克泰维娅 哥哥，请你留心照料我的丈夫的屋子；还有——

凯撒 什么，奥克泰维娅？

奥克泰维娅 让我附着你的耳朵告诉你。

爱诺巴勃斯 （向阿格立巴旁白）凯撒会不会流起眼泪来？

阿格立巴 他的脸上已经堆起乌云了。

爱诺巴勃斯 假如他是一头马，这样也会有损他的庄严；何况他是一个堂堂男子。

阿格立巴 嘿，爱诺巴勃斯，安东尼看见裘力斯·凯撒死了，也曾放声大哭；他在腓利比看见勃鲁托斯被人杀死，也曾伤心落泪呢。

爱诺巴勃斯 不错，那一年他害着重伤风，所以涕泗横流；不瞒你说，连我也被他逗得哭起来了。

凯撒 不，亲爱的奥克泰维娅，你一定可以随时得到我的音讯；我对你的想念是不会因为时间的久远而冷淡下去的。

安东尼 来，大哥，来，我要用我爱情的力量和你搏斗了。

凯撒 再会，祝你们快乐！

莱必多斯 让所有的星星吐放它们的光明，一路上照耀着你们！

凯撒 再会，再会！（吻奥克泰维娅）

安东尼 再会！（喇叭声。各下）

第三场

亚历山大里亚；宫中一室

| 克莉奥佩特拉、查米恩、伊拉丝及艾勒克萨斯上。

克莉奥佩特拉 那个人呢？

艾勒克萨斯 他吓得不敢进来。

克莉奥佩特拉 来，来。

| 使者上。

克莉奥佩特拉 过来，朋友。

艾勒克萨斯 陛下，您发怒的时候，犹太的希律王也不敢正眼看您的。

克莉奥佩特拉 我要那个希律王的头；可是安东尼去了，谁可以替我去干这一件事呢？走近些。

使者 最仁慈的陛下！

克莉奥佩特拉 你见过奥克泰维娅吗？

使者 见过，尊严的女王。

克莉奥佩特拉 什么地方？

使者 娘娘，在罗马；我看见她一手搀着她的哥哥，一手搀着安东尼；她的脸给我看得清清楚楚。

克莉奥佩特拉 她像我一样的高吗？

使者 她没有您高，娘娘。

克莉奥佩特拉 听见她说话吗？她的声音还是尖锐的，还是低的？

使者 娘娘，我听见她说话；她的声音是很低的。

克莉奥佩特拉 那就不大好。他不会长久欢喜她的。

查米恩 欢喜她！啊，爱昔斯女神！那是不可能的。

克莉奥佩特拉 我也是这样想，查米恩；矮矮的个子，说话又不伶俐！她走路的姿态有没有威仪？记记看；要是你看见过真正的威仪，就该知道怎样的姿态才算是有威仪的。

使者 她走路简直像爬；她的行动和静止毫无分别；她是一个没有生命的形体，不会呼吸的雕像。

克莉奥佩特拉 真的吗？

使者 要是不真，我就是不生眼睛的。

查米恩 在埃及人中间，他一个人的观察力可以胜过三个人。

克莉奥佩特拉 我看他很懂事。她还不曾有什么可取的地方。这家伙眼光很不错。

查米恩 好极了。

克莉奥佩特拉 你猜她有多大年纪？

使者 娘娘，她本来是一个寡妇——

克莉奥佩特拉 寡妇！查米恩，听着。

使者 我想她总有三十岁了。

克莉奥佩特拉 你还记得她的脸孔吗？是长的还是圆的？

使者 圆的，太圆了。

克莉奥佩特拉 脸孔滚圆的人，大多数是很笨的。她的头发是什么颜色？

使者 棕色的，娘娘；她的前额低到无可再低。

克莉奥佩特拉 这儿是赏给你的金子；我刚才对你太凶了点儿，你可不要见怪。我仍旧要派你去替我探听消息；我知道你是个很可靠的人。你去端整行装；我的信件已经预备好了。

（使者下）

查米恩 一个很好的人。

克莉奥佩特拉 正是，我很后悔把他这样凌辱。听他说起来，那女人简直算不得什么。

查米恩 算不得什么，娘娘。

克莉奥佩特拉 这人不是不曾见过世面，应该知道善恶的分别。

查米恩 他侍候您这许多年了，难道还会不识善恶吗？

克莉奥佩特拉 我还有一件事要问他，好查米恩；可是没有什么要紧，你把他带到我写信的房间里来就是了。一切还有结果圆满的希望。

查米恩 您放心吧，娘娘。（同下）

第四场

雅典；安东尼府中一室

丨安东尼及奥克泰维娅上。

安东尼 不，不，奥克泰维娅，不单是那件事；那跟其他许多类似的事，都还是情有可原的。可是他不该重新向庞贝宣战，还居然立下遗嘱，当众宣读；我的名字他提也不愿提起，当他不得不恭维我一番的时候，他就冷冷淡淡地用一两句话敷衍过去。

奥克泰维娅 啊，我的主！传闻之辞，不可完全相信；即使确实，也不要一切介意。要是你们两人之间发生了冲突，我就是世上最不幸的女人，既要为你祈祷，又要为他祈祷；神明一定会嘲笑我，当我向他们祷告，“啊！保佑我的丈夫”以后，又接着向他们祷告，“啊！保佑我的哥哥！”希望丈夫得胜，只好让哥哥失败；希望哥哥得胜，只好让丈夫失败；在这两者之间，再没有一个折衷的两全之道。

安东尼 温柔的奥克泰维娅，让你的爱心替你决定你的最大的同情应该倾向在哪一方面。要是我失去了我的荣誉，就是失去了我自己；与其你有一个被人轻视的丈夫，还是不要嫁给我的好。可是你既然有这样的意思，那么就有劳你在我们两人之间斡旋斡旋吧；一方面我仍旧在这儿积极准备，万一不幸而彼此以兵戎相见，令兄的英名恐怕就要毁于一旦了。事不宜迟，你趁早动身吧。

奥克泰维娅 谢谢我的主。最有威力的天神把我造成了一个最柔弱的人，我这最柔弱的人却要来调停你们的争端！你们两人开了战，就像整个的世界分裂为二，只有战死者的尸骸才可以填平这一道裂痕。

安东尼 你明白了谁是造成这次争端的祸首以后，就用不到再回护他；我们的过失决不会恰恰相等，总可以分别出一个是非曲直来。预备你的行装；你爱带什么人同去，就带什么人同去；路上需要多少费用，尽管问我拿好了。（同下）

第五场

同前；另一室

爱诺巴勃斯及爱洛斯自相对方向上。

爱诺巴勃斯 啊，爱洛斯朋友！

爱洛斯 有了很奇怪的消息呢，朋友。

爱诺巴勃斯 什么消息？

爱洛斯 凯撒和莱必多斯已经向庞贝开战。

爱诺巴勃斯 这是老消息；结果怎么样？

爱洛斯 凯撒利用了莱必多斯向庞贝开战以后，就翻过脸来不承认他有同等的地位，不让他分享胜利的光荣；不但如此，还凭着他以前写给庞贝的信札，作为通敌的证据，把他拘捕起来；所以这个可怜的第三者已经完了，只有死才能给他自由。

爱诺巴勃斯 那么，世界啊，你现在只有两个人了；把你所有的食物丢给他们，他们也要磨拳擦掌，互相争夺的。

安东尼在哪儿？

爱洛斯 他正在园里散步，一面走，一面恨恨地踢着脚下的草，嘴里嚷着，“傻瓜，莱必多斯！”还发誓说要把那暗杀庞贝的军官捉住了割断他的咽喉。

爱诺巴勃斯 我们伟大的舰队已经扬帆待发了。

爱洛斯 那是要开到意大利去声讨凯撒的。还有，道密歇斯，主帅叫你快去；我应该把我的消息慢慢告诉你的。

爱诺巴勃斯 那就失去新闻的价值了；可是不要管它，带我去见安东尼吧。

爱洛斯 来，朋友。（同下）

第六场

罗马；凯撒府中一室

| 凯撒、阿格立巴及茂西那斯上。

凯撒 这一次，还有其他的种种，都是他为了表示对于罗马的轻蔑而在亚历山大里亚所干的事；那情形是这样的：在市场上筑起了一座白银铺地的高坛，上面设着两把黄金的宝座，克莉奥佩特拉跟他两人公然升座；我的父亲的儿子，他们替他取名为凯撒里昂的，还有他们两人通奸所生的一群儿女，都列坐在他们的脚下；于是他宣布以克莉奥佩特拉为埃及帝国的女皇，全权统辖低部叙利亚、塞浦路斯和吕底亚各处领土。

茂西那斯 这是当着公众的面前举行的吗？

凯撒 就在公共聚集的场所，他们表演了这一幕把戏。他当场又把王号分封他的诸子：米太、帕提亚、亚美尼亚，他都给了亚历山大；叙利亚、西利西亚、腓尼基，他给了托勒密。那天她打扮成爱昔斯女神的样子；据说她以前接见群臣的时候，常常是这样装束的。

茂西那斯 让全罗马都知道这种事情吧。

阿格立巴 罗马人久已厌恶他的骄横，一定会对他完全失去好感。

凯撒 人民已经知道了；他们还听到了他的讨罪的檄告。

阿格立巴 他讨谁的罪？

凯撒 凯撒。他说我在西西里侵吞了塞克斯特斯·庞贝厄斯的领土以后，不曾把那岛上他所应得的一份分派给他；又说他借给我一些船只，我没有归还他；最后他责备我不该擅自褫夺莱必多斯的权位，推翻了三雄鼎峙的局面；他还说我们霸持他的全部的收入。

阿格立巴 主上，这倒是应该答复他的。

凯撒 我已经答复他，叫人带信给他了。我告诉他，莱必多斯最近变得非常横暴残虐，滥用他的大权作威作福，不能不有这一次的变动。凡是我所征服得来的利益，我都可以让他平均分享；可是在他的亚美尼亚和其他被征服的国家之中，我也向他要求同样的权利。

茂西那斯 他决不会答应那样的要求。

凯撒 我们也绝对不能对他让步。

| 奥克泰维娅率扈从上。

奥克泰维娅 祝福，凯撒，我的主！祝福，最亲爱的凯撒！

凯撒 我还说你是个被遗弃的女郎呢！

奥克泰维娅 你没有这样叫过我，你也没有理由这样称呼我。

凯撒 你为什么一声不响到来呢？你来得不像是凯撒的妹妹；安东尼的妻子应该有一大队人马做她的前驱，当她还在远远的地方的时候，一路上的马嘶声就已经在报告她到来的消息；路旁的树枝上都要满爬着人，因为不见所盼的人而焦心绝望；那络绎不断的马蹄扬起的灰尘，应该一直高达天顶。可是你却像一个市场上的女佣一般来到罗马，不曾预先通知我们，使我们来不及用盛大的仪式向你表示我们的欢迎；我们本该在海陆双方派人迎接，每到一处，都应该有人招待你的。

奥克泰维娅 我的好哥哥，我这样悄悄而来，并不是出于勉强，全然是我自己的意思。我的主安东尼听见你准备战争，把这不幸的消息告诉了我，所以我才请求他准许我回来一次。

凯撒 他就很快地答应你了，因为你是使他不能享受风流乐趣的障碍。

奥克泰维娅 不要这样说，哥哥。

凯撒 我随时注意着他，他的一举一动，我这儿都有风闻。他现在在什么地方？

奥克泰维娅 在雅典。

凯撒 不，我的被人欺负的妹妹；克莉奥佩特拉已经招呼他到她那儿去了。他已经把他的帝国奉送给一个淫妇；他们现在正在召集各国的君长，准备进行一场大战。利比亚的国王鲍丘斯、卡巴多西亚的阿契劳斯、巴夫拉贡尼亚的国王菲拉德尔福斯、色雷斯王哀达拉斯、阿拉伯的玛尔丘斯王、本都的国王、犹太的希律、科麦真的国王密瑟里台提斯、米太王坡里蒙和利考尼亚王阿敏达斯，还有别的许多身居王位的人，都已经在他的邀请之下集合了。

奥克泰维娅 唉，我真不幸！我的一颗心分系在你们两人身上，你们两人却彼此相残！

凯撒 欢迎你回来！我们因为得到你的来信而暂缓发动，可是现在已经明白你怎样被人愚弄，我们倘再蹉跎观望，是一件多么危险的事，所以不能不迅速行动了。宽心吧，不要因为这些不可避免的局势扰乱了你的安宁而烦恼，让一切依照命运的注定达到它们最后的结局吧。欢迎你回到罗马来；我没有比你更亲爱的人了。你已经受到空前的侮辱，崇高的天神怜悯你的无辜，才叫我们和一切爱你的人奉行他们的旨意，替你报仇雪恨。愿你安心自乐，我们总是欢迎你的。

阿格立巴 欢迎，夫人！

茂西那斯 欢迎，好夫人！每一颗罗马的心都爱你、同情你；只有贪淫放纵的安东尼才会把你抛弃，让一个娼妓窃持大权，向我们无理挑衅。

奥克泰维娅 真的吗，哥哥？

凯撒 真的。妹妹，欢迎；请你安心忍耐，我的最亲爱的妹妹！（同下）

第七场

阿克兴海岬附近安东尼营地

| 克莉奥佩特拉及爱诺巴勃斯上。

克莉奥佩特拉 我一定要向你报复，你瞧着吧。

爱诺巴勃斯 可是为什么，为什么，为什么？

克莉奥佩特拉 在这次出征以前，你说我是女流之辈，战场上没有我的份儿。

爱诺巴勃斯 对啊，难道我说错了吗？

克莉奥佩特拉 为什么我不能御驾亲征，这不明明是讪谤我吗？

爱诺巴勃斯 （旁白）好，我可以回答你：要是我们把雄马雌马一起赶上战场，引得马儿们撒野起来，那还了得！

克莉奥佩特拉 你说什么？

爱诺巴勃斯 安东尼看见了您，一定会心神不定；他在军情紧急的时候，怎么可以让您分散了他的有限的精力和宝贵的时间？人家已经在批评他的行动轻率了，在罗马他们都说这一次的军事，都是一个名叫福的纳斯的太监和您的几个侍女们作的主张。

克莉奥佩特拉 让罗马沉下海里去，让那些诽谤我们的舌头一起烂掉！我是一国的君主，必须像一个男子一般负起主持战局的责任。不要反对我的决意；我不能留在后方。

爱诺巴勃斯 好，那么我就不说。皇上来了。

| 安东尼及凯尼狄斯上。

安东尼 凯尼狄斯，他从大兰多和勃伦提斯出发，这么快就越过爱奥尼亚海，把妥林占领下来，不是很奇怪吗？你有没有听见这个消息，爱人？

克莉奥佩特拉 因循观望的人，最善于惊叹他人的敏捷。

安东尼 骂得痛快，真是警惰的良箴，这样的话出之于一个堂堂男子的口中，也可以毫无愧色。凯尼狄斯，我们要在海上和他决战。

克莉奥佩特拉 海上！不在海上还在什么地方？

凯尼狄斯 请问主上，为什么我们要在海上和他决战？

安东尼 因为他挑我在海上决战。

爱诺巴勃斯 可是您也曾经要求他单人决斗。

凯尼狄斯 您还要求他在法赛利亚，凯撒和庞贝交战的故址，和你一决胜负；可是他因为这些要求对他不利，一概拒绝了；他可以拒绝您，您也可以拒绝他的。

爱诺巴勃斯 我们的船只缺少得力的人手，那些水兵本来都是赶骡种地的乡民，在仓促之中临时拉来充数的；凯撒的舰队里却都是屡次和庞贝交锋、能征惯战的将士；而且他们的船又很轻便，不比我们的那样笨重。您在陆地上已经准备着充分的实力，拒绝和他在海上决战，也不是一件丢脸的事。

安东尼 在海上，在海上。

爱诺巴勃斯 主上，您要是在海上决战，就是放弃了陆地上绝对可操胜算的机会，摇动了您那些善战的步卒的军心，埋没了您那赫赫有名的陆战的才略，牺牲了最稳当的上策，去冒毫无把握的危险。

安东尼 我决定在海上作战。

克莉奥佩特拉 我有六十艘船舶，凯撒的船不比我们多。

安东尼 我们把多余的船只一起烧掉，把士卒分配到需用的船上，就从阿克兴岬口出发，迎头邀击凯撒的舰队。要是我们失败了，还可以再从陆地上争回胜利。

| 一使者上。

安东尼 什么事？

使者 启禀主上，这消息是真的；有人已经看见他了；凯撒已经占领了妥林。

安东尼 他自己也到那边了吗？那是不可能的；他的本领果然神出鬼没。凯尼狄斯，我们在陆地上的十九个军团和一万二千匹战马，都归你节制。我自己要到船上指挥去。

| 一军士上。

安东尼 什么事，英勇的军人？

军士 啊，皇上！不要在海上作战；不要相信那些朽烂的木板；难道您怀疑这一柄宝剑的威力，和我这满身的伤瘢吗？让那些埃及人和腓尼基人去跳水吧；我们是久惯于立足地上、凭着膂力博取胜利的。

安东尼 好，好，去吧！（安东尼、克莉奥佩特拉及爱诺巴勃斯同下）

军士 凭着赫剌克勒斯起誓，我想我的话没有说错。

凯尼狄斯 你没有错，可是他的整个行动，已经不受他自己的驾驭了；我们的领袖是被人家牵着走的，我们都只是一些供妇女驱策的男子。

军士 您是在陆地上负责保全人马实力的，是不是？

凯尼狄斯 玛克斯·奥克泰维斯、玛克斯·杰思退厄斯、泼勃力科拉、西里厄斯都要参加海战；留着我们保全陆地的实力。凯撒用兵这样神速，真是出人意外。

军士 当他还在罗马的时候，他的军队的调动掩护得非常巧妙，没有一个间谍不给他瞒过了。

凯尼狄斯 你听见说起谁是他的副将吗？

军士 他们说是一个名叫陶勒斯的人。

凯尼秋斯 这人我很熟悉。

| 一使者上。

使者 皇上叫凯尼狄斯进去。

凯尼狄斯 这样扰攘的时世，每一分钟都有新的消息产生。（同下）

第八场

阿克兴附近一平原

| 凯撒、陶勒斯及将士等上。

凯撒 陶勒斯！

陶勒斯 主上？

凯撒 不要在陆地上攻击敌人；保全实力；在我们海上的战事没有完毕以前，避免一切挑衅的行为。遵照这一通密令上所规定的计策实行，不可妄动；我们的前途成败在此一举。（同下）

| 安东尼及爱诺巴勃斯上。

安东尼 把我们的舰队集合在山的那一边，正对着凯撒的阵地；从那地方我们可以看清敌人船只的数目，决定我们应战的方略。（同下）

| 凯尼狄斯率陆地军队上，由舞台一旁列队穿过；凯撒副将陶勒斯率其所部由另一旁穿过。两军入内后，内起海战声。号角声；爱诺巴勃斯重上。

爱诺巴勃斯 混蛋，混蛋，都是混蛋！我再也瞧不下去了。埃及的旗舰“安东尼号”一碰到敌人，就带领了他们的六十艘船只全体转舵逃走；我的眼睛也看得爆破了。

| 斯凯勒斯上。

斯凯勒斯 天上所有的男神女神啊！

爱诺巴勃斯 你为什么有这样的感慨？

斯凯勒斯 大半个世界都在愚昧中失去了；我们已经用轻轻的一吻，断送了无数的王国州郡。

爱诺巴勃斯 战事形势怎么样？

斯凯勒斯 我们的一方面好像已经盖上了瘟疫的戳记似的，注定着死亡的命运。那头不要脸的埃及雌马，但愿她浑身害起癞病来！正在双方鏖战，不分胜负，或者还是我们这方面略占上风的时候，她像一头被牛虻钉上了身的六月的母牛一样，来不及的扯起帆逃了。

爱诺巴勃斯 那我也看见，我的眼睛里看得火星直爆，再也看不下去了。

斯凯勒斯 她刚刚拨转了船头，那被她迷醉得英雄气短的安东尼也就无心恋战，像一头痴心的水凫一样，拍了拍翼膀飞追上去。我从来没有见过这样可羞的行为，丈夫的气概、战士的荣誉，竟会这样扫地无余！

爱诺巴勃斯 唉！唉！

| 凯尼狄斯上。

凯尼狄斯 我们在海上的命运已经奄奄一息，无可挽回地没落下去了。我们的主帅倘不是这样糊涂，一定不会弄到这一个地步。啊！他自己都公然逃走了，军士们看着这一个榜样，怎么不要众心涣散！

爱诺巴勃斯 你也在那边么？那么真的什么都完了。

凯尼狄斯 他们都向伯罗奔尼撒逃走。

斯凯勒斯 那条路很容易走，我也要到那边去等候复命。

凯尼狄斯 我可要把我的军队马匹向凯撒献降；六个国王已经先我而投降了。

爱诺巴勃斯 我还是要追随安东尼的受伤的命运，虽然这是我的理智所反对的。（各下）

第九场

亚历山大里亚；宫中一室

| 安东尼及侍从等上。

安东尼 听！土地在叫我不要践踏它，它怕我这不光荣的身体会使它蒙上难堪的耻辱。朋友们，过来；我在这世上盲目夜行，已经永远迷失了我的路。我有一艘满装黄金的大船，你们拿去分了，各自逃生，不要再跟凯撒作对了吧。

众侍从 逃走！不是我们干的事。

安东尼 我自己也在敌人之前逃走，替懦夫们立下一个全身远害的榜样。朋友们，去吧；我已经为自己决定了一个方针，今后无须借重你们了；去吧。我的金银财宝都在港里，你们尽管拿去。唉！我追随了一个我羞于看见的人；我的头发都在造反，白发埋怨黑发的粗心卤莽，黑发埋怨白发的胆小痴愚。朋友们，去吧；我可以写几封信，介绍你们投奔到我的几个朋友的所在。请你们不要怏怏不乐，也不要口出怨言，听从我在绝望之中的这一番指示；不了的事，让它听其自然；赶快到海边上去吧；我就把那艘船和船上的财物送给你们。现在请你们暂时离开我；我已经不配命令你们，所以只好请求你们。我们等会儿再见吧。（坐下）

查米恩及伊拉丝携克莉奥佩特拉手上，爱洛斯后随。

爱洛斯 好娘娘，上去呀，安慰安慰他。

伊拉丝 上去呀，好娘娘。

查米恩 不上去又怎么样呢？

克莉奥佩特拉 让我坐下来。天后朱诺啊！

安东尼 不，不，不，不，不。

爱洛斯 您看见吗，主上？

安东尼 啊，呸！呸！呸！

查米恩 娘娘！

伊拉丝 娘娘，啊，好娘娘！

爱洛斯 主上，主上！

安东尼 是的，阁下，是的。他在腓利比把他的剑摇来挥去，像在跳舞一般；是我杀死了那个形容瘦削、满脸皱纹的凯歇斯，结果了那发疯似的勃鲁托斯的生命；他却只会跟一些无名的裨将周旋，不曾立过丝毫赫赫的战绩。可是现在——算了。

克莉奥佩特拉 唉！站在一旁。

爱洛斯 主上，娘娘来了。

伊拉丝 上去，娘娘，对他说话；他惭愧得完全失了常态了。

克莉奥佩特拉 好，那么扶着我。啊！

爱洛斯 主上，起来，娘娘来了；她低下了头，您要是不给她一些安慰，她会悲哀而死的。

安东尼 我已经摧毁了自己的名誉，一个最可耻的错误。

爱洛斯 主上，娘娘来了。

安东尼 啊！你把我带到什么地方去呢，埃及人？瞧，我因为不愿从你的眼睛里看见我的耻辱，正在凭吊那已经化为一堆灰烬的我的雄图霸业呢。

克莉奥佩特拉 啊，我的主，我的主！原谅我因为胆怯而扬帆逃避；我没有想到你会跟了上来的。

安东尼 埃及的女王，你完全知道我的心是用绳子缚住在你的舵上的，你一去就会把我拖着走；你知道你是我的灵魂的无上主宰，只要你向我一点头一招手，即使我奉有天神的使命，也会把它放弃了来听候你的差遣。

克莉奥佩特拉 啊，恕我！

安东尼 我曾经玩弄半个世界在我的手掌之上，操纵着无数人生杀予夺的大权，现在却必须俯首乞怜，用吞吞吐吐的口气向这小子献上屈辱的降表。你知道你已经多么彻头彻尾地征服了我，我的剑是绝对服从我的爱情的指挥的。

克莉奥佩特拉 恕我，恕我！

安东尼 不要掉下一颗泪来；你的一颗泪的价值，抵得上我所得而复失的一切。给我一吻吧；这就可以给我充分的补偿了。我们已经差那位教书先生去了；他有没有回来？爱人，我的灵魂像铅一样沉重。叫他们预备酒食！命运越是给我们打击，我们越是瞧不起她。（同下）

第十场

埃及；凯撒营地

凯撒、道拉培拉、赛琉斯及余人等上。

凯撒 叫安东尼的使者进来。你们认识他吗？

道拉培拉 凯撒，那是他的教书先生；不多几月以前，多少的国王甘心为他奔走，现在他却差了这样一个卑微的人来，这就可以见得他的途穷日暮了。

尤弗洛涅斯上。

凯撒 过来，说明你的来意。

尤弗洛涅斯 我虽然只是一个地位卑微的人，却奉着安东尼的使命而来；不久以前，我在他们汪洋大海之中，不过等于一滴草叶上的露珠。

凯撒 好，你来有什么事？

尤弗洛涅斯 他说你是他的命运的主人，向你致最大的敬礼；他请求你准许他住在埃及，要是这一件事你不能允许他，他还有退一步的请求，愿你让他在天地之间有一个容身之处，在雅典做一个平民：这是他要我对你说的话。克莉奥佩特拉也承认你的伟大的权力，愿意听从你的支配；她恳求你慷慨开恩，准许她保存托勒密王朝的宝冕。

凯撒 对于安东尼，他的任何要求我一概置之不理。女王要是愿意来见我，或是向我有什么声请，我都可以答应，只要她能够把她那名誉扫地的朋友逐出埃及境外，或者就在当地结果他的性命；要是她做得到这一件事，她的要求一定可以得到我的垂听。你这样去回复他们两人吧。

尤弗洛涅斯 愿幸运追随你！

凯撒 带他通过我们的阵线。（尤弗洛涅斯下。向赛琉斯）现在是试验你的口才的时候了；快去替我从安东尼手里把克莉奥佩特拉夺来；无论她有什么要求，你都用我的名义答应她；另外你再可以照你的意思向她提出一些优厚的条件。女人在最幸福的环境里，也往往抵抗不了外界的诱惑；一到了困穷无告的时候，一尘不染的贞女也会失足堕落。尽量运用你的手段，赛琉斯；事成之后，随你需索什么酬报，我都决不吝惜。

赛琉斯 凯撒，我就去。

凯撒 注意安东尼在失势中的态度，从他的举动之间窥探他的意向。

赛琉斯 是，凯撒。（各下）

第十一场

亚历山大里亚；宫中一室

| 克莉奥佩特拉、爱诺巴勃斯、查米恩及伊拉丝上。

克莉奥佩特拉 我们怎么办呢，爱诺巴勃斯？

爱诺巴勃斯 想一想，死吧。

克莉奥佩特拉 这一回究竟是安东尼错是我错？

爱诺巴勃斯 全是安东尼的错，他不该让他的意志支配了他的理智。两军相接的时候，本来是惊心怵目的，即使您在战争的狰狞的面貌之前逃走了，为什么他要跟上来呢？当世界的两半互争雄长的紧急关头，他是全局所系的中心人物，怎么可以让儿女之私牵掣了他的大将的责任。在全军惶惑之中追随您的逃走的旗帜，这不但是他的无可挽回的损失，也是一个无法洗刷的耻辱。

克莉奥佩特拉 请你别说了。

| 安东尼及尤弗洛涅斯上。

安东尼 那就是他的答复吗？

尤弗洛涅斯 是，大帅。

安东尼 那么女王可以得到他的恩典，只要她愿意把我交出？

尤弗洛涅斯 他正是这样说。

安东尼 让她知道他的意思。把这颗鬓发苍苍的头颅送给那凯撒小子，他就会满足你的愿望，赏给你许多采邑领土。

克莉奥佩特拉 哪一颗头颅，我的主？

安东尼 再去回复他。对他说，他现在年纪还轻，应该让世人看看他有什么与众不同的地方；也许他的货币、船只、军队，都只是属于一个懦夫所有；也许他的臣僚辅佐凯撒，正像辅佐一个无知的孺子一样。所以我要向他挑战，叫他少掉弄几句花巧的辞令，直捷痛快地跟我来一次剑对剑的决斗。我就去写信，跟我来。

（安东尼、尤弗洛涅斯同下）

爱诺巴勃斯 （旁白）是的，战胜的凯撒会放弃他的幸福，和一个剑客比赛起匹夫之勇来！看来人们的理智也是他们命运中的一部分，一个人倒了霉，他的头脑也就跟着糊涂了。他居然梦想富有天下的凯撒肯来理会一个一无所有的安东尼！凯撒啊，你把他的理智也同时击败了。

| 一从者上。

侍从 凯撒有一个使者来了。

克莉奥佩特拉 什么！一点礼貌都没有了吗？瞧，我的姑娘们；人家只会向一朵含葩未放的娇花屈膝，等到花残香老，他们就要掩鼻而过之了。让他进来，先生。（从者下）

爱诺巴勃斯 （旁白）我的良心开始跟我自己发生冲突了。我们的忠诚不过是愚蠢，因为只有愚人才会尽忠到底；可是谁要是死心塌追随一个失势的主人，那么他的主人虽然被他的环境征服了，他却能够征服那种环境而不为所屈，这样的人是应该在历史上永远占据一个地位的。

| 赛琉斯上。

克莉奥佩特拉 凯撒有什么见教？

赛琉斯 请退一步说话。

克莉奥佩特拉 这儿都是朋友，你放心说吧。

赛琉斯 也许他们是安东尼的朋友。

爱诺巴勃斯 足下，他需要像凯撒一样多的朋友，否则他也用不到我们。只要凯撒高兴，我们的主人愿意踊跃成为他的朋友；至于我们，那您知道，总是跟着他走的，他做了凯撒的朋友，我们自然也就是凯撒的人。

赛琉斯 好，那么，最有声誉的女王，凯撒请求你不要因为你目前的处境而介意，你只要想他是凯撒。

克莉奥佩特拉 说下去，尊贵的使者。

赛琉斯 他知道你投身在安东尼的怀抱里，不是因为爱他，只是因为惧怕他。

克莉奥佩特拉 啊！

赛琉斯 所以他对于你荣誉上所受的创伤是万分同情的，因为那只是被迫忍受的污辱，不是咎有应得的责罚。

克莉奥佩特拉 他是一位天神，他的判断是这样公正。我的荣誉并不是自己甘心屈服，全然是被人征服的。

爱诺巴勃斯 （旁白）我要去问问安东尼，究竟是不是这样。主上，主上，你已经是一艘千穿百孔的破船，我们必须离开你，让你沉下海里，因为你的最亲爱的人也把你丢弃了。（下）

赛琉斯 我要不要回复凯撒，告诉他您对他有什么要求？因为他心里很希望您有求于他。要是您愿意把他的命运作为您的靠山，他一定会十分高兴的；可是他要是听见我说您已经离开了安东尼，把您自己完全置身于他的羽翼之下，尊奉他为全世界的主人，那才会叫他满心酥痒哩。

克莉奥佩特拉 你叫什么名字？

赛琉斯 我的名字是赛琉斯。

克莉奥佩特拉 最善良的使者，请你这样回答伟大的凯撒：我不能亲自吻他征服一切的手，已经请他的使者代致我的敬礼了；告诉他，我随时准备把我的王冠跪献在他的足下；告诉他，从他的举世慑服的诏语之中，我已经听见埃及所得到的判决了。

赛琉斯 这是您的最正当的方策。智慧和命运互相冲突的时候，要是智慧有胆量贯彻它的主张，没有意外的机会可以摇动它的。准许我敬吻您的手。

克莉奥佩特拉 你们凯撒的父亲在世的时候，每次想到了征服国土的计划，往往把他的嘴唇放在这一个卑微的所在，雨也似的吻着它的。

| 安东尼及爱诺巴勃斯上。

安东尼 凭着雷霆之威的乔武起誓，好大的恩典！喂，家伙，你是什么东西？

赛琉斯 我是奉着全世界最有威权、最值得服从的人的命令而来的使者。

爱诺巴勃斯 （旁白）你要挨一顿鞭子了。

安东尼 过来！啊，你这混蛋！天神和魔鬼啊！我已经一点权力都没有了吗？不久以前，我只要呼喝一声，国王们就会像一群孩子似的争先恐后问我有什么吩咐。你没有耳朵吗？我还是安东尼哩。

| 侍从等上。

安东尼 把这家伙抓出去抽一顿鞭子。

爱诺巴勃斯 （旁白）宁可和初生的幼狮嬉戏，不要玩弄一头濒死的老狮。

安东尼 天哪！把他着力鞭打。即使二十个向凯撒纳贡称臣的最大的国君，要是我看见他们这样放肆地玩弄她的手——她，这个女人，她从前是克莉奥佩特拉，现在可叫什么名字？——痛痛地鞭打他，打得他像一个孩子一般捧住了脸哭着喊饶命；把他抓出去。

赛琉斯 玛克·安东尼——

安东尼 把他拖下去；抽过了鞭子以后，再把他带来见我；

我要叫这凯撒手下的奴才替我传一个信给他。（侍从等拖赛琉斯下）在我没有认识你以前，你已经是一朵半谢的残花了；嘿！罗马的衾枕不曾留住了我，多少的名媛淑女我都不曾放在眼里，我不曾生下半个合法的儿女，难道结果反倒被一个向奴才们卖弄风情的女人欺骗了吗？

克莉奥佩特拉 我的好爷爷——

安东尼 你一向就是个朝秦暮楚的人；可是，不幸啊！当我们沉溺在我们的罪恶中间的时候，聪明的天神就封住了我们的眼睛，把我们明白的理智丢弃在我们自己的污秽里，使我们崇拜我们的错误，看着我们一步步陷入迷途而暗笑。

克莉奥佩特拉 唉！竟会一至于此吗？

安东尼 当我遇见你的时候，你是已故的凯撒吃剩下来的残羹冷炙；你也曾做过克尼厄斯·庞贝口中的禁脔；此外不曾流传在世俗的口碑上的，还不知道有多少更荒淫无耻的经历；因为我相信你虽然能够猜想得到贞节应该是怎么一种东西，可是你不知道它究竟是什么。

克莉奥佩特拉 为什么你要说这种话？

安东尼 让一个得了人家赏赐说一声“上帝保佑您”的家伙玩弄你那受过我的爱抚的手，那两心相印的神圣的见证！啊！我不能像一个绳子套在脖子上的囚徒一般，向行刑的人哀求早一点了结他的痛苦；我要到高山荒野之间大声咆哮，发泄我的疯狂的悲愤！

| 侍从等率赛琉斯重上。

安东尼 把他鞭打过了吗？

侍从甲 痛痛地鞭过了，主上。

安东尼 他有没有哭喊饶命？

侍从甲 他求过情了。

安东尼 你的父亲要是还活在世上，让他怨恨你不是他的女儿；你应该后悔追随胜利的凯撒，因为你已经为了追随他而挨了一顿鞭打了；从此以后，愿你见了妇女的洁白的纤手，就会吓得浑身乱抖。滚回到凯撒跟前去，把你在这儿所受到的款待告诉他；记着，你必须对他说，他使我非常生气，因为他的态度太傲慢自大，看轻我现在失了势，却不想到我从前的地位。他使我生气；我的幸运的星辰已经离开了它们的轨道，把它们的火焰射进地狱的深渊里去了，一个倒运的人，是最容易被人激怒的。要是他不欢喜我所说的话和所干的事，你可以告诉他我有一个已经赎身的奴隶歇巴契斯在他那里，他为了向我报复起见，尽管鞭打他、吊死他、用酷刑拷掠他，都随他的便；你也可以在旁边怂恿他的。去，带着你满身的鞭痕滚吧！（赛琉斯下）

克莉奥佩特拉 你的脾气发完了吗？

安东尼 唉！我们地上的明月已经晦暗了；它只是预兆着安东尼的没落。

克莉奥佩特拉 我必须等他安静下来。

安东尼 为了献媚凯撒的缘故，你竟会和一个服侍他穿衣束带的人眉来眼去吗？

克莉奥佩特拉 还没有知道我的心吗？

安东尼 对我的心完全冷了吗？

克莉奥佩特拉 啊！亲爱的，要是我果然这样，愿上天在我冷酷的心里酿成一阵有毒的冰雹，让第一块雹石落在我的头上，融化了我的生命；然后让它打死凯撒里昂，再让我的孩子和我的勇敢的埃及人一个一个在这雹阵之下丧身；让他们死无葬身之地，充作尼罗河上蝇蚋的食料！

安东尼 我很满意你的表白。凯撒已经在亚历山大里亚安下营寨，我还要和他决一个最后的雌雄。我们陆上的军队很英勇地坚持不屈；我们溃散的海军也已经重新集合起来，恢复了原来的威风。我的心啊，你这一向都在哪里？你听见吗，爱人？要是我再从战场上回来吻这一双嘴唇，我将要遍身浴血出现在你的面前；凭着这一柄剑，我要创造历史上不朽的记录。希望还没有消失呢。

克莉奥佩特拉 这才是我的英勇的主！

安东尼 我要使出三倍的膂力，三倍的精神和勇气，做一个杀人不眨眼的魔王；因为当我命运顺利的时候，人们往往在谈笑之间邀取我的宽赦；可是现在我要咬紧牙齿，把每一个阻挡我去路的人送下地狱。来，让我们再痛痛快快乐它一晚；召集我的全体忧郁的将领，再一次把美酒注满在我们的杯里；让我们不要理会那午夜的钟声。

克莉奥佩特拉 今天是我的生日；我本来预备让它在无声无臭中过去，可是既然我的主仍旧是原来的安东尼，那么我也还是原来的克莉奥佩特拉。

安东尼 我们还可以挽回颓势。

克莉奥佩特拉 叫全体将领都来，主上要见见他们。

安东尼 叫他们来，我们要跟他们谈谈；今天晚上我要把美酒灌得从他们的伤疤里流了出来。来，我的女王；我们还可以再接再厉。这一次我临阵作战，我要使死神爱我，即使对他的无情的镰刀，我也要作猛烈的抗争。（除爱诺巴勃斯外皆下）

爱诺巴勃斯 现在他要用狰狞的怒目去压倒闪电的光芒了。过分的惊惶会使一个人忘怀了恐惧，不顾死活地蛮干下去；在这一种心情之下，鸽子也会向鸷鸟猛啄。我看我们主上已经失去了理智，所以才会恢复了勇气。有勇无谋，结果一定失败。我要找个机会离开他。（下）

第四幕

第一场

亚历山大里亚城前；凯撒营地

凯撒上，读信；阿格立巴、茂西那斯及余人等上。

凯撒 他叫我孩子，把我信口谩骂，好像他有力量把我赶出埃及似的；他还鞭打我的使者；要求我跟他单人决斗，凯撒对安东尼。让这老贼知道，我要死，别的方法还多着呢。尽管他去挑战，我只是置之一笑。

茂西那斯 凯撒必须想到，一个伟大的人物开始咆哮的时候，就是势穷力迫，快要堕下陷阱的预兆。不要给他喘息的机会，利用他的狂暴焦躁的心理；一个发怒的人，总是疏于自卫的。

凯撒 让全营将士知道，明天我们将要作一次结束一切战争的决战。在我们队伍里面，有不少最近还在安东尼部下作战的人，凭着这些归降的将士，就可以把他诱进了圈套。你去传告我的命令：今晚大宴全军；我们现在食物山积，这都是弟兄们辛苦得来的成绩。可怜的安东尼！（同下）

第二场

亚历山大里亚；宫中一室

｜安东尼、克莉奥佩特拉、爱诺巴勃斯、查米恩、伊拉丝、艾勒克萨斯及余人等上。

安东尼 他不肯跟我决斗，道密歇斯。

爱诺巴勃斯 嗯。

安东尼 他为什么不肯？

爱诺巴勃斯 他以为他的命运胜过你二十倍，他一个人可以抵得上二十个人。

安东尼 明天，汉子，我要在海上陆上同时作战；我倘不能胜利而生，也要用壮烈的战血洗刷我的濒死的荣誉。你愿意出力打仗吗？

爱诺巴勃斯 我愿意嚷着“牺牲一切”的口号，向敌人猛力冲杀。

安东尼 说得好；来。把我家里的仆人叫出来；今天晚上我们要饱餐一顿。

｜三四仆人上。

安东尼 把你的手给我，你一向是个很忠实的人；你也是；你，你，你，你们都是；你们曾经尽心侍候我，国王们曾经做过你们的同伴。

克莉奥佩特拉 这是什么意思？

爱诺巴勃斯 （向克莉奥佩特拉旁白）这是他在心里懊恼的时候想起来的一种古怪花样。

安东尼 你也是忠实的。我希望我自己能够化身为像你们这么多的人，你们大家都合成了一个安东尼，这样我就可以为你们尽力服务，正像你们现在为我尽力一样。

众仆 那我们怎么敢当！

安东尼 好，我的好朋友们，今天晚上你们还是来侍候我，不要减少我酒杯的数目，仍旧像从前那样看待我，就像我的帝国也还跟你们一样服从我的命令那时候一般。

克莉奥佩特拉 （向爱诺巴勃斯旁白）他是什么意思？

爱诺巴勃斯 （向克莉奥佩特拉旁白）他要逗他的仆人们流泪。

安东尼 今夜你们来侍候我；也许这是你们最后一次对我所尽的义务了；也许你们从此不再看见我；也许你们所看见的，只是我的血肉模糊的影子；也许明天你们便要服侍一个新的主人。我瞧着你们，就像自己将要和你们永远告别了的一般。我的忠实的朋友们，我不是要抛撇你们，你们尽心竭力地跟随了我一辈子，我也到死也不把你们丢弃的。今晚你们再侍候我两小时，我不再有别的要求了；愿神明保佑你们！

爱诺巴勃斯 主上，您何必向他们说这种伤心的话儿？瞧，他们都在哭啦；我这蠢材的眼睛里也有些热辣辣的。算了吧，不要叫我们全都变成娘儿们吧。

安东尼 哈哈哈！该死，我可不是这个意思。你们这些眼泪，表明你们都是有良心的。我的好朋友们，你们误会了我的意思了，我本意是要安慰你们，叫你们用火把照亮这一个晚上。告诉你们吧，我的好朋友们，我对于明天抱着很大的希望；我要领导你们胜利而生，不是光荣而死。让我们去饱餐一顿，来，把一切忧虑都浸没了。（同下）

第三场

同前；宫门前

二兵士上，各赴岗位。

兵士甲 晚安兄弟；明天是决战的日子了。

兵士乙 胜败都在明天分晓；再见。你在街道上没有听见什么怪事吗？

兵士甲 没有。你知道什么消息？

兵士乙 多半是个谣言。晚安！

兵士甲 好，晚安！

其他二兵士上。

兵士乙 弟兄们，留心警戒哪！

兵士丙 你也留心点儿。晚安，晚安！（兵士甲、兵士乙各就岗位）

兵士丁 咱们是在这儿。（兵士丙、兵士丁各就岗位）要是明天咱们的海军能够得胜，我绝对相信咱们地上的弟兄们也一定会站得挺硬的。

兵士丙 咱们军队是一支充满了决心的勇敢的军队。（台下吹高音笛声）

兵士丁 别说话！什么声音？

兵士甲 听，听！

兵士乙 听！

兵士甲 空中的乐声。

兵士丙 好像在地下。

兵士丁 这是好兆，是不是？

兵士丙 不。

兵士甲 静些！这是什么意思？

兵士乙 这是安东尼所崇拜的赫剌克勒斯，现在离开他了。

兵士甲 走；让我们问问别的守兵听没听见这种声音。（四兵士行至另一岗位前）

兵士乙 喂，弟兄们！

众兵士 喂！喂！你们听见这个声音吗？

兵士甲 听见的；这不是很奇怪吗？

兵士丙 你们听见吗，弟兄们？你们听见吗？

兵士甲 跟着这声音走，一直走到我们的界线上为止；让我们听听它怎么消失下去。

众兵士 （共语）不要惊疑。——奇怪得很。（同下）

第四场

同前；宫中一室

| 安东尼及克莉奥佩特拉上；查米恩及余人等随侍。

安东尼 爱洛斯！我的战铠，爱洛斯！

克莉奥佩特拉 睡一会儿吧。

安东尼 不，我的宝贝。爱洛斯，来；我的战铠，爱洛斯！

| 爱洛斯持铠上。

安东尼 来，好家伙，替我穿上这一身战铠；要是命运今天不照顾我们，那是因为我们向她挑战的缘故。来。

克莉奥佩特拉 让我也来帮帮你。这东西有什么用处？

安东尼 啊！别管它，别管它；你是使我的心披上战铠的人。错了，错了；这一个，这一个。

克莉奥佩特拉 真的，嗳哟！我偏要帮你；它应该是这样的。

安东尼 好，好；现在我们一定可以成功。你看见吗，我的好家伙？你也去武装起来吧。

爱洛斯 快了，主上。

克莉奥佩特拉 这一个扣子不是扣得很好吗？

安东尼 好得很，好得很。在我没有解甲安息以前，谁要是解开这一个扣子的，一定会听见惊人的雷雨。你怎么这样笨手笨脚的，爱洛斯；我的女王倒是一个比你能干一些的侍从哩。快些。啊，亲爱的！要是你今天能够看见我在战场上驰骋，要是你也懂得这一种英雄的事业，你就会知道一个卓越的战士是怎样的。

| 一军士武装上。

安东尼 早安；欢迎！你瞧上去像是一个善战的健儿；我们对于心爱的工作，总是一早起身，踊跃前趋的。

军士 主帅，时候虽然还早，弟兄们都已经装束完备，在门口等候着您了。（喧呼声；喇叭大鸣）

| 众将佐军士上。

将佐 今天天色很好。早安，主帅！

众军士 早安，主帅！

安东尼 孩儿们，你们的喇叭吹得很好。今天的清晨像一个立志干一番轰轰烈烈的事业的少年，很早就踏上了它的征途。好，好；来，把那个给我。这一边；很好。再会，爱人，我此去存亡未卜，这是一个军人的吻。（吻克莉奥佩特拉）我不能浪费我的时间在无谓的温存里；我现在必须像一个钢铁铸成的男儿一般向你告别。凡是愿意战的，都跟着我来。再会！

（安东尼、爱洛斯及将士等同下）

查米恩 请娘娘进去安息安息吧。

克莉奥佩特拉 你领着我。他勇敢地去了。要是他跟凯撒能够在一场单人的决斗里决定这一场大战的胜负，那可多好！那时候，安东尼——可是现在——好，去吧。（同下）

第五场

亚历山大里亚；安东尼营地

喇叭声。安东尼及爱洛斯上；一军士自对面上。

军士 愿天神保佑安东尼今天大获胜利！

安东尼 我只恨当初你那满身的创瘢，不曾使我听从你的话在陆地上作战！

军士 你早听了我的话，那许多倒戈的国王一定还追随在你的后面，今天早上也没有人会逃走了。

安东尼 谁今天逃走了？

军士 谁！你的一个多年亲信的人。你要是喊爱诺巴勃斯的名字，他不会听见你；或许他会从凯撒的营里回答你，“我已经不是你的人了。”

安东尼 你说什么？

军士 主帅，他已经跟随凯撒去了。

爱洛斯 他的箱笼财物都没带走。

安东尼 他去了吗？

军士 确确实实地去了。

安东尼 去，爱洛斯，把他的钱财送还给他，不可有误；听着，什么都不要留下。写一封信给他，表示惜别欢送的意思，写好了让我在上面签一个名字；对他说，我希望他今后再也不会有同样充分的理由，使他感到更换一个主人的必要。唉！想不到我的衰落的命运，竟会使本来忠实的人也变起心来。快去。爱诺巴勃斯！（同下）

第六场

亚历山大里亚城前；凯撒营地

|喇叭奏花腔。凯撒率阿格立巴、爱诺巴勃斯及余人等同上。

凯撒 阿格立巴，你先带领一支人马出去，开始和敌人交锋。我们今天一定要把安东尼生擒活捉；你去传令全军知道。

阿格立巴 凯撒，遵命。（下）

凯撒 全面和平的时候已经不远了；但愿今天一战成功，让这三角的世界不再受干戈的骚扰！

|一使者上。

使者 安东尼已经在战场上了。

凯撒 去吩咐阿格立巴，叫那些投降过来的将士充当前锋，让安东尼向他自家的人发泄他的愤怒。（凯撒及侍从下）

爱诺巴勃斯 艾勒克萨斯叛变了，他奉了安东尼的使命到犹太去，却劝诱希律王归附凯撒，舍弃他的主人安东尼；为了他这一个功劳，凯撒已经把他吊死。凯尼狄斯和其余叛离的将士虽然都蒙这里收留，可是谁也没有得到重用。我已经干了一件使我自己捶心痛恨的坏事，从此以后，再也不会有快乐的日子了。

| 一凯撒军中军士上。

军士 爱诺巴勃斯，安东尼已经把你所有的财物一起送来了，还有他给你的许多赏赐。那差来的人是从我守卫的地方入界的，现在正在你的帐里搬下那些送来的物件。

爱诺巴勃斯 那些东西都送给你吧。

军士 不要取笑，爱诺巴勃斯。我说的是真话。你最好自己把那来人护送出营；我有职务在身。否则就送他走一程也没甚关系。你们的皇上到底还是一尊天神哩。（下）

爱诺巴勃斯 我是这世上最卑鄙无耻的小人。啊，安东尼！你慷慨的源泉，我这样反复变节，你尚且赐给我这许多黄金，要是我对你尽忠不二，你将要给我怎样的赏赉呢！悔恨像一柄利剑刺进了我的心。我帮着敌人打你！不，我要去找一处最污浊的泥沟，了结我这卑劣的残生。（下）

第七场

两军营地间的战场

| 号角声；鼓角齐奏声。阿格立巴及余人等上。

阿格立巴 退下去，我们已经过分深入敌军阵地了。凯撒自己

正在指挥作战；我们所受的压力超过我们的预料。

（同下）

| 号角声；安东尼及斯凯勒斯负伤上。

斯凯勒斯 啊，我的英勇的皇上！这才是打仗！我们要是早一点大家这样出力，他们早就满头挂彩，给我们赶回老家去了。

安东尼 你的血流得很厉害呢。

斯凯勒斯 我这儿有一个伤口，本来像个T字，现在可变成个H啦。

安东尼 他们败退下去了。

斯凯勒斯 我们要把他们追赶得入地无门；我身上还可以受六处伤哩。

| 爱洛斯上。

爱洛斯 主上，他们已经打败了；我们已经握住优势，这次一定可以大获全胜。

斯凯勒斯 让我们从背后痛击他们，就像捉兔子一般把他们一网罩住；打逃兵是一件最有趣不过的玩意儿。

安东尼 我要重赏你的鼓舞精神的谈笑，我还要把十倍的重赏酬劳你的勇敢。来。

斯凯勒斯 让我一跛一跛地跟着您走。（同下）

第八场

亚历山大里亚城下

| 号角声。安东尼、斯凯勒斯率军队行进上。

安东尼 我们已经把他打回了自己的营地；先去一个人去向女王报告我们今天的战绩。明天在太阳没有看见我们以前，我们要叫那些今天逃出了性命的敌人一个个喋血沙场。谢谢各位，你们都是英勇的壮士，你们挺身作战，并不以为那是你们强制履行的义务，每一个人都把这次战争当作了自己切身的事情；你们谁都显出了赫克托一般的威武。进城去，拥抱你们的妻子朋友，告诉他们你们的战功，让他们用喜悦的眼泪洗净你们伤口的瘀血，吻愈了那光荣的创痕。（向斯凯勒斯）把你的手给我。

| 克莉奥佩特拉率扈从上。

安东尼 我要向这位伟大的女神夸扬你的勋劳，使她的感谢祝福你。你世界的白昼啊！勾住我的裹着铁甲的颈项，连同你这一身盛装，穿过我的坚利的战铠，跳进我的心头，让我的喘息载着你凯旋回去吧！

克莉奥佩特拉 万君之君，你无限完善的英雄啊！你带着微笑从天罗地网之中脱身归来了吗？

安东尼 我的夜莺，我们已经把他们打退了。吓，姑娘！虽然霜雪已经点上我的少年的褐发，可是我还有一颗勃勃的雄心，它能够帮助我建立青春的志业。瞧这个人；让他的嘴唇沾到你手上的恩泽；吻着它，我的战士；他今天在战场上奋勇杀敌，就像一个痛恨人类的天神一样，没有人逃得过他的剑锋的诛戮。

克莉奥佩特拉 朋友，我要送给你一副纯金的战铠，它本来是属于一个国王所有的。

安东尼 即使它像日轮一样灿烂夺目，他也可以受之无愧。

把你的手给我。通过亚历山大里亚全城，我们的大军要列队前进，兴高采烈地显示我们的威容；我们要把剑痕累累的盾牌像我们的战士一样高高举起。要是我们广大的王宫能够容纳我们全军的将士，我们一定要全体欢宴一宵，为了预祝明天的大捷而痛饮。喇叭手，尽力吹响起来，让你们的喧声震聋了全城的耳朵；和着聒噪的鼓声，使天地之间充满了一片欢迎我们的呐喊。（同下）

第九场
凯撒营地

| 哨兵各守岗位。

军士甲 在这一小时以内，要是没有人来交替我们，我们必须回到警备营去。今晚星月皎洁，他们说我们在清晨二点钟就要出发作战。

军士乙 昨天的战事使我们受到极大的打击。

| 爱诺巴勃斯上。

爱诺巴勃斯 夜啊！请你做我的见证——

军士丙 这是什么人？

军士乙 站近些，听他说。

爱诺巴勃斯 请你做我的见证，神圣的月亮啊，变节的叛徒在历史上将要永远留下被人唾骂的污名，爱诺巴勃斯在你的面前忏悔他的错误了！

军士甲 爱诺巴勃斯！

军士丙 别说话！听下去。

爱诺巴勃斯 无上尊严的忧郁的女神啊，把黑夜的毒雾降在我的身上，让生命，我的意志的叛徒，脱离我的躯壳吧；把我这一颗为悲哀所煎枯的心投掷在冷酷坚硬的我的罪恶上，让它碎成粉末，结束了一切卑劣的思想吧。安东尼啊！你的高贵的精神，是我的下贱的行为所不能仰望的，原谅我对你个人所加的伤害，可是让世人记着我是一个叛徒的魁首。啊，安东尼！啊，安东尼！（死）

军士乙 让我们对他说话去。

军士甲 我们还是听他说，也许他所说的话跟凯撒有关系。

军士丙 让我们听着吧。可是他睡了。

军士甲 恐怕还是昏晕过去了；照他的祷告听起来不像是会一下子睡去了的。

军士乙 我们走过去看看他。

军士丙 醒来，将军，醒来！对我们说话呀。

军士乙 你听见吗，将军？

军士甲 死神的手已经抓住了他。（远处鼓声）听！庄严的鼓声在催唤睡着的人醒来。让我们把他抬到警备营去；他不是一个无名之辈。我们的时间已经完毕了。

军士丙 那么来；也许他还会苏醒转来。（众军士舁爱诺巴勃斯尸下）

第十场

两军营地之间

丨安东尼及斯凯勒斯率军队行进上。

安东尼 他们今天准备在海上作战；在陆地上他们已经认识了我们的厉害。

斯凯勒斯 主上，我们要在海陆两方面同样向他们显显颜色。

安东尼 我希望他们会在火里风里跟我们交战，我们也可以对付得了的。可是现在我们必须带领步兵，把守着城郊附近的山头；海战的命令已经发出，他们的战舰已经出港，我们凭着登高临下的优势，可以一览无余地观察他们的动静。（同下）

丨凯撒率军队行进上。

凯撒 可是当敌人开始向我们进攻以后，我们仍旧要在陆地上继续作战，因为他的主力已经都去补充在舰队上了。到山谷里去，努力争取我们的先着！（同下）

丨安东尼及斯凯勒斯重上。

安东尼 他们还没有集合起来。在那株松树矗立的地方，我可以望见一切；让我去看一看形势，立刻就来告诉你。（下）

斯凯勒斯 燕子在克莉奥佩特拉的船上筑巢；占卜的人说他们不知道这是什么预兆；他们绷起了冷冰冰的脸孔，不敢说出他们的意见。安东尼很勇敢，可是有些郁郁不乐；他的多磨的命运使他有时充满了希望，有时充满了忧虑。（远处号角声，如在进行海战）

丨安东尼重上。

安东尼 什么都完了！这无耻的埃及人葬送了我；我的舰队已经投降了敌人，那边他们正在高掷他们的帽子，欢天喜地的在一起喝酒，正像分散的朋友久别重逢一般。三翻四覆的淫妇！是你把我出卖给这个初出茅庐的小子，我的心现在只跟你一个人作战。吩咐他们大家散伙了吧；我只要向这迷人的妖妇报复了我的仇恨以后，我这一生也就可以告一段落了，叫他们大家散伙了吧；去。（斯凯勒斯下）太阳啊！我再也看不见你的升起了；命运和安东尼在这儿分了手；就在这儿让我们握手为别。一切到了这样的结局了吗？那些像狗一样追随我，从我手里得到他们愿望的满足的人，现在都掉转头来，把他们的甘言巧笑向势力强盛的凯撒献媚去了；剩着这一株凌霄独立的孤松，悲怅它的鳞摧甲落。我被人欺骗了。啊，这负心的埃及女人！这外表如此庄严的妖巫，她的眼睛能够指挥我的军队的进退，她的酥胸是我的荣冠、我的唯一的归宿，谁料她却像一个奸诈的吉卜赛人似的，凭着她的擒纵的手段，把我诱进了山穷水尽的垓心。喂，爱洛斯！爱洛斯！

| 克莉奥佩特拉上。

安东尼 啊！你这妖妇！走开！

克莉奥佩特拉 我的主怎么对他的爱人生气啦？

安东尼 不要让我看见你，否则我要给你咎有应得的惩罚，使凯撒的胜利大为减色了。让他捉了你去，在欢呼的庶民之前把你高高举起；追随在他的战车的后面，给人们看看你是你们全体女性中最大的污点；

让他们把你当作一头怪物，谁出了最轻微的代价，就可以尽情饱览；让耐心的奥克泰维娅用她那准备已久的指爪抓破你的脸。（克莉奥佩特拉下）要是活着是一件好事，那么你固然是去了的好；可是你还不如死在我的盛怒之下，因为一死也许可以避免无数比死更难堪的痛苦。喂，爱洛斯！阿尔锡第斯，我的先祖，教给我你的愤怒；让我用这一双曾经握过最沉重的武器的手，征服了我最英雄的自己。这妖妇必须死；她把我出卖给那罗马的小子，我中了他们的毒计；她必须因此而受死。喂，爱洛斯！（下）

第十一场

亚历山大里亚；宫中一室

| 克莉奥佩特拉、查米恩、伊拉丝及玛狄恩上。

克莉奥佩特拉 扶着我，我的姑娘们！啊！他比失去了盾牌的忒拉蒙还要暴躁；从来不曾有一头被猎人穷追的野猪像他那样满口飞溅着白沫。

查米恩 到陵墓里去！把您自己锁在里面，叫人告诉他您已经死了。一个人失去了他的荣誉，是比灵魂脱离躯壳更痛苦的。

克莉奥佩特拉 到陵墓里去！玛狄恩，你去告诉他我已经自杀了；你说我最后一句话是“安东尼”；请你用非常凄恻的声音，念出这一个名字。去，玛狄恩，回来告诉我他听见了我的死讯有些什么表示。到陵墓里去！（各下）

第十二场

同前；另一室

| 安东尼及爱洛斯上。

安东尼 爱洛斯，你还看见我吗？

爱洛斯 看见的，主上。

安东尼 有时我们看见天上的云像一条蛟龙；有时雾气会化成一只熊、一头狮子的形状，有时像一座高耸的城堡、一座突兀的危崖、一堆雄峙的山峰，或是一道树木葱茏的青色的海岬，俯瞰尘寰，用种种虚无的景色戏弄我们的眼睛。你曾经看见过这种现象，它们都是一些日暮的幻影。

爱洛斯 是，主上。

安东尼 现在瞧上去还像一匹马的，一转瞬间，浮云飞散了，它就像一滴水落在池里一样，分辨不出它的形状。

爱洛斯 正是这样，主上。

安东尼 爱洛斯，我的好小子，你的主帅也不过是这样一块浮云；现在我还是一个好好的安东尼，可是我却保不住自己的形体，我的小子。我为了埃及兴起一次次的战争；当我的心还属于我自己的时候，它曾经气吞百万之众，可是我让女王占有了它，我以为她的心也已经被我占有，现在我才知道她的心不是属于我的；她，爱洛斯，竟和凯撒暗中勾结，用诡计毁坏我的光荣，使敌人得到了胜利。不，不要哭，善良的爱洛斯；我们还留着我们自己，可以替自己找个结局呢。

| 玛狄恩上。

安东尼 啊，你那万恶的女主人！她把我的剑也偷去了。

玛狄恩 不，安东尼，我那娘娘是爱你的；她的命运和你的命运完全结合在一起。

安东尼 滚开，放肆的阉人；闭住你的嘴！她欺骗了我，我不能饶她活命。

玛狄恩 一个人是只能死一次的，她已经解除她的责任了。你所要干的事，她早已替你干好；她最后所说的一句话是“安东尼！最尊贵的安东尼！”在一声惨痛的呻吟之中，她喊出了安东尼的名字，一半在她的嘴唇上，一半还留在她的心里。她的呼吸停止了，你的名字也就埋葬在她的胸中。

安东尼 那么她死了吗？

玛狄恩 死了。

安东尼 把战铠脱下了吧，爱洛斯；长昼的工作已经完毕，我们现在该去睡了。（向玛狄恩）有劳你走这一趟，留着活命回去，总算你运气不错；去。（玛狄恩下）脱下来；埃阿斯的七重的盾牌，也挡不住我心头所受的打击。啊，碎裂了吧，我的胸膛！心啊，使出你所有的力量来，把你这脆弱的腔子爆破了吧！赶快，爱洛斯，赶快。不再是一个军人了；残破的甲片啊，去吧；你们从前也是立过功劳来的。暂时离开我一会儿。（爱洛斯下）我要追上你，克莉奥佩特拉，流着泪请求你的宽恕。在生命的长途上，现在只留下了痛苦；火炬既然已经熄灭，还是静静地躺下来，不要深入迷途了。一切的辛勤徒然毁坏了自己所成就的事业；纵然有盖世的威力，免不了英雄失路的悲哀；从此一切撒手，也可以省下多少麻烦。爱洛斯！——我来了，我的女王！——爱洛斯！——等一等我。在灵魂们偃息在花朵里的乐园之内，我们将要携手相亲，用我们活泼泼的神情引起幽灵们的注目；狄多和她的埃涅阿斯将要失去追随的一群，到处都是我们遨游的地方。来，爱洛斯！爱洛斯！

| 爱洛斯重上。

爱洛斯 主上有什么吩咐？

安东尼 克莉奥佩特拉死了，我却还在这样重大的耻辱之中偷生人世，天神都在憎恶我的卑劣了。我曾经用我的剑宰割世界，驾着无敌的战舰建立海上的城市；可是她已经用一死告诉我们的凯撒，“我是我自己的征服者”了，我难道连这一分志气也没有吗？爱洛斯，你我曾经有约在先，到了形势危急的关头，当我看见我自己将要在敌人手里遭受无可避免的凌辱的时候，我一发出命令，你就必须立刻把我杀死；现在这个时刻已经到了，履行你的义务吧。你不是杀死我，你是击败了凯撒。不要吓得这样脸色发白。

爱洛斯 天神阻止我！帕提亚人的敌意的矢镝不曾射中您的身体，难道我却必须下这样的毒手吗？

安东尼 爱洛斯，你愿意坐在罗马的窗前，看着你的主人交叉着两臂，俯下了他的伏罪的颈项，带着满面的羞惭走过，他的前面的车子上坐着幸运的凯撒，把卑辱的烙印加在他的俘虏的身上吗？

爱洛斯 我不愿看见这种事情。

安东尼 那么来，我必须忍受些微的痛苦，解脱终身的耻辱。把你那柄曾经为国家立过功劳的剑拔出来吧。

爱洛斯 啊，主上！原谅我！

安东尼 我当初使你获得自由的时候，你不是曾经向我发誓，我叫你这样做你就这样做吗？赶快动手，否则你过去的勤劳，都是毫无目的的了。拔出剑来，来。

爱洛斯 那么请您转过脸去，让我看不见那为全世界所崇拜瞻仰的容颜。

安东尼 你瞧！（转身背爱洛斯）

爱洛斯 我的剑已经拔出了。

安东尼 那么让它赶快执行它的工作吧。

爱洛斯 我的亲爱的主人，我的元帅，我的皇上，在我没有刺这残酷的一剑以前，允许我向您道别。

安东尼 很好，朋友，再会吧。

爱洛斯 再会吧，伟大的主帅！我现在就动手吗？

安东尼 现在，爱洛斯。

爱洛斯 那么好，我这样免去了安东尼的死所给我的悲哀了。（自杀）

安东尼 比我三倍勇敢的义士！壮烈的爱洛斯啊，你教训我所应该做而你所不能做的事了。我的女王和爱洛斯已经用他们英勇的示范占了我的先着；可是我要像一个新郎似的奔赴着死亡，正像登上恋人的卧床一样。来；爱洛斯，你的主人死了却是你的学生，你教给我怎样死法。（伏剑倒地）怎么！没有死？没有死？喂，卫士！啊！帮我快一点死去！

| 德西塔斯及众卫士上。

卫士甲 什么声音？

安东尼 朋友们，我把事情干坏了；啊！请你们替我完成我的工作吧。

卫士乙 大星殒落了！

卫士甲 时间已经终止它的运行了！

众卫士 唉，伤心！

安东尼 哪一个爱我的，把我杀死了吧。

卫士甲 我不能下这样的手。

卫士乙 我也不能。

卫士丙 谁也下不了这样的手。（卫士等下）

德西塔斯 你手下的人看见你国破身亡，全都走散了。我只要把这柄剑拿去献给凯撒，再把这样的消息告诉他，就可以成为我的进身之阶。

| 狄俄墨得斯上。

狄俄墨得斯 安东尼在什么地方？

德西塔斯 那边，狄俄墨得斯，那边。

狄俄墨得斯 他活着吗？你怎么不回答我，朋友？（德西塔斯下）

安东尼 是你吗，狄俄墨得斯？拔出你的剑来，把我刺死了吧。

狄俄墨得斯 最尊严的主上，我们娘娘克莉奥佩特拉叫我来看你。

安东尼 她什么时候叫你来的？

狄俄墨得斯 现在，我的主。

安东尼 她在什么地方？

狄俄墨得斯 关闭在陵墓里。她早就害怕会有这种事情发生；她因为看见您疑心她和凯撒有勾结——其实是完全没有这一回事的——没有法子平息您的恼怒，所以才叫人来告诉您她死了；可是她又怕这一个消息会引起不幸的结果，所以又叫我来向您说明事实的真相；我怕我来得太迟了。

安东尼 太迟了，好狄俄墨得斯。请你叫我的卫士来。

狄俄墨得斯 喂，喂！皇上的卫士呢？喂，卫士们！来，你们的主帅叫着你们哪！

｜安东尼的卫士四五人上。

安东尼 好朋友们，把我抬到克莉奥佩特拉的所在去；这是我最后命令你们做的事了。

卫士甲 唉，唉！主上，您手下还有几个人是始终跟随着您的。

众卫士 最不幸的日子！

安东尼 不，我的好朋友们，不要用你们的悲哀使冷酷的命运在暗中窃笑；我们应该用处之泰然的态度，报复命运加于我们的凌辱。把我抬起来；一向总是我带领着你们，现在我却要劳你们扛着我走了，谢谢你们。（众舁安东尼同下）

第十三场

同前；陵墓

｜克莉奥佩特拉率查米恩、伊拉丝及侍女等自高处上。

克莉奥佩特拉 啊，查米恩！我一辈子不再离开这里了。

查米恩 不要伤心，好娘娘。

克莉奥佩特拉 不，我怎么不伤心？一切奇怪可怕的事情都是欢迎的，我就是不要安慰；我们的不幸有多么大，我们的悲哀也该有多么大。

| 狄俄墨得斯自下方上。

克莉奥佩特拉 怎么！他死了吗？

狄俄墨得斯 死神的手已经降在他身上，可是他还没有死。从陵墓的那一边望出去，您就可以看见他的卫士正在把他抬到这儿来啦。

| 卫士等舁安东尼自下方上。

克莉奥佩特拉 太阳啊，把你广大的天宇燃烧起来吧！人间的巨星已经消失它的光芒了。啊，安东尼，安东尼，安东尼！帮帮我，查米恩，帮帮我，伊拉丝，帮帮我；下面的各位朋友！大家帮帮忙，把他抬到这儿来。

安东尼 静些！不是凯撒的勇敢推倒了安东尼，是安东尼战胜了他自己。

克莉奥佩特拉 是的，只有安东尼能够征服安东尼；可是苦啊！

安东尼 我要死了，埃及，我要死了；我只请求死神宽假片刻的时间，让我把最后的一吻放在你的唇上。

克莉奥佩特拉 我不敢，亲爱的——我的亲爱的主，恕我——我不敢，我怕他们把我捉去。我决不让全胜而归的凯撒把我作为向人夸耀的战利品；要是刀剑有锋刃，药物有灵，毒蛇有刺，我决不会落在他们的手里；你那眼光温柔、神气冷静的妻子奥克泰维娅永远没有机会在我的面前表现她的端庄贤淑。可是来，来，安东尼——帮助我，我的姑娘们——我们必须把你抬起来。帮帮忙，好朋友们。

安东尼 啊！快些，否则我要去了。

克莉奥佩特拉 嗳哟！我的主是多么的重！要是我有天后朱诺的神力，我一定要叫羽翼坚劲的麦鸠利负着你上来，把你放在乔武的身旁。可是只有呆子才会有这种无聊的愿望。上来点儿了。啊！来，来，来；（众举安东尼上至克莉奥佩特拉前）欢迎，欢迎！死在你曾经生活过的地方；要是我的嘴唇能够给你生命，我愿意把它吻到枯焦。

众人 伤心的景象！

安东尼 我要死了，埃及，我要死了；给我喝一点酒，让我再说几句话。

克莉奥佩特拉 不，让我说；让我高声咒骂那司命的婆子，恼得她摔破她的车轮。

安东尼 一句话，亲爱的女王。你可以要求凯撒保护你生命的安全，可是不要让他玷污了你的荣誉。啊！

克莉奥佩特拉 生命和荣誉是不能两全的。

安东尼 亲爱的，听我说；凯撒左右的人，除了普洛丘里厄斯以外，你谁也不要相信。

克莉奥佩特拉 我不相信凯撒左右的人；我只相信自己的决心和自己的手。

安东尼 我的恶运已经到达它的终点，不要哀哭也不要悲伤；当你思念我的时候，请你想到我往日的光荣；你应该安慰你自己，因为我曾经是全世界最伟大、最高贵的君王，因为我现在堂堂而死，并没有懦怯地向我的同国之人抛下我的战盔；我是一个罗马人，英勇地死在一个罗马人的手里。现在我的灵魂要离我而去；我不能再说下去了。

克莉奥佩特拉 最高贵的人，你死了吗？你把我抛弃不顾了吗？这寂寞的世上没有了你，就像个猪圈一样，叫我怎么活下去呢？啊！瞧，我的姑娘们，（安东尼死）大地消失它的冠冕了！我的主！啊！战士的花圈枯萎了，军人的大纛摧倒了；剩下在这世上的，现在只有一群无知的儿女；杰出的英雄已经不在人间，月光照射之下，再也没有值得注目的人物了。（晕倒）

查米恩 啊，安静些，娘娘！

伊拉丝 她也死了，我们的女王！

查米恩 娘娘！

伊拉丝 娘娘！

查米恩 啊，娘娘，娘娘，娘娘！

伊拉丝 陛下！陛下！

查米恩 静，静，伊拉丝！

克莉奥佩特拉 什么都没有了，我只是一个平凡的女人，平凡的感情支配着我，正像支配着一个挤牛乳、做贱工的婢女一样。我应该向不仁的神明怒掷我的御杖，告诉他们当他们没有偷去我们的珍宝的时候，我们这世界是可以和他们的天国互相媲美的。一切都只是空虚无聊；忍耐是酒徒的沉醉，焦躁是疯犬的咆哮；那么在死神还不敢侵犯我们以前，就奔进了幽秘的死窟，是不是罪恶呢？怎么啦，我的姑娘们？唉，唉！高兴点儿吧！嗳哟，怎么啦，查米恩！我的好孩子们！啊，姑娘们，姑娘们，瞧！我们的灯熄了，它暗下去了，各位好朋友，提起勇气来；——我们要埋葬他，一切依照最庄严、最高贵的罗马的仪式，让死神乐于带我们同去。来，走吧；容纳着那样一颗伟大的灵魂的躯壳现在已经冰冷了；啊，姑娘们，姑娘们！我们没有朋友，只有视死如归的决心。（同下；安东尼尸身由上方舁下）

第　五　幕

第一场

亚历山大里亚；凯撒营地

｜凯撒、阿格立巴、道拉培拉、茂西那斯、盖勒斯、普洛丘里厄斯及余人等上。

凯撒　道拉培拉，你去对他说，叫他赶快投降；他已经屡战屡败，不必再显丑了。

道拉培拉　凯撒，遵命。（下）

｜德西塔斯持安东尼佩剑上。

凯撒　为什么拿了这柄剑来？你是什么人，这样大胆，竟敢闯到我们的面前？

德西塔斯　我的名字叫做德西塔斯；我是安东尼手下的人，当他叱咤风云的时候，他是我的最好的主人，我愿意为了刈除他的敌人而捐弃我的生命。要是现在你肯收容我，我也会像尽忠于他一样尽忠于你；不然的话，就请你把我杀死。

凯撕　你说什么？

德西塔斯　我说，凯撒啊，安东尼死了。

凯撒 这样一个重大的消息，应该用雷鸣一样的巨声爆发出来；地球受到这样的震动，山林中的猛狮都要奔到市街上，城市里的居民反而躲匿在野兽的巢穴里。安东尼的死不是一个人的没落，一半的世界也跟着他的名字同归于尽了。

德西塔斯 他死了，凯撒；执法的官吏没有把他宣判死刑，受人雇佣的刺客也没有把他加害，是他那曾经创造了许多丰功伟业、留下不朽的光荣的手，凭着他的心所借给它的勇气，亲自用剑贯穿了他的心胸。这就是我从他的伤口拔下来的剑，瞧它上面沾着他的最高贵的血液。

凯撒 你们都现出悲哀的脸色吗，朋友们？天神在责备我，可是这样的消息是可以使君王们眼睛里洋溢着热泪的。

阿格立巴 真是不可思议，我们的天性使我们不能不悔恨我们抱着最坚强的决意所进行的行动。

茂西那斯 他的毁誉在他身上是难分高下的。

阿格立巴 这样一个罕有的人从不曾操纵人类的命运；可是神啊，你们一定要给我们一些缺点，才使我们成为人类。凯撒受到感动了。

茂西那斯 当这样一面广大的镜子放在他的面前的时候，他不能不看见他自己。

凯撒 安东尼啊！我已经追随你到了这样一个结局；我们的血脉里都注射着致命的毒液，今天倘不是我看见你的没落，就得让你看见我的死亡；在这整个世界之上，我们是无法并立的。可是让我用真诚的血泪哀恸你——你、我的兄弟、我的一切事业的竞争者、我的帝国的分治者、战阵上的朋友和同志、我的身体的股肱、激发我的思想的心灵，我要向你发出由衷的哀悼，因为我们那不可调和的命运，引导我们到了这样分裂的路上。听我说，好朋友们——

| 一埃及人上。

凯撒 慢慢儿我再告诉你们吧。这家伙脸上的神气，好像要来报告什么重要的事情似的；我们要听听他有什么话说。你是哪儿来的？

埃及人 我是一个卑微的埃及人。我家女王幽居在她的陵墓里，这是现在唯一属于她所有的地方，她想要知道你预备把她怎样处置，好让她自己有个准备。

凯撒 请她宽心吧；我们不久就要派人去问候她，她就可以知道我们已经决定了给她怎样尊崇而优厚的待遇；因为凯撒决不会是一个冷酷无情的人。

埃及人 愿神明保佑你！（下）

凯撒 过来，普洛丘里厄斯。你去对她说，我们一点没有羞辱她的意思；好好安慰安慰她，免得她自寻短见，反倒使我们失败在她的手里；因为我们要是能够把她活活地带回罗马去，那才是我们永久的胜利。去，尽快回来，把她所说的话和你所看见的她的情形告诉我。

普洛丘里厄斯 凯撒，我就去。（下）

凯撒 盖勒斯，你也跟他一道去。（盖勒斯下）道拉培拉呢？我要叫他帮助普洛丘里厄斯传达我的旨意。

阿格立巴 茂西那斯 道拉培拉！

凯撒 让他去吧，我现在想起了我刚才叫他干一件事去的；他大概就会来。跟我到我的帐里来，我要让你们看看我是多么不愿意牵进这一场战争中间；虽然在戎马倥偬的当儿，我仍然是多么安静地进行我的著作。跟我来，看看我有什么成绩吧。（同下）

第二场

同前；陵墓

| 克莉奥佩特拉、查米恩及伊拉丝自高处上。

克莉奥佩特拉 我的孤寂已经开始使我得到了一个更好的生命。做凯撒是一件无聊的事；他既然不是命运，他就不过是命运的奴仆，执行着她的意志。干那件结束一切行动的行动，从此不受灾祸变故的侵犯，酣然睡去，不必再吮吸那同样滋养着乞丐和凯撒的乳头，那才是最有意义的。

| 普洛丘里厄斯、盖勒斯及军士等自下方上。

普洛丘里厄斯 凯撒问候埃及的女王；请你考虑考虑你有些什么要求准备向他提出。

克莉奥佩特拉 你叫什么名字？

普洛丘里厄斯 我的名字是普洛丘里厄斯。

克莉奥佩特拉 安东尼曾经向我提起过你，说你是一个可以信托的人；可是我现在已经用不着信托什么人，也不怕被人欺骗了。你家主人倘然想要有一个女王向他乞讨布施，你必须告诉他，女王是有女王的身份的，她要是向人乞讨，至少也得乞讨一个王国；要是他愿意把他所征服的埃及送给我的儿子，那么为了他把原来属于我自己所有的东西仍旧赏赐给我的偌大恩惠，我一定满心感激地向他长跪拜谢的。

普洛丘里厄斯 安心吧，您是落在一个宽宏大度的人的手里，什么都不用担忧。您要是有什么意见，尽管向我的主上提出；一切困穷无告的人，都可以沾溉他的深恩厚泽。让我回去向他报告您的臣服的诚意，您就可以知道他是一个多么仁慈的征服者。

克莉奥佩特拉 请你告诉他，我是他的命运的奴仆，我向他献呈他所应得的敬礼。每一小时我都在学习着服从的教训，希望他能够允许我瞻仰他的威容。

普洛丘里厄斯 我愿意照您的话回去报告，好娘娘。宽心吧，因为我知道那造成您目前这一种处境的人，对于您的遭遇是非常同情的。

盖勒斯 你们瞧，把她捉住是一件多么容易的事。（普洛丘里厄斯及二卫士登梯升墓至克莉奥佩特拉后。一部分卫士拔栓开各墓门，发现底层墓室。向普洛丘里厄斯及各卫士）把她好生看守，等凯撒到来发落。（下）

伊拉丝 娘娘！

查米恩 啊，克莉奥佩特拉！你给他们捉住啦，娘娘！

克莉奥佩特拉 快，快，好手。（拔出匕首）

普洛丘里厄斯 住手，娘娘，住手！（捉住克莉奥佩特拉手，将匕首夺下）不要干这种对不起您自己的事；您现在并没有被人陷害，却已经得到了解放。

克莉奥佩特拉 什么，死可以替受伤的病犬解除痛苦，难道我却连死的权利也被剥夺了吗？

普洛丘里厄斯 克莉奥佩特拉，不要毁灭你自己，辜负了我们主上的一片好心；让人们看看他的行事是多么高尚正大吧，要是你死了，他的美德岂不白白埋没了吗？

克莉奥佩特拉 死神啊，你在哪儿？来呀，来！来，来，把一个女王带了去吧，她的价值是抵得上许多婴孩和乞丐的！

普洛丘里厄斯 啊！忍耐点儿，娘娘！

克莉奥佩特拉 先生，我要不食不饮；宁可用闲谈消磨长夜，也不愿睡觉。不管凯撒使出什么手段来，我要摧残这一个易腐的皮囊。你要知道，先生，我并不愿意带着镣铐，在你家主人的庭前做一个待命的囚人，或是受那愚笨的奥克泰维娅的冷眼的嗔视。难道我要让他们把我吊悬起来，受那敌意的罗马的下贱民众的鼓噪怒骂吗？我宁愿葬身在埃及的沟壑里；我宁愿赤裸了身体，躺在尼罗河的湿泥上，让水蝇在我身上下卵，使我生蛆而腐烂；我宁愿铁链套在我的颈上，让高高的金字塔作为我的绞架！

普洛丘里厄斯 您想得太可怕了，凯撒决不会这样对待您的。

｜道拉培拉上。

道拉培拉 普洛丘里厄斯，你所做的事，你的主人凯撒已经知道了，他叫你去；女王归我看守。

普洛丘里厄斯 道拉培拉，那再好没有；对她客气点儿。（向克莉奥佩特拉）您要是有什么话要对凯撒说的，我可以替您转达。

克莉奥佩特拉 你去说，我要死。（普洛丘里厄斯及军士等下）

道拉培拉 最尊贵的女王，您有没有听见过我的名字？

克莉奥佩特拉 我不知道。

道拉培拉 您一定知道我的。

克莉奥佩特拉 先生，我听见什么、知道什么，都没有关系。当孩子和女人们把他们的梦讲给你听的时候，你不是要笑的吗？

道拉培拉 我不懂您的意思，娘娘。

克莉奥佩特拉 我梦见有一个安东尼皇帝；啊！但愿我再有这样一次睡眠，让我再看见这样一个人！

道拉培拉 请您听我说——

克莉奥佩特拉 他的脸就像青天一样，上面有两轮循环运转的日月，照耀着这一个小小的地球。

道拉培拉 最尊贵的女王——

克莉奥佩特拉 他的两足横跨海洋；他的高举的手臂罩临大地；他在对朋友说话的时候，他的声音有如谐和的天乐，可是当他发怒的时候，就会像雷霆一样震撼整个的宇宙。他的慷慨是没有冬天的，那是一个收获不尽的丰年；他的欢悦有如长鲸泳浮于碧海之中；戴着王冠宝冕的君主在他左右追随服役，国土和岛屿是一枚枚从他衣袋里掉下来的金钱。

道拉培拉 克莉奥佩特拉——

克莉奥佩特拉 你想过去将来，会不会有像我梦见的这样一个人？

道拉培拉 好娘娘，这样的人是没有的。

克莉奥佩特拉 你说的全然是欺罔神听的谎话。然而世上要是果然有这样一个人，他的伟大一定超过任何的梦想；造化虽然不能抗衡想象的瑰奇，可是凭着想象描画出一个安东尼来，那幻影是无论如何要在实体之前黯然失色的。

道拉培拉 听我说，好娘娘。您遭到这样重大的不幸，您的坚忍的毅力是和您的悲哀相称的。但愿我永远没有功成名遂的一天，要是您的痛苦不曾在我心头引起同情的反响。

克莉奥佩特拉 谢谢你，先生。你知道凯撒预备把我怎样处置吗？

道拉培拉 我不愿告诉您我所希望您知道的事。

克莉奥佩特拉 不，先生，请你说——

道拉培拉 他虽然是一个可尊敬的人——

克莉奥佩特拉 他要把我当作一个俘虏带回去夸耀他的凯旋吗？

道拉培拉 娘娘，他会这样干的；我知道他的为人。（内呼声：“让开！凯撒来了！”）

| 凯撒、盖勒斯、普洛丘里厄斯、茂西那斯、塞琉克斯及侍从等上。

凯撒 哪一位是埃及的女王？

道拉培拉 娘娘，这位便是皇上。（克莉奥佩特拉跪）

凯撒 起来，你不用下跪。请起来吧，埃及的女王。

克莉奥佩特拉 陛下，这是神明的意思；我必须服从我的主人。

凯撒 一切不必介意；你加于我们的伤害，虽然铭刻在我们的肌肤之上，可是我们将要使它在我们的记忆中成为偶然的事件。

克莉奥佩特拉 全世界唯一的主人，我没有话可以替我自己辩白，可是我承认我也像一般女人一样，在我的身上具备着许多可耻的女性的弱点。

凯撒 克莉奥佩特拉，你要知道，我们对于你总是一切宽大的，决不用苛刻的手段使你难堪，只要你顺从我的意志，你就会知道这一次的变化是对你有益的。

可是假如你想效法安东尼的例子，使我蒙上残暴的恶名，那么你将要失去我的善意，你的孩子们都将不免一死，否则我是很愿意保障他们的安全的。我去了。

克莉奥佩特拉 愿全世界都信任您的广大的权力；整个大地都是属于您的；我们是您的胜利的标帜，您可以把我们随便悬挂在什么地方。这儿，我的主。

凯撒 你必须帮助我考虑怎样处置克莉奥佩特拉的办法。

克莉奥佩特拉 （呈手卷）这是登记着我所有的金钱珠宝的清单，一切都按照正确的估计载明价值，不值钱的琐细的东西不在其内。塞琉克斯呢？

塞琉克斯 有，娘娘。

克莉奥佩特拉 这是我的司库；我的主，请您问问他，我有没有为我自己留下什么；要是他所言不实，请治他以应得之罪。老实说吧，塞琉克斯。

塞琉克斯 娘娘，我宁愿闭住我的嘴唇，不愿说一句和事实不符的话。

克莉奥佩特拉 我藏过了什么？

塞琉克斯 您所藏过的珍宝的价值，可以抵得过您所呈献出来的一切。

凯撒 不必脸红，克莉奥佩特拉，我佩服你这件事干得聪明。

克莉奥佩特拉 瞧！凯撒！啊，瞧，有权有势的人多么被人趋附；我的人现在都变成您的人啦；要是我们易地相处，您的人也会变成我的人的。这个塞琉克斯没有良心得叫人切齿痛恨。啊，奴才！你这跟买卖的爱情一样靠不住的家伙！什么！你想逃走吗？好，凭你躲到哪儿去，我要抓住你的眼珠，即使它们会长着翅膀飞走。奴才，没有灵魂的恶人，狗！啊，卑鄙不堪的东西！

凯撒 好女王，看在我的脸上，请息怒吧。

克莉奥佩特拉 啊，凯撒！今天多蒙你降尊纡贵，辱临我这柔弱无用的人，谁知道我自己的仆人竟会存着这样狠毒的居心，当面给人如此难堪的羞辱！好凯撒，假如说，我替自己保留了一些女人家的玩意儿，一些不重要的小东西，像我们平常送给泛泛之交的那一类饰物；假如说，我还另外藏开一些预备送给莉维娅和奥克泰维娅的比较值钱的纪念品，因为希望她们替我说两句好话；是不是我必须向一个被我豢养的人禀报明白？神啊！这是一个比国破家亡更痛心的打击。（向塞琉克斯）请你离开这里，否则我要从命运的冷灰里，燃起我的愤怒的余烬了。你倘是一个人，你应该同情我的。

凯撒 走开，塞琉克斯。（塞琉克斯下）

克莉奥佩特拉 我们掌握大权的时候，往往因为别人的过失而担负世间的指责；可是我们失势以后，却谁也不把别人的功德归在我们身上，而对我们表示善意的同情。

凯撒 克莉奥佩特拉，不论是你所私藏的或是献纳的珍宝，我都没有把它们作为战利品而加以没收的意思；它们永远是属于你的，你可以把它们随意处分。相信我，凯撒不是一个唯利是图的商人，会跟人家争夺一些商人手里的货品，所以你安心吧，不要把你自己拘囚在你的忧思之中；不要这样，亲爱的女王，因为我们在决定把你怎样处置以前，还要先征求你自己的意见。吃得饱饱的，睡得好好的；我们对你非常关切而同情，你应该始终把我当作你的朋友。好，再见。

克莉奥佩特拉 我的主人和君王！

凯撒 不。再见。（喇叭奏花腔。凯撒率扈从下）

克莉奥佩特拉 他用好听的话骗我，姑娘们，他用好听的话骗我，使我不能做一个光明正大的人。可是你听我说，查米恩。（向查米恩耳语）

伊拉丝 完了，好娘娘；光明的白昼已经过去，黑暗是我们的份。

克莉奥佩特拉 你赶快再去一次；我已经说过，那东西早预备好了；你去催促一下。

查米恩 娘娘，我就去。

|道拉培拉重上。

道拉培拉 女王在什么地方？

查米恩 瞧，先生。（下）

克莉奥佩特拉 道拉培拉！

道拉培拉 娘娘，我已经宣誓向您掬献我的忠诚，所以我要来禀告您这一个消息：凯撒准备取道叙利亚回国，在这三天之内，他要先把您和您的孩子们遣送就道。请您自己决定应付的办法，我总算已经履行您的旨意和我的诺言了。

克莉奥佩特拉 道拉培拉，我永远感激你的恩德。

道拉培拉 我是您的永远的仆人。再会，好女王；我必须侍候凯撒去。

克莉奥佩特拉 再会，谢谢你。（道拉培拉下）伊拉丝，你看怎么样？你，一个埃及的木偶人，将要在罗马被众人观览，正像我一样；那些操着百工贱役的奴才们，披着油腻的围裙，拿着木尺斧锤，将要把我们高举起来，让大家都能看见；他们浓重腥臭的呼吸将要包围着我们，使我们不得不咽下他们那股难闻的气息。

伊拉丝 天神保佑不要有这样的事！

克莉奥佩特拉 不，那是免不了的，伊拉丝。放肆的卫士们将要追逐我们像追逐娼妓一样；歌功颂德的诗人们将要用荒腔走韵的谣曲吟咏我们；俏皮的喜剧伶人们将要把我们编成即兴的戏剧，扮演我们亚历山大里亚的欢宴。安东尼将要以一个醉汉的姿态登场，而我将要看见一个逼尖了喉咙的男侍童穿着克莉奥佩特拉的冠服卖弄着淫妇的风情。

伊拉丝 神啊！

克莉奥佩特拉 那是免不了的。

伊拉丝 我决不让我的眼睛看见这种事情；因为我相信我的指爪比我的眼睛更强的。

克莉奥佩特拉 那才是一个有志气的办法，叫他们白白准备了一场，让他们看不见他们荒谬的梦想的实现。

| 查米恩重上。

克莉奥佩特拉 啊，查米恩，来，我的姑娘们，替我穿上女王的装束；去把我最华丽的衣裳拿来；我要再到昔特纳斯河去和玛克·安东尼相会。伊拉丝，去。现在，好查米恩，我们必须快一点；等你伺候我穿扮完毕以后，我

就放你一直玩到世界的末日。把我的王冠和一切全都拿来。（伊拉丝下；内喧声）为什么有这种声音？

| 一卫士上。

卫士 有一个乡下人一定要求见陛下；他给您送无花果来了。

克莉奥佩特拉 让他进来。（卫士下）一件高贵的行动，却会成就在一个卑微的人的手里！他给我送自由来了。我的决心已经打定，我的全身不再有一点女人的柔弱；现在我从头到脚，都像大理石一般坚定；现在我的心情再也不像月亮一般变幻无常了。

| 卫士率小丑持篮重上。

卫士 就是这个人。

克莉奥佩特拉 出去，把他留在这儿。（卫士下）你有没有把那能够致人于死命而毫无痛苦的那种尼罗河里的可爱的虫儿捉来？

小丑 不瞒您说，捉是捉来了；可是我希望您千万不要碰它，因为它咬起人来谁都没有命的，给它咬死的人，难得有活过来的，简直没有一个人活得过来。

克莉奥佩特拉 你记得有什么人给它咬死的吗？

小丑 多得很哪，男的女的全有。昨天我还听见有一个人这样死了；是一个很老实的女人，可是她也会掉几句谎，一个老实的女人是可以掉几句谎的，她就是给它咬死的，死得才惨哩。不瞒您说，她把这条虫儿怎样咬她的情形活灵活现地全讲给人家听啦；不过她们的话也不是完全可以相信的。总而言之，这是一条古怪的虫，这可是没有差儿的。

克莉奥佩特拉 你去吧；再会！

小丑 但愿这条虫儿给您极大的快乐！（将篮放下）

克莉奥佩特拉 再会！

小丑 您可要记着，这条虫儿也是一样会咬人的。

克莉奥佩特拉 好，好，再会！

小丑 你还要留心，千万别把这条虫儿交在一个笨头笨脑的人手里；因为这是一条不怀好意的虫。

克莉奥佩特拉 你不必担忧，我们留心着就是了。

小丑 很好。请您不用给它吃什么东西，因为它是不值得养活的。

克莉奥佩特拉 它会不会吃我？

小丑 您不要以为我是那么蠢，我也知道就是魔鬼也不会吃女人的，我知道女人是天神的爱宠，要是魔鬼没有把她弄坏。可是不瞒您说，这些婊子生的魔鬼老爱跟天神捣蛋，天神造下来的女人，十个中间倒有五个是给魔鬼弄坏了的。

克莉奥佩特拉 好，你去吧；再会！

小丑 是，是；我希望这条虫儿给您快乐！（下）

| 伊拉丝捧冠服等上。

克莉奥佩特拉 把我的衣服给我，替我把王冠戴上；我心里怀着永生的渴望；埃及葡萄的芳酿从此再也不会沾润我的嘴唇。快些，快些，好伊拉丝；赶快。我仿佛听见安东尼的叫唤；我看见他站起来，夸奖我的壮烈的行动；我听见他在嘲笑凯撒的幸运；我的夫，我来了。但愿我的勇气为我证明我可以做你的妻子而无愧！我是火，我是风；我身上其余的原素，让它们

随着污浊的皮囊同归于朽腐吧。你们好了吗？那么来，接受我嘴唇上最后的温暖。再会，善良的查米恩、伊拉丝，永别了！（吻查米恩、伊拉丝，伊拉丝倒地死）难道我的嘴唇上也有毒蛇的汁液吗？你倒下了吗？要是你这样轻轻地就和生命分离，那么死神的刺击正像情人手下的一捻，虽然疼痛，却是心愿的。你静静地躺着不动了吗？要是你就这样死了，你分明告诉世人，死生之际，连告别的形式也是多事的。

查米恩 融解啊，密密的乌云，化成雨点落下来吧；这样我就可以说，天神也伤心得流起眼泪来了。

克莉奥佩特拉 我不应该这样卑劣地留恋着人间；要是她先遇见了鬈发的安东尼，他一定会向她问起我；她将要得到他的第一个吻，夺去我天堂中无上的快乐。来，你杀人的毒物，（自篮中取小蛇置胸前）用你的利齿咬断这一个生命的葛藤吧；可怜的蠢东西，张开你的怒口，赶快完成你的使命。啊！但愿你能够说话，让我听你称那伟大的凯撒为一头无谋的驴子。

查米恩 东方的明星啊！

克莉奥佩特拉 静，静！你不见我的婴孩在我的胸前吮吸乳汁，使我安然睡去吗？

查米恩 啊，我的心碎了！啊，我的心碎了！

克莉奥佩特拉 像香膏一样甜蜜，像微风一样温柔——啊，安东尼！——让我把你也拿起来。（取另一蛇置臂上）我还有什么留恋呢——（死）

查米恩 在这万恶的世间？再会吧！现在，死神，你可以夸耀了，一个绝世的佳人已经为你所占有。软绵绵的窗户啊，关上了吧；闪耀着金光的福玻斯再也看不见这样一双华贵的眼睛！你的王冠歪了，让我替你戴一戴正，然后我也可以玩玩去了。

| 众卫士疾趋上。

卫士甲 女王在什么地方？

查米恩 说话轻声些，不要惊醒她。

卫士甲 凯撒已经差了人来——

查米恩 来得太迟了。（取一蛇置胸前）啊！快些，快些；我已经有点觉得了。

卫士甲 喂，过来！事情不大对；凯撒受了骗啦。

卫士乙 凯撒差来的道拉培拉就在外边；叫他来。

卫士甲 这儿出了什么事啦！查米恩，这算是你们干的好事吗？

查米恩 干得很好，一个世代冠冕的王家之女是应该堂堂而死的。啊，军人！（死）

| 道拉培拉上。

道拉培拉 这儿发生了什么事啦？

卫士乙 都死了。

道拉培拉 凯撒，你也曾想到她们会采取这种惊人的行动，虽然你想竭力阻止她们，她们毕竟做出来给你看了。（内呼声，“让开！凯撒来了！”）

| 凯撒率全体扈从重上。

道拉培拉 啊！主上，您真是未卜先知；您的恐惧果然成为事实了。

凯撒 她在临终的时候显出了无比的勇敢；她推翻了我们

的计划，为了她自身的尊严，决定了她自己应该走的路。她们是怎样死的？我没有看见她们流血。

道拉培拉 什么人最后跟她们在一起？

卫士甲 一个送无花果来的愚蠢的乡人；这就是他的篮子。

凯撒 那么一定是服了毒啦。

卫士甲 啊，凯撒！这查米恩刚才还活着；她还站着说话；我看见她在替她已死的女王整齐那头上的宝冠；她的身子发抖，她站立不稳，于是就突然倒在地上。

凯撒 啊，英勇的柔弱！她们要是服了毒药，她们的身体一定会发肿；可是瞧她好像睡去一般，似乎在她温柔而强力的最后挣扎之中，她要捉住另外一个安东尼的样子。

道拉培拉 这儿在她的胸前有一道血痕，还有一个小小的裂口；在她的臂上也是这样。

卫士甲 这是蛇咬过的痕迹；这些无花果叶上还有黏土，正像在尼罗河沿岸那些蛇洞边所长的叶子一样。

凯撒 多分她是这样死去的；因为她的侍医告诉我，她曾经访求无数易死的秘方。抬起她的眠床来；把她的侍女扛下陵墓。她将要和她的安东尼同穴而葬；世上再也不会有第二座坟墓怀抱着这样一双著名的情侣。像这样重大的事件，亲手造成的人也不能不深深感动；他们这一段悲惨的历史，成就了一个人的光荣，可是也赢得了世间无限的同情。我们的军队将要用隆重庄严的仪式参加他们的葬礼，然后再回到罗马去。来，道拉培拉，我们对于这一次饰终盛典，必须保持非常整肃的秩序。（同下）

科利奥兰纳斯

Why did you wish me milder? Would you have me false to my nature? Rather say I play the man I am.

—— *Coriolanus*

您为什么要我温和一点？难道您要我违反我的本性吗？您应该说，我现在的所作所为，正可以表现我的真正的气骨。

——《科利奥兰纳斯》

剧中人物

卡厄斯·马歇斯	后称卡厄斯·马歇斯·科利奥兰纳斯
泰特斯·拉歇斯	征伐伏尔斯人的将领
考密涅斯	
米尼涅斯·阿格立巴	科利奥兰纳斯之友
西西涅斯·维鲁特斯	护民官
裘涅斯·勃鲁托斯	
小马歇斯	科利奥兰纳斯之子
罗马传令官	
塔勒斯·奥菲狄乌斯	伏尔斯人的大将
奥菲狄乌斯的副将	
奥菲狄乌斯的党羽们	
尼凯诺	罗马人
安息市民	
阿德里安	伏尔斯人
二伏尔斯守卒	
伏伦妮娅	科利奥兰纳斯之母
维吉利娅	科利奥兰纳斯之妻
凡勒利娅	维吉利娅之友
维吉利娅的侍女	

罗马及伏尔斯元老、贵族、警吏、侍卫、军士、
市民、使者、奥菲狄乌斯的仆人及其他侍从等

地点

罗马及其附近;科利奥里及其附近;安息

第 一 幕

第一场

罗马；街道

| 一群暴动的市民各持棍棒及其他武器上。

市民甲 在我们继续前进之前，先听我说句话。

众人 说，说。

市民甲 你们都下了决心，宁愿死，不愿挨饿吗？

众人 我们下了决心了，我们下了决心了。

市民甲 第一，你们知道卡厄斯·马歇斯是人民的最大公敌。

众人 我们知道，我们知道。

市民甲 让我们杀死他，然后我们要多少谷就有多少谷。我们就这样决定了吗？

众人 不用多说；就这么干。去，去！

市民乙 各位好市民，听我说一句话。

市民甲 我们都是苦百姓，贵族才是好市民。那些有权有势的人吃饱了，装不下的东西就可以救济我们。他们只要把吃剩下来的东西趁着新鲜的时候赏给我们，我们就会以为他们是出于人道之心来救济我们；可是在他们看来，我们都是不值得救济的。我们的痛苦饥寒，我们的枯瘦憔悴，就像是列载着他们的富裕的一张清单；我们的受难就是他们的享福。让我们举起我们的武器来复仇，趁我们还没有瘦得只剩下几根骨头。天神知道我说这样的话，只是迫于没有面包的饥饿，不是因为渴于复仇。

市民乙 你特别提出卡厄斯·马歇斯来作为攻击的对象吗？

市民甲 我们第一要攻击他；他是出卖群众的狗。

市民乙 你不想到他替祖国立下了什么功劳吗？

市民甲 我知道得很清楚，我也不愿抹煞他的功劳；可是他因为骄傲的缘故，已经把他的功劳抵销了。

市民乙 你不要恶意诽谤。

市民甲 我对你说，他所做的轰轰烈烈的事情，都只有一个目的：虽然心肠仁厚的人愿意承认那是为了他的国家，其实他只是要取悦他的母亲，同时使他自己可以向人骄傲；骄傲便是他的美德的顶点。

市民乙 他自己也无能为力的天生的性癖，你却认为是他的罪恶。你不能说他是个贪心的人。

市民甲 要是我不能这样说他，我也不会缺少攻击他的理由；他有数不清的过失，说来也会叫人口酸。（内呼声）这些是什么呼声？城那面的人们也起来了。我们还在这儿多说什么？到议会去！

众人 来，来。

市民甲 且慢！谁来啦？

| 米尼涅斯·阿格立巴上。

市民乙 尊贵的米尼涅斯·阿格立巴；他是常常爱护着平民的。

市民甲 他是个好人；要是别人都像他一样就好了！

米尼涅斯 同胞们，你们现在要干些什么事？你们拿着这些棍棒到什么地方去？为了什么事？请你们告诉我。

市民甲 我们的事情元老院不是不知道的；他们这半个月来早已得到消息，知道我们将要有什么行动，现在我们就要做给他们看。人家说，穷人诉苦的时候，嘴里会发出一股可怕的气息；我们要让他们知道，我们还有一双可怕的手臂哩。

米尼涅斯 哎哟，列位，我的好朋友们，你们不要活命了吗？

市民甲 先生，我们早就没有命活了。

米尼涅斯 我告诉你们，朋友们，贵族们对于你们是非常关切的。你们要是把你们的穷困和饥荒归怨政府，还不如举起你们的棍棒来打天；因为这次饥荒是天神的意旨，不是贵族们造成的。政府总是尽心竭力，替你们解除种种强大的困难；你们应该屈膝哀求，不该举手反抗，才会对你们有好处。唉！灾祸使你们迷失了本性，引导你们到更大的灾祸的路上；你们诽谤着国家的舵轮，他们像慈父一样爱护你们，你们却像仇敌一样咒诅他们。

市民甲 爱护我们！真的！他们从来没有爱护过我们：让我们忍受饥寒，他们的仓库里却堆满了谷粒；颁布保护重利贷的命令；每天都在忙着取消那些不利于富人的正当的法律，重新制定束缚穷人的苛酷的条文。我们要是不死在战争里，也会死在他们手里；这就是他们对于我们的爱护！

米尼涅斯 你们必须承认你们自己太会恶意猜嫉，否则你们就是一群不懂好坏的傻子。我要讲一只有趣的故事给你们听，也许你们已经听见过；可是因为它适合我的目的，我要把它的意思再引伸一下。

市民甲 好，我倒要听听，先生；可是你不要以为用一个故事就可以把我们的耻辱蒙混过去。请你讲吧。

米尼涅斯 从前有一个时候，身体上的各部器官联合向肚子反抗；它们声斥它像一个豁壑似的占据在身体的中央，无所事事，其余的器官有的管看，有的管听，有的管思想，有的管教训，有的管步行，有的管感觉，分工合作，共同应付着全身的需要，只有它只知容纳食物，不知分担劳苦。肚子回答说——

市民甲 好，先生，那肚子怎么回答？

米尼涅斯 别急，让我讲给你听。——那肚子，微微地露出一丝冷笑——因为你瞧，我既然可以叫肚子说话，那么当然也可以叫它微笑——带着讥讽的口气回答那些愤愤不平的、妒嫉它的收入的作乱的器官，正像你们因为元老们跟你们地位不同，所以把他们信口诽谤一样。

市民甲 你那肚子怎么回答？哼！那戴着王冠的头，那视察一切的眼睛，那运筹决策的心，那手臂，我们的军士，那腿，我们的坐骑，那舌头，我们的吹号人，以及其他在我们这一个组织里各尽寸劳的属僚佐贰，要是他们——

米尼涅斯 要是他们怎样？这家伙抢在我的前面说话！要是他们怎样？要是他们怎样？

市民甲 要是他们受制于饕餮的肚子，那不过是身体上的一个藏垢纳污的地方——

米尼涅斯 好，那便怎样？

市民甲 要是他们提出抗议，那肚子有什么话好回答呢？

米尼涅斯 我会告诉你的；只要你略微忍耐片刻，不要这么性急，你就可以听到肚子的回答。

市民甲 你讲话太不爽快。

米尼涅斯 听着，好朋友；这位庄严的肚子是很从容不迫的，不像攻击他的人们那样卤莽轻率，他这样回答："不错，我的同体的朋友们，"他说，"你们全体赖以生活的食物，是由我最先收纳下来的；这是理所当然的事，因为我是整个身体的仓库和工场；可是你们应该记得，那些食物就是我把它们从你们血液的河流里一路运输过去，一直传达到心的宫庭和脑的宝座；经过人身的五官百窍，最强韧的神经和最微细的血管，都从我得到保持他们活力的资粮。你们，我的好朋友们，虽然在一时之间——"听着，这是那肚子说的话——

市民甲 好，好，他怎么说？

米尼涅斯 "虽然在一时之间，不能看见我怎样把食物分送到各部分去，可是我可以清算我的收支，大家都从我领回食物的精华，剩下给我自己的只是一些糟粕。"你们觉得他的话说得怎样？

市民甲 那也回答得有理。你说这一段话是什么用意呢？

米尼涅斯 罗马的元老们就是这一个好肚子，你们就是那一群作乱的器官；因为你们要是把他们所讨论、所关切的问题仔细检讨一下，把有关大众幸福的事情彻底想一想，你们就会知道你们所享受的一切公共的利益，都是从他们手里得到，完全不是靠着你们自己的力量。你以为怎样，你这一群人中间的大拇足趾？

市民甲 我是大拇足趾？为什么我是大拇足趾？

米尼涅斯 因为你在这一场最聪明的叛乱里，是一个最低微、最卑鄙的人，却跑在众人的最前面；你这最下贱的恶棍，为了妄图非分的利益，竟敢自居于领导的地位。可是你们准备好举起你们粗硬的棍棒来吧；罗马和她的群鼠已经到了决战的关头；总有一方不免遭殃。

| 卡厄斯·马歇斯上。

米尼涅斯 祝福，尊荣的马歇斯！

马歇斯 谢谢。——什么事，你们这些违法乱纪的流氓，凭着你们那些龌龊有毒的意见，使你们自己变成了社会上的疥癣？

市民甲 我们一向多承您温语相加。

马歇斯 谁要是对你们温语相加，他也会恭维他心里所痛恨的人了。你们究竟要什么，你们这些恶狗？你们既不欢喜和平，又不欢喜战争；战争会使你们害怕，和平又使你们妄自尊大。谁要是信任你们，他将会发现他所寻找的狮子不过是一群野兔，他所找寻的狐狸不过是一群鹅；你们比冰上的炭火、阳光中的雹点更不可靠。你们的美德是尊敬那犯罪的囚徒，咒诅那执法的刑官。谁立下了功德，就应该受你们的憎恨；你们的欢心就像一个病人的口味，只爱吃那些足以加重他的病症的食物。谁要是信赖着你们的欢心，等于用铅造的鳍游泳，用灯心草去斩伐橡树。该死的东西！相信你们？你们每一分钟都要变换一个心，你们会称颂你们刚才所痛恨的人，唾骂你们刚才所赞美的人。你们在城里到处鼓噪，攻击尊贵的元老院，究竟是怎么一回事？倘使没有他们帮助神明把你们约束住了，使你们有一点畏惧，你们早就彼此相食了。他们究竟是什么目的？

米尼涅斯 他们要求照他们所需索的数量给他们谷物；他们说这城里藏着很多的谷。

马歇斯 该死的东西！他们说！他们只会坐在火炉旁边，假充知道议会里所干的事；谁将要升起，谁正在得势，谁将要没落；宣布他们猜想中的婚姻；党同伐异，凡是他们所赞成的一方面，就夸赞它的强大；是他们所反对的一方面，就放在他们的破鞋子底下蹂躏。他们说有很多的谷！要是那些贵族们愿意放下他们的慈悲，让我运用我的剑，我要尽我的枪尖所能挑到，把几千个这样的奴才杀死了堆成一座高高的尸山。

米尼涅斯 不，这些人差不多已经完全悔悟了；因为他们虽然行事十分卤莽，然而他们都是非常懦怯的。可是请问，还有那一群怎么说？

马歇斯 他们已经解散了：该死的东西！他们说他们肚子饿；叹息出一些陈腐的老古话：什么饥饿可以摧毁石墙；什么狗也要吃东西；什么肉是供口腹享受的；什么天神降下五谷，不是单为富人。用这种陈言滥调，倾吐他们的不平；他们的声诉是接受了，他们的请愿也得到了准许——一个奇怪的请愿，最慷慨的人听见了也会伤心，最大胆的人瞧见了也会失色——于是他们抛掷他们的帽子，高声欢呼，好像赌赛谁可以把他的帽子挂到月亮的钩上去似的。

米尼涅斯 准许了他们什么请愿？

马歇斯 由他们自己选出五个护民官，保护他们下贱的智慧：一个是裘涅斯·勃鲁托斯，一个是西西涅斯·维鲁特斯，还有那几个我不知道——哼！如果是我的话，就让这些乌合之众把城头上的天拆毁了，也决不答应他们；这样会使他们渐渐扩展势力，引起更大的叛乱。

米尼涅斯 真是怪事。

马歇斯 去，滚回家去，你们这些废物！

| 一使者匆匆上。

使者 卡厄斯·马歇斯呢？

马歇斯 这儿；什么事？

使者 将军，伏尔斯人起兵了。

马歇斯 我很高兴；我们可以有机会发泄发泄我们剩余下来的朽腐的精力了。瞧，我们的元老们来了。

| 考密涅斯、泰特斯·拉歇斯及其他元老；裘涅斯·勃鲁托斯、西西涅斯·维鲁特斯等同上。

元老甲 马歇斯，您最近对我们说的话不错；伏尔斯人果然起兵了。

马歇斯 他们有一个领袖，塔勒斯·奥菲狄乌斯，你们就会知道他的厉害。我很嫉妒他的高贵的品格，倘然我不是我自己，我只希望我是他。

考密涅斯 您曾经跟他交过战。

马歇斯 要是整个世界分成两半，互相厮杀，而他也站在我这一方面，那么我为了要跟他交战的缘故，也会向自己的一方叛变：能够猎逐像他这样一头狮子，是我所认为一件可以自傲的事。

元老甲 那么，尊贵的马歇斯，跟随考密涅斯出征去吧。

考密涅斯 这是您已经答应过的。

马歇斯 是的，我决不食言。泰特斯·拉歇斯，你将要再见我向塔勒斯挥剑。怎么！你动也不动？你想置身事外吗？

拉歇斯 不，卡厄斯·马歇斯；即使我必须一手扶杖而行，我也要用另一手挥杖从征，决不后人。

米尼涅斯 啊！这才是英雄本色！

元老甲 请你们各位驾临议会；我们那些最高贵的朋友们都在那边等着我们。

拉歇斯 （向考密涅斯）您先走；（向马歇斯）您跟在考密涅斯后面；我们必须跟在您的后面。

考密涅斯 尊贵的马歇斯！

元老甲 （向众市民）去！各人回家去！去！

马歇斯 不，让他们让着来吧。伏尔斯人有许多的谷；带这些耗子去吃空他们的谷仓吧。敬天畏上的叛徒们，你们已经表现了非常的勇敢；请你们跟着来吧。

（众元老、考密涅斯、马歇斯、泰特斯、米尼涅斯同下；众市民潜散）

西西涅斯 你见过像这马歇斯一样骄傲的人吗？

勃鲁托斯 没有人可以和他相比。

西西涅斯 当我们被选为护民官的时候——

勃鲁托斯 你没有留心到他的嘴唇和眼睛吗？

西西涅斯 他那种冷嘲热讽才叫人难堪呢。

勃鲁托斯 碰到他动怒的时候，天神也免不了挨他一顿骂。

西西涅斯 温柔的月亮也要遭他的讥笑。

勃鲁托斯 这些战争把他葬送了；他已经变得这样骄傲，不会再像从前那样勇敢了。

西西涅斯 这样一种性格，在受到胜利的煽动以后，会瞧不起正午时候他所践踏的自己的影子。可是我不知道凭着他这种傲慢的脾气，怎么能够俯首接受考密涅斯的号令。

勃鲁托斯 他的目的只是在争取名誉，他现在也已经有很好的名誉；一个人要保持固有的名誉，获得更大的名誉，最好的办法就是处在亚于领袖的地位；因为要是有失错的话，就可以归咎于主将，虽然他已经尽了最大的能力；盲目的舆论就会替马歇斯发出惋惜的呼声，“啊！要是他担负了这个责任就好了！”

西西涅斯 而且，要是事情进行得顺利的话，舆论因为一向认定马歇斯是他们的英雄，考密涅斯的功劳也会被他掩盖。

勃鲁托斯 对了，即使马歇斯没有出一点力，考密涅斯的一半的光荣也是属于他的；考密涅斯的一切错处，对于马歇斯也会变成光荣，虽然他不曾立下一点功劳。

西西涅斯 让我们去听听他们怎样调兵遣将；还要看看他除了这一副孤僻的神气以外，是用怎样的态度出发作战的。

勃鲁托斯 我们去吧。（同下）

第二场

科利奥里；元老院

| 塔勒斯·奥菲狄乌斯及众元老上。

元老甲 所以照您看来，奥菲狄乌斯，罗马人已经预闻我们的计谋，知道我们行动的情形。

奥菲狄乌斯 那不也是您的意见吗？凡是我们这儿所想到的事情，哪一件不是在我们还没有把它实行以前，罗马就已经准备好对策了？自从我得到那边来的消息以后，到现在还不满四天；那消息是这样的：我想这封信还在我身边；是的，在这儿。

"他们已经调遣一支军队，不知道是开向东方去的还是开向西方去的。饥荒很是严重；民不聊生，人心思乱。据闻那支军队由考密涅斯、马歇斯——你的旧日的敌人，罗马人比你还要恨得他厉害——和泰特斯·拉歇斯——一个非常勇敢的罗马人——这三个人率领；大概是要开到你们边境上来的，请考虑考虑吧。"

元老甲 我们的军队已经在战场上；我们相信罗马一定准备着迎战了。

奥菲狄乌斯 你们以为把你们伟大的计划遮掩一下，让它到最后的关头方才暴露出来，是一个很聪明的办法；可是当它正在进行的时候，就已经被罗马人知晓了。我们本来预备乘罗马还没有知道我们发动以前，就用迅雷不及掩耳的手段，占领许多城市，现在消息已经泄漏，我们的计划也要受到影响了。

元老乙 尊贵的奥菲狄乌斯，请您接受我们的委任，赶快到军前去；让我们守卫科利奥里；要是他们兵临我们城下，您就带领军队回来把他们赶走；可是我想他们一定还没有防备我们的进攻。

奥菲狄乌斯 啊！那可不能这么说；我可以确定说他们已经有充分的准备。不但如此，他们一部分军队已经出发，把我们这儿作为唯一的目标。我去了。要是我有机会碰见卡厄斯·马歇斯，那么我们曾经立誓在先，一定要战到精疲力尽，方才罢手的。

众元老 愿神明帮助您！

奥菲狄乌斯 愿你们各位平安！

元老甲 再会！

元老乙 再会！

众元老 再会！（各下）

第三场

罗马；马歇斯家中一室

| 伏伦妮娅及维吉利娅上，各坐矮凳上缝纫。

伏伦妮娅 媳妇，你唱一支歌吧，或者让你自己高兴一点儿。倘然我的儿子是我的丈夫，我宁愿他出外去争取光荣，不愿他贪恋着闺房中儿女的私情。当年，他还不过是一个身体娇嫩的孩子，我膝下还只有他这么一个儿子的时候，当他的青春和美貌正吸引着众人的注目，连帝王们整天的请求，都不能使一个母亲答应让她的儿

子离开她的眼前一小时的时候，我因为想到名誉对于这样一个人是多少重要，要是让他默默无闻地株守家园，岂不等于一幅悬挂在墙上的画像？所以就放他出去追寻危险，从危险中间博取他的声名。我让他参加一场残酷的战争，当他回来的时候，他的头上戴着橡叶的荣冠。我告诉你，媳妇，我第一次知道他是个男孩子的时候，还不及第一次看见他已经变成一个堂堂男子的时候那样欢喜得跳跃起来。

维吉利娅 婆婆，要是他战死了呢？

伏伦妮娅 那么他的不朽的声名就是我的儿子，就是我的后裔。听我说句真心的话：要是我有十二个儿子，我都是同样爱着他们，就像爱着我们亲爱的马歇斯一样，我也宁愿十一个儿子为了他们的国家而光荣地战死，不愿一个儿子闲弃他的大好的身子。

| 侍女上。

侍女 太太，凡勒利娅夫人来瞧您来啦。

维吉利娅 请您准许我进去。

伏伦妮娅 不，你不要进去。我仿佛已经听见你丈夫的鼓声，看见他拉着奥菲狄乌斯的头发把他摔下马来，那些伏尔斯人见了他就像小孩子见了一条熊似的纷纷逃避；我仿佛看见他这样顿足高呼，“上前，你们这些懦夫！虽然你们是罗马人，你们却是在恐惧中生下来的。”他用套着甲的手揩去他额角上的血，奋勇前进，好像一个割稻的农夫，倘使不把所有的稻一起割下，主人就要把他解雇一样。

维吉利娅 他额角上的血！朱庇特啊！不要让他流血！

伏伦妮娅 去，你这傻子！那样才更可以显出他的英武的雄姿，远胜于那些辉煌的战利品，当赫卡柏乳哺着赫克托的时候，她的丰美的乳房，还不及赫克托的流血的额角更好看，当他轻蔑地迎着希腊人的剑锋的时候。——请凡勒利娅夫人进来。（侍女下）

维吉利娅 上天保佑我的丈夫不要遭奥菲狄乌斯的毒手！

伏伦妮娅 他会把奥菲狄乌斯的头打到他膝盖底下去，在他的脖子上践踏。

| 侍女率凡勒利娅及阍者重上。

凡勒利娅 两位夫人早安。

伏伦妮娅 好夫人。

维吉利娅 今天幸会夫人，不胜欣慰。

凡勒利娅 你们两位都好？真是一对贤主妇！你们在这儿缝些什么？好一处清净的所在。小哥儿好吗？

维吉利娅 谢谢夫人，他很好。

伏伦妮娅 他宁愿看刀剑听鼓声，不愿见教书先生的面。

凡勒利娅 真是有其父必有其子；我可以发誓他是一个很可爱的孩子。不瞒你们说，星期三那天我曾经瞧了他足足半个钟头；他有这么一副坚决的脸孔。我见他追赶着一只金翅的蝴蝶，捉到了手又把它放走，放走了又去追它；这么奔来奔去，捉了放、放了捉，也不知道是因为跌了一跤呢，还是因为别的缘故，他发起脾气来，咬紧了牙齿，把那蝴蝶撕碎了；啊！他撕的时候那股劲儿！

伏伦妮娅 他父亲也是这样的脾气。

凡勒利娅 真是一个不同凡俗的孩子。

维吉利娅 一个顽皮的孩子，夫人。

凡勒利娅 来，放下你们的针线；今天下午我要你们陪我玩玩儿去。

维吉利娅 不，好夫人，今天我不出去。

凡勒利娅 不出去！

伏伦妮娅 偏要她出去。

维吉利娅 不，真的，请您原谅；在我的丈夫打仗没有回来以前，我决不出一步门槛。

伏伦妮娅 胡说！你不应该这样毫无理由地把你自己关禁在家里。来，你必须去访问访问那位害病的好夫人。

维吉利娅 我愿意祝她早日恢复康健，替她诚心祈祷；可是我不能去。

伏伦妮娅 为什么呢，请问？

维吉利娅 不是因为偷懒，也不是因为我冷酷无情。

凡勒利娅 你要做珀涅罗珀第二吗？可是人家说，她在俄底修斯出去以后所纺的纱线，不过使伊塔刻充满了飞蛾而已。来，我希望你手里的布也像你的手指一样有知觉，那么你因为心怀不忍，也许会不再用针去刺它了。来，你必须跟我们一块儿去。

维吉利娅 不，好夫人，原谅我；真的，我不想出去。

凡勒利娅 真的，你跟我去吧；我会告诉你关于尊夫的好消息。

维吉利娅 啊，好夫人，现在还不会就有好消息哩。

凡勒利娅 真的，我不是对你说笑话；昨天晚上他有信来的。

维吉利娅 真的吗，夫人？

凡勒利娅 真的，不骗你；我听见一个元老说起。据说，伏尔斯人有一支军队开了过来，我们的主将考密涅斯已经带了一部分罗马军队前去迎敌了；尊夫和泰特斯·拉歇斯两人已经在他们的科利奥里城前扎下营寨，他们深信一定会在短时期内获得胜利。凭着我的名誉发誓，这是真的；所以请你陪我们去吧。

维吉利娅 请您多多原谅，好夫人；我以后什么都听从您就是了。

伏伦妮娅 让她去，夫人；照她现在这种样子，叫她同去也会扫我们的兴。

凡勒利娅 真的，我也是这样想。那么再见吧。来，好夫人。维吉利娅，请你还是把你的忧愁撵出门外，跟我们一块儿去吧。

维吉利娅 不，夫人，我真的不去。我愿您快乐。

凡勒利娅 那么好，再见。（同下）

第四场

科利奥里城前

| 旗鼓前导；马歇斯、泰特斯·拉歇斯、军官、军士等上；一使者自对面上。

马歇斯 有人带消息来了；我可以打赌他们已经相遇了。

拉歇斯 我用我的马赌你的马，他们还没有相遇。

马歇斯 好，一言为定。

拉歇斯 算数。

马歇斯 喂，我们的元帅有没有跟敌人相遇？

使者 他们已经彼此相望，可是还没有交谈。

拉歇斯 这匹好马是我的啦。

马歇斯 我向你买回来。

拉歇斯 不，我不愿把它出卖或是送人；可是我愿意借给你骑五十年。让我们招降这城市吧。

马歇斯 那两支军队离此有多少远？

使者 有一英里半光景。

马歇斯 那么我们可以互相听见鼓角的声音了。战神啊，请你默佑我们马到功成，好让我们立刻转过头来，挥舞着我们热腾腾的利剑，去帮助我们战地上的友人！来，吹起喇叭来。

| 吹议和信号；二元老及余人等在城墙上出现。

马歇斯 塔勒斯·奥菲狄乌斯在你们城里吗？

元老甲 不，没有一个人比他更不把你放在心上了。听，我们的鼓声（远处鼓声）正在召唤我们的青年们出来；我们宁愿推倒我们自己的城墙，决不让人家把我们蹂躏；我们的城门瞧上去虽然还是关得紧紧的，可是它们不过是用灯心草拴住的，等会儿就会自己打开。你听，远远的地方！（远处号角声）那是奥菲狄乌斯；听，他正在向你们那七零八落的军队怎样的大施挞伐。

马歇斯 啊！他们在交战了！

拉歇斯 让他们喧呼的声音鼓起我们的勇气。来，梯子！

| 一队伏尔斯军士上，自台前经过。

马歇斯 他们不怕我们，却从城里蜂拥而出。现在把你们的盾牌挡在胸前，鼓起你们比盾牌更坚强的心，努力杀敌吧！上去，勇敢的泰特斯；想不到他们竟会这样藐视我们，把我气出了一身怒汗。来啊，弟兄们；谁要是退缩不前，我就把他当作一个伏尔斯人，叫他死在我的剑锋之下。

| 号角声；罗马人败退；马歇斯重上。

马歇斯 南方的一切瘟疫都降在你们身上，你们这些罗马的耻辱！愿你们浑身长满了毒疮恶病，在逆风的一英里路之外就会互相传染，人家只要一闻到你们的气息就会远远厌避。你们这些套着人类躯壳的蠢鹅的灵魂！猴子们都会把他们打退的一群奴才，也会把你们吓得乱奔乱窜！该死！你们都是受伤在背后；背上流着鲜红的血，脸孔却因为奔逃和恐惧而变成了灰白！提起勇气来，向他们反攻！否则凭着天上的神火起誓，我要丢下敌人，向你们作战了；留心着吧。上去；要是你们奋勇坚持，我们一定要把他们打回他们妻子的怀抱里去。

| 号角声；伏尔斯人及罗马人重上交战；伏尔斯人败退城内，马歇斯追至城门口。

马歇斯 现在城门开了；大家出力！命运打开它们，是为了追赶的人，不是为了逃走的人；瞧着我的样子，跟我来吧！（进城门）

军士甲 简直是蛮干！我可不来。

军士乙 我也不高兴。（马歇斯被关于城内）

军士丙 瞧，他们把他关在里面了。

众人 他这回准要把命送了。（号角声继续吹响）

| 泰特斯·拉歇斯重上。

拉歇斯 马歇斯怎样啦？

众人 他一定被杀了，将军。

军士甲 他紧紧地追赶着那些逃走的敌人，一直追进了城里；突然之间他们把城门关上了；剩下他一个人在里面应付全城的敌人。

拉歇斯 啊，英勇的壮士！当他的无情的刀剑锋摧刃折的时候，他那血肉之躯依旧昂然不屈。你被我们遗弃了，马歇斯；一颗像你的身体那么大的完整的红玉，也比不上你的珍贵。你是一个适如凯图理想的军人，不但在挥舞刀剑的时候勇猛惊人，你的森严的怒容，你的雷鸣一样的声音，也会使敌人丧胆，就像整个世界在害着热病而颤栗一样。

| 马歇斯被敌众围攻流血重上。

军士甲 将军，瞧！

拉歇斯 啊！那是马歇斯！让我们救他出来，否则大家都要像他一样了。（众上前激战，同进城内）

第五场

科利奥里；街道

| 若干罗马军士携战利品上。

军士甲 我要把这带回罗马去。

军士乙 我要把这带回去。

军士丙 倒霉！我还以为这是银子哩。（远处号角声仍继续不断）

| 马歇斯及泰特斯·拉歇斯上，一喇叭手随上。

马歇斯 瞧这些家伙倒是一分钟也不肯放松！垫子、铅的汤匙、小小的铁器、刽子手也懒得剥下来的死刑犯身上的囚衣，这些下贱的奴才仗也没有打完，就忙着收拾起来了。都是该死的东西！听，元帅在那边厮杀得多

么热闹！我们也去助战去！我灵魂里痛恨的仇人，奥菲狄乌斯，正在那儿杀戮着我们的罗马人。勇敢的泰特斯，你分一部分军队在城里扫荡扫荡，我再带着那些有勇气的，立刻就去接应考密涅斯。

拉歇斯 将军，你在流着血；你已经作战得太辛苦，该休息休息了。

马歇斯 不要恭维我；我还没有杀上劲来呢。再见。这一点点血，可以鼓起我的勇气，有什么要紧；我要照这样子去和奥菲狄乌斯交战。

拉歇斯 但愿命运女神深深地恋爱着你；凭着她的无边的法力，使你的敌人的剑每击不中！勇敢的将军，愿胜利伴随着你！

马歇斯 愿命运同样照顾着你！再见。

拉歇斯 英勇绝伦的马歇斯！（马歇斯下）去，在市场上吹起你的喇叭来；召集全城的官吏，让他们明白我们的意旨。去！（各下）

第六场

考密涅斯营帐附近

| 考密涅斯率军队自前线退却。

考密涅斯 弟兄们，休息一会儿；你们打得不错。我们没有失去罗马人的精神，既不愚蠢地作无益的牺牲，在退却的时候，也没有露出懦怯的丑态。相信我，诸位，敌人一定还要向我们进攻。我们正在激战的时候，断断续

续地可以听到从风里传来的我们友军和敌人激战的声音。罗马的神明啊！愿你们护佑他们获得胜利，正像我们希望自己胜利一样；当我们含笑相遇的时候，我们一定会向你们呈献感谢的祭礼。

| 一使者上。

考密涅斯 你带什么消息来了？

使者 科利奥里的市民从城里蜂拥而出，和拉歇斯、马歇斯两人的军队交战；我看见我们的军队被他们击退，就离开那儿了。

考密涅斯 你的话虽然是真，却不是好消息。那是多久以前的事？

使者 一个多钟头了，元帅。

考密涅斯 一共不到一英里路，我们曾经听到过一阵短促的鼓声；你怎么一英里路要走一个钟头，到现在才把这消息送来？

使者 伏尔斯人的探子跟住了我，我不得不绕圈子走了三四英里路；要不然的话，元帅，我在半点钟以前早就把我的消息带来了。

考密涅斯 那边来的是谁？瞧他的样子，好像碰见过强盗一般。嗳哟！他的神气有点儿像马歇斯；我从前也见过他这副模样的。

马歇斯 （在内）我来得太迟了吗？

考密涅斯 正像牧羊人听见雷声，就知道它不是鼓声一样，我一听见马歇斯讲话的声音，就知道那不会是别个比他卑微的人。

| 马歇斯上。

马歇斯 我来得太迟了吗？

考密涅斯 是的，要是你身上染着的不是别人的血，而是你自己的血，那么你是来得太迟了。

马歇斯 啊！让我用就像我求婚时候一样坚强的手臂拥抱你，让我用当花烛送我们进入洞房的时候那样喜悦的心拥抱你！

考密涅斯 战士中的英华！泰特斯·拉歇斯怎样啦？

马歇斯 他正在忙得像一个法官一样：把有的人处死、有的人放逐、有的人罚款，有的赦免了，有的受到警告；科利奥里已经隶属于罗马的名义之下，像一头用皮带束住的摇尾乞怜的猎狗，不怕它逃到哪儿去了。

考密涅斯 告诉我说他们已经把你们击退的那个奴才呢？他到哪儿去了？叫他来。

马歇斯 不要责骂他；他并没有虚报事实。可是我们的那些士兵——死东西！他们还要护民官！——他们见了比他们自己更不中用的家伙，也会逃得像耗子见了猫儿似的。

考密涅斯 可是你们怎么会得胜呢？

马歇斯 现在还有时间讲话吗？敌人呢？你们是不是已经占到优势？倘然不是，那么你们为什么停了下来？

考密涅斯 马歇斯，我们因为实力不及敌人，所以暂避锋芒，以退为进。

马歇斯 他们的阵地布置得怎样？你知道他们的主力是在哪一方面？

考密涅斯 照我的推测，马歇斯，他们的先锋部队是他们最信任的安息军队，统辖他们的将领就是他们全军希望所寄的奥菲狄乌斯。

马歇斯 为了我们过去并肩作战的历次战役，为了我们共同流过的血，为了我们永矢友好的盟誓，我请求你立刻派我去向奥菲狄乌斯和他的安息军队挑战；让我们不要坐失时机，赶快挺起我们的刀剑枪矛来，就在这一小时内和他们决一胜负。

考密涅斯 我虽然希望用香汤替你沐浴，用油膏敷擦你的伤痕，可是我决不敢拒绝你的请求；请你自己选择一队最得力的人马带领前去吧。

马歇斯 只要是有胆量跟我去的，就是我所要选择的人。我相信在这儿一定有欢喜像我身上所涂染的这种油彩的人；我也相信在这儿一定有畏惧恶名甚于生命危险的人；我更相信在这儿一定有认为蒙耻偷生，不如慷慨就义、祖国的荣誉胜过个人幸福的人：要是在你们中间有一个这样的人，或是有许多人都抱着这样的思想，就请挥起剑来，跟随马歇斯去。（众高呼挥剑，将马歇斯举起，脱帽抛掷）啊！只有我一个人吗？你们把我当作你们的剑吗？要是这不单单是形式上的表示，那么你们中间哪一个人不可以抵过四个伏尔斯人？哪一个人不可以举起坚强的盾牌来，抵御伟大的奥菲狄乌斯？谢谢你们全体，可是我只要选择一部分人就够了；其余的必须静候号令，在别的战争里担起你们的任务来。现在请大家开步前进；四个人替我在一旁挑选哪些人是最胜任的。

考密涅斯 前进，弟兄们；用行动实践你们这一次的雄壮的表示，你们将和我们分享一切。（同下）

第七场

科利奥里城门

| 泰特斯·拉歇斯在科利奥里布防完毕后，率军士及鼓角等出城与考密涅斯及马歇斯处会合，一副将及一探子随上。

拉歇斯 就是这样；各个城门都要用心防守，按照我的命令行事，不可怠忽职务。要是我差人来，你就传令这些队伍开拔赴援，留少数人暂时驻守：要是我们在战场上失败了，这一个城也是守不住的。

副将 我们一定尽我们的责任，将军。

拉歇斯 去，把城门关上了。带路的人，来；领我们到罗马军队的阵地上去。（各下）

第八场

罗马及伏尔斯营地之间的战场

| 号角声；马歇斯及奥菲狄乌斯自相对方向上。

马歇斯 我只要跟你厮杀，因为我恨你比恨一个背约的人还厉害。

奥菲狄乌斯 我也是同样恨你；没有一条非洲的毒蛇比你的名誉和狠毒更使我憎恨。站定你的脚跟。

马歇斯 谁要是先动脚跑的，让他做对方的奴隶而死去，死后永远不得超生！

奥菲狄乌斯 马歇斯，要是我逃走，你就把我当做一头兔子一样叫唤。

马歇斯 塔勒斯，过去三小时以内，我独自在你们科利奥里城里奋战，所向无敌；你看见我脸上所涂着的，不是我自己的血；你要是不服气的话，快来跟我拼命吧。

奥菲狄乌斯 即使你就是你们所夸耀的老祖宗赫克托自己，我今天也不放你活命。（二人交战，若干伏尔斯人趋前援奥菲狄乌斯）你们这些多事的、没有勇气的东西，谁要你们来帮我，丢我的脸。（马歇斯驱众人入内且战且下）

第九场
罗马营地

| 号角声；吹归营号；喇叭奏花腔。考密涅斯及罗马军士一队自一方上，马歇斯以巾裹臂伤，率另一队罗马军士自另一方上。

考密涅斯 要是我向你追叙你这一天来的工作，你一定不会相信你自己所干的事：可是我要回去向他们报告，让那些元老们的喜笑里搀杂着眼泪；让那些贵族们耸肩倾听，终于赞叹；让那些贵妇们惊怖失色，欢喜战栗，要求再闻其详；让那些麻木不仁、和顽固的平民一鼻孔出气、痛恨着你的尊荣的护民官们，也不得不违背他们的本心，说，“感谢神明，我们罗马有这样一位军人！”

| 泰特斯·拉歇斯率所部军士追踪而至。

拉歇斯 啊，元帅，这儿才是一头骏马，我们都不过是些鞍鞯缰勒；要是你看见——

马歇斯 请你别说了。当我的母亲赞美我的时候，我就会心中不安，虽然她是有夸扬她自己骨肉的特权的。我所做的事情不过跟你们所做的一样，各人尽各人的能力；我们的动机也只有一个，大家都是为了自己的国家。谁只要恪尽他良心上的天职，他的功劳就应该在我之上。

考密涅斯 你的功劳是不能埋没的；罗马必须知道她自己的健儿的价值。隐蔽你的勋绩，是比偷窃诽谤更重的罪恶。所以我请求你，为了表扬你的本身，不是酬答你的辛劳，听我当着全军将士之前说几句话。

马歇斯 我身上的剑痕尚新，它们听见人家提起它们的时候，就会作痛的。

考密涅斯 它们不应该作痛；它们应该在忘恩负义者的身上溃烂，和濒死的人在一起。在我们所虏获的无数强壮的战马之中，在我们从战地上和城中所搜得的一切珍宝财物之中，我们把十分之一分送给你；你可以在当众分派的时候，凭你自己的意思选择。

马歇斯 谢谢你，元帅；可是我不能同意让我的剑受人贿赂。恕我拒绝你的盛情；我愿意和参与这次战役的人分受同等的待遇。（喇叭奏花腔；众高呼“马歇斯！马歇斯！”抛掷帽、枪；考密涅斯、拉歇斯脱帽立）愿这些被你们亵渎的乐器不再发出声音！当战地上的鼓角变成媚人的工具的时候，让宫庭和城市里都充斥着口是心非的阿谀趋奉吧！快别这样了！我只是没有洗净我的流血的鼻子，因为我打败了几个孱弱的家伙，这是这儿有许多弟兄都跟我同样干过的事，虽然没有人注意到他们；你们就把我这样过分地吹捧，好像我欢喜让我这一点儿微功薄能，用搀和着谎语的赞美大加渲染似的。

考密涅斯 你太谦虚了；你不但蔑视我们对你的至诚的称颂，尤其对于你自己的美好的声名，也未免过于苛刻。请不要见怪，要是你会对你自己动怒，那么我们要把你当作一个危险人物一样，替你加上镣铐，然后放胆跟你辩论。让全世界知道，卡厄斯·马歇斯戴着这一次战争的荣冠，为了纪念他的勋劳，我送给他我这一匹全军知名的骏马，以及它所附带的一切装具；从今以后，为了他在科利奥里所建树的奇功，在我们全军欢呼声中，他将被称为卡厄斯·马歇斯·科利奥兰纳斯！让他永远光荣地戴上这一个名字！

众人 卡厄斯·马歇斯·科利奥兰纳斯！（喇叭奏花腔；鼓角齐鸣）

科利奥兰纳斯 我要去洗个脸；等我把脸洗净以后，你们就可以看见我有没有惭愧的颜色。可是我谢谢你们。我准备跨上你的骏马，尽我所有的能力，永远保持着你们加于我的美名。

考密涅斯 好，我们回营去；在我们解甲安息以前，还要先去信罗马，报告我们的胜利。泰特斯·拉歇斯，你必须回到科利奥里，叫他们派代表到罗马去，为了彼此双方的利益，和我们商订议和的条款。

拉歇斯 是，元帅。

科利奥兰纳斯 天神要开始讥笑我了。我刚才拒绝了最尊荣的礼物，现在却不得不向元帅请求一个小惠。

考密涅斯 无论什么要求，我都可以允许你。你说吧。

科利奥兰纳斯 我从前曾经在这儿科利奥里城里向一个穷汉借宿过一宵，他款待我非常殷勤。我看见他已经成为我们的俘虏，他见了我就向我高呼求助；可是因为那时奥菲狄乌斯在我的眼前，愤怒吞蚀了我的怜悯，我没有理会他；请您让我的可怜的居停恢复自由吧。

考密涅斯 啊！这是一个很好的请求！即使他是杀死我儿子的凶手，我也要让他像风一样自由。泰特斯，把他放了。

拉歇斯 马歇斯，他的名字呢？

科利奥兰纳斯 天哪！我忘了。我很疲倦；嗯，我懒得记忆。我们这儿没有酒吗？

考密涅斯 我们回营去。你脸上的血也干了；我们应当赶快替你调护调护。来。（同下）

第十场
伏尔斯人营地

喇叭奏花腔；吹号筒。塔勒斯·奥菲狄乌斯流血上，二三军士随上。

奥菲狄乌斯 我们的城市被占领了！

军士甲 只要条件讲得好，它会还给我们的。

奥菲狄乌斯 条件！把自己的运命听任他人支配的一方，还会有什么好条件！马歇斯，我已经跟你交战过五次了，五次我都被你打败；要是我们相会的次数就像吃饭的次数一样多，我相信你也会每次把我打败的。天地为证，要是我再有机会当面看见他，不是我杀死他，就是他杀死我。我对他的敌视已经使我不能再顾全我的荣誉；因为我既不能堂堂正正地以剑对剑，用同等的力量取胜他，凭着愤怒和阴谋，也要设法叫他落在我的手里。

军士甲 他简直就是魔鬼。

奥菲狄乌斯 他比魔鬼还大胆，虽然没有他的狡猾。他使我的勇气受到了毁损；我的怨毒一见了他，就会自己飞了出来。不论在他睡觉、害病或是解除武装的时候，不论在圣殿或神庙里，不论教士的祈祷、献祭的时辰，这一切阻止复仇的障碍，都不能运用它们陈腐的特权和惯例，禁止我向马歇斯发泄我的憎恨。要是我在无论什么地方找到了他，即使他是在我自己的家里，在我的兄弟的保护之下，我也要违反好客的礼仪，在他的胸膛里洗我的凶暴的手。你们到城里去探听探听敌人占领的情形，以及将要到罗马去做人质的是哪一些人。

军士甲 您不去吗？

奥菲狄乌斯 我在柏树林里等着，它就在磨房的南面；请你探到了外边的消息以后，就到那儿告诉我，让我可以决定应当怎样走我的路。

军士甲 是，将军。（各下）

第 二 幕

第一场

罗马；广场

| 米尼涅斯、西西涅斯及勃鲁托斯上。

米尼涅斯 占卜的人告诉我，我们今晚将有消息到来。

勃鲁托斯 好消息还是坏消息？

米尼涅斯 这消息不是人民所希望听到的，因为他们对马歇斯没有好感。

西西涅斯 畜生也知道谁是他们的友人。

米尼涅斯 请问，谁是狼所欢喜的？

西西涅斯 羔羊。

米尼涅斯 对了，因为它可以吃了它，正像那些饥饿的平民恨不得把尊贵的马歇斯吃下去一般。

勃鲁托斯 他真是头羔羊！叫吼起来却像一头熊。

米尼涅斯 他真是头熊！却过着羔羊一般的生活。你们两位都是老人家了；让我问你们一件事情，请你们告诉我。

西西涅斯
勃鲁托斯 好，你说。

米尼涅斯 马歇斯究竟有些什么重大的缺点，这种缺点不也可以从你们两位身上同样找出许多来呢？

勃鲁托斯 任何的缺点他都不缺少，所有的缺点他都齐备。

西西涅斯 尤其是骄傲。

勃鲁托斯 他的自负更可以凌越一切。

米尼涅斯 这可奇了。你们两位知道我们这城里的人，我的意思是说，我们右派的人，怎样批评你们吗？

西西涅斯
勃鲁托斯 他们怎样批评我们？

米尼涅斯 因为你们现在说起骄傲——你们不会生气吗？

西西涅斯
勃鲁托斯 好，好，你说吧。

米尼涅斯 好，那也没有什么关系；因为本来就是芝麻大的一点小事，也会使你们大发脾气的。把你们的火性耐一耐住；要是你们一定要动怒，那也随你们的便。你们怪马歇斯太骄傲吗？

勃鲁托斯 这不单是我们两人的意见。

米尼涅斯 我知道单单凭着你们两个人，是再也干不出什么大事情来的；你们的助手太多了，否则你们的行动就会变成非常简单；你们的能力太幼稚了，只好因人成事。你们说起骄傲；啊！要是你们能够转过眼睛来看看你们自己的背后，把你们自己反省一下！啊，要是你们能够！

勃鲁托斯 那便怎样呢？

米尼涅斯 那时候你们就可以看见一双全罗马最骄傲狂妄、无功受禄的官儿，换句话说，全罗马一对最大的傻瓜。

西西涅斯 米尼涅斯，谁都知道你是个怎样的人。

米尼涅斯 谁都知道我是个欢喜说说笑话的贵族，也欢喜喝杯不掺水的热酒；人家说我有点先入为主，太容易大惊小怪；我欢喜作长夜之宴，不高兴日出而作；想到什么就要说出来，不让一些芥蒂留在心里。碰到像你们这样的两位贵人，要是你们给我喝的酒不合我的口味，我就会向它扮鬼脸；要是你们所发表的高论，大部分都是些驴子叫，我也不敢恭维你们讲得不错；虽然人家要是说你们是两位尊严可敬的长者，我也只好不去跟他们争论，可是谁说你们长着很好的相貌的，就是说了一个大谎。

勃鲁托斯 算了，算了，我们知道你是个怎样的人。

米尼涅斯 你们既不知道我，也不知道你们自己，什么都不知道。只要那些苦人儿们向你们脱帽屈膝，你们就觉得踌躇满志。你们费去整整的一个大好的下午，审判一个卖橘子女人跟一个卖塞子男人涉讼的案件，结果还是把这场三便士的官司宣布延期判决。当你们正在听两造辩论的时候，要是突然发起疝气痛来，你们就会现出一脸的怪相，暴跳如雷，一面连声喊拿便壶来，一面斥退两造，好好一件案子，给你们越审越糊涂；纠纷没有解决，两下里只是挨你们骂了几声混蛋。你们真是一对奇怪的宝贝。

勃鲁托斯 算了，算了，大家都知道你在筵席上是一个嬉笑怒骂的好手，在议会里却是一个毫无用处的人物。

米尼涅斯 我们的教士们见了你们这种荒唐的家伙，也会忍不住把你们嘲笑。你们讲得最中肯的时候，那些话也不值得你们挥动你们的胡须；讲到你们的胡须，那么还不配塞在一个拙劣的椅垫或是驴子的驮鞍里。可是你们一定要说马歇斯是骄傲的；按照最低的估计，他也抵得过你们所有的老前辈合起来的价值，虽然他们中间有几个最有名的人物也许是世代相传的刽子手。晚安，两位尊驾；你们是那群畜类一般的平民的牧人，我再跟你们谈下去，我的脑子也要沾上污秽了；恕我失礼少陪啦。（勃鲁托斯、西西涅斯退至一旁）

伏伦妮娅，维吉利娅及凡勒利娅上。

米尼涅斯 啊，我的又美丽又高贵的太太们，月亮要是降下尘世，也不会比你们更高贵；请问你们这样热烈地在望着什么？

伏伦妮娅 正直的米尼涅斯，我的孩子马歇斯来了；为了天后朱诺的爱，让我们去吧。

米尼涅斯 哈！马歇斯回来了吗？

伏伦妮娅 是的，尊贵的米尼涅斯，他载着胜利的荣誉回来了。

米尼涅斯 让我向您脱帽致敬，朱庇特，我谢谢您。呵！马歇斯回来了！

伏伦妮娅
维吉利娅 是的，他真的回来了。

伏伦妮娅 瞧，这儿是他写来的一封信。他还有一封信给政府，还有一封给他的妻子；我想您家里也有一封他写给您的信。

米尼涅斯 我今晚要高兴得把我的屋子都掀翻了。有一封信给我！

维吉利娅 是的，真的有一封信给您；我看见的。

米尼涅斯 有一封信给我！读了他的信可以使我七年不害病，在这七年里头，我要向医士撇嘴唇；比起这一味延年却病的灵丹来，药经里最神效的药方也只算江湖医士的草头方，只好胡乱给马儿们治治病。他没有受伤吗？他每一次回来的时候，总是负着伤的。

维吉利娅 啊，不，不，不。

伏伦妮娅 啊！他是受伤的，感谢天神！

米尼涅斯 只要受伤不厉害，我也要感谢天神。他把胜利放进他的口袋里了吗？受了伤才更可以显出他的英雄。

伏伦妮娅 他把胜利高悬在额角上，米尼涅斯；他已经第三次戴着橡叶冠回来了。

米尼涅斯 他已经把奥菲狄乌斯痛痛快快地教训过了吗？

伏伦妮娅 泰特斯·拉歇斯信上说他们曾经交战过，可是奥菲狄乌斯逃走了。

米尼涅斯 元老院有没有知道这一个消息？

伏伦妮娅 两位好夫人，我们去吧。是的，是的，是的，元老院已经得到元帅的来信，他把这次战争的全部功劳归在我的儿子身上。他这一次的战功的确比他以前各次的战功更要超过一倍。

凡勒利娅 真的，他们都说起关于他的许多惊人的作为。

米尼涅斯 惊人的作为！嘿，我告诉你吧，这些都是他凭着真本领干下来的呢。

维吉利娅 愿天神默佑那些话都是真的！

伏伦妮娅 真的！还会是假的不成？

米尼涅斯 真的！我可以发誓那些话都是真的。他什么地方受了伤？（向西西涅斯、勃鲁托斯）上帝保佑两位尊驾！马歇斯回来了；他有更多可以骄傲的理由啦。（向伏伦妮娅）他什么地方受了伤？

伏伦妮娅 肩膀上，左臂上；当他在民众之前站起来的时候，他可以把很大的伤疤公开展示哩。在击退塔昆这一役中间，他身上有七处受伤。

米尼涅斯 颈上一处，大腿上一处，我知道一共有九处。

伏伦妮娅 在这一次出征以前，他全身一共有二十五处伤痕。

米尼涅斯 现在是二十七处了；每一个伤口都是一个敌人的坟墓。（内欢呼声，喇叭奏花腔）听！喇叭的声音！

伏伦妮娅 这是马歇斯将要到来的预报。凡是他所到之处，总是震响着雷声；他经过以后，只留下一片汪洋的泪海；在他壮健的腕臂里躲藏着幽冥的死神；只要他一挥手，人们就丧失了生命。

| 喇叭奏花腔。考密涅斯及泰特斯·拉歇斯拥科利奥兰纳斯戴橡叶冠上，将校、军士及一传令官随上。

传令官 罗马全体人民听着：马歇斯单身独力，在科利奥里城内奋战；他已经在那里赢得了一个光荣的名字，在卡厄斯·马歇斯之后，加附上科利奥兰纳斯的荣称。欢迎您到罗马来，著名的科利奥兰纳斯！（喇叭奏花腔）

众人 欢迎你到罗马来，著名的科利奥兰纳斯！

科利奥兰纳斯 快别这样；我不欢喜这一套。请你们免了吧。

考密涅斯 瞧，将军，您的母亲！

科利奥兰纳斯 啊！我知道您为了我的胜利，一定已经祈祷过所有的神明。（跪下）

伏伦妮娅 不，我的好军人，起来；我的善良的马歇斯，尊贵的卡厄斯，还有你那个凭着功劳博得的新的荣名——那是怎样叫的？——我必须称呼你科利奥兰纳斯吗？——可是啊！你的妻子！——

科利奥兰纳斯 我的静默的好人儿，愿你有福！你这样泪流满脸地迎接我的凯旋，要是一具棺材装着我的尸骨回来，你倒会含笑吗？啊！我的爱人，科利奥里的寡妇和失去儿子的母亲，她们的眼睛也是哭得像你一样的。

米尼涅斯 愿天神替你加上荣冠！

科利奥兰纳斯 你还活着吗？（向凡勒利娅）啊，我的好夫人，恕我失礼。

伏伦妮娅 我不知道应当转身向什么地方。啊！欢迎你们回来！欢迎，元帅！欢迎，各位将士！

米尼涅斯 十万个欢迎！我也想哭，也想笑；我的心又轻浮又沉重。欢迎！谁要是不高兴看见你的，愿咒诅咬啮着他的心底！你们是应当被罗马所眷爱的三个人；可是凭着人类的忠心起誓，在我们的城市里却有几棵老山楂树儿，它们的口味是和你们不同的。可是欢迎，战士们！是荨麻我们就叫它荨麻，傻瓜们的错处一言以蔽之，其名为愚蠢。

考密涅斯 你说得有理。

科利奥兰纳斯 米尼涅斯，这是永远的真理。

传令官 闲人站开，上去！

科利奥兰纳斯 （向伏伦妮娅、凡勒利娅）让我吻您的手，再让我吻您的。当我还没有回到自己家里去以前，我必须先去访问那些贵族们；他们不但给我欢迎，而且还给我新的光荣。

伏伦妮娅 我已经活到今天，看见我的愿望一一实现，我的幻想构成的美梦成为事实；现在只有一个愿望还没有满足，可是我相信我们的罗马一定会把它加在你的身上的。

科利奥兰纳斯 好妈妈，您要知道，我宁愿照我自己的意思做他们的仆人，不愿随波逐流，和他们在一起做主人。

考密涅斯 前进，到议会去！（喇叭奏花腔；吹号筒。众列队按序下；西西涅斯、勃鲁托斯留场）

勃鲁托斯 所有的舌头都在讲他，眼光昏花的老头子也都戴了眼镜出来瞧他；饶舌的乳媪因为讲他讲得出了神，让她的孩子在一旁啼哭；灶下的丫头也把她最好的麻巾裹在她那油腻的颈上，爬上墙头去望他；马棚里、阳台上、窗眼里，一起给挤满了，水沟里、田塍上，也都站满着各色各种的人，大家争先恐后地想要看一看他的脸；难得露脸的祭司也在人丛里挤来挤去，跟人家占夺一个地位；蒙着面罩的太太奶奶们也让她们用心装扮过的脸庞去接受阳光的热吻，吻得一块红、一块白的：这样一种热闹的情形，简直就像把他当作了一尊天神的化身似的。

西西涅斯 我说，他这次一定有做执政的希望。

勃鲁托斯 那么当他握权的时候，我们只好无所事事了。

西西涅斯 他初握政权，地位还不能巩固，可是他将要失去他已得的光荣。

勃鲁托斯 那就好了。

西西涅斯 你放心吧，我们所代表的平民，本来对他抱着恶感，只要为了些微细故，就会忘记他的新得的光荣，凭着他这副骄傲的脾气，我相信他一定会干出一些不慊人意的事来。

勃鲁托斯 我听见他发誓说，要是他被推为执政，他决不到市场上去，也不愿穿上表示谦卑的粗衣；他也不愿按照习惯，把他的伤痕袒露给人民看，从他们恶臭的嘴里求得同意。

西西涅斯 正是这样。

勃鲁托斯 他是这样说的。啊！他宁愿放弃执政的地位，也不愿俯从绅士贵族们的请求去干这样的事。

西西涅斯 我但愿他坚持着这样的意思，把它见之实施。

勃鲁托斯 他大概会这么干的。

西西涅斯 要是真的这样，那么正像我们所希望的，他的崩溃一定无可避免了。

勃鲁托斯 他要是不倒，我们的权力也要动摇。为了促成他的没落，我们必须让人民知道他一向对于他们怀着怎样的敌意；要是他掌握了大权，他一定要把他们当作骡马一样看待，压制他们的声诉，剥夺他们的自由；认为他们的行动和能力是不适宜于处理世间的事务的，正像战争的时候用不到骆驼一样；豢养他们的目的，只是要他们担负重荷，要是他们在重负之下压得爬不起来，一顿痛打便是给他们的赏赐。

西西涅斯 只要给他一点刺激，他的傲慢不逊的脾气，一定会向人民身上发泄出来，正像嗾一群狗去咬绵羊一样容易；那时候你这一番话就等于点在干柴上的一把烈火，那火焰可以使他的声名从此化为灰烬。

| 一使者上。

勃鲁托斯 有什么事？

使者 请两位大人到议会里去。人家都以为马歇斯将要做执政。我看见聋子围集拢来瞧他，瞎子围集拢去听他讲话；当他一路经过的时候，中年的妇女向他挥手套，年轻的姑娘向他挥围巾手帕；贵族们见了他，像对着乔武的神像似的鞠躬致敬，平民们见了他，都纷纷掷帽；欢声雷动；我从来没有见过这样的景象。

勃鲁托斯 我们到议会去吧。让我们一面用耳朵和眼睛留心着眼前的情势，一面用我们的心计划未来的发展。

西西涅斯 那么请了。（同下）

第二场

同前；议会

| 二吏役上，铺坐垫。

吏甲 来，来，他们快要来了。有多少人竞争执政的位置？

吏乙 他们说有三个人；可是谁都以为科利奥兰纳斯一定会当选。

吏甲 他是个好汉子；可是他太骄傲了，对于平民也没有好感。

吏乙 老实说一句，有许多大人物尽管嘴面上拼命讨好平民，心里却一点不欢喜他们；也有许多人欢喜了一个人，却不知道为什么要欢喜他，他们既然会莫名其妙地爱他，也就会莫名其妙地恨他。所以科利奥兰纳斯对于他们的爱憎漠不关心，正可以表示他真正了解他们的性格。

吏甲 要是他对于他们的爱憎漠不关心，那么他既不会有心讨好他们，也不会故意冒犯他们；可是他对他们寻衅的心理，却比他们对他仇恨的心理更强，凡是可以表明他是他们的敌人的事实，他总是不加讳饰地表现出来。像这样有意装出敌视人民的态度，比起他所唾弃的那种取媚人民以求得他们欢心的手段来，同样是不足为法的。

吏乙 他替国家立下了极大的功劳；他的跻登高位，绝不是容易获致，像那些毫无尺寸之功、单凭着一副向人民曲意奉迎的手段，滥邀爵禄的人们一样；他的荣誉彪炳在他们的眼前，他的功业铭刻在他们的心底，他们要是不作一声，否认这一切，那就是忘恩负义；要是颠倒是非，混淆黑白，那就是恶意中伤。

吏甲 别讲他了；他是一个可尊敬的人。让开，他们来了。

｜喇叭奏花腔。侍卫官前导，考密涅斯（执政）、米尼涅斯、科列奥兰纳斯、众元老、西西涅斯、勃鲁托斯同上；元老及护民官依次就座。

米尼涅斯 我们已经决定处置伏尔斯人的办法，并且决定召唤泰特斯·拉歇斯回来，剩下来要在这一次会议里决定的主要的问题，就是怎样酬报我们这一位为国宣劳的英雄。所以，各位尊严的元老们，请你们要求现任执政，也就是领导我们得到这一次胜利的主帅，略为向我们报告一些卡厄斯·马歇斯·科利奥兰纳斯所造成的英勇的伟绩，让我们可以按照他的实际的功劳，向他表示我们的感谢，并且用适当的尊荣褒奖他。

元老甲 说吧，好考密涅斯；不要因为叙述起来太冗长而忽略了什么，宁可让我们觉得国家酬庸有功太菲薄，不要使我们觉得政府的爵禄失之过滥。（向西西涅斯、勃鲁托斯）两位人民的代表，请你们耐心静听，当我们决定了一个结果以后，还要有劳你们向民众传达我们的意见，征求他们善意的同情。

西西涅斯 我们这次为了通过一个满意的条约而集会，在欣慰之余，我们是很愿意给我们这位英雄不次的荣迁的。

勃鲁托斯 要是他能够把他一向对人民的观念稍微改善一点，那么我们一定可以赞同。

米尼涅斯 不要说到题外去；我希望你还是不要开口的好。你们愿意听考密涅斯说话吗？

勃鲁托斯 当然愿意；可是我的劝告却要比您的责备切当一些哩。

米尼涅斯 他喜爱你们的人民；可是不要硬叫他和他们睡在一个床上。尊贵的考密涅斯，说吧。（科利奥兰纳斯起立欲去）不，您坐下。

元老甲 坐下，科利奥兰纳斯；不要因为听到你自己所做的光荣的事情而惭愧。

科利奥兰纳斯 请诸位原谅，我宁愿让我的伤痕消失了形迹，不愿听人家讲起我怎样得到它们的情形。

勃鲁托斯 将军，我希望您不是因为听了我的话，所以不安于席的。

科利奥兰纳斯 不，可是往往打击使我停留，空言却使我逃避。你的话都是不关痛痒的。至于你的人民，我只能按照他们的价值而喜爱他们。

米尼涅斯 请坐下来吧。

科利奥兰纳斯 我宁愿在号角吹响的时候，让人家在太阳底下爬搔我的头颅，不愿呆坐着听人家把我的一些不足道的小事信口夸张。（下）

米尼涅斯 两位人民代表，你们现在已经看见他宁愿用他全身的力量去追求荣誉，不愿分出一小部分的精神来听人家的赞美，他怎么能够向你们那些一千个中间难得有一个好的芸芸众生浪费他的谀辞呢？说吧，考密涅斯。

考密涅斯 我的声音太微弱了，不够叙述科利奥兰纳斯的壮大的功绩。勇敢是世人公认为最大的美德，有勇的人是最值得崇敬的；要是我们可以这么说，那么我现在所要说起的这一个人，在全世界简直找不出一个可以和他抗衡的人物。当塔昆举兵向罗马侵犯的时候，他还只有十六岁，就已经在战场上崭露头角，表现他过人的神勇；我们当时的执政亲眼看见那些鬑鬑多须的大汉被白皙韶秀的他追赶得没命奔逃。他跨过了一个被压倒在地上的罗马人的身体，当着执政的面前，手刃了三个敌人；塔昆也和他亲自对垒，被他打了下来；在那一天的战绩里，他本来可以做一个退怯不前的妇女，却证明了是战场上顶勇敢的男子，为了旌扬他的功烈，他的额上被加上了橡叶的荣冠。这样他从一个新列戎行的孺子，变成一个能征惯战的健儿，他的与日俱长的勇敢，像大海一样充沛，在前后十七次战役之中，战无不胜，攻无不克。讲到最近这一次在科利奥里城前和城中的鏖战，那么我可以说，我的言辞是无法给他适当的赞美的；他阻止了奔逃的败众，用他惊人的榜样，扫去了懦夫心中的恐惧；正像水草当着一艘疾驶的帆船一样，他的剑光挥处，人们不是降服就是死亡，谁要是碰着他的锋刃，再也没有活命的希望；从脸上到脚上，他浑身都染着血，他的每一个行动，都伴随着绝命的哀号；他一个人闯进了密布着死亡的城里用他操纵着生死的铁手染红了城门，然后他又单身脱围而出，带着一队生力军，像一颗彗星似的向科利奥里突击。现在他已经大获全胜了；渐渐地战争的喧声又开始刺激他的敏锐的感觉，于是他的兼人的精力又使他忘却了身体的疲劳，立刻再到战场上去，在那里他奔走驰突，杀人如麻，好像这是一场永无休止的掠夺一样；直到我们把城郊全部占领以后，他不曾有一刻站定喘息的时间。

米尼涅斯 了不得的英雄！

元老甲 我们所准备给他的光荣，他是受之无愧的。

考密涅斯 他拒绝我们分给他的战利品，把一切珍贵的宝物视同粪壤；他的欲望比吝啬者的度量更小；行为的本身便是他给自己的酬报。

米尼涅斯 他是个高贵的人物；快去请他来。

元老甲 请科利奥兰纳斯来。

警吏 他来了。

| 科利奥兰纳斯重上。

米尼涅斯 科利奥兰纳斯，元老们很愿意举你做执政。

科利奥兰纳斯 我愿意永远为他们尽忠效命。

米尼涅斯 现在还有一步手续必须履行，您应该向人民说几句话。

科利奥兰纳斯 请你们宽免我这一项例行的手续，因为我不能披上粗布的长衣，裸露着身体，请求他们为了我的伤痕的缘故，接受我做他们的执政。请你们不要让我干这种事吧。

西西涅斯 将军，人民必须表示他们的意见；他们也决不愿变更规定的仪式。

米尼涅斯 不要激怒他们；您还是遵照着习惯，像前任的那些人一样，用合法的形式取得您的地位吧。

科利奥兰纳斯 要我扮演这一幕把戏，我一定要脸红，我看还是免了吧。

勃鲁托斯 （向西西涅斯旁白）你听见吗？

科利奥兰纳斯 向他们夸口，说我做过这样的事，那样的事；把应当藏匿起来的没有痛楚的伤疤给他们看，好像我受了这些伤，只是为了换得他们一声赞叹一样！

米尼涅斯 不要固执着这一点。两位护民官，请你们向民众传达我们的意志。愿我们尊严的执政享有着一切快乐和光荣！

众元老 愿一切快乐和光荣降于科利奥兰纳斯！（喇叭奏花腔；除西西涅斯、勃鲁托斯外均退场）

勃鲁托斯 你看他准备怎样对待人民。

西西涅斯 但愿他们知道他的用心！他将要用一种鄙夷不屑的态度去请求他们，好像他从他们手里得到恩惠是一件耻辱一样。

勃鲁托斯 来，我们去把这儿的一切经过情形通知他们；我知道他们都在市场上等候着我们的消息。（同下）

第三场

同前；公共广场

| 若干市民上。

市民甲 要是他请求我们的同意，我们可不能拒绝他。

市民乙 要是我们不能同意，我们可以拒绝他。

市民丙 我们有权力拒绝他，可是我们没有权力运用这一种权力；因为要是他把他的伤痕给我们看，把他的功绩告诉我们，我们的舌头就应当替他的伤痕说话，告诉他他的伟大的功绩已经得到我们慷慨的嘉纳。忘恩负义是一种极大的罪恶，忘恩负义的群众是一个可怕的妖魔；我们都是群众中间的一分子，都要变成这妖魔身上的器官肢体了。

市民甲 我可以提出一个小小的例子，证明我们在人家眼里正是这样一个东西：有一次我们为了要求谷物而鼓噪起来的时候，他自己曾经破口骂我们是多头的群众。

市民丙 许多人都这样称呼我们，不是因为我们的头发有的是褐色的，有的是黑色的，有的是赭色的，有的是光秃秃的，而是因为我们的思想是这么分歧不一。我真的在想，要是我们各人所有的思想都从一个脑壳里发表出来，它们一定会有的望东，有的望西，有的望北，有的望南，四下里飞散开去。

市民乙 你这样想着吗？你看我的思想会向哪一个方向飞？

市民丙 嘿，你的思想可不像别人的思想那样容易出来，因为它是牢牢地封在一个木头的脑壳里的：可是要是它得到了自由，它一定会飞到南方去。

市民乙 为什么飞到南方去？

市民丙 到南方去迷失在一阵大雾里，它的四分之三溶解在恶臭的露水里，剩下的四分之一因为良心上过意不去，仍旧回了转来，帮助你娶一个妻子。

市民乙 你老是这样寻人家开心；由你，由你。

市民丙 你们都决定对他表示同意吗？可是那也没有关系，最后的结果是要取决于大多数的意见的。我说，要是他愿意同情民众，那么从来不曾有过一个比他更胜任的人了。

| 科利奥兰纳斯披粗衣，及米尼涅斯同上。

市民丙 他来了，还披着一件粗布的长衣。留心他的举止。我们不要大家在一起，或者一个人，或者两个人三个人，分别跑到他站立的地方。他必须征求个别的同意；我们每一个人都有他的各自的权利，可以用我们自己的嘴向他表示我们各自的同意。所以大家跟我来吧，让我指导你们怎样走过他的身旁。

众人 很好，很好。（市民等同下）

米尼涅斯 啊，将军，您错了；您不知道最尊贵的人都做过这样的事吗？

科利奥兰纳斯 我应该怎么说？“求求你，先生，”——哼！我不能让我的舌头发出这种乞怜的调子。“瞧，先生，我的伤痕！当你们那些同胞们听见了自己军中的鼓声而惊呼逃走的时候，我因为为国尽劳，受了这许多伤。”

米尼涅斯 嗳哟，天哪！您不能那样说；您必须请求他们想起您的功劳。

科利奥兰纳斯 想起我的功劳！哼！我宁愿他们把我忘记。

米尼涅斯 您会把事情弄坏了。我去了。请您好好儿对他们说话。

科利奥兰纳斯 叫他们把脸孔洗一洗，把他们的牙齿刷刷干净。（米尼涅斯下）好，有一对来了。

| 二市民重上。

科利奥兰纳斯 先生，你们知道我为什么站在这儿吗？

市民甲 我们知道，将军；告诉我们您到这儿来的缘故。

科利奥兰纳斯 因为我自己的功劳。

市民乙 您自己的功劳！

科利奥兰纳斯 嗯，却不是我自己的意志。

市民甲 怎么！不是您自己的意志？

科利奥兰纳斯 不，先生，我从来不愿意向穷人求乞。

市民甲 您必须明白，要是我们给了您什么东西，我们是希望从您身上得到一点好处的。

科利奥兰纳斯 好，那么我要请问，向你们讨一个执政做要多少价钱？

市民甲 那价钱就是您必须恭恭敬敬地请求。

科利奥兰纳斯 恭恭敬敬！先生，我请求你们，让我做执政吧；你们要是想看我的伤痕，我愿意在隐僻一点的地方给你们看。请你们给我同意吧，先生；你们怎么说？

市民乙 您可以得到我们的同意，尊贵的将军。

科利奥兰纳斯 一言为定，先生。我已经讨到两个尊贵的同意了。谢谢你们的布施；再见。

市民甲 可是这有点儿古怪。

市民乙 要是已经出口的话可以收回——可是那也算了。

（二市民下）

| 其他二市民重上。

科利奥兰纳斯 我请求你们，现在我已经按照习惯，披上这一件衣服了，你们能够允许我做执政吗？

市民丙 您虽然有功国家，可是未孚人心。

科利奥兰纳斯 请教？

市民丙 您鞭笞罗马的敌人，也鞭笞罗马的友人；您对平民一向没有好感。

科利奥兰纳斯 您应该格外敬重我，因为我没有滥卖人情。先生，为了博取人民的欢心，我愿意向我这些誓同生死的同胞们献媚，这是他们所认为温良恭顺的行为。既然他们所需要的，只是我的脱帽致敬，不是我的竭忠尽瘁，那么我可以学习一套卑躬屈膝的本领，尽量向他们装腔作势；那就是说，先生，我要学学那些善于笼络人心的贵人，谁要是欢喜这一套的，我可以大量奉送。所以我请求你们，让我做执政吧。

市民丁 我们希望您是我们的朋友，所以愿意给您诚心的赞助。

市民丙 您曾经为国家受了许多伤。

科利奥兰纳斯 你们既然已经知道，那我也用不到袒露我的身体向你们证明。我一定非常珍重你们的盛意，不再来麻烦你们了。

市民丙
市民丁 愿天神给您快乐，将军！（同下）

科利奥兰纳斯 最珍贵的同意！宁可死，宁可挨饿，也不要向别人求讨我们分所应得的酬报。为什么我要穿起这身毡布的外衣站在这儿，向每一个路过的张三李四乞讨他们不必要的同意？习惯逼着我这样做；习惯怎样命令我们，我们就该怎样做，陈年累世的灰尘让它堆在那儿不加扫拭，高积如山的错误把公道正义完全障蔽。与其扮演这样的把戏，还不如爽快把国家尊贵的名位赏给愿意干这种事的人。我已经演了半本，待我耐着这口气，演完了那下半本吧。又有几个同意来了。

| 其他三市民重上。

科利奥兰纳斯 你们的同意！为了你们的同意，我和敌人作战；为了你们的同意，我经历十八次战争，受到二十多处创伤；为了你们的同意，我干下许多大大小小的事情。我要做执政；请你们给我同意吧。

市民戊 他曾经立过大功，必须让他得到每一个正直人的同意。

市民己 那么让他做执政吧。愿天神给他快乐，使他成为人民的好友！

众人 阿门，阿门。上帝保佑你，尊贵的执政！（市民等下）

科利奥兰纳斯 尊贵的同意！

| 米尼涅斯偕勃鲁托斯、西西涅斯重上。

米尼涅斯 您已经忍受种种麻烦，这两位护民官将会向您宣布您已经得到人民的同意，现在您必须立刻到元老院去，接受正式的任命。

科利奥兰纳斯 事情完了吗？

西西涅斯 您已经按照惯例履行了请求同意的手续；人民已经接受了您，他们就要再召集一次会议，通过您的任命。

科利奥兰纳斯 什么地方？就在元老院吗？

西西涅斯 就在那儿，科利奥兰纳斯。

科利奥兰纳斯 我可以把这些衣服换下来吗？

西西涅斯 您可以，将军。

科利奥兰纳斯 我就去换了衣服；让我认识了我自己的本来面目以后，再到元老院来。

米尼涅斯 我陪您去。你们两位也跟我们一起走吗？

勃鲁托斯 我们还要在这儿等候民众。

西西涅斯 再见。（科利奥兰纳斯、米尼涅斯下）他现在已经拿稳了；从他的脸色上看起来，他心里好像在火一样烧着呢。

勃鲁托斯 他用一颗骄傲的心穿着他的卑贱的衣服。请你打发这些民众吧。

｜众市民重上。

西西涅斯 啊，各位朋友！你们已经选中了这个人吗？

市民甲 他已经得到我们的同意。

勃鲁托斯 我们祈祷神明，但愿他不要辜负了你们的好意。

市民乙 阿门。照我的愚见观察，他在请求我们同意的时候，仿佛在讥笑我们。

市民丙 不错，他简直在辱骂我们。

市民甲 不，他说起话来总是这样子的；他没有讥笑我们。

市民乙 除了你一个人之外，我们中间每一个人都说他用侮蔑的态度对待我们。他应该把他的功劳的印记，他的为国家而留下的伤痕给我们看。

西西涅斯 啊，那我相信他一定会给你们看的。

众人 不，不，谁也没有瞧见。

市民丙 他说他有许多伤痕，可以在隐僻一点的地方给我们看。他这样带着轻蔑的神气挥舞着他的帽子，“我要做执政，”他说，“除非得到你们的同意，传统的习惯不会容许我；所以我要请求你们同意。”当我们答应了他以后，他就说，“谢谢你们的同意，谢谢你们最珍贵的同意；现在你们已经给我同意，我也用不着你们了。”这不是讥笑是什么？

勃鲁托斯 你们不会凭着你们所受的教训，对他说，当他还没有掌握权力、不过是政府里一个地位卑微的仆人的时候，他就是你们的敌人，老是反对着你们的自由和你们在这共和国里所享有的特权吗？你们不会对他说，现在他登上了秉持国家大权的地位，要是他仍旧怀着恶意，继续做平民的死敌，那么你们现在所表示的同意，不将要成为你们自己的咒诅吗？你们应当对他说，他的伟大的功业，既然可以使他享有他所要求的地位而无愧色，但愿他的仁厚的天性，也能够想到你们现在所给他的同情的赞助，而把他对你们的敌意变成友谊，永远做你们慈爱的执政。

西西涅斯 你们照这样对他说了以后，就可以触动他的心性，试探他的真正的意向；也许他会给你们善意的允诺，那么将来倘有需要的时候，你们就可以责令他履行旧约；也许那会激怒他的暴戾的天性，因为他是不能容忍任何拘束的，这样引动了他的恼怒，你们就可以借着他的恶劣的脾气做理由，拒绝他当任执政。

勃鲁托斯 你们看他在需要你们好感的时候，会用这样公然侮蔑的态度向你们请求，难道你们没有想到当他有权力压迫你们的时候，他这种侮蔑的态度不会变成公然的伤害吗？怎么，你们腔子里难道都是没有心的吗？或者你们的舌头会反抗理智的判断吗？

西西涅斯 你们以前不是曾经拒绝过向你们请求的人吗？现在他并没有请求你们，不过把你们讥笑了一顿，你们却会毫不迟疑地给他同意吗？

市民丙 他还没有经过正式的确认，我们还可以拒绝他。

市民乙 我们一定要拒绝他；我可以号召五百个人反对他的就任。

市民甲 好，就是一千个人也不难，还可以叫他们各人拉些朋友来充数。

勃鲁托斯 你们立刻就去，告诉你们那些朋友，说他们已经选了一个执政，他将会剥夺他们的自由，限制他们发言的权利，把他们当作狗一样看待，虽然为了要它们吠叫而豢养，可是往往因为它们吠叫而把它们痛打。

西西涅斯 让他们集合起来，重新作一次郑重的考虑，一致撤回你们愚昧的选举。把他的骄傲和他从前对于你们的憎恨竭力向他们提出；也不要忘记他是用怎样轻蔑的态度穿着那件谦卑的衣服，当他向你们请求的时候，他是怎样讥笑着你们；可是你们因为存心忠厚，只想到他的功劳，所以像这样从牢不可拔的憎恨里表现出来的放肆无礼的举止，也就被你们忽略过去了。

勃鲁托斯 把过失推在我们两人，你们的护民官身上，说都是我们一定要你们选举他。

西西涅斯 你们可以说，你们是在我们的命令之下选举他，不是出于你们自己的真意；你们的心里因为存着不得不然的见解，而不是因为觉得应该这样做，所以才会违背着本心，而赞同他做执政。把一切过失推在我们身上。

勃鲁托斯 对了，不要宽恕我们。说我们向你们反复讲说，他在多么年轻的时候就已经开始为国家出力；他已经服务了多少长久；他的家世是多么高贵；纽玛的外孙，继伟大的霍斯提力斯君临罗马的安格斯·马歇斯，就是从他们家里出来的；替我们开渠通水的坡勃律斯和昆塔斯也是那一族里的人；做过两任监察官的森索利纳斯是他的先祖。

西西涅斯 因为他的出身这样高贵，他自己又立下这许多功劳，应该可以使他得到一个很高的位置，所以我们才把他向你们举荐；可是你们在把他过去的行为和现在的态度互相观照之下，认为他始终是你们的敌人，所以决定撤回你们一时疏忽的同意。

勃鲁托斯 你们坚持着说，你们的同意只是因为受到我们的怂恿；把人众召集以后，你们立刻就到议会里来。

众人 我们一定这样做；我们大家都懊悔选他。（众市民下）

勃鲁托斯 让他们去闹；与其隐忍着更大的危机，不如冒险鼓动起这一场叛变。要是照着他的脾气，他果然因为他们的拒绝而发起怒来，那么我们正可以好好利用这一个机会。

西西涅斯 到议会去。来，我们必须趁着大批的民众还没有赶到以前先到那儿，免得被人家看出他们是受我们的煽动。（同下）

第 三 幕

第一场

罗马；街道

丨吹号筒；科利奥兰纳斯、米尼涅斯、考密涅斯、泰特斯·拉歇斯、众元老、贵族等同上。

科利奥兰纳斯 那么塔勒斯·奥菲狄乌斯又举起兵来了吗？

拉歇斯 是的，阁下；所以我们应当格外迅速地部署起来。

科利奥兰纳斯 这么说，伏尔斯人还是没有屈服，随时准备着向我们乘机进攻。

考密涅斯 执政阁下，他们已经精疲力尽，在我们这一辈里，大概不会再看见他们的旗帜飘扬了。

科利奥兰纳斯 你看见奥菲狄乌斯吗？

拉歇斯 在我们的警卫之下，他曾经来看过我；他咒骂伏尔斯人，因为他们这样卑怯地举城纳降。现在他退到安息去了。

科利奥兰纳斯 他说起我吗？

拉歇斯 说起的，阁下。

科利奥兰纳斯 怎么说？说些什么？

拉歇斯 他说他跟您剑对剑地会过多少次；在这世上，您是他最切齿痛恨的一个人，他说他不惜荡尽他的财产，只要能够找到一个机会把您打败。

科利奥兰纳斯 他住在安息吗？

拉歇斯 是的。

科利奥兰纳斯 我希望有机会到那边去找他，让我们把彼此的仇恨发泄一个痛快。欢迎你回来！

| 西西涅斯及勃鲁托斯上。

科利奥兰纳斯 瞧！这两个是护民官，平民大众的喉舌；我瞧不起他们，因为他们擅作威福，简直到了叫人忍无可忍的地步。

西西涅斯 不要走过去。

科利奥兰纳斯 嘿！那是什么意思？

勃鲁托斯 前面有危险，不要过去。

科利奥兰纳斯 为什么有这样的变化？

米尼涅斯 怎么一回事？

考密涅斯 他不是已经由贵族平民双方通过了吗？

勃鲁托斯 考密涅斯，他没有。

科利奥兰纳斯 我不是已经得到孩子们的同意了吗？

元老甲 两位护民官，让开；他必须到市场上去。

勃鲁托斯 人民对他非常愤怒。

西西涅斯 站住，否则大家都要卷进一场骚动里了。

科利奥兰纳斯 你们不是他们的牧人吗？他们会把刚才出口的话当场否认，这样的人也可以让他们有发言的权利吗？你们管着些什么事情？你们既然是他们的嘴巴，为什么不把他们的牙齿管住？你们没有指使他们吗？

米尼涅斯 安静点儿，安静点儿。

科利奥兰纳斯 这是一场有意的行动，全然是阴谋的结果，它的目的是要拘束贵族的意志。要是我们容忍这一种行为，我们就只好和那些既没有能力统治、又不愿被人统治的人们生活在一起了。

勃鲁托斯 不要说这是一个阴谋。人民高呼着说您讥笑了他们，说您在不久以前施放谷物的时候，曾经口出怨言，辱骂那些为人民请命的人，说他们是时势的趋附者、谄媚之徒、卑鄙的小人。

科利奥兰纳斯 这是大家早就知道的。

勃鲁托斯 他们有的人还不知道。

科利奥兰纳斯 那么是你后来告诉他们的吗？

勃鲁托斯 怎么！我告诉他们！

科利奥兰纳斯 你是很可以干这种事的。

勃鲁托斯 像您干的这种事，我想我可以比您干得好一点。

科利奥兰纳斯 那么我为什么要做执政呢？凭着那边天上的云起誓，让我也像你们一样没有尺寸之功，跟你们一起做个护民官吧！

西西涅斯 您把悻悻之情表现得太露骨了，人民正是为了这个缘故才激动起来的。您现在已经迷失了道路，要是您想达到您的目的地，您必须用温和一点的态度向人家问路，否则您不但永远做不到一个尊荣的执政，就是要跟他并肩做一个护民官，也是一样办不到的。

米尼涅斯 让我们安静一点。

考密涅斯 人民一定被人利用，受人指使。这一种纷争不应该在罗马发生；科利奥兰纳斯因功受禄，也不该在他坦荡的大路上遭遇这种用卑鄙手段安放上去的当途的障碍。

科利奥兰纳斯 向我提起谷物的事情！那个时候我是这样说的，我可以把它重说一遍——

米尼涅斯 现在不用说了。

元老甲 在这样意气相争的时候，还是不用说了吧。

科利奥兰纳斯 我一定要说。我的高贵的朋友们，请你们原谅。这种反复无常、腥臊恶臭的群众，我不愿恭维他们，让他们认清楚自己的面目吧。我要再说一遍，我们因为屈尊纡贵，与他们降身相伍，已经亲手播下了叛乱、放肆和骚扰的祸根，要是再对他们姑息纵容，那么这种莠草更将滋蔓横行，危害我们元老院的权力；我们不是没有道德，更不是没有力量，可是我们的力量已经送给一群乞丐了。

米尼涅斯 好，别说下去了。

元老甲 请您不要再说下去了。

科利奥兰纳斯 怎么！不再说下去！我曾经不怕外力的凭陵，为国家流过了血，现在我更要大声疾呼，直到嘶破了我的肺部为止，警告你们留意那些你们所厌恶、畏惧、唯恐沾染然而却又正在竭力招引上身的麻疹。

勃鲁托斯 您讲起人民的时候，好像您是一位膺惩罪恶的天神，忘记了您也是跟他们具有同样弱点的凡人。

西西涅斯 我们应当让人民知道他这种话。

米尼涅斯 怎么，怎么？他的一时气愤的话吗？

科利奥兰纳斯 一时气愤！即使我像午夜的睡眠一样善于忍耐，凭着乔武起誓，我也不会改变我这一种意思！

西西涅斯 您这一种意思必须让它留着毒害自己，不能让它毒害别人。

科利奥兰纳斯 必须让它留着！你们听见这个侏儒群中的长人的话吗？你们注意到他那斩钉截铁的“必须”两个字吗？

考密涅斯 好像他的话就是神圣的律法似的。

科利奥兰纳斯 “必须”！啊，善良而不智的贵族！你们这些庄重而卤莽的元老们，为什么你们会允许这一条多头的水蛇选举一个官吏，让他代替这怪物发言，凭着他的专横的“必须”两字，他会大胆宣布他要把你们的水流向沟渠决注，把你们的河道侵为己有？放下你们的愚昧，从你们危险的宽容中间觉醒过来吧！你们是博学的人，不要像一般愚人一样，甘心替他们掇椅铺垫。要是他们做了元老，你们便要变成平民；当他们的声音和你们的声音混合在一起的时候，因为他们是大多数的缘故，你们将要完全为他们所掩盖，受他们所支配。他们可以选择他们自己的官长，就像这家伙一样，凭着他的“必须”、他的迎合民心的“必须”两字，就可以和最尊严的元老们对抗。凭着乔武本身起誓，执政们将会因此失去了他们的身份；当两种权力彼此对峙的时候，混乱就会乘机而起，我一想到这种危机，心里就感到极大的痛苦。

考密涅斯 好，到市场上去吧。

科利奥兰纳斯 谁授权执政，使他散放仓库中的存谷，像从前希腊的情形——

米尼涅斯 得啦，得啦，别提起那句话啦。

科利奥兰纳斯 虽然在希腊人民有更大的权力，可是我说，他们这一种举动，无异养成反叛的风气，酿成了国家的瓦解。

勃鲁托斯 嘿，人民可以同意让说这种话的人当执政吗？

科利奥兰纳斯 我可以说出比他们的同意更好的理由来。他们知道这些谷不是我们名分中的酬报，自以为谁也不会把它从他们的嘴边夺下来，所以也从来不曾为它出过一丝劳力。当国家危急存亡的关头，要他们出征的时候，他们懒得连城门也不肯走出；一到了战场，他们只有在叛变内讧这一类行动上表现了最大的勇气；像这样的功绩，是不该把谷物白白分给他们的。他们常常用莫须有的罪名指斥元老院，难道我们因为受到了他们那样的指斥，所以才会作这样慷慨的施舍吗？好，给了他们又怎样呢？这些盲目的群众会感激元老院的好意吗？他们的行动就可以代替他们的言语：“我们提出要求；我们是大多数，他们畏惧我们，所以答应了我们的要求。”这样我们贬抑了我们自己的地位，让那些乌合之众把我们的谨慎称为恐惧；他们的胆子愈来愈大，总有一天会打开了元老院的锁，让一群乌鸦飞进来向鹰隼乱啄。

米尼涅斯 够了，够了。

勃鲁托斯 够了，已经说得太多了。

科利奥兰纳斯 不，再听我说下去。无论天上人间，一切可以凭着发誓的东西，愿它们为我的结论作证！这一种双重的崇拜，一部分因为确有原因而轻视着另一部分，那一部分却毫无理由地侮辱着这一部分；身份、名位和智慧不能决定可否，却必须取决于无知的大众的一句是非，这样的结果必致于忽略了实际的需要，让轻率的狂妄操纵着一切；正当的目的受到阻碍，一切事情都是无目的地胡作非为。所以，我请求你们，要是你们的谨慎过于你们的恐惧，你们爱护国家的基础，甚于怀疑它的变化，你们欢喜光荣甚于长生，愿意用危险的药饵，向一个别无生望的病体作冒险的一试，那么赶快拔去群众的舌头吧；让他们不要去舐那将要毒害他们的糖蜜。你们要是受到耻辱，是非的公论也要从此不明，政府将要失去它所应有的健全，因为它被恶势力所统治，一切善政都将无法推行。

勃鲁托斯 他已经说得很够了。

西西涅斯 他说的全然是叛徒的话；他必须受叛徒的处分。

科利奥兰纳斯 你这卑鄙的家伙！让你被众人所唾弃！人民要这种秃头的护民官干么呢？因为信任了他们，所以人民才会不再服从比他们地位更高的人。在叛乱的时候，一切不合理的事实都可以武断地成为法律，那时候他们才是应该受人推戴的人物；可是在正常的时期，那么让一切按照着正理而行，把他们的权力推下尘土里去吧。

勃鲁托斯 公然的叛逆！

西西涅斯 这还是个执政吗？不。

勃鲁托斯 喂！警官呢？把他逮捕起来。

一警吏上。

西西涅斯 去，叫民众来；（警吏下）我用人民的名义亲自逮捕你，宣布你是一个企图变政的叛徒，公众幸福的敌人；我命令你不得反抗，跟我去听候处分。

科利奥兰纳斯 滚开，老山羊！

众元老 我们可以替他担保。

考密涅斯 老人家，放了手。

科利奥兰纳斯 滚开，坏东西！否则我要把你的骨头一根根摇下来。

西西涅斯 诸位市民，救命啊！

| 若干警吏率从者及一群市民同上。

米尼涅斯 两方面彼此客气一点。

西西涅斯 这个人要夺去你们一切的权力。

勃鲁托斯 抓住他，警官们！

众市民 打倒他！打倒他！——

众元老 （围绕科利奥兰纳斯忙作一团，狂呼）武器！——武器！——武器！——护民官！——贵族们！——市民们！——喂！——西西涅斯！——勃鲁托斯！——科利奥兰纳斯！——市民们！——静！——静！——静！——且慢！——住手！——静！

米尼涅斯 事情将要闹成怎样呢？——我气都喘不过来啦。这一场乱子可不小。我话都说不出来啦。你们这两位护民官！科利奥兰纳斯，忍耐些！好西西涅斯，说句话吧。

西西涅斯 听我说，诸位民众；静下来！

众市民 让我们听我们的护民官话；静下来！说，说，说。

西西涅斯 你们快要失去你们的自由了，马歇斯将要夺去你们的一切；马歇斯，就是刚才你们选举他做执政的。

米尼涅斯 哎哟，哎哟，哎哟！这不是去熄火，明明是火上加油。

元老甲 他要把我们这城市拆为平地。

西西涅斯 没有人民，还有什么城市？

众市民 对了，有人民才有城市。

勃鲁托斯 我们得到全体的同意，就任人民的长官。

众市民 你们继续是我们的长官。

米尼涅斯 他们也未必会放弃这一个地位。

考密涅斯 他们要把城市拆毁，把屋宇摧为平地，把整整齐齐的市面埋葬在一堆瓦砾的中间。

西西涅斯 这一种罪名应该判处死刑。

勃鲁托斯 让我们执行我们的权力，否则让我们失去我们的权力。我们现在奉人民的意旨，宣布马歇斯应该立刻受死刑的处分。

西西涅斯 抓住他，把他押送到大悲岩上，推下山谷里去。

勃鲁托斯 警官们，抓住他！

众市民 马歇斯，赶快束手就缚！

米尼涅斯 听我说一句话；两位护民官，请你们听我说一句话。

警吏 静，静！

米尼涅斯 请你们做祖国的真正的友人，像你们表面上所装的一样；什么事情都可以用温和一点的手段解决，何必这样操切从事？

勃鲁托斯 要是病症凶险，只有投下猛药去方可见效，谨慎反会误了大事。抓住他，把他押到山岩上去。

科利奥兰纳斯 不，我宁愿死在这里。（拔剑）你们中间有的人曾经瞧见我怎样跟敌人争战；来，你们现在自己也来试一试看。

米尼涅斯 放下那柄剑！两位护民官，你们暂时退下去。

勃鲁托斯 抓住他！

米尼涅斯 帮助马歇斯，帮助他，你们这些有义气的人；帮助他，年轻的和年老的！

众市民 打倒他！——打倒他！（在纷乱中护民官、警吏及民众均被打退）

米尼涅斯 去，回到你家里去；快去！否则大家都要活不成啦。

元老乙 您快去吧。

科利奥兰纳斯 站住；我们的朋友跟我们的敌人一样多。

米尼涅斯 难道我们一定要跟他们打起来吗？

元老甲 天神保佑我们不要有这样的事！尊贵的朋友，请你回家去，让我们设法挽回局势吧。

米尼涅斯 这是我们身上的一个痛疮，你不能替你自己医治；请你快去吧。

考密涅斯 来，跟我们一块儿去。

科利奥兰纳斯 我希望他们是一群野蛮人，不是罗马人；虽然这些畜类生在罗马，长大在朱庇特神庙的宇下，可是他们却跟野蛮人没有分别——

米尼涅斯 去吧；不要把你的满脸义愤放在你的唇舌上。

科利奥兰纳斯 要是堂堂正正地交锋起来，我一个人可以打败他们四十个人。

米尼涅斯 我自己也可以抵敌他们中间的一对头儿脑儿，那两个护民官。

考密涅斯 可是现在众寡悬殊；当一幢房屋坍下的时候而不知道趋避，这一种勇气是被称为愚笨的。您还是趁着那群乱民没有回来以前赶快走开吧；他们的愤怒就像受到阻力的流水一样，一朝横决，就会把他们所负载的一切完全冲掉。

米尼涅斯 请您快去吧。我要试一试我这老年人的智慧对于那些没有头脑的东西是不是有点需要；无论如何，这事情总要想法子弥缝过去。

考密涅斯 去吧，去吧。（科利奥兰纳斯、考密涅斯及余人等同下）

贵族甲 这个人把他自己的前途葬送了。

米尼涅斯 他的天性太高贵了，不适宜于这一个世界。他不肯恭维涅普图努斯的三叉戟的雄威，或是乔武的雷霆的神力。他的心就在他的口头，想到什么一定要说出来。他一动了怒，就会忘记世上有一个死字。（内喧声）听他们闹得多厉害！

贵族乙 我希望他们都去睡觉！

米尼涅斯 我希望他们都给我跳下台伯河里！好厉害！他就不能对他们说句好话吗？

| 勃鲁托斯及西西涅斯率乱民上。

西西涅斯 要把全城的人吃掉；让他一个人称霸的那条毒蛇呢？

米尼涅斯 两位尊贵的护民官——

西西涅斯 我们必须用无情的铁手，把他推下大悲岩去；他已经公然反抗法律，所以法律也无须再向他执行什么审判的手续，他既然藐视群众，就叫他认识认识群众的力量。

市民甲 我们要让他明白，尊贵的护民官是人民的喉舌，我们是他们的手臂。

众市民 我们一定要让他明白。

米尼涅斯 诸位，诸位——

西西涅斯 静些！

米尼涅斯 有话可以商量，何必吵成这个样子？

西西涅斯 先生，你怎么也会帮助他逃走了？

米尼涅斯 听我说；我知道这位执政的长处，我也可以举出他的短处。

西西涅斯 执政！什么执政？

米尼涅斯 科利奥兰纳斯执政。

勃鲁托斯 他！执政！

众市民 不，不，不，不，不。

米尼涅斯 要是两位护民官和你们这些善良的民众允许我，我要请求说一两句话，你们听了以后，就会平心静气，自悔多事了。

西西涅斯 那么简简单单的说；因为我们已经决定除去这个恶毒的叛徒。把他驱逐出境会引起未来的祸患；留在国内，我们都要死在他的手里；所以我们决定就在今晚把他处死。

米尼涅斯 我们的罗马是以赏罚严明著名于全世界的，她对于她的有功儿女的爱护，是记录在天神的册籍里的，要是现在她像一头灭绝天性的母兽一样，吞食了她自己的子女，善良的神明一定不能容许！

西西涅斯 他是一颗必须割去的疮疖。

米尼涅斯 啊！他是一段生着疮疖的肢体，割去了会致人死命，治愈它却很容易。他对罗马做了些什么事，你们要把他处死呢？他杀死我们的敌人，为他的祖国而流血，我敢说一句，他所失去的血，比他身上所有的血更多的；他的剩留的血，要是现在再被他的国人所取去，那么无论下这样毒手的人，或是容忍这种事情发生的人，都要永远在后世留下一个可耻的烙印了。

西西涅斯 这些全然是题外的话。

勃鲁托斯 一派歪论；当他爱他的国家的时候，他的国家也尊重他。

米尼涅斯 他的战功成为陈迹以后，人家也就对他失去敬意了。

勃鲁托斯 我们不要再听你说下去。追到他家里去，把他拖出来；他是一种能够传染的恶病，不要让他的流毒沾到别人身上去。

米尼涅斯 再听我说一句话，只有一句话。你们现在的行动，都是出于一时的气愤，就像纵虎出柙一样，当你们自悔孟浪的时候，再要把笨重的铅块系在虎脚上也来不及了。与其卤莽偾事，不如循序渐进；否则他也不是没有人拥护的，要是因此而引起内争，那么伟大的罗马要在罗马人自己手里毁了。

勃鲁托斯 要是这样的话——

西西涅斯 你还说什么？我们不是已经领略到他是怎样地服从命令吗？我们的警察官不是已经遭他痛打？我们自己不是也遭他反抗过了吗？来！

米尼涅斯 请你们想到这一点：他自从两手能够拔剑的时候起，就一直在战阵中长大，不曾受到温文尔雅的语言上的训练；他说起话来，总是把美谷和糠麸不加分别地同时倾吐。你们要是允许我，我可以到他家里去，向他陈说厉害，叫他接受用和平的手段，合法的方式进行的裁判。

元老甲 两位尊贵的护民官，这是最人道的办法；你们本来的方式太残酷了，而且也不知道将会引起怎样的结果。

西西涅斯 尊贵的米尼涅斯，那么请您接受人民的委托，去把他传来。各位朋友，放下你们的武器。

勃鲁托斯 不要回去。

西西涅斯 在市场上集合。我们在那边等着你们。要是您不能把马歇斯带来，我们就实行原来的办法。

米尼涅斯 我一定会叫他来。（向众元老）请你们陪我去一趟。他一定要来，否则事情会愈弄愈糟的。

元老甲 我们去找他吧。（同下）

第二场

同前；科利奥兰纳斯家中一室

｜科利奥兰纳斯及贵族等上。

科利奥兰纳斯 让他们大家来扯我的耳朵；让他们把我用车轮辗死、马蹄踏死，或是堆十座山在大悲岩上，把我推下了看不见底的深谷；我还是用这样一副态度对待他们。

贵族甲 这正是您的过人之处。

科利奥兰纳斯 我的母亲常常说他们只是一批萎靡软弱的货色，几毛钱就可以把他们买来卖去，在集会的时候秃露着头顶，听到像我这样地位的人谈到战争或和平的问题，就会打呵欠，莫名其妙地不作一声；我想她现在也不大赞成我。

｜伏伦妮娅上。

科利奥兰纳斯 我正在说起您。您为什么要我温和一点？难道您要我违反我的本性吗？您应该说，我现在的所作所为，正可以表现我的真正的气骨。

伏伦妮娅 啊！儿啊，儿啊，儿啊，我希望你不要在基础未固以前，就丢失了你手中的权力。

科利奥兰纳斯 放我。

伏伦妮娅 你要是不这样有意显露你的锋芒，已经不失为一个豪杰之士；在他们还有力量阻挠你的时候，你要是少向他们矜夸一些意气，也可以少碰到一些逆意的事情。

科利奥兰纳斯 让他们上吊去吧！

伏伦妮娅 是的，我还希望他们在火里烧死。

| 米尼涅斯及元老等上。

米尼涅斯 来，来；您太粗暴了，太有点儿粗暴了；您非得回去把局势弥缝弥缝不可。

元老甲 此外没有办法了；您要是不愿意这样做，我们的城市就要分裂而灭亡了。

伏伦妮娅 请你接受劝告吧。我有一颗跟你同样刚强的心，可是我还有一个头脑，教我把我的愤怒用在更适当的地方。

米尼涅斯 说得好，尊贵的夫人！倘不是因为遭到这样非常的变化，为了挽回大局起见，不得不出此下着，那么我也要披甲持枪，决不忍受这样的耻辱，让他向群众屈身的。

科利奥兰纳斯 我必须怎么办？

米尼涅斯 回去见那两个护民官。

科利奥兰纳斯 好，还有呢？还有呢？

米尼涅斯 为了您的失言道歉。

科利奥兰纳斯 向他们道歉！我不能向神明道歉；难道我必须向他们道歉吗？

伏伦妮娅 你太固执了；在危急的时候，一个人是应当通权达变的。我听你说过，在战争中间，荣誉和权谋就像亲密的朋友一样不可分离；假定这句话是真的，那么请你告诉我，在和平的时候，它们倘然不能交相为用，是不是能够独立存在？

科利奥兰纳斯 嘿！嘿！

米尼涅斯 问得好。

伏伦妮娅 要是在你们的战争中间，为了达到你们的目的起见，不妨采用权谋，示人以诈，而这样的行为对于荣誉并无损害，那么在和平的时候，万一也像战时一样需要着权谋，为什么它就不能和荣誉并行不悖呢？

科利奥兰纳斯 为什么您要强迫我接受这种理由？

伏伦妮娅 因为你现在必须去向人民说话；不是照着你自己的意思说话，却要去向他们说一些和你的本心完全不符的话。为了避免把自己的命运作孤注，为了避免流许多的血，你可以用温和的词句招抚一个城市，那么向人民说这样的话，对于你的荣誉又有什么损害呢？要是我的财产和我的亲友处于生死存亡的关头，需要我用诈欺的手段保全他们，我就会毅然去干那样的事，并不以为有什么可耻；我可以冒充你的妻子、你的儿子、这些元老和贵族们；可是你却宁愿向这些无知的群众们怒目横眉，不愿向他们稍假辞色，去博取他们的欢心和爱护，那些维持你的荣誉和地位所必需的保障。

米尼涅斯 尊贵的大人！来，跟我们去；说两句好话；也许你不但可以缓和当前的危险，并且可以弥补过去的错误。

伏伦妮娅 我的孩子，请你现在就去见他们，把这帽子拿在手里，你的膝盖吻着地上的砖石，摇摆着你的头，克制你的坚强的心，让它变得像摇摇欲坠的烂熟的桑子一样谦卑；在这种事情上，行为往往胜于雄辩，愚人的眼睛是比他们的耳朵聪明得多的。你可以对他们说，你是他们的战士，因为生长在干戈扰攘之中，不懂得博取他们好感所应有的礼节；可是从此以后，当你握权在位的日子，你一定会为他们鞠躬尽瘁。

米尼涅斯 您只要照她这两句话说过以后，他们的心就是您的了；因为他们的原谅是有求必应的，正像他们爱说废话一样不费事。

伏伦妮娅 请你听从我们的劝告，去吧；虽然我知道你宁愿在火焰的深谷里追逐你的敌人，不愿在卧室之中向他献媚。考密涅斯来了。

| 考密涅斯上。

考密涅斯 我已经到市场上去过。您现在必须联结强力的奥援，否则就得用温和的态度保全您自己，或者暂时出走，躲避他们的锋芒。所有的民众都激怒了。

米尼涅斯 只有谦恭的言语才可以挽回形势。

考密涅斯 要是他能够勉力抑制他的性子，我想这也是个办法。

伏伦妮娅 他必须这样做，非这样做不可。请你说你愿意这样做，立刻就去吧。

科利奥兰纳斯 我必须去向他们秃露我的头颅吗？我必须用我的无耻的舌头，把一句谎话加在我的高贵的心上吗？好，我愿意。可是这一个计策倘然失败，他们就要把这个马歇斯的泥块磨成齑粉，迎风抛散了。到市场上去！你们现在逼着我去做一件事情，它的耻辱是我终身不能洗刷的。

考密涅斯 来，来，我们愿意帮您的忙。

伏伦妮娅 好儿子，你曾经说过，当初你因为受到我的奖励，所以才会成为一个军人；现在请你再接受我的奖励，做一件你从来没有做过的事吧。

科利奥兰纳斯 好，那么我就去。滚开，我的高傲的脾气，让一个娼妓的灵魂占据住我的身体！让我那和战鼓竞响的巨嗓变成像太监一样尖细，像催婴儿入睡的处女的歌声一样轻柔的声音！让我的颊上挂起了奸徒的巧笑，让学侍童的眼泪蒙蔽我的目光！让乞儿的舌头在我的嘴唇之间掉动，我那跨惯征鞍的罩甲的膝盖，像接受布施一样向人弯曲！不，我不愿意；我怕我会失去对我自己的尊敬，我的身体干了这样的事，也许会使我的精神沾上一重无法摆脱的卑鄙。

伏伦妮娅 那么随你的便。我向你请求，比之你向他们请求，对于我是一个更大的耻辱。一切都归于毁灭吧；宁可让你的母亲感觉到你的骄傲，不要让她因为你的危险的顽强而担忧，因为我用像你一样豪壮的心讪笑着死亡。你愿意怎么办就怎么办；你的勇敢是从我身上得来的，你的骄傲却是你自己的。

科利奥兰纳斯 请您宽心吧，母亲，我就到市场上去；不要责备我了。我要骗取他们的欢心，当我回来的时候，我将被罗马的一切手艺人所喜爱。瞧，我去了。替我致候我的妻子。我一定要做一个执政回来，否则你们再不要相信我的舌头也会向人谄媚。

伏伦妮娅 照你的意思做吧。（下）

考密涅斯 去！护民官在等着您。准备好一些温和的回答；因为我听说他们将要向您提出一些比现在他们加在您身上的更严重的罪状。

米尼涅斯 记好“温和”两个字。

科利奥兰纳斯 让我们去吧；尽他们捏造我什么罪状，我都可以用我的荣誉答复他们。

米尼涅斯 是的，可是要温和点儿。

科利奥兰纳斯 好，那么就温和点儿。温和！（同下）

第三场

同前；大市场

| 西西涅斯及勃鲁托斯上。

勃鲁托斯 我们说他企图独裁专政，用这一点作为他的最大的罪名；要是他在这一点上能够饰辞自辩，我们就说他敌视人民，并且说他把从安息人那里得到的战利品都中饱了自己的私囊。

| 一警吏上。

勃鲁托斯 啊，他来不来？

警吏 他就来了。

勃鲁托斯 什么人陪着他？

警吏 年老的米尼涅斯和那些一向袒护他的元老们。

西西涅斯 你有没有把我们得到的票数记录下来？

警吏 我已经记下在这儿了。

西西涅斯 你有没有按着部族征询他们的意见？

警吏 我已经分别征询过了。

西西涅斯 快把民众立刻召集到这儿来；当他们听见我说，“凭着民众的权利和力量，必须如此如此”的时候，不论是死刑、罚款或是放逐，我要是说“罚款”，就让他们跟着我喊“罚款”；我要是说“死刑”，就让他们跟着我喊“死刑”。

警吏 我一定这样吩咐他们。

西西涅斯 当他们开始呼喊的时候，叫他们不停地喊下去，大家乱哄哄地高声鼓噪，要求把我们的判决立刻实行。

警吏 很好。

西西涅斯 叫他们留心我们的说话行事，不要退缩让步。

勃鲁托斯 去干你的事吧。（警吏下）一下子就激动他的怒气。他一向惯于征服别人，爱闹别扭；一受了拂逆，就不能控制自己的性子，那时候他心里想到什么便要说出口来，我们就可以看准他这个弱点致他的死命。

西西涅斯 好，他来了。

| 科利奥兰纳斯、米尼涅斯、考密涅斯及元老贵族等上。

米尼涅斯 请您温和点儿。

科利奥兰纳斯 好，就像一个马夫似的，为了一些些的赏钱，愿意替无论哪个恶徒奔走。但愿尊荣的天神们护佑罗马的安全，让贤德的君子做我们的执法者！播散爱的种子在我们的中间，使我们宏大的神庙里充满和平的气象，不要使我们的街道为战争所扰乱！

元老甲 阿门，阿门。

米尼涅斯 好一个高尚的愿望！

｜警吏率市民等重上。

西西涅斯 过来，民众。

警吏 听你们的护民官说话；肃静！

科利奥兰纳斯 先听我说几句话。

西西涅斯
勃鲁托斯 好，说吧。喂，静下来！

科利奥兰纳斯 你们就在此刻宣布我的罪状吗？一切必须在这儿决定吗？

西西涅斯 我要请你答复，你是不是愿意服从人民的公意，承认他们的官吏的权力，当你的罪案成立以后，甘心接受合法的制裁？

科利奥兰纳斯 我愿意。

米尼涅斯 听着！各位市民，他说他愿意。想一想，他立过多少的战功；想一想他身上的伤痕，就像墓地上的坟茔一样多。

科利奥兰纳斯 那些不过是荆棘抓破的伤痕，这点点的创瘢，也不过供人一笑罢了。

米尼涅斯 再想一想，他说的话虽然不合一个市民的身份，可是却不失为军人的吐属；不要把他粗暴的口气认作恶意的言辞，那正是他的军人本色，不是对你们的敌视。

考密涅斯 好，好，别说了。

科利奥兰纳斯 为了什么原因，我已经得到全体同意当选执政以后，你们又立刻撤消原议，给我这样的羞辱？

西西涅斯 回答我们。

科利奥兰纳斯 好，说吧；我是应该回答你们的。

西西涅斯 你企图推翻一切罗马相传已久的政制，造成个人专权独裁的地位，所以我们宣布你是人民的叛徒。

科利奥兰纳斯 怎么！叛徒！

米尼涅斯 不，温和点儿，你答应过的。

科利奥兰纳斯 地狱底层的烈火把这些人民吞了去！说我是他们的叛徒！你这害人的护民官！在你的眼睛里藏着两万个死亡，在你的两手中握着两千万种杀人的毒计，在你说谎的舌头上含着无数杀人的阴谋，我要用向神明祈祷一样坦白的声音，向你说，“你说谎！”

西西涅斯 民众，你们听见他的话吗？

众市民 把他送到山岩上去！把他送到山岩上去！

西西涅斯 静！我们不必再把新的罪名加在他的身上；你们亲眼看见他所作的事，亲耳听见他所说的话：殴打你们的官吏，辱骂你们自己，用暴力抗拒法律，现在他又公然藐视那些凭着他们的权力审判他的人，像这样罪大恶极的行为，已经应处最严重的死刑了。

勃鲁托斯 可是他既然为罗马立过功劳——

科利奥兰纳斯 你们还要讲什么功劳？

勃鲁托斯 我提起这一点，因为我知道你的功劳。

科利奥兰纳斯 你！

米尼涅斯 你怎样答应你的母亲的？

考密涅斯 你要知道——

科利奥兰纳斯 我不要知道什么。让他们宣判把我投身在高峻的大悲岩下，放逐，鞭打，每天给我吃一粒谷监禁起来，我也不愿用一句好话的代价购买他们的慈悲，更不愿为了乞讨他们的布施而抑制我的雄心，向他们道一声早安。

西西涅斯 因为他不但在思想上，而且在行动上不断敌对人民，企图剥夺他们的权力，到现在他居然擅敢在尊严的法律和执法的官吏之前，行使暴力反抗的手段，所以我们用人民的名义，秉着我们护民官的职权，宣布从即时起，把他放逐出我们的城市，要是以后他再进入罗马境内，就要把他投身在大悲岩下。用人民的名义，我说，这判决必须实行。

众市民 这判决必须实行——这判决必须实行——把他赶出去！——把他放逐出境！

考密涅斯 听我说，各位人民大众——

西西涅斯 他已经受到判决；没有什么说的了。

考密涅斯 让我说句话。我自己也曾当过执政；我可以向罗马公开展示她的敌人加在我身上的伤痕；我重视祖国的利益，甚于自己的生命和我所宝爱的儿女；要是我说——

西西涅斯 我们知道你的意思；说什么？

勃鲁托斯 不必多说，他已经被认为人民和祖国的敌人而放逐了；这判决必须实行。

众市民 这判决必须实行——这判决必须实行。

科利奥兰纳斯 你们这些狂吠的贱狗！我痛恨你们的气息，就像痛恨腐恶的沼泽的臭味一样；我轻视你们的好感，就像厌恶朽烂的露骨的尸骸一样。我放逐了你们：让你们和你们那游移无定的性格永远留在这里吧！让每一句轻微的谣言震动你们的心，你们敌人帽上羽毛的摇闪，就会把你们扇进了绝望的深渊！永远保留着把你们的保卫者放逐出境的权力吧，直到最后让你们自己的愚昧觉得人家已经不费一刀一枪，使你们成为最微贱的俘虏了！对于你们，对于这一个城市，我只有蔑视；我这样离开你们，这世界上什么地方没有我的安身之处。（科利奥兰纳斯、考密涅斯、米尼涅斯、元老、贵族等同下）

警吏 人民的仇敌已经去了，已经去了！

众市民 我们的敌人已经被放逐了！——他去了！——呵！呵！（众欢呼，掷帽）

西西涅斯 去，把他赶出城门，像他从前驱逐你们一样驱逐他，尽量发泄你们的愤怒，让他也难堪难堪。让一队卫士卫护我们通过全城。

众市民 来，来——让我们把他赶出城门！来！神明保佑我们尊贵的护民官！来！（同下）

第　四　幕

第一场
罗马；城门前

｜科利奥兰纳斯、伏伦妮娅、维吉利娅、米尼涅斯、考密涅斯及若干青年贵族上。

科利奥兰纳斯　算了，别哭了，就这样分手了吧；那多头的畜生把我撞走了。哎，母亲，您从前的勇气呢？您常常说，患难可以试验一个人的品格；非常的境遇方才可以显出非常的气节；波平浪静的海面，所有的船只都可以并驱竞胜；命运的铁拳击中要害的时候，只有大勇大智的人方才能够处之夷然：您常常用那些格言教训我，锻炼我的坚强不屈的志气。

维吉利娅　天啊！天啊！

科利奥兰纳斯　不，妇人，请你——

伏伦妮娅　愿赤色的瘟疫降临在罗马各色人民的身上，使百工商贾同归于尽！

科利奥兰纳斯　怎么，怎么，怎么！当我离开他们以后，他们将会追念我的好处。不，母亲，您从前不是常常说，要是您做了赫剌克勒斯的妻子，您一定会替他完成六件艰巨的工作，减轻他一半的劳力吗？请您仍旧保持这一种精神吧。考密涅斯，不要懊丧；再会！再会，我的妻子！我的母亲！我一定还要干一番事业。你年老而忠心的米尼涅斯，你的眼泪比年轻人的眼泪更辛酸，它会伤害你的眼睛的。我的旧日的主帅，我曾经瞻仰过您那刚强坚毅的气概，您也看见过不少可以使人心肠变硬的景象，请您告诉这两个伤心的妇人，为了不可避免的打击而悲痛，是一件多么痴愚的事情。我的母亲，您知道您一向把我的冒险作为您的安慰，请您相信我，虽然我像一条孤独的龙一样离此而去，可是我将要使人们在谈起我的沼泽的时候，就会瞿然变色；您的儿子除非误中奸谋，一定会有吐气扬眉的一天。

伏伦妮娅 我的长儿，你要到哪儿去呢？让考密涅斯陪你走一程吧；跟他商量一个妥当的方策，不要盲冲瞎撞，去试探前途的危险。

科利奥兰纳斯 天神啊！

考密涅斯 我愿意陪着你走一个月，跟你决定一个安身的地方，好让我们彼此互通声息；要是有机会可以设法召你回来的话，我们也可以不至于在茫茫的世界上到处找寻一个莫明踪迹的人，万一事过境迁，大好的机会又要磋跎过去了。

科利奥兰纳斯 再会吧；你已经有一把的年纪，饱受战争的辛苦，不要再跟一个筋骨壮健的人去跋涉风霜了。我只要请你送我出了城门。来，我的亲爱的妻子，我的最亲爱的母亲，我的情深义厚的朋友们，当我出去的时候，请你们用微笑向我道别。请你们来吧。只要我尚在人世，你们一定会听到我的消息；而且你们所听到的，一定还是跟我原来的为人一样。

米尼涅斯 那正是每一个人所乐意听见的。来，我们不用哭泣。要是我能够从我衰老的臂腿上减去七岁年纪，凭着善良的神明发誓，我一定要寸步不离地跟着你。

科利奥兰纳斯 把你的手给我。来。（同下）

第二场

同前；城门附近的街道

| 西西涅斯、勃鲁托斯及一警吏上。

西西涅斯 叫他们大家回家去；他已经去了，我们也不必追他。贵族们很不高兴，他们都是袒护他的。

勃鲁托斯 现在我们已经表现出我们的力量，事情既已了结，我们不妨在辞气之间装得谦恭一点。

西西涅斯 叫他们回家去；说他们重要的敌人已经去了，他们已经恢复了往日的力量。

勃鲁托斯 打发他们各人回家。（警吏下）

| 伏伦妮娅、维吉利娅及米尼涅斯上。

勃鲁托斯 他的母亲来了。

西西涅斯 让我们避开她。

勃鲁托斯 为什么？

西西涅斯 他们说她发了疯了。

勃鲁托斯 她们已经看见我们；您尽管走吧。

伏伦妮娅 啊！你们来得正好。愿神明把所有的灾祸降在你们身上，报答你们的好意！

米尼涅斯 静些，静些！不要这样高声嚷叫。

伏伦妮娅 我倘不是哭不成声，一定要让你们听听——不，我要嚷给你们听听。（向勃鲁托斯）你想逃走吗？

维吉利娅 （向西西涅斯）你也别走。我希望我能够向我的丈夫说这样的话。

西西涅斯 你们是男人吗？

伏伦妮娅 是的，傻瓜；那是丢脸的事吗？听这傻瓜说的话。我的父亲不是一个男人吗？你果然有这样狐狸般的狡猾，会把一个替罗马立过多少汗马功劳的人放逐出去吗？

西西涅斯 哎哟，苍天在上！

伏伦妮娅 为了罗马的利益，他挥舞他的英勇的剑锋，那次数比你说过的聪明话更多。让我告诉你；可是你去吧；不，你给我站住：我但愿我的儿子在阿拉伯，你和你那一族里的人都跪在他的面前，他手里举起宝剑——

西西涅斯 那又怎么样呢？

维吉利娅 那又怎么样！他要斩草除根，不留下一个孽种在世上。

伏伦妮娅 全都是些杂种私生子！好人，他为了罗马受过多少的伤！

米尼涅斯 来，来，别闹了。

西西涅斯 要是他能够贯彻为国献身的初衷，不把自己辛苦换来的光荣亲手撕毁，那就好了！

勃鲁托斯 我也希望他这样。

伏伦妮娅 “我也希望他这样”！都是你们煽动这些乱民，猫狗般的畜生，他们不能认识他的价值，正像我不能了解上天不让世间知道的神秘一样。

勃鲁托斯 请你让我们去吧。

伏伦妮娅 现在，先生，请你给我滚吧。你们已经干了一件了不得的好事。在你们未去之前，再听我说一句话：正像朱庇特的神庙不能和罗马最卑陋的一间屋子相比一样，被你们放逐出去的我的儿子——这位夫人的丈夫，就是她，你们瞧见了没有？——比起你们这些东西来，也是天差地远。

勃鲁托斯 好，好，我们少陪啦。

西西涅斯 为什么我们要呆在这儿，给一个疯婆子缠个不休呢？

伏伦妮娅 把我的祈祷带了去吧。（二护民官下）我但愿天神们什么事也不要做，只替我实现我的咒诅！要是我能够每天遇见他们一次，那么我心头的悲哀也许可以倾吐一空。

米尼涅斯 您已经骂得他们很痛快；凭良心说，您没有冤屈了他们。你们愿意赏光到舍间吃晚饭吗？

伏伦妮娅 愤怒是我的食物；我一肚子都是气恼，吃不下东西了。来，我们去吧。不要这样呜呜咽咽地哭个不停，瞧着我的样子，我们在愤怒的时候，应当保持天后般的尊严。来，来，来。

米尼涅斯 唉，唉，唉！（同下）

第三场

罗马安息间的大路

| 一罗马人及一伏尔斯人上，相遇。

罗马人 先生，我认识您，您也认识我；您的大名我想是阿德里安。

伏尔斯人 正是，先生。不瞒您说，我可忘记您了。

罗马人 我是个罗马人；可是我所干的事，却跟您一样，是跟罗马人作对的。您现在认识我了吗？

伏尔斯人 尼凯诺吗？不是。

罗马人 正是，先生。

伏尔斯人 我上次看见您的时候，您的胡子比现在多一点；可是您的声音可以证明您的确是他。罗马有什么消息？我得到了伏尔斯政府的命令，叫我到罗马去找您；您现在免了我一天的路程了。

罗马人 罗马曾经发生惊人的叛变；人民跟元老贵族们作对。

伏尔斯人 曾经发生！那么现在已经解决了吗？我们的政府却不是这样想；他们正在积极准备用兵，想要趁他们争执得十分激烈的时候向他们突袭。

罗马人 火焰大体已经熄灭，可是一件微细的琐事就可以使它重新燃烧起来。因为那些贵族们对于科利奥兰纳斯的放逐非常痛心，一有机会，就准备剥夺人民的一切权力，把那些护民官永远罢免。我可以告诉你，未烬的余火正在那儿吐出融融的火焰，猛烈爆发的时期已经不远了。

伏尔斯人 科利奥兰纳斯被放逐了！

罗马人 被放逐了，先生。

伏尔斯人 尼凯诺，您带了这一个消息去，他们一定十分欢迎。

罗马人 他们现在的机会很好。人家说，诱奸有夫之妇，最好趁她和丈夫反目的时候下手。你们那位英勇的塔勒斯·奥菲狄乌斯这一下可以大逞威风了，因为他的最大的敌手科利奥兰纳斯已经被他的祖国所摈斥。

伏尔斯人 这是不用说的。我很运气今天凑巧碰见了您；现在我的任务已了，让我陪着您高高兴兴地回去吧。

罗马人 我现在就可以开始把许多罗马的怪事讲给您听，一直讲到晚餐的时候为止；这些事情，都是对于他们的敌人有利的。您说你们已经有一支军队准备出发了吗？

伏尔斯人 一支很雄壮的军队；所有人马都已经征齐入伍，分派营舍，命令发出以后，一小时之内就可以出发。

罗马人 我很高兴听见他们已经准备好了；我想我去见了他们以后，就可以催促他们立刻举事。好，先生，今天能够碰见您，真是一件幸事，我很愿意做您的同行的伴侣。

伏尔斯人 您省了我一趟跋涉，先生；能够跟您一路同行，真是我的莫大的荣幸。

罗马人 好，我们一块儿走吧。（同下）

第四场

安息；奥菲狄乌斯家门前

| 科利奥兰纳斯微服化装蒙面上。

科利奥兰纳斯 这安息倒是一个很好的城市。城啊，是我使你的妇女们成为寡妇；这些富丽大厦的后嗣，有许多人我曾经听见他们在我的战阵中间呻吟倒地。所以不要认识我，免得你的妇人们用唾涎唾我，你的小儿们用石子扔我，使我在琐小的战争中间死去。

| 一市民上。

科利奥兰纳斯 请了，先生。

市民 请了。

科利奥兰纳斯 请您指点我伟大的奥菲狄乌斯住在什么地方。他是在安息吗？

市民 是的，今天晚上他在家里宴请政府中的贵人。

科利奥兰纳斯 请问他的家在哪儿？

市民 就是在您面前的这一所屋子。

科利奥兰纳斯 谢谢您，先生。再见。（市民下）啊，变化无常的世事！刚才还是誓同生死的朋友，两个人的腔子里好像只有一颗心，睡眠、饮食、工作、游戏，都是彼此相共，亲爱得分不开来，一转瞬之间，为了些微的争执，就会变成不共戴天的仇人。同样，切齿痛恨的仇敌，他们在梦寐之中也念念不忘地勾心斗角，互谋倾陷，为了一个偶然的机会，一些不足道的琐事，也会变成亲密的友人，彼此携手合作。我现在也正是这样：我痛恨我自己生长的地方，我的爱心已经移向了这个仇敌的城市。我要进去：要是他把我杀死，那也并不是有悖公道的行为；要是他对我曲意优容，那么我愿意为他的国家尽力。（下）

第五场

同前；奥菲狄乌斯家中厅堂

| 内乐声；仆甲上。

仆甲 酒，酒，酒！他们都在干些什么事！我想我们那些伙计们都睡着了。（下）

| 仆乙上。

仆乙 戈得斯呢？主人在叫他。戈得斯！（下）

| 科利奥兰纳斯上。

科利奥兰纳斯 好一间屋子；好香的酒肉味道！可是我却不像一个客人。

| 仆甲重上。

仆甲 朋友，你要什么？你是哪儿来的？这儿没有你的地方；跑出去。（下）

科利奥兰纳斯 因为我是科利奥兰纳斯，他们这样款待我是理所当然的。

| 仆乙重上。

仆乙 朋友，你是从什么地方来的？管门的难道不生眼睛，会放这种家伙进来吗？出去出去！

科利奥兰纳斯 走开！

仆乙 走开！你自己走开！

科利奥兰纳斯 你真讨厌。

仆乙 你这样放肆吗？我就去叫人来跟你说话。

| 仆丙上；仆甲重上。

仆丙 这家伙是什么人？

仆甲 我从来没有见过这样古怪的家伙，我没有法子叫他出去。请你去叫主人出来。

仆丙 朋友，你到这儿来干吗？谢谢你，快出去吧。

科利奥兰纳斯 让我只要站在这儿；我不会弄坏你们的火炉。

仆丙 你是什么人？

科利奥兰纳斯 一个绅士。

仆丙 一个穷得出奇的绅士。

科利奥兰纳斯 正是，你说得不错。

仆丙 谢谢你，穷绅士，到别处去吧；这儿没有你的地方。来，滚出去。

科利奥兰纳斯 你管你自己的事；去，吃你的残羹冷炙去。（将仆丙推开）

仆丙 怎么，你不肯去吗？请你去告诉主人，他有一个奇怪的客人在这儿。

仆乙 好，我就去告诉他。（下）

仆丙 你住在什么地方？

科利奥兰纳斯 在天盖之下。

仆丙 在天盖之下！

科利奥兰纳斯 是的。

仆丙 那是在什么地方？

科利奥兰纳斯 在鹞子和乌鸦的城里。

仆丙 在鹞子和乌鸦的城里！这个蠢驴！那么你是和乌鸦们住在一起的吗？

科利奥兰纳斯 不；我并不伺候你的主人。别尽说废话了，到酒席上伺候去吧。去！（将仆丙打走）

| 奥菲狄乌斯及仆乙上。

奥菲狄乌斯 这家伙在什么地方？

仆乙 这儿，老爷。倘不是恐怕惊吵了里面的各位老爷，我早就把他当狗一样打得半死了。

奥菲狄乌斯 你是从哪儿来的？你要什么？你叫什么名字？为什么不说话？说吧，朋友，你叫什么名字？

科利奥兰纳斯 （取下面巾）塔勒斯，要是你还不认识我，看见了我的面，也想不到我是什么人，那么我必须自报姓名了。

奥菲狄乌斯 你叫什么名字？（众仆退后）

科利奥兰纳斯 我的名字在伏尔斯人的耳中是不好听的，你听见了会觉得刺耳。

奥菲狄乌斯 说，你叫什么名字？你有一副凌然不可侵犯的容貌，你的脸上有一种威严；虽然你的装束这样破旧，却不像是一个庸庸碌碌的人。你叫什么名字？

科利奥兰纳斯 准备皱起你的眉头来吧。你还没有认识我吗？

奥菲狄乌斯 我不认识你。你的名字呢？

科利奥兰纳斯 我的名字是卡厄斯·马歇斯，我曾经把极大的伤害和灾祸加在你和一切伏尔斯人的身上；我的姓氏科利奥兰纳斯就是最好的证明。辛苦的战役、重大的危险、替我这负恩的国家所流过的血，结果只是换到了这一个空洞的姓氏，为你对我所怀的怨恨留下一个创巨痛深的记忆。只有这名字剩留着；残酷猜嫉的人民，得到了我们那些懦怯的贵族的默许，已经一致遗弃了我，抹杀了我一切的功绩，让那些奴才们把我轰出了罗马。这一种不幸的遭遇，使我今天来到你的家里；不要误会我，以为我想来向你求恩乞命，因为要是我怕死的话，我就应该远远地躲开你；我只是因为出于气愤，渴想报复那些放逐我的人，所以才到这儿来站在你的面前。要是你也有一颗复仇的心，想要替你自己和你的国家洗雪耻辱，现在就是你的机会到了，你正可以利用我的不幸，达到你自己的目的，因为我将要用地狱中一切饿鬼的怨毒，来向我的腐败的祖国作战。可是你要是没有这样的胆量，也不想追求远大的前程，那么一句话，我也已经厌倦于人世，愿意伸直我的颈项，听任你的宰割，让你一泄这许多年来郁积在心头的怨恨；你要是不杀我，你就是个傻瓜，因为我一向是你的死敌，曾经从你祖国的胸前溅下了无数吨的血；要是让我活在世上，对于你永远是一个耻辱，除非你能够跟我合作。

奥菲狄乌斯 啊，马歇斯，马歇斯！你所说的每一个字，已经从我心里剩除了旧日的怨恨，不再存留一些芥蒂。要是朱庇特从那边的云中宣示神圣的诏语，说，“这是真的，”我也不会相信他甚于相信你，高贵无比的马歇斯。让我用我的手臂围住你的身体；我这样拥抱着我的剑砧，热烈而真诚地用我的友谊和你比赛，正像我过去雄心勃勃地和你比赛着勇力一样。我告诉你，我曾经热恋着我的妻子，为她发过无数挚情的叹息；可是我现在看见了你，你高贵的英雄！我的狂喜的心，比我第一次看见我的恋人成为我的新妇，跨进我的门槛的时候还要跳跃得厉害。嗨，战神，我对你说，我们已经有一支军队准备行动；我已经再度下了决心，一定要从你的胸前割下一块肉来，即使牺牲了自己的一条手臂，也是甘心的。你曾经打败我十二次，每天晚上我都做着和你交战的梦；在我的睡梦之中，我们常常一起倒在地上，争着解开彼此盔上的扣子，拳击着彼此的咽喉，等到梦醒以后，已经没来由地累得半死了。尊贵的马歇斯，即使我们和罗马一无仇恨，只是因为你被他们放逐了出来，我们也会动员一切十二岁以上七十岁以下的男子，把战争的汹涌的洪流倒下了罗马忘恩的心脏。来啊！进去和我们那些善意的元老们搀搀手，他们现在正要向我告别；他们虽然还没有想到要把罗马吞并，可是已经准备向你们的领土进攻了。

科利奥兰纳斯 感谢神明！

奥菲狄乌斯 所以，沉鸷雄毅的将军，要是你愿意为了报复自己的仇恨而做我们的前导，我可以分我的一半军力归你节制；你既然对于自己国中的虚实了如指掌，就可以凭着你自己的经验决定进军的方策；或者直接向罗马本城进攻，或者在僻远的所在猛力骚扰，让他们在灭亡以前，先受到一些惊恐。可是进来吧；让我先介绍你见见几个人，取得他们的准许。一千个欢迎！我们已经尽释前嫌，变成了一心一德的友人。把你的手给我；欢迎！（科利奥兰纳斯、奥菲狄乌斯同下）

仆甲 （上前）真是意想不到的变化！

仆乙 我可以举手为誓，我还想用棍子打他呢；可是我心里总觉得他这个人是不能凭他的衣服判断他是个什么人的。

仆甲 他的臂膀多么结实！他用两个指头把我掇来掇去，就像人头拈弄一个陀螺似的。

仆乙 呶，我瞧着他的脸孔，就知道他有一点不同凡俗的地方；我觉得他的脸上有一种——我不知道应该怎么说。

仆甲 他的确是这样；瞧上去好像——我早就知道他有一点不是我所窥测得到的地方。

仆乙 我可以发誓，我也是这样想；他简直就是世界上最稀有的人物。

仆甲 我想是的；可是他是比你所知道的一个人更伟大的军人。

仆乙 谁？我的主人吗？

仆甲 呶，那也不用提了。

仆乙 我的主人一个人可以抵得过像他这样的六个人。

仆甲 不，那也不见得；我看还是他了得。

仆乙 哼，那可不能这么说；讲到保卫城市，我们大帅的本领是超人一等的。

仆甲 是的，就是进攻起来也不弱呢。

| 仆丙重上。

仆丙 奴才们哪！我可以告诉你们好多消息。

仆甲
仆乙 什么，什么，什么？讲给我们听听。

仆丙 在所有的国家之中，我顶不愿做一个罗马人；我宁可做一个判了死罪的囚犯。

仆甲
仆乙 为什么？为什么？

仆丙　嘿，刚才来的那个人，就是常常打败我们大帅的那个卡厄斯·马歇斯呢。

仆甲　你为什么说“打败我们的大帅”？

仆丙　我并不说“打败我们的大帅”；可是他一向是他的劲敌。

仆乙　算了吧，我们都是自己人好朋友；我们的大帅总是败在他手里，我常常听见他自己这样说。

仆甲　说句老实话，我们的大帅实在打他不过；在科利奥里城前，他曾经把他像切肉一样宰着呢。

仆乙　要是他欢喜吃人肉，也许还会把他煮熟了吃下去哩。

仆甲　可是再讲你的新闻吧。

仆丙　嘿，他在里边受到这样的敬礼，好像他就是战神的儿子一样；坐在食桌的上首；那些元老们有什么问题问他的时候，总是脱下帽子站在他的面前。我们的大帅自己也把他当作一个情人似的敬奉，搀着他的手，翻起了眼白听他讲话。可是最要紧的消息是，我们的大帅已经腰斩得只剩半截了，还有那半截因为全体在座诸人的要求和同意，已经给了那个人了。他说他要去把看守罗马城门的人扯着耳朵拖了出来；他要斩除挡住他的路的一切障碍，使他的所过之处都成为一片平地。

仆乙　他一定会做得到这样的事。

仆丙　做得到！他当然做得到：因为你瞧，他虽然有许多敌人，也有许多朋友；那些朋友在他失势的时候，虽然不敢自称为他的朋友，可是他们要是看见他再振声威，就会像雨后的兔子一样从他们的洞里钻了出来，环绕在他的身边了。

仆甲 可是什么时候出兵呢？

仆丙 明天；今天；立刻。今天下午你们就可以听见鼓声；这是他们宴会中的一个余兴，在他们抹干嘴唇以前就要办好。

仆乙 啊，那么我们就可以热闹起来啦。这种和平不过锈了铁，增加了许多裁缝，让那些没事做的人编些歌曲唱唱。

仆甲 还是战争好，我说；它胜过和平就像白昼胜过黑夜一样。战争是活泼的、清醒的，热闹的、兴奋的；和平是麻木不仁的、平淡无味的、寂无声息的、昏睡的、没有感觉的。和平所产生的私生子，比战争所杀死的人更多。

仆丙 我愿意用我的钱打赌还是战争好。我希望看见罗马人像伏尔斯人一样贱。他们都从席上起来了，他们都从席上起来了。

众仆 进去，进去，进去，进去！（同下）

第六场

罗马；广场

| 西西涅斯及勃鲁托斯上。

西西涅斯 我们没有听见他的消息，也不必怕他有什么图谋。人民现在已经由狂乱的状态回复到安宁平静，他也无能为力了。我们已经使他的朋友们惭愧，因为一

切进行得如此顺利，他们是宁愿瞧见纷争的群众在街道上闹事，虽然那样对于他们自身也是同样有害，而不愿瞧见我们的百工商贾们安居乐业、歌舞升平的。

| 米尼涅斯上。

勃鲁托斯 我们总算没有错过了时机。这是米尼涅斯吗？

西西涅斯 正是他，正是他。啊！他近来变得和气得多啦。您好，老人家！

米尼涅斯 你们两位都好！

西西涅斯 您那科利奥兰纳斯除了他的几个朋友以外，没有什么人因为他的不在而惋惜。我们的共和政府依然存在，即使他对它再不高兴一些，也会继续存在下去的。

米尼涅斯 一切都很好；要是他的态度能够缓和一些，事情一定会更好的。

西西涅斯 他在什么地方？你听见人家说起吗？

米尼涅斯 不，我没有听到什么；他的母亲和他的妻子也没有听到他的消息。

| 市民三四人上。

众市民 天神保佑你们两位！

西西涅斯 各位朋友，你们都好。

勃鲁托斯 你们大家都好，你们大家都好。

市民甲 我们自己、我们的妻子儿女，都应该跪下来为你们两位祈祷。

西西涅斯 愿你们都能享受幸福繁荣的生活！

勃鲁托斯 再见，好朋友们；我们希望科利奥兰纳斯也像我们一样爱你们。

众市民 神明保佑你们！

西西涅斯
勃鲁托斯 再见，再见。（市民等下）

西西涅斯 这才是太平盛世的光景，比从前这些人在街上到处奔走、叫嚣扰乱的时候好得多啦。

勃鲁托斯 卡厄斯·马歇斯在战阵上是一员能将；可是太傲慢，太目空一世，太野心勃勃，太自负了——

西西涅斯 他只想由他一个人称王道霸，用不到别人的帮助。

米尼涅斯 我倒不是这样想。

西西涅斯 要是他果然当了执政，我们现在就要发现他是这样一个人而后悔不及了。

勃鲁托斯 幸亏神明默护，不让他当选，罗马去掉了这个人，可以从此安宁了。

| 一警吏上。

警吏 两位尊贵的护民官，据一个给我们关在牢里的奴隶说，伏尔斯人派了两支军队，已经开进了罗马领土，毁灭他们所碰到的一切，存心要来向我们挑起一场恶战。

米尼涅斯 那一定是奥菲狄乌斯；当罗马有马歇斯挺身保卫的时候，他就像一只缩头的蜗牛，不敢钻出壳来张望一眼，现在他听见马歇斯已经被放逐出去，又要把他的角伸出来了。

西西涅斯 得啦，您何必提起马歇斯呢？

勃鲁托斯 去把这个造谣惑众的家伙抽一顿鞭子。伏尔斯人决不敢来侵犯我们。

米尼涅斯 决不敢！我们有过去的记录可以证明他们会干这样

的事；在我的一生之中，已经看到过三次同样的例子了。可是你们在处罚这家伙以前，应该把他问清楚，他从什么地方听到这句话，免得屈打了一个把确实消息报告你们、叫你们预防祸事的好人。

西西涅斯 不劳指教，我知道决不会有这种事。

勃鲁托斯 不可能的。

| 一使者上。

使者 贵族们急急忙忙地都到元老院去了；他们不知听到了什么消息，一个个脸上变色。

西西涅斯 都是这个奴才。——去把他鞭打示众；完全是他造谣生事。

使者 是的，大人，这奴隶的话已经有人证实；而且还有更可怕的消息。

西西涅斯 什么更可怕的消息？

使者 许多人都在那里公开传说，我也不知道他们从哪儿听来的，说是马歇斯已经和奥菲狄乌斯联合，带领一支军队来攻打罗马了；他发誓为自己复仇，把罗马人无论老幼，一起杀尽。

西西涅斯 会有这样的事！

勃鲁托斯 完全是谣言；他们想用这样的话煽惑那些懦弱的人，让他们希望善良的马歇斯回来。

西西涅斯 正是这个诡计。

米尼涅斯 这话恐怕未必；他跟奥菲狄乌斯是势不两立的仇人，决没有调和的可能。

| 另一使者上。

使者乙 请各位大人到元老院去。卡厄斯·马歇斯由奥菲狄乌

斯辅佐，已经率领了一支声势浩大的军队，向我们的领土进犯了；他们一路过来势如破竹，到处纵火焚烧，掳夺一空。

| 考密涅斯上。

考密涅斯 啊！你们干得好事！

米尼涅斯 什么消息？什么消息？

考密涅斯 你们已经帮助你们的敌人来强奸你们自己的女儿，把全城的铅块熔灌在你们的头顶，亲眼看你们的妻子被人污辱——

米尼涅斯 什么消息？什么消息？

考密涅斯 你们的神庙化为灰烬，你们所倚赖的特权压缩得只剩锥孔一样大小。

米尼涅斯 请你把消息告诉我吧。——哼，你们干得好事！——请问什么消息？假如马歇斯和伏尔斯人联合起来——

考密涅斯 假如！他就是他们的神。他领导着他们的那副气概，好像凭着造化的本领，也造不出他这样一个顶天立地的男儿一样；他们跟随着他来攻击我们这些小儿，也像孩子们追捕夏天的蝴蝶、屠夫们杀戮苍蝇一样富于把握。

米尼涅斯 你们干得好事，你们和你们那些穿围裙的家伙！你们那样看重那些手艺人的话，那些吃大蒜的人们吐出来的气息！

考密涅斯 他将要荡平你们的罗马。

米尼涅斯 就像赫剌克勒斯从树上摇落一颗烂熟的果子一样容易。你们干得好事！

勃鲁托斯 可是这是真的吗？

考密涅斯 还会不真吗？等着瞧吧，你们的脸色都要吓白了。各处属地都望风响应，欣然脱离我们的羁縻；企图抵抗的，都被讥笑为勇敢的愚夫，因为不自量力而覆亡。谁能责怪他的不是呢？你们的敌人和他的敌人都知道他是一个不可轻视的人。

米尼涅斯 我们全都完了，除非这位英雄大发慈悲。

考密涅斯 谁去求他开恩呢？护民官是不好意思向他求情的；人民不值得受他怜悯，正像豺狼不值得牧人怜悯一样；至于他的要好的朋友们，要是他们向他说，“照顾照顾罗马吧，”那么他们也就和他所憎恨的人一鼻孔出气，也就是他的仇敌了。

米尼涅斯 不错，要是他在我的家里放起火来，我也没有脸孔向他说，“请您住手。”——你们干得好事，你们和你们那些手艺人！

考密涅斯 你们使罗马发生空前的战栗，她从来没有像今天这样临于绝望的境地。

西西涅斯
勃鲁托斯 不要说这是我们的错处。

米尼涅斯 怎么！那么是我们的错处吗？我们都是敬爱他的，可是像一群畜生和懦怯的贵族似的，让你们那群贱民为所欲为，把他轰出了城。

考密涅斯 可是我怕他们又要用高声的叫喊迎接他进来了。塔勒斯·奥菲狄乌斯，人类中间第二个令人畏惧的名字，像他的部属一样服从他的号令。罗马倘要抵抗他们，除了准备与城俱亡以外，已经力竭计穷，无法防御了。

| 一群市民上。

米尼涅斯 这群东西来了。奥菲狄乌斯也和他在一起吗？你们使罗马的空气变为污浊，当你们抛掷你们恶臭油腻的帽子，鼓噪着把科利奥兰纳斯放逐的时候。现在他来了；每一个军士头上的每一根头发，都会变成惩罚你们的鞭子；他要把你们的头颅一个一个砍下来，报答你们的好意。算了，要是他把我们一起烧成了一个炭块，也是活该。

众市民 真的，我们听见了可怕的消息。

市民甲 拿我自己来说，当我说把他放逐的时候，我也说这是一件很可惋惜的事。

市民乙 我也是这样说。

市民丙 我也是这样说；说句老实话，我们中间有许多人都是这样说。我们所干的事，都是为了大众的利益；虽然我们同意他的放逐，可是那也并不是我们的本意。

考密涅斯 你们都是些好东西，你们的同意！

米尼涅斯 你们干得好事，你们和你们的呼噪！我们要不要到议会里去？

考密涅斯 啊，是，是；不去又有什么事情好做？（考密涅斯、米尼涅斯同下）

西西涅斯 各位！你们回家去吧；不要发急。这两个人是一党，他们虽然面子上装得很害怕，心里却但愿真有这样的事。回去吧，不要露出惊慌的样子来。

市民甲 但愿神明照顾我们！来，朋友们，我们回去吧。我们把他放逐的时候，我早就说我们做了一件错事了。

市民乙 我们大家都是这样说。可是来，我们回去吧。

（众市民下）

勃鲁托斯 我不欢喜这种消息。

西西涅斯 我也是这样。

勃鲁托斯 我们到议会去吧。要是有人能够证明这消息是个谣言，我愿意把我一半的家产赏给他！

西西涅斯 我们去吧。（同下）

第七场

离罗马不远的营地

| 奥菲狄乌斯及其副将上。

奥菲狄乌斯 他们仍旧向那罗马人纷纷投附吗？

副将 我不知道他有一种什么魔力，可是他们简直把他当作食前的祈祷、席上的谈话，和餐后的谢恩一般刻不离口。您的声名，主帅，在这次战役中已经相形见绌，甚至于您自己的部下也冷淡了对您的信仰。

奥菲狄乌斯 我现在也没有法子，虽然可以用计策排挤他，可是那会影响到军事的进行。当我第一次拥抱他的时候，我想不到他在我的面前也会倨傲到这个样子；可是这也是他天性如此，改变不过来的脾气，我也只好原谅他了。

副将 可是主帅，为您着想，我倒希望这次您没有和他负起共同的责任，或者您自己统率全军，或者让他独自主持一切。

奥菲狄乌斯 我很懂得你的意思；你等着瞧吧，等到我跟他最后清算的日子，怕他不跌翻在我的手里。虽然看上去好像他的行事非常堂皇正大，对伏尔斯政府也十分尽忠，作战的时候像龙一样勇猛，一拔出剑来就可以克敌制胜，他自己也因此沾沾自喜，一般凡俗的眼光也莫不以为如此；可是他还有一件事情忘记了没有做，在我们最后清算的日子，它将要使我们两人中间有一个人成为牺牲。

副将 请教主帅，您看来他会不会把罗马征服？

奥菲狄乌斯 他还没有坐下，他的威力就已经压倒一切。罗马的元老和贵族们都是他的朋友；护民官不是军人；他们的人民会卤莽地把他放逐，也会卤莽地收回成命。我想他对于罗马，就像白鹭对于鱼类一样，天性中自有一种使人俯首就范的力量。本来他是他们的一个忠勇的仆人，可是他不能使他的荣誉维持不坠：也许因为他的一帆风顺的命运，使他沾上骄傲的习气，损坏了他的完善的人格；也许因为他见事不明，不善于处理他自己的机会；也许因为本性难移，适宜于顶盔披甲的，未必适宜于雍容揖让，刚严峻肃本来是治军的正道，他却用来对待和平时期的民众；这几种原因他虽然并不完全犯着，可是每一种都犯着几分，只要犯了其中之一，就可以使他为人民所畏惧，因此而被他们憎恨以至于放逐。正像一个怀璧亡身的人一样，他的功劳一经出口，就会被它自己所噎死。所以我们的美德是随着时间而变更它们的价值的；权力的本身虽可称道，可是当它高踞宝座的时候，已经伏下它的葬身的基础了。一个火焰驱走另一个火焰，一枚钉打掉另一枚钉；权利因权利而转移，强力被强力所屈服。来，我们去吧。卡厄斯，当你握有整个罗马的时候，你是一个最贫穷的人；那时候你就在我的手掌之中了。

（同下）

第　五　幕

第一场

罗马；广场

| 米尼涅斯、考密涅斯、西西涅斯、勃鲁托斯及余人等上。

米尼涅斯　不，我不去。你们已经听见他从前的主将怎么说了，他对于他的爱护是无微不至的。我虽然是他的父执，可是那又有什么用处呢？你们把他放逐出去，还是你们去向他央求，在他营帐之前一英里路的地方俯伏下来，膝行而进，请他大发慈悲吧。不，他既然不愿听考密涅斯的话，那么我还是安住家里的好。

考密涅斯　他假装不认识我。

米尼涅斯　你们听见吗？

考密涅斯　可是从前他却用我的名字称呼我。我向他提起我们过去的交情，我们在一起流过的血；可是无论我叫他科利奥兰纳斯或者其他的名字，他都不应一声；他仿佛是一个无名无像的东西，等着用罗马城中的烈火替他自己熔铸出一个名字来。

米尼涅斯 哼，好，你们干得好事！一对护民官替罗马降低了炭价，不朽的功绩！

考密涅斯 我对他说，宽恕人家所不能宽恕的，是一种多么高贵的行为；他却回答我，一个国家向它所处罚的罪人求恕，是一件多么无聊的事。

米尼涅斯 很好，他当然要说这样的话啦。

考密涅斯 我叫他想想他自己的亲戚朋友；他回答我说，他等不及把他们从一大堆恶臭发霉的糠屑中间选择出来；他说他不能为了不忍烧去一两粒谷子的缘故，而永远忍受着难闻的气味。

米尼涅斯 为了一两粒谷子的缘故！我就是这样一粒谷子；他的母亲、妻子，他的孩子，还有这位好汉子，我们都是这样的谷粒；你们是发霉的糠屑，你们的臭味已经熏到月亮上面去了。为了你们的缘故，我们也只好同归于尽！

西西涅斯 不，请您不要发恼；要是您不肯在这样危急的时候帮助我们，那么您也不要在我们的患难之中责备我们。可是我们相信，要是您愿意替您的祖国请命，那么凭着您的巧妙的口才，一定可以使我们那位同国之人放下干戈，比我们所能召集的军队更有力量。

米尼涅斯 不，我不愿多管闲事。

西西涅斯 请您去这一趟吧。

米尼涅斯 我干得了什么事呢？

勃鲁托斯 只要您去向马歇斯试一试您对他的交情能不能为罗马做一点事。

米尼涅斯 好；要是马歇斯理也不理我，就像他对待考密涅斯一样对待我，那便怎样呢？要是我在他的无情的冷淡之下抱着满怀的懊恼失望而归，那可怎么办呢？

西西涅斯 无论此去成功失败，您的好意总是会得到罗马的感谢的。

米尼涅斯 好，我愿意去一试；我想他会听我的话的。可是他对考密涅斯咬紧嘴唇，哼呀吓的，却叫我担着老大的心事。也许考密涅斯没有看准适当的时间，那个时候他还没有吃过饭；一个人在腹中空虚、血液没有温暖的时候，往往会堵起嘴唇生气，别人不大容易得到他的布施，他更不容易宽恕别人的过失；可是当我们把酒食填下了脏腑，使全身的血管增加热力以后，我们的灵魂就要比未进饮食以前温柔得多了：所以我要留心看着他，等他餐罢以后，方才向他提出我的请求，竭力说得他回心转意。

勃鲁托斯 您已经知道用怎样的途径激发他的天良，我们相信您一定不会有错。

米尼涅斯 好，不论结果如何，我要试一试再说。成功失败，不久就可以见个分晓。（下）

考密涅斯 他决不会听他的话。

西西涅斯 不听他？

考密涅斯 我告诉你，他坐在黄金的椅上，他的眼睛红得像要把罗马烧起来一般，他的冤愤就是监守他的怜悯之心的狱吏。我跪在他的面前；他淡淡地说了一声“起来”；用他的无言的手把我挥走：他准备做的事，他将用书面告诉我；他不愿做的事，他已经立誓在先，决无改移。所以一切希望都已归于无有了，除非他的母亲和妻子去向他当面哀求；听说她们已经准备前去求他保全他的祖国了，所以让我们就去恳促她们赶快动身吧。（同下）

第二场
罗马城前的伏尔斯人营地

| 二守卒立岗位前防守；米尼涅斯上。

守卒甲 站住！你是什么地方来的？

守卒乙 站住！回去！

米尼涅斯 你们这样尽职，很好；可是对不起你们，我是一个政府官吏，要来见科利奥兰纳斯说话。

守卒甲 从什么地方来的？

米尼涅斯 从罗马来的。

守卒甲 你不能通过；你必须回去。我们主将有令，凡是从罗马来的人，一概不见。

守卒乙 等你看见你们的罗马被烈焰拥抱的时候，你再来跟科利奥兰纳斯说话吧。

米尼涅斯 我的好朋友们，要是你们曾经听见你们的主将说起罗马和他在罗马的朋友们，那么我的名字一定接触过你们的耳朵：我是米尼涅斯。

守卒甲 很好，回去吧；你的名字不能使你在这儿通行无阻。

米尼涅斯 我告诉你吧，朋友，你的主将是我的好朋友；我曾经是记载他的善行的一卷书，人家可以从我的嘴里读到他的无比的名声，因为我对于我的朋友们的好处总是极口称扬的，尤其是他，我有时候因为说溜了嘴，就像一个球碰到了光滑的地面一样，会不知不觉地夸张过分，越过了限定的界线。所以，朋友，你必须让我通过。

守卒甲 先生，即使您替他说过的谎话，就跟您自己说过的话一样多，即使说谎是一件善事，您也不能在这儿通过。所以您还是回去吧。

米尼涅斯 朋友，请你记好我的名字是米尼涅斯，一向都是站在你主将一边的。

守卒乙 不管你替他扯过多少的谎，我奉着他的命令，却必须老实告诉你，你不能通过。所以你回去吧。

米尼涅斯 你知道他已经吃过饭了没有？我一定要等他饭后方才跟他说话。

守卒甲 你是一个罗马人，是不是？

米尼涅斯 我是罗马人，你的主将也是罗马人。

守卒甲 那么你应当像他一样痛恨罗马。你们把保卫罗马的人逐出门外，在一阵群众的狂暴的愚昧中，把你们的干盾给了你们的敌人，现在你们却想用老妇人的不费力的呻吟、你们女儿们的侍童贞的手掌，或是像你这样一个老朽的瘫痪的说项，来抵御他的复仇的怒焰吗？你们想要用像这样微弱的呼吸，来吹灭将要焚毁你们城市的烈火吗？不，你完全想错了；所以赶快回到罗马去，准备引颈就戮吧。你们的劫运已经无可避免，我们的主将发誓不再宽恕你们。

米尼涅斯 哼，要是你的长官知道我在这儿，他一定会对我以礼相待的。

守卒乙 算了吧，我的长官不认识你。

米尼涅斯 我是说你的主将。

守卒甲 我的主将不知道有你这样一个人。回去，走，否则我要叫你流出你身上所有的两三点血；回去回去。

米尼涅斯 不，不，朋友，朋友——

| 科利奥兰纳斯及奥菲狄乌斯上。

科利奥兰纳斯 什么事？

米尼涅斯 现在，伙计，我也不要麻烦你替我传报了。你现在就可以知道我是一个被人敬礼的人；一个卑微的哨兵，是不能挡住我不让我看见我的孩儿科利奥兰纳斯的。你只要看他怎样款待我，就可以猜想得到你是不是将要上绞架，或者受到其他欣赏起来更长久、受苦得更惨酷的死刑；现在你给我留心看好，想一想你的未来的遭遇而晕过去吧。（向科利奥兰纳斯）愿荣耀的天神们每时每刻护佑着你，像你的米尼涅斯老爹一样眷爱你！啊，我的孩子！我的孩子！你在准备用火烧我们；瞧，我要用我眼睛里的泪水把它浇熄。他们好容易劝我到这儿来；可是我因为相信除了我自己以外，再也没有别人可以说动你，所以就让叹息把我吹出了城门，来求你宽恕罗马，和你的迫切待命的同胞们。愿善良的神明们缓和你的愤怒，要是你还有几分气恼未消，请你发泄在这个奴才的身上吧，他像一块石头一样，挡住了我不让见你。

科利奥兰纳斯 去！

米尼涅斯 怎么！去！

科利奥兰纳斯 我不知道什么妻子、母亲、儿女。我现在替别人做着事情，虽然是为自己报仇，可是我的去就却要受伏尔斯人的支配。讲到我们过去的交情，那么还是让它在无情的遗忘里冷淡下去，不要用同情的怜悯唤起它的记忆吧。所以你去吧；你们的城门经不起我大军的一击，我的耳朵却不会被你们的呼吁所打动。可是为了我们的友谊，把这拿去吧；（以信交米尼涅斯）这是我写给你的，我本想叫人送给你。还有一句话，米尼涅斯，我不要听你说话。奥菲狄乌斯，这个人是我在罗马的好朋友，可是你瞧我怎样对待他！

奥菲狄乌斯 您有一个很坚决的意志。（科利奥兰纳斯、奥菲狄乌斯同下）

守卒甲 先生，您的大名是米尼涅斯吗？

守卒乙 这一个名字是一道很有法力的符咒。您知道哪一条路是回家去的。

守卒甲 您有没有听见我们因为不让大驾通过，挨了怎样一顿痛骂吗？

守卒乙 为了什么理由您说我要晕过去呢？

米尼涅斯 整个世界和你们的主将都不在我的心上；至于像你们这种东西，那么我简直不知道世上有你们的存在，你们是太渺小了。自己愿意死的人，不怕别人把他杀死。让你们的主将去大施威风吧。讲到你们，那么愿你们一辈子做个没出息的小兵；愿你们的困苦与年俱增！你们叫我去，我也要对你们说，滚开！（下）

守卒甲 他不是一个等闲之辈。

守卒乙 我们的主将是个好汉；他是岩石，是风吹不折的橡树。（同下）

第三场

科利奥兰纳斯营帐

| 科利奥兰纳斯、奥菲狄乌斯及余人等上。

科利奥兰纳斯 我们明天将要在罗马城前扎下我们的大军。我的从征的助手，你必须向伏尔斯政府报告我怎样坦白地执行我的任务的情形。

奥菲狄乌斯 您只知道履行他们的意旨，充耳不闻罗马人民的呼吁，不让一句低声的私语进入您的耳中；即使那些自信和您交情深厚、决不会遭您拒绝的朋友，也不能不失望而归。

科利奥兰纳斯 最后来的那位老人家，我使他抬着一颗碎裂的心回去的，爱我胜如一个父亲；他简直把我像天神一样崇拜。他们把最后的希望寄托在他身上，叫他来向我说情；我虽然用冷酷的态度对待他，可是为了顾念往日的交情起见，仍旧向他提出最初的条件，那是他们所已经拒绝、现在也无法接受的。我不曾向他们作过什么让步；以后要是他们再派什么人来向我请求，无论是政府方面的使者，或是私人方面的朋友，我都一概不去理会他们。（内呼声）吓！这是什么呼声？难道我刚发了誓，就有人来引诱我背誓吗？我一定不。

| 维吉利娅、伏伦妮娅各穿丧服，率小马歇斯、凡勒利娅及侍从等上。

科利奥兰纳斯 我的妻子走在最前面；跟着她来的就是塑成我这躯体的高贵的模型，她的手里还挽着她的嫡亲的孙儿。可是去吧，感情！一切天性中的伦常，都给我毁灭了吧！让倔强成为一种美德。那屈膝的敬礼，还有那可以使天神背誓的鸽子一样温柔的眼光，它们的代价是什么？我要是被温情所融解，那么我就要变得和别人同样的软弱了。我的母亲向我鞠躬了，好像俄林波斯山也会向一个土丘低头恳求一样；我的年幼的孩儿也露着求情的脸色，伟大的天性不禁喊出，“不要拒绝他！”让伏尔斯人耕耘着罗马的废壤，把整个意大利夷为田亩吧；我决不做一头服从本能的呆鹅，我要漠然无动，就像我是我自己的创造者，不知道还有什么亲族一样。

维吉利娅 我的主，我的丈夫！

科利奥兰纳斯 我现在不是用我在罗马时候的那双眼睛瞧着你了。

维吉利娅 悲哀改变了我们的容貌，所以您才会这样想。

科利奥兰纳斯 像一个愚笨的伶人似的，我现在已经忘记了我所扮演的角色，将要受众人的耻笑了。我的最亲爱的，原谅我的残酷吧；可是不要因此而向我说，“原谅我们的罗马人。”啊！给我一个像我的放逐一样久长，像我的复仇一样甜蜜的吻吧！善妒的天后可以为我证明，爱人，我这一个吻就是上次你给我的，我的忠心的嘴唇一直为它保持着贞操。天啊！我是多么饶舌，忘记了向全世界最高贵的母亲致敬。母亲，您的儿子向您下跪了；（跪）我应该向您表示不同于一般儿子的最深的敬意。

伏伦妮娅 啊！站起来受我的祝福；让坚硬的石块做我的膝垫，我现在跪在你的面前，颠倒向我的儿子致敬了。（跪）

科利奥兰纳斯 这是什么意思？您向我下跪！向您有罪的儿子下跪！那么让硗瘠的海滨的石子向天星飞射，让作乱的狂风弯折凌霄的松柏，去打击赤热的太阳吧；一切不可能的事都会变成可能，一切不会实现的奇迹都会变成轻易的工作了。

伏伦妮娅 你是我的战士；你这雄伟的躯体上一部分是我的心血。你认识这位夫人吗？

科利奥兰纳斯 坡勃力科拉的尊贵的姊妹，罗马的明月；她的贞洁有如从最皎白的雪凝冻而成，悬挂在狄安娜神庙檐下的冰柱；亲爱的凡勒利娅！

伏伦妮娅 这是你自己的一个小小的缩影，（指小儿）等他长大成人以后，他就会完全像你一样。

科利奥兰纳斯 愿至高无上的乔武允许战神把义勇的精神启发你的思想，让你不会屈服于耻辱之下，在战争中间做一座伟大的海标，耐受一切风浪的袭击，使那些望着你的人都能得救！

伏伦妮娅 跪下来，孩子。

科利奥兰纳斯 我的好孩子！

伏伦妮娅 他，你的妻子，这位夫人，以及我自己，现在都来向你请求了。

科利奥兰纳斯 请您不要说下去；或者在您没有向我提出什么要求以前，先记住这一点：我所立誓决不允许的事情，不能因为你们的请求而答应你们。不要叫我撤回我的军队，或者再在罗马的诡计之下屈服；不要对我说我在什么地方太不近人情；也不要想用你们冷静的理智浇熄我的复仇的怒火。

伏伦妮娅 啊！别说了，别说了；你已经拒绝我们一切的要求，因为我们除了你所已经拒绝的以外，更没有什么其他的要求了；可是我们还是要向你请求，那么要是你拒绝了我们，我们就可以归怨于你的忍心。所以，听我们说吧。

科利奥兰纳斯 奥菲狄乌斯，还有你们这些伏尔斯人，请你们听好；因为凡是从罗马来的言语，我都要公之于众人。您的要求是什么？

伏伦妮娅 即使我们静默不言，你也可以从我们的衣服和容态上，看出我们自从你放逐以后，过着怎样的生活。请你想一想，我们到这儿来，是比世间所有的妇女怎样的不幸万分，因为我们看见了你，本来应该眼睛里荡漾着喜悦，心坎里跳跃着欣慰，可是现在却反而悲泣流泪，忧惧颤栗；母亲、妻子、儿子，都要看着她的孩子、她的丈夫和他的父亲亲手挖出他祖国的心脏来。你的敌意对于可怜的我们是无上的酷刑，你使我们不能向神明祈祷，那本来是每一个人所能享受的安慰：因为，唉！我们虽然和祖国的命运是不可分的，可是我们的命运又是和你的胜利不可分的，我们怎么能为我们的祖国祈祷呢？唉！我们倘不是失去我们的国家，我们亲爱的保姆，就是失去你，我们在国内唯一的安慰。无论哪一方得胜，虽然都符合我们的愿望，可是总免不了一个悲惨的结果：我们不是看见你像一个通敌的叛徒一般，戴上镣铐牵过市街，就是看见你意气扬扬地践踏在祖国的废墟上，高举着胜利的旗帜，因为你已经勇敢地溅了你妻子儿女的血。至于我自己，那么孩子，我不愿等候命运宣判战争的最后胜负；要是我不能把你劝服，使你放弃了陷一个国家于灭亡的行动，而采取一种兼利双方的途径，那么相信我，我决不让你侵犯你的国家，除非先从你生身母亲的身上践踏过去。

维吉利娅 嗽，我替您生下这个孩子，继续您的家声，您现在也必须从我的身上践踏过去。

小马歇斯 我可不让他踏；我要逃走，等我年纪长大了，我也要打仗。

科利奥兰纳斯 看见孩子和女人的脸，容易使人心肠变软。我已经坐得太久了。（起立）

伏伦妮娅 不，不要就这样离开我们。要是我们的请求，是要你为了拯救罗马人的缘故而毁灭你所臣事的伏尔斯人，那么你可以责备我们不该损害你的信誉；不，我们的请求只是要你替双方和解，伏尔斯人可以说，“我们已经表示了这样的慈悲，”罗马人也可以说，“我们已经接受了这样的恩典，”同时两方面都向你欢呼称颂，“祝福你替我们缔结和平！”你知道，我的伟大的儿子，战争的结果是不能确定的，可是这一点却可以确定：要是你征服了罗马，你所收得的利益，不过是一个永远伴着唾骂的恶名；历史上将要记载：“这个人本来是很英勇的，可是他在最后一次的行动里亲手涂去了他的令名，毁灭了他的国家，他的名字永受后世的憎恨。”你为什么不说话呢？你以为一个高贵的人，是应该不忘旧怨的吗？媳妇，你说话呀；他不理会你的哭泣呢。你也说话呀，孩子；也许你的天真会比我们的理由更能使他感动。没有一个人对他母亲的关系，比他对我更密切了；可是他现在却让我像一个用足械锁着的囚人一样叨叨絮语，置若罔闻。你从来不曾对你亲爱的母亲表示过一点孝敬；她却像一头痴心爱着它头胎雏儿的母鸡似的，把你教养成人，送你献身疆场，又迎接你满载着光荣归来。要是我的请求是不正当的，你尽可以挥斥我回去；否则你就是不忠不孝，天神将要降祸于你，因为你不曾向你的母亲尽一个人子的义务。他转身去了；跪下来，让我们用屈膝羞辱他。附属于他那科利奥兰纳斯的姓氏上的，只有骄傲，没有一点怜悯。跪下来；完了，这是我们最后的哀求；我们现在要回到罗马去，和我们的邻人们死在一起。不，瞧着我们吧。这个小孩不会说他要些什么，只是陪着我们下跪举手，他代替我们呼吁的理由，比你拒绝的理由有力得多。来，我们去吧。这人有一个伏尔斯的母亲，他的妻子在科利奥里，他的孩子也许像他一样。可是请你给我们一个答复；我要等我们的城市在大火中焚烧以后，方才停止我的声音，那时候我也没有什么好说了。

科利奥兰纳斯 （握伏伦妮娅手，沉默）啊，母亲，母亲！您做了一件什么事啦？ 瞧！天都裂了开来，神明在俯视这一场悖逆的情景而讥笑我们了。啊，我的母亲！母亲！啊！您替罗马赢得了一场幸运的胜利；可是相信我，啊！相信我，被您战败的您的儿子，却已经遭遇着严重的危险了。可是让它来吧。奥菲狄乌斯，虽然我不能帮助你们战胜，可是我愿意为双方斡旋和平。好奥菲狄乌斯，要是你在我的地位，你会听你的母亲这样说而不答应她吗？

奥菲狄乌斯 我心里非常感动。

科利奥兰纳斯 我敢发誓你一定受到感动。将军，要我的眼睛里流下同情的眼泪来，可不是一件容易的事呢。可是，好将军，你们想要缔结怎样的和平，请你告诉我；我自己并不到罗马，仍旧跟着你们一起回去；请你帮助我促成这一个目的吧。啊，母亲！妻子！

奥菲狄乌斯 （旁白）我很高兴你已经使慈悲和荣誉两种观念在你的心里互相抵触了；我可以利用这一个机会，恢复我以前的地位。（诸妇人向科利奥兰纳斯作手势示意）

科利奥兰纳斯 好，那慢慢再说。我们先在一起喝杯酒；你们可以带一个比言语更确实的证据回去，那是我们在同样情形之下也会照样签署的。来，跟我们进去。夫人们，罗马应该为你们建造一座庙宇；意大利所有的刀剑和她的联合的军力，都不能缔立这样的和平。（同下）

第四场

罗马；广场

米尼涅斯及西西涅斯上。

米尼涅斯 你看见那边庙堂上的基石吗？

西西涅斯 看见了又怎样？

米尼涅斯 要是你能够用你的小指头把它移动，那么，也许有几分希望，罗马的妇女们，尤其是他的母亲，可以把他说服。可是我说，再也不会有什么希望了。我们只是在伸着头颈等候人家来切断我们的咽喉。

西西涅斯 难道在这样短短的时间里，一个人会改变得这样厉害吗？

米尼涅斯 毛虫和蝴蝶是大不相同的，可是蝴蝶就是从毛虫变化而成。这马歇斯已经从一个人变成一条龙了；他已经生了翅膀，不再是一个爬行的东西了。

西西涅斯 他本来是很孝敬他的母亲的。

米尼涅斯 他本来也很爱我；可是他现在就像一匹八岁的马，完全忘记他的母亲了。他脸上那股狞相，可以使熟葡萄变酸；他走起路来，就像一辆战车开过，把土地都震陷了；他的眼光可以穿透甲胄；他的话有如丧钟，哼一声也像大炮的雷鸣。他坐在尊严的宝座上，好像只有亚历山大才可以和他对抗。他的命令一发出，事情就已经办好。他全然是一个天神，只缺少永生和一个可以雄踞的天庭。

西西涅斯 要是你说得他不错，那么他还缺少天神应有的慈悲。

米尼涅斯 我不过照他的本相描写他。你瞧着吧，他的母亲将会从他那儿带些什么慈悲来。他要是会发慈悲，那么雄虎身上也会有乳汁了；我们这不幸的城市就可以发现这一个真理，这一切都是为了你们的缘故！

西西涅斯 但愿神明护佑我们！

米尼涅斯 不，神明在这种事情上是不会护佑我们的。当我们把他放逐的时候，我们就已经冒犯了神明；现在他回来杀我们的头，神明也不会可怜我们。

| 一使者上。

使者 先生，您要是爱惜性命，赶快逃回家里躲起来吧。民众已经把你们还有那一位护民官捉住，把他拖来拖去，大家发誓说要是那几位罗马妇女不把好消息带回来，就要把他寸寸磔死。

| 另一使者上。

西西涅斯 有什么消息？

使者乙 好消息！好消息！那几位夫人已经得到胜利，伏尔斯军队撤退了，马歇斯也去了。罗马从来不曾有过这样欢乐的日子；就是击退塔昆的时候，也不及今天这样高兴。

西西涅斯 朋友，你能够确定这句话是真的吗？全然是正确的吗？

使者乙 正像我知道太阳是一团火一样正确。您究竟躲在什么地方，才会不相信这句话呢？好消息传进城里，是比潮水冲过桥孔还快的。你听！（喇叭箫鼓声同时并奏，内欢呼声）喇叭、号筒、弦琴、横笛、手鼓、铙钹，还有欢呼的罗马人，使太阳都跳起舞来了。您听！（内欢呼声）

米尼涅斯 这果然是好消息。我要去迎接那几位夫人。这位伏伦妮娅抵得过全城的执政、元老和贵族；比起像你们这样的护民官来，那么盈海盈陆的护民官，也抵不上她一个人。你们今天祷告得很有灵验；今天早上我还不愿出一个铜子来买你们一万条喉咙哩。

听，他们多么快乐！（乐声，欢呼声继续）

西西涅斯 第一，你带了这样好消息来，愿神明祝福你；第二，请你接受我的感谢。

使者乙 先生，我们大家都应该感谢上天。

西西涅斯 她们已经近城了吗？

使者乙 快要进城来了。

西西涅斯 我们也去迎接她们，凑凑热闹。（欲去）

| 伏伦妮娅、维吉利娅、凡勒利娅等由元老、贵族、民众等簇拥而上，自台前穿过。

元老甲 瞧我们的女恩人，罗马的生命！召集你们的部族，赞美神明，燃起庆祝的火炬来；在她们的面前散布鲜花；用欢迎他母亲的呼声，代替你们从前要求放逐马歇斯的鼓噪，大家喊，“欢迎，夫人们，欢迎！”

众人 欢迎，夫人们，欢迎！（鼓角各奏花腔；众下）

第五场

科利奥里；广场

| 塔勒斯·奥菲狄乌斯及侍从等上。

奥菲狄乌斯 你们去通知城里的官员们，说我已经到了；把这封信交给他们，叫他们读了以后，就到市场上去，我要在那边当着他们和民众之前，证明这信里所写的话。我所控告的那个人，现在大概也进了城，他也想在民众之前用言语替他自己辩解；你们快去吧。（从者等下）

| 奥菲狄乌斯党羽三四人上。

奥菲狄乌斯 非常欢迎！

党徒甲 我们的主帅安好？

奥菲狄乌斯 别提啦，我正像一个被自己的布施所毒害，被自己的善心所杀死的人。

党徒乙 主帅，要是您仍旧希望我们帮助您实行原来的计划，我们一定愿意替您解除您的重大的危险。

奥菲狄乌斯 现在我还不能说；我们必须在明白人民的心理以后，再决定怎么办。

党徒丙 当你们两人继续对立的时候，人民的喜怒也不会有一定的方向；可是你们中间无论哪一个人倒下以后，还有那一个人就可以为众望所归。

奥菲狄乌斯 我知道；我必须找到一个振振有辞的借口，方才可以对他作无情的抨击。他是我提拔起来的人，我用自己的名誉担保他的忠心；可是他这样跻登贵显以后，就用谄媚的露水灌溉他的新栽的树木，引诱我的朋友们归附他，为了这一个目的，他方才有意抑制他的粗暴倔强、不受拘束的性格，装出一副卑躬屈节的态度。

党徒丙 主帅，他在候选执政的时候，因为过于傲慢而落选——

奥菲狄乌斯 那正是我要说起的事：他因为得罪了罗马的民众，被他们放逐出境，他就到我的家里来，向我伸颈就戮；我收容了他，使他成为我的同僚，一切满足他的要求；甚至于为了帮助他完成他的目的起见，让他在我的部队中间自己挑选最勇壮的军士；我自己也尽力协助他，和他分任劳苦，却让他一个人收到名誉。我这样挫抑着自己，非但毫无怨尤，而且还自以为成人之美，是一件值得自傲的事。直到后来，我仿佛变成了他的下属，而不是他的同僚了；他对我老是露出不屑的神气，好像我是一个贪利之徒一样。

党徒甲 他正是这样，主帅；全军都觉得非常奇怪。后来我们向罗马长驱直进，满以为这次一定可以大获全胜——

奥菲狄乌斯 正是；为了这一次的事情，我也一定要把他亲手扑杀。单单几滴像谎话一样不值钱的女人的眼泪，就会使他出卖了我们在这次伟大的行动中所费掷的血汗和劳力。他非死不可，他的没落才是我出头的机会。可是听！（鼓角声，杂人民高呼声）

党徒甲 您走进您自己的故乡，就像到一处驿站一样，不曾有一个人欢迎您回来；可是他回来的时候，那喧哗的声音却把天都震破了。

党徒乙 那些健忘的傻瓜们，不想到他曾经杀死他们的子女，拼命拉起他们卑贱的喉咙来向他称颂。

党徒丙 所以您应该趁他没有为自己辩白、凭着他的利嘴鼓动人心以前，就让他死在您的剑下，我们一定会帮助您。等他死了以后，您就可以用您自己的话宣布他的罪状，即使他有天大的理由，也只好和他的尸体一同埋葬了。

奥菲狄乌斯 不要说下去；官员们来了。

| 城中众官员上。

众官 您回来了，欢迎得很！

奥菲狄乌斯 我不值得受各位这样的欢迎。可是，各位大人，你们有没有用心读过我写给你们的信？

众官 我们已经读过了。

官甲 并且很觉得痛心。他以前所犯的种种错误，我想未始不可以从宽处分；可是他这样越过一切的界限，轻轻地放弃了我们厉兵秣马去谋取的利益，擅做主张，和一个濒于屈膝的城市缔结休战的条约，这是绝对不可容恕的。

奥菲狄乌斯 他来了；你们可以听听他怎么说。

| 科利奥兰纳斯上，旗鼓前导，一群市民随上。

科利奥兰纳斯 祝福，各位大人！我回来了，仍旧是你们的军士，仍旧像我去国的时候一样对自己的祖国没有一点眷恋，一心一意接受你们伟大的命令。让我报告你们知道，我已经顺利地执行我的使命，用鲜血打开了一条大道，直达罗马的城前。我们这次带回来的战利品，足足抵偿出征费用的三分之一而有余。我们已经缔结和约，使安息人得到极大的光荣，但是对罗马人也并不过于难堪。这儿就是已经由罗马的执政和贵族签字，并由元老院盖印核准的我们所议定的条件，现在我把它呈献给各位了。

奥菲狄乌斯 不要读它，各位大人；对这个叛徒说，他已经越权滥用你们的权力，罪在不赦了。

科利奥兰纳斯 叛徒！怎么？

奥菲狄乌斯 是的，叛徒，马歇斯。

科利奥兰纳斯 马歇斯！

奥菲狄乌斯 是的，马歇斯，卡厄斯·马歇斯。你以为我会在科利奥里用你那个盗窃得来的名字科利奥兰纳斯称呼你吗？各位执政的大臣，他已经不忠不信地辜负了你们的付托，为了几滴眼泪的缘故，把你们的罗马城放弃在他的母亲妻子的手里——听着，我说罗马是“你们的城市”。他破坏他的盟誓和决心，就像拉断一绞烂丝一样，也没有咨询其他将领的意见，就这样痛哭号呼地牺牲了你们的胜利；他这种卑怯的行动，使孩儿们也代他羞愧，勇士们都面面相顾，愕然失色。

科利奥兰纳斯 你听见吗，战神马斯？

奥菲狄乌斯 不要提起天神的名字，你这善哭的孩子！

科利奥兰纳斯 吓！

奥菲狄乌斯 我的话就是这样。

科利奥兰纳斯 你这漫天说谎的家伙，我的心都气得快要涨破了。孩子！啊，你这奴才！恕我，各位大人，这是我第一次迫不得已的骂人。请各位秉公判断，痛斥这狗子的妄言。他身上还留着我鞭笞的痕迹，我总要把他打下坟墓里去。

官甲 两个人都不要闹，听我说话。

科利奥兰纳斯 把我斩成一段吧，伏尔斯人；成人和儿侍童们，让你们的剑上都沾着我的血吧。孩子！说谎的狗！要是你们的历史上记载的是实事，那么你们可以翻开来看一看，我曾经怎样像一头鸽棚里的鹰似的，在科利奥里城里单拳独掌，把你们这些伏尔斯人打得落花流水。孩子！

奥菲狄乌斯 嘿，各位大人；你们愿意让这个亵渎神圣、大言不惭的狂徒当着你们的耳目之前，夸耀他的盲目的侥幸，使你们回想到你们的耻辱吗？

众党徒 杀死他，杀死他！

众市民 撕碎他的身体！——立刻杀死他！——他杀死我的儿子！——我的女儿！——他杀死我的族兄玛克斯！——他杀死我的父亲！

官乙 静下来，喂！不许行暴；静下来！这人是一个英雄，他的名誉广播在世间。他对于我们所犯的罪行，必须用合法的手续审判。站住，奥菲狄乌斯，不要扰乱了治安。

科利奥兰纳斯 啊！要是我的剑在手头，即使有六个奥菲狄乌斯，或者他的所有的党徒都在我的面前，我也一定要结果他的性命！

奥菲狄乌斯 放肆的恶徒！

众党徒 杀，杀，杀，杀，杀死他！（奥菲狄乌斯及众党徒拔剑杀科利奥兰纳斯，科利奥兰纳斯倒地；奥菲狄乌斯立科利奥兰纳斯尸体上）

众官 住手，住手，住手，住手！

奥菲狄乌斯 各位朋友，听我说话。

官甲 啊，塔勒斯！

官乙 你已经做了一件将要使勇士们悲泣的事了。

官丙 不要踏在他的身上。各位朋友，静下来。收好你们的剑。

奥菲狄乌斯 各位大人，这次暴行完全是他自己向我们挑衅的结果，你们已经亲眼瞧见他的行为，一定知道这一个人的存在对于你们是一重多大的危险，现在我们已经除去这一个祸患，你们应该引为莫大的幸事。请你们把我传到你们的元老院里去质询吧，我愿意呈献我自己做你们的忠仆，或者受你们最严厉的处分。

官甲 把他的尸体搬去；你们大家为他悲泣，用最隆重的敬礼表示哀思吧。

官乙 他自己的躁急，免去了奥菲狄乌斯大部分的责任。事情已经到这个地步，我们还是商量善后的处置吧。

奥菲狄乌斯 我的愤怒已经消失，我感到深深的悔恨。把他抬起来；让三个重要的军人帮着抬他的尸体，我自己也做其中的一个。鼓手，在你的鼓上敲出沉痛的节奏来；把你们的钢矛倒拖在地上行走。虽然他在这城里杀死了许多人的丈夫儿女，使他们至今吞声饮泣，可是他必须有一个光荣的葬礼。大家帮着我。

（众扛科利奥兰纳斯尸体同下；奏丧事进行曲）

雅典的泰门

We make ourselves fools, to disport ourselves; and spend our flatteries, to drink those men upon whose age we void it up again, with poisonous spite and envy.

—— *Timon of Athens*

我们寻欢作乐，全然是傻子的行为。我们所谄媚的、我们所举杯祝饮的那些人，也就是在年老时被我们痛骂的那些人。

——《雅典的泰门》

剧中人物

泰门	雅典贵族
路歇斯 **路库勒斯** **辛普洛涅斯**	谄媚的贵族
文提狄斯	泰门的负心友人之一
艾帕曼特斯	性情乖僻的哲学家
艾西巴第斯	雅典将官
弗莱维斯	泰门的管家
弗莱米涅斯 **路西律斯** **塞维律斯**	泰门的仆人
凯菲斯 **菲洛特斯** **泰特斯** **霍坦歇斯**	泰门债主的仆人
路歇斯家仆人	
文提狄斯的仆人	
凡罗及艾西铎（泰门的二债主）的仆人	
三路人	
雅典老人	

侍童

弄人

诗人、画师、宝石匠及商人

菲莉妮娅 | 艾西巴第斯的情妇
提曼德拉 |

贵族、元老、将士、军士、窃贼、侍从等

化装跳舞中扮丘比特及阿玛宗女战士者

地点

雅典及附近森林

第　一　幕

第一场

雅典；泰门家中的厅堂

｜诗人、画师、宝石匠、商人及余人等自各门分别上。

诗人 早安，先生。

画师 您好？

诗人 好久不见了。世界变得怎样啦？

画师 先生，它变得一天不如一天了。

诗人 嗯，那是谁都知道的；可是有什么特别新鲜的事情？什么奇闻怪话，为我们浩如烟海的载籍上所未之前睹的？瞧，慷慨的魔力！群灵都被你召唤前来，听候驱使了。我认识这个商人。

画师 这两个人我都认识；还有一个是宝石匠。

商人 啊！真是一位贤德的贵人。

宝石匠 嗯，那是谁也不能否认的。

商人 一位举世无比的人，他的生活的目的，好像就是永无厌倦，继续不断地行善。像他这样的人，真是难得！

宝石匠 我带着一颗宝石在这儿——

商人 啊！倒要见识见识。先生，这是送给泰门大爷的吗？

宝石匠 要是他不嫌微贱的话；可是——

诗人 诗句当为美善而歌颂，
倘因贪利而赞美丑恶，
就会降低风雅的声价。

商人 （观宝石）这宝石的式样很不错。

宝石匠 它的色彩也很富丽；您瞧那光泽多好。

画师 先生，您又在吟哦您的大作了吗？一定又是献给这位贵人的什么诗篇了。

诗人 偶然想起来的几句句子。我们的诗歌就像树脂一样，会从它滋生的地方分泌出来。燧石中的火是要打了才出来的；我们的灵感的火焰却会自然激发。您手里是什么东西？

画师 一幅图画，先生。您的大著几时出版？

诗人 等我把它呈献给这位贵人以后，就可以和世人相见了。可不可以让我欣赏欣赏您的妙绘？

画师 见笑得很。

诗人 画得很好，真是神来之笔。

画师 谬奖谬奖。

诗人 佩服佩服！瞧这姿态多么优美！这一双眼睛里闪耀着多少智慧！这一双嘴唇上流露着多少丰富的想象！在这默然无语的神情中间，蕴蓄着无限的意义。

画师 这一笔很传神，您看怎样？

诗人 简直是巧夺天工，就是真的人也不及老兄笔下这样生趣盎然。

| 若干元老上，自舞台前经过。

画师 这位贵人真是门庭若市！

诗人 都是雅典的元老；幸福的人！

画师 瞧，还有！

诗人 您瞧这一大群蝇营蚁附的宾客。在我的拙作中间，我勾划出了一个受尽世俗爱宠的人；可是我并不单单着力作个人的描写，我让我的恣肆的笔在无数的模型之间活动，不带一丝恶意，只是像凌空的鹰隼一样，一往直前，不留下一丝痕迹。

画师 您的意思我有点不大懂得。

诗人 我可以解释给您听。您瞧各种不同地位不同性情的人，无论是轻浮油滑的，或是严肃庄重的，都愿意为泰门大爷效劳服役；他的巨大的财产，再加上他的善良和蔼的天性，征服了各种不同的人，使他们乐于向他输诚致敬；从那些脸上反映出主人的喜恶的谄媚者起，直到憎恨自己的艾帕曼特斯，一个个在他的面前屈膝，只要泰门点了一点头，就可以使他们满载而归。

画师 我曾经看见他跟艾帕曼特斯在一起谈话。

诗人 先生，我假定命运的女神端坐在一座巍峨的幽美的山上；在那山麓下面，有无数智愚贤不肖的人在那儿劳心劳力，追求世间的名利，他们的眼睛都一致注视着这位主宰一切的女神；我把其中一个人代表泰门，命运用她象牙一样洁白的手在招引他到她的身边；她的眼前的恩宠，使他的敌人一齐变成了他的奴仆。

画师 果然是很巧妙的设想。我想这一个宝座，这一位命运女神和这一座山，在这山下的许多人中间，只有一个人得到女神的招手，他向峻峭的山崖低下了头，攀登到他的幸福的顶点，很可以表现出我们这儿的情形。

诗人 不，先生，听我说下去。那些在不久以前还是和他同样地位的人，也有一些本来胜过他的人，现在都跟在他后面亦步亦趋；他的应接室里挤满了关心他的起居的人，他的耳朵边充满了一片有如对神圣那样的低语；甚至于他的马镫也是神圣的，他们是从他那里呼吸到自由的空气。

画师 好，那便怎么样呢？

诗人 当命运突然改变了心肠，把她的宠儿一脚踢下山坡的时候，那些攀龙附凤之徒，本来跟在他后面匍匐膝行的，这时候便冷眼看他跌落，没有一个人做他患难中的同伴。

画师 那是人类的通性。我可以画出一千幅醒世的图画，比语言更有力地说明祸福无常的真理。

｜喇叭声。泰门上，向每一请求者殷勤周旋；一使者奉文提狄斯差遣前来，趋前与泰门谈话；路西律斯及其他仆人随后。

泰门 你说他下了监狱了吗？

使者 是，大爷。他欠了五泰伦[①]的债，他的手头非常困难，他的债主催逼得很厉害。他请您写一封信去给那些关禁他的人，否则他什么安慰也没有了。

泰门 尊贵的文提狄斯！好，我不是一个在朋友有困难时

---

① 泰伦（Talent），古希腊货币名，一泰伦约值英金二百四十余镑。

把他丢弃不顾的人。我知道他是一位值得帮助的绅士，我一定要帮助他。我愿意替他还债，使他恢复自由。

使者 他永远不敢忘记您的大恩。

泰门 替我向他致意。我就会把他的赎金送去；他出狱以后，请他到我这儿来。单单把软弱无力的人扶了起来是不够的，他必须有人随时搀扶他，照顾他。再见。

使者 愿大爷有福！（下）

| 一雅典老人上。

老人 泰门大爷，听我说句话。

泰门 你说吧，好老人家。

老人 你有一个名叫路西律斯的仆人。

泰门 是的，他怎么啦？

老人 最尊贵的泰门，把那家伙叫来。

泰门 他在不在这儿？路西律斯！

路西律斯 有，大爷有什么吩咐？

老人 这个家伙，泰门大爷，你的这位尊价，常常在晚上到我的家里。我一生克勤克俭，挣下了这份家产，可不能让一个做奴才的承继了去。

泰门 嗯，还有些什么话？

老人 我只有一个独生的女儿，要是我死了，也没有别的亲人可以接受我的遗产。我这孩子长得很美，还没有到结婚的年纪，我费了不少的钱，让她受最好的教育。你这个仆人却想勾诱她。好大爷，请你帮帮忙，不许他去看她；我自己对他说过好多次，总是没用。

泰门 这个人倒还老实。

老人 所以你应该叫他不要做不老实的事，泰门。一个人老老实实，总有好处；可不能让他老实得把我的女儿也拐了去。

泰门 你的女儿爱他吗？

老人 她年纪太轻，容易受人诱惑；就是我们自己少年的时候，也是一样多情善感的。

泰门 （向路西律斯）你爱这位姑娘吗？

路西律斯 是，我的好大爷，她也接受我的爱。

老人 要是她没有得到我的允许和别人结婚，我请天神作证，我要拣一个乞儿做我的后嗣，一个钱也不给她。

泰门 要是她嫁给一个门户相当的丈夫，你预备给她怎样一份嫁奁呢？

老人 先给她三泰伦；等我死了以后，我的全部财产都是她的。

泰门 这个人已经在我这儿做了很久的事；君子成人之美，我愿意破格帮助他这一次。把你的女儿给他；你有多少陪嫁费，我也给他同样的数目，这样他就可以不致辱没你的令嫒了。

老人 最尊贵的大爷，您既然这么说，我一定遵命，她就是他的人了。

泰门 好，我们握手为定；我用我的名誉向你担保。

路西律斯 敬谢大爷；我的一切幸运，都是您所赐与的！（路西律斯及老人下）

诗人 这一本拙作要请大爷指教。

泰门 谢谢您；您不久就可以得到我的答复；不要走开。

您有些什么东西，我的朋友？

画师 是一幅画，请大爷收下了吧。

泰门 一幅画吗？很好很好。这幅画画得简直像是活的人一样；因为自从欺诈渗进了人们的天性中以后，人本来就只剩一个外表了。我很欢喜您的作品，您就可以知道我是真的欢喜它；请您等一等，我还有话对您说。

画师 愿神明保佑您！

泰门 回头见，先生；把您的手给我；您一定要陪我吃饭的。先生，您那颗宝石太好了。要是我按照人家对它所下的赞美那样的价值向您把它买了下来，恐怕我要倾家荡产了。

宝石匠 大爷，它的价格是按照市面估定的；可是您知道，同样价值的东西，往往因为主人的喜恶而分别高下。相信我，好大爷，要是您戴上了这宝石，它就会身价十倍了。

泰门 不要取笑。

商人 不，好大爷；他说的话不过是我们大家所要说的话。

泰门 瞧，谁来啦？你们愿意挨一顿骂吗？

| 艾帕曼特斯上。

宝石匠 要是大爷不以为意，我们也愿意忍受他的侮辱。

商人 他骂起人来是谁也不留情的。

泰门 早安，善良的艾帕曼特斯！

艾帕曼特斯 等我善良以后，你再说你的早安吧；等你变成了泰门的狗，等这些恶人都变成好人以后，你再说你的早安吧。

泰门 为什么你要叫他们恶人呢？你又不认识他们。

艾帕曼特斯 他们不是雅典人吗？

泰门 是的。

艾帕曼特斯 那么我没有叫错。

宝石匠 您认识我吗，艾帕曼特斯？

艾帕曼特斯 你知道我认识你；我刚才就叫过你的名字。

泰门 你太骄傲了，艾帕曼特斯。

艾帕曼特斯 我最骄傲的是我不是像泰门一样。

泰门 你到哪儿去？

艾帕曼特斯 去砸碎一个正直的雅典人的脑袋。

泰门 你干了那样的事，是要抵命的。

艾帕曼特斯 对了，要是弄死了一头蚂蚁在法律上也要抵命的话。

泰门 艾帕曼特斯，你欢喜这幅图画吗？

艾帕曼特斯 欢喜得很，因为他活像一个傻瓜。

泰门 画这幅图画的人手段怎样？

艾帕曼特斯 造物创造出这个画师来，他的手段比这画师强多啦，虽然那造下来的也不过是一件下劣的作品。

画师 你是一条狗。

艾帕曼特斯 你的母亲是我的同辈；倘然我是狗，她又是什么？

泰门 你愿意陪我吃饭吗，艾帕曼特斯？

艾帕曼特斯 不，我是不要吃那些贵人的。

泰门 要是你吃了那些贵人，那些贵人的太太们要生气哩。

艾帕曼特斯 啊！她们自己才是吃贵人吃惯了的，所以吃得肚子那么大。

泰门 艾帕曼特斯，你欢喜这颗宝石吗？你想它值多少钱？

艾帕曼特斯 它不值得我去想它的价钱。你好，诗人！

诗人 你好，哲学家！

艾帕曼特斯 你说谎。

诗人 你不是哲学家吗？

艾帕曼特斯 是的。

诗人 那么我没有说谎。

艾帕曼特斯 你不是诗人吗？

诗人 是的。

艾帕曼特斯 那么你说谎；瞧你上一次的作品，你故意把他写成了一个好人。

诗人 那并不是假话；他的确是一个好人。

艾帕曼特斯 是的，他赏了你钱，所以他是一个好人；有了拍马的人，自然就有爱拍马的人。天哪，要是我也是一个贵人！

泰门 你做了贵人便怎么样呢，艾帕曼特斯？

艾帕曼特斯 我要是做了贵人，我就要像现在的艾帕曼特斯一样，从心底里痛恨一个贵人。

泰门 什么，痛恨你自己吗？

艾帕曼特斯 是的。你是一个商人吗？

商人 是的，艾帕曼特斯。

艾帕曼特斯 要是神明不给你灾祸，那么让你在买卖上大倒其霉吧！

商人 要是我买卖失利，那就是神明给我的灾祸。

艾帕曼特斯 买卖就是你的神明，愿你的神明给你灾祸！

| 喇叭声。一仆人上。

泰门 那是什么喇叭的声音？

仆人 那是艾西巴第斯带着二十多人骑在马上来了。

泰门 你们去招待招待；领他们进来。（若干侍从下）你们必须陪我吃饭。等我谢过了你们的厚意以后再去。承你们各位光降，我非常高兴。

| 艾西巴第斯率队上。

泰门 欢迎得很，将军！

艾帕曼特斯 好，好！愿疼痛把你们柔软的骨节扭成一团！这些温文和气的恶人彼此不怀好意，面子上却做得这样彬彬有礼！人类全都变成了猴子啦。

艾西巴第斯 我已经想了您好久，今天能够看见您，真是大慰平生的饥渴。

泰门 欢迎欢迎！这次我们一定要痛快欢叙一下再分手。请进去吧。（除艾帕曼特斯外均下）

| 二贵族上。

贵族甲 现在是什么时候了，艾帕曼特斯？

艾帕曼特斯 现在是应该做个老实人的时候。

贵族甲 人是无论什么时候都应该老老实实的。

艾帕曼特斯 那你就更加该死，你无论什么时候都是不老不实的。

贵族乙 你去参加泰门大爷的宴会吗？

艾帕曼特斯 是的，我要去看肉塞在恶汉的嘴里，酒灌在傻子的肚里。

贵族乙 再见，再见。

艾帕曼特斯 你是个傻瓜，向我说两次“再见”。

贵族乙 为什么，艾帕曼特斯？

艾帕曼特斯 你应该把一句“再见”留给你自己，因为我是不想向你说“再见”的。

贵族甲 你去上吊去吧！

艾帕曼特斯 不，我不愿听从你的号令。你还是向你的朋友请求吧。

贵族乙　滚开，专爱吵架的狗！我要把你踢走了。

艾帕曼特斯　我要像一条狗一样逃开驴子的蹄子。（下）

贵族甲　他是个不近人情的家伙。来，我们进去，领略领略泰门大爷的盛情吧。他的慷慨仁慈，真是世间少有的。

贵族乙　他的恩惠是随时随地向人倾注的；财神普路托斯不过是他的管家。谁替他做了一件事，他总是给他价值七倍的酬劳；谁送给他什么东西，他的答礼总是超过一切酬酢的极限。

贵族甲　他有一颗比任何人更高贵的心。

贵族乙　愿他终身富贵长寿！我们进去吧。

贵族甲　敢不奉陪。（同下）

第二场

同前；泰门家中的大客厅

| 高音笛奏闹乐。厅中设盛宴，弗莱维斯及其他仆人侍立；泰门、艾西巴第斯、众贵族元老、文提狄斯及侍从等上；艾帕曼特斯最后上，仍作倨傲不平之态。

文提狄斯　最可尊敬的泰门，神明因为眷念我父亲的年老，召唤他去享受永久的安息；他已经安然去世，把他的财产遗留给我。这次多蒙您的大德鸿恩，使我脱离了缧绁之灾，现在我把那几个泰伦如数奉还，还要请您接受我的感激图报的微忱。

泰门　啊！这算什么，正直的文提狄斯？您误会了我的诚意了；那笔钱是我送给您的，哪有给了人家再收回来之理？

文提狄斯 您的心肠太好了。（众垂手恭立，视泰门）

泰门 嗳哟，各位大人，一切礼仪，都是为了文饰那些虚应故事的行为、言不由衷的欢迎、出尔反尔的殷勤而设立的；如果有真实的友谊，这些虚伪的形式就该一律摈弃。请坐吧；我的财产欢迎你们分享，甚于我欢迎我自己的财产。（众就坐）

贵族甲 大人，我们也是常常这么说的。

艾帕曼特斯 呵，呵！也是这么说的；哼，你们也是这么说的吗？

泰门 啊！艾帕曼特斯，欢迎。

艾帕曼特斯 不，我不要你欢迎；我要你把我撵出门外去。

泰门 呸！你是个伧夫；你的脾气太怪僻啦。各位大人，人家说，暴怒不终朝；可是这个人老是在发怒。去，给他一个人摆一张桌子，因为他不欢喜跟别人在一起，也不配跟别人在一起。

艾帕曼特斯 泰门，要是你不把我撵走，那你可不要怪我得罪你的客人；我是来做一个旁观者的。

泰门 我不管你说什么；你是一个雅典人，所以我欢迎你。我自己没有力量封住你的嘴，请你让我的肉食使你静默吧。

艾帕曼特斯 我不要吃你的肉食；它会噎住我的喉咙，因为我永远不会谄媚你。神啊！多少人在吃泰门，他却不看见他们。我看见这许多人把他们的肉放在一个人的血里蘸着吃，我就心里难过；可是发了疯的他，却还是在那儿殷勤劝客。我不知道人们怎么敢相信他们的同类；我想他们请客的时候，应当不备刀子，既可以省些肉，又可以防免生命的危险。这样的例子是很多的；现在坐在他的近旁，跟他一同切着面包、喝着同心酒的那个人，也就是第一个动手杀他的人；这种事情早就有证明了。如果我是一个巨人，我一定不敢在进餐的时候喝酒；因为恐怕人家看准我的咽喉上的要害；大人物喝酒是应当用铁甲裹住咽喉的。

泰门 大人，今天一定要尽兴；大家干一杯，互祝健康吧。

贵族乙 好，大人，让酒像潮水一样流着吧。

艾帕曼特斯 像潮水一样流着！好家伙！他倒是惯会迎合潮流的。泰门泰门，这样一杯一杯地干下去，要把你的骨髓和你的家产都吸干了啊！我这儿只有一杯不会害人的淡酒，好水啊，你是不会叫人烂醉如泥的；这样的酒正好配着这样的菜。吃着大鱼大肉的人，是会高兴得忘记感谢神明的。

永生的神，我不要财宝，
我也不愿为别人祈祷：
保佑我不要做个呆子，
相信人们空口的盟誓；
也不要相信娼妓的泪；
也不要相信狗的假寐；
也不要相信我的狱吏，
或是我患难中的知己。
阿门！

好，吃吧；有钱的人犯了罪，我只好嚼嚼菜根。

（饮酒食肴）

泰门 艾西巴第斯将军，您的心现在一定在战场上驰骤吧。

艾西巴第斯 我的心是永远乐于供您驱使的，大人。

泰门 您一定欢喜和敌人们在一起早餐，甚于和朋友们在一起宴会。

艾西巴第斯 大人，敌人的血是胜于一切美味的肉食的；我希望我的最好的朋友也能跟我在一起享受这样的盛宴。

艾帕曼特斯 但愿这些谄媚之徒全是你的敌人，那么你就可以把他们一起杀了，让我分享一杯羹。

贵族甲 大人，要是我们能够有那样的幸福，可以让我们的一片赤诚为您尽尺寸之劳，那么我们就可以自己觉得不虚此生了。

泰门 啊！不要怀疑，我的好朋友们，天神早已注定我将要从你们得到许多的帮助了；否则你们怎么会做我的朋友呢？为什么在千万人中间，只有你们有那样一个名号；不是因为你们是我心上最亲近的人吗？你们因为谦逊而没有向我提起过的关于你们自己的话，我都向我自己说过了；这是我可以向你们证实的。我常常这么想着：神啊！要是我们永远没有需用我们的朋友的时候，那么我们何必要朋友呢？要是我们永远不需要他们的帮助，那么他们便是世上最无用的东西，就像深藏不用的乐器一样，没有人听得见它们美妙的声音。啊，我常常希望我自己再贫穷一些，那么我一定可以格外跟你们亲近一些。天生下我们来，就是要我们乐善好施；什么东西比我们朋友的财产更适宜于被我们称为我们自己的？啊！能够有这么许多人像自己的兄弟一样，彼此支配着各人的财产，这是一件多么可贵的乐事！我的眼睛里忍不住要流出眼泪来了；原谅我的软弱，我为各位干这一杯。

艾帕曼特斯 你简直是涕泣劝酒了，泰门。

贵族乙 我们的眼睛里也因为忍不住快乐，像一个婴孩似的流起泪来了。

艾帕曼特斯 呵，呵！我一想到那个婴孩是个私生子，我就要笑死了。

贵族丙 大人，您使我受到非常的感动。

艾帕曼特斯 非常的感动！（喇叭奏花腔）

泰门 那喇叭声音是什么意思？

| 一仆人上。

泰门 什么事？

仆人 禀大爷，有几位姑娘们在外面求见。

泰门 姑娘！她们来干什么？

仆人 大爷，她们有一个领班的人，他会告诉您她们的来意。

泰门 请她们进来吧。

| 一人饰丘比特上。

丘比特 祝福你，尊贵的泰门；祝福你席上的嘉宾！人身上最灵敏的五官承认你是它们的恩主，都来向你献奉它们的珍奇。听觉、味觉、触觉、嗅觉，都已经从你的筵席上得到满足了；现在我们还要略呈薄技，贡献你视觉上的欢娱。

泰门 欢迎欢迎；请她们进来吧。音乐，奏起来欢迎她们！（丘比特下）

贵族甲 大人，您看，您是这样被人敬爱。

丨音乐；丘比特率妇女一队扮阿玛宗女战士重上，众女手持琵琶，且弹且舞。

艾帕曼特斯 嗳哟！瞧这些过眼的浮华！她们跳舞！她们都是些疯婆子。人生的荣华不过是一场疯狂的胡闹，正像这种奢侈的景象在一个嚼着淡菜根的人眼中看来一样。我们寻欢作乐，全然是傻子的行为。我们所谄媚的、我们所举杯祝饮的那些人，也就是在年老时被我们痛骂的那些人。哪一个人不曾被人败坏也败坏过别人？哪一个人死了能够逃过他的朋友的讥斥？我怕现在在我面前跳舞的人，有一天将要把我放在他们的脚下践踏；这样的事不是不曾有过，人们对于一个没落的太阳是会闭门不纳的。

丨众贵族起身离席，向泰门备献殷勤；每人各择舞女一人共舞，高音笛奏闹乐一二曲；舞止。

泰门 各位美人，你们替我们添加了不少兴致，我们今天的欢娱，因为有了你们而格外美丽热烈了。我必须谢谢你们。

舞女甲 大爷，您太抬举我们了。

泰门 姑娘们，还有一桌酒席空着等候你们；请你们随意坐下吧。

众女 谢谢大爷。（丘比特及众女下）

泰门 弗莱维斯！

弗莱维斯 有，大爷。

泰门 把我那小匣子拿来。

弗莱维斯 是，大爷。（旁白）又要把珠宝送人了！他高兴的时候，谁也不能违拗他的意志，否则我早就老老实实告诉他了；真的，我该早点儿告诉他，等到他把一切挥霍干净以后，再要跟他闹蹩扭也来不及了。可惜宽宏大量的人，背后不多生一个眼睛；心肠太好的结果不过害了自己。（下）

贵族甲 我们的仆人呢？

仆人 有，大爷，在这儿。

贵族乙 套起马来！

| 弗莱维斯携匣重上。

泰门 啊，我的朋友们！我还要对你们说一句话。大人，我要请您赏我一个面子，接受了我这一颗宝石；请您拿下戴在您的身上吧，我的好大人。

贵族甲 我已经得到您太多的厚赐了——

众人 我们也都是屡蒙见惠。

| 一仆人上。

仆甲 大爷，有几位元老院里的老爷刚才到来，要来拜访。

泰门 我很欢迎他们。

弗莱维斯 大爷，请您让我向您说句话；那是对于您有切身关系的。

泰门 有切身关系！好，那么等会儿你再告诉我吧。请你快去预备预备，不要怠慢了客人。

弗莱维斯 （旁白）我简直不知道应该怎么办。

| 另一仆人上。

仆乙 禀大爷，路歇斯大爷送来了四匹乳白的骏马，鞍辔完全是银的，要请您鉴纳他的诚意，把它们收下。

泰门 我很高兴接受它们；把马儿好生饲养着。

| 另一仆人上。

泰门 啊！什么事？

仆丙 禀大爷，那位尊贵的绅士，路库勒斯大爷，请您明天去陪他打猎；他送来了两对猎犬。

泰门 我愿意陪他打猎；把猎犬收下了，用一份厚礼答谢他。

弗莱维斯 （旁白）这样下去怎么得了呢？他命令我们预备这样预备那样，把贵重的礼物拿去送人，可是他的钱箱里却早已空得不剩一文。他又从来不想知道他究竟有多少钱，也不让我有机会告诉他实在的情形，使他知道他的力量已经不能实现他的愿望。他所答应人家的，远超过他自己的资力，因此他口头所说的每一句话都是一笔负债。他是这样的慷慨，他现在送给人家的礼物，都是他出了利息向人借贷得来的；他的土地都已经抵押出去了。唉，但愿他早一点辞歇了我，免得将来有被迫解职的一日！与其用酒食供养这些比仇敌还凶恶的朋友，那么还是没有朋友的人幸福得多了。我在为我的主人衷心泣血呢。（下）

泰门 你们这样自谦，真是太客气了。大人，这一点点小东西，聊以表示我们的情谊。

贵族乙 那么我拜领了，非常感谢。

贵族丙 啊，他真是个慷慨仁厚的人。

泰门 我记起来了，大人，前天您曾经赞美过我所骑乘的一匹栗色的马儿；您既然欢喜它，就把它带去了吧。

贵族丙 啊！原谅我，大人，那我可万万不敢掠爱。

泰门 您尽管受下吧，大人；我知道一个人倘不是真心欢喜一样东西，决不会把它赞美得恰如其分。凭着我自己的心理，就可以推测到我的朋友的感情。我叫他们把它牵来给您。

众贵族 啊！那好极了。

泰门 承你们各位光临，我心里非常感激；即使把我的一切送给你们，也不能报答你们的盛情；我想要是我有许多国土可以分给我的朋友们，我一定永远不会感到厌倦。艾西巴第斯，你是一个军人，军人总是身无长物的，钱财难得会到你的手里；因为你的生活是与死为邻，你所有的土地都在疆场之上。

艾西巴第斯 是的，大人，只是一些荆榛瓦砾之场。

贵族甲 我们深感大德——

泰门 我也是那样感谢你们。

贵族乙 备蒙雅爱——

泰门 我也多承你们各位见情。多拿些火把来！

贵族甲 最大的幸福、尊荣和富贵跟您在一起，泰门大人！

泰门 这一切他都愿意和朋友们分享。（艾西巴第斯及贵族等同下）

艾帕曼特斯 好热闹！这么颠头簸脑耸屁股的！他们的两条腿恐怕还不值得他们跑这一趟所得到的代价。友谊不过是些渣滓废物，虚伪的心不会有坚硬的腿，碰到老实的傻瓜们，就要在他们的打躬作揖之中，卖弄他的家私了。

泰门 艾帕曼特斯，倘然你不是这样乖僻，我也会给你好处的。

艾帕曼特斯 不，我不要什么；要是我也受了你的贿赂，那么再也没有人骂你了，你就要造更多的孽。你老是布施人家，泰门，我怕你快要写起卖身文契来，把你自己也送给人家了。这种宴会、奢侈、浮华是作什么用的？

泰门 嗳哟，要是你骂起我的交际来，那我可要发誓不理你了。再会；下次来的时候，请你预备一些好一点的音乐。（下）

艾帕曼特斯 好，你现在不要听我，将来要听也听不到；天堂的门已经锁上了，你从此只好徘徊门外。唉，人们的耳朵不能容纳忠言，谄媚却这样容易进去！（下）

第　二　幕

第一场

雅典；某元老家中一室

| 某元老手持文件上。

元老　最近又是五千；在凡罗和艾西铎的地方，他欠了九千；加上我的旧欠，一共是两万五千。他还是在任意挥霍！这样子是维持不下去的；一定维持不下去。要是我要金子，我只要从一个乞丐的地方偷了一条狗来送给泰门，这条狗就会替我变出金子来。要是我要把我的马卖掉，再去买二十匹比它更好的马来，我只要把我的马送给泰门，不必问他要什么。就这么送给他，它就会立刻替我生下二十匹好马来。他门口的管门人，见了谁都是笑脸相迎，每一个路过的人，他都邀请他们进去。这样子是维持不下去的；他这份家私看起来恐怕有些不稳。凯菲斯，喂！喂，凯菲斯！

| 凯菲斯上。

凯菲斯 有，老爷；您有什么吩咐？

元老 披上你的外套，赶快到泰门大爷家里去；请他务必把我的钱还我；不要听他推三托四，也不要因为他说了一声“替我问候你家老爷”，把他的帽子这么放在右手一挥，就说不出一句话来；你要对他说，我有很要紧的用途；我必须用我自己的钱供给我自己的需要；他的借款早已过期，因为他的爽约，我对他也失去信用了。我虽然很看重他的为人，可是不能为了医治他的手指而割破我自己的背；我的需要很急迫，不能让他用空话敷衍过去，一定要他立刻把钱还我。你去吧；装出一副很严厉的神气向他追索。我怕泰门大爷现在虽然像一只神彩蹁跹的凤凰，要是把他借来的羽毛一根根拔去以后，就要变成一只秃羽的海鸥了。你去吧。

凯菲斯 我就去，老爷。

元老 “我就去，老爷”！把借票一起带去，别忘记借票上面的日子。

凯菲斯 是，老爷。

元老 去吧。（各下）

第二场

同前；泰门家中的厅堂

| 弗莱维斯持债票多纸上。

弗莱维斯 一点没有心事，也不知道停止他的挥霍！不想想这样浪费下去，怎么维持得了；钱财产业从他手里飞了出去，他也不管；将来怎么过日子，他也从不放在心上；只是这样傻头傻脑地乐善好施。怎么办才好呢？不叫他亲自尝到金尽囊空的滋味，他是再也不会听人家的言语的。现在他打猎出去，快要回来了，我必须向他婉转劝告一番。嘿！嘿！嘿！嘿！

| 凯菲斯及艾西铎、凡罗二家仆人上。

凯菲斯 晚安，凡罗家的大哥。什么！你是来讨债的吗？

凡罗家仆人 你不也是来讨债的吗？

凯菲斯 是的；你也是吗，艾西铎家的大哥？

艾西铎家仆人 正是。

凯菲斯 但愿我们都能讨得到手！

凡罗家仆人 我怕有点讨不到。

凯菲斯 大爷来了！

| 泰门、艾西巴第斯及贵族等上。

泰门 我们吃过了饭再出去，艾西巴第斯。你们是来看我的吗？有什么事？

凯菲斯 大爷，这儿是一张债票。

泰门 债票！你是哪儿来的？

凯菲斯 我就是这儿雅典的人，大爷。

泰门 跟我的管家说去。

凯菲斯 禀大爷，他叫我等几天再来，可是我家主人因为自己有急用，所以请大爷千万设法把那笔钱算算清楚。

泰门 我的好朋友，请你明天来吧。

凯菲斯 不，我的好大爷——

泰门 你放心吧，好朋友。

凡罗家仆人 大爷，我是凡罗的仆人——

艾西铎家仆人 艾西铎叫我来请大爷快一点把他的钱还了。

凯菲斯 大爷，要是您知道我家主人是怎样等着用这笔钱——

凡罗家仆人 这笔钱，大爷，已经过期了六个星期了。

艾西铎家仆人 大爷，您那位管家尽是今天推明天，明天推后天的，所以我家主人才叫我向大爷您面讨。

泰门 让我松一口气。各位大人，请你们先进去一会儿；我立刻就来奉陪。（艾西巴第斯及贵族等下。向弗莱维斯）过来。请问你，究竟是怎么一回事，这些人都拿着过期的债票向我缠扰不清，让人家看着把我的脸也丢尽了？

弗莱维斯 对不起，各位朋友，现在不是讲这种事情的时候，请你们暂时忍耐片刻，等大爷吃过饭以后，我可以告诉他为什么你们的债款还没有归还的缘故。

泰门 等一等再说吧，我的朋友们。好好儿招待他们。（下）

弗莱维斯 请各位过来。（下）

| 艾帕曼特斯及弄人上。

凯菲斯 且慢，瞧那傻子跟着艾帕曼特斯来了；让我们跟他们开些玩笑。

凡罗家仆人 别理他，他会骂我们的。

艾西铎家仆人 该死的狗！

凡罗家仆人 你好，傻子？

艾帕曼特斯 你在对你的影子讲话吗？

凡罗家仆人 我不是跟你说话。

艾帕曼特斯 不，你是对你自己说话。（向弄人）去吧。

凯菲斯 那傻子呢？

艾帕曼特斯 问这问题的就是他。哼，这些放债人手下的奴才！

众仆 我们是什么，艾帕曼特斯？

艾帕曼特斯 都是些驴子。

众仆 为什么？

艾帕曼特斯 因为你们不知道自己是什么，却要来问我。跟他们谈谈，傻子。

弄人 各位请了。

众仆 你好，好傻子。你家奶奶好吗？

弄人 她正在烧滚热水来替你们这些小鸡洗皮拔毛哩。

艾帕曼特斯 说得好！

| 侍童上。

弄人 瞧，咱们奶奶的童儿来了。

侍童 （向弄人）啊，您好，大将军！您在这些聪明人中间有什么贵干？你好，艾帕曼特斯？

艾帕曼特斯 我但愿我的舌头上长着一根棒儿，可以痛痛快快地回答你。

侍童 艾帕曼特斯，请你把这两封信面上的字念给我听一听，我不知道哪一封信应该给哪一个人。

艾帕曼特斯 你不认识字吗？

侍童 不认识。

艾帕曼特斯 这是给泰门大爷的；这是给艾西巴第斯的。去吧；你生下来是个私生子，到死是个忘八蛋。

侍童 母狗把你生了下来，你死了也是一条饿狗。不要回

答我，我去了。（童下）

艾帕曼特斯 好，你夹着尾巴逃吧。——傻瓜，我要跟你一块儿到泰门大爷那儿去。

弄人 您要把我丢下在那儿吗？

艾帕曼特斯 要是泰门在家，我就把你丢在那儿。你们三个人侍候着三个放债的人吗？

众仆 是的；我们但愿他们侍候我们！

艾帕曼特斯 那倒跟刽子手侍候偷儿一样好玩。

弄人 你们三个人的主人都是放债的吗？

众仆 是的，傻瓜。

弄人 我想是个放债的就得有个傻瓜做他的仆人；我家奶奶是个放债的，我就是她的傻瓜。人家向你们的主人借钱，来的时候都是愁眉苦脸，去的时候都是欢欢喜喜；可是人家走进我家奶奶屋子的时候，却是欢欢喜喜，走出去的时候反而愁眉苦脸，这是什么道理呢？

凡罗家仆人 我可以说出一个道理来。

艾帕曼特斯 那么你说吧，你说了出来，我们就可以承认你是一个忘八龟子；虽然你本来就是个忘八龟子。

凡罗家仆人 傻瓜，什么叫做忘八龟子？

弄人 他是一个穿着好衣服的傻瓜，跟你差不多的一种东西。他是一个灵魂：有时候样子像一个贵人；有时候像一个律师；有时候像一个哲学家，他往往像一个武士的样子出现；这个灵魂也会化成各色各种的人，有时候是个八十岁的老头儿，有时候是个十三岁的小哥儿。

凡罗家仆人 你倒不是一个全然的傻子。

弄人 你也不是一个全然的聪明人；我不过有几分傻气，你也刚刚缺少这几分聪明。

艾帕曼特斯 这倒像是艾帕曼特斯说的话。

众仆 站开，站开；泰门大爷来了。

| 泰门及弗莱维斯重上。

艾帕曼特斯 跟我来，傻瓜，来。

弄人 我不大愿意跟在情人、长兄和女人的背后；有时候也不愿意跟着哲学家跑。（艾帕曼特斯及弄人下）

弗莱维斯 请您过来：我一会儿就跟你们说话。（众仆下）

泰门 你真使我奇怪；为什么你不早一点把我的家用收支的情形明白告诉我，好让我在没有欠债以前，把费用节省节省呢？

弗莱维斯 我好几回向您说起，您总是不理会我。

泰门 哼，也许你趁着我心里不高兴的时候说起这种话，我叫你不要向我絮烦，你就借着这个做理由，替你自己诿卸责任了。

弗莱维斯 啊，我的好大爷！好多次我把账目拿上来呈给您看，您总是把它们推在一旁，说是您相信我的忠实。当您收下了人家一点点轻微的礼品，叫我用许多贵重的东西酬答他们的时候，我总是摇头流泪，甚至于不顾自己卑贱的身份，再三劝告您不要太慷慨了。不止一次我因为向您指出您的财产已经大不如前，您的欠债已经愈积愈多，而受到您的严辞申斥。我的亲爱的大爷，现在您虽然肯听我把实在的情形告诉您，可是已经太迟了，您的家产至多也不过抵偿您的欠债的半数。

泰门 把我的土地一起卖掉好了。

弗莱维斯 土地有的已经变卖了，有的已经抵押给人家了；剩下来的还不够偿还目前已经到期的债款；没有到期的债款也快要到期了，中间这一段时间怎么应付过去呢？我们这一笔账，到最后又是怎么算法？

泰门 我的土地不是一直通到斯巴达吗？

弗莱维斯 啊，我的好大爷！整个的世界也不过是一句话；即使它是完全属于您的，只要您一开口，也可以把它很快地送给别人。

泰门 你说的倒是真话。

弗莱维斯 要是您疑心我办事欺心，您可以叫几个最精细的查账员当面查勘我的账目。神明在上，当我们的门庭之内充满着饕餮的食客，当我们的酒窟里泛滥着满地的余沥，当每一间屋内灯光吐辉、笙歌沸天的时候，我总是一个人躲在一个冷静的屋角里，止不住我的泪涛的汹涌。

泰门 请你不要说下去啦。

弗莱维斯 天啊！我总是说，这位大爷多么慷慨！在这一个晚上，有多少狼藉的酒肉填饱了庸奴伧夫的脏胃！哪一个人不是靠泰门养活的？哪一个人的心思才智、武力资财，不是泰门大爷的？伟大的泰门，光荣高贵的泰门，唉！花费了无数的钱财，买到人家一声赞美，钱财一旦去手，赞美的声音也寂灭了。酒食上得来的朋友，等到酒尽樽空，转眼成为路人；一片冬天的乌云刚刚出现，这些飞虫们早就躲得不知去向了。

泰门 得啦，少教训几句吧；我虽然太慷慨了些，可是慷慨也不是坏事；我的钱财用得虽然不大得当，可是还不是用在不明不白的地方。你何必哭呢？你难道以为我会缺少朋友吗？放心吧，凭着我对人家这点交情，要是我开口向人告借，谁都会把他们自己和他们的财产给我自由支配的。

弗莱维斯 但愿您所深信的果然是事实！

泰门 而且我现在的贫乏，未始不可以说是一种幸运；因为我可以借此试探我的朋友。你就可以明白你对于我的财产的忧心完全是一种过虑，我有这许多朋友，还怕穷吗？里面有人吗？弗莱米涅斯！塞维律斯！

| 弗莱米涅斯、塞维律斯及其他仆人上。

众仆 大爷！大爷！

泰门 你们替我分别到几个地方去：你到路歇斯大爷那里；你到路库勒斯大爷那里，我今天还跟他在一起打猎；你到辛普洛涅斯那里。替我向他们致意问候；说是我认为非常荣幸，能够有机会请求他们借给我一些钱；只要五十个泰伦就够了。

弗莱米涅斯 是，大爷，我们就照您这几句话说去。

弗莱维斯 （旁白）路歇斯和路库勒斯？哼！

泰门 （向另一仆人）你到元老院去，请他们立刻送一千泰伦来给我。

弗莱维斯 我已经大胆用您的图章和名义，向他们请求过了；可是他们只向我摇摇头，结果我仍旧空手而归。

泰门 真的吗？有这种事！

弗莱维斯 他们众口一辞地回答我说，现在他们情形很困难，手头没有钱，力不从心；很抱歉；您是很有信誉的人；可是他们觉得——他们不知道；有一点儿不敢十分赞同；善人未必没有过失；但愿一切顺利；实在不胜遗憾之至；说着这样断断续续的话，一脸孔不耐烦的神气，把帽子掀了掀上，冷淡地点了点头，就去忙着别的要事，把我冷得哑口无言。

泰门 神啊，惩罚他们！老人家，你不用着恼。这些老家伙，都是天生忘恩负义的东西；他们的血已经冻结寒冷，不会流了；他们因为缺少热力，所以这样冷酷无情；他们将要终结他们生命的旅程而归于泥土，所以他们的天性也变得冥顽不灵了。（向一仆）你到文提狄斯那儿去。（向弗莱维斯）你也不用伤心了，你是忠心而诚实的；这全然不是你的错处。（向那仆人）文提狄斯新近把他的父亲安葬；他自从父亲死了以后，已经承继到一笔很大的遗产；他关在监狱里的时候，穷得一个朋友也没有，是我用五泰伦把他赎了出来；你去替我向他致意，对他说他的朋友因为有一些正用，请他把那五泰伦还给他。（仆人下。向弗莱维斯）那五泰伦拿到以后，就把目前已经到期的债款还给那些家伙。泰门有的是朋友，他的家产是不会没落的。

弗莱维斯 我希望我也像您一样放心。顾虑是慷慨的仇敌；一个人自己慷慨了，就以为人家也是跟你一样的。（同下）

第 三 幕

第一场

雅典；路库勒斯家中一室

｜弗莱米涅斯在室中等候；一仆人上。

仆人 我已经告诉我家大爷说你在这儿；他就来见你了。

弗莱米涅斯 谢谢你，大哥。

｜路库勒斯上。

仆人 这就是我家大爷。

路库勒斯 （旁白）泰门大爷的一个仆人！一定是送什么礼物来的。哈哈，一点不错；我昨天晚上梦见银盘和银瓶哩。弗莱米涅斯，好弗莱米涅斯，承蒙你光降，不胜欢迎之至。给我倒些酒来。（仆人下）那位尊贵的、十全十美的、宽宏大量的雅典绅士，你那慷慨的好主人好吗？

弗莱米涅斯 他身体很好，先生。

路库勒斯 我很高兴他身体很好。你那外套下面有些什么东西，可爱的弗莱米涅斯？

弗莱米涅斯 不瞒您说，先生，那不过是一只空匣子；我奉我家大爷之命，特来请您把它充满了；他因为急用，需要五十个泰伦，所以叫我来向您商借，他相信您一定会毫不踌躇地帮助他的。

路库勒斯 哪，哪，哪哪！“相信我一定会帮助我”，他这样说吗？唉！好大爷，他是一位尊贵的绅士，就是太爱摆阔了。我好多次陪他在一块儿吃中饭，向他下忠告；晚上再去陪他吃晚饭，为着要劝他不要太浪费；可是他总不肯听人家的劝，也不因为我一次次地上门而有所觉悟。哪一个人没有几分错处，他的错处就是太老实了；我也这样对他说过，可是没有法子改变他的习性。

| 仆人持酒重上。

仆人 大爷，酒来了。

路库勒斯 弗莱米涅斯，我一向知道你是个聪明人。喝杯酒吧。

弗莱米涅斯 多承大爷谬奖。

路库勒斯 我常常注意到你的脾气很和顺勤勉，凭良心说一句，你是很懂得道理的；你也从来不偷懒，这些都是你的好处。（向仆人）你去吧。（仆人下）过来，好弗莱米涅斯，你家大爷是位慷慨的绅士；可是你是个聪明人，虽然你到这儿来看我，你也一定明白，现在不是可以借钱给别人的时世，尤其单单凭着一点交情，什么保证都没有，那怎么行呀？这儿有三毛钱你拿了去；好孩子，帮帮忙，就说你没有看见我就是了。再会。

弗莱米涅斯 世事的移迁，人情的变幻，竟会一至于此吗？滚开，该死的下贱的东西，回到那崇拜你的人那儿去

吧！（将钱掷去）

路库勒斯 吓！原来你也是个傻子，这才是有其主必有其仆。（下）

弗莱米涅斯 愿你落在铁锅里和着熔化了的钱活活地煎死，你这恶病一样的朋友！难道友谊是这样轻浮善变，不到两天工夫就换了样子吗？天啊！我的心头充塞着我主人的愤怒。这个奴才的肠胃里还有我家主人赏给他吃的肉，为什么这些肉不跟他的良心一起变坏，化成毒药呢？他的生命一部分是靠着我家主人养活的，但愿他害起病来，临死之前多挨一些痛苦！（下）

第二场

同前；广场

| 路歇斯及三路人上。

路歇斯 谁？泰门大爷吗？他是我的很好的朋友，也是一个高贵的绅士。

路人甲 我们也久闻他的大名，虽然跟他没有交情。可是我可以告诉您一件事情，我听一般人都这样纷纷传说，说现在泰门大爷的光荣时代已经过去，他的家产已经远不如前了。

路歇斯 嘿，哪有这样的事，你不要听信人家胡说；他是总不会缺钱的。

路人乙 可是您得相信我，在不久以前，他叫一个仆人到路库勒斯大爷家里去，向他告借多少泰伦，说是有很要紧的用途，可是结果并没有借到。

路歇斯 怎么！

路人乙 我说，他没有借到。

路歇斯 岂有此理！天神在上，我真替他害羞！不肯借钱给这样一位高贵的绅士！那真是太不讲道义了。拿我自己来说，我必须承认曾经从他手里受到过一些小小恩惠，譬如说钱哪，杯盘哪，珠宝哪，这一类的零星小物，比起别人到手的东西来是比不上，可是要是他向我开口借钱，我是总不会拒绝借给他这几个泰伦的。

| 塞维律斯上。

塞维律斯 瞧，巧得很，那边正是路歇斯大爷；我好容易找到他。（向路歇斯）我的尊贵的大爷！

路歇斯 塞维律斯！你来得很好。再会；替我问候你的高贵贤德的主人，我的最好的朋友。

塞维律斯 告诉大爷知道，我家主人叫我来——

路歇斯 哈！他又叫你送什么东西来了吗？你家大爷待我真好，他老是送东西给我；你看我应当怎样感谢他才好呢？他现在又送些什么来啦？

塞维律斯 他没有送什么来，大爷，只是因为一时需要，想请您借给他几个泰伦。

路歇斯 我知道他老人家只是跟我开开玩笑；他哪里会缺五十、一百个泰伦用。

塞维律斯 可是大爷，他现在需要的还不到这一个数目。要是他的用途并不正当，我也不会向您这样苦苦求告的。

路歇斯 你说的是真话吗，塞维律斯？

塞维律斯 凭着我的灵魂起誓，我说的是真话。

路歇斯 我真是一头该死的畜生，放着这一个大好的机会，可以表明我自己不是一个翻脸无情的小人，偏偏把手头的钱一起用光了！真不凑巧，前天我买了一件无关重要的东西，今天蒙泰门大爷给我这样一个脸子，却不能应命。塞维律斯，天神在上，我真的是无力应命；我是一头畜生；我自己刚才还想叫人来向泰门大爷告借几个钱呢，这三位先生可以替我证明的；可是我觉得不好意思，否则早就向他开口了。请你多多替我向你家大爷致意；我希望他不要见怪于我，因为我实在是心有余而力不足。再请你替我告诉他，我不能满足这样一位高贵的绅士的要求，真是我生平第一件恨事。好塞维律斯，你愿意做我的好朋友，照我这几句话对他说吗？

塞维律斯 好的，大爷，我这样对他说就是了。

路歇斯 我一定不忘记你的好处，塞维律斯。（塞维律斯下）你们果然说得不错，泰门已经失势了，一次被人拒绝，到处都要碰壁的。（下）

路人甲 您看见这种情形吗，霍斯提律斯？

路人乙 嗯，我看得太明白了。

路人甲 哼，这就是世人的本来面目；每一个谄媚之徒，都是同样的居心。谁能够叫那同器而食的人做他的朋友呢？据我所知道的，泰门曾经像父亲一样照顾这位贵人，用他自己的钱替他还债，维持他的产业；甚至于他的仆人的工钱，也是泰门替他代付的；他每一次喝酒，他的嘴唇上都是啜着泰门的银子；可是唉！瞧这些狗彘不食的人！人家行善事，对乞丐也要布施几个钱，他却好意思这样忘恩负义地一口拒绝。

路人丙 世道如斯，鬼神有知，亦当痛哭。

路人甲 拿我自己来说，我虽然从来不曾叨光过泰门的一顿酒食；他也从来不曾有恩惠到我身上，可以表明我是他的一个朋友；可是我要说一句，为了他的正直的胸襟、超人的德行和高贵的举止，要是他在窘迫的时候需要我的帮助，我一定愿意变卖我的家产，把大一半送给他，因为我是这样敬爱他的为人。可是在现在的时世，一个人也只好把怜悯之心搁起，因为万事总须熟权厉害，不能但问良心。（同下）

第三场

同前；辛普洛涅斯家中一室

| 辛普洛涅斯及一泰门的仆人上。

辛普洛涅斯 哼！难道他没有别人，一定要找着我吗？他可以向路歇斯或是路库勒斯试试；文提狄斯是他从监狱里赎出身来的，现在也发了财了：这几个人都是靠着他才有今天这份财产。

仆人 大爷，他们几个人的地方都去过了，一个也不是好东西，谁都不肯借给他。

辛普洛涅斯 怎么！他们已经拒绝了他吗？文提狄斯和路库勒斯都拒绝了他吗？他现在又来向我告借吗？三个人？

哼！这就可以见得他不但不够交情，而且也太缺少知人之明；我必须做他的最后的希望吗？他的朋友已经三次拒绝了他，就像一个病人已经被三个医士认为不治，所以我必须负责把他医好吗？他明明瞧不起我，给我这样重大的侮辱，我才生他的气哩。他应该一开始就向我商量，因为凭良心说，我是第一个受到他的礼物的人；现在他却最末一个才想到我，想叫我在最后帮他的忙吗？不，要是我答应了他，人家都要笑我，那些贵人们都要当我是个傻子了。要是他瞧得起我，第一个就向我借，那么别说这一点数目，就是三倍于此，我也愿意帮助他的。可是现在你回去吧，替我把我的答复跟他们的冷淡的回音一起告诉你家主人；谁轻视了我，休想用我的钱。（下）

仆人 很好！你这位大爷也是一个大大的奸徒。魔鬼把人们造得这样奸诈，一定后悔无及；比起人心的险恶来，魔鬼也要望风却步哩。瞧这位贵人唯恐人家看不清楚他的丑恶，拼命呲牙咧嘴给人家看，这就是他的奸诈的友谊！这是我的主人的最后的希望；现在一切都已消失了，只有向神明祈祷。现在他的朋友都已死去；终年开放、来者不拒的大门，也要关起来保护它们的主人了：这是一个荡子的下场；一个人不能看守住他的家产，就只好关起大门躲债。（下）

第四场

同前；泰门家中厅堂

︱凡罗之仆二人及路歇斯之仆同上，与泰特斯、霍坦歇斯及其他泰门债主之仆相遇。

凡罗家仆人甲 咱们碰见得很巧；早安，泰特斯，霍坦歇斯。

泰特斯 早安，凡罗家的大哥。

霍坦歇斯 路歇斯家的大哥！怎么！你也来了吗？

路歇斯家仆人 是的，我想我们都是为着同一的事情来的；我是为讨钱而来。

泰特斯 他们和我们都是来讨钱的。

︱菲洛特斯上。

路歇斯家仆人 菲洛特斯也来了！

菲洛特斯 各位早安。

路歇斯家仆人 欢迎，好兄弟。你想现在是什么时候了？

菲洛特斯 快要九点钟啦。

路歇斯家仆人 这么晚了吗？

菲洛特斯 泰门大爷还没有看见吗？

路歇斯家仆人 还没有。

菲洛特斯 那可奇了；他平常总是七点钟就起来的。

路歇斯家仆人 嗯，可是他的白昼现在已经比从前短了；你该知道一个浪子所走的路程是跟太阳一般的，可是他并不像太阳一样周而复始。我怕在泰门大爷的钱囊里，已经是岁晚寒深的暮冬时候了，你尽管一直把手伸到底里，恐怕还是一无所得。

菲洛特斯 我也是担着这样的心事。

泰特斯 我可以提醒你一件奇怪的事情。你家大爷现在差你来要钱。

霍坦歇斯 一点不错，他差我来要钱。

泰特斯 可是他身上还戴着泰门送给他的珠宝，我就是到这儿来等他把这珠宝的钱还我的。

霍坦歇斯 我虽然奉命而来，心里可是老大不愿。

路歇斯家仆人 你瞧，事情多么奇怪，泰门应该还人家的钱比他实在欠下的债还多；好像你家主人佩戴了他的珍贵的珠宝以后，还应该向他讨还珠宝的价钱一样。

霍坦歇斯 我真不愿意干这种差使。我知道我家主人挥霍了泰门的财产，现在还要干这样忘恩负义的事，真是窃贼不如了。

凡罗家仆人甲 是的，我要向他讨还三千克朗；你呢？

路歇斯家仆人 我的是五千克朗。

凡罗家仆人甲 还是你比我多；照这数目看起来，你家主人对他的交情比我家主人深得多了，否则不会这样的相差的。

| 弗莱米涅斯上。

泰特斯 他是泰门大爷的一个仆人。

路歇斯家仆人 弗莱米涅斯！大哥，说句话。请问大爷就要出来了吗？

弗莱米涅斯 不，他还不想出来呢。

泰特斯 我们都在等着他；请你去向他通报一声。

弗莱米涅斯 我不必通报他；他知道你们都是很殷勤的。（弗莱米涅斯下）

| 弗莱维斯穿外套蒙首上。

路歇斯家仆人 吓！那个蒙住了脸的，不是他的管家吗？他躲躲闪

闪地去了；叫住他，叫住他。

泰特斯 你听见吗，总管？

凡罗家仆人乙 对不起，总管。

弗莱维斯 你有什么事要问我，朋友？

泰特斯 我们等在这儿要拿还几个钱，总管。

弗莱维斯 哼，当你们那些黑心的主人们吃着我家大爷的肉食的时候，为什么你们不把债票送上来要钱？那个时候他们是不把他的欠款放在心上的，只知道忙着胁肩谄笑，把利息吞下他们贪馋的胃里。你们跟我吵有什么用呢？让我安安静静地过去吧。相信我，我家大爷跟我已经解除主仆的名分；我没有账可以管，他也没有钱可以用了。

路歇斯家仆人 我们可不能拿你这样的话回去交代啊。

弗莱维斯 我的话倒是老实话，不像你们的主人都是些无耻小人。（下）

凡罗家仆人甲 怎么！这位卸了职的老爷子咕噜些什么？

凡罗家仆人乙 随他咕噜些什么；他是个苦老头儿，理他作甚？连一所可以钻进头去的屋子也没有的人，当然会见了高楼大厦而痛骂的。

| 塞维律斯上。

泰特斯 啊！塞维律斯来了；现在我们可以得到一些答复了。

塞维律斯 各位朋友，要是你们愿意改日再来，我就感谢不尽了；不瞒列位说，我家大爷今天心境很不好；他身子也有点不大舒服，不能起来。

路歇斯家仆人 有许多人睡在床上不起来，并不是为了害病的缘故。要是他真的有病，我想他更应该早一点把债还清，这才可以撒手归天。

塞维律斯 天哪！

泰特斯 我们不能拿这样的话回去交代哩。

弗莱米涅斯 （在内）塞维律斯，赶快！大爷！大爷！

｜泰门暴怒上，弗莱米涅斯随上。

泰门 什么！我自己的门都不许我通过吗？我从来不曾受别人的管，现在我自己的屋子却变成了拘禁我的敌人、我的监狱吗？我曾经举行过宴会的地方，难道也像所有的人类一样，用一颗铁石的心肠对待我吗？

路歇斯家仆人 向他说去，泰特斯。

泰特斯 大爷，这儿是我的债票。

路歇斯家仆人 这儿是我的。

霍坦歇斯 还有我的，大爷。

凡罗家仆人甲
凡罗家仆人乙 还有我们的，大爷。

菲洛特斯 我们的债票都在这儿。

泰门 用你们的债票把我打倒，把我腰斩了吧。

路歇斯家仆人 唉！大爷——

泰门 剖开我的心来。

泰特斯 我的账上是五十个泰伦。

泰门 把我的血一滴一滴地数出来。

路歇斯家仆人 五千个克朗，大爷。

泰门 还你五千滴血。你要多少？你呢？

凡罗家仆人甲 大爷——

凡罗家仆人乙 大爷——

泰门 扯碎我的四肢，把我的身体拿了去吧；天神的愤怒

降在你们身上！（下）

霍坦歇斯 我看我们的主人的债是讨不回来的了，因为欠债的是个疯子。（同下）

| 泰门及弗莱维斯重上。

泰门 他们简直不放我有一些儿喘息的功夫，这些奴才们！什么债主，简直是魔鬼！

弗莱维斯 我的好大爷——

泰门 要是果然这样呢？

弗莱维斯 大爷——

泰门 我一定这么办。管家！

弗莱维斯 有，大爷。

泰门 很好！去，再把我的朋友们一起请来，路歇斯、路库勒斯、辛普洛涅斯，叫他们大家都来；我还要宴请一次这些恶人。

弗莱维斯 啊，大爷！您这些话只是一时气愤之言；别说请客，现在就是略为备一些酒食的钱也没有了。

泰门 你别管；去吧。我叫你把他们全请来；让那些混帐东西再进一次我的门；我的厨子跟我会预备好东西给他们吃的。（同下）

第五场

同前；元老院

| 众元老列坐议事。

元老甲 大人，您的意见我很赞同；这是一件重大的过失；

他必须判处死刑；姑息的结果只是放纵了罪恶。

元老乙 一点不错；法律必须给他一些惩罚。

| 艾西巴第斯率侍从上。

艾西巴第斯 愿荣耀、康健和仁慈归于各位元老！

元老甲 请了，将军。

艾西巴第斯 我是你们的一个卑微的请愿者。人家说，法律不外人情，只有暴君酷吏，才会借着法律的威严肆其荼毒。我的一个朋友因为一时之愤，无心中陷入法网。虽然他现在遭逢不幸，可是他也是很有品行的人，并不是卑怯无耻之流，单这一点也就可以补赎他的过失了；他因为眼看他的名誉受到致命的污辱，所以才挺身而起，光明正大地和他的敌人决斗；就是当他们兵刃相交的时候，他也始终不动声色，就像不过跟人家辩论一场是非一样。

元老甲 您想把一件恶事说得像一件好事，恐怕难以自圆其说；您的话全然是饰词强辩，有心替杀人犯辩护，把斗殴当作了勇敢，可惜这种勇敢却是误用了的。真正勇敢的人，应当能够智慧地忍受最难堪的屈辱，不以身外的荣辱介怀，用息事宁人的态度避免无谓的横祸。要是屈辱可以使我们杀人，那么为了气愤而冒着生命的危险，是一件多么愚蠢的事！

艾西巴第斯 大人——

元老甲 您不能使重大的罪恶化为清白；报复不是勇敢，忍受才是勇敢。

艾西巴第斯 各位大人，我是一个武人，请你们恕我说句武人的话。为什么愚蠢的人们宁愿在战场上捐躯，不知道忍受各种的威胁呢？为什么他们不高枕而眠，让敌人从容割破他们的咽喉而不加抗拒呢？要是忍受果然是这样勇敢的行为，那么我们为什么要去远征国外呢？照这样说来，那么在家内安居的妇人女子才是更勇敢的，驴子也要比狮子英雄得多了；要是忍受是一种智慧，那么铁索银铛的囚犯，也比法官更聪明了。啊，各位大人！你们身膺众望，应该仁爱为怀。谁不知道残酷的暴行是罪不容赦的？杀人者处极刑；可是为了自卫而杀人，却是正当的行为。负气使性，虽然为端人正士所不羞，然而人非木石，谁没有一时的气愤呢？你们在判定他的罪名以前，请先斟酌人情，不要矫枉过正才好。

元老乙 您这些话全然白说。

艾西巴第斯 白说！他在斯巴达和拜占廷两次战役中所立的功劳，难道不能赎回他的一死吗？

元老甲 那是怎么一回事？

艾西巴第斯 我说，各位大人，他曾经立下不少的功劳，在战争中杀死许多你们的敌人。在上次作战的时候，他是多么勇敢，手刃了多少的人！

元老乙 他杀过太多的人；他是个好乱成性的家伙；要是没有人跟他作对，他也要找人家吵闹；因为他有这样的坏脾气，也不知闹过多少回事、引起多少回的纷争了；我们久已风闻他的酗酒寻衅、行止不检的劣迹。

元老甲 他必须处死。

艾西巴第斯 残酷的命运！早知如此，他就该死在战场上。各位大人，要是他的功绩才能不能替他自己赎罪，那么我可以拿我自己的微劳一并作为抵押，请你们宽恕了他的死罪；我知道你们这样年高的人都欢喜有一个确实的保证，所以我愿意把我历次的胜利和我的荣誉向你们担保，他一定不会有负你们的矜宥。要是他这次所犯的罪，按照法律必须用生命抵偿，那么让他洒血沙场，英勇而死吧；因为战争是和法律同样无情的。

元老甲 我们只知道秉公执法，他必须死。不要再絮渎了，免得惹起我们的恼怒。即使他是我们的朋友或是兄弟，杀了人也必须抵命。

艾西巴第斯 一定要这样办吗？不，一定不能这样办。各位大人，我请求你们，想一想我是什么人。

元老甲 怎么！

艾西巴第斯 请你们记一记我是谁。

元老丙 什么！

艾西巴第斯 我想你们一定年老健忘，不记得我了；否则我这样向你们卑辞请求这么一点小小的恩惠，总不致于会被你们拒绝的。我身上的伤痕在为你们而疼痛哩。

元老甲 你胆敢激起我们的怒气吗？好，听着，我们没有多的话，可是我们的话是言出如山的：我们宣布把你永远放逐。

艾西巴第斯 把我放逐！把你们自己的糊涂放逐了吧；把你们放债营私、秽迹昭闻的腐化行为放逐了吧！

元老甲 要是在两天以后，你仍旧逗留在雅典境内，我们就要判处你加倍的重罚。至于你那位朋友，为了让我们耳目中清静一些起见，我们就要把他立刻处决。（众元

老同下）

艾西巴第斯 愿神明保佑你们长寿，让你们枯瘦得只剩一副骨头，谁也不来瞧你们一眼！真把我气疯了；我替他们打退了敌人，让他们安安稳稳地在一边数他们的钱，用重利息放出债去，我自己却只得到了满身的伤痕：这一切不过换到了今天这样的结果吗？难道这就是那放重利债的元老院替将士伤口敷上的油膏吗？放逐！那倒不是坏事；我不恨他们把我放逐；我可以借着这个理由，举兵攻击雅典，向他们发泄我的愤怒。我要去鼓动我的愤愤不平的部队；军人们像天神一样，是不能忍受丝毫的侮辱的。（下）

第六场

同前；泰门家中的宴会厅

音乐；室内排列餐桌，众仆立侍；若干贵族、元老及余人等自各门分别上。

贵族甲 早安，大人。

贵族乙 早安。我想这位可尊敬的贵人前天不过是把我们试探了一番。

贵族甲 我刚才也这么想着；我希望他并不真的穷到像他故意装给朋友们看的那个样子。

贵族乙 照他这次重开盛宴的情形看起来，他并没有真穷。

贵族甲 我也是这样想。他很诚恳地邀请我，我本来还有许多事情，实在抽身不出，可是因为他的盛情难却，所以不能不拨冗而来。

贵族乙 我也有许多要事在身，可是他一定不肯放过我。我很抱歉，当他叫人来问我借钱的时候，我刚巧手边没有现款。

贵族甲 我知道了他这种情形之后，心里也是难过得很。

贵族乙 这儿每一个人都有这样的感觉。他要向您借多少钱？

贵族甲 一千块。

贵族乙 一千块！

贵族甲 您呢？

贵族丙 他叫人到我的地方来，大人，——他来了。

| 泰门及侍从等上。

泰门 竭诚欢迎，两位老兄；你们都好吗？

贵族甲 托您的福，大人。

贵族乙 燕子跟随夏天，也不及我们跟随您一样踊跃。

泰门 （旁白）你们离开我也比燕子离开冬天还快；人就是这种趋炎避冷的鸟儿。——各位朋友，今天肴馔不周，又累你们久等，实在抱歉万分；要是你们不嫌喇叭污耳，请先饱听一下音乐，我们就可以入席了。

贵族甲 前天累尊价空劳往返，希望您不要见怪。

泰门 啊！老兄，那是小事，请您不必放在心上。

贵族乙 大人——

泰门 啊！我的好朋友，什么事？

贵族乙 大人，我真是说不出的惭愧，前天您叫人来看我的时候，不巧我正是身无分文。

泰门 老兄不必介意。

贵族乙 要是您再早两点钟叫人来——

泰门 请您不要把这种事留在记忆里。（众仆端酒食上）

来，把所有的盘子放在一起。

贵族乙 盘子上全都罩着盖！

贵族甲 一定是奇珍异味哩。

贵族丙 那还用说吗，只要是出了钱访得到的东西。

贵族甲 您好？近来有什么消息？

贵族丙 艾西巴第斯放逐了；您听见人家说起过没有？

贵族甲
贵族乙 艾西巴第斯放逐了！

贵族丙 是的，这消息是的确的。

贵族甲 怎么？怎么？

贵族乙 请问是为了什么原因？

泰门 各位好朋友，大家过来吧。

贵族丙 等会儿我再详细告诉您。看来又是一场盛大的欢宴。

贵族乙 他还是原来那样子。

贵族丙 这样子能够维持长久吗？

贵族乙 也许；可是——那就——

贵族丙 我明白您的意思。

泰门 请大家用着和爱人接吻那样热烈的情绪，各人就各人的位置吧；你们的菜肴是完全一律的。不要拘泥礼节，逊让得把肉菜都冷了。请坐，请坐。我们必须先向神明道谢：——

神啊，我们感谢你们的施与，赞颂你们的恩惠；可是不要把你们所有的一切完全给人，免得你们神灵也要被人蔑视。把足够的钱借给每一个人，使他不必再去转借给别人；因为如果你们神灵也要向人类告贷，人类是会把神明舍弃的。让人们重视肉食，甚于把肉食赏给他们的人。让每一处有二十个男子的所在，聚集着二十个恶徒；要是有十二个妇人围桌而坐，让她们中间的十二个人保持她们的本色。神啊！那些雅典的元老们，以及黎民众庶，请你们鉴察他们的罪恶，让他们遭受毁灭的命运吧。至于我这些在座的朋友，他们本来对于我漠不相关，所以我不给他们任何的祝福，我所用来款待他们的也只有空虚的无物。揭开来，狗子们，舔你们的盆子吧。（众盘揭开，内满贮温水）

一宾客 他这种举动是什么意思？

另一宾客 我不知道。

泰门 愿你们永远不再见到比这更好的宴会，你们这一群口头的朋友！蒸汽和温水是你们最好的饮食。这是泰门最后一次的宴会了；他因为被你们的谄媚蒙住了心窍，所以要把它洗一洗干净，把你们这些恶臭的奸诈仍旧洒还给你们。（浇水于众客脸上）愿你们老而不死，永远受人憎恶，你们这些微笑的、柔和的、可厌的寄生虫，彬彬有礼的破坏者，驯良的豺狼，温顺的熊，命运的弄人，酒食征逐的朋友，趋炎附势的青蝇，脱帽屈膝的奴才，水汽一样轻浮的幺麽小丑！一切人畜的恶症侵蚀你们的全身！什么！你要去了吗？且慢！你还没有把你的教训带去，——还有你，——还有你；等一等，我有钱借给你们哩，我不要向你们借钱呀！（将盘子掷众客身）什么！大家都要去了吗？从此以后，让每一个宴会上把奸人尊为上客吧。屋子，烧起来呀！雅典，陆沉了吧！从此以后，

泰门将要痛恨一切的人类了！（下）

| 众贵族、元老等重上。

贵族甲 嗳哟，各位大人！

贵族乙 您知道泰门发怒的缘故吗？

贵族丙 吓！您看见我的帽子吗？

贵族丁 我的袍子也丢了。

贵族甲 他已经发了疯啦，完全在逞着他的性子乱闹。前天他给我一颗宝石，现在他又把它从我的帽子上打下来了。你们看见我的宝石吗？

贵族丙 您看见我的帽子吗？

贵族乙 在这儿。

贵族丁 这儿是我的袍子。

贵族甲 我们还是快走吧。

贵族乙 泰门已经疯了。

贵族丙 他把我的骨头都擂痛了呢。

贵族丁 他高兴就给我们金刚钻，不高兴就用石子扔我们。（同下）

第 四 幕

第一场
雅典城外

| 泰门上。

泰门 让我回头瞧瞧你。城啊，你包藏着如许的豺狼，快快陆沉吧，不要再替雅典做藩篱！已婚的妇人们，淫荡起来吧！子女们不要听父母的话！奴才们和傻瓜们，把那些年高德劭的元老们拉下来，你们自己坐上他们的位置吧！娇嫩的处女变成人尽可夫的娼妓，当着你们父母的眼前跟别人奸通吧！破产的人，不要偿还你们的欠款，用刀子割破你们债主的咽喉吧！仆人们，放手偷窃吧！你们庄严的主人都是借着法律的名义杀人越货的大盗。婢女们，睡到你们主人的床上去吧；你们的主妇已经做卖淫妇去了！十六岁的儿子，夺下你步履龙钟的老父手里的拐杖，把他的脑浆敲了出来吧！孝亲敬神的美德、和平公义的正道、齐家睦邻的要义、教育、礼仪、百工的技巧、尊卑的品秩、风俗、习惯，一起陷于

混乱吧！加害于人身的各种瘟疫，向雅典伸展你们的毒手，播散你们猖獗传染的热病！让风湿钻进我们那些元老的骨髓，使他们手脚瘫痪！让淫欲放荡占领我们那些少年人的心，使他们反抗道德，沉溺在狂乱之中！每一个雅典人身上播下了疥癣疮毒的种子，让他们一个个害起了癞病！让他们的呼吸中都含着毒素，谁和他们来往做朋友都会中毒而死！除了我这赤裸裸的一身以外，我什么也不要带走，你这可憎的城市！我给你的只有无穷的咒诅！泰门要到树林里去，和最凶恶的野兽做伴侣，比起无情的人类来，它们是要善良得多了。天上一切神明，听着我，把那城墙内外的雅典人一起毁灭了吧！求你们让泰门把他的仇恨扩展到全体人类，不分贵贱高低！阿门。（下）

第二场

雅典；泰门家中一室

| 弗莱维斯及二三仆人上。

仆甲 请问总管，我们的主人呢？我们全完了吗？被丢弃了吗？什么也没有留下吗？

弗莱维斯 唉！兄弟们，我应当对你们说些什么话呢？正直的天神可以替我作证，我是跟你们一样的穷。

仆甲 这样一份人家也会冰消瓦解！这样一位贵主人也会一朝失势！什么都完了！没有一个朋友和他患难相依！

仆乙 正像我们送已死的同伴下葬以后，就掉头而去一样，他的知交眼看他的财产化为泥土，也就悄悄溜走，只有他们所发的虚伪的誓言，还像一个已经掏空的钱袋似的留在他的身边。可怜的他，变成一个无家可归的叫化，因为害着一身穷病，弄得人人走避，只好一个人踽踽独行。又有几个我们的弟兄来了。

| 其他仆人上。

弗莱维斯 都是一个破落人家的一些破碎的家具。

仆丙 可是我们心里都还穿着泰门发给我们的制服，我们的脸上都流露着眷怀故主的神色。我们现在遭逢不幸，依然是亲密的同伴。我们的大船已经漏了水，我们这些可怜的水手，站在向下沉没的甲板上，听着海涛的威胁；在这茫茫的空海之中，我们必须从此分散了。

弗莱维斯 各位好兄弟们，我愿意把我剩余下来的几个钱分给你们。以后我们无论在什么地方相会，为了泰门的缘故，让我们仍旧都是好朋友；让我们摇摇头，叹口气，悲悼我们主人家业的零落，说，“我们都是曾经见好日子过来的。”各人都拿一些去；（给众仆钱）不，大家伸出手来。不必多说，我们现在穷途离别，让悲哀充塞着我们的胸臆吧。（众仆互相拥抱，分别下）啊，荣誉带给我们的惨酷的不幸！财富既然只替人招来了困苦和轻蔑，谁还愿意坐拥巨资呢？谁愿意享受片刻的荣华，徒做他人的笑柄？谁愿意在荣华的梦里，相信那些虚伪的友谊？谁还会贪恋那些和趋炎附势的朋友同样不可靠的尊荣豪贵？可怜的老实的大爷！他因为自己心肠太好，所以才到了今天这一个地步！谁想得到，一个人行了太多的善事反是最大的罪恶！谁还敢再像他一半仁慈呢？慷慨本来是天神的德性，凡人慷慨了却会毁害他自己。我们最亲爱的大爷，你是一个有福之人，却反而成为最倒霉的一个，你的万贯家财害得你如此凄凉，你的富有变成了你的最大的痛苦。唉！仁慈的大爷，他因为气不过这些忘恩负义的朋友，所以才一怒而去；他既没有携带活命的资粮，又没有一些可以变换衣食的财帛。我要追寻他的踪迹，尽心竭力伺候他的旨意；当我还有一些金钱在手的时候，我仍然是他的管家。（下）

第三场
海滨附近的树林和岩穴

| 泰门自穴中上。

泰门 神圣的化育万物的太阳啊！把地上的瘴雾吸起，让天空中弥漫着毒气吧！同生同长、同居同宿的孪生兄弟，也让他们各人去接受不同的命运，让那贫贱的被富贵的所轻蔑吧。重视伦常天性的人，必须遍受各种颠沛困苦的凌虐；灭伦悖义的才会安享荣华。让乞儿跃登高位，大臣退居贱职吧；元老必须世世代代受人贱视，乞儿必须享受世袭的光荣。有了丰美的牧草，牛儿自然肥胖；缺少了饲料它就会

瘦瘠下来。谁敢秉着光明磊落的胸襟挺身而起，说“这人是一个谄媚之徒”？要是有一个人是谄媚之徒，那么谁都是谄媚之徒；因为每一个按照财产多寡区分的阶级，都要被次一阶级所奉承；博学的才人必须向多金的愚夫鞠躬致敬。在我们万恶的天性之中，一切都是歪曲偏斜的，一切都是奸邪淫恶。所以，让我永远厌弃人类的社会吧！泰门憎恨形状像人一样的东西，他也憎恨他自己；愿毁灭吞噬整个人类！泥土，给我一些树根充饥吧！（掘地）谁要是希望你给他一些更好的东西，你就用你最猛烈的毒物餍足他的口味吧！咦，这是什么？金子！黄黄的、发光的、宝贵的金子！不，天神们啊，我不是一个游手好闲的信徒；我只要你们给我一些树根！这东西，只这一点点儿，就可以使黑的变成白的，丑的变成美的，错的变成对的，卑贱变成尊贵，老人变成少年，懦夫变成勇士。吓！你们这些天神们啊，为什么要给我这东西呢？嘿，这东西会把你们的祭司和仆人从你们的身旁拉走，把健汉头颅底下的枕垫抽去；这黄色的奴隶可以使异教联盟，同宗分裂；它可以使受咒诅的人得福，使害着灰白色的癞病的人为众人所敬爱；它可以使窃贼得到高爵显位，和元老们分庭抗礼；它可以使鸡皮黄脸的寡妇重做新娘，即使她的尊容会使身染恶疮的人见了呕吐，有了这东西也会恢复三春的娇艳。来，该死的土块，你这人尽可夫的娼妇，你惯会在乱七八糟的列国之间挑起纷争，我倒要让你去施展一下你的神通。（远处军队行进声）吓！鼓声吗？你还是活生生的，可是我要把你埋葬了再说。不，也许你要逃走，我留着这一些作质。（留下若干金子）

鼓吹前导，艾西巴第斯戎装率菲莉妮娅、提曼德拉同上。

艾西巴第斯 你是什么？说。

泰门 我跟你一样是一头野兽。愿蛀虫蛀掉了你的心，因为你又让我看见了人类的面孔！

艾西巴第斯 你叫什么名字？你自己是一个人，怎么把人类恨到了这个样子？

泰门 我是密散瑟洛普斯，人类的厌恶者。我倒希望你是一条狗，那么也许我会欢喜你几分。

艾西巴第斯 我认识你是什么人，可是不知道你为什么会变成这样。

泰门 我也认识你；除了我知道你是什么人之外，我不要再知道什么。跟着你的鼓声去吧；用人类的血染红大地；宗教的戒条、民事的法律，哪一条不是冷酷无情的，那么谁能责怪战争的残忍呢？这一个狠毒的娼妓，虽然瞧上去像个天使一般，杀起人来却比你的刀剑还要厉害呢。

菲莉妮娅 烂掉你的嘴唇！

泰门 我不要吻你；你的嘴唇是有毒的，让它自己烂掉了吧。

艾西巴第斯 尊贵的泰门怎么会变成这个样子？

泰门 正像月亮一样，因为缺少了可以照人的光；可是我不能像月亮一样缺而复圆，因为我没有可以借取光明的太阳。

艾西巴第斯 尊贵的泰门，我可以向你尽一些什么友谊上的助力？

泰门 不必，只要你信持我的意见。

艾西巴第斯 什么意见，泰门？

泰门 用口头上的友谊允许人家，可是不要履行你的允诺；要是你不允许人家，那么神明降祸于你，因为你是一个人！要是你果然履行允诺，那么愿你沉沦地狱，因为你是一个人！

艾西巴第斯 我曾经略为听到过一些你的不幸的遭际。

泰门 当我有钱的时候，你就看见过我是怎样的不幸了。

艾西巴第斯 我现在才看见你的不幸；那个时候你是很享福的。

泰门 正像你现在一样，给一双娼妓挟住了不放。

提曼德拉 这就是那个受尽世人歌颂的雅典的宠儿吗？

泰门 你是提曼德拉吗？

提曼德拉 是的。

泰门 做你一辈子的婊子吧；把你玩弄的那些人并不是真心爱你；他们在你身上发泄过兽欲以后，你就把恶疾传给他们。利用你的淫浪的时间，把那些红颜的少年消磨得形销骨立吧。

提曼德拉 该死的妖精！

艾西巴第斯 原谅他，好提曼德拉，因为他遭逢变故，他的神经已经混乱了。豪侠的泰门，我近来钱囊羞涩，为了饷糈不足的缘故，我的部队常常发生叛变。我也很痛心地听到那可咒诅的雅典怎样轻视你的才能，忘记你的功德，倘不是靠着你的威名和财力，这区区的雅典城早被强邻鲸食了——

泰门 请你敲起鼓来，快些走开吧。

艾西巴第斯 我是你的朋友，我同情你，亲爱的泰门。

泰门 你这样跟我烦扰，还说是同情我吗？我宁愿一个人在这里。

艾西巴第斯 好，那么再会；这儿有一些金子，你拿去吧。

泰门 金子你自己留着，我又不能吃它。

艾西巴第斯 等我把骄傲的雅典踏成平地以后——

泰门 你要去打雅典吗？

艾西巴第斯 是的，泰门，我有充分的理由哩。

泰门 愿天神降祸于所有的雅典人，让他们一个个在你剑下丧命；等你征服了雅典以后，愿天神再降祸于你！

艾西巴第斯 为什么降祸于我，泰门？

泰门 因为天生下你来，要你杀尽那些恶人，征服我的国家。把你的金子藏好了；快去。我这儿还有些金子，也一起给了你吧。快去。愿你奉行天罚，像一颗高悬在作恶多端的城市上的灾星一般，别让你的剑下放过一个人。不要怜悯一把白须的老翁，他是一个放重利债的人。那凛然不可侵犯的中年妇人，外表上虽然装得十分贞淑，其实却是一个鸨妇，让她死在你的剑下吧。也不要因为处女的秀颊而软下了你的锐利的剑锋；这些惯在窗棂里偷看男人的丫头们，都是可怕的叛徒，不值得怜惜的。也不要饶过婴孩，像一个傻子似的看见他的浮着酒涡的微笑而大发慈悲；你应当认为他是一个私生子，上天已经向你隐约预示他将来长大以后会割断你的咽喉，所以你必须横了心肠把他剁死。你的耳朵上、眼睛上，都要罩着一重厚甲，让你听不到母亲、少女和婴孩们的啼哭，看不见披着圣服的祭司的流血。把这些金子拿去分给你的军士们，让他们去造成一次大大的纷乱；等你的盛怒消释以后，愿你也不得好死！不必多说，快去。

艾西巴第斯 你还有金子吗？我愿意接受你给我的金子，可是不能完全接受你的劝告。

泰门 接受也好，不接受也好，愿上天的咒诅降在你身上！

菲莉妮娅 提曼德拉 好泰门，给我们一些金子；你还有吗？

泰门 有，有，有，我有足够的金子，可以使一个妓女改业，自己当起老鸨来。揭起你们的裙子来，你们这两个贱婢。你们是不配发誓的，虽然我知道你们发起誓来，听见你们的天神也会浑身发抖，毛骨森然；不要发什么誓了，我愿意信任你们。做你们一辈子的婊子吧；要是有什么仁人君子，想要劝你们改邪归正，你们就得施展你们的狐媚伎俩引诱他，使他在欲火里丧身。一辈子做你们的婊子吧；你们的脸上必须涂满着脂粉，让马蹄踏上去都会拔不出来。

菲莉妮娅 提曼德拉 好，再给我们一些金子。还有什么吩咐？相信我们，只要有金子，我们是什么都愿意干的。

泰门 把痨病的种子播在人们枯干的骨髓里；让他们胫骨疯瘫，不能上马驰驱。嘶哑了律师的喉咙，让他不再颠倒黑白，为非分的权利辩护，鼓弄他的如簧之舌。叫那痛斥肉体的情欲、自己不相信自己的话的祭司害起满身的癞病；叫那长着尖锐的鼻子、一味钻营逐利的家伙烂去了鼻子；叫那长着一头鬈曲秀发的光棍变成秃子；叫那不曾受过伤净会吹牛的战士也从你们身上受到些痛苦：让所有的人都被你们害得身败名裂。再给你们一些金子；你们去害了别人，再让这东西害了你们，愿你们一起倒在阴沟里死去！

菲莉妮娅
提曼德拉 宽宏慷慨的泰门，再给我们一些金子吧，你还有什么话要对我们说的？

泰门 你们先去多卖几次淫，多害几个人；回头来我还有金子给你们。

艾西巴第斯 敲起鼓来，向雅典进发！再会，泰门；要是我此去能够成功，我会再来访问你的。

泰门 要是我的希望不会落空，我再也不要看见你了。

艾西巴第斯 我从来没有得罪过你。

泰门 可是你说过我的好话。

艾西巴第斯 这难道对你是有害的吗？

泰门 人们每天都可以发现说好话的人总是不怀好意。走开，把你这两条小猎狗带了去。

艾西巴第斯 我们留在这儿反而惹他发恼。敲鼓！（敲鼓；艾西巴第斯、菲莉妮娅、提曼德拉同下）

泰门 想不到在饱尝人世的无情之后，还会感到饥饿；你万物之母啊，（掘地）你的不可限量的胸腹，孳乳着繁育着一切；你的精气不但把傲慢的人类，你的骄儿，吹嘘长大，也同样生养了黑色的蟾蜍、青色的蝮蛇、金甲的蝾螈，盲目的毒虫以及一切光天化日之下可憎可厌的生物；请你从你那丰饶的怀里，把一块粗硬的树根给那痛恨你一切人类子女的我果果腹吧！枯萎了你的肥沃多产的子宫，让它不要再生出负心的人类来！愿你怀孕着虎龙狼熊，以及一切宇宙覆载之中所未见的妖禽怪兽！啊！一个根；谢谢。干涸了你的血液，枯焦了你的土壤；忘恩负义的人类，都是靠着你的供给，用酒肉腻塞了他的良心，以致于迷失了一切的理性！

艾帕曼特斯上。

泰门 又有人来了！该死！该死！

艾帕曼特斯 人家指点我到这儿来；他们说你学会了我的举止，模仿着我的行为。

泰门 因为你还不曾养一条狗，否则我倒宁愿学它；愿痨病抓了你去！

艾帕曼特斯 你这种样子不过是一时的感触，因为运命的转移而发生的懦怯的忧郁。为什么拿起这柄锄头？为什么住在这个地方？为什么穿上这身奴才的装束？为什么露出这样忧伤的神色？向你献媚的家伙现在还穿的是绸缎，喝的是美酒，睡的是温软的被褥，彻底忘记了世上曾经有过一个名叫泰门的人。不要装出一副骂世者的腔调，害这些山林蒙羞吧。还是自己也去做一个献媚的人，在那些毁荡了你的家产的家伙手下讨生活吧。弯下你的膝头，让他嘴里的气息吹去了你的帽子；尽管他发着怎样坏的脾气，你都要把他恭维得五体投地。你应当像笑脸迎人的酒保一样，倾听着每一个流氓恶棍的话；你必须自己也做一个恶棍，要是你再发了财，也不过让恶棍们享用了去。可不要再学着我的样子啦。

泰门 要是我像了你，我宁愿把自己丢掉。

艾帕曼特斯 你因为像你自己，早已把你自己丢掉了；你做了这么久的疯人，现在却变成了一个傻子。怎么！你以为那凛冽的霜风，你那喧嚷的仆夫，会把你的衬衫烘暖吗？这些寿命超过鹰隼、罩满苍苔的老树，会追随你的左右，听候你的使唤吗？那冰冻的寒溪会替你在清晨煮好粥汤，替你消除昨夜的积食吗？叫那些赤裸裸地生存在上天的暴怒之中、无遮无掩地受着风吹雨打霜雪侵凌的草木向你献媚吧；啊！你就会知道——

泰门 你是一个傻子。快去。

艾帕曼特斯 我从来不曾像现在这样欢喜你过。

泰门 我从来不曾像现在这样讨厌你过。

艾帕曼特斯 为什么？

泰门 因为你向贫困献媚。

艾帕曼特斯 我没有献媚，我说你是一个下流的恶汉。

泰门 为什么你要来找我？

艾帕曼特斯 因为我要惹你恼怒。

泰门 这是一个恶徒或者愚人的工作。你以为惹人家恼怒对于你自己是一件乐事吗？

艾帕曼特斯 是的。

泰门 怎么！你又是一个无赖吗？

艾帕曼特斯 要是你披上这身寒酸的衣服，目的只是要惩罚你自己的骄傲，那么很好；可是你是出于勉强的，倘然你不再是一个乞丐，你就会再去做一个廷臣。自愿的贫困胜如不定的浮华；穷奢极欲的人要是心无知足，比最贫困而知足的人更要不幸得多了。你既然这样困苦，应该但求速死。

泰门 我不会听了一个比我更倒霉的人的话而去寻死。你是一个奴隶，命运的温柔的手臂从来不曾拥抱过你。要是你从呱呱堕地的时候就跟我们一样，可以随心所欲地享受这浮世的欢娱，你一定已经沉溺在无边的放荡里，把你的青春消磨在左拥右抱之中，除了一味追求眼前的淫乐以外，再也不会知道那些冷冰冰的人伦道德。可是我，整个的世界曾经是我的糖果的仓库；人们的嘴、舌头、眼睛和心都争先恐后地等候着我的使唤，虽然我没有这许多工作可以给他们做；无数的人像叶子依附橡树一般依附着我，可是经不起冬风的一吹，他们便落下枝头，剩下我光零零的枯干，去忍受风雨的摧残：像我这样享福过来的人，一旦挨受这种逆运，那才是一件难堪的重荷；你却是从开始时候就尝到人世的痛苦的，经验已经把你磨炼得十分坚强了。你为什么厌恶人类呢？他们从来没有向你献过媚；你曾经有些什么东西给人家呢？倘然你要咒骂，你就得咒骂你的父亲，那个穷酸的叫化，他因为一时动了火，和一个女乞婆养下了你这世袭的穷光蛋来。滚开！快去！倘然你不是生下来就是世间最下贱的人，你就是个奸佞的小人。

艾帕曼特斯 你现在还是这样骄傲吗？

泰门 是的，我因为我不是你而骄傲。

艾帕受特斯 我也因为我不是一个浪子而骄傲。

泰门 我因为现在是个浪子而骄傲。要是我所有的一切钱财

都在你的手掌之中，我也不向你要它。快去！但愿全体雅典人的生命都在这块根里，我要把它像这样一口吞下！（食树根）

艾帕曼特斯 你要我带些什么去给雅典人？

泰门 但愿一阵旋风把你卷到雅典去。要是你愿意，你可以告诉他们我这儿有金子；瞧，我有金子。

艾帕曼特斯 你在这儿用不到金子。

泰门 金子在这儿才是最好最真的，因为它安安静静地躺在这儿，不被人利用去为非作恶。

艾帕曼特斯 晚上在什么地方睡觉，泰门？

泰门 在太虚的覆罩之下。白天在什么地方吃东西，艾帕曼特斯？

艾帕曼特斯 在我的肚子找到肉食之处。

泰门 我希望鸩毒服从我的意志！

艾帕曼特斯 你要它到什么地方去？

泰门 撒在你的食物里。

艾帕曼特斯 你只知道人生中的两极端，不曾度过中庸的生活。当你锦衣美服、麝香熏身的时候，他们讥笑你的繁文缛礼；现在你不衫不履，敝首垢面，他们又蔑视你的落拓疏狂。

泰门 艾帕曼特斯，要是全世界俯伏在你的足下，你预备把它怎样处置？

艾帕曼特斯 把它送给野兽，吃尽了所有的人类。

泰门 你愿意置身于人类的混乱之中，而与众兽为伍，做一头畜生吗？

艾帕曼特斯 是的，泰门。

泰门 愿天神保佑你达到这一个畜生的愿望。要是你做了狮子，狐狸会来欺骗你；要是你做了羔羊，狐狸会来吃了你；要是你做了狐狸，万一驴子把你告发，狮子会对你起疑心；要是你做了驴子，你的愚蠢将使你受苦，而且你也不免做豺狼的一顿早餐；要是你做了狼，你的贪馋将使你烦恼，而且常常要为着求食，而冒生命的危险；要是你做了犀牛，你的骄傲和凶暴将使你受罪，让你自己被你的盛怒所克服；要是你做了熊，你要死在马蹄的践踏之下；要是你做了马，你要被豹子所攫噬；要是你做了豹，你是狮子的近亲，你身上的斑纹将使你送命。你没有安全，没有保障。你要做一头什么野兽，才可以不受别的野兽的侵害呢？你不知道你现在已经是一头什么野兽，你在变形以后将要遭到怎样的不幸。

艾帕曼特斯 你这番话讲得倒还有理；雅典已经变成一个众兽群居的林薮了。

泰门 那么那驴子是怎样冲破了城墙，所以才给你溜到城外来的？

艾帕曼特斯 那边有一个诗人和一个画师来了；愿来来往往的人们把你缠扰得没有安宁！我可要敬谢不敏，抽身远避了。当我不知道还有什么事情可做的时候，我会再来瞧你的。

泰门 当世间除了你之外死得什么也不剩的时候，我会欢迎你的。我宁愿做乞丐手里牵着的狗，也不愿做艾帕曼特斯。

艾帕曼特斯 你是世上天字第一号的大傻瓜。

泰门 我希望你再干净点儿，可以让我把唾涎吐在你身上！

艾帕曼特斯 愿你遭瘟！你太坏了，我简直不屑咒你！

泰门 所有的恶人站在身边，相形之下也会变成端人正士。

艾帕曼特斯 你一说话，嘴里也会掉下癞病来。

泰门 要是我提起你的名字。倘不是怕污了我的手，我早就打你了。去， 你这癞狗生的杂种！世上会有你这样的人活着，把我气也气死了；我一见了你就要气昏了脑袋。

艾帕曼特斯 我希望你会气破了肚子！

泰门 去，你这讨厌的混蛋！算我倒霉，还要赔一块石子来丢你。（向艾帕曼特斯掷石）

艾帕曼特斯 畜生！

泰门 奴才！

艾帕曼特斯 蝦蟆！

泰门 混蛋，混蛋，混蛋！我讨厌这个虚伪的世界和这个世界上所有的一切。所以，泰门，赶快预备你的坟墓吧；安息在海水的泡沫可以每天打击你的墓碣的地方；刻下你的墓志铭，让你的一死讥刺着世人的偷生苟活。（视金）啊，你可爱的凶手，帝王逃不过你的掌握，亲生的父子会被你离间！你灿烂的奸夫，淫污了纯洁的婚床！你勇敢的战神！你永远年轻韶秀、永远被人爱恋的娇美的情郎，你的羞颜可以融化了狄安娜女神膝上的冰雪！你有形的神明，你会使冰炭化为胶漆，仇敌互相亲吻！你会说任何的方言，使每一个人唯命是从！你动人心坎的宝物啊！你的奴隶，那些人类，要造反了，快快运用你的法力，让他们互相砍杀，留下这个世界来给兽类统治吧。

艾帕曼特斯 但愿如此；可是等我死了再说。我要去对他们说你有金子；不久他们就要蜂拥而来了。

泰门 蜂拥而来？

艾帕曼特斯 正是。

泰门 请你快给我滚开。

艾帕曼特斯 活下去，喜爱你的困苦吧！（下）

泰门 好容易赶他走了。又有些像人一样的东西来啦！真讨厌！

| 众窃贼上。

贼甲 他哪里来的这些金子？那一定是他剩留在身边的一些碎片零屑。他就是因为囊中金罄，友朋离散，所以才发起疯来的。

贼乙 听说他还有许多宝贝。

贼丙 让我们吓唬他一下：要是他不爱惜金银，一定会双手捧给我们的；要是他推推托托不肯交出来，那便怎么办呢？

贼乙 不错，他并不把它们放在身边，一定是藏得好好的。

贼甲 这不就是他吗？

众贼 在哪儿？

贼乙 正是他的样子。

贼丙 他；我认识是他。

众贼 你好，泰门？

泰门 好哇，你们这些偷儿？

众贼 我们是军士，不是偷儿。

泰门 是军士，也是偷儿；你们都是妇人的儿子。

众贼 我们不是偷儿，不过是些什么都没有的穷光蛋。

泰门 你们没有东西吃吗？为什么没有？瞧，地下生着各种草木的根；在这一英里以内，长着多少的山蔬野草；橡树上长着橡栗，野蔷薇也长着一粒粒红色的果实；那慷慨的主妇，大自然，在每一棵植物上替你们安排好美食，你们还嫌没有东西吃吗？

贼甲 我们不能像鸟兽游鱼一样，靠着吃草啄果、喝些清水过活呀。

泰门 你们也不能靠着吃鸟兽游鱼的肉过活；你们是一定要吃人的。可是我还是要谢谢你们，因为你们都是明目张胆做贼，并不蒙着庄严神圣的假面具；那些道貌岸然的正人君子，才是最可怕的穿窬大盗哩。你们这些鼠贼，拿着这些金子去吧。去，痛痛快快地喝一个醉，让烈酒烧枯了你们的血液，免得你们到绞架上去受苦。不要相信医士的话，他的药方上都是毒药，他杀死的比你们偷窃的还多。放手偷吧，大家住在一起；你们既然做了贼，尽管做些恶事就像做着正当的工作一样。我可以讲几个最大的窃贼给你们听：太阳是个贼，用他的伟大的吸力偷窃海上的潮水；月亮是个无耻的贼，她的惨白的光辉是从太阳那儿偷来的；海是个贼，他的汹涌的潮汐把月亮溶化做咸味的眼泪；地是个贼，他偷了万物的粪便作成肥料，使自己肥沃；什么都是贼，那束缚你们鞭打你们的法律，也凭借他的野蛮的威力，实行不受约制的偷窃。不要爱你们自己；快去！各人互相偷窃。再拿一些金子去吧。放大胆子去杀人；你们所碰到的人没有一个不是贼。到雅典去，打开人家的店铺；你们所偷到的东西没有一件不本来就是贼赃。不要因为我给了你们金子就不去做贼：让金子送了你们的性命！阿门。

贼丙 他劝我做贼，反而把我说得不愿意做贼了。

贼甲 他因为痛恨人类，所以这样劝告我们；他不是希望我们靠着做贼发财享福。

贼乙 我要把他的话当作仇敌的话，放弃我的本行了。

贼甲 让我们替雅典维持治安；无论时世怎样艰难，一个人总可以本分度日的。（众贼下）

| 弗莱维斯上。

弗莱维斯 天哪！那个衣服褴褛、形容枯槁的人，便是我的主人吗？他怎么会衰落到这个地步？为善的人竟会得到这样的恶报！从前那样炙手可热，一朝穷了下来，就要受尽世人的冷眼！世上还有什么东西比那些把最高贵的人引到了最卑贱的结局的朋友们更可恶的！在这样尔虞我诈的人间，一个人与其爱他的朋友，还不如爱他的仇敌；虽然仇敌对我不怀好意，可是朋友却在实际上陷害我。他已经看见我了。我要向他表示我的真诚的同情，仍旧把他看作我的主人一样用我的生命为他服役。我的最亲爱的主人！

| 泰门上前。

泰门 走开！你是什么人？

弗莱维斯 您忘记我了吗，大爷？

泰门 为什么问我这个问题？我已经忘记了所有的人了；

要是你承认自己是个人，那么我当然也忘记你了。

弗莱维斯 我是您的一个可怜的忠心的仆人。

泰门 那么我不认识你。我从来不曾有过一个忠心的仆人在我的身边；我只是养了一大群恶汉，伺候奸徒们的肉食。

弗莱维斯 神明可以作证，从来不曾有过一个可怜的管家，为了他的破产的主人而衷心哀痛，像我对您一样。

泰门 怎么！你哭了吗？过来，那么我爱你，因为你是一个女人，不是冷酷无情的男子，男子的眼睛除了在激于情欲和大笑的时候以外，是从来不会潮润的。他们的恻隐之心久已睡去了；奇怪的时代，人们流泪是为了欢笑，不是为了哭泣！

弗莱维斯 请您不要把我当作陌生人，我的好大爷，接受我的同情的吊慰；我还剩着不多几个钱在此，请您仍旧让我做您的管家吧。

泰门 我竟有这样一个忠心正直的管家，来给我安慰吗？我的狂野的心都几乎被你软化了。让我瞧瞧你的脸。不错，这个人是妇人所生的。原谅我的抹杀一切的武断吧，永远清醒的神明们！我宣布这世界上还有一个正直的人，不要误会我，只有一个，而且他是个管家。但愿没有其他的人和他一样，因为我要痛恨一切的人类！你虽然免去了我的憎恨，可是除了你以外，谁都要受我的咒诅。我想你这样老实，未免太不聪明，因为要是你现在欺骗我、凌辱我，也许可以早一点得到一个新的主人；许多人都是踏在他们旧主人的颈子上，去侍候他们的新主人的。可是老实告诉我——我虽然相信你，却不能不怀疑——你的好心是不是别有用意，像那些富人们送礼一样，希望得到二十倍的利息？

弗莱维斯 不，我的最尊贵的主人；唉！您到现在才会发生怀疑，已经太迟了。当您大开盛宴的时候，您就该顾虑到人情的虚伪；可是一个人总要到了日暮途穷，方才知道人心是不可轻信的。天知道我现在向您表示的，完全是一片赤心，我不过对您高贵无比的精神呈献我的天职和热忱，关心您的饮食居住；相信我，我的最尊贵的大爷，我愿意把一切实际上或是希望中的利益，交换这一个愿望：只要您恢复原来的财势，就是给我莫大的报酬了。

泰门 瞧，我已经发了财了。你这唯一的善人，来，拿去；天神借手于我的困苦，把财富送给你了。去，快快活活地做个财主吧；可是你要遵照我一个条件：你必须在远离人踪的地方筑屋而居；痛恨所有的人，咒诅所有的人，不要对任何人发慈悲心，听任那枵腹的饿丐形销骨立，也不要给他一些饮食；宁可把你拒绝给人类的拿去丢给狗；让监狱把他们吞咽，让重债把他们压死；让人们像枯树一样倒毙，让疾病吸干了他们奸诈的血！去吧，愿你有福！

弗莱维斯 啊，让我留着安慰安慰您吧，我的主人。

泰门 要是你不愿意挨骂，那么不要耽留；趁着你得到我的祝福，还是一个自由之身的时候，赶快逃走吧。你再也不要看见人类的面，也让我再也不要看见你。（各下）

第　五　幕

第一场

树林；泰门所居洞穴之前

| 诗人及画师上。

画师 照我所记得的这地方的样子，离他的住处不会怎么远了。

诗人 他这人真有点莫测高深。人家说他拥有大量的黄金，这谣言是真的吗？

画师 真的。艾西巴第斯就是这样说；菲莉妮娅和提曼德拉都从他手里得到过金子；还有那些穷苦的流浪的军士们，也拿了不少去。据说他给他的管家一笔很大的数目呢。

诗人 那么他这次破产不过是有意对他的朋友们的试探罢了。

画师 正是；您就会看见他再在雅典扬眉吐气，高居要津。所以我们应该在他佯为窘迫的时候向他献些殷勤，那可以表显出我们的热肠古道，而且要是关于他的多金的传言果然确实的话，那么我们枉道前来，也一定可以满载而归了。

诗人 您现在有些什么东西可以呈献给他的？

画师 我现在只是专诚拜访，东西可什么也没有；可是我将要允许他一幅绝妙的作品。

诗人 我也必须贡献他一些什么东西；我要告诉他我准备写一篇怎样的诗送给他。

画师 再好没有。这年头儿最通行的就是空口许诺，它会叫人睁大了眼睛盼望，要是真的实行起来，那倒没有什么稀罕了；只有那些老实愚鲁的人，才会把说过的话认真照办。允许是最有礼貌、最合时尚的事，实行就像一种遗嘱，证明本人的理智已经害着极大的重症。

| 泰门自穴中上。

泰门 （旁白）卓越的匠人！像你自己这样一副恶人的嘴脸，是画也画不出来的。

诗人 我正在想我应当说我预备写些什么献给他：那必须是一篇描写他自己的诗章；讽刺人世繁华的虚浮，指出那跟随在盛年与富裕后面的，是多少逢迎谄媚的丑态。

泰门 （旁白）你一定要在你自己的作品里充当一个恶徒吗？你要在别人的身上暴露你自己的弱点吗？很好，我有金子给你哩。

诗人 来，我们找他去吧。要是我们遇见了有利可获的机会而失之交臂，那就太对不起我们自己的幸运了。

画师 不错，趁着白昼的光亮不用你出钱的时候，应当赶快找寻你所要的东西，等到黑夜到来，那就太晚了。来。

泰门 （旁白）待我在转角的地方和你们相会吧。黄金真是一尊了不得的神明，即使他住在比猪窠还卑污的庙宇里，也会受人膜拜！你驱驶船只在海上航行，你使奴隶的心中发生羡敬；你是应该被人们顶礼的，让你的圣徒们永远罩着只接受你的使唤的瘟疫吧。我现在可以去见他们。（上前）

诗人 祝福，可尊敬的泰门！

画师 我们高贵的旧主人！

泰门 我曾经看见过两个正人君子吗？

诗人 先生，我常常沾沐您的慷慨的恩施，听说您已经隐居避世，您的朋友们一个个冷落了踪迹，他们那种忘恩的天性——啊，没有良心的东西！上天把所有的刑罚降在他们身上也掩蔽不了他们的罪辜！嘿！他们居然会这样对待您，他们整个的心身都在您的星辰一样的仁惠之下得到化育！我简直气疯了，想不出用怎样巨大的字眼，才可以遮盖这种薄情无义的弥天罪恶。

泰门 不要遮盖它，让人家可以看得清楚一些。你们都是正人君子，还是把你们的本来面目公之大众吧。

画师 我们两个人常常受到您的霖雨一样的赏赐，感戴您的恩泽的深厚。

泰门 嗯，你们都是正人君子。

画师 我们专诚来此，想要为您略尽微劳。

泰门 真是正人君子！啊，我应当怎样报答你们呢？你们也会啃树根喝冷水吗？不见得吧。

画师 诗人 为了替您服役的缘故，只要是我们能够做的事，我们都愿意做。

泰门 你们是正人君子。你们已经听见我有金子；我相信你们一定已经听见这样的消息了。老实说出来吧，你们是正人君子。

画师 人家是在这样说，我的高贵的大爷；可是我的朋友跟我都不是因为这缘故而来的。

泰门 好一对正人君子！你画了全雅典最好的一帧脸谱，描摹得这样栩栩如生。

画师 不过如此，不过如此，大爷。

泰门 正是不过如此，先生。至于讲到你那些向壁虚造的故事，那么你的诗句里那种美妙宛转的辞藻，真可以说得上笔穷造化。可是虽然这么说，我的两位居心正直的朋友们，我必须说你们还有一个小小的缺点，不过这也不是什么了不得的缺点，我也不希望你们费许多的力量把它改正过来。

画师 诗人 请您明白告诉我们知道吧。

泰门 你们会见怪的。

画师 诗人 我们一定会非常感谢您的开示。

泰门 真的吗？

画师 诗人 不要疑惑，尊贵的大爷。

泰门 你们都相信着一个大大地欺骗了你们的坏人。

画师 诗人 真的吗，大爷？

泰门 是的，你们听见他信口开河，看见他装腔作势，明明知道他不是个好东西，偏偏跟他要好，给他吃喝，把他视为心腹。

画师 我不知道有这样一个人，大爷。

诗人 我也不知道。

泰门 听着，我很欢喜你们；我愿意给你们金子，只要你们替我把你们这两个坏朋友除掉：随你们吊死他们也好，刺死他们也好，把他们扔在茅坑里溺死也好，或是用无论什么方法作弄他们，然后再来见我，我一定会给你们许多的金子。

画师、诗人 请您说出他们的名字来，大爷；让我们知道他们究竟是谁。

泰门 你向那边走，你向这边走。你们一共只有两个人，可是你们两人分开以后，各人还有一个万恶的奸徒和他在一起。要是你不愿意有两个恶人在你的身边，那么不要走近他。（向诗人）要是你只要和一个恶人住在一处，那么不要和他来往。去，滚开！这儿有金子哩。你们是为着金子来的，你们这两个奴才！你们替我做了工了，这是给你们的工钱；去！你有炼金的本领，去把这些泥块去炼成黄金吧。滚开，恶狗！（将二人打走，返入穴内）

| 弗莱维斯及二元老上。

弗莱维斯 你们要去跟泰门说话是不可能的，因为他这样躭好孤寂，除了只有外形还像一个人的他自己而外，他觉得什么都是对他不怀好意的。

元老甲 带我们到他的洞里去；我们已经答应雅典人，负责向泰门说话。

元老乙 人们不是永远始终如一的；时间和悲哀使他变成这样一个人。要是命运加惠于他，恢复了他旧日的豪富，他也许仍旧会恢复原来的样子。带我们见他去，碰碰机会吧。

弗莱维斯 这就是他所住的山洞了。愿平和安宁降临在这儿！泰门大爷！泰门！出来，跟您的朋友们谈谈。雅典人派了两位最年高有德的元老来问候您了。跟他们谈谈吧，尊贵的泰门。

| 泰门自穴中上。

泰门 抚慰众生的太阳，烧起来吧！你们有什么话？快说，说过了就给我上吊去。愿你们说了一句真话就长起一个水泡！说了一句假话就会在舌根上烂一个窟窿！

元老甲 尊贵的泰门——

元老乙 雅典的元老们问候你，泰门。

泰门 我谢谢他们；要是我能够替他们把瘟疫招来，我愿意把它送给他们。

元老甲 啊！忘记那些我们自己所悔恨的事吧。元老们众口一词地诚意要求你回到雅典去；他们已经考虑到许多特殊的荣典，等你回去接受。

元老乙 他们承认过去对你太冷酷无情了；现在雅典的公众已经感觉到他们为了不曾给泰门援手，已经失去了一座患难时可以倚畀的长城，所以他们才突破成例，叫我们前来表示歉忱，并且向你呈献他们无限的爱敬和不可数计的财富，补赎他们以往的过失。

泰门 你们这一番话，真说得我受宠若惊，差一点要感激涕零了。借给我一颗愚人的心和一双妇人的眼睛，我就会听了这种温慰的言语而哭泣起来，尊贵的元老们。

元老甲 那么请你跟我们一同回去，在我们的雅典，也就是你的雅典，接受大将的尊位；你一定会得到人民的感谢，他们会给你绝对的权力，你的美好的声名将和威权同在。我们不久就可以逐退那来势汹汹的艾西巴第斯，他像一头横冲直撞的野猪似的，捣毁了他祖国的和平。

元老乙 向雅典的城墙摇挥他的咄咄逼人的剑锋。

元老甲 所以，泰门——

泰门 好，先生，很好；那么就这样吧：要是艾西巴第斯杀死了我的同胞，让艾西巴第斯知道，泰门是全不介意的。要是他把美好的雅典城劫掠一空，把我们那些善良的老人家们拖着胡须拉走，让我们那些圣洁的处女们去受那疯狂兽性的战争的污辱，那么让他知道，告诉他泰门这样说，为了怜悯我们的老人和我们的少年，我不能不对他说，泰门对于这些是全不介意的，随他高兴怎么办就怎么办吧；因为只要你们还有不曾割断的咽喉，他们的刀是不会嫌血污的。至于我自己，那么，那横暴不法的敌人营里的每一把屠刀，都比雅典最可尊敬的咽喉更能获得我的好感。所以我现在把你们交付在幸运的天神的照顾之下，正像把一群窃贼交付给看守的人一样。

弗莱维斯 去吧，一切全都是没用。

泰门 我刚才正在写我的墓志铭；明天就可以给你们看见。健康和生活使我害了长久的病，现在我的宿疾已经开始痊愈，从虚无中间我得到了一切。去，继续活下去；愿艾西巴第斯给你们灾难，他也在你们手里遭灾，到头来大家同归于尽吧！

元老甲 我们的话都是白说。

泰门 可是我爱我的国家，人家虽然说我欢喜看见宗国的沦亡，其实我却不是那样的人。

元老甲 这才说得不错。

泰门 请你们替我向我的亲爱的同胞们致意——

元老甲 这样的话从您的嘴里出来，足见志士襟怀，毕竟与众不同。

元老乙 它们进入我们的耳中，也像得胜荣归的勇士，在夹道欢呼声中返旆国门一样。

泰门 替我向他们致意；告诉他们，为了减轻他们的忧虑，解除他们对于敌人剑锋的恐惧，释免他们的痛苦、损失、爱情的巨剑，以及在生命的无定的航程中这脆弱的凡躯所遭受的一切其他的不幸起见，我愿意给他们一些善意的贡献，指点他们避免狂暴的艾西巴第斯的愤怒的方法。

元老乙 我很高兴他说这样的话；他会重新回去的。

泰门 我有一棵树长在我的住处的附近，因为我自己需用，不久就要把它砍下来，告诉我的朋友们，告诉全雅典的人，叫他们按照各人地位的高低分别先后，凡是有谁愿意解除痛苦，就赶快到这儿来，在我那棵树未遭斧斤以前自己缢死。请你们这样替我对他们说吧。

弗莱维斯 不要再跟他絮烦了，他总是这个样子的。

泰门 不要再来见我；对雅典说，泰门已经在海边的沙滩上筑好他的万世的佳城，汹涌的波涛每天一次向它喷吐着泡沫；到那边来吧，让我的墓碑预示着你们的命运。

让怨怼不挂唇，让言语消灭，
灾难和瘟疫将会纠正一切！
坟墓是人一世辛勤的成绩；
隐去吧，阳光！陪着泰门安息。（下）

元老甲 他的愤懑不平之气，已经深植在天性之中，再也消解不去的了。

元老乙 我们对他的希望已经完了，还是回去凭着我们残余的力量，想些其他的办法，尽力挽救危局吧。

元老甲 事不宜迟，我们快回去。（同下）

第二场

雅典城墙之前

| 二元老及一使者上。

元老丙 难为你探到了这样的消息；他的军力果然像你所说的那样雄壮吗？

使者 他的实际的力量，比我所说的还要强大得多；而且他的行军非常迅速，大概就要到来了。

元老丁 要是他们不能劝诱泰门回来，我们的处境可真是危险万分呢。

使者 我在路上碰见一个信差，是我旧日的朋友，虽然我们各事一方，可是我们从前的交谊使我们泯除猜忌，像朋友一般互吐真情。这个人是艾西巴第斯差他飞骑送信到泰门的洞里去的，那信上要求他协力助攻雅典，因为这次举兵一部分的原因也就是为了他。

元老丙 我们的两个同僚来了。

| 甲乙二元老自泰门处归上。

元老甲 别再提起泰门的名字，别再对他存什么希望。敌人的鼓声已经近在耳边，一片尘沙扬蔽了天空。进去，赶快准备起来；我怕我们要落下敌人的罗网。（同下）

第三场

树林；泰门洞穴，相去不远有草草砌成的坟墓一座

| 一军士上，寻找泰门。

军士 照他们所说的样子看来，大概就是这儿了。有人吗？喂，说话呀！没有回答！这是什么？泰门死了，他的大限已到；这坟墓是什么野兽给他盖起来的，这儿是没有人住的地方。一定是死了；这便是他的坟墓。墓石上还有几行字，我可认不得；让我用蜡把它们拓下来；我们的主将什么文字都懂，他年纪虽轻，懂的事情可多哩。他现在一定已经在骄傲的雅典城前安下营寨；陷落那座城市是他志愿的目标。（下）

第四场

雅典城墙之前

喇叭声；艾西巴第斯率军队上。

艾西巴第斯 吹起喇叭来，让这个懦怯的、淫秽的城市知道我们的大军到来。（吹谈判信号）

元老等自城墙上登城。

艾西巴第斯 在今天以前，由你们胡作非为，肆行不义，把你们的私心当作公道；在今天以前，我自己以及一切睡在你们权力的阴影下面的人，谁都是叉手彷徨，有冤莫诉。现在忍无可忍的时间已经到了，蹲伏惯了的脊骨，在重重的压迫之下，喊出"受不住了"的呼声；现在无告的冤苦将要坐在你们宽大的安乐椅上喘息，短气的骄横将要狼狈奔逃了。

元老甲 尊贵的少年将军，你当初因为些微的误会一怒而去的时候，虽然你还是无拳无勇，我们无须恐惧你的报复，可是我们仍旧召你回来，好意抚慰你，用逾量的恩宠洗刷我们负心的罪戾。

元老乙 就是对于改换了形貌的泰门，我们也曾用谦恭的使节和优渥的允诺恳求他眷念我们的城市。我们不都是冷酷无情的人，也不该不分皂白地同受战争的屠戮。

元老甲 我们这一座城墙，并不是建立于得罪你的那些人之手；这些巍峨的高塔、标柱和学校，更不应该为了私人的错误而同归毁灭。

元老乙 当初驱迫你出亡的那些人，因为自愧缺少应付非常的才能，中心惭疚，都已忧郁逝世了。尊贵的将军，带领你的大军，高扬你的旗帜，开进我们的城中吧；要是你不顾上天好生之德，你的复仇的欲望必须得到满足，那么请你在十人中杀死一人，让那不幸接触你的锋刃的作为牺牲吧。

元老甲 不是每一个人都犯罪；因为从前的人铸下了错误而向现在的人报复，这不是合乎公道的措置；罪恶和土地一样，都不是世袭的。所以，亲爱的兄弟，带你的队伍进来吧，可是把你的愤怒留在外面。宽恕你所生长的雅典摇篮，也不要在盛怒之中把你的亲人和那些得罪你的人同时骈戮，像一个牧人一般，你可以走到羊栏里，把那些染疫的牲畜拣出，可不要漫无区别地完全杀死。

元老乙 你要什么都可以用微笑取得，何必一定要用刀剑的威力诛求呢？

元老甲 你只要一踏到我们壁垒森严的门口，它们就会砉然开启，让你仁慈的心为你先容，通报你善意的来临。

元老乙 抛下你的手套，或是任何代表你的荣誉的纪念物，表示你这次攻城的目的，只是伸雪你的不平，不是破坏我们的安全；你的全部军队可以驻扎在我们城里，直等我们签准了你的全部要求为止。

艾西巴第斯 那么我就摔下我的手套。下来，开开你们未受攻击的城门；把泰门的和我自己的敌人交出来领死，其余一概不论。为了消释你们的疑虑，表明我的正直的胸襟起见，我还要下令严禁部下的士兵擅离营地，扰乱你们城市中的治安，凡是违反禁令的，一律交付你们按法严惩。

元老甲
元老乙 真是光明正大的说话。

艾西巴第斯 下来，实践你们自己的允诺。（元老等下城开门）

一军士上。

军士 禀主将，泰门已经死了；他葬身在大海的边沿，在他的墓石上刻着这几行文字，我因为自己看不懂，已经用蜡把它们拓了下来。

艾西巴第斯 残魂不可招，
空剩臭皮囊；
莫问其中谁：
疫吞满路狼！
生憎举世人，
殁葬海之滑；
悠悠行路者，
速去毋相溷！

这几行诗句很可以表明你后来的心绪。虽然你看不起我们人类的悲哀，蔑视我们凉薄的天性里自然流露出来的泪点，可是你的丰富的想象使你叫那苍茫的大海永远在你低贱的坟墓上哀泣。高贵的泰门死了；他的记忆将永留人间。带我到你们的城里去；我要一手握着橄榄杖，一手握着宝剑，使战争孕育和平，使和平酝酿战争，这样才可以安不忘危，巩固国家的基础。敲起我们的鼓来！（众下）

BYAM·SHAW
EXLIBRIS

莎士比亚

悲剧喜剧全集

喜剧 Ⅰ

[英] 莎士比亚 著　朱生豪 译

浙江文艺出版社

阿尔弗雷德·埃尔莫尔绘
《维洛那二绅士》 第3幕第1场

《提泰妮娅痴缠波顿》 E.H.兰西尔绘
《仲夏夜之梦》 第3幕第1场

《奥布朗与提泰妮娅的争吵》 J.N.佩顿绘
《仲夏夜之梦》 第2幕第1场

约翰·西蒙斯绘
《仲夏夜之梦》

目录

CONTENTS

错误的喜剧

Fortune had left to both of us alike what to delight in, what to sorrow for.

—— *The Comedy of Errors*

命运是这样的安排着，使我们各人留下一半的慰藉，哀悼那失去了的另外一半。

——《错误的喜剧》

剧中人物

索列纳斯	以弗所公爵
伊勤	叙拉古商人
大安提福勒斯 **小安提福勒斯**	伊勤及爱米利娅的孪生子
大德洛米奥 **小德洛米奥**	侍奉安提福勒斯兄弟的孪生兄弟
鲍尔萨泽	商人
安哲鲁	金匠
商人甲	大安提福勒斯的朋友
商人乙	安哲鲁的债主
品契	教师兼巫士
爱米利娅	伊勤的妻子，在以弗所尼庵中住持
阿德里安娜	小安提福勒斯的妻子
露西安娜	阿德里安娜的妹妹
露丝	阿德里安娜的女仆
妓女	

狱卒、差役及其他侍从等

地点

以弗所

第　一　幕

第一场

公爵宫庭中的厅堂

| 公爵、伊勤、狱卒、差役及其他侍从等上。

伊勤　索列纳斯，快给我下死刑的宣告，

好让我一死之后，解脱一切烦恼！

公爵　叙拉古的商人，你也不用多说。我没有力量变更我们的法律。最近你们的公爵对于我们这里去的规规矩矩的商民百般仇视，因为他们缴不出赎命的钱，就把他们滥加杀戮；这种残酷暴戾的敌对行为，已经使我们无法容忍下去。本来自从你们为非作乱的邦人和我们发生嫌隙以来，你我两邦已经各自制定庄严的法律，禁止两邦人民之间的一切来往；而且有谁在以弗所生长的，要是在叙拉古的市场上出现，或者在叙拉古生长的，涉足到以弗所的港口，就要把他处死，他的钱财货物就要全部充公，悉听该地公爵的处分，除非他能够缴纳一千个马克，才可以放他回去。你的财物估计起来，最多也不过

一百个马克，所以按照法律，必须把你处死。

伊勤 等你一声令下，我就含笑上刑场，
从此恨散愁消，随着西逝的残阳！

公爵 好，叙拉古人，你且把你离乡背井，到以弗所来的原因简简单单告诉我们。

伊勤 要我讲说我的难言的哀痛，那真是一个最大的难题；可是为了让世人知道我的死完全是天意，不是因为犯下了什么罪恶，我就忍住悲伤，把我的身世说一说吧。我生长在叙拉古，在那边娶了一个妻子，两口子相亲相爱，安享着人世的幸福；我因为常常到埃必丹农做买卖，每次赚了不少钱，所以家道很是丰裕；可是，后来我在埃必丹农的代理人突然死了，我在那边的许多货物没人照管，所以不得不离开妻子的温柔怀抱，前去主持一切。我的妻子在我离家后不到六个月，就摒挡行装，赶到了我的地方；那时她早已有孕在身，不久就做了两个可爱的孩子的母亲。说来奇怪，这两个孩子生得一模一样，全然分别不出来。就在他们诞生的时辰，在同一家客店里有一个穷家的妇女也产下了两个面貌相同的双生子，我看见他们贫苦无依，就把他们出钱买了下来，把他们抚养大，侍候我的两个儿子。我的妻子生下了这么两个孩子，把他们宠爱异常，每天催促我早作归乡之计，我虽然不大愿意，终于答应了她。唉！我们上船的日子，选得太不凑巧了！船离开埃必丹农三哩路的地方，海面上还是波平浪静，一点看不出将有风暴的征象；可是后来

天色越变越恶，使我们的希望完全消失，天上偶然透露的微弱光芒，在我们惴惴不安的心理中，似乎只告诉我们死亡已经迫在眼前。我自己虽然并不怕死，可是看到我的妻子因为不可免的厄运而不断哭泣，还有我那两个可爱的孩子虽然不知道他们将会遭到些什么，却也跟着母亲放声号哭，这一种凄惨的情形，使我不能不设法保全他们和我自己的生命。那时候船上的水手们都已经跳下小船，各自逃生去了，只剩下我们几个人在这艘快要沉没的大船上；我们没有别的办法，只好效法航海的人们遇到风暴时的榜样，我的妻子因为更疼她的小儿子，就把他缚在一根小的桅杆上，又把另外那一对双生子中的一个也缚在一起，我也把大的那一个照样缚好了，然后我们夫妻两人各自把自己缚在桅杆的另外一头，每人照顾着一对孩子，于是让我们的船随波漂流，向着科林多顺流而去。后来太阳出来了，把我们眼前的阴霾暗雾扫荡一空，海面也渐渐平静起来，我们方才望见远处有两艘船向着我们开来，一艘是从科林多来的，一艘是从埃必道勒斯来的；可是它们还没有行近——啊，我说不下去了，以后的事情，你们自己去猜度吧！

公爵 不，说下去，老人家，不要打断话头。我们虽然不能赦免你，却可以怜悯你。

伊勤 啊！天神们要是能够在那时可怜我，那么我现在也不会怨恨他们的不仁了！我们的船和来船相距还有三十哩的时候，我们却在中途遇着了一座巨大的礁石，迎面一撞，就把船撞碎了，我们夫妻和孩子们，都被无情地冲散；命运是这样的安排着，使我们各人留下一半的慰藉，哀悼那失去了的另外一半。我那可怜的妻子因为她的一根桅杆重量较轻，被风很快地吹远远去，我望见她们三人大概是被科林多的渔夫们救起来了。后来另外一艘船把我们救起，他们知道了他们所救起的是些什么人之后，招待我们十分殷勤，并且把我们护送回去。这就是我怎样被幸福所遗弃的经过，留下我这苦命的一身，来向人诉说我自己悲惨的故事。

公爵 请你把你儿子们和你自己此后的经历详细告诉我吧。

伊勤 我的大儿子[①]在十八岁上就向我不断探询他母弟的下落，要求我准许他带着他的童仆出去寻找，那童仆也和他一样有一个不知踪迹的同名的兄弟。我因为思念存亡未卜的妻儿，就让我这唯一的爱子远离膝下，到如今也不知他究竟在哪处存身。五年以来，我走遍希腊，直达亚洲的边界，到处搜寻他们，虽然明知无望，也不愿漏过一处有人烟的地方。这次买棹归来，才到了以弗所的境内；可是我的一生将在这里告一段落，要是我这迢迢万里的奔波能够向我保证他们尚在人间，我也就死而无怨了。

公爵 不幸的伊勤，命运注定了你，使你遭受人间最大的惨痛！相信我，倘不是因为我们的法律不可破坏，

---

① 原文此处作“小儿子”，惟上文云，“我的妻子更疼她的小儿子”，则小儿子应当和他母亲在一起，莎翁在此处也有些缠夹不清。

我自己的地位和誓言不可逾越，我一定会代你申辩无罪。现在你虽然已经判定了死刑，我也无法收回成命，可是我愿意尽我的力量帮助你；所以，商人，我限你在今天设法找寻可以援救你的人，替你赎回生命。你要是在以弗所有什么亲友，不妨一个个去恳求他们，乞讨也好，借贷也好，凑足限定的数目，就可以放你活着回去；要是筹不到这一笔款子，那就只好把你处死了。狱卒，把他带下去看守起来。

狱卒 是，殿下。

伊勤 纵使把这残生多留下几个时辰，
这茫茫人海，何处有赎命的恩人！
（同下）

第二场
市　场

| 大安提福勒斯、大德洛米奥及商人甲上。

商人甲 所以你应当向人说你是从埃必丹农来的，免得你的货物给他们没收。就在今天，有一个叙拉古商人因为犯法入境，已经被捕了；他缴不出赎命的钱来，依照本地的法律，必须把他在太阳西落以前处死。这是你托我保管的钱。

大安提福勒斯 德洛米奥，你把这钱拿去放在我们所耽搁的森道旅店里，你就在那里等我回来，不要走开。现在离开吃饭的时候不到一个钟头，让我先在街上蹓跶蹓跶，观光观光这儿的市面，然后回到旅店里睡觉，因为赶了这么多的路，我已经十分疲乏了。你走吧。（大德洛米奥下）这小厮做事还老实，我有时心里抑郁不乐，他也会常常说些笑话来给我解闷。你愿意陪着我一起走走，然后一同到我的旅店里吃饭吗？

商人甲 请你原谅，有几个商人邀我到他们那里去，我还希望跟他们作成些交易，所以不能奉陪了。五点钟的时候，请你到市场上来会我，我可以陪着你一直到晚上。现在我可要走了。

大安提福勒斯 那么等会儿再见吧，我就到市上去随便走走。

商人甲 希望你玩个畅快。（下）

大安提福勒斯 他叫我玩个畅快，我心里可永不会有畅快的一天。我像一滴水一样来到这人世，要在浩渺的大海里找寻他的同伴，结果连自己也迷失了方向；我为了找寻母亲和兄弟到处漂流，不知哪一天才会重返家园。

| 小德洛米奥上。

大安提福勒斯 怎么？你怎么这么快又回来了？

小德洛米奥 这么快回来！我已经来得太迟了！鸡也烧焦了，肉也炙枯了，钟已经敲了十二点，我的脸上已经给太太打过。她大发脾气，因为肉冷了；肉冷因为您不回家；您不回家因为您肚子不饿；您肚子不饿因为您已经用过点心，可是我们却为了您而挨饿。

大安提福勒斯 别胡说了，我问你，我给你的钱你拿去放在什么地方？

小德洛米奥 啊，那六便士吗？我在上星期三就拿去给太太买缰绳了。钱在马鞍店里，我没有留着。

大安提福勒斯 我没有心思跟你开玩笑。干脆回答我，钱在哪里？异乡客地，你怎么敢把这么多的钱随便丢下？

小德洛米奥 大爷，您倘要说笑话，请您留着在吃饭的时候说吧。太太叫我来请您回去，您要是不回去，我的脑壳子又要晦气。我希望您的肚子也像我一样，可以代替时钟，到了时候会叫起来，那时不用叫您，您也会自己回来了。

大安提福勒斯 算了吧，德洛米奥，现在不是说笑话的时候。我给你看管的钱呢？

小德洛米奥 您给我看管的钱吗？大爷，您几时给我什么钱？

大安提福勒斯 狗才，别装傻了，究竟你把我的钱拿去怎么样了？

小德洛米奥 大爷，我只知道奉命到市场上来请您回家吃饭，太太在等着您。

大安提福勒斯 老老实实回答我，你把钱放在什么地方了？再不说出来，我就捶碎你的脑壳；我要是心里懊恼起来，连你的头都会敲下来的。你从我手里拿去的一千个马克呢？

小德洛米奥 您在我头上凿过几拳，太太在我肩上捶过几拳，除此之外，你们谁也不曾给过我半个铜钱。我要是把您给我的赏赐照样奉还，恐怕您就不会像我这样默然忍受了。

大安提福勒斯 太太！你有什么太太！

小德洛米奥 就是您大爷的夫人哪，她为了等您回去吃饭，到现在还没有吃过东西哩。请您赶快回去吧。

大安提福勒斯 啊！你敢当着我这样放肆无礼吗？我打你这狗头！

（打小德洛米奥）

小德洛米奥 大爷，您这是什么意思？看在上帝的面上，请您收回尊手，否则我可要拔起贱腿逃了。（下）

大安提福勒斯 这狗才一定把我的钱拿去给人骗掉了。他们说这地方上多的是拆白党，有的会玩弄遮眼的戏法，有的会用妖法迷惑人心，有的会用符咒伤害人的身体，还有各式各种化装的骗子，口若悬河的江湖术士，到处设下了陷阱。倘然果有此事，我还是赶快离开的好。我要到森道旅店去追问这奴才，我的钱恐怕已经不保了。（下）

第　二　幕

第一场
小安提福勒斯家中

| 阿德里安娜及露西安娜上。

阿德里安娜　我的丈夫到现在还没有回来，叫那奴才去找他，也不知找到什么地方去了。露西安娜，现在已经两点钟啦！

露西安娜　也许在市场上他遇到什么商人，请他到什么地方吃饭去了。好姊姊，咱们吃饭吧，你也不用发恼啦。男人是有他们的自由的，他们只受着时间的支配；一到时间，他们就会来了。姊姊，你耐着心吧。

阿德里安娜　为什么他们的自由要比我们更多？

露西安娜　因为男人家总是要在外面奔波。

阿德里安娜　我倘这样待他，他定会大不高兴。

露西安娜　做妻子的应该服从丈夫的命令。

阿德里安娜　人不是驴子，谁甘心听人家使唤？

露西安娜　倔骜不驯的结果一定十分悲惨。
你看地面上，海洋里，广漠的天空，

哪一样东西能够不受羁束牢笼？
是走兽，是游鱼，是生翅膀的飞鸟，
只见雌的低头，哪里有雄的伏小？
人类是控制陆地和海洋的主人，
天赋的智慧胜过一切走兽飞禽，
女人必须服从男人是天经地义，
你应该温恭谦顺伺候他的旨意。

阿德里安娜 你嫁了个丈夫，不是去为婢为奴。

露西安娜 我未解风情，先要学习出嫁从夫。

阿德里安娜 你丈夫要是变了心把别人眷爱？

露西安娜 他会回心转意，我只有安心忍耐。

阿德里安娜 一个人倘不曾经历命运的颠簸，
怎么会了解苦命人心里的难过？
你可没有狠心的丈夫把你虐待，
你以为什么事都可以安心忍耐，
倘有一天人家篡夺了你的权利，
看你耐不耐得住你心头的怨气？

露西安娜 好，等我嫁了人以后试着看吧。你丈夫的跟班来了，他大概也就来了。

| 小德洛米奥上。

阿德里安娜 你那迟迟其来的主人现在可来了吗？你对他说过什么话没有？你知道他的心思吗？

小德洛米奥 是，是，他把他的心思告诉我的耳朵了，我的耳朵现在还是热辣辣的。我真不懂他的意思。

露西安娜 他说得不大清楚，所以你听不懂吗？

小德洛米奥 不，他打了我一记清脆的耳刮子，我懂是不懂，痛倒很痛。

阿德里安娜 可是他是不是就要回家了？他真是一个体贴妻子的好丈夫！

小德洛米奥 嗳哟，太太，我的大爷准是疯了。

阿德里安娜 狗才，什么话！

小德洛米奥 他准是疯了。我请他回家吃饭，他却向我要一千个金马克。我说，“现在是吃饭的时候了；”他说，“我的钱呢？”我说，“肉已经烧熟了；”他说，“我的钱呢？”我说，“请您回家去吧；”他说，“我的钱呢？狗才，我给你的那一千个金马克呢？”我说，“猪肉已经烤熟了；”他说，“我的钱呢？”我说，“大爷，太太叫您回去；”他说，“什么太太！我不认识你的太太！”

露西安娜 这是谁说的？

小德洛米奥 大爷说的。他说，“我不知道什么家，什么妻子，什么太太。”所以我就谢谢他，把他的答复搁在肩膀上回来了，因为他的拳头就落在我的肩膀上。

阿德里安娜 不中用的狗才，再给我出去把他叫回来。

小德洛米奥 再出去找他，再让他把我打回来吗？看在上帝的脸上，请您另请高明吧！

阿德里安娜 狗才！不去，我就打破你的头。

小德洛米奥 难道我就是个圆圆的皮球，给你们踢来踢去吗？你把我一脚踢出去，他把我一脚踢回来，你们要我这皮球不破，还得替我补上一块厚厚的皮哩。（下）

露西安娜 嗳哟，瞧你满脸的怒气！

阿德里安娜 他和那些娼妇贱婢们朝朝厮伴，
我在家里盼不到他的笑脸相看。

难道逝水年华消褪了我的颜色？
有限的青春是他亲手把我摧折。
难道他嫌我语言无味心思愚蠢？
是他冷酷的无情把我聪明磨损。
难道浓妆艳抹勾去了他的灵魂？
谁教他不给我裁剪入时的衣裙？
我这憔悴朱颜虽然逗不起怜惜，
剩粉残脂都留着他薄情的痕迹。
只要他投掷我一瞥和煦的春光，
这朵枯萎的花儿也会重吐芬芳；
可是他是一头不受羁束的野鹿，
他爱露餐野宿，怎念我伤心孤独！

露西安娜 姊姊，你何必如此，妒嫉徒然自苦！

阿德里安娜 人非木石，谁能忍受这样的欺侮？
我知道他一定爱上了浪柳淫花，
贪恋着温柔滋味才会忘记回家。
他曾经答应我打一条颈链相赠，
看他对床头人说话有没有定准！
涂上釉彩的宝石容易失去光润，
最好的黄金经不起人手的摩损，
尽管他是名誉良好的端人正士，
一朝堕落了也照样会不知羞耻。
我这可憎容貌既然难邀他爱顾，
我要悲悼我的残春哭泣着死去。（同下）

第二场
广　场

｜大安提福勒斯上。

大安提福勒斯　我给德洛米奥的钱好好地都在森道旅店里，那奴才出去找我去了。这样算起来，我怎么会在市场上碰见德洛米奥？瞧，他又来了。

｜大德洛米奥上。

大安提福勒斯　喂，你现在还想开玩笑吗？你不知道哪一家森道旅店？你没有收到什么钱？你家太太叫你请我回去吃饭？你刚才对我说了这许多疯话，你是不是疯了？

大德洛米奥　我说了什么话，大爷？我几时说过这样的话？

大安提福勒斯　就在刚才，就在这里，不到半点钟以前。

大德洛米奥　您把钱交给我，叫我回到森道旅店去了以后，我没有见过您呀。

大安提福勒斯　狗才，你刚才说我不曾交给你钱，还说什么太太哩，吃饭哩；你现在大概知道我在生气了吧？

大德洛米奥　我很高兴看见您这样爱开玩笑，可是这笑话是什么意思？大爷，请您告诉我吧。

大安提福勒斯　啊，你还要假作痴呆，当着我的面放肆吗？你以为我是在跟你说笑话吗？我就打你！（打大德洛米奥）

大德洛米奥　慢着，大爷，看在上帝的面上！您现在把说笑话认真起来了。我究竟做错了什么事您要打我？

大安提福勒斯　我因为常常和你不拘名分，说说笑笑，你就这样大胆起来，人家有正事的时候你也敢捣鬼。无知的蚊蚋尽管在阳光的照耀下飞翔游戏，一到日没西山也会钻进它们的墙隙木缝。你要开玩笑就得留心我的脸色，看我有没有那样兴致。你要是还不明白，让我把这一种规矩打进你的脑壳里去。

大德洛米奥 我看您还是免动尊手，让我保全我的脑壳吧。可是请问大爷，我究竟为何被打？

大安提福勒斯 你不知道吗？

大德洛米奥 不知道，大爷，我只知道我给您打了。

大安提福勒斯 我要告诉你原因吗？好，第一，因为你胆敢在我面前放肆捣鬼；第二，因为你第二次见了我还要随口胡说。

大德洛米奥 你把我打得昏天黑地，我还是一个莫名其妙。谢谢大爷！

大安提福勒斯 谢谢我，谢我什么？

大德洛米奥 因为我无功受赏，所以要谢谢您。

大安提福勒斯 好，以后你作事有功，我也不赏你，那就可以拉平了。现在有没有到吃饭的时候了？

大德洛米奥 还没有，肉还没有烤熟呢。

大安提福勒斯 多烤了它会焦的。

大德洛米奥 它要是焦了，请您不要吃它。

大安提福勒斯 为什么？

大德洛米奥 您吃了焦肉会发脾气，我又要挨一顿打了。

大安提福勒斯 你以后说笑话也得看准适当的时候。且慢，谁在那边向我们招手？

| 阿德里安娜及露西安娜上。

阿德里安娜 好，好，安提福勒斯，你尽管皱着眉头，假装不认识我吧；你是要在你相好的面前，才会满脸春风的；我

不是阿德里安娜，也不是你的妻子。想起从前的时候，你会自动向我发誓，说只有我说的话才是你耳中的音乐，只有我才是你眼中最可爱的事物，只有我握着你的手你才会感到快慰，只有我亲手切下的肉才会使你感到美味。啊，我的夫，你现在怎么这样神不守舍，忘记了你自己？因为我们两人已结合一体，是不可分的，你把我这样遗弃不顾，就是遗弃了你自己。啊，我的爱人，不要离开我！你把一滴水洒下了海洋里，就没去把它重新收回，因为它已经和其余的水混合在一起分别不出来；我们两人也是这样，你怎么能硬把你我分开，而不把我的一部分也带了去呢？要是你听见我有了不端的行为，我这奉献给你的身子，已经给淫邪所玷污，那时你将要如何气愤！你不要唾骂我，羞辱我，不认我是你的妻子，从我不贞的手指上夺下我们结婚的指环，把它剁成粉碎吗？我知道你会这样做的，那么请你就这样做吧，因为我的身体里已经留下了淫邪的污点，我的血液里已经混合着奸情的罪恶，我们两人既然是一体，那么你的罪恶难道不会传染到我的身上？既然这样，你就该守身如玉，才可保全你的名誉和我的清白。

大安提福勒斯 您是在对我说这些话吧，嫂子？我不认识您；我到以弗所来不过两个钟点，完全是个陌生人，更不懂您的话是什么意思。

露西安娜 哎哟，姊夫，您怎么完全变了一个人呢？您几时这样对待过我的姊姊？她刚才叫德洛米奥来请您回家吃饭。

大安提福勒斯 叫德洛米奥请我？

大德洛米奥 叫我请他？

阿德里安娜 叫你请他，你回来却说他打了你，还说他不知道有什么家什么妻子。

大安提福勒斯 你曾经和这位太太讲过话吗？你们谈些什么？

大德洛米奥 我吗，大爷？我从来不曾见过她。

大安提福勒斯 狗才，你说谎！你在市场上对我说的话，正跟她说的一样。

大德洛米奥 我从来不曾跟她说过一句话。

大安提福勒斯 那么她怎么会叫得出我们的名字？难道她有未卜先知的本领吗？

阿德里安娜 你们主仆俩一吹一唱装傻弄诈，
多么不相称你高贵尊严的身价！
就算我有了错处你才把我回避，
也该宽假三分，给我自新的机会。
来，我要拉住你的衣袖紧紧偎倚，
你是参天的松柏，我是藤萝纤细，
藤萝托体松柏，信赖他枝干坚强，
莫让野蔓闲苔偷取你雨露阳光！

大安提福勒斯 她这样向我婉转哀求，字字辛酸，
莫不是我在梦中和她缔下姻缘？
难道我听错了，还是我昏睡未醒？
难道我的眼睛耳朵都有了毛病？
我且将错就错，顺从着她的心意，
把这现成的丈夫名义权时顶替。

露西安娜 德洛米奥，你去叫仆人们把饭预备好了。

大德洛米奥 哎哟，上帝饶恕我这罪人！（以手划十字）这儿是妖精住的地方，我们在和些山精木魅们说话，要是不服从他们，他们就要吮吸我们的血液，或者把我们身上捻得一块青一块紫的。

露西安娜 叫你不答应，却在那边唠叨些什么？德洛米奥，你这蜗牛，懒虫！

大德洛米奥 大爷，我已经变了样子吗？

大安提福勒斯 我想我们的头脑都有些变了样子了。

大德洛米奥 不，大爷，不但是头脑，连外表也变了样了。

大安提福勒斯 你还是你原来的样子。

大德洛米奥 不，我已经变成了一头猴子。

露西安娜 你要是变起来，只好变成一头驴子。

大德洛米奥 不错，我是驴子，否则她怎么认识我，我却不认识她。

阿德里安娜 来，来，你们主仆两人看我伤心，还把我这样任情取笑，我不愿再像一个傻子一样哭泣了。来，大家吃饭去吧；德洛米奥，好好看守着门。丈夫，我今天要在楼上陪着你吃饭，听你忏悔你种种对不起人的地方。德洛米奥，要是有人来看大爷，就说他在外面吃饭，什么人都不要让他进来。来，妹妹。

大安提福勒斯 （旁白）我是在人间，在天上，还是在地下？是在做梦吗？还是已经发了疯？她们认识我，我却不认识我自己！好，她们怎么说，我就怎么说，在这一场迷雾之中寻求新的天地。

大德洛米奥 大爷，我是不是要做起看门人来？

阿德里安娜 是，你要是让什么人进来，留心你的脑袋。

露西安娜 来，来，安提福勒斯，时候已经不早了。（同下）

第　三　幕

第一场
小安提福勒斯家门前

丨小安提福勒斯、小德洛米奥、安哲鲁及鲍尔萨泽同上。

小安提福勒斯　好安哲鲁先生，请你原谅我们，内人很是厉害，她因为我误了时间，一定要生气；你必须对她这样说，我因为在你的店里看你给她做颈链，所以到现在才回来，你说那条颈链明天就可以完工送来。可是这家伙却会当面造我的谣言，说他在市场上遇见我，说我打了他，说我问他要一千个金马克，又说我不认我的妻子，不肯回家。你这酒鬼，你这是什么意思？

小德洛米奥　尽您说吧，大爷，可是我知道得清清楚楚，您在市场上打了我，我身上还留着您打过的伤痕。我的皮肤倘然是一张羊皮纸，您的拳头倘然是墨，那么您亲笔写下的凭据，就可以说明一切了。

小安提福勒斯　我看你就是头驴子。

小德洛米奥　我这样挨打受骂，真像头驴子一样。人家踢我的时候，我应该把他还踢；要是我真的发起驴性子来，请您留心着我的蹄子吧，您会知道驴子也不是好惹的。

小安提福勒斯 鲍尔萨泽先生，你好像不大高兴，但愿我们的酒食能够代我向你表达一点欢迎的诚意。

鲍尔萨泽 美酒佳肴，我倒不在乎，您的盛情是值得感佩的。

小安提福勒斯 啊，鲍尔萨泽先生，满席的盛情，当不了一盆下酒的鱼肉。

鲍尔萨泽 大鱼大肉，是无论哪一个伧夫都能置办得起的不足为奇的东西。

小安提福勒斯 殷勤的招待不过是口头的空言，尤其不足为奇。

鲍尔萨泽 酒肴即使稀少，只要主人好客，也一样可以尽欢。

小安提福勒斯 只有吝啬的主人和比他更为俭约的客人，才会以此为满足。可是我的酒肴虽然菲薄，希望你不以为嫌，纵杯尽醉；你在别的地方可以享受到更为丰盛的宴席，可是不会遇到比我更诚心的主人。且慢！我的门怎么关起来了？去喊他们开门。

小德洛米奥 阿毛，白丽姐，玛琳，雪莉，琪琳，阿琴！

大德洛米奥 （在内）呆鸟，醉鬼，坏坯，死人，蠢货，阿木林！给我滚开去！这儿不是让你找寻娘儿们的地方；一个已经太多了，你要这许多做什么？走，快滚！

小德洛米奥 咱们的看门人发了昏啦。喂，大爷在街上等着呢。

大德洛米奥 （在内）叫他不用等了，仍旧回到老地方去，免得他的尊足受了寒。

小安提福勒斯 谁在里面说话？喂！开门！

大德洛米奥 （在内）好，你对我说有什么事，我就开门。

小安提福勒斯 什么事！吃饭！我还没有吃过饭哪。

大德洛米奥 （在内）这儿不是你吃饭的地方；等到请你的时候你

再来吧。

小安提福勒斯 你是什么人，不让我走进我自己的屋子？

大德洛米奥 （在内）我叫德洛米奥，现在权充司阍之职。

小德洛米奥 他妈的！你不但抢了我的饭碗，连我的名字也一起偷去了；我这饭碗可不曾给我什么好处，我这名字倒挨过不少的骂。要是你今天冒名顶替着我，那么你最好还是把你的脸孔也换一换，否则干脆就把名字改做驴子就得啦。

露丝 （在内）吵些什么，德洛米奥？门外是些什么人？

小德洛米奥 露丝，让大爷进来吧。

露丝 （在内）不，他来得太迟了，你这样告诉你的大爷吧。

小安提福勒斯 你听见吗，贱人？还不开门？

小德洛米奥 大爷，把门敲得重一点儿。

露丝 （在内）让他去敲吧。

小安提福勒斯 我要是把门敲破了，那时可不能饶过你，你这贱丫头！

阿德里安娜 （在内）谁在门口闹个不休？

大德洛米奥 （在内）你们这里无赖太多了。

小安提福勒斯 我的太太，你在里边吗？你怎么不早点跑出来？

阿德里安娜 （在内）混蛋！谁是你的太太？快给我滚开去！

小德洛米奥 大爷，您要是有了毛病，这个“混蛋”就要不舒服了。

安哲鲁 既没有酒食，也没有人招待，要是二者不可得兼，那么只要有一样也就行了。

鲍尔萨泽 我们刚才还在辩论丰盛的酒肴和主人的诚意哪一样更可贵，可是我们现在都要枵腹而归，连主人的诚意也没福消受了。

小德洛米奥 大爷，他们两位站在门口，您就在门口招待他们一下吧。

小安提福勒斯 她们一定有些什么花样，所以不放我们进去。

小德洛米奥 里面点心烘得热热的，您却在外面喝着冷风，大丈夫给人欺侮到这个样子，气也要气疯了。

小安提福勒斯 去给我找些什么东西，让我把门打开来。

大德洛米奥 （在内）你要是打坏了什么东西，我就打碎你这混蛋的头。

小德洛米奥 好了好了，请你让我进来吧。

大德洛米奥 （在内）等鸟儿没有羽毛，鱼儿没有鳞鳍的时候，再放你进来。

小安提福勒斯 好，我就打进去。给我去借一根铁杆子来。

鲍尔萨泽 请您息怒吧，快不要这样子，给人家知道了，不但于您的名誉有碍，而且会疑心到尊夫人的品行。你们相处多年，她的智慧贤德，您都是十分熟悉的；今天这一种情形，一定另有原因，慢慢儿她总会把其中道理向您解释明白的。听我的话，咱们自顾自到猛虎饭店吃饭去吧；晚上您一个人回家，可以问她一个仔细。现在街上行人很多，您要是这样大动乾坤打进门去，难免引起人家不好听的说话，污辱了您的清白的名声；也许它将成为您的终身之玷，到死也洗刷不了，因为谗谤上了一个人的身上，是会永远存留着的。

小安提福勒斯 你说得有理，我就听你的话，静静地走了。让我们上一个地方去解解闷儿。我认识一个雌儿，长得很不错，人也很玲珑，谈吐也很好，挺风骚也挺温柔的，咱们就上她那里吃饭去吧。我的老婆因为我有时到这雌儿家里走动走动，常常起瞎疑心骂我，今天我们就到她家里去。（向安哲鲁）请你先回到你店里去一趟，把我叫你打的颈链拿来，现在应该已经打好了；你可以把它带到普本丁酒店里，她就在那边侍酒，这链条我要送给她，算是对我老婆的报复。请你就去吧。我自己家里既然把我闭门不纳，我且去敲敲别人家的门，看他们会不会冷淡我。

安哲鲁 好，等会儿我就到您所说的地方来看您吧。

小安提福勒斯 好的。这一场笑话倒要花费我一些本钱哩。（各下）

第二场

同　前

| 露西安娜及大安提福勒斯上。

露西安娜 安提福勒斯，你难道已经忘记了，
一个男人对他妻子应尽的本分？
在热情的青春，你爱苗已经枯槁？
恋爱的殿堂没有筑成就已坍倾？
你娶我姊姊倘只为了贪图财富，
为了财富你也该向她着意温存；
纵使另有新欢，也只好鹊桥偷度，
对着眼前的人儿献些假意殷勤。
别让她在你眼里窥见你的隐衷，
别让你的嘴唇宣布自己的羞耻；
你尽管巧言令色，把她鼓里包蒙，
心里奸淫邪恶，表面上圣贤君子。

何必让她知道你已经变了心肠？
哪一个笨贼夸耀他自己的罪状？
莫在她心灵上留下双重的创伤，
既然对不起她，就不该恶声相向。
哥哥，进去吧，安慰安慰我的姊姊，
劝她不要伤心，把她叫一声我爱；
甜言蜜语的慰藉倘能息争解气，
何必管它是真心，是假惺惺作态。

大安提福勒斯 亲爱的姑娘，我叫不出你的芳名，
更不懂我的名姓怎会被你知道；
你绝俗的风姿，你天仙样的才情，
简直是地上的奇迹，无比的美妙。
好姑娘，请你开启我愚蒙的心智，
为我指导迷津，扫清我胸中云翳，
我是一个浅陋寡闻的凡夫下士，
解不出你玄妙神奇的微言奥义。
我这不敢欺人的寸心惟天可表，
你为什么定要我堕入五里雾中？
你是不是神明，要把我从头创造？
那么我愿意悉听摆布，唯命是从。
可是我并没有迷失了我的本性，
这一门婚事究竟是从哪里说起？
我对她素昧平生，哪里来的责任？
我的情丝却早已在你身上牢系。
你婉妙的清音就像鲛人的仙乐，
莫让我在你姊姊的泪涛里沉溺；

我愿意倾听你自己心底的妙曲，
迷醉在你黄金色的发浪里安息，
那灿烂的柔丝是我永恒的眠床，
把温柔的死乡当作幸福的天堂！

露西安娜 你这样语无伦次，难道已经疯了？

大安提福勒斯 疯倒没有疯，可是有些昏迷颠倒。

露西安娜 多分是你眼睛瞧着人，心思不正。

大安提福勒斯 是你耀眼的阳光使我眩眩欲晕。

露西安娜 只要非礼勿视，你就会心地清明。

大安提福勒斯 我眼里没有你，就像黑夜没有星。

露西安娜 你要谈情说爱，请去找我的姊姊。

大安提福勒斯 我不爱姊姊，我只爱姊姊的妹妹。
你是我的纯洁美好的身外之身，
眼睛里的瞳人，灵魂深处的灵魂，
你是我幸福的源头，饥渴的食粮，
你是我尘世的天堂，升天的慈航。

露西安娜 你这种话应该向我姊姊说才对呀。

大安提福勒斯 就算你是你的姊姊吧，因为我说的是你。你现在还没有丈夫，我也不曾娶过妻子，我愿意永远爱你，我和你过着共同的生活。答应我吧！

露西安娜 嗳哟，你别胡闹了，我去叫我的姊姊来，看她怎么说吧。（下）

| 大德洛米奥慌张上。

大安提福勒斯 啊，怎么，德洛米奥！你这样忙着到哪儿去？

大德洛米奥 您认识我吗，大爷？我是不是德洛米奥？我是不是您的仆人？我是不是我自己？

大安提福勒斯　你是德洛米奥，你是我的仆人，你是你自己。

大德洛米奥　我是头驴子，我是一个女人的男人，我不是我自己。

大安提福勒斯　什么女人的男人？怎么说你不是你自己？

大德洛米奥　呃，大爷，我已经属于一个女人所有；她把我认了去，她缠着我，她不肯放松我。

大安提福勒斯　她是个什么人？

大德洛米奥　呃，大爷，她是厨房里的丫头，浑身都是油腻；我想不出她有什么用处，除非把她当作一盏油灯，借着她的光让我逃开她。要是把她身上的破衣服和她全身的脂油烧了起来，可以足足烧过一个波兰的地方的冬天；要是她活到世界末日，那么她一定要在整个世界烧完以后一星期，才会烧得完。

大安提福勒斯　她的肤色怎样？

大德洛米奥　黑得像我的鞋子一样，可是还没有我的鞋子那样擦得干净；她身上的汗垢，一脚踏上去可以连人的鞋子都给没下去。

大安提福勒斯　那只要多用水洗洗就行了。

大德洛米奥　不，她的龌龊是在她的皮肤里面的，挪亚时代的洪水都不能把她冲干净。

大安提福勒斯　她的肥瘦如何？

大德洛米奥　从她屁股的这一边量到那一边，足足有六七英尺；她的屁股之阔，就和她全身的长度一样；她的身体像个浑圆的地球，我可以在她身上找出世界各国来。

大安提福勒斯　她身上哪一部分是爱尔兰？

大德洛米奥　呃，大爷，在她的屁股上，那边有很大的沼地。

大安提福勒斯　苏格兰在哪里？

大德洛米奥 在她的手心里有一块不毛之地，大概就是苏格兰了。

大安提福勒斯 法国在哪里？

大德洛米奥 在她的额角上，从那蓬蓬松松的头发，我看出这是一个乱七八糟的国家。

大安提福勒斯 英国在哪里？

大德洛米奥 我想找寻白垩的岩壁，可是她身上没有一处地方是白的；猜想起来，大概在她的下巴上，因为它和法国是隔着一道鼻涕相望的。

大安提福勒斯 西班牙在哪里？

大德洛米奥 我可没有看见，可是她嘴里的气息热辣辣的，大概就在那边。

大安提福勒斯 美洲和西印度群岛呢？

大德洛米奥 啊大爷！在她的鼻子上，她鼻子上的瘰疬多到不可胜计，什么翡翠玛瑙都有。

大安提福勒斯 比利时和荷兰呢？

大德洛米奥 啊大爷！那种地方太低了，我望不下去。总之，这个丫头说我是她的丈夫；她居然未卜先知，叫我做德洛米奥，说我肩膀上有颗什么痣，头颈上有颗什么痣，又说我左臂上有一个大瘤，把我说得大吃一惊；我想她一定是个妖怪，所以赶紧逃了出来。幸亏我虔信上帝，心如铁石，否则她早把我变成一条狗子啦。

大安提福勒斯 你就给我到码头上去，瞧瞧要是风势顺的话，我今晚不能再在这儿耽搁下去了。你看见有什么船要出发，就到市场上来告诉我，我在那边等着你。要是谁都认识我们，我们却谁也不认识，那么还是打好铺盖走吧。

大德洛米奥 正像人家见了一头熊没命奔逃，

我这贤妻也把我吓得魄散魂消。（下）

大安提福勒斯 这儿都是些妖魔鬼怪，还是快快离开的好。叫我丈夫的那个女人，我从心底里讨厌她；可是她那妹妹却这么美丽温柔，她的风度和谈吐都叫人心醉，几乎使我情不自禁；为了我自己的安全起见，我应该塞住耳朵，不去听她那迷人的歌曲。

| 安哲鲁上。

安哲鲁 安提福勒斯大爷！

大安提福勒斯 呃，那正是我的名字。

安哲鲁 您的大名我还会忘记吗？瞧，链条已经打好了。我本来想在普本丁酒店交给您，因为还没有完工，所以耽搁了许多时候。

大安提福勒斯 你要我拿这链条做什么？

安哲鲁 那可悉听尊便，我是奉了您的命把它打起来的。

大安提福勒斯 奉我的命！我没有吩咐过你啊。

安哲鲁 您对我说过不止一次二次，足足有二十次了。您把它拿进去，让尊夫人高兴高兴吧；我在吃晚饭的时候再来奉访，顺便向您拿这链条的工钱吧。

大安提福勒斯 那么请你还是把钱现在拿去吧，等会儿也许你连链条连钱都见不到了。

安哲鲁 您真会说笑话，再见。（留链条下）

大安提福勒斯 我不知道这是怎么一回事。可是倘有人愿意白送给你这样一条好的颈链，谁也不会拒绝吧。一个人在这里生活是不成问题的，因为在街道上也会有人把金银送给你。现在我且到市场上去等德洛米奥，要是有开行的船只，我就立刻动身。（下）

第　四　幕

第一场

广　场

| 商人乙、安哲鲁及差役一人上。

商人乙　尊款自从五旬节以后，早已满期，我也不曾怎样向你催过；本来我现在也不愿意开口，可是因为我就要开船到波斯去，路上需要一些使用，所以只好请你赶快还我，否则莫怪无礼，我要请这位官差把你看押起来了。

安哲鲁　我欠你的这一笔款子，数目刚巧跟安提福勒斯欠我的差不多，他就在我碰见你以前，从我这儿拿了一条颈链去，今天五点钟他就会把货款付给我。请你跟我一同到他家里去，我就可以清还尊款，还要多多感谢你的帮忙哩。

| 小安提福勒斯及小德洛米奥自娼妓家中走出。

差役　省得你多跑一趟路，他正好来了。

小安提福勒斯　我现在要到金匠那边去，你去给我买一根结实的绳鞭子来，我那女人串通了她的一党，把我白天关在门外，我要去治治她们。且慢，金匠就在那边。你快去买了绳鞭子，带回家里给我。（小德洛米奥下）你这个人真靠不住，你答应我把颈链亲自送来给我，可是我既不见链条，又不见你的人。你大概恐怕咱们的交情给链条锁住了，会永远拆不开来，所以才避开我的面吗？

安哲鲁 别说笑话了，这儿是一张发票，上面开列着您那条颈链的正确重量，金子的质地，连价格一起标明。我现在欠着这位先生的钱，要是把尊账划过，还有三块钱多，请您就给我还了他吧，因为他就要开船，等着这笔钱要用。

小安提福勒斯 我身边没有带现钱，而且我在城里还有事情。请你同着这位客人到我家里去，把那链条也带去交给内人，叫她把账付清。我要是来得及，也许可以赶上你们。

安哲鲁 那么您就把链条自己带去给您太太吧。

小安提福勒斯 不，你拿去，我恐怕要回去得迟一点。

安哲鲁 很好，先生，我就给您带去。那链条在您身边吗？

小安提福勒斯 我身边是没有；我希望你不曾把它忘记带在身边，否则你要空手而归了。

安哲鲁 好了好了，请您快把链条给我吧。现在顺风顺水，这位先生正好上船，我已经耽误了他许多时间，可不要误了人家的事。

小安提福勒斯 嗳哟，你失约不到普本丁酒店里来，却用这种寻开心的话来遮盖自己的不是。我应该怪你不把它早给我，现在你倒先要向我无理取闹了。

商人乙 时间不知不觉地过去，请你快一点吧。

安哲鲁 你听他又在催我了，那链条呢？

小安提福勒斯 链条吗？你拿去给我的妻子，她就会把钱给你。

安哲鲁 好了，好了，你知道我刚才已经把它给了你了。你要是不肯把链条交我带去，就让我带点什么凭据去也好。

小安提福勒斯 哼！现在你可把玩笑开得太过分了。来，那链条呢？请你给我看看。

商人乙 你们这样纠缠不清，我可没工夫等下去。先生，你爽快回答我你愿意不愿意替他把钱还我。要是你不答应，我就让这位官差把他看押起来。

小安提福勒斯 我回答你！怎么要我回答你？

安哲鲁 你欠我的链条的钱呢？

小安提福勒斯 我没有拿到链条，怎么会欠你钱？

安哲鲁 你知道我在半点钟以前把它给了你的。

小安提福勒斯 你没有给我什么链条，你完全在诬赖我。

安哲鲁 先生，你不承认你已经把它拿了去，才真对不起人，你知道这是跟我的信用有关的。

商人乙 好，官差，我告他欠我的钱，请你把他看押起来。

差役 好，我奉着公爵的名义逮捕你，命令你不得反抗。

安哲鲁 这可把我的脸也丢尽了。你要是不答应把这笔钱拿出来，我就请这位官差把你也看押起来。

小安提福勒斯 我没有拿过你什么东西，却要我答应付你钱！蠢东西，你有胆量就把我看押起来吧。

安哲鲁 官差，这是给你的酒钱，请把他抓了。他这样公然给我难堪，就算他是我的兄弟，我也不能放过他。

差役 先生，我要把你看押起来，你听见他控告你。

小安提福勒斯 好，我不反抗，我会叫家里拿钱来取保。可是你这混蛋，你对我开这场玩笑，是要付重大的代价的，那时候恐怕拿出你店里所有的金银来也还不够呢。

安哲鲁 安提福勒斯先生，以弗所是个有法律的城市，它一定会叫你从此没脸见人。

| 大德洛米奥上。

大德洛米奥 大爷，有一艘埃必丹农的船，等船老板上了船，就要开行。我已经把我们的东西搬上去了，油、香膏、酒精，我也都买好了。船已经整帆待发，风势也很顺利，咱们也可以上船了。

小安提福勒斯 怎么，你疯了吗？有什么埃必丹农的船在等着我？

大德洛米奥 您不是自己叫我去雇船的吗？

小安提福勒斯 你喝醉了酒，把头都喝昏了吗？我叫你去买一根绳子，我也告诉过你买来作什么用处。

大德洛米奥 叫我买绳子！你明明叫我到港口去雇船的。

小安提福勒斯 我等会儿再跟你算账，我要叫你以后听话留点儿神。现在快给我到太太那边去，把这钥匙交给她，对她说，在那铺着土耳其花毯的桌子里有一袋钱，叫她把它拿给你。你告诉她我在路上给他们捉去了，这钱是用来取保的。狗才，快去！官差，咱们就到牢里坐一坐吧。（商人乙、安哲鲁、差役、小安提福勒斯同下）

大德洛米奥 到太太那边去！那就是我们吃饭的地方，那面还有一个婆娘认我做丈夫；她太胖了，我真吃她不消。硬着头皮去一趟，主人之命不可抗。（下）

第二场

小安提福勒斯家中一室

| 阿德里安娜及露西安娜上。

阿德里安娜 露西安娜，难道他这样把你勾诱？
你有没有仔细窥探过他的神情，
到底是假意求欢，还是真心挑逗？
他是不是红着脸，说话一本正经？
你能不能从他无法遮藏的脸上，
看出他心里面不怀好意的跳荡？

露西安娜 他起先把你们夫妻的名分否认。

阿德里安娜 我没有亏待他，他自己夫道未尽。

露西安娜 他又发誓说他在这里是个外人。

阿德里安娜 可恼他反脸无情，不顾背誓寒盟！

露西安娜 于是我劝他回心爱你。

阿德里安娜 他怎么说？

露西安娜 他反转来苦苦求我把爱情施与。

阿德里安娜 究竟他向你说些什么游辞浪语？

露西安娜 倘使是纯洁的爱，我也许会心动，
他说我美貌无双，赞我言辞出众。

阿德里安娜 你一定很高兴吧？

露西安娜 请你不要发恼。

阿德里安娜 我再也按捺不住我心头的怒气，
管不住我的舌头把他申申痛詈。
他跛脚疯手，腰驼背曲，又老又瘦，
五官不正，四肢残缺，满身的丑陋，

恶毒，凶狠，愚蠢，再加上残酷无情，
他的心肠比容貌还要丑上十分！

露西安娜 这样一个男人你何必割舍不下，
依我说你就干脆让他滚蛋也罢。

阿德里安娜 我嘴里骂他，心里可是舍不得他，
但愿人家看着他是个鬼怪夜叉；

| 大德洛米奥上。

大德洛米奥 到了，去，桌子！钱袋！好，赶快！

露西安娜 怎么，你话都说不清楚了吗？

大德洛米奥 跑得太快了，喘不过气来。

阿德里安娜 大爷呢，德洛米奥？他人好吗？

大德洛米奥 不好，他给抓到地狱里去了。

阿德里安娜 啊，是怎么一回事？

大德洛米奥 我也不知道是怎么一回事，他给他们捉去了。

阿德里安娜 怎么，他给捉去了？谁把他告官？

大德洛米奥 我也不知道谁把他告官，总之他给捉去了。太太，您肯把他桌子里的钱给我，去赎他出来吗？

阿德里安娜 妹妹，你去拿一拿。（露西安娜下）我倒不懂他怎么会瞒着我欠人家的钱。告诉我，他们把他绑起来了吗？

大德洛米奥 绑倒没有绑起来，可是我听他们说要把他用链条锁起来呢。您听不见那声音吗？

阿德里安娜 什么，链条的声音吗？

大德洛米奥 不，钟的声音。我现在一定要去了；我离开他的时候才两点钟，现在已经敲一点钟了。

阿德里安娜 钟会倒退转来，我倒没有听见过。

大德洛米奥 要是钟点碰见了官差，他会吓得倒退转来的。

| 露西安娜重上。

阿德里安娜 德洛米奥，你快把钱拿去，同大爷回家来。妹妹，我们进去吧。（同下）

第三场
广　场

| 大安提福勒斯上。

大安提福勒斯 我在路上看见的人，都向我敬礼，好像我是他们的老朋友一般，谁都叫得出我的名字。有的人送钱给我，有的人请我去吃饭，有的人向我道谢，有的人要我买他的东西；刚才还有一个裁缝把我叫进他的店里去，给我看一匹他给我买下的绸缎，并且还给我量尺寸长短。我看这里的人们都有魔术，他们有意用这种古怪的手段戏弄我。

| 大德洛米奥上。

大德洛米奥 大爷，这是您叫我去拿的钱。

大安提福勒斯 什么钱？你别胡说八道了。今天晚上有没有船只开行？我们就可以动身吗？

大德洛米奥 咦，大爷，我在一点钟之前，就告诉您今晚有船就要出发，那时您却给官差捉去了，您叫我去拿这些钱来把您赎出。

大安提福勒斯 这家伙疯了，我也疯了。我们已经踏进了妖境，求上帝快快保佑我们离开这地方吧！

| 妓女上。

妓女 安提福勒斯大爷，咱们遇得巧极了。您大概已经找到了金匠，这链条就是您答应给我的吗？

大安提福勒斯 魔鬼，走开！不要引诱我！

大德洛米奥 大爷，她就是魔鬼的奶奶吗？

大安提福勒斯 她就是魔鬼。

大德洛米奥 不，她比魔鬼还要可怕，她是个母夜叉，扮做婊子来迷人。不要走近她的身边，她身上有火。

妓女 你们主仆两人真会开玩笑。大爷，您肯赏光到我家里去吃顿饭吗？

大安提福勒斯 走开，妖精！什么吃饭不吃饭！你是个迷人的妖女，你们这儿全都是妖怪，你快给我走开吧！

妓女 你把吃中饭时候向我要去的戒指还我，或者把你答应给我的链条跟我交换，我就去，不再来打扰你好了。

大德洛米奥 有的魔鬼只向人要一些指甲头发，或者一滴血、一枚针、一粒樱桃核，她却向人要一根金链条，真是一个贪心的魔鬼。大爷，您别给她迷昏了，这链条给她不得，否则她要把它摇响来吓我们的。

妓女 大爷，请你快把我的戒指还我，或者把你的链条给我。你们贵人是不应该这样欺诈我们的。

大安提福勒斯 别跟我缠绕不清了，妖精！德洛米奥，咱们快走吧。（大安提福勒斯、大德洛米奥同下）

妓女 安提福勒斯一定是真的疯了，否则他决不会这样不顾面子的。他把我一个值四十块钱的戒指拿去，答应我他要去打一根金链条来跟我交换；现在他戒指也不肯还我，链条也不肯给我。我相信他一定是疯子，不但因为他刚才对我那种情形，而且今天吃饭的时候，我还听他说过一段疯话，说是他家里关紧大门不放他进去，大概他的老婆知道他时常精神病发作，所以有意把他关在门外。我现在要到他家里去告诉他的老婆，说他发了疯闯进我的屋子里，把我的戒指抢去了。这个办法很不错，四十块钱不能让它冤枉丢掉。（下）

第四场

街　道

| 小安提福勒斯及差役上。

小安提福勒斯　朋友，你放心好了，我不会逃走的。他说我欠他多少钱，我就留下多少钱给你再走。我的老婆今天脾气很坏，她听见我会在以弗所吃官司，一定会跳起来。

| 小德洛米奥持绳鞭上。

小安提福勒斯　我的跟班已经来了，我想他一定带着钱来。喂，我叫你干的事怎么样了？

小德洛米奥　我已经买来了，您瞧，这一定可以叫他们大家知道些厉害。

小安提福勒斯　可是钱呢？

小德洛米奥　咦，大爷，钱我早把它拿去买绳鞭子了。

小安提福勒斯　狗才，你把五百块钱去买一条绳子吗？我叫你到家里去作什么的？

小德洛米奥　叫我去买绳鞭子呀，我现在买来了。

小安提福勒斯　好，我就用这绳鞭子来欢迎你。（打小德洛米奥）

差役 先生，您息怒吧。

小德洛米奥 你倒叫他息怒，我才算倒尽了霉！

差役 好了，你也别多话了。

小德洛米奥 你叫我别多话，先叫他别打。

小安提福勒斯 你这糊涂混账没有知觉的蠢材！

小德洛米奥 大爷，我但愿我没有知觉，那么您打我我也不会痛了。

小安提福勒斯 你就像一头驴子一样，什么都是糊里糊涂的，只有把你抽一顿鞭子才觉得痛。

小德洛米奥 不错，我真是一头驴子，您看我的耳朵已经给他扯得这么长了。我从出世以来，直到现在，一直服侍着他；我在他手里没有得到什么好处，打倒给他打过不知多少顿了。我冷了，他把我打到浑身发热；我热了，他把我打到浑身冰冷；我睡着的时候，他会把我打醒；我坐下的时候，他会把我打得站起来；我出去的时候，他会把我打到门外；我回来的时候，他会把我打进门里。他的拳头永远不离我的肩膀，就像叫化婆肩上驮着的小孩子一样；我看他把我的腿打断了以后，我还要负着这一身伤痕沿门乞讨呢。

小安提福勒斯 好，你去吧，我的妻子打那边来了。

| 阿德里安娜、露西安娜、妓女、品契同上。

小德洛米奥 太太，请您留点儿心，那是很痛的呢。

小安提福勒斯 你还要多嘴吗？（打小德洛米奥）

妓女 你看，你的丈夫不是疯了吗？

阿德里安娜 他这样野蛮，真的是疯了。品契师傅，你有驱邪逐鬼的本领，请你帮助他恢复本性，你要什么酬报我都可以答应你。

露西安娜 嗳哟，他的脸色多么狰狞可怕！

妓女 瞧他给鬼迷得浑身发抖了！

品契 请你伸过手来，让我摸摸你的脉息。

小安提福勒斯 我就伸过手，赏你一记耳光。（打品契）

品契 撒旦，我用天上列圣的名义，命令你快快离开这个人的身体，回到你那黑暗的洞府里！

小安提福勒斯 胡说，你这愚蠢的术士！我没有发疯。

阿德里安娜 可怜的人儿，我希望你真的没有发疯！

小安提福勒斯 你这贱人！这些都是你的相好吗？这个面孔黄黄的家伙，就是他今天在我家里饮酒作乐，把我关在门外，不许我走进自己的家里吗？

阿德里安娜 丈夫，上帝知道你今天在家里吃饭。倘然你好好地住在家里不出来，也就不会有这种难听的话了。

小安提福勒斯 在家里吃饭！狗才，你怎么说？

小德洛米奥 大爷，老老实实说一句，您并不在家里吃饭。

小安提福勒斯 我家里的门不是关得紧紧的，不让我进去吗？

小德洛米奥 是的，您家里的门关得紧紧的，不让您进去。

小安提福勒斯 她自己不是在里边骂我吗？

小德洛米奥 不说假话，她自己在里边骂您。

小安提福勒斯 那厨房里的丫头不是也把我破口辱骂吗？

小德洛米奥 一点不错，那厨房里的丫头也把您辱骂。

小安提福勒斯 我不是盛怒而去吗？

小德洛米奥 正是，我的骨头可以作证，您的盛怒它领教过了。

阿德里安娜 他说话这样颠倒，我们还是顺顺他的意思吧。

品契　不错，他现在正在癫痫发作，不要跟他多辩，就会慢慢地安静下来的。

小安提福勒斯　你唆使那金匠把我逮捕。

阿德里安娜　唉！我听见了这消息，就叫德洛米奥拿钱来保你出来。

小德洛米奥　叫我拿钱来！天地良心，大爷，我可没有拿到一个钱。

小安提福勒斯　你没去向她要一个钱袋吗？

阿德里安娜　他到了家里，我就给他。

露西安娜　我可以证明她把钱袋交给了他。

小德洛米奥　上帝和绳店里的老板可以为我作证，我只是奉命去买一根绳子。

品契　太太，他们主仆两人都给鬼附上了，您看他们的脸色多么惨白。他们一定要好好捆起来，放在黑暗的屋子里。

小安提福勒斯　我问你，你今天为什么把我关在门外？为什么不肯拿出那一袋钱来？

阿德里安娜　好丈夫，我没有把你关在门外。

小德洛米奥　好大爷，我也没有拿到过什么钱；可是咱们的的确确是给她们关在门外的。

阿德里安娜　欺人的狗才！你说的都是假话。

小安提福勒斯　欺人的淫妇！你自己才没有半点真心；你串通一帮狐群狗党来摆布我，我这十个指头可要戳进你的眼眶里，把你那双骗人的眼珠子挖出来；你别以为瞧着我这样给人糟蹋羞辱是件有趣的玩意儿。

阿德里安娜　啊！捆住他，捆住他，别让他走近我的身边！

品契　多喊几个人来！他身上的鬼强横得很呢。

露西安娜　嗳哟，可怜的，他脸上多么惨白！

| 三四人入场，将小安提福勒斯捆缚。

小安提福勒斯 啊，你们要谋害我吗？官差，我是你的囚犯，你难道就让他们把我劫走吗？

差役 列位放了他吧；他是我的囚犯，不能让你们带去。

品契 把这家伙也捆了，他也是发疯的。（众人将小德洛米奥捆缚）

阿德里安娜 你要干什么，你这无礼的差人？你愿意看一个不幸的疯人伤害他自己吗？

差役 他是我的囚犯，我要是放他去了，他欠人家的钱就要责成在我身上了。

阿德里安娜 我会替他了清这一笔债款的，你把我领去见他的债主，等我问明白以后，我就可以如数还他。好师父，请你护送他回家去。唉，倒霉！妹妹，你跟我走吧。（品契及助手等推小安提福勒斯、小德洛米奥下）告诉我，是谁控告他？

差役 一个叫安哲鲁的金匠，您认识他吗？

阿德里安娜 我认识这个人。他欠他多少钱？

差役 二百块钱。

阿德里安娜 这笔钱是怎么欠下来的？

差役 因为您的官人拿过他一条颈链。

阿德里安娜 他曾经说起过要给我打一条颈链，可是始终没有给我。

妓女 他今天暴跳如雷地到了我家里，把我的戒指也抢去了，我看见那戒指刚才就在他的手指上；后来我遇见他的时候，他是套着一条颈链。

阿德里安娜 也许是的，可是我却没有看见。来，官差，同我到金匠那里去，我要知道这件事情的全部真相。

| 大安提福勒斯及大德洛米奥拔剑上。

露西安娜 慈悲的上帝！他们又逃出来啦！

阿德里安娜 他们还拔着剑。咱们快去多叫些人来把他们重新捆好。

差役 快逃！他们要把我们杀了。（阿德里安娜、露西安娜及差役下）

大安提福勒斯 原来这些妖精是怕剑的。

大德洛米奥 叫您丈夫的那个女的现在见了您却逃走了。

大安提福勒斯 给我到森道旅店去，把我们的行李拿来，我巴不得早一点平安上船。

大德洛米奥 老实说，咱们就是再多住一晚，他们也一定不会害我们。您看他们对我们说话都是那么恭敬，送给我们钱用。我想他们倒是一个很有礼貌的民族，倘不是那个胖婆娘一定要我做她的丈夫，我倒也愿意永远住在这儿，变一个妖精。

大安提福勒斯 我今夜可无论怎么也不愿耽搁下去。去，把我们的行李搬上船吧。（同下）

第　五　幕

第一场

尼庵前的街道

| 商人乙及安哲鲁上。

安哲鲁　对不住，先生，我误了你的行期；可是我可以发誓他把我的颈链拿去了，虽然他自己老着脸皮不肯承认。

商人乙　这个人在本城的名声怎样？

安哲鲁　他有极好的名声，信用也很好，在本城是最受人敬爱的人物；只要他说一句话，我可以让他动用我的全部家财。

商人乙　话说轻些，那边走来的好像就是他。

| 大安提福勒斯及大德洛米奥上。

安哲鲁　不错，他头颈上套着的正就是他极口抵赖的那条颈链。先生，你过来，我要跟他说话。安提福勒斯先生，我真不懂您为什么要这样羞辱我为难我；您发誓否认您拿了我的颈链，现在却公然把它戴在身上，这就是对于您自己的名誉也是有点妨害的。您不但害我吃了一场冤枉官司，而且也连累了我这位好朋友，他

倘不是因为我们这一场纠葛，今天就可以上船出发的。您把我的颈链拿去了，现在还想赖吗？

大安提福勒斯 这颈链是你给我的，我并没有赖呀。

商人乙 你明明赖过的。

大安提福勒斯 谁听见我赖过？

商人乙 我自己亲耳听见你赖过。不要脸的东西！你这种人是不配和规规矩矩的人来往的。

大安提福勒斯 你出口骂人，太不讲理；有胆量的，跟我较量一下，我要证明我自己是个重名誉讲信义的人。

商人乙 好，我说你是一个混蛋，咱们倒要比个高低。（二人拔剑决斗）

| 阿德里安娜、露西安娜、妓女及其他人等上。

阿德里安娜 住手！看在上帝面上，不要伤害他；他是个疯子。请你们过去把他的剑夺下了，连那德洛米奥一起捆起来，把他们送到我家里去。

大德洛米奥 大爷，咱们快逃吧；天哪，找个什么地方躲一躲才好！这儿是一所庵院，快进去吧，否则咱们要给他们捉住了。（大安提福勒斯、大德洛米奥逃入庵内）

| 住持尼上。

住持尼 大家别闹！你们这么多人挤在这儿有什么事？

阿德里安娜 我的可怜的丈夫发疯了，我来同他回家去。放我们进去吧，我们要把他牢牢地捆起来，送他回家医治。

安哲鲁 我知道他的神智的确有些反常。

商人乙 我现在后悔不该和他决斗。

住持尼 这个人疯了多久了？

阿德里安娜 他这一星期来，老是郁郁不乐，完全和从前换了个样子；可是直到今天下午，才突然发作起来。

住持尼 他因为船只失事，损失了许多财产吗？有什么好朋友在最近死去吗？还是因为犯了一般青年的通病，看中了谁家的姑娘，为了私情而烦闷吗？

阿德里安娜 也许是为了你最后所说的一种原因，他一定在外面爱上了什么人，所以老是不在家里。

住持尼 那么你就该责备他。

阿德里安娜 是呀，我也曾责备过他。

住持尼 也许你责备他得不够厉害。

阿德里安娜 在妇道所容许的范围之内，我曾经狠狠地数说过他。

住持尼 也许你只在私下里数说他。

阿德里安娜 就是当着众人面前，我也是要骂他的。

住持尼 也许你骂他还不够凶。

阿德里安娜 那是我们日常的话题。在床上他给我劝告得不能入睡；吃饭的时候，他被我劝告得不能下咽；没有旁人的时候，我就跟他谈论这件事；当着别人的面前，我就用眼色警戒他；我总是对他说那是一件干不得的坏事。

住持尼 所以他才疯了。妒妇的长舌比疯狗的牙齿更毒。他因为听了你的詈骂而失眠，所以他的头脑才会发昏。你说你在吃饭的时候，也要让他饱听你的教训，所以害得他消化不良，郁积成病。你说他在游戏的时候，也因为你的谯诃而打断了兴致，一个人既然找不到慰情的消遣，他自然要闷闷不乐，心灰意懒，百病丛生了。吃饭游戏休息都要受到烦扰，无论是人是畜生都会因此而发疯。你的丈夫是因为你的多疑善妒，才丧失了理智的。

露西安娜 他在举止狂暴的时候，她也不过轻轻劝告他几句。——你怎么让她这样责备你，一句也不回口？

阿德里安娜 她骗我招认出我自己的错处来了。诸位，我们进去把他拖出来。

住持尼 不，谁也不准进我的屋子。

阿德里安娜 那么请你叫你的用人把我丈夫送出来吧。

住持尼 也不行。他因为逃避你们而进来，我在没有设法使他恢复神智以前，决不能把他交在你们手里。

阿德里安娜 他是我的丈夫，我会照顾他、看护他，那是我的本分，用不着别人代劳。快让我带他回去吧。

住持尼 不要急，让我给他服下玉液灵丹，为他祈祷神明，使他恢复原状，现在可不能惊动他。出家人曾经在神前许下誓愿，为众生广行方便；让他留在我的地方，你先去吧。

阿德里安娜 我不能抛下我的丈夫独自回家。你是个修道之人，怎么好拆散人家的夫妇？

住持尼 别闹，去吧；我不能把他交给你。（下）

露西安娜 她这样无礼，我们去向公爵控诉吧。

阿德里安娜 好，我们去吧；我要跪在地上不起来，向公爵哭泣哀求，一定要他亲自来逼这尼姑交出我的丈夫。

商人乙 我看现在快要五点钟了，公爵大概就要经过这里到刑场上去。

安哲鲁 为什么？

商人乙 因为有一个倒霉的叙拉古老头子走进了我们境内，

违犯本地的法律，所以公爵要来监视他当众枭首。

安哲鲁 瞧，他们已经来了，我们倒有杀头看啦。

露西安娜 趁公爵没有走过庵门之前，你快向他跪下来。

| 公爵率扈从、光着头的伊勤及刽子手、差役等上。

公爵 再向公众宣告一遍，倘使他有什么朋友愿意代他缴纳赎款，可以免他一死，因为我们十分可怜他。

阿德里安娜 青天大老爷伸冤！这庵里的姑子不是好人！

公爵 她是一个道行高超的老太太，怎么会欺侮你？

阿德里安娜 禀殿下，您给我做主许配的我的丈夫安提福勒斯，今天忽然大发精神病，带着他的一样发疯的跟班，在街上到处乱跑，闯进人家的屋子里，把人家的珠宝首饰随意拿走。我曾经把他捉住捆好，送回家里，一面忙着向人家赔不是，可是不知怎么又给他逃了出来，疯疯癫癫的主仆两人，手里还挥着刀剑，看见我们就吓着把我们赶走。后来我招呼了许多人，想把他拖回家里去，他看见人多，就逃进这所庵院里了。我们追到了这里，这里的姑子却堵住了大门，不让我们进去，也不肯放他出来；我没有办法，只好求殿下做主，命令那姑子把我的丈夫交出来，好让我带他回家去医治。

公爵 你的丈夫跟着我转战有功，当初你们结婚的时候，我曾经答应尽力照拂他。来人，给我去敲开庵门，叫那当家的尼姑出来见我。我要把这件事情问明白了再走。

| 一仆人上。

仆人 啊，太太！太太！快逃命吧！大爷和他的跟班已经

挣脱了束缚，抓住了使女们乱打，那赶鬼的法师也给他们绑了起来，用烧红的铁条烫他的胡子，火着了便把一桶一桶污泥水向他迎面浇上去。大爷一面劝他安心，他的跟班一面拿了剪刀剪他的头发。要是您不赶快打发人去救他出来，这法师要给他们作弄死了。

阿德里安娜 闭嘴，蠢材！你大爷和他的跟班都在这里，你说的都是一派胡言。

仆人 太太，我发誓我说的都是真话。这是我刚才亲眼看见的事，我奔到这儿来，简直连气都没有喘过一口呢。他还嚷着要寻着您，他发誓说看见了您要把您的脸孔都烫坏了，叫您见不得人。（内呼声）听，听，他来了，太太！快逃吧！

公爵 来，站在我的身边，别怕。卫士们，拿好戟子，留心警戒！

阿德里安娜 哎哟，那真是我的丈夫！你们瞧，他会隐身来去，刚才他明明走进这庵里去，现在他又在这里了，怎么会有这种怪事！

| 小安提福勒斯及小德洛米奥上。

小安提福勒斯 殿下，请您看在我当年跟着您南征北战、冒死救驾的功劳分上，给我主持公道！

伊勤 我倘不是因为怕死而吓得精神错乱，那么我明明瞧见我的儿子安提福勒斯和德洛米奥。

小安提福勒斯 殿下，请您给我惩罚那个妇人！多蒙您把她许配给我，可是她却不守妇道，把我百般侮辱，甚至还想谋害我！她今天那样不顾羞耻地对待我的种种情形，简直是谁也想象不到的。

公爵 你把她怎样对待你的情形说出来，我会给你们公平判断。

小安提福勒斯 殿下，她今天把我关在门外，自己和一帮无赖在我的家里饮酒作乐。

公爵 那真太荒唐了！阿德里安娜，你真的这样吗？

阿德里安娜 不，殿下，今天吃饭的时候，他，我和我的妹妹都在一起。他这样说我，完全是冤枉的！

露西安娜 我可以对天发誓，她说的都是真话。

安哲鲁 说鬼话的女人！他虽然是个疯子，可是并没有冤枉她们。

小安提福勒斯 殿下，我并不是喝醉了酒信口乱说，也不是因为心里恼怒随便冤人，虽则像我今天所受到的种种侮辱，是可以叫无论哪一个头脑冷静的人都会发起疯来的。这妇人今天把我关在门外不让我进去吃饭；站在那边的那个金匠倘不是她的同党，他可以为我证明的，因为他那时和我在一起。后来他去拿一条颈链答应我把它送到我跟鲍尔萨泽一同吃饭的酒店里；可是我们吃完饭，他还没有来，我就去找他；我在街上遇见了他，那位先生也跟他在一起，不料这个欺人的金匠一口咬定他已经在今天把颈链交给我，天知道我可没有看见过；他赖了人不算，还叫差役把我捉住，我没有办法，只好叫我的奴才回家去拿钱，谁知道他却空手回来；于是我就求告那位差役，请他亲自陪着我到我家里；在路上我们碰见了我的妻子小姨，带着她们的一批狐群狗党，还有一个名叫品契的面黄肌瘦像一副枯骨似的混账家伙，一个潦倒不堪的江湖术士，简直的就是个活死人，这个说鬼话的狗才自以为能够降神捉鬼，他的一双眼睛盯在我的脸上，摸着我的脉息，说是有鬼附在我身上；于是他们大家扑在我身上，把我缚住手脚抬到家里，连我的跟班一起丢在一个黑暗潮湿的地窖里，后来被我用牙齿咬断了绳，才算逃了出来，立刻就到这儿来了。殿下，我受到这样奇耻大辱，一定要请您给我做主伸雪。

安哲鲁 殿下，我可以为他证明，他的确不在家里吃饭，因为他家里关住了门不放他进去。

公爵 可是你有没有把这样一条颈链交给他呢？

安哲鲁 他已经把它拿去了，殿下；他跑进庵里去的时候，这些人都看见他套在颈上的。

商人乙 而且我可以发誓我亲耳听见你承认你已经从他手里取了这条颈链，虽然起先在市场上你是否认的，那时我就拔出剑来跟你决斗，你后来便逃进这所庵院里去，可是不知怎么一下子你又出来了。

小安提福勒斯 我从来不曾踏进这庵院的门，你也从来不曾跟我决斗过，那颈链我更是不曾见过。上天为我作证，你们都在冤枉我！

公爵 咦，这可奇了！我看你们都喝了迷魂的酒了。要是你们说他曾经走了进去，那么他怎么说没有到过；要是他果然发疯，那么他怎么说话一点不疯；你们说他在家里吃饭，这个金匠又说他不在家里吃饭。小斯，你怎么说？

小德洛米奥 老爷，他是在普本丁酒店里跟她一块儿吃饭的。

妓女 是的，他还把我手指上的戒指拿去了。

小安提福勒斯 是的，殿下，这戒指就是我从她那里拿来的。

公爵 你看见他走进这座院里去吗？

妓女 老爷，我的的确确看见他走进去。

公爵 好奇怪！去叫那当家的尼姑出来。（一侍从下）我看你们个个人都有精神病。

伊勤 威严无比的公爵，请您准许我说句话儿。我看见这儿有一个可以救我的人，他一定愿意拿出钱来赎我。

公爵 叙拉古人，你有什么话尽管说吧。

伊勤 先生，你的名字不是叫安提福勒斯吗？这位尊价不就是德洛米奥吗？我想你们两人一定还记得我。

小德洛米奥 老丈，我看见了你，只记得我们自己；刚才我们也像你一样给人捆起来的。你是不是也因为有精神病，被那品契诊治过？

伊勤 你们怎么看着我好像是陌生人一般？你们应该认识我的。

小安提福勒斯 我从来不曾看见过你。

伊勤 唉！自从我们分别以后，忧愁已经使我大大换了样子，年纪老了，终日的懊恼在我的脸上刻下了难看的痕迹；可是告诉我，你还听得出我的声音吗？

小安提福勒斯 听不出。

伊勤 德洛米奥，你呢？

小德洛米奥 不，老丈，我也听不出。

伊勤 我想你们一定听得出来的。

小德洛米奥 我想我们一定听不出来；人家既然这样回答你，你也只好这样相信他们。

伊勤 听不出我的声音！啊，无情的时间！你在这短短的七年之内，已经使我的喉咙变得这样沙哑，连我唯一的儿子都听不出我的忧伤无力的语调来了吗？我的满是皱纹的脸上虽然盖满了霜雪一样的须发，我的周身的血脉虽然已经凝冻，可是我这暮景余年，还留着几分记忆，我这垂熄的油灯还闪着最后的微光，我这迟钝的耳朵还剩着一丝听觉，我相信我不会认错了人。告诉我你是我的儿子安提福勒斯。

小安提福勒斯 我生平没有见过我的父亲。

伊勤 可是在七年以前，孩子，你应该记得我们在叙拉古分别。也许我儿是因为看见我今天这样出乖露丑，不愿意认我。

小安提福勒斯 公爵殿下和这城里认识我的人，都可以为我证明你说的话不对，我生平没有到过叙拉古。

公爵 告诉你吧，叙拉古人，安提福勒斯在我手下已经二十年了，这二十年来，他从不曾去过叙拉古。我看你大概因为年老昏愦，吓糊涂了，才会这样瞎认人。

| 住持尼偕大安提福勒斯及大德洛米奥上。

住持尼 殿下，请您看看一个受到冤屈的人。（众集视）

阿德里安娜 我看见我有两个丈夫，难道是我的眼睛花了吗？

公爵 这两个人中间有一个是另外一个的灵魂；那两个也是一样。究竟哪一个是本人，哪一个是灵魂呢？谁能够把他们分别出来？

大德洛米奥 老爷，我是德洛米奥，您叫他去吧。

小德洛米奥 老爷，我才是德洛米奥，请您让我留在这儿。

大安提福勒斯 你是伊勤吗？还是他的鬼？

大德洛米奥 哎哟，我的老太爷，谁把您捆起来啦？

住持尼 不管是谁捆缚了他，我要替他松去绳子，赎回他的自由，也给我自己找到了一个丈夫。伊勤老头子，告诉我，你的妻子是不是叫做爱米利娅，她曾经给你一胎生下了两个漂亮的孩子？倘使你就是那个伊勤，那么你快回答你的爱米利娅吧！

伊勤 我倘不是在做梦，那么你真的就是爱米利娅。你倘使真的是她，那么告诉我跟着你一起在那根木头上漂流的我那孩子在哪里？

住持尼 我们都给埃必丹农人救了起来，可是后来有几个凶恶的科林多渔夫把德洛米奥和我的儿子抢了去，留着我一个人在埃必丹农人那边。他们后来下落如何，我也不知道。我自己就像你现在看见我一样，出家做了尼姑。

公爵 啊，现在我记起他今天早上所说的故事了。这两个面貌相同的安提福勒斯，这两个难分彼此的德洛米奥，还有她说起的她在海里遇险的情形，原来他们两人就是这两个孩子的父母，在无意中彼此聚首了。安提福勒斯，你最初是从科林多来的吗？

大安提福勒斯 不，殿下，不是我；我是从叙拉古来的。

公爵 且慢，你们各自站开，我认不清楚你们究竟谁是谁。

小安提福勒斯 殿下，我是从科林多来的。

小德洛米奥 我也和他一起来。

小安提福勒斯 殿下的伯父米那丰老殿下，那位威名远震的战士，把我带到这儿。

阿德里安娜 你们两人哪一个今天跟我在一起吃饭？

大安提福勒斯 是我，好嫂子。

阿德里安娜 你不是我的丈夫吗？

小安提福勒斯 不，他不是你的丈夫。

大安提福勒斯 我不是她的丈夫，可是她却这样称呼我；还有她的妹妹，这位美丽的小姐，她把我当作她的姊夫。（向露西安娜）要是我现在所见所闻，并不是一场梦境，那么我对你说过的话，希望能够成为事实。

安哲鲁 先生，那就是您从我手里拿去的颈链。

大安提福勒斯 是的，我并不否认。

小安提福勒斯 尊驾为了这条项链，把我捉去吃官司。

安哲鲁 是的，我并不否认。

阿德里安娜 我把钱交给德洛米奥，叫他拿去把你保释出来；可是我想他没有把钱交给你。

小德洛米奥 不，我可没有拿到什么钱。

大安提福勒斯 这一袋钱是你交给我的跟班德洛米奥拿来给我的。原来我们彼此认错了人，所以闹了这许多错误。

小安提福勒斯 现在我就把这袋钱救赎我的父亲。

公爵 那可不必，我已经豁免了你父亲的死罪。

妓女 大爷，我那戒指您一定得还我。

小安提福勒斯 好，你拿去吧，谢谢你。

住持尼 殿下要是不嫌草庵寒陋，请赏光小坐片刻，听听我们畅谈各人的经历；在这里的各位因为误会而受到种种牵累，也请一同进来，让我们向各位道歉。我的孩儿们，我牵肠挂肚地思念着你们，已经三十三年了，到现在我心里方才落下了一块石头。殿下，我的夫君，我的孩儿们，还有你们这两个跟我的孩子一起长大同甘共苦的童儿，大家来参加一个饶舌老妇的欢宴，陪着我一起高兴吧。吃了这么多年的苦，现在是苦尽甘来了！

公爵 我愿意奉陪，参加你们的谈话。（公爵、住持尼、伊勤、妓女、商人乙、安哲鲁及侍从等同下）

大德洛米奥 大爷，我要不要把您的东西从船上取来？

小安提福勒斯 德洛米奥，你把我的什么东西放在船上了？

大德洛米奥 就是您那些放在森道旅店里的货物哪。

大安提福勒斯 他是对我说话。我是你的主人，德洛米奥。来，咱们一块儿去吧，东西放着再说。你也和你的兄弟亲热亲热。（大安提福勒斯、小安提福勒斯、阿德里安娜、露西安娜同下）

大德洛米奥 你主人家里有一个胖胖的女人，她今天吃饭的时候，把我当作你，不让我离开厨房；现在她可是我的嫂子，不是我的老婆了。

小德洛米奥 我看你不是我的哥哥，简直是我的镜子，看见了你，我才知道我自己是个风流俊俏的小白脸。咱们一起进去瞧他们谈天吧。

大德洛米奥 按理应该哥哥走在前面，可是咱们究竟谁大谁小，我也弄不明白，咱们还是拈阄子分先后吧。

小德洛米奥 不，咱们既是同月同日同时生，就应该手挽着手儿，大家有路一同行。（同下）

驯悍记

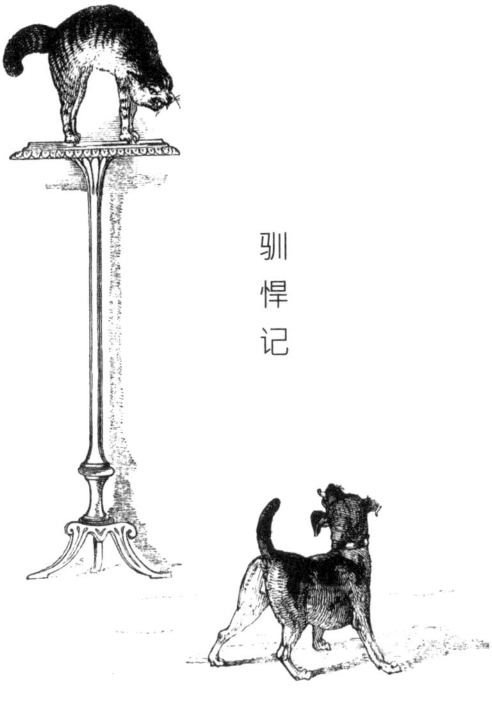

I see a woman may be made a fool, if she had not a spirit to resist.

—— *The Taming of the Shrew*

我知道一个女人倘然一点不知道反抗，
她会终生被人愚弄的。

——《驯悍记》

剧中人物

贵族 克利斯朵夫·斯赖　补锅匠 酒店主妇、小童、伶人、猎奴、从仆等	序幕中的人物
巴普提斯塔	帕度亚的富翁
文森修	比萨的老绅士
路森修	文森修的儿子，爱恋比恩卡者
彼特鲁乔	维洛那的绅士，凯瑟丽娜的求婚者
葛莱米奥 霍坦西奥	比恩卡的求婚者
特拉尼奥 比昂台罗	路森修的仆人
葛鲁米奥 寇提斯	彼特鲁乔的仆人
老学究	假扮文森修者
凯瑟丽娜　悍妇 比恩卡	巴普提斯塔的女儿
寡妇	

裁缝、帽商及巴普提斯塔、彼特鲁乔两家的仆人

地点

帕度亚；有时在彼特鲁乔的乡间住宅

序　幕

第一场
荒村酒店门前

| 女店主及斯赖上。

斯赖　操你妈的！

女店主　把你上了枷带了铐，你才知道厉害，你这流氓！

斯赖　你是个烂污货！你去打听打听，俺斯赖家的从来不曾出过流氓，咱们的老祖宗是跟着理查万岁爷一块儿来的。给我闭住你的臭嘴；老子什么都不管。

女店主　你打碎了的杯子不肯赔我吗？

斯赖　不，一个子儿也不给你。骚货，你还是钻进你那冰冷的被窝儿里去吧。

女店主　我知道怎样对付你这种家伙；我去叫官差来抓你。（下）

斯赖　随他来吧，我没有犯法，看他怎样奈何我。是好汉决不逃走，让他来吧。（躺在地上睡去）

| 号角声。猎罢归来的贵族率猎奴及从仆等上。

贵族　猎奴，你好好照料我的猎犬。可怜的茂里曼，它跑

得嘴唇边流满了白沫！把克劳德和那大嘴巴的母狗放在一起。你不看见锡尔佛在那篱笆角上，居然会把那失去了踪迹的畜生找到了吗？人家给我二十镑我也不肯把它让给他。

猎奴甲 老爷，培尔曼也不比它差呢；它闻到一点点臭味就会叫起来，今天它已经两次发现了猎物的踪迹。我觉得还是它好。

贵族 你知道什么！爱柯要是脚步快一些，可以抵得过二十条这样的狗。可是你得好好喂饲它们，把它们留心照料。明天我还要打猎哩。

猎奴甲 是，老爷。

贵族 （见斯赖）这是什么？是个死人，还是喝醉了？瞧他有气没有气？

猎奴乙 老爷，他在呼吸。他要不是喝醉了酒，不会在这么冷的地上睡得这么熟。

贵族 瞧这蠢东西！他躺在那儿多么像一头猪！一个人死了以后，那样子也不过这样难看！我要把这醉汉作弄一番。让我们把他扛回去放在床上，给他穿上好看的衣服，在他的手指上套上许多戒指，床边端整好一桌丰盛的酒食，穿得齐齐整整的仆人伺候着他，等他醒来的时候，这叫化子不是会把他自己也忘记了吗？

猎奴甲 老爷，我想他一定想不出他自己是个什么人。

猎奴乙 他醒来以后，一定会大吃一惊。

贵族 就像置身在一场美梦或空虚的幻想中一样。你们现在就把他抬起来，轻轻地把他扛到我的最好的一间屋子里，四周的墙壁上挂满了我那些风流的图画，用温暖的香水给他洗头，房间里熏着芳香的栴檀，还要把乐器预备好，等他醒来的时候，便弹奏起美妙的仙曲来。他要是说什么话，就立刻恭恭敬敬地低声问他，“老爷有什么吩咐？”一个仆人捧着银盆，里面盛着浸满花瓣的蔷薇水，还有一个人捧着水壶，第三个人拿着手巾，说，“请老爷净手”。那时另外一个人就拿着一身华贵的衣服，问他欢喜穿哪一件；还有一个人向他报告他的猎犬和马匹的情形，并且对他说他的夫人因为他害病，心里非常难过。让他相信他自己曾经疯了；要是他说他自己是个什么人，就对他说他是在做梦，因为他是一个做大官的贵人。你们这样用心串演下去，不要闹得太过分，一定是一场绝妙的消遣。

猎奴甲 老爷，我们一定用心扮演，让他看见我们不敢怠慢的样子，相信他自己真的是一个贵人。

贵族 把他轻轻抬起来，让他在床上安息一会儿，等他醒来的时候，各人都按着各自的职分好好儿做去。（众扛斯赖下；号角声）来人，去瞧瞧那吹号角的是什么人来了。（一仆人下）也许有什么过路的贵人，要在这儿暂时歇足。

| 仆人重上。

贵族 啊，是谁？

仆人 禀老爷，是一班戏子要来伺候老爷。

贵族 叫他们过来。

| 众伶人上。

贵族 欢迎，列位！

众伶 多谢大人。

贵族 你们今晚想要在我的地方耽搁一夜吗？

伶甲 大人要是不嫌弃的话，我们愿意伺候大人。

贵族 很好。这一个人很是面熟，我记得他曾经扮过一个农夫的长子，向一位小姐求爱，演得很不错。你的名字我忘了，可是那个角色你演来恰如其分，一点不做作。

伶甲 您大概说的是苏多吧。

贵族 对了，你扮得很好。你们来得很凑巧，因为我正要串演一幕戏文，你们可以给我不少帮助。今晚有一位贵人要来听你们的戏，他生平没有听过戏，我很担心你们看见他那傻头傻脑的样子，会忍不住笑起来，那就要把他恼怒了；我告诉你们，他只要看见人家微微一笑，就会发起脾气来的。

伶甲 大人，您放心好了。就算他是世上最古怪的人，我们也会控制我们自己。

贵族 来人，把他们领到食料房里去，好好款待他们；他们需要什么，只要是我家里有的，都可以尽量供给他们。（仆甲领众伶下）来人，你去找我的童儿巴索洛缪，把他装扮做一个贵妇，然后带着他到那醉汉的房间里去，叫他做太太，须要十分恭敬的样子。你代我吩咐他，他的一举一动，必须端庄稳重，就像他看见过的高贵的妇女在她们丈夫面前的那种样子；他对那醉汉说话的时候，必须温柔和婉，也不要忘记了屈膝致敬；他应当说，“夫君有什么事要吩咐奴家，请尽管说出来，好让奴家稍尽一点做妻子的本分，表示一点对您的爱心。”然后他就装出很多情的样子把他拥抱亲吻，把头偎在他的胸前，眼睛里流着泪，因为她的丈夫疯癫了好久，七年以来，始终自以为是一个穷苦的讨人厌的叫化子，现在眼看他清醒转来，所以快活得哭出来。要是这孩子没有女人家随时淌眼泪的本领，只要用一棵胡葱包在手帕里，擦擦眼皮，眼泪就会来了。你对他说他要是扮演得好，我一定格外宠爱他。赶快就把这事情办好了，我还有别的事要叫你去做。（仆乙下）我知道这孩子一定会把贵妇的举止行动声音步态模仿得很像。我很想听一听他把那醉汉叫做丈夫。我那些下人们向这个愚蠢的乡人行礼致敬的时候，也许会禁不住发笑；我必须去向他们关照一番，也许他们看见有我在面前，自己会有些节制，不致露出破绽来。（率余众同下）

第二场
贵族家中的卧室

｜斯赖披富丽睡衣，众仆持衣帽壶盆等环侍，贵族亦作仆人装束杂立其内。

斯赖 看在上帝的面上，来一壶淡麦酒！

仆甲 老爷要不要喝一杯白葡萄酒？

仆乙 老爷要不要尝一尝这些蜜饯的果子？

仆丙 老爷今天要穿什么衣服？

斯赖 我是克利斯朵夫·斯赖，别老爷长老爷短的。我从来不曾喝过什么白葡萄酒黑葡萄酒；你们倘要给我吃蜜饯果子，还是切两片干牛肉来吧。不要问我爱穿什么，我没有衬衫，只有一个光光的背；我没有袜子，只有两条赤裸裸的腿；我的一双脚上难得有穿鞋子的时候，就是穿起鞋子来，我的脚趾也会钻到外面来的。

贵族 但愿上天给您扫除这一种无聊的幻想！真想不到像您这样一个有权有势，出身高贵，富有资财，受人崇敬的人物，会沾染到这样一个下贱的邪魔！

斯赖 怎么！你们把我当作疯子吗？我不是勃登村斯赖老头子的儿子克利斯朵夫·斯赖，出身是一个小贩，也曾学过手艺，也曾走过江湖，现在当一个补锅匠吗？你们要是不信，去问曼琳·哈基特，那个温考特村里卖酒的胖婆娘，看她认不认识我；她要是不告诉你们我欠她十四便士的酒钱，就算我是天下第一名说谎的坏蛋。怎么！我难道疯了吗？这儿是——

仆甲 唉！太太就是看了您这样子，才终日哭哭啼啼。

仆乙 唉！您的仆人们就是看了您这样子，才个个垂头丧气。

贵族 您的亲戚们因为您害了这种奇怪的疯病，才裹足不进您的大门。老爷啊，请您想一想您的出身，重新记起您从前的那种思想，把这些卑贱的噩梦完全忘却吧。瞧，您的仆人们都在伺候着您，各人等候着您的使唤。您要听音乐吗？听！阿波罗在弹琴了，（音乐）二十只笼里的夜莺在歌唱。您要睡觉吗？我们会把您扶到温香美软的卧榻上。您要走路吗？我们会给您在地上铺满花瓣。您要骑马吗？您有的是鞍鞯上镶嵌着金珠的骏马。您要射猎吗？您有的是飞得比清晨的云雀还高的神鹰。您的猎犬的吠声，可以使山谷响应，上彻云霄。

仆甲 您要狩逐吗？您的猎犬奔跑得比麋鹿还要迅捷。

仆乙 您爱观画吗？我们可以马上给您拿一幅阿都尼[①]的画像来，他站在流水之旁，西塞利娅[②]隐身在芦苇里，那芦苇似乎因为受了她气息的吹动，在那里摇曳生姿一样。

贵族 我们可以给您看那处女时代的伊俄[③]怎样被诱遇暴的经过，那情形就跟活的一样。

仆丙 或是在荆棘林中漫步的达芙妮[④]，她腿上为棘刺所伤，看上去就真像在流着鲜血；伤心的阿波罗瞧了她这样子，不禁潸然泪下；那血和泪都被画工描摹得栩栩如生。

贵族 您是一个不折不扣的贵人；您有一位太太，比今世任何一个女子都要美貌万倍。

仆甲 在她没有因为您的缘故而让滔滔的泪涛流满了她那可爱的脸庞之前，她是一个并世无俦的美人。

斯赖 我是一个老爷吗？我有这样一位太太吗？我是在做梦？还是到现在才从梦中醒来？我现在并不睡着；

---

① 阿都尼（Adonis），希腊神话中被维纳斯女神所恋之美少年。

② 西塞利娅（Cytherea）为维纳斯的别名。

③ 伊俄（Io），希腊神话中被宙斯所诱奸之女子。

④ 达芙妮（Daphne），希腊神话中之女郎，因逃避爱普罗神之追求，化为月桂。

我看见，我听见，我会说话；我嗅到一阵阵的芳香，我抚摸到柔软的东西。哎呀，我真的是一个老爷，不是补锅匠，也不是克利斯朵夫·斯赖。好吧，你们去给我请太太过来；可别忘记再给我倒一壶最淡的麦酒来。

仆乙 请老爷洗手。（数仆持壶盆手巾上前）啊，您现在已经恢复神智，知道您自己是个什么人，我们真是说不出地高兴！这十五年来，您一直在做着梦，就是醒着的时候，也跟睡着一样。

斯赖 这十五年来！哎呀，这一瞌可睏得长久！可是在那些时候我不曾说过一句话吗？

仆甲 啊，老爷，您话是说的，不过都是些胡言乱语；虽然您明明睡在这么一间富丽的房间里，您却说您给人家打出门外，还骂着那屋子里的女主人，说要上衙门告她去，因为她在酒瓶子里搀放石子；有时候您叫着西息莉·哈基特。

斯赖 不错，那是酒店里的一个女侍。

仆丙 哎哟，老爷，您几时知道有这么一家酒店，这么一个女人？您还说起过什么史蒂芬·斯赖，什么希腊人老约翰·拿普斯，什么彼得·忒夫，什么亨利·品布纳尔，还有一二十个诸如此类的名字，都是从来不曾有过，谁也不曾看见过的人。

斯赖 感谢上帝，我现在醒过来了！

众仆 阿门！

斯赖 谢谢你们，等会儿我重重有赏。

| 小童扮贵妇率侍从上。

小童 老爷，今天安好？

斯赖 喝好酒，吃好肉，当然是很好啰。我的老婆呢？

小童 在这儿，老爷，您有什么吩咐？

斯赖 你是我的老婆，怎么不叫我丈夫？我的仆人才叫我老爷。我是你的亲夫。

小童 您是我的夫君，我的主人；我是您的忠顺的妻子。

斯赖 我知道。我应当叫她什么？

贵族 夫人。

斯赖 艾丽丝夫人呢，还是琼夫人？

贵族 夫人就是夫人，老爷们都是这样叫着太太的。

斯赖 夫人太太，他们说我已经做了十五年多的梦。

小童 是的，这许多年来我不曾和您同床共枕，在我就好像守了三十年的活寡。

斯赖 那真太委屈了你啦。喂，你们都给我走开。夫人，宽下衣服，快到床上来吧。

小童 老爷，请您恕我这一两夜，否则就等太阳西下以后吧。医生们曾经关照过我，叫我暂时不要跟您同床，免得旧病复发。我希望这一个理由可以使您原谅我。

斯赖 我实在有些等不及，可是我不愿意再做那些梦，所以只好忍住欲火，慢慢再说吧。

| 一仆人上。

仆人 启禀老爷，那班戏子们听见贵体痊愈，想来演一本有趣的喜剧给您解解闷儿。医生说过，您因为思虑过度，所以血液停滞；太多的忧愁会使人发狂，因此他们以为您最好听听戏开开心，这样才可以消灾

延寿。

斯赖 很好，就叫他们演起来吧。你说的什么喜剧，可不就是翻翻跟斗蹦蹦跳跳的那种玩意儿？

小童 不，老爷，那还要有趣得多哪。

斯赖 什么！是扮演妻贤子孝的那种东西吗？

小童 他们表演的是一桩故事。

斯赖 好，让我们瞧瞧。来，夫人太太，坐在我的身边，让我们享受青春，管他什么世事沧桑！（喇叭奏花腔）

第　一　幕

第一场

帕度亚；广场

| 路森修及特拉尼奥上。

路森修　特拉尼奥，我久慕帕度亚是人文渊薮，学术摇篮，这次多蒙父亲答应，叫你陪着我前来，到了这景物优胜的名都，真是三生有幸。让我们就在这里歇足下来，访几个名师益友，研究些有用的学问。我父亲五湖四海，经商立业，积聚了不少家财，在比萨是一个赫赫有名的公民；我必须勤求上进，敦品力学，方才不致辱没家声。所以，特拉尼奥，我想把我的时间用在研究哲学和做人的道理上，在修身养志的功夫里寻求我的乐趣，因为我离开比萨，来到帕度亚，就像一个人从清浅的池沼里，踊身到汪洋大海中，希望满足他的焦渴一样。你的意思怎样？

特拉尼奥　我的好少爷，您能够立志在哲学里寻求至道妙理，使我听了非常高兴；可是少爷，我们一方面向慕着仁义道德，一方面却也不要扮起一副不近人情的道学面孔，不要因为一味服膺亚理士多德的箴言，而把奥维德的《爱经》深恶痛绝。您在相识的面前，不妨运用逻辑和他们滔滔雄辩；日常谈话的中间，也可以练习练习修辞学；音乐和诗歌可以开启您的心灵；您要是胃口好的时候，研究研究数学和形而上学也未始不可。学问必须合着自己的兴趣，方才可以得益，所以，少爷，您尽管拣您最喜欢的东西研究吧。

路森修 特拉尼奥，你这番话说得非常有理。等比昂台罗来了，我们就可以去找一个适当的寓所，将来有什么朋友也可以在那里招待招待。且慢，那边来的是些什么人？

特拉尼奥 少爷，大概这里的人知道我们来了，所以要演一场戏给我们看，表示他们的欢迎。

丨巴普提斯塔、凯瑟丽娜、比恩卡、葛莱米奥、霍坦西奥同上。路森修及特拉尼奥避立一旁。

巴普提斯塔 两位先生，你们不必向我多说，因为你们知道我的意思是非常坚决的。我必须先让我的大女儿有了丈夫以后，方才可以把小女儿出嫁。你们两位中间倘有哪一位喜欢凯瑟丽娜，那么因为你们两位都是熟人，我也很敬重你们，我一定答应你们向她求婚。

葛莱米奥 我可吃她不消。霍坦西奥，你娶了她吧。

凯瑟丽娜 （向巴普提斯塔）爸爸，你是不是要让我给这两个臭男人取笑？

霍坦西奥 姑娘，您放心吧，像您这样厉害的女人，无论哪个臭男人都会给您吓走的。

凯瑟丽娜 先生，你也放心吧，她是不愿嫁给你的；可是她要是嫁了你，她会用三脚的凳子打破你的鼻头，把你涂成花脸叫人笑话的。

霍坦西奥 求上帝保佑我们逃过这种灾难！

葛莱米奥 阿门！

特拉尼奥 少爷，咱们有好戏看了。那个女人倘不是个疯子，倒泼辣得可以。

路森修 可是还有那一位不声不响的姑娘，却很贞静幽娴。别说话了，特拉尼奥！

特拉尼奥 很好，少爷，咱们闭住嘴看个饱。

巴普提斯塔 两位先生，我刚才说过的话决不失信，——比恩卡，你进去吧；你不要懊恼，好比恩卡，爸爸疼着你，我的好孩子。

凯瑟丽娜 好心肝，好宝贝！她还是回去哭一场吧。

比恩卡 姊姊，你尽管看着我的懊恼而高兴吧。爸爸，我一切都听您的主张，我可以在家里翻翻书，玩玩乐器解闷儿。

路森修 特拉尼奥，你听！好一个贤淑的姑娘！

霍坦西奥 巴普提斯塔先生，您为什么一定这样固执？我们本来是一片好意，不料反而害得比恩卡小姐心里不快乐，真是抱歉得很。

葛莱米奥 巴普提斯塔先生，您难道要她代人受过，因为您那位大令嫒的悍声四播，而把她终身禁锢吗？

巴普提斯塔 请你们不要见怪，我已经这样决定了。比恩卡，进去吧。（比恩卡下）我知道她喜欢音乐诗歌，正想要请一位教师在家教授。霍坦西奥先生，葛莱米奥先生，你们要是知道有这样适当的人才，请介绍他到这儿来；我因为希望我的孩子们得到良好的教育，对于有才学的人是竭诚欢迎的。再会，两位先生。凯瑟丽娜，你可以在这儿多玩一会儿；我还要去跟比恩卡说两句话。（下）

凯瑟丽娜 什么，难道我就不可以进去？难道我走一步路都要按照时间，听人家的指挥？哼！（下）

葛莱米奥 你到魔鬼的老娘那里去吧！谁也不会留住你的。霍坦西奥先生，咱们虽然说不上有什么交情，可是现在同病相怜，大家还是回去把这段痴情斩断了吧。可是为了我对于可爱的比恩卡的爱慕，要是我能够找到一个可以教授她功课的人，我一定要把他介绍给她的父亲。

霍坦西奥 葛莱米奥先生，我也是这样的意思。可是我说我们两人虽然立在互相敌对的地位，然而为了彼此共同的厉害，我们应当在一件事情上携手合作，否则恐怕我们就是再要为了比恩卡的爱而成为情敌的机会也没有了。

葛莱米奥 愿闻其详。

霍坦西奥 简简单单一句话，给她的姊姊找一个丈夫。

葛莱米奥 找个丈夫！还是找个魔鬼给她吧。

霍坦西奥 我说，给她找个丈夫。

葛莱米奥 我说给她找个魔鬼。霍坦西奥，虽然她的父亲那么有钱，你以为有那样一个傻子，愿意娶了个活阎罗供在家里吗？

霍坦西奥 嘿，葛莱米奥！我们虽然受不住她那种打骂吵闹，可是世上尽有胃口好的人，看在铜钱面上，会把她当作活菩萨一样迎了去的。

葛莱米奥 那我可不知道。可是我要是贪图她的嫁奁，我宁愿每天给人绑在柱子上抽一顿鞭子，作为娶她回去的交换条件。

霍坦西奥 正像人家说的，两只坏苹果之间，没有什么选择。可是这一条禁令既然已经使我们两人成为朋友，那么让我们的交情暂时继续下去，直到我们帮助巴普提斯塔把他的大女儿嫁了出去，让他的小女儿也有了嫁人的机会以后，再做起敌人来吧。可爱的比恩卡！不知道哪一个幸运儿捷足先登！葛莱米奥先生，你说怎样？

葛莱米奥 我很赞成。要是能够找到那么一个人，我愿意把帕度亚最好的马儿送给他，让他立刻前去求婚，赶快和她结婚睡觉，把她早早带走。我们走吧。（葛莱米奥、霍坦西奥同下）

特拉尼奥 少爷，请您告诉我，难道爱情会这么快就把一个人征服吗？

路森修 啊，特拉尼奥！倘不是我自己今天亲身经历，我决不相信这样的事是可能的。当我在这儿闲望着他们的时候，我却在无意中感到了爱情的力量。特拉尼奥，你是我的心腹，我坦白向你招认了吧，要是我不能娶这位年轻的贞淑的姑娘做妻子，我一定会被爱情所燃烧而憔悴死去。给我想想法子吧，特拉尼奥，我知道你一定能够也一定肯帮助我的。

特拉尼奥 少爷，我现在也不能责怪您，因为爱情进了人的心里，是打骂不去的。它既然到了您的身上，就会占有您的一切。

路森修 谢谢你，再说下去吧。你的话很有道理，句句说中我的心意。

特拉尼奥 少爷，您那样出神地望着这位姑娘，恐怕没有注意到最重要的一点。

路森修 不，我没有把它忽略过去；我看见她那秀美的容颜，就是天神看见了她，也会向她屈膝长跪，请求她准许他吻一吻她的纤手的。

特拉尼奥 此外您没有注意到什么吗？您没有听见她那姊姊怎样破口骂人，差一点不大闹一场，把人家耳朵都嚷聋了吗？

路森修 特拉尼奥，我看见她的樱唇微启，她嘴里吐出的气息，把空气都熏得充满了麝兰的香味。我看见她的一切都是圣洁而美妙。

特拉尼奥 他已经着了迷了，我必须把他叫醒。少爷，请您醒醒吧；您要是爱这姑娘，就该想法把她弄到手里。事情是这样的：她的姊姊是个泼辣凶悍的女子，除非她的父亲先把她姊姊嫁了出去，那么少爷，您的爱人只好住在家里做个老处女；他因为不愿让那些求婚的人向她麻烦，所以已经把她关起来不让她出来了。

路森修 啊，特拉尼奥！他真是个狠心的父亲！可是你不听见他正在留心为她访寻一个好教师吗？

特拉尼奥 是的，少爷，我正在这上面想法子呢。

路森修 我有了计策了，特拉尼奥。

特拉尼奥 妙极，也许我们不谋而合。

路森修 你先说吧。

特拉尼奥 我知道您想去做她的教书先生。

路森修 是啊，你看这件事可做得到？

特拉尼奥 做不到；您去做了教书先生，叫谁替您在这儿帕度亚充当文森修的公子？有谁可以替您主持家务，研究学问，招待朋友，访问邻里，宴请宾客？

路森修 不要紧，我已经仔细想过了。我们初到此地，还不曾到什么人家里去过，人家也不认识我们两人谁是主人谁是仆人，所以我想这样：你就顶替我的名字，代我主持家务，指挥仆人；我自己移名换姓，扮做一个从佛罗伦萨、那不勒斯或是比萨来的穷苦书生。就这么办吧。特拉尼奥，你快快脱下衣服，戴上我的帽子，披上我的外套。等比昂台罗来了，就叫他伺候你；可是我还要先嘱咐他说话小心些。

（二人交换服装）

特拉尼奥 少爷，既然这是您的意思，我也只好从命，因为在我们临走的时候，老爷曾经吩咐过我，“你要听少爷的话，用心做事”，虽然我想他未必想到会有今天的情形；可是因为我敬爱路森修，所以我愿意自己变成路森修。

路森修 很好，特拉尼奥，因为路森修正在恋爱着一个人了。她那惊鸿似的一面，已经摄去了我的魂魄；为了博取她的芳心，我甘心做一个奴隶。这狗才来了。

| 比昂台罗上。

路森修 喂，你到什么地方去了？

比昂台罗 我到什么地方去了！咦，怎么，您在什么地方？少爷，是特拉尼奥把您的衣服偷了呢，还是您把他的衣服偷了？还是两个人你偷我的我偷你的？究竟是怎么一回事呀？

路森修 你过来，我对你说，现在不是说笑话的时候，你好好听我的话。我上岸以后，因为跟人家吵架，杀死了一个人，恐怕被人看见，所以叫特拉尼奥穿上我的衣服，假扮做我的样子，我自己穿了他的衣服逃走。为了保全性命，我只好离开你们，你须要好好伺候他，就像伺候我自己一样，你懂了吗？

比昂台罗 少爷，我一点都不懂！

路森修 你嘴里不许提起一声特拉尼奥来，特拉尼奥已经变成路森修了。

比昂台罗 算他运气，我也这样变一变就好了！

特拉尼奥 我更希望路森修能够得到巴普提斯塔的小女儿。可是我要劝你在无论什么人面前，都要规规矩矩，在私下我是特拉尼奥，当着人我就是你的主人路森修；这并不是我要在你面前摆什么架子，无非是为着少爷的好处起见。

路森修 特拉尼奥，我们去吧。我还要你做一件事，你必须也去做一个求婚的人，为什么你不必问，总之我自有道理。（同下）

| 舞台上方观剧者的谈话。

仆甲 老爷，您在瞌睡了，您没有听戏吗？

斯赖 不，我在听着。好戏好戏，下面还有吗？

小童 还刚开始呢，夫君。

斯赖 是一本非常的杰作，夫人；我希望它快些完结！（继续看戏）

第二场

同前；霍坦西奥家门前

| 彼特鲁乔及葛鲁米奥上。

彼特鲁乔 我暂时告别了维洛那，到帕度亚来访问朋友，尤其要看看我的好朋友霍坦西奥；他的家大概就在这里，葛鲁米奥，你去敲门。

葛鲁米奥 （敲门）喂，里面有人吗？

| 霍坦西奥上。

霍坦西奥 啊，我道是谁，原来是我的老朋友葛鲁米奥！还有我的好朋友彼特鲁乔！你们在维洛那都好？是哪一阵好风把你们从维洛那吹到帕度亚来了？

彼特鲁乔 因为年轻人倘不在外面走走，老是住在家里，孤陋寡闻，终非长策，所以风才把我吹到这儿来了。不瞒你说，霍坦西奥，家父已经不幸去世，所以我才到这异乡客地，想要物色一位妻房，成家立业；我袋里有的是钱，家里有的是财产，闲着没事，出来见见世面也好。

霍坦西奥 彼特鲁乔，你既然想娶一个妻子，我倒想起一个人来了；可惜她脾气太坏，又长得难看，恐怕你一定不会中意；不过我可以向你保证她很是有钱；可是因为你是我的好朋友，我还是不要把她介绍给你的好。

彼特鲁乔 霍坦西奥，咱们是知己朋友，用不着多说废话。我的目的本来是要娶一个有钱的妻子，只要是合着这一个条件的，无论她怎样淫贱老丑，泼辣凶悍，我都是一样欢迎；尽管她的性子暴躁得像起着风浪的怒海，也不能影响我对她的好感，只要她的嫁奁丰盛，我就心满意足了。

葛鲁米奥 霍坦西奥大爷，你听，他说的都是老老实实的真心话，只要有钱，就是把一个木人泥偶给他做妻子他也要；倘然她是一个满嘴牙齿落得一个不剩的老太婆，浑身病痛有五十二匹马合起来那么多，他也会满不在乎。

霍坦西奥 彼特鲁乔，我们既然已经谈起了这件事，那么我要老实告诉你，我刚才说的话，一半是笑话。彼特鲁乔，我可以帮助你娶到一位妻子，又有钱，又年轻，又美貌，而且还受过良好的教育；她就是有一个很大的缺点，她的脾气非常之坏，撒起泼来，谁也吃她不消，即使我是个身无立锥之地的穷光蛋，她愿意倒贴一座金矿嫁给我，我也要敬谢不敏的。

彼特鲁乔 算了吧，霍坦西奥，你可不知道金钱的好处哩。我只要你告诉我她父亲的名字就够了。尽管她骂起人来像秋天的雷鸣一样震耳欲聋，我也要把她娶了回去。

霍坦西奥 她的父亲是巴普提斯塔·米诺拉，是一位彬彬有礼的绅士；她的名字叫做凯瑟丽娜·米诺拉，在帕度亚以善于骂人出名。

彼特鲁乔 我虽然不认识她，可是我认识她的父亲，他和先父也是老朋友。霍坦西奥，我要是不见她一面，我会睡不着觉的，所以我要请你恕我无礼，匆匆相会，又要向你告别了。要是你愿意陪着我去，那可再好没有。

葛鲁米奥 霍坦西奥大爷，您让他趁着这股兴致就去了吧。说句老实话，她要是也像我一样知道他得明白，她就会明白对于像他这样的人，骂杀也是白骂。她也许会骂他一二十声死人杀千刀，可是那算得了什么，他要是开口骂起人来，什么稀奇古怪的话儿都会骂得出来。我告诉您吧，她要是顶撞了他一下，他会随手抓起什么东西来，向她的脸上摔过去的。您还没有知道他呢。

霍坦西奥 等一等，彼特鲁乔，我要跟你同去。因为在巴普提斯塔手里还有一颗无价的明珠，他的美丽的小女儿比恩卡，她是我生命中最珍贵的东西，可是巴普提斯塔却把她保管得非常严密，不让向她求婚的人们有亲近她的机会。他恐怕凯瑟丽娜有了我刚才说过的那种缺点，没有人愿意向她求婚，所以一定要让凯瑟丽娜这泼妇嫁到了人以后，方才允许人家向比恩卡提起亲事。

葛鲁米奥 凯瑟丽娜这泼妇！一个姑娘家，什么头衔不好，一定要加上这么一个头衔！

霍坦西奥 彼特鲁乔，我的好朋友，现在我要请求你一件事。我想换上一身朴素的服装，扮成一个教书先生的样子，请你把我举荐给巴普提斯塔，就说我深通音律，可以做比恩卡的教师。我用了这个计策，就可以有机会向她当面求爱，不致于引起人家的疑心了。

葛鲁米奥 好狡猾的计策！瞧，现在这班年轻人瞒着老年人干的好事！

| 葛莱米奥、路森修化装挟书上。

葛鲁米奥 大爷，大爷，您瞧谁来啦？

霍坦西奥 别闹，葛鲁米奥！这是我的情敌。彼特鲁乔，我们站旁边些。

葛鲁米奥 好一个卖弄风流的哥儿！

葛莱米奥 啊，很好，那些关于恋爱方面的书籍，我就去叫人把它们精工装订起来；你必须把它们随时带在身边，念给她听。你懂得我的意思吗？巴普提斯塔先生对于你的待遇当然不会是错的，就是我也还要给你一份谢礼哩。你带去的那些笔墨纸砚，我也要叫人把它们熏得香喷喷的，因为她自己比任何香料都要芬芳。你预备读些什么东西给她听？

路森修 我无论向她读些什么，都是代您申诉您的心曲，就像您自己在她面前一样；而且也许我所用的字句，比您自己所用的更为适当，也未可知。

葛莱米奥 啊，学问真是好东西！

葛鲁米奥 啊，这家伙真是傻瓜！

彼特鲁乔 闭嘴，狗才！

霍坦西奥 葛鲁米奥，不要多话。葛莱米奥先生，您好！

葛莱米奥 咱们遇见得巧极了，霍坦西奥先生。您知道我现在到什么地方去吗？我是到巴普提斯塔家里去的。我答应他替比恩卡留心访寻一位教师，算我运气，找到了这位年轻人，他的学问品行，都可以说得过去，他读过不少诗书，而且都是很好的书哩。

霍坦西奥 那好极了。我也碰到一位朋友，他答应替我找一位很好的声乐家来教她音乐，我对于我那心爱的比恩卡总算也尽了责任了。

葛莱米奥 我可以用我的行为证明，比恩卡是我心爱的人。

霍坦西奥 葛莱米奥，现在不是我们争风吃醋的时候，你要是对我客客气气，我可以告诉你一个好消息，对于我们两人都是一样有好处的。这位朋友我刚才偶然遇到，他已经答应我愿意去向那泼妇凯瑟丽娜求婚，而且只要她的嫁奁丰盛，他就可以和她结婚。

葛莱米奥 这当然很好，可是霍坦西奥，你有没有把她的缺点告诉他？

彼特鲁乔 我知道她是一个喜欢吵吵闹闹的长舌妇，倘然她就是有这一点毛病，那我以为没有什么要紧。

葛莱米奥 你说没有什么要紧吗，朋友？请教贵乡？

彼特鲁乔 舍间是维洛那，已故的安东尼奥就是家父。我因为遗产颇堪温饱，所以很想尽情玩玩，过些痛痛快快的日子。

葛莱米奥 啊，你要过痛快的日子，却去找这样一位妻子，真是奇怪！可是你要是真有那样的胃口，那么我是非常赞成你去试一试的，但凡有可以效劳之处，请老兄尽管吩咐好了。可是你真的要向这头野猫求婚吗？

彼特鲁乔 那还用得着问吗？我倘不是为了这一件事情，何必到这儿来？你们以为一点点的吵闹，就可以使我掩耳却退吗？难道我不曾听见过狮子的怒吼？难道我不曾听见过海上的狂风暴浪，像一头疯狂的巨熊一样咆哮？难道我不曾听见过战场上的炮轰，天空中的霹雳？难道我不曾在白刃相交的激战中，听见过震天的杀声，万马的嘶奔，金鼓的雷鸣？你们现在却向我诉说女人的口舌如何可怕；就是把一枚栗子丢在火里，那爆声也要比它响得多哩。嘿，你们想捉了个跳虱来吓小孩子吗？

葛莱米奥 霍坦西奥，这位朋友既然不以为意，那就再好也没有了，他自己既然人财两得，而且也帮了我们很大的忙。

霍坦西奥 他所需要的一切求婚费用，就归我们两个人共同担负吧。

葛莱米奥 很好，只要他能够娶她回去。

| 特拉尼奥盛装偕比昂台罗上。

特拉尼奥 列位先生请了！我要大胆借问一声，到巴普提斯塔·米诺拉先生家里去打哪一条路走最近？

比昂台罗 您说的就是有两位漂亮小姐的那位老先生吗？

特拉尼奥 就是他，比昂台罗。

葛莱米奥 先生，您说的不就是她——

特拉尼奥 也许是他，也许是她，这和你有什么相干？

彼特鲁乔 大概不是爱骂人的那个她吗？

特拉尼奥 先生，我不爱骂人的人。比昂台罗，我们去吧。

路森修 （旁白）特拉尼奥，你装扮得很好。

霍坦西奥 先生，请您慢走一步。请问您也是要去向您刚才说起的那位小姐求婚的吗？

特拉尼奥 假如我是去求婚的，那不会有什么罪吧？

葛莱米奥 只要你乖乖儿的给我回去，那就什么事都没有。

特拉尼奥 咦，我倒要请问，官塘大路，你走得我就走不得？

葛莱米奥 她可不用你多费心。

特拉尼奥 这是什么理由？

葛莱米奥 告诉你吧，因为她是葛莱米奥大爷的爱人。

霍坦西奥 因为她是霍坦西奥大爷中意的人儿。

特拉尼奥 两位先生少安毋躁，你们倘然都是通达事理的君子，请听我说句话儿。巴普提斯塔是一位有名望的绅士，我的父亲和他也是素识，他的女儿就是再美上十倍，也应该有比现在更多十倍的男子向她求婚，为什么我就不能在其中参加一份呢？勒达的美貌的女儿[①]有一千个求婚者，那么美貌的比恩卡为什么不能在她原有的求婚者之外，再加上一个去呢？虽然帕里斯希望鳌头独占，路森修却也要加入这一场竞赛。

葛莱米奥 啊，这个人的口才会把我们全都压倒哩。

路森修 让他试试身手吧，我知道他会临阵怯退的。

彼特鲁乔 霍坦西奥，你们这样净说废话，有什么意思？

霍坦西奥 请问尊驾有没有见过巴普提斯塔的女儿？

特拉尼奥 没有，可是我听说他有两个女儿，大的那个是出名的泼辣，小的那个是出名的美貌温文。

彼特鲁乔 诸位，那个大的已经被我定下了，你们不用提她。

葛莱米奥 对了，这一份艰巨的工作，还是让我们伟大的英雄去独力进行吧。

彼特鲁乔 新来的朋友，让我告诉你，你听人家说起的那个小女儿，被她的父亲看管得很是严密，在他的大女儿没有嫁人以前，他拒绝任何人向他的小女儿求婚，也不愿意把她许嫁给任何人。

---

① 勒达（Leda），古代斯巴达王后，天神宙斯（Zeus）与之通而生海伦（Helen）。海伦始嫁米尼劳斯（Menelaus），后为特洛伊王子帕里斯（Paris）所盗占，结果酿成特洛伊战争。

特拉尼奥 这样说来，那么我们都要仰仗尊驾的大力，就是小弟也要叨您老兄的光了。您要是能够娶到了他的大女儿，给我们开辟出一条路来，好让我们有机会争取他的小女儿，无论这一场幸运落在哪一个人身上，对您老兄总是一样终生感激的。

霍坦西奥 您说得有理，既然您说您自己也是一个求婚者，那么您对于这位朋友也该给他一些酬报才是，因为我们大家都是一样仰赖着的。

特拉尼奥 那可不用说，为了表示我的诚意，我想就在今天下午，请在场各位大家在一块儿欢宴一次，恭祝我们共同的爱人的健康。我们在情场上尽管是死冤家活对头，在吃吃喝喝的时候还是像好朋友一样。

葛鲁米奥
比昂台罗 妙极！妙极！咱们大家去吧。（同下）

第　二　幕

第一场

帕度亚；巴普提斯塔家中一室

｜凯瑟丽娜及比恩卡上。

比恩卡　好姊姊，我是你的亲妹妹，不要把我当作婢子奴才一样看待。你要是不欢喜我身上穿戴的东西，那么请你松开我手上的捆缚，我会自己把它们拿下来的；只要你吩咐我，我把裙子脱下来都可以；你要我怎么做，我就听你的话怎么做，因为你是姊姊，我是应该服从你的。

凯瑟丽娜　那么我要问你，在那些向你求婚的男人中间，你最爱哪一个？你可不许说谎。

比恩卡　相信我，姊姊，在一切男子中间，我到现在还没有遇到一个特别中我心意的人。

凯瑟丽娜　丫头，你说谎！是不是霍坦西奥？

比恩卡　姊姊，你要是欢喜他，我可以发誓我一定竭力帮助你得到他。

凯瑟丽娜　噢，那么你大概希望嫁到一个比霍坦西奥更有钱的人；你要葛莱米奥把你终生供养吗？

比恩卡 你是为了他才这样恨我吗？不，你是说着玩玩儿的；我现在知道了，你刚才的话原来都是说着玩玩儿的。凯德好姊姊，请你松开我的手吧。

凯瑟丽娜 你说我说着玩玩儿，我就打着你玩玩儿。（打比恩卡）

| 巴普提斯塔上。

巴普提斯塔 怎么，怎么，这丫头！又在撒泼吗？比恩卡，你站开些。可怜的孩子！你看，她给你欺侮得哭起来了。你去做你的针线活儿吧，别理她。你这恶鬼一样的贱人！她从来不曾惹过你，你怎么又要欺侮她了？她什么时候顶撞过你一句？

凯瑟丽娜 她嘴里一声不响，心里瞧不起我；我气她不过，非叫她知道些厉害不可。（追比恩卡）

巴普提斯塔 怎么，当着我的面你也敢这样放肆吗？比恩卡，你快进去。（比恩卡下）

凯瑟丽娜 啊！你不让我打她吗？好，我知道了，她是你的宝贝，她一定要嫁个好丈夫，像我这样的人是一辈子嫁不出去的。不要向我说话，我要去找个地方坐下来痛哭一场。你看着吧，我总有一天要报仇的。（下）

巴普提斯塔 世上还有比我更倒霉的父亲吗？可是谁来了？

| 葛莱米奥率路森修作寒士装束、彼特鲁乔率霍坦西奥化妆乐师、特拉尼奥率比昂台罗携七弦琴及书籍各上。

葛莱米奥 早安，巴普提斯塔先生！

巴普提斯塔 早安，葛莱米奥先生！各位先生，你们都好？

彼特鲁乔 您好，老先生。请问您不是有一位美貌贤德的令嫒名叫凯瑟丽娜吗？

巴普提斯塔 先生，我有一个小女名叫凯瑟丽娜。

葛莱米奥 你说话太莽撞了，要慢慢儿的说到题目上去。

彼特鲁乔 葛莱米奥先生，请你不用管我。巴普提斯塔先生，我是从维洛那来的一个绅士，因为久闻令嫒美貌多才，端庄贤淑，品格出众，举止温柔，所以不揣冒昧，到府上来做一个不速之客，瞻仰瞻仰这位心仪已久的绝世佳人。为了表示我的寸心起见，我特地介绍这一位朋友给您，（介绍霍坦西奥）他熟谙音律，精通数理，可以担任令嫒的教师，我知道她对于这两门功课一定研究有素。您要是不嫌弃我，就请把他收留下来；他的名字叫里西奥，是曼多亚人。

巴普提斯塔 你们两位我都是一样欢迎。可是说起小女凯瑟丽娜，我实在非常抱歉，她是仰攀不上您这样一位人物的。

彼特鲁乔 看来您是疼惜令嫒，不愿把她遣嫁，否则就是您对我这个人不大满意。

巴普提斯塔 哪里的话，我说的是实在的情形。请问贵乡何处，尊姓大名？

彼特鲁乔 贱名是彼特鲁乔，安东尼奥是我的先父，他在意大利是很有一点名望的。

巴普提斯塔 我跟他是很熟悉，您原来就是他的贤郎，欢迎欢迎！

葛莱米奥 彼特鲁乔，不要尽管一个人说话，让我们也说几句吧；退后一步，你真太自鸣得意啦。

彼特鲁乔 啊，对不起，葛莱米奥先生，我也巴不得把事情早点儿讲妥呢。

葛莱米奥 我相信你一定会成功，可是以后你要是后悔今天不该来此求婚，可不要抱怨别人。巴普提斯塔先生，我因为平常多蒙您另眼相看，十分厚待，无以为报，所以特地把这位青年学士介绍给您。（介绍路森修）他曾经在里姆留学多年，对于希腊文、拉丁文以及其他各国语言，都非常精通。他的名字叫堪比奥，请您准许他在您这儿服务吧。

巴普提斯塔 我非常感谢您的好意，葛莱米奥先生；堪比奥，我很欢迎你。（向特拉尼奥）可是这位先生好像是从外省来的，恕我冒昧，请问尊驾来此有何贵干？

特拉尼奥 巴普提斯塔先生，我才要请您多多原谅呢，因为我初到贵地，居然敢大胆前来，向您美貌贤德的令嫒比恩卡小姐求婚，实在是冒昧万分。我也知道您的意思是要先给您那位大令嫒许配了婚姻，然后再谈其他，所以我现在唯一的请求，是希望您在知道我的家世以后，能够给我一个和其他各位求婚者同等的机会。这一件不值钱的乐器，和这一包希腊文和拉丁文的书籍，是奉献给两位女公子的一点小小礼物，您要是不嫌菲薄，受纳下来，那就是我莫大的荣幸了。

巴普提斯塔 台甫是路森修，请问府上在什么地方？

特拉尼奥 敝乡是比萨，文森修就是家严。

巴普提斯塔 啊，他是比萨地方数一数二的人物，我闻名已久，您就是他的令郎，欢迎欢迎！（向霍坦西奥）你把这琴拿了，（向路森修）你把这几本书拿了，我就叫人领你们去见你们的学生。喂，来人！

| 一仆人上。

巴普提斯塔 你把这两位先生领去见大小姐二小姐，对她们说这两位就是来教她们的先生，叫她们千万不可怠慢。（仆人领霍坦西奥、路森修下）诸位，我们现在先到花园里散步片刻，然后吃饭。你们都是难得的佳宾，请你们相信我是诚心欢迎着你们。

彼特鲁乔 巴普提斯塔先生，我事情很忙，不能每天到府上来求婚。您知道我父亲的为人，您也可以根据我父亲的为人，推测到我这个人是不是靠得住！他去世以后，全部田地产业都已归我承继下来，我在自己手里也挣下了一些家产。现在我要请您告诉我，要是我得到了令嫒的垂青，您愿意拨给她怎样一份嫁奁？

巴普提斯塔 我死了以后，我的田地的一半都给她，另外再给她二万个克朗[①]。

彼特鲁乔 很好，您既然答应了我这样一份嫁奁，我也可以向她保证要是我比她先死，我的一切田地产业都归她所有。我们现在就把契约订好，双方各执一份为凭吧。

巴普提斯塔 好的，可是最要紧的，还是先去把她的爱求到了再说。

彼特鲁乔 啊，那算得什么难事！告诉您吧，老伯，她固然脾气高傲，我也是天性刚强；一星星的火花，虽然会被微风吹成烈焰，可是一阵拔山倒海的飓风，却可以把大火吹熄；我对她就是这样，她见了我一定会屈服的，因为我是个性格暴躁的人，我不会像小孩子一样谈情说爱。

---

① 克朗（Crown），往时各国上印王冠之货币名称，价值高下不一；英国之克朗值五先令。

巴普提斯塔 那么很好，愿你马到成功！可是你要准备着听几句刺耳的说话呢。

彼特鲁乔 那我也有恃无恐，尽管狂风吹个不停，山岳是始终屹立不动的。

霍坦西奥头破血流上。

巴普提斯塔 怎么，我的朋友！你怎么这样脸无人色？

霍坦西奥 我是吓成这个样子的。

巴普提斯塔 怎么，我的女儿是不是一个可造之才？

霍坦西奥 我看令嫒很可以当兵打仗去；只有铁链可以锁住她，我这琴儿是经不起她一敲的。我不过告诉她她把音柱弄错了，按着她的手教她怎样弹奏，她就冒起火来，把琴敲着我的头，琴是给她敲穿了，我的头颈也给琴套住了；我像一个戴枷的犯人一样站着发怔，一面她还骂我拉胡琴的瘪三，沿街卖唱的叫化子，以及诸如此类的难听的名字。

彼特鲁乔 嗳呀，好一个勇敢的姑娘！我现在更加爱她十倍了。啊，我真想跟她谈谈天！

巴普提斯塔 （向霍坦西奥）好，你跟我去，请不要懊恼；你可以去教我的小女儿，她是很愿意虚心学习，很懂得好歹的。彼特鲁乔先生，您还是愿意陪我们一块儿走走呢，还是让我叫我的女儿凯德出来见您？

彼特鲁乔 有劳您去叫她出来吧，我就在这儿等着她。（巴普提斯塔、葛莱米奥、特拉尼奥、霍坦西奥等同下）等她来了，我要提起精神来向她求婚：要是她开口骂人，我就对她说她唱的歌儿像夜莺一样曼妙；要是她向我皱眉头，我就说她看上去像浴着朝露的玫瑰一样清丽；要是她默不作声，我就恭维她的能言善辩；要是她叫我滚蛋，我就向她道谢，好像她留我多住一个星期一样；要是她不愿意嫁给我，我就向她请问吉期。她已经来啦，彼特鲁乔，现在要看看你的本领了。

| 凯瑟丽娜上。

彼特鲁乔 早安，凯德，我听说这是你的小名。

凯瑟丽娜 算你生着耳朵会听，可是我这名字是会刺痛你的耳朵的。人家提起我的时候，都叫我凯瑟丽娜。

彼特鲁乔 你骗我，你的名字就叫凯德，你是可爱的凯德，人家有时也叫你泼妇凯德；可是你是世上最美最美的凯德，所以，凯德，我的心上的凯德，请你听我诉说：我因为到处听见人家称赞你的温柔贤德，传扬你的美貌娇姿，虽然他们嘴里说的话，还抵不过你实在的好处的一半，可是我的心却给他们打动了，所以特地前来向你求婚，请你答应嫁给我做妻子。

凯瑟丽娜 打动了你的心！哼！叫那打动你到这儿来的那家伙把你打动回去吧，我早知道你是个给人搬来搬去的东西。

彼特鲁乔 什么东西是给人搬来搬去的？

凯瑟丽娜 就像一只凳子一样。

彼特鲁乔 对了，来，坐在我的身上吧。

凯瑟丽娜 驴子是给人骑坐的，你也就是一头驴子。

彼特鲁乔 你火性这么大，就像一只黄蜂。

凯瑟丽娜 我倘然是黄蜂，那么留心我的刺吧。

彼特鲁乔 我就把你的刺拔下。

凯瑟丽娜 你知道它的刺在什么地方吗？

彼特鲁乔 谁不知道黄蜂的刺是在尾巴上？

凯瑟丽娜 我的刺可是在舌头上呢。现在我可要去了。

彼特鲁乔 不，别走，好凯德。你不要瞧我不起，我也是个堂堂的绅士呢。

凯瑟丽娜 我倒要试试看。（打彼特鲁乔）

彼特鲁乔 你再打我，我也要打你了。

凯瑟丽娜 你要是打我，就不是个堂堂的绅士。

彼特鲁乔 好了好了，凯德，请不要这样怒目横眉的。

凯瑟丽娜 我看见了丑东西，总是这样的。

彼特鲁乔 这里没有丑东西，你应当和颜悦色才是。

凯瑟丽娜 谁说没有？

彼特鲁乔 请你指点给我看。

凯瑟丽娜 我要是有镜子，就可以指点给你看。

彼特鲁乔 啊，你是说我的脸孔吗？凯德，请不要逃避我。

凯瑟丽娜 倘然我留在这儿，我会叫你讨一场大大的没趣的，还是放我走吧。

彼特鲁乔 不，一点也不，我觉得你是无比的温柔。人家说你很暴躁，很骄傲，脾气十分乖僻，现在我才知道别人的话完全是假的，因为你是潇洒娇憨，和蔼谦恭，说起话来腼腼腆腆的，就像春天的花朵一样可爱。你不会颦眉蹙额，也不会斜着眼睛看人，更不会像那些脾气嚣张的女人们一样咬着嘴唇；你不欢喜在谈话中间和别人顶撞，你款待求婚的男子，都是那么温和柔婉。为什么人家要说凯德走起路来有些跷呢？这些爱造谣言的家伙！凯德是像榛树的枝儿一样娉婷纤直的。啊，让我瞧瞧你走路的姿势吧，你那窈窕的步伐是多么醉人！

凯瑟丽娜 傻子，少说些疯话吧！

彼特鲁乔 在树林里漫步的狄安娜女神，能够比得上在这间屋子里姗姗徐步的凯德吗？啊，让你做狄安娜女神，让她做凯德吧，你应当分给她几分贞洁，她应当分给你几分风流！

凯瑟丽娜 你这些好听的说话是向谁学来的？

彼特鲁乔 我这些话都是不假思索，随口而出。闲话少说，让我老实告诉你，你的父亲已经答应把你嫁给我做妻子，你的嫁奁也已经议定了，你愿意也好，不愿意也好，我一定要和你结婚。凯德，我们两人是天造地设的一双佳偶，我真欢喜你，你是这样的美丽，你除了我之外，不能嫁给别人，因为我是天生下来把你降伏的，我要把你从一个野性的凯德，变成一个柔顺听话的贤妻良母。你的父亲来了，你不能不答应，我已经下了决心，一定要娶凯瑟丽娜做妻子。

| 巴普提斯塔、葛莱米奥及特拉尼奥重上。

巴普提斯塔 彼特鲁乔先生，您跟我的女儿谈得怎么样啦？

彼特鲁乔 难道还会不圆满吗？我知道我一定不会失败。

巴普提斯塔 怎么，凯瑟丽娜我儿！你怎么不大高兴？

凯瑟丽娜 你还叫我女儿吗？你真是一个好父亲，要我嫁给一个疯疯癫癫的汉子，一个轻薄的恶少，一个胡说八道的家伙，他以为凭着几句疯话，就可以把事情硬干成功。

彼特鲁乔 老伯，事情是这样的：人家所讲的关于她的种种的话，都是错的，就是您自己也有些不大知道令嫒的为人；她那些泼辣的样子，都是故意假装出来的，其实她一点不倔强，却像鸽子一样柔和，她一点不暴躁，却是像黎明一样安静，她的忍耐、她的贞洁，可以和古代的贤媛媲美；总而言之，我们彼此的意见十分融洽，我们已经决定在星期日举行婚礼了。

凯瑟丽娜 我要看你在星期日上吊！

葛莱米奥 彼特鲁乔，你听，她说她要看你在星期日上吊。

特拉尼奥 这就是你所夸耀的成功吗？看来我们的希望也都完了！

彼特鲁乔 两位不用着急，我自己选中了她，只要她满意，我也满意，不就行了吗？我们两人刚才已经约定，在当着人的时候，她还是装做很泼辣的样子。我告诉你们吧，她那么爱我，简直不能叫人相信的；啊，最多情的凯德！她挽住我的头颈，把我吻了又吻，一遍遍地发着盟誓，我在一霎眼间，就完全给她征服了。啊，你们都是不曾经历过恋爱妙谛的人，你们不知道男人女人私底下在一起的时候，一个最不中用的懦夫也会使世间最凶悍的女人驯如绵羊。凯德，让我吻一吻你的手。我就要到威尼斯去购办结婚礼服。岳父，您可以预备酒席来，请起宾客来了。我可以断定凯瑟丽娜在那天一定打扮得非常富丽。

巴普提斯塔 我不知道应当怎么说，可是把您的手给我，彼特鲁乔，愿上帝赐您快乐！这头亲事算是定当了。

葛莱米奥
特拉尼奥 阿门！我们愿意在场作证。

彼特鲁乔 岳父，贤妻，各位，再见了。我要到威尼斯去，星期日就在眼前了。我们要有很多的戒指，很多的东西，很好的陈设。凯德，吻我吧，我们星期日就要结婚了。（彼特鲁乔、凯瑟丽娜各下）

葛莱米奥 有这样速成的婚姻吗？

巴普提斯塔 老实对两位说吧，我现在就像一个商人，因为急于脱货，这注买卖究竟做得做不得，也在所不顾了。

特拉尼奥 这是一笔使你摇头的滞货，现在有人买了去，也许有利可得，也许人财两失。

巴普提斯塔 我也不希望什么好处，但愿他们婚后平安无事就是了。

葛莱米奥 他娶了这样一位夫人去，一定会家宅安宁的。可是巴普提斯塔先生，现在要谈到您的第二位令嫒了，我们好容易才盼到这一天。你我是邻居素识，而且我是第一个来求婚的人。

特拉尼奥 可是我对于比恩卡的爱，是不能用言语来形容，也不是您所能想象得到的。

葛莱米奥 你是个后生小子，哪里会像我一样真心爱人。

特拉尼奥 瞧你胡须都斑白了，你的爱情是冰冻的。

葛莱米奥 你的爱情会把人烧坏。无知的小儿，退开去，你不懂得应该让长者居先的规矩吗？

特拉尼奥 可是在娘儿们眼睛里，年轻人是格外讨人欢喜的。

巴普提斯塔 两位不必争执，让我给你们公平调处；我们必须根据实际的条件判定谁是锦标的得主。你们两人中谁能够答应给我的女儿更大的聘礼，谁就可以得到我的比恩卡的爱。葛莱米奥先生，您能够给她什么保证？

葛莱米奥 第一，您知道我在城里有一所房子，陈设着许多金银器皿，金盆玉壶给她洗纤纤的嫩手，室内的帷幕都用古代的锦绣制成，象牙的箱子里满藏着金币，杉木的橱里堆叠着锦毡绣帐、绸缎绫罗、美衣华服、珍珠镶嵌的绒垫、金线织成的流苏，以及铜锡用具，一切应用的东西。在我的田庄里，我还有一百头乳牛，一百二十头公牛，此外的一切可以依此类推。我必须承认我自己已经上了几岁年纪，要是我明天死了，这一切都是她的，只要当我活着的时候，她愿意做我的妻子。

特拉尼奥 巴普提斯塔先生，请您听我说：我父亲只有我一个儿子，我是他唯一的后嗣，令媛倘然嫁给了我，我可以把我在比萨城内三四所像这位葛莱米奥老先生所有的一样好的房子归在她的名下，此外还有田地上每年二千块金圆的收入，都给她作为我死后的她的终身的产业。葛莱米奥先生，您听了我的话很不舒服吗？

葛莱米奥 每年二千块金圆的田地上的收入！我的田地虽然不值那么多，可是我除了把我所有的田地给她之外，还可以给她一艘大商船，现在它就在马赛码头里停泊着。啊，你听我说起了一艘大商船，吓得开不出口来了吗？

特拉尼奥 葛莱米奥，你去打听打听，我的父亲有三艘大商船，还有两艘大划船，十二艘小划船，我可以把这些都划给她；你要是还有什么家私搬得出来，我都可以加倍给她。

葛莱米奥 不，我的家私尽在于此，她可以得到我所有的一切。您要是认为满意的话，那么我和我的财产都是她的。

特拉尼奥 您已经有言在先，令嫒当然是属于我的。葛莱米奥已经给我压倒了。

巴普提斯塔 我必须承认您提的条件比他好，只要令尊能够亲自给她保证，她就可以嫁给您；否则恕我说句不客气的话，要是您比令尊先死，那么她的财产岂不是落了空？

特拉尼奥 那您可太多心了，他年纪已经老了，我还年轻得很哩。

葛莱米奥 难道年轻的人就不会死？

巴普提斯塔 好，两位先生，我已经这样决定了。你们知道下一个星期日是我的大女儿凯瑟丽娜的婚期；再下一个星期，就是比恩卡的婚期，您要是能够给她确实的保证，她就嫁给您，否则就嫁给葛莱米奥。多谢两位光临，现在我要失陪了。

葛莱米奥 再见，巴普提斯塔先生。（巴普提斯塔下）我可不把你放在心上，你这败家的浪子！你父亲除非是一个傻子，才肯把全部财产都给你挥霍，活到这一把年纪来受你的摆布。哼！一头意大利的老狐狸是不会这样慷慨的，我的孩子！（下）

特拉尼奥 这该死的坏老头子！可是我刚才吹了那么大的牛，无非是想要成全我主人的好事，现在我这个冒牌的路森修，却必须去找一个冒牌的文森修来认做父亲。笑话年年有，今年分外多，人家都是先有父亲后有儿子，我却是先有儿子后有父亲。（下）

第 三 幕

第一场

帕度亚；巴普提斯塔家中一室

| 路森修、霍坦西奥及比恩卡上。

路森修 喂，弹弦子的，你也太猴急了；难道你忘记了她的姊姊凯瑟丽娜是怎样欢迎你的吗？

霍坦西奥 谁要你这酸秀才多嘴！这一位小姐是酷爱音乐的，所以还是让我先去教她吧；等我教完了一点钟，你也可以给她讲一点钟的书。

路森修 荒唐的驴子，你因为没有学问，所以不知道音乐的用处！它不是在一个人读书或是工作疲倦了以后，舒散舒散他的精神吗？所以你应当让我先去跟她讲解哲学，等我讲完了，你再奏你的音乐好了。

霍坦西奥 嘿，我可不能受你的气！

比恩卡 两位先生，还是先教音乐，还是先念书，都要依我自己心里高兴，你们这样争先恐后，未免太不成话了。我不是在学校里给先生打手心的小学生，我念书没有规定的钟点，自己喜欢学什么便学什么，你们何必这样子呢？大家不要吵，请坐下来；您把乐器预备好，您一面调整弦音，他一面给我讲书；等您调好了音，他的书也一定讲完了。

霍坦西奥 好，等我把音调整以后，您可不要听他讲书了。（退坐一旁）

路森修 你去调你的乐器吧，我看你永远是个不入调的。

比恩卡 我们上次讲到什么地方？

路森修 这儿，小姐：Hac ibat Simois；hic est Sigeia tellus；Hic steterat Priami regia celsa senis.

比恩卡 请您解释给我听。

路森修 Hac ibat，我已经对你说过了，Simois，我是路森修，hicest，比萨地方文森修的儿子，Sigeia tellus，因为希望得到你的爱，所以化装来此；Hic steterat，冒充路森修来求婚的，priami，是我的仆人特拉尼奥，regia，他假份成我的样子，celsa senis，是为了哄骗那个老头子。

霍坦西奥 （回原处）小姐，我的乐器已经调好了。

比恩卡 您弹给我听吧。（霍坦西奥弹琴）哎呀，那高音部分怎么这样难听！

路森修 朋友，你吐一口唾沫在那琴眼里，再给我去重新调一下吧。

比恩卡 现在让我来解释解释看：Hac ibat Simois，我不认识你；hic est Sigeia tellus，我不相信你；Hic steterat Priami，当心被他听见；regia，不要太自信；celsa senis，不必灰心。

霍坦西奥 小姐，现在调好了。（旁白）这家伙一定在向我的爱人调情，我倒要格外注意他才好。

比恩卡 慢慢儿我也许会相信你，可是现在我却不敢相信你。

路森修 请你不必疑心，埃阿西得斯[①]就是埃阿斯[②]，他是照他的祖父取名的。

比恩卡 你是我的先生，我必须相信你，否则我还要跟你辩论下去呢。里西奥，现在要轮到你啦。两位好先生，我跟你们随便说着玩玩的话，请不要见怪。

霍坦西奥 （向路森修）你可以到外面去走走，不要打搅我们，我这门音乐课用不着三部合奏。

路森修 你还有这样的讲究吗？（旁白）好，我就等着，我要留心注视他的行动，因为我相信我们这位大音乐家有点儿色迷迷起来了。

霍坦西奥 小姐，在您没有接触这乐器、开始学习手法以前，我必须先从基本方面教起，简简单单地把全部音阶向您讲述一个大概，您会知道我这教法要比人家的教法更有趣更简捷。我已经把它们写下在这里。

比恩卡 音阶我早已学过了。

霍坦西奥 可是我还要请您读一读霍坦西奥的音阶。

比恩卡 （读）

G是“度”，你是一切和谐的基础，
A是“累”，霍坦西奥对你十分爱慕；
B是“迷”，比恩卡，他要娶你为妻，
C是“发”，他拿整个心儿爱着你；

---

① 埃阿西得斯（Æacides）为Myrmidon王依格斯（Æacus）子孙之通称。
② 埃阿斯（Ajax），特洛伊战役中之希腊英雄。

D是“索”，也是“累”，一个调门两个音，
E是“拉”，也是“迷”，可怜我一片痴心。

这算是什么音阶？哼，我可不喜欢那个。还是老法子好，这种希奇古怪的玩意儿我不懂。

| 一仆人上。

仆人 小姐，老爷请您不要读书了，叫您去帮他们把大小姐的房间装饰装饰，因为明天就是大喜的日子了。

比恩卡 两位先生，我现在要少陪了。（比恩卡及仆人下）

路森修 她已经去了，我还待在这儿干么？（下）

霍坦西奥 可是我却要仔细侦查这个穷酸，我看他好像在害着相思。比恩卡，比恩卡，你要是甘心降尊纡贵，垂青到这样一个呆鸟的身上，那么霍坦西奥也要和你一刀两断，另觅新欢了。（下）

第二场
同前；巴普提斯塔家门前

| 巴普提斯塔、葛莱米奥、特拉尼奥、凯瑟丽娜、比恩卡、路森修及从仆等上。

巴普提斯塔 （向特拉尼奥）路森修先生，今天是彼特鲁乔约定和凯瑟丽娜结婚的日子，可是我那位贤婿东床到现在还没有消息。这算什么话呢？牧师等着为新夫妇证婚，新郎却不知去向，这不是笑话吗！路森修，您说这是不是一桩丢脸的事情？

凯瑟丽娜 谁也不丢脸，就是我一个人丢脸。你们不管我愿意不愿意，硬要我嫁给一个疯头疯脑的家伙，他求婚

的时候那么性急，一到结婚的时候，却又是这样慢吞吞了。我对你们说吧，他是一个疯子，他故意装出这一副穷形极相来开人家的玩笑；他为了要人家称赞他是一个爱寻开心的角色，会去向一千个女人求婚，和她们约定婚期，请好宾朋，宣布订婚，可是却永远不和她们结婚。人家现在将要指点着苦命的凯瑟丽娜说，“瞧！这是那个疯汉彼特鲁乔的妻子，要是他愿意来和她结婚。”

特拉尼奥 不要懊恼，好凯瑟丽娜；巴普提斯塔先生，您也不要生气。我可以保证彼特鲁乔没有恶意，他今天失约，一定有什么原故。他虽然有些莽撞，可是我知道他是个很有见识的人；虽然爱开玩笑，然而人倒是很诚实的。

凯瑟丽娜 算是我倒霉碰到了他！（哭泣下，比恩卡及余众随下）

巴普提斯塔 去吧，孩子，我现在可不怪你伤心；受到这样的欺侮，就是圣人也会发怒，何况是你这样一个脾气暴躁的泼妇。

| 比昂台罗上。

比昂台罗 少爷，少爷！新闻！新闻！您从来没有听见过这种古怪的新闻！

巴普提斯塔 是什么新闻？

比昂台罗 彼特鲁乔来了，这不是新闻吗？

巴普提斯塔 他已经来了吗？

比昂台罗 不，老爷，他就要来了。

巴普提斯塔 他什么时候可以到这里？

比昂台罗 等他站在这地方和你们见面的时候。

特拉尼奥 可是你说你有古怪的新闻？

比昂台罗 彼特鲁乔就要来了；他戴着一顶新帽子，穿着一件旧马甲，他那条破旧的裤子脚管高高卷起；一双靴子千穿百孔，可以用来插蜡烛，一只用扣子扣住，一只用带子缚牢；他还佩着一柄武器库里拿出来的锈剑，柄也破了，鞘子也坏了，剑锋也钝了；他骑的那匹马儿，鞍鞯已经蛀破，镫子不知像个什么东西；那马儿鼻孔里流着涎，上腭发着炎肿，浑身都是疮疖，腿上也肿，脚上也肿，再加害上黄疸病、耳下腺炎、脑脊髓炎、寄生虫病，弄得背梁歪转，肩膀脱胛；它的前腿是向内弯曲的，嘴里衔着只有半面拉紧的马衔，头上套着羊皮做成的缰勒，因为防那马儿颠踬，不知拉断了多少次，断了再把它结拢，现在已经打了无数结子，那肚带曾经补缀过六次，还有一副天鹅绒的女人用的马鞦，上面用小钉嵌着她名字的两个字母，好几块地方是用粗麻线补缀过的。

巴普提斯塔 谁跟他一起来？

比昂台罗 啊，老爷！他带着一个跟班，装束得就跟那匹马差不多，一只脚上穿着麻线袜，一只脚上穿着罗纱的连靴袜，用红蓝两色的布条做着袜带，破帽子上插着一根野鸡毛，那样子就像一个妖怪，哪里像个规规矩矩的仆人或者绅士的跟班！

特拉尼奥 他大概一时高兴，所以打扮成这个样子；他平常出来的时候，往往装束得很是俭朴的。

巴普提斯塔 不管他怎么来法，既然来了，我也就放了心了。

| 彼特鲁乔及葛鲁米奥上。

彼特鲁乔 喂，这一班公子哥儿呢？谁在家里？

巴普提斯塔 您来了吗？欢迎欢迎！

彼特鲁乔 凯德呢？我的可爱的新娘呢？老丈人，您好？各位先生，你们怎么都皱着眉头？为什么大家出神呆看，好像瞧见了什么奇迹，什么彗星，什么希奇古怪的东西一样？

巴普提斯塔 您知道今天是您举行婚礼的日子，我们刚才很觉得扫兴，因为担心您也许不会来了；现在您来了，却这样一点没有预备，更使我们扫兴万分。快把这身衣服换一换，它既然不配您的身份，而且在这样郑重的婚礼中间，也会叫人瞧着笑话的。

特拉尼奥 请你告诉我们什么要紧的事情绊住了你，害你的尊夫人等得这样长久？难道你这样没有工夫，来不及换上一身像样一些的衣服吗？

彼特鲁乔 说来话长，你们一定不愿意听；总而言之，我现在已经守约前来，就是有些不周之处，也是没有办法；等我有了空，就可以向你们解释，一定使你们满意就是了。可是凯德在哪里？我已经等了她好久，时间过去得很快，可以到教堂里去了。

特拉尼奥 你穿得这样不成体统，怎么好见你的新娘？快到我的房间里去，把我的衣服拣一件穿着吧。

彼特鲁乔 谁要穿你的衣服？我就是这样见她又有何妨？

巴普提斯塔 可是她见了您这样子，一定不愿和您结婚的。

彼特鲁乔 我就是这样子，她也一定愿意和我结婚；她嫁给我，又不是嫁给我的衣服。可是我这样跟你们说些废话，真是个傻子，我现在应该向我的新娘请安

去，还要和她亲一个正名定分的吻哩。（彼特鲁乔、葛鲁米奥、比昂台罗同下）

特拉尼奥 他打扮得这样疯疯癫癫，一定另有用意。我们还是去劝劝他穿得整齐一点，再到教堂里去。

巴普提斯塔 我要看看他去。（巴普提斯塔、葛莱米奥及从仆等下）

特拉尼奥 少爷，我们不但要得到她的欢心，还必须得到她父亲的好感，所以我也早就对您说过，我要去找一个人来扮做比萨的文森修，不管他是什么人，我们都可以把他派用场。我已经夸下海口，说是我可以给比恩卡多大的一份聘礼，现在再找了个冒牌的父亲来，叫他许下更大的数目，这样您就可以如愿以偿，坐享其成，得到一位如花似玉的夫人了。

路森修 倘不是那个教音乐的家伙一眼不放松地监视着比恩卡的行动，我倒希望和她秘密举行婚礼，等到木已成舟，别人就是不愿意也莫可奈何了。

特拉尼奥 那我们可以慢慢儿等着机会。我们要把那个花白胡子的葛莱米奥、那个精明的父亲米诺拉，那个可笑的音乐家，自作多情的里西奥，全都哄骗过去，让我的路森修少爷得到最后胜利。

| 葛莱米奥重上。

特拉尼奥 葛莱米奥先生，您是从教堂里来的吗？

葛莱米奥 正像孩子们放学归来一样，我走出了教堂的门，也觉得如释重负。

特拉尼奥 新娘新郎都在回来了吗？

葛莱米奥 你说他是个新郎吗？哼，他是个魔鬼，是个魔鬼，简直是个魔鬼。

特拉尼奥 难道他比她更凶？哪有这样的事？她才是个魔鬼母夜叉呢。

葛莱米奥 嘿！她比起他来，简直是头羔羊，是头鸽子呢。我告诉你，路森修先生，当那牧师正要问他愿不愿意娶凯瑟丽娜为妻的时候，他就说，“是啊，他妈的！”他还高声赌咒，把那牧师吓得连他手里的《圣经》都掉下了；牧师正要弯下身子去把它拾起来，这个疯狂的新郎又一拳把他连人带书打倒在地上，嘴里还说，“谁要是高兴，让他去把他搀起来吧。”

特拉尼奥 那女人怎么说呢？

葛莱米奥 她吓得浑身发抖，因为他顿足大骂，就像那牧师敲诈了他似的。可是后来仪式完毕了，他又叫人拿酒来，好像他是在一艘船上，在一场风波平静以后，和同船的人们开怀畅饮一样；他喝干了酒，把浸在酒里的面包丢到教堂司事的脸上，他的理由只是因为那司事的胡须稀疏干瘦，好像要向他讨些东西吃。然后他就挽着新娘的头颈，吻着她的嘴唇，那咂嘴的声音响到四壁发出回声来。我看见这个样子，倒觉得非常不好意思，所以就出来了。闹得乱哄哄的这一班人，大概也要来了。这种疯狂的婚礼真是难得看见。听！听！那边不是乐声吗？（音乐）

| 彼特鲁乔、凯瑟丽娜、比恩卡、巴普提斯塔、霍坦西奥、葛鲁米奥及扈从等重上。

彼特鲁乔 各位来宾，各位朋友，我谢谢你们的好意。我知道你们今天想要参加我的婚宴，已经为我备下了丰盛的酒席，可惜我因为事情很忙，不能久留，所以我想就此告别了。

巴普提斯塔 难道你今晚就要去吗？

彼特鲁乔 我必须在天色未暗以前赶回去。你们不要奇怪，要是你们知道我还有些什么事情必须办好，你们就要催我快去，不会留我了。我谢谢你们各位，你们已经看见我把自己奉献给这个最和顺、最可爱、最贤惠的妻子了。大家不要客气，陪我的岳父多喝几杯，我一定要走了，再见。

特拉尼奥 让我们请您吃过了饭再走吧。

彼特鲁乔 那不成。

葛莱米奥 请您赏我一个脸子，吃了饭去。

彼特鲁乔 不能。

凯瑟丽娜 让我请求你多留一会儿。

彼特鲁乔 我很高兴。

凯瑟丽娜 你高兴留着吗？

彼特鲁乔 因为你留我，所以我很高兴；可是我不能留下去，你怎么请求我都没用。

凯瑟丽娜 你要是爱我，就不要去。

彼特鲁乔 葛鲁米奥，备马！

葛鲁米奥 大爷，马已经备好了。

凯瑟丽娜 好，那么随你的便吧，我今天可不去，明天也不去，要是一辈子不高兴去，我就一辈子不去。大门开着，没人拦住你，请吧。

彼特鲁乔 啊，凯德！请你不要生气。

凯瑟丽娜 我生气你便怎样？爸爸，别理他，我说不去就不去。

葛莱米奥 她已经使出威风来了。

凯瑟丽娜 诸位先生，大家请入席吧。我知道一个女人倘然一点不知道反抗，她会终生被人愚弄的。

彼特鲁乔 凯德，你叫他们入席，他们必须服从你的命令。大家听着新娘的话，快去喝酒吧，痛痛快快地高兴一下，否则你们就给我上吊去。可是我那娇娇滴滴的凯德必须陪我在一起。哎哟，你们不要睁大了眼睛，不要顿足，不要发怒，我自己的东西难道自己作不得主？她是我的家私，我的财产；她是我的房屋，我的家具，我的田地，我的谷仓，我的马，我的牛，我的驴子，我的一切；她现在站在这地方，看谁敢碰她一碰。谁要是挡住我的去路，不管他是个什么了不得的人物，我都要对他不起。葛鲁米奥，拔出你的武器来，我们现在给一群强盗围住了，快去把你的主妇救出来，才是个好小子。别怕，好亲亲，他们不会碰你的，凯德，就算他们是百万大军，我也会保护你的。（彼特鲁乔、凯瑟丽娜、葛鲁米奥同下）

巴普提斯塔 让他们去吧，去了倒清静些。

葛莱米奥 倘不是他们这么快就去了，我笑也要笑死了。

特拉尼奥 这样疯狂的婚姻今天真是第一次看到。

路森修 小姐，您对于令姊有什么意见？

比恩卡 我说，她自己就是个疯子，现在配到了一个疯汉了。

葛莱米奥 我看彼特鲁乔这回讨了个制伏他的人去了。

巴普提斯塔 各位高邻朋友，新娘新郎虽然缺席，桌上有的是美酒佳肴。路森修，您就坐在新郎的位子上，让比恩卡代替她的姊姊吧。

特拉尼奥 比恩卡现在就要学做起新娘来了吗？

巴普提斯塔 是的，路森修。来，各位，我们进去吧。（同下）

第 四 幕

第一场
彼特鲁乔乡间住宅中的厅堂

| 葛鲁米奥上。

葛鲁米奥 他妈的，马这样疲乏，主人这样疯狂，路这样泥泞难走！谁给人这样打过？谁给人这样骂过？谁像我这样辛苦？他们叫我先回来生火，好让他们回来取暖。倘不是我小小壶儿容易热，等不到走到火炉旁边，我的嘴唇早已冻结在牙齿上，舌头冻结在上颚上，我那颗心也冻结在肚子里了。现在让我一面扇火，一面把我自己烘烘暖热，像这样的天气，比我再高大一点的人也是要着了寒的。喂！寇提斯！

| 寇提斯上。

寇提斯 谁在那儿冷冰冰地叫着我？

葛鲁米奥 是一块冰。你要是不相信，可以从我的肩膀上一直滑到我的脚跟。好寇提斯，快给我生起火来。

寇提斯 大爷和他的新夫人就要来了吗，葛鲁米奥？

葛鲁米奥 啊，是的，寇提斯，是的，所以要快些生火呀。

寇提斯 她真是像人家所说的那样一个火性很大的泼妇吗？

葛鲁米奥 在冬天没有到来以前，她是个火性很大的泼妇；可是像这样冷的天气，无论男人女人畜生，火性再大些也是抵抗不住的。你要是不赶快生起火来，我会告诉我们这位新奶奶，让你尝尝她的玉手的滋味。

寇提斯 好葛鲁米奥，请你告诉我，外面有什么消息？

葛鲁米奥 外面是一个寒冷的世界，寇提斯，只有你的工作是热的；所以快生起火来吧。大爷和奶奶都快要冻死了。

寇提斯 火已经生好，你可以讲新闻给我听了。

葛鲁米奥 哎呦，冷死了我。厨子呢？夜饭有没有烧好？屋子有没有打扫？用人们有没有穿上新衣服白袜子？桌布有没有铺起来？一切都布置好了吗？

寇提斯 都预备好了，所以请你讲新闻吧。

葛鲁米奥 第一，你要知道，我的马已经走得十分累了，大爷和奶奶都掉了下来。

寇提斯 怎么？

葛鲁米奥 从马背上掉到烂泥里，因此就有了下文。

寇提斯 讲给我听吧，好葛鲁米奥。

葛鲁米奥 把你的耳朵伸过来。

寇提斯 好。

葛鲁米奥 （打寇提斯）喏。

寇提斯 我要你讲给我听，谁叫你打我？

葛鲁米奥 这一记耳光是要把你的耳朵打打清爽。现在我要开始讲了。我们走下了一个崎岖的山坡，奶奶骑着马在前面，大爷骑着马在后面——

寇提斯 是一匹马还是两匹马？

葛鲁米奥 你问他干什么？你要是知道得比我还仔细，那么请你讲吧。都是你打断了我的话头，否则你可以听到她的马怎样跌了一跤，把她压在底下；那地方是怎样的泥泞，她浑身脏成怎么一个样子；他怎么让那马把她压住，怎么因为她的马跌了一跤而把我痛打；她怎么在烂泥里爬起来把他扯开；他怎么骂人；她怎么向他求告，她是从来不曾向别人求告过的；我怎么哭；马怎么逃走；她的马缰怎么断了；我的马鞦怎么丢了；还有许许多多新鲜的事情，现在都必须永远埋没，你也到死没福长这一分见识了。

寇提斯 这样说来，他比她还要难弄了。

葛鲁米奥 是啊，你们等他回来瞧着吧。可是我何必跟你讲这些话？去叫纳森聂尔，约瑟夫，尼古拉斯，腓力普，华特，休格索普他们这一批人出来吧，叫他们把头发梳梳光，衣服刷刷干净，行起礼来不要忘记屈左膝。他们都预备好了吗？

寇提斯 都预备好了。

葛鲁米奥 叫他们出来。

寇提斯 你们听见吗？喂！大爷就要来了，快出来迎接去，还要拜见新奶奶哩。

| 众仆人上。

纳森聂尔 欢迎你回来，葛鲁米奥！

腓力普 你好，葛鲁米奥！

约瑟夫 啊，葛鲁米奥！

尼古拉斯 葛鲁米奥，好小子！

葛鲁米奥 欢迎你；你好，你；啊，你；好小子，你；现在我们招呼打过了，我的漂亮的朋友们，一切都预备好，收拾清楚了吗？

纳森聂尔 一切都预备好了。大爷什么时候可以到来？

葛鲁米奥 就要来了，现在大概已经下马了；所以你们必须——嗳哟，静些！我听见他的声音了。

| 彼特鲁乔及凯瑟丽娜上。

彼特鲁乔 这些混账东西都在哪里？怎么门口一个人也不来接我？纳森聂尔！葛雷古利！腓力普！

众仆人 有，大爷；有，大爷。

彼特鲁乔 有，大爷！有，大爷！有，大爷！有，大爷！你们这些木头人一样的不懂规矩的奴才！你们可以不用替主人做事，什么名分都可以不讲了吗？我打发他先回来的那个蠢材在哪里？

葛鲁米奥 在这里，大爷，还是和先前一样蠢。

彼特鲁乔 这婊子生的下贱东西！我不是叫你召齐了这批狗头们，到大门口来接我的吗？

葛鲁米奥 大爷，纳森聂尔的外衣还没有做好，盖勃里尔的鞋子上没有鞋带，彼得的帽子没有粉刷过，华特的剑在鞘子里锈住了拔不出来，只有亚当、拉尔夫和葛雷古利的衣服还算整齐，其余都是破旧不堪，像群叫化子似的。可是他们现在都来迎接您了。

彼特鲁乔 去把夜饭盛出来。（若干仆人下）坐下来，凯德，你现在到了家里了。

| 数仆持食具重上。

彼特鲁乔 怎么，到这时候才来？——可爱的好凯德，你应当快乐一点。——混账东西，给我把靴子脱下来！该

死的狗才！你把我的脚都拉痛了。（打仆人）凯德，你高兴起来呀。喂！给我拿水来！我的猎狗特洛伊罗斯呢？我的拖鞋在什么地方？怎么，没有水吗？凯德，你来洗手吧。（仆人失手将水壶跌落地上，彼特鲁乔打仆人）这狗娘养的！你故意让它跌在地下吗？

凯瑟丽娜 请您别生气，这是他无心的过失。

彼特鲁乔 这狗娘养的笨虫！来，凯德，坐下来，我知道你肚子饿了。这是什么？羊肉吗？

仆甲 是的。

彼特鲁乔 谁拿来的？

仆甲 是我。

彼特鲁乔 它焦了；所有的肉都焦了。这批狗东西！那个混账厨子呢？你们好大胆子，知道我不爱吃这种东西，敢把它拿了出来！（将肉等向众仆人掷去）盆儿杯儿盘儿一起还了你们吧，你们这些没有头脑不懂规矩的奴才！怎么，你在咕噜些什么？等着，我就来跟你算账。

凯瑟丽娜 夫君，请您不要那么生气，这肉烧得还不错哩。

彼特鲁乔 我对你说，凯德，它已经烧枯了；我不许你吃；因为吃了下去有伤脾胃，会使人脾气暴躁的。我们两人的脾气本来就暴躁，所以还是挨些饿，不要吃这种烧焦的肉吧。请你忍耐些，明天我叫他们烧得好一点，今夜我们两个人大家饿一夜。来，我领你到你的新房里去。（彼特鲁乔、凯瑟丽娜、寇提斯同下）

纳森聂尔 彼得，你看见过这样的事情吗？

彼得 这叫做即以其人之道，还治其人之身。

| 寇提斯重上。

葛鲁米奥 他在哪里？

寇提斯 在她的房间里，向她大讲节制的道理，嘴里不断骂人，弄得她坐立不安，眼睛也不敢抛起来，话也不敢说一句，只好呆呆坐着，像一个刚从梦里醒来的人一般，看样子怪可怜的。快去，快去！他来了。（二人同下）

| 彼特鲁乔重上。

彼特鲁乔 我已经巧妙地开始把她驾驭起来，希望能够得到美满的成功。我这头悍鹰现在非常饥饿，在她没有俯首听命以前，不能让她吃饱；我必须一眼不放松地注意着她，就像她是一头乱扑翅膀的倔强的鹞子一样。今天她没有吃过肉，明天我也不给她吃；昨夜她不曾睡觉，今夜我也不让她睡觉，我要故意嫌被褥铺得不好，把枕头枕垫被单线毯向满房乱丢，还说都是为了爱惜她才这样做的；总之她将要整夜不能合眼，倘然她昏昏思睡，我就骂人吵闹，吵得她睡不着。这是用体贴为名惩治妻子的法子，我就这样克制她的狂暴倔强的脾气；要是有谁知道还有比这更好的驯悍妙法，那么我倒要请教请教。（下）

第二场

帕度亚；巴普提斯塔家门前

| 特拉尼奥及霍坦西奥上。

特拉尼奥 里西奥朋友，难道比恩卡小姐除了路森修以外，还会爱上别人吗？我告诉你吧，她对我很有好感呢。

霍坦西奥 先生，为了证明我刚才所说的话，你且站在一旁，看看他是怎样教法。（二人站立一旁）

| 比恩卡及路森修上。

路森修 小姐，您的功课进步得怎么样啦？

比恩卡 先生，您教我什么功课？

路森修 我教的是恋爱的艺术。

比恩卡 我希望您在这方面成为一个专家。

路森修 亲爱的，我希望您做我实验的对象。（二人退后）

霍坦西奥 哼，他们的进步倒是很快！现在你还敢发誓说你的爱人比恩卡只爱着路森修吗？

特拉尼奥 啊，可恼的爱情！朝三暮四的女人！里西奥，我真想不到有这种事情。

霍坦西奥 老实告诉你吧，我不是里西奥，也不是一个音乐家。我为了她不惜降低身价，乔扮成这个样子；谁知道她不爱绅士，却去爱上一个穷酸小子。先生，我的名字是霍坦西奥。

特拉尼奥 原来足下便是霍坦西奥先生，失敬失敬！久闻足下对比恩卡十分倾心，现在你我已经亲眼看见她这种轻狂的样子，我看我们大家把这一段痴情割断了吧。

霍坦西奥 瞧，他们又在接吻亲热了！路森修先生，让我握你的手，我郑重宣誓，今后决不再向比恩卡求婚，像她这样的女人，是不值得我去钟情的。

特拉尼奥 我也愿意一秉至诚，作同样的宣誓，即使她向我苦苦哀求，我也决不娶她。不害臊的！瞧她那副浪相！

霍坦西奥 三天之内，我就要和一个富孀结婚，她已经爱我很久，可是我却迷上了这个鬼丫头。再会吧，路森修

先生，讨老婆不在乎姿色，有良心的女人才值得我去爱她。（霍坦西奥下；路森修、比恩卡上前）

特拉尼奥 比恩卡小姐，祝您爱情美满！我刚才已经窥见你们的秘密，而且我已经和霍坦西奥一同发誓把您舍弃了。

比恩卡 特拉尼奥，你又在说笑话了。可是你们两人真的都已经发誓把我舍弃了吗？

特拉尼奥 是的，小姐。

路森修 那么里西奥不会再来打搅我们了。

特拉尼奥 不骗你们，他现在决心要娶一个风流寡妇，打算求婚结婚都在一天之内完成呢。

比恩卡 愿上帝赐他快乐！

特拉尼奥 他还要把她管束得十分驯服呢。

比恩卡 他这样说吗？

特拉尼奥 真的，他已经进了御妻学校了。

比恩卡 御妻学校！有这样一个所在吗？

特拉尼奥 是的，小姐，彼特鲁乔就是那个学校的校长，他教授着层出不穷的许多驯伏悍妇的妙计和对付长舌的秘诀。

| 比昂台罗奔上。

比昂台罗 啊，少爷，少爷！我守了半天，守得腿酸脚软，好容易给我发现了一位老人家，他从山坡上下来，看他的样子倒还适合我们的条件。

特拉尼奥 比昂台罗，他是个什么人？

比昂台罗 少爷，他也许是个商店里的掌柜，也许是个三家村的学究，我也弄不清楚，可是他的装束十分拘谨，他的神气和相貌都像个老太爷的样子。

路森修 特拉尼奥，我们找他来干吗呢？

特拉尼奥 他要是能够听信我随口编造的谣言，我可以叫他情情愿愿地冒充做文森修，向巴普提斯塔一口答应一份丰厚的聘礼。把您的爱人带进去，让我在这儿安排一切。（路森修、比恩卡同下）

| 老学究上。

学究 上帝保佑您先生！

特拉尼奥 上帝保佑您，老人家！您还是路过此地，还是有事到此？

学究 先生，我想在这儿耽搁一两个星期，然后动身到罗马去；要是上帝让我多活几年，我还希望到特里坡利斯去一次。

特拉尼奥 请问府上是什么地方？

学究 敝乡是曼多亚。

特拉尼奥 曼多亚吗，老先生！哎哟，糟了！您敢到帕度亚来，难道不想活命了吗？

学究 怎么，先生！我不懂您的话哩。

特拉尼奥 曼多亚人到帕度亚来，都是要处死的。您还不知道吗？你们的船只都只能停靠在威尼斯，我们的公爵和你们的公爵因为发生争执，已经宣布不准敌邦人民入境的禁令。大概您是新近到此，否则应该早就知道的。

学究 唉，先生！这可怎么办呢？我还有从佛罗伦萨汇来的钱，要在这儿取款呢！

特拉尼奥 好，老先生，我愿意帮您一下忙。第一要请您告诉我，您有没有到过比萨？

学究 啊，先生，比萨是我常去的地方，那里是以多正人君子而出名的。

特拉尼奥 在那些正人君子中间，有一位文森修您认不认识？

学究 我不认识他，可是听到过他的名字；他是一个非常豪富的商人。

特拉尼奥 老先生，他就是家父；不骗您，他的相貌可有点儿像您呢。

比昂台罗 （旁白）就像苹果跟牡蛎差不多一样。

特拉尼奥 您现在既然有生命的危险，那么我看您不妨暂时权充家父，想来总不会辱没了您吧。您可以住在我的家里，受我的竭诚款待，可是您必须注意您的说话行动，别让人瞧出破绽来！您懂得我的意思吧，老先生；您可以这样住下来，等到办好了事情再走。如果不嫌怠慢，那么就请您接受我的好意吧。

学究 啊，先生，这样您真是我的救命恩人了，我一定永远不忘您的大德。

特拉尼奥 那么跟我去装扮起来。不错，我还要告诉您一件事：我跟这儿一位巴普提斯塔的女儿正在议订婚嫁，只等我的父亲来通过一注聘礼，关于这件事情我可以仔细告诉您一切应付的方法。现在我们就去找一身合式一点的衣服给您穿吧。（同下）

第三场

彼特鲁乔家中一室

| 凯瑟丽娜及葛鲁米奥上。

葛鲁米奥 不，不，我不敢。

凯瑟丽娜 我越是心里委屈，他越是把我折磨得厉害。难道他娶了我来，是要饿死我吗？到我父亲门前求乞的叫化，也总可以讨到一点布施；这一家讨不到，那一家总会给他一些冷饭残羹。可是从来不知道怎样恳求人家、也从来不需要向人恳求什么的我，现在却吃不到一点东西，得不到一刻钟的安眠；他用高声的詈骂使我不能合眼，让我饱听他的喧哗的吵闹；尤其可恼的，他这一切都借着爱惜我做名义，好像我一睡着就会死去，吃了东西就会害重病一样。求求你去给我找些食物来吧，不管什么东西，只要可以吃的就行。

葛鲁米奥 您要不要吃红烧蹄子？

凯瑟丽娜 那好极了，请你拿来给我吧。

葛鲁米奥 恐怕您吃了会不消化的。清炖大肠好不好？

凯瑟丽娜 很好，好葛鲁米奥，给我拿来。

葛鲁米奥 我不大放心，恐怕它也是不消化的。胡椒牛肉好不好？

凯瑟丽娜 那正是我爱吃的一道菜。

葛鲁米奥 嗯，可是那胡椒太辣了点儿。

凯瑟丽娜 那么就是牛肉，不用放胡椒了吧。

葛鲁米奥 那可不成，您要吃牛肉，一定得放胡椒。

凯瑟丽娜 放也好，不放也好，牛肉也好，别的什么也好，随你的便给我拿些来吧。

葛鲁米奥 那么好，只有胡椒，没有牛肉。

凯瑟丽娜 给我滚开，你这欺人的奴才！（打葛鲁米奥）你不拿东西给我吃，却向我报出一道道菜名来逗我；你们瞧着我倒霉得意，看你们得意到几时！去，快给我滚！

| 彼特鲁乔持肉一盆，与霍坦西奥同上。

彼特鲁乔 我的凯德今天好吗？怎么，好人儿，不高兴吗？

霍坦西奥 嫂子，您好？

彼特鲁乔 不要这样垂头丧气的，向我笑一笑吧。亲爱的，你瞧我多么至诚，我自己给你煮了肉来了。（将肉盆置桌上）亲爱的凯德，我相信你一定会感谢我这一片好心的。怎么！一句话也不说吗？那么你不喜欢它；我的辛苦都是白费的了。来，把这盆子拿去。

凯瑟丽娜 请您让它放着吧。

彼特鲁乔 最微末的服务，也应该得到一声道谢；你在没有吃这肉之前，应该谢谢我才是。

凯瑟丽娜 谢谢您，夫君。

霍坦西奥 哎哟，彼特鲁乔先生，你何必这样！嫂子，让我奉陪您吧。

彼特鲁乔 （旁白）霍坦西奥，你倘然是个好朋友，请你尽量大吃。——凯德，吃得慢一点。现在，我的好心肝，我们要回到你爸爸家里去了；我们要打扮得非常体面，我们要穿绸衣，戴绢帽，佩金戒；高高的绉领，飘飘的袖口，圆圆的裙子，肩巾，折扇，什么都要备着两套替换；还有琥珀的镯子，珍珠的项圈，以及诸如此类的玩意儿。啊，你还没有吃好吗？裁缝在等着替你穿上新衣服去呢。

| 裁缝上。

彼特鲁乔 来，裁缝，让我们瞧瞧你做的衣服；先把那件袍子

展开来，——

| 帽匠上。

彼特鲁乔 你有什么事？

帽匠 这是您叫我做的那顶帽子。

彼特鲁乔 啊，样子倒很像一只汤碗。哼！这算个什么帽子！简直是个胡桃壳。拿去！换一顶大一点的来。

凯瑟丽娜 大一点的我不要；这一顶式样很新式，贤媛淑女们都是戴这种帽子的。

彼特鲁乔 等你是一个贤媛淑女以后，你也可以有一顶；现在还是不要戴它吧。

霍坦西奥 （旁白）那倒还要经过相当的时间哩。

凯瑟丽娜 哼，我相信我也有说话的权利；我不是三岁小孩，比你尊长的人，也不能禁止我自由发言，你要是不愿意听，还是请你把耳朵塞住了吧。我这一肚子的气恼，要是再不让我的嘴把它发泄出来，我的肚子也要气破了。

彼特鲁乔 是啊，你说得一点不错，这帽子真不好。你不欢喜它，所以我才格外爱你。

凯瑟丽娜 爱我也好，不爱我也好，我欢喜这顶帽子，我只要这一顶，不要别的。（帽匠下）

彼特鲁乔 你的袍子吗？啊，不错；来，裁缝，让我们瞧瞧它看。嗳哟，天哪！这算是什么古怪的衣服？这是什么？袖子吗？那简直像一尊小炮。他妈的！裁缝，你把这叫做什么东西？

霍坦西奥 （旁白）看来她帽子袍子都穿戴不成了。

裁缝 您叫我照着流行的款式，把它用心裁制的。

彼特鲁乔 是呀，可是我没有叫你做得这样乱七八糟的。去，给我滚回你的狗窠里去吧，我以后决不再来请教你了。我不要这东西，拿去给你自己穿吧。

凯瑟丽娜 我从来没有见过一件比这更漂亮更好看的袍子。你大概想把我当作一个木头人一样随你摆布吧。

彼特鲁乔 对了，他想把你当作木头人一样随意摆布。

裁缝 她说您想把她当作木头人一样随意摆布。

彼特鲁乔 啊，大胆的狗才！你胡说，你这拈针弄线的跳蚤，你这虫卵，你这冬天的蟋蟀！你拿着一绞线，竟敢在我家里放肆吗？滚！你这破布头，你这不是东西的东西！好好的一件袍子，给你剪成这个样子。

裁缝 您弄错了，这袍子是照您吩咐的样子做起来的。

彼特鲁乔 总而言之，这袍子我不要。（向霍坦西奥旁白）霍坦西奥，你给我多付几个赏钱给这裁缝。（向裁缝）快拿去，走吧走吧，别多说了。

霍坦西奥 （向裁缝旁白）裁缝，那袍子的工钱我明天拿来给你。他一时使性子说的话，你不必跟他顶真；快去吧。（裁缝下）

彼特鲁乔 好吧，来，我的凯德，我们就老老实实穿着这身家常便服，到你爸爸家里去吧。只要我们袋里有钱，身上穿得寒酸一点，又有什么关系？正像太阳会从乌云中探出头来一样，布衣粗服，可以格外显出一个人的正直。樫鸟并不因为羽毛的美丽，而比云雀更为珍贵；蝮蛇并不因为皮肉的光泽，而比鳗鲡更有用处。所以，好凯德，你穿着这一身敝旧的衣服，也并不因此而降低了你的身价。你要是怕人笑话，那么让人家笑话着我吧。你还是要高高兴兴，我们马上就到你爸爸家里去喝酒作乐。去，叫他们把马备好，我们就要出发了。让我看，现在大概是七点钟，我们可以在吃中饭以前赶到那边。

凯瑟丽娜 我相信现在快两点钟了，到那里去也许赶不上吃晚饭呢。

彼特鲁乔 不是七点钟，我就不上马。我说的话，做的事，想着的念头，你总是要跟我闹别扭。好，大家不用忙了，我今天不去了。你倘然要我去，那么我说是什么钟点，就得是什么钟点。

霍坦西奥 唷，这家伙简直想要把太阳也归他节制哩。（同下）

第四场

帕度亚；巴普提斯塔家门前

| 特拉尼奥及老学究扮文森修上。

特拉尼奥 来此已是巴普提斯塔的家里，我们要不要进去看望他？

学究 那还用说吗？我倘然没有弄错，那么巴普提斯塔先生也许还记得我，二十年以前，我们曾经在热那亚做过邻居哩。

特拉尼奥 这样很好，请你随时保持着做一个父亲的庄严风度吧。

学究 您放心好了。瞧，您那跟班来了。我们应该把他教导一番才是。

| 比昂台罗上。

特拉尼奥 你不用担心他。比昂台罗，你要好好伺候这位老先生，就像他是真的文森修老爷一样。

比昂台罗 嘿！你们放心吧。

特拉尼奥 可是你有没有看见巴普提斯塔？

比昂台罗 看见了，我对他说，您的老太爷已经到了威尼斯，您正在等着他今天到帕度亚来。

特拉尼奥 你事情办得很好，这几个钱拿去买杯酒喝吧。巴普提斯塔来啦，快快装起一副严肃的容貌来。

| 巴普提斯塔及路森修上。

特拉尼奥 巴普提斯塔先生，我们正要来拜访您。（向学究）父亲，这就是我对您说起过的那位老伯。请您成全您儿子的好事，答应我娶比恩卡为妻吧。

学究 吾儿且慢！巴普提斯塔先生，久仰久仰。我这次因为追索几笔借款，到帕度亚来，听见小儿向我说起，他跟令嫒十分相爱。像先生这样的家声，能够仰攀，已属万幸，我当然没有不赞成之理；而且我看他们两人情如胶漆，也很愿意让他早早成婚，了此一笔心事。要是先生不嫌弃的话，那么关于问名纳聘这一方面的种种条件，但有所命，无不乐从；我因为尚有琐事羁身，恐怕不能在此作长期的稽留。

巴普提斯塔 文森修先生，恕我不会客套，您刚才那样开诚布公的说话，我听了很是高兴。令郎和小女的确十分相爱；您要是不忍拂令郎之意，愿意给小女一份适当的聘礼，那么我是毫无问题的，我们就此一言为定吧。

特拉尼奥 谢谢您，老伯。那么您看我们最好在什么地方把双方的条件互相谈妥？

巴普提斯塔 舍间恐怕不大方便，因为属垣有耳，我有许多仆人，也许会被他们听了漏泄出去；而且葛莱米奥那老头子痴心不死，也许会来打扰我们。

特拉尼奥 那么还是到敝寓去吧，家父就在那里耽搁，我们今夜可以在那边悄悄地把事情顺利谈妥。请您就叫这位尊价去请令嫒出来；我就叫我这奴才去找个书记来。但恐事出仓卒，一切未能尽如尊意之处，要请您多多原谅。

巴普提斯塔 不必客气，这样很好。堪比奥，你到家里去叫比恩卡梳洗梳洗，我们就要到一处地方去；你也不妨告诉他路森修先生的尊翁已经到了帕度亚，她的亲事大概就可定夺下来了。

比昂台罗 但愿神明祝福她嫁得一位如意郎君！

特拉尼奥 不要惊动神明了，快快去吧。巴普提斯塔先生，请了。我们只有些薄酒粗肴，谈不上什么款待；等您到比萨来的时候，才要好好地请您一下哩。

巴普提斯塔 请了。（特拉尼奥、巴普提斯塔及老学究下）

比昂台罗 堪比奥！

路森修 有什么事，比昂台罗？

比昂台罗 您看见我的少爷向您眿眼睛笑吗？

路森修 他向我眿眼睛笑又怎么样？

比昂台罗 没有什么，可是他要我慢走一步，向您解释他的暗号。

路森修 那么你就解释给我听吧。

比昂台罗 他叫您不要担心巴普提斯塔，他正在和一个冒牌的父亲讨论关于他的冒牌的儿子的婚事。

路森修 那便怎样？

比昂台罗 他叫您带着他的女儿一同到他们那里吃晚饭。

路森修 带着她去又怎样？

比昂台罗 您可以随时去找圣路加教堂里的老牧师。

路森修 这到底是什么意思？

比昂台罗 我也不知道是什么意思，我只知道趁着他们都在那里假装谈条件的时候，您就赶快同着她到教堂里去，找到了牧师执事，再找几个靠得住的证人，如此如此，这般这般。这倘不是您盼望已久的好机会，那么您也从此不必再在比恩卡身上转念头了。（欲去）

路森修 听我说，比昂台罗。

比昂台罗 我不能待下去了。我知道有一个女人，一天下午在园里拔菜喂兔子，就这样莫名其妙地跟人家结了婚了；也许您也会这样。再见，先生。我的少爷还要叫我到圣路加教堂去，叫那牧师在那边等着你们。（下）

路森修 只要她肯，事情就好办；她一定愿意的，那么我还疑惑什么？不要管它，让我向她婉转劝诱；要是堪比奥得不到她，我真要抱恨终身了。（下）

第五场

公　路

| 彼特鲁乔、凯瑟丽娜、霍坦西奥及从仆等上。

彼特鲁乔 走，走，到我们老丈人家里去。主啊，月亮照得多么光明！

凯瑟丽娜 什么月亮！这是太阳，现在哪里来的月亮？

彼特鲁乔 我说这是月亮的光。

凯瑟丽娜 这明明是太阳光。

彼特鲁乔 我指着我母亲的儿子，那就是我自己，起誓，我要说它是月亮，它就是月亮，我要说它是星，它就是星，我要说它是什么，它就是什么，你要是说我说错了，我就不到你父亲家里去。来，掉转马头，我们回去了。老是跟我闹别扭，闹别扭！

霍坦西奥 随他怎么说吧，否则我们永远去不成了。

凯瑟丽娜 我们已经走了这么远，请您不要重新回去了吧。您高兴说它是月亮，它就是月亮；您高兴说它是太阳，它就是太阳；您要是说它是蜡烛，我也就当它是蜡烛。

彼特鲁乔 我说它是月亮。

凯瑟丽娜 我知道它是月亮。

彼特鲁乔 不，你胡说，它是太阳。

凯瑟丽娜 那么它就是太阳。可是您要是说它不是太阳，它就不是太阳；月亮的盈亏圆缺，就像您心性的捉摸不定一样。随您叫它是什么名字吧，您叫它什么，凯瑟丽娜也叫它什么就是了。

霍坦西奥 彼特鲁乔，恭喜恭喜，你已经得到胜利了。

彼特鲁乔 好，上前走！正是顺水行舟快，逆风打桨迟。且慢，那边有谁来啦？

| 文森修作旅行装束上。

彼特鲁乔 （向文森修）早安，好姑娘，你到哪里去？亲爱的凯德，老老实实告诉我，你可曾看见过一个比她更娇好的淑女？她颊上又红润，又白嫩，相映得多么美丽！点缀在天空中的繁星，怎么及得上她那天仙般美的脸上那一双眼睛的清秀？可爱的美貌姑娘，早安！亲爱的凯德，因为她这样美，你应该和她亲热亲热。

霍坦西奥 这人给他当作女人，一定要发怒了。

凯瑟丽娜 年轻娇美的姑娘，你到哪里去？你家里住在什么地方？你的父亲母亲生下你这样美丽的孩子，真是几生修得；不知哪个幸运的男人，有福消受你这如花美眷！

彼特鲁乔 啊，怎么，凯德，你疯了吗？这是一个满脸皱纹的白发衰翁，你怎么说他是一个姑娘？

凯瑟丽娜 老丈，请您原谅我一时眼花，因为太阳光太耀了，所以看出来什么都是迷迷糊糊的。现在我才知道您是一位年尊的老丈，请您千万恕我刚才的唐突吧。

彼特鲁乔 老伯伯，请你原谅她；还要请问你现在到哪儿去，要是咱们是同路的话，那么请你跟我们一块儿走吧。

文森修 好先生，还有你这位淘气的娘子，萍水相逢，你们把我这样打趣，倒把我弄得莫名其妙。我的名字叫文森修，舍间就在比萨，我现在要到帕度亚去，瞧瞧我的久别的儿子。

彼特鲁乔 令郎叫什么名字？

文森修 他叫路森修。

彼特鲁乔 原来尊驾就是路森修的尊翁，那巧极了，算来你还是我的姻伯呢。这就是拙荆，她有一个妹妹，现在多半已经和令郎成了婚了。你不用吃惊，也不必忧虑，她是一个名门淑女，嫁奁也很丰富，她的品貌才德，当得起君子好逑四字。文森修老先生，刚才多多失敬，现在我们一块儿看你令郎去吧，他见了你一定是异常高兴的。

文森修 您说的是真话，还是像有些爱寻开心的旅行人一样，路上见了什么人就随便开开玩笑？

霍坦西奥 老丈，我可以担保他的话都是真的。

彼特鲁乔 来，我们去吧，看看我的话究竟是真是假；你大概因为我先前和你开过玩笑，所以有些不相信我。

（除霍坦西奥外皆下）

霍坦西奥 彼特鲁乔，你已经鼓起了我的勇气。我也要照样去对付我那寡妇！她要是倔强抗命，我就记着你的教训，也要对她不客气了。（下）

第　五　幕

第一场

帕度亚；路森修家门前

｜比昂台罗、路森修及比恩卡自一方上；葛莱米奥在另一方步行。

比昂台罗　少爷，放轻脚步快快走，牧师已经在等了。

路森修　我会飞了过去的，比昂台罗。可是他们在家里也许要叫你做事，你还是回去吧。

比昂台罗　不，我要把您送到教堂门口，然后再奔回去。（路森修、比恩卡、比昂台罗同下）

葛莱米奥　真奇怪，堪比奥怎么到现在还不来。

｜彼特鲁乔、凯瑟丽娜、文森修及从仆等上。

彼特鲁乔　老伯，这就是路森修的门前；我的岳父就住在靠近市场的地方，我现在要到他家里去，暂时失陪了。

文森修　不，我一定要请您进去喝杯酒再走。我想我在这里是可以略尽地主之谊的。（叩门）

葛莱米奥　他们在里面忙得很，你还是敲得响一点。

｜老学究自上方上，凭窗下望。

学究　谁在那里把门都要敲破了？

文森修 请问路森修先生在家吗？

学究 他人是在家里，可是你不能见他。

文森修 要是有人带了一二百镑钱来，送给他吃吃玩玩呢？

学究 把你那一百镑钱留着自用吧，我一天活在世上，他就一天不愁没有钱用。

彼特鲁乔 我不是告诉过您吗？令郎在帕度亚是人缘极好的。废话少讲，请你通知一声路森修先生，说他的父亲已经从比萨来了，现在在门口等着和他说话。

学究 胡说，他的父亲就在帕度亚，正在窗口说话呢。

文森修 你是他的父亲吗？

学究 是啊，你要是不信，不妨去问问他的母亲。

彼特鲁乔 （向文森修）啊，怎么，朋友！你原来假冒别人的名字，这真是岂有此理了。

学究 把这混账东西抓住！我看他是想要假冒我的名字，在这城里向人讹诈。

| 比昂台罗重上。

比昂台罗 我看见他们两人一块儿在教堂里，上帝保佑他们一帆风顺！可是谁在这儿？我的老太爷文森修！这可糟了，我们的计策都要败露了。

文森修 （见比昂台罗）过来，傻小子！

比昂台罗 我要是不愿意过来呢？

文森修 过来，狗才！你难道忘记我了吗？

比昂台罗 忘记你！我怎么会忘记你？我见也没有见过你哩。

文森修 怎么，你这该死的东西！你难道没有见过你家主人的父亲吗？

比昂台罗 啊，你问起我们的老太爷吗？瞧那站在窗口的就是他。

文森修 真的吗？（打比昂台罗）

比昂台罗 救命！救命！救命！这疯子要谋害我哩！（下）

学究 吾儿，巴普提斯塔先生，快来救人！（自窗口下）

彼特鲁乔 凯德，我们站旁边些，瞧这场纠纷怎样解决。（二人退后）

| 老学究自下方重上；巴普提斯塔、特拉尼奥及众仆上。

特拉尼奥 老头儿，你是个什么人，敢动手打我的仆人？

文森修 我是个什么人！嘿，你是个什么人？哎呀，天哪！你这好家伙！你居然穿起绸缎的衫子、天鹅绒的袜子、大红的袍子，高高的帽子来了！啊呀，完了！完了！我在家里舍不得花一个钱，我的儿子和仆人却在大学里挥霍到这个样子！

特拉尼奥 啊，是怎么一回事？

巴普提斯塔 这家伙疯了吗？

特拉尼奥 瞧你这一身打扮，倒像一位明白道理的老先生，可是你说的却是一派疯话。我就是佩戴些金银珠玉，那又跟你什么相干？多谢上帝给我一位好父亲，他会供给我的消费的。

文森修 你的父亲！哼！他是在贝格摩做船帆的。

巴普提斯塔 你弄错了，你弄错了。请问你知道他叫什么名字？

文森修 他叫什么名字？你以为我不知道他的名字吗？我把他从三岁起抚养长大，他的名字叫做特拉尼奥。

学究 去吧，去吧，你这疯子！他的名字是路森修，我叫文森修，他是我的独生子。

文森修 路森修！啊！他已经把他的主人谋害了。我用公爵的名义请你们赶快把他抓住。啊，我的孩子，我的孩子！狗才，快对我说，我的儿子路森修在哪里？

特拉尼奥 去叫一个官差来。

| 一仆人偕差役上。

特拉尼奥 把这疯子抓进监牢里去。

文森修 把我抓进监牢里去！

葛莱米奥 且慢，官差，你不能把他送进监牢。

巴普提斯塔 您不用管，葛莱米奥先生，我说非把他抓进监牢里不可。

葛莱米奥 宁可小心一点，巴普提斯塔先生，也许您会上人家的圈套。我敢发誓这个人才是真的文森修。

学究 你有胆量就发个誓儿看看。

葛莱米奥 不，我不敢发誓。

特拉尼奥 那么你还是说我不是路森修吧。

葛莱米奥 不，我知道你是路森修。

巴普提斯塔 把那呆老头儿抓去！把他关起来！

文森修 你们这里是这样对待外方人的吗？好混账的东西！

| 比昂台罗偕路森修及比恩卡重上。

比昂台罗 啊，我们的计策要完全败露了！他就在那边。不要去认他，假装不认识他，否则我们就完了！

路森修 （跪下）亲爱的爸爸，请您原谅我！

文森修 我的最亲爱的孩子还在人世吗？（比昂台罗、特拉尼奥及老学究逃走）

比恩卡 （跪下）亲爱的爸爸，请您原谅我！

巴普提斯塔 你做错了什么事要我原谅？路森修呢？

路森修 路森修就在这里，我是这位真文森修的真正的儿子，您却受了骗了。

葛莱米奥 他们都是一党，现在又拉了个证人来欺骗我们了！

文森修 那个该死的狗头特拉尼奥对我竟敢这样放肆，现在到哪儿去了？

巴普提斯塔 咦，这个人不是我们家里的堪比奥吗？

比恩卡 堪比奥已经变成路森修了。

路森修 爱情造成了这些奇迹。我因为爱比恩卡，所以和特拉尼奥交换地位，让他在城里顶替着我的名字；现在我已经美满地达到了我的心愿。特拉尼奥的所作所为，都是我强迫他做的；亲爱的爸爸，请您看在我的面上不要见怪他。

文森修 这狗才要把我送进监牢里去，我一定要割破他的鼻子。

巴普提斯塔 （向路森修）我倒要请问你，你没有得到我的允许，怎么就可以和我的女儿结婚？

文森修 您放心好了，巴普提斯塔先生，我们一定会使您满意的。可是他们这样作弄我，我一定要去找着他们出出这一口恶气。（下）

巴普提斯塔 我也要去把这场诡计调查一个仔细。（下）

路森修 不要害怕，比恩卡，你爸爸不会生气的。（路森修、比恩卡下）

葛莱米奥 我的希望已成画饼，可是我也要跟他们一起进去，分一杯酒喝喝。（下）

| 彼特鲁乔及凯瑟丽娜上前。

凯瑟丽娜 夫君，我们也跟着去瞧瞧热闹吧。

彼特鲁乔 凯德，先给我一个吻，我们就去。

凯瑟丽娜 怎么！就在街路中间吗？

彼特鲁乔 啊！你觉得嫁了我这种丈夫辱没了你吗？

凯瑟丽娜 不，那我怎么敢；我只是觉得这样接吻，太难为情了。

彼特鲁乔 好，那么我们回家去吧。来，我们走。

凯瑟丽娜 不，我就给你一个吻。现在，我的爱，请你不要回去了吧。

彼特鲁乔 这样不很好吗？来，我的亲爱的凯德。（同下）

第二场

路森修家中一室

丨室中张设筵席。巴普提斯塔、文森修、葛莱米奥、老学究、路森修、比恩卡、彼特鲁乔、凯瑟丽娜、霍坦西奥及寡妇同上；特拉尼奥、比昂台罗、葛鲁米奥及其他仆人等随侍。

路森修 虽然经过了长久的争论，我们的意见终于融合了；现在收旗息鼓，正是我们杯酒交欢的时候。我的好比恩卡，请你向我的父亲表示欢迎；我也要用同样诚恳的心情，欢迎你的父亲。彼特鲁乔姻兄，凯瑟丽娜大姊，还有你，霍坦西奥，和你那位亲爱的未亡人，大家不要客气，尽情醉饱，都请坐下来吧，让我们一面吃，一面谈话。（各人就坐）

彼特鲁乔 这真是饱食终日，无所用心了！

巴普提斯塔 彼特鲁乔贤婿，帕度亚的风气是这么好客的。

彼特鲁乔 帕度亚人都是那么和和气气的。

霍坦西奥 对于你我两人，我希望这句话是真实。

彼特鲁乔 我敢说霍坦西奥一定怕他的寡妇。

寡妇 头眩的人以为世界在旋转。

凯瑟丽娜 嫂子，请教这句话是什么解释？

寡妇 尊夫因为家有悍妇，所以以己度人，猜想我的丈夫也有同样不可告人的隐痛。现在您懂得我的意思了吧？

凯瑟丽娜 您的意思真坏！

彼特鲁乔 新嫂子，您听她们在斗嘴了，您怎么一声不响的？

比恩卡 不，我不会说话；请你们恕我，我要逃席了。（比恩卡、凯瑟丽娜及寡妇下）

彼特鲁乔 特拉尼奥先生，她也是你瞄准的鸟儿，可惜给她飞去了；让我们为那些射而不中的人干一杯吧。

特拉尼奥 啊，彼特鲁乔先生，我给路森修占了便宜去；我就像他的猎狗，为他辛苦奔走，得来的猎物都被主人拿去了。还是您好，自己猎来，自己享用，可是人家都说您那头鹿儿把您逼得走头无路呢。

巴普提斯塔 哈哈，彼特鲁乔！现在你给特拉尼奥说中要害了。

路森修 特拉尼奥，你把他挖苦得很好，我要谢谢你。

霍坦西奥 快快招认吧，他是不是说着了你的心病？

彼特鲁乔 他挖苦的虽然是我，可是他的讥讽仅仅打我身边擦过，我怕受伤的十分之九倒是你们两位。

巴普提斯塔 不说笑话，彼特鲁乔贤婿，我想你是娶着了一个最悍泼的女人了。

彼特鲁乔 不，我否认。让我们赌一个东道，各人去叫他自己的妻子出来，谁的妻子最听话，出来得最快的，就算谁得胜。

霍坦西奥 很好。赌什么东道？

路森修 二十个克朗。

彼特鲁乔 二十个克朗！这样的数目只好让我打赌我的鹰犬；要是打赌我的妻子，应当二十倍那么多。

路森修 那么一百克朗吧。

霍坦西奥 好。

彼特鲁乔 就是一百克朗，一言为定。

霍坦西奥 谁先去叫？

路森修 让我来。比昂台罗，你去对你奶奶说，我叫她来见我。

比昂台罗 我就去。（下）

巴普提斯塔 贤婿，我愿意代你拿出一半赌注，比恩卡一定会来的。

路森修 我不要和别人对分，我要独自下注。

| 比昂台罗重上。

路森修 啊，她怎么说？

比昂台罗 少爷，奶奶叫我对您说，她有事不能来。

彼特鲁乔 怎么！她有事不能来！这算是什么答复？

葛莱米奥 这样的答复也算很有礼貌的了，希望尊夫人不给你一个更不客气的答复。

彼特鲁乔 我希望她会给我一个更满意的答复。

霍坦西奥 比昂台罗，你去请我的太太出来见我。（比昂台罗下）

彼特鲁乔 哈哈！请她出来！那么她总应该出来的了。

霍坦西奥 老兄，我怕尊夫人随你怎样请也是请不出来的。

| 比昂台罗重上。

霍坦西奥 我的太太呢？

比昂台罗 她说您在开玩笑，不愿意出来；她叫您进去见她。

彼特鲁乔 更糟了，更糟了！她不愿意出来！嘿，是可忍，孰不可忍！葛鲁米奥，到你奶奶那儿去，说，我命令她出来见我。（葛鲁米奥下）

霍坦西奥 我知道她的回答。

彼特鲁乔 什么回答？

霍坦西奥 她不高兴出来。

彼特鲁乔 她要是不出来，就算是我晦气。

| 凯瑟丽娜重上。

巴普提斯塔 呀，我的天，凯瑟丽娜果然来了！

凯瑟丽娜 夫君，您叫我出来有什么事？

彼特鲁乔 你的妹妹和霍坦西奥的妻子呢？

凯瑟丽娜 她们都在火炉旁边谈天。

彼特鲁乔 你去同她们出来；她们要是不肯出来，就把她们打出来见她们的丈夫。快去。（凯瑟丽娜下）

路森修 真是奇事！

霍坦西奥 奇了奇了。这预兆着什么呢？

彼特鲁乔 它预兆着和睦，亲爱和恬静的生活，尊严的统治和合法的主权，总而言之，一切的美满和幸福。

巴普提斯塔 恭喜恭喜，彼特鲁乔贤婿！你已经赢了东道；而且在他们输给你的现款之外，我还要额外给你二万克朗，算是我另外一个女儿的嫁奁，因为她已经完全变了一个人了。

彼特鲁乔 为了让你们知道我这东道不是侥幸赢得，我还要向你们证明她是多么听话。瞧，她已经用她的妇道，把你们那两个桀骜不驯的妻子俘虏着来了。

| 凯瑟丽娜率比恩卡及寡妇重上。

彼特鲁乔 凯瑟琳，你那顶帽子不好看，把那玩意儿脱下，丢在地上吧。（凯瑟丽娜脱帽掷地上）

寡妇 谢谢上帝！我还没有像她这样傻法！

比恩卡 呸！你把这算作什么愚蠢的妇道？

路森修 比恩卡，我希望你的妇道也像她一样愚蠢就好了；因为你的聪明，我已经在一顿晚饭的工夫里损失了一百个克朗。

比恩卡 你自己不好，反来怪我。

彼特鲁乔 凯瑟琳，你去告诉这些倔强的女人，做妻子的应该向她们的夫主尽些什么本分。

寡妇 好了，好了，别开玩笑了；我们不要听这些个。

彼特鲁乔 说吧，先讲给她听。

凯瑟丽娜 嗳呀！展开你那颦蹙的眉头，收起你那轻蔑的瞥视，不要让它伤害你的主人，你的君主，你的支配者。它会使你的美貌减色，就像严霜噬啮着草原，它会使你的名誉受损，就像旋风摧残着蓓蕾；它绝对没有可取之处，也丝毫引不起别人的好感。一个使性的女人，就像一池受到激动的泉水，混浊可憎，失去一切的美丽，无论怎样喉干吻渴的人，也不愿把它啜饮一口。你的丈夫就是你的主人，你的生命，你的所有者，你的头脑，你的君主；他照顾着你，扶养着你，在海洋里陆地上辛苦操作，夜里冒着风波，白天忍受寒冷，你却穿得暖暖的住在家里，享受着安全与舒适。他希望你贡献给他的，只是你的爱情，你的温柔的辞色，你的真心的服从；你欠他的好处这么多，他所要求于你的酬报却是这么微薄！一个女人对待她的丈夫，应当像臣子对待君王一样忠心恭顺；倘使她倔强使性，乖张暴戾，不服从他正当的愿望，那么她岂不是一个大逆不道，背恩忘义的叛徒？应当长跪乞和的时候，她却向他挑战；应当尽心竭力服侍他，敬爱他，顺从他的时候，她却企图篡夺主权，发号施令：这一种愚蠢的行为，真是女人的耻辱。我们的身体为什么这样柔软无力，耐不了苦，熬不起忧急？那不是因为我们的性情必须和我们的外表互相一致，同样的温柔吗？听我的话吧，你们这些倔强而无力的可怜虫！我的心从前也跟你们一样高傲，也许我有比你们更多的理由，不甘心向人俯首认输，可是现在我知道我们的枪矛只是些稻草，我们的力量是软弱的，我们的软弱是无比的，我们所有的只是一个空虚的外表。所以你们还是挫抑你们无益的傲气，跪下来向你们的丈夫请求怜爱吧。为了表示我的顺从，只要我的丈夫吩咐我，我就可以向他下跪，让他因此而心中快慰。

彼特鲁乔 啊，那才是个好妻子！来，吻我，凯德。

路森修 老兄，真有你的！

彼特鲁乔 来，凯德，我们好去睡了。我们三个人结婚，可是你们两人都输了。（向路森修）你虽然采到了明珠，我却赢了东道；现在我就用得胜者的身份，祝你们晚安！（彼特鲁乔、凯瑟丽娜下）

霍坦西奥 你已经降伏了一个悍妇，可以踌躇满志了。

路森修 她会这样被他降伏，倒是一桩想不到的事。（同下）

维洛那二绅士

Ay, so true love should do: it cannot speak; for truth hath better deeds than words to grace it.

—— The Two Gentlemen of Verona

是的，真爱情是不能用言语表达的，行为才是忠心的最好的说明。

——《维洛那二绅士》

剧中人物

米兰公爵	西尔维娅的父亲
凡伦丁 **普洛丢斯**	二绅士
安东尼奥	普洛丢斯的父亲
修里奥	凡伦丁的愚蠢的情敌
爱格勒莫	助西尔维娅脱逃者
史比德	凡伦丁的傻仆
朗斯	普洛丢斯的傻仆
潘西诺	安东尼奥的仆人
旅店主	朱利娅在米兰的居停
强盗	随凡伦丁啸聚的一群

朱利娅	普洛丢斯的恋人
西尔维娅	凡伦丁的恋人
露西塔	朱利娅的女仆

仆人、乐师等

地点

维洛那;米兰及曼多亚边境

第　一　幕

第一场
维洛那；旷野

| 凡伦丁及普洛丢斯上。

凡伦丁　不用劝我，亲爱的普洛丢斯；年轻人株守家园，见闻总是限于一隅。倘不是爱情把你锁系在你情人的温柔的眼波里，我倒很想请你跟我一块儿去见识见识外面的世界，那总比在家里无所事事，把青春消磨在懒散的无聊里好得多多。可是你现在既然在恋爱着了，那么就恋爱下去吧，祝你得到美满的结果；我要是着起迷来，也会是这样的。

普洛丢斯　你真的要走了吗？亲爱的凡伦丁，再会吧！你在旅途中要是见到什么值得注意的新奇事物，请你想起你的普洛丢斯；当你得意的时候，也许你会希望我能够分享你的幸福；当你万一遭遇什么风波危险的时候，你可以不用忧虑，因为我是在虔诚祈祷你的平安。

凡伦丁　你是念着恋爱经的时候祈祷我的平安吗？

普洛丢斯 我将讽诵我所宝爱的经典为你祈祷。

凡伦丁 那一定是里昂德游泳过赫勒思滂海峡去会他的情人一类深情密爱的浅薄故事。

普洛丢斯 他为了爱不顾一切，那证明了爱情是多么深刻。

凡伦丁 不错，你为了爱也不顾一切，可是你却没有游泳过赫勒思滂海峡去。

普洛丢斯 嗳，别取笑吧。

凡伦丁 不，我不在取笑你，那实在一点意思也没有。

普洛丢斯 什么？

凡伦丁 我是说恋爱。苦恼的呻吟换来了轻蔑；多少次心痛的叹息才换得了羞答答的秋波一盼；片刻的欢娱，是二十个晚上辗转无眠的代价。即使成功了，也许所得不偿所失；要是失败了，那就白费一场辛苦。恋爱汩没了人的聪明，使人变为愚蠢。

普洛丢斯 照你说来，那么我是一个傻子了。

凡伦丁 瞧你的样子，我恐怕你的确是一个傻子。

普洛丢斯 你所诋斥的是爱情；我可是身不容主。

凡伦丁 爱情是你的主宰，甘心供爱情驱使的，我想总不见得是一个聪明人吧。

普洛丢斯 可是做书的人这样说：最芬芳的花蕾中有蛀虫，最聪明人的心里，才会有蛀蚀心灵的爱情。

凡伦丁 做书的人还说：最早熟的花蕾，在未开放前就给蛀虫吃去；稚嫩的聪明，也会被爱情化成愚蠢，当他正在盛年的时候就丧失了他的欣欣向荣的生机，未来一切美妙的希望都成为泡影。可是你既然是爱情的皈依者，我又何必向你多费唇舌呢？再会吧！我的父亲在码头上等着送我上船。

普洛丢斯 我也要送你上船，凡伦丁。

凡伦丁 好普洛丢斯，不用了吧，让我们就此分手。我在米兰等着你来信报告你在恋爱上的成功，以及我去了以后这儿的一切消息；我也会同样寄信给你。

普洛丢斯 祝你在米兰一切顺利幸福！

凡伦丁 祝你在家里也是这样！好，再见。（下）

普洛丢斯 他追求着荣誉，我追求着爱情；他离开了他的朋友，使他的朋友们因他的成功而增加光荣；我为了爱情，把我自己、我的朋友们以及一切都舍弃了。朱利娅啊，你已经把我变成了另一个人，使我无心学问，虚掷光阴，违背良言，忽略世事；我的智慧因思虑而变成软弱，我的心灵因恋慕而痛苦异常。

| 史比德上。

史比德 普洛丢斯少爷，上帝保佑您！您见我家主人吗？

普洛丢斯 他刚才离开这里，上船到米兰去了。

史比德 那么他多分已经上了船了。我就像一头迷路的羊，把他丢了。

普洛丢斯 是的，牧羊人一走开，羊就会走失了。

史比德 您说我家主人是牧羊人，而我是一头羊吗？

普洛丢斯 是的。

史比德 不，我可以用譬喻证明您的话不对。

普洛丢斯 我也可以用另外一个譬喻证明我的话不错。

史比德 牧羊人寻羊，不是羊寻牧羊人；我找我的主人，不是我的主人找我，所以我不是羊。

普洛丢斯 羊为了吃草跟随牧羊人，牧羊人并不为了吃饭跟随羊；你为了工钱跟随你的主人，你的主人并不为了工钱跟随你，所以你是羊。

史比德 您要是再说这样一个譬喻，那我真的要咩咩地叫起来了。

普洛丢斯 我问你，你有没有把我的信送给朱利娅小姐？

史比德 欧，少爷，我，一头迷路的羔羊，把您的信给她，一头细腰的绵羊；可是她这头细腰的绵羊却什么谢礼也不给我这头迷路的羔羊。

普洛丢斯 这么多的羊，这片牧场上要容不下了。可是她怎么说呢？（史比德点头）她就点点头吗，你这蠢货？

史比德 好，我的爷，我给您辛辛苦苦把信送到，您赏给我的只是蠢货两字。

普洛丢斯 那么就算你是个聪明人吧。

史比德 聪明有什么用，要是它打不开您的钱袋来。

普洛丢斯 算了算了，简简单单把事情交代明白；她说些什么话？

史比德 打开您的钱袋来，一面交钱，一面交话。

普洛丢斯 好，拿去吧。（给他钱）她说什么？

史比德 老实对您说吧，少爷，我想您是得不到她的爱的。

普洛丢斯 怎么？这也给你看出来了吗？

史比德 少爷，我在她身上什么都看不出来；我把您的信送给她，可是我连一块钱的影子也看不见。我给您传情达意，她待我却这样刻薄；那么当您当面向她谈情说爱的时候，她也是会一样冷酷无情的。她的心肠就像铁石一样硬，您还是不用送她什么礼物，就送些石子给她吧。

普洛丢斯 什么？她一句话也不说吗？

史比德 就连一句谢谢你也没有出口。总算是您慷慨，赏给我这一块钱，谢谢您，以后请您自己带信给她吧。现在我要告辞了。

普洛丢斯 去你的吧，船上有了你，可以保证不会中途沉没，因为你是命定要在岸上吊死的。（史比德下）我一定要找一个可靠些的人送信去；我的朱利娅从这样一个狗才手里接到我的信，也许会不高兴答复我。（下）

第二场

同前；朱利娅家中花园

| 朱利娅及露西塔上。

朱利娅 露西塔，现在这儿没有别人，告诉我，你赞成我跟人家恋爱吗？

露西塔 我赞成，小姐，只要您不是莽莽撞撞的。

朱利娅 照你看起来，在每天和我言辞晋接的这一批高贵绅士中间，哪一位最值得敬爱？

露西塔 请您一个个举出他们的名字来，我可以用我的粗浅的头脑批评他们。

朱利娅 你看漂亮的爱格勒莫爵士怎样？

露西塔 他是一个谈吐风雅、衣冠楚楚的武士；可是假如我是您，我就不会选中他。

朱利娅 你看富有的墨凯西奥怎样？

露西塔 他虽然有钱，人品却不过如此。

朱利娅 你看温柔的普洛丢斯怎样？

露西塔 主啊！主啊！请看我们凡人是何等愚蠢！

朱利娅 咦！你听见了他的名字怎么大发感慨起来？

露西塔 恕我，亲爱的小姐；可是像我这样一个卑贱之人，怎么配批评高贵的绅士呢？

朱利娅 为什么别人可以批评，普洛丢斯却批评不得？

露西塔 因为他在许多优美的男子中间是最好的一个。

朱利娅 何以见得？

露西塔 我除了女人的直觉以外没有别的理由；我以为他最好，因为我觉得他最好。

朱利娅 你愿意让我把爱情用在他的身上吗？

露西塔 是的，要是您不以为您是在浪掷您的爱情。

朱利娅 可是他比其余的任何人都更不能诱动我的心。

露西塔 可是我想他比其余的任何人都更要爱您。

朱利娅 他不多说话，这表明他的爱情是有限的。

露西塔 火关得越紧，烧起来越是猛烈。

朱利娅 在恋爱中的人们，不会一无表示。

露西塔 不，越是到处宣扬着他们的爱情的，他们的爱情越是靠不住。

朱利娅 我希望我能知道他的心思。

露西塔 请读这封信吧，小姐。（给朱利娅信）

朱利娅 "给朱利娅。"——这是谁写来的？

露西塔 您看过了就知道了。

朱利娅 说出来，谁交给你这封信？

露西塔 凡伦丁的仆人送来这封信，我想是普洛丢斯叫他送来的。他本来要当面交给您，我因为适巧遇见他，所以就假冒着您的名字收下了。请您原谅我的放肆吧。

朱利娅 嘿，好一个红娘！你竟敢接受调情的书简，瞒着我跟人家串通一气，来欺侮我的年轻吗？这真是一件好差使，你也真是一个能干的角色。把这信拿去，给我退回原处，否则再不用见我的面啦。

露西塔 为爱求情，难道就得到一顿责骂吗？

朱利娅 你还不去吗？

露西塔 我就去，好让您仔细思忖一番。（下）

朱利娅 可是我希望我曾经窥见这信的内容。我把她这样责骂过了，现在又不好意思叫她回来，反过来恳求她。这傻丫头明知我是一个闺女，偏不把信硬塞给我看。一个温淑的姑娘嘴里尽管说不，她却要人家解释作是的。唉！唉！这一段痴愚的恋情是多么颠倒，正像一个坏脾气的婴孩一样，一忽儿在他保姆身上乱抓乱打，一忽儿又服服贴贴地甘心受责。刚才我把露西塔这样凶狠地撵走，现在却巴不得她快点儿回来；当我一面装出了满脸怒容的时候，内心的喜悦却使我心坎里满含着笑意。现在我必须引咎自责，叫露西塔回来，请她原谅我刚才的愚蠢。喂，露西塔！

| 露西塔重上。

露西塔 小姐有什么吩咐？

朱利娅 现在是快吃饭的时候了吧？

露西塔 我希望它是，免得您空着肚子在用人身上出气。

朱利娅 你在那边小小心心地拾起来的是什么？

露西塔 没有什么。

朱利娅 那么你为什么俯下身子去？

露西塔 我在地上掉了一张纸，把它拾了起来。

朱利娅 那张纸难道就不算什么？

露西塔 它不干我什么事。

朱利娅 那么让它躺在地上，留给相干的人吧。

露西塔 小姐，它对相干的人是不会说谎的，除非它给人家误会了。

朱利娅 是你的什么情人寄给你的情诗吗？

露西塔 小姐，要是您愿意给它谱上一个调子，我可以把它唱起来。

朱利娅 我可没有心思干那种玩意儿。

露西塔 您别把它太看轻了；您要是唱起来，一定是怪缠绵宛转的。

朱利娅 那么你为什么不唱？

露西塔 它是要留给知音的人的，我可不配。

朱利娅 我倒要瞧瞧你的歌儿。（取信）怎么，这贱丫头！

露西塔 您就这么唱起来吧；可是我想我不大喜欢这个调子。

朱利娅 你不喜欢？

露西塔 是，小姐，它高得太刺耳了。

朱利娅 这放肆的贱丫头。你再油嘴滑舌，我可不答应了。瞧谁再敢拿进这种不三不四的书信来！（撕信）给我出去，让这些纸头丢在地上；你把它们碰一碰我就要生气。

露西塔 她故意这样装模作样，其实心里巴不得人家再寄一封信来，好让她再发一次脾气。（下）

朱利娅 不，就是这一封信已经够使我心痛了！啊，这一双可恨的手，忍心把这些可爱的字句撕得粉碎！就像残酷的黄蜂一样，刺死了蜜蜂而吮吸它的蜜。为了补赎我的罪愆，我要遍吻每一片碎纸。瞧，这里写着“仁慈的朱利娅”；狠心的朱利娅！我要惩罚你的薄情，把你的名字掷在砖石上，把你任情地践踏蹂躏。这里写着“受创于爱情的普洛丢斯”：疼人的受伤的名字！把我的胸口做你的眠床，养息到你的创痕完全平复吧，让我用起死回生的一吻吻在你的伤口上。这儿有两三次提着普洛丢斯的名字；风啊，请不要吹起来，好让我找到这封信里的每一个字；我单单不要看见我自己的名字，让一阵旋风把它卷到狰狞丑怪的岩石上，再把它打下波涛汹涌的海水中去吧！瞧，这儿有一句句子里，两次提到他的名字：“被遗弃的普洛丢斯，受制于爱情的普洛丢斯，给可爱的朱利娅。”我要把朱利娅的名字撕去；不，他把我们两人的名字配合得如此巧妙，我要把它们折叠在一起；现在你们可以放胆地相吻拥抱，彼此满足了。

| 露西塔重上。

露西塔 小姐，饭已经预备好了，老爷在等着您。

朱利娅 好，我们去吧。

露西塔 怎么！让这些纸片丢在这儿，给人家瞧见笑话吗？

朱利娅 你要是这样关心着它们，那么还是把它们拾起来吧。

露西塔 不，我可不愿再挨骂了；可是让它们躺在地上，也许会受了寒的。

朱利娅 你倒是怪爱惜它们的。

露西塔 呃，小姐，随您怎样说吧；也许您以为我是瞎子，可是我也生着眼睛呢。

朱利娅 来，来，还不走吗？（同下）

第三场

同前；安东尼奥家中一室

| 安东尼奥及潘西诺上。

安东尼奥 潘西诺，刚才我的兄弟跟你在走廊里谈些什么正经话儿？

潘西诺 他说起他的侄子，您的少爷普洛丢斯。

安东尼奥 噢，他怎么说呢？

潘西诺 他说他不懂您老爷为什么让少爷在家里消度他的青春；人家名望不及我们的，都把他们的儿子送到外面去找机会：有的投身军旅，博得一官半职；有的到远远的海岛上去探险发财；有的到大学校里去寻求高深的学问。他说普洛丢斯少爷也应该像他们一样到外面去走走；他叫我在您面前说起，请您不要让少爷老在家里游荡，年轻人不走走远路，对于他的前途是很有妨碍的。

安东尼奥 这倒不消你说得，我这一个月来就在考虑着这件事情。我也想到他这样蹉跎时间，的确不大好；他要是不在外面多经历经历世事，将来很难成为大用。一个人的经验是要在刻苦中得到的，也只有岁月的磨炼能够使它成熟。那么照你看来，我最好叫他到什么地方去?

潘西诺 我想老爷大概还记得他有一个朋友，叫做凡伦丁的，现在在公爵府中供职。

安东尼奥 不错，我知道。

潘西诺 我想老爷要是送他到那边去，那倒很好。他可以在那边练习挥枪使剑，听听人家高雅优美的谈吐，和贵族们谈谈说说，还可以受到些适合于他的青春和家世的种种训练。

安东尼奥 你说得很对，你的意思很好，我很赞成你的建议；看吧，我马上就照你的话做去。我立刻就叫他到公爵的宫庭里去。

潘西诺 老爷，亚尔芳索大人和其余各位士绅明天就要动身去朝见公爵。

安东尼奥 那么普洛丢斯有了很好的同伴了。他应当立刻预备起来，跟他们同去。我们现在就要对他说。

| 普洛丢斯上。

普洛丢斯 甜蜜的爱情！甜蜜的字句！甜蜜的人生！这是她亲笔所写，表达着她的心情；这是她爱情的盟誓，她的荣誉的典质。啊，但愿我们的父亲赞同我们的相爱，为我们成全好事！啊，天仙一样的朱利娅！

安东尼奥 喂，你在读谁寄来的信?

普洛丢斯 禀父亲，这是凡伦丁托他的朋友带来的一封问候的书信。

安东尼奥 把信给我，让我看看那里有什么消息。

普洛丢斯 没有什么消息，父亲。他只是说他在那里生活得如何快乐，公爵如何看得起他，每天和他见面；他希望我也和他在一起，分享他的幸运。

安东尼奥 那么你对于他的希望作何感想？

普洛丢斯 他虽然是一片好心，我的行动却是要听您老人家指挥的。

安东尼奥 我的意思和他的希望差不多。你也不用因为我的突然的决定而吃惊，我要怎样，就是怎样，干脆一句话没有更动。我已经决定你应当到公爵宫庭里去，和凡伦丁在一块儿过日子；他的亲族给他多少维持生活的费用，我也照样拨给你。明天你就要预备动身，不许有什么推托，我的意志是坚决的。

普洛丢斯 父亲，这么快我怎么来得及预备？请您让我延迟一两天吧。

安东尼奥 听着，你要是缺少什么，我马上就会寄给你。不用耽搁时间，明天你非去不可。来，潘西诺，你要给他收拾收拾东西，让他早些动身。（安东尼奥、潘西诺下）

普洛丢斯 我因为恐怕灼伤而躲过了火焰，不料却在海水中惨遭没顶。我不敢把朱利娅的信给我父亲看，因为生恐他会责备我的恋爱；谁知道他却利用我的推托之词，给我的恋爱这样一记无情的猛击。唉！青春的恋爱就像阴晴不定的四月天气，太阳的光彩刚刚照耀大地，片刻间就遮上了黑沉沉的乌云一片！（下）

第　二　幕

第一场

米兰；公爵府中一室

| 凡伦丁及史比德上。

史比德　少爷，您的手套。（以手套给凡伦丁）

凡伦丁　这不是我的；我的手套戴在手上。且慢！让我看。呃，把它给我，这是我的。天仙手上可爱的装饰物！啊，西尔维娅！西尔维娅！

史比德　（叫喊）西尔维娅小姐！西尔维娅小姐！

凡伦丁　怎么，这狗才？

史比德　她不在这里，少爷。

凡伦丁　谁叫你喊她的？

史比德　是您哪，少爷；难道又是我弄错了吗？

凡伦丁　哼，你老是这么莽莽撞撞的。

史比德　可是上次您却骂我太迟钝。

凡伦丁　好了好了，我问你，你认识西尔维娅小姐吗？

史比德　就是您爱着的那位小姐吗？

凡伦丁　咦，你怎么知道我在恋爱？

史比德 啾，我从各方面看出来的。第一，您学会了像普洛丢斯少爷一样把手臂交叉在胸前，像一个满腹牢骚的人那种神气；听见了情歌您会出神，就像一头知更雀似的；欢喜一个人独自走路，好像一个害着瘟疫的人；老是唉声叹气，好像一个忘记了字母的小学生；动不动流起眼泪来，好像一个死了妈妈的小姑娘；见了饭吃不下去，好像一个节食的人；东张张西望望，好像担心着什么强盗；说起话来带着三分哭音，好像一个万圣节的叫化子。从前您可不是这个样子。您从前笑起来声震四座，好像一只公鸡报晓；走起路来挺胸凸肚，好像一头狮子；吃起东西来像狼吞虎咽；只有在没有钱用的时候才面带愁容。现在您被情人迷住了，您已经完全变了一个人，当我瞧着您的时候，我简直不相信您是我的主人了。

凡伦丁 你能够在我身上看出这一切来吗？

史比德 它们都可以从您外表上看得出来。这一种愚蠢盘踞在您的心里，透过了您的身体，无论谁一眼见了您，都像一个医生一样诊断得出您的病症来。

凡伦丁 可是我问你，你认识西尔维娅小姐吗？

史比德 就是在吃晚饭的时候您一眼不霎地望着的那位小姐吗？

凡伦丁 那也给你看见了吗？我说的就是她。

史比德 噢，少爷，我不认识她。

凡伦丁 你看见我望着她，怎么却又说不认识她？

史比德 她不是长得很难看的吗，少爷？

凡伦丁 她的面貌还不及她的心肠那么美。

史比德 少爷，那个我知道。

凡伦丁 你知道什么？

史比德 她长得并不漂亮，不过您欢喜着她就是了。

凡伦丁 我是说她的美貌是无比的，可是她的好心肠更不可限量。

史比德 我说，少爷，她的美貌是装扮出来的，没有人以为她长得好看。

凡伦丁 那么我呢？我还是以为她很美的。

史比德 可是她自从残废以后，您还没有看见过她。

凡伦丁 她是几时残废的？

史比德 自从您爱上了她之后，她就已经残废了。

凡伦丁 我第一次看见她的时候就爱上了她，可是我始终看见她是美丽的。

史比德 您要是爱她，您就看不见她。

凡伦丁 为什么？

史比德 因为爱情是盲目的。唉！要是您有我的眼睛就好了！从前您看见普洛丢斯少爷忘记扣上袜带而讥笑他的时候，您的眼睛也是明亮的。

凡伦丁 要是我的眼睛明亮便怎样？

史比德 您就可以看见您自己的愚蠢和她的不堪领教的丑陋。普洛丢斯少爷因为恋爱的缘故，忘记扣上他的袜带；您现在因为恋爱的缘故，连袜子也忘记穿上了。

凡伦丁 这样说来，那么你也是在恋爱了；因为今天早上你忘记了拭我的鞋子。

史比德 不错，少爷，我正在恋爱着我的眠床，幸亏您把我摇醒了，所以我现在也敢大胆提醒提醒您不要太过于迷恋了。

凡伦丁 总而言之，我已经永远爱定了她。昨天晚上她请我代她写一封信给她所爱的一个人。

史比德 您有没有写好？

凡伦丁 我已经用心写好了。静些！她来了。

| 西尔维娅上。

凡伦丁 小姐，早安！

西尔维娅 我的仆人，凡伦丁先生，早安。

凡伦丁 您吩咐我写一封信给您的一位秘密的无名的朋友，我已经照办了。我很不愿意写这封信，但是您的旨意是不可违背的。（以信给西尔维娅）

西尔维娅 谢谢你，好仆人。你写得很用心。

凡伦丁 相信我，小姐，它是很不容易写的，因为我不知道受信的人究竟是谁，随便写去，不知道写得对不对。

西尔维娅 也许你嫌这工作太烦难吗？

凡伦丁 不，小姐，只要您用得着我，尽管吩咐我，就是一千封信我也愿意写，可是——

西尔维娅 好一个可是！你的意思我猜得到。可是我不愿意说出名字来；可是即使说出来也没有什么关系；可是把这信拿去吧；可是我谢谢你，以后从此不再麻烦你了。

凡伦丁 这是什么意思？您不欢喜它吗？

西尔维娅 不，不，信是写得很巧妙，可是你既然写的时候不大愿意，那么你就拿回去吧。嗯，你拿去吧。（还信）

凡伦丁 小姐，这信是给您写的。

西尔维娅 是的，那是我请你写的，可是，我现在不要了，就给了你吧。我希望它能写得再动人一点。

凡伦丁 那么请您许我另写一封吧。

西尔维娅 好，你写过以后，就代我把它读一遍；要是你自己觉得满意，那就罢了；要是你自己觉得不满意，也就罢了。

凡伦丁 要是我自己觉得满意，那便怎样？

西尔维娅 要是你自己满意，那么就把这信给你作为酬劳吧。再见，仆人。（下）

史比德 人家说，一个人看不见自己的鼻子，教堂屋顶上的风信标变幻莫测，这一个玩笑也开得玄妙神奇！求爱的人代人求爱，写信人变成了受信人自己。

凡伦丁 怎么？你在说些什么？

史比德 我说，您变成了西尔维娅小姐的代言人了。

凡伦丁 我代她向什么人传话？

史比德 向您自己哪。她不是送给您一封情书了吗？

凡伦丁 怎么，她又不曾写信给我。

史比德 她何必自己动笔呢？您不是会替她代写的吗？咦，您还没有懂得这个玩笑的用意吗？

凡伦丁 我可不懂。

史比德 您还不知道她已经把爱情的凭证给了您吗？

凡伦丁 除了责怪以外，她没有给我什么呀。

史比德 真是！她不是给您一封信吗？

凡伦丁 那是我代她写给她的朋友的。

史比德 那封信现在已经送到了。

凡伦丁 我希望你没有猜错。

史比德 包在我身上，准没有差错。你写信给她，她因为害羞提不起笔，或者因为没有闲工夫，或者因为恐怕传书的人窥见了她的心事，所以她才教她的爱人代她答复他自己。这一套我早在书上看见过了。喂，少爷，您在想些什么？好吃饭了。

凡伦丁 我已经吃过了。

史比德 哎呀，少爷，这个没有常性的爱情虽然可以喝空气过活，我可是非吃饭吃肉不可。您可不要像您爱人那样忍心，求您发发慈悲吧！（同下）

第二场

维洛那；朱利娅家中一室

| 普洛丢斯及朱利娅上。

普洛丢斯 请你忍耐着吧，好朱利娅。

朱利娅 没有办法，我也只好忍耐着了。

普洛丢斯 我如果有机会回来，我会立刻回来的。

朱利娅 你只要不变心，回来的日子是不会远的。请你保留着这个，常常想起你的朱利娅吧。（给他戒指）

普洛丢斯 让我们彼此交换，你把这个拿去吧。（给她另一个戒指）

朱利娅 我们用神圣的一吻永固我们的盟誓。

普洛丢斯 我举手宣誓我的不变的忠诚。朱利娅，要是我在哪一天哪一个时辰里，不曾为了你而叹息，那么在下一个时辰里，让不幸的灾祸来惩责我的薄情吧！我的父亲在等着我，你不用回答我了。潮水已经升起，船就要开了；不，我不是说你的泪潮，那是会留住了我，使我误了行期的。朱利娅，再会吧！（朱利娅下）啊，一句话也不说就去了吗？是的，真爱情是不能用言语表达的，行为才是忠心的最好的说明。

| 潘西诺上。

潘西诺 普洛丢斯少爷，他们在等着您哩。

普洛丢斯 好，我就来，我就来。唉！这一场分别啊，真叫人满怀愁绪难宣。（同下）

第三场

同前；街道

| 朗斯牵犬上。

朗斯 嗳哟，我到现在才哭好呢，咱们朗斯一族里的人都有这个心肠太软的毛病。我像《圣经》上的浪子一样，派到了我的一份家产，现在要跟着普洛丢斯少爷上京城里去。我想我的狗克来勃是最狠心的一条狗。我的妈眼泪直流，我的爸涕泗横流，我的妹妹放声大哭，我家的丫头也嚎啕喊叫，就是我们养的猫儿也悲伤得乱搓两手，一份人家弄得七零八乱，可是这条狠心的恶狗却不流一点泪儿。他是一块石头，像一条狗一样没有心肝；就是犹太人，看见我们分别的情形，也会禁不住流泪的；看我的老祖母吧，她眼睛早已盲了，可是因为我要离家远行，也

把她的眼睛都哭瞎了呢。我可以把我们分别的情形扮给你们看。这只鞋子算是我的父亲；不，这只左脚的鞋子是我的父亲；不，不，这只左脚的鞋子是我的母亲；不，那也不对。——哦，不错，对了，这只鞋子底已经破了，它已经穿了一个洞，它就算是我的母亲；这一只是我的父亲。他妈的！就是这样。这一根棒是我的妹妹，因为她就像百合花一样的白，像一根棒那样的瘦小。这一顶帽子是我家的丫头阿南。我就算是狗；不，狗是他自己，我是狗——哦，狗是我，我是我自己。对了，就是这样。现在我走到我父亲跟前：“爸爸，请你祝福我；”现在这只鞋子就要哭得说不出一句话来；然后我就要吻我的父亲，他还是哭个不停。现在我再走到我的母亲跟前；唉！我希望她现在能够像一个木头人一样开起口来！我就是这么吻了她，她的一口气这么喘上喘下的。现在我要到我妹妹跟前，你瞧她哭得多么伤心！可是这条狗站在旁边，瞧着我一把一把眼泪挥在地上，却始终不流一点泪也不说一句话。

| 潘西诺上。

潘西诺 朗斯，快走，快走，好上船了！你的主人已经登船，你就住在舱后吧。什么事？这家伙，怎么哭起来了？去吧，蠢货！你再耽搁下去，潮水要退下去了。

朗斯 这条狗这么狠心，我就把它丢了也罢。

潘西诺 呸，这家伙！我说，潮水要是退下去，你就要失去这次航行了；失去这次航行，你就要失去你的主人；失去了你的主人，你就要失去了你的工作；失去了你的工作——你干么堵住我的嘴？

朗斯 我怕你会失去你的舌头。我对你说吧，要是河水干了，我会用眼泪把它灌满；要是风势低了，我会用叹息把船只吹送。

潘西诺 来吧，来吧；还不走吗？

朗斯 好，走就走。（同下）

第四场

米兰；公爵府中一室

| 凡伦丁、西尔维娅、修里奥及史比德上。

西尔维娅 仆人！

凡伦丁 小姐？

史比德 少爷，修里奥大爷在向您怒目而视呢。

凡伦丁 嗯，那是为了爱情的缘故。

西尔维娅 仆人，你心里不高兴吗？

凡伦丁 是的，小姐，我好像不大高兴。

修里奥 好像不大高兴，其实还是很高兴吧？

凡伦丁 也许是的。

修里奥 原来是装腔作势。

凡伦丁 你也是一样。

修里奥 我装些什么腔？

凡伦丁 你瞧上去还像个聪明人。

修里奥 你凭什么证明我不是个聪明人？

凡伦丁 就凭你的愚蠢。

修里奥 什么？

西尔维娅 咦，生气了吗，修里奥？瞧你脸色变成这样子！

凡伦丁 让他去，小姐，他是头善变的蜥蜴。

修里奥 这只蜥蜴可要喝你的血，它不愿意和你共戴一天。

凡伦丁 你说得很好。

修里奥 现在我可不同你多讲话了。

凡伦丁 我早就知道你总是未开场先结束的。

修里奥 凡伦丁，你要是跟我斗嘴，我会说得你哑口无言的。

凡伦丁 我知道尊驾有一个专门管理言语出入的账房，在你手下的人，都用空言代替工钱；从他们寒伧的装束上，就可以看出他们是靠着你的空言过活的。

西尔维娅 两位别说下去了，我的父亲来啦。

| 公爵上。

公爵 西尔维娅，你给他们两位包围起来了吗？凡伦丁，你的父亲身体很好；你家里有信来，带来了许多好消息，你要不要我告诉你？

凡伦丁 殿下，我愿意洗耳恭听。

公爵 你认识你的同乡中有一位安东尼奥吗？

凡伦丁 是，殿下，我知道他是一位德高望重的士绅。

公爵 他不是有一个儿子吗？

凡伦丁 是，殿下，他有一个克绍箕裘的贤嗣。

公爵 你和他很熟悉吗？

凡伦丁 我知道他就像知道我自己一样，因为我们从小便是在一起同游同学的。我虽然因为习于游惰，不肯用心上进，可是普洛丢斯——那是他的名字——却不曾把他的青春蹉跎过去。他少年老成，虽然涉世未深，识见却超人一等；他的种种好处，我一时也称赞不尽。总而言之，他的品貌才学，都是尽善尽美，凡是上流人所应有的美德，他身上都是完全具备的。

公爵 真的吗？要是他真是这样好法，那么他是值得一个皇后的眷爱，适宜于充任一个帝皇的辅弼的。现在他已经到我们这儿来了，许多大人物都有信来给他吹嘘。他预备在这儿耽搁一些时候，我想你一定很高兴听见这消息吧。

凡伦丁 那真是我求之不得的。

公爵 那么你就准备着欢迎他吧。西尔维娅，我有话要对你说；修里奥，我也要对你说几句话。凡伦丁就请在这儿稍待片刻，我就去叫你的朋友来和你相见。（下）

凡伦丁 这就是我对您说起过的那个朋友；他本来是要跟我一起来的，可是他的眼睛给他情人的晶莹的盼睐摄住了，所以走不脱身。

西尔维娅 大概现在她已经释放了他，另外有人向她奉献他的忠诚了。

凡伦丁 不，我相信他仍旧是她的俘虏。

西尔维娅 他既然还在恋爱，那么他就应该是盲目的；他既然盲目，怎么能够迢迢而来，找到了你的所在呢？

凡伦丁 小姐，爱情是有二十对眼睛的。

修里奥 他们说爱情不生眼睛。

凡伦丁 爱情没有眼睛来看见像你这样的情人；对于丑陋的事物，它是会闭目不视的。

西尔维娅 算了，算了。客人来了。

| 普洛丢斯上。

凡伦丁 欢迎，亲爱的普洛丢斯！小姐，请您用特殊的礼遇欢迎他吧。

西尔维娅 要是这位就是你时常念念不忘的好朋友，那么凭着他的才德，一定会得到竭诚的欢迎的。

凡伦丁 这就是他。小姐，请您接纳了他，让他同我一样做您的仆人。

西尔维娅 这样高贵的仆人，伺候这样卑微的女主人，未免太屈尊了。

普洛丢斯 哪里的话，好小姐，草野贱士，能够在这样一位卓越的贵人之前亲聆謦咳，实在是三生有幸。

凡伦丁 大家不用谦虚了。好小姐，请您收容他做您的仆人吧。

普洛丢斯 我将以能够奉侍左右，勉效奔走之劳，作为我最大的光荣。

西尔维娅 尽职的人必能得到酬报。仆人，一个庸愚的女主人欢迎着你。

| 一仆人上。

仆人 小姐，老爷叫您去说话。

西尔维娅 我就来。（仆人下）来，修里奥，咱们一块儿去。新来的仆人，我再向你说一声欢迎。现在我让你们两人畅叙家常，等会儿我们再谈吧。

普洛丢斯 我们两人都随时等候着您的使唤。（西尔维娅、修里奥、史比德同下）

凡伦丁 现在告诉我，家乡的一切情形怎样？

普洛丢斯 你的亲友们都很安好，他们都叫我望望你。

凡伦丁 你的亲友们呢？

普洛丢斯 我离开他们的时候，他们也都很康健。

凡伦丁 你的爱人怎样？你们的恋爱进行得怎么样了？

普洛丢斯 我的恋爱故事是向来使你厌倦的，我知道你不爱听这种儿女私情。

凡伦丁 可是现在我的生活已经改变过来了；我正在忏悔我自己从前对于爱情的轻视，它的至高无上的威权，正在用痛苦的绝食、悔罪的呻吟、夜晚的哭泣和白昼的叹息惩罚着我。为了报复我从前对它的侮蔑，爱情已经从我被蛊惑的眼睛中驱走了睡眠，使它们永远注视着我自己心底的忧伤。啊，普洛丢斯！爱情是一个有绝大威权的君王，我已经在他面前甘心臣服，他的惩罚使我甘之如饴，为他服役是世间最大的快乐。现在我除了关于恋爱方面的谈话以外，什么都不要听；单单提起爱情的名字，便可以代替了我的三餐一宿。

普洛丢斯 够了，我在你的眼睛里可以读出你的命运来。你所膜拜的偶像就是她吗？

凡伦丁 就是她。她不是一个天上的神仙吗？

普洛丢斯 不，她是一个地上的美人。

凡伦丁 她是神圣的。

普洛丢斯 我不愿谄媚她。

凡伦丁 为了我的缘故谄媚她吧，因为爱情是喜欢听人家恭维的。

普洛丢斯 当我有病的时候，你给我苦味的丸药，现在我也要以其人之道还治其人之身。

凡伦丁 那么就说老实话吧，她即使不是神圣，也是并世无双的魁首，她是世间一切有生之伦的女皇。

普洛丢斯 除了我的爱人以外。

凡伦丁 不，没有例外，除非你有意诽谤我的爱人。

普洛丢斯 我没有理由喜爱我自己的爱人吗？

凡伦丁 我也愿意帮助你喜爱她：她可以得到这样隆重的光荣，为我的爱人捧持衣裾，免得卑贱的泥土偷吻她的裙角；它在得到这样意外的幸运之余，会变得骄傲起来，不肯再去滋养盛夏的花卉，使苛酷的寒冬永驻人间。

普洛丢斯 哎呀，凡伦丁，你简直在信口乱吹。

凡伦丁 原谅我，普洛丢斯，我的一切赞美之词，对她都毫无用处；她的本身的美点，就可以使其他一切美人黯然失色。她是独一无二的。

普洛丢斯 那么你不要作非分之想吧。

凡伦丁 什么也不能禁止我的爱她。告诉你吧，老兄，她是属于我的；我有了这样一宗珍宝，就像是二十个大海的主人，它的每一粒泥沙都是珠玉，每一滴海水都是天上的琼浆，每一块石子都是纯粹的黄金。不要因为我从来不曾梦到过你而见怪，因为你已经看见我是怎样倾心于我的恋人。我那愚騃的情敌，她的父亲因为他雄于资财而看中了他，刚才和她一同去了，我现在必须追上他们，因为你知道爱情是充满着嫉妒的。

普洛丢斯 可是她也爱你吗？

凡伦丁 是的，我们已经互许终身了；而且我们已经约好设计私奔，结婚的时间也已定当。我先用绳梯爬上她的窗口，把她接了出来，各种手续程序都已完全安排好了。好普洛丢斯，跟我到我的寓所去，我还要请你在这种事情上多多指教呢。

普洛丢斯 你先去吧，你的寓所我会打听得到的。我还要到码头上去，拿一点必需的用品，然后我就来看你。

凡伦丁 那么你赶快一点吧。

普洛丢斯 好的。（凡伦丁下）正像一阵更大的热焰压盖住原来的热焰，一枚大钉敲落了小钉，我的旧日的恋情，也因为一个新的对象而完全冷忘了。是我的眼睛在作祟吗？还是因为凡伦丁把她说得天花乱坠？还是她的真正的完美使我心醉？或者是我的见异思迁的罪恶，使我全然失去了理智？她是美丽的，我所爱的朱利娅也是美丽的；可是我对于朱利娅的爱已经成为过去了，那一段恋情，就像投入火中的蜡像，已经全然镕解，不留一点原来的痕迹。好像我对于凡伦丁的友谊已经突然冷淡，我不再像从前那样喜爱他了；啊，这是因为我太过于爱他的爱人了，所以我才对他毫无好感。我这样不加思索地爱上了她，如果跟她相知渐深之后，更将怎样为她倾倒？我现在看见的只是她的外相，可是那已经使我的理智的灵光晕眩不定，那么当我看到她内心的美好时，我一定要变成盲目的了。我要尽力克制我的罪恶的恋情；否则就得设计赢取她的芳心。（下）

第五场

同前；街道

｜史比德及朗斯上。

史比德 朗斯，凭着我的良心起誓，欢迎你到米兰来！

朗斯 别胡乱起誓了，好孩子，没有人会欢迎我的。一个人没有吊死，总还有命；要是酒账未付，老板娘没有笑逐颜开，也谈不到欢迎两个字。

史比德 来吧，你这疯子，我就请你上酒店去，那边你可以用五便士去买到五千个欢迎。可是我问你，你家主人跟朱利娅小姐是怎样分别的？

朗斯 呃，他们热烈地山盟海誓之后，就这样开玩笑似的分别了。

史比德 她将要嫁给他吗？

朗斯 不。

史比德 怎么？他将要娶她吗？

朗斯 也是个不。

史比德 咦，他们破裂了吗？

朗斯 不，他们两人都是完完整整的。

史比德 那么究竟是怎么一回事呀？

朗斯 是这么的，要是他没有什么问题，她也没有什么问题。

史比德 你真是头蠢驴！我不懂你的话。

朗斯 你真是块木头，话都听不懂！

史比德 老实对我说吧，这头婚姻成不成？

朗斯 问我的狗好了：他要是说是，那就是成；他要是说不，那也是成；他要是摇摇尾巴不说话，那也还是成。

史比德 总而言之，一定成功。可是朗斯，你知道吗？我的主人也变成一个大情人了。

朗斯 让他去在爱情里烧死了吧，那不干我的事。你要是愿意陪我上酒店去，很好；不然的话，你就是一个希伯来人，一个犹太人，不配称为一个基督徒。

史比德 为什么？

朗斯 因为你连请一个基督徒喝杯酒儿的博爱精神都没有。你去不去？

史比德 遵命。（同下）

第六场

同前；公爵府中一室

| 普洛丢斯上。

普洛丢斯 舍弃我的朱利娅，我就要违背了盟誓；恋爱美丽的西尔维娅，我也要违背了盟誓；中伤我的朋友，尤其是违背了盟誓。爱情的力量当初使我信誓旦旦，现在却又诱令我干犯三重寒盟的大罪。动人灵机的爱情啊！你已经引诱我犯罪，现在教我如何为自己辩解吧。我最初爱慕的是一颗闪烁的星星，如今崇拜的是一个中天的太阳；无心中许可的誓愿，可以有意把它毁弃不顾；只有没有智慧的人，才会迟疑于善恶二者间的选择。呸，呸，不敬的唇舌！她是你从前用二万遍以

灵魂作证的盟言，甘心供她驱使的，现在怎么好把她加上恶名！我不能朝三暮四转爱他人，可是我已经变了心了；可是我现在所爱的，才是真正值得我爱的。我失去了朱利娅，失去了凡伦丁；要是我继续对他们忠实，我必须失去我自己。我失去了凡伦丁，换来了我自己；失去了朱利娅，换来了西尔维娅：爱情永远是自私的，我自己当然比一个朋友更为宝贵，朱利娅在天生丽质的西尔维娅相形之下，不过是一个黝黑的丑妇。我要忘记朱利娅尚在人间，记着我对她的爱情已经死去；我要把凡伦丁当作敌人，努力取得西尔维娅更甜蜜的友情。要是我不用些诡计破坏凡伦丁，我就无法贯彻自己的心愿。今晚他要用绳梯爬上西尔维娅卧室的窗口，他不知道我是他的情敌，使我与闻了这个秘密。现在我就去把他们设计逃走的事情通知她的父亲；他在勃然大怒之下，一定会把凡伦丁驱逐出境，因为他本来的意思是要把他的女儿下嫁给修里奥的。凡伦丁一去之后，我就可以用些巧妙的计策，拦截修里奥迟钝的进展。爱神啊，你已经帮助我运筹划策，请你再借给我一副翅膀，让我赶快达到我的目的！（下）

第七场

维洛那；朱利娅家中一室

| 朱利娅及露西塔上。

朱利娅 给我出个主意吧，露西塔好姑娘，你得帮帮我忙。你就像是一块石板一样，我的心事都清清楚楚地刻在上面；现在我用爱情的名义，请求你指教我，告诉我有什么好法子让我到我那亲爱的普洛丢斯那里去，而不致出乖露丑。

露西塔 唉！这条路是悠长而累人的。

朱利娅 一个虔诚的巡礼者用他的软弱的脚步跋涉过万水千山，是不会觉得疲乏的；一个借着爱神之翼的女子，当她飞向像普洛丢斯那样亲爱、那样美好的爱人怀中去的时候，尤其不会觉得路途的艰远。

露西塔 还是不必多此一举，等候着普洛丢斯回来吧。

朱利娅 啊，你不知道他的目光是我灵魂的滋养吗？我在饥荒中因渴慕而憔悴，已经好久了。你要是知道一个人在恋爱中的内心的感觉，你就会明白用空言来压遏爱情的火焰，正像雪中取火一般无益。

露西塔 我并不是要压住您的爱情的烈焰，可是这把火不能够让它燃烧得过于炽盛，那是会把理智的藩篱完全烧去的。

朱利娅 你越是把它遏制，它越是燃烧得厉害。汩汩的轻流如果遭遇障碍就会激成怒湍；可是它的路程倘使顺流无阻，它就会在光润的石子上弹奏柔和的音乐，轻轻地吻着每一根在它巡礼途中的芦苇，用着这样游戏的心情，经过许多曲折的路程，而到了辽阔的海洋。所以让我去，不要阻止我吧；我会像一道耐心的轻流一样，忘怀长途跋涉的辛苦，一步步挨到爱人的门前，然后我就可以得到休息。就像一个有福的灵魂，在经历无数的磨折以后，永息在幸福的天国里一样。

露西塔 可是您在路上应该怎样打扮呢？

朱利娅 为了避免轻狂男子的调戏，我要男装起来。好露西塔，给我找一套合身的衣服来，使我穿扮起来就像个良家少年一样。

露西塔 那么，小姐，您的头发不是要剪短了吗？

朱利娅 不，我要用丝线把它扎起来，扎成各种花样的同心结。装束得炫奇一点，人家会以为我是一个有钱人家的子弟。

露西塔 小姐，您的裤子要裁成什么式样的？

朱利娅 你这样问我，就像人家问，“老爷，您的裙子围圆要多少大”一样。露西塔，你看怎样好就怎样做就是了。可是告诉我，我这样冒险远行以后，世人将要怎样批评我？我怕他们都要说我的坏话呢。

露西塔 既然如此，那么住在家里不要去吧。

朱利娅 不，那我可不愿。

露西塔 那么不要管人家说坏话，要去就去吧。要是普洛丢斯看见您来了很欢喜，那么别人赞成不赞成您去又有什么关系？可是我怕他不见得会怎样高兴吧。

朱利娅 那我可一点不担心；一千遍的盟誓、海洋一样的眼泪以及爱情无限的证据，都向我保证我的普洛丢斯一定会欢迎我。

露西塔 什么盟誓眼泪，都不过是假心的男子们的工具。

朱利娅 卑贱的男人才会把它们用来骗人；可是普洛丢斯有一颗生就的忠心，他说的话永无变更，他的盟誓等于天诰，他的爱情是真诚的，他的思想是纯洁的，他的眼泪出自衷心，诈欺沾不进他的心肠，就像霄壤一样不能相合。

露西塔 但愿您看见他的时候，他还是像您所说的一样！

朱利娅 你要是爱我的话，请你不要怀疑他的忠心；你也应当像我一样爱他，我才欢喜你。现在你快跟我进房去，把我在旅途中所需要的物件检点一下。我所有的东西，我的土地财产，我的名誉，一切都归你支配；我只要你赶快帮我收拾动身。来，别多说话了，赶快！我心里急得什么似的。（同下）

第 三 幕

第一场

米兰；公爵府中应接室

| 公爵、修里奥及普洛丢斯上。

公爵 修里奥，请你让我们两人说句话儿，我们有点秘密的事情要商议一下。（修里奥下）现在告诉我吧，普洛丢斯，你要对我说些什么话？

普洛丢斯 殿下，按照朋友的情分而论，我本来不应该把这件事情告诉您；可是我想起像我这样无德无能的人，多蒙殿下恩宠有加，倘使这次知而不报，在责任上实在说不过去；虽然如果换了别人，无论多少世间的财富，都不能诱我开口的。殿下，您要知道在今天晚上，我的朋友凡伦丁想要把令嫒劫走，他曾经把他的计划告诉我。我知道您已经决定把她嫁给修里奥，令嫒对这个人是不大满意的；现在假如她跟凡伦丁逃走了，那对于您这样年纪的人一定是一个重大的打击。所以我为了责任所迫，宁愿破坏我的朋友的计谋，却不愿代他隐瞒起来，免得您因为事出不意，而气恼坏了您的身子。

公爵 普洛丢斯，多谢你这样关切着我；我活着一天，一定会补报你的。他们虽然当我在睡梦之中，可是我早就看出他们两人在恋爱；我也常常想禁止凡伦丁和她亲近，或是不许他到我的宫庭里来，可是因为我不愿操切从事，生恐我的猜疑并非事实，反倒错怪了好人，所以仍旧照样持之以礼，慢慢看出他的举止用心来。我知道年轻人血气未定，易受诱惑，早就防范到这一步，每天晚上我叫她睡在阁上，她房间的钥匙由我亲自保管，所以别人是没有法子把她偷走的。

普洛丢斯 殿下，他们已经想出了一个法子，他预备用绳梯爬上她的窗口，把她从窗里接下来。他现在去拿绳梯去了，等会儿就会经过这里，您要是愿意的话，就可以拦住问他。可是殿下，您盘问他的时候话要说得巧妙一点，别让他知道是我走了风，因为我这样报告您，只是出于我对您的忠诚，不是因为对我的朋友有什么过不起的地方。

公爵 我用名誉为誓，他不会知道我是从你地方知道这消息的。

普洛丢斯 再会，殿下，凡伦丁就要来了。（下）

| 凡伦丁上。

公爵 凡伦丁，你这么急急的要到哪儿去？

凡伦丁 禀殿下，有一个寄书人在外面，等着我把信交给他寄给我的朋友们。

公爵 是很重要的信吗？

凡伦丁 不过告诉他们我在殿下这儿很好很快乐而已。

公爵 那没什么要紧，陪着我谈谈吧。我要告诉你一些我的切身的事情，你可不要对外面的人说。你知道我曾经想把我的女儿许给我的朋友修里奥。

凡伦丁 那我很知道，殿下，这头亲事要是成功，那的确是门当户对；而且这位先生品行又好，又慷慨，又有才学，令嫒配给他真是再好没有。殿下不能够叫她也欢喜他吗？

公爵 就是这么说。这孩子脾气坏，没有规矩，瞧不起人，又不听话又固执，一点不懂得孝道；她忘记了她是我的女儿，也不把我当一个父亲那样敬畏。不瞒你说，她这样忤逆，使我对于她的爱也完全消失了。我本来想像我这样年纪的人，有这么一个女儿承欢膝下，也可以娱此余生；现在事与愿违，我已经决定再娶一房妻室；至于我这女儿，谁要她便送给他，她的美貌就是她的嫁奁，因为她既然瞧不起我，当然也不会把我的财产放在心上的。

凡伦丁 关于这件事情，殿下有什么要吩咐我做的？

公爵 在这儿维洛那地方，我看中了一位姑娘；可是她很贞静幽娴，我这老头子说的话是打不动她的心的。我已经老早忘记了求婚的那一套法子，而且现在时世也已经不同了，所以我现在要请你教导教导我，怎样才可以使她那太阳一样明亮的眼睛眷顾到我。

凡伦丁 她要是不爱听空话，那么就用礼物去博她的欢心；无言的珠宝比之流利的言辞，往往更能打动女人的心肠。

公爵 我也曾经送过礼物给她，可是她一点不看重它。

凡伦丁 女人有时在表面上装作不以为意，其实心里是万分欢喜的。你应当继续把礼物送去给她，切不可灰心；起先的冷淡，将会使以后的恋爱更加热烈。她要是向你假意生嗔，那不是因为她讨厌你，而是因为她希望你更加爱她。她要是骂你，那不是因为她要你离开她，你要是真的走开了，那才是一个大傻瓜。无论她怎么说，你总不要后退，因为她嘴里叫你去，实在并不是要你去。称赞恭维是讨好女人的秘诀；尽管她生得又黑又丑，你不妨说她是天仙化人。一个男人生着三寸不烂之舌，要是说服不了一个女人，那还算是什么男人！

公爵 可是我所说起的那位姑娘，已经由她的亲族们许配给一个年轻的绅士了。她家里门户森严，任何男人在白天走不进去。

凡伦丁 那么要是我就在夜里去见她。

公爵 可是门户密闭，没有钥匙，在夜里更走不进去。

凡伦丁 门里走不进去，不是可以打窗里进去吗？

公爵 她的寝室在很高的楼上，要是爬上去，准有生命之虞。

凡伦丁 那么你只要找一付轻便的绳梯，用一对铁钩把它抛到屋顶上，就可以上去会你的情人了。

公爵 请你告诉我什么地方可以弄到这种梯子。

凡伦丁 你什么时候要用？请你告诉我。

公爵 我今夜就要；因为恋爱就像小孩一样，想要什么东西就巴不得立刻就有。

凡伦丁 七点钟我可以给你弄到这么一付梯子来。

公爵 可是我想一个人去看她，这付梯子怎么带去呢？

凡伦丁 那是很轻便的，你可以把它藏在外套里面。

公爵 像你这样长的外套藏得下吗？

凡伦丁 可以藏得下。

公爵 那么让我穿穿你的外套看；我要照这尺寸另外做一件。

凡伦丁 啊，殿下，随便什么外套都一样可用的。

公爵 外套应当怎样穿法才对？请你让我试穿一下吧。（拉开凡伦丁的外套）这封是什么信？上面写着的是什么？——给西尔维娅！这儿还有我所需要的工具！恕我这回无礼，把这封信拆开了。

“相思夜夜飞，飞绕情人侧；
身无彩凤翼，无由见颜色。
灵犀虽可通，室迩人常遐，
空有梦魂驰，漫漫怨长夜！”

这儿还写着什么？“西尔维娅，请于夕偕遁。”原来如此，这就是你预备好的梯子！哼，好一副偷天换日的本领！你因为看见星星向你闪耀，就想上去把它们采摘吗？去，你这妄图非分的小人，放肆无礼的奴才！向你的同类们去胁肩谄笑吧！不要以为你自己有什么了不起的地方，我因为不屑和你计较，才叫你立刻离开此地，不来过分为难你。我从前已经给过你太多的恩惠，现在就向你再开一次恩吧。可是你假如不立刻收拾动身，在我的领土上多停留一刻功夫，哼！那时我发起怒来，可什么都不管了。快去！我不要听你无益的辩解；你要是看重你的生命，就立刻给我走吧。（下）

凡伦丁 与其活着受煎熬，何不一死了事？死不过是把自己放逐出自己的躯壳以外；西尔维娅已经和我合成一体，离开她就是离开我自己，这不是和死同样的刑罚吗？看不见西尔维娅，世上还有什么光明？没有西尔维娅在一起，世上还有什么乐趣？我只好闭上眼睛假想她在旁边，用这样美好的幻影寻求片刻的陶醉。除非夜间有西尔维娅陪着我，夜莺的歌唱只是不入耳的噪音；除非白天有西尔维娅在我的面前，否则我的生命将是一个不见天日的长夜。她是我生命的精华，我要是不能在她的煦护拂庇之下滋养我的生机，就要干枯憔悴而死。倘使能逃过他这可怕的判决，我将面临死亡而无所恐惧；因为我留在这儿，结果也不过一死，可是离开了这儿，就是离开了生命所寄托的一切。

| 普洛丢斯及朗斯上。

普洛丢斯 快跑，小子！跑，跑，把他找出来。

朗斯 喂！喂！

普洛丢斯 你看见什么？

朗斯 我们所要找的那个人；他头上每一根头发都是凡伦丁。

普洛丢斯 是凡伦丁吗？

凡伦丁 不是。

普洛丢斯 那么是谁？他的鬼吗？

凡伦丁 也不是。

普洛丢斯 那么你是什么？

凡伦丁 我不是什么。

朗斯 那么你怎么会说话呢？少爷，我打他好不好？

普洛丢斯 你要打谁？

朗斯 不打谁。

普洛丢斯 狗才，住手。

朗斯 唷，少爷！我打的不是什么呀。

普洛丢斯 我叫你不许放肆。——凡伦丁，我的朋友，让我跟你讲句话儿。

凡伦丁 我的耳朵里满是坏消息，现在就是有好消息也听不见了。

普洛丢斯 那么我还是把我所要说的话埋葬在无言的沉默里吧，因为它们是刺耳而不愉快的。

凡伦丁 难道是西尔维娅死了吗？

普洛丢斯 没有，凡伦丁。

凡伦丁 没有凡伦丁，不错，神圣的西尔维娅已经没有她的凡伦丁了！难道是她把我遗弃了吗？

普洛丢斯 没有，凡伦丁。

凡伦丁 没有凡伦丁，她要是把我遗弃了，世上自然再没有凡伦丁这个人了！那么你有些什么消息？

朗斯 凡伦丁少爷，外面贴着告示说把你驱逐出境呢。

普洛丢斯 是的，那就是我要告诉你的消息，你必须离开这里，离开西尔维娅，离开我，你的朋友。

凡伦丁 唉！我已经充满了忧伤，太多的恶消息，将使我噎塞而死。西尔维娅知道我已经被放逐了吗？

普洛丢斯 是的，她听见这个判决以后，曾经流过无数珍珠溶化成的眼泪，在她凶狠的父亲脚下，她跪下苦苦哀求，她那皎洁的纤手好像因为悲哀而化为惨白，在她的胸前搓绞着；可是跪地的双膝、高举的玉手、悲伤的叹息、痛苦的呻吟、银色的泪珠，都不能感动她那冥顽不灵的父亲，他坚持着凡伦丁倘在米兰境内被捕，就必须把他处死；而且当她在恳求他收回成命的时候，他因为她的多事而大为震怒，竟把她关禁起来，恫吓着要把她终身幽锢。

凡伦丁 别说下去了，除非你的下一句话能够致我于死命，那么我就请你轻声送进我的耳中，好让我能够从无底的忧伤中获得解放，从此长眠不醒。

普洛丢斯 事已如此，悲伤也不中用，还是想个补救的办法吧；只要静待时机，总有运命转移的一天。你要是停留在此地，仍旧见不到你的爱人，而且你自己的生命也要保不住。希望是恋人们的唯一凭借，你不要灰心，尽管到远处去吧。虽然你自己不能到这里来，你仍旧可以随时通信，只要写明给我，我就可以把它转交到你爱人的乳白的胸前。现在时间已经很匆促，我不能多向你劝告，来，我送你出城，在路上我们还可以谈谈关于你的恋爱的一切。你即使不以你自己的安全为重，也应该为你的爱人着想；请你就跟着我走吧。

凡伦丁 朗斯，你要是看见我那小子，叫他赶快到北城门口会我。

普洛丢斯 去，狗才，快去找他。来，凡伦丁。

凡伦丁 啊，我的亲爱的西尔维娅！倒霉的凡伦丁！（凡伦

丁、普洛丢斯同下）

朗斯 瞧吧，我不过是一个傻瓜，可是我却知道我的主人不是个好人，这且不用去说它。没有人知道我也在恋爱了；可是我真的在恋爱了；可是几匹马也不能把这秘密从我嘴里拉出来，我也决不告诉人我爱的是谁。不用说，那是一个女人；可是她是怎样一个女人，这我可连自己也不肯告诉的。总之她是一个挤牛乳的姑娘；她是不是处女我可不知道，因为有人在说她的闲话；可是她是个拿工钱给东家做事的女人。她的好处比水里的猎狗还多，这在一个基督徒可就不容易了。（取出一纸）这儿是一张清单，记载着她的种种情形。第一条，她可供奔走之劳，为人来往取物。啊，就是一头马也不过如此；不，马可供奔走之劳，却不能来往取物，所以她比一匹吊儿郎当的马好得多了。第二条，她会挤牛乳。听着，一个姑娘要是有着一双干净的手，这是一件很大的好处。

| 史比德上。

史比德 喂，朗斯先生！您好？您在念些什么？

朗斯 白纸上的黑字。

史比德 让我也看看。

朗斯 呸，你这呆鸟！你又不识字。

史比德 谁说的？我怎么不识字？

朗斯 那么我倒要考考你。告诉我，谁生下了你？

史比德 呃，我的祖父的儿子。

朗斯 哎哟，你这没有学问的浪荡货！你是你祖母的儿子生下来的。这就可见得你是个不识字的。

史比德 好了，你才是个蠢货，不信让我念给你听。

朗斯 好，拿去，圣尼古拉斯[①]保佑你！

史比德 第一条，她会挤牛奶。

朗斯 是的，这是她的拿手本领。

史比德 第二条，她会酿上好的麦酒。

朗斯 所以有那么一句老古话，“你酿得好麦酒，上帝保佑你。”

史比德 第三条，她会缝纫。第四条，她会编织。

朗斯 有了这样一个女人，可不用担心袜子破了。

史比德 第五条，她会揩拭抹洗。

朗斯 妙极，这样我可以不用替她揩身抹脸了。

史比德 第六条，她会织布。

朗斯 这样我可以靠她织布维持生活，写写意意过日子了。

史比德 第七条，她有许多无名的美德。

朗斯 正像私生子一样，因为不知谁是他的父亲，所以连自己的姓名也不知道。

史比德 下面是她的缺点。

朗斯 紧接在她好处的后面。

史比德 第一条，她的口气很臭，未吃饭前不可和她接吻。

朗斯 嗯，这个缺点是很容易矫正过来的，只要吃过饭吻她就是了。念下去。

史比德 第二条，她喜欢吃糖食。

朗斯 那可以掩盖住她的口臭。

史比德 第三条，她常常睡梦里说话。

---

① 圣尼古拉斯（St. Nicholas），文士及盗贼之保护神。

朗斯 那没有关系，只要不在说话的时候打瞌睡就是了。

史比德 第四条，她说起话来慢吞吞的。

朗斯 他妈的！这怎么算是她的缺点？说话慢条斯理是女人最大的美德。请你把这条涂去，把它改记到她的好处里面。

史比德 第五条，她很骄傲。

朗斯 把这条也涂去了。女人是天生骄傲的，谁也把她无可如何。

史比德 第六条，她没有牙齿。

朗斯 那我也不在乎，我就是爱啃面包皮的。

史比德 第七条，她爱发脾气。

朗斯 哦，她没有牙齿，不会咬人，这还不要紧。

史比德 第八条，她欢喜不时喝杯酒儿。

朗斯 是好酒她当然欢喜喝，就是她不喝我也要喝，好东西是人人欢喜的。

史比德 第九条，她为人太随便。

朗斯 她不会随便说话，因为上面已经写着她说起话来慢吞吞的；她也不会随便用钱，因为我会管牢她的钱袋；至于在另外的地方随随便便，那我也没有法子。好，念下去吧。

史比德 第十条，她的头发比智慧多，她的错处比头发多，她的财富比错处多。

朗斯 慢慢，听了这一条，我又想要她，又想不要她；你且给我再念一遍。

史比德 她的头发比智慧多——

朗斯 这也许是的，我可以用譬喻证明：包盐的布包袱比盐多，包住脑壳的头发也比智慧多，因为多的才可以包住少的。下面怎么说？

史比德 她的错处比头发多，——

朗斯 那可糟透了！哎哟，要是没有这句话多么好！

史比德 她的财富比错处多。

朗斯 啊，有这么一句，她的错处也变成好处了。好，我一定要娶她；要是这头亲事成功，天下没有不可能的事情，——

史比德 那么你便怎样？

朗斯 那么我就告诉你吧，你的主人在北城门口等你。

史比德 等我吗？

朗斯 等你！嘿，你算什么人！他才不会等你哩。

史比德 那么我一定要到他那边去吗？

朗斯 你非得奔去不可，因为你在这里耽搁了这么多的时候，跑去恐怕会来不及的。

史比德 你为什么不早告诉我？他妈的还念什么情书！（下）

朗斯 他擅自读我的信，现在可要挨一顿揍了。谁叫他不懂规矩，滥管人家的闲事。我倒要跟上前去，瞧瞧这狗头受些什么教训，也好让我痛快一番。（下）

第二场

同前；公爵府中一室

| 公爵及修里奥上。

公爵 修里奥，不要担心她会不爱你，现在凡伦丁已经不

在她眼前了。

修里奥 自从他被逐以后，她格外讨厌我，不愿跟我在一起，见了面就要骂我，现在我简直没有法子看见她。

公爵 这一种爱情的脆弱的刻痕，就像冰雪上的纹印一样，片刻的热气，就把它溶化在水中而消灭了影踪。她的凝冻的心思不久就会融解，那时她就会忘记了卑贱的凡伦丁。

| 普洛丢斯上。

公爵 啊，普洛丢斯！你的同乡有没有照我的命令离开米兰？

普洛丢斯 他已经走了，殿下。

公爵 我的女儿因为他去了很伤心呢。

普洛丢斯 殿下，过几天她的悲伤就会渐渐淡下去的。

公爵 我也这样想，可是修里奥却不以为如此。普洛丢斯，我知道你为人可靠，现在我要跟你商量商量。

普洛丢斯 只要我活在世上一天，我对于殿下的忠心是永无变更的。

公爵 你知道我很想把修里奥和我的女儿配合成亲。

普洛丢斯 是，殿下。

公爵 我想你也不会不知道她是怎样违梗着我的意思。

普洛丢斯 那是当凡伦丁在这儿的时候，殿下。

公爵 是的，可是她现在仍旧执迷不悟。我们怎样才可以叫这孩子忘记了凡伦丁，转过心来爱修里奥？

普洛丢斯 最好的法子是散播关于凡伦丁的坏话，说他心思不正，行为懦弱，出身寒贱，这三件是女人家听见了最恨的事情。

公爵 不错，可是她会以为这是人家故意造他的谣言中伤他。

普洛丢斯 是的，如果那种话是出之于他的仇敌之口的话。所以我们必须叫一个她所认为是他的朋友的人，用巧妙婉转的措辞去告诉她。

公爵 那么这件事就得有劳你了。

普洛丢斯 殿下，那可是我最最不愿意做的事。本来这种事就不是一个上流人所应该做的，何况又是说自己好朋友的坏话。

公爵 你的忠言不曾使他得益，那么你对他的诽谤也未必对他有什么害处，所以这件事其实是无所谓的，请你瞧在我的面上勉为其难吧。

普洛丢斯 殿下既然这么说，那么我也只好尽力效劳，使她不再爱他。可是即使她因为听了我对于凡伦丁所说的的坏话，而断绝了她对他的痴心，那也不见得她就会爱上修里奥。

修里奥 所以你在替她斩断情丝的时候，就得把她的情丝转系到我的身上；你说了凡伦丁怎样一句坏话，就反过来说我怎样一句好话。

公爵 普洛丢斯，我们敢于信任你去干这件工作，因为我们听见凡伦丁说起过，知道你已经是一个爱神龛前的忠实皈依者，不会见异思迁的，所以我们可以放心让你和西尔维娅自由谈话。她现在心绪非常恶劣，因为你是凡伦丁的朋友，她一定高兴你去和她谈谈，你就可以婉劝她割绝对凡伦丁的爱情，来爱我的朋友。

普洛丢斯 我一定尽我的力量办去。可是修里奥大人，您在恋爱上面的工夫还差一点儿，您该写几首缠绵凄恻的情诗，申说着您是怎样愿意为她鞠躬尽瘁，才可以固结住她对您的好感哩。

公爵 对了，诗歌感人之力是非常深刻的。

普洛丢斯 您可以说在她美貌的圣坛上，您愿意贡献您的眼泪、您的叹息以及您的赤心。您要写到墨水干涸，然后再用眼泪润湿您的笔尖，写下几行动人的诗句，表明您的爱情是如何真诚。因为俄耳甫斯①的琴弦是用诗人的心肠作成的，它的金石之音足以使木石为之感动，猛虎听见了会贴耳驯服，巨大的海怪会离开了深不可测的海底，在沙滩上应声起舞。您在寄给她这种悲歌以后，便应该在晚间到她的窗下用柔和的乐器，一声声弹奏出心底的忧伤。黑夜的静寂是适宜于这种温情的哀诉的，只有这样才能博取她的芳心。

公爵 你这样循循善诱，足见情场老手。

修里奥 我今夜就照你的指教实行。普洛丢斯，我的好师傅，咱们一块儿到城里去访寻几位音乐的好手。我有一首现成的情诗在此，不妨先把它来试一下看。

公爵 那么你们立刻就去吧！

普洛丢斯 我们还要伺候殿下用过晚餐，然后再决定如何进行。

公爵 不，现在就去预备起来吧，我不会见怪你们的。（同下）

---

① 俄耳甫斯（Orpheus），希腊传说中之古代诗人，得阿波罗所授七弦琴，每一弹奏，能使猛兽翕伏，海波静流。

第 四 幕

第一场

米兰与维洛那之间的森林

| 若干强盗上。

盗甲 弟兄们，站定，我看见有一个过路人来了。

盗乙 尽管来他十个二十个，大家不要胆小，上前去。

| 凡伦丁及史比德上。

盗丙 站住，老兄，把你的东西丢下来；倘有半个不字，我们就要动手抄了。

史比德 少爷，咱们这回完了；这班人就是行路人最害怕的那种家伙。

凡伦丁 列位朋友——

盗甲 你错了，老兄，我们是你的仇敌。

盗乙 别嚷，听他怎么说。

盗丙 不错，我们要听听他怎么说，因为他瞧上去还像个好人。

凡伦丁 不瞒列位说，我是一个命运不济的人，除了这一身衣服以外，实在没有一点财物。列位要是一定要我把衣服脱下，那么我请你们一古脑儿拿去了吧。

盗乙 你要到哪里去？

凡伦丁 到维洛那去。

盗甲 你是从哪儿来的？

凡伦丁 米兰。

盗丙 你住在那面多久了？

凡伦丁 十六个月；倘不是恶运临到我身上，我也不会就离开米兰的。

盗乙 怎么，你是给他们驱逐出来的吗？

凡伦丁 是的。

盗乙 为了什么罪名？

凡伦丁 一提起这件事情，使我心里异常难过。我杀了一个人，现在觉得十分后悔；可是幸而他是我在一场争斗中杀死的，我并不曾用诡计阴谋加害于他。

盗甲 果然是这样，那么你也不必后悔。可是他们就是为了这么一件小小过失，把你驱逐出境吗？

凡伦丁 是的，他们给我这样的判决，我自己已经认为是一件幸事。

盗乙 你会讲各地方言吗？

凡伦丁 我因为在年轻时候就走远路，所以勉强会说几句。

盗丙 这个人叫他做咱们这一伙儿的首领，倒很不错哩。

盗甲 我们要收容他。弟兄们，讲句话儿。

史比德 少爷，您去和他们合伙吧；他们倒是一群光明磊落的强盗呢。

凡伦丁 别胡说，狗才！

盗乙 告诉我们，你现在有没有什么事情好做？

凡伦丁 没有，我现在悉听命运的支配。

盗丙 那么老实对你说吧，我们这一群里面也很有几个良家子弟，因为少年气盛，胡作胡为，被循规蹈矩的上流社会所摈斥。我自己也是维洛那人，因为想要劫走一位公爵近亲的贵家嗣女，所以才遭放逐。

盗乙 我因为一时气恼，把一位绅士刺死了，给他们从曼多亚赶走出来。

盗甲 我也是犯着和他们差不多的小罪。可是闲话少说，我们所以把我们的过失告诉你，因为要知道我们过这种犯法的生涯，也是不得已而出此；一方面我们也是见你长得一表人才，照你自己说来又会说各地方言，像你这样的人，倒是我们所需要的。

盗乙 而且尤其因为你也是一个被放逐之人，所以我们不愿与你为难。你愿不愿意做我们的首领？穷途落难，未始不可借此栖身，你就像我们一样生活在旷野里吧！

盗丙 你说怎么样？你愿意和我们同伙吗？你只要答应下来，我们就推戴你做首领，大家听从你的号令，把你尊为寨主。

盗甲 可是你倘不接受我们的好意，那你休想活命。

盗乙 我们决不放你活着回去向人家吹牛。

凡伦丁 我愿意接受列位的好意，和你们大家在一起；可是我也有一个条件，你们不许侵犯无知的女人，也不许劫夺穷苦的旅客。

盗丙 不，我们一向不干这种卑劣的行为。来，跟我们去吧。我们要带你去见我们的合寨弟兄，把我们所得到的一切金银财宝都给你看，什么都由你支配，我们大家都愿意服从你。（同下）

第二场

米兰；公爵府中庭园

丨普洛丢斯上。

普洛丢斯 我已经对凡伦丁不忠实，现在又必须把修里奥欺诈；我假意替他吹嘘，实际却是为自己开辟求爱的门径。可是西尔维娅是太好、太贞洁、太神圣了，我的卑微的礼物是不能把她污渎的。当我向她申说不变的忠诚的时候，她责备我对朋友的无义；当我向她的美貌誓愿贡献我的一切的时候，她叫我想起被我所背盟遗弃的朱利娅。她的每一句冷酷的讥刺，都可以使一个恋人心灰意懒；可是她越是不理我的爱，我越是像一头猎狗一样不愿放松她。现在修里奥来了；我们就要到她的窗下去，为她奏一支夜乐。

丨修里奥及众乐师上。

修里奥 啊，普洛丢斯！你已经一个人先溜来了吗？

普洛丢斯 是的，为爱情而奔走的人，当他嫌跑得不够快的时候，就会溜了过去的。

修里奥 你说得不错；可是我希望你的爱情不是着落在这里吧？

普洛丢斯 不，我所爱的正在这里，否则我到这儿来干么？

修里奥 谁？西尔维娅吗？

普洛丢斯 正是西尔维娅，我为了你而爱她。

修里奥 多谢多谢。现在，各位，大家调起乐器来，用劲地吹奏吧。

| 旅店主上，朱利娅男装随后。

旅店主 我的小客人，你怎么这样闷闷不乐似的，请问你有什么心事呀？

朱利娅 呃，老板，那是因为我快乐不起来。

旅店主 来，我要叫你快乐起来。让我带你到一处地方去，那里你可以听到音乐，也可以见到你所打听的那位绅士。

朱利娅 可是我能够听见他说话吗？

旅店主 是的，你也可以听得见。

朱利娅 那就是音乐了。（乐声起）

旅店主 听！听！

朱利娅 他也在这里面吗？

旅店主 是的；可是你别闹，咱们听吧。

歌

西尔维娅伊何人，
乃能颠倒众生心？
神圣娇丽且聪明，
天赋诸美萃一身，
俾令举世诵其名。

伊人颜色如花浓，
伊人宅心如春柔；
盈盈妙目启瞽矇，
创平痍复相思瘳，
寸心永驻眼梢头。
弹琴为伊歌一曲，

伊人美好世无伦；
尘世萧条苦寂寞，
唯伊灿耀如星辰；
穿花为束献佳人。

旅店主 怎么，你现在反而更加悲伤了吗？你怎么啦，孩子？这音乐不中你的意吧。

朱利娅 您错了，我恼的是奏音乐的人。

旅店主 为什么，我的好孩子？

朱利娅 因为他奏错了调子，老人家。

旅店主 怎么，他弹得不对吗？

朱利娅 不是，可是他搅酸了我的心弦。

旅店主 你倒有一双知音的耳朵。

朱利娅 唉！我希望我是个聋子；听了这种音乐，我的心也停止跳动了。

旅店主 我看你是不喜欢音乐的。

朱利娅 一点不；可是这种音乐太刺耳了。

旅店主 听！现在又换了一个好听的调子了。

朱利娅 嗯，我恼的就是这种变化无常。

旅店主 那么你情愿他们老是奏着一个调子吗？

朱利娅 我希望一个人终生奏着一个调子。可是，老板，我们说起的这位普洛丢斯常常到这位小姐这儿来吗？

旅店主 我听他的仆人朗斯告诉我，他爱她爱得什么似的。

朱利娅 朗斯在哪儿？

旅店主 他去找他的狗去了；他的主人吩咐他明天把那狗送去给他的爱人。

朱利娅 别说话，站开些，这一班人散开了。

普洛丢斯 修里奥，您放心好了，我一定给您婉转说情，您看我的手段吧。

修里奥 那么咱们在什么地方会面？

普洛丢斯 在圣葛雷古利井。

修里奥 好，再见。（修里奥及众乐师下）

| 西尔维娅自上方窗口出现。

普洛丢斯 小姐，晚安。

西尔维娅 谢谢你们的音乐，诸位先生。说话的是哪一位？

普洛丢斯 小姐，您要是知道我的纯洁的真心，您就会听得出我的声音。

西尔维娅 是普洛丢斯先生吧？

普洛丢斯 正是您的仆人普洛丢斯，好小姐。

西尔维娅 您来此有何见教？

普洛丢斯 我是为伺候您的旨意而来的。

西尔维娅 好吧，我就让你知道我的旨意，请你赶快回去睡觉吧。你这居心险恶背信弃义之人！你曾经用你的誓言骗过不知多少人，现在你以为我也这样容易受骗，想用你的甘言来引诱我吗？快点儿回去，设法补赎你对你爱人的罪愆吧。我凭着这苍白的月亮起誓，你的要求是我所绝对不愿允许的；为了你的非分的追求，我从心底里瞧不起你，现在我这样向你多说废话，回头我还要痛恨我自己呢。

普洛丢斯 亲爱的人儿，我承认我曾经爱过一位女郎，可是她现在已经死了。

朱利娅 （旁白）一派胡言，她还没有下葬呢。

西尔维娅 就算她死了，你的朋友凡伦丁还活着；你自己亲自作证我已经将身心许给他。现在你这样向我絮渎，你也不觉得愧对他吗？

普洛丢斯 我听说凡伦丁也已经死了。

西尔维娅 那么你就算我也已经死了吧；你可以相信我的爱已经埋葬在他的坟墓里。

普洛丢斯 好小姐，让我再把它发掘出来吧。

西尔维娅 到你爱人的坟上，去把她叫活转来吧；或者至少也可以把你的爱和她埋葬在一起。

朱利娅 （旁白）这种话他是听不进去的。

普洛丢斯 小姐，您既然这样心硬，那么请您允许把您卧室里挂着的您那幅小像赏给我，安慰我这一片痴心吧。我要每天对着它说话，向它叹息流泪；因为您的卓越的本人既然爱着他人，那么我不过是一个影子，只好向您的影子贡献我的真情了。

朱利娅 （旁白）这画像倘使是一个真人，你一定也会有一天欺骗她，把她像我一样当作一个影子。

西尔维娅 先生，我很不愿意被你当作偶像，可是你既然是一个虚伪成性的人，那么让你去崇拜虚伪的影子，倒也是于你很合适。明儿早上你叫一个人来，我就让他把它带给你。现在你可以去好好儿休息一下了。

普洛丢斯 正像不幸的人们终夜无眠，等候着清晨的处决一样。（普洛丢斯、西尔维娅各下）

朱利娅 老板，咱们也走吧。

旅店主 哎哟，我睡得好熟！

朱利娅 请问您，普洛丢斯耽搁在什么地方？

旅店主 就在我的店里。哎哟，现在天快亮了。

朱利娅 还没有哩；可是今夜啊，是我一生中最悠长、最难挨的一夜！（同下）

第三场

同 前

| 爱格勒莫上。

爱格勒莫 这是西尔维娅小姐约我去见她的时辰，她要差我做一件重要的事情。小姐！小姐！

| 西尔维娅在窗口出现。

西尔维娅 是谁？

爱格勒莫 是您的仆人和朋友，来听候您的使唤的。

西尔维娅 爱格勒莫先生，早安！

爱格勒莫 早安，尊贵的小姐！我遵照您的吩咐，一早到这儿来，不知道您要叫我做些什么事？

西尔维娅 啊，爱格勒莫，你是一个正人君子，不要以为我在恭维你，我发誓我说的是真心话，你是一个勇敢、智慧、慈悲、能干的人。你知道我对于被放逐在外的凡伦丁抱着怎样好感；你也知道我的父亲要强迫我嫁给我所憎厌的骄傲的修里奥。你自己也是恋爱过来的，我曾经听你说过，没有一种悲哀比之你真心的爱人死去那时候更使你心碎了，你已经对你爱人的坟墓宣誓终身不娶。爱格勒莫先生，我要到曼多亚去找凡伦丁，因为我听说他住在那边；可是我担心路上不好走，想请你陪着我去，我是完全相信你为人的可靠的。爱格勒莫，不要用我父亲将要发怒的话来劝阻我；请你想一想我的伤心，一个女人的伤心吧；而且我的逃走是为要避免一头最不合适的婚姻，它将会招致不幸的后果。我从我自己充满了像海洋中沙砾那么多的忧伤的心底向你请求，请你答应和我做伴同行；要是你不肯答应我，那么也请你把我对你说过的话保守秘密，让我一个人冒险前去吧。

爱格勒莫 小姐，我非常同情您的不幸；我知道您的用心是纯洁的，所以我愿意陪着您去；我也管不了此去对于我自己厉害如何，但愿您能够遭遇一切的幸福。您打算什么时候走？

西尔维娅 今天晚上。

爱格勒莫 我在什么地方和您会面？

西尔维娅 在伯特力克神父的庵院里，我想先在那边做一次忏悔礼拜。

爱格勒莫 我决不失约。再见，好小姐。

西尔维娅 再见，善良的爱格勒莫先生。（各下）

第四场

同 前

| 朗斯携犬上。

朗斯 一个人不走时运，自己的仆人也会像恶狗一样反过来咬他一口。这畜生，我把他从小喂养长大；他的三四个兄弟姊妹落下地来眼睛还没睁开，便给人淹死了，

是我把他救了出来。我辛辛苦苦地教导他，正像人家说的，教一条狗也不过如此。我的主人要我把他送给西尔维娅小姐，我一脚刚踏进膳厅的门，这作怪的东西就跳到砧板上把阉鸡腿衔去了。唉，一条狗当着众人面前，一点不懂规矩，那可真糟糕！倘不是我比他聪明几分，把他的过失认在自己身上，他早给人家吊死了。你们替我评评看，他是不是自己讨死？他在公爵食桌底下和三四条绅士模样的狗在一起，一下子就撒起尿来，满房间都是臭气。一位客人说，“这是哪儿来的癞皮狗？”另外一个人说，“赶掉他！赶掉他！”第三个人说，“用鞭子把他抽出去！”公爵说，“把他吊死了吧。”我闻惯这种尿腥气，知道是克来勃干的事，连忙跑到打狗的人面前，说，“朋友，您要打这狗吗？”他说，“是的。”我说，“那您可冤枉了他了，这尿是我撒的。”他就干脆把我一顿打赶了出来。天下有几个主人肯为他的仆人受这样的委屈？我可以对天发誓，我曾经因为他偷了人家的香肠而给人铐住了手脚，否则他早就一命呜呼了；我也曾因为他咬死了人家的鹅而颈上套枷，否则他也逃不了一顿打。你现在可全不记得这种事情了。嘿，我还记得在我向西尔维娅小姐告别的时候，你闹了怎样一场笑话。我不是关照过你，瞧我怎么做你也怎么做吗？几时你看见过我翘起一条腿来，当着一位小姐的裙边撒尿？你看见过我闹过这种笑话吗？

| 普洛丢斯及朱利娅男装上。

普洛丢斯 你的名字叫西巴斯辛吗？我很欢喜你，就要差你做

一件事情。

朱利娅 请您吩咐下来吧，我愿意尽力做去。

普洛丢斯 那很好。（向朗斯）喂，你这蠢材！这两天你究竟浪荡在什么地方？

朗斯 呃，少爷，我是照您的话给西尔维娅小姐送狗去的。

普洛丢斯 她看见我的小宝贝说些什么话？

朗斯 呃，她说，您的狗是一条恶狗；她叫我对您说，您这样的礼物她是不敢领教的。

普洛丢斯 她不接受我的狗吗？

朗斯 不，她不受；现在我把它带回来了。

普洛丢斯 什么！你给我把这畜生送给她吗？

朗斯 是的，少爷；那头小松鼠儿在市场上给那些不得好死的偷去了，所以我才把我自己的狗送去给她。这条狗比您的狗大十倍，这礼物的价值当然也要大得多了。

普洛丢斯 快给我去把我的狗找回来；要是找不回来，不用再回来见我了。快滚！你要我见着你生气吗？这奴才老是替我丢尽了面子。（朗斯下）西巴斯辛，我所以收容你的缘故，一半是因为我需要像你这样一个孩子给我做些事情，不像那个蠢汉一样靠不住；可是大半还是因为我从你的容貌行为上，知道你是一个受过良好教养、诚实可靠的人。现在你就给我去把这戒指送给西尔维娅小姐，它本来是一个爱我的人送给我的。

朱利娅 大概您已经不爱她了吧，所以把她的纪念物送给别人？是不是她已经死了？

普洛丢斯 不，我想她还活着。

朱利娅 唉！

普洛丢斯 你为什么叹气？

朱利娅 我禁不住可怜她。

普洛丢斯 你为什么可怜她？

朱利娅 因为我想她爱您就像您爱您的西尔维娅小姐一样。她梦寐怀念着一个忘记了她的爱情的男人；您痴心热恋着一个不愿接受您的爱情的女子。恋爱是这样的参差颠倒，想起来真是可叹！

普洛丢斯 好，好，你把这戒指和这封信送去给她；那就是她住的房间。对那位小姐说，我要向她索讨她所答应给我的她那幅天仙似的画像。办好了差使以后，你就赶快回来，你会看见我一个人在房里伤心。（下）

朱利娅 有几个女人愿意干这样一件差使？唉，可怜的普洛丢斯！你找了一头狐狸来替你牧羊了。唉，我才是个傻子！他那样厌弃我，我为什么要可怜他？他因为爱她，所以厌弃我；我因为爱他，所以不能不可怜他。这戒指是我们分别的时候，我要他永远记得我而送给他的；现在我这不幸的使者，却要替他求讨我所不愿意他得到的东西，转送我所不愿意送去的东西，称赞我所不愿意称赞的忠实。我真心爱着我的主人，可是我倘要尽忠于他，就只好不忠于自己。没有办法，我只能为他前去求爱，可是我要把这事情干得十分冷淡，天知道，我不愿他如愿以偿。

| 西尔维娅上，众女侍随从。

朱利娅 早安，小姐！有劳您带我去见一见西尔维娅小姐。

西尔维娅 假如我就是她，你有什么见教？

朱利娅 假如您就是她的话，那么我奉命而来，有几句话要奉渎清听。

西尔维娅 奉谁的命而来？

朱利娅 我的主人普洛丢斯，小姐。

西尔维娅 噢，他叫你来拿一幅画像吗？

朱利娅 是的，小姐。

西尔维娅 欧苏拉，把我的画像拿来。（女侍取画像至）你把这拿去给你的主人，请你再对他说，有一位被他朝秦暮楚的心所忘却的朱利娅，是比这个画里的影子更值得晨昏供奉的。

朱利娅 小姐，请您读一读这封信。——不，请您原谅我，小姐，是我大意送错了信了；这才是给您的信。

西尔维娅 请你让我再瞧瞧那一封。

朱利娅 这是不可以的，好小姐，原谅我吧。

西尔维娅 那么你拿去吧。我不要看你主人的信，我知道里面满是些盟山誓海的话，他说过了就把它丢在脑后，正像我把这纸头撕碎了一样不算怎么一回事。

朱利娅 小姐，他叫我把这戒指送上。

西尔维娅 这尤其是他的不该；我曾经听他说起过上千次，这是他的朱利娅在分别时候给他的。他的没有良心的指头虽然已经玷污了这戒指，我可不愿对不起朱利娅而把它戴上。

朱利娅 她谢谢你。

西尔维娅 你说什么？

朱利娅 我谢谢您，小姐，因为您这样关心她。可怜的姑娘！我的主人太对不起她了。

西尔维娅 你也认识她吗？

朱利娅 我熟悉她的为人，就像知道我自己一样明白。不瞒您说，我因为想起她的不幸，曾经流过几百次的眼泪哩。

西尔维娅 她多分以为普洛丢斯已经抛弃她了吧。

朱利娅 我想她是这样想着，这也就是她所以悲伤的缘故。

西尔维娅 她长得好看吗？

朱利娅 小姐，她从前是比现在好看多了。当她以为我的主人很爱她的时候，在我看来她是跟您一样美的；可是自从她无心对镜、懒敷脂粉以后，她的颊上的蔷薇已经不禁风吹而枯萎，她的百合花一样的肤色也已经憔悴下来，现在她是跟我一样的黑丑了。

西尔维娅 她的身材怎样？

朱利娅 跟我差不多高；因为在五旬节[①]串演各种戏剧的时候，他们总是要我扮做女人，把朱利娅小姐的衣服借给我穿着，刚巧合着我的身材，大家说这身衣服就像是为我而裁剪的，所以我知道她跟我差不多高。那时候我扮着阿里阿德涅，悲痛着忒修斯的薄情遗弃[②]；我表演得那样凄惨逼真，使我那小姐忍不住频频拭泪。现在她自己被人这样对待，怎么不使我为她难过！

西尔维娅 她知道你这样同情她，一定很感激你的。唉，可怜的姑娘，被人这样抛弃不顾！听了你的话，我也要

---

① 五旬节（Pentecost），逾越节后第五十日，为庆祝收获之节日。

② 忒修斯（Theseus），传说中之雅典英雄，亦即《仲夏夜之梦》中的“公爵”，为阿里阿德涅（Ariadne）所恋；忒修斯得后者之助，深入迷宫，杀死半牛半人之食人怪兽；惟其后卒将该女遗弃。

流起泪来了。孩子，为了你那好小姐的缘故，我给你这几个钱，因为你是爱她的。再见。

朱利娅 您要是认识她的话，她也会因为您的善心而感谢您的。（西尔维娅及侍从下）她是一位贤淑美丽的贵家女子。她这样关切着朱利娅，看来我的主人向她求爱是没有多大希望的。唉，爱情是多么善于愚弄它自己！这一幅是她的画像，让我瞻仰一番。我想，我要是也有这样一顶帽子，我这脸庞和她的比起来也是一样可爱；可是画师似乎把她的美貌格外润色了几分，否则就是我自己太顾影自怜了。她的头发是赭色的，我的是纯粹的金黄；他如果就是为了这一点差别而爱她，那么我愿意装上一头假发。她的灰色的眼睛像水晶一样清澈，我的眼睛也是一样；可是我的额角比她的高些。爱神倘不是盲目的，那么我有哪一点及不上她？把这影子卷起来吧，它是你的情敌呢。啊，你这无知无觉的形象！他将要崇拜你，爱慕你，吻你，抱你；倘使他的盲目的恋爱是有几分理性的话，他就应该爱我这血肉之身而忘记了你；可是因为她没有待错了我，所以我也要爱惜你，珍重你；不然的话，我要发誓剜去你那双视而不见的眼睛，好让我的主人不再爱你。（下）

第　五　幕

第一场

米兰；一寺院

| 爱格勒莫上。

爱格勒莫　太阳已经替西天镀上了金光，西尔维娅约我在伯特力克神父的庵院里会面的时候快要到了。她是不会失约的，因为在恋爱中的人们，只有先时而至，决不会误了钟点。瞧，她已经来啦。

| 西尔维娅上。

爱格勒莫　小姐，晚安！

西尔维娅　阿门，阿门！好爱格勒莫，快打寺院的后门出去。我怕有暗探在跟随着我。

爱格勒莫　别怕，离这儿不满十哩就是森林，只要我们能够到得那边，准可万无一失。（同下）

第二场

同前；公爵府中一室

修里奥、普洛丢斯及朱利娅上。

修里奥 普洛丢斯，西尔维娅对于我的求婚作何表示？

普洛丢斯 啊，老兄，她的态度比原先软化得多了；可是她对于您还有几分不满。

修里奥 怎么！她嫌我的腿太长吗？

普洛丢斯 不，她嫌它太瘦小了。

修里奥 那么我就穿上一双长统靴子去，好叫它瞧上去粗一些。

朱利娅 （旁白）你可不能把爱情一靴尖踢到它所嫌憎的人的怀里啊！

修里奥 她怎样批评我的脸庞？

普洛丢斯 她说您有一张俊俏的小白脸。

修里奥 这丫头胡说八道，我的脸是又粗又黑的。

普洛丢斯 可是老古话说，“粗黑的男子，是美人眼中的明珠。”

朱利娅 （旁白）不错，这种明珠会耀得美人们睁不开眼来，我见了他就宁愿闭上眼睛。

修里奥 她对于我的言辞谈吐觉得怎样？

普洛丢斯 当您讲到战争的时候，她是会觉得头痛的。

修里奥 那么当我讲到恋爱的时候，她是很欢喜的吗？

朱利娅 （旁白）你一声不响人家才更满意呢。

修里奥 她对于我的勇敢怎么说？

普洛丢斯 啊，那是她一点不怀疑的。

朱利娅 （旁白）她不必怀疑，因为她早知道他是一个懦夫。

修里奥 她对于我的家世怎么说？

普洛丢斯 她说您系出名门。

朱利娅 （旁白）不错，他是个辱没祖先的不肖子孙。

修里奥 她看重我的财产吗？

普洛丢斯 啊，是的，她还觉得十分痛惜呢。

修里奥 为什么？

朱利娅 （旁白）因为偌大财产都落在一头蠢驴的手里。

普洛丢斯 因为它们都典给人家了。

朱利娅 公爵来了。

| 公爵上。

公爵 啊，普洛丢斯！修里奥！你们两人看见过爱格勒莫没有？

修里奥 没有。

普洛丢斯 我也没有。

公爵 你们看见我的女儿吗？

普洛丢斯 也没有。

公爵 啊呀，那么她已经私自出走，到凡伦丁那家伙那边去了，爱格勒莫一定是陪着她去的。一定是的，因为劳伦斯神父在林子里修行的时候，曾经看见他们两个人；爱格勒莫他是认识的，还有一个人他猜想是她，可是因为她假扮着，不能十分确定。而且她今晚本来要到伯特力克神父庵院里做忏悔礼拜，可是她却不在那里。这么看起来，她的逃走是完全证实了。我请你们不要站在这儿多讲话，赶快备好马匹，咱们在通到曼多亚去的山麓高地上会面，他们一准是到曼多亚去的。赶快整装出发吧！（下）

修里奥 真是一个不懂好歹的女孩子，叫她享福她偏不要享。我要追他们去，叫爱格勒莫知道些厉害，却不是为了爱这个不知死活的西尔维娅。（下）

普洛丢斯 我也要追上前去，为了西尔维娅的爱，却不是对那和她同走的爱格勒莫有什么仇恨。（下）

朱利娅 我也要追上前去，阻碍普洛丢斯对她的爱情，却不是因为恼恨为爱而出走的西尔维娅。（下）

第三场

曼多亚边境；森林

| 众盗挟西尔维娅上。

盗甲 来，来，不要急，我们要带你见寨主去。

西尔维娅 无数次不幸的遭遇，使我学会了如何忍耐今番这一次。

盗乙 来，把她带走。

盗甲 跟她在一起的那个绅士呢？

盗丙 他因为跑得快，给他逃去了，可是摩瑟斯和伐勒律斯已经追上前去。你带她到树林的西面角上，我们的首领就在那边。我们再去追那逃走的家伙，四面包围得紧紧的，料他逃不出去。（除盗甲及西尔维娅外余同下）

盗甲 来，我带你到寨里去见寨主。别怕，他是个光明正大的汉子，不会欺侮女人的。

西尔维娅 凡伦丁啊！我是为了你才忍受这一切的。（同下）

第四场

森林的另一部分

| 凡伦丁上。

凡伦丁 习惯是多么能够变化人的生活！在这座浓阴密布、人迹罕至的荒林里，我觉得要比人烟繁杂的市镇里舒服得多。我可以在这里一人独坐，和着夜莺的悲歌调子，泄吐我的怨恨忧伤。唉，我那心坎儿里的人儿呀，不要长久抛弃你的殿堂吧，否则它会荒芜而颓圮，不留下一点可以供人凭吊的痕迹的！我这破碎的心，是要等着你来修补呢，西尔维娅！你温柔的女神，快来安慰你的寂寞孤零的恋人呀！（内喧嚷声）今天什么事这样吵吵闹闹的？这一班是我的弟兄们，他们不受法律的拘管，现在又在追赶不知哪一个倒霉的旅客了。他们虽然厚爱我，可是我也费了不少气力，才叫他们不要做什么非礼的暴行。且慢，谁到这儿来啦？待我退后几步看个明白。

| 普洛丢斯、西尔维娅及朱利娅上。

普洛丢斯 小姐，您虽然看不起我，可是这次是我冒着生命的危险，把您从那个家伙手里救了出来，保全了您的清白。就凭着这一点微劳，请您向我霁颜一笑吧；我不能向您求讨一个比这更小的恩惠，我相信您也总不致拒绝我这一个最低限度的要求。

凡伦丁 （旁白）我眼前所见所闻的一切，多么像一场梦境！爱神哪，请你让我再忍耐一会儿吧！

西尔维娅 啊，我是多么倒霉多么不幸！

普洛丢斯 在我没有到来之前，小姐，您是不幸的；可是因为我来得凑巧，现在不幸已经变成大幸了。

西尔维娅 因为你来了，所以我才更不幸。

朱利娅 （旁白）因为他找到了你，我才不幸呢。

西尔维娅 要是我给一头饿狮抓住，我也宁愿给他充作一顿早餐，不愿让薄情无义的普洛丢斯把我援救出险。啊，上天作证，我是多么爱凡伦丁，他的生命就是我的灵魂。正像我把他爱到极点一样，我也痛恨背盟无义的普洛丢斯到极点。快给我去吧，别再缠绕我了。

普洛丢斯 只要您肯温和地看我一眼，无论什么与死为邻的危险事情，我都愿意为您去做。唉，这是爱情的永久的咒诅，一片痴心难邀美人的眷顾！

西尔维娅 普洛丢斯不爱那爱他的人，怎么能叫他爱的人爱他？想想你从前深恋的朱利娅吧，为了她你曾经发过一千遍誓诉说你的忠心，现在这些誓言都变成了谎话，你又想把它们拿来骗我了。你会出卖你的好朋友，你这人是没有半点真心的！

普洛丢斯 一个人为了爱情，怎么还能顾到朋友呢？

西尔维娅 只有普洛丢斯才是这样。

普洛丢斯 好，我的婉转哀求要是打不动您的心，那么我只好像一个军人一样，用武器来向您求爱，强迫您接受我的痴情了。

西尔维娅 天啊！

普洛丢斯 我要强迫你服从我。

凡伦丁 （上前）混账东西，不许无礼！你这出卖朋友的朋友！

普洛丢斯 凡伦丁！

凡伦丁 卑鄙奸诈不忠不义的家伙，现今世上就多的是像你这样的朋友！要不是我今天亲眼看见，我万万想不到你竟是这样一个人。现在我不敢再说我在世上有一个朋友了。要是一个人的心腹股肱都会背叛他，那么还有谁可以信托？普洛丢斯，我从此不再相信你了；茫茫人海之中，从此我只剩孑然一身。自己的朋友竟会变成最坏的仇敌，世间还有比这更可痛心的事吗？

普洛丢斯 我的羞愧与罪恶使我说不出话来。饶恕我吧，凡伦丁！如果真心的悔恨可以赎取罪愆，那么请你原谅我这一次吧！

凡伦丁 那就罢了，你既然真心悔过，我也就不再计较，仍旧把你当做一个朋友。能够忏悔的人，无论天上人间都可以不咎既往。为了表示我对你的友情的坦率真诚起见，我愿意把我在西尔维娅心中的地位让给你。

朱利娅 我好苦啊！（晕倒）

普洛丢斯 瞧这孩子怎么啦？

凡伦丁 喂，孩子！喂，小鬼！啊，怎么一回事？醒过来！你说话呀！

朱利娅 啊，好先生，我的主人叫我把一个戒指送给西尔维娅小姐，可是我粗心把它忘了。

普洛丢斯 那戒指呢，孩子？

朱利娅 在这儿，这就是。（以戒指交普洛丢斯）

普洛丢斯 啊，让我看。咦，这是我给朱利娅的戒指呀。

朱利娅 啊，请您原谅，我弄错了；这才是您送给西尔维娅

的戒指。（取出另一戒指）

普洛丢斯 可是这一个戒指是我在动身的时候送给朱利娅的，现在怎么会到你的手里？

朱利娅 朱利娅自己把它给我，而且她自己把它带到这儿来了。

普洛丢斯 怎么！朱利娅！

朱利娅 你曾经向她发过无数假誓深心里相信你不会骗她的朱利娅就在这里，请你瞧个明白吧！普洛丢斯啊，你看见我这样不成体统的装束，也觉得惭愧吗？可是比起男人的变换心肠来，女人的变换装束还是不算怎么一回事的。

普洛丢斯 比起男人的变换心肠来！不错，天啊！男人要是始终如一，他就是个完人；因为他有了这一个错处，便使他无往而非错，犯下了各种的罪恶。我要是没有变心，那么西尔维娅的脸上有哪一点不可以在朱利娅脸上同样找到，而且还要更加鲜润！

凡伦丁 来，来，让我给你们握手，从此破镜重圆，把旧时的恩怨一笔勾销吧。

普洛丢斯 上天为我作证，我的心愿已经得到永远的满足。

朱利娅 我也别无他求。

| 众盗拥公爵及修里奥上。

众盗 发了利市了！发了利市了！

凡伦丁 弟兄们不得无礼！这位是公爵殿下。殿下，小人是被放逐的凡伦丁，在此恭迎大驾。

公爵 凡伦丁！

修里奥 那边是西尔维娅；她是我的。

凡伦丁 修里奥，放手，否则我马上叫你死。不要惹我性起，要是你再说一声西尔维娅是你的，你就休想回到维洛那去。她现在站在这儿，你倘敢碰她一碰，或者向我的爱人吹一口气的话，就叫你尝尝厉害。

修里奥 凡伦丁，我不要她，我不要。谁要是愿意为一个不爱他的女人而去冒生命的危险，那才是一个大傻瓜。我不要她，她就算是你的吧。

公爵 你这卑鄙无耻的小人！从前那样向她苦苦追求，现在却这样把她轻轻放手。凡伦丁，我很佩服你的胆勇，你是值得一个女皇的眷宠的。现在我愿忘记以前的怨恨，准你回到米兰去，为了你的无比的才德，我还要特别加惠于你；凡伦丁，西尔维娅是属于你的了，因为你已经可以受之而无愧。

凡伦丁 谢谢殿下，这样的恩赐，使我喜出望外。现在我还要请求殿下看在令嫒的脸上，答应我一个要求。

公爵 无论什么要求，我都可以看在你的脸上答应你。

凡伦丁 这一班跟我在一起的放逐之人，他们都有很好的品性，请您宽恕他们在这儿所干的一切，让他们各回乡井。他们都是真心悔过，温和良善，可以干些大事业的人。

公爵 准你所请，我赦免了他们，也赦免了你。你就照他们各人的才能安置他们吧。来，我们去吧，我们要用盛大的仪式，欢欢喜喜地回家。

凡伦丁 我们一路走着的时候，我还要大胆向殿下说一个笑话。您看这个童儿好不好？

公爵 这孩子倒是很清秀文雅的，他在脸红呢。

凡伦丁 殿下，他清秀是很清秀的，文雅也很文雅，可是他却不是个童儿。

公爵 你这话是什么意思？

凡伦丁 请您许我在路上告诉您这一切奇怪的遭遇吧。来，普洛丢斯，我们要讲到你的恋爱故事，让你听着难过难过；之后，我们的婚期也就是你们的婚期，大家在一块儿欢宴，一块儿居住，一块儿过着快乐的日子。（同下）

仲夏夜之梦

Love looks not with the eyes, but with the mind, and therefore is winged Cupid painted blind.

——A Midsummer Night's Dream

爱情是不用眼睛，而用心灵看着的，因此生着翼膀的丘比特常被描成盲目。

——《仲夏夜之梦》

剧中人物

忒修斯	雅典公爵
伊吉斯	赫米娅之父
拉山德 **狄米特律斯**	同恋赫米娅
菲劳斯特莱特	掌戏乐之官
昆斯	木匠
斯纳格	细工木匠
波顿	织工
弗鲁特	修风箱者
斯诺特	补锅匠
斯塔佛林	裁缝
希波吕忒	阿玛宗女王，忒修斯之未婚妻
赫米娅	伊吉斯之女，恋拉山德
海丽娜	恋狄米特律斯

奥布朗	仙王
提泰妮娅	仙后
迫克	又名好汉罗宾
豆花 **蛛网** **飞蛾** **芥子**	小神仙

其他侍奉仙王仙后的神仙们

忒修斯及希波吕忒的侍从

地点

雅典及附近的森林

第　一　幕

第一场

雅典；忒修斯宫中

| 忒修斯、希波吕忒、菲劳斯特莱特及侍从等上。

忒修斯　美丽的希波吕忒，现在我们的婚期已快要临近了，再过四天幸福的日子，新月便将出来；但是唉！这个旧的月亮消逝得多么慢，她耽延了我的希望，像一个老而不死的后母或寡妇，尽是消耗着年轻人的财产。

希波吕忒　四个白昼很快地便将成为黑夜，四个黑夜很快地可以在梦中消度过去，那时月亮便将像新弯的银弓一样，在天上临视我们的良宵。

忒修斯　去，菲劳斯特莱特，激起雅典青年们的欢笑的心情，唤醒了活泼泼的快乐精神，把忧愁驱到坟墓里去；那个脸色惨白的家伙，是不应该让他参加在我们的结婚行列中的。（菲劳斯特莱特下）希波吕忒，我用我的剑向你求婚，用威力的侵凌赢得了你的芳心[1]；但这次我要换一个调子，我将用豪华、夸耀和狂欢来举行我们的婚礼。

｜伊吉斯、赫米娅、拉山德、狄米特律斯上。

伊吉斯 威名远播的忒修斯公爵，祝您幸福！

忒修斯 谢谢你，善良的伊吉斯。你有什么事情？

伊吉斯 我怀着满心的气恼，来控诉我的孩子，我的女儿赫米娅。走上前来，狄米特律斯。殿下，这个人，是我答应叫他娶她的。走上前来，拉山德。殿下，这个人引诱坏了我的孩子。你，你，拉山德，你写诗句给我的孩子，和她交换着爱情的纪念物；在月夜她的窗前你用做作的声调歌唱着假作多情的诗篇；你用头发编成的腕环、指戒、虚华的饰物、琐碎的玩具、花束、糖果，这些可以强烈地骗诱一个稚嫩的少女之心的信使来偷得她的痴情；你用诡计盗取了她的心，煽惑她使她对我的顺从变成倔强的顽抗。殿下，假如她现在当着您的面仍旧不肯嫁给狄米特律斯，我就要要求雅典自古相传的权利，因为她是我的女儿，我可以随意处置她；按照我们的法律，她要是不嫁给这位绅士，便应当立时处死。

忒修斯 你有什么话说，赫米娅？当心一点吧，美貌的女郎！你的父亲对于你应当是一尊神明；你的美貌是他给与你的，你就像在他手中捏成的一块蜡像一般，他可以保全你，也可以毁灭你。狄米特律斯是一个很好的绅士呢。

---

① 忒修斯远征阿玛宗（Amazon），克之，而娶其后希波吕忒。

赫米娅 拉山德也很好啊。

忒修斯 以他的本身而论当然不用说；但是要做你的丈夫，他不能得到你父亲的同意，就比起来差一头地了。

赫米娅 我真希望我的父亲和我同样看法。

忒修斯 实在还是应该你依从你父亲的眼光才对。

赫米娅 请殿下宽恕我！我不知道什么一种力量使我如此大胆，也不知道在这里披诉我的心思将会怎样影响到我的美名；但是我要敬问殿下，要是我拒绝嫁给狄米特律斯，就会有什么最恶的命运临到我的头上？

忒修斯 不是受死刑，便是永远和男人隔绝。因此，美丽的赫米娅，仔细问一问你自己的心愿吧！考虑一下你的青春，好好地估量一下你血脉中的搏动；倘然不肯服从你父亲的选择，想想看能不能披上尼姑的道服，终生幽闭在阴沉的庵院中，向着凄凉寂寞的明月唱着暗淡的圣歌，做一个孤寂的修道女了此一生？她们能这样抑制了热情，到老保持处女的贞洁，自然应当格外受到上天的眷宠；但是结婚的女子如同被采下炼制过的玫瑰，香气留存不散，比之孤独地自开自谢，奄然朽腐的花儿，在尘俗的眼光中看来，总是要幸福得多了。

赫米娅 就让我这样自开自谢吧，殿下，我也不愿意把我的贞操奉献给我的心所不甘服的人。

忒修斯 回去仔细考虑一下。等到新月初生的时候，——我和我的爱人缔结永久的婚约的一天，——你便当决定，倘不是因为违抗你父亲的意志而准备一死，便是听从他而嫁给狄米特律斯；否则就得在狄安娜[1]的神坛前立誓严守戒律，终生不嫁。

狄米特律斯 悔悟吧，可爱的赫米娅！拉山德，放弃你那无益的要求，不要再跟我的确定的权利抗争了吧！

拉山德 你已经得到她父亲的爱，狄米特律斯，让我保有着赫米娅的爱吧；你去跟她的父亲结婚好了。

伊吉斯 无礼的拉山德！一点不错，我欢喜他，我愿意把属于我所有的给他；她是我的，我要把我在她身上的一切权利都授给狄米特律斯。

拉山德 殿下，我和他一样好的出身；我和他一样有钱；我的爱情比他深得多；我的财产即使不比狄米特律斯更多，也决不会比他少；比起这些来更值得夸耀的是，美丽的赫米娅爱的是我。那么为什么我不能享有我的权利呢？讲到狄米特律斯，我可以当他的面前宣布，曾经向奈达的女儿海丽娜调过情，把她勾上了手；这位可爱的女郎痴心地恋着他，像崇拜偶像一样地恋着这个缺德的负心汉。

忒修斯 的确我也听到过不少闲话，曾经想和狄米特律斯谈起；但是因为自己的事情太多，所以忘了。来，狄米特律斯；来，伊吉斯；你们两人跟我来，我有些私人的话要对你们说。你，美丽的赫米娅，好好准备着依从你父亲的意志，否则雅典的法律将要把你处死，或者使你宣誓独身；我们没有法子变更这条法律。来，

---

① 狄安娜（Diana），月的女神；其实应当作阿尔忒弥斯（Artemis），因为狄安娜是罗马名字。

希波吕忒；怎样，我的爱人？狄米特律斯和伊吉斯，走吧；我必须差你们为我们的婚礼办些事务，还要跟你们商量一些和你们有点关系的事。

伊吉斯 我们敢不欣然跟从殿下。（除拉山德，赫米娅外均下）

拉山德 怎么啦，我的爱人！为什么你的脸颊这样惨白？你脸上的蔷薇怎么会凋谢得这样快？

赫米娅 多分是因为缺少雨露，但我眼中的泪涛可以灌溉它们。

拉山德 唉！从我所能在书上读到，在传说或历史中听到的，真爱情的道路永远是崎岖多阻；不是因为血统的差异，——

赫米娅 不幸啊，尊贵的要向微贱者屈节臣服！

拉山德 或者因为年龄上的悬殊，——

赫米娅 可憎啊，年老的要和年轻人发生关系！

拉山德 或者因为信从了亲友们的选择，——

赫米娅 倒霉啊，选择爱人要依赖他人的眼光！

拉山德 或者，即使彼此两情悦服，但战争、死亡或疾病侵害着它，使它像一个声音、一片影子、一段梦、一阵黑夜中的闪电那样短促，在一刹那间它展现了天堂和地狱，但还来不及说一声“瞧啊！”黑暗早已张开口把它吞噬了。光明的事物，总是那样很快地变成了混沌。

赫米娅 既然真心的恋人们永远要受到磨折，似乎是一条命运的定律，那么让我们练习着忍耐吧；因为这种磨折，正和忆念、幻梦、叹息、希望和哭泣一样，都是可怜的爱情缺不了的随从者。

拉山德 你说得很对。听我吧，赫米娅。我有一个寡居的伯母，很有钱，并没有儿女，她看待我就像亲生的独子一样。她的家离开雅典二十哩路；温柔的赫米娅，我可以在那边和你结婚，雅典法律的利爪不能追及我们。要是你爱我，请你在明天晚上溜出了你父亲的屋子，走到郊外三哩路地方的森林里，在那边我曾经约会过你和海丽娜一同举行五月节[①]的，我将在那边等你。

赫米娅 我的好拉山德！凭着丘比特的最坚强的弓，凭着他的金镞的箭[②]，凭着维纳斯的鸽子的纯洁，凭着那结合灵魂、祐佑爱情的神力，凭着古代迦太基女王焚身的烈火，当她看见她那负心的特洛伊人扬帆而去的时候[③]，凭着一切男子所毁弃的约誓，——那数目是远超过于女子所曾说过的，我发誓明天一定会到你所指定的那地方和你相会。

拉山德 愿你不要失约，爱人。瞧，海丽娜来了。

| 海丽娜上。

赫米娅 上帝保佑美丽的海丽娜！你到哪里去？

海丽娜 你称我美丽吗？请你把那两个字收回了吧！狄米特律斯爱着你的美丽；幸福的美丽啊！你的眼睛是两颗明星，你的甜蜜的声音比之在牧人耳中的云雀之歌还要动听，当小麦青青，山楂蓓蕾的时节。疾病

---

① 旧俗于五月一日早起以露盥身，采花唱歌。

② 丘比特（Cupid）的金镞箭主爱，铅镞箭主爱情的冷淡。

③ 古代迦太基（Carthage）女王是狄多（Dido），爱特洛伊（Troy）英雄埃涅阿斯（Æeneas），失恋自焚而死。

是能染人的；唉！要是美貌也能传染的话，美丽的赫米娅，我但愿染上你的美丽：我要用我的耳朵捕获你的声音，用我的眼睛捕获你的睇视，用我的舌头捕获你那柔美的旋律。要是除了狄米特律斯之外，整个世界都是属于我所有，我愿意把一切捐弃，但求化身为你。啊！教给我你怎样流转你的眼波，用怎么一种魔力操纵着狄米特律斯的心？

赫米娅 我向他皱着眉头，但是他仍旧爱我。

海丽娜 唉，要是你的颦蹙能把那种本领传授给我的微笑就好了！

赫米娅 我给他咒骂，但他给我爱情。

海丽娜 唉，要是我的祈祷也能这样引动他的爱情就好了！

赫米娅 我越是恨他，他越是跟随着我。

海丽娜 我越是爱他，他越是讨厌我。

赫米娅 海丽娜，他的傻并不是我的错。

海丽娜 但那是你的美貌的错处；要是那错处是我的就好了！

赫米娅 宽心吧，他不会再见我的脸了；拉山德和我将要逃开此地。在我不曾遇见拉山德之前，雅典对于我就像是一座天堂；啊，有怎样一种神奇在我的爱人身上，使他能把天堂变成一座地狱！

拉山德 海丽娜，我们不愿瞒你。明天夜里，当月亮在镜波中反映她的银色的容颜，晶莹的露珠点缀在草叶尖上的时候，——那往往是情奔最适当的时候，我们预备溜出雅典的城门。

赫米娅 我的拉山德和我将要会集在林中，就是你我常常在那边淡雅的樱草花的花坛上躺着彼此吐露柔情的衷曲的所在，从那里我们便将离别了雅典，去访寻新的朋友，和陌生人做伴了。再会吧，亲爱的游侣！请你为我们祈祷；愿你重新得到狄米特律斯的心！不要失约，拉山德；我们现在必须暂时挨受一下离别的痛苦，到明晚夜深时再见面吧！

拉山德 一定的，我的赫米娅。（赫米娅下）海丽娜；别了；如同你恋着他一样，但愿狄米特律斯也恋着你！（下）

海丽娜 有些人比起其他的人来是多么幸福！在全雅典大家都认为我跟她一样美；但那有什么相干呢？狄米特律斯是不以为如此的；除了他一个人之外大家都知道的事情，他不会知道。正如他那样错误地迷恋着赫米娅的秋波一样，我也是只知道爱慕他的才智；一切卑劣的弱点，在恋爱中都成为无足重轻，而变成美满和庄严。爱情是不用眼睛，而用心灵看着的，因此生着翼膀的丘比特常被描成盲目；而且爱情的判断全然没有理性，是翼膀不是眼睛表示出卤莽的迅速，因此爱神便据说是一个孩儿，因为在选择方面他常会弄错。正如顽皮的孩子惯爱发假誓一样，司爱情的小儿也到处赌着口不应心的咒。狄米特律斯在没有看见赫米娅之前，他也曾像雨雹一样发着誓，说他是完全属于我的，但这阵冰雹一感到一丝赫米娅身上的热力，他便溶解了，无数的盟言都化为乌有。我要去告诉他美丽的赫米娅的出奔；他知道了以后，明夜一定会到林中去追寻她。如果为着这次的通报消息，我能得到一些酬谢，我的代

价也一定不小；但我的目的是要增加我的苦痛，使我能再一次聆接他的音容。（下）

第二场

雅典；昆斯的家中

| 昆斯、斯纳格、波顿、弗鲁特、斯诺特、斯塔佛林上。

昆斯 咱们一伙人大家都到了吗？

波顿 你最好照着名单一个儿一个儿拢总地点一下名。

昆斯 这儿是每个人名字都在上头的名单，全个儿雅典都承认，在公爵跟公爵夫人结婚那晚上当着他们的面前扮演咱们这一出插戏，这张名单上的弟兄们是再合式也没有的了。

波顿 第一，好彼得·昆斯，说出来这出戏讲的是什么，然后再把扮戏的人名字念出来，好有个头脑。

昆斯 好，咱们的戏名是《最可悲的喜剧，以及皮拉摩斯和提斯柏的最残酷的死》。

波顿 那一定是篇出色的东西，咱可以担保，而且是挺有趣的。现在，好彼得·昆斯，照着名单把你的角儿们的名字念出来吧。列位，大家站开。

昆斯 咱一叫谁的名字，谁就答应。尼克波顿，织布的。

波顿 有。先说咱应该扮哪一个角儿，然后再挨次叫下去。

昆斯 你，尼克波顿，派着扮皮拉摩斯。

波顿 皮拉摩斯是谁呀？一个情郎呢，还是一个霸王？

昆斯 是一个情郎，为着爱情的缘故，他挺勇敢地把自己毁了。

波顿 要是演得活龙活现，那准可以引人吊下几滴泪来。要是咱演起来的话，让看客们大家留心着自个儿的眼睛吧；咱要痛哭流涕，管保风云失色。把其余的人叫下去吧。但是扮霸王挺适合咱的胃口的。咱会把厄剌克勒斯[①]扮得非常好，或者什么大花脸的角色，管保吓破了人的胆。

山岳狂怒的震动，
裂开了牢狱的门；
太阳在远方高耸，
慑伏了神灵的魂。

那真是了不得！现在把其余的名字念下去吧。这是厄剌克勒斯的神气，霸王的神气；情郎还得忧愁一点。

昆斯 法兰西斯·弗鲁特，修风箱的。

弗鲁特 有，彼得·昆斯。

昆斯 你得扮提斯柏。

弗鲁特 提斯柏是谁呀？一个游行的侠客吗？

昆斯 那是皮拉摩斯必须爱上的姑娘。

弗鲁特 嗷，真的，别叫咱扮一个娘儿；咱的胡子已经在长起来啦。

昆斯 那没有问题；你得套上假脸扮演，你可以小着声音讲话。

波顿 咱也可以把脸孔罩住，提斯柏也给咱扮了吧。咱会细声细气地说话，“提斯妮！提斯妮！”“啊呀！

① 厄剌克勒斯为赫邱里斯（Hercules）之讹，古希腊著名英雄。

皮拉摩斯，奴的情哥哥，是你的提斯柏，你的亲亲爱爱的姑娘！”

昆斯 不行，不行，你必须扮皮拉摩斯。弗鲁特，你必须扮提斯柏。

波顿 好吧，叫下去。

昆斯 罗宾·斯塔佛林，裁缝的。

斯塔佛林 有，彼得·昆斯。

昆斯 罗宾·斯塔佛林，你扮提斯柏的母亲。汤姆·斯诺特，补锅子的。

斯诺特 有，彼得·昆斯。

昆斯 你扮皮拉摩斯的爸爸；咱自己扮提斯柏的爸爸；斯纳格，做细木工的，你扮一只狮子；咱想这本戏就此支配好了。

斯纳格 你有没有把狮子的台词写下？要是有的话，请你给我，因为我记性不大好。

昆斯 你不用预备，你只要嚷嚷就算了。

波顿 让咱也扮狮子吧。咱会嚷嚷，叫每一个人听见了都非常高兴；咱会嚷着嚷着，连公爵都传下谕旨来说，“让他再嚷下去吧！让他再嚷下去吧！”

昆斯 你要嚷得那么可怕，吓坏了公爵夫人和各位太太小姐们，吓得她们尖声叫起来；那准可以把咱们一起给吊死了。

众人 那准会把咱们一起给吊死，每一个母亲的儿子都逃不了。

波顿 朋友们，你们说的很是；要是你把太太们吓昏了头，她们一定会不顾三七二十一把咱们给吊死。但是咱可以把声音压得高一些，不，提得低一些；咱会嚷得就像一只小鸽子那么地，就像头夜莺那么地。

昆斯 你只能扮皮拉摩斯；因为皮拉摩斯是一个讨人欢喜的小白脸，一个体面人，就像你可以在夏天看到的那种人；他又是一个可爱的堂堂绅士模样的人；因此你必须扮皮拉摩斯。

波顿 行，咱就扮皮拉摩斯。顶好咱挂什么须？

昆斯 那随你便吧。

波顿 咱可以挂你那稻草色的须，你那橙黄色的须，你那紫红色的须，或者你那法国金洋钱色的须，纯黄色的须。

昆斯 你还是光着脸蛋吧。列位，这儿是你们的台词。咱请求你们，恳求你们，要求你们，在明儿夜里念熟，趁着月光，在郊外一哩路地方的禁林里咱们碰头，在那边咱们要练习练习；因为要是咱们在城里练习，就会有人跟着咱们，咱们的计划就要泄漏出去。同时咱要开一张咱们演戏所需要的东西的单子。请你们大家不要误事。

波顿 咱们一定在那边碰头；咱们在那边练习起来可以像样点儿，胆大点儿。大家辛苦干一下，要干得非常好。再会吧。

昆斯 咱们在公爵的橡树底下再见。

波顿 好了，可不许失约。（同下）

第　二　幕

第一场

雅典附近的森林

｜一神仙及迫克自相对方向上。

迫克　喂，精灵！你飘流到哪里去？

小仙　越过了谿谷和山陵，

穿过了荆棘和丛薮，

越过了围场和园庭，

穿过了激流和爝火：

我在各地漂游流浪，

轻快得像是月亮光；

我给仙后奔走服务，

草环上缀满轻轻露[①]。

亭亭的莲馨花是她的近侍，

黄金的衣上饰着点点斑痣；

那些是仙人们投赠的红玉，

---

① 野地上有时发现环形的茂草，传谓仙人夜间在此跳舞所成。

中藏着一缕缕的芳香馥郁；
我要在这里访寻几滴露水，
给每朵花挂上珍珠的耳坠。
再会，再会吧，你粗野的精灵！
因为仙后的大驾快要来临。

迫克 今夜大王在这里大开欢宴，
千万不要让他俩彼此相见；
奥布朗的脾气可不是顶好，
为着王后的固执十分着恼；
她偷到了一个印度小王子，
就像心肝一样怜爱和珍视；
奥布朗看见了有些儿眼红，
想要把他充作自己的侍童；
可是她哪里便肯把他割爱，
满头花朵她为他亲手插戴。
从此林中，草上，泉畔和月下，
他们一见面便要破口相骂；
小妖们往往吓得胆战心慌，
没命地钻向橡斗中间躲藏。

小仙 要是我没有把你认错，你大概便是名叫罗宾好人儿的狡狯的淘气的精灵了。你就是惯爱吓怕乡村的女郎，在人家的牛乳上撮去了乳脂，使那气喘吁吁的主妇整天也搅不出奶油来；有时你暗中替人家磨谷，有时弄坏了酒使它不能起酵；夜里走路的人，你把他们引入了迷路，自己却躲在一旁窃笑；谁叫你大仙或是好迫克的，你就给他幸运，帮他作工：

那就是你吗？

迫克 仙人，你说得正是；我就是那个快活的夜游者。我在奥布朗跟前想出种种笑话来逗他发笑，看见一头肥胖精壮的马儿，我就学着雌马的嘶声把它迷昏了头；有时我化作一颗焙熟的野苹果，躲在老太婆的酒碗里，等她举起碗想喝的时候，我就拍的弹到她嘴唇上，把一碗麦酒都倒在她那皱瘪的喉皮上；有时我化作三脚的凳子，满肚皮人情世故的婶婶刚要坐下来讲她那感伤的故事，我便从她的屁股底下滑走，把她翻了一个大元宝，一头喊"好家伙！"一头咳呛个不住，于是周围的人大家笑得前仰后合，他们越想越好笑，鼻涕眼泪都笑了出来，发誓说从来不曾逢到过比这更有趣的事。但是让开路来，仙人，奥布朗来了。

小仙 娘娘也来了。他要是走开了才好！

| 奥布朗及提泰妮娅各带侍从自相对方向上。

奥布朗 真不巧又在月光下碰见你，骄傲的提泰妮娅！

提泰妮娅 嘿，嫉妒的奥布朗！神仙们，快快走开；我已经发誓不和他同游同寝了。

奥布朗 等一等，坏脾气的女人！我不是你的夫君吗？

提泰妮娅 那么我也一定是你的尊夫人了。但是你从前溜出了仙境，扮作牧人的样子，整天吹着麦笛，向风骚的牧女调情，这种事我全知道。今番你为什么要从迢迢的印度平原上赶到这里来呢？无非是为着那位高傲的阿玛宗女王，你的勇武的爱人，要嫁给忒修斯了，所以你得来道贺道贺他们。

奥布朗 你怎么好意思说出这种话来，提泰妮娅，把我的名字和希波吕忒牵涉在一起诬蔑我？你自己知道你和忒修斯的私情瞒不过我。不是你在朦胧的夜里引导他离开被他所俘掠的佩丽古娜？不是你使他负心地遗弃了美丽的伊葛尔，爱丽亚邓和安提奥巴[①]？

提泰妮娅 这些都是因为嫉妒而捏造出来的谎话。自从仲夏之初，我们每次在山上、谷中、树林里、草场上、细石铺底的泉旁或是海滨的沙滩上聚集，预备和着呜啸的风声跳环舞的时候，总是要被你吵断我们的兴致。风因为我们不理会他的吹奏，生了气，便从海中吸起了毒雾；毒雾化成瘴雨降下地上，使每一条小小的溪河都耀武扬威地泛滥到岸上：因此牛儿白白牵着轭，农夫枉费了他的血汗，青青的嫩禾还没有长上芒须便朽烂了；空了的羊栏露出在一片汪洋的田中，乌鸦饱啖着瘟死了的羊群的尸体；草泥坂上满是湿泥，杂草乱生的舞径，因为没有人行走，已经辨不出来。执掌潮汐的月亮，因为再也听不见夜间颂神的歌声，气得脸孔发白，把空气中播满了湿气，一沾染上身就要使人害风湿症。因为天时不正，季候也变了常：白头的寒霜倾倒在红颜的蔷薇的怀里，年迈的冬神薄薄的冰冠上，却嘲讽似的缀上了夏天芬芳的蓓蕾的花环。春季，夏季，丰收的秋季，暴怒的冬季，都改换了他们素来的装束，惊愕的世界不能再从他们的出产上辨别出谁是谁来。这都因为我们的不和所致，我们是一切

---

① 皆是忒修斯情人，先后为其所弃。

灾祸的根源。

奥布朗 那么你就该设法补救；这全然在你的手中。为什么提泰妮娅要违拗她的奥布朗呢？我所要求的，不过是一个小小的换儿[1]做我的侍童罢了。

提泰妮娅 请你死了心吧，整个仙境也不能从我手里换得这个孩子。他的母亲是我神坛前的一个信徒，在芬芳的印度的夜天，她常常在我身旁闲谈，陪我坐在海神的黄沙上，凝望着海上的商船；我们一起笑着那些船帆因浪狂的风而怀孕，一个个凸起了肚皮；她那时正也怀孕着这个小宝贝，便学着船帆的样子，美妙而轻快地凌风而行，为我往岸上寻取各种杂物，回来时就像航海而归，带来了无数的商品。但她因为是一个凡人，所以在产下这孩子时便死了。为着她的缘故我才抚养她的孩子，也为着她的缘故我不愿舍弃他。

奥布朗 你预备在这林中耽搁多少时候？

提泰妮娅 也许要到忒修斯的婚礼以后。要是你肯耐心地和我们一起跳舞，看看我们月光下的游戏，那么跟我们一块儿走吧；不然的话，请你不要见我，我也决不到你的地方来。

奥布朗 把那个孩子给我，我就和你一块儿走。

提泰妮娅 把你的仙国跟我掉换都别想。神仙们，去吧！要是我再多留一刻，我们就要吵起来了。（率侍从等下）

奥布朗 好，去你的吧！为着这次的侮辱，我一定要在你离

① 传说中仙人常常于夜间将人家美丽小儿窃去，以愚蠢的妖童换置其处。

开这座林子之前给你一些惩罚。我的好迫克，过来。你记不记得有一次我坐在一个海岬上，望见一个美人鱼骑在海豚的背上，她的歌声是这样婉转而谐美，镇静了狂暴的怒海，好几个星星都疯狂地跳出了它们的轨道，为要听这海女的音乐[①]？

迫克 我记得。

奥布朗 就在那个时候，你不看见，但我能看见持着弓箭的丘比特在冷月和地球之间飞着；他瞄准了坐在西方宝座上的一个童贞女[②]，很伶巧地从他的弓上射出他的爱情之箭，好像它能刺透十万颗心的样子。否则我也许可以看见小丘比特的火箭在如水的冷洁的月光中熄灭，那位童贞的女王心中一尘不染地，在纯洁的思念中默步过去；但是我看见那支箭却落下在西方一朵小小的花上，本来是乳白色的，现在已因爱情的创伤而被染成紫色，少女们把它称作“爱懒花”。去给我把那花采来。我曾经给你看过它的样子；它的汁液如果滴在睡着的人的眼皮上，无论男女，醒来一眼看见什么生物都会发疯似的对它恋爱。给我采这种花来；在鲸鱼还不曾游过三哩路之前，必须回来复命。

---

① 此段及下一段中的寓意自来有各种猜测。据云，美人鱼影射苏格兰女王玛丽；玛丽才美无双，为伊丽莎白女王所嫉杀，举世悼之。玛丽尝婚法国王太子，故云“骑在海豚的背上”，因法国王太子的称号Dauphin与海豚dophin发音相似。“星星跳出轨道”云者，指英廷党玛丽的大臣。莎翁因恐犯忌讳，故特以隐语出之。

② 当指伊丽莎白女王。女王终身不嫁，故云。

迫克 我可以在四十分钟内环绕世界一周。（下）

奥布朗 这种花汁一到了手，我便留心着等提泰妮娅睡了的时候把它滴在她的眼皮上；她一醒来第一眼看见的东西，无论是狮子也好，熊也好，狼也好，公牛也好，或者好事的猕猴、忙碌的无尾猿也好，她都会用最强烈的爱情追求它。我可以用另一种草解去这种魔力，但第一我先要叫她把那个孩子让给我。可是谁到这儿来啦？他们看不见我，让我听听他们的谈话。

| 狄米特律斯上，海丽娜随其后。

狄米特律斯 我不爱你，所以别跟着我。拉山德和美丽的赫米娅在哪儿？我要把拉山德杀死，但我的命却悬在赫米娅手中。你对我说他们私奔到这座林子里，因此我赶到这儿来；可是因为遇不见我的赫米娅，我简直要发疯啦。滚开！快走，不许再跟着我！

海丽娜 是你吸引我跟着你的，你这硬心肠的磁石！可是你所吸的却不是铁，因为我的心像钢一样坚贞。要是你去掉你的吸引力，那么我也将没有力量再跟着你了。

狄米特律斯 是我引诱你吗？我曾经向你说过好话吗？我不是曾经明明白白地告诉过你，我不爱你而且也不能爱你吗？

海丽娜 即使那样，也只是使我爱你得更加厉害。我是你的一条狗，狄米特律斯；你越是打我，我越是讨好你。请你就像对待你的狗一样对待我吧，踢我、打我、冷淡我、不理我，都好，只容许我跟随着你，虽然我是这么不好。在你的爱情里我还能要求什么比一条狗还不如的地位吗？但那对于我已经是十分可贵了。

狄米特律斯 不要过分逗着我的厌恨吧；我一看见你就头痛。

海丽娜 可是我不看见你就心痛。

狄米特律斯 你太不顾虑你自己的体面了，离开了城中，把你自己委身在一个不爱你的人手里；你也不想想你的贞操多么值钱，就在黑夜中这么一个荒凉的所在盲目地听从着不可知的命运。

海丽娜 你使我能够安心：因为当我看见你脸孔的时候，黑夜也变成了白昼，因此我并不觉得现在是在夜里；你在我的眼光里是一切的世界，因此在这座林中我也不愁缺少伴侣：要是一切的世界都在这儿瞧着我，我怎么还是单身独自呢？

狄米特律斯 我要逃开你，躲在丛林之中，悉听野兽把你怎样处置。

海丽娜 最凶恶的野兽也不像你那样残酷。你要逃开我就逃开吧；从此以后，古来的故事要改过了：逃走的是阿波罗，追赶的是达芙妮[①]；鸽子追逐着鹰隼；温柔的牝鹿追捕着猛虎；然而弱者追求勇者，结果总是徒劳无益的。

狄米特律斯 我不高兴听你再唠叨下去。让我走吧；要是你再跟着我，相信我在这座林中你要给我欺负的。

海丽娜 嗯，在寺庙中，在市镇上，在乡野里，你都到处欺负我。唉，狄米特律斯！你的虐待我已经使我们女子蒙上了耻辱。我们是不会像男人一样为爱情而争斗的；我们应该被人家求爱，而不是向人家求爱。（狄米特律斯下）我要立意跟随你；我愿死在我所深

---

① 阿波罗是太阳神，爱仙女达芙妮（Daphne），达芙妮避之而化为月桂树。

爱的人的手中，好让地狱化成了天宫。（下）

奥布朗 再会吧，女郎！当他还没有离开这座树林，你将逃避他，他将追求你的爱情。

| 迫克重上。

奥布朗 你已经把花采来了吗？欢迎啊，浪游者！

迫克 是的，它就在这儿。

奥布朗 请你把它给我。

我知道一处茴香盛开的水滩，
长满着樱草和盈盈的紫罗兰，
馥郁的金银花，芗泽的野蔷薇，
漫天张起了一幅芬芳的锦帷。
有时提泰妮娅在群花中酣醉，
柔舞清歌低低地抚着她安睡；
我要洒一点花汁在她的眼上，
让她充满了各种可憎的幻象。
其余的你带了去在林中访寻，
一个娇好的少女见弃于情人；
倘见那薄幸的青年在她近前，
就把它轻轻地点上他的眼边。
他的身上穿着雅典人的装束，
你须仔细辨认清楚不许弄错；
小心地执行着我谆谆的吩咐，
让他无限的柔情都向她倾吐。
等第一声雄鸡啼时我们再见。

迫克 放心吧，主人，一切如你的意念。（各下）

第二场
林中的另一处

｜提泰妮娅及其侍从等上。

提泰妮娅 来，跳一回舞，唱一曲神仙歌，然后在一分钟内余下来的三分之一的时间里，大家散开去；有的去杀死麝香玫瑰嫩苞中的蛀虫；有的去和蝙蝠作战，剥下它们的翼革来为我的小妖儿们做外衣；其余的去赶逐每夜啼叫，看见我们这些伶俐的小精灵们而惊骇的猫头鹰。现在唱着给我催眠吧；唱罢之后，大家各做各的事，让我休息一会儿。

｜神仙们唱：

一

两舌的花蛇，多刺的猬，
不要打扰着她的安睡！
蝾螈和蜥蜴，不要行近，
仔细毒害了她的宁静。
夜莺，鼓起你的清弦，
为我们唱一曲催眠：
睡啦，睡啦，睡睡吧！睡啦，睡啦，睡睡吧！
一切害物远走高飏，
不会行近她的身旁；
晚安，睡睡吧！

二

织网的蜘蛛，不要过来；
长脚的蛛儿快快走开！

黑背的蜣螂，不许走近；
不许莽撞，蜗牛和蚯蚓。
夜莺，鼓起你的清弦，
为我们唱一曲催眠：
睡啦，睡啦，睡睡吧！睡啦，睡啦，睡睡吧！
一切害物远走高飏，
不会行近她的身旁；
晚安，睡睡吧！

一小仙 去吧！现在一切都已完成，
只须留着一个人作哨兵。（众神仙下，提泰妮娅睡）

| 奥布朗上，挤花汁滴提泰妮娅眼皮上。

奥布朗等你眼睛一睁开，
你就看见你的爱，
为他担起相思债：
山猫，豹子，大狗熊，
野猪身上毛蓬蓬；
等你醒来一看见，
芳心可可为他恋。（下）

| 拉山德及赫米娅上。

拉山德 好人，你在林中跋涉着，疲乏得快要昏倒了。说老实话，我已经忘记了我们的路。要是你同意，赫米娅，让我们休息一下，停步下来舒适舒适吧。

赫米娅 就照你的意思吧，拉山德。你去给你自己找一处睡眠的所在，因为我要在这水滨安息我的形骸。

拉山德 一块草地可以作我们两人枕首的地方；两个胸膛一条心，应该合睡一个眠床。

赫米娅 哎，不要，亲爱的拉山德；为着我的缘故，我的亲亲，再躺远一些，不要挨得那么相近。

拉山德 啊，爱人！不要误会了我的无邪的本意，恋人们是应该明白彼此所说的话的。我是说我的心和你的心连结在一起，已经打成一片分不开来；两个心胸彼此用盟誓连系，共有着一片的忠贞。因此不要拒绝我睡在你的身旁，赫米娅，我一点没有坏心肠。

赫米娅 拉山德真会说话。要是赫米娅疑心拉山德有坏心肠，愿她从此不能堂堂做人。但是好朋友，为着爱情和礼貌的缘故，请睡得远一些；在人间的礼法上，这样的隔分对于束身自好的未婚男女，是最为合适的。这么远就行了。晚安，亲爱的朋友！愿爱情永无更改，直到你生命的尽头！

拉山德 依着你那祈祷我应和着阿门！阿门！我将失去我的生命，如其我失去我的忠贞！（略就远处退卧）这里是我的眠床了；但愿睡眠给与你充分的休养！

赫米娅 那愿望我愿意和你分享！（二人入睡）

| 迫克上。

迫克我已经在森林中间走遍，
但雅典人可还不曾瞧见，
我要把这花液在他眼上
试一试激动爱情的力量。
静寂的深宵！啊，谁在这厢？
他身上穿着雅典的衣裳。
这正是我主人所说的他，
狠心地欺负那美貌娇娃；

她正在这一旁睡得酣熟，
不顾到地上的潮湿龌龊：
美丽的人儿！她竟然不敢
睡近这没有心肝的恶汉。（挤花汁滴拉山德眼上）
我要在你眼睛上，坏东西！
倾注着魔术的力量神奇；
等你醒来的时候，让爱情
从此扰乱你睡眠的安宁！
别了，你醒来我早已去远，
奥布朗在盼我和他见面。（下）

狄米特律斯及海丽娜奔驰上。

海丽娜 你杀死了我也好，但是请你停步吧，亲爱的狄米特律斯！

狄米特律斯 我命令你走开，不要这样缠扰着我！

海丽娜 啊！你要把我丢在黑暗中吗？请不要这样！

狄米特律斯 站住！否则叫你活不成。我要独自走我的路。（下）

海丽娜 唉！这痴心的追赶使我乏得透不过气来。我越是千求万告，越是惹他憎恶。赫米娅无论在什么地方都是那么幸福，因为她有一双天赐的迷人的眼睛。她的眼睛怎么会这样明亮呢？不是为着泪水的缘故，因为我的眼睛被眼泪洗着的时候比她更多。不，不，我是像一头熊那么难看，就是野兽看见我也会因害怕而逃走；因此一点也不奇怪狄米特律斯会这样逃避着我，就像逃避一个丑妖怪。哪一面欺人的坏镜子使我居然敢把自己跟赫米娅的明星一样的眼睛相比呢？但是谁在这里？拉山德！躺在地上！死了吗，还是睡了？我看不见有血，也没有伤处。拉山德，要是你没有死，好朋友，醒醒吧！

拉山德 （醒）我愿为着你赴汤蹈火，玲珑剔透的海丽娜！上天在你身上显出他的本领，使我能在你的胸前看透你的心。狄米特律斯在哪里？嘿！那个难听的名字多么合适让他死在我的剑下！

海丽娜 不要这样说，拉山德！不要这样说！即使他爱你的赫米娅又有什么关系？上帝！那又有什么关系？赫米娅仍旧是爱着你的，所以你应该心满意足了。

拉山德 跟赫米娅心满意足吗？不，我真悔恨和她在一起度着的那些可厌的时辰。我不爱赫米娅，我爱的是海丽娜；谁不愿意把一只乌鸦换一头白鸽呢？人们的意志是被理性所支配的，理性告诉我你比她更值得敬爱。凡是生长的东西，不到季节，总不会成熟：我一向因为年轻的缘故，我的理性也不曾成熟；但是现在我的智慧已经充分成长，理性指挥着我的意志，把我引到了你的眼前；在你的眼睛里我可以读到写在最丰美的爱情的经典上的故事。

海丽娜 我怎么忍受得下这种尖刻的嘲笑呢？我什么时候得罪了你，使你这样讥讽我呢？我从来不曾得到过，也永远不会得到，狄米特律斯的一瞥爱怜的眼光，难道那还不够，难道那还不够，年轻人，而你必须再这样挖苦我的短处吗？真的，你侮辱了我；真的，用这种卑鄙的样子向我假意献媚。但是再会吧！我还以为你是个较有教养的上流人。唉！一个女子受到了这一个男人的摈拒，还得忍受那一个男

子的揶揄。（下）

拉山德 她没有看见赫米娅。赫米娅，睡你的吧，再不要走近拉山德的身边了！一个人吃饱了太多的甜食，能使胸胃中发生强烈的厌恶，改信正教的人，最是痛心疾首于以往欺骗他的异端邪说；你也正是这样。让你被一切的人所憎恶吧，但没有别人比我更为憎恶你了。我的一切生命之力啊，用爱和力来尊崇海丽娜，做她的忠实的武士吧！（下）

赫米娅 （醒）救救我，拉山德！救救我！用出你全身力量来，替我在胸口上撵掉这条蠕动的蛇。哎呀，天哪！做了怎样的梦！拉山德，瞧我怎样因害怕而颤抖着。我觉得仿佛一条蛇在嚼食我的心，而你坐在一旁，瞧着它的残酷的肆虐微笑。拉山德！怎么！换了地方了？拉山德！好人！怎么！听不见？去了？没有声音，不说一句话？唉！你在哪儿？要是你听见我，答应一声呀！凭着一切爱情的名义，说话呀！我差不多要因害怕而晕倒了。仍旧一声不响！我明白你已不在近旁了；要是我寻不到你，我定将一命丧亡！（下）

第 三 幕

第一场

林中；提泰妮娅熟睡未醒

| 昆斯、斯纳格、波顿、弗鲁特、斯诺特、斯塔佛林上。

波顿 咱们都会齐了吗？

昆斯 妙极妙极，这儿真是给咱们练戏用的一块再方便也没有的地方。这块草地可以做咱们的戏台，这一丛山楂树便是咱们的后台。咱们可以认真扮演一下；就像当着公爵殿下的面前一个样儿。

波顿 彼得·昆斯，——

昆斯 你说什么，波顿好家伙？

波顿 在这本皮拉摩斯和提斯柏的戏文里，有几个地方准难叫人家满意。第一，皮拉摩斯该得拔出剑来结果自己的性命，这是太太小姐们受不了的。你说可对不对？

斯诺特 凭着圣母娘娘的名字，这可真的不是玩儿的事。

斯塔佛林 我说咱们把什么都做完了之后，这一段自杀可不用表演。

波顿 不必，咱有一个好法子。给咱写一段开场诗，让这段开场诗大概是这么说：咱们的剑是不会伤人的；实实在在皮拉摩斯并不真的把自己干了；顶好再那么声明一下，咱扮着皮拉摩斯的，并不是皮拉摩斯，实在是织工波顿；这么一下她们就不会吓了。

昆斯 好吧，就让咱们有这么一段开场诗，咱可以把它写成八六体①。

波顿 把它再加上两个字，让它是八个字八个字那么的吧。

斯诺特 太太小姐们见了狮子不会起哆索吗？

斯塔佛林 咱担保她们一定会吓怕。

波顿 列位，你们得好好想一想：把一头狮子，老天爷保佑咱们！带到太太小姐们的中间，还有比这更荒唐得可怕的事吗？在野兽中间，狮子是再凶恶不过的。咱们可得考虑考虑。

斯诺特 那么说，就得再写一段开场诗，说他并不真的是狮子。

波顿 不，你应当把他的名字说出来，他的脸蛋的一半要露在狮子头颈的外边；他自己就该说着这样或者诸如此类的话："太太小姐们，"或者说，"尊贵的太太小姐们，咱要求你们，"或者说，"咱请求你们，"或者说，"咱恳求你们，不用害怕，不用发抖；咱可以用生命给你们担保。要是你们想咱真是一头狮子，那咱才真是倒霉啦！不，咱完全不是这种东西；咱是跟别人一个样儿的人。"这么着让他

---

① 八音节六音节相间的诗体。

说出自己的名字来，明明白白地告诉她们，他是细工木匠斯纳格。

昆斯 好吧，就这么办。但是还有两件难事：第一，咱们要把月亮光搬进屋子里来；你们知道皮拉摩斯和提斯柏是在月亮底下相见的。

斯纳格 咱们演戏的那天可有月亮吗？

波顿 拿历本来，拿历本来！瞧历本上有没有月亮，有没有月亮。

昆斯 有的，那晚上有好月亮。

波顿 啊，那么你就可以把大厅上的一扇窗打开，月亮就会打窗子里照进来啦。

昆斯 对了；否则就得叫一个人一手拿着柴枝，一手举起灯笼，登场说他是代表着月亮。现在还有一件事，咱们在大厅里应该有一堵墙；因为故事上说，皮拉摩斯和提斯柏在墙缝里彼此讲话。

斯纳格 你可不能把一堵墙搬进来。你怎么说，波顿？

波顿 让什么人扮做墙头；让他身上带着些灰泥黏土之类，表明他是墙头；让他把手指举起作成那个样儿，皮拉摩斯和提斯柏就可以在手指缝里低声谈话了。

昆斯 那样的话，一切就都已齐全了。来，每个老娘的儿子都坐下来，念着你们的台词。皮拉摩斯，你开头；你说完了之后，就走进那簇树后；这样大家可以按着尾白挨次说下去。

| 迫克自后上。

迫克 那一群伧夫俗子胆敢在仙后卧榻之旁鼓唇弄舌？哈，在那儿演戏！让我做一个听戏的吧；要是觑着

机会的话，也许我还要做一个演员哩。

昆斯 说吧，皮拉摩斯。提斯柏，站出来。

波顿 提斯柏，花儿开得十分腥，——

昆斯 十分香，十分香。

波顿——开得十分香；
你的气息，好人儿，也是一个样。
听，那边有一个声音，你且等一等，
一会儿咱再来和你诉衷情。（下）

迫克 请看皮拉摩斯变成了怪妖精。（下）

弗鲁特 现在该咱说了吧？

昆斯 是的，该你说。你得弄清楚，他是去瞧瞧什么声音去的，等一会儿就要回来。

弗鲁特最俊美的皮拉摩斯，脸孔红如红玫瑰，
肌肤白得赛过纯白的百合花，
活泼的青年，最可爱的宝贝，
忠心耿耿像一头顶好的马。
皮拉摩斯，咱们在宁尼的坟头相会[①]。

昆斯 “尼纳斯的坟头”，老兄。你不要就把这句说出来，那是要你答应皮拉摩斯的：你把要你说的话不管什么尾白不尾白都一古脑儿说出来啦。皮拉摩斯，进来；你的尾白已经给你说过了，是“顶好的马”。

弗鲁特 噢。—忠心耿耿像一头顶好的马。

---

① 宁尼（Ninny）是尼纳斯（Ninus）之讹，尼尼微（Nineveh）城的建立者。Ninny 照字面讲有“傻子”之意。

| 迫克重上；波顿戴驴头随上。

波顿 美丽的提斯柏，咱是整个儿属于你的！

昆斯 怪事！怪事！咱们见了鬼啦！列位，快逃！快逃！救命哪！（众下）

迫克 我要把你们带领得团团乱转，
经过一处处沼地、草莽和林薮；
有时我化作马，有时化作猎犬，
化作野猪、没头的熊或是燐火；
我要学马样嘶，犬样吠，猪样嗥，
熊一样的咆哮，野火一样燃烧。（下）

波顿 他们干么都跑走了呢？这准是他们的恶计，要把咱吓一跳。

| 斯诺特重上。

斯诺特 啊，波顿！你变了样子啦！你头上是什么东西呀？

波顿 是什么东西？你瞧见你自己变成了一头蠢驴啦，是不是？（斯诺特下）

| 昆斯重上。

昆斯 天哪！波顿！天哪！你变啦！（下）

波顿 咱看透他们的鬼把戏；他们要把咱当作一头蠢驴，想出法子来吓咱。可是咱决不离开这块地方，瞧他们怎么办。咱要在这儿跑来跑去；咱要唱个歌儿，让他们听见了知道咱可一点不怕。（唱）
山乌嘴巴黄沉沉，
浑身长满黑羽毛，
画眉唱得顶认真，
声音尖细是欧鸼。

提泰妮娅　（醒）什么天使使我从百花的卧榻上醒来呢？

波顿　鹈鸰，麻雀，百灵鸟，

还有杜鹃爱骂人，

大家听了心头恼，

可是谁也不回声[①]。

真的，谁耐烦跟这么一头蠢鸟斗口舌呢？即使它骂你是乌龟，谁又高兴跟他争辩呢？

提泰妮娅　温柔的凡人，请你唱下去吧！我的耳朵沉醉在你的歌声里，我的眼睛又为你的状貌所迷惑；在第一次见面的时候，你的美姿已使我不禁说出而且矢誓着我爱你了。

波顿　咱想，奶奶，您这可太没有理由。不过说老实话，现今世界上理性可真难得跟爱情碰头在一起；也没有哪位正直的邻居大叔给他俩撮合撮合做朋友，真是抱歉得很。哈，我有时也会说说笑话。

提泰妮娅　你真是又聪明又美丽。

波顿　不见得，不见得。可是咱要是有本事跑出这座林子，那已经很够了。

提泰妮娅　请不要跑出这座林子！不论你愿不愿，你一定要留在这里。我不是一个平常的精灵，夏天永远听从着我的命令；我真是爱你，因此跟我去吧。我将使神仙们侍候你，他们会从海底里捞起珍宝献给你；当

① 杜鹃下卵于他鸟的巢中，故用以喻奸夫，但其后cuckold（由cuckoo化出）一字却用作奸妇本夫的代名词。杜鹃的鸣声即为cuckoo，不啻骂人为“乌龟”；但因闻者不能必其妻子的是否贞洁，故虽恼而不敢作声。

你在花茵上睡去的时候，他们会给你歌唱；而且我要给你洗涤去俗体的垢秽，使你身轻得像个精灵一样。豆花！蛛网！飞蛾！芥子！

| 四神仙上。

豆花 有。

蛛网 有。

飞蛾 有。

芥子 有。

四仙 （合）差我们到什么地方去？

提泰妮娅 恭恭敬敬地伺候这先生，
窜窜跳跳地追随他前行；
给他吃杏子，鹅莓和桑椹，
紫葡萄和无花果儿青青。
去把野蜂的蜜囊儿偷取，
剪下蜂股的蜂蜡做烛炬，
在流萤的火睛里点了火，
照着我的爱人晨兴夜卧；
再摘下彩蝶儿粉翼娇红，
搧去他眼上的月光溶溶。
来，向他鞠一个深深的躬。

四仙 万福，凡人！

波顿 请你们列位先生多多担待担待在下。请教大号是——？

蛛网 蛛网。

波顿 很希望跟您交个朋友，好蛛网先生；要是咱指头儿割破了的话，咱要大胆用到用到您[1]。善良的先生，您的尊号是——？

豆花 豆花。

波顿 啊，请多多给咱向您令堂豆荚奶奶和令尊豆壳先生致意。好豆花先生，咱也很希望跟您交个朋友。先生，您的雅号是——？

芥子 芥子。

波顿 好芥子先生，咱知道您是个饱历艰辛的人；那头恃强凌弱的大牛曾经把您家里好多人都吞去了。不瞒您说，您的亲戚们曾经把咱辣出眼水呢。咱希望跟您交个朋友，好芥子先生。

提泰妮娅 来，侍候着他，引路到我的闺房。
月亮今夜有一颗多泪的眼睛；
小花们也都陪着她眼泪汪汪，
悲悼一些失去失去了的童贞。
吩咐那好人静静走不许作声。（同下）

第二场
林中的另一处

| 奥布朗上。

奥布朗 不知道提泰妮娅有没有醒来；等她一醒来的时候，她就要猛烈地爱上了她第一眼所看到的无论什么东

① 俗云蛛丝能止血。

西了。这边来的是我的使者。

| 迫克上。

奥布朗 啊，疯狂的精灵！在这座夜的魔林里现在有什么事情发生？

迫克 姑娘爱上了一个怪物了。当她昏昏睡熟的时候，在她的隐秘的神圣的卧室之旁，来了一群村汉；他们都是在雅典市集上做工过活的粗鲁的手艺人，聚集在一起练着戏，预备在忒修斯结婚的那天表演。在这一群蠢货的中间，一个最蠢的蠢材扮演着皮拉摩斯；当他退场而走进一簇丛林里去的时候，我就抓住了这个好机会，给他的头上罩上一只死驴的头壳。一会儿他因为必须去答应他的提斯柏，所以这位好伶人又出来了。他们一看见了他，就像雁子望见了蹑足行近的猎人，又像一大群灰鸦听见了枪声，轰然飞起乱叫，四散着横扫过天空一样，大家没命逃走了；又因为我们的跳舞震动了地面，一个个横仆竖倒，嘴里乱喊着救命。他们本来就是那么糊涂，这回吓得完全丧失了神智，没有知觉的东西也都来欺侮他们了：野茨和荆棘抓破了他们的衣服；有的失去了袖子，有的落掉了帽子，败军之将，无论什么东西都是予取予求的。在这种惊惶中我领着他们走去，把变了样子的可爱的皮拉摩斯孤单单地留下；就在那时候，提泰妮娅醒了转来，立刻就爱上了一头驴子了。

奥布朗 这比我所能想得到的计策还好。但是你有没有依照我的吩咐，把那爱汁滴在那个雅典人的眼上呢？

迫克 那我也已经乘他睡熟的时候办好了。那个雅典女人就在他的身边，因此他一醒来，一定便会看见她。

| 狄米特律斯及赫米娅上。

奥布朗 站住，这就是那个雅典人。

迫克 这女人一点不错；那男人可不是。

狄米特律斯 唉！为什么你这样骂着深爱你的人呢？那种毒骂是应该加在你仇敌身上的。

赫米娅 现在我不过把你数说数说罢了；我应该更厉害地对付你，因为我相信你是可咒诅的。要是你已经乘着拉山德睡着的时候把他杀了，那么把我也杀了吧；已经两脚踏在血泊中，索性让杀人的血淹没你的膝盖吧。太阳对于白昼，也没有像他对于我那样的忠心。当赫米娅睡熟的时候，他会悄悄地离开她吗？我宁愿相信地球的中心可以穿成孔道，月亮会从里面钻了过去，在地球的那一端跟她兄长的白昼捣乱[①]。一定是你已经把他杀死了；因为只有杀人的凶徒，脸上才会这样惨白而可怖。

狄米特律斯 被杀者的脸色应该是这样的，你的残酷已经洞穿我的心，因此我应该有那样的脸色；但是你这杀人的，瞧上去却仍然是那么辉煌莹洁，就像那边天上闪耀着的维纳斯一样。

赫米娅 你这种话跟我的拉山德有什么关系？他在哪里呀？啊，好狄米特律斯，把他还给了我吧！

狄米特律斯 我宁愿把他的尸体喂我的猎犬。

赫米娅 滚开，贱狗！滚开，恶狗！你使我再也忍不住了。你

---

① 月神Phoebe是太阳神Phoebus的妹妹。

真的把他杀了吗？从此之后，别再把你算作人吧！啊，看在我的面上，老老实实告诉我，告诉我，你，一个清醒的人，看见他睡着，而把他杀了吗？嗳唷，真勇敢！一条蛇，一条毒蛇，都比不上你；因为它的分叉的毒舌，还不及你的毒心更毒！

狄米特律斯 你的脾气发得好没来由。我并没有杀死拉山德，他也并没有死，照我所知道的。

赫米娅 那么请你告诉我他是安全着。

狄米特律斯 要是我告诉你，我将得到什么好处呢？

赫米娅 你可以得到永远不再看见我的权利。我从此离开你那可憎的脸；无论他死也吧活也吧，你再不要和我相见。（下）

狄米特律斯 在她这样盛怒之中，我还是不要跟着她。让我在这儿暂时停留一会儿。

睡眠欠下了沉忧的债[①]，
心头加重了沉忧的担；
我且把黑甜乡暂时寻访，
还了些还不尽的糊涂账。（卧下睡去）

奥布朗 你干了些什么事呢？你已经大大地弄错了，把爱汁去滴在一个真心的恋人的眼上。为了这次错误，本来忠实的将要变了心肠，而不忠实的仍旧和以前一样。

迫克 一切都是命运在做主；保持着忠心的不过一个人；变心的，把盟誓起了一个毁了一个的，却有百万个人。

---

① 此句意义很曲折，大意谓沉忧唯睡眠可以补偿；但因沉忧过多，而睡眠不足，故睡眠负沉忧之债。

奥布朗 比风还快地去往林中各处访寻名叫海丽娜的雅典女郎吧。她是全然为爱情而憔悴的，痴心的叹息耗去她脸上的血色。用一些幻象把她引到这儿来：我将在他的眼睛上施上魔法，准备他们的见面。

迫克 我去，我去，瞧我一会儿便失了踪迹；
鞑靼人的飞箭都赶不上我的迅疾。（下）

奥布朗 这一朵紫色的小花，
尚留着爱神的箭疤，
让它那灵液的力量，
渗进他眸子的中央。
当他看见她的时光，
让她显出庄严妙相，
如同金星照亮天庭，
让他向她宛转求情。

| 迫克重上。

迫克 报告神仙界的头脑，
海丽娜已被我带到，
她后面随着那少年，
正在哀求着她眷怜。
瞧瞧那痴愚的形状，
人们真蠢得没法想！

奥布朗 站开些；他们的声音
将要惊醒睡着的人。

迫克 两男合爱着一女，
这把戏已够有趣；
最妙是颠颠倒倒，

看着才叫人发笑。

| 拉山德及海丽娜上。

拉山德 为什么你要以为我的求爱不过是向你嘲笑呢？嘲笑和戏谑是永不会伴着眼泪而来的；瞧，我在起誓的时候，是多么感泣着！这样的誓言是不会被人认作虚谎的。明明有着可以证明是千真万确的表记，为什么你会以为我这一切都是出于姗笑呢？

海丽娜 你越来越俏皮了。要是人们所说的真话都是互相矛盾的，那么相信哪一句真话好呢？这些誓言都是应当向赫米娅说的；难道你把她丢弃了吗？把你对她和对我的誓言放在两个秤盘里，一定称不出轻重来，因为都是像空话那样虚浮。

拉山德 当我向她起誓的时候，我实在一点见识都没有。

海丽娜 照我想起来，你现在把她丢弃了，也不像是有见识的。

拉山德 狄米特律斯爱着她，但他不爱你。

狄米特律斯 （醒）啊，海伦！完美的女神！圣洁的仙子！我要用什么来比并你的秀眼呢，我的爱人？水晶是太昏暗了。啊，你的嘴唇，那吻人的樱桃，瞧上去是多么成熟，多么诱人！你一举起你那洁白的妙手，被东风吹着的陶洛斯[①]高山上的积雪，就显得像乌鸦那么黯黑了。让我吻一吻那纯白的女王，这幸福的象征吧！

海丽娜 唉，倒霉！该死！我明白你们都在把我取笑；假如你们是懂得礼貌有教养的人，一定不会这样侮辱

① 陶洛斯（Taurus），小亚细亚山脉名。

我。我知道你们都讨厌着我，那么就讨厌我好了，为什么还要联合起来讥讽我呢？你们瞧上去都像堂堂男子，如果真是堂堂男子，就不该这样对待一个有身份的妇女：发着誓，赌着咒，过誉着我的好处，但我断得定你们的心里却在讨厌我。你们两人一同爱着赫米娅，现在转过身来一同把海丽娜嘲笑，真是大丈夫的行为，为着取笑的缘故逼一个可怜的女人流泪！高尚的人决不会这样轻侮一个闺女，逼到她忍无可忍，只是因为给你们寻寻开心。

拉山德 你太残忍，狄米特律斯，不要这样；因为你爱着赫米娅，这你知道我是十分明白的。现在我用全心和好意把我在赫米娅的爱情中的地位让给你；但你也得把海丽娜的爱情让给我，因为我爱她，并且将要爱她到死。

海丽娜 从来不曾有过嘲笑者浪费过这样无聊的口舌。

狄米特律斯 拉山德，保留着你的赫米娅吧，我不要；要是我曾经爱过她，那爱情现在也已经消失了。我的爱不过像过客一样暂时驻留在她的身上，现在它已经回到它的永远的家，海丽娜的身边，再不到别处去了。

拉山德 海伦，他的话是假的。

狄米特律斯 不要侮蔑你所不知道的真理，否则你将以生命的危险重重补偿你的过失。瞧！你的爱人来了；那边才是你的爱人。

| 赫米娅上。

赫米娅 黑夜使眼睛失去它的作用，但却使耳朵的听觉更为灵敏。我的眼睛不能寻到你，拉山德；但多谢我的

耳朵，使我能闻见你的声音。你为什么那样忍心地离开了我呢？

拉山德 爱情驱着一个人走的时候，为什么他要滞留呢？

赫米娅 哪一种爱情能把拉山德驱开我的身边？

拉山德 拉山德的爱情使他一刻也不能停留；美丽的海丽娜，她照耀着夜天，使一切明亮的繁星黯然无色。为什么你要来寻找我呢？难道这还不能使你知道我因为厌恶你的缘故，才这样离开了你吗？

赫米娅 你说的不是真话；那不会是真的。

海丽娜 瞧！她也是他们的一党。现在我明白了他们三个人一起联合了用这种恶戏欺凌我。欺人的赫米娅！最没有良心的丫头！你竟然和这种人一同算计着向我开这种卑鄙的玩笑作弄我吗？难道我们两人从前的种种推心置腹，约为姊妹的盟誓，在一起怨恨疾足的时间这样快便把我们拆分的那种时光，啊！都已经忘记了吗？我们在同学时的那种情谊，一切童年的天真，都已经完全在脑后了吗？赫米娅，我们两人曾经像两个精巧的针神，在一起绣着同一朵花，描着同一个图样，我们同坐在一个椅垫上，齐声地曼吟着同一个歌儿，就像我们的手、我们的身体、我们的声音、我们的思想，都是连在一起不可分的样子。我们这样生长在一起，正如并蒂的樱桃，看似两个，其实却连生在一起；我们是结在同一茎上的两颗可爱的果实，我们的身体虽然分开，我们的心却只有一个。难道你竟把我们从前的友好丢弃不顾，而和男人们联合着嘲弄你的可怜的朋友吗？这种行为太没有朋友的情谊，而且也不合一个少女的身份。不单是我，我们全体女人都可以攻击你，虽然受到委屈的只是我一个。

赫米娅 你这种愤激的话真使我惊奇。我并没有嘲弄你；似乎你在嘲弄我哩。

海丽娜 你不曾唆使拉山德跟随我，假意称赞我的眼睛和脸孔吗？你那另一个爱人，狄米特律斯，不久之前还曾要用他的脚踢开我，你不曾使他称我为女神，仙子，神圣而希有的，珍贵的，超乎一切的人吗？为什么他要向他所讨厌的人说这种话呢？拉山德的灵魂里是充满了你的爱的，为什么他反而要摈斥你，却要把他的热情奉献给我，倘不是因为你的指使，因为你们曾经预先商量好？即使我不像你那样得人爱怜，那样被人追求不舍，那样好幸运，而是那样倒霉，因为得不到我所爱的人的爱情，那和你又有什么关系呢？你应该可怜我而不应该侮蔑我的。

赫米娅 我不懂你说这种话的意思。

海丽娜 好，尽管装腔下去，扮着这一付苦脸，等到我一转背，就要向我作嘴脸了；大家彼此睒睒眼睛，把这个绝妙的玩笑尽管开下去吧，将来会记载在历史上的。假如你们是有同情心，懂得礼貌的，就不该把我当作这样的笑柄。再会吧；一半也是我自己的不好，死别或生离不久便可以补赎我的错误。

拉山德 不要走，温柔的海丽娜！听我解释。我的爱！我的生命！我的灵魂！美丽的海丽娜！

海丽娜 多好听的话！

赫米娅 亲爱的，不要那样嘲笑她。

狄米特律斯 要是她的恳求不能使你不说那种话，我将强迫你闭住你的嘴。

拉山德 她也不能恳求我，你也不能强迫我；你的威胁正和她的软弱的祈告同样没有力量。海伦，我爱你！凭着我的生命起誓，我爱你！谁说我不爱你的，我愿意用我的生命证明他说谎；为了你我是乐意把生命捐弃的。

狄米特律斯 我说我比他更要爱你得多。

拉山德 要是你这样说，那么把剑拔出来证明一下吧。

狄米特律斯 好，快些，来！

赫米娅 拉山德，这一切究竟是怎么一回事呢？

拉山德 走开，你这黑奴[1]！

狄米特律斯 你可不能骗我而自己逃走；假意说着来来，却在准备乘机溜去。你是个不中用的汉子，来吧！

拉山德 （向赫米娅）放开手，你这猫！你这牛蒡子[2]！贱东西，放开手！否则我要像摔走一条蛇那样摔走你了。

赫米娅 为什么你变得这样凶暴？究竟是什么缘故呢，爱人？

拉山德 你的爱人！走开，黑鞑子！走开！可厌的毒物，给我滚吧！

赫米娅 你还是在开玩笑吗？

海丽娜 是的，你也是。

---

① 原文You Ethiop! 因赫米娅肤色微黑，故云。第二幕中有“把乌鸦换白鸽”之语，亦此意；海丽娜肤色白皙，故云白鸽也。

② 牛蒡（burdock）所结的子，上有针刺，易攀附人衣。

拉山德 狄米特律斯，我一定不失信于你。

狄米特律斯 你的话可有些不能算数，因为人家的柔情在牵系住你。我可信不过你的话。

拉山德 什么！难道要我伤害她，打她，杀死她吗？虽然我厌恨她，我还不至于这样残忍。

赫米娅 啊！还有什么事情比之你厌恨我更残忍呢？厌恨我！为什么呢？天哪！究竟是怎么一回事呢，我的好人？难道我不是赫米娅了吗？难道你不是拉山德了吗？我现在生得仍旧跟以前一个样子。就在这一夜里你还曾爱过我；但就在这一夜里你离开了我。那么你真的——唉，天哪！——存心着离开我吗？

拉山德 一点不错，而且再不要看见你的脸了；因此你可以断了念头，不必疑心，我的话是千真万确的：我厌恨你，我爱海丽娜，一点不是开玩笑。

赫米娅 天啊！你这骗子！你这花中的蛀虫！你这爱情的贼！哼！你乘着黑夜，悄悄地把我的爱人的心偷了去吗？

海丽娜 真好！难道你一点女人家的羞耻都没有，一点不晓得难为情了吗？哼！你一定要引得我破口说出难听的话来吗？哼！哼！你这装腔作势的人！你这给人家愚弄的小玩偶！

赫米娅 小玩偶！噢，原来如此。现在我才明白了她把她的身材跟我比较；她自夸她生得长，用她那身材，那高高的身材，赢得了他的心。因为我生得矮小，所以他便把你看得高不可及了吗？我是怎样一个矮法？你这涂朱抹粉的花棒儿！请你说，我是怎样矮法？矮虽矮，我的指爪还挖得着你的眼珠哩！

海丽娜 先生们，虽然你们都在嘲弄我，但我求你们别让她伤害我。我从来不曾使过性子；我也完全不懂得怎样跟人家闹架儿；我是一个胆小怕事的女子。不要让她打我。也许你们以为她比我生得矮些，我可以打得过她。

赫米娅 生得矮些！听，又来了！

海丽娜 好赫米娅，不要对我这样凶！我一直是爱你的，赫米娅，有什么事总跟你商量，从来不曾对你做过欺心的事；除了这次，为了对于狄米特律斯的爱情的缘故，我把你私奔到这座林中的事告诉了他。他追踪着你；为了爱，我又追踪着他；但他一直是斥骂着我，威吓着我说要打我，踢我，甚至于要杀死我。现在你让我悄悄地去了吧；我愿带着我的愚蠢回到雅典去，不再跟着你们了。让我走；你瞧我是多么傻多么痴心！

赫米娅 好，你去就去吧，谁在拦住你？

海面娜 一颗发痴的心，但我把它丢弃在这里了。

赫米娅 噢，给了拉山德了是不是？

海丽娜 不，是狄米特律斯。

拉山德 不要怕，她不会伤害你的，海丽娜。

狄米特律斯 当然不会的，先生；即使你帮着她也不要紧。

海丽娜 啊，她一发起怒来，真是又凶又狠。在学校里她就是出名的雌老虎；长得很小的时候，便已是那么凶了。

赫米娅 又是“很小”！老是矮啊小啊的说个不住！为什么你让她这样讥笑我呢？让我跟她拼命去。

拉山德 滚开，你这矮子！你这发育不全的三寸丁！你这念佛珠！你这小青豆！

狄米特律斯 她用不着你的帮忙，因此不必那样乱献殷勤。让她去；不许你嘴里再提到海丽娜。要是你再略为向她献媚一下，就请你当心着吧！

拉山德 现在她已经不再拉住我了；你要是有胆子，跟我来吧，我们倒要试试看究竟海丽娜该是属于谁的。

狄米特律斯 跟你来！嘿，我要和你并着肩走呢。（拉山德、狄米特律斯二人下）

赫米娅 你，小姐，这一切的纷扰都是因为你的缘故。嗳，别逃啊！

海丽娜 我怕你，我不敢跟脾气这么大的你在一起。打起架来，你的手比我快得多；但我的腿比你长些，逃起来你追不上我。（下）

赫米娅 我简直莫名其妙，不知道说些什么话好。（下）

奥布朗 这是你的大意所致；倘不是因为你弄错了，一定是你故意在捣蛋。

迫克 相信我，仙王，是我弄错了。你不是对我说只要认清楚那人穿着雅典的衣裳？照这样说起来我完全不曾错，因为我是把花汁滴在一个雅典人的眼上。事情会弄到这样我是满快活的，因为他们的吵闹看着怪有趣味。

奥布朗 你瞧这两个恋人找地方打架去了，因此，罗宾，快去把夜天遮暗了；你就去用像冥河的水一样黑的浓雾盖住了星空，再引这两个声势汹汹的仇人迷失了路，不要让他们碰在一起。有时你学着拉山德的声音痛骂狄米特律斯，有时学着狄米特律斯的样子斥责拉山德：

用这种法子把他们两个分开，直到他们奔波得精疲力竭，死一样的睡眠拖着铅样沉重的腿和蝙蝠的翼膀爬上了他们的额上；然后你把这草挤出汁来涂在拉山德的眼睛上，它能够解去一切的错误，使他的眼睛恢复从前的眼光。等他们醒来之后，这一切的戏谑，就会像是一场梦境或是空虚的幻象；这一班恋人们便将回到雅典去，一同走着无穷的人生的路程直到死去。在我差遣你去做这件事的时候，我要去访问我的王后，向她讨那个印度孩子；然后我要解除她眼中所见的怪物的幻觉，一切事情都将和平解决。

迫克 这事我们必须赶早办好，主公，
因为黑夜已经驾起他的飞龙；
晨星，黎明的先驱，已照亮苍穹；
一个个鬼魂四散地奔返殡宫：
还有那横死的幽灵抱恨长终，
道旁水底有他们的白骨成丛，
为怕白昼揭破了丑恶的形容，
早已向重泉归寝相伴着蛆虫；
他们永远照不到日光的融融，
只每夜在暗野里凭吊着凄风。

奥布朗 但你我可完全不能比并他们；
晨光中我惯和猎人一起游巡，
如同林居人一样踏访着丛林：
即使东方开启了火红的天门，
大海上照耀万道灿烂的光针，
青碧的巨浸化成了一片黄金，

但我们应该早早办好这事情，
最好别把它迁延着直到天明。（下）

迫克 奔到这边来，奔过那边去；
我要领他们，奔来又奔去。
林间和市上，无人不怕我；
我要领他们，走尽林中路。
这儿来了一个。

| 拉山德重上。

拉山德 你在哪里，骄傲的狄米特律斯？说出来！

迫克 在这儿，恶徒！把你的剑拔出来准备着吧。你在哪里？

拉山德 我立刻就过来。

迫克 那么跟我来吧，到平坦一点的地方。（拉山德随声音下）

| 狄米特律斯重上。

狄米特律斯 拉山德，你再开口啊！你逃走了，你这懦夫！你逃走了吗？说话呀！躲在那一堆树丛里吗？你躲在哪里呀？

迫克 你这懦夫！你在向星子们夸口，向树林子挑战，但是却不敢过来吗？来，卑怯汉！来，你这小孩子！我要好好抽你一顿。谁要跟你比剑才真倒霉！

狄米特律斯 呀，你在那边吗？

迫克 跟我的声音来吧；这儿不是适宜我们战斗的地方。（同下）

| 拉山德重上。

拉山德 他走在我的前头，老是挑激着我上前；一等我走到

他叫喊着的地方，他又早已不在。这个坏蛋比我脚步快得多，我越是追得快，他可逃得更快，使我在黑暗崎岖的路上绊跌了一交。让我在这儿休息一下吧。（躺下）来吧，你仁心的白昼！只要你一露出你的一线灰白的微光，我就可以看见狄米特律斯而洗雪这次仇恨了。（睡去）

| 迫克及狄米特律斯重上。

迫克 呵！呵！呵！懦夫！你为什么不来？

狄米特律斯 要是你有胆量的话，等着我吧；我全然明白你跑在我前面，从这儿窜到那儿，不敢站住，也不敢当着我的面。你现在在什么地方？

迫克 过来，我在这儿。

狄米特律斯 哼，你在摆布我。要是天亮了我看见你的脸孔，你好好地留点儿神；现在，去你的吧！疲乏逼着我倒下在这寒冷的地上，等候着白天的降临。（躺下睡去）

| 海丽娜重上。

海丽娜 疲乏的夜啊！冗长的夜啊！减少一些你的时辰吧！从东方出来的安慰，快照耀起来吧！好让我藉着晨光回到雅典去，离开这一群人，他们大家都讨厌着可怜的我。慈悲的睡眠，有时你闭上了悲伤的眼睛，求你暂时让我忘却了自己的存在吧！（躺下睡去）

迫克 两男加两女，四个无错误；
三人已在此，一人在何处？
哈哈她来了，满脸愁云罩：
爱神真不好，惯惹人烦恼！

| 赫米娅重上。

赫米娅 从来不曾这样疲乏过，从来不曾这样伤心过！我的身上沾满了露水，我的衣裳被荆棘所抓破；我跑也跑不动，爬也爬不动了；我的两条腿再也不能从着我的心愿。让我在这儿休息一下以待天明。要是他们真要格斗的话，愿天保佑拉山德吧！（躺下睡去）

迫克 梦将残，睡方酣，
神仙药，祛幻觉，
百般迷梦全消却。（挤草汁于拉山德眼上）
醒眼见，旧人脸，
乐满心，情不禁，
从此欢爱复深深。
一句俗语说得好，
各人各有各的宝：
哥儿爱姊儿，
两两无参差；
失马复得马，
一场大笑话！（下）

第 四 幕

第一场

林中；拉山德、狄米特律斯、海丽娜、赫米娅酣睡未醒

| 提泰妮娅及波顿上，众仙随侍；奥布朗潜随其后。

提泰妮娅 来，坐下在这花床上。我要爱抚你的可爱的脸颊；我要把麝香玫瑰插在你柔软光滑的头颅上；我要吻你的美丽的大耳朵，我的温柔的宝贝！

波顿 豆花呢？

豆花 有。

波顿 替咱把头搔搔，豆花儿。蛛网先生在哪儿？

蛛网 有。

波顿 蛛网先生，好先生，把您的刀拿好，替咱把那蓟草叶尖上的红屁股的野蜂儿杀了；然后，好先生，替咱把蜜囊儿拿来。干那事的时候可别太性急，先生；而且，好先生，当心别把蜜囊儿给弄破了；要是您在蜜囊里头淹死了，那咱可不很乐意，先生。芥子先生在哪儿？

芥子 有。

波顿 把您的小手儿给我，芥子先生。请您不用多礼了吧，好先生。

芥子 你有什么吩咐？

波顿 没有什么，好先生，只是帮蛛网君替咱搔搔痒。咱一定得理发去，先生，因为咱觉得脸上毛得很。咱是一头感觉非常灵敏的驴子，要是一根毛把咱触痒了，咱就非得搔一下子不可。

提泰妮娅 你要不要听一些音乐，我的好人？

波顿 咱很懂得一点儿音乐。咱们来一下子莲花落吧。

提泰妮娅 好人，你要吃些什么呢？

波顿 真的，来一堆刍秣吧；您要是有好的干麦秆，也可以给咱大嚼一顿。咱想，咱怪想吃那么一捆干草；好干草，美味的干草，什么也比不上它。

提泰妮娅 我有一个善于冒险的小神仙，可以给你到松鼠的仓里取下些新鲜的榛栗来。

波顿 咱宁可吃一把两把干豌豆。但是谢谢您，吩咐您那些人们别惊动咱吧，咱想要睡他妈的一个觉。

提泰妮娅 睡吧，我要把你抱在我的臂中。神仙们，往各处散开去吧。（众仙下）菟丝也正是这样温柔地缠附着芬芳的金银花；女萝也正是这样缱绻着榆树的臂枝。啊，我是多么爱你！我是多么热恋着你！（同睡去）

| 迫克上。

奥布朗 （上前）欢迎，好罗宾！你见不见这种可爱的情景？我对于她的痴恋开始有点不忍了。刚才我在树林后面遇见她正在为这个可憎的蠢货找寻爱情的礼物，我就谴责她，因为那时她把芬芳的鲜花制成花

环，环绕着他那毛茸茸的额角；原来在嫩蕊上晶莹饱满，如同东方的明珠一样的露水，如今却含在那一朵朵美艳的小花的眼中，像是盈盈欲泣的眼泪，痛心着它们所受的耻辱。我把她尽情嘲骂一番之后，她低声下气地请求我息怒，于是我便乘机向她索讨那个换儿；她立刻把他给了我，差她的仙侍把他送到了我的寝宫里。现在我已经到手了这个孩子，我将解去她眼中这种可憎的迷惑。好迫克，你去把这雅典村夫头上的变形的头盖揭下，好让他和大家一同醒来的时候，可以回到雅典去，把这晚间一切发生的事只当作了一场梦魇。但是先让我给仙后解去了魔法吧。（以草触她的眼睛）

回复你原来的本性，
解去你眼前的幻景；
这一朵女贞花采自月姊园庭，
它会使爱情的小卉失去功能。
喂，我的提泰妮娅，醒醒吧，我的好王后！

提泰妮娅 我的奥布朗！我看见了怎样的幻景！好像我爱上了一头驴子啦。

奥布朗 那边就是你的爱人。

提泰妮娅 这一切事情怎么会发生的呢？啊，现在我看见他的样子是多么惹气！

奥布朗 静一会儿。罗宾，把他的头壳揭下了。提泰妮娅，叫他们奏起音乐来吧，让这五个人睡得全然失去了知觉。

提泰妮娅 来，奏起催眠的乐声柔婉！（音乐）

迫克 等你一醒来的时候，蠢汉，

用你自己的傻眼睛瞧看。

奥布朗 奏下去，音乐！来，我的王后，让我们携手同行，让我们的舞蹈震动这些人睡着的地面。现在我们已经言归于好，明天夜半将要一同到忒修斯公爵的府中跳着庄严的欢舞，祝福他家繁荣昌盛。这两对忠心的恋人也将在那里和忒修斯同时举行婚礼，大家心中充满了喜乐。

迫克仙王，仙王，留心听，

我闻见云雀歌吟。

奥布朗 王后，让我们静静

追随着夜的踪影；

我们环绕着地球，

快过明月的光流。

提泰妮娅 夫君，请你在一路

告诉我一切缘故，

这些人来自何方，

当我熟睡的时光。（同下。幕内号角声）

| 忒修斯、希波吕忒、伊吉斯及侍从等上。

忒修斯 你们中间谁去把猎奴唤来。我们已把五月节的仪式遵行，现在还不过是清晨，我的爱人应当听一听猎犬的音乐。把它们放在西面的山谷里；快去把猎奴唤来。美丽的王后，让我们到山顶上去，领略着猎犬们的吠叫和山谷中的回声应和在一起的妙乐吧。

希波吕忒 我曾经同赫剌克勒斯[1]和卡德摩斯[2]一起在克里特[3]林中行猎，他们用斯巴达的猎犬追赶着巨熊，那种雄壮的吠声我真是第一次听到；除了丛林之外，天空和群山，以及一切附近的区域，似乎混成了一片交互的呐喊。我从来不曾听见过那样谐美的喧声，那样悦耳的雷鸣。

忒修斯 我的猎犬也是斯巴达种，一样的颊肉下垂，一样的黄沙的毛色；它们的头上垂着两片挥拂晨露的耳朵；它们的膝骨是弯曲的，并且像忒萨利亚[4]种的公牛一样喉头长着垂肉。它们在追逐时不很迅速，但它们的吠声彼此高下相应，就像钟声那样合调。无论在克里特、斯巴达或是忒萨利亚，都不曾有过这么一队吠得更好听的猎犬；你听见了之后便可以自己判断。但是且慢！这些都是什么仙女？

伊吉斯 殿下，这儿躺着的是我的女儿；这是拉山德；这是狄米特律斯；这是海丽娜，奈达老人的女儿。我不知道他们怎么都在这儿。

忒修斯 他们一定早起守五月节，因为闻知了我们的意旨，所以赶到这儿来参加我们的典礼。但是，伊吉斯，今天不是赫米娅应该决定她的选择的日子了吗？

伊吉斯 是的，殿下。

忒修斯 去，叫猎奴们吹起号角来惊醒他们。（幕内号角及呐

---

① 赫剌克勒斯（Hercules），希腊神话中的著名英雄。
② 卡德摩斯（Cadmus）是忒拜城（Thebes）的第一个国王。
③ 克里特（Crete）为地中海岛名。
④ 忒萨利亚（Thessaly），希腊地名。

喊声；拉山德、狄米特律斯、赫米娅、海丽娜四人惊醒跳起）早安，朋友们！情人节早已过去了，你们这一辈林鸟到现在才配起对来吗[1]？

拉山德 请殿下恕罪！（偕余人并跪下）

忒修斯 请你们站起来吧。我知道你们两人是对头冤家，怎么会变得这样和气，大家睡在一块儿，没有一点猜嫉了呢？

拉山德 殿下，我现在还是糊里糊涂，不知道应当怎样回答您的问话；但是我敢发誓说我真的不知道怎么会在这儿；但是我想，——我要说老实话，我现在记起来了，一点不错，我是和赫米娅一同到这儿来的；我们想要逃出雅典，避过了雅典法律的峻严，我们便可以——

伊吉斯 够了，够了，殿下；话已经说得够了。我要求依法，依法惩办他。他们打算，他们打算逃走，狄米特律斯，用那种手段欺弄我们，使你的妻子落了空，使我给你的允许也落了空。

狄米特律斯 殿下，海丽娜告诉了我他们的出奔，告诉了我他们到这儿林中来的目的；我在盛怒之下追踪他们，同时海丽娜因为痴心的缘故也追踪着我。但是，殿下，我不知道什么一种力量，——但一定是有一种力量，——使我对于赫米娅的爱情会像霜雪一样涣解，现在想起来就像一段童年时所爱好的一件玩物的记忆一样；我一切的忠信、一切的心思、一切乐

① 情人节（St. Valentine's Day）在二月十四日，众鸟于是日择偶。

意的眼光，都是属于海丽娜一个人了。我在没有认识赫米娅之前，殿下，就已经和她订过盟约；但正如一个人在生病的时候一样，我厌弃着这一道珍馐，等到健康恢复，就会回复了正常的胃口。现在我希求着她，珍爱着她，思慕着她，将要永远忠心于她。

忒修斯 俊美的恋人们，我们相遇得很巧；等会儿我们便可以再听你们把这段话讲下去。伊吉斯，你的意志只好屈服一下了；这两对少年不久便将跟我们一起在庙堂中缔结永久的鸳盟。现在清晨快将过去，我们本来准备的行猎只好中止。跟我们一起到雅典去吧；三三成对地，我们将要大张盛宴。来，希波吕忒。（忒修斯、希波吕忒、伊吉斯及侍从下）

狄米特律斯 这些事情似乎微细而无从捉摸，好像化为云雾的远山一样。

赫米娅 我觉得好像这些事情我都用昏花的眼睛看着，一切都化作了层叠的两重似的。

海丽娜 我也是这样想。我得到了狄米特律斯，像是得到了一颗宝石，好像是我自己的，又好像不是我自己的。

狄米特律斯 你们真能断定我们现在是醒着吗？我觉得我们还是在睡着做梦。你们是不是以为公爵在这儿，叫我们跟他走吗？

赫米娅 是的，我的父亲也在。

海丽娜 还有希波吕忒。

拉山德 他确曾叫我们跟他到庙里去。

狄米特律斯 那么我们真已经醒了。让我们跟着他走；一路上讲

着我们的梦。（同下）

波顿 （醒）轮到咱的尾白的时候，请你们叫咱一声，咱就会答应；咱下面的一句是，“最美丽的皮拉摩斯。”喂！喂！彼得·昆斯！弗鲁特，修风箱的！斯诺特，补锅子的！斯塔佛林！他妈的！悄悄地溜走了，把咱撇下在这儿一个人睡觉吗？咱做了一个奇怪得了不得的梦。没有人说得出那是怎样的一个梦；要是谁想把这个梦解释一下，那他一定是一头驴子。咱好像是——没有人说得出那是什么东西；咱好像是——，咱好像有——，但要是谁敢说出来咱好像有什么东西，那他一定是一个蠢材。咱那个梦啊，人们的眼睛从来没有听到过，人们的耳朵从来没有看见过，人们的手也尝不出来是什么味道，人们的舌头也想不出来是什么道理，人们的心也说不出来究竟那是怎样的一个梦。咱要叫彼得·昆斯给咱写一首歌儿咏一下这个梦，题目就叫做《波顿的梦》；咱要在演完戏之后当着公爵大人的面前唱这个歌，——或者还是等咱死了之后再唱吧。（下）

第二场
雅典；昆斯的家中

| 昆斯、弗鲁特、斯诺特、斯塔佛林上。

昆斯 你们差人到波顿家里去过了吗？他还没有回家吗？

斯塔佛林 一点消息都没有。他准是给妖精拐了去了。

弗鲁特 要是他不回来，那么咱们的戏就要搁起来啦；它不能再演下去，是不是？

昆斯 那当然演不下去啰；整个雅典城里除了他之外就没有第二个人可以演皮拉摩斯。

弗鲁特 谁也演不了；他在雅典手艺人中间简直是最聪明的一个。

昆斯 对，而且也是顶好的人；他有一副好喉咙，吊起膀子来真是顶括括的。

弗鲁特 你说错了，你应当说“吊嗓子”。吊膀子，天老爷！那是一件难为情的事。

| 斯纳格上。

斯纳格 列位，公爵大人刚从庙里出来，还有两三位贵人和小姐们也在同时结了婚。要是咱们的玩意儿能够干下去，咱们一定大家都有好处。

弗鲁特 哎呀，可爱的波顿好家伙！他从此就不能再拿到六便士一天的恩俸了。他准可以拿到六便士一天的。咱可以赌咒公爵大人见了他扮演皮拉摩斯，一定会赏给他六便士一天。他应该可以拿到六便士一天的；扮演了皮拉摩斯，应该拿六便士一天，少一个子儿都不行。

| 波顿上。

波顿 孩儿们在什么地方？心肝们在什么地方？

昆斯 波顿！哎呀，顶好顶好的日子，顶吉利顶吉利的时辰！

波顿 列位，咱要讲古怪事儿给你们听，可不许问咱什么事；要是咱对你们说了，咱不算是真的雅典人。咱要把一切全都告诉你们，一个字也不漏掉。

昆斯 讲给咱们听吧，好波顿。

波顿 关于咱自己的事可一个字也不能告诉你们。咱要报告给你们知道的是，公爵大人已经用过正餐了。把你们的行头收拾起来，胡须上要用坚牢的穿绳，乌靴上要结簇新的缎带；立刻在宫门前集合；各人温熟了自己的台词；总而言之一句话，咱们的戏已经送上去了。无论如何，可得叫提斯柏穿一件干净一点的衬衫；还有扮演狮子的那位别把指甲修去，因为那是要露出在外面当作狮子的脚爪的。顶要紧的，列位老板们，别吃洋葱和大蒜，因为咱们可不能把人家熏倒了胃口；咱一定会听见他们说，“这是一出风雅的喜剧。”完了，去吧！去吧！（同下）

第 五 幕

第一场

雅典；忒修斯宫庭

| 忒修斯、希波吕忒、菲劳斯特莱特及大臣侍从等上。

希波吕忒 忒修斯，这些恋人们所说的话真是奇怪的很。

忒修斯 奇怪得不像会是真实。我永不相信这种古怪的传说和神仙的游戏。情人们和疯子们都富于纷乱的思想和成形的幻觉，他们所理会到的永远不是冷静的理智所能充分了解。疯子、情人和诗人，都是空想的产儿：疯子眼中所见的鬼，多过于广大的地狱所能容纳；情人，同样是那么狂妄地，能从埃及的黑脸上看见海伦的美貌；诗人的眼睛在神奇的狂放的一转中，便能从天上看到地下，从地下看到天上。想象会把不知名的事物用一种形式呈现出来，诗人的笔再使它们具有如实的形象，空虚的无物也会有了居处和名字。强烈的想象往往具有这种本领，只要一领略到一些快乐，就会相信那种快乐的背后有一个赐予的人；夜间一转到恐惧的念头，一株灌木一下子便会变成一头熊。

希波吕忒 但他们所说的一夜间全部的经历，以及他们大家心理上都受到同样影响的一件事实，可以证明那不会是幻想。虽然那故事是怪异而惊人，却并不令人不能置信。

忒修斯 这一班恋人们高高兴兴地来了。

| 拉山德、狄米特律斯、赫米娅、海丽娜上。

忒修斯 恭喜，好朋友们！恭喜！愿你们心灵里永远享受着没有阴翳的爱情日子！

拉山德 愿更大的幸福永远追随着殿下的起居！

忒修斯 来，我们应当用什么假面剧或是舞蹈来消磨在尾餐和就寝之间的三点钟悠长的岁月呢？我们一向掌管戏乐的人在哪里？有哪几种余兴准备着？有没有一出戏剧可以祛除难挨的时辰里按捺不住的焦灼呢？叫菲劳斯特莱特过来。

菲劳斯特莱特 有，伟大的忒修斯。

忒修斯 说，你有些什么可以缩短这黄昏的节目？有些什么假面剧？有些什么音乐？要是一点娱乐都没有，我们怎么把这迟迟的时间消度过去呢？

菲劳斯特莱特 这儿是一张预备好的各种戏目的单子，请殿下自己拣选哪一项先来。（呈上单子）

忒修斯 “马人[1]之战，由一个雅典太监和竖琴而唱。”那个我们不要听；我已经告诉过我的爱人这一段表彰我的

---

① 马人（Centaurs）一名乃借译，是神话中一种半人半马的怪物，赫剌克勒斯曾战而胜之。

姻兄赫剌克勒斯[1]武功的故事了。“醉酒者之狂暴，特剌刻歌人[2]惨遭肢裂的始末。”那是老调，当我上次征服忒拜凯旋回来的时候就已经表演过了。“九缪斯神[3]痛悼学术的沦亡。”那是一段犀利尖刻的讽刺，不适合于婚礼时的表演。“关于年轻的皮拉摩斯及其爱人提斯柏的冗长的短戏，非常悲哀的趣剧。”悲哀的趣剧！冗长的短戏！那简直是说灼热的冰，发烧的雪。这种矛盾怎么能调和起来呢？

菲劳斯特莱特 殿下，一出一共只有十来个字那么长的戏，当然是再短没有了；然而即使只有十个字，也会嫌太长，叫人看了厌倦；因为在全剧之中，没有一个字是用得恰当的，没有一个演员是支配得适如其分的。那本戏的确很悲哀，殿下，因为皮拉摩斯在戏里要把自己杀死。那一场我看他们预演的时候，我得承认确曾使我的眼中充满了眼泪；但那些泪都是在纵声大笑的时候忍俊不住而流着的，再没有人流过比那更开心的泪了。

忒修斯 扮演这戏的是些什么人呢？

菲劳斯特莱特 都是在这儿雅典城里做工过活的胼手胝足的汉子。他们从来不曾用过头脑，今番为了准备参加殿下的婚礼，才辛辛苦苦地把这本戏记诵起来。

忒修斯 好，就让我们听一下吧。

---

① 普卢塔克（Plutarch）以忒修斯及赫剌克勒斯为母系亲属。
② 特剌刻（Thrace）歌人指俄耳甫斯（Orpheus），遭酗酒妇人所肢裂而死。
③ 九缪斯神（Nine Muses）即司文艺学术的九女神。

菲劳斯特莱特 不，殿下，那是不配烦渎您的耳朵的。我已经听完过他们一次，简直一无足取；除非你嘉纳他们的一片诚心和苦苦背诵的辛勤。

忒修斯 我要把那本戏听一次，因为纯朴和忠诚所呈献的礼物，总是可取的。去把他们带来。各位夫人女士们，大家请坐下。（菲劳斯特莱特下）

希波吕忒 我不欢喜看见微贱的人做他们力量所不及的事，忠诚因为努力的狂妄而变成毫无价值。

忒修斯 啊，亲爱的，你不会看见他们糟到那地步。

希波吕忒 他说他们根本不会演戏。

忒修斯 那更显得我们的宽宏大度，虽然他们的劳力毫无价值，他们仍能得到我们的嘉纳。我们可以把他们的错误作为取笑的资料。我们不必较量他们那可怜的忠诚所不能达到的成就，而该重视他们的辛勤。凡是我所到的地方，那些有学问的人都预先准备好欢迎辞迎接我；但是一看见了我，便发抖脸色变白，句子没有说完便中途顿住，话儿梗在喉中，吓得说不出来，结果是一句欢迎我的话都没有说。相信我，亲爱的，从这种无言中我却领受了他们一片欢迎的诚意；在诚惶诚恐的忠诚的畏怯上表示出来的意味，并不少于一条娓娓动听的辩舌。因此，爱人，照我所能观察到的，无言的纯朴所表示的情感，才是最丰富的。

| 菲劳斯特莱特重上。

菲劳斯特莱特 请殿下示，念开场诗的预备登场了。

忒修斯 让他上来吧。（喇叭奏花腔）

| 昆斯上，念开场诗。

昆斯 要是咱们，得罪了请原谅。
咱们本来是，一片的好意，
想要显一显。薄薄的技俩，
那才是咱们原来的本意。
因此列位咱们到这儿来。
为的要让列位欢笑欢笑，
否则就是不曾。到这儿来，
如果咱们。惹动列位气恼。
一个个演员，都将，要登场，
你们可以仔细听个端详①。

忒修斯 这家伙简直乱来。

拉山德 他念他的开场诗就像骑一头顽劣的小马一样，乱冲乱撞，该停的地方不停，不该停的地方偏偏停下。殿下，这是一个好教训：单是会讲话不能算数，要讲话总该讲得像个路数。

希波吕忒 真的，他就像一个小孩子学吹笛，呜哩呜哩了一下，可是全不入调。

忒修斯 他的话像是一段纠缠在一起的链索，并没有毛病，可是全弄乱了。跟着是谁登场呢？

| 皮拉摩斯及提斯柏、墙、月光、狮子上。

昆斯 列位大人，也许你们会奇怪这一班人跑出来干什么。不必寻根究底，自然而然地你们总会明白过来。这个人是皮拉摩斯，要是你们想要知道的话；

① 此段句读完全错误。

这位美丽的姑娘不用说便是提斯柏啦。这个人手里拿着石灰和黏土，是代表着墙头，那堵隔开这两个情人的坏墙头；他们这两个可怜的人只好在墙缝里低声谈话，这是要请大家明白的。这个人提着灯笼，牵着犬，拿着柴枝，是代表着月亮；因为你们要知道，这两个情人只在月光底下才肯在尼纳斯的坟头聚首谈情。这一头可怕的畜生名叫狮子，那晚上忠实的提斯柏先到约会的地方，给它吓跑了，或者不如说是被它惊走了；她在逃走的时候脱落了她的外套，那件外套因为给那恶狮子咬住在它那张血嘴里，所以沾满了血斑。隔了不久，皮拉摩斯，那个高个儿的美少年，也来了，一见他那忠实的提斯柏的外套死在地上，便赤楞楞地一声拔出一把血淋淋的剑来，对准他那热辣辣的胸脯里豁拉拉地刺了进去。那时提斯柏却躲在桑树的树荫里，等到她发现了这回事，便把他身上的剑拔出来，结果了她自己的性命。至于其余的一切，可以让狮子，月光，墙头和两个情人详详细细地告诉你们，当他们上场的时候。（昆斯及皮拉摩斯、提斯柏、狮子、月光同下）

忒修斯 我不知道狮子要不要说话。

狄米特律斯 殿下，这可不用怀疑，要是一班驴子都会讲人话，狮子当然也会说话啦。

墙 小子斯诺特是也，在这本戏文里扮做墙头；须知此墙不是他墙，乃是一堵有裂缝的墙，在那条裂缝里，皮拉摩斯和提斯柏两个情人常常偷偷地低声谈话。这一把石灰，这一撮黏土，这一块砖头，表明咱是一堵真正的墙头，并非滑头冒牌之流。这便是那个鬼缝儿，这两个胆小的情人就在那儿谈着知心话儿的。

忒修斯 石灰和泥土筑成的东西，居然这样会说话，难得难得！

狄米特律斯 殿下，这是我所听到的中间最俏皮的一段。

忒修斯 皮拉摩斯走近墙边来了。静听！

| 皮拉摩斯重上。

皮拉摩斯 板着脸孔的夜啊！漆黑的夜啊！

夜啊，白天一去，你就来啦！

夜啊！夜啊！唉呀！唉呀！唉呀！

咱担心咱的提斯柏要失约啦！

墙啊！亲爱的，可爱的墙啊！

你硬生生地隔分了咱们两人的家！

墙啊！亲爱的，可爱的墙啊！

露出你的裂缝，让咱向里头瞧瞧吧！（墙举手叠指作裂缝状）

谢谢你，殷勤的墙！上帝大大保佑你！

但是咱瞧见些什么呢？咱瞧不见伊。

愿你倒霉吧，因为你竟这样把咱欺！

忒修斯 这墙并不是没有知觉的，我想他应当反骂一下。

皮拉摩斯 没有的事，殿下，真的，他不能。"把咱欺"是该提斯柏接下去的尾白；她现在就要上场啦，咱就要在墙缝里看她。你们瞧着吧，下面做下去正跟咱告诉你们的完全一样。那边她来啦。

| 提斯柏重上。

提斯帕 墙啊！你常常听得见咱的呻吟，

怨你生生把咱共他两两分折！

咱的樱唇常跟你的砖石亲吻，

你那用水泥胶得紧紧的砖石。

皮拉摩斯 咱瞧见一个声音；让咱去望望，

不知可能听见提斯柏的脸庞。

提斯柏！

提斯柏 那是咱的好人儿，咱想。

皮拉摩斯 尽你想吧，咱是你风流的情郎。

好像里芒德[①]，咱此心永无变更。

提斯柏 咱就像海伦，到死也决不变心。

皮拉摩斯 沙发勒斯对待普洛克勒斯b不过如此。

提斯柏 你就是普洛克勒斯，咱就是沙发勒斯。

皮拉摩斯 啊，在这堵万恶的墙缝中请给咱一吻！

提斯柏 咱吻着墙缝，可全然吻不到你的嘴唇。

皮拉摩斯 你肯不肯到宁尼的坟头去跟咱相聚？

提斯柏 活也好，死也好，咱一准立刻动身前去。（二人下）

墙 现在咱已把墙头扮好，

因此咱便要拔脚去了。（下）

忒修斯 现在隔在这两份人家之间的墙头已经倒下了。

---

① 里芒德（Limander）是里昂德（Leander）之讹，传说中的情人，爱其恋女希罗（Hero），泳过赫勒思滂河（Hellespont）以赴约，卒遭灭顶，有中国尾生高之风。下行弗鲁特以希罗为海伦（Helen），后者为荷马史诗《伊利亚特》中之美人。

② 沙发勒斯（Shafalus）为塞发勒斯（Cephalus）之讹，为黎明女神奥洛拉（Aurora）所恋，但彼卒忠于其妻普洛克里斯（Procris，此误为Procrus）。

狄米特律斯 殿下，墙头要是都像这样随随便便偷听人家的谈话起来，可真没法好想。

希波吕忒 我从来没有听到过比这再蠢的东西。

忒修斯 最好的戏剧也不过是人生的一个缩影；最坏的只要用想象补足一下，也就不会坏到什么地方去。

希波吕忒 那该是你的想象，而不是他们的想象。

忒修斯 要是我们对于他们的想象并不比他们对于自己的想象更坏，那么他们也可以算得顶好的人了。两个好东西登场了，一个是人，一个是狮子。

| 狮子及月光重上。

狮子 各位太太小姐们，你们那柔弱的心一见了地板上爬着的一头顶小的老鼠就会害怕，现在看见一头凶暴的狮子发狂地怒吼，多分要发起抖来的吧？但是请你们放心，咱实在是细木工匠斯纳格，既不是凶猛的公狮，也不是一头母狮；要是咱真的是一头狮子而冲到这儿来，那咱才大倒其霉！

忒修斯 一头非常善良的畜生，有一颗好良心。

狄米特律斯 殿下，这是我所看见过的最好的畜生了。

拉山德 这头狮子按勇气说只好算是一只狐狸。

忒修斯 对了，而且按他那小心翼翼的样子说起来倒像是一头鹅。好，别管他吧，让我们听月亮说话。

月光 这盏灯笼代表着角儿弯弯的新月；——

狄米特律斯 他应当把角装在头上[1]。

忒修斯 他并不是新月，圆圆的哪里有个角儿？

---

① 头上出角是西方讥人作“乌龟”的俗语。

月光 这盏灯笼代表着角儿弯弯的新月；咱好像就是月亮里的仙人。

忒修斯 这该是最大的错误了。应该把这个人放进灯笼里去；否则他怎么会是月亮里的仙人呢？

狄米特律斯 他因为怕蜡烛不敢进去。瞧，他恼了。

希波吕忒 这月亮真使我厌倦；他应该变化变化才好！

忒修斯 照他那知觉欠缺的样子看起来，他大概是一个残月；但是为着礼貌和一切的理由，我们得忍耐一下。

拉山德 说下去，月亮。

月光 总而言之，咱要告诉你们的是，这灯笼便是月亮；咱便是月亮里的仙人；这柴枝是咱的柴枝；这狗是咱的狗。

狄米特律斯 嗨，这些都应该放进灯笼里去才对，因为它们都是在月亮里的。但是静些，提斯柏来了。

| 提斯柏重上。

提斯柏 这是宁尼老人的坟。咱的好人儿呢？

狮子 （吼）呜！……（提斯柏奔下）

狄米特律斯 吼得好，狮子！

忒修斯 奔得好，提斯柏！

希波吕忒 照得好，月亮！真的，月亮照得姿势很好。（狮子撕破提斯柏的外套后下）

忒修斯 撕得好，狮子！

狄米特律斯 于是皮拉摩斯来了。

拉山德 于是狮子不见了。

| 皮拉摩斯重上。

皮拉摩斯 可爱的月亮，咱多谢你的阳光；

谢谢你，因为你照得这么皎洁！
靠着你那慈和的闪烁的金光，
咱将要饱餐着提斯柏的秀色。
但是且住，啊该死！
瞧哪，可怜的武士，
这是一场什么惨景！
眼睛，你看不看见？
这种事怎会实现？
可爱的宝贝啊，亲亲！
你的好外套一件，
怎么全都是血点？
过来吧，狰狞的凶神！
快把生命的羁缠
从此后一刀割断；
今朝咱了结了残生！

忒修斯 这一种情感再加上一个好朋友的死，很可以使一个人脸带愁容。

希波吕忒 该死！我倒真有点可怜这个人。

皮拉摩斯 苍天啊！你为什么要造下狮子，
让它在这里蹂躏了咱的爱人？
她在一切活着爱着的人中，是
一个最美最美最最美的美人。
淋漓地流吧，眼泪！
咱要把宝剑一挥，
当着咱的胸头划破：
一剑刺过了左胸，

叫心儿莫再跳动，
这样咱就死啰死啰！（以剑自刺）
现在咱已经身死，
现在咱已经去世，
咱灵魂儿升到天堂；
太阳，不要再照耀！
月亮，给咱拔脚跑！（月光下）
咱已一命，一命丧亡。（死）

狄米特律斯 不是双亡，是单亡，因为他是孤零零地死去。

拉山德 他现在死去，不但成不了双，而且成不了单；他已经变成“没有”啦。

忒修斯 要是就去请外科医生来，也许还可以把他医活转来，叫他做一头驴子。

希波吕忒 提斯柏还要回来看见她的爱人，月亮怎么这样性急便去了呢？

忒修斯 她可以在星光底下看见他的，现在她来了。她再痛哭流涕一下子，戏文也就完了。

| 提斯柏重上。

希波吕忒 我想对于这样一个宝货的皮拉摩斯，她可以不必浪费口舌；我希望她说得短一点儿。

狄米特律斯 她跟皮拉摩斯较量起来真是半斤八两。上帝保佑我们不要嫁到这种男人，也保佑我们不要娶着这种妻子！

拉山德 她那秋波已经看见他了。

狄米特律斯 于是悲声而言曰：——

提斯柏 睡着了吗，好人儿？
啊！死了，咱的鸽子？

皮拉摩斯啊，快醒醒！
说呀！说呀！哑了吗？
唉，死了！一堆黄沙
将要盖住你的美睛。
嘴唇像百合花开，
鼻子像樱桃可爱，
黄花像是你的脸孔，
一齐消失，消失了，
有情人同声哀悼！
他眼睛绿得像青葱。
舌头，不许再多言！
凭着这一柄好剑，
赶快把咱胸膛刺穿。（以剑自刺）
再会，亲爱的友朋！
提斯柏已经毕命；
再见吧，再见吧，再见！（死）

忒修斯 他们的葬事要让月亮和狮子来料理了吧？

狄米特律斯 是的，还有墙头。

波顿 （跳起）不，咱对你们说，那堵隔开他们两家的墙早已经倒了。你们要不要瞧瞧收场诗，或者听一场咱们两个伙计的贝格摩舞[①]？

忒修斯 请把收场诗免了吧，因为你们的戏剧无须再有什么解释；扮戏的人一个个死了，我们还能责怪谁不成？真的，要是写那本戏的人自己来扮皮拉摩斯，

① 贝格摩（Bergamo）为米兰（Milan）东北地名，以产小丑著名。

把他自己吊死在提斯柏的袜带上，那倒真是一出绝妙的悲剧。实在你们这次演得很不错。现在把你们的收场诗搁在一旁，还是跳起你们的贝格摩舞来吧。（跳舞）

夜钟已经敲过了十二点；恋人们，睡觉去吧，现在已经差不多是神仙们游戏的时间了。我担心我们明天早晨会起不起身来，因为今天晚上睡得太迟。这出粗劣的戏剧却使我们不觉得时间的过去。好朋友们，去睡吧。我们要用半月功夫把这喜庆延续，夜夜有不同的寻欢作乐。（众下）

第二场

同前景

| 迫克上。

迫克 饿狮在高声咆哮；

豺狼在向月长嗥；

农夫们鼾息沉沉，

完毕一天的辛勤。

火把还留着残红，

鸱鸮叫得人胆战，

传进愁人的耳中，

仿佛见殓衾飘飐。

现在夜已经深深，

坟墓都裂开大口，

吐出了百千幽灵，
荒野里四散奔走。
我们跟着赫卡忒[1]，
离开了阳光赫奕，
像一场梦景幽凄，
追随黑暗的踪迹。
且把这空屋打扫，
供大家一场欢闹；
驱走扰人的小鼠，
还得揩干净门户。

| 奥布朗、提泰妮娅及侍从等上。

奥布朗 屋中消沉的火星
微微地尚在闪耀；
跳跃着每个精灵
像花枝上的小鸟；
随我唱一支曲调，
一齐轻轻地舞蹈。

提泰妮娅 先要把歌儿练熟，
每个字玉润珠圆；
然后齐声唱祝福，
手携手缥缈回旋。（歌舞）

奥布朗 趁东方没有发白，
让我们满屋溜跶；

---

① 赫卡忒（Hecate）为下界的女神。原文作triple Hecate，盖三位一体之神，在地上为狄安娜（Diana），在天上为琉娜（Luna）。

先去看一看新床，
祝福它吉利祯祥。
这三对新婚伉俪，
愿他们永无离贰；
生下来小小儿郎，
一个个相貌堂堂，
不生黑痣不缺唇，
更没有半点瘢痕。
用这神圣的野露，
你们去浇洒门户，
祝福屋子的主人，
永享着福禄康宁。
快快去，莫犹豫；
天明时我们重聚。（除迫克外皆下）

迫克　（向观众）

要是我们这辈影子
有拂了诸位的尊意，
就请你们这样思量，
一切便可得到补偿；
这种种幻景的显现，
不过是梦中的妄念；
这一段无聊的情节，
真同诞梦一样无力。
先生们，请不要见笑！
倘蒙原宥，定当补报。
万一我们幸而免脱

这一遭嘘嘘的指斥，
我们决不忘记大恩，
迫克生平不会骗人。
再会了！肯赏个脸子的话，
就请拍两下手，多谢多谢！（下）

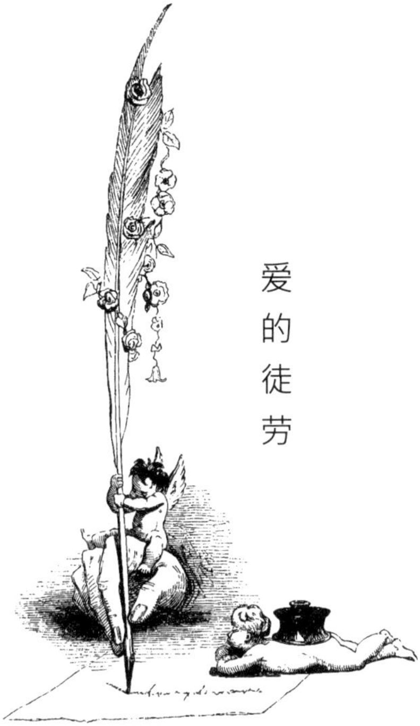

爱的徒劳

From women's eyes this doctrine I derive: they sparkle still the right Promethean fire; they are the books, the arts, the academes, that show, contain and nourish all the world.

—— *Love's Labour's Lost*

从女人的眼睛里我得到这一个教训：它们是艺术的经典，知识的宝库，是它们燃起了智慧的神火。

——《爱的徒劳》

剧中人物

腓迪南	那瓦国王
俾　隆	国王侍臣
朗格维	国王侍臣
杜曼	国王侍臣
鲍益	法国公主侍臣
马凯德	法国公主侍臣
唐·阿德里安诺·德·亚马多	一个怪诞的西班牙人
纳森聂尔	教区牧师
霍罗福尼斯	塾师
德尔	巡丁
考斯塔德	乡人
毛子	亚马多的侍童
管林人	
法国公主	
罗瑟琳	公主侍女
玛利娅	公主侍女
凯瑟琳	公主侍女
杰奎妮妲	村女

官吏、侍从等

地点

那瓦

第　一　幕

第一场
那瓦王御苑

｜国王、俾隆、朗格维及杜曼上。

国王　让众人所追求的名誉永远记录在我们的墓碑上，使我们在死亡的耻辱中获到不朽的光荣；不管饕餮的时间怎样吞噬着一切，我们要在这一息尚存的时候，努力博取我们的声名，使时间的镰刀不能伤害我们；我们的生命可以终了，我们的名誉却要永垂万古。所以，勇敢的战士们，——因为你们都是向你们自己的感情和一切俗世的欲望奋勇作战的英雄，——我们必须把我们最近的敕令严格实行起来：那瓦将要成为世界的奇迹；我们的宫庭将要成为一所小小的学院，潜心探讨有益人生的学术。你们三个人，俾隆、杜曼和朗格维，已经立誓在这三年之内，跟着我在一起生活，做我的共同研究的学侣，并且绝对遵守这一纸戒约上所规定的种种条文；你们的誓已经宣过，现在就请你们签下自己的名字；谁要是破坏了这戒约上最细微的一枝一节，让他亲手撕毁他自己的荣誉。要是你们已经下了最大的决心，愿你们一意遵行，无渝斯盟。

朗格维 我已经决定了。左右不过是三年的长斋；身体虽然憔悴，精神上却享受着盛筵。饱了肚皮，饿了头脑；美食珍馐可以充实肌肤，却会闭塞心窍。

杜曼 陛下，杜曼已经抑制了他的情欲，他把世间一切粗俗的物质的欢娱丢给凡夫俗子们去享受。恋爱、财富和荣华把人暗中催老；我要在哲学中间找寻生命的奥妙。

俾隆 我所能够说的话，他们两人都已经说过了。我已经发誓，陛下，在这儿读书三年；可是其他严厉的戒条，例如在那时期以内，不许见一个女人，这一条我希望并不包括在内；还有每一星期中有一天不许接触任何食物，平常的日子每天只有一餐，这一条我也希望并不包括在内；还有晚上只许睡三小时，白天不准瞌睡，这一条我也希望并不包括在内，因为我一向总以为从天黑睡到天白，再把半个白昼当作黑夜，不会妨碍别人什么事的。啊！这些是太难的题目，叫人怎么办得到？不看女人尽读书，不吃饭又不许睡觉！

国王 你在宣誓的时候，已经声明遵守这些条件了。

俾隆 请陛下恕我，我并没有发这样的誓。我只发誓陪着陛下读书，在您的宫庭里居住三年。

朗格维 除了这一点以外，俾隆，其余的条件你也都发誓遵守的。

俾隆 那么，先生，我只是开玩笑说说的。我倒要请问请问，读书的目的究竟是什么？

国王 知道我们所不知道的事情。

俾隆 您的意思是说那些为我们常识所不能窥察的事情吗？

国王 正是，那就是读书的莫大的报酬。

俾隆 好，那么我要发誓苦读，把天地间的奥秘勤搜冥索：当煌煌的禁令阻止我宴乐的时候，我要知道什么地方可以填满我的饥肠；当我们的肉眼望不见一个女人的时候，我要知道什么地方可以遇见天仙般的姑娘；要是我发了一个难以遵守的誓言，我要知道怎样可以一边叛誓，一边把我的信誉保全。要是读书果然有这样的用处，你能向我发誓保证，我一定踊跃从命，决无二语。

国王 这些是学问途中的障碍，引导我们的智慧去追寻无聊的愉快。

俾隆 一切愉快都是无聊；最大的无聊却是为了无聊费尽辛劳。你捧着一本书苦苦钻研，为的是追寻真理的光明；真理的光明还远在天边，你已经盲去了自己的眼睛。我宁愿消受眼皮上的供养，把美人的妙目恣情鉴赏，那脉脉含情的夺人光艳，可以扫去我眼中的雾障。学问就像是高悬中天的日轮，愚妄的肉眼不能测度它的高深；孜孜矻矻的腐儒白首穷年，还不是从前人书本里掇拾些片爪寸鳞？那些自命不凡的文人学士，替每一颗星球取下一个名字；可是在众星吐辉的夜里，灿烂的星光一样会照射到无知的俗子。过分的博学无非浪博虚声；每一个教父都会替孩子题名。

国王 他反对读书的理由多么充足！

杜曼 他用巧妙的言辞阻善济恶！

朗格维 他让莠草蔓生，刈除了嘉谷！

俾隆 春天到了，小鹅孵出了蛋壳！

杜曼 这句话是怎么接上去的？

俾隆 各得其时，各如其分。

杜曼 一点意思都没有。

俾隆 聊以凑韵。

国王 俾隆就像一阵冷酷无情的霜霰，用他的利嘴咬死了春天初生的婴孩。

俾隆 好，就算我是；要是小鸟还没有啭动它的新腔，为什么要让盛夏夸耀它的荣光？我不愿冰雪遮掩了五月的花天锦地，也不希望蔷薇花在圣诞节含娇弄媚；万物都各自有它生长的季节，太早太迟同样是过犹不及。你们到现在才去埋头功课，等于爬过了墙头去拔开门上的键锁。

国王 好，那么你退出好了。回家去吧，俾隆，再会！

俾隆 不，陛下；我已经宣誓陪着您在一起；虽然我说了这许多话为无知的愚昧张目，使你们理竭词穷，不能为神圣的知识辩护，可是请相信我，我一定遵守我的誓言，安心忍受这三年的苦行。把那纸儿给我，让我一条一条读下去，在这些严厉的规律下面把我的名字签署。

国王 你这样回心转意，免去了你终身的耻辱！

俾隆 “第一条，任何女子不得进入离朕宫庭一哩之内。”这一条有没有公布？

朗格维 已经公布四天了。

俾隆 让我们看看违禁的有些什么处分。“如有故违，割去该女之舌示儆。”这惩罚是谁定出来的？

朗格维 不敢，是我。

俾隆 好大人，请问您的理由？

朗格维 她们看见了这样可怕的刑罚，就会吓得不敢来了。

俾隆 好一条野蛮的法律！“第二条，倘有人在三年之内，被发现见与任何女子交谈，当由其他与盟者共同议定最严厉之办法，予以公开之羞辱。”这一条，陛下，您自己就要破坏的；您知道法国国王的女儿，一位端庄淑美的姑娘，就要奉命到这儿来，跟您交涉把阿奎丹归还给她的老迈衰弱、卧病在床的父亲了；所以这一条规律倘不是等于虚设，就只好让这位众人赞慕的公主白白跋涉了这一趟。

国王 你们怎么说，各位贤卿？这一件事情我全然忘了。

俾隆 读书人总是这样舍近而望远，当他一心研究着怎样可以达到他的志愿的时候，却把眼前所应该做的事情忘了；等到志愿成就，正像用火攻夺取城市一样，得到的只是一堆灰烬。

国王 为了事实上的必要，我们只好废止这一条法令；她必须寄宿在我们的宫廷之内。

俾隆 事实上的必要将使我们在这三年之内毁誓三千次，因为每个人都是生来就有他自己的癖好，不是外力所能把它压制的。要是大家以“事实上的必要”为借口，什么都可以为所欲为，那么我们还要发什么誓呢？我在这儿签下我的名字，全部接受这一切规律；（签名）谁要是违反了戒约上最微细的一枝一节，让他永远不齿于人口。倘然别人受到诱惑，我也会同样受到诱惑；可是我相信，虽然今天你们看我这样不情不愿的，我一定是最后毁誓的一个。可是戒约上有没有允许我们可以找些有趣的消遣呢？

国王 有，有。你们知道我们的宫庭里来了一个文雅的西班牙游客，他的身上包罗着全世界各地的奇腔异调，他的脑筋里收藏着取之不竭的古怪的辞句；从他自负不凡的舌头上吐出来的狂言，在他自己听起来就像迷人的音乐一样使他沉醉；一个富有才能、善于折衷是非的人。这个幻想之儿，名字叫做亚马多的，将要在我们读书的余暇，用一些夸张的字句，给我们讲述人世所罕闻的热带之国西班牙武士们的伟绩。我不知道你们喜不喜欢他；可是我自己很爱听他说谎，我要叫他作我的行吟诗人。

俾隆 亚马多是一个最出色的家伙，他会用崭新的字句，一个十足时髦的武士。

朗格维 考斯塔德那个村夫和他配成一对，可以替我们制造无穷的笑料；这样读书三年也不会觉得太长。

| 德尔持信及考斯塔德同上。

德尔 哪一位是王上自己？

俾隆 这一位便是，家伙。你有什么事？

德尔 我自己也是代表王上的，因为我是王上陛下的巡丁；可是我要看看王上本人。

俾隆 这便是他。

德尔 亚马——亚马——先生问候陛下安好。外边有人图谋不轨；这封信可以告诉您一切。

考斯塔德 陛下，这封信里所提起的事情是跟我有关系的。

国王 从伟大的亚马多写来的信！

俾隆 不管内容多么啰嗦，我希望它充满了夸大的字眼。

朗格维 上帝给我们忍耐吧！

俾隆 耐着听，还是忍住笑？

朗格维 让我们不要听得太出神，也不要笑得太起劲。

俾隆 好，先生，我们应该怎么笑法，还是让文章的本身替我们决定吧。

考斯塔德 这一回的事情，先生，是关于我和杰奎妮妲两个人的。他们看见我在庄园里陪着她坐在田场上，又跟着她走进了御苑里，就把我抓起来了。上帝保佑好人！

国王 你们愿意用心听我读这一封信吗？

俾隆 我们愿意洗耳恭听，就像它是天神的圣谕一般。

考斯塔德 愚蠢的世人最爱听邪人的乱说。

国王 “上天的伟大的代理人，那瓦的唯一的统治者，我的灵魂的地上的真神，我的肉体的养育的恩主——”

考斯塔德 还没有一个字提起考斯塔德。

国王 “事情是这样的——”

考斯塔德 也许是这样的；可是假如他说是这样的，那也不过是这样一回事。

国王 闭嘴！

考斯塔德 像我们这种安分守己，不敢跟人家打架的人，只好把一张嘴闭起来。

国王 不许说话！

考斯塔德 我也求求你们，对别人的私事还是少提为妙。

国王 “事情是这样的，我因为被黑色的忧郁所包围，想要借着你的令人康健的空气的最灵效的医药，祛除这一种阴沉的重压的情绪，所以凭着我的绅士的身份，使我自己出外散步。是什么时间呢？大约在六点钟左右，正是畜类纷纷吃草，鸟儿成群啄食，人们坐下来享受那所谓晚餐的一种营养的时候：以上说明了时间。现在要说到什么场所：我的意思是说我散步的场所；那是称为你的御苑的所在。于是要说到什么地点：我的意思是说我在什么地点碰到这一桩最淫秽而荒谬的事件，使我从我的雪白的笔端注出了乌黑的墨水，成为现在你所看见、察阅、诵读或者浏览的这一封信。可是说到什么地点，那是在你的曲曲折折的花园里的西边角上东北偏北而略近东首的方向；就在那边我看见那卑鄙的村夫，那可发一笑的下贱的小鱼——”

考斯塔德 我。

国王 “那没有教养的孤陋寡闻的灵魂——”

考斯塔德 我。

国王 “那浅薄的东西——”

考斯塔德 还是我。

国王 “照我所记得，考斯塔德是他的名字——”

考斯塔德 啊，我。

国王 “公然违反你的颁布晓谕的诏令和禁抑邪行的法典，跟一个——跟一个——啊！跟一个说起了就使我万分气愤的人结伴同行——”

考斯塔德 跟一个女人。

国王 “跟一个我们祖母夏娃的孩儿，一个阴人；或者为了使你格外明白起见，一个女子。受着责任心的驱策，我把他交给陛下的巡丁安东尼·德尔，一个在名誉、态度、举止和信用方面都很优良的人，带到你的面前，领受应得的惩戒。——”

德尔 启禀陛下，我就是安东尼·德尔。

国王 “至于杰奎妮妲——因为这就是那和前述村夫同时被我捕获的脆弱的东西的名称——我让她等候着你的法律的威严；一得到你的最轻微的传谕，我就会把她带来受审。抱着燃烧全心的忠诚，你的仆人唐·阿德里安诺·德·亚马多敬上。”

俾隆 这封信还不能适如我的预期，可是在我所曾经听到过的书信中间，这不失为最有趣的一封。

国王 是的，这是古今恶札中的杰作。喂，你对于这封信有什么话说？

考斯塔德 陛下，我承认是有这么一个女人。

国王 你听见谕告吗？

考斯塔德 我听是很听见的，不过没有十分注意。

国王 谕告上说，和妇人在一起而被捕，处以一年之监禁。

考斯塔德 我不是和妇人在一起，陛下，我是跟一个姑娘在一起。

国王 好，谕告上说姑娘也是包括在内的。

考斯塔德 这也不是一个姑娘，陛下；她是个处女。

国王 处女也是包括在内。

考斯塔德 那么我就否认她是个处女。我是跟一个女孩子在一起。

国王 女孩子不女孩子，尽你怎么说都是没有用的。

考斯塔德 这女孩子对我很有用呢，陛下。

国王 听我的判决：你必须禁食一星期，每天吃些糠喝些水。

考斯塔德 我宁愿祈祷一个月，每天吃些羊肉啜些粥。

国王 唐·亚马多将要做你的看守人。俾隆贤卿，你监视着把他交送过去。各位贤卿，我们现在就去把我们彼此坚决立誓的事情实行起来。（国王、朗格维、杜曼同下）

俾隆 我愿意用我的头打赌无论哪一个人的帽子，这些誓约和戒律不过是一场无聊的笑柄。喂，来。

考斯塔德 我是为了真理而受难，先生；因为我跟杰奎妮妲在一起而被他们捉住，这是一件真实的事实，而且杰奎妮妲也是一个真心的女孩子。所以欢迎，幸运的苦杯！痛苦也许再会有一天露出笑容；现在，坐下来吧，悲哀！（同下）

第二场

同 前

| 亚马多及毛子上。

亚马多 孩子，一个精神伟大的人要是变得忧郁起来，会有些什么征象？

毛子 他会显出悲哀的神气，主人，这是一个伟大的征象。

亚马多 忧郁和悲哀不是同样的东西吗，亲爱的小鬼？

毛子 不，不，主啊！不，主人。

亚马多 你怎么可以把悲哀和忧郁分开，我的柔嫩的青年？

毛子 我可以从作用上举出很普通的证明，我的粗硬的长老。

亚马多 为什么是粗硬的长老？为什么是粗硬的长老？

毛子 为什么是柔嫩的青年？为什么是柔嫩的青年？

亚马多 我说你是柔嫩的青年，因为这是对于你的弱龄的一个适当的名称。

毛子 我说您是粗硬的长老，因为这是对于您的老年的一个合宜的尊号。

亚马多 我已经答应陪着王上研究三年。

毛子 主人，您用不到一点钟的功夫，就可以把它研究出来。

亚马多 不可能的事。

毛子 一的二倍是多少？

亚马多 我不会计算；那是堂倌酒保们干的事。

毛子 主人，您是一位绅士，也是一位赌徒。

亚马多 这两个名义我都承认；它们都是一个堂堂男子的标识。

毛子 那么我相信您一定知道两点加一点一共几点。

亚马多 比两点多一点。

毛子 那在下贱的俗人嘴里是称为三点的。

亚马多 不错。

毛子 瞧，主人，这不是很容易的研究吗？您还没有霎过三次眼睛，我们已经把三字研究出来了；要是再在“三”字后面加上一个“年”字，一共两个字，不是一点不费力就可以把它们研究出来吗？

亚马多 我承认我是在恋爱了；一个军人而恋爱是一件下流的事，所以我恋爱着一个下流的女人。要是我向爱情拔剑作战，可以把我从这种堕落的思想中间拯救出来的话，我就要把欲望作为我的俘虏，让无论哪一个法国宫庭里的朝士用一些新式的礼节把它赎去。我不屑于叹气，我想我应该发誓把丘比特克服。安慰我，孩子；哪几个伟大的人物是曾经恋爱过的？

毛子 赫剌克勒斯，主人。

亚马多 最亲爱的赫剌克勒斯！再举几个例子，好孩子，再举几个；我的亲爱的孩子，你必须替我举几个赫赫有名的人。

毛子 参孙[①]，主人；他曾经像一个脚夫似的，把城门负在背上；他也恋爱过的。

亚马多 啊，结实的参孙！强壮的参孙！你在剑法上不如我，我在背城门这一件事情上也不如你。我也在恋爱了。谁是参孙的爱人，我的好毛子？

毛子 一个女人，主人。

亚马多 是什么肤色的女人？

毛子 一共四种肤色，也许她四种都有，也许她有四种之中的三种、两种，或是一种颜色。

---

① 参孙（Samoson），《圣经》中的大力士，见《旧约·士师记》。

亚马多 正确一些告诉我她的皮肤是什么颜色？

毛子 是海水一样碧绿的颜色，主人。

亚马多 那也是四种肤色中的一种吗？

毛子 我在书上是这样读过的，主人；最好看的女人都是这种颜色。

亚马多 绿的确是情人们的颜色；可是我想参孙会爱上一个绿皮肤的女人，却是不可思议的。我的爱人的肤色是白白净净，红嫩嫩的。

毛子 最污秽的思想，主人，都是藏匿在这种颜色之下的。

亚马多 说出你的理由来，懂事的婴孩。

毛子 我的父亲的智慧，我的母亲的舌头，帮助我！

亚马多 一个孩子的可爱的祷告，非常佳妙而动人！

毛子

要是她的脸色又红又白，
你永远不会发现她犯罪，
因为白色表示惊恐惶迫，
绯红的脸表示羞耻惭愧；
可是她倘然犯下了错误，
你不能从她的脸上看出，
因为红的羞愧白的恐怖，
都是她天然生就的颜色。

这几行诗句，主人，可以证明白和红是两种危险的颜色。

亚马多 孩子，不是有一支谣曲歌咏着国王恋爱丐女的故事吗？

毛子 大概在三个世代以前，曾经流行着这么一支恶劣的谣曲；可是我想它现在已经亡失了；即使还有人记得，也是写不出来，而且不能歌唱的。

亚马多 我要把那题目重新写成一首诗，使它作为我的迷恋的一个有力的前例。孩子，我真的爱上了那个我在御苑里跟村夫考斯塔德一起捉住的乡下姑娘；她应该有一个好好的人照顾她。

毛子 （旁白）她应该好好抽一顿鞭子；可是她应该有一个比我的主人更好的情郎。

亚马多 唱吧，孩子；我的心灵因为爱情而沉重起来了。

毛子 那是一件大大的奇事，因为您爱的是一个轻狂的女人。

亚马多 我说，唱吧。

毛子 等这班人过去了再唱吧。

| 德尔、考斯塔德及杰奎妮妲上。

德尔 先生，王上的旨意，叫你把考斯塔德看守起来；他每星期必须禁食三天。讲到这一位姑娘，我必须让她留在御苑里挤牛乳。再会！

亚马多 我羞得满脸都红了。姑娘！

杰奎妮妲 汉子？

亚马多 我要到你居住的地方来看看你。

杰奎妮妲 那就在附近。

亚马多 我知道它的所在。

杰奎妮妲 主啊，你是多么聪明！

亚马多 我要告诉你奇怪的事情。

杰奎妮妲 凭着你这一副嘴脸吗？

亚马多 我爱你。

杰奎妮妲 我已经听见你说过了。

亚马多 再会！

杰奎妮妲 愿你平安！

德尔 来，杰奎妮妲，去吧！（德尔及杰奎妮妲下）

亚马多 混蛋，你干了这样的坏事，非把你禁食起来不可。

考斯塔德 呃，先生，我希望您让我在禁食以前先吃一个饱。

亚马多 我们要把你重重惩罚一下。把这混蛋带下去，把他关起来。

毛子 来，你这胡作非为的奴才；去！

考斯塔德 好，要是我有一天恢复了自由，我要叫有的人看看——

毛子 叫有的人看看什么？

考斯塔德 不，没有什么，毛子少爷；他们爱看什么就看什么。做了囚犯是不能一声不响的，所以，我还是不要多说什么的好。谢谢上帝我是个没有耐性的人，所以我会安安静静住在牢里。（毛子及考斯塔德下）

亚马多 我爱上了那被她穿在她的卑贱的鞋子里的更卑贱的脚所践踏的最卑贱的地面。要是我恋爱了，我将要破坏誓约，那就是说了一句虚伪的诳。虚伪的诳怎么可以换到真实的爱呢？爱情是一个魔鬼。可是参孙也曾被它引诱，他是个力气很大的人；所罗门[1]也曾被它迷惑，他是个聪明无比的人。赫剌克勒斯的巨棍也敌不住丘比特的箭镞，所以一个西班牙人的宝剑怎么能够对抗得了呢？不消一两个回合，我的

---

① 所罗门（Solomon），古代以色列哲王，以智慧著称。

剑法就要完全散乱了。他的耻辱是被人称为孩子；他的光荣却是征服成人。别了，勇气！锈了吧，宝剑！静下来，战鼓！因为你们的主人恋爱了；是的，他恋爱了。即景生情的诗神啊，帮助我！因为我相信我要写起十四行诗来了。想吧，智慧；写吧，笔！我有足够的诗情，可以写满几大卷的二开大本呢。（下）

第　二　幕

第一场

那瓦王御苑；远处设大小帐幕

｜法国公主、罗瑟琳、玛利娅、凯瑟琳、鲍益、群臣及其他侍从等上。

鲍益 现在，公主，振起您的最宝贵的精神来吧；想想您的父王特意选择了一个什么人来充任他的使节，跟一个什么人接洽一件什么任务；他不派别人，却派他那为全世界所敬爱的女儿，您自己，来跟具备着一切人间完善的德性的、并世无双的那瓦国王进行谈判，而谈判的中心，又是适宜于作为一个女王的嫁奁的阿奎丹。造化不愿把才华丽色赋与庸庸碌碌的众人，大量地把天地间所有的灵秀钟萃于您的一身；您现在就该效法造化的大量，充分表现您的惊才绝艳。

公主 好鲍益大人，我的美貌虽然卑不足道，却也不需要你的谀辞的渲染；美貌是凭着眼睛判断的，不是贾人的利口所能任意抑扬。你这样搬弄你的智慧把我恭维，无非希望人家称赞你口齿聪明；可是我听了你这一番褒美，却一点不觉得可以骄傲。现在我也要请你干一件事：好鲍益，你不会不知道，名誉广大的人，一举一动都会传遍世界；那瓦王已经立下誓言，要在这三年之内发愤读书，不让一个女人走近他的静肃的宫庭；所以我们在没有进入他的禁门以前，似乎应该先去探问他的意旨；我相信你的才干可以胜任这一项使命，所以选择你做我的代言人，向他陈述我们的来意，告诉他法兰西国王的女儿因为有重要的事情希望得到迅速的解决，要求和他当面接洽。快去对他这样说了；我们就像一群谦卑的请愿人一般，等候着他的庄严的谕示。

鲍益 得到这样的委任是我的莫大的荣幸，敢不踊跃拜命。（下）

公主 各位爱卿，你们知道哪几个人是和这位贤德的国王一同立誓守戒的信徒？

臣甲 朗格维勋爵是其中的一个。

公主 你认识这个人吗？

玛利娅 我认识他，公主。当配力各特勋爵和杰奎斯·福康勃立琪的美丽的息女在诺曼第举行婚礼的时候，我在宴席上见过这位朗格维。他是一个公认为才能出众的人，文学固然是他的擅长，武艺方面也十分了得。要是美德的光彩可以蒙上污点的话，那么他的唯一的缺点是一副尖刻的机智配上一个太直率的意志：他的机智能够出口伤人，他的意志使他一往直前，不为他人留一点余地。

公主 听起来是一位善于戏谑的贵人，是不是？

玛利娅 最熟悉他脾气的人都是这样说他。

公主 这种浮华之士往往不永天年。还有些什么人？

凯瑟琳 年少的杜曼，一个才德兼备的青年；他的智慧可以使一个形貌丑陋的人容光焕发，可是即使他没有智慧，他的堂堂的仪表也可以博取别人的爱悦。我在阿朗松公爵的府中见过他一次；我对于他的伟大的品格的赞美，实在不能道出我在他身上所看到的美德于万一。

罗瑟琳 要是我所听到的话并不虚假，那时候在阿朗松公爵的地方，还有一个他们的同学也跟他在一起；他们叫他做俾隆；在我所交谈过的人们中间，从来不曾有一个比他更会说笑的人，能够雅谑而不流于鄙俗。他的眼睛一看到什么事情，他的机智就会把它编成一段有趣的笑话，他的善于抒述种种奇思妙想的舌头，会用那样灵巧而隽永的字句把它表达出来，使老年人听了娓娓忘倦，少年人听了手舞足蹈；他的口才是这样敏捷而巧妙。

公主 上帝祝福我的姑娘们！她们都在恋爱了吗？怎么每一个人都用这种侈张的夸饰赞赏她自己中意的人？

臣甲 鲍益来了。

| 鲍益重上。

公主 国王怎样招待你的，鲍益？

鲍益 那瓦王已经知道您到来的消息；我还没有见他以前，他跟他那班一同立誓的学侣们，已经准备来迎接您了。我听他的口气是这样的：他宁愿把您安顿在郊野里，就像你们是来围攻他的宫庭的一支军队

一般，不愿违反他的誓言，让您走进他的屋子。那瓦王来了。（众女戴脸罩）

| 国王、朗格维、杜曼、俾隆及侍从等上。

国王 美貌的公主，欢迎你光临那瓦的宫庭。

公主 我把“美貌”两字璧还陛下；至于说到“欢迎”，那么我还没有实受其惠。这夐高的天宇不是您所能私有的，这辽阔的郊野也不是招待贵宾的所在。

国王 公主，我们少不得有一天要请你到我们宫庭里屈驾一游。

公主 那么我现在就接受您的邀请。

国王 听我说，亲爱的公主，我曾经立下重誓。

公主 圣母保佑陛下！您会有一天毁誓的。

国王 凭着我的意志起誓，公主，我决不毁誓。

公主 啊，您的意志一发生动摇，您就要毁誓了。

国王 公主，你不知道我发下的是个什么誓。

公主 要是陛下也不知道您自己所发的誓，那倒是陛下的聪明，因为知道这样的誓，反而是一种愚昧。我听说陛下已经发誓不理家政；谨守那样一个无聊的誓，真是一桩极大的罪恶，虽然毁弃它也同样是一桩罪恶。可是恕我吧，我太放肆了，我不该向一个教师训诲。请您读一读我此来的目的，迅速赐给我一个答复。（以文件授国王）

国王 公主，我愿意尽快答复你的赐教。

公主 您还是早一点把我打发走了的好，因为要是您让我羁留在贵国，您一定会把您的誓言毁弃的。

俾隆 我不是有一次在勃拉旁跟您跳过舞吗？

罗瑟琳 我不是有一次在勃拉旁跟您跳过舞吗？

俾隆 我知道您跟我跳过舞的。

罗瑟琳 既然知道，何必多问！

俾隆 您不要这样火辣辣的。

罗瑟琳 谁叫你用这种问题引起我的火性来？

俾隆 您的舌头就像一匹快马，它奔得太快，会把力气都奔完了。

罗瑟琳 它不等到把骑马的人掀下在泥潭里，是不会止步的。

俾隆 现在是什么时候了？

罗瑟琳 现在是傻瓜们向别人发问的时候。

俾隆 愿幸运降在您的脸罩上！使您有许多的恋人！

罗瑟琳 阿门，但愿您不是其中之一。

俾隆 嗳哟，那么我要去了。

国王 公主，令尊在这封信上说起他已经付了我们十万克朗，那只是先父在日贵国所欠我们的战债的半数。这笔款子先父和我都从未收到；即使果有此事，那么也还有十万克朗的欠款没有清还。当初贵国同意把阿奎丹的一部分抵押给我们，作为这一笔欠款的保证，虽然拿土地的价值说起来，实在抵不上这一个数目。现在你的父王只要愿意把那未清偿的半数还给我们，我们也愿意放弃我们在阿奎丹的权利，和他永结盟好。可是他似乎一点没有这种意思，因为在这信上，他单单提出已经偿付十万克朗这一点，作为要求归还阿奎丹的理由，而绝口不提那十万克朗余欠的问题。其实我们只要收回先父在日出借的债款，对于阿奎丹这一块瘦瘠不毛的地方，倒是很乐于割舍的。亲爱的公主，倘不是令尊的要求太不近情理了，这次蒙你芳踪莅止，我一定不会让你失望而归。

公主 家君从来没有愆约背信，不履行他的偿债的义务；陛下否认收到这一笔偿款，不但诬蔑家君，而且有失一国元首的器度；我不能不为陛下的名誉惋惜。

国王 我郑重声明对于这一笔债款的归还未有所闻；你要是能够证明此事属实，我愿意把它全数奉还贵国，或者把阿奎丹交出。

公主 敬遵台命。鲍益，你去把那些曾经他的父王查理手下的专任大员签署，上面载明着这么一笔数目的收据找一找出来。

国王 给我看。

鲍益 启禀陛下，这一类有关文件的包裹还没有送到；明天一定可以请您过目。

国王 那很好；只要证据确凿，任何合理的要求我都可以允从。现在请你接受按照你的身份和我的地位所应该享有的一切礼遇吧。虽然你不能走进我的宫门，美貌的公主，我一定尽力使你在这儿大自然怀抱之中，感到宾至如归的愉快；你将要觉得虽然我这样靳惜着自己的屋宇，可是你已经栖息在我的心灵的深处了。一切失礼之处，请你加以善意的原谅。再会；明天早上我们一定再来奉访。

公主 愿陛下政躬康健，所愿皆偿！

国王 我也愿意为你作同样的祝祷！（国王及扈从下）

俾隆 姑娘，我要把您放在我的心坎里温存。

罗瑟琳 那么请您把我放进去吧，我倒要看看您的心是怎样的。

俾隆 我希望您听见它的呻吟。

罗瑟琳 这傻瓜害病了吗？

俾隆 他害的是心病。

罗瑟琳 唉！替它放放血吧。

俾隆 放血可以把它医治吗？

罗瑟琳 我的医药知识说是可以的。

俾隆 您愿意用您的眼睛刺我的心出血吗？

罗瑟琳 我的眼睛太钝，用我的刀吧。

俾隆 嗳哟，上帝保佑你不要死于非命！

罗瑟琳 上帝保佑你不得好死！

俾隆 我不能呆在这儿等你的祷告见效。（退后）

杜曼 先生，请问您一句话，那位姑娘是什么人？

鲍益 阿朗松的息女，凯瑟琳是她的名字。

杜曼 一位漂亮的姑娘！先生，再会！（下）

朗格维 请教一声，那位白衣的姑娘是什么人？

鲍益 您在光天化日之下，可以看清楚她是一个女人。

朗格维 她是光明中的光明。请问她的名字？

鲍益 她只有一个名字，您不能问她要。

朗格维 先生，请问她是谁的女儿？

鲍益 我听说是她母亲的女儿。

朗格维 上帝祝福您的胡子！

鲍益 好先生，别生气。她是福康勃立琪家的女儿。

朗格维 我现在不生气了。她是一位最可爱的姑娘。

鲍益 也许是的，先生；或者是这样。（朗格维下）

俾隆 戴帽子的女人叫什么名字？

鲍益 命运替她取名为罗瑟琳。

俾隆 她结过婚了没有？

鲍益 她跟她自己的意志结婚，先生。

俾隆 欢迎先生。再会！

鲍益 彼此彼此。（俾隆下；众女去脸罩）

玛利娅 最后的一个就是俾隆，那爱开玩笑的贵人；他的每一句话都是一个笑话。

鲍益 每一个笑话不过是一句话。

玛利娅 你们两人在一起，活像两头疯羊。

鲍益 可爱的羔羊，我们是要靠着您的嘴唇喂养长大的呢。

玛利娅 您是羊，我是牧场；是不是这个意思？

鲍益 那么请让我到牧场上来寻食吧。（欲吻玛利娅）

玛利娅 不行，我的好畜生，我的嘴唇不是公共的场地。

鲍益 它们是属于谁的？

玛利娅 属于我的命运和我自己。

公主 你们老是爱斗嘴，大家不要闹了。这种舌剑唇枪，不应该在自家人面前耍弄，还是用来对付那瓦王和他的同学们吧。

鲍益 我这一双眼睛可以看出别人心里的秘密，难得有时错误；要是这一回我的观察没有把我欺骗，那么那瓦王是染上病了。

公主 染上什么病？

鲍益 他染上的是我们情人们所说的相思病。

公主 何以见得？

鲍益 他的一切行为都集中于他的眼睛，透露出不可遏抑的热情；他的心像一颗刻着你小像的玛瑙，在他的眼里闪耀着骄傲；他的焦躁的舌头忘记了它的职守，想要平分他眼睛的享受；一切感觉都奔赴他的眼底，争看那绝世无双的秀丽。仿佛他眼睛里锁藏着整个的灵魂，正像玻璃柜内陈列着珠翠缤纷，放射它们晶莹夺目的光彩，招引你过路的行人购买。他脸上写满着无限的惊奇，谁都看得出他意夺神移。我可以给你阿奎丹和他所有的一切，只要你为了我的缘故吻一吻他的脸颊。

公主 到我的帐里来；鲍益在发疯了。

鲍益 我不过把他的眼睛里所透露的意思，用说话表示出来。我使他的眼睛变成一张嘴，再替他安上一条不会说谎的舌头。

罗瑟琳 你是一个恋爱场中的老手，真会说话。

玛利娅 他是丘比特的外公，他的消息都是丘比特告诉他的。

罗瑟琳 那么维纳斯一定像她的母亲，因为她的父亲是很丑的。

鲍益 你们听见吗，我的疯丫头们？

玛利娅 不听见。

鲍益 那么你们看见些什么没有？

罗瑟琳 嗯，看见我们回去的路。

鲍益 我真把你们没有办法。（同下）

第　三　幕

第一场
那瓦王御苑

丨亚马多及毛子上。

亚马多　去，稚嫩的青春；拿了这钥匙去，把那乡下人放了，带他到这儿来；我必须叫他替我送一封信去给我的爱人。

毛子　主人，您愿意用法国式的喧哗得到您的爱人的欢心吗？

亚马多　你是什么意思？用法国话吵架吗？

毛子　不，我的十足的主人；我的意思是说，从舌尖上溜出一支歌来，用您的脚和着它跳舞，翻起您的眼皮，唱一个音符叹息一个音符；有时候从您的喉咙里滚出来，好像您一边歌唱爱情，一边要把它吞下去似的；有时候从您的鼻孔里哼出来，好像您在嗅寻爱情的踪迹，要把它吸进去似的；您的帽檐斜罩住您的眼睛；您的手臂交叉在您的胸前，像一头炙叉上的兔子；或者把您的手插在口袋里，就像古画上的人像一般；也不要老是唱着一支曲调，才唱了几句又换了一个调子。这是台型，这是功架，可以诱动好姑娘们的心，虽然没有这些她们也会被人诱动；而且——您在听着我吗？——这还可以使那些最擅长于这个调调儿的人成为一世的红人。

亚马多 你这种经验是怎么得来的？

毛子 这是我一点一点观察得来的结果。可是您忘记您的爱人了吗？

亚马多 我几乎忘了。

毛子 健忘的学生！把她记住在您的心头。

亚马多 她不但在我的心头，而且在我的心坎儿里，孩子。

毛子 而且还在您的心儿外面，主人；这三句话我都可以证明。

亚马多 你怎么证明？

毛子 您在心头爱着她，因为您的心得不到她的爱；您在心里爱着她，因为她已经占据了您的心；您在心儿外面爱着她，因为您已经为她失去您的心。

亚马多 我正是这样。把那乡下人带来；他必须替我送一封信。

毛子 好得很，马儿替驴子送信。

亚马多 嘿，嘿！你说什么？

毛子 呃，主人，您该叫那驴子骑了马去，因为他走得太慢啦。我去了。

亚马多 路是很近的；快去！

毛子 像铅一般快，主人。

亚马多 什么意思，小精灵鬼儿？铅不是一种很沉重迟钝的金属吗？

毛子 非也，我的好主人。

亚马多 我说，铅是迟钝的。

毛子 主人，您这结论下得太快了；从炮口里放出来的铅丸，难道还算慢吗？

亚马多 好巧妙的辞锋！他把我说成了一尊大炮；他自己是弹丸；好，我就把你向那乡下人开了过去。

毛子 那么您开炮吧，我飞出去了。（下）

亚马多 一个乖巧的小子，又活泼又伶俐！对不起，亲爱的苍天，我要把我的叹息呵在你的脸上了。最粗暴的忧郁，勇敢见了你也要远远退避。我的使者回来了。

| 毛子率考斯塔德重上。

亚马多 考斯塔德，我要释放你。恢复你的自由，解脱你的束缚，免除你的禁锢；我只要你替我干这一件事。（以信授考斯塔德）把这封书简送给那村姑娘杰奎妮妲。（以钱授考斯塔德）这是给你的酬劳；因为对底下人赏罚分明，是我的名誉的最大的保障。毛子，跟我来。（下）

毛子 人家说狗尾续貂，我就像狗尾之貂。考斯塔德先生，再会！

考斯塔德 我的小心肝肉儿！我的可爱的小犹太人！（毛子下）现在我要看看他的酬劳。酬劳！啊！原来在他们读书人嘴里，三个铜子就叫做酬劳。“这条带子什么价钱？”“一便士。”“不，一个酬劳卖不卖？”啊，好得很！酬劳！这是一个比法国的克朗更好的名称。我再也不把这两个字转卖给别人。

| 俾隆上。

俾隆 啊！我的好小子考斯塔德，咱们碰见得巧极了。

考斯塔德 请问先生，一个酬劳可以买多少淡红色的丝带？

俾隆 怎么叫一个酬劳？

考斯塔德 呃，先生，一个酬劳就是三个铜子。

俾隆 那么你就可以买到值三个铜子的丝带了。

考斯塔德 谢谢您。上帝和您在一起！

俾隆 不要走，家伙；我要差你干一件事。你要是希望得到我的恩宠，我的好小子，那么答应我这一个请托吧。

考斯塔德 您要我在什么时候干这件事，先生？

俾隆 哦，今天下午。

考斯塔德 好，我一定给您办到，先生。再会！

俾隆 啊，你还没有知道是件什么事哩。

考斯塔德 等我把它办好以后，先生，我就会知道是件什么事。

俾隆 嗨，混蛋，你该先知道了以后才去办呀。

考斯塔德 那么我明儿早上来看您。

俾隆 这事情必须在今天下午办好。听着，家伙，很简单的一回事：公主就要到这儿御苑里来打猎，她有一位随身侍从的贵女，粗俗的舌头轻易不敢提起她的名字，他们称她为罗瑟琳；你问清楚了哪一个是她，就把这一通密封的书信交在她的洁白的手里。（以一先令授考斯塔德）这是给你的犒赏；去。

考斯塔德 犒赏，啊，可爱的犒赏！比酬劳好得多啦；多了足足十一便士外加一个铜子。最可爱的犒赏！我一定给您送去，先生，决不有错。犒赏！酬劳！（下）

俾隆 而我，——确确实实，我是在恋爱了！我曾经鞭责爱情；我是捉拿相思的捕快；我把刻毒的讥刺加在那个比一切人类更伟大的孩子的身上，像一个守夜的警吏一般监视他的行动，像一个尊严的塾师一般呵斥他的错误！这个盲目的、哭笑无常的、淘气的孩子，这个年少的前辈，矮小的巨人，丘比特先生；统治着一切恋爱的诗句，交叉的手臂，叹息、呻吟，一切无聊的踯躅和怨望的悲愤的无上君主，总辖天下痴男怨女的唯一主宰和伟大的元帅；啊，我小小的心，我却要高举他的旗帜，在他的战场上充当一名士卒！什么，我！我恋爱！我追求！我要找寻一个妻子！一个像一座永远需要修理的时钟般的女人，你不去留心她就会出毛病！嘿，最不该的是叛弃了誓约；而且在三个之中，偏偏爱上了最坏的一个：一个伶俐风骚的姑娘，她的眼睛像两颗乌黑的弹丸；凭着上天起誓，即使百眼的巨人阿耳戈斯把她终日监视，她也会什么都干得出来。我却要为她叹息！为她整夜不睡！为她祷告神明！罢了，这是丘比特给我的惩罚，因为我藐视了他的全能的小小的威力。好，我要恋爱、写诗、叹息、祷告、追求和呻吟；谁都有他心爱的姑娘，我的爱人也该有痴心的情郎。（下）

第 四 幕

第一场

那瓦王御苑

| 公主、罗瑟琳、玛利娅、凯瑟琳、鲍益、群臣、侍从及一管林人上。

公主 那向着峻峭的山崖加鞭疾驰的，不是国王吗？

鲍益 我不知道；可是我想那不是他。

公主 不管他是谁，瞧上去倒是很雄心勃勃似的。好，各位贤卿，今天我们就可以得到答复；星期六就可以回法国去了。管林子的朋友，你说我们应该到哪一丛树木里去杀害生灵？

管林人 您只要站在这儿附近那一簇小树林的边上，准可以百发百中。

公主 人家说，美人有沉鱼落雁之容；我只要用美目的利箭射了出去，无论什么飞禽走兽都会应弦而倒。

管林人 恕我，公主，我不是这个意思。

公主 什么，什么？你不愿恭维我吗？啊，一瞬间的骄傲！我不美吗？唉！

管林人 不，公主，您美。

公主 不，现在你不用把我装点了；不美的人，怎样的赞美都不能使她变得好看一点的。这儿，我的好镜子；（以钱给管林人）给你这些钱，因为你不说诳，骂了人反得厚赐，这是分外的重赏。

管林人 您所有的一切都是美好的。

公主 瞧，瞧！只要行了好事，就可以保全美貌。啊，不可靠的美貌！正像这些覆雨翻云的时世；多化几个钱，丑女也会变成无双的姝丽。可是拿弓来；现在我们要不顾慈悲，杀生害命，显一显我们射猎的本领；要是射而不中，我可以饰词自辩，因为心怀不忍，才故意网开一面；要是射中了，那不是存心杀害，唯一的目的无非博取一声喝采。人世间的煊赫光荣，往往产生在罪恶之中，为了身外的浮名，牺牲自己的良心；正像如今我去杀害一头可怜的麋鹿，只为了他人的赞美，并不为自己的怨毒。

鲍益 凶悍的妻子拼命压制她们的丈夫，不也就是为了博人赞美的缘故吗？

公主 正是，无论哪一位太太，能够压倒她的老爷，总是值得赞美的。

| 考斯塔德上。

鲍益 来了一个老百姓。

考斯塔德 上帝安息你们的灵魂！请问这儿哪一位是头儿脑儿的小姐？

公主 朋友，你只要看别人都是没有头颅脑袋的，就知道哪一个是她了。

考斯塔德 哪一位小姐是顶大的顶高的？

公主 她就是顶胖的顶长的一个。

考斯塔德 顶胖的，顶长的！对了，没有一点儿差。小姐，要是您的腰身跟我的心眼儿一样细，您就可以套得上这几位小姐们的腰带。您不是她们的首领吗？您在这儿是顶胖的一个。

公主 你有什么见教，先生？你有什么见教？

考斯塔德 俾隆先生叫我带封信来，给一位叫做罗瑟琳的小姐。

公主 啊！你的信呢？你的信呢？他是我的一个好朋友。站在一旁，好信差。鲍益，你会切肉的，把这块鸡切一切开吧。

鲍益 遵命。这封信送错了；它跟这儿每一个人都没有关系；它是写给杰奎妮妲的。

公主 我们也要读它一下。把封蜡打开了，大家听着。

鲍益 “凭着上天起誓，你是美貌的，这是一个绝无错误的事实；真的，你是娇艳的；真实的本身，你是可爱的。比美貌更美貌，比娇艳更娇艳，比真实更真实的，怜悯你的英雄的奴隶吧！慷慨知名的科菲多亚王看中了下贱污秽的丐女齐妮罗芳，他可以说，余来，余见，余胜[①]；用俗语把它分析——啊，下流而卑劣的俗语！——即为，他来了，他看见，他战胜。他来了，一；看见，二；战胜，三；谁来了？国王。他为什么来？因为要看见。他为什么看？因为要战胜。他到谁的地方来？到丐女的地方。他看见什么？丐女。

---

① “余来，余见，余胜”（Veni, Vidi, Vici）为尤利乌斯·凯撒（Julius Cæsar）之著名豪语。

他战胜谁？丐女。结果是胜利。谁的胜利？国王的胜利。俘虏因此而富有了。谁富有了？丐女富有了。收场是结婚。谁结婚？国王结婚；不，两人合而为一，一人化而为二。我就是国王，因为在比喻上是这样的；你就是丐女，你的卑贱可以证明。我应该命令你爱我吗？我可以。我应该强迫你爱我吗？我能够。我应该请求你爱我吗？我愿意。你的褴褛将要换到什么？锦衣。你的灰尘将要换到什么？富贵。你自己将要换到什么？我。我让你的脚玷污我的嘴唇，让你的肖像玷污我的眼睛，让你的每一部分玷污我的心，等候着你的答复。

你的最忠实的唐·阿德里安诺·德·亚马多。”

你听那雄狮咆哮的怒响，
你已是他爪牙下的羔羊；
俯伏在他足前不要反抗，
他不会把你的生命损伤；
倘然妄图挣扎，那便怎样？
免不了充他饥腹的食粮。

公主 写这信的是一片什么羽毛，一头什么风信标？你们有没有听见过比这更妙的文章？

鲍益 这文章的风格，我记得好像看见过似的。

公主 读过了这样的文章还会忘记，那你的记性真是太坏了。

鲍益 这亚马多是这儿宫庭里豢养着的一个西班牙人；他是一个荒唐古怪的家伙，一个疯子，常常用他的奇腔异调逗国王和他的同学们发笑。

公主 喂，家伙，我问你一句话。谁给你这封信？

考斯塔德 我早对您说过了，是一位大人。

公主 他叫你把信寄给谁的？

考斯塔德 从一位大人送给一位小姐。

公主 从哪一位大人寄给哪一位小姐？

考斯塔德 从俾隆大人，我的一位很好的大爷，寄给一位法国的小姐，他说她名叫罗瑟琳。

公主 你把他的信掉错了。来！各位贤卿，我们走吧。好人儿，把这信收起来；过一天它就会变成你的了。

（同下）

第二场

同　前

｜霍罗福尼斯、纳森聂尔牧师及德尔上。

纳森聂尔 真是一种敬畏神明的游戏，而且是很合人道的。

霍罗福尼斯 那头鹿，您知道，沐浴于血泊之中；像一颗烂熟的苹果，刚才还是明珠般悬在太虚、穹苍、天空的耳边，一下子就落到平陆、原壤、土地的面上。

纳森聂尔 真的，霍罗福尼斯先生，您的字眼变化得非常巧妙，不愧学者的吐属。可是先生，相信我，它是一头新出角的牡鹿。

霍罗福尼斯 纳森聂尔牧师，信哉！

德尔 它不是信哉；它是一头两岁的公鹿。

霍罗福尼斯 最愚昧的指示！然而这也是他用他那种不加修饰、

未经琢磨、既无教育、又鲜训练，或者不如说是浑噩无知，或者更不如说是诞妄无稽的方式，反映或者不如说是表现他的心理状态的一种解释性的暗示，把我的信哉说成了一头鹿。

德尔 我说那鹿不是信哉；它是一头两岁的公鹿。

霍罗福尼斯 蠢而又蠢的蠢物，愚哉愚哉！啊！你无知的魔鬼，你的容貌多么伧俗！

纳森聂尔 先生，他不曾饱餐过书本中的美味；他没有吃过纸张，喝过墨水；他的智力是残缺破碎的；他不过是一头畜生，只有下等的感觉。这种愚鲁的木石放在我们的面前，我们这些有情趣有性灵的人，应该感谢上帝，赐给我们如许的智慧才能，使我们不至于像他一样。

德尔 你们两位都是读书人；你们能不能用你们的智慧告诉我，什么东西在该隐出世的时候已经有一个月大，到现在还没有长满五星期？

霍罗福尼斯 狄克丁娜，德尔好伙计；狄克丁娜，德尔好伙计。

德尔 狄克丁娜是什么？

纳森聂尔 狄克丁娜是菲苾，也就是琉娜，也就是月亮的别名。

霍罗福尼斯 亚当生下一个月以后，月亮已经长满了一个月；可是他到了一百岁的时候，月亮还是一百年前的月亮，不曾多老了一个星期。

纳森聂尔 先生，我为您赞美天主，我的教区里的全体居民也都要为您赞美天主，因为他们的儿子受到您很好的教诲，他们的女儿也从您的地方得益不少；您是社会上的功臣。

霍罗福尼斯 他们的儿子如果是天真诚朴的，不怕得不到我的教诲；他们的女儿如果是聪慧可教的，我也愿意尽力开导她们。可是哲人寡言。有一个女人找我们来了。

| 杰奎妮妲及考斯塔德上。

杰奎妮妲 早安，牧师先生！牧师先生，（以一信授纳森聂尔）谢谢您把这一封信读给我听听；这是唐·亚马多叫考斯塔德送来给我的。请你读一读好不好？

霍罗福尼斯 对不起，先生，这里面写些什么？或者正像贺拉斯[①]所说的，——什么，一首诗吗？

纳森聂尔 正是，先生，而且写得非常典雅。

霍罗福尼斯 愿闻一二，先生其为余诵之乎？

纳森聂尔 （读）

为爱背盟，怎么向你自表寸心？
啊！美色当前，谁不要失去操守？
虽然抚躬自愧，对你誓竭忠贞；
昔日的橡树已化作依人弱柳：
请细读它一叶叶的柔情密爱，
它的幸福都写下在你的眼中。
你是全世界一切知识的渊海，
赞美你便是一切学问的尖峰；
倘不是蠢如鹿豕的冥顽愚人，
谁见了你不发出惊奇的嗟叹？
你目藏闪电，声音里藏着雷霆；
平静时却是天乐与星光灿烂。

① 贺拉斯（Horace），公历纪元前一世纪罗马诗人。

你是天人，啊！赦免爱情的无知，
以尘俗之舌讴歌绝世的仙姿。

霍罗福尼斯 您没有把应该重读的地方读了出来，所以完全失去了抑扬顿挫之妙。让我把这首小诗推敲一下：在韵律方面倒还不错；可是讲到高雅，流利和诗歌的铿锵的音调，此则尚有憾焉。奥维狄斯·奈索[1]才是真正的诗人；然而奈索之所以为奈索者，不是因为他嗅出了想象的芬芳的花朵，那激发创作的动力吗？摹拟算得了什么？猎犬也会追随它的主人，猴子也会效学它的饲养者，马儿也会听从它的骑师。可是姑娘，这封信是寄给你的吗？

杰奎妮妲 嗯，先生；这封信是一位俾隆先生寄给我的，他是那位外国女王手下的一位贵人。

霍罗福尼斯 我要看看那上面的题名："敬献于最美丽的罗瑟琳小姐的雪白的手中。"我还要看看信里面寄信人的署名："乐于供你驱使的俾隆。"——纳森聂尔牧师，这俾隆是一个和王上一同发下誓愿的人；现在他却写了一封信给那外国女王手下的一个侍女，这封信由于一时的偶然，被送信的人送错了地方。快去，我的好人儿；把这封信给王上看，也许它是很有关系的。不必多礼，尽管去吧；再见！

杰奎妮妲 好考斯塔德，跟我去。先生，上帝保佑您！

考斯塔德 去吧，我的姑娘。（考斯塔德、杰奎妮妲下）

---

① 奥维狄斯·奈索（Ovidius Naso）即奥维德（Ovid），罗马诗人，《变形记》及《爱经》之作者，约与贺拉斯同时。

纳森聂尔 先生，您把这件事情干得非常严正，充分显出了敬畏上帝的精神；正像有一位神父说的，——

霍罗福尼斯 先生，别对我提起什么神父不神父啦；我最怕那些似是而非的论调。可是让我们再来讨论讨论那首诗；纳森聂尔牧师，您觉得它怎么样？

纳森聂尔 写是写得非常之好。

霍罗福尼斯 今天我要到我的一个学生的父亲家里吃饭；要是您愿意在进餐之前替在座众人作一次祈祷，凭着该生家长对我的交情，我可以介绍您出席；在宴会上我愿意向您证明这首诗非常浅薄，既无诗趣，又无巧思，一点没有匠心独运之处。请您一定光临。

纳森聂尔 那真是多谢了；因为《圣经》上说，交际是人生的幸福。

霍罗福尼斯 不错，这句圣经是一句很确当的结论。（向德尔）朋友，请你也一同出席，千万不要推却；毋多言！去！那些绅士们正在打猎，我们还是去满足我们口腹的享受。（同下）

第三场

同 前

| 俾隆持一纸上。

俾隆 王上正在逐鹿；我却在追赶我自己。他们张罗设网；我却陷身在泥坑之中。好，坐下来，悲哀！因为他们说那傻子曾经这样说，我这样说；我就是傻

子：证明得很好，聪明人！天主啊，这恋爱疯狂得就像埃阿斯[1]一样；它会杀死一头绵羊；它会杀死我，我就是绵羊：又是一个很好的证明！我不愿恋爱；要是我恋爱，把我吊死了吧；真的，我不愿。啊！可是她的眼睛，——天日在上，倘不是为了她的眼睛，我决不会爱她；是的，只是为了她的两只眼睛。唉，我这个人一味说谎，全然的胡说八道。天哪，我在恋爱，它已经教会我作诗，也教会我发愁；这儿是我的一部分的诗，这儿是我的愁。她已经收到我的一首十四行诗了；送信的是个蠢货，寄信的是个呆子，收信的是个佳人；可爱的蠢货，更可爱的呆子，最可爱的佳人！凭着全世界发誓，即使那三个家伙都落下了情网，我也不以为意。这儿有一个拿了一张纸头来了；求上帝让他呻吟吧！（爬登树上）

| 国王持一纸上。

国王 唉！

俾隆 （旁白）射中了，天哪！继续施展你的本领吧，可爱的丘比特；你已经用你的鸟箭从他的左乳下面射了进去了。当真他也有秘密！

国王 （读）

旭日不曾以如此温馨的蜜吻

给予蔷薇上晶莹的黎明清露，

① 埃阿斯（Ajax），荷马史诗《伊利亚特》中之希腊英雄，其威名仅次于阿喀琉斯（Achilles）。

有如你的慧眼以其灵辉耀映
那淋下在我颊上的深宵残雨；
皓月不曾以如此璀璨的光箭
穿过深海里透明澄澈的波心，
有如你的秀颜照射我的泪点，
一滴滴荡漾着你冰雪的精神。
每一颗泪珠是一辆小小的车，
载着你在我的悲哀之中驱驰；
那洋溢在我睫下的朵朵水花，
从忧愁里映现你胜利的荣姿；
请不要以我的泪作你的镜子，
你顾影自怜，我将要永远流泪。

她怎么可以知道我的悲哀呢？让我把这纸儿丢在地上；可爱的草叶啊，遮掩我的痴心吧。谁到这儿来了？（退立一旁）什么，朗格维！他在读些什么东西！听着！

| 朗格维持一纸上。

俾隆 现在又有一个跟你同样的傻子来了！

朗格维 唉！我破了誓了！

国王 我希望他也在恋爱，同病相怜的罪人！

俾隆 一个酒鬼会把另一个酒鬼引为同调。

朗格维 我是第一个违反誓言的人吗？

俾隆 我可以给你安慰；照我所知道的，已经有两个人比你先破誓了，你来刚好凑成一个三分鼎足。

朗格维 我怕这几行生硬的诗句缺少动人的力量。啊，亲爱的玛利娅，我的爱情的皇后！

你眼睛里有天赋动人的辞令，
能使全世界的辩士唯唯俯首，
不是它劝诱我的心寒盟背信？
为了你把誓言毁弃不应遭咎。
我所舍弃的只是地上的女子，
你却是一位美妙的天仙化身；
为了天神之爱毁弃人世的誓，
你的垂怜可以洗涤我的罪名。
一句誓只是一阵口中的雾气，
禁不起你这美丽的太阳晒蒸；
我脆弱的愿心既已被你吸起，
这毁誓的过失怎能由我担承？
即使是我的错，谁会那样疯狂，
不愿意牺牲一句话换取天堂！

俾隆 一个人发起疯来，会把血肉的凡人敬若神明，把一只小鹅看做一个仙女；全然的、全然的偶像崇拜！上帝拯救我们，上帝拯救我们！我们都走到邪路上去了。

朗格维 我应该叫谁把这首诗送去呢？——有人来了！且慢。（退立一旁）

俾隆 大家躲好了，大家躲好了，就像小孩子捉迷藏似的。我像一尊天神一般，在这儿高坐天空，察看这些可怜的愚人们的秘密。天哪，又是一个来了。

| 杜曼持一纸上。

俾隆 杜曼也变了；一个盘子里盛着四只山鹬！

杜曼 啊，最神圣的凯德！

俾隆　啊，亵渎神圣的傻瓜！

杜曼　凭着上天起誓，一个凡夫眼中的奇迹！

俾隆　凭着土地起誓，她是个平平常常的女人；你在说诳。

杜曼　她的琥珀般的头发黯淡了琥珀的颜色。

俾隆　琥珀色的乌鸦倒是很少有的。

杜曼　像杉树一般亭亭直立。

俾隆　我说她身体有点弯屈；她的肩膀好像怀孕似的。

杜曼　像白昼一般明朗。

俾隆　嗯，像有几天的白昼一般，不过是没有太阳的白昼。

杜曼　啊！但愿我能够如愿以偿！

朗格维　但愿我也如愿以偿！

国王　主啊，但愿我也如愿以偿！

俾隆　阿门，但愿我也如愿以偿！

杜曼　我希望忘记她；可是她像热病一般焚烧我的血液，使我再也忘不了她。

俾隆　你血液里的热病！那么只要请医生开一刀，就可以把她放出来盛在盘子里了。

杜曼　我还要把我所写的那首歌读一遍。

俾隆　那么我就再听一次爱情怎样改变了一个聪明人。

杜曼　（读）

“有一天，唉，那一天！
爱永远是五月天，
见一朵好花娇媚，
在款款风前游戏；
穿过柔嫩的叶网，
风儿悄悄地来往。

憔悴将死的恋人，
羡慕天风的轻灵；
风能吹上你脸颊，
我只能对花掩泣！
我已向神前许愿，
不攀折鲜花嫩瓣；
少年谁不爱春红？
这种誓情理难通。
今日我为你叛誓，
请不要把我讥刺；
你曾经迷惑乔武，
使朱诺[1]变成嫫母，
放弃天上的威尊，
来作尘世的凡人”。

我要把这首歌寄去，另外再用一些更明白的字句，说明我的真诚的恋情的痛苦。啊！但愿王上、俾隆和朗格维也都变成恋人！作恶的有了榜样，可以抹去我叛誓的罪名；大家都是一样有罪，谁也不能把谁怨怼。

朗格维 （上前）杜曼，你希望别人分担你的相思的痛苦，你这种恋爱太自私了。你可以脸色发白，可是我要是也这样被人听见了我的秘密，我知道我一定会满脸

① 乔武（Jove），即朱庇特（Jupiter），罗马主神，亦即希腊之宙斯（Zeus），贪淫好色，尝屡次勾诱凡间女子。其妻朱诺（Juno），即希腊之天后赫拉（Hera）。

通红的。

国王 （上前）来，先生，你的脸红起来吧。你的情形和他正是一样；可是你明于责人，暗于责己，你的罪比他更加一等。你不爱玛利娅，朗格维从来不曾为她写过一首十四行诗，从来不曾绞着两手，按放在他的多情的胸前，压下他那跳动的心。我躲在这一丛树木后面，已经完全窥破你们的秘密了；我替你们两人好不害羞！我听见你们罪恶的诗句，留心观察着你们的举止，看见你们长吁短叹，注意到你们的热情：一个说，唉！一个说，天哪！一个说她的头发像黄金，一个说她的眼睛像水晶；（向朗格维）你愿意为了天堂的幸福寒盟背信；（向杜曼）乔武为了你的爱人不惜毁弃誓言。要是俾隆听见你们已经把一个用极大的热心发下的誓这样破坏了，他会怎么说呢？他会把你们怎样嘲笑！他会怎样掉弄他的刻毒的舌头！他会怎样高兴得跳起来！我宁愿失去全世界所有的财富，也不愿让他知道我有这样不可告人的心事。

俾隆 现在我要挺身而出，揭破伪君子的面目了。（自树上跳下）啊！我的好陛下，请你原谅我；好人儿！你自己沉浸在恋爱之中，你有什么权利责备这两个可怜虫？你的眼睛不会变成马车；你的泪珠里不会反映出一位公主的笑容；你不会毁誓，那是一件可憎的罪恶；咄！只有无聊的诗人才会写那些十四行的歌曲。可是你不害羞吗？你们三人一个个当场出丑，都不觉得害羞吗？你发现了他眼中的微尘；王上发现了你的；可是我发现了你们每人眼中的梁木。啊！我看见了一幕多么愚蠢的活剧，不是这个人叹息呻吟，就是那个人捶胸顿足。嗳哟！我好容易耐住我的心，看一位国王变成一只飞蝇，伟大的赫剌克勒斯抽弄陀螺，渊深的所罗门起舞婆娑，年老的涅斯托[①]变成儿童的游侣，厌世的泰门[②]戏弄无聊的玩具！你的悲哀在什么地方？啊！告诉我，好杜曼。善良的朗格维，你的痛苦在什么地方？陛下，你的又在什么地方？都在这心口儿里。喂，煮一锅稀粥来！这儿有很重的病人哩。

国王 你太把人挖苦了。那么我们的秘密都被你窥破了吗？

俾隆 我算是受了你们的骗。我是个老实人，我以为违背一个自己所发的誓是一件罪恶；谁料竟会受一班虚有其表、反复无常的人们的欺骗。你们什么时候会见我写一句诗？或者为了一个女人而痛苦呻吟？或者费一分钟的时间把我自己修饰？你们什么时候会听见我赞美一只手，一只脚，一张脸，一双眼，一种姿态，一段丰度，一副容貌，一个胸脯，一个腰身，一条腿，一条臂？——

国王 且慢！你的舌头又不是怕有人在后面追赶的偷儿，用不着这样急急忙忙的奔跑。

俾隆 我这样急急忙忙，是为了要逃避爱情；好情人，放我去吧。

① 涅斯托（Nestor）为特洛伊战役中之希腊英雄，白发从征，以老成智虑著称。

② 泰门（Timon）为雅典富人，其故事见莎翁另一剧本《雅典的泰门》。

| 杰奎妮妲及考斯塔德上。

杰奎妮妲 上帝祝福王上！

国王 你有什么东西送来？

考斯塔德 一件叛逆的阴谋。

杰奎妮妲 陛下，请您读一读这封信；我们的牧师先生觉得它很是可疑；他说其中有叛逆的阴谋。

国王 俾隆，你把它读一读。（以信授俾隆）这封信是你从什么地方得来的？

杰奎妮妲 考斯塔德给我的。

国王 你从什么地方得来的？

考斯塔德 邓·阿德拉马狄奥，邓·阿德拉马狄奥给我的。

（俾隆扯信）

国王 怎么！你怎么啦？为什么把它扯碎？

俾隆 无关重要，陛下，无关重要，您用不着担心。

朗格维 这封信看得他面红耳赤，让我们听听吧。

杜曼 （拾起纸片）这是俾隆的笔迹，这儿还有他的名字。

俾隆 （向考斯塔德）啊，你这下贱的蠢货！你把我的脸丢尽了。我承认有罪，陛下，我承认有罪。

国王 什么？

俾隆 你们三个呆子加上了我，刚巧凑成一桌；他，他，您陛下，跟我，都是恋爱场中的扒手，我们都有该死的罪名。啊！把这两个人打发走了，我可以详详细细告诉你们。

杜曼 现在大家都是一样的了。

俾隆 不错，不错，我们是同志四人。叫这一双斑鸠去吧。

国王 你们去吧！

考斯塔德　好人走了，让坏人留在这儿。（考斯塔德、杰奎妮妲下）

俾隆　亲爱的朋友们，亲爱的情人们，啊！让我们拥抱吧。我们都是有血有肉的凡人；大海潮升潮落，青天终古长新，陈腐的戒条不能约束少年的热情。我们不能反抗生命的意志，我们必须推翻不合理的盟誓。

国王　什么！你也会在这些破碎的诗句之中表示你的爱情吗？

俾隆　“我也会”！谁见了天仙一样的罗瑟琳，不会像一个野蛮的印度人，当东方的朝阳开始呈现它的奇丽，俯首拜伏，用他虔诚的胸膛贴附土地？哪一道鹰隼般威棱闪闪的眼光，不会眩耀于她的华艳，敢仰望她眉宇间的天堂？

国王　什么狂热的情绪鼓动着你？我的爱人，她的女主人，是一轮美丽的明月，她只是月亮旁边闪烁着微光的一点小星。

俾隆　那么我的眼睛不是眼睛，我也不是俾隆。啊！倘不是为了我的爱人，白昼都要失去它的光亮。她的娇好的颊上集合着一切出众的美点，她的华贵的全身找不出丝毫缺陷。借给我所有辩士们的生花妙舌——啊，不！她不需要夸大的辞藻；待沽的商品才需要赞美，任何赞美都比不上她自身的美妙。形容枯瘦的一百岁的隐士，看了她一眼会变成五十之翁；美貌是一服换骨的仙丹，它会使扶杖的衰龄返老还童。啊！她就是太阳，万物都被她照耀得灿烂生光。

国王　凭着上天起誓，你的爱人黑得就像乌木一般。

俾隆 乌木像她吗？啊，神圣的树木！娶到乌木般的妻子才是无上的幸福。啊！我要按着《圣经》发誓，她那点漆的瞳人，泼墨的脸色，才是美的极致，不这样便够不上“美人”两字。

国王 一派胡说！黑色是地狱的象征，囚牢的幽暗和暮夜的阴沉；美貌应该像天色一样清明。

俾隆 魔鬼往往化装光明的天使引诱世人。啊！我的爱人有两道黑色的修眉，因为她悲伤世人的愚痴，让涂染的假发以伪乱真，她要向他们证明黑色的神奇。她的美艳转变了流行的风尚，因为脂粉的颜色已经混淆了天然的红白，自爱的女郎们都知道洗尽铅华，学着她把皮肤染成黝黑。

杜曼 打扫烟囱的人也是学着她把烟煤涂满一身。

朗格维 从此以后，炭坑夫都要得到俊美的名称。

国王 非洲的黑人夸耀他们美丽的肤色。

杜曼 黑暗不再需要灯烛，因为黑暗即是光明。

俾隆 你们的爱人们永远不敢在雨中走路，她们就怕雨水洗去了脸上的脂粉。

国王 我希望你的爱人不怕淋雨，让雨水把她的脸冲冲干净。

俾隆 我要证明她的美貌，拼着舌敝唇焦，一直讲到世界末日的来临。

国王 到那时候你就知道没有一个魔鬼不比她漂亮几分。

杜曼 像你这样钟情丑妇的人真是世间少见。

朗格维 瞧，这儿是你的爱人；（举鞋示俾隆）把她的脸多看两眼。

俾隆 啊！要是把你的眼睛铺成道路，也会玷污了她的姗姗微步。

国王 可是何必这样斤斤争论？我们不是大家都在恋爱吗？

俾隆 一点不错，我们大家都毁了誓啦。

国王 那么不要作这种无聊的空谈。好俾隆，现在请你证明我们的恋爱是合法的；我们的信心并没有遭到损害。

杜曼 对了，赞美赞美我们的罪恶。

朗格维 啊！用一些充分的理由壮壮我们的胆；用一些巧妙的诡计把魔鬼轻轻骗过。

杜曼 用一些娓娓动听的辩解减除我们叛誓的内疚。

俾隆 啊，那是不必要的。好，那么，爱情的战士们，想一想你们最初发下的誓，绝食，读书，不近女色，全然是对于绚烂的青春的重大的谋叛！你们能够绝食吗？你们的肠胃太娇嫩了，绝食会引起种种的病症。你们虽然立誓发愤读书，要是你们已经抛弃了各人的一本最宝贵的书籍，你们还能在梦寐之中不废吟哦吗？因为除了一张女人的美丽的容颜以外，你，我的陛下，或是你，或是你，什么地方找得到学问的真正价值？从女人的眼睛里我得到这一个教训：它们是艺术的经典，知识的宝库，是它们燃起了智慧的神火。刻苦的钻研可以使活泼的心神变为迟钝，正像长途的跋涉消耗旅人的筋力。你们不看女人的脸，不但放弃了眼睛的天赋的功用，而且根本违背你们立誓求学的原意；因为世上哪一个著作家能够像一个女人的眼睛一般把如许的美丽启示读者？学问是我们随身的财产，我们自己在什么地方，我们的学问也跟着我们在一起；那么当我们在女人的眼睛里看见我们自己的时候，我们不是也可以看到它里边存在着我们的学问吗？啊！朋友们，我们发誓读书，同时却抛弃了我们的书本；因为在你们钝拙的思索之中，你，我的陛下，或是你，或是你，几曾歌咏出像美人的慧眼所激发你们的那种火一般热烈的诗句？一切沉闷的学术都局限于脑海之中，它们因为缺少活动，费了极大的艰苦还是绝无收获；可是从一个女人的眼睛里学会了恋爱，却不会禁闭在方寸的心田，它会随着全身的血液，像思想一般迅速地通过百官四肢，使每一个器官发挥出双倍的效能；它使眼睛增加一重明亮，恋人眼中的光芒可以使猛鹰眩目；恋人的耳朵听得出最微细的声音，任何鬼祟的奸谋都逃不过他的知觉；恋人的感觉比戴壳蜗牛的触角还要微妙灵敏；恋人的舌头使善于辨味的巴克科斯[①]显得迟钝；讲到勇力，爱情不是像赫剌克勒斯一般，永远在干着惊人的伟绩吗？像斯芬克斯一般狡狯；像那以阿波罗的金发为弦的天琴一般和谐悦耳；当爱情发言的时候，就像诸神的合唱，使整个的天界陶醉于仙乐之中。诗人不敢提笔抒写他的诗篇，除非他的墨水里调和着爱情的叹息；啊！那时候他的诗句就会感动野蛮的猛兽，激发暴君的天良。从女人的眼睛里我得到这一个教训：它们永远闪耀着智慧的神火；它们是艺术的经典，是知识的宝库，装饰、涵容、滋养着整个世界；没有了它们，一切都会失去它们的美妙。那么你们真是一群呆子，甘心把这些女人舍弃；你们谨守你们的誓约，就可以证明

① 巴克科斯（Bacchus），希腊酒神。

你们的痴愚。为了智慧，这一个众人喜爱的名词，为了爱情，这一个喜爱众人的名词，为了男人，一切女人的创造者，为了女人，没有她们便没有男人，让我们放弃我们的誓约，找到我们自己，否则我们就要为了谨守誓约而丧失自己。这样的毁誓是为神明所容许的；因为慈悲的本身可以代替法律，谁能把爱情和慈悲分而为二？

国王 那么凭着圣丘比特的名字，兵士们，上阵呀！

俾隆 举起你们的大旗，向她们努力进攻吧，朋友们！

朗格维 把这些巧妙的字句搁在一旁，老老实实谈一谈吧。我们要不要决定去向这些法国女郎们求爱？

国王 是的，而且我们一定要达到目的。所以让我们商量商量用些什么方法娱乐她们。

俾隆 第一，让我们从御苑里护送她们到她们的帐幕之内；然后每一个人握着他的美貌的恋人的纤手回来。在下午我们要计划一些短时间内可以筹备起来的新奇的娱乐安慰她们；因为饮酒、跳舞和狂欢是恋爱的先驱，是它们把缤纷的花朵铺成一道康衢。

国王 去，去！我们现在必须利用每一秒钟的时间。

俾隆 去，去！种下莠草哪能收起佳禾？
那昭昭的天道从不会有私心：
轻狂的娘儿嫁给背信的丈夫；
是顽铜怎么换得到美玉精金？（同下）

第 五 幕

第一场

那瓦王御苑

| 霍罗福尼斯、纳森聂尔牧师及德尔上。

霍罗福尼斯 已而者，已而而已矣。

纳森聂尔 先生，我为您赞美上帝。您在宴会上这一番议论，的确是犀利隽永，风趣而不俚俗，机智而不做作，大胆而不轻率，渊博而不固执，新奇而不乖僻。我前天跟一个王上手下的人谈话，他的雅篆，他的尊号，他的大名是唐·阿德里安诺·德·亚马多。

霍罗福尼斯 后生小子，何足道哉！这个人秉性傲慢，出言武断，满口虚文，目空一世，高视阔步，旁若无人，可谓狂妄之尤。他太拘泥不化，太矫揉造作，太古怪，也可以说太不近人情了。

纳森聂尔 一个非常确切而巧妙的断语。（取出笔记簿）

霍罗福尼斯 他从贫弱的论据中间，抽出他的琐碎而繁缛的言辞。我痛恨这种荒唐的妄人，这种乖僻而苛细的家伙，这种破坏文字的罪人：明明是doubt，他却说是dout；明明是debt，d-e-b-t，他偏要读做det，d-e-t；他把calf读成了cauf，half读成了hauf；neighbour变成nebour，neigh的音缩做了ne。这简直是abhominable，可是叫他说起来又是abominable了。此类谬误之读音，闻之殆于令人痫发；足下其知之乎？所谓痫发者，即发疯之谓也。

纳森聂尔 赞美上帝赐给我们学问智慧！

亚马多、毛子及考斯塔德上。

纳森聂尔 来者其谁耶？

霍罗福尼斯 此固余所乐见者也。

亚马多 （向毛子）崽子！

霍罗福尼斯 不曰小子而曰崽子，何哉？

亚马多 两位文士，幸会了。

霍罗福尼斯 最英勇的武士，敬礼。

毛子 （向考斯塔德旁白）他们刚从一场文字的盛筵上，偷了些吃剩的肉皮鱼骨回来。

考斯塔德 啊！他们一向是靠着咬文嚼字过活的。我奇怪你家主人没有把你当作一个字吞了下去，因为你连头到脚，还没有honorificabilitudinitatibus这一个字那么长；把你吞下去，一点儿不费事。

毛子 静些！钟声敲起来了。

亚马多 （向霍罗福尼斯）先生，你不是有学问的吗？

毛子 是的，是的；他会教孩子们认字呢。请问把a，b，颠倒拼起来，头上再加一只角，是个什么字？

霍罗福尼斯 孺子听之，这是一个Ba字，多了一只角。

毛子 Ba！好一头出角的蠢羊。你们听听他的学问。

霍罗福尼斯 谁，谁，你说哪一个，你这没有母音的子音？

毛子 你自己说起来，是五个母音中间的第三个；要是我说起来，就是第五个。

霍罗福尼斯 让我说说看——a，e，i——I 就是我。

毛子 对了，你就是那头羊；让我接下去——o，u，——You 就是你，那头羊还是你。

亚马多 凭着地中海里滚滚的波涛起誓，好巧妙的讥刺，好敏捷的才智！爽快，干脆，一剑就刺中了要害！它欣慰了我的心灵；真聪明！

考斯塔德 要是我在这世上一共只剩了一个便士，我也要把它送给你买姜饼吃。拿去，这是你的主人给我的酬劳，你这智慧的小钱囊，你这伶俐的鸽蛋。啊！要是上天愿意让你做我的私生子，你将要使我成为一个多么快乐的爸爸！好，你正像人家说的，连屁股尖上都是聪明。

霍罗福尼斯 嗳哟！这是什么话？应该说手指尖上，他说成屁股尖上啦。

亚马多 学士先生，请了；我们不必理会那些无知无识的人。你不是在山顶上的那所学校里教授青年的吗？

霍罗福尼斯 正是。

亚马多 先生，王上已经宣布他的最圣明的意旨，要在这一个白昼的尾闾，那就是粗俗的群众所称为下午的，到公主的帐幕里访问佳宾。

霍罗福尼斯 最高贵的先生，用白昼的尾闾代替下午，果然是再合式、确切、适当不过的了；真的，先生，这一个名词拣选得非常佳妙。

亚马多 先生，王上是一位高贵的绅士，不瞒你说，他是我的知交，很好的朋友。讲到我们两人之间的交情，那可以不用提了。请你千万记好你的屈膝礼节，戴上你的帽子，还有其他许多关系重要而又不可忽视的仪式，可是那都不用提了。因为我必须告诉你，王上陛下往往靠在我的卑贱的肩上，用他的御指玩弄我的废物，我的胡子；可是好人儿，那可也不用提了。我可以发誓我说的不是假话，他老人家曾经把特殊的恩宠赏给亚马多，一个军人，一个见过世面的旅行者；可是那也不用提了。一切的一切是这样的，可是好人儿，我要请你保守秘密，王上的意思，要我在那公主面前，可爱的小东西！表演一些有趣的节目，一些玩意儿，一些热闹的花样，一些滑稽的戏剧，或是一些焰火。我因为知道你跟牧师先生两位对于这种寻开心的事情是很来得的，所以特来跟你们商量商量，请你们帮帮我的忙。

霍罗福尼斯 先生，您可以在她面前表演九大伟人。纳森聂尔牧师，我们奉王上的命令，承这位最倜傥贵显而博学的绅士的嘱托，略效微劳，在这一个白昼的尾闾，表演一些应时的娱乐于公主之前，照我说起来，没有比扮演九大伟人的事迹更适当的了。

纳森聂尔 您在什么地方可以找得到胜任愉快的人来扮演他们呢？

霍罗福尼斯 您自己扮约书亚[①]；我自己或是这位倜傥的绅士扮犹

① 约书亚（Joshua），古代以色列先知。

大·麦卡俾斯[1]，这乡下人手脚粗大，可以充庞贝[2]大王；这童儿就叫他扮赫剌克勒斯——

亚马多 对不起，先生，你错了；他还没有那位伟人的拇指那么大，他的棍子的一头也要比他粗一些。

霍罗福尼斯 你们愿意听我说吗？他可以扮演幼年的赫剌克勒斯，上场下场都在绞弄一条蛇；我还可以预备一段话向观众解释。

毛子 妙极了的设计！这样要是观众中间有人喝倒采，你就可以嚷，“好呀，赫剌克勒斯！你把蛇儿勒死了！”这样就可以把错处遮掩过去，虽然没有什么人会有这么厚的脸皮。

亚马多 还有那五位伟人呢？——

霍罗福尼斯 我一个人可以扮演三个。

毛子 三重的伟人！

亚马多 我可以告诉你们一句话吗？

霍罗福尼斯 我们愿意洗耳恭听。

亚马多 伟人要是扮不成功，我们可以演一出滑稽戏。请你们跟我来。

霍罗福尼斯 来，德尔好伙计！你直到现在，还没有说过一句话哩。

德尔 而且我一句话也没有听懂，先生。

霍罗福尼斯 来！我们也要叫你做些事情。

德尔 我可以跟着人家跳跳舞；或者替伟人们打打小鼓，让别人去跳舞。

---

① 犹大·麦卡俾斯（Judas Maccabæus），待考。

② 庞贝（Pompey the Great），罗马大将。

霍罗福尼斯 最笨的老实的德尔；来，我们去准备我们的玩意儿吧！（同下）

第二场

同前；公主帐幕前

| 公主、凯瑟琳、罗瑟琳及玛利娅同上。

公主 好人儿们，要是每天有这么多的礼物源源而来，我们在回国以前，一定可以变成巨富了。一个被金刚钻包围的女郎！瞧这多情的国王给我些什么东西。

罗瑟琳 公主，没有别的东西跟着它一起送来吗？

公主 没有别的东西！怎么没有？他用塞满了爱情的诗句密密地写在一张纸的两面，连边上都不留出一点空白；他恨不得用丘比特的名字把它封起来呢。

罗瑟琳 这位小神仙要管这么多的闲事，他就会老起来的；他已经做了五千年的孩子了。

凯瑟琳 嗯，他也是个倒霉的催命鬼。

罗瑟琳 你再也不会跟他要好，因为他杀死了你的姊姊。

凯瑟琳 他使她悲哀忧闷；她就是这样死的。要是她也像你一样轻狂，有你这样一副风流活泼的性情，她也许会做过了祖母才死。你大概也有做祖母的一天，因为无忧无虑的人是容易长寿的。

公主 说的好。可是罗瑟琳，你不是也收到一件礼物吗？是谁送来的？是什么东西？

罗瑟琳 我希望您知道，只要我的脸庞也像您一样娇艳，我也可以收到像您一样贵重的礼物；瞧这个吧。嘿，我也有一首诗呢，谢谢俾隆；那音律倒是毫无错误；要是那诗句也没有说错，我就是地上最美的女神；他把我跟二万个美人比较。啊！他在这信里还替我描下了一幅小像哩。

公主 （向凯瑟琳）可是漂亮的杜曼送给你什么东西？

凯瑟琳 公主，他给我这一只手套。

公主 他没有送你一双吗？

凯瑟琳 是的，公主；而且他还写了一千行表明他爱情忠实的诗句，全然是一大堆假惺惺的废话，非但拙劣不堪，而且无聊透顶。

玛利娅 这个，还有这些珍珠，都是朗格维送给我的；他的信写得足足有半哩路长。

公主 你心里不是希望这项链再长一些，这信再短一些吗？

玛利娅 正是，否则愿我这双手合拢了再也分不开来。

公主 我们都是聪明的女孩子，才会这样讥笑我们的爱人。

罗瑟琳 他们都是蠢透了的傻瓜，才会出了这样的代价来买我们的讥笑。我要在我未去以前，把那个俾隆大大折磨一下。啊，要是我知道他在一星期内就会落下情网！我一定要叫他摇尾乞怜，殷勤求爱；叫他静候时机，耐心等待；叫他呕尽才华，写下无聊的诗句；叫他奉命驱驰，甘受诸般的辛苦：我尽管冷嘲热骂，他却是受宠若惊；他做了我手中玩物，我变成他司命灾星。

公主 聪明人变成了痴愚，是一条最容易上钩的游鱼；因为他凭恃才高学广，看不见自己的狂妄。

罗瑟琳　中年人动了春心，比年轻的更一发难禁。

玛利娅　愚人的蠢事算不得希奇，聪明人的蠢事才叫人笑痛肚皮；因为他用全副的本领证明他自己的愚笨。

｜鲍益上。

公主　鲍益来了，他满脸都是高兴。

鲍益　啊！我笑死了。公主殿下呢？

公主　你有什么消息，鲍益？

鲍益　预备，公主，预备！——武装起来，姑娘们，武装起来！大队人马要来破坏你们的和平了。爱情用说辞做它的武器，乔装改扮，要来袭击你们了。集合你们的智慧，布置你们的防御；否则像懦夫一样缩紧了头，赶快逃走吧。

公主　圣丘比特呀！那些用言语来向我们挑战的是什么人？说，探子，说。

鲍益　在一株枫树的凉荫之下，我正想睡它半点钟的时间，忽然在树阴的对面，我看见了国王和他的一群同伴；我就小小心心地溜进了一丛附近的树林，听听他们说些什么话；原来他们打算过一会儿就化了装到这儿来呢。他们的先驱是一个刁钻伶俐的童儿，他已经背熟了他们叫他传达的使命；他们就在那边教他动作的姿势和说话的声调，“你必须这样说，你的身体必须站得这个样子。”他们又怕他当着贵人的面前，会吓得说不出话来；“因为，”那国王说，“你将要看见一位天使；可是不用害怕，尽管放大胆子说。”那孩子却回答说，“天使又不是妖精；倘然她是一个魔鬼，我才应该怕她。”大家听了这句话，都笑起来，拍他的肩膀，那大胆的小油嘴得到他们的夸奖，便格外大胆了。一个掀着他的肘子，咧开了嘴，发誓说从来没有人说过一句比这更俏皮的话；一个翘起了手指嚷着，“嘿！不管结果如何，我们一定要干一下；”一个边跳边嚷，“一切顺利；”还有一个踮起脚趾旋了个身，一交跌在地上。于是大家全都在地上打起滚来，疯了似的笑个不停，笑得连眼泪都淌下来了。

公主 可是，可是，他们要来访问我们吗？

鲍益 是的，是的；照我猜想起来，他们都要扮成俄罗斯人的样子。他们的目的是谈情求爱和跳舞；凭着他们赠送的礼物，认明各人恋爱的对象，倾吐自己倾慕的衷诚。

公主 他们想要这样吗？我们倒要把这些情人们作弄一下。姑娘们，我们每一个人都要套上脸罩，无论他们怎样请求，我们都不让他们瞧见我们的脸孔。拿着，罗瑟琳，你把这一件礼物佩在身上，国王就会把你当作他心爱的人；你把这拿了去，我的好人儿，再把你的给我，俾隆就会把我当作罗瑟琳了。你们两人也各人交换了礼物，让你们的情人大家认错了求爱的对手。

罗瑟琳 那么来，大家把礼物佩戴在最注目的地方。

凯瑟琳 可是这样交换了，您有什么目的呢？

公主 我的目的就是要使他们不能达到目的。他们的用意不过是向我们开开玩笑，所以我们也要开开他们的玩笑。他们现在向认错了的爱人吐露心曲，下回我们用本来面目和他们相见的时候，便可以把他们尽情奚落。

罗瑟琳 可是假如他们要求我们跳舞，我们要不要陪他们跳呢？

公主 不，我们死也不动一步脚。我们也不要理会他们预先写就的说辞，当他们开口的时候，各人都把脸孔扭转去。

鲍益 嗳哟，说话的人遭到了这样的冷淡，一定会伤心得忘记了他的词句的。

公主 那正是我的用意所在；我相信只要一个人受了没趣，别人都会失去了勇气。最有意味的戏谑是以谑攻谑，让那存心侮弄的自取其辱；且看他们撞了一鼻子的灰，乘兴而来，败兴而归。（内吹喇叭声）

鲍益 喇叭响了；戴上脸罩；跳舞的人来啦。（众女戴脸罩）

| 众乐工扮黑人，毛子前行，国王、俾隆、朗格维及杜曼各扮俄罗斯人戴假面上。

毛子 万福，地上最富丽的美人们！最娇艳的女郎的神圣之群，（众女转背）你们曼妙的——背影——为世人所瞻仰！

俾隆 “你们曼妙的容华”，混蛋，“你们曼妙的容华”。

毛子 你们曼妙的容华为世人所瞻仰！天仙们啊，愿你们大发慈悲，闭上你们——

俾隆 “睁开你们—”，混蛋！

毛子 睁开你们阳光普照的眼睛——阳光普照的眼睛——她们睬也不睬我，我念不下去了。

俾隆 这就是你的好记性吗？滚开，你这混蛋！（毛子下）

罗瑟琳 这些异邦人到这儿来有什么事？鲍益，你去问问他们，要是他们会讲我们的言语，就叫他们举出一个老老实实的人来说明他们的来意。你去问吧。

鲍益 你们来见公主有什么事？

俾隆 我们唯一的愿望，只是和平而善意的晋谒。

罗瑟琳 他们说他们有什么事？

鲍益 他们唯一的愿望，只是和平而善意的晋谒。

罗瑟琳 那么他们已经谒见过了；叫他们去吧。

鲍益 公主说，你们已经谒见过了，叫你们去吧。

国王 对她说，我们为了希望在这草坪上和她跳一次舞，已经跋涉山川，用我们的脚步丈量了不少的路程。

鲍益 他们说，他们为了希望在这草坪上和您跳一次舞，已经跋涉山川，用他们的脚步丈量了不少的路程。

罗瑟琳 没有的事。问他们一哩路有多少吋；要是他们已经丈量过不少路程，一哩路的吋数是很容易计算出来的。

鲍益 要是你们迢迢来此，已经丈量过不少路程，公主问你们一哩路有多少吋。

俾隆 告诉她我们是用疲乏的脚步丈量的。

鲍益 她已经听见了。

罗瑟琳 在你们所经过的许多疲乏的路程之中，走一哩路需要多少疲乏的脚步？

俾隆 我们从不计算我们为您所费的辛勤；我们的忠心是无限的富有，不能用数字估计的。愿您展现您脸上的阳光，让我们像一群野蛮人一样，可以向它顶礼膜拜。

罗瑟琳 我的脸不过是一个月亮，而且是遮着乌云的。

国王 遮蔽着这样的明月，那乌云是幸福的！皎洁的明月，和你的灿烂的众星啊，愿你们扫去浮云，把你们的光明照射在我们的眼波之上。

罗瑟琳 愚妄的祈求者啊！你不要追寻镜里的空花，水中的明月；你应该请求一些更重要的事物。

国王 那么请你陪我们跳一回舞。你叫我请求，这一个请求应该不算过分。

罗瑟琳 那么音乐，奏起来！你要跳舞必须赶快。（奏乐）不！不跳了！我正像月亮一般，一下子又有了更改。

国王 您不愿跳舞吗？怎么又突然走开了？

罗瑟琳 你刚才看见的是满月，现在她已经变了。

国王 可是她还是这一个月亮，我还是这一个人。音乐在奏着，请给它一些动作吧。

罗瑟琳 我们的耳朵在听着呢。

国王 可是您必须提起您的腿来。

罗瑟琳 既然你们都是些异邦人，偶然来到这里，我们也不必过于拘谨；搀着我的手，我们不跳舞了。

国王 那么为什么要搀手呢？

罗瑟琳 因为我们可以像朋友似的握手而别。好人儿们，行个礼；跳舞已经完了。

国王 再跳两步吧；不要这样吝啬。

罗瑟琳 凭着这样的代价，我们不能满足你们超过限度的要求。

国王 那么你们是有价格的吗？怎样的代价才可以买到你们伴舞的光荣？

罗瑟琳 唯一的代价是请你们离开这里。

国王 那是永远不可能的。

罗瑟琳 那么我们是买不到的；再会！

国王 要是您拒绝跳舞，让我们谈谈心怎么样？

罗瑟琳 那么找个僻静点儿的所在吧。

国王 那好极了。（二人趋一旁谈话）

俾隆 玉手纤纤的姑娘，让我跟你谈一句甜甜的话儿。

公主 蜂蜜，牛乳，蔗糖，我已经说了三句了。

俾隆 你既然这样俏皮，我也要回答你三句，百花露，麦芽汁，葡萄酒。好得很，我们各人都掷了个三点。现在有六种甜啦。

公主 第七种甜，再会吧；您既然是个无赖的赌徒，我不要再跟您玩啦。

俾隆 让我悄悄儿告诉你一句话。

公主 可不要是句甜甜的话儿。

俾隆 你不知道我心里多苦！（二人趋一旁谈话）

杜曼 您愿意跟我交换一句话吗？

玛利娅 说吧。

杜曼 美貌的姑娘——

玛利娅 您这样说吗？“漂亮的先生”；把这句话交换您的“美貌的姑娘”吧。

杜曼 请您允许我跟您悄悄说句话儿，我就向您告辞。（二人趋一旁谈话）

凯瑟琳 怎么！您的假脸上没有舌头吗？

朗格维 姑娘，我知道您这样问我的原因。

凯瑟琳 啊！把您的原因说出来；快些，先生；我很想听一听呢。

朗格维 在您的脸罩之内，您有两条舌头，所以要想借一条给我那不会说话的假脸。让我在未死以前，跟您悄悄说句话儿吧。

凯瑟琳 那么轻轻地叫吧，小牛儿；屠夫在听着呢。（二人趋一旁谈话）

鲍益 姑娘们一张尖刻的利嘴，
就像无形的剃刀般锋锐，
任是最纤细的秋毫微末，
碰着它免不了迎刃而折；
她们的想象驾起了羽翼，
最快的风比不上它迅疾。

罗瑟琳 别再说下去了，我的姑娘们；停止，停止。

俾隆 天哪，大家都被她们取笑得狼狈不堪！

国王 再会，疯狂的姑娘们，你们真是稀有的刁钻。

公主 二十个再会，我的冰冻的莫斯科人！（国王、众臣、乐工及侍从等下）这些就是举世钦佩的聪明人吗？

鲍益 他们的聪明不过是蜡烛的微光，被你们可爱的气息一吹就吹熄了。

罗瑟琳 他们都有一点小小的才情，可是粗俗不堪。

公主 啊，贫乏的智慧！身为国王，受到这样无情的揶揄！你们想他们今晚会不会上吊？或者从此以后，不套假脸再也不敢见人？这放肆的俾隆今天丢尽了脸皮。

罗瑟琳 啊！他们全都狼狈万分。那国王因为想不出一句巧妙的答复，急得简直要哭出来呢。

公主 俾隆发了无数的誓；他越是发誓，人家越是不相信他。

玛利娅 杜曼把他自己和他的剑呈献给我，愿意为我服役；我说，“可惜你的剑是没有锋的；”我的仆人立刻闭住了嘴。

凯瑟琳 朗格维大人说，我占据着他的心；你们猜他叫我什么？

公主 是不是他的心病？

凯瑟琳 正是。

公主 去，你这无药可治的恶症！

罗瑟琳 你们要不要知道？国王是我的信誓旦旦的爱人哩。

公主 伶俐的俾隆已经向我矢告他的忠诚。

凯瑟琳 朗格维愿意终身供我的驱策。

玛利娅 杜曼是我的，正像树皮长在树干上一般毫无疑问。

鲍益 公主和各位可爱的姑娘们，听着：他们立刻就会用他们的本来面目再到这儿来，因为他们决不能忍受这样刻毒的侮辱。

公主 他们还会回来吗？

鲍益 他们会来的，他们会来的，上帝知道；虽然打跛了脚，他们也会高兴得跳起来。所以把你们的礼物各还原主，等他们回来的时候，像芬芳的蔷薇一般在熏风里开放吧。

公主 怎么开放？怎么开放？说得明白一些。

鲍益 美貌的姑娘们蒙着脸罩，是一朵朵含苞待放的蔷薇；卸下脸罩，露出她们娇媚的红颜，就像云中出现的天使，或是盈盈展瓣的鲜花。

公主 不要说这种哑谜似的话！要是他们用他们的本来面

目再来向我们求爱，我们应该怎么办呢？

罗瑟琳 好公主，他们改头换面的来，我们已经把他们取笑过了；要是您愿意采纳我的意见，他们明目张胆的来，我们还是要把他们取笑。让我们向他们诉苦，说是刚才来了一群傻瓜，装扮做俄罗斯人的样子，穿着不三不四的服饰，不知道究竟是些什么东西；他们凭着一股浮薄的腔调，一段恶劣的致辞和一副荒唐的形状，到我们帐里来显露他们的丑态，不知究竟有些什么目的。

鲍益 姑娘们，进去吧；那些情人们就要来了。

公主 像一群小鹿似的，跳进你们的帐里去吧。（公主、罗瑟琳、凯瑟琳、玛利娅同下）

| 国王、俾隆、朗格维及杜曼各穿原服重上。

国王 好先生，上帝保佑你！公主呢？

鲍益 进帐去了。请问陛下有没有什么谕旨，要我向她传达的？

国王 请她允许我见见面，我有一句话要跟她谈谈。

鲍益 遵命；我知道她一定会允许您的，陛下。（下）

俾隆 这家伙惯爱拾人牙慧，就像鸽子啄食青豆，一碰到天赐的机会，就要卖弄他的伶牙俐口。他是个智慧的稗贩，宴会里、市集上，到处向人兜卖；我们这些经营批发的，上帝知道，再也学不会他这一副油腔滑调。他是妇人的爱宠，娘儿们见了他都要牵裳挽袖；要是他做了亚当，夏娃免不了被他勾引。他会扭捏作态，他会吞吐其声；他会把她的手吻个不住，表示他礼貌的殷勤。他是文明的猴儿，他是儒雅的绅士；他在赌博的时候，也不会用恶言怒骂他的骰子。“好人儿”是妇女们给他的名称；他走上楼梯，梯子也要吻他脚下的泥尘；他见了每一个人满脸生花，嘻开了那鲸骨一样洁白的齿牙；谁只要一提起鲍益的名字，都知道他是位舌头上涂蜜的绅士。

| 鲍益前导，公主、罗瑟琳、玛利娅、凯瑟琳及侍从等重上。

俾隆 瞧，他来了！礼貌啊，在这个人还没有把你表现出来以前，你是什么东西？现在你又是什么东西？

国王 万福，亲爱的公主！我们今天专诚拜访的目的，是要迎接你到我们宫庭里去盘桓盘桓，略尽地主之谊，愿你不要推辞。

公主 这一块广场可以容留我，它也必须替您保全您的誓言；上帝和我都不喜欢背誓的人。

国王 不要责备我，因为这不是我自己的过失；你的美目的魔力使我破坏了誓言。

公主 凭着我那像一尘不染的莲花一般纯洁的处女的贞操起誓，即使我必须忍受无穷尽的磨难，我也不愿做您府上的客人；我不愿因为我的缘故，使您毁弃了立誓信守的神圣的盟约。

国王 啊！你冷冷清清地住在这儿不让人家看见，也没有人来看你，实在使我感到莫大的歉仄。

公主 不，陛下，我发誓您的话不符事实；我们在这儿并不缺少消遣娱乐，刚才还有一队俄罗斯人来过，他们去得还不久哩。

国王 怎么，公主！俄罗斯人？

公主 是的，陛下；都是衣冠楚楚、神采轩昂、温文有礼的风流人物。

罗瑟琳 公主，不要骗人。不是这样的，陛下；我家公主因为沾染了时尚，所以会做这样过分的赞美。我们四个人刚才的确碰见四个穿着俄罗斯装束的人，他们在这儿耽留了一小时的时间，噜哩噜苏地讲了许多话；可是在那一小时之内，陛下，他们不曾让我们听到一句有意思的话。我不敢骂他们呆子；可是我想，当他们口渴的时候，呆子们一定很想喝一点水。

俾隆 这一句笑话在我听起来很是干燥。温柔美貌的佳人，您的智慧使您把聪明看成了愚蠢。当我们仰望着天上的火眼的时候，无论我们自己的眼睛多么明亮，也会在耀目的金光之下失去它本来的光彩；您自己因为有了浩如烟海的才华，所以在您看起来，当然聪明也会变成愚蠢，富有也会变成贫乏啦。

罗瑟琳 这可以证明您是聪明而富有的，因为在我的眼中——

俾隆 我是一个穷光蛋的傻瓜。

罗瑟琳 这个头衔倘不是本来属于你的，您就不该从我的舌头上夺去我的说话。

俾隆 啊！我是您的，我所有的一切也都是您的。

罗瑟琳 这一个傻瓜整个儿是属于我的吗？

俾隆 我所给您的，不能更少于此了。

罗瑟琳 您本来套的是哪一张假脸？

俾隆 哪儿？什么时候？什么假脸？您为什么问我这个问题？

罗瑟琳 当地，当时，就是那一张假脸；您不是套着一具比您自己好看一些的脸壳，遮掩了一副比它更难看的尊容吗？

国王 我们的秘密被她们发现了；她们现在一定要把我们取笑得体无完肤了。

杜曼 我们还是招认了，把这回事情当作一场笑话过去了吧。

公主 发呆了吗，陛下？陛下为什么这样不高兴？

罗瑟琳 嗳哟，救命！按住他的额角！他要晕过去了。您为什么脸色发白？我想大概因为从莫斯科来，多受了些海上的风浪吧。

俾隆 天上的星星因为我们发了伪誓，所以把这样的灾祸降在我们头上。哪一张铁铸的厚脸能够恬不为意呢？——姑娘，我站在这儿，把你的舌箭唇枪向我投射，用嘲笑把我伤害，用揶揄使我昏迷，用你锋锐的机智刺透我的愚昧，用你尖刻的思想把我寸寸解剖吧；我再也不穿着俄罗斯人的服装，希望你陪我跳舞了。啊！从此以后，我再也不信任那些预先拟就的说辞，他学童背书似的诉述我的情思；我再也不套着脸具访问我的恋人，像盲师奏乐似的用诗句求婚；那些绢一般柔滑、绸一般细致的字句，三重的夸张，刻意雕琢的言语，还有那冬烘的辞藻像一群下卵的苍蝇，让蛆一样的矜饰汩没了我的性灵，我从此一切抛弃；凭着这洁白的手套——那手儿有多么白，上帝知道！——我发誓要用土布般坚韧的“是”，粗毡般质朴的“不”，把我恋慕的深情向你申说。让我现在开始，姑娘，——上帝保佑我！——我对你的爱是完整的，没有一点残破。海枯石烂——

罗瑟琳 不要“海枯石烂”了，我求求你。

俾隆 这是我积习未除；原谅我，我的病根太深了，必须把它慢慢除去。

国王 亲爱的公主，为了我们卤莽的错误，指点我们一个巧妙的辩解吧。

公主 坦白的供认是最好的辩解。您刚才不是改扮了到这儿来过的吗？

国王 公主，是的。

公主 您没有得到一番很好的教训吗？

国王 我得到了，公主。

公主 那时候您在您爱人的耳边轻轻地说过些什么来着？

国王 我说我尊敬她甚于整个的世界。

公主 等到她要求您履行您对她的誓言的时候，您就要否认说过这样的话了。

国王 凭着我的荣誉起誓，我决不否认。

公主 且慢！且慢！不要随便发誓；一次背誓以后，什么誓都靠不住了。

国王 我要是毁弃了这一个誓，你可以永远轻视我。

公主 我要轻视您的，所以千万遵守着吧。罗瑟琳，那俄罗斯人在你的耳边轻轻地说过些什么来着？

罗瑟琳 公主，他发誓说他把我当作自己的瞳人一样宝爱，重视我甚于整个的世界；他还说他要娶我为妻，否则就要爱我而死。

公主 上帝祝福你嫁到这样一位丈夫！这位高贵的君王是

决不食言的。

国王 这是什么意思，公主？凭着我的生命和忠诚起誓，我从不曾向这位姑娘发过这样的盟誓。

罗瑟琳 苍天在上，您发过的；为了证明您的信实，您还给我这一件东西；可是陛下，请您把它拿回去吧。

国王 我把我的赤心和这东西一起献给公主的；凭着她衣袖上佩带的宝石，我认明是她。

公主 对不起，陛下，刚才佩带这宝石的是她呀。俾隆大人才是我的爱人，我得谢谢他。喂，俾隆大人，您还是要我呢，还是要我把您的珍珠还给您？

俾隆 什么都不要；我全都放弃了。我懂得你们的诡计，你们预先知道了我们的把戏，有心捣乱，让它变成一本圣诞节的喜剧。哪一个鼓唇摇舌的家伙，哪一个逢迎献媚的佞人，哪一个无聊下贱的蠢物，哪一个搬弄是非的食客，哪一个伺候颜色的奴才，泄漏了我们的计划；这些淑女们因为听到这样的消息，才把各人收到的礼物交换佩带，我们只知道认明标记，却不曾想到已经张冠李戴。我们本来已经负上一重欺神背誓的罪名，现在又加上第二次的背誓；第一次是有意，这一次是无心。（向鲍益）看来都是你破坏了我们的兴致，使我们言而无信。你不是连我们公主的脚寸有多少长短也知道得清清楚楚，老是望着她的眼睛堆起一脸笑容的吗？你不是常常靠着火炉，站在她的背后，手里捧了一盆食物，讲些逗人发笑的话吗？好，你是个有特权的人，随你什么时候死了，让一件女人的衬衫做你的殓衾吧。你把眼睛瞟着我吗？哼，你的眼睛就像一柄铅剑，伤不了人的。

鲍益 这一场玩意儿安排得真好，怪有趣的。

俾隆 听！他简直向我挑战。算了，我可不跟你斗嘴啦。

| 考斯塔德上。

俾隆 欢迎，纯粹的哲人！你来得正好，否则我们又要开始一场恶战了。

考斯塔德 主啊！先生，他们想要知道那三位伟人要不要就进来？

俾隆 什么，只有三个吗？

考斯塔德 不，先生；好得很，因为每一个人都扮着三个哩。

俾隆 三个的三倍是九个。

考斯塔德 不，先生；您错了，先生，我想不是这样。我们知道就知道，不知道就不知道；我希望，先生，三个的三倍——

俾隆 不是九个。

考斯塔德 先生，我们一定要知道了总数以后，才知道究竟有多少。

俾隆 天哪，我一向总以为三个的三倍是九个。

考斯塔德 主啊，先生！您可不能靠着打算盘吃饭哩，先生。

俾隆 那么究竟多少呀？

考斯塔德 主啊，先生！那班表演的人，先生，可以让您知道究竟一共有几个；讲到我自己，那么正像他们说的，我这个下贱的人，只好扮演一个；我扮的是庞贝大王，先生。

俾隆 你也是一个伟人吗？

考斯塔德 他们以为我可以扮演庞贝大王；讲到我自己，我可不知道伟人是一个什么官衔，可是，他们要叫我扮演他。

俾隆 去，叫他们预备起来。

考斯塔德 我们一定会演得好好的，先生；我们一定演得非常小心。（下）

国王 俾隆，他们一定会丢尽我们的脸；叫他们不要来吧。

俾隆 我们的脸已经丢尽了，陛下，还怕什么？让他们表演一幕比国王和他的同伴们所表演的更拙劣的戏剧，也可以遮遮我们的羞。

国王 我说不要叫他们来。

公主 不，我的好陛下，这一回让我作了主吧。最有趣的游戏是看一群手脚无措的人表演一些他们自己也不明白的玩意儿；他们拼命卖力，想讨人家的欢喜，结果却在过分卖力之中失去了原来的意义；虽然他们糟蹋了大好的材料，他们那慌张的姿态却很可以博人一笑。

俾隆 陛下，这几句话把我们的游戏形容得确切之至。

| 亚马多上。

亚马多 天命的君王，我请求你略微吐出一些芳香的御气，赐给我一两句尊严的圣语。（亚马多与国王谈话，以一纸呈国王）

公主 这个人是敬奉上帝的吗？

俾隆 您为什么问这个问题？

公主 他讲的话不像是一个上帝造下的人所说的。

亚马多 那都是一样，我的美好的、可爱的、蜜一般甜的王上；因为我要声明一句，那教书先生是太怪僻，太太

自负，太太自负了；可是我们只好像人家说的，胜败各凭天命。愿你们心灵安静，最尊贵的一双！（下）

国王 看来要有一场很出色的伟人表演哩。他扮的是特洛伊的赫克托；那乡人扮庞贝大王；教区牧师扮亚历山大；亚马多的童儿扮赫剌克勒斯；那村学究扮犹大·麦卡俾斯；要是这四位伟人在第一场表演中得到成功，他们就要改换服装，再来表演其余的五个。

俾隆 在第一场里有五个伟人。

国王 你弄错了，不是五个。

俾隆 一个冬烘学究，一个法螺武士，一个穷酸牧师，一个傻瓜，一个孩子；要是我们对于初次登场的人不要责望过奢，那么全世界也找不出同样的五个人来。

国王 船已经扯起帆篷，乘风而来了。

| 考斯塔德穿甲胄扮庞贝重上。

考斯塔德 “我是庞贝——”

鲍益 胡说，你不是他。

考斯塔德 “我是庞贝，人称庞贝老大——”

杜曼 “大王”。

考斯塔德 是“大王”，先生。

“——人称庞贝大王；

在战场上挺起盾牌，杀得敌人流浆；

这回沿着海岸旅行，偶然经过贵邦，

放下武器，敬礼法兰西的可爱姑娘。”

公主小姐要是说一声“谢谢你，庞贝”，我就可以下场了。

公主 多谢多谢，伟大的庞贝。

考斯塔德 这不算什么；可是我希望我没有闹了笑话。我就是把“大王”念错了。

俾隆 我拿我的帽子跟别人打赌半便士，庞贝是最好的伟人。

纳森聂尔牧师穿甲胄扮亚历山大[①]上。

纳森聂尔 “当我在世之日，我是世界的主人；

东西南北四方传布征服的威名：

我的盾牌证明我就是亚历山大，——”

鲍益 你的鼻子说不，你不是；因为它太直了。

俾隆 你的鼻子也会嗅出个“不”字来，真是一位嗅觉灵敏的武士。

公主 这位征服者在发恼了。说下去，好亚历山大。

纳森聂尔 “当我在世之日，我是世界的主人；——”

鲍益 不错，对的；你是世界的主人，亚历山大。

俾隆 庞贝大王，——

考斯塔德 您的仆人考斯塔德在此。

俾隆 把这征服者，把这亚历山大摔下去。

考斯塔德 （向纳森聂尔）啊！先生，您丧尽了亚历山大的威风！从此以后，人家要把您的尊容从画布上擦掉，把您那衔着斧头坐在便桶上的狮子送给埃阿斯；他将要坐第九把伟人的交椅了。一个盖世的英雄，吓得不敢说话！赶快溜走吧，亚历山大，别丢脸啦！（纳森聂尔退下）各位看吧，一个又笨又和善的人；一个老实的家伙，你们瞧，一下子就会着慌！他是

① 亚历山大（Alexander），马其顿雄主。

个很好的邻居，凭良心说，而且滚得一手好球；可是叫他扮亚历山大——唉，你们都看见的，——实在有点儿不配。可是还有几个伟人就要来啦，他们会用另外一种样式说出他们的心思来的。

公主 站开，好庞贝。

霍罗福尼斯穿甲胄扮犹大；毛子穿甲胄扮赫剌克勒斯上。

霍罗福尼斯 “这小鬼扮的是赫剌克勒斯，

他一棍打得死三头猘犬；

他在儿童孩稚少小之时，

多少的蛇死于他的铁腕。

诸位听了我这一番交代，

请看他幼年的英雄气概。”

放出一些威势来，下去。（毛子退下）

“我是犹大——”

杜曼 一个犹大！

霍罗福尼斯 不是犹大·伊斯凯里奥特[①]，先生。

“我是犹大，姓麦卡俾斯，——”

俾隆 你怎么证明你不是当面接吻，背地里出卖基督的犹大？

霍罗福尼斯 “我是犹大，——”

杜曼 不要脸的犹大！

霍罗福尼斯 您是什么意思，先生？

鲍益 他的意思是要叫你去上吊。

霍罗福尼斯 你们不能这样不给我一点脸子。

---

① 犹大·伊斯凯里奥特（Judas Iscariot），出卖耶稣之门徒。

俾隆 因为你是没有脸子的。

霍罗福尼斯 这是什么？

鲍益 一个琵琶头。

杜曼 一个针孔。

俾隆 一个指环上的骷髅。

朗格维 一张模糊不清的罗马古钱上的脸孔。

鲍益 凯撒的剑把。

杜曼 水瓶上的骨雕人面。

俾隆 别针上半面的圣乔治。

杜曼 嗯，这别针还是铅的。

俾隆 嗯，插在一个拔牙齿人的帽子上。现在说下去吧，因为我们已经给你许多面子了。

霍罗福尼斯 这太刻薄、太欺人、太不客气啦。

鲍益 替犹大先生拿一个火来！天黑起来了，他也许会跌交。

公主 唉，可怜的麦卡俾斯！他给你们作弄得好苦！

| 亚马多披甲胄扮赫克托重上。

俾隆 藏好你的头，阿喀琉斯；赫克托[1]全身甲胄来了。

国王 跟这个人一比，赫克托不过是一个特洛伊人。

鲍益 可是这是赫克托吗？

国王 我想赫克托不会长得这么漂亮。

朗格维 赫克托的小腿也不会有这么粗。

俾隆 这个人决不是赫克托。

---

① 赫克托（Hector），特洛伊最英勇之战士，阿喀琉斯（Achilles）之劲敌；后者为特洛伊战役中希腊第一名将。

杜曼 他不是一个天神，就是一个画师，因为他会制造千变万化的脸相。

亚马多 “马斯，那长枪万能的无敌战神，
垂眷于赫克托，——”

杜曼 你们猜马斯给了赫克托一件什么东西？

俾隆 一颗镀金的豆蔻。

朗格维 一只柠檬。

杜曼 里头塞着丁香。

亚马多 不要吵！
“马斯，那长枪万能的无敌战神，
垂眷于赫克托，伊利恩[①]的后人，
把无限勇力充满了他的全身，
使他百战不怠，从清晨到黄昏。
我就是那战士之花，——”

杜曼 那薄荷花。

朗格维 那白鸽花。

亚马多 亲爱的朗格维大人，请你把你的舌头收一收住。

朗格维 我必须用缰绳拉住它，免得它冲倒了赫克托。

亚马多 这位可爱的武士久已死去烂掉了；好人儿们，不要敲死人的骨头；当他在世的时候，他也是一条汉子。可是我要继续我的台词。（向公主）亲爱的公主，请你俯赐垂听。

公主 说吧，勇敢的赫克托；我们很欢喜听着你哩。

亚马多 我崇拜你的可爱的纤履。

---

① 伊利恩（Ilium），特洛伊（Troy）之别名。

“这赫克托比汉尼拔①凶狠万分——”

考斯塔德 那个人已经有了孕啦；赫克托朋友，她有了孕啦；她已经怀了两个月的身孕。

亚马多 你说什么话？

考斯塔德 真的，您要是不做一个老老实实的特洛伊人，这可怜的丫头就要从此完啦。她有了孕，那孩子已经在她的肚子里说话了；它是您的。

亚马多 你要在这些君主贵人之前破坏我的名誉吗？我要叫你死。

考斯塔德 赫克托害杰奎妮妲有了身孕，本该抽一顿鞭子；要是他再犯了杀死庞贝的人命重案，绞罪是免不了的。

杜曼 举世无匹的庞贝！

鲍益 遐迩闻名的庞贝！

俾隆 比伟大更伟大，伟大的、伟大的、伟大的庞贝！庞大绝伦的庞贝！

杜曼 赫克托发抖了。

俾隆 庞贝也动怒了。打！打！叫他们打起来！叫他们打起来！

杜曼 赫克托会向他挑战的。

俾隆 嗯，即使他肚子里所有的男人的血，还喂不饱一头跳蚤。

亚马多 凭着北极起誓，我要向你挑战。

考斯塔德 我不知道什么北极不北极；我只知道拿起一柄剑就斫。请你让我再去借那身盔甲穿上。

---

① 汉尼拔（Hannibal），迦太基名将。

杜曼 伟人发怒了，让开！

考斯塔德 我就穿着衬衫跟你打。

杜曼 最坚决的庞贝！

毛子 主人，让我给您解开一个钮扣。您不看见庞贝已经脱下衣服，准备厮杀了吗？您是什么意思？您这样会毁了您的名誉的。

亚马多 各位先生和武士，原谅我；我不愿穿着衬衫决斗。

杜曼 你不能拒绝；庞贝已经向你挑战了。

亚马多 好人儿们，我可以拒绝，我必须拒绝。

俾隆 你凭着什么理由拒绝？

亚马多 赤裸裸的事实是，我没有衬衫。我因为忏悔罪孽，贴身只穿着一件羊毛的衣服。

鲍益 真的，罗马因为缺少麻布，所以向教徒们下了这样的命令；自从那时候起，我可以发誓，他只有一方杰奎妮妲的揩碟布系在他的胸前，作为一件纪念的礼物。

| 法国使者马凯德上。

马凯德 上帝保佑您，公主！

公主 欢迎，马凯德；可是你打断我们的兴致了。

马凯德 我很抱歉，公主，因为我给您带来了一个我所不愿意出口的消息。您的父王——

公主 死了，一定是的！

马凯德 正是，我的话已经被您代说了。

俾隆 各位伟人，大家去吧！这场面被愁云笼罩起来了。

亚马多 讲到我自己，却呼吸到了自由的空气。从反省的小孔之中，我已经看见了自己的过失，我要像一个军

人般补赎我的错误。（众伟人下）

国王 公主安好吗？

公主 鲍益，准备起来；我今天晚上就要动身。

国王 公主，不；请你再少留几天。

公主 我说，准备起来。殷勤的陛下和各位大人，我感谢你们一切善意的努力；我还要用我这一颗新遭惨变的心灵向你们请求，要是我们在言语之间有什么放肆失礼之处，愿你们运用广大的智慧，多多包涵我们任性的孟浪；是你们的宽容纵坏了我们。再会，陛下！一个人在悲哀之中，说不出娓娓动听的话；原谅我用这样菲薄的感谢，交换您的慷慨的允诺。

国王 人生的种种鹄的，往往在最后关头达到了完成的境界；长期的艰辛所不能取得结果的，却会在无意之中得到决定。虽然天伦的哀痛打断了爱情的温柔的礼仪，使它不敢提出那萦绕心头的神圣的请求，可是这一个论题既然已经开始，让悲伤的暗云不要压下它的心愿吧；因为欣幸获得新交的朋友，是比哀悼已故的亲人更为有益的。

公主 我不懂您的意思；我的悲哀是双重的。

俾隆 坦白直率的言语，最容易打动悲哀的耳朵；让我替王上解释他的意思。为了你们的缘故，我们蹉跎了大好的光阴，毁弃了神圣的誓言。你们的美貌，女郎们，使我们神魂颠倒，违反了我们本来的意志。恋爱是充满了各种失态的怪癖的，它会使我们表现出荒谬的举止，像孩子一般无赖、淘气而自大；它是产生在眼睛里的，因此它像眼睛一般，充满了无数迷离惝恍、变幻多端的形象，正像眼珠的转动反映着它所观照的事事物物一样。要是恋爱加于我们身上的这一种轻佻狂妄的外表，在你们天仙般的眼睛里看来，是不适宜于我们的誓言和身份的，那么你们必须知道，就是这些看到我们的缺点的天仙般的眼睛，使我们造成了这些缺点。所以，女郎们，我们的爱情既然是你们的，爱情所造成的错误也都是你们的；我们一度不忠于自己，从此以后，永远把我们的一片忠心，紧系在那能使我们变心也能使我们尽忠的人的身上——美貌的女郎们，我们要对你们永远忠实；凭着这一段耿耿的至诚，洗净我们叛誓的罪愆。

公主 我们已经收到你们充满了爱情的信札，并且拜领了你们的礼物，那些爱情的使节；在我们这几个少女的心目中看来，这一切不过是调情的游戏、风雅的玩笑的酬酢的虚文，有些夸张过火而适合时俗的习尚，可是我们却没有看到比这更挚诚的情感；所以我们才用你们自己的方式应付你们的爱情，只把它当作一场玩笑。

杜曼 公主，我们的信里并不只是一些开玩笑的话。

朗格维 我们的眼光里也流露着真诚的爱慕。

罗瑟琳 我们却不是这样解释。

国王 现在在这最后一分钟的时间，把你们的爱给了我们吧。

公主 我想这是一个太短促的时间，缔结这一注天长地久的买卖。不，不，陛下，你毁过太多的誓，你的罪孽太深重啦；所以请你听我说，要是你为了我的爱，愿意干无论什么事情，——我知道这种情形是不会有的，——你就得替我做这一件事：我不愿相信你所发的誓；你必须赶快找一处荒凉僻野的隐居的所在，远离一切人世的享乐；在那边安心住下，直到天上的列星终结了它们一岁的行程。要是这种严肃而孤寂的生活，改变不了你在一时热情冲动之中所作的提议；要是霜雪和饥饿、粗劣的居室和菲薄的衣服，摧残不了你的爱情的绚艳的花朵；它经过了这一番磨炼，并没有憔悴而枯萎；那么在一年终了的时候，你就可以来见我，让我知道你已经实践我要求你履行的条件，我现在和你握手为盟，那时候我一定愿意成为你的；在那时以前，我将要在一所惨淡凄凉的屋子里闭户幽居，为了纪念死去的父亲而流着悲伤的泪雨。要是这一个条件你不能接受，让我们从此分手；分明不是姻缘，要请您另寻佳偶。

国王 倘为了贪图身体的安乐，我拒绝了你这一番提议，愿死的魔手闭上我的双目！从今以往，我的心永远和你在一起。

俾隆 你对我有什么话说，我的爱人？你对我有什么话说？

罗瑟琳 你也必须洗涤你的罪恶；你的身上沾染着种种恶德，而且还负着叛誓的重罪；所以要是你希望得到我的好感，你必须在这一年之内，昼夜不休地服侍那些呻吟床榻的病人。

杜曼 可是你对我有什么话说，我的爱人？可是你对我有什么话说？

凯瑟琳 一把胡须，一个健康的身体，一颗正直的良心；我用三重的爱希望你有这三种东西。

杜曼 啊！我可不可以说，谢谢你，温柔的妻子？

凯瑟琳 不，我的大人。在这一年之内，无论哪一个小白脸来向我求婚，我都一概不理睬他们。等你们的国王来看我们公主的时候，你也来看我；要是那时候我有很多的爱，我会给你一些的。

杜曼 我一定对你克尽忠诚，等候那一天的到来。

凯瑟琳 不要发誓了，免得再背誓。

朗格维 玛利娅怎么说？

玛利娅 一年过去以后，我愿意为了一个忠心的朋友脱下我的黑衣。

朗格维 我愿意耐心等候；可是这时间太长了。

俾隆 我的爱人在想些什么？姑娘，瞧着我吧。瞧我的心灵的窗门，我的眼睛，在多么谦恭而恳切地等候着你的答复；吩咐我为了你的爱干些什么事吧。

罗瑟琳 俾隆大人，我在没有识荆以前，就常常听到你的名字；世间的长舌说你是一个骂世不恭的人物，满嘴都是借题隐射的讥讽和尖酸刻薄的嘲笑；无论贵贱贫富，只要触动了你的灵机，你都要把他们挖苦得不留余地。要是你希望得到我的爱，第一就得把这种可厌的习气从你的脑海之中根本除去；为了达到这一个目的，你必须在这一年的时期之内，不许有一天间断，去访问那些无言的病人，和那些痛苦呻吟的苦人儿谈话；你的唯一的任务，就是竭力运用你的才智，逗那受着疾病折磨的人们一笑。

俾隆 在濒死者的喉间激起哄然的狂笑来吗？那可办不到，

绝对不可能的；谐谑不能感动一个痛苦的灵魂。

罗瑟琳 这是克服口头上的轻薄的唯一办法。自恃能言的傻子，倘没有浅薄的听众随声哗笑，就只好收起他的如簧之舌。如其耳朵里充满了自己的呻吟惨叫的病人，能够忘却本身的痛苦，来听你的无聊的讥嘲，那么继续把你的笑话说下去吧，我愿意连同你这一个缺点把你接受下来；可是如其他们没有那样的闲情听你说笑，那么还是赶快摔掉这种习气的好，我看见你这样勇于改过，一定会非常高兴的。

俾隆 十二个月！好，不管命运怎样把人玩弄，我要把一岁光阴，三寸妙舌，在病榻之前葬送。

公主 （向国王）是的，我的好陛下；我就此告别了。

国王 不，公主，我们要送你一程。

俾隆 我们的求婚结束得不像一本旧式的戏剧；有情人未成眷属，好好的喜剧缺少一幕团圆的场面。

国王 算了，老兄，只要挨过一年就完了。

俾隆 那么这本戏演得又太长了。

| 亚马多重上。

亚马多 亲爱的陛下，准许我——

公主 这不是赫克托吗？

杜曼 特洛伊的可尊敬的武士。

亚马多 我要敬吻你的御指，然后向你告别。我已经许下愿心，向杰奎妮妲发誓为了她的爱，我要帮助她耕种三年。可是，最可尊敬的陛下，你们要不要听听那两位有学问的人所写的赞美鸱鸮和杜鹃的一段对话？它本来是预备放在我们的表演以后歌唱的。

国王 快叫他们来；我们倒要听听。

亚马多 喂！进来！

丨霍罗福尼斯、纳森聂尔、毛子、考斯塔德及余人等重上。

亚马多 这一边是冬天，这一边是春天；鸱鸮代表冬天，杜鹃代表春天。春天，你先开始。

春之歌

当杂色的雏菊开遍牧场，
蓝的紫罗兰，白的美人衫，
还有那杜鹃花吐蕾娇黄，
描出了一片广大的欣欢；
听杜鹃在每一株树上叫，
把那娶了妻的男人讥笑：
咯咕！
咯咕！咯咕！啊，可怕的声音！
害得做丈夫的肉跳心惊。

当无愁的牧童口吹麦笛，
清晨的云雀惊醒了农人，
斑鸠乌鸦都在觅侣求匹，
女郎们漂洗夏季的衣裙；
听杜鹃在每一株树上叫，
把那娶了妻的男人讥笑：
咯咕！
咯咕！咯咕！啊，可怕的声音！
害得做丈夫的肉跳心惊。

冬之歌

当一条条冰柱檐前悬吊，
汤姆把木块向屋内搬送，
牧童狄克呵着他的指爪，
榨来的牛乳凝结了一桶，
刺骨的寒气，泥泞的路途，
大眼睛的鸱鸮夜夜高呼：
哆呵！
哆喊，哆呵！它歌唱着欢喜，
当油垢的琼转她的锅子。

当怒号的北风漫天吹响，
咳嗽打断了牧师的箴言，
鸟雀们在雪里缩住颈项，
玛利恩冻得红肿了鼻尖，
炙烤的螃蟹在镬内吱喳，
大眼睛的鸱鸮夜夜喧哗：
哆呵！
哆喊，哆呵！它歌唱着欢喜，
当油垢的琼转她的锅子。

亚马多 听罢了阿波罗的歌声，麦鸠利[①]的语言是粗糙的。你们向那边去；我们向这边去。（各下）

---

① 阿波罗（Apollo），希腊日神，亦为司音乐之神；麦鸠利（Mercury），罗马司口才及工艺之神，又为诸神之使者。

BYAM·SHAW
EXLIBRIS

莎士比亚

悲剧喜剧全集

喜剧 II

[英] 莎士比亚 著　朱生豪 译

浙江文艺出版社

《三匣择婚》 亚历山大·卡巴内尔绘

《威尼斯商人》 第3幕第2场

《鲍西娅与侍女尼莉莎》 弗里德里希·布罗克曼绘
《威尼斯商人》 第1幕第2场

《饰演裴琪夫人的玛丽史蒂芬丝·威尔斯》　威廉·汉弥尔顿绘
《温莎的风流娘儿们》

丹尼尔·麦克利斯绘
《皆大欢喜》 第1幕第2场

阿尔弗雷德·埃尔莫尔绘

《无事生非》

《罗瑟琳与西莉娅》 詹姆斯·阿彻绘
《皆大欢喜》 第1幕第3场

目录

CONTENTS

威尼斯商人

All that glisters is not gold; often have you heard that told: many a man his life hath sold but my outside to behold: gilded tombs do worms enfold.

—— The merchant of Venice

发闪光的不全是黄金，古人的说话没有骗人；
多少世人出卖了一生，不过看到了我的外形，
蛆虫占据着镀金的坟。

——《威尼斯商人》

剧中人物

威尼斯公爵	
摩洛哥亲王	鲍西娅的求婚者
阿拉贡亲王	
安东尼奥	威尼斯商人
巴萨尼奥	安东尼奥的朋友
葛莱西安诺	安东尼奥和巴萨尼奥的朋友
萨莱尼奥	
萨拉里诺	
罗兰佐	杰西卡的恋人
夏洛克	犹太富翁
杜伯尔	犹太人,夏洛克的朋友
朗斯洛特·高波	小丑,夏洛克的仆人
老高波	朗斯洛特的父亲
里奥那多	巴萨尼奥的仆人
鲍尔萨泽	鲍西娅的仆人
斯丹法诺	
鲍西娅	富家嗣女
尼莉莎	鲍西娅的侍女
杰西卡	夏洛克的女儿

威尼斯众士绅、法庭官吏、狱史、鲍西娅家中的仆人及其他侍从

地点

一部分在威尼斯,一部分在大陆上的贝尔蒙特,
鲍西娅邸宅所在地

第一幕

第一场
威尼斯；街道

| 安东尼奥、萨拉里诺及萨莱尼奥上。

安东尼奥 真的，我不知道我为什么这样闷闷不乐，它真叫我厌烦；你们说你们见我这样子，也觉得很厌烦；可是我怎样会让忧愁沾上了身，这种忧愁究竟是怎么一种东西，它是从什么地方产生的，我却全不知道；忧愁已经使我变成了一个傻子，我简直有点自己也懂不得自己起来了。

萨拉里诺 您的心是跟着您那些扯着满帆的大船，在海洋上簸荡着呢；它们就像水上的达官富绅，炫示着它们的豪华，那些小商船向它们点头敬礼，它们却睬也不睬地凌风直驶。

萨莱尼奥 相信我，老兄，要是我也有这么一笔买卖在外洋，我一定要用大部分的心思牵记它；我一定常常拔草观测风吹的方向，在地图上查看港口码头的名字；凡是足以使我担心我的货物的命运的一切事情，不用说都会引起我的忧愁。

萨拉里诺 吹凉我的粥的一口气，也会吹痛了我的心，当我想到海面上的一阵暴风，将会造成怎样一场灾祸的时候。一看见沙漏的时计，我就会想起海边的沙滩，仿佛看见我那艘富丽的商船倒插在沙里，船底向天，它的高高的桅樯吻着它的葬身之地。要是我到教堂里去，看见那用石块筑成的神圣的殿堂，我怎么会不立刻想起那些危险的礁石，它们只要略微碰一碰我那艘好船的船舷，就会把满船的香料倾泻在水里，让汹涌的波涛披戴着我的绸缎绫罗；方才还是价值连城的，一转瞬间尽归乌有？要是我想到了这种情形，我怎么会不担心这种情形也许果然会发生而忧愁起来呢？不用对我说，我知道安东尼奥是因为想到他的货物而忧愁。

安东尼奥 不，相信我；感谢我的命运，我的买卖的成败，并不完全寄托在一艘船上，更不是倚赖着一处地方；我的全部财产，也不会因为这一年的盈亏而受到影响，所以我的货物并不能使我忧愁。

萨拉里诺 啊，那么您是在恋爱了。

安东尼奥 呸！哪儿的话！

萨拉里诺 也不是在恋爱吗？那么让我们说，您因为不快乐，所以忧愁；这就像瞧您笑笑跳跳，就说您因为不忧愁，所以快乐一样，再便当没有了。老天造下人来，真是无奇不有：有的人老是眯着眼睛笑，好像鹦鹉见了一个吹风笛的人一样；有的人终日皱着眉头，即使涅斯托[1]发誓说那笑话很可笑，他也不肯露一露他的牙齿，装出一个笑容来。

巴萨尼奥、罗兰佐及葛莱西安诺上。

萨莱尼奥 您的一位最尊贵的朋友，巴萨尼奥，跟葛莱西安诺、罗兰佐都来了。再见；您现在有了更好的同伴，我们可以少陪啦。

萨拉里诺 倘不是因为您的好朋友来了，我一定要叫您快乐了才走。

安东尼奥 你们的友谊我是十分看重的。照我看来，恐怕还是你们自己有事，所以借着这个机会想抽身出去吧？

萨拉里诺 早安，各位大爷。

巴萨尼奥 两位先生，咱们什么时候再聚在一起谈谈笑笑？你们近来跟我十分疏远，这是为了什么呢？

萨拉里诺 您什么时候有空，我们一定奉陪。（萨拉里诺、萨莱尼奥下）

罗兰佐 巴萨尼奥大爷，您现在已经找到安东尼奥，我们也要少陪啦；可是请您千万别忘记吃饭的时候咱们在什么地方会面。

巴萨尼奥 我一定不失约。

葛莱西安诺 安东尼奥先生，您的脸色不大好，您把世间的事情看得太认真了。相信我，您近来真的大大地变了一个人啦。

安东尼奥 葛莱西安诺，我把这世界不过看作一个世界，每一个人必须在这舞台上扮演一个角色，我扮演的是一个悲

---

① 涅斯托（Nestor），荷马史诗*Iliad*中的希腊将领，以严肃著名。

哀的角色。

葛莱西安诺 让我扮演一个小丑吧。让我在嘻嘻哈哈的欢笑声中不知不觉地老去；宁可用酒温暖我的肠胃，不要用折磨自己的呻吟冰冷我的心。为什么一个身体里面流着热血的人，要那么正襟危坐，就像他祖宗爷爷的石膏像一样呢？明明醒着的时候，为什么偏要像睡去了一般？为什么动不动翻脸生气，把自己气出了一场黄疸病来？我告诉你吧，安东尼奥——因为我爱你，所以我才对你说这样的话：世界上有一种人，他们的脸上装出一副心如止水的神气，故意表示他们的冷静，好让人家称赞他们一声智慧深沉，思想渊博；他们的神气之间，好像说，“我的说话都是纶音天语，我要是一张开嘴唇来，不许有一头狗乱叫！”啊，我的安东尼奥，我看透这一种人，他们只是因为不说话，博得了智慧的名声；可是我可以确定说一句，要是他们说起话来，听见的人谁都会骂他们是傻瓜的。等有机会的时候，我再告诉你关于这种人的笑话吧；可是请你千万别再用悲哀做钓饵，去钓这种无聊的名誉了。来，好罗兰佐。回头见；等我吃完了饭，再来向你结束我的劝告。

罗兰佐 好，咱们在吃饭的时候再见吧。我大概也就是他所说的那种以不说话为聪明的人，因为葛莱西安诺不让我有说话的机会。

葛莱西安诺 嘿，你只要再跟我两年，就会连你自己说话的声音也听不出来。

安东尼奥 再见，我会把自己慢慢儿训练得多说话一点的。

葛莱西安诺 那就再好没有；只有干牛舌和没人要的老处女，才是应该沉默的。（葛莱西安诺、罗兰佐下）

安东尼奥 他说的这一番话有些什么意思？

巴萨尼奥 葛莱西安诺比全威尼斯城里无论哪一个人都更会拉上一大堆废话。他的道理就像藏在两桶砻糠里的两粒麦子，你必须费去整天功夫方才能够把它们找到，可是找到了它们以后，你会觉得费这许多气力找它们出来，是一点不值得的。

安东尼奥 好，您今天答应告诉我您立誓要去秘密拜访的那位姑娘的名字，现在请您告诉我吧。

巴萨尼奥 安东尼奥，我怎样为了维持我的外强中干的体面，把一份微薄的资产消耗殆尽的情形，您是知道得很明白的；对于因为家道中落而感到生活上的紧缩，现在我倒也不以为意；我的最大的烦恼，是怎样可以解脱我背上这一重重由于浪费而积欠下来的债务。无论在钱财方面或是友谊方面，安东尼奥，我欠您的债都是顶多的；因为你我交情深厚，我才敢大胆把我心里所打算的怎样了清这一切债务的计划全部告诉您知道。

安东尼奥 好巴萨尼奥，请您告诉我吧。只要您的计划跟您向来的立身行事一样光明正大，那么我的钱囊可以让您任意取用，我自己也可以供您驱使；我愿意用我所有的力量，帮助您达到目的。

巴萨尼奥 我在学校里练习射箭的时候，每次把一枝箭射得不知去向，便用另一枝的箭向着同一方向射了过去，眼睛看准了它掉在什么地方，这样往往可以把那失去的箭也找了回来。我提起这一件儿童时代的往事作为譬喻，因为我将要对您说的话，完全是一种很天真的思想。我欠了您很多的债，而且像一个不听话的孩子一样，把借来的钱一起挥霍完了；可是您要是愿意向着您放射第一枝箭的方向，再把您的第二枝箭射了过去，那么这一回我一定会把目标看准，即使不把两枝箭一起找回来，至少也可以把第二枝箭交还给您，让我仍旧对于您先前给我的援助做一个知恩图报的负债者。

安东尼奥 您是知道我的为人的，现在您用这种譬喻的话来试探我的友谊，不过是浪费时间罢了；要是您怀疑我不肯尽力相助，那就要比把我所有的钱一起花掉还要对我不起。所以您只要对我说我应该怎么做，如果您知道哪件事是我的力量所能办到的，我一定会给您办到。您说吧。

巴萨尼奥 在贝尔蒙特有一位富家的嗣女，她生得非常美貌，尤其值得称道的，她有非常卓越的德性；从她的眼睛里，我有时接到她的脉脉含情的流盼。她的名字叫做鲍西娅，比起古代凯图的女儿，勃鲁托斯的贤妻鲍西娅[①]来，毫无逊色。这广大的世界也没有漠视了她的好处，四方的风从每一处海岸上带来了声名藉藉的求婚者；她的光亮的长发就像是传说中的金羊毛，引诱着无数的伊阿宋前来向她追求。啊，我的安东尼奥！只要我有相当的财力，可以和他们中间无论哪一个人匹敌，那么我觉得我有充分的把

---

① 勃鲁托斯（Brutus）即莎翁史剧《裘力斯·凯撒》中的要角，其妻亦名Portia。

握，一定会达到愿望的。

安东尼奥 你知道我的全部财产都在海上；我现在既没有钱，也没有可以变换做一笔现款的货物。所以我们还是去试一试我的信用，看它在威尼斯城里有些什么效力吧；我一定凭着我这一点面子，尽力供给你到贝尔蒙特去见那位美貌的鲍西娅。去，我们两人就去分头打听什么地方可以借得到钱，我就用我的信用做担保，或者用我自己的名义给你借下来。（同下）

第二场
贝尔蒙特；鲍西娅家中一室

| 鲍西娅及尼莉莎上。

鲍西娅 真的，尼莉莎，我这小小的身体已经厌倦了这个广大的世界了。

尼莉莎 好小姐，您的不幸要是跟您的好运气一样大，那么无怪您会厌倦这个世界的；可是照我的愚见看来，吃得太饱的人，跟挨着饿不吃东西的人，一样是会害病的，所以中庸之道才是最大的幸福：富贵催人生白发，布衣蔬食易长年。

鲍西娅 很好的句子。

尼莉莎 要是能够照着它做去，那就更好了。

鲍西娅 倘使做一件事情，就跟知道什么事情是应该做的一样容易，那么小教堂都要变成大礼拜堂，穷人的草屋都要变成王侯的宫殿了。一个好说教师才会遵从他自己的训诲；我可以教训二十个人，吩咐他们应该做些什么事，可是要我做这二十个人中间的一个，履行我自己的教训，我就要敬谢不敏了。理智可以制定法律来约束感情，可是热情激动起来，就会把冷酷的法令蔑弃不顾；年轻人是一头不受拘束的野兔，它会跳过老年人所设立的理智的藩篱。可是我这样大发议论，是不会帮助我选择一个丈夫的。唉，说什么选择！我既不能选择我所中意的人，又不能拒绝我所憎厌的人；一个活着的女儿的意志，却要被一个死了的父亲的遗嘱所箝制。尼莉莎，像我这样不能选择，也不能拒绝，不是太叫人难堪了吗？

尼莉莎 老太爷生前道高德重，大凡有道君子，临终之时，必有神悟；他既然定下这抽签取决的方法，叫谁能够在这金、银、铅三匣之中选中了他预定的一只，便可以跟您匹配成亲，那么能够选中的人，一定是值得您倾心相爱的。可是在这些已经到来向您求婚的王孙公子中间，您对于哪一个最有好感呢？

鲍西娅 请你列举他们的名字，当你提到什么人的时候，我就对他下几句评语；凭着我的评语，你就可以知道我对于他们各人的印象。

尼莉莎 第一个是那不勒斯的亲王。

鲍西娅 嗯，他真是一匹小马；他不讲话则已，讲起话来，老是说他的马怎么怎么；他因为能够自己替他的马装上蹄铁，算是一件天大的本领。我很有点儿疑心他的令堂太太是跟铁匠有过勾搭的。

尼莉莎 还有那位巴拉廷伯爵[①]呢？

鲍西娅 他一天到晚皱着眉头，好像说，“你要是不要我，随你的便。”他听见笑话也不露一丝笑容。我看他年纪轻轻，就这么愁眉苦脸，到老来只好一天到晚痛哭流涕了。我宁愿嫁给一个骷髅，也不愿嫁给这两人中间的任何一个；上帝保佑我不要落在这两个人手里！

尼莉莎 您说那位法国贵族勒·滂先生怎样？

鲍西娅 既然上帝造下他来，就算他是个人吧。凭良心说，我知道讥笑人家是一桩罪过，可是他！吓！他的马比那不勒斯亲王那一头好一点，他的皱眉头的坏脾气也胜过那位巴拉廷伯爵。什么人的坏处他都有一点，可是一点没有自己的特色；听见画眉鸟唱歌，他就会手舞足蹈；见了自己的影子，也会跟它比剑。我倘然嫁给他，等于嫁给二十个丈夫。要是他瞧不起我，我会原谅他，因为即使他爱我爱到发狂，我也是永远不会报答他的。

尼莉莎 那么您说那个英国的少年男爵，福康勃立琪呢？

鲍西娅 你知道我没有对他说过一句话，因为我的话他听不懂，他的话我也听不懂；他不会说拉丁话、法国话、意大利话；至于我的英国话程度的高明，你是可以替我出席法庭作证的。他的模样倒还长得不错，可是唉！谁高兴跟一个哑巴子做手势谈话呀？他的装束多么古怪！我想他的紧身衣是在意大利买的，他的长筒

---

① 巴拉廷伯爵，原文作County Palatine，义为在其封邑内享有君权的伯爵，因无适当译名，故译音以代。

袜是在法国买的，他的软帽是在德国买的，至于他的行为举止，那是他从四方八处学得来的。

尼莉莎 您觉得他的邻居，那位苏格兰贵族怎样？

鲍西娅 他很懂得礼尚往来的睦邻之道，因为那个英国人曾经赏给他一记耳括子，他就发誓说，一有机会，立即奉还；我想那法国人是他的保人，他已经签署契约，声明将来加倍报偿哩。

尼莉莎 您看那位德国少爷，萨克逊公爵的侄子怎样？

鲍西娅 他在早上清醒的时候，就已经很坏了，一到下午喝醉了酒，尤其坏透；当他顶好的时候，叫他是个人还有点不够资格，当他顶坏的时候，他简直比畜生好不了多少。要是最不幸的祸事降临到我身上，我也希望永远不要跟他在一起。

尼莉莎 要是他要求选择，结果居然给他选中了预定的匣子，那时候您倘然拒绝嫁给他，那不是违背了老太爷的遗命了吗？

鲍西娅 为了预防万一起见，所以我要请你替我在错误的匣子上放好一杯满满的莱茵河葡萄酒；要是魔鬼在他的心里，诱惑在他的面前，我相信他一定会选了那一只匣子的。什么事情我都愿意做，尼莉莎，只要不让我嫁给一个酒鬼。

尼莉莎 小姐，您放心吧，您再也不会嫁给这些贵人中间的任何一个的。他们已经把他们的决心告诉了我，说除了您父亲所规定的用选择匣子决定去取的办法以外，要是他们不能用别的方法得到您的应允，那么他们决定动身回国，不再麻烦您了。

鲍西娅 要是没有人愿意照我父亲的遗命把我娶去，那么即使我活到一千岁，也只好终身不字。我很高兴这一群求婚者都是这么懂事，因为他们中间没有一个人我不是唯望其速去的；求上帝赐给他们一路顺风吧！

尼莉莎 小姐，您还记不记得，当老太爷在世的时候，有一个跟着蒙特佛拉侯爵到这儿来的才兼文武的威尼斯人？

鲍西娅 是的，是的，那是巴萨尼奥；我想这是他的名字。

尼莉莎 正是，小姐；照我这双痴人的眼睛看起来，他是一切男子中间最值得匹配一位佳人的。

鲍西娅 我很记得他，他果然值得你的夸奖。

| 一仆人上。

鲍西娅 啊！什么事？

仆人 小姐，那四位客人要来向您告别；另外还有第五位客人，摩洛哥亲王，差了一个人先来报信，说他的主人亲王殿下今天晚上就要到这儿来了。

鲍西娅 要是我能够竭诚欢迎这第五位客人，就像我竭诚欢送那四位客人一样，那就好了。假如他有圣人般的德性，偏偏生着一副魔鬼样的面貌，那么与其让他做我的丈夫，还不如让他听我的忏悔。来，尼莉莎。正是垂翅狂蜂方出户，寻芳浪蝶又登门。（同下）

第三场

威尼斯；广场

| 巴萨尼奥及夏洛克上。

夏洛克 三千块钱，嗯？

巴萨尼奥 是的，大叔，三个月为期。

夏洛克 三个月为期，嗯？

巴萨尼奥 我已经对你说过了，这一笔钱可以由安东尼奥签立借据。

夏洛克 安东尼奥签立借据，嗯？

巴萨尼奥 你愿意帮助我吗？你愿意应承我吗？可不可以让我知道你的答复？

夏洛克 三千块钱，借三个月，安东尼奥签立借据。

巴萨尼奥 你的答复呢？

夏洛克 安东尼奥是个好人。

巴萨尼奥 你有没有听见人家说过他不是个好人？

夏洛克 啊，不，不，不，不；我说他是个好人，我的意思是说他是个有身家的人。可是他的财产却还有些问题：他有一艘商船开到特里坡利斯，另外一艘开到印度群岛，我在交易所里还听人说起，他有第三艘船在墨西哥，第四艘到英国去了，此外还有遍布在海外各国的买卖；可是船不过是几块木板钉起来的东西，水手也不过是些血肉之躯，岸上有旱老鼠，水里也有水老鼠，有陆地的强盗，也有海上的强盗，还有风波礁石各种的危险。不过虽然这么说，他这个人是靠得住的。三千块钱，我想我可以接受他的契约。

巴萨尼奥 你放心吧，不会有错的。

夏洛克 我一定要放了心才敢把债放出去，所以还是让我再考虑考虑吧。我可不可以跟安东尼奥谈谈？

巴萨尼奥 不知道你愿不愿意陪我们吃一顿饭？

夏洛克 是的，叫我去闻猪肉的味道，吃你们那拿撒勒先知[1]把魔鬼赶进去的脏东西的身体！我可以跟你们做买卖，讲交易，谈天散步，以及诸如此类的事情，可是我不能陪你们吃东西喝酒做祷告。交易所里有些什么消息？那边来的是谁？

| 安东尼奥上。

巴萨尼奥 这位就是安东尼奥先生。

夏洛克 （旁白）他的样子多么像一个摇尾乞怜的税吏！我恨他因为他是个基督徒，可是尤其因为他是个傻子，借钱给人不取利钱，把咱们在威尼斯城里放债的这一行的利息都压低了。要是我有一天抓住他的把柄，一定要痛痛快快地向他报复我的深仇宿怨。他憎恶我们神圣的民族，甚至在商人会集的地方当众辱骂我，辱骂我的交易，辱骂我辛辛苦苦赚下来的钱，说那些都是盘剥得来的腌臜钱。要是我饶过了他，让我们的民族永远没有翻身的日子。

巴萨尼奥 夏洛克，你听见吗？

夏洛克 我正在估计我手头的现款，照我大概记得起来的数目，要一时凑足三千块钱，恐怕办不到。可是那没有关系，我们族里有一个犹太富翁杜伯尔，可以供给我必要的数目。且慢！您打算借几个月？（向安东尼奥）您好，好先生；哪一阵好风把尊驾吹了来啦？

安东尼奥 夏洛克，虽然我跟人家互通有无，从来不讲利息，可是为了我的朋友的急需，这回我要破一次例。

---

① 拿撒勒先知即耶稣。

（向巴萨尼奥）他有没有知道你需要多少？

夏洛克 嗯，嗯，三千块钱。

安东尼奥 三个月为期。

夏洛克 我倒忘了，正是三个月，您对我说过的。好，您的借据呢？让我瞧一瞧。可是听着，好像您说您从来借钱不讲利息。

安东尼奥 我从来不讲利息。

夏洛克 当雅各替他的舅父拉班牧羊的时候[①]——这个雅各是我们圣祖亚伯兰的后裔，他的聪明的母亲设计使他做第三代的族长，是的，他是第三代——

安东尼奥 为什么说起他呢？他也是取利息的吗？

夏洛克 不，不是取利息，不是像你们所说的那样直接取利息。听好雅各用些什么手段：拉班跟他约定，生下来的小羊凡是有条纹斑点的，都归雅各所有，作为他牧羊的酬劳；到晚秋的时候，那些母羊因为淫情发动，跟公羊交合，这个狡猾的牧人就乘着这些毛畜正在进行传种工作的当儿，削好了几根木棒，插在淫浪的母羊的面前，它们这样怀下了孕，一到生产的时候，产下的小羊都是有斑纹的，所以都归雅各所有。这是致富的妙法，上帝也祝福他；只要不是偷窃，会打算盘总是好事。

安东尼奥 雅各虽然幸而获中，可是这也是他按约应得的酬报；上天的意旨成全了他，却不是出于他自己的力量。你提起这一件事，是不是要证明取利息是一件

---

① 见《旧约·创世记》。

好事？还是说金子银子就是你的公羊母羊？

夏洛克 这我倒不能说；我只是叫它像母羊生小羊一样地快快生利息。可是先生，您听我说。

安东尼奥 你听，巴萨尼奥，魔鬼也会引证《圣经》来替自己辩护哩。一个指着神圣的名字作证的恶人，就像一个脸带笑容的奸徒，又像一只外观美好、中心腐烂的苹果。唉，奸伪的表面是多么动人！

夏洛克 三千块钱，这是一笔可观的整数。一年除去三个月，让我看看利钱应该有多少。

安东尼奥 好，夏洛克，我们可不可以仰仗你这一次？

夏洛克 安东尼奥先生，好多次您在交易所里骂我，说我盘剥取利，我总是忍气吞声，耸耸肩膀，没有跟您争辩，因为忍受迫害，本来是我们民族的特色。您骂我异教徒，杀人的狗，把唾沫吐在我的犹太长袍上，只因为我用我自己的钱博取几个利息。好，看来现在是您要来向我求助了；您跑来见我，您说，“夏洛克，我们要几个钱；”您这样对我说。您把唾沫吐在我的胡子上，用您的脚踢我，好像我是您门口的一条野狗一样；现在您却来问我要钱，我应该怎样对您说呢？我要不要这样说，“一条狗会有钱吗？一条恶狗能够借人三千块钱吗？”或者我应不应该弯下身子，像一个奴才似的低声下气，恭恭敬敬地说，“好先生，您在上星期三用唾沫吐在我身上；有一天您用脚踢我；还有一天您骂我狗；为了报答您的这许多恩典，所以我应该借给您这么些钱吗？”

安东尼奥 我巴不得再这样骂你、唾你、踢你。要是你愿意把这钱借给我，不要把它当作借给你的朋友——哪有朋友之间通融几个臭钱也要斤斤较量地计算利息的道理？——你就把它当作借给你的仇人吧；倘使我失了信用，你尽管拉下脸来照约处罚就是了。

夏洛克 嗳哟，瞧您生这么大的气！我愿意跟您交个朋友，大家要要好好的；您从前加在我身上的种种羞辱，我愿意完全忘掉；您现在需要多少钱，我愿意如数供给您，而且不要您一个子儿的利息；可是您却不愿意听我说下去。我这完全是一片好心哩。

安东尼奥 这倒果然是一片好心。

夏洛克 我要叫你们看看我到底是不是一片好心。跟我去找一个公证人，就在那儿签好了约；我们不妨开个玩笑，在约里载明要是您不能按照约中所规定的条件，在什么日子、什么地点，还给我一笔什么数目的钱，就得随我的意思，在您身上的任何部分割下一磅白肉，作为处罚。

安东尼奥 很好，就是这么办吧；我愿意签下这样一张约，还要对人家说这个犹太人的心肠倒不坏呢。

巴萨尼奥 我宁愿安守贫困，不能让你为了我的缘故签这样的约。

安东尼奥 老兄，你怕什么；我决不会受罚的。就在这两个月之内，离开这约的满期还有一个月，我就可以有十倍这借款的数目进门。

夏洛克 亚伯兰老祖宗啊！瞧这些基督徒因为自己待人刻薄，所以疑心人家对他们不怀好意。请您告诉我，要是他到期不还，我照着约上规定的条款向他执行处罚了，那对我又有什么好处？从人身上割下来的一磅肉，它的价值可以比得上一磅羊肉、牛肉或是山羊肉吗？我为了要博得他的好感，所以才向他卖这样一个交情；要是他愿意接受我的条件，很好，否则就算了。千万请你们不要误会了我这一番诚意。

安东尼奥 好，夏洛克，我愿意签约。

夏洛克 那么就请您先到公证人的地方等我，告诉他这一张游戏的契约怎样写法；我就去马上把钱凑起来，还要回到家里去瞧瞧，让一个靠不住的奴才看守着门户，有点放心不下；然后我立刻就来瞧您。

安东尼奥 那么你去吧，善良的犹太人。（夏洛克下）这犹太人快要变做基督徒了，他的心肠变得好多啦。

巴萨尼奥 我不欢喜口蜜腹剑的人。

安东尼奥 好了好了，这又有什么要紧？再过两个月，我的船就要回来了。（同下）

第　二　幕

第一场

贝尔蒙特；鲍西娅家中一室

| 喇叭奏花腔。摩洛哥亲王率侍从；鲍西娅、尼莉莎及婢仆等同上。

摩洛哥亲王 不要因为我的肤色而憎厌我；我是骄阳的近邻，我这一身黝黑的制服，便是它的威焰的赐予。给我到终年不见阳光、冰山雪柱的极北，找一个最白皙姣好的人来，让我们刺血察验对您的爱情，看看究竟是他的血红还是我的血红。我告诉你，小姐，我这副容貌曾经吓破了勇士的肝胆；可是凭着我的爱情起誓，我们国土里最有声誉的少女也曾为它害过相思。我不愿更变我的肤色，除非为了取得您的欢心，我的温柔的女王！

鲍西娅 讲到选择这一件事，我倒并不单单凭信一双善于挑剔的少女的眼睛；而且我的命运由抽签决定，自己也没有任意去取的权力；可是我的父亲倘不曾用他的远见把我束缚住了，使我只能委身于按照他所规定的方法赢得我的男子，那么您，声名卓著的王子，您的容貌在我的心目之中，并不比我所已经看到的那些求婚者有什么逊色。

摩洛哥亲王 单是您这一番美意，已经使我万分感激了；所以请您带我去瞧瞧那几个匣子，试一试我的命运吧。凭着这一柄曾经手刃波斯王，并且使一个三次战败苏里曼苏丹的波斯王子授首的宝剑起誓，我要瞪眼吓退世间最狰狞的猛汉，跟全世界最勇武的壮士比赛胆量，从母熊的胸前夺下哺乳的小熊；当一头饿狮咆哮攫食的时候，我要向它揶揄侮弄，为了要博得你的垂青，小姐。可是唉！即使像赫剌克勒斯那样的盖世英雄，要是跟他的奴仆赌起骰子来，也许他的运气还不如一个下贱之人；我现在听从着盲目的命运的指挥，也许结果终于失望，眼看着一个不如我的人把我的意中人挟走，而自己在悲哀中死去。

鲍西娅 您必须信任命运，或者死了心放弃选择的尝试，或者当您开始选择以前，先立下一个誓言，要是选得不对，终身不再向任何女子求婚；所以还是请您考虑考虑吧。

摩洛哥亲王 我的主意已决，不必考虑了；来，带我去试我的运气吧。

鲍西娅 第一先到教堂里去；吃过了饭，您就可以试试您的命运。

摩洛哥亲王 好，成功失败，在此一举！正是不挟美人归，壮士无颜色。（吹喇叭；众下）

第二场

威尼斯；街道

丨朗斯洛特·高波上。

朗斯洛特 要是我从我的主人这个犹太人的家里逃走，我的良心是一定要责备我的。可是魔鬼拉着我的臂膀，引诱着我，对我说，“高波，朗斯洛特·高波，好朗斯洛特，拔起你的腿来，开步，走！”我的良心说，“不，留心，老实的朗斯洛特；留心，老实的高波；”或者就是这么说，“老实的朗斯洛特·高波，别逃跑；用你的脚跟把逃跑的念头踢得远远的。”好，那个大胆的魔鬼却劝我卷起铺盖滚蛋；“去呀！”魔鬼说，“去呀！看在老天的面上，提起勇气来，跑吧！”好，我的良心挽住我心里的脖子，很聪明地对我说，“朗斯洛特，我的老实朋友，你是一个老实人的儿子，”——或者还不如说一个老实妇人的儿子，因为我的父亲的确有点儿不大那个，有点儿很丢脸的坏脾气——好，我的良心说，“朗斯洛特，别动！”魔鬼说，“动！”我的良心说，“别动！”“良心，”我说，“你说得不错；”“魔鬼，”我说，“你说得有理。”要是听良心的话，我就应该留在我的主人那犹太人家里，上帝恕我这样说，他也是一个魔鬼；要是从犹太人的地方逃走，那么我就要听从魔鬼的话，对不住，他本身就是魔鬼。可是我说，那犹太人一定就是魔鬼的化身；凭良心说话，我的良心劝我留在犹太人地方，未免良心太狠。还是魔鬼的话说得像个朋友。我要跑，魔鬼；我的脚跟听从着你的指挥；我一定要逃跑。

| 老高波携篮上。

老高波 年轻的先生，请问一声，到犹太老爷的家里是怎么去的？

朗斯洛特 （旁白）天啊！这是我的亲生的父亲，他的眼睛因为有八九分盲，所以不认识我。待我把他戏弄一下。

老高波 年轻的少爷先生，请问一声，到犹太老爷的家里是怎么去的？

朗斯洛特 你在转下一个弯的时候，望右手转过去；临了一次转弯的时候，望左手转过去；再下一次转弯的时候，什么手也不用转，曲曲弯弯地转下去，就转到那犹太人的家里了。

老高波 哎哟，这条路可不容易走哩！您知道不知道有一个住在他家里的朗斯洛特，现在还在不在他家里？

朗斯洛特 你说的是朗斯洛特少爷吗？（旁白）瞧着我吧，现在我要诱他流起眼泪来了。——你说的是朗斯洛特少爷吗？

老高波 不是什么少爷，先生，他是一个穷人的儿子；他的父亲，不是我说一句，是个老老实实的穷光蛋，多谢上帝，他还活得好好儿的。

朗斯洛特 好，不要管他的父亲是个什么人，咱们讲的是朗斯洛特少爷。

老高波 他是您少爷的朋友，他就叫朗斯洛特。

朗斯洛特 对不住，老人家，所以我要问你，你说的是朗斯洛特少爷吗？

老高波 是朗斯洛特，少爷。

朗斯洛特 所以就是朗斯洛特少爷。老人家，你别提起朗斯洛特少爷啦；因为这位年轻的少爷，根据天命气数鬼神这一类阴阳怪气的说法，是已经去世啦，或者说得明白一点是已经归天啦。

老高波 哎哟，天哪！这孩子是我老年的拐杖，我的唯一的靠傍哩。

朗斯洛特 （旁白）我难道像一根棒儿，或是一根柱子吗？爸爸，您不认识我吗？

老高波 唉，我不认识您，年轻的少爷；可是请您告诉我，我的孩子——上帝安息他的灵魂！——究竟是活着还是死了？

朗斯洛特 您不认识我吗，爸爸？

老高波 唉，少爷，我是个瞎子；我不认识您。

朗斯洛特 嗽，真的，您就是眼睛明亮，也许会不认识我，只有聪明的父亲才会知道他自己的儿子。好，老人家，让我告诉您关于您儿子的消息吧。请您给我祝福；真理总会显露出来，杀人的凶手总会给人捉住；儿子虽然会暂时躲了过去，事实到临了总是瞒不过的。

老高波 少爷，请您站起来。我相信您一定不会是朗斯洛特，我的孩子。

朗斯洛特 废话少说，请您给我祝福：我是朗斯洛特，从前是您的孩子，现在是您的儿子，将来也还是您的小子。

老高波 我不能想象您是我的儿子。

朗斯洛特 那我倒不知道应该怎样想法；可是我的确是在犹太人

家里当仆人的朗斯洛特，我也相信您的妻子玛格蕾就是我的母亲。

老高波 她的名字果真是玛格蕾。你倘然真的就是朗斯洛特，那么你就是我亲生血肉了。上帝果然灵圣！你长了多长的一把胡子啦！你脸上的毛，比我那拖车子的马儿道平尾巴上的毛还多呐！

朗斯洛特 这样看起来，那么道平的尾巴一定是越长越短了；我还清楚记得，上一次我看见它的时候，它尾巴上的毛比我脸上的毛多得多哩。

老高波 上帝啊！你真是变了样子啦！你跟主人合得来吗？我给他带了点儿礼物来了。你们现在合得来吗？

朗斯洛特 合得来，合得来；可是从我自己这一方面讲，我既然已经决定逃跑，那么非到跑走了一程路之后，我是决不会停止下来的。我的主人是个十足的犹太人；给他礼物！还是给他一根上吊的绳子吧。我替他做事情，把个身体都饿瘦了；您可以用我的肋骨摸出我的每一条手指来。爸爸，您来了我很高兴。把您的礼物送给一位巴萨尼奥大爷吧，他是会赏漂亮的新衣服给用人穿的。我要是不能服侍他，我宁愿跑到地球的尽头去。啊，运气真好！正是他来了。到他跟前去，爸爸。我要是再继续服侍这个犹太人，连我自己都要变做犹太人了。

| 巴萨尼奥率里奥那多及其他侍从上。

巴萨尼奥 你们就这样做吧，可是要赶快点儿，晚饭顶迟必须在五点钟预备好。这几封信替我分别送出；叫裁缝把制服做起来；回头再请葛莱西安诺立刻到我的寓所

里来。（一仆下）

朗斯洛特 上去，爸爸。

老高波 上帝保佑大爷！

巴萨尼奥 谢谢你，有什么事？

老高波 大爷，这一个是我的儿子，一个苦命的孩子——

朗斯洛特 不是苦命的孩子，大爷，我是犹太富翁的跟班，不瞒大爷说，我想要——我的父亲可以给我证明——

老高波 大爷，正像人家说的，他一心一意地想要伺候——

朗斯洛特 总而言之一句话，我本来是伺候那个犹太人的，可是我很想要——我的父亲可以给我证明——

老高波 不瞒大爷说，他的主人跟他有点儿意见不合——

朗斯洛特 干脆一句话，实实在在说，这犹太人欺侮了我，他叫我——我的父亲是个老头子，我希望他可以替我向您证明——

老高波 我这儿有一盘烹好的鸽子送给大爷，我要请求大爷一件事——

朗斯洛特 废话少说，这请求是关于我的事情，这位老实的老人家可以告诉您；不是我说一句，我这父亲虽然是个老头子，却是个苦人儿。

巴萨尼奥 让一个人说话。你们究竟要什么？

朗斯洛特 伺候您，大爷。

老高波 正是这一件事，大爷。

巴萨尼奥 我认识你；我可以答应你的要求；你的主人夏洛克今天曾经向我说起，要把你举荐给我。可是你不去伺候一个有钱的犹太人，反要来做一个穷绅士的跟班，恐怕没有什么好处吧。

朗斯洛特 大爷，一句老古话刚好说着我的主人夏洛克跟您：他有的是钱，您有的是上帝的恩惠。

巴萨尼奥 你说得很好。老人家，你带着你的儿子，先去向他的旧主人告别，然后再来打听我的住址。（向侍者）给他做一身比别人格外鲜艳一点的制服，不可有误。

朗斯洛特 爸爸，进去吧。我不能得到一个好差使吗？我生了嘴不会说话吗？好，（视手掌）在意大利要是有谁生得一手比我还要好的掌纹，我一定会交好运的。好，这儿是一条笔直的寿命线；这儿有不多几个老婆；唉！十五个老婆算得什么，十一个寡妇，再加上九个黄花闺女，对于一个男人也不算太多啊。还要三次溺水不死，有一次几乎在一张天鹅绒的床边送了性命，好险呀好险！好，要是命运之神是个女的，她倒是个很好的娘儿。爸爸，来，我要用一霎眼的功夫向那犹太人告别。（朗斯洛特及老高波下）

巴萨尼奥 好里奥那多，请你记好，这些东西买到以后，把它们安排停当，就赶紧回来，因为我今晚要宴请我的最有名望的相识；快去吧。

里奥那多 我一定给您尽力办去。

| 葛莱西安诺上。

葛莱西安诺 你家主人呢？

里奥那多 他就在那边走着，先生。（下）

葛莱西安诺 巴萨尼奥大爷！

巴萨尼奥 葛莱西安诺！

葛莱西安诺 我要向您提出一个要求。

巴萨尼奥 我答应你。

葛莱西安诺 您不能拒绝我；我一定要跟您到贝尔蒙特去。

巴萨尼奥 啊，那么我只好让你去了。可是听着，葛莱西安诺，你这个人太随便，太不拘礼节，太爱高声说话了；这几点本来对于你是再合适不过的，在我们的眼睛里也不以为嫌，可是在陌生人的地方，那就好像有点儿放肆啦。请你千万留心在你的活泼的天性里尽力放进几分冷静进去，否则人家见了你这样狂放的行为，也许会对我发生误会，害我不能达到我的希望。

葛莱西安诺 巴萨尼奥大爷，听我说。我一定会装出一副安详的态度，说起话来恭而敬之，难得赌一两句咒，口袋里放一本祈祷书，脸孔上堆满了庄严；不但如此，在念食前祈祷的时候，我还要把帽子拉下来遮住我的眼睛，叹一口气，说一句“阿门”；我一定遵守一切礼仪，就像人家有意装得循规蹈矩，去讨他老祖母的欢喜一样。要是我不照这样的话做去，您以后不用相信我好了。

巴萨尼奥 好，我们倒要瞧瞧你装得像不像。

葛莱西安诺 今天晚上可不算；您不能按照我今天晚上的行动来判断我。

巴萨尼奥 不，那未免太杀风景了。我倒要请你今天晚上痛痛快快地欢畅一下，因为我已经跟几个朋友约定，大家都要尽兴狂欢。现在我还有点事情，等会儿见。

葛莱西安诺 我也要去找罗兰佐，还有那些人；晚饭的时候我们一定来看您。（各下）

第三场

同前；夏洛克家中一室

杰西卡及朗斯洛特上。

杰西卡 你这样离开我的父亲，使我很不高兴；我们这个家是一座地狱，幸亏有你这淘气的小鬼，多少解除了几分闷气。可是再会吧，朗斯洛特，这一块钱你且拿了去；你在晚饭的时候，可以看见一位叫做罗兰佐的，是你新主人的客人，这封信你替我交给他，留心别让旁人看见。现在你快去吧，我不敢让我的父亲瞧见我跟你谈话。

朗斯洛特 再见！眼泪哽住了我的舌头。顶美丽的异教徒，顶温柔的犹太人！倘不是一个基督徒跟你母亲私通，生了你下来，就算我有眼无珠。再会吧！这些傻气的泪点，快要把我的男子气概都淹沉啦。再见！

杰西卡 再见，好朗斯洛特。（朗斯洛特下）唉，我真是罪恶深重，竟会羞于做我父亲的孩子！可是虽然我在血统上是他的女儿，在行为上却不是他的女儿。罗兰佐啊！你要是能够守信不渝，我将要结束我的内心的冲突，皈依基督教，做你的亲爱的妻子。（下）

第四场

同前；街道

葛莱西安诺、罗兰佐、萨拉里诺及萨莱尼奥同上。

罗兰佐 不，咱们就在吃晚饭的时候溜了出去，在我的寓所里化装好了，只消一点钟功夫就可以把事情办好回来。

葛莱西安诺 咱们还没有好好儿准备过呢。

萨拉里诺 咱们还没有提到过拿火炬的人。

萨莱尼奥 那一定要经过一番训练，否则叫人瞧着笑话；依我看来，还是不用了吧。

罗兰佐 现在还不过四点钟；咱们还有两个钟头可以准备起来。

| 朗斯洛特持函上。

罗兰佐 朗斯洛特朋友，你带了什么消息来了？

朗斯洛特 请您把这封信拆开来，好像它就会告诉您的。

罗兰佐 我认识这笔迹；这几个字写得真好看；写这封信的那双手，是比这信纸还要洁白的。

葛莱西安诺 一定是情书。

朗斯洛特 大爷，小的告辞了。

罗兰佐 你还要到哪儿去？

朗斯洛特 呃，大爷，我要去请我的旧主人犹太人今天晚上陪我的新主人基督徒吃饭。

罗兰佐 慢着，这几个钱赏给你；你去回复温柔的杰西卡，我不会误她的约；留心说话的时候别给旁人听见。各位，去吧。（朗斯洛特下）你们愿意去准备今天晚上的假面跳舞会吗？我已经有了一个拿火炬的人了。

萨拉里诺 是，我立刻就去准备起来。

萨莱尼奥 我也就去。

罗兰佐 再过一点钟左右，咱们大家在葛莱西安诺的寓所里相会。

萨拉里诺 很好。（萨拉里诺、萨莱尼奥同下）

葛莱西安诺 那封信不是杰西卡写给你的吗？

罗兰佐 我必须把一切都告诉你。她已经教我怎样带着她逃出她父亲的家里，告诉我她随身带了多少金银珠宝，已经准备好怎样一身小童的服装。要是她的父亲那个犹太人有一天会上天堂，那一定因为上帝看在他善良的女儿面上特别开恩；恶运再也不敢侵犯她，除非因为她的父亲是一个奸诈的犹太人。来，跟我一块儿去；你可以一边走一边读这封信。美丽的杰西卡将要替我拿着火炬。（同下）

第五场

同前；夏洛克家门前

| 夏洛克及朗斯洛特上。

夏洛克 好，你就可以知道，你就可以亲眼瞧瞧夏洛克老头子跟巴萨尼奥有什么不同啦。——喂，杰西卡！——我家里容得你狼吞虎咽，别人家里是不许你这样放肆的——喂，杰西卡！——还让你睡觉打鼾，把衣服胡乱撕破——喂，杰西卡！

朗斯洛特 喂，杰西卡！

夏洛克 谁叫你喊的？我没有叫你喊呀。

朗斯洛特 您老人家不是常常怪我一定要等人家吩咐了才会做事吗？

| 杰西卡上。

杰西卡 您叫我吗？有什么吩咐？

夏洛克 杰西卡，人家请我去吃晚饭；这儿是我的钥匙，你好生收管着。可是我去干么呢？人家又不是真心邀请我，他们不过拍拍我的马屁而已。可是我因为恨他们，倒要去这一趟，受用受用这个浪子基督徒的酒食。杰西卡，我的孩子，留心照看门户。我实在有点不愿意去；昨天晚上我做梦看见钱袋，恐怕不是个吉兆。

朗斯洛特 老爷，请您一定去；我家少爷在等着您赏光呢。

夏洛克 我也在等着他赏我一记耳光哩。

朗斯洛特 他们已经商量好了；我并不说您可以看到一场假面跳舞，可是您要是果然看到了，那就怪不得我在上一个黑曜日早上六点钟会流起鼻血来啦，那一年正是在圣灰节星期三第四年的下午。

夏洛克 怎么！还有假面跳舞吗？听好，杰西卡，把家里的门锁上了；听见鼓声和弯笛子的怪叫声音，不许爬到窗槅子上张望，也不要伸出头去，瞧那些脸上涂得花花绿绿的傻基督徒们打街道上走过。所有的窗都给我关起来，别让那些无聊的胡闹的声音钻进我的清静的屋子里。凭着雅各的牧羊杖发誓，我今晚真有点不想出去参加什么宴会。可是就去这一次吧。小子，你先回去，说我就来了。

朗斯洛特 那么我先去了，老爷。小姐，留心看好窗外；“跑来一个基督徒，不要错过好姻缘。”（下）

夏洛克 嘿，那个夏甲的傻瓜后裔[1]说些什么？

杰西卡 没有说什么，他只是说，“再会，小姐。”

夏洛克 这蠢材人倒还好，就是食量太大；做起事来，慢吞吞像条蜗牛一般；白天睡觉的本领，比野猫还胜过几分；我家里可容不得懒惰的黄蜂，所以才打发他走了，让他去跟着那个靠借债过日子的败家精，正好帮他消费。好，杰西卡，进去吧；也许我一会儿就回来。记住我的话，把门儿随手关了。“缚得牢，跑不了”，这是一句千古不磨的至理名言。（下）

杰西卡 再会；要是我的命运不跟我作梗，那么我将要失去一个父亲，你也要失去一个女儿了。（下）

第六场

同　前

| 葛莱西安诺及萨拉里诺戴假面同上。

葛莱西安诺 这儿屋檐下便是罗兰佐叫我们守望的地方。

萨拉里诺 他约定的时间快要过去了。

葛莱西安诺 他会迟到真是件怪事，因为恋人们总是赶在时钟的前面的。

萨拉里诺 啊！维纳斯的鸽子飞去缔结新欢的盟约，比之履行

---

① 夏甲（Hagar）为犹太人始祖亚伯拉罕正妻撒拉的婢女，撒拉因无子劝亚伯拉罕纳为次妻；夏甲生子后，遭撒拉之妒，与其子并遭斥逐。见《旧约·创世记》。此处所云“夏甲后裔”，系表示“贱种”之意。

旧日的诺言，总是要快上十倍。

葛莱西安诺 那是一定的道理。谁在席终人散以后，他的食欲还像初入座时候那么强烈？哪一匹马在冗长的归途上，会像它起程时那么长驱疾驰？世间的任何事物，追求时候的兴致总要比享用时候的兴致浓烈。一艘新下水的船只扬帆出港的当儿，多么像一个娇养的少年，给那轻狂的风儿爱抚搂抱！可是等到它回来的时候，船身已遭风日的侵蚀，船帆也变成了百结的破衲，它又多么像一个落魄的浪子，给那轻狂的风儿肆意欺凌！

萨拉里诺 罗兰佐来啦；这些话你留着以后再说吧。

| 罗兰佐上。

罗兰佐 两位好朋友，累你们久等了，对不起得很；实在是因为我有点事情，急切里抽身不出。等你们将来也要偷妻子的时候，我一定也替你们守这么些时候。过来，这儿就是我的犹太岳父所住的地方。喂！里面有人吗？

| 杰西卡男装自上方上。

杰西卡 你是哪一个？我虽然认识你的声音，可是为了免得错认了人，请你把名字告诉我。

罗兰佐 我是罗兰佐，你的爱人。

杰西卡 你果然是罗兰佐，也的确是我的爱人，谁会使我爱得像你一样呢？罗兰佐，除了你之外，谁还知道我究竟是不是属于你的？

罗兰佐 上天和你的思想，都可以证明你是属于我的。

杰西卡 来，把这匣子接住了，你拿了去大有好处的。幸亏在夜里，你瞧不见我，我改扮成这个怪样子，怪不好意思哩。可是恋爱是盲目的，恋人们瞧不见他们自己所干的傻事；要是他们瞧得见的话，那么丘比特瞧见我变成了一个男孩子，也会脸红起来哩。

罗兰佐 下来吧，你必须替我拿着火炬。

杰西卡 怎么！我必须拿着烛火，照亮自己的羞耻吗？像我这样子，已经太轻狂了，应该遮掩遮掩才是，怎么反而要在别人面前露脸？

罗兰佐 亲爱的，你穿上这一身漂亮的男孩子衣服，人家不会认出你来的。快来吧，夜色已经在不知不觉中深了起来，巴萨尼奥在等着我们去赴宴呢。

杰西卡 让我把门窗关好，再收拾些银钱带在身边，然后立刻就来。（自上方下）

葛莱西安诺 凭着我的头巾发誓，她真是个基督徒，不是个犹太人。

罗兰佐 我从心底里爱着她。要是我有判断的能力，那么她是聪明的；要是我的眼睛没有欺骗我，那么她是美貌的；她已经替自己证明她是忠诚的；像她这样又聪明、又美丽、又忠诚，怎么不叫我把她永远放在自己的灵魂里呢？

| 杰西卡上。

罗兰佐 啊，你来了吗？朋友们，走吧！我们的舞侣们现在一定在那儿等着我们了。（罗兰佐、杰西卡、萨拉里诺同下）

| 安东尼奥上。

安东尼奥 那边是谁？

葛莱西安诺 安东尼奥先生！

安东尼奥 咦，葛莱西安诺！还有那些人呢？现在已经九点钟啦，我们的朋友们大家在那儿等着你们。今天晚上的假面跳舞会取消了；风势已转，巴萨尼奥就要立刻上船。我已经差了二十个人来找你们了。

葛莱西安诺 那好极了；我巴不得今天晚上就开船出发。（同下）

第七场

贝尔蒙特；鲍西娅家中一室

| 喇叭奏花腔。鲍西娅及摩洛哥亲王各率侍从上。

鲍西娅 去把帐幕揭开，让这位尊贵的王子瞧瞧那几个匣子。现在请殿下自己选择吧。

摩洛哥亲王 第一只匣子是金的，上面刻着这几个字："谁选择了我，将要得到众人所希求的东西。"第二只匣子是银的，上面刻着这样的约许："谁选择了我，将要得到他所应得的东西。"第三只匣子是用沉重的铅打成的，上面刻着像铅一样冷酷的警告："谁选择了我，必须准备把他所有的一切作为牺牲。"我怎么可以知道我选得错不错呢？

鲍西娅 这三只匣子中间，有一只里面藏着我的小像；您要是选中了那一只，我就是属于您的了。

摩洛哥亲王 求神明指示我！让我看；我且先把匣子上面刻着的字句再推敲一遍。这一个铅匣子上面说些什么？"谁选择了我，必须准备把他所有的一切作为牺牲。"必须准备牺牲；为什么？为了铅吗？为了铅而牺牲一切吗？这匣子说的话儿倒有些吓人。人们为了希望得到重大的利益，才会不惜牺牲一切；一颗贵重的心，决不会屈躬俯就鄙贱的外表；我不愿为了铅的缘故而作任何的牺牲。那个色泽皎洁的银匣子上面说些什么？“谁选择了我，将要得到他所应得的东西。”得到他所应得的东西！且慢，摩洛哥，把你自己的价值作一下公正的估计吧。照你自己判断起来，你应该得到很高的评价，可是也许凭着你这几分长处，还不配娶到这样一位小姐；然而我要是疑心我自己不够资格，那未免太小看自己了。得到我所应得的东西！当然那就是指这位小姐而说的；讲到家世、财产、人品、教养，我在哪一点上配不上她？可是超乎这一切之上，凭着我这一片深情，也就应该配得上她了。那么我不必迟疑，就选了这一个匣子吧。让我再瞧瞧那金匣子上说些什么话：“谁选择了我，将要得到众人所希求的东西。”啊，那正是这位小姐了；整个儿的世界都希求着她，从地球的四角他们迢迢而来，顶礼这位尘世的仙真：赫堪尼亚的沙漠和广大的阿拉伯的辽阔的荒野，现在已经成为各国王子们前来瞻仰美貌的鲍西娅的通衢大道；把唾沫吐在天庭面上的傲慢不逊的海洋，也不能阻止外邦的远客，他们越过汹涌的波涛，就像跨过一条小河一样，为了要看一看鲍西娅的绝世姿容。在这三只匣子中间，有一只里面藏着她的天仙似的小像。难道那铅匣子里会藏着她吗？想起这样一个卑劣的思想，就是一种亵渎。那么她是会藏在那价值只及纯金十分之一的银匣子里面吗？啊，罪恶的思想！这样一颗珍贵的珠宝，决不会装在比金子低贱的匣子里。把钥匙交给我；我已经选定了，但愿我的希望能够成就！

鲍西娅 亲王，请您拿着这钥匙；要是这里边有我的小像，我就是您的了。（摩洛哥亲王开金匣）

摩洛哥亲王 哎哟，该死！这是什么？一个死人的骷髅，那空空的眼眶里藏着一张有字的纸卷。让我读一读上面写着什么。

“发闪光的不全是黄金，
古人的说话没有骗人；
多少世人出卖了一生，
不过看到了我的外形，
蛆虫占据着镀金的坟。
你要是又大胆又聪明，
手脚壮健，见识却老成，
就不会得到这样回音：
再见，劝你冷却这片心。”
冷却这片心；真的是枉费辛劳！
永别了，热情！欢迎，凛冽的寒飙！
再见，鲍西娅；悲伤塞满了心胸，
莫怪我这败军之将去得匆匆。（率侍从下；喇叭奏花腔）

鲍西娅 他去得倒还知趣。把帐幕拉下。但愿像他一样肤色的人，都像他一样选不中。（同下）

第八场

威尼斯；街道

| 萨拉里诺及萨莱尼奥上。

萨拉里诺 啊，朋友，我看见巴萨尼奥开船，葛莱西安诺也跟他同船去；我相信罗兰佐一定不在他们船里。

萨莱尼奥 那个恶犹太人大呼小叫地吵到公爵那儿去，公爵已经跟着他去搜巴萨尼奥的船了。

萨拉里诺 他去迟了一步，船已经开出。可是有人告诉公爵，说他们曾经看见罗兰佐跟他的多情的杰西卡在一艘平底船里；而且安东尼奥也向公爵证明他们并不在巴萨尼奥的船上。

萨莱尼奥 那犹太狗在街上一路乱叫乱喊，“我的女儿！啊，我的银钱！啊，我的女儿！跟一个基督徒逃走啦！啊，我的基督徒的银钱！公道啊！法律啊！我的银钱，我的女儿！一袋封好的、两袋封好的银钱，给我的女儿偷去了！还有珠宝！两颗宝石，两颗珍贵的宝石，都给我的女儿偷去了！公道啊！把那女孩子找出来！她身边带着宝石，还有银钱。”

萨拉里诺 威尼斯城里所有的小孩子们，都跟在他背后，喊着他的宝石、他的女儿、他的银钱。

萨莱尼奥 安东尼奥应该留心那笔债款不要误了期，否则他要在他身上报复的。

萨拉里诺 对了，你想起得不错。昨天我跟一个法国人谈天，他对我说起，在英法二国之间的狭隘的海面上，有一艘从咱们国里开出去的满载着货物的船只出事了。我一听见这句话，就想起安东尼奥，但愿那艘船不是他的才好。

萨莱尼奥 你最好把你听见的消息告诉安东尼奥；可是你要轻描淡写地说，免得累他着急。

萨拉里诺 世上没有一个比他更仁厚的君子。我看见巴萨尼奥跟安东尼奥分别，巴萨尼奥对他说他一定尽早回来，他就回答说，“不必，巴萨尼奥，不要为了我的缘故而误了你的正事，你等到一切事情圆满完成以后再回来吧；至于我在那犹太人那里签下的约，你不必放在心上，你只管高高兴兴，一心一意地进行着你的好事，施展你的全副精神，去博得美人的欢心吧。”说到这里，他的眼睛里已经噙着一包眼泪，他就回转身去，把他的手伸到背后，亲亲热热地握着巴萨尼奥的手；他们就这样分别了。

萨莱尼奥 我看他只是为了他的缘故才爱这世界的。咱们现在就去找他，想些开心的事儿替他解解愁闷，你看好不好？

萨拉里诺 很好很好。（同下）

第九场

贝尔蒙特；鲍西娅家中一室

| 尼莉莎及一仆人上。

尼莉莎 赶快，赶快，扯开那帐幕；阿拉贡亲王已经宣过誓就要来选匣子啦。

| 喇叭奏花腔。阿拉贡亲王及鲍西娅各率侍从上。

鲍西娅 瞧，尊贵的王子，那三个匣子就在这儿；您要是选中了有我的小像藏在里头的那一只，我们就可以立刻举行婚礼；可是您要是失败了的话，那么殿下，

您必须立刻离开这儿。

阿拉贡亲王 我已经宣誓遵守三项条件：第一，不得告诉任何人我所选的是哪一只匣子；第二，要是我选错了匣子，终身不得再向任何女子求婚；第三，要是我选不中，必须立刻离开此地。

鲍西娅 为了我这微贱的身子来此冒险的人，没有一个不曾立誓遵守这几个条件。

阿拉贡亲王 我也是这样宣誓过了。但愿命运满足我的心愿！一只是金的，一只是银的，还有一只是下贱的铅的。“谁选择了我，必须准备把他所有的一切作为牺牲。”你要我为你牺牲，应该再好看一点才是。那个金匣子上面说的什么？“谁选择了我，将要得到众人所希求的东西。”众人所希求的东西！那“众人”也许是指那无知的群众，他们只知道凭着外表取人，信赖着一双愚妄的眼睛，不知道窥察到内心，就像暴风雨中的燕子，把巢筑在屋外的墙壁上，自以为可保万全，不想到灾祸就会接踵而至。我不愿选择众人所希求的东西，因为我不愿随波逐流，与庸俗的群众为伍。那么还是让我瞧瞧你吧，你这白银的宝库；待我再看一遍刻在你上面的字句：“谁选择了我，将要得到他所应得的东西。”说得好，一个人要是自己没有几分长处，怎么可以妄图非分？尊荣显贵，原来不是无德之人所可以忝窃的。唉！要是世间的爵禄官职，都能够因功授赏，不藉钻营，那么多少脱帽侍立的人将会高冠盛服，多少发号施令的人将会唯唯听命，多少卑劣鄙贱的渣滓可以从高贵的种子中间筛分出来，多少隐暗不彰的贤才异能，可以从世俗的糠粃中间剔选出来，大放它们的光泽！闲话少说，还是让我考虑考虑怎样选择吧。“谁选择了我，将要得到他所应得的东西。”那么我有擅了。把这匣子上的钥匙给我，让我立刻打开藏在这里面的我的命运。（开银匣）

鲍西娅 您在这里面瞧见些什么？怎么呆住了一声也不响？

阿拉贡亲王 这是什么？一个眯着眼睛的傻瓜的画像，上面还写着字句！让我读一下看。唉！你跟鲍西娅相去得多么远！你跟我的希望又相去得多么远！难道我只配得到你这样一个东西吗？“谁选择了我，将要得到他所应得的东西。”难道我只应该得到一副傻瓜的嘴脸吗？那便是我的奖品吗？我不该得到好一点的东西吗？

鲍西娅 毁谤和评判，是两件作用不同、性质相反的事。

阿拉贡亲王 这儿写着什么？

“这银子在火里烧过七遍；
那永远不会错误的判断，
也必须经过七次的试炼。
有的人终身向幻影追逐，
只好在幻影里寻求满足。
我知道世上尽有些呆鸟，
空有着一个镀银的外表；
随你娶一个怎样的妻房，
摆脱不了这傻瓜的皮囊；
去吧，先生，莫再耽搁时光！”
我要是再留在这儿发呆，
愈显得是个十足的蠢材；

顶一颗傻脑袋来此求婚，
带两个蠢头颅回转家门。
别了，美人，我愿遵守誓言，
默忍着心头愤怒的熬煎。（阿拉贝亲王率侍从下）

鲍西娅 正像飞蛾在烛火里伤身，
这些傻瓜们自恃着聪明，
免不了被聪明误了前程。

尼莉莎 古话说得好，上吊娶媳妇，
都是一个人注定的天数。

鲍西娅 来，尼莉莎，把帐幕拉下了。

| 一仆人上。

仆人 小姐呢？

鲍西娅 在这儿；尊驾有什么见教？

仆人 小姐，门口有一个年轻的威尼斯人，说是来通知一声，他的主人就要来啦；他说他的主人叫他先来向小姐致意，除了一大堆恭维的客套以外，还带来了几件很贵重的礼物。小的从来没有见过这么一位体面的爱神的使者；预报繁茂的夏季快要来临的四月的天气，也不及这个为主人先驱的俊仆的温雅。

鲍西娅 请你别说下去了吧；你把他称赞得这样天花乱坠，我怕你就要说他是你的亲戚了。来，来，尼莉莎，我倒很想瞧瞧这一位爱神差来的体面的使者。

尼莉莎 爱神啊，但愿来的是巴萨尼奥！（同下）

第　三　幕

第一场

威尼斯；街道

| 萨莱尼奥及萨拉里诺上。

萨莱尼奥　交易所里有什么消息？

萨拉里诺　他们都在那里说安东尼奥有一艘满装着货物的船在海峡里倾覆了；那地方的名字好像是古德温，是一处很危险的沙滩，听说有许多大船的残骸埋葬在那里，要是那些传闻之辞是确实可靠的话。

萨莱尼奥　我但愿那些谣言就像那些吃饱了饭没事做、嚼嚼生姜或者一把鼻涕一把眼泪地假装为了她第三个丈夫死去而痛哭的那些婆子们所说的鬼话一样靠不住。可是那的确是事实——不说啰哩啰嗦的废话，也不说枝枝节节的闲话——这位善良的安东尼奥，正直的安东尼奥——啊，我希望我有一个可以充分形容他的好处的字眼！——

萨拉里诺　好了好了，别说下去了吧。

萨莱尼奥　吓！你说什么！总给一句话，他损失了一艘船。

萨拉里诺 但愿这是他最末一次的损失。

萨莱尼奥 让我赶快喊"阿门",免得给魔鬼打断了我的祷告,因为他已经扮成一个犹太人的样子来啦。

| 夏洛克上。

萨莱尼奥 啊,夏洛克!商人中间有什么消息?

夏洛克 有什么消息!我的女儿逃走啦,这件事情是你比谁都格外知道得详细的。

萨拉里诺 那当然啦,就是我也知道她飞走的那对翅膀是哪一个裁缝替她做的。

萨莱尼奥 夏洛克自己也何尝不知道,她羽毛已长,当然要离开娘家啦。

夏洛克 她干出这种不要脸的事来,死了一定要下地狱。

萨拉里诺 倘然魔鬼做她的判官,那是当然的事情。

夏洛克 我自己的血肉向我造反!

萨拉里诺 你的肉跟她的肉比起来,比黑炭和象牙还差得远;你的血跟她的血比起来,比红葡萄酒和白葡萄酒还差得远。可是告诉我们,你听不听见人家说起安东尼奥在海上遭到了损失?

夏洛克 说起他,又是我的一桩倒霉事情。这个败家精,这个破落户,他不敢在交易所里露一露脸;他平常到市场上来,穿着得多么齐整,现在可变成一个叫化子啦。让他留心他的借约吧;他老是骂我盘剥取利;让他留心他的借约吧;他是本着基督徒的精神,放债从来不取利息的;让他留心他的借约吧。

萨拉里诺 我相信要是他不能按约偿还借款,你一定不会要他的肉的;那有什么用处呢?

夏洛克 拿来钓鱼也好；即使他的肉不中吃，至少也可以出出我这一口气。他曾经羞辱过我，夺去我几十万块钱的生意，讥笑着我的亏蚀，挖苦着我的盈余，侮蔑我的民族，破坏我的买卖，离间我的朋友，煽动我的仇敌；他的理由是什么？只因为我是一个犹太人。难道犹太人没有眼睛吗？难道犹太人没有五官四肢，没有知觉，没有感情，没有血气吗？他不是吃着同样的食物，同样的武器可以伤害他，同样的医药可以疗治他，冬天同样会冷，夏天同样会热，就像一个基督徒一样吗？你们要是用刀剑刺我们，我们不是也会出血的吗？你们要是搔我们的痒，我们不是也会笑起来吗？你们要是用毒药谋害我们，我们不是也会死的吗？那么要是你们欺侮了我们，我们难道不会复仇吗？要是在别的地方我们都跟你们一样，那么在这一点上也是彼此相同的。要是一个犹太人欺侮了一个基督徒，那基督徒应该怎样？报仇呀。要是一个基督徒欺侮了一个犹太人，那么照着基督徒的榜样，那犹太人应该怎样？报仇呀。你们已经把残虐的手段教给我，我一定会照着你们的教训实行，而且还要加倍奉敬哩。

| 一仆人上。

仆人 两位先生，我家主人安东尼奥在家里，要请两位过去谈谈。

萨拉里诺 我们正在到处找他呢。

| 杜伯尔上。

萨莱尼奥 又是一个他的族中人来啦；世上再也找不到第三个

像他们这样的人，除非魔鬼自己也变成了犹太人。

（萨莱尼奥、萨拉里诺及仆人下）

夏洛克 啊，杜伯尔！热那亚有什么消息？你有没有找到我的女儿？

杜伯尔 我所到的地方，往往听见人家说起她，可是总找不到她。

夏洛克 哎呀，糟糕！糟糕！糟糕！我在法兰克福出两千块钱买来的那颗金刚钻也丢啦！咒诅到现在才降落到咱们民族头上；我到现在才觉得它的厉害。那一颗金刚钻就是两千块钱，还有别的贵重的贵重的珠宝。我希望我的女儿死在我的脚下，那些珠宝都挂在她的耳朵上；我希望她就在我的脚下入土安葬，那些银钱都放在她的棺材里！不知道他们的下落吗？哼，我不知道为了寻访他们，又花去了多少钱。你这你这——损失上再加损失！贼子偷了这么多走了，还要花这么多去访寻贼子，结果仍旧是一无所得，出不了这一口怨气。只有我一个人倒霉，只有我一个人叹气，只有我一个人流眼泪！

杜伯尔 倒霉的不单是你一个人。我在热那亚听人家说，安东尼奥——

夏洛克 什么？什么？什么？他也倒了霉吗？他也倒了霉吗？

杜伯尔 ——有一艘从特里坡利斯来的大船，在途中触礁。

夏洛克 谢谢上帝！谢谢上帝！是真的吗？是真的吗？

杜伯尔 我曾经跟几个从那船上出险的水手谈过话。

夏洛克 谢谢你，好杜伯尔。好消息，好消息！哈哈！什么地方？在热那亚吗？

杜伯尔 听说你的女儿在热那亚一个晚上花去八十块钱。

夏洛克 你把一把刀戳进我心里！我再也瞧不见我的银子啦！一下子就是八十块钱！八十块钱！

杜伯尔 有几个安东尼奥的债主跟我同路到威尼斯来，他们肯定地说他这次一定要破产。

夏洛克 我很高兴。我要摆布摆布他；我要叫他知道些厉害。我很高兴。

杜伯尔 有一个人给我看一个指环，说是你女儿把它向他买了一头猴子的。

夏洛克 该死该死！杜伯尔，你提起这件事，真叫我心里难过；那是我的绿玉指环，是我的妻子莉娅在我没有结婚的时候送给我的；即使人家把一大群猴子来向我交换，我也不愿把它给人。

杜伯尔 可是安东尼奥这次一定完了。

夏洛克 对了，这是真的，一点不错。去，杜伯尔，现在离开借约满期还有半个月，你先给我到衙门里走动走动，花费几个钱。要是他愆了约，我要挖出他的心来；即使他不在威尼斯，我也不怕他逃出我的掌心。去，去，杜伯尔，咱们在会堂里见面。好杜伯尔，去吧；会堂里再见，杜伯尔。（各下）

第二场

贝尔蒙特；鲍西娅家中一室

| 巴萨尼奥、鲍西娅、葛莱西安诺、尼莉莎及侍从等上。

鲍西娅 请您不要太急，停一两天再选吧；因为要是您选得不对，咱们就不能再在一块儿，所以请您暂时缓一下吧。我心里仿佛有一种什么感觉，可是那不是爱情，告诉我我不愿失去您；您一定也知道，嫌憎是不会向人说这种话的。一个女孩儿家本来不该信口说话，可是为恐您不能懂得我的意思，我真想留您在这儿住上一两个月，然后再让您为我冒险一试。我可以教您怎样选才不会有错；可是这样我就要违犯了誓言，那是断断不可的；然而那样您也许会选错；要是您选错了，您一定会使我起了一个有罪的愿望，懊悔我不该为了不敢背誓而忍心让您失望。顶可恼的是您这一双眼睛，它们已经瞧透了我的心，把我分成两半：半个我是您的，还有那半个我也是您的——不，我的意思是说那半个我是我的，可是既然是我的，也就是您的，所以整个儿的我都是您的。唉！都是这些无聊的世俗的礼法，使人们不能享受他们合法的权利；所以我虽然是您的，却又不是您的。我说得太噜苏了，可是我的目的是要尽量拖延时间，不放您马上就去选择。

巴萨尼奥 让我选吧；我现在提心吊胆，才像给人拷问一样受罪呢。

鲍西娅 给人拷问，巴萨尼奥！那么您给我招认出来，在您的爱情之中，隐藏着什么奸谋？

巴萨尼奥 没有什么奸谋，我只是有点怀疑忧惧，但恐我的痴心化为徒劳；奸谋跟我的爱情正像冰炭一样，是无法相容的。

鲍西娅 嗯，可是我怕你是因为受不住拷问的痛苦，才说这样的话。

巴萨尼奥 您要是答应赦我一死，我愿意招认真情。

鲍西娅 好，赦您一死，您招认吧。

巴萨尼奥 “爱”便是我所能招认的一切。多谢我的刑官，您教给我怎样免罪的答话了！可是让我去瞧瞧那几个匣子，试试我的运气吧。

鲍西娅 那么去吧！在那三个匣子中间，有一个里面锁着我的小像；您要是真的爱我，您会把我找出来的。尼莉莎，你跟其余的人都站开些。在他选择的时候，把音乐奏起来，要是他失败了，好让他像天鹅一样在音乐声中死去；把这譬喻说得更确当一些，我的眼睛就是他葬身的清流。也许他会胜利的；那么那音乐又像什么呢？那时候音乐就像忠心的臣子俯伏迎迓新加冕的君王的时候所吹奏的号角，又像是黎明时分送进正在做着好梦的新郎的耳中，催他起来举行婚礼的甜柔的琴韵。现在他去了，他的沉毅的姿态，就像少年赫剌克勒斯奋身前去，在特洛伊人的呼叫声中，把他们祭献给海怪的处女拯救出来一样，可是他心里却藏着更多的爱情，我站在这儿做牺牲，她们站在旁边，就像泪眼模糊的达达尼尔妇女们，出来看这场争斗的结果。去吧，赫剌克勒斯！我的生命悬在你手里，但愿你安然生还；我这观战的人心中，比你上场作战的人还要惊恐万倍！

| 巴萨尼奥独白时，乐队奏乐唱歌。

歌

告诉我爱情生长在何方？
还是在脑海？还是在心房？
它怎样发生？它怎样成长？
回答我，回答我。
爱情的火在眼睛里点亮，
凝视是爱情生活的滋养，
它的摇篮便是它的坟堂。
让我们把爱的丧钟鸣响，
玎当！玎当！
（众和）玎当！玎当！

巴萨尼奥 外观往往和事物的本身完全不符，世人却容易为表面的装饰所欺骗。在法律上，哪一件卑鄙邪恶的陈诉，不可以用娓娓动听的言词掩饰它的罪状？在宗教上，哪一桩罪大罪极的过失，不可以引经据典，文过饰非，证明它的确上合天心？任何彰明较著的罪恶，都可以在外表上装出一副道貌岸然的样子。多少没有胆量的懦夫，他们的颊上却长着天神一样威武的须髯，人家只看着他们的外表，也就居然把他们当作英雄一样看待！再看那些世间所谓美貌吧，那是完全靠着脂粉装点出来的，愈是轻浮的女人，所涂的脂粉也愈重；至于那些随风飘扬，像蛇一样的金丝鬈发，看上去果然漂亮，不知道却是从坟墓中死人的骷髅上借下来的。所以装饰不过是一道把船只诱进凶涛险浪的怒海中去的陷人的海岸，又像是遮掩着一个黑丑蛮女的一道美丽的面幕；总而言之，它是狡诈的世人用来欺诱智士的似是而非的真理。所以，你炫目的黄金，米达斯王的坚硬的食物，我不要你；你惨白的银子，在人们手里来来去去的下贱的奴才，我也不要你；可是你，寒伧的铅，你的形状只能使人退走，一点没有吸引人的力量，然而你的质朴却比巧妙的言辞更能打动我的心，我就选了你吧，但愿结果美满！

鲍西娅 （旁白）一切纷杂的思绪：多心的疑虑、卤莽的绝望、战栗的恐惧、酸性的猜嫉，多么快地烟消云散了！爱情啊！把你的狂喜节制一下，不要让你的欢乐溢出界限，让你的情绪越过分寸；你使我感觉到太多的幸福，请你把它减轻几分吧，我怕我快要给快乐窒息而死了！

巴萨尼奥 这里面是什么？（开铅匣）美丽的鲍西娅的副本！这是谁的化工之笔，描画出这样一位绝世的美人？这双眼睛是在转动吗？还是因为我的眼球在转动，所以仿佛它们也在随着转动？她的微启的双唇，是因为她嘴里吐出来的甘美芳香的气息而分裂了；无论怎样亲密的朋友，受到了这样的麻醉，都会变成路人的。画师在描画她的头发的时候，一定曾经化身为蜘蛛，织下了这么一个金丝的发网，来诱捉男子们的心；哪一个男子见了它，不会比飞蛾投入蛛网还快地陷下网罗呢？可是她的眼睛！他怎么能够睁了眼睛把它们画出来呢？他在画了一只眼睛以后，我想它的逼人的光芒，一定会使他自己目眩神夺，再也描画不成其余的一只。可是瞧，我用尽一切赞美的字句，还不能充分形容出这一个画中幻影的美妙；然而这幻影跟它的实体比较起来，又是多么望尘莫及！这儿是一纸手卷，宣判着我的命运。

“你选择不凭着外表，
果然给你直中鹄心！
胜利既已入你怀抱，
你莫再往别处追寻。
这结果倘使你满意，
就请接受你的幸运，
赶快回转你的身体，
给你的爱深深一吻。”

温柔的纶音！美人，请恕我大胆，（吻鲍西娅）
我奉命来把彼此的深情交换。
像一个夺标的健儿驰骋身手，
耳旁只听见沸腾的人声如吼，
虽然明知道胜利已在他手掌，
却不敢相信人们在向他赞赏。
绝世的美人，我现在神眩目晕，
仿佛闯进了一场离奇的梦境；
除非你亲口证明这一切是真，
我再也不相信我自己的眼睛。

鲍西娅 巴萨尼奥公子，您瞧我站在这儿，不过是这样的一个人。虽然为了我自己的缘故，我不愿妄想自己比现在的我更好一点；可是为了您的缘故，我希望我能够六十倍胜过我的本身，再加上一千倍的美丽，一万倍的富有；我但愿我有无比的贤德、美貌、财产和亲友，好让我在您的心目中占据一个很高的位置。可是我这一身却是一无所有，我只是一个不学无术、没有教养的女子；幸亏她的年纪还不是顶大，来得及发愤学习；她的天资也不是顶笨，可以加以教导之功；尤其大幸的，她有一颗柔顺的心灵，愿意把它奉献给您，听从您的指导，把您当作她的主人、她的统治者和她的君王。我自己以及我所有的一切，现在都变成您的所有了；刚才我还拥有着这一座华丽的大厦，我的仆人都听从着我的指挥，我是支配我自己的女王，可是就在现在，这屋子、这些仆人和这一个我，都是属于您的了，我的夫君。凭着这一个指环，我把这一切完全呈献给您；要是您让这指环离开您的身边，或者把它丢了，或者把它送给别人，那就预示着您的爱情的毁灭，我可以因此责怪您的。

巴萨尼奥 小姐，您使我说不出一句话来，只有我的热血在我的血管里跳动着向您陈诉。我的精神是在一种恍惚的状态中，正像喜悦的群众在听到他们所爱戴的君王的一篇美妙的演辞以后那种心灵眩惑的神情，除了口头的赞叹和内心的欢乐以外，一切的一切都混和起来，化成白茫茫的一片模糊。可是这指环要是有一天离开这手指，那么我的生命也一定已经终结；那时候您可以放胆地说，巴萨尼奥已经死了。

尼莉莎 姑爷，小姐，我们站在旁边，眼看我们的愿望成为事实，现在该让我们来道喜了。恭喜姑爷！恭喜小姐！

葛莱西安诺 巴萨尼奥大爷和我的温柔的夫人，愿你们享受一切的快乐！我还有一个请求，要是你们决定在什么时候举行嘉礼，我也想跟你们一起结婚。

巴萨尼奥 很好，只要你能够找到一个妻子。

葛莱西安诺 谢谢大爷，您已经替我找到一个了。不瞒大爷说，我这一双眼睛瞧起人来，并不比您大爷慢；您瞧见了小姐，我也瞧见了使女；您发生了爱情，我也发生了爱情。您的命运靠那几个匣子决定，我也是一样；因为我在这儿千求万告，身上的汗出了一身又是一身，指天誓日地说到唇干舌燥，才算得到这位好姑娘的一句回音，答应我要是您能够得到她的小姐，我也可以得到她的爱情。

鲍西娅 这是真的吗，尼莉莎？

尼莉莎 是真的，小姐，要是您赞成的话。

巴萨尼奥 葛莱西安诺，你也是出于真心吗？

葛莱西安诺 是的，大爷。

巴萨尼奥 我们的喜筵有你们的婚礼添兴，那真是喜上加喜了。

葛莱西安诺 我们要跟他们打赌一千块钱，看谁先养儿子。可是谁来啦？罗兰佐和他的异教徒吗？什么！还有我那威尼斯老朋友萨莱尼奥？

| 罗兰佐、杰西卡及萨莱尼奥上。

巴萨尼奥 罗兰佐、萨莱尼奥，虽然我也是初履此地，让我僭用着这里主人的名义，欢迎你们的到来。亲爱的鲍西娅，请您允许我接待我这几个同乡朋友。

鲍西娅 我也是竭诚欢迎他们。

罗兰佐 谢谢。巴萨尼奥大爷，我本来并没有想到要到这儿来看您，因为在路上碰见萨莱尼奥，给他不由分说地硬拉着一块儿来啦。

萨莱尼奥 是我拉他来，大爷，我是有理由的。安东尼奥先生叫我替他向您致意。（给巴萨尼奥一信）

巴萨尼奥 在我没有拆开这信以前，请你告诉我我的好朋友近来好吗？

萨莱尼奥 他没有病，除非有点儿心病；您看了他的信，就可以知道他的近况。

葛莱西安诺 尼莉莎，招待招待那位客人。把你的手给我，萨莱尼奥。威尼斯有些什么消息？那位善良的商人安东尼奥怎样？我知道他听见了我们的成功，一定会十分高兴；我们是两个伊阿宋，把金羊毛取了来啦。

萨莱尼奥 我希望你们能够把他失去的金羊毛取了回来，那就好了。

鲍西娅 那信里一定有些什么坏消息，巴萨尼奥的脸色都变白了；多分是一个什么好朋友死了，否则不会有别的事情会把一个堂堂男子激动到这个样子的。怎么，还有更坏的事情吗？恕我冒渎，巴萨尼奥，我是您自身的一半，这封信所带给您的任何不幸的消息，也必须让我分一半去。

巴萨尼奥 啊，亲爱的鲍西娅！这信里所写的，是自有纸墨以来最悲惨的字句。好小姐，当我初次向您倾吐我的爱慕之忱的时候，我坦白地告诉您，我的高贵的家世是我仅有的财产，那时我并没有向您说谎；可是，亲爱的小姐，单单把我说成一个两袖清风的寒士，还未免夸张过分，因为我不但一无所有，而且还负着一身的债务；不但欠了我的一个好朋友许多钱，还累他为了我的缘故，欠了他仇家的钱。这一封信，小姐，那信纸就像是我朋友的身体，上面的每一个字，都是一处血淋淋的创伤。可是，萨莱尼奥，那是真的吗？难道他的船舶都一起遭难了？竟没有一艘平安到港吗？从特里坡利斯，从墨西哥，从英国，里斯本，巴巴里和印度来的船只，没有一艘能够逃过那些毁害商船的礁石的可怕的撞击吗？

萨莱尼奥 一艘也没有逃过。而且即使他现在有钱还那犹太人，那犹太人也不肯收他。我从来没有见过这样一个样子像人的家伙，一心一意只想残害他的同类；他不分昼夜地向公爵絮渎，说是他们倘不给他主持公道，那么威尼斯根本不成其为一个自由邦。二十个商人，公爵自己，还有那些最有名望的士绅，都曾劝过他，可是谁也不能叫他回心转意，放弃他狠毒的控诉；他一口咬定，要求按照约文的规定，处罚安东尼奥的违约。

杰西卡 我在家里的时候，曾经听见他向杜伯尔和丘斯，他的两个同族的人，谈起，说他宁可取安东尼奥身上的肉，不愿收受比他的欠款多二十倍的钱。要是法律和威权不能拒绝他，那么可怜的安东尼奥恐怕难逃一死了。

鲍西娅 遭到这样危难的人，是不是您的好朋友？

巴萨尼奥 我的最亲密的朋友，一个心肠最仁慈的人，热心为善，多情尚义，在他身上存留着比任何意大利人更多的古代罗马的仁侠精神。

鲍西娅 他欠那犹太人多少钱？

巴萨尼奥 他为了我的缘故，向他借了三千块钱。

鲍西娅 什么，只有这一点数目吗？还他六千块钱，把那借约毁了；两倍六千块钱，或者照这数目再倍三倍都可以，可是万万不能因为巴萨尼奥的过失，害这样一位好朋友损伤一根毛发。先陪我到教堂里去结为夫妇，然后你就到威尼斯去看你的朋友；鲍西娅决不让你抱着一颗不安宁的良心睡在她的身旁。你可以带偿还这笔小小借款的二十倍那么多的钱去；债务清了以后，就带你的忠心的朋友到这儿来。我的侍女尼莉莎陪着我在家里，仍旧像未嫁的时候一样，守候着你们的归来。来，今天就是你结婚的日子，大家快快乐乐，好好招待你的朋友们。你既然是用这么大的代价买来的，我一定格外宝爱你。可是让我听听你朋友的信。

巴萨尼奥 “巴萨尼奥挚友如握：弟船只悉数遇难，债主煎迫，家业荡然。犹太人之约，业已愆期；履行罚则，殆无生望。足下前此欠弟债项，一切勾销，惟盼及弟未死之前，来相临视。或足下燕婉情浓，不忍遽别，则亦不复相强，此信置之可也。”

鲍西娅 啊，亲爱的，快把一切事情办好，立刻就去吧！

巴萨尼奥 既然蒙您允许，我就赶快收拾动身；可是——

此去经宵应少睡，长留魂魄系相思。（同下）

第三场

威尼斯；街道

| 夏洛克、萨拉里诺、安东尼奥及狱吏上。

夏洛克 狱官，留心看住他；不要对我讲什么慈悲。这就是

那个放债不取利息的傻瓜。狱官，留心看住他。

安东尼奥 再听我说句话，好夏洛克。

夏洛克 我一定要照约实行；你倘然想推翻这一张契约，那还是请你免开尊口的好。我已经发过誓，非得照约实行不可。你曾经无缘无故骂我狗，既然我是狗，那么你可留心着我的狗牙齿吧。公爵一定会给我主持公道的。你这糊涂的狱官，我真不懂你老是会答应他的请求，陪着他到外边来。

安东尼奥 请你听我说。

夏洛克 我一定要照约实行，不要听你讲什么鬼话；我一定要照约实行，所以请你闭嘴吧。我不像那些软心肠流眼泪的傻瓜们一样，听了基督徒的几句劝告，就会摇头叹气，懊悔屈服。别跟着我，我不要听你说话，我要照约实行。（下）

萨拉里诺 这是人世间一头最顽固的恶狗。

安东尼奥 别理他；我也不愿再费无益的唇舌向他哀求了。他要的是我的命，我也知道他的原因。常常有许多人因为不堪他的剥削，向我诉苦，是我帮助他们脱离他的压迫，所以他才恨我。

萨拉里诺 我相信公爵一定不会允许他执行这一种处罚。

安东尼奥 公爵不能变更法律的规定，因为威尼斯的繁荣，完全倚赖着各国人民的来往通商，要是剥夺了异邦人应享的权利，一定会使人对威尼斯的法治精神发生重大的怀疑。去吧，这些不如意的事情，已经把我搅得心力交瘁，我怕到明天身上也许割不下一磅肉来，偿还我这位不怕血腥气的债主了。狱官，走

吧。求上帝，让巴萨尼奥来亲眼看见我替他还债，我就死而无怨了！（同下）

第四场

贝尔蒙特；鲍西娅家中一室

鲍西娅、尼莉莎、罗兰佐、杰西卡及鲍尔萨泽上。

罗兰佐 夫人，不是我当面恭维您，您的确有一颗高贵真诚，不同凡俗的仁爱的心；尤其像这次敦促尊夫就道，宁愿割舍儿女的私情，这一种精神毅力，真令人万分钦佩。可是您倘使知道受到您这种好意的是个什么人，您所救援的是怎样一个正直的君子，他对于尊夫的交情又是怎样深挚，我相信您一定会格外因为做了这一件好事而自傲，不仅仅认为这是在人道上一件不得不尽的义务而已。

鲍西娅 我做了好事从来不后悔，现在也当然不会。因为凡是常在一块儿谈心游戏的朋友，彼此之间都有一重相互的友爱，他们在容貌上、风度上、习性上，也必定相去不远；所以在我想来，这位安东尼奥既然是我丈夫的心腹好友，他的为人一定很像我的丈夫。要是我的猜想果然不错，那么我把一个跟我的灵魂相仿的人从残暴的迫害下救赎出来，化了这点点儿代价，算得什么！可是这样的话，太近于自吹自擂了，所以别说了吧，还是谈些其他的事情。罗兰佐，在我的丈夫没有回来以前，我要劳驾您替我照管家里；我自己已经向天许下密誓，要在祈祷和默念中过着生活，只让尼莉莎一个人陪着我，直到我们两人的丈夫回来。在两哩路之外有一所修道院，我们就预备住在那儿。我向您提出这一个请求，不只是为了个人的私情，还有其他事实上的必要，请您不要拒绝我。

罗兰佐 夫人，您有什么吩咐，我无不乐于遵命。

鲍西娅 我的仆人们都已知道我的决心，他们会把您和杰西卡当作巴萨尼奥和我自己一样看待。后会有期，再见了。

罗兰佐 但愿美妙的思想和安乐的时光追随在您的身旁！

杰西卡 愿夫人一切如意！

鲍西娅 谢谢你们的好意，我也愿意用同样的愿望祝福你们。再见，杰西卡。（杰西卡、罗兰佐下）鲍尔萨泽，我一向知道你诚实可靠，希望你永远做一个诚实可靠的人。这一封信你给我火速送到帕度亚，交给我的表兄培拉里奥博士亲手收拆；要是他有什么回信和衣服交给你，你就赶快带着它们到码头上，乘公共渡船到威尼斯去。不要多说话，去吧；我会在威尼斯等你。

鲍尔萨泽 小姐，我尽快去就是了。（下）

鲍西娅 来，尼莉莎，我现在还要干一些你没有知道的事情；我们要在我们的丈夫还没有想到我们之前去跟他们相会。

尼莉莎 我们要让他们看见我们吗？

鲍西娅 他们将会看见我们，尼莉莎，可是我们要打扮得叫他们认不出我们的本来面目。我可以跟你打赌无论什么东西，要是我们都扮成了少年男子，我一定比你漂亮点儿，带起刀子来也比你格外神气点儿；我会沙着喉咙讲话，就像一个正在发育的男孩子一样；我会把两个姗姗细步并成一个男人家的阔步；我会学着那些爱吹牛的哥儿们的样子，谈论一些击剑比武的玩意儿，再随口编造些巧妙的诳话，什么谁家的千金小姐爱上了我啦，我不接受她的好意，她害起病来死啦，我怎么心中不忍，后悔不该害了人家的性命啦，以及二十个诸如此类的无关紧要的诳话，人家听见了，一定以为我走出学校的门还不满一年。这些爱吹牛的娃娃们的鬼花样儿我有一千种在脑袋里，都可以搬出来应用。

尼莉莎 怎么，我们要扮成男人吗？

鲍西娅 为什么不？来，车子在门口等着我们；我们上了车，我可以把我的整个计划一路告诉你。快去吧，今天我们要赶二十哩路呢。（同下）

第五场

同前；花园

| 朗斯洛特及杰西卡上。

朗斯洛特 真的，不骗您，父亲的罪恶是要子女承当的，所以我倒真的在替您捏着一把汗呢。我一向欢喜对您说老实话，所以现在我也老老实实把我心里所担忧的事情告诉您；您放心吧，我想您总免不了下地狱。

只有一个希望也许可以帮帮您的忙，可是那也是个不大高妙的希望。

杰西卡 请问你，是什么希望呢？

朗斯洛特 嗯，您可以存着一半儿的希望，希望您不是您的父亲所生，不是这个犹太人的女儿。

杰西卡 这个希望可真的太不高妙啦；这样说来，我的母亲的罪恶又要降到我的身上来了。

朗斯洛特 那倒也是真的，您不是为您的父亲下地狱，就是为您的母亲下地狱；逃过了凶恶的礁石，逃不过危险的漩涡。好，您下地狱是下定了。

杰西卡 我可以靠着我的丈夫得救；他已经使我变成一个基督徒。

朗斯洛特 这就是他大大的不该。咱们本来已经有很多的基督徒，简直快要挤都挤不下啦；要是再这样把基督徒一批一批制造出来，猪肉的价钱一定会飞涨，大家吃起猪肉来，恐怕每人只好分到一片薄薄的咸肉了。

杰西卡 朗斯洛特，你这样胡说八道，我一定要告诉我的丈夫。他来啦。

| 罗兰佐上。

罗兰佐 朗斯洛特，你要是再拉着我的妻子在壁角里说话，我真的要吃起醋来了。

杰西卡 不，罗兰佐，你放心好了，我已经跟朗斯洛特翻脸啦。他老实不客气地告诉我，上天不会对我发慈悲，因为我是一个犹太人的女儿；他又说你不是国家的好公民，因为你把犹太人变成了基督徒，提高了猪肉的价钱。

罗兰佐 要是政府向我质问起来，我自有话说。可是，朗斯洛特，你把那黑人的女儿弄大了肚子，这该是什么罪名呢？给我进去，小鬼，叫他们好预备吃饭了。

朗斯洛特 先生，他们早已预备好了；他们都是有肚子的呢。

罗兰佐 你的嘴真尖利！我是个老实人，不会跟你歪扯。去对你那些同伴们说，桌子可以铺起来，饭菜可以端上来，我们要进来吃饭啦。

朗斯洛特 是，先生，我就去叫他们把饭菜铺起来，桌子端上来；至于您进不进来吃饭，那可悉随尊便。（下）

罗兰佐 你好吗，杰西卡？亲爱的好人儿，现在告诉我，你对于巴萨尼奥的夫人有什么意见？

杰西卡 好到没有话说。巴萨尼奥大爷娶到这样一位好夫人，享尽了人世天堂的幸福，自然应该不会走上邪路了。要是有两个天神打赌，各自拿一个人间的女子做赌注，如其一个是鲍西娅，那么还有一个必须另外加上些什么，才可以彼此相抵，因为这一个寒伧的世界还不能产生一个跟她同样好的人来。

罗兰佐 他娶到了这么一个好妻子，你也嫁着了我这么一个好丈夫。

杰西卡 那可要先问问我的意见。

罗兰佐 可以可以，可是先让我们吃了饭再说。

杰西卡 不，让我趁着胃口没有倒之前，先把你恭维两句。

罗兰佐 不，你有话还是留到吃饭的时候说吧；那么不论你说得好说得坏，我都可以连着饭菜一起吞下去。

杰西卡 好，你且等着听我怎样说你吧。（同下）

第 四 幕

第一场

威尼斯；法庭

｜公爵、众绅士、安东尼奥、巴萨尼奥、葛莱西安诺、萨拉里诺、萨莱尼奥及余人等同上。

公爵 安东尼奥有没有来？

安东尼奥 有，殿下。

公爵 我很代你不快乐；你是来跟一个心如铁石的对手当庭质对，一个不懂得怜悯，没有一丝慈悲心的不近人情的恶汉。

安东尼奥 听说殿下曾经用尽力量，劝他不要过为已甚，可是他一味坚执，不肯略作让步。既然没有合法的手段可以使我脱离他的怨毒的掌握，我只有用默忍迎受他的愤怒，安心等待着他的残暴的处置。

公爵 来人，传那犹太人到庭。

萨拉里诺 他在门口等着，他来了，殿下。

｜夏洛克上。

公爵 大家让开些，让他站在我的面前。夏洛克，人家都以为你不过故意装出这一副凶恶的姿态，到了最后关头，就会显出你的仁慈恻隐来，比你现在这种表面上的残酷更加出人意料。现在你虽然坚持着照约处罚，一定要从这个不幸的商人身上割下一磅肉来，到了那时候，你不但愿意放弃这一种处罚，而且因为受到良心上的感动，说不定还会豁免他一部分的欠款。人家都是这样说，我也是这样猜想着。你看他最近接连遭逢的巨大损失，足以使无论怎样富有的商人倾家荡产，即使铁石一样的心肠，从来不知道人类同情的野蛮人，也不能不对他的境遇发生怜悯。犹太人，我们都在等候你一句温和的回答。

夏洛克 我的意思已经向殿下告禀过了；我也已经指着我们的圣安息日起誓，一定要照约执行处罚；要是殿下不准许我的请求，那就是蔑视宪章，我要到京城里上告去，要求撤销贵邦的特权。您要是问我为什么不愿接受三千块钱，宁愿拿一块腐烂的臭肉，那我可没有什么理由可以回答您，我只能说我欢喜这样，这是不是一个回答？要是我的屋子里有了耗子，我高兴出一万块钱叫人把它们赶掉，谁管得了我？这不是回答了您吗？有的人不爱看张开嘴的猪，有的人瞧见一头猫就要发脾气，还有人听见人家吹风笛的声音，就忍不住要小便；因为一个人的感情完全受着喜恶的支配，谁也做不了自己的主。现在我就这样回答您：为什么有人受不住一头张开嘴的猪，有人受不住一头有益无害的猫，还有人受不住咿咿唔唔的风笛的声音，这些都是毫无充分的理由的，只是因为天生的癖性，使他们一受到感触，就会情不自禁地现出丑相来；所以我不能举什么理由，也不愿举什么理由，除了因为我对于安东尼奥抱着久积的仇恨和深刻的反感，所以才会向他进行这一场对于我自己并没有好处的诉讼。现在您不是已经得到我的回答了吗？

巴萨尼奥 你这冷酷无情的家伙，这样的回答可不能作为你的残忍的辩解。

夏洛克 我的回答本来不是为要讨你的欢喜。

巴萨尼奥 难道人们对于他们所不欢喜的东西，都一定要置之死地吗？

夏洛克 哪一个人会恨他所不愿意杀死的东西？

巴萨尼奥 初次的冒犯，不应该就引为仇恨。

夏洛克 什么！你愿意给毒蛇咬两次吗？

安东尼奥 请你想一想，你现在跟这个犹太人讲理，就像站在海滩上，叫那大海的怒涛减低它的奔腾的威力，责问豺狼为什么害母羊为了失去它的羔羊而哀啼，或是叫那山上的松柏，在受到天风吹拂的时候，不要摇头摆脑，发出谡谡的声音。要是你能够叫这个犹太人的心变软——世上还有什么东西比它更硬呢？——那么还有什么难事不可以做到？所以我请你不用再跟他商量什么条件，也不用替我想什么办法，让我爽爽快快受到判决，满足这犹太人的心愿吧。

巴萨尼奥 借了你三千块钱，现在拿六千块钱还你好不好？

夏洛克 即使这六千块钱中间的每一块钱都可以分作六份，每一份都可以变成一块钱，我也不要它们；我只要照约处罚。

公爵 你这样一点没有慈悲之心，将来怎么能够希望人家对你慈悲呢？

夏洛克 我又不干错事，怕什么刑罚？你们买了许多奴隶，把他们当作驴狗骡马一样看待，叫他们做种种卑贱的工作，因为他们是你们出钱买来的。我可不可以对你们说，让他们自由，叫他们跟你们的子女结婚吧；为什么他们要在重担之下流着血汗呢？让他们的床铺得跟你们的床同样柔软，让他们的舌头也尝尝你们所吃的东西吧。你们会回答说："这些奴隶是我们所有的。"所以我也可以回答你们：我向他要求的这一磅肉，是我出了很大的代价买来的；它是我的所有，我一定要把它拿到手里。您要是拒绝了我，那么你们的法律根本就是骗人的东西！我现在等候着判决，请快些回答我，我可不可以拿到这一磅肉？

公爵 我已经差人去请培拉里奥，一位有学问的博士，来替我们审判这件案子了；要是他今天不来，我可以有权宣布延期判决。

萨拉里诺 殿下，外面有一个使者刚从帕度亚来，带着这位博士的书信，等候着殿下的召唤。

公爵 把信拿来给我；叫那使者进来。

巴萨尼奥 高兴起来吧，安东尼奥！喂，老兄，不要灰心！这犹太人可以把我的肉、我的血、我的骨头、我的一切都拿去，可是我决不让你为了我的缘故流一滴血。

安东尼奥 我是羊群里一头不中用的病羊，死是我的应分；最软弱的果子最先落到地上，让我也就这样结束了我的一生吧。你应当继续活下去，巴萨尼奥；我的墓志铭除了你以外，是没有人写得好的。

| 尼莉莎扮律师书记上。

公爵 你是从帕度亚培拉里奥那里来的吗？

尼莉莎 是，殿下。培拉里奥叫我向殿下致意。（呈上一信）

巴萨尼奥 你这样使劲儿磨着刀干吗？

夏洛克 从那破产的家伙身上割下那磅肉来。

葛莱西安诺 狠心的犹太人，你的刀不应该放在你的靴底磨，应该放在你的灵魂里磨，才可以磨得锐利；就是刽子手的钢刀，都及不上你的刻毒的心肠厉害。难道什么恳求都不能打动你吗？

夏洛克 不能，无论你说得多么婉转动听，都没有用。

葛莱西安诺 万恶不赦的狗，看你死后不下地狱！让你这种东西活在世上，真是公道不生眼睛。你简直使我的信仰发生摇动，相信起毕达哥拉斯所说畜生的灵魂可以转生人体的议论来了；你的前生一定是一头豺狼，因为吃了人给人捉住吊死，它那凶恶的灵魂就从绞架上逃了出来，钻进了你那老娘的腌臜的胎里，因为你的性情正像豺狼一样残暴贪婪。

夏洛克 除非你能够把我这一张契约上的印章骂掉，否则像你这样拉开了喉咙直嚷，不过白白伤了你的肺，何苦来呢？好兄弟，我劝你还是休养休养你的聪明吧，免得它将来一起毁坏得不可收拾。我在这儿要求法律的裁判。

公爵 培拉里奥在这封信上介绍一位年轻有学问的博士出席我们的法庭。他在什么地方？

尼莉莎 他就在这儿附近等着您的答复，不知道殿下准不准许他进来？

公爵 非常欢迎。来，你们去三四个人，恭恭敬敬领他到这儿来。现在让我们把培拉里奥的来信当庭宣读。

书记 “尊翰到时，鄙人抱疾方剧；适有一青年博士鲍尔萨泽君自罗马来此，致其慰问，因与详讨犹太人与安东尼奥一案，遍稽群籍，折衷是非，遂恳其为鄙人庖代，以应殿下之召。凡鄙人对此案所具意见，此君已深悉无遗；其学问才识，虽穷极赞辞，亦不足道其万一，务希勿以其年少而忽之，盖如此少年老成之士，实鄙人生平所仅见也。倘蒙延纳，必能不辱使命。敬祈钧裁。”

公爵 你们已经听到了博学的培拉里奥的来信。这儿来的大概就是那位博士了。

| 鲍西娅扮律师上。

公爵 把您的手给我。足下是从培拉里奥老前辈那儿来的吗？

鲍西娅 正是，殿下。

公爵 欢迎欢迎；请上坐。您有没有明了今天我们在这儿审理的这件案子的两方面的争点？

鲍西娅 我对于这件案子的详细情形已经完全知道了。这儿哪一个是那商人，哪一个是犹太人？

公爵 安东尼奥，夏洛克，你们两人都上来。

鲍西娅 你的名字就叫夏洛克吗？

夏洛克 夏洛克是我的名字。

鲍西娅 你这场官司打得倒也奇怪，可是按照威尼斯的法律，你的控诉是可以成立的。（向安东尼奥）你的生死现在操在他的手里，是不是？

安东尼奥 他是这样说的。

鲍西娅 你承认这借约吗？

安东尼奥 我承认。

鲍西娅 那么犹太人应该慈悲一点。

夏洛克 为什么我应该慈悲一点？把您的理由告诉我。

鲍西娅 慈悲不是出于勉强，它是像甘霖一样从天上降下尘世；它不但给幸福于受施的人，也同样给幸福于施与的人；它有超乎一切的无上威力，比皇冠更足以显出一个帝王的高贵：御杖不过象征着俗世的威权，使人民对于君上的尊严凛然生畏；慈悲的力量却高出于权力之上，它深藏在帝王的内心，是一种属于上帝的德性，执法的人倘能把慈悲调剂着公道，人间的权力就和上帝的神力没有差别。所以，犹太人，虽然你所要求的是公道，可是请你想一想，要是真的按照公道执行起赏罚来，谁也没有死后得救的希望；我们既然祈祷着上帝的慈悲，就应该按照自己做一些慈悲的事。我说了这一番话，为的是希望你能够从你的法律的立场上作几分让步；可是如果你坚持着原来的要求，那么威尼斯的法庭是执法无私的，只好把那商人宣判定罪了。

夏洛克 我只要求法律允许我照约执行处罚。

鲍西娅 他是不是不能清还你的债款？

巴萨尼奥 不，我愿意替他当庭还清；照原数加倍也可以；要是这样他还不满足，那么我愿意签署契约，还他十倍的数目，倘然不能如约，他可以割我的手，砍我的头，挖我的心；要是这样还不能使他满足，那就是存心害人，不顾天理了。请堂上运用权力，把法律稍为变通一下，犯一次小小的错误，干一件大大的功德，别让这个残忍的恶魔逞他杀人的兽欲。

鲍西娅 那可不行，在威尼斯谁也没有权力变更既成的法律；要是开了这一个恶例，以后谁都可以借口有例可援，什么坏事情都可以干了。这是不行的。

夏洛克 一个但尼尔[①]来做法官了！真的是但尼尔再世！聪明的青年法官啊，我真佩服你！

鲍西娅 请你让我瞧一瞧那借约。

夏洛克 在这儿，可尊敬的博士；请看吧。

鲍西娅 夏洛克，他们愿意出三倍的钱还你呢。

夏洛克 不行，不行，我已经对天发过誓啦，难道我可以让我的灵魂背上毁誓的罪名吗？不，把整个儿的威尼斯给我，我都不能答应。

鲍西娅 好，那么就应该照约处罚；根据法律，这犹太人有权要求从这商人的胸口割下一磅肉来。还是慈悲一点，把三倍原数的钱拿去，让我撕了这张约吧。

夏洛克 等他按照约中所载条款受罚以后，再撕不迟。您瞧上去像是一个很好的法官；您懂得法律，您讲的话也很有道理，不愧是法律界的中流砥柱，所以现在我就用法律的名义，请您立刻进行宣判。凭着我的灵魂起誓，谁也不能用他的口舌改变我的决心。我现在但等着执行原约。

---

① 但尼尔（Daniel），以色列人的著名士师，以善于折狱称。

安东尼奥 我也诚心请求堂上从速宣判。

鲍西娅 好，那么就是这样：你必须准备让他的刀子刺进你的胸膛。

夏洛克 啊，尊严的法官！好一位优秀的青年！

鲍西娅 因为这约上所订定的惩罚，对于法律条文的涵义并无抵触。

夏洛克 很对很对！啊，聪明正直的法官！想不到你瞧上去这样年轻，见识却这么老练！

鲍西娅 所以你应该把你的胸膛袒露出来。

夏洛克 对了，“他的胸部”，约上是这么说的；——不是吗，尊严的法官？——“附近心口的所在”，约上写得明明白白的。

鲍西娅 不错，称肉的天平有没有预备好？

夏洛克 我已经带来了。

鲍西娅 夏洛克，你应该自己拿出钱来，请一位外科医生替他堵住伤口，免得他流血而死。

夏洛克 约上有这样的规定吗？

鲍西娅 约上并没有这样的规定；可是那又有什么相干呢？为了人道起见，你应该这样做的。

夏洛克 我找不到；约上没有这一条。

鲍西娅 商人，你还有什么话说吗？

安东尼奥 我没有多少话要说；我已经准备好了。把你的手给我，巴萨尼奥，再会吧！不要因为我为了你的缘故遭到这种结局而悲伤，因为命运对我已经特别照顾了：她往往让一个不幸的人在家产荡尽以后继续活下去，用他凹陷的眼睛和满是皱纹的额角去挨受贫困的暮年；这一种拖延时日的刑罚，她已经把我豁免了。替我向尊夫人致意，告诉她安东尼奥的结局；对她说我怎样爱你，替我在死后说几句好话；等到你把这一段故事讲完以后，再请她判断一句，巴萨尼奥是不是曾经有过一个真心爱他的朋友。不要因为你将要失去一个朋友而懊恨，替你还债的人是死而无怨的；只要那犹太人的刀刺得深一点，我就可以在一刹那的时间把那笔债完全还清。

巴萨尼奥 安东尼奥，我爱我的妻子，就像我自己的生命一样；可是我的生命、我的妻子以及整个的世界，在我的眼中都不比你的生命更为贵重；我愿意丧失一切，把它们献给这恶魔做牺牲，来救出你的生命。

鲍西娅 尊夫人要是就在这儿听见您说这样话，恐怕不见得会感谢您吧。

葛莱西安诺 我有一个妻子，我可以发誓我是爱她的；可是我希望她马上归天，好去求告上帝改变这恶狗一样的犹太人的心。

尼莉莎 幸亏尊驾在她的背后说这样的话，否则府上一定要吵得鸡犬不宁了。

夏洛克 这些便是相信基督教的丈夫！我有一个女儿，我宁愿她嫁给强盗的子孙，不愿她嫁给一个基督徒，别再浪费光阴了；请快些儿宣判吧。

鲍西娅 那商人身上的一磅肉是你的；法庭判给你，法律许可你。

夏洛克 公平正直的法官！

鲍西娅 你必须从他的胸前割下这磅肉来；法律许可你，法庭判给你。

夏洛克 博学多才的法官！判得好！来，预备！

鲍西娅 且慢，还有别的话哩。这约上并没有允许你取他的一滴血，只是写明着“一磅肉”；所以你可以照约拿一磅肉去，可是在割肉的时候，要是流下一滴基督徒的血，你的土地财产，按照威尼斯的法律，就要全部充公。

葛莱西安诺 啊，公平正直的法官！听着，犹太人；啊，博学多才的法官！

夏洛克 法律上是这样说吗？

鲍西娅 你自己可以去查查明白。既然你要求公道，我就给你公道，不管这公道是不是你所希望的。

葛莱西安诺 啊，博学多才的法官！听着，犹太人；好一个博学多才的法官！

夏洛克 那么我愿意接受还款；照约上的数目三倍还我，放了那基督徒吧。

巴萨尼奥 钱在这儿。

鲍西娅 别忙！这犹太人必须得到绝对的公道。别忙！他除了照约处罚以外，不能接受其他的赔偿。

葛莱西安诺 啊，犹太人！一个公平正直的法官，一个博学多才的法官！

鲍西娅 所以你准备着动手割肉吧。不准流一滴血，也不准割得超过或是不足一磅的重量；要是你割下来的肉，比一磅略微轻一点或是重一点，即使相差只有一丝一毫，或者仅仅一根汗毛之微，就要把你抵命，你的财产全部充公。

葛莱西安诺 一个再世的但尼尔，一个但尼尔，犹太人！现在你可掉在我的手里了，你这异教徒！

鲍西娅 那犹太人为什么还不动手？

夏洛克 把我的本钱还我，放我去吧。

巴萨尼奥 钱我已经预备好在这儿，你拿去吧。

鲍西娅 他已经当庭拒绝过了；我们现在只能给他公道，让他履行原约。

葛莱西安诺 好一个但尼尔，一个再世的但尼尔！谢谢你，犹太人，你教会我说这句话。

夏洛克 难道我不能单单拿回我的本钱吗？

鲍西娅 犹太人，除了冒着你自己生命的危险，割下那一磅肉以外，你不能拿一个钱。

夏洛克 好，那么魔鬼保佑他去享用吧！我不要打这场官司了。

鲍西娅 等一等，犹太人，法律上还有一点牵涉你。威尼斯的法律规定：凡是一个异邦人企图用直接或间接手段，谋害任何公民，查明确有实据者，他的财产的半数应当归被企图谋害的一方所有，其余的半数没入公库，犯罪者的生命悉听公爵处置，他人不得顾问。你现在刚巧陷入这一条法网，因为根据事实的发展，已经足以证明你确有运用直接间接手段，危害被告生命的企图，所以你已经遭逢着我刚才所说起的那种危险了。快快跪下来，请公爵开恩吧。

葛莱西安诺 求公爵开恩，让你自己去寻死；可是你的财产现在充了公，一根绳子也买不起啦，所以还是要让公家破费把你吊死。

公爵 让你瞧瞧我们基督徒的精神，你虽然没有向我开口，我自动饶恕了你的死罪。你的财产一半划归安东尼奥，还有一半没入公库；要是你能够诚心悔过，也许还可以减处你一笔较轻的罚款。

鲍西娅 这是说没入公库的一部分，不是说划归安东尼奥的一部分。

夏洛克 不，把我的生命连着财产一起拿了去吧，我不要你们的宽恕。你们夺去了我的养家活命的根本，就是夺去了我的家，活活的要了我的命。

鲍西娅 安东尼奥，你能不能够给他一点慈悲？

葛莱西安诺 白送给他一根上吊的绳子吧；看在上帝的面上，不要给他别的东西！

安东尼奥 要是殿下和堂上愿意从宽发落，免予没收他的财产的一半，我就十分满足了；只要他能够让我接管他的另外一半的财产，等他死了以后，把它交给最近和他的女儿私奔的那位绅士；可是还要有两个附带的条件：第一，他接受了这样的恩典，必须立刻改信基督教；第二，他必须当庭写下一张文契，声明他死了以后，他的全部财产传给他的女婿罗兰佐和他的女儿。

公爵 他必须办到这两个条件，否则我就撤销刚才所宣布的赦令。

鲍西娅 犹太人，你满意吗？你有什么话说？

夏洛克 我满意。

鲍西娅 书记，写下一张授赠产业的文契。

夏洛克 请你们允许我退庭，我身子不大舒服。文契写好了送到我家里，我在上面签名就是了。

公爵 去吧，可是临时变卦是不成的。

葛莱西安诺 你在受洗礼的时候，可以有两个教父；要是我做了法官，我一定给你请十二个教父，不是领你去受洗，是送你上绞架。（夏洛克下）

公爵 先生，我想请您到舍间去用餐。

鲍西娅 请殿下多多原谅，我今天晚上要回帕度亚去，必须现在就动身，恕不奉陪了。

公爵 您这样贵忙，不能容我略尽寸心，真是抱歉得很。安东尼奥，谢谢这位先生，你这回全亏了他。（公爵、众士绅及侍从等下）

巴萨尼奥 最可尊敬的先生，我跟我这位敝友今天多赖您的智慧，免去了一场无妄之灾；为了表示我们的敬意，这三千块钱本来是预备还那犹太人的，现在就奉送给先生，聊以报答您的辛苦。

安东尼奥 您的大恩大德，我们是永远不忘记的。

鲍西娅 一个人做了心安理得的事，就是得到了最大的酬报；我这次帮两位的忙，总算没有失败，已经引为十分满足，用不到再谈什么酬谢了。但愿咱们下次见面的时候，两位仍旧认识我。现在我就此告辞了。

巴萨尼奥 好先生，我不能不再向您提出一个请求，请您随便从我们身上拿些什么东西去，不算是酬谢，只算是留个纪念。请您答应接受我两件礼物：赏我这一个面子，原谅我的礼轻意重。

鲍西娅 你们这样殷勤，倒叫我却之不恭了。（向安东尼奥）把您的手套送给我，让我戴在手上留个纪念吧；（向巴萨尼奥）为了纪念您的盛情，让我拿了这戒指去。不要缩回您的手，我不再向您要什么了；您既然是一片诚意，想来总也不会拒绝我吧。

巴萨尼奥 这指环吗，好先生？唉！它是个不值钱的玩意儿；我不好意思把这东西送给您。

鲍西娅 我什么都不要，就是要这指环；现在我想我非把它要了来不可。

巴萨尼奥 这指环的本身并没有什么价值，可是因为有其他的关系，我不能把它送人。我愿意搜访威尼斯最贵重的一枚指环来送给您，可是这一枚却只好请您原谅了。

鲍西娅 先生，您原来是个口头上慷慨的人；您先教我怎样伸手求讨，然后再教我怎样回答一个叫化子。

巴萨尼奥 好先生，这指环是我的妻子给我的；她把它套上我的手指的时候，曾经叫我发誓永远不把它出卖、送人或是遗失。

鲍西娅 人们在吝惜他们的礼物的时候，都可以用这样的话做推托的。要是尊夫人不是一个疯婆子，她知道了我对于这指环是多么受之无愧，一定不会因为您把它送掉了而跟您长久反目的。好，愿你们平安！（鲍西娅、尼莉莎同下）

安东尼奥 我的巴萨尼奥少爷，让他把那指环拿去吧；看在他的功劳和我的交情分上，违犯一次尊夫人的命令，想来不会有什么要紧。

巴萨尼奥 葛莱西安诺，你快追上他们，把这指环送给他；要是可能的话，领他到安东尼奥的家里去。去，赶快！（葛莱西安诺下）来，我就陪着你到你府上；明天一早咱们两人就飞到贝尔蒙特去。来，安东尼奥。（同下）

第二场

同前；街道

鲍西娅及尼莉莎上。

鲍西娅 打听打听这犹太人住在什么地方，把这文契交给他，叫他签了字。我们要比我们的丈夫先一天到家，所以一定得在今天晚上动身。罗兰佐拿到了这一张文契，一定高兴得不得了。

葛莱西安诺上。

葛莱西安诺 好先生，我好容易追上了您。我家大爷巴萨尼奥再三考虑之下，决定叫我把这指环拿来送给您，还要请您赏光陪他吃一顿饭。

鲍西娅 那可没法应命；他的指环我受下了，请你替我谢谢他。我还要请你给我这小兄弟带路到夏洛克老头儿的家里。

葛莱西安诺 可以可以。

尼莉莎 大哥，我要向您说句话儿。（向鲍西娅旁白）我要试一试我能不能把我丈夫的指环拿下来。我曾经叫他发誓永远不离手。

鲍西娅 你一定能够。我们回家以后，一定可以听听他们指天誓日，说他们把指环送给了男人；可是我们要压倒他们，比他们发更厉害的誓。你快去吧，你知道我会在什么地方等你。

尼莉莎 来，大哥，请您给我带路。（各下）

第　五　幕

第一场

贝尔蒙特；通至鲍西娅住宅的林荫路

｜罗兰佐及杰西卡上。

罗兰佐　好皎洁的月色！微风轻轻地吻着树枝，不发出一点声响；我想正是在这样一个夜里，特洛伊罗斯登上了特洛伊的城墙，遥望着克瑞西达所寄身的希腊人的营幕，发出他的深心中的悲叹。

杰西卡　正是在这样一个夜里，提斯柏心惊胆战地踹着霜露，去赴她情人的约会，因为看见了一头狮子的影子，吓得远远逃走。

罗兰佐　正是在这样一个夜里，狄多手里执着柳枝，站在辽阔的海滨，招她的爱人回到迦太基来。

杰西卡　正是在这样一个夜里，美狄亚采集了灵芝仙草，使衰迈的埃宋返老还童。

罗兰佐　正是在这样一个夜里，杰西卡从犹太富翁的家里逃走出来，跟着一个不中用的情郎从威尼斯一直走到贝尔蒙特。

杰西卡 正是在这样一个夜里，年轻的罗兰佐发誓说他爱她，用许多忠诚的盟言偷去了她的灵魂，可是没有一句话是真的。

罗兰佐 正是在这样一个夜里，可爱的杰西卡像一个小泼妇似的，信口毁谤她的情人，可是他饶恕了她。

杰西卡 倘不是有人来了，我可以搬弄出比你所知道的更多的夜的典故来。可是听！这不是一个人的脚步声吗？

| 斯丹法诺上。

罗兰佐 谁在这静悄悄的深夜里跑得这么快？

斯丹法诺 一个朋友。

罗兰佐 一个朋友！什么朋友？请问朋友尊姓大名？

斯丹法诺 我的名字是斯丹法诺，我来向你们报个信，我家女主人在天明以前，就要到贝尔蒙特来了；她一路上看见圣十字架，便停步下来，长跪祷告，祈求着婚姻的美满。

罗兰佐 谁陪她一起来？

斯丹法诺 没有什么人，只是一个修道的隐士和她的侍女。请问我家主人有没有回来？

罗兰佐 他没有回来，我们也没有听到他的消息。可是，杰西卡，我们进去吧；让我们按照着礼节，准备一些欢迎这屋子的女主人的仪式。

| 朗斯洛特上。

朗斯洛特 索拉！索拉！哦哈呵！索拉！索拉！

罗兰佐 谁在那儿嚷？

朗斯洛特 索拉！你看见罗兰佐大爷吗？罗兰佐大爷！索拉！索拉！

罗兰佐 别嚷啦，朋友；他就在这儿。

朗斯洛特 索拉！哪儿？哪儿？

罗兰佐 这儿。

朗斯洛特 对他说我家主人差一个人带了许多好消息来了；他在天明以前就要回家来啦。（下）

罗兰佐 亲爱的，我们进去，等着他们回来吧。不，还是不用进去。我的朋友斯丹法诺，请你进去通知家里的人，你们的女主人就要来啦，叫他们准备好乐器到门外来迎接。（斯丹法诺下）月光多么恬静地睡在山坡上！我们就在这儿坐下来，让音乐的声音悄悄送进我们的耳边；柔和的静寂和夜色，是最足以衬托出音乐的甜美的。坐下来，杰西卡。瞧，天宇中嵌满了多少灿烂的金钹；你所看见的每一颗微小的天体，在转动的时候都会发出天使般的歌声，永远应和着嫩眼的天婴的妙唱。在永生的灵魂里也有这一种音乐，可是当它套上这一具泥土制成的俗恶易朽的皮囊以后，我们便再也听不见了。

| 众乐工上。

罗兰佐 来啊！奏起一支圣歌来唤醒狄安娜女神；用最温柔的节奏倾注到你们女主人的耳中，让她被乐声吸引着回来。（音乐）

杰西卡 我听见了柔和的音乐，总觉得有些惆怅。

罗兰佐 这是因为你有一个敏感的灵魂。你只要看一群野性未驯的小马，逞着它们奔放的血气，乱跳狂奔，高声嘶叫，倘然偶尔听到一声喇叭，或是任何乐调，就会一齐立定，它们狂野的眼光，因为中了音乐的魅力，变成温和的注视。所以诗人会造出俄耳甫斯用音乐感动木石、平息风浪的故事，因为无论怎样坚硬顽固狂暴的事物，音乐都可以立刻改变它们的性质；灵魂里没有音乐，或是听了甜蜜和谐的乐声而不会感动的人，都是擅于为非作恶、使奸弄诈的；他们的灵魂像黑夜一样昏沉，他们的感情像鬼域一样幽暗；这种人是不可信任的。听这音乐！

| 鲍西娅及尼莉莎自远处上。

鲍西娅 那灯光是从我家里发出来的。一枝小小的蜡烛，它的光照耀得多么远！一件善事也正像这枝蜡烛一样，在这罪恶的世界上发出广大的光辉。

尼莉莎 月光明亮的时候，我们就瞧不见灯光。

鲍西娅 小小的荣耀也正是这样给更大的光荣所掩盖。国王出巡的时候摄政的威权未尝不就像一个君主，可是一等国王回来，他的威权就归于乌有，正像溪涧中的细流注入大海一样。音乐！听！

尼莉莎 小姐，这是我们家里的音乐。

鲍西娅 没有比较，就显不出长处；我觉得它比在白天好听得多哪。

尼莉莎 小姐，那是因为晚上比白天静寂的缘故。

鲍西娅 没有听赏的人，乌鸦的歌声也就和云雀一样；要是夜莺在白天杂在群鹅的聒噪里歌唱，人家决不以为它比鹪鹩唱得更美。多少事情因为逢到有利的环境，才能够达到尽善的境界，博得一声恰当的赞赏！喂，静下来！月亮正在拥着她的情郎[①]酣睡，不

---

① 月亮的情郎，原文作恩第迷昂（Endymion），神话中的美少年，为狄安娜女神所钟爱。

肯就醒来呢。（音乐停止）

罗兰佐 要是我没有听错，这分明是鲍西娅的声音。

鲍西娅 我的声音太难听，所以一下子就给他听出来了，正像瞎子能够辨认杜鹃一样。

罗兰佐 好夫人，欢迎您回家来！

鲍西娅 我们在外边为我们的丈夫祈祷平安，希望他们能够因我们的祈祷而多福。他们已经回来了吗？

罗兰佐 夫人，他们还没有来；可是刚才有人来送过信，说他们就要来了。

鲍西娅 进去，尼莉莎，吩咐我的仆人们，叫他们就当我们两人没有出去过一样；罗兰佐，您也给我保守秘密；杰西卡，您也不要多说。（喇叭声）

罗兰佐 您的丈夫来啦，我听见他的喇叭的声音。我们不是搬嘴弄舌的人，夫人，您放心好了。

鲍西娅 这样的夜色就像一个昏沉的白昼，不过略微惨淡点儿；没有太阳的白天，瞧上去也不过如此。

| 巴萨尼奥、安东尼奥、葛莱西安诺及侍从等上。

巴萨尼奥 要是您在没有太阳的地方走路，我们就可以和地球那一面的人共同享有着白昼。

鲍西娅 让我发出光辉，可是不要让我像光一样轻浮；因为一个轻浮的妻子，是会使丈夫的心头沉重的，我决不愿意巴萨尼奥为了我而心头沉重。可是一切都是上帝做主！欢迎您回家来，夫君！

巴萨尼奥 谢谢您，夫人。请您给我这位朋友欢迎；这就是安东尼奥，我曾经受过他无穷的恩惠。

鲍西娅 他的确使您受惠无穷，因为我听说您曾经使他受累无穷呢。

安东尼奥 没有什么，现在一切都已经圆满解决了。

鲍西娅 先生，我们非常欢迎您的光临；可是口头的空言不能表示诚意，所以一切客套的话，我都不说了。

葛莱西安诺 （向尼莉莎）我凭着那边的月亮起誓，你冤枉了我，我真的把它送给了那法官的书记。好人，你既然把这件事情看得这么重，那么我但愿拿了去的人是个割掉了鸡巴的。

鲍西娅 啊！已经在吵架了吗？为了什么事？

葛莱西安诺 为了一个金圈圈儿，她给我的一个不值钱的指环，上面刻着的诗句，就跟那些刀匠们刻在刀子上的差不多，什么“爱我毋相弃”。

尼莉莎 你管它什么诗句，什么值钱不值钱？我当初给你的时候，你曾经向我发誓，说你要戴着它直到死去，死了就跟你一起葬在坟墓里；即使不为我，为了你所发的重誓，你也应该把它看重，好好儿地保存着。送给一个法官的书记！呸！上帝可以替我判断，拿了这指环去的那个书记，一定是个脸上永远不会出毛的。

葛莱西安诺 他年纪长大起来，自然会出胡子的。

尼莉莎 一个女人也会长成男子吗？

葛莱西安诺 我举手起誓，我的确把它送给一个少年人，一个年纪小小、发育不全的孩子；他的个儿并不比你高，这个法官的书记。他是个多话的孩子，一定要我把这指环给他做酬劳，我实在不好意思不给他。

鲍西娅 恕我说句不客气的话，这是你的不对；你怎么可以把你妻子的第一件礼物随随便便给了人？你已经发过誓把它套在你的手指上，它就是你身体上不可分的一部分。我也曾经送给我的爱人一个指环，使他发誓永不把它抛弃；他现在就在这儿，我敢代他发誓，即使把世间所有的财富向他交换，他也不肯丢掉它或是把它从他的手指上取下来的。真的，葛莱西安诺，你太对不起你的妻子了；倘然是我的话，我早就发起脾气来啦。

巴萨尼奥 （旁白）嗳哟，我应该把我的左手砍掉了，那就可以发誓说，因为强盗要我的指环，我不肯给他，所以连手都给砍下来了。

葛莱西安诺 巴萨尼奥大爷也把他的指环给那法官了，因为那法官一定要向他讨那指环；其实他就是拿了指环去，也一点不算过分。那个孩子，那法官的书记，因为写了几个字，也就讨了我的指环去做酬劳。他们主仆两人什么都不要，就是要这两个指环。

鲍西娅 我的爷，您把什么指环送了人哪？我想不会是我给您的那一个吧？

巴萨尼奥 要是我可以用说谎来加重我的过失，那么我会否认的；可是您瞧我的手指上已没有指环；它已经没有了。

鲍西娅 正像您的虚伪的心里没有一丝真情。我对天发誓，除非等我见了这指环，我再也不跟您同床共枕。

尼莉莎 要是我看不见我的指环，我也再不跟你同床共枕。

巴萨尼奥 亲爱的鲍西娅，要是您知道我把这指环送给什么人，要是您知道我为了谁的缘故把这指环送人，要是您能够想到为了什么理由我把这指环送人，我又是多么舍不下这个指环，可是人家偏偏什么也不要，一定要这个指环，那时候您就不会生这么大的气了。

鲍西娅 要是您知道这指环的价值，或是把这指环给你的那人的一半好处，或是懂得了你自己保存着这指环的光荣，你就不会把这指环抛弃。只要你用诚恳的话向他剀切解释，世上哪有这样不讲理的人，会好意思硬要人家留作纪念品的东西？尼莉莎讲的话一点不错，我可以用我的生命赌咒，一定是什么女人把这指环拿去了。

巴萨尼奥 不，夫人，我用我的名誉，我的灵魂起誓，并不是什么女人拿去，的确是送给那位法学博士的；他不接受我送给他的三千块钱，一定要讨这指环，我不答应，他就老大不高兴地去了。就是他救了我的好朋友的性命；我应该怎么说呢，好太太？我没有法子，只好叫人追上去送给他；人情和礼貌逼着我这样做，我不能让我的名誉沾上忘恩负义的污点。原谅我，好夫人，凭着天上的明灯起誓，要是那时候您也在那儿，我想您一定会恳求我把这指环送给这位贤能的博士的。

鲍西娅 让那博士再也不要走近我的屋子。他既然拿去了我所珍爱的宝物，又是你所发誓永远为我保存的东西，那么我也会像你一样慷慨；我会把我所有的一切都给他，即使他要我的身体，或是我的丈夫的眠床，我都不会拒绝他。我总有一天会认识他的；

您还是一夜也不要离开家里，像个百眼怪人那样看守着我吧；否则我可以凭着我的尚未失去的贞操起誓，要是您让我一个人在家里，我一定要跟这个博士睡在一床的。

尼莉莎 我也要跟他的书记睡在一床；所以你还是留心不要走开我的身边。

葛莱西安诺 好，随你的便，只要不让我碰到他；要是他给我捉住了，我就弯断这个少年书记的那枝笔。

安东尼奥 都是我的不是，引出你们这一场吵闹。

鲍西娅 先生，这跟您没有关系；您来我们是很欢迎的。

巴萨尼奥 鲍西娅，饶恕我这一次出于不得已的错误，当着这许多朋友们的面前，我向您发誓，凭着您这一双美丽的眼睛，在它们里面我可以看见我自己——

鲍西娅 你们听他的话！我的左眼里也有一个他，我的右眼里也有一个他；你用你的两重人格发誓，我还能够相信你吗？

巴萨尼奥 不，听我说。原谅我这一次错误，凭着我的灵魂起誓，我以后再不违犯对你所作的誓言。

安东尼奥 我曾经为了他的幸福，把我自己的身体向人抵押，倘不是幸亏那个把您丈夫的指环拿去的人，几乎送了性命；现在我敢再立一张契约，把我的灵魂作为担保，保证您的丈夫决不会再有故意背信的行为。

鲍西娅 那么就请您做他的保证人，把这个给他，叫他比上回那一个保存得牢一些。

安东尼奥 拿着，巴萨尼奥；请您发誓永远保存这一个指环。

巴萨尼奥 天哪！这就是我给那博士的那一个！

鲍西娅 我就是从他手里拿来的。原谅我，巴萨尼奥，因为凭着这个指环，那博士已经跟我睡过觉了。

尼莉莎 原谅我，我的好葛莱西安诺；就是那个发育不全的孩子，那个博士的书记，因为我问他讨这个指环，昨天晚上已经跟我睡在一起了。

葛莱西安诺 嗳哟，这就像是在夏天把铺得好好的道路重新翻造。嘿！我们就这样冤冤枉枉地做起忘八来了吗？

鲍西娅 不要说得那么难听。你们大家都有点莫名其妙；这儿有一封信，拿去慢慢地念吧，它是培拉里奥从帕度亚寄来的，你们从这封信里，就可以知道那位博士就是鲍西娅，她的书记便是这位尼莉莎。罗兰佐可以向你们证明，当你们出发以后，我就立刻动身；我回家来还没有多少时候，连大门也没有进去过呢。安东尼奥，我们非常欢迎您到这儿来；我还带着一个您所意料不到的好消息给您，请您拆开这封信，您就可以知道您有三艘商船，已经满载而归，马上要到港了。您再也想不出这封信怎么会巧巧儿地到了我的手里。

安东尼奥 我没有话说。

巴萨尼奥 你就是那个博士，我却不认识你吗？

葛莱西安诺 你就是要叫我当忘八的那个书记吗？

尼莉莎 是的，可是除非那书记会长成一个男子，他再也不能叫你当忘八。

巴萨尼奥 好博士，你今晚就陪着我睡觉吧；当我不在的时候，您可以睡在我妻子的床上。

安东尼奥 好夫人，您救了我的命，又给了我一条活路；我从这封信里得到了确实的消息，我的船只已经平安到港了。

鲍西娅 喂，罗兰佐！我的书记也有一件好东西要给您哩。

尼莉莎 是的，我可以免费送给他。这儿是那犹太富翁亲笔签署的一张授赠产业的文契，声明他死了以后，全部遗产都传给您和杰西卡，请你们收下吧。

罗兰佐 两位好夫人，你们像是散布玛哪[1]的天使，救济着饥饿的人们。

鲍西娅 天已经差不多亮了，可是我知道你们还想把这些事情知道得详细一点。我们大家进去吧；你们还有什么疑惑的地方，尽管再向我们发问，我们一定老老实实地回答一切的问题。

葛莱西安诺 很好，我要我的尼莉莎宣誓答复的第一个问题，是现在离白昼只有两小时了，我们还是就去睡觉呢，还是等明天晚上再睡？正是——

不惧黄昏近，但愁白日长；
翩翩书记俊，今夕喜同床。
金环束指间，灿烂自生光，
为恐娇妻骂，莫将弃道旁。（众下）

① 玛哪（Manna），天粮，见《旧约·创世记》。

温莎的风流娘儿们

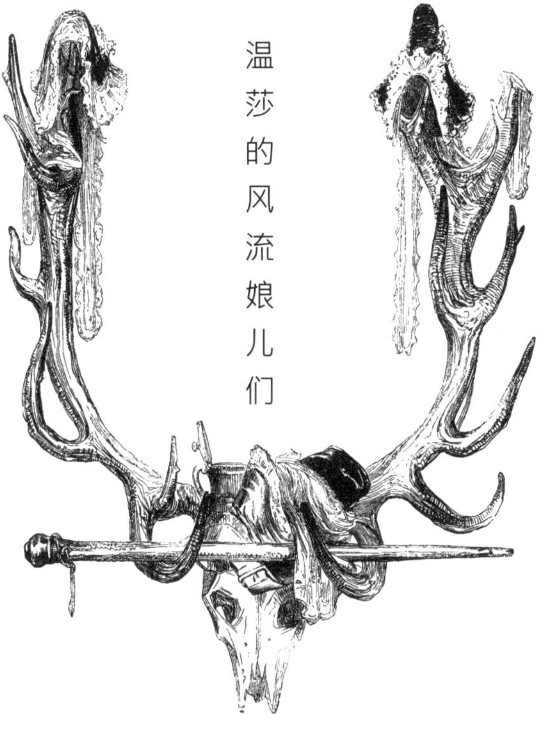

Love like a shadow flies when substance love pursues;
pursuing that that flies, and flying what pursues.

—— The Merry Wives of Windsor

痴人求爱，如形捕影，瞻之在前，即之已冥。

——《温莎的风流娘儿们》

剧中人物

约翰·福斯泰夫爵士	
范通	少年绅士
夏禄	乡村法官
史量德	夏禄的侄儿
傅德	温莎地方的两个绅士
裴琪	
裴威廉	裴琪的幼子
修伊文师父	威尔士籍牧师
凯易斯大夫	法国籍医生
嘉德饭店的店主	
巴道夫	福斯泰夫的从者
毕斯托	
聂姆	
罗宾	福斯泰夫的侍童
辛普儿	史量德的仆人
鲁贝	凯易斯的仆人
傅大娘	
裴大娘	
裴安痕	裴琪的女儿,与范通相恋
快嘴桂嫂	凯易斯的女仆

裴傅两家的仆人及其他

地点

温莎及其附近

第　一　幕

第一场

温莎；裴琪家门前

| 夏禄法官、史量德及修伊文牧师上。

夏禄　休师父，别劝我，我一定要告到御前法庭里去；就算他是二十个约翰·福斯夫爵士，他也不能欺侮夏禄夏老爷。

史量德　夏老爷是葛罗斯特郡的治安法官，哪个不知，谁人不晓？牧师先生，我告诉您吧，他出身就是个绅士，签起名字来，总是要加上“大人”两个字，无论什么公文、笔据、帐单、契约，写起来总是“夏禄大人”。

夏禄　对了，这三百年来，一直都是这样。

史量德　他的子孙在他以前就是这样了，他的祖宗在他以后也可以这样；他们家里那件绣着十二条白梭子鱼的外套可以作为证明。

夏禄　那是一件古老的外套。

修伊文　一件古老的外套上有着十二条白虱子，那真是相得益彰了；白虱是人类的老朋友，也是亲爱的象征。可是闲话少说，要是福斯泰夫爵士有什么地方得罪了您，我是个出家人，方便为怀，很愿意尽力替你们两位和解和解。

夏禄 我要把这事情向枢密院提出，这简直是暴动。

修伊文 不要把暴动的事情告诉枢密院，暴动是不敬上帝的行为。枢密院希望听见人民个个敬畏上帝，不欢喜听见有什么暴动；您还是考虑考虑吧。

夏禄 嘿！他妈的！要是我再年轻点儿，一定用刀子跟他解决。

修伊文 冤家宜解不宜结，还是大家和和气气的好。我脑子里还有一个计划，要是能够成功，倒是一件美事。裴琪大爷有一位女儿叫裴安痕，她是一个标致的姑娘。

史量德 裴安痕小姐吗？她有一头棕色的头发，说起话来细声细气，像个娘儿似的。

修伊文 正是这位小姐，全世界找不出第二个来了。她的爷爷在临死的时候——上帝接引他上天堂享福！——给她七百镑钱，还有金子银子，等她满了十七岁，这笔财产就可以到她手里。我们现在还是把那些吵吵闹闹的事情搁在一旁，想法子替史少爷和裴小姐做个媒吧。

夏禄 她的爷爷传给她七百镑钱吗？

修伊文 是的，还有她父亲给她的钱。

夏禄 这姑娘我也认识，她的人品倒不错。

修伊文 七百镑钱还有其他的嫁奁，那还会错吗？

夏禄 好，让我们去瞧瞧裴大爷吧。福斯泰夫也在里边吗？

修伊文 我要对您说谎吗？我顶讨厌的就是说谎的人，正像我讨厌说假话的人或是不老实的人一样。约翰爵士是在里边，请您看在大家朋友分上，耐着点儿吧。让我去打门。（敲门）喂！有人吗？上帝祝福你们这一家！

裴琪 （在内）谁呀？

修伊文 上帝祝福你们，是您的朋友，还有夏禄法官和史量德少爷，我们要跟您谈些事情，也许您听了会高兴的。

| 裴琪上。

裴琪 我很高兴看见你们各位的气色都是这样好。夏禄老爷，我还要谢谢您的鹿肉呢！

夏禄 裴大爷，我很高兴看见您，您心肠好，福气一定也好！鹿肉弄得实在不成样子，您别见笑。嫂夫人好吗？——我从心坎里谢谢您！

裴琪 我才要谢谢您哪。

夏禄 我才要谢谢您；干脆一句话，我谢谢您。

裴琪 史少爷，我很高兴看见您。

史量德 裴大叔，您那头黄毛的猎狗怎么样啦？听说它在最近的赛狗会里跑不上人家，有这回事吗？

裴琪 那可不能这么说。

史量德 您还不肯承认，您还不肯承认。

夏禄 他当然不肯承认的；这是你的不好，这是你的不好。那是一头好狗哩。

裴琪 是头不中用的畜生。

夏禄 不，它是头好狗，很漂亮的狗；那还用说吗？它又好又漂亮。福斯泰夫爵士在里边吗？

裴琪 他是在里边；我很愿意给你们两位彼此消消气。

修伊文 真是一个好基督徒说的话。

夏禄 裴大爷，他侮辱了我。

裴琪 是的，他自己也有几分认错。

夏禄 认了错不是就算完了事呀，裴大爷，您说是不是？他侮辱了我；真的，他侮辱了我；一句话，他侮辱了我；你们听着，夏禄老爷说，他给人家侮辱了。

裴琪 约翰爵士来啦。

| 福斯泰夫、巴道夫、聂姆、毕斯托上。

福斯泰夫 喂，夏老爷，您要到王上面前去告我吗？

夏禄 爵士，你打了我的用人，杀了我的鹿，闯进我的屋子里。

福斯泰夫 可是没有香过你家看门人女儿的脸吧？

夏禄 他妈的，什么话！我一定要跟你算帐。

福斯泰夫 明人不做暗事，这一切事都是我干的。现在我回答了你啦。

夏禄 我要告到枢密院里去。

福斯泰夫 你要是不怕人家笑话你，你就告去吧。史量德，我要捶碎你的头；你也想跟我算账吗？

史量德 呃，爵士，我也想跟您还有您那几位流氓跟班，巴道夫、聂姆和毕斯托，算一算账呢。他们带我到酒店里去，把我灌了个醉，偷了我的皮夹子去。

巴道夫 你这又酸又臭的干酪！

史量德 好，随你说吧。

毕斯托 喂，枯骨鬼！

史量德 好，随你说吧。

聂姆 喂，风干肉片！这别号我给你取得好不好？

史量德 我的跟班辛普儿呢？叔叔，您知道吗？

修伊文 请你们大家别闹，让我们来看：关于这一场争执，已经有了三位公证人，第一位是裴琪大爷，第二位是我自己，第三位也就是最后一位，是嘉德饭店的老板。

裴琪 咱们三个人要听一听两方面的曲直，替他们调停出一个结果来。

修伊文 很好，让我先在笔记簿上把要点记录下来，然后我们可以仔细研究一个方案出来。

福斯泰夫 毕斯托！

毕斯托 他用耳朵听见了。

修伊文 见他妈的鬼！这算什么话，“他用耳朵听见了”？嘿，这简直是矫揉造作。

福斯泰夫 毕斯托，你有没有偷过史量德少爷的钱袋？

史量德 凭着我这双手套起誓，他偷了我七个六便士的锯边银币，还有两个爱德华朝的银币，我用每个两先令两便士的价钱去换来的。倘然我冤枉了他，我就不姓史。

福斯泰夫 毕斯托，这是真的吗？

毕斯托 主人，我用这柄剑向他挑战。赶快给我说你认错了人！你这不中用的人渣，你在说谎！

史量德 那么我赌咒一定是他。

聂姆 说话留点儿神吧，朋友，大家客客气气。你要是想在太岁头上动土，咱老子可也不是好惹的。

史量德 凭着这顶帽子起誓，那么一定是那个红脸孔的家伙偷的。我虽然不记得我给你们灌醉以后做了些什么事，可是我还不是头十足的驴子哩。

福斯泰夫 你怎么说，红脸孔？

巴道夫 我说，这位先生一定是喝酒喝昏了头啦。

史量德 好，随你们怎么说吧，我以后再不喝醉了；我要是喝酒，一定跟规规矩矩敬重上帝的人在一起喝，决不再跟这种坏东西在一起喝了。

修伊文 好一句有志气的话！

福斯泰夫 各位先生，你们已经听见什么都否认了，你们都已经听见了。

| 裴安痕持酒具，及傅大娘、裴大娘同上。

裴琪 不，女儿，你把酒拿进去，我们就在里面喝酒。（安痕下）

史量德 天啊！这就是安痕小姐。

裴琪 您好，傅嫂子！

福斯泰夫 傅大娘，我今天能够碰见您，真是三生有幸；恕我冒昧，好嫂子。（吻傅大娘）

裴琪 娘子，请你招待招待各位客人。来，我们今天烧好一盘滚热的鹿肉馒头，要请诸位尝尝新。来，各位朋友，我希望大家一杯在手，旧怨全忘。（除夏禄、史量德、修伊文外皆下）

史量德 要是现在有人给我四十个先令，我宁愿有一本诗集在手里。

| 辛普儿上。

史量德 啊，辛普儿，你到哪儿去了？难道我必须自己服侍自己吗？你有没有把那本猜谜的书带来？

辛普儿 猜谜的书！怎么，您不是在上一次万圣节时候，米迦勒节的前两个星期，把它借给矮饽饽艾丽丝了吗？

夏禄 来，侄儿；来，侄儿，咱们等着你呢。侄儿，我有句话要对你说，是这样的，侄儿，刚才修师父曾经提起过这么一个意思；你懂得我的意思吗？

史量德 喂，叔叔，我是个好说话的人；只要是合理的事，我总是愿意的。

夏禄 不，你听我说。

史量德 我在听着您哪，叔叔。

修伊文 史少爷，听好他的意思；您要是愿意的话，我可以把这件事情向您解释。

史量德 不，我的夏禄叔叔叫我怎么做，我就怎么做。请您原谅，他是个治安法官，谁人不知，哪个不晓？

修伊文 不是这个意思，我们现在所要谈的，是关于您的婚姻问题。

夏禄 对了，就是这一回事。

修伊文 就是这一回事，我们要给您跟裴小姐做个媒。

史量德 噢，原来是这么一回事，只要条件合理，我是总可以答应娶她的。

修伊文 可是您能不能欢喜这一位姑娘呢？我们必须从您自己嘴里知道您的意思，所以请您明明白白地回答我们，您能不能对这位姑娘发生好感呢？

夏禄 史量德贤侄，你能够爱她吗？

史量德 叔叔，我希望我总是照着道理去做。

修伊文 嗳哟，天上的爷爷奶奶们！您一定要讲得明白点儿，您想不想要她？

夏禄 你一定要明明白白地讲。要是她有很丰盛的嫁奁，你愿意娶她吗？

史量德 叔叔，您叫我做的事，只要是合理的，比这更重大的事我也会答应下来。

夏禄 不，你得明白我的意思，好侄儿；我所做的事，完全是为了你的幸福。你能够爱这姑娘吗？

史量德 叔叔，您叫我娶她，我就娶她；也许在起头的时候彼此之间没有多大的爱情，可是结过了婚以后，大家慢慢儿地互相熟悉起来，日久生厌，也许爱情会自然而然地一天不如一天。可是只要您说一声“跟她结婚”，我就跟她结婚，这是我的不可动摇的决心。

修伊文 这是一个很明理的回答，虽然措辞有点不妥，他的意思是很好的。

夏禄 嗯，我的侄儿的意思是很好的。

史量德 要不然的话，我就是个该死的畜生了！

夏禄 安痕小姐来了。

| 裴安痕重上。

夏禄 安痕小姐，为了您的缘故，我但愿自己再年轻起来。

安痕 酒菜已经预备好了，家父叫我来请各位进去。

夏禄 我愿意奉陪，好安痕小姐。

修伊文 嗳哟！念起餐前祈祷来，我可不能缺席哩。（夏禄、修伊文下）

安痕 史世兄，您也请进吧。

史量德 不，谢谢您，真的，托福托福。

安痕 大家都在等着您哪。

史量德 我不饿，我真的谢谢您。喂，你虽然是我的跟班，还是进去伺候我的夏禄叔叔吧。（辛普儿下）一个治安法官一定得有个跟班，才不失体面。现在家母还没有死，我随身只有三个跟班一个书童，可是这算得上什么呢？我的生活还是过得一点也不舒服。

安痕 您要是不进去，那么我也不能进去了；他们都要等您到了才坐下来呢。

史量德 真的，我不要吃什么东西；可是我多谢您的好意。

安痕 世兄，请您进去吧。

史量德 我还是在这儿走走的好，我谢谢您。我前天跟一个击剑教师比赛刀剑，三个回合赌一碟蒸熟的梅子，结果把我的胫骨也弄伤了；不瞒您说，从此以后，我闻到烧热的肉味道就受不住。你家的狗为什么叫得这样厉害？城里有熊吗？

安痕 我想是有的，我听见人家说过。

史量德 您要是看见关在笼子里的熊逃了出来，您怕不怕？

安痕 我怕。

史量德 我现在可把它当作家常便饭一样，没有什么希罕了。我曾经看见巴黎花园里那头著名的萨克逊大熊逃出来二十次，我还亲手拉住它的链条。可是我告诉您吧，那些女人们一看见了，就哭呀叫呀地闹得天翻地覆；实在说起来，也无怪她们受不住，那些畜生都是又难看又粗暴的家伙。

| 裴琪重上。

裴琪 来，史量德少爷，来吧，我们等着您呢。

史量德 我不要吃什么东西，我谢谢您。

裴琪 这怎么可以呢？您不吃也得吃，来，来。

史量德 那么您先请吧。

裴琪 您先请。

史量德 安痕小姐，还是您先请。

安痕 不，您别客气了。

史量德 真的，我不能走在你们前面；真的，那不是太无礼了吗？

安痕 您何必这样客气呢？

史量德 既然这样，与其让你们讨厌，还是失礼的好。你们可不能怪我放肆呀。（同下）

第二场

同 前

| 修牧师及辛普儿上。

修伊文 你去打听打听，有一个凯易斯大夫住在哪儿；他的家里有一个叫作快嘴桂嫂的，是他的看护，或者是他的保姆，或者是他的厨娘，或者是帮他洗洗衣服的女人。

辛普儿 好的，师父。

修伊文 慢着，还有更要紧的话哩。你把这封信交给她，因为她跟裴家小姐是很熟悉的，这封信里的意思，就是要请她代你的主人向裴家小姐传达他的爱慕之忱。请你快点儿去吧，我饭也没有吃完，还有一道苹果跟干酪在后头呢。（各下）

第三场

嘉德饭店中一室

| 福斯泰夫、店主、巴道夫、聂姆、毕斯托及罗宾上。

福斯泰夫 店主东！

店主 怎么说，我的老狐狸？

福斯泰夫 不瞒你说，我要辞掉一两个跟班啦。

店主 好，叫他们滚蛋，骨落落！骨落落！

福斯泰夫 净是坐着吃饭，我一个星期也要花上十镑钱。

店主 当然啰，你就像个皇帝，像个凯撒。我可以把巴道夫收留下来，让他做个酒保，你看好不好？

福斯泰夫 老板，那好极啦。

店主 那么就这么办，叫他跟我来吧。（下）

福斯泰夫 巴道夫，跟他去。酒保也是一种很好的行业。旧外套可以改做新褂子；一个不中用的跟班，也可以变成一个出色的酒保。去吧，再见。

巴道夫 这种生活我正是求之不得，我一定会从此交运。

毕斯托 哼，没出息的东西！你要去开酒桶吗？（巴道夫下）

福斯泰夫 我很高兴把这火种这样打发走了；他的偷窃太公开啦，他在偷偷摸摸的时候，就像一个不会唱歌的人一样，一点不懂得轻重快慢。

聂姆 做贼的唯一妙诀，是看准下手的时刻。

毕斯托 聪明的人把它叫做“不告而取”。“做贼”！啐！好难听的话儿！

福斯泰夫 孩儿们，我快要穷得鞋子都没有后跟啦。

毕斯托 好，那么就让你的脚跟上长起老大的冻疮来吧。

福斯泰夫 没有法子，我必须想个办法，捞一些钱来。

毕斯托 小乌鸦们不吃东西也是不行的呀。

福斯泰夫 你们有谁知道本地有一个叫傅德的家伙？

毕斯托 我知道那家伙，他很有几个钱。

福斯泰夫 我的好孩儿们，现在我要把我的计划告诉你们。我想去吊傅德老婆的膀子。我觉得她对我很有几分意思；她跟我讲话的那种口气，给我切肉的那种姿势，还有她那一飘一飘的脉脉含情的眼光，都好像在说，“我的心是福斯泰夫爵士的。”

毕斯托 你果然把她的心理研究得非常透彻，居然把它一个字一个字翻译出来啦。

福斯泰夫 听说她丈夫的钱都是她一手经管的；他有数不清的钱藏在家里。

毕斯托 财多招鬼忌，咱们应该去给他消消灾；我说，向她进攻吧！

福斯泰夫 我已经写下一封信在这儿预备寄给她；这儿还有一封，是写给裴琪老婆的，她刚才也向我眉目传情，她那双水汪汪的眼睛一霎不霎地望着我身上的各部分，一会儿瞧瞧我的脚，一会儿瞧瞧我的大肚子。

毕斯托 正好比太阳照在粪堆上。

聂姆 这个譬喻打得好极了！

福斯泰夫 啊！她用贪馋的神气把我从上身望到下身，她的眼睛里简直要喷出火来炙我。这一封信是给她的。她也经管着钱财，她就像是一座取之不竭的金矿。我要去接管她们两人的全部富源，她们两人便是我的两个国库；她们一个是东印度，一个是西印度，我就在这两地之间开辟我的生财大道。你给我去把这信送给裴大娘；你给我去把这信送给傅大娘。孩儿们，咱们从此可以有舒服日子过啦！

毕斯托 你要我给你拉皮条吗？鬼才干这种事！

聂姆 这种龌龌龊龊的事情我也不干；把这封宝贝信儿拿回去吧。我的名誉要紧。

福斯泰夫 （向罗宾）来，小鬼，你给我把这两封信送去，小心别丢了。你就像我的一艘快船一样，赶快开到这两座金山的脚下去吧。（罗宾下）你们这两个混蛋，一起给我滚吧！再不要让我看见你们的影子！像狗一样爬得远远的，我这里容不得你们。滚！这年头儿大家都要讲究个紧缩，福斯泰夫也要学学法国人的算计，留着一个随身的童儿，也就够了。（下）

毕斯托 让饿老鹰把你的心肝五脏一起抓了去！你用假骰子到处诈骗人家，看你作孽到几时！等你有一天穷得袋里一个子儿都没有的时候，再瞧瞧老子是不是一定要靠着你才得活命，这万恶不赦的老贼！

聂姆 我心里正在转着一个念头，我要复仇。

毕斯托 你要复仇吗？

聂姆 天日在上，此仇非报不可！

毕斯托 用计策还是用武力？

聂姆 两样都要用；我先去向裴琪报告，有人正在勾搭他的老婆。

毕斯托 我就去叫傅德加倍留神，
说福斯泰夫，那混账东西，
想把他的财产一口侵吞，

还要占夺他的美貌娇妻。

聂姆 我的脾气是想到就做，我要去煽动裴琪，让他心里充满了醋意，叫他用毒药毒死这家伙。谁要是对我不起，让他知道咱老子也不是好惹的。

毕斯托 你就是个天煞星，我愿意跟你合作，走吧。（同下）

第四场

凯易斯医生家中一室

｜快嘴桂嫂及辛普儿上。

桂嫂 喂，鲁贝！

｜鲁贝上。

桂嫂 请你到窗口去瞧瞧看，咱们这位东家来了没有；要是他来了，看见屋子里有人，一定又要给他昏天黑地一顿骂。

鲁贝 好，我去看看。

桂嫂 去吧，今天晚上等我们烘罢了火，我请你喝杯酒。（鲁贝下）他是一个老实的听话的和善的家伙，你找不到第二个像他这样的仆人；他又不会说长道短，他的唯一的缺点，就是太欢喜祷告了，他祷告起来，简直像个呆子，可是谁都有几分错处，那也不用说它了。你说你的名字叫辛普儿吗？

辛普儿 是，人家就这样叫我。

桂嫂 史量德少爷就是你的主人吗？

辛普儿 正是。

桂嫂 他不是留着一大把胡须的吗？

辛普儿 不，他只有一张小小的、白白的脸孔，略微有几根黄胡子。

桂嫂 他是一个很文弱的人，是不是？

辛普儿 是的，可是真要比起力气来，他也不怕人家；他曾经跟看守猎苑的人打过架呢。

桂嫂 你怎么说？——啊，我记起来啦！他不是走起路来大摇大摆，把头抬得高高的吗？

辛普儿 对了，一点不错，他正是这样子。

桂嫂 好，天老爷保佑裴小姐嫁到这样一位好郎君吧！你回去对修牧师先生说，我一定愿意尽力帮你家少爷的忙。安痕是个好孩子，我但愿——

| 鲁贝重上。

鲁贝 不好了，快出去，我们老爷来啦！

桂嫂 咱们大家都要挨一顿臭骂了。这儿来，好兄弟，赶快钻到这个壁橱里去。（将辛普儿关在壁橱内）他一会儿就要出去的。喂，鲁贝！喂，你在哪里？鲁贝，你去瞧瞧老爷去，他现在还不回来，不知道人好不好。（鲁贝下，桂嫂唱歌）得儿郎当，得儿郎当……

| 凯易斯大夫上。

凯易斯 你在唱些什么？我讨厌这种调调儿。请你快给我到壁橱里去，把一只匣子，一只绿的匣子，找来给我；听好我的话吗？一只绿的匣子。

桂嫂 好，好，我就去给您找来。（旁白）谢天谢地他没有自己去找，要是给他看见了壁橱里有一个小伙子，他一定要暴跳如雷了。

凯易斯 快点，快点！我有要紧的事，就要出去。

桂嫂 是这一个吗，老爷？

凯易斯 对了，给我放在口袋里，快点。鲁贝那个混蛋呢？

桂嫂 喂，鲁贝！鲁贝！

| 鲁贝重上。

鲁贝 有，老爷。

凯易斯 鲁贝，把剑拿来，跟我到宫廷里去。

鲁贝 剑已经放在门口了，老爷。

凯易斯 我已经耽搁得太久了。——该死！我又忘了！壁橱里还有点儿药草，一定要带去。

桂嫂 （旁白）糟了！他看见了那个小子，一定要发疯啦。

凯易斯 见鬼！见鬼！什么东西在我的壁橱里？——混蛋！狗贼！（将辛普儿拖出）鲁贝，把我的剑拿来！

桂嫂 好老爷，请您息怒吧！

凯易斯 我为什么要息怒？嘿！

桂嫂 这个年轻人是个好人。

凯易斯 是好人躲在我的壁橱里干什么？躲在我的壁橱里，就不是好人。

桂嫂 请您别发这么大的脾气。老实告诉您吧，他是修牧师叫他来的。

凯易斯 好。

辛普儿 正是，修牧师叫我来请这位大娘——

桂嫂 你不要说话。

凯易斯 闭住你的嘴！——你说。

辛普儿 请这位大娘替我家少爷去向裴家小姐说亲。

桂嫂 真的，就只有这么一回事。可是我才不愿多管这种闲事，把手指头伸到火里去呢；又不是跟我有什么相干。

凯易斯 是修牧师叫你来的吗？——鲁贝，拿张纸来。你再等一会儿。（写信）

桂嫂 我很高兴他今天这么安静，要是他真的动起怒来，那才会吵得日月无光呢。可是别管他，我一定尽力帮你家少爷的忙；不瞒你说，这个法国医生，我的主人——我可以叫他做我的主人，因为你瞧，我替他管屋子，还给他洗衣服、酿酒、烘面包、扫地抹桌、烧肉烹茶、铺床叠被，什么都是我一个人做的——

辛普儿 一个人做这么多事，真太辛苦啦。

桂嫂 可不是吗？真把人都累死了，天一亮就起身，老晚才睡觉；可是这些话也不用说了，让我悄悄地告诉你，你可不许对人家说起，我那个东家他自己也爱着裴家小姐；可是安痕的心思我是知道的，她的心既不在这儿也不在那儿。

凯易斯 猴儿崽子，你去把这封信交给修牧师，这是一封挑战书，我要割断他的喉咙；我要教训教训这个猴儿崽子的牧师，问他以后再多管不管闲事。你去吧，你留在这儿没有好处。哼，我要是不把他的两颗睾丸一起割下来，我就不是个人。（辛普儿下）

桂嫂 唉！他也不过帮他朋友说句话儿罢了。

凯易斯 我可不管；你不是对我说裴安痕一定会嫁给我的吗？哼，我要是不把那个狗牧师杀掉，我就不是个人；我要叫嘉德饭店的老板替我们做公证人。哼，我要是不娶裴安痕为妻，我就不是个人。

桂嫂 老爷，那姑娘欢喜您哩，包您万事如意。人家高兴嚼嘴嚼舌，就让他们去嚼吧。真是哩！

凯易斯 鲁贝，跟我到宫廷去。哼，要是我娶不到裴安痕为妻，我不把你赶出门，我就不是个人。跟我来，鲁贝。（凯易斯、鲁贝下）

桂嫂 呸！做你的梦！安痕的心思我是知道的；在温莎地方，谁也没有像我一样明白安痕的心思了；谢天谢地，她也只肯听我的话，别人的话她才不理呢。

范通 （在内）里面有人吗？喂！

桂嫂 谁呀？进来吧。

| 范通上。

范通 啊，大娘，你好哇？

桂嫂 多承大爷问起，托福托福。

范通 有什么消息？安痕小姐近来好吗？

桂嫂 凭良心说，大爷，她真是一位又标致、又端庄、又温柔的好姑娘；范大爷，我告诉您吧，她很佩服您哩，谢天谢地。

范通 你看起来我有几分希望吗？我的求婚不会失败吗？

桂嫂 真的，大爷，什么事情都是天老爷注定了的；可是，范大爷，我可以发誓她是爱您的。您的眼皮上不是长着一颗小疙瘩吗？

范通 是有颗疙瘩，那便怎样呢？

桂嫂 哦，这上面就有一段话儿呢。真的，我们这位小安就像换了个人似的，我们讲那颗疙瘩足足讲了一点钟。人家讲的笑话一点不好笑，那姑娘讲的笑话才叫人打心窝儿里笑出来。可是我可以跟无论什么人打赌，她是个顶规矩的姑娘。她近来也实在太欢喜一个人发呆了，老像在想着什么心事似的。至于讲到您——那您尽管放心吧。

范通 好，我今天要去看她。这几个钱请你收下，多多拜托你帮我说句好话。要是你比我先看见她，请你替我向她致意。

桂嫂 那还用说吗？下次要是有机会，我还要给您讲起那个疙瘩哩；我也可以告诉您还有些什么人在转她的念头。

范通 好，回头见；我现在还有要事，不多谈了。

桂嫂 回头见，范大爷。（范通下）这人是个规规矩矩的绅士，可是安痕并不爱他，谁也不及我更明白安痕的心思了。该死！我又忘了什么啦？（下）

第　二　幕

第一场

裴琪家门前

｜裴大娘持书信上。

裴大娘　什么！我在年轻貌美的时候，都不曾收到过什么情书，现在倒有人写起情书来给我了吗？让我来看：

“不要问我为什么我爱你；因为爱情虽然会用理智来作疗治相思的药饵，它却是从来不听理智的劝告的。你并不年轻，我也是一样；好吧，咱们同病相怜。你爱好风流，我也是一样；哈哈，那尤其是同病相怜。你欢喜喝酒，我也是一样；咱们俩岂不是天生的一对？要是一个军人的爱可以使你满足，那么裴大娘，请你相信我是爱你的。我不愿意说，可怜我吧，因为那不是一个军人所应该说的话；可是我说，爱我吧。愿意为你赴汤蹈火的，你的忠心的骑士，约翰·福斯泰夫上。”

嗳哟，万恶的万恶的世界！一个快要老死了的家伙，还要自命风流！真是见鬼！这个酒鬼究竟从我的谈话里抓到了什么出言不检的地方，才敢用这种话儿来试探我？我还没有见过他三次面呢！我应该怎样对他说呢？那个时候，上帝饶恕我！我的确是说说笑笑得太高兴了点儿。哼，我要到议会里去上一个条陈，请他们把天下男人一概格杀不论。我应该怎样报复他呢？这一口气是非出不可的。

| 傅大娘上。

傅大娘 裴嫂子！我正要到您府上来呢。

裴大娘 我也正要到您家里去呢。您脸色可不大好看呀。

傅大娘 那我可不信，我应该满面红光才是呢。啊，裴琪嫂子！您给我出个主意吧。

裴大娘 什么事，大姊？

傅大娘 啊，大姊，我倘不是因为觉得这种事情太不好意思，我就可以贵起来啦！

裴大娘 大姊，管他什么好意思不好意思，贵起来不好吗？是怎么一回事？是怎么一回事？

傅大娘 我只要高兴下地狱走一趟，我就可以封爵啦。

裴大娘 什么？你在胡说。傅爱丽爵士！现在这种爵士满街都是，你还是不用改变你的头衔吧。

傅大娘 废话少说，你读一读这封信；你瞧了以后，就可以知道我怎么可以封起爵来。从此以后，只要我长着眼睛，我要永远瞧不起那些胖子。是哪一阵暴风把这条肚子里装了许多吨油的鲸鱼吹到了温莎的海岸上来？我应该怎样报复他呢？我想最好的办法，是假意敷衍他，却永远不让他达到目的，直等罪恶的孽火把他熔化在他自己的脂油里。你有没有听见过这样的事情？

裴大娘 你有一封信，我也有一封信，就是换了个名字！你瞧吧，这是你那封信的孪生兄弟。我敢说他有一千封这样的信写好着，只要在空白的地方填下了姓名，就可以寄给人家；也许还不止一千封，咱们的已经是再版的了。他一定会把这种信刻成板子印起来的，因为他会把咱们两人的名字都放上去，可见他无论刻下了些什么乱七八糟的东西，都会一样不在乎。我要是跟他在一起睡觉，还是让一座山把我压死了吧。嘿，你可以找到二十头贪淫的乌龟，却不容易找到一个规规矩矩的男人。

傅大娘 嗳哟，这两封信简直是一个印版里印出来的，同样的笔迹，同样的字句。他到底把我们看做什么人啦？

裴大娘 那我可不知道；我看见了这样的信，真有点自己不相信自己起来了。以后我一定得留心察看自己的行动，因为他要是不在我身上看出了一点我自己也没有知道的不大规矩的地方，一定不会毫无忌惮到这个样子。

傅大娘 哼，我一定要叫他知道个厉害。

裴大娘 我们一定要向他报复。让我们约他一个日子相会，把他哄骗得心花怒放，然后我们采取长期诱敌的计策，只让他闻到鱼腥气，不让他尝到鱼儿的味道，逗得他馋涎欲滴，饿火雷鸣，吃尽当光，把他的马儿都变卖给嘉德饭店的老板为止。

傅大娘 好，为了作弄这个坏东西，我什么恶毒的事情都愿意干，只要对我自己的名誉没有损害。啊，要是我的男人见了这封信，那还了得！他那股醋劲儿才大呢。

裴大娘 嗳哟，你瞧，他来啦，我的那个也来啦；他是从来不吃醋的，我也从来不给他一点可以使他吃醋的理由。

傅大娘 那你的运气比我好得多啦。

裴大娘 我们再商量商量怎样对付这个好色的骑士吧。过来。（二人退后）

| 傅德、毕斯托、裴琪、聂姆同上。

傅德 我希望不会有这样的事。

毕斯托 希望在有些事情上是靠不住的。福斯泰夫在转你老婆的念头哩。

傅德 我的妻子年纪也不小了。

毕斯托 他玩起女人来，不论贵贱贫富老少，在他都是一样。傅德，你可留点儿神吧。

傅德 爱上我的妻子！

毕斯托 他心里火一样的热呢。你要是不赶快防备，只怕将来你的头衔不雅。

傅德 什么头衔？

毕斯托 忘八哪。再见。偷儿总是乘着黑夜行事的，千万留心门户。走吧，聂姆伍长！裴琪，他说的都是真话，你不可不信。（下）

傅德 （旁白）我必须忍耐一下，把这事情调查明白。

聂姆 （问裴琪）这是真的，我不喜欢撒谎。他在许多地方对不起我。他本来叫我把那鬼信送给她，可是我就是真没有饭吃，也可以靠我的剑过日子。总而言之一句话，他爱你的老婆。我的名字叫做聂姆伍长，我说的话全是真的；我的名字叫聂姆，福斯泰夫爱你的老婆。再见。（下）

裴琪 （旁白）这家伙缠七夹八的，不知在讲些什么东西！

傅德 我要去找那福斯泰夫。

裴琪 我从来没有听见过这样一个噜哩噜苏、莫名其妙的家伙。

傅德 要是给我发觉了出来，好。

裴琪 我就不相信这种狗东西的话。

傅德 他的话说得倒很有理，好。

裴琪 啊，娘子！

裴大娘 官人，你到哪儿去？——我对你说。

傅大娘 嗳哟，我的爷！你有了什么心事啦？

傅德 我有什么心事！我有什么心事？你回家去吧，去吧。

傅大娘 真的，你一定又在转着些什么古怪的念头。裴琪嫂子，咱们去吧。

裴大娘 好，你先请。官人，你今天回来吃饭吗？（向傅大娘旁白）瞧，那边来的是什么人？咱们可以叫她去带信给那个下流的骑士。

傅大娘 我刚才还想起过她，叫她去是再好没有了。

| 快嘴桂嫂上。

裴大娘 你是来瞧我的女儿安痕的吗？

桂嫂 正是呀，请问我们那位好安痕小姐好吗？

裴大娘 你跟我们一块儿进去瞧瞧她吧；我们还有很多话要跟你讲哩。（裴大娘、傅大娘及桂嫂同下）

裴琪 傅德大爷，您怎么啦？

傅德 你听不听见那家伙告诉我的话？

裴琪 我听见；你听不听见还有那个家伙告诉我的话？

傅德 你想他们说的话靠得住靠不住？

裴琪 理他呢，这些狗东西！那个骑士固然不是好人，可是这两个说他意图勾诱你我妻子的人，都是他的革退的跟班，现在没有事做了，什么坏话都会说得出来的。

傅德 他们都是他的跟班吗？

裴琪 是的。

傅德 那倒很好。他是住在嘉德饭店里的吗？

裴琪 正是。他要是真想勾搭我的妻子，我可以假作痴聋，给他一个下手的机会，看他除了一顿臭骂之外，还会从她身上得到什么好处。

傅德 我并不疑心我的妻子，可是我也不放心让她跟别个男人在一起。一个男人太相信他的妻子，也是危险的。我不愿戴头巾，这事情倒不能就这样一笑置之。

裴琪 瞧，咱们那位爱吵闹的嘉德饭店的老板来了。他瞧上去这样高兴，倘不是喝醉了酒，定是袋里有了几个钱——

| 店主及夏禄上。

裴琪 老板，您好？

店主 啊，老狐狸！你是个好人。喂，法官先生！

夏禄 我在这儿，老板，我在这儿。晚安，裴琪大爷！裴琪大爷，您跟我们一块儿去好吗？我们有新鲜的玩意儿看呢。

店主 告诉他，法官先生；告诉他，老狐狸。

夏禄 那个威尔士牧师修伊文跟那个法国医生凯易斯要有一场决斗。

傅德 老板，我跟您讲句话儿。

店主 你怎么说，我的老狐狸？（二人退立一旁）

夏禄 （向裴琪）您愿意跟我们一块儿瞧瞧去吗？我们这位淘气的店主已经替他们把剑较量过了，而且我相信已经跟他们约好了两个不同的地方，因为我听人家说那个牧师是个怪顶真的家伙。来，我告诉您，我们将要有怎样一场玩意儿。（二人退立一旁）

店主 客人先生，你不是跟我的骑士有点儿过不去吗？

傅德 不，绝对没有。我愿意送给您一瓶烧酒，请您让我去见见他，对他说我的名字是白罗克，那不过是跟他开开玩笑而已。

店主 很好，我的好汉；你可以自由出入，你说好不好？你的名字就叫白罗克。他是个淘气的骑士哩。诸位，咱们走吧。

夏禄 好，老板，请你带路。

裴琪 我听人家说，这个法国人的剑术很不错。

夏禄 这算得什么！我在年轻时候，也着实来得一手呢。从前这种讲究剑法的，一个站在这边，一个站在那边，你这么一刺，我这么一挥，还有各式各样的名目，我记也记不清楚；可是裴大爷，顶要紧的毕竟还要看自己有没有勇气。不瞒您说，我从前凭着一枝长剑，就可以叫四个高大的汉子抱头鼠窜哩。

店主 喂，孩子们，来！咱们该走了！

裴琪 好，你先请吧。我倒不欢喜看他们真的打起来，宁愿听他们吵一场嘴。（店主、夏禄、裴琪同下）

傅德 裴琪是个胆大的傻瓜，他以为他的老婆一定不会背着他偷汉子，可是我却不能把事情看得这样大意。我的女人在裴家的时候，他也在那儿，他们两人捣过什么鬼我也不知道。好，我还要仔细调查一下；我要先假扮了去试探试探福斯泰夫。要是侦察的结果，她并没有做过不规矩的事情，那我也可以放下心来；不然的话，也可以不至于给他们蒙在鼓里。（下）

第二场

嘉德饭店中一室

| 福斯泰夫及毕斯托上。

福斯泰夫 我一个子儿也不借给你。

毕斯托 那么我要凭着我的宝剑，去打出一条生路来了。你要是答应借给我，我一定如数奉还，决不拖欠。

福斯泰夫 一个子儿也没有。我让你把我的脸子丢尽，从来不曾跟你计较过；我曾经不顾人家的讨厌，给你和你那个同伙聂姆一次两次三次向人家求情说项，否则你们早已像一对大猩猩一样，给他们抓起来关在铁笼子里了。我不惜违背良心，向我的朋友们发誓说你们都是很好的军人，堂堂的男子；白律治太太丢了她的扇柄，我还用我的名誉替你辩护，说你没有把它偷走。

毕斯托 你不是也分到好处的吗？我不是给你十五便士吗？

福斯泰夫 混蛋，一个人总要讲理呀；我难道白白地出卖良心吗？一句话，别尽缠着我了，快给我滚回你的贼窠里去吧！你不肯替我送信，你这混蛋！你的名誉要紧！哼，你这死不要脸的东西！就说我自己吧，有时为了没有办法，也只好横一横良心，把我的名誉置之不顾，去干一些偷偷摸摸的勾当；可是像你这样一个衣衫褴褛、野猫样的脸孔，满嘴醉话，动不动赌咒骂人的家伙，却也要讲起什么名誉来了！你不肯替我送信，好，你这混蛋！

毕斯托 我现在认错了，难道还不够吗？

| 罗宾上。

罗宾 爵爷，外面有一个妇人要见您说话。

福斯泰夫 叫她进来。

| 快嘴桂嫂上。

桂嫂 爵爷，您好？

福斯泰夫 你好，大嫂。你有什么事见我？

桂嫂 我可以跟爵爷讲一两句话吗？

福斯泰夫 好大嫂，你就是跟我讲两千句话，我也愿意听着你。

桂嫂 爵爷，有一位傅家娘子，——请您再过来点儿；我自己是住在凯易斯大夫家里的。

福斯泰夫 好，你说下去吧，你说那位傅家娘子——

桂嫂 爵爷说得一点儿不错——请您再过来点儿。

福斯泰夫 你放心吧。这儿没有外人，都是自家人，都是自家人。

桂嫂 真的吗？上帝保佑他们，收留他们做他的仆人！

福斯泰夫 好，你说吧，那位傅家娘子——

桂嫂 嗳哟，爵爷，她真是个好人儿。天哪，天哪！您爵爷是个风流的家伙！但愿天老爷饶恕您，也饶恕我们众人吧！

福斯泰夫 傅家娘子，说呀，傅家娘子——

桂嫂 好，干脆一句话，她一见了您，说来也叫人不相信，简直就给您迷住啦；就是王上驾幸温莎的时候，那些头儿脑儿顶儿尖儿的官儿们，也没有您这样中她的意思。不瞒您说，那些骑士们、老爷子们、数一数二的绅士们，去了一辆马车来了一辆马车，一封接一封的信，一件接一件的礼物，他们的身上都用麝香薰得香喷喷的，穿着用金线绣花的绸缎衣服，满口都是文绉绉的话儿，还有顶好的酒、顶好的糖，无论哪个女人都会给他们迷醉的，可是天地良心，她向他们眼睛也不曾睐过一睐。不瞒您说，今天早上人家还想塞给我二十块钱哩，可是我不要这种人家所说的不明不白的钱。说句老实话，就是叫他们中间坐第一把交椅的人来，也休想叫她陪他喝一口酒；可是尽有那些伯爵们呀，王上身边的官员们呀，一个一个在转她的念头；可是天地良心，她一点不把他们放在眼里。

福斯泰夫 可是她对我说些什么话？说简单一点，我的好红娘儿。

桂嫂 她要我对您说，您的信她接到啦，她非常感激您的好意；她叫我通知您，她的丈夫在十点到十一点钟之间不在家。

福斯泰夫 十点到十一点钟之间？

桂嫂 对啦，一点不错；她说，您可以在那个时候来瞧瞧您所知道的那幅画像，她的男人不会在家里的。唉！说起她的那位傅德大爷，也真叫人气恨，一位好好的娘子，跟着他才真是倒霉；他是个妒心很重的男人，老是无缘无故跟她寻事。

福斯泰夫 十点到十一点钟之间。大嫂，请你替我向她致意，我一定不失约。

桂嫂 嗳哟，您说得真好。可是我还有一个信要带给您，裴家娘子也叫我望望您。让我悄悄儿地告诉您吧，她是位贤惠端庄的好娘子，清早晚上从来不忘记祈祷。她要我对您说，她的丈夫在家的日子多，不在家的日子少，可是她希望总会找到一个机会。我从来不曾看见过一个女人会这么欢喜一个男人；我想您一定有一点迷人的地方，真的。

福斯泰夫 哪儿的话，我不过略有几分才干而已，怎么会有什么迷人的地方？

桂嫂 您真是太客气啦。

福斯泰夫 可是我还要问你一句话，傅家的和裴家的两位娘子有没有让彼此知道她们两个人都爱着我一个人？

桂嫂 那真是笑话了！她们怎么会这样不害羞把这种事情告诉人呢？要是真有那样的事，才笑死人哩！可是裴家娘子要请您把您那个小童儿送给她，因为她的丈夫很欢喜那个小厮；天地良心，裴大爷是个好人。在温莎地方，谁也不及裴大娘那样享福啦；她爱做什么，就做什么，爱说什么，就说什么，要什么有什么，不愁吃，不愁穿，高兴睡就睡，高兴起来就起来，什么都称她的心；可是天地良心，也是她自己做人好，才会有这样的好福气，在温莎地方，她是位心肠再善不过的娘子了。您千万要把您那童儿送给她，可别忘了啊。

福斯泰夫 好，那一定可以。

桂嫂 一定这样办吧，您看，他可以在你们两人之间来来去去传递消息；要是有不便明言的事情，你们可以自己商量好了一个暗号，只有你们两人自己心里明白，不必让那孩子懂得，因为小孩子们是不应该知道这些坏事情的，不比上了年纪的人，懂得世事，识得是非，那就不要紧了。

福斯泰夫 再见，请你替我向她们两位多多致意。这几个钱你先拿去，我以后还要重谢你哩。——孩子，跟这位大娘去吧。（桂嫂、罗宾同下）这消息倒害得我意乱如麻。

毕斯托 这雌儿是爱神手下的传书鸽，待我追上前去，拉满弓弦，把她一箭射下，岂不有趣！（下）

福斯泰夫 老家伙，你说竟会有这等事吗？真有你的！从此以后，我要格外喜欢你这副老皮囊了。人家真的还会看中你吗？你在花费了这许多本钱以后，现在才发起利市来了吗？好皮囊，谢谢你。人家嫌你长得太胖，只要胖得有样子，再胖些又有什么关系！

| 巴道夫持酒杯上。

巴道夫 爵爷，下面有一位白罗克大爷要见您说话，他说很想跟您交个朋友，特意送了一瓶白葡萄酒来给您解解渴。

福斯泰夫 他的名字是叫白罗克吗？

巴道夫 是，爵爷。

福斯泰夫 叫他进来。（巴道夫下）只要有酒喝，管他什么白罗克黑罗克，我都一样欢迎。哈哈！傅大娘，裴大娘，你们果然给我钓上了吗？很好！很好！

| 巴道夫偕傅德化装重上。

傅德 您好，爵爷！

福斯泰夫 您好，先生！您有什么话要对我说吗？

傅德 素昧平生，就这样前来打搅您，实在是冒昧得很。

福斯泰夫 不必客气。请问有何见教？——酒保，你去吧。

（巴道夫下）

傅德 爵爷，贱名是白罗克，我是一个素来欢喜随便化钱的绅士。

福斯泰夫 久仰久仰！白罗克大爷，我很希望咱们以后常常来往来往。

傅德 倘蒙爵爷不弃下交，真是三生有幸。不瞒爵爷说，我现在总算身边还有几个钱，您要是需要的话，随时问我拿好了。人家说的，有钱路路通，否则我也不敢大胆惊动您啦。

福斯泰夫 不错，金钱是个好兵士，有了它就可以使人勇气百倍。

傅德 不瞒您说，我现在带着一袋钱在这儿，因为嫌它拿着太累赘了，想请您帮帮忙，不论是分一半去也好，完全拿去也好，好让我走路也轻松一点。

福斯泰夫 白大爷，我怎么可以无功受禄呢？

傅德 您要是不嫌烦琐，请您耐心听我说下去，就可以知道我还要多多仰仗大力哩。

福斯泰夫 说吧，白大爷，凡有可以效劳之处，我一定愿意为您出力。

傅德 爵爷，我一向听说您是一位博学明理的人，今天一见之下，果然名不虚传，我也不必向您多说废话了。我现在所要对您说的事，提起来很是惭愧，因为那等于宣布了我自己的弱点；可是爵爷，当您一面听着我供认我的愚蠢的时候，一面也要请您反躬自省一下，那时您就可以知道一个人是怎么容易犯这种过失，也就不会过分责备我了。

福斯泰夫 很好，请您说下去吧。

傅德 本地有一个良家妇女，她的丈夫名叫傅德。

福斯泰夫 嗯。

傅德 我已经爱得她很久了，不瞒您说，在她身上我也花过不少钱；我用一片痴心追求着她，千方百计找机会看见她一面；不但买了许多礼物送给她，并且到处花钱打听她喜欢人家送给她什么东西。总而言之，我追逐她就像爱情追逐我一样，一刻都不肯放松；可是费了这许多心思力气的结果，一点不曾得到什么报酬，偌大的代价，只换到了一段痛苦的经验，正所谓“痴人求爱，如形捕影，瞻之在前，即之已冥”。

福斯泰夫 她从来不曾有过什么答应您的表示吗？

傅德 从来没有。

福斯泰夫 那么您的爱究竟是怎么一种爱呢？

傅德 就像是建筑在别人地面上的一座华厦，因为看错了地位方向，使我的一场辛苦完全白费。

福斯泰夫 您把这些话告诉我，是什么用意呢？

傅德 请您再听我说下去，您就可以完全明白我今天的来意了。有人说，她虽然在我面前装模作样，好像是十分规矩，可是在别的地方，她却是非常放荡，已经引起不少人的闲话了。爵爷，我的用意是这样的：我知道您是一位教养优良、谈吐风雅、交游广阔的绅士，无论在地位上人品上都是超人一等，您的武艺、您的礼貌、您的学问，尤其是谁都佩服的。

福斯泰夫 您太过奖啦！

傅德 我说的是真话。我这儿有的是钱，您尽管用吧，把我的钱全用完了都可以，只要请您分出一部分时间来，去把这个傅家的女人弄上了手，尽量发挥您的风流解数，把她征服下来。这件事情请您去办，一定比谁都要便当得多。

福斯泰夫 您把您心爱的人让给我去享用，那不会使您心里难过吗？我觉得老兄这样的主意，未免太不近情理啦。

傅德 啊，请您明白我的意思。她靠着她的冰清玉洁的名誉做掩护，我虽有一片痴心，却不敢妄行非礼；她的光彩过于耀目了，使我不敢向她抬头仰望。可是假如我能够抓住她的一个把柄，知道她并不是神圣不可侵犯的，我就可以放大胆子，去实现我的愿望了；什么贞操，什么名誉，什么有夫之妇以及诸如此类的她的一千种振振有词的借口，到了那个时候便可以完全推翻了。爵爷，您看怎么样？

福斯泰夫 白大爷，第一，我要老实不客气收下您的钱；第二，让我握您的手；第三，我要用我自己的身份向您担保，只要您立定决心，不怕傅德的老婆不到您的手里。

傅德 嗳哟，您真是太好了！

福斯泰夫 我说她一定会到您手里的。

傅德 不要担心没有钱用，爵爷，一切都在我身上。

福斯泰夫 不要担心傅大娘会拒绝您，白大爷，一切都在我身上。不瞒您说，刚才她还差了个人来约我跟她相会呢；就在您进来的时候，替她送信的人刚刚出去。十点到十一点钟之间，我就要看她去，因为在那个时候，她那吃醋的混蛋男人不在家里。您今晚再来看我吧，我可以让您知道我进行得顺利不顺利。

傅德 能够跟您结识，真是幸运万分。您认不认识傅德？

福斯泰夫 哼，这个死乌龟！谁跟这种东西认识？人家说这个爱吃醋的忘八倒很有钱，所以我才高兴去勾搭他的老婆；我可以用她做钥匙，去打开这个忘八的钱箱，这才是我的真正的目的。

傅德 我很希望您认识那个傅德，因为您要是认识他，看见他的时候也可以躲避躲避。

福斯泰夫 哼，这种不中用的蠢东西！我只要向他瞪一瞪眼，就会把他吓坏了。白大爷，您放心吧，这种家伙不在我的眼里，您一定可以跟他的老婆睡觉。天一晚您就来。傅德是个混蛋，可是白大爷，您瞧着我吧，我会给他加上一重头衔，混蛋而兼忘八，他就是个混账忘八蛋了。今夜您早点来吧。（下）

傅德 好一个万恶不赦的淫贼！我的肚子都几乎给他气破了。谁说这是我的瞎疑心？我的老婆已经寄信给他，约好钟点和他相会了。谁想得到会有这种事情？娶了一个不贞的妻子，真是倒霉！我的床要给他们弄龌龊了，我的钱要给他们偷了，还要让别人在背后讥笑我；这样害苦我不算，还要听那奸夫当着我的面辱骂我！骂我别的名字倒也罢了，魔鬼夜叉，都没有什么关系，偏偏口口声声的乌龟忘八！乌龟！忘八！这种名字就是魔鬼听了也要摇头的。裴琪是个呆子，是个粗心的呆子，他居然会相信他的妻子，他不吃醋！哼，我可以相信猫儿不会偷荤，我可以相信我们那位威尔士牧师修师父不爱吃干酪，我可以把我的烧酒瓶交给一个爱尔兰人，我可以让一个小偷把我的马儿拖走，可是我不能放心让我的妻子一个人住在家里；让她一个人在家里，她就会千方百计地出起花样来，她们一想到要做什么事，简直的可以什么都不顾，非把它做到了决不罢休。感谢上帝赐给我这一副爱吃醋的脾气！他们约定在十一点钟会面，我要去打破他们的好事，侦察我的妻子的行动，向福斯泰夫出出我胸头这一口冤气，还要把裴琪取笑一番。我马上就去，宁可早三点钟，不可迟一分钟。哼！哼！乌龟！忘八！（下）

第三场
温莎附近的野地

| 凯易斯及鲁贝上。

凯易斯 鲁贝！

鲁贝 有，老爷。

凯易斯 鲁贝，现在几点钟了？

鲁贝 老爷，修师父约好的时间已经过去了。

凯易斯 哼，他不来，便宜了他的狗命；他在念《圣经》做祷告，所以他不来。哼，鲁贝，他要是来了，早已一命呜呼了。

鲁贝 老爷，这是他的聪明，他知道他要是来了，一定会给您杀死的。

凯易斯 哼，我要是不把他杀死，我就不是个人。鲁贝，拔出你的剑来，我要告诉你我怎样杀死他。

鲁贝 嗳哟，老爷！我可不会使剑呢。

凯易斯 狗才，拔出你的剑来。

鲁贝 慢慢，有人来啦。

| 店主、夏禄、史量德及裴琪上。

店主 你好，老头儿！

夏禄 凯易斯大夫，您好！

裴琪 您好，大夫！

史量德 早安，大夫！

凯易斯 你们一个、两个、三个、四个，来干什么？

店主 瞧你斗剑，瞧你招架，瞧你回手；瞧你这边一跳，瞧你那边一闪；瞧你仰冲俯刺，旁敲侧击，进攻退守。他死了吗，我的黑金刚？他死了吗？哈，好家伙！你怎么说，我的好医生？

凯易斯 哼，他是个没有种的狗牧师；他不敢到这儿来露脸。

店主 你是粪缸里的元帅，好家伙！

凯易斯 你们大家给我证明，我已经等了他六七个钟头、两个钟头、三个钟头，他还是没有来。

夏禄 大夫，这是他的有见识之处；他给人家医治灵魂，您给人家医治肉体，要是你们打起架来，那不是违反了你们平日的宗旨了吗？裴大爷，您说我这话对不对？

裴琪 夏老爷，您现在欢喜替人家排难解纷，从前却也是一名打架的好手哩。

夏禄 可不是吗？裴大爷，我现在虽然老了，人也变得好说话了，可是看见人家拔出刀剑来，我的手指还是觉得痒痒的。裴大爷，我们虽然做了法官，做了医生，做了教士，总还有几分年轻人的血气；我们都是女人生下来的呢，裴大爷。

裴琪 正是正是，夏老爷。

夏禄 裴大爷，您看吧，我的话是不会错的。凯大夫，我想来送您回家去。我是一向主张什么事情都可以和平解决的。您是一个明白道理的好医生，修师父是一个明白道理很有涵养的好教士，大家何必伤了和气。凯大夫，您还是跟我一起回去吧。

店主 对不起，法官先生。（向夏禄等旁白）你跟裴大爷和史少爷从大路走，先到弗劳莫去。

裴琪 修师父就在那边吗？

店主 是的，你们去看看他在那里发些什么牢骚，我再领着这个医生从小路也到那里。你们看这样好不好？

夏禄 很好。

裴琪
夏禄 凯大夫，我们先走一步，回头见。（下）
史量德

凯易斯 哼，我要是不杀死这个牧师，我就不是个人；谁叫他多事，替一个猴儿崽子向裴安痕说亲。

店主 这种人让他死了也好。来，把你的怒气平一平，跟我在田野里走走，我带你到弗劳莫去，裴安痕小姐正在那边一家乡下人家吃酒，你可以当面向她求婚。你说我这主意好不好？

凯易斯 谢谢你，谢谢你，你是我的好朋友。我一定要介绍许多主顾给你，那些阔佬大官，我都看过他们的病。

店主 你这样帮我忙，我一定帮助你娶到裴安痕。我说得好不好？

凯易斯 很好很好，好得很。

店主 那么咱们走吧。

凯易斯 跟我来，鲁贝。（同下）

第 三 幕

第一场

弗劳莫附近的野地

| 修伊文牧师及辛普儿上。

修伊文 史量德少爷的尊价，辛普儿我的朋友，我叫你去望望那个自称为医生的凯易斯大夫究竟来不来，请问你是在哪一条路上望他的？

辛普儿 师父，我每一条路上都去望过了，就是那条通到城里去的路没有望。

修伊文 千万请你再到那一条路上去望一望。

辛普儿 好的，师父。（下）

修伊文 祝福我的灵魂！我气得心里在发抖。我倒希望他欺骗我。真的气死我也！我恨不得把他的便壶摔在他那狗头上。祝福我的灵魂！

（唱）“众鸟嘤鸣其相和兮，
临清流之潺湲，
展蔷薇之芳茵兮，
缀百花以为环。”

上帝可怜我！我真的要哭出来啦。

（唱）“众鸟嘤鸣其相和兮，

余独处乎巴比伦，

缀百花以为环兮，

临清流——”

| 辛普儿重上。

辛普儿 他就要来了，在这一边，修师父。

修伊文 他来得正好。

（唱）“临清流之潺湲——”

上帝保佑好人！——他拿着什么家伙？

辛普儿 他没有带什么家伙，师父。我家少爷，还有夏老爷和另外一位大爷，也从那边一条路上来了。

修伊文 请你把我的道袍给我；不，还是你给我拿在手里吧。（读书）

| 裴琪、夏禄及史量德上。

夏禄 啊，牧师先生，您好？又在用功了吗？真的是赌鬼手里的骰子，学士手里的书本，夺也夺不下来的。

史量德 （旁白）啊，可爱的裴安痕！

裴琪 您好，修师父！

修伊文 上帝祝福你们！

夏禄 啊，怎么，一手宝剑，一手经典！牧师先生，难道您竟然是学究天人，才兼文武吗？

裴琪 在这样阴寒的天气，您这样短衣长袜，外套也不穿一件，精神倒着实不比年轻人坏哩！

修伊文 这都是有缘故的。

裴琪 牧师先生，我们是来给您做一件好事的。

修伊文 很好，是什么事？

裴琪 我们刚才碰见一位很有名望的绅士，大概是受了什么人的委屈，在那儿大发脾气。

夏禄 我活了八十多岁了，从来不曾听见过一个像他这样有地位、有学问的人，会这样忘记自己的身份。

修伊文 他是谁？

裴琪 我想您也一定认识他的，就是那位著名的法国医生凯易斯大夫。

修伊文 嗳哟，气死我也！你们向我提起他的名字，还不如向我提起一块烂浆糊。

裴琪 为什么？

修伊文 他懂得什么医经药典！他是个坏蛋，一个十足没有种的坏蛋！

裴琪 您跟他打起架来，才知道他厉害呢。

史量德 （旁白）啊，可爱的裴安痕！

夏禄 看样子他们真的要打起来呢。凯大夫来了，别让他们碰在一起。

| 店主、凯易斯及鲁贝上。

裴琪 不，好牧师先生，把您的剑收起来吧。

夏禄 凯易斯大夫，您也收起来吧。

店主 把他们的剑夺下来，让他们对骂一场。

凯易斯 请你让我在你的耳边问你一句话，你为什么失约不来？

修伊文 （向凯易斯旁白）不要生气，有话慢慢儿好讲。

凯易斯 哼，你是个懦夫，你是个狗东西猴儿崽子！

修伊文 （向凯易斯旁白）别人在寻我们的开心，我们不要上他们的当，伤了各人的和气。（高声）我要把你的便壶摔在你的狗头上，谁叫你约了人家自己不来！

凯易斯 他妈的！鲁贝——老板，我没有等他来送命吗？我不是在约定的地方等了他好久吗？

修伊文 我是个相信基督耶稣的人，我不会说假话，这儿才是你约定的地方，我们这位老板可以替我证明。

店主 我说，你这位法国大夫，你这位威尔士牧师，一个替人医治身体，一个替人医治灵魂，你也不要吵，我也不要闹，大家算了吧！

凯易斯 喂，那倒是很好，好极了！

店主 我说，大家静下来，听我店主说话。你们看我的手段巧不巧？主意高不高？计策妙不妙？咱们少得了这位医生吗？少不了，他要给我开方服药。咱们少得了这位牧师，这位修师父吗？少不了，他要给我念经讲道。来，一位在家人，一位出家人，大家跟我搀搀手。好，老实告诉你们吧，你们两个人都给我骗啦，我叫你们一个人到这儿，一个人到那儿，大家扑了个空。现在我们已经知道你们两位都是好汉子，谁的身上也不曾伤了一根毛，落得喝杯酒儿，大家讲和了吧。来，把他们的剑拿去当了。来，孩儿们，大家跟我来。

夏禄 真是一个疯老板！——各位，大家跟着他去吧。

史量德 （旁白）啊，可爱的裴安痕！（夏禄、史量德、裴琪及店主同下）

凯易斯 嘿！有这等事！你把我们当作傻瓜了吗？嘿！嘿！

修伊文 好得很，他简直拿我们开玩笑。我说，咱们还是言归于好，大家商量出个办法，来向这个欺人的坏家伙，这个嘉德饭店的老板，报复一下吧。

凯易斯 很好，我完全赞成。他答应带我来看裴安痕，原来也是句骗人的话，他妈的！

修伊文 好，我要打破他的头。咱们走吧。（同下）

第二场

温莎街道

｜裴大娘及罗宾上。

裴大娘 走慢点儿，小滑头；你一向都是跟在人家屁股后面跑的，现在倒要抢上人家前头啦。我问你，你愿意我跟着你走呢，还是愿意你跟着主人走？

罗宾 我愿意像一个男子汉那样在您前头走，不愿意像一个小鬼那样的跟着他走。

裴大娘 唷！你倒真是个小油嘴，我看你将来很可以到宫廷里去呢。

｜傅德上。

傅德 裴嫂子，咱们碰见得巧极啦。您是望哪儿去的？

裴大娘 傅大爷，我正要去瞧您家嫂子去哩。她在家吗？

傅德 在家，她因为没有伴，正闷得发慌。照我看来，要是你们两人的男人都死掉了，你们两人大可以权充一下夫妻。

裴大娘 您不用担心，我们会各人再去嫁一个男人的。

傅德 您这个可爱的小鬼头儿是哪儿来的？

裴大娘 我总是记不起来把他送给我丈夫的那个人叫什么名字。喂，你说你那个骑士姓甚名谁？

罗宾 约翰·福斯泰夫爵士。

傅德 约翰·福斯泰夫爵士！

裴大娘 对了，对了，正是他；我顶不会记人家的名字。他跟我的丈夫非常要好。您家嫂子真的在家吗？

傅德 真的在家。

裴大娘 那么，少陪了，傅大爷，我巴不得立刻就看见她呢。（裴大娘及罗宾下）

傅德 裴琪难道没有脑子吗？他难道一点都看不出，一点不会思想吗？哼，他的眼睛跟脑子一定都睡着了，因为他就是生了它们也不会去用的。嘿，这孩子可以送一封信到二十哩外的地方去，就像炮弹从炮口里开了出去一样容易。他放纵他的妻子，让她想入非非，为所欲为；现在她要去瞧我的妻子，还带着福斯泰夫的小厮！好计策！他们已经完全布置好了；我们两家不贞的妻子，已经通同一气，一块儿去干这种不要脸的事啦。好，让我先去捉住那家伙，再去教训教训我的妻子，把这位假正经的裴大娘的假面具揭了下来，让大家知道裴琪是个冥顽不灵的忘八。我干了这一番轰轰烈烈的事情，人家一定会称赞我。（钟鸣）时间已经到了，事不宜迟，我必须马上就去；我相信一定可以把福斯泰夫找到。人家都会称赞我，不会讥笑我，因为福斯泰夫一定跟我妻子在一起，就像地球是结实的一样毫无疑问。我就去。

丨裴琪、夏禄、史量德、店主、修伊文、凯易斯及鲁贝上。

裴琪 夏禄等 傅大爷，咱们遇见得巧极啦。

傅德 真是巧极啦。我正要请各位到舍间去喝杯酒呢。

夏禄 傅大爷，我有事不能奉陪，请您原谅。

史量德 傅大叔，我也要请您原谅，我们已经约好到安痕小姐家里吃饭，人家无论给我多少钱，也不能使我失她的约的。

夏禄 我们打算替裴家小姐跟我这位史贤侄攀一门亲事，今天就可以得到回音。

史量德 裴大叔，我希望您不会拒绝我。

裴琪 我是一定答应的，史少爷；可是凯大夫，我的内人却中意您哩。

凯易斯 嗯，是的，而且那姑娘也爱着我，我家那个快嘴桂嫂已经这样告诉我了。

店主 您觉得那位年轻的范通怎样？他会跳舞，他的眼睛里闪耀着青春，他会写诗，他会说漂亮话，他的身上有春天的香味；他一定会成功的，他一定会成功的。

裴琪 可是他要是不能得到我的允许，就不会成功。这位绅士没有家产，他常常跟那位胡闹的王子[①]混在一起，他的地位太高，他所知道的事情也太多啦。不，我的财产是不能让他染指的。要是他跟她结婚，就让他把她空身体娶了过去；我这份家私要归我自己做主，我

---

① “胡闹的王子”指亨利四世的太子，后为亨利五世，为王储时不修微行，参看《亨利四世》剧本。

可不能答应给他分了去。

傅德 请你们中间无论哪几位赏我一个脸子，到舍间吃便饭；除了酒菜之外，还有新鲜的玩意儿，我有一头怪物要拿出来给你们欣赏欣赏。凯大夫，您一定要去；裴大爷，您也去；还有修师父，您也去。

夏禄 好，那么再见吧；你们去了，我们到裴大爷家里求起婚来，说话也可以方便一些。（夏禄、史量德下）

凯易斯 鲁贝，你先回家去，我就来。（鲁贝下）

店主 回头见，我的好朋友们；我要回去陪我的好骑士福斯泰夫喝酒去。（下）

傅德 （旁白）对不起。我要先让他出一场丑哩。——列位，请了。

众人 请了，我们倒要瞧瞧那个怪物去。（同下）

第三场

傅德家中一室

| 傅大娘及裴大娘上。

傅大娘 喂，约翰！喂，劳勃！

裴大娘 赶快，赶快！——那个盛脏衣服的篓子呢？

傅大娘 已经预备好了。喂，罗宾！

| 二仆携篓上。

裴大娘 来，来，来。

傅大娘 这儿，放下来。

裴大娘 你吩咐他们怎样做，干干脆脆儿句话就得了。

傅大娘 好，约翰和劳勃，我早就对你们说过了，叫你们在酿酒房的近旁等着不要走开，我一叫你们，你们就跑来，马上把这篓子扛了出去，跟着那些洗衣服的人一起到野地里去，跑得越快越好，一到那里，就把它扔在泰晤士河旁边的烂泥沟里。

裴大娘 听好了没有？

傅大娘 我已经告诉过他们好几次了，他们不会弄错的。快去，我叫你们你们就来。（二仆下）

裴大娘 小罗宾来了。

罗宾上。

傅大娘 啊，我的小鹰儿！你带了什么信息来了？

罗宾 傅奶奶，我家主人约翰爵士已经从您的后门进来了，他要跟您谈几句话儿。

裴大娘 你这小鬼，你有没有在你主人面前搬嘴弄舌？

罗宾 我可以发誓，我的主人不知道您也在这儿；他还向我说，要是我把他到这儿来的事情告诉了您，他一定要把我撵走。

裴大娘 这才是个好孩子，我一定替你做一身新衣服穿。现在我先去躲起来。

傅大娘 好的。你去告诉你的主人，说屋子里只有我一个人。（罗宾下）裴嫂子，记好等我说怎么一句话你就出来。

裴大娘 你放心吧，我要是这场戏演不好，你尽管喝倒彩好了。（下）

傅大娘 好，让我们教训教训这个腌臜的脓包，这个满肚子臭水的胖冬瓜，叫他知道鸽子和老鸦的分别。

| 福斯泰夫上。

福斯泰夫 我的天上的明珠，你果然给我捉到了吗？我已经活得很长久了，现在让我死去吧，因为我的心愿已经完全达到了。啊，这幸福的时辰！

傅大娘 嗳哟，好爵爷！

福斯泰夫 好娘子，我不会说话，那些口是心非的好听话，我一句也不会。我现在心里正在起着一个罪恶的念头，但愿你的丈夫早早死了，我一定要娶你回去，做我的夫人。

傅大娘 我做您的夫人！唉，爵爷！那我怎么做得像呢？

福斯泰夫 在整个法兰西宫廷里也找不出像你这样一位漂亮的夫人。瞧你的眼睛比金刚钻还亮；你的秀美的额角，戴上无论哪一种威尼斯流行的新式帽子，都是一样合适的。

傅大娘 爵爷，像我这样的村婆娘，只好用青布包包头儿，能够不给人家笑话，也就算了，哪里配得上讲什么打扮。

福斯泰夫 嗳哟，你说这样话，未免太侮辱了你自己啦。你要是到宫廷里去，一定可以大出风头；你那端庄的步伐，穿起圆圆的围裙来，一定走一步路都是仪态万方。命运虽然不曾照顾你，造物却给了你绝世的姿容，你就是有意把它遮掩，也是遮掩不了的。

傅大娘 您太过奖啦，我怎么有这样的好处呢？

福斯泰夫 那么我为什么爱你呢？这就可以表明在你的身上，的确有一点与众不同的地方。我不会像那些油头粉面的轻薄少年一样，说你是这样是那样，把你捧上天去；

可是我爱你，我爱的只是你，你是值得我爱的。

傅大娘 别骗我啦，爵爷，我怕您爱着裴家嫂子哩。

福斯泰夫 难道我放着大门不走，偏偏要去走那黑黝黝的边门吗？

傅大娘 好，天知道我是怎样爱着您，您总有一天会明白我的心的。

福斯泰夫 希望你永远不要变心，我总不会有负你。

罗宾 （在内）傅家奶扔！傅家奶奶！裴家奶奶在门口，她满头都是汗，气都喘不上来，慌慌张张的，一定要立刻跟您说话。

福斯泰夫 别让她看见我；我就躲在帐幕后面吧。

傅大娘 好，您快躲起来吧，她是个多嘴多舌的女人。（福斯泰夫匿幕后）

| 裴大娘及罗宾重上。

傅大娘 什么事？怎么啦？

裴大娘 嗳哟，傅嫂子！你干了什么事啦？你的脸从此丢尽，你再也不能做人啦！

傅大娘 什么事呀，好嫂子？

裴大娘 嗳哟，傅嫂子！你嫁了这么一位好丈夫，为什么要让他对你起疑心？

傅大娘 对我起什么疑心？

裴大娘 起什么疑心！算了，别装傻啦！总算我看错了人。

傅大娘 唉，到底是怎么一回事呀？

裴大娘 我的好奶奶，你那汉子带了温莎城里所有的捕役，就要到这儿来啦；他说有一个男人在这屋子里，是你趁着他不在家的时候约来的，他们要来捉这奸夫哩。这回你可完啦！

傅大娘　（旁白）说响一点。——嗳哟，不会有这种事吧？

裴大娘　谢天谢地，但愿你这屋子里没有男人！可是半个温莎城里的人都跟在你丈夫背后，要到这儿来搜寻这么一个人，这件事情却是千真万确的。我抢先一步来通知你，要是你没有做过亏心事，那自然最好；倘然你真的有一个朋友在这儿，那么赶快带他出去吧。别怕，镇静一点。你必须保全你的名誉，否则你的一生从此完啦。

傅大娘　我怎么办呢？果然有一位绅士在这儿，他是我的好朋友；我自己丢脸倒还不要紧，只怕连累了他，要是能够把他弄出这间屋子，叫我损失一千镑钱我都愿意。

裴大娘　要命！你的汉子就要来啦，你还是尽说些废话！想想办法吧，这屋子里是藏不了他的。唉，我还当你是个好人！瞧，这儿有一个篓子，他要是不太高大，倒可以钻进去躲一下，再用些龌龊衣服堆在上面，让人家看见了，当作是一篓预备送出去漂洗的衣服——啊，对了，就叫你家的两个仆人把他连篓一起扛了出去，岂不一干两净？

傅大娘　他太胖了，恐怕钻不进去，怎么好呢？

福斯泰夫　（自幕后出）让我看，让我看，啊，让我看！我进去，我进去。就照你朋友的话吧。我进去。

裴大娘　啊，福斯泰夫爵士！原来是你吗？你给我的信上怎么说的？

福斯泰夫　我爱你，我只爱你一个人；帮我离开这屋子；让我钻进去。我再也不——（钻入篓内，二妇以污衣覆其上）

裴大娘 孩子，你也来帮着把你的主人遮盖遮盖。傅嫂子，叫你的仆人进来吧。好一个欺人的骑士！

傅大娘 喂，约翰！劳勃！约翰！（罗宾下）

| 二仆重上。

傅大娘 赶快把这一篓衣服扛起来。杠子在什么地方？嗳哟，瞧你们这样慢手慢脚的！把这些衣服送到洗衣服的那里去；快点！快点！

| 傅德、裴琪、凯易斯及修伊文同上。

傅德 各位请过来；要是我的疑心全无根据，你们尽管把我取笑好了。啊！这是什么？你们把这篓子扛到哪儿去？

仆人 扛到洗衣服的那里去。

傅大娘 咦，他们把它扛到什么地方，跟你有什么相干？你就是爱多管闲事，人家洗衣服，你也要问长问短的。

傅德 哼，洗衣服！我倒希望把这屋子也洗一洗干净呢，什么野畜生都可以跑进跑出的！（二仆扛篓下）各位朋友，昨天晚上我做了一个梦，让我把这个梦告诉你们听。这儿是我的钥匙，请你们跟我到房间里来搜一下，我相信我们一定会捉到那头狐狸的。让我先把这门锁上了。好，咱们捉狐狸去。

裴琪 傅大爷，有话好讲，何必急成这个样子，让人家瞧着笑话。

傅德 对啦，裴大爷。各位上去吧，你们马上就有新鲜的把戏看了；大家跟我来。（下）

修伊文 这种吃醋简直是无理取闹。

凯易斯 我们法国就没有这种事，法国人是不兴吃醋的。

裴琪 咱们还是跟他上去吧，瞧他搜出什么来。（裴琪、凯易斯、修伊文同下）

裴大娘 咱们这计策岂不是一举两得？

傅大娘 我不知道愚弄我的丈夫跟愚弄福斯泰夫，比较起来哪一件事更使我高兴。

裴大娘 你的丈夫问那篓子里有什么东西的时候，他一定吓得要命。

傅大娘 我想他是应该洗个澡了，把他扔在水里，对于他也是有好处的。

裴大娘 该死的骗人的坏蛋！我希望像他那一类的人一起受到这种报应。

傅大娘 我觉得我的丈夫有点知道福斯泰夫在这儿；我从来没有见过他像今天这样的一股醋劲。

裴大娘 让我想个计策把他试探试探。福斯泰夫那家伙虽然已经受到一次教训，可是像他那样荒唐惯了的人，一服药吃下去未必见效，我们应当让他多知道些厉害才是。

傅大娘 我们要不要再叫快嘴桂嫂那个傻女人到他那儿去，对他说这次把他扔在水里，实在是一时疏忽，并非故意，请他原谅，再约他一个日期，好让我们再把他作弄一次？

裴大娘 一定那么办；我们叫他明天八点钟来，替他压惊。

| 傅德、裴琪、凯易斯及修伊文重上。

傅德 我找他不到；这混蛋也许只会吹牛，他自己知道这种事情是办不到的。

裴大娘 （向傅大娘旁白）你听见吗？

傅大娘 （向裴大娘旁白）嗯，别说话。——傅大爷，您待我真是太好了，是不是？

傅德 是，是，是。

傅大娘 上帝保佑您以后再不要用这种龌龊心思猜疑人家！

傅德 阿门！

裴大娘 傅大爷，您真太对不起您自己啦。

傅德 是，是，是我不好。

修伊文 这屋子里、房间里、箱子里、壁橱里，要是找得出一个人来，那么上帝在最后审判的日子饶恕我的罪恶吧！

凯易斯 我也找不出来，一个人也没有。

裴琪 啧！啧！傅大爷！您不害羞吗？什么鬼附在您身上，叫您想起这种事情来呢？我希望您以后再不要发这种精神病了。

傅德 裴大爷，这都是我不好，自取其辱。

修伊文 这都是您良心不好的缘故，尊夫人是一位大贤大德的娘子，五千个女人里头也找不到像她这样的一个；不，就是五百个里也找不到呢。

凯易斯 真的，她是一个规矩的女人。

傅德 好，我说过我请你们来吃饭。来，来，咱们先到公园里走走吧。请诸位多多原谅，我以后会告诉你们今天我有这一番举动的缘故。来，娘子。来，裴家嫂子。请你们原谅我，今天实在吵得太不像话了，请不要见气！

裴琪 列位，咱们进去吧，可是今天一定要把他大大地取笑一番。明天早晨我请你们到舍间吃一顿早点心，吃过点心，就去打鸟去；我有一头很好的猎鹰，要请你们赏识赏识它的本领。诸位以为怎样？

傅德 一定奉陪。

修伊文 要是只有一个人去，我就是第二个。

凯易斯 要是只有一个、两个人去，我就是第三个。

傅德 裴大爷，请了。

修伊文 请你明天不要忘记嘉德饭店老板那个坏家伙。

凯易斯 很好，我一定不忘记。

修伊文 这坏家伙，专爱寻人家的开心！（同下）

第四场

裴琪家中一室

| 范通、裴安痕及快嘴桂嫂上；桂嫂立一旁。

范通 我知道我得不到你父亲的欢心，所以你别再叫我去跟他说话了，亲爱的小安痕。

安痕 唉！那么怎么办呢？

范通 你应当自己做主才是。他反对我的理由，是说我的门第太高，又说我因为家产不够挥霍，想要靠他的钱来弥补弥补；此外他又举出种种理由，说我过去的行为太放荡，说我结交的都是一班胡调的朋友；他老实不客气地对我说，我的所以爱你，不过是把你看作一注财产而已。

安痕 他说的话也许是对的。

范通 不，我永远不会有这样的存心！安痕，我可以向你招认，我最初来向你求婚的目的，的确是你父亲的财产；可是自从我认识了你以后，我就觉得你的价值远超过一切的金银财富；我现在除了你本身的美好以外，再没有别的希求。

安痕 好范大爷，您还是去向我父亲说说吧。要是机会和最谦卑的恳求都不能使您达到目的，那么——您过来，我对您说。（二人在一旁谈话）

| 夏禄及史量德上。

夏禄 桂嫂，打断他们的谈话，让我的侄子自己去向她求婚。

史量德 成功失败，在此一试。

夏禄 不要慌。

史量德 不，她不会使我发慌，可是我有点胆怯。

桂嫂 安痕，史量德少爷要跟你讲句话哩。

安痕 我就来。（旁白）这是我父亲中意的人。唉！有了一年三百镑的收入，顶不上眼的伧夫也就变成俊汉了。

桂嫂 范大爷，您好？请您过来说句话儿。

夏禄 她来了；侄儿，你上去吧。对她说，你父亲生前是个什么人。

史量德 安痕小姐，我有一个父亲，我的叔父可以告诉您许多关于他的很有趣的笑话。叔父，请您把我的父亲怎样从人家篱笆里偷了两只鹅的那个笑话讲给安痕小姐听吧，好叔父。

夏禄 安痕小姐，我的侄儿很是爱您。

史量德 对了，正像我爱葛罗斯特郡的无论哪一个女人一样。

夏禄 他愿意按照一份乡绅人家的体面扶养您。

史量德 对了，无论如何，乡绅人家总是乡绅人家呀。

夏禄 他愿意在他的财产里划出一百五十镑钱来归在您的名下。

安痕 夏老爷，还是让他自己说吧。

夏禄 啊，谢谢您，我真感谢您的好意。侄儿，她叫你哩；我让你们两个人谈谈吧。

安痕 史世兄。

史量德 是，好安痕小姐？

安痕 您对我有什么见教？

史量德 实实在在说，我自己本来一点没有这个意思，都是令尊跟家叔两个人的主张。要是我有这运气，那固然很好，不然的话，就让别人来享受这个福分吧！他们可以告诉您许多我自己不会说的话，您还是去问您的父亲吧；他来了。

| 裴琪及裴大娘上。

裴琪 啊，史少爷！安痕，你爱他吧。咦，怎么！范大爷，您到这儿来有什么事？我早就对您说过了，我的女儿已经有了人家；您还是一趟一趟到我家里来，这不是太不成话了吗？

范通 啊，裴大爷，您别生气。

裴大娘 范大爷，您以后别再来看我的女儿了。

裴琪 她是不会嫁给您的。

范通 裴大爷，请您听我说。

裴琪 不，范大爷，我不要听您说话。来，夏老爷；来，史贤婿，咱们进去吧。范大爷，您实在太不讲理啦。（裴琪、夏禄、史量德同下）

桂嫂 向裴大娘说去。

范通 裴大娘，我对于令媛的一片至诚，天日可表，一切的阻碍、谴责和世俗的礼法，都不能使我灰心后退；我希望能够得到您的同意。

安痕 好妈妈，别让我跟那个傻瓜结婚。

裴大娘 我是不愿让你嫁给他；我会替你找一个好一点的丈夫。

桂嫂 那就是我的主人凯易斯大夫。

安痕 唉！要是叫我嫁给那个医生，我宁愿让你们把我活活埋了！

裴大娘 算了，别自寻烦恼啦。范大爷，我不愿偏着您，也不愿跟您作梗，让我先去问问我的女儿，看她究竟对您有几分意思，慢慢儿地再说吧。现在我们失陪了，范大爷；她要是再不进去，她的父亲一定又要发脾气的。

范通 再见，裴大娘。再见，小安痕。（裴大娘及裴安痕下）

桂嫂 瞧，这都是我帮您的忙。我说，“您愿意把您的孩子随随便便嫁给一个傻瓜，一个医生吗？瞧范大爷多好！”这都是我帮您的忙。

范通 谢谢你；这一个戒指，请你今天晚上送给我的亲爱的小安痕。这几个钱是赏给你的。

桂嫂 天老爷赐给您好福气！（范通下）他的心肠真好，一个女人碰见这样好心肠的人，就是为他到火里去水里去也甘心。可是我倒希望我的主人娶到了安痕小姐；我也希望史少爷能够娶到她；天地良心，我也希望范大爷娶到她。我要替他们三个人同样出力，因为我已经答应过他们，说过的话总是要作准的；

可是我要替范大爷特别出力。啊，两位奶奶还要叫我到福斯泰夫那儿去一趟呢，该死，我怎么还在这儿拉拉扯扯的！（下）

第五场
嘉德饭店中一室

| 福斯泰夫及巴道夫上。

福斯泰夫 喂，巴道夫！

巴道夫 有，爵爷。

福斯泰夫 给我倒一碗酒来，放一块面包在里面。（巴道夫下）想不到我活到今天，却给人装在篓子里扛出去，像一车屠夫切下来的肉骨肉屑一样倒在泰晤士河里！好，要是我再上人家这样一次当，我一定把我的脑髓敲出来，涂上牛油丢给狗吃。这两个混账东西把我扔在河里，简直就像淹死一只瞎眼老母狗的一窠小狗一样，不当作一回事情。你们瞧我这样胖大的身体，就可以知道我沉下水里去，是比别人格外快的，即使河底深得像地狱一样，我也会一下子就沉下去，要不是水浅多沙，我早就淹死啦；我最怕的就是淹死，因为一个人淹死了尸体会发胀，像我这样的人要是发起胀来，那还成什么样子！不是要变成一堆死人山了吗？

| 巴道夫携酒重上。

巴道夫 爵爷，桂嫂要见您说话。

福斯泰夫 来，我一肚子都是泰晤士河里的水，冷得好像腰气痛的时候吞下了雪块一样，让我倒下些酒去把它温一温吧。叫她进来。

巴道夫 进来，妇人。

| 快嘴桂嫂上。

桂嫂 爵爷，您好？早安，爵爷！

福斯泰夫 把这些酒杯拿去了，再给我好好儿煮一壶酒来。

巴道夫 要不要放鸡蛋？

福斯泰夫 什么也别放。（巴道夫下）怎么？

桂嫂 呃，爵爷，傅家娘子叫我来望望您。

福斯泰夫 别向我提起什么傅大娘啦！要不是她，我怎么会给人丢在河里，满满了一肚子的水。

桂嫂 嗳哟！那怎么怪得她？她太相信她那两个仆人啦，谁想得到他们竟会误会了她的意思。

福斯泰夫 我也是太轻信啦，会去应一个傻女人的约。

桂嫂 爵爷，她为了这件事，心里说不出地难过呢；看见了她那种伤心的样子，谁都会心软的。她的丈夫今天一早就去打鸟去了，她请您在八点到九点之间，再到她家里去一次。我必须赶快把她的话向您交代清楚。您放心好了，这一回她一定会好好儿补报您的。

福斯泰夫 好，你回去对她说，我一定来；叫她想一想哪一个男人不是朝三暮四，像我这样的男人，可是容易找到的。

桂嫂 我一定这样对她说。

福斯泰夫 你说是在九点到十点之间吗？

桂嫂 八点到九点之间，爵爷。

福斯泰夫 好，你去吧，我一定来就是了。

桂嫂 再会了，爵爷。（下）

福斯泰夫 白罗克到这时候还不来，倒有些奇怪；他寄信来叫我等在这儿不要出去的。我很欢喜他的钱。啊！他来啦。

| 傅德上。

傅德 您好，爵爷！

福斯泰夫 啊，白大爷，您是来探问我到傅德老婆那儿去的经过情形吗？

傅德 我正是要来问您这件事。

福斯泰夫 白大爷，我不愿对您撒谎，昨天我是按照她约定的时间到她家里去的。

傅德 那么您进行得顺利不顺利呢？

福斯泰夫 不必说起，白大爷。

傅德 怎么？难道她又变卦了吗？

福斯泰夫 那倒不是，白大爷，都是她的丈夫，那只贼头贼脑的死乌龟，一天到晚见神见鬼地疑心他的妻子；我跟她抱也抱过了，吻也吻过了，发誓也发誓过了，一本喜剧刚刚念好引子，他就疯疯癫癫地带了一大批狐群狗党，气势汹汹地说是要到家里来捉奸。

傅德 啊！那时候您正在屋子里吗？

福斯泰夫 那时候我正在屋子里。

傅德 他没有把您搜到吗？

福斯泰夫 您听我说下去。总算我命中有救，来了一位裴大娘，报告我们傅德就要来了的消息；傅德家的女人吓得毫无主意，只好听了她的计策，把我装进一只洗衣服的篓子里去。

傅德 洗衣服的篓子！

福斯泰夫 正是一只洗衣服的篓子！把我跟那些脏衬衫、臭袜子、油腻的手巾，一古脑儿塞在一起；白大爷，您想想这股气味可是叫人受得了的？

傅德 您在那篓子里住了多久呢？

福斯泰夫 别急，白大爷，您听我说下去，就可以知道我为了您的缘故去勾引这个妇人，吃了多少的苦。她们把我这样装进了篓子以后，就叫两个混蛋仆人把我当做一篓脏衣服，扛到洗衣服的那里去；他们刚把我抬上肩走到门口，就碰见他们的主人，那个醋天醋地的家伙，问他们这里面装的是什么东西；我怕这个疯子真的要搜起篓子来，吓得浑身乱抖，可是命运注定他要做一个忘八，居然他没有搜；好，于是他就到屋子里去搜查，我也就冒充着脏衣服出去啦。可是白大爷，您听着，还有下文哪。我一共差不多死了三次：第一次，因为碰在这个吃醋的忘八羔子手里，把我吓得死去活来；第二次，我让他们把我塞在篓里，像一柄插在鞘子里的宝剑一样，头朝地，脚朝天，再用那些油腻得恶心的衣服把我闷起来，您想，像我这样胃口的人，本来就是像牛油一样遇到了热气会溶化的，不闷死才是侥天之幸；到末了，脂油跟汗水把我煎得半熟以后，这两个混蛋仆人就把我像一个滚热的出笼包子似的，向泰晤士河里丢了下去，白大爷，您想，我简直像一块给铁匠打得通红的马蹄铁，放下水里，连河水都嗞拉拉地叫起来呢！

傅德 爵爷，您为我受了这许多苦，我真是抱歉万分。这样看来，我的希望是永远达不到的了，您未必会再去一试吧？

福斯泰夫 白大爷，别说他们把我扔在泰晤士河里，就是把我扔在火山洞里，我也不会就此把她放手的。她的男人今天早上打鸟去了，我已经又得到了她的信，约我八点到九点之间再去。

傅德 现在八点钟已经过了，爵爷。

福斯泰夫 真的吗？那么我要去赴约了。您有空的时候再来吧，我一定会让您知道我进行得怎样；总而言之，她一定会到您手里的。再见，白大爷，您一定可以得到她；白大爷，您一定可以叫傅德做一个大忘八。（下）

傅德 哼！嘿！这是一场梦境吗？我在做梦吗？我在睡觉吗？傅德，醒来！醒来！你的最好的外衣上有了一个窟窿了，傅大爷！这就是娶了妻子的好处！这就是洗衣服篓子的用处！好，我要让他知道我究竟是什么人；我要现在就去把这奸夫捉住，他在我的家里，这回一定不让他逃走，他一定逃不了。也许魔鬼会帮助他躲起来，这回我一定要把无论什么希奇古怪的地方都一起搜到，连胡椒瓶子都要倒出来看看，看他躲得到哪里去。忘八虽然已经做定了，可是我不能就此甘心呀；我要叫他们看看，忘八也不是好欺侮的。（下）

第 四 幕

第一场
街 道

丨裴大娘、快嘴桂嫂及裴威廉上。

裴大娘 你想他现在是不是已经在傅家了？

桂嫂 这时候他一定已经去了，或者就要去了。可是他因为给人扔在河里，很生气哩。傅大娘请您快点过去。

裴大娘 等我把这孩子送上学，我就去。瞧，他的先生来了，今天大概又是放假。

丨修伊文上。

裴大娘 啊，修师父！今天不上课吗？

修伊文 不上课，史少爷放孩子们一天假。

桂嫂 真是个好人！

修伊文 （向裴威廉）你去玩吧。再见，裴大娘。

裴大娘 再见，修师父。（修师父下）孩子，你先回家去。来，我们已经耽搁得太久了。（同下）

第二场

傅德家中一室

| 福斯泰夫及傅大娘上。

福斯泰夫 娘子，你的懊恼已经使我忘记了我身受的种种痛苦。你既然这样一片真心对待我，我也决不会有丝毫亏负你；我一定会加意奉承，格外讨好，管教你心满意足就是了。可是你相信你的丈夫这回一定不会再来了吗？

傅大娘 好爵爷，他打鸟去了，一定不会早回来的。

裴大娘 （在内）喂！傅嫂子！喂！

傅大娘 爵爷，您进去一下。（福斯泰夫下）

| 裴大娘上。

裴大娘 啊，心肝！你屋子里还有什么人吗？

傅大娘 没有，就是自己家里几个人。

裴大娘 真的吗？

傅大娘 真的。（向裴大娘旁白）说响一点。

裴大娘 真的没有什么人，那我就放心啦。

傅大娘 为什么？

裴大娘 为什么，我的奶奶，你那汉子的老毛病又发作啦。他正在那儿拉着我的丈夫，痛骂那些有妻子的男人，皂白不分地咒骂着天下所有的女人，还把拳头捏紧了敲着自己的额角。无论什么疯子狂人，比起他这种疯狂的样子来，都会变成顶文雅顶安静的人了。那个胖骑士不在这儿，真是运气！

傅大娘 怎么，他又说起他吗？

裴大娘 不说起他还说起谁？他发誓说上次他来搜他的时候，他是给装在篓子里扛出去的；他一口咬定说他现在就在这儿，一定要叫我的丈夫和同去的那班人停止了打鸟，陪着他再来试验一次他疑心得对不对。我真高兴那骑士不在这儿，这回他该明白他自己的傻气了。

傅大娘 裴嫂子，他离开这儿有多远？

裴大娘 只有一点点路，就在街的底头，一会儿就来了。

傅大娘 完了！那骑士正在这儿呢。

裴大娘 那么你的脸要丢尽，他的命也保不住啦。你真是个宝货！快打发他走吧！快打发他走吧！丢脸还是小事，弄出人命案子来可不是耍。

傅大娘 叫他到哪儿去呢？我怎样把他送出去呢？还是把他装在篓子里吗？

| 福斯泰夫重上。

福斯泰夫 不，我再也不躲在篓子里了。还是让我趁他没有来，赶快出去吧。

裴大娘 唉！傅德的三个弟兄手里拿着枪，把守着门口，什么人都不让出去；否则您倒可以溜了出去的。可是您干吗又要到这儿来呢？

福斯泰夫 那么我怎么办呢？还是让我钻到烟囱里去吧。

傅大娘 他们平常打鸟回来，鸟枪里剩下的子弹都是望烟囱里放的。

裴大娘 还是灶洞里倒可以躲一躲。

福斯泰夫 在什么地方？

傅大娘 他一定会找到那个地方的。他已经把所有的柜啦、橱啦、板箱啦、皮箱啦、铁箱啦、井啦、地窖啦，以及诸如此类的地方，一起记在笔记簿上，只要照着目录一处处搜寻起来，总会把您搜到的。

福斯泰夫 那么我还是出去。

裴大娘 爵爷，您要是就照您的本来面目跑出去，那您休想活命。除非化装一下——

傅大娘 我们把他怎样化装起来呢？

裴大娘 唉！我不知道。哪里找得到一身像他那样身材的女人衣服？否则叫他戴上一顶帽子，披上一条围巾，头上罩一块布，也可以混了出去。

福斯泰夫 好心肝，乖心肝，替我想想法子。只要安全无事，什么丢脸的事我都愿意干。

傅大娘 我家女用人的姑母，就是那个住在勃伦府的胖婆子，倒有一件罩衫在这儿楼上。

裴大娘 对了，那正好给他穿，她的身材是跟他一样大的；而且她的那顶粗呢帽和围巾也在这儿。爵爷，您快奔上去吧。

傅大娘 去，去，好爵爷；让我跟裴嫂子再给您找一方包头的布儿。

裴大娘 快点，快点！我们马上就来给您打扮，您先把那罩衫穿上再说。（福斯泰夫下）

傅大娘 我希望我那汉子能够瞧见他扮成这个样子；他一见这个勃伦府的老婆子就眼中冒火，他说她是个妖妇，不许她走进我们家里，说是一看见她就要打她。

裴大娘 但愿上天有眼，让他尝一尝你丈夫的棍棒的滋味！但愿那棍棒落在他身上的时候，有魔鬼附在你丈夫的手里！

傅大娘 可是我那汉子真的就要来了吗？

裴大娘 真的，他还在说起那篓子呢，也不知道他哪里得来的消息。

傅大娘 让我们再试他一下。我仍旧去叫我的仆人把那篓子扛到门口，让他看见，就像上一次一样。

裴大娘 可是他立刻就要来啦，还是先去把他装扮做那个勃伦府的巫婆吧。

傅大娘 我先去吩咐我的仆人，叫他们把篓子预备好了。你先上去，我马上就把他的包头布带上来。（下）

裴大娘 该死的狗东西！这种人就是作弄他一千次也不算罪过。

不要看我们一味胡闹，
这蠢猪是他自取其殃；
我们要告诉世人知道，
风流的娘儿不一定轻狂。（下）

| 傅大娘率二仆重上。

傅大娘 你们再把那篓子扛出去；大爷快要到门口了，他要是叫你们放下来，你们就听他的话放下来。快点，马上就去。（下）

仆甲 来，来，把它扛起来。

仆乙 但愿这篓子里不要再装满了武士才好。

仆甲 我也希望不再像前次一样；扛一篓的铅都没有那么重哩。

| 傅德、裴琪、夏禄、凯易斯及修伊文同上。

傅德 不错，裴大爷，可是要是真有这回事，您还有法子替我洗去污名吗？狗才，把这篓子放了来；又有人

来拜访过我的妻子了。把年轻的男人装在篓子里进进出出！你们这两个混账的家伙也不是好东西！你们都是串通了一气来算计我的。现在这个鬼可要叫他出丑了。喂，我的太太，你出来！瞧瞧你给他们洗些什么好衣服！

裴琪 这真太过分了！傅大爷，您要是再这样疯下去，我们真要把您铐起来了，免得闹出什么乱子来。

修伊文 嗳哟，这简直是发疯！像疯狗一样的发疯！

夏禄 真的，傅大爷，这真的有点儿不大好。

傅德 我也是这样说哩。——

| 傅大娘重上。

傅德 过来，傅大娘，咱们这位贞洁的妇人，端庄的妻子，贤德的人儿，可惜嫁给了一个爱吃醋的傻瓜！娘子，是我无缘无故瞎起疑心吗？

傅大娘 天日为证，你要是疑心我有什么不规矩的行为，那你的确太会多心了。

傅德 说得好，不要脸的东西！你尽管嘴硬吧。过来，狗才！（翻出篓中衣服）

裴琪 这真太过分了！

傅大娘 你好意思吗？别去翻那衣服了。

傅德 我就会把你的秘密揭破的。

修伊文 这简直是岂有此理。还不把你妻子的衣服拿起来吗？去吧，去吧。

傅德 把这篓子倒空了！

傅大娘 为什么呀，傻子，为什么呀？

傅德 裴大爷，不瞒您说，昨天就有一个人装在这篓子里从我的家里打出去，谁知道今天他不会仍旧在这里面？我相信他一定在我家里，我的消息是绝对可靠的，我的疑心是完全有根据的。给我把这些衣服一起拿出来。

傅大娘 要是你在这里面找得出一个男人来，除非他是一头虱子。

裴琪 哪里有什么人在里面。

夏禄 傅大爷，这真的太不成话了，真的太不成话了。

修伊文 傅大爷，您应该常常祷告，不要随着自己的心一味胡思乱想；吃醋也没有这样吃法的。

傅德 好，他没有躲在这里面。

裴琪 除了在您自己脑子里以外，您根本就找不到这样一个人。（二仆将篓扛下）

傅德 帮我再把我的屋子搜这一次，要是再找不到我所要找的人，你们尽管把我嘲笑得体无完肤好了；让我永远做你们餐席上谈笑的资料，要是人家提起吃醋的男人来，就把我当做一个现成的例子，因为我会在一枚空的核桃壳里找寻妻子的情人。请你们再帮我这一次忙，跟我搜一下，好让我死了心。

傅大娘 喂，裴嫂子！您陪着那位老太太下来吧；我的丈夫要上楼来了。

傅德 老太太！哪里来的老太太？

傅大娘 就是我家女仆的姑妈，住在勃伦府的那个老婆子。

傅德 哼，这妖妇，这贼老婆子！我不是不许她走进我的屋子里吗？她又是给什么人带信来的，是不是？我们都是头脑简单的人，不懂得求神问卜这些玩意儿；什么画符、念咒、起课这一类鬼把戏，我们全不懂得。快给我滚下来，你这妖妇，鬼老太婆！滚下来！

傅大娘 不，我的好大爷！列位大爷，别让他打这可怜的老婆子。

| 裴大娘偕福斯泰夫女装重上。

裴大娘 来，老婆婆；来，搀着我的手。

傅德 （打福斯泰夫）滚出去，你这妖妇，你这贱货，你这臭猫，你这鬼老太婆！滚出去！滚出去！（福斯泰夫下）

裴大娘 你羞不羞？这可怜的老妇人差不多给你打死了。

傅大娘 欺负一个苦老太婆，真有你的！

傅德 该死的妖妇！

修伊文 我想这妇人的确是一个妖妇；我不欢喜出胡须的女人，我看见她的围巾下面露出几根胡须呢。

傅德 列位，请你们跟我来好不好？看看我究竟是不是瞎起疑心。要是我完全无理取闹，请你们以后再不要相信我的话。

裴琪 咱们就再顺顺他的意思吧。各位，大家都来。（傅德、裴琪、夏禄、凯易斯、修伊文同下）

裴大娘 他把他打得真可怜。

傅大娘 这一顿打才打得痛快呢。

裴大娘 我想把那棒儿放在祭坛上供奉起来，它今天立下了很大的功劳。

傅大娘 我倒有一个意思，不知道你以为怎样？我们横竖名节无亏，问心无愧，索性一不做，二不休，再把他作弄一番好不好？

裴大娘 他吃过了这两次苦头，一定把他的色胆都吓破了；除非魔鬼盘踞在他心里，大概他不会再来冒犯我们了。

傅大娘 我们要不要把我们怎样作弄他的情形告诉我们的丈夫知道？

裴大娘 很好，这样也可以点破你那汉子的疑心。要是他们认为这个荒唐的胖武士还有应加惩处的必要，那么仍旧可以委托我们全权办理的。

傅大娘 我想他们一定要让他当着众人出一次丑；我们这一个笑话也一定要这样才可以告一段落。

裴大娘 好，那么我们就去商量办法吧；我的脾气是想到就做，不让事情冷搁下去的。（同下）

第三场

嘉德饭店中一室

| 店主及巴道夫上。

巴道夫 老板，那几个德国人要问您借三匹马；公爵明天要上朝来了，他们要去迎接他。

店主 什么公爵来得这样秘密？我不曾在宫廷里听见人家说起。让我去跟那几个客人谈谈。

巴道夫 好，我去叫他们来。

店主 马是可以借给他们，可是我不能让他们白骑，世上没有这样便宜的事情。他们已经住了我的房子一个星期了，我已经为了他们回绝了多少别的客人；我可不能跟他们客气，这笔损失是一定要叫他们赔偿的。来。（同下）

第四场

傅德家中一室

| 裴琪、傅德、裴大娘、傅大娘及修伊文上。

修伊文 女人家有这样的心思，难得难得！

裴琪 他是同时寄信给你们两个人的吗？

裴大娘 我们在一刻钟内同时接到。

傅德 娘子，请你原谅我。从此以后，我一切听任你；我宁愿疑心太阳失去了热力，不愿疑心你有不贞的行动。你已经使一个对于你的贤德缺少信心的人，变成你的一个忠实的信徒了。

裴琪 好了，好了，别说下去了。太冒冒失失固然不好，太服服帖帖可也是不对的。我们还是来商量计策吧；让我们的妻子再跟这个胖老头子约好一个时间，到了那时候，我们就去捉住他，把他羞辱一顿。

傅德 她们刚才说起的那个办法，再好没有了。

裴琪 怎么？约他在半夜里到公园里去相会吗？嘿！他再也不会来的。

修伊文 你们说他已经给丢在河里，还给人当作一个老婆子痛打了一顿，我想他一定吓怕了，不会再来了；他的肉体已经受到责罚，他一定不敢再起欲念了。

裴琪 我也是这样想。

傅大娘 你们只要商量商量等他来了怎样对付他，我们两人自会想法子叫他来的。

裴大娘 有一个古老的传说，说是曾经在这儿温莎地方做过管林子的猎夫赫恩，常常在冬天的深夜里鬼魂出现，绕着一株橡树兜圈子，头上还长着又粗又大的角，手里摇着一串链条，发出怕人的声响；他一出来，树木就要枯黄，牲畜就要害病，乳牛的乳汁会变成血液。这一个传说从前代那些迷信的人们嘴里流传下来，就好像真有这回事的一样，你们各位也都听见过的。

裴琪 是呀，有许多人不敢在深夜里经过这株赫恩的橡树呢。可是你为什么要提起它呢？

傅大娘 这就是我们的计策：我们要叫福斯泰夫头上装了两只大角，扮做赫恩的样子，在那橡树的旁边等着我们。

裴琪 好，就算他听着你们这样打扮着来了，你们预备把他怎么办呢？

裴大娘 那我们也已经想好了：我们先叫我的女儿安痕和我的小儿子，还有三四个跟他们差不多大的孩子，大家打扮做一队精灵的样子，穿着绿色的和白色的衣服，各人头上顶着一圈蜡烛，手里拿着响铃，埋伏在树旁的土坑里；等福斯泰夫跟我们相会的时候，他们就一拥而出，嘴里唱着各色各种的歌儿；我们一看见他们出来，就假装吃惊逃走了，然后让他们把他团团围住，把这龌龊的骑士你拧一把，我刺一下，还要质问他为什么在这仙人们游戏的时候，胆敢装扮做那种秽恶的形状，闯进神圣的地方来。

傅大娘 这些假扮的精灵们要把他拧得遍体鳞伤，还用蜡烛烫他的皮肤，直等他招认一切为止。

裴大娘 等他招认以后，我们大家就一起出来，摔下他的角，把他一路取笑着回家。

傅德 孩子们倒要叫他们练习得熟一点，否则会露出破绽来的。

修伊文 我可以教这些孩儿们怎样做；我自己也要扮做一个猴儿崽子，用蜡烛去烫这骑士哩。

傅德 那好极啦。我去替他们买些面具来。

裴大娘 我的小安痕要扮做一个仙后，穿着很漂亮的白袍子。

裴琪 我去买缎子来给她做衣服。（旁白）到了那个时候，我可以叫史量德把安痕偷走，到伊登去跟她结婚。——你们马上就派人到福斯泰夫那里去吧。

傅德 不，我还要用白罗克的名字去见他一次，他会把什么话都告诉我。他一定会来的。

裴大娘 不怕他不来。我们这些精灵们的一切应用的东西和饰物，也该赶快预备起来了。

修伊文 我们就去办起来吧；这是个很好玩的玩意儿，而且也是光明正大的恶作剧。（裴琪、傅德、修伊文同下）

裴大娘 傅嫂子，你就去找桂嫂，叫她到福斯泰夫那里去，探探他的意思。（傅大娘下）我现在要到凯易斯大夫那边去，他是我中意的人，除了他谁也不能娶我的小安痕。那个姓史的虽然有家私，却是一个呆子，我的丈夫偏偏欢喜他。这医生又有钱，他的朋友在宫廷里又有势力，只有他才配做她的丈夫，即使有二万个更了不得的人来向她求婚，我也不给他们。（下）

第五场

嘉德饭店中一室

| 店主及辛普儿上。

店主 你要干吗，乡下佬，蠢东西？说吧，讲吧，干干脆脆的。

辛普儿 呃，老板，我是史量德少爷叫我来跟约翰·福斯泰夫爵士说话的。

店主 那边就是他的房间、他的公馆、他的床铺，你瞧门上新画着浪子回家故事的就是。你去敲了敲门，喊他一声，他就会跟你胡说八道。

辛普儿 刚才有一个胖大的老妇人跑进他的房间里去，请您让我在这儿等她下来吧；我本来是要跟她说话的。

店主 哈！一个胖女人！也许是来偷东西的，让我叫他一声。喂，骑士！好汉爷！你在房间里吗？使劲儿回答我，你的店主东在叫着你哪。

福斯泰夫 （在上）什么事，老板？

店主 这儿有一个蛮子等着你的胖婆娘下来。叫她下来，好家伙，叫她下来；我的屋子是干干净净的，不能让你们干那些鬼鬼祟祟的勾当。哼，不要脸！

| 福斯泰夫上。

福斯泰夫 老板，刚才是有一个胖老婆子在我这儿，可是现在她已经走了。

辛普儿 请问一声，爵爷，她就是勃伦府那个算命的女人吗？

福斯泰夫 对啦，螺蛳精；你问她干吗？

辛普儿 爵爷，我家主人史量德少爷因为瞧见她在街上走过，所以叫我来问问她，他有一串链条给一个叫做聂姆的骗去了，不知道那链条还在不在那聂姆的手里。

福斯泰夫 我已经跟那老婆子讲起过这件事了。

辛普儿 请问爵爷，她怎么说呢？

福斯泰夫 呃，她说，那个从史量德手里把那链条骗去的人，就是偷他链条的人。

辛普儿 我希望我能够当面跟她谈谈；我家少爷还叫我问她其他的事情哩。

福斯泰夫 什么事情？说出来听听看。

店主 对了，快说。

辛普儿 爵爷，我家少爷吩咐我要保守秘密呢。

店主 你要是不说出来，就叫你死。

辛普儿 啊，实在没有什么事情，不过是关于裴家小姐的事情，我家少爷叫我来问问看他命里能不能娶她做妻子。

福斯泰夫 那可要看他的命运怎样了。

辛普儿 您怎么说？

福斯泰夫 娶得到也是他的命，娶不到也是他的命。你回去告诉主人，就说那老妇人这样对我说的。

辛普儿 我可以这样告诉他吗？

福斯泰夫 是的，乡下佬，你尽管这样说好了。

辛普儿 多谢爵爷；我家少爷听见了这样的消息，一定会十分高兴的。（下）

店主 你真聪明，爵爷，你真聪明。真的有一个算命的婆子在你房间里吗？

福斯泰夫 是的，老板，她刚才还在我这儿；她教给我许多我一生从来没有学过的智慧，我不但没有化半个钱的学费，而且反而她要给我酬劳呢。

| 巴道夫上。

巴道夫 嗳哟，老板，不好了！又是骗子，净是些骗子！

店主 我的马儿呢？蠢奴才，好好儿对我说。

巴道夫 都跟着那些骗子们跑掉啦；一过了伊登，他们就把我从马上推下来，把我掼在一个烂泥潭里，他们就像三个德国鬼子似的，策马加鞭，飞也似的去了。

店主 狗才，他们是去迎接公爵去的。别说他们逃走，德国人都是规规矩矩的。

| 修伊文上。

修伊文 老板在哪儿？

店主 师父，什么事？

修伊文 留心你的客人。我有一个朋友到城里来，他告诉我有三个德国骗子，一路上骗人家的马匹金钱；里亭、梅登海、科白路，各家旅店都上了他们的当。我是一片好心来通知你，因为你是个很乖巧的人，专爱寻人家的开心，要是你也被人家骗了，那未免太笑话啦。再见。（下）

| 凯易斯上。

凯易斯 店主东呢？

店主 凯大夫，我正在这儿心乱如麻呢。

凯易斯 我不懂你的意思；可是人家告诉我，你正在准备着隆重地招待一个德国的公爵，可是我不骗你，我在宫廷里就不知道有什么公爵要来。我是一片好心来通知你。再见。（下）

店主 狗才，快去喊拢人来捉贼！骑士，帮帮我忙，我这回可完了！快跑，捉贼！完了！完了！（店主及巴道夫下）

福斯泰夫 我但愿全世界的人都受骗，因为我自己也受了骗，而且还挨了打。要是宫廷里的人听见了我怎样一次次的化身，给人当衣服洗，用棍子打，他们一定会把我身上的油一滴一滴溶下来，去擦渔夫的靴子；他们一定会用俏皮话儿把我挖苦得像一头干瘪的梨儿一样丧气。自从那一次赖了赌债以后，我一直交着坏运。好，要是我在临终以前还来得及念祷告，我一定要忏悔。

| 快嘴桂嫂上。

福斯泰夫 啊，又是谁叫你来的？

桂嫂 除了那两个人还有谁？

福斯泰夫 让魔鬼跟他的老娘把那两个人抓了去吧！我已经为了她们的缘故吃过多少苦，男人本来是容易变心的，谁受得了这样的欺负！

桂嫂 您以为她们没有吃苦吗？说来才叫人伤心哪，尤其是那位傅家娘子，天可怜见的，给她的汉子打得身上一块青一块黑的，简直找不出一处白净净的地方。

福斯泰夫 什么一块青一块黑的，我自己给他打得五颜六色，浑身挂彩呢；我还险险乎给他们当作勃伦府的妖妇抓了去。要不是我急中生智，把一个老太婆的举动装扮得活灵活现，我早已给混蛋官差们锁上脚铐，办我一个妖言惑众的罪名了。

桂嫂 爵爷，让我到您房间里去跟您说话，您就会明白一切，而且包在我身上，一定会叫您满意的。这儿有一封信，您看了就知道了。天哪！把你们拉拢在一起，真麻烦死人！你们中间一定有谁得罪了天，所以才这样颠颠倒倒的。

福斯泰夫 那么你跟我上楼，到我的房间里来吧。（同下）

第六场

嘉德饭店中另一室

| 范通及店主上。

店主 范大爷，别跟我说话，我一肚子都是闷气，我想索性这门生意也不要做了。

范通 可是你听我说。我要你帮我做一件事，事成之后，我不但赔偿你的全部损失，而且还愿意送给你黄金百镑，作为酬谢。

店主 好，范大爷，您说吧。我不知道我能不能帮您的忙，可是至少我不会泄漏秘密。

范通 我曾经屡次告诉你我对于裴家安痕小姐的深切的爱情；她对我也已经表示默许了，要是她自己做得了主，我一定可以如愿以偿的。刚才我收到了她一封信，信里所说起的事情，你要是知道了，一定会拍手称奇；因为它跟我自己的事情很有关系，所以我不能不让你知道。他们的意思，是要把那胖骑士福斯泰夫捉弄一番吓吓他。你瞧。（指信）听着，我的好老板，今夜十二点钟到一点钟之间，在赫恩橡树的近旁，我的亲爱的小安痕要扮成仙后的样子，为什么要这样打扮，这儿写得很明白。她父亲叫她趁着大家开玩笑开得乱哄哄的时候，跟史量德悄悄儿溜到伊登去结婚，她已经答应他了。可是她母亲是竭力反对她嫁给史量德，而决意把她嫁给凯易斯的，她也已经约好那个医生，叫他也趁着人家忙得不留心的时候，用同样的方式把她带到教长家里去，请一个牧师替他们立刻成婚；她对于她母亲的这个计策，也已经假装服从的样子，答应了那医生了。他们的计划是这样的：她的父亲要她全身穿着白的衣服，以便认识，史量德看准了时机，就搀着她的手，叫她跟着走，她就跟着他走；她的母亲为了让那医生容易辨认起见——因为他们大家都是戴着脸罩的——却叫她穿着宽大的浅绿色的袍子，头上系着飘扬的丝带，那医生一看有了下手的机会，便上去把她的手捏一把，这一个暗号便是叫她跟着他走的。

店主 她预备欺骗她的父亲呢，还是欺骗她的母亲？

范通 我的好老板，她要把他们两人一起骗了，跟我一块儿溜走。所以我要请你费心去替我找一个牧师，十二点钟到一点钟之间在教堂里等着我，为我们举行正式的婚礼。

店主 好，您去实行您的计划吧，我一定给您找牧师去。只要把那位姑娘带来，牧师是不成问题的。

范通 多谢多谢，我一定永远记住你的恩德，而且我马上就会报答你的。（同下）

第　五　幕

第一场

嘉德饭店中一室

| 福斯泰夫及快嘴桂嫂上。

福斯泰夫　请你别再噜哩噜苏了，去吧，我一定不失约就是了。这已经是第三次啦，我希望单数是吉利的。去吧，去吧！

桂嫂　我去给您弄一根链条来，再去设法找一对角来。

福斯泰夫　好，去吧；别耽搁时间了。抬起你的头来，扭扭屁股走吧。（桂嫂下）

| 傅德上。

福斯泰夫　啊，白大爷！白大爷，事情成功不成功，今天晚上就可以知道。请您在半夜时候，到赫恩橡树那儿去，就可以看见新鲜的事儿。

傅德　您昨天不是对我说过，要到她那儿去赴约吗？

福斯泰夫　白大爷，我昨天到她家里去的时候，正像您现在看见我一样，是个可怜的老头儿；可是白大爷，我从她家里出来的时候，却变成一个苦命的老婆子了。

白大爷，她的丈夫，傅德那个混蛋，简直是个吃醋鬼投胎。他欺我是个女人，把我没头没脑一顿打；可是，白大爷，要是我穿着男人的衣服，别说他是个傅德，就算他是个身长丈二的天神，拿着一根千斤重的梁柱向我打来，我也不怕他。我现在还有要事，请您跟我一路走吧，白大爷，我可以把一切的事情完全告诉您。自从我小时候偷鹅、赖学、抽陀螺挨打以后，直到现在才重新尝到挨打的滋味。跟我来，我要告诉您关于这个姓傅的混蛋的古怪事儿；今天晚上我就可以向他报复，我一定会把他的妻子送到您的手里。跟我来。白大爷，您就有新闻看了！跟我来。（同下）

第二场
温莎公园

| 裴琪、夏禄及史量德上。

裴琪 来，来，咱们就躲在这座古堡的壕沟里，等我们那班精灵们的火光出现以后再出来。史量德贤婿，记着我的女儿。

史量德 好，一定记着；我已经跟她当面谈过，约好了用什么口号互相通知。我看见她穿着白衣服，就上去对她说“姆”，她就回答我“不见得”，这样我们就不会认错啦。

夏禄 那也好，可是何必嚷什么“姆”哩，什么“不见得”

哩，你只要看定了穿白衣服的人就行啦。钟已经敲十点了。

裴琪 天乌沉沉的，精灵和火光在这时候出现，再好没有了。愿上天保佑我们的游戏成功！除了魔鬼以外，谁都没有恶意；我们只要看谁的头上有角，就知道他是魔鬼。去吧，大家跟我来。（同下）

第三场
温莎街道

| 裴大娘、傅大娘及凯易斯上。

裴大娘 大夫，我的女儿是穿绿的；您看见时机到了，便过去搀她的手，带她到教长家里去，赶快把事情办了。现在您一个人先到公园里去，我们两个人是要一块儿去的。

凯易斯 我知道我应当怎么办。再见。

裴大娘 再见，大夫。（凯易斯下）我的丈夫把福斯泰夫羞辱过了以后，知道这医生已经跟我的女儿结婚，一定会把一场高兴，化作满腔怒火的；可是管他呢，与其害人将来心碎，宁可眼前受他一顿骂。

傅大娘 小安痕和她的一队精灵现在在什么地方？还有那个威尔士鬼子修牧师呢？

裴大娘 他们都把灯遮得暗暗的，躲在赫恩橡树近旁的一个土坑里；一等到福斯泰夫跟我们会见的时候，他们就立刻在黑夜里出现。

傅大娘 那一定会叫他大吃一惊的。

裴大娘 要是吓不倒他，我们也要把他讥笑一番；要是他果然吓倒了，我们还是要讥笑他的。

傅大娘 咱们这回不怕他不上圈套。

裴大娘 像他这种淫棍，教训教训他也是好事。

傅大娘 时间快到啦，到橡树底下去，到橡树底下去！（同下）

第四场
温莎公园

| 修伊文化装率扮演精灵的一群上。

修伊文 跑，跑，精灵们，来；别忘了你们各人的词句。大家放大胆子，跟我跑下这土坑里，等我一发号令，就照我吩咐你们的做起来。来，来；跑，跑。（同下）

第五场
公园中的另一部分

| 福斯泰夫顶牡鹿头扮赫恩上。

福斯泰夫 温莎的钟已经敲了十二点，时间快要到了。好色的天神们，照顾照顾我吧！记着，乔武大神，你曾经为了你的爱人欧罗巴的缘故，化身做一头公牛，爱情使你头上生角。强力的爱啊！它会使畜生变成人类，也会使人类变成畜生。而且，乔武大神，你为

了你心爱的勒达，还化身做一只天鹅过呢。万能的爱啊！你差一点不把天神的尊容变得像一只蠢鹅！既然天神们也都是这样贪淫，我们可怜的凡人又有什么办法呢？至于讲到我，那么我是这儿温莎地方的一匹雄鹿；在这树林子里，也可以算得上顶胖的了。谁来啦？我的母鹿吗？

| 傅大娘及裴大娘上。

傅大娘 爵爷，你在这儿吗，我的公鹿？我的亲爱的公鹿？

福斯泰夫 我的黑尾巴的母鹿！让天上落下马铃薯般大的雨点来吧，让它大锣大鼓般地响起雷来吧，只要让我躲在你的怀里，什么大风大雨我都不怕。（拥抱傅大娘）

傅大娘 裴嫂子也跟我一起来了呢，好人儿。

福斯泰夫 那么你们把我切开来，各人分一条大腿去，留下两块肋条肉给我自己，肩膀肉赏给那看园子的，还有这两只角，送给你们的丈夫做个纪念品吧。哈哈！你们瞧我像不像猎人赫恩？丘比特是个有良心的孩子，现在他让我尝到甜头了。我用鬼魂的名义欢迎你们！（内喧声）

裴大娘 嗳哟！什么声音？

傅大娘 天老爷饶恕我们的罪过吧！

福斯泰夫 又是什么事情？

傅大娘
裴大娘 快逃！快逃！（二人奔下）

福斯泰夫 我想多分是魔鬼不愿意让我下地狱，因为我身上的油太多啦，恐怕在地狱里惹起一场大火来，否则他不会这样一次一次地跟我捣蛋。

修伊文乔装林神萨特[1]，毕斯托扮小妖，裴安痕扮仙后，威廉及若干儿童各扮精灵侍从，头插小蜡烛，同上。

安痕 黑的，灰的，绿的，白的精灵们，
月光下的狂欢者，黑夜里的幽魂，
你们是没有父母的造化的儿女，
不要忘记了你们各人的职务。
传令的小妖，替我向众精灵宣告。

毕斯托 众精灵，静听召唤，不许喧吵！
蟋蟀儿，你去跳进人家的烟囱，
看他们炉里的灰屑有没有扫空；
我们的仙后最恨贪懒的婢子，
看见了就把她拧得浑身青紫。

福斯泰夫 他们都是些精灵，谁要是跟他们说话，就不得活命；让我闭上眼睛躲起来吧，神仙们的事情是不许凡人窥看的。（俯伏地上）

修伊文 比德在哪里？你去看有谁家的姑娘，
念了三遍祈祷方才睡上眠床，
你就悄悄儿替她把妄想收束，
让她睡得像婴儿一样甜熟；
谁要是临睡前不思量自己的过处，
你要叫他们腰麻背疼，手脚酸楚。

安痕 去，去，小精灵！
把温莎古堡内外搜寻：
每一间神圣的华堂散播着幸运，

---

① 萨特（Satyr），希腊罗马神话中山林神祇的一族，耳尾腿均类山羊，头有小角。

让它巍然卓立，永无毁损，
祝福它宅基巩固，门户长新，
辉煌的大厦恰称着贤德的主人！
每一张尊严的宝座用心扫洗，
洒满了祓邪垢的鲜花香水，
祝福那文棂绣瓦，画栋雕梁，
千秋万岁永远照耀着荣光！
每夜每夜你们手搀手在草地上，
拉成一个圆圈儿跳舞歌唱，
清晨的草上留下你们的足迹，
一团团葱翠新绿的颜色；
再用青紫粉白的各色鲜花，
写下了天书仙语，“清心去邪”，
像一簇簇五彩缤纷的珠玉，
草地是神仙的纸，花是神仙的符箓。
去，去，往东的向东，往西的向西！
等到钟鸣一下，可不要忘了
我们还要绕着赫恩橡树舞蹈。

修伊文 大家排着队，大家手牵手，
二十个萤虫给我们点亮灯笼，
照着我们树荫下舞影幢幢。
且慢！哪里来的生人气？

福斯泰夫 天老爷保佑我不要给那个威尔士老怪瞧见，他会叫我变成一块干酪哩！

毕斯托 坏东西！你是个天生的孽种。

安痕 让我用三昧火把他指尖灼烫，

看他的心地是纯洁还是肮脏：
他要是心无污秽火不能伤，
哀号呼痛的一定居心不良。

毕斯托 来，试一试！

修伊文 来，看这木头怕不怕火熏。（众以烛烫福斯泰夫）

福斯泰夫 啊！啊！啊！

修伊文 坏透，坏透，这家伙淫毒攻心！
精灵们，唱个歌儿取笑他；
围着他窜窜跳跳，拧得他遍体酸麻。

歌

哼，罪恶的妄想！
哼，淫欲的孽障！
淫欲是一把血火，
不洁的邪念把它点亮，
痴心扇着它的火焰，
妄想把它愈吹愈旺。
精灵们，拧着他，
不要把恶人宽放；
拧他，烧他，拖着他团团转，
直等星月烛光一齐黑暗。

| 精灵等一面唱歌，一面拧福斯泰夫。凯易斯自一旁上，将一穿绿衣之精灵偷走；史量德自另一旁上，将一穿白衣之精灵偷走；范通上，将裴安痕偷走。内猎人号角声，犬吠声，众精灵纷纷散去。福斯泰夫扯下鹿头起立。裴琪、傅德、裴大娘、傅大娘同上，将福斯泰夫捉住。

裴琪 嗳，别逃呀；现在您可给我们瞧见啦；难道您只好扮扮猎人赫恩吗？

裴大娘 好了好了，咱们不用尽向他开玩笑啦。好爵爷，您现在喜不喜欢温莎的娘儿们？

傅德 爵爷，现在究竟谁是个大忘八？白罗克大爷，福斯泰夫是个混蛋，是个混账忘八蛋；瞧他的头上还长着角哩，白大爷！白大爷，他从姓傅的那里什么好处也没有得到，只得到一只洗衣服的篓子，一顿棒儿，还有二十镑钱，那笔钱是要向他追还的，白大爷；我已经把他的马扣留起来做抵押了，白大爷。

傅大娘 爵爷，只怪我们运气不好，没有缘分，总是好事多磨。以后我再不把您当作我的情人了，可是我会永远记着您是我的公鹿。

福斯泰夫 我现在才明白我受了你们愚弄啦。原来这些都不是精灵吗？我曾经三四次疑心他们不是什么精灵，可是一则因为我自己做贼心虚，二则因为突如其来的怪事，把我吓昏了头，所以会把这种破绽百出的骗局当作真实，虽然荒谬得不近情理，也会使我深信不疑，可见一个人做了坏事，虽有天大的聪明，也会受人之愚的。

修伊文 福斯泰夫爵士，您只要敬奉上帝，消除欲念，精灵们就不会来拧您的。

傅德 说得有理，修大仙。

修伊文 还有您的嫉妒心也要除掉了才好。

傅德 我以后再不疑心我的妻子了。

福斯泰夫 难道我已经把我的脑子剜出来放在太阳里晒干了，所以连这样明显的骗局也看不出来吗？难道一只威尔士的老山羊都会捉弄我？罢了罢了！这也算是我贪欢好色的下场！

裴大娘　爵爷，我们虽然愿意把那些三从四德的道理一脚踢得远远的，为了寻欢作乐，甘心死后下地狱；可是什么鬼附在您身上，叫您相信我们会欢喜您呢？

傅德　像你这样的一只杂碎香肚？一只破叉袋？

裴大娘　一个浸胖的浮尸？

裴琪　又老、又冷、又干枯，再加上一肚子的腌臜？

傅德　像魔鬼一样到处造谣生事？

裴琪　一个穷光蛋的孤老头子？

傅德　像个泼老太婆一样千刁万恶？

修伊文　一味花天酒地，玩玩女人，喝喝老酒，喝醉了酒白瞪着眼睛骂人吵架？

福斯泰夫　好，尽你们说吧；算我晦气落在你们手里，我也懒得跟这头威尔士山羊斗嘴了。无论哪个无知无识的傻瓜都可以欺负我，悉听你们把我怎样处置吧。

傅德　好，爵爷，我们要带您去看一位白罗克大爷，您骗了他的钱，却没有替他把事情办好；您现在已经吃过不少苦了，要是再叫您把那笔钱还出来，我想您一定要万分心痛的吧？

傅大娘　不，丈夫，他已经受到报应，那笔钱就算了吧；冤家宜解不宜结，咱们不要逼人太过。

傅德　好，咱们搀搀手，过去的事情，以后不用再提啦。

裴琪　骑士，不要懊恼，今天晚上请你到我家里来喝杯酒儿。我的妻子刚才把你取笑，等会儿我也要请你陪我把她取笑取笑。告诉她，史量德已经跟她的女儿结了婚啦。

裴大娘 （旁白）医生们，不要信他胡说。要是裴安痕是我的女儿，那么这个时候她已经做了凯易斯大夫的太太啦。

| 史量德上。

史量德 哎哟！哎哟！岳父大人，不好了！

裴琪 怎么，怎么，贤婿，你已经把事情办好了吗？

史量德 办好了！哼，我要让葛罗斯特郡人知道这件事；否则还是让你们把我吊死了吧！

裴琪 什么事呀，贤婿？

史量德 我到了伊登那边去本来是要跟裴安痕小姐结婚，谁知道她是一个又高又大、笨头笨脑的男孩子；倘不是在教堂里，我一定要把他揍一顿，说不定他也要把我揍一顿。我还以为他真的就是裴安痕哩，谁知道他是邮政局长的儿子。

裴琪 那么一定是你看错了一个人啦。

史量德 那还用说吗？我把一个男孩子当作女孩子，当然是看错了人啦。要是我真的跟他结了婚，虽然他穿着女人的衣服，我是不要他的。

裴琪 这是你自己太笨的缘故。我不是告诉你怎样从衣服上认出我的女儿来吗？

史量德 我看见她穿着白衣服，便上去喊了一声“呣”，她答应我一声“不见得”，正像安痕跟我预先约好的一样；谁知道他不是安痕，却是邮政局长的儿子。

修伊文 耶稣基督！史少爷，难道您生着眼睛不会看，竟会去跟一个男孩子结婚吗？

裴琪 我心里乱得很，怎么办呢？

裴大娘 好官人，别生气，我因为知道了你的计划，所以叫女儿改穿绿衣服；不瞒你说，她现在已经跟凯医生一同到了教长家里，在那里举行婚礼啦。

| 凯易斯上。

凯易斯 裴大娘呢？哼，我上了人家的当啦！我跟一个男孩子结了婚，一个男孩子，不是裴安痕。我上了当啦！

裴大娘 怎么，你不是看见她穿的绿衣服吗？

凯易斯 是的，可是那是个男孩子；我一定要叫全温莎的人评个理去。（下）

傅德 这可奇了。谁把真的安痕带了去呢？

裴大娘 我心里怪不安的。范大爷来了。

| 范通及裴安痕上。

裴大娘 啊，范大爷！

安痕 好爸爸，原谅我！好妈妈，原谅我！

裴琪 小姐，你怎么不跟史少爷一块儿去？

裴大娘 姑娘，你怎么不跟凯大夫一块儿去？

范通 你们不要吓坏了她，让我把实在的情形告诉你们吧。你们用可耻的手段，想叫她嫁给她所不爱的人；可是她跟我两个人久已心心相许，到了现在，更觉得什么都不能把我们两人拆分开。她所犯的过失是神圣的，我们虽然欺骗了你们，却不能说是不正当的诡计，更不是忤逆不孝，因为她要避免强迫婚姻下的无数不幸的日子，这是唯一的办法。

傅德 木已成舟，裴大爷，您也不必发呆啦。在恋爱的事情上，都是上天亲自安排好的；金钱可以买田地，娶妻只能靠运气。

福斯泰夫 我很高兴，虽然我给你们算计了去，你们的箭却也会发而不中。

裴琪 算了，有什么办法呢？——范通，愿上天给你快乐！拗不过来的事情，也只好将就着过去。

裴大娘 好，我也不再想这样想那样了。范大爷，愿上天给您许许多多快乐的日子！官人，我们大家回家去，在火炉旁边把今天的笑话谈谈笑笑吧。

傅德 很好。爵爷，您对白罗克并没有失信，因为他今天晚上真的要去陪傅大娘一起睡觉了。（同下）

无事生非

I had rather hear my dog bark at a crow, than a man swear he loves me.

—— Much Ado About Nothing

与其叫我听一个男人发誓说他爱我，我宁愿听我的狗向着一只乌鸦叫。

——《无事生非》

剧中人物

唐·彼德罗	阿拉贡亲王
唐·约翰	唐·彼德罗的庶弟
克劳狄奥	佛罗伦萨的少年贵族
培尼狄克	帕度亚的少年贵族
里奥那托	梅西那总督
安东尼奥	里奥那托之弟
鲍尔萨泽	唐·彼德罗的仆人
波拉契奥 **康拉德**	唐·约翰的从者
道格培里	警吏
弗吉斯	警佐
法兰西斯神父	
教堂司事	
小童	
希罗	里奥那托的女儿
贝特丽丝	里奥那托的侄女
玛格莱特 **欧苏拉**	希罗的侍女

使者、巡丁、小童、侍从等

地点

梅西那

第　一　幕

第一场
里奥那托住宅门前

｜里奥那托、希罗、贝特丽丝及一使者上。

里奥那托　这封信里说，阿拉贡的唐·彼德罗今晚就要到梅西那来了。

使者　他现在快要到了；我跟他分手的时候，他离开这儿才不过八九哩路呢。

里奥那托　你们在这次战事里损失了多少将士？

使者　没有损失多少，有点名气的一个也没有。

里奥那托　得胜者全师而归，那是双重的胜利了。信上还说起唐·彼德罗十分看重一位叫做克劳狄奥的年轻的佛罗伦萨人。

使者　他果然是一位很有才能的人，唐·彼德罗赏识得不错。他年纪虽然很轻，做的事情十分了得，看上去像一头羔羊，上起战场来却像一头狮子；他的确能够超过一般人对他的期望，我这张嘴也说不尽他的好处。

里奥那托　他有一个伯父在这儿梅西那，听见了一定会非常高兴的。

使者 我已经送过信去给他了，看他的样子十分快乐，甚至于快乐得忍不住心酸起来。

里奥那托 他流起眼泪来了吗？

使者 流了很多的泪。

里奥那托 这是天性中温情的自然流露；泪洗过的脸，是最真诚不过的。因为快乐而哭泣，比之看见别人哭泣而快乐，总要好得多啦！

贝特丽丝 请问你，那位剑客先生是不是也从战场上回来了？

使者 小姐，这个名字我没有听见过；在军队里没有这样一个人。

里奥那托 侄女，你问的是什么人？

希罗 姊姊说的是帕度亚的培尼狄克先生。

使者 啊，他也回来了，仍旧是那么爱打趣的。

贝特丽丝 请问你，他在这次战事中间杀了多少人？吃了多少人？可是你先告诉我他杀了多少人，因为我曾经答应他，无论他杀死多少人，我都可以把他们吃下去。

里奥那托 真的，侄女，你把培尼狄克先生取笑得太过分了；我相信他一定会向你报复的。

使者 小姐，他在这次战事里立下很大的功劳呢。

贝特丽丝 你们那些发霉的军粮，都是他一个人吃下去的；他是个著名的大饭桶，他的胃口好得很哩。

使者 而且他也是个很好的军人，小姐。

贝特丽丝 他在小姐太太们面前是个很好的军人；可是在老爷们面前呢？

使者 在老爷们面前，就是一个正人君子，一个堂堂的男儿，充满了各种的美德。

贝特丽丝 究竟他一肚子里充满了些什么，我们还是别说了吧；我们谁也不是圣人。

里奥那托 请你不要误会舍侄女的意思。培尼狄克先生跟她是说笑惯了的；他们一见面，总是舌剑唇枪，各不相让。

贝特丽丝 可惜他总是占不到便宜！在我们上次交锋的时候，他的五分才气倒有四分给我杀得狼狈逃走，现在他全身只剩一分了；是他还有些儿才气留着，那么就让他保存起来，叫他跟他的马儿有个分别吧，因为这是使他可以被称为有理性动物的唯一的财产了。现在谁是他的同伴？听说他每个月都要换一个把兄弟。

使者 有这等事吗？

贝特丽丝 很可能；他的心就像他帽子的式样一般，时时刻刻会起变化的。

使者 小姐，看来这位先生的名字不曾注在您的册子上。

贝特丽丝 没有，否则我要把我的书斋都一起烧了呢。可是请问你，谁是他的同伴？

使者 他跟那位尊贵的克劳狄奥来往得顶亲密了。

贝特丽丝 天哪，他要像一场瘟疫一样缠住人家呢；他比瘟疫还容易传染，谁要是跟他发生接触，立刻就会变做疯子。上帝保佑尊贵的克劳狄奥！要是他给那个培尼狄克缠住了，一定要花上一千镑钱才可以把他赶走哩。

使者 小姐，我愿意跟您交个朋友。

贝特丽丝 很好，好朋友。

里奥那托 侄女，你是永远不会发疯的。

贝特丽丝 不到大热的冬天，我是不会发疯的。

使者 唐·彼德罗来啦。

| 唐·彼德罗、唐·约翰、克劳狄奥、培尼狄克、鲍尔萨泽等同上。

彼德罗 里奥那托大人，您是来迎接麻烦来了；一般人都只想避免耗费，您却偏偏自己愿意多事。

里奥那托 多蒙殿下枉驾，已是莫大的荣幸，怎么说是麻烦呢？麻烦去了，可以使人如释重负；可是当您离开我的时候，我只觉得怅怅然若有所失。

彼德罗 您真是太欢喜自讨麻烦啦。这位便是令嫒吧？

里奥那托 她的母亲好几次对我说她是我的女儿。

培尼狄克 大人，您在问她的时候，是不是心里有点疑惑？

里奥那托 不，培尼狄克先生，因为那时候您还是个孩子哩。

彼德罗 培尼狄克，你也给人家挖苦了去了；我们可以猜想到你现在长大了，是个怎么样的人。真的，这位小姐很像她的父亲。小姐，您真幸福，因为您是像这样一位高贵的父亲。

培尼狄克 要是里奥那托大人果然是她的父亲，就是把梅西那全城的财富都给她，她也不愿意生得像他那样一副容貌的。

贝特丽丝 培尼狄克先生，您怎么还在那儿讲话呀？没有人听着您哩。

培尼狄克 嗳哟，我的傲慢的小姐！您还活着吗？

贝特丽丝 世上有培尼狄克先生那样的人，傲慢是不会死去的；顶有礼貌的人，只要一看见您，也就会傲慢起来。

培尼狄克 那么礼貌也是个反复无常的小人了。可是除了您以外，无论哪个女人都爱我，这一点是毫无疑问的；我希望我的心肠不是那么硬，因为说句老实话，我实在一个也不爱她们。

贝特丽丝 那真是女人们好大的运气，因为否则她们就要给一个讨厌的求婚者麻烦死了。我感谢上帝和我自己冷酷的心，我在这一点上完全跟您同意；与其叫我听一个男人发誓说他爱我，我宁愿听我的狗向着一只乌鸦叫。

培尼狄克 上帝保佑您小姐永远怀着这样的心理吧！这样某一位先生就可以逃过他命中注定的抓破脸皮的恶运了。

贝特丽丝 要是像您这样一副尊容，抓破了也不会变得比原来更难看的。

培尼狄克 好，您真是一位好鹦鹉教师。

贝特丽丝 像我一样会说话的鸟儿，比起像尊驾一样的畜生来，总要好得多啦。

培尼狄克 我希望我的马儿能够跑得像您说起话来一样快，也像您的舌头一样不知道疲倦。请您尽管说下去吧，我可要恕不奉陪啦。

贝特丽丝 您在说不过人家的时候，总是像一匹不听话的马儿一样，望岔路里溜了过去；我知道您的老脾气。

彼德罗 那么就是这样吧，里奥那托。克劳狄奥，培尼狄克，我的好朋友里奥那托请你们一起住下来。我对他说我们至少要在这儿耽搁一个月；他却诚心希望会有什么事情留住我们多住一些时候。我敢发誓他不是一个假情假义的人，他的话都是从心里发出来的。

里奥那托 殿下，您要是发了誓，您一定不会背誓。（向唐·约翰）欢迎，大人；您现在已经跟令兄言归于好，我应该向您竭诚致敬。

约翰 谢谢；我是一个不会说话的人，可是我谢谢你。

里奥那托 殿下请了。

彼德罗 让我搀着您的手，里奥那托，咱们一块儿走吧。

（除培尼狄克、克劳狄奥外皆下）

克劳狄奥 培尼狄克，你有没有注意到里奥那托的女儿？

培尼狄克 看是看见的，可是我没有对她注意。

克劳狄奥 她不是一位贞静的少女吗？

培尼狄克 您还是规规矩矩，要我把老实话告诉您呢？还是要我照平常的习惯，摆出一副统治女性的暴君的脸孔来发表我的意见？

克劳狄奥 不，我要你根据冷静的判断回答我。

培尼狄克 好，那么我说，她是太矮了点儿，不能给她太高的恭维；太黑了点儿，不能给她太美的恭维；又是太小了点儿，不能给她太大的恭维。我所能给她的唯一的称赞，就是她倘不是像现在这样子，一定很不漂亮；可是她既然不能再好看一点，所以我一点不喜欢她。

克劳狄奥 你以为我是在说着玩玩的。请你老老实实告诉我，你觉得她怎样。

培尼狄克 您这样问起她，是不是要把她买下来吗？

克劳狄奥 全世界所有的财富，可以买得到这样一颗美玉吗？

培尼狄克 是的，而且还可以附送一只匣子把它藏起来哩。可是您说这样的话，是一本正经的呢，还是随口胡说，就像说盲目的丘比特是个猎兔的好手、打铁的乌尔冈是个出色的木匠一样？告诉我，您唱的歌儿究竟是什么调子？

克劳狄奥 在我的眼睛里，她是我平生所见的最可爱的姑娘。

培尼狄克 我现在还可以不戴眼镜瞧东西，可是我却瞧不出来她有什么可爱。她那个族姊就是脾气太坏了点儿，要是讲起美貌来，那就正像一个是五月的春朝，一个是十二月的岁暮，比她好看得多啦。可是我希望您不是要想做起丈夫来了吧？

克劳狄奥 虽然我曾经立誓终身不娶，可是要是希罗肯做我的妻子，我一定会信不过我自己。

培尼狄克 事情已经到这一个地步了吗？难道世界上的男子个个都愿意戴上绿头巾吗？难道我永远看不见一个六十岁的童男子吗？好，要是你愿意把你的头颈伸进轭里去，那么你就把它套起来，到星期日休息的日子自己怨怨命吧。瞧，唐·彼德罗回来找您了。

| 唐·彼德罗重上。

彼德罗 你们不跟我到里奥那托家里去，在这儿讲些什么秘密话儿？

培尼狄克 我希望殿下命令我说出来。

彼德罗 好，我命令你说出来。

培尼狄克 听着，克劳狄奥伯爵。我能够像哑子一样保守秘密，我也希望您相信我不是一个搬嘴弄舌的人；可是殿下这样命令我，有什么办法呢？他是在恋爱了。跟谁呢？这就应该殿下自己去问他了。听好他的回答是多么短：他爱的是希罗，里奥那托的短短的女儿。

克劳狄奥 要是真有这么一回事，那么他已经替我说出来了。

培尼狄克 正像老古话说的，殿下，“既不是这么一回事，也不是那么一回事，可是真的，上帝保佑不会有这么一回事。”

克劳狄奥 我的感情倘不是一下子就会起变化，我倒并不希望上帝改变这事实。

彼德罗 阿门，要是你真的爱她；这位小姐是很值得你眷恋的。

克劳狄奥 殿下，您这样说是有意诱我吐露真情吗？

彼德罗 真的，我不过说我心里想到的话。

克劳狄奥 殿下，我说的也是我自己心里的话。

培尼狄克 凭着我的三心两意起誓，殿下，我说的也是我自己心里的话。

克劳狄奥 我觉得我真的爱她。

彼德罗 我知道她是位很好的姑娘。

培尼狄克 我既然不觉得为什么要爱她，也不知道她有什么好处；你们就是用火刑烧死我，也不能使我改变这个意见。

彼德罗 你永远是一个排斥美貌的顽固的异教徒。

克劳狄奥 他这种不近人情的态度，都是违背了良心故意做作出来的。

培尼狄克 一个女人生下了我，我应该感谢她；她把我养育长大，我也要向她表示至诚的感谢；可是要我为了女人的缘故而戴起一顶不雅的头巾来，那么我只好敬谢不敏了。因为我不愿意对任何一个女人猜疑而使她受到委屈，所以宁愿对无论哪个女人都不信任，免得委屈了自己。总而言之，为了让我自己穿得漂亮一点起见，我愿意一生一世做个光棍。

彼德罗 我在未死之前，总有一天会看见你为了爱情而憔悴的。

培尼狄克 殿下，我可以因为发怒，因为害病，因为挨饿而脸色惨白，可是决不会因为爱情而憔悴；您要是能够证明有一天我因为爱情而消耗的血液，喝了酒以后不能把它恢复过来，就请您用编造歌谣的人的那枝笔挖去我的眼睛，把我当做一个瞎眼的丘比特，挂在妓院门口做招牌。

彼德罗 好，要是有一天你的决心动摇起来，可别怪人家笑话你。

培尼狄克 要是有那么一天，我就让你们把我像一头猫似的放在叉袋里吊起来，叫大家用箭射我；谁把我射中了，就可以拍拍他的肩膀，夸奖他是个好汉子。

彼德罗 好，咱们等着瞧吧；有一天野牛也会俯首就轭的。

培尼狄克 野牛也许会俯首就轭，可是有理性的培尼狄克要是也会钻上圈套，那么请您把牛角拔下来，插在我的额角上吧；我可以让你们把我涂上油彩，就像人家写“好马出租”一样，替我用大字写好一块招牌，招牌上这么说：“请看结了婚的培尼狄克。”

克劳狄奥 要是真的把你这样，你一定要气得把你的一股牛劲儿都使出来了。

彼德罗 嘿，要是丘比特没有把他的箭在威尼斯一起放完，他会叫你知道他的厉害的。

培尼狄克 那时候一定要天翻地覆啦。

彼德罗 好，咱们等着瞧吧。现在，好培尼狄克，请你到里奥那托那儿去，替我向他致意，对他说晚餐的时候我一定准时出席，因为他已经费了不少手脚在那儿预备呢。

培尼狄克 我现在忙得很，实在无法分身，所以我想敬请——

克劳狄奥 大安，自家中发——

彼德罗 七月六日，培尼狄克谨上。

培尼狄克 嗳，别开玩笑啦。你们讲起话来，老是这么支离破碎，不成片段；要是你们还要把这种滥调搬弄下去，请你们问问自己的良心吧，我可要失陪了。（下）

克劳狄奥 殿下，您现在可以帮我一下忙。

彼德罗 咱们是好朋友，你有什么事尽管吩咐我；无论它是多么为难的事，我都愿意竭力帮助你。

克劳狄奥 殿下，里奥那托有没有儿子？

彼德罗 没有，希罗是他唯一的后嗣。你欢喜她吗，克劳狄奥？

克劳狄奥 啊，殿下，当我们向战场出发的时候，我用一个军人的眼睛望着她，虽然中心羡慕，可是因为有更艰巨的工作在我面前，来不及顾到儿女私情；现在我回来了，战争的思想已经离开我的脑中，代替它的是一缕缕的柔情，它们指点我年轻的希罗是多么美丽，对我说，我在出征以前，就已经爱上她了。

彼德罗 你就要像个恋人似的，动不动用长篇大论地叫人家听着厌倦了。要是你果然爱希罗，你就爱下去吧，我可以替你向她和她的父亲说去，一定叫你如愿以偿。你向我转弯抹角地说了这一大堆，不就是为了这个目的吗？

克劳狄奥 您这样鉴貌辨色，真是医治相思的妙手！可是人家也许以为我一见钟情，未免过于孟浪，所以我想还是慢慢儿再说吧。

彼德罗 造桥只要量着河身的阔度就行了，何必过分铺张呢？做事情也只要按照事实上的需要；凡是能够帮助你达到目的的，就是你所应该采取的手段。你现在既然害着相思，我可以给你治相思的药饵。我知道今晚我们将要有一个跳舞会；我可以化装一下冒充着你，对希罗说我是克劳狄奥，当着她的面前倾吐我的心曲，用动人的情话迷惑她的耳朵；然后我再替你向她的父亲传达你的意思，结果她一定会属你所有。让我们立刻着手吧。（同下）

第二场

里奥那托家中一室

| 里奥那托及安东尼奥自相对方向上。

里奥那托 啊，贤弟！我的侄儿，我的儿子呢？他有没有把乐队预备好？

安东尼奥 他正在那儿忙着呢。可是，大哥，我可以告诉你一些新鲜的消息，你做梦也想不到的。

里奥那托 是好消息吗？

安东尼奥 那要看事情的发展而定；可是从外表上看起来，那是个很好的消息。亲王跟克劳狄奥伯爵刚才在我的花园里一条树荫浓密的小路上散步，他们讲的话给我的一个用人听见了许多：亲王告诉克劳狄奥，说他爱上了我的侄女，你的女儿，想要在今晚跳舞的时候向她倾吐衷情；要是她表示首肯，他就要抓住眼前的时机，立刻向你提起这件事情。

里奥那托 告诉你这个消息的家伙，是不是个有头脑的人？

安东尼奥 他是一个很机灵的家伙；我可以去叫他来，你自己问问他。

里奥那托 不，不，在事情没有实现以前，我们只能把它当做是一个幻梦；可是我要先去通知我的女儿一声，万一真有那么一回事，她也好预先准备准备怎样回答。你去告诉她吧。（若干人穿过舞台）各位侄儿，记好你们各人做的事。啊，对不起，朋友，跟我一块儿去吧，我还要仰仗您的大力哩。贤弟，在这大家手忙脚乱的时候，请你留心照看照看。（同下）

第三场
里奥那托家中的另一室

| 唐·约翰及康拉德上。

康拉德 嗳哟，我的爷！您为什么这样闷闷不乐？

约翰 我的烦闷是茫无涯际的，因为不顺眼的事情太多啦。

康拉德 您应该听从理智的劝告呀。

约翰 听从了理智的劝告，又有什么好处呢？

康拉德 即使不能立刻医好您的烦闷，至少也可以教您怎样安心忍耐。

约翰 我真不懂像你这样一个自己说是土星照命的人[①]，居

① 西洋星相家的说法，谓土星照命的人，性格必阴沉忧郁。

然也会用道德的箴言来医治人家致命的沉疴。我不能掩饰我自己的为人：心里不快活的时候，我不会听了人家的嘲谑而陪着笑脸；肚子饿了我就吃，谁愿意伺候人家的方便；精神疲倦了我就睡，谁去理会人家的闲事；心里高兴我就笑，谁去窥探人家的颜色。

康拉德 话是说得不错，可是您现在在别人的约束之下，总不能完全照着您自己的意思做去。最近您跟王爷闹过别扭，你们兄弟俩言归于好还是不久的事，您要是不格外赔些小心，那么他现在对您的种种恩宠，也是靠不住的；您必须自己造成一个机会，然后才可以达到您的目的。

约翰 我宁愿做一朵篱下的野花，不愿做一朵受他恩惠的蔷薇；与其逢迎献媚，偷取别人的欢心，宁愿被众人所鄙弃；我固然不是一个善于阿谀的正人君子，可是谁也不能否认我是一个正大光明的小人，人家用口套罩着我的嘴，表示对我信任，用木桩系住我的脚，表示给我自由；关在笼子里的我，还能够唱歌吗？要是我有嘴，我就要咬人；要是我有自由，我就要做我欢喜做的事。现在你还是让我保持我的本来面目，不要设法改变它吧。

康拉德 您不能利用您的不平之气，来干一些事情吗？

约翰 我把它尽量利用着呢，因为它是我的唯一的武器。谁来啦？

| 波拉契奥上。

约翰 有什么消息，波拉契奥？

波拉契奥 我刚从那边盛大的晚餐席上出来，王爷被里奥那托招待得十分隆重；我还可以告诉您一件正在计划中的婚事的消息哩。

约翰 我们可以在这上面出个主意跟他们捣乱捣乱吗？那个愿意自讨麻烦的傻瓜是谁？

波拉契奥 他就是王爷的右手。

约翰 谁？那个最最了不得的克劳狄奥吗？

波拉契奥 正是他。

约翰 好家伙！那个女的呢？他中意了哪一个？

波拉契奥 里奥那托的女儿希罗。

约翰 一只早熟的小母鸡！你怎么知道的？

波拉契奥 他们叫我去用香料把屋子熏一熏，我正在那儿熏一间发霉的房间的时候，亲王跟克劳狄奥两个人手搀手走了进来，郑重其事地在商量着什么事情；我就把身子闪到屏风后面，听见他们约定由亲王出面去向希罗求婚，等她答应以后，就把她让给克劳狄奥。

约翰 来，来，咱们到那边去；也许我可以借此出出我的一口怨气。自从我失势以后，那个年轻的新贵享足了风光；要是我能够叫他受到些挫折，也好让我拍手称快。你们两人都愿意帮助我，不会变心吗？

康拉德
波拉契奥 我们愿意誓死为爵爷尽忠。

约翰 让我们也去参加那盛大的晚餐吧；他们看见我的屈辱，一定格外高兴。要是厨子也跟我抱着同样的心理就好了！我们要不要去决定一下怎样着手的方法？

波拉契奥 我们愿意伺候您的旨意。（同下）

第　二　幕

第一场

里奥那托家中的厅堂

| 里奥那托、安东尼奥、希罗、贝特丽丝及余人等同上。

里奥那托　约翰伯爵有没有在这儿吃晚饭？

安东尼奥　我没有看见他。

贝特丽丝　那位先生的脸孔多么阴沉！我每一次看见他，总要有一个时辰心里不好过。

希罗　他有一副很忧郁的脾气。

贝特丽丝　要是把他跟培尼狄克折中一下，那就是个顶好的人啦：一个太像泥塑木雕似的，老是一言不发；一个却像骄纵惯了的小少爷，咭咧呱喇地吵个不停。

里奥那托　那么把培尼狄克先生的半条舌头放在约翰伯爵的嘴里，把约翰伯爵的半副心事面孔装在培尼狄克先生脸上——

贝特丽丝　叔叔，再加上一双好腿，一对好脚，袋里有几个钱，这样一个男人，世上无论哪个女人都愿意嫁给他的——要是他能够得到她的欢心的话。

里奥那托 真的，侄女，你要是说话这样刻薄，我看你一辈子也嫁不出去的。

贝特丽丝 谢天谢地！我每天早晚都在跪求上帝，我说主啊！叫我嫁给一个脸上出胡子的丈夫，我是怎么也受不了的，还是让我睡在毛毡里吧！

里奥那托 你可以拣一个没有胡子的丈夫。

贝特丽丝 我要他来做什么呢？叫他穿起我的衣服来，让他做我的侍女吗？有胡子的人年纪一定不小了，没有胡子的人，算不得须眉男子；我不要一个老头子做我的丈夫，也不愿意嫁给一个没有丈夫气的男人。人家说，老处女死了要在地狱里牵猴子；所以还是让我把六便士的保证金交给动物园里的看守，把他的猴子牵下地狱去吧。

里奥那托 好，那么你决心下地狱吗？

贝特丽丝 不，我刚走到门口，头上出角的魔鬼就像个老忘八似的，出来迎接我，说，“您到天上去吧，贝特丽丝，您到天上去吧；这儿不是你们姑娘家住的地方。”所以我就把猴子交给他，到天上去见圣彼得了；他指点我单身的男子在什么地方，我们就在那儿快快乐乐地过日子。

安东尼奥 （向希罗）好，侄女，我相信你一定听你父亲的话。

贝特丽丝 是的，我的妹妹是最懂得规矩的，她会行个礼儿，说，“父亲，您看怎么办，就怎么办吧。”可是虽然这么说，妹妹，他一定要是个漂亮的家伙才好，否则你还是再行个礼儿，说，“父亲，这可要让我自己做主了。”

里奥那托 好，侄女，我希望看见你有一天嫁到一个丈夫。

贝特丽丝 男人都是泥做的，我不要。一个女人要把她的终身付托给一块道旁的泥土，还要在他面前低头伏小，岂不倒霉！不，叔叔，亚当的儿子都是我的兄弟，跟自己的亲族结婚是一件罪恶哩。

里奥那托 女儿，记好我对你说的话；要是亲王真的向你提出那样的请求，你知道你应该怎样回答他。

贝特丽丝 妹妹，要是那亲王太冒冒失失啦，你就对他说，什么事情都应该有个节拍；你就睬也不睬他，自个儿跳舞下去。听我说，希罗，求婚、结婚和后悔，就像是苏格兰急舞、慢步舞和五步舞一样：开始求婚的时候，正像苏格兰急舞一样狂热，迅速而充满了幻想；到了结婚的时候，循规蹈矩的，正像慢步舞一样，拘泥着仪式和虚文；于是接着来了后悔，拖着疲乏的脚腿，开始跳起五步舞来，愈跳愈快，一直跳到精疲力尽，倒在坟墓里为止。

里奥那托 侄女，你的观察倒是十分深刻。

贝特丽丝 叔叔，我的眼光很不错哩。

里奥那托 贤弟，跳舞的人进来了，咱们让开吧。

| 唐·彼德罗、克劳狄奥、培尼狄克、鲍尔萨泽、康·约翰、波拉契奥、玛格莱特、欧苏拉及余人等各戴假面上。

彼德罗 姑娘，您愿意陪着您的朋友走走吗？

希罗 您要是轻轻儿走，态度文静点儿，也不说什么话，我就愿意奉陪；尤其是当我要走出去的时候。

彼德罗 您要不要我陪着您一块儿出去呢？

希罗 我要是心里高兴，我可以这样说。

彼德罗 您什么时候才高兴这样说呢？

希罗 当我看见您的相貌并不讨厌的时候；但愿上帝保佑琴儿不像琴囊一样难看！

彼德罗 我的脸罩就像菲利蒙的草屋，草屋里面住着天神乔武[①]。

希罗 那么您的脸罩上应该盖起茅草来才是。

彼德罗 讲情话要低声点儿。（拉希罗至一旁）

鲍尔萨泽 好，我希望您欢喜我。

玛格莱特 为了您的缘故，我倒不敢这样希望，因为我有许多缺点哩。

鲍尔萨泽 可以让我略知一二吗？

玛格莱特 我念起祷告来，总是提高了声音。

鲍尔萨泽 那我更加爱您了；高声念祷告，人家听见了就可以喊阿门。

玛格莱特 求上帝赐给我一个好舞伴！

鲍尔萨泽 阿门！

玛格莱特 等到跳舞完毕，让我再也不要看见他！您怎么不接应呀，执事先生？

鲍尔萨泽 别多讲啦，执事先生已经得到他的答复了。

欧苏拉 我认识您；您是安东尼奥老爷。

安东尼奥 干脆一句话，我不是。

欧苏拉 我瞧您摇头摆脑的样子，就知道是您啦。

---

① 菲利蒙（Philemon）是弗里吉亚（Phrygia）的一个穷苦老人，天神乔武（Jove）遨游人间，借宿在他的草屋里，菲利蒙和他的妻子鲍雪斯（Baucis）招待尽礼，乔武乃将其草屋变成殿宇。

安东尼奥 老实告诉你吧，我是学着他的样子的。

欧苏拉 您倘不就是他，决不会把他那种怪样子学得这么惟妙惟肖。这一只挥上挥下的手，正是他的干瘪的手；您一定是他，您一定是他。

安东尼奥 干脆一句话，我不是。

欧苏拉 算啦算啦，像您这样能言善辩，您以为我不能一下子就听出来除了您没有别人吗？一个人有了好处，难道遮掩得了吗？算了吧，别多话了，您正是他，不用再赖了。

贝特丽丝 您不肯告诉我谁对您说这样的话吗？

培尼狄克 不，请您原谅我。

贝特丽丝 您也不肯告诉我您是谁吗？

培尼狄克 现在不能告诉您。

贝特丽丝 说我目中无人，说我的俏皮话儿都是从笑林广记上偷下来的；哼，这一定是培尼狄克说的话。

培尼狄克 他是什么人？

贝特丽丝 我相信您一定很熟悉他的。

培尼狄克 相信我，我不认识他。

贝特丽丝 他没有叫您笑过吗？

培尼狄克 请您告诉我，他是什么人？

贝特丽丝 他呀，他是亲王手下的弄人，一个语言无味的傻瓜；他的唯一的本领，就是捏造一些无稽的谣言。只有那些胡调的家伙才会欢喜他，可是他们并不赏识他的机智，只是赏识他的奸刁；他一方面会讨好人家，一方面又会惹人家生气，所以他们一面笑他，一面打他。我想他一定在人丛里；我希望他会碰到我！

培尼狄克 等我认识了那位先生以后，我可以把您说的话告诉他。

贝特丽丝 很好，请您一定告诉他。他听见了顶多不过把我侮辱两句；要是人家没有注意到他的话，或者听了笑也不笑，他就要郁郁不乐，这样就可以有一块鹧鸪的翅膀省下来啦，因为这傻瓜会气得不吃晚饭的。（内乐声）我们应该跟随领队的人。

| 跳舞。除唐·约翰、波拉契奥及克劳狄奥外皆下。

约翰 我的哥哥真的给希罗迷住啦；他已经拉着她的父亲，去把他的意思告诉他了。女人们都跟着她去了，只有一个戴假面的人留着。

波拉契奥 那是克劳狄奥；我从他的神气上认得出来。

约翰 您不是培尼狄克先生吗？

克劳狄奥 您猜得不错，我正是他。

约翰 先生，您是我的哥哥亲信的人，他现在迷恋着希罗，请您劝劝他打断这一段痴情，她是配不上他这样家世门第的；您要是肯这样去劝他，才是尽一个朋友的正道。

克劳狄奥 您怎么知道他爱着她？

约翰 我听见他发过誓申说他的爱情了。

波拉契奥 我也听见；他刚才发誓说要跟她结婚。

约翰 来，咱们喝酒去吧。（约翰、波拉契奥同下）

克劳狄奥 我这样冒认着培尼狄克的名字，却用克劳狄奥的耳朵听见了这些坏消息。事情一定是这样；亲王为他自己才去求婚的。友谊在别的事情上都是可靠的，在恋爱的事情上却不能信托；所以恋人们都是用他们自己的唇舌。谁生着眼睛，让他自己去传达情愫吧，总不要请别人代劳；因为美貌是一个女巫，在她的魔力之下，忠诚是会在热情里溶解的。这是一个每一个时辰里都可以找到证明的例子，毫无怀疑的余地。那么永别了，希罗！

| 培尼狄克重上。

培尼狄克 是克劳狄奥伯爵吗？

克劳狄奥 正是。

培尼狄克 来，您跟着我来吧。

克劳狄奥 到什么地方去？

培尼狄克 到最近的一棵杨柳树底下去[1]，伯爵，为了您自己的事。您欢喜把花圈怎样戴法？还是把它套在您的头颈上，像盘剥重利的人套着的锁链似的呢，还是把它串在您的臂上，像一个军官的臂章似的？您一定要把它戴起来，因为您的希罗已经给亲王夺去啦。

克劳狄奥 我希望他姻缘美满！

培尼狄克 嗳哟，听您说话的神气，简直好像一个牛贩子卖掉了一匹牛似的。可是您想亲王会这样对待您吗？

克劳狄奥 请你让我一个人在这儿。

培尼狄克 哈！现在您又变做一个不问是非的瞎子了；小孩子偷了您的肉去，您却去打一根柱子。

克劳狄奥 你要是不肯走开，那么我走了。（下）

培尼狄克 唉，可怜的受伤的鸟儿！现在他要爬到芦苇里去

① 杨柳树是悲哀和失恋的象征。

了。可是想不到咱们那位贝特丽丝小姐居然会见了我认不出来！亲王的弄人！嘿？也许因为人家瞧我欢喜说笑，所以背地里这样叫我；可是我要是这样想，那就是自己看轻自己了；不，人家不会这样叫我，这都是贝特丽丝凭着她那一幅下流刻薄的脾气，把自己的意见代表着众人，随口编造出来毁谤我的。好，我一定要向她报复此仇。

| 唐·彼德罗重上。

彼德罗 培尼狄克，伯爵呢？你看见他了吗？

培尼狄克 不瞒殿下说，我已经做过一个搬弄是非的长舌妇了。我看见他一个人孤零零地在这儿发呆，我就对他说——我想我对他说的是真话——您已经得到这位姑娘的芳心了。我说我愿意陪着他到一株杨柳树底下去；或者给他编一个花圈，表示被弃的哀思；或者给他扎起一条藤鞭来，因为他有该打的理由。

彼德罗 该打！他做错了什么事？

培尼狄克 他犯了一个小学生的过失，因为发现了一窠小鸟，高兴非常，指点给他的同伴看见，让他的同伴把它偷去了。

彼德罗 你把信任当做一种过失吗？偷的人才是有罪的。

培尼狄克 可是他把藤鞭和花圈扎好，总是有用的；花圈可以给他自己戴，藤鞭可以赏给您。照我看来，您就是把他那窠小鸟偷去的人。

彼德罗 我不过是想教它们唱歌，教会了就把它们归还原主的。

培尼狄克 那么且等它们唱的歌儿来证明您的一片好心吧。

彼德罗 贝特丽丝小姐在生你的气；陪她跳舞的那位先生告诉她你说了她许多坏话。

培尼狄克 啊，她才把我侮辱得连一块顽石都要气得直跳起来呢！一株秃得只剩一片青叶子的橡树，也会忍不住跟她拌嘴；就是我的脸罩也差不多给她骂活了，要跟她对骂一场哩。她不知道在她面前的就是我自己，对我说，我是亲王的弄人，我比融雪的天气还要无聊；她用一连串恶毒的讥讽，像放连珠炮似的向我射了过来，我简直的变成了一个箭垛啦。她的每一句话都是一把钢刀，每一个字都刺到人心里；要是她嘴里的气息跟她的说话一样恶毒，那一定无论什么人走近她身边都不能活命的；她的毒气会把北极星都熏坏呢。即使亚当把他没有犯罪以前的全部家产传给她，我也不愿意娶她做妻子；她会叫赫剌克勒斯给她烤肉，把他的棍子劈碎了当柴烧的。好了，别讲她了。她就是母夜叉的变相，但愿上帝差一个有法力的人来把她一道咒赶回地狱里去，因为她一天留在这世上，人家就会觉得地狱里简直清静得像一座洞天福地，大家为了希望下地狱，都会故意犯起罪来，所以一切的混乱、恐怖、纷扰，都跟着她一起来了。

彼德罗 瞧，她来啦。

| 克劳狄奥、贝特丽丝、希罗及里奥那托重上。

培尼狄克 殿下有没有什么事情要派我到世界的尽头去的？我现在愿意到地球的那一边去，给您干无论哪一件您所能想得到的最琐细的差使：我愿意给您从亚洲最远的边界上拿一根牙签回来；我愿意给您到埃塞俄比亚去量

一量护法王约翰的脚有多少长；我愿意给您去从蒙古大可汗的脸上拔下一根胡须，或者到侏儒国里去办些无论什么事情；可是我不愿意跟这妖精谈三句话儿。您没有什么事可以给我做吗？

彼德罗 没有，我要请你陪着我。

培尼狄克 啊，殿下，这是强人所难了；我可受不住咱们这位尖嘴的小姐。（下）

彼德罗 来，小姐，来，培尼狄克先生在生您的气呢。您欺侮了他了。

贝特丽丝 殿下，我可不让他欺侮我。您叫我去找克劳狄奥伯爵来，我已经把他找来了。

彼德罗 啊，怎么，伯爵！你为什么这样不高兴？

克劳狄奥 没有什么不高兴，殿下。

彼德罗 那么害病了吗？

克劳狄奥 也不是，殿下。

贝特丽丝 这位伯爵无所谓高兴不高兴，也无所谓害病不害病；您瞧他皱着眉头，也许他吃了一只酸橘子，心里头有一股酸溜溜的味道。

彼德罗 真的，小姐，我想您把他形容得很对；可是我可以发誓，要是他果然有这样的心思，那就错了。来，克劳狄奥，我已经替你向希罗求过婚，她已经答应了；我也已经向她的父亲说起，他也表示同意了；现在你只要选定一个结婚的日子，愿上帝给你快乐！

里奥那托 伯爵，从我手里接受我的女儿，我的财产也随着她一起传给您了。这门婚事多仗殿下鼎力，一定能够得到上天的嘉许！

贝特丽丝 说呀，伯爵，现在要轮到您开口了。

克劳狄奥 静默是表示快乐的最好的方法；要是我能够说出我的心里多么快乐，那么我的快乐只是有限度的。小姐，您现在既然已经属于我，我也就是属于您的了；我把我自己跟您交换，我要把您当作瑰宝一样爱重。

贝特丽丝 说呀，妹妹；要是你不知道说些什么话好，你就用一个吻堵住他的嘴，让他也不要说话。

彼德罗 真的，小姐，您真会说笑。

贝特丽丝 是的，殿下；也幸亏是这样，我这可怜的傻子才从来不知道有什么心事。我那妹妹附着他的耳朵，在那儿告诉他她的心里有着他呢。

克劳狄奥 她正是这么说，姊姊。

贝特丽丝 天哪，真好亲热！人家一个个嫁了出去，只剩我一个人年老珠黄；我还是躲在壁角里，哭哭自己的没有丈夫吧！

彼德罗 您愿意嫁给我吗，小姐？

贝特丽丝 不，殿下，除非我可以再有一个家常用的丈夫；因为您是太贵重啦，只好留着在星期日装装场面。可是我要请殿下原谅，我这一张嘴是向来胡说惯的，没有一句正经。

彼德罗 您要是不声不响，我才要恼哪；这样说说笑笑，正是您的风趣的本色。我想您一定是在一个快乐的时辰里出世的。

贝特丽丝 不，殿下，我的妈哭得才苦呢；可是那时候刚巧有一颗星在跳舞，我就在那颗星底下生下来了。妹妹，妹夫，愿上帝给你们快乐！

里奥那托 侄女，你肯不肯去把我对你说起过的事情办一办？

贝特丽丝 对不起，叔叔。殿下，恕我失陪了。（下）

彼德罗 真是一个快乐的小姐。

里奥那托 殿下，她身上找不出一丝丝的忧愁；除了睡觉的时候，她从来不曾板起过脸孔；就是在睡觉的时候，她也还是嘻嘻哈哈的，因为我曾经听见小女说起，她往往梦见不快活的事情，把自己笑醒来。

彼德罗 她顶不欢喜听见人家向她谈起一个丈夫。

里奥那托 啊，她听都不要听；向她求婚的人，一个个都给她嘲笑得退缩回去啦。

彼德罗 要是把她配给培尼狄克，倒是很好的一对。

里奥那托 哎哟！殿下，他们两人要是结了婚一个星期，准会吵疯了呢。

彼德罗 克劳狄奥伯爵，你预备什么时候上教堂？

克劳狄奥 就是明天吧，殿下；在爱情没有完成它的一切仪式以前，时间总是走得像一个扶着拐杖的跛子一样慢。

里奥那托 那不成，贤婿，还是等到星期一吧，左右也不过七天功夫；要是把事情办得一切都称我的心，这几天日子还嫌太局促了些。

彼德罗 好了，别这么摇头长叹啦；克劳狄奥，包在我身上，我们要把这段日子过得一点也不沉闷。我想在这几天的时间以内，干一件非常艰辛的工作；换句话说，我要叫培尼狄克先生跟贝特丽丝小姐彼此热恋起来。我很想把他们两人配成一对；要是你们三个人愿意听我的吩咐，帮着我把这件事情进行起来，一定可以成功的。

里奥那托 殿下，我愿意全力赞助，即使叫我十个晚上不睡觉都可以。

克劳狄奥 我也愿意出力，殿下。

彼德罗 温柔的希罗，您也愿意帮帮忙吗？

希罗 殿下，我愿意尽我的微力，帮助我的姊姊得到一位好丈夫。

彼德罗 培尼狄克并不是一个没有出息的丈夫。至少我可以对他说这几句好话：他的家世是高贵的；他的勇敢、他的正直，都是大家所公认的。我可以教您用怎样的说话打动令姊的心，叫她对培尼狄克发生爱情；再靠着你们两位的合作，我只要向培尼狄克略施小计，凭他怎样刁钻古怪，不怕他不爱上贝特丽丝。要是我们能够把这件事情做成功，丘比特也可以不用再射他的箭啦；他的一切的光荣都要属于我们，因为我们才是真正的爱神。跟我一块儿进去，让我把我的计划告诉你们。（同下）

第二场

里奥那托家中的另一室

| 唐·约翰及波拉契奥上。

约翰 果然是这样，克劳狄奥伯爵要跟里奥那托的女儿结婚了。

波拉契奥 是，爵爷；可是我有法子破坏他们。

约翰 无论什么破坏手段，都可以替我消一消心头的闷气；我把他恨得什么似的，只要能够打破他的恋爱的美梦，什么办法我都愿意采取。你想怎样破坏他们的婚姻呢？

波拉契奥 不是用正当的手段，爵爷；可是我会把事情干得十分诡秘，让人家看不出破绽来。

约翰 把你的计策简单一点告诉我。

波拉契奥 我想我在一年以前，就告诉过您我跟希罗的侍女玛格莱特相好了。

约翰 我记得。

波拉契奥 我可以约她在夜静更深的时候，在她小姐闺房里的窗口等着我。

约翰 这是什么用意？怎么就可以把他们的婚姻破坏了呢？

波拉契奥 毒药是要您自己配合起来的。您去对王爷说，他不该叫克劳狄奥这样一位赫赫有名的人物——您可以拼命抬高他的身价——去跟希罗那样一个下贱的女人结婚；您尽管对他说，这一次的事情，对于他的名誉一定大有影响。

约翰 我有什么证据可以提出呢？

波拉契奥 有，有，一定可以使亲王受骗，叫克劳狄奥懊恼，毁坏了希罗的名誉，把里奥那托活活气死：这不正是您所希望得到的结果吗？

约翰 为了发泄我对他们这批人的气愤，什么事情我都愿意试一试。

波拉契奥 那么很好，找一个适当的时间，您把亲王跟克劳狄奥拉到一处没有旁人的所在，告诉他们说您知道希罗跟我很要好；您可以假意装出一副对亲王和他的朋友的名誉十分关切的样子，因为这次婚姻是亲王一手促成，现在克劳狄奥将要娶到一个已非完璧的女子，您不忍坐视他们受人之愚，所以不能不把您所知道的告诉他们。他们听了这样的话，当然不会就此相信；您就向他们提出真凭实据，把他们带到希罗的窗下，让他们看见我站在窗口，听我把玛格莱特叫做希罗，听玛格莱特叫我波拉契奥。就在预定的婚期的前一个晚上，您带着他们看一看这幕把戏，我可以预先设法把希罗调开；他们见到这种似乎是千真万确的事实，一定会相信希罗果真是一个不贞的女子，在妒火中烧的情绪下，决不会作冷静的推敲，这样他们的一切准备就可以全部推翻了。

约翰 不管它会引起怎样不幸的后果，我要把这计策实行起来。你给我用心办理，我赏你一千块钱。

波拉契奥 您只要一口咬定，我的诡计是不会失败的。

约翰 我就去打听他们的婚期。（同下）

第三场
里奥那托的花园

| 培尼狄克上。

培尼狄克 童儿！

| 小童上。

小童 大爷叫我吗？

培尼狄克 我的寝室窗口有一本书，你去给我拿来。（小童下）我真不懂一个人明明知道沉迷在恋爱里是一件多么愚蠢的事，可是在讥笑他人的浅薄无聊以后，偏偏会自己打自己的耳光，照样跟人家闹起恋爱来；克劳狄奥就是这种人。从前我认识他的时候，战鼓和军笛是他的唯一的音乐；现在他却宁愿听小鼓和洞箫了。从前他会跑十哩路去看一身好甲胄；现在他却会接连十个晚上不睡觉，为了设计一身新的紧身衣的式样。从前他说起话来，总是直捷爽快，像个老老实实的军人；现在他却变成了个秀才先生，满嘴都是些稀奇古怪的话儿。我会不会也变得像他一样呢？我不知道；我想不至于。我不敢说爱情不会叫我变成一个牡蛎；可是我可以发誓，在它没有把我变成牡蛎以前，它一定不能叫我变成这样一个傻瓜。好看的女人，聪明的女人，贤惠的女人，我都碰见过，可是我还是个原来的我；除非在一个女人身上能够集合一切女人的优点，否则没有一个女人会中我的意的。她一定要有钱，这是不用说的；她必须聪明，不然我就不要；她必须贤惠，不然我也不敢领教；她必须美貌，不然我看也不要看她；她必须温柔，否则不要叫她走近我的身；她必须有很好的人品，否则我不愿花十先令把她买下来；她必须会讲话，精音乐，而且她的头发必须是天然的颜色。哈！亲王跟咱们这位多情种子来啦！让我到凉亭里去躲他一躲。（退后）

| 唐·彼德罗、里奥那托、克劳狄奥同上；鲍尔萨泽及众乐工随上。

彼德罗 来，我们要不要听听音乐？

克劳狄奥 好的，殿下。暮色是多么沉寂，好像故意静下来，让乐声格外显得谐和似的！

彼德罗 你们看见培尼狄克躲在什么地方吗？

克劳狄奥 啊，看得很清楚，殿下；等音乐停止了，我们要叫这小狐狸钻进我们的圈套。

彼德罗 来，鲍尔萨泽，我们要把那首歌再听一遍。

鲍尔萨泽 啊，我的好殿下，像我这样的坏嗓子，把好好的音乐糟蹋了一次，也就够了，不要再叫我献丑了吧！

彼德罗 越是本领超人一等的人，越是不满意自己的才能。请你唱起来吧，别让我向你再三求告了。

鲍尔萨泽 既蒙殿下如此错爱，我就唱了。有许多求婚的人，在开始求婚的时候，虽然明知道他的恋人没有什么可爱，仍旧会把她恭维得天花乱坠，发誓说他真心爱着她的。

彼德罗 好了好了，请你别说下去了；要是你还想发表什么意见，就放在歌里边唱出来吧。

鲍尔萨泽 在我未唱以前，先要声明一句：我唱的歌儿是一句也不值得你们注意的。

彼德罗 他在那儿净说些废话。（音乐）

培尼狄克 （旁白）啊，神圣的曲调！现在他的灵魂要飘飘然起来了！几根羊肠绷起来的弦线，会把人的灵魂从身体里抽了出来，真是不可思议！好，等他唱好以后，少不了要布施他几个钱。

鲍尔萨泽 （唱）

不要叹气，姑娘，不要叹气，

男人们都是些骗子，
一脚在岸上，一脚在海里，
他天性里朝三暮四。
不要叹息，让他们去，
你何必愁眉不展？
收起你的哀丝怨绪，
唱一曲清歌婉转。
莫再悲吟，姑娘，莫再悲吟，
停住你沉重的哀音；
哪一个夏天不绿叶成荫？
哪一个男子不负心？
不要叹息，让他们去，
你何必愁眉不展？
收起你的哀丝怨绪，
唱一曲清歌婉转。

彼德罗 真是一首好歌。

鲍尔萨泽 可是唱歌的人太不行啦，殿下。

彼德罗 哈，不，不，真的，你唱得总算过得去。

培尼狄克 （旁白）倘然他是一头狗叫得这样子，他们一定把他吊死啦；求上帝别让他的坏喉咙预兆着什么灾殃！与其听他唱歌，我宁愿听夜里的乌鸦叫，不管有什么祸事会跟着它一起来。

彼德罗 好，你听见了没有，鲍尔萨泽？请你给我们预备些好音乐，因为明天晚上我们要在希罗小姐的窗下弹奏。

鲍尔萨泽 我一定尽力办去，殿下。

彼德罗 很好，再见。（鲍尔萨泽及乐工等下）过来，里奥那托。您今天对我怎么说，说是令侄女贝特丽丝在恋爱着培尼狄克吗？

克劳狄奥 啊！是的。（向彼德罗旁白）小心，小心，鸟儿正在那边歇着呢。——我再也想不到那位小姐会爱上什么男人的。

里奥那托 我也是出于意料之外；尤其想不到的是她竟会对培尼狄克这样一往情深，照外表上看起来，总像她把他当作冤家对头似的。

培尼狄克 （旁白）有这样的事吗？风会吹到那个角里去吗？

里奥那托 真的，殿下，这件事情简直使我莫名其妙；我只知道她爱得他像发狂一般。谁也万万想象不到会有这样的怪事。

彼德罗 也许她是假装着骗人的。

克劳狄奥 嗯，那倒也有几分可能。

里奥那托 上帝啊！假装出来的！我从来没有见过谁能把情感假装得像她这样逼真。

彼德罗 啊，那么她怎样表示她的情感的呢？

克劳狄奥 （旁白）好好儿把钓钩放下去，鱼儿就要吞饵了。

里奥那托 怎样表示，殿下？她会一天到晚坐着出神；（向克劳狄奥）你听见过我的女儿怎样告诉你的。

克劳狄奥 她是这样告诉过我的。

彼德罗 怎么？怎么？你们说呀。你们让我奇怪死了；我以为像她那样的性格，是无论如何不会受到爱情袭击的。

里奥那托 殿下，我也可以跟人家赌咒说决不会有这样的事哩，尤其是对于培尼狄克。

培尼狄克 （旁白）倘不是这白须老头儿说的话，我一定会把它当作一场诡计；可是诡计是不会藏在这样庄严的外表之下的。

克劳狄奥 （旁白）他已经上了钩了，别让他溜走。

彼德罗 她有没有把她的衷情向培尼狄克表示出来？

里奥那托 不，她发誓说一定不让他知道；这是使她痛苦的最大的原因。

克劳狄奥 对了，我听令嫒说她说过这样的话："我当着他的面前屡次把他讥笑，难道现在却要写信给他，说我爱他吗？"

里奥那托 她每次提起笔来要想写信给他，便这样自言自语；一个夜里她总要起来二十次，披了一件衬衫，写满了一张纸再睡下去。这都是小女告诉我们的。

克劳狄奥 您说起一张纸，我倒记起令嫒告诉我的一个有趣的笑话来了。

里奥那托 啊！是不是说她写好了信，把它读了一遍，发现"培尼狄克"跟"贝特丽丝"两个名字刚巧写在一块儿？

克劳狄奥 正是。

里奥那托 啊！她把那封信撕成了一千片，把她自己痛骂了一顿，说她不应该这样不知羞耻，写信给一个她知道一定会把她嘲笑的人。她说，"我根据自己的脾气推想他；要是他写信给我，即使我心里爱他，我也还是要嘲笑他的。"

克劳狄奥 于是她跪在地上，痛哭流泪，捶着她的心，扯着她的头发，一面祈祷一面咒诅："啊，亲爱的培尼狄克！上帝呀，给我忍耐吧！"

里奥那托 她真是这样；小女就是这样说的。她这种疯疯癫癫、如醉如痴的神气，有时候简直使小女提心吊胆，恐怕她会对自己闹出些什么不顾死活的事情来呢。这些都是千真万确的说话。

彼德罗 要是她自己不肯说，那么叫别人去告诉培尼狄克知道也好。

克劳狄奥 有什么用处呢？他不过把它当作一桩笑话，叫这个可怜的姑娘格外难堪罢了。

彼德罗 他要是真的这样，那么吊死他也是一件好事。她是个很好的可爱的姑娘；她的品行也是无可疵议的。

克劳狄奥 而且她是个绝世聪明的人儿。

彼德罗 她什么都聪明，就是在爱培尼狄克这件事上不大聪明。

里奥那托 啊，殿下！智慧和感情在这么一个娇嫩的身体里交战，十之八九感情会得到胜利的。我是她的叔父和保护人，瞧着她这样子，心里真是难受。

彼德罗 我倒希望她把这样的痴情用在我身上；我一定会不顾一切，娶她做我的妻子的。依我看来，你们还是去告诉了培尼狄克，听他怎么说。

里奥那托 您想这样会有用处吗？

克劳狄奥 希罗相信她迟早活不下去：因为她说要是他不爱她，她一定会死；可是她宁死也不愿让他知道她爱他；即使他来向她求婚，她也宁死不愿把她平日那种倔强的态度改变一丝一毫。

彼德罗 她的意思很对。要是她向他呈献了她的一片深情，多分反而要遭他奚落；因为你们都知道，这个人的脾气是非常骄傲的。

克劳狄奥 他是一个很漂亮的人。

彼德罗 他的确有一副很好的仪表。

克劳狄奥 凭良心说，他也很聪明。

彼德罗 他的确有几分小聪明。

里奥那托 我看他也很勇敢。

彼德罗 他是个大英雄哩；可是在碰到打架的时候，你就可以看到他的聪明的地方，因为他总是小小心心地躲开，万一脱身不了，也是战战兢兢，像个好基督徒似的。

里奥那托 他要是敬畏上帝，当然应该跟人家和和气气；万一闹翻了，自然要惴惴不安的。

彼德罗 他正是这样；这家伙虽然一张嘴胡说八道，可是他倒的确敬畏上帝。好，我对于令侄女非常同情。我们要不要去找培尼狄克，把她的爱情告诉他？

克劳狄奥 别告诉他，殿下；还是让她好好地想一想，把这段痴心慢慢儿地淡下去吧。

里奥那托 不，那是不可能的；等到她觉悟过来，她的心早已碎了。

彼德罗 好，我们慢慢再等着听令嫒报告消息吧，现在暂时不用多讲了。我很欢喜培尼狄克；我希望他能够平心静气反省一下，看看他自己多么配不上这么一位好的姑娘。

里奥那托 殿下，请吧。晚饭已经预备好了。

克劳狄奥 （*旁白*）要是他听见了这样的话，还不会爱上她，我以后再不相信我自己的预测。

彼德罗 （旁白）咱们还要给她设下同样的圈套，那可要请令嫒跟她的侍女多多费心了。顶有趣的一点，就是让他们彼此以为对方在恋爱着自己，其实却根本没有这么一回事儿；这就是我所希望看到的一幕哑剧。让我们叫她来请他进去吃饭吧。（彼德罗、克劳狄奥、里奥那托同下）

培尼狄克 （自凉亭内走出）这不会是诡计；他们谈话的神气是很严肃的；他们从希罗嘴里听到了这一件事情，当然不会有假。他们好像很同情这姑娘；她的热情好像已经涨到最高度。爱我！哎哟，我一定要报答她才是。我已经听见他们怎样批评我，他们说要是我知道了她在爱我，我一定会摆架子；他们又说她宁死也不愿把她的爱情表示出来。结婚这件事我倒从来没有想起过。我一定不要摆架子；一个人知道了自己的短处，能够改过自新，就是有福的。他们说这姑娘长得漂亮，这是真的，我可以为他们证明；说她品行很好，这也是事实，我不能否认；说她除了爱我以外，别的地方都是很聪明的，其实这一件事情固然不足表示她的聪明，可是也不能因此反证她的愚蠢，因为就是我也要从此为她颠倒哩。也许人家会向我冷嘲热讽，因为我一向都是讥笑着结婚的无聊；可是难道一个人的口味是不会改变的吗？年轻的时候欢喜吃肉，也许老来一闻到肉味道就要受不住。难道这种不关痛痒的舌丸唇弹，就可以把人吓退，叫他放弃他的决心吗？不，人类是不能让它绝种的。当初我说我要一生一世做个单身汉，那是因为我没有想到我会活到结婚的一天。贝特丽丝来了。天日在上，她是个美貌的姑娘！我可以从她脸上看出她几分爱我的意思来。

| 贝特丽丝上。

贝特丽丝 他们叫我来请您进去吃饭，可是这是违反我自己的意志的。

培尼狄克 好贝特丽丝，有劳枉驾，真是多谢您啦。

贝特丽丝 你也不用假殷勤谢我，我也不希罕您的感谢；要是这是一件辛苦的事，我也不会来啦。

培尼狄克 那么您是很愿意来叫我的吗？

贝特丽丝 是的，正像您把一柄刀插进一只乌鸦的嘴里一样。您肚子不饿吧，先生？再见。（下）

培尼狄克 哈！“他们叫我来请您进去吃饭，可是这是违反我自己的意志的，”这句话里含着双关的意义。“你也不用谢我，我也不希罕您的感谢，”那等于说，我无论给您做些什么辛苦的事，都像说一声谢谢那样不足为奇的。要是我不可怜她，我就是个混蛋；要是我不爱她，我就是个犹太人。我要向她讨一幅小像去。（下）

第 三 幕

第一场
里奥那托的花园

| 希罗、玛格莱特及欧苏拉上。

希罗 好玛格莱特，你快跑到客厅里去，我的姊姊贝特丽丝正在那儿跟亲王和克劳狄奥讲话；你在她的耳边悄悄地告诉她，说我跟欧苏拉在花园里谈天，我们所讲的话都是关于她的事情；你说你因为听到了我们的谈话，所以特来通知她，叫她偷偷地溜到给金银花藤密密地纠绕着的凉亭里，这繁茂的藤萝受着太阳的煦养，成长以后，却不许日光进来，正像一般凭借主子的势力作威作福的宠臣，一朝羽翼既成，却向栽培他的恩人反噬一口一样；你就叫她躲在那个地方，听我们说些什么话。这是你的事情，你好好地做去，让我们两个人在这儿。

玛格莱特 我一定叫她立刻就来。（下）

希罗 欧苏拉，我们就在这条路上走来走去；一等贝特丽丝来了，我们必须满嘴都讲的是培尼狄克：我一提起他的名字，你就把他恭维得好像走遍天下也找不到他这样一个男人似的；我就告诉你他怎样为了贝特丽丝害相思。我们就是这样用诳话造成丘比特的一枝利箭，凭着传闻的力量射中她的心。

| 贝特丽丝自后上。

希罗 现在开始吧；瞧贝特丽丝像一只田凫似的，缩头缩脑地在那儿听我们谈话了。

欧苏拉 钓鱼最有趣的时候，就是瞧那鱼儿用她的金桨拨开银浪，贪馋地吞那陷入的美饵；我们也正是这样引诱贝特丽丝上钩。她现在已经躲在金银花藤的浓荫下面了。您放心吧，我一定不会讲错了话。

希罗 那么让我们走近她些，好让她的耳朵一字不漏地把我们给她安排下的诱人的美饵吞咽下去。（二人走近凉亭）不，真的，欧苏拉，她太高傲啦；我知道她的脾气就像山上的野鹰一样倔强豪放。

欧苏拉 可是您真的相信培尼狄克这样一心一意地爱着贝特丽丝吗？

希罗 亲王跟我的未婚夫都是这么说。

欧苏拉 他们有没有叫您告诉她知道，小姐？

希罗 他们请我把这件事情告诉她；可是我劝他们说，要是他们把培尼狄克当做他们的好朋友，就应该希望他从爱情底下挣扎出来，无论如何不要让贝特丽丝知道。

欧苏拉 您为什么对他们这样说呢？难道这位绅士就配不上贝特丽丝小姐吗？

希罗 爱神在上，我也知道像他这样的人品，是值得享受世间一切至美至好的事物的；可是造物从来不曾造下一颗女人的心，像贝特丽丝那样的骄傲冷酷了；轻蔑和讥嘲在她的眼睛里闪耀着，把她所看见的一切贬得一文不值，她因为自恃才情，所以什么都不放在她的眼里。她不会恋爱，也从来不想到有恋爱这件事；她是太自命不凡了。

欧苏拉 不错，我也是这样想；所以还是不要让她知道他对她的爱情，免得反而给她讥笑一番。

希罗 是呀，你说得很对。无论怎样聪明、高贵、年轻、漂亮的男子，她总要把他批评得体无完肤：要是他面孔长得白净，她就发誓说这位先生应当做她的妹妹；要是他皮肤黑了点儿，她就说上帝在打一个小花脸的图样的时候，不小心涂上了一大块墨渍；要是他是个高个儿，他就是柄歪头的长枪；要是他是个矮子，他就是块刻坏了的玛瑙坠子；要是他多讲了几句话，他就是个随风转的风标；要是他一声不响，他就是块没有知觉的木头。她这样指摘着每一个人的短处，至于他的纯朴的德性和才能，她却绝口不给它们应得的赞赏。

欧苏拉 真的，这种吹毛求疵可不敢恭维。

希罗 是呀，像贝特丽丝这样古怪得不近人情，真叫人不敢恭维。可是谁敢去对她这样说呢？要是我对她说了，她会把我讥笑得无地自容，用她的俏皮话儿把我揶揄死呢！所以还是让培尼狄克像一堆盖在灰里的火一样，在叹息中熄灭了他的生命的残焰吧；与其受人讥笑而死，还是不声不响地闷死了的好。

欧苏拉 可是告诉了她，听听她说些什么也好。

希罗 不，我想还是去劝劝培尼狄克，叫他努力斩断这一段痴情。真的，我想捏造一些关于我这位姊姊的谣言，一方面对她的名誉没有什么损害，一方面却可以冷了他的心；谁也不知道一句诽谤的话，会多么中伤人们的感情！

欧苏拉 啊！不要做这种对不起您姊姊的事。人家都说她心窍玲珑，她决不会糊涂到这个地步，会拒绝培尼狄克先生那样一位难得的绅士。

希罗 除了我的亲爱的克劳狄奥以外，全意大利找不到第二个像他这样的人来。

欧苏拉 小姐，请您别生气，照我看起来，培尼狄克先生无论在外表上，在风度上，在智力和勇气上，都可以在意大利首屈一指。

希罗 是的，他有一个很好的名誉。

欧苏拉 这也是因为他果然有过人的才德，所以才会得到这样的名誉。小姐，您的大喜在什么时候？

希罗 就在明天。来，进去吧；我要给你看几件衣服，你帮我决定明天最好穿哪一件。

欧苏拉 （旁白）她已经上了钩了；小姐，我们已经把她捉住了。

希罗 （旁白）要是果然这样，那么恋爱就是一个偶然的机遇；有的人被爱神用箭射中，有的人却自己跳进网罗。（希罗、欧苏拉同下）

贝特丽丝 （上前）我的耳朵里怎么火一般热？果然会有这种事吗？难道我就让他们这样批评我的骄傲和轻蔑吗？

再会吧，处女的骄傲！人家在你的背后，是不会说你好话的。培尼狄克，爱下去吧，我一定会报答你；我要把这颗狂野的心收束起来，呈献在你温情的手里。你要是真的爱我，我的转变过来的温柔的态度，一定会鼓励你把我们的爱情用神圣的约束结合起来。人家说你值得我的爱，可是我比人家更知道你的好处。（下）

第二场

里奥那托家中一室

| 唐·彼德罗、克劳狄奥、培尼狄克、里奥那托同上。

彼德罗 我等你结了婚，就到阿拉贡去。

克劳狄奥 殿下要是准许我，我愿意伴送您到那边。

彼德罗 不，你正在新婚燕尔的时候，这不是太杀风景了吗？把一件新衣服给孩子看了，却不许他穿起来，那怎么可以呢？我只要培尼狄克愿意跟我做伴就行了。他这个人从头顶到脚跟，没有一点心事；他曾经两三次割断了丘比特的弓弦，现在这个小东西再也不敢射他啦。他那颗心就像一只好钟一样完整无缺，他的一条舌头就是钟舌；心里一想到什么，便会打嘴里说出来。

培尼狄克 哥儿们，我已经不再是从前的我啦。

里奥那托 我也是这样说；我看您近来好像有些心事似的。

克劳狄奥 我希望他是在恋爱了。

彼德罗 哼，这放荡的家伙，他的腔子里没有一丝真情，怎么会真的恋爱起来？要是他有了心事，那一定是因为没有钱用。

培尼狄克 我有牙齿痛。

彼德罗 啊！为了牙齿痛才这样长吁短叹吗？

里奥那托 只是因为出了点脓水，或者一个小虫儿在作怪吗？

培尼狄克 算了吧，痛在别人身上，谁都会说风凉话的。

克劳狄奥 可是我说，他是在恋爱了。

彼德罗 他一点也没有痴痴癫癫的样子，就是欢喜把自己打扮得奇形怪状：今天是个荷兰人，明天是个法国人；有时候一下子做了两个国家的人，下半身是个套着灯笼裤的德国人，上半身是个不穿紧身衣的西班牙人。除了这一股无聊的傻劲儿以外，他并没有什么反常的地方，可以证明你说的他在恋爱的话。

克劳狄奥 要是他没有爱上什么女人，那么古来的看法也都是靠不住的了。他每天早上刷他的帽子，这表示什么呢？

彼德罗 有人见过他上理发店没有？

克劳狄奥 没有，可是有人看见理发匠跟他在一起；他那脸蛋上的几根装饰品，都已经拿去塞网球去了。

里奥那托 他剃了胡须，瞧上去的确年轻了点儿。

彼德罗 他还用麝香擦他的身子哩；你们闻不出来这一股香味吗？

克劳狄奥 那等于说，这一个好小子在恋爱了。

彼德罗 他的忧郁是他的最大的证据。

克劳狄奥 几时他曾经用香水洗过脸？

彼德罗 对了，我听人家说他还搽粉哩。

克劳狄奥 还有他那爱说笑话的脾气，现在也已经钻进了琴弦里，给音栓管住了哪。

彼德罗 不错，那已经充分揭露了他的秘密。总而言之，他是在恋爱了。

克劳狄奥 哦，可是我知道谁爱着他。

彼德罗 我也很想知道知道；我想一定是个不大熟悉他的人。

克劳狄奥 是的，而且也不大知道他的坏脾气呢；可是却愿意为他而死。

培尼狄克 你们这样胡说八道，不能叫我的牙齿不痛呀。老先生，陪我走走；我已经想好了八九句聪明的话儿，要跟您谈谈，可是一定不能让这些傻瓜们听见。（培尼狄克、里奥那托同下）

彼德罗 我可以打赌，他一定是向他说起贝特丽丝的事。

克劳狄奥 正是。希罗和玛格莱特大概也已经把贝特丽丝同样捉弄过啦；现在这两匹熊碰见了，总不会再彼此相咬了吧。

| 唐·约翰上。

约翰 上帝保佑您，王兄！

彼德罗 你好，贤弟。

约翰 您要是有工夫的话，我想跟您谈谈。

彼德罗 不能让别人听见吗？

约翰 是；不过克劳狄奥伯爵不妨让他听见，因为我所要说的话，是对他很有关系的。

彼德罗 是什么事？

约翰 （向克劳狄奥）大人预备在明天结婚吗？

彼德罗 那你早就知道了。

约翰 要是他知道了我所知道的事，那我可就不知道了。

克劳狄奥 倘然有什么妨碍，请您明白告诉我。

约翰 您也许以为我对您有点儿过不去，那咱们等着瞧吧；我希望您听了我现在将要告诉您的话以后，可以把您对我的意见改变过来。至于我这位兄长，我相信他是非常看重您的；他为您促成了这一门婚事，完全是他的一片好心；可惜看错了追求的对象，这一番心思气力，花得好不冤枉！

彼德罗 啊，是怎么一回事？

约翰 我就是来告诉你们的；废话少说，这位姑娘是不贞洁的，人家久已在那儿讲她的闲话了。

克劳狄奥 谁？希罗吗？

约翰 正是她；里奥那托的希罗，您的希罗，大众的希罗。

克劳狄奥 不贞洁吗？

约翰 不贞洁这一个字眼，还是太好了，不够形容她的罪恶；她岂止不贞洁而已！您要是能够想得到一个更坏的名称，她也可以受之而无愧。不要吃惊，等着看事实的证明吧，您只要今天晚上跟我去，就可以看见在她结婚的前一晚，还有人从窗里走进她的房间里去。您看见这种情形以后，要是仍旧爱她，那么明天就跟她结婚吧；可是为了您的名誉起见，还是把您的决心改变一下的好。

克劳狄奥 有这等事吗？

彼德罗 我想不会的。

约翰 要是你们看见了真凭实据以后，还不敢相信你们自己的眼睛，那么不要把你们所看到的情形宣布出来也好。你们只要跟我去，我一定可以叫你们看一个明白；等你们看饱听饱以后，再决定怎么办吧。

克劳狄奥 要是今天晚上果然有什么事情给我看到，那我明天一定不跟她结婚；我还要在教堂里当众羞辱她呢。

彼德罗 我曾经代你向她求婚，我也要帮着你把她羞辱。

约翰 我也不愿多说她的坏话，横竖你们自己会替我证明的。现在大家不用声张，等到半夜时候再看究竟吧。

彼德罗 真扫兴的日子！

克劳狄奥 真倒霉的事情！

约翰 等会儿你们就要说，幸亏发觉得早，真好的运气！（同下）

第三场

街　道

| 道格培里、弗吉斯及巡丁等上。

道格培里 你们都是老老实实的好人吗？

弗吉斯 是啊，否则他们的肉体灵魂不一起上天堂，那才可惜哩。

道格培里 不，他们当了王爷的巡丁，要是有一点忠心的话，这样的刑罚还嫌太轻啦。

弗吉斯 好，道格培里伙计，把他们应该做的事吩咐他们吧。

道格培里 第一，你们看来谁是顶不配当巡丁的人？

巡丁甲 回长官，修·奥凯克跟乔治·西可尔，因为他们俩都会写字念书。

道格培里 过来，西可尔伙计。上帝赏给你一个好名字；一个人长得漂亮是偶然的运气，会写字念书才是天生的本领。

巡丁乙 巡官老爷，这两种好处——

道格培里 你都有；我知道你会这样说。好，朋友，讲到你长得漂亮，那么你谢谢上帝，自己少卖弄卖弄；讲到你会写字念书，那么等到用不着这种玩意儿的时候，再显显你自己的本领吧。大家公认你是这儿最没有头脑、最配当一个巡丁的人，所以你拿着这盏灯笼吧。听好我的吩咐：你要是看见什么流氓无赖，就把他抓了；你可以用王爷的名义，喊无论什么人站住。

巡丁甲 要是他不肯站住呢？

道格培里 那你就不用理他，让他去好了；你就立刻召集其余的巡丁，谢谢上帝免得你们受一个混蛋的麻烦。

弗吉斯 要是喊他站住他不肯站住，他就不是王爷的子民。

道格培里 对了，不是王爷的子民，就可以不用理他们。你们也不准在街上大声吵闹；因为巡丁们要是哗啦哗啦谈起天来，那是最叫人受得住也是最不可宽恕的事。

巡丁乙 我们宁愿睡觉，不愿说话；我们知道一个巡丁的责任。

道格培里 啊，你说得真像一个老练的安静的巡丁，睡觉总是不会得罪人的；只要留心你们的钩镰枪别给人偷去就行啦。好，你们还要到每一家酒店去查看，看见谁喝醉了，就叫他回去睡觉。

巡丁甲 要是他不愿意呢？

道格培里 那么让他去，等他自己醒过来吧；要是他不好好地回答你，你可以说你看错了人啦。

巡丁甲 是，长官。

道格培里 要是你们碰见一个贼，按着你们的职分，你们可以疑心他不是个好人；对于这种家伙，你们越是少跟他们多事，越可以显出你们都是规矩的好人。

巡丁乙 要是我们知道他是个贼，我们要不要抓住他呢？

道格培里 按着你们的职分，你们本来是可以抓住他的；可是我想谁把手伸进染缸里，不过是弄脏了自己的手；为了省些麻烦起见，要是你们碰见了一个贼，顶好的办法，就是让他使出他的看家本领来，偷偷儿地溜走了事。

弗吉斯 伙计，你一向是个出名的好心肠人。

道格培里 是呀，就是一条狗我也不忍把它勒死，何况是个还有几分天良的人，自然更加不在乎啦。

弗吉斯 要是你们听见谁家的孩子晚上啼哭，你们必须去把那奶妈子叫醒，叫她止住他的啼哭。

巡丁乙 要是那奶妈子睡熟了，听不见我们叫喊呢？

道格培里 那么你们就一声不响地走开去，让那孩子把她吵醒好了；因为母羊要是听不见她自己小羊的啼声，她怎么会回答一头小牛的叫喊呢？

弗吉斯 你说得真对。

道格培里 完了。你们当巡丁的，就是代表着王爷本人；要是你们在黑夜里碰见王爷，你们也可以叫他站住。

弗吉斯 哎哟，圣母娘娘呀！我想那是不可以的。

道格培里 谁要是懂得法律，我可以用五先令跟他打赌一先令，他可以叫他站住；当然啰，那还要看王爷自己愿不愿意；因为巡丁是不能得罪人的，叫一个不愿意站住的人站住，那就是他的大人的不该哩。

弗吉斯 对了，这才说得有理。

道格培里 哈哈哈！好，伙计们，晚安！倘然有要紧的事，你们就来叫我起来；什么事大家彼此商量商量。再见！来，伙计。

巡丁乙 好，弟兄们，我们已经听见长官吩咐我们的话；让我们就在这儿教堂门前的凳子上坐下来，等到两点钟的时候，大家回去睡觉吧。

道格培里 好伙计们，还有一句话。请你们留心留心里奥那托老爷的门口；因为他家里明天有喜事，今晚十分忙碌，怕有坏人混进去。再见，千万留心点儿。（道格培里、弗吉斯同下）

| 波拉契奥及康拉德上。

波拉契奥 喂，康拉德！

巡丁甲 （旁白）静！别动！

波拉契奥 喂，康拉德！

康拉德 这儿，朋友，我就在你的身边哪。

波拉契奥 他妈的！怪不得我身上痒，原来有一颗癞疥疮在我身边。

康拉德 等会儿再跟你算账；现在还是先讲你的故事吧。

波拉契奥 那么你且站在这儿屋檐下面，天在下着毛毛雨哩；我可以像一个醉汉似的，把什么话儿都告诉你。

巡丁甲 （旁白）弟兄们，一定是些什么阴谋；可是大家站着别动。

波拉契奥 告诉你吧，我从唐·约翰那儿拿到了一千块钱。

康拉德 干一件坏事的价钱会这样贵吗？

波拉契奥 有钱的坏人需要没钱的坏人帮忙的时候，没钱的坏人当然可以漫天讨价。

康拉德 我可有点不大相信。

波拉契奥 这就表明你是个初出茅庐的人。你知道一套衣服、一顶帽子的式样时髦不时髦，对于一个人本来是没有什么相干的。

康拉德 是的，那不过是些章身之具而已。

波拉契奥 我说的是式样的时髦不时髦。

康拉德 对啦，时髦就是时髦，不时髦就是不时髦。

波拉契奥 呸！那简直就像说，傻子就是傻子。可是你不知道这个时髦是个多么坏的贼吗？

巡丁甲 （旁白）我知道有这么一个坏贼，他已经做了七年老贼了；他在街上走来走去，就像个绅士的模样。我记得有这么一个家伙。

波拉契奥 你不听见什么人在讲话吗？

康拉德 没有，只有屋顶上风标转动的声音。

波拉契奥 我说，你不知道这个时髦是个多么坏的贼吗？他会把那些从十四岁到三十五岁的血气未定的年轻人搅昏了头，有时候把他们装扮得活像那些烟熏的古画上的埃及法老的兵士，有时候又像漆在教堂窗上的异教邪神的祭司，有时候又像织在污旧虫蛀的花毡上的剃光了胡须的赫剌克勒斯，裤裆里的那话儿瞧上去就像他的棍子一样又粗又重。

康拉德 这一切我都知道；我也知道往往一件衣服没有穿旧，

流行的式样已经变了两三通。可是你是不是也给时髦搅昏了头，所以不向我讲你的故事，却来讨论起时髦问题来呢？

波拉契奥 那倒不是这样说。好，我告诉你吧，我今天晚上已经去跟希罗小姐的侍女玛格莱特谈过情话啦；我叫她做希罗，她靠在她小姐卧室的窗口，向我说了一千次晚安——我把这故事讲得太坏，我应当先告诉你，那亲王和克劳狄奥怎样听了我那主人唐·约翰的话，三个人预先站在花园里远远的地方，瞧见我们这一场幽会。

康拉德 他们都以为玛格莱特就是希罗吗？

波拉契奥 亲王跟克劳狄奥是这样想的；可是我那个魔鬼一样的主人知道她是玛格莱特。一则因为他言之凿凿，使他们受了他的愚弄；二则因为天色昏黑，蒙过了他们的眼睛；可是说来说去，还是全亏我的诡计多端，证实了唐·约翰随口捏造的谣言，惹得那克劳狄奥一怒而去，发誓说他要在明天早上，按着预定的钟点，到教堂里去见她的面，把他晚上所见的情形当众宣布出来出她的丑，叫她仍旧回去做一个没有丈夫的女人。

巡丁甲 我们用亲王的名义命令你们站住！

巡丁乙 去叫巡官老爷起来。一件最危险的奸淫案子给我们破获了。

巡丁甲 他们同伙的还有一个坏贼，我认识他。

康拉德 列位朋友们！

巡丁乙 告诉你们吧，这个坏贼是一定要叫你们交出来的。

康拉德 列位——

巡丁甲 别说话，乖乖地跟我们去。

波拉契奥 他们把我们抓了去，倒是捞到了一批好货。

康拉德 少不得还要受一番检查呢。来，我们服从你们。（同下）

第四场

里奥那托家中一室

| 希罗、玛格莱特及欧苏拉上。

希罗 好欧苏拉，你去叫醒我的姊姊贝特丽丝，叫她快点儿起身。

欧苏拉 是，小姐。

希罗 请她过来一下子。

欧苏拉 好的。（下）

玛格莱特 真的，我想还是那一个绉领好一点。

希罗 不，好玛格莱特，我要戴这一个。

玛格莱特 这一个真的不是顶好；您的姊姊也一定会这样说的。

希罗 我的姊姊是个傻子；你也是个傻子，我偏要戴这一个。

玛格莱特 我很欢喜这一顶新的发罩，要是头发的颜色再略微深一点儿就好了。您的长袍的式样真是好极啦。人家把米兰公爵夫人那件袍子称赞得了不得，那件衣服我也见过。

希罗 啊！他们说它好得很哩。

玛格莱特 不是我胡说，那一件比起您这一件来，简直只好算是一件睡衣：金线织成的缎子，镶着银色的花边，嵌着珍珠，有垂袖，有侧袖，圆圆的衣裾，缀满了带点儿淡蓝色的闪光箔片；可是要是讲到式样的优美雅致，齐整漂亮，那您这一件就可以抵得上她十件。

希罗 上帝保佑我快快乐乐地穿上这件衣服，因为我的心里重得好像压着一块石头似的！

玛格莱特 等到一个男人压到您身上，它还要重得多哩。

希罗 啐！你不害臊吗？

玛格莱特 害什么臊呢，小姐？因为我说了句老实话吗？结婚就是对一个叫化子，不也是光明正大的吗？只要大家是明媒正娶的，那有什么要紧？否则倒不能说是重，只好说是轻狂了。您要是不相信，去问贝特丽丝小姐吧；她来啦。

| 贝特丽丝上。

希罗 早安，姊姊。

贝特丽丝 早安，好希罗。

希罗 嗳哟，怎么啦！你怎么说话这样懒洋洋的？

贝特丽丝 快要五点钟啦，妹妹；你该快点儿端整起来了。真的，我身子怪不舒服。唉——呵！

玛格莱特 哼，您倘然没有变了一个人，那么航海的人也不用看星啦。

贝特丽丝 这傻子在那儿说些什么？

玛格莱特 我没有说什么；但愿上帝保佑每一个人如愿以偿！

希罗 这双手套是伯爵送给我的，上面熏着很好的香料。

贝特丽丝 我的鼻子塞住啦，妹妹，我闻不出来。

玛格莱特 怎么，你伤了风吗？

贝特丽丝 真的，我有点病。

玛格莱特 您的心病是要心药来医治的。

贝特丽丝 怎么，怎么，你这句话是什么意思？

玛格莱特 意思！不，真的，我一点没有什么意思。您也许以为我想您在恋爱啦；可是不，我不是那么一个傻子，会高兴怎么想就怎么想；我也不愿意想到什么就想什么；老实说，就是想空了我的心，我也决不会想到您是在恋爱，或者您将要恋爱，或者您会跟人家恋爱。可是培尼狄克起先也跟您一样，现在他却变了个人啦；他曾经发誓决不结婚，现在可死心塌地地做起爱情的奴隶来啦。我不知道您会变成个什么样子；可是我觉得您现在瞧起人来的那种神气，也有点跟别的女人差不多啦。

贝特丽丝 你的一条舌头滚来滚去的，在说些什么呀？

玛格莱特 我说的都是老实话哩

| 欧苏拉重上。

欧苏拉 小姐，进去吧；亲王、伯爵、培尼狄克先生、唐·约翰，还有全城的公子哥儿们，都来接您到教堂里去了。

希罗 好姊姊，好玛格莱特，好欧苏拉，快帮我穿扮起来吧。（同下）

第五场

里奥那托家中的另一室

| 里奥那托偕道格培里、弗吉斯同上。

里奥那托 朋友，你有什么事要对我说？

道格培里 呃，老爷，我有点事情要来向您告禀，这件事情对于您自己是很有关系的。

里奥那托 那么请你说得简单一点，因为你瞧，我现在忙得很哪。

道格培里 呃，老爷，是这么一回事。

弗吉斯 是的，老爷，真的是这么一回事。

里奥那托 是怎么一回事呀，我的好朋友们？

道格培里 老爷，弗吉斯是个好人，他讲起话来总是有点儿缠夹不清；他年纪老啦，老爷，他的头脑已经没有从前那么糊涂，上帝保佑他！可是说句良心话，他是个老实不过的好人。

弗吉斯 是的，感谢上帝，我就跟无论哪一个跟我一样老，也不比我更老实的人一样老实。

道格培里 不要比这个比那个，叫人家听着心烦啦；少说些废话，弗吉斯伙计。

里奥那托 你们究竟有些什么话要对我说？

弗吉斯 呃，老爷，我们的巡丁今天晚上捉到了梅西那地方两个顶坏的坏人。

道格培里 老爷，他是个很好的老头子，就是欢喜多话；人家说的，年纪一老，人也变糊涂啦。上帝保佑我们！这世上新鲜的事情可多着呢！说得好，真的，弗吉斯伙计。好，上帝是个好人；两个人骑一匹马，总有一个人在后面。真的，老爷，他是个老实汉子，天地良心；可是我们应该敬重上帝，世上有好人也就有坏人。唉！好伙计。

里奥那托 我可要少陪了。

道格培里 就是一句话，老爷；我们的巡丁真的捉住了两个形迹可疑的人，我们想在今天当着您面前把他们审问一下。

里奥那托 你们自己去审问吧，审问明白以后，再来告诉我；我现在忙得不得了，你们也一定可以看得出来的。

道格培里 那么就这么办吧。

里奥那托 你们喝点儿酒再走；再见。

一使者上。

使者 老爷，他们都在等着您去主持婚礼。

里奥那托 我就来；我已经预备好了。（里奥那托及使者下）

道格培里 去，好伙计，把法兰西斯·西可尔找来；叫他把他的笔和墨水壶带到监牢里，我们现在就要审问这两个家伙。

弗吉斯 我们一定要审问得非常聪明。

道格培里 是的，我们一定要尽量运用我们的智慧，叫他们狡赖不了。你就去找一个有学问的念书人来给我们记录口供；咱们在监牢里会面吧。（同下）

第 四 幕

第一场

教堂内部

| 唐·彼德罗、唐·约翰、里奥那托、法兰西斯神父、克劳狄奥、培尼狄克、希罗、贝特丽丝等同上。

里奥那托 来，法兰西斯神父，简单一点；只要给他们行一行结婚的仪式，以后再把夫妇间应有的责任仔细告诉他们吧。

神父 爵爷，您到这儿来是要跟这位小姐举行婚礼的吗？

克劳狄奥 不。

里奥那托 神父，他是来跟她结婚的；您才是给他们举行婚礼的人。

神父 小姐，您到这儿来是要跟这位伯爵结婚吗？

希罗 是的。

神父 要是你们两人中间有谁知道有什么秘密的阻碍，使你们不能结为夫妇，那么为了免得你们的灵魂受到责罚，我命令你们说出来。

克劳狄奥 希罗，你知道有没有？

希罗 没有，我的主。

神父 伯爵，您知道有没有？

里奥那托 我敢替他回答，没有。

克劳狄奥 啊！人们敢做些什么！他们会做些什么出来！他们每天都在做些什么，却不知道他们自己在做些什么！

培尼狄克 怎么！发起感慨来了吗？那么让我来大笑三声吧，哈！哈！哈！

克劳狄奥 神父，请你站在一旁。老人家，对不起，您愿意这样慷慨地把这位姑娘，您的女儿，给了我吗？

里奥那托 是的，贤婿，正像上帝把她给我的时候一样慷慨。

克劳狄奥 我应当用什么来报答您，它的价值可以抵得过这一件贵重的礼物呢？

彼德罗 没有，除非把她仍旧还给他。

克劳狄奥 好殿下，您已经教会我表示感谢的最得体的方法了。里奥那托，把她拿回去吧；不要把这只坏橘子送给你的朋友，她只是外表上像一个贞洁的女人罢了。瞧！她那害羞的样子，多么像是一个无邪的少女！啊，狡猾的罪恶多么善于用真诚的面具遮掩它自己！她脸上现起的红晕，不是正可以证明她的贞静纯朴吗？你们大家看见她这种表面上的做作，不是都会发誓说她是个处女吗？可是她已经不是一个处女了，她已经领略过枕席上的风情；她的脸红是因为罪恶，不是因为羞涩。

里奥那托 爵爷，您这是什么意思？

克劳狄奥 我不要结婚，不要把我的灵魂跟一个声名狼藉的淫妇结合在一起。

里奥那托 爵爷，要是照您这样说来，您因为她年幼可欺，已经破坏了她的贞操——

克劳狄奥 我知道你会这么说：要是我已经跟她发生了肉体上的关系，你就说她是把我认做她的丈夫，所以不能算是一件不可恕的过失。不，里奥那托，我从来不曾用一句游辞浪语向她挑诱；我对她总是像一个兄长对待他的弱妹一样，表示着纯洁的真诚和合礼的情爱。

希罗 您看我对您不也正像这样的吗？

克劳狄奥 不要脸的！像是这样！我看你就像是月亮里的狄安娜女神一样纯洁，就像是未开放的蓓蕾一样无瑕；可是你却像维纳斯一样放荡，像纵欲的禽兽一样无耻！

希罗 我的主病了吗？怎么他会讲起这种荒唐的话来？

里奥那托 好殿下，您怎么不说句话儿？

彼德罗 叫我说些什么呢？我竭力替我的好朋友跟一个淫贱的女人撮合，我自己的脸也丢尽了。

里奥那托 这些话是从你们嘴里说出来的呢，还是我在做梦？

约翰 老人家，这些话是从他们嘴里说出来的；这些事情都是真的。

培尼狄克 这简直不成其为婚礼啦。

希罗 真的！啊，上帝！

克劳狄奥 里奥那托，我不是站在这儿吗？这不是亲王吗？这不是亲王的兄弟吗？这不是希罗的面孔吗？我们不是大家生着眼睛的吗？

里奥那托 这一切都是事实；可是您这样说是什么意思呢？

克劳狄奥 让我只问你女儿一个问题，请你用你做父亲的天赋权力，叫她老实回答我。

里奥那托 我命令你从实答复他的问题，因为你是我的孩子。

希罗 啊，上帝保佑我！我要给他们逼死了！这算是什么审问呀？

克劳狄奥 我们要从你自己的嘴里听到你的实在的回答。

希罗 我不是希罗吗？谁能够用公正的谴责，污毁这一个名字？

克劳狄奥 嘿，那就要问希罗自己了；希罗自己可以污毁希罗的名节。昨天晚上在十二点钟到一点钟之间，在你的窗口跟你谈话的那个男人是谁？要是你是个处女，请你回答这一个问题吧。

希罗 爵爷，我在那个时候不曾跟什么男人谈过话。

彼德罗 哼，你还要抵赖！里奥那托，我很抱歉要让你知道这一件事：凭着我的名誉起誓，我自己、我的兄弟和这位受人欺骗的伯爵，昨天晚上在那个时候的的确确看见她，也听见她在她卧室的窗口跟一个混账东西谈话；那个荒唐的家伙已经亲口招认，这样不法的幽会，他们已经有过许多次了。

约翰 啧！啧！王兄，那些话还是不要说了吧，说出来也不过污了大家的耳朵。美貌的姑娘，你这样不知自重，我真替你可惜！

克劳狄奥 啊，希罗！要是把你外表上的一半优美分给你的内心，那你将会是一个多么好的希罗！可是再会吧，你这最下贱、最美好的人！你这纯洁的淫邪，淫邪的纯洁，再会吧！为了你我要锁闭一切爱情的门户，让猜疑停驻在我的眼睛里，把一切美色变成不可亲近的蛇蝎，永远失去它诱人的力量。

里奥那托 这儿谁有刀子可以借给我，让我刺在我自己的心里？（希罗晕倒）

贝特丽丝 嗳哟，怎么啦，妹妹！你怎么倒下去啦？

约翰 来，我们去吧。她因为隐事给人揭发了出来，一时羞愧交集，所以昏过去了。（彼德罗、约翰、克劳狄奥同下）

培尼狄克 这姑娘怎么啦？

贝特丽丝 我想是死了！叔叔，救命！希罗！嗳哟，希罗！叔叔！培尼狄克先生！神父！

里奥那托 命运啊，不要松了你的沉重的手！对于她的羞耻，死是最好的遮掩。

贝特丽丝 希罗妹妹，你怎么啦！

神父 小姐，您宽心吧。

里奥那托 你的眼睛又睁开了吗？

神父 是的，为什么她不可以睁开眼睛来呢？

里奥那托 为什么！不是整个世界都在斥责她的无耻吗？她可以否认已经刻下在她血液里的这一段丑事吗？不要活过来，希罗，不要睁开你的眼睛；因为要是你不能快快儿地死去，要是你的灵魂里载得下这样的羞耻，那么我在把你痛责以后，也会亲手把你杀死的。你以为我只有你这一个孩子，我会因为失去你而悲伤吗？我会埋怨造化的吝啬，不肯多给我几个子女吗？啊，像你这样的孩子，一个已经太多了！为什么我要有这么一个孩子呢？为什么你在我的眼睛里是这么可爱呢？为什么我不曾因为一时慈悲心起，在门口收养了一个叫化的孩子，那么要是她长大以后干下这种丑事，我还可以说，“她的身上没有一部分是属于我的；这一种羞辱是她从不知名的血液里传下来的”？可是我自己亲生的孩子，我所钟爱的、我所赞美的、我所引为骄傲的孩子，为了爱她的缘故，我甚至把她看得比我自己还切身；她——啊！她现在落下了污泥的坑里，大海的水也洗不净她的污秽，海里所有的盐也不够解除她肉体上的腐臭。

培尼狄克 老人家，您安心点儿吧。我瞧着这一切，简直是莫名其妙，不知道应该说些什么话好。

贝特丽丝 啊！我敢赌咒，我的妹妹是给他们冤枉的。

培尼狄克 小姐，您昨天晚上跟她睡在一个床上吗？

贝特丽丝 那倒没有；虽然在昨晚以前，我跟她已经同床睡了一年啦。

里奥那托 证实了！证实了！啊，本来就是铁一般的事实，现在又加上一重证明了！亲王兄弟两人是会说谎的吗？克劳狄奥这样爱着她，讲到她的丑事的时候，也会忍不住流泪，难道他也是会说谎的吗？别理她！让她死吧！

神父 听我讲几句话。我刚才在这儿静静地旁观着这一件意外的变故，我也在留心观察这位小姐的神色：我看见无数羞愧的红晕出现在她的脸上，可是立刻有无数冰霜一样皎洁的惨白把这些红晕驱走，显示出她的含冤蒙屈的清贞；我更看见在她的眼睛里射出一道火一样的光来，似乎要把这些贵人们加在她身上的无辜的诬蔑烧掉。要是这位温柔的小姐不是遭到重大的误会，要是她不是一个清白无罪的人，那么你们尽管把我叫做傻子，再不要相信我的学问、我的见识、我的经验，也不要重视我的年齿、我的身份或是我的神圣的职务吧。

里奥那托 神父，不会有这样的事的。你看她虽然做出这种丧尽廉耻的事来，可是她还有几分天良未泯，不愿在她的深重的罪孽之上，再加上一重欺罔的罪恶；她并没有否认。事情已经是这样明显了，你为什么还要替她辩护呢？

神父 小姐，他们说你跟什么人私通？

希罗 他们这样说我，他们一定知道；我可不知道。要是我违背了女孩儿家应守的礼法，跟任何不三不四的男人来往，那么让我的罪恶不要得到宽恕吧！啊，父亲！您要是能够证明有哪个男人在可以引起嫌疑的时间里跟我谈过话，或者我在昨天晚上曾经跟别人交换过言语，那么请您斥逐我、痛恨我、用酷刑处死我吧！

神父 亲王们一定有了些误会。

培尼狄克 他们中间有两个人是正人君子；要是他们这次受了人家的欺骗，一定是约翰那个私生子弄的诡计，他是最欢喜设阱害人的。

里奥那托 我不知道。要是他们说的关于她的话果然是事实，我要亲手把她杀死；要是他们无中生有，损害她的名誉，我要跟他们中间最尊贵的一个人拼命去。时光不曾干涸了我的血液，年龄也不曾侵蚀了我的智慧，我的家财不曾因为逆运而消耗，我的朋友也不曾因为我的行为不检而走散；他们要是看我可欺，我就叫他们看看我还有几分精力，还会转转念头，也不是无财无势，也不是无亲无友，尽可对付得了他们的。

神父 且慢，在这件事情上，请您还是听从我的劝告。亲王们离开这儿的时候，以为您的小姐已经死了；现在不妨暂时叫她深居简出，就向外面宣布说她真的已经死了，再给她举办一番丧事，在贵府的坟地上给她立起一方碑铭，一切丧葬的仪式都不可缺少。

里奥那托 为什么要这样呢？这样有什么好处呢？

神父 要是照这样好好地做去，就可以使诬蔑她的人心生悔恨，这也未始不是好事；可是我提起这样奇怪的办法，却有另外更大的用意。人家听说她一听到这种诽谤的时候就立刻身死，一定谁都会悲悼她、可怜她，而原谅她。我们往往在享有某一件东西的时候，一点不看重它的好处；等到失掉它以后，却会格外夸张它的价值，发现当它还在我们手里的时候所看不出来的优点。克劳狄奥一定也会这样：当他听到了他的无情的言语，已经致希罗于死地的时候，她生前可爱的影子一定会浮起在他的想象之中，她的生命中的每一部分都会在他的心目中变得比活在世上的她格外值得珍贵，格外优美动人，格外充满生命；要是爱情果然打动过他的心，那时他一定会悲伤哀恸，即使他仍旧以为他所指斥她的确是事实，他也会后悔不该给她这样大的难堪。您就照这么办吧，它的结果一定会比我所能预料得到的还要美满。即使退一步说，它并不能收到理想中的效果，至少也可以替她把这场羞辱掩盖过去，您不妨把她隐藏在什么僻静的地方，让她潜心修道，远离世人的耳目，隔绝任何的诽谤损害；对于名誉已受创伤的她，这是一个最适当的办法。

培尼狄克 里奥那托大人，听从这位神父的话吧。虽然您知道我对于亲王和克劳狄奥都有很深的交情，可是我愿意凭着我的名誉起誓，在这件事情上，我一定抱着公正的态度，保持绝对的秘密。

里奥那托 我已经伤心得毫无主意了，你们用一根顶细的草绳都可以牵着我走。

神父 好，那么您已经答应了；立刻去吧，非常的病症是要用非常的药饵来疗治的。来，小姐，您必须死里求生；今天的婚礼也许不过是暂时的延期，您耐心忍着吧。（神父，希罗及里奥那托同下）

培尼狄克 贝特丽丝小姐，您一直在哭吗？

贝特丽丝 是的，我还要哭下去哩。

培尼狄克 我希望您不要这样。

贝特丽丝 您有什么理由？这是我自己高兴呀。

培尼狄克 我相信令妹一定是冤枉的。

贝特丽丝 唉！要是有人能够替她伸雪这场冤枉，我才愿意跟他做朋友。

培尼狄克 有没有可以表示这一种友谊的方法？

贝特丽丝 方法是有，而且也是很直捷爽快的，可惜没有这样的朋友。

培尼狄克 可以让一个人试试吗？

贝特丽丝 那是一个男子汉做的事情，可不是您做的事情。

培尼狄克 您是我在这世上最爱的人，这不是很奇怪吗？

贝特丽丝 就像我所不知道的事情一样奇怪。我也可以说您是我在这世上最爱的人；可是别信我；可是我没有说假话。我什么也不承认，什么也不否认。我只是为我的妹妹伤心。

培尼狄克 贝特丽丝，凭着我的宝剑起誓，你是爱我的。

贝特丽丝 发了这样的誓，是不能反悔的。

培尼狄克 我愿意凭我的剑发誓你爱着我；谁要是说我不爱你，我就叫他吃我一剑。

贝特丽丝 您不会食言而肥吗？

培尼狄克 无论给它调上些什么油酱，我都不愿把我今天说过的话吃下去。我发誓我爱你。

贝特丽丝 那么上帝恕我！

培尼狄克 亲爱的贝特丽丝，你犯了什么罪过？

贝特丽丝 您刚好打断了我的话头，我正要说我也爱着您呢。

培尼狄克 那么就请你用整个的心说出来吧。

贝特丽丝 我用整个心儿爱着您，简直分不出一部分来向您这样诉说。

培尼狄克 来，吩咐我给你做无论什么事。

贝特丽丝 杀死克劳狄奥。

培尼狄克 喔！那可办不到。

贝特丽丝 您拒绝了我，就等于杀死了我。再见。

培尼狄克 等一等，亲爱的贝特丽丝。

贝特丽丝 我的身子就算在这儿，我的心也不在这儿。您一点没有真情。哎哟，请您还是放我走吧。

培尼狄克 贝特丽丝——

贝特丽丝 真的，我要去啦。

培尼狄克 让我们先言归于好。

贝特丽丝 您愿意跟我做朋友，却不敢跟我的敌人打架。

培尼狄克 克劳狄奥是你的敌人吗？

贝特丽丝 他不是已经充分证明了是一个恶人，把我的姊妹这样横加诬蔑，信口毁谤，破坏她的名誉吗？啊！我但愿自己是一个男人！嘿！不动声色地搀着她的手，一直等到将要握手成礼的时候，才翻过脸来，当众宣布他的恶毒的谣言！——上帝啊，但愿我是个男人！我要在市场上吃下他的心。

培尼狄克 听我说，贝特丽丝——

贝特丽丝 跟一个男人在窗口讲话！说得真好听！

培尼狄克 可是，贝特丽丝——

贝特丽丝 亲爱的希罗！她负屈含冤，她的一生从此完了！

培尼狄克 贝特——

贝特丽丝 什么亲王！什么伯爵！好一个做见证的亲王！好一个甜言蜜语的风流伯爵！啊，为了他的缘故，我但愿自己是一个男人；或者我有什么朋友愿意为了我的缘故，做一个堂堂男子！可是人们的丈夫气概，早已消磨在打恭作揖里，他们的豪侠精神，早已丧失在逢迎阿谀里了；他们已经变得只剩下一条善于拍马吹牛的舌头；谁会造最大的谣言，谁就是个英雄好汉。我既然不能凭着我的愿望变成一个男子，所以我只好做一个女人在伤心中死去。

培尼狄克 等一等，好贝特丽丝。我举手为誓，我爱你。

贝特丽丝 您要是真的爱我，那么把您的手用在比发誓更有意义的地方吧。

培尼狄克 凭着你的良心，你以为克劳狄奥伯爵真的冤枉了希罗吗？

贝特丽丝 是的，正像我知道我有一颗良心一样毫无疑问。

培尼狄克 够了！一言为定，我要去向他挑战。让我在离开你以前，吻一吻你的手。我举手为誓，克劳狄奥一定要得到一次重大的教训。请你等候我的消息，把我放在你的心里。去吧，安慰安慰你的妹妹；我必须对他们说她已经死了。好，再见。（各下）

第二场
监　狱

| 道格培里、弗吉斯及教堂司事各穿制服上；巡丁押康拉德及波拉契奥随上。

道格培里 咱们这一伙儿都到齐了吗？

弗吉斯 啊！端一张凳子和垫子来给教堂司事先生坐了。

教堂司事 哪两个是被告？

道格培里 呃，那就是我跟我的伙计。

弗吉斯 不错，我们是来审案子的。

教堂司事 可是哪两个是受审判的犯人？叫他们到巡官老爷面前来吧。

道格培里 对，对，叫他们到我面前来。朋友，你叫什么名字？

波拉契奥 波拉契奥。

道格培里 请写下波拉契奥。小子，你呢？

康拉德 长官，我是个绅士，我的名字叫康拉德。

道格培里 写下绅士康拉德先生。两位先生，你们都敬奉上帝吗？

康拉德
波拉契奥 是，长官，我们希望我们是敬奉上帝的°

道格培里 写下他们希望敬奉上帝；留心把上帝写在前面，因为要是让这些混蛋的名字放在上帝前面，上帝一定要生气的。两位先生，你们已经被证明是两个比奸恶的坏人好不了多少的家伙，大家也就要这样看待你们了。你们自己有什么辩白没有？

康拉德 长官，我们说我们不是坏人。

道格培里 好一个乖巧的家伙；可是我会诱他说出真话来。过来，小子，让我在你的耳边说一句话：先生，我对您说，人家都以为你们是奸恶的坏人。

波拉契奥 长官，我对你说，我们不是坏人。

道格培里 好，站在一旁。天哪，他们都是老早商量好了说同样的话的。你有没有写下来，他们不是坏人吗？

教堂司事 巡官老爷，您这样审问是审问不出什么结果来的；您必须叫那控诉他们的巡丁上来问话。

道格培里 对，对，这是最迅速的方法。叫那巡丁上来。弟兄们，我用亲王的名义，命令你们控诉这两个人。

巡丁甲 禀长官，这个人说亲王的兄弟唐·约翰是个坏人。

道格培里 写下约翰亲王是个坏人。嗳哟，这简直是犯的伪证罪，把亲王的兄弟叫做坏人！

波拉契奥 巡官先生——

道格培里 闭住你的嘴，家伙；我讨厌你的面孔。

教堂司事 你们还听见他说些什么？

巡丁乙 呃，他说他因为捏造了希罗小姐的谣言，唐·约翰给了他一千块钱。

道格培里 这简直是未之前闻的窃盗罪。

弗吉斯 对了，一点不错。

教堂司事 还有些什么话？

巡丁甲 他说克劳狄奥伯爵听了他的话，准备当着众人的面前把希罗羞辱，不再跟她结婚。

道格培里 嗳哟，你这该死的东西！你干下这种恶事，要一辈子不会下地狱啦。

教堂司事 还有什么？

巡丁乙 没有什么了。

教堂司事 两位先生，就是这一点，你们也没有法子抵赖了。约翰亲王已经在今天早上逃走；希罗已经这样给他们羞辱过，克劳狄奥也已经拒绝跟她结婚，她因为伤心过度，已经突然身死了。巡官老爷，把这两个人绑起来，带到里奥那托家里去；我先走一步，把我们审问的结果告诉他。（下）

道格培里 来，把他们铐起来。

弗吉斯 把他们交给——

康拉德 滚开，蠢货！

道格培里 他妈的！教堂司事呢？叫他写下亲王的官吏是个蠢货。来，把他们绑了。你这该死的坏东西！

康拉德 滚开，你是头驴子，你是头驴子！

道格培里 你难道瞧不起我的地位吗？你难道瞧不起我这一把年纪吗？啊，但愿他在这儿，给我写下我是头驴子！可是列位弟兄们，记住我是头驴子；虽然这句话没有写下来，可是别忘记我是头驴子。你这恶人，你简直是目中无人，这儿大家都可以做见证的。老实告诉你吧，我是个聪明人；而且是个官；而且是个有家小的人；我的相貌也比得上梅西那地方无论哪一个人；我懂得法律，那可不必说起；我身边还有几个钱，那也不必说起；我不是不曾碰到过坏运气，可是我还有两件袍子，无论到什么地方去总还是体体面面的。把他带下去！啊，但愿他给我写下我是一头驴子！（同下）

第 五 幕

第一场
里奥那托家门前

｜里奥那托及安东尼奥上。

安东尼奥 您要是老是这样，那不过气坏了您自己的身体；帮着忧伤摧残您自己，那未免太不聪明吧。

里奥那托 请你停止你的劝告；把这些话送进我的耳中，就像把水倒在筛里一样毫无用处。不要劝我；也不要让什么人安慰我，除非他也遭到跟我同样的不幸。给我找一个像我一样溺爱女儿的父亲，叫他劝我安心忍耐；把他的悲伤跟我的悲伤两两相较，必须铢两悉称，毫发不爽；要是这样一个人能够拈弄他的胡须微笑，把一切懊恼的事情放在脑后，用一些老生常谈自宽自解，那么叫他来见我吧，我也许可以从他那里学到些忍耐的方法。可是世上不会有这样的人；因为，兄弟，人们对于自己并不感觉到的痛苦，是会用空洞的话来劝告慰藉的，可是他们要是自己尝到了这种痛苦的滋味，他们就会觉得他们给人家服用的药饵，对自己也不会发生效力；极度的疯狂，是不能用一根丝线把它拴住的。不，不，谁都会劝一个在悲哀的重压下辗转呻吟的人安心忍耐，可是谁也没有那样的修养和勇气，能够叫自己忍受同样的痛苦。所以不要给我劝告，我的悲哀的呼号会盖住劝告的声音。

安东尼奥 人们就是在这种地方，跟小孩子没有分别。

里奥那托 请你不必多说。我只是个血肉之躯的凡人；就是那些写惯洋洋洒洒的大文的哲学家们，尽管他们像天上的神明一样，蔑视着人生的灾难痛苦，一旦他们的牙齿痛起来，也是会忍受不住的。

安东尼奥 可是您也不要一味自己吃苦；您应该叫那些害苦了您的人也吃些苦才是。

里奥那托 你说得有理；对了，我一定要这样。我心里觉得希罗一定是受人诬谤；我要叫克劳狄奥知道他的错误，也要叫亲王跟那些破坏她的名誉的人知道他们的错误。

安东尼奥 亲王跟克劳狄奥急匆匆地来了。

| 唐·彼德罗及克劳狄奥上。

彼德罗 早安，早安。

克劳狄奥 早安，两位老人家。

里奥那托 听我说，两位贵人——

彼德罗 里奥那托，我们现在没有工夫。

里奥那托 没有工夫，殿下！好，回头见，殿下；您现在这样忙吗？——好，那也不要紧。

彼德罗 嗳哟，好老人家，别跟我们吵架。

安东尼奥 要是吵了架可以报复他的仇恨，咱们中间总有一个人会送命的。

克劳狄奥 谁得罪他了？

里奥那托 嘿，就是你呀，你，你这假惺惺的骗子！怎么，你要拔剑吗？我可不怕你。

克劳狄奥 对不起，那是我的手不好，害得您老人家吓了一跳；其实它并没有要拔剑的意思。

里奥那托 哼，朋友！别对我扮鬼脸取笑。我不像那些倚老卖老的傻老头儿一般，只会向人吹吹我在年轻时候怎么了不得，要是现在再年轻了几岁，一定会怎么怎么。告诉你，克劳狄奥，你冤枉了我的清白的女儿，把我害得好苦，我现在忍无可忍，只好不顾我这一把年纪，凭着满头的白发和这身久历风霜的老骨头，向你挑战。我说你冤枉了我的清白的女儿；你的信口的诽谤已经刺透了她的心，她现在已经跟她的祖先长眠在一起了；啊，想不到我的祖先清白传家，到了她身上却落下一个污名，这都是因为你的万恶的诡计！

克劳狄奥 我的诡计？

里奥那托 是的，克劳狄奥，我说是你的万恶的诡计。

彼德罗 老人家您说错了。

里奥那托 殿下，殿下，要是他有胆量，我愿意用武力跟他较量出一个是非曲直来；虽然他击剑的本领不坏，练习得又勤，又是年轻力壮，可是我不怕他。

克劳狄奥 走开！我不要跟你胡闹。

里奥那托 你会这样推开我吗？你已经杀死了我的孩子；要是你把我也杀死了，孩子，才算你是个汉子。

安东尼奥 他要把我们两人一起杀死了，才算是个汉子；可是让他先杀死一个吧，让他跟我较量一下，看他能不能把我取胜。来，跟我来，孩子；来，哥儿，来，跟我来。哥儿，我要把你杀得无招架之功！你瞧着吧。

里奥那托 兄弟——

安东尼奥 您宽心吧。上帝知道我爱我的侄女；她现在死了，给这些恶人们造的谣言气死了。他们只会欺负一个弱女子，可是叫他们跟一个男子汉打架，却像叫他们从毒蛇嘴里拔出舌头来一样没有胆子了。这些乳臭小儿，只会说大话，诓人的猴子，不中用的懦夫！

里奥那托 安东尼贤弟——

安东尼奥 您不要说话。哼，这些家伙！我看透了他们，知道他们的骨头一共有多少分两；这些胡闹的、寡廉鲜耻的纨袴公子们，就会说谎骗人，造谣生事，打扮得奇奇怪怪，装出一副吓人相，说几句假威风的言语，这就是他们的全副本领！

里奥那托 可是，安东尼贤弟——

安东尼奥 不，您不用管，让我来对付他们。

彼德罗 两位老先生，我们不愿意冒犯你们。令嫒的死实在使我非常抱憾；可是凭着我的名誉发誓，我们对她说的话都是绝对确实，而且有充分的证据。

里奥那托 殿下，殿下——

彼德罗 我不要听你的话。

里奥那托 不要听我的话？好，兄弟，我们去吧。总有人会听我的话的——

安东尼奥 不要听也得听，否则咱们就拼个你死我活。（里奥那

托、安东尼奥同下)

培尼狄克上。

彼德罗 瞧，瞧，我们正要去找的那个人来啦。

克劳狄奥 啊，老兄，什么消息?

培尼狄克 早安，殿下。

彼德罗 欢迎，培尼狄克；你来迟了一步，我们刚才险险儿打起来呢。

克劳狄奥 我们的两个鼻子险险儿不给两个没有牙齿的老头子咬下来。

彼德罗 里奥那托跟他的兄弟。你看怎么样？要是我们真的打起来，那我们跟他们比起来未免太年轻点儿了。

培尼狄克 强弱异势，虽胜不武。我是来找你们两个人的。

克劳狄奥 我们到处找着你，因为我们一肚子都是烦恼，想设法把它排遣排遣。你给我们讲个笑话吧。

培尼狄克 我的笑话就在我的剑鞘里，要不要拔出来给你们瞧瞧?

彼德罗 你是把笑话随身佩带的吗?

克劳狄奥 请你把它“拔”出来，就像乐师从他的琴囊里拿出他的乐器来一样，给我们弹奏弹奏解解闷吧。

彼德罗 嗳哟，他的脸色怎么这样白得怕人！你病了吗？还是在生气?

克劳狄奥 喂，放出勇气来，朋友！虽然忧能伤人，可是你是个好汉子，你会把忧愁赶走的。

培尼狄克 爵爷，您要是想用您的俏皮话儿挖苦我，那我是很可以把您对付得了的。请您换一个题目好不好?

克劳狄奥 好，他的枪已经弯断了，给他换一枝吧。

彼德罗 他的脸色越变越难看了；我想他真的在生气哩。

克劳狄奥 要是他真的在生气，那么叫他转一个身，把他的怒气按下去就得啦。

培尼狄克 可不可以让我在您的耳边说句话？

克劳狄奥 上帝保佑我不要是挑战！

培尼狄克 （向克劳狄奥旁白）你是个坏人，我不跟你开玩笑：你敢用什么方式，凭着什么武器，在什么时候跟我决斗，我一定从命；你要是不接受我的挑战，我就公开宣布你是一个懦夫。你已经害死了一位好好的姑娘，她的阴魂一定会缠绕在你的身上。请你给我一个回音。

克劳狄奥 好，我一定奉陪就是了；让我也可以借此消消闷儿。

彼德罗 怎么，你们打算喝酒去吗？

克劳狄奥 是的，谢谢他的好意；他请我去吃一个小牛头，我要是不把它切得好好的，就算我的刀子不中用。

培尼狄克 您的才情真是太好啦，出口都是俏皮话儿。

彼德罗 让我告诉你那天贝特丽丝怎样称赞你的才情。我说你的才情很不错；"是的，"她说，"他有一点琐碎的小聪明。""不，"我说，"他有很大的才情；""对了，"她说，"他的才情是大而无当的。""不，"我说，"他很善于机锋；""正是，"她说，"因为太善了，所以不会伤人。""不，"我说，"这位绅士很聪明；""啊，"她说，"好一位聪明的绅士！""不，"我说，"他有一条能言善辩的舌头；""我相信您的话，"她说，"因为他在星期一晚上向我发了一个誓，到星期二早上又把那个誓毁了；他不止有一条舌头，他是有两条舌头哩。"这样她用足足一点钟的功夫，把你的长处批评得一文不值；可是临了她却叹了口气，说你是意大利最漂亮的一个男人。

克劳狄奥 因此她伤心得哭了起来，说她一点不放在心上。

彼德罗 正是这样；可是说是这么说，她倘不把他恨进骨髓里去，就会把他爱到心窝儿里。那老头子的女儿已经完全告诉我们了。

克劳狄奥 而且，当他躲在园里的时候，上帝就看见他。[①]

彼德罗 可是我们什么时候把那野牛的角儿插在有理性的培尼狄克的头上呢？

克劳狄奥 对了，还要在头颈下面挂着一块招牌，“请看结了婚的培尼狄克！”

培尼狄克 再见，哥儿；你已经知道我的意思。现在我让你一个人去唠唠叨叨说话吧；谢谢上帝，你讲的那些笑话，正像只会说说大话的那些懦夫们的刀剑一样无关痛痒。殿下，一向蒙您知遇之恩，我是十分地感谢，可是现在我不能再跟您继续来往了。您那位令弟已经从梅西那逃走；你们几个人已经合伙害死了一位纯洁无罪的姑娘。至于我们那位白脸公子，我已经跟他约期相会了；在那个时候以前，我愿他平安。（下）

彼德罗 他果然认起真来了。

克劳狄奥 绝对的认真；我告诉您，他这样一本至诚，完全是为了贝特丽丝的爱情。

彼德罗 他向您挑战了吗？

克劳狄奥 他非常诚意地向我挑战了。

彼德罗 一个衣冠楚楚的人，会这样迷塞了心窍，真是可笑！

---

① 此句出自《旧约·创世记》。

克劳狄奥 像他这样一个人，讲外表也许比一头猴子神气得多，可是他的聪明还不及一头猴子哩。

彼德罗 且慢，让我静下来想一想；糟了！他不是说我的兄弟已经逃走了吗？

道格培里、弗吉斯及巡丁押康拉德、波拉契奥同上。

道格培里 你来，朋友；要是法律管不了你，那简直可以用不到什么法律了。

彼德罗 怎么！我兄弟手下的两个人都给绑起来啦！一个是波拉契奥！

克劳狄奥 殿下，您问问他们犯的什么罪。

彼德罗 巡官，这两个人犯了什么罪？

道格培里 禀王爷，他们乱造谣言；而且他们说了假话；第二点，他们信口诽谤；末了，他们冤枉了一位小姐；第三点，他们做假见证；总而言之，他们是说谎的坏人。

彼德罗 第一点，我问你他们干了些什么事？第三点，我问你他们犯的什么罪？末了，我问你他们为什么被捕？总而言之，你控诉他们什么罪状？

克劳狄奥 问得很好，而且完全套着他的口气，把一个意思用各种不同的方式表达了出来。

彼德罗 你们两人得罪了谁，所以才给他们抓了起来问罪？这位聪明的巡官讲的话儿太奥妙了，我听不懂。你们犯了什么罪？

波拉契奥 好殿下，我向您招认一切以后，请您不必再加追问，就让这位伯爵把我杀死了吧。我已经当着您的眼前把您欺骗；您的智慧所观察不到的，却让这些蠢货们揭发出来了。他们在晚上听见我告诉这个人您的兄弟唐·约翰怎样唆使我毁坏希罗小姐的名誉；你们怎样听了他的话到花园里去，瞧见我在那儿跟打扮做希罗样子的玛格莱特昵昵情话；以及你们怎样在举行婚礼的时候把她羞辱。我的罪恶已经给他们记录下来；我现在但求一死，不愿再把它重新叙述出来，增加我的惭愧。那位小姐是给我跟我的主人诬陷而死的，请殿下处我应得之罪。

彼德罗 他的这一番话，不是像一柄利剑似的刺进你的心里吗？

克劳狄奥 我听他说话，就像是吞下了毒药。

彼德罗 可是果真是我的兄弟指使你做这种事的吗？

波拉契奥 是的，他还给了我很大的酬劳呢。

彼德罗 他是个奸恶成性的家伙，现在一定是为了阴谋暴露，所以逃走了。

克劳狄奥 亲爱的希罗！现在你的影象又回复到我最初爱你的时候那样纯洁美好了！

道格培里 来，把这两个原告带下去。咱们那位司事先生现在一定已经把这件事情告诉里奥那托老爷知道了。弟兄们，你们可别忘了替我证明我是头驴子。

弗吉斯 啊，里奥那托老爷来了，司事先生也来了。

| 里奥那托、安东尼奥及教堂司事重上。

里奥那托 这个恶人在哪里？让我把他的脸孔认认清楚，以后看见跟他长得模样差不多的人，就可以远而避之。哪一个是他？

波拉契奥 您倘要知道谁是害苦了您的人，就请瞧着我吧。

里奥那托 就是你这奴才用你的鬼话害死了我的清白的孩子吗？

波拉契奥 是的，那全是我一个人干的事。

里奥那托 不，恶人，你错了；这儿有一对正人君子，还有第三个已经逃走了，他们都是有份的。两位贵人，谢谢你们害死了我的女儿；你们干了这一件好事，是应该在青史上大笔特书的。你们这一件事情干得真好。

克劳狄奥 我不知道应该怎样向您请求原谅，可是我不能不说话。您爱怎样处置我就怎样处置我吧，我愿意接受您所能想得到的无论哪一种惩罚；虽然我所犯的罪完全是出于误会的。

彼德罗 凭着我的灵魂起誓，我也犯下了无心的错误；可是为了消消这位好老人家的气起见，我也愿意领受他的任何重罚。

里奥那托 我不能叫你们把我的女儿弄活转来，那当然是不可能的事；可是我要请你们两位向这儿梅西那所有的人宣告她死得多么清白。要是您的爱情能够鼓动您写些什么悲悼的诗歌，请您就把它悬挂在她的墓前，向她的尸骸歌唱一遍；今天晚上您就去歌唱这首挽歌。明天早上您再到我家里来；您既然不能做我的子婿，那么就做我的侄婿吧。舍弟有一个女儿，她跟我去世的女儿长得一模一样，现在她是我们兄弟两人唯一的嗣息；您要是愿意把您本来应该给她姊姊的名分转给她，那么我这口气也就消下去了。

克劳狄奥 啊，可敬的老人家，您的大恩大德，真使我感激涕零！我敢不接受您的好意；从此以后，不才克劳狄奥愿意永远听从您的驱使。

里奥那托 那么明天早上我等您来；现在我要告别啦。这个坏人必须叫他跟玛格莱特当面质对；我相信她也一定受到令弟的贿诱，参加这同谋的。

波拉契奥 不，我可以用我的灵魂发誓，她并不知情；当她向我说话的时候，她也不知道她已经做了些什么不应该做的事；照我平常所知道，她一向都是规规矩矩的。

道格培里 而且，老爷，这个原告，这个罪犯，还叫我做驴子；虽然这句话没有写下来，可是请您在判罪的时候不要忘记。还有，巡丁听见他们讲起一个坏贼，到处用上帝的名义向人借钱，借了去永不归还，所以现在人们的心肠都变得硬起来，不再愿意看在上帝的面上借给别人半个子儿了。请您在这一点上也要把他仔细审问审问。

里奥那托 谢谢你这样细心，这回真的有劳你啦。

道格培里 您老爷说得真像一个知恩感德的小子，我为您赞美上帝！

里奥那托 去吧，你的罪犯归我发落，谢谢你。

道格培里 我把一个大恶人交在您手里；请您自己把他处罚，给别人做个榜样。上帝保佑您老爷！愿老爷平安如意，无灾无病！后会无期，小的告辞了！来，伙计。（道格培里、弗吉斯同下）

里奥那托 两位贵人，咱们明天早上再见。

安东尼奥 再见；我们明天等着你们。

彼德罗 我们一定准时奉访。

克劳狄奥 今晚我就到希罗坟上哀吊去。（彼德罗、克劳狄奥同下）

里奥那托 （向巡丁）把这两个家伙带走。我们要去问一问玛格莱特，她怎么会跟这个下流的东西来往。（同下）

第二场

里奥那托的花园

丨培尼狄克及玛格莱特自相对方向上。

培尼狄克 好玛格莱特姑娘，请你帮帮忙替我请贝特丽丝出来说话。

玛格莱特 我去请她出来了，您肯不肯写一首诗歌颂我的美貌呢？

培尼狄克 我一定会写一首顶高雅的诗送给你。

玛格莱特 好，我就去叫贝特丽丝出来见您；我想她自己也生腿的。

培尼狄克 所以一定会来。（玛格莱特下）

“恋爱的神明，
高坐在天庭，
知道我，知道我，
多么的可怜！——”

我的意思是说，我的歌喉是多么糟糕得可怜；可是讲到恋爱，那么那位游泳好手里昂德，那位最初发明请人拉纤的特洛伊罗斯，以及那一大批载在书上的古代的风流才子们，他们的名字至今为骚人墨客所乐道，谁也没有像可怜的我这样真的为情颠倒了。可惜我不能把我的热情用诗句表示出来；我曾经搜索枯肠，可是找来找去，只有“儿郎”两个字可以跟“姑娘”押韵，一个孩子气的韵！可以跟“羞辱”押韵的，只有“甲壳”两个字，一个硬绷绷的韵！可以跟“学校”押韵的，只有“呆鸟”两个字，一个混账的韵！这些韵脚都不大吉利。不，我想我命里没有诗才，我也不会用那些风花雪月的话儿向人求爱。

贝特丽丝上。

培尼狄克 亲爱的贝特丽丝，我一叫你你就出来了吗？

贝特丽丝 是的，先生；您一叫我走，我也就会去的。可是在我未去以前，让我先问您一个明白，您跟克劳狄奥说过些什么话？

培尼狄克 我已经骂过他了；所以给我一个吻吧。

贝特丽丝 骂人的嘴是不干净的；不要吻我，让我去吧。

培尼狄克 你真会强辞夺理。可是我必须明白告诉你，克劳狄奥已经接下了我的挑战，要是他不就给我一个回音，我就公开宣布他是个懦夫。现在我要请你告诉我，你究竟为了我哪一点坏处而开始爱起我来呢？

贝特丽丝 为了您所有的坏处，它们朋比为奸，尽量发展它们的恶势力，不让一点好处混杂在它们中间。可是您究竟为了我哪一点好处，才对我害起相思来呢？

培尼狄克 "害起相思来"，好一句话！我真的给相思害了，因为我爱你是违反我的本心的。

贝特丽丝 那么您原来是在跟您自己的心作对。唉，可怜的心！你既然为了我的缘故而跟它作对，那么我也要为了您的缘故而跟它作对了；因为我的朋友要是讨厌它，我当然再也不会欢喜它的。

培尼狄克 咱们两个人都太聪明啦，总不会安安静静地讲几句情话。

贝特丽丝 照您这样说法，恐怕未必如此；真的聪明人是不会自称自赞的。

培尼狄克 这是一句老生常谈，贝特丽丝，在从前世风淳厚、大家能够赏识他邻人的好处的时候，未始没有几分道理。可是当今之世，谁要是不乘他自己未死之前预先把墓志铭刻好，那么等到丧钟敲过，他的寡妇哭过几声以后，谁也不会再记得他了。

贝特丽丝 您想那要经过多少时间呢？

培尼狄克 问题就在这里，左右也不过钟鸣一小时，泪流一刻钟而已。所以一个人只要问心无愧，把自己的好处自己宣传宣传，就像我对于我自己这样，实在是再聪明不过的事。我可以替我自己作证，我这个人的确不坏。现在已经自称自赞得够了，请你告诉我，你的妹妹怎样啦？

贝特丽丝 她现在憔悴不堪。

培尼狄克 你自己呢？

贝特丽丝 我也是憔悴不堪。

培尼狄克 敬礼上帝，尽心爱我，你的身子就可以好起来。现在我应该去啦；有人慌慌张张地找你来了。

| 欧苏拉上。

欧苏拉 小姐，快到您叔叔那儿去。他们正在那儿议论纷纷：希罗小姐已经证明受人冤枉，亲王跟克劳狄奥上了人家一个大大的当；唐·约翰是罪魁祸首，他已经逃走了。您就来吗？

贝特丽丝 先生，您也愿意去听听消息吗？

培尼狄克 我愿意活在你的心里，死在你的怀里，葬在你的眼里；我也愿意陪着你到你叔叔那儿去。（同下）

第三场

教堂内部

|唐·彼德罗、克劳狄奥及侍从等携乐器蜡烛上。

克劳狄奥 这儿就是里奥那托家的坟堂吗？

一侍从 正是，爵爷。

克劳狄奥 （展手卷朗诵）“青蝇玷玉，谗口铄金，嗟吾希罗，月落星沉！生蒙不虞之毁，死播百世之馨；惟令德之昭昭，斯虽死而犹生。”天长地久有时尽，此恨绵绵无绝期！现在奏起音乐来，歌唱你们的挽诗吧。

歌

惟兰蕙之幽姿兮，
遽一朝而摧焚；
风云怫郁其变色兮，
月姊掩脸而似嗔：
语月姊兮毋嗔，
听长歌兮当哭；
绕墓门而逡巡兮，
岂百身之可赎！
风瑟瑟兮云漫漫，
纷助予之悲叹；
安得起重泉之白骨兮，
及长夜之未旦！

克劳狄奥 幽明从此音尘隔，岁岁空来祭墓人。永别了，希罗！

彼德罗 早安，列位朋友；把你们的火把熄了。豺狼已经觅食回来；瞧，熹微的晨光在日轮尚未出现之前，已经在欲醒未醒的东方缀上鱼肚色的斑点了。劳驾你们，现在你们可以回去了；再会。

克劳狄奥 早安，列位朋友；大家各走各的路吧。

彼德罗 来，我们也去换好衣服，再到里奥那托家里去。

克劳狄奥 但愿许门有灵，这一回赐给我好一点的运气！（同下）

第四场

里奥那托家中一室

里奥那托、安东尼奥、培尼狄克、贝特丽丝、玛格莱特、欧苏拉、法兰西斯神父及希罗同上。

神父 我不是对您说她是无罪的吗？

里奥那托 亲王跟克劳狄奥怎样凭着莫须有的罪名冤诬她，您是听见的，他们误信人言，也不能责怪他们；可是玛格莱特在这件事情上也有几分不是，虽然照审问的结果看起来，她的行动并不是出于本意。

安东尼奥 好，一切事情总算圆满收场，我很高兴。

培尼狄克 我也很高兴，因为否则我有誓在先，非得跟克劳狄奥那小子算账不可。

里奥那托 好，女儿，你跟各位姑娘进去一会；等我叫你们出来的时候，大家戴上面罩出来。亲王跟克劳狄奥约定在这个时候来看我的。（众女下）兄弟，你知道你应该做些什么事；你必须做你侄女的父亲，把她许婚给克劳狄奥。

安东尼奥 我一定会扮演得神气十足。

培尼狄克 神父，我想我也要有劳您一下。

神父 先生，您要我做些什么事？

培尼狄克 替我加上一层束缚，或者把我送进坟墓。里奥那托大人，不瞒您说，好老人家，令侄女对我很是另眼相看。

里奥那托 不错，她这一只另外的眼睛是我的女儿替她装上去的。

培尼狄克 为了报答她的眷顾，我也已经把我的一片痴心呈献给她。

里奥那托 您这一片痴心，我想是亲王、克劳狄奥跟我三个人替您安放进去的。可是请问有何见教？

培尼狄克 大人，您说的话太玄妙了。可是讲到我的意思，那么我是希望得到您的许可，让我们就在今天正式成婚；好神父，这件事情我要有劳您啦。

里奥那托 我竭诚赞成您的意思。

神父 我也愿意效劳。亲王跟克劳狄奥来啦。

| 唐·彼德罗、克劳狄奥及侍从等上。

彼德罗 早安，各位朋友。

里奥那托 早安，殿下；早安，克劳狄奥。我们正在等着你们呢。您今天仍旧愿意娶我的侄女吗？

克劳狄奥 即使她长得像黑炭一样，我也决不反悔。

里奥那托 兄弟，你去叫她出来；神父已经等在这儿了。（安东尼奥下）

彼德罗 早安，培尼狄克。啊，怎么，你的脸孔怎么像严冬一样难看，堆满了霜雪风云？

克劳狄奥 他大概想起了那头野牛。呸！怕什么，朋友！我们要用金子镶在你的角上，整个的欧罗巴都会欢喜你，正像从前欧罗巴欢喜那因为爱情而变成一头公牛的乔武一样。

培尼狄克 乔武老牛叫起来声音很是好听；大概也有那么一头野牛看中了令尊大人那头母牛，结果才生下了像老兄一样的一头小牛来，因为您的叫声也跟他差不多，倒是家学渊源哩。

克劳狄奥 我暂时不跟你算账；这儿来了我一笔待清的债务。

| 安东尼奥率众女戴面罩重上。

克劳狄奥 哪一位姑娘我有福握住她的手？

安东尼奥 就是这一个，我现在把她交给您了。

克劳狄奥 啊，那么她就是我的了。好人，让我瞻仰瞻仰您的芳容。

里奥那托 不，在您没有搀着她的手到这位神父面前宣誓娶她为妻以前，不能让您瞧见她的脸孔。

克劳狄奥 把您的手给我；当着这位神父之前，我愿意娶您为妻，要是您不嫌弃我的话。

希罗 当我在世的时候，我是您的另一个妻子；（取下面罩）当您爱我的时候，您是我的另一个丈夫。

克劳狄奥 又是一个希罗！

希罗 一点不错；一个希罗已经蒙垢而死，但我以清白之身活在人间。

彼德罗 就是从前的希罗！已经死了的希罗！

里奥那托 殿下，当谗言流传的时候，她才是死的。

神父 我可以替你们解释一切；等神圣的仪式完毕以后，我会详细告诉你们希罗逝世的一段情节。现在暂时把这些怪事看做不足为奇，让我们立刻到教堂里去。

培尼狄克 慢点儿，神父。贝特丽丝呢？

贝特丽丝　（取下面罩）我就是她。您有什么见教？

培尼狄克　您不是爱我吗？

贝特丽丝　啊，不，我不过照着道理对待您罢了。

培尼狄克　这样说来，那么您的叔父、亲王跟克劳狄奥都受了骗啦；因为他们发誓说您爱我的。

贝特丽丝　您不是爱我吗？

培尼狄克　真的，不，我不过照着道理对待您罢了。

贝特丽丝　这样说来，那么我的妹妹、玛格莱特跟欧苏拉都大错而特错啦；因为她们发誓说您爱我的。

培尼狄克　他们发誓说您为了我差不多害起病来啦。

贝特丽丝　她们发誓说您为了我差不多活不下去啦。

培尼狄克　没有这回事。那么您不爱我吗？

贝特丽丝　不，真的，咱们不过是两个普通的朋友。

里奥那托　好了好了，侄女，我可以断定你是爱着这位绅士的。

克劳狄奥　我也可以赌咒他爱着她；因为这儿就有一首他亲笔写的歪诗，是他从自己的枯肠里搜索出来，歌颂着贝特丽丝的。

希罗　这儿还有一首诗，是我姊姊的亲笔，从她的口袋里偷出来的；这上面伸诉着她对于培尼狄克的爱慕。

培尼狄克　怪事怪事！我们自己的手会写下跟我们心里的意思完全不同的话。好，我愿意娶你；可是天日在上，我是因为可怜你才娶你的。

贝特丽丝　我不愿拒绝您；可是天日在上，我只是因为却不过人家的劝告，一方面也是因为要救您的性命，才答应嫁给您的；人家告诉我您在一天天瘦下去呢。

培尼狄克　别多话！让我堵住你的嘴。（吻贝特丽丝）

彼德罗 结了婚的培尼狄克，请了！

培尼狄克 殿下，我告诉你吧，就是一大伙鼓唇弄舌的家伙向我鸣鼓而攻，我也决不因为他们的讥笑而放弃我的决心。你以为我会把那些冷嘲热讽的话儿放在心上吗？不，要是一个人这么容易给人家用空话打倒，他根本不配穿体面的衣服。总之，我既然立志结婚，那么无论世人说些什么闲话，我都不会去理会他们；所以你们也不必因为我从前说过反对结婚的话而把我取笑，因为人本来是个出尔反尔的东西，这就是我的结论了。至于讲到你，克劳狄奥，我倒很想把你打一顿；可是既然你就要做我的亲戚了，那么就让你保全皮肉，好好地爱我的小姨吧。

克劳狄奥 我倒很希望你会拒绝贝特丽丝，这样我就可以用棍子打你一顿，打得你不敢再做光棍了。我就担心你这家伙靠不大住；我的大姨应该把你监管得紧一点才好。

培尼狄克 得啦得啦，咱们是老朋友。现在我们还是在没有举行婚礼之前，大家跳一场舞，让我们的心跟我们妻子的脚跟一起飘飘然起来吧。

里奥那托 还是结过婚再跳舞吧。

培尼狄克 不，我们先跳舞再结婚；奏起音乐来！殿下，你好像有些什么心事似的；娶个妻子吧，娶个妻子吧。

| 一使者上。

使者 殿下，您的在逃的兄弟约翰已经在路上给人抓住，现在由武装的军士把他押回到梅西那来了。

培尼狄克 现在不要想起他，明天再说吧；我可以给你设计一些最巧妙的惩罚他的方法。吹起来，笛子！（跳舞。众下）

皆大欢喜

All the world's a stage, and all the men and women merely players;

they have their exits and their entrances.

——*As You Like It*

全世界是一个舞台，所有的男男女女不过是一些演员；

他们都有下场的时候，也都有上场的时候。

——《皆大欢喜》

剧中人物

公爵	在放逐中
弗莱德里克	其弟，篡位者
阿米恩斯	逐公的从臣
杰奎斯	逐公的从臣
勒·波	弗莱德里克的侍臣
查尔斯	拳师
奥列佛	罗兰·德·鲍埃爵士之子
贾奎斯	罗兰·德·鲍埃爵士之子
奥兰多	罗兰·德·鲍埃爵士之子
亚当	奥列佛之仆
丹尼斯	奥列佛之仆
试金石	小丑
奥列佛·马坦克斯特师父	牧师
柯林	牧人
西尔维斯	牧人
威廉	乡人，恋奥德蕾
扮喜神许门者	
罗瑟琳	逐公之女
西莉娅	弗莱德里克之女
菲苾	牧女
奥德蕾	村姑

众臣、侍童、林居人及侍从等

地点

奥列佛宅旁庭园;篡位者的宫廷;亚登森林

第　一　幕

第一场

奥列佛宅旁园中

丨奥兰多及亚当上。

奥兰多　亚当，我记得遗嘱上只给了我一笔小小的一千块钱，而且正像你所说的，吩咐我的大哥把我好生教养，否则他不能得到他的祝福：我的不幸就这样开始了。他把我的二哥贾奎斯送进学校，据说成绩很好；可是我呢，他却叫我像个村汉似的住在家里，或者再说得确当一点，他把我一点不照顾地关在家里：你说像我这种身份的良家子弟，就可以像一条牛那样养着的吗？他的马匹也还比我养得好些；因为除了食料充足之外，还要把它们调练起来，因此用重金雇下了骑师；可是我，他的兄弟，却不曾在他手下得到一点好处，除了让我徒然地长大起来，这是我跟他那些粪堆上的畜生一样要感激他的。他除了这样慷慨地不给我什么之外，还要剥夺去我固有的一点点天分；他叫我和佃工在一起过活，不把我当兄弟看待，用这种教育来摧毁我的高贵的素质。这是使我伤心的缘故，亚当；我觉得在我身体之内的我的父亲的精神已经因为受不住这种奴隶的生活而反抗起来了。我一定不能再忍受下去，虽然我还不曾想到怎样避免它的妥当的方法。

亚当 大爷，您的哥哥，在那边来了。

奥兰多 走旁边去，亚当，你就会听到他会怎样欺侮我。

| 奥列佛上。

奥列佛 嘿，少爷！你来做什么？

奥兰多 不做什么；我不曾学习过做什么。

奥列佛 那么你在作践些什么呢，少爷？

奥兰多 哼，大爷，我在帮您的忙，把一个上帝造下来的，您的可怜的没有用处的兄弟用游惰来作践着哩。

奥列佛 那么你给我做事去，别站在这儿吧，少爷。

奥兰多 我要去看守您的猪，跟它们一起吃糠吗？我浪费了什么了，才要受这种惩罚？

奥列佛 你知道你在什么地方吗，少爷？

奥兰多 噢，大爷，我知道得很清楚；我是在这儿您的园子里。

奥列佛 你知道你是当着谁说话吗，少爷？

奥兰多 嗽，我知道我所当面的人，比他知道我更明白些。我知道你是我的大哥；照你的高贵的血统说起来，你也应该知道我是谁。按着世间的常礼，你的身份比我高些，因为你是长子；可是同样的礼法却不能取去我的血统，即使我们之间还有二十个兄弟。我的血液里有着跟你一样多的我们父亲的素质；虽然我承认你的居长在名分上是该格外受人敬重一些。

奥列佛 什么，孩子！

奥兰多 算了吧，算了吧，大哥，你不用这样卖老啊。

奥列佛 你要向我动起手来了吗，混蛋？

奥兰多 我不是混蛋；我是罗兰·德·鲍埃爵士的小儿子，他是我的父亲；谁敢说这样一位父亲会生下混蛋儿子来的，才是个大混蛋。你倘不是我的哥哥，我这手一定不放松你的喉咙，直等我那另一只手拔出了你的舌头为止，因为你说了这样的话。你骂的是你自己。

亚当 （上前）好爷爷们，别生气；看在去世老爷的脸上，大家和和气气的吧！

奥列佛 放开我！

奥兰多 等我高兴放你的时候再放你；你一定要听我说话，父亲在遗嘱上吩咐你给我好好的教育；你却把我训练得像一个农夫，不让我跟上流社会接触。父亲的精神在我心中炽烈起来，我再也忍受不下去了。你得允许我去学习那种适合于上流人身份的技艺；否则把父亲在遗嘱里指定给我的那笔小小的钱给了我，也好让我去自寻生路。

奥列佛 等到那笔钱用完了你便怎样？去做叫化子吗？哼，少爷，给我进去吧，别再跟我找麻烦了；你可以得到你所要的一部分。请你走吧。

奥兰多 我不愿过分冒犯你，除了为我自身的利益。

奥列佛 你跟着他去吧，你这老狗！

亚当 “老狗”便是您给我的谢意吗？一点不错，我服侍你们已经服侍得牙齿都落光了。上帝和我的老爷同

在！他是绝不会说出这种话来的。（奥兰多、亚当下）

奥列佛 竟有这种事吗？你不服我管了吗？我要把你的傲气去掉，却不给你那一千块钱。喂，丹尼斯！

丹尼斯上。

丹尼斯 大爷叫我吗？

奥列佛 公爵手下那个拳师查尔斯不是在这儿要跟我说话吗？

丹尼斯 禀大爷，他就在门口，要求见您哪。

奥列佛 叫他进来。（丹尼斯下）这是一个妙计；明天就是摔角的日子。

查尔斯上。

查尔斯 早安，大爷！

奥列佛 查尔斯好朋友，新朝廷里有些什么新消息？

查尔斯 朝廷里没有什么消息，大爷，只有一些老消息：那就是说老公爵给他的弟弟新公爵放逐了；三四个忠心的大臣自愿跟着他出亡，他们的地产收入都给新公爵没收了去，因此他巴不得他们一个个滚蛋。

奥列佛 你知道公爵的女儿罗瑟琳是不是也跟她的父亲一起放逐了？

查尔斯 啊，不；因为新公爵的女儿，她的族妹，自小便跟她在一个摇篮里长大，非常地爱她，一定要跟她一同出亡，否则便要寻死；所以她现在仍旧在宫里，她的叔父把她像自家女儿样看待着；从来不曾有两位小姐像她们这样要好了。

奥列佛 老公爵预备住在什么地方呢？

查尔斯 据说他已经在亚登森林[1]了，有好多人们跟着他；他们在那边度着英国的老罗宾汉[2]那样的生活。据说每天有许多青年贵人投奔到他那儿去，逍遥自得地把时间消磨过去，像是置身在古昔的黄金时代里一样。

奥列佛 喂，你明天要当着新公爵面前摔角吗？

查尔斯 正是，大爷；我来就是要通知您一件事情。我得到了一个风声，大爷，说您的令弟奥兰多想要假扮了明天来跟我交手一下。明天这一场摔角，大爷，是与我的名誉有关的；谁想不断一根骨头而安然逃出，必须好好留点儿神才行。令弟年纪太轻，顾念着咱们的交情，我不能下手把他打败；可是为了我自己的名誉起见，他如果要来，我却非得给他一点厉害不可。为此看在咱们的交情份上，我来通报您一声：您或者劝他打断了这个念头；或者请您不用为了他所将要遭到的羞辱而生气，这全然是他自取其咎，并非我的本意。

奥列佛 查尔斯，多谢你对我的好意，我一定会重重报答你的。我自己也已经注意到舍弟的意思，曾经用婉言劝阻过他；可是他执意不改。我告诉你，查尔斯，他是在全法国顶无理可喻的一个兄弟，野心勃勃，一见人家有什么好处心里总是不服，而且老是在阴谋设计陷害我，他的同胞的兄长。一切悉听你的

---

① 亚登森林在法国与比利时的东北部，即Forest of Ardennes；但莎翁意中所写的亚登森林，则为英国Warwickshire的Forest of Arden。

② 罗宾汉（Robin Hood）英国传说中十四世纪时的著名侠盗。

尊意吧；我巴不得你把他的头颈和手指一起捩断了呢。你得留心一些；要是你略为削了他一点面子，或者他不能大大地削你的面子，他就会用毒药毒死你，用奸谋陷害你，非把你的性命用卑鄙的手段除掉了不肯甘休。不瞒你说，我一说起也忍不住要流泪，在现在世界上没有比他更奸恶的年轻人了。为了自己兄弟的关系，我还不好怎样说他；假如我把他的真相完全告诉了你，那我一定要惭愧而哭泣，你也要脸色发白而大吃一惊的。

查尔斯 我真运气上您这儿来。假如他明天来，我一定要给他一顿教训；倘若不叫他瘸了腿，我以后再不跟人家摔角赌锦标了。好，上帝保佑您大爷！（下）

奥列佛 再见，好查尔斯。——现在我要去挑拨这位好勇斗狠的家伙了。我希望他送了命。我自己也不明白为什么我是那么恨他；说起来他很善良，从来不曾受过教育，然而却很有学问，充满了高贵的思想，无论哪一等人都爱戴他；真的，大家都是这样欢喜他，尤其是我自己手下的人，以至于我倒给人家轻视起来。可是情形不会长久是这样的；这个拳师可以给我解决一切。现在我只消把那孩子激动前去就是了；我就去。（下）

第二场

公爵宫门前草地

| 罗瑟琳及西莉娅上。

西莉娅 罗瑟琳，我的好姊姊，请你快活些吧。

罗瑟琳 亲爱的西莉娅，我已经强作欢容，你还要我再快活一些吗？除非你能够教我怎样忘掉一个放逐的父亲，否则你总不能叫我记住无论怎样有趣的事情的。

西莉娅 我看出你的爱我抵不上我爱你那样深。要是我的伯父，你的放逐的父亲，放逐了你的叔父，我的父亲，只要你仍旧跟我在一起，我可以爱你的父亲就像我自己的父亲一样。假如你的爱我也像我的爱你一样真纯，那么你也一定会这样的。

罗瑟琳 好，我愿意忘记我自己的处境，为了你而高兴起来。

西莉娅 你知道我父亲只有我一个孩子，看来也不见得会再有了，等他去世之后，你便可以承继他；因为他用暴力从你父亲手里夺了来的，我便要用爱心归还给你。凭着我的名誉起誓，我一定会这样；要是我背了誓，让我变成个妖怪。所以，我的好罗瑟琳，我的亲爱的罗瑟琳，快活起来吧。

罗瑟琳 妹妹，从此以后我要高兴起来，想出一些消遣的法子。让我看；你想来一下子恋爱怎样？

西莉娅 好的，不妨作为消遣，可是不要认真爱起人来；而且玩笑也总不要开得过度，羞人答答地脸红了一下子就算了，不要弄到丢了脸摆不脱身。

罗瑟琳 那么我们作什么消遣呢？

西莉娅　让我们坐下来嘲笑那位好管家太太命运之神，叫她羞得离开了纺车，免得她的赏赐老是不公平[①]。

罗瑟琳　我希望我们能够这样做，因为她的恩典完全是滥给的。这位慷慨的瞎眼婆子在对于女人的赏赐上尤其是乱来。

西莉娅　一点不错，因为被她给了美貌的，她总不让她们贞洁；被她给了贞洁的，她便叫她们生得怪难看的。

罗瑟琳　不，现在你把命运的职务拉扯到造物身上去了；命运管理着人间的赏罚，可是管不了天生的相貌。

丨试金石上。

西莉娅　管不了吗？造物生下了一个美貌的人儿来，命运不会把她推到火里去从而毁坏她的容颜吗？造物虽然给我们智慧，可以把命运取笑，可是命运不已经差这个傻瓜来打断我们的谈话了吗？

罗瑟琳　真的，那么命运太对不起造物了，她会叫一个天生的傻瓜来打断天生的智慧。

西莉娅　也许这也不干命运的事，而是造物的意思，因为看到我们天生的智慧太迟钝了，不配议论神明，所以才叫这傻瓜来做我们的砺石；因为傻瓜的愚蠢往往是聪明人的砺石。喂，聪明人！你到哪儿去？

试金石　小姐，快到您父亲那儿去。

西莉娅　你作起差人来了吗？

试金石　不，我以名誉为誓，我是奉命来请您去的。

---

① 命运女神于纺车上织人类的命运；因命运赏罚毫无定准，故下文云“瞎眼婆子”。

罗瑟琳 傻瓜，你从哪儿学来的这一句誓？

试金石 从一个骑士那儿学来，他以名誉为誓说煎饼很好，又以名誉为誓说芥末不行；可是我知道煎饼不行，芥末很好；然而那骑士却也不曾发假誓。

西莉娅 你怎样用你那一大堆的学问证明他不曾发假誓呢？

罗瑟琳 欧，对了，请把你的聪明施展出来吧。

试金石 您两人都站出来；摸摸你们的下巴，以你们的胡须为誓说我是个坏蛋。

西莉娅 以我们的胡须为誓，要是我们有胡须的话，你是个坏蛋。

试金石 以我的坏蛋的身份为誓，要是我有坏蛋的身份的话，那么我便是个坏蛋。可是假如你们用你们所没有的东西起誓，你们便不算是发的假誓。这个骑士用他的名誉起誓，因为他从来不曾有过什么名誉，所以他也不算是发的假誓；即使他曾经有过名誉，也早已在他看见这些煎饼和芥末之前发誓发掉了。

西莉娅 请问你说的是谁？

试金石 是您的父亲老弗莱德里克所欢喜的一个人。

西莉娅 我的父亲欢喜他，他也就够有名誉的了。够了，别再说起他；你总有一天会因为把人讥弹而吃鞭子的。

试金石 这就可发一叹了，聪明人可以做傻事，傻子却不准说聪明话。

西莉娅 真的，你说得对；自从把傻子的一点点小聪明禁止发表之后，聪明人的一点点小小的傻气却大大地显起身手来了。——勒·波先生来啦。

罗瑟琳 含着满嘴的新闻。

西莉娅 他会把他的新闻向我们倾吐出来，就像鸽子哺雏一样。

罗瑟琳 那么我们要塞满一肚子的新闻了。

西莉娅 那再好没有，塞得胖胖的，卖出去更值钱些。

| 勒·波上。

西莉娅 您好，勒·波先生。有什么新闻？

勒·波 好郡主，您错过一场很好的玩意儿了。

西莉娅 玩意儿！什么花色的？

勒·波 什么花色的，小姐！我怎么回答您呢？

罗瑟琳 凭着您的聪明和您的机缘吧。

试金石 或者按照着命运女神的旨意。

西莉娅 说得好，极堆砌之能事了。

勒·波 两位小姐，你们叫我莫名其妙。我是要来告诉你们有一场很好的摔角，你们错过机会了。

罗瑟琳 可是把那场摔角的情形讲给我们听吧。

勒·波 我可以把开场的情形告诉你们；假如两位小姐听着乐意，收场的情形你们可以自己看一个明白，精彩的部分还不曾开始呢；他们就要到这儿来表演了。

西莉娅 好，就把那个已经陈死了的开场说说看。

勒·波 有一个老人带着他的三个儿子到来——

西莉娅 我可以把这开头接上一个老故事去。

勒·波 三个漂亮的青年，长得一表人才——

罗瑟琳 头颈里挂着招贴，“特此布告，俾众咸知。”

勒·波 老大跟公爵的拳师查尔斯摔角，查尔斯一下子就把他摔倒了，打断了三根肋骨，生命已无希望；老二老三也都这样给他对付过去。他们都躺在那边；那个可怜的老头子，他们的父亲，在为他们痛哭，惹得旁观的人都陪他落泪。

罗瑟琳 嗳哟！

试金石 但是，先生，您说小姐们错过了的玩意儿是什么呢？

勒·波 哪，就是我说过的这件事啰。

试金石 所以人们每天都可以增进一些见识。我今天才是第一次听见折断肋骨是小姐们的玩意儿。

西莉娅 我也是第一次呢。

罗瑟琳 可是还有谁想要听自己胁下清脆动人的一声吗？还有谁欢喜让他的肋骨给人敲断吗？妹妹，我们要不要去看他们摔角？

勒·波 要是你们不走开去，那么不看也得看；因为这儿正是指定摔角的地方，他们就要来表演了。

西莉娅 真的，他们从那边来了；让我们不要走开，看一下子。

喇叭奏花腔。弗莱德里克公爵、众臣、奥兰多、查尔斯及侍从等上。

弗莱德里克 来吧；那年轻人既然不肯听劝，就让他吃些苦楚，也是他自不量力的报应。

罗瑟琳 那边就是那个人吗？

勒·波 就是他，小姐。

西莉娅 唉！他太年轻啦；可是瞧上去倒好像很有得胜的神气。

弗莱德里克 啊，吾儿和侄女！你们也溜到这儿来看摔角吗？

罗瑟琳 是的，殿下，请您准许我们。

弗莱德里克 我可以断定你们一定不会感到兴趣的，两方的实力太不平均了。我因为可怜见这个挑战的人年纪轻轻，想把他劝阻了，可是他不肯听劝。小姐们，你们去对他说去，看能不能说得动他。

西莉娅 叫他过来，勒·波先生。

弗莱德里克 好吧，我就走开去。（退至一旁）

勒·波 挑战的先生，两位郡主有请。

奥兰多 敢不从命。

罗瑟琳 年轻人，你向拳师查尔斯挑战了吗？

奥兰多 不，美貌的郡主，他才是向众人挑战的人；我不过像别人一样来到这儿，想要跟他较量较量我的青春的力量。

西莉娅 年轻的先生，照您的年纪而论，您的胆量是太大了。您已经看见了这个人的无情的蛮力；要是您能够用您的眼睛瞧见您自己的形状，或者用您的理智判断您自己的能力，那么您对于这回冒险所怀的戒惧，一定会劝您另外找一件比较适宜于您的事情来做。为了您自己的缘故，我们请求您顾虑您自身的安全，放弃了这种尝试吧。

罗瑟琳 是的，年轻的先生，您的名誉不会因此而受损；我们可以去请求公爵停止这场摔角。

奥兰多 我要请你们原谅，我觉得我自己十分有罪，胆敢拒绝这么两位美貌出众的小姐的要求。可是让你们的美目和好意伴送着我去作这场决斗吧。假如我打败了，那不过是一个从来不曾给人看重过的人丢了脸；假如我死了，也不过死了一个自己愿意寻死的人。我不会辜负我的朋友们，因为没有人会哀悼我；我不会对世间有什么损害，因为我在世上一无所有；我不过在世间占了一个位置，也许死后可以让更好的人来补充。

罗瑟琳 我但愿我所有的一点点微弱的气力也加在您身上。

西莉娅 我也愿意把我的气力再加在她的气力上面。

罗瑟琳 再会。求上天但愿我错看了您！

西莉娅 愿您的希望成全！

查尔斯 来，这个想要来送死的哥儿在什么地方？

奥兰多 已经预备好了，朋友；可是他却不像你这样傲慢。

弗莱德里克 你们斗一个回合就够了。

查尔斯 不，启禀殿下，您第一次已经敦劝过他，第二次就可以不必再劝他了。

奥兰多 你要在以后嘲笑我，可不必事先就嘲笑起来。来啊。

罗瑟琳 赫剌克勒斯默佑着你，年轻人！

西莉娅 我希望我有隐身术，去拉住那强徒的腿。（查尔斯、奥兰多二人摔角）

罗瑟琳 啊，出色的青年！

西莉娅 假如我的眼睛里会打雷，我知道谁是要被打倒的。（查尔斯被摔倒；欢呼声）

弗莱德里克 算了，算了。

奥兰多 请殿下准许我再试；我的一口气还不曾透完哩。

弗莱德里克 你怎样啦，查尔斯？

勒·波 他说不出话来，殿下。

弗莱德里克 把他扛出去。你叫什么名字，年轻人？（查尔斯被扛下）

奥兰多 禀殿下，我是奥兰多，罗兰·德·鲍埃的幼子。

弗莱德里克 我希望你是别人的儿子。世间都以为你的父亲是个好人，但他却是我的永远的仇敌；假如你是别族的子孙，你今天的行事一定可以使我更欢喜你一些。再见吧；你是个勇敢的青年，我愿你向我说起的是

另外一个父亲。（弗莱德里克、勒·波及随从下）

西莉娅 姊姊，假如我在我父亲的地位，我会做这种事吗？

奥兰多 我以做罗兰爵士的儿子为荣，即使只是他的幼子；我不愿改变我的地位，过继给弗莱德里克做后嗣。

罗瑟琳 我的父亲宠爱罗兰爵士，就像他的灵魂一样；全世界都抱着和我父亲同样的意见。要是我本来就已经知道这位青年便是他的儿子，我一定含着眼泪谏劝他不要作这种冒险。

西莉娅 好姊姊，让我们到他跟前去鼓励鼓励他。我父亲的无礼猜忌的脾气，使我十分痛心。——先生，您很值得尊敬；要是您在恋爱上也像在别的事情上一样守信，那么您的情人一定是很有福气的。

罗瑟琳 先生，（自颈上取下项链赠奥兰多）为了我的缘故，请戴上这个吧；我是个失爱于运命的人，心有余而力不足，不过略表微忱而已。我们去吧，妹妹。

西莉娅 好。再见，好先生。

奥兰多 我不能说一句谢谢您吗？我的勇气已丧失，站在这儿的只是一个人形的枪靶，一块没有生命的木石。

罗瑟琳 他在叫我们回去。我的矜傲随着我的运命一起摧毁了；我且去问他有什么话说。您叫我们吗，先生？先生，您摔角摔得很好；给您征服了的，不单是您的敌人。

西莉娅 去吧，姊姊。

罗瑟琳 你先走，我跟着你。再会。（罗瑟琳、西莉娅下）

奥兰多 什么一种情感重压住我的舌头？虽然她想跟我交谈，我却想不出话来对她说。可怜的奥兰多啊，你给征服了！取胜了你的，不是查尔斯，却是比他更柔弱的人儿。

| 勒·波重上。

勒·波 先生，我为着好意劝您还是离开这地方吧。虽然您很值得恭维、赞扬和敬爱，但是公爵的脾气太坏，他会把您一切的行事都误会了。公爵的心性有点捉摸不定；他的为人怎样我不便说，还是您自己去忖度忖度吧。

奥兰多 谢谢您，先生。我还要请您告诉我，这两位小姐中间哪一位是在场的公爵的女儿？

勒·波 要是我们照行为举止上看起来，两个可说都不是他的女儿；但是那位矮小一点的是他的女儿。另外一位便是放逐在外的公爵所生，被她这位篡位的叔父留在这儿陪伴他的女儿；她们两人的相爱是远过于同胞姊妹的。但是我可以告诉您，新近公爵对于他这位温柔的侄女有点不乐意；毫无理由，只是因为人民都称赞她的品德，为了她那位好父亲的缘故而同情她；我可以断定他对于这位小姐的恶意不久就会突然显露出来的。再会吧，先生；我希望在另外一个较好的世界里可以再跟您多多结识。

奥兰多 我非常感荷您的好意；再会。（勒·波下）才穿过浓烟，又钻进烈火；一边是专制的公爵，一边是暴虐的哥哥。可是天仙一样的罗瑟琳啊！（下）

第三场

宫中一室

| 西莉娅及罗瑟琳上。

西莉娅 喂，姊姊！喂，罗瑟琳！爱神哪！没有一句话吗？

罗瑟琳 连可以丢给一条狗的一句话也没有。

西莉娅 不，你的话是太宝贵了，怎么可以丢给贱狗呢？丢给我几句吧。来，讲一些道理来叫我浑身瘫痪。

罗瑟琳 那么姊妹两人都害了病了：一个是给道理害得浑身瘫痪，一个是因为想不出什么道理来而发了疯。

西莉娅 但这是不是全然为了你的父亲？

罗瑟琳 不，一部分是为了我的孩子的父亲。唉，这个平凡的世间是多么充满荆棘呀！

西莉娅 姊姊，这不过是些有刺的果壳，为了取笑玩玩而丢在你身上的；要是我们不在步道上走，我们的裙子就要给它们抓住。

罗瑟琳 在衣裳上的我可以把它们抖去；但是这些刺是在我的心里呢。

西莉娅 你咳嗽一声就咳出来了。

罗瑟琳 要是我咳嗽一声，他就会应声而来，那么我倒会试一下的。

西莉娅 算了算了；使劲地把你的爱情克服下来吧。

罗瑟琳 唉！我的爱情比我气力大得多哩！

西莉娅 啊，那么我替你祝福吧！即使你要失败，也得试一下。但是把笑话搁在一旁，让我们正正经经地谈谈。你真的会突然这样猛烈地爱上老罗兰爵士的小儿子吗？

罗瑟琳 我的父亲和他的父亲非常要好呢。

西莉娅 因此你也必须和他的儿子非常要好吗？照这样说起来，那么我的父亲非常恨他的父亲，因此我也应当恨他了；可是我却不恨奥兰多。

罗瑟琳 不，看在我的面上，不要恨他。

西莉娅 为什么不呢？他不是值得恨的吗？

罗瑟琳 因为他是值得爱的，所以让我爱他；因为我爱他，所以你也要爱他。瞧，公爵来了。

西莉娅 他满眼都是怒气。

| 弗莱德里克公爵率从臣上。

弗莱德里克 姑娘，为了你的安全，你得赶快收拾起来，离开我们的宫廷。

罗瑟琳 我吗，叔父？

弗莱德里克 你，侄女。在这十天之内，要是发现你在离我们宫廷二十英里之内，就得把你处死。

罗瑟琳 请殿下开示我，我犯了什么罪过。要是我有自知之明，要是我并没有做梦，也不曾发疯——我相信我没有——那么，亲爱的叔父，我从来不曾起过半分触犯您老人家的念头。

弗莱德里克 一切叛徒都是这样的；要是他们凭着口头的话便可以免罪，那么他们都是再清白没有的了。可是我不能信任你，这一句话就够了。

罗瑟琳 但是您的不信任不能便使我变成叛徒；请告诉我您有什么证据？

弗莱德里克 你是你父亲的女儿；还用得着别的话吗？

罗瑟琳 当殿下您夺去了我父亲的公国的时候，我就是他的女儿；当殿下您把他放逐的时候，我也还是他的女儿。叛逆并不是遗传的，殿下；即使我们受到亲友的牵连，那与我又有什么相干？我的父亲并不是个叛徒呀。所以，殿下，别看错了我，把我的穷迫看作了奸慝。

西莉娅 好殿下，听我说。

弗莱德里克 嗯，西莉娅，我让她留在这儿，只是为了你的缘故，否则她早已跟她的父亲流浪去了。

西莉娅 那时我没有请您让她留下；那是您自己的主意，因为您自己觉得不好意思。那时我还太小，不曾知道她的好处；但现在我知道她了。要是她是个叛逆，那么我也是。我们一直都睡在一起，同时起床，一块儿读书，同游同食，无论到什么地方去，都像朱诺的一双天鹅[①]，永远成着对，拆不开来。

弗莱德里克 她这人太阴险，你敌不过她；她的和气，她的沉默，和她的忍耐，都能感动人心，叫人民可怜她。你是个傻子，她已经夺去了你的名誉；她去了之后，你就可以显得格外光彩而贤德了。所以闭住你的嘴；我对她所下的判决是确定而无可挽回的，她必须被放逐。

西莉娅 那么您把这句判决也加在我身上吧，殿下；我没有她做伴便活不下去。

弗莱德里克 你是个傻子。侄女，你得端整起来；假如误了期

① 按朱诺（Juno，天后）之鸟为孔雀，天鹅为维纳斯（Venus，爱神）之鸟。

限，凭着我的名誉和我的言出如山的命令，要把你处死。（偕从臣下）

西莉娅 唉，我的可怜的罗瑟琳！你到哪儿去呢？你肯不肯换一个父亲？我把我的父亲给了你吧。请你不要比我更伤心。

罗瑟琳 我比你有更多的伤心的理由。

西莉娅 你没有，姊姊。请你高兴一点；你知道不知道，公爵把他的女儿也放逐了？

罗瑟琳 他没有。

西莉娅 没有？那么罗瑟琳还没有那种爱情，使你明白你我两人有如一体。我们难道要拆散了吗？我们难道要分手了吗，亲爱的姑娘？不，让我的父亲另外找一个后嗣吧。你应该跟我商量我们应当怎样飞走，到哪儿去，带些什么东西。不要因为环境的变迁而独自伤心，让我分担一些你的心事吧。我对着因为同情我们而惨白的天空起誓，无论你怎样说，我都要跟你一起走。

罗瑟琳 但是我们到哪儿去呢？

西莉娅 到亚登森林找我的伯父去。

罗瑟琳 唉，像我们这样的姑娘家，走这么远路，该是多么危险！美貌比金银更容易引起盗心呢。

西莉娅 我可以穿了破旧的衣裳，用些黄泥涂在脸上，你也是这样；我们便可以通行过去，不会遭人家算计了。

罗瑟琳 我的身材特别高，完全穷得像个男人岂不更好？腰间插一把出色的匕首，手里拿一柄刺野猪的长矛；心里尽管隐藏着女人家的胆怯，俺要在外表上装出一副雄赳赳气昂昂的样子来，正像那些冒充好汉的懦夫一般。

西莉娅 你做了男人之后，我叫你什么名字呢？

罗瑟琳 我要取一个和乔武的侍童一样的名字，所以你叫我盖尼米德[1]吧。但是你叫什么呢？

西莉娅 我要取一个可以表示我的境况的名字；我不再叫西莉娅，就叫爱莲娜[2]吧。

罗瑟琳 但是妹妹，我们设法去把你父亲宫廷里的小丑偷了来好不好？他在我们的旅途中不是很可以给我们解闷吗？

西莉娅 他要跟着我走遍广大的世界；让我独自去对他说吧。我们且去把珠宝钱物收拾起来。我出走之后，他们一定要追寻，我们该想出一个顶适当的时间和顶安全的方法来避过他们。现在我们是满心的欢畅，去找寻自由，不是流亡。（同下）

---

① 盖尼米德（Ganymede），乔武（Jove，即Jupiter）之持爵童子。

② 爱莲娜，原文Aliena，暗示alienated（远隔）之意。

第　二　幕

第一场

亚登森林

| 老公爵、阿米恩斯及众臣作林居人装束上。

公爵　我的流放生涯中的同伴和弟兄们，我们不已经习惯了这种生活，觉得它比虚饰的浮华有趣得多吗？这些树林不比猜嫉的朝廷更为安全吗？我们在这儿所感觉到的，只是时序的改变，那是上帝加于亚当的惩罚[①]；那冬天的风张舞着冰雪的爪牙，发出暴声的呼啸，即使当它砭刺着我的身体，使我寒冷而抖缩的时候，我也会微笑着说："这不是谄媚啊；它们就像是忠臣一样，谆谆提醒我所处的地位。"逆运也有它的好处，就像丑陋而有毒的蟾蜍，它的头上却顶着一颗珍贵的宝石。我们的这种生活，虽然与世间相遗弃，却可以听树木的谈话，溪中的流水便是大好的文章，一石之微，也暗寓着教训；每一件

---

① 亚当（Adam，人类的始祖）未逐出乐园之前，四季常春。

事物中间，都可以找到些益处来。我不愿改变这种生活。

阿米恩斯 殿下真是幸福，能把运命的顽逆说成这样恬静而可爱的样子。

公爵 来，我们打鹿去吧；可是我心里却有些不忍，这种可怜的花斑的蠢物，本来是这荒凉的城市中的居民，在它们自己的领域之内，它们的肥圆的腰肉上却要受到箭镞的刺伤。

臣甲 不错，那忧愁的杰奎斯很为那事伤心，发誓说您在那上面比之您那篡位的兄弟是一个更大的篡位者；今天阿米恩斯大人跟我两人悄悄地躲在背后，瞧他躺在一株橡树底下，那古老的树根露出在沿着林旁潺潺流去的溪水上面，有一只可怜的失群的牡鹿中了猎人的箭伤，奔到那边去喘气；真的，殿下，这头不幸的畜生发出了那样的呻吟，真要把它的皮囊都胀破了，一颗颗粗圆的泪珠怪可怜地争先恐后流下在它的无辜的鼻子上；忧愁的杰奎斯瞧着这头可怜的毛畜这样站在急流的小溪边，用眼泪添注在溪水里。

公爵 但是杰奎斯怎样说呢？他见了此情此景，不又要讲起一番道理来了吗？

臣甲 啊，是的，他作了一千种的譬喻。起初他看见那鹿把眼泪浪费地流下了水流之中，便说："可怜的鹿，你就像世人立遗嘱一样，把你所有的一切给了那已经有得太多的人。"于是，看它孤身独自，被它那些皮毛柔滑的朋友们所遗弃，便说："不错，人倒了霉，朋友也不会来睬你了。”不久又有一群吃得饱饱的、无忧无虑的鹿跳过它的身边，也不停下来向它打个招呼；“嗯，”杰奎斯说，“奔过去吧，你们这批肥胖而富于脂肪的市民们；世事无非如此，那个可怜的破产的家伙，瞧它做什么呢？”他这样用最恶毒的话来辱骂着乡村、城市和宫廷的一切，甚至于骂着我们的这种生活；发誓说我们只是些篡位者、暴君或者比这更坏的人物，到这些畜生们的天然的居处来惊扰它们，杀害它们。

公爵 你们就在他作这种思索的时候离开了他吗？

臣甲 是的，殿下，就在他为了这头啜泣的鹿而流泪发议论的时候。

公爵 带我到那地方去，我欢喜趁他发愁的时候去见他，因为那时他最富于见识。

臣甲 我就领您去见他。（同下）

第二场

宫中一室

| 弗莱德里克公爵、众臣及侍从上。

弗莱德里克 难道没有一个人看见她们吗？绝不会的；一定在我的宫廷里有奸人知情串通。

臣甲 我不曾听见谁说曾经看见她。她寝室里的侍女们都看她上床；可是一早就看见床上没有她们的郡主了。

臣乙 殿下，那个常常逗您发笑的下贱小丑也失踪了。郡主的侍女希丝比利娅供认她曾经偷听到郡主跟她的姊姊常常称赞最近在摔角赛中打败了强有力的查尔斯的那个汉子的技艺和人品；她说她相信不论她们到哪里去，那个少年一定是跟她们在一起的。

弗莱德里克 差人到他哥哥家里去，把那家伙抓来；要是他不在，就带他的哥哥来见我，我要叫他去找他。马上去；这两个逃走的傻子一定要用心搜寻探访，非把她们寻回来不可。（众下）

第三场

奥列佛家门前

| 奥兰多及亚当自相对方向上。

奥兰多 那边是谁？

亚当 啊！我的少爷吗？啊，我的善良的少爷！我的好少爷！啊，您叫人想起了老罗兰爵爷！唉，您为什么到这里来呢？您为什么这样好呢？为什么人家要爱您呢？为什么您是这样仁善、这样健壮、这样勇敢呢？为什么您这么傻，要去把那乖僻的公爵手下那个壮大的拳师打败呢？您的声誉是来得太快了。您不知道吗，少爷，有些人常会因为他们太好了，反而害了自己？您也正是这样；您的好处，好少爷，就是陷害您自身的圣洁的叛徒，唉，这算是一个什么世界，怀德的人会因为他们的德行而反遭毒手！

奥兰多 啊，怎么一回事？

亚当 唉，不幸的青年！不要走进这扇门来；在这屋子里潜伏着您一切美德的敌人呢。您的哥哥——不，不是哥哥，然而却是您父亲的儿子——不，他也不能称为他的儿子——他听见了人家称赞您的话，预备在今夜放火烧去您所住的屋子；要是这计划不成功，他还会想出别的法子来除掉您。他的阴谋给我偷听到了。这儿不是安身之处，这屋子不过是一所屠场，您要回避，您要警戒，别走进去。

奥兰多 什么，亚当，你要我到哪儿去？

亚当 随您到哪儿去都好，只要不在这儿。

奥兰多 什么，你要我去做个要饭的吗？还是在大路上做一个吆喝无耻的强盗？我只好走这种路，否则我就不知道怎么办；可是即使我有这种本事，我也不愿这样干；我宁愿忍受一个不念手足之情的凶狠的哥哥的恶意。

亚当 可是不要这样。我在您父亲手下侍候了这许多年，曾经辛辛苦苦把工钱省下了五百块；我把那笔钱存下，本来是预备等我没有气力做不动事的时候做养老之本，人一老不中用了，是会给人踢在角落里的。您拿了去吧；上帝给食物与乌鸦，他也不会忘记把麻雀喂饱，我这一把年纪，就悉听他的慈悲吧！钱就在这儿；我把它全给了您了。让我做您的仆人。我虽然瞧上去这么老，可是我的气力还不错；因为我在年轻时候从不曾灌下过一滴猛烈的酒，也不曾卤莽地贪欲伤身，所以我的老年譬比是个生气勃勃的冬天，虽然结着严霜，却并不惨淡。

让我跟着您去；我可以像一个年轻人一样，为您照料一切。

奥兰多 啊，好老人家！在你身上多么明白地表现出来古时那种忠心的服务，不是为着报酬，只是为了尽职而流着血汗！你是太不合时了；现在的人们努力工作，只是为着希望高升，等到目的一达到，便耽于安逸；你却不是这样。但是，可怜的老人家，你虽然这样辛辛苦苦地费尽培植的工夫，给你培植的却是一株不成材的树木，开不出一朵花来酬答你的殷勤。可是赶路吧，我们要在一块儿走；在我们没有把你年轻时的积蓄花完之前，一定要找到一处小小的安身的地方。

亚当 少爷，走吧；我愿意忠心地跟着您，直至喘尽最后一口气。从十七岁起我到这儿来，到现在快八十了，却要离开我的老地方。许多人们在十七岁的时候都去追求幸运，但八十岁的人是不济的了；可是我只要能够有个好死，对得住我的主人，那么命运对我也不算无恩。（同下）

第四场
亚登森林

｜罗瑟琳男装、西莉娅作牧羊女装束及试金石上。

罗瑟琳 天哪！我的精神多么疲乏啊。

试金石 我可不管我的精神，假如我的两腿不疲乏。

罗瑟琳 我简直想丢了我这身男装的脸，而像一个女人一样哭起来；可是我必须安慰安慰这位小娘子，穿褐衫短裤的，总该向穿裙子的显出一点勇气来才是。好，提起精神来吧，好爱莲娜。

西莉娅 请你担待担待我吧；我再也走不动了。

罗瑟琳 好，这儿就是亚登森林了。

试金石 嗽，现在我到了亚登了。我真是个大傻瓜！在家里舒服得多哩；可是旅行人只好知足一点。

罗瑟琳 对了，好试金石。你们瞧，谁来了；一个年轻人和一个老头子在一本正经地讲话。

| 柯林及西尔维斯上。

柯林 你那样不过叫她永远把你笑骂而已。

西尔维斯 啊，柯林，你要是知道我是多么爱她！

柯林 我有点猜得出来，因为我也曾经恋爱过呢。

西尔维斯 不，柯林，你现在老了，也就不能猜想了；虽然在你年轻的时候，你也像那些半夜三更在枕上翻来覆去的情人们一样真心。可是假如你的爱也是跟我差不多的——我想一定没有人会像我那样爱法——那么你为了你的痴心梦想，一定做出过了多少可笑的事情来呢！

柯林 我做过一千种的傻事，现在都已忘记了。

西尔维斯 噢！那么你就是不曾诚心爱过。假如你记不得你为了爱情而做出来的一件最琐细的傻事，你就不算真的恋爱过。假如你不曾像我现在这样坐着絮絮讲你的姑娘的好处，使听的人不耐烦，你就不算真的恋爱过。假如你不曾突然离开你的同伴，像我的热情

现在驱使着我一样，你也不算真的恋爱过。啊，菲苾！菲苾！菲苾！（下）

罗瑟琳 唉，可怜的牧人！我在诊探你的痛处的时候，却不幸地找到我自己的创伤了。

试金石 我也是这样。我记得我在恋爱的时候，曾经把一柄剑在石头上摔碎，叫那趁夜里来和琴·史美尔幽会的家伙留心着我；我记得我曾经吻过她的洗衣棍子，也吻过被她那双皲裂的玉手挤过的母牛乳头；我记得我曾经把一颗豌豆荚权当作她而向她求婚，我剥出了两颗豆子，又把它们放进去，边流泪边说："为了我的缘故，请您留着作个纪念吧。"我们这种多情种子都会做出一些古怪事儿来；但是我们既然都是凡人，一着了情魔是免不得要大发其痴劲的。

罗瑟琳 你的话聪明得出于你自己意料之外。

试金石 嗽，我总不知道自己的聪明，除非有一天我给它绊跌断了我的腿骨。

罗瑟琳 天神，天神！这个牧人的痴心，很有几分像我自己的情形。

试金石 也有点像我的情形；可是在我似乎有点儿陈腐了。

西莉娅 请你们随便哪一位去问问那边的人，肯不肯让我们用金子向他买一点吃的东西；我简直要乏力死了。

试金石 喂，你这蠢货！

罗瑟琳 别响，傻子；他并不是你的一家人。

柯林 谁叫？

试金石 比你好一点的人，朋友。

柯林 要是他们不比我好一点，那可寒酸得太不成话啦。

罗瑟琳 对你说，别响。——您晚安，朋友。

柯林 晚安，好先生；各位晚安。

罗瑟琳 牧人，假如人情或是金银可以在这种荒野里换到一点款待的话，请你带我们到一处可以休息下子吃些东西的地方去好不好？这一位小姑娘赶路疲乏，快要晕去了。

柯林 好先生，我可怜她，不是为我自己打算，只是为了她的缘故，但愿我有能力帮助她；可是我只是给别人看羊的，羊儿虽然归我饲养，羊毛却不归我剪。我的东家很小气，从不会修修福做点儿好事；而且他的草屋、他的羊群、他的牧场，现在都要出卖了。现在我们的牧舍里因为他不在家，没有一点可以给你们吃的东西；但是别管它有些什么，请你们来瞧瞧看，我对你们是极其欢迎的。

罗瑟琳 他的羊群和牧场预备卖给谁呢？

柯林 就是刚才你们看见的那个年轻汉子，他是从来不想要买什么东西的。

罗瑟琳 要是没有什么不对的地方，我请你把那草屋、牧场和羊群都买下了，我们给你出钱。

西莉娅 我们还要加你的工钱。我欢喜这地方，很愿意在这儿消度我的时光。

柯林 这注家私一定可以成交。跟我来；要是你们打听过后，对于这块地皮、这种收益和这样的生活觉得中意的话，我愿意做你们十分忠心的仆人，马上用你们的钱去把它买来。（同下）

第五场

林中的另一部分

| 阿米恩斯、杰奎斯及余人等上。

阿米恩斯 （唱）

绿树高张翠幕，
谁来偕我偃卧，
翻将欢乐心声，
学唱枝头鸟鸣：
盍来此？盍来此？盍来此？
目之所接，
精神契一，
唯忧雨雪之将至。

杰奎斯 再来一个，再来一个，请你再唱下去。

阿米恩斯 那会叫您发起愁来的，杰奎斯先生。

杰奎斯 再好没有。请你再唱下去！我可以从一曲歌中抽出愁绪来，就像黄鼠狼吮啜鸡蛋一样。请你再唱下去吧！

阿米恩斯 我的喉咙很粗，我知道一定不能讨您的欢喜。

杰奎斯 我不要你讨我的欢喜；我只要你唱。来，再唱一阕；你是不是把它们叫作一阕一阕的？

阿米恩斯 随您高兴怎样叫吧，杰奎斯先生。

杰奎斯 不，我倒不去管它们叫什么名字；它们又不借我的钱。你唱起来吧！

阿米恩斯 既蒙敦促，我就勉为其难了。

杰奎斯 那么好，要是我会感谢什么人的，我一定会感谢你；可是人家所说的恭维就像是两只狗猿碰了头，倘使有人诚心感谢我，我就觉得好像我给了他一个铜子，所以他像一个叫化似的向我道谢。来，唱起来吧；你们不唱的都不要作声。

阿米恩斯 好，我就唱完这支歌。列位，铺起食桌来吧；公爵就要到这株树下来喝酒了。他已经找了您整整的一天。

杰奎斯 我已经躲避了他整整的一天。他太欢喜辩论了，我不高兴跟他在一起；我想到的事情像他一样多，可是谢谢天，我却不像他那样会说嘴。来，唱吧。

阿米恩斯 （唱，众和）

孰能敝屣尊荣，
来沐丽日光风，
觅食自求果腹，
一饱欣然意足：
盍来此？盍来此？盍来此？
目之所接，
精神契一，
唯忧雨雪之将至。

杰奎斯 昨天我曾经按着这调子作了一节，倒要献丑献丑。

阿米恩斯 我可以把它唱起来。

杰奎斯 是这样的：

倘有痴愚之徒，
忽然变成蠢驴，
趁着心性颠狂，
撇却财富安康，
特达米，特达米，特达米，
何为来此？

举目一视，
唯见傻瓜之遍地。

阿米恩斯 “特达米”是什么意思？

杰奎斯 这是希腊文里召唤傻子们排起圆圈来的一种咒语。——假如睡得成觉的话，我要睡觉去；假如睡不成，我就要把埃及地方一切头胎生的痛骂一顿[①]。

阿米恩斯 我可要找公爵去；他的点心已经预备好了。（各下）

第六场

林中的另一部分

| 奥兰多及亚当上。

亚当 好少爷，我再也走不动了；唉！我要饿死了。让我在这儿躺下挺尸吧。再会了，好心的少爷！

奥兰多 啊，怎么啦，亚当！你再没有勇气了吗？再活一些时候；提起一点精神来，高兴点儿。要是这座古怪的林中有什么野东西，那么我倘不是给它吃了，一定会把它杀了来给你吃的。你并不是真就要死了，不过在胡思乱想而已。为了我的缘故，提起精神来吧；把死神拖一拖住，我去一去就回来看你，要是我找不到什么可以给你吃的东西，我一定答应你死去；可是假如你在我没有回来之前便死去，那你就

① 《旧约·出埃及记》记载上帝降罚埃及，凡埃及一切头胎生的皆遭瘟死；此处杰奎斯暗讽老公爵。

是看不起我的辛苦了。说得好！你瞧上去很高兴。我立刻就来。可是你躺在寒风里呢；来，我把你背到有遮荫的地方去。只要这块荒地里有活东西，你一定不会因为没有饭吃而饿死。振作起来吧，好亚当。（同下）

第七场
林中的另一部分

| 食桌铺就。老公爵、阿米恩斯及流亡诸臣上。

公爵 我想他一定已经变成一头畜生了，因为我到处找不到他的人影。

臣甲 殿下，他刚刚走开去；方才他还在这儿很高兴地听人家唱歌儿。

公爵 要是浑身都是不和谐的他，居然也会变得爱好起音乐来，那么天体上不久就要大起骚闹了。去找他来，对他说我要跟他谈谈。

臣甲 他自己来了，省了我一番跋涉。

| 杰奎斯上。

公爵 啊，怎么啦，先生！这算什么，您的可怜的朋友们一定要千求万唤才把您请得来吗？啊，您的神气很高兴哩！

杰奎斯 一个傻子，一个傻子！我在林中遇见一个傻子，一个身穿彩衣的傻子；唉，苦恼的世界！我遇见了一个傻子，正如我是靠着食物而活命的；他躺着晒太阳，用头头是道的话辱骂着命运女神，然而他仍然不过是个身穿彩衣的傻子。“早安，傻子。”我说。“不，先生，”他说，“等到老天保佑我发了财，您再叫我傻子吧。”[①]于是他从袋里掏出一只表来，用没有光彩的眼睛瞧着它，很聪明地说：“现在是十点钟了；我们可以从这里看出世界是怎样在变迁着：一小时之前还不过是九点钟，而再过一小时便是十一点钟了；照这样一小时一小时过去，我们越长越老，越老越不中用，这上面就大可发感慨了。”我听这个穿彩衣的傻子对着时间发挥了这么一段玄理，我的胸头要像公鸡一样叫起来了，奇怪着傻子居然会有这样深刻的思想；我笑了个不停，在他的表上整整笑去了一个小时。啊，高贵的傻子！可敬的傻子！彩衣是最好的装束。

公爵 这是个怎么样的傻子？

杰奎斯 啊，可敬的傻子！他曾经出入宫廷；他说凡是年轻貌美的小姐们，都是有自知之明的。他的头脑就像航海回来剩下的饼干那样干燥，其中的每个角落里却塞满了人生的经验，他都用杂乱的话儿随口说了出来。啊，我但愿我也是个傻子！我想要穿一件花花的外套。

公爵 你可以有一件。

杰奎斯 这是我唯一要求的一身服装；只要您愿意把一切以为我是个聪明人这种观念除掉，别让它蒙蔽了您的

---

① 成语有“愚人多福”（Fortune favours fools），故云。

明鉴；同时要准许我有像风那样广大的自由，高兴吹着谁便吹着谁：傻子们是有这种权利的，最被我的傻话所挖苦的，最应该笑。殿下，为什么他们必须这样呢？这理由正和到教区礼拜堂去的路一样明白：被一个傻子用俏皮话讥刺了的，即使刺痛了，假如不装出一副若无其事的态度来，那么就显出聪明人的傻气，可以被傻子不经意一箭就刺穿，未免太傻了。给我穿一件彩衣，准许我说我心里的话；我一定会痛痛快快地把这染病的世界的丑恶的身体清洗个干净，假如他们肯耐心接受我的药方。

公爵　算了吧！我知道你会做出些什么来。

杰奎斯　我可以赌一根筹码，我做的事会不好吗？

公爵　最坏不过的罪恶，就是指斥他人的罪恶：因为你自己也曾经是一个放纵你的兽欲的浪子；你要把你那身为了你的胡调而长起来的臃肿的脓疮、溃烂的恶病，向全世界播散。

杰奎斯　什么，呼斥人间的骄傲，难道便是对于个人的攻击吗？人们的骄傲不是像海潮一样浩瀚地流着，直到它力竭而消退？假如我说城里的那些小户人家的妇女穿扮得像王公大人的女眷一样，我指明是哪一个女人吗？谁能挺身出来说我说的是她，假如她的邻居也是和她一个样子？一个操着最微贱行业的人，假如心想我讥讽了他，说他的好衣服不是我出的钱，那不是恰恰把他的愚蠢合上了我说话的吗？照此看来，又有什么关系呢？给我看我的说话伤害了他什么地方：要是说得对，那是他自取其咎；假如他问心无愧，那么我的责骂就像是一头野鸭飞过，不干谁的事。——可是谁来了？

奥兰多拔剑上。

奥兰多 停住，不准吃！

杰奎斯 嘿，我还不曾吃过呢。

奥兰多 而且也不会再给你吃，除非让饿肚子的人先吃过了。

杰奎斯 这头公鸡是哪儿来的？

公爵 朋友，你是因为落难而变得这样强横吗？还是因为生来就是瞧不起礼貌的粗汉子，一点儿不懂得规矩？

奥兰多 你第一下就猜中我了，困苦逼迫着我，使我不得不把温文的礼貌抛开一旁；可是我却是在都市生长，受过一点儿教养的。但是我吩咐你们停住；在我的事情没有办完之前，谁碰一碰这些果子的，就得死。

杰奎斯 你要是无理可喻，那么我准得死。

公爵 你要什么？假如你不用暴力，客客气气地向我们说，我们一定会更客客气气地对待你的。

奥兰多 我快饿死了；给我吃。

公爵 请坐请坐，随意吃吧。

奥兰多 你说得这样客气吗？请你原谅我，我以为这儿的一切都是野蛮的，因此才装出这副暴横的威胁神气来。可是不论你们是些什么人，在这儿人踪不到的荒野里，躺在凄凉的树荫下，不理会时间的消逝；假如你们曾经见过较好的日子，假如你们曾经到过鸣钟召集礼拜的地方，假如你们曾经参加过上流人的宴会，假如你们曾经揩过你们眼皮上的泪水，懂得怜悯和被怜悯的，那么让我的温文的态度格外感动你们：我抱着这样的希望，惭愧地藏好我的剑。

公爵 我们确曾见过好日子，曾经被神圣的钟声召集到教堂里去，参加过上流人的宴会，从我们的眼上揩去过被神圣的怜悯所感动而流下的眼泪；所以你不妨和和气气地坐下来，凡是我们可以帮忙满足你需要的地方，一定愿意效劳。

奥兰多 那么请你们暂时不要把东西吃掉，我就去像一只母鹿一样找寻我的小鹿，把食物喂给他吃。有一位可怜的老人家，全然出于好心，跟着我一跷一拐地走了许多疲乏的路，两星期的劳瘁，他的高龄和饥饿累倒了他；除非等他饱了之后，我决不接触一口食物。

公爵 快去找他，我们绝对不把东西吃去，等着你回来。

奥兰多 谢谢；愿您好心有好报！（下）

公爵 你们可以看见不幸的不只是我们；这个广大的宇宙的舞台上，还有比我们所扮演的更悲惨的场面呢。

杰奎斯 全世界是一个舞台，所有的男男女女不过是一些演员；他们都有下场的时候，也都有上场的时候。一个人的一生中扮演着好几个角色，他的表演可以分为七个时期。最初是婴孩，在保姆的怀中啼哭呕吐。然后是背着书包、满脸红光的学童，像蜗牛一样慢吞吞地拖着脚步，不情不愿地呜咽着上学堂。然后是情人，像炉灶一样叹着气，写了一首悲哀的歌篇咏着他恋人的眉毛。然后是一个军人，满口发着古怪的誓，胡须长得像豹子一样，爱惜着名誉，动不动就要打架，在炮口上寻求着泡沫一样的荣名。然后是法官，胖胖圆圆的肚子塞满了阉鸡，凛然的眼光，整洁的胡须，满嘴都是些格言和老生常谈；他这样扮了他的一个角色。第六个时期变成了精瘦的趿着拖鞋的龙钟老叟，鼻子上架着眼镜，腰边悬着钱袋；他那小小心心省下来的年轻时候的长袜子套在他皱瘪的小腿上宽大异常；他那朗朗的男子的口音又变成了孩子似的尖声，像是吹着风笛和哨子。终结着这段古怪的多事的历史的最后一场，是孩提时代的再现，全然的遗忘，没有牙齿，没有眼睛，没有口味，没有一切。

| 奥兰多背亚当重上。

公爵 欢迎！放下你背上那位可敬的老人家，让他吃东西吧。

奥兰多 我代他向您竭诚道谢。

亚当 您真该代我道谢；我简直不能为自己向您开口道谢呢。

公爵 欢迎，请用吧；我还不会马上就来打扰你，问你的遭遇。给我们奏些音乐；贤卿，你唱吧。

阿米恩斯 （唱）

不惧冬风凛冽，
风威远难逮及
人世之寡情；
其为气也虽厉，
其牙尚非甚锐，
风体本无形。
噫嘻乎！且向冬青歌一曲：
友交皆虚妄，恩爱痴人逐。

噫嘻乎冬青！
可乐唯此生。

不愁冱天冰雪，
其寒尚难遽及，
受施而忘恩；
风皱满池碧水，
利刺尚难遽比
捐旧之友人。
噫嘻乎！且向冬青歌一曲：
友交皆虚妄，恩爱痴人逐。
噫嘻乎冬青！
可乐唯此生。

公爵 照你刚才悄声儿老老实实告诉我的，你说你是好罗兰爵士的儿子，我看你的相貌也真的十分像他；如果不是假，那么我真心欢迎你到这儿来。我便是敬爱你父亲的那个公爵。关于你其他的遭遇，到我的洞里来告诉我吧。好老人家，我们欢迎你像欢迎你的主人一样。搀扶着他。把你的手给我，让我明白你们一切的经过。（众下）

第 三 幕

第一场
宫中一室

| 弗莱德里克公爵、奥列佛、众臣及侍从等上。

弗莱德里克 以后没有见过他！哼，哼，不见得吧。倘不是因为仁慈在我的心里占了上风，有着你在眼前，我尽可以不必找一个不在的人出气的。可是你留心着吧，不论你的兄弟在什么地方，都得去给我找来；点起灯笼去寻访吧；在一年之内，要把他不论死活找到，否则你不用再在我们的领土里过活了。你的土地和一切你自命为属于你的东西，值得没收的我们都要没收，除非等你能够凭着你兄弟的招供洗刷去我们对你的怀疑。

奥列佛 求殿下明鉴！我从来就不曾欢喜过我的兄弟。

弗莱德里克 这可见你更是个坏人了。好，把他赶出去；吩咐该管官吏把他的房屋土地没收。赶快把这事办好叫他滚蛋。（众下）

第二场
亚登森林

| 奥兰多携纸上。

奥兰多 悬在这里吧，我的诗，证明我的爱情；
你三重王冠的夜间的女王，请临视[①]，
从苍白的昊天，用你那贞洁的眼睛，
那支配我生命的，你那猎伴的名字[②]。
啊，罗瑟琳！这些树林将是我的书册，
我要在一片片树皮上镂刻下相思，
好让每一个来到此间的林中游客，
任何处见得到颂赞她美德的言辞。
走，走，奥兰多；去在每株树上刻着伊，
那美好的、幽娴的、无可比拟的人儿。（下）

| 柯林及试金石上。

柯林 您欢喜不欢喜这种牧人的生活，试金石先生？

试金石 说老实话，牧人，按着这种生活的本身说起来，倒是一种很好的生活；可是按着这是一种牧人的生活说起来，那就毫不足取了。照它的清静而论，我很欢喜这种生活；可是照它的寂寞而论，实在是一种很坏的生活。看到这种生活是在田间，很使我满

---

① 三重王冠的女王指狄安娜（Diana）女神，因为她在天上为Luna，在地上为Diana，在幽冥为Proserpina。

② 狄安娜又为司狩猎的女神，又为处女的保护神，故奥兰多以罗瑟琳为她的猎伴。

意；可是看到它不是在宫廷里，那简直很无聊。你瞧，这是一种很经济的生活，因此倒怪合我的脾气；可是它未免太寒俭了，因此我过不来。你懂不懂得一点哲学，牧人？

柯林 我只知道这一点儿：一个人越是害病，他越是不舒服；钱财、资本和知足，是人们缺少不来的三位好朋友；雨湿淋衣，火旺烧柴；好牧场产肥羊；天黑是因为没有了太阳；生来愚笨怪祖父，学而不慧师之惰。

试金石 这样一个人是天生的哲学家了。有没有到过宫廷里，牧人？

柯林 没有，不瞒您说。

试金石 那么你这人就该死了。

柯林 我希望不至于吧？

试金石 真的，你这人该死，就像一个煎得不好一面焦的鸡蛋。

柯林 因为没有到过宫廷里吗？请问您的理由。

试金石 喏，要是你从来没有到过宫廷里，你就不曾见过好礼貌；要是你从来没有见过好礼貌，你的举止一定很坏；坏人就是有罪的人，有罪的人就该死。你的情形很危险呢，牧人。

柯林 一点不，试金石。在宫廷里算作好礼貌的，在乡野里就会变成可笑，正像乡下人的行为一到了宫廷里就显得寒伧一样。您对我说过你们在宫廷里并不打恭作揖，却是要吻手；要是宫廷里的老爷们都是牧人，那么这种礼貌就要嫌太龌龊了。

试金石 有什么证据？简单地说；来，说出理由来。

柯林 喏，我们的手常常要去碰着母羊；它们的毛，您知道，是很油腻的。

试金石 嘿，廷臣们的手上不是也要出汗的吗？羊身上的脂肪比起人身上的汗腻来，不是一样干净的吗？浅薄！浅薄！说出一个好一点的理由来，说吧。

柯林 而且，我们的手很粗糙。

试金石 那么你们的嘴唇格外容易感到它们。还是浅薄！再说一个充分一点的理由，说吧。

柯林 我们的手在给羊们包扎伤处的时候总是涂满了焦油；您要我们跟焦油接吻吗？宫廷里的老爷们手上都是涂着麝香的。

试金石 浅薄不堪的家伙！把你跟一块好肉比起来，你简直是一块给蛆虫吃的臭肉！用心听聪明人的教训吧：麝香是一只猫身上流出来的龌龊东西，它的来源比焦油脏得多呢。把你的理由修正修正吧，牧人。

柯林 您太会讲话了，我说不过您；我不说了。

试金石 你就甘心该死吗？上帝保佑你，浅薄的人！上帝把你好好针砭一下！你太不懂世事了。

柯林 先生，我是一个道地的做活人；我用自己的力量换饭吃换衣服穿；不跟别人结怨，也不妒羡别人的福气；瞧着人家得意我也高兴，自己倒了霉就自宽自解；我的最大的骄傲就是瞧我的母羊吃草，我的羔羊啜奶。

试金石 这又是你的一桩因为傻气而造下的孽：你把母羊和公羊拉拢在一起，靠着它们的配对来维持你的生活；给挂铃的羊当龟奴，替一头歪脖子的老忘八公羊把才一岁的雌儿骗诱失身，也不想到合配不合配；要是你不会因此而下地狱，那么魔鬼也没有人给他牧羊了。我想不出你有什么豁免的希望。

柯林 盖尼米德大官人来了，他是我的新主妇的哥哥。

| 罗瑟琳读一字纸上。

罗瑟琳 从东印度到西印度找遍奇珍，
没有一颗珠玉比得上罗瑟琳。
她的名声随着好风播满诸城，
整个世界都在仰慕着罗瑟琳。
画工描摹下一幅幅倩影真真，
都要黯然无色一见了罗瑟琳。
任何的脸貌都不用铭记在心，
单单牢记住了美丽的罗瑟琳。

试金石 我可以给您这样凑韵下去凑它整整的八年，吃饭和睡觉的时间除外。这好像是一连串上市去卖奶油的好大娘。

罗瑟琳 啐，傻子！

试金石 试一下看：
要是公鹿找不到母鹿很伤心，
不妨叫它前去寻找那罗瑟琳。
倘说是没有一只猫儿不叫春，
心同此情有谁能责怪罗瑟琳？
冬天的衣裳棉花应该衬得温，
免得冻坏了娇怯怯的罗瑟琳。
割下的田禾必须捆得端端整，

一车的禾捆上装着个罗瑟琳。
最甜蜜的果子皮儿酸痛了唇，
这种果子的名字便是罗瑟琳。
有谁看见了玫瑰花开香喷喷，
留心着爱情的棘刺和罗瑟琳。

这简直是胡扯的歪诗；您怎么也会给这种东西沾上了呢？

罗瑟琳 别多嘴，你这蠢傻瓜！我在一株树上找到它们的。

试金石 真的，这株树生的果子太坏。

| 西莉娅读一字纸上。

罗瑟琳 静些！我的妹妹读着些什么来了；站旁边去。

西莉娅 为什么这里是一片荒碛？
因为没有人居住吗？不然，
我要叫每株树长起喉舌，
吐露出温文典雅的语言：
或是慨叹着生命一何短，
匆匆跑完了游子的行程，
只须把手掌轻轻翻个转，
便早已终结人们的一生；
或是感怀着旧盟今已冷，
同心的契友忘却了故交；
但我要把最好树枝选定，
缀附在每行诗句的终梢，
罗瑟琳三个字小名美妙，
向普世的读者遍告咸知。
莫看她苗条的一身娇小，

宇宙间的精华尽萃于兹；
造物当时曾向自然诏示，
吩咐把所有的绝世姿才，
向纤纤一躯中合炉熔制，
累天工费去不少的安排：
负心的海伦[1]醉人的脸蛋，
克莉奥佩特拉[2]威仪丰容。
阿塔兰忒[3]的柳腰儿款摆，
鲁克丽西娅的节操贞松[4]：
劳动起玉殿上诸天仙众，
造成这十全十美罗瑟琳；
荟萃了各式的妍媚万种，
选出一副俊脸目秀精神。
上天给她这般恩赐优渥，
我命该终身做她的臣仆。

罗瑟琳 啊，最温柔的宣教师！您的恋爱的说教是多么得叫您的教民听了厌烦，可是您却也不喊一声："请耐心一点，好人们。"

西莉娅 啊！朋友们，退后去！牧人，稍为走开一点；跟他去，小子。

---

① 海伦即Helen of Troy，因不贞于其夫尼米劳斯（Menelaus），故云"负心"。

② 克利奥佩特拉（Cleopatra），埃及女王，参看莎翁悲剧《安东尼与克利奥佩特拉》。

③ 阿塔兰忒（Atalanta），希腊传说中善疾走的美女。

④ 鲁克丽西娅（Lucretia），莎翁叙述诗*The Rape of Lucrece*中的主角。

试金石 来，牧人，让我们堂堂退却：大小箱笼都不带，只带一个头陀袋。（柯林、试金石下）

西莉娅 你有没有听见这种诗句？

罗瑟琳 啊，是的，我都听见了。

西莉娅 但是你听见你的名字被人家悬挂起来，还刻在这种树上，不觉得奇怪吗？

罗瑟琳 人家说一件奇事过了九天便不足为奇；在你没有来之前，我已经过了第七天了。瞧，这是我在一株棕榈树上找到的。自从毕达哥拉斯[①]的时候以来，我从不曾被人这样用诗句咒过；那时我是一只爱尔兰的老鼠[②]，现在简直记也记不起来了。

西莉娅 你想这是谁干的？

罗瑟琳 是个男人吗？

西莉娅 而且有一根链条，是你从前带过的，套在他的颈上。你红起脸孔来了吗？

罗瑟琳 请你告诉我是谁？

西莉娅 主啊！主啊！朋友们见面真不容易；可是两座高山也许会给地震搬了场而碰起头来。

罗瑟琳 嗳，但是究竟是谁呀？

西莉娅 真的猜不出来吗？

罗瑟琳 嗳，我使劲儿央求你告诉我他是谁。

西莉娅 奇怪啊！奇怪啊！奇怪到无可再奇怪的奇怪！奇怪而又奇怪！说不出来的奇怪！

---

① 毕达哥拉斯（Pythagoras）为主张灵魂轮回说的古希腊哲学家。

② 念咒驱除老鼠为爱尔兰人一种迷信习俗。

罗瑟琳 我要脸红起来了！你以为我打扮得像个男人，就会在精神上也穿起男装来吗？你再耽延一刻下去不肯说出来，就要累我在汪洋大海里作茫茫的探索了。请你快快告诉我他是谁，不要吞吞吐吐。我倒希望你是个口吃的，那么你也许会把这个保守着秘密的名字不期然而然地打你嘴里吐了出来，就像酒从狭口的瓶里倒出来一样，不是一点都倒不出，就是一下子出来了许多。求求你拔去你嘴里的塞子，让我饮着你的消息吧。

西莉娅 那么你要把那人儿一口气吞下肚子里去是不是？

罗瑟琳 他是上帝造下来的吗？是个什么样子的人？他的头戴上一顶帽子显不显得寒伧？他的下巴留着一把胡须像不像个样儿？

西莉娅 不，他只有一点点儿胡须。

罗瑟琳 哦，要是这家伙知道好歹，上帝会再给他一些的。要是你立刻就告诉我他的下巴是怎么一个样子，我愿意等候他长起须来。

西莉娅 他就是年轻的奥兰多，一下子把那拳师的脚跟和你的心一起绊跌了个筋斗的。

罗瑟琳 嗳，取笑人的让魔鬼抓了去；像一个老老实实的好姑娘似的，规规矩矩说吧。

西莉娅 真的，姊姊，是他。

罗瑟琳 奥兰多？

西莉娅 奥兰多。

罗瑟琳 嗳哟！我这一身大衫短裤该怎么办呢？你看见他的时候他在做些什么？他说些什么？他瞧上去怎

样？他穿着些什么？他为什么到这儿来？他问起我吗？他住在哪儿？他怎样跟你分别的？你什么时候再去看他？用一个字回答我。

西莉娅 你一定先要给我向卡冈都亚[①]借一张嘴来才行；像我们这时代的人，一张嘴里是装不下这么大的一个字的。要是一句句都用“是”和“不”回答起来，也比考问教理还麻烦呢。

罗瑟琳 可是他知道我在这林子里，打扮作男人的样子吗？他是不是跟摔角的那天一样有精神？

西莉娅 回答情人的问题，就像数微尘的粒数一般为难。你好好听我讲我怎样找到他的情形，静静儿体味着吧。我看见他在一株树底下，像一颗落下来的橡果。

罗瑟琳 树上会落下这样果子来，那真可以说是神树了。

西莉娅 好小姐，听我说。

罗瑟琳 讲下去。

西莉娅 他直挺挺地躺在那儿，像一个受伤的武士。

罗瑟琳 虽然这种样子有点可怜相，可是地上躺着这样一个人，倒也是很合式的。

西莉娅 喊你的舌头停步吧；它简直随处乱跳。——他穿着得像个猎人。

罗瑟琳 哎哟，糟了！他要来猎我的心了。

西莉娅 我唱歌的时候不要别人和着唱；你缠得我弄错了拍子。

---

① 卡冈都亚（Gargantua），法国诙谐文学家拉伯雷（Rabelais）著作中的饕餮巨人，能一口吞下五个香客。

罗瑟琳 你不知道我是个女人吗？我心里想到什么，便要说出口来。好人儿，说下去吧。

西莉娅 你已经打断了我的话头。且慢！他不是来了吗？

罗瑟琳 是他；我们躲在一旁瞧着他吧。

| 奥兰多及杰奎斯上。

杰奎斯 多谢相陪；可是说老实话，我倒是欢喜一个人清静些。

奥兰多 我也是这样；可是为了礼貌的关系，我多谢您的做伴。

杰奎斯 上帝和您同在！让我们越少见面越好。

奥兰多 我希望我们还是不要相识的好。

杰奎斯 请您别再在树皮上写情诗糟蹋树木了。

奥兰多 请您别再用难听的声调念我的诗，把它们糟蹋了。

杰奎斯 您的情人的名字是罗瑟琳吗？

奥兰多 正是。

杰奎斯 我不欢喜她的名字。

奥兰多 她取名的时候，并没有打算要您欢喜。

杰奎斯 她的身材怎样？

奥兰多 恰恰够得到我的心头那样高。

杰奎斯 您怪会说俏皮的回答；您是不是跟金匠们的妻子有点儿交情，因此把戒指上的警句都默记了下来吗？

奥兰多 不，我都是用油漆的挂帷上的话儿来回答您；您的问题也是从那儿学得来的。

杰奎斯 您的口才很敏捷，我想是用阿塔兰忒的脚跟做成的。我们一块儿坐下来好不好？我们两人要把世界痛骂一顿，大发一下牢骚。

奥兰多 我不愿责骂世上的有生之伦，除了我自己；因为我知道自己的错处最明白。

杰奎斯 您的最坏的错处就是要恋爱。

奥兰多 我不愿把这个错处来换取您的最好的美德。您真叫我厌烦。

杰奎斯 说老实话，我遇见您的时候，本来是在找一个傻子。

奥兰多 他掉在溪水里淹死了，您向水里一望，就可以瞧见他。

杰奎斯 我只瞧见我自己的影子。

奥兰多 那我以为倘不是个傻子，定然是个废物。

杰奎斯 我不想再跟您在一起了。再见，多情的公子。

奥兰多 我巴不得您走。再会，忧愁的先生。（杰奎斯下）

罗瑟琳 我要像一个无礼的小厮一样去向他说话，跟他捣乱捣乱。——听见我的话吗，树林里的人？

奥兰多 很好，你有什么话说？

罗瑟琳 请问现在是几点钟？

奥兰多 你应该问我现在是什么时辰；树林里哪来的钟？

罗瑟琳 那么树林里也不会有真心的情人了；否则每分钟的叹气，每点钟的呻吟，该会像时钟一样计算出时间的懒懒的脚步来的。

奥兰多 为什么不说时间的快步呢？那样说不对吗？

罗瑟琳 不对，先生。时间对于各种人有各种的步法。我可以告诉你时间对于谁是走慢步的，对于谁是跨着细步走的，对于谁是奔着走的，对于谁是立定不动的。

奥兰多 请问他对于谁是跨着细步走的？

罗瑟琳 呃，对于一个订了婚还没有成礼的姑娘，时间是跨着细步有气没力地走着的；即使这中间只有一星期，也似乎有七年那样难过。

奥兰多 对于谁时间是走着慢步的？

罗瑟琳 对于一个不懂拉丁文的牧师，或是一个不害痛风的富翁：一个因为不能读书而睡得很酣畅，一个因为没有痛苦而活得很高兴；一个可以不必辛辛苦苦地钻研，一个不知道有贫穷的艰困。对于这种人，时间是走着慢步的。

奥兰多 对于谁他是奔着走的？

罗瑟琳 对于一个上绞架的贼子；因为虽然他尽力放慢脚步，他还是觉得到得太快了。

奥兰多 对于谁他是静止不动的？

罗瑟琳 对于在休假中的律师；因为他们在前后开庭的时期之间，完全昏睡过去，不觉到时间的移动。

奥兰多 可爱的少年，你住在哪儿？

罗瑟琳 跟这位牧羊姑娘，我的妹妹，住在这儿的树林边。

奥兰多 你是本地人吗？

罗瑟琳 跟那头你看见的兔子一样，它的住处就是它生长的地方。

奥兰多 住在这种穷乡僻壤，你的谈吐却很高雅。

罗瑟琳 好多人都曾经这样说我；其实是因为我有一个修行的老伯父，他本来是在城市里生长的，是他教给我讲话；他曾经在宫廷里闹过恋爱，因此很懂得交际的门槛。我曾经听他发过许多反对恋爱的议论；多谢上帝我不是个女人，不会犯到他所归咎于一般女性的那许多心性轻浮的罪恶。

奥兰多 你记不记得他所说的女人的罪恶当中主要的几桩？

罗瑟琳 没有什么主要不主要的；跟两个铜子相比一样，全差不多；每一件过失似乎都十分严重，可是立刻又有一件出来可以赛过它。

奥兰多 请你说几件看。

罗瑟琳 不，我的药是只给病人吃的。这座树林里常常有一个人来往，在我们的嫩树皮上刻满了“罗瑟琳”的名字，把树木糟蹋得不成样子；山楂树上挂起了诗篇，荆棘枝上吊悬着哀歌，说来说去都是把罗瑟琳的名字捧作神明。要是我碰见了那个卖弄风情的家伙，我一定要好好给他一番教训，因为他似乎害着相思病。

奥兰多 我就是那个给爱情折磨的他。请你告诉我你有什么医治的方法。

罗瑟琳 我伯父所说的那种记号在你身上全找不出来，他曾经告诉我怎样可以看出来一个人是在恋爱着；我可以断定你一定不是那个草扎的笼中的囚人。

奥兰多 什么是他所说的那种记号呢？

罗瑟琳 一张瘦瘦的脸庞，你没有；一双眼圈发黑的凹陷的眼睛，你没有；一副懒得跟人家交谈的神气，你没有；一脸忘记了修剃的胡子，你没有；——可是那我可以原谅你，因为你的胡子本来就像小兄弟的产业一样少得可怜。而且你的袜子上应当是不套袜带的，你的帽子上应当是不结帽纽的，你的袖口的钮扣应当是脱开的，你的鞋子上的带子应当是松散的，你身上的每一处都要表示出一种不经心的疏懒。可是你却不是这样一个人；你把自己打扮得这么齐整，瞧你倒有点顾影自怜，全不像在爱着什么人。

奥兰多 美貌的少年，我希望我能使你相信我是在恋爱。

罗瑟琳 我相信！你还是叫你的爱人相信吧。我可以断定，她即使容易相信你，她嘴里也是不肯承认的；这也是女人们不老实的一点。可是说老实话，你真的便是把恭维着罗瑟琳的诗句悬挂在树上的那家伙吗？

奥兰多 少年，我凭着罗瑟琳的玉手向你起誓，我就是他，那个不幸的他。

罗瑟琳 可是你真的像你诗上所说的那样热恋着吗？

奥兰多 什么也不能表达我的爱情的深切。

罗瑟琳 爱情不过是一种疯狂；我对你说，有了爱情的人，是应该像对待一个疯子一样，把他关在黑屋子里用鞭子抽一顿的。那么为什么他们不用这种处罚的方法来医治爱情呢？因为那种疯病是极其平常的，就是拿鞭子的人也在恋爱哩。可是我有医治它的法子。

奥兰多 你曾经医治过什么人吗？

罗瑟琳 是的，医治过一个；法子是这样的：他假想我是他的爱人，他的情妇，我叫他每天都来向我求爱；那时我是一个善变的少年，便一会儿伤心，一会儿温存，一会儿翻脸，一会儿思慕，一会儿欢喜；骄傲、古怪、刁钻、浅薄、轻浮，有时满眼的泪，有时满脸的笑。什么情感都来一点儿，但没有一种是真切的，就像大多数的孩子们和女人们一样；有时欢喜他，有时讨厌他，有时讨好他，有时冷淡他，有时为他哭泣，有时把他唾弃：我这样把我这位求爱者从疯狂的爱逼到真个疯狂起来，以至于抛弃人世，做起隐士来了。我用这种方法治好了他，我也可以用这种方法把你的心肝洗得干干净净，像一颗没有毛病的羊心一样，再没有一点爱情的痕迹。

奥兰多 我不愿意治好，少年。

罗瑟琳 我可以把你治好，假如你把我叫作罗瑟琳，每天到我的草屋里来向我求爱。

奥兰多 凭着我的恋爱的真诚，我愿意。告诉我你住在什么地方。

罗瑟琳 跟我去，我可以指点给你看；一路上你也要告诉我你住在林中的什么地方。去吗？

奥兰多 很好，好孩子。

罗瑟琳 不，你一定要叫我罗瑟琳。来，妹妹，我们去吧。

（同下）

第三场

林中的另一部分

| 试金石及奥德蕾上；杰奎斯随后。

试金石 快来，好奥德蕾；我去把你的山羊赶来。怎样，奥德蕾？我还不曾是你的好人儿吗？我这副粗鲁的神气你中意吗？

奥德蕾 您的神气！天老爷保佑我们！什么神气？

试金石 我陪着你和你的山羊在这里，就像那最会梦想的诗人奥维德[①]在一群哥特人[②]中间一样。

杰奎斯 （旁白）唉，学问装在这么一副躯壳里，比乔武住在草棚里更坏[③]！

试金石 要是一个人写的诗不能叫人懂，他的才情不能叫人理解，那比之小客栈里开出一张大账单来还要命。真的，我希望神们把你变得诗意一点。

奥德蕾 我不懂得什么叫做“诗意一点”。那是一句好话，一件好事情吗？那是诚实的吗？

试金石 老实说，不，因为最真实的诗是最虚妄的；情人们都富于诗意，他们在诗里发的誓，可以说都是情人们的假话。

奥德蕾 那么您愿意天爷爷们把我变得诗意一点吗？

试金石 是的，不错；因为你发誓说你是贞洁的，假如你是个诗人，我就可以希望你说的是假话了。

奥德蕾 您不愿意我贞洁吗？

试金石 对了，除非你生得难看；因为贞洁跟美貌碰在一起，就像在糖里再加蜜。

杰奎斯 （旁白）好一个有见识的傻瓜！

奥德蕾 好，我生得不好看，因此我求求天爷爷们让我贞洁吧。

试金石 真的，把贞洁丢给一个丑陋的懒女人，就像把一块

---

① 奥维德（Ovid），罗马诗人。

② 哥特人（the Goths），蹂躏罗马帝国的蛮族。

③ 乔武化凡人至腓力基亚（Phrygia），居民咸拒之门外，唯Philemon与Baucis二老夫妇留之宿其草舍中。

好肉盛在龌龊的盆子里。

奥德蕾 我不是个懒女人，虽然我谢谢天爷爷们我是丑陋的。

试金石 好吧，感谢天爷爷们把丑陋赏给了你！懒惰也许会跟着来的。可是不管这些，我一定要跟你结婚；为了这事我已经去见过邻村的牧师奥列佛·马坦克斯特师父，他已经答应在这儿树林里会我，给我们配对。

杰奎斯 （旁白）我倒要瞧瞧这场热闹。

奥德蕾 好，天爷爷们保佑我们快活吧！

试金石 阿门！倘使是一个胆小的人，也许不敢贸然从事；因为这儿没有庙宇，只有树林，没有宾众，只有一些出角[①]的畜生；但这有什么要紧呢？放出勇气来！角虽然讨厌，却也是少不来的。人家说，“许多人有数不清的家私”；对了，许多人也有数不清的好角儿。好在那是他老婆陪嫁来的妆奁，不是他自己弄到手的。出角吗？有什么要紧？只有苦人儿才出角吗？不，不，最高贵的鹿和最寒伧的鹿长的角儿一样大呢。那么单身汉便算是好福气吗？不，城市总比乡村好些，已婚者隆起的额角，也要比未婚者平坦的额角体面得多；懂得几手击剑的法儿的，总比一来不来的好些，因此有角也总比没角强。奥列佛师父来啦。

| 奥列佛·马坦克斯特师父上。

试金石 奥列佛·马坦克斯特师父，您来得巧极了。您还是就在这树下替我们把事情办了呢，还是让我们跟您到您

---

① “出角”即“当忘八”。

的教堂里去？

马坦克斯特 这儿没有人可以把这女人做主嫁出去吗？

试金石 我不要别人把她布施给我。

马坦克斯特 真的，她一定要有人做主许嫁，否则这种婚姻便不合法。

杰奎斯 （上前）进行下去，进行下去；我可以把她许嫁。

试金石 晚安，某某先生；您好，先生？欢迎欢迎！上次多蒙照顾，不胜感激。我很高兴看见您。我现在有一点点儿小事，先生。嗳，请戴上帽子。

杰奎斯 你要结婚了吗，傻瓜？

试金石 先生，牛有轭，马有勒，猎鹰腿上挂金铃，人非木石岂无情？鸽子也要亲个嘴儿；女大当嫁，男大当婚。

杰奎斯 像你这样有教养的人，却愿意在一棵树底下像叫化子那样成亲吗？到教堂里去，找一位可以告诉你们婚姻的意义的好牧师。要是让这个家伙把你们像钉墙板似的钉在一起，你们中间总有一个人会像没有晒干的木板一样干缩起来，越变越弯的。

试金石 （旁白）我倒以为让他给我主婚比别人好一点，因为瞧他的样子是不会像像样样地主持婚礼的；假如结婚结得草率一些，以后我可以借口离弃我的妻子。

杰奎斯 你跟我来，让我指教指教你。

试金石 来，好奥德蕾。我们一定得结婚，否则我们只好通奸。再见，好奥列佛师父，不是

亲爱的奥列佛！

勇敢的奥列佛！

请你不要把我丢弃[①]；
而是
走开去，奥列佛！
滚开去，奥列佛！
我们不要你行婚礼。（杰奎斯、试金石、奥德蕾同下）

马坦克斯特 不要紧，这一批荒唐的混蛋谁也不能讥笑掉我的饭碗。（下）

第四场
林中的另一部分

| 罗瑟琳及西莉娅上。

罗瑟琳 别跟我讲话；我要哭了。

西莉娅 你就哭吧；可是你还得想一想男人是不该流眼泪的。

罗瑟琳 但我岂不是有应该哭的理由吗？

西莉娅 理由是再充分也没有的了；所以你哭吧。

罗瑟琳 瞧他的头发的颜色，就可以看出来他是个坏东西。

西莉娅 比犹大[②]的头发略为深色些；他的接吻就是犹大一脉相传下来的。

罗瑟琳 凭良心说一句，他的头发颜色很好。

西莉娅 那颜色好极了；栗色是最好的颜色。

罗瑟琳 他的接吻神圣得就像圣餐面包触到唇边一样。

---

① “亲爱的奥列佛”三句为俗歌中的断句。

② 犹大（Judas），出卖耶稣之门徒。

西莉娅 他买来了一对狄安娜用过的嘴唇；一个凛若冰霜的尼姑也不会吻得像他那样虔诚；他的嘴唇里就有着冷冰冰的贞洁。

罗瑟琳 可是他为什么发誓说今天早上要来，却偏偏不来呢？

西莉娅 不用说，他这人没有半分真心。

罗瑟琳 你是这样想吗？

西莉娅 是的。我想他不是个扒儿手，也不是个盗马贼；可是要说起他的爱情的真不真来，那么我想他就像一只盖好了的空杯子，或是一枚蛀空了的硬壳果一样空心。

罗瑟琳 他的恋爱不是真心吗？

西莉娅 他在恋爱的时候，他是真心的；可是我以为他并不在恋爱。

罗瑟琳 你不是听见他发誓说他的的确确在恋爱吗？

西莉娅 从前说是，现在却不一定是；而且情人们发的誓，是和堂倌嘴里的话一样靠不住的，他们都是惯报虚账的家伙。他在这儿树林子里跟公爵你的父亲在一块儿呢。

罗瑟琳 昨天我碰见公爵，跟他谈了好久。他问我的父母是怎样的人；我对他说，我的父母跟他一样高贵；他大笑着让我走了。可是我们现在有像奥兰多这么一个人，还要谈父亲做什么呢？

西莉娅 啊，好一个出色的人！他写得一手好诗，讲得一口漂亮话，发着动听的誓，再堂而皇之地毁了誓，同时毁碎了他情人的心；正如一个拙劣的枪手，骑在马上一面歪，像一头好鹅一样把他的枪杆折断了。

但是年轻人凭着血气和痴劲做出来的事，总是很出色的。——谁来了？

| 柯林上。

柯林 姑娘和大官人，你们不是常常问起那个害相思病的牧人，那天你们不是看见他和我坐在草地上，称赞着他的情人，那个盛气凌人的牧羊女吗？

西莉娅 嗯，他怎样啦？

柯林 要是你们想看一本认真扮演的好戏，一面是因为情痴而容颜惨白，一面是因为傲慢而满脸绯红；只要稍走几步路，我可以领你们去，看一个畅。

罗瑟琳 啊！来，让我们去吧。在恋爱中的人，欢喜看人家相恋。带我们去看；我将要在他们的戏文里当一名重要的角色。（同下）

第五场
林中的另一部分

| 西尔维斯及菲苾上。

西尔维斯 亲爱的菲苾，不要讥笑我；请不要，菲苾！您可以说您不爱我，但不要说得那样狠。习惯于杀人的硬心肠的刽子手，在把斧头向低俯的颈项上劈下的时候也要先说一声对不起；难道您会比这种靠着流血为生的人更心硬吗？

| 罗瑟琳、西莉娅及柯林自后上。

菲苾 我不愿做你的刽子手；我逃避你，因为我不愿伤害

你。你对我说我的眼睛会杀人；这种话当然说得很好听，很动人；眼睛本来是最柔弱的东西，一见了些微尘就会胆小得关起门来，居然也会给人叫作暴君、屠夫和凶手！现在我使劲儿抡起白眼瞧着你；假如我的眼睛能够伤人，那么让它们把你杀死了吧：现在你可以假装晕过去了啊；嘿，现在你可以倒下去了呀；假如你并不倒下去，哼！羞啊，羞啊，你可别再胡说，说我的眼睛是凶手了。现在你且把我的眼睛加在你身上的伤痕拿出来看。单单用一枚针儿划了一下，也会有一点疤痕；握着一根灯心草，你的手掌上也会有一刻儿留着痕迹；可是我的眼光现在向你投射，却不曾伤了你：我相信眼睛里是绝没有可以伤人的力量的。

西尔维斯 啊，亲爱的菲苾，要是有一天——也许那一天就近在眼前——您在谁个清秀的脸庞上看出了爱情的力量，那时您就会感觉到爱情的利箭所加在您心上的无形的创伤了。

菲苾 可是在那一天没有到来之前，你不要走近我吧。如其有那一天，那么你可以用你的讥笑来凌虐我，却不用可怜我；因为不到那时候，我总不会可怜你的。

罗瑟琳 （上前）为什么呢，请问？谁是你的母亲，生下了你来，把这个不幸的人这般侮辱，如此欺凌？你生得不漂亮——老实说，我看你还是晚上不用点蜡烛就钻到被窝里去的好——难道就该这样骄傲而无情吗？——怎么，这是什么意思？你望着我做什么？我瞧你不过是一件天生的粗货罢了。他妈的！我想她要打算迷住我哩。不，老实说，骄傲的姑娘，你别做梦吧！凭着你的墨水一样的眉毛，你的乌丝一样的头发，你的黑玻璃球一样的眼睛，或是你的乳脂一样的脸庞，可不能叫我为你倾倒呀。——你这蠢牧人儿，干吗你要追随着她，像是挟着雾雨而俱来的南风？你是比她漂亮一千倍的男人；都是因为有了你们这种傻瓜，世上才有那许多难看的孩子。叫她得意的是你的恭维，不是她的镜子；听了你的话，她便觉得她自己比她本来的容貌美得多了。——可是，姑娘，你自己得放明白些；跪下来，斋戒谢天，赐给你这么好的一个爱人。我得向你耳边讲句体己的话，有买主的时候赶快卖去了吧；你不是到处都有销路的。求求这位大哥恕了你；爱他；接受他的好意。生得丑再要瞧人不起，那才是其丑无比了。——好，牧人，你拿了她去。再见吧。

菲苾 可爱的青年，请您把我骂一整年吧。我宁愿听您的骂，不要听这人的恭维。

罗瑟林 他爱上了她的丑样子，她爱上了我的怒气。倘使真有这种事，那么她一扮起了怒容来答复你，我便会把刻薄的话儿去治她。——你为什么这样瞧着我？

菲苾 我对您没有怀着恶意呀。

罗瑟林 请你不要爱我吧，我这人是比醉后发的誓更靠不住的；而且我又不欢喜你。要是你们要知道我家在何处，请到这儿附近的那簇橄榄树的地方来寻访好了。——我们去吧，妹妹。——牧人，着力追求她。——来，妹妹。——牧女，待他好一点儿，别那们骄傲；整个儿世界上生眼睛的人，都不会像他那样把你当作天仙的。——来，瞧我们的羊群去。

（罗瑟琳、西莉娅、柯林同下）

菲苾 过去的诗人，现在我明白了你的话果然是真："谁个情人不是一见就钟情？"①

西尔维斯 亲爱的菲苾——

菲苾 啊！你怎么说，西尔维斯？

西尔维斯 亲爱的菲苾，可怜我吧！

菲苾 唉，我为你伤心呢，温柔的西尔维斯。

西尔维斯 同情之后，必有安慰；要是您见我因为爱情而伤心而同情我，那么只要把您的爱给我，您就可以不用再同情，我也无须再伤心了。

菲苾 你已经得到我的爱了；咱们不是像邻居那么要好着吗？

西尔维斯 我要的是您。

菲苾 啊，那就是贪心了。西尔维斯，从前我讨厌你；可是现在我也不是对你有什么爱情；不过你既然讲爱情讲得那么好，我本来是厌得跟你在一起的，现在我可以忍受你了。我还有事儿要差遣你呢；可是除了你自己因为供我差遣而感到的欣喜以外，可不用希望我还会用什么来答谢你。

西尔维斯 我的爱情是这样圣洁而完整，我又是这样不蒙眷顾，因此只要能够拾些人家收获过后留下来的残

---

① 过去的诗人指马洛（Christopher Marlowe）；"谁个情人不是一见就钟情？"一句系马洛所作叙事诗*Hero and Leander*中之语。

穗，我也以为是一次最丰富的收成了；随时略为给我一个不经意的微笑，我就可以靠着它而活命。

菲苾 你认识刚才对我讲话的那个少年吗？

西尔维斯 不大熟悉，但我常常遇见他；他已经把本来属于那个老头儿的草屋和地产都买下来了。

菲苾 不要以为我爱他，虽然我问起他。他只是个淘气的孩子；可是倒很会讲话；但是空话我理它作甚？然而说话的人要是能够讨听话的人欢喜，那么空话也是很好的。他是个标致的青年；不算顶标致。当然他是太骄傲了；然而他的骄傲很配他。他长起来倒是一个漂亮的汉子，顶好的地方就是他的脸色；他的舌头刚刚得罪了人，用眼睛一瞟就补偿过来了。他的个儿不很高；然而照他的年纪说起来也就够高。他的腿不过如此；但也还好。他的嘴唇红得很美，比他那张白脸上搀和着的红色更烂熟更浓艳；一个是大红，一个是粉红。西尔维斯，有些女人假如也像我一样向他这么评头品足起来，一定会马上爱上了他的；可是我呢，我不爱他，也不恨他；然而我有应该格外恨他的理由。凭什么他要骂我呢？他说我的眼珠黑，我的头发黑；现在我记起来了，他嘲笑着我呢。我不懂怎么我不还骂他；但那没有关系，不声不响并不就是善罢甘休。我要写一封辱骂的信给他，你可以给我带去；你肯不肯，西尔维斯？

西尔维斯 菲苾，那是我再愿意不过的了。

菲苾 我就写去；这件事情盘绕在我的心头，我要简简单单地把他挖苦一下。跟我去，西尔维斯。（同下）

第 四 幕

第一场

亚登森林

| 罗瑟琳、西莉娅及杰奎斯上。

杰奎斯 可爱的少年，请你许我跟你结识结识。

罗瑟琳 他们说你是个多愁的人。

杰奎斯 是的，我欢喜发愁不欢喜笑。

罗瑟琳 这两件事各趋极端，都会叫人讨厌，比之醉汉更容易招一般人的指摘。

杰奎斯 发发愁不说话，有什么不好？

罗瑟琳 那么何不做一根木头呢？

杰奎斯 我没有读书人的那种争强斗胜的烦恼，也没有音乐家的那种胡思乱想的烦恼，也没有官员们的那种装威作福的烦恼，也没有军人们的那种侵权夺利的烦恼，也没有律师们的那种卖狡弄狯的烦恼，也没有姑娘家的那种吹毛求疵的烦恼，也没有情人们的这一切种种合拢来的烦恼，我的烦恼全然是我自己的，它由各种成分组合而成，从许多事物中提炼出来，那是我旅行中所得到的各种观感，因为不断的沉思而使我充满了十分古怪的忧愁。

罗瑟琳 是一个旅行家吗？噢，那你就有应该悲哀的理由了。我想你多分是卖去了自己的田地去看别人的田地；看见的这么多，自己却一无所有；眼睛是看饱了，两手却是空空的。

杰奎斯 是的，我已经得到了我的经验。

罗瑟琳 而你的经验使你悲哀。我宁愿叫一个傻瓜来逗我发笑，不愿叫经验来使我悲哀；而且还要旅行各处去找它！

| 奥兰多上。

奥兰多 早安，亲爱的罗瑟琳！

杰奎斯 要是你要念起诗来，那么我可要少陪了。（下）

罗瑟琳 再会，旅行家先生。你该打起些南腔北调，穿了些奇装异服，瞧不起本国的一切好处，厌恶你的故乡，简直要怨恨上帝干吗不给你生一副外国人的相貌；否则我可不能相信你曾经在威尼斯荡过艇子的。——啊，怎么，奥兰多！你这些时都在哪儿？你算是一个情人！要是你再对我来这么一套，你可再不用来见我了。

奥兰多 我的好罗瑟琳，我来得不过迟了一小时还不满。

罗瑟琳 误了一小时的情人的约会！谁要是把一分钟分作了一千分，而在恋爱上误了一千分之一分钟的几分之一的约会，这种人人家也许会说丘比特曾经拍过他的肩膀，可是我敢说他的心是不曾中过爱神之箭的。

奥兰多 原谅我吧，亲爱的罗瑟琳！

罗瑟琳 哼，要是你再这样慢吞吞地，以后不用再来见我了；我宁愿让一条蜗牛向我献殷勤的。

奥兰多 一条蜗牛！

罗瑟琳 对了，一条蜗牛；因为他虽然走得慢，可是却把他的屋子顶在头上，我想这是一份比你所能给与一个女人的更好的家产；而且他还随身带着他的命运哩。

奥兰多 那是什么？

罗瑟琳 嘿，角儿哪；那正是你所要谢谢你的妻子的，可是他却自己随身带了它做武器，免得人家说他妻子的坏话。

奥兰多 贤德的女子不会叫她丈夫当忘八；我的罗瑟琳是贤德的。

罗瑟琳 而我是你的罗瑟琳吗？

西莉娅 他欢喜这样叫你；可是他有一个长得比你漂亮的罗瑟琳哩。

罗瑟琳 来，向我求婚，向我求婚；我现在很高兴，多分会答应你。假如我真是你的罗瑟琳，你现在要向我说些什么话？

奥兰多 我要在没有说话之前先接个吻。

罗瑟琳 不，你最好先说话，等到所有的话都说完了，想不出什么来的时候，你就可以趁此接吻。善于演说的人，当他们一时无话可说之际，他们会吐一口痰；情人们呢，上帝保佑我们！倘使缺少了说话的资料，接吻是最便当的补救办法。

奥兰多 假如她不肯让我吻她呢？

罗瑟琳 那么她就使得你向她请求，这样又有了新的话题了。

奥兰多 谁见了他的心爱的情人而会说不出话来呢？

罗瑟琳 哼，假如我是你的情人，你就会说不出话来。我不是你的罗瑟琳吗？

奥兰多 我很愿意把你当作罗瑟琳，因为这样我就可以讲着她了。

罗瑟琳 好，我代表她说我不愿接受你。

奥兰多 那么我代表我自己说我要死去。

罗瑟琳 不，真的，还是请个人代死吧。这个可怜的世界差不多有六千年的岁数了，可是从来不曾有过一个人亲自殉情而死。特洛伊罗斯[①]是被一个希腊人的棍棒砸出了脑浆的；可是在这以前他就已经寻过死，而他是一个模范的情人。即使希罗当了尼姑，里昂德也会活下去活了好多年的，倘不是因为一个酷热的仲夏之夜；因为，好孩子，他本来只是要到赫勒斯滂海峡里去洗个澡的，可是在水中害起抽筋来，因而淹死了：那时代的愚蠢的史家却说他是为了塞斯托斯的希罗而死[②]。这些全都是诳；人们一代一代地死去，他们的尸体都给蛆虫吃了，可是决不会为爱情而死的。

奥兰多 我不愿我的真正的罗瑟琳也作这样想法；因为我可以发誓说她只要皱一皱眉头就会把我杀死。

罗瑟琳 我凭着此手发誓，那是连一头苍蝇也杀不死的。但

---

① 特洛伊罗斯（Troilus），莎翁传奇剧《特洛伊罗斯与克瑞西达》中的主角。

② 利昂特（Leander）与希罗（Hero）为希腊传说中的一对恋人名；利昂特每晚泅水过赫勒斯滂（Hellespont）以会其恋人，一夕大风浪没顶。

是来吧，现在我要做你的一个乖乖的罗瑟琳；你向我要求什么，我一定允许你。

奥兰多 那么爱我吧，罗瑟琳！

罗瑟琳 好，我就爱你，星期五、星期六以及一切的日子。

奥兰多 你肯接受我吗？

罗瑟琳 肯的，我肯接受像你这样二十个男人。

奥兰多 你怎么说？

罗瑟琳 你不是个好人吗？

奥兰多 我希望是的。

罗瑟琳 那么好的东西会嫌太多吗？——来，妹妹，你要扮做牧师，给我们主婚。——把你的手给我，奥兰多。你怎么说，妹妹？

奥兰多 请你给我们主婚。

西莉娅 我不会说。

罗瑟琳 你应当这样开始：“奥兰多，你愿不愿——”

西莉娅 好吧。——奥兰多，你愿不愿娶这个罗瑟琳为妻？

奥兰多 我愿意。

罗瑟琳 嗯，但是什么时候才娶呢？

奥兰多 当然就在现在哪；只要她能替我们完成婚礼。

罗瑟琳 那么你必须说，“罗瑟琳，我娶你为妻。”

奥兰多 罗瑟琳，我娶你为妻。

罗瑟琳 我本来可以问你凭着什么来娶我的；可是奥兰多，我愿意接受你做我的丈夫。——这丫头等不到牧师问起，就冲口说出来了；真的，女人的思想总是比行动跑得更快。

奥兰多 一切的思想都是这样；它们是生着翼膀的。

罗瑟琳 现在你告诉我你占有了她之后，打算保留到多少长久？

奥兰多 永久再加上一天。

罗瑟琳 说一天，不用说永久。不，不，奥兰多，男人们在未婚的时候是四月天，结婚的时候是十二月天；姑娘们做姑娘的时候是五月天，一做了妻子，季候便改变了。我要比一头巴巴里雄鸽对待它的雌鸽格外多疑地对待你；我要比下雨前的鹦鹉格外吵闹，比猢狲格外弃旧怜新，比猴子格外反复无常；我要在你高兴的时候像喷泉上的狄安娜女神雕像一样无端哭泣；我要在你想睡的时候像土狼一样纵声大笑。

奥兰多 但是我的罗瑟琳会做出这种事来吗？

罗瑟琳 我可以发誓她会像我一样做出来的。

奥兰多 啊！但是她是个聪明人哩。

罗瑟琳 她倘不聪明，怎么有本领做这等事？越是聪明，越是淘气。假如用一扇门把一个女人的才情关起来，它会从窗子里钻出来的；关了窗，它会从钥匙孔里钻出来的；塞住了钥匙孔，它会跟着一道烟从烟囱里飞出来的。

奥兰多 男人娶到了这种有才情的老婆，就难免要感慨“才情才情，看你横行到什么地方”了。

罗瑟琳 不，你可以把那句骂人的话留起来，等你瞧见你妻子的才情爬上了你邻人的床上去的时候再说。

奥兰多 那时这位多才的妻子又将用怎样的才情来辩解呢？

罗瑟琳 呃，她会说她是到那儿找你去的。你捉住她，她总有话好说，除非你把她的舌头割掉。唉！要是一个女人不会把她的错处推到她男人的身上去，那种女人千万不要让她抚养她自己的孩子，因为她会把他抚养得成为一个傻子的。

奥兰多 罗瑟琳，这两小时我要离开你。

罗瑟琳 唉！爱人，我两小时都缺不得你哪。

奥兰多 我一定要陪公爵吃饭去；到两点钟我就会回来。

罗瑟琳 好，你去吧，你去吧！我知道你会变成怎样的人。我的朋友们这样对我说过，我也这样相信着，你是用你那种花言巧语来把我骗上了手的。不过又是一个给人丢弃的罢了；好，死就死吧！你说是两点钟吗？

奥兰多 是的，亲爱的罗瑟琳。

罗瑟琳 凭着良心，一本正经，上帝保佑我，我可以向你起一切无关紧要的誓，要是你失了一点点儿的约，或是比约定的时间来迟了一分钟，我就要把你当作在一大堆无义的人们中间一个最可怜的背信者，最空心的情人，最不配被你叫作罗瑟琳的那人所爱的。所以，留心我的责骂，守你的约吧。

奥兰多 我一定恪遵，就像你真是我的罗瑟琳一样。好，再见。

罗瑟琳 好，时间是审判一切这一类罪人的老法官，让他来审判吧。再见。（奥兰多下）

西莉娅 你在你那种情话中间简直是侮辱我们女性。我们一定要把你的衫裤揭到你的头上，让全世界的人看看鸟儿怎样作践了她自己的窠。

罗瑟琳 啊，小妹妹，小妹妹，我的可爱的小妹妹，你要是知道我是爱得多么深！可是我的爱是无从测计深度的，因为它有一个渊深莫测的底，像葡萄牙海湾一样。

西莉娅 或者不如说是没有底的吧；你刚把你的爱倒进去，它就漏了出来。

罗瑟琳 不，维纳斯的那个坏蛋私生子[1]，那个因为忧郁而感孕，因为冲动而受胎，因为疯狂而诞生的；那个瞎眼的坏孩子，因为自己没有眼睛而把每个人的眼睛都欺蒙了的；让他来判断我是爱得多么深吧。我告诉你，爱莲娜，我不看见奥兰多便活不下去。我要找一处树荫，去到那儿长吁短叹地等着他回来。

西莉娅 我要去睡一个觉儿。（同下）

第二场

林中的另一部分

| 杰奎斯、群臣及林居人等上。

杰奎斯 是谁把鹿杀死的？

臣甲 先生，是我。

杰奎斯 让我们引他去见公爵，像一个罗马的凯旋将军一样；顶好把鹿角插在他头上，表示胜利的光荣。林居人，你们没有个应景的歌儿吗？

林居人 有的，先生。

杰奎斯 那么唱起来吧；不要管它调子怎样，只要可以嚷嚷热闹热闹就是了。

---

① 指丘比特（Cupid）。

林居人 （唱）

杀鹿的人好幸福，
穿它的皮顶它角。
唱个歌儿送送他。（众和）
顶了鹿角莫讥笑，
古时便已当冠帽；
你的祖父戴过它，
你的阿爹顶过它：
鹿角鹿角壮而美，
你们取笑真不对。（众下）

第三场
林中的另一部分

｜罗瑟琳及西莉娅上。

罗瑟琳 你现在怎么说？不是过了两点钟了吗？这儿有许多的奥兰多呢！

西莉娅 我对你说，他怀着纯洁的爱情和忧虑的头脑，带了弓箭出去睡觉去了。瞧，谁来了？

｜西尔维斯上。

西尔维斯 我奉命来见您，美貌的少年；我的温柔的菲苾要我把这信送给您。（将信交罗瑟琳）里面说的什么话我不知道；但是照她写这封信的时候那发怒的神气看来，多分是一些气恼的话。原谅我，我只是个不知情的送信人。

罗瑟琳 （阅信）最有耐性的人见了这封信也要暴跳如雷；是可忍，孰不可忍？她说我不漂亮；说我没有礼貌；说我骄傲；说即使男人像凤凰样稀罕，她也不会爱我。天哪！我并不曾要追求她的爱，她为什么写这种话给我呢？好，牧人，好，这封信是你捣的鬼。

西尔维斯 不，我发誓我不知道里面写些什么；这封信是菲苾写的。

罗瑟琳 算了吧，算了吧，你是个傻瓜，为了爱情颠倒得这等地步。我看见过她的手，她的手就像一块牛皮那样粗糙，一块沙石那样颜色；我以为她戴着一副旧手套，哪知道原来就是她的手；她有一双作粗工的手；但这可不用管它。我说她从来不曾想到过写这封信；这是男人出的花样，是一个男人的笔迹。

西尔维斯 真的，那是她的笔迹。

罗瑟琳 嘿，这是粗暴的凶狠的口气，全然是挑战的口气；嘿，她就像土耳其人向基督徒那样向我挑战呢。女人家的温柔的头脑里，决不会想出这种恣睢暴戾的念头来；这种狠恶的字句，含着比字面更狠恶的用意。你要不要听听这封信？

西尔维斯 假如您愿意，请您念给我听听吧，因为我还不曾听到过它呢；虽然关于菲苾的凶狠的话，倒已经听了不少了。

罗瑟琳 她要向我撒野呢。听那只雌老虎怎样写法：（读）

你是不是天神的化身，
来燃烧一个少女的心？

女人会这样骂人吗？

西尔维斯 您把这种话叫作骂人吗？

罗瑟琳 （读）

撇下了你神圣的殿堂，
虐弄一个痴心的姑娘？
你听见过这种骂人的话吗？
人们的眼睛向我求爱，
从不曾给我丝毫损害。
意思说我是个畜生。
你一双美目中的轻蔑，
倘能勾起我这般情热；
唉！假如你能青眼相加，
我更将怎样意乱如麻！
你一边骂，我一边爱你；
你倘求我，我何事不依？
代我传达情意的来使，
并不知道我这段心事；
让他带下了你的回报，
告诉我你的青春年少，
肯不肯接受我的奉献，
把我的一切听你调遣；
否则就请把拒绝明言，
我准备一死了却情缘。

西尔维斯 您把这叫做骂吗？

西莉娅 唉，可怜的牧人！

罗瑟琳 你可怜他吗？不，他是不值得怜悯的。你会爱这种女人吗？嘿，利用你作工具，那样玩弄你！怎么受得住！好，你到她那儿去吧，因为我知道爱情已经把你变成一条驯服的蛇了；你去对她说：要是她爱我，我吩咐她爱你；要是她不肯爱你，那么我决不要她，除非你代她恳求。假如你是个真心的恋人，去吧，别说一句话；瞧又有人来了。（西尔维斯下）

| 奥列佛上。

奥列佛 早安，两位。请问你们知不知道在这座树林的边界有一所用橄榄树围绕着的羊栏？

西莉娅 在这儿的西面，附近的山谷之下，从那微语喃喃的泉水旁边那一列柳树的地方向右出发，便可以到那边去。但现在那边只有一所空屋，没有人在里面。

奥列佛 假如听了人家嘴里的叙述便可以用眼睛认识出来，那么你们的模样正是我所听到说起的，穿着这样的衣服，这样的年纪："那少年生得很俊，脸孔像个女人，行为举动像是老大姊似的；那女人是矮矮的，比她的哥哥黝黑些。"你们正就是我所要寻访的那屋子的主人吗？

西莉娅 既蒙下问，那么我们说我们正是那屋子的主人，也不算是自己的夸口了。

奥列佛 奥兰多要我向你们两位致意；这一方染着血迹的手帕，他叫我送给他称为他的罗瑟琳的那位少年。您就是他吗？

罗瑟琳 正是；这是什么意思呢？

奥列佛 说起来徒增我的惭愧，假如你们要知道我是谁，这一方手帕怎样、为什么、在哪里沾上这些血迹。

西莉娅 请您说吧。

奥列佛　年轻的奥兰多上次跟你们分别的时候，曾经答应过，在一小时之内回来；他正在林中走过尝味着爱情的甜蜜和苦涩，瞧，什么事发生了！他把眼睛向旁边一望，听好他看见了些什么东西：在一株满覆着苍苔的秃顶的老橡树之下，有一个不幸的衣衫褴褛须发蓬松的人仰面睡着；一条金绿的蛇缠在他的头上，正预备把它的头敏捷地伸进他的张开的嘴里去，可是突然看见了奥兰多，它便松了开来，蜿蜒地溜进林莽中去了；在那林荫下有一头乳房干瘪的母狮，头贴着地而蹲伏着，像猫一样注视这睡着的人的动静，因为那畜生有一种高贵的素性，不会去侵犯瞧上去似乎已经死了的东西。奥兰多一见了这情形，便走到那人的面前，一看却是他的兄长，他的大哥。

西莉娅　啊！我听见他说起过那个哥哥；他说他是一个再忍心害理不过的。

奥列佛　他很可以那样说，因为我知道他确是忍心害理的。

罗瑟琳　但是我们说奥兰多吧；他把他丢下在那儿，让他给那饿狮吃了吗？

奥列佛　他两次转身想去；可是善心比复仇更高贵，天性克服了他的私怨，使他去和那母狮格斗，很快地那狮子便向他扑了上来。我听见了搏击的声音，就从苦恼的瞌睡中醒过来了。

西莉娅　你就是他的哥哥吗？

罗瑟琳　他救的便是你吗？

西莉娅　老是设计谋害他的便是你吗？

奥列佛 那是从前的我，不是现在的我。我现在已经变了个新的人了，因此我可以不惭愧地告诉你们我从前的为人。

罗瑟琳 可是那块血渍的手帕是怎样来的？

奥列佛 别性急。那时我们两人述叙着彼此的经历，以及我到这荒野里来的原委；一面说一面自然流露的眼泪流个不住。简单地说，他把我领去见那善良的公爵，公爵赏给我新衣服穿，款待着我，吩咐我的弟弟照应我；于是他立刻带我到他的洞里去，脱下衣服来，一看臂上给母狮抓去了一块肉，血不停地流着，那时他便晕了过去，嘴里还念着罗瑟琳的名字。简单地说，我把他救醒转来，裹好了他的伤口；略过些时，精神恢复了，他便叫我这个陌生人到这儿来把这件事通知你们，请你们原谅他的失约。这一方手帕在他的血里浸过，他要我交给他戏称为罗瑟琳的那位青年牧人。

（罗瑟琳晕去）

西莉娅 呀，怎么啦，盖尼米德！亲爱的盖尼米德！

奥列佛 有好多人一见了血便要发晕。

西莉娅 还有其他的缘故哩。哥哥！盖尼米德！

奥列佛 瞧，他醒过来了。

罗瑟琳 我要回家去。

西莉娅 我们可以陪着你去。——请您扶着他的臂好不好？

奥列佛 提起精神来，孩子。你算是个男人吗？你太没有男人气了。

罗瑟琳 一点不错，我承认。啊，好小子！人家会觉得我假装得很像哩。请您告诉令弟我假装得多么像。嗳唷！

奥列佛 这不是假装；你的脸色已经有了太清楚的证明，这是出于真情的。

罗瑟琳 告诉您吧，真的是假装的。

奥列佛 好吧，那么振作起来，假装个男人样子吧。

罗瑟琳 我正在假装着呢；可是凭良心说，我理该是个女人。

西莉娅 来，你瞧上去脸色越变越白了；回家去吧。好先生，陪我们去吧。

奥列佛 好的，因为我必须把你怎样原谅舍弟的回音带回去呢，罗瑟琳。

罗瑟琳 我会想出些什么来的。但是我请您就把我的假装的样子告诉他吧。我们走吧。（同下）

第　五　幕

第一场

亚登森林

试金石及奥德蕾上。

试金石　咱们总会找到一个时间的，奥德蕾；耐心着吧，温柔的奥德蕾。

奥德蕾　那位老先生虽然这么说，其实这个牧师也很好呀。

试金石　顶坏不过的奥列佛师父，奥德蕾；顶不好的马坦克斯特。但是，奥德蕾，林子里有一个年轻人要向你求婚呢。

奥德蕾　嗯，我知道他是谁；他跟我全没有关涉。你说起的那个人来了。

威廉上。

试金石　看见一个村汉在我是家常便饭。凭良心说话，我们这辈聪明人真是作孽不浅；我们总是忍不住要寻寻人家的开心。

威廉　晚安，奥德蕾。

奥德蕾　你晚安哪，威廉。

威廉 晚安，先生。

试金石 晚安，好朋友。把帽子戴上了，把帽子戴上了；请不用客气，把帽子戴上了。你多大年纪了，朋友？

威廉 二十五了，先生。

试金石 正是妙龄。你名叫威廉吗？

威廉 威廉，先生。

试金石 一个好名字。是生在这林子里的吗？

威廉 是的，先生，我感谢上帝。

试金石 “感谢上帝”；很好的回答。很有钱吗？

威廉 呃，先生，不过如此。

试金石 “不过如此”，很好很好，好得很；可是也不算怎么好，不过如此而已。你聪明吗？

威廉 呃，先生，我还算聪明。

试金石 啊，你说得很好。我现在记起一句话来了，“傻子自以为聪明，但聪明人知道他自己是个傻子。”异教的哲学家想要吃一颗葡萄的时候，便张开嘴唇来，把它放进嘴里去；那意思是表示葡萄是生下来给人吃，嘴唇是生下来要张开的。你爱这姑娘吗？

威廉 是的，先生。

试金石 把你的手给我。你有学问吗？

威廉 没有，先生。

试金石 那么让我教训你：有者有也；修辞学上有这么一个譬喻，把酒从杯子里倒在碗里，一只满了，那一只便要落空。写文章的人大家都承认“彼”即是他；好，你不是彼，因为我是他。

威廉 哪一个他，先生？

试金石 先生，就是要跟这个女人结婚的他。所以，你这村夫，莫——那在俗话里就是不要——与此妇——那在土话里就是和这个女人——交游——那在普通话里就是来往；合拢来说，莫与此妇交游，否则，村夫，你就要毁灭；或者让你容易明白些，你就要死；那就是说，我要杀死你，把你做掉，叫你活不成，让你当奴才。我要用毒药毒死你，一顿棒儿打死你，或者用钢刀搠死你；我要跟你打架；我要想出计策来打倒你；我要用一百五十种法子杀死你；所以赶快发着抖滚吧。

奥德蕾 你快去吧，好威廉。

威廉 上帝保佑您快活，先生。（下）

| 柯林上。

柯林 我们的大官人和小娘子找着你哪；来，走啊！走啊！

试金石 走，奥德蕾！走，奥德蕾！我就来，我就来。（同下）

第二场

林中的另一部分

| 奥兰多及奥列佛上。

奥兰多 你跟她相识得这么浅便会欢喜起她来了吗？一看见了她，便会爱起她来了吗？一爱了她，便会求起婚来了吗？一求了婚，她便会答应了你吗？你一定要得到她吗？

奥列佛 这件事进行的匆促，她的贫穷，相识的不久，我的突然的求婚和她的突然的允许，这些你都不用怀疑；只要你承认我是爱着爱莲娜的，承认她是爱着我的，允许我们两人的结合，这样你也会有好处；因为我愿意把我父亲老罗兰爵士的房屋和一切收入都让给你，我自己在这里终生做一个牧人。

奥兰多 你可以得到我的允许。你们的婚礼就在明天举行吧；我可以去把公爵和他的一切乐天的从者都请了来。你去吩咐爱莲娜预备一切。瞧，我的罗瑟琳来了。

| 罗瑟琳上。

罗瑟琳 上帝保佑你，哥哥。

奥列佛 也保佑你，好妹妹。（下）

罗瑟琳 啊！我的亲爱的奥兰多，我瞧见你把你的心裹在绷带里，我是多么难过呀。

奥兰多 那是我的臂膀。

罗瑟琳 我以为是你的心给狮子抓伤了。

奥兰多 它的确是受了伤了，但却是给一位姑娘的眼睛伤害了的。

罗瑟琳 你的哥哥有没有告诉你当他把你的手帕给我看的时候，我假装晕去了的情形？

奥兰多 是的，而且还有更奇怪的事情呢。

罗瑟琳 噢！我知道你说的是什么。哦，那倒是真的；从来不曾有过这么快的事情，除了两头公羊的打架和凯撒那句“我来，我看见，我征服”的傲语[1]。令兄和舍妹

---

① Veni, vidi, vici（I came, I saw, I conquered），为凯撒（Julius Caesar）征服Pontus王Pharnaces 后告知罗马贵族院之有名豪语。

刚见了面，便大家瞧起来了；一瞧便相爱了；一相爱便叹气了；一叹气便彼此问为的是什么；一知道了为的是什么，便要想补救的办法：这样一步一步地踏到了结婚的阶段，不久他们便要成其好事了，否则他们等不到结婚便要放肆起来的。他们简直爱得慌了，一定要在一块儿；用棒儿也打不散他们。

奥兰多 他们明天便要成婚，我就要去请公爵参加婚礼。但是，唉！从别人的眼中看见幸福，多么令人烦闷。明天我越是想到我的哥哥满足了心愿多么快活，我便将越是伤心。

罗瑟琳 难道我明天不能仍旧充作你的罗瑟琳了吗？

奥兰多 我不能老是靠着幻想而生存了。

罗瑟琳 那么我不再用空话来叫你心烦了。告诉了你吧，现在我不是说着玩儿，我知道你是一个有见识的上等人；我并不是因为希望你赞美我的本领而恭维你，我要使你相信我的话，也不是图自己的名气，只是为着你的好处。假如你肯相信，那么我告诉你，我会行奇迹。从三岁时候起我就和一个术士结识，他的法术非常高深，可是并不作恶害人。要是你爱罗瑟琳真是爱得那么深，就像你瞧上去的那样，那么你哥哥和爱莲娜结婚的时候，你就可以和她结婚。我知道她现在的处境是多么不幸；只要你没有什么不方便，我一定能够明天叫她亲身出现在你的面前，一点没有危险。

奥兰多 你说的是真话吗？

罗瑟琳 我以生命为誓，我说的是真话；虽然我说我是个术士，可是我很重视我的生命呢。所以你得穿上你最好的衣服，邀请你的朋友们来；只要你愿意在明天结婚，你一定可以结婚；和罗瑟琳结婚，要是你愿意。瞧，我的一个爱人和她的一个爱人来了。

| 西尔维斯及菲苾上。

菲苾 少年人，你很对我不起，把我写给你的信宣布了出来。

罗瑟琳 要是我把它宣布了，我也不管；我存心要对你傲慢不客气。你背后跟着一个忠心的牧人；瞧着他吧，爱他吧，他崇拜着你哩。

菲苾 好牧人，告诉这个少年人恋爱是怎样的。

西尔维斯 它是充满了叹息和眼泪的；我正是这样爱着菲苾。

菲苾 我也是这样爱着盖尼米德。

奥兰多 我也是这样爱着罗瑟琳。

罗瑟琳 我可是一个女人也不爱。

西尔维斯 它是全然的忠心和服务；我正是这样爱着菲苾。

菲苾 我也是这样爱着盖尼米德。

奥兰多 我也是这样爱着罗瑟琳。

罗瑟琳 我可是一个女人也不爱。

西尔维斯 它是全然的空想，全然的热情，全然的愿望，全然的崇拜、恭顺和尊敬；全然的谦卑，全然的忍耐和焦心；全然的纯洁，全然的磨炼；我正是这样爱着菲苾。

菲苾 我也是这样爱着盖尼米德。

奥兰多 我也是这样爱着罗瑟琳。

罗瑟琳 我可是一个女人也不爱。

菲苾 （向罗瑟琳）假如真是这样，那么你为什么责备我爱你呢？

西尔维斯 （向菲苾）假如真是这样，那么你为什么责备我爱你呢？

奥兰多 假如真是这样，那么你为什么责备我爱你呢？

罗瑟琳 你在向谁说话，“你为什么责备我爱你呢？”

奥兰多 向那不在这里、也听不见我的说话的她。

罗瑟琳 请你们别再说下去了吧；这简直像是一群爱尔兰的狼向着月亮嗥叫。（向西尔维斯）要是我能够，我一定帮助你。（向菲苾）要是我有可能，我一定会爱你。明天大家来和我相会。（向菲苾）假如我会跟女人结婚，我一定跟你结婚；我要在明天结婚了。（向奥兰多）假如我会使男人满足，我一定使你满足；你要在明天结婚了。（向西尔维斯）假如使你欢喜的东西能使你满意，我一定使你满意；你要在明天结婚了。（向奥兰多）你既然爱罗瑟琳，请你赴约。（向西尔维斯）你既然爱菲苾，请你赴约。我既然不爱什么女人，我也赴约。现在再见吧；我已经吩咐过你们了。

西尔维斯 只要我活着，我一定不失约。

菲苾 我也不失约。

奥兰多 我也不失约。（各下）

第三场

林中的另一部分

丨试金石及奥德蕾上。

试金石 明天是快乐的好日子，奥德蕾；明天我们要结婚了。

奥德蕾 我满心盼望着呢；我希望盼望出嫁并不是一个不正当的愿望。有两个放逐的公爵的童儿来了。

丨二童上。

童甲 遇见得巧啊，好先生。

试金石 巧得很，巧得很。来，请坐，请坐，唱个歌儿。

童乙 遵命遵命。居中坐下吧。

童甲 一副坏喉咙未唱之前，总少不了来些儿老套子，例如咳嗽吐痰或是说嗓子有点儿嗄了之类；我们还是免了这些，马上唱起来怎样？

童乙 好的，好的；两人齐声同唱，就像两个吉卜赛人骑在一匹马上。

歌

一对情人并着肩，
嗳唷嗳唷嗳嗳唷，
走过了青青稻麦田，
春天是最好的结婚天，
听嘤嘤歌唱枝头鸟，
姐郎们最爱春光好。

小麦青青大麦鲜，
嗳唷嗳唷嗳嗳唷，

乡女村男交颈儿眠，
春天是最好的结婚天云云。

新歌一曲意缠绵，
嗳唷嗳唷嗳嗳唷，
人生美满像好花妍，
春天是最好的结婚天云云。

劝君莫负艳阳天，
嗳唷嗳唷嗳嗳唷，
恩爱欢娱要趁少年，
春天是最好的结婚天云云。

试金石 老实说，年轻的先生们，这首歌词固然没有多大意思，那调子却也很不入调。

童甲 您弄错了，先生；我们是照着板眼唱的，一拍也没有漏过。

试金石 凭良心说，我来听这么一首傻气的歌儿，真算是白糟蹋了时间。上帝和你们同在；上帝把你们的喉咙补补好吧！来，奥德蕾。（各下）

第四场
林中的另一部分

| 老公爵、阿米恩斯、杰奎斯、奥兰多、奥列佛及西莉娅同上。

公爵 奥兰多，你相信那孩子果真有他所说的那种本领吗？

奥兰多 我有时相信，有时不相信；就像那些因恐结果无望而心中惴惴的人，一面希望一面担着心事。

| 罗瑟琳、西尔维斯及菲苾上。

罗瑟琳 再请耐心听我说一遍我们所约定的条件。（向公爵）您不是说，假如我把您的罗瑟琳带了来，您愿意把她赏给这位奥兰多做妻子吗？

公爵 即使再要我把几个王国作为陪嫁，我也愿意。

罗瑟琳 （向奥兰多）您不是说，假如我带了她来，您愿意娶她吗？

奥兰多 即使我是统治万国的君王，我也愿意。

罗瑟琳 （向菲苾）您不是说，假如我愿意，您便愿意嫁我吗？

菲苾 即使我在一小时后就要一命丧亡，我也愿意。

罗瑟琳 但是假如您不愿意嫁我，您不是要嫁给这位忠心无比的牧人吗？

菲苾 是这样约定着。

罗瑟琳 （向西尔维斯）您不是说，假如菲苾愿意，您便愿意娶她吗？

西尔维斯 即使娶了她等于送死，我也愿意。

罗瑟琳 我答应要把这一切事情安排得好好的。公爵，请您守约许嫁您的女儿；奥兰多，请您守约娶他的女儿；菲苾，请您守约嫁我，假如不肯嫁我，便得嫁给这位牧人；西尔维斯，请您守约娶她，假如她不肯嫁我：现在我就去给你们解释这些疑惑。（罗瑟琳、西莉娅下）

公爵 这个牧童使我记起了我的女儿的相貌，有几分活像是她。

奥兰多 殿下，我初次见他的时候，也以为他是郡主的兄弟呢；但是，殿下，这孩子是在林中生长的，他的伯父曾经教过他一些魔术的原理，据说他那伯父是一个隐居在这儿林中的大术士。

| 试金石及奥德蕾上。

杰奎斯 一定又有一次洪水来啦，这一对一对都要准备躲到方舟里去[①]。又来了一对奇怪的畜生，傻瓜是他们公认的名字。

试金石 列位，这厢有礼了！

杰奎斯 殿下，请您欢迎他。这就是我在林中常常遇见的那位傻头傻脑的先生；据他说他还出入过宫廷呢。

试金石 要是有人不相信，尽管把我质问好了。我曾经跳过高雅的舞；我曾经恭维过一位贵妇；我曾经向我的朋友弄过手腕，跟我的仇家们装亲热；我曾经毁了三个裁缝，闹过四回口角，有一次几乎打出手。

杰奎斯 那是怎样闹起来的呢？

试金石 呃，我们碰见了，一查这场争吵是根据着第七个原因。

杰奎斯 怎么叫第七个原因？——殿下，请您欢喜这个家伙。

公爵 我很欢喜他。

试金石 上帝保佑您，殿下；我希望您欢喜我。殿下，我挤在这一对对乡村的姐儿郎儿中间到这里来，也是想来宣了誓然后毁誓，让婚姻把我们结合，再让血气

---

① 指《旧约·创世记》中洪水时诺亚造方舟之事。

把我们拆开。她是个寒伧的姑娘，殿下，样子又难看；可是，殿下，她是我自个儿的：我有一个坏脾气，殿下，人家不要的我偏要。宝贵的贞洁，殿下，就像是住在破屋子里的守财奴，又像是丑蚌壳里的明珠。

公爵 我说，他倒很伶俐机警呢。

杰奎斯 但是且说那第七个原因；你怎么知道这场争吵是根据着第七个原因呢？

试金石 因为那是根据着一句经过七次演变后的谎话。——把你的身体站端正些，奥德蕾。——是这样的，先生：我不欢喜某位廷臣的胡须的式样；他回我说假如我说他的胡须的式样不好，他却自以为很好：这叫作“有礼的驳斥”。假如我再去对他说那式样不好，他就回我说他自己欢喜要这样：这叫作“谦恭的讥刺”。要是再说那式样不好，他便蔑视我的意见：这叫作“粗暴的答复”。要是再说那式样不好，他就回答说我讲的不对：这叫作“大胆的谴责”。要是再说那式样不好，他就要说我说谎：这叫作“挑衅的反攻”。于是就到了“委婉的说谎”和“公然的说谎”。

杰奎斯 你说了几次他的胡须式样不好呢？

试金石 我只敢说到“委婉的说谎”为止，他也不敢给我“公然的说谎”；因此我们较了较剑，便走开了。

杰奎斯 你能不能把一句谎话的各种程度按着次序说出来？

试金石 先生啊，我们争吵都是根据着书本的，就像你们有讲礼貌的书一样。我可以把各种程度列举出来。第一，有礼的驳斥；第二，谦恭的讥刺；第三，粗暴的答复；第四，大胆的谴责；第五，挑衅的反攻；第六，委婉的说诳；第七，公然的说诳。除了“公然的说诳”之外，其余的都可以避免；但是“公然的说诳”只要用了“假如”两个字，也就可以一天云散。我知道有一场七个法官都处断不了的争吵；当两造相遇时，其中的一个单单想起了“假如”两字，例如“假如你是这样说，那么我便是这样说”，于是两人便彼此握手，结为兄弟了。“假如”是唯一的和事佬；“假如”之时用大矣哉！

杰奎斯 殿下，这不是一个很难得的人吗？他什么都懂，然而仍然是一个傻瓜。

公爵 他把他的傻气当作了藏身的烟幕，在它的荫蔽之下放出他的机智来。

| 许门领罗瑟琳穿女装及西莉娅上。柔和的音乐。

许门 天上有喜气融融，
人间万事尽亨通，
和合无嫌猜。
公爵，接受你女儿，
许门一路带着伊，
远从天上来；
请你为她做主张，
嫁给她心上情郎。

罗瑟琳 （向公爵）我把我自己交给您，因为我是您的。（向奥兰多）我把我自己交给您，因为我是您的。

公爵 要是眼前所见的并不是虚假，那么你是我的女儿了。

奥兰多 要是眼前所见的并不是虚假，那么你是我的罗瑟琳了。

菲苾 要是眼前的情形是真，那么永别了，我的爱人！

罗瑟琳 （向公爵）要是您不是我的父亲，那么我不要有什么父亲。（向奥兰多）要是您不是我的丈夫，那么我不要有什么丈夫。（向菲苾）要是我不跟你结婚，那么我再不跟别的女人结婚。

许门 请不要喧闹纷纷！
这种种古怪事情，
都得让许门断清。
这里有四对恋人，
说的话儿倘应心，
该携手共缔鸳盟。
你俩患难不相弃，（向奥兰多、罗瑟琳）
你们俩同心永系；（向奥列佛、西莉娅）
你和他宜室宜家，（向菲苾）
再莫恋镜里空花；
你两人形影相从，（向试金石、奥德蕾）
像风雪跟着严冬。
等一曲婚歌奏起，
尽你们寻根见柢，
莫惊讶咄咄怪事，
细想想原来如此。

歌

人间添美眷，
天后爱团圆；

席上同心侣，
枕边并蒂莲。
不有许门力，
何缘众庶生？
同声齐赞颂，
月老最堪称！

公爵 啊，我的亲爱的侄女！我欢迎你，就像你是我自己的女儿。

菲苾 （向西尔维斯）我不愿食言，现在你已经是我的；你的忠心使我爱上了你。

| 贾奎斯上。

贾奎斯 请听我说一两句话；我是老罗兰爵士的第二个儿子，特意带了消息到这群贤毕集的地方来。弗莱德里克公爵因为听见每天有才智之士投奔到这林中，故此兴起大军，亲自统率，预备前来捉拿他的兄长，把他杀死除害。他到了这座树林的边界，遇见了一位高年的修道士，交谈之下，悔悟前非，便即停止进兵；同时看破红尘，把他的权位归还给他的被放逐的兄长，一同流亡在外的诸人的土地，也都各还原主。这不是假话，我可以用生命作担保。

公爵 欢迎，年轻人！你给你的兄弟们送了很好的新婚贺礼来了：一个是他的被扣押的土地；一个是一座绝大的公国，享有着绝对的主权。先让我们在这林中把我们已经在进行得好好的事情办了；然后，在这幸运的一群中，每一个曾经跟着我忍受过艰辛的日子的人，都要按着各人的地位，分享我的恢复了的荣华。现在我们且把这种新近得来的尊荣暂时搁在脑后，举行起我们乡村的狂欢来吧。奏起来，音乐！你们各位新娘新郎，大家欢天喜地的，跳起舞来呀！

杰奎斯 先生，恕我冒昧。要是我没有听错，好像您说的是那公爵已经潜心修道，抛弃富贵的宫廷了？

贾奎斯 是的。

杰奎斯 我就找他去；从这种悟道者的地方，很可以得到一些绝妙的教训。（向公爵）我让你去享受你那从前的光荣吧；那是你的忍耐和德行的酬报。（向奥兰多）你去享受你那用忠心赢得的爱情吧。（向奥列佛）你去享有你的土地、爱人和权势吧。（向西尔维斯）你去享用你那用千辛万苦换来的老婆吧。（向试金石）至于你呢，我让你去口角吧；因为在你的爱情的旅程上，你只带了两个月的粮草。好，大家各人去找各人的快乐；跳舞可不是我的份。

公爵 别走，杰奎斯，别走！

杰奎斯 我不想看你们的作乐；你们将会得到些什么，我就在被你们遗弃了的山窟中也可以知道的。（下）

公爵 进行下去吧，开始我们的嘉礼；自始至终谁都是满心的欢喜。（跳舞众下）

收场白

罗瑟琳 叫娘儿们来念收场白，似乎不大合式；可是那也不见得比叫老爷子来念开场白更不成样子些。要是好酒无须招牌，那么好戏也不必有收场白；可是好酒要用好招牌，好戏倘再加上一段好收场白，岂不更好？那么我现在的情形是怎样的呢？既然不会念一段好收场白，又不能用一出好戏来讨好你们！我并不穿着得像个叫化一样，因此我不能向你们求乞；我的唯一的法子是恳请。我要先向女人们着手。女人们啊！为着你们对于男子的爱情，请你们尽量地欢喜这本戏。男人们啊！为着你们对于女子的爱情——瞧你们那副痴笑的神气，我就知道你们谁都不讨厌她们的——请你们学着女人们的样子，也来欢喜这本戏。假如我是一个女人①，你们中间只要谁的胡子生得叫我满意，脸蛋长得讨我欢喜，而且气息也不叫我恶心的，我都愿意给他一吻。为了我这种慷慨的奉献，我相信凡是生得一副好胡子、长得一张好脸蛋或是有一口好气息的诸君，当我屈膝致敬的时候，都会向我道别。（下）

---

① 伊丽莎白时代舞台上女角皆用男童扮演。

SHAKESPEARE

莎士比亚

悲剧喜剧全集

喜剧III

[英] 莎士比亚 著　朱生豪 译

浙江文艺出版社

《米兰达》 托马斯·弗朗西斯·迪克西绘
《暴风雨》

《米兰达》 J.W. 沃特豪斯绘
《暴风雨》第1幕第2场

《帕里斯与海伦》 雅克-路易·大卫绘
《特洛伊罗斯与克瑞西达》 第3幕第1场

《玛利安娜》 J.E. 米莱斯绘
《一报还一报》 第3幕第1场

《薇奥拉与公爵》 弗瑞德利克·理查·皮克斯吉尔绘
《第十二夜》

麦克列斯绘
《第十二夜》

目录

CONTENTS

第十二夜

If music be the food of love, play on; give me excess of it, that, surfeiting, The appetite may sicken, and so die.

—— *Twelfth Night*

假如音乐是爱情的食粮，那么奏下去吧；尽量地奏下去，好让爱情因过饱而噎塞而死。

——《第十二夜》

剧中人物

奥西诺	伊利里亚公爵
西巴斯辛	薇奥拉之兄
安东尼奥	船长，西巴斯辛之友
另一船长	薇奥拉之友
凡伦丁 **丘里奥**	公爵侍臣
托比·培尔契爵士	奥丽维娅的叔父
安德鲁·艾古契克爵士	
马伏里奥	奥丽维娅的管家
费边 **费斯特** **小丑**	奥丽维娅之仆
奥丽维娅	富有的伯爵小姐
薇奥拉	热恋公爵者
玛利娅	奥丽维娅的侍女

群臣、牧师、水手、警吏、乐工及其他从者等

地点

伊利里亚某城及其附近海滨

本剧解题

一月六日，即耶稣圣诞后之第十二日，为旧俗宴乐之佳节，曩时宫廷中例于是晚搬演杂剧为乐。本剧系供当时上演之用，故即以“第十二夜”命名。

第　一　幕

第一场

公爵府中一室

| 公爵、丘里奥、众臣同上；乐工随侍。

公爵　假如音乐是爱情的食粮，那么奏下去吧；尽量地奏下去，好让爱情因过饱而噎塞而死。又奏起这个调子来了！它有一种渐渐消沉下去的节奏。啊！它经过我的耳畔，就像吹在一丛蔷薇上的微风的轻柔的声音，一面把花香偷走，一面又把花香分送。够了！别再奏下去了！现在已经不像原来那样甜蜜了。爱情的精灵呀！你是多么敏感而活泼；虽然你有海一样的容量，可是无论怎样高贵超越的事物，一进了你的范围，便会在顷刻间失去了它的价值。爱情是这样充满了意象，在一切事物中是最富于幻想的。

丘里奥　殿下，您要不要去打猎？

公爵　什么，丘里奥？

丘里奥　去打鹿。

公爵　啊，一点不错，我的心就像是一头鹿呢。唉！当我第一眼瞧见奥丽维娅的时候，我觉得好像空气给她澄清了。那时我就变成了一头鹿；我的情欲像凶暴残酷的猎犬一样，永远追逐着我。

｜凡伦丁上。

公爵 怎样！她那边有什么消息带来？

凡伦丁 禀殿下，他们不给我进去，只从她的侍女嘴里传来了这一个答复：在七个寒暑不曾过去之前，就是青天也不能窥见她的全面；她要像一个尼姑一样，蒙着面幕而行，每天用辛酸的眼泪浇洒她的卧室：这一切都是为着纪念对于一个死去的兄长的爱，她要永远活生生地保留在她的悲伤的记忆里。

公爵 唉！她有这么一颗优美的心，对于她的哥哥也会挚爱到这等地步。假如爱神那支富丽的金箭把她心里一切其他的感情一齐射死；假如只有一个唯一的君王占据着她的心肝头脑，这些尊严的御座，只有他充满在她的一切可爱的品性之中，那时她将要怎样恋爱着啊！

给我引道到芬芳的花丛；

相思在花荫下格外情浓。（同下）

第二场
海　滨

｜薇奥拉、船长及水手等上。

薇奥拉 朋友们，这儿是什么国土？

船长 这儿是伊利里亚，姑娘。

薇奥拉 我在伊利里亚干什么呢？我的哥哥已经到极乐世界里去了。也许他侥幸没有淹死。水手们，你们以为怎样？

船长 您也是侥幸才保全了性命的。

薇奥拉 唉，我的可怜的哥哥！但愿他也侥幸无恙！

船长 不错，姑娘，您可以用侥幸的希望来宽慰您自己。我告诉您，当我们的船撞破了之后，您和那几个跟您一同脱险的人坐在我们那只给风涛所颠摇的小船上，那时我瞧见您的哥哥很有急智地把他自己捆在一根浮在海面的桅樯上，胆勇和希望教给了他这个计策；我见他像阿里翁[①]骑在海豚背上似的，浮沉在波浪之间，直到我的眼睛望不见他。

薇奥拉 这样的话赛过黄金。我自己的脱险使我抱着他也能够同样脱险的希望；你的话更把我的希望证实了几分。你知道这国土吗？

船长 是的，姑娘，很熟悉；因为我就是在离这儿不到三小时旅程的地方生长的。

薇奥拉 谁统治着这地方？

船长 一位名实相副的高贵的公爵。

薇奥拉 他叫什么名字？

船长 奥西诺。

薇奥拉 奥西诺！我曾经听见我父亲说起过他；那时他还没有

---

① 阿里翁（Arion），希腊传说中的音乐家，某次航海中为水手所谋害，因跃入海中，为海豚负至岸上，盖深感其音乐之力云。

娶亲。

船长 现在他还是这样，至少在最近我还不曾听见他娶亲的消息；因为只一个月之前我从这儿出发，那时刚刚有一种新鲜的风传——您知道大人物的一举一动，都会被一般人纷纷议论着的——说他在向美貌的奥丽维娅求爱。

薇奥拉 她是谁呀？

船长 她是一位品德高尚的姑娘；她的父亲是位伯爵，约摸在一年前死去，把她交给他的儿子，她的哥哥照顾，可是他不久又死了。他们说为了对于她哥哥的深切的友爱，她已经发誓不再跟男人们在一起或是见他们的面。

薇奥拉 唉！要是我能够侍候这位小姐，就可以不用在时机没有成熟之前隐瞒我的身份了。

船长 那很难办到，因为她不肯接纳无论哪一种请求，就是公爵的请求她也是拒绝的。

薇奥拉 船长，你瞧上去是个好人；虽然造物常常用一层美丽的墙来围蔽住内中的污秽，但是我可以相信你的心地跟你的外表一样好。请你把我的真相保守秘密，我以后会重重答谢你的；你得帮助我假扮起来，好让我达到我的目的。我要去侍候这位公爵，你要把我送给他做近侍；也许你会得到些好处的，因为我会唱歌，用各种的音乐向他说话，使他会重用我。

以后有什么事以后再说；

我会使计较，你只须静默。

船长 我便当哑巴，你去做近侍；

倘多话挖去我的眼珠子。

薇奥拉 谢谢你；领着我去吧。（同下）

第三场

奥丽维娅府中一室

| 托比·培尔契爵士及玛利娅上。

托比 我的侄女见什么鬼把她哥哥的死看得那么重？悲哀是要损寿的呢。

玛利娅 真的，托比老爷，您晚上得早点儿回来；您那侄小姐很反对您的深夜不归呢。

托比 哼，让她去今天反对、明天反对，尽管反对下去吧。

玛利娅 啾，但是您总得讲个分寸，不要太失了身份才是。

托比 身份！我这身衣服难道不合身份吗？穿了这种衣服去喝酒，也很有身份的了；还有这双靴子，要是它们不合身份，就叫它们在靴带上吊死了吧。

玛利娅 您这样酗酒会作践了您自己的，我昨天听见小姐说起过；她还说起您有一晚带到这儿来向她求婚的那个傻武士。

托比 谁？安德鲁·艾古契克爵士吗？

玛利娅 啾，就是他。

托比 他在伊利里亚也算是一表人才了。

玛利娅 那又有什么相干？

托比 哼，他有三千块钱一年收入呢。

玛利娅 嗽，可是一年之内就把这些钱全化光了。他是个大傻瓜，而且是个浪子。

托比 呸！你说出这种话来！他会拉低音提琴；他会不看书本讲三四国文字，一个字都不模糊；他有一切很好的天分。

玛利娅 是的，傻子都是得天独厚的；因为他除了是个傻瓜之外，又是一个惯会惹是招非的家伙；要是他没有懦夫的天分来缓和一下他那喜欢吵架的脾气，有见识的人都以为他就会有棺材困的。

托比 我举手发誓，这样说他的人，都是批坏蛋，信口雌黄的东西。他们是谁啊？

玛利娅 他们又说您每夜跟他在一块儿喝酒。

托比 我们都喝酒祝我的侄女健康呢。只要我的喉咙里有食道，伊利里亚有酒，我便要为她举杯祝饮。谁要是不愿为我的侄女举杯祝饮，喝到像抽陀螺似的天旋地转的，他就是个不中用的汉子，是个卑鄙小人。嘿，丫头！瞧！安德鲁·艾古契克爵士来啦。

| 安德鲁·艾古契克爵士上。

安德鲁 托比·培尔契爵士！您好，托比·培尔契爵士！

托比 亲爱的安德鲁爵士！

安德鲁 您好，美貌的小泼妇！

玛利娅 您好，大人。

托比 寒暄几句，安德鲁爵士，寒暄几句。

安德鲁 您说什么？

托比 这是舍侄女的丫环。

安德鲁 好寒萱姊姊，我希望咱们多多结识。

玛利娅 我的名字是玛丽，大人。

安德鲁 好玛丽·寒萱姊姊，——

托比 你弄错了，武士；“寒暄几句”就是跑上去向她应酬一下，招呼一下，客套一下的意思。

安德鲁 嗳哟，我可不要跟她打交道。“寒暄”就是这个意思吗？

玛利娅 再见，先生们。

托比 要是你让她这样走了，安德鲁爵士，你以后再不用充汉子了。

安德鲁 要是你这样走了，姑娘，我以后再不用充汉子了。好小姐，你以为你在跟傻瓜们周旋吗？

玛利娅 大人，可是我还不曾跟您握手呢。

安德鲁 好，让我们握手。

玛利娅 现在，大人，我可以想我是在跟谁周旋了。（下）

托比 武士啊！你应该喝杯酒儿。几时我见你这样给人愚弄过？

安德鲁 我想你从来没有见过；除非你见我给酒弄昏了头。有时我觉得我跟平常人一样笨；可是我是个吃牛肉的老饕，我相信那对于我的聪明很有妨害。

托比 一定一定。

安德鲁 要是我那样想的话，那么我发誓否认。托比爵士，明天我要骑马回家去了。

托比 Pourquoi[1]，我的亲爱的武士？

安德鲁 什么叫Pourquoi？好还是不好？我理该把我花在击

---

① Pourquoi为法文："为什么"之意。

剑、跳舞和要熊上面的工夫学几种外国话的。唉！要是我读了文学多么好！

托比 要是你化些工夫在你的鬈发钳上头，你就可以有一头很好的头发了。

安德鲁 怎么，那跟我的头发有什么关系？

托比 很明白，因为你瞧你的头发不用些工夫上去是不会鬈曲起来的。

安德鲁 可是我的头发不也已经够好看了吗？

托比 好得很，它披下得就像纺杆上的麻线一样，我希望有哪位奶奶把你夹在大腿里纺它一纺。

安德鲁 真的，我明天要回家去了，托比爵士。你侄女不肯接见我；即使接见我，多分她也不会要我。这儿的公爵也向她求婚呢。

托比 她不要什么公爵不公爵；她不愿嫁给比她身份高、地位高、年龄高、智慧高的人，我听见她这样发过誓。嘿，老兄，还有希望呢。

安德鲁 我再耽搁一个月。我是世上心思最古怪的人；我有时老是欢喜喝酒跳舞。

托比 这种玩意儿你很擅胜场的吗，武士？

安德鲁 可以比得过伊利里亚无论哪个不比我高明的人；可是我不愿跟老手比。

托比 你跳舞的本领怎样？

安德鲁 不骗你，我很会跳两下子。讲到我的倒跳的本事，简直可以比得上伊利里亚的无论什么人。

托比 为什么你要把这种本领藏匿起来呢？为什么这种天才要覆上一块幕布？难道它们也会沾上灰尘，像灶下的烧饭丫头一样？为什么不跳着“加里阿”到教堂里去，跳着“科兰多”一路回家？假如是我的话，我要走步路也是“捷格”舞，撒泡尿也是五步舞呢。你是什么意思？这世界上是应该把才能隐藏起来的吗？照你那双出色的好腿看来，我想它们是在一个跳舞的星光底下生下来的。

安德鲁 嗽，我这双腿很有力道，穿了火黄色的袜子倒也十分漂亮。我们喝酒去吧？

托比 除了喝酒，咱们还有什么事好做？咱们的命宫不是金牛星吗？

安德鲁 金牛星！金牛星管的是腰和心。

托比 不，老兄，是腿和股。跳个舞儿给我看。哈哈！跳得高些！哈哈！好极！（同下）

第四场

公爵府中一室

| 凡伦丁及薇奥拉男装上。

凡伦丁 要是公爵继续这样宠幸你，西萨里奥，你多分就要高升起来了；他认识你还只有三天，你就跟他这样熟了。

薇奥拉 你说“继续这样宠幸我”，你的意思是不是说他的心性有点捉摸不定，或是担心我的疏忽？先生，他待人是不是有始无终的？

凡伦丁 不，相信我。

薇奥拉 谢谢你。公爵来了。

公爵、丘里奥及侍从等上。

公爵 喂！有谁看见西萨里奥吗？

薇奥拉 在这儿，殿下，听候您的吩咐。

公爵 你们暂时走开些。西萨里奥，你已经知道了一切，我已经把我秘密的内心中的书册向你展示过了；因此，好孩子，到她那边去，别让他们把你摈之门外，站在她的门口，对他们说，你要站到脚底下生了根，直等她把你延见为止。

薇奥拉 殿下，要是她真像人家所说的那样沉浸在悲哀里，她一定不会允许我进去的。

公爵 你可以跟他们吵闹，不用顾虑一切礼貌的界限，但一定不要毫无结果而归。

薇奥拉 假定我能够和她见面谈话了，殿下，那么又怎样呢？

公爵 噢！那么就向她宣布我的恋爱的热情，把我的一片挚诚说给她听，让她吃惊。你表演起我的伤心来一定很出色，你这样的青年一定比那些脸孔板板的使者们更能引起她的注意。

薇奥拉 我想不见得吧，殿下。

公爵 好孩子，相信我的话；因为像你这样的妙龄，还不能算是个成人：狄安娜的嘴唇也不比你的更柔滑而红润；你的娇细的喉咙像处女一样尖锐而清朗；在各方面你都像个女人。我知道你的性格很容易对付这件事情。四五个人陪着他去；要是你愿意，就把他们全带去也好；因为我欢喜孤寂。你倘能成功，那么你主人的财产你也可以有份。

薇奥拉 我愿意尽力去向您的爱人求婚。（旁白）
唉，怨只怨多阻碍的前程！
但我一定要做他的夫人。（各下）

第五场
奥丽维娅府中一室

| 玛利娅及小丑上。

玛利娅 不，你要是不告诉我你到哪里去来，我便把我的嘴唇抿得紧紧的，连一根毛发也钻不进去，不给你说句好话。小姐因为你不在，要吊死你呢。

小丑 让她吊死我吧；好好儿吊死的人，在这世上可以不怕敌人。

玛利娅 把你的话解释解释。

小丑 因为他看不见敌人了。

玛利娅 好一句无聊的回答。

小丑 好吧，上帝给聪明与聪明人；至于傻子们呢，那只好靠他们的本事了。

玛利娅 可是你这么久在外边鬼混，小姐一定要把你吊死呢，否则把你赶出去，那不是跟把你吊死一样好吗？

小丑 好好儿的吊死常常可以防免坏的婚姻；至于赶出去，那在夏天倒还没甚要紧。

玛利娅 那么你已经下了决心了吗？

小丑 不，没有；可是我决定了两端。

玛利娅 假如一端断了，一端还连着；假如两端都断了，你的裤子也落下来了。

小丑 妙，真的很妙。好，去你的吧；要是托比老爷戒了酒，你在伊利里亚的雌儿中间也好算是个调皮的脚色了。

玛利娅 闭嘴，你这坏蛋，别胡说了。小姐来啦；你还是好好儿想出个推托来。（下）

小丑 才情呀，请你帮我好好儿装一下傻瓜！那些自负才情的人，实际上往往是些傻瓜；我知道我自己没有才情，因此也许可以算做聪明人。昆那拍勒斯[①]怎么说的？“与其做愚蠢的智人，不如做聪明的愚人。”

| 奥丽维娅偕马伏里奥上。

小丑 上帝祝福你，小姐！

奥丽维娅 把这傻子撵出去！

小丑 喂，你们不听见吗？把这位小姐撵出去。

奥丽维娅 算了吧！你是个干燥无味的傻子，我不要再看见你了；而且你已经变得不老实起来。

小丑 我的小姐，这两个毛病用酒和忠告都可以治好。只要给干燥无味的傻子一点酒喝，他就不干燥了。只要劝不老实的人洗心革面，弥补他从前的过失：假如他能够弥补的话，他就不再不老实了；假如他不能弥补，那么叫裁缝把他补一补也就得了。弥补者，弥而补之也：道德的失足无非补上了一块罪恶；罪恶悔改之后，也无非补上了一块道德。假如

---

① 杜撰的人名。

这种简单的论理可以通得过去，很好；假如通不过去，还有什么办法？当忘八是一件倒霉的事，美人好比鲜花，这都是无可怀疑的。小姐吩咐把傻子撵出去；因此我再说一句，把她撵出去吧。

奥丽维娅 尊驾，我吩咐他们把你撵出去呢。

小丑 这就是大错而特错了！小姐，“戴了和尚帽，不定是和尚”；那就好比是说，我身上虽然穿着愚人的彩衣，可是我并不一定连头脑里也穿着它呀。我的好小姐，准许我证明您是个傻子。

奥丽维娅 你能吗？

小丑 再便当也没有了，我的好小姐。

奥丽维娅 那么证明一下看。

小丑 小姐，我必须把您盘问；我的贤淑的小乖乖，回答我。

奥丽维娅 好吧，先生，为了没有别的消遣，我就等候着你的证明吧。

小丑 我的好小姐，你为什么悲伤？

奥丽维娅 好傻子，为了我哥哥的死。

小丑 小姐，我想他的灵魂是在地狱里。

奥丽维娅 傻子，我知道他的灵魂是在天上。

小丑 这就越显得你的傻了，我的小姐；你哥哥的灵魂既然在天上，为什么要悲伤呢？列位，把这傻子撵出去。

奥丽维娅 马伏里奥，你以为这傻子怎样？他弥补得好不好？

马伏里奥 是的，他到死都要在弥缝里过着日子。意志薄弱可以毁了一个聪明人，可是对于傻子却能使他变得格外傻起来。

小丑 大爷，上帝保佑您快快意志薄弱起来，好让您格外傻得厉害！托比老爷可以发誓说我不是狐狸，可是他不愿跟人家打赌两便士说您不是个傻子。

奥丽维娅 你怎么说，马伏里奥？

马伏里奥 我不懂您小姐怎么会欢喜这种没有头脑的混账东西。前天我看见他给一个像石头一样冥顽不灵的下等的傻子算计了去。您瞧，他已经毫无招架之功了；要是您不笑笑给他一点题目，他便要无话可说。我说，听见这种傻子的话也会那么高兴的聪明人们，都不过是些傻子们的应声虫罢了。

奥丽维娅 啊！你是太自命不凡了，马伏里奥；你缺少一副健全的胃口。宽容慷慨、气度汪洋的人把炮弹也不过看成了鸟箭。傻子有特许放肆的权利，虽然他满口骂人，人家不会见怪于他；君子出言必有分量，虽然他老是指摘人家的错处，也不能算为谩骂。

小丑 麦鸠利[1]赏给你说诳的本领吧，因为你给傻子说了好话！

| 玛利娅重上。

玛利娅 小姐，门口有一位年轻的先生很想见您说话。

奥丽维娅 从奥西诺公爵那儿来的吧？

玛利娅 我不知道，小姐；他是一位漂亮的青年，随从很盛。

奥丽维娅 我家里有谁在跟他周旋呢？

玛利娅 是令亲托比老爷，小姐。

奥丽维娅 你去叫他走开；他满口都是些疯话。不害羞的！

---

① 麦鸠利（Mercury），商神，又为盗贼等的保护神。

（玛利娅下）马伏里奥，你给我去；假若是公爵差来的，说我病了，或是不在家，随你怎样说，把他打发走。（马伏里奥下）你瞧，先生，你的打诨已经陈腐起来，人家不欢喜了。

小丑 我的小姐，你帮我说话就像你的大儿子也会是个傻子一般；上帝把他的头颅里塞满了脑子吧！瞧你的那位有一副最不中用的头脑的令亲来了。

托比·培尔契爵士上。

奥丽维娅 哎哟，又已经半醉了。叔叔，门口是谁？

托比 一个绅士。

奥丽维娅 一个绅士！什么绅士？

托比 有一个绅士在这儿——这种该死的咸鱼！怎样，蠢货！

小丑 好托比爷爷！

奥丽维娅 叔叔，叔叔，你怎么这么早就昏天黑地了？

托比 声天色地！我打倒声天色地！有一个人在门口。

小丑 是呀，他是谁呢？

托比 让他是魔鬼也好，我不管；我说，我心里耿耿三尺有神明。好，都是一样。（下）

奥丽维娅 傻子，醉汉像个什么东西？

小丑 像个溺死鬼，像个傻瓜，又像个疯子。多喝了一口就会把他变成个傻瓜；再喝一口就发了疯；喝了第三口就把他溺死了。

奥丽维娅 你去找个验尸的来吧，让他来验验我的叔叔；因为他已经喝酒喝到了第三个阶段，他已经溺死了。瞧瞧他去。

小丑 他还不过是发疯呢，我的小姐；傻子该去照顾疯子。（下）

| 马伏里奥重上。

马伏里奥 小姐，那个少年发誓说要见您说话。我对他说您有病；他说他知道，因此要来见您说话。我对他说您睡了；他似乎也早已知道了，因此要来见您说话。还有什么话好对他说呢，小姐？什么拒绝都挡他不了。

奥丽维娅 对他说我不要见他说话。

马伏里奥 这也已经对他说过了；他说，他要像州官衙门前竖着的旗杆那样立在您的门前不去，像凳子脚一样直挺挺地站着，非得见您说话不可。

奥丽维娅 他是怎样一个人？

马伏里奥 呃，就像一个人那么的。

奥丽维娅 可是是什么样子的呢？

马伏里奥 很无礼的样子；不管您愿不愿意，他一定要见您说话。

奥丽维娅 他的人品怎样？多大年纪？

马伏里奥 说是个大人吧，年纪还太轻；说是个孩子吧，又嫌大些：就像是一颗没有成熟的豆荚，或是一只半生的苹果，所谓介乎两可之间。他长得很漂亮，说话也很刁钻；看他的样子，似乎有些未脱乳臭。

奥丽维娅 叫他进来。把我的侍女唤来。

马伏里奥 姑娘，小姐叫着你呢。（下）

| 玛利娅重上。

奥丽维娅 把我的面纱拿来；来，罩住我的脸。我们要再听一次奥西诺来使的说话。

| 薇奥拉及侍从等上。

薇奥拉 哪一位是这里府中的贵小姐？

奥丽维娅 有什么话对我说吧；我可以代她答话。你来有什么见教？

薇奥拉 最辉煌的、卓越的、无双的美人！请您指示我这位是不是就是这里府中的小姐，因为我没有见过她。我不大甘心浪掷我的言辞；因为它不但写得非常出色，而且我费了好大的辛苦才把它背熟。两位美人，不要把我取笑；我是个非常敏感的人，一点点轻侮都受不了的。

奥丽维娅 你是从什么地方来的，先生？

薇奥拉 除了我所温练过的以外，我不能说别的话；您那问题是我所不曾预备作答的。温柔的好人儿，好好儿地告诉我您是不是府里的小姐，好让我陈说我的来意。

奥丽维娅 你是个小丑吗？

薇奥拉 不，我的深心的人儿；可是我发誓我并不是我所扮演的角色。您是这府中的小姐吗？

奥丽维娅 是的，要是我没有篡夺了我自己。

薇奥拉 假如您就是她，那么您的确是篡夺了您自己了；因为您有权力给与别人的，您却没有权力把它藏匿起来。但是这种话跟我来此的使命无关；我要继续着恭维您的言辞，然后告知您我的来意。

奥丽维娅 把重要的话说出来；恭维免了吧。

薇奥拉 唉！我好容易才把它读熟，而且它又是很有诗意的。

奥丽维娅 那么多分是些鬼话，请你留着不用说了吧。我听说你在我门口一味顶撞；让你进来只是为要看看你究竟是个什么人，并不是要听你说话。要是你没有发疯，那么去吧；要是你明白事理，那么说得简单一些：我现在没有那样心思去理会一段没有意思的谈话。

玛利娅 请你动身吧，先生；这儿便是你的路。

薇奥拉 不，好清道夫，我还要在这儿闲荡一会儿呢。亲爱的小姐，请您劝劝您这位“彪形大汉”别那们神气活现。

奥丽维娅 把你的尊意告诉我。

薇奥拉 我是一个使者。

奥丽维娅 你那种礼貌那么可怕，你带来的信息一定是些坏事情。有什么话说出来。

薇奥拉 除了您之外不能让别人听见。我不是来向您宣战，也不是来要求您臣服；我手里握着橄榄枝，我的话里充满了和平，也充满了意义。

奥丽维娅 可是你一开始就不讲礼。你是谁？你要的是什么？

薇奥拉 我的不讲礼是我从你们对我的接待上学来的。我是谁，我要些什么，是个秘密；在您的耳中是神圣，别人听起来就是亵渎。

奥丽维娅 你们都走开吧；我们要听一听这句神圣的话。（玛利娅及从者等下）现在，先生，请教你的经文？

薇奥拉 最可爱的小姐——

奥丽维娅 倒是一种叫人听了怪舒服的教理，可以大发议论呢。你的经文呢？

薇奥拉 在奥西诺的心头。

奥丽维娅 在他的心头！在他的心头的哪一章？

薇奥拉 照目录上排起来，是他心头的第一章。

奥丽维娅 噢！那我已经读过了，无非是些旁门左道。你没有别的话要说了吗？

薇奥拉 好小姐，让我瞧瞧您的脸孔。

奥丽维娅 贵主人有什么事要差你来跟我的脸孔接洽的吗？你现在岔开你的正文了；可是我们不妨拉开幕儿，让你看看这幅图画。（解除面幕）你瞧，先生，我就是这个样子；它不是画得很好吗？

薇奥拉 要是一切都出于上帝的手，那真是绝妙之笔。

奥丽维娅 它的色彩很耐久，先生，受得起风霜的侵蚀。

薇奥拉 那真是各种色彩精妙地调和而成的美貌；那红红的白白的都是造化亲自用他的可爱的巧手敷上去的。小姐，您是世上最忍心的女人，要是您甘心让这种美埋没在坟墓里，不给世间留下一份粉本。

奥丽维娅 啊！先生，我不会那样狠心；我可以列下一张我的美貌的清单，一一开陈清楚，把每一件细目都载在我的遗嘱上，例如：一款，浓淡适中的朱唇两片；一款，灰色的倩眼一双，附眼睑；一款，玉颈一围，柔颐一个，等等。你是奉命到这儿来恭维我的吗？

薇奥拉 我明白您是个什么样的人了。您太骄傲了；可是即使您是个魔鬼，您是美貌的。我的主人爱着您；啊！这么一种爱情，即使您是人间的绝色，也应该酬答他的。

奥丽维娅 他怎样爱着我呢？

薇奥拉 用崇拜，大量的眼泪，震响着爱情的呻吟，吞吐着烈火的叹息。

奥丽维娅 你的主人知道我的意思，我不能爱他；虽然我想他品格很高，知道他很尊贵，很有身份，年轻而纯洁，有很好的名声，慷慨，博学，勇敢，长得又体面；可是我总不能爱他，他老早就已经得到我的回音了。

薇奥拉 要是我也像我主人一样热情地爱着您，也是这样的受苦，这样了无生趣地把生命拖延，我不会懂得您的拒绝是什么意思。

奥丽维娅 啊，你预备怎样呢？

薇奥拉 我要在您的门前用柳枝筑成一所小屋，在府中访谒我的灵魂；我要吟咏着被冷淡的忠诚的爱情的篇什，不顾夜多么深我要把它们高声歌唱，我要向着回声的山崖呼喊您的名字，使饶舌的风都叫着“奥丽维娅”。啊！您在天地之间将要得不到安静，除非您怜悯了我！

奥丽维娅 你可以这样做的。你的家世怎样？

薇奥拉 超过于我目前的境遇，但我是个有身份的士人。

奥丽维娅 回到你主人那里去；我不能爱他，叫他不要再差人来了；除非或者你再来见我，告诉我他对于我的答复觉得怎样。再会！多谢你的辛苦；这几个钱赏给你。

薇奥拉 我不是个要钱的信差，小姐，留着您的钱吧；不曾得到报酬的，是我的主人，不是我。但愿爱神使您所爱的人也是心如铁石，好让您的热情也跟我主人的一样遭到轻蔑！再会，忍心的美人！（下）

奥丽维娅 “你的家世怎样？”“超过于我目前的境遇，但我是个有身份的士人。”我可以发誓你一定是的；你的语调，你的脸孔，你的肢体、动作、精神，各方面都可以证明你的高贵。——别这么性急。且慢！且慢！除非颠倒了主仆的名分。——什么！这么快便染上那种病了？我觉得好像这个少年的美处在悄悄地蹑步进入我的眼中。好，让它去吧。喂！马伏里奥！

| 马伏里奥重上。

马伏里奥 有，小姐，听候您的吩咐。

奥丽维娅 去追上那个无礼的使者，公爵差来的人，他不管我要不要，硬把这戒指留下；对他说我不要，请他不要向他的主人献功，让他死不了心，我跟他没有缘分。要是那少年明天还打这儿走过，我可以告诉他为什么。去吧，马伏里奥。

马伏里奥 是，小姐。（下）

奥丽维娅 我的行事我自己全不懂，
怎一下子便会把人看中？
一切但凭着命运的吩咐，
谁能够作得了自己的主！（下）

第　二　幕

第一场
海　滨

丨安东尼奥及西巴斯辛上。

安东尼奥　您不愿住下去了吗？您也不愿让我陪着您去吗？

西巴斯辛　请您原谅，我不愿。我是个倒霉的人，我的晦气也许要连累了您，所以我要请您离开我，好让我独自担承我的恶运；假如连累到您身上，那是太辜负了您的好意了。

安东尼奥　可是让我知道您的去向吧。

西巴斯辛　不瞒您说，先生，我不能告诉您；因为我所决定的航行不过是无目的的漫游。可是我看您这样有礼，您一定不会强迫我说出我所保守秘密的事情来；因此按礼该我来向您表白我自己。安东尼奥，您要知道我的名字是西巴斯辛，罗德利哥是我的化名。我的父亲便是梅萨林的西巴斯辛，我知道您一定听见过他的名字。他死后丢下我和一个妹妹，我们两人是在同一个时辰里出世的；我多么希望上天也让我们两人在同一个时辰里死去！可是您，先生，却来改变了我的命运，因为就在您把我从海浪里打救起来的那一点钟里，我的妹妹已经淹死了。

安东尼奥 唉，可惜！

西巴斯辛 先生，虽然人家说她非常像我，许多人都说她是个美貌的姑娘；我虽然不好意思相信这句话，但是至少可以大胆说一句，即使妒嫉她的人也不能不承认她有一颗美好的心。她是已经给海水淹死的了，先生，虽然似乎我要用更多的泪水来淹没她的记忆。

安东尼奥 先生，请您恕我招待不周。

西巴斯辛 啊，好安东尼奥！我才是多多打扰了您哪！

安东尼奥 要是您看在我的交情分上，不愿叫我伤心的话，请您允许我做您的仆人吧。

西巴斯辛 您已经打救了我的生命，要是您不愿让我负愧而死，那么请不要提出那样的请求，免得您白白救了我一场。我立刻告辞了！我的心是怪软的，还不曾脱去我母亲的性质，为了一点点理由，我的眼睛里就会露出我的弱点来。我要到奥西诺公爵的宫廷里去；再会了。（下）

安东尼奥 一切神明护佑着你！我在奥西诺的宫廷里有许多敌人，否则我就会马上到那边去会你——
但无论如何我爱你太深，
履险如夷我定要把你寻。（下）

第二场

街　道

| 薇奥拉上，马伏里奥随上。

马伏里奥 您不是刚从奥丽维娅伯爵小姐那儿来的吗？

薇奥拉 是的，先生；因为我走得慢，所以现在还不过在这儿。

马伏里奥 先生，这戒指她还给您；您很可以自己拿了，免得我麻烦。她又说您必须叫您家主人死心塌地的明白她不要跟他来往。还有，您不用再那么莽撞地上我家来了，除非来回报一声您家主人有没有把这戒指拿回去。好，拿去吧。

薇奥拉 她自己拿了我这戒指去的；我不要。

马伏里奥 算了吧，先生，您使性子把它丢给她；她的意思也要我把它照样丢还给您。假如它是值得弯下身子拾起来的话，它就在您的眼前；不然的话，让什么人看见就给什么人拿去吧。（下）

薇奥拉 我没有留下戒指呀；这位小姐是什么意思？但愿她不要迷恋了我的外貌才好！她把我打量得那么仔细；真的，我觉得她看得我那么出神，连自己讲的什么话儿也不顾到了，那么没头没脑，颠颠倒倒的。一定的，她爱了我啦；情急智生，才差这个无礼的使者来邀请我。不要我主人的戒指！嘿，他并没有把什么戒指送给她呀！我才是她意中的人；真是这样的话——事实上确是这样——那么，可怜的小姐，她真是做梦了！我现在才明白假扮的确不是一回好事情，魔鬼会乘机大显他的身手。一个又漂亮又靠不住的男人，多么容易占据了女人家柔弱的心！唉！这都是我们生性脆弱的缘故，不是我们自身的错处；因为上天造下我们是哪样的人，我们就是哪样的人。这种事情怎么了结呢？我的主人深深地爱着她；我呢，可怜的小鬼，也是那样恋着他；她呢，认错了人，似乎在相思我。这怎么了呢？因为我是个男人，我决不能叫我的主人爱上我；因为我是个女人，唉！可怜的奥丽维娅也要白费无数的叹息了！

这纠纷要让时间来理清；

叫我打开这结儿怎么成！（下）

第三场

奥丽维娅府中一室

| 托比·培尔契爵士及安德鲁·艾古契克爵士上。

托比 过来，安德鲁爵士。深夜不睡即是起身得早；“起身早，身体好”，你知道的——

安德鲁 不，老实说，我不知道；我知道的是深夜不睡便是深夜不睡。

托比 一个错误的结论；我听见这种话就像看见一个空酒瓶那么头痛。深夜不睡，过了半夜才睡，那就是到大清早晨才睡，岂不是睡得很早？我们的生命不是由四大原素组成的吗？

安德鲁 不错，他们是这样说；可是我以为我们的生命不过是吃吃喝喝而已。

托比 你真有学问；那么让我们吃吃喝喝吧。玛利娅，喂！开一瓶酒来！

| 小丑上。

安德鲁 那个傻子来啦。

小丑 啊，我的心肝们！咱们刚好凑成一幅《三星图》。

托比 欢迎，驴子！现在我们来一个轮唱歌吧。

安德鲁 说老实话，这傻子有一副很好的喉咙。我宁愿拿四十个先令去换他这么一条腿和这么一副可爱的声音。真的，你昨夜打的很好的诨，说什么匹格罗格罗密忒斯哪，维比亚人越过了丘勃斯的赤道线哪，真是好得很。我送你六便士给你的姘头，不是吗？

小丑 你的恩典我已经放进了我的口袋；因为马伏里奥的鼻子不是鞭柄，我的小姐有一双玉手，她的跟班们不是开酒馆的。

安德鲁 好极了！嗯，无论如何这要算是最好的打诨了。现在唱个歌吧。

托比 来，给你六便士，唱个歌吧。

安德鲁 我也有六便士给你呢；要是他会给你，我也会给你。

小丑 你们要我唱支爱情的歌呢，还是唱支劝人为善的歌？

托比 唱个情歌，唱个情歌。

安德鲁 是的，是的，劝人为善有什么意思。

小丑 （唱）

你到哪儿去，啊我的姑娘？

听呀，那边来了你的情郎，

嘴里吟着抑扬的曲调。

不要再走了，美貌的亲亲；

恋人的相遇终结了行程，

每个聪明人全都知晓。

安德鲁 真好极了！

托比 好，好！

小丑 （唱）

什么是爱情？它不在明天；

欢笑嬉游莫放过了眼前，

将来的事有谁能猜料？

不要蹉跎了大好的年华；

来吻着我吧，你双十娇娃，

转眼青春早化成衰老。

安德鲁 凭良心说话，好一副流利的歌喉！

托比 好一股恶臭的气息！

安德鲁 真的，很甜蜜又很恶臭。

托比 用鼻子听起来，那么恶臭也很动听。可是我们要不要让天空跳起舞来呢？我们要不要唱一支轮唱歌，把夜枭吵醒；那曲调会叫一个织工听了三魂出窍？

安德鲁 要是你爱我，让我们来一下吧；唱轮唱歌我挺拿手啦。

小丑 对啦，大人，有许多狗也会唱得很好。

安德鲁 不错不错。让我们唱《你这坏蛋》吧。

小丑 《闭住你的嘴，你这坏蛋》，是不是这一首，武士？那么我可要不得不叫你做坏蛋啦，武士。

安德鲁 人家不得不叫我做坏蛋，这也不是第一次。你开头，傻子；第一句是，“闭住你的嘴。”

小丑 要是我闭住我的嘴，我就再也开不了头啦。

安德鲁 说得好，真的。来，唱起来吧。（三人唱轮唱歌）

| 玛利娅上。

玛利娅 你们在这里猫儿叫春似的闹些什么呀！要是小姐不会叫起她的管家马伏里奥来把你们赶出门外去，再不用相信我的话好了。

托比 小姐是个支那人；我们都是阴谋家；马伏里奥是拉姆西的佩格姑娘；“我们是三个快活的人”。我不是同宗吗？我不是她的一家人吗？胡说八道，姑娘！巴比伦有一个人，姑娘，姑娘！”

小丑 要命，这位老爷真会开玩笑。

安德鲁 噉，他高兴开起玩笑来，真会开得很好，我也是这样；不过他的玩笑开得富于风趣，而我比较自然一点。

托比 啊！十二月的十二——

玛利娅 看在上帝的面上，别闹了吧！

| 马伏里奥上。

马伏里奥 我的爷爷们，你们疯了吗，还是算什么呀？难道你们没有脑子，不懂规矩，全无礼貌，在这种夜深时候还要像一群发酒疯的补锅匠似的吵？你们把小姐的屋子当作一间酒馆，好让你们直着喉咙，嘶那种鞋匠司务的歌儿吗？难道你们全不想想这是什么地方，这儿有的是什么人，或者现在是什么时候了吗？

托比 你去上吊吧！

马伏里奥 托比老爷，莫怪我说句不怕忌讳的话。小姐吩咐我告诉您说，她虽然把您当个亲戚留您住在这儿，可是她不能容忍您那种胡闹。要是您能够循规蹈矩，我们这儿是十分欢迎您的；否则的话，要是您愿意向她告别，她一定肯让您走。

托比 既然我非去不可，那么再会吧，亲亲！

玛利娅 别这样，好托比老爷。

小丑 他的眼睛显示出他末日将要来临。

马伏里奥 岂有此理！

托比 可是我决不会死亡。

小丑 托比老爷，您在说谎。

马伏里奥 真有体统！

托比 我要不要叫他滚蛋？

小丑 不叫他滚蛋又怎样？

托比 要不要叫他滚蛋，毫无留贷？

小丑 啊！不，不，不，你没有这种胆量。

托比 唱的不入调吗？先生，你说谎！除了是一个管家之外，你还有什么可以神气的呢？你以为你自己道德高尚，人家便不能喝酒取乐了吗？去，朋友，用面包屑去擦你的项链吧。开一瓶酒来，玛利娅！

马伏里奥 玛利娅姑娘，要是你不愿小姐对你生气，你可不要帮助他们作这种胡闹；我一定会去告诉她的。（下）

玛利娅 滚你的吧！

安德鲁 向他挑战，然后失他的约，愚弄他一下子，倒是个很好的办法，就像人肚子饿了喝酒一样。

托比 好，武士，我给你写挑战书，或者给你口头去向他通知你的愤怒。

玛利娅 亲爱的托比老爷，今夜可忍耐一下子吧；今天公爵那边来的少年会见了小姐之后，她心里很烦。至于马伏里奥先生，我去对付他好了；要是我不把他愚弄得给人当作笑柄，让大家乐儿，我便是个连直挺挺躺在床上都不会的蠢东西。我知道我一定能够。

托比 告诉我们，告诉我们；告诉我们一些关于他的事情。

玛利娅 好，老爷，有时候他有点儿是个清教徒。

安德鲁 啊！要是我早想到了这一点，我要把他像狗一样打一顿呢。

托比 什么，为了是个清教徒吗？你有什么绝妙的理由，亲爱的武士？

安德鲁 我没有什么绝妙的理由，可是我有相当的理由。

玛利娅 他是个鬼清教徒，反复无常、逢迎取巧是他的本领；一头装腔作势的驴子，背熟了几句官话，便倒也似的倒了出来；自信非凡，以为自己真了不得，谁看见他都会爱他；我可以凭着那个弱点堂堂正正地给他一顿教训。

托比 你预备怎样？

玛利娅 我要在他的路上丢下一封暧昧的情书，里面活生生地描写着他的胡须的颜色、他的腿的形状、他的走路的姿势、他的眼睛、额角和脸上的表情；他一见就会觉得是写给他自己的。我会学您侄小姐的笔迹写字；在一件已经忘记了的文件上，简直辨不出来是谁的一手字。

托比 好极，我嗅到了一个计策了。

安德鲁 我鼻子里也闻到呢。

托比 他见了你丢下的这封信，便会以为是我的侄女写的，以为她爱上了他。

玛利娅 我的意思正是这样。

安德鲁 你的意思是要叫他变成一头驴子。

玛利娅 驴子，那是毫无疑问的。

安德鲁 啊！那好极了！

玛利娅 出色的把戏，你们瞧着好了；我知道我的药对他一定生效。我可以把你们两人连那傻子安顿在他拾着那信的地方，瞧他怎样把它解释。今夜呢，大家上床睡去，梦着那回事吧。再见。（下）

托比 晚安，好姑娘！

安德鲁 我说，她是个好丫头。

托比 她是头纯种的小猎犬，很爱我；怎样？

安德鲁 我也曾经给人爱过呢。

托比 让我们去睡吧，武士。你应该叫家里再寄些钱来。

安德鲁 要是我不能得到你的侄女，我就大上其当了。

托比 去要钱吧，武士；要是你结果终不能得到她，你叫我傻子。

安德鲁 要是我不，再不要相信我，随你以为怎样吧。

托比 来，来，我去烫些酒来；现在去睡太晚了。来，武士；来，武士。（同下）

第四场

公爵府中一室

| 公爵、薇奥拉、丘里奥及余人等上。

公爵 给我奏些音乐。早安，朋友们。好西萨里奥，我只要听昨晚我们所听见的那支古曲；我觉得它比讲究轻快急速的近代的那种轻倩的乐调和警炼的字句更能慰解我的痴情。来，只唱一节吧。

丘里奥 禀殿下，会唱这歌儿的人不在这儿。

公爵 他是谁？

丘里奥 是那个弄人费斯特，殿下；他是奥丽维娅小姐的尊翁所宠幸的傻子。他就在这儿左近。

公爵 去找他来，现在先把那曲调奏起来吧。（丘里奥下。奏乐）过来，孩子。要是你有一天发生了恋爱，在那种甜蜜的痛苦中请记着我；因为真心的恋人都像我一样，在其他一切情感上都是轻浮易变，但他所爱的人儿的影像，却是永远铭刻在他心头的。你喜不喜欢这个曲调？

薇奥拉 它传出了爱情的宝座上的回声。

公爵 你说得很好。我相信你虽然这样年轻，你的眼睛一定曾经看中过什么人；是不是，孩子？

薇奥拉 略为有点，请您恕我。

公爵 是个什么样子的女人呢？

薇奥拉 相貌跟您差不多。

公爵 那么她是不配被你爱的。什么年纪呢？

薇奥拉 年纪也跟您差不多，殿下。

公爵 啊，那太老了！女人应当拣一个比她年纪大些的男人，这样她才可以跟他合得拢来，不会失去她丈夫的欢心；因为，孩子，不论我们怎样自称自赞，我们的爱情总比女人们流动不定些，富于希求，易于反复，更容易消失而生厌。

薇奥拉 这一层我也想到，殿下。

公爵 那么选一个比你年轻一点的姑娘做你的爱人吧，否则你的爱情便不能维持常态——

女人正像是娇艳的蔷薇，

花开才不久便转眼枯萎。

薇奥拉 是啊，可叹她刹那的光荣，

早枝头零落留不住东风！

｜丘里奥偕小丑重上。

公爵 啊，朋友！来，把我们昨夜所听见的那支歌儿再唱一遍。听好，西萨里奥。那是个古老而平凡的歌儿，晒着太阳的织布工人，以及无忧无虑的纺纱女郎们常常唱着它；歌里的话儿都是些平常不过的真理，搬弄着纯朴的古代的那种爱情的纯洁。

小丑 您预备好了吗，殿下？

公爵 好，请你唱吧。（奏乐）

小丑 （唱）

过来吧，过来吧，死神！

让我横陈在凄凉的柏棺[1]的中央；

飞去吧，飞去吧，浮生！

我被害于一个狠心的美貌姑娘。

为我罩上白色的殓衾铺满紫杉；

---

① 此处“柏棺”原文为Cypress，自来注家均肯定应作Crape（丧礼用之黑色绉纱）解释；按依字面解Cypress为一种杉柏之属，径译“柏棺”，在语调上似乎更为适当，故乃将错就错，据字臆译。

没有一个真心的人为我而悲哀。

莫让一朵花儿甜柔，
撒上了我那黑色的、黑色的棺材；
没有一个朋友迓候
我尸身，不久我的骨骼将会散开。
免得多情的人们千万次的感伤，
请把我埋葬在无从凭吊的荒场。

公爵 这是赏给你的辛苦钱。

小丑 一点不辛苦，殿下；我很以唱歌为快乐呢。

公爵 那么就算赏给你的快乐吧。

小丑 不错，殿下，快乐总是要付代价的。

公爵 现在允许我不要见你吧。

小丑 好，忧愁之神保佑着你！但愿裁缝用闪缎给你裁一身衫子，因为你的心就像猫眼石那样闪烁不定。我希望像这种没有恒心的人都航海去，好让他们过着五湖四海，千变万化的生活；因为这样的人才有冒险进取的精神。再会。（下）

公爵 大家都退开去。（丘里奥及从者等下）西萨里奥，你再给我到那位忍心的女王那边去；对她说，我的爱情是超越世间的，泥污的土地不是我所看重的事物；命运所赐给她的尊荣财富，你对她说，在我的眼中都像命运一样无常；吸引我的灵魂的是她的天赋的灵奇，绝世的仙姿。

薇奥拉 可是假如她不能爱您呢，殿下？

公爵 我不能得到这样的回音。

薇奥拉 可是您不能不得到这样的回音。假如有一位姑娘，也许真有那么一个人，也像您爱着奥丽维娅一样痛苦地爱着您；您不能爱她，您这样告诉她；那么她就不得不以这样的答复为满足了吗？

公爵 女人的小小的身体一定受不住像爱情给予我心的那种激烈的搏跳；女人的心没有这样广大，可以藏得下这许多；她们缺少含忍的能力。唉，她们的爱就像一个人的口味一样，不是从脏腑里，只是从舌尖上感觉到的，过饱了便会食伤呕吐；可是我的爱就像饥饿的大海，能够消化一切。不要把一个女人所能对我发生的爱情跟我对于奥丽维娅的爱情相提并论吧。

薇奥拉 嗳，可是我知道——

公爵 你知道什么？

薇奥拉 我知道得很明白女人对于男人会怀着怎样的爱情；真的，她们是跟我们一样真心的。我的父亲有一个女儿，她爱上了一个男人，正像假如我是个女人，也许会爱上了您殿下一样。

公爵 她的历史怎样？

薇奥拉 一片空白而已，殿下。她从来不向人诉说她的爱情，让隐藏在内心中的抑郁，像蓓蕾中的蛀虫一样，侵蚀着她的绯红的脸颊；她因相思而憔悴，疾病和忧愁折磨着她，像是墓碑上刻着的“忍耐”的化身，默坐着向悲哀微笑。这不是真的爱情吗？我们男人也许更多话，更会发誓，可是我们所表示的，总过于我们所决心实行的；不论我们怎样盟山誓海，我们的爱情总不过如此。

公爵 但是你的姊姊有没有殉情而死，我的孩子？

薇奥拉 我父亲的孩子只有我一个；可是我不知道。殿下，我要不要就去见这位小姐？

公爵 对了，这是正事——

快前去，送给她这颗珍珠；

说我的爱情永不会认输。（各下）

第五场
奥丽维娅的花园

| 托比·培尔契爵士、安德鲁·艾古契克爵士及费边上。

托比 来吧，费边先生。

费边 噢，我就来；要是我把这场好把戏略为错过了一点点儿，让我在懊恼里煎死了吧。

托比 让这个卑鄙龌龊的丑东西出一场丑，你高兴不高兴？

费边 我才要快活死哩！您知道那次我因为耍熊给他在小姐跟前说我坏话。

托比 我们再把那头熊牵来激他发怒；我们要把他作弄得身无完肤。你说怎样，安德鲁爵士？

安德鲁 要是我们不那们做，那才是终身的憾事呢。

托比 小坏东西来了。

| 玛利娅上。

托比 啊，我的小宝贝！

玛利娅 你们三人都躲到黄杨树后面去。马伏里奥要从这条走道上跑过来了；他已经在那边太阳光底下对他自己的影子练习了半个钟头仪法。谁要是欢喜笑话儿的，留心瞧着他吧；我知道这封信一定会叫他变成一个发痴的呆子的。凭着玩笑的名义，躲起来吧！你躺在那边；（丢下一信）这条鲟鱼已经来了，你不去撩撩他的痒处是捉不上手的。（下）

| 马伏里奥上。

马伏里奥 不过是运气；一切都是运气。玛利娅曾经对我说她欢喜我；我也曾经听见她说过那样的话，说要是她爱上了人的话，一定要选像我这种相貌的人。而且，她待我比待其他的下人好得异乎寻常。我看怎么呢？

托比 瞧这个自命不凡的混蛋！

费边 静些！他已经痴心妄想得变成一头出色的火鸡了；瞧他那种蓬起了羽毛高视阔步的样子！

安德鲁 他妈的，我可以把这混蛋痛打一顿！

托比 别闹啦！

马伏里奥 做了马伏里奥伯爵！

托比 啊，混蛋！

安德鲁 给他吃手枪！给他吃手枪！

托比 别闹！别闹！

马伏里奥 这种事情是有前例可援的；斯特拉契夫人也下嫁给家臣。

安德鲁 该死，这畜生！

费边 静些！现在他着了魔啦；瞧他越想越得意。

马伏里奥 跟她结婚过了三个月，我坐在我的宝座上——

托比 啊！我要弹一颗石子到他的眼睛里去！

马伏里奥 身上披着绣花的丝绒袍子，召唤我的臣僚过来；那时我刚睡罢午觉，撇下奥丽维娅酣睡未醒——

托比 大火硫磺烧死了他！

费边 静些！静些！

马伏里奥 那时我装出一副威严的神气，先目光凛凛地向众人瞟视一周，然后对他们说我知道我的地位，他们也须要明白自己的身份；吩咐他们去请我的托比老叔过来——

托比 把他铐起来！

费边 别闹！别闹！别闹！好啦！好啦！

马伏里奥 我的七个仆人恭恭敬敬地前去找他。我皱了皱眉头，或者开了开表，或者抚弄着我的——什么珠宝之类。托比来了，向我行了个礼——

托比 这家伙可以让他活命吗？

费边 虽然几辆马车要把我们的静默拉走，可是还是不要闹吧！

马伏里奥 我这样向他伸出手去，用一副庄严的威势来抑住我的亲昵的笑容——

托比 那时托比不就给了你一个嘴巴子吗？

马伏里奥 说，"托比叔父，我已蒙令侄女不弃下嫁，请您准许我这样说话——"

托比 什么？什么？

马伏里奥 "你必须把喝酒的习惯戒掉。"

托比 他妈的，这狗东西！

费边 嗳，别生气，否则我们的计策就要失败了。

马伏里奥 “而且，您还把您的宝贵的光阴跟一个傻瓜武士在一块儿浪费——”

安德鲁 说的是我，一定的啦。

马伏里奥 “那个安德鲁爵士——”

安德鲁 我知道是我；因为许多人都叫我做傻瓜。

马伏里奥 （见信）这儿有些什么东西呢？

费边 现在那蠢鸟走近陷阱旁边来了。

托比 啊，静些！但愿开玩笑的神灵叫他高声朗读。

马伏里奥 （拾信）嗳哟，这是小姐的手笔！瞧这一钩一弯一横一直，那不正是她的笔锋吗？没有问题，一定是她写的。

安德鲁 她的一钩一弯一横一直，那是什么意思？

马伏里奥 （读）“给不知名的恋人，至诚的祝福。”完全是她的口气！对不住，封蜡。且慢！这封口上的钤记不就是她一直用作封印的鲁克丽丝的肖像吗？一定是我的小姐。可是那是写给谁的呢？

费边 这叫他心窝儿里都痒起来了。

马伏里奥 知我者天，

我爱为谁？

慎莫多言，

莫令人知。

“莫令人知。”下面还写些什么？又换了句调了！“莫令人知”：说的也许是你哩，马伏里奥！

托比 嘿，该死，这獾子！

马伏里奥 我可以向我所爱的人发号施令；

但隐秘的衷情如鲁克丽丝之刀，

杀人不见血地把我的深心剸刃：

我的命在M，O，A，I的手里飘摇。

费边 无聊的谜语！

托比 我说是个好丫头。

马伏里奥 “我的命在 M，O，A，I的手里飘摇。”不，让我先想一想，让我想一想，让我想一想。

费边 她给他吃了一服多好的毒药！

托比 瞧那头鹰儿多么饿急似的想一口吞下去！

马伏里奥 “我可以向我所爱的人发号施令。”嗽，她可以命令我；我侍候着她，她是我的小姐。这是无论哪个有一点点脑子的人都看得出来的；全然合得拢。可是那结尾一句，那几个字母又是什么意思呢？能不能牵附到我的身上？——慢慢！M，O，A，I——

托比 哎，这应该想个法儿；他弄糊涂了。

费边 即使像一头狐狸那样骚气冲天，这狗子也会大惊小怪地叫起来的。

马伏里奥 M，马伏里奥；M，嘿，那正是我的名字的第一个字母哩。

费边 我不是说他会想出来的吗？这狗的鼻子什么都嗅得出来。

马伏里奥 M——可是这次序不大对；倒要想一想看。跟着来的应该是个A字，可是却是个O字。

费边 我希望O字应该放在结尾的吧？

托比 对了，否则我要揍他一顿，让他喊出个“O！”来。

马伏里奥 A的背后又跟着个I。

费边 哼，要是你背后生eye的话，你就知道你眼前并没有什么幸运，你的背后却有倒霉的事跟着呢。

马伏里奥 M，O，A，I；这隐语可跟前面所说的不很合辙；可是稍为把它颠倒一下，也就没有什么可疑的地方，因为这几个字母都在我的名字里。且慢！这儿还有散文呢。

“要是这封信落到你手里，请你想一想。照我的命运而论，我是在你之上，可是你不用惧怕富贵：有的人是生来的富贵，有的人是挣来的富贵，有的人是送上来的富贵。你的好运已经向你伸出手来，赶快用你的全副精神抱住它。你应该练习一下怎样才合乎你所将要做的那种人的身份，脱去你卑恭的旧习，放出一些活泼的神气来。对亲戚不妨分庭抗礼，对仆人不妨摆摆架子；你嘴里要鼓唇弄舌地谈些国家大事，装出一副矜持的样子。为你叹息的人儿这样吩咐着你。记着谁曾经赞美过你的黄袜子，愿意看见你永远扎着十字交叉的袜带；我对你说，你记着吧。好，只要你自己愿意，你就可以出头了；否则让我见你一生一世做个管家，与众仆为伍，不值得抬举的。再会！我是愿意跟你交换地位的，幸运的不幸者。”

青天白日也没有这么明白，平原旷野也没有这么显豁。我要摆起架子来，说起政论来；我要叫托比丧气，我要断绝那些鄙贱之交，我要一点不含糊地做起这么一个人来。我没有自己哄骗自己，让想象把我愚弄；因为每一个理由都指点着说，我的小姐爱上了我了。她最近称赞过我的黄袜子和我的十字交叉的袜带；这里面她就表示着她的爱我，用一种命令的方法叫我打扮成她所欢喜的样式。谢谢我的命星，我好幸福！我要放出高傲的神气来，穿了黄袜子，扎着十字交叉的袜带，立刻就去装束起来。赞美上帝和我的命星！这儿还有附启。

"你一定想得到我是谁。要是你接受我的爱情，请你用微笑表示你的意思；你的微笑是很好看的。我的好人儿，请你当着我的面前永远微笑着吧。"

上帝，我谢谢你！我要微笑；我要作每一件你吩咐我做的事。（下）

费边 即使波斯王给我一笔几千块钱的恩俸，我也不愿错过这场玩意儿。

托比 这丫头想得出这种主意，我简直可以娶了她。

安德鲁 我也可以娶了她呢。

托比 我不要她什么妆奁，只要再给我想出这么一个笑话来就行了。

安德鲁 我也不要她什么妆奁。

费边 我那位捉蠢鹅的好手来了。

| 玛利娅重上。

托比 你愿意把你的脚搁在我的头颈上吗？

安德鲁 或者搁在我的头颈上？

托比 我要不要把我的自由作孤注之一掷，而做你的奴隶呢？

安德鲁 是的，我也要不要做你的奴隶？

托比 你已经叫他大做其梦，要是那种幻象一离开了他，他一定会发疯的。

玛利娅 可是您老实对我说，他不是中计了吗？

托比 就像收生婆喝了烧酒一样。

玛利娅 要是你们要看看这场把戏会闹出些什么结果来，请看好他怎样到小姐跟前去：他会穿起了黄袜子，那正是她所讨厌的颜色；还要扎着十字交叉的袜带，那正是她所厌恶的式样；他还要向她微笑，照她现在那样悒郁的心境，一定会不高兴，管保叫他大受一场没趣。假如你们要看的话，跟我来吧。

托比 好，到地狱门口去，你这好机灵鬼儿！

安德鲁 我也要去。（同下）

第 三 幕

第一场

奥丽维娅的园中

| 薇奥拉及小丑持手鼓上。

薇奥拉 上帝保佑你，朋友！你是个打手鼓的音乐家吗？

小丑 不，先生，我的家在教堂附近呢。

薇奥拉 你是个教士吗？

小丑 没有的事，先生。我住在教堂附近，因为我住在我的家里，而我的家是在教堂附近。

薇奥拉 你也可以说，国王住在叫化窝的附近，因为叫化子住在王宫的附近；教堂筑在你的手鼓旁边，因为你的手鼓放在教堂旁边。

小丑 您说得对，先生。人们一代比一代聪明了！一句话对于一个聪明人就像是一副小山羊皮的手套，一下子就可以翻了转来。

薇奥拉 嗯，那是一定的啦；善于在字面上翻弄花样的，很容易流于轻薄。

小丑 那么，先生，我希望我的妹妹不要有名字。

薇奥拉 为什么呢，朋友？

小丑 先生，她的名字不也是个字吗？在那个字上面翻弄翻弄花样，也许我的妹妹就会轻薄起来。可是自从文字失去自由以后，也是个很危险的家伙了。

薇奥拉 你有什么理由，朋友？

小丑 不瞒您说，先生，要是我向您说出理由来，那非得用文字不可；可是现在文字变得那么坏，我真不高兴用它们来证明我的理由。

薇奥拉 我敢说你是个快活的家伙，万事都不关心。

小丑 不是的，先生，我所关心的事倒有一点儿；可是凭良心说，先生，我可一点不关心您。

薇奥拉 你不是奥丽维娅小姐府中的傻子吗？

小丑 真的不是，先生。奥丽维娅小姐不欢喜傻气；她要嫁了人才会在家里养起傻子来，先生；傻子之于丈夫，犹之乎小鱼之于大鱼，丈夫不过是个大一点的傻子而已。我真的不是她的傻子，我是给她说说笑话的人。

薇奥拉 我最近曾经在奥西诺公爵的地方看见过你。

小丑 先生，傻气就像太阳一样回绕着地球，到处放射它的光辉。要是傻子不常到您主人那里去，如同他在我的小姐那儿一样，那么，先生，我可真抱歉。我想我也曾经在那边看见过您这聪明人。

薇奥拉 哼，你要在我身上打趣，我可不要睬你了。拿去，这几个钱给你。

小丑 好，上帝保佑您长起胡子来吧！

薇奥拉 老实告诉你，我倒真为了胡子害相思呢；虽然我不要在自己脸上长起来。小姐在里面吗？

小丑 先生这两个钱会不会养儿子？

薇奥拉 会的，你只要拿它们去放债取利息好了。

小丑 先生，我愿意做个弗里吉亚的潘达洛斯，给这个特洛伊罗斯找一个克瑞西达来[1]。

薇奥拉 我知道了，朋友；你很善于乞讨。

小丑 小姐就在里面，先生。我可以对他们说明您是从哪儿来的；至于您是谁，您来有什么事，那就不属于我的“领土”之内了——我应当说“范围”，可是那两个字已经给人用得太熟了。（下）

薇奥拉 这家伙扮傻子很有点儿聪明。装傻装得好也是要靠才情的：他必须窥伺被他所取笑的人们的心绪，了解他们的身份，还得看准了时机；然后像不择目的的野鹰一样，每个机会都不放松。这是一种和聪明人的艺术一样艰难的工作：

傻子不妨说几句聪明话，

聪明人说傻话难免笑骂。

| 托比·培尔契爵士、安德鲁·艾古契克爵士同上。

托比 您好，先生。

薇奥拉 您好，爵士。

安德鲁 上帝保佑您，先生。

薇奥拉 上帝保佑您，我是您的仆人。

---

① 关于特洛伊罗斯（Troilus）与克瑞西达（Cressida）恋爱的故事可参看莎士比亚所著喜剧《特洛伊罗斯与克瑞西达》。潘达洛斯（Pandarus）为克瑞西达之叔，为他们居间撮合者。

安德鲁 先生，我希望您是我的仆人；我也是您的仆人。

托比 请您进去吧。舍侄女有请，要是您是来看她的话。

薇奥拉 我来正是要拜见令侄女，爵士；她是我的航行的目标。

托比 请您试试您的腿吧，先生；把它们移动起来。

薇奥拉 我的腿也许会听得懂我的话，爵士，可是我却听不懂您叫我试试我的腿是什么意思？

托比 我的意思是，先生，请您走，请您进去。

薇奥拉 好，我就移步前进。可是有人走来了。

| 奥丽维娅及玛利娅上。

薇奥拉 最卓越最完美的小姐，愿诸天为您散下芬芳的香雾！

安德鲁 那年轻人是一个出色的廷臣。“散下芬芳的香雾”！好得很。

薇奥拉 我的来意，小姐，只能让您自己的玉耳眷听。

安德鲁 “香雾”、“玉耳”、“眷听”，我已经学会了三句话了。

奥丽维娅 关上园门，让我们两人谈话。（托比、安德鲁、玛利娅同下）把你的手给我，先生。

薇奥拉 小姐，我愿意奉献我的绵薄之力为您效劳。

奥丽维娅 你叫什么名字？

薇奥拉 您仆人的名字是西萨里奥，美貌的公主。

奥丽维娅 我的仆人，先生！自从假作卑恭认为是一种恭维之后，世界上从此不曾有过乐趣。你是奥西诺公爵的仆人，年轻人。

薇奥拉 他是您的仆人，他的仆人自然也是您的仆人；您的仆人的仆人便是您的仆人，小姐。

奥丽维娅 我不高兴想他；我希望他心里空无所有，不要充满着我。

薇奥拉 小姐，我来是要替他说动您那颗温柔的心。

奥丽维娅 啊！对不起，请你不要再说起他了。可是如果你换一个人向我说，我愿意听你的请求，胜过于听天乐。

薇奥拉 亲爱的小姐——

奥丽维娅 对不起，让我说句话。上次你到这儿来把我迷醉了之后，我叫人拿了个戒指追你；我欺骗了我自己，欺骗了我的仆人，也许欺骗了你；我用那种无耻的狡猾把你明知道不属于你的东西强纳在你手里，一定会使你看不起我。你会作怎样想呢？你不曾把我的名誉拴在桩柱上，让你那残酷的心所想得到的一切思想恣意地把它虐弄？像你这样敏慧的人，我已经表示得太露骨了；掩藏着我的心事的，只是一层薄薄的蝉纱。所以，让我听你的意见吧。

薇奥拉 我可怜你。

奥丽维娅 那是到达恋爱的一个阶段。

薇奥拉 不是，我们常常经验到对于敌人也往往会发生怜悯的。

奥丽维娅 啊，那么我想现在是应该再微笑起来的时候了。世界啊！微贱的人多么容易骄傲！要是作了俘虏，那么落于狮子的爪下比之豺狼的吻中要幸运得多少啊！（钟鸣）时钟在谴责我把时间浪费。别担心，好孩子，我不会留住你。可是等到才情和青春成熟之后，你的妻子将会收获到一个出色的男人。向西是你的路。

薇奥拉 那么向西开步走！愿小姐称心如意！您没有什么话要我向我的主人说吗，小姐？

奥丽维娅 且慢，请你告诉我你以为我这人怎样？

薇奥拉 我以为你以为你不是你自己。

奥丽维娅 要是我以为这样，我以为你也是这样。

薇奥拉 你猜想得不错，我不是我自己。

奥丽维娅 我希望你是我所希望于你的那种人！

薇奥拉 那是不是比现在的我要好些，小姐？我希望好一些，因为现在我不过是你的弄人。

奥丽维娅 唉！他嘴角的轻蔑和怒气，
冷然的神态可多么美丽！
爱比杀人重罪更难隐藏；
爱的黑夜有中午的阳光。
西萨里奥，凭着春日蔷薇、
贞操、忠信与一切，我爱你
这样真诚，不顾你的骄傲，
理智拦不住热情的宣告。
别以为我这样向你求情，
你就可以无须再献殷勤；
须知求得的爱虽费心力，
不劳而获的更应该珍惜。

薇奥拉 我起誓，凭着天真与青春，
我只有一条心一片忠诚，
没有女人能够把它占有，
只有我是我自己的君后。
别了，小姐，我从此不再来，

为我主人向你苦苦陈哀。

奥丽维娅 你不妨再来，也许能感动

我释去憎嫌把感情珍重。（同下）

第二场

奥丽维娅府中一室

托比·培尔契爵士、安德鲁·艾古契克爵士及费边上。

安德鲁 不，真的，我再不能住下去了。

托比 为什么呢，亲爱的坏东西？说出你的理由来。

安德鲁 嘿，我见你的侄小姐对待那个公爵的用人比之待我好得多；我在花园里瞧见的。

托比 她那时也看见你吗，孩子？告诉我。

安德鲁 就像我现在看见你一样明明的当着我的脸。

费边 那正是她爱您的一个很好的证据。

安德鲁 啐！你把我当作一头驴子吗？

费边 大人，我可以用判断和推理来证明这句话的不错。她当着您的脸对那个少年表示殷勤，是要叫您发急，唤醒您那打瞌睡的勇气，给您的心里生起火来，在您的肝脏里加点儿硫磺罢了。您那时就该走上去向她招呼，说几句崭新的俏皮话儿叫那年轻人哑口无言。她盼望您这样，可是您却大意错过了。您放过了这么一个大好的机会，我的小姐自然要冷淡您啦；您在她的心里要像荷兰人胡须上悬着的冰柱一样，除非您能用勇气或是手段来干出一些出色

的勾当，才可以挽回过来。

安德鲁 无论如何，我宁愿用勇气；因为我顶讨厌使手段。叫我做个政客，还不如做个布朗派[1]的教徒。

托比 好啊，那么把你的命运建筑在勇气上吧。给我去向那公爵差来的少年挑战，在他身上戳十来个窟窿，我的侄女一定会注意到。你可以相信，世上没有一个媒人会比一个勇敢的名声更能说动女人的心了。

费边 此外可没有别的办法了，安德鲁大人。

安德鲁 你们谁肯替我向他下战书？

托比 快去用一手虎虎有威的笔法写起来；要干脆简单；不用说俏皮话，只要言之成理，别出心裁就得了。尽你的笔墨所能把他嘲骂；要是你把他“你”啊“你”的“你”了三四次，那不会有错；再把纸上写满了谎，即使你的纸大得足以铺满英国威尔地方的那张大床[2]。快去写吧。把你的墨水里搀满着怨毒，虽然你用的是一枝鹅毛笔。去吧。

安德鲁 我到什么地方来见你们？

托比 我们会到你房间里来看你；去吧。（安德鲁下）

费边 这是您的一个宝货，托比老爷。

托比 我倒累他破费过不少呢，孩儿，约摸有两千多块钱的样子。

费边 我们就可以看到他的一封妙信了。可是您不会给他送去的吧？

---

① 布朗派为英国伊丽莎白时代清教徒Robert Brown所创的教派。

② 方十一呎，今尚存。

托比 要是我不送去，你别相信我；我一定要把那年轻人激出一个回音来。我想就是叫牛儿拉着车绳也拉不拢他们两人在一起。要是把安德鲁解剖开来，你在他肝脏里找得出一滴可以沾湿一只蚤虱的脚的血，我愿意把他那副臭皮囊一起吃下。

费边 他那个对头的年轻人，照那副相貌看来，也不像是会下辣手的。

托比 瞧，一窠九只的鷦鷯中顶小的一只来了。

｜玛利娅上。

玛利娅 要是你们愿意捧腹大笑，不怕笑到腰酸背痛的，那么跟我来吧。那只蠢鹅马伏里奥已经信了邪道，变成一个十足的异教徒了；因为没有一个相信正道而希望得救的基督徒，会做出这种丑恶不堪的奇形怪状来的。他穿着黄袜子呢。

托比 袜带是十字交叉的吗？

玛利娅 再恶相不过的了，就像个在寺院里开学堂的塾师先生。我像是他的刺客一样紧跟着他。我故意掉下来诱他的那封信上的话，他每一句都听从；他把脸孔笑得皱纹比新添上东印度群岛的增订地图上的线纹还多。你们从来不曾见过这样一个东西；我真熬不住要向他丢东西过去。我知道小姐一定会打他；要是她打了他，他一定仍然会笑，以为是一件大恩典。

托比 来，带我们去，带我们到他那儿去。（同下）

第三场
街　道

| 西巴斯辛及安东尼奥上。

西巴斯辛　我本来不愿意麻烦你，可是你既然这样欢喜自己劳碌，那么我也不再向你多话了。

安东尼奥　我抛不下你；我的愿望比磨过的刀还要锐利地驱迫着我。虽然为着要看见你起见，再远的路我也会跟着你去；可并不全然为着这个理由：我担心你在这些地方是个陌生人，路上也许会碰到些什么；一路没人领导没有朋友的异乡客，出门总有许多不方便。我的诚心的爱，再加上这样使我忧虑的理由，激动我来追赶你。

西巴斯辛　我的善良的安东尼奥，除了感谢、感谢、永远的感谢之外，我再没有别的话好回答你。一件好事常常只换得一声空口的道谢；可是我的钱财假如能跟我的衷心的感谢一样多，你的好心一定不会得不到重重的酬报。我们干些什么呢？要不要去瞧瞧这镇上的古迹？

安东尼奥　明天吧，先生；还是先去找个下处。

西巴斯辛　我没有疲倦，等天黑还有许多时候；让我们去瞧瞧这儿的名胜，一饱眼福吧。

安东尼奥　请你原谅我；我在这一带街道上走路是冒着危险的。从前我曾经参加海战，和公爵的舰队作过对；那时我很立了一点功，假如在这儿给捉到了，可不知要怎样抵罪哩。

西巴斯辛 大概你杀死了很多的人吧？

安东尼奥 我的罪名并不是这么一种杀人流血的性质；虽然照那时的情形和争执的激烈看来，很容易有流血的可能。本来也许以后我们把夺了去的东西还给了他们，就可以和平解决，为了商业的缘故，我们大多数的城市都是这样的；可是我却不肯屈服：因此，要是我在这儿给捉到了的话，他们决不会轻轻放过我。

西巴斯辛 那么你不要常常出来吧。

安东尼奥 那的确不大妥当。先生，这儿是我的钱袋，请你拿着吧。南郊的哀勒芬旅店是最好的下宿的地方，我先去定好膳宿；你可以在城里逛着见识见识，再到那边来见我好了。

西巴斯辛 为什么你要把你的钱袋给我？

安东尼奥 也许你会看中什么玩意儿想要买下；我知道你的钱不够，先生。

西巴斯辛 好，我就替你保管你的钱袋；过一个钟头再见吧。

安东尼奥 在大象旅店。

西巴斯辛 我记得。（各下）

第四场

奥丽维娅的园中

| 奥丽维娅及玛利娅上。

奥丽维娅 我已经差人去请他了。假如他肯来，我要怎样款待他呢？我要给他些什么呢？因为年轻人常常是买来

的，而不是讨来或借来的。我说得太高声了。马伏里奥在哪儿呢？他这人很严肃，懂得规矩，很配做我家里的仆人。马伏里奥在什么地方？

玛利娅 他就来了，小姐；可是他的样子古怪得很。他一定给鬼迷了，小姐。

奥丽维娅 啊，怎么啦？他在说乱话吗？

玛利娅 不，小姐；他只是一味笑。他来的时候，小姐，您最好叫人保护着您，因为这人的神经有点异状呢。

奥丽维娅 去叫他来。（玛利娅下）

他是痴汉，我也是个疯婆；

他欢喜，我忧愁，一样糊涂。

| 玛利娅偕马伏里奥重上。

奥丽维娅 怎样，马伏里奥！

马伏里奥 亲爱的小姐，哈哈！

奥丽维娅 你笑吗？我要差你做一件正经事呢，别那么快活。

马伏里奥 不快活，小姐！我当然可以不快活，这种十字交叉的袜带扎得我血脉不通；可是那有什么要紧呢？只要能叫一个人看了欢喜，那就像诗上所说的“士为悦己者容”了。

奥丽维娅 什么，你怎么啦，家伙？究竟是怎么一回事？

马伏里奥 我的腿儿虽然是黄的，我的心儿却不黑。那话儿他已经知道了，命令一定要服从。我想那一手簪花妙楷我们都是认得出来的。

奥丽维娅 你还是睡觉去吧，马伏里奥。

马伏里奥 睡觉去！对了，好人儿；我一定奉陪。

奥丽维娅 上帝保佑你！为什么你这样笑着老是吻你的手？

玛利娅 您怎么啦，马伏里奥？

马伏里奥 多承见问！是的，夜莺应该回答乌鸦的问话。

玛利娅 您为什么当着小姐的面前这样放肆？

马伏里奥 “不用惧怕富贵，”写得很好！

奥丽维娅 你说那话是什么意思，马伏里奥？

马伏里奥 “有的人是生来的富贵，”——

奥丽维娅 嘿！

马伏里奥 “有的人是挣来的富贵，”——

奥丽维娅 你说什么？

马伏里奥 “有的人是送上来的富贵。”

奥丽维娅 上天保佑你！

马伏里奥 “记着谁曾经赞美过你的黄袜子，”——

奥丽维娅 你的黄袜子！

马伏里奥 “愿意看见你永远扎着十字交叉的袜带。”

奥丽维娅 扎着十字交叉的袜带！

马伏里奥 “好，只要你自己愿意，你就可以出头了，”——

奥丽维娅 我就可以出头了？

马伏里奥 “否则让我见你一生一世做个奴才吧。”

奥丽维娅 哎哟，这家伙简直中了暑在发疯了。

| 一仆人上。

仆人 小姐，奥西诺公爵的那位青年使者回来了，我好容易才请他转来。他在等候着小姐的意旨。

奥丽维娅 我就去见他。（仆人下）好玛利娅，这家伙要好好看管。我的托比叔父呢？叫几个人加意留心着他；我希望他不要有什么意外。（奥丽维娅、玛利娅下）

马伏里奥 啊，哈哈！你现在走近我来了吗？不叫别人，却叫托比爵士来照看我！我正合信上所说的：她有意叫他来，好让我跟他顶撞一下；因为她信里正要我这样。“脱去你卑恭的旧习；”她说，“对亲戚不妨分庭抗礼，对仆人不妨摆摆架子；你嘴里要鼓唇弄舌地谈些国家大事，装出一副矜持的样子；”于是写着怎样扮起一副严肃的脸孔、庄重的举止、慢声慢气的说话腔调，学着大人先生的样子，诸如此类。我已经捉到她了；可是那是上帝的功劳，感谢上帝！而且她刚才临去的时候，她说，“这家伙要好好照看；”家伙！不说马伏里奥，也不照我的地位称呼我，而叫我家伙。哈哈，一切都符合，一点儿没有疑惑，一点儿没有阻碍，一点儿没有不放心的地方。还有什么好说呢？什么也不能阻止我达到我的全部的希望。好，干这种事情的是上帝，不是我，感谢上帝！

| 玛利娅偕托比·培尔契爵士及费边上。

托比 凭着神圣的名义，他在哪儿？要是地狱里的群鬼大家缩小了身子，一起走进他的身体里去，我也要跟他说话。

费边 他在这儿，他在这儿。您怎样啦，大爷？您怎样啦，老兄？

马伏里奥 走开，我用不着你；别搅扰了我的安静。走开！

玛利娅 听，魔鬼在他嘴里说着鬼话了！我不是对您说过吗？托比老爷，小姐请您看顾看顾他。

马伏里奥 啊！啊！她这样说吗？

托比 好了，好了，别闹了吧！我们一定要客客气气对付他；让我一个人来吧。——你好，马伏里奥？你怎样啦？吓，老兄！抵抗魔鬼呀！你想，他是人类的仇敌呢。

马伏里奥 你知道你在说些什么话吗？

玛利娅 你们瞧！你们一说了魔鬼的坏话，他就生气了。求求上帝，不要让他中了鬼迷才好！

费边 把他的小便送到巫婆那边去吧。

玛利娅 好，明天早晨一定送去。我的小姐舍不得他哩。

马伏里奥 怎么，姑娘！

玛利娅 主啊！

托比 请你别闹，这不是个办法；你不见你惹他生气了吗？让我来对付他。

费边 除了用软功之外，没有别的法子；轻轻儿地、轻轻儿地，魔鬼是个粗坯，你要跟他动粗是不行的。

托比 喂，怎么啦，我的好家伙！你好，好人儿？

马伏里奥 爵士！

托比 啾，小鸡，跟我来吧。嘿，老兄！跟魔鬼在一起玩可不对。该死的黑炭！

玛利娅 叫他念祈祷，好托比老爷，叫他祈祷。

马伏里奥 念祈祷，小淫妇！

玛利娅 你们听着，跟他讲到关于上帝的话，他就听不进去了。

马伏里奥 你们全给我去上吊吧！你们都是些浅薄无聊的东西；我不是跟你们一样的人。你们就会知道的。（下）

托比 有这等事吗？

费边 要是这种情形在舞台上表演起来，我一定要批评它捏造得出乎情理之外。

托比 他已经中计了，老兄。

玛利娅 还是追上他去吧；也许这计策一漏了风，就会坏掉。

费边 嗷，我们真的要叫他发起疯来。

玛利娅 那时屋子里可以清静些。

托比 来，我们要把他关在一间暗室里捆缚起来。我的侄女已经相信他疯了；我们可以这样依计而行，让我们开开心，叫他吃吃苦头。等到我们这玩笑开乏了之后，再向他发起慈悲来；那时我们宣布我们的计策，把你封做疯人的发现者。可是瞧，瞧！

| 安德鲁·艾古契克爵士上。

费边 又有别的花样来了。

安德鲁 挑战书已经写好在此，你读读看；念上去就像酸醋胡椒的味道呢。

费边 是这样厉害吗？

安德鲁 对了，我向他保证的；你只要读着好了。

托比 给我。（读）“年轻人，不管你是谁，你不过是个下贱的东西。”

费边 好，真勇敢！

托比 “不要吃惊，也不要奇怪为什么我这样称呼你，因为我不愿告诉你是什么理由。”

费边 一句很好的话，这样您就可以不受法律的攻击了。

托比 “你来见奥丽维娅小姐，她当着我的面把你厚待；可是你说谎，那并不是我要向你挑战的理由。”

费边 很简单明白，而且不通极了。

托比 “我要在你回去的时候埋伏着等候你；要是命该你

把我杀死的话——”

费边 很好。

托比 “你便是个坏蛋和恶人。”

费边 您仍旧避过了法律方面的责任，很好。

托比 “再会吧；上帝超度我们两人中一人的灵魂吧！也许他会超度我的灵魂；可是我比你有希望一些，所以你留心着自己吧。你的朋友，和你的誓不两立的仇敌，安德鲁·艾古契克上。”——要是这封信不能激动他，那么他的两条腿也不能走动了。我去送给他。

玛利娅 您有很凑巧的机会；他现在正在跟小姐谈话，等会儿就要出来了。

托比 去，安德鲁大人，给我在花园角落里等着他，像个捕役似的；一看见他，便拔出剑来；一拔剑，就高声咒骂；一句可怕的咒骂，神气活现地从嘴里括辣松脆发了出来，比之真才实艺更能叫人相信他是个了不得的家伙。去吧！

安德鲁 好，骂人的事情我自己会来。（下）

托比 我可不去送这封信。因为照这位青年的举止上看来，是个很有资格很有教养的人，否则他的主人不会差他来拉拢我的侄女的。这封信写得那么奇妙不通，一定不会叫这青年害怕；他一定会以为这是一个呆子写的。可是，老兄，我要口头去替他挑战，故意夸张艾古契克的勇气，让这位仁兄相信他是个勇猛暴躁的家伙；我知道他那样年轻一定会害怕起来的。这样他们两人便会彼此吓怕，一见面就像见了毒蜥蜴一样落掉了魂魄。

费边 他和您的侄小姐来了；让我们回避他们，等他告别之后再追上去。

托比 我可以想出几句可怕的挑战话儿来。（托比、费边、玛丽娅下）

| 奥丽维娅偕薇奥拉重上。

奥丽维娅 我对一颗石子样的心太多费唇舌了，卤莽地把我的名誉下了赌注。我心里有些埋怨自己的错；可是那是个极其倔强的错，埋怨只能招它一阵姗笑。

薇奥拉 我主人的悲哀也正和您这种痴情的样子相同。

奥丽维娅 拿着，为我的缘故把这玩意儿戴在你身上吧，那上面有我的小照。不要拒绝它，它不会多话讨你厌的。请你明天再过来。你无论向我要什么，只要于我的名誉没有妨碍的，我都可以给你。

薇奥拉 我向您要的，只是请您把真心的爱给我的主人。

奥丽维娅 那我已经给了你了，怎么还能凭着我的名誉再给他呢？

薇奥拉 我要去了。

奥丽维娅 好，明天再来吧。

再见！像你这样一个恶魔，

我甘愿被你向地狱里拖。（下）

| 托比·培尔契爵士及费边重上。

托比 先生，上帝保佑你！

薇奥拉 上帝保佑您，爵士！

托比 准备着防御吧。我不知道你作了什么对不起他的事情；可是你那位对头满心怀恨，一股子的杀气在园底等着你呢。拔出你的剑来，赶快预备好；因为你的敌人是个敏捷精明而可怕的人。

薇奥拉 您弄错了，爵士，我相信没人会跟我争吵；我完全不记得我曾经得罪过什么人。

托比 你会知道事情是恰恰相反的，我告诉你；所以要是你看重你的生命的话，留一点儿神吧；因为你的冤家年轻力壮，武艺不凡，火气又是那么大。

薇奥拉 请问爵士，他是谁呀？

托比 他是个不靠军功而受封的武士；可是跟人吵起架来，那简直是个魔鬼：他已经叫三个人的灵魂出壳了。现在他的怒气已经一发而不可收拾，非把人杀死送进坟墓里去决不肯甘心。他的格言是不管三七二十一，拼个你死我活。

薇奥拉 我要回到府里去请小姐派几个人给我保镖。我不会跟人打架。我听说有些人故意向别人寻事，试验他们的勇气；这个人大概也是这一类的。

托比 不，先生，他的发怒是有充分理由的，因为你得罪了他；所以你还是上去答应他的要求吧。你不能回到屋子里去，除非你在没有跟他交手之前先跟我比个高低。所以上去吧，把你的剑白条条地拔了出来；无论如何你非得动手一下不可，否则以后你再不用带剑了。

薇奥拉 这真是既无礼又古怪。请您帮我一下忙，去问问那武士我得罪了他什么。那一定是我偶然的疏忽，决不是有意的。

托比 我就去问他。费边先生，你陪着这位先生等我回来。（下）

薇奥拉 先生，请问您知道这是什么一回事吗？

费边 我知道那武士对您很不乐意，抱着拼命的决心；可是详细的情形却不知道。

薇奥拉 请您告诉我他是个什么样子的人？

费边 照他的外表上看起来，并没有什么惊人的地方；可是您跟他一交手，就知道他的厉害了。他，先生，的确是您在伊利里亚无论哪处地方所碰得到的最有本领、最凶狠、最厉害的敌手。您就过去见他好不好？我愿意给您向他讲个和，要是能够的话。

薇奥拉 那多谢您了。我是个宁愿亲近教士不愿亲近武士的人；我不喜欢跟人争强斗胜。（同下）

| 托比及安德鲁重上。

托比 嘿，老兄，他才是个魔鬼呢；我从来不曾见过这么一个泼货。我跟他连剑带鞘较量了一回，他给我这么致命的一刺，简直无从招架；至于他还起手来，那简直像是你的脚踏在地上一样万无一失。他们说他曾经在波斯王宫里当过剑师。

安德鲁 糟了！我不高兴跟他动手。

托比 好，但是他可不肯甘休呢；费边在那边简直拦不住他。

安德鲁 该死！早知道他有这种本领，我再也不去撩惹他的。假如他肯放过这回，我情愿把我的灰色马儿送给他。

托比 我去跟他说去。站在这儿，摆出些威势来；这件事情总可以和平了结的。（旁白）你的马儿少不得要让我来骑，你可大大地给我作弄了。

| 费边及薇奥拉重上。

托比 （向费边）我已经叫他把他的马儿送上议和。我已经叫他相信这孩子是个魔鬼。

费边 他也是大大地害怕着他，吓得心惊肉跳脸色发白，像是一头熊追在背后似的。

托比 （向薇奥拉）没有法子，先生；他因为已经发过了誓，非得跟你决斗一下不可。他已经把这回吵闹考虑过，认为现在没有什么话好说的了；所以为了他所发的誓起见，拔出你的剑来吧，他声明他不会伤害你的。

薇奥拉 （旁白）求上帝保佑我！一点点事情就会给他们知道我是不配当男人的。

费边 要是你见他势不可当，就让让他吧。

托比 来，安德鲁爵士，没有办法，这位先生为了他的名誉起见，不得不跟你较量一下；按着决斗的规则，他不能规避这一回事；可是他已经答应我，因为他是个堂堂君子又是个军人，他不会伤害你的。来吧，上去！

安德鲁 求上帝让他不要背誓！（拔剑）

薇奥拉 相信我，这全然不是出于我的本意。（拔剑）

| 安东尼奥上。

安东尼奥 放下你的剑。要是这位年轻的先生得罪了你，我替他代担个不是；要是你得罪了他，我可不肯对你甘休。（拔剑）

托比 你，朋友！咦，你是谁呀？

安东尼奥 先生，我是他的好朋友；为了他的缘故，无论什么事情说得出的便做得到。

托比 好吧，你既然这样欢喜管人家的闲事，我就奉陪了。（拔剑）

费边 啊，好托比老爷，住手吧！警官们来了。

托比 过会儿再跟你算账。

薇奥拉 （向安德鲁）先生，请你放下你的剑吧。

安德鲁 好，放下就放下，朋友；我可以向你担保，我的话说过就算数。我是个怪听话受管束的。

| 二警吏上。

警吏甲 就是这个人；执行你的任务吧。

警吏乙 安东尼奥，我奉奥西诺公爵之命把你逮捕。

安东尼奥 你看错人了，朋友。

警吏甲 不，先生，一点没有错。我很认识你的脸孔，虽然你现在头上不戴着水手的帽子。——把他带走，他知道我认识他的。

安东尼奥 我只好服从。（向薇奥拉）这场祸事都是因为要来寻找你而起；可是没有办法，我必得服罪。现在我不得不向你要回我的钱袋了，你预备怎样呢？叫我难过的倒不是我自己的遭遇，而是不能给你尽一点力。你吃惊吗？请你宽心吧。

警吏乙 来，朋友，去吧。

安东尼奥 那笔钱我必须向你要几个。

薇奥拉 什么钱，先生？为了您在这儿对我的好意相助，又看见您现在的不幸，我愿意尽我的微弱的力量借给您几个钱；我是个穷小子，这儿随身带着的钱，可以跟您平分。拿着吧，这是我一半的家私。

安东尼奥 你现在不认识我了吗？难道我给你的好处不能使你心动吗？别看着我倒霉好欺侮，要是激起我的性子来，我也会不顾一切，向你一一数说你的忘恩负义的。

薇奥拉 我一点不知道；您的声音相貌我也完全不认识。我痛恨人们的忘恩，比之痛恨说谎、虚荣、饶舌、酗酒，或是其他存在于脆弱的人心中的陷人的恶德还要厉害。

安东尼奥 唉，天哪！

警吏乙 好了，对不起，朋友，走吧。

安东尼奥 让我再说句话，你们瞧这个孩子，他是我从死神的掌握中夺了转来的，我用神圣的爱心照顾着他；我以为他的样子是个好人，那样看重着他。

警吏甲 那跟我们有什么相干呢？别耽误了时间，去吧！

安东尼奥 可是唉！这个天神一样的人，原来却是个罗刹！西巴斯辛，你未免太羞辱了你这副好相貌了。

心上的瑕疵是真的垢污；
无情的人才是残废之徒。
善即是美；但美丽的奸恶，
是魔鬼雕就文彩的空椟。

警吏甲 这家伙发疯了；带他去吧！来，来，先生。

安东尼奥 带我去吧。（警吏带安东尼奥下）

薇奥拉 他的话儿句句发自衷肠；
他坚持不疑，我意乱心慌。
但愿想象的事果真不错，
是他把妹妹错认作哥哥！

托比 过来，武士；过来，费边：让我们悄悄地讲几句聪明话。

薇奥拉 他说起西巴斯辛的名字，

我哥哥正是我镜中影子，

兄妹俩生就一般的形状，

再加上穿扮得一模一样；

但愿暴风雨真发了慈心，

无情的波浪变作了多情！（下）

托比 好一个刁滑的卑劣的孩子，比兔子还胆怯！他坐视朋友危急而不顾，还要装作不认识，可见他刁恶的一斑，至于他的胆怯呢，问费边好了。

费边 一个懦夫，一个敬畏上帝的懦夫。

安德鲁 他妈的，我要追上去把他揍一顿。

托比 好，把他痛痛地揍一顿，可是别拔出你的剑来。

安德鲁 要是我不——（下）

费边 来，让我们去瞧去。

托比 我可以赌无论多少钱，到头来不会有什么事发生的。（同下）

第 四 幕

第一场

奥丽维娅宅旁街道

| 西巴斯辛及小丑上。

小丑 你要我相信我不是差来请你的吗？

西巴斯辛 算了吧，算了吧，你是个傻瓜；给我走开去。

小丑 装腔装得真好！是的，我不认识你；我的小姐也不会差我来请你去讲话；你的名字也不是西萨里奥大爷。什么都不是。

西巴斯辛 请你到别处去大放厥辞吧；你又不认识我。

小丑 大放厥辞！他从什么大人物那儿听了这句话，却来用在一个傻瓜身上。大放厥辞！我担心整个痴愚的世界都要装腔作态起来了。请你别那们怯生生的，告诉我应当向我的小姐放些什么“厥辞”。要不要对她说你就来？

西巴斯辛 傻东西，请你走开吧；这儿有钱给你；要是你再不去，我就不给你这么多。

小丑 真的，你倒是很慷慨。这种聪明人把钱给傻子，就像用十四年的收益来买一句好话。

丨安德鲁上。

安德鲁 呀，朋友，我又碰见你了吗？吃这一下。（击西巴斯辛）

西巴斯辛 怎么，给你尝尝这一下，这一下，这一下！（打安德鲁）所有的人们都疯了吗？

丨托比及费边上。

托比 停住，朋友，否则我要把你的刀子摔到屋子里去了。

小丑 我就去把这事告诉我的小姐。我不愿化两便士来换你们的一件衣服穿。（下）

托比 （拉西巴斯辛）算了，朋友，住手吧。

安德鲁 不，让他去吧。我要换一个法儿对付他。要是伊利里亚是有法律的话，我要告他非法殴打的罪；虽然是我先动手，可是那没有关系。

西巴斯辛 放下你的手！

托比 算了吧，朋友，我不能放走你。来，我的青年的勇士，放下你的家伙。你已经冒上火来了；来吧。

西巴斯辛 你别想抓住我。（挣脱）现在你要怎样？要是你有胆子的话，拔出你的剑来吧。

托比 什么！什么！那么我倒要让你流几滴莽撞的血呢。（拔剑）

丨奥丽维娅上。

奥丽维娅 住手，托比！我命令你！

托比 小姐！

奥丽维娅 有这等事吗？忘恩的恶人！只配住在从来不懂得礼貌的山林和洞窟里的。滚开！——别生气，亲爱的西萨里奥。——莽汉，走开！（托比、安德鲁、费边同下）好朋友，你是个有见识的人，这回的惊扰实在太失礼、太不成话了，请你不要生气。跟我到舍下去吧；我可以告诉你这个恶人曾经多少次无缘无故地惹是招非，你听了就可以把这回事情一笑置之了。你一定要去的：

别推托！他灵魂该受天戮，
为你惊起了我心头小鹿。

西巴斯辛 滋味难名，不识其中奥妙；
是疯眼昏迷？是梦魂颠倒？
愿心魂永远在忘河沉浸；
有这般好梦再不须梦醒！

奥丽维娅 请你来吧；你得听我的话。

西巴斯辛 小姐，遵命。

奥丽维娅 但愿这回非假！（同下）

第二场

奥丽维娅宅中一室

玛利娅及小丑上；马伏里奥在相接的暗室内。

玛利娅 嗳，我请你把这件袍子穿上，这把胡须套上，让他相信你是副牧师托巴斯师父。快些，我就去叫托比老爷来。（下）

小丑 好，我就穿起来，假装一下；我希望我是第一个扮作这种样子的。我的身材不够高，穿起来不怎么神气；略为胖一点，也不像个用功念书的：可是给人称赞一声是个老实汉子很好的当家人，也就跟一个用心思的读书人一样好了。——那两个同党的来了。

| 托比·培尔契爵士及玛利娅上。

托比 上帝祝福你，牧师先生！

小丑 早安，托比大人！目不识丁的布拉格的老隐士曾经向高波杜克王的侄女说过这么一句聪明话：“是什么，就是什么。”因此，我是牧师先生，我便是牧师先生；因为“什么”即是“什么”，“是”即是“是”。

托比 走过去，托巴斯师父。

小丑 呃哼，喂！这监狱里平安呀！

托比 这小子装得很像，好小子。

马伏里奥 （在内）谁在叫？

小丑 副牧师托巴斯师父来看疯人马伏里奥来了。

马伏里奥 托巴斯师父，托巴斯师父，托巴斯好师父，请您到我小姐那儿去一趟。

小丑 滚你的，大魔鬼！瞧这个人给你缠得这样子！只晓得嚷小姐吗？

托比 说得好，牧师先生。

马伏里奥 （在内）托巴斯师父，从来不曾有人给人这样冤枉过。托巴斯好师父，别以为我疯了。他们把我关在这个暗无天日的地方。

小丑 啐，你这不老实的撒旦！我用最客气的称呼叫着你，因为我是个最有礼貌的人，即使对于魔鬼也不肯失礼。你说这屋子是黑的吗？

马伏里奥 像地狱一样，托巴斯师父。

小丑 嘿，它的凸窗像壁垒一样透明，它的向着南北方的顶窗像乌木一样发光呢；你还说看不见吗？

马伏里奥 我没有发疯，托巴斯师父。我对您说，这屋子是黑的。

小丑 疯子，你错了。我对你说，世间并无黑暗，只有愚昧。埃及人在大雾中辨不清方向，还不及你在愚昧里那样发昏。

马伏里奥 我说，这座屋子简直像愚昧一样黑暗，即使愚昧是像地狱一样黑暗。我说，从来不曾有人给人这样欺侮过。我并不比您更疯；您不妨提出几个合理的问题来问我，试试我疯不疯。

小丑 毕达哥拉斯[①]对于野鸟有什么意见？

马伏里奥 他说我们祖母的灵魂也许曾经寄住过鸟儿的身体里。

小丑 你对于他的意见觉得怎样？

马伏里奥 我认为灵魂是高贵的，绝对不赞成他的说法。

小丑 再见，你在黑暗里住下去吧。等到你赞成了毕达哥拉斯的说法之后，我才可以承认你的头脑健全。留心别打山鹬，因为也许你要害得你祖母的灵魂流离失所了。再见。

马伏里奥 托巴斯师父！托巴斯师父！

托比 我的了不得的托巴斯师父！

小丑 嘿，我可真是多才多艺呢。

玛利娅 你就是不挂胡须不穿道袍也没有关系；他又看不见你。

托比 你再用你自己的口音去对他说话；怎样的情形再来

---

① 毕达哥拉斯（Pythagoras），希腊哲学家，主张灵魂轮回说。

告诉我。我希望这场恶作剧快快告个段落。要是不妨把他释放，我看就放了他吧；因为我已经大大地失去了我侄女的欢心，倘把这玩意儿尽管闹下去，恐怕不大妥当。等会儿到我的屋子里来吧。（托比、玛利娅下）

小丑 “嗨，罗宾，快活的罗宾哥，
问你的姑娘近况如何。”

马伏里奥 傻子！

小丑 “不骗你，她心肠有点硬。”

马伏里奥 傻子！

小丑 “唉，为了什么原因，请问？”

马伏里奥 喂，傻子！

小丑 “她已经爱上啦别个人。”——吓！谁叫我？

马伏里奥 好傻子，谢谢你给我拿一支蜡烛、笔、墨水和纸张来，以后我不会亏待你的。君子不扯谎，我永远感你的恩。

小丑 马伏里奥大爷吗？

马伏里奥 是的，好傻子。

小丑 唉，大爷，您怎么会发起疯来呢？

马伏里奥 傻子，从来不曾有人给人这样欺侮过。我的头脑跟你一样清楚呢，傻子。

小丑 跟我一样？那么您真的是疯了，要是您的头脑跟傻子差不多。

马伏里奥 他们把我当作一件家具看待，把我关在黑暗里，差牧师们，那些蠢驴子！来看我，千方百计地想把我弄昏了头。

小丑 您说话留点儿神吧；牧师就在这儿呢。——马伏里奥，马伏里奥，上天保佑你明白过来吧！好好儿睡睡觉儿，别噜哩噜苏讲空话。

马伏里奥 托巴斯师父！

小丑 别跟他说话，好伙计。——谁？我吗，师父？我可不要跟他说话哩，师父。上帝和您同在，好托巴斯师父！——呃，阿门！——好的，师父，好的。

马伏里奥 傻子，傻子，傻子，我对你说！

小丑 唉，大爷，您耐心吧！您怎么说，师父？——师父怪我跟您说话哩。

马伏里奥 好傻子，给我拿点儿灯火和纸张来。我对你说，我跟伊利里亚无论哪个人一样头脑清楚呢。

小丑 唉，我巴不得这样呢，大爷！

马伏里奥 我可以举手发誓我没有发疯。好傻子，拿墨水、纸和灯火来；我写好之后，你去给我送给小姐。你送了这封信去，一定会到手一笔空前的大大的赏赐。

小丑 我愿意帮您的忙。但是老实告诉我，您是不是真的疯了，还是假装疯？

马伏里奥 相信我，我没有发疯，我老实告诉你。

小丑 嘿，我可信不过一个疯子的话，除非我能看见他的脑子。我去给您拿蜡烛、纸和墨水来。

马伏里奥 傻子，我一定会重重报答你。请你去吧。

小丑 大爷我去了，

请您不要吵，

不多一会的时光，

小鬼再来见魔王；

手拿木板刀，
胸中如火烧，
向着魔鬼打哈哈，
样子像个疯娃娃
爹爹不要恼，
给您剪指爪，
再见，我的魔王爷！（下）

第三场
奥丽维娅的花园

| 西巴斯辛上。

西巴斯辛 这是空气；那是灿烂的太阳；这是她给我的珍珠，我看得见也摸得到：虽然怪事这样包围着我，然而却不是疯狂。那么安东尼奥到哪儿去了呢？我在哀勒芬旅店里找不到他；可是他曾经到过那边，据说他到城中各处寻找我去了。现在我很需要他的指教；因为虽然我心里很觉得这也许是出于错误，而并非是一种疯狂的举动，可是这种意外和飞来的好运太有些未之前闻，无可理解了，我简直不敢相信我的眼睛；无论我的理智怎样向我解释，我总觉得不是我疯了，便是这位小姐疯了。可是，真是这样的话，她一定不会那样井井有条，神气那么端庄地操持她的家务，指挥她的仆人，料理一切的事情，如同我所看见的那样。其中一定有些蹊跷。她来了。

| 奥丽维娅及一牧师上。

奥丽维娅 不要怪我太性急。要是你没有坏心肠的话，现在就跟我和这位神父到我家的礼拜堂里去吧；当着他的面前，在那座圣堂的屋顶下，你要向我充分证明你的忠诚，好让我小气的、多疑的心安定下来。他可以保守秘密，直到你愿意宣布出来按照着我的身份的婚礼将在什么时候举行。你说怎样？

西巴斯辛 我愿意跟你们两位前往；
立过的盟誓永没有欺罔。

奥丽维娅 走吧，神父；但愿天公作美，
一片阳光照着我们酣醉！（同下）

第　五　幕

第一场

奥丽维娅门前街道

| 小丑及费边上。

费边 看在咱们交情分上，让我瞧一瞧他的信吧。

小丑 好费边先生，允许我一个请求。

费边 尽你说来。

小丑 别向我要这封信看。

费边 这就是说，把一条狗给了人，然后为着偿报他起见，再把那条狗要还。

| 公爵、薇奥拉、丘里奥及从者等上。

公爵 朋友们，你们是奥丽维娅小姐府中的人吗？

小丑 是的，殿下；我们是附属于她的一两件零星小物。

公爵 我认识你；你好吗，我的好朋友？

小丑 不瞒您说，殿下，我的仇敌使我好些，我的朋友使我坏些。

公爵 恰恰相反，你的朋友使你好些。

小丑 不，殿下，坏些。

公爵 为什么呢？

小丑 呃，殿下，他们称赞我，把我当作驴子样愚弄；可是我的仇敌却坦白地告诉我说我是头驴子；因此，殿下，亏着我的仇敌我才能明白我自己，我的朋友却把我欺骗了；因此，结论就像接吻一样，两个异性合拢来变成一个接吻，两个否定合拢来等于一个肯定；要是四个否定可以变成两个肯定，那么朋友坏而仇敌好了。

公爵 啊，这说得好极了！

小丑 凭良心说，殿下，这一点不好；虽然您愿意做我的朋友。

公爵 我不会使你坏些；这儿是钱。

小丑 倘不是恐怕犯了骗人钱财的罪名，殿下，我倒希望您把它再加倍一倍。

公爵 啊，你给我出的好主意。

小丑 把您的慷慨的手伸进您的袋里去，殿下；只这一次，不要犹疑吧。

公爵 好吧，拿去。

小丑 掷骰子有幺二三；古话说，“一不做，二不休，三回才算数”；跳舞要用三拍子；您只要听圣班纳特教堂的钟声好了，殿下——一，二，三。

公爵 你这回可骗不动我的钱了。要是你愿意去对你小姐说我在这儿要见她说话，同着她到这儿来，那么也许会再唤醒我的慷慨来的。

小丑 好吧，殿下，给您的慷慨唱个安眠歌，等着我回来吧。我去了，殿下；可是我希望您明白我的要钱并

不是贪财。好吧，殿下，就照您的话，让您的慷慨打个瞌睡儿，等我一会儿再来叫醒他吧。（下）

薇奥拉 殿下，这儿来的人就是打救了我的。

| 安东尼奥及警吏上。

公爵 他那张脸我记得很清楚；可是上次我见他的时候，他脸上涂得黑黑的，就像烽烟里的乌尔冈[①]一样。他是一只小小的舰上的舰长，可是却使我们舰队中最好的船只大遭损失，就是给他打败的人也不得不佩服他。为了什么事？

警吏 启禀殿下，这就是在坎迪地方把“凤凰号”和它的货物劫了去的安东尼奥；也就是在“猛虎号”上把您的侄公子泰特斯削去了腿的。我们在这儿的街道上看见他穷极无赖，在跟人家打架，因此抓了来了。

薇奥拉 殿下，他曾经拔刀相助，帮过我忙，可是后来却对我说了一番奇怪的话，似乎发了疯似的。

公爵 好一个海盗！你怎么敢凭着你的愚勇，投身到被你用血肉和巨量的代价结下冤仇的人们的手里呢？

安东尼奥 尊贵的奥西诺，请许我洗刷去您给我的称呼；安东尼奥从来不曾做过海盗，虽然我有充分的理由和原因承认我是奥西诺的敌人。一种魔法把我吸引到这儿来。在您身边的那个最没有良心的孩子，是我从汹涌的怒海的吞噬中救了出来的，否则他已经毫无希望了。我给了他生命，又把我的友情无条件地完全给了他；为了他的缘故，出于纯粹的爱心，我冒

---

① 乌尔冈（Vulcan），司火与锻冶之神。

着危险出现在这么倒运的城里，见他给人包围了，就拔剑相助；可是我遭了逮捕，他的狡恶的心肠因恐我连累他受罪，便假装不认识我，一霎眼就像已经睽违了二十年似的，甚至于我在半点钟前给他任意使用的我自己的钱袋，也不肯还给我。

薇奥拉 怎么会有这种事呢？

公爵 他在什么时候到这城里来的？

安东尼奥 今天，殿下；三个月来，我们朝朝夜夜都在一起，不曾有一分钟分离过。

| 奥丽维娅及从者等上。

公爵 这里来的是伯爵小姐，天神降临人世了！——可是你这家伙，完全在说疯话；这孩子已经侍候我三个月了。那种话等会儿再说吧。把他带在一旁。

奥丽维娅 殿下有什么下示？除了断难遵命的一件事之外，凡是奥丽维娅力量所能及的，一定愿意效劳。——西萨里奥，你失了我的约啦。

薇奥拉 小姐！

公爵 温柔的奥丽维娅！——

奥丽维娅 你怎么说，西萨里奥？——殿下——

薇奥拉 我的主人要跟您说话；地位关系我不能开口。

奥丽维娅 殿下，要是您说的仍旧是那么一套，我可已经听得厌了，就像奏过音乐以后的叫号一样令人不耐。

公爵 仍旧是那么残酷吗？

奥丽维娅 仍旧是那么坚定，殿下。

公爵 什么，坚定得不肯改变一下你的乖僻吗？你这无礼的女郎！向着你的无情的不仁的祭坛，我的灵魂已经用无比的虔诚吐露出最忠心的献礼。我还有什么办法呢？

奥丽维娅 办法就请殿下自己斟酌吧。

公爵 假如我生得起那么一条心，为什么我不可以像临死时的埃及大盗[1]一样，把我所爱的人杀死了呢？蛮性的嫉妒有时也带着几分高贵的气质。但是你听着我吧：既然你漠视我的诚意，我也有些知道谁在你的心中夺去了我的位置，你就继续做你的铁石心肠的暴君吧；可是你所爱着的这个宝贝，我当天发誓我曾经那样宠爱着他，我要把他从你的那双冷酷的眼睛里除去，免得他傲视他的主人。来，孩子，跟我来。我的恶念已经成熟：

我要牺牲我钟爱的羔羊，

白鸽的外貌乌鸦的心肠。（走）

薇奥拉 我甘心愿受一千次死罪，

只要您的心里得到安慰。（随行）

奥丽维娅 西萨里奥到哪儿去？

薇奥拉 追随我所爱的人，

我爱他甚于生命和目睛，

远过于对于妻子的爱情。

愿上天鉴察我一片诚挚，

倘有虚诳我决不辞一死！

奥丽维娅 嗳哟，他厌弃了我！我受了欺骗了！

薇奥拉 谁把你欺骗？谁给你受气？

---

① 事见希腊传奇*Theagenes and Chariclea*。

奥丽维娅 才不久你难道已经忘记？——请神父来。（一从者下）

公爵 （向薇奥拉）去吧！

奥丽维娅 到哪里去，殿下？西萨里奥，我的夫，别去！

公爵 你的夫？

奥丽维娅 是的，我的夫；他能抵赖吗？

公爵 她的夫，嘿？

薇奥拉 不，殿下，我不是。

奥丽维娅 唉！是你的卑怯的恐惧使你否认了自己的身份。不要害怕，西萨里奥；别放弃了你的地位。你知道你是什么人，要是承认了出来，你就跟你所害怕的人并肩相埒了。

| 牧师上。

奥丽维娅 啊，欢迎，神父！神父，我请你凭着你的可尊敬的身份，到这里来宣布你所知道的关于这位少年和我之间不久以前的事情；虽然我们本来预备保守秘密，但现在不得不在时机未到之前公布了。

牧师 一个永久相爱的盟约，已经由你们两人握手缔结，用神圣的吻证明，用戒指的交换确定了。这婚约的一切仪式，都由我主持作证；照我的表上所指示，距离现在我不过向我的坟墓走了两小时的行程。

公爵 唉，你这骗人的小畜生！等你年纪一大了起来，你会是个怎样的人呢？
也许你过分早熟的奸诡，
反会害你自己身败名毁。
别了，你尽管和她论嫁娶；
可留心以后别和我相遇。

薇奥拉 殿下，我要声明——

奥丽维娅 不要发誓；

放胆大些，别亵渎了神祇！

| 安德鲁·艾古契克爵士头破血流上。

安德鲁 看在上帝的分上，叫个外科医生来吧！立刻去请一个来瞧瞧托比爵士。

奥丽维娅 什么事？

安德鲁 他把我的头给打破了，托比爵士也给他弄得满头是血。看在上帝的分上，救救命吧！谁要是给我四十镑钱，我也宁愿回到家里去。

奥丽维娅 谁干了这种事，安德鲁爵士？

安德鲁 公爵的跟班名叫西萨里奥的。我们把他当作一个孱头，哪晓得他简直是个魔鬼。

公爵 我的跟班西萨里奥？

安德鲁 他妈的！他就在这儿。你无缘无故敲破我的头！我不过是给托比爵士怂恿了才动手的。

薇奥拉 你为什么对我说这种话呢？我没有伤害你呀。你自己无缘无故向我拔剑；可是我对你很客气，并没有伤害你。

安德鲁 假如一颗血淋淋的头可以算得是伤害的话，你已经把我伤害了；我想你以为满头血是不算什么一回事的。托比爵士一跷一拐地来了——

| 托比·培尔契爵士由小丑扶扶携醉步上。

安德鲁 还有话要跟你说呢：可是倘不是因为他喝醉了酒的话，他一定不会那样招惹你的。

公爵 怎么，老兄！你怎么啦？

托比 有什么关系？他把我打坏了，还有什么别的说的？傻瓜，你看不看见狄克医生，傻瓜？

小丑 喔！他在一个钟头之前喝醉酒了，托比老爷；他的眼睛在早上八点钟就昏花了。

托比 那么他便是个踱着八字步的混蛋。我顶讨厌酒鬼。

奥丽维娅 把他带走！谁把他们弄成这样子的？

安德鲁 我来扶着您吧，托比爵士；咱们一块儿裹伤口去。

托比 你来扶着我？蠢驴，傻瓜，混蛋，瘦脸孔的混蛋，笨鹅！

奥丽维娅 招呼他上床去，他的伤口好好看顾一下。（小丑、费边、托比、安德鲁同下）

| 西巴斯辛上。

西巴斯辛 小姐，我很抱歉伤了令亲；可是即使他是我的同胞兄弟，为了自卫起见我也只好出此手段。您用那样冷淡的眼光瞧着我，我知道我一定冒犯了您了；原谅我吧，好人，看在不久以前我们彼此立下的盟誓分上。

公爵 一样的脸孔，一样的声音，一样的装束，化成了两个身体；一副天然的幻镜，真实和虚妄的对照！

西巴斯辛 安东尼奥！啊，我的亲爱的安东尼奥！自从我不见了你之后，我的时间过得多么痛苦啊！

安东尼奥 你是西巴斯辛吗？

西巴斯辛 难道你不相信是我吗，安东尼奥？

安东尼奥 你怎么会分身呢？把一只苹果切成两半，也不会比这两人更为相像。哪一个是西巴斯辛？

奥丽维娅 真奇怪呀！

西巴斯辛 那边站着的是我吗？我从来不曾有过一个兄弟；我又不是一尊无所不在的神明。我只有一个妹妹，但已经被盲目的波涛卷去了。对不住，请问你我之间有什么关系？你是哪一国人？叫什么名字？谁是你的父母？

薇奥拉 我是梅萨林人。西巴斯辛是我的父亲；我的哥哥也是一个像你一样的西巴斯辛，他葬身于海洋中的时候也穿着像你一样的衣服。要是灵魂能够照着在生时的形状和服饰出现，那么你是来吓我们的。

西巴斯辛 我的确是一个灵魂；可是还没有脱离我的生而具有的物质的皮囊。你的一切都能符合，只要你是个女人，我一定会让我的眼泪滴在你的脸上，而说，“大大地欢迎，溺死了的薇奥拉！”

薇奥拉 我的父亲额角上有点黑痣。

西巴斯辛 我的父亲也有。

薇奥拉 他死的时候薇奥拉才十三岁。

西巴斯辛 唉！那记忆还鲜明地留在我的灵魂里。他的确在我妹妹刚满十三岁的时候完毕了他人世的任务的。

薇奥拉 假如只是我这一身僭妄的男装阻碍了我们彼此的欢欣，那么等一切关于地点、时间、遭遇的枝节完全衔接，证明我确是薇奥拉之后，再拥抱我吧。我可以叫一个在这城中的船长来为我证明，我的女衣便是寄放在他那里的；多亏着他的帮忙，我才侥幸保全了生命，能够来侍候这位尊贵的公爵。此后我便一直奔走于这位小姐和这位贵人之间。

西巴斯辛 （向奥丽维娅）小姐；原来您是弄错了；但那也是心理

上的自然的倾向。您本来要跟一个女孩子订婚；可是您认错了人，现在同时成为一个女人和一个男人的未婚妻了。

公爵 不要惊骇；他的血统也很高贵。要是这回事情果然是真，看来似乎不是一面骗人的镜子，那么这番幸运的船难里我也要沾点儿光。（向薇奥拉）孩子，你曾经向我说过一千次决不会爱一个女人像爱我一样。

薇奥拉 那一切的话我愿意再发誓证明；那一切的誓我都要坚守在心中，就像隔分昼夜的天球中蕴藏着的烈火一样。

公爵 把你的手给我；让我瞧你穿了女人的衣服是怎么样子。

薇奥拉 把我带上岸来的船长那里存放着我的女服；可是他现在跟这儿小姐府上的管家马伏里奥有点讼事，被拘留起来了。

奥丽维娅 他一定要把他放出来。去叫马伏里奥来。——唉。我现在记起来了，他们说，可怜的人，他的神经病很厉害呢。因为我自己在大发其疯，所以把他的疯病完全忘记了。

| 小丑持信及费边上。

奥丽维娅 他怎样啦，狗才？

小丑 启禀小姐，他总算很尽力抵挡着魔鬼。他写了一封信给您。我本该今天早上就给您的；可是疯人的信不比福音，送不送到都没甚关系。

奥丽维娅 拆开来读给我听。

小丑 傻子要念疯子的话了，请你们洗耳恭听。（读）“凭着天主的名义，小姐——”

奥丽维娅 怎么！你疯了吗？

小丑 不，小姐，我在读疯话呢。您小姐既然要我读这种东西，那么您就得准许我疯声疯气地读。

奥丽维娅 （向费边）喂，还是你读吧。

费边 （读）“凭着上帝的名义，小姐，您屈待了我；全世界都要知道这回事。虽然您已经把我幽闭在黑暗里，叫您的醉酒的令叔看管我，可是我的头脑跟您小姐一样清楚呢。您自己骗我打扮成那个样子，您的信还在我手里；我很可以用它来证明我自己的无辜，可是您的脸子上却不好看哩。随您把我怎么想法吧。因为冤枉难明，不得不暂时僭越了奴仆的身份，请您原谅。被虐待的马伏里奥上。”

奥丽维娅 这封信是他写的吗？

小丑 是的，小姐。

公爵 这倒不像是个疯子的话哩。

奥丽维娅 去把他放出来，费边；带他到这儿来。（费边下）殿下，看到了这种事情，我们虽然没有缘分，可是假如您肯把我当个妹妹看待，大家不仍旧是一家人吗？倘不嫌弃，就请在这儿住下，容我略尽地主之谊。

公爵 小姐，多蒙厚意，敢不领情。（向薇奥拉）你的主人解除了你的职务了。为了你的事主的勤劳，不顾到那种事情多么不适于你的娇弱的身份和优雅的教养；你既然一直把我称做主人，从此以后，你便是你主人的主妇了。握着我的手吧。

奥丽维娅 你是我的妹妹了！

| 费边偕马伏里奥重上。

公爵 这便是那个疯子吗？

奥丽维娅 是的，殿下，就是他。——怎样，马伏里奥！

马伏里奥 小姐，您屈待了我，大大地屈待了我！

奥丽维娅 我屈待了你吗，马伏里奥？没有的事。

马伏里奥 小姐，您屈待了我。请您瞧这封信。您能抵赖说那不是您写的吗？您能写几笔跟这不同的字，几句跟这不同的句子吗？您能说这不是您的图章，不是您的大作吗？您可不能否认。好，那么承认了吧；凭着您的贞洁告诉我：为什么您向我表示这种露骨的恩意，吩咐我见您的时候脸带笑容，扎着十字交叉的袜带，穿着黄袜子，对托比大人和底下人要皱眉头？我怀着满心的希望一切服从您的话，怎么您要把我关起来，禁锢在暗室里，叫牧师来看我，给人当作大傻瓜愚弄？告诉我为什么？

奥丽维娅 唉！马伏里奥，这不是我写的，虽然我承认很像我的笔迹；但这一定是玛利娅写的。现在我记起来了，第一个告诉我你发疯了的就是她；那时你便一路带笑而来，那样子就跟信里所说的一样。你别恼吧；这场诡计未免太恶作剧，等我们调查明白原因和主谋的人之后，你可以自己兼作原告和审判官来判断这件案子。

费边 好小姐，听我说，不要让争闹和口角来打断了当前的兴会。我坦白地承认是我跟托比老爷因为看不上眼这个马伏里奥的顽固无礼，才想出这个计策来。玛利娅因为吃托比老爷央求不过，才写了这封信；为了酬劳她的缘故，他已经跟她结了婚了。假如把两方所受到的难堪衡情酌理地判断起来，那么这种恶作剧的戏谑可供一笑，也不必计较了吧。

奥丽维娅 唉，可怜的傻子，他们太把你欺侮了！

小丑 嘿，“有的人是生来的富贵，有的人是挣来的富贵，有的人是送上来的富贵。”这本戏文里我也是一个角色呢，大爷；托巴斯师父就是我，大爷；但这没有什么相干。“凭着上帝起誓，傻子，我没有疯。”可是您记得吗？“小姐，您为什么要对这么一个没头脑的混蛋发笑？您要是不笑，他就开不了口啦。”六十年风水轮流转，您也遭了报应了。

马伏里奥 我一定要出这一口气，你们这批东西一个都不放过。（下）

奥丽维娅 他给人欺侮得太不成话了。

公爵 追他回来，跟他讲个和；他还不曾把那船长的事告诉我们哩。等我们知道了以后，假如时辰吉利，我们便可以举行郑重的结合的典礼。贤妹，我们现在还不会离开这儿。西萨里奥，来吧；当你还是一个男人的时候，你便是西萨里奥——
等你换过了别样的衣裙，
你才是奥西诺心上情人。（除小丑外众下）

歌

小丑 当初我是个小儿郎，
嗨，呵，一阵雨儿一阵风；
做了傻事毫不思量，
朝朝雨雨呀又风风。

年纪长大啦不学好，
嗨，呵，一阵雨儿一阵风；
闭门羹到处吃个饱，
朝朝雨雨呀又风风。

娶了老婆，唉！要照顾，
嗨，呵，一阵雨儿一阵风；
法螺医不了肚子饿，
朝朝雨雨呀又风风。

一壶老酒望头里灌，
嗨，呵，一阵雨儿一阵风；
掀开了被窝三不管，
朝朝雨雨呀又风风。

开天辟地有几多年，
嗨，呵，一阵雨儿一阵风；
咱们的戏文早完篇，
愿诸君欢喜笑融融！（下）

特洛伊罗斯与克瑞西达

The worthiness of praise distains his worth, if that the praised himself bring the praise forth; but what the repining enemy commends, that breath fame blows; that praise, sole sure, transcends.

—— *Troilus and Cressida*

赞美倘然从被赞美者自己的嘴里发出，是会减去赞美的价值的；从敌人嘴里发出的赞美，才是真正的光荣。

——《特洛伊罗斯与克瑞西达》

剧中人物

普里阿摩斯	特洛伊国王
赫 克 托 特洛伊罗斯 帕 里 斯 得伊福玻斯 赫勒诺斯	普里阿摩斯之子
玛伽瑞隆	普里阿摩斯的庶子
埃涅阿斯 安 忒 诺	特洛伊将领
卡尔卡斯	特洛伊教士，投降于希腊
潘达洛斯	克瑞西达的叔父
阿伽门农	希腊主帅
墨涅拉俄斯	阿伽门农之弟
阿喀琉斯 埃 阿 斯 俄底修斯 涅 斯 托 狄俄墨得斯 帕特洛克罗斯	希腊将领
忒耳西忒斯	残废而好谩骂的希腊人
亚历山大	克瑞西达的仆人

特洛伊罗斯的仆人	
帕里斯的仆人	
狄俄墨得斯的仆人	
海伦	墨涅拉俄斯之妻
安德洛玛刻	赫克托之妻
卡珊德拉	普里阿摩斯之女，能预知未来
克瑞西达	卡尔卡斯之女

特洛伊及希腊军士、从者等

地点

特洛伊；特洛伊郊外的希腊营地

开场白

这一本戏的地点是在特洛伊。一群心性高傲的希腊王子，怀着满腔的愤怒，把他们满载着准备一场恶战的武器的船舶会集在雅典港口；六十九个戴着王冠的武士，从雅典海湾浩浩荡荡向弗里吉亚出发；他们立誓荡平特洛伊，因为在特洛伊的坚强的围墙里，墨涅拉俄斯的王妃，被奸污的海伦，正在风流的帕里斯怀抱中睡着：这就是引起战衅的原因。他们到了忒涅多斯，从庞大的船舶上搬下了他们的坚甲利器；这批新上战场未临矢石的希腊人，就在达耳丹平原上扎下他们威武的营寨。普里阿摩斯的六个城门的城市，达耳丹、丁勃里亚、伊里亚斯、契他斯、特洛琴和安替诺力第斯，都用重重的铁锁封闭起来，关住了特洛伊的健儿。一边是特洛伊人，一边是希腊人，两方面各自提心吊胆，不知道谁胜谁败；正像我这念开场白的人，又要担心编剧的一枝笔太笨拙，又要担心演戏的嗓子太坏，不知道这本戏究竟演得像个什么样子一样。在座的观众诸君，我要声明一句，我们并不从这场战争开始的时候演起，却是从中途开始演起的；后来的种种事实，都尽量在这出戏里表演出来。诸位喜欢它也好，不满意也好，都随诸位的高兴；本来胜败兵家常事，万一我们演得不好，也是不足为奇的呀。

第 一 幕

第一场

特洛伊；普里阿摩斯王宫门前

| 特洛伊罗斯披甲胄上，潘达洛斯随上。

特洛伊罗斯 叫我的仆人来，我要把盔甲脱下了。我自己心里正在发生激战，为什么还要到特洛伊的城外去作战呢？让每一个能够主宰自己的心的特洛伊人去上战场吧；唉！特洛伊罗斯的心早就不属于他自己了。

潘达洛斯 您不能把您的精神振作起来吗？

特洛伊罗斯 希腊人又强壮、又有智谋，又凶猛、又勇敢；我却比一颗妇人的眼泪更柔弱，比一头绵羊更温驯，比无知的蠢汉更痴愚，比夜间的处女更懦怯，比不懂事的婴儿更笨拙。

潘达洛斯 好，我的话也早就说完了；我自己实在不愿再多管什么闲事。一个人要吃面饼，总得先等把麦子磨成了粉。

特洛伊罗斯 我不是已经等过了吗？

潘达洛斯 嗯，您已经等到麦子磨成了面粉；可是您必须再等面粉放在筛里筛过。

特洛伊罗斯 那我不是也已经等过了吗？

潘达洛斯 嗯，您已经等到面粉放在筛里筛过；可是您必须再等它发起酵来。

特洛伊罗斯 那我也已经等过了。

潘达洛斯 嗯，您已经等它发过酵了；可是以后您还要等面粉搓成了面团，炉子里生起了火，把面饼烘熟；就是烘熟以后，您还要等它凉一凉，免得烫痛了您的嘴唇。

特洛伊罗斯 忍耐的女神也没有遭受过像我所遭受的那么多的苦难的迫害。当我坐在普里阿摩斯的华贵的食桌上的时候，我一想起美丽的克瑞西达——该死的家伙！“我一想起”！什么时候她离开过我的脑海呢？

潘达洛斯 嗯，我从来没有看见过她像昨天晚上那样美丽，她比无论哪一个别的女人都美丽。

特洛伊罗斯 我要告诉你：当我那颗心好像要被叹息劈成两半的时候，为了恐怕被赫克托或是我的父亲觉察，我不得不把这叹息隐藏在笑纹的后面，正像懒洋洋的阳光勉强从阴云密布的天空探出头来一样；可是强作欢娱的忧伤，是和乐极生悲同样使人难堪的。

潘达洛斯 她的头发倘不是比海伦的头发略微黑了点儿——嗯，那也不用说了，她们两个人是比较不来的；可是拿我自己来说，她是我的侄女，我当然不好意思像人家说的过分夸奖她，不过我倒很希望有人听见她昨天的谈话，像我听见她一样。令姊卡珊德拉的口才固然很好，可是——

特洛伊罗斯 啊，潘达洛斯！我对你说，潘达洛斯——当我告诉你我的希望沉没在什么地方的时候，你不该回答我它们葬身的深渊是有多么深。我告诉你我为了克瑞西达爱到发疯；你却回答我她是多么美丽，把她的眼睛、她的头发、她的面庞、她的步态、她的语调，尽量倾注在我心头的伤口上。啊！你口口声声对我说，一切洁白的东西，和她的玉手一比，都会变成墨水一样黝黑，写下它们自己的谴责；比起她柔荑的一握来，天鹅的绒毛是坚硬的，最敏锐的感觉，相形之下也会变成农夫的手掌一样粗糙。当我说我爱她的时候，你这样告诉我；你的话并没有说错，可是你不但不替我在爱情所加于我的伤痕上敷抹油膏，反而用刀子加深我的一道道伤痕。

潘达洛斯 我说的不过是真话。

特洛伊罗斯 你的话还没有说到十分。

潘达洛斯 真的，我以后不管了。随她美也好，丑也好，她果然是美的，那是她自己的福气；要是她不美，也只好让她自己去设法补救。

特洛伊罗斯 好潘达洛斯，怎么啦，潘达洛斯！

潘达洛斯 我为你们费了许多的气力，她也怪我，您也怪我；在你们两人中间跑来跑去，今天一趟，明天一趟，也不曾听见一句感谢的话。

特洛伊罗斯 怎么！你生气了吗，潘达洛斯？怎么！生我的气吗？

潘达洛斯 因为她是我的侄女，所以她就比不上海伦美丽；倘使她不是我的侄女，那么她在星期五也像海伦在星期日一样美丽。可是那跟我有什么相干呢！即使她是个黑丑的非洲人，也不关我的事。

特洛伊罗斯 我说她不美吗？

潘达洛斯 您说她美也好，说她不美也好，我都不管。她是个傻瓜，不跟她父亲去，偏要留在这儿；让她到希腊人那儿去吧，下次我看见她的时候，一定这样对她说。拿我自己来说，那么我以后可再也不管人家的闲事了。

特洛伊罗斯 潘达洛斯——

潘达洛斯 我什么都不管。

特洛伊罗斯 好潘达洛斯——

潘达洛斯 请您别再跟我多说了！言尽于此，我还是让一切照旧的好。（潘达洛斯下。内号角声）

特洛伊罗斯 别闹，你们这些聒耳的喧哗！别闹，粗暴的声音！两方面都是些傻瓜！无怪海伦是美丽的，因为你们每天用鲜血涂染着她的红颜。我不能为了这一个理由去和人家作战；它对于我的剑是一个太贫乏的题目。可是潘达洛斯——天哪！你是多么作弄着我！我要向克瑞西达传达我的情愫，只有靠着潘达洛斯的力量；可是央他去说情，他自己就是这么难说话，克瑞西达又是那么凛若冰霜，把一切哀求置之不闻。阿波罗，为了你的达芙妮的爱，告诉我，克瑞西达是什么，潘达洛斯是什么，我们都是些什么？她的眠床就是印度；她睡在上面，是一颗无价的明珠；一道汹涌的波涛隔开在我们的中间；我是个采宝的商人，这个潘达洛斯便是我的不可靠的希望，我的载登彼岸的渡航。

| 号角声。埃涅阿斯上。

埃涅阿斯 啊，特洛伊罗斯王子！您怎么不上战场去？

洛伊罗斯 我不上战场就是因为我不上战场：这是一个娘儿们的答案，因为不上战场就不是男子汉的行为。埃涅阿斯，战场上今天有什么消息？

埃涅阿斯 帕里斯受了伤回来了。

特洛伊罗斯 谁伤了他，埃涅阿斯？

埃涅阿斯 墨涅拉俄斯。

特洛伊罗斯 让帕里斯流血吧；一个替人家戴上头巾，一个替人家挂上彩，只算礼尚往来。（号角声）

埃涅阿斯 听！今天城外厮杀得多么热闹！

特洛伊罗斯 我倒宁愿在家里安静点儿。可是我们也去凑凑热闹吧；你是不是要到那边去？

埃涅阿斯 我立刻就要去。

特洛伊罗斯 好，那么我们一块儿去吧。（同下）

第二场

同前；街道

| 克瑞西达及亚历山大上。

克瑞西达 走过去的那些人是谁？

亚历山大 赫卡柏王后和海伦。

克瑞西达 她们到什么地方去？

亚历山大 她们是上东塔去的，从塔上可以俯瞰山谷，看到战事的进行。赫克托素来是个很有涵养的人，今天却发了脾气；他骂过他的妻子安德洛玛刻，打过他的造甲胄的人；看来战事吃紧，在太阳升起以前他就披着轻甲，上战场去了；那战地上的每一朵花，都像一个先知似的，在赫克托的愤怒中看到了将要发生的一场血战而凄然堕泪。

克瑞西达 他为什么发怒？

亚历山大 据说是这样的：在希腊军队里有一个特洛伊血统的将领，是赫克托的侄子；他们叫他做埃阿斯。

克瑞西达 好，他怎么样？

亚历山大 他们说他是个与众不同的人。这个人，姑娘，从许多野兽身上偷到了它们的特点：他像狮子一样勇敢，熊一样粗蠢，象一样迟钝。造物在他身上放进了太多的怪脾气，以致于把他的勇气揉成了愚蠢，在他的愚蠢之中，却又有几分聪明。每一个人的好处，他都有一点；每一个人的坏处，他也都有一点。他会无缘无故地垂头丧气，也会莫名其妙地兴高采烈。什么事情他都懂得几分，可是什么都是鸡零狗碎的，就像一个害着痛风的布里阿洛斯，生了许多的手，一点用处都没有；又像一个昏眊的阿耳戈斯，生了许多的眼睛，瞧不见什么东西。

克瑞西达 可是这个人我听了会好笑，怎么会把赫克托激怒了呢？

亚历山大 他们说他昨天和赫克托交战，把赫克托打下马来；赫克托受到这场耻辱，气得饭也吃不下，睡也睡不着。

克瑞西达 谁来啦？

潘达洛斯上。

亚历山大 姑娘，是您的叔父潘达洛斯。

克瑞西达 赫克托是一条好汉子。

亚历山大 他在这世上可算是一条好汉，姑娘。

潘达洛斯 你们说些什么？你们说些什么？

克瑞西达 早安，潘达洛斯叔叔。

潘达洛斯 早安，克瑞西达侄女。你们在那儿讲些什么？早安，亚历山大。你好吗，侄女？你什么时候到王宫里去过？

克瑞西达 今天早上，叔叔。

潘达洛斯 我来的时候你们在讲些什么？赫克托在你进宫去的时候已经披上甲出去了吗？海伦还没有起来吗？

克瑞西达 赫克托已经出去了，海伦还没有起来。

潘达洛斯 是这样吗？赫克托起身得倒很早。

克瑞西达 我们刚才就在讲这件事，也说起了他的愤怒。

潘达洛斯 他在发怒吗？

克瑞西达 这个人说他在发怒。

潘达洛斯 不错，他是在发怒；我也知道他为什么发怒。大家瞧着吧，他今天一定要显一显他的全身本领；还有特洛伊罗斯，他的武艺也不比他差多少哩；大家留意特洛伊罗斯吧，看我的话有没有错。

克瑞西达 什么！他也发怒了吗？

潘达洛斯 谁，特洛伊罗斯吗？这两个人比较起来，还是特洛伊罗斯强。

克瑞西达 天哪！这两个人怎么比得起来？

潘达洛斯 什么！特洛伊罗斯不能跟赫克托相比吗？你眼睛里

识得英雄吗？

克瑞西达 嗯，要是我见过他，我会认识他的。

潘达洛斯 好，我说特洛伊罗斯是特洛伊罗斯。

克瑞西达 那么您的意思跟我一样，因为我相信他一定不是赫克托。

潘达洛斯 赫克托也有不如特洛伊罗斯的地方。

克瑞西达 不错，他们各人有各人的本色；各人都是他自己。

潘达洛斯 他自己！唉，可怜的特洛伊罗斯！我希望他是他自己。

克瑞西达 他正是他自己呀。

潘达洛斯 他自己！不，他不是他自己。但愿他是他自己！好，天神在上，时间倘不照顾人，也会替人了结一切的。好，特洛伊罗斯，好！我希望我的心在她的腔子里。不，赫克托并不比特洛伊罗斯更了得。

克瑞西达 对不起。

潘达洛斯 他年纪大了些。

克瑞西达 对不起，对不起。

潘达洛斯 那一个还不曾到他这样的年纪；等到那一个也到了这样的年纪，你就要对他刮目相看了。赫克托今年已经老得有点头脑糊涂了，他没有特洛伊罗斯的聪明。

克瑞西达 他有他自己的聪明，用不到别人的聪明。

潘达洛斯 也没有特洛伊罗斯的才能。

克瑞西达 那也用不到。

潘达洛斯 也没有特洛伊罗斯的漂亮。

克瑞西达 那是和他的威武不相称的；还是他自己的相貌好。

潘达洛斯 侄女，你真是不生眼睛。海伦前天也说过，特洛伊罗斯虽然皮肤黑了点儿——我必须承认他的皮肤是黑了点儿，不过也不算怎么黑——

克瑞西达 不，就是有点儿黑。

潘达洛斯 凭良心说，黑是黑的，可是也不算黑。

克瑞西达 说老实话，真是真的，可是有点儿假。

潘达洛斯 她说他的皮肤的颜色胜过帕里斯。

克瑞西达 啊，帕里斯的皮肤难道血色不足吗？

潘达洛斯 不，他的血色很足。

克瑞西达 那么特洛伊罗斯的血色就嫌太多了：要是她说他的皮肤的颜色胜过帕里斯，那么他的血色一定比帕里斯更旺；一个的血色已经很足，一个却比他更旺，那一定红得像火烧一样，还有什么好看。我倒还是希望海伦的金口恭维特洛伊罗斯长着一个紫铜色的鼻子。

潘达洛斯 我向你发誓，我想海伦爱他胜过帕里斯哩。

克瑞西达 那么她真是一个风流的希腊女人了。

潘达洛斯 是的，我的的确确知道她爱着他。有一天她跑到他的房间里去——你知道他的下巴上一共还不过出了三四根胡子——

克瑞西达 不错，一个酒保都可以很快地把他的须子算出一个总数来。

潘达洛斯 他年纪很轻，可是他的哥哥赫克托能够举起的重量，他也举得起来。可是我要向你证明海伦的确爱他：她跑过去把她白嫩的手摸他的下巴——你知道他的脸上有两个酒涡，他笑起来比弗里吉亚无论哪一个人都好看。

克瑞西达 啊，他笑得很好看。

潘达洛斯 不是吗？

克瑞西达 是，是，就像一朵秋天的乌云。

潘达洛斯 那就是了。可是我要向你证明海伦爱着特洛伊罗斯——

克瑞西达 要是您证明有这么一回事，特洛伊罗斯一定不会否认。

潘达洛斯 特洛伊罗斯！嘿，他才不把她放在心上，就像我瞧不起一颗坏蛋一样呢。

克瑞西达 要是您喜欢吃坏蛋，就像您欢喜胡说八道一样，那您一定会在蛋壳里找小鸡吃。

潘达洛斯 我一想到她怎样摸弄他的下巴，就忍不住发笑；她的手真是白得出奇，我必须承认——

克瑞西达 这一点是不用上刑罚您也会承认的。

潘达洛斯 她在他的下巴上发现了一根白须。

克瑞西达 唉！可怜的下巴！许多人的肉瘤上都比你长着更多的毛呢。

潘达洛斯 可是大家都笑得不亦乐乎；赫卡柏王后笑得眼珠都打起滚来。

克瑞西达 就像两块磨石似的。

潘达洛斯 卡珊德拉也笑。

克瑞西达 可是她的眼睛底下火烧得不是顶猛；她的眼珠也打滚吗？

潘达洛斯 赫克托也笑。

克瑞西达 他们究竟都在笑些什么？

潘达洛斯 哈哈，他们就是笑那根海伦在特洛伊罗斯下巴上发现的白须。

克瑞西达 要是那是根绿须，那么我也要笑起来了。

潘达洛斯 这根胡须还不算好笑，他那俏皮的回答才叫他们笑得透不过气来。

克瑞西达 他怎么说？

潘达洛斯 她说，“你的下巴上一共只有五十一根胡须，其中倒有一根是白的。”

克瑞西达 这是她的问题。

潘达洛斯 不错，那你可以不用问。他说，“五十一根胡须，一根是白的；这根白须是我的父亲，其余都是他的儿子。”“天哪！”她说，“哪一根胡须是我的丈夫帕里斯呢？”“出角的那一根，”他说：“拔下来，给他拿去吧。”大家听了都哄然大笑起来，害得海伦怪不好意思的，帕里斯气得满脸通红，别的人一个个哈哈大笑，简直笑得收不拢嘴来。

克瑞西达 说了这许多时候的话，现在您也可以收拢嘴来了。

潘达洛斯 好，侄女，昨天我对你说起的事情，请你仔细想一想。

克瑞西达 我正在想着呢。

潘达洛斯 我可以发誓说那是真的；他哭起来就像个四月里出世的泪人儿一般。

克瑞西达 那么我就像一棵五月里的荨麻一样，在他的泪雨之中长了起来。（内吹归营号）

潘达洛斯 听！他们从战场上回来了。我们站在这儿高一点的地方，看他们回宫去好不好？好侄女，看一看吧，亲爱的克瑞西达。

克瑞西达 随您的便。

潘达洛斯 这儿，这儿，这儿有一块很好的地方，我们可以看得清清楚楚。他们走过的时候，我可以一个个把他们的名字告诉你，可是你尤其要注意特洛伊罗斯。

克瑞西达 说话轻一点。

| 埃涅阿斯自台前走过。

潘达洛斯 那是埃涅阿斯；他不是一个好汉子吗？我告诉你，他是特洛伊的一朵花。可是留心看好特洛伊罗斯；他就要来了。

| 安忒诺自台前走过。

克瑞西达 那个人是谁？

潘达洛斯 那是安忒诺；我告诉你，他是一个很有机智的人，也是一个很好的汉子；他在特洛伊是一个顶有见识的人，他的仪表也很不错。特洛伊罗斯什么时候才来呢？我就可以把特洛伊罗斯指点给你看；他要是看见我，一定会向我点头招呼的。

| 赫克托自台前走过。

潘达洛斯 那是赫克托，你瞧，你瞧，这才是个汉子！愿你胜利，赫克托！侄女，这才是个好汉子。啊，勇敢的赫克托！瞧他的神气多么威严！他不是个好汉子吗？

克瑞西达 啊！真是个好汉。

潘达洛斯 不是吗？看见了这样的人，真叫人心里高兴。你瞧他盔上有多少刀剑的痕迹！瞧那边，你看见吗？瞧，瞧，这不是说笑话；那一道一道的，好像在说，有本领的，把我挑下来吧！

克瑞西达 那些都是刀剑割破的吗？

潘达洛斯 刀剑？他什么都不怕；即使魔鬼来找着他，他也不放在心上。看见了这样的人，真叫人心里高兴。帕里斯打那边来了，帕里斯打那边来了。

| 帕里斯自台前走过。

潘达洛斯 侄女，你瞧那边；他不也是个英俊的男子吗？嗳哟，瞧他多神气！谁说他今天受了伤回来？他没有受伤；海伦看见了一定很高兴，哈哈！我希望现在就看见特洛伊罗斯！你就可以看见特洛伊罗斯了。

克瑞西达 那是谁？

| 赫勒诺斯自台前走过。

潘达洛斯 那是赫勒诺斯。我不知道特洛伊罗斯到什么地方去了。那是赫勒诺斯。我想他今天大概没有出去。那是赫勒诺斯。

克瑞西达 赫勒诺斯会不会打仗，叔叔？

潘达洛斯 赫勒诺斯？不，是，他还能应付两下。我不知道特洛伊罗斯到什么地方去了。听！你不听见人们在喊"特洛伊罗斯"吗？赫勒诺斯是个祭司。

克瑞西达 那边来的那个鬼鬼祟祟的家伙是谁？

| 特洛伊罗斯自台前走过。

潘达洛斯 什么地方？那边吗？那是得伊福玻斯。啊，那是特洛伊罗斯！侄女，这才是个好汉子！喝！勇敢的特洛伊罗斯！武士中的魁首！

克瑞西达 静声！不害羞吗？别闹啦！

潘达洛斯 瞧着他，留心瞧着他；啊，勇敢的特洛伊罗斯！侄女，好好儿瞧着他；瞧他的剑上沾着多少的血，他的盔被刀剑斫得比赫克托那顶还要破；瞧他的神气，瞧他走路的姿势！啊，可钦佩的少年！他还没有满二十三岁哩。愿你胜利，特洛伊罗斯，愿你胜利！要是我有一个姊妹是女神，或是有一个女儿是天仙，我也愿意让他自己选一个去。啊，可钦佩的男子！帕里斯？嘿！帕里斯比起他来简直泥土不如；我可以大胆说一句，海伦要是能够把帕里斯换了特洛伊罗斯，就是叫她挖出一颗眼珠来她也心甘情愿的。

克瑞西达 又有许多人来了。

| 众军士自台前走过。

潘达洛斯 驴子！傻瓜！蠢材！麸皮和糠屑，麸皮和糠屑！大鱼大肉以后的稀粥！我可以在特洛伊罗斯的眼睛里度过我的一生。别瞧啦，别瞧啦；鹰隼已经过去，现在就剩了些乌鸦，就剩了些乌鸦！我宁愿做一个像特洛伊罗斯那样的男子，不愿做阿伽门农以及整个的希腊。

克瑞西达 在希腊人中间有一个阿喀琉斯，他比特洛伊罗斯强得多啦。

潘达洛斯 阿喀琉斯！他只好推推车子，扛扛东西，他简直是只骆驼。

克瑞西达 好，好。

潘达洛斯 “好，好”！嘿，难道你一点不懂得好坏吗？难道你没有眼睛吗？你不知道怎样才算一个好男子吗？家世、容貌、体格、谈吐、勇气、学问、文雅、品行、青春、慷慨，这些不全是一个理想的男子少不了的条件吗？

| 特洛伊罗斯侍童上。

侍童 老爷，我的主人请您马上过去，有事相谈。

潘达洛斯 在什么地方？

侍童 就在您府上；他就在那里脱下他的盔甲。

潘达洛斯 好孩子，对他说我就来。（侍童下）我不知道他有没有受伤。再见，好侄女。

克瑞西达 再见，叔叔。

潘达洛斯 侄女，等会儿我就来看你。

克瑞西达 叔叔，您要带些什么来吗？

潘达洛斯 是的，我要带一件特洛伊罗斯的礼物给你。

克瑞西达 那么您真是个氤氲使者了。（潘达洛斯下）言语、盟誓、礼物、眼泪以及恋爱的全部祭礼，他都借着别人的手向我呈献过了；然而我从特洛伊罗斯本身所看到的，比之从潘达洛斯的谀辞的镜子里所看到的，还要清楚千倍。可是我却还不能就答应他。女人在被人追求的时候是个天使；无论什么东西，一到了人家手里，便一切都完了；无论什么事情，也只有正在进行的时候兴趣最为浓厚。一个被人恋爱的女子，要是不知道男人重视未获得的事物，甚于既得的事物，她就等于一无所知；一个女人要是以为恋爱在达到目的以后，还是像热情未获满足以前一样的甜蜜，那么她一定从来不曾有过恋爱的经验。所以我从恋爱中间归纳出这一句箴言：既得之后是命令，未得之前是请求。虽然我的心里装满了爱情，我却不让我的眼睛泄漏我的秘密。（克瑞西达、亚历山大同下）

第三场

希腊营地；阿伽门农帐前

| 吹号；阿伽门农、涅斯托、俄底修斯、墨涅拉俄斯及余人等上。

阿伽门农 各位王子，你们的脸上为什么都这样郁郁不乐？希望所给我们的远大计划，并不能达到我们的预期；我们雄心勃勃的行为，发生了种种阻碍困难，正像壅结的树瘿扭曲了松树的纹理，妨害了它的发展一样。各位王子，你们都知道我们这次远征，已经遭遇意外的滞延，特洛伊城被围七年，还不能把它攻克下来；我们每一次的进攻，都不能收到理想中的效果。你们因为看到了这样的成绩，所以满脸羞愧，认为莫大的耻辱吗？实在说起来，那不过是伟大的乔武有意试探我们人类有没有恒心的一段长时期的测验而已。人们在被命运眷宠的时候，勇、怯、强、弱、智、愚、贤、不肖，都看不出什么分别来；可是一旦为幸运所抛弃，开始涉历惊风骇浪的时候，就好像有一把广大有力的扇子，把他们扇分开来，柔弱无用的都被扇去，有毅力、有操守的却会卓立不动。

涅斯托 伟大的阿伽门农，恕我不揣冒昧，补充你的意思说几句话。在命运的颠沛中，最可以看出人们的气节：波平浪静的时候，有多少轻如一叶的小舟，敢在宁谧的海面上驶过，和那些载重的大船并驾齐驱！可是一等到风涛怒作的时候，你就可以看见那坚固的大船像一匹凌空的天马，从如山的雪浪里腾跃疾进；那凭着自己单薄脆弱的船身，便想和有力者竞胜的不自量力的小舟呢？不是逃进了港里，便是葬身在海神的腹中了。表面的勇敢和实际的威武，也正是这样在命运的风浪中区别出来：在和煦的阳光照耀之下，迫害着牛羊的不是猛虎而是蝇虻；可是当烈风吹倒了多节的橡树，蝇虻向有荫庇的地方纷纷飞去的时候，那山谷中的猛虎便会应和着天风的怒号，发出惊人的长啸，正像一个叱咤风云的志士，不肯在命运的困迫之前低头一样。

俄底修斯 阿伽门农，你伟大的统帅，整个希腊的神经和脊骨，我们全军的灵魂和主脑，听俄底修斯说几句话。对于你在你的崇高的领导的地位上所发表的有力的言词，以及你，涅斯托，凭着你的老成练达的人生经验所提出的可尊敬的意见，我只有赞美和同意；你的话，伟大的阿伽门农，应当刻在高耸云霄的铜柱上，让整个希腊都瞻望得到；你的话，尊严的涅斯托，应当像天轴地柱一样，把所有希腊人的心系束在一起：可是请你们再听俄底修斯说几句话。

阿伽门农 说吧，伊塔刻的王子；从你的嘴里吐出来的，一定不会是琐屑的空谈，无聊的废话，正像下流的忒耳西忒斯一张开嘴，我们便知道不会有音乐、智慧和天神的启示一样。

俄底修斯 特洛伊至今兀立不动，没有给我们攻下，赫克托的宝剑仍旧在它主人的手里，这都是因为我们漠视了军令的森严所致。看这一带大军驻屯的阵地，散布着多少虚有其表的营寨，谁都怀着各不相下的私心。大将就像是一个蜂房里的蜂王，要是采蜜的工蜂大家各自为政，不把采得的粮食归献蜂王，那么还有什么蜜可以酿得出来呢？尊卑的等级可以不分，那么最微贱的人，也可以和最有才能的人分庭抗礼了。诸天的星辰，在运行的时候，谁都恪守着自身的等级和地位，遵循着各自的不变的轨道，依照着一定的范围、季候和方式，履行它们经常的职责；所以灿烂的太阳才能高拱中天，炯察寰宇，纠正星辰的过失，揭恶扬善，发挥它的无上威权。可是众星如果出了常轨，陷入了混乱的状态，那么多少的灾祸、变异、叛乱、海啸、地震、风暴、惊骇、恐怖，将要震撼、摧裂、破坏、毁灭这宇宙间的和谐！纪律是达到一切雄图的阶梯，要是纪律发生动摇，啊！那时候事业的前途也就变成黯淡了。要是没有纪律，社会上的秩序怎么可以稳定？学校中的班次怎么得以整齐？城市中的和平怎么可以保持？各地间的贸易怎么可以畅通？法律上所规定的与生俱来的特权，以及尊长、君王、统治者、胜利者所享有的特殊权利，怎么可以确立不坠？只要把纪律的琴弦拆去，听吧！多少刺耳的噪音就会发了出来；一切都是互相抵触；江河里的水会泛滥得高过堤岸，淹没了整个的世界；强壮的要欺凌老弱，不孝的儿子要打死他的父亲；威力代替了公理，没有了是非之分，也没有正义存在。那时候权力便是一切，而凭仗着权力，便可以逞着自己的意志，放纵他的无厌的贪欲；欲望，这一头贪心不足的饿狼，得到了意志和权力的两重辅佐，势必至于把全世界供它的馋吻，然后把自己也吃下去了。伟大的阿伽门农，这一种混乱的状态，只有在纪律被人扼毙以后才会发生。就是因为漠视了纪律，有意前进的才会反而向后退却。主帅被他属下的将领所轻视，那将领又被他的属下所轻视，这样上行下效，谁都瞧不起他的长官，结果就引起了猜嫉争竞的心理，损害了整个军队的元气。特洛伊所以至今兀立不动，不是靠着它自己的力量，乃是靠着我们的这一种弱点；换句话说，它的生命是全赖我们的弱点替它支持下来的。

涅斯托 俄底修斯已经很智慧地指出了我们的士气所以不振的原因。

阿伽门农 俄底修斯，病源已经发现了，那么应当怎样对症下药呢？

俄底修斯 公认为我军中坚的阿喀琉斯，因为听惯了人家的赞誉，养成了骄矜自负的心理，常常高卧在他的营帐里，讥笑着我们的战略；还有帕特洛克罗斯也整天陪着他懒洋洋地躺在一起，说些粗俗的笑话，用荒唐古怪的动作扮演着我们，说是模拟我们的神气。有时候，伟大的阿伽门农，他模仿着崇高的你，像一个高视阔步的伶人似的，走起路来脚底下发出蹬蹬的声响，用这种可怜可笑的夸张的举止，表演着你的庄严的形状；当他说话的时候，就像一串哑钟的声音，发出一些荒诞无稽的怪话。魁梧的阿喀琉斯听见了这臭腐的一套，就会笑得在床上打滚，从他的胸口笑出了一声洪亮的喝彩："好哇！这正是阿伽门农。现在再给我扮演涅斯托；咳嗽一声，摸摸你的胡须，就像他正要发表什么演说一样。"帕特洛克罗斯就这样扮了，扮得一点也不像，可是阿喀琉斯仍旧喊着，"好哇！这正是涅斯托。现在，帕特洛克罗斯，给我表演他穿上盔甲去抵御敌人夜袭的姿态。"于是老年人的弱点，就要成为他们取笑的资料：咳一声嗽，吐一口痰，瘫痪的手乱抓乱摸着领口的钮钉。我们的英雄看见了这样的把戏，简直的要笑死了，他喊着，"啊！够了，帕特洛克罗斯；我的肋骨不是钢铁打的，你再扮下去，我要把它们一起笑断了。"他们这样嘲笑着我们的能力、才干、性格、外貌，各个的和一般的优长；我们的进展、计谋、命令、防御、临阵的兴奋、议和的言论，我们的胜利或失败，以及一切真实的或无中生有的事实，都被这两人引为信口雌黄的题目。

涅斯托 许多人看着这两个人的榜样，也已经沾上了这一种恶习。埃阿斯也变得执拗起来了，他那目空一切的神气，就跟阿喀琉斯没有两样；他也照样在自己的寨中独张一帜，聚集一班私党饮酒喧哗，大言无忌地指斥着战争的现状；他手下有一个名叫忒耳西忒斯的奴才，一肚子都是骂人的言语，他就纵容着他把我们比并得泥土不如，使军中对我们失去了信仰，也不管这种言论会引起多么危险的后果。

俄底修斯 他们斥责我们的政策，说它是懦怯；他们以为在战争中间用不到智慧；先见之明是不需要的，唯有行动才是一切；至于怎样调遣适当的军力，怎样测度敌人的强弱，这一类运筹帷幄的智谋，在他们的眼中都不值一笑，认为只是些痴人说梦，纸上谈兵：所以在他们看来，一辆凭着它的庞大的蛮力冲破城墙的战车，它的功劳远过于制造这战车的人，也远过于运用他们的智慧，指挥它的行动的人。（喇叭奏花腔）

阿伽门农 这是哪里来的喇叭声音？墨涅拉俄斯，你去瞧瞧。

墨涅拉俄斯 是从特洛伊来的。

| 埃涅阿斯上。

阿伽门农 你到我们的帐前来有什么事？

埃涅阿斯 请问一声，这就是伟大的阿伽门农的营寨吗？

阿伽门农 正是。

埃涅阿斯 我是一个使者，也是一个王子，可不可以让我把一个善意的音信传到他的尊贵的耳中？

阿伽门农 当着全体拥戴阿伽门农为他们统帅的希腊将士面前，我给你比阿喀琉斯的手臂更坚强的保证，你可以对他说话。

埃涅阿斯 谢谢你给我这样宽大的允许和保证。可是一个异邦人怎么可以从这许多人中间，辨别出哪一个是他们最尊贵的领袖呢？

阿伽门农 怎么！

埃涅阿斯 是的，我这样问着，因为我要唤起我的敬意，叫我的颊上准备着呈现一重惭愧的颜色，就像黎明冷眼窥探着少年的福玻斯一样。哪一位是那指导世人的天神，尊贵威严的阿伽门农？

阿伽门农 这个特洛伊人在嘲笑我们；否则特洛伊人都是些善于辞令的朝士。

埃涅阿斯 在和平的时候，他们是以天使般坦白、文雅温恭著名的朝士；可是当他们披上甲胄的时候，他们有的是无比的胆量、精良的武器、强健的筋骨、锋利的刀剑，什么也比不上他们的勇敢。可是住口吧，埃涅阿斯！赞美倘然从被赞美者自己的嘴里发出，是会减去赞美的价值的；从敌人嘴里发出的赞美，才是真正的光荣。

阿伽门农 特洛伊的使者，你说你的名字是埃涅阿斯吗？

埃涅阿斯 是，希腊人，那是我的名字。

阿伽门农 你来有什么事？

埃涅阿斯 恕我，将军，我必须向阿伽门农当面说知我的来意。

阿伽门农 从特洛伊带来的消息，他必须公之于众人。

埃涅阿斯 我从特洛伊奉命来此，也不是来向他耳边密语的；我带了一个喇叭来，要吹醒他的耳朵，唤起他的注意，然后再让他听我的话。

阿伽门农 请你像风一样自由地说吧，现在不是阿伽门农酣睡的时候；特洛伊人，你将要知道他是清醒着，因为他亲口这样告诉你。

埃涅阿斯 喇叭，吹响起来吧，把你的响亮的声音传进这些怠惰的营帐里；让每一个有骨气的希腊人知道，特洛伊的意旨是要用高声宣布出来的。（喇叭吹响）伟大的阿伽门农，在我们特洛伊有一位赫克托王子，普里阿摩斯是他的父亲，他在这沉闷的长期的休战中，感到了髀肉复生的悲哀；他叫我带了一个喇叭来通知你们：各位贤王、各位王子、各位将军！要是在希腊的济济英才之中，有谁重视荣誉甚于安乐；有谁为了博取世人的赞美，不惜冒着重大的危险；有谁信任着自己的勇气，不知道世间有可怕的事；有谁爱恋他的情人，不仅托之于当着他所爱者的面前所发的空言，并且也敢在别人的怀抱里矢言她的美貌和才德：要是有这样的人，那么请他接受赫克托的挑战。赫克托愿意当着特洛伊人和希腊人的面前，用他的全力证明他有一个比任何希腊人所曾经拥抱过的更聪明、更美貌、更忠心的爱人；明天他要在你们的阵地和特洛伊的城墙之间的地带，用喇叭声吹起一个真心爱他情人的希腊人来，赫克托愿意和他一角胜负；倘然没有这样的人，那么他要回到特洛伊去向人家说，希腊的姑娘们都是又黑又丑，不值得一顾的。这就是他叫我来说的话。

阿伽门农 埃涅阿斯将军，这番话我可以去告诉我们军中的情人们；要是我们军中没有这样的人，那么我们一定把这样的人都留在国内了。可是我们都是军人；一个军人要是不想恋爱、不曾恋爱或者不是正在恋爱，他一定是个卑怯的家伙！我们中间倘有一个正在恋爱，或者曾经恋爱过的，或者准备恋爱的人，他可以接受赫克托的挑战；要是没有别人，我愿意亲自出马。

涅斯托 对他说有一个涅斯托，在赫克托的祖父还在吃奶的时候就是个汉子了，他现在虽然上了年纪，可是在我们希腊军中，倘然没有一个腔子里燃着一星光荣的火花，愿意为他的恋人而应战的勇士，你就去替我告诉他，我要把我的银须藏在黄金的面甲里，凭着我这一身衰朽的筋骨，也要披上甲胄，和他在战场上相见；我要对他说我的爱人比他的祖母更美，全世界没有比她更贞洁的女子；为了证明这一个事实，我要用我仅余的三两点老血，和他的壮年的盛气决一高下。

埃涅阿斯 天哪！难道年轻的人这么少，一定要您老人家上阵吗？

阿伽门农 埃涅阿斯将军，让我搀着您的手，先带您到我们大营里看看，阿喀琉斯必须知道您这次的来意；各营各寨，每一个希腊将领，也都要一体传闻。在您回去以前，我们还要请您喝杯酒儿，表示我们对于一个高贵的敌人的敬礼。（除俄底修斯、涅斯托外同下）

俄底修斯 涅斯托！

涅斯托 你有什么话，俄底修斯？

俄底修斯 我想起了一个幼稚的念头；请您帮我斟酌斟酌。

涅斯托 你想起些什么？

俄底修斯 我说，钝斧斩硬节，阿喀琉斯骄傲到这么一个地步，倘不把他及时挫折一下，让他的骄傲的种子播散开去，恐怕后患不堪设想。

涅斯托 那么你看应当怎么办？

俄底修斯 赫克托的这一次挑战虽然没有指名叫姓，实际上完全是对阿喀琉斯而发的。

涅斯托 他的目的很显然；我们在宣布他挑战的时候，应当尽力使阿喀琉斯明白——即使他的头脑像利比亚沙漠一样荒凉——赫克托的意中是以他为目标的。

俄底修斯 您以为我们应当激起他来，叫他去应战吗？

涅斯托 是的，这是最适当的办法。除了阿喀琉斯以外，谁还能从赫克托的手里夺下胜利的光荣来呢？虽然这不过是一场游戏的斗争，可是从这回试验里，却可以判断出两方实力的高低；因为特洛伊人这次用他们最优秀的将才来试探我们的声威；相信我，俄底修斯，我们的名誉在这场儿戏的行动中将要遭受严重的考验，结果如何，虽然只是一时的得失，但一隅可窥全局，未来的重大演变，未始不可以从此举的结果观察出来。前去和赫克托决战的人，在众人的心目中必须是从我们这里挑选出来的最有本领的人物，为我们全军的灵魂所寄，就好像他是从我们各个人的长处中提炼出来的精华；要是他失败了，那得胜的一方不是将要勇气百倍，格外加强了他们的自信，即使单凭着一双赤手，也会出入白刃之间而不知恐惧吗？

俄底修斯 恕我这样说，我以为唯其如此，所以不能让阿喀琉斯去接受赫克托的挑战。我们应当像商人一样，尽先把次货拿出来，试试有没有脱售的可能；要是次货卖不出去，然后再把上等货色拿出来，那么在相形之下，更可以显出它的光彩。不要容许赫克托和阿喀琉斯交战，因为我们全军的荣辱，虽然系此一举，可是无论哪一方面得胜，胜利的光荣总不会属于我们的。

涅斯托 我老糊涂了，不能懂得你的意思。

俄底修斯 阿喀琉斯倘不是这样骄傲，那么他从赫克托手里取得的光荣，也就是我们共同的光荣；可是他现在已经是这样傲慢不逊，倘使赫克托也不能取胜他，那他一定会更加目空一世，在他侮蔑的目光之下，我们都要像置身于非洲的骄阳中一样汗流浃背了；要是他失败了，那么他是我们的首将，他的耻辱当然要影响到我们全军的声誉。不，我们还是采取抽签的办法，预先安排好让愚蠢的埃阿斯抽中，叫他去和赫克托交战；我们在私人之间，再竭力捧他一下，把他恭维得比阿喀琉斯还强，那对于我们这位戴惯高帽子的大英雄可以成为一服清心的药剂，把他冲天的傲气挫折几分。要是那个没有头脑的、愚蠢的埃阿斯奏凯而归，我们不妨替他大吹特吹；要是他失败了，那么他本来不是什么了不得的人物，也不算丢了我们的脸。不管胜负如何，我们主要的目的，是要借着埃阿斯的手，压下阿喀琉斯的气焰。

涅斯托 俄底修斯，你的意思果然很好，我可以先去向阿伽门农说说；我们现在就去找他吧。制伏两条咬人的恶犬，最好的办法是请它们彼此相争，骄傲便是挑拨它们搏斗的一根肉骨。（同下）

第　二　幕

第一场

希腊营地的一部分

｜埃阿斯及忒耳西忒斯上。

埃阿斯　忒耳西忒斯！

忒耳西忒斯　要是阿伽门农浑身长起毒疮来呢？

埃阿斯　忒耳西忒斯！

忒耳西忒斯　要是那些毒疮都出起脓来呢？

埃阿斯　狗！

忒耳西忒斯　那么咱们这位大帅不是变成一个脓包了吗？

埃阿斯　你这狼狗养的，你不听见吗？我打你。（打忒耳西忒斯）

忒耳西忒斯　整个希腊的瘟疫降在你身上，你这蠢牛一样的狗杂种将军！

埃阿斯　你再说，你这发霉的酵母，再说；我要打掉你这丑陋的皮囊。

忒耳西忒斯　我要骂开你那糊涂的心窍；可是我想等到你能够不瞧着书本念熟一段祷告的时候，你的马儿也会背诵一篇演说了。你会打人吗？你这害血瘟症的！

埃阿斯 坏东西，把布告念给我听。

忒耳西忒斯 你这样打我，你以为我是没有知觉的吗？

埃阿斯 那布告上怎么说？

忒耳西忒斯 我想它说你是个傻瓜。

埃阿斯 你再说，野猪，你再说；我的手指头痒着呢。

忒耳西忒斯 我希望你从头上痒到脚上，让我把你浑身的皮都搔破了，叫你做一个全希腊顶讨人厌的癞皮化子。叫你冲锋上阵的时候，你就打不动了。

埃阿斯 我叫你把布告念给我听！

忒耳西忒斯 你一天到晚叽哩咕噜地骂阿喀琉斯，因为他比你神气，所以你一肚子的不舒服，就像一个丑妇瞧不惯别人长得比她好看一样；哼，你简直像狗一样地向他叫个不停。

埃阿斯 忒耳西忒斯老太太！

忒耳西忒斯 你可以打他呀。

埃阿斯 你这烘坏了的歪面包块儿！

忒耳西忒斯 他会像一个水手砸碎一块硬面包似的，一拳头就把你打得血肉横飞。

埃阿斯 你这婊子生的贱狗！（打忒耳西忒斯）

忒耳西忒斯 你打，你打。

埃阿斯 你这替妖精垫屁股的凳子！

忒耳西忒斯 好，你打，你打；你这糊涂将军！我的臂弯里也比你有更多的头脑；一头蠢驴都可以做你的老师；你这下贱的莽驴子！他们叫你到这儿来打几个特洛伊人，你却给那些聪明人卖来卖去，好像一个蛮族的奴隶一般。要是你尽打我，我就从你的脚跟骂起，一寸一寸骂上去，一直骂到你的头顶，你这没有肚肠的东西，你！

埃阿斯 你这狗！

忒耳西忒斯 你这下贱的将军！

埃阿斯 你这恶狗！（打忒耳西忒斯）

忒耳西忒斯 你这战神手下的白痴！你打，不讲理的东西；你打，蠢骆驼；你打，你打。

| 阿喀琉斯及帕特洛克罗斯上。

阿喀琉斯 啊，怎么，埃阿斯！你为什么打他？喂，忒耳西忒斯！怎么一回事？

忒耳西忒斯 你瞧他，你看见吗？

阿喀琉斯 我看见；是怎么一回事？

忒耳西忒斯 不，你再瞧瞧他。

阿喀琉斯 好；是怎么一回事？

忒耳西忒斯 不，你仔细瞧瞧他。

阿喀琉斯 好，我瞧过了。

忒耳西忒斯 可是你还没有把他瞧清楚；因为无论你把他当作什么人，他总是埃阿斯。

阿喀琉斯 那我也知道，傻瓜。

忒耳西忒斯 不错，可是那傻瓜却不知道他自己。

埃阿斯 所以我打你。

忒耳西忒斯 听，听，听，听，这还成什么话！简直是驴子的理由。我可以拿一个铜子去买九只麻雀，可是他的脑子还不值一只麻雀的九分之一。我告诉你，阿喀琉斯，这家伙把思想装在肚子里，把大肠小肠一起塞在他的脑袋里，让我告诉你我对他说些什么话。

阿喀琉斯　你怎么说？

忒耳西忒斯　我说，这个埃阿斯——（埃阿斯举手欲打）

阿喀琉斯　且慢，好埃阿斯。

忒耳西忒斯　他所有的一点点儿智慧——

阿喀琉斯　不，你不要动手。

忒耳西忒斯　还塞不满海伦的针眼。

阿喀琉斯　住口，傻瓜！

忒耳西忒斯　我倒是想安安静静的，可是那傻瓜一定要跟我闹；瞧他，瞧他，你瞧。

埃阿斯　啊，你这该死的贱狗！我要——

阿喀琉斯　你何必跟一个傻瓜斗嘴呢？

忒耳西忒斯　不，他才不敢哩；他还斗不过一个傻瓜的嘴。

帕特洛克罗斯　说得好，忒耳西忒斯。

阿喀琉斯　为什么闹起来的？

埃阿斯　我叫这坏猫头鹰去替我看看布告上说些什么话，他就骂起我来了。

忒耳西忒斯　我又不是替你做事的。

埃阿斯　好，很好。

忒耳西忒斯　我是自己到这儿来的。

阿喀琉斯　你是自己到这儿来挨打的吗？

忒耳西忒斯　哼，你也是条没脑子的蛮牛。赫克托要是把你们两个人的脑壳捶了开来，那才是个大笑话，因为这简直就跟捶碎一个空心的烂胡桃没有分别。

阿喀琉斯　怎么，忒耳西忒斯，你把我也骂起来了吗？

忒耳西忒斯　俄底修斯，还有那个涅斯托老头子，他们的头脑在你们的祖父还没有长脚爪的时候就已经发了霉了，把你们当作牛马一样驾驭，赶你们到战场上去替他们打仗。

阿喀琉斯 什么？什么？

忒耳西忒斯 是的，老实对你们说吧。哼，阿喀琉斯！哼，埃阿斯！哼！

埃阿斯 我要割下你的舌头。

忒耳西忒斯 没有关系，我被割下了舌头还比你会说话些。

帕特洛克罗斯 别多说啦，忒耳西忒斯；还不住口！

忒耳西忒斯 阿喀琉斯的走狗叫我别说话，我就闭上了嘴吗？

阿喀琉斯 他骂到你身上来了，帕特洛克罗斯。

忒耳西忒斯 我要瞧你们像一串猪狗似的吊起来，然后再会踏进你们的营帐里；我要去找一处有聪明人的地方住下，再不跟傻瓜们混在一起了。（下）

帕特洛克罗斯 他去了倒也干净。

阿喀琉斯 埃阿斯，传谕全军的是这么一件事：赫克托要在明天早上五点钟的时候，在我们的营地和特洛伊城墙之间，用喇叭为号，召唤我们这儿的一个武士去和他决战；要是谁敢宣称——我记不得那一套话，全是些胡说八道。再见。

埃阿斯 再见。那么派谁去应战呢？

阿喀琉斯 我不知道；那是要用抽签决定的；否则他们应该知道叫谁去的。

埃阿斯 啊，你的意思是说你自己。待我再去探听探听消息。（各下）

第二场

特洛伊；普里阿摩斯宫中一室

| 普里阿摩斯、赫克托、特洛伊罗斯、帕里斯及赫勒诺斯上。

普里阿摩斯 抛掷了这许多时间、生命和言语以后，希腊军中的涅斯托又向我们发出了这样的通牒："把海伦交还我们，那么一切其他的损害，例如荣誉上的污辱，时间上的损失，人力物力的消耗，将士的伤亡，以及充填战争欲壑所消费的一切，都可以置之不问。"赫克托，你的意思怎样？

赫克托 就我个人而论，虽然我比谁都不怕这些希腊人，可是，尊严的普里阿摩斯，没有一个软心肠的女人会像我这样瞻望着不可知的前途而忧惧。放海伦回去吧；自从为了这一个问题开始掀动干戈以来，我们已经牺牲了无数的军士，他们每一个人的生命都像海伦一样宝贵；要是我们丧亡了这许多的同胞，去保卫一件既不属于我们、对于我们又没有多大价值的东西，那么我们凭着什么理由，拒绝把她交还给人家呢？

特洛伊罗斯 什么话！哥哥，你把我们伟大尊严的父王的荣誉，去和微贱的生命放在一个天平里称量吗？你要用算盘来计算出他无限的广大，用恐惧和理智的狭窄的分寸来束缚不可测度的巨人的腰身吗？呸，说这样丢脸的话！

赫勒诺斯 你这样痛斥理智是不足为奇的，因为你是个完全没有理智的人。是不是因为你说了这一套意气用事的话，我们的父王就不该用理智来处理他的事务了呢？

特洛伊罗斯 你还是去做做梦打打瞌睡吧，我的祭司哥哥。我可以把你的这番大道理替你说了出来：你知道敌人是要来加害于你的；你知道一柄出鞘的剑是危险的，按着理智，一个人应当明哲保身；所以赫勒诺斯一看见拿起了剑的希腊人，就会像一颗出了轨道的流星似的，借着理智的翅膀高飞远走，这还用得着奇怪吗？不，我们要是谈理智，那么还是关起大门睡觉吧。一个堂堂男子，要是让他的脑中塞满了理智，就会变成一个胆小怕事的懦夫，汩没了他的英勇的气概。

赫克托 兄弟，她是不值得我们费了这么多代价去保留下来的。

特洛伊罗斯 哪一样东西的价值不是按照着人们的估计而决定的？

赫克托 可是价值不能凭着私心的爱憎而决定；一方面这东西的本身必须确有可贵的地方，一方面它必须为估计者所重视，这样它的价值才能确立。要是把隆重的祭礼，去向一个卑微的神祇献祭，那就是疯狂的崇拜；偏执着私人的感情，而不知辨别是非厉害，那也是溺爱不明。

特洛伊罗斯 假如我今天娶了一个妻子，我的选择是取决于我的意志，我的意志是受我的耳目所左右；假如我在选定以后，我的意志重新不满于我的选择，那么我怎么可以避免既成的事实呢？一方面逃避责任，一方面又要不损害自己的荣誉，这样的事是不可能的。我们把绸缎污毁了以后，就不能再把它向商家退换；我们也不因为已经吃饱，就把剩余的食物倒在腌臜的阴沟里。当初大家都赞成帕里斯去向希腊人报复；你们的一致同意鼓励了他的远行，善于捣乱的海浪和天风，也协力帮助他一帆风顺地到了他的目的地；为了希腊人俘虏了我们一个年老的姑母，他夺回了一个希腊的王妃作为交换，她的青春和娇艳，掩盖了朝暾的美丽。我们为什么留住她不放？因为希腊人没有放还我们的姑母；她是值得我们保留的吗？啊，她是一颗明珠，它的高贵的价值，曾经掀动过千百个国王迢迢渡海而来，大家都要做一个觅宝的商人。你们不能不承认帕里斯的前去并不是失策，因为你们大家都喊着“去！去！”你们也不能不承认他带回了光荣的战利品，因为你们大家都拍手欢呼，说她的价值是不可估计的；那么你们现在为什么要诋毁从你们自己的智慧中产生的结果，把你们曾经估计为价值超过海洋和陆地的宝物重新贬斥得一文不值呢？啊！赃物已经偷了来了，我们却不敢把它保留下来，这才是最卑劣的偷窃！这样的盗贼是不配偷窃这样的宝物的。

卡珊德拉 （在内）痛哭吧，特洛伊人！痛哭吧！

普里阿摩斯 什么声音？谁在那儿喊叫？

特洛伊罗斯 这是我们那位发疯的姊姊，我听得出她的声音。

卡珊德拉 （在内）痛哭吧，特洛伊人！

赫克托 这是卡珊德拉。

卡珊德拉上，狂呼。

卡珊德拉 痛哭吧，特洛伊人！痛哭吧！借给我一万只眼睛，我要使它们充满了先知的眼泪。

赫克托 安静些，妹妹，别闹！

卡珊德拉 少年的男女们，中年的、老年的人们，还有只会哭泣的荏弱的婴孩们，大家帮着我哭喊呀！让我们先付清一部分将来的重大的悲恸。痛哭吧，特洛伊人！痛哭吧！让你们的眼睛练习练习哭泣吧！特洛伊要化为一片平地，我们美好的宫殿要变成一堆瓦砾；我们那闯祸的兄弟帕里斯放了一把火，把我们一起烧成灰烬啦！痛哭吧，特洛伊人！痛哭吧！海伦是我们的祸根！痛哭吧，痛哭吧！特洛伊要烧起来啦，快把海伦放回去吧。（下）

赫克托 特洛伊罗斯兄弟，你听了我们的姊妹这一种激昂的预言，难道一点不有动于衷吗？难道你的血液竟是这样狂热得无可理喻，不知道师出无名，必遭天谴吗？

特洛伊罗斯 赫克托大哥，行动的是非曲直，只有从事实的发展上去判断，卡珊德拉的疯话，更不能沮丧我们的勇气；我们已经把我们各人的荣誉寄托在这一次战争里了，她的神经错乱的谵语，决不能抹杀我们行动的光明正大。拿我自己来说，我正像所有普里阿摩斯的儿子一样，什么都不能动摇我的决心；愿上帝唾弃我们中间那些畏首畏尾的懦夫！

帕里斯 要是我们不能贯彻始终，那么世人将要讥笑我的行动的轻率，也要讥笑你们决策的卤莽；可是我指着天神为证，我因为得到你们完全的同意，方才敢放胆行事，屏除一切的恐惧，去进行这一个危险的计划；要不然单凭着这一双赤手空拳，能够做出什么事情来呢？一个人的匹夫之勇，怎么抵挡得了倾国之众的敌意呢？然而我可以说一句，要是我必须独自担当这些困难，要是我能够运用充分的权力，那么帕里斯决不从他已经做下的事情缩回手来，也决不会中途气馁。

普里阿摩斯 帕里斯，你的话说得完全像一个沉醉于自己的欢乐中的人；你自己吮吸着蜜糖，让人家去尝胆汁的苦味。我不敢恭维你的勇敢。

帕里斯 父王，我本来不敢独占这样一个美人所带来的欢乐，可是为了洗刷她的失身的羞辱，我不能不保持她的光荣的完整。要是现在因为迫于对方的威胁，再把她还给敌人，那对于这位被劫的王妃是一件多么不可容忍的罪恶，对于您的尊严是一个多大的污点，对于我又是一桩多么难堪的耻辱！难道像这样一种卑劣的思想，也会侵入您的高贵的心里吗？在我们这儿即使是一个最凡庸的懦夫，为了保卫海伦的缘故，也会挺身而出，拔剑而起；无论怎样高贵的人，都愿意为海伦献身效命；她既然是这样一个绝世无双的美人，我们难道不应该为她而作战吗？

赫克托 帕里斯，特洛伊罗斯，你们两人的话都说得很好；可是你们对于我们现在讨论的问题，不过作了一番文饰外表的诡辩，正像亚理斯多德所说的那种不适宜于听讲道德哲学的年轻人一样。你们所提出的理由，只能煽动偏激的意气，不能作为抉择是非的标准；因为一个耽于欢乐或是渴于复仇的人，他的耳朵是比蝮蛇更聋，听不见正确的判断的。物各有主，这是造物的意旨；在一切人类关系之中，还有什么比妻子对于丈夫更亲近的？要是这一条自然的法律为感情所破坏，思想卓越的人因为被私心所蒙蔽，也对它岸然不顾，那么在每一个组织健全的国家里，都有一条制定的法律，抑制这一类悖逆的乱行。海伦既然是斯巴达的王妃，按照自然的和国家的道德法律，就应该把她还给斯巴达；错误已经铸成，倘再执迷不返地坚持下去，那就大错而特错了。这是赫克托的良心上的见解；可是虽然这么说，我的勇敢的兄弟们，我仍旧赞同你们的意思，把海伦留下来，因为这是对于我们全体和各个的荣誉大有关系的。

特洛伊罗斯 你这句话才真说中了我们的本意；倘然这不过是一场意气之争，而不是因为重视我们的光荣，那么我也不愿为了保卫她的缘故，再洒一滴特洛伊的血。可是，尊贵的赫克托，她是一个光荣的题目，可以策励我们建立英勇卓绝的伟业，使我们战胜当前的敌人，树下万世不朽的声名；我相信即使有人给他整个世界的财富，勇敢的赫克托也不愿放弃这一个千载一时的机会。

赫克托 我愿意和你们通力合作，伟大的普里阿摩斯的英勇的后人。我已经向这些行动滞钝、党派纷歧的希腊贵人们提出挑战，惊醒他们昏睡的灵魂。我听说他们的主将只会睡觉不会管事，听任手下的将士们明争暗斗；也许我这一声怒吼，可以叫他觉醒过来。

（同下）

第三场

希腊营地；阿喀琉斯帐前

| 忒耳西忒斯上。

忒耳西忒斯 怎么，忒耳西忒斯！你把头都气昏了吗？埃阿斯这蠢象欺人太过；他居然动手打人；可是他会打我，我就会骂他，总算也出过气了。要是颠倒过来，他骂我的时候我也可以打他，那才痛快呢！他妈的！我一定要去学会一些降神召鬼的法术，让我瞧见我的咒诅降在他身上。还有那个阿喀琉斯，也真是一尊好大炮。要是特洛伊一定要等这两个人去打下来，那么除非等到城墙自己坍倒。啊！你俄林波斯山上发射雷霆的乔武大神，还有你，蛇一样狡猾的麦鸠利，你们要是不能把他们所有的不过这么一点点儿的智慧拿去，那么还算什么万神之王，还算什么足智多谋？他们的智慧是这样稀少得出奇，为了搭救一只黏在蛛网上的飞虫，他们也不知道除了拔出他们的刀剑来把蛛丝斩断以外还有什么别的办法。然后，我希望整个的军队都遭到灾殃；或者让他们一起害杨梅疮，因为他们为了一个婊子打仗，这是他们应得的报应。我的祷告已经说过了，让不怀好意的魔鬼去说他们吧。喂！阿喀琉斯将军！

| 帕特洛克罗斯上。

帕特洛克罗斯 是谁？忒耳西忒斯！好忒耳西忒斯，进来骂几句人给我们听吧。

忒耳西忒斯 要是我能够记得一枚镀金的铅币，我一定会想起你；可是那也不用说了，我要骂你的时候，只要提起你自己的名字就够了。但愿人类共同的咒诅，无知和愚蠢一起降在你的身上！上天保佑你终身得不到明师的指示，听不到教诲的启迪！让你的血气引导着你直到死去！等你死了的时候，替你掩埋的那位太太要是说你是一个漂亮的尸首，我就要再三发誓，说她一直都是掩埋着害大麻疯的病人。阿门。阿喀琉斯呢？

帕特洛克罗斯 什么！你也会虔诚起来了吗？你刚才在祷告吗？

忒耳西忒斯 是的，上天听着我的话！

| 阿喀琉斯上。

阿喀琉斯 谁在这儿？

帕特洛克罗斯 忒耳西忒斯，将军。

阿喀琉斯 哪儿？哪儿？你来了吗？啊，我的干酪，我的开胃的妙药，你为什么不常常到我的桌子上来吃饭呢？来，告诉我阿伽门农是什么？

忒耳西忒斯 你的主帅，阿喀琉斯。告诉我，帕特洛克罗斯，阿喀琉斯是什么？

帕特洛克罗斯 你的主人，忒耳西忒斯。再请你告诉我，你自己是什么？

忒耳西忒斯 我是知道你的人，帕特洛克罗斯。告诉我，帕特洛克罗斯，你是什么？

帕特洛克罗斯 你知道我，就不用问我。

阿喀琉斯 啊，你说，你说。

忒耳西忒斯 我可以把整个问题演绎下来。阿伽门农指挥阿喀琉斯；阿喀琉斯是我的主人；我是知道帕特洛克罗斯的人；帕特洛克罗斯是个傻瓜。

帕特洛克罗斯 你这混蛋！

忒耳西忒斯 闭嘴，傻瓜！我还没有说完呢。

阿喀琉斯 他是一个特许谩骂的人。说下去吧，忒耳西忒斯。

忒耳西忒斯 阿伽门农是个傻瓜；阿喀琉斯是个傻瓜；忒耳西忒斯是个傻瓜；帕特洛克罗斯已经说过了是个傻瓜。

阿喀琉斯 来，把你的理由推论出来。

忒耳西忒斯 阿伽门农倘不是个傻瓜，他就不会指挥阿喀琉斯；阿喀琉斯倘不是个傻瓜，他就不会受阿伽门农的指挥；忒耳西忒斯倘不是个傻瓜，不会伺候这样一个傻瓜；帕特洛克罗斯不用说啦，当然是个傻瓜。

帕特洛克罗斯 为什么我是个傻瓜？

忒耳西忒斯 那你该去问那造下你来的上帝。我只要知道你是个傻瓜就够了。瞧，谁来啦？

阿喀琉斯 帕特洛克罗斯，我不想跟什么人说话。跟我进来，忒耳西忒斯。（下）

忒耳西忒斯 全是些捣鬼的家伙！为来为去不过是为了一头忘八和一个婊子，结果弄得彼此猜嫉，白白流去了多少人的血。但愿战争和奸淫把他们一起抓了去！（下）

| 阿伽门农、俄底修斯、涅斯托、狄俄墨得斯及埃阿斯上。

阿伽门农 阿喀琉斯呢？

帕特洛克罗斯 在他的帐里，元帅；可是他的身子不大舒服。

阿伽门农 你去对他说，我在这儿。他辱骂我的使者，现在我又卑躬屈节地来拜访他；你这样明白告诉他，叫他不要以为我不敢在他面前提起我的地位，也不要以为我不知道我自己的身份。

帕特洛克罗斯 我就照这样对他说。（下）

俄底修斯 我们刚才看见他站在营帐的前面；他没有病。

埃阿斯 他害的是狮子的病，骄傲是他的病根。你们要是欢喜这个人，那么也可以说是一种忧郁症；可是照我说起来，完全是骄傲。他凭着什么理由这样骄傲呢？元帅，我对你说句话。（拉阿伽门农立一旁）

涅斯托 埃阿斯为什么这样骂他？

俄底修斯 阿喀琉斯把他的弄人骗了去了。

涅斯托 谁，忒耳西忒斯吗？

俄底修斯 正是他。

涅斯托 那很好，我们希望看见他们分裂，不希望看见他们勾结；可是为了这样一个傻子就会叫他们彼此不和，那么他们的友谊也实在太巩固了。

俄底修斯 智慧连络不起来的好感，愚蠢一下子就会把它打破。帕特洛克罗斯来了。

| 帕特洛克罗斯重上。

涅斯托 阿喀琉斯没有跟他来。

俄底修斯 巨象的腿是为步行用的，不是为屈膝用的。

帕特洛克罗斯 阿喀琉斯叫我回复元帅，要是元帅的大驾光临敝寨，除了游玩以外还有其他的目的，那么他真是抱歉万分；他希望您不过是因为要在饭后活活筋骨，助助消化，所以才出来散步散步的。

阿伽门农 听着，帕特洛克罗斯，他这种语含讥讽的推托，我们早就听厌了。他这个人不是没有可取的地方，可是因为自恃己长的缘故，他的优点已经开始在我们的眼中失去光彩，正像一枚很好的鲜果，因为放在龌龊的盆子里，没有人要去吃它，只好听任它腐烂。你去对他说，我们要来找他说话；你尽管大胆告诉他，说我们认为他太骄傲，太自负了，要是他把自己估价得这么高，那么我们也用不着他这么一个人，只好让他像一架无法拖曳的重炮一样，搁在武库里生锈；对他说，我们宁愿重用一个活跃的侏儒，不要一个贪睡的巨人。

帕特洛克罗斯 是，我就去这样对他说，把他的回音立刻带出来。（下）

阿伽门农 我们是来找他说话的，一定要听到他亲口的答复。俄底修斯，你进去。（俄底修斯下）

埃阿斯 他有什么胜过别人的地方？

阿伽门农 他不过自己以为比别人了得罢了。

埃阿斯 他竟这样了得吗？您想他是不是以为他比我还强？

阿伽门农 那是没有问题的。

埃阿斯 您也跟他有同样见解，认为他比我强吗？

阿伽门农 不，尊贵的埃阿斯，你跟他一样强，一样勇敢，一样聪明，一样高贵，可是你比他脾气好得多，也比他更听号令。

埃阿斯 一个人为什么要骄傲？骄傲的心理是怎么起来的？我就不知道什么是骄傲。

阿伽门农 埃阿斯，你的头脑比他明白，你的人格也比他清高。一个骄傲的人，结果总是在骄傲里毁灭了自己。

埃阿斯 我讨厌一个骄傲的人，就像讨厌一窠癞虾蟆一样。

涅斯托 （旁白）可是他却不讨厌他自己；这不是很奇怪吗？

| 俄底修斯重上。

俄底修斯 阿喀琉斯明天不愿上阵。

阿伽门农 他有什么理由？

俄底修斯 他也不讲什么理由，只逞着自己的性子，一味执拗，把什么人都不放在眼里。

阿伽门农 我们再三请他，为什么他总不出来？

俄底修斯 他的骄傲已经病入膏肓，无可救药了。

阿伽门农 让埃阿斯去叫他出来。将军，你到他帐里去看看他；听说他对你的感情不错，也许你去请他，他会却不过你的情面。

俄底修斯 啊，阿伽门农！不要这样。我们应当让埃阿斯离开阿喀琉斯越远越好。这个骄悍的将军用傲慢塞住了自己的心窍，眼睛里只有自己没有别人，难道我们反要叫一个更被我们敬重的人去向他礼拜吗？不，我们不能让这位比他尊贵三倍的、勇武超群的将军污损了他的血战得来的光荣；他的才能并不在阿喀琉斯之下，为什么要叫他贬低他的身份去向阿喀琉斯央求呢？那不过格外助长他的骄傲的气焰罢了。叫这位将军去看他！不，天神不容许这样的事，他要用雷鸣怒吼着说，“叫阿喀琉斯出来见他吧！”

涅斯托 （旁白）啊！这样很好，他说到他的心窝里去了。

狄俄墨得斯 （旁白）瞧他一声不响地听得多么出神！

埃阿斯 要是我去看他，我要一拳打歪他的脸孔。

阿伽门农 啊，不！你不要去。

埃阿斯 要是他对我神气活现，我可老实不客气要教训他一下。让我去看他。

俄底修斯 不，你无论如何不能去。

埃阿斯 下贱的、放肆的家伙！

涅斯托 （旁白）他把自己形容得一点不错！

埃阿斯 他不能客气一点吗？

俄底修斯 （旁白）乌鸦也会骂别人太黑！

埃阿斯 要是大家的思想都跟我一样——

俄底修斯 （旁白）那么世上没有聪明人了。

埃阿斯 ——一定不让他放肆到这个地步；他要是装腔作势，就叫他吞下他的刀子。尽管他是个铁铮铮的硬汉，我也要把他揉做面团。

涅斯托 （旁白）他的热度还不是顶高；再恭维他几句，把他的野心煽起来。

俄底修斯 （向阿伽门农）元帅，你太容忍他了。

狄俄墨得斯 你必须准备不靠阿喀琉斯的力量去和特洛伊人作战。

俄底修斯 就是因为人家把他的名字挂在嘴边，所以养成了他的骄傲。我倒想起了一个人——可是他就在我们眼前，我还是不说了吧。

涅斯托 你为什么不说呢？他又不像阿喀琉斯一样争强好胜。

俄底修斯 整个世界都知道他是跟阿喀琉斯一样勇敢的。

埃阿斯 婊子养的畜生！在我们面前摆他的臭架子！但愿他是个特洛伊人！

涅斯托 要是埃阿斯现在也像他一样骄傲——

俄底修斯 像他一样要人家拍他的马屁——

狄俄墨得斯 像他一样坏脾气——

俄底修斯 像他一样的目中无人、妄自尊大——

狄俄墨得斯 那才是天大的不幸！

俄底修斯 感谢上天，将军，你的天性是这样仁厚；那生下你的令尊、乳哺你的令堂，真是应该赞美；教你念书的那位先生，愿他名垂万世；你那非博学所能几及的天赋聪明，更可与日月争光；至于传授你武艺的那位师父，那么他是应该和战神马斯配享，庙食千秋的；讲到你的神勇，那么力举全牛的迈罗，也不得不向强壮的埃阿斯甘拜下风。我用不到称赞你的智慧，那是像一道围墙、一堵堤岸，包围着你的广大丰富的才能。咱们这位涅斯托老将军眼睛里见过的多，自然智慧超人一等；可是对不起，涅斯托老爹，要是您也像埃阿斯一样年轻，您的教育也不过像他一样，那么您的智慧也决不会超过他的。

埃阿斯 我拜您做干爹吧。

俄底修斯 好，我的好儿子。

狄俄墨得斯 你要听他的话啊，埃阿斯将军。

俄底修斯 咱们不要在这儿多耽搁了；阿喀琉斯这野兔子在丛林里躲着呢。请元帅立刻传令全军，召集所有的人马；新的君王们到特洛伊来了，明天我们一定要用全力保持我们的声威。这儿有一位大将，让从东方到西方来的武士们各自争取他们的光荣吧，最大的胜利将是属于埃阿斯的。

阿伽门农 我们就去召开会议。让阿喀琉斯睡吧；正是轻舟虽捷，怎及巨舶容深。（同下）

第　三　幕

第一场

特洛伊；普里阿摩斯宫中

| 潘达洛斯及一仆人上。

潘达洛斯　喂，朋友！对不起，请问一声，你是跟随帕里斯王子的吗？

仆人　是的，老爷，他走在我前面的时候，我就跟在他后面。

潘达洛斯　我的意思是说，你是靠他吃饭的吗？

仆人　老爷，我是靠天吃饭的。

潘达洛斯　你依靠着一位贵人，我必须赞美他。

仆人　愿赞美归于上帝！

潘达洛斯　你认识我吗？

仆人　说老实话，老爷，我不过在表面上认识您。

潘达洛斯　朋友，我们应当大家熟悉一点。我是潘达洛斯老爷。

仆人　我希望以后跟您老爷熟悉一点。

潘达洛斯　那很好。

仆人　您是个殿下吗？

潘达洛斯 殿下！不，朋友，你只可以叫我老爷或是大人。（内乐声）这是什么音乐？

仆人 我不大知道，老爷，那是数部合奏的音乐。

潘达洛斯 你认识那些奏乐的人吗？

仆人 我全都认识，老爷。

潘达洛斯 他们奏乐给谁听的？

仆人 他们奏给听乐的人听，老爷。

潘达洛斯 什么人叫他们奏的？

仆人 呃，老爷，是我的主人帕里斯叫他们奏的，他就在里面；那位人间的维纳斯，美的心血，爱的微妙的灵魂，也陪着他在一起。

潘达洛斯 谁，我的侄女克瑞西达吗？

仆人 不，老爷，是海伦；您听了我描写她的话还不知道吗？

潘达洛斯 朋友，看来你还没有见过克瑞西达小姐。我是奉特洛伊罗斯王子之命来见帕里斯的；我的事情很要紧，来不及等你通报了。

| 帕里斯及海伦率侍从上。

潘达洛斯 您好，我的好殿下，这些好朋友们都好！愿美好的欲望好好儿地领导他们！您好，我的好娘娘！愿美好的思想做您的美好的枕头！

海伦 好大人，您满嘴都是好话。

潘达洛斯 谢谢您的谬奖，好娘娘。好殿下，刚才的音乐很好，怎么忽然停了？

帕里斯 是你把它打断的，贤卿；现在我们就罚你唱歌一曲，把它续起来。耐儿，他会唱很好的歌呢。

潘达洛斯 真的，娘娘，没有这回事。

海伦 啊，大人！

潘达洛斯 粗俗得很，真的，粗俗不堪。好娘娘，我有事情要来对殿下说。殿下，您允许我跟您说句话吗？

海伦 不，您不能这样躲赖过去。我们一定要听您唱歌。

潘达洛斯 哎，好娘娘，您在跟我开玩笑啦。可是，殿下，您的令弟特洛伊罗斯殿下——

海伦 潘达洛斯大人，甜甜蜜蜜的大人——

潘达洛斯 算了，好娘娘，算了。——叫我向您致意问候。

海伦 您不能赖去我们的歌；要是您不唱，我可要生气了。

潘达洛斯 好娘娘，好娘娘！真是位好娘娘。

海伦 叫一位好娘娘生气是一件大大的罪过。

潘达洛斯 不，不，不，哪儿的话，哪儿的话，哈哈！殿下，他要我对您说，晚餐的时候王上要是问起他，请您替他推托一下。

海伦 潘达洛斯大人？——

潘达洛斯 我的好娘娘，我的顶好的好娘娘怎么说？

帕里斯 他有些什么要公？今晚他在什么地方吃饭？

海伦 可是，大人——

潘达洛斯 我的好娘娘怎么说？——您应该知道他在什么地方吃饭。

帕里斯 我可以拿我的生命打赌，他一定看克瑞西达去啦。

潘达洛斯 不，不，哪有这样的事；您真是说笑话了。您的婢子在害病呢。

帕里斯 好，我就替他捏造一个托辞。

潘达洛斯 是，我的好殿下。您为什么要说克瑞西达呢？不，您的婢子在害病呢。

帕里斯 我早就看出来了。

潘达洛斯 您看出来了！您看出什么来啦？来，给我一件乐器。好娘娘，让我唱一支歌给您听。

海伦 好，好，请你快唱吧。好大人，你的额角长得很好看哩。

潘达洛斯 啊，谬奖谬奖。

海伦 你要给我唱一支爱情的歌；这个爱情要把我们一起葬送了。啊，丘比特，丘比特，丘比特！

潘达洛斯 爱情！啊，很好，很好。

帕里斯 对了，爱情，爱情，只有爱情是一切！

潘达洛斯 这支歌正是这样开始的：（唱）

爱情，爱情，只有爱情是一切！
爱情的宝弓，射雌也射雄；
爱情的箭锋，射中了心胸，
不会伤人，只叫人心头火热。
那受伤的恋人痛哭哀号，
啊！啊！啊！这一回性命虽逃！
等会儿他就要放声大笑，
哈！哈！哈！爱情的味道真好！
暂时的痛苦呻吟，啊！啊！啊！
变成了一片笑声，哈！哈！哈！
咳呵！

海伦 嗳哟，他的鼻尖儿都在恋爱哩。

帕里斯 爱人，他除了鸽子以外什么东西都不吃；一个人多吃了鸽子，他的血液里会添加热力，血液里添加热力便会激动情欲，情欲激动了便会胡思乱想，胡思乱想的结果就是玩女人闹恋爱。

潘达洛斯 这就是恋爱的产生经过吗？好殿下，今天是什么人上阵？

帕里斯 赫克托、得伊福玻斯、赫勒诺斯、安忒诺以及所有特洛伊的英雄们都去了；我本来也想去的，可是我的耐儿不放我走。我的兄弟特洛伊罗斯为什么不去？

海伦 他撅起了嘴唇，好像有些什么心事似的。潘达洛斯大人，您一定什么都知道的。

潘达洛斯 哪儿的话，甜甜蜜蜜的娘娘。我很想听听他们今天打得怎样。您会记得替令弟设辞推托吗？

帕里斯 我记得就是了。

潘达洛斯 再会，好娘娘。

海伦 给我望望您的侄女。

潘达洛斯 是，好娘娘。（下；内吹归营号）

帕里斯 他们从战场上回来了，我们到普里阿摩斯的大厅上去迎接这一群战士吧。亲爱的海伦，我必须请求你帮助我们的赫克托卸下他的甲胄；他的坚强的带扣，利剑的锋刃和希腊人的武力都不能把它打开，却不能抵抗你的纤指的魔力；你的力量胜过这岛国上所有的国王。替伟大的赫克托卸除他的甲胄吧。

海伦 帕里斯，我能够做他的仆人是莫大的荣幸；为他服役的光荣，比我们天生的美貌更值得夸耀。

帕里斯 亲爱的，我爱你爱到不可思议。（同下）

第二场

同前；潘达洛斯的花园

| 潘达洛斯及特洛伊罗斯的侍童自相对方向上。

潘达洛斯 啊！你的主人呢？在我的侄女克瑞西达家里吗？

侍童 不，老爷；他等着您带他去呢。

| 特洛伊罗斯上。

潘达洛斯 啊！他来了。怎么！怎么！

特洛伊罗斯 孩子，走开去。（侍童下）

潘达洛斯 您见过我的侄女吗？

特洛伊罗斯 不，潘达洛斯；我在她的门口踯躅，像一个站在冥河边岸的游魂，等待着渡船的接引。啊！请你做我的船夫卡戎，赶快把我载到得救者往生的乐土里去，让我徜徉在百合花的中央！好潘达洛斯啊！请你从丘比特的肩背上拔下他的彩翼来，陪着我飞到克瑞西达身边去吧！

潘达洛斯 您在这园子里随便玩玩。我立刻就去带她来。（下）

特洛伊罗斯 我觉得眼前迷迷糊糊的，期望使我的头脑打着回旋。想象中的美味是这样甘芳，它迷醉了我的神经。要是我的生津的齿颊果然尝到了经过三次提炼的爱情的旨酒，那该怎样呢？我怕我会死去，昏昏沉沉地倒下去不再醒来；我怕那种太微妙渊深的快乐，调和在太芳冽的甘美里，不是我的粗俗的感官所能禁受；我怕，我更怕在无边的幸福之中，我会失去一切的知觉，正像大军冲锋、敌人披靡的时候，每个人忘记了自己一样。

| 潘达洛斯重上。

潘达洛斯 她正在打扮；她就要来了；您说话可要机灵点儿。她怕难为情得了不得，慌张得气都喘不过来，好像给一个鬼附上了身似的。我就去带她来。她真是个顶可爱的坏东西；就像一头刚给人捉住的麻雀似的慌张得喘不过气来。（下）

特洛伊罗斯 我自己的心里也感到了这样一种情绪；我的心跳得比一个害热病的人的脉搏还快；我的一切感官都失去了他们的作用，正像奴仆在无意中瞥见了主人威严的眼光一样。

| 潘达洛斯偕克瑞西达重上。

潘达洛斯 来，来，有什么害羞呢？小孩子才怕难为情。她来了，把您向我发过的誓当着她的面再发一遍吧。怎么！你又要回去了吗？你在没有给人家驯服以前，一定要有人看守着你吗？来吧，来吧，要是你再退回去，我们可要把你像一匹马似的套在辕木里了。您为什么不对她说话呢？

特洛伊罗斯 姑娘，您使我一句话也说不出来。

潘达洛斯 相思债是不能用说话去还清的，你还是给她一些行动吧，不要又是一动也不会动的。怎么！又在亲嘴了吗？好，“良缘永缔，互结同心，”——进来吧，进来吧；我先去拿个火来。（下）

克瑞西达 请进去吧，殿下。

特洛伊罗斯 啊，克瑞西达！我好容易盼望到这一天！

克瑞西达 盼望，殿下！但愿——啊，殿下！

特洛伊罗斯 但愿什么？为什么，您又不说下去了？我的亲爱的姑娘在我们爱的灵泉里发现什么渣滓了？

克瑞西达 要是我的恐惧是生眼睛的，那么我看见的渣滓比泉水还多。

特洛伊罗斯 恐惧可以使天使变成魔鬼，它所看到的永远不是真实。

克瑞西达 盲目的恐惧有明眼的理智领导，比之凭着盲目的理智毫无恐惧地横冲直撞，更容易找到一个安全的立足点；倘能时时忧虑着最大的不幸，那么在较小的不幸来临的时候往往可以安之若素。

特洛伊罗斯 啊！让我的爱人不要怀着丝毫恐惧；在爱神导演的戏剧里是没有恶魔的。

克瑞西达 也没有可怕的巨人吗？

特洛伊罗斯 没有，只有我们自己才是可怕的巨人，因为我们会发誓泪流成海，入火吞山，驯伏猛虎，凡是我们的爱人所想得到的事，我们都可以做到。姑娘，这就是恋爱的可怕的地方，意志是无限的，实行起来就有许多不可能；欲望是无穷的，行为却必须受制于种种的束缚。

克瑞西达 人家说恋人们发誓要做的事情，总是超过他们的能力，可是他们却保留着一种永不实行的能力；他们发誓做十件以上的事，实际做到的还不满一件事的十分之一。这种声音像狮子、行动像兔子一样的家伙，可不是怪物吗？

特洛伊罗斯 果然有这样的怪物吗？我可不是这样。请您在把我试验过以后，再来估计我的价值吧；当我没有用行为证明我的爱情以前，我是不愿戴上胜利的荣冠的。特洛伊罗斯将会向克瑞西达证明，一切出于恶意猜嫉的诽谤，都可以反映出他的忠心；真理所能宣说的最真实的言语，也不会比特洛伊罗斯的爱情更真实。

克瑞西达 请进去吧，殿下。

| 潘达洛斯重上。

潘达洛斯 怎么！还有点不好意思吗？你们的话还没有说完吗？

克瑞西达 好，叔叔，要是我干下了什么错事，那都是您的不好。

潘达洛斯 那么要是你给殿下生下了一位小殿下，你就把他抱来给我好了。你对殿下要忠心；他要是变了心，你尽管骂我。

特洛伊罗斯 令叔的话，和我的不变的忠诚，都可以给您做保证。

潘达洛斯 我也可以替她向您保证：我们家里的人都是不轻易许诺的，可是一旦许身于人，便永远不会变心，就像芒刺一样，碰上了身，再也掉不下来。

克瑞西达 我现在已经提起了我的勇气：特洛伊罗斯王子，我已经朝思暮想，苦苦地爱着您几个月了。

特洛伊罗斯 那么我的克瑞西达为什么这样不容易征服呢？

克瑞西达 似乎不容易征服，可是，殿下，当您第一眼看着我的时候，我早就给您征服了——恕我不再说下去，要是我招认得太多，您会看轻我的。我现在爱着您；可是直到现在为止，我还能够控制我自己的感情；不，说老实话，我说了谎了；我的思想就像一群顽劣的孩子，倔强得不受他们母亲的管束。瞧，我们真是些傻瓜！为什么我要说这些唠唠叨叨的话呢？要是我们不能替自己保守秘密，谁还会对我们忠实呢？可是我虽然这样爱您，我却没有向您求爱；然而说老实话，我却希望我自己是个男子，或者我们女子也像男子一样有先启口的权利。亲爱的，快叫我止住我的舌头吧；因为我这样得意忘形，一定会说出将会使我后悔的话来。瞧，瞧！您这么狡猾地一声不响，已经使我从我的脆弱当中流露出我的内心来了。封住我的嘴吧。

特洛伊罗斯 好，虽然甜蜜的音乐从您嘴里发出，我愿意用一吻封住它。

潘达洛斯 妙得很，妙得很。

克瑞西达 殿下，请您原谅我；我并不是有意要求您吻我；真是怪羞人的！天哪！我做了什么事啦？现在我真的要告辞了，殿下。

特洛伊罗斯 告辞了，亲爱的克瑞西达？

潘达洛斯 告辞！你就是告辞到明天早晨，还是跟他在一起的。

克瑞西达 请您不要多说。

特洛伊罗斯 姑娘，什么事情使您生气了？

克瑞西达 我讨厌我自己。

特洛伊罗斯 您可不能逃避您自己。

克瑞西达 让我去试一试。我有另外一个自己跟您在一起，可是它是无情的，宁愿离开它自己，去受别人的愚弄。我真的要走了；我的智慧掉在什么地方了？我自己也不知道自己在说些什么话。

特洛伊罗斯 说着这样聪明话的人，是不会不知道自己所说的话的。

克瑞西达 殿下，也许您会以为我所吐露的不是真情，我不过在玩弄着手段，故意用这种不害羞的招认，来试探您的意思，可是您是个聪明人，否则您也许不在恋爱，因为智慧和爱情只有在天神的心里才会同时存在，人们是不能兼而有之的。

特洛伊罗斯 啊！要是我能够相信一个女人会永远点亮她的爱情的不灭的明灯，保持她的不变的忠心和不老的青春，她那永远美好的灵魂，不会随着美丽的外表同归衰谢；只要我能够相信我对您的一片至诚和忠心，会交换到您的同样纯洁的爱情，那时我的灵魂将要怎样飘举起来！可是唉！我的忠心是这样单纯，比赤子之心还要简单而纯朴。

克瑞西达 在那一点上我要跟您互相竞争。

特洛伊罗斯 啊，当两种真理为了互争高下而相战的时候，那是一场多么道义的战争！从今以后，世上真心的情郎们都要以特洛伊罗斯为榜样；当他们充满了声诉、盟誓和夸大的比拟的诗句中缺少新的譬喻的时候，当他们厌倦于那些陈陈相因的套语，例如：像钢铁一样坚贞，像草木对于月亮、太阳对于白昼、斑鸠对于她的配偶一样忠心——当他们用尽了这一切关于忠诚的譬喻，而希望援引一个更有力的例证的时候，他们便可以加上一句去说，“像特洛伊罗斯一样忠心。”

克瑞西达 愿您的话成为预言！要是我变了心，或者有一丝不忠不贞的地方，那么当时间变成古老而忘记了它自己的时候，当特洛伊的岩石被水珠滴烂、无数的城市被盲目的遗忘所吞噬、无数强大的国家了无痕迹地化为一堆泥土的时候，让我的不贞继续存留在人们的记忆里，永远受人唾骂！当他们说过了“像空气、像水、像风、像沙土一样轻浮；像狐狸对于羔羊、豺狼对于小牛、豹子对于母鹿、继母对于前妻的儿子一样虚伪”以后，让他们举出一个最轻浮最虚伪的榜样来，说，“像克瑞西达一样负心。”

潘达洛斯 好，交易已经作成，两方面盖个印吧；来，来，我替你们做证人。这儿我握着您的手，这儿我握着我侄女的手。我这样辛辛苦苦把你们两人拉在一起，要是你们中间无论哪一个变了心，那么从此以后，让世上所有可怜的媒人们都叫着我的名字，直到永远！让一切忠心的男人都叫做特洛伊罗斯，一切负心的女子都叫做克瑞西达，一切做媒的人都叫做潘达洛斯！大家说阿门。

特洛伊罗斯 阿门。

克瑞西达 阿门。

潘达洛斯 阿门。现在我要带你们到一间房间里去，那里面还有一张眠床；那张床是不会泄漏你们的秘密的，你们尽管去成其美事吧。去！（同下）

第三场

希腊营地

| 阿伽门农、俄底修斯、狄俄墨得斯、涅斯托、埃阿斯、墨涅拉俄斯及卡尔卡斯上。

卡尔卡斯 各位王子，为了我给你们所做的事情，现在我可以

向你们要求报偿了。请你们想一想，我因为审察未来的大势，决心舍弃了特洛伊，丢下了我的家产，顶上一个叛逆的名字；牺牲了现成的安稳的地位，来追求不可知的命运；抛开了我所熟悉惯习的一切，到这举目生疏的地方来替你们尽力：你们曾经允许给我许多好处，现在我只要求你们让我略沾小惠，想来你们总不会拒绝我吧。

阿伽门农 特洛伊人，你要向我们要求什么？说吧。

卡尔卡斯 你们昨天捉来了一个特洛伊的俘虏，名叫安忒诺；特洛伊对于他是很重视的。你们常常要求他们拿我的女儿克瑞西达来交换被俘的特洛伊重要将士，可是特洛伊总是加以拒绝；据我所知道的，这个安忒诺在特洛伊军中是一个很重要的人物，一切事务倘没有他去处理，都要陷于停顿，他们甚至于愿意拿一个普里阿摩斯亲生的王子来和他交换；各位殿下，把他送回去，交换我的女儿来吧，只要让我瞧见她一面，就可以抵消我替你们所尽的一切劳力。

阿伽门农 让狄俄墨得斯把他送去，带克瑞西达回来吧；卡尔卡斯的要求可以让他得到满足。狄俄墨得斯，你去准备好这一次交换所需要的一切，同时带个信去，问一声赫克托明天是不是预备决战，埃阿斯已经预备好了。

狄俄墨得斯 我愿意担负这一个使命，并且认为这是莫大的光荣。（狄俄墨得斯、卡尔卡斯同下）

| 阿喀琉斯及帕特洛克罗斯自帐内走出。

俄底修斯 阿喀琉斯站在他的帐前，请元帅在他面前走了过

去，理也不要理他，就好像忘记了他是个什么人似的；各位王子也都对他装出一副冷淡的态度。让我在最后走过，他一定会问我，为什么人家都向他投掷这样轻蔑的眼光；那时我就借你们的冷淡做题目，对他的骄傲发出一些意含针砭的讥讽，使他不能不饮下我给他的这一服清心药剂。这服药也许会发生效力。要一个骄傲的人看清他自己的嘴脸，只有用别人的骄傲给他做镜子；倘然向他卑躬屈节，不过添长了他的气焰，徒然自取其辱。

阿伽门农 我就依照你的计策而行，当我走过他身旁的时候，故意装出一副冷淡的神气；每一位将军也都要这样，或者不去理睬，或者用轻蔑的态度向他打个招呼，那是会比完全不理他更使他难堪的。大家跟着我来。

阿喀琉斯 怎么！元帅又要来找我说话了吗？您知道我的意思，我是不愿再跟特洛伊人打仗了。

阿伽门农 阿喀琉斯说些什么？他有什么事要跟我说？

涅斯托 将军，您有什么事要对元帅说吗？

阿喀琉斯 没有。

涅斯托 元帅，他说没有。

阿伽门农 那再好没有。（阿伽门农、涅斯托同下）

阿喀琉斯 早安，早安。

墨涅拉俄斯 您好？您好？（下）

阿喀琉斯 怎么！那忘八也瞧我不起吗？

埃阿斯 啊，帕特洛克罗斯！

阿喀琉斯 早安，埃阿斯。

埃阿斯 嘿？

阿喀琉斯 早安。

埃阿斯 是，是，早安，早安。（下）

阿喀琉斯 这些家伙都是什么意思？他们不认识阿喀琉斯了吗？

帕特洛克罗斯 他们大模大样地走了过去。从前他们一看见阿喀琉斯，总是鞠躬如也，笑脸相迎，那一副恭而敬之的神气，就像礼拜神明一样。

阿喀琉斯 怎么！难道我的威风已经衰落了吗？大丈夫在失欢于命运以后，不用说会被众人所厌弃，他可以从别人的眼睛里看到他自己的没落；因为人们都是像蝴蝶一样，只会向炙手可热的夏天翩翩起舞；在他们的俗眼之中，只有富贵尊荣，这一些不一定用才能去博得的身外浮华，才是值得敬重的；当这些不足恃的浮华化为乌有的时候，人们的敬意也就会烟消云散。可是我还没有到这样的地步，命运依然是我的朋友，我依然充分享受着我所有的一切，只有这些人却对我改变了态度，我想他们一定对我有什么不满意的地方。俄底修斯也来了，他在读些什么；待我前去打断他的诵读。啊，俄底修斯！

俄底修斯 啊，阿喀琉斯！

阿喀琉斯 你在读些什么？

俄底修斯 有一个不认识的人写给我这样几句话："无论一个人的天赋如何优异，他的外表或内在的资质无论如何丰美，也必须在他的德性的光辉照耀到他人身上，发生了热力、再由感受他的热力的人把那热力反射到自己身上的时候，才会体味到他本身的价值的存在。”

阿喀琉斯 这没有什么奇怪，俄底修斯！一个人不会知道他自己的美貌，他的美貌只能反映在别人的眼里；眼睛，那最灵敏的感官，也看不见它自己，只有当自己的眼睛和别人的眼睛相遇的时候，才可以交换彼此的形象，因为视力不能反及自身，除非把自己的影子映在可以被自己看见的地方。这是一点也不奇怪的事。

俄底修斯 我并不重视这一种很普通的道理，可是我不懂写这几句话的人的用意；他用迂回婉曲的说法，证明一个人无论禀有着什么奇才异能，倘然不把那种才能传达到别人的身上，他就等于一无所有；也只有在把才能发展出去以后所博得的赞美声中，才可以认识他本身的价值，正像一座穹窿把声音弹射回来，又像一扇迎着阳光的铁门，反映出太阳所投射的形状，同时吐发出它所吸收的热力一样。他这番话很引起了我的思索，使我立刻想起了默默无闻的埃阿斯。天哪，这是一个多好的汉子！真是一匹轶群的骏马，他的奇才还没有为他自己所发现。天下真有这样被人贱视的珍宝！也有毫无价值的东西，反会受尽世人的赞赏！明天我们可以看见埃阿斯在无意中得到一个大展身手的机会，从此以后，他的威名将要遍传人口了。天啊！有些人会乘着别人懈怠的时候，干出怎样一番事业！有的人悄悄地钻进了反复无常的命运女神的厅堂，有的人却在她的眼中扮演着痴人！有的人利用着别人的骄傲而飞黄腾达，有的人却因为骄傲而使他的地位一落千丈！瞧这些希腊的将军们！他们已经在那儿拍着粗笨的埃阿斯的肩膀，好像他的脚已经踏在勇敢的赫克托的胸口，强大的特洛伊已经濒于末日了。

阿喀琉斯 我相信你的话，因为他们走过我的身旁，就像守财奴看见叫化子一样，没有一句好说话，也没有一张好脸孔。怎么！难道我的功劳都已经被人忘记了吗？

俄底修斯 将军，时间老人的背上负着一个庞大的布袋，那里面装满着被寡恩负义的世人所遗忘的丰功伟业；那些已成过去的美绩，一转眼间就会在人们的记忆里消失。只有继续不断的精进，才可以使荣名永垂不替；如果一旦罢手，就会像一套久遭搁置的生锈的铠甲，谁也不记得它的往日的勋劳，徒然让它的不合时宜的式样，留作世人揶揄的资料。不要放弃眼前的捷径，光荣的路是狭窄的，一个人只能前进，不能后退；所以你应该继续在这一条狭路上迈步进行，因为无数竞争的人都在你的背后，一个紧追着一个；要是你略事退让，或者闪在路旁，他们就会像汹涌的怒潮一样直冲过来，把你遗弃在最后；又像一匹落伍的骏马，倒在地上，下驷的驽骀都可以追上它的前面，从它的身上践踏过去。那时候人家现在所做的事，虽然比不上你从前所做的事，但是你的声名却要被他们所掩盖，因为时间正像一个趋炎附势的主人，对于一个临去的客人不过和他略微握了握手，对于一个新来的客人，却伸开了两臂，飞也似的过去抱住他；欢迎是永远含笑的，告别总是带着叹息。啊！不要让德行追索它旧日的酬报，因为美貌、智慧、门第、膂力、功业、爱情、友谊、慈善，这些都要受到无情的时间的侵蚀。世人有一个共同的天性，他们一致赞美新制的玩物，虽然它们原是从旧有的材料改造而成的；他们宁愿拂拭发着亮光的金器，却不去顾问那被灰尘掩蔽了光彩的金器。人们的眼睛只能看见现在，他们所赞赏的也只有眼前的人物；所以不用奇怪，你伟大的完人，一切希腊人都在开始崇拜埃阿斯，因为活动的东西是比停滞不动的东西更容易引人注目的。众人的属望曾经集于你的身上，要是你不把你自己活活埋葬，把你的威名收藏在你的营帐里，那么你也未始不可恢复旧日的光荣；不久以前，你那在战场上的赫赫声威，是曾经使天神为之侧目的。

阿喀琉斯 我这样深居简出，却是有极大的理由。

俄底修斯 可是有更强大、更有力的理由反对你的深居简出。阿喀琉斯，人家都知道你恋爱着普里阿摩斯的一个女儿。

阿喀琉斯 嘿！人家都知道！

俄底修斯 你以为那很奇怪吗？什么事情都逃不过旁观者的冷眼；渊深莫测的海底也可以量度得到，潜藏在心头的思想也会被人猜中。你和特洛伊人之间的关系，我们是完全明白的；可是阿喀琉斯倘然是个真正的英雄，他就应该去把赫克托打败，不应该把波吕克塞娜丢弃不顾。要是现在小小的皮洛斯在家里听见了光荣的号角在我们诸岛上吹响，所有的希腊少女们都在跳跃欢唱，“伟大的赫克托的妹妹征服了阿喀琉斯，可是我们的伟大的埃阿斯勇敢地把他打倒，”那时候他的心里该是多么难受。再见，将军，我对你这样说完全是出于好意；留心你脚底下的冰块，不要让一个傻子打这上面滑了过去，你自己却把它踹碎了。（下）

帕特洛克罗斯 阿喀琉斯，我也曾经用这种意思劝告过您。一个男人在需要行动的时候优柔寡断，没有一点丈夫的气概，是比一个卤莽粗野的男性化的女子更为可憎的。人家常常责怪我，以为我对于战争的厌恶，以及您对于我的亲密的友谊，是使您懈怠到现在这种样子的根本原因。好人，振作起来吧；只要您振臂一呼，那柔弱轻佻的丘比特就会从您的颈上放松他的淫荡的拥抱，像雄狮鬣上的一滴露珠似的，摇散在空气之中。

阿喀琉斯 埃阿斯要去和赫克托交战吗？

帕特洛克罗斯 是的，也许他会在他身上得到极大的荣誉。

阿喀琉斯 我的声誉已经遭到极大的危险，我的威名已经受到严重的损害。

帕特洛克罗斯 啊！那么您要留心，自己加于自己的伤害是最不容易治疗的；忽略了应该做的事，往往会引起危险的后果，这种危险就像寒热病一样，会在我们向阳闲坐的时候侵袭到我们的身上。

阿喀琉斯 好帕特洛克罗斯，去把忒耳西忒斯叫来；我要差这傻瓜去见埃阿斯，请他在决战完毕以后，邀请特洛伊的武士们到我们这儿来，大家便服相见。我简直像一个女人似的害着相思，渴想着会一会卸除武装的赫克托，跟他握手谈心，把他的面貌瞧一个清楚。——他来得正好！

| 忒耳西忒斯上。

忒耳西忒斯 怪事，怪事！

阿喀琉斯 什么怪事？

忒耳西忒斯 埃阿斯在战场上走来走去，到处寻访他自己。

阿喀琉斯 是怎么一回事？

忒耳西忒斯 他明天必须单人匹马去和赫克托交战；他因为预想到这一场英勇的厮杀，骄傲得了不得，所以满口乱嚷乱叫，却没有说出一句话来。

阿喀琉斯 怎么会有这样的事？

忒耳西忒斯 他跨着大步，像一只孔雀似的走来走去，踱了一步又立定了一会儿；他那满腹心事的样子，就像一个靠着脑筋打算盘的女店主在那儿计算她的账目；他咬着嘴唇，装出一副深谋远虑的神气，好像说，"我这儿有一脑袋的神机妙算，你们等着瞧吧；"他说得不错，可是他那脑袋里的智慧，就像打火石里的火花一样，不去打它是不肯出来的。这家伙一辈子完了；因为赫克托倘不在交战的时候扭断他的头颈，凭着他那股摇头摆脑的得意劲儿，也会把自己的头颈摇断的。他认也不认识我；我说，"早安，埃阿斯；"他却回答我，"谢谢，阿伽门农。"你们看他还算个什么人，会把我当作了元帅！他简直变成了一条失水的鱼儿，一个不会说话的怪物啦。

阿喀琉斯 忒耳西忒斯，你必须做我的使者，替我带一个信给他。

忒耳西忒斯 谁，我吗？嘿，他见了谁都不睬；他不愿意回答人家；只有叫化子才老是开口；他的舌头是长在臂膀上的。我可以扮做他的样子，让帕特洛克罗斯向我提出问题，你们就可以瞧瞧埃阿斯是怎么样的。

阿喀琉斯 帕特洛克罗斯，对他说：我恭恭敬敬地请求英武的埃阿斯邀请骁勇无比的赫克托便服至敝寨一叙；关于他的身体上的安全，我可以要求慷慨宽宏、声名卓著、高贵尊荣的希腊军大元帅阿伽门农特予保证，等等，等等。你这样说吧。

帕特洛克罗斯 乔武大神祝福伟大的埃阿斯！

忒耳西忒斯 哼！

帕特洛克罗斯 我奉尊贵的阿喀琉斯的命令前来——

忒耳西忒斯 嘿！

帕特洛克罗斯 他，恭恭敬敬地请求您邀请赫克托到他的寨内一叙——

忒耳西忒斯 哼！

帕特洛克罗斯 他可以从阿伽门农取得安全通行的保证。

忒耳西忒斯 阿伽门农！

帕特洛克罗斯 是，将军。

忒耳西忒斯 嘿！

帕特洛克罗斯 您的意思怎样？

忒耳西忒斯 愿上帝和你同在。

帕特洛克罗斯 您的答复呢，将军？

忒耳西忒斯 明天要是天晴，那么在十一点钟的时候，一定可以见个分晓；可是他即使得胜，我也要叫他付下了重大的代价。

帕特洛克罗斯 您的答复呢，将军？

忒耳西忒斯 再见，再见。

阿喀琉斯 啊，难道他就是这么一副腔调吗？

忒耳西忒斯 不，他简直是脱腔走调；我不知道赫克托捶破了他的脑壳以后，他还会唱些什么调调儿出来；不过我想他是不会有什么调调儿唱出来的，除非阿波罗抽了他的筋去做琴弦。

阿喀琉斯 来，你必须立刻替我去把一封信送给他。

忒耳西忒斯 让我再带一封去给他的马吧；比较起来，还是他的马有些知觉呢。

阿喀琉斯 我的心里很乱，就像一池搅混了的泉水，我自己也看不见它的底。（阿喀琉斯、帕特洛克罗斯同下）

忒耳西忒斯 但愿你那心里的泉水再清澈起来，好让我把我的驴子牵下去喝几口水！我宁愿做一颗羊身上的虱子，也不愿做这么一个没有头脑的勇士。（下）

第　四　幕

第一场
特洛伊；街道

｜埃涅阿斯及仆人持火炬自一方上；帕里斯、得伊福玻斯、安忒诺、狄俄墨得斯及余人等各持火炬自另一方上。

帕里斯　瞧！喂！那边是谁？

得伊福玻斯　那是埃涅阿斯将军。

埃涅阿斯　那一位是帕里斯王子吗？要是我也安享着像您这样的艳福，除了天大的事情以外，什么也不能叫我离开我的床头的伴侣的。

狄俄墨得斯　我也是这样想着。早安，埃涅阿斯将军。

帕里斯　埃涅阿斯，这是一位勇敢的希腊人，你跟他搀搀手吧。你不是说过，狄俄墨得斯曾经有整整一个星期在战场上把你纠缠住了不放吗？现在你可以认认清楚他的面貌了。

埃涅阿斯　在我们继续休战的期中，勇敢的将军，我愿意祝您健康；可是当我们戎装相见的时候，我对您只有不共戴天的敌忾。

狄俄墨得斯 狄俄墨得斯对于您的友情和敌意，都是同样欣然接受。当我们现在心平气和的时候，请您许我向您还祝健康；可是我们要是在战场上角逐起来，那么乔武在上，我要用我全身的力量和计谋，来取得你的生命。

埃涅阿斯 你将要猎逐一头狮子，当它逃走的时候，是用它的脸奔向着敌人的。现在我却用善意的温情，欢迎你到特洛伊来！凭着维纳斯的玉手起誓，世上没有人会像我一样爱着他所准备杀死的东西。

狄俄墨得斯 我们完全同情。乔武，要是埃涅阿斯的末日不就是我的宝剑的光荣，那么愿他活到千秋万岁吧！可是当我们为了光荣而互相争斗的时候，那么愿他明天就死去，每一处骨节上都留着一个伤痕！

埃涅阿斯 我们真是知己相逢。

狄俄墨得斯 正是；我们更希望下一次相逢的时候，彼此互成仇敌。

帕里斯 像这样满含着敌意的热烈欢迎，像这样无上高贵的憎视的友情，真是我平生所未闻。将军，你有什么事起得这样早？

埃涅阿斯 王上叫我去，可是我不知道为了什么事。

帕里斯 这儿就是他所要叫你干的事：你带着这位希腊人到卡尔卡斯的家里，在那边把美丽的克瑞西达交给他，作为他们把安忒诺放还过来的交换。你可以陪着我们一块儿去；否则你先去一步也可以。我总是觉得——也可以说的确相信——我的兄弟特洛伊罗斯昨天晚上在那边过夜；你去就把他叫醒起来，通知他我们就要来了，同时把一切情形告诉他。我怕我们此去是一定非常不受欢迎的。

埃涅阿斯 那还用说吗？特洛伊罗斯宁愿让希腊人拿了特洛伊去，也不愿让克瑞西达被人从特洛伊带走。

帕里斯 那也没有办法；时势所迫，不得不然。请吧，将军；我们随后就来。

埃涅阿斯 那么各位早安！（下）

帕里斯 告诉我，尊贵的狄俄墨得斯，像一个好朋友似的老实告诉我，照您看起来，我跟墨涅拉俄斯两个人究竟是谁更配得上美丽的海伦？

狄俄墨得斯 你们两人都差不多。一个不以她的失节为嫌，费了这么大的力气想要把她追寻回来；一个也不以舔人唾余为耻，不惜牺牲了如许的资财将士，把她保留下来。他像一个懦弱的忘八似的，甘心喝下人家残余的无味的糟粕；您像一个好色的登徒似的，愿意从她淫荡的身体里生育您的后嗣。照这样比较起来，你们正是一个半斤，一个八两。

帕里斯 您把您的同国的姊妹说得太不堪了。

狄俄墨得斯 她太对不起她的祖国。听我说，帕里斯，在她的淫邪的血管里，每一滴负心的血液，都有一个希腊人为它而丧失了他的生命；在她的腐烂的尸体上，每一分、每一厘的皮肉，都有一个特洛伊人为它而暴骨沙场。自从她呀呀学语以来，她所说过的好话的数目，还抵不上死在她手里的希腊人和特洛伊人的总数。

帕里斯 好，狄俄墨得斯，您的说话就像一个做买卖的人似的，故意把您所要买的东西说得这样坏；可是我们却不愿多费唇舌，夸赞我们所要出卖的东西。请望这边走。（同下）

第二场

同前；潘达洛斯家的庭前

特洛伊罗斯及克瑞西达上。

特洛伊罗斯 亲爱的，进去吧；早晨很冷呢。

克瑞西达 那么，我的好殿下，让我去叫叔叔下来，替您开门。

特洛伊罗斯 不要麻烦他；去睡吧，去睡吧；你那双可爱的眼睛已经倦得睁不开来，你的全身有一种软绵绵的感觉，好像一个没有思虑的婴孩似的。

克瑞西达 那么再会吧。

特洛伊罗斯 请你快去睡一会儿。

克瑞西达 您已经讨厌我了吗？

特洛伊罗斯 啊，克瑞西达！倘不是忙碌的白昼被云雀叫醒，惊起了无赖的乌鸦；倘不是酣梦的黑夜不再遮掩我们的欢乐，我是怎么也不愿离开你的。

克瑞西达 夜是太短了。

特洛伊罗斯 可恨的妖巫！对于心绪恼乱的人们，她会像地狱中的长夜一样逗留不去；对于欢会的恋人们，她就驾着比思想还快的翅膀迅速飞走。你再不进去，会受了寒的，那时你又要骂我了。

克瑞西达 请您再稍留片刻吧；你们男人总是不肯多留一会儿的。唉，好傻的克瑞西达！我应该继续推拒您的要求，那么您就不肯走开了。听！有人起来啦。

潘达洛斯 （在内）怎么！这儿的门都开着吗？

特洛伊罗斯 这是你的叔叔。

克瑞西达 真讨厌！现在他又要来把我取笑了；叫人怪不好意

思的！

| 潘达洛斯上。

潘达洛斯 啊，啊！其味如何？喂，你这位大娘子！我的侄女克瑞西达呢？

克瑞西达 该死的坏叔叔，老是把人取笑！你自己害得我——现在却来讥笑我。

潘达洛斯 害得你怎样？害得你怎样？让她自己说，我害得你怎样？

克瑞西达 算了，算了，你这坏人！你自己永远做不出好事情来，也不让人家做一个安安分分的人。

潘达洛斯 哈，哈！唉，可怜的东西！真是个傻丫头！昨天晚上没有睡觉吗？他这个坏家伙不让你睡吗？让妖精抓了他去！

克瑞西达 我不是对您说过吗？我恨不得打他一顿才痛快！（内叩门声）谁在打门？好叔叔，去瞧瞧。殿下，您再到我房里坐一会儿；您在笑我，好像我的话里头存着邪心似的。

特洛伊罗斯 哈哈！

克瑞西达 不，您弄错了，我没有转这种念头。（内叩门）他们把门擂得多急！请您快进去吧，我怎么也不愿让人家瞧见您在这儿。（特洛伊罗斯、克瑞西达同下）

潘达洛斯 （往门口）是谁？什么事？你们要把门都打破了吗？怎么！什么事？

| 埃涅阿斯上。

埃涅阿斯 早安，大人，早安。

潘达洛斯 是谁？埃涅阿斯将军！哎哟，我人都不认识啦。您这么早来有什么见教？

埃涅阿斯 特洛伊罗斯王子在这儿吗？

潘达洛斯 在这儿？他在这儿干么？

埃涅阿斯 算了，大人，我知道他在这儿，您不用瞒我。我有一些对他很有关系的话要跟他说。

潘达洛斯 您说他在这儿吗？那么我可以发誓，我一点也不知道；我自己是很晚才回来的。他到这儿来干么呢？

埃涅阿斯 算了，算了，您这样替他遮瞒，也许是对朋友的一片好心，可是对他没有什么好处的。不管您知道不知道，快去叫他出来；去。

| 特洛伊罗斯重上。

特洛伊罗斯 怎么！什么事？

埃涅阿斯 殿下，恕我少礼，我的事情很紧急；令兄帕里斯、得伊福玻斯、希腊来的狄俄墨得斯和被释归来的安忒诺都就要来了。因为希腊人把安忒诺还给我们，所以我们必须在这一小时内，把克瑞西达姑娘交给狄俄墨得斯带回希腊，作为交换。

特洛伊罗斯 已经这样决定了吗？

埃涅阿斯 这件事情已经由普里阿摩斯和全体廷臣通过，立刻就要实行。

特洛伊罗斯 好容易如愿以偿，又变了一场梦幻！我要见他们去；埃涅阿斯将军，请你装作我们是偶然相遇的，不要说在这儿找到了我。

埃涅阿斯 很好，很好，殿下；我决不泄漏秘密。（特洛伊罗斯、埃涅阿斯同下）

潘达洛斯 有这等事？刚才到手就丢了？魔鬼把安忒诺抓了

去！这位小王子准要发疯了。该死的安忒诺！我希望他们扭断他的头颈！

克瑞西达重上。

克瑞西达 怎么！什么事？刚才是谁？

潘达洛斯 唉！唉！

克瑞西达 您为什么这样长叹？他呢？去了！好叔叔，告诉我，是怎么一回事？

潘达洛斯 我还是死了干净！

克瑞西达 天哪！是什么事？

潘达洛斯 你进去吧。你为什么要生到这世上来？我知道你会把他害死的。唉，可怜的王子！该死的安忒诺！

克瑞西达 好叔叔，我求求您，我跪在地上求求您，告诉我究竟发生了什么事啦？

潘达洛斯 你要去了，丫头，你要去了；人家拿安忒诺来换你来了。你必须到你父亲那儿去，不能再跟特洛伊罗斯在一起。他一定要伤心死的；他再也受不了的。

克瑞西达 啊，你们天上的神明！我是不愿意去的。

潘达洛斯 你非去不可。

克瑞西达 我不愿去，叔叔。我已经忘记我的父亲；我不知道什么骨肉之情，只有亲爱的特洛伊罗斯才是我最亲近的亲人。神明啊！要是克瑞西达有一天会离开特洛伊罗斯，那么让她的名字永远被人唾骂吧！时间、武力、死亡，尽你们把我的身体怎样摧残吧；可是我的爱情的基础是这样坚固，就像吸引万物的地心，永远不会动摇的。我要进去哭了。

潘达洛斯 好，你去哭吧。

克瑞西达 我要扯下我的光亮的头发，抓破我的被人赞美的脸庞，哭哑我的娇好的喉咙，用特洛伊罗斯的名字捶碎我的心。我不愿离开特洛伊一步。（同下）

第三场

同前；潘达洛斯家门前

| 帕里斯、特洛伊罗斯、埃涅阿斯、得伊福玻斯、安忒诺及狄俄墨得斯上。

帕里斯 天已经大亮，把她交给这位希腊勇士的预订时间很快就要到了。特洛伊罗斯，我的好兄弟，你去告诉这位姑娘她所应该做的事，催她赶快收拾一切，准备动身。

特洛伊罗斯 你们各位都跟我到她家里去；我立刻带她出来。当我把她交给这个希腊人的时候，请你把他的手当作一座祭坛，你的兄弟特洛伊罗斯是个祭司，把他自己的心挖出来作为献祭了。（下）

帕里斯 我知道一个人在恋爱中的心理；可是我虽然老大不忍，却没有法子帮助他！各位将军，请进去吧。（同下）

第四场

同前；潘达洛斯家中一室

| 潘达洛斯及克瑞西达上。

克瑞西达 那么我要在快活的希腊人中间，做一个伤心的克瑞西达了！我们什么时候再相会呢？

特洛伊罗斯 听我说，我的爱人。只要你忠心不变——

克瑞西达 我忠心不变！怎么！你怀疑我吗？

特洛伊罗斯 不，你不要误会我的意思；我说“只要你忠心不变”，不是对你有什么不放心的地方，我不过用这样一句话，引起我下面的意思。只要你忠心不变，我一定会来看你的。

克瑞西达 啊！殿下，那您就要遭到不测的危险啦；可是我的忠心是不变的。

特洛伊罗斯 我要出入危险，习以为常。你佩戴着我这衣袖吧。

克瑞西达 这手套也请您永远戴在手上。我什么时候再看见您呢？

特洛伊罗斯 我会贿赂希腊的守兵，每天晚上来探望你。可是你不要变心。

克瑞西达 天啊！又是“不要变心”！

特洛伊罗斯 爱人，听我告诉你我说这句话的理由：希腊的青年们都是充满美好的品质的，他们都很可爱，很俊秀，有很好的天赋，又是博学多能，我怕你也许会得新忘旧；唉！一种真诚的嫉妒占据着我的心头，请你把它叫作纯洁的罪恶吧。

克瑞西达 天啊！您不爱我。

特洛伊罗斯 那么让我像一个恶徒一样不得好死！我不是怀疑你的忠心，只是不相信自己有什么长处：我不会唱歌，不会跳舞，不会讲那些花言巧语，也不会跟人家勾心斗角，这些都是希腊人最擅长的本领；可是我可以说在每一种这一类的优点中间，都潜伏着一个不动声色的狡猾的恶魔，引诱人家堕入他的圈套。希望你不要被他诱惑。

克瑞西达 您想我会被他诱惑吗？

特洛伊罗斯 不。可是有些事情不是我们的意志所能做主的；有时候我们会变成引诱自己的恶魔，因为过信着自己的脆弱易变的心性，而陷于身败名裂的地步。

埃涅阿斯 （在内）殿下！

特洛伊罗斯 来，吻我；我们就此分别了。

帕里斯 （在内）特洛伊罗斯兄弟！

特洛伊罗斯 哥哥，你带着埃涅阿斯和那希腊人进来吧。

克瑞西达 殿下，您不会变心吗？

特洛伊罗斯 谁，我吗？唉，忠心是我唯一的过失：当别人用手段去沽名钓誉的时候，我却用一片忠心博得一个痴愚的名声；人家用机诈在他们的铜冠上镀了一层金，我只有纯朴的真诚，我的王冠是敝旧而没有虚饰的。

| 埃涅阿斯、帕里斯、安忒诺、得伊福玻斯及狄俄墨得斯上。

特洛伊罗斯 欢迎，狄俄墨得斯将军！这就是我们向你们交换安忒诺的那位姑娘，等我们到了港口的时候，我就把她交给你，一路上我还要告诉你她是怎么样的一个人。你要好好看顾她；凭着我的灵魂起誓，希腊人，要是有一天你的生命悬在我的剑下，只要一提起克瑞西达的名字，你就可以像普里阿摩斯坐在他的深宫里一样安全。

狄俄墨得斯 克瑞西达姑娘，您无须感谢这位王子的关切，您那明亮的眼睛，您那天仙化人的面庞，就是最有力的言辞，使我不能不给您尽心的爱护；您今后就是狄俄墨得斯的女主人，他愿意一切听从您的吩咐。

特洛伊罗斯 希腊人，你用这种恭维她的话语，来嘲笑我的诚意的请托，未免太没有礼貌了。我告诉你吧，希腊的将军，她的好处是远超过你的恭维以上的，你也不配称为她的仆人。我吩咐你好好看顾她，因为这就是我的吩咐；要是你胆敢欺负她，那么即使阿喀琉斯那个大汉做你的保镖，我也要切断你的喉咙。

狄俄墨得斯 啊！特洛伊罗斯王子，您不用生气，让我凭着我的地位和使命所赋有的特权，说句坦白的话：当我离开这儿以后，我爱怎么做就怎么做，什么人也不能命令我；我将按照她本身的价值看重她，可是您要是叫我必须怎么怎么做，那么我就用我的勇气和荣誉，回答您一个“不”字。

特洛伊罗斯 来，到港口去吧。我对你说，狄俄墨得斯，你今天对我这样出言不逊，以后你可不要碰在我的手里。姑娘，让我搀着您的手，我们就在路上谈谈我们两人所要说的话吧。（特洛伊罗斯、克瑞西达、狄俄墨得斯同下；喇叭声）

帕里斯 听！赫克托的喇叭声。

埃涅阿斯 我们把这一个早晨浪费过去了！我曾经对他发誓，要比他先到战场上去，现在他一定要怪我怠惰迟慢了。

帕里斯 这都是特洛伊罗斯不好。来，来，到战场上去会他。

得伊福玻斯 我们立刻就去吧。

埃涅阿斯 好，让我们像一个精神奋发的新郎似的，赶快去追随在赫克托的左右；我们特洛伊的光荣，今天完全依靠着他一个人的神威。（同下）

第五场

希腊营地；前设围场

丨埃阿斯披甲胄及阿伽门农、阿喀琉斯、帕特洛克罗斯、墨涅拉俄斯、俄底修斯、涅斯托等同上。

阿伽门农 你已经到了约定的地点，勇气勃勃地等候时间的到来。威武的埃阿斯，用你的喇叭向特洛伊高声吹响，让它传到你那英勇的敌人的耳中，召唤他出来吧。

埃阿斯 吹喇叭的，我多赏你几个钱，你替我使劲地吹，把你那喇叭管子都吹破了吧。吹啊，家伙，鼓起你的腮子，挺起你的胸脯，吹得你的眼睛里冒血，给我把赫克托吹了出来。（吹喇叭）

俄底修斯 没有喇叭回答的声音。

阿喀琉斯 时候还早哩。

阿伽门农 那边不是狄俄墨得斯带着卡尔卡斯的女儿来了吗？

俄底修斯 正是他，我认识他的走路的姿态；看他趾高气扬的样子，好像非常得意。

丨狄俄墨得斯及克瑞西达上。

阿伽门农 这位就是克瑞西达姑娘吗？

狄俄墨得斯 正是。

阿伽门农 好姑娘，欢迎您到我们这儿来。

涅斯托 我们的元帅用一个吻来欢迎您哩。

俄底修斯 可是那只能表示他个人的盛意；她是应该让我们大家都有接吻一次的机会的。

涅斯托 说得有理；我来开始吧。涅斯托已经吻过了。

阿喀琉斯 美人，让我吻去您嘴唇上的冰霜；阿喀琉斯向您表示他的欢迎。

墨涅拉俄斯 我也有吻她一次的权利。

帕特洛克罗斯 你还是放弃了你的权利吧；帕里斯也正是这样打旁边杀了过来，把你的权利夺了去的。姑娘，这第一个吻是墨涅拉俄斯的；第二个是我的：帕特洛克罗斯吻着您。

墨涅拉俄斯 啊！这是什么话！

帕特洛克罗斯 帕里斯跟我两个人总是代替他和人家接吻。

墨涅拉俄斯 我一定要得到我的一吻。姑娘，恕我。

克瑞西达 在接吻的时候，是您给我吻呢还是您受我的吻？

帕特洛克罗斯 我也给您吻，也受您的吻。

克瑞西达 您所受的吻胜过您所给的吻，所以我不让您吻我。

墨涅拉俄斯 那么我给您利息；让我用三个吻换您的一个吧。

俄底修斯 你这笔买卖是做不成的。好姑娘，我可以向您讨一个吻吗？

克瑞西达 好，您讨吧。

俄底修斯 那么，为了维纳斯的缘故，给我一个吻；等海伦再变成一个处女的时候，他也可以吻您，他的吻也让我代领了吧。

克瑞西达 这一笔债可以记在账上，等它到期的时候，您再来问我讨吧。

俄底修斯 那是永远不会到期的，那么把我的一吻给我。

狄俄墨得斯 姑娘，我带您去见令尊吧。（狄俄墨得斯偕克瑞西达下）

涅斯托 一个伶俐的女人。

俄底修斯 不要脸的东西！她的眼睛里、面庞上、嘴唇边都有话，连她的脚都会讲话呢；她身上的每一处骨节，

每一个行动，都透露出风流的心情。（内喇叭声）

众人 特洛伊人的喇叭。

阿伽门农 他们的军队来了。

| 赫克托披甲胄；埃涅阿斯、特洛伊罗斯与其他特洛伊将士等上。

埃涅阿斯 各位希腊将军请了！赫克托叫我来问你们，在今天这次比武中间，交战双方是不是一定要判决雌雄，死伤流血，在所不计；还是在一方面已经占到上风的时候，就由监战的人发令双方停止？

阿伽门农 赫克托愿意采取哪一种方式？

埃涅阿斯 他没有意见；他愿意服从两方面议定的条件。

阿喀琉斯 这正是赫克托的作风，想得很周到，有点儿骄傲，可是未免太小看对方的武士了。

埃涅阿斯 将军，您倘然不是阿喀琉斯，那么请问您叫什么名字？

阿喀琉斯 我倘不是阿喀琉斯，就是个无名小子。

埃涅阿斯 那么尊驾正是阿喀琉斯了。可是让我告诉您吧：赫克托有的是吞吐宇宙的无限大的勇气，却没有一丝一毫的骄傲。您要是知道他的为人，那么他这种表面上的骄傲，正是他的礼貌。你们这位埃阿斯的身体上有一半是和赫克托同血统的，为了顾念亲属的情谊，今天只有半个赫克托出场，用他一半的心，一半的身体，来跟这个一半特洛伊人一半希腊人的混血武士相会。

阿喀琉斯 那么今天的战争只是一场娘儿们的打架吗？啊！我知道了。

| 狄俄墨得斯重上。

阿伽门农 狄俄墨得斯将军来了。善良的武士，你去站在我们这位埃阿斯的旁边；你和埃涅阿斯将军就做两方面的监战人吧，或者让他们战到精疲力竭，或者让他们略为交锋一两回合，都由你们两人决定。这两个交战的既然是亲戚，恐怕他们剑下不免有所顾忌。（埃阿斯、赫克托二人入场）

俄底修斯 他们已经拔剑相向了。

阿伽门农 那个满脸懊丧的特洛伊人是谁？

俄底修斯 普里阿摩斯的最小的儿子，一个真正的武士：他不曾经过多大的历练，可是已经卓尔不群；他的出言很坚决，他的行为代替了他的言辞，他也从不矜功伐能；他不容易动怒，可是一动了怒，他的怒气却不容易平息下来；他有一颗坦白的心和一双慷慨的手，他所有的都可以给人家，他所想到的都不加掩饰，可是他的慷慨并不是滥施滥与，他的嘴里也从不曾吐露过一些卑劣的思想。他像赫克托一样勇敢，可是比赫克托更厉害；因为赫克托在盛怒之中，只要看见柔弱的事物，就会心软下来，可是他在激烈行动的时候，是比善妒的爱情更为凶狠的。他们称他为特洛伊罗斯，在他的身上建立着未来的希望，足与赫克托后先媲美。这是埃涅阿斯对我说的，他很熟悉这个少年，当我在特洛伊宫里的时候，他这样私下告诉我。（号角声；赫克托与埃阿斯交战）

阿伽门农 他们打起来了。

涅斯托 埃阿斯，出力！

特洛伊罗斯 赫克托，你睡着了吗；醒来！

阿伽门农 他的剑法很不错；好啊，埃阿斯！

狄俄墨得斯 大家住手。（号角声停止）

埃涅阿斯 两位王子，够了，请歇手吧。

埃阿斯 我还没有上劲呢；再打一会儿吧。

狄俄墨得斯 请问赫克托的意思。

赫克托 好，那么我是不愿意再打下去了。将军，你是我的父亲的妹妹的儿子，伟大的普里阿摩斯的侄儿；血统上的关系，阻止我们作流血的竞争。要是在你身上混合着的希腊和特洛伊的血液，可以使你这样说，“这一只手是完全属于希腊的，这一只是属于特洛伊的；这腿上的筋肉全然是希腊的，这腿上全然是特洛伊的；右边的脸上流着我母亲的血液，左边的流着我父亲的血液”，那么凭着万能的乔武起誓，我要用我的剑在你每一处流着希腊血液的肢体上留下这一场恶战的痕迹；可是我不能上干天怒，让我的利剑沾上一滴你所得自你的母亲、我的可尊敬的姑母的血液。让我拥抱你，埃阿斯；凭着震响着雷霆的天神起誓，你有很壮健的手臂：兄弟，愿你有一切的光荣！

埃阿斯 谢谢你，赫克托；你是一个太仁厚慷慨的人。我本意是要来杀死你，替自己博得一个英雄的名声的。

赫克托 即使最有名的涅俄普托勒摩斯，也不能希望从赫克托身上夺得光荣。

埃涅阿斯 两方面都在等着看你们两位还有什么行动。

赫克托 我们就这样回答：拥抱是这一场决战的结果。埃阿斯，再会。

埃阿斯 这是一个难得的机会，要是我的请求可以获得胜利，那么我要请我的著名的表兄到我们希腊营中一叙。

狄俄墨得斯 这是阿伽门农的意思，伟大的阿喀琉斯也渴想见一见解除甲胄的赫克托的英姿。

赫克托 埃涅阿斯，叫我的兄弟特洛伊罗斯过来见我；把这次友谊的访问通知我们特洛伊方面的观战将士，叫他们回去吧。兄弟，把你的手给我；我愿意跟你一起吃吃喝喝，认识认识你们的武士。

埃阿斯 伟大的阿伽门农亲自来迎接我们了。

赫克托 凡是他们中间最有名的人物，都请你一个一个把他们的名字告诉我；可是轮到阿喀琉斯的时候，我要凭着我自己的眼睛，从他魁梧庞大的身体上认出他来。

阿伽门农 尊贵的英雄！我们热烈欢迎你，正像我们热烈希望早早去掉你这样一位敌人一样；可是在欢迎的时候，不该说这样的话，请你明白我的意思，在过去和未来的路上，是散满着毁灭的零落的残迹的，可是在此时此刻，我们却用毫无猜忌的诚意，从心底里向你表示欢迎，伟大的赫克托！

赫克托 谢谢你，尊严的阿伽门农。

阿伽门农 （向特洛伊罗斯）特洛伊著名的将军，我们同样欢迎你的光降。

墨涅拉俄斯 让我继我的王兄之后，欢迎你们两位英雄的兄弟。

赫克托 这一位将军是谁？

埃涅阿斯 尊贵的墨涅拉俄斯。

赫克托 啊！是您吗，将军？凭着战神的臂鞲，谢谢您！不要笑我发这样古怪的誓，您那位从前的太太总是凭着爱神的手套起誓的；她很安好，可是没有叫我向您问候。

墨涅拉俄斯 别提起她，将军；她是一个死了的题目。

赫克托 啊！对不起，恕我失言。

涅斯托 勇敢的特洛伊人，我常常看见你突过希腊少年的队伍，像披荆斩棘一样挥舞着你的宝剑，一手操纵着死生的命运；我也看见你像一个盛怒的珀耳修斯似的鞭策着骏马驰骋，把你的剑停留在空中，不去加诛那些望风披靡的败将降卒；那时我曾经对旁边的人说，"瞧！那边正是天神朱庇特在那儿决定人们的生死呢！"我也看见一群希腊人把你紧紧包围在中间，像一场俄林波斯山上的角技似的，你却从容不迫地在那儿休息；可是当我看见你的时候，你的脸孔总是深锁在钢铁的面甲里，直到现在方才看到你的面目。我认识你的祖父，曾经跟他交手过一次，他是一位很好的军人；可是凭着伟大的战神起誓，你比他强得多啦。让一个老年人拥抱你；可尊敬的战士，欢迎你驾临我们的营地。

埃涅阿斯 这位是年老的涅斯托。

赫克托 让我拥抱你，久历沧桑的好老人家；最可尊敬的涅斯托，我很高兴遇见你。

涅斯托 我希望我的臂膀不但能够拥抱你，也能够和你在疆场上决战。

赫克托 我也希望它们能够。

涅斯托 吓！凭着我这一把白须，我明天可要跟你决战几回合呢。好，欢迎，欢迎！我现在是老了——

俄底修斯 特洛伊的柱石已经在我们这儿了，我不知道现在那座城会不会倒下来。

赫克托 俄底修斯将军，您的容貌我还记得很清楚。啊！自从上次您跟狄俄墨得斯出使到敝城来，我们初次会面的那时候以后，已经死了多少的希腊人和特洛伊人啦。

俄底修斯 将军，我那时候早就向您预告后来的事情了；我的预言还不过应验了一半，因为那座屏障贵邦的顽强的城墙，那些高耸云霄的碉楼，都必须吻它们自己脚下的泥土。

赫克托 我不能相信您的话，它们现在还是固若金汤；照我并不夸大的估计，打落每一块弗里吉亚的石头，都必须用一滴希腊人的血做代价。什么事情都要到结局方才知道究竟，那位惯于调停一切的时间老人，总有一天会替我们结束这一场纷争。

俄底修斯 那么就让他去解决一切吧。最温良、最勇武的赫克托，欢迎！等元帅宴请过您以后，我也要请您驾临敝营，让我略尽地主之谊。

阿喀琉斯 对不起，俄底修斯将军，我要占先一下！赫克托，我已经把你看了个饱，仔细端详过你的脸貌，把你身上的每一个地方都牢牢记住了。

赫克托 这位就是阿喀琉斯吗？

阿喀琉斯 我就是阿喀琉斯。

赫克托 请你站好，我也要看看你。

阿喀琉斯 你尽管看吧。

赫克托 我已经看好了。

阿喀琉斯 你看得太快了。我可要像买东西似的再把你从头到脚细细儿的看一遍。

赫克托 啊！你要把我当作一本兵法书似的读着吗？可是我怕你有许多地方读不懂。为什么你要这样用你的眼睛尽盯住我？

阿喀琉斯 天神啊，告诉我，我应该在他身上的哪一部分把他杀死呢？是这儿，是这儿，还是这儿？让我认清在什么方位结果赫克托的生命。天神啊，回答我吧！

赫克托 骄傲的人，天神倘会回答这样一个问题，他们也不成其为天神了。请你再立定一下。你以为取我的命是这样一件容易的事，可以让你预先认清在什么地方把我杀死吗？

阿喀琉斯 我告诉你，是的。

赫克托 即使你的话是天神的启示，我也不会相信。你还是自己留心点儿吧，因为我要把你杀死的时候，我不是在这儿那儿杀死你，凭着替战神打盔的铁砧起誓，我要在你身上每一处地方杀死你。各位聪明的希腊人，恕我夸下了这样的大口，他的出言不逊，激动我说出这样狂妄的话来；可是我倘不能用行为证实我的说话，我就永不——

埃阿斯 表兄，你不必生气。阿喀琉斯，您也不用说这种恫吓的话，等您用得到它们的时候再拿出来吧；只要您有胃口，您可以每天去跟赫克托厮杀的。可是我怕我们全营将士请您出马的时候，您又是请也请不出来的了。

赫克托 请您让我在战场上跟您相见好不好？自从您不肯替

希腊人出力以来，我们已经好久不曾有过痛快的断杀了。

阿喀琉斯 赫克托，你请求我吗？好，明天我一定和你相会，决一个你死我活；可是今天晚上我们是好朋友。

赫克托 一言为定，把你的手给我。

阿伽门农 各位希腊将士，你们大家先到我的营帐里来，参加共同的欢宴；要是赫克托有功夫，你们有谁想要表示你们好客的殷勤，再可以各别招待他。把鼓儿高声打起来，把喇叭吹起来，让这位大英雄知道我们对他的欢迎。（除特洛伊罗斯、俄底修斯二人外皆下）

特洛伊罗斯 俄底修斯将军，请您告诉我，卡尔卡斯住在什么地方？

俄底修斯 在墨涅拉俄斯的营帐里，尊贵的特洛伊罗斯；狄俄墨得斯今晚就在那儿陪他喝酒，这家伙眼睛里不见天地，只是瞧着美丽的克瑞西达。

特洛伊罗斯 将军，我们从阿伽门农帐里出来以后，可不可以有劳您带我到那里去？

俄底修斯 您可以命令我。我也要请问一声，这位克瑞西达姑娘在特洛伊的名誉怎样？她在那里有没有什么情人因为跟她分别而伤心？

特洛伊罗斯 啊，将军！我真像一个向人夸示他的伤疤的人一样，反而遭到您的讥笑了。请吧，将军。她曾经被人爱，她也爱过人，她现在还是这样；可是甜蜜的爱情往往是命运嘴里的食物。（同下）

第　五　幕

第一场

希腊营地；阿喀琉斯帐前

| 阿喀琉斯及帕特洛克罗斯上。

阿喀琉斯　今夜我要用希腊的美酒烧热他的血液，明天再用我的宝剑叫它冷下来。帕特洛克罗斯，我们一定要痛痛快快地请他吃喝一个尽头。

帕特洛克罗斯　忒耳西忒斯来了。

| 忒耳西忒斯上。

阿喀琉斯　啊，你这嫉妒的核儿！你这天生的硬面包壳儿！有什么消息？

忒耳西忒斯　嘿，你这虚有其表的画像，你这痴人崇拜者的偶像，这儿有一封信给你。

阿喀琉斯　从哪儿来的，你这七零八碎的东西？

忒耳西忒斯　嘿，你这满盘的傻瓜，从特洛伊来的。

帕特洛克罗斯　现在谁在看守着营帐？

忒耳西忒斯　请你免开尊口，孩子；我一点也不能从你的谈话里得到什么好处。人家都以为你是阿喀琉斯的雄丫头。

帕特洛克罗斯 混蛋！什么叫做雄丫头？

忒耳西忒斯 嘿，雄丫头就是男婊子。但愿南方的各种恶病，绞肠、脱肠、伤风、肾砂、昏睡症、瘫痪、烂眼、坏肝、哮喘、膀胱肿毒、坐骨神经痛、灰掌疯、无药可医的筋骨痛、终身不治的水泡疹，一古脑儿染到你这荒唐家伙的身上！

帕特洛克罗斯 怎么，你这该死的恶毒匣子，你这样咒人是什么意思？

忒耳西忒斯 我咒你吗？

帕特洛克罗斯 哼，你这半橛儿的坏木头，你这婊子生的不成形的恶狗，你没有咒我。

忒耳西忒斯 没有！那么你为什么发急，你这一绞轻薄的丝绒线，你这坏眼病的人的绿绸眼罩，你这浪子钱袋上的流苏，你？啊！这个寒伧的世间怎么净是这些水面的飞虫，这些可厌的渺小的生物！

帕特洛克罗斯 闭嘴，恶毒的东西！

忒耳西忒斯 你这麻雀蛋儿！

阿喀琉斯 我的好帕特洛克罗斯，我明天出战的雄心已经受到挫折。这儿是一封从赫卡柏王后写来的信，还有她的女儿，我的爱人，给我的一件礼物，她们都恳求我遵守我从前发过的一句誓言。我不愿背反我的誓言。让希腊没落，让名誉消失，让光荣或去或留吧；我必须服从我所已经发过的重誓。来，来，忒耳西忒斯，帮着布置布置我的营帐；今夜一定要在欢宴中消度过去。去吧，帕特洛克罗斯！（阿喀琉斯、帕特洛克罗斯同下）

忒耳西忒斯 这两个人有太多的血气，太少的头脑，也许会发起疯来；要是他们因为有太多的头脑，太少的血气而发疯，那么我倒可以治愈他们的疯病。还有那个阿伽门农，人倒很老实，他也很爱玩鹌鹑，可是他的头脑总共还不过像耳屎那么一点点。讲到他那个外表像天神的兄弟，那头公牛，那尊原始的雕像，那座歪斜的忘八的纪念碑，他不过是用链条穿起了挂在他哥哥腿上的一块小小的鞋拔；像他这种家伙，智慧里搀了些奸恶，奸恶里拼了些智慧，还能够叫他变得比现在的样子好一点吗？变一头驴子，那也不算什么；他又是驴子又是牛。变一头牛，那也不算什么；他又是牛又是驴子。变一条狗、一头骡子、一头猫、一头臭鼬、一只虾蟆、一条蜥蜴、一只枭、一只鹞子，或是一条没有卵的鲱鱼，我都不在乎；可是倘要叫我变一个墨涅拉俄斯！嘿，我才要向命运造反呢。要是我不是忒耳西忒斯，那么别问我愿意变什么，因为就是叫我做癞病人身上的一头虱子我都愿意，只要不是做墨涅拉俄斯。嗳哟！精灵们带着火把来啦！

| 赫克托、特洛伊罗斯、埃阿斯、阿伽门农、俄底修斯、涅斯托、墨涅拉俄斯及狄俄墨得斯各持火炬上。

阿伽门农 我们走错了，我们走错了。

埃阿斯 不，那边正是；就在有火光的地方。

赫克托 真的太麻烦你们了。

埃阿斯 不，没有什么。

俄底修斯 他自己来接您啦。

| 阿喀琉斯重上。

阿喀琉斯 欢迎，勇敢的赫克托；欢迎，各位王子。

阿伽门农 特洛伊的英雄的王子，我现在要向您道晚安了。埃阿斯会吩咐卫士们伺候您的。

赫克托 谢谢您，愿您晚安，希腊的元帅。

墨涅拉俄斯 晚安，将军。

赫克托 晚安，墨涅拉俄斯将军。

阿喀琉斯 回去的人我向他们道晚安，留着的人我欢迎他们。

阿伽门农 晚安。（阿伽门农、墨涅拉俄斯同下）

阿喀琉斯 年老的涅斯托也没有去，狄俄墨得斯，你也在这儿耽搁一二小时，陪陪赫克托吧。

狄俄墨得斯 我不能，将军；我有重要的事情，现在就要去了。晚安，伟大的赫克托。

赫克托 把您的手给我。

俄底修斯 （向特洛伊罗斯旁白）跟着他的火把跑；他是到卡尔卡斯的帐里去的。我陪您走走。

特洛伊罗斯 真是有劳您啦。

赫克托 好，晚安。（狄俄墨得斯下；俄底修斯、特洛伊罗斯随下）

阿喀琉斯 来，来，我们进帐吧。（阿喀琉斯、赫克托、埃阿斯、涅斯托同下）

忒耳西忒斯 那个狄俄墨得斯是个奸诈小人，一个居心不正的坏家伙；当他斜着眼睛瞧人的时候，正像一条发着嘶嘶声音的蛇一样靠不住。他会随口许愿，可是等到他履行许愿的时候，天文学家也会发出预告，因为那时候天象一定会发生巨大的变化，太阳反而要向月亮借光了。我宁愿不看赫克托，一定要跟住他；人家说他养着一个特洛伊的婊子，借那卖国贼卡尔卡斯的营帐幽叙。我要跟他去。奸淫，只有奸淫！全都是些不要脸的淫棍！（下）

第二场

同前；卡尔卡斯帐前

| 狄俄墨得斯上。

狄俄墨得斯 喂！你睡了没有？

卡尔卡斯 （在内）谁在叫？

狄俄墨得斯 狄俄墨得斯。是卡尔卡斯吗？你的女儿呢？

卡尔卡斯 （在内）她就来了。

| 特洛伊罗斯及俄底修斯自远处上；忒耳西忒斯随上。

俄底修斯 站远一些，别让火把照见我们。

| 克瑞西达上。

特洛伊罗斯 克瑞西达出来会他了。

狄俄墨得斯 啊，我的被保护人！

克瑞西达 我的亲爱的保护人！来！我给您说句话。（向狄俄墨得斯耳语）

特洛伊罗斯 哼，这样亲热！

俄底修斯 她会向无论哪个初次见面的男人唱歌。

狄俄墨得斯 你会记得吗？

克瑞西达 记得，记得。

狄俄墨得斯 好，你可记住了；不要口不应心。

特洛伊罗斯 叫她记得些什么？

俄底修斯 听好！

克瑞西达 甜甜蜜蜜的希腊人，别再诱我干那些傻事情了。

忒耳西忒斯 捣什么鬼！

狄俄墨得斯 不，那么——

克瑞西达 我对您说呀——

狄俄墨得斯 算了，算了，有什么说的；你已经背了誓了。

克瑞西达 真的，我不能。你要我怎么样？

忒耳西忒斯 一个鬼把戏——公开的秘密。

狄俄墨得斯 你不是发过誓要给我一件什么东西吗？

克瑞西达 请您不要逼我履行我的誓言了，亲爱的希腊人；除了这一件事情以外，我什么都依你。

狄俄墨得斯 晚安！

特洛伊罗斯 忍耐，把这口怒气压下去吧！

俄底修斯 你怎么啦，特洛伊人？

克瑞西达 狄俄墨得斯——

狄俄墨得斯 不，不，晚安；我不愿再被愚弄了。

特洛伊罗斯 比你更好的人也被她愚弄过了。

克瑞西达 听着！我向您的耳边说句话。

特洛伊罗斯 该死，该死！

俄底修斯 您在动怒了，王子；我们还是去吧，免得您的脾气越发越大。这地方是个危险的地方，这时间也是容易闯祸的时间。请您回去吧。

特洛伊罗斯 不，你瞧你瞧！

俄底修斯 您还是去吧；您已经气得发疯了。来，来，来。

特洛伊罗斯 请你再等一会儿。

俄底修斯 您快要忍耐不住了；来。

特洛伊罗斯 请你等一会儿。凭着地狱和一切地狱里的酷刑发誓，我决不说一句话！

狄俄墨得斯 好，晚安！

克瑞西达 可是您是含怒而去的。

特洛伊罗斯 那使你心里难过吗？啊，枯萎了的忠心！

俄底修斯 怎么，怎么，王子！

特洛伊罗斯 天神在上，我忍耐就是了。

克瑞西达 我的保护人！——喂，希腊人！

狄俄墨得斯 呸，呸！再见；你老是作弄人家。

克瑞西达 凭良心说，我没有；您回来呀。

俄底修斯 您在气得发抖了；王子；我们走吧，您要忍不住了。

特洛伊罗斯 她摸他的脸！

俄底修斯 来，来。

特洛伊罗斯 不，等一会儿；天神在上，我决不说一句话；在我的意志和一切耻辱的中间，有忍耐在那儿看守着；再等一会儿吧。

忒耳西忒斯 那个屁股胖胖的、手指粗得像马铃薯般的奢淫的魔鬼怎么会把这两个宝货撮在一起！煎吧，都给我在奸淫里煎枯了吧！

狄俄墨得斯 那么你答应了吗？

克瑞西达 是，我答应了；不骗您。

狄俄墨得斯 给我一件什么东西做保证吧。

克瑞西达 我去给您拿来。（下）

俄底修斯 您发誓说一定忍耐的。

特洛伊罗斯 你放心吧，好将军；我一定抑制住自己，不让我的感情暴露出来；我满心都是忍耐。

| 克瑞西达重上。

忒耳西忒斯 抵押品来了！瞧，瞧，瞧！

克瑞西达 狄俄墨得斯，这衣袖请您收下了吧。

特洛伊罗斯 啊，美人！你的忠心呢？

俄底修斯 王子——

特洛伊罗斯 我会忍耐；在外表上忍住我的怒气。

克瑞西达 您瞧瞧那衣袖；瞧清楚了。他曾经爱过我——啊，负心的女人！把它还给我。

狄俄墨得斯 这是谁的？

克瑞西达 您已经还了我，不用再问了。明天晚上我不愿跟您相会。狄俄墨得斯，请您以后不要再来看我了吧。

忒耳西忒斯 现在她又要磨他了；说得好，磨石！

狄俄墨得斯 拿来给我。

克瑞西达 什么，是这个吗？

狄俄墨得斯 是这个。

克瑞西达 天上的诸神啊！你可爱的、可爱的信物！你的主人现在正在床上躺着想起你也想起我；他一定在那儿叹气，拿着我的手套，一边回忆一边轻轻地吻着它；就像我吻着你一样。不，不要从我手里把它夺去；谁拿了它去，就是把我的心也一块儿拿去了。

狄俄墨得斯 你的心已经给了我了；这东西也是我的。

特洛伊罗斯 我已经发誓忍耐。

克瑞西达 你不能把它拿去，狄俄墨得斯；真的您不能拿去；我宁愿把别的东西给您。

狄俄墨得斯 我一定要这个。它是谁的？

克瑞西达 您不用问。

狄俄墨得斯 快说，它本来是属于谁的？

克瑞西达 它本来是属于一个比您更爱我的人的。可是您既然已经拿了去，就给了您吧。

狄俄墨得斯 它是谁的？

克瑞西达 凭着狄安娜女神和伺候她的那群星娥们起誓，我不愿告诉您它是谁的。

狄俄墨得斯 明天我要把它佩在我的战盔上，要是他不敢向我挑战，也叫他看着心里难过。

特洛伊罗斯 即使你是魔鬼，把它挂在你的角上，我也要向你挑战。

克瑞西达 好，好，事情已经过去，也不用说了；可是不，我不愿应您的约会。

狄俄墨得斯 好，那么再见；狄俄墨得斯以后再不给你玩弄了。

克瑞西达 您不要去；人家刚说了一句话，您又恼起来啦。

狄俄墨得斯 我不欢喜让人开这样的玩笑。那么我要不要来？什么时候？

克瑞西达 好，你来吧；——天啊！——你来吧；——我一定要受神明的惩罚了！

狄俄墨得斯 再会。

克瑞西达 晚安；请你一定来。（狄俄墨得斯下）别了，特洛伊罗斯！我的一只眼睛还在望着你，可是另一只眼睛已经随着我的心转换了方向。唉，我们可怜的女人！我发现了我们这一个弱点，我们的眼睛所犯的错误支配着我们的心；一时的失足把我们带到了永远错误的路上。（下）

忒耳西忒斯 这是她对于她自己的贞节的最老实的供认，除非她再说一句，“我的心现在已经变成了一个娼妇。”

俄底修斯 没有什么好看的了，王子。

特洛伊罗斯 是的，一切都完了。

俄底修斯 那么我们还留在这儿干么？

特洛伊罗斯 我要把他们在这儿说的话一个字一个字记录在我的灵魂里。可是我倘把这两个人共同串演的这一出活剧告诉人家，虽然我宣布的是事实，这事实会不会是一个诳呢？因为在我的心里还留着一个顽强的信仰，不肯接受眼睛和耳朵的见证，好像这两个器官都是善于欺骗，它们的作用只是颠倒是非，淆乱黑白。刚才出来的真是克瑞西达吗？

俄底修斯 我又不会驱神役鬼，特洛伊人。

特洛伊罗斯 一定不是她。

俄底修斯 的确是她。

特洛伊罗斯 我还没有发疯，我知道那不是她。

俄底修斯 难道倒是我疯了吗？刚才明明是克瑞西达。

特洛伊罗斯 为了女人的光荣，不要相信她是克瑞西达！我们都是有母亲的；不要让那些找不到诽毁的题目的顽固批评家们得到借口，用克瑞西达的例子来评断一切的女性；还是相信她不是克瑞西达吧。

俄底修斯 王子，她干了些什么事，可以使我们的母亲都蒙上污辱呢？

特洛伊罗斯 她没有干什么事，除非刚才的女人真的就是她。

忒耳西忒斯 他自己亲眼瞧见了还要强调诡辩吗？

特洛伊罗斯 这是她吗？不，这是狄俄墨得斯的克瑞西达。美貌如果是有灵魂的，这就不是她；灵魂如果指导着誓言，誓言如果代表着虔诚的心愿，虔诚如果是天神的喜悦，世间如果有不变的常道，这就不是她。啊，疯狂的理论，矛盾的事实！这是克瑞西达，又不是克瑞西达。我的灵魂里正在进行着一场奇怪的战争，一件不可分的东西，分隔得比天地相去还要辽阔；可是在这样广大的距离中间，却又找不到一个针眼大的线缝。

像地狱之门一样坚强的证据，证明克瑞西达是我的，上天的赤绳把我们结合在一起。像上天本身一样坚强的证据，却证明神圣的约束已经分裂松懈，她的破碎的忠心、她的残余的爱情、她的狼藉的贞操，都拿去与狄俄墨得斯另结新欢了。

俄底修斯 尊贵的特洛伊罗斯也会受制于他所吐露的那种感情吗？

特洛伊罗斯 是的，希腊人；我要用像热恋着维纳斯的战神马斯的心一样鲜红的大字把它书写出来；从来不曾有过一个年轻的男子用我这样永恒而坚定的灵魂恋爱过。听着，希腊人，正像我深爱着克瑞西达一样，我也同样痛恨着她的狄俄墨得斯；他将要佩在盔上的那块衣袖是我的，即使他的盔是用天上的神火打成的，我的剑也要把它挑下来；疾风卷海，波涛怒立的声势，也将不及我的利剑落在狄俄墨得斯身上的时候那样惊心动魄。

忒耳西忒斯 这是他偷女人的报应。

特洛伊罗斯 啊，克瑞西达！负心的克瑞西达！你好负心！一切不忠不信、无情无义，比起你的失贞背节来，都会变成光荣。

俄底修斯 啊！您忍着些吧；您这一番愤激的话，已经给人家听见了。

| 埃涅阿斯上。

埃涅阿斯 殿下，我已经找了您这一点钟。赫克托现在正在特洛伊披起他的甲胄来了。埃阿斯等着护送您回去。

特洛伊罗斯 那么我们一同走吧。多礼的将军，再会。别了，叛逆的美人！狄俄墨得斯，留心站稳了，顶一座堡垒在你的头上吧！

俄底修斯 我送你们两位到门口。

特洛伊罗斯 请接受我的中心恼乱的感谢。（特洛伊罗斯、埃涅阿斯、俄底修斯同下）

忒耳西忒斯 要是我碰见了那个混蛋狄俄墨得斯！我要向他学老鸦叫，叫得他满身晦气。我倘把这婊子的事情告诉了帕特洛克罗斯，他一定愿意把无论什么东西送给我；鹦鹉瞧见了一粒杏仁，也不及他听见了一个近在手头的婊子更高兴。奸淫，奸淫；永远是战争和奸淫，别的什么都不时髦。浑身火焰的魔鬼抓了他们去！（下）

第三场

特洛伊；普里阿摩斯王宫门前

| 赫克托及安德洛玛刻上。

安德洛玛刻 我的夫君今天怎么脾气坏到这样子，不肯接受人家的劝告呢？脱下你的甲胄来，今天不要出去打仗了。

赫克托 不要激怒我，快进去；凭着一切永生的天神起誓，我非去不可。

安德洛玛刻 我的梦一定会应验的。

赫克托 别多说啦。

| 卡珊德拉上。

卡珊德拉 我的哥哥赫克托呢？

安德洛玛刻 在这儿，妹妹；他已经披上甲胄，充满了杀心。陪着我向他高声恳求吧；让我们跪下来哀求他，因为我梦见流血的混乱，整夜里只是梦着屠杀的惨象。

卡珊德拉 啊！这是真的。

赫克托 喂！叫我的喇叭吹起来。

卡珊德拉 看在上天的面上，好哥哥，不要吹起进攻的信号来。

赫克托 快去；天神已经听见我发过誓了。

卡珊德拉 天神对于愤激暴怒的誓言是充耳不闻的；它们是不洁的祭礼，比污秽的兽肝更受憎恨。

安德洛玛刻 啊！听从我们的劝告吧。不要以为自恃正义，便可以伤害他人；如果那是合法的，那么用暴力劫夺所得的财物拿去布施，也可以说是合法的了。

卡珊德拉 誓言是否有效，必须视发誓的目的而决定；不是任何的目的都可以使誓言发生力量。脱下你的甲胄吧，亲爱的赫克托。

赫克托 你们别闹。我的荣誉主宰着我的命运。生命是每一个人所重视的；可是高贵的人重视荣誉远过于生命。

| 特洛伊罗斯上。

赫克托 啊，孩子！你今天预备上战场吗？

安德洛玛刻 卡珊德拉，叫我们的父亲来劝劝他。（卡珊德拉下）

赫克托 不，你不要去，特洛伊罗斯；脱下你的战甲，孩子；我今天充满了武士的精神。让你的筋骨再长得结实一点，不要就去试探战争的锋刃吧。脱下你的战甲，去，不要怀疑，勇敢的孩子，我今天要为了你、为了我、为了整个的特洛伊而作战。

特洛伊罗斯 哥哥，您有一个太仁慈的弱点，这弱点适宜于一头狮子，却不适宜于一个勇士。

赫克托 是怎样一个弱点，好特洛伊罗斯？你指出来责备我吧。

特洛伊罗斯 好几次战败的希腊人倒在地上，您虽然已经举起您的剑，却叫他们站起来，放他们活命。

赫克托 啊！那是公道的行为。

特洛伊罗斯 不，那是傻气的行为，赫克托。

赫克托 怎么！怎么！

特洛伊罗斯 看在一切天神的面上，让我们把恻隐之心留在我们母亲的地方；当我们披上甲胄的时候，让残酷的愤怒指挥着我们的剑锋，执行无情的杀戮。

赫克托 嘿！那太野蛮了。

特洛伊罗斯 赫克托，这样才是战争呀。

赫克托 特洛伊罗斯，我今天不要你临阵。

特洛伊罗斯 谁可以阻止我？命运、命令，或是握着火红的指挥杖的战神的手，都不能叫我退下；普里阿摩斯父王和赫卡柏母后含着满眶的眼泪跪在地上，都不能打消我的决心；就是您，我的哥哥，拔出您的锋利的剑来，也挡不住我；除了我自己的毁灭以外，我不怕任何的阻力。

| 卡珊德拉偕普里阿摩斯上。

卡珊德拉 拖住他，普里阿摩斯，不要放松。他是你的拐杖；要是你失去你的拐杖，那么你依靠着他，整个的特洛伊依靠着你，大家都要一起倒下了。

普里阿摩斯 来，赫克托，来，回来；你的妻子做了噩梦，你的母亲看见了幻象，卡珊德拉预知未来，我自己也像一个突然得到天启的先知一样，告诉你今天是一个不祥的日子，所以你回来吧。

赫克托 埃涅阿斯在战场上等我；我和许多希腊人有约在先，今天一定要去跟他们相会。

普里阿摩斯 可是你不能去。

赫克托 我不能失信于人。您知道我一向是不敢违抗您的意志的，所以，亲爱的父亲，不要使我负上一个不孝的名声，请您允许我出战吧。

卡珊德拉 普里阿摩斯啊！不要听从他。

安德洛玛刻 不要允许他，亲爱的父亲。

赫克托 安德洛玛刻，你使我生气了。为了你对我的爱情，快给我进去吧。（安德洛玛刻下）

特洛伊罗斯 都是这个愚蠢的、做梦的、迷信的姑娘，凭空虚构出这许多恶兆。

卡珊德拉 啊，别了！亲爱的赫克托！瞧，你死了！瞧，你的眼睛变成惨白了！瞧，你满身的伤口都在流血！听，特洛伊在呼号，赫卡柏在痛哭，可怜的安德洛玛刻在发出她尖锐的悲声！瞧，慌乱、疯狂和惊愕，像一群没有头脑的痴人彼此相遇，大家都在哭喊着赫克托：赫克托死了！啊，赫克托！

特洛伊罗斯 去！去！

卡珊德拉 别了。且慢，赫克托，我还要向你告别：你欺骗了你自己，也欺骗我们全体特洛伊人。（下）

赫克托 父王，您听见她这样嚷叫，有点儿惊恐吗？进去安慰安慰我们的军民；我们现在要出去作战，干一些值得赞美的事情，今天晚上再来讲给您听吧。

普里阿摩斯 再会，愿神明保佑你平安！（普里阿摩斯、赫克托各下；号角声）

特洛伊罗斯 他们已经打起来了，听！骄傲的狄俄墨得斯，相信我，我今天不是失去我的手臂，就要夺回我的衣袖。

| 特洛伊罗斯将去时，潘达洛斯自另一方上。

潘达洛斯 您听见吗，殿下？您听见吗？

特洛伊罗斯 现在又有什么事？

潘达洛斯 这儿是那可怜的女孩子寄来的一封信。

特洛伊罗斯 让我看。

潘达洛斯 这倒霉的混账咳嗽害得我好苦，还要让这傻丫头把我搅得心神不安，又是这样，又是那样，看来我这条老命也活不长久了；我的眼睛里又害起了风湿症，我的骨节又是这么痛得厉害，不知道我作了什么孽，才受到这样的罪。她说些什么？

特洛伊罗斯 空话，空话，只有空话，没有一点真心；行为和言语背道而驰。（撕信）去，你风一样轻浮的，跟着风飘去，也化成一阵风吧。她用空话和罪恶搪塞我的爱情，却用行为去满足他人。（各下）

第四场

特洛伊及希腊营地之间

| 号角声；军士混战；忒耳西忒斯上。

忒耳西忒斯 现在他们在那儿打起来了，待我去看个热闹。那个奸诈的卑鄙小人，狄俄墨得斯，把那个下流的痴心的特洛伊小傻瓜的衣袖裹在他的战盔上；我巴不得看见他们碰头，看那头爱着那婊子的特洛伊小驴子怎样放那个希腊淫棍回到那只假情假义的浪蹄子那儿去，叫他有袖而来，无袖而归。在另一方面，那

些狡猾的信口发誓的坏东西——那块耗子咬过的陈年干酪，涅斯托，和那头狗狐俄底修斯，他们定下的计策，简直不值一颗乌莓子：他们的计策是要叫那条杂种恶狗埃阿斯去对抗那条同样坏的恶狗阿喀琉斯；现在埃阿斯那恶狗已经变得比阿喀琉斯那恶狗更骄傲了，今天他不肯出战；所以那些希腊人都像野蛮人一样胡作非为起来，计策权谋把军誉一起搅坏了。且慢！衣袖来了；那一个也来了。

| 狄俄墨得斯上，特洛伊罗斯随上。

特洛伊罗斯 别逃走；你就是跳下了冥河，我也要入水来追你。

狄俄墨得斯 你弄错了，我没有逃；因为你们人多，好汉不吃眼前亏，所以我才抽身出来。照剑！

忒耳西忒斯 守住你那婊子，希腊人！为了那婊子的缘故，特洛伊人，出力吧！挑下那衣袖来，挑下那衣袖来！

（特洛伊罗斯、狄俄墨得斯随战随下）

| 赫克托上。

赫克托 希腊人，你是谁？你也是要来跟赫克托比一个高下吗？你是不是一个贵族？

忒耳西忒斯 不，不，我是个无赖，一个只会骂人的下流汉，一个卑鄙龌龊的小人。

赫克托 我相信你；放你活命吧。（下）

忒耳西忒斯 慈悲的上帝，你居然会相信我！这天杀的把我吓了这么一跳！那两个扭成一团的混蛋呢？我想他们也许把彼此吞下去了，那才是个笑话哩。我去找他们去。（下）

第五场

战地的另一部分

｜狄俄墨得斯及仆人上。

狄俄墨得斯 来，给我把特洛伊罗斯的骏马牵了回去，把它奉献给我的爱人克瑞西达，向她表示我对于她的美貌的敬礼；对她说，我已经教训过那个多情的特洛伊人，用事实证明我是她的武士了。

仆人 我就去，将军。（下）

｜阿伽门农上。

阿伽门农 添援兵，添援兵！凶猛的波吕达玛斯已经把门农打了下来；那私生子玛伽瑞隆把多里俄斯捉了去，像一尊巨大的石像似的，站在被杀的厄庇斯特洛福斯和刻狄俄斯二王的尸体上，挥舞着他的枪杆；波吕克塞诺斯也死了；安菲玛科斯和托阿斯都受了致命的重伤；帕特洛克罗斯被擒被杀，下落不明；帕拉墨得斯身受重创；可怕的萨癸塔里大逞威风，把我们的军士吓得四散奔窜。狄俄墨得斯，快去添援兵，否则我们要一败涂地了。

｜涅斯托上。

涅斯托 去，把帕特洛克罗斯的尸体抬到阿喀琉斯帐里；再叫那像蜗牛一样慢吞吞的埃阿斯赶快披上甲胄。有一千个赫克托在战场上，一会儿他骑着马在这儿鏖战，一会儿他又在那边徒步奔突，挡着他的人逃的逃，死的死，就像一群轻舟小艇，遇见了一头吸海的巨鲸一样；一会儿他又在别的地方，把那些稻草般的希腊人摧枯拉朽似的杀得望风披靡，这里，那里，到处有他神出鬼没的踪迹，他的敏捷的行动，简直是得心应手，要怎么样便怎么样，看见了也会叫人不相信自己的眼睛。

| 俄底修斯上。

俄底修斯 啊！勇气，勇气，王子们！伟大的阿喀琉斯在披起战甲来了；他在哭泣，咒骂，发誓复仇，帕特洛克罗斯身上的创伤已经激起了他的昏睡的雄心；他手下的那些负伤的壮士，有的割去了鼻子，有的砍掉了手，断臂的，刖足的，都在叫喊着赫克托的名字。埃阿斯也失去了一个朋友，恼得他咬牙切齿，已经披甲出战，要去找特洛伊罗斯拼命；那特洛伊罗斯今天就像发了疯似的横冲直撞，勇不可当，命运也像故意讥讽智谋的无用一样，对他特别照顾，使他战无不胜。

| 埃阿斯上。

埃阿斯 特洛伊罗斯！你这懦夫躲到哪里去了？（下）

狄俄墨得斯 在那儿，在那儿。

涅斯托 好，好，我们也上去杀一阵。

| 阿喀琉斯上。

阿喀琉斯 这赫克托在什么地方？来，来，你这吓吓小孩子的家伙，还不给我露脸吗？我要让你知道遇见一个发怒的阿喀琉斯是怎么样的。赫克托！赫克托呢？我只要找赫克托。（各下）

第六场

战地的另一部分

| 埃阿斯上。

埃阿斯 特洛伊罗斯，你这懦夫，出来！

| 狄俄墨得斯上。

狄俄墨得斯 特洛伊罗斯！特洛伊罗斯在什么地方？

埃阿斯 你要找他干么？

狄俄墨得斯 我要教训教训他。

埃阿斯 等我做了元帅，你在我的地位，你再来教训他吧。特洛伊罗斯！喂，特洛伊罗斯！

| 特洛伊罗斯上。

特洛伊罗斯 啊，奸贼，狄俄墨得斯！转过你的奸诈的脸来，你这奸贼！拿你的命来赔还我的马儿！

狄俄墨得斯 吓！你来了吗？

埃阿斯 我要独自战他；站开，狄俄墨得斯。

狄俄墨得斯 他是我的目的物；我不愿意袖手旁观。

特洛伊罗斯 来，你们这两个希腊贼子；你们一起来吧！（随战随下）

| 赫克托上。

赫克托 呀，特洛伊罗斯吗？啊，打得好，我的小兄弟！

| 阿喀琉斯上。

阿喀琉斯 现在我看见你了。吓！照剑，赫克托！

赫克托 住手，你还是休息一会儿。

阿喀琉斯 我不要你卖什么人情，骄傲的特洛伊人。我的手臂久已不举兵器了，这是你的幸运；我的休息和怠惰，给你很大的便宜；可是我不久就会让你知道我

的厉害。现在你还是去追寻你的命运吧。（下）

赫克托 再会，要是我早知道会遇见你，我的勇气一定会增加百倍。啊，我的兄弟！

| 特洛伊罗斯重上。

特洛伊罗斯 埃阿斯把埃涅阿斯捉了去了；真有这样的事吗？不，凭着那边天空中灿烂的阳光发誓，他不能让他捉去；我一定要去救他出来，否则宁愿让他们把我也一起捉了去。听着，命运！今天我已经把死生置之度外了。（下）

| 一武士披富丽铠甲上。

赫克托 站住，站住，希腊人；你是一个很好的目标。啊，你不愿站住吗？我很欢喜你这身甲胄；即使把它割破砍碎，也要剥它下来。畜生，你不愿站住吗？好，你逃，我就追，非得剥下你的皮来不可。（同下）

第七场
战地的另一部分

| 阿喀琉斯及众武士上。

阿喀琉斯 过来，我的武士们，听好我的话。你们看我到什么地方，就跟到什么地方。不要动你们的刀剑，蓄养好你们的气力；当我找到了凶猛的赫克托以后，你们就用武器把他密密围住，一阵乱剑剁死他。跟我来，孩子们，留心我的行动；伟大的赫克托决定要在今天丧命。（同下）

| 墨涅拉俄斯及帕里斯互战上；忒耳西忒斯随上。

忒耳西忒斯 那忘八跟那奸夫也打起来了。出力，公牛！出力，狗子！呦，帕里斯，呦！啊，我的两个雌儿的麻雀！呦，帕里斯，呦！那公牛打胜了；喂，留心他的角！（帕里斯、墨涅拉俄斯下）

| 玛伽瑞隆上。

玛伽瑞隆 奴才，转过来跟我打。

忒耳西忒斯 你是什么人？

玛伽瑞隆 普里阿摩斯的庶子。

忒耳西忒斯 你是个私生子，我也是个私生子，我欢喜私生子。一头熊不会咬它的同类，那么私生子为什么要自相残杀呢？再会，私生子。（下）

玛伽瑞隆 魔鬼抓了你去，懦夫！（下）

第八场
战地的另一部分

| 赫克托上。

赫克托 富丽的外表包裹着一个腐烂不堪的核心，你这一身好盔甲送了你的性命。现在我已经完毕一天的工作，待我好好休息一下。我的剑啊，你已经饱餐了鲜血和死亡，你也休息休息吧。（脱下战盔，将盾牌悬挂背后）

| 阿喀琉斯及众武士上。

阿喀琉斯 瞧。赫克托，太阳已经开始没落，丑恶的黑夜在他的背后追踪而来；赫克托的生命，也要跟太阳一起

西沉，结束了这一个白昼。

赫克托 我现在已经解除武装；不要乘人不备，希腊人。

阿喀琉斯 动手，孩子们，动手！这就是我所要找的人。（赫克托倒地）现在，特洛伊，你也跟着倒下来吧！这儿躺着你的心脏，你的筋肉，你的骨骼。上去，武士们！大家齐声高呼，“阿喀琉斯已经把勇武的赫克托杀死了！”（吹归营号）听！我军在吹归营号了。

武士 主将，特洛伊的喇叭跟我们的喇叭是一样声音的。

阿喀琉斯 黑夜的巨龙之翼已经覆盖了大地，分开了交战的两军。我的尚未餍足的宝剑，因为已经尝到了美味，也要归寝了。（插剑入鞘）来，把他的尸体缚在我的马尾巴上，我要把这特洛伊人拖过战场。（同下）

第九场

战地的另一部分

| 阿伽门农、埃阿斯、墨涅拉俄斯、涅斯托、狄俄墨得斯及余人等列队行进，内喧呼声。

阿伽门农 听！听！那是什么呼声？

涅斯托 静下来，鼓声！

| 内呼声：“阿喀琉斯！阿喀琉斯！赫克托被杀了！阿喀琉斯！”

狄俄墨得斯 听他们的呼声，好像是赫克托给阿喀琉斯杀了。

埃阿斯 果然有这样的事，我们也不要自夸；伟大的赫克托并没有不如他的地方。

阿伽门农 大家静静前进。去一个人到阿喀琉斯的地方，请他

到我的大营里来。要是他的死是天神有心照顾我们，那么伟大的特洛伊已经是我们的，惨酷的战争也要从此结束了。（众列队行进下）

第十场

战地的另一部分

| 埃涅阿斯及特洛伊军士上。

埃涅阿斯 站住！我们现在还控制着这战场。不要回去，让我们忍着饿挨过这一夜。

| 特洛伊罗斯上。

特洛伊罗斯 赫克托被杀了。

众人 赫克托！哪有这样的事！

特洛伊罗斯 他死了，他的尸体缚在那凶手的马尾上，惨无人道地拖过了充满着耻辱的战场。天啊，颦蹙你的怒眉，赶快降下你的惩罚来吧！神明啊，坐在你们的宝座上，眷顾着特洛伊吧！让你们的迅速的灾祸变成慈悲，不要迟延我们不可避免的毁灭吧！

埃涅阿斯 殿下，您不要沮丧我们全军的士气。

特洛伊罗斯 你没有了解我的意思，所以才会对我说这样的话。我没有说到逃走、恐惧和死亡；我是向着一切天神和世人所加于我们的迫切的危险挑战。赫克托已经离我们而去了；谁去把这样的消息告诉普里阿摩斯和赫卡柏呢？有谁现在到特洛伊去，宣布赫克托的死讯的，让他永远被称为不祥的啼枭吧。这样一句话是会使普里阿摩斯变成一座石像，使妇女们变成泪泉和化石，使少年们变成冰冷的雕像，使整个的特洛伊惊怖失色的。可是去吧，赫克托死了，还有什么话说呢？且慢！你们这些可恶的营帐，这样骄傲地布下在我们弗里吉亚的平原上，无论太阳起得多早，我要把你们踏为平地！还有你，你这肥胖的懦夫。无论怎样广阔的距离，都不能分解我们两人的仇恨；我要永远像一颗疑神疑鬼的负疚的良心一样缠绕着你！回到特洛伊去！我们不要懊恼，让复仇的希望掩盖我们内心的悲痛。（埃涅阿斯及特洛伊军队下）

特洛伊罗斯将去时，潘达洛斯自另一方上。

潘达洛斯 听我说，听我说！

特洛伊罗斯 滚开，下贱的龟奴！丑恶和耻辱追随着你，永远和你的名字连在一起！（下）

潘达洛斯 好一服医治我的骨痛的妙药！啊，世界，世界，世界！一个替别人奔走的人，是这样被人轻视！做卖国贼的，做淫媒的，人家用得着你们的时候，是多么的重用你们，可是他们会给你们些什么好处呢？为什么人家这样喜欢我们所干的事，却这样痛恨我们的行业？有什么诗句可以证明？——让我想一想！——

那采蜜的蜂儿无虑无愁，
终日在花丛里歌唱优游；
等到它一朝失去了利刺，
甘蜜和柔歌也一齐消逝。

奉告吃风月饭的朋友们，把这几句诗做你们的座右铭吧。（下）

终成眷属

Love all, trust a few, do wrong to none.

——*All's Well That Ends Well*

对众人一视同仁，对少数人推心置腹，对任何人不要亏负。

——《终成眷属》

剧中人物

法国国王	
佛罗伦萨公爵	
勃特拉姆	罗西昂伯爵
拉佛	法国宫廷中的老臣
帕洛	勃特拉姆的从者
罗西昂伯爵夫人的管家	
拉瓦契	伯爵夫人府中的弄人
侍童	
罗西昂伯爵夫人	勃特拉姆之母
海丽娜	寄养于伯爵夫人府中的少女
佛罗伦萨一老寡妇	
狄安娜	寡妇之女
薇奥兰塔 **玛利安娜**	寡妇的邻居女友

法国及佛罗伦萨的群臣、差役、军士等

地点

罗西昂;巴黎;佛罗伦萨;马赛

第　一　幕

第一场

罗西昂；伯爵夫人府中一室

| 勃特拉姆、罗西昂伯爵夫人、海丽娜、拉佛同上；均服丧。

伯爵夫人　未亡人新遭变故，现在我儿又将离我而去，这真使我在伤心之上，再加一重伤心了。

勃特拉姆　母亲，我悲恸父亲的眼泪未干，现在又要因为离别您而流泪了。可是儿子多蒙王上眷顾，理应尽忠效命，他的命令是必须服从的。

拉佛　夫人，尊夫虽然不幸仙逝，王上一定会尽力照顾您，就像尊夫在世的时候一样；他对于令郎，也一定会看作自己的儿子一样。不要说王上圣恩宽厚，德泽广被，决不会把您冷落不顾，就凭着夫人这么贤德，无论怎样刻薄寡恩的人，也一定愿意推诚相助的。

伯爵夫人　听说王上圣体违和，不知道有没有早占勿药之望？

拉佛　夫人，他已经谢绝了一切的医生。他曾经在他们的诊治之下，耐心守候着病魔的脱体，可是药石无灵，痊愈的希望一天比一天淡薄了。

伯爵夫人 这位年轻的姑娘有一位父亲，可惜现今已经不在人世了！他不但为人正直，而且精通医术，要是天假以年，使他能够更求深造，那么也许他真会使世人尽得长生，死神也将无所事事了。要是他现在还活着，王上的病一定会霍然脱体的。

拉佛 夫人，您说起的那个人叫什么名字？

伯爵夫人 大人，他在他们这一行之中，是赫赫有名的，而且的确不是滥博虚声；他的名字是吉拉·德·拿滂。

拉佛 啊，夫人，您说起他倒的确是一个好医生；王上最近还称赞过他的本领，悼惜他死得太早。要是学问真能和生死抗争，那么凭着他的才能，他应该至今健在的。

勃特拉姆 大人，王上害的究竟是什么病？

拉佛 他害的是瘘管症。

勃特拉姆 这病名我倒没有听见过。

拉佛 我但愿这病对世人是永远生疏的。这位姑娘就是吉拉·德·拿滂的女儿吗？

伯爵夫人 她是他的独生女儿，大人；他在临死的时候，托我把她照顾。她有天赋淳厚优美的性质，并且受过良好的教育，我对她抱着极大的期望。一个心地不纯正的人，即使有几分好处，人家在称赞他的时候，总不免带着几分惋惜；可是她的善良正直得自天禀，完善的教育更培植了她的德性。

拉佛 夫人，您这样称赞她，使她感激涕零了。

伯爵夫人 女孩儿家听见人家称赞而流泪，是最适合她的身份的。她每次想起她的父亲，总是自伤身世而脸容惨淡。海丽娜，别伤心了，算了吧；人家看见你这样，也许会说你是故意做作出来的。

拉佛 适度的悲伤是对于死者应有的情分；过分的哀感是摧残生命的仇敌。

勃特拉姆 母亲，请您祝福我。

伯爵夫人 祝福你，勃特拉姆，愿你不但在仪表上像你的父亲，在气概风度上也能够克绍箕裘，愿你的德行相称你的高贵的血统！对众人一视同仁，对少数人推心置腹，对任何人不要亏负；在能力上你应当能和你的敌人抗衡，但不要因为争强好胜而炫耀你的才干；对于你的朋友，你应该开诚相与；宁可被人责备你朴讷寡言，不要让人嗔怪你多言偾事。愿上天的护佑和我的祈祷降临到你的头上！再会，大人；他是一个不懂世故的孩子，请您多多指教他。

拉佛 夫人，您放心吧，他不会缺少愿意尽力帮助他的朋友。

伯爵夫人 上天祝福他！再见，勃特拉姆。（下）

勃特拉姆 （向海丽娜）愿你一切如愿！好好安慰我的母亲，你的女主人，替我加意伺候她老人家。

拉佛 再见；好姑娘，愿你不要辱没了你父亲的令誉。

（勃特拉姆、拉佛下）

海丽娜 唉！要是真不过如此就好了。我没有想到我的父亲；我这些滔滔的眼泪，虽然好像是一片孺慕的哀忱，却不是为他而流。他的容貌怎样，我也早就忘记了，在我的想象之中，除了勃特拉姆以外没有别人的影子。我现在一切都完了！要是勃特拉姆离我而去，我还有什么生趣？我正像爱上了一颗灿烂的明星，痴心地希望着有一天能够和它结婚，他是这样高不可攀；我不能逾越我的名分和他亲近，只好在他的耀目的光华下，沾取他的几分余辉，安慰安慰我的饥渴。我的爱情的野心使我备受痛苦，希望和狮子匹配的驯鹿，必须为爱而死。每时每刻看见他，是愉快也是苦痛；我默坐在他的旁边，在心版上深深地刻划着他的秀曲的眉毛，他的敏锐的眼睛，他的迷人的鬈发，他那可爱的脸庞上的每一根线条，每一处微细的特点，都会清清楚楚地摄在我的心里。可是现在他去了，我的爱慕的私衷，只好以眷怀旧日的陈迹为满足。——谁来啦？这是一个和他同去的人；为了他的缘故我爱他，虽然我知道他是一个出名爱造谣言的人，是一个傻子，也是一个懦夫。

| 帕洛上。

帕洛 您好，美貌的女王！您是不是在想着处女的贞操问题？

海丽娜 是啊。你还有几分军人的经验，让我请教你一个问题。男人是处女贞操的仇敌，我们应当怎样实施封锁，才可以防御他们？

帕洛 不要让他进来。

海丽娜 可是他会向我们进攻；我们的贞操虽然奋勇抵抗，毕竟是脆弱的。告诉我们一些有效的防御战略吧。

帕洛 没有。男人不动声色坐在你的面前，他会在暗中埋下了地雷，把你的贞操轰破了的。

海丽娜 上帝保佑我们可怜的贞操不要给人这样轰破！那么难道处女们就不能采取一种战术，把男人轰得远远的吗？

帕洛 处女的贞操轰破了以后，男人就会更快地轰了出来。在自然界中，保全处女的贞操决非得策。贞操的丧失是合理的增加，倘不先把处女的贞操破坏，处女们从何而来？贞操一次丧失可以十倍增加；永远保持，就会永远失去。这种冷冰冰的东西，你要它作什么！

海丽娜 我还想暂时保全它一下，虽然也许我会因此而以处女终老。

帕洛 那未免太说不过去，这是违反自然界的法律的。你要是为贞操辩护，等于诋毁你的母亲，那就是大逆不孝。以处女终老的人，等于自己杀害了自己，这种女人应该让她露骨道旁，不让她的尸骸进入圣地，因为她是反叛自然意志的罪人。贞操像一块干酪一样，搁的日子长久了就会生虫霉烂；而且它是一种乖僻骄傲无聊的东西，重视贞操的人，无非因为自视不凡，这是教条中所大忌的一种罪过。何必把它保持起来呢？你总是要失去它的！在一年之内，你就可以收回利息，而且你的本钱也不会怎么走了样子。放弃了它吧！

海丽娜 请问一个女人怎样才可以照她自己的意思把它失去？

帕洛 我看您还是随便一点，别计较得太认真吧。贞操是一注搁置过久了会失去光彩的商品；越是保存得长久，越是不值钱。趁着有销路的时候，还是早点把它脱手了的好。贞操像一个年老的廷臣，虽然衣冠富丽，那一副不合时宜的装束却会使人瞧着发笑。做在饼饵里和在粥里的红枣，是悦目而可口的，你颊上的红枣，却会转瞬失去鲜润；你那陈年封固的贞操，也就像一颗干瘪的梨儿一样，样子又难看，入口又无味，虽然它从前也是很甘美的，现在却已经干瘪了。你要它作什么呢？

海丽娜 可是我还不愿放弃我的贞操。你的主人在外面将会博得无数女子的倾心，他会找到一个母亲，一个情人，一个朋友，一个绝世的佳人，一个司令官，一个敌人，一个向导，一个女神，一个君王，一个顾问，一个叛徒，一个亲人；他会找到他的卑微的野心，骄傲的谦逊，他的不和谐的和谐，悦耳的嘈音，他的信仰，他的甜蜜的灾难，以及一大群可爱的、痴心的爱神龛下的信徒。他现在将要——我不知道他将要什么。但愿上帝护持他！宫廷是可以增长见识的地方，他是一个——

帕洛 他是一个什么？

海丽娜 他是一个我愿意为他虔诚祝福的人。可惜——

帕洛 可惜什么？

海丽娜 可惜我们的愿望只是一种渺茫而感觉不到的东西，否则我们这些出身寒贱的人，虽然命运注定我们只能在愿望中消度我们的生涯，也可以借着愿望的力量追随我们的朋友，让他们知道我们的衷曲，而不致永远得不到一点报酬了。

| 一侍童上。

侍童 帕洛先生，爵爷叫你去。（下）

帕洛 小海伦，再会；我在宫廷里要是记得起你，我会想念你的。你要是有空的话，可以祈祷祈祷；要是没有空，不妨想念想念你的朋友们。早点嫁一个好丈夫，他怎样待你，你也怎样待他。好！再见。（下）

海丽娜 一切办法都在我们自己，虽然我们把它诿之天意；注定人类运命的上天，给我们自由发展的机会，只有当我们自己冥顽不灵，不能利用这种机会的时候，我们的计划才会遭遇挫折。哪一种力量激起我爱情的雄心，使我能够看见，却不能喂足我的视欲？尽管地位如何悬殊，惺惺相怜的人，造物总会使他们集合在一起。只有那些默然忍受着内心的痛苦，认为好梦已成过去的人，他们的希冀才永无实现的可能；能够努力发挥她的本领的，怎么会在恋爱上失败？王上的病——我的计划也许只是一种妄想，可是我的主意已决，一定要把它尝试一下。（下）

第二场
巴黎；国王宫中一室

| 喇叭奏花腔。法国国王持书信上，群臣及侍从等随上。

国王 佛罗伦萨人和西诺哀人相持不了，胜负互见，还在那里继续着猛烈的战争。

臣甲 是有这样的消息，陛下。

国王 不，那是非常可靠的消息；这儿有一封从我们的友邦奥地利来的信，已经证实了这件事，他还警告我们，说是佛罗伦萨就要向我们请求给他们迅速的援助，照我们这位好朋友的意思，似乎很不赞同，希望我们拒绝他们的请求。

臣甲 陛下素来称道奥王的诚信明智，他的意见当然是可以充分信任的。

国王 他已经替我们决定了如何答复，虽然佛罗伦萨还没有来乞援，我已经决定拒绝他们了。可是我们这儿要是有人愿意参加都斯加的战事，不论他们愿意站在那一方面，都可以自由前去。

臣乙 我们这些绅士们闲居无事，本来就感到十分苦闷，渴想到外面去干一番事业，这次战事倒是一个好机会，可以让他们去历练历练。

国王 来的是什么人？

| 勃特拉姆、拉佛及帕洛上。

臣甲 陛下，这是罗西昂伯爵，年轻的勃特拉姆。

国王 孩子，你的面貌很像你的父亲；造物在雕塑你形状的时候，一定是非常用心的。但愿你也秉有你父亲的德性！欢迎你到巴黎来！

勃特拉姆 感谢陛下圣恩，小臣愿効犬马之劳。

国王 想起你父亲在日，与我交称莫逆，我们两人初上战场的时候，大家都是年轻力壮，现在要是也像那样就好了！他是个熟谙时务的干才，也是个能征惯战的健儿；他活了许多年纪，可是我们两人都在不知不觉中变成老朽，不中用了。提起你的父亲，使我精神为之一振。他年轻时候的那种才华，我可以从我们现在这辈贵介少年身上同样看到，可是他们的信口讥评，往往来不及遮掩他们的轻薄，已经在无意中自取其辱。你父亲才真是一个有大臣风度的人，在他的高傲之中没有轻蔑，在他的严峻之中没有苛酷；只有当那些和他同等地位的人激起他的不满的时候，他才会对他们作无情的指责；他的良知就像一具时钟，正确地知道在哪一分钟为了特殊的理由使他不能不侃侃而言，那时他的舌头就会听从他的指挥。对于那些在他下面的人，他把他们当作不同地位的人看待，在他们卑微的身份前降尊纡贵，听了他们贫弱的谀辞，也会谦谢不遑，使他们因他的逊让而受宠若惊。这样一个人是可以作为现在这辈年轻人的模范的。

勃特拉姆 陛下不忘旧人，先父虽死犹生；任何铭刻在碑碣上的文字，都不及陛下口中品题的确当。

国王 但愿我也和他在一起！他老是这样说，——我觉得我仿佛听见他的声音，他的动人的辞令不是随便散播在人的耳中，却是深植在人们的心头，永远存留在那里。当他感觉到有限的浮生行将告一段落的时候，他就会发出这样的感喟："等我的火焰把油烧干以后，让我不要继续活下去，给那些年轻的人们揶揄讥笑，他们凭着他们的聪明，除了新奇的事物以外，什么都瞧不上眼；他们的思想变化得比衣服的式样更快。"他这样愿望着；我也抱着和他同样的愿望，因为我已经是一头无用的衰蜂，不能再把蜜、蜡带回巢中，我愿意赶快从这世上消灭，好给其余作工的人留出一个地位。

臣乙 陛下圣德恢恢，臣民无不感戴；最感觉到您活在世上是多余的人，也就是最先悼惜您的人。

国王 我知道我不过是空占着一个地位。伯爵，你父亲家里的那个医生死了多久了？他的名誉很不错哩。

勃特拉姆 陛下，他已经死了差不多六个月了。

国王 他要是现在还活着，我倒还要试一试他的本领。请你扶我一下。那些庸医们给我吃这样那样的药，把我的精力完全消磨掉了，弄成这么一副不死不活的样子。欢迎，伯爵，你就像是我自己的儿子一样。

勃特拉姆 感谢陛下。（同下；喇叭奏花腔）

第三场

罗西昂；伯爵夫人府中一室

伯爵夫人、管家及小丑上。

伯爵夫人 我现在要听你讲，你说这位姑娘怎样？

管家 夫人，小的过去怎样尽心竭力伺候您的情形，想来您一定是十分明白的；因为我们要是自己宣布自己的功劳，那就是太狂妄了，即使我们真的有功，人家也会疑心我们。

伯爵夫人 这狗才站在这儿干吗？滚出去！人家说起关于你的种种坏话，我并不完全相信，可是那也许因为我太忠厚了；照你这样蠢法，是很会去干那些勾当的，而且你也不是没有干坏事的本领。

小丑 夫人，您知道我是一个苦人儿。

伯爵夫人 好，你怎么说？

小丑 不，夫人，我是个苦人儿，并没有什么好，虽然有许多有钱的人们都不是好东西。可是夫人要是答应我让我到外面去成家立业，那么伊丝贝尔那个女人就可以跟我成其好事了。

伯爵夫人 你一定要去做一个叫化子吗？

小丑 在这一件事情上，我不要您布施我别的什么，只要请求您开恩准许。

伯爵夫人 在哪一件事情上？

小丑 在伊丝贝尔跟我的事情上。做用人的不一定世世代代做用人；我想我要是一生一世没有一个亲生的骨肉，就要永远得不到上帝的祝福，因为人家说有孩子的人才是有福气的。

伯爵夫人 告诉我你一定要结婚的理由。

小丑 夫人，贱体有这样的需要；我因为受到肉体的驱使，不能不听从魔鬼的指挥。

伯爵夫人 那就是尊驾的理由了吗？

小丑 不，夫人，我还有其他神圣的理由，这样的那样的。

伯爵夫人 那么可以请教一二吗？

小丑 夫人，我过去是一个坏人，正像您跟一切血肉的凡人一样；老实说吧，我结婚是为了要痛悔前非。

伯爵夫人 你结了婚以后，第一要懊悔的不是从前的错处，而是你不该结婚。

小丑 夫人，我是个举目无亲的人；我希望娶了老婆以后，可以靠着她结识几个朋友。

伯爵夫人 蠢材，这样的朋友是你的仇敌呢。

小丑 夫人，您还不懂得友谊的深意哩；那些家伙都是来替我做我所不耐烦做的事的。耕耘我的田地的人，省了我牛马之劳，使我不劳而获，坐享其成；虽然他害我做了忘八，我又何乐而不为呢？夫妻一体，他安慰了我的老婆，也就是安慰了我，所以吻我老婆的人，就是我的好朋友。人们只要能够乐天安命，结了婚准不会闹什么意见。

伯爵夫人 你这狗嘴里永远长不出象牙来吗？

小丑 夫人，我是一个先知，我用讽谕的方式，宣扬人生的真理。

伯爵夫人 滚出去吧，等会儿再跟你说话。

管家 夫人，请您叫他去吩咐海丽娜姑娘出来；我要跟您讲的就是她。

伯爵夫人 蠢材，去对海伦姑娘说，我要跟她说话。（小丑下）现在你说吧。

管家 夫人，我知道您是非常欢喜这位姑娘的。

伯爵夫人 不错，我很欢喜她。她的父亲在临死的时候，把她托付给我；单单凭着她本身的好处，也就够惹人怜爱了。我欠她的债，多过于已经给她的酬报；我将要报答她的，一定超过她自己的要求。

管家 夫人，小的最近在无意中间，看见她一个人坐在那里自言自语；我可以代她起誓，她是以为她说的话不会给什么人听了去的。原来她爱上了我们的少爷了！她怨恨命运，不该在他们两人之间安下了这样一道鸿沟；她嗔怪爱神，不肯运用他的大力，使地位不同的人也有结合的机会；她说狄安娜不配做处女们的保护神，因为她坐令纤纤弱质受到爱情的袭击而不加援手。她用无限哀怨的语调声诉着她的心事，小的听了之后，因恐万一有什么事情发生，故此不敢疏忽，特来禀知夫人。

伯爵夫人 你把这事干得很好，可是千万不要声张出去。我早已猜疑到几分，因为事无实据，不敢十分相信。现在你去吧，不要让别人知道，我很感谢你的忠心诚实。等会儿咱们再谈吧。（管家下）

| 海丽娜上。

伯爵夫人 我在年轻时候也是这样的。我们是自然的子女，谁都有天赋的感情；这一枚爱情的棘刺，正是青春的蔷薇上少不了的。在我们旧日的回忆之中，我们也曾经犯过同样的过失，虽然在那时我们并不以为那有什么可笑。我现在可以清楚看见，她的眼睛里透露着因相思而憔悴的神色。

海丽娜 夫人，您有什么吩咐？

伯爵夫人 海丽娜，你知道我可以说就是你的母亲。

海丽娜 不，您是我的尊贵的女主人。

伯爵夫人 不，我是你的母亲，为什么不是呢？当我说“我是你的母亲”的时候，我觉得你仿佛看见了一条蛇似的；为什么你听了“母亲”两个字，就要吃惊呢？我说，我是你的母亲；我把你当作我自己的亲生骨肉一样看待。异姓的子女，有时往往胜过自己生养的孩子；外来的种子，也一样可以长成优美的花木。你不曾使我忍受怀胎的辛苦，我却像母亲一样关心着你。天哪，这丫头！难道我说了我是你的母亲，你就这样惊怖失色吗？为什么你的眼边会起了一重重的红晕？难道因为你是我的女儿吗？

海丽娜 因为我不是您的女儿。

伯爵夫人 我说，我是你的母亲。

海丽娜 恕我，夫人，罗西昂伯爵不能做我的哥哥；我的出身这样寒贱，他的家世这样高贵；我的父母是闾巷平民，他的都是簪缨巨族。他是我的主人，我活着是他的婢子，到死也是他的奴才。他一定不可以做我的哥哥。

伯爵夫人 那么我也不能做你的母亲吗？

海丽娜 夫人，我也愿意您做我的母亲，只要您的儿子不是我的哥哥。我的母亲！我希望我的母亲也就是他的母亲，只要我不是他的妹妹。是不是我做了您的女儿以后，他必须做我的哥哥吗？

伯爵夫人 不，海伦，你可以做我的媳妇；上帝保佑你不在转着这样的念头！难道女儿和母亲竟会这样扰乱了你的心绪？怎么，你又脸色惨白起来了？你的心事果然被我猜中了。现在我已经明白了你的寂寞无聊的缘故，发现了你的伤心挥泪的根源。你爱着我的儿子，现在已经是躲赖不掉的显明的事实了。还是告诉我老实话吧；告诉我真有这样的事，因为瞧，你两颊的红云，已经彼此互相招认了；你自己的眼睛也可以从你自己的举止上，看出你的踧踖不安来；只有罪恶的感觉和无理的执拗使你缄口无言，不敢吐露真情。你说，是不是真有这回事？要是真有这回事，那么也不必吞吞吐吐了；不然的话，你就该发誓否认。无论如何，你不要瞒住我吧，我总是会尽力帮助你的。

海丽娜 好夫人，原谅我吧！

伯爵夫人 你爱我的儿子吗？

海丽娜 请您原谅我，夫人！

伯爵夫人 你是爱我的儿子的。

海丽娜 夫人，你不也是爱他的吗？

伯爵夫人 不要绕圈子说话；我爱他是分所当然，用不到向世人讳饰；你究竟爱他到什么程度，还是赶快向我完全吐露出了吧。

海丽娜 既然如此，我就当着上天和您的面前跪下，承认我是爱着您的儿子。我的亲友虽然贫寒，都是正直的人；我的爱情也是一样。不要因此而恼怒，因为他被我所爱，对他并无损害；我并不用僭越名分的表示向他追求，在我不配得到他的眷爱以前，决不愿把他占有，虽然我不知道怎样才可以配得上他。我知道我的爱是没有希望的徒劳，可是在这罗网一样千孔万眼的筛子里，依然把我如水的深情灌注下去，永远不感到枯涸。我正像印度教徒一样虔信而执迷，我崇拜着太阳，它的光辉虽然也照到它的信徒的身上，却根本不知道有这样一个人存在。我的最亲爱的夫人，不要因为我爱了您所爱的人而憎恨我，您是一位年高德劭的人，要是在您纯洁的青春，也曾经燃起过同样真诚的情热，怀抱着无邪的愿望和深挚的爱慕，那么请您可怜可怜我这命薄缘悭、自知无望、拼着在默默无闻中了此残生的人儿吧！

伯爵夫人 你最近不是想要到巴黎去吗？老实告诉我你有没有这个意思。

海丽娜 是的，夫人。

伯爵夫人 为什么呢？

海丽娜 我不愿向夫人说谎，您知道先父在日，曾经传给我几种灵效的秘方，是他凭着潜心研究和实际经验配合起来的，他嘱咐我不要把它们轻易授人，因为它们都是世间不大知道的珍贵的方剂。在这些秘方之中，有一种是专门医治王上现在所患一般认为无法医治的那种痼疾的。

伯爵夫人 这就是你要到巴黎去的动机吗？你说吧。

海丽娜 您的儿子使我想起了这一个念头；不然的话，什么巴黎，什么药方，什么王上的病，都是我永远不会想到的事物。

伯爵夫人 可是海伦，你想你要是自请为王上治病，他就会接受你的帮助吗？他跟他那班医士们已经意见归于一致，他认为他的病已经使群医束手，他们认为一切药石都已失去效力。那些熟谙医道的大夫们都这样敬谢不敏了，他们怎么会相信一个不学无术的少女呢？

海丽娜 我相信这药方，不仅因为我父亲的医术称得上并世无双，而且我觉得他传给我这一份遗产，一定会带给我极大的幸运。只要夫人允许我冒险一试，我愿意就在此日此时动身前去，拼着这一条没有什么希冀的微命，为王上治疗他的疾病。

伯爵夫人 你相信你会成功吗？

海丽娜 是的，夫人，我相信我会成功。

伯爵夫人 那么很好，海伦，你不但可以得到我的准许，也可以得到我的爱，我愿意为你置备行装，派仆从护送你前去，还要请你传言致候我那些在宫廷中的熟人。我在家里愿意为你祈祷上帝，保佑你达到目的。你明天就去吧，你尽管放心，只要是我能够助你一臂之力的事情，总不会失败的。（同下）

第一幕

第一场

巴黎；王宫中的一室

丨喇叭奏花腔。国王、出发参加佛罗伦萨战争之若干少年廷臣、勃特拉姆、帕洛及侍从等上。

国王 诸位贤卿，再会，希望你们永远保持着尚武的精神。

臣甲 但愿我们奏凯回来，陛下早已恢复了康健。

国王 不，不，那可是没有希望的了，虽然我的未死的雄心，还不肯承认它已经沾上了不治的痼疾。再会，诸位贤卿，无论我是死是活，你们总要做个发扬祖国光荣的法兰西好男儿，让那些国运凌夷的意大利人知道你们去不是向光荣求婚，而是去把它迎娶回来。当那些意气纵横的勇士知难怯退的时候，便是你们奋身博取世人称誉的机会。再会！

臣乙 但愿陛下早复健康。

国王 那些意大利的姑娘们是要留心提防的；人家说，要是她们有什么请求，我们法文中缺少拒绝她们的字眼；倘然你们还没有上战场，就已经作了俘虏，那可不行的。

臣甲
臣乙 我们诚心接受陛下的警告。

国王 再会！你们跟我过来。（侍从扶下）

臣甲 啊，大人，真想不到您不能跟我们一起出去！

帕洛 那不是他自己的错处。

臣乙 啊，打仗是怪好玩的。

帕洛 真有意思，我也经历过这种战争哩。

勃特拉姆 王上命令我留在这儿，说我太年轻，叫我明年再去，说是现在太早了。

帕洛 哥儿，您要是立定主意，就该放大胆子，偷偷儿的逃跑出去。

勃特拉姆 我留在这儿，就像一匹给妇人女子驾驶的辕下驹，终日在石道上消磨我的足力，等着人家一个个夺了光荣回来，再没有机会一试我的身手，让腰间的宝剑除了向人舞弄取乐以外，没有一点别的用处！不，天日在上，我一定要逃跑出去。

臣甲 这虽然是一件偷偷摸摸干着的事，可是并不丢脸。

帕洛 爵爷，您就这么干吧。

臣乙 您要是有需要我的地方，我愿意尽力帮您的忙。回头见。

勃特拉姆 咱们已经成了好朋友，我真不忍和你们分别。

臣甲 再见，队长。

臣乙 好帕洛先生，回头见！

帕洛 高贵的英雄们，我的剑和你们的剑是同气相求的。让我告诉你们，在斯宾那人的营伍里有一个史布利奥大尉，他那凶神一样的脸上有一道疤痕，那就是我亲手用这柄剑给他刻下来的；你们要是见了他，请告诉他我还活着，听他怎样说我。

臣乙 我们一定这样告诉他，队长。（廷臣等下）

帕洛 战神保佑你们这批新收的门徒！您怎么办呢？

勃特拉姆 且住，王上来了。

| 国王重上；帕洛及勃特拉姆退后。

帕洛 你对于那些出征的同僚们太冷落了。快去陪他们吃吃喝喝，谈谈笑笑，热热闹闹地为他们饯别一番吧。

勃特拉姆 是，陛下。

| 拉佛上。

拉佛 （跪）陛下，请您恕我冒昧，禀告您一个消息。

国王 站起来说吧。

拉佛 多谢陛下。陛下，我希望当您跪着向我求恕的时候，我叫您站起来，您也能这样不费力地站起来。

国王 我也是这样想，我很想打破你的头，再请你原谅。

拉佛 那可不敢当。可是陛下，您愿意医好您的病吗？

国王 不。

拉佛 啊，狐狸因为吃不到葡萄所以说不要吃吗？我知道有一种药，可以使顽石有了生命，您吃了之后，就会生龙活虎似的跳起舞来；它可以使陈年痼疾药到病除，它可以使查里曼大帝拿起笔来，为她写一行情诗。

国王 是哪一个“她”？

拉佛 她就是我所要说的那位女医生。陛下，她就在外边，等候着您的赐见。我敢凭着我的忠诚和信誉发誓，要是您不以为我的话都是随便说着玩玩，不足为准的话，那么像她这样一位有能耐，聪明而意志坚定的青年女子，的确使我惊奇钦佩，我相信那不能归咎于我的天生的弱点。她现在要求拜见陛下，不知道陛下愿不愿意准如所请，问一问她的来意？要是您在见了她之后，觉得我说的全都是虚话，那时再请您把我大大地取笑一番吧。

国王 好拉佛，那么你去带那个奇女子进来，让我们大家瞻仰瞻仰吧。

拉佛 好，我马上就去马上就来。（下）

国王 他无论有什么事，总是先拉上一堆废话。

| 拉佛率海丽娜重上。

拉佛 来，这儿来。

国王 这么快！他倒真是插着翅膀飞的。

拉佛 来，这儿来。这位就是王上陛下，你有什么话可以对他说。瞧你的样子像一个叛徒，可是你这样的叛徒，王上是不会害怕的。再见。（下）

国王 姑娘，你是有什么事情来见我的吗？

海丽娜 是的，陛下。吉拉·德·拿滂是我的父亲，他在医道上是颇有研究的。

国王 我知道他。

海丽娜 陛下既然知道他，我也不必再多费唇舌夸赞他了。他在临死的时候，传给我许多秘方，其中主要的一个，是他积多年悬壶的经验配制而成，他对它十分珍惜，叫我用心保藏起来，把它当作自己心头一块肉一样宝爱着。我听从着他的嘱咐，从来不敢把它轻易示人，现在闻知陛下的症状，正就是先父所传秘方主治的一种疾病，所以甘冒万死前来，把它呈献陛下。

国王 谢谢你，姑娘，可是我不能轻信你的药饵；我们这里最高明的医生都已经离开了我，众口一辞地断定病入膏肓，决非人力所能挽回的了。我怎么可以糊里糊涂地把我的痴心妄想，寄托在一张靠不住的医方上，认为它可以医治我的不治之症呢？我不能让人家讥笑我的昏愦，当一切救助都已无能为力的时候，再去相信一种无意识的救助呀。

海丽娜 陛下既然这么说，我也不敢勉强陛下接纳我的微劳，总算我跋涉了这一趟，略尽我对陛下的一番忠悃，也可以说是不虚此行了。我他无所求，但求陛下放我回去。

国王 你来此也是一番好意，这一个要求当然可以准许你。你想来帮助我，一个垂死之人，对于希望他转死回生的人，不用说是十分感激的；可是你还没有知道我的病状已经险恶到什么程度，你却没有着手成春的妙术，又有什么办法呢？

海丽娜 既然陛下已经断定一切治疗都已无望，那么就给我一个机会，让我试一试我的本领，又有什么妨碍呢？建立丰功伟业的人，往往借助于最微弱者之手，当士师们有如童骇的时候，上帝的旨意往往借着婴儿的身上显示；洪水可以从涓滴的细流中发生，大海有时却会干涸。最有把握的希望，往往结果终于失望；最少希望的事情，反会出人意外地成功。

国王 我不能再听你说下去了；再会，善心的姑娘！你的殷勤未邀采纳，让我的感谢作为你的酬报吧。

海丽娜 天启的智能，就是这样为一言所毁。人们总是凭着外表妄加臆测，无所不知的上帝却不是这样；明明是来自上天的援助，人们却武断地诿之于人力。陛下，请您接受我的劳力吧，这并不是试验我的本领，乃是试验上天的意旨。我不是一个大言欺人的骗子，我知道我有充分的把握，我也确信我的医方决不会失去效力，陛下的病也决不会毫无希望。

国王 你是这样确信着吗？那么你希望在多少时间内把我的病医好？

海丽娜 给我最宽的限期，在义和的骏马拖着火轮兜了两个圈子，阴沉的暮色两次吹熄了朦胧的残辉，或是航海者的滴漏二十四回告诉人们那窃贼一样的时间怎样偷溜过去以前，陛下身上的病痛便会霍然脱体，重享着自由自在的健康生活。

国王 你有这样的自信，要是结果失败呢？

海丽娜 请陛下谴责我的卤莽，把我当作一个无耻的娼妓，让世人编造诽谤的歌谣，宣扬我的耻辱；我的处女的清名永远丧失，我的生命也可以在最苛虐的酷刑中毁灭。

国王 我觉得仿佛有一个天使，借着你柔弱的口中发出他的有力的声音；虽然就常识判断起来应该是不可能的事，却使我不能不信。你的生命是可贵的，因为在你身上具备一切生命中值得赞美的事物，青春、美貌、智慧、勇气、贤德，这些都是足以使人生幸福的；你愿意把这一切作为孤注，那必然表示你有非凡的能耐，否则你一定有一种异常迫切的需要。

好医生，我愿意试一试你的药方，要是我死了，你自己可也不免一死。

海丽娜 要是我不能按照限定的时间把陛下治愈，或者医治的结果，跟我说过的话稍有不符之处，我愿意引颈就戮，死而无怨。不过要是我把陛下的病看好了，那么陛下答应给我什么酬报呢？

国王 你可以提出无论什么要求。

海丽娜 可是陛下是不是能够满足我的要求呢？

国王 凭着我的身份起誓，我一定答应你。

海丽娜 那么我要请陛下亲手赐给我一个我所选中的丈夫。我不敢冒昧在法兰西的王族中寻求选择的对象，把我这卑贱的名姓攀附金枝玉叶；只要陛下准许我在您的臣仆之中，拣一个我可以向您要求，您也可以允许给我的人，我就感激不尽了。

国王 那么一言为定，你治好了我的病，我也一定帮助你如愿以偿。我已经决心信赖着你的治疗，你等着自己选择吧。我还有一些问题要问你，我也必须知道你是从什么地方来的，你家里还有什么人；可是即使我不问你这些问题，我也可以完全相信着你，请你接受我真心的欢迎和诚意的祝福。来人！扶我进去。你的手段倘使果然像你所说的那样高明，我一定不会辜负你的好处。（喇叭奏花腔，同下）

第二场

罗西昂；伯爵夫人府中一室

| 伯爵夫人及小丑上。

伯爵夫人 来，小子，现在我要试试你的教养如何了。

小丑 人家会说我是个锦衣玉食的鄙夫。您的意思不过是要叫我上宫廷里去吗？

伯爵夫人 上宫廷里去！你到过些什么好地方，说的话儿这样神气活现，“不过是上宫廷里去”。

小丑 不说假话，太太，一个人只要懂得三分礼貌，在宫廷里混混是再容易不过的事。谁要是连屈个膝儿，脱个帽儿，吻个手儿，说些个空话儿也不会，那简直是个不生腿，不生手，不生嘴唇的木头人。这种家伙当然是不配到宫廷里去的。可是我有一句话儿，什么问话都可以应付过去。

伯爵夫人 啊，一句答话可以回答一切问题，这倒是闻所未闻。

小丑 它就像理发匠的椅子一样，什么屁股坐上去都合适，尖屁股，扁屁股，瘦屁股，肥屁股，或者无论什么屁股。

伯爵夫人 那么你的答话对于无论什么问题也都一样合适吗？

小丑 正像律师手里的讼费、娼妓手里的夜度资、新郎手指上的婚戒、忏悔火曜日的煎饼、五朔节的化装跳舞一样合适；也正像钉之于孔、乌龟之于绿头巾、尖嘴姑娘之于泼皮无赖、尼姑嘴唇之于和尚嘴巴一样天造地设。

伯爵夫人 你果然有这样一句百发百中的答话吗？

小丑 上至公卿，下至皂隶，什么问话都可以用这句话回答。您要是不信，咱们不妨试一试。您先问我我是不是个官儿。

伯爵夫人 好，我就充一会傻瓜，也许可以跟你学点儿乖。请问足下是不是在朝廷里得意？

小丑 啊，岂敢岂敢！——这不是很便当地应付过去了吗？再问下去，再问我一百个问题。

伯爵夫人 老兄，咱们是老朋友，小弟一向佩服您的。

小丑 啊，岂敢岂敢！——再来，再来，不要放过我。

伯爵夫人 这肉煮得太不入味，恐怕不合老兄胃口。

小丑 啊，岂敢岂敢！——再问下去，尽管问下去。

伯爵夫人 听说最近您曾经给人家抽了一顿鞭子。

小丑 啊，岂敢岂敢！——不要放过我。

伯爵夫人 你在给人家鞭打的时候，也是喊着“岂敢岂敢”，还要叫他们不要放过你吗？

小丑 我的“岂敢岂敢”百试百灵，今天却是第一次触了霉头。看来无论怎样经久耐用的东西，也总有一天失去效用的。

伯爵夫人 跟你这傻瓜胡扯了半天，现在还是谈正事吧。你看见了海伦姑娘，就把这封信交给她，请她立刻答复我；还给我致意问候我的那些亲戚们，也去问问少爷安好。这不算是什么麻烦的事吧？

小丑 好，就此告辞。

伯爵夫人 你快去吧。（各下）

第三场

巴黎；王宫中一室

| 勃特拉姆、拉佛、帕洛同上。

拉佛 人家说奇迹已经过去了，我们现在这一辈博学深思的人们，惯把不可思议的事情看作平淡无奇，因此我们把惊骇视同儿戏，当我们应当为一种不知名的恐惧而战栗的时候，我们却用谬妄的知识作为护身符。

帕洛 大人这一番高论，真是不可多得的至理名言。

勃特拉姆 正是正是。

拉佛 不去乞灵于那些医经药典——

帕洛 是是。

拉佛 什么伽伦，什么巴拉赛尔萨斯——

帕洛 是是。

拉佛 以及那一大群有学问的家伙们——

帕洛 是是。

拉佛 他们都断定他无药可治——

帕洛 对啊，一点不错。

拉佛 毫无痊愈的希望——

帕洛 对啊，他正像是——

拉佛 风中之烛，吉少凶多。

帕洛 正是，您说得真对。

拉佛 像这样的事情，真可以说是不世的奇迹。

帕洛 正是正是，那真可以说是——您怎么说的？

拉佛 “上苍借手人力表现出来的灵异。”

帕洛 对了，那正是我所要说的话。

拉佛 现在他简直比海豚还壮健；这不是我故意说着不敬的话。

帕洛 总而言之，这真是奇事；只有最顽愚不化的人，才会不承认那是——

拉佛 上天借手于——

帕洛 是是。

拉佛 一个最柔弱无能的使者，表现他的伟大超越的力量；感谢上天的眷顾，他不但保佑我们王上恢复健康，一定还会赐更多的幸福给我们。

帕洛 您说得真对，我也是这个意思。王上来了。

| 国王、海丽娜及侍从等上。

拉佛 我以后要格外喜欢姑娘们了，趁着我的牙齿还没有完全掉下。瞧，他简直可以拉着她跳舞呢。

帕洛 嗳哟！这不是海伦吗？

拉佛 我相信是的。

国王 去，把朝廷中所有的贵族一起召来。（一侍从下）我的恩人，请你坐在你病人的旁边。我这一只手多亏你使它恢复了知觉，现在它将要给与你我已经允许你的礼物，只等你指点出来。

| 若干廷臣上。

国王 好姑娘，用你的眼睛观看，这一群年轻未婚的贵人，我对他们都可以运用君上和严亲的两重权力，把他们中间的任何一人许配给你；你可以随意选择，他们都不能拒绝你。

海丽娜 愿爱神保佑你们每一个人都能得到一位美貌贤淑的爱人！除了你们中间的一个人之外。

拉佛 哼，我的牙齿并不比这些孩子们坏，我的胡须也不比他们长多少呢。

国王 仔细看看他们，他们谁都有一个高贵的父亲。

海丽娜 各位大人，上天已经假手于我，治愈了王上的疾病。

众人 是，我们感谢上天差遣您前来。

海丽娜 我是一个简单愚鲁的女子，我可以向人夸耀的只是我是一个清白的少女。陛下，我已经选好了。我颊上的羞红向我低声耳语："我们为你害羞，因为你竟敢选择你自己的意中人；可是你倘然给人拒绝了，那么让苍白的死亡永远罩在你的颊上吧，我们是永不再来的了。"

国王 你尽管放心选择吧，谁要是躲避你的爱情，让他永远得不到我的眷宠。

海丽娜 狄安娜女神，现在我要离开你的圣坛，把我的叹息奉献给至高无上的爱神龛下了。大人，您愿意听我的诉请吗？

臣甲 但有所命，敢不乐从。

海丽娜 谢谢您，大人；我没有什么话要对您说的。（向廷臣乙）大人，我还没有向您开口，您眼睛里闪耀着的威焰，已经使我自惭形秽、望而却步了。但愿爱神赐给您幸运，使您得到一位胜过我二十倍的美人！

臣乙 得偶仙姿，已属万幸，岂敢更有奢求？

海丽娜 请您接受我的祝愿，少陪了。

拉佛 难道他们都拒绝了她吗？要是他们是我的儿子，我一定要把他们每人抽一顿鞭子，或者把他们赏给土耳其人做太监去。

海丽娜 （向廷臣丙）不要害怕我会选中您，我决不会使您难堪的。上帝祝福您！要是您有一天结婚，希望您娶到一位好妻子！

拉佛 这些孩子们放着这样一个人不要，难道都是冰打成的不成？他们一定是英国人的私生子，咱们法国人决不会这样的。

海丽娜 （向廷臣丁）您是太年轻、太幸福、太好了，我配不上您。

臣丁 美人，我不能同意您的话。

拉佛 这小子倒有种，你的父亲大概是喝过酒的。可是你倘然不是一头驴子，就算我是一个十四岁的小娃娃；我早知道你是个什么人。

海丽娜 （向勃特拉姆）我不敢说我选取了您，可是我愿意把我自己奉献给您，终身为您服役，一切听从您的指导。——这就是我选中的人。

国王 很好，勃特拉姆，那么你娶了她吧，她是你的妻子。

勃特拉姆 我的妻子，陛下！请陛下原谅，在这一件事情上，我是要凭着自己的眼睛做主的。

国王 勃特拉姆，你不知道她给我作了什么事吗？

勃特拉姆 我知道，陛下；可是我不知道为什么我必须娶她。

国王 你知道她把我从病床上救了起来。

勃特拉姆 所以我必须降低身份，和一个下贱的女子结婚吗？我认识她是什么人，她是靠着我家养活长大的。一个穷医生的女儿做我的妻子！我的脸都丢尽了！

国王 你看不起她，不过因为她地位低微，那我可以把她抬高起来。要是把人们的血液倾注在一起，那颜色，重量和热度都难以区别，偏偏在人间的关系上，会划分这样清楚的鸿沟，真是一件怪事。她倘然是一个道德上完善的女子，你不欢喜她，只因为她是一个穷医生的女儿，那么你重视虚名甚于美德，这就错了。穷巷陋室，有德之士居之，可以使蓬荜增辉；世禄之家，不务修善，虽有盛名，亦将隳败。善恶的区别，在于行为的本身，不在于地位的有无。她有天赋的青春、智慧和美貌，这一切的本身即是光荣；最可耻的，却是那些袭父祖的余荫，不知绍述先志，一味妄自尊大的人。虚名是一个下贱的奴隶，在每一座墓碑上说着谀墓的诳话，倒是在默默无言的一抔荒土之下，往往埋葬着忠臣义士的骸骨。有什么话好说呢？你倘然不能因为这女子的本身而爱她，我可以给她其余的一切；她的贤淑美貌是她自己的嫁奁，光荣和财富是我给她的赏赐。

勃特拉姆 我不能爱她，也不想爱她。

国王 你要是抗不奉命，一定要自讨没趣的。

海丽娜 陛下圣体复原，已经使我欣慰万分；其余的事情，不必谈了。

国王 这与我的威望有关，我必须运用我的权力。来，骄横傲慢的孩子，握着她的手，你才不配接受这一件卓越的赐予呢。你的愚妄狂悖，不但孤负了她的好处，也已经丧失了我的欢心。你以为她和你处在天平的不平衡的两端，却不知道我站在她的一面，便可以把两方的轻重倒转过来；你也没有想到你的升沉荣辱，完全操在我的手中。为了你自己的好处，赶快抑制你的轻蔑，服从我的旨意；我有命令你的权力，你有服从我的天职；否则你将永远得不到我的眷顾，让年轻的愚昧把你拖下了终身蹭蹬的深渊，我的愤恨和憎恶将要降临到你的头上，没有一点怜悯宽恕。快回答我吧。

勃特拉姆 求陛下恕罪，我愿意捐弃个人的爱憎，服从陛下的指示。当我一想起多少恩荣富贵，都可以随着陛下的一言而予夺，我就觉得适才我所认为最卑贱的她，已经受到陛下的宠眷，而和出身贵族的女子同样高贵了。

国王 搀着她的手，对她说她是你的。我答应给她一份财产，即使不比你原有的财产更富，也一定可以和你的互相匹敌。

勃特拉姆 我愿意娶她为妻。

国王 幸运和国王的恩宠祝福着你们的结合；你们的婚礼就在今晚举行，至于隆重的婚宴，那么等远道的亲友到来以后再办吧。你既然答应娶她，就该真诚爱她，不可稍有贰心。去吧。（国王、勃特拉姆、海丽娜、群臣及侍从等同下）

拉佛 对不起，朋友，跟你说句话儿。

帕洛 请问有何见教？

拉佛 贵主人一见形势不对就改变口气，倒很见机乖巧。

帕洛 贵主人！你在对谁说话？

拉佛 啊，难道是我说错了吗？

帕洛 岂有此理！人家对我这样说话，我可不肯和他甘休的。贵主人！

拉佛 难道尊驾是罗西昂伯爵的朋友吗？

帕洛 什么伯爵都是我的朋友，是个男子汉大丈夫我就跟他做朋友。

拉佛 你只好跟伯爵们的跟班做朋友，瞧你的样子就不像个上流人。

帕洛 你年纪太老了，老人家，你年纪太老了，还是少找些是非吧。

拉佛 混蛋，我是个男子汉大丈夫，你再活上一把年纪去也够不上做个汉子。

帕洛 要是我不顾一切起来，什么事我都会做得出来的。

拉佛 我本来以为你是个有几分聪明的家伙，你的山海经也编造得有几分意思，可是一看你的装束，就知道你不是个怎样了不起的人。像你这样的家伙，真是俯拾即是，不值得人家理睬。

帕洛 倘不是瞧在你这一把年纪份上——

拉佛 别太动肝火了吧，那会促短你的寿命的；上帝大发慈悲，可怜可怜你这头老母鸡吧！再见，我的好格子窗；我不必打开窗门，因为我早已看得你雪亮了。

帕洛 大人，你给我太难堪的侮辱了。

拉佛 是的，我诚心侮辱你，你可以受之无愧。再见。（下）

帕洛 哼，你倘然有一个儿子，我一定要向他报复这场耻辱，这卑鄙龌龊的老官儿！我且按下这口气，他们这些有权有势的人不是好惹的。要是我有了下手的机会，不管他是怎么大的官儿，我一定要把他揍一顿，决不因为他有了年纪而饶过他。等我下次碰见他的时候，非把他揍一顿不可！

| 拉佛重上。

拉佛 喂，我告诉你一个消息，你的主人结了婚了，你有了一位新主妇啦。

帕洛 千万请求大人不要欺人太过，他是我的好长官，在我顶上我所服侍的才是我的主人。

拉佛 谁？上帝吗？

帕洛 是的。

拉佛 魔鬼才是你的主人。为什么你要把带子在手臂上绑成这个样子？你把衣袖当作袜管吗？人家的仆人也像你这样吗？你还是把你的鸡巴装在你鼻子的地方吧。要是我再年轻一些儿，我一定要给你一顿好打；谁见了你都会生气，谁都应该打你一顿；我看上帝造下你来的目的，是为给人家嘘气用的。

帕洛 大人，你这样无缘无故破口骂人，未免太不讲理啦。

拉佛 去你的吧，你是个无赖浪人，不想想你自己的身份，胆敢在贵人面前放肆无礼，对于你这种人真不值得多费唇舌，否则我可要骂你是个混账东西啦。我不跟你多讲话了。（下）

帕洛 好，很好，咱们瞧着吧。好，很好。现在我暂时不跟你算账。

| 勃特拉姆重上。

勃特拉姆 完了，我永远沾上了晦气了。

帕洛 什么事，好人儿？

勃特拉姆 我虽然已经在尊严的牧师面前起过誓，我却不愿跟她同床。

帕洛 什么，什么，好亲亲？

勃特拉姆 哼，帕洛，他们叫我结了婚啦！我要去参加都斯加战争去，永远不跟她同床。

帕洛 法兰西是个狗窠，不是堂堂男子立足之处。从军去吧！

勃特拉姆 我母亲有信给我，我还不知道里面说些什么话。

帕洛 噢，那你看了就知道了。从军去吧，我的孩子！从军去吧！在家里抱抱娇妻，把豪情壮志消磨在温柔乡里，不去驰骋疆场，建功立业，岂不埋没了自己的前途？到别的地方去吧！法兰西是一个马棚，我们住在这里的都是些不中用的驽马。还是从军去吧！

勃特拉姆 我一定这样办。我要叫她回到我的家里去，把我对她的嫌恶告知我的母亲，说明我现在要出走到什么地方去。我还要把我当面不敢出口的话用书面禀明王上；他给我的赏赐，正好供给我到意大利战场上去，和那些勇士们在一起作战，与其闷在黑暗的家里，和一个可厌的妻子终日相对，还不如冲锋陷阵，死也死得痛快一些。

帕洛 你现在乘着一时之兴，将来会不会反悔？你有这样的决心吗？

勃特拉姆 跟我到我的寓所去，帮我出些主意。我可以马上打发她动身，明天我就上战场，让她守活寡去。

帕洛 啊，你倒不是放空炮，那好极了。一个结了婚的青年是个泄了气的汉子，勇敢地丢弃了她，去吧。（同下）

第四场

同前；王宫中的另一室

｜海丽娜及小丑上，帕洛自另一方上。

帕洛 祝福您，幸运的夫人！

海丽娜 但愿如你所说，我能够得到幸运。

帕洛 我愿意为您祈祷，愿您诸事顺利，永远幸福。啊，好小子！我们那位老太太好吗？

小丑 要是把她的皱纹给了你，把她的钱给了我，我愿她像你所说的一样。

帕洛 我没有说什么呀。

小丑 对了，所以你是个聪明人；因为舌头往往是败事的祸根。不说什么，不做什么，不知道什么，也没有什么，就可以使你受用不尽。

帕洛 瞧不出你倒是一个聪明的傻瓜。夫人，爵爷因为有要事，今晚就要动身出去。他很不愿剥夺您在新婚燕尔之夕应享的权利，可是因为迫不得已，只好缓日向您补叙欢情。良会匪遥，请夫人暂忍目前，等待将来别后重逢的无边欢乐吧。

海丽娜 他还有什么吩咐？

帕洛 他说您必须立刻向王上辞别，设法找出一个可以使王上相信的理由来，能够动身得越快越好。

海丽娜 此外还有什么命令？

帕洛 他叫您照此而行，静候后命。

海丽娜 我一切都遵照他的意志。

帕洛 好，我就这样回复他。

海丽娜 劳驾你啦。来，小子。（各下）

第五场

同前；另一室

| 拉佛及勃特拉姆上。

拉佛 我希望大人不要把这人当作一个军人。

勃特拉姆 不，大人，他的确是一个军人，而且有很勇敢的名声。

拉佛 这是他自己告诉您的。

勃特拉姆 我还有其他方面的证明。

拉佛 那么也许是我看错了人，把这只鸿鹄看成了燕雀了。

勃特拉姆 我可以向大人保证，他是一个见多识广、而且很有胆量的人。

拉佛 那么我对于他的见识和胆量真是太失敬了，可是我心里一点不觉得有抱歉的意思。他来了，请您给我们和解和解吧。

| 帕洛上。

帕洛 （向勃特拉姆）一切事情都照您的意思办理。

勃特拉姆 （向帕洛）她去见王上了吗？

帕洛 是的。

勃特拉姆 她今晚就动身吗？

帕洛 您要她什么时候走她就什么时候走。

勃特拉姆 我已经写好信，把贵重的东西装了箱，叫人把马也备好了；就在洞房花烛的今夜，我要和她一刀两断。

拉佛 一个好的旅行者讲述他的见闻，可以在宴会上助兴；可是一个净说诳话，掇拾一两件大家知道的事实遮掩他的一千句废话的人，听见一次就该打他三次。上帝保佑您，队长！

勃特拉姆 这位大人跟你有点儿不和吗？

帕洛 我不知道我在什么地方得罪了大人。

勃特拉姆 大人，也许您对他有点儿误会吧。

拉佛 我永远不想了解他。再见，大人，相信我吧，这个轻壳果里是找不出核仁来的；这人的灵魂就在他的衣服上。不要信托他重要的事情，这种人的性格我是知道的。再见，先生，我并没有把你说得太难堪，照你这样的人，我应该把你狠狠骂一顿，可是我也犯不着和小人计较了。（下）

帕洛 真是一个混账的官儿。

勃特拉姆 我并不以为如此。

帕洛 啊，您还不知道他是个怎么样的人吗？

勃特拉姆 不，我跟他很熟悉，大家都说他是个好人。我的绊脚的东西来了。

| 海丽娜上。

海丽娜 夫君，我已经遵照您的命令，见过王上，已蒙王上准许即日离京，可是他还要叫您去作一次私人谈话。

勃特拉姆 我一定服从他的旨意。海伦，请你不要惊奇我这次行动的突兀，我本不该在现在这样的时间匆匆远行，实在我自己在事先也毫无所知，所以弄得这样手足失措。我必须恳求你立刻动身回家，也不要问我为什么叫你这样做，虽然看上去好像很奇怪，可是我是在详细考虑过了之后才这样决定的；你不知道我现在将要去做一番什么事情，所以当然不知道它的性质是何等重要。这一封信请你带去给我的母亲。（以信给海丽娜）我在两天之后再来看你，一切由你自己斟酌行事吧。

海丽娜 夫君，我没有什么话可以对您说，只是我是您的最恭顺的仆人。

勃特拉姆 算了，算了，那些话也不用说了。

海丽娜 我知道自己命薄，不配接受这样大的幸福，以后只有兢兢业业，恪守本分，免得更增罪戾。

勃特拉姆 算了吧，我现在要紧得很。再见，回家去吧。

海丽娜 夫君，请您恕我。

勃特拉姆 啊，你还有什么话说？

海丽娜 我不配拥有我所有的财富，我也不敢说它是我的，虽然它是属于我的；我就像是一个胆小的窃贼，虽然法律已经把一份家产判给他，他还是想把它悄悄偷走。

勃特拉姆 你想要些什么？

海丽娜 我的要求是极其微小的，实在也可以说毫无所求。夫君，我不愿告诉您我要些什么。陌路之人和仇敌们在分手的时候，是用不到亲吻的。

勃特拉姆 请你不要耽搁，赶快上马吧。

海丽娜 我决不违背您的嘱咐，夫君。

勃特拉姆 （向帕洛）还有那些人呢？（向海丽娜）再见。（海丽娜下）你回家去吧；只要我的手臂能够挥舞刀剑，我的耳朵能够听辨鼓声，我是永不回家的了。去！我们就此登程。

帕洛 好，放出勇气来！（同下）

第　三　幕

第一场
佛罗伦萨；公爵府中一室

｜喇叭奏花腔。公爵率侍从、二法国廷臣及军士等上。

公爵 现在你们已经详详细细知道了这次战争的根本原因，无数的血已经为此而流，以后兵连祸结，更不知何日是了。

臣甲 殿下这次出师，的确是名正言顺，而在敌人方面，也太过于暴虐无道了。

公爵 所以我很诧异我们的法兰西王兄对于我们这次堂堂正正的义师，竟会拒绝给我们援手。

臣甲 殿下，国家政令的决定，不是个人好恶所能左右，小臣地位卑微，更不敢妄加臆测，因此敝国拒绝接受贵邦的原因，要请殿下宽恕，小臣无法奉告。

公爵 既然贵国这样决定，我们当然也不便强人所难。

臣乙 可是小臣相信在敝国有许多青年朝士，因为厌于安乐，一定会陆续前来，为贵邦效命的。

公爵 那我们一定非常欢迎，他们一定将在我们这里享受最隆重的礼遇。两位既然迢迢来此，诚心投效，就请各就部位，大家本着前仆后继的精神，踏着先死者的血迹前进。明天我们就要整队出发了。（喇叭奏花腔。众下）

第二场

罗西昂；伯爵夫人府中一室

｜伯爵夫人及小丑上。

伯爵夫人 一切事情都适如我的愿望，唯一的遗憾，是他没有陪着她一起回来。

小丑 我看我们那位小爵爷心里很有点儿不痛快呢。

伯爵夫人 请问何以见得？

小丑 他在低头看着靴子的时候也会唱歌；拉正绉领的时候也会唱歌；向人家问话的时候也会唱歌；剔牙齿的时候也会唱歌。我知道有一个人在心里不痛快的时候也有这种脾气，曾经把一座大庄子半卖半送地给了人家呢。

伯爵夫人 （拆信）让我看看他信里写些什么，几时可以回来。

小丑 我自从一到了京城以后，对于伊丝贝尔的这颗心就冷了起来。咱们乡下的咸鱼没有京城里的咸鱼好，咱们乡下的姑娘也比不上京城里的姑娘俏。我对于恋爱已经失去了兴趣，正像老年人把钱财看作身外之物一样。

伯爵夫人 啊，这是什么话？

小丑 您自己看是什么话吧。（下）

伯爵夫人 （读信）“儿已遣新妇回家，渠即为国王疗疾之人，而令儿终天抱恨者也。儿虽被迫完婚，未尝与共枕席；有生之日，誓不与之同处。儿今已亡命出奔，度此信到后不久，消息亦必将达于吾母耳中矣。从此远离乡土，永作他乡之客，幸母勿以儿为念。不幸儿勃特拉姆上。”岂有此理，这个卤莽倔强的孩子，这样一个贤慧的妻子还不中他的意，竟敢拒绝王上的深恩，不怕激起他的嗔怒，真太不成话了！

| 小丑重上。

小丑 啊，夫人！那边有两个将官护送着少夫人，带着不好的消息来了。

伯爵夫人 什么事？

小丑 不，还好，还好，少爷还不会马上就给人杀死。

伯爵夫人 他为什么要给人家杀死？

小丑 夫人，我听他们说他逃走了；要是人家把他捉住了，岂不要把他杀死？他们来了，让他们告诉您吧；我只听见说少爷逃走了。（下）

| 海丽娜及甲、乙二臣上。

臣甲 您好，夫人。

海丽娜 妈，我的主去了，一去不回了！

臣乙 别那么说。

伯爵夫人 你耐着点儿吧。对不起，两位，我因为一时悲喜交集，简直的呆住了；请问两位，我的儿子呢？

臣乙 夫人，他去帮助佛罗伦萨公爵作战去了，我们碰见他望那边去的。我们刚从佛罗伦萨来，在朝廷里办好了一些差事，仍旧要回去的。

海丽娜 妈，请您瞧瞧这封信，这就是他给我的凭证："汝倘能得余永不去手之指环，且能腹孕一子，确为余之骨肉者，始可称余为夫；然余可断言永无此一日也。"这是一个可怕的判决！

伯爵夫人 这封信是他请你们两位带来的吗？

臣甲 是的，夫人；我们很抱歉，因为它使你们不高兴。

伯爵夫人 媳妇，你不要太难过了；要是你把一切的伤心都归在你一个人身上，那么你就把我应当分担的一部分也占夺了去了。他虽然是我的儿子，我从此和他断绝母子的情分，你是我的唯一的孩子了。他是到佛罗伦萨去的吗？

臣乙 是的，夫人。

伯爵夫人 是从军去吗？

臣乙 这是他的英勇的志愿；相信我吧，公爵一定会对他十分看重的。

伯爵夫人 两位就是从那边来的吗？

臣甲 是的，夫人，我们刚从那边兼程回来。

海丽娜 "余一日有妻在法兰西，法兰西即一日无足以令余眷恋之物。"好狠心的话！

伯爵夫人 这些话也是在那信里的吗？

海丽娜 是的，妈。

臣甲 这不过是他一时信笔写下去的话，并不是真有这样的心思。

伯爵夫人 "一日有妻在法兰西，法兰西即一日无足以令余眷恋之物"！法兰西没有什么东西比你的妻子更不配被你所辱没了；她是应该嫁给一位堂堂贵人，让二十个像你这样无礼的孩子为他供奔走，在她面前太太长、太太短地小心侍候的。谁和他在一起？

臣甲 他只有一个跟班，那个人我也跟他有一点认识。

伯爵夫人 是帕洛吗？

臣甲 是的，夫人，正是他。

伯爵夫人 那是一个名誉扫地的坏东西。我的儿子受了他的引诱，把他高贵的天性都染坏了。两位远道来此，恕我招待不周。要是你们看见小儿，还要请你们为我向他寄语，他的剑是永远赎不回他所已经失去的荣誉的。我还有一封信，写了要托两位带去。

臣乙 夫人但有所命，鄙人等敢不效劳。

伯爵夫人 两位太言重了。里边请坐吧。（夫人及二臣下）

海丽娜 “余一日有妻在法兰西，法兰西即一日无足以令余眷恋之物。”法兰西没有可以使他眷恋的东西，除非他在法兰西没有妻子！罗西昂，你将在法兰西没有妻子，那时你就可以重新得到你所眷恋的一切了。可怜的人！难道是我把你逐出祖国，让你那娇生惯养的身体去当受无情的战火吗？难道是我害你远离风流逸乐的宫廷，使那些从含情的美目中投射出来温柔的箭镞失去了鹄的吗？乘着火力在天空中横飞的弹丸呀，让空气中充满着你们穿过气流而发出的歌声吧，但愿你们不要接触到我的丈夫的身体！谁要是射中了他，我就是主使暴徒行凶的祸首；谁要是向他奋不顾身的胸前挥动兵刃的，我就是陷他于死地的巨恶；虽然我不曾亲手把他杀死，他的死却是因为我的缘故。我宁愿让我的身体去膏饿狮的馋吻，我宁愿世间所有的惨痛集于我的一身。不，回来吧，罗西昂！不要冒着丧失一切的危险，去换来一个光荣的创疤，我会离此而去的。既然你的不愿回来，只是因为我在这里的缘故，难道我会继续留在这里吗？不，不，即使这屋子里播满着天堂的香味，即使这里是天使们遨游的乐境，我也不能作一日之留。我一去之后，我的出走的消息也许会传到你的耳中，使你得到安慰。快来吧，黑夜；快快结束吧，白昼！因为我这可怜的贼子，要趁着黑暗悄悄溜走。（下）

第三场

佛罗伦萨；公爵府前

| 喇叭奏花腔。公爵、勃特拉姆、帕洛及军士等上；鼓角声。

公爵 我们的马队归你全权统率，但愿你马到功成，不要有负了我的厚望和重托。

勃特拉姆 多蒙殿下以这样重大的责任相加，只恐小臣能力微薄，难于胜任，唯有誓竭忠忱，为殿下尽瘁，任何危险，在所不辞。

公爵 那么你就向前猛进吧，但愿命运照顾着你，做你的幸运的情人！

勃特拉姆 从今天起，伟大的战神，我投身在你的麾下，帮助我使我像我的思想一样刚强，使我只爱听你的鼓声，厌恶那儿女的柔情。（同下）

第四场
罗西昂；伯爵夫人府中一室

| 伯爵夫人及管家上。

伯爵夫人 唉！你就这样接下了她的信吗？你不知道她会像前次一样，留给我一封书信，不别而行吗？再念一遍给我听。

管家 （读信）

为爱忘畛域，致触彼苍怒，
赤足礼圣真，忏悔从头误。
沙场有游子，日与死为伍，
莫以薄命故，甘受锋镝苦。
还君自由身，弃捐勿复道！
慈母在高堂，归期须及早。
为君炷瓣香，祝君永康好，
挥泪乞君恕，离别以终老。

伯爵夫人 啊，在她的最温婉的字句里，是藏着多么尖锐的刺！里那多，你问也不问一声仔细就让她这样去了，真是糊涂透了顶。我要是能够当面用说话劝劝她，也许可以使她取消原来的计划，现在可是来不及了。

管家 小的真是该死，要是把这封信就在昨夜送给夫人，也许还可以把她追回来，现在就是去追也是白追的了。

伯爵夫人 哪一个天使愿意祝福这个无情无义的丈夫呢？像他这样的人，是终身不会发达的，除非因为上苍喜欢听她的祷告，乐意答应她的祈愿，才会赦免他那弥天的大罪。里那多，赶快替我写信给这位好妻子的坏丈夫，每一字每一句都要证明她的贤德，来反衬出他自己的凉薄；我心里的忧虑悲哀，虽然他一点不曾感觉到，你也要给我切切实实地写在信上。尽快把这封信寄出去，也许他听见了她已经出走，就会回到家里来；我还希望她知道他已经回来之后，纯洁的爱情也会领导她重新回来。我分别不出他们两个人之中，谁是我所最疼爱的。我的心因忧伤而沉重，年龄使我变成这样软弱，我不知道应该流泪呢，还是向人诉述我的悲哀。（同下）

第五场
佛罗伦萨城外

| 远处号角声。佛罗伦萨一寡妇、狄安娜、薇奥兰塔、玛利安娜及其他市民上。

寡妇 快来吧，要是他们到了城门口，咱们就瞧不见啦。

狄安娜 他们说那个法国伯爵立了很大的功劳。

寡妇 听说他捉住了他们的主将，还亲手杀死他们公爵的兄弟。倒霉！咱们白赶了一趟，他们往另外一条路上去了；听！他们的喇叭声越来越远啦。

玛利安娜 来，咱们回去吧，看不见就听人家说说也好。喂，狄安娜，你留心这个法国伯爵吧；贞操是处女唯一的光荣，名节是妇人最大的遗产。

寡妇 我已经告诉我的邻居你怎样被他的一个同伴所看上啦。

玛利安娜 我认识那个坏蛋死东西！他的名字就叫帕洛，是个卑鄙龌龊的军官，那个年轻伯爵就是给他诱坏的。留心着他们吧，狄安娜！他们的许愿、引诱、盟誓、礼物以及这一类煽动情欲的东西，都是害人的圈套，不少的姑娘们都已经上过他们的当了；最可怜的是，这种身败名裂的可怕的前车之鉴，却不曾使后来的人知道警戒，仍旧一个个如蚁附膻，至死不悟，真可令人叹息。我希望我不必给你更多的劝告，但愿你自己能够立定主意。

狄安娜 你放心吧，我不会上人家当的。

寡妇 但愿如此。瞧，一个进香的人来了；我知道她会躭搁在我的宿店里的，来来往往的进香人都知道我的宿店。让我去问她一声。

海丽娜作进香人装束上。

寡妇 上帝保佑您，进香人！您要到哪儿去？

海丽娜 到圣约克·勒·格朗。请问您，朝拜圣地的人都是在什么地方耽搁的？

寡妇 在圣法兰西斯，就在这港口的近旁。

海丽娜 是不是打这条路过去的？

寡妇 正是，一点不错。你听！（远处军队行进声）他们望这儿来了。进香客人，您要是在这儿等一下，等军队过去以后，我就可以领您到下宿的地方去。我想您一定认识那家宿店的女主人，正像您认识我一样。

海丽娜 原来大娘就是店主太太吗？

寡妇 岂敢岂敢。

海丽娜 多谢您的好意，那么有劳您啦。

寡妇 我看您是从法国来的吧？

海丽娜 是的。

寡妇 您可以在这儿碰见一个同国之人，他曾经在佛罗伦萨立下很大的功劳。

海丽娜 请教他姓甚名谁？

寡妇 他就是罗西昂伯爵。您认识这样一个人吗？

海丽娜 但闻其名，不识其面，他的名誉很好。

狄安娜 不管他是一个何等样人，他在这里是很出风头的。据说他从法国出亡来此，因为国王强迫他跟一个他所不欢喜的女人结婚。您想是有这回事吗？

海丽娜 是的，真有这回事；他的夫人我也认识。

狄安娜 有一个跟随这位伯爵的人，对她的批评不是顶好。

海丽娜 他叫什么名字？

狄安娜 他叫帕洛。

海丽娜 啊！我跟他完全同意，她的确没有什么值得恭维之处，更配不上像那位伯爵那样的大人物，她的名字的确是不值得挂齿的。她的唯一的好处，只有她的贞静、缄默，我还不曾听见人家在这方面讥议过她。

狄安娜 唉，可怜的女人！做一个失爱于夫主的妻子，真够受罪了。

寡妇 是啦；好人儿，她无论在什么地方，她的心永远是载满了凄凉的。这小妮子要是愿意，也可以做一件对她不起的事呢。

海丽娜 您这句话是什么意思？是不是这个好色的伯爵想要把她勾诱？

寡妇 他确有这个意思，曾经用尽各种手段想要破坏她的贞操，可是她对他戒备森严，绝不让他稍有下手的机会。

玛利安娜 神明保佑她守身如玉！

佛罗伦萨军士一队上，旗鼓前导，勃特拉姆及帕洛亦列队中。

寡妇 瞧，现在他们来了。那个是安东尼奥，公爵的长子；那个是埃斯卡勒斯。

海丽娜 那法国人呢？

狄安娜 他；那个帽子上插着羽毛的，他是一个很漂亮的家伙。我希望他爱他的妻子。他要是老实一点，那就更好了。他不是一个很俊的男人吗？

海丽娜 我很欢喜他。

狄安娜 可惜他太不老实。那一个就是诱他为非作恶的坏家伙；倘然我是他的妻子，我一定要用毒药毒死那个混账东西。

海丽娜 哪一个是他？

狄安娜 就是披着肩巾的那个鬼家伙。他为什么好像闷闷不乐似的？

海丽娜 也许他在战场上受了伤了。

帕洛 把我们的鼓也丢了！哼！

玛利安娜 他好像有些心事。瞧，他看见我们啦。

寡妇 嘿，死东西！

玛利安娜 谁希罕你那些鬼殷勤儿！（勃特拉姆、帕洛、军官及军士等下）

寡妇 军队已经过去了。来，进香客人，让我领您到下宿的地方去。咱们店里已经住下了四五个修行人，他们都是去朝拜伟大的圣约克的。

海丽娜　多谢多谢。今晚我还想作个东道，请这位嫂子和这位好姑娘陪我们一起吃饭，我还可以把这位圣女的实训讲一些给你们听。

玛利安娜
狄 安 娜　谢谢您，我们一定奉陪。（同下）

第六场

佛罗伦萨城前营帐

| 勃特拉姆及二臣上。

臣甲　不，我的好爵爷，让我们试他一试，看他怎么样。

臣乙　您要是发现他不是个卑鄙小人，请您从此别相信我。

臣甲　凭着我的生命起誓，他是一个骗子。

勃特拉姆　你们以为我一直受了他的骗吗？

臣甲　相信我，爵爷，我一点没有恶意；照我所知道的，他是一个天字第一号的懦夫，一个到处造谣言说诳话的骗子，每小时都在作着背信爽约的事，在他身上没有一点可以采取的好处。

臣乙　您应该明白他是怎样一个人，否则要是您太相信了他，有一天他会在一件关系重大的事情上连累了您的。

勃特拉姆　我希望我知道用怎样方法去试验他。

臣乙　最好就是叫他去把那面失去的鼓夺回来，您已经听见他自告奋勇过了。

臣甲　我就带着一队佛罗伦萨军士，扮成敌军的样子，在半路上突然拦截他。我们把他捉住捆牢，蒙住了他的眼睛，把他兜了几个圈子，然后带他回到自己的营里，让他相信他已经在敌人的阵地里了。您可以看我们怎样审问他，要是他并不贪生怕死，出卖友人，把他所知道的我们这里的事情指天誓日地一古脑儿招出来，那么请您以后再不要相信我的话好了。

臣乙 啊！叫他去夺回他的鼓来，好让我们解解闷儿；他说他已经有了一个妙计；可以去把它夺回来。您要是看见了他怎样完成他的任务，看看他这块废铜烂铁究竟可以镕成什么材料，那时你倘不揺他一顿拳头，我才信你。他来啦。

臣甲 啊！这是个绝妙的玩笑，让我们不要阻挡他的壮志，让他去把他的鼓夺回来。

| 帕洛上。

勃特拉姆 啊，队长！你还在念念不忘这面鼓吗？

臣乙 妈的！这算什么，左右不过是一面鼓罢了。

帕洛 不过是一面鼓！怎么叫不过是一面鼓？难道这样丢了就算了？没有鼓怎么可以调节人马的进退？怎么可以驰驱夺阵？怎么可以分兵合围？

臣乙 那可不能怪谁的不是啊；这一种损失本来是战争中所不免的，就是凯撒做了大将，也是没有办法的。

勃特拉姆 究竟我们这回是打了胜仗的。丢了鼓虽然有点失面子，已经丢了没有法子夺回来，也就算了。

帕洛 它是可以夺回来的。

勃特拉姆 也许可以，可是现在已经没有法想了。

帕洛 没法想也得夺它回来。倘不是因为论功行赏，往往总是给滥竽充数的人占了便宜去，我一定要去拼死夺回那面鼓来。

勃特拉姆 很好，队长，你要是真有这样胆气，你要是以为你的神出鬼没的战略，可以把这三军光荣所系的东西重新夺了回来；那么请你尽量发挥你的雄才，试一试你的本领吧。要是你能够成功，我可以给你在公爵面前特别吹嘘，他不但会大大地褒奖你，而且一定会重重赏你的。

帕洛 我愿意举着这一只军人的手郑重起誓，我一定要干它一下。

勃特拉姆 好，现在你可不能含含糊糊赖过去了。

帕洛 我今晚就去；现在我马上就把一切困难放在脑后，鼓起必胜的信念，打起视死如归的决心来，等到半夜时候，你们等候我的消息吧。

勃特拉姆 我可不可以现在就去把你的决心告诉公爵殿下？

帕洛 我不知道此去成败如何，可是大丈夫说做就做，决无反悔。

勃特拉姆 我知道你是个勇敢的人，凭着你的过人的智勇，一定会成功的。再会。

帕洛 我不喜欢多说废话。（下）

臣甲 你要是不喜欢多说废话，那么鱼儿也不会喜欢水了。爵爷，您看他自己明明知道这件事情办不到，偏偏会那样大言不惭地好像看得那样有把握；虽然夸下了口，却又硬不起头皮来，真是个莫名其妙的家伙！

臣乙 爵爷，您没有我们知道他得仔细；他凭着那副吹拍的工夫，果然很会讨人家的欢喜，别人在一时之间也不容易看破他的真相，可是等到你知道了他究竟是一个怎么样的人以后，你就永远不会再相信他了。

勃特拉姆 难道你们以为他这样郑重其事地一口答应下来，竟会是空口说说的吗？

臣甲 他绝对不会认真去做的；他在什么地方溜了一趟，回来编一个诳，造两三个谣言，就算完了事了。可是我们已经布下陷阱，今晚一定要叫他出丑。像他这样的人，的确是不值得您去抬举的。

臣乙 我们在把这狐狸关进笼子以前，还要先把他戏弄一番。拉佛老大人早就知道他不是个好人了。等他原形毕露以后，请您瞧瞧他是个什么东西吧；今天晚上您就知道了。

臣甲 我要去找我的棒儿来，今晚一定要捉住他。

勃特拉姆 我要请你这位兄弟陪我走走。

臣甲 悉随爵爷尊便，失陪了。（下）

勃特拉姆 现在我要把你带到我跟你说起的那家人家去，让你见见那位姑娘。

臣乙 可是您说她是很规矩的。

勃特拉姆 就是这一点讨厌。我只跟她说过一次话，她对我冷冰冰的一点笑容都没有。我曾经叫帕洛那混蛋替我送给她许多礼物和情书，她都完全退还了，把我弄得毫无办法。她是个很标致的人儿。你愿意去见见她吗？

臣乙 愿意愿意，请了。（同下）

第七场

佛罗伦萨；寡妇家中一室

| 海丽娜及寡妇上。

海丽娜 您要是不相信我就是她，我不知道怎样才可以向您证明，我的计划也就没有法子可以实行了。

寡妇 我的家道虽然已经中落，可是我也是好人家出身，这一类事情从来不曾干过；我不愿现在因为做了不干不净的勾当，而沾污了我的名誉。

海丽娜 如果是不名誉的事，我也决不希望您去做。第一，我要请您相信我，这个伯爵的确就是我的丈夫，我刚才对您说过的话，没有半个字虚假；所以您要是答应帮助我，决不会有错的。

寡妇 我应当相信您，因为您已经向我证明您的确是一位名门贵妇。

海丽娜 这一袋金子请您收了，略为表示我一点感谢您好心帮助我的意思，等到事情成功以后，我还要重重谢您。伯爵看中令嫒的姿色，想要用淫邪的手段来诱惑她；让她答应了他的要求吧，我们可以指导她用怎样的方式诱他入彀；他在热情的煽动下，一定会答应她的任何条件。他的手指上佩着一个指环，是他四五代以前祖先的遗物，世世相传下来的，他把它看得非常宝贵；可是令嫒要是向他讨这指环，他为了满足他的欲念起见，也许会不顾日后的懊悔，毫无吝色地送给她的。

寡妇 现在我明白您的用意了。

海丽娜 那么您也知道这一件事情是合法的了。只要令嫒在假装愿意之前，先向他讨下了这指环，然后约他一个时间相会，事情就完了；到了那时间，我会顶替她赴约，她自己还是白璧无瑕，不会受他的污辱。事成之后，我愿意在她已有的嫁奁上，再送她三千克朗，答谢她的辛劳。

寡妇 我已经答应您了，可是您还得先去教我的女儿用怎样一种不即不离的态度，使这场合法的骗局不露破绽。他每夜都到这里来，弹唱着各种乐曲歌颂她的庸姿陋质；我们也没有法子把他赶走，他就像有关生死一样不肯离开。

海丽娜 那么好，我们就在今夜试一试我们的计策吧；要是能够干得成功，那就是假罪恶之行，行合法之事，手段虽然不正当，行为却并无错误。我们就这样进行起来吧。（同下）

第四幕

第一场

佛罗伦萨军营外

| 臣甲率埋伏军士五六人上。

臣甲 他一定会打这篱笆角上经过。你们向他冲上去的时候，大家都要齐声乱嚷，讲着一些希奇古怪的说话，即使说得自己也听不懂，也没有什么关系；我们都要假装听不懂他的说话，只有一个人听得懂，我们就叫那个人出来做翻译。

军士甲 队长，让我做翻译吧。

臣甲 你跟他不熟悉吗，他听得出你的声音来吗？

军士甲 不，队长，我可以向您担保他听不出我的声音。

臣甲 那么你向我们讲些什么南腔北调呢？

军士甲 就跟你们向我说的那些话一样。

臣甲 我们必须使他相信我们是敌人军队中的一队客籍军。他对于邻近各国的方言都懂得一些，所以我们必须每个人随口瞎嚷一些大家听不懂的话儿；好在大家都知道我们的目的是什么，因此可以彼此心照不宣，假装懂得就是了；尽管像老鸦叫似的，叽哩呱噜一阵子，越糊涂越好。至于你做翻译的，必须表示出一副机警调皮的样子来。啊，快快埋伏起来！他来了，他一定是到这里来睡上两点钟，然后回去编造一些诳话哄人。

| 帕洛上。

帕洛 十点钟了；再过三点钟便可以回去。我应当说我做了些什么事情呢？这诳话一定要编造得十分巧妙，才会叫他们相信。他们已经有点疑心我，倒霉的事情近来接二连三到我的头上来。我觉得我这一条舌头太胆大了，我的那颗心却又太胆小了，看见战神老爷和他的那些喽啰们的影子，就会战战兢兢，话是说得出来，一动手就吓软了。

臣甲 （旁白）这是你第一次说的老实话。

帕洛 我明明知道丢了的鼓夺不回来，我也明明知道我一点没有去夺回那面鼓来的意思，什么鬼附在我身上，叫我夸下这个大口？我必须在我身上割破几个地方，好对他们说这是力战敌人所留的伤痕；可是轻微的伤口不会叫他们相信，他们一定要说，“你这样容易就脱身出来了吗？”重一点呢，又怕痛了皮肉。这怎么办呢？闯祸的舌头呀，你要是再这样瞎三话四地害苦我，我可要割下你来，放在老婆子的嘴里，这辈子宁愿做个哑巴子了。

臣甲 （旁白）他居然也会有自知之明吗？

帕洛 我想要是我把衣服撕破了，或是把我那柄西班牙剑敲断了，也许可以叫他们相信。

臣甲　（旁白）那我们可赔你不起。

帕洛　或者把我的胡须割去了，说那是一个计策。

臣甲　（旁白）这不行。

帕洛　或者把我的衣服丢在水里，说是给敌人剥去了。

臣甲　（旁白）也不行。

帕洛　我可以赌咒说我从十八丈高的城头上跳下来。

臣甲　（旁白）你赌下三个重咒人家也不会信你。

帕洛　可是顶好我能够拾到一面敌人弃下来的鼓，那么我就可以赌咒说那是我从敌人手里夺回来的了。

臣甲　（旁白）别忙，你就可以听见敌人的鼓声了。

帕洛　哎哟，真的是敌人的鼓声！（内喧嚷声）

臣甲　色洛加·摩伏塞斯，卡哥，卡哥，卡哥。

众人　卡哥，卡哥，维利安达·拍·考薄，卡哥。（众擒帕洛，以巾掩其目）

帕洛　啊！救命！救命！不要遮住我的眼睛。

军士甲　波斯哥斯·色洛末尔陀·波斯哥斯。

帕洛　我知道你们是一队莫斯科兵；我不会讲你们的话，这回真的要送命了。要是列位中间有人懂得德国话、丹麦话、荷兰话、意大利话或者法国话的，请他跟我说话，我可以告诉他佛罗伦萨军队中的秘密。

军士甲　波斯哥斯·伏伐陀。我懂得你的话，会讲你的话。克累利旁托。朋友，你不能说谎，小心点吧，十七把刀儿指着你的胸口呢。

帕洛　哎哟！

军士甲　哎哟！跪下来祷告吧。曼加·累凡尼亚·都尔契。

臣甲　奥斯考皮都尔却斯·伏利伏科。

军士甲 将军答应暂时不杀你！现在我们要把你这样蒙着眼睛，带你回去盘问，也许你可以告诉我们一些军事上的秘密，赎回你的狗命。

帕洛 啊，放我活命吧；我可以告诉你们我们营里的一切秘密：一共有多少人马，他们的作战方略，还有许多可以叫你们吃惊的事情。

军士乙 可是你不会说谎话吧？

帕洛 要是我说了半句谎话，死后不得超生。

军士甲 阿考陀·林他。来，饶你多活几个钟点。（率若干军士押帕洛下，内起喧嚷声片刻）

臣甲 去告诉罗西昂伯爵和我的兄弟，说我们已经把那只野鸟捉住了，他的眼睛给我们蒙住着，请他们决定如何处置。

军士乙 是，队长。

臣甲 你再告诉他们，他将要在我们面前泄漏我们的秘密。

军士乙 是，队长。

臣甲 现在我先把他好好地关起来再说。（同下）

第二场

佛罗伦萨；寡妇家中一室

| 勃特拉姆及狄安娜上。

勃特拉姆 他们告诉我你的名字是芳提贝尔。

狄安娜 不，爵爷，我叫狄安娜。

勃特拉姆 果然你比月中的仙子还要美上几分！可是美人，难道你外表这样秀美，你的心里竟不让爱情有一席地位吗？要是青春的炽烈的火焰不曾燃烧着你的灵魂，那么你不是女郎，简直是一座石像了。你倘然是一个有生命的活人，就不该这样冷酷无情。你现在应该学学你母亲开始怀孕着你的时候那种榜样才对啊。

狄安娜 她是个贞洁的妇人。

勃特拉姆 你也是。

狄安娜 不，我的母亲不过尽她应尽的名分，正像您对您夫人也有应尽的名分一样。

勃特拉姆 别说那一套了！请不要再为难我了吧。我跟她结婚完全出于被迫，可是我爱你却是因为我自己心里的爱情在鞭策着我。我愿意永远供你的驱使。

狄安娜 对啦，在我们没有愿意供你们驱使之前，你们是愿意供我们驱使的；可是一等到你们把我们枝上的蔷薇采去以后，你们就把棘刺留着刺痛我们，反倒来嘲笑我们的枝残叶老。

勃特拉姆 我不是向你发过无数次的誓了吗？

狄安娜 许多的誓不一定可以表示真诚，真心的誓只要一个就够了。我们的所作所为，倘能质之天日而无愧，那么不必指天誓日，也就是正大光明的。请问要是我实在一点不爱你，我却指着上帝的名字起誓，说我深深地爱着你，这样的誓是不是可以相信的呢？照我看起来，你的那许多誓也不过是些嘴边的空话罢了。

勃特拉姆 不要这样想。不要这样神圣而残酷。恋爱是神圣的，我的纯洁的心，也从来不懂得你所指斥男子们的那种奸诈。不要再这样冷淡我，请你快来安慰安慰我的饥渴吧。你只要说一声你是我的，我一定会始终如一地永远爱着你。

狄安娜 男人们都是用这种手段诱我们失身的。把那个指环给我。

勃特拉姆 好人，我可以把它借给你，可是我不能给你。

狄安娜 您不愿意吗，爵爷？

勃特拉姆 这是我家世世相传的宝物，如果我把它丢了，那是莫大的不幸。

狄安娜 我的荣誉也就像这指环一样；我的贞操也是我家世世相传的宝物，如果我把它丢了，那是莫大的不幸。我正可借用您的说法，抗拒您企图玷污我的名誉的无益的试探。

勃特拉姆 好，你就把我的指环拿去吧；我的家、我的名誉，甚至于我的生命，都是属于你的，我愿意一切听从你。

狄安娜 今宵半夜时分，你来敲我卧室的窗门，我可以预先设法调开我的母亲。可是你必须依从我一个条件，当你征服了我的童贞之身以后，你不能耽搁一小时以上，也不要对我说一句话。为什么要这样是有很充分的理由的，等这指环还给你的时候，你就可以知道。今夜我还要把另一个指环套在你的手指上，留作后日的信物。晚上再见吧，可不要失约啊。你已经赢得了一个妻子，我的终身却也许从此毁了。

勃特拉姆 我得到了你，就像是踏进了地上的天堂。（下）

狄安娜 有一天你会感谢上天，幸亏遇见了我。我的母亲告诉我他会怎样向我求爱，她就像住在他心里一样说得一点不错；她说，男人们所发的誓，都是千篇一律的。他发誓说等他妻子死了，就跟我结婚；我宁死也不愿跟他同床共枕。这种法国人这样靠不住，与其嫁给他，还不如终身做个处女的好。他想用欺骗手段诱惑我，我现在也用欺骗手段报答他，想来总不能算是罪恶吧。（下）

第三场
佛罗伦萨军营

| 二臣及军士二三人上。

臣甲 你还没有把他母亲的信交给他吗？

臣乙 我已经在一点钟前给了他；信里好像有些什么话激发了他的天良，因为他读了信以后，就好像变了一个人似的。

臣甲 他抛弃了这样一位温柔贤淑的妻子，真不应该。

臣乙 他更不应该在王上对他非常眷宠的时候，拂逆了他的意旨。我可以告诉你一件事情，可是你不能讲给别人听。

臣甲 你告诉了我以后，我就把它埋葬在自己的心里，决不再向别人说起。

臣乙 他已经在这里佛罗伦萨勾搭上了一个良家少女，她的贞洁本来是很有名的；今夜他就要逞他的淫欲去破坏她的贞操，他已经把他那颗宝贵的指环送给她了。

臣甲 上帝饶恕我们！我们这些人类真不是东西！

臣乙　人不过是他自己的叛徒；正像一切叛逆的行为一样，我们眼看着自己的罪恶成长，却不去抑制它，让他干下了不可收拾的事，以至于身败名裂。

臣甲　那么今夜他不能来了吗？

臣乙　他的时间表已经排好，一定要在半夜之后方才回来。

臣甲　那么再等一会儿他也该来了。我很希望他能够亲眼看见他那个同伴的本来面目，让他明白明白他自己的判断有没有错误，他是很看重这个骗子的。

臣乙　我们还是等他来了再处置那个人吧，这样才好叫他无所遁形。

臣甲　现在还是谈谈战事吧，你近来听到什么消息没有？

臣乙　我听说两方面已经在进行和议了。

臣甲　不，我可以确实告诉你，和议已经成立了。

臣乙　那么罗西昂伯爵还有些什么事好做呢？他是再到别处去旅行呢，还是打算回法国去？

臣甲　你这样问我，大概他还没有把你当作一个心腹朋友看待。

臣乙　但愿如此，否则他干的事我也要脱不了干系了。

臣甲　告诉你吧，他的妻子在两个月以前已经从他家里出走，说是要去参礼圣约克·勒·格朗；参礼完毕以后，她就在那地方住下，因为她的多愁善感的天性，经不起悲哀的袭击，所以一病不起，终于叹了最后一口气，现在是在天上唱歌了。

臣乙　这消息也许不确吧？

臣甲　她在临死以前的一切经过，都有她亲笔的信可以证明；至于她的死讯，也已经由当地的牧师完全证实了。

臣乙 这消息伯爵也完全知道了吗？

臣甲 是的，他已经知道了详详细细的一切。

臣乙 他听见这消息，一定很高兴，想起来真是可叹。

臣甲 我们有时往往会把我们的损失当作幸事！

臣乙 有时我们却因为幸运而哀伤流泪！他在这里凭着他的勇敢，虽然获得了极大的光荣，可是他回家以后将遭遇的耻辱，也一定是同样大的。

臣甲 人生就像是一匹用善恶的丝线交错织成的布；我们的善行必须受我们的过失的鞭扑，我们的罪恶又赖我们的善行把它们掩盖。

| 一仆人上。

臣甲 啊，你的主人呢？

仆人 他在路上遇见公爵，已经向他辞了行，明天早晨他就要回法国去了。公爵已经给他写好了推荐书，向王上竭力称道他的才干。

臣乙 王上正在对他生气，为他说几句即使是溢美的好话，倒也是不可少的。

臣甲 他来了。

| 勃特拉姆上。

臣甲 啊，爵爷！已经过了午夜了吗？

勃特拉姆 我今晚已经干好了十六件每一件需要一个月时间才办得了的事情：我已经向公爵辞行，跟他身边最亲近的人告别，安葬了一个妻子，为她办好了丧事，写信通知我的母亲我就要回家了，并且招待过护送我回去的卫队；除了这些重要的事情以外，还干好了许多小事情；只有一件最重要的事情还不曾办妥。

臣乙 要是这件事情有点棘手，您一早又就要动身，那么现在您该把它赶快办好才是。

勃特拉姆 我想把它不了了之，以后也希望不再听见人家提起它了。现在我们还是来开始审问那个骗子吧。来，把他抓出来；他像一个妖言惑众的江湖术士一样欺骗了我。

臣乙 把他抓出来。（军士下）他已经锁在脚梏里坐了一整夜了，可怜的勇士！

勃特拉姆 这也是活该，他平常也太够大模大样了。他被捕以后是怎样一副神气？

臣甲 他哭得像一个倒翻了牛奶罐的小姑娘。他把摩根当作了一个牧师，把他从有生以来直到锁在脚梏里为止的一生经历源源本本向他忏悔；您想他忏悔些什么？

勃特拉姆 他没有提起我的事情吧？

臣乙 他的供状已经笔记下来，等会儿可以当着他的面公开宣读；要是他曾经提起您的事情——我想您是被他提起过的——请您耐着性子听下去。

| 军士押帕洛上。

勃特拉姆 该死的东西！还把脸都遮起来了呢！他不会说我什么的。我且不要作声，听他怎么说。

臣甲 蒙脸人来了！浦托·达达洛萨。

军士甲 他说要把你用刑，你看怎样？

帕洛 你们不必逼我，我会把我所知道的一切招供出来；要是你们把我榨成了肉酱，我也还是说这么几句话。

军士甲 波斯哥·契末却。

臣甲 波勃利平陀·契克末哥。

军士甲 真是一位仁慈的将军。这里有一张开列着问题的单子，将爷叫我照着它问你，你须要老实回答。

帕洛 我希望活命，一定不会说谎。

军士甲 “第一，问他公爵有多少马匹。”你怎么回答？

帕洛 五六千匹，不过全是老弱无用的，队伍分散各处，军官都像叫化子，我可以用我的名誉和生命向你们担保。

军士甲 那么我就把你的回答照这样记下来了。

帕洛 好的，你要我发无论什么誓都可以。

勃特拉姆 他可以什么都不顾，真是个没有救药的狗才！

臣甲 您弄错了，爵爷；这位是赫赫有名的军事专家帕洛先生，这是他自己亲口说的，在他的领结里藏着全部战略，在他的刀鞘里安放着浑身武艺。

臣乙 我从此再不相信一个把他的剑擦得雪亮的人；我也再不相信一个穿束得整整齐齐的人，会有什么真才实学。

军士甲 好，你的话已经记下来了。

帕洛 我刚才说的是五六千匹马，或者大约这个数目，我说的是真话，记下来吧，我说的是真话。

臣甲 他说的这个数目，倒有八九分真。

勃特拉姆 他现在所说的真话，比假话还要可恶。

帕洛 请您记好了，我说那些军官们都像叫化子。

军士甲 好，那也记下了。

帕洛 谢谢您啦。真话就是真话，这些家伙都是寒伧得不成样子的。

军士甲 “问他步兵有多少人数。”你怎么回答？

帕洛 你们要是放我活命，我一定不说诳话。让我看：史卑里奥，一百五十人；西巴斯辛，一百五十人；柯兰勃斯，一百五十人；杰奎斯，一百五十人；吉尔辛、考斯莫、洛多威克、葛拉提，各二百五十人；我自己所带的一队，还有契托弗、伏蒙特、本提，各二百五十人：一共算起来，好的歹的并在一起，还不到一万五千人，其中的半数连他们自己外套上的雪都不敢挥掉，因为他们唯恐身子摇了一摇，就会像朽木一样倒塌下来。

勃特拉姆 这个人应当把他怎样处治才好？

臣甲 我看不必，我们应该谢谢他。问他我这个人怎样，公爵对我信任不信任。

军士甲 好，我已经把你的话记下来了。“问他公爵营里有没有一个法国人名叫杜曼大尉的；公爵对他的信用如何；他的勇气如何，为人是否正直，军事方面的才能怎样；假如用重金贿赂他，能不能诱他背叛。”你怎么回答？你所知道的怎样？

帕洛 请您一条一条问我，让我逐一回答。

军士甲 你认识这个杜曼大尉吗？

帕洛 我认识他，他本来是巴黎一家木匠铺里的徒弟，因为把市长家里的一个不知人事的傻丫头弄大了肚皮，给他的师父一顿打赶了出来。（甲举手欲打）

勃特拉姆 且慢，不要打他；他的脑袋免不了要给一爿瓦掉下来把它砸碎的。

军士甲 好，这个上尉在不在佛罗伦萨公爵的营里？

帕洛 他在公爵营里，他的名誉一塌糊涂。

臣甲 不要这样瞧着我，我的好爵爷，他就会说起您的。

军士甲 公爵对他的信用怎样？

帕洛 公爵只知道他是我手下的一个下级军官，前天还写信给我叫我把他开革；我想他的信还在我的口袋里呢。

军士甲 好，我们来搜。

帕洛 不瞒您说，我记得可不大清楚，也许它在我口袋里，也许我已经把它跟公爵给我的其余的信一起放在营里归档了。

军士甲 找到了；这儿是一张纸，我要不要向你读一遍？

帕洛 我不知道那是不是公爵的信。

勃特拉姆 我们的翻译看了就会知道的。

军士甲 “狄安娜，伯爵是个有钱的傻大少——”

帕洛 那不是公爵的信，那是我写给佛罗伦萨城里一位名叫狄安娜的良家少女的信，我劝她不要受人家的引诱，因为有一个罗西昂伯爵看上了她，他是一个爱胡调的傻哥儿，一天到晚转女人的念头。请您还是把这封信放好了吧。

军士甲 不，对不起，我要把它先读一遍。

帕洛 我写这封信的用意是非常诚恳的，完全是为那个姑娘的前途着想；因为我知道这个少年伯爵是个危险的淫棍，他是色中饿鬼，出名的破坏处女贞操的魔王。

勃特拉姆 该死的反复小人！

军士甲

他要是向你盟山誓海，
你就向他把金银索讨；

你须要半推半就，若即若离，
莫让他把温柔的滋味尝饱。
一朝肥肉咽下了他嘴里，
你就永远不要想他付钞。
一个军人这样对你忠告：
宁可和有年纪人来往，
不要跟少年郎们胡调。

| 你的忠仆帕洛上。

勃特拉姆 我要把这首诗贴在他的额角上，拖着他游行全营，一路上用鞭子抽着他。

臣甲 爵爷，这就是您的忠心的朋友，那位精通万国语言的专家，全能百晓的军人。

勃特拉姆 我以前最讨厌的是猫，现在他在我眼中就是一头猫。

军士甲 朋友，照我们将军的面色看来，我们就要把你吊死了。

帕洛 将爷，无论如何，请您放我活命吧。我并不是怕死，可是因为我自知罪孽深重，让我终其天年，也可以忏悔忏悔我的余生。将爷，把我关在地牢里，锁在脚梏里，或者丢在无论什么地方都好，千万饶了我的一命！

军士甲 要是你能够老老实实招认一切，也许还有通融余地。现在还是继续问你那个杜曼大尉的事情吧。你已经回答过公爵对他的信用和他的勇气，现在要问你他这人为人是否正直？

帕洛 他会在和尚庙里偷鸡蛋；讲到强奸妇女，没有人比得上他；毁誓破约，是他的拿手本领；他掉起谎来，可以颠倒黑白，淆乱是非；酗酒是他最大的美德，因为他一喝酒便会烂醉如猪，倒在床上，不会再去闯祸，唯一倒霉的只有他的被褥，可是人家知道他的脾气，总是把他抬到稻草上去睡。关于他的正直，我没有什么话好说；凡是一个正人君子所不应该有的品质，他无一不备；凡是一个正人君子所应该有的品质，他一无所有。

臣甲 他说得这样天花乱坠，我倒有点欢喜他起来了。

勃特拉姆 因为他把你形容得这样巧妙吗？该死的东西！他越来越像一头猫了。

军士甲 你说他在军事上的才能怎样？

帕洛 我不愿说他的诳话，他曾经在英国戏班子里擂过鼓，此外我就不知道他的军事上的经验了；我希望我能够说他几句好话，可是实在想不起来。

臣甲 他的无耻厚脸，简直是空前绝后，这样一个宝货倒也是不可多得的。

勃特拉姆 该死！他真是一头猫。

军士甲 他既然是这样一个卑鄙下流的人，那么我也不必问你贿赂能不能引诱他反叛了。

帕洛 给他几毛钱，他就可以把他的灵魂连同世袭继承权全部出卖。

军士甲 他还有一个兄弟，那另外一个杜曼大尉呢？

臣乙 他为什么要问起我？

军士甲 他是怎样一个人？

帕洛 也是一个窠里的老鸦；从好的方面讲，他还不如他的兄长，从坏的方面讲，可比他的哥哥胜过百倍啦。他的哥哥是出名的天字第一号的懦夫，可是在他面前还要甘拜下风。退后起来，他比谁都奔得快；前进起来，他就寸步难移了。

军士甲 要是放你活命，你愿不愿意到佛罗伦萨人那里给我们做内应？

帕洛 愿意愿意，连同他们的骑兵队长就是那个罗西昂伯爵，一定会中我的计的。

军士甲 我去对将军说，看他意思怎样。

帕洛 （旁白）我从此再不打什么倒霉鼓了！我原想冒充一下好汉，骗骗那个淫荡的伯爵哥儿，谁知道几乎送了一条性命！

军士甲 朋友，没有办法，你还是不免一死。将军说，你这样不要脸地泄漏了自己军中的秘密，还把知名当世的贵人这样信口诋毁，留你在这世上，没有什么用处，所以必须把你执行死刑。来，刽子手，把他的头砍下来。

帕洛 嗳哟，我的天爷爷，饶了我吧，倘然一定要我死，那么也让我亲眼看个明白。

军士甲 那倒可以允许你，让你向你的朋友们辞行吧。（解除帕洛脸上所缚之布）你瞧一下，有没有你认识的人在这里？

勃特拉姆 早安，好队长！

臣乙 上帝祝福您，帕洛队长！

臣甲 上帝保佑您，好队长！

臣乙 队长，我要到法国去了，您要我带什么信去给拉佛大人吗？

臣甲 好队长，您肯不肯把您替罗西昂伯爵写给狄安娜小姐的情诗抄一份给我？可惜我是个天字第一号的懦夫，否则我一定会强迫您默写出来；现在我不敢勉强您，只好失陪了。（勃特拉姆及甲乙二臣下）

军士甲 队长，您这回可出了丑啦！

帕洛 明枪好躲，暗箭难防，任是英雄好汉，也逃不过诡计阴谋。

军士甲 要是您能够发现一处除了荡妇淫娃之外没有其他的人居住的国土，您倒很可以在那里南面称王，建立起一个无耻的国家来。再见，队长；我也要到法国去，我们会在那里说起您的。（下）

帕洛 管他哩，我还是我行我素。倘然我是个有几分心肝的人，今天一定会无地自容；可是虽然我从此掉了官，我还是照旧吃吃喝喝，照样睡得烂熟，像我这样的人，到处为家，什么地方不可以混混过去。可是我要警告那些喜欢吹牛的朋友们，不要太吹过了头，有一天你会发现自己是一头驴子的。我的剑呀，你从此锈起来吧！帕洛呀，不要害臊。老着脸皮活下去吧！人家作弄你，你也可以作弄人家，天生世人，谁都不会没有办法的。他们都已经走了，待我追上前去。（下）

第四场

佛罗伦萨；寡妇家中一室

| 海丽娜、寡妇及狄安娜上。

海丽娜 为了使你们明白我并没有欺弄了你们，一个当今最伟大的人物可以替我做保证；在我还没有完成我的目的以前，我必须在他的宝座之前下跪。过去我曾经替他做过一件和他的生命差不多同样宝贵的事，即使是蛮顽无情的鞑靼人，也不能不由衷迸出一声感谢。有人告诉我他现在在马赛，正好有便人可以护送我们到那儿去。我还要告诉你们知道，人家都是当我已经死去的了。现在军队已经解散，我的丈夫也回家去了，要是我能够得到上天的默佑和王上的准许，我们也可以早早回家。

寡妇 好夫人，请您相信我，我是您的最忠实的仆人，凡是您信托我做的事，我无不乐意为您效劳。

海丽娜 大娘，你也可以相信我是你的一个最好的朋友，无时无刻不在想着怎样才可以报答你的厚意。你应该相信，既然上天注定使你的女儿帮助我得到一个丈夫，它也一定会使我帮助她如心称意地嫁一位如意郎君。我就是不懂男子们的心理，他们竟会向一个被认为厌物的女子倾注他们的万种温情！沉沉的黑夜使他察觉不出自己已经受人愚弄，抱着一个避之唯恐不及的蛇蝎，还以为就是那已经杳如黄鹤的玉人，可是这些话我们以后再说吧。狄安娜，我还要请你为了我的缘故，稍为委屈一下。

狄安娜 您无论吩咐我做什么事，只要不亏名节，我都愿意为您忍受一切，死而无怨。

海丽娜 可是我还要劝你，转眼就是夏天了，野蔷薇快要绿叶满枝，遮掩了它周身的棘刺；你也应当在温柔之中，保留着几分锋芒。我们可以出发了，车子已经预备好，疲劳的精神也已经养息过来。万事吉凶成败，须看后场结局；倘能如愿以偿，何患路途纡曲。（同下）

第五场

罗西昂；伯爵夫人府中一室

| 伯爵夫人、拉佛及小丑上。

拉佛 不，不，不，令郎都是因为受了那个拆白党的引诱，才会这样胡作非为，那家伙一日不除，全国的青年都要中他的流毒。倘然没有这只大马蜂，令媳现在一定好好地活在世上，令郎也一定仍旧在家里不出去，受着王上的眷宠。

伯爵夫人 我但愿我从来不曾认识他，都是他害死了一位世上最贤德的淑女。她即使是我的亲生骨肉，曾经使我忍受过怀胎的痛苦的，也不能使我爱她更为深切了。

拉佛 她真是一位好姑娘，所谓灵芝异草，可遇而不可求。我刚才正要告诉您，自从我听见了少夫人的噩耗，并且知道令郎就要回来的消息以后，我就央求王上替小女作成一头亲事；实在说起来，这还是王上首先想起，向我当面提起过的。王上已经答应我亲任冰人；他对令郎本来颇有几分不高兴，借此正可使他忘怀旧事。不知道夫人的意思怎样？

伯爵夫人 我很满意，大人；希望这件事情能够圆满成功。

拉佛 王上已经从马赛动身来此，他的身体壮健得像刚满三十岁的人一样。他明天就可以到这里，这消息是一个一向靠得住的人告诉我的，大概不会有错。

伯爵夫人 我能够在未死之前，再见王上一面，真是此生幸事。我已经接到小儿来信，说他今晚便可以到家；大人要是不嫌舍间窄陋，就请在此耽搁一两天，等他们两人见了面再去好不好？

拉佛 夫人，无故叨扰，未免于心有愧。

伯爵夫人 您太客气了。

| 小丑上。

小丑 啊，夫人！少爷就要来了，他脸上还贴着一块天鹅绒片呢；那天鹅绒片底下有没有伤疤，要去问那天鹅绒才知道，可是它的确是一块很好的天鹅绒。

拉佛 光荣的疤痕是最好的装饰。让我们去迎接令郎吧，我渴想跟这位英勇的少年战士谈谈呢。

小丑 他们一共有十多个人，大家戴着漂亮的帽子，帽子上插着羽毛，那羽毛看见每一个人都会点头招呼哩。（同下）

第 五 幕

第一场

马赛；一街道

| 海丽娜、寡妇、狄安娜及二从者上。

海丽娜 像这样急如星火的昼夜奔波，一定使两位十分疲倦了；这也实在没有办法。可是你们既然为了我的事情，不分昼夜地受了这许多辛苦，我一定会知恩图报，没齿不忘的。来得正好。

| 一朝士上。

海丽娜 这个人要是肯替我们出力，也许可以帮我带信给王上。上帝保佑您，先生！

朝士 上帝保佑您！

海丽娜 尊驾好像曾经在宫廷里见过。

朝士 我在那面曾经住过一些时间。

海丽娜 向来我听人家说您是个热心的好人，今天因为有一件非常迫切的事情，不揣冒昧，想要借重大力，倘蒙见助，永感大德。

朝士 您要我做什么事？

海丽娜 我想劳驾您把这一通诉状转呈王上，再请您设法带我去亲自拜见他。

朝士 王上已经不在这里了。

海丽娜 不在这里了！

朝士 不骗你们，他已经在昨天晚上离开此地，他去得很是匆忙，平常他可不是这样子的。

寡妇 主啊，我们白费了一场辛苦！

海丽娜 只要能够得到圆满的结果，何必顾虑眼前的挫折。请问他到什么地方去了？

朝士 大概是到罗西昂去；我也正要到那里去。

海丽娜 先生，您大概会比我早一步看见王上，可不可以请您把这一纸诉状传到他的手里？我相信您给我做了这一件事，不但不会受责，而且一定对您大有好处的。我们虽然缺少高车骏马，一定会尽我们的力量追踪着您前去。

朝士 我愿意效劳。

海丽娜 您的好心决不会没有酬报。咱们应该赶快上路了，去，去，把车马驾好了。（同下）

第二场

罗西昂；伯爵夫人府中的内厅

| 小丑及帕洛上。

帕洛 好拉瓦契先生，请你把这封信交给拉佛大人。我从前穿绸着缎的时候，你也是认识我的；现在因为失

欢于命运，所以才沾上了这一身腌臜的气味。

小丑 对不起，让我开开窗子。

帕洛 不，你不必堵住你的鼻子，我不过比方这样说说而已。请你替我把这封信送一送好不好？

小丑 嘿！对不起，你站开点吧；一个穷光棍也要写信给一位贵人！瞧，他自己来啦。

| 拉佛上。

小丑 大人，这儿有一头猫，因为失欢于命运，所以跌在他的烂泥潭里，沾上了满身的腌臜。我瞧他的样子，像是一个寒酸倒霉的蠢东西坏家伙，请大人随便发落他吧。（下）

帕洛 大人，我是一个不幸在命运的利爪下受到重伤的人。

拉佛 那么你要我怎么办呢？现在再去剪掉命运的利爪也太迟了。命运是一个很好的女神，她不愿让小人永远得志，一定是你自己做了坏事，她才会加害于你。这几个钱你拿去吧。我还有别的事情，少陪了。

帕洛 请大人再听我说一句话。

拉佛 你嫌这钱太少吗？好，再给你一个，不用多说啦。

帕洛 好大人，我的名字是帕洛。

拉佛 嗳哟，失敬失敬！你的那面宝贝鼓儿怎样啦？

帕洛 啊，我的好大人，您是第一个揭破我的人。现在我流落到了这一个地步，还要请大人可怜可怜我，给我一条自新之路。

拉佛 滚开，混蛋！你要我一面做坏人，一面做好人，推了你下去，再把你拉上来吗？（内喇叭声）王上来了，这是他的喇叭的声音。你等几天再来找我吧。

你虽然是一个傻瓜又是一个坏人，可是我也不愿瞧着你饿死。你去吧。

帕洛 谢谢大人。（同下）

第三场

同前；伯爵夫人府中一室

| 喇叭奏花腔。国王、伯爵夫人、拉佛、群臣、朝士、侍卫等上。

国王 她的死对于我无异是丧失了一件珍贵的宝物，可是我真想不到你的儿子竟会这样痴愚狂悖，不知道她的真正的价值。

伯爵夫人 陛下，现在事情已经过去了，总是他年少无知，乘着一时的血气，受不住理智的节制，才会有这样乖张的行动，请陛下不必多计较了吧。

国王 可尊敬的夫人，我曾经对他怀着莫大的愤怒，只待找到机会，便想把重罚降在他的身上，可是现在我已经宽恕一切、忘怀一切了。

拉佛 请陛下恕我多言，我说，这位小爵爷太对不起陛下，太对不起他的母亲，也太对不起他的夫人了，可是他尤其对不起他自己；他所失去的这位妻子，她的美貌足以使人间粉黛一齐失色，她的言辞足以迷醉每一个人的耳朵，她的尽善尽美，足以使最高傲的人俯首臣服。

国王 赞美已经失去的事物，使它在记忆中格外显得可爱。好，叫他过来吧；我们已经言归于好，从此不再重提旧事了。他无须向我求恕；他所犯的重大过失，已经成为过去的陈迹，埋葬在永久的遗忘里了。让他过来见我吧，他现在是一个不相识者，不是一个罪人，告诉他，这就是我的旨意。

近侍 是，陛下。（下）

国王 他对于你的女儿怎么说？你跟他说起过这回事吗？

拉佛 他说一切都要听候陛下的旨意。

国王 那么我们可以作成这一头婚事了。我已经接到几封信，对他都是备极揄扬。

| 勃特拉姆上。

拉佛 他今天打扮得果然英俊不凡。

国王 我的心情是变化无常的天气，你在我身上可以同时看到温煦的日光和无情的霜霰；可是当太阳大放光明的时候，蔽天的阴云是会扫荡一空的。你近前来吧，现在又是晴天了。

勃特拉姆 小臣罪该万死，请陛下原谅。

国王 已往不咎，从前的种种，以后不用再提了，让我们还是迎头抓住眼前的片刻吧。我老了，时间的无声的脚步，是不会因为我还有许多事情需要处理而稍停片刻的。你记得这位大臣的女儿吗？

勃特拉姆 陛下，她在我脑中留着极好的印象。当我第一眼看见她的时候，我就钟情于她；可是我的含情欲吐的舌头还没有敢大胆倾述我的衷心的爱慕；存在于我心里的另一个记忆却使我对她感到轻蔑。我一想起我那受尽世人赞美而我自己直到她死后才觉得她可爱的亡妻，便觉得任何女子的脸貌都不及她的齐整秀丽，任何女子的肤色都不及她的自然匀称，任何女子的身材都不及她的修短合度。她成为我眼中的翳障，遮掩了其余女子的美点。

国王 你给自己辩护得很好，你对她还有这么一些情谊，也可以略略抵销你这一笔负心的债了。可是来得太迟了的爱情，就像已经执行死刑以后方才送到的赦状，不论如何后悔，都没有法子再挽回了。我们的粗心的错误，往往不知看重我们自己所有的可贵的事物，直至丧失了它们以后，方始认识它们的真价。我们的无理的憎嫌，往往伤害了我们的朋友，然后再在他们的坟墓之前椎胸哀泣。我们让整个白昼在憎恨中昏睡过去，而当我们清醒转来以后，再让我们的爱情因为看见已经铸成的错误而恸哭。温柔的海伦是这样地死了，我们现在把她忘记了吧。把你的定情礼物送去给美丽的穆德琳吧；两家的家长都已彼此同意，我们现在正在等着参加我们这位丧偶郎君的再婚典礼呢。

伯爵夫人 天啊，求你祝福这一次婚姻比上一次美满！

拉佛 来，贤婿。从今以后，我的一份家业也是归并给你了，请你快快拿出一点什么东西来，让我的女儿高兴高兴，好叫她快点儿来。（勃特拉姆取指环与拉佛）嗳哟！我还记得最后一次我在宫廷里和已故的海伦告别的时候，我也看见她的手指上有这样一个指环。

勃特拉姆 这不是她的。

国王 请你让我看一看；我刚才在说话的时候，就已经注意到这个指环了。——这是我的；我把它送给海伦的时候，曾经对她说过，要是她有什么为难的事，凭着这个指环，我就可以给她帮助。你居然会用诡计把她这随身的至宝夺了下来吗？

勃特拉姆 陛下，您一定是看错了，这指环从来不曾到过她的手上。

伯爵夫人 儿呀，我可以用我的生命为誓，我的确曾经看见她戴着这指环，她把它当作生命一样重视。

拉佛 我也可以确确实实地说我看见她戴过它。

勃特拉姆 大人，您弄错了，她从来不曾看见过这个指环。它是从佛罗伦萨一家人家的窗户里丢出来给我的，包着它的一张纸上还写着丢掷这指环的人的名字。她是一位名门闺秀，她以为我受了这指环，等于默许了她的婚约；可是我自忖自己是一个有妇之夫，不敢妄邀非分，所以坦白地告诉了她我不能接受她的好意；她知道事情无望，也就死下心来，可是一定不肯收回这个指环。

国王 我难道不认识自己的东西吗？不管你从哪一个人手里得到它，它是我的，也是海伦的。快给我招认出来，你用怎样的暴力从她手里把它夺来。她曾经指着神圣的名字为证，发誓她决不让它离开她的手指，只有当她遭到极大不幸的时候，她才会把它送给我，或者当你和她同床的时候，她可以把它交给你，可是你从来不曾和她同过枕席。

勃特拉姆 她从来不曾见过这指环。

国王 你还要胡说？你以为我是在说谎话吗？你使我心里起了一种不敢想起的可怕的推测。要是你竟会这样忍心害理——这样的事情是不见得会有，可是我不敢断定；她是你痛恨的人，现在她死了；我看见了这指环，无论如何觉得其中事有可疑，除非我亲自在她旁边看她死去，我的疑虑是不会消释的。把他押起来。（卫士捉勃特拉姆）我太大意了，不会注意到这一点。抓他下去！我们必须把事情拷问一个水落石出。

勃特拉姆 您要是能够证明这指环曾经属她所有，那么您也可以证明我曾经在佛罗伦萨和她睡在一个床上，可是她从来不曾到过佛罗伦萨。（卫士押下）

国王 我心中充满了可怖的思想。

| 第一场中之朝士上。

朝士 请陛下恕小臣冒昧，小臣在路上遇见一个佛罗伦萨妇人，要向陛下呈上一张状纸，因为赶不上陛下大驾，要我代她收下转呈御目。小臣因为看这个告状的妇人举止温文，言辞优雅，听她说来，好像她的事情非常重要，而且和陛下也有几分关系，所以大胆答应了她。她本人大概也就可以到了。

国王 “告状人狄安娜·卡必来特，呈为被诱失身，恳祈昭雪事：窃告状人前在佛罗伦萨因遭被告罗西昂伯爵甘言引诱，允于其妻去世后娶告状人为妻，告状人一时不察，误受其愚，遂致失身。今被告已成鳏夫，理应践履前约，庶告状人终身有托；乃竟意图遗弃，不别而行。告状人迫不得已，唯有追踪前来贵国，叩阍鸣冤，伏希王上陛下俯察下情，主持公道，拯弱质于颠危，示淫邪以儆惕，实为德便。”

拉佛 我宁愿在市场上买一个女婿，把这一个摇着铃出卖给人家。

国王 拉佛，这是上天有心照顾你才会有这一场发现。把这些告状的人找来，快去再把那伯爵带过来。（朝士及若干侍从下）夫人，我怕海伦是死于非命的。

伯爵夫人 但愿干这样事的人都逃不了国法的制裁！

| 卫士押勃特拉姆上。

国王 伯爵，我可不懂，既然在你看来，妻子就像妖怪一样可怕，你因为不愿做丈夫，宁可远奔异国，那么你何必又想跟人家结婚呢？

| 朝士率寡妇及狄安娜重上。

国王 那个妇人是谁？

狄安娜 启禀陛下，我是一个不幸的佛罗伦萨女子，旧家卡必来特的后裔；我想陛下已经知道我来此告状的目的了，请陛下量情公断，给我做主。

寡妇 陛下，我是她的母亲。我活到这一把年纪，想不到还要出头露面，受尽羞辱，要是陛下不给我们做主，那么我的名誉固然要从此扫地，我这风烛残年，也怕就要不保了。

国王 过来，伯爵，你认识这两个妇人吗？

勃特拉姆 陛下，我不能否认，也不愿否认我认识她们；她们还控诉我些什么？

狄安娜 你不认识你的妻子了吗？

勃特拉姆 陛下，她不是我的什么妻子。

狄安娜 你要是跟人家结婚，必须用这一只手表示你的诚意，而这一只手是已经属于我的了；你必须对天立誓，而那些誓也已经属于我的了。凭着我们两人的深盟密誓，我已经与你成为一体，谁要是跟你结婚，就必须同时跟我结婚，因为我也是你的一部分。

拉佛 （向勃特拉姆）你的名誉太坏了，配不上我的女儿，你不配做她的丈夫。

勃特拉姆 陛下，这是一个痴心狂妄的女子，我以前不过跟她开过一些玩笑；请陛下相信我的人格，我还不至于堕落到这样一个地步。

国王 你的行为要是不能使人相信，我怎么能相信你的人格呢？你还是先证明一下你的人格的高尚吧！

狄安娜 陛下，请您叫他宣誓回答，我的贞操是不是他破坏的？

国王 你怎么回答她？

勃特拉姆 陛下，她太无耻了，她是军营里一个人尽可夫的娼妓。

狄安娜 陛下，他冤枉了我；我倘然是这样一个人，他就可以用普通的价钱买到我的身体。不要相信他。瞧这指环吧！这是一件稀有的贵重的宝物，可是他却会毫不在意地丢给一个军营里人尽可夫的娼妓！

伯爵夫人 他在脸红了，果然是的；这指环是我们家里六世相传的宝物。这女人果然是他的妻子，这指环便是一千个证据。

国王 你说你看见这里有一个人，可以为你作证吗？

狄安娜 是的，陛下，可是他是个坏人，我很不愿意提出这样一个人来；他的名字叫帕洛。

拉佛 我今天看见过那个人，如果他也可以算是个人的话。

国王 去把这人找来。（一侍从下）

勃特拉姆 叫他来干么呢？谁都知道他是一个无耻之尤的小人，什么坏事他都做得，讲一句老实话就会不舒服。难道随着他的信口胡说，就可以断定我的为人吗？

国王 你的指环在她手上，这可是抵赖不了的。

勃特拉姆 我想这是事实，我的确曾经欢喜过她，也曾经和她发生过一段缱绻，年轻人爱好风流，这些逢场作戏的事实是免不了的。她知道与我身份悬殊，有心诱我上钩，故意装出一副冷若冰霜的神气来激动我。因为在恋爱过程中的一切障碍，都是足以挑起更大的情热的。凭着她的层出不穷的手段和迷人的娇态，她终于把我征服了。她得到了我的指环，我向她换到的，却是出普通市价都可以买得到的东西。

狄安娜 我必须耐住我的怒气。你会抛弃你从前那位高贵的夫人，当然像我这样的女人，更不值得你一顾，玩够了就可以丢了。可是我还要请求你一件事，你既然是这样一个薄情无义的男人，我也情愿失去你这样一个丈夫，叫人去把你的指环拿来还给我，让我带回家去；你给我的指环，我也可以还你。

勃特拉姆 我没有什么指环。

国王 你的指环是什么样子的？

狄安娜 陛下，就跟您手指上的那个差不多。

国王 你认识这个指环吗？它刚才还是他的。

狄安娜 这就是他在我床上的时候我给他的那一个。

国王 那么说你从窗口把它丢下去给他的话，完全是假的了。

狄安娜 我说的句句都是真话。

| 侍从率帕洛重上。

勃特拉姆 陛下，我承认这指环是她的。

国王 你太会躲闪了，好像见了一根羽毛的影子都会吓了一跳似的。这就是你说起的那个人吗？

狄安娜 是，陛下。

国王 来，老老实实告诉我，你知道你的主人和这个妇人有什么关系？尽管照你所知道的说来，不用害怕你的主人，我不会让他碰着你的。

帕洛 禀陛下，我的主人是一位规规矩矩的绅士，有时他也有点儿不大老实，可是那也是绅士们所免不了的。

国王 来，来，别说废话，他爱这个妇人吗？

帕洛 不瞒陛下说，他爱过她；可是——

国王 可是什么？

帕洛 陛下，他爱她就像绅士们爱着女人一样。

国王 这是怎么说的？

帕洛 陛下，他爱她，但是他不爱她。

国王 你是个混蛋，但是你也不是个混蛋。这家伙怎么说话这样莫名其妙的？

帕洛 我是个苦人儿，一切听候陛下的命令。

拉佛 陛下，他只会打鼓，不会说话。

狄安娜 你知道他答应娶我吗？

帕洛 不说假话，我有许多事情心里明白，可是嘴上却不便说。

国王 你不愿意说出你所知道的一切吗？

帕洛 陛下要我说，我就说，我的确替他们两人作过媒；而且他真是爱她，简直爱到发了疯，什么魔鬼呀，地狱呀，还有什么什么，这一类话他都说过；那个时候他们把我当作心腹看待，所以我知道他们在一起睡过觉，还有其余的花样儿，例如答应娶她哪，还有什么什么哪，这些我实在不好意思说出来，所以我想我还是不要把我所知道的事情说了出来的好。

国王 你已经把一切都说了出来了，除非你还能够说他们已经结了婚。你这证人做得太好了，站在一旁。——你说这指环是你的吗？

狄安娜 是，陛下。

国王 你从什么地方买来的？还是谁给你的？

狄安娜 那不是人家给我，也不是我去买来的。

国王 那么是谁借给你的？

狄安娜 也不是人家借给我的。

国王 那么你在什么地方拾来的？

狄安娜 我也没有在什么地方拾来。

国王 不是买来，又不是人家送给你，又不是人家借给你，又不是在地上拾来，那么它怎么会到你手里，你怎么会把它给了他呢？

狄安娜 我从来没有把它给过他。

拉佛 陛下，这女人的一条舌头翻来覆去，就像一只可以随便脱下套上的宽手套一样。

国王 这指环是我的，我曾经把它赐给他的前妻。

狄安娜 它也许是陛下的，也许是她的，我可不知道。

国王 把她带下去，我不喜欢这个女子。把她关在监牢里；把他也一起带下去。你要是不告诉我你在什么地方得到这个指环，我就把你立刻处死。

狄安娜 我永远不告诉你。

国王 把她带下去。

狄安娜 陛下，请您让我交保吧。

国王 我现在知道你也不是好东西。那么你究竟为什么要控诉他呢？

狄安娜 因为他有罪，但是他没有罪。他知道我已经不是处女，他会发誓说我不是处女；可是我可以发誓说我是一个处女，这是他所不知道的。陛下，我愿意以我的生命为誓，我并不是一个娼妓，我的身体是清白的。

国王 她越说越不像话了；把她带下监牢里去。

狄安娜 妈，你给我去找那个保人来吧。（寡妇下）且慢，陛下，我已经叫她去找那指环的原主人来了，他可以做我的保人的。至于这位贵人，他虽然不曾害了我，他自己心里是知道他做过什么对不起我的事的，现在我且放过了他吧。他知道他曾经沾污过我的枕席，就在那个时候，他的妻子跟他有了身孕，她虽然已经死去，却能够觉得她的孩子在腹中跳动。你们要是不懂得这个生生死死的哑谜，那么且看，解哑谜的人来了。

| 寡妇偕海丽娜重上。

国王 我的眼睛花了吗？我看见的是真的还是假的？

海丽娜 不，陛下，您所看见的只是一个妻子的影子，但有虚名，并无实际。

勃特拉姆 虚名也有，实际也有。啊，原谅我吧！

海丽娜 我的好夫君！当我冒充着这位姑娘的时候，我觉得您真是温柔体贴，无微不至。这是您的指环；瞧，这儿还有您的信，它说：“汝倘能得余永不离手之指环，且能腹孕一子，确为余之骨肉者，始可称余为夫。”现在这两件事情我都做到了，您愿意做我的丈夫吗？

勃特拉姆 陛下，她要是能够把这回事情向我解释明白，我愿意永远永远爱她。

海丽娜 要是我不能把这回事情解释明白，要是我的话与事实不符，我们可以从此劳燕分飞，人天永别！啊，我的亲爱的妈，想不到今生还能够看见您！

拉佛 我的眼睛里酸溜溜的，真的要哭起来了。（向帕洛）朋友，借块手帕儿给我，谢谢你。等会儿你跟我回去吧，你可以给我解解闷儿。算了，别打拱作揖了，我讨厌你这个鬼腔调儿。

国王 让我们听一听这故事的始终本末，叫大家高兴高兴。（向狄安娜）你倘然果真是一朵未经攀折的鲜花，那么你也自己选一个丈夫吧，我愿意送一份嫁奁给你；因为我可以猜到多亏你的好心的帮助，这一双怨偶才会变成佳偶，你自己也保全了清白。这一切详详细细的经过情形，等着我们慢慢儿再谈吧。正是团圆喜今夕，艰苦愿终偿，不历辛酸味，奚来齿颊香。（喇叭奏花腔。众下）

收场诗

（饰国王者向观众致辞）

袍笏登场本是虚，王侯卿相总堪嗤，
但能博得周郎顾，便是功成圆满时。（下）

一报还一报

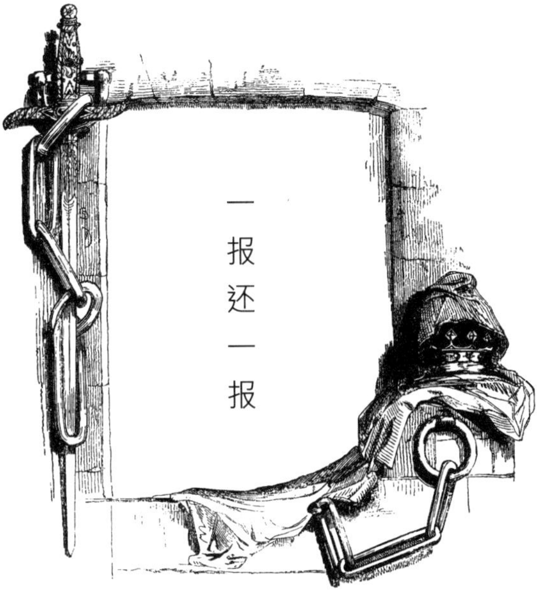

Our doubts are traitors, and make us lose the good we oft might win, by fearing to attempt.

—— Measure for Measure

疑惑足以败事，一个人往往因为遇事畏缩的缘故，失去了成功的机会。

——《一报还一报》

剧中人物

文森修	公爵
安哲鲁	公爵在假期中的摄政
爱斯卡勒斯	辅佐安哲鲁的老臣
克劳狄奥	少年绅士
路西奥	纨袴子
两个纨袴绅士	
凡里厄斯	公爵近侍
狱吏	
托马斯	两个教士
彼　得	两个教士
陪审官	
爱尔博	糊涂的差役
弗洛斯	愚蠢的绅士
庞贝	妓院中的当差
阿伯霍逊	刽子手
巴那丁	酗酒放荡的囚犯
依莎贝拉	克劳狄奥的姊姊
玛利安娜	安哲鲁的未婚妻
朱丽叶	克劳狄奥的恋人
弗兰西丝卡	女尼
咬弗动太太	鸨妇

大臣、差役、市民、童儿、侍从等

地点

维也纳

第　一　幕

第一场

公爵宫庭中一室

公爵、爱斯卡勒斯、群臣及侍从等上。

公爵　爱斯卡勒斯！

爱斯卡勒斯　有，殿下。

公爵　关于政治方面的种种机宜，我不必多向你絮说，因为我知道你在这方面的经验阅历，胜过我所能给你的任何指示；对于地方上人民的习性，以及布政施教的宪章、信赏必罚的律法，你也都了如指掌，比得上任何博学练达之士，所以我尽可信任你的才能，让你自己去适宜应付。我给你这一道诏书，愿你依此而行。（以诏书授爱斯卡勒斯）来人，去唤安哲鲁过来。（一侍从下）你看：他这人能不能代理我的责任？因为我在再三考虑之下，已经决定当我出巡的时候，叫他摄理政务；他可以充分享受众人的畏惧爱敬，全权处置一切的事情。你以为怎样？

爱斯卡勒斯　在维也纳地方，要是有人值得受这样隆重的眷宠恩荣，那就是安哲鲁大人了。

公爵 他来了。

（安哲鲁上。）

安哲鲁 听见殿下的召唤，小臣特来恭听谕令。

公爵 安哲鲁，在你的生命中有一种与众不同的地方，使人家一眼便知道你的全部的为人。你自己和你所有的一切，倘不拿出来贡献于人世，仅仅一个人独善其身，那实在是一种浪费。上天生下我们，是要把我们当作火炬，不是照亮自己，而是普照世界；因为我们的德行倘不能推及他人，那就等于没有一样。一个人有了才华智慧，必须把它用在有益的地方，否则他就和一个庸碌凡愚之人毫无差别；造物是一个工于算计的女神，她所给与世人的每一分才智，都要受赐的人知恩感激，加倍报答。可是我虽然这样对你说，也许我倒是更应该受你教益的；所以请你受下这道诏书吧，安哲鲁；（以诏书授安哲鲁）当我不在的时候，你就是我的全权代表，你的片言一念，可以决定维也纳人民的生死，年高的爱斯卡勒斯虽然先受到我的嘱托，他却是你的辅佐。

安哲鲁 殿下，当您还没有在我这块顽铁上面打下这样光荣伟大的印记之前，最好请您先让它多受一番试验。

公爵 不必推托了，我在详细考虑之后，方才决定选中了你，所以你可以受之无愧。我因为此行很是匆促，对于一切重要事务不愿多加过问。我去了以后，随时会把我在外面的一切情形通信给你；我也盼望你随时把这儿的情形告诉我。现在我们再会吧，希望你们好好执行我的命令。

安哲鲁 可是殿下，请您容许我们为您壮壮行色吧。

公爵 我急于动身，这可不必了。你在代我摄政的时候，尽管放手干去，不必有什么顾虑；你的权力就像我自己一样，无论是需要执法从严的，或者不妨衡情宽恕的，都凭着你的判断执行。让我握你的手。我这回出行不预备给大家知道；我虽然爱我的人民，可是不愿在他们面前铺张扬厉，他们热烈的夹道欢呼，虽然可以表明他们对我的好感，可是我想这种表面上的做作，未必便是真情实感的流露。再会吧！

安哲鲁 上天保佑您一路平安！

爱斯卡勒斯 愿殿下早日平安归来！

公爵 谢谢你们。再见！（下）

爱斯卡勒斯 大人，我想请您准许我跟您开诚布公地谈一下，我必须知道我自己的地位。主上虽然付我以重托，可是我还不曾明白我的权限是怎样。

安哲鲁 我也是一样。让我们一块儿回去彼此商议商议吧。

爱斯卡勒斯 敬遵台命。（同下）

第二场

街　道

| 路西奥及二绅士上。

路西奥 我们的公爵和别的公爵们要是跟匈牙利国王谈判不成功，那么这些公爵们要一致向匈牙利国王进攻了。

绅士甲 上天赐我们和平，可是让匈牙利国王得不到太平！

绅士乙 阿门！

路西奥 你倒像那个虔敬的海盗，带着十条诫出去航海，可是把其中的一诫涂掉了。

绅士乙 是“不准窃盗”那一诫吗？

路西奥 对了，他把那一条涂掉了。

绅士甲 是啊，有了这一条，那简直是打碎了船长和他们这一伙的饭碗，他们出去就是为了窃盗人家的财物。哪一个当兵的人在饭前感恩祈祷的时候，愿意上帝给他和平？

绅士乙 我就没有听见过哪个军士不喜欢和平。

路西奥 我相信你没有听见过，因为你是从来没有到过在饭前祈祷的地方。

绅士乙 什么话？至少也去过十来次。

绅士甲 啊，你也听见过有韵的祈祷文吗？

路西奥 长长短短各国语言的祈祷他都听见过。

绅士甲 我想他不论什么宗教的祈祷都听见过。

路西奥 瞧，瞧，我们那位消灾解难的太太来了！我这一身毛病都是在她家里买来的。

| 咬弗动太太上。

绅士甲 啊，久违了！您的屁股上哪一面疼得厉害？

咬弗动太太 哼，哼，那边有一个人给他们捉去关在监牢里了，像你们这样的人，要五千个才抵得上他一个呢。

绅士乙 请问是谁啊？

咬弗动太太 嘿，是克劳狄奥大爷哪。

绅士甲 克劳狄奥关起来了！哪有此事！

咬弗动太太 嘿，可是我亲眼看见他给人捉住抓了去，而且就在三天之内，他的头要给宰下了呢。

路西奥 别说笑话，我想这是不会的。你真的知道有这样的事吗？

咬弗动太太 千真万真，原因是他叫朱丽叶小姐有了身孕。

路西奥 这倒有几分可能。他约我在两点钟以前和他会面，到现在还没有来，他这人是从不失信的。我们去打听打听吧。（路西奥及二绅士下）

咬弗动太太 打仗去的打仗去了，上绞首台的上绞首台去了，本来有钱的穷下来了，我现在弄得没有主顾上门啦。

| 庞贝上。

咬弗动太太 喂，你有什么消息？

庞贝 那边有人给抓了去坐牢了。

咬弗动太太 他干了什么事？

庞贝 关于女人的事。

咬弗动太太 可是他犯的什么罪？

庞贝 他在禁河里摸鱼。

咬弗动太太 怎么，谁家的姑娘跟他有了身孕了吗？

庞贝 是呀。您还没有听见官府的告示吗？

咬弗动太太 什么告示？

庞贝 维也纳近郊的妓院一律封闭。

咬弗动太太 城里的怎么样呢？

庞贝 那是要留着传种的；它们本来也要封闭，幸亏有人说情。

咬弗动太太 那么咱们在近郊的院子都要关门了吗？

庞贝 是啊。

咬弗动太太 嗳哟，这世界真是变了！我可怎么办呢？

庞贝 您放心吧，好讼师总是有人请教的，您可以迁地为良，重操旧业，我还是做您的当差。别怕，您伺候人家辛苦了这一辈子，人家总会可怜您照应您的。

咬弗动太太 那边又有什么事啦，咱们退后一步吧。

庞贝 狱官带着克劳狄奥大爷到监牢里去啦，后面还跟着朱丽叶小姐。（咬弗动太太、庞贝同下）

| 狱吏、克劳狄奥、朱丽叶及差役等上。

克劳狄奥 官长，你为什么要带着我这样游行全城，在众人面前羞辱我？快把我带到监狱里去吧。

狱吏 我也不是故意要你难堪，这是安哲鲁大人的命令。

克劳狄奥 威权就像是一尊天神，使我们在犯了过失之后必须受到重罚；它的命令是天上的纶音，临到谁的身上就没法反抗。可是我这次的确是咎有应得。

| 路西奥及二绅士重上。

路西奥 嗳哟，克劳狄奥！你怎么戴起镣铐来啦？

克劳狄奥 因为我有太多的自由，我的路西奥。过度的饱食有伤胃口，毫无节制的放纵，结果会使人失去了自由。正像饥不择食的饿鼠吞咽毒饵一样，人为了满足他的天性中的欲念，也会饮鸩解渴，送了自己的性命。

路西奥 我要是也像你一样，到了吃官司的时候还会讲这么一番大道理，那么我宁可做一个自由自在的蠢货。你犯的是什么罪，克劳狄奥？

克劳狄奥 何必说起，说出来也是罪过。

路西奥 什么，是杀了人吗？

克劳狄奥 不是。

路西奥 是奸淫吗?

克劳狄奥 就算是吧。

狱吏 别多说了,去吧。

克劳狄奥 官长,让我再讲一句话吧。路西奥,我要跟你说话。(把路西奥扯至一旁)

路西奥 只要是对你有好处的,你尽管说吧。官府把奸淫罪看得如此认真吗?

克劳狄奥 事情是这样的:我因为已经和朱丽叶互许终身,和她发生了关系;你是认识她的;她就要成为我的妻子了,不过没有举行表面上的仪式而已,因为她还有一注嫁奁在她亲友的保管之中,我们深恐他们会反对我们相爱,所以暂守秘密,等到那注嫁奁正式到她自己手里的时候,方才举行婚礼,可是不幸我们秘密的交欢,却在朱丽叶身上留下了无法遮掩的痕迹。

路西奥 她有了身孕了吗?

克劳狄奥 正是。现在这个新任的摄政,也不知道是因为不熟悉向来的惯例;或是因为初掌大权,为了威慑人民起见,有意来一次下马威;或是因为他的严刑酷治,执法无私,使我误蹈网罗。可是他已经把这十九年来束诸高阁的种种惩罚,重新加在我的身上了。他一定是为了要博取名誉才这样做的。

路西奥 我相信一定是这个缘故。现在你的一颗头颅搁在你的肩架上,已经快要摇摇欲堕了,一个挤牛奶的姑娘在思念情郎的时候,叹一口气也会把它吹下来的。你还是想法叫人追上公爵，向他求情开脱吧。

克劳狄奥 这我也试过，可是不知道他究竟在什么地方。路西奥，我想请你帮我这一下子忙。我的姊姊今天要进庵院修道受戒，你快去把我现在的情形告诉她，代我请求她向那严厉的摄政说情。我相信她会成功，因为在她的青春的魅力里，有一种无言的辩才，可以使男子为之心动；当她在据理力争的时候，她的美妙的辞令更有折服他人的本领。

路西奥 我希望她能够成功，因为否则和你犯同样毛病的人，大家都要惴惴自危，未免太教爱好风流的人丧气；而且我也不愿意看见你为了一时玩耍，没来由送了性命。我就去。

克劳狄奥 谢谢你，我的好朋友。

路西奥 两点钟之内给你回音。

克劳狄奥 来，官长，我们去吧。（各下）

第三场

寺　院

公爵及托马斯神父上。

公爵 不，神父，别那么想，不要以为爱情的微弱的箭镞会洞穿一个完整的胸膛。我所以要请你许我秘密相见的用意，并不是因为我有一般年轻人那种燃烧着的情热，而是为了另外更严肃的事情。

托马斯 那么请殿下告诉我吧。

公爵 神父，你是最知道我的，你知道我多么喜爱恬静隐退的生活，而不愿把光阴消磨在少年人奢华糜费、争强斗胜的所在。我已经把我的全部权力交给安哲鲁——他是一个持身严谨、屏绝嗜欲的君子——叫他代理我治理维也纳。他以为我是到波兰去了，因为我向外边是这样透露着，大家也都是这样相信着。神父，你要知道我为什么要这样做吗？

托马斯 我很愿意知道，殿下。

公爵 我们这儿有的是严峻的法律，对于放肆不驯的野马，这是少不了的羁勒，可是在这几十年来，我们却把它当作具文，就像一头蛰居山洞久不觅食的狮子，它的爪牙全然失去了锋利。溺爱儿女的父亲倘使把藤鞭束置不用，仅仅让它作为吓人的东西，到后来它就会被孩子们所藐视而不再对它生畏。我们的法律也是一样，因为从不施行的缘故，变成了毫无效力的东西，胆大妄为的人，可以把它恣意玩弄；正像婴孩殴打他的保姆一样，法纪完全荡然扫地了。

托马斯 殿下可以随时把这束置不用的法律实施起来，那一定比交给安哲鲁大人执行更能令人畏服。

公爵 我恐怕那样也许会叫人过分畏惧了。因为我对于人民的放纵，原是我自己的过失；罪恶的行为，要是姑息纵容，不加惩罚，那就是无形的默许，既然准许他们这样做了，现在再重新责罚他们，那就是暴政了。所以我才叫安哲鲁代理我的职权，他可以凭藉我的名义重整颓风，可是因为我自己不在其位，人民也不致对我怨谤。一方面我要默察他的治绩，预备装扮作一个贵宗的僧侣，在各处巡回察访，不论皇亲国戚或是庶民，我都要一一访问。所以我要请你借给我一套僧服，还要有劳你指教我一个教士所应有的一切行为举止。我这样的行动还有其他的原因，我可以慢慢告诉你，可是其中的一个原因，是因为安哲鲁这人平日拘谨严肃，从不承认他的感情会冲动，或是面包的味道胜过石子，所以我们倒要等着看看，要是权力能够转移人的本性，那么世上正人君子的本来面目究竟是怎样的。（同下）

第四场

尼　院

| 依莎贝拉及弗兰西丝卡上。

依莎贝拉　那么你们做尼姑的没有其他的权利了吗？

弗兰西丝卡　你以为这样的权利还不够吗？

依莎贝拉　够了够了；我这样说并不是希望更多的权利，我倒希望我们皈依圣克来的姊妹们，应该守持更严格的戒律。

路西奥　（在内）喂！上帝赐平安给你们。

依莎贝拉　谁在外面喊叫？

弗兰西丝卡　是个男人的声音。好依莎贝拉，你把钥匙拿去开门，问他有什么事。你可以去见他，我却不能，因为你还没有受戒。等到你立愿修持以后，你就不能

和男人讲话，除非当着院长的面前；而且讲话的时候，不准露脸，露脸的时候不准讲话。他又在叫了，请你就去回答他吧。（下）

依莎贝拉 平安如意！谁在那里叫门？

路西奥上。

路西奥 愿你有福，姑娘！我看你脸上的红晕，就知道你是个童贞女。你可以带我去见见依莎贝拉吗？她也是在这儿修行的，她有一个不幸的兄弟叫克劳狄奥。

依莎贝拉 请问您为什么要说“不幸的兄弟”？因为我就是他的姊姊依莎贝拉。

路西奥 温柔美丽的姑娘，令弟叫我向您多多致意。废话少说，令弟现在已经下狱了。

依莎贝拉 嗳哟！为了什么？

路西奥 假如我是法官，那么为了他所干的事，我不但不判他罪，还要大大地褒奖他哩。他跟他的女朋友要好，她已经有了身孕啦。

依莎贝拉 先生，请您少开玩笑吧。

路西奥 我说的是真话。虽然我惯爱跟姑娘们搭讪取笑，乱嚼舌头，可是您在我的心目中是崇高圣洁、超世绝俗的，我在您面前就像对着神明一样，不敢说半句谎话。

依莎贝拉 您这样取笑我，未免太亵渎神圣了。

路西奥 请您别那么想。简简单单、确确实实是这么一回事情：令弟和他的爱人已经同过衾了。万物受过滋润灌溉，就会丰盛饱满，种子播了下去，一到开花的季节，荒芜的土地上就会变成万卉争荣；令弟的辛苦耕耘，也已经在她的身上结起果实来了。

依莎贝拉 有人跟他有了身孕了吗？是我的妹妹朱丽叶吗？

路西奥 她是您的妹妹吗？

依莎贝拉 是我的义妹，我们是同学，因为彼此相亲相爱，所以姊妹相称。

路西奥 正是她。

依莎贝拉 啊，那么让他跟她结婚好了。

路西奥 问题就在这里。公爵突然离开本地，许多人都准备痛痛快快地玩一下，我自己也是其中的一个；可是我们从熟悉政界情形的人们那里知道，公爵这次的真正目的，完全不是他向外边所宣布的那么一回事。代替他全权综持政务的是安哲鲁，这个人的血就像冰雪一样冷，从来不觉得感情的冲动，欲念的刺激，只知道用读书克制的工夫锻炼他的德性。他看到这里的民风习于淫佚，虽然有严刑峻法，并不能使人畏惧，正像一群小鼠在睡狮的身旁跳梁无忌一样，所以决心重整法纪；令弟触犯刑章，按律例应处死，现在给他捉去，正是要杀一儆百，给众人看一个榜样。他的生命危在旦夕，除非您肯去向安哲鲁婉转求情，也许有万一之望；我所以受令弟之托前来看您的目的，也就在于此。

依莎贝拉 他一定要把他处死吗？

路西奥 他已经把他判罪了，听说处决的命令已经下来。

依莎贝拉 唉！我有什么能力能够搭救他呢？

路西奥 尽量运用您的全力吧。

依莎贝拉 我的全力？唉！我恐怕——

路西奥 疑惑足以败事，一个人往往因为遇事畏缩的缘故，失去了成功的机会。到安哲鲁那边去，让他知道当一个少女有什么恳求的时候，男人应当像天神一样慷慨；当她长跪哀吁的时候，无论什么要求都应该毫不迟疑地允许她的。

依莎贝拉 那么我就去试试看吧。

路西奥 可是事不宜迟。

依莎贝拉 我马上就去；不过现在我还要去关照一声院长。谢谢您的好意，请向舍弟致意，事情成功与否，今天晚上我就给他消息。

路西奥 那么我就告别了。

依莎贝拉 再会吧，好先生。（各下）

第　二　幕

第一场

安哲鲁府中厅堂

丨安哲鲁、爱斯卡勒斯、陪审官、狱吏、差役及其他侍从上。

安哲鲁　我们不能把法律当作吓鸟用的稻草人，让它安然不动地矗立在那边，鸟儿们见惯以后，会在它顶上栖息而不再对它害怕。

爱斯卡勒斯　是的，可是我们的刀锋虽然要锐利，操刀的时候却不可大意，略伤皮肉就够了，何必一定要致人于死命？唉！我所要营救的这位绅士，他有一个德高望重的父亲。我知道你在道德方面是一丝不苟的，可是你要想想当你在感情用事的时候，万一时间凑合着地点，地点凑合着你的心愿，或是你自己任情的行动，可以达到你的目的，那时候也许你会犯下和他同样的过失，那么你会不会像你现在判决他一样。把法律运用到你的身上呢？

安哲鲁　受到引诱是一件事，爱斯卡勒斯，堕落又是一件事。我并不否认，在宣过誓的十二个陪审员中间，也许有一两个盗贼在内，他们所犯的罪，也许比他们所判决的犯人所犯的更重；可是法律所追究的只是公开的事实，审判盗贼的人自己是不是盗贼，却是法律所不问的。我们俯身下去拾起掉在地上的珠宝，因为我们的眼睛看见它；可是我们所不看见的，就毫不介意而践踏过去。你不能因为我也犯过同样的过失而企图轻减他的罪名；可是你应该告诉我，我曾经在什么时候犯过这样的罪，那么我就可以判决自己的死刑，谁也不能为我从中缓颊。他必须死。

爱斯卡勒斯 既然如此，就照你的意思吧。

安哲鲁 狱官在哪里？

狱吏 有，大人。

安哲鲁 明天早上九点钟把克劳狄奥处决；让他先在神父面前忏悔一番，因为他的生命的旅途已经完毕了。

（狱吏下）

爱斯卡勒斯 上天饶恕他，也饶恕我们众人！也有犯罪的人飞黄腾达，也有正直的人负冤含屈；十恶不赦的也许逍遥法外，一时失足的反而铁案难逃。

| 爱尔博及若干差役牵弗洛斯及庞贝上。

爱尔博 来，把他们抓去。这种人什么事也不做，只晓得在窑子里胡调，假如他们可以算是社会上的好公民，那么我也不知道什么是法律了。把他们抓去！

安哲鲁 喂，你叫什么名字？吵些什么？

爱尔博 禀老爷，小的是公爵老爷手下的一名差役，名字叫做爱尔博。这两个穷凶极恶的好人，要请老爷秉公发落。

安哲鲁 好人！呃，他们是什么好人？他们不是坏人吗？

爱尔博 禀老爷，他们是好人是坏人小的也不大明白，总之他们不是好东西，完全不像一个亵渎神圣的好基督徒。

爱斯卡勒斯 好一个聪明的差役，越说越玄妙了。

安哲鲁 说明白些，他们究竟是什么人？你叫爱尔博吗？你干么不说话了，爱尔博？

庞贝 老爷，他不会说话；他是个哑子。

安哲鲁 你是什么人？

爱尔博 他吗，老爷？他是个妓院里的当差，他在一个坏女人那里做事，她的屋子在近郊的都给封起来了；现在她又开了一个窑子，我想那也不是好地方。

爱斯卡勒斯 那你怎么知道呢？

爱尔博 禀老爷，那是因为我的老婆，我当着天跟您老爷面前发誓，我恨透了我的老婆——

爱斯卡勒斯 啊，这跟你老婆有什么相干？

爱尔博 是呀，老爷，谢天谢地，我的老婆是个规矩的女人——

爱斯卡勒斯 所以你才恨透了她吗？

爱尔博 我是说，老爷，这一家人家倘不是窑子，我就不但恨透我的老婆，而且我自己也是狗娘养的。

爱斯卡勒斯 你怎么知道他家是个窑子？

爱尔博 那都是因为我的老婆，老爷。她倘不是个天生规矩的女人，那么说不定在那边什么和奸略诱、不干不净的事都做出来了。可是她瞧不起他们，她把口沫吐在他的脸上。

庞贝 禀老爷，他说得不对。

爱尔博 你是个好人，你就向这些混账东西说说看我怎么说得不对。

爱斯卡勒斯 （向安哲鲁）你听他说的话多么颠颠倒倒。

庞贝 老爷，她进来的时候凸起一个大肚子，嚷着要吃煮熟的梅子。那时我们屋子里就只剩两颗梅子，放在一只果碟里，那碟子是三便士买来的，您老爷大概也看见过这种碟子，不是碗的碟子，可也是很好的碟子。

爱斯卡勒斯 算了算了，别尽碟子、碟子地闹个不清了。

庞贝 是，老爷，您说得一点不错。言归正传，我刚才说的，这位爱尔博奶奶因为肚子里有了孩子，所以肚子凸得高高的；我刚才也说过，她嚷着要吃梅子，可是碟子里只剩下两颗梅子，其余的都给这位弗洛斯大爷吃去了，他是规规矩矩会过钞的。弗洛斯大爷您给了我三便士，现在我可不能还您了。

弗洛斯 不，你可不用还我了。

庞贝 那么很好，您还记得吗？那时候您正在那儿磕着梅子的核儿。

弗洛斯 不错，我正在那里磕梅子核儿。

庞贝 很好，您还记得吗？那时候我对您说，某某人某某人害的那种病，一定要当心饮食，否则无药可治。

弗洛斯 你说得一点不错。

庞贝 很好，——

爱斯卡勒斯 废话少说，你这讨厌的傻瓜！究竟你们对爱尔博的妻子做了些什么不端之事，他才来控诉你们？快快从实说来。

庞贝 老爷，您先别性急，等我慢慢的讲下去。我先要请老爷瞧瞧这位弗洛斯大爷，他一年有八十镑钱进益，他的老太爷是在万圣节去世的。弗洛斯大爷，是在万圣节吗？

弗洛斯 在万圣节的前晚。

庞贝 很好，这才是千真万确的老实话。老爷，那时候他坐在葡萄棚底下的一张矮椅上面；那是您顶欢喜坐的地方，不是吗？

弗洛斯 是的，因为那里很开敞，冬天有太阳晒。

庞贝 很好，这才没有半点儿假。

安哲鲁 这样说下去，就是在夜长的俄罗斯也可以说上整整一夜。我可要先走一步，请你代劳审问，希望你能够把他们每人抽一顿鞭子。

爱斯卡勒斯 我也希望这样。再见，大人。（安哲鲁下）现在你说吧，你们对爱尔博的妻子做了些什么事？

庞贝 什么也没有做呀，老爷。

爱尔博 老爷，我请您问他这个人对我的老婆干了些什么。

庞贝 请老爷问我吧。

爱斯卡勒斯 好，那么你说，这个人对她干了些什么？

庞贝 请老爷瞧瞧他的脸孔。好弗洛斯大爷，请您脸孔对着上座的老爷，老爷，您有没有瞧清楚他的脸孔？

爱斯卡勒斯 是的，我看得很清楚。

庞贝 不，请您再仔细看一看。

爱斯卡勒斯 好，现在我仔细看过了。

庞贝 老爷，您看他的脸孔是不是会欺侮人的？

爱斯卡勒斯 不，我看他不会。

庞贝 我可以按着《圣经》发誓，他的脸孔是他身上最坏的一部分。好吧，既然他的脸孔是他身上最坏的一部分，可是您老爷说的它不会欺侮人，那么弗洛斯大爷怎么会欺侮这位捕头的奶奶？我倒要请您老爷评评看。

爱斯卡勒斯 他说得有理。爱尔博，你怎么说？

爱尔博 启上老爷，他这屋子是一间清清白白的屋子，他是个清清白白的小子，他的老板娘是个清清白白的女人。

庞贝 老爷，我举手发誓，他的老婆才比我们还要清清白白得多呢。

爱尔博 放你的屁，混账东西！她从来不曾跟什么男人、女人、小孩子清清白白过。

庞贝 老爷，他还没有娶她的时候，她就跟他清清白白过了。

爱斯卡勒斯 这场官司可越审越糊涂了。

爱尔博 狗娘养的忘八蛋！你说我还没有娶她就跟她清清白白过吗？要是我曾经跟她清清白白过，或是她曾经跟我清清白白过，那么请老爷把我革了职吧。好家伙，你给我拿出证据来，否则我就要告你一个殴打罪。

爱斯卡勒斯 要是他打了你一记耳光，你还可以告他诽谤罪。

爱尔博 谢谢老爷的指教。你看吧，你这混账东西，现在可叫你知道些厉害了，你说下去吧，你这狗娘养的！

爱斯卡勒斯 朋友，你是什么地方人？

弗洛斯 回大人，我是本地生长的。

爱斯卡勒斯 你一年有八十镑收入吗？

弗洛斯 是的，大人。

爱斯卡勒斯 好！（向庞贝）你是干什么营生的？

庞贝 小的是个酒保，在一个苦寡妇的酒店里做事。

爱斯卡勒斯 你的女主人叫什么名字？

庞贝 她叫咬弗动太太。

爱斯卡勒斯 她嫁过多少男人？

庞贝 回老爷，一共九个，最后一个才是咬弗动。

爱斯卡勒斯 九个！——过来，弗洛斯先生。弗洛斯先生，我希望你以后不要再跟酒保、当差这一批人来往，他们会把你诱坏了的。现在你给我去吧，别让我再听见你和别人闹事。

弗洛斯 谢谢大人。我从来不曾自己高兴上什么酒楼妓院，每次都是给他们吸引进去的。

爱斯卡勒斯 好，以后你可别让他们吸引你进去了，再见吧。（弗洛斯下）过来，酒保哥儿，你叫什么名字？

庞贝 小的名叫庞贝。

爱斯卡勒斯 庞贝，你说你自己是个酒保，其实你是个龟奴，是不是？给我老实说，我不为难于你。

庞贝 老老实实禀告老爷，小的是个穷小子，要吃饭才干这种活儿。

爱斯卡勒斯 你要吃饭，就去当乌龟吗？庞贝，你说你这门生意是不是当官的？

庞贝 只要官府允许我们，它就是当官的。

爱斯卡勒斯 可是官府不能允许你们，庞贝，维也纳地方不能让你们干这种营生。

庞贝 您老爷的意思，是打算把维也纳城里的年轻人都阉起来吗？

爱斯卡勒斯 不，庞贝。

庞贝 老爷，小的看起来总会有这么一天的。老爷只要下一道命令把那些婊子、光棍们抓住重办，像我们这种忘八羔子就放过了吧。

爱斯卡勒斯 告诉你吧，上面正在预备许多命令，杀头的、绞死的人多着呢。

庞贝 您要是把犯风流罪的一起杀头、绞死，不消十年工夫，您就要无头可杀了。这种法律在维也纳行上十年，我就可以出三便士租一间最好的屋子。您老爷到那时候要是还健在的话，请记住庞贝曾经这样告诉您。

爱斯卡勒斯 谢谢你，好庞贝；为了报答你的预言，请你听好：我劝你以后小心一点，不要再给人抓到我这儿来；要是你再闹什么事情，或者仍旧回去干你那老营生，那时候我看见了你，你可逃不了一顿皮鞭子。现在姑且放过了你，快给我去吧。

庞贝 多谢老爷的嘱咐；（旁白）可是我听不听你的话，还要看我自己高兴呢，用鞭子抽我！哼！好汉不是拖车马，不怕鞭子不怕打，我还是做我的忘八羔子去。（下）

爱斯卡勒斯 过来，爱尔博。你当官差当了多久了？

爱尔博 禀老爷，七年半了。

爱斯卡勒斯 我看你办事这样能干，就知道你是一个多年的老手。你说一共七年了吗？

爱尔博 七年半了，老爷。

爱斯卡勒斯 唉！那你太辛苦了！他们不应该叫你当一辈子的官差。在你同里之中，就没有别人可以当这个差事吗？

爱尔博 禀老爷，要找一个干得了这个差事的人，可也不大容易，他们选来选去，还是选中了我。我为了拿几个钱，苦也吃够了。

爱斯卡勒斯 你回去把你村里面最能干的拣六七个人，开一张名单给我。

爱尔博 名单开好以后，送到老爷府上吗？

爱斯卡勒斯 是的，拿到我家里来。你去吧。（爱尔博下）现在大概几点钟了？

陪审官 十一点钟了，大人。

爱斯卡勒斯 请你到舍间便饭去吧。

陪审官 多谢大人。

爱斯卡勒斯 克劳狄奥不免一死，我心里很是难过，可是这也没有办法。

陪审官 安哲鲁大人是太厉害了些。

爱斯卡勒斯 那也是不得不然。慈悲不是姑息，过恶不可纵容。可怜的克劳狄奥！咱们走吧。（同下）

第二场

同前；另一室

| 狱吏及仆人上。

仆人 他正在审案子，马上就会出来。我去给你通报。

狱吏 谢谢你。（仆人下）不知道他会不会回心转意。唉！

他不过好像在睡梦之中犯下了过失，三教九流，年老的年少的，哪一个人没有这个毛病，偏偏他因此送掉了性命！

| 安哲鲁上。

安哲鲁 狱官，你有什么事见我？

狱吏 是大人的意思，克劳狄奥明天必须处死吗？

安哲鲁 我不是早就吩咐过你了吗？你难道没有接到命令？干么又来问我？

狱吏 卑职因为事关人命，不敢儿戏，心想大人也许会收回成命。卑职曾经看见过法官在处决人犯以后，重新追悔他宣判的失当。

安哲鲁 追悔不追悔，与你无关。我叫你怎么做，你就怎么做；假如你不愿意，尽可呈请辞职，我这里不缺少你。

狱吏 请大人恕卑职失言，卑职还要请问大人，朱丽叶快要分娩了，她现在正在呻吟枕蓐，我们应当把她怎样处置才好？

安哲鲁 把她赶快送到适宜一点的地方去。

| 仆人重上。

仆人 外面有一个犯人的姊姊求见大人。

安哲鲁 他有一个姊姊吗？

狱吏 是，大人。她是一位贞洁贤淑的姑娘，听说她预备做尼姑，不知道现在有没有受戒。

安哲鲁 好，让她进来。（仆人下）你就去叫人把那个淫妇送出去，给她预备好一切需用的东西，可是不必过于浪费，我就会签下命令来。

| 依莎贝拉及路西奥上。

狱吏 大人，卑职告辞了！（欲去）

安哲鲁 再等一会儿。（向依莎贝拉）有劳芳踪莅止，请问贵干？

依莎贝拉 我是一个不幸之人，要向大人请求一桩恩惠，请大人俯听我的哀诉。

安哲鲁 好，你且说来。

依莎贝拉 有一件罪恶是我所深恶痛绝，切望法律把它惩治的，可是我却不能不违背我的素衷，要来请求您网开一面；我知道我不应当为它渎请，可是我的心里却徘徊莫决。

安哲鲁 是怎么一回事情？

依莎贝拉 我有一个兄弟已经判处死刑，我要请大人严究他所犯的过失，宽恕了犯过失的人。

狱吏 （旁白）上帝赐给你动人的辞令吧！

安哲鲁 严究他所犯的过失，而宽恕了犯过失的人吗？所有的过失在未犯以前，都已定下应处的惩罚，我要是不把犯过失的人治以应得之罪，那么我还干些什么事？

依莎贝拉 唉，法律是公正的，可是太残酷了！那么我已经失去了一个兄弟。上天保佑您吧！（转身欲去）

路西奥 （向依莎贝拉旁白）别这么就算罢了；再上前去求他，跪下来，拉住他的衣角；你太冷淡了，像你刚才那样子，简直就像向人家讨一枚针一样不算一回事。你再去说吧。

依莎贝拉 他非死不可吗？

安哲鲁 姑娘，毫无挽回余地了。

依莎贝拉 不，我想您会宽恕他的，您要是肯开恩的话，一定会得到上天和众人的赞许。

安哲鲁 我不会宽恕他。

依莎贝拉 可是要是您愿意，您可以宽恕他的。

安哲鲁 听着，我所不愿意做的事，我就不能做。

依莎贝拉 可是您要是能够对他发生怜悯，就像我这样为他悲伤一样，那么也许您会心怀不忍而宽恕了他吧？您要是宽恕了他，对于这世界是毫无损害的。

安哲鲁 他已经定了罪，太迟了。

路西奥 （向依莎贝拉旁白）你太冷淡了。

依莎贝拉 太迟吗？不，我现在要是说错了一句话，就可以把它收回。相信我的话吧，任何大人物的章饰，无论是国王的冠冕、摄政的宝剑、大将的权标，或是法官的礼服，都比不上仁慈那样更能衬托出他们的庄严高贵。倘使您和他易地相处，也许您会像他一样失足，可是他决不会像您这样铁面无情。

安哲鲁 请你快去吧。

依莎贝拉 我愿我有您那样的权力，而您是处在我的地位！那时候我也会这样拒绝您吗？不，我要让您知道做一个法官是怎样的，做一个囚犯又是怎样的。

路西奥 （向依莎贝拉旁白）不错，打动他的心，这才对了。

安哲鲁 你的兄弟已经受到法律的裁判，你多说话也没有用处。

依莎贝拉 唉！唉！一切众生都是犯过罪的，可是上帝不忍惩罚他们，却替他们设法赎罪。要是高于一切的上帝审判到了您，您能够自问无罪吗？请您这样一想，您就会恍然自失，嘴唇里吐出怜悯的话来的。

安哲鲁 好姑娘，你别伤心吧；法律判你兄弟的罪，并不是我。他即使是我的亲戚、我的兄弟，或是我的儿子，我也是一样对待他。他明天一定要死。

依莎贝拉 明天！啊，那太快了！饶了他吧！饶了他吧！他还没有准备死去呢。我们就是在厨房里宰一只鸡鸭，也要按着季节；为了满足我们的口腹之欲，尚且不能随便杀生害命，那么难道我们对于上帝所造的人类，就可以这样毫无顾虑地杀死吗？大人，请您想一想，有多少人犯过和他同样的罪，谁曾经因此而死去？

路西奥 （向依莎贝拉旁白）是，说得好。

安哲鲁 法律虽然暂时昏睡，它并没有死去。要是第一个犯法的人受到了处分，那么许多人也就不敢为非作恶了。现在法律已经醒了过来，看到了人家所作的事，像一个先知一样，它在镜子里望见了许多未来的罪恶，在因循怠息之中滋长起来，所以它必须乘它们尚未萌芽的时候，及时设法制止。

依莎贝拉 可是您也应该发发慈悲。

安哲鲁 我在秉公执法的时候，就在大发慈悲。因为我怜悯那些我所不知道的人，惩罚了一个人的过失，可以叫他们不敢以身试法。而且我也没有亏待了他，他在一次抵罪以后，也可以不致再在世上重蹈覆辙。你且宽心吧，你的兄弟明天是一定要死的。

依莎贝拉 那么您一定要做第一个判罪的人，而他是第一个受到这样刑罚的人吗？唉！有着巨人一样的膂力是一件好事，可是把它像一个巨人一样使用出来，却是残暴的行为。

路西奥 （向依莎贝拉旁白）说得好。

依莎贝拉 世上的大人先生们倘使都能够兴雷作电，那么天上的神明将永远得不到安静，因为每一个微僚末吏都要卖弄他的威风，让天空中充满了雷声。上天是慈悲的，它宁愿把雷霆的火力，去劈碎一株槎枒壮硕的橡树，却不去损坏柔弱的郁金香；可是骄傲的世人掌握到暂时的权力，却会忘记了自己琉璃易碎的本来面目，像一头盛怒的猴子一样，装扮出种种丑恶的怪相，使天上的神明们因为怜悯他们的痴愚而流泪。

路西奥 （向依莎贝拉旁白）说下去，说下去，他会懊悔的。他已经有点动心了，我看得出来。

狱吏 （旁白）上天保佑她把他说服！

依莎贝拉 我们不能按着自己去评判我们的兄弟；大人物可以戏侮圣贤，显露他们的才华，可是在平常人就是亵渎不敬。

路西奥 （向依莎贝拉旁白）你说得对，再说下去。

依莎贝拉 将官嘴里一句一时气愤的话，在军士嘴里却是大逆不道。

路西奥 （向依莎贝拉旁白）再说。再说。

安哲鲁 你为什么要向我说这些话？

依莎贝拉 因为当权的人虽然也像平常人一样有错误，可是他却可以凭仗他的权力，把自己的过失轻轻忽略过去。请您反躬自省，问一问您自己的心，有没有犯过和我的弟弟同样的错误；要是它自觉也曾沾染过这种并不超越人情的罪恶，那么请您舌上超生，恕了我弟弟的一命吧。

安哲鲁 她说得那样有理，倒叫我心思摇惑不定。——恕我失陪了。

依莎贝拉 大人，请您回过身来。

安哲鲁 我还要考虑一番。你明天再来吧。

依莎贝拉 请您听我说我要怎样报答您的恩惠。

安哲鲁 怎么！你要贿赂我吗？

依莎贝拉 是的，我要用上天也愿意嘉纳的礼物贿赂您。

路西奥 （向依莎贝拉旁白）你这么一说，事情又糟了。

依莎贝拉 我不向您呈献黄金铸成的财帛，也不向您呈献贵贱随人喜恶的宝石；我要献给您的，是黎明以前上达天听的虔诚的祈祷，它从太真纯璞的处女心灵中发出，是不沾染半点俗尘的。

安哲鲁 好，明天再来见我吧。

路西奥 （向依莎贝拉旁白）很好，我们去吧。

依莎贝拉 上天赐大人平安！

安哲鲁 （旁白）阿门；因为我已经受到诱惑了。

依莎贝拉 明天我在什么时候访候大人呢？

安哲鲁 午前无论什么时候都行。

依莎贝拉 为您祝福！（依莎贝拉、路西奥及狱吏下）

安哲鲁 因为你，因为你的纯洁！什么？这是从哪里说起？是她的错处？还是我的错处？诱惑的人和受诱惑的人，哪一个更有罪？嘿！她没有错，她也没有引诱我。像芝兰旁边的一块臭肉，在阳光下蒸发腐烂的是我，芝兰却不曾因为枯萎而失去了芬芳，难道一个贞淑的女子，比那些狂花浪柳更能引动我们的情欲吗？难道我们明明有许多荒芜的旷地，却必须把圣殿拆毁，种植我们的罪恶吗？呸！呸！呸！安哲鲁，你在干些什么？你是个什么人？你因为她的纯洁而对她爱慕，因为爱慕她而必须玷污她的纯洁吗？啊，让她的弟弟活命吧！要是法官自己也偷窃人家的东西，那么盗贼是可以振振有词的。啊！我竟是这样爱她，所以才想再听见她说话、饱餐她的美色吗？我在做些什么梦？狡恶的魔鬼为了引诱圣徒，会把圣徒作他钩上的美饵；因为爱慕纯洁的事物而驱令我们犯罪的诱惑，才是最危险的。娼妓用尽她天生的魅力，人工的狐媚，都不能使我的心中略起微波，可是这位贞淑的女郎却把我完全征服了。我从前看见人家为了女人发痴，总是讥笑他们，想不到我自己也会有这么一天！（下）

第三场
监狱中一室

| 公爵作教士装及狱吏各上。

公爵 尊驾是狱官吗？愿你有福！

狱吏 正是，师父有何见教？

公爵 贫道存心济世，兼奉教中之命，我特地来此访问苦难颠倒的众生。请你许我看看他们，告诉我他们各人所犯的罪名，好让我向他们劝导指点一番。

狱吏 师父但有所命，敢不乐从。瞧，这儿来的一位姑娘，因为年轻识浅，留下了终身的玷辱，现在她怀孕在身，她的情人又被判死刑；他是一个风流英俊的青年，却为风流葬送了一生！

| 朱丽叶上。

公爵 他的刑期定在什么时候？

狱吏 我想是明天。（向朱丽叶）我已经给你一切预备好了，稍待片刻，就可以送你过去。

公爵 美貌的人儿，你自己知道悔罪吗？

朱丽叶 我悔，我现在忍辱含羞，都是我自己不好。

公爵 我可以教你怎样忏罪的方法。

朱丽叶 我愿意诚心学习。

公爵 你爱那害苦你的人吗？

朱丽叶 我爱他，是我害苦了他。

公爵 这么说来，那么你们所犯的罪恶，是彼此出于自愿的吗？

朱丽叶 是的。

公爵 那么你的罪比他更重。

朱丽叶 是的，师父，我现在忏悔了。

公爵 那很好，孩子；可是也许你的忏悔，只是出于对你自己的悲伤，不是因为你的行为污渎了上天——

朱丽叶 我深知自己的罪恶，所以诚心忏悔，虽然身受耻辱，也是甘之若素。

公爵 这就是了。听说你的爱人明天就要受死，我现在要去向他开导开导。上帝保佑你！（下）

朱丽叶 明天就要死！痛苦的爱情呀！你留着我这待死之身，却叫惨死的恐怖永远缠绕着我！

狱吏 可怜！（同下）

第四场

安哲鲁府中一室

| 安哲鲁上。

安哲鲁 我每次要祈祷沉思的时候，我的心思总是纷乱无主：上天所听到的只是我的口不应心的空言，我的精神却贯注在依莎贝拉身上；上帝的名字挂在我的嘴边咀嚼，心头的欲念，兀自在那里奔腾。我已经厌倦于我所矜持的尊严，正像一篇大好的文章一样，在久读之后，也会使人掩耳；现在我宁愿把我这岸然道貌，去换一根因风飘荡的羽毛。什么地位！什么面子！多少愚人为了你这虚伪的外表而凛然生畏，多少聪明人为了它而俯首帖服！可是人孰无情，不一定出角的才是魔鬼呢。

| 一仆人上。

安哲鲁 啊，有谁来了？

仆人 一个叫依莎贝拉的尼姑求见大人。

安哲鲁 领她进来。（仆人下）天啊！我周身的血液为什么这样涌上心头，害得我心旌摇摇不定，浑身失去了气力？正像一群愚人七手八脚地围集在一个晕去的人的身边一样，本想救他，却因阻塞了空气的流通而使他醒不过来；又像一个将军为了尽一时的愚忠，舍弃了他的职守，去伺候君王的颜色，无谓的忠诚反倒为误国的罪恶。

| 依莎贝拉上。

安哲鲁 啊，姑娘！

依莎贝拉 我来听候大人的旨意。

安哲鲁 我希望你自己已经知道，用不着来问我。你的弟弟不能活命。

依莎贝拉 好。上天保佑您！

安哲鲁 可是他也许可以多活几天；也许可以像你我一样终其天年；可是他必须死。

依莎贝拉 这是您的判决吗？

安哲鲁 是的。

依莎贝拉 那么请问他在什么时候受死？好让他在未死之前忏悔一下，免得灵魂受苦。

安哲鲁 哼！这种下流的罪恶！用暧昧的私情偷铸上帝的形象，就像从造化窃取一个生命，同样是不可逭恕的。

依莎贝拉 这是天上的法律，人间却不是如此。

安哲鲁 你以为是这样的吗？那么我问你：你还是愿意让公正无私的法律取去你兄弟的生命呢，还是愿意牺牲你身边的清白把他救赎出来？

依莎贝拉 大人，相信我，我情愿牺牲肉体的生命，却不愿玷污灵魂的清白。

安哲鲁 我不愿跟你讲什么灵魂。回答我这一个问题：我现在代表着法律，宣布你兄弟的死刑；假使为了救你的兄弟而犯罪，这罪恶是不是一件好事呢？

依莎贝拉 请您吩咐下来，即使我必须因此而灵魂受罚，我也愿意；那不是罪恶，那是好事。倘使我为他向您乞恕是一种罪恶，那么我愿意担当上天的惩罚；倘使您准许我的请求是一种罪恶，那么我会每天清晨祈祷上天，让它归并到我的身上。

安哲鲁 不，你听我。你误会了我的意思了。也许是你不懂我的话，也许你假装不懂，那可不大好。

依莎贝拉 对于罪恶的事情，我宁愿是一个不识不知的愚人。

安哲鲁 智慧越是遮掩，越是明亮，正像你的美貌因为蒙上黑纱而十倍动人。可是听好，我必须明白告诉你，你兄弟必须死。

依莎贝拉 噢。

安哲鲁 按照法律，他所犯的罪名应处死刑。

依莎贝拉 是。

安哲鲁 我现在要这样问你，你的兄弟已经难逃一死，可是假如你，他的姊姊，给一个人爱上了，他可以授意法官，或者运用他自己的权力，把你的兄弟从森严的法网中解救出来，唯一的条件是你必须把你肉体上最宝贵的一部分献给此人，那么你预备怎样？

依莎贝拉 为了我可怜的弟弟，也为了我自己，我宁愿接受死刑的宣判，让无情的皮鞭在我身上留下斑斑的血迹，我会把它当作鲜明的红玉；即使把我粉身碎骨，我也会从容就死，像一个疲倦的旅人奔赴他的渴慕的安息，我却不愿让我的身体蒙上羞辱。

安哲鲁 那么你的兄弟就再不能活了。

依莎贝拉 还是这样的好，宁可让一个兄弟在片刻的惨痛中死去，不要让他的姊姊因为救他而永远沉沦。

安哲鲁 那么你岂不是和你所申斥的判决同样残酷吗？

依莎贝拉 卑劣的赎罪和大度的宽赦是两件不同的事情；合法的慈悲，是不可和苟且的徇纵同日而语的。

安哲鲁 可是你刚才却把法律视为暴君，把你兄弟的过失，认作一时的游戏而不是罪恶。

依莎贝拉 原谅我，大人！我们因为希望达到我们所追求的目的，往往发出违心之论。我爱我的弟弟，所以才会在无心中替我所痛恨的事情辩解。

安哲鲁 我们人都是脆弱的。

依莎贝拉 既然这种弱点是尽人具有的，那么宽恕了我的弟弟吧！

安哲鲁 不，女人也是同样的脆弱。

依莎贝拉 是的，正像她们所照的镜子一样容易留下影子，也一样容易碎裂。不，我们是比男人十倍脆弱的，因为我们的心性像我们的容颜一样温柔，经不起摧残污损。

安哲鲁 我同意你的话。你既然自己知道你们女人的柔弱，我想我们谁都抵抗不住罪恶的引诱，那么恕我大胆说一句，请你保持你女人的本色吧；你既然不能做一个超凡绝俗的神仙，那么就该接受一个女人不可避免的命运。

依莎贝拉 我只有一片舌头，说不出两种言语；大人，请您还是用您原来的语调对我说话吧。

安哲鲁 老老实实说，我爱你。

依莎贝拉 我的弟弟爱朱丽叶，你却对我说他必须因此受死。

安哲鲁 依莎贝拉，只要你答应爱我，就可以免他一死。

依莎贝拉 我知道你自恃德行高超，才不惜降低自己的身份，把人家轻薄。

安哲鲁 凭着我的名誉，请相信我的话出自本心。

依莎贝拉 嘿！相信你的名誉！你那卑鄙龌龊的本心！好一个虚有其表的正人君子！安哲鲁，我要公开你的罪恶，你等着瞧吧！快给我签署一张赦免我弟弟的命令，否则我要向世人高声宣布你是一个怎样的人。

安哲鲁 谁会相信你呢，依莎贝拉？我的洁白无瑕的名声，我的持躬的严正，我的振振有词的驳斥，我的柄持国政的地位，都可以压倒你的控诉，使你自取其辱，人家会把你的话当作挟嫌诽谤，我现在一不做二不休，不再控制我的情欲，你必须满足我的饥渴，放弃礼法的拘束，解脱一切的忸怩，把你的肉体呈献给我，来救你弟弟的性命，否则他不但不能活命，而且因为你的无情冷酷，我要叫他遍尝各种痛苦而死去。明天给我答复，否则我要听任感情的支配，叫他知道些厉害。你尽管向人怎样说我，我的虚伪会压倒你的真实。（下）

依莎贝拉 我将向谁诉说呢？把这种事情告诉别人，谁会相信我？凭着一条可怕的舌头，可以操纵人的生死，把法律供自己的驱使，是非善恶，都由他任意判断！我要去看我的弟弟，他虽然因为一时情欲的冲动而堕落，可是他是一个爱惜荣誉的人，即使他有二十颗头颅，他也宁愿让它们在二十个断头台上被人砍落，而不愿让他姊姊的身体遭受如此的污辱。依莎贝拉，你必须活着做一个清白的人，让你的弟弟死去吧，贞操是比兄弟更为重要的。我还要去把安哲鲁的要求告诉他，叫他准备一死，使他的灵魂得到安息。（下）

第　三　幕

第一场

狱中一室

| 公爵作教士装及克劳狄奥、狱吏同上。

公爵　那么你在希望安哲鲁大人的赦免吗？

克劳狄奥　希望是不幸者的唯一药饵；我希望活，可是也准备着死。

公爵　能够抱着必死之念，那么活果然好，死也无所惶虑。对于生命应当作这样的譬解：要是我失去了你，我所失去的，只是一件愚人才会加以爱惜的东西，你不过是一口气，寄托在一个多灾多难的躯壳里，受着一切天时变化的支配。你不过是被死神戏弄的愚人，逃避着死，结果却奔进他的怀里，你并不高贵，因为你所有的一切配备，都沾濡着污浊下贱。你并不勇敢，因为你畏惧着微弱的蛆虫的柔软的触角。睡眠是你所渴慕的最好的休息，可是死是永恒的宁静，你却对它心惊胆裂。你不是你自己，因为你的生存全赖着泥土中所生的谷粒。你并不快乐，因为你永远追求着你所没有的事物，而遗忘了你所已有的事物。你并不固定，因为你的容颜像月亮一样随时变化。你即使富有，也和穷苦无异，因为你正像一头不胜重负的驴子，背上驮载着金块在旅途上跋涉，直等死来替你卸下负荷。你没有朋友，因为即使是你自己的脏腑，也在诅咒着你不早早伤风发疹而死。你没有青春也没有年老，那不过是你在餐后的睡眠中的一场梦景；因为你在年轻的时候，必须像一个衰老无用的人一样，向你的长者乞讨赒济；到你年老有钱的时候，你的感情已经冰冷，你的四肢已经麻痹，你的容貌已经丑陋，纵有财富，也享不到丝毫乐趣。那么所谓生命这东西，究竟有什么值得宝爱呢？在我们的生命中隐藏着千万次的死亡，可是我们对于结束一切痛苦的死亡却那样害怕。

克劳狄奥 谢谢您的教诲。我本来希望活命，现在却唯求速死；我要在死亡中寻求永生，让它临到我的身上吧。

依莎贝拉 （在内）有人吗！愿这里平安有福！

狱吏 是谁？进来吧，这样的祝颂是应该得到欢迎的。

公爵 先生，不久我会再来看你。

克劳狄奥 谢谢师父。

| 依莎贝拉上。

依莎贝拉 我要跟克劳狄奥说两句话儿。

狱吏 欢迎得很。瞧，先生，你的姊姊来了。

公爵 狱官，让我跟你说句话儿。

狱吏 您尽管说吧。

公爵 把我带到一个地方去，可以听见他们说话，却不让他们看见我。（公爵及狱吏下）

克劳狄奥 姊姊，你给我带些什么安慰来？

依莎贝拉 我给你带了最好的消息来了。安哲鲁大人有事情要跟上天接洽，想差你马上就去，你可以永远住在那边；所以你赶快预备起来吧，明天就要出发了。

克劳狄奥 没有挽回了吗？

依莎贝拉 没有挽回了，除非为了要保全一颗头颅而劈碎了一颗心。

克劳狄奥 那么还有法想吗？

依莎贝拉 是的，弟弟，你可以活；法官有一种恶魔样的慈悲，你要是恳求他，他可以放你活命，可是你将终身披戴镣铐直到死去。

克劳狄奥 永久的禁锢吗？

依莎贝拉 是的，永久的禁锢；纵使你享有广大的世界，也不能挣脱这一种束缚。

克劳狄奥 是怎样一种束缚呢？

依莎贝拉 你要是屈服应承了，你的廉耻将被完全褫夺，使你毫无面目做人。

克劳狄奥 请明白告诉我吧。

依莎贝拉 啊，克劳狄奥，我在担心着你；我害怕你会爱惜一段狂热的生命，重视有限的岁月，甚于永久的荣誉。你敢毅然就死吗？死的惨痛大部分是心理上造成的恐怖，被我们践踏的一头无知的甲虫，它的肉体上的痛苦，和一个巨人在临死时所感到的并无异样。

克劳狄奥 你为什么要这样羞辱我？你以为温柔的慰藉，可以坚定我的决心吗？假如我必须死，我会把黑暗当作新娘，把它拥抱在我的怀里。

依莎贝拉 这才是我的好兄弟，父亲地下有知，也一定会含笑的。是的，你必须死，你是一个正直的人，决不愿靠着卑鄙的手段苟全生命。这个外表俨如神圣的摄政，板起面孔摧残着年轻人的生命，像鹰隼一样不放松他人的错误，却不料他自己正是一个魔鬼。他的污浊的灵魂要是揭露出来，就像是一口地狱一样幽黑的深潭。

克劳狄奥 正人君子的安哲鲁，竟是这样一个人吗？

依莎贝拉 啊，这是地狱里狡狯的化装，把罪恶深重的犯人装扮得像一个天神。你想得到吗，克劳狄奥？要是我把我的贞操奉献给他，他就可以把你释放。

克劳狄奥 天啊，那真太岂有此理了！

依莎贝拉 是的，今夜我必须去干那我所不愿把它说出口来的丑事，否则你明天就要死。

克劳狄奥 那你可干不得。

依莎贝拉 唉！他倘然要的是我的命，那我为了救你的缘故，情愿把它毫不介意地抛掷了。

克劳狄奥 谢谢你，亲爱的依莎贝拉。

依莎贝拉 那么克劳狄奥，你预备着明天死吧。

克劳狄奥 是。他也有感情，使他在执法的时候自己公然犯法吗？那一定不是罪恶；即使是罪恶，在七大重罪中也该是最轻的一项。

依莎贝拉 什么是最轻的一项？

克劳狄奥 倘使那是一件不可杀的罪恶，那么他是一个聪明人，怎么会为了一时的游戏，换来了终身的愧疚？啊，依莎贝拉！

依莎贝拉 弟弟你怎么说？

克劳狄奥 死是可怕的。

依莎贝拉 耻辱的生命是尤其可恼的。

克劳狄奥 是的，可是死了，到我们不知道的地方去，长眠在阴寒的囚牢里发腐朽烂，让这有知觉有温暖的、活跃的生命化为泥土；一个追求着欢乐的灵魂，沐浴在火焰一样的热流里，或者幽禁在寒气砭骨的冰山，无形的飕风把它吞卷，回绕着上下八方肆意狂吹；也许还有比一切无稽的想象所能臆测的更大的惨痛，那太可怕了！只要活在这世上，无论衰老、病痛、穷困和监禁给人怎样的烦恼苦难，比起死的恐怖来，也就像天堂一样幸福了。

依莎贝拉 唉！唉！

克劳狄奥 好姊姊，让我活着吧！你为了救你弟弟而犯的罪孽，上天不但不会责罚你，而且会把它当作一件善事。

依莎贝拉 呀，你这畜生！没有信心的懦夫！不知廉耻的恶人！你想靠着我的丑行而活命吗？为了苟延你自己的残喘，不惜让你的姊姊蒙污受辱，这不简直是伦常的大变吗？我真想不到！难道我的父亲竟会生下你这荒唐的儿子？从今以后，我和你义断恩绝，你去死吧！即使我只须一举手之劳可以把你救赎出来，我也宁愿瞧着你死。我要用千万次的祈祷求你快快死去，却不愿说半句话救你活命。

克劳狄奥 不，听我说，依莎贝拉。

依莎贝拉 呸！呸！呸！你的犯罪不是偶然的过失，你已经把它当作一件不足为奇的常事。对你怜悯的，自己也变成了淫媒。你还是快点儿死吧。（欲去）

克劳狄奥 啊，听我说，依莎贝拉。

| 公爵重上。

公爵 道妹，许我跟你说句话儿。

依莎贝拉 请问有何见教？

公爵 你要是有工夫，我有些话要跟你谈谈；我所要向你探问的事情，对你自己也很有关系。

依莎贝拉 我没有多余的工夫，留在这儿会耽误其他的事情；可是我愿意为你稍驻片刻。

公爵 （向克劳狄奥旁白）孩子，我已经听到了你们姊弟俩的谈话。安哲鲁并没有向她图谋非礼的意思，他不过想试探试探她的品性，看看他对于人性的评断有没有错误。她因为是一个冰清玉洁的女子，断然拒绝了他的试探，那正是他所引为异常欣慰的。我曾经监临安哲鲁的忏悔，知道这完全是事实。所以你还是准备着死吧，不要抱着错误的希望，使你的决心动摇。明天你必须死，赶快跪下来祈祷吧。

克劳狄奥 让我向我的姊姊赔罪。现在我对生命已经毫无顾恋，但愿速了此生。

公爵 打进去吧，再会。（克劳狄奥下）

| 狱吏重上。

公爵 狱官，跟你说句话儿。

狱吏 师父有什么见教？

公爵 你现在来了，可是我希望你去。让我和这位姑娘谈一会儿话，你可以相信我不会加害于她。

狱吏 我就去。（下）

公爵 造物给你美貌，也给你美好的德性；没有德性的美貌，是转瞬即逝的；可是因为在你的美貌之中，有一颗美好的灵魂，所以你的美貌是永存的。安哲鲁对你的侮辱，已经被我偶然知道了；倘不是他的堕落已有先例，我一定会对他大惑不解。你预备怎样满足这位摄政，搭救你的兄弟呢？

依莎贝拉 我现在就要去答复他，我宁愿让我的弟弟死于国法，不愿有一个非法而生的孩子。唉！我们这位善良的公爵是多么受了安哲鲁的欺骗！等他回来以后，我要是能够当着他的面，一定要向他揭穿安哲鲁的治绩。

公爵 那也好，可是照现在的情形看起来，他仍旧可以有辞自解，他可以说，那不过是试试你罢了。所以我劝你听我的劝告，我因为欢喜帮助人家，已经想出了一个办法。我相信你可以对一位受委屈的、可怜的小姐做一件光明正大的好事，从愤怒的法律下救出你的兄弟，不但不使你冰清玉洁的身体白璧蒙玷，而且万一公爵回来后知道了这件事情，也一定会十分高兴的。

依莎贝拉 请你说下去。只要是无愧良心的事，我什么都敢去做。

公爵 有德必有勇，正直的人决不胆怯。你知道溺海而死的勇士弗莱德里克有一个妹妹名叫玛利安娜吗？

依莎贝拉 我曾经听人说起过这位小姐，提起她名字的时候人家总是称赞她的好处。

公爵 她和这个安哲鲁本来已经缔下婚约，婚期也已选定了，可是就在订婚以后举行婚礼以前，她的哥哥弗莱德里克在海中遇难，他妹妹的嫁奁就在那艘失事的船上也一起同归于尽。这位可怜的小姐真是倒霉透顶，她既然失去了一位高贵知名的哥哥，他对她是一向爱护备至的；而且她的嫁奁，她的大部分的财产，也随着他葬身鱼腹；这还不算，她又失去了一个已经订婚的丈夫，这个假道学的安哲鲁。

依莎贝拉 有这种事？安哲鲁就这样把她遗弃了吗？

公爵 他把她遗弃不顾，让她眼泪洗面，也不向她说半句安慰的话儿；故意说他发现了她的品行不端，把盟约完全撕毁。她直到如今，还在为他的薄幸而哀伤泣血，可是他却像一块大理石一样，眼泪洗不去他的心硬。

依莎贝拉 这位可怜的姑娘活着还不如死去，可是让这个家伙活在人世，那真是毫无天理了！可是我们现在怎么能够帮助她呢？

公爵 这一个裂痕你可以很容易把它修补；你要是能够成全这一件好事，不但可以救活你的兄弟，也可以保全你的贞节。

依莎贝拉 好师父，请你指点我。

公爵 我所说起的这位姑娘，始终保持着专一的爱情；他的薄情无义，照理应该使她斩断情丝，可是像一道受到阻力的流水一样，她对他的爱反而因此更加狂烈。你现在可以去见安哲鲁，屈意应承他的要求，可是必须提出这样的条件：你和他约会的时间不能过于长久，而且必须在黄昏人静以后便于来往的地方。他答应了这样的条件，我们就可以去劝这位受屈的姑娘顶替着你如约前往。这次的幽会将来暴露出来，他不能不设法向她补偿。这样你的兄弟可以救出，你自己的清白不受污损，可怜的玛利安娜因此重圆破镜，淫邪的摄政也可以得到了教训。我会去向这位姑娘说，叫她依计而行。你要是愿意这样做，那么虽然是一种骗局，可是因为它有这么多重的好处，尽可问心无愧。你的意思怎样？

依莎贝拉 想象到这一件事，已经使我感觉安慰，我相信它一定会得到美满的结果。

公爵 那可全仗你的出力。快到安哲鲁那边去，他即使要在今夜向你求欢，你也一口答应他。我现在就要到圣路加教堂去，玛利安娜所住的田庄就在它的附近，你可以在那边找我，事情要干得愈快愈妙。

依莎贝拉 谢谢你的好主意。再见，好师父。（各下）

第二场

监狱前街道

| 公爵作教士装上；爱尔博、庞贝及差役等自对方上。

爱尔博 嘿，要是你们一定要把男人女人像牲畜一样买卖，那么这世界上要碰来碰去都是私生子了。

公爵 天啊！又是什么事情？

庞贝 真是一个煞风景的世界！咱们放风月债的倒尽了霉头，他们放金钱债的，法律却让他穿起皮袍子来，怕他着了凉；那皮袍子是外面狐皮里面羊皮，因为狡猾的狐狸比善良的绵羊值钱，这世界到处是好人吃苦，坏人出风头！

爱尔博 走吧，朋友。您好，师父！

公爵 您好，大哥。请问这个人所犯何事？

爱尔博 不瞒师父说，他冒犯了法律，而且我们看他还是个贼，因为我们在他身上搜到了一把撬锁的东西，已经送到摄政老爷那里去了。

公爵 好一个不要脸的忘八！你靠着播散罪恶，做你活命的根本。你肚里吃的，身上穿的，没有一件不是用龌龊的造孽钱换来。你自己想一想，你喝着腌臜，吃着腌臜，穿着腌臜，住着腌臜，你还好算是一个人吗？快去好好地改过自新吧。

庞贝 不错。腌臜是有些腌臜，可是——

公爵 官差，把他带到监狱里去吧。重刑和教诲必须同时并用，才可以叫这畜生畏法知过。

爱尔博 我们要把他带去见摄政老爷，他早就警告过他了。摄政老爷最恨的就是这种忘八羔子。

公爵 我们要是大家都能立身无过，像有些人在表面上给人看见的那样，那就好了！

庞贝 谢天谢地，救命的人来了。

| 路西奥上。

路西奥 啊，尊贵的庞贝！你给凯撒捉住了，他们奏凯归来，把你拖在车轮上面游行吗？难道你现在已经没

有姑娘们应市，可以让你掏空人家的钱袋吗？你怎么说？哈，你在上次下大雨的时候淹死了吗？世界已经换了样子变得沉默寡言了吗？是怎么一回事？

公爵 世界永远是这样，向着堕落的路上跑！

路西奥 你那宝贝女东家好不好？她现在还在干那老活儿吗？

庞贝 不瞒您说，大爷，她已经坐吃山空，连裤子都当光了。

路西奥 啊，那很好，俏姐儿、骚鸨儿，免不了有这么的一天。你现在到监狱里去吗，庞贝？

庞贝 是的，大爷。

路西奥 啊，那也很好，庞贝，再见！你去对他们说是我叫你来的。是为了欠了人家的钱吗，庞贝？还是为了什么？

庞贝 他们因为我是个忘八才抓我。

路西奥 好，那么把他关起来吧。他是个道地的忘八，而且还是个世袭的哩。再见，好庞贝，给我望望坐牢的朋友们。

庞贝 好大爷，我想请您把我保出来。

路西奥 不，那不成，庞贝。我可以为你祈祷，求上天把你关长久一些。回头见，好庞贝。——祝福你，师父。

公爵 祝福你。

爱尔博 走吧，朋友，走吧。

庞贝 那么您不肯保我吗？

路西奥 不保，庞贝。师父，外面有什么消息？

爱尔博 走吧，朋友，快走。

路西奥 庞贝，钻到狗洞里去吧。（爱尔博、庞贝及差役等下）

师父，关于公爵你知道有什么消息？

公爵 我不知道。你可以告诉我一些吗？

路西奥 有人说他去看俄罗斯皇帝，有人说他在罗马，可是你想他到底在哪里？

公爵 我不知道。可是无论他在什么地方，我愿他平安。

路西奥 他这样悄悄溜走，不在朝里享福，倒去做一个云游的叫化子，简直是在发疯。安哲鲁大人代理他把地方治得很好，犯罪的都逃不过他。

公爵 是的，他代理得很好。

路西奥 其实他对于犯奸淫的人稍为放松一点，也是不碍什么的，像他这样子，未免太辣手了。

公爵 这种罪恶太普遍了，必须用严刑方才能够矫正过来。

路西奥 对啊，这种罪恶是人人会犯的；可是师父，你要是想把它完全消灭，那你除非把吃喝也一起禁止了。他们说这个安哲鲁不是像平常人那样爷娘生下来的，你想这话真不真？

公爵 那么他是怎么生下来的呢？

路西奥 有人说他是女人鱼产下的卵，有人说他的父母是两条风干的鲞鱼。可是我的的确确知道他撒下的尿都冻成了冰，我也的的确确知道他是个活动的木头人。

公爵 先生，你太爱开玩笑了。

路西奥 嘿，人家的鸡巴不安分，他就要人家的命，这还成什么话儿！公爵倘使还在这儿，他也会这样吗？哼，他不但不因为人家养了一百个私生子而把他吊死，他还要自己拿出钱来抚养一千个私生子哩。他自己也是喜欢逢场作戏的，所以他不会跟别人苦苦作对。

公爵 我可从来不知道公爵也是喜欢玩女人的，他不是那样一个人吧。

路西奥 那你可受了人家的欺了，师父。

公爵 不见得吧。

路西奥 嘿，他看见了一个五十岁的老乞婆，也会布施她一块钱呢；他这人是有些想入非非的。告诉你知道吧，他还是个爱喝酒的。

公爵 你把他说得太不成话了。

路西奥 我跟他非常熟悉。这位公爵是一个怕羞的人，他的不爱多管闲事的原因我是知道的。

公爵 请问是什么原因呢？

路西奥 对不起，这是一个不能泄漏的秘密；可是我可以让你知道，一般人都认为这位公爵很有智慧。

公爵 啊，他当然是很有智慧的。

路西奥 他是个浅薄愚笨、没有头脑的家伙。

公爵 也许是你妒嫉他，也许是你自己愚蠢，也许是你看错了人，所以才会这样信口胡说。他的立身处世和他的操劳国事，都可以证明你所说的话完全不对。妒嫉他的人，只要和他当面质对，就会知道他是一个学者、一个政治家，也是一个军人。你这样诽谤他，足见你自己的无知。

路西奥 我认识他，我跟他很有交情哩。

公爵 有交情就不会说这种话。

路西奥 算了吧，我可不会随便瞎说的。

公爵 这我可不相信，因为你不知道你自己在说些什么话。可是公爵倘使有一天回来，我要请你当着他的面回答我的问话；你现在说的倘是老实话，那时候一定不会否认。我们后会有期；请教尊姓大名？

路西奥 鄙人名叫路西奥，公爵是很熟悉我的。

公爵 要是我有机会向他谈起你的话，他一定会更加熟悉你的。

路西奥 我怕你见不到他吧。

公爵 啊，你希望公爵永远不会回来，也许你以为我是个无足重轻的对手。我的确不会加害于你，可是你有一天要自己反悔的。

路西奥 我要是反悔就不得好死，你别看错人了。可是这些话不必多说。你知道克劳狄奥明天会不会死？

公爵 他为什么要死？

路西奥 为什么？为了把一只漏斗插进人家的瓶子里去。但愿我们刚才所说的那位公爵早点儿回来，这个绝子绝孙的摄政要叫大家不许生男育女，好让维也纳将来死得不剩一个人。就是麻雀在他的屋檐下做窠，他也要因为它们的淫荡而把它们赶掉了呢。公爵在这里的时候，对于这种不干不净的事情是不闻不问的，他决不会把它们在光天化日之下揭露出来，要是他回来了就好了！这个克劳狄奥就是因为松了人家的裤带，才给判了死罪。再见，好师父，请你给我祈祷祈祷。我再告诉你吧，公爵在持斋的日子会偷吃羊肉。他人老心不老，看见个女叫化子也会拉住亲个嘴儿，尽管她满嘴都是黑面包和大蒜的气味。你就说我这样告诉你。再见。（下）

公爵 人间的权力尊荣，总是逃不过他人的讥弹；最纯洁的德性，也免不了背后的诽谤。哪一个国王有力量堵塞住谗言的唇舌呢？可是有谁来了？

| 爱斯卡勒斯、狱吏及差役等牵咬弗动太太上。

爱斯卡勒斯 去，把她送到监狱里去！

咬弗动太太 好老爷，饶了我吧；您是一个慈悲的好人，我的好爷爷！

爱斯卡勒斯 再三的告诫过你，你还是不知道悔改吗？无论怎样慈悲的人，看见像你这种东西，也会变做铁面阎罗的。

狱吏 禀大人，她当鸨妇已经当了十一年了。

咬弗动太太 老爷，这都是路西奥那家伙跟我作对信口胡说的。公爵老爷在朝的时候，他把一个姑娘弄大了肚皮，他答应娶她，那孩子已经一岁多了，我一直替他养着，现在他反而到处说我的坏话！

爱斯卡勒斯 那家伙是个淫棍，去把他找来。把她送到监狱里去！走吧，别多说了。（差役推咬弗动太太下）狱官，我的同僚安哲鲁意见已决，克劳狄奥明天必须处决。给他请好神父；预备好一切身后之事。安哲鲁不肯发半点怜悯之心，我也是没有办法。

狱吏 禀大人，这位师父曾经去看过克劳狄奥，跟他谈论过死生的大道理。

爱斯卡勒斯 晚安，神父。

公爵 愿大人有福！

爱斯卡勒斯 你是从哪儿来的？

公爵 我不是本国人，因奉教皇之命，偶然云游到此。

爱斯卡勒斯 外边有什么消息没有？

公爵 没有，可是我知道过于热衷为善，需要一服解热的药剂；新奇的事物要看有无需要，习见既久，即成陈腐；常道一成不变，持恒即为至德；人心不可测，社会到处是陷阱。世间的事情，大抵就像这几句哑谜。虽然是老生常谈，可是每天都可以发现类似的例子。请问大人，公爵是个何等之人？

爱斯卡勒斯 他是一个重视自省工夫，甚于一切纷争扰攘的人。

公爵 他有些什么嗜好？

爱斯卡勒斯 他欢喜看见人家快乐，甚于自己追寻快乐，他是一个澹泊寡欲的君子。可是我们现在不用说他，但愿他平安如意吧。请你告诉我你看见克劳狄奥自知将死以后，有些什么准备？我听说你已经去访问过他了。

公爵 他承认他所受的判决是情真罪当，愿意俯首听候法律的处分；可是他也抱着几分侥幸免死的妄想，我已经替他把这种妄想扫除，现在他已经安心待死了。

爱斯卡勒斯 你已经对上天尽了你的责任，也替这罪犯做了一件好事。我曾经多方设法营救他，可是我的同僚是这样的铁面无私，我不能不承认他是个严明的法官。

公爵 他自己做人倘使也像他判决他人一样严正，那就很好了；要是他也有失足的一天，那么他现在已经对他自己下过宣判了。

爱斯卡勒斯 我还要去看看这个罪犯。再会。

公爵 愿您平安！（各下）

第　四　幕

第一场
圣路加教堂附近的田庄

|玛利安娜及童儿上；童儿唱歌：

童儿

莫以负心唇，
婉转弄辞巧；
莫以薄幸眼，
颠倒迷昏晓；
定情密吻乞君还，
当日深盟今已寒！

玛利安娜　别唱下去了，你快去吧，有一个可以给我安慰的人来了，他的劝告常常宽解了我的怨抑的情怀。（童下）

|公爵仍作教士装上。

玛利安娜　原谅我，师父，我希望您不曾看见我在这里毫没有心事似的听着音乐。可是相信我吧，音乐不能给我快乐，我只是借它抒泄我的愁怀。

公爵　那很好，虽然音乐有一种魔力，可以感化人心向善，也可以诱人走上堕落之路。请你告诉我，今天有人到这儿来探问过我吗？我跟人家约好要在这个时候见面。

玛利安娜 我今天一直坐在这儿，不见有人问起过您。

公爵 我相信你的话。现在时候就要到了，请你进去一会儿，也许随后我还要来跟你谈一些和你有切身利益的事。

玛利安娜 谢谢师父。（下）

| 依莎贝拉上。

公爵 你来得正好，欢迎欢迎。你从这位好摄政那边带了些什么消息来？

依莎贝拉 他有一个周围砌着砖墙的花园，在花园西面有一座葡萄园，必须从一道板门里进去，这个的大钥匙便是开这板门的；从葡萄园到花园之间还有一扇小门，可以用这一个钥匙去开。我已经答应他在今夜夜深时分，到他花园里和他相会。

公爵 可是你已经把路认清了吗？

依莎贝拉 我已经把它详详细细地记在心头；他曾经用不怀好意的殷勤，领我在这路上走了两遍。

公爵 你们有没有约定其他她必须遵守的条件？

依莎贝拉 没有，我只对他说我们必须在黑暗中相会，我也告诉他我不能久留，因为有一个仆人陪着我来，他以为我是为了我弟弟的事情而来的。

公爵 这样很好。我还没有对玛利安娜说知此事。喂！出来吧！

| 玛利安娜重上。

公爵 让我介绍你跟这位姑娘认识，她是来帮助你的。

依莎贝拉 我愿意能够为您效劳。

公爵 你相信我是很尊重你的吧？

玛利安娜 好师父，我一直知道您对我是一片诚心。

公爵 那么请你把这位姑娘当作你的好朋友，她有话要对你讲。你们进去谈谈，我在外面等着你们；可是不要太长久，苍茫的暮色已经逼近了。

玛利安娜 请了。（玛利安娜、依莎贝拉同下）

公爵 啊，地位！尊严！无数双痴愚的眼睛在注视着你，无数种虚伪矛盾的流言在传说着你的行动，无数人玩弄着他们的机智，在幻想中把你讥讽嘲谑！

｜玛利安娜及依莎贝拉重上。

公爵 欢迎！你们商量得怎样了？

依莎贝拉 她愿意干那件事，只要你以为不妨一试。

公爵 我不但赞成，而且还要求她这样做。

依莎贝拉 你和他分别的时候，不必多说什么，只要轻轻地说："别忘了我的弟弟。"

玛利安娜 都在我身上，你放心好了。

公爵 好孩子，你也不用担心什么。他跟你已有婚约在先，用这种诡计把你们牵合在一起，不算是什么罪恶，因为你和他已经有了正式的名分了。来，咱们去吧，要收获谷实，还得等待我们去播种。（同下）

第二场

狱中一室

| 狱吏及庞贝上。

狱吏 过来，小子，你会杀头吗？

庞贝 老爷，他要是个光棍汉子，那就好办；可是他要是个有老婆的，那么人家说丈夫是妻子的头，叫我杀女人的头，我可下不了这个手。

狱吏 算了吧，别胡扯了，痛痛快快回答我。明儿早上要把克劳狄奥跟巴那丁处决。我们这儿的刽子手缺少一个助手，你要是愿意帮他，就可以恕你无罪；否则就要把你关到刑期满了，再狠狠抽你一顿鞭子，然后放你出狱，因为你是一个罪大恶极的忘八。

庞贝 老爷，我做一个偷偷摸摸的忘八也不知做了多少时候了，可是我现在愿意改行做一个当当官官的刽子手。我还要向我的同事老前辈请教请教哩。

狱吏 喂，阿伯霍逊！阿伯霍逊在不在？

| 阿伯霍逊上。

阿伯霍逊 您叫我吗，老爷？

狱吏 这儿有一个人，可以在明天行刑的时候帮助你。你要是认为他可用，就可以和他订一年合同，让他在这儿跟你住在一起；不然的话，暂时让他帮帮忙，再叫他去吧。他不是一个有经验的人，他本来是一个忘八。

阿伯霍逊 是个忘八吗，老爷？他妈的！他要把咱们这一行的脸都丢尽了。

狱吏 算了吧，你也比他高不了多少；记着明天早上四点钟把斧头砧架一起预备好。

阿伯霍逊 来吧，忘八，让我来教给你怎样做一个刽子手；跟着我走。

庞贝 我很愿意领教，要是您有一天用得着我，我愿意伸颈而待，报答您的好意。

狱吏 去把克劳狄奥和巴那丁叫来见我。（庞贝、阿伯霍逊同下）我很替克劳狄奥可惜，可是那个杀人犯巴那丁，却是个死不足惜的家伙。

| 克劳狄奥上。

狱吏 瞧，克劳狄奥，这是执行你死刑的命令，现在已经是午夜，明天八点钟你就要与世永辞了。巴那丁呢？

克劳狄奥 他睡得好好的，像一个跋涉长途的疲倦的旅人一样，喊都喊不醒来。

狱吏 对他有什么办法呢？好，你去准备着吧。（内敲门声）听，什么声音？——愿上天赐给你灵魂安静！（克劳狄奥下）且慢。这也许是赦免善良的克劳狄奥的命令下来了。

| 公爵仍作教士装上。

狱吏 欢迎，师父。

公爵 晚安狱官！刚才有什么人来过没有？

狱吏 熄灯钟鸣以后，就没有人来过。

公爵 依莎贝拉也没有来吗？

狱吏 没有。

公爵 大概他们就要来了。

狱吏 关于克劳狄奥有什么好消息没有？

公爵 也许会有。

狱吏 我们这位摄政是一个忍心的人。

公爵 不，不，他执法的公允，正和他立身的严正一样；他用崇高的克制工夫，摒绝他自己心中的人欲，也运用他的权力，整饬社会的风纪。假如他明于责人，暗于责己，那么他所推行的诚然是暴政；可是我们现在却不能不称赞他的正直无私。（内敲门声）现在他们来了。（狱吏下）这是一个善良的狱官，像他这样仁慈可亲的狱官，倒是难得的。（敲门声）啊，谁在那里？门敲得这么急，一定有什么要事。

| 狱吏重上。

狱吏 他必须在外面等一会儿，我已经把看门的人叫醒，去开他进来了。

公爵 你没有接到撤回成命的公文，克劳狄奥明天一定要死吗？

狱吏 没有，师父。

公爵 天虽然快亮了，在破晓以前，大概还会有消息来的。

狱吏 但愿如此，可是我相信撤回成命是不可能的；因为这种事情毫无先例，而且安哲鲁大人已经公开表示他决不徇私枉法，怎么还会网开一面？

| 一使者上。

狱吏 这是他派来的人。

公爵 他拿着克劳狄奥的赦状来了。

使者 （以公文交狱官）安哲鲁大人叫我把这公文送给你，他还要我吩咐你，叫你依照命令行事，不得稍有差池。现在天差不多亮了，再见。

狱吏 我一定服从他的命令。（使者下）

公爵 （旁白）这是用罪恶换来的赦状，赦罪的人自己也变成了犯罪的人；身居高位的如此以身作则，在下的还不翕然从风吗？法官要是自己有罪，那么为了同病相怜的缘故，犯罪的人当然可以逍遥法外。——请问这里面说些什么？

狱吏 告诉您吧，安哲鲁大人大概以为我有失职的地方，所以要在这时候再提醒我一下。奇怪得很，他从来不曾有过这样的事情。

公爵 请你读给我听。

狱吏 “克劳狄奥务须于四时处决，巴那丁于午后处决，不可轻听人言，致干未便。克劳狄奥首级仰于五时送到，以凭察验。如有玩忽命令之处，即将该员严惩不贷，切切凛遵毋违。”师父，您看这是怎么一回事？

公爵 今天下午处决的这个巴那丁是个怎么样的人？

狱吏 他是一个在这儿长大的波希米亚人，在牢里已经关了九年了。

公爵 那个公爵为什么不放他出去或者把他杀了？我听说他惯常是这样的。

狱吏 他有朋友们给他奔走疏通；他所犯的案子，直到现在安哲鲁大人握了权，方才有了确确凿凿的证据。

公爵 那么现在案情已经明白了吗？

狱吏 再明白也没有了，他自己也并不抵赖。

公爵 他在监狱里自己知道不知道忏悔？他心理上的感觉怎样？

狱吏 在他看来，死就像喝醉了酒睡了过去一样没有什么可怕，对于过去现在或未来的事情，他毫不关心，毫无顾虑，也一点没有忧惧；死在他心目中不算怎么一回事，可是他却是一个澈头澈脑的凡人。

公爵 他需要劝告。

狱吏 他可不要听什么劝告。他在监狱里是很自由的，给他机会逃走，他也不愿逃；一天到晚喝酒，喝醉了就一连睡上好几天。我们常常把他叫醒了，假装要把他拖去杀头，还给他看一张假造的公文，可是他却无动于衷。

公爵 我们等会儿再说他吧。狱官，我一眼就知道你是个诚实可靠的人，我的老眼要是没有昏花，那么我是不会看错人的，所以我敢大着胆子，跟你商量一件事。你现在奉命执行死刑的克劳狄奥，他所犯的罪并不比判决他的安哲鲁所犯的罪更重。为了向你证明我这一句话，我要请你给我四天的时间，同时你必须帮我做一件危险的事情。

狱吏 请问师父要我做什么事？

公爵 把克劳狄奥暂缓处刑。

狱吏 唉！这怎么办得到呢？安哲鲁大人有命令下来，限定时间，还要把他的首级送去验明，我要是稍有违背他的命令之处，我的头也要跟克劳狄奥一样保不住了。

公爵 你要是听我吩咐，我可以保你没事。今天早上你把这个巴那丁处决了，把他的头送到安哲鲁那边去。

狱吏 他们两人安哲鲁都见过，他会认得出来的。

公爵 啊，人死了脸会变样子，你可以再把他的头发剃光，胡子扎起来，就说犯人因为表示忏悔，在临死之前要求这样，你知道这是很通行的一种习惯，假如你因为干了这事，不但得不到感激和好处，反而遭到责罚，那么我一定用我的生命为你力保。

狱吏 原谅我，好师父，这是违背我的誓言的。

公爵 你是向公爵宣誓呢，还是向摄政宣誓的？

狱吏 我向他也向他的代理人宣誓。

公爵 要是公爵赞许你的行动，那么你总不以为那是一件错事吧？

狱吏 可是公爵怎么会赞许我这样做呢？

公爵 那不仅是可能的，而且是一定的。可是你既然这样胆小，我的服装、我的人格和我的谆谆劝诱，都不能使你安心听从我，那么我可以更进一步，替你解除一切忧虑。你看啦，这是公爵的亲笔签署和他的印信，我相信你认识他的笔迹，这图章你也看见过的。

狱吏 我都认识。

公爵 这里面有一通公爵就要回来的密谕，你等会儿就可以读它，里面说的是公爵将在这两天内到此。这件事情安哲鲁也不知道，因为他就在今天会接到几封古怪的信，也许是说公爵已经死了，也许是说他已经出家修行了，可是都没有提起他就要回来的话。瞧吧，晨星已经从云端里出现，召唤牧羊人起来放羊了。你不用惊奇事情会如此突兀，真相大白以后，一切的为难都会消释。把刽子手喊来，叫他把巴那丁杀了；我就去劝他忏悔去。来，不用惊讶，你马上就会明白一切的。天差不多已经大亮了。（同下）

第三场

狱中另一室

| 庞贝上。

庞贝 我在这就像在我自己的院子里一样，好多咬弗动太太的老主顾都在这儿。有的为了欠账不还，有的为了杀人闹事，从前是度上的豪客，现在都变成阶下的囚人了。

| 阿伯霍逊上。

阿伯霍逊 小子，去把巴那丁带来！

庞贝 巴那丁大爷！您现在应该起来杀头了，巴那丁大爷！

阿伯霍逊 喂，巴那丁！

巴那丁 （在内）他妈的！谁在那儿大惊小怪？你是哪一个？

庞贝 是你的朋友刽子手。请你好好地起来，让我们把你杀死。

巴那丁 （在内）滚开！混账东西，给我滚开！我还要睡觉呢。

阿伯霍逊 对他说他非赶快醒来不可。

庞贝 巴那丁大爷，请你醒醒吧，等你杀过了头，再睡觉不迟。

阿伯霍逊 跑进去把他拖出来。

庞贝 他来了，他来了，我听见他的稻草在动了。

阿伯霍逊 斧头预备好了吗，小子？

庞贝 预备好了。

| 巴那丁上。

巴那丁 啊，阿伯霍逊！你来干么？

阿伯霍逊 老实对你说，我要请你赶快祈祷，因为命令已经下来了。

巴那丁 混账东西，老子喝了一夜的酒，现在怎么能死去？

庞贝 啊，那再好没有，因为你喝了一夜的酒，到早上杀了头，你就可以痛痛快快睡他一整天了。

阿伯霍逊 瞧，你的神父也来了，你还以为我们在跟你开玩笑吗？

| 公爵仍作教士装上。

公爵 闻知尊驾不久就要离开人世，我因为被不忍心所驱使，特地前来向你劝慰一番，我还愿意跟你一起祈祷。

巴那丁 师父，我还不想死哩；昨天晚上我狂饮了一夜，他们要我死，我可还要从容准备一下，尽管他们把我脑浆打出都没用。无论如何，要我今天就死我是不答应的。

公爵 嗳哟，这是没有法想的，你今天一定要死，所以我劝你还是准备走上你的旅途吧。

巴那丁 我发誓不愿在今天死，什么人劝我都没用。

公爵 可是你听我说。

巴那丁 我不要听，你要是有话，到我房间里来吧，我今天一定不走。（下）

| 狱吏上。

公爵 不配活也不配死，他的心肠就像石子一样！你们快追上去把他拖到刑场上去。（阿伯霍逊、庞贝下）

狱吏 师父，您看这犯人怎样？

公爵 他是一个毫无准备的家伙，现在还不能就让他死去；叫他在现在这种情形之下糊里糊涂死去，是上天所不容的。

狱吏 师父，在这儿监狱里有一个名叫拉戈静的著名海盗，今天早上因为发着厉害的热病而死了，他的年纪跟克劳狄奥差不多，须发的颜色完全一样。我看我们不如把这无赖暂时放过，等他头脑明白一点的时候再把他处决，至于克劳狄奥的首级，可以把拉戈静的头割下来顶替，您看好不好？

公爵 啊，那是天赐的机会！赶快动手，安哲鲁预定的时间快要到了。你就依此而行，按照命令把首级送去验看，我还要去劝这个恶汉安心就死。

狱吏 好师父，我一定就这么办。可是巴那丁必须在今天下午处死，还有克劳狄奥却怎样安置呢？假使人家知道他还活着，那我可怎么办？

公爵 就这么吧，你把巴那丁和克劳狄奥两人都关在秘密的所在，两天之后，你就可以平安无事。

狱吏 我一切都信仗着您。

公爵 快去吧，首级割了下来，就去送给安哲鲁。（狱吏下）现在我要写信给安哲鲁，叫狱官带去给他；我要对他说我已经动身回来，进城的时候要让全体人民知道；他必须在城外九英里的圣泉旁边接我，在那边我要不动声色，一步一步去揭露安哲鲁的罪恶。

| 狱吏重上。

狱吏 首级已经取来，让我亲自送去。

公爵 那再好没有。快些回来，我还要告诉你一些不能让别人听见的事情。

狱吏 我决不耽搁时间。（下）

依莎贝拉 （在内）有人吗？愿你们平安！

公爵 依莎贝拉的声音。她是来打听她弟弟的赦状有没有下来；可是我要暂时把实在的情形瞒过她，让她在绝望之后，突然发现她的弟弟尚在人世，而格外感到惊喜。

| 依莎贝拉上。

依莎贝拉 啊，师父请了！

公爵 早安，好孩子！

依莎贝拉 多谢师父。那摄政有没有颁下我弟弟的赦令？

公爵 依莎贝拉，他已经使他脱离烦恼的人世了；他的头已经割下，送去给安哲鲁了。

依莎贝拉 啊，那是不会有的事。

公爵 确有这样的事。你是个聪明人，事已如此，也不用悲伤了。

依莎贝拉 啊，我要去挖掉他的眼珠。

公爵 他会不准你去见他的。

依莎贝拉 可怜的克劳狄奥！不幸的依莎贝拉！万恶的世界！该死的安哲鲁！

公爵 你这样于他无损，于你自己也没有什么益处，所以还是平心静气，一切信任上天做主吧。听好我的话，你可以证明我的每一个字都没有虚假。公爵明天要回来了；——把你的眼泪揩干了，——我有一个同道是他的亲信，是他告诉我的。他已经送信去给爱斯卡勒斯和安哲鲁，他们预备在城外迎接他，就在那边归还他们的政权。你要是能够遵照我所指点给你的一条大道而行，就可以向这恶人报复你心头的仇恨，并且还可以得到公爵的眷宠，享受莫大的尊荣。

依莎贝拉 请师父指教。

公爵 你先去把这信送给彼得神父，公爵要回来就是他通知我的；你对他说，我要请他今晚在玛利安娜的家里会面。我把你和玛利安娜的事情详细告诉他以后，他就可以带你们去见公爵，你们可以放胆指着安哲鲁控告他。我自己因为还要履行一个神圣的誓愿，不能亲自出场。这信你拿去吧，不要再伤心落泪了。我决不会误你的事的。谁来了？

| 路西奥上。

路西奥 您好，师父！狱官呢？

公爵 他出去了，先生。

路西奥 啊，可爱的依莎贝拉，我见你眼睛哭得这样红肿，我心里真是疼，你要宽心忍耐。他们说公爵明天就要回来了。依莎贝拉，令弟是我的好朋友；那个不知躲在哪个角落里的疯癫公爵要是在家，他就不会送了命。（依莎贝拉下）

公爵 先生，听你说起来，好像你很不满意这位公爵；可是幸而他并不是像你所说的那样一个人。

路西奥 师父，你知道他哪里有我知道他那样仔细；你瞧不出他倒是一个猎艳的好手呢。

公爵 嘿，有一天他会跟你算账的。再见。

路西奥 不，且慢，咱们一块儿走；我要告诉你关于公爵的一些有趣的故事。

公爵 你的话倘使是真的，那么你已经告诉我得太多了；倘使你说的都是假话，那么你一辈子也编造不完，我可没有工夫听你。

路西奥 有一次我因为跟一个女人有了孩子，被他传去问话。

公爵 你干过这样的事么？

路西奥 是的，可是我发誓说没有这样的事，否则他们就要叫我跟那个烂婊子结婚了。

公爵 你不是个老实人，再见。

路西奥 不，我一定要陪你走完这条小巷。你要是不欢喜听那种胡调话儿，我就不说好了。师父，我就像是一根芒刺一样，钉住了人不肯放松。（同下）

第四场

安哲鲁府中一室

| 安哲鲁及爱斯卡勒斯上。

爱斯卡勒斯 他每一次来信，都跟上回所说的不同。

安哲鲁 他的话说得颠颠倒倒。他的行动也真有点疯头疯脑的。求上天保佑他不要真的疯了才好！他为什么要我们在城门外迎接他，就在那边交还我们的政权呢？

爱斯卡勒斯 我猜不透他的意思。

安哲鲁 他为什么又要我们在他进城以前的一小时内，向全体人民宣告，倘有什么冤枉的事，可以让他们拦道告状呢？

爱斯卡勒斯 他的理由大概是他以为这么一来，人家有不满意我们的可以当场控诉，当场发落，免得在我们归政之后，再有谁想来暗中算计我们。

安哲鲁 好，那么就请你这样宣布出去吧。明天一早我就到你家里来，各色人等需要他们一同去迎接的，都请你通告他们一声。

爱斯卡勒斯 是，大人，下官失陪了。

安哲鲁 再见。（爱斯卡勒斯下）这件事情害得我心神无主，做事也变成毫无头脑。一个失去贞操的女子，奸污她的却是禁止他人奸污的堂堂执法大吏！倘不是因为她不好意思当众承认她的失身，她将会怎样到处宣扬我的罪恶！可是她知道这样做是不聪明的，因为我的地位威权得人信仰，不是任何诽谤所能摇动；攻击我的人，不过自取其辱罢了。我本来可以让他活命，可是我怕他年轻气盛，假如知道他自己的生命是用耻辱换来的，一定会图谋报复。现在我倒希望他尚在人世！唉！我们一旦把羞耻放在脑后，所作所为，就没有一件事情是对的；又要这么做，又要那么做，结果总是一无是处。（下）

第五场

郊 外

| 公爵作本来装束及彼得神父同上。

公爵 这几封信给我在适当的时候送出去。（以信交彼得神父）我们的计划，狱官是知道的。事情一着手以后，你就紧记我的吩咐做去，虽然有时看着情形的需要，你自己也可以变通一下。现在你先去看弗来维厄斯，告诉他我耽搁在什么地方；然后你再去通知伐伦提纳

斯、罗兰特和克拉苏，叫他们把喇叭手召集起来，在城门口集合。可是你先去叫弗来维厄斯来。

彼得 是，我马上就去。（下）

| 凡里厄斯上。

公爵 谢谢你，凡里厄斯，你来得很快。来，我们一路走去吧，还有别的朋友们就会来迎接我。（同下）

第六场

城门附近的街道

| 依莎贝拉及玛利安娜上。

依莎贝拉 我喜欢说老实话，要我这样绕圈子说话可真有点不高兴。可是他这样吩咐我，说是事实的真相必须暂时隐蔽，方才可以达到全部的目的。他要叫你告发安哲鲁所干的事。

玛利安娜 你就听他的话吧。

依莎贝拉 而且他还对我说，假如他有时对我说话不客气，那也不用惊疑，因为良药的味道总是苦的。

玛利安娜 我希望彼得神父——

依莎贝拉 啊，别吵！神父来了。

| 彼得神父上。

彼得 来，我已经给你们找到一处很好的站立的地方，公爵经过那里的时候，一定会看见你们。喇叭已经响了两次了；有身份的士绅们都已恭立在城门口，公爵就要进来了；快去吧。（同下）

第 五 幕

第一场

城门附近的广场

｜玛利安娜蒙面纱及依莎贝拉、彼得神父各立道旁；公爵、凡里厄斯、众臣、安哲鲁、爱斯卡勒斯、路西奥、狱吏、差役及市民等自各门分别上。

公爵 贤卿，久违了！我的忠实的老友，我很高兴看见你。

安哲鲁 爱斯卡勒斯 殿下安然归来，臣等不胜雀跃！

公爵 多谢两位。我在外面听人说起你们治理国政是怎样的公正严明，为了答谢你们的勤劳，让我在没有给你们其他的褒奖之前，先向你们表示我的慰劳的微意。

安哲鲁 蒙殿下过奖，使小臣感愧万分。

公爵 啊，你的功绩是有口皆碑的，它可以刻在铜柱上，永垂万世而无愧，我怎么可以隐善蔽贤呢？把你的手给我，让士民众庶知道表面上的礼遇，正可以反映出发自衷心的眷宠。来，爱斯卡勒斯，你也应当在我的身旁一块儿走，你们都是我的良好的辅弼。

｜彼得神父及依莎贝拉上前。

彼得 现在你的时候已经到了，快去跪在他的面前，话说得响一些。

依莎贝拉 公爵殿下伸冤啊！请您可怜可怜一个受屈含冤的女子！好殿下啊，请你听一听我的没有半句诳言的哀诉，给我主持公道，主持公道啊！

公爵 你有什么冤枉？谁欺侮了你？简简单单地说出来吧。安哲鲁大人可以给你主持公道，你只要向他诉说好了。

依莎贝拉 嗳哟殿下，您这是要我向魔鬼求救了！请您自己听我说，因为我所要说的话，也许会因为不能见信而使我受到责罚，也许会在殿下秦镜高悬之下，使我伸雪奇冤。求求您，就在这儿听着我吧！

安哲鲁 殿下，我看她有点儿疯头疯脑的；她的兄弟因为犯法处了死刑，她曾经向我求宽恕。因为我不曾答应她，她怀恨在心，一定会说出些荒谬离奇的话来。

依莎贝拉 我要说的话听起来很奇怪，可是的的确确是事实。安哲鲁是一个背盟毁约的人，这不奇怪吗？安哲鲁是一个杀人的凶手，这不奇怪吗？安哲鲁是一个淫贼，一个伪君子，一个蹂躏女性的家伙，这不是奇之又奇的事情吗？

公爵 嗬，那真是太奇怪了。

依莎贝拉 奇怪虽然奇怪，真却是真，正像他是安哲鲁一样无法抵赖。真理是永远蒙蔽不了的。

公爵 把她撵走了吧！可怜的东西，她因为失去了理智才说出这样的话来。

依莎贝拉 啊！殿下，请不要以为我是个疯子而不理我。似乎不会有的事，不一定不可能。世上最恶的坏人，也许瞧上去就像安哲鲁那样拘谨严肃，正直无私；安哲鲁在庄严的外表、清正的名声、崇高的位阶的重重掩饰下，也许就是一个罪大恶极的凶徒。相信我，殿下，我决不是诬蔑他，要是我有更坏的字眼可以用来形容他，也决不会把他形容得过分。

公爵 她一定是个疯子，可是她疯得这样有头有脑，倒是奇怪得很。

依莎贝拉 啊！殿下，请您别那么想，不要把一个清醒的人当作癫狂。请殿下明察秋毫，别让虚伪掩盖了真实。

公爵 有许多不疯的人，也不像她那样说得头头是道。你有些什么话要说？

依莎贝拉 我是克劳狄奥的姊姊，他因为犯了奸淫，被安哲鲁判决死刑。立愿修道、尚未受戒的我，从一位路西奥的嘴里知道了这个消息——

路西奥 禀殿下，我就是路西奥，克劳狄奥叫我向她报信，请她设法运动安哲鲁大人，宽恕她弟弟的死刑。

公爵 我没有叫你说话。

路西奥 是，殿下，可是您也没有叫我不说话。

公爵 我现在就叫你不说话。等我有事情要问到你的时候，看你再有什么话说吧。

依莎贝拉 这位先生已经代我说过了，我去见这个恶毒卑鄙的摄政——

公爵 你又在说疯话了。

依莎贝拉 原谅我，可是我不能不这么说。

公爵 好，那么你说下去吧。

依莎贝拉 我怎样向他哀求恳告，怎样向他长跪泣请，他怎样拒绝我，我又怎样回答他，这些说来话长，也不必细说。最后的结果，一提起就叫人羞愤填膺，难于启口。他说我必须把我这清白的身体，供他发泄他的兽欲，方才可以释放我的弟弟。在无数次反复争执以后，手足之情，使我顾不得什么羞耻，我终于答应了他。可是到了下一天早晨，他的目的已经达到，却下了一道命令要我可怜的弟弟的首级。

公爵 哪会有这等事！

依莎贝拉 啊，那是千真万确的！

公爵 无知的贱人！你不知道你自己在说些什么话，也许你受了什么人的指使，有意破坏安哲鲁大人的名誉。第一，他的为人的正直，是谁都知道的；第二，要是他自己也干了那一件坏事，那么他推己及人，怎么会迫不及待地一定要把你的兄弟处死。一定是有人在背后指使着你，快给我从实招来，谁叫你到这儿来呼冤的？

依莎贝拉 竟是这样吗？天上的神明啊！求你们给我忍耐吧！天理昭彰，暂时包庇起来的罪恶，总有一天会揭露出来的。愿上天保佑殿下，我从此不再相信世间有公道了。

公爵 我知道你现在想要逃走了。来人！给我把她关起来！我们可以让这种恶意的诽谤诬蔑我所亲信的人吗？这一定是一种阴谋。是谁给你出的主意，叫你到这儿来？

依莎贝拉 是洛度维克神父，我希望他也在这儿。

公爵 是一个教士吗？有谁认识这个洛度维克？

路西奥 殿下，我认识他，他是一个爱管闲事的教士。我一见他就讨厌，要是他今天在我面前，我一定要把他痛打一顿，因为他曾经在您的背后说过您的坏话。

公爵 说过我的坏话！好一个教士！还要教唆这个坏女人来诬告我们的摄政！去把这教士找来！

路西奥 就在昨天晚上，我看见她和那个教士都在监狱里；他是一个放肆的教士，一个下流不堪的家伙。

彼得 上帝祝福殿下！他们都在欺骗您。第一，这个女人控告安哲鲁大人的话都是假的，他碰也没有碰过她的身体。

公爵 我相信你的话。你认识他所说起的那个教士洛度维克吗？

彼得 我认识他，他是一个道高德重的人，并不像这位先生所说的那么下贱，那么爱管闲事，我可以担保他从来没有说过殿下一句坏话。

路西奥 殿下，相信我，他把您说得不堪入耳呢。

彼得 好，他总会有一天给自己洗刷清楚的，可是禀殿下，他现在害着一种奇怪的毛病。他知道有人要来向您控告安哲鲁大人，所以他特意叫我前来，代他说一说他所知道的是非真相；等他身子好了点儿他可以随时出来证明一切。第一，关于这个女人对这位贵人的诬蔑之词，我可以当着她的脸证明她的话完全不对。

公爵 师父，你说吧。（差役执依莎贝拉下，玛利安娜趋前）安哲鲁，你对于这一幕戏剧觉得可笑吗？天啊，无知的人们是多么痴愚！端几张坐椅来。来，安哲鲁贤卿，我对这件案子完全处于旁观者的地位，你自己去做审判官吧。师父，这个是证人吗？先让她露出脸来再说话。

玛利安娜 恕我，殿下；我要得到我丈夫的准许，才敢露脸。

公爵 啊，你是一个有夫之妇吗？

玛利安娜 不，殿下。

公爵 你是一个处女吗？

玛利安娜 不，殿下。

公爵 那么是一个寡妇吗？

玛利安娜 也不是，殿下。

公爵 咦，这也不是，那也不是；既不是处女，又不是寡妇，明明说有丈夫，又说不是有夫之妇，那么你究竟是什么？

路西奥 殿下，她也许是个婊子。

公爵 闭嘴！

路西奥 是，殿下。

玛利安娜 殿下，我承认我从来没有结过婚；我也承认我已经不是处女。我曾经和我的丈夫发生过关系，可是我的丈夫却不知道他曾经和我发生过关系。

路西奥 殿下，那时他大概喝醉了酒，不省人事。

公爵 你还不给我闭嘴吗？

路西奥 是，殿下。

公爵 这妇人不能做安哲鲁大人的证人。

玛利安娜 请殿下听我分说。刚才那个女子控告我的丈夫和她通奸，可是她说他和她幽叙的时间，他正在我的怀抱里两情缱绻呢。

安哲鲁 她所控告的不仅是我一个人吗？

玛利安娜 那我可不知道。

公爵 不知道？你刚才不是说起你的丈夫吗？

玛利安娜 是的，殿下，那就是安哲鲁；他以为他所亲近的是依莎贝拉的肉体，却不知道他所亲近的是我的肉体。

安哲鲁 这一派胡言，说得太荒谬离奇了。让我们看一看你的脸吧。

玛利安娜 我的丈夫已经吩咐我，现在我可以露脸了。（取下面纱）狠心的安哲鲁！这就是你曾经发誓说它是值得爱顾的脸；这就是你在订盟的当时紧紧握的手；这就是在你的花园里代替依莎贝拉的身体。

公爵 你认识这个女人吗？

安哲鲁 殿下，我承认我认识她；五年以前，我曾经和她有过婚姻之议，可是后来未成事实，一部分的原因是她的嫁奁不足预定之数，主要的原因却是她的名誉不大好。从那时起直到现在，五年以来，我可以发誓我从来不曾跟她说过话，从来不曾看见过她，也从来不曾听到过她什么消息。

玛利安娜 殿下，天日在上，我已经许身此人，无可更移，而且在星期二晚上，我们已经在他的花园里行过夫妇之道。倘使我这样的话是诳话，让我跪在地上永远站不起来，变成一座石像。

安哲鲁 我刚才还不过觉得可笑，现在可再也忍耐不住了；殿下，给我审判他们的权力吧。我看得出来这两个无耻的妇人，都不过是给人利用的工具，背后都有有力的人在那儿操纵着。殿下，让我把这种阴谋究问出来吧。

公爵 很好，照你的意思把她们重重地处罚吧。你这愚蠢的教士，你这刁恶的妇人，你们跟那个妇人串通勾结，你们以为指着一个个神圣的名字起誓，就可以破坏一个大家公认的正人君子的名誉吗？爱斯卡勒斯，你也陪着安哲鲁坐下来，帮助他推究出谁是这件事的主谋。还有一个指使他们的教士，快去把他抓来。

彼得 殿下，他要是也在这儿，那就再好也没有了，因为这两个女人正是因为受他的怂恿，才来此呼冤的。他住的地方狱官知道，可以叫他去招他来。

公爵 快去把他抓来。（狱吏下）贤卿，这件案子与你有关，你可以全权听断，照你所认为最适当的办法，惩罚这一辈中伤你名誉的人。我且暂时离开你们，可是你们不必起座，把这些造谣诽谤之徒办好了再说吧。

爱斯卡勒斯 殿下，我们一定要澈底究问。（公爵下）路西奥，你不是说你知道那个洛度维克神父是个坏人吗？

路西奥 他只是穿扮得像个学道修行之人，心里头可是千刁万恶。他把公爵骂得狗血喷头呢。

爱斯卡勒斯 请你在这儿等一等，等他来了，把他向你说过的话和他当面问他。把那依莎贝拉叫回来，我还要问她话。（一从者下）大人，请您让我审问她，您可以看看我怎样对付她。

路西奥 您未必比安哲鲁大人更对付得了她吧。

爱斯卡勒斯 你怎么说？

路西奥 我说，大人，您要是悄悄地对付她，她也许就会招认一切；当着众人的面，她会怕难为情不肯说的。

爱斯卡勒斯 我就悄悄儿的问她。

路西奥 那就对了，女人在光天化日之下是一本正经的，到了半夜三更才会轻狂起来。

| 差役等拥依莎贝拉上。

爱斯卡勒斯 （向依莎贝拉）来，姑娘，这儿有一位小姐说你的话完全不对。

路西奥 大人，我所说的那个坏蛋，给狱官找了来了。

爱斯卡勒斯 来得正好。你不要跟他说话，等我问着你的时候再说。

| 公爵化教士装，随狱吏上。

爱斯卡勒斯 来，是你叫这两个女人诽谤安哲鲁大人吗？她们已经招认是受你的主使。

公爵 胡说。

爱斯卡勒斯 怎么！你不知道你现在是在什么地方吗？

公爵 尊重你的地位！让魔鬼在他灼热的火椅上受人暂时的崇拜吧！公爵在哪里？他应该在这里听我说话。

爱斯卡勒斯 公爵在这里，我们要听你怎样说话，你可说得小心一点。

公爵 我可要大胆地说。唉！你们这批可怜的人！你们要想在这一群狐狸中间找寻羔羊吗？你们的冤屈是没有伸雪的希望了！公爵去了吗？那么还有谁给你们做主？这公爵是个不公的公爵，把你们事实昭彰的控诉置之不顾，却让你们所控告的那个恶人来审问你们。

爱斯卡勒斯 怎么，你这无礼放肆的教士！你嗾使这两个妇人诬告好人，难道还不够，还敢当着他的面，这样把他辱骂吗？你居然还敢批评公爵的不公！来，给他上刑！我们要敲断你的每一个骨节，好叫你老老实实招认出来。哼！不公！

公爵 别发这么大的脾气。就是公爵自己也不敢弯一弯我的手指，正像他不敢弯痛他自己的手指一样。我不是他的子民，也不是这地方的人。因为有事到此，使我有机会冷眼旁观这里的一切；我看见维也纳教化废弛，政令失修，各项罪恶虽然在法律上都有处罚的明文，可是因为当局的纵容姑息，严厉的法律反而给人取笑轻视。

爱斯卡勒斯 你竟敢毁谤政府！把他抓进监狱里去！

安哲鲁 路西奥，你有什么话要告发他的？他不就是你向我们说起的那个人吗？

路西奥 正是他，大人。过来，好秃老头儿，你认识我吗？

公爵 我听见你的声音，就记起你来了。公爵没有回来的时候，我们曾经在监狱门口会面过。

路西奥 啊，你还记得吗？那么你记不记得你说过公爵什么坏话？

公爵 我记得非常清楚哩。

路西奥 真的吗？你不是说他是一个色鬼、一个蠢货、一个懦夫吗？

公爵 先生，你要是把那样的话当作是我说的，那你一定把你自己当作我了。你才真这样说过他，而且还说过比这更厉害、更不堪的话呢。

路西奥 嗳呀，你这该死的家伙！我不是因为你出言无礼，曾经扯过你的鼻子吗？

公爵 我可以发誓，我爱公爵就像爱我自己一样。

安哲鲁 这坏人到处散布大逆不道的妖言，现在倒又想躲赖了！

爱斯卡勒斯 这种人还跟他多讲什么。把他抓进监狱里去！狱官在哪里？把他抓进监狱里去，好好地关起来，让他不再搬嘴弄舌。那两个淫妇跟那另外一个同党也都给我一起抓了。（狱吏欲捕公爵）

公爵 且慢，等一会儿。

安哲鲁 什么！他想反抗吗？路西奥，你帮他们捉住他。

路西奥 好了，师父，算了吧。嗳呀，你这撒谎的贼秃，你一定要戴着你那顶头巾吗？让我们瞧瞧你那奸恶的尊容吧。他妈的！我们倒要看看你是怎样一副豺狼面孔，然后再送你的终。你不愿意脱下来吗？（扯下公爵所戴的教士头巾，公爵出现本相）

公爵 你是第一个把教士变成公爵的恶汉。狱官，这三个无罪的好人，先让我把他们保释了。（向路西奥）先生，别溜走啊；那个教士就要跟你说两句话儿。把他看起来。

路西奥 糟糕，我的罪名也许还不止杀头呢！

公爵 （向爱斯卡勒斯）你刚才所说的话，不知不罪，你且坐下吧。我要请他起身让座。（向安哲鲁）对不起了。你现在还可以凭仗你的口才、你的机智和你的厚颜来为你自己辩护吗？

安哲鲁 啊，我的威严的主上！您像天上的神明一样炯察到我的过失，我要是还以为可以在您面前掩饰过去，那岂不是罪上加罪了吗？殿下，请您不用再审判我的丑行，我愿意承认一切。求殿下立刻把我宣判死刑，那就是莫大的恩典了。

公爵 过来，玛利安娜。你说，你是不是和这女子订过婚约？

安哲鲁 是的，殿下。

公爵 那么快带她去立刻举行婚礼。神父，你去为他们主婚吧；完事以后，再带他回到这儿来。狱官，你也同去。（安哲鲁、玛利安娜、彼得及狱吏下）

爱斯卡勒斯 殿下，这事情虽然出人意表，可是更使我奇怪的是他会有这种无耻的行为。

公爵 过来，依莎贝拉。你的神父现在是你的君王了；可是我的外表虽然有了变化，内心却仍是一样，当初我顾问着你的事情，现在我仍旧愿意为你继续效劳。

依莎贝拉 草野陋质，冒昧无知，多多劳动殿下，还望殿下恕罪！

公爵 恕你无罪，依莎贝拉，今后你不用拘礼吧。我知道你为了你兄弟的死去，心里很是悲伤；你也许会不懂为什么我这样隐姓埋名，设法营救他，却不愿直捷爽快运用我的权力，阻止他的处决。啊，善良的姑娘！我想不到他会这样快就被处死了，以致破坏了我原来的目的。可是愿他死后平安！他现在可以不用忧生怕死，比活着快乐得多了，你也用这样的思想宽慰你自己吧。

依莎贝拉 我也是这样想着，殿下。

| 安哲鲁、玛利安娜、彼得神父及狱吏重上。

公爵 这个新婚的男子，虽然他曾经用淫猥的妄想侮辱过你的无瑕的贞操，可是为了玛利安娜的缘故，你必须宽恕他。不过他既然把你的兄弟处死，自己又同时犯了奸淫和背约的两重罪恶，那么法律无论如何仁慈，也要高声呼喊出来，“克劳狄奥怎样死，安哲鲁也必须照样偿命！”一个死得快，一个也不能容他缓死，同样的罪名，必须用同样的尺度去量定。所以，安哲鲁，你的罪恶既然已经暴露，你也无从抵赖，我们就判你在克劳狄奥授首的刑台上受死，也像他一样迅速处决。把他带去！

玛利安娜 啊，我的仁慈的主！请不要空给我一个名义上的丈夫！

公爵 给你一个名义上的丈夫的，是你自己的丈夫。我因为顾全你的名誉，所以给你做主完成了婚礼，否则你已经失身于他，你的终身幸福要受到影响。至于他的财产，按照法律应当由公家没收，可是我现在把它全部判给你，你可以凭着它去找一个比他好一点的丈夫。

玛利安娜 啊，好殿下，我不要别人，也不要比他更好的人。

公爵 不必为他求情，我的意思已经决定了。

玛利安娜 （跪下）求殿下大发慈悲——

公爵 你这样也不过白费唇舌而已。快把他带下去处死！（向路西奥）朋友，现在要轮到你了。

玛利安娜 嗳哟，殿下！亲爱的依莎贝拉，帮助我，请你也陪着我跪下来吧，生生世世，我永不忘记你的恩德。

公爵 你请她帮你求情，那岂不是笑话！她要是答应了你，她的兄弟的鬼魂也会从坟墓中起来，把她抓了去的。

玛利安娜 依莎贝拉，好依莎贝拉，你只要在我一旁跪下，把你的手举起，不用说一句话，一切由我来说。人家说，最好的好人，都是犯过错误的过来人；一个人往往因为有一点小小的缺点，更显出他的可爱。那么我的丈夫为什么不会也是这样？啊，依莎贝拉，你愿意陪着我下跪吗？

公爵 他必须抵偿克劳狄奥的性命。

依莎贝拉 （跪下）仁德无涯的殿下，请您瞧着这个罪人，就当作我的弟弟尚在人世吧！我想他在没有看见我之前，他的行为的确是出于诚意的，既然是这样，那么就恕他一死吧。我的弟弟犯法而死，咎有应得；安哲鲁的用心虽然可恶，幸而他的行为并未贻害他人；只好把他当作图谋未遂看待，应当减罪一等。因为思想不是具体的事实，居心不良，不能作为判罪的根据。

玛利安娜 对啊，殿下。

公爵 你们的恳求都是没用的，站起来吧。我又想起了一件错误。狱官，克劳狄奥怎么不在惯例的时辰处死？

狱吏 这是命令如此。

公爵 你执行此事有没有接到正式的公文？

狱吏 不，卑职只接到安哲鲁大人私人的手谕。

公爵 你办事这样疏忽，应当把你革职。把你的钥匙交出来。

狱吏 求殿下开恩，卑职一时糊涂，干下错事，后来仔细一想，非常懊悔，所以还有一个囚犯，本来也是奉手谕应当处死的，我把他留下来没有执行。

公爵 他是谁？

狱吏 他名叫巴那丁。

公爵 我希望你把克劳狄奥也留下来就好了。去，把他带来，让我瞧瞧他是怎样一个人。（狱吏下）

爱斯卡勒斯 安哲鲁大人，像您这样一个人，大家都看您是这样聪明博学，居然会堕落到一至于此；既然克制不住自己的情欲，事后又是这么卤莽灭裂，真太叫人失望了！

安哲鲁 我真是说不出的惭愧懊恼，我的深心中充满了悔恨，使我愧不欲生，但求速死。

| 狱吏率巴那丁、克劳狄奥及朱丽叶上，克劳狄奥以布罩首。

公爵 哪一个是巴那丁？

狱吏 就是这一个，殿下。

公爵 有一个教士曾经向我说起过这个人。喂，汉子，他们说你有一个冥顽不灵的灵魂，你的一生都在浑浑噩噩中过去，不知道除了俗世以外还有其他的世界。你是一个罪无可逭的人，可是我赦免了你的俗世的罪恶，从此洗心革面，好好做个人吧。神父，你要好好劝导他，我把他交给你了。——那个罩住了头的家伙是谁？

狱吏 这是另外一个给我救下来的罪犯，他本来应该在克劳狄奥枭首的时候受死，他的相貌简直就跟克劳狄奥一模一样。（取下克劳狄奥的首罩）

公爵 （向依莎贝拉）要是他真和你的兄弟生得一模一样，那么我为了你兄弟的缘故赦免了他；为了可爱的你的缘故，我还要请你把你的手给我，答应我你是属于我的，那么他也将是我的兄弟。可是那事我们等会儿再说吧。安哲鲁现在也知道他的生命可以保全了，我看见他的眼睛里似乎突然发出光来。好吧，安哲鲁，你的坏事干得不错，好好爱着你的妻子吧，她是值得你敬爱的。可是我什么人都可以饶恕，只有一个人却不能饶恕。（向路西奥）你说我是一个笨伯、一个懦夫、一个穷奢极侈的人、一头蠢驴、一个疯子；我究竟什么地方得罪了你，要你这样辱骂我？

路西奥 真的，殿下，我不过是说着玩玩而已。您要是因此而把我吊死，那也随您的便；可是我希望您还是把我鞭打一顿算了吧。

公爵 先把你抽一顿鞭子，然后再把你吊死。狱官，我曾经听他发誓说过他曾经跟一个女人相好有了孩子，你给我去向全城宣告，有哪一个女人受过这淫棍之害的，叫她来见我，我就叫他跟她结婚；婚礼完毕之后，再把他鞭打一顿吊死。

路西奥 求殿下开恩，别让我跟一个婊子结婚。殿下刚才还说过，您本来是一个教士，是我把您变成了一个公爵，那么好殿下，您就是为了报答我起见，也不该叫我变成一个乌龟呀。

公爵 你必须和她结婚。我赦免了你的诽谤，其余的罪名也一概宽免。把他带到监狱里去，好好照着我的意思执行。

路西奥 殿下，跟一个婊子结婚，那可要了我的命，简直就跟鞭打、吊死差不多。

公爵 侮辱君王，应该得到这样的惩罚。克劳狄奥，你应当好好补偿你那位为你而受苦的爱人。玛利安娜，愿你从此快乐！安哲鲁，你要待她好一点，我曾经听过她的忏悔，知道她是一位贤淑的女子。爱斯卡勒斯，我的好朋友，谢谢你的贤劳，我以后还要重重酬答你。狱官，因为你的谨慎机密，我要给你一个好一点的官职。安哲鲁，他把拉戈静的首级冒充做克劳狄奥的，把你蒙混过去，你不要见怪于他，这完全是出于好意。亲爱的依莎贝拉，我心里有一种意思，对于你的幸福大有关系；你要是愿意听我的话，那么我的一切都是你的，你的一切也都是我的，来，打道回宫，慢慢地我还要把许多未了之事让你们大家知道。（同下）

暴风雨

We are such stuff as dreams are made on, and our little life is rounded with a sleep.

—— *The Tempest*

我们都是梦中的人物，我们的一生是在酣睡之中。

——《暴风雨》

剧中人物

阿隆佐	那不勒斯王
西巴斯辛	阿隆佐之弟
普洛斯彼罗	旧米兰公爵
安东尼奥	普洛斯彼罗之弟，篡位者
腓迪南	那不勒斯王子
贡柴罗	正直的老大臣
阿德里安 **弗兰西斯科**	侍臣
凯列班	野性而丑怪的奴隶
特林鸩罗	弄臣
斯丹法诺	酗酒的膳夫
船长	
水手头目	
众水手	
米兰达	普洛斯彼罗之女
爱丽儿	缥缈的精灵
伊里斯 **刻瑞斯** **朱 诺** **水仙女们** **众刈禾人**	由精灵们扮演

其他伺候普洛斯彼罗的精灵们

地点

海船；岛

第　一　幕

第一场

在海中的一只船上；暴风雨和雷电

| 船长及水手头目上。

船长　老大！

水手头目　有，船长。什么事？

船长　好，对水手们说：出力，手脚麻利点儿，否则我们要触礁啦。出力，出力！（下）

| 众水手上。

水手头目　喂，弟兄们！出力，出力，弟兄们！赶快，赶快！把上樯帆收进！留心着船长的哨子。——尽你吹着怎么大的风，只要我们掉得转头，就让你吹去吧！

| 阿隆佐、西巴斯辛、安东尼奥、腓迪南、贡柴罗及余人等上。

阿隆佐　好头目，小心哪。船长在哪里？放出勇气来！

水手头目　我谢谢你们，请到下面去。

安东尼奥　老大，船长在哪里？

水手头目　你不听见他吗？你们妨碍了我们的工作。好好儿住在舱里吧；你们简直是跟风浪来和我们作对。

贡柴罗 哎，大哥，别发脾气呀！

水手头目 你叫这个海不要发脾气吧。走开！这些波涛们哪里管得什么国王不国王？舱里去，安静些！别跟我们麻烦。

贡柴罗 好，但是请记住这船上载的是什么人。

水手头目 随便什么人我都不放在心上。你是个堂堂枢密大臣，要是你有本事命令风浪静下来，叫眼前大家都平安，那么我们愿意从此不再干这拉帆收缆的营生了。把你的威权用出来吧！要是你不能，那么还是谢谢天老爷让你活得这么长久，赶快钻进你的舱里去，等待着万一会来的恶运吧！——出力啊，好弟兄们！——快给我走开！（下）

贡柴罗 这家伙给我很大的安慰。我觉得他脸上一点没有该当淹死的记号，他的相貌活是一副要上绞架的神气。慈悲的运命之神啊，不要放过了他的绞刑啊！让绞死他的绳索作为我们的锚缆，因为我们的锚缆全然抵不住风暴！如果他不是命该绞死的，那么我们就倒霉了！（下）

| 水手头目复上。

水手头目 把中樯放下来！赶快！再低些，再低些！把大樯横帆张起来试试看。（内呼声）遭瘟的，喊得这么响！连风暴的声音和我们的号令都给遮得听不见了——

| 西巴斯辛、安东尼奥、贡柴罗复上。

水手头目 又来了？你们到这儿来干么？我们大家放了手，一

起淹死了好不好？你们想要淹死是不是？

西巴斯辛 愿你喉咙里长起个痘疮来吧，你这胡言乱语出口伤人没有心肝的狗东西！

水手头目 那么你来干一下，好不好？

安东尼奥 该死的贱狗！你这下流的骄横的喧哗的东西，我们才不像你那样害怕淹死哩！

贡柴罗 我担保他一定不会淹死，虽然这船不比果壳更牢硬，水漏得像一个浪狂的娘儿一样。

水手头目 紧紧靠着风行驶！扯起两面大帆来！把船向海中开出去！

| 众水手浑身淋湿上。

众水手 完了完了！求求上天吧！求求上天吧！什么都完了！（下）

水手头目 怎么，我们非淹死不可吗？

贡柴罗 王上和王子在那里祈祷了。让我们跟他们一起祈祷吧，大家的情形都是一样。

西巴斯辛 我真按捺不住我的怒火。

安东尼奥 我们的生命全然被醉汉们在作弄着。——这个大嘴巴的恶徒！但愿你倘使淹死的话，十次的波涛冲打你的尸体！

贡柴罗 他总要被绞死的，即使每一滴水都声势汹汹地要把他一口吞下去。

| 幕内嘈杂的呼声——“可怜我们吧！”——“我们遭难了！我们遭难了！”——“再会吧，我的妻子！我的孩儿！”——“再会吧，兄弟！”——“我们遭难了！我们遭难了！我们遭难了！”——

安东尼奥 让我们大家跟王上一起沉没吧！（下）

西巴斯辛 让我们去和他作别一下。（下）

贡柴罗 现在我真愿意用千顷的海水来换得一亩荒地；草莽荆棘，什么都好。愿上天的旨意成全吧！但是我真愿望一个干燥的死。（下）

第二场

岛上；普洛斯彼罗所居洞室之前

| 普洛斯彼罗及米兰达上。

米兰达 亲爱的父亲，假如你曾经用你的法术使狂暴的海水兴起这场风浪，请你使它们平息了吧！天空似乎要倒下发臭的沥青来，但海水腾涌到天的脸上，把火焰吐了出来。唉！我瞧着那些受难的人们，我也和他们同样受难：这样一只壮丽的船，里面一定载着好些尊贵的人，一下子便撞得粉碎！啊，那呼号的声音一直打进我的心里。可怜的人们，他们死了！要是我是一个有权力的神，我一定要叫海沉进地中，让它不会把这只好船和它所载着的人们一起这样吞没了。

普洛斯彼罗 安静些，不要惊怖！告诉你那仁慈的心，一点灾祸都不会发生。

米兰达 唉，不幸的日子！

普洛斯彼罗 不要紧的。凡我所做的事，无非是为你打算，我的宝贝！我的女儿！你不知道你是什么人，也不知道我从什么地方来；你也不会想到我是一个比普洛斯彼罗，一所十分寒伧的洞窟的主人，你的微贱的父亲，更出色的人物。

米兰达 我从来不曾想到要知道得更多一些。

普洛斯彼罗 现在是我该更详细地告诉你一些事情的时候了。帮我把我的法衣脱去。好，（放下法衣）躺在那里吧，我的法术！——揩干你的眼睛，安心吧！这场凄惨的沉舟的景象，使你的同情心如此激动的，我曾经借着我的法术的力量非常妥善地预先安排好：在这船里你听见他们呼号，看见他们沉没，但没有一个人会送命，即使随便什么人的一根头发也不会损失。坐下来；你必须知道得更详细一些。

米兰达 你常常刚要开始告诉我我是什么人，便突然住了口，对于我的徒然的探问的回答，只是一句“且慢，时机还没有到”。

普洛斯彼罗 这时机现在已经到了，就在这一分钟它要叫你撑开你的耳朵。乖乖地听着啦。你能不能记得在我们来到这里之前的一个时候？我想你不会记得，因为那时你还不过三岁。

米兰达 当然我记得的，父亲。

普洛斯彼罗 你怎么会记得？什么房屋？或是什么人？告诉我随便什么留在你脑中的影象。

米兰达 那是很辽远了，虽然我的记忆对我说那是真实，但它更像是一个梦。不是曾经有四五个妇人服侍过我吗？

普洛斯彼罗 是的，而且还不止此数呢，米兰达，但是这怎么会留在你的脑中呢？你在过去时光的幽暗的深渊里，还看不看见到其余的影子？要是你记得在你未来这里以前的情形，也许你也能记得你怎样会到这里来。

米兰达 但是我不记得了。

普洛斯彼罗 十二年之前，米兰达，十二年之前，你的父亲是米兰的公爵，并且是一个有权有势的国君。

米兰达 父亲，你不是我的父亲吗？

普洛斯彼罗 你的母亲是一位贤德的妇人，她说你是我的女儿；你的父亲是米兰的公爵，他的唯一的嗣息是一位堂堂的郡主。

米兰达 天啊！我们曾经遭到了怎样的奸谋而离开那里呢？还是那算是幸运一桩？

普洛斯彼罗 都是，都是，我的孩儿。如你所说的，因为奸谋我们才离开那里，因为幸运我们才飘流到此。

米兰达 唉！想到我给你的种种劳心焦虑，那些是存在于我的记忆中的，真使我心里难过得很。请再讲下去吧。

普洛斯彼罗 我的弟弟，就是你的叔父，名叫安东尼奥。听好，世上真有这样奸恶的兄弟！除了你之外，他就是我在世上最爱的人了；我把国事都托付他管理。那时候米兰在所有列邦中是最雄长的一邦，而普洛斯彼罗是最出名的一个公爵，威名传播人口，在学问艺术上更是一时无两。我因为专心研究，便把政治放到我弟弟的肩上，对于自己的国事付之不问。你那坏心肠的叔父——你在不在听我？

米兰达 我在非常热切地听着，父亲。

普洛斯彼罗 学会了怎样接受或驳斥臣民的诉愿，谁应当拔擢，谁应当贬抑，把我手下的人重新封叙，迁调的迁调，改用的改用：大权在握，使国中所有的人心都要听从他的喜恶。他简直成为一株常春藤，掩蔽了我参天的巨干，而吸收去我的精华。——你不在听吗？

米兰达 啊，好父亲！我在听着。

普洛斯彼罗 听好。我这样遗弃了俗务，在幽居生活中修养我的德性；因为和世间隔绝了，我把那事看得格外重要，谁知却引起了我那恶弟的毒心。我给与他的无限大的信托，正像善良的父母产出刁顽的儿女来一样，得到的酬报只是他的同样无限大的欺诈。他不但握有我的岁入的财源，更僭用我的权力从事搜括。像一个说了诳话的人，自己相信自己的欺骗一样，他俨然以为自己便是一个不折不扣的公爵。处于代理者的位置上，他用一切的威权铺张着外表上的庄严：他的野心便于是逐渐旺盛起来，——你在不在听我？

米兰达 你的故事，父亲，具有发聋震聩的力量。

普洛斯彼罗 为要撤除横隔在他野心之间的屏障，他自然要希望自己成为米兰大权独揽的主人翁。我呢，一个可怜的人，书斋便是我广大的公国，他以为我已没有能力执行世间的政事。因为觊觎着大位，他便和那不勒斯王协谋，甘愿每年献贡臣服，把他自己的冠冕俯伏在他人的王冠之前。唉，可怜的米兰！一个从来不曾向别人低首下心过的邦国，这回却遭到了可耻的卑屈！

米兰达 天哪！

普洛斯彼罗 听我告诉你他所缔结的条款，以及此后发生的事情，然后再告诉我那算不算得是一个好兄弟。

米兰达 我不敢冒渎我的可敬的祖母，然而美德的娘亲有时却会生出不肖的儿子来。

普洛斯彼罗 现在要说到这条约了。这位那不勒斯王因为跟我有根深蒂固的仇恨，答允了我弟弟的要求，那就是说，以称臣纳贡作为交换的条件，他当立刻把我和属于我的人撵出国境，而把大好的米兰全部奉送给我的弟弟。因此在命中注定的某夜，一队暴兵被召集起来，安东尼奥开开了米兰的国门；在寂静的深宵，阴谋的执行者便把我和哭泣着的你赶走。

米兰达 唉，可叹！我记不起那时我是怎样哭法，但现在不禁又要哭泣起来。这是一件太叫人想起来伤心的事。

普洛斯彼罗 你再听我讲下去，不久我便要叫你明白眼前这一回事情，因为否则这故事是一点不相干的。

米兰达 为什么那时他们不把我们杀害呢？

普洛斯彼罗 问得不错，孩子；谁听了我的故事都会发生这个疑问。亲爱的，他们是没有胆量，因为我的人民十分爱戴我，而且也不敢在这回事情上留下太重大的污迹；他们希图用比较清白的颜色掩饰去他们的毒心。一句话，他们把我们押上船，驶出了十几哩以外的海面；在那边他们已经预备好一只朽腐的破船，帆篷、缆索、桅樯——什么都没有，就是老鼠一见也会自然而然地退缩开去。他们把我们推到这破船上，听我们向着周围的怒海呼号，望着迎面的狂风悲叹；那同情于我们的风的叹息，反而更加添了我们的危险。

米兰达 唉，那时我是怎样讨你的烦累呢！

普洛斯彼罗 啊，你是个小天使，幸得有你我才不致绝望而死！上天赋与你一种坚忍，当我把热泪向大海溅掷，因心头的怨苦而呻吟的时候，你却向我微笑；为了这我才生出忍耐的力量，准备抵御一切接踵而来的祸患。

米兰达 我们是怎样上岸的呢？

普洛斯彼罗 靠着上天的保佑，我们有一些食物和清水，那是一个那不勒斯的贵人贡柴罗——那时他被任命为参预这件阴谋的使臣——出于善心而给我们的；另外还有一些好衣裳，布帛和各种需用的东西，使我们受惠不少。他又知道我爱好书籍，特意把我的书都让我带走，那些是我看得比一个公国更宝贵的。

米兰达 我多么希望能见一见这位好人！

普洛斯彼罗 现在我要起来了。（把法衣重新穿上）静静地坐着，听我讲完了我们海上的惨史。后来我们到达了这个岛上，就在这里，我亲自作你的教师，使你得到比别的公主小姐们更丰富的知识，因为她们大部分的时间都是化在无聊的事情上，而且她们的师傅也决不会这样认真。

米兰达 真感谢你啊！现在请告诉我，父亲，为什么你要兴起这场风浪？因为我的心中仍是惊疑不定。

普洛斯彼罗 你已经知道了这么一段情节；现在由于奇怪的偶然，慈惠的天意眷宠着我，已经把我的仇人们引到这岛岸上来了。我借着预知术料知福星正在临近我运命的顶点，要是现在轻轻放过了这机会，以后我的一生将再没有出头的希望。别再多问啦，你已经倦得要睡去；放心睡吧！我知道你身不由主。（米兰达睡）出来，仆人，出来！我已经预备好了。来啊，我的爱丽儿，来吧！

| 爱丽儿上。

爱丽儿 万福，尊贵的主人！威严的主人，万福！我来听候你的旨意。无论在空中飞也好，在水里游也好，向火里钻也好，腾着云头也好，凡是你有力的吩咐，爱丽儿愿意用全副的精神奉行。

普洛斯彼罗 精灵，你有没有按照我的命令指挥那场风波？

爱丽儿 桩桩件件都没有忘失。我跃登了国王的船上；一会儿在船头上，一会儿在船腰上，一会儿在甲板上，每一间船舱中我都扇起了恐慌。有时我分身在各处放起火来，中樯上哪，帆桁上哪，斜桅上哪，都一一燃烧起来；然后我再把各个身体合拢来，即使是天神的闪电，那可怕的震雷的先驱者，也没有这样迅速而炫人眼目；火光和硫磺的轰炸声似乎在围攻那摇挥着威风凛凛的三叉戟的海神，使他的怒涛不禁颤抖。

普洛斯彼罗 我的能干的精灵！谁能这样坚定，在这样的骚乱中不会惊惶失措呢？

爱丽儿 没有一个人不发疯似地干着一些不顾死活的勾当。除了水手们之外，所有的人都逃避了火光融融的船上而跳入泡沫腾涌的海水中。王子腓迪南头发像海草似的耸乱着，是第一个跳水的人；他高呼着，“地狱开了门，所有的魔鬼都出来了！”

普洛斯彼罗 啊，那真是我的好精灵！但是这回乱子是不是就在靠近海岸的地方呢？

爱丽儿 就在海岸附近，主人。

普洛斯彼罗 但是他们都没有送命吗，爱丽儿？

爱丽儿 一根头发都没有损失；他们穿在身上的衣服也没有一点斑迹，反而比以前更干净了。照着你的命令，我把他们一队一队地分散在这岛上。国王的儿子我叫他独个儿上岸，把他遗留在岛上一个隐僻的所在，让他悲伤地绞着两臂，坐在那儿望着天空长吁短叹。

普洛斯彼罗 告诉我你怎样处置王船上的水手们和其余的船舶？

爱丽儿 王船安全地停泊在一个幽静的所在；你曾经某次在半夜里把我从那里叫醒前去采集永远为波涛冲打的百慕大群岛上的露珠；船便藏在那个地方。那些水手们在力竭精疲之后，我已经用魔术使他们昏睡过去，现今都躺在舱口底下。其余的船舶我把它们分散之后，已经重又会合，现今在地中海上；他们以为他们看见王船已经沉没，国王已经溺死，都失魂落魄地驶回那不勒斯去了。

普洛斯彼罗 爱丽儿，你的差使干得一事不差；但是还有些事情要你做。现在是什么时候了？

爱丽儿 中午已经过去。

普洛斯彼罗 至少已经过去了两个钟头了。从此刻起到六点钟之间的时间，我们两人必须小心，不要让它白白过去。

爱丽儿 还有讨厌的工作吗？你既然这样麻烦我，我不得不向你提醒你所允许我而还没有履行的话。

普洛斯彼罗 怎么啦！生起气来了？你要求些什么？

爱丽儿 我的自由。

普洛斯彼罗 在限期未满之前吗？别再说了吧！

爱丽儿 请你想想我曾经为你怎样尽力服务过；我不曾对你撒过一次谎，不曾犯过一次过失，也不曾发过一句怨言；你曾经答应过我缩短一年的期限的。

普洛斯彼罗 你忘记了我从怎样的苦难里把你救出来吗？

爱丽儿 不曾。

普洛斯彼罗 你一定忘记了，而以为踏着海底的软泥，穿过凛冽的北风，在被霜冻结着的地下水道中为我奔走，便算是了不得的辛苦了。

爱丽儿 我不曾忘记，主人。

普洛斯彼罗 你说谎，你这坏蛋！你忘记了那个恶女巫西考拉克斯，因为年老而恶毒，全身都弯得都像一个环的妖妇吗？你忘记了她吗？

爱丽儿 不曾，主人。

普洛斯彼罗 你一定已经忘了。她是在什么地方出世的？对我说来。

爱丽儿 在阿尔及尔[①]，主人。

普洛斯彼罗 噢！是在阿尔及尔吗？我必须每个月向你复述一次你的来历，因为你一下子便要忘记。这个万恶的女巫西考拉克斯，因为作恶多端，她的妖法没人听见了不害怕，所以被逐出阿尔及尔；他们因为她曾经行过某件好事，因此不曾杀死她。是不是？

爱丽儿 是的，主人。

---

① 阿尔及尔（Argier，今拼作Algiers），非洲北海岸国名。

普洛斯彼罗 这个眼圈发青的妖妇被押到这儿来的时候，正怀着孕；水手们把她丢弃在这座岛上。你，我的奴隶，据你自己说那时是她的仆人，因为你是个太柔善的精灵，不能奉行她的龌龊的、邪恶的命令，因此违拗了她的意志，在一阵大怒中她借着的强有力的妖役的帮助，把你幽禁在一株有坼裂的松树中。在那松树的裂缝里你挨过了十二年痛苦的岁月，她在那时候已经死了，便把你一直遗留在那儿，像水车轮拍水那样急速地，你不断地发出你的呻吟来。那时这岛上除了她所生产下来的那个儿子，一个生满着斑痣的妖妇贱种之外，就没有一个人类。

爱丽儿 是的，那是她的儿子凯列班。

普洛斯彼罗 那个凯列班是一个蠢物，现在被我收留着作苦役。你当然知道得十分清楚，那时我发现你处在怎样的苦难中：你的呻吟使得豺狼长嗥，哀鸣刺彻了怒熊的心胸。那是一种沦于永劫的苦恼，就是西考拉克斯也没有法子把你解脱；全亏了我的法术，才使那株松树张开裂口而放你出来，当我到了这岛上而听见你的声音的时候。

爱丽儿 我感谢你，主人。

普洛斯彼罗 假如你再要叽咕的话，我要劈碎一株橡树，把你钉住在它多节的内心，直到你再呻吟过了十二个冬天。

爱丽儿 饶恕我，主人，我愿意听从命令，好好地执行你的差使。

普洛斯彼罗 好吧，你倘然好好办事，两天之后我就释放你。

爱丽儿 那真是我的好主人！你要吩咐我做什么事？告诉我

你要我做什么事？

普洛斯彼罗 去把你自己变成一个海中的仙女，除了我之外不要让别人的眼睛看见你。去，装扮好了再来。去吧，用心一点！（爱丽儿下）醒来，心肝，醒来！你睡得这么熟；醒来吧！

米兰达 （醒）你的故事的奇异使我昏沉睡去。

普洛斯彼罗 清醒一下。来，我们要去访问访问我的奴隶凯列班，他是从来不曾有过一句好话回答我们的。

米兰达 那是一个恶人，父亲，我不高兴看见他。

普洛斯彼罗 虽然这样说，我们也缺他不来：他给我们生火，给我们捡柴，也为我们做有用的工作。——喂，奴才！凯列班！你这泥块！哑了吗？

凯列班 （在内）里面木头已经尽够了。

普洛斯彼罗 跑出来，对你说；还有事情要你做呢。出来，你这乌龟！还不来吗？

| 爱丽儿复上，作水中仙女的形状。

普洛斯彼罗 出色的精灵！我的伶俐的爱丽儿，过来我对你讲话。（耳语）

爱丽儿 主人，一切依照你的吩咐。（下）

普洛斯彼罗 你这恶毒的奴才，魔鬼和你那万恶的老娘合生下来的，给我滚出来吧！

| 凯列班上。

凯列班 但愿我那老娘用乌鸦毛从不洁的沼泽上刮下来的毒露一齐倒在你们两人身上！但愿一阵西南的恶风把你们吹得浑身青紫！

普洛斯彼罗 记住吧，为着你的出言无礼，今夜要抽你的筋，刺你的腰叫你喘得透不过气来；所有的刺猬们将在漫漫的长夜里折磨你，你将要被刺得遍身像蜜蜂窠一般，每刺一下都要比蜂刺难受得多。

凯列班 我必须要吃饭。这岛是我老娘西考拉克斯传给我，而被你夺了去的。你刚来的时候，抚拍我，待我好，给我有浆果的水喝，教给我白天亮着的大的光叫什么名字，晚上亮着的小的光叫什么名字：因此我以为你是个好人，把这岛上一切的富源都指点给你知道，什么地方是清泉盐井，什么地方是荒地和肥田。我真该死让你知道这一切！但愿西考拉克斯一切的符咒、癞虾蟆、甲虫、蝙蝠；都咒在你身上！本来我多么自由自在，现在却要做你的唯一的奴仆；你把我关禁在这堆岩石的中间，而把全个岛给你自己受用。

普洛斯彼罗 满嘴胡柴的贱奴！好心肠不能使你感恩，只有鞭打才能教训你！虽然你这样下作，我也曾用心好好对待你，让你住在我自己的洞里，谁叫你胆敢想要破坏我孩子的贞操！

凯列班 啊哈哈哈！要是那时上了手才真好！你倘然不曾妨碍我的事，我早已使这岛上住满着大大小小的凯列班了。

普洛斯彼罗 可恶的贱奴，不会学一点好，坏的事情样样都来得！我因为看你的样子可怜，才辛辛苦苦地教你讲话，每时每刻教导你这样那样。那时你这野鬼连自己说的什么也不会懂得，只会像一只野东西一样咕噜咕噜；我教你怎样用说话来表出你的意思，但是像你这种下流的胚子，即使受了教化，天性中的顽劣仍是改不过来，因此你才活该被关禁在这堆岩石的中间；实在单单把你囚禁起来也还是宽待了你。

凯列班 你教我讲话，我从这上面得到的益处只是知道怎样骂人；但愿血瘟病瘟死了你，因为你要教我说你的那种话！

普洛斯彼罗 妖妇的贱种，滚开去！去把柴搬进来。识相的话，赶快些，因为还有别的事要做。你在耸肩吗，恶鬼？要是你不好好做我吩咐你做的事，或是不情不愿的话，我要叫你浑身抽搐，叫你每个骨节里都痛转来，叫你在地上打滚咆哮，连野兽听见你的呼号都会吓得发抖。

凯列班 啊不要，我求求你！（旁白）我不得不服从，因为他的法术有很大的力量，就是我老娘所礼拜的神明塞提柏斯①也得听他指挥。

普洛斯彼罗 贱奴，去吧！（凯列班下）

| 爱丽儿隐形复上，弹琴唱歌；腓迪南随后。

爱丽儿 （唱）

来吧，来到黄沙的海滨，
把手儿牵得牢牢，
深深地展拜细吻轻轻，
叫海水莫起波涛——
柔舞翩翩在水面飘扬；
可爱的精灵，伴我歌唱。

---

① 塞提柏斯为南美洲帕塔谷尼亚（Patagonia）土人所信奉之主神。

听！听！

(和声) 汪！汪！汪！（散乱地）

看门狗儿的狺狺，

(和声) 汪！汪！汪！（散乱地）

听！听！我听见雄鸡

昂起了颈儿长啼，

(啼声) 喔喔喔！

腓迪南 这音乐是从什么地方来的呢？在天上，还是在地上？现在已经静止了。一定的，它是为这岛上的神灵而弹唱着的。当我正坐在海滨，思念我的父王的惨死而重又痛哭起来的时候，这音乐便从水面掠了过来，飘到我的身旁，它的甜柔的曲调平静了海水的怒涛，也安定了我的感情的激涨；因此我跟随着它，或者不如说是它吸引了我，——但它现在已经静止了。啊，又唱起来了。

爱丽儿 （唱）

五呀的水深处躺着你的父亲，

他的骨骼已化成珊瑚，

他眼睛是耀眼的明珠；

他消失的全身没有一处不曾

受到海水神奇的变幻，

化成瑰宝，富丽而珍怪。

海的女神时时摇起他的丧钟，

(和声) 叮！咚！

听！我现在听到了叮咚的丧钟。

腓迪南 这支歌提到了我的溺毙的父亲。这一定不是凡间的音乐，也不是地上来的声音。我现在听出来它是在我的头上。

普洛斯彼罗 抬起你的被睫毛深掩的眼睛来，看一看那边有什么东西。

米兰达 那是什么？一个精灵吗？啊上帝，它是怎样向着四周瞧望啊！相信我的话，父亲，它是生得这样美！但那一定是一个精灵。

普洛斯彼罗 不是，女儿，它会吃也会睡，和我们有同样的各种知觉。你所看见的这个年轻汉子就是遭到船难的一人；要不是因为忧伤损害了他的美貌，你确实可以称他为一个美男子。他因为失去了他的同伴，正在四处徘徊着寻找他们呢。

米兰达 我简直要说他是个神圣；因为我从来不曾见过宇宙中有这样出色的人物。

普洛斯彼罗 （旁白）哈！有几分意思了；这正是我中心所乐愿的。好精灵！为了你这次功劳，我要在两天之内归还你的自由。

腓迪南 再不用疑惑，这一定是这些乐调所奏奉的女神了！——请你俯允我的祈求，告诉我你是否属于这个岛上；指点我怎样在这里安身；我的最后的最大的一个请求是——神奇的女郎啊！请你告诉我你是不是一位人间的女子？

米兰达 不是神奇的人，先生；我确实是一个凡间的女儿。

腓迪南 天啊！她说着和我同样的言语！唉！要是我在我的本国，在说这种言语的人们中间，我要算是最尊贵的人。

普洛斯彼罗 什么！最尊贵的？假如给那不勒斯的国王听见了，将怎么说呢？请问你是何等样的人？

腓迪南 我是一个孤独的人，如同你现在所看见的，但我惊异着听你说起那不勒斯；因为我正是那不勒斯王位的继承者，亲眼看见我的父亲随船覆溺；我的眼泪到现在还不曾干过。

米兰达 唉，可怜！

腓迪南 是的，溺死的还有他一切的大臣，其中有两人是米兰的公爵和他的卓越的儿子[①]。

普洛斯彼罗 （旁白）现在假如是适当的时机，米兰的公爵和他的更卓越的女儿就可以把你操纵在手掌之间。才第一次见面他们便已在眉目传情了。可爱的爱丽儿！为着这我要使你自由。（向腓迪南）且慢，老兄，我觉得你有些转错了念头！

米兰达 （旁白）为什么我的父亲说得这样暴慢？这是我一生中所见到的第三个人；而且是第一个我为他叹息的人。但愿怜悯激动我父亲的心，使他也和我抱同样的感觉才好！

腓迪南 （旁白）啊！如其你是个还没有爱上别人的闺女，我愿意立你做那不勒斯的王后。

普洛斯彼罗 且慢，老兄，有话给你讲。（旁白）他们已经彼此情丝互缚了，但是这样快的工程我需要给他们一点障碍，因为恐怕太不费力的获得会使人看不起他的追求的对象。（向腓迪南）一句话，我命令你用心听

① 本剧他处均未提及安东尼奥有子，当系漏笔。

好。你在这里僭窃着不属于你的名号，到这岛上来做密探，想要从我，这海盗的主人手里把这岛盗了去，是不是？

腓迪南 凭着堂堂男子的名义，我否认。

米兰达 这样一座殿堂里是不会容留邪恶的；要是邪恶的精神占有这么美好的一所宅屋，善良的美德也必定会努力把它争夺过来。

普洛斯彼罗 （向腓迪南）跟我来。（向米兰达）不许帮他说话；他是个奸细。（向腓迪南）来，我要把你的头颈和脚枷锁在一起；给你喝海水，把淡水河中的贝蛤、干枯的树根和橡果的皮壳给你做食物。跟我来。

腓迪南 不，我要抵抗这样的待遇，除非我的敌人有更大的威力。（拔剑，但为魔术所制不能动）

米兰达 亲爱的父亲啊！不要太折磨他，因为他是温和而不可怕。

普洛斯彼罗 什么！小孩子倒管教起老人家来了不成？——放下你的剑，奸细！你只会装腔作势，但是不敢动手，因为你的良心中充满了罪恶。不要再想抵拒了，走过来吧，因为我能用这根杖的力量叫你的武器落地。

米兰达 我请求你，父亲！

普洛斯彼罗 走开，不要拉住我的衣服！

米兰达 父亲，发发慈悲吧！我愿意做他的保人。

普洛斯彼罗 不许说话！再多嘴我不恨你，也要骂你了。什么！帮一个骗子说话吗？嘘！你以为世上没有和他一样的人，因为你除了他和凯列班之外不曾见过别个人；傻丫头！和大部分人比较起来，他不过是个凯列班，他们都是天使哩！

米兰达 真是这样的话，我的爱情的愿望是极其卑微的；我并不想看见一个更美好的人。

普洛斯彼罗 （腓迪南）来，来，服从吧；你已经软弱得完全像一个小孩子一样，一点力气都没有了。

腓迪南 正是这样；我的精神好像在梦里似的，全然被束缚住了。我的父亲的死亡、我自己所感觉到的软弱无力、我的一切朋友们的丧失，以及这个将我屈服的人对我的恫吓，对于我全然不算什么，只要我能在我的囚牢中每天一次看见这位女郎。让地球的每个角落里都充满了自由吧，我在这样一个牢狱中已经觉得很宽广的了。

普洛斯彼罗 （旁白）事情进行得很顺利。（向腓迪南）走来！——你干得很好，好爱丽儿！（向腓迪南）跟我来！（向爱丽儿）听我吩咐你此外应该做的工作。

米兰达 宽心吧，先生！我的父亲的性格不像他的说话那样坏；他向来不是这样的。

普洛斯彼罗 你将像山上的风一样自由；但你必须先执行我所吩咐你的一切。

爱丽儿 一个字都不会弄错。

普洛斯彼罗 （向腓迪南）来，跟着我。（向米兰达）不要为他讲情。（同下）

第 二 幕

第一场

岛上的另一处

| 阿隆佐、西巴斯辛、安东尼奥、贡柴罗、阿德里安、弗兰西斯科及余人等上。

贡柴罗 大王，请不要悲伤了吧！您跟我们大家都有应该高兴的理由；因为把我们的脱险和我们的损失较量起来，我们是十分幸运的。我们所逢的不幸是极平常的事，每天都有一些航海者的妻子、商船的主人和托运货物的商人，遭到和我们同样的逆运，但是像我们这次安然无恙的奇迹，却是一百万个人中间也难得有一个人碰到过的。所以，陛下，请您平心静气地把我们的一悲一喜称量一下吧。

阿隆佐 请你不要讲话。

西巴斯辛 他厌拒安慰好像厌拒一碗冷粥一样。

安东尼奥 可是遭他厌拒的却不肯就此甘休。

西巴斯辛 瞧吧，他在旋转着他那嘴巴子里的发条，不久他那口钟又要敲起来啦。

贡柴罗 大王，——

西巴斯辛 钟鸣一下：数好。

贡柴罗 人如果把每一种临到他身上的忧愁都容纳进他的心里，他就要郁郁不乐；所以，大王——

安东尼奥 咄！他多么浪费他的口舌！

阿隆佐 请你把你的言语节省点儿吧。

贡柴罗 好，我已经说完了；不过——

西巴斯辛 他还要讲下去。

安东尼奥 我们来打赌一下，他跟阿德里安两个人，这回要谁先开口？

西巴斯辛 那只老公鸡。

安东尼奥 我说是那只小鸡儿。

西巴斯辛 好，赌些什么？

安东尼奥 输者大笑三声。

西巴斯辛 算数。

阿德里安 虽然这岛似乎很荒凉，——

西巴斯辛 哈！哈！哈！给你赢去了。

阿德里安 不能居住，而且差不多无路可通，——

西巴斯辛 然而——

阿德里安 然而——

安东尼奥 这两个字是他缺不来的得意之笔。

阿德里安 然而气候一定是很温和而可爱的。

安东尼奥 气候是一个可爱的姑娘。

西巴斯辛 而且很温和哩，照他那样文质彬彬的说法。

阿德里安 吹气如兰的香风飘拂到我们的脸上。

西巴斯辛 他说得似乎风也有呼吸器官，而且有的风是口臭的。

安东尼奥 又像泽地给它洒上了香粉一样。

贡柴罗 这里具有一切对人生有益的条件。

安东尼奥 不错，除了生活的必需品之外。

西巴斯辛 那简直是没有，或者非常之少。

贡柴罗 草儿望上去多么茂盛而蓬勃！多么青葱！

安东尼奥 地面实在只是一片黄土色。

西巴斯辛 加上一点点的绿。

安东尼奥 他的话不算十分说错。

西巴斯辛 错是不算十分错，只不过完全不对而已。

贡柴罗 但最奇怪的是，那简直叫人不敢相信，——

西巴斯辛 无论是谁夸张起来总是这么说。

贡柴罗 我们的衣服在水里浸过之后，却是照旧干净而有光彩；不但不因咸水而褪色，反而像是新染过的一样。

安东尼奥 假如他有一只衣袋会说话，它会不会说他撒谎呢？

西巴斯辛 嗯，但也许会很不老实地把他的谣言包得好好的。

贡柴罗 克拉莉贝尔公主跟突尼斯王大婚的时候，我们在非洲第一次穿上这身衣服；我觉得它们现在正就和那时一样新。

西巴斯辛 那是一桩美满的婚姻，而且我们所得的好处也真不少。

阿德里安 突尼斯从来没有娶过这样一位绝世的王后。

贡柴罗 自从狄多寡妇[①]之后，他们的确不曾有过这样一位

① 狄多（Dido）为创立迦太基（Carthage）城之女主；贡柴罗误迦太基为突尼斯（Tunis）。

王后。

安东尼奥 寡妇！该死！怎样搀进一个寡妇来了呢？狄多寡妇，嘿！

西巴斯辛 也许他还要说出鳏夫埃涅阿斯[①]来了呢。大王，您能够容忍他这样胡说八道吗？

阿德里安 你们说的是狄多寡妇吗？照我考查起来，她是迦太基的。不是突尼斯的。

贡柴罗 这个突尼斯，足下，就是迦太基。

阿德里安 迦太基？

贡柴罗 确实告诉你，它便是迦太基。

安东尼奥 他的说话简直比神话中所说的竖琴还神奇。[②]

西巴斯辛 居然把城墙跟房子一起搬了地方啦。

安东尼奥 他还要行些什么不可能的奇迹呢？

西巴斯辛 我想他也许要想把这个岛揣在口袋里，带回家去赏赐给他的儿子，就像给他一只苹果一样。

安东尼奥 再把这苹果核种在海里，于是又有许多岛长起来啦。

贡柴罗 呃？

安东尼奥 呃，不消多少时候。

贡柴罗 （向阿隆佐）大人，我们刚才说的是我们的衣服新得跟我们在突尼斯参加公主的婚礼时一样；公主现在已经是一位王后了。

---

① 埃涅阿斯（Æneas）即维吉尔（Virgil）史诗Æneid中之主人公；狄多恋之不遂而自杀。

② 希腊神话中安菲恩（Amphion）弹琴而造成底比斯城。按突尼斯为非洲北海岸国名；迦太基旧址在其境，与京城突尼斯相去不远；贡柴罗以二城并为一谈，故以“神话中的竖琴”讽之。

安东尼奥 而且是那里从来不曾有过的第一位出色的王后。

西巴斯辛 除了狄多寡妇之外，我得请你记住。

安东尼奥 啊！狄多寡妇；对了，还有狄多寡妇。

贡柴罗 我的紧身衣，大王，不是跟第一天穿上去的时候一样新吗？我的意思是说有几分差不多新。

安东尼奥 那“几分”你补充得很是周到。

贡柴罗 不是吗，当我在公主大婚时穿着它的时候？

阿隆佐 你唠唠叨叨地把这种话塞进我的耳朵里，把我的胃口都倒尽了。我真希望我不曾把女儿出嫁在那里！因为一离开了那边之后，我的儿子便失去了，在我的感觉中，她也同样已经失去，因为她离开得意大利这么远，我将永远不能再看见她一面。唉，我的儿子，那不勒斯和米兰的储君！你葬身在哪一头鱼腹中呢？

弗兰西斯科 大王，他也许还活着。我看见他击着波浪，将身体耸出在水面上，不顾浪涛怎样和他作对，他凌波而前。尽力抵御着迎面而来的最大的巨浪；他的勇敢的头总是探出在怒潮的上面，而把他那壮健的臂膊以有力的姿势将自己划近岸边；海岸似乎在俯向着他那和波涛战乏了的躯体，而要把他救援起来。我确信他是平安地到了岸上。

阿隆佐 不，不，他已经死了。

西巴斯辛 大王，您可以庆幸您自己不把您的女儿留着给祝福与欧洲的人，而宁愿把她捐弃给一个非洲人；因为至少她已经不在您的眼前，可以免得您格外触景伤情了。

阿隆佐 请你别再说了吧。

西巴斯辛 我们大家都曾经跪求着您改变您的意志；她自己也处于怨恨和服从之间，犹豫不决应当迁就哪一个方向。现在我们已经失去了您的儿子，恐怕再没有看见他的希望了；为着这一回举动，米兰和那不勒斯又加添了许多寡妇，她们本来是盼望我们带着她们的男人回去安慰她们的：一切的过失全在您的身上。

阿隆佐 但我也受到最严重的损失。

贡柴罗 西巴斯辛大人，您说的自然是真话，但是太苛酷了点儿，而且现在也不该说这种话；应当敷膏药的时候，你却去触动痛处。

西巴斯辛 说得很好。

安东尼奥 而且真像一位大夫的样子。

贡柴罗 当您为愁云笼罩的时候，大王，我们也都是一样处于阴沉的天气中。

西巴斯辛 阴沉的天气？

安东尼奥 阴沉得很。

贡柴罗 如果这块岛是我的殖民地[①]，大王——

安东尼奥 他一定要把它种满了荨麻。

西巴斯辛 或是酸模草，锦葵。

贡柴罗 而且我是这岛上的王的话，请猜我将要做些什么事？

西巴斯辛 使你自己不致喝醉，因为无酒可饮。

贡柴罗 在这共和国中我要实行一切与众不同的设施；我要

---

① “殖民地”原文Plantation一字，兼有“种植场”之义，故云。

禁止一切的贸易；没有地方官的设立；没有文学；富有、贫穷和雇佣都要废止；契约、承袭、疆界、区域、耕种、葡萄园都没有；金属、谷物、酒、油都没有用处；废除职业，所有的人都不作事；妇女也是这样，但她们是天真而纯洁；没有君主，——

西巴斯辛 但是他说他是这岛上的王。

安东尼奥 他的共和国的后面的部分把开头的部分忘了。

贡柴罗 大自然中一切的产物都须不用血汗劳力而获得；叛逆、重罪、剑、戟、刀、枪炮以及一切武器的使用，一律杜绝；但是大自然会自己产生出一切丰饶的东西养育我那些纯朴的人民。

西巴斯辛 他的人民中间没有结婚这一件事吗？

安东尼奥 没有的，老兄；大家闲荡着，净是些娼妓和无赖。

贡柴罗 我要照着这样的理想统治，足以媲美往古的黄金时代。

西巴斯辛 上帝保佑吾王！

安东尼奥 贡柴罗万岁！

贡柴罗 而且，——您在不在听我，大王？

阿隆佐 算了，请你别再说下去了吧！你对我净是说些没意思的话。

贡柴罗 我很相信陛下的话。我的本意原是要让这两位贵人把我取笑取笑，他们的天性是这样敏感而伶俐，常常会无缘无故发笑。

安东尼奥 我们笑的是你。

贡柴罗 在这种取笑讥讽的事情上，我在你们的眼中简直不算什么东西，你们还是自顾自地笑下去吧。

安东尼奥 好一句厉害的话！

西巴斯辛 可惜不中要害。

贡柴罗 你们是血气奋发的贵人们，假使月亮连续五个星期不生变化，你们也会把她撵走。

| 爱丽儿隐形上，奏庄严的音乐。

西巴斯辛 对啦，我们一定会把她撵走，然后在黑夜里捉鸟去。

安东尼奥 呦，好大人，别生气哪！

贡柴罗 放心吧，我不会的；我不会这样不知自检。我觉得疲倦得很，你们肯不肯把我笑到睡去？

安东尼奥 好，你睡吧，听我们笑你。（除阿隆佐、西巴斯辛、安东尼奥外余皆睡去）

阿隆佐 怎么！大家一会儿都睡熟了！我希望我的眼睛安安静静地合拢，把我的思潮关闭起来。我觉得它们确实要合拢起来了。

西巴斯辛 大王，请您不要拒绝睡神的好意。他不大会降临到忧愁者的身上，但倘使来了的时候，那是一个安慰。

安东尼奥 我们两个人，大王，会在您休息的时候卫护着您，留意着您的安全。

阿隆佐 谢谢你们。倦得很。（阿隆佐睡；爱丽儿下）

西巴斯辛 真奇怪，大家都这样倦！

安东尼奥 那是因为气候的关系。

西巴斯辛 那么为什么我们的眼皮不垂下来呢？我觉得我自己一点不想睡。

安东尼奥 我也不想睡；我的精神很兴奋。他们一个一个倒下来，好像预先约定好似的，又像受了电击一般。可尊敬的西巴斯辛，什么事情也许会……？啊！什么事情也许会……算了，不说了；但是我总觉得我能从你的脸上看出你应当成为何等样的人。时机全然于你有利；我在强力的想象里似乎看见一顶王冠降到你的头上。

西巴斯辛 什么！你是醒着还是睡着？

安东尼奥 你不听见我说话吗？

西巴斯辛 我听见的；但那一定是你睡梦中说出来的呓语。你在说些什么？这是一种奇怪的睡状，一面睡着，一面却睁大了眼睛，站立着，讲着话，行动着，然而却睡得这样熟。

安东尼奥 尊贵的西巴斯辛，你徒然让你的幸运睡去，竟或是让它死去；你虽然醒着，却闭上了眼睛。

西巴斯辛 你清清楚楚在打鼾；你的鼾声里却蕴藏着意义。

安东尼奥 我在一本正经地说话，你不要以为我跟平常一样。你要是愿意听我的话，也必须一本正经；听了我的话之后，你的尊荣将要增加了三倍。

西巴斯辛 呶，你知道我是心如止水。

安东尼奥 我可以教你怎样让止水激涨起来。

西巴斯辛 你试试看吧！但习惯的惰性只会教我退落下去。

安东尼奥 啊，要是你知道你心中实在怎样在转着念头，虽然外表上这样取笑着！越是排斥这思想，这思想越是牢固在你的心里。向后退的人，为了他们自己的胆小和因循，总是出不出头来。

西巴斯辛 请你说下去吧，你的眼睛和脸颊的神气显示出有些特殊的事情在你心头，像是产妇难产似的很吃力地要把它说出来。

安东尼奥 我要说的是，大人，我们那位记性不好的弗兰西斯科——这个人要是去世之后，别人也会把他淡然忘却的——他虽然已经把王上劝说得几乎使他相信他的儿子还活着——因为这个人唯一的本领就是向人家唠叨劝说，——但王子不曾死这一回事是绝对不可能的，正像在这里睡着的人不会游泳一样。

西巴斯辛 我对于他不曾溺死这一句话是一点希望都没有。

安东尼奥 哎，不要说什么没有希望啦，你自己的希望大着呢！从那方面说是没有希望，反过来说却正是最大不过的希望，野心所能企及而无可再进的极点。你同意不同意我说腓迪南已经溺死了的话？

西巴斯辛 他一定已经送命了。

安东尼奥 那么告诉我，除了他，应该轮到谁承继那不勒斯的王位？

西巴斯辛 克拉莉贝尔。

安东尼奥 她是突尼斯的王后；她住在远离人世的蛮邦；她和那不勒斯没有通信的可能，月亮里的使者是太慢了，除非叫太阳给她捎信，那么直到新生婴孩柔滑的脸上长满了胡须的时候也许可以送到。我们从她的地方出发而遭到了海浪的吞噬，虽然一部分人幸得生全，这是命中的注定，以往的一切都只是个开场的引子，以后的正文该由我们来干一番。

西巴斯辛 这是什么话！你怎么说的？不错，我的哥哥的女儿是突尼斯的王后，她也是那不勒斯的嗣君，在两地之间是相差着好多路程。

安东尼奥 这路程是这们长，每一步的距离都似乎在喊着，

“克拉莉贝尔怎么还能回头走过我们而回到那不勒斯去呢？不要离开突尼斯，让西巴斯辛奋兴起来吧！”瞧，他们睡得像死去一般；真的，就是死了也不过如此。总有人会治理那不勒斯像一个瞌睡的人一样治得好；也总不会缺少像这位贡柴罗一样善于唠叨说空话的大臣，就是乌鸦我也能叫它讲得比他有意思一点。啊，要是你也跟我一样想法就好了！这样的昏睡对于你的高升真是一个多么好的机会！你懂不懂我？

西巴斯辛 我想我懂得。

安东尼奥 那么你对于你自己的好运气有什么意见呢？

西巴斯辛 我记得你曾经篡夺过你哥哥普洛斯彼罗的位置。

安东尼奥 是的；你瞧我穿着这身衣服多么称身，比从前神气得多了！本来我的哥哥的仆人和我处在同等的地位，现在他们都是在我的手下了。

西巴斯辛 但是你的良心上，——

安东尼奥 哎，大人，良心在什么地方呢？假如它是像一块冻疮那们的，那么也许会害我穿不上鞋子，但是我并不觉得在我的胸头有这么一位神明。让所有的良心，梗在我和米兰之间的，都麻木起来吧！这儿躺着你的兄长，像泥土一样动都不动，看上去就像死了一般；我用这柄称心如意的剑，只要轻轻刺进三吋那么深，就可以叫他永远安静。同时你照着我的样子，也可以叫这个老头子，这位老成持重的老臣，从此长眠不醒，再也不会来呶呶指责我们。至于其余的人，只要用好处引诱他们，就会像猫儿舐牛奶似的贪馋不去，假如我们说是黄昏，他们也不敢说是朝晨。

西巴斯辛 好朋友，我将把你的情形作为我的榜样；如同你得到米兰一样，我也要得到我的那不勒斯。举起你的剑来吧：只要这么一下，便可以免却你以后的纳贡，我做了国王之后，一定十分眷宠你。

安东尼奥 我们一起举剑吧；当我举起手来的时候，你也照样把你的剑对准贡柴罗的胸口。

西巴斯辛 啊！且慢。（二人往一旁密议）

| 音乐；爱丽儿隐形复上。

爱丽儿 我的主人预知你，他的朋友，所陷入的危险，因此差我来保全你的性命，因为否则他的计划就要失败。

（在贡柴罗耳边唱）

当你酣然熟睡的时候，

眼睛睁得大大的“阴谋”，

正在施展着毒手。

假如你重视你的生命，

不要再睡了，你得留神，

快快醒醒吧，醒醒！

安东尼奥 那么让我们赶快下手吧。

贡柴罗 天使保佑王上啊！（众醒）

阿隆佐 什么？怎么啦？喂，醒来！你们为什么拔剑？为什么脸无人色？

贡柴罗 什么事？

西巴斯辛 我们正站在这儿看护您的安息，就在这时候忽然听见了一阵大声的狂吼，好像公牛，不，狮子一样。

你们不是也被那声音惊醒了的吗？它使我听得害怕极了。

阿隆佐 我什么都不听见。

安东尼奥 啊！那是一种怪兽听了也会害怕的咆哮，大地都给它震动起来。那一定是一大群狮子的吼声。

阿隆佐 你听见这声音吗，贡柴罗？

贡柴罗 凭着我的名誉起誓，大王，我只听见一种很奇怪的蜜蜂似的声音，它使我惊醒转来。我摇着您的身体，喊醒了您。当我一睁开眼睛，便看见他们的剑拔出鞘外。有一个声音，那是真的。最好我们留心提防着，否则赶快离开这地方。让我们把武器预备好。

阿隆佐 带领我们离开这块地面，让我们再去找寻一下我那可怜的孩子。

贡柴罗 上天保佑他不要给这些野兽害了！我相信他一定在这岛上。

阿隆佐 带着路走啊。（率众人下）

爱丽儿 我要把我的工作回去报告我的主人；国王呀，安心着前去把你的孩子找寻。（下）

第二场

岛上的另一处

| 凯列班荷柴上，雷声。

凯列班 愿太阳从一切沼泽平原上吸起来的瘴气都降在普洛斯彼罗身上，让他的全身没有一处不生恶病！他的

精灵会听见我的话，但我非把他咒一下不可。他们要是没有他的吩咐，是不会捻掐我，显出各种的怪相吓我，把我推到烂泥里，或是在黑暗中化做一团磷火诱我迷失了路的；但是他们要想出种种的恶作剧来摆布我：有时变成猴子，向我咧着牙齿扮嘴脸，然后再咬我；一下子又变成刺猬，在路上滚作一团，我的赤脚一踏上去，便把针刺竖了起来；有时我的四面围绕着毒蛇，吐出分叉的舌头来，那咝咝的声音吓得我发了狂。

｜特林鸠罗上。

凯列班 瞧！瞧！又有一个他的精灵来了！因为我柴捡得慢，要来给我吃苦头。让我把身体横躺下来；也许他会不注意到我。

特林鸠罗 这儿没有丛林也没有灌木，可以抵御任何风雨。又有一阵大雷雨要起来啦，我听见风在呼啸，那边那堆大的乌云像是一只臭水袋，就要把水倒了下来的样子。要是这回再像不久以前那么响着大的雷，我不晓得我该把我的头藏到什么地方去好；那块云准要整桶整桶地倒下水来。咦！这是什么东西？是一个人还是一条鱼？死的还是活的？一定是一条鱼；他的气味像一条鱼，有些隔宿得发霉了的鱼腥气，不是新腌的鱼。奇怪的鱼！我从前曾经到过英国；要是我现在还在英国，只要把这条鱼染上一些颜色，包管那边无论哪一个假期里没事做的傻瓜都会掏出整块的银洋来：在那边很可以靠这条鱼发一笔财；随便什么希奇古怪的畜牲在那边都可以作成一注好生意。他们不愿意丢一个铜子给跛脚的叫化，却愿意拿出一角钱来看一个死了的印第安红人。嘿，他像人一样生着腿呢！他的翼鳍多么像是一对臂膀！他的身体还是暖的！我说我弄错了，这不是鱼，是一个岛上的土人，才刚被天雷轰得那样子。（雷声）唉！雷雨又来了；我只得躲到他的衫子底下去，别的再没有躲避的地方了：一个人倒运起来，就要跟妖怪一起睡觉。让我躲在这儿，直到云消雨散。

斯丹法诺唱歌上，手持酒瓶。

斯丹法诺 （唱）

我将不再到海上去，到海上去，
我要老死在岸上。——

这是一支送葬时唱的难听的调子。好，这儿是我的安慰。（饮酒；唱）

船长，船老大，咱小子和打扫甲板的，
还有炮手和他的助理，
爱上了毛儿、梅哥、玛利痕和玛葛丽，
但凯德可没有人欢喜；
因为她有一副绝顶响喉咙，
见了水手就要嚷，“送你的终！”
焦油和沥青的气味熏得她满心烦躁，
可是裁缝把她浑身搔痒就呵呵乱笑：
上海去吧，弟兄们，让她自个儿去上吊！

这也是一支难听的调子；但这儿是我的安慰。（饮酒）

凯列班 不要折磨我，喔！

斯丹法诺 什么事？这儿有鬼吗？把野人和印第安人来跟我们捣乱吗？哈！海水都淹不死我，我还怕四只脚的东西不成？古话说得好，一个堂堂的人，不会见了四足的东西而退却。只要斯丹法诺鼻孔里还透着气，这句话还是要照样说下去。

凯列班 精灵在折磨我了，喔！

斯丹法诺 这是这儿岛上生四条腿的什么怪物，照我看起来像在发疟疾。见鬼，他跟谁学会了我们的话？为了这我也得给他医治一下子；要是我医好了他，把他驯伏了，带回到那不勒斯去，怕不是一桩可以送给随便哪一个脚踏牛皮的皇帝老官儿的绝妙礼物。

凯列班 不要折磨我，求求你！我愿意赶紧把柴背回家去。

斯丹法诺 他现在寒热发作，乱话三千。他应当尝一尝我瓶里的酒；要是他从来不曾沾过一滴酒，那很可以把他完全医好。我倘然医好了他，把他驯伏了，我不要怎么狠心需索；他该得重重报偿他的恩主的。

凯列班 你还不曾给我多少苦头吃，但你就要大动其手起来了，我知道的，因为你在发抖；普洛斯彼罗的法术在驱使你了。

斯丹法诺 给我爬过来，张开你的嘴巴；这是会得叫你说话的好东西，你这头猫！张开嘴来；这会把你的战抖完完全全驱走，我可以告诉你。（给凯列班喝酒）你不晓得谁是你的朋友。再张开嘴来。

特林鸠罗 这声音我很熟悉，那像是——但他已经淹死了。这些都是邪鬼。老天保佑我啊！

斯丹法诺 四条腿，两个声音，真是一个有趣不过的怪物！他的前面的嘴巴在向他的朋友说着恭维的活，他的背后的嘴巴却在说他坏话讥笑他。即使医好他需要我全瓶的酒，我也要给他出一下力。喝吧。阿门！让我再把一些酒倒在你那另外一只嘴里。

特林鸠罗 斯丹法诺！

斯丹法诺 你另外的那张嘴在叫我吗？天哪！天哪！这是个魔鬼，不是个妖怪。我得离开他去；跟魔鬼打交道我可不来。

特林鸠罗 斯丹法诺！如果你是斯丹法诺，请你过来跟我讲几句话。我是特林鸠罗；不要害怕，你的好朋友特林鸠罗。

斯丹法诺 你倘然是特林鸠罗，那么钻出来吧。让我来把那两条小一点的腿拔出来；要是这儿有特林鸠罗的腿的话，这一定不会错。哎哟，你果真是特林鸠罗！你怎么会变成这个妖怪的粪便？他能够泻下特林鸠罗来吗？

特林鸠罗 我以为他是给天雷轰死了的。但是你不是淹死了吗？斯丹法诺？我现在希望你不曾淹死。雷雨过去了吗？我因为害怕雷雨，所以才躲在这个死妖精的衫子底下。你还活着吗，斯丹法诺？啊，斯丹法诺，两个那不勒斯人脱险了！

斯丹法诺 请你不要把我旋来旋去，我的胃不大好。

凯列班 （旁白）这两个人倘然不是精灵，一定是好人。那是一位英雄的天神，他还有琼浆玉液。我要向他跪下去。

斯丹法诺 你怎么会逃命了的？你怎么会到这儿来？凭着这个瓶

儿起誓，你是怎么到这儿来的？凭着这个瓶儿起誓。我自己是因为伏在一桶白葡萄酒的桶顶上而不致淹死；那桶酒是水手们从船上抛下海的，这个瓶是我被冲上岸之后自己亲手用树干刳成功的。

凯列班 凭着那个瓶儿起誓，我要做您的忠心的仆人；因为您那种水是仙水。

斯丹法诺 嗨，起誓吧，说你是怎样逃了命的。

特林鸩罗 游泳到岸上，像只鸭子一样，我会像鸭子一样游泳，我可以起誓。

斯丹法诺 来，吻你的《圣经》[①]。（给特林鸩罗喝酒）你虽然能像鸭子一样游泳，可是你的样子倒像是一头鹅。

特林鸩罗 啊，斯丹法诺！这酒还有吗？

斯丹法诺 有着整整一桶呢，老兄；我在海边的一座岩穴里藏下我的美酒。喂，妖精！你的寒热病怎么样啦？

凯列班 您不是从天上掉下来的吗？

斯丹法诺 从月亮里下来的，实实在在告诉你；从前我是住在月亮里的。

凯列班 我曾经看见过您在月亮里；我真欢喜您。我的女主人曾经指点给我看您和您的狗和您的柴枝。[②]

斯丹法诺 来，起誓吧，吻你的《圣经》，我会把它重新装满。起誓吧。

特林鸩罗 凭着这个太阳起誓，这是个蠢得很的怪物；可笑我

① 吻《圣经》为起誓时表示郑重之仪式，此处斯丹法诺用以指饮其瓶中之酒。

② 传说谓昔有人于安息日樵柴，上帝罚处月中，负荆棘而牵犬，盖因月中黑影附会而云然。

竟会害怕起他来！一个不中用的怪物！月亮里的人，嘿！这个可怜的轻信的怪物！好啊，怪物！你的酒量真不小。

凯列班 我要指点给您看这岛上每处肥沃的地方；我要吻您的脚。请您做我的神明吧！

特林鸠罗 凭着太阳起誓，这是一个居心不良的嗜酒的怪物；一等他的神明睡了过去，他就会把酒瓶偷走。

凯列班 我要吻您的脚；我要发誓做您的仆人。

斯丹法诺 那么好，跪下来起誓吧。

特林鸠罗 这个头脑简单的怪物要把我笑死了。这个不要脸的怪物！我心里真想把他揍一顿。

斯丹法诺 来，吻着。

特林鸠罗 但是这个可怜的怪物是喝醉了；一个作孽的怪物！

凯列班 我要指点您最好的泉水；我要给您摘浆果，我要给您捉鱼，给您打很多的柴。但愿瘟疫降临在我那暴君的身上！我再不给他搬柴了；我要跟着您走，您了不得的人！

特林鸠罗 一个可笑可气的怪物！竟会把一个无赖的醉汉看做了不得的人！

凯列班 请您让我带您到长着野苹果的地方；我要用我的长指爪给您掘出落花生来，把樫鸟的窝指点给您看，教给您怎样捕捉伶俐的小猢狲的法子；我要采成球的榛果献给您；我还要从岩石上为您捉下海鸥的雏鸟来。您肯不肯跟我走？

斯丹法诺 请你带着我走，不要再噜哩噜苏了。——特林鸠罗，国王和我们的同伴们既然全都死去，这地方便归我们所有了。——来，给我拿着酒瓶。——特林鸠罗老朋友，我们不久便要再把它装满。

凯列班 （醉呓地唱）再会，主人！再会！再会！

特林鸠罗 一个喧哗的怪物！一个醉酒的怪物！

凯列班 不再筑堰捕鱼；

不再捡柴生火，

硬要听你吩咐；

不再刨木板；

不再洗碗盏，

班，班，凯——凯列班，

换了一个新老板！

自由，哈哈！哈哈，自由！自由！哈哈，自由！

斯丹法诺 啊，出色的怪物！带着路走呀。（同下）

第 三 幕

第一场

普洛斯彼罗洞室之前

| 腓迪南负木上。

腓迪南 有一类游戏是很费力的，但兴趣会使人忘记了他的辛苦；有一类卑微的工作是用坚苦卓绝的精神忍受着的，最低陋的事情往往指向最高大的目标。我这种贱役对于我应该是艰重而可厌的，但我所奉侍的女郎使我生趣勃发，觉得劳苦反而是一种愉快。啊，她的温柔是十倍过于她父亲的乖愎，而他则浑身都是暴戾！他严厉地吩咐我必须把几千根这样的木头搬过去堆叠起来；我那可爱的姑娘见了我这样劳苦，竟哭了起来，说从来不曾见过像我这种人干这等卑贱的工作。唉！我把工作都忘了。但这些甜蜜的思想给与我新生的力量，即便在我忙得简直不能思想的时候。

| 米兰达上；普洛斯彼罗潜随其后。

米兰达 唉，请你不要太辛苦了吧！我真希望一阵闪电把那

些要你堆叠的木头一起烧掉！请你暂时放放下来，坐下息息吧。要是这根木头被烧起来的时候，它一定会想到它所给你的劳苦而悔恨的。我的父亲正在一心一意地读书；请你休息休息吧，在这三个钟点之内，他是不会出来的。

腓迪南 啊，最亲爱的姑娘，在我还没有把我必须做的工作努力做完之前，太阳就要下去了。

米兰达 要是你肯坐下来，我愿意代你搬一会儿木头，请你给我吧；让我把它搬到那一堆的上面去。

腓迪南 怎么可以呢，珍贵的人儿！我宁愿毁损我的筋骨，压折我的背膀，也不愿让你干这种下贱的工作，而我空着两手坐在一旁。

米兰达 要是这种工作配给你做，当然它也配给我做。而且我做起来心里更舒服一点；因为我是自己甘愿，而你是被迫的。

普洛斯彼罗 （旁白）可怜的儿，你已经为情颠倒了！从这次访问上可以明白看得出来。

米兰达 你瞧上去很疲乏。

腓迪南 不，尊贵的姑娘！当你在我身边的时候，黑夜也变成了清新的早晨。我恳求你告诉我你的名字，好让我把它放进我的祈祷里去。

米兰达 米兰达。——唉！父亲，我已经违背了你的叮嘱，把它说了出来啦！

腓迪南 可赞美的米兰达！真是一切仰慕的最高峰，值得世界上一切最珍贵的事物的！我的眼睛曾经关爱地盼睐过许多女郎，许多次她们那柔婉的声调使我的过于敏感的听觉对之倾倒：为了各种不同的美点，我曾经欢喜过各个不同的女子；但是从不曾有过一个具有完全美满的灵魂，总有一些缺点损害了她那崇高的优美。但是你啊，这样完美而无双，是把每一个人的最好的美点集合起来而造成的！

米兰达 我不曾见过一个和我同性的人，除了在镜子里见到自己的脸孔以外，我不记得任何女子的相貌；除了你，好友，和我的亲爱的父亲以外，也不曾见过其余可以称为人类的男子。我不知道别处地方人们生得都是什么样子，但是凭着我最可宝贵的贞洁起誓：除了你之外在这世上我不企望任何的伴侣；除了你之外，我的想象也不能再产生出一个可以使我喜爱的形象。但是我的话讲得有些太越出界限，把我父亲的教训全忘记了。

腓迪南 我在我的地位上是一个王子，米兰达；竟许是一个国王，——但我希望我不是！我不能容忍一颗苍蝇沾污我的嘴角，更不用说挨受这种搬运木头的苦役了。听我的心灵向你诉告：当我第一眼看见你的时候，我的心就已经飞到你的身边，甘心为你执役，使我成为你的奴隶；只是为了你的缘故，我才肯让自己当这个辛苦的运木的工人。

米兰达 你爱我吗？

腓迪南 天在顶上！地在底下！为我作证这一句妙音。要是我所说的话是真的，愿天地赐给我幸福的结果；如其所说是假，那么请把我命中注定的幸运都转成恶运！超过世间其他一切事物的限界之上，我爱你，珍重你，崇拜你！

米兰达 我是一个傻子，听见了衷心欢喜的话而流起泪来！

普洛斯彼罗 （旁白）一段难得的良缘的会合！上天赐福给他们的后裔吧！

腓迪南 你为什么哭起来了呢？

米兰达 因为我是太平凡了，我不敢献给你我所愿意献给你的，更不敢从你接受我所渴想得到的。但这是废话；越是掩饰，它越是显露得清楚。去吧，羞怯的狡狯！让单纯而神圣的天真指导我说什么话吧！要是你肯娶我，我愿意做你的妻子；不然的话，我将到死都是你的婢女，你可以拒绝我做你的伴侣；但不论你愿不愿意，我将是你的奴仆。

腓迪南 我的最亲爱的爱人！我永远低首在你的面前。

米兰达 那么你是我的丈夫吗？

腓迪南 是的，我全心乐愿着，如同受拘束的人乐愿自由一样。握着我的手。

米兰达 这儿是我的手，我的心也跟它在一起。现在我们该分手了，半点钟之后再会吧。

腓迪南 那时间可是无尽地悠长呢！（分别下）

普洛斯彼罗 我当然不能比他们自己更为高兴，而且他们是全然不曾预先料到的；但没有别的事可以比这事更使我快活了。让我到书斋里去，因为在晚餐之前，我还有一些事情须得做好。（下）

第二场
岛上的另一处

丨凯列班持酒瓶，斯丹法诺、特林鸠罗同上。

斯丹法诺 别对我说；要是酒桶里的酒完了，然后我们再喝水；只要还有一滴酒剩着，让我们总是喝酒吧。来，一！二！三！努力！妖怪奴才，向我祝饮呀！

特林鸠罗 妖怪奴才！这岛上特产的笨货！他们说这岛上一共只有五个人，我们已经是三个；要是其余的两个人跟我们一样聪明，我们的江山就不稳了。

斯丹法诺 喝酒呀，妖怪奴才！我叫你喝你就喝。你的眼睛简直呆睁睁地生牢在你的头上了。

特林鸠罗 眼睛不生在头上倒该生在什么地方？要是他的眼睛生在尾巴上，那才真是个出色的怪物哩！

斯丹法诺 我的妖怪奴才的舌头已经在白葡萄酒里淹死了；但是我，海水也淹不死我：凭着这太阳起誓，我在一百多哩的海面上游来游去，一直游到了岸边。你得做我的副官，怪物，或是做我的旗手。

特林鸠罗 还是做个副官吧，酒醉郎当地掮起旗来，东倒西歪，才笑死人！

斯丹法诺 我们不必这样奔着，怪物先生。

特林鸠罗 也不必走了，还是像条狗那们地躺下来；一句话不说。

斯丹法诺 妖精，说一句话吧，如果你是个好妖精。

凯列班 请老爷安！让我舐您的靴子。我不要服侍他，他是个懦夫。

特林鸠罗 你说谎，一窍不通的怪物！我打得过一个警察呢。嘿，你这条荒唐的鱼！像我今天一样喝了那么多白酒的人，还说是个懦夫吗？因为你是一只一半鱼一半妖怪的荒唐东西，你就要撒一个荒唐的谎吗？

凯列班 瞧！他在多么取笑我！您让他这样说下去吗，老爷？

特林鸠罗 他说“老爷”！谁想得到一个怪物会是这么一个蠢材！

凯列班 喏，喏，又来啦！我请您咬死他。

斯丹法诺 特林鸠罗，好好地堵住你的嘴！如果你要造反，就把你吊死在那株树上！这个可怜的怪物是我的人，不能给人家欺侮。

凯列班 谢谢大老爷！您肯不肯再听我一次我的条陈？

斯丹法诺 依你所奏；跪下来说吧。我立着，特林鸠罗也立着。

| 爱丽儿隐形上。

凯列班 我已经说过，我屈服在一个暴君、一个妖道的手下，他用诡计把这岛从我手里夺了去。

爱丽儿 你说谎！

凯列班 你说谎，你这插科打诨的猴子！我希望我的勇敢的主人把你杀死。我没有说谎。

斯丹法诺 特林鸠罗，要是你在他讲话的时候再来缠扰，凭着这只手起誓，我要敲掉你的牙齿。

特林鸠罗 怎么？我一句话都没有说。

斯丹法诺 那么别响，不要再多话了。（向凯列班）讲下去。

凯列班 我说，他用妖法占住了这岛，从我手里夺了去；要是老爷肯替我向他报仇，——我知道您一定敢，但这家伙决没有这胆子，——

斯丹法诺 那是自然。

凯列班 您就可以做这岛上的主人，我愿意服侍您。

斯丹法诺 用什么方法可以把这事实现呢？你能不能把我带到那个人的地方去？

凯列班 可以的，可以的，老爷。我可以乘他睡熟的时候把他交付给您，您就可以用一头钉敲进他的脑袋里去。

爱丽儿 你说谎，你不敢！

凯列班 这个穿花花衣裳的蠢货！这个混蛋！请老爷把他痛打一顿，不要让他拿这酒瓶；他没有酒喝之后，就只好喝海里的咸水了，因为我不愿告诉他清泉在什么地方。

斯丹法诺 特林鸠罗，别再自讨没趣啦！你再说一句话打扰这怪物，凭着这只手起誓，我就要不顾情面，把你打做一条鱼干了。

特林鸠罗 什么？我得罪了你什么？我一句话都没有说。让我再跑得远一点儿。

斯丹法诺 你不是说他说谎吗？

爱丽儿 你说谎！

斯丹法诺 我说谎吗！吃这一下！（打特林鸠罗）要是你觉得滋味不错的话，下回再试试看吧。

特林鸠罗 我并没有说你说谎。你头脑昏了，连耳朵也听不清楚了吗？该死的酒瓶！喝酒才把你搅得那么昏冬冬的。愿你的怪物给牛瘟病瘟死，魔鬼把你的手指弯断了去！

凯列班 哈哈哈！

斯丹法诺 现在讲下去吧。——请你再站得远些。

凯列班 痛痛地打他一下子；停一会儿我也要打他。

斯丹法诺 站远些。——来，说吧。

凯列班 我对您说过，他有一个老规矩，一到下午就要睡觉；那时您先把他的书拿去了，就可以捶碎他的脑袋，或者用一根木头敲破他的头颅，或者用一根棍子搠破他的肚肠，或者把您的刀割断他的喉咙。记好先要把他的书拿到手；因为他一失去了他的书，就是一个跟我差不多的大傻瓜，也没有一个精灵会听他指挥，这些精灵们没有一个不像我一样把他恨如刺骨。只要把他的书烧了就是了；他还有些出色的家具，预备造了房子之后陈设起来的；但第一应该放在心上的是他那美貌的女儿。他自己说她是一个上得无双谱的人；我从来不曾见过一个女人，除了我的老娘西考拉克斯和她之外；可是她比起西考拉克斯来，真要好看得不知多少倍了，正像天地的相差一样。

斯丹法诺 是这样一个出色的姑娘吗？

凯列班 是的，老爷；我可以担保一句，您跟她睏觉是再合式也没有的啦，她会给您生下出色的小子来。

斯丹法诺 怪物，我一定要把这人杀死；他的女儿和我做国王和王后，上帝保佑我们陛下！特林鸠罗和你做总督。你赞成不赞成这计策，特林鸠罗？

特林鸠罗 好极了。

斯丹法诺 让我握你的手。我很抱歉打了你；可是你活着的时候，总以少开口为妙。

凯列班 在这半点钟之内他就要入睡；您愿不愿就在这时候

杀了他？

斯丹法诺 好的，凭着我的名誉起誓。

爱丽儿 我要告诉主人去。

凯列班 您使我高兴得很，我心里充满了快乐。让我们畅快一下。您肯不肯把您刚才教给我的轮唱曲唱起来？

斯丹法诺 准你所奏，怪物；凡是合乎道理的事我都来。来啊，特林鸠罗，让我们唱歌。（唱）

嘲弄他们，讥讽他们，

讥讽他们，嘲弄他们，

思想多么自由！

凯列班 这调子不对。

| 爱丽儿击鼓吹箫，依调而奏。

斯丹法诺 这是什么声音？

特林鸠罗 这是我们的歌的调子，在空中吹奏着呢。

斯丹法诺 你倘然是一个人，像一个人那样出来吧；你倘然是一个鬼，也随你显出怎样的形状来吧！

特林鸠罗 饶赦我的罪过呀！

斯丹法诺 人一死什么都了；我不怕你。但是可怜我们吧！

凯列班 您害怕吗？

斯丹法诺 不，怪物，我怕什么？

凯列班 不要怕。这岛上充满了各种声音和悦耳的乐调，使人听了愉快，不会伤害人。有时成千叮叮咚咚的乐器在我耳边鸣响。有时在我酣睡醒来的时候，听见了那种声音，又使我沉沉睡去；那时在梦中便好像云端里开了门，无数珍宝要向我倾倒下来；当我醒来之后，我简直哭了起来，希望重新做一遍这样的梦。

斯丹法诺 这倒是一个出色的国土，可以不费钱白听音乐。

凯列班 但第一您得先杀死普洛斯彼罗。

斯丹法诺 那事我们不久就可以动手；我记得很牢。

特林鸠罗 这声音在走开去了；让我们跟着它，然后再干我们的事。

斯丹法诺 领着我们走，怪物；我们跟着你。我很希望见一见这个打鼓的家伙，他奏得挺不错的样子。

特林鸠罗 来吗？我跟着你走，斯丹法诺。（同下）

第三场

岛上的另一处

| 阿隆佐、西巴斯辛、安东尼奥、贡柴罗、阿德里安、弗兰西斯科及余人等上。

贡柴罗 天哪！我走不动啦，大王；我的老骨头在痛。这儿的路一条直一条弯的，完全把人迷昏了！要是您不见怪，我必须休息一下。

阿隆佐 老人家，我不能怪你；我自己也心灰意懒，疲乏得很。坐下来息息吧。现在我已经断了念头，不再自己哄自己了。他一定已经淹死了，尽管我们乱摸瞎撞地找寻他；海水也在嘲笑着在岸上的我们的无益的寻觅。算了吧，让他死了就完了！

安东尼奥 （向西巴斯辛旁白）我很高兴他是这样灰心。一刻也别忘了你所决心要干的那件事。

西巴斯辛 （向安东尼奥旁白）下一次的机会我们一定不要错过。

安东尼奥 （向西巴斯辛旁白）就在今夜吧；他们现在已经走得很疲

乏，一定不会，而且也不能，再有那么好的精神来警戒着了。

西巴斯辛 （向安东尼奥旁白）好，今夜吧。不要再说了。

〔庄严而奇异的音乐。普洛斯彼罗自上方隐形上。下侧若干奇形怪状的精灵扛了一桌酒席进来；他们围着它而跳舞，且作出各种表示敬礼的姿势，邀请国王以次诸人就食后退去。

阿隆佐 这是什么音乐？好朋友们，听哪！

贡柴罗 神奇的甜美的音乐！

阿隆佐 上天保佑我们！这些是什么？

西巴斯辛 一幅活动的古怪的画图！现在我才相信世上有独角的麒麟，阿拉伯有凤凰所栖的树，那面有一只凤凰至今活着。

安东尼奥 麒麟和凤凰我都相信；要是此外还有什么难于置信的东西，都来告诉我好了，我一定会发誓说那是真的。旅行的人决不会说谎话，足不出门的傻瓜才嗤笑他们。

贡柴罗 要是我现在在那不勒斯，把这事告诉了别人，他们会不会相信我呢？要是我对他们说，我看见岛上的人民是这样这样的，——这些当然一定是岛上的人民啰，——虽然他们的形状生得很奇怪，然而倒是很有礼貌，很和善，在我们人类中也难得见到的。

普洛斯彼罗 （旁白）正直的老人家，你说得不错；因为在你们自己一群人当中，就有几个人比魔鬼还要坏。

阿隆佐 我觉得对他们并不怎样吃惊；虽然不开口，但他们的那种形状、那种手势、那种音乐，都表示一种很明白的意思。

普洛斯彼罗 （旁白）且慢称赞吧。

弗兰西斯科 他们消失得很奇怪。

西巴斯辛 不要管他，既然他们把食物留下，我们有肚子就该享用。——您要不要尝尝试试看？

阿隆佐 我可不想吃。

贡柴罗 真的，大王，您无须胆小。当我们还是孩子的时候，谁肯相信有一种山居的人民，喉头长着肉袋，像一头牛一样？谁又肯相信有一种人的头是长在胸膛上的？可是我们现在都相信每个旅行的人都能肯定这种话的不是虚假了。

阿隆佐 好，我要吃，即使这是我的最后一餐；有什么关系呢？我的最好的日子也已经过去了。贤弟，公爵，陪我们一起来吃吧。

| 雷电。爱丽儿化怪鸟[①]上，以翼击桌，筵席顿时消失——用一种特别的机关装置。

爱丽儿 你们是三个有罪的人；操纵着下界一切的天命，为了你们的缘故而掀起了贪馋的怒海来吞咽你们；在这没有人居住的岛上，你们在一切人中间是最不适于生存的。你们已经发狂了。（阿隆佐、西巴斯辛等拔剑）即使像你们这样勇敢的人，也没有法子免除一死。你们这辈愚人！我和我的同伴们都是运命的使者；你们的刀剑不能损害我们身上的分毫，正像把它们砍向呼啸的风，刺向汹涌的水波一样。而且即使它们能够把我们伤害，现在你们也已经没有力

① 原文为Harpy，是神话中一种女面鸟身的怪物。

量把臂膀举起来了。好生记住吧，我来就是告诉你们这句话，你们三个人是在米兰把善良的普洛斯彼罗篡逐的恶人，你们把他和他的无辜的婴孩放逐在海上，如今你们也受到同样的报应了。为着这件恶事，上天虽然并不把惩罚立刻加在你们身上，却并没有轻轻放过，已经使所有的海，所有的陆地，以及一切有生之伦，来和你们作对了。你，阿隆佐，已经丧失了你的儿子；我再向你宣告，活地狱的痛苦，一切死状合在一起也没有那么惨，将要一步步临到你生命的程途中；除非痛悔前非，以后洗心革面，做一个清白的人，否则在这荒岛上面，天谴已经迫在眼前了！

| 爱丽儿在雷鸣中隐去。柔和的乐声复起；精灵们重上，跳舞且作揶揄状，把空桌扛下。

普洛斯彼罗 （旁白）你把这怪鸟扮演得很好，我的爱丽儿，有一种非凡的气势，我叫你说的话你一句也没有漏去；就是那些小精灵们也各个非常出力。我的神通已经显出力量，我这些仇人们已经惊惶得不能动弹；他们都已经在我的权力之下了。现在我要在这种情形下面离开他们，去探视他们以为已经淹死了的年轻的腓迪南和他的也是我的亲爱的人儿。（自上方下）

贡柴罗 凭着神圣的名义，大王，为什么您这样呆呆地站着？

阿隆佐 啊，那真是可怕！可怕！我觉得海潮在那儿这样告诉我；风在那儿把它唱进我的耳中；深沉而可怕的雷鸣在向我震出普洛斯彼罗的名字，它用宏亮的低音宣布了我的罪恶。这样看来，我的孩子一定是葬

身在海底的软泥之下了；我要到深不可测的底极去寻找他，跟他睡在一块儿！（下）

西巴斯辛 要是这些鬼怪们一个一个地来，我可以打得过他们。

安东尼奥 让我助你一臂之力。（西巴斯辛、安东尼奥下）

贡柴罗 这三个人都有些不顾死活的神气。他们的重大的罪恶像隔了好久才发作的毒药一样，现在已经在开始咬啮他们的灵魂了。你们是比较善于临机应变一些的，请快快追上去，阻止他们不要作出什么疯狂的举动来。

阿德里安 你们跟我来吧。（同下）

第　四　幕

第一场

普洛斯彼罗洞室之前

| 普洛斯彼罗、腓迪南、米兰达上。

普洛斯彼罗 要是我曾经给你太严厉的刑罚，你也已经得到补偿了；因为我已经把我生命中的一部分给了你，我是为了她才活着的。现在我再把她交给你的手里：你所受的一切苦恼都不过是我用来试验你的爱情的，而你能异常坚强地忍受它们；这里我当着天，许给你这个珍贵的赏赐。腓迪南啊，不要笑我这样把她夸奖，你自己将会知道一切的称赞比起她自身的美好来，都是瞠乎其后的。

腓迪南 我绝对相信您的话。

普洛斯彼罗 既然我的给与和你的获得都不是出于贸然，你就可以娶我的女儿。但在一切神圣的礼式没有充分给你许可之前，你不能侵犯她处女的尊严；否则你们的结合将不能得到上天的美满的祝福，冷淡的憎恨、白眼的轻蔑和不睦将使你们的姻缘中长满令人嫌恶的恶草。所以小心一点吧，许门[1]的明灯将照引着你们！

腓迪南 我希望的是以后在和如今一样的爱情中享受着平和的日子、美秀的儿女和绵绵的生命，因此即使在最幽冥的暗室中，当我认为羲和的骏马在途中颠踬，或是黑夜被系留在下界的时候，伺隙而来的魔鬼的最强烈的煽惑，也不能使我的廉耻化为贪欲，而轻轻地越过了名分上的界限。

普洛斯彼罗 说得很好。坐下来跟她谈话吧，她是属于你的。喂，爱丽儿！我的勤劳的仆人，爱丽儿！

| 爱丽儿上。

爱丽儿 我的威严的主人有什么吩咐？我在这里。

普洛斯彼罗 你跟你的小伙计们把刚才的事情办得很好；我必须再差你们作一件这样的把戏。去把你手下的小喽啰们召唤到这儿来；叫他们赶快装扮起来；因为我必须在这一对年轻人的面前卖弄卖弄我的法术；我曾经答应过他们，他们也在盼望着。

爱丽儿 即刻吗？

普洛斯彼罗 是的，一霎眼的时间内就得办好。

爱丽儿 你来去还不曾出口，
你呼吸还留着没透，
我们早脚尖儿飞快，
扮鬼脸大伙儿都在，
主人，你爱我不爱？

普洛斯彼罗 我很爱你，我的伶俐的爱丽儿！在我没有叫你之

---

① 许门（Hymen），司婚姻之神。

前，不要就来。

爱丽儿 好，我知道。（下）

普洛斯彼罗 当心保持你的忠实，不要太恣意调情。血液中的火焰一燃烧起来，最坚强的誓言也就等于草秆。节制一些吧，否则你的誓约就要守不住了！

腓迪南 请您放心，老人家；皎白的处女的冰雪，早已抑伏了我胸中的欲火。

普洛斯彼罗 好——出来吧，我的爱丽儿！不要让精灵们缺少一个，多一个倒不妨。轻轻快快地出来吧！大家不要响，只许静静地看！

| 柔和的音乐；假面剧开始。精灵扮伊里斯[①]上。

伊里斯 刻瑞斯，最丰饶的女神，我是天上的虹使，传旨请你离开你那繁荣着小麦、大麦、黑麦、燕麦、野豆、豌豆的膏田；离开你那羊群所游息的茂草的山坡，以及饲牧它们的满铺着刍草的平原；离开你那生长着立金花和蒲苇的堤岸，多雨的四月奉着你的命令而把它装饰着的，在那里给清冷的水仙女们备下了洁净的新冠；离开你那为失恋的情郎们所爱好而徘徊其下的金雀花的薮丛；你那牵藤的葡萄园；你那荒瘠埼确的海滨，你所散步游息的所在：请你离开这些地方，到这里的草地上来，和尊严的天后陛下一同游戏；她的孔雀已经轻捷地飞翔起来了，请你来陪驾吧，富有的刻瑞斯！

---

① 伊里斯（Iris），诸神之信使，又为虹之女神。

刻瑞斯[①]上。

刻瑞斯 万福，你永远服从着天后命令的，五彩缤纷的使者！你用你的橙黄色的翼膀常常洒下甘露和清鲜的阵雨在我的花朵上面，用你的青色的弓的两端为我的林木丛生的地亩和没有灌枝的高原披上了富丽的肩巾：敢问你的王后唤我到这细草原上来，有什么吩咐？

伊里斯 为要庆祝一对真心的爱情的结合，大量地给福惠于这一双有福的恋人。

刻瑞斯 告诉我，天虹，你知不知道维纳斯或她的儿子是否也随侍着天后？自从她们用诡计使我的女儿陷在幽冥的狄斯的手中以后，我已经立誓不再见她和她那盲目的小儿的无耻的脸孔。[②]

伊里斯 不要担心会碰见她；我遇见她的灵驾正冲着云向帕福斯[③]而去，她的儿子驱着白鸽随在她后面。她们因为这里的这一对男女曾经立誓在许门的火炬未燃着以前不得同衾，因此想要在他们身上干一些无赖的把戏，可是白费了心机；马斯[④]的宠人已经满心暴躁地回去；她那发恼的儿子已经弯断了他的弓，发誓

---

① 刻瑞斯（Ceres），司农事及大地之女神。

② 狄斯（Dis）即普路同（Pluto），幽冥之主，掠刻瑞斯之女普洛塞庇（Persephone）那为妻；后者即春之女神，每年一次被释返地上。维纳斯之子即小爱神丘比特（Cupid），因俗语云爱情是盲目的，故云“盲目的小儿”。

③ 帕福斯（Paphos），塞浦路斯（Cyprus）岛西海岸城名，维纳斯神庙所在地，相传她在海中诞生后首临于此。

④ 马斯（Mars），即战神，钟爱维纳斯。

以后不再射人，只是跟麻雀们开开玩笑，安排做一个好孩子了。

刻瑞斯 最高贵的王后，伟大的朱诺来了；从她的步履上我辨认得出来。

| 朱诺[1]上。

朱诺 我的丰饶的贤妹安好？跟我去祝福这一对璧人，让他们一生幸福，产出美好的后裔来。（唱）

富贵尊荣，美满良姻，
百年偕老，子孙盈庭；
幸福朝朝，欢娱暮暮，
朱诺向你们恭贺！

刻瑞斯 （唱）

田多落穗，积谷盈仓，
葡萄成簇，摘果满筐；
秋去春来，如心所欲，
刻瑞斯为你们祝福！

腓迪南 这是一个最神奇的幻景，这样迷人而谐美！我能不能猜想这些都是精灵呢？

普洛斯彼罗 是的，这些是我从他们的世界里用法术召唤来表现我一时的空想的精灵们。

腓迪南 让我终老在这里吧！有着这样一位人间希有的神奇而贤哲的父亲，这地方简直是天堂了。

| 朱诺与刻瑞斯作耳语，授命令于伊里斯。

普洛斯彼罗 亲爱的，莫作声！朱诺和刻瑞斯在那儿严肃地耳

---

① 朱诺，（Juno）月神，又为天后。

语，将要有一些另外的事情。嘘！不要开口！否则我们的魔法就要破解了。

伊里斯 戴着蒲苇之冠，眼光永远是那么柔和的、住在蜿蜒的河流中的仙女们啊！离开你们那涡卷的河床，到这青青的草地上来答应朱诺的召唤吧！前来，冷洁的水仙们，伴着我们一同庆祝一段良缘的缔结，不要太迟了。

| 若干水仙女上。

伊里斯 你们在八月的日光下蒸晒着的辛苦的刈禾人，离开你们的田亩，到这里来欢乐一番；戴上你们麦秆的帽子，一个一个地来和这些清艳的水仙们跳起乡村的舞踊来吧！

| 若干服饰齐整的刈禾人上，和水仙女们一齐作优美的跳舞；临了时普洛斯彼罗突起发言，在一阵奇异的、幽沉的、杂乱的声音中，众精灵悄然隐去。

普洛斯彼罗 （旁白）我已经忘记了那个畜生凯列班和他的同党想来谋取我生命的奸谋，他们所定的时间已经差不多到了。（向精灵们）很好！现在完了，去吧！

腓迪南 这可奇怪了，你的父亲在发着很大的脾气。

米兰达 直到今天为止，我从来不曾看见过他狂怒到这样子。

普洛斯彼罗 王子，你瞧上去似乎有点惊疑的神气。高兴起来吧，我儿；我们的狂欢已经终止了。我们的这一些演员们，我曾经告诉过你，原是一群精灵；都已化成淡烟而消散了。如同这段幻景的虚妄的构成一样，入云的楼阁、瑰伟的宫殿、庄严的庙堂，甚至地球自身，以及地球上所有的一切，都将同样消散，就像这一场幻景，连一点烟云的影子都不曾留下。我们都是梦中的人物，我们的一生是在酣睡之中。王子，我心中有些恼乱，原谅我不能控制我的弱点；我的衰老的头脑有些昏了。不要因为我的烦恼而不安。假如你们愿意，请回到我的洞里休息一下。我将略作散步，安定安定我焦躁的心境。

米兰达
腓迪南 愿你安静啊！（下）

普洛斯彼罗 赶快来！谢谢你，爱丽儿，来啊！

| 爱丽儿上。

爱丽儿 我永远准备着执行你的意志。有什么吩咐？

普洛斯彼罗 精灵，我们必须预备着对付凯列班。

爱丽儿 是的，我的命令者；我在扮演刻瑞斯的时候就想对你说，可是我生恐触怒了你。

普洛斯彼罗 再对我说一次，你把这些恶人们安置在什么地方？

爱丽儿 我告诉过你，主人，他们喝得醉醺醺的，勇敢得了不得；他们怒打着风，因为吹到了他们的脸上，痛击着地面，因为地面吻了他们的脚；但总是不忘记他们的计划。于是我鼓起小鼓来；一听见了这声音，他们便像狂野的小马一样，耸起了他们的耳朵，睁大了他们的眼睛，掀起了他们的鼻孔，似乎音乐是可以嗅到的样子。这样我迷惑了他们的耳朵，使他们像小牛跟从着母牛的叫声一样，跟我走过了一簇簇长着尖齿的野茨，咬人的刺金雀和锐利的荆棘丛中，把他们可怜的胫骨刺穿。最后我把他们遗留在离开这里不远的那口污水池中，在那里他们手舞足蹈，把一池臭水都搅了个满身。

普洛斯彼罗 干得很好，我的鸟儿。你仍旧隐形前去，把我室内的华丽的衣服拿来，好把这些恶贼们诱上圈套。

爱丽儿 我去，我去。（下）

普洛斯彼罗 一个魔鬼，一个天生的魔鬼，教养也改不过他的天性来；在他身上我一切好心的努力都是全然白费。他的形状随着年纪而一天丑陋似一天，他的心也一天一天腐烂下去。我要把他们痛痛惩治一顿，直至他们痛苦而呼号。

| 爱丽儿携带许多华服等上。

普洛斯彼罗 来，把它们挂起在这根绳上。

| 普洛斯彼罗与爱丽儿隐身留原处。凯列班、斯丹法诺、特林鸠罗三人浑身淋湿上。

凯列班 请你们脚步轻些，不要让瞎眼的鼹鼠听见了我们的足声。我们现在已经走近他的洞窟了。

斯丹法诺 怪物，你说你那个不会害人的仙人简直跟我们开了一个不大不小的玩笑。

特林鸠罗 怪物，我满鼻子都是马尿的气味，把我恶心得不得了。

斯丹法诺 我也是这样。你听见吗，怪物？要是我向你一发起恼来，当心点儿——

特林鸠罗 你不过是一个走投无路的怪物罢了。

凯列班 好老爷，不要恼我，耐心些；因为我将要带给您的好处可以抵偿过这场不幸。请你们轻轻讲话；大家要静得好像在深夜里一样。

特林鸠罗 呃，可是我们的酒瓶也落在池里了。

斯丹法诺 这不单是耻辱和不名誉，简直是无限的损失。

特林鸠罗 这比浑身淋湿更使我痛心；可是，怪物，你却说那是你的不会害人的仙人。

斯丹法诺 我一定要去把我的酒瓶捞起来，即使我必须没头没脑钻在水里。

凯列班 我的王爷，请您安静下来。瞧这里，这便是洞口了；不要响，走进去。把那件大好的恶事干起来，这岛便是属您所有的了；我，您的凯列班，将要永远舐您的脚。

斯丹法诺 让我握你的手；我开始动了杀人的念头了。

特林鸠罗 啊，斯丹法诺大王！大老爷！尊贵的斯丹法诺！瞧这儿有多么好的衣服给您穿呀！

凯列班 让它去，你这蠢货！这些不过是废物罢了。

特林鸠罗 哈哈，怪物！什么是旧衣庄上的货色，我们是看得出来的。啊，斯丹法诺大王！

斯丹法诺 放下那件袍子，特林鸠罗！凭着我这手起誓，那件袍子我要的。

特林鸠罗 请大王拿去好了。

凯列班 愿这傻子浑身起水肿！你老是恋恋不舍这种废料有什么意思呢？让我们先去行刺。要是他醒了，他会使我们从脚心到头顶遍体鳞伤，把我们弄成不知像一个什么样子。

斯丹法诺 别开口，怪物！——绳太太，这不是我的短外套吗？

特林鸠罗 妙极妙极！大王高兴的话，让我们横七竖八一齐偷了去！

斯丹法诺 你这句话说得很妙，赏给你这件衣服吧。只要我做这里的国王，聪明人总不会被亏待的。“横七竖八偷了去”是一句绝妙的俏皮话，再赏你一件衣服。

特林鸠罗 怪物，来啊，涂一些胶在你的手指上，把其余的都拿了去吧。

凯列班 我什么都不要。我们将要错过了时间，大家要变成蠢鹅或是额角低得难看的猴子了！

斯丹法诺 怪物，别连手都不动一动；给我把这件衣服拿到我那放着大酒桶的地方去，否则我的国境内不许你立足。去，把这拿了去。

特林鸠罗 还有这一件。

斯丹法诺 呃，还有这一件。

|幕内猎人的声音。若干精灵化作猎犬上，将斯丹法诺等三人追逐；普洛斯彼罗和爱丽儿嗾着它们。

普洛斯彼罗 嗨！莽丁，嗨！

爱丽儿 雪狒！那边去，雪狒！

普洛斯彼罗 飞雷！飞雷！那边，铁龙！那边！听，听！（凯列班、斯丹法诺、特林鸠罗被驱下）去叫我的妖精们用厉害的痉挛磨他们的骨节；叫他们的肌肉像老年人那样抽搐起来，叫他们满身的伤痕比豹子或山猫身上的斑点还多。

爱丽儿 听！他们在呼号呢。

普洛斯彼罗 让他们被痛痛快快地追一下子。此刻我的一切仇人们都在我手掌之中了；不久我的工作便可完毕，你就可以呼吸自由的空气，暂时你再跟我来，帮我一些忙吧。（同下）

第 五 幕

第一场

普洛斯彼罗洞室之前

普洛斯彼罗穿法衣上；爱丽儿随上。

普洛斯彼罗 现在我的计划将告完成；我的魔法毫无差失；我的精灵们俯首听命；一切按部就班顺利地过去。是什么时候了？

爱丽儿 将近六点钟。你曾经说过，主人，在这时候我们的工作应当完毕。

普洛斯彼罗 当我刚兴起这场暴风雨的时候，我曾经这样说过。告诉我，我的精灵，国王和他的从者们怎么样啦？

爱丽儿 按照着你的吩咐，他们仍旧照样囚禁在一起，如同你离开他们的时候一样，在荫蔽着你的洞室的那株大菩提树底下聚集着这一群囚徒；你要是不把他们释放，他们便一步路也不能移动。国王、他的弟弟和你的弟弟，三个人都疯了；其余的人在为他们悲泣，充满了忧伤和惊骇；尤其是那位你所称为“善良的老大臣贡柴罗”的，他的眼泪一直从他的胡须上淋了下来，就像从茅檐上流下来的冬天的雨滴一样。你在他们身上所施的魔术的力量是这么大，要是你现在看见了他们，你的心也一定会软了下来。

普洛斯彼罗 你这样想吗，精灵？

爱丽儿 如果我是人类，主人，我会觉得不忍的。

普洛斯彼罗 我的心也将会觉得不忍。你不过是一阵空气罢了，居然也会感觉到他们的痛苦；我是他们的同类，跟他们一样敏锐地感到一切，和他们有着同样的感情，难道我的心反会比你硬吗？虽然他们给我这样大的迫害，使我痛心切齿，但是我宁愿压伏我的愤恨而听从我的更高尚的理性；道德的行动较之仇恨的行动是可贵得多的。要是他们已经悔过，我的唯一的目的也就达到终点，不再对他们更有一点怨恨。去把他们释放了吧，爱丽儿。我要给他们解去我的魔法，唤醒他们的知觉，让他们仍旧回复本来的面目。

爱丽儿 我去领他们来，主人。（下）

普洛斯彼罗 你们山河林沼的小妖们；踏沙无痕、追逐着退潮时的海神，而他一转身来，便又倏然逃去的精灵们；在月下的草地上留下了环舞的圈迹，使羊群不敢走近的小神仙们；以及在半夜中以制造菌蕈为乐事，一听见肃穆的晚钟便雀跃起来的你们，虽然你们不过是些弱小的孩儿，但我借着你们的帮助，才能遮暗了中天的太阳，唤起作乱的狂风，在青天碧海之间激起浩荡的战争；我把火给与震雷，用乔武大神的霹雳劈碎了他自己那株粗干的橡树；我使稳固的海岬震动，连根拔起了松树和杉柏，因着我的法力无边的命令，坟墓中的长眠者也被惊醒，打开了墓门而出来。但现在我要捐弃这种狂暴的魔术，仅仅再要求一些微妙的天乐，化导他们的心性，使我能得到我所希望的结果；以后我便将折断我的魔杖，把它埋在幽深的地底，把我的书投向深不可测的海心。

丨庄严的音乐。爱丽儿复上；他的后面跟随着神情狂乱的阿隆佐，由贡柴罗随侍；西巴斯辛与安东尼奥也和阿隆佐一样，由阿德里安及弗兰西斯科随侍；他们都步入普密斯彼罗在地上所划的圆圈中，被魔法所禁，呆立不动。

普洛斯彼罗 庄严的音乐是对于昏迷的幻觉的无上安慰，愿它医治好你们那在煎炙着的失去作用的脑筋！站在那儿吧，因为你已经被魔法所制伏了。圣人一样的贡柴罗，可尊敬的人！我的眼睛一看见了你，便油然堕下同情的眼泪来。魔术的力量在很快地消失，如同晨光悄悄掩袭暮夜，把黑暗消解了一样，他们那开始抬头的知觉已经在驱除那蒙蔽住他们清明的理智的迷糊的烟雾了。啊，善良的贡柴罗！不单是我的真正的救命恩人，也是你所跟随着的君主的一位忠心耿耿的臣子，我要在名义上在实际上重重报答你的好处。你，阿隆佐，对待我们父女的手段未免太酷辣了！你的兄弟也是一个帮凶的人。你现在也受到惩罚了，西巴斯辛！你，我的骨肉之亲的兄弟，为着野心，忘却了怜悯和天性；在这里又要和西巴斯辛谋弑你们的君王，为着这缘故他的良心的受罚是十分厉害的；我宽恕了你，虽然你的天性是这样刻薄！他们的知觉的浪潮已经在渐渐激涨起来，不久便要冲上了现在还是一片黄泥的理智的海岸。在他们中间还不曾有一个人看见我，或者会认识我。爱丽儿，给我到我的洞里去把我的帽子和佩剑拿来。（爱丽儿下）我要显出我的本来面目，重新打扮做旧时的米兰公爵的样子。快一些，精灵！你不久就可以自由了。

| 爱丽儿复上，唱歌，一面帮助普洛斯彼罗装束。

爱丽儿 （唱）

蜂儿吮啜的地方，我也在那儿吮啜；
在一朵莲香花的冠中我躺着休息；
我安然睡去，当夜枭开始它的鸣咽。
骑在蝙蝠背上我快活地飞舞翩翩，
快活地快活地追随着逝去的夏天；
快活地快活地我要如今
向垂在枝头的花底安身。

普洛斯彼罗 啊，那真是我的可爱的爱丽儿！我真舍不得你；但你必须有你的自由。——好了，好了。——你仍旧隐着身子，到国王的船里去，水手们都在舱口下面熟睡着，先去唤醒了船长和水手头目之后，把他们引到这里来！快一些。

爱丽儿 我乘风而去，不等到你的脉搏跳了两跳就回来。（下）

贡柴罗 这儿有着一切的迫害、苦难、惊奇和骇愕；求神圣把我们带出这可怕的国土吧！

普洛斯彼罗 请您看清楚，大王，被害的米兰公爵普洛斯彼罗在这里。为要使您相信对你讲话的是一个活着的邦君，让我拥抱您；对于您和您的同伴们，我是竭诚欢迎！

阿隆佐 我不知道你真的是不是他，或者不过是一些欺人的鬼魅，如同我不久以前所遇到的。但是你的脉搏跳得和寻常血肉的人一样；而且自从我一见你之后，那使我发狂的精神上的痛苦已减轻了些。如果这是一件实在发生的事，那定然是一段最希奇的故事。你的公国我奉还给你，并且恳求你饶恕我的罪恶。但是普洛斯彼罗怎么还会活着而且在这里呢？

普洛斯彼罗 尊贵的朋友，先让我把您老人家拥抱一下；您的崇高是不可以限量的。

贡柴罗 我不能确定这是真实还是虚妄。

普洛斯彼罗 这岛上的一些蜃楼海市曾经欺骗了你，以致使你不敢相信确实的事情。——欢迎啊，我的一切的朋友们！（向西巴斯辛、安东尼奥旁白）但是你们这一对贵人，要是我不客气的话，可以当场证明你们是叛徒，叫你们的王上翻过脸来；可是现在我不想揭发你们。

西巴斯辛 （旁白）魔鬼在他嘴里说话吗？

普洛斯彼罗 不。讲到你，恶人，称你是兄弟也会沾污了我的齿舌，但我饶恕了你的最卑劣的罪恶，一切全不计较了；单单我要向你讨还我的公国，那我知道你是不得不把它交还的。

阿隆佐 如果你是普洛斯彼罗，请告诉我们你的遇救的详情，怎么你会在这里遇见我们。在三小时以前，我们的船毁没在这海岸的附近；在这里，最使我想起了心中惨痛的，我失去了我的亲爱的儿子腓迪南！

普洛斯彼罗 我很悲伤听见这消息，大王。

阿隆佐 这损失是无可挽回的，忍耐也已经失去了它的效用。

普洛斯彼罗 我觉得您还不曾向忍耐求助。我自己也曾经遭到和您同样的损失，但借着忍耐的慈惠的力量，使我安之若素。

阿隆佐 你也遭到同样的损失！

普洛斯彼罗 对我正是同样重大，而且也是同样新近的事；比之您，我更缺少任何安慰的可能，我所失去的是我的女儿。

阿隆佐 一个女儿吗？天啊！要是他们俩都活着在那不勒斯，一个做国王，一个做王后，那将是多么美满！真能这样的话，我宁愿自己长眠在我的孩子现今所在的海底。你的女儿是什么时候失去的？

普洛斯彼罗 就在这次的暴风雨中。我看这些贵人们因为太惊奇着这次的遭遇，迷惑得不能相信他们眼睛所见的是真实，他们嘴里所说的是真的言语。但是，不论你们心里怎样迷惘，请你们相信我确实便是普洛斯彼罗，从米兰被放逐出来的公爵；因了不可思议的偶然，恰恰在这儿你们沉舟的地方做了岛上的主人。关于这事现在不要再多谈了，因为那要好多天才讲得完，不是一顿饭的时间所能叙述得了，而且也不适宜于我们这初次的相聚。欢迎啊，大王！这洞窟便是我的宫庭，在这里我也有寥寥的几个从者，此外再没有别的臣民了。请您向里面探望一下。因为您给还了我的王国，我也要把一件同样好的礼物答谢您；至少也要献出一个奇迹来，使它给与您安慰，正像我的公国安慰了我一样。

| 洞门开启，腓迪南与米兰达在内对弈。

米兰达 好人，你在安排着作弄我。

腓迪南 不，我的最亲爱的，即使给我整个的世界我也不愿欺弄你。

米兰达 是的，你不能强辩；除非你在赌着二十个王国，那么也许我会说这是一场公正的游戏。

阿隆佐 倘使这不过是这岛上的一场幻景，那么我将要两次失去我的亲爱的孩子了。

西巴斯辛 不可思议的奇迹！

腓迪南 海水虽然似乎那样凶暴，然而却是仁慈的；我错怨了它们。（向阿隆佐跪下）

阿隆佐 让一个快乐的父亲的所有的祝福拥抱着你！起来，告诉我你是怎么到这里来的。

米兰达 神奇啊！这里有多少好看的人！人类是多么美丽！啊，新奇的世界，有这么出色的人物！

普洛斯彼罗 对于你这是新奇的。

阿隆佐 和你一起玩着的这女郎是谁？你们的认识顶多也不过三个钟点罢了。她是不是就是把我们拆散了又使我们重新聚合的女神？

腓迪南 父亲，她是凡人，但借着上天的旨意她是属于我的；我选中她的时候，无法征询父亲的意见，而且那时我也不相信我还有一位父亲。她就是这位著名的米兰公爵的女儿；我常常听见说起过他的名字，但从没有看见过他一面。从他的手里我得到了第二次的生命；而现在这位女郎使他成为我的第二个的父亲。

阿隆佐 那么我也是她的父亲了；但是唉，听起来多么使人奇怪，我必须向我的孩子要求宽恕！

普洛斯彼罗 好了，大王，别再说了；让我们不要把过去的不幸重压在我们的记忆上。

贡柴罗 我的心中感激得说不出话来，否则我早就开口了。天上的神明们，请俯视尘寰，把一顶幸福的冠冕降临在这一对少年的头上；因为把我们带到这里来相聚的，完全是上天的主意！

阿隆佐 让我跟着你说“阿门”，贡柴罗！

贡柴罗 米兰的主人被逐出米兰，而他的后裔将成为那不勒斯的王族吗？啊，这是超乎寻常喜事的喜事，应当用金字把它铭刻在柱上，好让它传至永久。在一次的航程中，克拉莉贝尔在突尼斯获得了她的丈夫；她的兄弟腓迪南又在他迷失的岛上找到了一位妻子；普洛斯彼罗在一座荒岛上拾回了他的公国；而我们大家呢，在每个人迷失了本性的时候，重新寻着了各人自己。

阿隆佐 （向腓迪南、米兰达）让我握你们的手：谁不希望你们快乐的，让忧伤和悲哀永远占住他的心灵！

贡柴罗 愿如大王所说的，阿门！

| 爱丽儿重上，船长和水手头目惊愕地随在后面。

贡柴罗 瞧啊，大王！瞧！又有几个我们的人来啦。我曾经预言过，只要陆地上有绞架，这家伙一定不会淹死。——喂，你这谩骂的东西！在船上由得你指天

骂日，怎么一上了岸响都不响了呢？难道你没有把你的嘴巴带到岸上来吗？说来，有什么消息？

水手头目　最好的消息是我们平安地找到了我们的王上和同伴；其次，在三个钟头以前我们还以为已经撞碎了的我们那条船，却正和第一次下水的时候那样结实完好而齐齐整整。

爱丽儿　（向普洛斯彼罗旁白）主人，这些都是我去了以后所做的事。

普洛斯彼罗　（向爱丽儿旁白）我的足智多谋的精灵！

阿隆佐　这些事情都异乎寻常；它们越来越奇怪了。说，你怎么会到这儿来的？

水手头目　大王，要是我自己觉得我是清清楚楚地醒着，也许我会勉强告诉您。可是我们都睡得像死去一般，也不知道怎么一下子，都给关闭在舱口底下了。就在不久之前我们听见了各种奇怪的响声——怒号、哀叫、狂呼、铛锒的铁链声以及此外许多可怕的声音，把我们闹醒。立刻我们就自由了：我们看见壮丽的王船丝毫无恙，明明白白在我们的眼前；我们的船长一面看着它，一面手舞足蹈。忽然一下子莫名其妙地，我们就像在梦中一样糊里糊涂地离开了那边，被带到这里来了。

爱丽儿　（向普洛斯彼罗旁白）干得好不好？

普洛斯彼罗　（向爱丽儿旁白）出色极了，我的勤劳的精灵！你就要得到自由了。

阿隆佐　这真叫人堕入五里雾中！这种事情一定有一个超自然的势力在那儿指挥着；愿神明的启迪给我们一些

指示吧！

普洛斯彼罗 大王，不要因为这种怪事而使您心里迷惑不宁；不久我们有了空暇，我便可以简简单单地向您解答这种种奇迹，使您觉得这一切的发生未尝不是可能的事。现在请高兴起来，把什么事都望好的方面着想吧。（向爱丽儿旁白）过来，精灵；把凯列班和他的伙伴们放出来，解去了他们身上的魔法。（爱丽儿下）怎样，大王？你们的一伙中还缺少几个人，一两个为你们所忘怀了的人物。

爱丽儿驱凯列班、斯丹法诺、特林鸠罗上，各人穿着他们所偷得的衣服。

斯丹法诺 让各人为别人打算，不要顾到自己，因为一切都是命运。勇气啊！出色的怪物，勇气啊！

特林鸠罗 要是装在我头上的眼睛不曾欺骗我，这里的确很堂皇的样子。

凯列班 塞提柏斯呀！这些才真是出色的精灵！我的主人真是一表非凡！我害怕他要责罚我。

西巴斯辛 哈哈！这些是什么东西，安东尼奥大人？可以不可以用钱买的？

安东尼奥 大概可以吧；他们中间的一个完全是一条鱼，而且一定很可以卖几个钱。

普洛斯彼罗 各位大人，请瞧一瞧这些家伙们身上穿着的东西，就可以知道他们是不是好东西。这个奇丑的恶汉的母亲是一个很有法力的女巫，能够指挥月亮潮汐，作出种种不可能的事来。这三个家伙作贼偷了我；这个魔鬼生下来的杂种又跟那两个东西商量谋害我的生命。那两人你们应当认识，是你们的人；这个坏东西我必须承认是属于我的。

凯列班 我免不了要被揍得死去活来。

阿隆佐 这不是我的酗酒的膳夫斯丹法诺吗？

西巴斯辛 他现在仍然喝醉着；他从哪儿来的酒呢？

阿隆佐 这是特林鸠罗，看他醉得天旋地转。他们从哪儿喝这么多的好酒，把他们的脸孔染得这样血血红呢？你怎么会变成这种样子？

特林鸠罗 自从我离开了你之后，我的骨髓也都浸酥了；我想这股气味可以熏得连苍蝇也不会下卵在我的身上了吧？

西巴斯辛 喂，喂，斯丹法诺！

斯丹法诺 啊！不要碰我！我不是什么斯丹法诺，我不过是一堆动弹不得的烂肉。

普洛斯彼罗 狗才，你要做这岛上的王，是不是？

斯丹法诺 那么我一定是个倒霉的王爷。

阿隆佐 这样奇怪的东西我从来没有看见过。（指凯列班）

普洛斯彼罗 他的行为跟他的形状同样都是天生的下劣。——去，狗才，到我的洞里去；把你的同伴们也带了进去。要是你希望我饶恕的话，把里面打扫得干净点儿。

凯列班 是，是，我就去。从此以后我要聪明一些，学学讨好的法子。我真是一头比六头蠢驴合起来还蠢的蠢货！竟会把这种醉汉当做神明，向这种蠢材叩头膜拜！

普洛斯彼罗 快滚开去！

阿隆佐 滚吧，把你们那些衣服仍旧归还到原来寻得的地方去。

西巴斯辛 什么寻得，是偷的呢。（凯列班、斯丹法诺、特林鸠罗同下）

普洛斯彼罗 大王，我请您的大驾和您的随从们到我的洞窟里来；今夜暂时要屈你们在这儿过宿一夜。一部分的时间我将消费在谈话上，我相信那种谈话会使时间很快溜过；我要告诉您我的生涯中的经历，以及一切自从我到这岛上来之后所遭遇的事情。明天早晨我要带着你们上船回到那不勒斯去；我希望我们所疼爱的孩子们的婚礼就在那儿举行；然后我要回到我的米兰，在那儿等待着瞑目长眠的一天。

阿隆佐 我渴想听您讲述您的经历，那一定会使我们的耳朵着了迷的。

普洛斯彼罗 我将从头到尾向您细讲；并且答应您一路上将会风平浪静，有吉利的顺风吹送，可以赶上已经去远了的您的船队。（向爱丽儿旁白）爱丽儿，我的小鸟，这事要托您办理；以后你便可以自由地回到空中，从此我们永别了！——请你们过来。（同下）

收场诗[1]

| 普洛斯彼罗致辞

现在我已把我的魔法尽行抛弃，
剩余微弱的力量都属于我自己；
横在我面前的分明有两条道路，
不是终身被符箓把我在此幽锢，
便是凭借你们的力量重返故郭。
既然我现今已把我的旧权重握，
饶恕了迫害我的仇人，请再不要
把我永远锢闭在这寂寞的荒岛！
求你们解脱了我灵魂上的系锁，
赖着你们善意殷勤的鼓掌相助；
再烦你们为我吹嘘出一口和风，
好让我们的船只一齐鼓满帆篷。
而今我已撒开了我空空的两手，
不再有魔法迷人，精灵供我奔走；
我的结局将要变成不幸的绝望，
除非依托着万能的祈祷的力量，
它能把慈悲的神明的中心刺彻，
赦免了可怜的下民的一切过失。
正如你们旧日的罪恶不再疵求，
让你们大度的宽容给我以自由！

---

① 收场诗一般认为后人所加，多数人断定为Ben Jonson作。

策　　划｜作家榜®
出　　品｜

出 品 人｜吴怀尧
产品经理｜邱绍棠　朱　迪　赵如冰
美术编辑｜陈　芮
封面设计｜邵　飞
特约印制｜朱　毓

官方电话｜021-60839180

图书在版编目（CIP）数据

莎士比亚悲剧喜剧全集 / (英) 莎士比亚著；朱生豪译. -- 杭州：浙江文艺出版社, 2017.10（2024.3重印）
（作家榜经典文库）
ISBN 978-7-5339-4757-6

Ⅰ. ①莎… Ⅱ. ①莎… ②朱… Ⅲ. ①剧本－作品综合集－英国－中世纪 Ⅳ. ①I561.33

中国版本图书馆CIP数据核字（2017）第014817号

责任编辑：瞿昌林

莎士比亚悲剧喜剧全集

［英］莎士比亚 著　　朱生豪 译

全案策划

大星（上海）文化传媒有限公司

出版发行

浙江文艺出版社

杭州市体育场路347号　邮编 310006

浙江省新华书店集团有限公司 经销

浙江新华数码印务有限公司 印刷

2017年10月第1版　2024年3月第21次印刷

889毫米×1194毫米　32开本　75.25印张　20插页

印数：139001—150000　字数：1445千字

书号：ISBN 978-7-5339-4757-6

定价：299.00元（全五册）